新添古音

說文解字注

漢・許慎／撰　清・段玉裁／注
李添富／總校訂

經韻樓藏版

編輯說明

一、本書採用清代段玉裁注，經韻樓藏版影印，並附原藏版所附之六書音韻表。

二、為求讀者閱讀檢索方便，本書將《說文解字》所列正文九千三百五十三字，重文一千一百六十三字之古文篆體，逐一依照部頒標準字體重新隸定，置於每頁篆字上方，右側標注現代國音符號，右下側標註古音聲類，左下側標註古音韻部。如：

黃 ㄏㄨㄤˊ 匣 15

三、標註上古語音系統部分，韻部採陳新雄先生古韻三十二部說，聲類亦採陳新雄先生校定之古音正聲十九紐說。

四、右側標注之現代國音符號與古聲古韻有異者，或因時代移易語音變遷，或因通俗音讀所致，皆從今音標注。唯所標示之現代音讀，概以該字於書中所載之本義為準，如錢字音ㄐㄧㄢˇ，亢字音ㄍㄤ之類。

五、凡《說文解字》原書音讀闕疑者，如棘、𡗜等，本書從其闕如精神，暫以問號標示。

六、凡各字重文之隸定形體，列於該重文上方並加標「△」符號，以彰眉目，古音聲類、韻部，則不另贅表。

七、古、篆隸定之原則如下：

(1)以教育部頒訂標準字體為依據，倘其俗書為通行字形而不影響辨識者，或從俗書。

⑵凡不在部頒標準字體之列者，依據學理並參考歷代字書，逕行隸定。

⑶合體字形依組成部件各字之字形直接隸定。

⑷重文若已轉為正文，則重文依今字隸定，正文依原字形隸定。

⑸獨體象形且筆形怪異者，則依古文描繪。

⑹若歷代字書之字形與段注本有異，則依段注本字形說明隸定。

八、凡後起之字或俗字與《說文解字》原字形同時並存者，則兩字形並列，後起之字或俗字以括弧標示之。

九、為明瞭文字起源、文字結構、字體流變與文字聲韻關係，本書附錄王國維、黃季剛、陳新雄、王初慶諸位先生專文於後，以供讀者參考。

十、本書編有字形暨字音索引於書末，並附索引說明，以便讀者檢索。唯各字音讀概以正文所載為準，凡依據俗音或今讀未能檢索該字者，敬請改由部首筆劃檢索。

說文解字注（附錄）目次

附錄

說文解字注序

說文之爲書以文字而兼聲音訓詁者也凡許氏形聲讀若皆與古音相準或爲古之正音或爲古之合音方以類聚物以羣分循而攷之各有條理不得其遠近分合之故則或執今音以疑古音或執古之正音以疑古之合音而聲音之學晦矣說文之訓首列製字之本意而亦不廢假借凡言一曰及所引經類多有之蓋以廣異聞備多識而不限於一隅也不明乎假借之指則或據說文本字以改書傳假借之字或據說文引經假借之字以改經之本字而訓詁之學晦矣吾友段氏若膺於古音之條理察之精剖之密嘗爲六書音均表立十七部以綜核之因是爲說文注形聲讀若一以十七部之遠近分合求之而聲音之道大明於許氏之說正義借義知其典要觀其會通而引經與今本異者不以本字廢借字不以借字易本字揆諸經義例以本書若合符節而訓詁之道大明訓詁聲音明而小學明小學明而經學明蓋千七百年來無此作矣若夫辨點畫之正俗察篆隸之緐省沾沾自謂得之而於轉注假借之通例茫乎未之有聞是知有文字而不知有聲

音訓詁也其視若膺之學淺深相去爲何如邪余交若膺久知若膺深而又皆從事於小學故敢舉其犖犖大者以告綴學之士云嘉慶戊辰五月高郵王念孫序

說文解字注分卷目錄

目錄終

說文解字第一篇上

金壇段玉裁注

一 ㄧ 5影

一惟初大極道立於一造分天地化成萬物漢書曰元元本本數始於一**凡一之屬皆从一**一之形於六書爲指事凡云凡某之屬皆从某者自序所謂分別部居不相襍廁也爾雅方言所以發明轉注假借倉頡訓纂滂熹及凡將急就元尚飛龍聖皇諸篇僅以四言七言成文皆不言字形原委以字形爲書俾學者因形以考音與義實始於許功莫大焉於悉切古音第十二部○凡注言一部二部以至十七部者謂古韵也玉裁作六書音均表識古韵凡十七部自倉頡造字時至唐虞三代秦漢以及許叔重造說文曰某聲曰讀若某者皆條理合一不紊故既用徐鉉切音矣而又某字志之曰古音第幾部又恐學者未見六書音均之書不知其所謂乃於說文十五篇之後附六書音均表五篇俾形聲相表裏因耑推究於古形古音古義可互求焉

△弌

弌古文一凡言古文者謂倉頡所作古文也此書法後王尊漢制以小篆爲質而兼錄古文籀文所謂今敘篆文合以古籀也小篆之於古籀或仍之或省改之仍者十之八九省改者十之一二而已仍則小篆皆古籀也故不更出古籀省改則古籀非小篆也故更出之一二三之本古文明矣何以更出弌弍弎也蓋所謂卽古文而異者當謂之古文奇字

元 ㄩㄢˊ 3疑

元始也見爾雅釋詁九家易曰元者氣之始也**从一兀聲**徐氏鍇云不當有聲字以髡从兀聲軏从元聲例之徐說非古音元兀相爲平入也凡言从某某聲者謂於六書爲形聲也凡文字有義有形有音爾雅巳下義書也聲類巳下音書也說文形書也凡篆一字先訓其義若始也顚也是次釋其形若从某某聲是次釋其音若某聲及讀若某是合三者以完一篆故曰形書也愚袁切古音第十四部

天 ㄊㄧㄢ 6透

天顚也此以同部疊韵爲訓也凡門聞也戸護也尾微也髮拔也皆此例凡言元始也天顚也丕大也叓治人者也皆於六書爲轉注而微有差別元始可互言之天顚不可倒言之蓋求義則轉移皆是

舉物則定名難假然其爲訓詁則一也顚者人之項也以爲凡高之偁始者女之初也以爲凡起之偁然則天亦可爲凡顚之偁臣於君子於父妻於夫民於食皆曰天是也**至高無上从一大**至高無上是其大無有二也故从一大於六書爲會意凡會意合二字以成語如一大人言止戈皆是他前切十二部

丕 ㄆㄧ 24滂

丕大也見釋詁**从一不聲**敷悲切古音在第一部鋪怡切丕與不音同故古多用不爲丕如不顯卽丕顯之類於六書爲假借凡假借必同部同音○丕隸書中直引長故云丕之字不十漢石經作丕可證非與丕殊字也

吏 ㄌㄧˋ 24來

叓治人者也治與叓同在第一部此亦以同部疊韵爲訓也**从一从史**此亦會意也天下曰从一大此不曰从一史者叓必以一爲體以史爲用一與史二事故異其詞也史者記事者也**史亦聲**凡言亦聲者會意兼形聲也凡字有用六書之一者有兼六書之二者力置切一部

文五　重一此蓋許所記也每部記之以得其凡若干字也凡部之先後以形之相近爲次凡每部中字之先後以義之相引爲次顏氏家訓所謂隱括有條例也說文每部自首至尾次弟井井如一篇文字如一而元元始也始而後有天天莫大焉故次以丕而叓之从一終焉是也雍熙校刊部首某字說解爲大字巳下說解皆爲雙行小字絕非舊式

上 ㄕㄤˋ 15定

二高也此古文丄古文上作二故帝下旁下亓下皆云从古文上可以證古文本作二篆作丄各本誤以丄爲古文則不得不改篆文之上爲上而用上爲部首使下文从二之字皆無所統亓次於二之恉亦晦矣今正丄爲二上爲丄觀者勿疑怪可也凡說文一書以小篆爲質必先舉小篆後言古文作某此獨先舉古文後言小篆作某變例也以其屬皆从古文上不从小篆上故出變例而別白言之**指事也**凡指事之文絕少故顯白言之不於一下言之者一之爲指事不待言也象形者實有其物日月是也指事者不泥其物而言其事丄丅是也天地爲形天在上地在下地在上天在下則皆爲事**凡二之屬皆从二**時掌時亮二切

△丄　帝ㄉㄧˋ 11端　△帝　旁ㄆㄤˊ 15並

古音第十部

丄 篆文上 謂李斯小篆也今各本篆作丄後人所改

帝 諦也 見春秋元命苞春秋運斗樞毛詩故訓傳曰審諦如帝 王天下之號从二朿聲 都計切古音第十六部

帝 古文帝古文諸丄字皆从一篆文皆从二二古文上字 古文从一小篆从古文上者古今體異必云二古上字者明非二字也徐鍇曰古文上兩畫上短下長一二之二則兩畫齊等 䇂 俗本䇂下有言非也言从䇂舉䇂可以包言 示辰龍童音章皆从古文上 古文示作𠀀古文禮作𠁩古文辰作𠨹此古文从一小篆从二二之證然則古文以一爲二六書之假借也

旁 溥也 司馬相如封禪文曰旁魄四塞張揖曰旁衍也廣雅曰旁大也按旁讀如滂與溥雙聲後人訓側其義偏矣 从二闕 闕謂从冂之說未聞也李陽冰曰冂象旁達之形也按自序云其於所不知蓋闕如也凡言闕者或謂形或謂音或謂義分別讀之 方聲 凡徐氏鉉鍇二本不同各从其長者如此處錯作方聲闕闕字在方聲下於未聞从冂之說不暸故不从之是也後不悉注步光切十部

△旁　△雱　△旁　下ㄒㄧㄚˋ 13匣　△丅

旁 古文旁 以許說推之亦小篆从二古文从一也

旁 亦古文旁 李斯改一爲二則爲小篆

雱 籀文 詩雨雪其雱故訓傳曰雱盛皃即此字也籀文从雨衆多如雨意也毛云盛與許云溥正合今人不知旁雱同字音讀各殊古形古音古義皆廢矣

丅 底也 底當作氐广部曰底者山尻也一曰下也許氏解字多用轉注轉注者互訓也底云下也故下云底也此之謂轉注全書皆當以此求之抑此底字當作氐广部一曰下也四字疑後人所綴何者許書無低字日部昏下曰从氐省氐者下也正與此下者氐也爲轉注上高也下氐也高氐亦正相反相對今本氐篆解云至也亦當本作下也如是正之乃見許氏發揮轉注之恉有好學深思者當能心知其意也 从反二爲二 有物在一之下也此古文下本如此如冂字从古文下是也後人攺二爲丅謂之古文則不得不攺丅爲下謂之小篆文矣胡雅胡駕二切古音在第五部

丅 篆文下 今各本篆文作下後

△示　示ㄕˋ 4定　祜ㄏㄨˋ 13匣

人所改

文四　重六

示 天𠂹象見吉凶 見周易毄辭 所以示人也从二 古文上 三𠂹 謂川 日月星也觀乎天文以察時變 見周易賁象傳 示神事也 言天縣象箸明以示人聖人因以神道設教 凡示之屬皆从示 神至切古音第十五部中庸小雅以示爲寘

示 古文示 所謂古文諸丄字皆从一也

祜 上諱 言上諱者五禾部秀漢世祖名也艸部莊顯宗名也火部炟肅宗名也戈部肈孝和帝名也祜恭宗名也殤帝名隆不與焉伏侯古今注曰隆之字曰盛亦當言上諱明矣而五經異義云漢幼小諸帝皆不廟祭而祭於陵既不廟祭矣則不諱可知此許沖奏上時於隆字不曰上諱所由也諱止於世祖者記曰既卒哭宰夫執木鐸以徇於宮曰舍故而諱新故謂高祖祖之父當遷者杜預亦言自父至高祖皆不敢斥言計許君卒於恭宗已後自恭宗至世祖適五世世祖已上雖高帝不諱蓋漢制也此書之例當是不書其字但書上諱二字書其字則非諱也今本有篆文者後人補之不書故其詁訓形聲俱不言假令補之則曰祜福也从示古聲祜訓福則當與禄禠等爲類而列於首者尊君也古音第五部

△礼　禮ㄌㄧˇ 4來　禧ㄒㄧ 24曉　禛ㄓㄣ 6精

禮 履也 見禮記祭義周易序卦傳履足所依也引伸之凡所依皆曰履此假借之法屨履也禮履也履同而義不同 所以事神致福也从示从豐 禮有五經莫重於祭故禮字从示豐者行禮之器 豐亦聲 靈啓切十五部

禮 古文禮

禧 禮吉也 行禮獲吉也釋詁曰禧福也 从示喜聲 許其切一部

禛 以眞受福也从示眞聲 此亦當云从示从眞眞亦聲不言者省也聲與義同原故龤聲之偏旁多與字義相近此會意形聲兩兼之字致多也說文或偁其會意略其形聲或偁其形聲略其會意雖則渻文實欲互見不知此則聲與義隔又或如宋人字說祇有會意別無形聲

祿ㄌㄨˋ 17來　褫ㄙ 10心　禎ㄓㄣ 6端　祥ㄒㄧㄤˊ 15定　祉ㄓˇ 24透　福ㄈㄨˊ 25幫　祐ㄧㄡˋ 24匣　祺ㄑㄧˊ 24匣　△禥　祗ㄓ 4端　禔ㄊㄧˊ 10定　神ㄕㄣˊ 6定　祇ㄑㄧˊ 10匣

其失均誣矣側鄰切十二部

祿　福也　詩言福祿多不別商頌五篇兩言福三言祿大恉不殊釋詁毛詩傳皆曰祿福也此古義也鄭旣醉箋始爲分別之詞　**从示彔聲**　盧谷切三部

褫　福也　見釋詁張衡東京賦曰祈褫禳災　**从示虒聲**　息移切字林弋爾反十六部

禎　祥也　从示貞聲　陟盈切十一部

祥　福也　凡統言則災亦謂之祥析言則善者謂之祥　**从示羊聲**　似羊切十部鉉本此下有一云善三字淺人所增一書中此類不少

祉　福也　見釋詁　**从示止聲**　敕里切一部

福　備也　祭統曰賢者之祭也必受其福非世所謂福也福者備也備者百順之名也無所不順者之謂備按福備古音皆在第一部疊韵也鉉本作祐也非祐正世所謂福也　**从示畐聲**　方六切古音在一部

祐　助也　古祇作右　**从示右聲**　于救切古音在一部

祺　吉也　周頌曰維周之祺釋言曰祺祥也祺吉也　**从示其聲**　渠之切一部

禥　籒文从基　基聲也古其基通用如尚書丕丕基伏生作丕丕其是也

祗　敬也　見釋詁　**从示氐聲**　旨夷切古音凡氐聲字在第十五部凡氏聲字在第十六部此廣韵祇入五支祗入六脂所由分也鉉所據唐韵祗旨移切是孫愐祗入五支遠遜於宋廣韵所改定矣經典釋文於商頌上帝是祗諸時反則又闕入七之於孔子閒居諸夷反則固不誤此等學者所當審定畫一也

禔　安也　本安下有福今依李善文選注　**从示是聲**　司馬貞引說文帀支反此說文音隱所載也唐韵切同十六部　**易曰禔旣平**　周易坎九五祇旣平釋文曰祇京作禔按許自序所偁易孟氏京房受易焦延壽延壽嘗從孟喜問易虞翻自言臣高祖光曾祖成祖鳳父歆皆治孟氏易至臣五世翻注此爻云祇安也然則孟易作禔訓安甚明翻本作祇謂祇卽禔之假借與何人斯鄭箋正同氏是同在第十六部得相假借

神　天神引出萬物者也　天神引三字同在古音第十二部　**从示申聲**　食鄰切

祇　地祇提出萬物者也　地祇提三字同

祕ㄇㄧˋ 5幫　齋ㄓㄞ 4精　△[illegible]　禋ㄧㄣ 6影　△[illegible]　祭ㄐㄧˋ 2精　祀ㄙˋ 24定

在古音第十六部地本在十七部而多轉入十六部用　**从示氏聲**　巨支切古音十六部凡假借必取諸同部如周易无祇悔釋文云祇辭也馬同音之是反此讀祇爲語辭適也五經文字廣韵作祇者是也又云鄭云病也此讀祇爲疷與何人斯同也又云王肅作禔時支反陸云安也九家本作敊字音支韓伯祁支反云大也音讀皆在第十六部通志堂刻作无祇悔則誤○又祇旣平唐石經作祇釋文云京作禔說文同音支又上支反安也其讀亦皆在十六部又云鄭云當爲坻小丘也此則改爲第十五部字古人云當爲者皆是改其形誤之字此云當爲者以音近之字易之云讀如者以同音之字擬之此云當爲則鄭謂祇爲字之誤也○五經文字衣部曰祇止移切適也廣韵五支曰祇章移切適也唐石經祇旣平左傳祇見疏也詩祇攪我心詩論語亦祇以異字皆从衣正用張參字樣而張參以前顏師古注竇嬰傳曰祇適也音支其字从衣豈師古太宗朝刊定經籍皆用此說歟宋類篇則祇祇皆云適也不畫一韵會則从示之祇訓適也近日經典訓適者皆不从衣與唐不合

祕　神也　魯頌閟宮有侐箋曰閟神也此謂假借閟爲祕也　**从示必聲**　兵媚切古音在第十二部質櫛韵

齋　戒絜也　祭統曰齋之爲言齊也齊不齊以致齊者也齋戒或析言如七日戒三日齋是此以戒訓齋者統言則不別也　**从示齊省聲**　謂減齊之二畫使其字不緐重也凡字有不知省聲則眛其形聲者如融蠅之類是側皆切十五部

[illegible]　籒文齋从襄省　凡籒文多緐重

禋　絜祀也　韋昭注周語同釋詁禋祭也孫炎曰潔敬之祭也各本作潔依玉篇作絜　**一曰精意㠯享爲禋**　凡義有兩岐者出一曰之例山海經韓非子故訓傳皆然但說文多有淺人疑其不備而竄入者周語內史過曰精意以享禋也絜祀二字已苞之何必更端偁引乎舉此可以隅反　**从示垔聲**　於眞切古音在十三部尚書大傳以湮爲禋

[illegible]　籒文从宀

祭　祭祀也　統言則祭祀不別也　**从示㠯手持肉**　此合三字會意也子例切十五部

祀　祭無巳也　析言則祭無巳曰祀从巳而釋爲無巳此如治

△禩　祡 ㄔㄞˊ 10從　△𥛛　禷 ㄌㄟˋ 8來　祪 ㄍㄨㄟˇ 10見

曰亂徂曰存終則有始之義也釋詁曰祀祭也从示巳聲詳里切一部禩祀或从異周禮大宗伯小祝注皆云故書祀作禩按禩字見於故書是古文也篆隸有祀無禩是以漢儒杜子春鄭司農不識但云當爲祀讀爲祀而不敢直言古文祀葢其愼也至許乃定爲一字至魏時乃入三體石經古文祀巳聲異聲同在一部故異形而同字也

祡燒柴尞祭天也此從爾雅音義各本作燎非也火部曰尞祡祭天也此曰祡尞祭天也是爲轉注冣較然者柴與祡同此聲故燒柴祭曰祡釋天曰祭天曰燔柴祭法曰燔柴於泰壇祭天也孝經說曰封乎泰山考績祡尞郊特牲曰天子適四方先祡注所到必先燔柴有事於上帝从示此聲仕皆切十五部凡此聲亦多轉入十六部虞書曰虞書當爲唐書說見七篇禾部至于岱宗祡許自序偁書孔氏知古文尚書作祡不从木作柴也王制郊特牲大傳同

𥛛古文祡从隋省此葢壁中尚書作𥛛也既偁古文尚書作祡矣何以云壁中作𥛛也凡漢人云古文尚書者猶言古本尚書以別於夏矦歐陽尚書非其字皆倉頡古文也儀禮有古文今文亦猶言古本今本非一皆倉頡古文一皆隸書也如此字壁中簡作𥛛孔安國以今文讀之知𥛛即小篆祡字改从小篆作祡是孔氏古文尚書出於壁中云爾不必皆仍壁中字形也綴𥛛於祡下者猶周禮既从杜子春易字乃綴之云故書作某也隋聲古音在十七部此聲古音在十六部音轉冣近𥛛之爲祡猶玼瑳姕偨皆同字

禷以事類祭天神五經異義曰今尚書夏矦歐陽說禷祭天名也以禷祭天者以事類祭之以事類祭之何天位在南方就南郊祭之是也古尚書說非時祭天謂之禷言以事類告也肆禷于上帝時舜告攝非常祭也許君謹按周禮郊天無言禷者知禷非常祭從古尚書說玉裁按郊天不言禷而肆師類造上帝王制天子將出類於上帝皆主軍旅言凡經傳言禷者皆謂因事爲兆依郊禮而爲之說文亦从古尚書說从示類聲此當曰从示類類亦聲省文也力遂切十五部禮以類爲禷

祪祔祪祖也見釋詁祔謂新廟祪謂毀廟皆祖也說文併祔字連引之故次之以祔

一篇上　七

△祊

祔 ㄈㄨˋ 16並　祖 ㄗㄨˇ 13精　鬃 ㄅㄥ 15幫　祰 ㄍㄠˋ 22溪　祏 ㄕˊ 14定

从示危聲過委切十六部

祔後死者合食於先祖士虞禮卒哭明日以其班祔春秋左氏傳曰凡君薨卒哭而祔祔而作主特祀於主蒸嘗禘於廟春秋穀梁傳曰作主壞廟有時日於練焉士虞禮注與穀梁同从示付聲符遇切古音在第四部

祖始廟也始兼兩義新廟爲始遠廟亦爲始故祔祪皆曰祖也釋詁曰祖始也詩毛傳曰祖爲也皆引伸之義如初爲衣始引伸爲凡始也从示且聲則古切五部

鬃門內祭先祖所旁皇也舊所下有以今依詩爾雅音義旁或作徬傍彷皇或作徨皆俗詩毛傳曰祊門內也郊特牲曰索祭祝於祊不知神之所在於彼乎於此乎或諸遠人乎祭於祊尚曰求諸遠者與此旁皇之說也鬃旁皇三字疊韵从示彭聲補盲切古音在十部詩曰祝祭于鬃小雅楚茨文今作于祊

祊鬃或从方彭聲方聲同部

祰告祭也自祪以下六字皆主言祖廟故知告祭謂王制天子諸矦將出造乎禰曾子問諸矦適天子必告於祖奠於禰諸矦相見必告於禰反必親告於祖禰伏生尚書歸假於祖禰皆是也周禮六祈二曰造杜子春云造祭於祖也當許時禮家造字容有作祰者从示告聲苦浩切古音在第三部

祏宗廟主也五經異義今春秋公羊說祭有主者孝子以主繫心夏后氏以松殷人以柏周人以栗今論語說哀公問主於宰我宰我對曰夏后氏以松夏人都河東河東宜松也殷人以柏殷人都亳亳宜柏也周人以栗周人都豐鎬豐鎬宜栗也古周禮說虞主用桑練主用栗無夏后氏以松爲主之事許君謹按從周禮說論語所云謂社主也鄭君無駁五經要義曰木主之狀四方穿中央以達四方天子長尺二寸諸矦長尺皆刻謚於其背春秋左氏傳典司宗祏又曰使祝史徙主祏於周廟又曰反祏於西圃皆謂木主也主當同宀部作宔宔字下曰宗廟宔祏也祏字下曰宗廟宔也是爲轉注埶文類聚引作宗廟之木主曰祏周禮有郊宗石室五經異義古春秋左氏說古者日祭於祖考月薦於高曾時享及二祧歲祫及壇墠終禘及郊宗石室終者謂孝子三年喪終則禘於大廟以

一篇上　八

致新死者也又春秋左氏曰徙石主於周廟言宗廟有郊宗石室所以藏栗主也玉裁按郊宗石室蓋謂天子有之郊宗蓋謂郊鯀宗禹郊冥宗湯郊稷宗武王之類遠祖之室爲石室藏之至祭上帝於南郊祭五帝於明堂則奉其室以配食故謂之郊宗石室祭法周語皆言禘郊祖宗此舉郊宗以包禘祖也其餘毀廟之主亦附藏焉至禘祫而升合食於大祖故曰禘及郊宗石室云周禮者說左氏家謂成周之禮非謂周官經有此也 **一曰大夫㠯石爲主** 五經異義今春秋公羊說卿大夫士非有土子民之君不得祫享昭穆故無木主大夫束帛依神士結茅爲菆許君謹按春秋左氏傳曰衞孔悝反祏於西圃祏石主也言大夫以石爲主今山陽民俗祭皆以石爲主鄭君駁之曰大夫士無昭穆不得有主少牢饋食大夫禮也束帛依神特牲饋食士祭禮也結茅爲菆大夫以石爲主禮無明文孔悝之反祏有主者祭其所出之君爲之主耳玉裁按異義先出說文晚成多所更定故說文之說多有異於異義同於鄭駁者祏以宗廟主爲本義以大夫石主爲或義是也 **从示石** 許言周禮有石室言大夫以石爲主皆譌明从石會意之恉玉裁謂宗廟本木主而字从石者蓋取如石不可轉意石室自別是一事春秋之末大夫僭侈作主不可知云反祏者猶言反主耳不必以石爲之也摯虞決疑注曰凡廟之主藏於戶外北牖下有石函故名宗祏 **石亦聲** 常隻切古音在五部

𥘯ㄅㄧˇ 4幫

𥘯 㠯豚祠司命也 鄭注周禮曰求福曰禱得求曰祠此祠與春祭之祠異祭法注曰司命小神居人之閒司察小過作譴告者主督察三命今時民家或春秋祀司命風俗通義曰周禮司命文昌也今民閒祀司命刻木長尺二寸爲人像行者擔篋中居者別作小屋齋地大尊重之汝南餘郡亦多有皆祠以䐗率以春秋之月按䐗同豬許所謂豚也應說司命爲文昌鄭說人閒小神未知許意何居也許君竈字下說周禮以竈祝祀融用賈逵句芒祀於戶祝融祀於竈蓐收祀於門元冥祀於井后土祀於中霤之說鄭則云老婦之祭也報先炊之義斷非祝融然則許不必同鄭也 **从示比聲** 卑履切初學記引俾利反十五部 **漢律曰祠𥘯司命** 高帝時蕭何攈摭秦法取其宜於時者作律九

一篇上　九

祠ㄘˊ 24定

章至孝武時律令凡三百五十九章 **祠 春祭曰祠品物少多文辭也** 上言祠司命故次以祠辭與祠疊韵周禮以祠春享先王公羊傳曰春曰祠注祠猶食也猶繼嗣也春物始生孝子思親繼嗣而食之故曰祠許與何異 **从示司聲** 似兹切一部 **仲春之月祠不用犧牲用圭璧及皮幣** 此引月令證品物少多文辭也禮記祠作祀呂覽同淮南作祭及禮記呂覽淮南皆作更鄭曰更猶易也高誘曰更代也以圭璧皮幣代犧牲也說文祠及二字疑皆字之誤或曰漢時月令鄭君謂之今月令或與記不同說文䨲雨𠕋人皆今月令也○江沅曰言用不用代代義已瞭或更字卽及字義許據本作及也鄭訓易高訓代寘圭璧皮幣中間似未妥

礿ㄩㄝˋ 20定

礿 夏祭也 周禮以禴夏享先王公羊傳曰夏曰礿注始熟可汋故曰礿釋天曰春祭曰祠夏祭曰礿秋祭曰嘗冬祭曰烝孫炎曰礿祠之言食礿新菜可汋嘗嘗新穀烝進品物也汋與礿疊韵汋卽說文䰞字王制春曰礿夏曰禘與周禮異 **从示勺聲** 以灼切古音在第二部礿亦作禴勺龠同部

禘ㄉㄧˋ 11定

禘 諦祭也 言部曰諦者審也諦祭者祭之審諦者也何言乎審諦自來說者皆云審諦昭穆也諦有三有時諦有殷禘有大禘時諦者王制春曰礿夏曰禘秋曰嘗冬曰烝是也夏商之禮也殷禘者周春祠夏禴卽礿秋嘗冬烝以禘爲殷祭殷者盛也諦與祫皆合羣廟之主祭於大祖廟也大禘者大傳小記皆曰王者禘其祖之所自出以其祖配之謂王者之先祖皆感大微五帝之精以生皆用正歲之正月郊祭之孝經郊祀后稷以配天配靈威仰也毛詩言大禘者二曰雝禘大祖也大祖謂文王此言殷祭也曰長發大禘也此言商郊祭感生帝汁光紀以元配也云大禘者蓋謂其事大於宗廟之禘春秋經言諸侯之禮僖八年禘于太廟太廟謂周公廟魯之太祖也言天子宗廟之禘亦以尊太祖此正禮也其他經言吉禘于莊公傳之禘於武公禘於襄公禘於僖公皆專祭一公僭用禘名非成王賜魯之重祭周公得用禘禮之意也昭穆固有定曷爲審諦而定之也禘必羣廟之主皆合食恐有如夏父弗忌之逆祀亂昭穆者則順祀之也天子諸侯之禮兄弟或相爲後諸父諸子或相爲後祖行孫行或

一篇上　十

相爲後必後之者與所後者爲昭穆所後者昭則後之者穆所後者穆則後之者昭而不與族人同昭穆以重器授受爲昭穆不以世系蟬聯爲昭穆也故曰宗廟之禮所以序昭穆也宗廟之禮謂禘祭也禘之說大亂於唐之陸淳趙匡後儒襲之不可以不正 **从示帝聲** 特計切十六部 **周禮曰五歲一禘** 五經異義今春秋公羊說五年而再殷祭古春秋左氏說古者日祭於祖考月祀於高曾時享及二祧歲祫及壇墠終禘及郊宗石室許君謹案叔孫通宗廟有日祭月薦之禮知自古而然也三歲一祫此周禮也五歲一禘疑先王之禮也鄭君駁之曰三年一祫五年一禘百王通義以爲禮讖云殷之五年殷祭亦名禘也玉裁按此與公羊五年而再殷祭說正合今閩縣陳氏恭甫名壽祺云初學記藝文類聚引許異義文有譌脫當作三歲一祫五歲一禘此周禮也三歲一禘疑先王之禮也今脫四字譌一字陳說是也

祫 ㄒㄧㄚˊ 27匣

祫 大合祭先祖親疏遠近也 春秋文二年八月丁卯大事于大廟公羊傳曰大事者何大祫也大祫者何合祭也毀廟之主陳於大祖未毀廟之主皆升句合食於大祖兼上二者五年而再殷祭鄭康成曰魯禮三年喪畢而祫於大祖明年春禘於羣廟自此之後五年而再殷祭一祫一禘春秋經書祫謂之大事書禘謂之有事商頌元鳥祀高宗也鄭云祀當爲祫高宗崩而始合祭於契之廟歌是詩焉曾子問祫祭於大祖則祝迎四廟之主許言合祭先祖親疏遠近正用公羊大事傳禘之合食蓋同而以審禘會合分別其名亦分別其歲有三年五年之殊分別其時有夏秋之殊禘卽周禮之肆獻祼追亯祫卽周禮之饋食朝亯夏殷有時禘有時祫周禮禘祫皆爲殷祭非四時祭毛公傳曰諸侯夏禘則不禴秋祫則不嘗謂周禮諸侯禘在夏祫在秋則皆廢時祭天子則不廢時祭 **从示合** 會意不云合亦聲者省文重會意也侯夾切古音弟七部士虞禮今文祫爲合 **周禮曰三歲一祫** 网云周禮者以別於夏殷之禮网曰字皆衍文也

祼 ㄍㄨㄢˋ 1見

祼 灌祭也 詩毛傳曰祼灌鬯也周禮注曰祼之言灌灌以鬱鬯謂始獻尸求神時周人先求諸陰也 **从示果聲** 古玩切按此字從果爲聲古音在十七部大宗伯玉人字作果或作淉注兩言祼之言灌凡云之言者皆通其音義以爲詁訓非如讀爲之易其字讀如之定其音如載師載之言事族師師之言帥襢衣襢之言亶翣柳柳之言聚副編次副之言覆禋祀禋之言煙卝人卝之言礦皆是未嘗曰禋卽讀煙副卽讀覆也以是言之祼之音本讀如果卝之音本爲卵讀如鯤與灌礦爲雙聲後人竟讀灌讀礦全失鄭意古音有不見於周人有韵之文而可意知者此類是也

𥜒 ㄘㄨㄟˋ 2清

𥜒 數祭也 廣雅釋詁曰毳謝也釋天曰毳祭也數讀數罟之數雙聲也 **从示毳聲讀若春麥爲毳之毳** 凡言讀若者皆擬其音也凡傳注言讀爲者皆易其字也注經必兼茲二者故有讀爲有讀若讀爲亦言讀曰讀若亦言讀如字書但言其本字本音故有讀若無讀爲也讀爲讀若之分唐人作正義已不能知爲與若兩字注中時有譌亂爲毳之毳字从木各本譌从示不可解廣雅毳春也楚芮反說文無毳字卽臼部春去麥皮曰臿也江氏聲云說文解說內或用方言俗字篆文則仍不載𥜒此芮切十五部

祝 ㄓㄨˋ 22端

祝 祭主贊詞者从示从儿口 此以三字會意謂以人口交神也 **一曰从兌省易曰兌爲口爲巫** 此字形之別說也凡一曰有言義者有言形者有言聲者引易者說卦文兌爲口舌爲巫故祝从兌省此可證虙羲先倉頡製字矣凡引經傳有證義者有證形者有證聲者此引易證形也之六切三部

福 ㄌㄧㄡˋ 21來

福 祝福也 惠氏士奇曰素問黃帝曰古之治病可祝由而已祝由卽祝福也已止也玉裁按玉篇曰古文作袖 **从示畱聲** 力救切玉篇除霤切三部

祓 ㄈㄨˊ 2滂

祓 除惡祭也从示犮聲 敷勿切十五部

祈 ㄑㄧˊ 9匣

祈 求福也 祈求雙聲 **从示斤聲** 渠稀切古音在十三部音芹此如旂字古今音異

禱 ㄉㄠˇ 21端

禱 告事求福也 禱告求三字疊韵 **从示壽聲** 都浩切古音在三部 **𥙉 禱或省 𥜢 籒文禱** 以眞致福意疑下從夂非從夊也夂陟侈切

△ 禂

△ 𥜢

禜 ㄩㄥˊ 12匣

禜 設緜蕝爲營㠯禳風雨雪霜水旱厲疫于日月星辰山川也 史記漢書叔孫通傳皆云爲緜蕞野外習之韋昭云引繩爲緜立表

禳ㄖㄤˊ 15泥　禬ㄍㄨㄟˋ 2見　禪ㄕㄢˋ 3定　禦ㄩˋ 13疑　祮ㄍㄨㄚ 2見　禖ㄇㄟˊ 24明

爲蕞蕞卽蕝也詳艸部凡環帀爲營禜營疊韵左氏傳子產曰山川之神則水旱癘疫之災於是乎禜之日月星辰之神則雪霜風雨之不時於是乎禜之許與鄭司農周禮注引皆先日月星辰與今本不同也**从示从營省聲**下从字度他字下皆當有後人刪之爲命切十一部**一曰禜**逗**衞使災不生**此字義之別說也上言禳之於巳至此言禦之於未來鉉本此下引禮記雩禜祭水旱誤用鍇語爲正文也

禳　磔禳逗**祀除厲殃也**厲殃謂厲鬼凶害各本作癘誤月令三月命國難九門磔禳以畢春氣注此月之中日行歷昴昴有大陵積尸氣佚則厲鬼隨而出行命方相氏毆疫又磔牲以禳於四方之神所以畢止其災又十二月命有司大難旁磔注此月之中日歷虛危虛危有墳墓四司之氣爲厲鬼將隨強陰出害人也旁磔於四方之門磔禳也按許與月令注合周禮注曰卻變異曰禳禳攘也與許異**古者燧人禜子所造**未聞禜子爲其子禜災也**从示襄聲**汝羊切十部

禬　會福祭也周禮注曰除災害曰禬禬刮去也與許異**从示會聲**此等皆舉形聲包會意古外切十五部**周禮曰禬之祝號**周禮詛祝文

禪　祭天也从示單聲凡封土爲壇除地爲墠古封禪字葢祇作墠項威曰除地爲墠後改墠曰禪神之矣服虔曰封者增天之高歸功於天禪者廣土地應劭亦云封爲增高禪爲祀地惟張晏云天高不可及於泰山上立封又禪而祭之冀近神靈也元鼎二年紀云望見泰一修天文襢襢卽古禪字是可證禪亦祭天之名但禪訓祭天似當與柴爲伍不當廁此時戰切十四部

禦　祀也从示御聲後人用此爲禁禦字疑舉切五部古只用御字

祮　祀也从示𠯑聲古末切周禮注禬刮去也疑祮乃禬字之或體也十五部已上三篆疑後人所增

禖　祭也謂祭名也商頌傳曰春分玄鳥降湯之先祖有娀氏女簡狄配高辛氏帝帝率與之祈於郊禖而生契故本其爲天所命以玄鳥至而生焉雅傳曰古者必立郊禖焉玄鳥至之日以大牢祀於郊禖天子親往后妃率九嬪御乃禮天子所御帶以弓韣授以弓矢於郊禖之前玉裁按據此則禖神之祀不始於高辛明矣鄭注月令云玄鳥媒氏之官以爲候高辛氏之世玄鳥遺卵娀簡吞之而生契後王以爲媒官嘉祥而立其祠焉變媒言禖神之也注禮記時未專信毛詩故說鉏鋙爾鄭志焦喬之荅回護鄭公殊爲詞費**从示某聲**莫桮切古音在一部

⿰示胥ㄒㄩˇ 13心　祳ㄔㄣˊ 9定　祴ㄍㄞ 25見　禡ㄇㄚˋ 13明　禂ㄉㄠˇ 21端

⿰示胥　祭具也山海經離騷經皆作糈王逸曰糈精米所以享神郭璞曰糈祭神之米名疑許君所據二書作⿰示胥**从示胥聲**私呂切五部

祳　社肉盛之以蜃故謂之祳五經異義曰古左氏說脤社祭之肉盛之以蜃鄭注掌蜃杜注左傳皆同蜃祳疊韵經典祳多从肉作脤詩緜箋掌蜃注徑用蜃爲祳字**天子所以親遺同姓**大宗伯以脤膰之禮親兄弟之國大行人歸脤以交諸侯之福**从示辰聲**時忍切古音在十三部**春秋傳曰石尚來歸祳**春秋經定公十四年文凡說文引春秋經皆繫諸傳謂左氏春秋有此文也

祴　宗廟奏祴樂宗廟中賓醉而出奏祴夏故字從示**从示戒聲**古哀切一部

禡　師行所止恐有慢其神下而祀之曰禡釋天曰是禷是禡師祭也王制注云爲兵禱周禮肆師甸祝皆作貉杜鄭讀貉爲十百之百云爲師祭造軍法者禱氣勢之十百增倍許說不同者許時古今說具在五經異義今巳亾又賈氏周禮解詁亦亾不詳其所本也**从示馬聲**莫駕切古音在五部**周禮禡於所征之地**王制文

禂　禱牲馬祭也甸祝禂牲禂馬杜子春云禂禱也爲馬禱無疾爲田禱多獲禽牲詩云既伯既禱爾雅曰既伯既禱伯馬祭也玉裁按此許說所本杜引詩者以伯證禱馬毛傳云伯馬祖也重物愼微將用馬力必先爲之禱其祖此周禮之禂馬也又云禱禱獲也此釋既禱周禮之禂牲也杜本毛說鄭君易杜說云禂讀如伏誅之誅今侏大字也爲牲祭求肥充爲馬祭求肥健鄭以上文既有表貉釋爲禱氣勢之十百而多獲不當禂牲又云禱多獲禽牲故必易爲侏大而後安今本爾雅周禮注馬祭之上皆脫伯字**从示周聲**都皓切五經文字直由反又音誅古音在三部

△騳

社 ㄕㄜˋ 13 定

○鍇引詩曰既禡既禂詩無此語鉉又誤入正文 騳 鉉本作騳 或从馬壽省聲 此字从馬則不該云咼聲足矣不當取省聲

社 地主也 五經異義今孝經說曰社者土地之主土地廣博不可偏敬封五土以爲社古左氏說共工爲后土爲社許君謹案曰春秋稱公社今人謂社神爲社公故知社是上公非地祇鄭駁之云社祭土而主陰氣又云社者神地之道謂社神但言上公失之矣人亦謂雷曰雷公天曰天公豈上公也宗伯以血祭祭社稷五祀五嶽社稷之神若是句龍柱棄不得先五嶽而食又引司徒五土名又引大司樂五變而致介物及土示土示五土之總神即謂社也六樂於五地無原隰而有土祇則土祇與原隰同用樂也玉裁按許訓社爲地主此用今孝經說而以地主也从示土之云先於左氏傳則與異義从左氏說者不符蓋許君異義先成說文晚定往往有說文之說早同於鄭君之駁者如社稷昊天聖人感天而生三窓等皆是也 从示土 鍇土下本無聲字韵會所引是也地主爲社故字从示土 春秋傳曰共工之子句龍爲社神 左氏傳昭公廿九年史墨曰共工氏有子曰句龍爲后土后土爲社許既从今孝經說矣又引古左氏說者此與心字云土藏也象形博士說以爲火藏一例兼存異說也鄭駁異義以爲社者五土之神能生萬物者以古之有大功者配之然則句龍配五土之神祭於社 周禮二十五家爲社 風俗通義曰周禮說二十五家爲社但爲田祖報求許云周禮者周禮說也賈逵杜預注左傳高誘注呂覽薛瓚注五行志皆同晏子春秋桓公以書社五百里封管仲呂覽越以書社三百里封墨子史記將以書社七百里封孔子皆謂二十五家爲里里有社故云書社若千里鄭駁異義引州長職曰以歲時祭祀州社是二千五百家爲社也祭法大夫以下成羣立社曰置社注云大夫以下謂下至庶人也大夫不得特立社與民族居百家以上則共立一社今時里社是也引郊特牲唯爲社事單出里是鄭不用周禮說與許異 各樹其土所宜木 大司徒設其社稷之壝而樹之田主各以其野之所宜木遂以名其社與其野注所宜木謂若松柏栗也若以松爲社者則名松社五經異義許君謹案論語所云謂社主也鄭無駁注周禮從許義按莊周書之櫟社高祖所禱之枌榆社皆以木名社之遺韓非子云社木者樹木而塗之鼠穿其閒堀穴託其中熏之則恐焚木灌之則恐塗阤此可見樹木爲主之制○社爲地主而尊天親地二十五家得立之故字不與柴禷爲伍常者切古音在五部

△⿱𩫖示

祘 ㄙㄨㄢˋ 3 心　祅 ㄧㄠ 19 影　祟 ㄙㄨㄟˋ 8 心　禍 ㄏㄨㄛˋ 1 匣　祲 ㄐㄧㄣ 28 精　裼 ㄧㄤˊ 15 定　△社

⿰示⿱木土 古文社 各本從示非古文也今依夏氏竦古文四聲韵所引從木者各樹其土所宜木也

裼 道上祭 史游急就篇曰謁禓塞王伯厚曰周禮注衍祭羡之道中如今祭殤 从示易聲 與章切十部按郊特牲鄉人禓孔子朝服立於阼即論語鄉人難朝服而立於阼階也注禓或爲獻或爲儺凡云或爲者必此彼音讀有相通之理易聲與獻儺音理遠隔記當本是禓字從示易聲則與獻儺差近徐仙民音禓爲儺當由本是禓字相傳讀儺也

祲 精气感祥 气氣古今字周禮眂祲注祲陰陽氣相侵漸成祥者魏志高堂隆傳孔子曰災者修類應行精祲相感 从示侵省聲 子林切七部 春秋傳曰見赤黑之祲是 左氏傳昭公十五年梓愼知爲喪氛

禍 害也 禍害雙聲 神不福也从示咼聲 胡果切十七部

祟 神禍也 釋[元]應衆經音義曰謂鬼神作災禍也 从示出 按出亦聲雖遂切十五部

⿱𩫖示 籀文祟从𩫖省 瀆於鬼神則致祟故从𩫖省

祅 地反物爲祅也 左氏傳伯宗曰天反時爲災地反物爲妖民反德爲亂亂則妖災生釋例曰此傳地反物惟言妖耳洪範五行傳則妖孽禍痾眚祥六者以積漸爲義按虫部云衣服歌謠艸木之怪謂之祅禽獸蟲蝗之怪謂之蠥此葢統言皆謂之祅析言則祅蠥異也祅省作祅經傳通作妖 从示芺聲 於喬切二部

祘 明視㠯筭之 从二示 示與視筭與祘皆疊韵也明視故从二示 逸周書曰 藝文志周書七十一篇周史記也劉向曰葢孔子所論百篇之餘故許君謂之逸周書亦以別於倂尚書之周書免學者惑也 士分民之祘 今逸周書無此語當在亾篇內 均分㠯祘之也 此釋逸周書語或曰本典解均分以利之

禫 ㄉㄢˋ 28定　禁 ㄐㄧㄣˋ 28見　三 ㄙㄢ 28心　△弎

則民安卽此句也**讀若簭**蘇貫切十四部

禁　吉凶之忌也禁忌雙聲忌古亦讀如記也曲禮曰入竟而問禁**从示林聲**居蔭切七部當次祘之前

禫　除服祭也士虞禮記曰中月而禫注中猶閒也禫祭名也與大祥閒一月自喪至此凡二十七月禫之言澹澹然平安意也**从示覃聲**徒感切古音在七部玉裁按說文一書三言讀若三年導服之導考士虞禮注曰古文禫或爲導喪大記注曰禫或皆作道許君蓋從古文不錄今文禫字且祘字重示當居部末如顛聑聶驫猋皆居部末是也祘字下出禫字疑是後人增益鄭君从禫許君从導各有所受之也

文六十三　重十三六十三錯本作六十五禫下有禰⿰示虘二字云禰秋畋也从示爾聲⿰示虘祝也从示虘聲卽犬部之獮言部之詛也用此知說文多爲淺人增竄部末凡數多非原文示部鉉六十三錯六十五可證又鉉新附有禰祧祆祚四字禰訓親廟泥米切據五經文字序若祧禰逌遥之類說文漏略今得之於字林禰廟之字許意蓋欲以爾遝槼之周禮故書祧作濯鄭司農濯讀爲祧或許君意在別裁謂祧字不古當從故書祧則後人杜撰祚則胙之俗也然則今可用乎曰祆於經無所用之祚則用胙祧則鄭時禮經固爾呂忱巳補入字林禰字自今文堯典早有此字何休云父死稱考入廟稱禰舊說云雖入廟而猶最近於己故从示旁爾行之久遠安可不用也

三　數名天地人之道也陳煥曰數者易數也三兼陰陽之數言一下曰道立於一二下曰地之數王下曰三者天地人也老子曰一生二二生三三生萬物此釋三之義下釋三之形故以於文二字別言之**於文一耦二爲三成數也**此依韵會所引韵會多據鍇本今鍇本又非舊矣耦各本作偶今正二下曰从一耦一以一儷一也此曰一耦二爲三以一儷二也今又皆脫一字三畫而三才之道在焉故謂之成數又字下曰手之列多略不過三**凡三之屬皆从三**甦甘切古音在七部

弎　古文三

王 ㄨㄤˊ 15匣　△𤣩　閏 ㄖㄨㄣˋ 9泥　皇 ㄏㄨㄤˊ 15匣

文一　重一

王　天下所歸往也見白虎通王往疊韵**董仲舒曰古之造文者三畫而連其中謂之王三者天地人也而參通之者王也**見春秋緐露引之說字形也韋昭注國語曰參三也**孔子曰一貫三爲王**又引孔子語證董說**凡王之屬皆从王**雨方切十部

𤣩　古文王

閏　餘分之月五歲再閏也戴先生原象曰日循黃道右旋邪絡乎赤道而南北凡三百六十五日小餘不滿四分日之一日發斂一終月道邪交乎黃道凡二十七日小餘過日之半月逡其道一終日月之會凡二十九日小餘過日之半以起朔十二朔凡三百五十四日有奇分而近歲終積其差數置閏月然後時序之從乎日行發斂者以正故堯典曰朞三百有六旬有六日以閏月正四時成歲言六日者舉成數玉裁按五歲再閏而無餘日**告朔之禮天子居宗廟閏月居門中从王在門中周禮閏月王居門中終月也**此說字形也周禮大史閏月詔王居門終月注謂路寢門也鄭司農云月令十二月分在靑陽明堂總章元堂左右之位惟閏月無所居居於門故於文王在門謂之閏玉藻天子元端而朝日於東門之外聽朔於南門之外閏月則闔門左扉立於其中玉裁按古路寢明堂大廟異名而實一也當云告朔之禮天子居明堂如順切十三部

皇　大也見詩毛傳**从自王**依韵會補王字**自始也始王者三皇**王各本譌皇今正先鄭注周禮云四類三皇五帝九皇六十四民咸祀之尚書大傳燧人爲燧皇伏羲爲羲皇神農爲農皇譙周說同白虎通曰三皇者何伏羲神農燧人則改燧人居第三恐非舊也鄭依春秋緯伏羲女媧神農爲三皇皇甫謐說同**大君也**始王天下是大君也故號之曰皇因以爲凡大之稱此說字形會意之恉幷字

玉ㄩˋ 17疑

義訓大之所由來也皇本大君因之凡大皆曰皇假借之法準此矣自讀若鼻自下曰鼻也則自鼻二字爲轉注此曰自讀若鼻言皇字所从之自讀若鼻其音同也今俗以作始生子爲鼻子是楊氏雄方言曰鼻始也嘼之初生謂之鼻人之初生謂之首許謂始生子爲鼻子字本作鼻今俗乃以自字爲之徑作自子此可知自與鼻不但義同而且音同相假借也今俗謂漢時也鉉本無作字誤錯本有新刻刪之胡光切十部

文三　重一

王石之美有五德者者字新補潤澤以溫仁之方也䚡理自外可以知中義之方也其聲舒揚尃以遠聞尃錯作專音敷布也玉裁按汲古閣毛氏刊鉉本初作尃後改作專非也管子曰叩之其音清搏徹遠純而不殺搏古專壹字今本作搏葢非此專謂專壹也上云舒揚矣則不必更云專智之方也不撓而折謂雖折而不撓管子孫卿皆作折而不撓勇之方也銳廉而不忮忮很也絜之方也絜取圜轉之義凡度直曰度圜度曰絜管子孫卿皆作廉而不劌行也已上禮記聘義管子水地孫卿法行辭皆不同象三玉之連謂三也丨其貫也貫謂如璧有絪褋佩有組聘圭有繫瑬有五采絲繩苟偃以朱絲係玉二轂之類凡玉之屬皆从玉魚欲切三部

𤣩古文玉

△玉

璙ㄌㄧㄠˊ 19來

璙玉也謂玉名也如毛傳㠸山也釋山也之例不言山名也古傳注多不言名从王尞聲洛蕭切二部

瓘ㄍㄨㄢˋ 3見

瓘玉也左氏傳齊有陳瓘字子玉从王雚聲工玩切十四部春秋傳曰瓘斝左氏傳昭公十七年裨竈曰我用瓘斝玉瓚鄭必不火

璥ㄐㄧㄥˇ 12見

璥玉也从王敬聲居領切十一部

琠ㄊㄧㄢˇ 3端

琠玉也从王典聲多殄切古音在十三部玉篇曰古文作㻛

瓇ㄋㄠˊ 21泥

瓇玉也从王夒聲讀若柔耳尤切三部

璬ㄌㄧˋ 11來

璬玉也从王毄聲讀若鬲郎擊切十六部

璠ㄈㄢˊ 3並

璠璵逗與各本作璵鉉本有篆文璵字云說文闕載依注所有增爲十九文之一錯本則張次立補之考左傳釋文曰璵本又作與音餘此可證古本左傳說文皆不从玉後人輒加篆文之璵可勿補也又各本作璵璠今依太平御覽所引作璠璵法言亦作璠璵魯之寶玉左氏傳定公五年季平子卒陽虎將以與璠斂今本左傳上與下璠許君所據不同从王番聲附袁切十四部孔子曰美哉璠與遠而望之奐若也文采之皃御覽作奐近而視之瑟若也瑟同璱一則理勝謂奐若二則孚勝謂瑟若此葢出逸論語御覽引正作逸論語

瑾ㄐㄧㄣˇ 9見

瑾瑾瑜逗美玉也左氏傳曰瑾瑜匿瑕山海經黃帝乃取密山之玉榮而投之鍾山之陽瑾瑜之玉爲良王逸注九章云瑾瑜美玉也从王堇聲居隱切十三部

瑜ㄩˊ 16定

瑜瑾瑜也凡合二字成文如瑾瑜玫瑰之類其義既舉於上字則下字例不復舉俗本多亂之此也字之上有美玉二字是从王俞聲羊朱切古音在四部

玒ㄍㄨㄥ 18匣

玒玉也从王工聲戶工切九部

琜ㄌㄞˊ 24來

琜琜瓄逗玉也廣雅玉類有琜瓄按說解有瓄而無篆文瓄者葢古祇用賣後人加偏旁許君書或本說解內作賣或說解內不妨從俗而篆文則不錄也从王來聲落哀切一部瓄曹憲音瀆

瓊ㄑㄩㄥˊ 3匣

瓊亦玉也亦各本作赤非說文時有言亦者如李賢所引診亦視也鳥部鸑亦神靈之精也之類此上下文皆云玉也則瓊亦當爲玉名倘是赤玉當廁璊瑕二篆閒矣離騷曰折瓊枝以爲羞廣雅玉類首瓊支此瓊爲玉名之證也唐人陸德明張守節皆引作赤玉則其誤已久詩瓊琚瓊瑤瓊華瓊瑩瓊英瓊瑰毛傳云瓊玉之美者也葢瓊支爲玉之最美者故廣雅言玉首瓊支因而引伸凡玉石之美皆謂之瓊應劭曰瓊玉之華也是其理也从王敻聲渠營切古音在十四部招魂瓊與姦安軒山連寒湲蘭筵韻

△璚

璚瓊或从矞矞聲也矞爲敻之入聲角部觼或作鐍此十四部與十五部合音之理

△瓗　琍ㄌㄚˋ 2來　珦ㄒㄧㄤˋ 15曉　珣ㄒㄩㄣ 6心　璐ㄌㄨˋ 14來　瓚ㄗㄢˋ 3從　瑛ㄧㄥ 15影　璑ㄨˊ 13明

瓗 瓊或从瓗巂聲也此十四部與十六部合音之理虫部蠵亦作蠳

珦 玉也从王向聲許亮切十部

琍 玉也从王剌聲盧達切十五部

珣 醫無閭之珣玕璂爾雅曰東北之美者有醫無閭之珣玕琪焉璂琪同醫無閭山名在今盛京錦州府廣寧縣西十里屈原賦謂之於微閭珣玕璂合三字爲玉名玕璂二字又各有本義故不連舉其篆也蓋醫無閭珣玕璂皆東夷語周書所謂夷玉也夷玉顧命文鄭注云東北之珣玕琪也从王旬聲相倫切十二部一曰玉器此字義別說也周禮玉瑞玉器注曰禮神曰器爾雅璧大六寸謂之宣郊祀志有司奉瑄玉詛楚文殸用吉王宣璧皆卽珣字讀若宣謂訓器則讀若宣也音轉入十四部如毛詩于嗟洵兮韓詩洵作夐之比

璐 玉也九章被明月兮佩寶璐王逸注寶璐美玉也从王路聲洛故切五部

瓚 三玉二石也从王贊聲徂贊切十四部禮天子用全純玉也上公用駹四玉一石侯用瓚伯用埒玉石半相埒也攷工記玉人曰天子用全上公用龍侯用瓚伯用將注鄭司農云全純色也龍當爲尨尨謂雜色元謂全純玉也瓚讀如餐饡之饡龍瓚將皆雜名也卑者下尊以輕重爲差玉多則重石多則輕公侯四玉一石伯子男三玉二石按許君龍作駹從先鄭易字也埒許鄭同皆不作將倘是將字鄭不得釋爲雜鄭已後傳寫失之鄭云公侯四玉一石則記文不當公侯分別異名許說爲長戴先生曰此蓋泛記用玉爲飾之等玉裁謂此與祼圭之瓚異義許不言祼圭之瓚者蓋其字古祇作贊黃金爲勺不用玉也詩謂之玉贊圭贊者以贊助祼圭也

瑛 玉光也山海經言玉榮離騷孝經援神契雒書皆言玉英淮南鴻烈曰龍淵有玉英高注英精光也从王英聲於京切古音在十部

璑 三采玉也周禮故書璑玉三采注曰璑惡玉名江沅曰惡王者亞次之玉也古惡亞字通廣雅玉類有璑玉裁按天子純玉公四玉一石侯三玉二石故書作璑新書作琨皆謂石之次玉者諸公之冕璑玉三采謂以璑雜玉備三采下於天子純玉備五采也許云三采玉謂之璑誤矣从王無聲武無切徐堅引說文音舞五部

一篇上　廿二

玊ㄙㄨˋ 22心　璿ㄒㄩㄢˊ 3定　△琁　△𤫟

玊 朽玉也从王有點讀若畜牧之畜各本篆文作琇解云从玉有聲今訂正史記公玉帶索隱曰三輔決錄注云杜陵有玉氏音肅說文以爲从王音畜牧之畜此可證唐本但作玉不作琇廣韻一屋云玉音肅朽玉此說文本字四十九宥云琇音齅此從俗字玉篇玉欣救思六二切此說文本字琇許救切引說文朽玉也此後人據俗本說文所增佩觿曰玉有欣救魚錄息足相逐四翻俗別爲王郭云別爲王者謂玉石字點在三畫之側欣救息足相逐三切點在二畫之側也蓋後人以朽玉字爲玉石字以別於帝王字復高其點爲朽玉玉姓字以別於玉石字又或改說文从王加點爲从王有聲作琇亦以別於玉石字也朽玉者謂玉有瑕㓠故从玉加點以象形淮南書云夏后之璜不能無考考朽古音同史記藺相如曰璧有瑕請指示王从王加點謂可指示也畜牧字依說文本作嘼許救許六二切玉音同之杜陵玉姓音肅雙聲也三部

璿 美玉也山海經西王母之山有璿瑰瑤碧郭傳璿瑰玉名竹書穆天子傳重䩻氏之所守曰枝斯璿瑰郭注璿瑰玉名引左傳贈我以璿瑰按左傳成公十八年今本作瓊瑰僖公廿八年璿弁今本作瓊弁張守節史記璿璣作瓊璣璿與瓊古書多相亂璿瑰郭音旋回合二字爲美玉名山海經單言琁者亦美玉也从王睿聲似沿切十四部春秋傳曰璿弁玉纓見上張衡西京賦璿弁玉纓薛敬文解弁馬冠也又髦以璿玉作之纓馬鞅也以玉飾之錯本弁作冠諱李昇嫌名也

琁 璿或从旋省各本廁瓊璚瓗三字之下解云瓊或从旋省考文選陶徵士誄璿玉致美李善注曰山海經云升山黃酸之水出焉其中多琁玉說文云琁亦璿字李氏以琁注璿引說文爲證然則李所據說文不同今本今據以訂正楊倞注孫卿引說文琁赤玉音瓊則同今本矣中山經海內西經言琁者皆美玉也郭云琁石次玉者也又云琁玉類又云璿瑰亦玉名是未知璿琁同字矣

𤫟 籀文璿奴部曰壡籀文叡疑此籀文當作𤫟壡聲小篆叡字省大篆爲之

一篇上　廿三

△璿　△璆　球ㄑㄧㄡˊ 21匣　琳ㄌㄧㄣˊ 28來　璧ㄅㄧˋ 11幫　瑗ㄩㄢˋ 3匣　環ㄏㄨㄢˊ 3匣

也璿古文璿疑當古文作璿小篆作璿球玉也鉉本玉磬也非爾雅釋器曰璆美玉也禹貢禮器鄭注同商頌小球大球傳曰球玉磬也按磬以球爲之故名球非球之本訓爲玉磬从王求聲巨鳩切三部璆球或从翏求翏二聲同三部琳美玉也高注淮南王注楚辭李孫郭注爾雅皆曰琳美玉名某氏注尚書曰琳玉名从王林聲力尋切七部璧瑞玉圜也瑞以玉爲信也釋器肉倍好謂之璧邊大孔小也鄭注周禮曰璧圜象天从王辟聲比激切十六部瑗大孔璧釋器曰好倍肉謂之瑗孔大於邊也人君上除陛以相引未聞瑗引雙聲孫卿曰聘人以珪召人以瑗爾雅曰好倍肉謂之瑗肉倍好謂之璧釋器文好謂孔肉謂邊也从王爰聲王眷切十四部環璧肉好若一謂之環亦見釋器古者還人以環亦瑞玉也鄭注經解曰環取其無窮止肉上舊衍也字从王睘聲戶關

璜ㄏㄨㄤˊ 15匣　琮ㄘㄨㄥˊ 23從　琥ㄏㄨˇ 13曉

切十四部環引伸爲圜繞無端之義古祇用還璜半璧也鄭注周禮高注淮南同按大戴禮佩玉下有雙璜皆半規似璜而小古者天子辟廱築土雝水之外圜如璧諸侯泮宮泮之言半也蓋東西門以南通水北無也鄭箋詩云爾然則辟廱似璧泮宮似璜此黌字之所由製歟从王黃聲戶光切十部琮瑞玉大八寸似車釭鄭注周禮曰琮八方象地玉人曰大琮尺二寸射四寸注射其外鉏牙疏云角各出二寸兩相并四寸也玉裁按除去射四寸則大琮八方之徑八寸許云瑞玉大八寸者謂大琮也其他琮不言射惟瑑琮大八寸如車釭者蓋車轂空中不正圜爲八觚形琮似之琮釭疊韻从王宗聲藏宗切九部琥發兵瑞玉周禮牙璋以起軍旅以治兵守不以琥也漢與郡國守相爲銅虎符銅虎符從第一至第五國家當發兵遣使者至郡國合符符合乃聽受之蓋以代牙璋也許所云未聞爲虎文瑑虎爲文也鄭注周禮琥猛象秋嚴从王虎聲呼古切五部春秋傳曰賜子家子雙琥

瓏ㄌㄨㄥˊ 18來　琬ㄨㄢˇ 3影　璋ㄓㄤ 15端

是昭公卅二年左傳文瓏禱旱玉也未聞爲龍文瑑龍爲文也左傳昭公使公衍獻龍輔於齊侯正義引說文爲說从王龍聲力鍾切九部琬圭有琬者此當作圭首宛宛者轉寫譌脫也琬宛疊韻先鄭云琬圭無鋒芒故以治德結好後鄭云琬猶圜也王使之瑞節也戴先生曰凡圭剡上寸半直剡之倨句中矩琬圭穹隆而起宛然上見玉裁謂圜剡之故曰圭首宛宛者與丘上有丘爲宛丘同義爾雅又云宛中宛丘此與毛傳四方高中央下曰宛丘釋名丘宛宛如偃器正同謂窊其中宛宛然也二義相反俱得云宛爾雅兼采異說郭說宛中失之从王宛聲於阮切十四部璋剡上爲圭聘禮記曰圭剡上寸半雜記曰剡上左右各半寸半圭爲璋見詩毛傳及公羊傳注周禮注从王章聲諸良切十部禮六幣圭以馬璋以皮璧以帛琮以錦琥以繡璜以黼見周禮小行人注六幣所以享也享天子用璧享后用琮皆有庭實以馬若皮皮虎豹皮也用圭璋

琰ㄧㄢˇ 32定　玠ㄐㄧㄝˋ 2見　瑒ㄔㄤˋ 15透

者二王之後也二王後尊故享用圭璋而特之其於諸侯亦用璧琮耳子男於諸侯則享用琥璜下其瑞也按六玉皆見上文圭見璋字下故引禮總言其所用之幣琰璧上起美色也璧當爲圭也當爲者周禮注云凡圭剡上寸半琰圭剡半以上又半爲瑑飾許云起美色蓋與鄭意同或當作圭剡上起美飾者若高注淮南顏注司馬相如傳皆云琬琰美玉一名此當合二字爲一名別是一物尚書玉五重琬琰亦是一物非周禮之二圭也从王炎聲以冉切古音第八部玠大圭也攷工記天子鎭圭諸侯命圭戴先生曰二者皆謂之介圭爾雅圭大尺二寸爲玠據鎭圭言也詩錫爾介圭以作爾寶據命圭言也介者大也禮器大圭不瑑以素爲貴亦謂此也从王介聲古拜切十五部周書曰稱奉介圭顧命曰大保承介圭又曰賓稱奉圭兼幣蓋許君偶誤合二爲一如或簸或舀竷竷舞我之類韻會引介圭作玠玉瑒圭尺二寸有瓚以祠宗廟者也玉人曰祼圭尺有二寸有瓚以祀廟祼圭謂之瑒圭瑒讀如暢

瓛ㄏㄨㄢˊ 3匣　珽ㄊㄧㄥˇ 12透　瑁ㄇㄠˋ 21明　△玥　瑞ㄖㄨㄟˋ 3定　璬ㄐㄧㄠˇ 20見

魯語謂之鬯圭用以灌鬯者也祠玉篇作祀从王昜聲丑亮切十部

瓛桓圭公所執大宗伯曰公執桓圭注公二王之後及王之上公雙植謂之桓桓宮室之象所以安其上桓圭蓋亦以桓爲瑑飾玉裁按鍇本作三公韻會引亦無三从王獻聲胡官切十四部

珽大圭長三尺抒上終葵首見玉人注曰王所搢大圭也或謂之珽終葵椎也爲椎於其杼上明無所屈也杼殺也按玉藻謂之珽注云此亦笏也珽之言挺然無所屈也典瑞曰王晉大圭以朝日魯語曰天子大采朝日管子曰天子執玉笏以朝日皆謂此司馬相如賦有晁采晁古朝字朝采即朝日之大采也長三尺博三寸蓋自其中已上殺之其殺六分而去一至其首則仍博三寸而方之鄭云方如椎頭是也珽王逸引相玉書作珵抒今周禮作杼玉藻注同杼是也从王廷聲他鼎切十一部

瑁諸侯執圭朝天子天子執玉以冒之似犂冠周禮曰天子執瑁四寸玉人曰天子執冒四寸以朝諸侯注名玉曰冒者言德能覆蓋天下也四寸者方以尊接卑以小爲貴尚書大傳曰古者圭必有冒不敢專達也天子執冒以朝諸侯見則覆之故冒圭者天子所與諸侯爲瑞也諸侯執所受圭以朝於天子瑞也者屬也犂冠爾雅注作犂錧謂耜也周禮匠人耜廣五寸二耜之伐廣尺耜刃方瑁上下方似之从王冒冒亦聲莫報切古音在三部考工記以冒爲瑁

玥古文从冃各本篆作珇云古文从目惟玉篇不誤此蓋壁中顧命字

瑞以玉爲信也典瑞掌玉瑞玉器之藏注云人執以見曰瑞禮神曰器又云瑞節信也說文卩下云瑞信也是瑞卩二字爲轉注禮神之器亦瑞也瑞爲圭璧璋琮之總偁自璧至瑁十五字皆瑞也故總言之引伸爲祥瑞者亦謂感召若符節也从王耑聲耑聲在十四部而瑞揣圖字音轉入十五部唐韻是僞切又入十六部

璬玉佩璬珩玦三字鉉本在玥下瑞上鍇本則珩玦又綴於部末皆非舊次凡一書內舊次可考者訂正之此自璬至瑹九篆皆飾之類古者雜佩謂之佩玉見周禮玉府大戴禮保傅篇禮記玉藻

珩ㄏㄥˊ 15匣　玦ㄐㄩㄝˊ 2見　珥ㄦˇ 24泥　瑱ㄊㄧㄢˋ 6透　△⿰眞耳　琫ㄅㄥˇ 18幫

亦謂之玉佩見詩秦風璬之言皦也玉石之白曰皦从王敫聲古了切二部

珩佩上玉也詩毛傳曰雜佩者珩璜琚瑀衝牙之類韓傳曰佩玉上有蔥衡下有雙璜衝牙蠙珠以納其閒按衡即珩字晉語白玉之珩六雙注珩佩上飾楚語楚之白珩注珩佩上之橫者玉藻曰一命再命幽衡三命蔥衡注衡佩上之衡也其制珩上橫爲組三繫於珩繫於中組者曰衝牙繫於左右組者曰璜皆以玉璜似半璧而小亦謂之牙繫於中者觸牙而成聲故曰衝牙蠙珠琚瑀貫於珩之下璜衝牙之上故毛韓大戴皆曰以納其閒云佩上玉者謂此乃玉佩最上之玉也統言曰佩玉析言則珩居首以玉爲之依玉藻所言則當天子白玉珩公矦山元玉珩大夫水蒼玉珩所謂三命蔥珩士瓀玟則以石月令春倉玉夏赤玉中央黃玉秋白玉冬元玉注凡所服玉謂冠飾及所佩之珩璜則又隨時異色矣从王行所以節行止也依韻會所引訂从玉行者會意所以節行止也者謂珩所以節行止故字从玉行發明會意之恉也周語改玉改行注玉佩玉所以節行步也此字行亦聲戶庚切古音在十部

玦玉佩也九歌注曰玦玉佩也先王所以命臣之瑞故與環郎還與玦郎去也白虎通曰君子能決斷則佩玦韋昭曰玦如環而缺从王夬聲古穴切古音在十五部

珥瑱也戰國策孟嘗君進五珥以請立后李斯上書曰宛珠之簪傅璣之珥从王耳耳亦聲仍吏切一部

瑱以玉充耳也詩毛傳曰瑱塞耳也又曰充耳謂之瑱天子玉瑱諸矦以石按瑱不皆以玉許專云以玉者爲其字之从玉也凡字从某爲某之屬許君必言其故从王眞聲佗甸切十二部詩曰玉之瑱兮鄘君子偕老文今詩兮作也女部又引邦之媛兮可知此篇也字古皆作兮孫毓詩評亦引玉之瑱兮

⿰眞耳瑱或从耳攷工記注引左傳縛一如瑱釋文曰瑱本或作⿰眞耳耳形眞聲不入耳部者爲其同字異處且難定其正體或體凡附見之倒眡此

琫佩刀上飾也小雅鞞琫有珌傳鞞容刀鞞也琫上飾珌下飾大雅鞞琫容刀傳下曰鞞上曰琫戴先生疑瞻彼洛矣之珌下飾當爲鞞下飾珌文飾皃

珌 ㄅㄧˋ 5幫　△琿　璏 ㄓˋ 4定　瑵 ㄓㄠˇ 21精

有珌與首章有奭句法同說文訓鞞爲刀室誤也玉裁按鞞之言裨也刀室所以裨護刀者漢人曰削俗作鞘琫之言奉也奉俗作捧刀本曰環人所捧握也其飾曰琫珌之言畢也刀室之末其飾曰珌古文作琿傳云鞞容刀鞞也謂刀削其云琫上飾珌下飾者上下自全刀言之琫在鞞上鞞在琫下珌在鞞末公劉詩不言珌故云下曰鞞舉鞞以該珌鞞琫有珌言鞞琫而又加珌也王莽傳瑒琫瑒珌孟康曰佩刀之飾上曰琫下曰珌若劉熙釋名曰室口之飾曰琫琫捧也捧束口也下末之飾曰琿琿卑也下末之言也琿卽鞞之譌劉意自一鞘言之故雖襲毛上曰琫下曰鞞之云而大非毛意至杜預本之注左傳云鞞佩刀削上飾鞛下飾又互譌上下字矣凡訓詁必考其源流得失者舉眂此許云佩刀上飾用毛說謂一刀之上非一削之上也凡刀劒以手所執爲上刀謂之顙亦曰環書刀謂之拊劒謂之鐔**天子以玉諸侯以金**毛傳曰天子玉琫而珧珌諸侯璗琫而璆珌大夫鐐琫而鏐珌士珕琫而珕珌天子以玉故其字从玉**从王奉聲**邊孔切九部左傳作鞛音奉合音如棓字亦音聲之比

珌佩刀下飾天子以玉毛傳云天子以珧說文珧字下亦云天子珧珌此當云天子以珧諸侯以玉淺人妄竄改之**从王必聲**卑吉切十二部**琿古文珌**各本無玉篇曰珌古文作琿汗簡古文四聲韻皆曰琿見說文今據補必畢古通用同在十二部**璏劒鼻玉也**各本篆文皆誤今正王莽傳美玉可以滅瘢欲獻其璏服虔曰璏音衛蘇林曰劒鼻玉也俗本脫玉字初學記蓺文類聚引字林劒鼻謂之璏亦脫玉字**从王彘聲**直例切十五部**瑵車蓋玉瑵**司馬彪輿服志曰乘輿金根安車立車羽蓋華蚤劉昭注徐廣云翠羽蓋黃裏所謂黃屋車也金華施橑末有二十八枚郎蓋弓也又張衡東京賦羽蓋威蕤葩瑵曲莖薛綜注曰羽蓋以翠羽覆車蓋也威蕤羽貌葩瑵悉以金作華形莖皆低曲蔡邕獨斷云凡乘輿車皆羽蓋金華爪爪與瑵同又王莽傳曰造華蓋九重高八丈一尺金瑵師古曰瑵讀曰爪玉裁按瑵蚤爪三字一也皆謂蓋橑末說文指爪字作叉當云車蓋玉叉也瑵叉疊韻他家云華瑵金瑵者謂

一篇上　廿七

瑑 ㄓㄨㄢˋ 3定　珇 ㄗㄨˇ 13精　璂 ㄑㄧˊ 24匣

金華飾之許云玉瑵者謂玉飾之故字从玉也**从王蚤聲**側絞切古音在三部**瑑圭璧上起兆瑑也**周禮先鄭注云瑑有圻鄂瑑起也後鄭云瑑文飾也許云起兆瑑與先鄭說合兆者垗也營域之象先鄭所謂垠堮也大圭不瑑者以素爲貴也**从王彖聲**彖聲依韻會所引鍇本今鍇本亦作篆省聲又淺人改之也直戀切十四部**周禮曰瑑圭璧**典瑞曰瑑圭璋璧琮疑此有脫誤**珇琮玉之瑑**玉人駔琮五寸宗后以爲權駔琮七寸天子以爲權注駔讀爲組以組繫之因名焉許作珇蓋杜子春讀故書之駔爲珇鄭所不從不載其說者也記又云瑑琮八寸則駔琮非謂瑑明矣似讀駔爲珇訓琮玉之瑑失之方言曰珇好也美也許意謂兆瑑之美曰珇**从王且聲**則古切五部**璂弁飾往往冒玉也**上也字依詩音義補弁師曰王之皮弁會五采玉琪鄭司農云故書會作膾膾讀如馬會之會謂以五采束髮也琪讀如綦車轂之綦按許謂以玉飾弁曰琪與司農說同後鄭則易琪爲綦綦結也皮弁之

△璂　璪 ㄗㄠˇ 19精　瑬 ㄌㄧㄡˊ 21來

縫中每貫結五采玉以爲飾謂之綦蓋後鄭謂經琪字乃玉名故易爲綦字曹風其弁伊騏箋亦云騏當作綦自用其周禮說也許同先鄭說往往歷歷也鄭云皪皪而處是也**从王綦聲**渠之切一部**璂璂或从基**

璪玉飾如水藻之文謂彫飾玉之文璪藻疊韻**从王喿聲**子晧切二部**虞書曰璪火粉米**古文尚書咎繇謨文按虞書璪字衣之文也當从衣而从玉者假借也衣文玉文皆如水藻聲義皆同故相假借非衣上爲玉文也凡說文有引經言假借者例此禮經文采之訓古文多用繅字今文多用璪藻字其實三字皆假借**瑬垂玉也冕飾**弁師掌王之五冕五采繅十有二就皆五采玉十有二諸侯之繅斿九就瑉玉三采繅斿皆就注繅雜文之名合五采絲爲之繩垂於延之前後就成也繩之每一帀而貫五采玉十二斿則十二玉也繅不言皆有不皆者袞衣之冕十二斿則用玉二百八十八鷩衣之冕繅九斿用玉二百一十六毳衣之冕七斿用玉百六十八希衣之冕五斿用玉百二十元衣之冕三斿用玉

一篇　廿八

璹ㄕㄡˊ 21定　瓃ㄌㄟˊ 7來　玼ㄘˇ 10清

七十二疾當爲公字之誤也三采朱白蒼也繅斿皆就皆三采也每繅九成則九玉也公之冕用玉百六十二按弁師作斿玉藻从俗字作旒皆瑬之假借字从王流聲力求切三部璹玉器也徐鍇曰爾雅璋大八寸謂之琡說文有璹無琡宜同也从王𠷎聲讀若淑殊六切三部瓃玉器也雋不疑傳帶櫑具劍晉灼曰古長劍首以玉作井鹿盧形上刻木作山形如蓮花初生未敷時霍清治書云玫古圖有玉轆轤玉具劍古樂府所云腰閒轆轤劍也挍古玉器爲鹿盧轉旋並不獨劍具先鄭注周禮云駟外有捷盧也捷盧亦謂鹿盧也从王畾聲說文無畾字而云畾聲者畾卽靁之省也靁字下曰从雨畾象回轉形木部櫑字下曰刻木作雲靁象施不窮楊雄賦曰轠轤不絕凡從畾字皆形聲兼會意魯回切十五部玼新玉色鮮也各本無新詩音義兩引皆作新色鮮也今補玼本新玉色引伸爲凡新色如詩玼兮玼兮言衣之鮮盛新臺有玼言臺之鮮明韻會引作玉色鮮絜也从王此聲詩音義音此又且禮

璱ㄙㄜˋ 5心　瑮ㄌㄧˋ 5來

反十五部古此聲之字多轉入十六部十六部與十七部至近是以劉昌宗云倉我反也玼之或體作瑳楚景瑳以爲名詩君子偕老二章三章皆曰玼兮玼兮是以二章毛鄭有注三章無注或兩章皆作瑳內司服注引瑳兮瑳兮其之翟也又引瑳兮瑳兮其之展也可證自淺人分別玼屬二章瑳屬三章畫爲二字二義又於說文增瑳爲訓釋今删詩曰新臺有玼詩邶風文今本作泚韓詩作漼云鮮皃卽今漼璨字也璱玉英華相帶如瑟弦也左思吳都賦符采彪炳劉逵注曰符采玉之橫文也郭璞引王子靈符應曰赤如雞冠黃如蒸栗白如割肪黑如純漆玉之符采也瑟瑟疊韻从王瑟聲所櫛切十二部詩曰璱彼玉瓚詩大雅作瑟箋云瑟絜鮮貌孔子曰璠與近而視之瑟若也韻會引作瑟彼則引詩爲發明从瑟意瑮玉英華羅列秩秩爾雅釋訓秩秩清也毛傳秩秩有常也瑮列雙聲瑮秩疊韻从王㮚聲力質切十二部聘義說玉云縝密以栗逸論語曰玉粲之璱兮其瑮

瑩ㄧㄥˊ 12影　璊ㄇㄣˊ 9明　△玧　瑕ㄒㄧㄚˊ 13匣

猛也藝文志曰論語漢興有齊魯之說傳齊論者惟王陽名家傳魯論者安昌侯張禹最後而行於世然則張禹魯論所無則謂之逸論語如十七篇之外爲逸禮二十九篇之外爲逸尚書也齊論多問王知道二篇王伯厚云問王疑當作問玉按說文玉瑮瑩三字下所引蓋卽問玉篇歟瑩玉色也謂玉光明之皃引伸爲磨瑩亦作鎣从王熒省聲李善引說文烏明切唐韻烏定切十一部一曰石之次玉者此字義之別說也齊風傳曰瑩石似玉也衛風傳曰瑩美玉也逸論語曰如玉之瑩此蓋引證玉色之義璊玉䞓色也毛傳曰璊赬玉也今本脫玉字从王㒼聲莫奔切古音在十四部禾之赤苗謂之穈各本从木作樠今依毛詩釋文宋槧穈卽艸部虋字之或體艸部不言或作穈而此見之亦可見或字不能悉載言璊玉色如之虋聲在十三部與十四部㒼聲最近而又雙聲此璊穈字皆於虋得義也玧璊或从允允聲在十三部瑕玉小赤也子虛

琢ㄓㄨㄛˊ 17端　琱ㄉㄧㄠ 21端　理ㄌㄧˇ 24來

賦赤瑕駁犖張揖曰赤瑕赤玉也揚雄蜀都賦左思吳都賦皆云瑕英劉逵曰瑕玉屬也木華海賦瑕石詭暉廣雅玉屬有赤瑕若聘義瑕不揜瑜注瑕玉之病也高注淮南書曰瑕猶釁也此別一義釁同璺从王叚聲乎加切古音在五部琢治玉也釋器玉謂之琢石謂之摩毛傳同按琢琱字謂鐫鑿之事理字謂分析之事攷工記刮摩五工玉人記玉之用楖人雕人闕楖人蓋理之如楖之疏髮雕人蓋琢之如鳥之啄物左思賦水鳥曰彫琢蔓藻是其意从王豖聲竹角切三部琱治玉也釋器玉謂之雕按琱琢同部雙聲相轉注詩周禮之追大雅之敦弓皆與琱雙聲也一曰石似玉此字義之別說从王周聲都僚切古音在三部經傳以雕彫爲琱理治玉也戰國策鄭人謂玉之未理者爲璞是理爲剖析也玉雖至堅而治之得其䚡理以成器不難謂之理凡天下一事一物必推其情至於無憾而後卽安是之謂天理是之謂善治此引伸之義也戴先生孟子字義疏證曰理者察之而幾微必區以別之名也是故謂之分理在

珍ㄓㄣ 9端　玩ㄨㄢˊ 3疑　玲ㄌㄧㄥˊ 6來　△貦　瑲ㄑㄧㄤ 15清　玎ㄉㄧㄥ 12端

物之質曰肌理曰腠理曰文理得其分則有條而不紊謂之條理鄭注樂記曰理者分也許叔重曰知分理之可相別異也古人之言天理何謂也曰理也者情之不爽失也未有情不得而理得者也天理云者言乎自然之分理也自然之分理以我之情絜人之情而無不得其平是也从王里聲良止切一部

珍 寶也宀部曰寶珍也是爲轉注从王㐱聲陟鄰切古音在十三部

玩 弄也廾部曰弄玩也是爲轉注周禮曰玩好之用从王元聲五換切十四部

貦 玩或从貝

玲 玉聲也甘泉賦和氏瓏玲大[元]亾彼瓏玲皆謂玉聲法言廣雅作玲瓏从王令聲郎丁切古音在十二部

瑲 玉聲也小雅有瑲蔥珩毛傳瑲珩聲也秦風佩玉將將玉藻然後玉鏘鳴皆當作此字从王倉聲七羊切十部詩曰鞗革有瑲周頌載見文鞗各本作鋚今正說見鋚字下有瑲今詩作有鶬亦作鎗按鸞鈴鑾飾之聲而字作瑲玉聲而字作鏘皆得謂之假借

玎 玉聲也以椓之丁丁伐

瑀ㄩˇ 13匣　瑝ㄏㄨㄤˊ 15匣　瑣ㄙㄨㄛˇ 1心　琤ㄔㄥ 12清

木丁丁例之蓋當疊字言玎玎从王丁聲中莖當經二切十二部齊大公子伋謚曰玎公齊世家古今人表皆云師尚父之子丁公丁公之子乙公乙公之子癸公猶之魯禽父晉燮父衛康伯宋微仲皆無謚不聞謚玎也此當云讀若齊大公子伋謚曰丁公轉寫脫讀若字因改丁爲玎不直言讀若丁者古音丁公之讀當與凡丁異也丁乙癸皆非謚明矣而云謚丁公者古者以字爲謚之義也

琤 玉聲也从王爭聲楚耕切十一部按此字恐系瑲之俗

瑣 玉聲也謂玉之小聲也周易旅瑣瑣鄭君陸績皆曰瑣瑣小也从王𧴪聲蘇果切十七部

瑝 玉聲也謂玉之大聲也从王皇聲廣韻云說文音皇十韻

瑀 石之次玉者次各本譌似依詩音義正義引訂鄭風傳曰雜佩者珩璜琚瑀衝牙之類又曰佩有琚瑀所以納閒者納於上珩下璜衝牙之中也韓詩傳蠙珠以納其閒保傳篇曰玭珠以納其閒琚瑀以雜之玭即蠙毛不言蠙珠韓不言琚瑀保傳篇兼言之蓋蠙珠居中琚瑀皆美石又貫於

玤ㄅㄤˋ 18幫　玪ㄐㄧㄢ 28見　𤩮ㄌㄜˋ 25來　琚ㄐㄩ 13見

蠙珠之上下故曰雜佩雜集也集衆美也盧辨曰玭珠之赤者曰琚白者曰瑀誤矣从王禹聲王矩切五部

玤 石之次玉者㠯爲系璧系璧蓋爲小璧系帶閒縣左右佩物也从王丰聲讀若詩曰瓜瓞菶菶大雅生民文此引經說字音也補蠓切九部一曰若盒蚌今音蚌在講韻古音江講合於東董

玪 玪𤩮逗石之次玉者鄭本尚書璆玪琅玕鄭注璆美玉玪美石子虛賦瑊玏[元]厲張揖曰瑊玏石之次玉者中山經葛山其下多瑊石郭傳瑊玏石似玉廣雅瑊玏石次玉也按玪瑊同字𤩮玏同字玪𤩮合二字爲石名亦有單言玪者如尚書中山經及穆天子傳是从王今聲古函切古音在七部廣韻瑊音箴是

𤩮 玪𤩮也从王勒聲盧則切一部

琚 佩玉石也各本作瓊琚也今正詩鄭風正義釋文皆引說文琚佩玉名衛風釋文又引琚佩玉名按雜佩謂之佩玉見周禮大戴禮玉藻詩鄭風秦風衞風尚書大傳贅以名字語不可通琚乃佩玉之一物

玖ㄐㄧㄡˇ 24見　璓ㄒㄧㄡˋ 21心

不得云佩玉名也毛公大戴皆云琚瑀以納閒許君以瑀字廁於石次玉之類然則名字爲石之字誤無疑佩玉石者謂佩玉納閒之石也木瓜毛傳云琚佩玉石也許君用之今毛傳石譌爲名莫能是正瑀下不言佩玉石琚下不言美石次玉互見也詩佩玉瓊琚謂佩玉之閒有美琚也瓊瑰玉佩謂美瑰在玉佩之閒也从王居聲九魚切五部詩曰報之以瓊琚

璓 石之次玉者衛風充耳琇瑩傳琇瑩美石也按琇瑩是二石名故都人士傳曰琇美石也著傳曰瑩石似玉也从王莠聲陸德明引說文弋久反唐韻息救切三部按說文从莠隸从秀猶从芺之多爲天也詩曰充耳璓瑩

玖 石之次玉黑色者詩木瓜傳曰玖玉名丘中有麻傳曰玖石次玉者按不應同物異訓蓋木瓜傳本作玉石漢書西域傳于闐國多玉石石注曰玉石石之似玉者也楊雄蜀都賦亦言玉石轉寫石譌名耳玖音近黝故訓黑色从王久聲陸德明引說文紀又反唐韻舉友切古音在一部詩久字在一部孔子易傳久在三部詩

珢ㄧㄣˊ 9疑　琂ㄧˊ 24定　玴ㄧˋ 10定　璡ㄐㄧㄣ 6精　璅ㄙㄨㄛˇ 19精　瑨ㄗㄣ 28精　璁ㄘㄨㄥ 18清　⿰王號ㄏㄠˊ 19匣　瓂ㄒㄧㄚˊ 2匣　⿱臤玉ㄨㄢˋ 2影　⿰王燮ㄒㄧㄝˋ 29心　玽ㄍㄡˇ 16見　琂ㄧㄢˊ 3疑　璶ㄐㄧㄣˋ 6定　琟ㄨㄟˊ 7定　瑦ㄨˇ 13影　瑂ㄇㄟˊ 4明　璒ㄉㄥ 26端　⿰王厶ㄙ 4心

曰貽我佩玖貽當作詒王風文讀若芑此古音在一部之證或曰若人句脊

之句此又一音也上句音鉤下句當作痀丩部曰痀曲脊也古讀如苟句聲在四部此一部三部四部合韻最

近之理琂石之似玉者似玉篇作次又引倉頡云五色石也从王𦣞聲讀若

貽與之切一部珢石之似玉者从王艮聲語巾切古音在十三部玴

石之似玉者从王曳聲余制切古音在十六部曳从申以象抴引之丿爲聲按玉篇廣韻皆

兼有玴瑍字訓釋同瑍音曳必有一誤璅石之似玉者从王巢聲子晧切二部

璡石之似玉者从王進聲讀若津將鄰切十二部瑨石之似

玉者从王晉聲側岑切七部璁石之似玉者从王悤聲讀若

蔥倉紅切九部⿰王號石之似玉者从王號聲讀若鎬乎到切二部

一篇上　三五

瓂石之似玉者从王羍聲讀若曷乎捌切十五部⿱臤玉石之似

玉者从王臤聲烏貫切十四部⿰王燮石之玉鍇本如此下有言次玉者四字葢注釋語

自瑰至玙十八字皆似玉者鉉本作石之次玉者與鍇本注皆非玉篇廣韻皆云⿰王燮石似玉从王燮聲

穌叶切七部玽石之似玉者似汲古原本作次非从王句聲讀若苟古厚

切四部琂石之似玉者从王言聲語軒切十四部璶石之似玉

者从王盡聲徐刃切十二部琟石之似玉者从王隹聲讀若維

以追切十五部瑦石之似玉者从王烏聲安古切五部瑂石之似

玉者从王眉聲讀若眉武悲切十五部璒石之似玉者从王登

聲都騰切六部⿰王厶石之似玉者从王厶聲讀與私同凡言讀與某同

玗ㄩˊ 13匣　玫ㄇㄟˊ 8明　瑎ㄒㄧㄝˊ 4匣　碧ㄅㄧˋ 14幫　琨ㄎㄨㄣ 9見　△⿰王貫　珉ㄇㄧㄣˊ 6明　瑤ㄧㄠˊ 19定　珠ㄓㄨ 16端

者亦卽讀若某也息夷切十五部玗石之似玉者鍇釋以玽玗琪非也玽玗琪合三字爲玉

名單言玽者玉器也單言璂者弁飾也單言玗者美石也齊風尚之以瓊華傳曰華美石華葢卽玗二字同于聲也

从王亏聲羽俱切五部玫玉屬也玉篇引穆天子傳采石之山有玫瑤凡言某屬者謂

某之類从王旻聲讀若湣莫悖切十五部瑎黑石似玉者从王皆

聲讀若諧戶皆切十五部碧石之青美者西山經高山其下多青碧傳碧亦玉類也

淮南書崑崙有碧樹注碧青石也劉逵常璩郭樸皆曰越巂會無縣東山出碧从王石白聲从玉石者

似玉之石也碧色青白金尅木之色也故从白云白聲者以形聲苞會意兵彳切古意在五部琨石之

美者王肅及某氏注禹貢皆曰瑤琨皆美石劉逵注吳都賦顏師古注地理志皆曰琨美石今本轉寫石多譌

玉穆天子傳天子之珤玉琨傳石似美玉今本琨譌果招魂琨蔽象棊注琨玉也當云琨同琨石似玉从王

一篇上　三六

昆聲古渾切十三部夏書曰夏各本譌虞楊州貢瑤琨⿰王貫琨或从貫

馬融尚書漢地理志皆作⿰王貫貫聲在十四部與十三部昆聲合韻最近而又雙聲如昆夷亦爲串夷韋昭⿰王貫音貫

珉石之美者弁師珉玉三采从王民聲武巾切十二部按凡民聲字在十二部凡昏聲

字在十三部昏不以民爲聲也聘義注曰碈或作玟凡文聲昏聲同部瑉碈字皆玟之或體不與珉同字其譌亂久

矣瑤石之美者各本石譌玉今依詩音義正衛風報之以瓊瑤傳曰瑤美石正義不誤王肅某

氏注尚書劉逵注吳都賦皆曰瑤琨皆美石也大雅曰維玉及瑤云及則瑤賤於玉周禮享先王大宰贊王玉爵內

宰贊后瑤爵禮記尸飲五君洗玉爵獻卿尸飲七以瑤爵獻大夫是玉與瑤等差明證九歌注云瑤石之次玉者凡

謂瑤爲玉者非是从王䍃聲余招切二部詩曰報之以瓊瑤衛風木瓜珠

蚌中陰精也蚌或蚌字中各本作之今依初學記大戴禮曰珠者陰之陽也故勝火从王朱

聲章俱切古音在三部**春秋國語曰珠足以御火災是也**足字依玉篇補御各本作禦今正楚語左史倚相曰珠足以禦火災則寶之韋注珠水精故以禦火災

玓 ㄉㄧˋ 20端

玓　玓瓅逗**明珠光也**光各本作色今依李善所引史記司馬相如傳曰明月珠子玓瓅江靡應邵曰靡邊也**从王勻聲**都歷切古音在二部

瓅 ㄌㄧˋ 20來

瓅　玓瓅也从王樂聲郎擊切古音在二部二字疊韻

玭 ㄆㄧㄣˊ 4並

玭　珠也謂珠名也**从王比聲**韋昭薄迷反十五部紕字下曰讀若玭珠**宋宏曰淮水中出玭珠玭珠珠之有聲者**此宋宏說伏生尚書語也宏字仲子能薦桓譚辟牟長者伏生尚書徐州之貢淮夷玭珠泉魚仲子謂淮水中出玭珠與鄭古文尚書說合玭珠珠之有聲者七字當作玭蚌之有聲者六字玭本是蚌名以爲珠名韋昭曰玭蚌也廣韻曰蠙珠母也西山經䱻魮之魚其狀如覆銚鳥首而翼魚尾音如磬之聲是生珠玉江賦所謂文魮磬鳴郭郭傳云蚌類按玭蚌葢類是能鳴故曰蚌之有聲者

一篇上　三十五

△蠙

蠙　夏書玭从虫賓謂古文夏書玭字如此作从虫賓聲古音在十二部故唐韻步因切其音變爲蒲邊扶堅二切小篆从比其雙聲也玭字葢亦古文故伏生尚書作玭夏本紀地理志從之非伏生依小篆乃其壁藏本固爾也

玏 ㄌㄜˋ 29來

玏　蜃屬謂蜃之類其甲亦可飾物也**从王劦聲**郎計切十五部**禮記曰**記曰字依韻會所引補土部禮記曰天子赤墀今本亦刪記曰字藝文志曰記百三十一篇七十子後學者所記也**佩刀士玏琫而珧珌**詩正義作玏琫而玏珌

珧 ㄧㄠˊ 19定

珧　蜃甲也介物之殼曰甲**所以飾物也**釋器曰以蜃者謂之珧按爾雅蜃小者珧東山經嶧皋之水多蜃珧傳曰蜃蚌屬珧玉珧亦蚌屬然則蜃珧二物也許云一物者據爾雅言之凡物統言不分析言有別蜃飾謂之珧猶金飾謂之銑玉飾謂之珪金不必皆銑玉不必皆珪也**从王兆聲**余昭切二部**禮記曰**二字補**佩刀天子玉琫而珧珌**見毛傳按天子玉琫珧珌備物也諸侯璗琫璆珌讓於天子也璆美玉也天子玉上諸侯玉下故曰讓於天子也大夫鐐琫鏐珌銀上金下也士玏琫珧珌珧有玉珧之偁貴於玏自諸侯至士皆下美於上惟天子上美於下毛詩集注定本釋文皆作諸侯璆珌惟正義作諸侯鏐珌又集注定本釋文皆作大夫鏐珌惟正義作大夫鐐珌又說文作士珧珌正義作士玏珌與說文異

玫 ㄨㄣˊ 9明

玫　玫瑰逗**火齊珠**各本作火齊玫瑰也今依韻會所引正子虛賦晉灼注呂靜韻集皆同吳都賦注曰火齊如雲母重沓而可開色黃赤似金出日南廣雅珠屬有玫瑰**一曰石之美者**謂石之美者名玫此字義之別說也釋元應大唐衆經音義引石之美好曰玫聘義君子貴玉而賤碈注碈石似玉或作玫玉藻士佩瓀玫玫又作砇按史記子虛賦琳琘琨珸砇琘琘皆玫之或體與珉各部**从王文聲**二義古音皆讀如文在十三部今音則前義讀如枚入十五部後義讀如珉入十二部

瑰 ㄍㄨㄟ 7見

瑰　玫瑰也从王鬼聲公回切十五部玫瑰本雙聲後人讀爲疊韻**一曰圜好**謂圜好曰瑰此字義之別說也衆經音義亦引圜好曰瑰玉篇圜好上增

一篇上　三十六

珠字誤後義當音回○按詩秦風傳曰瑰石而次玉疑許失載

璣 ㄐㄧ 7見

璣　珠不圜者各本作也今依尚書音義後漢書注作者凡經傳沂鄂謂之幾門㢠謂之機故珠不圜之字从幾**从王幾聲**居衣切十五部

琅 ㄌㄤˊ 15來

琅　琅玕逗**似珠者**尚書璆琳琅玕鄭注曰琅玕珠也王充論衡曰璆琳琅玕土地所生眞玉珠也魚蚌之珠與禹貢琅玕皆眞珠也本艸經青琅玕陶貞白謂即蜀都賦之青珠而某氏注尚書郭注爾雅山海經皆曰琅玕石似珠玉裁按出於蚌者爲珠則出於地中者爲似珠似珠亦非人爲之故鄭王謂之眞珠也**从王良聲**魯當切十部

玕 ㄍㄢ 3見

玕　琅玕也从王干聲古寒切十四部**禹貢雝州璆琳琅玕**

△⿰王旱

⿰王旱　古文玕从王旱葢壁中尚書如此作干聲旱聲一也賈誼新書上有蔥珩下有雙璜捍珠以納其閒琚瑀以雜之捍必⿰王旱之誤

珊 ㄕㄢ 3心

珊　珊瑚逗**色赤生於海**廣韻引生海中而色赤也**或生於山**廣雅珊瑚爲珠類故次於此上林賦注曰珊瑚生水底石邊大者樹高三

瑚ㄏㄨˊ 13匣　琊ㄌㄧㄡˊ 21來　琀ㄏㄢˊ 28匣　𤪌ㄧㄡˊ 21定　璗ㄉㄤˋ 15定

尺餘枝格交錯無有葉石部曰上摘山巖空青珊瑚陊之珊瑚有青色者或云赤爲珊瑚青爲琅玕从王删省聲穌干切十四部

瑚 珊瑚也从王胡聲戶吳切五部

琊 石之有光者璧琊也者字依李善江賦注補此當作璧琊石之有光者也恐亦後人倒之璧琊卽璧流離也地理志曰入海市明珠璧流離西域傳曰罽賓國出璧流離璧流離三字爲名胡語也猶珣玗琪之爲夷語漢武梁祠堂畫有璧流離曰王者不隱過則至吳國山碑紀符瑞亦有璧流離梵書言吠瑠璃吠與璧音相近西域傳注孟康曰璧流離青色如玉今本漢書注無璧字讀者誤認正文璧與流離爲二物矣今人省言之曰流離改其字爲瑠璃古人省言之曰璧琊琊與流瑠音同楊雄羽獵賦椎夜光之流離是古亦省作流離也 出西胡中 胡西西域也班固曰西域三十六國皆在匈奴之西故說文謂之西胡凡三見魏略云大秦國出赤白黑黃青綠縹紺紅紫十種流離師古曰此蓋自然之物采澤光潤踰於衆玉其色不恆今俗所用皆銷冶石汁加以衆藥灌而爲之尤虛脆不貞實 从王丣聲 廣韻引說文音留三部玉裁按古音丣丣二聲同在三部爲疊韻而畱琊茆聊駵䶉劉等字皆與丣又疊韻中雙聲昴貿茆等字與卯疊韻中雙聲部分以疊韻爲重字音以雙聲爲重許君丣丣畫分而从丣之字俗多改爲从卯自漢已然卯金刀爲劉之說緯書荒繆正屈中止句馬頭人人持十之類許所不信也凡俗字丣變卯者今皆更定學者勿持漢人繆字以疑之

琀 送死口中玉也 典瑞曰大喪共飯玉含玉柱飯玉碎玉以雜米也含玉柱左右顛及在口中者雜記曰含者執璧將命則是璧形而小耳穀梁傳曰貝玉曰含按琀士用貝見士喪禮諸侯用璧見雜記天子用玉 从王含含亦聲 胡紺切古音在七部經傳多用含或作唅

𤪌 遺玉也 謂贈遺之玉也蒙上送死言之何休曰知死者贈襚襚猶遺也大宰典瑞皆言大喪贈玉注云蓋璧也鍇說以山海經遺玉儻是玉名則當廁於瑑已下十六字閒 从王歔聲 以周切三部此字蓋在禮古經及記

璗 金之美者 釋器黃金謂之璗其美者謂之鏐許說小異 與玉同色从王 謂光色如玉之符采故其字从玉 湯聲 徒朗切十部 禮記曰 二字依韻會補 佩刀諸侯璗琫而璆珌 詩毛傳同詩正義作璗琫而鏐珌也王莽傳瑒琫瑒珌瑒卽璗字孟康云玉名非

靈ㄌㄧㄥˊ 12來　△靈

靈 巫也 各本巫上有靈字乃複舉篆文之未刪者也許君原書篆文之下以隸複寫其字後人刪之時有未盡此因巫下脫也字以靈巫爲句失之今補也字屈賦九歌靈偃蹇兮皎服又靈連蜷兮既畱又思靈保兮賢姱王注皆云靈巫也楚人名巫爲靈許亦當云巫也無疑矣引伸之義如諡法曰極知鬼事曰靈好祭鬼神曰靈曾子曰陽之精氣曰神陰之精氣曰靈毛公曰神之精明者稱靈皆是也 以玉事神 依韻會無也字 从王 巫能以玉事神故其字从玉 霝聲 郎丁切十一部

靈 靈或从巫

文百二十四 依鍇本

重十七 鍇十六今增璭字則十七按自璙己下皆玉名也瓚者用玉之等級也瑛玉光也璑己下五文記玉之惡與美也璧至瑞皆言玉之成瑞器者也璬珩玦珥至瓃皆以玉爲飾也玼至瑕皆言玉色也瑑琱理三文言治玉也珍玩二文言愛玉也玲己下六文玉聲也瑀至玖石之次玉者也瑂至瑎石之似玉者也琨珉瑤石之美者也玓至琊皆珠類也琀𤪌二文送死玉也璗異類而同玉色者靈謂能用玉之巫也通乎說文之條理次第斯可以治小學

玨ㄐㄩㄝˊ 17見　△瑴　班ㄅㄢ 3幫

玨 二玉相合爲一玨 左傳正義曰穀倉頡篇作玨云雙玉爲玨故字从雙玉按淮南書曰元玉百工注二玉爲一工工與玨雙聲百工卽百玨也不言从二玉者義在於形形見於義也古岳切三部 凡玨之屬皆从玨 因有班𤤴字故玨專列一部不則綴於玉部末矣凡說文通例如此

瑴 玨或从㱿 㱿聲也左傳納玉十瑴魯語行玉廿瑴字皆如此作韋昭杜預解同說文

班 分瑞玉 堯典曰班瑞于羣后 从玨刀 會意刀所以分也布還切古音在十三部讀如文質份份之份周禮以頒爲班

𨏬 ㄈㄨˊ 25並　气 ㄑㄧˋ 8溪　氛 ㄈㄣ 9並　△雰　士 ㄕˋ 24從

古頌班同部 **𨏬車笭閒皮匧也** 也字依玉篇補東京賦司馬彪輿服志皆曰𨏬弩李善曰𨏬車闌閒皮篋置弩於𨏬曰𨏬弩師古亦曰𨏬弩皮篋盛弩也今本輿服志𨏬弩二字譌爲轓輒弩三字 **古者使奉玉所以盛之** 依玉篇補正 **从車玨** 謂此皮篋漢時輕車以藏弩輕車古之戰車也其制沿於古者人臣出使奉圭璧璋琮諸玉車笭閒皮篋所用盛之此其字之所由从車玨會意也聘禮圭藏於櫝然則櫝藏於皮篋 **讀與服同** 房六切古音當在一部以服古在一部也

文三　重一

气雲气也 气氣古今字自以氣爲雲气字乃又作餼爲廩氣字矣气本雲气引伸爲凡气之偁 **象形** 象雲起之皃三之者列多不過三之意也是類乎從三者也故其次在是去旣切十五部借爲气假於人之气又省作乞 **凡气之屬皆从气**

氛祥气也 謂吉凶先見之氣左傳曰非祭祥也喪氛也杜注氛惡氣也晉語曰見翟柤之氛注氛祲氛凶象也凶曰氛吉曰祥玉裁按統言則祥氛二字皆兼吉凶析言則祥吉氛凶耳許意是統言左傳又曰楚氛甚惡杜注氛氣也可見不容分別 **从气分聲** 符分切十三部

雰氛或从雨 按此爲小雅雨雪雰雰之字月令雰霧冥冥釋名氛粉也潤氣著艸木因凍則凝色白若粉也皆當作此雰與祥氣之氛各物似不當混而一之

文二　重一

士事也 豳風周頌傳凡三見大雅武王豈不仕傳亦云仕事也鄭注表記申之曰仕之言事也士事疊韻引伸之凡能事其事者偁士白虎通曰士者事也任事之稱也故傳曰通古今辯然不謂之士 **數始於一終於十从一十** 三字依廣韻此說會意也 **孔子曰推十合一爲士** 韻會玉篇皆作推一合十鉉本及廣韻皆作推十合一似鉉本爲長數始一終十學者由博返約故云推十合一博學審問愼思明辨篤行惟以求其至是也若一以貫之則聖人之極致矣鉏里切一部 **凡士之屬皆从士**

壻 ㄒㄩˋ 13心　△婿　壯 ㄓㄨㄤˋ 15精　壿 ㄗㄨㄣ 9從　丨 ㄍㄨㄣˇ 9見　中 ㄓㄨㄥ 23端　△𠁧

壻夫也 夫者丈夫也然則壻爲男子之美稱因以爲女夫之稱釋親曰女子子之夫爲壻 **从士胥** 鉉本有聲字誤周禮注詩箋皆曰胥有才知之稱又曰胥讀如諝謂其有才知爲什長說文言部曰諝知也然則从胥者从諝之省 **詩曰女也不爽士貳其行士者夫也** 此引衛風而釋之明从士之意 **讀與細同** 穌計切古音當在十六部

婿壻或从女 以女配有才知者爲會意

壯大也 方言曰凡人之大謂之奘或謂之壯尋說文之例當云大士也故下云从士此葢淺人刪士字 **从士爿聲** 側亮切十部

壿士舞也 各本無士依詩爾雅音義補周禮大胥以學士合舞小胥巡學士舞列故其字从士也當爲皃毛傳壿壿舞皃古書也皃二字多互譌 **从士尊聲** 慈損切十三部 **詩曰壿壿舞我** 詩小雅文爾雅坎坎壿壿喜也今詩作蹲

文四　重一

丨下上通也 依玉篇 **引而上行讀若囟** 囟之言進也 **引而下行讀若退** 可上可下故曰下上通竹部曰篆引書也凡字之直有引而上引而下之不同若至字當引而下不字當引而上又若才中木生字皆當引而上之類是也分用之則音讀各異讀若囟在十三部讀若退在十五部今音思二切囟之雙聲也又音古本切 **凡丨之屬皆从丨**

中內也 俗本和也非是當作內也宋麻沙本作肉也一本作而也正皆內之譌入部曰內者入也入者內也然則中者別於外之辭也別於偏之辭也亦合宜之辭也作內則此字平聲去聲之義無不賅矣許以和爲唱和字龢爲諧龢字龢和皆非中之訓也周禮中失卽得失 **从口丨下上通也** 按中字會意之恉必當从口音圍衞宏說串字从卜串則中之不从口明矣俗皆从口失之云下上通者謂中直或引而上或引而下皆入其內也陟弓切九部

𠁧古

於 3 透

文中此字可疑豈後人誤以屈中之屮入此歟

𠁩旌旗杠皃釋天曰素錦韜杠杠謂旗之竿也詩謂之干从丨㫃以丨象杠形加㫃爲偏旁會意㫃亦聲丑善切十四部

文三　重一依鍇本張次立依鉉本增𠁩字云籀文中

說文解字弟一篇上　　受業祁門胡文水校字

一篇上　亖

說文解字第一篇下

金壇段玉裁注

屮 ㄔㄜˋ 2透

屮 艸木初生也象丨出形有枝莖也丨讀若囟引而上行也枝謂兩旁莖枝柱謂丨也過乎屮則為㞢下垂根則為耑古文或㠯為艸字漢人所用尚爾或之言有也不盡爾也凡云古文以為某字者此明六書之叚借以用也本非某字古文用之為某字也如古文以洒為灑埽字以疋為詩大雅字以丂為巧字以臤為賢字以㠯為魯衛之魯以哥為歌字以詖為頗字以㗊為靦字籒文以爰為車轄字皆因古時字少依聲託事至於古文以屮為艸字以疋為足字以丂為亏字以俟為訓字以臭為澤字此則非屬依聲或因形近相借無容後人效尤者也讀若徹上言以為且言或則本非艸字當何讀也讀若徹徹通也義存乎音此尹彤說尹彤見漢人艸木字多用此俗誤謂此即艸字故正之言叚借必依聲託事屮艸音類遠隔古文叚借尚屬偶爾今則更不當爾也丑列切十五部凡屮之屬皆从屮尹彤說三字當在凡屮上轉寫者倒之凡言某說者所謂博采通人也有說其義者有說其形者有說其音者

屯 ㄓㄨㄣ 9端

屯 難也屯韻會有象艸木之初生屯然而難从屮貫一屈曲之也一地也此依九經字樣眾經音義所引說文多說一為地或說為天象形也屮貫一者木剋土也屈曲之者未能申也乙部曰春艸木冤曲而出陰气尚彊其出乙乙屯字从屮而象其形也陟倫切十三部易曰屯剛柔始交而難生周易彖傳文左傳曰屯固比入序卦傳曰屯者盈也不堅固不盈滿則不能出

每 ㄇㄟˇ 24明

每 艸盛上出也左傳與人誦曰原田每每杜注晉君美盛若原田之艸每每然魏都賦蘭渚每每用此俗改為莓按每是艸盛引伸為凡盛如品庶每生貪也每懷懷私也皆盛意毛公曰每雖也凡言雖者皆充類之辭今俗語言每每者不一端之辭皆盛也从屮母聲武罪切左傳音義亡回梅對二反古音在一部李善莫來反

毒 ㄉㄨˊ 22定

毒 厚也毒厚疊韻三部四部同入也毒兼善惡之辭猶祥兼吉凶臭兼香臭也易曰聖人以此毒天下而民從之列子書曰亭之毒之皆謂厚民也毒與竺篤同音通用微子篇天毒降災史記作天篤害人之艸往往而生从屮字義訓厚矣字形何以从屮蓋製字本意因害人之艸往往而生往往猶歷歷也其生蕃多則其害尤厚故字从屮引伸為凡厚之義毐聲毐在一部毒在三部合韵至近也徒沃切

△ ⿰䈞刂

⿰䈞刂 古文毒从刀䈞从刀者刀所以害人也从䈞為聲䈞厚也讀若篤⿰䈞刂字鍇本及汗簡古文四聲韵上从竹不誤而下譌从副从副鉉本則竹又誤為艸矣古文築作篁亦篁聲

⿱屮分 ㄈㄣ 9滂

⿱屮分 艸初生其香分布也眾經音義兩引說文芬芳也其所據本不同按艸部芳艸香也詩說馨香多言苾芬大雅毛傳曰芬芬香也然則元應所據正是古本从屮分聲撫文切十三部

△ 芬

芬 芬或从艸

𡴀 ㄌㄨˋ 22來

𡴀 菌𡴀逗地蕈釋艸曰中馗菌注地蕈也似蓋今江東名為土菌亦曰馗廚又出隧薳蔬注薳蔬似土菌生菰草中按馗廚薳蔬菌𡴀三者一音之轉語菌𡴀玉篇作圈𡴀叢生田中陳藏器曰地生者為菌木生者為檽按檽同萸許云蕈桑萸也故謂地生者為地蕈从屮六聲力竹切三部

△ ⿱𡴀⿰𡴀𡴀

⿱𡴀⿰𡴀𡴀 籒文𡴀从三𡴀象叢生之狀也籒文陸字从此

熏 ㄒㄩㄣ 9曉

熏 火煙上出也豳風曰穹窒熏鼠从屮象煙上出此於六書為叚借从黑屮黑熏象此恐學者不達會意故發明之曰屮而繼之以黑此煙上出而煙所到處成黑色之象也合二體為會意單言上體則為叚借與[illegible]本金而从玉同意故居部末許云切十三部

文七　重三

艸 ㄘㄠˇ 21清

艸 百芔也芔下曰艸之總名也是謂轉注二屮三屮一也引伸為艸稿艸具之艸从二屮倉老切古音在三部俗以草為艸乃別以皁為草凡艸之屬皆从艸

莊 ㄓㄨㄤ 15精

莊 上諱見示

△𦵧　蓏 ㄌㄨㄛˇ 1來　芝 ㄓ 24端　萐 ㄕㄚˋ 29心　莆 ㄈㄨˇ 13幫　虋 ㄇㄣˊ 9明　荅 ㄉㄚˊ 27端

部其說解當曰艸大也从艸壯聲其次當在蔪蘄二字之閒此形聲兼會意字壯訓大故莊訓艸大古書莊壯多通用引伸爲凡壯盛精嚴之義論語臨之以莊苞咸曰莊嚴也是也側羊切十部 **𦵧古文莊** 莊字篆文本不書今書之者後人補也然則錄古文注之曰古文莊亦恐後人所加且其形本非莊字當是奘字之譌古文士或作丙譌爲卣也凡古文經後人轉寫菹昧難知者舉以蓟奘二字爲例求之 **蓏在木曰果在艸曰蓏** 各本作在地曰蓏今正考齊民要術引說文在木曰果在艸曰蓏以別於許慎注淮南云在樹曰果在地曰蓏然則賈氏所據未誤後人用許淮南注臣瓚漢書注改之惟在艸曰蓏故蓏字从艸凡爲傳注者主說大義造字書者主說字形此所以注淮南作說文出一手而互異也應劭宋衷云木實曰果艸實曰蓏與說文合若張晏云有核曰果無核曰蓏臣瓚云木上曰果地上曰蓏馬融鄭康成云果桃李屬蓏瓜瓠屬高注呂氏春秋云有實曰果無實曰蓏沈約注春秋元命苞云木實曰果蓏瓜瓠之屬韓康伯注易傳云果蓏者物之實說各不同皆無不合高云有實無實即有核無核也 **从艸𠂢** 此合二體會意𠂢者本不勝末微弱也謂凡艸結實如瓜瓞下垂者統謂之蓏郎果切十七部鍇本作𠂢聲誤𠂢窳聲蓏在五部此會意形聲之必當辨者也 **芝神芝也** 釋艸曰茵芝論衡曰土氣和故芝艸生 **从艸之聲** 止而切一部 **萐萐莆** 逗 **瑞艸也堯時生於庖廚扇暑而涼** 白虎通曰孝道至則萐莆生庖廚萐莆者樹名也其葉大於門扇不搖自扇於飲食清涼助供養也論衡作箑脯言廚中自生肉脯薄如箑搖鼓生風寒涼食物 **从艸疌聲** 山洽切八部 **莆萐莆也从艸甫聲** 方矩切五部鍇本苗莆二字在萐下茶上 **虋赤苗** 句 **嘉穀也** 大雅曰誕降嘉穀維虋維芑爾雅毛傳皆曰虋赤苗芑白苗按倉頡篇曰苗者禾之未秀者也禾者今之小米赤苗白苗謂禾莖有赤白之分非謂粟云嘉穀者據生民詩言之今詩作嘉種許君引誕降嘉穀維秬維秠虋芑下皆曰嘉穀 **从艸釁聲** 莫奔切十三部今詩作穈非 **荅**

一篇下　三

萁 ㄑㄧˊ 24匣　藿 ㄏㄨㄛˋ 14曉　莥 ㄋㄧㄡˇ 21透　蓈 ㄌㄤˊ 15來　△稂　莠 ㄧㄡˇ 21定　萉 ㄈㄟˊ 7並　△䕡　芓 ㄗˇ 24精

小尗也 禮注有麻荅廣雅云小豆荅也段借爲酬荅 **从艸合聲** 都合切七部 **萁豆莖也** 當云尗而曰豆從漢時語也或後人改之楊惲傳種一頃豆落而爲其孫子兵法曰萁秆一石當吾二十石曹操注萁音忌豆稭也按萁即其字潘岳馬汧督誄曰萁稈空虛用萁秆字 **从艸其聲** 渠之切一部 **藿尗之少也** 少讀養幼少之少毛詩傳曰藿猶苗也是也李善引說文作豆之葉也與士喪禮注合 **从艸靃聲** 虛郭切五部 **莥鹿藿之實名也** 見釋艸 **从艸狃聲** 敕久切三部 **蓈禾粟之莠生而不成者謂之蕫蓈** 莠各本作采錯音穗童各本作蕫今依詩爾雅音義生而不成謂不成莠也不成謂之蕫蓈已成謂之莠此蓈莠二字連屬之義云禾粟之莠者惡其類禾而別之也小雅曰不稂不莠爾雅毛傳皆曰稂童粱也童粱即童蓈陸璣疏云禾莠爲穗而不成崩嶷然謂之童粱今本莠作秀誤 **从艸郎聲** 魯當切十部 **稂蓈或从禾** 今詩爾雅皆作此字非禾而從禾非孔子惡莠意 **莠禾粟下揚生莠也** 禾粟下猶言禾粟閒也禾粟者今之小米莠今之狗尾艸莖葉采皆似禾故曰惡莠恐其亂苗苗者禾也凡禾采下垂故淮南書謂之向根張衡賦美其顧本莠則采同而揚起不下垂故詩刺其驕驕桀桀此君子小人之別也七月傳曰揚條揚也 **从艸秀聲讀若酉** 與久切三部古書多借爲秀字 **萉枲實也** 枲麻也枲實麻子也釋艸作黂周禮籩人艸人作蕡喪服傳云苴絰苴麻之有蕡者也按麻實名萉因之麻亦名萉艸人用蕡說文𣏟下云萉之總名皆是 **从艸肥聲** 房未切十五部 **䕡萉或从麻賁** 按賁聲本在十五部音轉入十三部故䕡亦符刃符分切 **芓麻母也** 見釋艸今爾雅作茡按釋艸云黂枲實枲實猶言麻實耳儀禮傳云牡麻者枲麻也然則枲無實芓乃有實統言則皆偁枲析言則有實者偁芓無實者偁枲麻母言麻子之母喪服所謂苴斬衰皃若苴齊衰皃若枲苴𪎭於枲矣詩九月叔苴則又訝麻子爲苴 **从艸子聲** 疾吏切一

一篇下　四

䔬 ㄧˋ 25定　蘇 ㄙㄨ 13心　荏 ㄖㄣˇ 28泥　䓋 ㄑㄧˇ 7溪　苵 ㄕˇ 4透　葵 ㄎㄨㄟˊ 4匣

部**一曰芓卽枲也**此字義之別說也芓枲不分故云枲實**䔬芓也从艸異聲**羊吏切一部**蘇桂荏也**桂上鍇本有蘇字此複寫隸字刪之未盡者蘇桂荏釋艸文內則注曰薌蘇荏之屬也方言曰蘇亦荏也關之東西或謂之蘇或謂之荏郭樸曰蘇荏類是則析言之則蘇荏二物統言則不別也桂荏今之紫蘇蘇之叚借爲樵蘇**从艸穌聲**素孤切五部**荏桂荏**逗**蘇也**是之謂轉注凡轉注有各部互見者有同部類見者荏之別義爲荏涤**从艸任聲**如甚切七部**苵菜也从艸矢聲**失七切十五部**䓋菜之美者雲夢之䓋**呂氏春秋伊尹對湯曰菜之美者雲夢之芹高注雲夢楚澤芹生水涯許作䓋蓋殷微二韵轉移冣近許君宷自伊尹書與呂覽字異音義則同廣韵曰䓋菜似蕨生水中說者謂豐水有苢卽此**从艸豈聲**廣韵袪豨切是唐韵作驅喜蓋謂䓋卽苢字也十五部**葵菜也**崔寔曰六月六日可種葵中伏後可種冬葵九月可作葵

薑 ㄐㄧㄤ 15見　蓼 ㄌㄧㄠˇ 21來　蒩 ㄗㄨ 13精

蒩乾葵齊民要術有種葵法種冬葵法**从艸癸聲**彊惟切十五部今作葵**薑御溼之菜也**御鉉作禦神農本艸經曰乾薑主逐風溼痹蛵病腸澼匹辟切下痢生者尤良久服去臭氣通神明按生者尤良謂乾薑中之不孰而生者耳今人謂不乾者爲生薑失之矣**从艸彊聲**居良切十部**蓼辛菜**句**薔虞也**蓼爲辛菜故內則用以和用其莖葉非用實也薔虞見下文薔字下此云蓼薔虞也下文云薔虞蓼也是爲轉注正與蘇桂荏也桂荏蘇也同特以篆籀異其處耳顏注急就篇乃云虞蓼一名薔叔重云蓼一名薔虞非也夫釋艸一篇許君偁用異其讀者往往而是其萌虇蕍爲蓼灌渝也鎬侯莎爲莎鎬侯也蕠月爾爲蕠土夫也蘱封蓯爲封須從也何所疑於蓼訏薔虞哉某氏孫炎郭樸皆薔爲句虞蓼爲句蓼借爲蓼蕭之蓼長大皃**从艸翏聲**盧鳥切古音在三部**蒩菜也**廣雅藉蕺也崔豹古今注曰荊楊人謂藉爲蕺蜀都賦劉注曰藉亦名土茄葉覆地生根可食人饑則以繼糧風土記曰蘵香菜根似茅根蜀人所謂藉香段

⿱艹豦 ㄑㄩˊ 13匣　薇 ㄨㄟˊ 7明　△薇　蓶 ㄨㄟˊ 7定　菦 ㄑㄧㄣˊ 9群

公路北戶錄曰蘵秦人謂之蒩子按蘵與蕺同側立切作蔬者誤蒩作藉蒩皆誤說文無蕺字卽今魚腥艸也凶年人掘食之**从艸祖聲**則古切五部**⿱艹豦菜也侶蘇者**此齊民要術蘘荷芹⿱艹豦之⿱艹豦本艸新補之苦苣也野生者名褊苣人家常食爲白苣江外嶺南呉人無白苣嘗植野苣以供廚饌字或作⿱艹虡俗譌作苣廣雅云蕒⿱艹虡也曹憲云白⿱艹虡與苦蕒大異恐非廣韵曰苦⿱艹豦江東呼爲苦蕒賈思勰引詩義疏云⿱艹豦苦葵也青州謂之苞**从艸⿱艹豦聲**其呂切又彊魚切五部**薇菜也**見毛傳**侶藿**謂似豆葉也陸幾詩疏曰薇山菜也莖葉皆似小豆蔓生其味亦如小豆藿可作羹亦可生食今官園種之以供宗廟祭祀項安世曰薇今之野豌豆也蜀人謂之大巢菜按今四川人掐豌豆嫩梢食之謂之豌豆顚顚古之宷於山者野生者也釋艸云垂水薇之俗名耳不當以生於水邊釋之**从艸微聲**無非切十五部**薇籒文薇省**

蓶菜也齊民要術曰蓶菜音唯似烏韭而黃**从艸唯聲**以水切十五部**菦菜類**

⿰酉蘘 ㄋㄧㄤˋ 15泥　莧 ㄒㄧㄢˋ 3匣

蒿詩禮皆作芹小雅箋曰芹菜也可以爲菹魯頌箋曰芹水菜也釋艸及周禮注曰芹楚葵也按卽今人所食芹菜今說文各本於艾蕫二字之下又出芹字訓楚葵也从艸斤聲此恐不知菦卽芹者妄用爾雅增之攷周禮音義曰芹說文作菦則說文之有菦無芹明矣且詩箋引周禮芹菹說文引周禮菦菹豈得云二物也**从艸近聲**周禮音義引說文音謹唐韵巨巾切古在十三部部本艸作蘄**周禮有菦菹**見醢人菦蓋周禮故書字**⿰酉蘘菜也**方言曰蘇沅湘之南或謂之蘲音車轄其小者謂之⿰酉蘘菜許所說未必此也齊民要術以爲藏菹之⿰酉蘘人丈切內則注菜之醸不从艸**从艸醸聲**玉篇引說文而丈切唐韵女亮切十部**莧莧菜也**例菜上莧字乃複寫隸字刪之僅存者也尋說文之例云苵菜葵菜蒩菜⿱艹豦菜薇菜蓶菜菦菜⿰酉蘘菜莧菜以釋篆文葵者字形葵菜也者字義如水部河者字形河水也者字義若云此篆文是葵菜也此篆文是河水也槩以爲複字而刪之此不學之過周易音義引宋衷云莧莧菜也此可以證矣爾雅蕢赤莧郭注今人莧赤莖者按

芋 13匣　莒 13見　蘧 13匣　菊 22見　葷 9曉　蘘 15泥　菁 12精

人莧莧名从艸見聲侯澗切十四部

芋大葉實根駭人故謂之芋也口部曰吁驚也毛傳曰訏大也凡于聲字多訓大芋之爲物葉大根實二者皆堪駭人故謂之芋其字从艸于聲也小雅君子攸芋毛傳芋大也謂居中以自光大箋云芋當作幠从艸亏聲王遇切五部

莒齊謂芋爲莒所謂別國方言也借爲國名从艸呂聲居許切五部顏氏家訓云北人之音多以舉莒爲矩唯李季節云齊桓公與管仲於臺上謀伐莒東郭牙望桓公口開而不閉故知所言者莒也然則莒矩必不同呼此爲知音矣按廣韵莒矩雖分語麌然雙聲同呼顏氏云北人讀舉莒同矩者唐韵矩其呂切北人讀舉莒同之也李季節音譜讀舉莒居許切則與矩之其呂不同呼台於管子所云口開而不閉廣韵矩俱雨切非唐韵之舊矣又按孟子以遏徂莒毛詩作徂旅知莒從呂聲本讀如呂是所以口開不閉不第如李季節所云也

蘧蘧麥也三字一句釋艸曰大菊蘧麥本艸謂之瞿麥一名巨句麥廣雅謂之紫萎一名麥句薑俗謂之洛陽花一名石竹从艸遽聲彊魚切五部

菊大菊逗蘧麥从艸匊聲居六切三部

葷臭菜也謂有气之菜也士相見禮夜侍坐問夜膳葷請退可也注葷辛物葱薤之屬食之以止臥古文葷作薰玉藻膳於君有葷桃茢注葷薑及辛菜也葷或作焄按儀禮注謂葱薤之屬爲辛物郎禮記注所謂辛菜也禮記注先以薑者薑辛而不葷金辛之臭腥葱薤之屬皆辛而葷實與薑同類也葷古作薰或作焄者殠得名薰猶治曰亂祭義注焄謂香臭也从艸軍聲許云切十三部

蘘蘘荷也三字句蘘荷見上林賦劉向九歎張衡南都賦潘岳閒居賦一名蒚蒩史記子虛賦作猼且漢書作巴且王逸作蓴菹顏師古作蓴苴名醫別錄作覆菹皆字異音近景瑳大招則倒之曰苴蓴崔豹古今注曰似薑宜陰翳地師古曰根旁生笋可以爲葅又治蠱毒宗懍荊楚歲時記云仲冬以鹽藏蘘荷以備冬儲急就篇所云老菁蘘荷冬日藏也从艸襄聲汝羊切十部

菁韭華也周禮菁菹先鄭曰菁菹韭華菹也今各本脫華字則何以別於上文之韭菹乎廣雅曰韭其華謂之菁若南都賦曰秋韭冬菁則是二物史游所云老菁冬日藏也从艸青聲子盈切十一部

一篇下　七

茞 6端　蘋 6並　苹 12並　菔 25並　蘆 13來　藍 32來　蕿 3曉　△萲　△萱　营 23溪　△芎　藭 23匣　蘭 3來　葌 3見

蘆蘆菔也一曰薺根此字義別說謂薺根謂之蘆也从艸盧聲落乎切五部

菔蘆菔佀蕪菁實如小尗者今之蘿蔔也釋艸葖蘆萉郭云萉當爲菔蘆菔蕪菁屬紫花大根一名葖俗呼雹葖按實根駭人故呼突或加艸耳蕪菁郎蔓菁从艸服聲蒲北切一部

苹蓱也無根浮水而生者小雅呦呦鹿鳴食野之苹傳曰苹蓱也釋草苹字兩出一曰蓱一曰藾蕭鄭箋以水中之艸非鹿所食易之曰苹藾蕭也於月令曰蓱萍也於周禮萍氏引爾雅萍蓱似分別萍爲水艸苹爲藾蕭鄭所據爾雅自作萍蓱而毛詩夏小正以苹爲萍皆屬段借許君則苹蓱萍三字同物不謂苹爲段借○李善注高唐賦引說文苹艸兒音平从艸平聲符兵切十一部

茞艸也謂艸名从艸臣聲稹鄰切十二部

蘋大蓱也釋艸曰苹蓱其大者蘋毛傳曰蘋大蓱也蘋蘋古今字从艸賓聲符眞切十二部

藍染青艸也小雅傳曰藍染艸也从艸監聲魯甘切八部

蕿令人忘憂之艸也見毛傳蕿之言諼也諼忘也从艸憲聲況袁切十四部詩曰安得蕿艸衛風文今詩作焉得諼草

萲或从煖煖聲此字小徐無張次立補可刪

萱或从宣宣聲

营营藭逗香艸也左傳作鞠窮賈逵云所以禦溼按今本左傳有山鞠窮乎山字注疏皆不釋疑衍或本作藭而譌爲二字从艸宮聲去弓切九部

芎司馬相如說营从弓蓋凡將篇如此作弓聲在六部古音讀如肱音轉入九部如躳字亦或弓聲

藭营藭也从艸窮聲渠弓切九部营藭疊韵

蘭香艸也易曰其臭如蘭左傳曰蘭有國香說者謂似澤蘭也从艸闌聲落干切十四部

葌香艸也依衆經音義補二字出吳林山中山經曰吳林之山

一篇下　八

葰 9心　芄 3匣　虈 19曉　蘺 1來　茝 24透　蘪 4明　薰 9曉　薄 22定

其中多葌草又云葌山有葌水出焉又云有艸其狀如葌郭云葌卽菅誤从艸葌聲古顏切十四部

葰薑屬可以香口既夕禮實綏澤焉注綏廉薑澤澤蘭也皆取其香且禦溼按綏者葰之叚借字一名山辣今藥中三柰也吳都賦謂之薑彙从艸俊聲息遺切十五部

芄芄蘭逗莞也釋艸雚芄蘭此莞當爲雚說文莞與蘭蒲爲類芄蘭與香艸爲類割分異處斷非一物或曰莞衍字鄭陸郭說芄蘭皆同許君以芄蘭列於香艸未審其意同否也从艸丸聲胡官切十四部詩曰芄蘭之枝說苑亦作枝今詩作支

虈楚謂之蘺晉謂之虈齊謂之茝此一物而方俗異名也茝本艸經謂之白芷茝芷同字匠聲止聲同在一部也內則曰佩帨茝蘭掌禹錫曰范子計然云白芷出齊郡王逸九思曰芳虈兮挫枯埤蒼曰齊茝一曰虈按屈原賦有茝有芷又有葯王注曰葯白芷也廣雅曰白芷其葉謂之葯說文無葯字囂聲約聲同在二部疑虈葯同字耳但又曰楚謂之蘺下卽系以蘺篆云江蘺蘪蕪以茝江蘺蘪蕪爲一物殊不可曉離騷曰扈江離於辟芷兮非一物明矣从艸虈聲許驕切二部

蘺江蘺逗蘪蕪相如賦云芷若射干穹窮昌蒲江離蘪蕪又云被以江離糅以蘪蕪是各物明矣而說者云江離蘪蕪皆芎藭苗也有二種似稾本者爲江離似蛇牀而香者爲蘪蕪則芎藭江蘺蘪蕪爲一徐之才藥對亦云蘪蕪一名江蘺芎藭苗也而說文以蘪蕪釋江離且以江離卽楚人謂茝者但楚謂茝爲離不云謂茝爲江蘺也盖因釋艸有蘄茝蘪蕪之文而合之茝與蘄茝又未必一物也从艸離聲呂支切古音在十六部

茝虈也从艸匠聲昌改切一部

蘪蘪蕪也三字句蘪蕪雙聲从艸靡聲靡爲切古音在十五部

薰香艸也左傳曰一薰一蕕蜀都賦劉注曰葉曰蕙根曰薰張揖注上林賦曰蕙薰艸也陳藏器曰薰卽是零陵香也郭注西山經曰蕙蘭屬也非薰葉从艸熏聲許云切十三部

薄水萹茿也謂萹茿之生於水者謂之薄也統言則曰萹茿析言則有水陸之異

芞 8溪

萹 6幫　茿 22端　藒 2溪　苺 24明　茖 14見　苷 32見　芧 13定　藎 6定　蒁 8定　荵 9泥

異其名因異其字詩衛風綠竹猗猗音義曰竹韓詩作薄萹茿也石經亦作薄按石經者蓋漢一字石經魯詩也西京賦李注引韓詩綠薄如簀玉篇曰薄同薄从艸水毒聲讀若督徒沃切三部

萹萹茿也三字句釋艸云竹萹蓄按竹者釋毛詩衛風之竹也韓魯詩皆作薄毛詩獨叚借作竹爾雅與毛詩合茿蓄疊韵通用本艸經亦作萹蓄从艸扁聲方沔切十二部

茿萹茿也从艸筑省聲陟玉切三部按此不云巩聲而云筑省聲者以巩字工聲筑字竹亦聲也茿篆鍇本在後菩下范上

藒藒車逗芞輿也各本無藒車二字今依韵會所引補藒芞車輿皆疊韵爾雅本或無車字不得以之改說文也離騷上林賦皆作揭車廣志曰黃葉白華从艸楬聲去謁切十五部玉篇作藒從木

芞芞輿也三字句从艸气聲去謁切十五部

苺馬苺也葥篆不廁於此則非山苺也从艸母聲母辠切古音在一部

茖艸也釋艸茖山葱按爾雅雖有此字然許君果用爾雅何以不云山葱而云艸也凡所不知寧從蓋闕从艸各聲古額切古音在五部

苷甘艸也所謂藥中國老安和七十二種石一千二百種艸者也从艸甘聲此以形聲包會意古三切八部

芧艸也上林賦蔣芧青薠張揖曰芧三棱也郭樸音杼按三棱者蘇頌圖經所謂葉似莎艸極長莖三棱如削高五六尺莖端開花是也江蘇蘆灘中極多呼爲馬芋音同宁莖可繫物亦可辮之爲索南都賦藨苧薠莞李注引說文苧可以爲索盖賦文本作芧文選上林賦亦作苧苧者芧之別字从艸予聲直呂切五部可以爲繩

藎艸也蘇恭掌禹錫皆云俗名菉蓐艸爾雅所謂王芻詩淇澳之菉也按說文有藎又別有菉則許意藎非菉矣从艸盡聲徐刃切十二部大雅以爲進字

蒁艸也陳藏器本艸蓬莪茂旬律切一名蓬莪二名蒁三名波殺徐鍇引之未知是否从艸述聲食聿切十五部

荵荵冬艸三字句名醫別錄作忍冬今之金銀藤也其花曰金銀花从艸忍聲而軫切十

萇 ㄔㄤˊ 15定　薊 ㄐㄧˋ 2見　堇 ㄌㄧˊ 24來　藋 ㄉㄧㄠˋ 20定

二部

萇 萇楚 逗 銚弋 見檜風釋艸毛傳 一曰羊桃 陸璣張揖皆曰羊桃也 从艸長聲 直良切十部

薊 芙也 釋艸曰芙薊其實荂郭云芙似薊許以芙釋薊則爲一物而芙字又不類列於此未聞 从艸魝聲 古詣切十五部

堇 艸也 下文之苗也本艸經曰羊蹄小雅謂之蓫蓫卽苗字亦作蓄廣韵一屋堇許竹丑六二切羊蹄菜也 从艸里聲讀若釐 里之切一部按廣韵堇讀許竹丑六切者因堇蓄同物而誤讀堇同蓄也

藋 堇艸也 依集韵類篇李仁甫本作堇廣雅堇謹音藋也名醫別錄蒴藋一名堇草一名芨按下籀文內有堇字云根如薺葉如細栁未知是一否○凡物有異名同實者釋艸曰芨堇艸陸德明謂卽本艸之藋按郭釋以烏頭烏頭名堇見國語而芨一名無見陸說爲長鍇本堇作釐 一曰拜商藋 釋艸商作蔏說文言一曰者有二例一是兼採別說一是同物二名此一曰未詳何屬疑堇艸爲蒴藋拜商藋爲今之灰藋也灰藋似藜左傳斬之蓬蒿藜藋李燾本商作亯宋麻沙大徐本亦作亯蓋許所據爾雅不同今本 从艸翟聲 徒弔切二部

芨 ㄐㄧˊ 27見　葥 ㄐㄧㄢˋ 3精　蓩 ㄇㄠˇ 21明　蓡 ㄕㄣ 28心　虊 ㄌㄨㄢˊ 3來

芨 堇艸也 見上 从艸及聲讀若急 居立切七部

葥 山苺也 見釋艸 从艸歬聲 子賤切古音在十二部

蓩 毒艸也 鉉鍇本篆皆作蓩從艸務聲鉉本蓩下又出務篆云卷耳也從艸務聲鍇本無蓩張次立依鉉補之攷後漢書劉聖公傳戰於蓩鄉注曰蓩音莫老反字林云毒艸也因以爲地名廣韵蓩毒艸武道切又地名據此則毒艸之字從力不從女明矣玉篇云蓩莫屋莫老二切毒艸也此顧野王原本而蓩下引說文卷耳也又出蓩字莫候切引說文毒艸也此孫強陳彭年輩據俗本說文增之今改正篆文作蓩毒艸也而刪蓩卷耳也之云卷耳果名蓩則當與苓卷耳也同處矣又按韵會引後漢書注作菽鄉說文有菽字云細艸叢生也 从艸務聲 古音在三部

蓡 人蓡 逗 藥艸 句 出上黨 本艸經作人參 从艸浸聲 山林切七部

虊 鳧葵也 後又云茆鳧葵也二字不同處者以小篆籀文別之也虊茆雙聲廣雅曰虊茆鳧葵也按虊蓴古今字古作虊今作蓴作蒓 从艸攣聲 洛官切曹憲力船力眷二切十四部

䓞 ㄌㄧˋ 5來　荍 ㄑㄧㄠˊ 21匣　蓖 ㄆㄧˊ 4並　萭 ㄩˇ 13匣　苐 ㄊㄧˊ 4定

䓞 艸也可㠯染畱黃 糸部綟下曰帛䓞艸染色也畱黃辭賦家多作流黃皇侃禮記義疏作駵黃土剋水故中央駵黃色黃黑也漢諸侯王盭綬晉灼曰盭艸名出琅邪平昌縣似艾可染黃因以爲綬名玉裁按盭同音叚借字也漢制盭綬在紫綬之上其色黃而近綠故徐廣云似綠或云似紫綬名緺綬者非也緺紫青色與綟不同 从艸戾聲 郎計切十五部

荍 蚍衃也 釋艸曰荍蚍衃毛傳曰荍芘芣也與說文皆字異音同陸璣曰一名荊葵似蕪菁華紫綠色可食微苦蚍衃音毗浮 从艸收聲 渠遙切古音在三部

蓖 蒿也 从艸毘聲 房脂切十五部

萭 艸也 从艸禹聲 王矩切五部攷工記故書禹之以眡其匡先鄭讀爲萭鄭云萭蔞未詳何物

苐 艸也 鍇本作荑夷聲鉉本作苐今鉉本篆體尚未全誤攷廣韵玉篇類篇皆本說文云苐艸也知集韵合苐荑爲一字之誤矣荑見詩茅之始生也 从艸弟聲 杜兮切十五部

薢 ㄒㄧㄝˋ 2心　苦 ㄎㄨˇ 13溪

薢 艸也 子虛賦高燥生薢張揖曰薢賴蒿也按賴蒿蓋卽藾蕭 从艸辟聲 私列切十五部

苦 大苦 逗 苓也 見邶風唐風毛傳釋艸苓作蘦孫炎注云今甘艸也按說文甘字解云甘艸矣倘甘艸又名大苦又名苓則何以不類列而割分異處乎且此云大苦苓也中隔百數十字又出蘦篆云大苦也此苓必改爲蘦而後畫一卽畫一之又何以不類列也攷周時音韵凡令聲皆在十二部今之眞臻先也凡霝聲皆在十一部今之庚耕清青也簡兮苓與榛人韵采苓苓與顛韵倘改作蘦則爲合音而非本韵然則釋艸作蘦不若毛詩爲善許君斷非於苦下襲毛詩於蘦下襲爾雅而劃分兩處前後不相顧也後文蘦篆必淺人據爾雅妄增而此大苦苓也固不誤然則大苦卽卷耳與曰非也毛傳爾雅皆云卷耳苓耳說文苓篆下必當云苓耳逗卷耳也今本必淺人刪其苓耳字卷耳自名苓耳非名苓凡合二字爲名者不可刪其一字以同於他物如單云蘭非芃蘭單云葵非鳧葵是也此大苦斷非苓耳而苦篆苓篆不類廁又其證也然則大苦

菩 16並　薏 25影　茅 21明　菅 3見　蘄 9匣　莞 3匣　藺 6來

何物曰沈括筆談云爾雅蘦大苦注云蔓延生葉似荷青莖赤此乃黃藥也其味極苦謂之大苦郭云甘草非也甘草枝葉全不同苦爲五味之一引伸爲勞苦**从艸古聲**康杜切五部

菩 艸也周禮注犯軷以菩芻棘柏爲神主郭樸注穆天子傳云萯今菩字按許書則菩萯各物各字也**从艸咅聲**步乃切一部

薏 薏苢本艸經艸部上品有薏苡人陶隱居云生交阯者子取大彼土人呼爲蘇音幹珠馬援大取將還人讒以爲珍珠也按蘇與薏雙聲**从艸意聲**於力切一部**一曰薏英**未詳

茅 菅也按統言則茅菅是一析言則菅與茅殊許菅茅互訓此從統言也陸璣曰菅似茅而滑澤無毛根下當作上五寸中有白粉者柔韌宜爲索漚乃尤善矣此析言也**从艸矛聲**莫交切古音在三部**可縮酒爲藉**各本無此五字依韵會所引補縮酒見左傳爲藉見周易此與蔆可以香口蒻可以爲苹席一例

菅 茅也詩白華菅兮釋艸曰白華野菅毛傳足之曰已漚爲菅按詩謂白華既漚爲菅又以白茅收束之菅別於茅野菅又別於菅也**从艸官聲**古顏切十四部

蘄 艸也釋艸蘄字四見不識許所指何物也**从艸斳聲**說文無斳字蘄當是從蕇斤聲如虫部蠲字當是從蜀益聲不立蕇部蜀部是以傳於艸虫二部而斳聲不可通或曰當有從單斤聲之斳字說文無單部因無斳字也陸德明曰蘄古芹字然說文有菦字則非一字也汪氏龍曰蘄字蓋失收集韵渠希切古音當在十三部古鐘鼎款識多借爲祈字**江夏有蘄春縣**見地理志縣各本作亭今正凡縣名系於郡亭名鄉名系於某郡某縣

莞 艸也可以作席小雅下莞上簟箋云莞小蒲之席也司几筵蒲筵加莞席正義以莞加蒲麤者在下美者在上也列子老韭之爲莞殷敬順曰莞音官似蒲而圓今之爲席者是也揚承慶字統音關玉裁謂莞之言管也凡莖中空者曰管莞蓋卽今席子艸細莖圓而中空鄭謂之小蒲實非蒲也廣雅謂之葱蒲**从艸完聲**胡官切十四部在

藺 莞屬可爲席依韵會所引補三字急就篇有藺席**从艸**

蒢 13定　蒲 13並　蒻 20泥　蓡 28透　蓷 7透　茥 10溪　莙 9匣

闌聲艮刃切十二部

蒢 黃蒢職也釋艸職黃除**从艸除聲**直魚切五部按鍇本無蒢莞藺皆蒲屬故次之以蒲也鉉本有之依郭注蘵似酸漿未審亦蒲屬否

蒲 水艸也或曰作席周禮祭祀席有蒲筵**从艸浦聲**此當云從艸水甫聲薄胡切五部

蒻 蒲子句**可目爲平席**蒲子者蒲之少者也凡物之少小者謂之子或謂之女周書蔑席苜部曰纖蒻席也馬融同王肅曰纖蒻苹席也某氏尚書傳曰底席蒻苹也鄭注閒傳曰苄今之蒲苹也釋名曰蒲苹以蒲作之其體平也苹者席安隱之偁此用蒲之少者爲之較蒲席爲細攷工記注曰今人謂蒲本在水中者爲弱弱卽蒻蒻必媆故蒲子謂之蒻非謂取水中之本爲席也**世謂蒲蒻**太平御覽有此四字**从艸弱聲**而灼切二部

蓡 蓡蒲逗各本脫蓡字今補**蒻之類也**此釋周禮也加豆之實蓡蒲醓醢先鄭曰深蒲蒲蒻入水深故曰深蒲鄭曰深蒲蒲始生水中子是則深蒲卽蒲蒻在水中者許君以蒲子別於蒲以蒻之類別於蒻謂蒲有三種似二鄭說爲長**从艸深聲**此當云从艸水突聲式箴切七部此字蓋出故書

蓷 隹也隹各本作萑誤今正王風中谷有蓷釋艸萑蓷毛傳曰蓷雖蓋爾雅本作隹與毛傳雖字同後人輒加廿頭耳菼亦一名雖皆謂其色似夫不也陸機云舊說及魏周元明皆云菴閭韓詩及三蒼說苑云益母本艸云益母茺蔚也劉歆云蓷臭穢艸名臭穢卽茺蔚也按臭茺雙聲穢蔚疊韵李郭注爾雅亦云茺蔚未知許意何屬**从艸推聲**他回切十五部**詩曰中谷有蓷**按鉉本此下有萑篆萑訓艸多皃則鍇本在茸葎二篆間是也鉉乃移而類居之必萑訓蓷也則可矣

茥 缺盆也見釋艸郭云覆盆也實可食**从艸圭聲**苦圭切古音在十六部

莙 牛藻也見釋艸按藻之大者曰牛藻凡艸類之大者多曰牛曰馬郭云江東呼馬藻矣陸機云藻二種一種葉如雞蘇莖大如箸長四五尺一種莖大如釵股葉如蓬謂之聚藻扶風人謂之藻聚爲發聲也牛藻當是葉如雞蘇者但析言則有別統言則皆謂之藻亦皆謂之莙顏氏家訓云莙

苡 ㄧˇ 24定　蒚 ㄌㄧˋ 11來　莞 ㄏㄨㄢˊ 3匣

艸細細葉蓬茸水中一節長數寸細茸如絲圓繞可愛東宮舊事所云六色罽緄者凡寸斷五色絲橫著線股閒繞之以象莙艸用以飾物卽名爲莙於時當縛六色罽作此莙以飾緄帶張敞因造糸菊畏耳據此則莖如釵股者亦謂之莙也**从艸君聲讀若威**渠殞切十三部按君聲而讀若威此由十三部轉入十五部張敞之變爲緄緄音隈說文音隱之音塢瑰反字林窘亦音巨畏反皆是也唐韵渠殞切則不違本部地有南北時有古今語言不同之故竊疑左傳蘊藻卽莙字蘊與藻爲二猶筐與筥錡與釜皆爲二也

莞夫離也見釋艸莞釋艸亦作莞夫作苻**从艸完聲**胡官切十四部

蒚夫離上也見釋艸**从艸鬲聲**力的切十六部按前既有莞艸可以作席之文復出蒚字則爾雅蒚苻離非可以作席之莞也

苢芣苢逗**一名馬舄其實如李令人宜子**釋艸芣苢馬舄馬舄車前說文凡云一名者皆後人所改竄爾雅音義引作芣苢馬舄也可證其實如李徐鍇謂其子亦似李但微而小耳按韵會所引

一篇下　十五

△薚

蓲 ㄡ 16溪　蘻 ㄐㄧˋ 11見　蕁 ㄊㄢˊ 28定

李作麥似近之但未知其何本陸德明徐鍇所據已作李矣令人宜子陸機所謂治婦人產難也**从艸㠯聲**羊止切一部**周書所說**示部曰逸周書此不言逸或詳或略錯見也王會篇曰康民以桴苡桴苡者其實如李食之宜子詩音義云山海經及周書皆云芣苡木也今山海經無芣苡之文若周書正文未嘗言桴苡爲木陶隱居又云韓詩言芣苡是木食其實宜子孫此蓋誤以說周書者語系之韓詩德明引韓詩直曰車前瞿曰芣苡李善引薛君曰芣苡澤瀉也韓詩何嘗說是木哉竊謂古者殊方之貢獻自出其珍異以將其誠不必知中國所無而後獻之然則芣苢無二不必致疑於許偁周書也

蕁芫蕃也今本篆文無彡誤芫當是本作允俗加艸本艸作沈直林切燔說爾雅者謂卽今之知母**从艸尋聲**㝷各本作尋誤徒南切古音在七部

薚蕁或从爻

蘻艸也从艸毄聲古歷切十六部

蓲烏蓲逗二字依爾雅音義補**艸也**廣韵曰烏蓲艸名本說文郭注爾雅菼薍云江東呼爲烏蓲音丘許不與蒹薍薊薕

⿱艹榦 ㄍㄢ 3見　蔗 ㄓㄜˋ 13端　⿱艹賜 ㄙ 11心

⿱艹固 ㄍㄨˋ 13見　藷 ㄓㄨ 13端　蘾 ㄋㄥˊ 15泥　藸 ㄓㄨ 13端　⿱艹中 ㄓㄨㄥ 23端　蒷 ㄈㄨˋ 24並　芺 ㄧㄠ 19影

四字類廁則許意不同郭也**从艸區聲**去鳩切古音在四部

⿱艹固艸也从艸固聲古慕切五部

⿱艹榦艸也从艸榦聲古案切十四部

藷藷蔗也三字句或作諸蔗或都蔗藷蔗二字疊韵也或作竿蔗或干蔗象其形也或作甘蔗謂其味也或作邯睹服虔通俗文曰荆州竿蔗**从艸諸聲**章魚切五部

蔗藷蔗也从艸庶聲之夜切古音在三部

蘾牂蘾逗**可㠯作縻綆**縻牛轡也綆汲井綆也**从艸[illegible]聲**女庚切古音在十部牂蘾疊韵

藸艸也从艸豬聲直魚切五部鉉本移此字於莖篆下以莖藸二字當類列而不知許意單呼藸者別是一物也

⿱艹賜艸也从艸賜聲斯義切十六部

⿱艹中艸也从艸中聲陟宮切九部

蒷王蒷也夏小正四月王蒷秀月令四月王瓜生注云今月令云王蒷秀豳風四月秀葽箋疑葽卽王蒷管子地員有蒷有大蒷細蒷**从艸負聲**房九切古音在一部

一篇下　十六

⿱艹弦 ㄒㄧㄢˊ 6匣　⿱艹寅 ㄧㄣˊ 6定

⿱艹圝 ㄧㄡˋ 24匣　莩 ㄈㄨˊ 21滂　荓 ㄆㄧㄥˊ 12並　蕕 ㄧㄡˊ 21定　荌 ㄢˋ 3影　藄 ㄑㄧˊ 24匣

芺艸也味苦江南食之㠯下气名醫別錄云苦芺主泰瘡不云可下氣漢人謂豫章長沙爲江南**从艸夭聲**烏浩切二部

⿱艹弦艸也从艸弦聲胡田切十二部

⿱艹圝艸也从艸圝聲于救切古音在一部**⿱艹圝籒文囿**

莩艸也从艸孚聲芳無切古音在三部

⿱艹寅兔瓜也見釋艸**从艸寅聲**翼眞切十二部

荓馬帚也見釋艸夏小正七月荓秀荓也者馬帚也廣雅曰馬帚屈馬荓也**从艸并聲**薄經切十一部詩大雅荓使也

蕕水邊艸也漢書子虛賦音義曰軒于蕕艸也生水中楊州有之釋艸莤蔓于莤卽蕕蔓于卽軒于**从艸猶聲**以周切三部

荌艸也从艸安聲烏旰切十四部

藄土夫也各本作藄月爾也今依爾雅音義攷今本釋艸芏夫王郭云芏艸生海邊藄月爾郭云卽紫藄也似蕨可食陸德明曰藄字亦作藄紫藄菜也說文云藄土夫也其所據說文必與爾雅殊異而偁之不則何

莃ㄒㄧ 7曉　䕬ㄇㄥˊ 26明　蕧ㄈㄨˋ 22並　苓ㄌㄥˊ 6來　贛ㄍㄢˋ 30見　藑ㄑㄩㄥˊ 3匣　蕌ㄈㄨˋ 25幫　葍ㄈㄨˊ 25幫　蓨ㄊㄧㄠˊ 21定　苖ㄉㄧˊ 21定　薚ㄔㄤˊ 15透

容偁也今本說文恐是據爾雅郭本郭注改者但許君爾雅之讀今不可知矣从艸綦聲渠之切一部

莃兔葵也見釋艸从艸希聲香衣切十五部

䕬灌渝今釋艸葭蘆菼薍其萌虇郭云今江東呼蘆筍爲虇音繾綣下文蕍芛葟華榮郭別爲一條許君所據爾雅䕬灌渝句字皆與今本大乖今不可得其讀矣从艸夢聲讀若萌古音在六部而讀若萌者轉入十部也今莫中切

蕧盜庚也見釋艸从艸復聲房六切三部

苓苓耳逗二字各本脫今補說見苦字下卷耳艸字各本作也今依韵會所引釋艸毛傳皆曰卷耳苓耳也从艸令聲郎丁切古音在十二部

贛艸也从艸贛聲古送切又古禫切古音在七八部轉入九部一曰薏苢本艸曰一名贛音感卽此字陶隱居云交阯實大者名幹珠幹與贛雙聲字也

藑藑茅逗各本無藑字此淺人不知其不可刪而刪之如嶲周燕也今本刪嶲字其誤正同今補葍也釋艸曰葍藑茅一名舜舜字下曰楚謂之葍秦謂之藑是也今本作一名蕣是以木堇爲藑矣从艸夐聲渠營切古音在十四部

蕌葍也从艸富聲方布切古音在一部布字依宋刻

葍蕌也見釋艸郭云大葉白華根如指正白可啖按邶風箋云葑菲二菜蔓菁與葍之類也皆上下可食此根可啖之證也郭又云葍華有赤者爲藑藑葍一種耳亦猶蔆苕華黃白異名陸機云葍有兩種一種莖葉細而香一種莖赤有臭氣按毛公云葍惡菜殆因有臭氣與从艸畐聲方六切古音在一部

蓨苖也釋艸曰苖蓨也管子黑埴其草宜苹蓨按苹蓨二艸名从艸脩聲徒聯切又湯彫切古三部按小徐本無蓨

苖蓨也按小徐本苖字在後蓨下茶上从艸由聲徒歷切又迪六切三部

薚艸也也字各本無今補按說文凡艸名篆文之下皆複舉篆文某字曰某艸也如葵篆下必云葵菜也蓋篆下必云蓋艸也篆文者其形說解者其義以義釋形故說文爲小學家言形之書也淺人不知則盡以爲贅而刪之不知葵

薁ㄩˋ 22影　葴ㄓㄣ 28端　䕡ㄌㄨˇ 13來　△蓾　蒯ㄎㄨㄞˇ 8溪

菜也蓋艸也河水也江水也皆三字句首字不逗今雖未復其舊爲舉其例於此此薚篆之下本云薚艸也各本旣刪薚字又去也字則薚篆不爲艸名似爲凡枝枝相値葉葉相當之偁矣玉篇薚下引說文謂卽遂薚馬尾蔏陸也蕩同薚攷本艸經曰商陸一名薚句根一名夜呼陶隱居曰其花名薚是則絫呼曰遂薚單呼曰薚或謂其花薚或謂其莖葉薚也枝枝相値葉葉相當从艸昜聲褚羊切十部

薁嬰薁也嬰錯本作蘡俗加艸頭耳豳風六月食鬱及薁傳曰鬱棣屬薁蘡薁也正義曰劉稹毛詩義問云鬱樹高五六尺其實大如李本艸鬱一名棣則與棣相類蘡薁亦是鬱類晉宮閣銘車下李三百一十四株車下李卽鬱也薁李一株薁李卽薁也二者相類而同時熟玉裁按說文李棣皆在木部薁在艸部毛公但云鬱棣屬未嘗云薁鬱屬廣雅釋艸燕薁蘡舌也釋木云山李雀李二字今正未知是否鬱也然則薁之非木實明矣晉宮閣銘所謂車下李薁李皆非毛許之嬰薁也齊民要術引詩義疏曰櫻薁實大如龍眼黑色今車鞅藤實是按賈氏凡引詩義疏艸木蟲魚疏皆謂之詩義疏陸璣本有釋薁云云今本脫之耳魏王花木志引詩疏亦同从艸奧聲於六切三部

葴馬藍也見釋艸郭云今大葉冬藍也釋艸又云葴寒漿郭云今酸漿艸江東呼曰苦葴子虛賦葴析苞荔張揖釋以馬藍郭樸云葴酸漿江東名烏葴从艸咸聲職深切七部

䕡艸也可以束从艸魯聲郎古切五部

蓾䕡或从鹵釋艸云蓾蔖郭云作履苴艸按說文云苴履中艸謂以艸襯履底曰苴賈子曰冠雖敝不以苴履是也許云可用束郭云可苴履大約是一物

蒯艸也左傳引詩曰雖有絲麻無棄菅蒯李善引聲類曰蒯艸中爲索苦怪切史記馮驩有一蒯緱裴駰曰蒯茅之類可爲繩其蒯把無物可裝以小繩纏之也从艸㪿聲按說文無㪿字而爾雅有之釋詁曰㪿息也音義曰㪿苦怪反又墟季反字林以爲喟丘愧反孫本作快郭又作嘳按㪿字今不可得其左旁所從何等字之本訓何屬但其古音在十五部甚明說文聵㪿皆以爲聲而聵字亦作瞶蒯字逸詩與萃匱爲韵皆在十五部也不

蔞ㄌㄡˊ 16來　藟ㄌㄟˇ 7來

知何時蔽改作蒯從朋從刀殊不可曉蓋本扶風蒯鄉之字誤蒯讀若陪在第一部第六部與十五部相隔絕遠而誤其形作蒯且用爲蔽字不可從也玉篇引無棄菅蔽不作蒯苦怪切

蔞艸也可㠯亨魚召南言刈其蔞陸璣云蔞蔞蒿也爾雅購蔏蔞郭云蔞蒿也江東用羹魚楚辭曰吳酸芼蔞按蔞蒿俗語耳古祗呼蔞釋艸古讀或於購蔏句絕**从艸婁聲**力朱切古音在四部

藟艸也詩七言葛藟陸璣云藟一名巨荒似燕薁亦延蔓生葉如艾白色其子赤可食酢而不美幽州謂之椎藟開寶本艸及圖經皆謂卽千歲蘽也按凡藤者謂之藟系之艸則有藟字系之木則有蘽字其實一也戴先生詩補注說葛藟猶言葛藤爾雅山櫐虎櫐山海經卑一作畢山多櫐古本從木皆是也然鄭君周南箋云葛也藟也分爲二物與許合葛與藟皆藤生故詩多類舉之左氏亦云葛藟猶能庇其木根藤古祇作縢謂可用緘縢也山海經傳曰櫐一名縢**从艸畾聲**力軌切十五部**詩曰莫莫葛藟**大雅旱麓文**一曰秬鬯**此字義別說也秬鬯之酒

蒬ㄩㄢ 3影　茈ㄗˇ 10精　藐ㄇㄠˇ 19明　（藐）　萴ㄗㄜˊ 25精

鬱而後鬯凡字從畾聲者皆有鬱積之意是以神名鬱壘上林賦云隱轔鬱𡾰秬鬯得名藟者義在乎是其字從艸者醲芳艸爲之也

蒬棘蒬也見釋艸本艸經云遠志一名棘菀一名葽繞一名細艸**从艸冤聲**於元切十四部

茈茈艸也三字句茈字僅得免刪可以證蔽下必云蔽艸也藟下必云藟艸也皆淺人刪之周禮注云染艸茅蒐橐盧豕首紫茢之屬按紫茢卽紫䓞也紫䓞卽茈艸也廣雅云茈䓞茈草也古列戾同音茈紫同音本艸經云紫草一名紫丹一名紫芙陶隱居云卽是今染紫者說文云䓞艸可以染畱黃謂之紫䓞者以染紫之䓞別於染騂黃之䓞也西山經曰勞山多茈艸司馬彪注上林賦曰茈薑紫色之薑郭注南山經曰茈嬴紫色嬴故知古紫茈通用**从艸此聲**將此切古音在十五部轉入十六部

藐茈艸也見釋艸**从艸貇聲**莫覺切古音在二部古多借用爲眇字如說大人則藐之及凡言藐藐者皆是

萴烏喙也廣雅穫奚毒附子也一歲爲萴子二歲爲烏喙三歲爲附子四歲爲烏頭五歲爲天雄按

蒐ㄙㄡ 7心　茜ㄑㄧㄢˋ 9清　薜ㄅㄧˋ 11並　蕼ㄙˋ 8心

本艸經有附子烏頭天雄三條云烏頭一名奚毒一名卽子一名烏喙卽子卽萴子猶鰂鯽一字也名醫別錄又沾側子一條誤矣**从艸則聲**阻力切一部按茈藐蒐茜等字皆染艸也乃中隔以萴字恐後人妄移

蒐茅蒐逗**茹藘**藘音閭鉉本作藘鄭風茹藘在阪釋艸毛傳皆云茹藘茅蒐也陸璣云茹藘茅蒐蒨艸也一名地血齊人謂之茜徐州人謂之牛蔓今圃人或作畦種蒔故貨殖傳云巵茜千石亦比千乘之家按本艸經有茜根蜀本圖經蘇頌圖經言其狀甚悉徐廣注史記云茜一名紅藍其花染繒赤黃此卽今之紅花張騫得諸西域者非茜也陳藏器云茜與蘘荷皆周禮攻蠱嘉艸之冣**人血所生可㠯染絳**云人血所生者釋此字所以从鬼也**从艸鬼**會意所鳩切三部茅古音矛茅蒐茹藘皆疊韵也經傳多以爲春獵字

茜茅蒐也从艸西聲倉見切古音在十三部蒨卽茜字也古音當在十一部其音變適同耳

蕼赤蕼也从艸肆聲息利切十五部

薜牡贊也見釋艸**从**

䒽ㄨㄤˊ 15明　苞ㄅㄠ 21幫

艸辟聲蒲計切古音在十六部

䒽杜榮也見釋艸郭云今芒艸也似茅皮可以爲繩索履屩也按太平御覽引襍字解詁芒杜榮而芒謁作芸**从艸忘聲**武方切十部

苞艸也曲禮苞屨不入公門注苞藨也齊衰藨蔽之菲也子虛賦葴析苞荔張揖曰苞藨也玉裁按當是藨是正字苞是叚借故喪服作藨蔽之菲曲禮作苞屨南都賦說艸有藨卽子虛之苞也斯干生民傳曰苞本也此苞字之本義凡詩云苞櫟苞棣書云艸木蔪苞者皆此字叚借爲包裹凡詩言白茅苞之書言厥苞橘柚禮言苞苴易言苞蒙苞荒苞承苞蓋苞桑苞瓜春秋傳言苞茅不入皆用此字近時經典凡訓包裹者皆徑改爲包字郭忠恕之說誤之也許君立文當云苞本也從艸包聲若不謂爲叚借則當云苞藨也下文卽云藨蔽屬使讀者知曲禮之苞卽喪服之藨葢艸木既難多識文字古今屢變雖曰至精豈能無誤善學古者不泥於古可也**南陽㠯爲麤履**麤各本不從艸誤麤艸履也見後**从艸包聲**布交切古音在三部按曲禮音義曰苞白表反爲欲讀同藨耳

艾ㄞˋ 2疑　蔁ㄓㄤ 15端　芹ㄑㄧㄣˊ 9定　薽ㄓㄣ 9精　蔦ㄋㄧㄠˇ 21端　△樢　芸ㄩㄣˊ 9匣　蔜 8清　葎ㄌㄩˋ 8來　茦ㄘㄜˋ 11清　苦ㄍㄨˇ 2見

艾仌臺也見釋艸張華博物志曰削冰令圓舉以向日以艾於後承其影則得火从艸乂聲五蓋切十五部古多借爲乂字治也又訓養也

蔁艸也玉篇曰蔁栭根郎蔏陸也此非許意从艸章聲諸良切十部

芹楚葵也从艸斤聲詳菦字下巨巾切古音在十三部

薽豕首也釋艸曰茢薽豕首許無茢字者攷太平御覽引爾雅黃土瓜孫炎曰一名列也按叔然以茢上屬許君讀薽與孫同鄭注周禮豕首爲染艸之屬呂氏春秋曰豨首生而麥無葉本艸經曰天名精一名豕首从艸甄聲側鄰切古音在十三部

蔦寄生艸也艸字各本脫依毛詩音義及韵會補小雅傳曰蔦寄生也陸璣曰蔦一名寄生葉似當盧子如覆盆子本艸經桑上寄生一名寓木一名宛童按寓木宛童見釋木从艸毛陸皆曰寄生耳許獨云寄生艸者爲其字之從艸也鳥聲詩音義云說文音弔唐韵都了切二部詩曰蔦與女蘿小雅頍弁文

樢蔦或從木艸屬故從艸寓木故

從木廣雅釋木作樢字

芸艸也佀目宿夏小正正月采芸爲廟采也二月榮芸月令仲冬芸始生注芸香艸高注淮南呂覽皆曰芸芸蒿菜名也呂覽曰菜之美者陽華之芸注芸芳菜也賈思勰引倉頡解詁曰芸蒿似斜蒿可食沈括曰今謂之七里香者是也葉類豌豆其葉極芬香古人用以藏書辟蠹採置席下能去蚤蝨从艸云聲王分切十三部淮南王說芸艸可目死復生淮南王劉安也可以死復生謂可以使死者復生蓋出萬畢術鴻寶等書今失其傳矣

蔜艸也从艸敖聲麤最切十五部

葎艸也唐本艸曰葛葎蔓宋本艸曰葛勒蔓似葛有刺从艸律聲呂戌切十五部

茦莿也茦刺見釋艸刺不從艸方言曰凡艸木刺人北燕朝鮮之閒謂之茦或謂之壯按木芒曰朿艸芒曰茦因木芒之字爲義與聲也但許君上下文皆係艸名不當泛釋凡艸之刺或因上文葎艸有刺聯及之或自有艸名茦一名莿與方言異義未可定也从艸朿聲楚革切古音在十六部

苦苦蔞

一篇下　主

蘻ㄐㄧˋ 11見

葑ㄈㄥ 18幫　薺ㄐㄧˋ 4從　莿ㄘˋ 11清　蕫ㄉㄨㄥˇ 18端　蓃ㄙㄠˇ 21心　芐ㄏㄨˋ 13匣

逗果蓏也果蓏宋鉉本作果蓏依鍇本與詩合豳風果蓏之實亦施于宇釋艸曰果蓏之實栝樓也毛傳同李巡曰栝樓子名也本艸經栝樓一名地樓玉裁按若果婁蓏皆雙聲藤生蔓於木故今爾雅本艸字從木艸屬也故說文字從艸从艸昏聲古活切十五部

葑須從也邶風采葑采菲毛傳曰葑須也釋艸曰須逗葑蓯說文曰葑須從也三家互異而皆不誤葑須爲雙聲葑從爲疊韵單評之爲葑絫評之爲葑從單評之爲須絫評之爲須從語言之不同也或許所據爾雅與今本異矣坊記注云葑蔓菁也陳宋之閒謂之葑方言云蘴蕘蕪菁也陳楚之郊謂之蘴郭注蘴舊音蜂今江東音嵩字作菘也玉裁按蘴菘皆卽葑字音讀稍異耳須從正切菘字陸佃嚴粲羅願皆言在南爲菘在北爲蕪菁蔓菁若菰葑讀去聲別是一物从艸封聲府容切九部

薺蒺棃也今詩鄘風小雅皆作茨釋艸傳箋皆曰茨蒺棃也易曰據于蒺棃陶隱居曰子有刺軍家鑄鐵作之以布敵路亦呼蒺藜从艸齊聲疾咨切十五部詩曰牆有薺

莿茦也按方言秖作刺卽從艸亦當與茦篆相屬恐後人增之从艸刺聲七賜切十六部

蕫鼎蕫也釋艸曰蘱鼎蕫郭云似蒲而細按說文無蘱字者蓋許所據秖作類从艸童聲多動切九部亦作董古童重通用或用爲童蕫字誤杜林曰藕根漢志有杜林倉頡訓纂一篇杜林倉頡故一篇此蓋二篇中語藕當從後文作蕅蕅根猶荷根也郭樸曰北方人以藕爲荷用根爲母號也然則杜林謂蕅爲蕫

蘻狗毒也見釋艸樊光云俗語苦如蘻从艸繫聲古詣切十六部

蓃艸也釋艸曰蔽蓃蘡未知許斷句如此否从艸嫂聲蘇老切古音在三部說文無蔽字者蓋所據秖作數

芐地黃也見釋艸本艸經謂之乾地黃从艸下聲侯古切五部禮記依宋本及韵會補記字按下文公食大夫禮記文鉶毛牛藿羊苄豕薇是今儀禮毛作芼與許所據不同今儀禮曰羊苦注苦苦荼也今文苦爲苄然則許從今文鄭從古文也士虞禮特牲饋食禮二記鉶芼用苦若

一篇下　圭

△薟ㄌㄢˊ 30來　蘞　菳ㄑㄧㄣˊ 28匣　芩ㄑㄧㄣˊ 28匣　藨ㄅㄧㄠ 19並　⿱艹鶂ㄧˋ 11疑　蔆ㄌㄧㄥˊ 26來　△⿱艹遴

薇注皆云今文苦爲芐特牲又正之曰芐乃地黃非也薟白薟也本艸經作白斂从艸僉聲良冉切七部蘞薟或从斂唐風蘞蔓于野陸璣云似栝樓葉盛而細其子正黑如燕薁不可食陸疏廣要曰本艸蘞有赤白黑三種疑此是黑蘞也菳黃菳也本艸經廣雅皆作黃芩今藥中黃芩也从艸金聲巨今切七部芩艸也小雅呦呦鹿鳴食野之芩傳曰芩艸也陸璣云芩艸莖如釵股葉如竹蔓生澤中下地鹹處爲艸眞實牛馬皆喜食之按如陸說則非黃芩藥也許君黃菳字從金聲詩野芩字從今聲截然分別他書亂之非也毛詩音義引說文云蒚也以別於毛公之艸也甚爲可據但訓蒚則與弟二章不別且說文當以芩與蒚篆類廁恐是一本作蒚屬釋文也字或屬字之誤又按集韵類篇皆曰菳蘞芩三字同魚音切菜名似蒜生水中攷字林齊民要術皆云菳似蒜生水中此則別是一物从艸今聲巨今切七部詩曰食野之芩藨鹿藿也前蔩篆訓鹿藿之實此藨訓鹿藿則當類處徐鍇曰釋艸蔨鹿藿藨麃二者各物疑字形之誤以藨麃爲鹿藿也玉裁按蓋藨麃誤爲鹿後人因妄增藿字耳从艸麃聲讀若剽平表切二部一曰蔽之屬此字義別說也南都賦其艸則藨苧薠莞廣韵曰可爲席或作蔍苞⿱艹鶂綬艸也艸字依韵會補陳風邛有旨鷊傳曰鷊綬艸也釋艸曰虉綬按毛詩作鷊叚借字也今爾雅作虉與說文作⿱艹鶂不同者鷊鶂同在十六部也陸璣曰鷊五色作綬文故曰綬艸从艸鶂聲五狄切十六部詩曰邛有旨⿱艹鶂是蔆芰也周禮加籩之實有蔆注蔆芰也子虛賦應劭注同从艸淩聲力膺切六部楚謂之芰楚語屈到嗜芰韋曰芰蔆也秦謂之薢茩釋艸曰薢茩芵光郭云芵明也或曰蔆也關西謂之薢茩按景純兩解後解與說文字林合釋艸又曰蔆蕨攈孫炎居郡反郭云今水中芰按蕨攈芵光皆雙聲爾雅薢茩芵光或可以決明子釋之不嫌異物同名也而說文之芰薢茩卽今蔆角本無疑義不知徐鍇何以淆惑⿱艹遴司馬相如說蔆

一篇下　卅三

芰ㄐㄧˋ 10匣　△茤　薢ㄒㄧㄝˋ 11匣　茩ㄍㄡˇ 16匣　芡ㄑㄧㄢˋ 30匣　蘜ㄐㄩˊ 22見　△蓻　蘥ㄩㄝˋ 20定

从遴此當是凡將篇中字藝文志曰史游作急就篇李長作元尙篇皆倉頡中正字也司馬相如作凡將篇則頗有出矣據是則倉頡篇正字作蔆凡將別作⿱艹遴營芎同此蔆聲古音在六部遴聲古音在十二部而合之者以雙聲合之也今史漢文選子虛賦祇作蔆華芰蔆也是謂轉注从艸支聲奇寄切十六部茤杜林說芰从多此蓋倉頡訓纂倉頡故二篇中語支聲在十六部多聲在十七部二部合音冣近古弟十七部中字多轉入弟十六部薢薢茩也不云蔆也者已見上矣王注離騷曰芰蔆也秦人曰薢茩按薢與芰同在十六部徐言之則云薢茩从艸解聲胡買切十六部茩薢茩也从艸后聲蔆以角得名蔆之言棱也茩之言角也茩角雙聲同在第三部唐韵胡口切薢茩雙聲芡雞頭也周禮加籩之實有芡注同此方言苍芡雞頭也北燕謂之苍青徐淮泗之閒謂之芡南楚江湘之閒謂之雞頭或謂之鴈頭或謂之烏頭从艸欠聲巨儉切古音在八部蘜日精也㠯秋華以各本作似今依宋本及韵會正本艸經菊花一名節花又曰一名日精按一名節花卽許所謂以秋華也一名日精與許合夏小正九月榮鞠鞠艸也鞠榮而樹麥時之急也月令鞠有黃華離騷夕餐秋菊之落英字或作菊或作鞠以說文繩之皆叚借也釋艸蘜治牆郭云今之秋華菊郭意蘜菊古今字玉裁謂許君剖析菊爲大菊蘧麥蘜爲治牆蘜爲日精分廁三所又恐學者以其同音易溷也著之曰以秋華言此一蘜字乃小正月令之布華元月者也然則許意治牆別是一物種類甚殊如大菊之非蘜郭注爾雅與許全乖攷郭氏所注小學三書今存者二有時涉及字林而絕未嘗偁用說文也本艸經名醫別錄秋華有九名而無治牆則治牆之非秋華亦略可見从艸𥸨省聲居六切三部蘜蘜或省按米部𥸨從米𥸨省聲省竹則爲蘜又省米則爲執卽㚔部之執之省聲也蘥爵麥也見釋艸爵當依今釋艸作雀許君從所據耳郭云卽燕麥也生故墟野林下苗實俱似麥或云爵麥卽穱麥誤也招魂七發皆云穱麥穱卽穛字之異者古爵焦聲同在

一篇下　卅四

蓫 ㄙㄨˋ 17心　菘 ㄙ 4心　蒹 ㄐㄧㄢ 30見　薍 ㄨㄢˋ 3疑　𦵹 ㄊㄢˋ 32透　△菼　薠 ㄈㄢˊ 3並　薕 ㄌㄧㄢˊ 30來

弟二部許云穛早取穀也招魂王注云擇麥中先熟者也義正同　从艸龠聲　以勺切二部

蓫　牡茅也　見釋艸此當與菅茅二篆類廁而不爾者葢其種類殊也　从艸遬聲　桑谷切三部　遬　籒文速　凡速聲字皆從速則牡茅字作蓫可矣而小篆偶從遬與俶速聲字不畫一故箸之序曰小篆取史籒大篆或頗省改蓫者大篆文應省改而不省改者也

菘　茅秀也　廣雅曰蒤菘茅穗也蒤即荼字之變周禮儀禮注鄭風箋吳語注皆云荼茅秀當是荼爲茅之秀菘爲蓫之秀統言之則曰茅秀而已其色正白　从艸松聲　息夷切十五部

蒹　萑之未秀者　蒙上茅秀而及萑之秀與未秀也凡經言萑葦言蒹葭言葭菼皆竝舉二物蒹菼萑一也今人所謂荻也葭葦一也今人所謂蘆也萑一名薍一名騅一名蒹葦一名華釋艸曰葭華蒹薕每二字爲一物又曰葭蘆菼薍亦每二字爲一物葭蘆即葭華也菼薍即蒹薕也夏小正傳毛公許君說皆同此舍人李巡樊光則云蘆薍爲一艸陸璣郭樸則又蒹葭菼爲三矣夏小正七月秀萑葦傳曰未秀則不爲萑葦秀然後爲萑葦又曰萑未秀爲菼葦未秀爲蘆按已秀曰萑未秀則曰蒹曰薍曰菼也於此不列萑篆者以小篆大篆隔之也　从艸兼聲　古恬切七部

薍　𦵹也　从艸亂聲　五患切十四部　八月薍爲萑葭爲葦　各本脫萑葭爲三字今補正按此正申明未秀爲𦵹既秀爲萑之恉八月秀之時也言葭爲葦者類言之也豳詩八月萑葦傳云薍爲萑葭爲葦謂至是月而薍秀爲萑葭秀爲葦矣許正用毛語

𦵹　萑之初生一曰薍一曰騅　騅各本作騅今依爾雅兩一曰謂𦵹之一名也釋言云菼騅也菼薍也王風傳云菼騅也蘆之初生者也箋云菼薍也按毛釋爲騅恐其與萑無別也故又申之曰蘆之初生者也菼別於蘆析言之也統言之則菼亦偁蘆鄭恐萑葦無別也故又申之曰薍也𦵹與騅皆言其青色薍言其形細莖穊密許云萑之初生亦以正毛也　从艸剡聲　土敢切八部

菼　𦵹或从炎　經典皆作此字

薕　蒹也　二字疊韵　从艸廉聲　力鹽切七部

薠　青

蒘 ㄒㄧㄝˊ 13定　茚 ㄤˊ 15疑　芀 ㄊㄧㄠˊ 19定　茢 ㄌㄧㄝˋ 2來　菡 ㄏㄢˋ 30匣　𦸈(萏) ㄉㄢˋ 30定　蓮 ㄌㄧㄢˊ 3來　茄 ㄑㄧㄝˊ 1見

薠　句　似莎而大者　而大二字依韵會所引補子虛賦薛莎青薠張揖曰青薠似莎而大生江湖鴈所食按高注淮南曰薠狀如葴與張說不同楚辭有白薠殆與青薠一種色少異耳　从艸煩聲　附袁切十四部

茚　茚蒘　逗二字各本脫今依全書通例補之　昌蒲也　周禮朝事之豆實有昌本注昌本昌蒲根切之四寸爲菹左氏謂之昌歜本艸經菖蒲一名昌陽按或單呼曰昌或曰堯韭或曰荃或曰蓀茚蒘之名今未見所出　从艸卬聲　五剛切十部　益州云　本艸經曰生上洛池澤及蜀郡嚴道云毛扆改生

蒘　茚蒘也　从艸邪聲　以遮切古音在五部

芀　葦華也　釋艸曰葦醜芀顏注漢書云蒹錐者是也取其脫穎秀出故曰芀方言錐謂之鍣音苕因此凡言芀秀者多借苕字爲之韓詩葦蔄字作苕釋艸蔈荂荼猋藨芀皆謂艸之秀豳風傳曰荼萑苕也夏小正傳曰荼萑葦之秀是與茅秀同名荼矣葦華大於萑華故葭一名華　从艸刀聲　徒聊切二部

茢　芀也　檀弓君臨臣喪以巫祝桃茢執戈注茢萑苕可埽不祥玉藻膳於君有葷桃茢注茢菼帚也按許云葦鄭云萑菼者此統言不別也芀帚花退用穎爲之芀一名茢故帚一名茢　从艸列聲　良辥切十五部

菡　菡𦸈也　从艸圅聲　胡感切八部

𦸈　菡𦸈　逗　扶渠華　句絕扶渠各本作芙蓉誤今從釋元應所引許意扶渠爲華葉莖實本根之總名爾雅說此艸以夫渠建首毛公亦曰荷扶渠也其華菡萏扶渠一作夫渠今爾雅作芙蕖俗字也　未發爲菡𦸈已發爲夫容　此就華析言之也陳風有蒲菡萏爾雅毛傳皆曰其華菡萏此統言之不論其未發巳發也屈原宋玉言芙蓉不言菡萏亦猶是也許意菡之言含也夫之言敷也故分別之高誘曰其華曰夫容其秀曰菡萏與許意合華與秀散文則同對文則別夫容今本作芙蓉俗字也　从艸閻聲　徒感切八部

蓮　扶渠之實也　陳風有蒲與蕑箋云蕑當作蓮蓮夫渠實也鄭意欲合三章爲一物耳本艸經謂之藕實一名水芝丹　从艸連聲　洛賢切古音在十四部

茄　扶渠莖

荷ㄏㄜˊ 1匣　蔤ㄇㄧˋ 5明　蕅ㄡˇ 16疑　蘢ㄌㄨㄥˊ 18來　蓍ㄕ 4透

謂華與葉之莖皆名茄也茄之言柯也古與荷通用陳風有蒲與荷鄭箋夫渠之莖曰荷樊光注爾雅引詩有蒲與茄屈原曰製芰荷以爲衣襲芙蓉以爲裳楊雄則曰衿芰茄之綠衣被芙蓉之朱裳漢樂府鷺何食食茄下亦謂葉下

从艸加聲 古牙切十七部

荷 扶渠葉 今爾雅曰其葉蕸音義云眾家無此句惟郭有就郭本中或復無此句亦竝闕讀玉裁按無者是也高注淮南云荷夫渠也其莖曰茄其本曰蔤其根曰藕其華曰夫容其秀曰菡萏其實蓮蓮之藏者菂菂之中心曰薏大致與爾雅同亦無其葉蕸三字葢大葉駭人故謂之荷大葉扶搖而起渠央寬大故曰夫渠爾雅假葉名其通體故分別莖華實根各名而冠以荷夫渠三字則不必更言其葉也荷夫渠之華爲菡萏菡萏之葉爲荷夫渠省文互見之法也或疑闕葉而補之亦必當曰其葉荷不嫌重複無庸肊造蕸字又案屈原宋玉楊雄皆以芙蓉與芰荷對文然則芰者蔆之葉蔆者芰之實蔆之言棱角也芰之言支起也

从艸何聲 胡哥切十七部

蔤 扶渠本 釋艸其本蔤郭云莖下白蒻在泥中者按蔤之言入水深蔤也蒲本亦偁蔤周書莫席今作蔑席織蒻席也檀弓子蒲卒哭者呼滅注曰滅葢子蒲名哭呼名故子皐非之莫滅皆蔤之段借也名蔤故字蒲

从艸密聲 美必切十二部

蕅 扶渠根 釋艸其根耦按釋艸以其本蔤系於荷扶渠其莖茄之下者謂此乃全荷之本今俗所謂藕者是也蔤之言滅沒於泥中也以其根藕系於其華菡萏其實蓮之下者謂此乃花實之根凡花實之莖必偕葉一莖同出似有耦然故下近蔤上近花莖之根曰藕本言其全根言其偏本在下根上於本下文的薏仍冢花實言之此作爾雅之精意也叔重列字次弟未得其解矣

从艸水 會意 **禺聲** 五厚切四部今訂之乃從艸從耦會意兼形聲

蘢 天蘥也 見釋艸

从艸龍聲 盧紅切九部

蓍 蒿屬 謂似蒿而非蒿也陸機曰似藾蕭青色

生千歲三百莖 艸木疏博物志說皆同尚書大傳曰蓍之爲言耆也百年一本生百莖

易㠯爲數 數筭也謂占易者必以是計筭也詳易毄辭

天子蓍九尺諸侯七尺大夫五尺士三尺 此禮三正記文也亦見白虎通儀禮特牲饋食筮者坐筮少牢饋食筮者立筮鄭注卿大夫蓍五尺立筮士之蓍短坐筮皆由便也賈公彥曰然則天子諸侯立筮可知

从艸耆聲 式脂切十五部

△䕦　蘿ㄌㄨㄛˊ 1來　菣ㄑㄧㄣˋ 6溪　莪ㄜˊ 1疑　菻ㄌㄧㄣˇ 28來　蔚ㄨㄟˋ 8影　蕭ㄒㄧㄠ 22心　萩ㄑㄧㄡ 21清　芍ㄒㄧㄠˋ 20匣　葥ㄐㄧㄢˋ 3從

菣 香蒿也 詩食野之蒿爾雅毛傳皆云蒿菣也郭樸云今人呼爲青蒿香中炙啖者爲菣

从艸臤聲 去刃切十二部

䕦 菣或从堅 按陸德明曰菣字林作䕦

莪 莪 逗 **蘿也** 此三字舊作蘿莪二字今正莪系複舉不當倒於蘿下小雅菁菁者莪蓼蓼者莪釋艸曰莪蘿以蘿釋莪毛傳曰莪蘿蒿也以蘿蒿一名釋莪陸璣亦云莪蒿一名蘿蒿

蒿屬 凡言屬則別在其中故鄭注周禮每云屬別

从艸我聲 五何切十七部

蘿 莪也 是謂轉注

从艸羅聲 魯何切十七部

菻 蒿屬 郭樸曰莪蒿亦曰蘪蒿按蘪同菻許不言莪菻一物也

从艸林聲 力稔切七部

蔚 牡蒿也 小雅匪莪伊蔚釋艸毛傳皆云牡菣按牡菣猶牡蒿也郭云無子者陸璣云牡蒿七月華八月角一名馬薪蒿與郭異名醫別錄有牡蒿一條唐人注曰齊頭蒿也

从艸尉聲 於胃切十五部古多借爲茂鬱字

蕭 艾蒿也 大雅取蕭祭脂郊特牲蕭合馨香故毛公曰蕭所以共祭祀鄭君曰蕭薌蒿也陸璣曰今人所謂萩蒿也或云牛尾蒿許愼以爲艾蒿非也按陸語非是此物蒿類而似艾一名艾蒿許非謂艾爲蕭也齊高帝云蕭即艾也乃爲誤耳○又按曹風傳曰蕭蒿也此統言之諸家云薌蒿艾蒿者析言之

从艸肅聲 蘇彫切古音在三部音修亦與肅同音通用甸師共蕭茅杜子春讀肅爲蕭蕭牆蕭斧皆訓肅

萩 蕭也

从艸秋聲 七由切三部古多以萩爲楸如左氏傳伐雍門之萩史漢河濟之閒千樹萩是也

芍 鳧茈也 見釋艸今人謂之葧臍即鳧茈之轉語郭樸云苗似龍須根可食黑色是也廣雅云葃姑水芋烏芋也名醫別錄云烏芋一名藉姑一名水萍藉與葃同音萍必芋之誤此專謂茨菰不必因烏字牽合鳧茈也茈徂咨切

从艸勺聲 胡了切二部古勺聲與弱聲同芍之可食者其蒻也

葥 王彗也 釋艸字作

菋ㄨㄟˋ 8明　⿱艹冘ㄔㄣˊ 28定

蔓ㄇㄢˋ 3明　葛ㄍㄜˊ 2見　荎ㄔˊ 5定　蓂ㄇㄧㄥˊ 12明　⿱艹朮ㄓㄨˊ 8定　莔ㄇㄥˊ 15明　菀ㄨㄢˇ 3影　芪ㄑㄧˊ 10定　蘠ㄑㄧㄤˊ 15從　蘜ㄐㄩˊ 22見　蔿ㄨㄟˇ 1匣

前郭云似藜可爲彗按凡物呼王者皆謂大从艸湔聲昨先切十二部

蔿艸也晉有士蔿楚有蔿姓从艸爲聲于委切古音在十七部大徐引唐韵于鬼切鬼字恐誤左傳蔿遠錯出遠卽蔿字

⿱艹冘艸也此與莐蕃各物从艸冘聲直深切古在八部

蘜治蘠也未詳何物集韵七之曰菭蘠艸名从艸鞠聲居六切三部

蘠蘠蘼逗虋冬也見釋艸按本艸經有天門冬麥門冬未知爾雅說文謂何品也从艸牆聲賤羊切十部

芪芪母也三字一句按前已有蕁不與芪字爲伍則說爾雅者謂蕁卽芪母非許意也从艸氏聲常支切十六部一名蝭母一名知母一名蚳母皆同部同音

菀茈菀句本艸經作紫菀古紫通用茈見上唐本艸注云白菀謂之女菀急就篇牡蒙甘艸菀藜蘆師古曰菀謂紫菀女菀之屬也出漢中房陵本艸亦曰生房陵山谷从艸宛聲於阮切十四部詩菀彼北林有菀者栁假借爲鬱字也

莔貝母也詩言采其蝱毛傳曰蝱貝母釋艸說文作莔莔正字蝱假借字也根下子如聚小貝韵會引作貝母艸療蛇毒六字从艸明省聲武庚切古音在十部不曰囧聲而曰省聲者取皆讀如茫也

⿱艹朮山薊也見釋艸本艸經从艸朮聲直律切十五部

蓂析蓂二字逗大薺也此薺當作齊許君薺爲蒺藜字則薺菜必當作齊如洛爲歸德水名則知豫州水名必作雒也說文字多與爾雅異後人依爾雅改之釋艸曰菥蓂大薺郭云似薺葉細按此薺菜中之一種也从艸冥聲莫歷切古音在十一部

菋荎藸也見釋艸郭云五味也从艸味聲無沸切十五部

荎荎藸艸也四字句釋艸有味荎藸釋木有味荎著實一物也春初生苗引赤蔓於高木長六七尺故又入釋木也从艸至聲直尼切古音在十二部

葛絺綌艸也周南葛之覃兮爲絺爲綌从艸曷聲古達切十五部

蔓葛屬也此專謂葛屬則知滋蔓字古祇作曼正如蔓延字多作莚从艸曼聲

⿱艹育ㄩˋ 22定　苽ㄍㄨ 13見　蔣ㄐㄧㄤ 15精　艼ㄊㄧㄥ 12透　苵ㄉㄧㄝˊ 5定　蕛ㄊㄧˊ 4定　蘦ㄌㄧㄥˊ 12來　芫ㄩㄢˊ 3疑　⿱艹罤ㄎㄨㄣ 9見　菨ㄐㄧㄝ 31精　△荇　莕ㄒㄧㄥˋ 15匣　⿱艹臯ㄍㄠ 21見

無販切十四部

⿱艹臯葛屬也白華南山經其名曰白䓘廣雅曰䓘蘇白䓘也按未知卽此物與否从艸臯聲古勞切古音在三部䓘音同

莕菨餘也周南參差荇菜毛傳荇接余也釋艸荇作莕从艸杏聲何梗切古音在十部

荇莕或从行同各本作荇注云或從行今依爾雅音義五經文字正

菨菨餘也三字句毛傳陸疏作接余按莕菜今江浙池沼閒多有葉不正圓花黃六出北方以人莧當之南方以蓴絲當之皆非也从艸妾聲子葉切八部

⿱艹罤艸也从艸罤聲古渾切十三部

芫魚毒也爾雅釋木杬魚毒郭云大木皮厚汁赤堪藏卵果顏師古注急就篇芫華曰景純所說乃左思吳都賦所謂緜杬杶櫨者耳非魚毒也芫草一名魚毒煑之以投水中魚則死而浮出故以爲名其華可以爲藥芫字或作杬玉裁按爾雅杬字本或作芫入於釋木本艸及許君皆入艸部从艸元聲愚袁切十四部

蘦大苦也此與前大苦苓也相乖刺說詳苦字下从艸

霝聲郎丁切十一部

蕛蕛苵也見釋艸郭云蕛似稗布地生邵氏晉涵云孟子之荑稗莊子之蕛稗皆是也从艸稊聲按今本篆作蕛稊聲從禾考禾部無稊字則稊聲乃稊聲之誤蕛乃蕛之誤大兮切十五部

苵蕛苵也郭於蕛字逗以苵釋蕛許合蕛苵二字爲艸名凡爾雅固有舉其名而無訓釋者不當強爲句絕也从艸失聲徒結切十二部

艼艼熒朐也釋艸曰朐艼熒未知許於熒字逗抑以艼逗熒朐也句與今爾雅異也从艸丁聲天經切十一部

蔣苽也各本作苽蔣也此蔣苽也之誤倒耳今依御覽正蜀都賦曰攢蔣叢蒲从艸將聲子良切十部

苽雕胡一名蔣各本胡字作苽今依御覽正食醫內則皆有苽食鄭云苽彫胡也廣雅曰菰蔣也其米謂之彫胡然則猶扶渠實名蓮亦因以爲華葉名也彫胡枚乘七發謂之安胡其葉曰苽曰蔣俗曰茭其中臺如小兒臂可食曰苽手其根曰葑葑去聲从艸瓜聲古胡切五部

⿱艹育艸也从艸育聲

藣ㄆㄟ 1並　䕼ㄖㄢˊ 3泥　莨ㄌㄤˊ 15來　葽ㄧㄠ 19影　薖ㄎㄜ 1溪

余六切三部

藣艸也 爾雅釋器旄謂之龍作此字假借爲麾字也 从艸罷聲 符羈切古音在十七部

䕼艸也 从艸難聲 如延切十四部火部䕼以爲聲

莨艸也 子虛賦卑溼則生藏莨漢書音義曰莨莨尾艸也按釋艸曰孟狼尾狼與莨同音狼尾似狗尾而麤壯者也孟作孟者譌 从艸良聲 魯當切十部

葽艸也 从艸要聲 於消切二部 詩曰四月秀葽 劉向說此味苦苦葽也 四月秀葽豳風文毛曰葽者葽艸也箋云夏小正四月王萯秀葽其是乎物成自秀葽始玉裁按小正四月秀幽幽葽一語之轉必是一物似鄭不當援王萯也劉向說此味苦苦葽也苦葽當是漢人有此語漢時目驗今則不識其味苦則應夏令也小徐按字書云狗尾艸夫狗尾即莠莠四月未秀非莠明矣

薖艸也 衛風碩人之薖假借此字毛云寬大皃鄭云饑意按毛鄭意謂薖爲款之假借爾雅款足者謂之鬲漢志作空足曰鬲楊王孫傳窾木爲匵服虔曰窾空也淮南書窾者主浮注窾空也讀如科條之科然則薖款古同音許君亦曰窠空也毛鄭說皆取空中之意 从艸過聲 苦禾切十七部

菌ㄐㄩㄣˋ 9匣　蕈ㄒㄩㄣˋ 28從　䓴ㄖㄨㄢˇ 3泥　葚ㄕㄣˋ 28定　蒟ㄐㄩˇ 16見

菌地蕈也 屮部所謂菌先也 从艸囷聲 渠殞切十三部

蕈桑萸也 萸之生於桑者曰蕈蕈之生於田中者曰菌先鄭司農注周禮云深蒲或曰桑耳 从艸覃聲 慈衽切七部

䓴木耳也 內則記燕食所加庶羞有芝栭正義曰盧植云芝木芝也王肅云無華而實者名栭按芝栭猶攷工記之之而鄭君謂芝栭爲一物栭即䓴字也今人謂光滑者木耳皺者蕈許意謂蕈爲木耳 从艸耎聲 而兖切十四部按耎從大而聲內則作栭又作梗賀氏云栭輭棗其所據本作檽也釋文云又作橋橋字誤 一曰蕍茈 未聞說文亦無蕍字集韻九麌蕍勇主切蕍茈木耳是謂䓴之一名也

葚桑實也 見詩 从艸甚聲 常衽切七部

蒟果也 史記漢書有枸醬左思蜀都賦常璩華陽國志作蒟史記亦或作蒟據劉逵顧微朱祁諸家說即扶畱藤也葉可用食檳榔實如桑葚而長名蒟可爲醬巴志

芘ㄆㄧˊ 4並　蕣ㄕㄨㄣˋ 3透　茱ㄓㄨ 16定

曰樹有蒟支蔓有辛蒟然則此物縢生緣木故作蒟從艸亦作枸從木要必一物也許君木部有枸字云可爲醬於艸部又有蒟字蓋不能定而兩存之次於葚者以其實似葚也其實名蒟故云果也果木實也當云蒟果也爲三字句 从艸竘聲 俱羽切五部

芘艸也一曰芘尗木 尗鉉作茮芘尗木未聞王氏念孫曰芘茮木三字當是芘茮二字之譌玉裁謂說文茮字下作蚍衃不當此作芘芘茮蓋木名也 从艸比聲 房脂切十五部

蕣木堇 句 朝華莫落者 鄭風顏如舜華毛曰舜木槿也月令季夏木堇榮釋艸云椵木堇櫬木堇鄭君曰木堇王蒸也莊子朝菌不知晦朔潘尼云朝菌木槿也 从艸 陸機疏入木類而爾雅說文皆入艸類者樊光曰其樹如李其華朝生莫落與艸同氣故入艸中 舜聲 舒閏切十三部 詩曰顏如蕣華 今詩作舜爲假借

茱茱萸 逗 茱屬 內則三牲用藙注藙煎茱萸也漢律會稽獻焉爾雅謂之榝本艸經吳茱萸味辛溫一名藙 从艸 本艸經廣雅入木類鄭君曰茱萸即榝也而爾雅椒榝在釋木許君則茱萸與榝爲二物木部曰揚州有茱萸樹正以見茱萸之本爲艸類也 朱聲 市朱切古音在四部

萸ㄩˊ 16定　茮ㄐㄧㄠ 22精　莍ㄑㄧㄡˊ 21匣　荆ㄐㄧㄥ 12見　菭ㄊㄞˊ 24定（苔）　△菿

萸茱萸也 从艸臾聲 羊朱切古音在四部

茮茮莍也 此三字句茮莍蓋古語猶詩之椒聊也單呼曰茮累呼曰茮莍茮聊唐風椒聊之實毛曰椒聊椒也釋木曰椒榝醜莍榝大椒神農本艸經有蜀椒又有秦椒 从艸 爾雅本艸陸疏皆入木類今驗實木也而說文正從艸此沿自古籀者凡析言有艸木之分統言則艸亦木也故造字有不拘爾 尗聲 子寮切古音在三部

莍榝茱實裏如裘也 依爾雅音義正誤裘莍同音也郭云莍萸子聚生成房皃詩箋作捄釋木樸其實梂皆即莍字也 从艸求聲 巨鳩切三部求即裘之古文亦會意也

荆楚木也 林部曰楚叢木一名荆是爲轉注 从艸刑聲 舉卿切十一部

荆古文荆

菭水青衣也 依爾雅音義補青字醢人箈菹鄭司農曰箈水中魚衣元謂箈箭萌玉裁按先後鄭異字先鄭作菭從艸許說

芽ㄧㄚˊ 13疑　萌ㄇㄥˊ 15明　茁ㄓㄨㄛˊ 8精　莖ㄐㄧㄥ 12匣

正同後鄭作筬從竹郭注爾雅引筬蒩鴈醢從後鄭也後鄭注當有菭當為筬四字而佚今本周禮作箈混誤不成字所當正者也吳都賦注曰海苔生海水中正青狀如亂髮乾之赤鹽藏有汁名曰濡苔 **从艸治聲** 徒哀切沈重云北人丈之反一部今作苔

芽 逗 **萌也** 按此本作芽萌也後人倒之 **从艸牙聲** 五加切古音在五部古多以牙為芽

萌 **艸木芽也** 木字依玉篇補說文以艸木芽艸木榦艸木葉聯綴成文萌芽析言則有別尚書大傳周以至動殷以萌夏以牙是也統言則不別故曰萌艸木芽也月令句者畢出萌者盡達注句屈生者芒而直曰萌樂記作區萌 **从艸朙聲** 武庚切古音在十部

茁 **艸初生地皃从艸出** 依韵會所引鄒滑切十五部言會意以包形聲也 **詩曰彼茁者葭** 召南文毛曰茁出也按也當為皃之譌

莖 **艸木榦也** 依玉篇所引此言艸而兼言木今本作枝柱考字林作枝主謂為衆枝之主也蓋或用字林改說文而主又譌柱 **从艸巠聲** 戶耕切十一部

莛ㄊㄧㄥˊ 12定
葉ㄧㄝˋ 29定　䓲ㄐㄧˋ 2見　芣ㄈㄡˊ 24並　葩ㄆㄚ 13滂　芛ㄨㄟˇ 6定　蘳ㄏㄨㄚˊ 10曉

莛 **莖也** 說苑建天下之鳴鐘撞之以莛 **从艸廷聲** 特丁切十一部

葉 **艸木之葉也** 凡物之薄者皆得以葉名 **从艸枼聲** 與涉切古音在八部

䓲 **艸之小者从艸廁聲廁古文銳字** 按金部网部皆云廁籒文銳則此古字誤也當改籒 **讀若芮** 今居例切十五部

芣 **華盛** 詩言江漢浮浮雨雪浮浮皆盛皃芣與浮聲相近 **从艸不聲** 縛牟切古音在一部 **一曰芣苢** 疑前苢字下祇作不苢此於芣字下又明之曰不苢之不亦作芣也

葩 **華也** 古光華字與花實字同義同音葩之訓華者艸木花也亦華麗也艸木花冣麗故凡物盛麗皆曰華韓愈曰詩正而葩謂正而文也葩亦散也通作皅靈樞經曰紛紛皅皅終而復始 **从艸皅聲** 普巴切古音在五部

芛 **艸之皇榮也** 皇當作葟或驛字釋艸曰蕍芛葟華榮郭曰今俗呼艸木華初生者為芛音猪豬之猪 **从艸尹聲** 羊捶切古音在十三部

蘳 **黃華** 後漢書馬融傳曰蘳扈蘳榮蘳或作蘳 **从艸蘳聲** 此舉形聲見會意 **讀若墮壞** 此謂讀如墮壞之墮也墮隋聲在十七部音轉許規切入十六部凡圭聲字在十六部鉉本脫去墮字廣韵蘳有壞音誤矣唐韵胡瓦切十七部之音變也

䔟ㄧˊ 1定
蔈ㄅㄧㄠ 19幫　英ㄧㄥ 15影　薾ㄦˇ 4泥　萋ㄑㄧ 4清　菶ㄅㄥˇ 18幫　薿ㄋㄧˇ 24疑　蕤ㄖㄨㄟˊ 4泥　葼ㄗㄨㄥ 18精　蒝ㄩㄢˊ 3疑

蔈 **苕之黃華也** 釋艸苕陵苕黃華蔈白華茇郭云苕華色異名亦不同玉裁按許君茇字下云一曰艸之白華為茇不云苕之白華則蔈字下亦當云艸之黃華不當如郭說也今本苕字恐是後人用郭說改之許於苕下云艸也亦不云陵苕 **从艸票聲** 方小切二部 **一曰末也** 金部之鏢木部之標皆訓末蔈當訓艸末禾部曰秒禾芒也秋分而秒定按淮南天文訓作秋分蔈定此蔈為末之證也

英 **艸榮而不實者** 見釋艸 **一曰黃英** 此別一義也疑即權黃華 **从艸央聲** 於京切古音在十部

薾 **華盛** 焱部曰麗爾猶靡麗也薾與爾音義同 **从艸爾聲** 此於形聲見會意薾為華盛瀰為水盛兒氏切十六部 **詩曰彼薾惟何** 小雅文今作爾惟今作維

萋 **艸盛从艸妻聲** 七稽切十五部 **詩曰菶菶萋萋** 大雅文謂梧桐也艸木同類

菶 **艸盛** 毛曰菶菶萋萋梧桐盛也 **从艸奉聲** 補蠓切九部說文兩引詩瓜瓞菶菶今生民作唪唪假借

薿 **茂也从艸疑聲** 魚己切一部 **詩曰黍稷薿薿** 小雅文箋云薿薿然而茂盛廣雅釋訓薿薿茂也

蕤 **艸木華𠂹皃** 引伸凡物之垂者皆曰蕤冠綏系於纓而垂者也禮家定為蕤字夏采建綏王制大綏小綏明堂位夏后氏之綏襍記以其綏復鄭君皆改為緌字謂旄牛尾之垂於杠者也讀如冠蕤蕤賓之蕤白虎通說蕤賓曰蕤者下也賓者敬也 **从艸甤聲** 唐韵儒佳切非也當儒隨切入五支古音在十六部也蕤從生豕聲豕聲在十六部緌綏字亦同部

葼 **青齊兗冀謂木細枝曰葼** 見方言引傳曰慈母之怒子也雖折葼笞之其惠存焉 **从艸㚇聲** 子紅切九部

䔟 **艸萎䔟** 萎移疊韵委平聲 **从艸移聲** 弋支切古音在十七部

蒝 **艸木**

莢ㄐㄧㄚˊ 30見　芒ㄇㄤˊ 15明　蓨ㄨㄟˇ 1定　蔕ㄉㄧˋ 2端　荄ㄍㄞ 24見　荺ㄩㄣˇ 6匣　茇ㄅㄚˊ 2幫　芃ㄆㄥˊ 28並　蒪ㄈㄨ 13幫　蓻ㄐㄧˊ 2精

形从艸原聲 愚袁切十四部

莢 艸實 周禮曰墳衍植物宜莢物按莢物兼艸木言 从艸夾聲 古叶切八部

芒 艸耑也 說文無鋩字此卽鋒鋩字也 从艸亾聲 武方切十部

蓨 藍蓼秀从艸隋聲 羊捶切古音在十七部按蓨與芛字皆切羊捶蓋卽芛字之異者且當與苿葩芛蘳蘂英蘤七字類列此非其次疑後人所沾也

蔕 瓜當也 曲禮削瓜士疐之釋木棗李曰疐之疐者蔕之假借字聲類曰蔕果鼻也瓜當果鼻正同類老子深根固柢柢亦作蔕西京賦蔕倒茄於藻井皆假借爲柢字 从艸帶聲 都計切十五部

荄 艸根也 見釋艸及方言郭曰今俗謂非根爲荄 从艸亥聲 古哀切一部

荺 茇也茅根也 荺見釋艸荺者芟也芟者艸根也文相承顧廣圻曰依許君所說是爾雅本云荺芟荄根郭誤芟爲荄遂以荺荄爲一義荄根爲一義茅根也之上當有一曰二字此別一義以荺專屬茅根也 从艸均聲 于敏切十二部

茇 艸根也 从艸犮聲 北末切十五部 春艸根枯引之而發土爲撥故謂之茇 此申明艸根爲茇之義也氾勝之書曰春土長冒橛陳根可拔耕者急發攷工記注曰𡿨土曰伐伐之言發也詩駿發爾私箋云發伐也周語王耕一墢注一墢一耦之發也引之而發土者謂枱藉陳根土易解散其耕澤澤也爲撥之撥卽攷工記之伐國語之墢說文土部之坺今韵書之垡實一字也其連根之土曰坺故艸根曰茇引伸爲詩禮艸舍之茇 一曰艸之白華爲茇 見釋艸郭連上文謂茖之白華許泛言艸

芃 艸盛皃 皃字依韵會鄘風芃芃其麥毛曰芃芃然方盛長 从艸凡聲 房戎切古音在七部衞彈碑梵梵黍稷隸變從林而葛洪字苑始有梵字絜也凡泛切 詩曰芃芃黍苗 曹風傳曰美皃小雅傳曰長大皃

蒪 華葉布也 與專敷字義通從艸故訓華葉布 从艸傅聲讀若傅 方遇切五部

蓻 艸木不生也 執之言槷也與蒪反對成文玉篇云艸木生皃未知孰是 一曰

菥ㄧㄣˊ 9疑　茂ㄇㄠˋ 21明　暘ㄔㄤˋ 15透　蔭ㄧㄣˋ 28影　蓪ㄘㄡˋ 22清　茲ㄗ 24精　蔋ㄉㄧˊ 22定　歊ㄒㄧㄠ 19曉

茅根 此別一義也 从艸執聲 姊入切七部

菥 艸多皃从艸菥聲 語斤切十三部 江夏平春 見郡國志 有菥亭 凡云有某亭有某縣者皆證其字形不必名縣名亭取字義也今說文艸部末有菰篆訓釋十四字全同此因菥誤爲菰或妄附之部末也

茂 艸木盛皃 依韵會訂茂之引伸借爲懋勉字 从艸戊聲 莫候切古音在三部

暘 艸茂也 孟子史記艸木暘茂字皆作暘俗又作暢 从艸暘聲 丑亮切十部

蔭 艸陰地 左氏傳曰若去枝葉則本根無所庇蔭矣楚語玉足以庇蔭嘉穀引伸爲凡覆庇之義也釋言曰庇茠蔭也說文曰庇蔭也休止息也 从艸陰 依韵會無聲字此以會意包形聲於禁切七部詩桑柔以陰爲蔭

蓪 艸皃从艸造聲 初救切三部玉裁按左氏傳僖子使助蘧氏之蓪杜注蓪副倅也釋文曰說文蓪從艸五經文字艸部曰蓪倅也春秋傳從竹攷李善注長笛賦蓪弄曰說文蓪倅字如此注江淹詩步櫊蓪瓊弁曰說文蓪褫字如此然則左傳文選從竹之蓪皆從艸之蓪之譌而說文艸皃之下本有一曰蓪褋也五字今人言集漢人多言褋倅周禮作萃作倅亦湊集意也小徐注蓪字云艸相次也蓋識此意

茲 艸木多益 詩小雅兄也永歎毛曰兄茲也戴先生毛鄭詩考正曰茲今通用滋說文茲字說云艸木多益滋字說云益也韋注國語云兄益也詩之辭意言不能如兄弟相救空滋之長歎而巳按大雅職兄斯引傳亦云兄茲也 从艸絲省聲 絲宋本作茲非也茲從二元音元字或作滋茲從絲省聲韵會作丝聲丝者古文絲字滋孳鷀皆茲聲子之切一部經典茲此也唐石經皆誤作茲

蔋 艸旱盡也 此與艸木多益反對成文 从艸俶聲 徒歷切古音在三部 詩曰蔋蔋山川 大雅文今詩作滌滌毛云滌滌旱氣也山無木川無水按玉篇廣韵皆作蔋今疑當作蔋艸木如盪滌無有也叔聲俶聲字多不轉爲徒歷切詩踧踧周道踧字亦疑誤

歊 艸皃从艸歊聲 許嬌切二部 周禮曰轂獘不歊 攷工記文獘字誤當依本書作敝鄭衆云歊當爲秏

萷ㄕㄠ 19心

茬ㄔ 24從　芮ㄖㄨㄟˋ 8泥　蓁ㄓㄣ 6精　薋ㄗ 4從　蔇ㄐㄧˋ 8見

康成云歀歀暴陰柔後必橈減幬革暴起按此荀卿及漢人所謂槁暴也橈減爲槁木之槁與革之暴相因而致木歀則革盈瓶暴人注云暴者墳起也先鄭謂歀當是秏字之誤後鄭謂歀爲槁之假借其義則通先不言歀讀爲槁者從先鄭作秏亦得也凡許君引經傳有證本義者如蔽蔽山川是有證假借者如轂敝不歀非關艸皃也

蔇 艸多皃木部概稠也音義同从艸既聲居味切十五部

薋 艸多皃離騷曰薋菉葹以盈室王注薋蒺蔾也菉王芻也葹枲耳也詩楚楚者薋三者皆惡艸也據許君說正謂多積菉葹盈室薋非艸名禾部曰穦積禾也音義同蒺蔾之字說文作薺今詩作茨叔師所據詩作薋皆假借字耳从艸資聲疾兹切古音在十五部廣韵疾資切

蓁 艸盛皃毛詩傳曰蓁蓁至盛皃从艸秦聲側詵切十二部

萷 惡艸皃从艸肖聲所交切二部

芮 芮芮疊字艸生皃芮芮與茙茙雙聲柔細之狀从艸內聲讀若汭而銳切十五部

茬 艸皃从艸在聲仕甾切一部濟北有茬平縣茬俗作茌地理志泰山郡茬縣應劭曰茬山在東北音淄東郡茬平縣應劭曰在茬山之平地者也司馬彪郡國志茬平屬濟北國注曰本屬東郡

芼ㄇㄠˋ 19明　蓩ㄇㄠˇ 21明　薈ㄏㄨㄟˋ 2影

薈 艸多皃引伸爲凡物會萃之義从艸會聲烏外切十五部詩曰薈兮蔚兮曹風文毛曰薈蔚雲興皃謂南山朝隮如艸木蒙茸也

蓩 細艸叢生也蓩與茂音義同廣雅曰務務茂也務即蓩之譌从艸敄聲莫候切古音三部曹憲亡老反音之轉也

芼 艸覆蔓覆地曼莚从艸毛聲莫抱切二部詩曰左右芼之周南文毛鄭詩考正曰芼菜之烹於肉湆者也禮羹芼菹醢凡四物肉謂之羹菜謂之芼肉謂之醢菜謂之菹菹醢生爲之是爲醢人豆實芼則湆烹之與羹相從實諸鉶儀禮鉶芼牛藿羊苦豕薇是也孔沖遠疑四豆之實無芼牲用魚芼之以蘋藻內則雉兔皆有芼苻不知詩明言芼非菹也玉裁按芼字本義是艸覆蔓故從艸毛會意因之爾雅曰搴也毛公曰擇也皆於從毛得解搴之而擇之而以爲菜釀

一篇下

葻ㄌㄢˊ 28來

蒼ㄘㄤ 15清　萃ㄘㄨㄟˋ 8從　蒔ㄕˋ 24定　苗ㄇㄧㄠˊ 19明

義實相成詩禮本無不合

蒼 艸色也引伸爲凡青黑色之偁从艸倉聲七岡切十部

葻 艸得風皃从艸風風亦聲讀若婪盧含切古音在七部

萃 艸皃易象傳曰萃聚也此引伸之義从艸卒聲讀若瘁秦醉切十五部按鍇本無萃

蒔 更別種方言曰蒔立也蒔更也堯典播時百穀鄭讀時爲蒔今江蘇人移秧插田中曰蒔秧从艸時聲時吏切一部

苗 艸生於田者从艸田武鑣切二部按苗之故訓禾也禾者今之小米詩誕降嘉穀維秬維秠維虋維芑爾雅毛傳說文皆曰虋赤苗芑白苗魏風無食我苗毛曰苗嘉穀也此本生民詩首章言黍二章言麥三章則言禾春秋經莊七年秋大水無麥苗廿八年冬大無麥禾麥苗即麥禾秋言苗冬言禾何休曰苗者禾也生曰苗秀曰禾倉頡篇曰苗者禾之未秀者也孔子曰惡莠恐其亂苗魏文侯曰幽莠似禾明禾與苗同物苗本禾未秀之名因以爲凡艸木初生之名詩言稷之苗稷之穗稷之實是也說文立文當以苗字次虋字之前云禾也嘉穀也則虋爲赤苗籒文芑爲白苗言之有序艸生於田皮傅字形爲說而已○古或假苗爲茅如士相見禮古文艸茅作艸苗洛陽伽藍記所云魏時苗茨之碑實即茅茨取堯舜茅茨不翦也

薉ㄏㄨㄟˋ 2影

苛ㄎㄜ 1匣　蕪ㄨˊ 13明　荒ㄏㄨㄤ 15曉　䔳ㄓㄥ 12精　薴ㄋㄧㄥˊ 12泥　落ㄌㄨㄛˋ 14來　蔽ㄅㄧˋ 2幫

苛 小艸也引伸爲凡瑣碎之稱从艸可聲乎哥切十七部

蕪 薉也从艸無聲武扶切五部

薉 蕪也从艸歲聲於廢切十五部今作穢

荒 蕪也荒之言尨也故爲蕪薉从艸巟聲呼光切十部一曰艸掩地也周南魯頌毛鄭皆曰荒奄也此艸掩地引伸之義也一本掩作掩

䔳 䔳薴逗艸亂也从艸爭聲側莖切十一部杜林說䔳薴艸皃䔳薴疊韵此蓋出蒼頡訓纂蒼頡故

薴 䔳薴也从艸寧聲女庚切十一部此二篆及解舊譌舛今依全書通例正

落 凡艸曰零木曰落零爾雅音義作苓落亦爲籬落纏絡字木部杝落也糸部繯落也是也从艸洛聲盧各切五部

蔽 蔽

一篇下

菸ㄧㄢ 13影　蔫ㄧㄢ 3影　蘊ㄩㄣˋ 9影　蘀ㄊㄨㄛˋ 14透

蔽疊字小艸也也當作皃召南蔽芾甘棠毛云蔽芾小皃此小艸皃之引伸也按爾雅釋言芾小也卷阿毛傳云茀小也芾茀同字說文有茀無芾甘棠本作茀或本作市不可知蔽芾疊韵猶畢沷滭沸从艸敝聲必袂切十五部沈重音必

蘀艸木凡皮葉落陊地爲蘀陊落也鍇本作墮从艸擇聲他各切五部詩曰十月殞蘀豳風文毛曰蘀落也殞鉉作隕

蘊積也左傳芟夷蘊崇杜注蘊積也又蘋蘩蘊藻之菜注蘊藻聚藻也小雅都人士禮記禮運借菀苑字爲之从艸溫聲於粉切十三部俗作蘊春秋傳曰蘊利生孽左傳昭十年文

蔫菸也不鮮也从艸焉聲於乾切十四部

菸鬱也鬱各本作鬱誤蔫菸鬱三字雙聲鬱者如釀鬱也王風中谷有蓷暵其乾矣毛曰暵菸皃陸艸生於谷中傷於水玉裁按暵卽蔫字之假借故旣云暵其乾又云暵其溼乾溼文互相足从艸於聲央居切五部一曰殘也殘病也菸殘雙聲九辯曰葉菸

一篇下　兲

芝ㄈㄢˊ 31滂　芇ㄦˊ 24泥　菜ㄘㄞˋ 24清　茷ㄈㄚˊ 2並　蔡ㄘㄞˋ 2清　⿱艹榮ㄧㄥˊ 12影

邑而無色按鬱殘二義互相足

⿱艹榮艸旋皃也⿱艹榮與縈音義同从艸榮聲於營切十一部詩曰葛藟⿱艹榮之周南文毛曰旋也今詩作縈陸德明作⿱𤇾巾

蔡艸丰也丰讀若介丰字本無今補四篇曰丰艸蔡也此曰蔡艸丰也是爲轉注艸生之散亂也丰蔡疊韵猶⿱艹爭藍此無丰字則蔡當爲艸名不廁此處矣从艸祭聲蒼大切十五部

茷艸葉多詩白旆央央本又作茷泮水之其旂茷茷卽出車之旟旐旆旆采菽之其旂淠淠也然則小弁萑葦淠淠亦當云萑葦茷茷本言艸葉之多而引伸之狀旆旗也从艸伐聲符發切十五部春秋傳曰晉糴茷見成十年左氏傳

菜艸之可食者菜字當冠於芑葵等字之上从艸采聲此舉形聲包會意古多以采爲菜蒼代切一部

芇艸多葉皃芇之言之而也如鱗屬之之而从艸而聲如之切一部沛城父見地理志有揚芇亭

芝艸浮水中皃芝與氾音義同从艸乏聲

藪ㄙㄡˇ 16心　苑ㄩㄢˋ 3影　薄ㄅㄛˊ 14並

孚凡切古音在七部

薄林薄也吳都賦傾藪薄劉注曰薄不入之叢也按林木相迫不可入曰薄引伸凡相迫皆曰薄如外薄四海日月薄蝕皆是傍各補各二切同也相迫則無閒可入凡物之單薄不厚者亦無閒可入故引伸爲厚薄之薄曹憲云必當作簿非也一曰蠶薄月令季春具曲植籧匡注時所以養蠶器也曲薄也植槌也方言云宋魏陳楚江淮之閒謂之苗或謂之麴自關而西謂之薄周勃傳勃以織薄曲爲生从艸溥聲旁各切五部

苑所以養禽獸周禮地官囿人注囿今之苑是古謂之囿漢謂之苑也西都賦上囿禁苑西京賦作上林禁苑从艸夗聲於阮切十四部

藪大澤也澤虞曰每大澤大藪中澤中藪小澤小藪注澤水所鍾也水希曰藪此析言則澤藪殊也職方氏云其澤藪曰某毛詩傳曰藪澤此統言則不別也職方氏注曰大澤曰藪與說文合蓋藪實兼水鍾水希而言爾雅十藪毄釋地不毄釋水正謂地多水少艸木所聚从艸數聲蘇后切四部九州之藪見職方氏楊州具

一篇下　早

區鄭曰具區在吳南謂漢吳縣南屬會稽郡禹貢謂之震澤今謂之太湖荊州雲夢夢今周禮作瞢鄭曰雲瞢在華容漢華容縣屬南郡豫州甫田甫今本作圃汲古未改本宋本李燾五音韵譜本皆作甫毛詩東有甫草毛云甫大也箋云甫草者甫田之草也鄭有甫田俗本作圃田釋文及吳應龍本不誤蓋鄭所據爾雅許所據周禮皆作甫田甫圃古通用故毛詩甫艸韓詩作圃艸詩箋說文作甫田今他書皆作圃田職方注曰圃田在中牟漢中牟屬河南郡青州孟諸孟今周禮作望鄭曰望諸明都也在睢陽漢睢陽縣屬梁國兖州大野鄭曰大野在鉅野漢鉅野屬山陽郡雝州弦圃今周禮作弦蒲注曰弦或爲汧蒲或爲浦按許所據蓋卽鄭之或本圃浦未知執是今本說文作蒲汲古未改本宋本李燾本皆作圃職方注曰弦蒲在汧漢汧縣屬右扶風幽州奚養周禮作豯養杜子春讀豯爲奚按說文大部奚大腹也豕部豯生三月腹奚奚皃也杜蓋說此藪名取大腹意不取豕意故易豯爲奚而班許從之鄭曰豯養在長廣漢長廣縣屬琅邪郡

菑 ㄗㄞ 24精

冀州楊紆鄭曰楊紆所在未聞爾雅曰秦有楊陓呂氏春秋作陽華注曰陽華在鳳翔或曰在華陰西淮南作陽紆注曰在馮翊池陽一名具圃**幷州昭餘祁是也**鄭曰昭餘祁在鄔漢鄔縣屬太原郡徐鍇本餘作余淮南作燕之昭余無祁字凡職方氏之川寖說文散舉之藪則彙舉之

菑　不耕田也海寧陳氏鱣曰不當爲才才耕田謂始耕田也才財材皆訓始玉裁按不當爲反字之誤也爾雅田一歲曰菑毛詩傳馬融虞翻易注皆用之韓詩董遇易章句皆曰菑反艸也與田一歲義相成詩大田箋曰俶載讀爲熾菑時至民以其利耜熾菑發所受之地趨農急也攷諸經傳凡入之深而植立者皆曰菑如攷工記輪人菑訓建輻弓人菑訓以鋸副析公羊傳以人爲菑漢書楗石菑鄭仲師云泰山平原所樹立物爲菑聲如戢博立梟基亦爲菑其他若毛傳木立死曰菑漢書事刃公之腹中急就篇分別部居不穜廁漢太學石經以人爲側皆此字之引伸假借又假爲烖害字**从艸田巛聲**鍇本原有聲字惟田巛二字倒易又誤合爲一字鍇欲作從艸巛田無聲字非也初耕反艸故從艸田會意以巛爲聲也側詞切一部**易曰不菑畬**周易无妄六二爻辭周禮注作不菑而畬語較明言爲之無漸也畬二歲田也

△甾　蘨 ㄧㄠˊ 19定　薙 ㄊㄧˋ 4透　萊 ㄌㄟˊ 8來　菿 ㄉㄠˋ 19端

甾　菑或省艸此取巛諧聲鄭所云利耜熾發地之意也

蘨　艸盛皃从艸繇聲此以形聲包會意䌛隨從也他書凡䌛皆作繇蘨作䔄余招切古音在三部**夏書曰厥艸惟繇**依鍇本及宋本作繇馬融注尚書曰繇抽也故合艸繇爲蘨此許君引禹貢明從艸繇會意之恉引經說字形之例始見於此詳後䕻下

薙　除艸也明堂月令曰季夏燒薙从艸雉聲他計切案周禮雉氏掌殺草雉或作夷古雉音同夷故鄭云字從類類謂聲類也大鄭從夷後鄭從雉而讀爲鬀作薙者乃俗字猶稻人芟夷字俗作芟荑也月令燒薙蓋亦本作燒雉許君說文本無薙字淺人所羼入也

萊　耕多艸从艸耒耒所以耕也從耒艸會意**耒亦聲**兼形聲盧對切十五部

菿　艸大也毛詩倬彼甫田韓詩作菿彼圃田釋故曰菿大也卓聲到聲古同在弟二部**从艸到聲**都盜切○案各本篆作菽訓同玉篇廣韻皆無菽字菿之誤也後人檢菿字不得則於艸部末綴菿篆訓曰艸木倒語不可通今更正爾雅釋文廣韻四覺皆引說文菿艸大也

蔪 ㄐㄧㄢˋ 32從　茀 ㄈㄨˊ 8幫　△蔪　苾 ㄅㄧˋ 5並　蔎 ㄕㄜˋ 5透

蔪　艸相蔪苞也蔪苞卽今禹貢之漸包釋文曰漸本又作蔪字林才冄反艸之相包裹也包或作苞叢生也馬云相苞裹也按叢生之義字作苞者是**从艸斬聲**慈冄切八部今本有書曰艸木蔪苞六字此誤以鍇語入正文今依韵會訂

蔪　蔪或从槧此蓋兼從艸木也

茀　道多艸不可行周語火朝覿矣道茀不可行也注草穢塞路爲茀**从艸弗聲**分勿切十五部毛詩借作蔽厀字

苾　馨香也見小雅韓詩作馥許君香部無馥字從毛不從韓也**从艸必聲**毗必切十二部

蔎　香艸也香艸當作艸香前文营芎已下十二字皆說香艸蔎芳蕡不與同列而廁苾下是非艸名可知也劉向九歎懷椒聊之蔎蔎王注椒聊香草也蔎蔎香貌**从艸設聲**識列切又桑葛切十五部

芳 ㄈㄤ 15滂　蕡 ㄈㄣˊ 9滂　藥 ㄧㄠˋ 20定　䕻 ㄌㄧˋ 1來　蓆 ㄒㄧˊ 14定

芳　香艸也香艸當作艸香**从艸方聲**敷方切十部

蕡　襍香艸當作襍艸香蓋此字之本義若有蕡其實特假借爲墳大字耳**从艸賁聲**浮分切十三部

藥　治病艸玉篇引作治疾病之艸總名**从艸樂聲**以勺切二部

䕻　艸木生箸土箸丈略切此依韵會引**从艸麗聲**此當云从艸麗麗亦聲呂支郎計二切十六部**易曰百穀艸木麗於地**此引易彖傳說從艸麗之意也凡引經傳有證字義者有證字形者有證字音者如艸木麗於地說從艸麗豐其屋說從宀豐皆論字形耳陸氏易釋文乃云說文作䕻作寷不亦謬哉他如蘨字之引夏書荆字相字暨字和字葬字庸字去字之引易轡字之引詩有字之引春秋傳公字之引孝經說罔字之引孟子易字之引祕書畜字之引淮南王公字之引韓非皆說字形會意之恉而學者多誤會

蓆　廣多也鄭風緇衣之蓆兮釋故毛傳皆云蓆大也韓詩云儲也廣義與大近多義與儲近**从艸席聲**祥易切古音在

芟ㄕㄢ 32心　荐ㄐㄧㄢˋ 9從　藉ㄐㄧㄝˋ 14從　蒩ㄗㄨ 13精

五部

芟 刈艸也。見周頌周禮毛云除艸曰芟 从艸殳。錯有聲字非此會意殳取殺意也所銜切八部

荐 薦席也。薦見廌部艸也不云艸席云薦席者取音近也席各本誤蓆薦席為承藉與所藉者為二故釋言云荐原再也如且為爼几故亦為加增之譽易作洊 从艸存聲。在甸切古音在十二十三部荐與薦同音是以承藉字多假借為之如節南山傳薦重也說文云且薦也皆作荐乃合左傳云戎狄荐居外傳荐處服云荐艸也此謂荐同薦韋云荐聚也此與爾雅再訓近

藉 祭藉也。稭字下禾稾去其皮祭天以為藉也引伸為凡承藉蘊藉之義又為假藉之義 一曰艸不編狼藉。此別一義 从艸耤聲。慈夜秦昔二切古音在五部

蒩 茅藉也。司巫祭祀共鉏館杜子春云鉏讀為蒩蒩藉也元謂蒩之言藉也祭食有當藉者館所以承蒩士虞禮苴刌茅長五寸實于篋按鄭謂儀禮之苴即周禮之蒩也 从艸租聲。子余切又子都切五部 禮曰。此當云禮記曰脫記字記者百三十一篇文也 封諸侯㠯土，蒩㠯白茅。白虎通獨斷皆云天子大社以五色土為壇封諸侯受天子社土以所封之方色東方受青南方受赤他如其方色皆苴以白茅授之歸國立社按班蔡作苴假借字許作蒩正字也

蕝ㄐㄩㄝˊ 2精　茨ㄘˊ 4從　葢ㄍㄞˋ 2見（蓋）　葺ㄑㄧˋ 27清

蕝 朝會束茅表位曰蕝。晉語昔成王盟諸侯於岐陽置茅蕝設望表與鮮卑守燎故不與盟司馬貞引賈逵云束茅以表位為蕝許用賈侍中說也史記漢書叔孫通傳字作蕞如淳曰蕞謂以茅翦樹地為纂位尊卑之次也 从艸絕聲。子悅切又茲會切又音纂此十四部十五部合音何氏纂文云蕝今之纂字是也鄭注樂記作酇作管切今人編纂之語本此 春秋國語曰：致茅蕝表坐。

茨 茅葢屋。俗本作以茅葦蓋屋見甫田鄭箋釋名曰屋以艸蓋曰茨茨次也次艸為之也 从艸次聲。此形聲包會意疾資切十五部

葺 茨也。从艸咠聲。七入切七部

葢 苫也。引伸之為發端語詞又不知者不言論語謂之葢闕漢書謂之丘葢 从艸盇聲。古太切十五部葢在八部此合音也

苫ㄕㄢ 30透　⿱艹渴ㄞˋ 2影　䓛ㄍㄨˇ 8溪　藩ㄈㄢˊ 3幫　菹ㄐㄩ 13精　△⿱艹⿱沮皿　△⿱艹⿰缶沮　荃ㄑㄩㄢˊ 3清

苫 葢也。从艸占聲。失廉切今俗語舒贍切古音在七部

⿱艹渴 葢也。今人藹字當用此 从艸渴聲。於葢切十五部

䓛 㕞也。㕞當作刷字之誤也㕞拭也刷捂杷也䓛之言掘也與捂杷義近今人謂以鈍帚去蔽物曰䓛正是此字廣雅釋器䓛謂之刷 从艸屈聲。區勿切十五部

藩 屏也。屏蔽也 从艸潘聲。甫煩切十四部

菹 酢菜也。酢今之醋字菹須醯成味周禮七菹韭菁茆葵芹箈筍也鄭曰凡醯醬所和細切為甕全物若膘為菹少儀麋鹿為菹則菹之稱菜肉通玉裁謂甕菹皆本菜稱用為肉稱也 从艸沮聲。側魚切五部

⿱艹⿱沮皿 或从皿。

⿱艹⿰缶沮 或从缶。案二篆今本從皿李燾本注或從皿五篇血部有盩盩二字玉篇血部盩字下引周禮醯人七盩菹或從血者鄭君菜肉通稱之說是也從缶者謂鬱諸器中乃成也菹醢通稱故血部云盩醢也此艸部盩盩二字葢後人增之

荃 芥脃也。黑部曰以芥為甕名曰芥荃云芥脃者謂芥甕鬆脃可口也此字據上下文則非楚詞荃字也 从艸全聲。晁說之云唐本說文初劣切按集韻猶存其音全聲當在十四部此十四十五二部合音也

⿱艹酤ㄎㄨ 13溪　蘫ㄌㄢˊ 32來　△⿱艹⿱泜皿　⿱艹泜ㄓ 4定　⿱艹橑ㄌㄠˇ 19來　△⿱艹潦　⿱艹顡ㄧˋ 8疑（藙）

⿱艹酤 韭鬱也。鬱同鬱廣雅寑醜鬱辟幽也皆謂飲食也此許君酤訓韭鬱鼓訓幽未之證 从艸酤聲。苦步切五部

蘫 瓜菹也。从艸濫聲。各本篆作藍解誤作監聲今依廣韻集韻訂魯甘切八部

⿱艹泜 菹也。从艸泜聲。纏伊切十五部

⿱艹⿱泜皿 或从皿。皿器。

⿱艹橑 乾梅之屬。鄭注周禮云乾蕿乾梅也有桃諸梅諸是其乾者按鄭意周禮上文桃是濡者此著乾以別之 从艸橑聲。梅桃當從木而從艸者艸亦木也盧皓切二部 周禮曰：饋食之籩，其實乾蕿。籩人文 後漢長沙王始煮艸為蕿。謂周禮之後至漢長沙王始煮艸為蕿不用梅桃也

⿱艹潦 蕿或从潦。

⿱艹顡 煎茱萸。內則三牲用藙鄭云藙煎茱萸也漢律會稽獻焉爾雅謂之檓玉裁謂許君云檓似茱萸出淮南則與鄭說異皇侃義疏曰煎茱萸今蜀郡作

䔂ㄗˇ 24精　若ㄖㄨㄛˋ 14泥　蓴ㄊㄨㄢˊ 3定　茜ㄓˋ 30定

之九月九日取茱萸折其枝連其實廣長四五寸一升實可和十升膏名之藙也本艸圖經曰食茱萸蜀人呼其子爲艾子按艾即藙字从艸顡聲魚既切十五部漢律會稽獻藙一斗䔂羹菜也謂取菜羹之也集韵有寀字亨也即此字从艸宰聲阻史子亥二切一部若擇菜也晉語秦穆公曰夫晉國之亂吾誰使先若夫二公子而立之以爲朝夕之急此謂使誰先擇二公子而立之若正訓擇擇菜引伸之義也从艸右右手也此會意毛傳曰若順也於雙聲叚借也又假借爲如也然也乃也汝也又兼及之詞五部一曰杜若香艸此別一義此六字依韵會恐是鉉用鍇語增今人又用鉉本改鍇本耳蓴蒲叢也本艸圖經引西京襍記曰太液池邊皆是彫胡紫蘀綠節蒲叢之類廣雅釋艸曰蒲穗謂之蓴大丸切謝靈運詩新蒲含紫茸亦謂蒲穗从艸專聲當從集韵徒官切十四部鉉本常倫切此蒓絲字茜以艸補缺廣雅釋詁四茜補也丈例反从艸西聲讀

䔿ㄗㄨㄣˇ 9從　莜ㄉㄧㄠˋ 21定　萆ㄅㄧˋ 10並　䓁ㄊㄧˊ 10定

若俠或作陸誤字也或以爲綴讀如俠在八部讀如綴在十五部古文西字亦沾誓兩讀鉉直例切一曰約空也此別一義約空未聞䔿叢艸也䔿䔿見魏都賦茂盛皃从艸尊聲慈損切十三部莜耘田器舊作艸田器今依韵會論語疏作芸田器毛傳曰芸除艸也孔安國曰除艸曰芸故其字從艸匚部有匧字金部有銚字皆云田器疑皆此字之古文也从艸攸聲舊作條省聲乃淺人所改條亦攸聲也徒弔切古音在三部論語曰以杖荷莜見微子篇謂子路見丈人手用杖莜加於肩行來至田則置杖於地用莜芸田植杖者置杖也云以杖荷莜置杖而芸則莜爲芸田器明矣集解包曰莜竹器此有脫誤萆雨衣一曰衰衣謂萆一名衰也韋昭注齊語曰襏襫蓑薛衣也薛或作鬟皆即萆字廣雅釋器曰萆謂之衰从艸卑聲蒲歷切十六部一曰萆歷佀烏韭此別一義艸名也烏韭在本艸艸部下品之下石衣也青翠茸茸長者可四五寸䓁艸也芪母

茹ㄖㄨˊ 13泥

苴ㄐㄩ 13精　䕻ㄘㄨ 13清　蕢ㄎㄨㄟˋ 7匣　△臾　蓡ㄑㄧㄣˇ 28清　茵ㄧㄣ 6影　△鞇

前已見則此非芪母也从艸是聲是支切十六部案艸名之字不當廁此苴履中艸賈誼傳冠雖敝不以苴履引伸爲苞苴从艸且聲且薦也此形聲包會意子余切五部䕻艸屨也方言曰以絲作之者謂之履以麻作之者謂之不借麤者謂之屨東北朝鮮洌水之閒謂之靮角南楚江沔之閒緫謂之麤急就篇屐屩絜麤儀禮喪服傳疏屨注云疏猶麤也按禮注方言急就之麤字皆䕻字之省疏屨者藨蒯之菲則是艸爲之从艸麤聲倉胡切五部蕢艸器也孟子曰不知足而爲屨我知其不爲蕢也知蕢是盛物之器从艸貴聲求位切十五部臾古文蕢象形論語曰有荷臾而過孔氏之門此古文論語也憲問篇蓡覆也从艸侵省聲七朕切七部茵車重席也秦風文茵文虎皮也以虎皮爲茵也从艸因聲於眞切十二部鞇司馬相如說茵从革蓋亦凡將篇字廣雅釋器曰靯鞴謂之鞇

芻ㄔㄨˊ 16清　茭ㄐㄧㄠ 19見　荹ㄅㄨˋ 13並　莝ㄘㄨㄛˋ 1清　萎ㄨㄟ 7影　蔌ㄘㄜˋ 11清　䒼ㄑㄩ 17溪

釋名曰靯鞴車中重薦也芻刈艸也謂可飤牛馬者象包束艸之形叉愚切古音在四部茭乾芻粊誓曰峙乃芻茭鄭注同从艸交聲古肴切二部一曰牛蘄艸此別一義見釋艸蘄音祈荹亂艸玉篇曰牛馬艸亂稾也从艸步聲薄故切五部茹飤馬也从艸如聲人庶切五部莝斬芻謂以鈇斬斷之芻从艸坐聲麤臥切十七部小雅秣之摧之以摧爲莝莝之者以莝秣飤馬也萎食牛也下文云以穀萎馬則牛馬通偁萎从艸委聲於僞切十六部今字作餧見月令蔌以穀萎馬置莝中以穀曰餗穀襍莝中曰蔌从艸敕聲楚革切古音十六部䒼蠶薄也幽風毛傳曰豫畜萑葦可以爲曲也月令季春具曲植筥筐注曰曲薄也方言薄宋魏陳楚江淮之閒謂之䒼或謂之麴自關而西謂之薄南楚謂之蓬薄案曲與䒼同曲部云或說曲蠶薄也是許兼用此二形从艸曲聲邱玉切三

蔟 17清 苣 13匣 蕘 19泥 薪 6心 蒸 26端 △蒸 蕉 19精

部

蔟行蠶蓐从艸族聲千木切三部引伸爲六律大蔟字七豆切

苣束葦燒也後漢書皇甫嵩傳束苣乘城俗作炬以此爲苣蕂萵苣字从艸巨聲其呂切五部

蕘艸薪也艸字依詩釋文補大雅詢于芻蕘毛曰芻蕘薪采者按說文謂物詩義謂人从艸堯聲如昭切二部

薪蕘也从艸新聲息鄰切十二部

蒸析麻中榦也析各本作折誤謂朩音匹刃切其皮爲麻其中莖謂之蒸亦謂之菆今俗所謂麻骨棓也潘岳西征賦李注云菆井即渭城賣麻蒸市也毛詩傳曰粗曰薪細曰蒸周禮甸師注云大曰薪小曰蒸是凡言薪蒸者皆不必專謂麻骨古凡燭用蒸弟子職云蒸閒容蒸毛詩傳云蒸盡搶屋而繼之是也从艸烝聲煑仍切六部

蒸或省火丞聲烝聲一也大射儀注既夕禮注皆作此蒸張淳葉林宗所見釋文皆爾

蕉生枲也枲麻也生枲謂未漚治者今俗以此爲芭蕉字楚金引吳都賦蕉葛竹越按本艸圖經云閩人灰理芭蕉皮令錫滑絹以爲布如古之錫衰爲左賦之蕉正謂芭蕉非生枲也从艸焦聲卽消切二部

菌 4透 薶 24明 葠 28透 斱 2定 △斱 △折 卉 7曉

菌糞也从艸胃省會意也式視切十五部左氏傳史記假借矢字爲之官溥說𩏂字之上佀米而非米者矢字是漢人多用矢也

薶瘞也土部曰瘞幽薶也从艸貍聲莫皆切古音在一部周禮假借貍字爲之今俗作埋

葠喪藉也从艸侵聲按此字可疑上文曰蔓覆也從艸侵省聲不得以一省一不省畫爲二字二義明矣且鉉曰失廉切則與苫音義同苫固凶服覆席也且以次第求之不當廁此

斱斷也从斤斷艸譚長說會意也食列切十五部周禮折瘍劉昌宗本作斲此漢人之舊也

斱籀文斱从艸在仌中仌寒故折廣雅釋器斷字從此

折篆文斱从手按此唐後人所妄增斤斷艸小篆文也艸在仌中籀文也從手從斤隸字也九經字樣云說文作斱隸省作折類篇集韵皆云隸從手則折非篆文明矣

卉艸之總名也方言曰卉艸也

一篇下 四三

芥 2見

艽 21匣 蒜 3心 蔥 18清 萑 20定

東越揚州之閒曰卉从艸屮三屮卽三艸也會意許偉切十五部

艽遠荒也艽之言究也窮也从艸九聲詩曰至于艽野巨鳩切三部

蒜葷菜也菜之美者雲夢之葷菜爾雅音義齊民要術太平御覽引皆作此九字音義云一本如是今兩存之大戴禮夏小正十二月納卵蒜卵蒜者何本如卵者也納者何納之君也案經之卵蒜今之小蒜也凡物之小者偁卵禮之卵醬卽鯤醬詩之總角丱兮謂幼稚也丱者說文卵字也陶貞白云小蒜名薍子薍音亂卽小正卵字其大蒜乃張騫始得自西域者本艸大蒜名葫小蒜名蒜葢始以大蒜別於蒜後復以小蒜別於大蒜古祇有蒜而巳从艸祘聲蘇貫切十四部案蒜字當聯葷字之下今在此者寫者脫而補於此或曰當下屬芥葱字亦大篆從茻之一也

左文五十三 重二 大篆从茻左當作ナ葢許時巳通用左許從俗也在左之字五十三皆小篆從艸大篆從茻如芥作莽葱作蔥餘同省約其辭總識於此以目下文是以芊與荓一物而不相屬蒹薍蒴蔗與萑葭一物而不相屬蓼與薔一物而不相屬蘽與葥一物而不相屬蒸與菆一物而不相屬皆由此分別若汗簡古文四聲韵廣搜大篆不知舉此五十三文是爲疏矣又案鍇本無此十一大字而艽字之下繫以蘇字芓字莫字乃後系以蒜芥葱字蘇與荏一物不相屬芓莫與葩同類不相屬蒜與葷同類不相屬又菩下出菰字葥下重出苗字又出莆字苷下出萑字皆與鉉本不同葢改竄者多莫能肊說鉉本十一大字斷非鑿空故仍鉉舊而刪菰苗之譌複萑字從鍇本得五十二文云

篆

芥菜也借爲艸芥纖芥字从艸介聲古拜切十五部籀文作莽

蔥菜也爾雅茖山蔥管子冬蔥皆蔥之屬从艸悤聲倉紅切九部籀文作蔥

萑艸也爾雅萑山韭郭

一篇下 四四

蕇ㄉㄧㄢˇ 3端　苟ㄍㄡˇ 16見　蕨ㄐㄩㄝˊ 2見　莎ㄕㄚ 1心　蓱ㄆㄧㄥˊ 12並

注謂山中多有此菜如人家所種者故許不謂之菜與**从艸雈聲**余六切古音在詩二部籀文作蘳**詩曰食鬱及雈**宋掌禹錫蘇頌皆云韓詩六月食鬱及雈許於詩主毛而不廢三家也

亭歷也釋艸文月令靡艸之一也**从艸單聲**多殄切十四部籀文作蕇

艸也孔注論語云苟誠也鄭注燕禮云苟且也假也皆假借也**从艸句聲**古厚切四部籀文作茍

鼈也釋艸毛傳同陸機云周秦曰蕨齊魯曰鼈鼈俗從艸**从艸厥聲**居月切十五部籀文作蕨

鎬侯也夏小正正月緹縞縞也者莎隨也緹也者其實也先言緹而後言縞者何也緹先見者也釋艸薃侯莎其實媞按縞薃鎬同字許讀爾雅曰鎬侯爲句鎬侯雙聲莎隨疊韵皆系呼也單呼則曰縞曰莎其根即今香附子**从艸沙聲**稣禾切十七部籀文作莎漢書地理志芯題省水從尐尐與少同也俗誤作芯

苹也此與前苹字互訓而不類廁者以字體篆籀別之也小正於七月言苹生月令於三月言生蓱郭璞云江東謂之藻

葦ㄨㄟˇ 7匣　萑ㄏㄨㄢˊ 3匣　鷏ㄏㄢˋ 9曉　芴ㄨˋ 8明　菲ㄈㄟ 7滂　蓳ㄐㄧㄣˇ 9見

从艸水幷聲舊作從艸洴聲說文無洴字今改同滿薄藻字之例薄經切十一部籀文作蓱

艸也根如薺葉如細柳蒸食之甘大雅堇荼如飴傳曰堇菜也夏小正二月榮堇采蘩傳曰皆豆實也堇采也內則堇荁注曰荁堇類也冬用堇夏用荁按釋艸堇有二齧苦堇詩禮之堇也芨堇艸晉語之置堇於肉卽今附子也**从艸堇聲**居隱切十三部籀文作蓳今經典通用堇字

芴也釋艸毛傳皆同釋艸又云菲蒠菜也**从艸非聲**芳尾切十五部籀文作菲

菲也音義皆同**从艸勿聲**文弗切十五部籀文作芴

艸也从艸鷏聲呼旰切十四部籀文作䕭按鳥部鷏難一字也而艸部蘸鷏各字恐有誤

薍也薍之已秀者也薍已見前此以篆籀分別異處**从艸萑聲**胡官切十四部籀文作萑今人多作萑者蓋其始假雖屬之萑爲之後又誤爲艸多皃之萑

大葭也夏小正曰未秀則不爲萑葦秀然後爲萑葦毛傳曰八月薍爲萑葭爲葦許云大葭

葭ㄐㄧㄚ 13見　萊ㄌㄞˊ 24來　荔ㄌㄧˋ 29來　蒙ㄇㄥˊ 18明　薻ㄗㄠˇ 19精

猶言葭之巳秀者**从艸韋聲**于鬼切十五部籀文作葦

葦之未秀者从艸叚聲古牙切古音在五部籀文作葭

蔓華也今釋艸作釐蔓華許所見作萊小雅北山有萊之萊未知卽此與不也經典多用爲艸萊字**从艸來聲**洛哀切一部籀文作萊

艸也佀蒲而小根可作刷月令十一月荔挺出鄭云荔挺馬薤也鄭以荔挺爲艸名蔡邕章句云荔佀挺高注呂覽云荔艸挺出則以挺下屬歙程氏瑤田曰荔今北方束其根以刮鍋李時珍以馬帚之莽當之誤也按刷各本作㕞今依顏氏家訓正上文曰荔刷也**从艸劦聲**郎計切十五部籀文作荔

王女也王或作玉誤釋艸云蒙王女又云唐蒙女蘿女蘿兔絲孫炎曰別三名按衞風爰采唐矣傳云唐蒙菜名小雅蔦與女蘿傳云女蘿兔絲松蘿也疑爾雅毛傳此二條皆不謂一物**从艸冡聲**莫紅切九部籀文作蘂今人冡冐皆用蒙字爲之

水艸也今水中莖大如釵股葉蒙茸深綠色莖寸許有節者是左氏謂之薀藻**从艸水巢聲**子晧切二部籀文作薻禮經華采之字古文用繰今文用藻璪**詩曰于以采藻**召南文

薻或从澡

△藻

菉ㄌㄨˋ 17來　蓸ㄘㄠˊ 21從　莤ㄧㄡˇ 21定　菬ㄓㄠ 19從　菩ㄨˊ 13疑　范ㄈㄢˋ 32並　芿ㄖㄥˊ 24泥

王芻也見釋艸毛傳**从艸彔聲**力玉切三部籀文作菉**詩曰菉竹猗猗**今毛詩作綠大學引作菉小雅終朝采綠王逸引作菉

艸也从艸曹聲昨牢切古音在三部籀文作蓸

艸也从艸卤聲以周切三部籀文作莤

艸也从艸沼聲昨焦切二部籀文作菬

艸也廣韵云似艾郭注方言云今江東人呼荏爲菩音魚**从艸吾聲**五乎切五部籀文作菩**楚詞有菩蕭**按今楚詞無菩蕭惟宋玉九辨云白露既下百艸兮奄離披此梧楸梧楸蓋許所見作菩蕭正百艸之二也

艸也从艸氾聲房㚕切八部籀文作范

艸也按許謂芿爲艸名也廣韵云陳根艸不芟新艸又生相因仍所謂火芿此別一義其字亦作艿列子趙襄子狩於中山藉芿燒

⿱艹血 ㄒㄩㄝˋ 5曉　萄 ㄊㄠˊ 21定　芑 ㄑㄧˇ 24溪　藚 ㄒㄩˋ 17定　薔 ㄑㄧㄤˊ 25心　苳 ㄉㄨㄥ 23端

燔林是也今玉篇以舊艸不芟新艸又生曰艿係之說文此孫強陳彭年輩之誤也从艸乃聲如乘切六部乃在一部仍艿在六部者合韵取近也籀文作⿳艹乃廾

⿱艹血艸也蒨或謂之地⿱艹血許不云茜也則許意非一物也从艸血聲呼決切十二部籀文作⿳艹血廾

萄艸也今人爲蒲萄字从艸匋聲徒刀切古音在二部籀文作⿳艹匋廾

芑白苗句嘉穀也虋字下詳之矣芑不類廁於虋者以字有篆籀別之管子其種蓼秠字從禾从艸己聲驅里切一部籀文作⿳艹己廾詩曰維虋維芑無此六字依韵會所據補詩小雅采芑毛云菜也大雅豐水有芑毛云艸也

藚水舃也魏風毛傳同釋艸藚牛脣从艸賣聲似足切三部按詩釋文引說文其或反今本多改爲似足矣籀文作⿳艹賣廾詩曰言采其藚

苳艸也从艸冬聲都宗切九部籀文作⿳艹冬廾

薔薔虞句蓼當有也字蓼下云薔虞也故此云薔虞蓼也句絕與郭樸異薔不與蓼類廁者以字有篆籀別之从艸嗇聲所力切一部籀文作⿳艹嗇廾

苕 ㄊㄧㄠˊ 19定　萺 ㄇㄠˋ 21明　茆 ㄇㄠˇ 21來　⿱艹楙 ㄇㄠˋ 21明　荼 ㄊㄨˊ 13定　蘩 ㄈㄢˊ 3並

苕艸也詩苕之華从艸召聲徒聊切二部籀文作⿳艹召廾

⿱艹楙艸也从艸楙聲莫厚切三部籀文作⿳艹楙廾

萺艸也从艸冒聲莫報切古音在三部籀文作⿳艹冒廾

茆鳧葵也魯頌毛傳同周禮醢人茆菹鄭大夫讀爲茅或曰茆水艸杜子春讀爲茆後鄭曰茆鳧葵也今周禮轉寫多譌誤爲茆正之如此漢時有茆茆二字經文作茆兩鄭皆易字爲茆也鳧葵名茆亦名蓴今之蒓菜也茆不與蓴類廁者以篆籀別之从艸丣聲力久切三部俗作茆音卯非也籀文作⿳艹丣廾詩曰言采其茆今詩作薄言

荼苦荼也釋艸邶毛傳皆云荼苦菜唐風采苦采苦傳云苦苦菜然則苦與荼正一物也儀禮鉶芼牛藿羊苦豕薇記內則濡豚包苦亦謂之苦月令本艸易通卦驗皆謂之苦菜从艸余聲同都切五部詩荼蓼有女如荼及後世荼荈皆用此字籀文作⿳艹余廾

蘩白蒿也釋艸皤毛傳同召南傳曰皤蒿也皤亦白也夏小正曰繁由胡由胡者繁母也繁旁勃也

蒿 ㄏㄠ 19曉　蓬 ㄆㄥˊ 18並　△⿱艹夆　藜 ㄌㄧˊ 4來　蘬 ㄎㄨㄟ 7溪　葆 ㄅㄠˇ 21幫　蕃 ㄈㄢˊ 3幫　茸 ㄖㄨㄥˊ 18泥

豆實也故記之从艸緐聲附袁切十四部儀禮采緐假緐字爲之籀文作⿳艹緐廾

蒿菣也釋艸小雅毛傳同陸璣曰青蒿也从艸高聲呼毛切二部籀文作⿳艹高廾

蓬蒿也从艸逢聲薄紅切九部籀文作⿳艹逢廾

⿱艹夆籀文蓬省按此籀文當作古文蚰部蠭古文作蠭可比例也

藜艸也左傳斬之蓬蒿藜藋藜初生可食故曰蒸藜不孰小雅北山有萊陸機云萊兗州人蒸以爲茹謂之萊蒸按萊蒸蓋卽蒸藜如詩騋牝訓驪牝也从艸黎聲郎奚切十五部籀文作⿳艹黎廾

蘬薺實也今釋艸紅龍古其大者蘬菨薺實許所據絕不同从艸歸聲驅歸切十五部籀文作⿳艹歸廾歸籀作歸也

葆艸盛皃漢書武五子傳曰當此之時頭如蓬葆師古曰草叢生曰葆引伸爲羽葆幢之葆史記以葆爲寶字从艸保聲博襃切古音在三部籀文作⿳艹保廾

蕃艸茂也左氏傳曰其必蕃昌从艸番聲甫煩切十四部籀文作⿳艹番廾

茸艸茸茸皃茸之言茙也召南毛傳曰襛猶戎戎也韓詩何彼茙矣左氏傳狐裘尨茸卽詩之狐裘蒙戎从艸耳聲今本作聰省聲此淺人所肊改此形聲之取雙聲不取疊韵者而容切九部籀文作⿳艹耳廾

萑 ㄓㄨㄟ 7端　⿱艹津 ㄐㄧㄣ 6精　藂 ㄘㄨㄥˊ 18從　草 ㄗㄠˇ 21從

萑艸多皃此從鍇本廁此鉉本以萑廁蓷篆後非也詳蓷下从艸隹聲職追切十五部籀文作⿳艹隹廾

⿱艹津艸皃集韵一先曰詩⿱艹津⿱艹津者莪李舟說从艸津聲子僊切古音十二部籀文作⿳艹津廾

藂艸叢生皃叢聚也槩言之叢則專謂艸今人但知用叢字而已爾雅釋魚音義引說文藂艸衆生也从艸叢聲此形聲包會意徂紅切九部籀文作⿳艹叢廾

草草斗逗櫟實也一曰象斗木部栩柔也其皁一曰樣又曰柔栩也又曰樣栩實也按此言櫟者卽栩也陸璣云栩今柞櫟也徐州人謂櫟爲杼或謂之栩其子爲皁或言皁斗其殼爲汁可以染皁今京洛及河內多言杼汁或云橡斗按草斗之字俗作皁作皂於六書不可通象斗字當從木部作樣俗作橡从艸早聲自保切古音在三部周禮大司徒其植物宜早物假借早晚字爲之籀文作⿳艹早廾

菆 ㄗㄡ 16精　蓄 ㄒㄩˋ 22透　萅 ㄔㄨㄣ 9透

菆 麻蒸也 此不與上文蒸字類廁者以篆籀別之西征賦曰感帝閣之菆井東方朔七諫曰菎蕗襍於廏蒸王逸注枲翮曰廏一作菆按枲翮枲莖也麻部出廏字云麻藍也錯一本無之俗添之耳 从艸取聲 側鳩切三部籀文作[illegible] 一曰蓐也 此別一義蓐見下部 蓄 積也从艸畜聲 丑六切三部籀文作蕢 萅 推也 此於雙聲求之鄉飲酒義曰東方者春春之爲言蠢也尚書大傳曰春出也萬物之出也 从日艸屯 日艸屯者得時艸生也屯字象艸木之初生 屯亦聲 會意兼形聲此七字依韵會今二徐本皆亂以錯語昌純切十三部籀文作蕢

文四百四十五 重三十一 按鉉本文四百四十五錯本少莒蓩蒢蘱蓨萃六字則爲四百三十九今仍鉉本惟復審定蕟菰菽三字確是誤體刪去是爲四百四十二其列字之次第類聚羣分皆有意義雖少爲後人所亂而大致可稽如荃之非香艸於上下文得之也重三十一錯少蘶字今亦仍鉉

蓐 ㄖㄨˋ 17泥　△[illegible]　薅 ㄏㄠ 21曉　△[illegible]　△茠　茻 ㄇㄤˇ 15明

蓐 陳艸復生也从艸辱聲 而蜀切三部 一曰蔟也 此別一義艸部曰蔟行蠶蓐也蓐訓陳艸復生引伸爲薦席之蓐故蠶蔟亦呼蓐 凡蓐之屬皆从蓐 [illegible] 籀文蓐从茻 此不與艸部五十三文爲類而別立蓐部者以有薅字從蓐故也 薅 拔田艸也 大徐作拔去田艸衆經音義作除田艸經典釋文玉篇五經文字作拔田艸惟繫傳舊本作拔不誤拔者迫地削去之也木部曰槈薅器也 从蓐好省聲 呼毛切古音在三部 [illegible] 籀文薅省 茠 薅或从休 古好聲休聲同在三部 詩曰既茠荼蓼 周頌文今詩作以薅

文二 重三

茻 衆艸也 按經傳艸莽字當用此 从四屮凡茻之屬皆从茻讀若

莫 ㄇㄨˋ 14明　莽 ㄇㄤˇ 15明　葬 ㄗㄤˋ 15精

與冈同 謂其讀若與冈之讀若同也模朗切十部 莫 日且冥也 且冥者將冥也木部曰杳冥也夕部曰夕莫也引伸之義爲有無之無 从日在茻中 會意 茻亦聲 此於雙聲求之莫故切又慕各切五部 莽 南昌謂犬善逐兔艸中爲莽从犬茻 此字犬在茻中故偁南昌方言說其會意之恉也引伸爲鹵莽 茻亦聲 謀朗切十部古音讀如模上聲在五部取諸雙聲也 葬 臧也 見檀弓 从死在茻中一其中所以薦之 荐各本作薦今正荐艸席也有藉義故凡藉於下者用此字 易曰古者葬厚衣之以薪 此引易毄辭說從死在茻中之意也上古厚衣以薪故其字上下皆艸 茻亦聲 此於疊韵得之則浪切十部

文四 此部不與五十三文同類者彼小篆從艸此小篆從茻也

十四部 文六百七十二 重八十 凡萬六百三十九字 此第一篇部文重文解說字之都數也每篇末識之以得十四篇都數識於敘目之後云此十四篇五百四十部九千三百五十三文重一千一百六十三解說凡十三萬三千四百四十一字是也自二徐每篇分上下乃移之冠篇首非是小徐書轉寫尤舛誤今復其舊云

說文解字第一篇下

元和顧廣圻校字

小 ㄒㄧㄠˇ 19心　少 ㄕㄠˇ 19透　尐 ㄐㄧㄝˊ 8精

說文解字第二篇上

金壇段玉裁注

小 物之微也从八丨見而八分之 八別也象分別之形故解从八爲分之丨才見而輒分之會意也凡㓞物分之則小私兆切二部 凡小之屬皆从小

少 不多也 不多則小故古少小互訓通用 从小丿聲 丿右戾也房密匹蔑二切又於小切按上二切近是少之形聲益於古雙聲求之書沼切二部

尐 少也 方言曰尐杪小也孟子力不能勝一尐雛趙注尐爲小與方言同孫宣公音義得之作匹者非髟部曰鬊束髮尐小也廣韵十六屑曰醆尐小也方言懱爵注言懱截也懱截卽醆尐 从小乀聲 乀左戾也 讀若輟 子結切十五部今俗語說小往往言子結切之音

文三

八 ㄅㄚ 5幫　分 ㄈㄣ 9幫　尒 ㄦˇ 4泥

八 別也 此以雙聲疊韵說其義今江浙俗語以物與人謂之八與人則分別矣 象分別相背之形凡八之屬皆从八 博拔切古音在十一部

分 別也从八刀 會意 刀㠯分別物也 此釋从刀之意也甫文切十三部

尒 䛐之必然也 䛐今作詞說文字體本作䛐尒之言如此也後世多以爾字爲之凡曰果爾不爾云爾莞爾鏗爾卓爾鼎鼎爾猶猶爾聊復爾耳故人心尙爾皆訓如此亦有單訓此者如公羊焉爾之爲於此孟子然而無乎爾則亦有乎爾是也語助有用耳者與爾絕殊三國志云生女耳是也耳之言而已也近人爾耳不分如論語女得人焉爾乎唐石經譌爲焉耳詩陳風箋梅之樹善惡自爾宋本譌爲善惡自耳皆是也古書尒字淺人多改爲爾如手部引論語鏗尒考工記舉尒小徐本不誤是也 从丨八八象气之分散 从丨八與小同異 入聲 今本無此二字上文作从入丨八此依韵會所引小徐本訂正入聲在七部而尒在十五十六部閒者於雙聲求之也兒氏切

曾 ㄘㄥˊ 18從　尚 ㄕㄤˋ 15定　㒸 ㄙㄨㄟˋ 4定

曾 䛐之舒也 曰部曰朁曾也詩朁不畏明胡朁莫懲毛鄭皆曰朁曾也按曾之言乃也詩曾是不意曾是在位曾是在服曾是莫聽論語曾是以爲孝乎曾謂泰山不如林放乎孟子爾何曾比予於管仲皆訓爲乃則合語氣趙注孟子曰何曾猶何乃也是也是以朁訓爲曾朁不畏明者乃不畏明也皇侃論語疏曰曾猶嘗也嘗是以爲孝乎絕非語氣益曾字古訓乃子登切後世用爲曾經之義讀才登切此今義今音非古義古音也至如曾祖曾孫取增益層絫之意則曾層皆可讀矣 从八从曰𡆧聲 从八者亦象氣之分散𡆧者囱古文囱在九部此合韵之理也昨棱切六部昨當爲作

尚 曾也 尙之䛐亦舒故釋尙爲曾曾重也尙上也皆積絫加高之意義亦相通也 庶幾也 釋言曰庶幾尙也 从八 亦象氣之分散 向聲 時亮切十部

㒸 从意也 从相聽也㒸者聽从之意司部曰䛐者意內而言外也凡全書說解或言䛐或言意義或錯見言从意則知㒸者从䛐也言䛐之必然則知尒者必然意也隨从字當作㒸後世皆以遂爲㒸矣 从

詹 ㄓㄢ 32端　介 ㄐㄧㄝˋ 2見　兆 ㄓㄠˋ 19定

八 有所从則有所背故从八 豕聲 豕在十六部㒸在十五部合韵取近也徐醉切

詹 多言也 莊子曰小言詹詹 从言从八 多故可分 从产 此當作产聲淺人所改也厂部曰屋梠秦謂之楣齊謂之产木部曰屋櫋聯秦謂之楣齊謂之檐楚謂之梠产與檐同字同音詹产聲職廉切八部

介 畫也 畫部曰畫畍也按畍也當是本作介也介與畫互訓田部畍字葢後人增之耳介畍古今字分介則必有閒故介又訓閒禮擯介左傳介人之寵皆其引伸之義也一則云介特兩則云閒介 从人从八 人各守其所分 也此依韵會所引古拜切十五部

𠔁 分也 此卽今之兆字也廣韵兆治小切引說文分也此可證孫恤以前𠔁卽兆矣又云𠧞灼龜坼也出文字指歸文字指歸者曹憲所作此可證孫恤以前卜部無兆𠧞字矣顧野王玉篇八部有𠔁兵列切卜部之後出兆部又云𠧞同兆此可證顧氏始不謂𠔁卽兆字矣虞翻說尙書分北三苗云北古別字不知其所本要與重八之𠔁無涉豈希馮始牽合而岐誤與治說文者乃於卜部增𠧞爲小篆兆爲古

公 ㄍㄨㄥ 18見　必 ㄅㄧˋ 5幫　余 ㄩˊ 13定　余余 ㄩˊ 13定

文於𠔁下增之云八別也亦聲兵列切以證其非兆字而說文之面目全非矣𠔁从重八者分之甚也龜兆其一也凡言朕兆者如舟之縫如龜之坼 **从重八** 此下刪八別也亦聲五字會意治小切二部楚金云或本音兆按此相承古說也 **孝經說曰** 孝經說者孝經緯也後鄭注經引緯亦曰某經說鄭志荅張逸曰當爲注時時在文網中嫌引祕書故諸所牽圖讖皆謂之說 **故上下有別** 此引緯說字形重八之意也上別下別則二八矣集韵改爲上下有𠔁非也

公 **平分也从八ム** 八ム背私也今本从八从ム凡此等从字皆淺人所增 **八猶背也** 鄭注堯典分北三苗云北猶別也證以韋昭吳語注云北古之背字然則許鄭之語正互相發明分別之乃相僢背其義相因相足故許不云八背也而云猶背鄭不云北別也而云猶別凡古訓故之言猶者視此古紅切九部 **韓非曰背ム爲公** 五蠹篇倉頡之作書也自環者謂之私背私者謂之公自環爲ム六書之指事也八ム爲公六書之會意也

必 **分極也** 極猶準也木部棟極二字互訓極字下云帳極也凡高處謂之極立表爲分判之準故云分極引伸爲䛐之必然 **从八弋** 樹臬而分也弋今字作杙 **八亦聲** 八各本譌弋今正古八與必同讀也舁吉切十二部

余 **語之舒也** 語匡謬正俗引作䛐左氏傳小白余敢貪天子之命無下拜此正䛐之舒亏部曰亏於也象气之舒亏然則余亏異字而同音義釋詁云余我也余身也孫炎曰余舒遲之身也然則余之引伸訓爲我詩書用予不用余左傳用余不用予曲禮下篇朝諸矦分職授政任功曰予一人注云覲禮曰伯父寔來余一人嘉之余予古今字凡言古今字者主謂同音而古用彼今用此異字若禮經古文用余一人禮記用予一人余予本異字異義非謂予余本卽一字也顏師古匡謬正俗不達斯恉且又以予上聲余平聲爲分別又不知古音平上不甚區分重悂貤繆儀禮漢讀攷糾之詳矣 **从八** 象气之分散 **舍省聲** 以諸切五部

余余 **二余也讀與余同** 五部按易困九四來徐徐子夏作荼荼王肅作余余皆舒意也許言余之形未言其義舉此以補之

釆 ㄅㄧㄢˋ 3並　△乎　番 ㄈㄢ 3並　△𤰕　△蹞　宷 ㄕㄣˇ 28透　△審　悉 ㄒㄧ 5心　△𢛃　釋 ㄕˋ 14透　半 ㄅㄢˋ 3幫　胖 ㄆㄢˋ 3滂

文十二 當云十三 **重一** 按此二字譌衍余之音義同余非卽余字也惟余從二余則說文之例當別余爲一部上篇蓐薅不入艸部是也容有省併矣

釆 **辨別也象獸指爪分別也** 倉頡見鳥獸蹏迒之迹知文理之可相別異也遂造書契釆字取獸指爪分別之形 **凡釆之屬皆从釆讀若辨** 蒲莧切十四部

乎 **古文釆** 惠氏棟云尚書平章平秩平字皆當作乎與古文平相似而譌按此肊測不可从

番 **獸足謂之番从釆田象其掌** 下象掌上象指爪是爲象形許意先有釆字乃後从釆而象其形則非獨體之象形而爲合體之象形也附袁切十四部

蹞 **番或从足从煩** 此形聲也

𤰕 **古文番** 按九歌𤰕芳椒兮成堂王注布香椒於堂上也𤰕一作播丁度洪興祖皆云𤰕古播字按播以番爲聲此屆賦假番爲播也

宷 **悉也知宷諦也** 諦廣韵引作諟古同部假借也 **从宀釆** 鍇曰宀覆也釆別也能包覆而深別之也按此與覈字从襾敫同意式荏切七部

審 **篆文宷从番** 然則宷古文籒文也不先篆文者从部首也

悉 **詳盡也从心釆** 會意息七切十二部

𢛃 **古文悉** 此亦會意从心囧囧者窻牖麗廔闓明也

釋 **解也** 廣韵曰捨也解也散也消也廢也服也按其實一解字足以包之 **從釆釆取其分別从睪聲** 考工記以澤爲釋史記以醳爲釋皆同聲假借也古音在五部音轉則廣韵在二十二昔施隻切是也徐鉉所引唐韵賞職切

文五　重五 鍇本作重四今刊本改作重五

半 **物中分也从八牛牛爲物大可㠯分也** 故取牛會意 **凡半之屬皆从半** 博幔切十四部

胖 **半體也** 各本半體肉也今依元應訂周官經腊人注曰鄭大夫云胖讀爲判杜子春讀胖爲版又云膴胖皆謂夾脊肉又云禮家以胖爲半體元謂胖宜如膴而腥胖之言

叛 ㄆㄢˋ 3並　牛 ㄋㄧㄡˊ 24疑　牡 ㄇㄨˇ 21明　犅 ㄍㄤ 15見　特 ㄊㄜˋ 25定　牝 ㄆㄧㄣˋ 4並

片也析肉意也按許用禮家說一曰廣肉此別一義胖之言般也般大也大學心廣體胖其引伸之義也从肉半半亦聲普半切十四部

叛 半反也反覆也反者叛之全叛者反之半以半反釋叛如以是少釋匙从半反半亦聲按各本云半也从半反聲轉寫者多奪字耳薄半切十四部古多假畔爲叛

文三

牛 事也理也事也者謂能事其事也牛任耕理也者謂其文理可分析也庖丁解牛依乎天理批大郤道大窾牛事理三字同在古音第一部此與羊祥也馬怒也武也一例自淺人不知此義乃改之云大牲也牛件也件事理也與吳字下妄增之曰姓也亦郡也同一紕繆像角頭三封尾之形也角頭三者謂上三岐者象兩角與頭爲三也牛角與頭而三馬足與尾而五封者謂中畫象封也封者肩甲墳起之處字亦作犛尾者謂直畫下垂像尾也羊豕馬象皆像其四足牛略之者可思而得也語求切古音讀如疑凡牛之屬皆从牛

牡 畜父也从牛土聲按土聲求之疊韵雙聲皆非是葢當是从土取土爲水牡之意或曰土當作士士者夫也之韵尤韵合音取近从士則爲會意兼形聲莫厚切古音在三部

犅 特也今本作特牛也依詩正義訂公羊傳曰魯祭周公何以爲牲周公用白牡魯公用騂犅羣公不毛何休云騂犅赤脊按說文剛訓山脊故何謂犅爲牛脊但毛詩祇作剛許說犅同特與何異从牛岡聲亦可云从剛省會意古郎切十部

特 特牛也鉉本云朴特牛父也按天問焉得夫朴牛洪氏引說文特牛父也言其朴特皆與鍇本異葢言其朴特乃注說文者語鉉本改竄上移耳王逸張揖皆云朴大也玉篇𤛘訓特牛廣韵𤛘訓牛未劇此因古有朴特之語而製𤛘字特本訓牡陽數奇引伸之爲凡單獨之偁一與一爲耦故實維我特求爾新特毛云特匹也从牛寺聲徒得切一部亦作犆

牝 畜母也从牛

牭 ㄙˋ 5心

△

犢 ㄉㄨˊ 17定　㸬 ㄅㄟˋ 8幫　犙 ㄙㄢ 28心　𤛓　犗 ㄐㄧㄝˋ 2見　牻 ㄇㄤˊ 18明　㹁 ㄌㄧㄤˊ 15來　犡 ㄌㄧˋ 2來　𤙶 ㄊㄨˊ 13定　犖 ㄌㄨㄛˋ 19來

匕聲毗忍切古音在十五部經典舊音多云扶死反是也易曰畜牝牛吉離卦辭也牝爲凡畜母之偁而牝牛冣吉故其字從牛也按鍇本無牝篆自是奪去耳麀字下曰从牝省則非無牝字也

犢 牛子也見釋嘼从牛賣聲徒谷切三部

㸬 二歲牛㸬字見爾雅釋畜牛體長也許君則曰二歲牛按犙字从參故爲三歲牛牭字从四故爲四歲牛則𤛓字从貳當爲二歲牛矣而謂𤛓爲籀文牭字二四既不同數且四之籀文作亖則牭之籀文當作𤙖凡此乖剌當由轉寫脫繆如鼎部鼏鼏馬部𩧐𩧐衣部袗袀今皆奪其一其明諭也宜易之曰㸬牛體長也𤛓二歲牛犙三歲牛牭四歲牛𤙖籀文牭則可讀矣而非可無徵專輒也从牛朩聲博葢切十五部

犙 三歲牛从牛參聲穌含切古音在七部

牭 四歲牛从牛四四亦聲息利切十五部

𤛓 籀文牭从貳按鍇本此下有仁至反三字與十三篇二字反語同是朱翱不謂𤛓卽牭字而謂𤛓乃二歲牛之正字也疑鍇本本不誤後人用鉉本改之未刪朱氏切音耳龍龕手鑑引玉篇直利反顧野王亦不云籀文牭

犗 騬牛也馬部曰騬犗馬也謂今之騸馬从牛害聲古拜切十五部

牻 白黑襍毛牛古謂襍色不純爲尨亦作駹古文假借作龍亦作蒙周易說卦傳毛詩小戎周禮牧人巾車玉人皆可證也牻訓爲白黑襍毛然則凡謂襍色不純亦可用牻字从牛尨聲此以形聲包會意莫江切古音在九部

㹁 牻牛也从牛京聲呂張切十部春秋傳曰牻㹁閔二年傳本作尨涼葢許引之證此二字所以從尨從京也京者涼之省也牻㹁同義如尨涼一理相似傳寫誤爲春秋傳曰牻㹁殊不可通

犡 牛白脊也从牛厲聲洛帶切十五部

𤙶 黃牛虎文从牛余聲讀若塗塗當作涂同都切五部

犖 駁牛也馬色不純曰駁駁犖同部疊韵廣雅牛屬郭𤘫丁犖桓譚新論作郭椒丁櫟𤘫椒犖櫟皆同韵也从牛勞省聲呂角切古音讀如遼在二部天官書此其

⿰牛寽ㄌㄟˋ 2來　⿰牛平ㄆㄥ 12滂　犥ㄆㄠ 19幫　犉ㄖㄨㄣˊ 9泥　⿰牛隺ㄩㄝˋ 20疑　⿰牛畺ㄐㄧㄤ 15見　⿰牛叏ㄊㄠ 19透

犖犖大者謂犖犖甚少者也又卓犖超絕也⿰牛寽牛白脊也牛惟脊白是亦駁屬廣韵曰⿰牛寽出字林不言出說文何也从牛寽聲力輟切十五部⿰牛平牛駁如星駁文似星點从牛平聲普耕切十一部犥牛黃白色黃馬發白色曰驃票麃同聲然則犥者黃牛發白色也內則鳥皫色亦謂發白色从牛麃聲補嬌切二部犉黃牛黑脣也釋畜云黑脣犉毛傳云黃牛黑脣曰犉按爾雅不言黃牛者牛以黃爲正色凡不言何色皆謂黃牛也从牛𦎫聲如勻切十三部詩曰九十其犉見小雅⿰牛隺白牛也白部曰㿥鳥之白也此同聲同義从牛隺聲五角切古音在二部讀如堯⿰牛畺牛長脊廣韵⿰牛畺牛長脊一曰白脊牛按一曰五字疑亦出說文今佚从牛畺聲居良切十部⿰牛叏牛徐行也俗謂舒遲曰⿰牛叏⿰牛叏从牛叏聲讀若滔土刀切二部按舀聲字周時在尤幽部漢時已讀入蕭豪部故許云⿰牛叏讀若滔

二篇上　七

犨ㄔㄡ 21透　牟ㄇㄡˊ 19明　⿰牛産ㄔㄢˇ 3心　牲ㄕㄥ 12心　牷ㄑㄩㄢˊ 3從

也犨牛息聲心部曰息喘也从牛雔聲赤周切三部按今本皆作犨雔聲而經典釋文唐石經作犨玉篇廣韵皆作犨云犨同五經文字且云犨作犨訛𦬇唐以前所據說文無不从言者凡形聲多兼會意讎从言故牛息聲之字从之錯鉉本皆誤也今正一曰牛名此別一義廣韵手鑑皆云白色牛晉大夫郤犨不知取何義也初學記名作鳴牟牛鳴也从牛ㄙ象其聲气從口出此合體象形與羋同意韓愈詩曰椎肥牛呼牟柳宗元賦曰牟然而鳴黃鍾滿脰莫浮切三部⿰牛産畜⿰牛産畜牲也依廣韵手鑑訂左傳內則皆云名子不以畜牲从牛産聲所簡切十四部牲牛完全也引伸爲凡畜之偁周禮庖人注始養之曰畜將用之曰牲按如鼷鼠食郊牛角則非完全从牛生聲所庚切十一部牷牛純色牧人注鄭司農曰牷純也按凡時事之牲用牷物凡外祭毀事用尨以尨與牷對舉則牷爲純色可知也大鄭注釋牷爲純也爲許所本後鄭則訓犧爲純色毛牷爲體完具與許異

牽ㄑㄧㄢ 6溪　牿ㄍㄨˋ 22見　牢ㄌㄠˊ 21來　犓ㄔㄨˊ 16清

禮上脫周字祭祀牷牲此是引牧人祭祀之牲牷依韵會補从牛全聲疾緣切十四部牽引而前也牽引疊韵引伸之輓牛之具曰牽牛人牽傍是也牲腥曰餼生曰牽又凡聯貫之詈曰牽从牛冂象引牛之縻也玄聲苦堅切十二部牿牛馬牢也从牛告聲古屋切三部周書曰今惟牿牛馬柴誓今惟淫舍牿牛馬大小徐本皆無淫舍二字今刊本妄增之此許偶遺二字非必許所據尚書少二字也惟大放牿牢之牛馬故令無以擭穽傷牛馬若牛馬在牢中擭穽安得傷之周易僮牛之牿許及九家作告鄭作梏劉陸作角不訓牢也牢閑也也字今補養牛馬圈也充人注曰牢閑也必有閑者防禽獸觸齧牲繫於牢故牲謂之牢如柴誓呼牛馬爲牿禮呼牲爲牽也从牛冬省取其四周帀从古文冬省也冬取完固之意亦取四周象形引伸之爲牢不可破魯刀切古音在三部犓以芻莝養圈牛也今本莝誤莖脫圈字依文

二篇上　八

犪ㄖㄠˊ 21泥　犕ㄅㄟˋ 25並　犂ㄌㄧˊ 4來（犁）

選注訂莝斬芻也趙岐注孟子曰艸生曰芻穀養曰豢韋注國語曰艸食曰芻穀食曰豢孟子正義引說文牛馬曰芻犬豕曰豢今說文無此語經傳犓豢字今皆作芻豢从牛芻芻亦聲測愚切古音在四部春秋國語曰犓豢幾何見楚語犪牛柔謹也玉篇曰尚書擾而毅字如此按凡馴擾字當作此⿱敄米作犪廣雅犪柔也善也从牛夒聲而沼切古音在三部按此以貪獸之夒爲聲爾雅注犪牛以有角之夒爲聲陸德明誤爲一字犕易曰犕牛乘馬此葢與革部之鞁同義鞁車駕具也故玉篇云犕服也以鞍裝馬也从牛葡聲轂辭今作服古音艮聲葡聲同在第一部故服犕皆扶逼反以車駕牛馬之字當作犕作服者假借耳左傳王使伯服如鄭請滑史記鄭世家作伯犕後漢書皇甫嵩傳義眞犕未乎北史魏收嘲陽休之義眞服未正作服字此皆通用之證也今韵犕平祕切犂耕也山海經曰后稷之孫曰叔均是始作牛耕郭傳始用牛犂也按耒部耕訓犂是犂耕二字互訓皆謂田器今人分別誤也

⿱非牛 ㄈㄟˇ 7幫　⿰牛壽 ㄊㄠˊ 21定　牴 ㄉㄧˇ 4端　⿱衛牛 ㄨㄟˋ 2匣

仲尼弟子列傳冉耕字伯牛司馬耕字子牛論語司馬牛孔注曰宋司馬犂也此可證司馬牛名耕一名犂也葢其始人耕者謂之耕牛耕者謂之犂其後互名之**从牛黎聲**郎奚切十五部俗省作犂論語犂牛之子皇注犂音貍貍䅽文也張參曰犂洛西反論語借以爲力之反張謂借犂爲貍文也犂貍異部而相借如爾雅釋駷牝爲驪牝

⿱非牛兩壁耕也壁當作辟辟是旁側之語莊廿一年左傳鄭伯享王于闕西辟服虔云西辟西偏也兩辟耕謂一田中兩牛耕一從東往一從西來也此耕字自人牛言之與木部六叉犂自器言之不同**从牛非聲**此形聲包會意非从飛下翄取其相背非尾切十五部廣韵入去聲**一曰覆耕種也**此別一義未聞**讀若匪**

⿰牛壽牛羊無子也从牛𠷎聲讀若糗糧之糗糗糧見粊誓徒刀切古音在三部

牴觸也角部曰觸牴也亦作抵觝**从牛氐聲**都禮切十五部

⿱衛牛牛踶⿱衛牛也廣韵曰踶⿱衛牛展足按展足二字乃蹷字之誤蹷同跈足部曰踶者躛也⿱衛牛與躛互訓踶⿱衛牛猶踐蹋也**从牛衛聲**于歲切十五部

⿱臤牛 ㄑㄧㄢ 6溪　牼 ㄎㄥ 12溪　⿰牛今 ㄐㄧㄣ 28匣　犀 ㄒㄧ 7心

⿱臤牛牛很不從牽也从牛臤从牛臤會意臤者堅也故**臤亦聲**喫善切古音在十二部**一曰大皃**別一義**讀若賢**

牼牛厀下骨也牛脛也脛者骹也**从牛巠聲**口莖切十一部**春秋傳宋司馬牼字牛**按仲尼弟子列傳宋司馬耕字牛左傳哀十四年兩書司馬牛不偁其名許云司馬牼豈卽司馬耕與外此昭廿年廿一年宋有華牼孟子書有宋牼皆不傳其字

⿰牛今牛舌病也廣韵作牛舌下病舌病則噤閉不成聲亦作矜**从牛今聲**巨禁切七部

犀徼外牛各本有南字今依韵會楚語曰巴浦之犀犛兕象其可盡乎後漢章帝紀蠻夷獻生犀白雉**一角在鼻一角在頂**爾雅山海經郭注劉欣期交州記皆云有三角一在頂上一在額上一在鼻上鼻上角短小按晉語角犀豐盈孟子注領角犀厥地戰國策眉目準頞權衡犀角偃月此皆謂人自鼻至頂豐滿如相書所云伏犀貫頂也**佀豕**見釋獸劉欣期云其毛如豕頭如馬郭璞云形似水牛豬頭說各不同也**从牛尾聲**先稽切十五部

物 ㄨˋ 8明　牣 ㄖㄣˋ 9泥　犧 ㄒㄧ 1曉

牣牣滿也此復字刪之未盡者**滿也**見大雅毛傳**从牛刃聲**而震切古音在十三部**詩曰於牣魚躍**於如字

物萬物也牛爲大物牛爲物之大者故物从牛與半同意**天地之數起於牽牛**戴先生原象曰周人以斗牽牛爲紀首命曰星紀自周而上日月之行不起於斗牽牛也按許說物从牛之故又廣其義如此**故从牛勿聲**文弗切十五部

犧宗廟之牲也魯頌享以騂犧毛傳犧純也曲禮天子以犧牛鄭云犧純毛也牧人祭祀共其犧牲鄭云犧牲毛羽完具也僞孔注微子云色純曰犧體完曰牷杜注左傳又云牷純色完全也說犧皆與許異**从牛羲聲**許羈切古音在十七部**賈侍中說**他皆偁名獨賈逵偁官者尊其師也**此非古字**魯頌毛傳曰犧尊有沙羽飾也明堂位注曰犧尊以沙羽爲畫飾鄭注荅張逸曰刻畫鳳皇之象於尊其形娑娑然故曰沙按沙娑羲古音三字同在十七部犧牲犧尊葢本祇假羲爲之漢人乃加牛旁故賈云非古字許廁諸部末

文四十五鍇四十四　**重一**此部列字次第大致井井可玩

犛 ㄌㄧˊ 24來

犛西南夷長髦牛也今四川雅州府清谿縣大相嶺之外有地名旄牛產旄牛而清谿縣南抵寧遠府西抵打箭鑪古西南夷之地皆產旄牛如郭樸注山海經所云背厀及胡尾皆有長毛者小角其體純黑土俗用爲茦其尾腊之可爲拂子云長髦者謂背厀胡尾皆有長毛下文氂字乃專謂尾也此牛名犛牛音如貍楚語巴浦之犀犛上林賦獼旄貘犛以其長髦也故史記西南夷傳謂之髦牛以其尾名氂也故周禮樂師注謂之氂牛以氂可飾旄也故禮注爾雅注北山經上林賦注漢書西南夷傳皆謂之旄牛犛髦旄三字音同因之讀犛如毛非也據上林賦則旄犛異物中山經荆山多犛牛郭曰旄牛屬**从牛𠩺聲**里之切一部按犛切里之

犛ㄇㄠˊ 19明　斄ㄌㄞˊ 24來　△庲　告ㄍㄠˋ 22見　嚳ㄎㄨˋ 22溪

犛切莫交徐用唐韵不誤而俗本誤易之**凡犛之屬皆从犛**

氂　犛牛尾也凡經云干旄建旄設旄右秉白旄羽旄齒革干戚羽旄今字或有誤作毛者古注皆云旄牛尾也旄牛卽犛牛犛牛之尾名犛以犛爲幢曰旄因之呼犛爲旄凡云注旄干首者是也呼犛牛爲旄牛凡云旄牛尾者是也**从犛省从毛**莫交切二部按周禮樂師音義犛舊音毛但許不言毛亦聲而左傳晏犛外傳作晏萊後漢書魏郡輿人歌岑熙狗吠不驚足下生犛與災時茲三字韵則是犛省亦聲在弟一部也

斄　彊曲毛也也依廣韵補**可以箸起衣**箸同褚裝衣也王莽傳以犛裝衣師古曰毛之彊曲者曰犛以裝褚衣令其張起也按此犛皆斄之誤劉屈犛亦當本作屈斄屈斄謂彊曲毛也**从犛省來聲**洛哀切舊音力之切一部

庲　古文斄省

文三　重一

告　牛觸人角箸橫木所以告人也从口从牛如許說則告卽楅衡也於牛之角寓人之口爲會意然牛與人口非一體牛口爲文未見告義且字形中無木則告意未㬎且如所云是未嘗用口是告可不用口也何以爲一切告字見義哉愚謂此許因童牛之告而曲爲之說非字意故木部楅下不與此爲轉注此字當入口部从口牛聲牛可入聲讀玉也廣韵告上曰告發下曰誥古沃切三部音轉古到切○又汪氏龍曰此因嚳字故立告部愚謂誠然嚳从斆省斆亦教也教之故急急告之告亦聲然則當立斆部嚳屬焉不當有告部**易曰僮牛之告**大畜爻辭僮牛僮昏之牛也告九家同王弼作牿**凡告之屬皆从告**

嚳　急告之甚也急告猶告急也告急之甚謂急而又急也釋元應說嚳與酷音義皆同按白虎通云謂之帝嚳者何也嚳者極也敎令窮極也窮極卽急告引伸之義**从告學省聲**苦沃切三部

口ㄎㄡˇ 16溪　噭ㄐㄧㄠˋ 20見　噣ㄓㄡˋ 17端　喙ㄏㄨㄟˋ 3曉　吻ㄨㄣˇ 9明　△脗　嚨ㄌㄨㄥˊ 18來　喉ㄏㄡˊ 16匣　噲ㄎㄨㄞˋ 2溪

文二

口　人所以言食也言語飲食者口之网大耑舌下亦曰口所以言別味也頤象傳曰君子以慎言語節飲食**象形**苦厚切四部**凡口之屬皆从口**

噭　口也口俗本譌吼今正史漢貨殖傳皆云馬蹄噭千徐廣曰噭馬八髎也小顏云噭口也蹄與口共千則爲馬二百也按以口釋噭此必本說文說文以口建首下噭噣喙吻字皆與口字轉注相接此全書之例也通俗文埤倉皆曰尻骨謂之八髎惟史記噭字從口故徐以八髎釋之尻亦得謂之口也各本史記作躑乃誤字耳噭與竅音義相同俗本說文作吼者蓋或識孔字於口字之旁因誤併爲一字**从口敫聲**徐廣苦弔反小顏江弔口釣二反唐韵古弔切二部**一曰噭呼也**此別一義呼當作嘄字之誤也嘄號也曲禮毋噭應鄭曰噭號呼之聲也呼亦當作嘄俗寫通用耳昭廿五年公羊傳曰昭公於是噭然而哭注噭然哭聲皃釋文皆古弔反

噣　喙也曹風不濡其咮毛曰咮喙也玉篇引不濡其噣咮噣二同朱聲蜀聲同部也亦假借作注爾雅咮星史記考工記注作注是也亦作喙詩韓奕傳厄烏噣也厄同軛烏噣釋名小爾雅作烏喙**从口蜀聲**陟救切三部

喙　口也說卦傳爲黔喙左傳淡目而豭喙叚借爲困極之義廣韵引昆夷㾊矣今詩作喙矣郭注方言引外傳余病㾊矣今外傳作余病喙郭云江東呼極爲㾊亦作㾊**从口彖聲**許穢切十五部彖聲在十四部合韵也

吻　口邊也曲禮注云口旁曰咡廣雅云咡謂之吻考工記銳喙決吻鄭曰吻口腄也釋名曰吻免也抆也卷也**从口勿聲**武粉切十三部勿聲在十五部合韵也

脗　吻或从肉从昏昏聲也凡昏皆从氏不从民字亦作脗作脗皆脗之俗也凡言脗合當用此

嚨　喉也釋鳥曰亢鳥嚨郭曰謂喉嚨**从口龍聲**盧紅切九部

喉　咽也从口侯聲乎鉤切四部

噲　咽也噲者會也聲氣所會也**从口會聲或讀若快**苦夬切十五部小雅噲噲

呑 ㄊㄨㄣ 6透　咽 ㄧㄢ 6影　嗌 ㄧˋ 11影　△𦤀　喗 ㄩㄣˇ 9疑

其正箋云喑喑猶使使也謂同音假借盧氏文弨云淮南精神訓喑然得臥宋書樂志吳鼓吹曲我皇多喑事皆與使同**一曰喑噫也**此別一義喑亦複舉字也凡一曰之下多複舉本字俗本作噫喑也非集韵作一曰噫也

呑　咽也今人以吞吐對舉據此則咽喉本名吞俗云喉吞是也猶之喉本名咽平聲今人以為下咽字一見切**从口天聲**土根切古音在十二部

咽　嗌也咽者因也言食因於是以上下也**从口因聲**烏前切十二部

嗌　咽也嗌者扼也扼要之處也咽嗌雙聲漢書昌邑王嗌痛爾雅注云江東名咽為嗌**从口益聲**伊昔切十六部

𦤀　籀文嗌上象口下象頸脈理也此象形字與亢略同漢百官公卿表曰𦤀作朕虞應劭曰𦤀伯益也師古曰𦤀古益字也按此假借籀文嗌為益如九歌假借古文番為播也趙宋時古文尚書益作𦤀此本諸漢表耳○又按凡言項領頸亢胡者自外言之言嚨喉喑吞咽嗌者自內言之故皆从口自口而入也

喗　大口也从口軍聲牛殞切十三部

哆 ㄉㄨㄛ 1端　呱 ㄍㄨ 13見　啾 ㄐㄧㄡ 21精　喤 ㄏㄨㄤˊ 15匣　咺 ㄒㄩㄢˇ 3曉　唴 ㄑㄧㄤˋ 15溪　咷 ㄊㄠˊ 19定

哆　張口也小雅哆兮侈兮毛曰哆大皃**从口多聲**釋元應兩引說文殆可切此本音隱唐韵丁可切十七部

呱　小兒嗁聲咎繇謨啟呱呱而泣**从口瓜聲**古乎切五部**詩曰后稷呱矣**大雅

啾　小兒聲也倉頡篇啾衆聲也三年問啁噍之頃此假噍為啾也**从口秋聲**即由切三部

喤　小兒聲啾謂小兒小聲喤謂小兒大聲也如離騷鳴玉鑾之啾啾詩鍾鼓喤喤喤喤厥聲則泛謂小聲大聲**从口皇聲**乎光切十部**詩曰其泣喤喤**

咺　朝鮮謂兒泣不止曰咺方言咺痛也凡哀泣而不止曰咺朝鮮洌水之閒少兒泣而不止曰咺**从口亘聲**此依韵會況晚切十四部

唴　秦晉謂兒泣不止曰唴方言自關而西秦晉之閒凡大人少兒泣而不止謂之唴哭極音絕亦謂之唴平原謂啼極無聲謂之唴哴**从口羌聲**丘尚切十部

咷　楚謂兒泣不止曰嗷咷方言楚謂之嗷咷按嗷字見上**从口兆聲**徒刀切二部

喑 ㄧㄣ 28影　㘈 ㄧˊ 24疑　咳 ㄏㄞˊ 24匣　△孩　嗛 ㄒㄧㄢˊ 30匣

喑　宋齊謂兒泣不止曰喑方言齊宋之閒謂之喑或謂之惄按喑之言瘖也謂啼極無聲**从口音聲**於今切七部

㘈　小兒有知也大雅克岐克嶷毛曰岐知意也嶷識也按此由俗人不識㘈字蒙上岐字改从山旁耳高注淮南曰軫軫之軫讀如克岐克嶷之嶷太元作㘈釋文嶷牛力切又音擬擬然有所識別也**从口疑聲**魚力切一部**詩曰克岐克㘈**

咳　小兒笑也內則云孩而名之為作小兒笑而名之也**从口亥聲**戶來切一部

孩　古文咳从子內則孟子皆作此字按亥部有古文亥則右當作古文亥而亦从亥者亦古文也於史趙之言知之

嗛　口有所銜也夏小正曰田鼠者嗛鼠也爾雅鼸鼠古本亦作嗛故孫叔然云嗛者頰裹也廣韵曰嗛蟓藏食處也嗛鼠食積於頰人食似之故頰車或曰鼸車假借為銜字如佞幸傳大后由此嗛韓嫣是也亦假借為歉字商銘嗛嗛之食嗛嗛之德是也亦假借為謙字如子夏周易漢藝文志謙卦作嗛是也志云合於易之嗛嗛一嗛而四益轉寫下句从言遂滋異說**从口兼聲**戶監切古音蓋在七部

咀 ㄐㄩˇ 13從　啜 ㄔㄨㄛˋ 2透　嚌 ㄐㄧˋ 4從　㗱 ㄐㄧˊ 27精　噍 ㄐㄧㄠˋ 19從　△嚼　吮 ㄕㄨㄣˇ 9從

咀　含味也含而味之凡湯酒膏藥舊方皆云㕮咀廣韵九麌云㕮咀嚼也按㕮即哺字古父甫通用後人不知為一字矣含味之上似當有哺咀二字**从口且聲**慈呂切五部

啜　嘗也孟子徒餔啜也**从口叕聲**昌說切十五部**一曰喙也**此別一義

㗱　噍也也當作兒**从口集聲讀若集**雧省作集子入切七部

嚌　嘗也見儀禮**从口齊聲**在詣切十五部**周書曰大保受同祭嚌**顧命文儀禮多言嚌肺啐酒據周書則酒至齒亦云嚌也

噍　齧也少儀侍食於君子小飯而亟之數噍按數噍句絕所謂亟之也**从口焦聲**才肖切二部古讀平聲如嚼今年尚可後年饒是也

嚼　噍或从爵古焦爵同部同音唐韵乃分噍切才笑嚼切才爵矣今北音去聲南音入聲

吮　欶也欠部

𡪢 2端　噫 25影　嚛 20曉　味 8明　哺 13並　含 28匣　噂 13幫　嘰 7見　啗 30定　嚵 32從　噬 2定　啐 8心

云歀吮也。从口允聲。徂沇切。十四部。

啐　小歃也。士冠禮注曰。古文啐爲呼。按呼與啐音義皆隔。必是誤字。當是古文啐爲啐之誤。如古文酳作酌。今禮酳皆誤酳也。从口卒聲。讀若馭。所劣切。十五部。

嚵　小啐也。从口毚聲。士咸切。八部。一曰喙也。此別一義。

噬　啗也。喙也。喙上當有一曰二字。各本作噬。今正。說文有簭無筮。則筮者簭變。不當用爲諧聲。周禮梓人攫殺援簭。正作簭。從簭聲而省卬也。又周禮卜筮字皆作簭。此則假借也。从口簭聲。時制切。十五部。按詩噬肯適我。毛曰。噬，逮也。此謂噬爲逮之假借也。釋言作遾。方言亦作噬。

啗　食也。从口臽聲。徒濫切。八部。讀與含同。與今音異。

嘰　小食也。大人賦曰。嘰瓊華。按皀部有既字。云小食也。嘰與既音義皆同而各字。玉藻進禨。少儀注曰。已沐飲曰禨。皆當作此嘰。从口幾聲。居衣切。十五部。

噂　噍皃。按釋元應書三引說文皆云噂嘄噍皃也。廣韻十九鐸廿六緝皆云噂嘄噍皃。釋行均書同。說文古本當先噂字。云噂嘄噍皃也。次嘄字。云噂嘄也。今噂字嘄字廁兩處。無噂嘄之語。蓋口部脫誤多矣。从口尃聲。補各切。五部。

二篇上　五十五

含　嗛也。从口今聲。胡男切。古音在七部。禮樂志。吟青黃。以吟爲含。

哺　哺咀也。哺咀蓋疊韻字。釋元應引許淮南注曰。哺，口中嚼食也。又引字林。哺咀，食也。凡含物以飼曰哺。爾雅。生哺鷇。从口甫聲。薄故切。五部。

味　滋味也。滋言多也。从口未聲。無沸切。十五部。

嚛　食辛嚛也。嚛謂辛螫。火部引周書。味辛而不熮。呂覽本味。味辛而不烈。嚛與熮烈同義。玉篇云。伊尹曰。酸而不嚛。此古伊尹書之僅存者。酸疑當作辛。辛而不嚛。即本味之辛而不烈也。从口樂聲。火沃切。古音在二部。

𡪢　口滿食。从口竅聲。丁滑切。十五部。

噫　飽出息也。各本作飽食。今依玉篇衆經音義訂。息，鼻息也。內則。在父母舅姑之所。不敢噦噫。莊子。大塊噫氣。其名曰風。靈樞經曰。五藏氣。心主噫。按噫字亦作餩。見廣雅玉篇廣韻。於北烏克二反。高注淮南書曰。垓讀如人飲食太多以思下垓之垓。以思下垓之垓。乃以息上餩之餩之誤。高注多言心中滿該。亦謂此也。从口意聲。於介切。古音在一部。論語。子曰。噫，天喪予。鄭氏毛詩。噫此皇父。噫厥哲婦。皆爲有所痛傷之聲。

嘳　吸 27曉

嘽 3透　唾 1透　咦 4定　呬 5曉　涶

喘 3透　呼 13曉　噓 13曉　吹 1透　喟 8溪　啍 9透

嘽　喘息也。小雅傳曰。嘽嘽，喘息也。馬勞則喘息。一曰喜也。樂記。其樂心感者。其聲嘽以緩。注。嘽，寬綽皃。从口單聲。他干切。十四部。詩曰。嘽嘽駱馬。證前一義。

唾　口液也。曲禮。讓食不唾。內則。不敢唾洟。从口垂聲。湯臥切。十七部。

涶　唾或从水。

咦　南陽謂大呼曰咦。呼，外息也。大呼，大息也。从口夷聲。以之切。古音在六脂。

呬　東夷謂息爲呬。方言。呬，息也。東齊曰呬。釋詁郭注亦云。今東齊謂息爲呬。疑許襲方言。東夷當作東齊。字之誤也。从口四聲。虛器切。十五部。按大雅。民之攸塈。毛曰。塈，息也。塈不訓息。此正謂塈即呬之假借。爾雅。呬，息也。某氏引詩民之攸呬。蓋三家詩作呬。毛詩作塈。說文尸部有屓字。鼻部有齂字。皆臥息也。亦皆虛器切。凡古休息與鼻息同義。

二篇上　五十六

詩曰。犬夷呬矣。大雅。混夷駾矣。維其喙矣。合二句爲一句。與日部引東方昌矣相似。混作犬。喙作呬。蓋亦用三家詩。馬部引昆夷駾矣。則毛詩也。毛云。喙，困也。方言。餽、喙、呬，息也。按人之安寧與困極。皆驗諸息。故假樂綿之呬。不嫌異義同偁。喙與呬不嫌異字同義。

喘　疾息也。此分別言之。息下曰。喘也。渾言之也。从口耑聲。昌沇切。十四部。

呼　外息也。外息，出其息也。从口乎聲。荒烏切。五部。今人用此爲號嘑評召字。非也。

吸　內息也。內息，納其息也。从口及聲。許及切。七部。

噓　吹也。从口虛聲。朽居切。五部。

吹　噓也。从口欠。口欠則气出。會意。昌垂切。古音在十七部。

喟　大息也。論語兩云喟然歎。曰謂大息而吟歎也。何晏云。喟然歎聲也。殊非是。从口胃聲。丘貴切。十五部。

嘳　喟或从貴。胃貴聲同部。

啍　口气也。从口𦎫聲。他昆切。十三部。詩曰。大車啍啍。王風。毛云。啍啍，重遲之皃。按啍言口气之緩。故引伸以爲重遲。

嚏 ㄊㄧˋ 5端　⿰口質 ㄓˋ 5端　唫 ㄐㄧㄣ 28匣　噤 ㄐㄧㄣˋ 28匣　名 ㄇㄧㄥˊ 12明　吾 ㄨˊ 13疑

之皃嚏悟解气也悟解气者欠字下云張口气悟是也悟覺也解散也通俗文曰張口運气謂之欠欬鄭注周易百果艸木皆甲坼曰皆讀爲人倦解之解郭注方言蛤解曰解讀解悟聲之解皆是許意嚏與欠異音同義玉裁按許說嚏義非是不必曲徇嚏之見於月令內則者各一鄭氏終風箋曰嚏讀當爲不敢嚏欬之嚏今俗人嚏云人道我此古之遺語也月令民多鼽嚏謂鼻塞而妨嚏說文嚏下一曰鼓鼻而釋嚏爲欠直以其字从口不从鼻故耳殊不思內則既云不敢嚏又云不敢欠其爲二事憭然素問說五气所病腎爲欠爲嚏亦分二事倘云嚏卽是欠則內則素問皆不可通矣故嚏解當改云歕鼻也爲安口與鼻同時气出此字之所以从口也至若詩願言則嚏毛傳云嚏跲也釋文嚏作疌跲作劫自是古字通叚觀狼跋傳疐跲也而其疐本又作疌可證崔靈恩集注乃改劫爲欬訓以今俗人體倦則伸志倦則欬音丘據反是葢以附合許之嚏解而不知許自解嚏非解毛之疐也改疐爲嚏自鄭君始許在鄭前安得從鄭易毛各本有詩曰願言則嚏六字休寧汪氏龍以爲後人妄增者是也今

二篇上　七

刪學者可以知毛許於詩本無欬說唐石經作嚏者乃從鄭非從毛**从口疐聲**都計切古音在十二部

⿰口質**野人之言**論語曰質勝文則野此字會意兼形聲**从口質聲**之日切十二部

唫**口急也从口金聲**巨錦切七部

噤**口閉也**史淮陰侯傳雖有舜禹之智吟而不言此假吟爲噤也吟噤義相似**从口禁聲**巨禁切七部

名**自命也**祭統曰夫鼎有銘銘者自名也此許所本也周禮小祝故書作銘今書或作名士喪禮古文作銘今文皆爲名按死者之銘以緇長半幅赬末長終幅廣三寸書名于末曰某氏某之柩此正所謂自名其作器刻銘亦謂稱揚其先祖之德著己名於下皆祇云名已足不必加金旁故許君於金部不錄銘字從周官今書禮今文也許意凡經傳銘字皆當作名矣鄭君注經乃釋銘爲刻劉熙乃云銘名也記名其功也呂忱乃云銘題勒也不用許說**从口夕夕者冥也冥不相見**冥幽也**故㠯口自名**故从夕口會意武幷切十一部

吾**我**

△𠮎　△嚞　△悊

哲 ㄓㄜˊ 2端　君 ㄐㄩㄣ 9見　命 ㄇㄧㄥˋ 6明　咨 ㄗ 4精　召 ㄓㄠˋ 19定　問 ㄨㄣˋ 9明　唯 ㄨㄟˊ 7定　和 ㄏㄜˊ 1匣　唱 ㄔㄤˋ 15透　咥 ㄒㄧˋ 5曉　啞 ㄧㄚ 13影　唏 ㄒㄧ 7曉　噱 ㄐㄩㄝˊ 13匣　听 ㄧㄣˇ 9疑

自偁也偁各本作稱誤釋詁曰吾我也**从口五聲**五乎切五部

哲**知也**釋言曰哲智也方言曰哲知也古智知通用**从口𣂚聲**按凡从折之字皆當作斤斷艸各本篆文皆作手旁用隸改篆也今悉正之陟列切十五部

悊**哲或从心**韵會引說文古以此爲哲字按心部云悊敬也疑敬是本義以爲哲是假借

嚞**古文哲从三吉**或省之作喆

君**尊也**此羊祥也門聞也戶護也髮拔也之例**从尹口**尹治也**口㠯發號**此依韵會又補一口字尹亦聲舉云切十三部

𠮎**古文象君坐形**小徐本作冏

命**使也从口令**令者發號也君事也非君而口使之是亦令也故曰命者天之令也眉病切古音在十二部令亦聲

咨**謀事曰咨**左傳曰訪問於善爲咨毛傳同**从口次聲**卽夷切十五部

召**評也**言部曰評召也**从口刀聲**直少切二部

問**評也**言部曰評問也引伸爲禮之聘問**从口門聲**

二篇上　六

亾運切十三部

唯**諾也**此渾言之玉藻曰父命呼唯而不諾析言之也**从口隹聲**以水切十五部

唱**導也**鄭風曰唱予和女**从口昌聲**尺亮切十部古多以倡字爲之

和**相應也从口禾聲**古唱和字不讀去聲戶戈切十七部

咥**大笑也**衞風毛傳曰咥咥然笑周易履虎尾不咥人馬云齕也此別一義**从口至聲**許既切又直結切古音在十二部**詩曰咥其笑矣**

啞**笑也**馬融曰啞啞笑聲鄭云樂也**从口亞聲**於革切古音在五部按字林云謚笑聲呼益反此由笑言啞啞字音形皆變而云然啞俗訓爲瘖幺下切**易曰笑言啞啞**震卦辭

噱**大笑也从口豦聲**其虐切五部

唏**笑也**廣雅唏唏笑也**从口希聲**依韵會訂虛豈切十五部**一曰哀痛不泣曰唏**方言唏痛也凡哀而不泣曰唏於方則楚言哀曰唏十二諸侯年表曰紂爲象箸而箕子唏

听**笑皃也**司馬相如賦亾是公听然

呭 ㄧˋ 2定　嘄 ㄐㄧㄠ 19見　咄 ㄉㄨㄛˋ 8端　唉 ㄞ 24影　哉 ㄗㄞ 24精

而笑从口斤聲宜引切古音十三部多言也孟子毛傳皆曰泄泄猶沓沓也曰部云沓語多沓沓也言部又云詍多言也引詩無然詍詍从口世聲余制切十五部詩曰無然呭呭大雅今作泄泄聲嘄嘄也周禮大祝注祈嘄也謂爲有災變號呼告神以求福嘄陸音叫从口梟聲古堯切二部按玉篇有⿰口県無嘄⿰口県古弔反聲也此以倒省之県爲聲卽嘄字也廣韵引漢刑法志県首今志作梟首地理志鉅鹿鄡縣今說文作鄡縣鄡與嘄疑皆淺人改作非許書本字相謂也謂欲相語而先驚之之詞凡言咄嗟咄唶咄咄怪事者皆取猝乍相驚之意倉頡篇曰咄啐也說文啐驚也李善注曹植贈彪詩引說文咄叱也从口出聲當沒切十五部應也方言欸然也南楚凡言然者曰欸或曰䜴按廣雅欸䜴然譍也本方言許以唉訓應欠部欸訓訾與方言異蓋唉欸古通用也元應書引作譍聲也从口矣聲讀若塵埃烏開切一部言之閒也釋詁孔魄哉延

噂 ㄗㄨㄣˇ 9精　咠 ㄑㄧˋ 27清　呷 ㄒㄧㄚ 31曉

虛無之言閒也許分別釋之曰哉爲言之閒鍇云若左傳遠哉遙遙論語君子哉若人是哉爲閒隔之詞按如鍇說則必句中乃爲言之閒豈句末者非耶句中哉字皆可斷句凡兩者之際曰閒一者之竟亦曰閒一之竟卽兩之際也言之閒歇多用哉字若哉生明初哉首基則又訓哉爲始凡竟卽爲始从口𢦏聲將來切一部聚語也小雅傳曰噂猶噂噂沓猶沓沓从口尊聲子損切十三部詩曰噂沓背憎人部又引詩僔沓背憎詩釋文曰噂說文作僔五經文字亦云僔詩小雅作噂陸張皆不云說文有噂則知淺人依詩增也聶語也耳部曰聶附耳私小語也按聶取兩耳附一耳咠取口附耳也从口耳七入切七部詩曰咠咠幡幡巷伯三章緝緝翩翩四章捷捷幡幡許引當云咠咠翩翩而云咠咠幡幡者誤合二章爲一耳咠咠今詩作緝緝毛云緝緝口舌聲吸呷也司馬相如賦曰翕呷萃蔡張揖曰翕呷衣起張也海賦猶尚呀呷餘波獨湧李善曰呀呷波相吞之皃吳都賦曰諠譁喤呷廣韵喤

嘒 ㄏㄨㄟˋ 2曉　△嚖　嘫 ㄖㄢˊ 3泥　唪 ㄈㄥˇ 18幫　嗔 ㄊㄧㄢˊ 6定　嘌 ㄆㄧㄠ 19明　嘑 ㄏㄨ 13曉

呷衆聲也从口甲聲呼甲切八部小聲也小雅鳴蜩嘒嘒毛曰嘒嘒聲也按商頌嘒嘒管聲毛曰嘒嘒和也从口彗聲呼惠切十五部詩曰嘒彼小星或从慧語聲也方言欸然也廣雅欸䜴然譍也按然卽嘫應聲也从口然聲如延切十四部大笑也玉篇手鑑皆作大聲从口奉聲讀若詩曰瓜瓞菶菶方蠓切九部按今生民作瓜瓞唪唪而玉口二部兩引皆作菶菶盛气也門部曰闐盛皃聲義與此同今毛詩振旅闐闐許所據作嗔嗔玉藻盛氣顛實注云顚讀爲闐盛身中之氣使之闐滿孟子塡然鼓之是則聲同得相假借也古音陳今俗以爲謓恚字从口眞聲待年切十二部詩曰振旅嗔嗔小雅疾也檜風匪車嘌兮毛曰嘌嘌無節度也按無節度者卽上章所云疾驅非有道之車也从口票聲撫招切二部詩曰匪車嘌兮號也号部曰號嘑也是爲轉注雞人

喅 ㄩˋ 27定　嘯 ㄒㄧㄠˋ 22心　△歗　台 ㄧˊ 24定　嗂 ㄧㄠˊ 19定　启 ㄑㄧˇ 4溪

夜嘑旦以嘂百官此嘑字之僅存者也若銜枚氏嘂呼歎鳴大雅式號式呼以及諸書云叫呼者其字皆當作嘑不當用外息之字嘑或作謼崔靈恩毛詩式號式謼从口虖聲荒烏切五部音聲喅喅然从口昱聲余六切古音在七部吹聲也召南箋曰嘯蹙口而出聲也从口肅聲穌弔切古音在三部籒文嘯从欠欠部重出歗字引詩其歗也謌今詩惟條其歗矣作歗說也台說者今之怡悅字說文怡訓和無悅字今文尚書舜讓于德不台見漢書王莽傳班固典引而五帝本紀本之作舜讓于德不懌自序曰唐堯遜位虞舜不台惠之早霣諸呂不台皆謂不爲百姓所悅也古文禹貢祗台德先鄭注敬悅天子之德既先从口㠯聲与之切一部按湯誓高宗彤日西伯戡黎皆云如台殷本紀皆作柰何釋詁台予同訓我此皆以雙聲爲用何予台三字雙聲也喜也从口䍃聲余招切二部此字與䍃義相近開也按後人用啟字訓開乃廢启不行矣

嗿ㄊㄢˇ 28透　咸ㄒㄧㄢˊ 28匣　呈ㄔㄥˊ 12定　右ㄧㄡˋ 24匣　啻ㄔˋ 11透

啟敎也玉篇引堯典允子朱启明釋天明星謂之启明 **从戶口** 會意康禮切十五部此字不入戶部者以口戶爲開戶也

嗿 聲也 周頌傳曰嗿衆皃按許以字从口故釋與毛異 **从口貪聲** 他感切古音在七部 **詩曰有嗿其饁**

咸 皆也悉也 咸皆也見釋詁 **从口从戌** 會意胡監切古音在七部 **戌悉也** 此从戌之故戌爲悉者同音假借之理

呈 平也 今義云示也見也 **从口壬聲** 直貞切十一部壬之言挺也故訓平

右 助也从口又 又者手也手不足以口助之故曰助也今人以左右爲ナ又字則又製佐佑爲左右字于救切古音在一部

啻 語時不啻也 元應引倉頡篇曰不啻多也按不啻者多之詞也秦誓曰不啻若自其口出世說新語云王文度弟阿智惡乃不啻玉篇云買賣云不啻也可知爲帝井常談矣不啻如楚人言夥頤啻亦作翅支聲帝聲同部也广部疵下曰病不翅孟子曰奚翅食重 **从口帝聲** 施智切十六部 **一曰啻諟也** 言部曰諟理也

吉ㄐㄧˊ 5見　周ㄓㄡ 21端　△周　唐ㄊㄤˊ 15定　△啺　嚋ㄔㄡˊ 21定

亦用諟爲寀諦字 **讀若鞮** 疑此謂後一義之讀

吉 善也从士口 居質切十二部

周 密也 密山部曰山如堂者引伸訓爲周緻也左傳晏子曰清濁小大短長疾徐哀樂剛柔遲速高下出入周疏以相濟也以周與疏反對又襄二十七年春胥梁帶使諸喪邑者具車徒以受地必周杜皆云周密也按忠信爲周謂忠信之人無不周密者 **从用口** 善用其口則密不密者皆由於口職畱切三部

周 古文周字从古文及 及之者周至之意

唐 大言也 引伸爲大也如說尚書者云唐之爲言蕩蕩也見論衡又爲空也如梵書云福不唐捐凡陂塘字古皆作唐取虛而多受之意𨸏部曰隄唐也 **从口庚聲** 徒郎切十部

啺 古文唐从口昜 亦形聲

𠷎 誰也从口𢑏又聲𢑏古文疇 按此篆疑有誤白部曰𣅀詞也从白𢑏聲引唐書帝曰𣅀咨與此音義大同但其字从口𢑏聲足矣不當兼从又聲又在一部非聲也老部壽酉部醻巾部幬皆从𠷎聲竹部籌火部燾言部譸邑部鄐皆从𠷎聲絕無从𢑏聲之字可知此正當作𢑏爲𠷎之聲直由切三部

嘾ㄉㄢˋ 28定　噎ㄧㄝ 5影　嗢ㄨㄚˋ 9影　哯ㄒㄧㄢˋ 3匣　吐ㄊㄨˋ 13透　噦ㄩㄝ 2影

嘾 含深也 莊子曰大甘而嘾 **从口覃聲** 徒感切古音在七部

噎 飯窒也 王風中心如噎毛曰謂噎憂不能息也噎憂雙聲憂即終日號而不嚘之嚘氣逆也今本毛傳譌脫惟玉篇不誤鄭風傳憂不能息憂亦讀爲嚘欠部曰歍嚘也歍嚘即噎憂劉氏台拱說 **从口壹聲** 烏結切十二部

嗢 咽也 咽當作噎聲之誤也欠部曰歒咽中息不利也與嗢音義同笑云嗢噱者嗢在喉中噱在口也 **从口𥁕聲** 烏沒切𥁕聲在十三部與十五部合音取近也

哯 不歐而吐也 欠部曰歐吐也渾言之此云不歐而吐也者析言之歐以匈喉言吐以出口言也有匈喉不作惡而已吐出者謂之哯玉篇廣韵作不顧而唾非也 **从口見聲** 胡典切古音在十四部

吐 寫也从口土聲 他魯切五部

噦 气啎也 啎逆也通俗文曰氣逆曰噦內則曰不敢噦噫靈樞經說六府氣胃爲氣逆噦 **从口歲聲** 於月切十五部

咈ㄈㄨˊ 8並　嚘ㄧㄡ 21影　吃ㄔ 8見　嗜ㄕˋ 4定　啖ㄉㄢˋ 32定　哽ㄍㄥˇ 15見

咈 違也 違與韋同相背也 **从口弗聲** 符弗切十五部 **周書曰** 按說文引微子篇咈其耇長我與受其退皆系周書引子顛躋則曰商書未知孰是誤字洪範一篇商周說異微子則必是商書也 **咈其耇長** 玉篇引易咈經于丘今易作拂蓋誤

嚘 語未定皃 東方朔傳曰伊憂亞者辭未定也集韵云憂或作嚘又老子終日號而不嗄玉篇作不嚘云嚘氣逆也太元柔兒于號三日不嚘傅奕按定老子作歔歔同嚘 **从口憂聲** 於求切三部師古一侯反

吃 言蹇難也从口气聲 居乙切十五部

嗜 喜欲之也 此依韵會本喜當作憙憙悅也經傳多假耆爲嗜 **从口耆聲** 常利切十五部

啖 噍啖也 荀子王霸篇啖啖常欲人之有注啖啖并吞之皃 **从口炎聲** 徒敢切八部 **一曰噉** 韵會無此三字云或作噉按口部無噉字玉篇廣韵皆正作噉云啖同以嚳字例之蓋說文本作噉

哽 語爲舌所介也 哽介雙聲漢書祝哽在前 **从口更聲讀若**

嘐 ㄒㄧㄠ 21見　啁 ㄓㄡ 21端　哇 ㄨㄚ 10影　⿱辛口 ㄜˋ 2疑　吺 ㄉㄡ 16端　呧 ㄉㄧˇ 4端　呰 ㄗˇ 10精　嗻 ㄓㄜˋ 13端　唊 ㄐㄧㄚˊ 30見　嗙 ㄆㄤ 15幫　嗑 ㄏㄜˋ 31匣　噧 ㄒㄧㄝˋ 2曉　㕤 ㄑㄧㄡˊ 21匣

幷汲綆古杳切十一部嘐誇語也孟子何以謂之狂也曰其志嘐嘐然曰古之人古之人夷考其行而不掩焉者也从口翏聲古肴切古音在三部啁啁此複舉字未刪者嘐也楚語鵾雞啁哳而悲鳴啁大聲哳小聲也从口周聲陟交切古音在三部倉頡篇啁調也謂相戲調也今人啁作嘲哇諂聲也淫哇也王莽傳又假鼃爲哇从口圭聲於佳切古音十六部讀若醫醫在第一部相隔遠甚疑是翳字翳在十六部⿱辛口語相訶歫也歫今之拒字訶歫者訶而拒之从口辛辛音愆辛惡聲也口辛以口拒惡聲也讀若櫱五葛切十五部吺讒吺逗多言也言部曰讒多言也讒吺玉篇作呧吺从口殳聲當侯切四部呧苛也苛者訶之假借字漢人多用荷爲訶亦用苛爲訶从口氐聲都禮切十五部按言部有詆字云訶也口部呧似複出集韵詆呧爲一字呰苛也苛亦當作訶元應引作訶凡言呰毀當用呰喪服四制呰者莫不知禮之所生也鄭云口毀曰呰元應引如此今禮記作訾按少儀注兩云訾思也从口此聲將此切十六部嗻遮也廣韵嗻多語之皃然則遮者謂多言遏遮人言也从口庶聲之夜切古音在五部唊妄語也廣韵唊唊多言也从口夾聲讀若莢古叶切八部嗑多言也从口盍聲讀若甲候榼切八部嗙訶聲嗙喻也从口旁聲補盲切十部司馬相如說淮南宋蔡舞嗙喻也上林賦巴渝宋蔡淮南干遮此所偁非賦文蓋凡將之一句也劉逵引黃潤纖美宜製褌歐陽詢引鐘磬竽笙筑坎侯知凡將七言爲句噧高气多言也廣韵曰高聲皃又多言从口蠆省聲按篆文作蠆此直云蠆聲可矣不當云省訶介切十五部春秋傳曰噧言未見所出惟公羊襄十四年經鄭公孫蠆二傳作蠆疑噧言二字有誤當云鄭公孫噧㕤高气也从口九聲巨鳩切三部詩㕤矛

二篇上　卅三

吁 ㄒㄩ 13曉　噊 ㄩˋ 8定

嘮 ㄌㄠˊ 19透　呶 ㄋㄠˊ 13泥　叱 ㄔˋ 4透　噴 ㄆㄣ 9滂　吒 ㄓㄚˋ 14端　啐 ㄘㄨㄟˋ 8清　唇 ㄓㄣˇ 8精　嘵 ㄒㄧㄠ 19曉　嘖 ㄗㄜˊ 11從　△讀　嗸 ㄠˊ 19疑　唸 ㄋㄧㄢˋ 28端　吚 ㄧ 4曉

是此㕤字臨淮有㕤猶縣見地理志按韓子智伯伐仇猶非此縣地嘮嘮呶讙也从口勞聲敕交切二部呶讙聲也从口奴聲女交切古音在五部詩曰載號載呶見小雅毛曰號呼呶讙也叱訶也訶大言而怒也从口七聲昌栗切十二部噴叱也从口賁聲普魂切十三部一曰鼓鼻此別一義許釋嚏爲欠以鼓鼻繫之噴吒噴也叱怒也此三字明叱噴吒三字互訓也曲禮曰毋吒食謂當食而叱怒他事嫌於怒食故注云嫌薄之淮陰侯傳曰項王喑噁叱吒千人皆廢从口乇聲陟駕切古音在五部亦作咤噊危也見釋詁从口矞聲余律切十五部啐驚也从口卒聲七外切十五部儀禮今文以爲啐酒字唇驚也後人以震字爲之从口辰聲側鄰切十三部吁驚也从口亏聲況于切五部按此篆當刪說見亏部嘵懼聲也豳風毛傳曰嘵嘵懼也从口堯聲許幺切二部詩曰予維音之嘵嘵玉篇廣韵作予維音之嘵嘵本說文也今本說文作唯予音之嘵嘵嘖大呼也呼當作嘑廣韵嘖嘖叫也左傳定四年嘖有煩言从口責聲士革切十六部讀嘖或从言百官公卿表典客太初元年更名大鴻臚應劭曰郊廟行禮讚九賓鴻聲臚傳之也今漢書譌讚嗸眾口愁也董仲舒傳嚻嚻苦不足食貨志天下謷謷陳湯傳熬熬苦之皆同音假借字也从口敖聲五牢切二部按此字五經文字玉篇廣韵經典釋文皆下口上敖本說文也今說文作嗷後人所妄改詩曰哀鳴嗸嗸小雅唸唸呀逗呻也今本無唸者淺人以爲複字而刪之無呻者淺人所改也今依全書通例補正从口念聲都見切古音在七部郭音坫今切都見者因詩作殿也詩曰民之方唸呀大雅文今作殿屎吚唸呀也釋訓殿屎呻也毛傳殿屎呻吟也陸氏詩爾雅音義皆云殿屎說文

二篇上　卅四

△吟 呻ㄕㄣ 6透　嗞ㄗ 24精　吟ㄧㄣˊ 28疑　嚴ㄧㄢˊ 32疑　嘅ㄎㄞˋ 8溪（嘅）　叫ㄐㄧㄠˋ 21見　哤ㄇㄤˊ 18明　唌ㄒㄧㄢˊ 3定　嘆ㄊㄢˋ 3透　喝ㄏㄜˋ 2影　哨ㄕㄠˋ 19從　吪ㄜˊ 1疑

作唸吚。從口伊省聲。依詩爾雅音義五經文字云屎說文作吚然則今本說文作吚者俗人妄改也。以虫部蚜字例之亦爲伊省聲。馨伊切。十五部。

囐呻也。從口嚴聲。五銜切。八部。廣韵作囐。

呻吟也。按呻者吟之舒。吟者呻之急。渾言則不別也。從口申聲。失人切。十二部。

吟呻也。從口今聲。魚音切。七部。

訡吟或從音。

嗞嗟也。嗟言部作謩。云謩嗞也。與此爲互訓。今本言部作咨也。淺人妄改耳。謀事曰咨。音義皆殊。戰國策秦策五平原令見諸公必爲言之曰嗟嗞乎司空馬。詩綢繆子兮子兮如此良人何。毛傳子兮者嗟茲也。茲當作嗞。古言謩嗞。今人作嗟咨。非也。廣韵嗞嗟憂聲也。從口茲聲。子之切。一部。

哤異之言。齊語曰四民者勿使襍處。襍處則其言哤。其事易。韋注哤亂也。從口尨聲。莫江切。九部。一曰襍語。漢人多用襍爲集字。集語猶聚語也。讀若尨。网義讀同。

叫嘑也。從口丩聲。古弔切。古音在三部。按嘂部嘂言部訓皆訓大嘑。與此音同義小異。疑叫字淺人所增。

嘅嘆也。從口既聲。苦蓋切。十五部。詩曰嘅其嘆矣。王風。

唌語唌嘆也。梁鴻傳競舉枉兮措直。咸先佞兮唌唌。注唌音延。讒言捷急之皃。郭注爾雅假爲次字。夕連切。從口延聲。十四部。

嘆吞歎也。九經字樣作吞聲也。非。按嘆歎二字。今人通用。毛詩中网體錯出。依說文則義異。歎近於喜。嘆近於哀。故嘆訓吞歎。吞其歎而不能發。詳欠部。從口歎省聲。他案切。十四部。一曰大息也。此別一義。與喟義同。

喝㵣也。疑當作㵣音也。今脫音字耳。莊子庚桑楚。終日嗥而嗌不嗄。崔譔本作不喝。云啞也。子虛賦榜人歌聲流喝。郭璞曰言悲嘶也。又謝希逸文喝邊簫於松霧。從口曷聲。於介切。十五部。

哨不容也。鄭注考工記曰哨頃小也。記投壺曰某有枉矢哨壺。從口肖聲。才笑切。二部。

吪動也。見釋詁毛詩傳。從口化聲。五禾切。十七部。詩曰尙寐無吪。王風。又小雅或寢或吪。今各本作訛。非也。

嗜ㄗㄢˋ 28精　吝ㄌㄧㄣˋ 9來　△彣 各ㄍㄜˋ 14見　否ㄈㄡˇ 24幫　唁ㄧㄢˋ 3疑　哀ㄞ 7影　嗁ㄊㄧˊ 10定（啼）　嗀ㄏㄜˋ 17曉　咼ㄎㄨㄞ 1溪　⿰口叔ㄘㄨˋ 22從　嗼ㄇㄛˋ 14明　昏ㄍㄨㄛ 2見（舌）

訛卽譌字。

嗜嗛也。元應引作衘也。嗛衘音義同。從口𣅀聲。子荅切。七部。

吝恨惜也。慳吝亦恨惜也。從口文聲。按此字蓋從口文會意。凡恨惜者多文之以口。非文聲也。良刃切。十二部。易曰以往吝。蒙初六爻辭。按辵部引以往遴。不同者。許易偁孟氏。或兼偁他家。或孟易有或本。皆未可知也。

彣古文吝從彣。

各異詞也。詞者意內而言外。異爲意。各爲言也。從口夊。陟侈切。夊者有行而止之不相聽意。夊部曰從後至也。象人兩脛後有致之者。致之止之義相反而相成也。古洛切。五部。

否不也。從口不。按否字見不部。此誤增也。

唁弔生也。鄘風歸唁衛侯。春秋齊侯唁公于野井。穀梁傳毛傳皆云弔失國曰唁。此言弔生者。以弔生爲唁別於弔死爲弔也。何注公羊云弔亡國曰唁。弔死曰弔。與此相發明。今本公羊注弔死國曰弔。衍國字。從口言聲。魚變切。十四部。詩曰歸唁衛侯。

哀閔也。閔弔者在門也。引伸之凡哀皆曰閔。從口衣聲。烏開切。古音在十五部。

嗁号也。号各本作號。今正。号下曰痛聲也。此可證。嗁号與嘑號不同字也。号痛聲。哭哀聲。痛在內。哀形於外。此嗁與哭之別也。喪大記始卒主人嗁兄弟哭婦人哭踊。注悲哀有深淺也。若嬰兒中路失母。能勿嗁乎。按鄭用襍記語也。嗁俗作啼。士喪禮作諦。古多假諦爲嗁。從口虒聲。杜兮切。十六部。

嗀歐皃。今俗語如此。從口𣪊聲。許角切。三部。春秋傳曰君將嗀之。左哀廿五年文。之玉篇作焉。

咼口戾不正也。通俗文斜戾曰咼。從口冎聲。苦媧切。古音十七部。

⿰口叔⿰口叔嗼也。三字一句。俗本刪⿰口叔字。非也。宀部曰寂無人聲。從口叔聲。前歷切。古音在三部。

嗼⿰口叔嗼也。按夕部云寂⿱莫夕義略同。爾雅釋詁曰嗼定也。呂覽首時篇嗼然。高注嗼然無聲也。今毛詩求民之莫。毛曰莫定也。又貉其德音。左傳韓詩貉皆作莫。韓云莫定也。從口莫聲。莫各切。五部。玉篇亾格切。

昏塞口也。廣雅釋詁曰昏塞也。易巛六二括囊。

△昏　嗾ㄙㄡˋ 17心　吠ㄈㄟˋ 2並　咆ㄆㄠˊ 21並　嗥ㄏㄠˊ 21匣　△獋　喈ㄐㄧㄝ 4見　哮ㄒㄧㄠ 21曉　喔ㄨㄛˋ 17影　呝ㄜˋ 11影（呃）　咮ㄓㄡˋ 16端　嚶ㄧㄥ 12影

无咎括卽昏字也　从口氐省聲　氐卽氏部氒字隸變或作氒或作𠂹凡昏聲字隸變皆爲舌如括刮之類古活切十五部

昏　古文从甘　戴先生曰古文氐不省誤爲从甘按汗簡古文四聲韵云昏昏皆同厥出古尚書昏卽昏字不省者也

嗾　使犬聲　見左傳宣二年使犬者作之噬也方言曰秦晉之西鄙自冀隴而西使犬曰哨郭音騷哨與嗾一聲之轉公羊疏云今呼犬謂之屬　从口族聲　穌奏切三部釋文素口反　春秋傳曰公嗾夫獒　按嗾服本作取云取嗾也嗾夫獒使之噬盾也今本釋文正義皆譌亂取誤爲嘅

吠　犬鳴从口犬　口犬者動口之犬也字林作吠則爲形聲字太元曰鴟鳩在林吠彼衆經文選注引戰國策作吠亦是形聲字符廢切十五部

咆　嗥也　廣韵曰咆虓熊虎聲　从口包聲　薄交切二部

嗥　咆也　廣韵嗥熊虎聲左傳曰狐貍所居豺狼所嗥　从口皋聲　乎刀切古音在三部

獋　譚長說嗥从犬　公羊春秋經趙盾試其君夷獋

喈　鳥鳴聲也从口皆聲　古諧切十五部　一曰鳳皇鳴聲喈喈　按此八字蓋後人所增鳳皇亦鳥耳詩風雨曰雞鳴喈喈卷阿曰邕邕喈喈

哮　豕驚聲也　按哮亦作狗許角切吳都賦曰封豨蕤李云蕤豨聲呼學切亦卽哮字但字形有譌耳　从口孝聲　許交切亦許角切古音在三部

喔　雞聲也从口屋聲　於角切三部

呝　喔也　呃喔雙聲射雉賦良遊呃喔喔引之規裏廣韵廿一麥曰呝喔鳥聲疑兩篆文下本皆云呝喔後人亂之耳　从口尼聲　烏格切十六部

咮　鳥口也　今人噣咮啄三字同音通用許分別甚明人口不曰咮　从口朱聲　章俱切古音在四部按廣韵十虞曰讋咮多言皃四十九宥曰咮鳥口然則大徐用章俱一切誤也

嚶　鳥鳴也　小雅鳥鳴嚶嚶毛曰嚶嚶驚懼也釋訓曰丁丁嚶嚶相切直也鄭曰嚶嚶兩鳥聲也按詩鳥鳴嚶嚶出自幽谷本不言何鳥昔人因嚶嚶似離黃之聲出谷遷喬亦似離黃出蟄土而登樹故就嚶嚶改鸎爲倉庚之名唐試士以鸎出谷命題本毛詩也古者倉庚名離黃名鵹黃名楚雀名黃栗畱黃鸝畱不名黃鸎亦無鸎字也惟高誘注呂覽曰含桃鸎桃鸎鳥所含陸璣詩疏云黃鸝畱幽州人謂之黃鸎鸎字始見要因其聲製字耳果名依高誘作鸎桃爲是鄭注月令作櫻桃者乃俗人所改詩交交桑扈有鶯其羽毛公云鶯然有文章也鶯絕非鸎唐人耕韵鶯注鳥羽文也鸎注黃鸎也一韵中可竝用舊本唐詩黃鸎字皆如此元明以後淺人乃謂古無鸎字盡改爲鶯而鶯失其本義而昔人因嚶製鸎之理晦矣玉篇鶯鳥有文鸎黃鳥也分別亦是而謂倉庚爲黃鳥失詩之訓毛詩黃鳥非倉庚也至集韵類篇乃皆合鶯鸎爲一字斯謂不識字　从口嬰聲　烏莖切十一部

啄　鳥食也　鳥味銳食物似琢吳都賦說水鳥曰彫琢蔓藻　从口豕聲　丁角切三部

唬　虎聲也　錯本不誤鉉本改爲嘑聲誤甚自吠篆巳下皆言鳥獸矣通俗文曰虎聲謂之哮唬當讀呼去聲亦讀如罅字从虎口虎亦聲也五部　从口虎　與吠意同主於說口故不入犬虎部○此下錯有一曰虎聲四字鉉本此四字在从口之上皆淺人誤增　讀若暠　說文無此字鉉用唐韵呼訝切玉篇呼交切與此讀合

嘯ㄓㄨㄛˊ　啄 17端　唬ㄏㄨˇ 13曉　呦ㄧㄡ 21影　噳ㄩˇ 13疑　△⿰幼欠　喁ㄩˊ 16疑　局ㄐㄩˊ 17匣　㕣ㄧㄢˇ 3定

呦　鹿鳴聲也　見小雅　从口幼聲　伊虯切三部

⿰幼欠　呦或从欠

噳　麌鹿羣口相聚皃　大雅麀鹿噳噳毛曰噳噳然衆也小雅麀鹿麌麌毛曰麌麌衆多也按毛意麌麌卽噳噳之假借也說文無麌　从口虞聲　魚矩切五部　詩曰麀鹿噳噳

喁　魚口上見　師古元應皆作衆口按魚是也淮南書水濁則魚噞喁劉逵注吳都賦曰噞喁魚在水中羣出動口皃喁本狀魚引伸他用如論語素王受命讖莫不喁喁延頸歸德淮南書羣生莫不喁喁然仰其德司馬相如傳延頸舉踵喁喁然皆是也　从口禺聲　魚容切蓋古音在四部

局　促也　以疊韵爲訓　从口在尺下復局之　尺所以指斥規榘事也口在尺下三緘其口之意　一曰博所㠯行棊象形　博當作簙簙局戲也六箸十二棊簙有局以行十二棊局之字象其形此別一義渠錄切三部

㕣　山間陷

△容

凵 ㄑㄢˇ 32溪

泥地閒玉篇作澗陷當作淊字之誤水部曰淊泥水淊淊也**从口**謂山閒**从水敗皃**謂淊泥谷字皆从水㕣見㕣亦从水㕣見出於口也水敗土而淊泥多是曰㕣**讀若沇州之沇**按漢隸沇州字已多作兗以轉切十四部**九州之渥地也**毛傳曰渥厚也**故目沇名焉**此釋州名之意沇爲九州之渥地如㕣爲山閒之渥地其義同其音亦同也**古文㕣**按下葢从谷上从列骨之殘𣎆字𣎆象水敗也漢人作兖字者葢合和容沇二字爲之

文一百八十鍇一百八十二**重二十一**張次立曰重二十補遺許一字共重二十一按許字今不補

凵　張口也象形也廣韵作皃口犯切八部**凡凵之屬皆从凵**

文一

吅 ㄒㄩㄢ 3曉　𠪚 ㄋㄤˊ 15泥　△𠪚　嚴 ㄧㄢˊ 32疑　△嚴　咢 ㄜˋ 14疑

吅　驚嘑也玉篇云吅與讙通按言部讙譁二字互訓與驚嘑義別**从二口凡吅之屬皆从吅讀若讙**況袁切十四部

𠪚　亂也从爻工交吅疑有譌脫寸部𢒼繹理也从口从工从又从寸工口亂也又寸分理之彡聲與𠪚同意是則从吅从爻从工者亦亂也从己分理之𠪚不云理𢒼不云亂者互見其義也乙部曰亂治也𤔔部曰𤔔治也幺子相亂𤔔治之凡言亂而治在焉易䆕則變也莊子在宥傖囊崔譔作戕囊云戕囊猶搶攘晉灼注漢書曰搶攘亂皃也搶攘曡韵本在陽唐韵轉入庚韵攘卽𠪚之假借凡髮亂曰鬡鬤艸亂曰葶䕅皆搶攘同意**一曰窒𠪚**𠪚玉篇作穰葢誤室𠪚葢充塞之意周漢人語也**讀若穰**网義同讀在十部唐韵女庚切

籀文𠪚

嚴　敎命急也嚴急曡韵趙注孟子曰事嚴喪事急**从吅**敦促之意**厰聲**語杴切八部

古文嚴

咢　譁訟也引伸爲徒擊鼓曰咢又韋賢傳咢咢黃髮**从吅屰屰亦聲**五各切五部

單 ㄉㄢ 3端　𠱠 ㄓㄡ 21端

單　大也當爲大言也淺人刪言字如誣加言也淺人亦刪言字爾雅廣雅說大皆無單引伸爲雙之反對大雅其軍三單毛云三單相襲也鄭云丁夫適滿三軍之數無羨卒也**从吅甲**大言故从吅**吅亦聲**都寒切十四部**闕**當云甲闕謂甲形未聞也

𠱠　呼雞重言之當云𠱠𠱠呼雞重言之也淺人刪之耳夏小正正月雞桴粥粥也者相粥之時也案相粥之時也一本作相粥粥呼也粥𠱠古今字雞聲𠱠𠱠故人效其聲呼之風俗通曰呼雞朱朱俗說雞本朱公化而爲之今呼雞曰朱朱也謹按說文解字𠱠从二口二口爲讙州其聲也讀若祝祝者誘致禽畜和順之意𠱠與朱音相似耳今按應仲遠似當引小正爲原本**从吅从州聲**之六切三部**讀若祝**依風俗通則祝當重謂𠱠𠱠讀若祝祝也左傳州吁穀梁作祝吁博物志云祝雞翁善養雞故呼祝祝

文六　重二

哭 ㄎㄨ 17溪　喪 ㄙㄤ 15心

哭　哀聲也从吅从獄省聲苦屋切三部按許書言省聲多有可疑者取一偏旁不載全字指爲某字之省若家之爲豭省哭之从獄省皆不可信獄固从犾非从犬而取犾之半然則何不取穀獨倏俗之省乎竊謂从犬之字如狡獪狂默猝猥㹞狠獷狀獳狎狃犯猜猛犺狧狟戾獨狩臭獘獻類猶卌字皆从犬而移以言人安見非哭本謂犬嘷而移以言人也凡造字之本意有不可得者如禿之从禾用字之本義亦有不可知者如家之从豕哭之从犬愚以爲家入豕部从豕宀哭入犬部从犬吅皆會意而移以言人庶可正省聲之勉強皮傅乎哭部當廁犬部之後**凡哭之屬皆从哭**

喪　亡也亡部曰亡逃也亡非死之謂故中庸曰事死如事生事亡如事存尚書大傳曰王之於仁人也死者封其墓況於生者乎王之於賢人也亡者表其閭況於在者乎皆存亡與生死分別言之凶禮謂之喪者鄭禮經目錄云不忍言死而言喪喪者棄亡之辭若全居於彼焉己失之耳是則死曰喪之義也公子重耳自偁身喪魯昭公自偁喪人此喪字之本義也凡喪失字本皆平

聲俗讀去聲以別於死喪平聲非古也　从哭亡亡亦聲　此從禮記奔喪之禮釋文所引息郎切十部

文二

走ㄗㄡˇ 16精　趨ㄑㄩ 16清　赴ㄈㄨˋ 18滂　趣ㄑㄩˋ 16清　超ㄔㄠ 19透　趫ㄑㄧㄠˊ 19溪

走　趨也　釋名曰徐行曰步疾行曰趨疾趨曰走此析言之許渾言不別也今俗謂走徐趨疾者非　从夭止夭者屈也　依韵會訂夭部曰夭屈也止部曰止爲足从夭止者安步則足胻較直趨則屈多子苟切四部大雅假本奏爲奔走　凡走之屬皆从走

趨　走也　曲禮注曰行而張足曰趨按張足過於布武大雅左右趣之毛曰趣趨也此謂假借趣爲趨也　从走芻聲　七逾切古音在四部

赴　趨也　聘禮赴者未至士喪禮赴曰君之臣某死注皆云今文赴作訃按古文訃告字祇作赴者取急疾之意今文从言急疾意轉隱矣故言部不收訃字者从古文不从今文也凡許於禮經从今文則不收古文字如口部有名金部無銘是也从古文則不收今文字如赴是也禮記作訃不作赴者禮記多用今文禮也左傳作赴者左丘明述春秋傳以古文故與古文禮同也　从走卜聲　芳遇切古音在三部

趣　疾也　大雅來朝趣馬箋云言其辟惡早且疾也玉篇所引如是獨爲不誤早釋來朝疾釋趣馬也又濟濟辟王左右趣之箋云左右之諸臣皆促疾於事周禮趣馬大鄭曰趣馬趣養馬者也按趣養馬謂督促養馬古音七口反音轉乃有清須七句二反後人言歸趣言趣者乃引伸之義輒讀爲七句以別於七苟非古義古音也　从走取聲　七句切古音在四部

超　跳也　跳一曰躍也躍迅也迅疾也然則超與趣同義　从走召聲　敕宵切二部

趫　善緣木之士也　依二京賦注衆經音義訂吳都賦曰趫材悍壯此焉比廬成公綏洛禊賦曰趫才逸態習水善浮按張注列子說符篇異伎云僑人郭注山海經長股國言有喬國今伎家僑人象此僑人今俗謂之踹僑僑卽趫字去蹻切　从走喬聲　去蹻切二部　讀若王子蹻　王子蹻蓋卽王子喬周靈王太子晉也又有王喬者蜀武陽人也淮南齊俗訓王喬赤誦子誦同松師古注王褒傳僑松云王僑赤松子凡辭賦言喬松者皆謂王喬非王子喬

赳ㄐㄧㄡˇ 21見　⿺走支ㄑㄧˊ 10匣　趮ㄗㄠˋ 19精　趯ㄊㄧˋ 20定　⿺走厥ㄐㄩㄝˊ 2見　越ㄩㄝˋ 2匣

赳　輕勁有才力也　周南傳曰赳赳武皃釋訓曰洸洸赳赳武也詩音義引爾雅武作勇　从走丩聲　居黝切三部　讀若鐈　喬聲在二部合韵冣近

⿺走支　緣大木也　與蚑音義略同　一曰行皃　此別一義小雅鹿斯之奔維足伎伎玉篇作趍趍　从走支聲　巨之切之當作支十六部

趮　疾也　考工記羽豐則遲羽殺則趮鄭云趮旁掉也按今字作躁　从走喿聲　則到切二部

趯　躍也　召南傳曰趯趯躍也足部曰躍迅也　从走翟聲　以灼切古音在二部平聲

⿺走厥　蹠也　⿺走厥跳起也足部曰楚人謂跳躍曰蹠　从走厥聲　居月切十五部

越　度也　與辵部逑字音義同周頌對越在天箋云越於也此假借越爲粵也尙書有越無粵大誥文矦之命越字魏三體石經作粵說文引粵三日丁亥今召誥作越三日丁巳　从走戉聲　王伐切十五部

趁ㄔㄣˋ 9透　⿺走亶ㄓㄢ 3端　趞ㄑㄩㄝˋ 14清　趬ㄑㄧㄠ 19溪　⿺走弦ㄒㄧㄢˊ 6匣　趚ㄘˋ 4清

趁　⿺走亶也　从走㐱聲　讀若塵　丑忍切十三部按趁當平聲同馬部駗張人切今人趁逐字作此反語爲丑刃非古義古音也

⿺走亶　趁也　按趁⿺走亶卽屯六二屯如⿺走亶如馬融云難行不進之皃⿺走亶俗本作邅葉林宗抄宋版釋文呂祖謙音訓皆作⿺走亶馬部作駗驙駗驙馬載重難也皆雙聲疊韵疑兩篆下本皆作趁⿺走亶也　从走亶聲　張連切十四部

趞　趬趞也　从走昔聲　七雀切古音在五部　一曰行皃

趬　行輕皃　今俗語輕趬當用此字　从走堯聲　牽遙切二部　一曰趬舉足也　今俗語謂舉足正如此按趬趞雙聲字疑篆當先趬後趞趬下曰趬趞行輕皃一曰趬舉足也从走堯聲趞下云趬趞也从走昔聲今本蓋淺人所亂

⿺走弦　急走也　从走弦聲　形聲包會意从弦有急意也胡田切十二部

趚　倉卒也　倉俗从卄誤夬九四其行次且次鄭作趚論語造次必於是造次馬云急遽也鄭云倉卒也然則次者趚之假借字錢氏大昕說　从走朿

⿺走票 19明　⿺走蜀 17端　⿺走困 9溪

⿺走臤 6溪　趥 21清　⿺走匠 15從　⿺走叡 2定　⿺走薊 2見　趖 1心　⿺走憲 3曉　⿺走臱 3幫　⿺走戴 5定　⿺走有 24匣　⿺走鳥 13影　⿺走瞿 13匣　⿱寒走 3溪　⿺走才 24清

聲讀若資取私切十五部⿺走票輕行也从走票聲撫招切二部⿺走臤行皃从走臤聲讀若菣棄忍切十二部趥行皃从走酋聲千牛切三部⿺走蜀行皃篇韵皆曰小兒行从走蜀聲讀若燭之欲切三部⿺走匠行皃从走匠聲讀若匠疾亮切十部⿺走叡走皃走疾於行从走叡聲讀若紃詳遵切十三部按此字今篆作⿺走叡說云叡聲叡字讀若郝部分絕遠依廣韵十八諄作⿺走叡則與玉部璿字同一諧聲取韵詳遵與似沿分十三十四部而取近也玉篇亦作⿺走叡祀傳切今改正⿺走薊走意廣韵走皃从走薊聲讀若髽結之結結者今之髻字鄭注經少牢饋食追師弁師襍記用紒字从禮今文也許造說文髟部四用結字此一用結字从禮古文也士冠禮采衣紒注云古文紒爲結許不从今文故糸部無紒⿺走薊古屑切十五部⿺走困走意廣韵走皃从走困聲丘忿切十三部趖走意花間詞曰荳蔻花間趖晚日今京師人謂日跌爲晌午趖从走坐聲蘇和切十七部⿺走憲走意石鼓詩⿺走憲⿺走憲[illegible][illegible]从走憲聲許建切十四部⿺走臱走意从走臱聲布賢切十二部按錯本作臱省聲而其篆文不省⿺走戴走也从走戴聲讀若詩威儀秩秩此偁假樂威儀抑抑德音秩秩誤合二句爲一如東方昌矣昆夷呬矣亦然也秩秩李仁甫本作袟袟少牢饋食禮注曰古文替爲秩秩或爲戴與⿺走戴讀如秩相似直質切十一十二部合韵取近⿺走有走也篇韵皆作走皃从走有聲讀若又于救切古音在一部⿺走鳥走輕也从走鳥聲讀若鄔安古切五部⿺走瞿走顧皃从走瞿聲此形聲包會意瞿鷹隼之視也記曰見似目瞿讀若劬其俱切五部⿱寒走走皃从走寒省聲今本寒作蹇誤篇韵皆丘言虛言二切鉉云九輦切⿺走才疑之等⿺走才而去也等讀若驪等⿺走才曡韵字濡滯之皃疑之故等⿺走才而去

△⿺辶巳　⿺走曷 2見　⿺走乞 8疑

⿺走此 10清　赹 6匣　⿺走與 13定　起 24曉　⿺走里 24匣　⿺走臭 21曉　⿺走金 28疑　趌 5溪　⿺走睘 3曉　⿺走翼 25定　赽 2見　趩 25透　趆 4端　趍 1定

等在之止韵音變入咍海韵音轉入拯等韵从走才聲倉才切一部⿺走此淺渡也从走此聲雌氏切十五十六部赹獨行也唐風獨行煢煢毛曰煢煢無所依也熒聲勻聲合音取近故煢赹同義从走勻聲讀若煢渠營切十一部聲古在十二部⿺走與安行也廣韵九魚⿺走與⿺走與安行皃按欠部歟安气也心部懙趣步懙也馬部鸒馬行徐而疾也論語曰與與如也漢書長倩懙懙从走與聲余呂切五部起能立也起本發步之偁引伸之訓爲立又引伸之爲凡始事凡興作之偁从走巳聲五經文字云从辰巳之巳是字鑑从戊己之己非也墟里切十五部⿺辶巳古文起从辵⿺走里畱意也从走里聲讀若小兒咳今本作孩誤許用小篆也戶來切一部⿺走臭行也廣韵一送曰⿱夢走⿺走臭疲行皃大人賦說螭虯沛艾赳螑仡以伬僾兮張揖曰赳螑申頸低卬也按赳螑猶⿱夢走⿺走臭从走臭聲香仲切古音在三部⿺走金低頭疾行也从走金聲牛錦切七部趌趌⿺走曷逗怒走也从走吉聲去吉切十二部⿺走曷趌⿺走曷也凡異部曡韵必部分相近从走曷聲居謁切十五部⿺走睘疾也齊風子之還兮毛曰還便捷之皃按毛以還爲⿺走睘之假借也或毛許所據詩本作⿺走睘从走睘聲讀若讙況袁切十四部⿺走乞直行也从走乞聲魚訖切十五部⿺走翼趨進⿺走翼如也有但引經文不釋字義者如此及詞之肸矣紹衣長短右袂是也又色艴如也又足躩如也从走翼聲與職切一部赽踶也足部曰踶躛也按踶蹋也从走夬聲各本作決省聲非古穴切十五部趩行聲也石鼓詩其來趩趩从走異聲讀若敕丑亦切一部一曰不行皃按趩字錯本在部末疑趩趩本一字而二之如水部之潩㶑也趆趍也玉篇走皃廣韵趆走皃从走氐聲都禮切十五部篇韵皆去聲趍趍趙二字句夂

趙 19定　⿺走矍 14溪　⿺走弗 8滂　⿺走曼 3明

赾 9溪　⿺走复 3見　趠 20透　⿺走龠 20定　⿺走契 2透　⿺走幾 7見　⿺走矞 8定　趉 8見　趜 22見　趑 4清

也夂行遲曳夂夂也楚危切各本皆譌久玉篇廣韵不誤趍趙雙聲字與峙躇箎箸躊躅字皆爲雙聲轉語从走多聲直离切古音在十七部

趙趍趙也从走肖聲治小切

赾行難也廣雅赾難也按今人靳固字當作此赾字从走斤聲讀若堇巨堇切十三部

⿺走复走意也从走复聲讀若繘居聿切十五部复古音在十四部合音取近故鱊亦同字

趠遠也辵部曰逴遠也音義同上林賦捷垂條逴希閒[元]應引如是史記作踔郭璞曰踔懸擿也吳都賦狖鼯猓然騰趠飛超按許云遠者騰擲所到遠也从走卓聲敕角切李善吐教切今俗語如綽二部

⿺走龠趠⿺走龠也三字一句趠⿺走龠疊韵字廣韵趠⿺走龠行皃方言蹫行也蹫卽⿺走龠字从走龠聲以灼切二部

⿺走矍大步也从走矍聲丘縛切五部

⿺走契超特也廣韵曰⿺走契同跇按足部有跇字迣也迣踰也禮樂志體容與迣萬里迣迾也於義隔史記樂書作跇吳都賦跇踰竹柏李善引如淳曰跇超踰也恥曳切⿺走契與跇音義同从走契聲丑例切十五部

⿺走幾走也从走幾聲居衣切十五部

⿺走弗走也篇韵皆作⿺走聿云走皃从走弗聲敷勿切十五部

⿺走矞狂走也東京賦捎魑魅斮獝狂薛曰獝狂惡戾之鬼按獝當作⿺走矞从走矞聲余律切十五部廣韵⿺走矞同遹

⿺走曼行遟也今人通用慢字从走曼聲莫還切十四部

趉走也玉篇曰卒起走也按今俗語有之从走出聲讀若無尾之屈尾部曰屈無尾也高注淮南云屈讀如秋雞無尾屈之屈方言隆屈郭音屈尾瞿勿切十五部

趜竆也毛傳鞫竆也說文鞫竆也𥷚竆治辠人也皆於雙聲疊韵求之廣韵曰趜困人也从走匊聲居六切廣韵又巨竹切三部

趑趄逗行不進也易其行次且釋文次本亦作趑或作跌馬云卻行不前也且本亦作趄或作跙馬云語助也王肅云趑趄行止之礙也按馬云卻行不前者於次本字得其義也云語助者王風毛傳所云且辭也馬鄭同用

趄 13清　⿺走虔 3溪　⿺走雚 3匣　趢 17來　⿺走夋 9清　趚 11精　⿺走圭 10溪

⿺走虒 10定　⿺走咅 16並　⿺走席 14透　（赿）

費氏易而馬次鄭趑不同趑者後出俗字趄又因趑而加走旁者也許斸不錄鉉之前已有趑字注曰趑趄鉉因又補趄篆爲十九文之一今皆存之俟好學者深思焉从走次聲取私切十五部

趄趑趄也从走且聲七余切五部

⿺走虔蹇行⿺走虔⿺走虔也从走虔聲讀若愆去虔切十四部

⿺走雚行⿺走雚趢也廣韵⿺走雚曲走皃从走雚聲巨員切十四部一曰行曲脊皃玉篇無行字

趢⿺走雚趢也東京賦曰狹三王之趢趗薛云趢趗局小皃也从走彔聲力玉切三部

⿺走夋行速⿺走夋⿺走夋也鍇本行速⿺走夋⿺走夋⿺走夋⿺走夋者行速皃鉉本改下⿺走夋爲也字非夊部曰夋行夋夋也廣雅釋室曰⿺走夋犇也子綏反今本綏譌纗从走夋聲七倫切十三部

趚側行也側行者謹畏也从走朿聲資昔切十六部詩曰謂地蓋厚不敢不趚小雅趚作蹐毛曰蹐累足也足部引不敢不蹐此不同者蓋三家文異也朿聲脊聲同部

⿺走圭半步也今字作跬司馬法曰一舉足曰跬跬三尺兩舉足曰步步六尺从走圭聲讀若跬同丘弭切十六部讀若跬同當作讀若圭三字淺人所改也伍被傳作窺同部假借祭義作頃異部假借支與清轉移次近也荀卿子作蹞

⿺走虒⿺走虒隝逗輕薄也⿺走虒隝周漢人語从走虒聲直离切十六部讀若池鍇本作地

⿺走咅僵也僵僨也此與足部之踣音義並同未審孰爲本字孰爲後增从走咅聲讀若匐朋北切一部

⿺走席距也距當作歫歫止也一曰槍也按聽弩主於党歫故曰赿張从走席聲鍇本不曰省聲五經文字席隷省作斥濟字林作𢊁九經字樣塛隷省作塛又鍇本譁鉉作訴是知今本篆作⿺走席云席省聲非也今正車者切古音在五部漢令曰赿張百人史漢申屠嘉傳材官蹶張如淳曰材官之多力能腳蹋強弩張之故曰蹶張律有蹶張士孟康曰主張強弩蹶音其月反漢令蹶張士百人考許書赿⿺走咅二字並出赿云聽也⿺走咅云歫也引漢令赿張百人與如孟引作蹶張不合今尋繹字義赿

⿺走樂 ㄌㄧˋ 20來　趡 ㄘㄨㄟˇ 7清　⿺走亘 ㄩㄢˊ 3匣

者跳起也⿺走斥者拓也如孟二家作蹶張皆由認蹶⿺走厥⿺走席爲一字耳讀說文者因席厥相似合⿺走厥⿺走席爲一字篇韵皆云⿺走厥同⿺走厥正誤合二爲一之證也厥之省不得作席

⿺走樂動也禮篇韵皆云躒同大戴禮曰騏驥一躒不能千步**从走樂聲**郎擊切古音在二部**讀若春秋傳曰輔⿺走樂**當作春秋傳有輔⿺走樂六字見襄廿四年今傳作躒又有荀躒

趡動也楊雄河東賦曰神騰鬼趡師古子笑才笑二反按說文有趡無趭廣雅釋室騰趭犇也曹音子肖今疑趭恐誤字子肖恐誤音耳然大人賦曰騰而狂趭師古音醮吳都賦狂趭獷猝李子召反則古非無趭字矣**从走隹聲**千水切十五部**春秋傳曰盟于趡**見桓十七年陸翠軌反**趡地名**此三字後人增

⿺走亘⿺走亘田逗**易居也**周禮大司徒不易之地家百晦一易之地家二百晦再易之地家三百晦大鄭云不易之地歲種之地美故家百晦一易之地休一歲乃復種地薄故家二百晦再易之地休二歲乃復種故家三百晦遂人辨其野之土上地中地下地以頒田里上地夫一廛田百晦萊五十晦中地夫一廛田百晦萊百晦下地夫一廛田百晦萊二百晦注萊謂休不耕者公羊何注曰司空謹別田之高下美惡分爲三品上田一歲一墾中田二歲一墾下田三歲一墾肥饒不得獨樂墝埆不得獨苦故三年一換主易居財均力平漢書食貨志曰民受田上田夫百晦中田夫二百晦下田夫三百晦歲耕種者爲不易上田休一歲者爲一易中田休二歲者爲再易下田三歲更耕自爰其處地理志曰秦孝公用商君制轅田張晏云周制三年一易以同美惡商鞅始割列田地開立仟伯令民各有常制孟康云三年爰土易居古制也末世浸廢商鞅相秦復立爰田上田不易中田一易下田再易爰自在其田不復易居也按何云換主易居班云更耕自爰其處孟云爰土易居許云⿺走亘田易居爰轅⿺走亘換四字音義同也古者每歲易其所耕則田廬皆易云三年者三年而上中下田徧焉三年後一年仍耕上田故曰自爰其處孟康說古制易居爲爰田商鞅自在其田不復易居爲轅田名同實異孟說是也依孟則商鞅田分上中下而少多之得上田者百畝得中田者二百畝得下田者三百畝不令得田者彼此相易其得中田二百畝者每年耕百畝二年而徧得下田三百畝者亦每年耕百畝三年而徧故曰上田不易中田一易下田再易爰自在其田不復易居周禮之制得三等田者彼此相易今年耕上田百畝明年耕中田二百畝之百畝又明年耕下田三百畝之百畝又明年而仍耕上田百畝如是乃得有休一歲休二歲之法故曰三歲更耕自爰其處與商鞅法雖異而同也鞅之害民在開仟伯**从走亘聲**羽元切十四部

⿺走眞 ㄉㄧㄢ 6端　⿺走甬 ㄩㄥˇ 18定　⿺走畢 ㄅㄧˋ 5幫　⿺走斬 ㄐㄧㄢˋ 32從　趧 ㄊㄧˊ 10端　趒 ㄊㄧㄠˊ 19定　赶 ㄑㄧㄢˊ 3匣

⿺走眞走頓也足部曰蹎跋也此與音義同**从走眞聲讀若顚**都年切十二部

⿺走甬喪擗⿺走甬今禮經禮記皆作踊足部曰踊跳也是二字義殊也左傳曲踊三百三踊于幕庭之類當从足若卽位哭三踊而出之踊當从走擗鉉作辟詩邶風爾雅諸家本多作擗撫心爲擗跳躍爲⿺走甬**从走甬聲**余隴切九部

⿺走畢止行也今禮經皆作蹕惟大司寇釋文作⿺走畢云本亦作蹕是可見古經多後人改竄亦有僅存古字也五經文字曰⿺走畢止行也梁孝王傳出稱警入言⿺走畢**一曰竈上祭名也**篇韵皆有禪字云竈上祭**从走畢聲**卑吉切十二部

⿺走斬進也按水部漸云漸水也則訓進者當專作⿺走斬許所見周易卦名當如是矣**从走斬聲**藏濫切八部廣韵作鏨慈染切

趧趧婁逗**四夷之舞各自有曲**趧婁今周禮作鞮鞻氏注云鞻讀爲屨鞮屨四夷舞者屝也今時倡蹋鼓沓行者自有屝按今說文革部鞮革履也無鞻字釋文引說文鞮屨也字林鞮革履也鞻者鞈履是則字林乃有鞻字許鄭周禮所無鄭注當本作婁讀爲屨革部之鞮是常用之屨走部之趧婁乃四夷舞者之屨曲當作屨聲之誤也四夷之舞各自有屨正與鄭注說同許意當亦婁讀爲屨**从走**屨也故从走**是聲**都兮切十六部

趒雀行也今人槩用跳字**从走兆聲**徒遼切二部

赶舉尾走也从走干聲巨言切十四部按此後人所增非許書本有也衆經音義曰通俗文曰舉尾走曰揵律文作赶馬走也然則唐初說文無赶卽有赶亦不訓舉尾走都人士鄭箋蠆螫蟲也尾末揵然似婦人髮末上曲卷然釋文引漢書音義揵舉也

止 ㄓˇ 24端　歱 ㄓㄨㄥˇ 18端　堂 ㄔㄥ 15透　歭 ㄓˋ 24定　歫 ㄐㄩˋ 13匣

此舉尾用撻不用趕之證

文八十五　重一

止 下基也 與丌同部同義 象艸木出有阯 止象艸木生有阯屮象艸木初生形㞢象艸過屮枝莖益大出象艸木益滋上出達也 故㠯止爲足 此引伸假借之法凡以韋爲皮韋以朋爲朋黨以來爲行來之來以西爲東西之西以子爲人之偁皆是也以止爲人足之偁與以子爲人之偁正同許書無趾字止卽趾也詩麟之止易賁其止壯于前止士昏禮北止注曰止足也古文止爲趾許同鄭从今文故不錄趾字如从今文名不錄古文銘也或疑銘趾當爲今文名止當爲古文周尚文自有委曲煩重之字不合於倉頡者故名止者古文也銘趾者後出之古文也古文禮今文禮者猶言古本今本也古本出於周從後出之古文今本行於漢轉從冣初之古文猶隸楷之體一時或有捨小篆用古籀體者也諸市切一部 凡止之屬皆从止

二篇上　兗

歱 跟也 足部曰跟足歱也跟歱雙聲釋名曰足後曰跟或曰踵踵鍾也上體之所鍾聚也按劉熙作踵許歱踵義別 从止重聲 之隴切九部

堂 歫也 今音丑庚切古音堂今俗語亦如堂考工記維角堂之大鄭曰堂讀如牚距之牚牚距卽堂歫字之變體車堂急就篇釋名作車棠說文金部作車樘木部曰樘衺柱也今俗字堂作撐 从止尚聲 丑庚切古音十部

歭 躇也 足部曰躇者歭躇不前也歭躇爲雙聲字此以躇釋歭者雙聲互訓也心部曰篤箸足部曰蹢躅毛詩曰踟蹰廣雅曰蹢躅跢跦皆雙聲疊韵而同義 从止寺聲 直离切按离當作釐一部假借以歭爲偫以躇爲儲柴誓峙乃糗糧峙卽歭變止爲山如岐作歧變山爲止非眞有从山之峙从止之歧也峙躇之峙平聲峙具峻峙之峙亦作跱上聲

歫 止也 許無拒字歫卽拒也此與彼相抵爲拒相抵則止矣書傳云歫至也至則止矣其義一也漢石經論語其不可者距之字作距許歫與距義別 从止巨聲 其㠯切五部 一曰槍也 木部曰槍歫也兩字互訓

△𡚁　（癶）　△𤼨

前 ㄑㄧㄢˊ 3從　歷 ㄌㄧˋ 11來　𣦃 ㄔㄨˋ 22透　𨇤 ㄅㄧˋ 11幫　歸 ㄍㄨㄟ 7見　疌 ㄐㄧㄝˊ 2從　𡴂 ㄋㄧㄝˋ 27泥　𣥠 ㄊㄚˋ 2透　歮 ㄙㄜˋ 27心　癶 ㄅㄛ 2幫　登 ㄉㄥ 26端　癹 ㄆㄛ 2滂

槍者謂牴觸也 一曰超歫 史記投石超距超一作拔漢書甘延壽投石拔拒絕於等倫張晏曰拔拒超距也劉逵曰拔拒謂兩人以手相按能拔引之也

歬 不行而進謂之歬从止在舟上 昨先切十二部按後人以齊斷之前爲歬後字又以羽生之翦爲前齊字

歷 過也傳也 引伸爲治厤明時之厤 从止厤聲 郎擊切十六部

𣦃 至也从止叔聲 昌六切三部

𨇤 人不能行也 王制瘖聾跛躃按跛說文作尳蹇也蹇行趀趀是能行而蹁邪不正者也躃說文作𨇤有足而不能行者如有牟子而無見曰矇也荀卿書賈誼傳皆假辟字爲之服虔曰辟病躃不能行也 从止辟聲 必益切十六部

歸 女嫁也 公羊傳毛傳皆云婦人謂嫁歸此非婦人假歸名乃凡還家者假婦嫁之名也 从止婦省 當云从婦止婦省寫者奪之婦止者婦止於是也 𠂤聲 舉韋切十五部林罕妄改爲追省聲

𡚁 籒文省 會意

疌 疾也 凡便捷之字當用此捷獵也非其義

二篇上　罕

豫九四朋盍簪子夏傳云簪疾也鄭云速也晁說之云陰宏道按張揖古今字詁疌作撍埤倉云撍疾也說之案撍簪同一字王原叔謂卽詩不寁字祖感反玉裁按釋詁寁速也本或作疌 从又又手也从止 鍇曰止足也手足共爲之故疾 屮聲 疾葉切按屮聲在十五部疌在八部合音也

𡴂 機下足所履者 𡴂者躡也 从止从又入聲 尼輒切八部

𣥠 蹈也从反止讀若撻 廣韵引文字音義同他達切十五部

歮 不滑也从四止 色立切七部

文十四　重一

癶 足剌癶也 剌癶疊韵字剌盧達切 从止𣥠凡癶之屬皆从癶 隸變作癶 讀若撥 北末切十五部

登 上車也 引伸之凡上陞曰登 从癶豆象登車形 都滕切六部

𤼨 籒文登从𠬞 按籒文省𢍁之肉小篆并肉𠬞省之

癹 㠯足

蹋夷艸周禮夷氏掌殺艸一作雉氏从癶从殳从癶謂以足蹋夷也从殳殺之省也艸部芟亦从殳癶亦聲普活切十五部春秋傳曰癹夷蘊崇之隱六年左傳今癹作芟音衫又班固荅賓戲夷險發荒晉灼曰發開也今諸本多作芟按發亦癹之誤

文三　重一

步（ㄅㄨˋ　13 並）

步行也行部曰人之步趨也步徐趨疾釋名曰徐行曰步从止𣥂相背止𣥂相竝者上登之象止𣥂相隨者行步之象相背猶相隨也薄故切五部凡步之屬皆从步

歲（ㄙㄨㄟˋ　2 心）

歲木星也五星水曰辰星金曰太白火曰熒惑木曰歲星土曰塡星越歷二十八宿歲越曡韵宣徧陰陽宣歲雙聲此二句謂十二歲而周十二次也十二月一次也釋天云載歲夏曰歲商曰祀周曰年孫炎云歲星行一次也賈公彥引星備云歲星一日行十二分度之一十二歲而周天从步行於天有常故从步戌聲戌悉也亦是會意相銳切十五部律厤書名五星爲五步此釋从步之意漢書律歷志云五步

文二

此（ㄘˇ　10 清）

此止也釋詁曰巳此也正互相發明於物爲止之処於文爲止之䛐从止匕句匕相比次也此釋从匕之故相比次而止也雌氏切十五部漢入十六部凡此之屬皆从此

呰（ㄗˇ　10 精）

呰窳也闕將此切十五部按此非許本文史記貨殖傳云呰窳偷生無積聚漢地理志呰窳媮生而無積聚應劭曰呰弱也晉灼曰呰病也窳惰也徐廣曰呰窳苟且惰嬾之謂也師古曰呰短也窳弱也言短力弱才不能勤作是皆呰窳爲雙字不以窳釋呰小顏云呰短者本方言今說文以窳釋呰非史漢文義又凡云闕者或闕其義或闕其音或闕其形旣釋爲窳則義非闕也其音則如淳音紫其形則从此从吅此亦聲皆非葢闕無可

言者許以訾入言部以呰入口部惟呰不入吅部入此部許必審知其說今本葢許說亡後淺人補之也釋詁曰茲斯咨訾巳此也疑呰本作訾訓此故許類諸此止也而入此部歟

𣦼（ㄗㄨㄟ　11 精）

𣦼識也从此朿聲遵誺切古音在十六部一曰藏也藏今字也古作臧廣雅石鍼謂之𣦼與識訓相近又𣦼韏也與藏訓相近韏同舒卷之卷

文三

正 ㄓㄥˋ 12端　△正　△𤴓　乏 ㄈㄚˊ 31並　是 ㄕˋ 10定　△是　韙 ㄨㄟˇ 7匣　△愇　尟 ㄒㄧㄢˇ 3心

說文解字第二篇下

金壇段玉裁注

正　是也。从一，一㠯止。江沅曰：一所㠯止之也。如乍之止亡，毋之止姦，皆以一止之。之盛切，十一部。凡正之屬皆从正。

正　古文正从二。二，古文上字。此亦同辛示辰龍童音章皆从二。

正　古文正从一足。足亦止也。止部曰：止為足。

乏　春秋傳曰：反正為乏。左傳宣十五年文。此說字形而義在其中矣。不正則為匱乏。二字相鄉背也。禮受矢者曰正，拒矢者曰乏。以其禦矢謂之乏，以獲者所容身謂之容。房法切。古音在七部。

文二　重二

是　直也。直部曰：正見也。从日正。十目燭隱則曰直，以日為正則曰是。从日正，會意。天下之物莫正於日也。左傳曰：正直為正，正曲為直。五經文字是入曰部，則唐本从日也，恐非。承言切，言當作紙。十六部。凡是之屬皆从是。

是　籒文是从古文正。按此知籒篆皆从日。

韙　是也。古文尚書曰時五者來備，今文尚書作五是來備。李賢於李雲荀爽傳皆引史記五是來備，可證凡史記多用今文尚書也。荀爽對策曰五韙咸備，韙與是義同，六書之轉注也。李雲上書曰五氏來備，氏與是音同，在十六部，六書之段借也。从是韋聲。于鬼切，十五部。春秋傳曰：犯五不韙。左傳隱十一年文。

愇　籒文韙从心。玉篇云：愇，怨恨也。廣韵引字書：愇，恨也。皆不云同韙。

尟　是少也。易毄辭：故君子之道鮮矣。鄭本作尟，云少也。又尟不及矣。本亦作鮮。又釋詁：鮮，善也。本或作尠。尠者，尟之俗。是少逗俱存也。是少二字各本譌作尟字，此釋上文是少之意。是，此也。俱存而獨少此，故曰是少。从是少。於其形得其義也。賈侍中說。此字說得諸侍中也。穌典切，十四部。

文三　重二

辵 ㄔㄨㄛˋ 14透　迹 ㄐㄧ 14精　△蹟　△速　逹 ㄏㄜˊ 2匣　𨒅 ㄕㄨㄞˋ 8心　邁 ㄇㄞˋ 2明　△邁　巡 ㄒㄩㄣˊ 9定

辵　乍行乍止也。公食大夫禮注曰：不拾級而下曰辵。鄭意不拾級而上曰栗階，亦曰歷階；不拾級下曰辵階也。廣雅：辵，奔也。从彳止。彳者作行，止者作止。丑略切。古音葢在二部，讀如超。凡辵之屬皆从辵。讀若春秋傳曰辵階而走。讀若二字衍。春秋傳者，公羊宣二年文。今公羊作躇。何休曰：躇猶超遽不暇以次。

迹　步處也。莊子云：夫迹，屨之所出，而迹豈屨也。从辵亦聲。迹本作速，朿聲，故音在十六部。小篆改為亦聲，則當入五部，而非本部之形聲矣。李陽冰云李丞相持朿作亦，謂此字也。資昔切，古音在十六部。

蹟　或从足責。責亦朿聲也。小雅：不念彼不蹟。毛傳：不蹟，不循道也。

速　籒文迹从朿。釋獸：鹿，其跡速。釋文本又作䢮，素卜反，引字林鹿跡也。按速正速字之誤。周時古本云其速，速速之名不嫌專繫鹿也。廣雅：躔、踈、解、亢，跡也。郎爾雅：麋跡躔，鹿跡速，麠跡解，兔跡迒也。曹憲踈音匹迹反。集韵云迹或作踈。然則字林從鹿速聲、素卜反之字紕繆實甚，或以竄入爾雅，又或以羼入鹿部麤麤二字之閒，其誤可不辯自明矣。

逹　無違也。舛部曰：舝，車軸耑鍵也。兩相背，从舛。逹从舝而曰無違，猶祀從巳而曰祭無巳也。从辵舝聲。讀若害。胡葢切，十五部。廣韵音會。

𨒅　先道也。道今之導字。逹經典假率字為之。周禮燕射帥射夫以弓矢舞，故書帥為率，鄭司農云率當為帥。大鄭以漢人帥領字通用帥，與周時用率不同故也。此所謂古今字。毛詩率時農夫，韓詩作帥時。許引周禮率都建旗，鄭周禮作帥都。聘禮注曰：古文帥皆為率。皆是也。又釋詁、毛傳皆云：率，循也。此引伸之義。有先導之者，乃有循而行者，亦謂之逹也。从辵率聲。疏密切，十三部。

邁　遠行也。釋言、毛傳曰：邁，行也。从辵萬聲。莫話切，十五部。萬聲在十四部，合音也。

邁　邁或从蠆。按虫部蠆字上不从萬，而屮部厂部蠆皆从萬从虫，未聞其詳。

巡　視行也。也各本作皃，今依篇韵訂。視行者，有所省視之行也。天子適諸侯曰巡狩。

䢜ㄐㄧㄡˇ 21見　徒ㄊㄨˊ 13定　邎ㄧㄡˊ 19定　延ㄓㄥ 12端　△征　隨ㄙㄨㄟˊ 1定　𨒅ㄅㄛˊ 2幫

巡所守也視行一作延行延巡雙聲从辵川聲詳遵切十三部䢜恭謹行也从辵𣪘聲讀若九居又切三部徒步行也賁初九舍車而徒引伸爲徒搏徒涉徒歌徒擊鼓从辵土聲同都切五部辻隸變作徒邎行邎徑也玉篇邎疾行也按此當作行徑也或作行由徑也从辵䌛聲以周切三部延正行也釋言毛傳皆曰征行也許分別之征爲正行邁爲遠行从辵正聲形聲包會意諸盈切十一部又部又有延字行也征延或从彳引伸爲征伐孟子曰征之爲言正也隨從也行可委曲從迹謂之委隨从辵隋聲旬爲切古音在十七部𨒅行兒从辵朮聲按各本篆文作𨒅非也从卽禮切之朮則不得云朮聲云蒲撥切矣朮普活切隸變作市廣韵𨒅北末切急走也跡蒲撥切行兒趀上同此三字實一字二音實一音也許書言剌癶癶與𨒅音義同自下文迸謁爲𨒅因改此𨒅爲𨒅而以蒲撥北末分隸之其誤久矣十五部

二篇下　三

迋ㄨㄤˋ 15匣　逝ㄕˋ 2定　退ㄘㄨˊ 13從　△徂　△𨘢　述ㄕㄨˋ 8定

迋往也迋往疊韵从辵王聲于放切十部春秋傳曰子無我迋左傳昭廿一年文鄭風無信人之言人實迋女毛曰迋誑也傳意謂迋爲誑之叚借左氏此迋正同迋本訓往而經傳叚借爲誑故僞之以明依聲託事如玫本人姓而無有作玫借爲好字狟本訓犬行而尚狟狟借爲桓桓萛本訓火不明而布重萛席借爲蔭字皆其理也逝往也釋詁方言同方言曰逝秦晉語也从辵折聲讀若撍時制切十五部各本篆文不从斷艸非也退往也釋詁方言皆曰徂往也按鄭風匪我思且箋云猶非我思存也此謂且卽徂之叚借釋詁又云徂存也是也从辵且聲全徒切五部退齊語方言文徂退或从彳𨘢籀文从虘述循也述循疊韵述或叚借術爲之如詩報我不述本作術是也古文多叚借適爲之如書祗適乃文攷詩適駿有聲適追來孝釋言毛傳皆曰適述也是也孫炎曰適古述字葢古文多以適爲述故孫云爾謂今人用述古人用適也凡言古今字者

△遯　遵ㄗㄨㄣ 9精　適ㄕˋ 11透　過ㄍㄨㄛ 1見　遦ㄍㄨㄢˋ 3見　𨗿ㄉㄨˊ 17定　造ㄗㄠˋ 22清　進ㄐㄧㄣˋ 6精

視此从辵朮聲食聿切十五部遯籀文从秫朮者秫之省遵循也遵循疊韵見釋詁从辵尊聲將倫切十三部適之也釋詁適之往也方言逝徂適往也適宋魯語也按此不曰往而曰之許意葢以之與往稍別逝徂往自發動言之適自所到言之故變卦曰之卦女子嫁曰適人从辵啻聲施隻切十六部適宋魯語過度也引伸爲有過之過釋言郵過也謂郵亭是人所過愆郵是人之過皆是分別平去聲者俗說也从辵咼聲古禾切十七部遦習也此與手部摜音義同从辵貫聲工患切十四部亦假貫或假串左傳曰貫瀆鬼神釋詁貫習也毛詩曰串夷載路𨗿媟𨗿也女部作媟嬻黑部作黷今經典作瀆从辵賣聲徒谷切三部進登也从辵閵省聲卽刃切十三部造就也造就疊韵廣雅造詣也从辵告聲七到切古音在三部譚長說造上士也王制升於司徒者不征於鄉升於學者不

二篇下　四

△艁　逾ㄩˊ 16定　遝ㄊㄚˋ 27定　迨ㄏㄜˊ 27匣　迮ㄗㄜˊ 14精　逪ㄘㄨㄛˋ 14清

征於司徒曰造士注造成也能習禮則爲成士按依鄭則與就同義艁古文造从舟釋水天子造舟毛傳同陸氏云廣雅作艁按艁者謂並舟成梁後引伸爲凡成就之言逾越進也越進有所超越而進也从辵俞聲羊朱切四部周書曰無敢昏逾顧命文昏从民者誤遝迨也廣韵迨遝行相及也文賦紛葳蕤以馺遝方言迨遝及也東齊曰迨關之東西曰遝或曰及公羊傳祖之所逮聞也漢石經作遝聞从辵眔聲目部云眔目相及也是遝亦會意徒合切八部按褱䍃字皆眔聲是合韵之理也迨遝也迨遝疊韵从辵合聲侯閤切七部迮迮迮起也此與人部作音義同公羊傳今若是迮而與季子國何云迮起也倉卒意按孟子乍見孺子將入於井乍者倉卒意卽迮之叚借也引伸訓爲迫迮卽今之窄字也从辵乍聲阻革切古音在五部子各切逪这逪也这各本作迹依廣韵玉篇正小雅獻醻交錯毛曰東西爲交邪行爲錯儀禮交錯以辯旅錯

遇 16疑　△讋
通 18透　遞 10定　迪 21定　遻 14疑　逢 18並　遘 16見　遭 21精　逘 19見　迎 15疑　逆 14疑　适 2見　迅 9心　△遬　速 17心　遄 3定

酬行禮一逘一遣也从辵昔聲倉各切五部遄往來數也數所角桑谷二切釋詁曰遄疾也速也嵩高蒸民傳同从辵耑聲市緣切十四部易曰已事遄往已依韵會虞翻曰祀舊作已是也今本鉉作㠯鍇作以速疾也見釋詁从辵束聲桑谷切三部遬籒文从欶二傳作速公羊作遬如衛侯遬仲孫遬是也呂覽辨志注遬疾也玉藻見所尊者齊遬假遬爲肅也𧥛古文从欶从言籒古皆欶聲迅疾也見釋詁迅疾疊韵从辵卂聲息進切十二部适疾也从辵𠯑聲讀與括同古活切十五部逆迎也逆迎雙聲二字通用如禹貢逆河今文尚書作迎河是也今人假以爲順屰之屰逆行而屰廢矣从辵屰聲宜戟切古音在五部關東曰逆關西曰迎方言逢逆迎也自關而西或曰迎或曰逢自關而東曰逆迎逢也峯牾也逢遇也其理一也从辵卬聲疑卿切古音在十部逘會也東西正相値爲逘今人假交歷之交爲逘會字从辵交聲古肴切二部遇逢也从辵禺聲牛具切古音在四部遭遇也見釋詁从辵曹聲作曹切古音三部一曰邐行俗云過遭是也遘遇也見釋詁易姤卦釋文曰薛云古文作遘鄭同按襍卦傳遘遇也柔遇剛也可以證全經皆當作遘矣遘遇疊韵从辵冓聲古候切四部逢遇也見釋詁从辵夆聲符容切九部按夆牾也牾逆也此形聲包會意各本改爲峯省聲誤說文本無峯遻相遇驚也釋詁遇遻也遻見也从辵屰屰亦聲五各切五部迪道也見釋詁按道兼道路引導二訓方言由迪正也迪道疊韵从辵由聲徒歷切古音在三部遞更易也招魂二八侍宿射遞代些王云遞更也遞易疊韵从辵虒聲特計切十六部通達也通達雙聲達古音同闔禹貢達于河今文尚書作通于河按達之訓行不相遇也通

二篇下　五

遷 3清　△征
選 3心　還 3匣　△彶　返 3並　遜 9心　遁 9定　運 9匣　△拪　迻 1定　△屎　徙 1心

正相反經傳中通達同訓者正亂亦訓治徂亦訓存之理从辵甬聲他紅切九部徙迻也从辵止各本有聲字非也止在一部徙在十六部從辵止會意者乍行乍止而竟止則移其所矣斯氏切征徙或从彳彳者行也屎古文徙未詳其形聲會意韵會作云說文古作征集韵作粲遷然則此字不出說文也集韵字體亦不同迻遷徙也今人假禾相倚移之移爲遷迻字从辵多聲弋支切古音在十七部遷登也从辵䙴聲七然切十四部拪古文遷从手西形聲運迻徙也釋詁遷運徙也从辵軍聲王問切十三部遁遷也此字古音同循遷延之意凡逡遁字如此今之逡巡也儀禮鄭注用逡遁十有一一曰逃也此別一義以遁同遯蓋淺人所增从辵盾聲徒困切十三部遜遁也从辵孫聲穌困切十三部按六經有孫無遜大雅孫謀聘禮孫而說學記不陵節而施之謂孫論語孫以出之皆愻之叚借也春秋夫人孫于齊公孫于齊詩公孫碩膚尚書序將孫于位皆逡遁遷延之意故穀梁云孫之爲言猶孫也公羊云孫猶孫也何休云孫猶遁也鄭箋云孫之言孫遁也釋言云孫遁也釋名曰孫遜也遜遁在後生也古就孫義引伸卑下如兒孫非別有遜字也至部臸字下云從至至而復孫孫遁也此亦有孫無遜之證今尚書左氏經傳爾雅釋言淺人改爲遜許書遜遁也蓋後人據今本爾雅增之非本有也返還也返還疊韵从辵反反亦聲反覆也覆復同扶版切十四部商書曰祖伊返西伯戡黎文各本作祖甲今依集韵訂彶春秋傳返从彳謂左氏傳也漢書曰左氏多古字古言許亦云左丘明述春秋傳以古文今左氏無彶字者轉寫改易盡矣還復也釋言還復返也今人還繞字用環古經傳祇用還字从辵睘聲戶關切十四部選遣也選遣疊韵左傳秦后子有寵於桓如二君於景其母曰弗去懼選鍼適晉其車千乘按此選字正訓遣后子懼遣故適晉實非出奔也从辵巽句巽

二篇下　六

送ㄙㄨㄥˋ 18心　遣ㄑㄧㄢˇ 3溪　△𨑼　邐ㄌㄧˇ 1來　逮ㄉㄞˋ 8定　遲ㄔˊ 4定　△迡

逗**遺之**巽爲風故云遺之**巽亦聲**思沇切十四部**一曰擇也**此別一義邶風不可選也毛曰物有其容不可數也小雅選徒嚻嚻毛云維數車徒者爲有聲也數與擇義通選與算音同周禮注曰算車徒謂數擇之也

送遣也从辵㑥省㑥送也是會意蘇弄切九部**𨑼籒文不省**

遣縱也糸部曰縱緩也一曰舍也**从辵䡅聲**去衍切十四部

邐行邐邐也邐邐絫紆皃**从辵麗聲**力紙切十六部

逮唐逮逗**及也**唐逮雙聲蓋古語也釋言曰遏遾逮也方言曰東齊曰蝎北燕曰噬逮通語也**从辵隶聲**隶部曰隶及也此形聲包會意徒耐切古音在十五部

遲徐行也今人謂稽延爲遲平聲謂待之爲遲去聲**从辵犀聲**直尼切十五部**詩曰行道遲遲**邶風文毛曰遲遲舒行皃

迡遲或从𡰥按此字疑後人因揚雄傳而增也甘泉賦曰靈遟迟兮說者皆云上音棲下音遲迟即遲字也然文選作迟迟與漢書異玉篇汗簡亦皆作迟集韵引尚書迟任又未必眞壁中古文也

遟籒文遲从屖兼會意形聲也五經文字曰今从籒文謂唐人經典用遟不用遲也

逗ㄉㄡˋ 16定　䢜ㄩㄢ 6影　迟ㄑㄧˋ 10溪　䢕ㄓㄨˋ 10端　遰ㄉㄧˋ 2定　邌ㄌㄧˊ 4來　△遟

邌徐也或假黎爲之史記衞霍傳遲明遲待也一作黎傅毅舞賦黎收而拜李注言舞將罷徐收斂容態而拜引倉頡篇邌徐也又或假犂爲之史記尉佗列傳犂旦城中皆降伏犂旦卽黎明漢書犂旦爲遲旦晉世家重耳妻笑曰犂二十五年吾冢上柏大矣益可見犂之爲遲也**从辵黎聲**郎奚切十五部

遰去也夏小正九月遰鴻鴈遰往也**从辵帶聲**特計切十五部

䢜行皃从辵𡸁聲烏懸切十二部

䢕不行也不上有馬者誤**从辵𩧢聲**按𩧢馬小皃从馬垂聲讀若箠則䢕不得讀若住倘云會意則又無取馬小也疑此字當在十六十七部下文讀若住三字當在从辵豆聲之下豆主同部**讀若住**按住當作侸人部曰侸立也立部曰立住也住卽侸之俗也中句切四部

逗止也逗遛**从辵豆聲**田候切四部

迟曲行也迟曲雙聲乚部曰迟曲隱蔽孟康注子虛賦曰文理茀鬱迟曲軍法有逗留有迟橈光武紀不拘以逗留法如淳曰軍法行而逗留畏愞者要斬此謂止而不進者史漢韓安國傳廷尉當恢逗橈當斬服虔曰逗音企應劭曰迟曲行避敵也橈顧望也軍法語也此謂有意回遠避誤者淮南書云兩軍相當屈橈者要斬是也漢書一本作逗橈蘇林逗音豆小顏小司馬從之而改服應之注作逗不可通矣迟通作枳明堂位注枳椇謂曲橈之莊子吾行郤曲郤曲卽迟曲異部叚借也**从辵只聲**綺戟切字林丘亦反服子愼音企十六部

遹ㄩˋ 8定　迆ㄧˇ 1定　逶ㄨㄟ 7影

逶逶迆逗疊韵**衺去皃从辵委聲**於爲切十六十七部

迆衺行也从辵也聲移介切十六十七部**夏書曰東迆北會于匯**禹貢

遹回辟也依韵會作辟小雅謀猶回遹毛曰回邪遹辟也按辟僻古今字大雅兩言回遹皆云回邪韓詩遹作穴或作泬或作歠皆叚借字也遹古多叚爲述字釋言云遹述也言叚借也釋詁云遹遵率循釋訓云不遹不蹟也皆謂遹卽述字也言轉注也不遹者今邶風之報我不述也**从辵矞聲**余律切十五部

避ㄅㄧˋ 11幫　違ㄨㄟˊ 7匣　遴ㄌㄧㄣˊ 6來　逡ㄑㄩㄣ 9清　䢑ㄉㄧˇ 4端　達ㄉㄚˊ 2定　△达

避回也上文回辟之回訓衺亹之叚借字也此回依本義訓轉俗作迴是也然其義實相近**从辵辟聲**毗義切十六部經傳多假辟爲避

違離也邶風中心有違毛曰違離也**从辵韋聲**羽非切十五部

遴行難也漢書遴東布章遴簡謂難行封也引伸爲遴選選人必重難也**从辵粦聲**良刃切十二部**易曰以往遴**見口部吝下

逡復也彳部曰復往來也方言躔逡循也日運爲躔月運爲逡**从辵夋聲**七倫切十三部

䢑怒不進也一曰驚也惟鍇本有此四字而驚从鳥則誤馬部曰驚馬重皃艸部曰𦯬驚不行也**从辵氐聲**都禮切十五部

達行不相遇也此與水部滑泰字音義皆同讀如撻今俗說不相遇尚有此言乃古言也讀徒葛切訓通達者今言也**从辵羍聲**十五部**詩曰挑兮達兮**鄭風文挑當同又部作叏叏滑也

达達或从大亦形聲也**或**

迷ㄇㄧˊ 4明　連ㄌㄧㄢˊ 3來　迭ㄉㄧㄝˊ 5定　迵ㄉㄨㄥˋ 18定　逯ㄌㄨˋ 17來　逑ㄑㄧㄡˊ 21匣

曰迭下脫字字或曰此迭字之異體也鳥部隼一曰鵻字蚰部蠶一曰蟆字彳部徵一曰此與驅同是其例也

逯行謹逯逯也張衡賦趢趗謂局小皃義與此同廣雅逯逯眾也女部娽隨從也蕭相國世家平原君列傳作錄錄義皆相近从辵彔聲盧谷切三部

迵迵此複舉字之未刪者迭也迭當作达玉篇云迵通達也是也水部洞疾流也馬部駉馳馬洞去也義皆相同倉公傳曰臣意診其脈曰迵風裴曰迵音洞言洞徹入四肢从辵同聲徒弄切九部

迭更迭也或假佚字迭字載字爲之从辵失聲徒結切十二部一曰达下脫字字一曰此达字之異體也蓋达迭二字互相爲用

迷惑也見釋言惑宋本作或心部曰惑亂也从辵米聲莫兮切十五部

連負車也負車各本作連今正連卽古文輦也周禮鄉師輂輦故書輦作連大鄭讀爲輦巾車連車本亦作輦車管子海王服連軺輂立政荊餘戮民不敢服絻不敢畜連負車者人輓車而行車在後如負也字从辵車會意猶輦从扶車會意也人與車相屬不絕故引伸爲連屬字耳部曰聯連也大宰注曰古書連作聯然則聯連爲古今字連輂爲古今字假連爲聯乃專用輦爲連大鄭當云連今之輦字而云讀爲輦者以今字易古字令學者易曉也許不於車部曰連古文輦而入之辵部者小篆連與輦殊用故云聯連也者今義也云連負車也者古義也从辵車

會意依韵會訂力延切古力展切十四部

逑斂聚也勹部曰匊聚也音義略同从辵求聲巨鳩切三部虞書曰虞書當本是唐書轉寫妄改之耳凡許偁堯典曰唐書說詳禾部旁逑孱功今堯典之方鳩僝功也人部僝下作旁救僝功凡儀禮古文作旁今文作方凡尚書古文作旁今文作方然則此所偁者今文尚書也今堯典逑作鳩說者亦云鳩聚又曰怨匹曰逑又曰與一曰同別一義也桓二年左傳曰嘉耦曰妃怨耦曰仇古之命也謂古者命名之法如是逑仇古多通用關雎君子好逑亦作仇兔罝云好仇毛傳逑匹也釋詁仇匹也孫炎曰相求之匹則孫本釋詁亦作逑可知逑爲怨匹而詩多以爲美詈者

△逋　△𨘕　△遒　△𣥑

追ㄓㄨㄟ 7端

退ㄅㄞˋ 2並　逭ㄏㄨㄢˋ 3匣　遯ㄉㄨㄣˋ 9定　逋ㄅㄨ 13幫　遺ㄧˊ 7定　遂ㄙㄨㄟˋ 8定　△遂　逃ㄊㄠˊ 19定　逐ㄓㄨˊ 4端　迺ㄑㄧㄡˊ 21從　近ㄐㄧㄣˋ 9匣　邋ㄌㄧㄝˋ 31來　迫ㄆㄛˋ 14幫　遷ㄖˋ 5泥

取匹不取怨也渾言則不別爾雅仇妃匹也是也析言則別左氏嘉耦怨耦異名是也許所據左氏爾雅作逑大[元]方言之訅卽逑字

退敦也攴部曰敦毀也退與敗音義同从辵貝聲薄邁切十五部周書曰我興受其退微子文云周書者葢許所據不系於商書也亦見口部咈下

逭逃也緇衣引大甲曰天作孽可違也自作孽不可以𨇨𨇨本又作逭鄭注逭逃也亦見釋言从辵官聲胡玩切十四部

𨘕逭或从雚从兆从兆者从逃省也从雚者雚聲也

遯逃也鄭注周易曰遯者逃去之名从辵豚聲徒困切十三部

逋亡也亡部曰亡逃也訟九二曰歸而逋从辵甫聲博孤切五部

逋籒文逋从捕亦形聲

遺亡也廣韵失也贈也加也按皆遺亡引伸之義也从辵貴聲以追切十五部

遂亡也廣韵達也進也成也安也止也往也從志也按皆引伸之義也从辵㒸聲徐醉切十五部

遂古文遂按不得其所從疑是从艸木𠦝孛之𠦝

逃亡也亡逃互訓从辵兆聲徒刀切二部

追逐也詩禮假爲治金玉之鎚从辵𠂤聲陟隹切十五部

逐追也从辵从豕省聲按鉉本作从豚省鍇本韵會作豕省二字正豕省聲三字之誤也直六切三部

迺迫也大雅似先公酋矣正義酋作迺按酋者迺之叚借字釋詁毛傳皆曰酋終也終與迫義相成迺與揫義略同也从辵酉聲字秋切三部

遒迺或从酋

近附也許附爲附婁字坿爲坿益字疑附近當作坿也經典釋文遠近上聲近之去聲古無此分別从辵斤聲渠遴切古音十三部廣韵其謹巨靳切

𣥑古文近

邋搚也手部曰搚摺也公羊傳曰搚榦而殺之邋搚疊韵从辵巤聲良涉切八部

迫近也釋言曰逼迫也逼本又作偪許無逼偪字葢祇用畐从辵白聲博陌切古音在五部

遷近也釋言馹傳也郭云本或作遷按此假遷爲馹也聲類云遷亦馹

邇ㄦˇ 4泥　△迩　遏ㄜˋ 2影　遮ㄓㄜ 13端　⿺辶羕ㄧㄢˋ 3匣　迣ㄓˋ 2端　迾ㄌㄧㄝˋ 2來　迁ㄍㄢ 3見　⿺辶侃ㄑㄧㄢ 3溪　遱ㄌㄡˊ 16來　⿺辶枼ㄧㄝˋ 29心　⿺辶枒ㄐㄧㄚ 1見

字則附會爾雅或本而合爲一字从辵臸聲按至部臸到也重至與並至一也人質切十二部

邇近也見釋詁小雅毛傳从辵爾聲兒氏切三百篇在十五部漢人在十六部

迩古文邇以尒形聲

遏微止也釋詁遏止也按微者細密之意从辵曷聲讀若桑蟲之蝎之字衍烏割切十五部桑蟲蝎見虫部蜀也亦名蛹蠐

遮遏也从辵庶聲止車切古音在五部易用錫馬蕃庶鄭讀爲蕃遮

⿺辶羕遮⿺辶羕也此當是⿺辶羕遮也之倒刪複字之僅存者从辵羕聲于線切十四部

迣迾也晉趙曰迣鮑宣傳部落鼓鳴男女遮迣此其義也禮樂志體容與迣萬里孟康迣音逝此叚借也从辵世聲讀若寘按許有寘無寘寘者寘之誤凡寘彼周行寘諸河之干皆當作寘眞聲而入十五部者合音也迣征例切十五部

迾遮也周禮假厲爲之山虞澤虞卝人迹人厲禁大鄭云遮列守之是也禮記假列爲之玉藻山澤列而不賦鄭云列之言遮列也是也漢書假迣爲之禮樂志鮑宣傳晉灼云迣古迾字是也西京賦迾卒清候李引禮記注迾遮也此可證玉藻注本作列之言迾遮也今本誤从辵列聲良薛切十五部

迁進也干求字當作迁干犯字當作奸从辵干聲讀若干古寒切十四部

⿺辶侃過也本義此爲經過之過心部愆寋諐爲有過之過然其義相引伸也故漢書劉輔傳云元首無失道之⿺辶侃从辵侃聲去虔切十四部

遱連遱也連遱雙聲集韵連遱謂不絕皃从辵婁聲洛侯切四部

⿺辶枼前頓也从辵枼聲各本篆作⿺辶市汲古改本作⿺辶市解說作市聲皆非也今依玉篇正廣韵入三十怗先頰切云⿺辶侃⿺辶枼走也賈侍中說一讀若拾本作一疑衍錯曰又若郅手部揲字易音有時設息列思頰三反不同此讀若拾則在七部讀若郅則在十二部猶西茜音皆岐也玉篇口黠竹季二切則十五部

⿺辶枒⿺辶枒牙逗令不得行也牙各本作互今依玉篇正⿺辶枒牙今音疊韵古音雙聲行篇韵皆作進从辵枒聲古牙切古音在十七部

二篇下　十一

遠ㄩㄢˇ 3匣

⿺辶戉ㄩㄝˋ 2匣　逞ㄔㄥˇ 12透　遼ㄌㄧㄠˊ 19來　△遠　逖ㄊㄧˋ 11透　△逷　迥ㄐㄩㄥˇ 12匣　逴ㄔㄨㄛ 20透　迂ㄩ 13影　⿺辶𦘔ㄐㄧㄢˋ 6精　邍ㄩㄢˊ 3疑

⿺辶戉踰也足部曰踰⿺辶戉也踰與逾義小別从辵戉聲王伐切十五部易曰襍而不⿺辶戉繫辭傳文

逞通也方言曰逞快也自山而東或曰逞江淮陳楚之閒曰逞又曰逞疾也楚曰逞又曰逞解也从辵呈聲丑郢切十一部楚謂疾行爲逞本方言春秋傳曰何所不逞欲左傳昭十四年文

遼遠也小雅山川悠遠維其勞矣箋云其道里長遠邦域又勞勞廣闊勞者遼之叚借也从辵尞聲洛蕭切二部

遠遼也从辵袁聲雲阮切十四部

遠古文遠

逖遠也釋詁逷遠也按集韵云說文引詩舍爾介逖王伯厚詩攷因之攷大雅作介狄毛訓遠也葢謂狄同逖言叚借也用逷蠻方云逷遠也則言轉注也集韵所據不足信从辵狄聲他歷切十六部

逷古文逖大雅用逷蠻方牧誓逷矣西土之人郭樸注爾雅顏之推觀我生賦李善文選注引書皆作逷衞包始改爲逖也左傳古字後人多妄改如襄十四年豈敢離逷用古文僖廿八年糾逖王慝則用小篆豈非改之不畫一乎易狄同部

迥遠也見釋詁大雅洞酌彼行潦毛曰洞遠也謂洞爲迥之叚借也从辵同聲戶穎切十一部

逴遠也哀時命曰處逴而日遠九章曰道逴遠而日忘从辵卓聲敕角切古音在二部一曰蹇也此別一義蹇⿰彳皮也莊子夔謂蚿曰吾以一足踸踔而行謂腳長短也踔即逴字今莊子作跉卓讀若掉苕之掉掉苕未聞或曰若者末也禽獸之趭於木杪曰掉苕葢漢時語

迂避也迂曲回避其義一也从辵于聲憶俱切五部

⿺辶𦘔自進極也建進疊韵埤倉云⿺辶𦘔至也此依韵會从辵𦘔聲子僊切古音在十二部廣韵則前切

邍高平曰邍此依韵會各本作高平之野非也大司徒山林川澤丘陵墳衍邍隰鄭云下平曰衍高平曰原下溼曰隰釋地廣平曰原高平曰陸此及鄭注皆以高平釋原者謂大野廣平偁原高而廣平亦偁原下文所謂可食者曰原也凡陸𨸏陵阿皆高地其可種

二篇下　十二

道ㄉㄠˋ 21定　△𡬶　遽ㄐㄩˋ 13匣　迒ㄏㄤˊ 15匣　△𨁈　𨑩ㄉㄧˋ 19端　邊ㄅㄧㄢ 3幫

穀給食之處皆曰原是之謂高平曰原也序官邍師注云邍地之廣平者與大司徒注不同者單言原則爲廣平墳衍原隰並言則衍爲廣平原爲高平也邍字後人以水泉本之原代之惟見周禮**人所登从辵备**

录闕此八字疑有脫誤當作从辵从略省从录人所登也故从辵十四字今本淺人所亂耳人所登蒙高解从辵之意也略者土地可經略也录者土地如刻木录录然西都賦溝塍刻鏤是也蓋从三字會意愚袁切十四部

道所行道也毛傳每云行道也道者人所行故亦謂之行道之引伸爲道理亦爲引道**从辵**

首首者行所達也首亦聲徒晧切古音在三部**一達謂之道**釋宮文行部偁四達謂之衢九部偁九達謂之馗按許三偁當是一例當作一達謂之道从辵首道人所行也故从辵此猶上文邍人所登故从辵也自邍以下字皆不系於人故發其例如此許書多經淺人改竄遂不可讀矣

𡬶古文道从首寸从寸者如九軌七軌五軌

遽傳也釋言馹遽傳也孫炎曰傳車驛馬也左傳僖卅三年使遽告於鄭遽興姜戎昭二年乘遽而至傳中戀反**一曰窘也**窘迫也**从辵豦聲**其倨切五部

迒獸迹也釋獸兔迹迒按序曰黃帝之史倉頡見鳥獸蹏迒之迹知分理之可相別異也是凡獸迹皆偁迒不專謂兔也**从辵亢聲**胡郎切十部

𨁈迒或从足更亦形聲更亢同在十部

𨑩至也从辵弔聲都歷切古音在二部小雅盤庚皆作弔釋詁毛傳皆云弔至也至者弔中引伸之義加辵乃後人爲之許葢本無此字如本有之則不當與邍道遽迒爲伍

邊行垂崖也釋詁曰邊垂也土部曰垂遠邊也厂部曰厓山邊也屵部曰崖高邊也行於垂崖曰邊因而垂崖謂之邊然則邊不當廁於此**从辵臱聲**布賢切十二部

文一百一十八　重三十張次立注小徐本曰重二十七補遺蝸僆二字

重二十九

彳ㄔˋ 11透　德ㄉㄜˊ 25端　徑ㄐㄧㄥˋ 12見　復ㄈㄨˋ 22並　𢓜ㄖㄡˊ 21泥　徎ㄔㄥˇ 12透　往ㄨㄤˇ 15匣　△𨑏　𢕝ㄑㄩˊ 13匣　彼ㄅㄧˇ 1幫　徼ㄐㄧㄠˋ 20見　循ㄒㄩㄣˊ 9定

彳小步也象人脛三屬相連也三屬者上爲股中爲脛下爲足也單舉脛者舉中以該上下也脛動而股與足隨之丑亦切李斯作彡筆迹小變也**凡彳之屬皆从彳**

德升也升當作登辵部曰遷登也此當同之德訓登者公羊傳公曷爲遠而觀魚登來之也何曰登讀言得得來之者齊人語齊人名求得爲得來作登來者其言大而急由口授也唐人詩千水千山得得來得即德也登德雙聲一部與六部合韵又取近今俗謂用力從前曰德古語也**从彳悳聲**多則切一部

徑步道也周禮夫閒有遂遂上有徑鄭曰徑容牛馬畛容大車涂容乘車一軌道容二軌路容三軌此云步道謂人及牛馬可步行而不容車也**从彳巠聲**居正切十一部按辵部道足部路皆廁部末此廁部首不同者錯見之意

復往來也辵部曰返還也還復也皆訓往而仍來今人分別入聲去聲古無是分別也**从彳夏聲**房六切三部

𢓜復也此字引伸爲狃忕之義故玉篇云習也忕也或與狃同按狃行而𢓜廢矣左傳有慣字慣者狃忕之意卽復字之變也復之引伸之義亦爲狃忕**从彳柔聲**人九切三部按廣韵女久切習也从廣韵是

徎徑行也廣韵丈井切雨後徑也玉篇力整丈井二切徑也**从彳呈聲**丑郢切十一部按依今本說文音義則徎與逞同

往之也从彳㞷聲于兩切十部

𨑏古文从辵按左辵右㞷㞷古文㞷也汗簡云迬尙書往字甘泉賦曰迬迬離宮般以相燭

𢕝行皃此與足部躍音義同走部又有趯**从彳瞿聲**其俱切五部

彼往有所加也彼加疊韵**从彳皮聲**補委切古音在十七部

徼循也百官表曰中尉掌徼循京師如淳曰所謂游徼循禁備盜賊也按引伸爲徼求爲邊徼今人分平去古無是也**从彳敫聲**古堯切二部

循行也各本作行順也淺人妄增耳依大誓正義衆經音義所引訂行今音讀下孟反如月令循行國邑出行田原循行縣鄙周禮注行夜皆是也釋詁遹遵率循也引伸爲撫循爲循循有序**从**

徐ㄒㄩˊ 13定

彶ㄐㄧˊ 27見　𢕟ㄙㄚˋ 27明　微ㄨㄟˊ 7明　徥ㄕˋ 10定　⿰彳夷ㄧˊ 4定　⿰彳甹ㄆㄥ 12滂　⿰彳夆ㄈㄥ 18滂　⿰彳戔ㄐㄧㄢˋ 3從　徬ㄆㄤˊ 15並　徯ㄒㄧ 10匣　△蹊　待ㄉㄞˋ 24定

彳盾聲詳遵切十二部

彶 急行也急彶疊韵凡用汲汲字乃彶彶之叚借也从彳及聲居立切七部

𢕟 行皃吳都賦𢕟譶槩僇𢕟當从彳廣韵𢕟衆行皃从彳𢕟聲穌合切七部一曰此與駁同一說𢕟即駁字也駁馬行相及也

微 隱行也散訓眇微从彳訓隱行叚借通用微而散不行邶風微我無酒又假微為非从彳𢼸聲無非切十五部春秋傳曰白公其徒微之左傳哀十六年文杜曰微匿也與釋詁匿微也互訓皆言隱不言行𢼸之叚借字也此偁傳說叚借

徥 徥徥行皃也方言徥用行也郭曰徥皆行皃度揩反集韵曰徃徥行皃於佳度皆二切从彳是聲是支切十六部爾雅曰徥則也今本釋言作是則也蓋古爾雅假徥為是也此偁爾雅說叚借

徐 安行也从彳余聲似魚切五部

⿰彳夷 行平易也廣雅⿰彳夷⿰彳夷行也按凡平訓皆當作⿰彳夷今則夷行⿰彳夷廢矣从彳夷聲以脂切十五部

⿰彳甹 使也疑使上當有⿰彳甹⿰彳夆二字周頌莫予荓蜂本又作夆毛曰荓夆㸬曳也釋訓作甹夆㸬曳也⿰彳甹夆蓋甹夆之正字㸬曳者使之也大雅傳曰荓使也从彳⿰言甹聲按此疑誤言部無⿰言甹當作从彳从言甹聲普丁切十一部玉篇云俗作⿰彳甹

⿰彳夆 使也疑當作⿰彳甹⿰彳夆也三字从彳夆聲敷容切九部讀若𧒒各本作𧓍誤𧒒者蠭之省

⿰彳戔 迹也豳風籩豆有踐箋云踐行列皃按踐同⿰彳戔故云行列皃从彳戔聲慈衍切十四部

徬 附行也牛人共兵車之牛與其牽徬注曰牽徬在轅外輓牛也人御之居其前曰牽居其旁曰徬按傍附也从人傍附行也从彳此音同義微別也从彳旁聲蒲浪切十部

徯 待也孟子引書徯我后趙曰徯待也从彳奚聲胡計切十六部按書孟音義廣韵玉篇集韵說文篆韵譜皆上聲疑胡計誤

蹊 徯或从足左傳牽牛以蹊人之田孟子山徑之蹊月令塞徯徑凡始行之以待後行之徑曰蹊引伸之義也今人畫為二字音則徯上蹊平誤矣

待 竢也立部曰竢待也从彳寺聲徒在切一部今人易其語曰等

△退（退）

⿰彳由ㄉㄧˊ 21定　徧ㄅㄧㄢˋ 6幫　假ㄐㄧㄚˇ 13見　復ㄊㄨㄟˋ 8透　△衲　後ㄏㄡˋ 16匣　△逡

⿰彳由 行⿰彳由⿰彳由也⿰彳由⿰彳由蓋與小弁踧踧同行平易也皆徒厤切玉篇云⿰彳由除又切與宙同古往今來無極之名从彳由聲古音在三部

徧 帀也帀部曰帀匌也勹部曰匌帀徧也从彳扁聲比薦切十二部禮禮記多假辯字為之

假 至也方言曰假徦至也邠唐冀兗之閒曰假或曰徦按徦古格字假今本方言作假非也集韵四十禡可證毛詩三頌假字或訓大也或訓至也訓至則為假之假借尚書古文作格今文作假如假于上下是也亦假之假借从彳叚聲古雅切五部郭樸音駕

復 卻也从彳日夊彳行也行而日日遲曳是退也夊行遲曳夊夊也他內切十五部一曰行遲四字疑後增

衲 復或从內

退 古文从辵今字多用古文不用小篆

後 遲也从彳幺夊幺夊者後也各本奪二字今補幺者小也小而行遲後可知矣故从幺夊會意胡口切四部

逡 古文後从辵

⿰彳犀 4定　很ㄏㄣˇ 9匣　徸ㄓㄨㄥ 18端　得ㄉㄜˊ 25端　△㝵　徛ㄐㄧ 1溪　彴ㄒㄩㄣ 6定

徲 久也久疑當作夊从彳犀聲讀若遲杜兮切十五部按廣韵徲杜奚切久待也無徲字玉篇集韵有徲無徲未知孰是廣雅徲徲往來也丈尸反

很 不聽從也一曰行難也从彳皀聲胡懇切十三部一曰盭也盭弼戾也韵會無此四字

徸 相迹也後迹與前迹相繼也元應合踵徸為一字从彳重聲之隴切九部

得 行有所㝵也㝵各本作得誤今正見部曰㝵取也行而有所取是曰得也左傳曰凡獲器用曰得得少則从彳㝵聲多則切一部

㝵 古文省彳按此字巳見於見部與得並為小篆義亦少異

徛 舉脛有渡也釋宮曰石杠謂之徛郭曰聚石水中以為步渡彴也音居義反从彳奇聲去奇切古音在十七部

彴 行示也大司馬斬牲以左右徇陳曰不用命者斬之小子凡師田斬牲以左右徇陳陸德明引古今字詁曰徇巡也按如項羽傳徇廣陵徇下縣李奇曰徇略也如淳曰徇音撫

律 8來　御 13疑　馭 △　亍 17透　廴 6定

循之循此古用循巡字漢用徇字之證此古今字詁之義也从彳匀聲古匀旬同用故亦作徇詞閏切十二部

司馬法斬以徇許引司馬法者凡八

律均布也均律雙聲均古音同匀也易曰師出以律尚書正日同律度量衡爾雅坎律銓也律者所以范天下之不一而歸於一故曰均布也从彳聿聲呂戌切十五部

御使馬也周禮六藝四曰五馭大宰注曰凡言馭者所以敺之內之於善此引伸之義也从彳卸按卸亦聲牛據切五部

馭古文御从又馬惟見周禮

亍步止也魏都賦曰澤馬亍阜豬白馬賦曰秀騏齊亍从反彳讀若畜丑玉切三部

文三十七　重七

廴長行也玉篇曰今作引是引弓字行而廴廢也从彳引之引長之也余忍切十二部

廷 12定　延 12端　建 3見　㢟 3透　延 3定

凡廴之屬皆从廴

廷朝中也朝中者中於朝也古外朝治朝燕朝皆不屋在廷故雨霑服失容則廢从廴壬聲特丁切十一部干祿字書佩觿音定廣韵同

延行也此與㢟部延征字音義同漢武帝年號延和字如此作今漢書多誤爲以然切之延又或改爲从㢟之延亦非也从廴正聲諸盈切十一部

建立朝律也今謂凡豎立爲建許云立朝律也此必古義今未攷出从聿律省也从廴廷省也居萬切十四部

文四

㢟安步㢟㢟也从廴止引而復止是安步也丑連切十四部魏志鍾會兄子毅及峻㢟下獄裴曰㢟勅連反按卽延字也止之隸變作山

凡㢟之屬皆从㢟

延長行也本義訓長行引伸則專訓長方言曰延長也凡施於年者謂之延又曰延偏也从㢟厂聲厂部曰象抴引之形余制切虒延曳皆以爲聲今篆體各異非也厂延虒曳古音在十六部故大雅施於條枚呂氏春秋韓詩外傳新序皆作延于條枚延音讀如移也今音以然切則十四部

文二

衢 13匣　街 10見　術 8定　行 15匣

行人之步趨也步行也趨走也二者一徐一疾皆謂之行統言之也爾雅室中謂之時堂上謂之行堂下謂之步門外謂之趨中庭謂之走大路謂之奔析言之也引伸爲巡行行列行事德行从彳亍彳小步也亍步止也戶庚切古音在十部

凡行之屬皆从行

術邑中道也邑國也引伸爲技術从行术聲食聿切十五部

街四通道也風俗通曰街攜也離也四出之路攜離而別也按此以疊韵爲訓从行圭聲古膎切十六部

衢四達謂之衢釋宮文釋名曰四達曰衢齊魯間謂四齒杷爲欋欋杷地則有四處此道似之也按中山經宣山桑枝四衢少室山木曰帝休枝五衢天問靡蓱九衢淮南書木大則根欋皆謂这遺岐出从行瞿聲其俱切五部

衒 3匣　衎 3溪　衙 13疑　𧗱 3從　衕 18定　衝 18透

衝通道也衝通疊韵引伸之義爲當也向也突也从行童聲昌容切九部今作衝春秋傳曰及衝以擊之左傳昭元年文各本以下有戈字李燾本無按上云子南執戈逐之則云以擊之不再出戈是也今傳作擊之以戈亦是淺人所改

衕通街也衕通疊韵今京師衕衕字如此作从行同聲徒弄切九部

𧗱迹也此與彳部𢓜音義同从行戔聲才綫切十四部

衙衙衙依廣韵九魚補二字行皃九辯導飛廉之衙衙王注風伯次且而埽塵也按衙衙是行列之意後人因以所治爲衙从行吾聲魚舉切又音牙五部

衎行喜皃小雅毛傳曰衎樂也从行干聲空旱切十四部

衒行且賣也周禮飾行儥慝大鄭云儥賣也慝惡也謂行且賣姦僞惡物者後鄭云謂使人行賣惡物於市巧飾之令欺誑買者从行言黃絢切十四部言亦聲也

衛或从元依或字諧聲則在十二部

𧗸將衛也衛也今本作衛也誤將如鳥將雛之將古不分平去也衛導也循也今之率字率行而衛廢矣率者捕鳥畢也將帥字古祇作將衛帥行而衛又廢矣帥者佩巾也衛與辵部達音義同从行率聲所律切十五部

衞宿衛也宮正夕擊柝而比之注暮行夜以比直宿者宮伯掌王宮之士庶子凡在版者大鄭云庶子宿衛之官後鄭云衛王宮者必居四角四中於徼候便也漢有衛尉掌宮門衛屯兵从韋帀行韋者圍之省圍守也帀匊也韋亦聲于歲切十五部行逗列也依韵會訂此釋从行之意行者列也今音讀如杭別於步趨之行衛从三字會意

文十二　重一

齒口齗骨也鄭注周禮曰人生齒而體備男八月女七月而生齒象口齒之形㕣者象齒餘凵字也止聲昌里切一部凡齒之屬皆从齒

𠚕从小徐也大徐本誤古文齒字古文獨體象形不加聲旁

齗齒本肉也各本無肉元應兩引作齒肉也篇韵皆作齒根肉也今補齗爲肉故上文齒爲齗骨此骨出肉外故肉爲骨本魯世家甚矣魯道之衰也洙泗之閒齗齗如也地理志云魯濱洙泗其民涉渡幼者扶老者而代其任俗既薄長老不自安與幼者相讓故曰魯道衰洙泗之閒齗齗如也按彼此爭辭露其齒本故曰齗齗徐廣五鞎反又按曲禮笑不至矧鄭云齒本曰矧大笑則見矧正齗之近部段借字也从齒斤聲魚斤切十三部

齔毁齒也男八月生齒八歲而齔女七月生齒七歲而齔从齒匕各本篆作齔云从齒从七初忍初覲二音殆傳會七聲爲之今按其字从齒匕匕變也今音呼跨切古音如貨本命曰陰以陽化陽以陰變故男以八月生齒八歲而毁女七月生齒七歲而毁毁與化義同音近元應書卷五齔舊音差貴切卷十一舊音羌貴切然則古讀如未韵之槃蓋本从匕匕亦聲轉入寘至韵也自誤从七旁元應云初忍切孫愐云初堇切廣韵乃初覲切集韵乃初

問恥問二切其形唐宋人又譌齔从匕絕不可通矣今當依舊音差貴切古音蓋在十七部

齎齒相值也今左傳作幘譌字也古無幘則迹傳時無此字也杜云齒上下相值也按謂上下齒整齊相對詩所云如瓠犀从齒責聲士革切十六部一曰齧也別一義春秋傳曰皙齎定九年文按皙謂人色白與齎二事

齜齒相齘也齘各本誤齗李本不誤廣韵齹齟齒不正上士佳下五佳切玉篇曰齜亦作䶢一曰開口見齒之皃管子曰東郭有狗嘊嘊旦莫欲齧我猳嘊嘊露齒之皃从齒此聲各本作柴省聲淺人改也讀若柴仕街切十六部

齘齒相切也謂上下齒緊相摩切也相切則有聲故三倉云齘鳴齒也函人爲甲衣之欲其無齘也大鄭云齘謂如齒齘不齘則隨人身便利方言齘怒也郭曰言噤齘也噤亦作類篇韵皆云類齘切齒怒从齒介聲胡介切十五部

齞張口見齒也依文選注訂登徒子好色賦齞脣歷齒从齒只聲研繭切古音在十六部

䶨齒差也差當作齹从齒兼聲五鹹切七部廣韵語廉切

齺齒搚也搚今本作擠手部曰搚一曰拉也齒拉者謂齒折也一曰馬口中橜也司馬相如傳猶時有銜橜之變張揖曰銜馬勒銜也橜騑馬口長銜也司馬貞曰周遷輿服志云鉤逆上者爲橜橜在銜中以鐵爲之大如雞子鹽鐵論云無銜橜而禦悍馬是也从齒芻聲側鳩切四部廣雅廣韵及管子注士角切一曰齰也廣雅齺齧也本此按管子車轂齺騎連伍而行荀卿子齺然上下相信而天下莫之敢當二書於齺義差近齺則齒近物廣韵曰齺齒相近皃

齱齱齵逗疊韵齒不正也廣韵齱下曰齱齵齒偏齵下曰齱齵从齒取聲側鳩切四部

齵齱齵也从齒禺聲五婁切四部按二字各本譌亂今依廣韵正之

䶥䶥齬逗疊韵齒不相值也廣韵曰齟齬不相當也或作鉏鋙上牀呂切下魚巨切按金部鄉下云鉏鄉也鄉或作鋙周禮注作鉏牙左傳西鉏吾以鉏吾爲名牙吾古音皆在

齬ㄩˇ 13疑　齹ㄔ 1從　齤ㄑㄩㄢˊ 3匣

九魚古齇字有單用者東方朔傳曰齇者齒不正也許書各本齇訓齬齒也齬訓齒不相值也二篆自當類廁各本離之甚遠又齇側加切齬魚舉切全失古語疊韵之理葢由齇之字變爲齟齬之字變爲齖因以齟齖並入麻韵而與齬畫分異處耳今从[illegible]齟之例正之不爲專輒也从齒虘聲大徐側加切按古音在五部當依廣韵牀呂切篆韵詛組阻反

齬　齇齬也从齒吾聲魚舉切五部

䶩　齒差跌皃差者不值也跌者踼也齒差跌謂參差踼跌不平正也从齒佐聲鉉曰佐當是傞傳寫之誤說文無佐字昨何切十七部春秋傳鄭有子䶩見左傳昭十六年今傳作齹實一字也釋文曰齹字林才可士知二反說文作齹云齒差跌也在河千多二反是字林始有齹各本說文乃以齹篆先䶩而別爲音義誤甚今刪之古人名字相應齹者不齊故爲嬰齊之字也

齤　缺齒也一曰曲齒缺齒者齾也曲齒者上云齒差跌今俗云齒齞也按淮南道應訓若士齤然而笑謂露其齒病而笑也从齒𢍏聲讀又若權按云又者謂𢍏讀若書卷齤讀同又讀若權也大徐刪又非巨員切十四部

⿰齒巨ㄐㄩˋ 13匣　齳ㄩㄣˇ 9疑　齾ㄧㄚˋ 3疑　齯ㄋㄧˊ 10疑　齮ㄧˇ 1疑

齳　無齒也韓詩外傳以爲姣好邪則大公年七十二齳然而齒墮矣从齒軍聲魚吻切十三部

齾　缺齒也引伸凡缺皆曰齾左傳曰兩軍之士皆未愁也杜曰愁缺也釋文愁魚覲反又魚轄反按愁得有魚轄反者正因本或作齾陸氏失於不分別言之耳正義曰愁者缺之皃今人猶謂缺爲愁所據本必作齾故如此云下文葢有一本作愁之語亦爲淺人刪之矣从齒獻聲五轄切十五部獻聲在十四部合音也

⿰齒巨　齗腫也从齒巨聲巨主切五部廣韵其呂切

齯　老人齒魯頌黃髮兒齒釋詁曰黃髮齯齒壽也釋名曰九十或曰齯齒大齒落盡更生細者如小兒齒也按毛詩作兒古文他書作齯今文也从齒兒聲此形聲包會意五雞切十六部

齮　齧也史漢田儋傳齮齕用事者墳墓如淳曰齮齕猶齚齧也齕齩也按凡從奇之字多訓偏如掎訓偏引齮訓側齧索隱注高紀云許慎以爲側齧

⿰齒列ㄌㄧㄝˋ 2來　△齚

⿰齒出ㄓˊ 8從　齰ㄗㄜˊ 14精　⿰齒咸ㄒㄧㄢˊ 28見　齦ㄎㄣˇ 9溪　⿰齒干ㄢˊ 3疑　䶪ㄗㄨˊ 8從　齩ㄧㄠˇ 19疑　⿰齒屑ㄑㄧㄝ 5清

从齒奇聲魚綺切古音在十七部

⿰齒出　齚齒也謂齚物而外露之齒也故從齒出从齒出聲仕乙切十五部

齰　齧也漢書灌夫傳齰舌自殺鄧通傳使大子齰癰从齒昔聲側革切古音在五部

齚　齰或从乍作聲亦五部也

⿰齒咸　齧也从齒咸聲工咸切廣韵苦洽切古音在七部

齦　齧也此與豕部豤音義同疑古祇作豤齦者後出分別之字也今人又用爲齗字矣从齒艮聲康很切十三部

⿰齒干　齒見皃廣韵曰齴齗齒不正从齒干聲五版切十四部

䶪　䶪此複舉字之未刪者齚也从齒卒聲昨沒切十五部

⿰齒列　齒分骨聲从齒列聲篇韵皆作齧讀若剌盧達切十五部

齩　齧骨也俗以鳥鳴之咬爲齩齧从齒交聲五巧切二部

⿰齒屑　齒差也此與䶩訓齒差義異謂齒相摩切也齒與齒相切必參差上下之差即今磋磨字也引伸之義摩物曰⿰齒屑衞風如切如瑳如琢如摩釋器曰骨謂之切象謂之瑳玉謂之琢石謂之摩切亦作⿰齒屑瑳亦作磋摩亦作磨差者正字瑳磋皆加偏旁字也从齒屑聲讀若切千結切十二部

⿰齒吉ㄒㄧㄚˊ 5曉　⿰齒豈ㄞˊ 7疑　齝ㄔ 24透　齕ㄏㄜˊ 8匣　⿱䜌齒ㄌㄢˊ 3來　齧ㄋㄧㄝˋ 2疑　齭ㄔㄨˇ 13清

⿰齒吉　齧堅聲齧各本作齒今依玉篇訂石部曰硈石堅也皆於吉聲知之从齒吉聲赫鎋切十五部按自齮至齕九文幷齧十文皆謂齧也宜移廁[illegible]文之上

⿰齒豈　[illegible]牙也[illegible]牙猶差齒也亦引伸爲摩器之名刀部曰剴一曰摩也皆於豈聲知之从齒豈聲五來切古音在十五部

齝　吐而噍也噍即嚼字也見口部釋獸郭注曰食之已久復出嚼之从齒台聲丑之切一部爾雅曰牛曰齝釋獸文

齕　齧也如淳注漢書曰齕齩也曲禮庶人齕之从齒气聲戶骨切十五部

⿱䜌齒　齒見皃从齒聯聲力延切十四部

齧　噬也口部曰噬啗也釋名曰鳥曰啄獸曰齧齧齾也所臨則禿齾也从齒㓞聲五結切十五部

齭　齒傷酢也酢者今之醋字酸澀也从齒所聲讀若

齨 22匣　齛 2心　齸 11影　⿰齒至 5端　⿰齒骨 8匣　⿰齒舌 2見　⿰齒尃 13幫　牙 13疑　△𤘅　𤘽 1溪

楚創舉切五部亦作齼凡言痛憷憷澀意皆同

齨老人齒如臼也如臼者齒坳从齒臼臼亦聲其久切三部一曰馬八歲也馬八歲曰駅齒亦如臼俗名之齨亦作駒

齛羊粻也釋獸曰羊曰齛郭曰齛音漏泄按唐人諱世作齥粻米部無此字食部引峙乃餱粻从齒世聲私列切十五部

齸鹿麋粻釋獸曰麋鹿曰齸釋文云字或作嗌按嗌咽也咽喉也郭云齸食之所在因名之是也然則齛與齸同言其自喉出復嚼故字从齒嗌嗛嗛則皆自其藏食之處言之字祇从口嗌或作齸者蓋亦謂出嚼之也从齒益聲伊昔切十六部

⿰齒至齧堅也玉篇齧堅兒廣韵齧聲各本齧作齒恐誤从齒至聲陟栗切十二部

⿰齒骨齧骨聲曲禮曰毋齧骨鄭云爲有聲響不敬从齒骨骨亦聲戶八切十五部

⿰齒舌噍聲廣韵曰骨端从齒昏聲古活切十五部

⿰齒尃噍堅也口部⿰口尃⿰口集噍兒廣韵曰⿰齒尃同⿰口尃从齒尃聲補莫切五部按此蓋⿰口尃之或字後人竄入者也

文四十四今刪蠶字則四十三　重二

牙壯齒也壯各本譌作牡今本篇韵皆譌惟石刻九經字㨾不誤而馬氏版本妄改之士部曰壯大也壯齒者齒之大者也統言之皆偁齒偁牙析言之則前當脣者偁齒後在輔車者偁牙牙較大於齒非有牝牡也釋名牙樝牙也隨形言之也輔車或曰牙車牙所載也詩誰謂雀無角誰謂鼠無牙謂雀本無角鼠本無牙而穿屋穿牆似有角牙者然鼠齒不大故謂無牙也東方朔說騶牙曰其齒前後若一齊等無牙此爲齒小牙大之明證象上下相錯之形五加切古音在五部凡牙之屬皆从牙

𤘅古文牙从齒而象其形也𠚕古文齒

𤘽虎牙也虎一本作武避唐諱耳今俗謂門齒外出爲虎牙古語也大招云靨輔奇牙宜笑嫣只淮南云奇牙出醶酺搖高注將笑故好齒出也按奇牙所謂𤘽也可部曰奇異也一曰不耦笑而露其齒獨好故曰奇牙从牙奇奇亦聲去奇切古音在十七部

𤘘 13溪　△齲　足 17精　跟 9見　⿰足虒 10定（蹄）　△跟　踝 1匣　跖 14端　踦 1溪　跪 10溪　跽 24匣

𤘘齒蠹也釋名曰𤘘朽也蟲齧之缺朽也史記齊中大夫病齲齒淮南斷木愈齲司馬彪五行志桓帝元嘉中京都婦女作齲齒笑从牙禹聲邱禹切五部

齲𤘘或从齒

文三　重二

足人之足也在體下从口止依玉篇訂口猶人也舉口以包足已上者也齒上止下口次之以足上口下止次之以足似足者也次之以品从三口今各本从口非也卽玉切三部凡足之屬皆从足

⿰足虒足也俗作蹄从足虒聲杜兮切十六部

跟足踵也歱各本作踵誤止部曰歱跟也釋名曰足後曰跟一體任之象本根也从足艮聲古痕切十三部

⿱艮止跟或从止

踝足踝也釋名曰踝确也居足兩旁磽确然也按踝者人足左右骨隆然圜者也在外者謂之外踝在內謂之內踝丮部曰⿰丮凡擊踝也从足果聲胡瓦切十七部

跖足下也今所謂腳掌也史記曰跖勁弩按弩以足蹋張之故曰跖跖或借蹠爲之又作蹶賈誼傳曰病非徒瘇也又苦蹶盭蹶跖字之異者也足跖反戾不可行从足石聲之石切古音在五部

踦一足也管子借堯之時一踦腓一踦履而當死謂一足刖一足履當死罪也引伸之凡物單曰踦方言倚踦奇也自關而西凡全物而體不具謂之倚梁楚之閒謂之踦雍梁之西郊凡瞿支體不具者謂之踦公羊傳匹馬隻輪無反者何曰匹馬一馬也隻踦也又相與踦閭而語何云閉一扇開一扇一人在內一人在外戰國策必有踦重者矣踦重偏重也若衣部曰襱絝踦也毛傳曰蟰蛸長踦也則皆謂足不必一足从足奇聲去奇切古音在十七部

跪拜也手部曰𢷎首至手也按跪與拜二事不當一之疑當云所以拜也後人不達此書所以字往往刪之釋名跪危也兩膝隱地體危陧也从足危聲去委切十六部

跽長跽也跽長

躣 ㄑㄩˊ 13匣　踧 ㄘㄨˋ 22精　踖 ㄐㄧˊ 14精　踽 ㄐㄩˇ 13溪

各本作長跪今正按係於拜曰跪不係於拜曰跽范睢傳四言秦王跽而後乃云秦王再拜是也長跽乃古語長跽俗作⿰𧾷長人安坐則形弛敬則小跪聳體若加長焉故曰長跽方言東齊海岱北燕之郊跪謂之⿰𧾷長⿱登足郭曰今東郡人亦呼長跽為⿰𧾷長⿱登足釋名跽忌也見所敬忌不敢自安也徐廣注滑稽傳鞠膯曰膯其紀反與跽同謂小跪也廣雅⿰𧾷長⿱登足跪拜也此統言之許跪跽析言之从足忌聲渠几切古音在一部徐廣音是也

踧行平易也小雅毛傳曰踧踧平易也从足叔聲子六切三部詩曰踧踧周道小弁

躣行皃九歎右蒼龍之躣躣从足瞿聲其俱切五部

踖長脛行也小雅執爨踖踖毛曰踖踖言爨竈有容也从足昔聲資昔切古音在五部一曰踧踖見論語鄉黨馬融曰恭敬皃也廣韵一屋曰踧踖行而謹敬按左傳石碏漢石經公羊作石踖从石誤字也

踽疏行皃唐風獨行踽踽毛曰踽踽無所親也按許合經傳云爾疏通也引伸為親疏孟子行何為踽踽涼涼義同从

踰 ㄩˊ 16定　蹡 ㄑㄧㄤ 15清　躖 ㄉㄨㄢˋ 3定　⿰𧾷卜 ㄈㄨˋ 17滂　⿰𧾷戉 ㄩㄝˋ 2匣　蹻 ㄑㄧㄠ 19溪

足禹聲區主切五部詩曰獨行踽踽

蹡行皃聘禮衆介北面蹡焉鄭云容皃舒揚曲禮天子穆穆諸侯皇皇大夫濟濟士蹌蹌鄭曰皆行容止之皃也按許蹡為行皃蹌訓動也然則禮言行容者皆蹡為正字蹌為叚借字廣雅蹡蹡走也从足將聲七羊切十部詩曰管磬蹡蹡周頌文今詩作磬筦將將毛曰將將集也

躖踐處也此與疃同義田部曰疃禽獸所踐處也王逸九思鹿蹊兮躖躖亦作斷按祇云踐處別於疃字專屬禽獸从足斷省聲不云𢇍聲者𢇍古文絕也徒管切十四部

⿰𧾷卜趣越皃趣疾也小徐作趨⿰𧾷卜與赴音義略同从足卜聲芳遇切古音在三部

踰越也越度也踰與逾音義略同从足俞聲羊朱切四部

⿰𧾷戉輕也廣韵娍輕也字从女从足戉聲王伐切十五部

蹻舉足小高也蹻高疊韵各本作行高晉灼注漢書高帝紀作小高元應引文穎曰蹻猶翹也又引三蒼解詁云蹻舉足也上消切按今俗語猶然从足喬

蹌 ㄑㄧㄤ 15清　躍 ㄩㄝˋ 20定　跾 ㄕㄨ 21透　踊 ㄩㄥˇ 18定　躋 ㄐㄧ 4精　跧 ㄑㄩㄢ 3精

聲丘消切大徐居勹切非也二部詩曰小子蹻蹻大雅文毛曰蹻蹻驕皃此引伸之義

跾疾也長也二義相反而相成易其欲逐逐薛云速也子夏傳作攸攸荀作悠悠劉作跾云遠也按方言透驚也式竹切吳都賦驚透沸亂透即跾字音義正同今人以為透漏字他候切从足攸聲式竹切三部

蹌動也从足倉聲七羊切十部

踊跳也與走部⿺走甬別从足甬聲余隴切九部

躋登也从足齊聲祖雞切十五部商書曰按口部引咈其耇長辵部引我興受其退皆系之周書此作商書恐此為是予顛躋微子篇文今尚書作隮注家云顛隕隮墜按升降同謂之躋猶治亂同謂之亂俗作隮顧命由賓階隮毛詩朝隮于西南山朝隮周禮九曰隮皆訓升左傳知隮於溝壑矣則訓降

躍迅也迅疾也从足翟聲以灼切二部

跧蹴也蹴躢也从足全聲莊緣切十四部一曰卑也絭也絭當為拳曲之拳魯靈光殿賦狡兔跧伏於柎

蹋 ㄊㄚˋ 31定　蹴 ㄘㄨˋ 22清　躡 ㄋㄧㄝˋ 29泥　跨 ㄎㄨㄚˋ 13溪

側注當引卑也絭也李善引蹴也非

蹴躡也元應云說文蹴躡也以足逆蹋之曰蹴从足就聲七宿切三部

蹋踐也从足𦐇聲徒盍切八部俗作踏

躡蹈也史記張良陳平躡漢王足是也耤田賦注引說文躡追也不同从足聶聲尼輒切八部

跨渡也謂大其兩股閒以有所越也因之兩股閒謂之跨下史記淮陰矦傳作胯下夂部曰𡕒跨步也苦瓦切从足夸聲苦化切按古音在五部音轉入於十七部耳五經文字云說文作跨經典相承隸省作跨此實不然夸聲在五部𡕒聲在十七部絕無奎字至肉部云說文胯隸省作胯則更誤說文有𡕒字無胯胯字胯即𡕒之俗廣韵曰兩股閒也玉裁又按蹴蹋躡踄蹈躔踐七字一氣銜接不當中綴以跨字疑許書本無跨字夂部之𡕒釋曰跨步也跨步當為夸步夸步者大步也大張其兩股曰𡕒必云夸步不云大步者𡕒夸雙聲也後人改𡕒作跨玉篇云𡕒與跨同其明證也又專言兩股閒則作胯𡕒字之訓則改之曰跨步皆出後人增竄此所以張參本與今本參差乖異而皆

躅 17定　踵 18端　踄 13並

踤 8從　蹢 11定　⿰足氏 10定　⿱執足 27定　躗 2匣　踶 10定　蹩 2並　蹛 2端　踔 20端　踐 3從　躔 3定　蹈 21定

不必是蹴

踄　蹈也。从足步聲。旁各切，又音步。五部。

蹈　踐也。釋名：蹈，道也。以足踐之，如道。从足臽聲。徒到切。古音在三部。

躔　踐也。方言：躔，歷，行也。日運爲躔。从足廛聲。直連切。十四部。

踐　履也。履之箸地曰履，履足所依也。从足戔聲。慈衍切。十四部。

踵　追也。與止部歱別。从足重聲。之隴切。九部。一曰往來皃。

踔　踶也。許意踔與蹈義同。从足卓聲。知敎切。二部。廣韵丑敎切，蝬跳也。漢書上林賦趠希閒，史記作踔希閒，是也。又莊子一足踸踔而行，謂腳長短也。敕甚敕角切。

蹛　踶也。元應曰：躉，三蒼音帝，郭訓古文奇字，以爲古文逝字。漢書韋昭音徒計切。按蹛即躉字。漢書躉憚作躉，蹛林作蹛。从足帶聲。當蓋切。十五部。

蹩　踶也。集韵作蹴，云反足踶也。匹蔑切。莊子蹩躠爲仁，亦作弊薛。从足敝聲。蒲結切。十五部。一曰彼也。

踶　躗也。李軌曰：踶，蹋也。通俗文曰：小蹋謂之踶。从足是聲。特計切。十六部。

躗　衛也。按此必有脫誤，當云躗，踶也。牛部衛下云牛踶衛也，然則躗衛義略同。从足衛聲。于歲切。十五部。

⿱執足　⿱執足足也。案此三字一句。⿱執足即蹀字也，段借作啑作喋。文帝紀新喋血京師，服虔曰：喋音蹀屣履之蹀。如淳曰：殺人流血滂沱爲喋血。司馬貞引廣雅：喋，履也。然則喋血者，蹀血也，謂流血滿地汚足下也。从足執聲。徒叶切。七部。

⿰足氏　尌也。與峙偫雙聲義略同。从足氏聲。承旨切。按旨當作紙。十六部。

蹢　蹢躅，各本奪此二字，文選注四引皆有。逗足也。逗各本作住，今正。逗者止足也。說文無住字，人部有侸，侸者立也，立者侸也。是爲轉注。侸非蹢躅之義。易曰：羸豕孚蹢躅。三年問：鳴號焉，蹢躅焉。蹢躅之雙聲疊韵曰踟躕，曰跢跦，曰峙躇，曰籆箸，俗用躊躇。从足啻聲。俗本作適省聲，非是。直隻切。十六部。或曰蹢躅。按四字衍文。賈侍中說足垢也。賈謂足垢爲蹢躅。

躅　蹢躅也。蹢躅雙聲。从足蜀聲。直錄切。三部。

踤　觸也。長楊賦帥軍踤阹，漢書音義曰：踤，聚也。師古曰：踤，足蹴也。从足卒聲。昨沒切。十五部。一曰駭也。一曰倉踤。今人多用蒼猝，古書多用倉卒。

跲 27見　蹃 19定

△ ⿰足闕

蹎 6端　跇 2透　躓 5端　⿰足貝 2幫　趿 27心　踏 27透　蹠 13端　⿰足弗 8滂　躇 13定　⿰足辰 9精　跳 19定　蹶 2見

蹶　僵也。僵，僨也。方言：跌，蹷也。左傳：是謂蹷其本。从足厥聲。居月切。十五部。一曰跳也。孟子：今夫蹷者趨者，是氣也，而反動其心。讀亦若橜。亦者，謂讀若厥矣，又讀若橜也。橜，瞿月切。

⿰足闕　蹷或从闕。

跳　蹷也。方言：自關而西，秦晉之閒曰跳。从足兆聲。徒遼切。二部。一曰躍也。躍，迅也。

⿰足辰　動也。與口部唇、雨部震、手部振音義略同。从足辰聲。側鄰切。十二部。

躇　峙躇，逗不前也。峙見止部，云踞也。今按當云峙躇也，淺人刪一字耳。从足屠聲。直魚切。五部。

⿰足弗　跳也。方言：踏、⿰足䍃、⿰足弗，跳也。从足弗聲。敷勿切。十五部。

蹠　楚人謂跳躍曰蹠。見方言。从足庶聲。之石切。古音在五部。

踏　趿也。按趿當作跳。方言：踏，跳也。自關而西，秦晉之閒曰跳，或曰踏。从足荅聲。他合切。七部。

⿰足䍃　跳也。方言：⿰足䍃，跳也。陳鄭之閒曰⿰足䍃。从足䍃聲。余招切。二部。

趿　進足有所擷取也。爾雅、毛傳皆云：執衽曰袺，扱衽曰襭。衣部云：以衣衽扱物謂之襭。襭或作擷。从足及聲。穌合切。七部。爾雅曰：趿謂之擷。按所據爾雅扱作趿，無衽字，與今本異，亦與衣部說異。蓋衣部用毛傳，此據爾雅也。

⿰足貝　步行獵跋也。獵，今之躐字。踐也。毛傳曰：跋，躐也。老狼進則躐其胡。獵跋猶蹊踏也。从足貝聲。博蓋切。十五部。

躓　跲也。釋言、毛傳皆曰：疐，跲也。疐者躓之段借字。从足質聲。陟利切。古音在十二部。詩正義引竹二反。詩曰：載躓其尾。幽風：載疐其尾。許所據作躓。

跲　躓也。中庸言前定則不跲。从足合聲。居怯切。七部。

跇　述也。述當作迣，字之誤也。樂書騁容與兮跇萬里，裴引如淳曰：跇謂超踰也。吳都賦說田獵曰：跇踰竹柏，獵猭杞柟。从足世聲。丑例切。十五部。鄒誕生云：跇一作世。

蹎　跋也。經傳多段借顛字爲之，如左傳子都跋ㄅㄚˊ 2幫　蹐ㄐㄧˊ 11精　跌ㄉㄧㄝˊ 5定　踼ㄊㄤˊ 15定　蹲ㄘㄨㄣˊ 9從　跨ㄎㄨㄚˋ 13溪　躩ㄐㄩㄝˊ 14溪　踣ㄅㄛˊ 24溪　蹇ㄐㄧㄢˇ 3見　蹁ㄆㄧㄢˊ 6並

自下射之顚是也貢禹傳誠恐一旦蹎仆氣竭**从足眞聲**都年切十二部豳風正義引丁千反

跋**蹎也**依豳風正義訂跋經傳多段借沛字爲之大雅論語顚沛皆卽蹎跋也毛傳顚仆也沛拔也拔同跋豳風狼跋亦或作拔馬融論語注曰顚沛僵仆也按豳風狼跋其胡謂躐也躐則仆矣引伸爲近人題跋字題者標其前跋者系其後也邶風傳艸行曰跋別一義**从足犮聲**北末切廣韵蒲撥切十五部

蹐**小步也**毛傳蹐絫足也按絫蹐疊韵絫足者小步之至也**从足脊聲**資昔切十六部**詩曰不敢不蹐**小雅走部引作趚

跌**踼也从足失聲**徒結切十二部**一曰越也**別一義

踼**跌也**今本作跌踼也恐是誤倒吳都賦魂褫氣懾而自踼跌者劉曰踼跌頓伏也李引聲類踼跌也漢書音義跌崩也**从足昜聲**徒郎切十部**一曰槍也**別一義木部曰槍歫也止部曰歫槍也按踼與堂音義同堂歫也

蹲**居也**尸部曰居蹲也是爲轉注各本作踞也以俗改正又增一踞篆於蹲後今正而刪之左傳蹲甲而射之蹲居也引伸爲居積之義**从足尊聲**徂尊切十三部山海經作踆

跨**居也从足荂聲**苦化切按此恐又跨字之異體

躩**足躩如也**論語苞氏曰躩盤辟皃也**从足矍聲**丘縛切五部

踣**僵也**僵卻偃也**从足咅聲**蒲北切按古音在四部爾雅釋文音赴或孚豆蒲候二反是也然則踣與仆音義皆同孫炎曰前覆曰仆左傳正義曰前覆謂之踣對文則偃與仆別散文則通也走部趙同**春秋傳曰晉人踣之**左傳襄十四年文

蹇**⿺尢皮也**尢部曰⿺尢皮蹇也是爲轉注⿺尢皮曲脛也易曰蹇難也行難謂之蹇言難亦謂之蹇俗作謇非**从足寒省聲**九輦切十四部按各本⿺尢皮作跛又於蹇篆之上出跛篆云行不正也从足皮聲一曰足排之讀若彼此後人不知跛卽⿺尢皮之隸變而增之耳今刪曲禮立毋跛鄭云跛偏任也此謂形體偏任一邊如⿺尢皮者然凡經傳多作跛

蹁**足不正也**南都賦說舞曰蹴躃蹁蹮卽上林賦之便蹁蹩屑也**从足扁聲**部田切十二部**一曰拖後足馬**拖俗字當作拕**讀若苹**此十一部十二部合韵**或曰偏**讀如偏也

䟸ㄒㄧˊ 22匣　踒ㄨㄛ 7影　跣ㄒㄧㄢˇ 9心　跔ㄐㄩ 16匣　䠊ㄎㄨㄣˇ 9溪　距ㄐㄩˋ 13匣　躧ㄒㄧˇ 1心　⿰足叚ㄒㄧㄚˊ 13匣　△⿰革麗　⿰足非ㄈㄟˋ 7並　跀ㄩㄝˋ 2疑

䟸**脛肉也从足斉聲一曰曲脛也**廣韵作左脛曲**讀若逵**渠追切古音在三部按一曰曲脛也橫梗不貫凡似此者疑皆後人所妄增

踒**足跌也**跌當爲胅字之誤也肉部曰胅骨差也踒者骨委屈失其常故曰胅亦曰差跌**从足委聲**烏過切十七部

跣**足親地也**親跣疊韵古者坐必脫屨燕坐必褫韈皆謂之跣如趙盾侍君燕跣以下此褫韈之跣也如晉悼公跣而出此不暇屨之跣也喪大記主人徒跣亦謂褫韈**从足先聲**蘇典切十二部

跔**天寒足跔也**周書大子晉解師曠東躅其足曰善哉善哉大子曰大師何舉足驟師曠曰天寒足跔是以數也此許所本莊子音義亦引周書天寒足跔今本周書作足躅誤也跔者句曲不伸之意**从足句聲**其俱切四部

䠊**瘃足也**疒部曰瘃中寒腫覈也據趙充國傳手足皆有皸瘃之患此字从足故訓爲瘃足**从足困聲**困聲鍇本作囷聲非古音由斂而侈困聲字多轉入魂韵苦本切十三部

距**雞距也**左傳季氏介其雞郈氏爲之金距服曰以金沓距也按鳥距如人與獸之叉此距與止部之歫異義他家多以距爲歫**从足巨聲**求許切五部亦作⿰角巨作⿰角居

躧**舞履也**鄭注周禮曰鞮屨四夷舞者扉也史記貨殖傳躧利屣徐廣曰舞屣也躡一作跕跕吐協反地理志跕躧臣瓚曰躧跟爲跕按舞不納履故凡不著跟曳之而行曰躧履如隽不疑傳長門賦皆是也西京賦說舞曰振朱屣於盤樽薛曰朱屣赤絲履也**从足麗聲**所綺切十六部

⿰革麗**或从革**

⿰足叚**足所履也从足叚聲**乎加切凡叚聲古在五部按⿰足叚疑⿰足段之誤篇韵有踹字丁貫切今俗謂語用力踏地曰踹⿰足段音同也許書碬字譌碫報報錯出是其比矣

⿰足非**跀也**字亦作刖**从足非聲**扶味切十五部

跀**斷足也**此與刀部刖異義刖絕也經傳多以刖爲跀周禮司刖注云周改臏作刖按唐虞夏刖用臏去其厀頭骨

△䟘　䟺 15並　趹 2見　趼 3疑

也周用跀斷足也凡於周言臏者舉本名也莊子曾有兀者叔山無趾踵見仲尼崔譔云無趾故踵行然則跀刖卽兀漢之斬趾無足指故以足跟行也無足指不能行故別爲刖足者之屨以助其行左氏云踊貴屨賤是也髕則足廢不能行跀則用踊尙可行故跀輕於髕也跀一名跳跳一作剕鄭駁異義云皋陶改臏爲剕呂剕有剕周改剕爲刖此恐誤與司刑注不合从足月聲魚厥切十五部䟘跀或从兀亦形聲莊子養生主注曰介偏刖之名崔本作兀又作䟘云斷足也德充符申徒嘉兀者也李云刖足曰兀

䟺曲脛馬也廣雅曰䟺蹐蹽也蹐見上蹽俱達切从足方聲讀與彭同薄庚切古音在十部

趹馬行皃戰國策史記云秦馬之良探前趹後蹄閒三尋西都賦要趹追蹤廣雅趹奔也从足夬聲各本作決省聲淺人改也古穴切十五部

趼獸足企也釋嘼騉蹏趼善陞甗又騉駼枝蹏趼善陞甗趼者謂其足企企舉踵也故善登高趼本或作研研滑石也舍人李巡孫炎郭樸顏師古皆以蹄下平正如研釋之从足幵聲五甸切十四部

路 14來　蹸 6來　跂 10匣

路道也釋宮一達謂之道路此統言也周禮澮上有道川上有路此析言也爾雅毛傳路大也此引伸之義也从足各聲洛故切五部

蹸轢也車部曰轢車所踐也从足粦聲良忍切十二部

跂足多指也从足支聲巨支切十六部按足部當終於路蹸字跂字不當廁此莊子駢拇枝指字只作枝跂蓋俗體

文八十五按去踞跛二字則八十三　重四

疋 13心

疋足也上象腓腸肉部曰腨腓腸也下从止止下基也弟子職曰弟子職管子書篇名漢藝文志以列於孝經十一家是其單行久矣問疋何止謂問尊長之臥足當在何方也內則曰將衽長者奉席請何止止一作趾足也古文㠯爲詩大雅字雅各本作疋誤此謂古文叚借疋爲雅字古音同在五部也亦㠯爲足字此則以形相似而叚借變例也或曰胥字此亦謂同音叚借如府史胥徒之胥徑作疋可也一曰疋記也記下云疋也是爲轉注後代改疋爲疏耳疋疏古今字此與足也別一義凡疋之屬皆从疋所菹切五部

⿰囱疋 13心　⿰㸚疋 13心

⿰囱疋門戶青疏窗也青字依篇韵補於門戶刻鏤爲窗牖之形而以青飾之也去部曰疏通也薛注西京賦曰疏刻穿之也招䰟網戶朱綴刻方連些古詩曰交疏結綺窗从疋從疋者綺文相連如足迹相𨓍也疋亦聲囪象⿰囱疋形囪部曰在牆曰牖在屋曰囪則囪疋爲會意矣而云象形者正謂門戶刻文如囪牖也讀若疏所菹切五部

⿰㸚疋通也此與去部疏音義皆同玉篇引月令其器⿰㸚疋以達今月令作疏諸書枎疏字太元作枎⿰㸚疋太元又有⿰㸚疋首轉寫譌作疛从爻疋爻者刻文相交也疋亦聲所菹切五部

文三

品 28滂　嵒 29泥　喿 19心

品眾庶也从三口人三爲眾故從三口會意丕飲切七部凡品之屬皆从品

嵒多言也此與言部讘音義皆同从品相連會意春秋傳曰次于嵒北僖元年左傳文今左作聶北聶北邢地杜氏說讀與聶同音同也尼輒切七部

喿鳥羣鳴也此與雧同意俗作噪方言假喿爲鍬臿字从品在木上穌到切二部

文三

龠 20定

龠樂之竹管此與竹部籥異義今經傳多用籥字非也三孔孔同空按周禮笙師禮記少儀明堂位鄭注爾雅郭注應氏風俗通皆云三孔惟毛傳云六孔廣雅云七孔㠯和眾聲也和衆聲謂奏樂時也萬舞時祇用龠以節舞無他聲从品侖惟以和衆聲故從品侖理也亼部曰侖思也按思猶䚡䚡理一也大雅於論鼓鍾毛傳曰論思也鄭曰論之言倫也毛鄭意一也從侖謂得其倫理也以灼切二部

龡 ㄔㄨㄟ 1透　䶵 ㄔˊ 10定　△篪　龢 ㄏㄜˊ 1匣　龤 ㄒㄧㄝˊ 4匣　冊 ㄘㄜˋ 11清

凡龠之屬皆从龠

龡 籥音律管壎之樂也八字一句音律者如王者行師大師吹律合音是也竽笙籥簫箎篴管皆竹屬獨言管者舉一以該六也土屬則惟壎可吹小師言鼓瞽矇言播笙師言龡者各因其文也以人氣作音曰吹 从龠炊聲昌垂切古音在十七部

䶵 管樂也管猶箫也故龠䶵簫皆曰管樂鄭司農注周禮云篪七空廣雅云八孔賈公彥引禮圖云九孔其言多轉寫錯亂疑不能明也世本云暴辛公作塤蘇成公作篪譙周云二人善塤善篪記者因以爲作謬矣按許於壎䶵下皆不引世本於鐘磬笙簧琴瑟則引之其匡謬不在允南之前乎 从龠虒聲直离切十六部

篪 䶵或从竹樂記又作篪

龢 調也言部曰調龢也此與口部和音同義別經傳多假和爲龢 从龠禾聲讀與咊同禾各本作和今正此言其音同而已戶戈切十七部

龤 樂龢也龤訓龢龢訓調調訓龢三字爲轉注龤龢作諧和者皆古今字變許說其未變之義今本龤下調下作和也則與龢下調也不爲轉注龤與言部諧音同義異各書多用諧爲龤 从龠皆聲戶皆切十五部 虞書曰虞書當作唐書 八音克龤堯典文

文五　重一

冊 符命也諸侯進受於王者也者字依韵會補尚書王命周公後作冊逸誥左傳王命尹氏及王子虎內史叔興父策命晉侯爲侯伯王使劉定公賜齊侯命及三王世家策文皆是也後人多假策爲之 象其札一長一短謂五直有長短 中有二編謂二橫 之形蔡邕獨斷曰策簡也其制長者一尺短者半之其次一長一短兩編下附札牒也亦曰簡編次簡也次簡者竹簡長短相閒排比之以繩橫聯之上下各一道一簡容字無多故必比次編之乃容多字聘禮記云百名以上書於策是也一簡可容書於簡每簡一行而已不及百名書於方則合若干行書之百名以上書於策方郎牘也牘書版也簡冊竹爲之牘木爲之一冊不容則絫冊爲之國史冊書蓋如是鄭注禮云策簡也此渾言之不分別耳冊字五直象一長一短象其意而已其簡之若干未可肊定也蔡氏云長者一尺短者半之此漢法如是鄭引鉤命決云易詩書禮樂春秋策皆長二尺四寸孝經謙半之一尺二寸論語策八寸尺二寸者三分居二又謙焉此古制也見於聘禮左傳序正義者乖異不同今訂之如是未知然否鄭注尚書云三十字一簡之文服注左氏云古文篆書一簡八字漢志劉向以中古文挍今文尚書古文簡有二十五字者有二十二字者是簡之長短不同而字數不同也楚革切十六部

凡冊之屬皆从冊

△笧 古文冊从竹左傳備物典筴釋文筴本又作冊亦作策或作笧按筴者策之俗也冊者正字也策者叚借字也笧者冊之古文也左氏述春秋傳以古文然則笧其是歟

嗣 ㄙˋ 24定　扁 ㄅㄧㄢˇ 6幫

嗣 諸侯嗣國也引伸爲凡繼嗣之偁 从冊口小徐曰冊必於廟史讀其冊故从口按當是从口音圍口者國象也故曰諸侯嗣國 司聲祥吏切一部

△孠 古文嗣从子

扁 署也署者部署有所网屬也 从戶冊戶冊者署門戶之文也署門戶者秦書八體六曰署書蕭子良云署書漢高六年蕭何所定以題蒼龍白虎二闕方沔切古音在十二部

文三　重二

三十部　文六百九十三三小徐作二　重八十七宋本七作八小徐作重七十九

凡八千四百九十八字此第二篇都數

說文解字第二篇下　受業長洲陳煥校字

㗊 ㄐㄧˊ 27精　嚚 ㄧㄣˊ 6疑　囂 ㄒㄧㄠ 19曉 △　嘂 ㄐㄧㄠˋ 21見 △　嚻 ㄏㄨㄢˋ 3曉　器 ㄑㄧˋ 8溪　舌 ㄕㄜˊ 2定

說文解字第三篇上

金壇段玉裁注

㗊眾口也从四口凡㗊之屬皆从㗊讀若戢阻立切七部一

曰呶鍇曰呶讙也鉉本作叉讀若呶集韵五肴不載此字嚚語聲也左傳曰口不道忠信之言

爲嚚引伸之義也从㗊臣聲語巾切十二部𡆧古文嚚囂聲也左傳湫隘

囂塵杜曰囂聲也廣韵曰喧也气出頭上欠部曰歊歊气上出皃歊與囂音同義近孟子人知之亦囂囂

人不知亦囂囂言人自得無欲如气上出悠閒也从㗊頁聲出而气隨之故从㗊頁頁會意許嬌切二部

頁亦首也頁部曰頁頭也䆿囂或省嘂高聲也此與口部叫嗷聲同義異

一曰大嘑也嘑各本譌呼今正此與叫嗷義略同小雅或不知嘂號周禮禁嘂呼歎鳴于國中者夜嘑

旦以嘂百官从㗊丩聲古弔切古音在三部春秋公羊傳曰言公羊者以別於凡偁左

氏傳云春秋傳也序言其偁春秋左氏蓋主左氏而不廢公羊魯昭公嘂然而哭嘂各本作叫譌

今正昭廿五年傳文今本昭公於是噭然而哭何云噭然哭聲皃嚻嘑也嘑各本作呼今正嘑號也

廣雅囂鳴也玉篇云囂荒貫切與喚同廣韵同按說文無喚字然則囂喚古今字也从㗊莧聲讀若

讙呼官切十四部器皿也皿部曰皿飯食之用器也然則皿專謂食器器乃凡器統偁器下云皿也

者散文則不別也木部曰有所盛曰器無所盛曰械陸德明本如是象器之口謂㗊也與上文从㗊字不

同犬所目守之會意去冀切當作旣十五部

文六　重二

舌在口所目言別味者也言下各本有也剩字者依韵會補口下曰人所以言食也

口云食舌云別味各依文爲義舌后字有互譌者如左傳舌庸譌后庸周書美女破后譌破舌是也从干口

干犯也言犯口而出之食犯口而入之干亦聲干在十四部與十五部合韵食列切十五部凡舌

之屬皆从舌䑙歠也歠歠也曲禮曰毋嚃羹廣韵嚃歠也然則嚃即䑙也羹之無菜者不

用梜直歠之而巳禮禁䑙羹者何也䑙者流歠許渾言之耳从舌沓聲他合切八部舓目

舌取食也从舌易聲神旨切按旨當作紙十六部𦧧舓或从也也聲古在

十七部與十六部合韵最近或作䑛或作狧漢書狧康及米

文三　重一

干 ㄍㄢ 3見　羊 ㄖㄣˇ 28泥　屰 ㄋㄧˋ 14疑　谷 ㄐㄩㄝˊ 14匣

干犯也犯侵也毛詩干旄干旄假爲竿字从一从反入反入者上犯之意古寒切十四

部凡干之屬皆从干羊撥也撥刺也甘泉賦洪臺崛其獨出兮撥北極之嶟嶟

从干入一爲干入二爲羊說會意之恉讀若飪同音也如審切七部南从羊聲

言稍甚也飪甚同音入二甚於入一故讀若飪卽讀若甚也屰不順也後人多用逆逆

行而屰廢矣从干下凵屰之也凵口犯切凶下云象地穿交陷其中也方上干而下有陷之者

是爲不順屰之也當作屰之意也魚戟切古音在五部

文三

谷口上阿也大雅有卷者阿箋云有大陵卷然而曲口上阿謂口吻巳上之肉隨口卷曲毛傳臄

函也𢎘部函谷也與毛合晉灼注羽獵賦曰口之上下名爲臄按通俗文云口上曰臄口下曰函服析言之毛許晉

皆渾言之許舉上以包下耳今說文各本函下譌作舌也古者舌無函名特牲少牢禮肵俎用心舌與加骰脾臄異

用陸釋文云說文曰函舌也又云口次肉也似陸時說文巳誤矣單行釋文口次譌口裹則義全非讀書之難如是

△㖂

𦜕 西 ㄊㄧㄢˇ 30透

△因

从口上象其理。文理。其虐切。五部。卻綌从谷聲。凡谷之屬皆从谷。[seal]谷或如此。[seal]谷或从𧆨肉。二皆形聲。𦜕見大雅。

[seal]舌皃。魯靈光殿賦元熊𦜕談以斷斷。善曰𦜕談吐舌皃。吐玷吐暫二切。按𦜕叁卽西之俗也。从谷省象形。象形者謂囗象吐舌也。从谷省者謂人也舌出於谷外故內谷外舌。他念切。七部。

[seal]古文西。讀若三年導服之導。士虞禮注曰古文禫或爲導。檀弓喪大記注皆曰禫或作道。是今文禮作禫。古文禮作導。鄭从今文故見古文於注。許从古文故此及木穴部皆云三年導服。而示部無禫。今有者後人增也。導服者導凶之吉也。棪突西讀若導服皆七八部與三部合韻之理。不於上文西下言之者。以舌皃之讀別下文竹上皮之讀。使人易了也。不云讀若導而云三年導服之導者。三年導服之導古語蓋讀如澹。故今文變爲禫字。是其音不與凡導同也。一曰竹上皮。此別一義。竹上青皮。顧命禮器聘義皆謂之筍。筍箬古今字。讀若沾。沾古之添字。他兼切。一曰讀若誓。讀沾又讀誓。此七八部與十五部合韻之理。弻字从此。謂弻字从西爲聲也。弜部作弻。然則从西者小篆。从因作弻者古文也。

文二　重三

只 ㄓˇ 10端

䚳 ㄒㄧㄥ 12曉

[seal]語巳暑也。巳止也。矣只皆語止之詞。庸風母也天只不諒人只是也。亦借爲是字。小雅樂只君子箋云只之言是也。王風其樂只且箋云其且樂此而已。按以此釋只。與小雅箋同。宋人詩用只爲祇字。但也。今人仍之讀如隻。从口象气下引之形。語止則气下引也。諸氏切。十六部。凡只之屬皆从只。

[seal]聲也。謂語聲也。晉宋人多用馨字。若冷如鬼手馨強來捉人臂。何物老嫗生此寧馨兒是也。馨行而䚳廢矣。隨唐後則又無馨語。此古今之變也。从只甹聲。讀若馨。呼形切。十一部。

文二

△商

㕯 ㄋㄚˋ 8泥

矞 ㄩˋ 8定

商 ㄕㄤ 15透

△商

△商

[seal]言之訥也。檀弓作吶。同其言吶吶然如不出諸其口。注吶吶舒小皃。此與言部訥音義皆同。故以訥釋㕯。从口內。內入也。會意。內亦聲。女滑切。十五部。凡㕯之屬皆从㕯。

[seal]㠯錐有所穿也。从矛㕯。㕯者入意。小徐作㕯聲。會意兼形聲也。余律切。十五部。一曰滿有所出也。矞雲蓋取此義。

[seal]从外知內也。从㕯章省聲。漢律[曆]志云商之爲言章也。物成孰可章度也。白虎通說商賈云商之爲言章也。章其遠近度其有亡。通四方之物。故謂之商也。按柴誓我商賚女。徐仙民音章。此古音也。從外知內。了了章箸曰商。今式陽切。十部。[seal]古文商。[seal]亦古文商。[seal]籒文商。

文三　重三

句 ㄍㄡ 16見

[seal]曲也。凡曲折之物。侈爲倨。歛爲句。考工記多言倨句。樂記言倨中矩句中鉤。淮南子說獸言句爪倨牙。凡地名有句字者。皆謂山川紆曲。如句容句章句餘高句驪皆是也。凡章句之句亦取稽留可鉤乙之意。古音總如鉤。後人句曲音鉤。章句音屨。又改句曲字爲勾。此淺俗分別。不可與道古也。从口丩聲。古侯切。古音也。四部。又九遇切。今音也。凡句之屬皆从句。

拘 ㄐㄩ 16見

笱 ㄍㄡ 16見

鉤 ㄍㄡ 16見

[seal]止也。从手句。手句者以手止之也。句亦聲。舉朱切。古音在四部。讀如鉤。

[seal]曲竹捕魚笱也。邶風毛傳曰笱所以捕魚也。周禮䱷人掌以時䱷爲梁。大鄭云梁水偃。偃水而爲關空。以笱承其空。偃堰空孔皆古今字。魚梁皆石絕水。笱曲竹爲之。以承孔使魚入其中不得去者。若以薄爲梁。以笱承之。則謂之寡婦之笱。从竹句。曲竹故从竹句。句亦聲。古厚切。四部。

[seal]曲鉤也。鉤字依韵會補。曲物曰鉤。因之以鉤取物亦曰鉤。从金句句亦聲。鉤鑲吳鉤釣鉤皆金爲之。故从金。按句之屬三字皆會意兼形聲。不入手竹金部者。會意合二字爲一字。必以所重爲主。三字皆重句。故入句部。古侯切。四部。

丩 ㄐㄡ 21見　⿻茻丩 ㄐㄡ 21見　糾 ㄐㄡ 21見

文四

丩 相糾繚也 丩糾疊韵糾繚亦疊韵字也毛傳曰糾糾猶繚繚也繚纏也 一曰瓜瓠結丩起 謂瓜瓠之縢緣物纏結而上如詩言南有樛木甘瓠纍之 象形 象交結之形居蚪切三部眞誥一卷爲一弓弓當卽是弓字一丩猶言一縛丩卷雙聲故謂卷爲丩也 凡丩之屬皆从丩

⿻茻丩 艸之相丩者 艸相糾繚故从茻丩不專謂秦艹也 从茻丩丩亦聲 居蚪切三部

糾 繩三合也 糸部曰紉單繩也劉表易章句曰兩股曰纆按李善引字林糾兩合繩纆三合繩與許不合糸部綸下曰糾青絲繩也凡交合之謂之糾引伸爲糾合諸侯之糾又爲糾責之糾 从糸丩 丩亦聲 丩亦二字今補居黝切三部詩音義引說文已小反音之轉也出音隱按丩之屬二字不入茻糸部者說與句部同

文三

古 ㄍㄨˇ 13見　△⿱冖⿰𢀖古　嘏 ㄐㄧㄚˇ 13見

古 故也 邶風大雅毛傳曰古故也攴部曰故使爲之也按故者凡事之所以然而所以然皆備於古故曰古故也逸周書天爲古地爲久鄭注尚書稽古爲同天 从十口識前言者也 識前言者口也至於十則展轉因襲是爲自古在昔矣公戶切五部 凡古之屬皆从古 [古文] 古文古

嘏 大遠也 釋詁小雅大雅傳少牢禮注皆曰嘏大也少牢祝嘏于主人謂予主人以大福許獨兼遠言之者大則必遠故郊特牲曰嘏長也大也此許所本也經傳嘏字多謂祭祀致福其本訓則謂大遠爾雅毛傳假大也假蓋卽嘏之假借 从古叚聲 古雅切古音在五部

文二　重一

十 ㄕˊ 27定

十 數之具也 漢志協於十 一爲東西丨爲南北則四方中央

丈 ㄓㄤˋ 15定　千 ㄑㄧㄢ 6清　肸 ㄒㄧˋ 5曉　卙 ㄐㄧˊ 28精　博 ㄅㄛˊ 13幫

備矣 是執切七部 凡十之屬皆从十

丈 十尺也从又持十 夫部曰周制八寸爲尺十尺爲丈人長八尺故曰丈夫然則伸臂一尋周之丈也故从又持十直兩切十部

千 十百也从十人聲 此先切十二部

肸 肸蠁 逗 布也 李善注上林賦甘泉賦皆引肸蠁布也今據正上林賦曰肸蠁布寫彪注曰肸過也芬芳之過若蠁之布寫也甘泉賦薌呹肸以掍批薌苾同蠁按虫部蠁知聲蟲也肸蠁者蓋如知聲之蟲一時雲集蜀都賦翕響響義同春秋晉羊舌肸字叔向向釋文許兩切卽蠁字知肸蠁之語甚古 从十㐱聲 羲乙切十二部

卙 卙卙 逗 盛也 小徐曰詩宜爾子孫蟄蟄兮毛曰蟄蟄和集也與卙卙義近 从十甚聲 子入切七部按廣韵昌入切玉篇又充入切 汝南名蠶盛曰卙 此汝南方言也今江蘇俗語多云密卙卙音如蟄

博 大通也 凡取於人易爲力曰博陳風鄭箋交博好也 从十尃 會意 尃布也亦聲 補各切五部

协 ㄒㄧㄝˊ 25來　廿 ㄋㄧㄢˋ 27泥　𠦃 ㄐㄧˊ 27從

协 材十人也 十倍於人也十人爲协千人爲俊王制祭用數之仂注仂什一也按一當十爲协故十取一亦爲仂蓋仂本作协也 从十力 十人之材也 力亦聲 力亦二字今補盧則切一部

廿 二十幷也古文省多 省多者省作二十兩字爲一字也考工記程長倍之四尺者二十分寸之一謂之枚本於二字爲句絕故書十與上二合爲廿此可證周時凡言二十可作廿也古文廿仍讀二十兩字秦碑小篆則維廿六年維廿九年卅有七年皆讀一字以合四言廿之讀如入卅之讀如㲋皆自反也至唐石經二十皆作廿三十皆作卅則仍讀爲二十三十矣人汁切七部

𠦃 詞之集也 此依廣韵玉篇訂詞當作辭此下當有詩曰辭之𠦃矣六字蓋詩作𠦃許以集解之今毛詩作輯傳作輯和也許所偁蓋三家詩 从十咠聲 秦入切七部按十部當終於二十幷之廿𠦃字或寫者奪之而綴於末

文九

卅 ㄙㄚˋ 27心　世 ㄕˋ 2透　言 ㄧㄢˊ 3疑　譻 ㄧㄥ 12影　謦 ㄑㄧㄥˇ 12溪　語 ㄩˇ 13疑　談 ㄊㄢˊ 32定　謂 ㄨㄟˋ 8匣　諒 ㄌㄧㄤˋ 15來

卅三十幷也古文省此亦當云省多奪耳古音當先立切七部今音蘇沓切凡卅之屬皆从卅

世三十年爲一世論語如有王者必世而後仁孔曰三十年曰世按父子相繼曰世其引伸之義也从卅而曳長之曳長之謂末筆也亦取其聲末筆曳長卽爲十二篇之乀从反厂亦是抴引之義世合卅乀會意亦取乀聲爲聲讀如曳也許書言取其聲者二秃取粟聲世取曳聲也曳从厂聲厂乀一也舒制切十五部毛詩世在十五部而枼葉以爲聲又可證八部與十五部合韵之理矣

文二

言直言曰言論難曰語大雅毛傳曰直言曰言論難曰語論正義作荅鄭注大司樂曰發端曰言荅難曰語注襍記曰言言己事爲人說爲語按三注大略相同下文語論也論議也議語也則詩傳當從定本集注矣爾雅毛傳言我也此於雙聲得之本方俗語言也从口䇂聲語軒切十四部凡言之屬皆从言

譻聲也思元賦鳴玉鸞之譻譻原注譻譻聲也按篆下當有譻譻二字淺人刪之从言賏聲烏莖切十一部

謦欬也欬屰气也通俗文曰利喉謂之謦欬按謦欬見莊子徐無鬼从言殸聲去挺切十一部殸籒文磬字見石部

語論也此卽毛鄭說也語者禦也如毛說一人辯論是非謂之語如鄭說與人相荅問辯難謂之語从言吾聲魚舉切五部

談語也談者淡也平淡之語从言炎聲徒甘切八部

謂報也卒部曰報當罪人也葢刑與罪相當謂之報引伸凡論人論事得其實謂之報謂者論人論事得其實也如論語謂韶謂武子謂子賤子謂仲弓其斯之謂與大學此謂身不脩不可以齊其家是也亦有借爲曰字者如左傳王謂叔父卽魯頌之王曰叔父也亦有訓爲勤者亦以合音取近也从言胃聲于貴切十五部

諒信也方言衆信曰諒周南召南衛之語也經傳或假亮爲諒从言京聲力讓切十部

詵 ㄕㄣ 9心　請 ㄑㄧㄥˇ 12清　謁 ㄧㄝˋ 2影　許 ㄒㄩˇ 13曉　諾 ㄋㄨㄛˋ 14泥　讎 ㄔㄡˊ 21定　諸 ㄓㄨ 13端

詵致言也从言先所謂先容也先亦聲所臻切十三部詩曰螽斯羽詵詵兮此引周南說假借也毛曰詵詵衆多也按以衆多釋詵詵謂卽⿰多辛⿰多辛之假借陸氏詩音義云詵說文作⿰多辛陸所據多部有⿰多辛字引詩螽斯羽⿰多辛⿰多辛兮葢三家詩此引毛詩或作駪駪莘莘侁侁皆同

請謁也周禮春朝秋覲漢改爲春朝秋請从言青聲七井切又才性切十一部

謁白也廣韵曰白告也按謁者若後人書刺自言爵里姓名竝列所白事从言曷聲於歇切十五部

許聽言也聽從之言也耳與聲相入曰聽引伸之凡順從曰聽許或假爲所或假爲御下武傳許進也卽御進也東平王蒼正作昭茲來御又爲鄦之叚借字从言午聲虛呂切五部

諾譍也譍者應之俗字說解中有此字或偶爾从俗或後人妄改疑不能明也大徐於此部增譍字誤矣口部曰唯諾也唯諾有急緩之別統言之則皆應也从言若聲奴各切五部

讎猶譍也心部曰應當也讎者以言對之詩云無言不讎是也引伸之爲物價之讎詩賈用不讎高祖飲酒讎數倍是也又引伸之爲讎怨詩不我能慉反以我爲讎周禮父之讎兄弟之讎是也人部曰仇讎也仇讎本皆兼善惡言之後乃專謂怨爲讎矣凡漢人作注云猶者皆義隔而通之如公穀皆云孫猶孫也謂此子孫字同孫遁之孫鄭風傳漂猶吹也謂漂本訓浮因吹而浮故同首章之吹凡鄭君高誘等每言猶者皆同此許造說文不比注經傳故徑說字義不言猶惟𢍰字下云㠭猶齊也此因㠭之本義極巧視之於𢍰从㠭義隔故通之曰猶齊此以應釋讎甚明不當曰猶應葢淺人但知讎爲怨詈以爲不切故加之耳然則爾字下云麗爾猶靡麗也此猶亦可刪與曰此則通古今之語示人麗爾古語靡麗今語魏風傳糾糾猶繚繚摻摻猶纖纖之例也○物價之讎後人妄易其字作售讀承臭切竟以改易毛詩賈用不讎此惡俗不可從也从言雔聲此以聲苞意市流切三部

諸辯也辯當作辡辡判也按辡下奪詈字諸不訓辡辡之詈也詈者意內而言

詩 24透　△ 訨　讖 30清　諷 28滂　讀 17定　誦 18心

外也白部曰者別事詞也諸與者音義皆同釋魚前弇諸果後弇諸獵諸臽者郊特牲或諸遠人乎亦作或者遠人乎凡舉其一則其餘謂之諸以別之因之訓諸爲衆或訓爲之或訓爲之於則於雙聲疊韵求之 **从言者聲** 此以聲苞意章魚切五部

詩　志也 毛詩序曰詩者志之所之也在心爲志發言爲詩按許不云志之所之徑云志也者序析言之許渾言之也所以多渾言之者欲使人因屬以求別也又特牲禮詩懷之注詩猶承也謂奉納之懷中內則詩負之注詩之言承也按正義引含神霧云詩持也假詩爲持假持爲承一部與六部合音取近也上林賦葴持持音徵 **从言寺聲** 書之切一部

𧥥　古文詩省 左从古文言右从之省寸

讖　驗也 驗本馬名蓋卽讖之假借讖驗疊韵 **有徵驗之書河雒所出書曰讖** 十二字依李善鵩鳥魏都二賦注補釋名讖纖也其義纖微也 **从言韱聲** 楚蔭切七部

諷　誦也 大司樂以樂語教國子興道諷誦言語注倍文曰諷以聲節之曰誦倍同背謂不開讀也誦則非直背文又爲吟詠以聲節之周禮經注析言之諷誦是二許統言之諷誦是一也 **从言風聲** 芳奉切古音在七部

誦　諷也从言甬聲 似用切九部

讀　籀書也 籀各本作誦此淺人改也今正竹部曰籀讀書也讀與籀疊韵而互訓庸風傳曰讀抽也方言曰抽讀也蓋籀抽古通用史記紬史記石室金匱之書字亦作紬抽繹其義蘊至於無窮是之謂讀故卜筮之辭曰籀謂抽繹易義而爲之也尉律學僮十七巳上始試諷籀書九千字乃得爲吏諷謂背其文籀謂能繹其義大史公作史記曰余讀高祖侯功臣曰大史公讀列封至便侯曰大史公讀秦楚之際曰余讀諜記曰大史公讀春秋歷譜諜曰大史公讀秦記皆謂紬繹其事以作表也漢儒注經斷其章句爲讀如周禮注鄭司農讀火絕之儀禮注舊讀昆弟在下舊讀合大夫之妾爲君之庶子女子子嫁者未嫁者是也擬其音曰讀凡言讀如讀若皆是也易其字以釋其義曰讀凡言讀爲讀曰當爲皆是也人所誦習曰讀如禮記注云周田觀文王之德博士讀爲厥亂勸寧王之德是也諷誦亦爲讀如禮言讀賵讀書左傳公讀其書皆是也諷誦亦可云讀而讀之義不止於諷誦諷誦止得其文辭讀乃得其義蘊自以誦書改籀書而讀書者尟矣孟子云誦其詩讀其書則互文見義也 **从言賣聲** 徒谷切三部

九

詇 15影

啻 25定　訓 9曉　誨 24曉　譔 3清　譬 11滂　謜 3疑　諭 16定　詖 1幫　諄 9端　䛐 4定

啻　快也 快喜也 **从言中** 會意中之言得也言而得故快於力切一部

訓　說教也 說教者說釋而教之必順其理引伸之凡順皆曰訓如五品不訓聞六律五聲八音七始訓以出內五言是也 **从言川聲** 許運切十三部

誨　曉教也 曉教者明曉而教之也訓以柔克誨以剛克周書無逸胥訓告胥教誨是也曉之以破其晦是曰誨 **从言每聲** 荒內切十五部

譔　專教也 專教者專壹而教之也鄭注論語異乎三子者之撰撰讀曰譔譔之言善也廣韵曰譔善言也本鄭 **从言巽聲** 此緣切十四部

譬　諭也 諭告也譬與諭非一事此亦統言之也 **从言辟聲** 匹至切十六部

謜　徐語也从言原聲 魚怨切十四部 **孟子曰故謜謜而來** 萬章篇文趙曰如流水之與源通據此謜本作源源古作原蓋許引孟原原而來證從原會意之恉淺人加之言旁如百穀艸木麗于地加艸頭之比

詇　早知也从言央聲 於亮切十部

諭　告也 凡曉諭人者皆舉其所易明也周禮掌交注曰諭告曉也曉之曰諭其人因言而曉亦曰諭諭或作喻 **从言俞聲** 羊戍切四部

詖　辯論也 此詖字正義皮剝取獸革也被析也凡从皮之字皆有分析之意故詖爲辯論也 **古文以爲頗字** 此古文同音假借也頗偏也 **从言皮聲** 彼義切古音在十五部

諄　告曉之孰也 大雅誨爾諄諄左傳年未盈五十而諄諄如八九十者孟子諄諄然命之乎大雅諄諄鄭注中庸引作忳忳云忳忳懇誠皃也按其中懇誠其外乃告曉之孰義相足也方言曰諄辠也又曰宋魯凡相惡謂之諄憎此則敦字之假借攵部曰敦怒也詆也詩王事敦我 **从言𦎧聲讀若庉** 章倫切十三部

䛐　語諄䛐也 諄䛐蓋猶鈍遲也此諄字與上文不同鍇本䛐本在訖篆下 **从言屖聲**

十

論ㄌㄨㄣˋ 9來　諏ㄗㄡ 16精　訪ㄈㄤˇ 15滂　△暮　謨ㄇㄛˊ 14明　△𠰌　△𢘛　謀ㄇㄡˊ 24明　誾ㄧㄣˊ 9疑　詻ㄜˋ 14疑

讀若行道遲遲直离切古音在十五部廣韵直利切

詻論訟也訟當作頌論頌即言容也玉藻曰戎容暨暨言容詻詻注詻詻教令嚴也周禮保氏六儀五曰軍旅之容注軍旅之容暨暨詻詻傳曰詻詻孔子容未聞論語曰子溫而厲从言各聲五陌切五部

誾和說而諍也論語鄉黨孔注侃侃和樂皃誾誾中正皃先進皇侃亦云爾按侃侃爲和樂者謂侃侃卽衎衎之假借也誾誾爲中正者謂和悅而諍柔剛得中也言居門中亦有中正之意从言門聲語巾切按此字自來反語皆恐誤凡斷斷爲辡爭狺狺爲犬吠皆於斤聲言聲得語巾之音若門聲字當讀莫奔切或讀如瞞如蠻斷不當反從言之雙聲切語巾也楊子何後世之訔訔也司馬曰爭辡皃是訔訔同漢書之斷斷自來字書韵書與門聲之誾同又恐誤也誾誾與穆穆慔慔勉勉亹亹等爲雙聲古音在十三部

謀慮難曰謀左傳叔孫豹說皇皇者華曰訪問於善爲咨咨難爲謀魯語作咨事爲謀韋曰事當爲難吳語大夫種曰夫謀必素見成事焉

三篇上　十一

而後履之口部曰圖畫計難也圖與謀同義从言某聲莫浮切古音在一部𢘛古文謀錯本作𢘛不誤从母非从母也母聲某聲同在一部士冠禮古文某爲謀葢古文禮某作𢘛也𠰌亦古文上从母下古文言

謨議謀也釋詁曰謨謀也許於雙聲釋爲議謀詩巧言假莫爲謨从言莫聲莫胡切五部虞書曰曰當作有咎繇謨謂自曰若稽古咎繇至帝拜曰往欽哉一篇也暮古文謨从口此葢壁中尚書古文如此作也上文言咎繇謨者孔安國以隸寫之作謨也

訪汎謀曰訪汎與訪雙聲方與旁古通用溥也洪範王訪于箕子晉語文王諏於蔡原而訪於辛尹韋曰諏訪皆謀也本釋詁許於方聲別之曰汎謀从言方聲敷亮切十部

諏聚謀也左傳咨事爲諏魯語作咨才韋曰才當爲事按釋詁諏謀也許於取聲別之曰聚謀儀禮今文假詛爲諏大[元]誃从言取聲子于切古音在四部

論議也論以侖會意亼部曰侖思也侖部曰侖理也此非兩義思如玉部䚡理自外可以知中之䚡靈臺於論鼓鍾毛曰論思也此正許所本詩於論正侖之假借凡言語循其理得其宜謂之論故孔門師弟子之言謂之論語皇侃依俗分去聲平聲異其解不知古無異義亦無平去之別也王制凡制五刑必卽天論周易君子以經論中庸經論天下之大經皆謂言之有倫有脊者許云論者議也議者語也似未盡从言侖聲當云从言侖侖亦聲盧昆切十三部

謹ㄐㄧㄣˇ 9見

訒ㄖㄣˋ 26泥　詧ㄔㄚˊ 2清　△𧦝　訊ㄒㄩㄣˋ 9心　識ㄕˋ 25透　諦ㄉㄧˋ 11端　諟ㄕˋ 10定　詳ㄒㄧㄤˊ 15邪　訂ㄉㄧㄥˋ 12透　議ㄧˋ 1疑

議語也上文云論難曰語又云語論也是論議語三字爲與人言之稱按許說未盡議者誼也誼者人所宜也言得其宜之謂議至於詩言出入風議孟子言處士橫議而天下亂矣一曰謀也韵會引有此四字从言義聲當云从言義義亦聲宜寄切古音在十七部

訂平議也考工記注參訂之而平从言丁聲他頂切十一部

詳審議也審悉也經傳多假爲祥字又音羊爲詳狂字从言羊聲似羊切十部

諟理也左傳君與大夫不善是也國語作王弗是韋曰是理也是者諟之假借字韋注與許合理猶今

三篇上　十二

人言是正也臣之行譖者王不能是正也大學引大甲顧諟天之明命注諟猶正也某氏僞大甲傳諟是也皆與許合大學諟或爲題从言是聲承言切按言當作紙十六部

諦審也毛傳曰審諦如帝从言帝聲都計切十六部

識常也常當爲意字之誤也草書常意相似六朝以草寫書迨草變眞譌誤往往如此意者志也志者心所之也意與志志與識古皆通用心之所存謂之意所謂知識者此也大學誠其意卽實其識也一曰知也矢部曰知識䛐也按凡知識記識標識今人分入去二聲古無入去分別三者實一義也从言戠聲賞職切一部

訊問也釋言曰訊言也小雅訊之占夢毛曰訊問也鄭箋執訊皆兼言問爲訓从言卂聲思晉切十二部𧦝古文訊从鹵鹵古文西西古音詵與十二部取近

詧言微親察也从言祭省聲鉉祭作察誤楚八切十五部

謹慎也心部曰慎謹也从言堇聲居隱切十三部

訒厚也因仍則加厚訒

諶 28定　信 6心　△⿰亻口　△訫　訦 28定　誠 12定　誡 25見　誋 24匣　誥 22見

與仍音義略同从言乃聲如乘切六部諶誠諦也釋詁諶信也許曰誠諦未詳疑諦乃締之誤从言甚聲是吟切七部詩曰天難諶斯大雅文今詩作忱毛曰忱信也按諶忱義同音近古通用今詩其命匪諶心部作天命匪忱信誠也釋詁誠信也从人言序說會意曰信武是也人言則無不信者故从人言息晉切十二部古多以爲屈伸之伸⿰亻口古文信省也訫古文信言必由衷之意訦燕代東齊謂信訦也方言允訦恂展諒穆信也燕代東齊曰訦从言冘聲是吟切古音在八部誠信也从言成聲氏征切十一部誡敕也攴部曰敕誡也从言戒聲古拜切古音在一部誋誡也淮南繆稱注曰記誡也从言忌聲渠記切一部誥告也見釋詁按以言告人古用此字今則用告字以此誥爲上告下之字又秦造詔字惟天子獨稱之文選注卅五引獨斷曰詔猶告也三代無其文秦漢有

△⿰月討　誓 2定　譣 30心　詁 13見

也據此可證秦已前無詔字至倉頡篇乃有幼子承詔之語故許書不錄詔字鉉補之非也从言告聲古到切古音在三部⿰月討古文誥按此从言肘聲是古音在三部之證誓約束也周禮五戒一曰誓用之於軍旅按凡自表不食言之辭皆曰誓亦約束之意也从言折聲時制切十五部譣問也按言部讖驗也竹部籤驗也驗在馬部爲馬名然則云徵驗者於六書爲假借莫詳其正字今按譣其正字也譣訓問謂按問與試驗應驗義近自驗切魚窆譣切息廉二音迥異尟識其關竅矣从言僉聲息廉切七部周書曰勿以譣人立政文按此偁周書說假借也立政勿用譣人其惟吉士此譣正憸之假借心部曰憸詖也憸利於上佞人也依今音訓問則魚窆切譣人則息廉切詁訓故言也故言者舊言也十口所識前言也訓者說教也訓故言者說釋故言以教人是之謂詁分之則如爾雅析故訓言爲三三而實一也漢人傳注多偁故者故即詁也毛詩云故訓傳者故訓猶故言也謂取故言爲傳也取故

譪 2影　誎 17心　諝 13心　証 12端

言爲傳是亦詁也賈誼爲左氏傳訓故訓故者順釋其故言也从言古聲公戶切五部詩曰詁訓此句或謂即大雅古訓是式或謂即毛公詁訓傳皆非是按釋文於抑告之話言下云戶快反說文作詁則此四字當爲詩曰告之詁言六字無疑毛傳曰詁言古之善言也以古釋詁正同許以故釋詁陸氏所見說文未誤也自有淺人見詩無告之詁言因改爲詩曰詁訓不成語耳譪臣盡力之美釋訓曰譪譪萋萋臣盡力也大雅毛傳曰譪譪猶濟濟也濟濟多威儀也詩曰譪譪王多吉士卷阿文从言葛聲於害切十五部誎餔旋促也未聞疑有誤字廣雅誎促也集韵手鑑云飾也从言束聲桑谷切三部諝知也周禮詩皆假胥爲之天官胥十有二人注胥讀爲諝謂其有才知爲什長秋官象胥注胥其有才知者也小雅君子樂胥箋云胥有才知之名也周易假須爲之鄭云須有才知之稱天文有須女屈原之妹名女須按荀爽一名諝从言胥聲私呂切五部証諫也呂覽士尉

諫 3見　諗 28透　課 1溪　試 25透　諴 28匣　䚻 22定

以証靜郭君高曰証諫也今俗以証爲證驗字遂改呂覽之証爲證从言正聲讀若正月之盛切十一部按古音凡正皆讀如征獨言正月者隨舉之耳諫証也从言柬聲古晏切十四部諗深諫也諗深疊韵深諫者言人之所不能言也小雅是用作歌將母來諗箋云諗告也以養父母之志來告於君左傳昔辛伯諗周桓公此皆於深諫義近毛曰諗念也此則謂諗爲念之同音假借从言念聲式荏切七部春秋傳曰辛伯諗周桓公左傳閔二年文桓十八年諗作諫課試也廣韵第也稅也皆課試引伸之義从言果聲苦臥切十七部試用也从言式聲式吏切一部虞書曰明試以功堯典臯陶謨兩見偁堯典則虞書當爲唐書諴和也和當作龢某氏注尚書同从言咸聲胡毚切七部周書曰不能諴于小民洛誥文不今各本作丕宋本說文宋本集韵皆作不詩書丕多通不也能鉉有錯無䚻

詮ㄑㄩㄢˊ 3清　訢ㄒㄧㄣ 9曉　說ㄩㄝˋ 2定　計ㄐㄧˋ 5見　諧ㄒㄧㄝˊ 4匣　詥ㄏㄜˊ 27匣　調ㄊㄧㄠˊ 21定　話ㄏㄨㄚˋ 2匣　△譮　諈ㄓㄨㄟˋ 10端

徒歌 釋樂曰徒歌曰謠魏風毛傳曰曲合樂曰歌徒歌曰謠又大雅傳曰歌者比於琴瑟也徒歌曰謠徒擊鼓曰咢今本或妄刪之 **从言肉聲** 各本無聲字缶部䍃从缶肉聲然則此亦當曰肉聲無疑肉聲則在弟三部故繇卽由字音轉入弟二部故䍃瑤繇傜皆讀如遙䍃謠古今字也謠行而䍃廢矣凡經傳多經改竄僅有存者如漢五行志女童䍃曰檿弧萁服余招切二部篇韵皆曰䍃與周切從也此古音古義

詮 具也 淮南書有詮言訓高注曰詮就也就萬物之指以言其徵事之所謂道之所依也故曰詮言欠部欥下曰詮詞也然則許意謂詮解 **从言全聲** 此緣切十四部

訢 喜也 从言斤聲 許斤切十三部按此與欠部欣音義皆同萬石君傳僮僕訢訢如也晉灼引許慎曰訢古欣字蓋灼所據說文訢在欠部欣下云古文欣从言

說 說釋也 說釋卽悅懌說悅釋懌皆古今字許書無悅懌二字也說釋者開解之意故爲喜悅釆部曰釋解也 **从言兌聲** 儿部曰兌說也本周易此從言兌會意兌亦聲弋雪切十五部 **一曰談說** 此本無二義二音疑後增此四字別音爲失爇切

計 會也筭也 會合也筭當作算數也舊書多假筭爲算 **从言十** 會意古詣切十五部

諧 詥也 此與龠部龤異用龤事謂樂和 **从言皆聲** 戶皆切十五部

詥 諧也 詥之言合也 **从言合聲** 侯閤切七部

調 龢也 龢各本作和今正龠部曰龢調也與此互訓和本係唱和字故許云相應也今則槩用和而龢廢矣 **从言周聲** 徒遼切古音蓋在三部

話 會合善言也 語會疊韵大雅愼爾出話毛曰話善言也 **从言𠯑聲** 胡快切十五部 **傳曰告之話言** 此當作春秋傳曰箸之話言見文六年左氏傳淺人但知抑詩故改之刪春秋字妄擬詩可稱傳也抑詩作告之詁言於詁下稱之又妄改爲詩曰詁訓

譮 籒文語从言會 𠯑會同在十五部故檜亦作栝

諈 諈諉絫也 絫累正俗字今人槩作累而絫廢矣見釋言孫炎曰楚人曰諈齊人曰諉郭璞曰以事相屬累爲諈諉 **从言垂聲** 竹寘切音在十六十七部閒

諉ㄨㄟˇ 7泥　警ㄐㄧㄥˇ 12見　謐ㄇㄧˋ 5明　謙ㄑㄧㄢ 30溪　誼ㄧˋ 1疑　詡ㄒㄩˇ 13曉　諓ㄐㄧㄢˋ 3從

諉 諈諉也 舊作絫也今依全書通例正 **从言委聲** 女恚切音在十六十七部閒

警 言之戒也 𠬞部曰戒警也小雅徒御不警毛曰不警警也大雅以敬爲之常武既敬既戒箋云敬之言警也亦作儆 **从言敬敬亦聲** 己皿切十一部

謐 靜語也 今文尚書維刑之謐哉周頌誐以謐我釋詁曰謐靜也按周頌謐亦作溢亦作恤堯典謐亦作恤釋詁溢愼也溢愼謐靜也恤與謐同部謐蓋恤之譌體愼靜二義相成許云靜語者爲其從言也 **从言𥁑聲** 彌必切十二部 **一曰無聲也** 今多用此義

謙 敬也 敬肅也謙與敬義相成 **从言兼聲** 苦兼切七部謙或假嗛爲之

誼 人所宜也 周禮肆師注故書儀爲義鄭司農云義讀爲儀古者書儀但爲義今時所謂義爲誼按此則誼義古今字周時作誼漢時作義皆今之仁義字也其威儀字則周時作義漢時作儀凡讀經傳者不可不知古今字古今無定時周爲古則漢爲今漢爲古則晉宋爲今隨時異用者謂之古今字非如今人所言古文籒文爲古字小篆隸書爲今字也云誼者人所宜則許謂誼爲仁義字今俗分別爲恩誼字乃野說也中庸云仁者人也義者宜也是古訓也 **从言宜宜亦聲也** 儀寄切古音在十六部

詡 大言也 禮器德發揚詡萬物注詡猶普也按詡之本義爲大言故訓爲普則曰猶凡古注言猶者視此詡之引伸之義爲大故周弁殷吁夏收白虎通吁作詡鄭注禮云吁名出於幠幠覆也義可相發明 **从言羽聲** 况羽切五部

諓 善言也 善上當有諓二字古文秦誓截截善諞言諞字下引之今文秦誓戔戔戈部戔字下引之釋云巧言也戔戔公羊傳作諓諓云惟諓諓善靖言劉向九歎漢書李尋傳亦皆作諓諓王逸注楚辭引尚書諓諓靖言正皆今文尚書也諸家作諓許作戔者同一今文而有異本如同一古文而馬作偏許作諞不同也戔下既引戔戔矣而諓下又云善言者此又用王逸所據諓諓靖言之本也善言釋靖言何休曰靖猶揆也揆同譔譔言善言也廣雅釋訓曰諓諓善也賈逵外傳注曰諓諓巧言也韋昭注曰諓諓巧辯之言然則此善言謂善爲

誐ㄜˊ 1疑　詷ㄊㄨㄥˊ 18定　設ㄕㄜˋ 5透　護ㄏㄨˋ 14匣　譞ㄒㄩㄢ 3曉　誧ㄆㄨ 13幫　諰ㄒㄧˇ 24心

言辭者不同語下之善言也 从言戔聲 慈衍切十四部 一曰謔也 別一義

誐 嘉善也 誐嘉疊韵壴部嘉美也 从言我聲 五何切十七部 詩曰誐以謐我 周頌文謐鉉本作溢此用毛詩改竄也廣韵引說文作謐按毛詩假以溢我傳曰假嘉溢慎與誐謐字異義同許所偁蓋三家詩誐謐皆本義假溢皆假借也然謐溢並見釋詁可知周時已有此二本之殊矣若左氏作何以恤我何者誐之聲誤恤與謐同部堯典惟荆之謐哉古文亦作恤

詷 共也从言同聲 徒紅切九部 周書曰在后之詷 顧命文某氏尚書作在後之侗釋文曰馬本作詷共也許蓋用馬說祭統鋪筵設詷几注詷之言同也祭者以其妃配之亦不特几也按此經注本如是假今經本作同几又何煩以詷釋之哉鄭必云之言者鄭意詷本不訓同於其疊韵訓爲同非若馬許徑云共也引書後作后者儀禮注引孝經說云后者後也此依韵會用錯本 一曰譀也 通俗文言過謂之謥詷麤痛徒痛二切按言過者言之太過也與譀訓合廣韵作言急恐誤

設 施陳也 設施雙聲㫃部曰施旗旖施也有布列之義自部曰敶列也然則凡言陳設者敶之假借字陳行而敶廢矣 从言殳 會意言殳者以言使人也凡設施必使人爲之識列切十五部 殳使人也 殳者可運旋之物故使人取意於殳般字下曰殳所以旋也

護 救視也 尚書中候握河紀堯受河圖伯禹進迎舜契陪位稷辨護注云辨護者供時用相禮儀周禮注亦云辨護蕭何世家數以吏事護高祖 从言蒦聲 胡故切五部

譞 譞 此複舉字之未刪者 慧也 與人部儇音義皆同 从言睘聲 許緣切十四部

誧 大也 廣雅同 从言甫聲 博孤切五部 一曰人相助也 廣韵曰誧諫也 讀若逋

諰 思之意 廣韵曰言且思之疑古本作言且思之意也方言而又思之故其字從言思意者詞下意內言外之意荀卿曰諰諰然常恐天下之一合而軋己也漢書諰作鰓蘇林曰讀如慎而無禮則葸之葸鰓懼皃也按又作愢又作偲皆訓懼與思訓義近 从言思 會意

託ㄊㄨㄛ 14透　記ㄐㄧˋ 24見　譽ㄩˋ 13定　譒ㄅㄛˋ 3幫　謝ㄒㄧㄝˋ 14定　謳ㄡ 16影　詠ㄩㄥˇ 15匣　△咏　諍ㄓㄥˋ 12精　評ㄏㄨ 13曉　謼ㄏㄨ 13曉　訖ㄑㄧˋ 8見　諺ㄧㄢˋ 3疑

思亦聲 思亦二字今補胥里切一部

託 寄也 與人部侂音義皆同 从言乇聲 他各切五部

記 疋也 疋各本作疏今正疋部曰一曰疋記也此疋記二字轉注也疋今字作疏謂分疏而識之也廣雅曰註紀疏記學栞志識也按晉唐人作註記字註從言不從水不與傳注字同 从言己聲 居吏切一部

譽 稱也 稱當作偁轉寫失之也偁舉也譽偁美也 从言與聲 羊茹切五部

譒 敷也 手部播一曰布也此與音義同 从言番聲 補過切十七部番聲本在十四部 商書曰王譒告之 般庚上篇文今尚書作播

謝 辤去也 辤不受也曲禮大夫七十而致事若不得謝則必賜之几杖此謝之本義也引伸爲凡去之偁又爲衰退之偁俗謂拜賜曰謝 从言䠶聲 辤夜切古音在五部按經典無榭字祇作謝釋宮無室曰榭轉寫俗字也木部不錄

謳 齊歌也 師古注高帝紀曰謳齊歌也謂齊聲而歌或曰齊地之歌按假令許意齊聲而歌則當曰衆歌不曰齊歌也李善注吳都賦引曹植妾薄相行曰齊謳楚舞紛紛太平御覽引古樂志曰齊歌曰謳吳歌曰歈楚歌曰豔淫歌曰哇若楚辭吳歈蔡謳孟子河西善謳則不限於齊也 从言區聲 烏侯切四部

詠 歌也 堯典曰歌永言樂記曰歌之爲言也長言之也說之故言之言之不足故長言之 从言永聲 爲命切古音在十部

咏 詠或从口

諍 止也 經傳通作爭 从言爭聲 側迸切十一部

評 召也 口部曰召評也後人以呼代之呼行而評廢矣 从言乎聲 荒烏切五部

謼 評也 依韵會訂此與口部嘑異義而通用大雅崔本式號式謼 从言虖聲 荒故切五部

訖 止也 見釋詁穀梁傳毋訖糴范曰訖止也按孟子謂之遏糴 从言气聲 居迄切十五部

諺 傳言也 諺傳疊韵傳言者古語也古字從十口識前言凡經傳所偁之諺無非前代故訓而宋人作注乃以俗語俗論當之誤矣[元]應引此下有謂傳世常言也蓋庾儼默注 从言彥聲 魚變切十四部按此與尚書乃逸乃

訝 ㄧㄚˋ 13疑　詣 ㄧˋ 4疑　講 ㄐㄧㄤˇ 16見　謄 ㄊㄥˊ 26定　訒 ㄖㄣˋ 9泥　訥 ㄋㄜˋ 8泥　謯 ㄐㄧㄝ 13精　⿱伿言 ㄒㄧˋ 10匣　譥 ㄐㄧㄠˋ 20見　譊 ㄋㄠˊ 19泥　謍 ㄧㄥˊ 12定

誃論語由也誃皆訓㕭誃者各字衛包改尚書之誃爲謻大誤

訝相迎也周禮曰諸侯有卿訝也秋官掌訝職文惟周禮作訝他經皆作御如詩百兩御之毛曰御迎也以御田祖箋云御迎也書予御續乃命于天弗御克奔以役西土御衛不迷某氏皆訓迎故衛包遂皆改爲迓士昏禮媵御曲禮大夫士必自御之轂梁傳跛者御跛者眇者御眇者列子遇駭鹿御而擊之皆訓迎則皆訝之同音假借**从言**迎必有言故從言**牙聲**吾駕切古音在五部此下鉉增迓字云訝或從辵爲十九文之一按迓俗字出於許後衛包無識用以改經不必增也

詣候至也候至者節候所至也致下云送詣也凡謹畏精微深造以道而至曰詣闕中記建章宮有馺娑駘盪枍詣承光四殿西京西都賦皆作枍詣俗作枍栺誤**从言旨聲**五計切十五部

講和解也和當作龢不合者調龢之紛糾者解釋之是曰講易曰君子以朋友講習史記虞卿甘茂二傳漢書項羽傳皆假媾爲講古音同也**从言冓聲**古項切古音在四部

謄迻書也今人猶謂謄寫**从言朕聲**徒登切六部

訒頓也訒頓疊韻頓之言鈍也**从言刃聲**而振切十三部**論語曰其言也訒**顏淵篇文

訥言難也與訒義同與肉音義皆同論語君子欲訥於言而敏於行苞曰訥遲鈍也**从言內**內亦聲也內骨切十五部

謯謯娽也廣雅曰謯諑也篇韵皆曰謯諑也諑謯也按許書有娽無諑故仍之其義則未聞謯娽當是古語許當是三字句**从言虘聲**側加切廣韵子邪切古音在五部

⿱伿言待也小徐曰此與徯字義相通**从言伿聲讀若餐**胡禮切古音在十六部

譥痛嘑也嘑作呼誤與噭義略同痛嘑若顏氏家訓所云北人呼羽罪反之音南人呼于來反之音也**从言敫聲**古弔切二部

譊恚嘑也从言堯聲女交切二部

謍小聲也小上當奪謍謍二字謍謍小聲也**从言熒省聲**余傾切十一部**詩曰謍謍青蠅**小雅文毛詩作營營傳曰營營往來皃許

諎 ㄗㄜˋ 14精　諛 ㄩˊ 16定　△諂　△唶　讇 ㄔㄢˇ 30透　諼 ㄒㄩㄢ 3曉　謷 ㄠˊ 19疑　訹 ㄒㄩˋ 8心　訑 ㄊㄨㄛˊ 1透

所偁蓋三家詩也

諎大聲也爾雅行扈唶唶釋文曰唶說文云借字也一云大聲也按說文人部無借字據陸則此大聲也之上今奪五字但借字也三字語不完且陸不分疏云唶說文作諎今未敢輒補要陸所據爲善本許書段下曰借也耤下曰古者使民如借序目曰六曰假借人部未必無借字而諎唶可以爲借字固非無徵矣借資昔資夜二切孔沖遠曰假借字在取者則假讀上聲借讀入聲在與者則皆讀去聲聲類曰嘖大笑唶大呼考工記侈則柞注柞讀爲咋咋然之咋聲大外也按咋咋諎諎同皆大聲**从言昔聲讀若笮**莊革切古音在五部

唶諎或从口

諛讇也諛者所以爲讇故渾言之**从言臾聲**羊朱切四部

讇諛也讇者未有不諛**从言閻聲**丑剡切八部

諂讇或从臽

諼詐也公羊傳此伐楚也其言救江何爲諼也何曰諼詐也息夫躬傳虛造詐諼之策按師古注云諼詐辭也辭當是譌此蓋小顏所據說文作詐譌也淺人刪譌耳衛風終不可諼兮傳曰諼忘也此諼蓋藼之假借藼本今人忘憂之艸引伸之凡忘皆曰藼伯兮詩作諼艸淇奧詩作不可諼皆假借也許偁安得藼艸蓋三家詩也**从言爰聲**況袁切十四部

謷不省人言也省各本作肖今正言字依韵會補詩板我即爾謀聽我囂囂傳曰囂囂猶謷謷也箋云女聽我言謷謷然不肎受玉篇謷字下引廣雅不入人語也聱即謷之俗廣韵六豪曰謷不省人也奪言字五肴曰謷不肖也則依誤本說文而又少二字東方朔傳聲謷謷亦正謂其不省人言耳此條得諸鈕非石又按釋訓曰囂囂傲也囂囂即謷謷之叚借**从言敖聲**五牢切二部**一曰哭不止悲聲謷謷**此亦用朔傳爲說一說聲謷謷者詆其不勝痛呼謷也當許時朔傳已有二解矣

訹誘也按晉語里克丕鄭告公子重耳曰子盍入乎吾請爲子鉥此假鉥爲訹也服鳥賦怵迫之徒兮或趨西東孟康曰怵爲利所誘怵然此假怵爲訹也**从言术聲**思律切十五部

訑沇州謂欺曰訑此不見於方言方言秦謂之謾郭云言謾訑訑音大和切按戰國策曰寡

謾ㄇㄢˊ 3明　譇ㄓㄚ 13端　詐ㄓㄚˋ 14從　謺ㄓㄜˊ 27端　謰ㄌㄧㄢˊ 3來　謱ㄌㄡˊ 16來　詒ㄧˊ 24定

人正不喜詑者言也从言它聲託何切十七部謾欺也宣帝詔欺謾季布傳面謾韋注漢書云謾相詆讕也从言曼聲母官切十四部譇譇拏逗疊韵字羞窮也方言嘮哰謰謱拏也拏揚州會稽之語也或謂之惹或謂之䛳郭曰拏謂譇拏也奴加反按譇拏出此羞窮者謂羞澀辭窮而支離牽引是曰譇拏从言奢聲陟加切古音在五部詐慙語也與心部怍音同義近論語其言之不怍則爲之也難當作此詐从言作聲鉏駕切古音在五部按玉篇云蹔語也疑左傳定八年桓子咋謂林楚杜云咋暫也當作詐字謺謺讘也謺讘當是疊韵雙字但不類列而讘在後譮字下蓋後人亂之从言執聲之涉切七部謰謰謱也方言嘮哰謰謱拏也東齊周晉之鄙曰嘮哰嘮哰亦通語也南楚曰謰謱或謂之支註或謂之詀謕按譇拏謰謱皆雙聲从言連聲力延切十四部謱謰謱也从言婁聲洛侯切四部詒相欺詒也金縢公乃爲詩以詒

謲ㄘㄢˇ 28清　誑ㄎㄨㄤˊ 15見　譺ㄧㄝˋ 24疑　〓ㄍㄨㄚˋ 13見　訕ㄕㄢˋ 3心

王名之曰鴟鴞鄭曰詒說也周公恐其屬黨將死恐其刑濫又破其家而不敢正言故作鴟鴞之詩以詒王按尚書字本作詒鄭注說當讀輸芮切正義改爲怡悅字誤矣周公善辭以誘王故史臣目之曰詒此鄭意也穀梁傳曰夫請者非可詒託而往也必親之者也注詒託猶假寄列子狎侮欺詒郭注方言云汝南人呼欺亦曰詒音殆史漢多假紿爲之一曰遺也釋言毛傳皆曰詒遺也俗多假貽爲之从言台聲與之切按今音前義徒亥切一部謲相怒使也从言參聲倉南切七部玉篇千紺切誑欺也从言狂聲居況切十部譺騃也騃馬行佁佁也此騃之本義也方言癡騃也騃吾駭反此騃之別義也廣雅譺調也謂相嘲調通俗文大調曰譺按大相嘲調者如癡騃然也从言疑聲五介切古音在一部〓相〓也廣韵相〓誤也〓誤蓋同詿誤从言㚖聲古罵切按䀠部作㚖㚖舉朱切不得㚖聲讀古罵切訕謗也論語惡居下而訕上者訕與女部姍誹也音義同从言山

詛ㄗㄨˇ 13精

譏ㄐㄧ 7見　誣ㄨ 13明　誹ㄈㄟˇ 7滂　謗ㄅㄤˋ 15幫　譸ㄓㄡ 21端

聲所晏切十四部譏誹也譏誹疊韵譏之言微也以微言相摩切也引伸爲關市譏而不征之譏从言幾聲居衣切十五部誣加也元應五引皆作加言加言者架言也古無架字以加爲之淮南時則訓鵲加巢加巢者架巢也毛詩箋曰鵲之作巢冬至加之劉昌宗加音架李善引呂氏春秋注曰結交也構架也云加言者謂憑空構架聽者所當審慎也按力部曰加語相增加也從力口然則加與誣同義互訓可不增言字加與誣皆兼毀譽言之毀譽不以實皆曰誣也方言誣䛳與也吳越曰誣荆楚曰䛳與猶齊晉言阿與表記受祿不誣注曰於事不信曰誣从言巫聲武扶切五部誹謗也誹之言非也言非其實从言非聲敷尾切十五部謗毀也謗之言旁也旁溥也大言之過其實論語子貢方人假方爲謗从言旁聲補浪切十部譸詶也按詶詛也則譸亦詛也从言壽聲讀若醻張流切三部周書曰無或譸張爲幻無逸文釋訓曰侜張誑也毛詩作侜張他

詶ㄓㄡˋ 21定　𧦝ㄓㄡˋ 21定　誃ㄧˊ 1透

書或作侏張或作輈張皆本無正字以雙聲爲形容語此儔譸張訓誑不訓詶是亦假借之理也詶詛也玉篇云說文職又切詛也元應六引曰祝今作呪說文作詶詛也之授切今各本作譸也乃因俗用詶爲酬應字市流切不欲釋以詛遂改之耳詶訓以言荅之而詶詛作呪此古今之變也若經典則通用祝不用詶左傳雖其善祝豈能勝億兆人之詛此祝詛分言也大雅侯作侯祝傳云作祝詛也此祝讀呪祝詛不分也从言州聲三部詛詶也从言且聲莊助切五部𧦝詶也祝𥛔字亦作𧦝蓋與詶一字也从言由聲直又切三部誃離別也釋言曰斯誃離也郭云誃見詩今毛詩未見誃字疑析薪扡矣容有作誃者別兵列切从言多聲尺氏切古音在十七部讀若論語跢予之足泰伯篇云啓予足啓予手鄭云啓開也跢當是啓誤或曰當作哆予之足哆猶開也周景王作洛陽誃臺東京賦曰於南則誃門曲榭薛曰誃門冰室門也水經注穀水篇曰洛陽諸宮名曰南宮

△悖　誖ㄅㄟˋ 8並　△[illegible]　䜌ㄌㄨㄢˊ 3來　△[illegible]　誤ㄨˋ 13疑　詿ㄍㄨㄚˋ 10見　誒ㄒㄧ 24曉　譆ㄒㄧ 24曉　詯ㄏㄨㄟˋ 5曉　譺ㄌㄧˊ 1來　詍ㄧˋ 2定

有謻臺臨照臺東京賦謻門卽宣陽門也門內有宣陽冰室按謻臺蓋謂謻門之臺也謻者誃之或體李善直移反周景王作大錢大鐘則其作誃臺也亦侈大之意釋宮連謂之簃郭云堂樓閣邊小屋今呼之簃廚連觀也鉉竹部新附有簃字按陸雲與兄書曰曹公所爲屋圻其謻堂不可壞直以斧斫之其字亦作誃爾雅之簃蓋亦誃之異體

亂也从言孛聲 蒲沒切十五部 **誖或从心** **籀文誖**

亂也一曰治也一曰不絕也从言絲 治絲易棼絲亦不絕故从絲會意呂員切十四部宋景公之名左傳作欒古今人表作兜欒宋世家作頭曼趙宋祕閣有宋公䜌鼎與竹書宋景公䜌合 **古文䜌** 从二或 兩國相違舉戈相向亂之意也角部鬻以爲聲 與爪部𤔔乙部亂音義皆同 別一義

謬也 按謬當作繆古繆誤字從糸如綢繆相戾也大傳五者一物紕繆是謬訓狂者妄言與誤義隔 **从言吳聲** 五故切五部

誤也 註謂有所挂牽而然也史記吳王濞傳詿亂天下漢書景帝詔曰吳王濞爲逆詿誤吏民 **从言圭聲** 古賣切十六部

可惡之詞 詞各本作辭誤今正詞者意內而言外也韋孟詩勤唉厥生漢書唉作誒師古曰誒歎聲項羽本紀索隱曰唉歎恨發聲之詞皆與許此義合 **从言矣聲** 許其切一部 **一曰誒** 逗 **然** 下當有也方言欸譩然也南楚凡言然者曰欸或曰譩口部曰唉譍也廣雅欸譩然譍也是則誒與欸唉音義皆同通用也 **春秋傳曰誒誒出出** 襄三十年文此證前一義也今傳作譆譆

痛也 當作痛聲左傳或叫于宋大廟曰譆譆出出鳥鳴于亳社如曰譆譆甲午宋大災按譆與熹同音故云痛聲 **从言喜聲** 火衣切按火衣廣韻作許其爲是一部

膽气滿聲在人上从言自聲 蓋卽元曲所用咱字 **讀若反目相睞** 荒內切十五部

譺詍 逗 **多言也** 玉篇云欺謾之言廣韵云弄言 **从言离聲** 呂之切按廣韵之作支爲是古音在十七部

多言也 與口部呭音義皆同 **从言世聲** 余制切十五部 **詩曰無然詍詍** 口部偁詩作呭呭此作詍詍蓋四家之別也

△⿰言包　⿰言遝ㄊㄚˋ 27透　諵ㄋㄢˊ（喃）30泥　⿰言匋ㄊㄠˊ 21定　訾ㄗˇ 10精　誻ㄊㄚˋ 27定　訮ㄧㄢˊ 12曉　讗ㄍㄨㄛˊ 10曉　訇ㄏㄨㄥ 6曉　△訇　諞ㄆㄧㄢˊ 6並　⿱頻言ㄆㄧㄣˊ 6並

訾訾 逗二字今補 **不思稱意也** 釋訓云翕翕訿訿莫供職也毛傳云潝潝然患其上訿訿然不思稱其上不思稱其上者謂不思報稱其上之恩也大雅傳云訿訿窳不供事也二傳辭異義同意者意內言外之意按禮記少儀注訾思也凡二見此別一義 **从言此聲** 將此切十五十六部按呰毀字古作呰與訾別後人混用 **詩曰翕翕訿訿** 小雅文

往來言也一曰小兒未能正言也一曰祝也从言匋聲 大牢切古音在三部 **⿰言匋或从包** 匋聲包聲同在三部

諵諵 逗 **多語也从言冄聲** 汝閻切七部 **樂浪有諵邯縣** 地理志郡國志同孟康音男

⿰言遝誻 逗 **語相及也** 此依玉篇訂隶及也眔目相及也然則此從遝訓語相及無疑 **从言遝聲** 此形聲包會意他合切八部

⿰言遝誻也 與曰部沓字音義皆同荀卿書愚者之言誻誻然而沸注誻誻多言也 **从言沓聲** 徒合切八部

諍語訮訮也 劉祥言事蒙遜曰汝聞劉裕入關敢研研然也斬之魏書作妍妍皆訮訮之同音也匡謬正俗所謂殿研卽此 **从言幵聲** 呼堅切十二部

言壯皃一曰數相怒也从言巂聲讀若畫 呼麥切十六部

騃言聲 騃各本作駭依韵會訂此本義也引伸爲匉訇大聲 **从言勻省聲** 虎橫切古音在十二部變爲圁字則西河郡圁陰圁陽皆音銀是也西京賦沸卉軿訇與鶤溫門論韵則入十三部今入耕韵非也 **漢中西城有訇鄉** 城俗本作域誤 **又讀若玄** 謂讀若勻矣其訇鄉則又讀若玄也 **籀文不省**

便巧言也 諞便疊韵 **从言扁聲** 部田切十二部 **周書曰截截善諞言** 古文尚書秦誓文 **論語曰友諞佞** 季氏篇文今作便

匹也 於疊

謔 20曉　△這　△誌

訽 16溪　誽 10泥　誂 19定　譖 26精　詄 5定　諅 24匣　譀 32匣　誇 13溪　誕 3定　[言萬] 2明　詪 9匣　訌 18匣　[言貴] 7匣

韵釋之 从言頻聲 符眞切十二部

訽 扣也 扣叩古今字說文有敂無叩此扣當作敂 如求婦先訽叒之 此葢古語論語我叩其兩端而竭焉孔曰我則發事之始終以語之公羊傳吾爲子口隱矣何曰口猶口語發動也按猶口當作猶叩句絕 从言口 會意口者叩也 口亦聲 苦后切四部

誽 言相誽司也 誽司猶刺探誽之言蒠也司之言伺也 从言兒聲 女家切古音在十六部

誂 相評誘也 戰國策楚人有兩妻人誂其長者長者詈之誂其少者少者許之史記吳王濞傳使中大夫應高誂膠西王按後人多用挑字 从言兆聲 徒了切二部

譖 加也 加下曰語相譖加也按譖加誣三字互訓 从言曾聲 作滕切六部

詄 忘也 廣雅誤也 从言失聲 徒結切十二部

諅 忌也 廣韵七之曰謀也七志曰志也 从言其聲 渠記切一部 周書曰上不諅于凶德 多方文上今書作爾尚二字諅今書作忌按宋本說文篇韵皆作上不諅于凶德

譀 誕也 東觀漢記曰雖誇譀猶令人熱按誕也當作誇也譀與誇互訓 从言敢聲 下闞切八部

誌 俗譀从忘

誇 譀也 从言夸聲 苦瓜切古音在五部

誕 詞誕也 此三字葢有誤釋詁毛傳皆云誕大也 从言延聲 徒旱切十四部

這 籀文誕省正

[言萬] 譀也 从言萬聲 莫話切十五部

謔 戲也 从言虐聲 虛約切古音在二部 詩曰善戲謔兮 衛風文

詪 很戾也 廣韵難語皃 从言皀聲 乎懇切十三部

訌 [言貴]也 大雅召旻傳曰訌潰也抑傳曰虹潰也虹者訌之假借字釋言虹潰也亦作訌郭云謂潰敗按許作[言貴]者許以[言貴]與潰同也詩彼童而角實虹小子天降罪罟蟊賊內訌皆謂禍由中出與中止之義合 从言工聲 戶工切九部 詩曰蟊賊內訌

[言貴] 中止也 中止者自中而止猶云內亂魏都賦李注引說文[言貴]列中止也此依賦文衍列字賦云齊被練而銛戈襲偏裂以[言貴]列非中止之訓也 从言貴聲 胡對切十五部 司馬法曰師多則民[言貴] 民各本作人今依廣韵所引 [言貴]止也 此以止與中止義別也凡偁經傳而又釋其義者皆必其義與字本義不同如塱讒說曰圛莨席皆是

△[言荂]　譁 13曉　諕 13匣　[言咼] 1曉

譿 2曉　[言魋] 7定　譟 19心　訆（叫）21見　讙 3曉　謣 13匣　譌 1疑　謬 21明　詤 15曉　謈 20並

譿 聲也 廣韵衆聲 从言歲聲 呼會切十五部 詩曰有譿其聲 毛詩雲漢有嘒其星毛曰嘒衆星皃此有譿其聲葢三家詩也如史所云赤氣亙天砰隱有聲是也或曰聲當是星之誤有譿其星如天官書天鼓有音天狗有聲之類也

[言咼] 疾言也 从言咼聲 呼卦切古音在十七部

[言魋] 譟也 从言魋聲 杜回切十五部按許書無魋字大徐據此補入鬼部

譟 擾也 手部曰擾煩也 从言喿聲 穌到切二部

訆 大嘑也 訆與㗊部嘂口部叫音義皆同 从言丩聲 古弔切三部 春秋傳曰或訆于宋大廟 襄三十年文今傳作叫

諕 號也 从言虎 此與号部號音義皆同口部唬從口虎亦讀若暠凡嘑號之聲虎爲㝡猛故皆從虎會意 乎刀切二部

讙 譁也 从言雚聲 呼官切十四部

譁 讙也 从言華聲 呼瓜切古音在五部

謣 妄言也 从言雩聲 羽俱切五部

[言荂] 謣或从荂 玉篇云同譁

譌 譌言也 疑當作僞言也唐風人之爲言定本作僞言箋云爲人爲善言以稱薦之欲使見進用也小雅民之訛言箋云訛僞也人以僞言相陷入按爲僞譌古同通用尚書南譌周禮注漢書皆作南僞 从言爲聲 五禾切十七部 詩曰民之譌言 今小雅作訛說文無訛有吪吪動也訛者俗字

謬 狂者之妄言也 古差繆多用從糸之字與此謬義別 从言翏聲 靡幼切三部

詤 夢言也 夕部曰夢不明也呂覽無由接而言見詤高曰詤讀爲誣妄之誣按讀詤爲誣者正如亡無通用荒幠通用也 从言巟聲 呼光切十部

謈 大嘑自冤也 冤各本作勉今依廣韵正東方朔傳舍人不勝痛呼

△龖言　詐ㄓㄚ14清

[言隋]ㄊㄨㄛ1心　䛩ㄨˇ13影　謵ㄒㄧˊ27從　讋ㄓㄜˊ27端　謯ㄐㄧㄝ1精　訏ㄒㄩ13曉　譎ㄐㄩㄝˊ8見　諆ㄑㄧ24溪　訬ㄔㄠ19清

謈鄧展曰謈音瓜瓝之瓝按自冤者自稱已冤枉也田蚡疾一身盡痛若有擊者謼服謝罪晉灼曰服音瓝關西俗謂得杖呼及小兒啼呼爲呼瓝然則謈亦作服作瓝也朔傳呼字亦音饒蚡傳謼字亦音火交反皆與下一字疊韵廣韵曰嗃謈大呼也是也謈古音讀如匏 **从言暴省聲** 蒲角切古音在二部 **訬 訬** 此複舉字刪之未盡者 **擾也** 手部曰擾煩也今俗語云炒吵者當作此字 **一曰訬獪** 犬部獪狡獪也漢書曰江都輕訬吳都賦曰輕訬之客高注淮南曰訬輕利急疾也李善音眇 **从言少聲** 楚交切二部按此當爲前一義之音 **讀若毚** 此未詳葢緅亦作纔之比顧氏炎武曰毚當作㲋 **諆 欺也** 諆欺疊韵小徐引漢書詆諆然漢書自作詆欺也 **从言其聲** 去其切一部 **譎 權詐也益梁曰謬欺天下曰譎** 方言膠譎詐也涼州西南之閒曰膠自關而東西或曰譎或曰膠詐通語也按廣雅及爾雅釋文引方言皆有謬字此欺天下曰譎不可通當爲關東西曰譎 **从言矞聲** 古穴切十五部

詐 欺也从言乍聲 測駕切古五部 **訏 詭譌也从言于聲** 況于切五部 **一曰訏蓍** 今字作吁嗟此別一義 **齊楚謂信曰訏** 按信當作大釋詁訏大也方言訏大也中齊西楚之閒曰訏許語本楊 **謯 謯嗞也** 口部曰嗞蓍也此云蓍嗞也是爲異部互訓各本改作咨者淺人爲之耳謀事曰咨義不相涉 **从言差聲** 子邪切古音在十七部 **一曰痛惜** 此與嗞蓍義別 **讋 失气言** 此與慴音義同此从言故釋之曰失气言東都賦陸讋水慄 **一曰言不止也** 言字各本無依玉篇補謂謵謵沓沓也 **从言龖省聲傳毅讀若慴** 之涉切七部 **讋 籒文讋不省** **謵 言謵讋也** 疑上文失气言之上當有謵讋二字疊韵字也 **从言習聲** 秦入切七部 **䛩 相毁也从言亞聲** 宛古切五部 **一曰畏䛩** 此與惡惡之惡略同 **[言隋] 相毁也从言隋聲** 雖遂切古音在十七部篇韵皆

△說　△[言谷]

譴ㄑㄧㄢˇ3溪　△愬　△[言朔]　訶ㄏㄜ1曉

讓ㄖㄤˋ15泥　諯ㄓㄨㄢ3透　謫ㄓㄜˊ11端　讒ㄔㄢˊ32從　譖ㄗㄣˋ28精　（訴）　𧦝ㄙㄨˋ14心　訐ㄐㄧㄝˊ3見　[言臣]ㄓˇ6端　讘ㄓㄜˊ29端　謓ㄔㄣ6透　訟ㄙㄨㄥˋ18心　△訩　詾ㄒㄩㄥ18曉　[言闒]ㄊㄚˋ31定

虛規切 **[言闒] 嗑也** 口部曰嗑多言也玉篇曰謁[言盍]多言也謁[言盍]即謁嗑 **从言闒聲** 徒盍切八部 **詾 訟也** 訟各本譌說今依篇韵及六書故所據唐本正爾雅釋言小雅魯頌傳箋皆云詾訟也按下文系之云訟爭也說文之通例如是 **从言匈聲** 許容切九部 **訩 或省** 今詩如是作 **說 詾或从兇** **訟 爭也** 公言之也漢書呂后紀未敢訟言誅之鄧展曰訟言公言也 **从言公聲** 此形聲包會意似用切九部 **一曰歌訟** 訟頌古今字古作訟後人假頌皃字爲之 **[言谷] 古文訟** 从谷聲 **謓 恚也** 今人用嗔古用謓 **从言眞聲** 昌眞切十二部 **賈侍中說謓笑** 別一義 **一曰讀若振** **讘 多言也从言聶聲** 之涉切七部 **河東有狐讘縣** 見地理志按史漢表皆有瓡讘侯徐廣小顏瓡皆音狐考漢志北海有瓡縣小顏云瓡即執字疑瓡讘二字疊韵瓡當從爪作瓡執之或體不音狐漢志說文作狐讘皆譌字也

訶 大言而怒也从言可聲 虎何切十七部 **[言臣] 訐也** 訐或作許誤 **从言臣聲讀若指** 臣聲而讀若指十二十五部合音也職雉切 **訐 面相厈罪告訐也** 依韵會訂論語惡訐以爲直者 **从言干聲** 居謁切十五部 **𧦝 告也从言㡿聲** 桑故切五部凡從㡿之字隸變爲厈俗又譌斥 **論語曰𧦝子路於季孫** 憲問篇文 **[言朔] 𧦝或从言朔** **愬 𧦝或从朔心** 今論語作此 **譖 愬也** 論語譖愬析言之此統言之 **从言朁聲** 莊蔭切七部 **讒 譖也从言毚聲** 士咸切八部 **譴 謫問也从言遣聲** 去戰切十四部 **謫 罰也从言啻聲** 陟革切十六部 **諯 數也** 謂數責也今音讀上聲 **一曰相讓也** 相責讓二義亦略同耳 **从言耑聲讀若專** 尺絹切十四部 **讓 相責讓** 經傳多以爲謙攘字 **从言襄聲**

譙ㄑㄧㄠˋ 19從　△誚　誎ㄘˋ 11清　誶ㄙㄨㄟˋ 8心　詰ㄐㄧㄝˊ 5溪　⿰言望ㄨㄤˋ 15明　詭ㄍㄨㄟˇ 10見　證ㄓㄥˋ 26端　詘ㄑㄩ 8溪　⿰言夗ㄩㄢˋ 3影　△誳　詗ㄒㄩㄥˋ 12曉　詆ㄉㄧˇ 4端　譞ㄒㄩㄢ 3曉

人漾切十部**譙　嬈譊也**嬈擾戲弄也譊恚嘑也方言譙讓也齊楚宋衛荆陳之閒曰譙自關而西秦晉之閒凡言相責讓曰譙讓**从言焦聲讀若嚼**才肖切二部**誚　古文譙从肖周書曰亦未敢誚公**漢人作譙壁中作誚實一字也金縢文**誎　數諫也**謂數其失而諫之凡譏刺字當用此**从言朿聲**七賜切十六部**誶　讓也**釋詁毛傳皆云誶告也許云讓也釋詁毛傳泛言之許專言之也**从言卒聲**雖遂切十五部**國語曰誶申胥**吳語文韋曰誶告讓也今國語毛詩爾雅及他書誶皆譌訊皆由轉寫形近而誤**詰　問也从言吉聲**去吉切十二部**⿰言望　責望也**太元寇⿰言望其戶范曰⿰言望責也按望之古文作朢故⿰言望之古文亦作⿰言朢**从言朢聲**巫放切十部**詭　責也**漢書況自詭滅賊孔融表云昔賈誼求試屬國詭係單于**从言危聲**過委切十六部今人爲詭詐字**證　告也从言登聲**諸應切六部今人爲證驗字**詘　詰詘也**二字雙聲屈曲之意**一曰屈襞**此謂衣襞積見衣部**从言出聲**區勿切十五部**誳　詘或从屈**

⿰言夗　尉也尉各本作慰而集韵類篇及葉石君抄本說文皆作尉則知大徐本作尉也火部曰尉者從上案下也⿰言夗訓尉未得其證攷毛詩凱風傳慰安也車舝傳曰慰怨也二傳不同車舝傳一本作慰安也陸氏德明從怨謂作安乃馬融義今按此毛詩及傳正當作尉⿰言夗也爲許所本後人以易識之字易之耳⿰言夗者以善言案其心如火申繒然⿰言夗尉雙聲**从言夗聲**於願切十四部**詗　知処告言之**史漢淮南傳王愛陵多子金錢爲中詗長安孟康曰詗音偵西方人以反閒爲偵王使其女爲偵於中也服虔亦云偵伺之也如淳曰詗音朽政反按說文無偵字則從服孟說詗即偵是也**从言冋聲**朽正切十一部**譞　流言也从言睘聲**火縣切十四部**詆　訶也**鉉本苛也一曰訶也從言氐聲鍇本荷也從言氐聲一曰訶今按二本皆誤漢人訶多假荷爲之如周禮宮正比長

誅ㄓㄨ 16端

誰ㄕㄟˊ 7定　譁ㄍㄜˊ 25見　讕ㄌㄢˊ 3來　△譋　診ㄓㄣˇ 3定　⿱斯言ㄒㄧ 10心　訧ㄧㄡˊ 24匣　討ㄊㄠˇ 21透　諳ㄢ 28影　讄ㄌㄟˇ 7來

注荷皆呼何反宋槧周禮及釋文可證淺人改爲苛此亦其比也不得其說乃訶荷竝存矣今依韵會刪正**从言氐聲**都禮切十五部**誰　誰何也**三字爲句各本少誰字誤刪之也敦字下云一曰誰何也可證李善引有謂責問之也五字蓋注家語六韜令我壘上誰何不絕賈誼書陳厲兵而誰何史記衞綰傳歲餘不誰何綰漢書作不孰何韋注國語彊弩注矢以誰何有單云誰者如五行志大誰卒易林無敢誰者揚雄箴閭樂矯搜軟者不誰藉田賦廱誰督而常勤有單云何者如廣雅何問也賈誼傳大譴大何**从言隹聲**示隹切十五部**譁　飾也**作飾誤譁與慽音義同**从言革聲讀若戒**古覈切一部**一曰更也**譁與革音義同**讕　抵讕也**抵各本作詆誤文三王傳王陽病抵讕置辭師古曰抵距也讕誣讕也文帝紀韋注曰謾抵讕也按抵讕猶今俗語云抵賴也**从言闌聲**洛千切十四部**譋**讕**或从閒診　視也**倉公傳診脈視脈也從言者醫家先問而後切也**从言㐱聲**直刃切又之刃切十二部**⿱斯言　悲聲也**斯析也澌水索也凡同聲多同義鍇曰今謂馬悲鳴爲嘶**从言斯省聲**先稽切十六部按釋詁鮮善也釋文曰本或作⿱斯言**訧　罪也**邶風毛傳訧過也亦作郵釋言郵過也亦作尤孟子引詩畜君何尤**从言尤聲**羽求切古音在一部**周書曰報以庶訧**呂刑文**誅　討也**凡殺戮糾責皆是**从言朱聲**陟輸切四部**討　治也**發其紛糾而治之曰討秦風傳曰蒙討羽也箋云蒙尨也討襍也畫襍羽之文於伐故曰尨伐據鄭所言則討者亂也治討曰討猶治亂曰亂也論語世叔討論之馬曰討治也學記古之學者比物醜類醜或作討凡言討論採討皆謂理其不齊者而齊之也**从言寸**寸法也或曰從肘省聲他皓切古音在三部**諳　悉也**此與宷義同音近**从言音聲**烏含切七部元應書卷廿一云說文諳於禁切大聲也豈所據本異與**讄　禱也絫功德㠯求福也**讄絫雙聲按讄施於生者以求福誄施於死者以作諡論

△譶　謚ㄕˋ 11定　誄ㄌㄟˇ 8來　諱ㄏㄨㄟˋ 7曉　謑ㄒㄧˋ 10匣　△譳　詬ㄍㄡˋ 16曉　△詢　諜ㄉㄧㄝˊ 29定　該ㄍㄞ 24見　譯ㄧˋ 14定

語之讄曰字當從畾毛傳曰桑紀能誄字當從耒周禮六辭鄭司農注二字已不分矣論語云讄曰禱尒于上下神祇迹而篇文从言畾聲按本書無畾字靁從雨象形作此凡曰從畾聲者皆從靁省聲也力軌切十五部讄讄或从纍論語釋文或云作讄謚行之迹也周書謚法解檀弓樂記表記注皆云謚者行之迹也謚迹疊韵从言益聲按各本作諡从言兮皿闕此後人妄改也攷元應書引說文謚行之迹也從言益聲五經文字曰謚說文也諡字林也字林以諡爲笑聲音呼益反廣韵曰諡說文作謚六書故曰唐本說文無諡但有謚行之迹也據此四者說文從言益無疑矣自呂忱改爲諡唐宋之閒又或改爲諡遂有改說文而依字林羼入諡笑皃於部末者然唐開成石經宋一代書版皆作諡不作謚知徐鉉之書不能易天下是非之公也近宗說文者不能攷知說文之舊如汲古閣刊經典依宋作謚矣而覆改爲諡可歎也今正諡爲謚而刪部末之諡笑皃學者可以撥雲霧而覩青天矣神至切古音在十六部誄謚也當云所以爲謚也曾子問注曰誄絫也絫列生時行迹讀之以作謚从言耒聲力軌切十五部諱忌也鉉本諱記也在誡記二字之下淺人妄移也錯本廁此是矣而忌作記仍誤記誡也忌憎惡也故諱與謚誄爲類从言韋聲許貴切十五部謑謑詬二字今補逗恥也漢書賈誼傳頑鈍亡恥奊詬亡節師古曰奊詬謂無志分也从言奚聲胡禮切十六部奚聲圭聲同部是以或作奊或作䜁也䜁謑或从奊詬謑詬也依全書例訂从言后聲呼寇切四部訽詬或从句后句同部諜軍中反閒也釋言閒俔也郭云左傳謂之諜今之細作也按左傳諜輅之諜告曰楚幕有烏皆是大史公書借爲牒札字从言枼聲徒叶切七部該軍中約也凡俗云當該者皆本此从言亥聲古哀切一部讀若心中滿該該同餀飽息也詳口部噫下譯傳四夷之語者依李善徐堅訂方言譯傳

三篇上　廿二

訄ㄑㄧㄡ 21匣　譶ㄊㄚˋ 29定　譱ㄕㄢˋ 3定（善）　誩ㄐㄧㄥˋ 15匣　△善　競ㄐㄧㄥˋ 15匣　讟ㄉㄨˊ 17定　音ㄧㄣ 28影　響ㄒㄧㄤˇ 15曉

也王制曰東方曰寄南方曰象西方曰狄鞮北方曰譯从言睪聲羊昔切古音在五部訄迫也廣雅同从言九聲讀又若丘謂九聲則讀如鳩矣而又讀如丘也今俗謂逼迫人有所爲曰訄音正同丘廣韵巨鳩去鳩二切三部譶疾言也从三言讀若沓文選琴賦紛譅譶以流漫注譅譶聲多也徒合切呉都賦譅譶聚繆交貿相競注引倉頡篇譶言不止也佇立切大徐引唐韵徒合切

文二百四十七七宋本作五小徐作六於此可定謚字系後增今刪謚則二百四十六

重三十二毛本卅三小徐本卅四

誩競言也从二言渠慶切古音在十部讀如彊凡誩之屬皆从誩讀若競譱吉也口部曰吉譱也从誩羊此與義美同意我部曰義與善同意羊部曰美與善同意按羊祥也故此三字從羊常衍切十四部善篆文从言據此則譱爲古文可知矣此亦上部之例先古後篆也譱字今惟見於周禮他皆作善競彊語也競彊疊韵彊語謂相爭从誩二人從二人二言也渠慶切古音在十部讀如彊一曰逐也別一義讟痛怨也方言讟謗也讟痛也二義相足从誩賣聲徒谷切三部春秋傳曰民無怨讟左傳昭元年曰民無謗讟八年曰怨讟動於民疑相涉而誤

文四　重一

音聲生於心有節於外謂之音十一字一句各本聲下衍也字樂記曰聲成文謂之音宮商角徵羽聲也宋本無也絲竹金石匏土革木音也从言含一有節之意也於今切七部凡音之屬皆从音響聲也渾言之也天文

三篇上　廿三

韽ㄢ 28影　韶ㄕㄠˊ 19定　章ㄓㄤ 15端　竟ㄐㄧㄥˋ 15見

志曰鄉之應聲析言之也鄉者假借字按玉篇曰響應聲也从音鄉聲許兩切十部韽下徹聲周禮典同曰微聲韽此蓋賈侍中周官解故說杜子春鄭康成說各異从音酓聲恩甘切古音在七部韶虞舜樂也樂記曰韶繼也公羊疏引宋鈞注樂說云簫之言肅舜時民樂其肅敬而紹堯道故謂之簫韶按韶字蓋舜時始製書曰書上當有虞字誤衍於上句簫韶九成鳳皇來儀咎繇謨文从音召聲市招切二部或作招周禮作磬皆假借章樂竟爲一章歌所止曰章从音十會意諸良切十部十數之終也說從十之意竟樂曲盡爲竟曲之所止也引伸之凡事之所止土地之所止皆曰竟毛傳曰疆竟也俗別製境字非从音儿此猶章從音十會意儿在人下猶十爲數終也故竟不入儿部居慶切古音在十部讀如疆

文六

辛ㄑㄧㄢ 3溪　童ㄊㄨㄥˊ 18定　△童　妾ㄑㄧㄝˋ 31清

辛辠也辠犯法也从干二會意二古文上字干上是犯法也凡辛之屬皆从辛讀若愆去虔切十四部廣韵曰辛古文愆張林說童男有辠曰奴奴曰童女曰妾女部曰奴婢皆古之辠人也偁周禮其奴男子入于辠隸女子入于舂稾从辛重省聲徒紅切九部今人童僕字作僮以此爲僮子字蓋經典皆漢以後所改童籀文童中與竊中同从廿句廿逗㠯爲古文疾字當作古文以爲疾字廿本二十并也古文假爲疾字此亦不同音之假借也竊字下曰廿古文疾則不言以爲童從疾者亦取有辠之意妾有辠女子給事之得接於君者十二字一句妾接疊韵有罪女子給事若周禮女酒女漿女籩女醢女醯女鹽女冪女祝女史內司服女御縫人女御女工女舂抌女饎女稾各若干人各有奚若干人是也鄭注女酒女奴曉酒者古者從坐男女沒入縣官爲奴其少才知以爲奚今之侍史官婢或曰奚宦女云得接於君者如內司服縫人皆有女御鄭云有女御者以衣服進或當於王廣其禮使無色過是也奚女部作㜎从辛女辛女者有罪之女也七接切八部春秋傳云女爲人妾傳字今補左傳僖十七年卜招父曰男爲人臣女爲人妾越王句踐亦云身請爲臣妻請爲妾妾逗不娉也此釋左傳妾字之義別於上文有罪女子之得接者也內則曰聘則爲妻奔則爲妾不必有罪故云爾此與釋尚書蔑席曰圍一例

文三　重一

丵ㄓㄨㄛˊ 20從　業ㄧㄝˋ 31疑　△𤕤　叢ㄘㄨㄥˊ 16從　對ㄉㄨㄟˋ 8端

丵叢生艸也象丵嶽相竝出也謂此象形字也丵嶽疊韵字或作嶘嶽吳語不經見者謂丵嶽凡丵之屬皆从丵讀若浞士角切三部業大版也見釋器所㠯飾縣鐘鼓捷業如鋸齒㠯白畫之周頌傳曰業大版也所以設栒爲縣也捷業如鋸齒或曰畫之植者爲虡橫者爲栒大雅箋云虡也栒也所以縣鐘鼓也設大版於上刻畫以爲飾按栒以縣鐘鼓業以覆栒爲飾其形刻之捷業然如鋸齒又以白畫之分明可觀故此大版名曰業業之爲言觿也許說本毛毛傳或曰畫之或曰二字乃以白二字之譌未有正其誤者凡程功積事言業者如版上之刻往往可計數也象其鉏鋙相承也从丵鉏鋙相承謂捷業如鋸齒也象之故從丵从巾巾象版巾版皆方正丵巾會意也魚怯切八部俗作牒詩曰巨業維樅大雅文今詩作虡上林賦虡作鉅許作巨蓋三家詩巨與鉅同也墨子貴義曰鉅者白也黚者黑也鉅業者蓋謂以白畫之與𤕤古文業字形未詳其意叢聚也於疊韵得之从丵取聲徂紅切按古音在四部左傳僖三十年取鄶婁公羊作鄶亦作叢對譍無方也聘禮注曰對荅問也按對荅古通用云譍無方者所謂善待問者如撞鐘叩以大者則大鳴叩以小者則小鳴也無方故從丵口从丵口从寸寸法度也

△對　菐 ㄆㄨˊ 17並　僕 ㄆㄨˊ 17並　△蹼　𢍏 ㄅㄢ 5幫　廾 ㄍㄨㄥˇ 18見　△拜　奉 ㄈㄥˋ 18並

丵口而一歸於法度也都隊切十五部　對或从士漢文帝㠯爲責對而面言依廣韵訂多非誠對故去其口㠯從士也錯曰士事也取事實也按篇韵皆作士未知孰是趙氏明誠曰據古鐘鼎皆作對是漢文亦從古耳非肊更也

文四　重二

瀆菐也瀆菐疊韵字瀆煩瀆也菐如孟子書之僕僕趙云煩猥皃从丵从廾廾竦手也音卭亦聲蒲沃切三部凡菐之屬皆从菐　給事者周禮注曰僕侍御於尊者之名然則大僕戎僕以及易之童僕詩之臣僕左傳人有十等僕第九臺第十皆是大雅景命有僕毛傳僕附也是其引伸之義也大雅芃芃棫樸毛曰樸枹木也考工記樸屬此皆取附箸之義字當作僕方言作樸从人菐人之供煩辱者也菐亦聲蒲沃切三部　古文从臣　賦事也賦者布也魯語曰社而賦事蒸而獻功从菐八以煩辱之事分責之人也八逗分之也釋從八之意八亦聲讀若頒按八古音如必平聲如賓在十二部音轉乃入十三部讀如頒者如頒首之頒也再轉入十四部讀布還切矣一曰讀若非周禮匪頒之式先鄭云匪分也凡從非之字皆有分背之意讀頒又讀非者十三十四部與十五部合韵之理玉篇敷尾切

文三　重一

竦手也竦敬也从𠂇又按此字謂竦其兩手以有所奉也故下云奉承也手部曰承奉也受也五經文字其恭反九經字樣音卭廣韵引說文居竦切以菐從廾聲求之古音在三部凡廾之屬皆从廾　楊雄說廾从兩手葢訓纂篇如此作古文搻從二手此以古文搻爲廾也　承也手部曰承奉也受也从手廾從手ナ又雙引也丰聲扶隴切九部

三篇上

丞 ㄔㄥˊ 26定　奐 ㄏㄨㄢˋ 3曉　弇 ㄧㄢˇ 27見　⿱畢廾 ㄧˋ 14定　△⿱畀廾　⿱由廾 24匣　异 ㄧˋ 24定　弄 ㄋㄨㄥˋ 18來

翊也翊當作翼俗書以翊爲翼翼猶輔也哀十八年左傳曰使帥師而行請承杜曰承佐也承者丞之假借文王世子引記曰虞夏商周有師保有疑丞百官公卿表丞相應劭曰丞者承也相者助也按漢凡官多有丞者皆以輔之从廾从卪从山四字當作從𡿪二字山部曰𡿪高山之節山高逗山高謂𡿪也奉承之義義當作意字之誤也凡高者在上必竦手以承之丞承疊韵署陵切六部　取奐也未聞一曰大也大雅伴奐爾游矣毛曰伴奐廣大有文章也檀弓美哉輪焉美哉奐焉注輪囷言高大奐言衆多从廾夐省聲鉉本去聲字而爲之說不知古音故也呼貫切十四部　葢也釋言曰弇同也弇葢也此與奄覆也音義同釋器曰圜弇上謂之鼏謂斂其上不全葢也周禮說鐘弇聲鬱弇謂中央寬也从廾合聲廾合錯誤倒古南切又一儉切七部皿部有盦字葢弇之別體後人所增也　依玉篇類篇作毛刻初印本同古文弇　引繒也篇韵此字皆作罼非也罼與畢不得合爲一字各本引給也不可通惟廣韵作引繒皃似是隨唐相傳說文古本引繒而長之葢作僞之事與斁解也殫敗也音義相通或曰當作引給給絲勞也从廾畢聲羊益切古音在五部　舉也从廾由聲各本作由聲誤或從鬼頭之由亦非也此從東楚名缶之由故左傳作畀今左作惎糸部綼從畀聲或字作綦由聲其聲皆在一部也春秋傳曰晉人或以廣隊楚人畀之左傳宣十二年文今傳畀作惎黃顯說廣車陷楚人爲舉之此許偁古本古說杜本作惎云惎教也杜林㠯爲麒麟字謂杜伯山謂畀爲麒字也廣韵七志曰畀說文音其是也葢蒼頡訓纂蒼頡故二篇中語綼可作綦則麒可作畀其理一也麟當作麐　舉也从廾㠯聲羊吏切一部按篆從㠯隸作异不合疑篆隸皆從己而誤也虞書曰虞書當作唐書嶽曰异哉堯典文釋文曰鄭音異於其音求其義謂四嶽聞堯言驚愕而曰異哉也謂异爲異之假借也　玩也玉部

三篇上

弄 22定　弆 3見　𢍭 22匣　戒 25見　兵 15幫　△𠊻　△𢐀　龔 18見　弈 14定　具 16匣　𠬜 3滂　△攀　樊 3並

曰玩弄也小雅載弄之璋左傳曰弱不好弄又曰从廾玉
君以弄馬之故國語曰還弄吳國於股掌之上
盧貢切九部　弆　兩手盛也从廾𢍁聲余六切三部廣韵曰說文音匊　𢍭　摶
飯也弆摶疊韵曲禮毋摶飯　从廾釆聲釆古文辨字此云釆古文辨
互相足　讀若書卷俱券切十四部　𢍭　持弩拊凡弓刀把処皆曰拊
从廾肉聲按肉聲故讀如逵逵古音同仇足部𨃨頁部頯皆讀如仇也小徐云肉非聲大徐徑刪聲
字誤矣古音在三部今渠追切　讀若逵　戒　警也言部曰警戒也　从廾戈會意居拜切十
五部　持戈以戒不虞說從戈之意　兵　械也械者器之總名器曰兵用器之人亦曰兵
下文云從廾持斤則製字兵與戒同意也　从廾持斤并力之皃補明切古音在十部　𠊻
古文兵从人廾干干與斤皆兵器　𢐀　籒文兵　龔　慤也心部曰慤謹也
此與心部恭音義同　从廾龍聲紀庸切九部按紀庸似從廾得聲未詳
弈　圍棊也从廾亦聲羊益切古音在五部　論語曰不有博弈者乎陽貨篇文博說文作簙
具　共置也共供古今字當從人部作供　从廾貝省會意其遇切古音在四部　古㠯
貝爲貨說從貝之意
文十七　重四
𠬜　引也上林賦仰𠬜橑而捫天晉灼曰𠬜古攀字按今字皆用攀則𠬜爲古字𠬜亦小篆也　从反
廾象引物於外普班切十四部　凡𠬜之屬皆从𠬜　攀　𠬜或从手从樊
樊聲也今作攀　樊　鷙不行也鷙各本譌鷙馬部曰鷙馬重皃鷙不行沈滯不行也
公羊傳作扳　毛詩折柳樊圃借爲棥字莊子澤雉畜乎樊中樊籠也亦是不行意　从𠬜棥棥亦聲附袁切十

䜌 3來　共 18匣　△𦗗　龔 18見　異 25定　戴 24端　△𢦾

四部　䜌　樊也此與手部攣音義皆同玉篇云攀攣也　从𠬜䜌聲呂員切十四部
文三　重一
共　同也从廿廾廿二十幷也二十人皆竦手是爲同也
渠用切九部周禮尚書供給供奉字皆借共字爲之衞包盡改尚書之共爲恭非也釋詁供峙共具也郭云皆謂備具此古以共爲供之理也尚書毛詩史記恭敬字皆作恭不作共漢石經之存者無逸一篇中徽柔懿共惟正之共皆作共嚴恭寅畏作恭此可以知古之字例矣毛詩溫溫恭人敬恭明祀溫恭朝夕皆不作共靖共爾位箋云共具也則非恭字也虔共爾位箋云古之恭字或作共云或則僅見之事也史記恭敬字亦無作共者　凡共之屬皆从共　𦗗　古文
共體從小徐本按𦗗有順從之象𦗗有睽異之象古文四聲韵引說文誤以𦗗爲共
龔　給也糸部曰給相足也此與人部供音義同今供行而龔廢矣尚書甘誓牧誓龔行天之罰謂奉行也漢魏晉唐引此無不作
龔與供給義相近衞包作恭非也秦和鐘銘龔𡙁天命言奉敬天命也　从共龍聲俱容切九部按俱容
於共得聲未詳
文二　重一
異　分也分之則有彼此之異　从廾畀畀予也竦手而予人則離異矣羊吏切一部　凡
異之屬皆从異　戴　分物得增益曰戴戴釋訓曰蓁蓁孽孽戴也毛傳云蓁蓁孽孽
至盛皃孽孽盛飾是皆謂加多也引伸之凡加於上皆曰
戴如土山戴石曰崔嵬石山戴土曰確是也又與載通用
言其上曰戴言其下曰載也釋山或本石載土謂之崔嵬
土載石爲砠謂石載於土土載於石則與毛傳不異也周
頌載弁俅俅月令　从異𢦏聲都代切一部　𢦾　籒文戴𢦏聲同在
載青旗皆同戴
一部盇非
从戈也

舁 ㄩˊ 13定　䙴 ㄑㄢ 6清　△⿱𦥑㔾　與 ㄩˇ 13定　△舉　興 ㄒㄧㄥ 26曉　△⿱与廾

文二　重一

舁 共舉也从臼廾謂有叉手者有竦手者皆共舉之人也共舉則或休息更番故有叉手者凡舁之屬皆从舁讀若余以諸切五部

䙴 升高也升之言登也此與辵部遷揭音義同从舁囟聲囟音信䙴音遷合音也七然切十四部

䙴 䙴或从卩卩謂所登之階級也郊祀志湯伐桀欲䙴夏社不可地理志春秋經曰衛䙴于帝丘

䙴 古文䙴

與 黨與也黨當作攩攩朋群也與當作与与賜予也从舁与會意共舉而与之也舁与皆亦聲余呂切五部

與 古文與

興 起也廣韵曰盛也舉也善也周禮六詩曰比曰興興者託事於物按古無平去之別也从舁同會意同逗此字補同力也說從同之意虛陵切六部

文四　重三

三篇上　羑

臼 ㄐㄩˊ 22見　要 ㄧㄠ 19影　△⿱𦥑女

臼 叉手也叉部曰叉手指相錯也此云叉手者謂手指正相向也从𠂇彐此亦從𠂇叉而變之也居玉切三部凡臼之屬皆从臼

要 身中也象人要自臼之形从臼按各本篆作𦥔從臼下有交省聲三字淺人所妄改也今依玉篇九經字樣訂顧氏唐氏所據說文未誤也漢地理志北地大要縣注一遙反上黨沾縣大要谷清漳水所出說文水經注作大要谷今志誤爲䙳字矣上象人首下象人足中象人要而自臼持之故從臼必從臼者象形猶未顯人多護惜其要故也於消切二部

要 古文要按今人變爲要以爲要約簡要字於消於笑切

文二　重一

晨 早昧爽也日部曰早晨也昧爽旦明也文王世子注曰早昧爽擊鼓以召衆亦三字絫言之左傳僖五年正義解說文謂夜將旦雞鳴時也从臼辰會意辰逗時也辰亦聲食鄰切十

△⿱林辰

農 ㄋㄨㄥˊ 23泥　△⿱⿴𦥑囟日　△⿱林晨　爨 ㄘㄨㄢˋ 3清

二部丮夕爲𡖍臼辰爲晨皆同意聖人以支字教天下之勤凡晨之屬皆从晨

農 耕人也各本無人字今依元應書卷十一補食貨志四民有業闢土植穀曰農洪範次三曰農用八政鄭云農讀爲醲易其字也某氏因訓農爲厚矣从晨庶人明而動晦而休故從晨囟聲錯曰當從囟乃得聲玉裁按此囟聲之誤囟者明也

農 籀文農从林

農 古文農

農 亦古文農小徐從艸大徐從林夏竦曰農見古尚書

文二　重三

爨 齊謂炊爨各本謂下衍之字今正火部曰炊爨也然則二字互相訓孟子趙注曰爨炊也齊謂炊爨者齊人謂炊曰爨古言謂則不言曰如毛傳婦人謂嫁歸是也特牲少牢禮注皆曰爨竈也此因爨必於竈故謂竈爲爨禮器燔柴於爨同楚茨傳曰爨饔爨廩爨也此謂竈又曰踖踖爨竈有容也此謂炊𦥑象持甑

三篇上　罕

△爨

⿱𦥑冂 ㄑㄩㄥˊ 18匣　釁 ㄒㄧㄣˋ 9心

中似甑臼持之今本𦥑譌臼冂爲竈口廾推林內火林柴也內同納凡爨之屬皆从爨七亂切十四部

爨 籀文爨省然則爨本古文也

⿱𦥑冂 所㠯枝鬲者从爨省鬲省渠容切九部

釁 血祭也周禮大祝注云隋釁謂薦血也凡血祭曰釁孟子梁惠王趙注曰新鑄鐘殺牲以血塗其釁郤因以祭之曰釁漢書高帝紀釁鼓應劭曰釁祭也殺牲以血塗鼓釁呼爲釁呼同罅按凡言釁廟釁鐘釁鼓釁寶鎮寶器釁龜策釁宗廟名器皆同以血塗之因薦而祭之也凡坼罅謂之釁方言作璺音問以血血其坼罅亦曰釁樂記作衅象祭竈也从爨省祭竈亦血塗之故從爨省爨者竈也从酉酉所㠯祭也酉者酒之省从分取血布散之意分亦聲分聲故釁或爲薰如齊語三釁三浴或爲三薰呂覽湯得伊尹釁以犧猳風俗通作熏以萑葦漢書豫讓釁面吞炭顏云釁熏也皆是也釁又讀爲徽如周禮女巫𡧎人注先鄭說是也分聲讀徽此即煇旂人微韵之比古音十三部

在問韵今韵
虛振切非也

文三　重一

說文解字第三篇上

嘉興受業沈濤校字

三篇上　罡

革ㄍㄜˊ 25見　△𠦶　鞹ㄎㄨㄛˋ 14溪　靬ㄐㄧㄢ 3溪　䩮ㄌㄨㄛˋ 14來　鞄ㄆㄠˊ 21並

說文解字第三篇下

金壇段玉裁注

革獸皮治去其毛曰革各本獸皮治去其毛革更之象古文革之形文義句讀皆不可通今依召南齊風大雅周禮掌皮四疏訂正革與鞹二字轉注皮與革二字對文則分別如秋斂皮冬斂革是也散文則通用如司裘之皮車卽革路詩羔羊傳革猶皮也是也**革更也**二字雙聲治去其毛是更改之義故引伸爲凡更新之用襍卦傳曰革去故也鄭注易曰革改也公羊傳革取清者何曰革更也管子輕重革築室房注革更也**象古文革之形**凡字有依倣古文製爲小篆非許言之猝不得其於六書居何等者如革曰象古文革之形弟曰從古文之象民曰從古文之象酉曰象古文酉之形是也易臼爲廿葢省煩爲簡耳而或云從卅從口音韋口爲國邑卅年而一法更此葢楊承慶字統之肊說古覈切一部**凡革之屬皆從革**

𠦶古文革從卅上廿下十是三十也**卅年爲一世而道更也**據此則革之本訓更後以爲皮去毛之字**臼聲**臼居玉切在三部革在一部合音取近

鞹革也各本作去毛皮也今依載驅韓奕正義正大雅傳云鞹革也論語孔注云皮去毛曰鞹此恐人不省詳言之若說文革字下已注明何庸辭費**論語曰虎豹之鞹**顏淵篇文**从革𩫏聲**苦郭切五部

靬靬此復舉字刪之未盡者**乾革也**乾古寒切**武威有麗靬縣**地理志張掖郡驪靬李奇曰音遲虔如淳曰靬音弓鞬郡國志驪靬亦屬張掖許系之武威未詳**从革干聲**苦旰切十四部

䩮生革可吕爲縷束也小雅約之閣閣毛曰約束也閣閣猶歷歷也按閣讀如絡秦風五楘傳曰五束歷錄生革縷束曰䩮者謂束之歷錄也**从革各聲**盧各切五部

鞄柔革工也从革包聲蒲角切古音在二部**讀若朴**朴在三部合音冣近劉昌宗音僕**周禮曰柔皮之工鮑氏鮑卽鞄也**鮑鞄字舊互譌今正考工記攻皮之工五函鮑韗韋裘先鄭云鮑讀如鮑魚之鮑書或爲鞄蒼頡篇有鞄甍又鮑人之事後鄭云鮑故書或作鞄許云鮑卽鞄者謂周禮之鮑卽蒼頡篇之鞄鞄正字鮑假借去部云易曰突如其來如不孝子突出不容於內也𠫓卽易突字也謂𠫓正字突假借文意正相似

韗攻皮治鼓工也考工記注先鄭云韗書或爲鞠皋陶鼓木也後鄭云鞠者以皋陶名官也鞠則陶字從革按先後鄭韗鞠兩存許從韗不從鞠也**从革軍聲讀若運**先鄭云讀如厤運之運王問切十三部

韗韗或從韋今周禮如此作釋文曰韗或作韗

鞣耎也耎同偄弱也**从革柔柔亦聲**耳由切

靼柔革也柔當作鞣上文云柔皮之工謂治之使柔此云柔革謂革之柔耎者也**从革旦聲**旨熱切十五部旦聲在十四部合音也

䩥古文靼从亶

鞼革繡也齊語管子曰輕罪贖以鞼盾一戟韋曰鞼盾綴革有文如繢也後漢烏桓傳曰婦人能刺韋作文繡**从革貴聲**求位切十五部

鞶大帶也易曰或錫之鞶帶訟上九**男子帶鞶婦人帶絲**鞶革帶也故字從革內則曰男鞶革女鞶絲注云鞶小囊盛帨巾者男用韋女用繒有飾緣之則是鞶裂與詩云垂帶如厲紀子帛名裂繻字雖今異意實同按小雅垂帶而厲箋云而亦如也而厲如鞶厲也鞶必垂厲以爲飾厲字當作裂說與禮記注同而毛傳云厲帶之垂者左傳鞶厲服云鞶大帶也賈逵杜預說同虞翻注易亦云鞶帶大帶皆與鄭異蓋鄭以大帶用素天子諸侯大夫同士用練皆不用革也大帶所以申束衣革帶以佩玉佩及事佩之等故喪服以要絰象大帶又有絞帶象革帶也內則云男鞶革女鞶絲則鞶非大帶明矣周禮巾車疏引易注云鞶帶佩鞶之帶此蓋鄭注與詩禮注同而內則施鞶袠注云鞶小囊也鞶袠言施爲箴管線纊有之則鞶亦與鞶同類**从革**此鄭知非大帶也**般聲**薄官切十四部

鞏吕韋束也大雅藐藐昊天無不克鞏毛曰鞏固也此引伸之義也**易曰**

△韗　韗ㄩㄣˋ 9匣　鞣ㄖㄡˊ 21泥　靼ㄉㄚˊ 3端　△䩥　鞼ㄍㄨㄟˋ 7匣　鞶ㄆㄢˊ 3並　鞏ㄍㄨㄥˇ 18見

鞔ㄇㄢˊ 3明　靸ㄙㄚˋ 27心　䩕ㄤˊ 15疑　鞮ㄉㄧ 10端

鞏用黃牛之革革初九辭王弼曰鞏固也按此與卦名之革相反而相成从革巩聲居竦切古音在三部見詩瞻卬鞔履空也小徐曰履空猶履殼也按空腔古今字履腔如今人言鞵幫也逋旁切呂氏春秋曰南家工人也爲鞔者也高曰鞔履也作履之工也高不云履空者渾言之也三蒼鞔覆也考工記注飾車謂革鞔輿也此鞔引伸之義凡鞔皆如綴幫於底从革免聲母官切十四部靸小兒履也急就篇有靸釋名曰靸韋履深頭者之名也从革及聲穌合切七部䩕䩕角逗鞮屬方言禪者謂之鞮絲作之者謂之履麻作之者謂之不借麤者謂之屨東北朝鮮洌水之間謂之䩕角南楚江沔之間總謂之麤西南梁益之間或謂之屩或謂之屨履其通語也徐土邳圻之間大麤謂之䩕角按末句郭注今漆屐有齒者顏注急就篇曰卬角形若今之木屐而下有齒釋名則曰仰角屐上施履之名也當仰履角舉足乃行也从革卬聲五剛切十部鞮革履也周禮釋文云許愼曰鞮屨也呂

三篇下　三

䩡ㄐㄧㄚˊ 30見　⿰革徙ㄒㄧˇ 1心　鞵ㄒㄧㄝˊ 10匣　靪ㄉㄧㄥ 12端　鞠ㄐㄩ 22匣

忱曰鞮革履也與今本異徐堅元應引與今本同曲禮鞮屨注無絇之菲也周禮鞮鞻氏注鞮鞻四夷舞者所屝也王制西方曰狄鞮注鞮之爲言知也胡人履連脛謂之絡鞮各本無此九字韵會引有釋名曰鞾本胡服趙武靈王所服也从革是聲都兮切十六部䩡鞮䩡沙也謂鞮之名䩡沙者也䩕角䩡沙皆漢人語廣雅之⿰革盍⿰革少也⿰革盍古匣切⿰革少音沙⿰革盍⿰革少⿰革穌⿰革睪鞁屐也集韵屐與鞾同廣韵⿰革盍⿰革少索釋胡履也釋名⿰革穌⿰革睪鞾之缺前壅者胡中所名也从革夾聲古洽切八部⿰革徙鞮屬从革徙聲所綺切十六部鞵生革鞮也生革各本作革生今正从革奚聲戶佳切十六部靪補履下也原思納履則踵決故履下可補也今俗謂補綴曰打補靪當作此字从革丁聲當經切十一部鞠蹋鞠也劉向別錄曰蹵鞠者傳言黃帝所作或曰起戰國之時蹋鞠兵勢也所以練武士知有材也皆因嬉戲而講練之漢藝文志兵技巧十三家有蹵鞠二十五篇郭樸注三蒼云毛丸可蹋

△⿰革⿱竹匊　鞀ㄊㄠˊ 19定　△鞉　△鼗　⿰革冤ㄩㄢ 3影　△⿱殸召　△⿰革宛　鞞ㄅㄧㄥˇ 10幫

戲者曰鞠按鞠居六求六二切廣韵曰今通謂之毬子巨鳩切古今字也从革匊聲三部⿰革⿱竹匊鞠或从⿱竹匊⿰革⿱竹匊或字鞀鞀遼也此複字刪之未盡者遼也此門聞也戶護也鼓郭也琴禁也之例以疊韵說其義也遼者謂遼遠必聞其音也周禮注曰鼗如鼓而小持其柄搖之旁耳還自擊从革召聲徒刀切二部鞉鞀或从兆聲鼗鞀或从鼓兆⿱殸召籒文鞀从殸召周禮以爲韶字⿰革冤量物之⿰革冤一曰抒井⿰革冤小徐曰抒井今言淘井⿰革冤取泥之器玉裁按依說文浚抒也則小徐說是依手部抒挹也則汲井亦可云抒井缶部曰罋汲缾也春秋傳言具綆缶周易言羸其缾是其物用缶久矣而其始用革也古㠯革謂此二者古皆用革故從革从革冤聲於袁切十四部⿰革宛⿰革冤或从宛宛者下也宛亦聲鞞刀室也刀部曰削鞞也削鞘古今字音肖小雅大雅毛傳不同說詳玉部从革卑聲井頂切古音當在十六部支清多合

三篇下　四

鞎ㄏㄣˊ 9匣　鞃ㄏㄨㄥˊ 26溪　鞪ㄇㄨˋ 16明　⿰革必ㄅㄧˋ 5並

韵故今音入迥韵鞎車革前曰鞎釋器曰輿革前謂之鞎郭曰以韋鞔車軾按李巡云輿革前謂輿前以革爲車飾曰鞎不言軾依毛傳韋鞔軾自名鞃不名鞎疑李注是从革艮聲戶恩切十三部鞃車軾中把也各本無中把二字韵會作中靶靶字誤今補正大雅傳曰鞹革也鞃軾中也此謂以去毛之皮鞔軾中人所凭處篇韵皆云軾中靶靶轡革不當以名軾蓋許本作把而俗譌從革軾中把者人把持之處也較毛多一字从革宏聲丘宏切六部詩曰鞹鞃淺幭讀若穹穹從穴弓聲弓古音讀如肱故鞃亦作⿰革弓又作⿰革厷鞪車軸束也此與木部桼音同義近桼謂輈束鞪謂軸束分析易明而小戎音義曰桼本又作鞪玉篇亦曰鞪亦作桼曲轅束也疑本一字許書有桼無鞪後人補之又改輈爲軸从革敄聲莫卜切三部⿰革必車束也考工記天子圭中必注必讀如鹿車縪之縪謂以組約其中央爲執之以備失隊方言曰車下鉄陳宋淮楚之間謂之畢大者謂之綦郭注云鹿車也按

△⿰革贊

鞊 ㄓˋ 4端　䪇 ㄗㄨㄢ 3精

鄭郭云鹿車者非小車財容一鹿之謂方言曰維車趙魏之閒謂之轣轆車東齊海岱之閒謂之道軌廣雅維車謂之厤鹿道軌謂之鹿車本方言蓋厤鹿卽毛詩傳之歷錄鹿車卽周禮注之鹿車鹿車與歷鹿義同皆於其圍繞命名也系部縪止也古畢必通用故必鞁縪同約圭與約車相類也**從革必聲**毗必切十二部

䪇**車衡三束也**當作車句衡五束也秦風五楘梁輈毛曰小戎兵車也五五束也楘歷錄也梁輈輈上句衡也一輈五束束曰歷錄句衡謂轅也故下文言轅不言衡**曲轅䪇縛直轅暈縛**曲轅謂兵車乘車田車皆小車也直轅謂牛車所謂大車也小車人所乘欲其安故暢轂梁輈大車任載而巳故短轂直轅曲轅車盡飾䪇之言欑也以革縛之凡五歷歷錄錄然大鄭云駟車之轅率尺所一縛是也直轅車無飾以革縛不必五也暈之言纍也纍約也**从革爨聲**借官反十四部**讀若論語鑽燧之鑽**見陽貨篇按火部無燧

⿰革贊**䪇或从革贊**

鞊**蓋杠系也**蓋杠考工記謂之桯桯讀如楹

韅 ㄒㄧㄢˇ 3曉　靶 ㄅㄚˇ 13幫　鞥 ㄥ 30影　鞁 ㄅㄟˋ 1並

系各本作絲今正系係也係絜束也絜束者圍而束之鞊用革故字從革也**从革占聲**脂利切十五部

鞁**車駕具也**晉語吾兩鞁將絕吾能止之韋曰鞁靷也按韋以左傳作靷故以靷釋之其實鞁所包者多靷其大者封禪書言雍五時路車各一乘駕被具西時畦時禺車各一乘禺馬四匹駕被具被卽鞁字也鞁具與系部絥⿰糸莆各物**从革皮聲**平祕切按當依廣韵平義切古音在十七部

鞥**轡鞥**轡鞥蓋古語轡亦名鞥也**从革弇聲**烏合切七部**讀若譍**此蒸登與侵覃合韵之理**一曰䪊頭繞者**䪊各本作龍玉篇作籠而玉篇有部䪊下曰馬䪊頭吳都賦云馬䪊則䪊頭爲長籠近之龍非也䪊頭卽羈也繞纏也者當作也鞥之言罨也

靶**轡革也**王襃傳王良執靶音義或曰靶音霸謂轡也吳都賦迴靶乎行邪睨劉曰靶轡革也按云轡革者毛傳云革轡首也**从革巴聲**必駕切古音在五部

韅**箸亦鞥也**亦鉉本作掖非其物也錯作腋俗字也今正亦人之臂亦也箸亦鞥謂箸於馬兩亦

⿰革叕 ㄓㄨㄛˊ 2端　⿰革官 ㄍㄨㄢˇ 3見

△鞖

靷 ㄧㄣˇ 6定　⿰革蚩 ㄔㄢˇ 12透　靳 ㄐㄧㄣˋ 9見

之革也箸亦謂直者當膺謂橫者鞥當作靶左傳釋文正義引皆作皮作鞥非也史記禮書鮫韅徐曰韅者當馬腋之革若釋名云橫經腹下杜注左云在背曰韅皆異說也**从革顯聲**呼典切十四部按古假顯爲之檀弓子顯公子縶也盧氏植云古者名字相配顯當作韅

靳**當膺也**左傳曰吾從子如驂之有靳杜曰靳車中馬也言己從書如驂馬之隨靳也正義曰驂馬之首當服馬之胸胸上有靳故云我從子如驂當服之靳按左傳晉車七百乘韅靷鞅靽杜曰在胸曰靷此正在匈曰靳之誤以秦風傳靳環或作靷環證之其誤正同矣游環在服馬背上驂馬外轡貫之以止驂之出故謂之靳環靳者驂馬止而不過之處故引伸之義爲靳固左傳宋公靳之吝其寵也**从革斤聲**居近切十三部

⿰革蚩**驂具也**上二文當是服馬鞁具此云驂具互文見義也**从革蚩聲**丑郢切十一部**讀若騁蠆**按虫部蚩讀若騁則此蚩聲讀騁宜矣不知何以多蠆字騁蠆連文不可通疑當爲又讀若蠆也廣韵廿八獮有蚩鐵⿰革蚩三字

靷**所㠯引軸者也**

鞌 ㄢ 3影　⿰革奄 ㄜˋ 30影　⿰革尃 ㄅㄛˊ 13幫　⿰革亏 ㄩˊ 13匣　⿰革豆 ㄉㄡˋ 16定

所以者字依楊倞注荀卿補凡許書所以字淺人往往刪之秦風毛傳曰靷所以引也毛不言軸許云軸以著明之轅載於軸兩靷亦係於軸左傳兩靷將絕吾能止之駕而乘材兩靷皆絕此可見靷之任力幾與轅等靷在輿下而見於軓前乃設環以續靷而係諸衡故詩云陰靷鋈續孔沖遠云靷繫於陰版之上令驂馬引之此非是驂在服外而後於服與靷不正相當且軓非能任力不當係於軓也許云所以引軸說不可易**从革引聲**余忍切十二部

⿰革紖**籀文靷**

⿰革官**車鞁具也从革官聲**古滿切十四部

⿰革豆**車鞁具也从革豆聲**田候切四部

⿰革亏**⿰革官內環靼也**⿰革官各本譌輨今依玉篇環靼者環之以靼**从革亏聲**羽俱切五部

⿰革尃**車下索也**釋名縛在車下與輿相連縛也當作⿰革尃在車下**从革尃聲**補各切五部

⿰革奄**車具也从革奄聲**烏合切八部

⿰革叕**車具也从革叕聲**陟劣切十五部

鞌**馬鞁具也**此爲跨馬設也左傳

趙旃以良馬二濟其兄與叔父左師展將以公乘馬而歸三代時非無跨馬者矣春秋經有鞌字从革安聲烏寒切十四部

⿰革茸鞌毳飾也毳獸細毛也从革茸聲而隴切九部元應曰三蒼而用切

鞊鞌飾篇韵皆曰鞌鞊从革占聲他叶切七部

鞈防汗也此當作所以防捍也轉寫奪誤巾部曰幩馬纏鑣扇汗也與此無涉篇韵皆曰防捍是相傳古本捍亦作扞故譌汗荀卿曰犀兕鮫革鞈如金石管子輕罪入蘭盾鞈革二戟注曰鞈革重革當心箸之可以禦矢鼂錯曰匈奴之革笥木薦弗能支孟康曰革笥以皮作如鎧者被之木薦以木版作如楯一曰革笥若楯木薦之以當人心也此皆防捍之說錯曰今胡人扞膂也知錯本故作扞从革合聲當云从革合合亦聲古洽切七部按鼓部鞈古文磬而此作小篆訓防扞與上文鞌⿰革茸鞊下文勒皆爲馬具者不相貫錯本篆體作鞈獨從古文革則恐好事者增之仍从鼓部偏旁耳

勒馬頭落銜也落絡古今字系部繯下云落也知許之不作絡矣釋名勒絡也絡其頭而引之按网部㓁馬落頭也金部銜馬勒口中此云落銜者謂落其頭而銜其口可控制也引伸之爲抑勒之義又爲物勒工名之義廣韵云石虎諱勒呼馬勒爲轡此名之不正也爾雅轡首謂之革革卽勒之省馬絡頭者轡所係也故曰轡首毛詩鞗革皆當依古金石作攸勒鋚勒毛傳曰攸轡首飾也革轡首也自來上句奪首飾二字而莫得其解从革力聲盧則切一部

鞙大車縛軛靼大車牛車也縛軛者苞注論語云輗者轅端横木以縛枙者也皇曰古作牛車先取一横木縛著兩轅頭又別取曲木爲枙縛著横木以駕牛脰也然則軛縛於横木横木縛於轅縛於轅者輗也軛縛於輗用靼鞙亦作⿰革尹釋名⿰革尹縣也所以縣縛軛也从革肙聲狂沇切十四部

䩄勒靼也謂馬勒之靼也勒在馬面故從面從革面聲此以形聲包會意彌沇切十四部

靲鞮也鞮革履也玉篇靲下云靲鞻也周禮鞮鞻氏音義吕忱云鞮者革履也鞻者靲鞻按鞮鞻走部作趧婁故革部無鞻字林有鞻釋之曰靲鞻則靲字亦字林始有之說文靲字殆後

人所增不與⿰革卯鞮鞅等爲伍从革今聲巨今切七部士喪禮鞶用靲注靲竹簹也陸云其闇反按鄭以靲爲紟字紟者係也鬲與重但當以竹簹係之因謂簹爲紟

鞬所吕戢弓矢左傳左執鞭弭右屬櫜鞬杜曰櫜以受箭鞬以受弓方言弓謂之鞬釋名受矢之器馬上曰鞬鞬建也言弓矢並建立其中也廣韵曰馬上藏弓矢器从革建聲居言切十四部

韇弓矢韇也方言弓謂之鞬或謂之韇丸左傳服注云冰櫝丸蓋也後書南匈奴傳引方言藏弓爲鞬藏箭爲韇丸廣雅鞬弓藏也⿰賣攴⿰賣欠矢藏也皆與今方言異按槩呼之曰韇丸單呼之曰韇士冠禮筮人執策抽上韇注韇藏策之器今時藏弓矢者謂之韇丸也亦疑說文本有丸淺人刪之从革賣聲徒谷切三部

⿰革巂綏也疊韵系部曰綏系冠纓也引伸凡垂者謂之綏廣雅⿰革巂謂之鞘鞘音稍玉篇云鞌邊帶是也从革巂聲山垂切十六部

⿰革亟急也雙聲此亦鼓郭琴禁之例廣韵⿰革亟皮鞭皃按⿰革亟鞭二字相屬疑本作鞭急也轉寫奪鞭从革亟聲紀力切一部

鞭毆也毆各本作驅淺人改也今正毆上仍當有所以二字尚書鞭作官刑周禮條狼氏掌執鞭而趨辟凡誓執鞭以趨於前且命之司市凡市入則胥執鞭度守門左傳誅屨於徒人費弗得鞭之見血又公怒鞭師曹三百皆謂鞭所以毆人之物以之毆人亦曰鞭經典之鞭皆施於人不謂施於馬曲禮乘路馬載鞭策左傳左執鞭弭馬不出者助之鞭之皆是假借施人之用爲施馬之偁非若今人竟謂以杖馬之物杖人也葢馬箠曰策所以擊馬曰箠以箠擊馬曰敕本皆有正名不曰鞭也擊馬之箠用竹毆人之鞭用革故其字亦從竹從革不同自唐以下毆變爲毆與驅同音謂鞭爲捶馬之物因改此毆爲驅不知絕非字義毆捶擊物也驅馬馳也从革便聲卑連切十四部

⿱亼攴古文鞭從亼攴

鞅頸靼也釋名鞅嬰也喉下稱嬰言嬰絡之也按劉與許合杜云在腹曰鞅恐未然也小雅鞅掌毛曰失容也从革央聲於兩切十部

韄佩刀系也系各本作絲今正此葢系部所謂紲也廣韵云佩刀飾莊子音義引三蒼云韄佩刀靶韋也莊

䩭 ㄊㄨㄛˊ 1定　⿰革見 ㄒㄧㄝˊ 3曉　鬲 ㄌㄧˋ 11來　△⿰鬲瓦　△⿸厤瓦　⿰鬲支 ㄧˇ 10疑　鬹 ㄍㄨㄟ 10見　鬷 ㄗㄨㄥ 18精

子外襛內襛引伸之義也李云縛也 从革蒦聲 乙白切古音在五部

䩭 馬尾䩭也 方言車紂自關而東周雒汝潁而東謂之緻或謂之曲綯或謂之曲綸自關而西謂之紂糸部曰緧馬紂也紂馬緧也考工記必緧其牛後鄭云關東謂紂為緧按䩭鞧語相似䩭益鞧之轉語 从革它聲 徒何切十七部 今之般緧 四字疑後人沾注

⿰革見 繫牛脛也 繫當作系 从革見聲 按篇韵皆呼結切於見聲為近古音在十四部鉉本作己彳切

文五十九 宋本九作七　重十一

鬲 鼎屬也 釋器曰鼎款足者謂之鬲 實五觳 考工記陶人為鬲實五觳厚半寸脣寸 斗二升曰觳 大鄭云觳受三豆後鄭云觳受斗二升按旅人職云豆實三而成觳大鄭本之今俗本譌為觳受三斗誤甚許必言觳所受者角部觳下無此義也魏三體石經以鬲為大誥嗣無疆大歷服之歷同在十六部也

三篇下　九

象腹交文三足 上象其口乂象腹交文下象三足也考工記圖曰款足按款足郭云曲腳漢郊祀志則云鼎空足曰鬲釋款為空郎激切十六部 凡鬲之屬皆从鬲

⿰鬲瓦 鬲或从瓦 楚世家楚武公曰居三代之傳器登三翮六翼以高世主小司馬曰翮亦作甂同音歷三翮六翼謂九鼎空足曰翮翼卽耳事見爾雅按翮者甂之假借字翼者鈛之假借九鼎款足者三附耳於外者六也爾雅曰鼎款足謂之鬲附耳外謂之鈛

⿸厤瓦 漢令鬲从瓦厤聲 謂載於令甲令乙之鬲字也樂浪挈令織作紈

⿰鬲支 三足鍑也 鍑如釜而大口廣雅敲鬴也 一曰滫米器也 滫米猶浙米浙之以得其泔也 从鬲支聲 魚綺切十六部

鬹 三足鬴也 廣雅鬹鬴也 有柄喙 有柄可持有喙可寫物此其別於敲者也 讀若媯 媯漢人已讀如規矣 从鬲規聲 居隨切十六部

鬷 鬴屬 廣雅鎘鬲鬷也陳風越以鬷邁商頌鬷假無言毛曰鬷數也又曰鬷總也數讀如數罟之數數罟幽風作緵罟魚麗作總罟然則二傳皆謂鬷者總之假借字也 从鬲嵏聲 子紅切九部

△⿰鬲蟲　△⿲弓鬲弓　⿰鬲干 ㄍㄨㄛ 1見　鬵 ㄒㄧㄣˊ 28從　⿰鬲曾 ㄗㄥ 26精　鬴 ㄈㄨˇ 13並　△釜　鬳 ㄧㄢˋ 13疑　融 ㄖㄨㄥˊ 23定　⿱囂鬲 ㄒㄧㄠ 19曉　⿱羊鬲 ㄕㄤ 15透　⿰沸鬲 ㄈㄟˋ 8滂

⿰鬲干 秦名土鬴曰⿰鬲干 今俗作鍋土釜者出於匋也 从鬲干聲 久部干夸步也 讀若過 古禾切十七部

鬵 大鬴也 檜風誰能亨魚溉之釜鬵毛曰鬵釜屬按下文別一義 一曰鼎大上小下若甑曰鬵 釋器鼎絕大謂之鼐圜弇上謂之鼒附耳外謂之鈛款足者謂之鬲⿰鬲曾謂之鬵鬵鉹也按此六句皆說鼎故許以鼎大上小下若甑發明甑謂之鬵金部云鉹鬵鼎亦所以發明鬵鉹也釋爾雅者尟通此矣 从鬲兓聲 讀若岑 才林切七部

⿲弓鬲弓 籀文鬵 從弜

⿰鬲曾 鬵屬 从鬲曾聲 按此篆淺人妄增也瓦部甑甗也甗甑也一穿⿰鬲曾者甑之或體耳爾雅音義云⿰鬲曾本或作甑篇韵皆云甑⿰鬲曾同字可知古本說文不分入鬲瓦二部至集韵乃據徐鉉之書截然為二字矣

鬴 鍑屬也 升四曰豆豆四曰區區四曰鬴 从鬲甫聲 扶雨切五部

釜 鬴或从金父

三篇下　十

聲 今經典多作釜惟周禮作鬴

鬳 鬲屬 鬲鼎屬也 从鬲虍聲 牛建切十四部按戴氏侗引唐本虍省聲似是然獻尊卽犧尊車轙亦作钀歌元古通魚歌古又通虍聲卽魚歌之合也

融 炊气上出也 釋詁毛傳方言皆曰融長也此其引伸之義也通作彤思元賦展泄泄以彤彤廣成頌豐彤薪蔚 从鬲蟲省聲 以戎切九部

⿰鬲蟲 籀文融不省

⿱囂鬲 炊气皃 㗊部曰囂聲也气出頭上從㗊頁炊气亦上出故從囂 从鬲囂聲 舉形聲包會意許嬌切二部

⿱羊鬲 也 鬺亦作鬺亦作鬺韓詩于以鬺之惟錡及釜封禪書禹收九牧之金鑄九鼎皆嘗亨鬺上帝鬼神亨鬺郊祀志作鬺亨亨許兩切謂煑而獻之上帝鬼神也毛詩假湘為之毛曰湘亨也 从鬲羊聲 式羊切十部

⿰沸鬲 涫也 水部曰涫鬻也今俗字涫作滾鬻作沸非也上林賦曰湁潗鼎鬻嚴夫子哀時命曰氣涫鬻其若波 从鬲沸聲 芳未切十五部按此當云從水鬲弗聲非畢沸字也

鬲 ㄌㄧˋ 11來　鬻 ㄓㄢ 3端　△餰

文十三按䰜宜刪 重五

䰜 歷也二字淺人妄增此云古文亦鬲字即亣籀文大改古文之例何取以漢令鬲爲訓釋乎古文亦鬲字鬲䰜皆古文也象孰飪五味气上出也謂䰜也鬲䰜本一字鬲專象器形故其屬多謂器䰜兼象孰餁之气故其屬皆謂孰餁凡䰜之屬皆从䰜

鬻 鬻也从䰜侃聲諸延切十四部按此當去虔切鬻或作餰猶愆或作諐也淺人謂卽饘字不分故同切諸延耳

餰 鬻或从食衍聲荀卿書酒醴餰鬻內則曰取稻米舉糔溲之小切狼臅膏以與稻米爲酏注此周禮酏食也此酏當從餈周禮醢人酏食注曰酏餈也引內則取稻米云云正作餈字按糂問志曰內則餈次糝周禮酏次糝酏在六飲中不合在豆且內則有餈無酏周禮有酏無餈明酏餈是一也故破酏從餈也據此則內則本作餈字注中此酏當從餈謂周禮此酏字當從內則作餈字言此酏者以別於六飲之酏也今本內則作酏淺人所改

△飦　△健　鬻 ㄓㄨˋ 22端　鬻 ㄏㄨˊ 13匣　鬻 ㄍㄥ 15見

飦 鬻或从食干聲孟子曰飦粥之食趙曰飦麋粥也麋同糜

健 鬻或从食建聲韵會引左傳注健於是鬻於是今未詳所據

鬻 健也从䰜米會意之六切三部按一音余六切是以賣鬻字作此賣之假借也鉉本作米聲武悲切此因誤衍聲字而爲之切音非眞唐韵有武悲切也爾雅猶如麂之猶舍人本作鬻異文同部是可以定其非形聲矣廣韵集韵篆韵謚脂韵內皆無鬻玉篇云說文又音糜糜廣韵云說文本音糜者乃陳彭年輩誤用鉉本也玉篇糜字又糜之誤類篇怭皮切之誤本此鬻作粥者俗字也作鬻者樂記假鬻爲育而轉寫致譌也

鬻 健也釋言餬饘也當作此字今江蘇俗粉米麥爲粥曰餬从䰜古聲戶吳切五部

鬻 五味盉羹也皿部曰盉調味也內則注曰凡羹齊宜五味之和米屑之糝晏子曰和如羹焉水火醯醢鹽梅以亨魚肉宰夫和之齊之以味濟其不及以泄其過凡魚肉必用菜菜謂之芼儀禮鉶芼牛藿羊苦豕薇芼及醯醢鹽梅是之謂五味之和也實於鉶謂之鉶羹肉汁不和五味謂之大羹从弜从羔會意凡從羔者羔猶美也古行切古音在十部詩曰亦有和鬻商頌文鍇本鬻作羹

△羹　△鬻　△羹　鬻 ㄙㄨˋ 17心

羹 鬻或省

羹 或从美鬻省羔下從美今各本作兩羔非也

羹 小篆从羔从美此是小篆則知上三字古文籀文也不先小篆者此亦丄部之例

鬻 鼎實惟葦及蒲此有奪當云鼎實也詩云其鬻維何維筍及蒲或曰筍作葦者三家詩也爾雅其萌蘿今蘆筍可食者也按詩其殽維何炰鼈鮮魚此謂鼎中肉也其蔌維何維筍及蒲此謂鼎中菜也菜謂之芼釋器曰肉謂之羹菜謂之蔌毛曰蔌菜殽也菜殽對肉殽而言凡禮經之藿苦薇昏義之蘋藻二南之荇皆是周易覆公餗鄭曰餗菜也凡肉謂之醢菜謂之菹皆主謂生物實於豆者肉謂之羹菜謂之芼皆主謂孰物實於鼎者說詳戴先生毛鄭詩考正陳畱謂健爲鬻周易馬注餗健也按鼎中有肉有菜有米以米和羹曰糜糜者健之類故古訓或舉菜爲言或舉米爲言正考父鼎銘饘於是鬻於是以餬余口亦單舉米言也許不以陳畱語爲別一義鬻至鬻共七文皆謂鬻也分別之則有米和肉菜之鬻有不和肉菜之鬻从䰜速聲桑谷切三部

△餗　鬻 ㄩˋ 21定　△鬻　鬻 ㄇㄧˋ 2明　鬻 ㄦˇ 24泥　△粖　△餌　鬻 ㄔㄠˇ 16透（炒）

餗 鬻或从食束束聲

鬻 鬻也疊韵从䰜毓聲余六切三部按此切余六鬻切之六本分別不同後人以鬻之切爲鬻之切而混誤日甚

鬻 鬻或省从米

鬻 涼州謂鬻爲鬻按此鬻鍇本作麋爲長麋鬻雙聲故也从䰜機聲莫結切十五部

粖 鬻或省从末

鬻 粉餅也周禮糗餌粉餈食部曰餈稻餅也此曰鬻粉餅也葢謂餈者不粉之稻米爲餅餌者稻米粉之爲餅文互相足經云糗餌者謂以熬米麥傅於餌粉餈者謂以他穀粉傅於餈此許意與先後鄭說異小徐云許說冣精又內則注餌筋腱也又莊子以五十犗爲餌餌釣啗魚者从䰜耳聲仍吏切一部

餌 鬻或从食耳耳聲

鬻 熬也爾雅音義引三蒼熬也說文火乾物也與今本異[元]應再引與今本同方言熬焣煎僨鞏火乾也秦晉之間或謂之焣按焣卽鬻字

鬻ㄔㄠˇ 20定　鬻ㄓㄨˇ 13端　△煮　鬻ㄅㄛˊ 8並　△鬻

或作鬻元應曰崔寔四民月令作炒古文奇字作𩱍从䰜芻聲尺沼切廣韵初爪切古音在四部

鬻內肉及菜湯中薄出之內今之納字薄音博迫也納肉及菜於鬻湯中而迫出之今俗所謂㸁也元應曰江東謂瀹爲㸁㸁音助甲切鬻今字作瀹亦作汋通俗文曰以湯煑物曰瀹廣雅曰瀹湯也孫炎說夏礿之義曰新菜可汋从䰜翟聲以勺切古音在二部

鬻亯也亯普庚切鬺鬻也鬻下當云鬺也經傳用亯用烹乃鬺之假借字耳亯部曰獻也不訓鬻从䰜者聲章與切五部按惟周禮作鬻

煮鬻或从火　鬻鬻或从水水在鬲中會意

鬻炊釜鬻溢也炊各本作吹今從類篇釜鬻溢各本作釜溢宋本作聲沸今參合定爲釜鬻溢今江蘇俗謂火盛水鬻溢出爲鋪出鬻之轉語也正當作鬻字从䰜孛聲蒲沒切十五部

文十三　重十二

爪ㄓㄠˇ 21精　孚ㄈㄨ 21滂　△采　爲ㄨㄟˊ 1匣

爪丮也丮持也覆手曰爪仰手曰掌覆手曰爪今人以此爲叉甲字非是叉甲字見叉部蚰部蚤字下云叉古爪字非許語也象形側狡切二部凡爪之屬皆从爪

孚卵卽孚也卽字依元應書補通俗文卵化曰孚音方赴反廣雅孚生也謂子出於卵也方言雞卵伏而未孚於此可得孚之解矣卵因伏而孚學者因卽呼伏爲孚凡伏卵曰抱房奥反亦曰蓲央富反从爪子鍇曰鳥裒恒以爪反覆其卵也按反覆其卵者恐煦嫗之不均芳無切古音在三部一曰信也此卽卵卽孚引伸之義也雞卵之必爲雞鼉卵之必爲鼉人言之信如是矣

采古文孚从禾禾古文保保亦聲古音孚保同在三部

爲母猴也左傳魯昭公子公爲亦稱公叔務人檀弓作公叔禺人由部曰禺母猴屬也然則名爲字禺所謂名字相應也假借爲作爲之字凡有所變化曰爲其爲禽好爪內部曰禽者走獸揔名好爪故其字從爪也此下各本有爪母猴象也五字衍文下腹爲母猴形腹當作復上既從爪矣其下又全象母猴頭目身足之形也王育曰爪象形也此博異說爪衍文王說全字象母猴形也薳支切古音在十七部

△爲古文爲象兩母猴相對形左傳仲子生有文在其手曰爲魯夫人手文必非若小篆爲魯葢作𢎘𢀖容或相似也

爫亦丮也亦者亦上篆此亦持也从反爪對覆手言闕謂闕其音也其義其形皆可知而其讀不傳故曰闕後人肌爲說曰諸兩切葢以覆手反之卽是掌也楊雄河東賦河靈矍踢爪華蹈衰蘇林曰掌據之足蹈之也云掌據之正合丮持之訓而小顏云爪古掌字酈注水經河水篇李注西京賦皆引賦作掌則自蘇林已後皆讀掌也許曰其於所不知葢闕如也何必許所闕而強爲之辭乎爪之變爲仉見廣韵

文四　重二

爫ㄓㄤˇ 15端　丮ㄐㄧˇ 14見　埶一ˋ 2疑　孰ㄕㄨˊ 22定　䬣ㄗㄞˋ 24精　巩ㄍㄨㄥˇ 18見

丮持也持握也象手有所丮據也外象拳握形凡丮之屬皆从丮讀若戟几劇切按毛詩戟與擇韵丮古音當在五部

埶種也齊風毛傳曰埶猶樹也樹種義同从丮坴會意土部曰坴土塊坴坴也丮字今補丮持種之說從丮之意魚祭切十五部唐人樹埶字作蓺六埶字作藝說見經典釋文然蓺藝字皆不見於說文周時六藝字葢亦作埶儒者之於禮樂射御書數猶農者之樹埶也又說文無勢字葢古用埶爲之如禮運在埶者去是也詩曰我埶黍稷小雅文

孰食飪也飪大孰也可食之物大孰則丮持食之从丮𦎫亯部曰𦎫孰也此會意各本衍聲字非也殊六切三部孰與誰雙聲故一曰誰也後人乃分別孰爲生孰孰爲誰孰矣曹憲曰顧野王玉篇始有孰字易曰孰飪鼎彖傳曰以木巽火亯飪也許所據作孰飪

䬣設飪也餁宋本作食玉篇同廣雅釋言曰䬣設也又釋詁四曰䬣詞也錢氏大昕定飢爲䬣字之誤古用爲發語之載也如石鼓詩載作䬣从丮食才聲讀若載作代切一部

巩褢也手部曰拏攤也攤褢也

△拲　谻 14匣　𢦒 1匣　𠬞 14見

从丮工聲居竦切九部 巩 巩或加手又見手部 谻 相踦欲也踦當作掎欲玉篇作卻 从丮谷聲其虐切五部 𢦒 擊踝也从丮戈疑奪聲字讀若踝胡瓦切古音在十七部 𠬞 亦持也从反丮此亦謂ナ又手之別闕亦謂音讀不傳也後人讀居玉切此因毛傳云拮据戟挶也丮讀如戟故反丮讀如挶手部云挶戟持也不云厈挶同字然則寧從益闕

文八　重一

鬥 16端

鬥 兩士相對兵杖在後象鬥之形按此非許語也許之分部次弟自云據形系聯丮屰在前部故受之以鬥然則當云爭也兩丮相對象形謂兩人手持相對也乃云兩士相對兵杖在後與前部說自相戾且文從兩手非兩士也此必他家異說淺人取而竄改許書雖孝經音義引之未可信也都豆切四部

鬭 16端　鬨 18匣　𩰫 21來　鬮 21見

凡鬥之屬皆从鬥 鬭 遇也疊韻凡今人云鬥接者是遇之理也周語穀雒鬥將毀王宮謂二水本異道而忽相接合爲一也古凡鬥接用鬥字鬥爭用鬥字俗皆用鬭爲爭競而鬥廢矣 从鬥斲聲都豆切四部 鬨 鬥也舊作鬭今正 从鬥共聲下降切張鎰胡弄切九部 孟子曰鄒與魯鬨梁惠王篇文趙曰鬨鬭聲也猶構兵而鬭也劉熙曰鬨構也構兵以鬭也按趙注長呂覽崔杼之子相與私鬨高曰鬨鬭也鬨讀近鴻緩氣言之 𩰫 經繆殺也手部曰摎縛殺也按縛殺若今以一繩勒死經繆殺若今絞罪以二繩絞死故從鬥 从鬥翏聲力求切玉篇吉了力求二切三部按此恐卽摎之或體俗增之上下文皆言鬥中梗非其次也 鬮 鬥取也舊作鬭今正廣韵作鬮取按力取是此字本義今人以爲拈鬮字殆古藏彄之譌荆楚歲時記注曰藏彄之戲辛氏三秦記以爲鉤弋夫人所起周處成公綏竝作彄字藝經庾闡則作鉤字其事同也 从鬥龜聲讀若三合繩糾見丩部古

𩰬 4泥　𩰿 6滂　𩰱 9滂　鬩 10曉　𩰤 3匣

矦切廣韵居求居黝二切三部按龜古音如姬漢人多讀如鳩合音最近也 𩰬 智少力劣也莊子苶然疲役而不知其所歸郭云疲困苶然釋文乃結反按苶者𩰬之變也諸韵書皆於薾韵作𩰬屑怗韵作苶是不知爲一字矣 从鬥爾聲奴禮切十五十六部 𩰿 𩰿𩰱逗鬥連結繽紛相牽也舊作鬭今正繽各本作闠今按許云讀若繽則許時非無繽字也離騷時繽紛其變易王曰繽紛亂也 从鬥賓省聲讀若繽繽大徐作賓淺人以系部所無改之也匹賓切十二部 𩰱 𩰿𩰱也从鬥燹聲按此下當有讀若紛三字撫文切十三部繽紛𩰿𩰱皆合二部疊韵各本譌舛今依全書通例正之 鬩 恆訟也恆常也故以小兒善訟會意 詩曰兄弟鬩于牆小雅文釋言毛傳皆曰鬩很也孫炎云相很戾也李巡本作恨非鄭注曲禮韋注國語可證 从鬥兒會意兒亦聲許激切十六部 兒逗善訟者也說从兒之意 𩰤 試力士錘也錘當作縋以繩有所縣鎭也下文云讀若縣知正當作縋錘非其義蓋轉寫失之呂氏春秋云碓之以石碓鎭也然則作錘亦可左傳曰主人縣布堇父登之及堞而絕之隊則又縣之蘇而復上者三又曰子占使師夜縋而登登者六十人縋絕 从鬥从戈或从戰省當作或曰從戰省聲六字 讀若縣胡畎切十四部

文十

又 24匣　右 24匣

又 手也象形此卽今之右字不言又手者本兼ナ又而言以ナ別之而又專謂右猶有古文尚書而後有今文尚書之名有後漢書而後有前漢書之名有下曲禮而後有上曲禮之名也又作右而又爲更然之詞穀梁傳曰又有繼之辭也 三指者三岐象三指 手之列多略不過三也以指記數者或全用或用三略者言其大略于救切古音在一部 凡又之屬皆从又 右 助也李燾本及集韵如是今二徐本皆作手口相助也 从又口按又下曰厷曰又曰又自臂指言之以又下象

△叜　△傁 燮 ㄒㄧㄝˋ 32心　叟 ㄙㄡˇ 21心　父 ㄈㄨˋ 13並　㕚 ㄓㄠˇ 21精　△肱　叉 ㄔㄚ 1清　△厶　厷 ㄍㄨㄥ 26見

臂上象指也不當早廁從口之字口部有此字云助也從口又主謂以口助手不當入此謂手助口宜刪

厷 臂上也 臂手上也古假弓爲厷二字古音同也傳易者江東馯臂子弓馯姓臂名子弓字名臂故字厷左轂梁邾黑肱公羊作黑弓鄭公孫黑肱字伯張則肱卽弓也 从又从古文厷 小篆以厶太古故加又古薨切六部

厶 古文厷象形 象曲肱

肱 左或从肉 今皆作此

叉 手指相錯也 謂手指與物相錯也凡布指錯物閒而取之曰叉因之凡岐頭皆曰叉是以首笄曰叉今字作釵魚部鱷下云大如叉股譙周異物志曰涪陵多大龜其甲可以卜其緣中叉似瑇瑁俗名曰靈叉劉逵注蜀都賦常璩述華陽國志郭樸注爾雅皆用其語緣中叉謂緣可爲釵也今爾雅注譌作緣中文似瑇瑁俗呼爲靈龜自賈公彥周禮疏所引已然矣 从又一 此字今補指閒有物也 象叉之形 初牙切古音在十六部

㕚 手足甲也 㕚爪古今字古作㕚今用爪禮經假借作蚤士喪禮蚤揃如他日士虞禮浴沐櫛搔揃搔或爲蚤曲禮大夫士去國不蚤鬋蚤皆卽㕚字也鄭注皆云蚤讀爲爪讀爲者易其字也不易爲㕚而易爲爪於此可見漢人固以爪爲手足甲之字矣釋名曰爪紹也筋極爲爪紹續指端也亦不作㕚 从又象㕚形 側狡切古音在三部

父 巨也 以疊韵釋之 家長率教者 率同達先導也經傳亦借父爲甫 从又舉杖 學記曰夏楚二物收其威也故從又舉杖扶雨切五部

叟 老也 疊韵方言曰傁艾長老也東齊魯衛之閒凡尊老謂之傁或謂之艾 从又灾 鉉本作從又從灾闕按此有義有音則闕者謂從又灾之意不傳也元應曰又音手手灾者衰惡也言脈之大候在於寸口老人寸口脈衰故從又從灾也此說葢有所受之韵會引說文從又灾灾者衰惡也葢古有此五字而學者釋之穌后切三部今字作叟亦未聞其說

叜 籒文从寸

傁 叜或从人 今左傳如此作

燮 和也 見釋詁 从言又 會意也言與手皆所以和之 炎聲 依小徐有聲字穌叶切八部 讀若溼 與今切音不同而雙聲

三篇下　七

△燮　曼 ㄇㄢˋ 3明　㬰 ㄕㄣ 6透　夬 ㄍㄨㄞˋ 2見　△紧　尹 ㄧㄣˇ 9定　𠭥 ㄓㄚ 13精　𠭯 ㄌㄧˊ 24來　㕞 ㄕㄨㄚ 2心　及 ㄐㄧˊ 27匣　△乁　△弓　△遘　秉 ㄅㄧㄥˇ 15幫

燮 籒文燮从羊 羊音飪籒文燮如此作按此重文也舊不分別出之殊誤炎部有燮字云大孰也從炎從又持辛辛者物孰味也廣韵謂此爲曹憲文字指歸之說然則炎部葢本無燮字俗用文字指歸說增之因羊辛相似羊音同飪飪義訓孰遂依又部之籒文加炎部之小篆未爲典要

曼 引也 魯頌毛傳曰曼長也 从又冒聲 此以雙聲爲聲也無販切十四部

㬰 伸也 依宋本 从又昌聲 失人切十二部 昌古文申 按申部曰𢀩古文申昌籒文申然則此古當作籒

夬 分決也 易彖傳曰夬決也剛決柔也 从又屮象決形 錯曰コ物也丨所以決之古賣切十五部

尹 治也 伊下曰尹治天下廣韵曰正也進也誠也 从又丿 句 握事者也 又爲握丿爲事余準切十三部

𦘫 古文尹 各本乖異今姑從大徐

𠭥 又卑也 各本作又取今依類篇作又宋本作卑正又卑者用手自高取下也今俗語讀如渣若手部云籍者以鉏物刺而取之也方言担攄取也南楚之閒凡取物溝泥中謂之担或謂之攄亦此字引伸之義 从又虘聲 側加切古音在五部

𠭯 引也 从又𠩺聲 里之切一部

㕞 飾也 飾各本作拭今依五經文字正巾部曰飾㕞也彼此互訓手部無拭字彡下云毛飾畫文也聿下云聿飾也皆卽今之拭字獨於㕞下改拭與全書矛盾矣按拭圭雖見聘禮然必系俗改古者拂拭字只用飾以巾去其塵故二字皆從巾去塵而得光明故引伸爲文飾之義司尊彝涚酌大鄭云涚拭勺而酌也拭釋文作飾㕞亦通用刷刀部云禮有刷巾卽㕞巾也 从又持巾在尸下 屋字下云尸象屋形所劣切十五部

及 逮也 辵部逮及也 从又人 及前人也巨立切七部

乁 古文及 句 秦刻石及如此 今載史記者瑯邪臺刻石云澤及牛馬碣石刻石云惠論功勞賞及牛馬按李斯作小篆而刻石仍不廢古文也

弓 亦古文及 按凡字從此

遘 亦古文及 左從辵右葢從筆

秉 禾束也 小雅彼有遺秉毛云

三篇下　六

秉把也聘禮記四秉曰筥注此秉謂刈禾盈手之秉也左傳或取一秉秆焉按經傳假秉為柄字从又持禾兵永切古音在十部

反覆也覆襾也从又必有覆之者厂各本作厂反形未允韵會無反形字然則當云厂聲而奪也厂呼旱切反府遠切十四部

反古文反

𠬝治也从又𠬤手持節以治之𠬤事之節說从𠬤之意房六切古音在一部

叏滑也詩云叏兮達兮今鄭風挑兮達兮辵部引亦作挑毛云挑達往來相見皃按往來相見卽滑泰之意達同泰水部泰從滑也从又中土刀切古音蓋在三部按從中未詳其意蓋從又肯省聲肯幡帳之象從月㞢其飾也叏從肯省而弢鼓字從之云皆取垂飾意則從叏亦卽從肯也叏弢皆以肯為聲則謂肯苦江切者非也一曰取也別一義

𠭓楚人謂卜問吉凶曰𠭓與祝雙聲从又持祟讀若贅之芮切十五部

叔拾也豳風九月叔苴毛曰叔拾也按釋名仲父之弟曰叔父叔少也於其雙聲疊韵假借之假借既久而叔之本義鮮知之者惟見於毛詩而已从又於此知拾為本義也尗聲式竹切三部汝南名收芌為叔言此者箸商周故言猶存於漢之汝南也

村叔或从寸又寸皆手也故多互用

𡨧入水有所取也从又在回下莫勃切十五部回古文回回淵水也讀若沬沬各本作沬沬荒內切凡未聲近於十三部凡末聲近於十四部叏之平音在十三部故知必讀若沬也檀弓瓦不成味鄭曰味當作沬沬靧也此沬亦荒內切洒面也恐人不了故又以古今字釋之云沬卽今內則之靧字謂瓦器之光澤如洒面然今俗所謂釉也釋文作沬亡葛反與此沬作沬同誤

取捕取也幸部曰執捕罪人也从又耳七庾切四部周禮獲者取左耳大司馬職司馬法曰載獻聝聝者耳也周禮又偁司馬法釋之以說從耳之意

彗埽竹也从又持甡甡眾生竝立之皃從甡者取排比之意祥歲切十五部

篲彗或从竹凡帚柔者用莿施於淨處剛者用竹施於蔵處

䇦古文彗从竹習蓋七部十五部合韵

叚借也人部假云非眞也此叚云借也然則凡云假借當作此字古多借叚為叚晉士文伯名匄字伯瑕楚陽匄鄭駟乞皆字子瑕古名字相應則瑕卽叚也禮記公肩假古今人表作公肩瑕左傳瑕嘉平戎於王周禮注作叚嘉皆同音叚借闕謂闕其形也其從又可知其餘則未解故曰闕古雅切古音在五部

𠬛古文叚

叚譚長說叚如此

友同志為友周禮注曰同師曰朋同志曰友从二又相交二又二人也善兄弟曰友亦取二人而如左右手也云久切三部

𦏲古文友

習亦古文友未詳

度法制也論語曰謹權量審法度中庸曰非天子不制度今天下車同軌古者五度分寸尺丈引謂之制周禮出其淳制天子巡守禮制幣丈八尺純三咫純謂幅廣从又周制寸尺咫尋常仞皆以人之體為法寸法人手之寸口咫法中婦人手長八寸仞法伸臂一尋皆於手取法故從又庶省聲徒故切五部

文二十八 重十六今別出變字則十七

𠂇左手也鉉本作𠂇手也非左今之佐字左部曰左𠂇手相左也是也又手得𠂇手則不孤故曰左助之手象形反彐為𠂇故相戾曰𠂇臧可切十七部俗以左右為𠂇又字乃以佐佑為左右字凡𠂇之屬皆从𠂇

卑賤也執事者从𠂇甲古者尊又而卑𠂇故從𠂇在甲下甲象人頭補移切十六部

文二

史記事者也玉藻動則左史書之言則右史書之不云記言者以記事包之也从又持中中正也君舉必書良史書法不隱疏士切一部凡史之屬皆从史

事職

△叓

支 ㄓ 10端

△𢻮

攲 ㄑㄧ 10溪

也疊韵職記微也古假借爲士字鄭風曰子不我思豈無他事毛曰事士也今本依傳改經又依經改傳而此傳不可通矣从史㞢省聲鉏史切一部叓古文事鍇曰此則之不省

文二　重一

支去竹之枝也从手持半竹此於字形得其義也章移切十六部凡支之屬皆从支𢻮古文支上下各分竹之半手在其中攲持去也支有持義故持去之攲從支宗廟宥座之器曰攲器按此攲當作攱危部曰攱攱嶇也竹部箸訓飯攲此攲亦當作攱箸必邪用之故曰飯攱廣韵攱不正也玉篇曰攲今作不正之攱从支奇聲去奇切按廣韵曰說文居宜切此本音隱葢後人借爲攱字從危讀去奇切也攲奇聲古在十七部攱支聲古在十六部

文二　重一

聿 ㄋㄜˋ 29泥

△肄

肄 ㄧˋ 2定

△肄

肅 ㄙㄨˋ 22心

△𢘏

聿 ㄩˋ 8定

聿手之疌巧也从又持巾尼輒切八部凡聿之屬皆从聿肄習也从聿㣇聲羊至切十五部𦘔籀文肄此依小徐右從聿左從籀文㣇也肄篆文肄按此條先以古文亦上部之例也必先古文者古文從聿篆不從聿也各本篆文右從聿則何不以篆文居首哉肆從隶而隸作肆肆亦同也類篇不誤今正矣古文矢字𠤕疑二字從之此亦從矣聲也肅持事振敬也廣韵恭也敬也戒也進也疾也按訓進者羞之假借訓疾者速之假借皆見禮从聿在𣶒上會意戰戰兢兢也引詩說從𣶒之意也息逐切三部𢘏古文肅从心卪聖逹節次守節下失節故從卪

文三　重三

聿所目書也以用也聿者所用書之物也凡言所以者視此楚謂之聿吳謂之

△劃

筆 ㄅㄧˇ 8幫

𦘕 ㄐㄧㄣ 6精

書 ㄕㄨ 13透

畫 ㄏㄨㄚˋ 11匣

△畫

△劃

晝 ㄓㄡˋ 16端

△晝

隶 ㄉㄞˋ 8定

隸 ㄉㄞˋ 24定

不律燕謂之弗一語而聲字各異也釋器曰不律謂之筆郭云蜀人呼筆爲不律也語之變轉按郭云蜀語與許異郭注爾雅方言皆不偁說文弗同拂拭之拂从聿一各本作一聲今正此從聿而象所書之牘也余律切十五部凡聿之屬皆从聿筆秦謂之筆从聿竹鄙密切古音在十五部𦘕聿飾也飾今之拭字㕞下詳之矣彡下曰毛飾畫文也象形謂以毛拭畫成文彡象其文形也𦘕者筆之所拭文成彡形故從聿從彡楚金以妝飾解之繆矣从聿从彡會意俗語目書好爲𦘕此別一義今人所謂津津壐壐者葢出此歎羨其好則口流盡液音義皆與盡通讀若津也將鄰切十二部書箸也此琴禁鼓郭之例以疊韵釋之也敘目曰箸於竹帛謂之書書者如也箸於竹帛非筆末由矣从聿者聲商魚切五部

文四

畫介也介各本作畍此不識字義者所改今正八部曰介畫也從八從人人各有介從聿二字今補象田四介田之外橫者二直者二今篆體省一橫非也聿所目畫之說從聿之意引伸爲繪畫之字胡麥切十六部凡畫之屬皆从畫畫古文畫古文從聿田此依鍇本劃亦古文畫依鍇本按刀部有劃字晝日之出入與夜爲介从畫省从日按今篆體葢亦少一橫陟救切四部𦘠籀文晝按省下一橫者至夜則日在下未嘗息也

文二　重三

隶及也此與辵部逮音義皆同逮專行而隶廢矣从又尾省又持尾者從後及之也徒耐切古音在十五部凡隶之屬皆从隶隸及也釋言毛傳方言

隸 ㄌㄧˋ 2來　△隸

皆曰迨及也此與歺部殆音義皆同殆危也危猶及也**从隶枲聲**徒耐切一部**詩曰隸天之未陰雨**豳風文今詩作迨俗字也

隸附箸也附當是本作坿淺人改也周禮注隸給勞辱之役者漢始置司隸亦使將徒治道溝渠之役後稍尊之使主官府及近郊左傳人有十等輿臣隸按隸與僕義同皆訓坿箸故從隶**从隶柰聲**郎計切十五部

隸篆文隸从古文之體按此云篆文則上古文也先古後篆亦丄部之例但先古後篆必古從隶篆不從隶乃合各本隸隸俱從隶則何取爾有以知篆文必非從隶矣九經字樣云隸字故從又持米從柰聲又象人手經典相承作隸已久不可改正元應書曰字從米隸聲隸從又從祟音之緒切考楊君石門頌王純碑作隸與字樣合魯峻碑作隸與元應合二人所謂蓋皆謂說文而右旁皆作柰元應說似近是蓋即說文之篆文也說文因小篆作隸故不得先舉篆而系以古文以其形與古文略相似也故依革弟民酉之例云從古文之體至元應乃說之曰從米隸聲隸之芮切從米則唐元度說以周禮曰奴男子入于罪隸女子入于舂稾

文三　重一

臤 ㄑㄧㄢ 6溪　緊 ㄐㄧㄣˇ 6見

臤堅也从又臣聲謂握之固也故從又**凡臤之屬皆从臤讀若鏗鎗**謂讀同鏗也鏗從堅聲堅從臤聲古音在十二部今音鏗在耕韵非也臤今音苦閑切**古文以爲賢字**凡言古文以爲者皆言古文之假借也例見中部漢校官碑親臤寶智又師臤作朋國三老袁良碑優臤之寵按漢魏人用優賢字皆本今文般庚優賢揚歷句蓋今文般庚固以臤爲賢也

緊纏絲急也緊急雙聲此字別作經玉篇引成公四年鄭伯絚卒古千古兩二切考左作堅公作臤穀作賢則別本作經切古千必矣臣聲與臤聲一也而顧書譌作絚釋名云絹絚也其絲絚厚而疏也是其譌久矣集韵養韵作絚舉兩切先韵作經緊也經堅同經天切是宋時故有絚字特丁度等不能用正絚之譌又不知即是緊字耳春秋鄭伯絚釋文不載考經字者所當知**从臤絲省**糾忍切十二部

堅 ㄐㄧㄢ 6見　豎 ㄕㄨˋ 16定　△豎

堅土剛也土字今補周禮草人騂剛用牛九章筭術穿地四爲壤五爲堅三引伸爲凡物之剛如云臤堅也是也**从臤土**按緊堅不入糸土部者說見句丩部下古賢切十二部

豎豎立也堅立謂堅固立之也豎與封音義同而豎從臤故知爲堅立周禮內豎鄭云豎未冠者之官名蓋未冠者才能自立故名之豎因以爲官名豎之言孺也**从臤豆聲**臣庾切古音在四部

豎籀文豎从殳

文四　重一

臣 ㄔㄣˊ 6定　臦 ㄍㄨㄤˋ 15見

臣牽也以疊韵釋之春秋說廣雅皆曰臣堅也白虎通曰臣者繵也屬志自堅固也**事君者**各本作也今正**象屈服之形**植鄰切十二部按論語音義𢘑植鄰切古臣字陸時武后字未出也武后埊𢘑二字見戰國策六朝俗字也**凡臣之屬皆从臣**

臦乖也从二臣相違讀若誑居況切十部按夰部臩以爲聲

臧 ㄗㄤ 15精　△臧

臧善也釋詁毛傳同按子郎才郎二反本無二字凡物善者必隱於內也以從艸之藏爲臧匿字始於漢末改易經典不可從也又贓私字古亦用臧**从臣戕聲**則郎切十部

臧籀文按宋本及集韵類篇皆從二今本下從土非

文三　重一

殳 ㄕㄨ 16定

殳以杖殊人也杖各本作投依太平御覽正云杖者殳用積竹而無刃毛傳殳長丈二而無刃是也殊斷也以杖殊人者謂以杖隔遠之釋名殳殊也有所撞挃於車上使殊離也殳殊同音故謂之殳猶以近窮遠謂之弓也**周禮**周字今補下文所說皆出於周禮也**殳以積竹**以積竹者用積竹爲之漢書昌邑王道買積竹杖文穎曰合竹作杖也竹部曰籚積竹矛戟矜也木部曰欑積竹杖也柲欑也考工記注曰籚謂矛戟柄竹欑柲凡戈矛柄皆積竹而殳無金刃故專積竹杖之名盧人爲之**八觚**考工記注云凡矜八觚此無刃

祋ㄉㄨㄟˋ 4端　杸ㄕㄨ 16定　毄ㄐㄧˊ 11見

亦八觚也**長丈二尺建於兵車**考工記曰廬人爲廬器殳長尋有四尺車有六等之數車軫四尺戈崇於軫四尺人崇於戈四尺殳崇於人四尺車戟崇於殳四尺酋矛崇於戟四尺注云此所謂兵車也殳戟矛皆插車輢**旅賁以先驅**周禮旅賁氏掌執戈盾夾王車而趨葢亦執殳矣詩曰伯也執殳爲王前驅**从又几聲**市朱切古音在四部**凡殳之屬皆从殳**

祋殳也見毛傳**从殳示聲**丁外切十五部**或說城郭市里高縣羊皮有不當入而欲入者暫下以驚牛馬曰祋**此別一義祋與咄義同**詩曰何戈與祋**曹風文此證前一義

杸軍中士所持殳也軍中士所持殳不必皆用積竹故字從木**从木殳**市朱切古音在四部**司馬法曰執羽從杸**從字依廣韵

毄相擊中也考工記毄兵同強兼戈戟殳言之和弓毄摩注毄拂也手部曰拂過擊也惟記文用此字本義若司門祭祀之牛牲毄焉校人三皁爲毄毄一馭夫六毄爲廏廏一僕夫皆假借爲系字今之繫也易毄辭釋文作此字故云系也字從毄若直作毄下系者音口奚反非此謂繫乃說文繫䌖字毄辭不當作繫也漢書景帝詔農桑毄畜注食養之畜**如車相轚故从殳軎也**轚本從手今正轚車轄相擊也轄亦轚字車軸耑鍵也軎車軸耑也殳可用擊之物故從殳軎取意於車相轚也古歷反十六部

㱿ㄎㄜˊ（殼）17溪　𣪘ㄓㄣˇ 28端　豛ㄉㄡˋ 16定

㱿從上擊下也從上擊下正中其物確然有聲**从殳肖聲**苦角切三部凡㯂韇字以爲聲大小徐皆云青口江切今廣韵四江無㱿在三部則肖古音亦在三部可知音轉讀如韜土刀切**一曰素也**素謂物之質如土坏也今人用腔字說文多作空空與㱿義同俗作殼或作㲉㲉會閒音哭卵外堅也

𣪘下擊上也廣雅四曰𣪘禁也謂禁上使不得下也**从殳冘聲**知朕切八部

豛繇擊也繇說文作䌛隨從也說文無遙字此卽其遙字繇擊者遠而擊之如良與客狙擊秦皇帝博浪沙中也**从殳豆聲**度侯切四部**古**

𣪆ㄔㄡˊ 21定　𣪞ㄉㄨˊ 17見　毆ㄡ 16影

文投如此投各本譌作殺今正投殳聲豛豆聲殳豆同在古音四部也此五字葢後人所註記語假令果是古文投則許之例當入手部投下重文矣投下云擿也此云遙擊則義固別

𣪆縣物毄擊也此與手部擣音義同擣手椎也**从殳𠷎聲**市流切三部

𣪞椎毄物也謂用椎擊中物與攴部𢿎木部椓音義略同**从殳豖聲**各毒切廣韵竹角切三部

毆捶毄物也捶以杖擊也因謂杖爲捶捶毄物者謂用杖擊中人物也按此字卽今經典之毆字廣韵曰俗作毆是也唐石經周禮射鳥氏以弓矢毆鳥鳶方相氏索室毆疫入壙以戈擊四隅毆方良冥氏以靈鼓毆之庶氏凡毆蠱則令之比之壷涿氏以炮土之鼓毆之今版本皆作毆唐刻獨不誤張參五經文字殳部毆一口反攴部無毆殳部毆字正爲經典而出特未嘗箸之曰又起俱反俗作毆耳毆訓捶毄物故以弓矢以戈以靈鼓以炮土之鼓皆捶擊意也區聲古音在四部讀一口反音轉入五部釋文讀起俱丌于反淺人乃分析一口爲毆打之字起俱丌于爲驅逐之字誤矣又云毆是馬部驅之古文夫毆在馬部爲古文驅在殳部爲俗毆字無庸牽合驅訓馬馳毆訓捶毄試思爲淵毆魚爲叢毆爵之類可改爲驅魚驅爵乎鄭注周禮曰凡言毆者所以毆之納之於善豈可改爲驅之納之於善乎卽古閒有假借通用唐石經固不可易也。又按此部自㱿而下言擊者八言毄者二不應錯出不倫葢擊字皆本作毄淺人改之而未盡擊攴也攴小毄也與毄字義異**从殳區聲**烏后切四部

毃ㄑㄧㄠ 19溪　殿ㄉㄧㄢˋ 9定　殹ㄧˋ 4影

毃擊頭也淮南書曰以年之少爲閒丈人說事救敲不給何道之能明也高注老人敲其頭自救不暇按敲當作毃呂氏春秋曰死而操金椎以葬曰下見六王五伯將毃其頭矣按毃今本譌穀**从殳高聲**口卓切二部

殿擊聲也此字本義未見假借爲宮殿字燕禮注人君爲殿屋疏云漢時殿屋四向流水廣雅曰堂埤壂也爾雅無室曰㮰郭注卽今堂埤然則無室謂之殿矣又假借爲軍後曰殿**从殳屍聲**堂練切古音在十三部

殹擊中聲也此字本義亦未見酉部醫從殹王育說殹惡姿也一曰殹病聲也此與毄中聲義近

段 ㄉㄨㄢˋ 3定　毃 ㄧㄠˊ 19匣　𣪍 ㄊㄨㄥˊ 23定　毅 ㄧˋ 8疑　𣪠 ㄐㄩˋ 21見　役 ㄧˋ 11定　△伇　毅 ㄍㄞˇ 24見

秦人借爲語詞詛楚文禮使介老將之以自救殹薛尙功所見秦權銘其於久遠殹石鼓文汧殹沔沔權銘殹字垠邪臺刻石及他秦權秦斤皆作乜然則周秦人以殹爲也可信詩之兮字偁詩者或用也爲之三字通用也从殳医聲於計切十五部

段椎物也用椎曰椎考工記段氏爲鎛器徐丁亂反劉徒亂反徐音是也鎛欲其段之堅故官曰段氏函人職曰凡甲鍛不摯則不堅鍛亦當作段金部曰鍛小冶也小冶小鑄之竈也後人以鍛爲段字以段爲分段字讀徒亂切分段字自應作斷葢古今字之不同如此大雅取厲取碫毛曰碫段石也鄭曰段石所以爲段質也古本當如是石部碫段石也從石段春秋傳鄭公孫段字子石古本當如是段石與厲石各物說文訓詁多宗毛傳从殳耑省聲徒玩切十四部

𣪍擊空聲也从殳宮聲徒冬切又火宮切九部按亦作𣪊枯公切

殽相襍錯也食貨志鑄錢之情非殽襍爲巧則不可得贏按殽謂襍以鉛鐵也董仲舒傳賢不肖混殽經典借爲肴字禮記借爲效字从殳取攪之之意肴聲胡茅切二部

毅妄怒也生下曰妄生也凡氣盛曰妄一曰毅有決也中庸曰發強剛毅左傳曰殺敵爲果致果爲毅苞注論語曰毅強而能決斷也从殳取用武之意豙聲按豙從辛五經文字曰從辛省非也豨省從辛省耳魚既切十五部

𣪠揉屈也說文有煣無揉煣屈申木也煣屈謂柔而屈之廣韵曰強擊正與柔屈相反从殳皀殳者有力之物用有力之物而精謹也叀小謹也居又切三部皀古叀字當云古文叀斤部云皀古文叀字是也廏字从此

役戍也依韵會訂戍守邊也司馬法曰弓矢圍殳矛守戈戟助凡五兵長以衛短短以救長按圉古禦字今周禮注作圉誤殳所以守也故其字從殳引伸之義凡事勞皆曰役又生民詩禾役穟穟役者穎之假借禾部兩引詩皆作禾穎从殳彳彳取巡行之意營隻切十六部伇古文役从人與戍從人持戈同意

毅毅改逗大剛卯也㠯逐精鬽鬽各本作鬼今正王莽傳剛卯金刀之利皆不得行服虔晉灼注司馬彪輿服志言其制詳矣按毅從殳者謂其可擊鬼也从殳亥聲古哀切廣韵音開一部

文二十　重一

殺 ㄕㄚ 2心　△殺　△㪚　△布　△殺　△䊛

殺戮也戈部曰戮殺也从殳杀聲鉉等曰說文無杀字相傳音察按張參曰杀古殺字張說似近是此如本作术或加禾爲秫所八切十五部凡殺之屬皆从殺殺古文殺按鉉本宋刻無此字李燾本同䊛古文殺㪚古文殺布古文殺按此葢卽杀字轉寫譌變耳加殳爲小篆之殺此類甚多古文四聲韵杀爲崔希裕纂古杀爲說文則夏氏所據說文爲善本正與張參說合首字下當云從殳從杀或譌爲杀聲也殺籒文殺按鉉本宋刻無此字李燾本同類篇云史文殺作殺臣光曰說文失收故集韵今不載然則司馬公所據鉉本無殺信矣今版本依錯本增之耳考工記⿰金閃字不識何以從閃今據殳部古文役殺部籒文殺殳皆作⿱四又求之知⿱四又譌爲閃頓釋此疑學者觸類而長之可也

弒 ㄕˋ 24透

弒臣殺君也經傳殺弒二字轉寫既多譌亂音家又或拘泥中無定見多有殺讀弒者按述其實則曰殺君正其名則曰弒君春秋正名之書也故言弒不言殺三傳述實以釋經之書也故或言殺或言弒不必傳無殺君字也許釋弒曰臣殺君此可以證矣殺在古音十五部弒在一部本不相通也弒漢石經公羊作試二字同式聲也白虎通引春秋讖曰弒者試也欲言臣子殺其君父不敢卒候閒司事可稍稍試之釋名曰弒伺也說同皆本文言傳之意易曰臣弒其君文言傳文从殺省式聲式吏切一部

文二　重五宋刻作重四實重三李燾作重三錯本作重四實重五

几 ㄕㄨ 16定　𠘧 ㄓㄣˇ 9端

几鳥之短羽飛几几也象形凡几之屬皆从几讀若殊市朱切按以殳從几聲求之古音在四部

𠘧新生羽而飛此與彡部㐱音同形似而義殊从

鳧 ㄈㄨˊ 4並

九从彡從九而象其形也之忍切十三部

鳧舒鳧 逗 鶩也釋鳥曰舒鴈鵝舒鳧鶩內則注同舍人李巡云野曰鴈家曰鵝野曰鳧家曰鶩按野曰鴈鳧而畜於家者曰舒鴈舒鳧是爲鵝鶩舒者謂其行舒遲不畏人也詩弋鳧與鴈以及他言鴻鴈鳧鷖皆謂野鳥非舒鳧舒鴈也大雅傳曰鳧水鳥也鷖鳧屬也然則說文於鳧下舉舒鳧蓋謂統言可不別但云舒鳧則固析言之矣尋許意不以鳧入鳥部而入九部此句ㄐ二部之例鳧之羽短不能飛故其字從九豈知野鳧亦短羽而能飛乎从九鳥九亦聲各本作從鳥九聲今補正房無切古音蓋在四部

文三

寸 ㄘㄨㄣˋ 9清

寸十分也度別於分忖於寸禾部曰十髮爲程一程爲分十分爲寸人手卻一寸動䘑謂之寸口从又一卻猶退也距手十分動䘑之處謂之寸口故字從又一會意也周禮注云脈之大候要在陽明寸口倉困切十三部凡寸之屬皆从寸

寺 ㄙˋ 24定

寺廷也廴部曰廷朝中也漢書注曰凡府庭所在皆謂之寺釋名寺嗣也治事者相嗣續於其內廣韵寺者司也官之所止有九寺按經典假寺爲侍詩瞻卬傳曰寺近也周禮注曰寺之言侍也凡禮詩左傳言寺人皆同若漢西域白馬駝經來初止於鴻臚寺遂取寺名初置白馬寺此名之不正者也有法度者也从寸考工記曰市朝一夫注云方各百步知天子三朝各方百步其諸侯大夫之制未詳步必積寸爲之言法度字多從寸又部曰度法制也㞢聲祥吏切一部

將 ㄐㄧㄤˋ 15精

將帥也帥當作衛行部曰衛將也二字互訓儀禮周禮古文衛多作率今文多作帥毛詩率時農夫韓詩作帥說詳周禮漢讀考帥者佩巾漢人假爲率字率亦衛之假也許造說文當是本作將衛也以自伸其說經轉寫改竄而非舊矣後人謂將帥二字去聲與平聲之將入聲之帥別者古無是說也毛詩將字故訓特多大也送也行也養也齊也側也願也請也此等或見爾雅或不見皆各依文爲義亦皆就曡韵雙聲得之如願請是一義將讀七羊反故釋爲請也將讀卽羊反故皇矣傳釋爲側釋言及楚茨傳釋爲齊齊徐仙民周禮音蔣細反皆雙聲也釋言將齊也郭云謂分齊也引詩或肆或將此甚明晝或肆蒙或剝言剝之乃陳於互也或將蒙或亨言亨之必劑量其水火及五味之宜故云齊其肉也如是乃以祝祭于祊詩爾雅疏皆不了故箸之从寸必有法度而後可以主之先之故從寸醬省聲卽諒切十部

尋 ㄒㄩㄣˊ 28定

尋繹理也謂抽繹而治之凡治亂必得其緒而後設法治之引伸之義爲長方言曰尋長也海岱大野之閒曰尋自關而西秦晉梁益之閒凡物長謂之尋周官之法度廣爲尋古文禮假尋爲燅有司徹乃燅尸俎注燅溫也古文燅皆作尋記或作尋春秋傳若可尋也亦可寒也案左傳服注尋之言重也溫也論語何注溫尋也互相發明俗本禮注作燖誤从工口从又寸工口亂也又寸分理之也彡聲徐林切七部此與㲃同意說見㲃下度人之兩臂爲尋八尺也此別一義亦因从寸及之考工記曰澮廣二尋

專 ㄓㄨㄢ 3端

專六寸簿也說文無簿有薄蓋後人易艸爲竹以分別其字耳六寸薄蓋笏也曰部云回佩也無笏字釋名曰笏忽也君有命則書其上備忽忘也或曰薄可以簿疏物也徐廣車服儀制曰古者貴賤皆執笏卽今手版也杜注左傳珽玉笏也若今吏之持簿蜀志秦宓見廣漢太守以簿擊頰裴松之曰簿手版也六寸未聞疑上奪二尺字玉藻曰笏度二尺有六寸此法度也故其字從寸从寸叀聲職緣切十四部一曰專紡專小雅乃生女子載弄之瓦毛曰瓦紡專也系部紡網絲也網絲者以專爲錘廣韵曰鏄紡錘是也今專之俗字作甎塼以專爲嫥壹之嫥廣韵曰擅也單也政也誠也獨也自是也

尃 ㄈㄨ 13滂

尃布也祭義溥之而橫乎四海釋文溥本或作尃同芳于反今刻云或作敷繆也集韵韵會可證說卦傳震爲尃鄭虞姚皆同王肅干寶作尃干云花之通名爲鋪花皃謂之藪漢書上林賦布結縷史記布作尃徐廣曰尃古布字按尃訓布也非一字从寸凡敷敀必有法度而後行故从寸甫聲芳無切五部

導 ㄉㄠˋ 21定

導導引也此複舉字未刪者經傳

皮ㄆㄧˊ 1並 △𡰪 皰ㄆㄠˋ 21滂 △𥫃 皯ㄍㄢˇ 3見

多假道爲導義本通也 从寸 引之必以法度 道聲 徒晧切廣韵徒到切古音在三部

文七

剝取獸革者謂之皮 剝裂也謂使革與肉分裂也云革者析言則去毛曰革統言則不別也云者者謂其人也取獸革者謂之皮皮被被析也見木部因之所取謂之皮矣引伸凡物之表皆曰皮凡去物之表亦皆曰皮戰國策言皮面抉眼王褒僮約言落桑皮椶釋名言皮瓠以爲蓄皆是 从又 又手也所以剝取也 爲省聲 符羈切古音爲皮皆在十七部 凡皮之屬皆从皮 古文皮 从竹者蓋用竹以離之 籀文皮

面生气也 玉篇作面皮生氣也元應書一作面生熱氣也淮南潰小皰而發痤疽高曰皰面氣也元應引作皰 从皮包聲 勇教切古音在三部

面黑气也 列子曰燋然肌色皯黣 从皮干聲 古旱切十四部

甍ㄖㄨㄢˇ 3泥 △防 △𤮮 𩰲ㄖㄨㄥˊ 26泥 △𧝙

文三 重二

柔韋也 柔者治之使鞣也韋可用之皮也考工記注曰蒼頡篇有鞄甍 从北 鉉曰從北者反覆柔治之也 从皮省 謂𠬝也非耳非瓦今隸下皆作瓦矣 夐省聲 各本無聲今補夐古音在十四部此省其上下取冂爲聲也而兗切十四部 凡甍之屬皆从甍讀若耎一曰若雋 雋同俊人部有俊無雋 古文甍 从皮省从人治之 籀文甍从夐省 下從皮省上從夐省

羽獵韋絝 羽獵見高唐賦楊雄傳服虔曰士卒負羽也 从甍 柔韋爲絝 弁聲 按火𠔉二部無弁字而此部有𩰲人部有併舟部有𦩎皆從弁聲然則今本說文奪弁字無疑其義未聞其音則併𦩎勝騰䲢滕縢滕皆在六部𩰲本音蓋在六部轉入九部也而朧切 虞書曰 虞書當作唐書 鳥獸𩰲毛 堯典文今尚書作氄毛部作毴云盛毛也此作𩰲豈彼古文此今文之異與 从弁从衣 小徐本如是而注之曰此亦𩰲字大徐因倒之云或從衣從弁 虞書曰鳥獸𩰲毛今依小徐者仍舊也闕疑也弁聲古在六部轉入九部

攴ㄆㄨ 17滂 啟ㄑㄧˇ 4溪 徹ㄔㄜˋ 5透

文二 鉉作文三 重三 鉉作重二

小擊也 手部曰擊攴也此云小擊也同義而微有別按此字從又卜聲又者手也經典隸變作扑凡尚書三禮鞭扑字皆作扑又變爲手卜聲不改葢漢石經之體此手部無扑之原也唐石經初刻作朴從木者唐元度覆按正之從手是也豳風八月剝棗假剝爲攴毛曰擊也音義曰普卜反 从又卜聲 普木切三部 凡攴之屬皆从攴

教也从攴启聲 康禮切十五部 論語曰不憤不啟 述而篇文

通也 孟子曰徹者徹也鄭注論語曰徹通也爲天下通法也按詩徹彼桑土傳曰裂也徹我牆屋曰毀也天命不徹曰道也徹我疆土曰治也各隨文解之而通字可以隱栝古有徹無轍

△徹 敏ㄇㄧㄣˇ 24明 敃ㄇㄧㄣˇ 6明 敄ㄨˋ 16明 敀ㄆㄛˋ 14幫

从彳从攴从育 葢合三字會意攴之而養育之而行之則無不通矣毛傳所謂治也丑列切十五部 一曰相臣 疑有譌鉉本無此四字 古文徹 中從鬲

疾也 釋詁毛傳同 从攴每聲 眉殞切古音在一部生民詩履帝武敏釋訓敏拇也謂敏爲拇之假借拇足大指也古作母

彊也 釋詁昏暋強也按說文暋作暋冒也則許所據爾雅作敃強也昏字從氏省不從民聲自俗寫殽譌音韵亦亂玉篇謂敃敯同字是也 从攴民聲 眉殞切十二部

彊也从攴矛聲 亡遇切古音在三部

迮也 迮起也故者起之也與迫音義同 从攴白聲 博陌切古音在五部 周書曰常敀常任 立政篇文按漢人所用皆作常伯今尚書作伯許所據絕異者壁中古文多假借字也以敀爲伯如洪範以玫爲好顧命以莧爲蔑牧誓以狟爲桓皆壁中古文假借今尚書作伯好蔑桓者孔安國以今文字讀古文而易之而漢世言古文尚書者因之如杜子春鄭司農讀周禮故書往往易其

整ㄓㄥˇ 12端 效ㄒㄧㄠˋ 19匣 故ㄍㄨˋ 13見 政ㄓㄥˋ 12端 𢻱ㄕ 1透 敷ㄈㄨ 13滂 敟ㄉㄧㄢˇ 3端 𣀓ㄌㄧˋ 1來 數ㄕㄨˋ 16心 潄ㄌㄧㄢˋ 3來

字而許叔重鄭康成多因之其理一也杜子春已改之周禮其故書古字猶存於鄭注孔安國已改之尚書其壁中古文之字猶存於說文

整 **齊也** 齊者禾麥吐采上平也引伸爲凡齊之偁 **从攴从束正 正亦聲** 之郢切十一部

效 **象也** 象當作像人部曰像似也毛詩君子是則是傚又民胥傚矣皆效法字之或體左傳引詩民胥效矣是也彼行之而此效之故俗云報效云效力云效驗廣韵云俗字作効今俗分別效力作効效法効驗作效尤爲鄙俚效法之字亦作爻毄辭爻法之謂坤是亦作殽禮運殽以降命是亦作殽儀禮注引詩君子是則是詼是皆假借也 **从攴交聲** 胡教切二部

故 **使爲之也** 今俗云原故是也凡爲之必有使之者使之而爲之則成故事矣引伸之爲故舊故曰古故也墨子經上曰故所得而後成也許本之 **从攴** 取使之之意 **古聲** 古慕切五部

政 **正也** 論語孔子曰政者正也 **从攴正 正亦聲** 之盛切十一部

𢻱 **敷也** 今字作施施行而𢻱廢矣施旗旖施也經傳多假借 **从攴也聲讀與施同** 式支切古音在十七部

敷 **𢻱也** 此與寸部尃音義同 **从攴尃聲** 芳無切五部俗作敷古尃與方多通用 **周書曰用敷遺後人** 顧命文

敟 **主也** 廣韵典字下曰主也常也法也經也按凡典法典守字皆當作敟經傳多作典典行而敟廢矣 **从攴典聲** 多殄切十二部

𣀓 **數也** 大雅其麗不億毛曰麗數也方言作𣀓亦云數也益𣀓是正字麗是假借字從麗者麗兩也兩兩而數之也 **从攴麗聲** 力米切古音在十六部曹憲引說文李衣反盇本音隱

數 **計也** 六藝六曰九數今九章筭術是也今人謂在物者去聲在人者上聲昔人不盡然又引伸之義分析之音甚多大約速與密二義可包之 **从攴婁聲** 所矩切古音在四部

潄 **辟潄鐵也** 張協七命乃鍊乃鑠萬辟千灌李注辟謂疊之灌謂鑄之引典論魏太子丕造百辟寶劍又引王粲刀銘灌辟以數質象以呈按辟者襞之假借也潄者段也簡取精鐵不計數揩疊段之因名爲辟潄鐵也 **从攴**

孜ㄗ 24精 攽ㄅㄢ 9幫 𢼈ㄏㄢˋ 3匣 敳ㄞˊ 7疑 敞ㄔㄤˇ 15透 敒ㄕㄣ 6定

湅 從攴者取段意湅者𤃬也從湅取簡擇之意湅亦聲郎電切十四部

孜 **孜孜** 二字今補 **汲汲也** 廣雅孜孜汲汲劇也按汲汲與彶彶同急行也 **从攴子聲** 子之切一部 **周書曰孜孜無怠** 大誓篇文見詩文王正義引又見史記周本紀字作孳孳按伏生二十八篇本無大誓民閒後得大誓博士習而讀之合二十八篇爲二十九篇司馬遷史記董仲舒對策劉向說苑及終軍班伯谷永匡衡平當奏對多用之此今文大誓也孔安國得壁中古文有大誓三篇古文家馬鄭王皆作注與今文字或異如流爲雕馬曰雕鷙鳥此古文大誓作雕之證尚書大傳鄭所引禮說周本紀董仲舒傳皆作烏此今文大誓作烏之證鄭注云雕當爲雅雅烏也此據今文正古文也說文此及搯下涘下所引皆古文大誓也許作孜史記作孳蓋亦古文今文之異也唐孔穎達賈公彥謂枚頤本三篇爲眞古文則不得不謂馬鄭王所注爲今文大誓詳見古文尚書撰異

攽 **分也 从攴分聲** 此形聲包會意 **周書曰乃惟孺子攽** 雒誥文今尚書作頒葢孔安國以今文字易之周禮亦作頒當是攽爲正字頒爲假借字鄭司農云頒讀爲班布之班據許所偁古文則當云頒當爲攽不爾者漢時攽字不行也馬注尚書頒猶分也云猶者須訓大大則必分非可徑訓分也故云猶 **讀與虨同** 分聲彬聲本皆在十三部徐仙民於周禮頒音墳於書音甫云反是也音轉入十四部布還切

𢼈 **止也** 𢼈扞古今字扞行而𢼈廢矣毛詩傳曰干扞也謂干爲扞之假借實則干爲𢼈之假借也手部曰扞忮也 **从攴旱聲** 侯旰切十四部 **周書曰𢼈我于艱** 文侯之命篇文今作扞

敳 **有所治也** 左傳八凱有隤敳 **从攴豈聲讀若豤** 此十五部十三部合音也今音五來切非是豤鍇本作墾

敞 **平治高土可㠯遠望也** 惟平治故字從攴後人乃謂高土可以遠望爲敞而昧其本始矣 **从攴尚聲** 昌兩切十部

敒 **理也 從攴伸聲** 直刃切十二部按直刃乃誤同敶音耳東京賦振天維衍地絡衍謂申布也玉篇余忍切衍當是敒之或體

改ㄍㄞˇ 24見　變ㄅㄧㄢˋ 3幫　更ㄍㄥ 15見　敕ㄔˋ 25透　⿰耳攴ㄒㄧㄝˋ 29泥　斂ㄌㄧㄢˇ 30來　敹ㄌㄧㄠˊ 19來　敿ㄐㄧㄠˇ 19見　敆ㄍㄜˊ 27見　敶ㄓㄣˋ 6定

改 更也雙聲从攴己聲或無聲誤古亥切一部

變 更也从攴䜌聲祕戀切十四部

更 改也更訓改亦訓繼不改爲繼改之亦爲繼故小雅毛傳曰庚續也用部庸下曰庚更事也列子云五年之後心庚念是非口庚言利害七年之後從心之所念庚無是非從口之所言庚無利害皆假庚爲更今人分別平去二音非古也从攴丙聲古孟切又古行切古音在十部

敕 誠也言部曰誠敕也二字互訓小雅毛傳曰敕固也此謂敕即飭之假借飭致堅也後人用勑爲敕力部勑勞也洛代切又或從力作勅一曰今二字補菑地曰敕此別一義凡植物地中謂之菑或作傳事剸鏄側吏初吏二切敕與初吏一切正同部雙聲也菑者今之插字漢人祇作菑从攴束各本有聲誤今刪攴而收束之二義皆於此會意非束聲也恥力切一部

⿰耳攴 使也从攴耴省聲而涉切八部

斂 收也从攴僉聲良冉切七部

敹 擇也粊誓某氏注言當善簡汝甲胄與許說合鄭注敹謂穿徹之从攴宲各本有聲誤今刪宲或罙字冒也從攴宲者敹其冒昧而擇之洛蕭切依今音在二部周書曰敹乃甲胄

敿 繫連也繫當作系粊誓某氏注云施汝盾紛王云敿盾當有紛繫持之鄭云敿猶繫也按鄭云猶者鄭意敿是係矯之而後繫之非一事也敿不訓繫故云猶許云繫連者謂繫而連之秦風龍盾之合毛云合而載之左傳齊子淵捷從泄聲子射之中盾瓦繇朐汏輈匕入者三寸詳傳文盾正蔽車前必聯合之以爲車蔽故云繫連凡字有專釋經者敹敿是也从攴喬聲周書曰敿乃干讀若矯居夭切二部

敆 合會也見釋詁今俗云敆縫从攴合合亦聲古沓切七部

敶 列也韓詩信彼南山惟禹敶之爾雅郊外謂之田李巡云田敶也謂敶列種穀之處敶者敶之省素問注云敶古陳字是也此本敶列字後人假借陳爲之陳行而敶廢矣亦本軍敶字冖下云讀若軍敶之敶是也後人別製無理之陣字陣行而敶又廢矣从攴陳聲直刃切廣韵十七眞曰敶者陳之古文古文當作古字十二部

敵ㄉㄧˊ 11定　救ㄐㄧㄡˋ 21見　敓ㄉㄨㄛˊ 2定　斁ㄧˋ 14定　赦ㄕㄜˋ 14透　攸ㄧㄡ 21定　△赦　△汥

敵 仇也仇讎也左傳曰怨耦曰仇仇者兼好惡之詞相等爲敵因之相角爲敵古多假借適爲敵襍記計於適者史記適人開戶適不及拒荀卿子天子四海之內無客禮告無適也文子曰一也者無敵之道也按後人取文子注論語曰敬者主一無適之謂適讀如字夫主一則有適矣乃云無適乎敬者持事振敬非謂主一也淮南書曰一者萬物之本也無適之道也與文子同正作敵从攴啇聲徒歷切十六部

救 止也論語子謂冉有曰女弗能救與馬曰救猶止也馬意救與止稍別許謂凡止皆謂之救从攴求聲居又切三部

敓 彊取也此是爭敓正字後人假奪爲敓奪行而敓廢矣周書曰敓攘矯虔呂刑篇文今尚書作奪此唐天寶衞包所改凡尚書之字有古文家改壁中相沿已久者有衞包肊改者皆可分別考而知之詳見古文尚書撰異唐人尚用敓字陸宣公集有敓敥是也从攴兌聲徒活切十五部

斁 解也此與釋音義同後人區別之从攴睪聲羊益切古音在五部詩曰服之無斁周南文斁厭也見釋詁毛傳按此三字釋所引詩之斁以別於上文解訓此全書之一例也厭同猒飽也經典亦假射爲斁一曰終也此別一義

赦 置也网部曰置赦也二字互訓赦與捨音義同非專謂赦罪也後捨行而赦廢赦專爲赦罪矣从攴赤聲始夜切古音在五部

赦 赦或从亦亦聲古在五部

攸 行水也戴侗曰唐本作水行攸攸也其中從巛按當作行水攸攸也行水順其性則安流攸攸而入於海衞風傳滺滺流皃是也作滺者俗變也左傳說火曰鬱攸從之蒙葺公屋火之行如水之行故曰鬱攸大雅曰爲韓姞相攸釋言攸所也水之安行爲攸故凡可安爲攸又借爲逌字逌气行皃水行之攸气行之逌皆主和緩故或用攸或用逌从攴从人攴取引導之意人謂引導者水省以周切三部

汥 秦刻石嶧山句石文攸字如此人省水不省嶧山石文史記不載其文曰登于繹山羣臣從者咸思攸長今作攸者傳刻失眞也又史記

△侎

⿰亡攴ㄈㄨˇ 15滂　敉ㄇㄧˇ 4明　敡ㄧˋ 11定　⿰韋攴ㄨㄟˊ 7匣　敦ㄉㄨㄣ 9端

載會稽石文曰皇帝休烈平一海內德惠脩長小司馬云王劭按張徵所錄會稽南山秦始皇碑文脩作攸葢其字亦作浟也用此知小雅大雅毛傳皆云脩長也經文脩字皆攸之假借本作攸後改耳釋詁永悠迴遠遐也悠當作攸

⿰亡攴　撫也从攴亡聲讀與撫同亡在九部無在五部古借亡爲無故改讀如撫也芳武切

敉　撫也見釋言从攴米聲周書曰亦未克敉公功雒誥文讀若弭綿婢切十六部按米聲十五弭十六此合音也

侎　敉或从人

敡　侮也此與人部傷義略同从攴从易易亦聲以豉切十六部

⿰韋攴　戾也王注離騷曰緯繣乖戾也廣雅釋訓曰緯繣乖剌也廣韵廿一麥曰徽繣乖違也說文無繣緯徽皆⿰韋攴之假借也从攴韋聲羽非切十五部

敦　怒也詆也一曰誰何也皆責問之意邶風王事敦我毛曰敦厚也按心部惇厚也然則凡云敦厚者皆假敦爲惇此字本義訓責問故從攴誰何見言部从攴𦎫聲都昆切十三部

⿰羣攴ㄑㄩㄣˊ 9匣　敗ㄅㄞˋ 2並　△⿰賏攴　敿ㄌㄨㄢˋ 3來　寇ㄎㄡˋ 16溪　⿰蚩攴ㄓˇ 24端　⿰度攴ㄉㄨˋ 14定　△剫　敜ㄋㄧㄝˋ 28泥

⿰羣攴　朋侵也从攴羣羣朋也攴侵也羣亦聲渠云切十三部

敗　毀也从攴貝會意貝亦聲薄邁切十五部賊敗皆从貝二字同意古者貨貝故從貝會意戈部云賊從戈則聲與此不合

⿰賏攴　籀文敗从賏從二貝也老子曰多藏必厚亡

敿　煩也煩熱頭痛也引伸爲煩亂按敿與𠬪部𤔔乙部亂言部䜌音義皆同煩曰敿治其煩亦曰亂也从攴𤔔聲郎段切十四部

寇　暴也暴當是本部之暴暴疾之字引伸爲暴亂也从攴完此與敗賊同意苦候切四部

⿰蚩攴　刺也刺各本作剌今按⿰蚩攴與刺雙聲定作刺七迹切从攴蚩聲豬几切按几當作己古音在一部

⿰度攴　閉也杜門字當作此杜行而⿰度攴廢矣丹部引周書惟其⿰度攴丹雘此假⿰度攴爲塗也从攴度聲讀若杜徒古切五部

剫　⿰度攴或从刀按刀部剫判也則此當删

敜　塞也粊誓某氏注云窒敜之按士喪禮隸人涅廁注涅塞也葢敜其本字涅其假借字也異部雙聲相假借故敜亦音乃結反从攴念聲奴叶切七部周書曰敜乃穽

⿰豖攴ㄓㄨㄛˊ 17端　敲ㄑㄧㄠ 19溪　攻ㄍㄨㄥ 18見　敂ㄎㄡˋ 16溪　攷ㄎㄠˇ 21溪　收ㄕㄡ 21透　鼓ㄍㄨˇ 16見　⿰畢攴ㄅㄧˋ 5幫

⿰畢攴　⿰畢攴此複舉字之僅存者盡也事畢之字當作此畢行而⿰畢攴廢矣畢田网也从攴畢聲卑吉切十二部

收　捕也手部曰捕取也从攴丩聲式州切三部

鼓　擊鼓也从攴壴壴者鼓之省攴者擊之壴亦聲壴古音在四部矦韵尤矦之入聲爲屋沃燭讀若屬鉉本無此三字非也屬之欲切故鼓讀如⿰豖攴與擊雙聲大徐以其形似鼓讀公戶切刪此三字其誤益久矣玉篇云之錄切擊也此顧氏原文云又公戶切此孫強所增也佩觿云鼓之錄工五二切沿孫之繆至廣韵乃姥韵有鼓而燭韵無鼓至集韵類篇乃以朱欲殊玉二切歸之從豈聲之鼓字而不知二切皆本說文鼓讀如屬鼓安得有此二切也皆由沿襲徐鉉遂舛誤至此至乎南宋毛晃又云鼓舞字從攴與鍾鼓字不同岳珂刊九經三傳凡鼓瑟鼓琴鼓鍾于宮弗鼓弗考鼓之舞之皆分別作鼓經典釋文五經文字九經字様開成石經皆無此例也周禮小師掌教鼓鼗柷敔塤簫管弦歌注云出音曰鼓按鼓郭也故凡出其音皆曰鼓若鼓訓擊也鼗柷敔可云鼓塤簫管弦歌可云鼓乎亦由鼓切公戶寖成異說滅裂經字以至於此

攷　敂也唐風子有鍾鼓弗擊弗考毛曰考亦擊也攷引伸之義爲攷課周禮多作攷他經攷擊攷課皆作考假借也攷敂疊韵从攴丂聲苦浩切古音在三部

敂　擊也周禮凡四方之賓客敂關宋書山居賦敂弦卽江賦之叩舷也舟底曲如弓故其上曰弦自扣叩行而敂廢矣手部扣牽馬也無叩字从攴句聲讀若扣苦候切四部

攻　擊也考工記攻木攻皮攻金注曰攻猶治也此引伸之義从攴工聲古洪切九部

敲　橫擿也擿今之擲字橫擿橫投之也左傳奪之杖以敲之釋文曰說文作毃此謂左字當作毃也橫投不必以杖又按公羊傳以斗摮而殺之何云摮猶擊也摮謂旁擊頭項摮卽敲字擊卽毃字其字義異故云猶擿或作樀誤从攴高聲口交切二部

⿰豖攴　擊也此與木部椓音義皆同从攴豖聲竹角切三部

⿰𡉚攴ㄨㄤˊ 15匣　⿸厂⿰未攴ㄒㄧ 24曉　斀ㄓㄨㄛˊ 17端　敯ㄇㄧㄣˇ 9明（⿰昬攴）　敔ㄩˇ 13疑　敤ㄎㄜˇ 1溪

⿰𡉚攴放也放部曰逐也廣韵曰數曲侵从攴𡉚聲迂往切十部⿸厂⿰未攴坼也从攴攴可剖物故從攴从厂厂之性坼山石之厓巖多坼裂故從厂果孰有味亦坼故从未各本故謂之⿸厂⿰未攴从未聲衍四字此說從未之意非說形聲未與⿸厂⿰未攴不爲聲也未下曰味也六月滋味也利下曰從刀從未未物成有滋味可裁斷也未郎味此云果孰有味亦坼故從未正同果坼者如左思賦云擗栗罅發石礧競裂也此合三字會意許其切一部斀去陰之刑也斀斲也大雅昏椓靡共鄭云昏椓皆奄人也昏其官名也椓毁陰者也此假椓爲斀也从攴蜀聲竹角切三部周書曰刖劓斀黥呂刑篇文刖當作刵尚書正義曰賈馬鄭古文尚書劓刵劅剠大小夏侯歐陽尚書作臏宮劓割頭庶剠按賈馬鄭皆作刵許必同釋文及正義卷二皆云劓刵本篇正義作刵劓唐初本固不同耳斀黥據正義賈馬鄭作劅剠劅同斀剠同黥衞包因正義云劅椓人陰乃易爲椓字而不知斀椓字義之不同椓擊也去陰不可云椓敯冒也今本爾雅昏敯強也般庚不昏作勞鄭注昏讀爲敯勉也似鄭所據爾雅與今本亦不同康誥敯不畏死孟子作閔立政其在受德敯心部作忞昏聲文聲同部从攴昏聲眉殞切十三部按昏從氐省不從民凡昏旁作昬者誤詳日部周書曰敯不畏死敔禁也與圉禦音同釋言禦圉禁也說文禦訓祀圉訓囹圄所以拘罪人則敔爲禁禦本字禦行而敔廢矣古假借作御作圉一曰樂器椌楬也形如木虎按此十一字後人妄增也樂記椌楬注謂柷敔也椌謂柷楬謂敔柷形如桼桶敔狀如伏虎不得併二爲一木部椌云柷樂也楬下不云敔樂者敔取義於遏楬爲遏之假借耳敔者所以止樂故以敔名上云禁也已包此物無庸別舉用此知凡言一曰者或經淺人增竄从攴吾聲魚舉切五部敤研治也从攴果聲苦果切十七部舜女弟名敤首古今人表上下等敤手舜妹顙云流俗本作擊者合敤手二字譌爲一字也按列女傳云舜之女弟繫則又擊之譌矣首手古

鈙ㄑㄧㄣˊ 28匣　⿰𠷎攴ㄔㄡˊ 21定　畋ㄊㄧㄢˊ 6定　攺ㄧˇ 24定　敘ㄒㄩˋ 13定　敳ㄞˊ 10疑　⿰卑攴ㄅㄧˋ 10幫　牧ㄇㄨˋ 25明　敕ㄔˋ 11清　⿰算攴ㄘㄨㄢˋ 3清　⿰堯攴ㄑㄧㄠ 19溪

同音通用鈙持也雙聲此與捦義略同从攴金聲讀若琴巨今切七部⿰𠷎攴棄也鄭風毛傳曰⿰𠷎攴棄也許本毛也鄭乃讀爲醜从攴𠷎聲𠷎口部作𠷎誤市流切三部周書㠯爲討此言假借也今尚書周書中無討字惟虞書咎繇謨云天討有罪疑周當作虞討古音在三部詩曰無我⿰𠷎攴兮釋文曰魗本亦作⿰𠷎攴畋平田也齊風無田甫田上田卽畋字从攴田田亦聲待年切十二部周書曰畋尒田多方篇文攺毅攺逗大剛卯㠯逐鬼鬽也見殳部从攴巳聲讀若巳余止切一本作古亥非一部巳小徐作吕敘次弟也咎繇謨曰天敘有典釋詁曰舒業順敘緒也古或假序爲之从攴余聲徐吕切五部⿰卑攴毁也从攴卑聲辟米切十六部敳戟也按戟下當云戟敳毁也敳下當云戟敳也此全書之例多爲淺人亂之篇韵皆連舉戟敳字知爲疊韵無疑廣韵云戟敳擊聲也从攴兒聲五計切當依篇韵五禮切十六部牧養牛人也左傳曰馬有圉牛有牧引伸爲牧民之牧从攴牛會意莫卜切古音在一部詩曰牧人乃夢小雅文敕擊馬也所以擊馬者曰箠亦曰策以策擊馬曰敕策專行而敕廢矣从攴朿聲楚革切十六部⿰算攴小舂也曰部曰舂者三字此云小舂謂稍舂之廣雅言舂者十一字有籔字籔亦作䉶从攴算聲初絭切十四部⿰堯攴鬻田也元應書卷六曰三蒼敫敲相擊也卷十三曰敲蒼頡訓詁作敫同苦交切說文橫撾也擊頭也據此則一說文本無敫字後人增之其訓益本作擊也擊者旁擊也一譌爲鬻再譌又衍田莫能通矣李仁甫本尚無田字篇韵皆云敫擊也从攴堯聲牽遙切廣韵苦幺切二部

文七十八宋本作七十七按古無肇敫二字敫者土部壞之籀文肇者戈部肇之俗字玉篇云肈俗肇字五經文字云肈作肇譌可證也經典釋文開成石經肇皆從戈近經典皆改從攵妄人竄入說

教 ㄐㄧㄠ 19見　△效　△詰　斆 ㄒㄩㄝ 22匣　△學

文甚矣此書攷正之不可緩也今刪二字以還古實七十六字　重六

𢽿 上所施下所效也 教效疊韵 从攴𡥈 𡥈見子部效也上施故从攴下效故从𡥈 古孝切二部 凡教之屬皆从教 𢽿 古文教 右从古文言 𠭖 亦古文教 從攴從爻

斆 覺悟也 斆覺疊韵學記曰學然後知不足知不足然後能自反也按知不足所謂覺悟也記又曰教然後知困知困然後能自強也故曰教學相長也兌命曰學學半其此之謂乎按兌命上學字謂教言教人乃益已之學學半教人謂之學者學所以自覺下之效也教人所以覺人上之施也故古統謂之學也枚頤僞尚書說命上字作斆下字作學乃已下同玉篇之分別矣 从敎冂 會意 冂 逗 尚矇也 冂下曰覆也尚童矇故教而覺之此說從冂之意詳古之製字作斆從教主於覺人秦以來去攴作學主於自覺學記之文學教分列已與兌命統名爲學者殊矣 臼聲 胡覺切三部後人分別斆胡孝反學胡覺反

學 篆文斆省 此爲篆文則斆古文也亦丄部之例

文二　重三 鉉本作二誤

卜 ㄅㄨ 17幫　卦 ㄍㄨㄚ 10見　卟 ㄐㄧ 4見　△卜

卜 灼剝龜也 火部灼炙也刀部剝裂也灼剝者謂炙而裂之灼雙聲剝疊韵 象炙龜之形 直者象龜橫者象楚焞之灼龜 一曰象龜兆之縱衡也 字形之別說也博木切三部 凡卜之屬皆从卜 𠁦 古文卜

卦 所㠯筮也 所以二字各本刪之今補 从卜圭聲 古壞切按當從廣韵古賣切十六部

卟 卜㠯問疑也 左傳曰卜以決疑不疑何卜問疑故從口俗作乩 从口卜 當作卜口卜而以口問也凡若此等未能盡正學者於此例之可以三隅反矣 讀與稽同 古兮切十六部按小徐曰尚書曰明用卟疑今文借稽字徐語肬說耳尚書無作卟疑者卽有之亦陸氏所謂穿鑿之徒務欲立異者也大徐乃於同下沾書云卟疑四字疑惑後生其亦妄矣

貞 ㄓㄣ 12端　𠧩 ㄏㄨㄟ 24曉

貞 卜問也 大卜凡國大貞大鄭云貞問也國有大疑問於蓍龜後鄭云貞之爲問問於正者必先正之乃從問焉引易師貞丈人吉 从卜貝 會意 貝 逗此字今補 㠯爲贄 說從貝之意 一曰鼎省聲京房所說 一說是鼎省聲非貝字也許說從貝故鼎下曰貞省聲京說古文以貝爲鼎故云從卜鼎聲也陟盈切十一部

𠧩 易卦之上體也 今尚書左傳皆作悔疑𠧩是壁中古文孔安國以今文讀之易爲悔也或曰據許則小篆有此字玉裁謂不然許書以先小篆後古文爲正例以先古文後小篆爲變例曷爲先古文也於其所從系之也如斆者古文學者小篆斆從敎則必先之埶然也然則𠧩本古文非小篆因其從卜則系之卜部亦埶然也不曰篆文作悔亦不於心部悔下列𠧩云古文悔者本非一字也小篆無𠧩而壁中古文有𠧩不可以不存之於卜部凡其存尚書古文之例如此鄭注尚書云悔之言晦晦猶終也 商書曰 曰字今補 曰貞曰𠧩 謂洪範也按左傳三引洪範說文五引皆云商書馬鄭本皆不如是葢今文尚書說與許謂堯典唐書咎繇謨虞書禹貢夏書皆今文說也而三引微子兩云周書一云商書疑商系周誤葢今文家以微子系周書以洪範系商書豈微子歸周故周之箕子不臣故商之與春秋時卿大夫所習洪範皆商書則今文家說乃古說也 从卜每聲 荒內切古音在一部

占 ㄓㄢ 30端　卲 ㄕㄠ 19定　𠧞 ㄓㄠ 19定　△兆

占 視兆問也 周禮占人注曰占蓍龜之卦兆吉凶又占人掌占龜注曰占人亦占簭言掌占龜者簭短龜長主於長者此云視兆問亦專謂龜卜 从卜口 職廉切七部按上文卟字疑占之變體後人所竄入

卲 卜問也 疑此卽後人杯珓字後人所增 从卜召聲 市沼切廣韵又音照二部

𠧞 灼龜坼也 周禮注曰兆者灼龜發於火其形可占者其象似玉瓦原之璺罅是用名之焉按凡曰朕兆者朕者如舟之縫兆者如龜之坼皆引伸假借也 从卜兆象形 治少切二部 兆 古文𠧞省 按古文祇爲象形之字小篆加卜非古文減卜也廣韵曰𠧞灼龜坼出文字指歸兆治小切引說文分也分也之訓見八部𠔁下𠧞出說文則不得云出文字指歸

蓋古本說文卜部無兆兆字八部仌字即龜兆字今仌音兵列切卜部兆中多一筆以殊於八皆非古也玉篇卜部之外別爲兆部云兆事先見也形也兆同上假令顧氏所據說文早同今本何爲作此紛更乎是必說文無兆而增此一部曉然據篇韵以正說文可無疑矣尋此字之原委葢由虞翻讀尚書分八三苗爲八云八古別字由是信之者讀說文八部之八爲兵列切又增竄八亦聲於說解中而說文乃無龜兆字矣說文無龜兆字粱顧氏作玉篇乃增兆部於卜部之後隨曹憲作文字指歸乃又收兆爲龜兆字而改竄說文者乃於卜部增兆爲篆文兆爲古文又恐其形之涵於八部也乃加增一筆以殊之紕繆之由歷歷可見前注八部未能了然後之學者依此說而刪定可也○又按集韵類篇皆引說文兆古省或作八臣光曰按八兵列切重八也兆古當作兆是則勉強區分葢由司馬公始徐鍇徐鉉丁度等皆作八司馬公所襲者夏竦輩之書也

文八　重二

△甪

用 ㄩㄥˋ 18定　甫 ㄈㄨˇ 13幫　庸 ㄩㄥ 18定　葡 ㄅㄟˋ 25並

可施行也。从卜中。衛宏說。卜中則可施行故取以會意余訟切九部**凡用之屬皆从用。**

古文用。

男子之美偁也。春秋公及邾儀父盟于蔑穀梁傳曰儀字也父猶傅也男子之美稱也士冠禮字辭曰伯某甫仲叔季惟其所當注伯仲叔季長幼之稱甫是丈夫之美稱按甫者男子美偁某甫者若言尼甫嘉甫孔甫謂之且字且者薦也五十以伯仲乃謂之字以下一字爲伯仲叔季之薦故曰且字也甫則非字凡男子皆得偁之以男子始冠之偁引伸爲始也又引伸爲大也**从用父。**可爲人父也**父亦聲。**鍇本無方矩切五部士冠禮甫作父他經某甫之甫亦通用父同音假借也

用也。疊韵**从用庚。**會意余封切九部**庚更事也。**庚更同音說從庚之意**易曰先庚三日。**巽九五爻辭先庚三日者先事而圖更也引以證用庚爲庸與麗豐引易同意說見艸部麗下

具也。具供置也人部曰備慎也然則防備字當作備全具字當作葡義同而略有區別今則專用備而葡廢矣**从用苟省。**苟己力切自急敕也敕誡也此會意平祕切古音在一部苟亦聲也

甯 ㄋㄧㄥˊ 12泥

所願也。此與丂部寧音義皆同許意寧爲願詞甯爲所願略區別耳二字古皆平聲故公孫寧儀行父公羊作公孫甯也漢郊祀歌穰穰復正直往甯師古曰言獲福既多歸於正道克當往日所願也甯音寧**从用寧省聲。**此不云寍省聲云寧省聲者以形聲包會意也乃定切十一部隸變作甯非

文五　重一

爻 ㄧㄠˊ 19匣　棥 ㄈㄢˊ 3並

交也。疊韵毄辭曰爻也者效天下之動者也**象易六爻頭交也。**胡茅切二部**凡爻之屬皆从爻。**

藩也。艸部曰藩屏也按齊風折柳樊圃毛曰樊藩也棥者棥之假借藩今人謂之籬笆籬說文作杝通俗文曰柴垣曰欁木垣曰柵字作欁六朝人謂之援謝靈運云激流植援是也**从爻林。**會意附袁切十四部**詩曰營營青蠅止于棥。**小雅文營營言部引作謍謍棥今詩作樊毛曰樊藩也三章曰榛所以爲藩也

文二

㸚 ㄌㄧˇ 4來　爾 ㄦˇ 4泥　爽 ㄕㄨㄤˇ 15心

二爻也。二爻者交之廣也以形爲義故下不云從二爻玨㭒疑皆此例無庸補從二玉從二余也玉篇力爾切廣韵力紙切云㸚介布明白象形也此附合爾之同韵爲音大徐力几切**凡㸚之屬皆从㸚。**

麗爾逗**猶靡麗也。**麗爾古語靡麗漢人語以今語釋古語故云猶毛傳云糾糾猶繚繚也摻摻猶纖纖也是此例也後人以其與汝雙聲假爲爾汝字又凡訓如此訓此者皆當作介乃皆用爾爾行而介廢矣**从冂㸚。**句**㸚其孔㸚㸚。**依韵會訂冂莫狄切幎其外也㸚㸚猶歷歷也**从介聲。**兒氏切周時在十五部漢時在十六部**此與爽同意。**爽之從大猶爾之從冂惟爽不諧聲耳

明也。爽本訓明明之至而差生焉故引伸訓差也朝旦之時半昧半明故謂之早昧爽日部曰

昧爽旦明也昧之字三蒼作曶云曶爽早朝也司馬相如傳云疏逖不閉曶爽得耀乎光明今本多誾昧二字乃用注家語益之耳

△𤕤

从㸚大其孔㸚㸚明之露者盛也疏兩切十部

𤕤篆文爽此字淺人竄補當刪爽之作爽爽之作爽皆隸書改篆取其可觀耳淺人補入說文云此爲小篆从㸚既同何不先篆後古籀乎凡若此等不可不辨

文三　重一當刪

五十三部宋本三作五　文六百三十七宋本無七　重百四十三

凡八千六百八十四字此弟三篇都數

三篇下　四五

說文解字弟三篇下

江都汪喜孫校字

旻 ㄒㄩㄝˋ 2曉　夐 ㄒㄩㄥˋ 3曉

說文解字第四篇上

金壇段玉裁注

旻舉目使人也此與言部訹音同義亦相似項羽本紀梁眴籍曰可行矣籍遂拔劍斬首頭然則眴同旻也目部曰旬目搖也謂有目搖而不使人者从攴目動其目也會意凡旻之屬皆从旻讀若颭火劣切十五部

夐營求也營求者圜帀而求之也帀而求之則不遐遺矣故引伸其義爲遠也韓詩于嗟夐兮云遠也毛詩作洵異部假借字从旻人在穴依韵會訂謂舉目使人之人臨穴也合三字會意朽正切按古音在十四部招蒐挂曲瓊些與寒湲蘭筵韵瓊字夐聲角部觼或作鐍皆可證也商書曰高宗夢得說使百工營求得之傅巖書序文巖穴也此引書序釋之以說从穴之意營求而得諸穴此字之所以从旻人在穴也與引易先庚三日說庸从庚之意同鉉本改營求爲敻求誤甚山部云巖岸也此云穴也者广部曰山石之厓巖人可居也

閿 ㄨㄣˊ 9明　𡘋 ㄑㄩㄢˋ 3曉　目 ㄇㄨˋ 22明　眼 ㄧㄢˇ 9疑　△𡇒

閿氐目視也氐各本低按人部無低氐部曰氐者下也从旻門聲無分切十三部俗作閿宏農湖縣有閿鄉後漢書鄭興客授閿鄉注曰閿建安中改作閿汝南西平有閿亭

𡘋大視也也廣韵作皃从大旻讀若齤況晚切廣韵巨員切十四部

文四

目人眼也象形重童子也象形總言之嫌人不解二故釋之曰重其童子也釋名曰瞳重也膚幕相裹重也子小稱也主謂其精明者也或曰眸子眸冒也相裹冒也按人目由白而盧童而子層層包裹故重畫以象之非如項羽本紀所云重瞳子也目之引伸爲指目條目之目莫六切三部凡目之屬皆从目

𡇒古文目口象面中象眉目江沅曰外象匡內象趘目

眼目也釋名

⿰目爰 ㄒㄩㄢ 3曉

矏 ㄇㄧㄢˊ 3幫　眩 ㄒㄩㄢˋ 6匣　眥 ㄗˋ 10從　䀹 ㄐㄧㄝˊ 29精　⿰目縣 ㄒㄩㄢˋ 3匣

眼限也瞳子限限而出也从目艮聲五限切古音在十三部

矏兒初生蔽目者蔽目二字各本作瞥今依篇韵正蔽目謂外有物雍蔽之非牟子之翳也从目臱聲方辯切十四部讀若告之謂調語有譌奪鉉遂刪之

眩目無常主也孟子引書若藥不瞑眩方言凡飲藥而毒東齊謂之瞑眩漢書借爲幻字犛軒眩人是也二字音義皆相似从目元聲黃絢切十二部

眥目匡也謂目之匡當也木部曰𣘻匡當也字林作目厓从目此聲在詣切十五十六部

䀹目旁毛也元應曰睫說文作䀹釋名作⿺走疌云捷接也插於目眶而相接也按大鄭周禮注云無目眹謂之瞽有目眹而無見謂之矇眹或作䀹無䀹有䀹即無眹有眹也从目夾聲子葉切八部

⿰目縣盧童子也方言驢童之子謂之⿰目縣宋衛韓鄭之閒曰鑠按方言⿰目縣字當是⿰目縣之字誤郭釋爲縣逸云與上文顯同非也縣逸可言目而不可言子盧童子者方言所謂驢瞳之子也盧黑也俗作矑有單言矑者甘泉賦玉女無所眺其清矑是也童重也膚幕相裹重也子小稱也主謂其精明者也居取中如縣然故謂之⿰目縣从目縣聲胡畎切又胡涓切十四部

瞦 ㄒㄧ 24曉　⿰目旁 ㄇㄢˊ 3明　⿱非目 ㄈㄟ 7幫　⿱臤目 ㄒㄧㄢˋ 6匣　睅 ㄏㄢˋ 3匣　瞞 ㄇㄢˊ 3明　睴 ㄍㄨㄣˋ 9見

瞦目童子精瞦也當作曰瞦也精謂精光也俗作睛从目喜聲讀若爾雅禧福禧福也見爾雅釋詁許其切一部

⿰目旁目旁薄緻宀宀也⿰目旁宀疊韵自部曰宀宀不見按宀宀微密之皃目好者必目旁肉好乃益見目好⿰目旁蓋即方言之顥釋言曰⿰目旁密也引伸爲凡密之偁也从目旁聲形聲包會意武延切十四部

⿱非目大目也从目非聲芳微切十五部

⿱臤目大目也从目臤聲侯簡切古音在十二部

睅大目也左傳宋城者謳曰睅其目杜曰睅出目从目旱聲戸版切十四部按鉉本補睆篆云或睅字

⿰目爰大目也从目爰聲況晚切十四部

瞞平目也平目對出目涘目言之今俗借爲欺謾字从目㒼聲母官切十四部

睴大目出也目本大而

矕ㄇㄢˇ 3明　睔ㄍㄨㄣˋ 9見　盼ㄆㄢˋ 9滂　盰ㄍㄢˋ 3見　眅ㄆㄢ 3滂　睍ㄒㄧㄢˋ 3匣　矔ㄍㄨㄢˋ 3見　瞵ㄌㄧㄣˊ 6來　窅ㄧㄠˇ 19影

又出其目也考工記望其轂欲其眼也注眼出大皃也陸云魚懇反按此鄭謂眼爲睅之假借也**从目軍聲**古鈍切十三部**矕目矕矕也**廣雅曰矕視也馬融傳右矕三塗左概嵩嶽此廣雅義也班固苔賓戲矕龍虎之文孟康蘇林皆曰矕被也此雙聲之假借也**从目䜌聲**武版切十四部**睔目大也从目侖聲**古本切十三部**春秋傳有鄭伯睔**見襄二年三傳皆同古今人表作鄭成公綸顏曰工頑反又有冷淪服虔曰淪音鮃皆音之轉也**盼白黑分也**元應書引如此**詩曰美目盼兮**見衛風毛曰盼白黑分也韓詩云黑色也馬融曰動目皃按許从毛**从目分聲**此形聲包會意从毛則以目分會意也匹莧切古音在十三部按盼眄盻三字形近多互譌不可不正**盰目白皃**依玉篇訂**从目干聲**古旱切十四部**眅多白眼也**多白眼見說卦傳**从目反聲**普班切十四部**春秋傳曰**曰衍**鄭游眅字子明**見左傳襄廿二年釋文古本五經文字開成石經皆从目今俗本从日誤戰國策田晵高注晵讀鄭游眅之眅姚宏曰晵恐是晵晵同眅**睍目出皃也**依元應訂考工記曰湠其爪出其目𨙸風睍睆黃鳥毛曰睍睆好皃韓詩有簡簡黃鳥疑毛作睍睍韓作簡簡睆說文無詩禮記有詩古本又多作睆杕杜傳云實皃大東傳云明星皃檀弓注云刮節目又許注淮南曰睆謂目內白翳也大徐謂睆爲或睅字**从目見聲**胡典切十四部**矔目多精也**矔之言灌注也**从目雚聲**古玩切十四部左傳宋大夫鱗矔**益州謂瞋目曰矔**此別一義方言曰梁益之閒瞋目曰矔轉目顧視亦曰矔**瞵目精也**吳都賦鷹瞵鶚視射雉賦瞵悍目以旁睞徐爰曰瞵視皃**从目粦聲**力珍切十二部**窅深目皃**皃字依玉篇正靈樞經按其腹窅而不起漢禮樂志窅窱桂華蘇林曰窅音窅朕之窅按窅朕即今坳突字元應云倉頡篇作容窔上烏交切墊下也下徒結切突也葛洪字苑上作凹陷也下作凸起也容窔凹凸許皆不收然則許用窅朕也

眊ㄇㄠˋ 19明　矘ㄊㄤˇ 15透　睒ㄕㄢˇ 32透　眮ㄊㄨㄥˊ 18定　䀣ㄅㄧˋ 5幫　䀘ㄒㄧ 12溪　瞴ㄇㄡˊ 13明　睌ㄨㄢˇ 9明　△𥄎　眂ㄕˋ 10定

孟康云窅出窊入葢對窊言之則訓窅爲出如徂之爲存苦之爲快**从穴中目**烏皎切二部**眊目少精也**孟子胷中不正則眸子眊焉趙曰眊者蒙蒙目不明之皃廣雅眊眊思也謂思勞而目少精也或作毣毣**从目毛聲**亡報切二部**虞書耄字从此**按虞書無耄字僞大禹謨有之非許所知也惟商書微子周書呂刑皆有耄呂刑耄荒周禮注引作秏荒漢刑法志作眊荒漢書多以眊爲耄豈許所據書作眊與當云尚書臺字如此此爲假借**矘目無精直視也**後漢梁冀傳洞精矘眄注引說文目睛直視按章懷因既曰洞精遂改易說文爲目睛直視非也洞精者謂其目精洞達矘眄者謂其流眄矘瞵此固不妨竝行遠游曰旹曖曃其矘莽王曰日月晻黮而無光也矘瞵猶矘莽**从目黨聲**他朗切十部**睒暫視皃**大元曰酒作失德鬼睒其室此與高明之家鬼瞰其室語同也吳都賦䁥睒乎紘中忘其所以睒睗江賦獖獺睒瞲乎㢌空**从目炎聲**失冄切八部**讀若白蓋謂之苫相似**謂讀與爾雅釋器之苫字音略同也**眮吳楚謂瞋目顧視曰眮**方言矔眮轉目也梁益之閒瞋目曰矔轉目顧視亦曰矔吳楚曰眮按瞋目顧視是二事梁益皆曰矔吳楚皆曰眮也**从目同聲**徒弄切九部**䀣直視也从目必聲讀若詩云泌彼泉水**邶風文今詩作毖泌之假借也釋文云韓詩作祕說文作邲陸氏此語葢誤鉉本作泌乃古本也兵媚切十五部**瞴瞴婁**逗疊韵**微視也**篇韵婁作瞜**从目無聲**莫浮切古音在五部**䀘蔽人視也**鍇曰映人而視也**从目幵聲讀若攜手**苦兮切按廣韵戶圭切十六部**一曰直視也𥄎䀘目或在下睌睌睯**逗**目視皃从目免聲**武限切十四部**眂視皃也**馬融長笛賦特麢昏髟李曰昏視也髟振髦也按昏眂一字也與眂別眂古文視氏聲在十五部眂氏聲在十六部宋元以來尟有知氏氐之不可通用者**从目氏聲**

睨 10疑　⿰目冒 21明　⿰目戉 2曉　眈 28端　䀡 3匣　盱 13曉　睘 3匣　⿰目亶 3端　⿰目勿 8明　眕 9端

承言切李善昌夷切廣韻眂眂役目也是支切按古音在支紙韵

睨　衺視也。左傳余與褐之父睨之中庸睨而視之 从目兒聲。研計切十六部

⿰目冒　氐目視也。从目冒聲。亡保切古音在三部 周書曰武王惟⿰目冒。君奭篇文今書作冒葢古文以⿰目冒爲冒也

⿰目戉　視高皃。豁目字當作此 从目戉聲。呼括切十五部 讀若詩曰施罟濊濊。許四引衛風此句而此與罛下作濊濊不誤水部作濊濊大部作濊濊宋刻濊濊皆誤也說詳水部濊下

眈　視近而志遠。謂其意湥沈也馬云虎下視皃 从目冘聲。丁含切八部 易曰虎視眈眈。頤六四爻辭

䀡　相顧視而行也。从目从延，延亦聲。于線切廣韻以然切十四部

盱　張目也。張載注魏都賦盱衡曰眉上曰衡盱舉眉大視也釋詁盱憂也此引伸之義凡憂者亦有張目直視者也毛詩卷耳曰盱憂也何人斯都人士皆無傳然則三詩皆作盱訓憂今卷耳作吁誤也鄭箋盱爲病又憂之引伸之義 从目亏聲。況于切五部 一曰朝鮮謂盧童子曰盱。方言驢瞳之子燕代朝鮮冽水之閒曰盱或謂之揚

睘　目驚視也。唐風毛傳曰睘睘無所依也許不从毛者許說字非說經也製字之本義則介於从目知之 从目袁聲。渠營切按袁聲當在十四部毛詩與青姓韵是合音也 詩曰獨行睘睘。

⿰目亶　視而不止也。不字依廣韵補 从目亶聲。旨善切十四部

⿰目勿　目冥遠視也。冥當作瞑目雖合而能遠視也 从目勿聲。莫佩切廣韵莫拜切十五部 一曰从視也。依廣韵補視 一曰旦明也。玉篇引說文無此五字妄人所增也漢書敘傳昒昕寤而仰思孟康曰昒昕早旦也韋昭曰音妹又音忽司馬相如傳曶爽闇昧得燿乎光明司馬貞引三蒼曶爽早朝也音妹字林音忽然則昒曶一字也與昧同故日部有昧無昒不知何人寫幽通賦譌作昒而仍其誤者於說文增竄五字

眕　目有所恨而止也。左傳曰夫寵而

⿰目祭 2清　△覩

瞟 19滂　睹 13端　眔 27定　睽 4溪　眛 8明　⿱般目 3並　⿲辛目辛 3並　⿰目𠂢 11明　⿰目條 21透（⿰目脩）　⿰目𦎫 9端　瞤 9泥　矉 6並

不驕驕而能降降而不憾憾而能眕者鮮矣許語葢古左傳說釋言眕重也重亦止意 从目㐱聲。之忍切十三部

瞟　瞭也。今江蘇俗謂以目伺察曰瞟音如飄上聲 从目票聲。敷沼切二部

⿰目祭　察也。魏都賦有⿰目祭呂梁⿰目祭察疊韵 从目祭聲。戚細切十五部

睹　見也。从目者聲。當古切五部

覩　古文从見。按篇韵皆不言覩爲古文

眔　目相及也。隶及也石經公羊祖之所遝聞今本作逮中庸所以逮賤釋文作遝此眔與隶音義俱同之證 从目隶省。會意 讀若與隶同也。眔徒合切在八部隶在十五部云同者合音也

睽　目不相聽也。聽猶順也二女志不同行猶二目不同視也故卦曰睽人部倓郎睽 从目癸聲。苦圭切十五部

眛　目不明也。吳都賦相與眛潛險搜怪奇劉曰眛冒也李曰說文眛門撥切謂之潛隱之穴也撥俗本作廢 从目末聲。莫撥切十五部

⿱般目　轉目視也。般辟也象舟之旋故般目爲轉目戰國策有田⿱般目 从目般聲。薄官切十四部

⿲辛目辛　小兒白眼視也。依廣韵補視字 从目辡聲。蒲莧切廣韵匹莧切十四部

⿰目𠂢　目財視也。財當依廣韵作邪邪當作衺此與𠂢部覛音義皆同財視非其訓也𠂢者水之衺流別也九思目⿰目𠂢⿰目𠂢兮寤終朝注曰⿰目𠂢⿰目𠂢視貌也古詩十九首脈脈不得語李引爾雅脈相也郭璞曰脈脈謂相視貌按今釋詁無郭注釋文曰覛字又作脈五經文字有脈字文選脈皆系脈之譌 从目𠂢聲。形聲包會意莫獲切十六部

⿰目條　失意視也。魏都賦吳蜀二客⿰目條焉失所李引同 从目條聲。各本从脩聲作⿰目脩按⿰目條音他狄反猶滌之切亭歷皆於條取聲脩聲不得切他狄也譌爲⿰目脩乃溷同⿰目脩字而篇韵皆曰敕周切矣今依魏都賦正古音在三部唐韵他歷切

⿰目𦎫　謹鈍目也。从目𦎫聲。之閏切十三部

瞤　目動也。素問肉瞤瘛注動掣也西京襍記陸賈曰目瞤得酒食 从目閏聲。如勻切十三部

矉　恨張目也。从目賓聲。符眞切十

眢 3影　睢 7曉　旬 6匣　△眴　矆 14曉　睦 22明　△𡙇　瞻 32端　瞀 16明　⿰目買 11明　⿰目監 32見

二部詩曰國步斯矉大雅文毛詩作頻云頻急也鄭云頻猶比也哀哉國家之政行此禍害比比然頻字絕非假借此作矉者蓋三家詩許偁毛而不廢三家也又按通俗文蹙頞曰矉矉者顰之假借

眢目無明也左傳目於眢井井無水若目無明故曰眢井从目夗聲讀若委大徐一丸切刪讀若委三字非也此與小雅谷風怨讀如萎一例合音也左傳音義烏丸反引字林眢井無水也一皮反一皮卽委之平聲古讀如此集韵五支㞕危切卽一皮也近刊檕傳者益一字云讀若宛委謂讀若宛誤甚也

睢仰目也五行志萬衆睢睢莊子而目睢睢又恣睢讀去聲暴戾也从目隹聲許惟切十五部

旬目搖也項羽本紀梁眴籍曰可行矣从目勻省聲黃絢切十二部

眴旬或从目旬旬聲

矆大視皃依廣韵作皃魏都賦㦜焉失容李曰今本作矆大視也从目蒦聲按篇韵皆矆爲正字矆爲或字許縛切五部

睦目順也从目坴聲莫卜切廣韵莫六切三部一曰敬和也五字疑後增古書睦穆通用如孟子注君臣集穆史記旼旼睦睦漢書作旼旼穆穆是也穆多訓敬故於睦曰敬和

𡙇古文睦按此从古文目先聲也各本作𡙇則从囧非字意也今依戴氏六書故正凡从𡙇之字皆當作此〇江沅曰不必依

瞻臨視也釋詁毛傳皆曰瞻視也許別之云臨視今人謂仰視曰瞻此古今義不同也从目詹聲職廉切八部

瞀氏目謹視也氏各本作低今从宋本玉篇云目不明皃按洪範曰雺恒風若尚書大傳作瞀宋世家作霧漢書五行志作霿宋書隨書五行志作瞀班志云區霿服虔云人傋瞀荀卿云傋猶瞀儒他書或云婺瞀或云瞀瞀或云怐愗說文子部云穀瞀皆謂冒亂不明其字則霿爲正字雨部云霿晦也从目敄聲莫候切三部

⿰目買小視也大[元]旌旗絓羅干戈蛾蛾師孕唁之哭且⿰目買注⿰目買音麻竊視之稱从目買聲莫佳切十六部大[元]與十七合韵

⿰目監視也釋詁監瞻臨涖頫相視也按釋文曰監字又作⿰目監然則小雅何用不監亦可作⿰目監⿰目監亦當爲臨視也从目監聲古銜切八部

⿱⿰户攵目 4溪　相 15心　瞋 6透　△眓　⿰目鳥 21端　睗 11透　睊 3影　⿰目窅 2影　睼 10透　⿰目晏 3影　⿰目取 2影

⿱⿰户攵目省視也如晝姓之明也从目啓省聲苦系切十五部

相省視也釋詁毛傳皆云相視也此別之云省視謂察視也从目木會意息良切十部按目接物曰相故凡彼此交接皆曰相其交接而扶助者則爲相贊之相古無平去之別也旱麓桑柔毛傳云相質也質謂物之質與物相接者也此亦引伸之義易曰地可觀者莫可觀於木此引易說从目木之意也目所視多矣而从木者地上可觀者莫如木也五行志曰說曰木東方也於易地上之木爲觀顏云坤下巽上觀巽爲木故云地上之木許蓋引易觀卦說也此引經說字形之例詩曰相鼠有皮庸風文

瞋張目也此與言部謓義略同从目眞聲昌眞切十二部

眓祕書瞋从戌祕書謂緯書易部亦云祕書說日月爲易象陰陽也戌聲眞聲同在十二部

⿰目鳥目孰視也孰熟正俗字从目鳥聲讀若雕都僚切二部

睗目疾視也錯本疾作孰非古睒睗聯用雙聲字也韵會引錯本作目急視毛晃增韵龍龕手鑑皆作急从目易聲施隻切十六部

睊視皃也孟子引晏子睊睊胥讒趙曰睊睊側目相視从目肙聲於絢切廣韵古縣切十四部

⿰目窅目突皃也从目窅會意於悅切十五部讀若易曰勿卹之卹見夬九二爻辭

睼迎視也小雅題彼脊令毛云題視也按題者睼之假借从目是聲他計切十六部讀若瑱瑱之瑱此合韵也如祇振之比廣韵他甸切本此

⿰目晏目相戲也方言⿰目晏略視也東齊曰⿰目晏吳揚曰略凡以目相戲曰⿰目晏从目晏聲於殄切十四部詩曰⿰目晏婉之求邶風文按今詩作燕婉毛曰燕安也婉順也許所據作⿰目晏豈毛謂⿰目晏爲晏之假借後人轉寫改爲燕與抑三家詩有作⿰目晏者與

⿰目取短突目皃也上文曰窅曰⿰目窅皆謂深目此云短深者目匡短而目深窐圓瞀然如指目也故从取从目取聲形聲包會意烏

眷ㄐㄩㄢˋ 3見　督ㄉㄨ 22端　看ㄎㄢ 3溪　△翰 睎ㄒㄧ 7曉　瞫ㄕㄣˇ 28透　眝ㄓㄨˋ 13端　眙ㄔˋ 24透　睇ㄊㄧˋ 4定

括切十五部

眷 顧也 大東睠言顧之毛曰睠反顧也睠同眷小明云睠睠懷顧皇矣云乃眷西顧凡顧眷並言者顧者還視也眷者顧之深也顧止於側而已眷則至於反故毛云反顧許渾言之故云顧也引伸之訓爲眷屬史記作婘 从目𢍏聲 居倦切十四部 詩曰乃眷西顧

督 察視也 視字依師古漢書注補凡師古引說文多有不言說文曰者車千秋傳詔丞相御史督二千石求捕又曰宜有以教督按六經但言董董即督也督者以中道察視之人身督脈在一身之中衣之中縫亦曰督縫 从目叔聲 冬毒切三部[illegible]省作督 一曰目痛也 鍇本痛作病誤

看 睎也 从手下目 鍇曰宋玉所謂揚袂障日而望所思也此會意苦寒切十四部

翰 看或从倝 倝聲

睎 望也 西都賦曰睎秦嶺古多假希爲睎如公孫[宏]傳希世用事晉虞溥傳希顏之徒是也 从目希聲 說文無希篆而希聲字多有然則希篆奪也香衣切十五部 海岱之閒謂眄曰睎 方言睎眄也東齊青徐之閒曰睎

四篇上　九

瞫 深視也 瞫深疊韵見其底裏曰深視 一曰下視也 別一義 又竊見也 又一義 从目覃聲 式荏切七部左傳有晉人狠瞫

眝 長眙也 外戚傳飾新宮以延眝此眝正眝之誤延眝謂長望也凡辭章言延佇者亦皆當作眝說文無佇竚字惟有宁字宁佇竚皆訓立延眝非謂立也九章思美人兮擥涕而竚眙王逸云竚立悲哀文選注佇眙立視也此則訓立然作眝眙亦無不可 从目宁聲 陟呂切五部 一曰張眼 廣韵亦作眼

眙 直視也 方言眙逗也西秦謂之眙郭曰眙謂住視也按眙瞪古今字敕吏丈證古今音廣韵七志作眙四十七證作瞪別爲二字矣而瞪下云陸本作眙攷[元]應引通俗文云直視曰瞪是知眙之音自一部轉入六部因改書作瞪陸法言固知是一字也 从目台聲 丑吏切一部

睇 小衺視也 依小雅小宛正義言小衺視者別於睍眄爲衺視也周易夷於左股夷子夏作睇鄭陸同云旁視曰睇京作暕按暕亦睇字也夏小正來降燕乃睇睇者眄也

䀩ㄌㄨㄛˋ 14來　盻ㄒㄧˋ 10匣　睡ㄕㄨㄟˋ 1定　瞑ㄇㄧㄢˊ 12明　眚ㄕㄥˇ 12心　瞥ㄆㄧㄝ 2滂　眵ㄔ 1透　蔑ㄇㄧㄝˋ 2明　眏ㄐㄩㄝˊ 2見

內則不敢睇視鄭曰睇傾視也 从目弟聲 特計切十五部 南楚謂眄曰睇 謂眄曰睇也眄爲衺視睇爲小衺視者析言之此渾言之方言曰睇眄也陳楚之閒南楚之外曰睇

䀩 眄也 方言略眄也吳楊江淮之閒或曰瞯或曰略 从目各聲 盧各切五部

盻 恨視也 孟子引龍子曰爲民父母使民盻盻然將終歲勤動不得以養其父母又稱貸而益之趙云盻盻勤苦不休息之貌按丁公著本盻盻作肹肹據趙注則肹近是作盻者譌字也 从目兮聲 胡計切十六部孫奭引說文五禮切○按自盻而下各本失其原次今正之

睡 坐寐也 知爲坐寐者以其字从垂也左傳曰坐而假寐戰國策讀書欲睡 从目垂 宋本無聲字此以會意包形聲也目垂者目瞼垂而下坐則爾是僞切古音在十七部

瞑 翕目也 釋詁毛傳皆曰翕合也莊子書瞑據槁梧而瞑引伸爲瞑眩 从目冥 韵會引小徐曰會意此以會意包形聲也武延切按古音在十一部俗作眠非也

眚 目病生翳也 [元]應曰翳韵集作瞖眚引伸爲過誤如眚災肆赦不以一眚掩大德是也又爲災眚李奇曰內妖曰眚外妖曰祥是也又假爲減省之省周禮馮弱犯寡則眚之注眚猶人省瘦也四面削其地按省瘦亦作瘠瘦俗云瘦省 从目生聲 所景切十一部

四篇上　十

瞥 過目也 倏忽之意莊子作覕 又目翳也 障蔽之意 从目敝聲 普滅切十五部 一曰財見也 財今之纔字此似前義足以包之

眵 目傷眥也 釋名曰目眥傷赤曰䁾䁾末也創在目兩末也許謂目傷眥曰眵與劉異 从目多聲 叱支切古音在十七部 一曰蔑兜也 蔑各本譌作瞢今依[元]應正蔑兜者今人謂之眼眵是也韓愈曰兩目眵昏此與上義別二病常相因而有不相兼者

蔑 蔑兜 逗 目眵也 各本無蔑兜二字今依[元]應書卷十卷廿一補蒙上弟二義言之宋玉風賦中脣爲胗得目爲蔑呂氏春秋氣鬱處目則爲䁾高注䁾眵也按蔑者假借䁾者或體蔑兜見部作覭云目蔽垢 从目蔑省聲 莫結切十五部

眏 眀也 按鍇作眀也鉉

䀶 ㄌㄧㄤˋ 15來　眛 ㄇㄟˋ 8明　瞯 ㄐㄧㄢ 3匣

作涓目也皆誤假令訓睭則當與睭字類廁自眚而下皆系目病廣韵云映目患可以得其解矣刀部曰削一曰窒也此睭也當作削目謂窒目也窒下也从目夬聲古穴切十五部

䀶目病也急就篇眵瞢眼顏曰眼目視不正也雷公炮炙論序云目辟眼𥇡有五花而自正注五加皮是也从目良聲力讓切十部

眛目不明也今音眜在末韵眛在隊韵攷从末之字見於公穀二傳及吳都賦从未之字未之見其訓皆曰目不明何不類居而畫分二処且玉篇於眼睭二字之閒云眜莫達切目不明蓋依說文舊次則知說文原書从末之眜當在此淺人改爲从未則又增从末之眜於前也从目未聲莫佩切十五部

瞯戴目也戴目者上視如戴然素問所謂戴眼也諸書所謂望羊也目上視則多白故廣韵云瞯人目多白也爾雅釋嘼一目白瞯瞯同瞯亦作騆引伸爲闚伺之義如孟子王使人瞯夫子是从目閒聲戶閒切十四部按此字諸書多从閒作瞯江淮之閒謂眄曰瞯眄各本作眂依宋本及集韵正

眯 ㄇㄧˇ 4明　眺 ㄊㄧㄠˋ 19透　睞 ㄌㄞˋ 24來　睩 ㄌㄨˋ 17來　䀺 ㄔㄡ 21透　眣 ㄉㄧㄝˊ 5透

△ 𥄂

方言瞯眄也吳楚江淮之閒或曰瞯或曰略

眯艸入目中也莊子簸糠眯目字林云眯物入眼爲病然則非獨艸也从目米聲莫禮切十五部

眺目不正也按釋詁說文皆云覜視也然則覜望字不得作眺月令可以遠眺望系假借小徐注引射雉賦目不步體衺眺旁剔徐爰曰視瞻不正常驚惕也此眺字本義从目兆聲他弔切二部

睞目童子不正也目精注人故从來屈賦所謂目成也洛神賦明眸善睞李曰睞旁視从目來聲洛代切一部

睩目睞謹也娽娽謹皃也故睩爲目睞之謹言注視而又謹畏也招魂娥眉曼睩目騰光王曰好目曼澤時睩睩然視精光騰馳感人心也从目彔聲讀若鹿盧谷切三部

䀺眣也唐人小說衞士相裴夫人目䀺而綏主淫俗誤脩長之脩从目攸聲敕鳩切三部

𥄂䀺或从丩

眣目不從正也鉉無從字非自眺至此皆狀目之邪所謂匄中不正者也按公羊傳文六年眣晉大夫使與公

䁍 ㄑㄧㄚ 28溪

矇 ㄇㄥˊ 18明　眇 ㄇㄧㄠˇ 19明

盟也何云以目通指曰眣成二年郤克眣魯衞之使使以其辭而爲之請釋文字皆从矢云眣音舜本又作眣丑乙反又大結反五經文字曰眣音舜見春秋傳開成石經公羊二皆作眣疑此字从矢會意从失者其譌體以譌體改說文淺人無識之故也陸云又作眣而已未嘗云說文作眣也許云目不从正者公羊兩言眣皆不以正也从目失聲丑栗切十二部

矇童蒙也此與周易童蒙異謂目童子如冡覆也毛公劉熙韋昭皆云有眸子而無見曰矇鄭司農云有目朕而無見謂之矇其意略同毛說爲長許主毛說也禮記昭然若發矇謂如發其覆从目蒙聲莫中切九部一曰不明也此泛言一目不明爲別一義

眇小目也各本作一目小也誤今依易釋文正履六三眇能視虞翻曰離目不正兌爲小故眇而視方言曰眇小也淮南說山訓小馬大目不可謂大馬大馬之目眇謂之眇馬物有似然而似不然者按眇訓小目引伸爲凡小之偁又引伸爲微妙之義說文無妙字眇卽妙也史記戶說以眇論卽妙論也周易眇萬物而爲言陸機賦眇衆慮而爲

瞽 ㄍㄨˇ 13見　盲 ㄇㄤˊ 15明　眄 ㄇㄧㄢˇ 6明

言皆今之妙字也从目少鍇曰會意按物少則小故从少少亦聲亡沼切二部

眄目偏合也偏各本作徧誤今依韵會正偏帀也帀周也周密也瞑爲臥眄爲目病人有目眥全合而短視者今眄字此義廢矣从目丏聲莫甸切古音當在十二部讀如泯一曰衺視也秦語方言瞯睇睎略眄也自關而西秦晉之閒曰眄薛綜曰流眄轉眼貌也

盲目無牟子也牟俗作眸趙注孟子曰眸子目瞳子也釋名曰眸冒也相裏冒也毛傳曰無眸子曰瞍鄭司農韋昭皆云有目無眸子謂之瞍許云目無牟子謂之盲說與毛鄭異無牟子者白黑不分是也今俗謂青盲从目亾聲武庚切古音在十部

䁍目陷也廣雅䁍陷也引伸爲凡陷之偁从目咸聲苦夾切古音在七部

瞽目但有朕也朕俗作眹誤朕从舟舟之縫理也引伸之凡縫皆曰朕但有朕者才有縫而已釋名曰瞽鼓也瞑瞑然目平合如鼓皮也眄者目合而有見瞽者目合而無見按鄭司農云無目朕謂之瞽韋昭云無目曰瞽皆與

瞍 21心　䁝 12匣　睉 1從　⿰目叉 2影　瞚 6透　⿱弗目 8滂　䀠 13見

許異从目鼓聲公戶切五部瞍無目也無目與無牟子別無牟子者黑白不分無目者其中空洞無物故字林云瞍目有朕無珠子也瞽者才有朕而中有珠子瞍者才有朕而中無珠子此又瞽與瞍之別凡若此等皆對文則別散文則通如詩箋云瞽矇也史記云瞽叟盲皆是散文則通也人偁爲瞽叟其實則盲者也凡作瞽瞍者字誤也國語瞽獻曲瞍獻賦矇誦此對文則別也从目叜聲穌后切古音在三部

䁝䁝惑也䁝惑雙聲字各本誤刪䁝今依廣韵補淮南鴻烈漢書皆假營爲䁝高誘注每云營惑也不誤小顏多拘牽營字本義訓爲回繞非也營行而䁝廢从目熒省聲熒各本作榮今正凡營塋縈鎣嫈滎榮字皆曰熒省聲而此字尤當从熒會意熒者火光不定之皃火星偁熒惑戶扃切十一部

睉小目也从目坐聲昨禾切十七部鉉等曰尚書元首叢睉哉今睉从肉非是按脞馬鄭皆以小釋之許書無脞因改爲睉此恐肊決專輒攷元應書卷一於睉字云出字林不云出說文許書睉疑後增

⿰目叉指目也指指也吳語吳世家皆云子胥以手抉目是也从目叉目叉者目爲叉指也會意烏括切十五部

瞚開闔目數搖也開闔目元應本作目開閉闔一曰閉也左傳臾騈曰使者目動而言肆懼我也目動者開閉數搖也吕覽曰夫死其視萬歲猶一瞚也莊子兒子終日視而目不瞚此皆瞚字本義凡謂與公羊眣同者非也旬爲目搖瞚爲目數搖皆不必以目使人惟眣主以目通指从目寅聲舒閏切按寅聲當在十二部莊釋文因或作瞬統音舜耳

⿱弗目目不明也从目弗聲普未切十五部按此疑卽眆之或字

文百十三　重九宋本作八

四篇上　十三

䀠ナ又視也ナ又各本作左右非也今正凡詩齊風唐風禮記檀弓曾子問雜記玉藻或言瞿或言瞿瞿蓋皆䀠之假借瞿行而䀠廢矣瞿下曰鷹隼之視也若毛傳於齊曰瞿瞿無守之皃於唐曰瞿瞿然顧禮義也各依文立義而爲驚遽之狀則一从二目會意凡䀠之屬皆从䀠讀若拘又若良士瞿瞿九遇切五部

⿺㇄䀠 3見　奭 13見　眉 4明　省 12心　△𥄉　盾 9定

⿺㇄䀠目圍也圍當作回回轉也从䀠ㄏ會意ㄏ下曰抴也明也讀若書卷之卷⿺㇄䀠與眷顧義相近故讀同書卷居倦切十七部古文以爲靦字靦鉉本作醜誤靦與⿺㇄䀠卷部分遠隔也靦者姡也面部曰面見人也从面見古文作⿺㇄䀠蓋亦謂徒有二目見人而已古音同在十四部故得相假借

奭目衺也从䀠从大大人也大人也三字疑非是奭與爽同意爽之明大奭之盛大奭之目衺淫視者大故皆从大會意舉朱切⿰奭寸字从此以小雅仇讀爲⿰奭寸求之古音在三四部

文三

眉目上毛也人老則有長眉豳風小雅皆言眉壽毛曰豪眉也又曰秀眉也方言眉黎耊鮐老也東齊曰眉士冠禮古文作麋少牢饋食禮古文作微皆假借字也从目象眉之形謂ㄏ上象頟理也謂仌在网眉上也並二眉則頟理在眉閒之上武悲切十五部凡眉之屬皆从眉

省視也省者察也察者覈也漢禁中謂之省中師古曰言入此中者皆當察視不可妄也釋詁曰省善也此引伸之義大傳曰大夫有大事省於其君謂君察之而得其大善也从眉省从中中音徹木初生也財見也从眉者未形於目也从中者察之於微也凡省必於微故引伸爲減省字說文有渻媘二字然經傳多作省所景切亦息井切十一部

𥄉古文省从少囧按囧非也古文目作𡇒此與睿皆從之从少目者少用其目省之用甚微也

文二　重一

四篇上　十四

盾瞂也經典謂之干戈部作戰所吕扞身蔽目用扞身故謂之干毛傳曰干扞也用

瞂 ㄈㄚˊ 2並　⿰盾圭 ㄎㄨㄟ 10溪　自 ㄗˋ 5從　△𦣻　𦤎 ㄇㄢˊ 3明　白 ㄗˋ 5從　皆 ㄐㄧㄝ 4見　魯 ㄌㄨˇ 13來

蔽目故字从目**从目**各本少二字今依元應補**象形**錯曰干象盾形按今錯本或妄增厂聲二字食閏切十三部廣韵食尹切**凡盾之屬皆从盾**

瞂盾也秦風蒙伐有苑毛曰伐中干也周禮司兵掌五盾鄭曰五盾干櫓之屬其名未盡聞也按木部及韋昭曰大楯曰櫓則中干次之盾之大小略見於釋名毛云中干析言之方言及許統言之方言曰盾自關而東謂之瞂或謂之干關西謂之盾作瞂者或體也作伐者假借字蘇秦傳作吺**从盾犮聲**扶發切十五部

⿰盾圭盾握也人所握処也其背脊隆処曰瓦見左傳**从盾圭聲**苦圭切十六部

文三

自鼻也象鼻形此以鼻訓自而又曰象鼻形王部曰自讀若鼻今俗以作始生子爲鼻子是然則許謂自與鼻義同音同而用自爲鼻者絕少也凡从自之字如尸部眉臥息也言部詯膽气滿聲在人上也亦皆於鼻息會意今義從也己也自然也皆引伸之義疾二切十五部**凡自之屬皆从自**

𦣻古文自

𦤎宀宀不見也𦤎宀疉韵宀交覆深屋也宀宀密緻皃毛詩曰緜緜韓詩曰民民其實一也**闕**上从自下不知其何意故云闕謂闕其形也武延切古音如民十二部

文二　重一

白此亦自字也省自者詞言之气从鼻出與口相助詞者意內而言外也言从口出而气从鼻出與口相助故其字上从自省下从口而讀同自疾二切十五部**凡白之屬皆从白**

皆俱詞也司部曰詞者意內而言外也其意爲俱其言爲皆以言表意是謂意內言外人部俱下曰皆也是謂轉注又偕下曰一曰俱也則音義皆同**从比从白**从比會意古諧切十五部

魯鈍詞也孔注論語曰魯鈍也左傳魯人以爲敏謂鈍人也釋名曰魯魯鈍也國多山水民性樸鈍按惟魯鹵莽皆卽此**从白魚聲**各本作鯗省聲按鯗从差省聲在古音十七部今之歌麻韵魯字古今音皆在五部舊櫓字用爲鍺聲古文以旅爲魯則鯗爲淺人妄改也今正郎古切五部**論語曰參也魯**先進篇文

者 ㄓㄜˇ 13端　𠷎 ㄔㄡˊ 21定　智 ㄓˋ 10端　△𥏼　百 ㄅㄞˇ 14幫　△𦣻

者別事詞也言主於別事則言者以別之喪服經斬衰裳苴絰杖絞帶冠繩纓菅屨者注曰者者明爲下出也此別事之例凡俗語云者箇者般者回皆取別事之意不知何時以迎這之這代之這魚戰切**从白𠂭聲𠂭古文旅**㫃部曰𣅀古文旅者之偏旁乃全不類轉寫之過也之也切古音在五部讀如賚

𠷎詞也凡毛傳之例云辭也如芣苢之薄漢廣之思草蟲之止載馳之載大叔于田之忌山有扶蘇之且皆是說文之例云某詞自部外欥爲詮詞矣爲語巳詞矧爲況詞曶爲出气詞各爲異詞粵爲驚詞尒詞之必然也曾詞之舒也皆是然則詞也二字非例當作誰詞也三字堯典言疇若予者二皆訓誰則言疇咨若者二亦必同疇咨當先咨後疇語急故尒壁中古文字作𠷎古字也爾雅疇孰誰也字作疇今字也許以疇爲假借字𠷎爲正字故口部曰𠷎誰也則又𠷎疇爲古今字說文之例敘篆文合以古籀𠷎者古文非小篆也何以廁此也凡書禮古文往往依其部居錄之不必皆先小篆後古文亦不必如上部之例先古文必系以小篆所以尊經也尙書作疇不作𠷎者蓋孔安國以今文字讀之易之同爾雅也**从白𠷎聲𠷎與疇同**直由切三部**虞書曰**虞書當作唐書曰字今補**帝曰𠷎咨**

𥏼識詞也此與矢部知音義皆同故二字多通用**从白亏知**錯曰亏亦气也按从知會意知亦聲知義切十六部

𥏼古文智此依鍇本臣卽口𥏼卽知也省白

百十十也从一白博陌切五部**數**句**十十爲一百百白也**白告白也此說从白之意數長於百可以詞言白人也各本脫此八字依韵會補**十百爲一貫貫章也**此類舉之百白疉韵貫章雙聲章明也數大於千盈貫章明也各本下貫謞相依韵會正

𦣻古文百自白同

鼻ㄅㄧˊ 5並　齅ㄒㄧㄡˋ 21曉（嗅）　鼾ㄏㄢ 3匣　鼽ㄑㄧㄡˊ 21匣　齂ㄒㄧˋ 8曉

文七　重二

鼻所吕引气自畀也 所以二字今補口下曰所以言食也舌下曰所以言別味也是其例老子注曰天食人以五氣从鼻入地食人以五味从口入白虎通引元命苞曰鼻者肺之使按鼻一呼一吸相乘除而引氣於無窮自讀如今人言自家之自自本訓鼻引伸爲自家 从自畀 以義爲形也父二切十五部

凡鼻之屬皆从鼻

齅吕鼻就臭也 玉篇引論語三齅而作 从鼻臭 臭亦聲讀若嘼牲之嘼 各本嘼作畜非許救切三部

鼾臥息也 息鼻息也廣韵曰臥氣激聲許干切 从鼻干聲讀若汗 矦幹切十四部按古讀平聲

鼽病寒鼻窒也 月令民多鼽嚏窒塞也 从鼻九聲 巨鳩切三部

齂臥息也 此與尸部眉音義竝同篇韵皆祗云鼻息釋詁云齂息也 从鼻隶聲 許介切十五部 讀若虺

四篇上　七

皕ㄅㄧˋ 25幫　奭ㄕˋ 25透

文五

皕二百也 卽形爲義不言从二百 凡皕之屬皆从皕讀若逼 逼各本作祕按五經文字皕音逼廣韵彼側切至韵不收李仁甫五音韵譜目錄云讀若逼逼本注云彼力切皆由舊也蓋奭字以爲聲在弟五部逼音相近也

奭盛也 釋詁赫赫躍躍赫赫舍人本作奭奭常武毛傳云赫赫然盛也按奭是正字赫是假借字小雅路車有奭韎韐有奭毛曰奭赤皃此當作赫赫赤部云赫火赤皃奭是假借字 从大从皕 皕與大皆盛意也 皕亦聲 詩亦切古音讀若郝在五部隸作奭 此燕召公名 讀若郝 三字當在皕亦聲之下 史篇名醜 此爲召公名徵古說也召公名奭見尚書史記而史篇云名醜史篇之作去周初未遠未審何以乖異敘目云及宣王大史籀著大篆十五篇漢志史籀十五篇周宣王大史作又云史籀篇者周時史官教學童書也按省言之曰史篇王莽傳徵天下史篇文字孟康曰史籀所作十五篇也許三偁史篇姚下云史篇以爲姚易也匋下云史篇讀與缶同此云史篇名醜計度其書必四言成文教學童誦之倉頡爰歷博學實仿其體

△奭

奭古文奭 古文百作𦣻則知皕作𦣞

文二　重一

習ㄒㄧˊ 27定　翫ㄨㄢˋ 3疑

習數飛也 數所角切月令鷹乃學習引伸之義爲習孰 从羽白聲 按此合韵也又部彗古文作習亦是从習聲合韵似入切七部

凡習之屬皆从習

翫習猒也 猒飽也此與心部忨音同義近 从習元聲 五換切十四部 春秋傳曰翫歲而愒日 左傳昭元年文按心部忨下引春秋傳忨歲而㵣日當作春秋國語今晉語作忨日而㵣歲

文二

羽ㄩˇ 13匣

羽鳥長毛也 長毛別於毛之細縟者引伸爲五音之羽晉書樂志云羽舒也陽氣將復萬物孳育

四篇上　六

翨ㄕˋ 10見　翰ㄏㄢˋ 3匣

而舒生漢志曰羽宇也物聚臧宇覆之爾雅羽謂之栁 象形 長毛必有耦故竝彡㔾部曰彡新生羽而飛也羽竝彡也王矩切五部

凡羽之屬皆从羽

翨鳥之彊羽猛者 按當作猛鳥也彊羽轉寫誤耳周禮翨氏掌攻猛鳥以時獻其羽翮此釋周禮故云猛鳥也猛鳥羽必彊故其字从羽此與赤羽尾長皆从羽文法正同大鄭翨讀爲翅翼之翅以是聲支聲皆在十六部翨當卽是翅之奇字後鄭以經云獻羽翮則訓翨爲鳥翮是聲鬲聲亦同十六部也翮羽莖舉翮以該羽許與二鄭說異 从羽是聲 居豉切十六部

翰天雞也 也字依御覽補釋鳥鶾天雞鶾本又作翰鳥部鶾訓雉肥翰音者則此作翰是天雞樊光云一名山雞 赤羽 各本有也非今刪自翨至翠五字皆主謂鳥其鳥彊羽赤羽故其字从羽不从鳥 从羽倝聲 矦幹切十四部小宛傳云翰高也謂羽長飛高此別一義桑扈文王有聲崧高板傳皆云翰榦也此謂詩以翰爲楨榦字也同音假借 逸周書曰 此漢志周書七十一篇周史記也以別於尚書之周

翟 ㄉㄧˊ 20定　翡 ㄈㄟˋ 7並　翠 ㄘㄨㄟˋ 8清　翦 ㄐㄧㄢˇ 3精　翁 ㄨㄥ 18影　翄 ㄔˋ 10透　△翍

書故謂之逸周書**文翰若翬雉一名鷐風周成王時蜀人獻之**文或作大誤王會篇文今本作蜀人以文翰文翰者若皐雞孔晁云鳥有文彩者太平御覽皐作皇郭注爾雅皐作彩許作翬雉疑有誤按許引王會者六魚部周成王時揚州獻鰅魚鳥部周成王時氐羌獻鸞鳥艸部芣苢其實如李令人宜子周書所說内部周成王時州靡國獻𤜱𤜱馬部媽吉皇之乘周成王時犬戎獻之犬部匈奴有狡犬內四條文義略同此此不當有一名鷐風四字橫梗於其中也四字當在蜀人獻之之下一名當作一曰一曰者別一義也常武曰如飛如翰毛云疾如飛摯如翰鄭云翰飛鳥之豪俊也此鷐風曰翰之證釋鳥毛傳皆云晨風鸇也易林晨風文翰竝舉無緣文翰一名鷐風譌舛顯然矣**翟山雉也**釋鳥翟山雉郭曰長尾者按郭翰翟二注蓋取諸說文邶風右手秉翟毛曰翟翟羽也鄘風其之翟也毛曰翟褕翟闕翟羽飾衣也周禮王后五路重翟厭翟鄭曰重翟重翟雉之羽厭翟次其羽使相迫按翟羽經傳多假狄爲之狄人字傳多假翟爲之**尾長**故从羽不入隹部者隹爲短尾鳥總名又此鳥以尾長爲異也**从羽从隹**徒歷切古音在二部鄘風韵於十六部合韵也

翡赤羽雀也出鬱林漢郡**从羽非聲**房未切十五部

翠青羽雀也釋鳥翠鷸郭曰似燕紺色按鳥部鷸下不云翠鳥也**出鬱林从羽卒聲**七醉切十五部

翦羽生也羽初生如前齊也前古之翦字今之歬字**一曰矢羽**矢舊作矢釋器金鏃翦羽謂之鏃骨鏃不翦羽謂之志翦者前也前者斷齊也鏃矢前其羽短之使前重志矢不前羽較長喪禮則鏃矢骨鏃異於金鏃志矢無鏃短衛異於骨鏃不前羽按鏃矢前羽謂羽爲翦因之志矢之羽亦謂之翦故云一曰矢羽**从羽歬聲**即淺切十二部

翁頸毛也山海經天帝之山有鳥黑文而赤翁漢郊祀歌赤鴈集六紛員殊翁襍五采文急就篇鳧翁按俗言老翁者假翁爲公也周禮酒人注假翁爲滃**从羽公聲**烏紅切九部

翄翼也飛部曰䎗翄也翼篆文䎗也**从羽支聲**施智切十六部

翍或从羽氏支氏同部魏都賦翍翍精衛李云說文翍亦翅字叔鼓反今音祇翍翍飛貌也按廣韵翍翍飛皃巨支切提提羣飛貌是移切

𦐇 ㄍㄜˊ 25見　翹 ㄑㄧㄠˊ 19匣　翭 ㄏㄡˊ 16匣　翮 ㄏㄜˊ 11匣　翑 ㄑㄩˊ 16匣　羿 ㄧˋ 4疑　翥 ㄓㄨˋ 13端　翕 ㄒㄧˋ 27曉　翾 ㄒㄩㄢ 3曉

𦐇翅也小雅如鳥斯革毛云革翼也韓詩作𦐇云翅也毛用古文假借字韓用正字而訓正同廣雅𦐇翄翼也魏都賦雲雀踶甍而矯首壯翼摛鏤於青霄注踶則舉羽𦐇用勢若將飛而尚佳此如鳥斯𦐇之謂許不言詩曰者省文非有意也**从羽革聲**古翮切古音在一部

翹尾長毛也班固白雉詩發皓羽兮奮翹英射雉賦斑尾揚翹按尾長毛必高舉故凡高舉曰翹詩曰翹翹錯薪高則危詩曰予室翹翹**从羽堯聲**渠遙切二部

翭羽本也謂入於皮肉者也按詩周禮鍭矢士喪禮作翭矢蓋此矢金鍭翭物而中如羽本之入肉故假借通用也**从羽侯聲**乎溝切四部**一曰羽初生**

翮羽莖也莖枝柱也謂衆枝之柱翮亦謂一羽之柱莖翮雙聲唐風肅肅鴇行毛曰行翮也亦於雙聲求之上文云鴇羽鴇翼故不得以行列釋之也**从羽鬲聲**下革切十六部

翑羽曲也凡從句者皆訓曲釋木曰句如羽喬上句曰喬然則羽曲者謂上句反鄉**从羽句聲**其俱切古音在四部讀如鉤釋嘼云馬後足皆白翑

羿羽之羿風羿疑當爲幵幵平也羽之幵風謂摶扶搖而上之狀**亦古諸侯也**此謂有窮后羿邑部曰窮夏后時諸侯夷羿國也弓部曰𢏚帝嚳射官夏少康滅之**一曰射師**淮南書曰雖有羿之知而無所用之高云是堯時羿也能射十日繳大風殺窫窳斬九嬰射河伯之知巧也非有窮后羿按許云一曰射師亦謂堯時羿**从羽幵**鍇本無聲鉉有蓋會意兼形聲也五計切十五部幵合韵也俗作羿

翥飛舉也方言曰翥舉也楚謂之翥郭云謂軒翥也西京賦鳳騫翥於甍標**从羽者聲**章庶切五部

翕起也釋詁毛傳皆云翕合也許云起也者但言合則不見起言起而合在其中矣翕从合者鳥將起必斂翼也**从羽合聲**許及切七部

翾小飛也九歌翾飛兮翠曾按荀子喜則輕而翾假翾爲儇也**从羽睘聲**許緣

翬 ㄏㄨㄟ 9曉　翏 ㄌㄧㄡ 21來　翩 ㄆㄧㄢ 6滂　翜 ㄕㄚ 29心　翊 ㄧ 27定　𦐇 ㄊㄚ 31透　𦐔 ㄔ 13定

切十四部翬大飛也釋鳥曰鷹隼醜其飛也翬郭云鼓翅翬翬然疾从羽軍聲許歸切古音在十三部一曰伊雒而南雉五采皆備曰翬釋鳥伊洛而南素質五彩皆備成章曰翬王后褘衣刻繒爲之形而采畫之詩曰有翬斯飛小雅斯干文今詩有作如唐元度徐鍇說文皆作有按毛詩作有則與如鳥斯革合爲一事翬訓大飛或許所據毛詩如此與鄭不同未可知也鄭云此章四如又云翬者鳥之奇異者則作如顯然翬訓後一義翏高飛也从羽㐱㐱新生羽而飛也羽毛新生豐滿可以高飛也莊子翏翏謂長風之聲此引伸之義力救切三部匡謬正俗云翏古文戮字湯誓云予則孥翏女按翏正翏之譌假借字翩疾飛也魯頌傳曰翩飛皃泰六四翩翩虞曰離飛故翩翩从羽扁聲芳連切古音在十二部翜捷也釋詁曰際接翜捷也郭云捷謂相接續也按翜捷皆謂敏疾敏疾則際接無痕其義相成也許舉其本義故下云飛之疾也以釋从羽今俗語霎時者當作此止部曰疌疾也俗通用捷疌翜疊韵飛之疾也从羽夾聲讀若瀒瀒不滑也與歰同義而雙聲讀若瀒卽讀若歰山洽切七部一曰俠也人部曰俠傳也漢人多用俠爲夾此俠當爲夾或當爲挾

翊飛皃漢郊祀歌神之來泛翊翊甘露降慶雲集師古曰翊音弋入切又音立按翊字本義本音僅見於此經史多假爲昱字以同立聲也釋言曰翌明也尚書五言翌日皆訓明日一言翌室訓明室天寶閒盡改爲翼凡尚書翼字訓敬訓輔與訓明者溷同無別自衞包始漢魏晉唐初皆有翌日無翼日郭璞元應李善引尚書皆作翌日自同其字又同其音以七部立聲之字讀一部異聲之與職切字書韵書承譌襲繆小顏弋入力入之音無有採者矣又吳都賦云翋擸廣雅翋擸飛也力荅徒合二切翋同翊此亦翊之本義本音也从羽立聲大徐用唐韵與職切非也

𦐇飛盛皃按廣雅翋擸卽說文之翊𦐇疊韵字也从羽冃鉉曰犯冒而飛是盛也按从冃者莊子所云翼若垂天之雲也土盍切八部

𦐔羽盛皃也羽大徐作飛集韵𦐔𦐔羽翼盛从㞢羽聲侍之切一部

翺 ㄠ 21疑　翔 ㄒㄧㄤ 15定　翽 ㄏㄨㄟ 2曉　翯 ㄏㄜ 19匣　翌 ㄏㄨㄤ 15匣　翇 ㄈㄨ 2幫

翺翱此複舉字之未刪者翔也釋名翱敖也言敖遊也翔佯也言彷徉也按彷徉徘徊也左傳作方羊方蒲郎切从羽皐聲五牢切二部

翔回飛也釋鳥鳶烏醜其飛也翔郭云布翅翱翔高注淮南曰翼上下曰翱直刺不動曰翔曲禮室中不翔鄭曰行而張拱曰翔此引伸假借也按翱翔統言不別析言則殊高注析言之也夏小正黑鳥浴浴也者飛乍高乍下也此所謂翼上下曰翱也从羽羊聲似羊切十部按古多讀如羊

翽飛聲也詩釋文引說文羽聲也字林飛聲也此俗以字林改說文之證毛傳云翽翽衆多也此謂鳳飛羣鳥從以萬數毛比傳下文多吉士多吉人爲說許說其字義故不同也从羽歲聲呼會切十五部詩曰鳳皇于飛翽翽其羽大雅文

翯鳥白肥澤皃大雅白鳥翯翯毛傳曰翯翯肥澤也釋文引字林亦云鳥白肥澤曰翯毛則言肥澤而白在其中也白部曰皠鳥之白也何晏賦皠皠白鳥翯翯與皠音義皆同賈誼書作皜皜孟子作鶴鶴趙注與毛傳合从羽高聲胡角切古音在二部詩曰白鳥翯翯

翌樂舞㠯羽翿自翳其首㠯祀星辰也翿同翳翳猶覆也周禮舞師云教皇舞帥而舞旱暵之事注鄭司農云翌舞蒙羽舞書或爲皇或爲義樂師云有皇舞注故書皇作翌鄭司農云翌舞者以羽冒覆頭上衣飾翡翠之羽翌讀爲皇書亦或爲皇按大鄭從故書作翌後鄭則從今書作皇云襍五采羽如鳳皇色持以舞詩同大鄭惟不云衣飾翡翠羽又不同經文舞旱暵之事而云祀星辰耳葢本賈侍中周官解故○禮注文今攷定从羽王聲讀若皇胡光切十部按此等字小篆皆未必有之專釋古經古文也

翇樂舞執全羽㠯祀社稷也樂師有帗舞有羽舞注故書帗作翇皇作翌鄭司農云翇舞者全羽羽舞者析羽社稷以翇元謂帗析五采繒今靈星舞子持之是也按今本脫帗作翇三字又將大鄭注翇改爲帗非也舞師注亦有脫大鄭及許皆從故書作翇以字从羽故知爲全羽後鄭從今書作帗以字从

翿ㄉㄠˋ 21定

巾故知析五采繒也从羽犮聲讀若紱文選注引倉頡篇曰紱綬也許無紱字而見於此翇分勿切十五部

翿翳也所㠯舞也釋言曰翢纛也纛翳也王風毛傳曰翿纛也翳也翳翢翿同字毛傳本釋言翳也之上當本有纛字此熠燿粦也粦熒火也之例也陳風傳則約之云翿翳也許本之許無纛字者無毒部亦無縣部無所入也王風音義曰纛俗作纛爾雅音義曰纛字又作纛纛五經文字曰纛作纛譌關成石經周禮爾雅正作纛今本爾雅音義譌舛葉林宗鈔本不誤纛从縣毒會意與緐从糸每會意同从每者如屮之盛也淺人改从毒謂爲諧聲耳郭注爾雅云今之羽葆幢舞者所以自蔽翳王風左執翿陳風值其鷺羽值其鷺翿傳云值持也鷺鳥之羽可以爲翳翌字下云樂舞以羽翿自翳其首皆謂舞也射則用翿旌見鄉射禮喪則天子鄉師執纛御匶諸侯匠人執翿御匶周禮注作執翿則襍記作執羽葆然則翿也纛也羽葆也異名而同實也漢羽葆幢以犛牛尾爲之在乘輿左騑馬頭上或云在衡从羽𠷎聲徒到切古音在三部按釋文多音平聲詩曰

翳ㄧˋ 4影　翣ㄕㄚˋ 31心

左執翿翳華蓋也司馬相如傳曰泰山梁父設壇場望華蓋劉歆遂初賦奉華蓋於帝側西京賦華蓋承辰薛綜曰華蓋星覆北斗王者法而作之蔡邕曰凡乘輿車皆羽蓋金華爪張衡賦曰羽蓋葳蕤葩瑵曲莖又曰樹翠羽之高蓋薛綜云羽蓋以翠羽覆車蓋也按以羽故其字从羽翳之言蔽也引伸爲凡蔽之偁在上在旁皆曰翳从羽殹聲於計切十五部

翣棺羽飾也羽衍文棺飾本周禮周禮喪縫棺飾焉衣翣柳之材檀弓周人牆置翣又飾棺牆置翣鄭曰翣以布衣木如攝與喪大記注漢禮翣以木爲筐廣三尺高二尺四寸方兩角高衣以白布畫者畫雲氣其餘各如其象柄長五尺車行使人持之而從既窆樹於壙中按翣柳皆棺飾也鄭云以布衣木又引漢禮況之經無用羽明文以其物下垂故从羽也天子八諸侯六大夫四士二禮器曰天子八翣諸侯六翣大夫四翣喪大記君黼翣二黻翣二畫翣二此諸侯六翣也大夫黻翣二畫翣二此大夫四翣也周禮注天子又有龍翣二下𠂹从羽翣者下垂於棺兩旁如羽翼然故字从羽非眞羽也故居末焉从羽之上當有如羽二字妾聲周禮故書翣作接鄭司農云接讀爲翣引檀弓周人牆置翣春秋傳四翣不蹕接與翣皆假借字也山洽切八部

文三十四　重一

△闌

隹ㄓㄨㄟ 7端　雅ㄧㄚˇ 13疑

隹鳥之短尾總名也短尾名隹別於長尾名鳥云總名者取數多也亦鳥名翩翩者鵻夫不也本又作隹象形職追切十五部凡隹之屬皆从隹

雅楚烏也一名鸒一名卑居秦謂之雅楚烏烏屬其名楚烏非荆楚之楚也鳥部曰鸒卑居也卽此物也酈善長曰按小爾雅純黑返哺謂之慈烏小而腹下白不返哺者謂之雅烏爾雅曰鸒斯卑居也孫炎曰卑居楚烏犍爲舍人以爲壁居說文謂之雅莊子曰雅賈馬融亦曰賈烏按卑居之爲壁居如史記卑耳之山卽齊語壁耳之山卑壁同十六部卑俗作鵯音匹非也雅之訓亦云素也正也皆屬假借从隹牙聲五下烏加二切古音

隻ㄓ 14端　雒ㄌㄨㄛˋ 14來

在五部

隻鳥一枚也雙下曰隹二枚也隹鳥統言不別耳从又持隹持一隹曰隻持二隹曰雙依韵會訂造字之意隻與雙皆謂在手者既乃泛謂耳之石切古音在五部按此字次第當在歡雊以下

雒忌欺也各本作鵋鶀今考爾雅音義當作忌欺釋鳥曰鵅鵋鶀元應引作忌欺釋鳥又曰怪鴟舍人曰謂鵂鶹也南陽名鉤鵅一名忌欺然則忌欺與怪鴟一物元應以爲關西名訓侯山東名訓狐皆此也按萑部雖舊舊畱不云卽雒未知許意爲一不鵅卽雒字各家音格但今江蘇此鳥尚呼鉤雒鴟雒音同洛則音格者南北語異耳又按自魏黃初以前伊雒字皆作此與雍州渭洛字迥判曹丕云漢忌水改洛爲雒欺世之言也詳水部从隹各聲盧各切五部

閵ㄌㄧㄣˋ 6來　巂ㄍㄨㄟ 10匣

閵今閵逗佀鴝鵒而黃今閵鳥名玉篇作含閵从隹両省聲良刃切十二部

閵籒文不省

巂周逗燕也各本周上無巂字也釋鳥巂周燕燕鳦孫炎舍人皆云一物三此淺人不得其句讀刪複舉之

雀ㄑㄩㄝˋ 20精　⿰方隹ㄈㄤ 15幫

名郭景純陸德明誤讀說文滅去一曰二字乃以子巂釋巂周矣巂周子巂異物而同字文選七命鸛髀猩脣李云呂氏春秋曰肉之美者巂燕之髀此燕名巂周之證今本味篇不同**从隹山象其冠也**冠猶首也**冏聲**戸圭切十六部按冏聲在十五部合韵也曲禮立視五巂借爲規字漢之越巂卽此字音髓或以作巂別之誤**一曰**巳下別一義**蜀王望帝婬其相妻慙亡去爲子巂鳥故蜀人聞子巂鳴皆起曰是望帝也**依爾雅音義訂子巂亦曰子規卽杜鵑也人化爲鳥固或然之事而常璩曰有王曰杜宇號曰望帝其相開明決玉壘山以除水害遂禪位於開明升西山隱焉時適二月子鵑鳥鳴故蜀人悲子鵑鳥鳴也說略同楊雄蜀王本紀

⿰方隹　⿰方隹鳥也此與鳥部鶭各物**从隹方聲讀若方**府良切十部

雀　依人小鳥也今俗云麻雀者是也其色褐其鳴節節足足禮器象之曰爵爵與雀同音後人因書小鳥之字爲爵矣月令鴻鴈來賓爵入大水爲蛤高注呂

雉ㄓˋ 4定　雗ㄏㄢˋ 3匣　⿰犬隹ㄧㄚˊ 3疑

覽曰賓爵老爵也棲宿於人堂宇有似賓客故謂之賓爵又有似雀而色純黃者曰黃雀戰國策云俛啄白粒仰棲茂樹詩所謂黃鳥也**从小隹讀與爵同**小亦聲也卽略切古音在二部

⿰犬隹　⿰犬隹鳥也也廣韵作名**从隹犬聲**五佳切古音當在十四部**睢陽有⿰犬隹水**睢陽前後志皆屬梁國按玉篇邑部⿰犭阝胡灰切睢陽鄉名⿰犭阝卽猚字有猚水而後有⿰犭阝鄉也集韵類篇字作⿰豸阝

雗　雗鷽也三字一句此與鳥部鶾各物鳥部曰雗鷽山鵲知來事鳥也**从隹倝聲**侯幹切十四部

雉　有十四種目下文**盧諸雉**張揖上林賦注曰盧白雉也按上林自謂水鳥然張語必爾雅古說**鷊雉**各本作喬誤鳥部曰鷊走鳴長尾雉也**卜雉**各本作鳪誤鳥部無鳪釋鳥作鳪郭云黃色鳴自呼**鷩雉**鳥部曰鷩赤雉也又曰鵔鸃鷩也**秩秩海雉**郭云如雉而黑在海中山上陸曰秩秩本又作失失**翟山雉**見羽部**雗雉**郭與鶾雉爲一許爲二陸云雗字又作翰**卓雉**卓今爾雅作鵫郭云今白鵫也

△鷄

雛ㄔㄨˊ 16從　雞ㄐㄧ 10見

△⿰隹弟

雊ㄍㄡˋ 16見

江東呼白雗亦名白雉**伊雒而南曰翬**雒各本作洛誤釋鳥曰伊洛而南素質五彩皆備成章曰翬見羽部**江淮而南曰搖**釋鳥江淮而南青質五彩皆備成章曰鷂夫人揄狄鄭云謂衣畫搖者揄衣部作褕云翟羽飾衣也義同毛傳**南方曰𠷎**賈逵杜預注左傳𠷎作翟按𠷎與翟韵部相近但上文已有翟則作𠷎爲得也今爾雅作𠷎**東方曰甾**今爾雅作鶅**北方曰稀**今爾雅作鵗**西方曰蹲**今爾雅作鷷巳上十四雉皆見釋鳥**从隹矢聲**直几切十五部按雉古音同夷周禮雉氏掌殺艸故書作夷氏大鄭从夷後鄭从雉而讀如髳今本周禮作薙者俗製也左傳五雉爲五工正夷民者也楊雄賦辛雉卽辛夷漢地理志南陽雉縣舊音弋爾反江夏下雉縣如淳音羊氏反皆古音也

⿰弟隹　古文雉从弟聲弟

雊　雄雉鳴也言雄雉鳴者別於鷕之爲雌雉鳴也小雅雉之朝雊尚求其雌邶風有鷕雉鳴下云雉鳴求其牡按鄭注月令云雊雉鳴也是雊不必系雄鳴則毛公系諸雌亦望文立訓耳若潘安仁

賦雉鷕鷕而朝雊此則所謂渾言不別也顏延年顏之推皆云潘誤用未孰於訓詁之理**雷始動雉乃鳴而句其頸**乃字依尚書正義補句各本誤雊依小弁正義正夏小正正月雷震雉雊雊也者鳴鼓其翼也正月必雷雷不必聞唯雉必聞之何以謂之雷震則雉雊相識以雷小正古本依太平御覽藝文類聚訂當如是初學記所引乃徐堅妄改也言雷於鴈雉魚之間故知雷雉一事也釋雊爲鳴鼓其翼者讀雊爲敂敂擊也動也雉鳴必鼓其翼知雉鳴亦必鼓其翼也許云句其頸與大戴異鼓其翼句其頸皆狀其鳴也洪範五行傳曰正月雷微動而雉雊雷通氣也易通卦驗雉雊雞乳在立春節立春在十二月月令季冬雉雊皆謂雷鳴地中時也句音鉤曲也句其頸故字从句**从隹句句亦聲**古候切四部今鉉本候作侯誤

雞　知時畜也从隹奚聲古兮切十六部**鷄　籒文雞从鳥**

雛　雞子也雞子雞之小者也淮南天子以雛嘗黍高曰雛新雞也呂覽注云雛春鷚也郭景純言今呼少雞爲鷚則二注正同王制春薦

△鶵
雡ㄌㄧㄠˋ 21來　離ㄌㄧˊ 1來

非非以夘夘謂少雞古者少雞亦曰夘方言雞雛徐魯之閒謂之鶖子按雛引伸爲凡鳥子細小之偁釋鳥曰生哺鷇生噣雛从隹芻聲士于切古音在四部鶵籒文雛从鳥雡鳥大雛也此與鷚別而俗通用鷚高注呂覽曰雛春鷚也吳都賦騶薈無鸋鷚按爾雅音義文選李注引說文同鍇本作天鶬誤从隹翏聲力救切三部一曰雉之莫子爲雡釋鳥字作鷚郭云晚生者離離黃逗各本無離淺人誤刪如雟周刪雟之比依爾雅音義廣韵補倉庚也幽風毛傳曰倉庚離黃也月令注云倉庚驪黃也釋鳥曰倉庚鵹黃也又曰鵹黃楚雀又曰倉庚商庚然則離黃一物四名按說文離鵹不類廁則不謂一物又按毛傳黃鳥搏黍也不云郎倉庚倉庚下亦不云郎黃鳥然則黃鳥非倉庚焦氏循云鄭箋稱黃鳥宜食粟又云緜蠻小鳥皃顯非倉庚玉裁謂蓋今之黃雀也方言云驪黃或謂之黃鳥此方俗語言之偶同耳陸機乃以倉庚釋黃鳥誤鳴則蠶生月令仲春倉庚鳴內宰職曰仲春詔后帥外內命婦始蠶

雕ㄉㄧㄠ 21端　△鵰　䧹ㄧㄥ 26影（雁）　△鷹　䧑ㄔ 4透　△鴟　雓ㄔㄨㄟˊ 1定　雃ㄑㄧㄢ 3溪

于北郊从隹离聲呂支切古音在十六部今用鸝爲鸝黃借離爲離別也雕鷻也鳥部曰鷻雕也假借爲琱琢凋零字从隹周聲都僚切二部古音在三部考工記故書雕或爲舟鵰籒文雕从鳥䧹䧹鳥也左傳如鷹鸇之逐鳥雀釋鳥鷹來鳩郭云來當爲爽按左傳爽鳩氏司寇也杜曰爽鳩鷹也从隹从人鍇曰鷹隨人所指蹤故從人按雁鷹亦从人瘖省聲此七字依韵會訂瘖在七部而䧹在六部者合韵取近也於陵切鷹籒文䧹从鳥按䧹蓋古文也小篆從之从隹从瘖省聲籒文則从鳥而應省聲非兼用隹鳥也䧑雓也今江蘇俗呼鷂鷹盤旋空中攫雞子食之大雅云懿厥哲婦爲梟爲鴟莊周云鴟得腐鼠是也爾雅有鴟鴞怪鴟茅鴟皆與單言鴟者各物从隹氐聲處脂切十五部鴟籒文䧑从鳥今多从籒雓雓鴟也从隹垂聲是僞切古音在十七部雃石鳥一名雝渠一曰精列毛傳曰脊

雝ㄩㄥ 18影（雍）　雂ㄑㄧㄢˊ 28匣　雁ㄧㄢˋ 3疑　鵹ㄌㄧˊ 4來

令雝渠也飛則鳴行則搖不能自舍爾釋鳥作鶺鴒俗字也精列者脊令之轉語从隹开聲苦堅切十二部春秋傳秦有士雃見左傳襄九年按雃當是士會之後傳云秦人歸其帑其處者爲劉氏葢處者不皆爲劉氏或雃之後乃改氏劉雝雝渠也渠鳥部作鸈鉉本同从隹邕聲於容切九部經典多用爲雝和辟雝隸作雍雂雂鳥也廣韵云句喙鳥本字林从隹今聲巨淹切古音在七部春秋傳有公子若雂見左傳昭廿一年若鉉本及唐石經皆作苦雁雁鳥也此與鳥部鴈別鴈从鳥爲鵝雁从隹爲鴻雁禮舒鴈當作舒雁謂雁之舒者以別於眞雁也舒雁謂之鴈猶舒鳧謂之鶩也經典鴻雁字多作鴈毛傳曰大曰鴻小曰鴈按鴻大也非鳥名从隹从人雁有人道人以爲摯故从人厂聲厂呼旱切雁五晏切十四部鵹鵹黃也三字句鵹字林省作翟又作鶩翟黃即離黃見離下鵹離異部而雙聲故鵹黃與離黃異名但二字不類廁其說未聞从

雐ㄏㄨ 13曉　𨾊ㄖㄨˊ 13泥　△鴑　雇ㄍㄨˋ 13匣

隹黎聲郎兮切十五部一曰楚雀也一曰謂一名也見釋鳥其色黎黑而黃黎黑皃月令注作驪亦謂黑色雐雐鳥也从隹虍聲荒烏切五部虧字從此𨾊牟毋也毋音無鉉作母誤釋鳥鴽牟毋鄭注公食大夫禮月令皆作鴽毋無也毋與牟無與毋皆音同也今二注舛譌蔡邕月令章句鴽爲鶉鴾之屬時則訓注云鴽鴾也李巡云鴽鴾一名鶉母郭云鴽鴾也按內則爾雅皆鶉鴽竝舉則不可云𨾊即鶉也从隹奴聲人諸切五部按經典皆从如聲鴑𨾊或从鳥雇九雇逗農桑候鳥扈民不婬者也左傳昭十七年郯子曰五鳩鳩民者也五雉爲五工正利器用正度量夷民者也九扈爲九農正扈民無淫者也皆以同音訓詁鳩民者勾民也夷民者古雉與夷音同也扈民者戶民也杜曰扈止也左傳屈蕩戶之漢書王嘉戶殿門失闌注皆曰戶止也此扈同戶戶下曰護也从隹戶聲侯古切五部今用爲雇僱字春雇鳻盾夏雇竊[元]秋雇

雄ㄒㄩㄥˊ 26匣　雌ㄘ 10清　隿ㄧˋ 25定　△鳿　⿰㪚隹ㄙㄢˇ 3心　⿰工隹ㄏㄨㄥˊ 18匣　⿰支隹ㄓ 10端　⿰酓隹ㄢ 28影（鵪）　△⿰酓鳥　△鳸　△⿱雩鳥　⿰享隹ㄔㄨㄣˊ 9定（鶉）

竊藍冬雇竊黃棘雇竊丹行雇唶唶宵雇嘖嘖桑雇竊脂老雇鴳也鴳當从集韻類篇作鳻鴳也各本作鷃也今依廣韻與釋鳥合賈服注左皆作鷃鷃按曼字則當作晏晏鳥聲也一字則當作鴳鳥部曰鷃雇也是也賈侍中云春扈分循相五土之宜趣民耕種者也夏扈竊元趣民耘苗者也秋扈竊藍趣民收斂者也冬扈竊黃趣民蓋藏者也棘扈竊丹爲果驅鳥者也行扈唶唶晝爲民驅鳥者也宵扈嘖嘖夜爲農驅獸者也桑扈竊脂爲蠶驅雀者也老扈鷃鷃趣民收麥令不得晏起者也舍人樊光蔡邕說皆同故皆爲農桑候鳥戶民不淫者少昊之官督民農桑者取其名亦戶民不使淫逸者也

雽或从雩从鳥雩聲鳸籒文雇从鳥今爾雅同籒

⿰享隹雕屬也按說文或言屬或言別言屬而別在焉言一別而屬在焉言雕屬則⿰享隹非雕也焦氏循曰說文隼下云一曰鶉字鶉卽鷻省鶇入鳥旟七斿以象鶉火鳥隼爲旟則鶉火之鶉卽鷻左傳童謠鶉之賁賁下舉鶉火證之則詩之言奔奔者當亦是鷻

惟有縣鶉兮毛特訓爲小鳥乃爲⿰酓鳥鶉也按內則有鶉羹詩貆特鶉皆謂食物从隹𦎧聲常倫切十三部鶉籒文

⿰酓隹⿰享隹屬也从隹酓聲恩含切七部太平御覽引有一曰牟毋四字⿰酓鳥籒文⿰酓隹从鳥

⿰支隹⿰支隹鳥也漢武帝造鳷鵲觀在雲陽甘泉宮外从隹支聲章移切十六部一曰雉度未聞或曰蓋如長三丈高一丈爲雉度廣以廣度高以高

⿰工隹鳥肥大⿰工隹⿰工隹然也⿰工隹然依韵會補詩傳云大曰鴻小曰鴈當作此⿰工隹字謂鴈之肥大者也从隹工聲戶工切九部鳿⿰工隹或从鳥元應曰鳿古文⿰工隹聲類以爲鴻鵠之或字

⿰㪚隹繳㪚也繳㪚者謂縷繫矰矢放散之加於飛鳥也按繳蓋字當作此亦取先斂後放也从隹㪚聲蘇旰切十四部一曰飛㪚也林部曰㪚分離也

隿繳射飛鳥也經傳多假弋爲之从隹弋聲从弋者如以弋爲的也與職切一部

雄鳥父也从隹厷聲羽弓切古音在六部雌鳥

罺ㄓㄠˋ 19端　雋ㄐㄩㄢˋ 3幫　⿰隓隹ㄙㄨㄟ 1心（隋鳥）　魋ㄊㄨㄟˊ 7定　奞ㄒㄩㄣˋ 7心　奪ㄉㄨㄛˊ 2定　奮ㄈㄣˋ 9幫　萑ㄏㄨㄢˊ 1匣

母也从隹此聲此移切十五十六部

⿱罒隹覆鳥令不得飛走也得依廣韻補网部有罩捕魚器也此與罩不獨魚鳥異用亦且⿱罒隹非网罔之類謂家禽及生獲之禽慮其飛走而籠⿱罒隹之故其字不入网部今則罩行而⿱罒隹廢矣从网隹讀若到都校切二部

雋鳥肥也各本作肥肉也今依廣韻廣韻不云說文然必說文善本也不言鳥則字何以从隹蒯通著書號曰雋永言其所說味美而長也惟野鳥味可言雋故从弓从弓隹補二字弓所㠯射隹說从弓之意徂沇切十二部長沙有下雋縣前後志同

⿰隓隹飛也从隹隓聲山垂切古音在十七部

○魋如小熊赤毛而黃从隹鬼聲各本無此篆據言部讙篆下曰从言魋聲必當有此篆但大徐補入鬼部未當今依爾雅補入隹部獸可言隹也杜回切十五部

文三十九今補魋則四十　重十二

奞鳥張毛羽自奮奞也奞依篇韵補奮奞雙聲字从大隹大其隹也張毛羽故从大凡奞之屬皆从奞讀若睢息遺切十五部按又先晉切

奪手持隹失之也引伸爲凡失去物之偁凡手中遺落物當作此字今乃用脫爲之而用奪爲爭敓字相承乆矣脫消肉臞也徒活切鄭康成說禮記曰編簡爛脫脫音奪从又奞又手也持隹而奞少縱卽逝也徒活切十五部

奮翬也疊韵羽部曰翬大飛也雉雞羊絕有力皆曰奮从奞在田上田猶野也方問切十三部詩曰不能奮飛邶風文毛云奮翼卽許云張毛羽自奮奞也

文三

萑⿰氐隹屬⿰氐隹⿰垂隹也釋鳥萑老兔郭云木兔也似鵄鵂而小兔頭从隹从𦫳有毛角說从𦫳之意毛角者首有蔟毛如角也所鳴其民有旤凡萑之屬皆从萑讀若

蒦 ㄏㄨㄛˋ 14定　△彠　雈 ㄍㄨㄢˋ 3見　舊 ㄐㄧㄡˋ 22匣　△鵂　丫 ㄍㄨㄞˇ 10見　𦍒 ㄍㄨㄞ 10見　芇 ㄇㄢˊ 3明

和當若桓云若和者合韵也雚葦字以爲聲胡官切十四部

蒦 規蒦逗商也从又持萑 規蒦二字葢古語釋之曰商也葢手持萑則恐其奪去圖所以處之是曰規蒦乙虢切五部 一曰視遽皃 瞿下云一曰視遽皃蒦與瞿形聲皆相似故此義同 一曰蒦逗度也 度徒故切漢志曰寸者忖也尺者蒦也故蒦爲五度之度鳥飛起止多有中度者故雉蒦皆訓度度高廣皆曰雉

彠 蒦或从尋尋亦度也 寸部曰度人之兩臂爲尋八尺也 楚辭曰求矩彠之所同 見離騷王曰榘法也彠度也高注淮南曰榘方也彠度法也

雈 雈爵也 三字句爵當作雀雈今字作鸛鸛雀乃大鳥各本作小爵誤今依太平御覽正陸機疏云鸛鸛雀也亦可證陸云似鴻而大莊子作觀雀土部垤下鳥部鳳下皆作鸛係俗改 从雈吅聲 工奐切十四部 詩曰雈鳴于垤 幽風文今詩作鸛釋文曰本又作雚

舊 雖舊逗舊留也 釋鳥怪鴟舍人曰謂鵂鶹也南陽名鉤鵅一名忌欺按今字爲新舊字 从雈臼聲 巨救切古音在一部

鵂 舊或从鳥休聲 按毛詩舊在一部音轉入三部乃別製鵂字音許流切矣角部但云鵅舊

文四　重二

丫 羊角也 玉篇曰丫丫兩角皃廣韵曰丫丫羊角開皃 象形 知爲羊角者於芊字知之也 凡丫之屬皆从丫讀若乖 工瓦切篇韵又乖買切古音在十六十七部

𦍒 戾也 犬部曰戾曲也曲則不伸故爲睽離 从丫八 八部曰八分也八𢇍作兆乖从丫从兆皆取分背之意各本此下有八古文別此淺人所妄增說詳八部卜部凡許自注云某古文某者皆見於許書刀部別下未嘗有八古文別之云也兆𢇍从北以兆與北形相似也古懷切古音葢在十六部

芇 相當也 廣韵曰今人賭物相折謂之芇按廣雅芇當也亡殄亡安二切俗本譌作萬 闕 此謂闕其形也从丫則知之矣丫取兩角相當从冂則不可知也以㒼从芇聲求之則三直均長 讀若宀 母官切古音葢在十二部

文三

苜 ㄇㄛˋ 2明　瞢 ㄇㄥˊ 26明　莫 ㄇㄧㄝˋ 2明　蔑 ㄇㄧㄝˋ 2明　羊 ㄧㄤˊ 15定

苜 目不正也从丫目 丫者外向之象故爲不正 凡苜之屬皆从苜讀若末 模結切十五部

瞢 目不明也 周禮眡祲六曰瞢注云日月瞢瞢無光也按小雅視天夢夢與瞢音義同也又左傳亦無瞢焉小爾雅瞢慙也此引伸之義 从苜从旬旬目數搖也 苜旬皆不明之意木空切古音在六部廣韵武登切是也

莫 火不明也 按火當作目淺人所改也假令訓火不明則當入火部矣此部四字皆說目 从苜从火 火易眩故从火 苜亦聲 莫結切十五部 周書曰布重莫席 顧命文今作敷重蔑席蔑衛包又改爲蔑俗字也莫者蔑之假借字也 莫席 二字今補 纖蒻席也 纖各本作織今正馬融云蔑纖蒻王肅云蔑席纖蒻苹席則許亦當作纖纖與蔑皆細也莫者蔑之假借馬王謂底席爲青蒲席則謂蔑席爲纖蒻席許說當同之艸部曰蒻蒲子可以爲苹席也蒲子蒲之幼稚者細於蒲故謂之纖蒻鄭注四席皆謂竹席與馬許不同詳尚書撰異莫葢壁中古文蔑葢孔安國以今文字讀之易爲蔑 讀與蔑同 上文已云苜亦聲此專謂莫席言

蔑 勞目無精也 目勞則精光茫然通作眛如左傳公及邾儀父盟于蔑晉先蔑公穀皆作眛是也引伸之義爲細如木細枝謂之蔑是也又引伸之義爲無如亡之命矣夫亦作蔑之命矣夫是也左傳鬷蔑字然明此以相反爲名字也 从苜从戍人勞則蔑然也 說从戍之意戍人最勞者此十字依廣韵韵會訂莫結切十五部

文四

羊 祥也 疊韵考工記注曰羊善也按譱義羑美字皆从羊 从丫象四足尾之形

羋ㄇㄧㄝ 10明　羔ㄍㄠ 19見　羜ㄓㄨˋ 13端　𦍩ㄨˋ 16明　羍ㄉㄚˊ 2透

謂干也與章切十部孔子曰牛羊之字以形舉也許多引孔子言如王士儿黍羊大貉烏皆是也凡羊之屬皆从羊羋羊鳴也各本中筆直今依五經文字篆韵譔正乞出不徑直也从羊象气上出與牟同意凡言某與某同意者皆謂其製字之意同也緜婢切十六部羔羊子也虞氏注說卦傳爲羊作爲羔云女使也妾與羔皆取位賤鄭本作陽云讀爲養无家女行賃炊爨今時有之賤於妾也二說字異義同武進臧鏞堂曰羔者養之誤也从羊照省聲古牢切二部羜五月生羔也謂羔生五月者也釋畜毛傳皆云羜未成羊也郭云俗呼五月羔爲羜从羊宁聲讀若煑直呂切五部𦍩六月生羔也廣雅羍𦍩羜⿰羊巽羔也从羊敄聲讀若霧各本作霧說文無今正亡遇切古音在三部羍小羊也羊當作羔字之誤也羜𦍩皆曰羔羍又小於羔是初生羔也薛綜荅韋昭云羊子初生名達小名羔未成羊曰

△⿱人羊　⿰羊兆ㄓㄠˋ 19定

羜大曰羊長幼之異名初學記引羍七月生羔也藝文類聚引七月生羊也與陸德明孔穎達所據不同似未可信按生民誕彌厥月先生如達毛曰達生也姜嫄之子先生者也此不可通當是經文作羍傳云羍達也先生姜嫄之子先生者也達他達切即滑達字凡生子始生較難后稷爲姜嫄始生子乃如達出之易故曰先生如羍先釋羍後釋先生者欲文義顯箸文法與白華傳先釋樵後釋桑薪正同鄭箋如字訓爲羊子云如羊子之生㜸矣尊祖之詩似不應若是且畧類之生無不易者何獨取乎羊尋箋不云達讀爲羍則知毛詩本作羍毛以達訓羍謂羍爲達之假借也凡故訓傳之通例如此用毛說改經改傳改箋使文義皆不可通則淺人之過而已从羊大聲讀若達同他末切十五部⿱人羊羍或省按此不當从入當是从人大人也故或从人羊有仁義禮之德故从人⿰羊兆羊未卒歲也廣雅吳羊牡一歲曰牯⿰羊兆三歲曰羝其牝一歲曰牸⿰羊兆三歲曰牂从羊兆聲治小切二部或曰羠羊百斤ナ又爲⿰羊兆羠各本作夷小

羝ㄉㄧ 4端　羒ㄈㄣˊ 9並　牂ㄗㄤ 15精　羭ㄩˊ 16定

徐釋以殷紂時夷羊非也今依急就篇顏注正劇羊易肥故有重百斤左右者讀若春秋盟于洮見僖八年釋文洮他刀反羠⿰羊兆音同羝牡羊也見大雅毛傳从羊氐聲都兮切十五部羒牡羊也各本作牂羊誤今依初學記正釋嘼羊牡羒郭曰謂吳羊白羝廣韵羒白羝羊也國語土之怪羵羊羵者雌雄未成从羊分聲符分切十三部牂牝羊也各本作牡羊誤今正釋嘼毛傳內則注皆曰牂牝羊角部觟下云牂羊生角者也羖羊無無角者故詩以童羖爲難牂羊多無角故殊之从羊爿聲按許無爿字五經文字曰爿音牆有所受之也牂則郎切十部羭夏羊牝曰羭牝各本作牡誤按釋嘼夏羊牝羭牡羖自郭所據牝牡字已互譌引之者多誤因之竄改說文今正下文夏羊牡曰羖亦有譌作夏羊牝曰羖者牝牡字易互譌而羖必是牡則知羭必是牝爾雅牝羭牡羖猶上文云牡羒牝牂也急就篇牂羖羯羠⿰羊兆羝羭師古曰牂吳羊之牝也羝牂羊之牡也羭夏羊之牝也羖夏羊之牡也此所據說文尚不誤

羥ㄎㄥ 12溪　羳ㄈㄢˊ 3並　羠ㄧˊ 4定　羯ㄐㄧㄝ 2見　羖ㄍㄨˇ 16見

左傳曰攘公之羭杜曰羭美也牝羊美於牡者故內則八珍亦用牂歸藏齊母亦曰兩壼兩羭夏羊謂黑羊郭注爾雅云白者吳羊黑者夏羊从羊俞聲羊朱切四部羖夏羊牡曰羖此牡字大小徐皆不誤今刻大徐本誤牝假令羖是牝則下文安得云犗乎从羊殳聲公戶切五部羯羊羖犗也羊羖當作羖羊廣雅曰羖羊犗曰羯牛部曰犗者騬牛也按小雅傳出童羖鄭云羖羊之性牝牡有角則鄭謂羖羊兼有牡牝與許說殊疑鄭說郎郭所云今人便以牂羖名白黑羊也黑羊則名羖牝牡皆角故童羖爲難白羊則名牂牝者多無角故許別言牂羊生角者从羊曷聲居謁切十五部羠騬羊也夏羊犗曰羯吳羊犗曰羠也爾雅說文皆無吳羊之名單言羊則謂白羊也馬部曰騬犗馬也貨殖傳其民羯羠不均謂很如羊也从羊夷聲徐姊切十五部羳黃腹羊也見釋嘼从羊番聲附袁切十四部羥羊名也从羊巠聲口莖切十一部按初學記引說文楷閒反蓋本

摯 ㄐㄧㄣˋ 27精　羸 ㄌㄟˊ 1來　䍴 ㄨㄟˇ 7影　䍤 ㄗˋ 11精　群 ㄑㄩㄣˊ 9匣　䍿 ㄧㄢ 3影　䍧 ㄘˇ 10清　美 ㄇㄟˇ 4明　羌 ㄑㄧㄤ 15溪

晉隱考工記顧字故書或作羥劉音羥苦顏反皆雙聲合韵也左傳邾子羥卒穀梁作瞯

摯 羊名从羊執聲汝南平輿有摯亭讀若晉 春秋蔡滅沈杜預司馬昭皆云平輿有沈亭疑沈亭卽摯亭也摯从執聲執與沈皆七部字也讀若晉之晉疑有誤大徐郎刃切篇韵同

羸 瘦也 引伸爲凡瘦之偁又假借爲纍字易羸其角羸其瓶或作纍或作虆其意一也 从羊㬴聲 力爲切十六部

䍴 羊相䍴積也 各本誤今依篇韵補正䍴積疊韵字猶委積也夏小正三月䍴羊傳曰羊有相還之時其類䍴䍴然其䍴積之謂與 从羊委聲 於僞切十五部

䍤 羊相䍴積也从羊責聲 子賜切十六部

羣 輩也 若軍發車百兩爲輩此就字之本義…從車言也朋也類也此輩之通訓也小雅誰謂爾無羊三百維羣犬部曰羊爲羣犬爲獨引伸爲凡類聚之偁 从羊君聲 渠云切十三部 五經文字曰俗作群

䍿 羣羊相積也 積各本作積今依玉篇 一曰黑羊也 字林有黫字黑色也左傳左輪朱殷祇作殷許意黑羊曰䍿借爲凡黑之偁 从羊垔聲 烏閑切十四部

䍧 羊名蹏皮可㠯割桼 未聞 从羊此聲 此思切按當从廣韵此移切十五十六部

美 甘也 甘部曰美也甘者五味之一而五味之美皆曰甘引伸之凡好皆謂之美 从羊大 羊大則肥美無鄙切十五部 羊在六畜主給膳也 周禮膳用六牲始養之曰六畜將用之曰六牲馬牛羊豕犬雞也膳之言善也羊者祥也故美从羊此說从羊之意 美與善同意 美譱義羑皆同意

羌 西戎 句按此當有也字商頌自彼氐羌箋云氐羌夷狄國在西方者也王制曰西方曰戎是則戎與羌一也 羊種也 各本作从羊人也廣韵韵會史記索隱作牧羊人也學者多言牧羊人爲是其實非也下文言僰焦僥字乃从人東夷字乃从大南方蠻閩字从虫以其蛇種也北方狄字从犬以其犬種也東北方貉字从豸以其豸種也故字皆不从人假令羌字从人牧羊則既人之矣何待僰僥字始从人哉且何不入儿部而入羊部哉是則許謂爲羊種與蛇種犬種豸種一例各本作牧羊人似取風俗通竄改御覽引風俗通曰羌本西戎卑賤者也主牧羊故羌字从羊人因以爲號按應氏風俗通其語有襲用說文者有竄改說文者其說貉不从豸種之說亦見御覽則說羌不从羊種正同今正 从羊儿 各本作从人从羊誤也今正羊儿者羊種而人附也 羊亦聲 去羊切十部 南方蠻閩从虫 見虫部南方蠻東南閩越此云南方者槩言之 北方狄从犬 見犬部 東方貉从豸 見豸部豸部云北方此云東者謂東北方也 西方羌从羊此六種也 上文祇有四種不得言六或云此當作有謂羌有六種明堂位爾雅所云六戎也今按亦非文義當云皆異種也以引下文从人从大之字 西南僰人焦僥从人 僰人之人臏字焦各本作僬誤僰僥字皆見人部 蓋在坤地頗有順理之性 坤順也在西南此說僰僥字得从人之意 唯東夷从大 大部曰夷平也从大弓東方之人也 大人也 天大地大人亦大故大象人形僰焦僥略有人性故進之字从人東夷俗仁故又進之字从大 夷俗仁仁者壽有君子不死之國 山海經有君子之國有不死民後漢書東夷傳曰仁而好生天性柔順易以道御有君子不死之國焉 孔子曰道不行欲之九夷乘桴浮於海 見論語公冶長篇子罕篇 有㠯也 漢地理志曰東夷天性柔順異於三方之外故孔子悼道不行設桴於海欲居九夷有以也夫自南方蠻閩已下捴論四夷字各不同之意

羌 古文羌如此 不得其說

△羑 ㄧㄡˇ 24定

羑 進善也 進當作道道善導以善也顧命誕受羑若馬曰羑道也文王拘羑里尚書大傳史記作牖里 从羊 羊善也故从羊 久聲 與久切三部按此字又見厶部曰羑古文 文王拘羑里在蕩陰 蕩各本作湯誤今正水部正作蕩陰漢二志皆云河內郡蕩陰有羑里城西伯所拘音湯

文二十六　重二

△羶

羴 ㄕㄢ 3透　羼 ㄔㄢˋ 3清

羴 羊臭也 臭者气之通於鼻者也羊多則气羴故从三羊 从三羊 式連切十四部 凡羴之屬皆从羴 羶 羴或从亶 亶聲也今經傳多从或字 羼 羊相廁也 釋名曰廁襍也 从羴在尸下 尸屋也 尸者屋之省此說从尸之意初限切十四部 一曰相出前也 相廁者襍廁而居相出前者突出居前也顏氏家訓曰典籍錯亂皆由後人所羼此相出前引伸之義

文二　重一

瞿 ㄑㄩˊ 13見

瞿 鷹隼之視也 隼亦鷙字也知爲鷹隼之視者以从隹眲知之也吳都賦曰鷹瞵鶚視經傳多假瞿爲眲見眲下 从隹眲 眲亦聲 凡瞿之屬皆从瞿 讀若章句之句 古音句讀如鉤別之曰章句之句知許時章句已不讀鉤矣九遇切四部 又音衢 鍇本有此三字音當作若

矍 ㄐㄩㄝˊ 14見

矍 隹欲逸走也 隹當作隼也當作皃隼欲逸走而未能矍矍然震上六視矍矍馬云中未得之皃人之中未得者如隼之欲逸走也 从又持之瞿瞿也 瞿瞿各本作矍矍今正又持之而瞿瞿然故其字爲矍 讀若詩云穬彼淮夷之穬 泮水憬彼淮夷憬下既引之而此作穬假借字也詩釋文則云憬說文作懬音獷今心部懬下佚此文文選注引韓詩則作獷矍在五部讀若从廣聲字者十部與五部同入也九縛切 一曰視遽皃 前義自鷹隼言後義自人言東都賦西都賓矍然失容善注引驚視皃

文二

雔 ㄔㄡˊ 21定

雔 雙鳥也 按釋詁仇讎敵妃知儀匹也此讎字作雔則義尤切近若應也當也讎物價也怨也寇也此等義則當作讎度古書必有用雔者今則讎行而雔廢矣 从二隹 凡雔之屬皆从雔 讀若醻 市流切三部

靃 ㄏㄨㄛˋ 14曉（霍）

靃 飛聲也 此字之本義也引伸爲揮霍爲靃靡靃靡音選委切 从雨雔 各本少此三字今補呼郭切五部俗作霍 雨而雔飛者其聲靃然 說从雨之意

雙 ㄕㄨㄤ 18心

雙 隹二枚也 見隹部隻下方言飛鳥曰雙鴈曰乘 从雔又持之 所江切九部

文三

雥 ㄗㄚˊ 27從　雧 ㄐㄧˊ 27從　△集　雥𣶒 ㄩㄢ 6影

雥 羣鳥也 許善心神雀頌嘉貺雥集 从三隹 徂合切七部 凡雥之屬皆从雥 雥𣶒 鳥羣也 如𣶒爲水聚 从雥𣶒聲 烏元切十二部 雧 羣鳥在木上也 引伸爲凡聚之偁漢人多假襍爲集 从雥木 秦入切七部 集 雧或省 今字作此

文三　重一

鳥 ㄋㄧㄠˇ 21端

鳥 長尾禽總名也 釋鳥音義引長尾羽衆禽揔名也按厹部云禽走獸總名此不同者此依釋鳥二足而羽謂之禽也短尾名隹長尾名鳥析言則然渾言則不別也 象形 鳥之足侣七 从七 鳥足以一該二能鹿足以二該四都了切二部 凡鳥之屬皆从鳥

鳳 ㄈㄥˋ 28並

鳳 神鳥也 天老曰 天老黃帝臣 鳳之像也麐前鹿後蛇頸魚尾龍文龜背燕頷雞喙五色備舉 麐前鹿後各本作鴻前麐後又魚尾下有鸛顙鴛思四字按爾雅釋文大雅卷阿正義初學記論語疏所引皆作麐前鹿後皆無鸛顙鴛思四字惟左傳正義同今本蓋唐人所據原有二本左疏所據非善本也天老對黃帝之言見韓詩外傳今外傳亦無此四字郭氏山海經圖讚曰八象其體五德其文云八象則益爲十者非矣今皆更正五德其文者首文曰德翼文曰順背文曰義腹文曰信膺文曰仁也見山海經 出於東方君子之國 見羊部羌下 翶翔四海之外過崐崘 崐崘當作昆侖 飲砥柱濯羽弱水 弱水部作溺 莫宿風穴 二語見淮南書文選注引許慎曰風

△朋

△鵬

鸞 ㄌㄨㄢˊ 3來

鸑 ㄩㄝˋ 17疑

穴風所從出也。見則天下大安寧。黃帝周成王之世是也。从鳥凡聲。馮貢切。古音在七部荀卿書引詩有鳳有皇樂帝之心當作有皇有鳳與心爲韵

古文鳳象形。象其首及羽翼

鳳飛羣鳥從以萬數故以爲朋黨字。此說假借也朋本神鳥以爲朋黨字韋本相背也以爲皮韋烏本孝烏也以爲烏呼子本十一月陽气動萬物滋也人以爲偁凡此四以爲皆言六書假借也朋黨字何以借朋鳥也鳳飛則羣鳥從以萬數也未製鳳字之前假借固已久矣猶習聞鳳至者爲之也六部七部音取相近故朋在六部蒸登韵小篆鳳入七部侵韵也

亦古文鳳。既象其形矣又加鳥旁益朋者取初古文鵬者踵爲之者也莊子書化而爲鳥其名爲鵬崔云古鳳字按莊生寓言故鯤魚子也鵬羣鳥之一也而皆云大不知其幾千里

赤神靈之精也。赤各本作亦誤今依藝文類聚埤雅集韵類篇韵會正後漢書注廣韵皆引孫氏瑞應圖曰鸞赤神之精也春秋元命包曰离爲鸞赤色五采。謂赤多而五采畢具也後漢書輿服志鸞雀立衡雀豹古今注五路衡上金雀金雀者朱鳥也或謂朱鳥者鸞也後漢太史令蔡衡曰多赤色者鳳多青色者鸞其說非是月令鸞路鄭云取有虞氏之車有鸞和之節爲名春言鸞夏言色互文然則鄭不謂鸞鳥青色矣雞形。郭注西山經云舊說鸞似雞鳴中五音。鑾下曰鈴象鸞鳥聲和頌聲作則至。周成王之世是也西山經曰見則天下安寧从鳥䜌聲。洛官切十四部

周成王時氏羌獻鸞鳥。見逸周書王會篇

鸑鷟逗鳳屬神鳥也从鳥獄聲。五角切三部春秋國語曰周之興也鸑鷟鳴於岐山。周語內史過說韋曰三君云鸑鷟鳳之別名也按三君者侍中賈逵侍御史虞翻尚書僕射唐固也許云鳳屬於賈小異劉逵曰鸑鷟鳳雛也說又異江中有鸑鷟似鳧而大赤目。此言江中鸑鷟別是一物非神鳥或許所記或後人所增不可定也上林賦屬玉吳都賦作鸀鳿郭璞曰屬玉似鴨而大長頸赤目紫紺色劉逵曰如鶩而大長頸赤目其毛辟水毒陳藏器曰鸀鳿主治沙蝨短弧蝦鬚等病能唼病人身出含沙䠶人之沙箭如鴨而大眼赤觜斑元中記曰水弧者其形蟲也其氣乃鬼也鴛鴦鸑鷟蟾蜍好食之合是四說知鸑鷟卽鸀鳿云似鴨眼赤者亦正與許合

鷟 ㄓㄨㄛˊ 17從

鷫 ㄙㄨˋ 22心

△⿰叜鳥

鷞 ㄕㄨㄤ 15心

鳩 ㄐㄧㄡ 21見

鶌 ㄑㄩ 8見

鸑鷟也从鳥族聲。士角切三部

鷫鷞也从鳥肅聲。息逐切三部五方神鳥也東方發明南方焦明西方鷫鷞北方幽昌中央鳳皇。劉昭引叶圖徵云似鳳有四司馬相如傳揜焦明又焦明已翔乎寥廓張揖曰焦明似鳳西方之鳥按西字疑誤左傳唐成公有兩肅爽馬賈逵曰色如霜紈馬融說肅爽雁也其羽如練高首而脩頸馬似之天下稀有高注淮南云鷫鷞長頸綠色似鴈賈馬高等所說蓋別一鳥非西方神鳥

司馬相如說从叜聲。按肅叜同在三部鷫鷞皆可讀如揆也蓋凡將字如此

鷫鷞也从鳥爽聲。所莊切十部

鶻鵃也。按今本說文奪鵃鳩與雉扈皆本左傳鳩爲五鳩之總名猶雉爲十四雉之總名扈爲九扈之總名也當先出鳩篆釋云五鳩民者也乃後云鶌鳩鶻鵃也鵻祝鳩也秸鵴尸鳩也鴡王鴡鴡鳩也鴡鳩鷙鳥故別爲類廁之而雝爲爽鳩已見於隹部矣度說文古本當如是今本以鳩名專系諸鶻鵃則不可通矣毛詩召南傳曰鳩尸鳩秸鞠也衛風傳曰鳩鶻鳩也月令注曰鳩搏穀也經文皆單言鳩傳注乃別爲某鳩此可證鳩爲五鳩之總名經傳多假鳩爲逑爲勼辵部曰逑斂聚也勹部曰勼聚也从鳥九聲。居求切三部

鶌鳩鶻鵃也。鶻鵃二字依爾雅補釋鳥曰鶌鳩鶻鵃小雅宛彼鳴鳩毛曰鳴鳩鶻鵃也衛風于嗟鳩兮無食桑葚毛曰鳩鶻鵃也食桑葚過則醉而傷其性鶻鵃食桑葚毛蓋目驗而知鵰與鵃音同郭云今江東亦呼爲鶻鵃似山鵲而小短尾青黑色多聲卽是此也舊說及廣雅皆云班鳩非也按此郭注見左正義今本不完左傳鶻鳩氏司事也鶻鳩春來冬去而多聲故詩小宛謂之鳴鳩若陳風魯頌之鴞毛皆謂惡聲之鳥則必鉤雒之類而非司事之鳥矣从鳥屈聲。九勿

四篇上　兲

四篇上　卌

鶌 ㄐㄩˊ 22見　鵃 ㄓㄡ 21端　鶻 ㄍㄨˇ 8見　△隼　鵻 ㄓㄨㄟ 7端

切十五部 鵻 祝鳩也 小雅翩翩者鵻釋鳥鵻其鳺鴀毛傳曰鵻夫不也南有嘉魚傳曰鵻壹宿之鳥左傳祝鳩氏司徒也杜曰祝鳩鵻鳩也鵻鳩孝故爲司徒主教民樊光注爾雅亦云孝故爲司徒郭云今鵓鳩也按鵓鳩今俗呼爲勃姑鵓勃語之轉鵓即爾雅之夫不也 从鳥隹聲 詩釋文鵻音隹本又作隹按釋鳥直作隹職追切十五部大徐思允切 隼 鵻或从隹一 从一者謂壹宿之鳥也箋云壹宿者壹意於其所宿之木也毛詩爾雅音義云鵻本作隹蓋是本一作隹轉寫譌之耳廣韵及大徐鵻思允切未爲非也 曰鶉字 按此鶉字即鷻字轉寫混之詩四月鶉陸德明釋文云字或作鷻可證毛詩兩言隼俱無傳四月匪鷻匪鳶傳曰鷻鵰也蓋隼人所習知故不詳其名物隼與鷻當是同物而異字異音隼當在十五部鷻當在十三部也祝鳩與鷻異物而同字同音豈因鳩鷹互化而謂爲一物與依鄭則鷹化布穀非鵻祝鳩也○按陽湖莊氏述祖依韵會作一曰鷻子證之以兩京賦薛解云隼小鷹也余始從其說繼思作一曰鷻字爲是異字同義謂之轉注異義同字謂之假借隼與鷻同音同字是亦假借也謂隼亦即鷻字也此外蚰部蠠下一曰螟字謂蠠亦即螟字大部⿱䀠大下或曰拳勇字謂⿱䀠大亦即拳字也此三條一例今本鳥部或作鷻子蚰部作螟子者失之 鶻 鶻鵃也 按鶻鵃二篆宜蒙鶌篆類廁乃中隔以祝鳩豈轉寫倒昜與小宛釋文云鶻字林作鵃云骨鵃小種鳩也不云說文作鵃而係字林且字林鶻作骨豈鶻鵃二篆說文本無而後人益之與 从鳥骨聲 古忽切十五部 鵃 鶻鵃也从鳥舟聲 張流切三部按鶻音骨鵃郭音嘲釋文音陟交反凡鳥名多取其聲爲之郭云今江東亦呼爲鶻鵃正謂江東皆呼骨嘲而定此音也 ⿰⿱竹匊鳥 秸⿰⿱竹匊鳥 逗 尸鳩也 秸各本作桔今依廣韵韵會說文無此字即秸字也釋鳥曰鳲鳩鴶鵴毛傳尸鳩秸鞠也字異音同方言作結誥擊穀郭云今之布穀也江東呼爲獲穀按今之郭公也以穀雨後鳴古名今名皆像似其音爲之左傳曰鳲鳩氏司空也召南序云德如尸鳩曹風傳云尸鳩之養其子朝從上下莫從下上平均如一月令仲春鷹化爲鳩鄭云鳩搏穀也季

△⿰狊隹

鸒 ㄩˋ 13定　鷽 ㄒㄩㄝˊ 22匣　鷚 ㄌㄡˋ 21來　鶪 ㄐㄩˊ 11見　鴠 ㄉㄢˋ 3端　鴿 ㄍㄜ 27見

春鳴鳩拂其羽鄭云鳩鳴飛翼相擊趨農急也鄭意鳴鳩即搏穀鳴鳩猶鳩鳴也與蔡邕孫炎謂此鳴鳩爲鶻鵃不同 从鳥⿱竹匊聲 居六切三部 鴿 鳩屬也 鳩之可畜於家者狀全與勃姑同 从鳥合聲 古沓切七部 鴠 渴鴠也 月令作曷旦坊記作盍旦鄭云夜鳴求旦之鳥方言作鴇鴠鴠鳴廣志作侃旦皆一語之轉此渴旦當同月令作曷旦後人改之誤用渴爲飢𣢑字耳太平御覽引鴠可旦也取爲古本曷旦可旦之鳥語如此故云求旦之鳥 从鳥旦聲 得案切十四部 鶪 伯勞也 夏小正作百鶉月令注作博勞詩箋作伯勞古音同也鶪夏小正孟子作鴂乃雙聲假借字小正月令皆云五月鳴惟豳風曰七月鳴鶪左傳曰伯趙氏司至者也 从鳥狊聲 古闃切十六部 ⿰狊隹 鶪或从隹 鷚 天龠也 鷚今本作鷚龠今本作鸙宋本李燾本作鷚作龠釋鳥鷚天鸙釋文曰鷚字又作鷚鸙說文作龠今從之玉篇鸙天鸙也許無鸙字郭云大如鷃雀色似鶉好高飛作聲今江東名之天鷚音綢繆之繆按此與隹部雡異義 从鳥翏聲 力救切三部陸云說文力幼反本音隱 鸒 卑居也 見隹部雅下卑音璧 从鳥與聲 羊茹切五部 鷽 雗鷽 逗 山鵲 句 知來事鳥也 隹部雗下但云雗鷽此乃足之淮南書乾鵲知來而不知往高曰乾鵲䧿也人將有來事憂喜之徵則鳴此知來也知歲多風卑巢於木枝人皆探其卵故曰不知往也乾讀如乾燥之乾鵲讀告退之告太平御覽引乾鵲知來而不知往此修短之分也注乾鵲鵲也見人有吉事之徵則修修然凶事之徵則鳴啼而知來歲多風則巢於下枝而童子乃探其卵而不知各有所能故曰修短之分也此正文作乾鵲與高本作乾鵲異注亦小異必是許注玉裁謂釋鳥鷽山鵲未嘗云雗鷽也高許注淮南皆曰鵲也未嘗云山鵲也廣雅亦云鳱鵠鵲也不云山䧿然則釋鳥鷽山鵲爲一物說文當云雗鷽䧿也爲一物今本山字淺人依爾雅增之避太歲知來歲風知人憂喜知行人將至此正今之喜䧿其性好晴故曰乾䧿雗乾推同鷽鵠同射有正鵠正之言正鳱之言較較者直也非取名於鳱鵠也鳱鵠非小而難中

四篇上

△鷽　鷲ㄐㄧㄡˋ 21從　鴞ㄒㄧㄠ 19匣　鴂ㄐㄩㄝˊ 2見　鶐ㄒㄩ 8心　鴋ㄈㄤˊ 15幫　鷦ㄐㄧㄝˊ 20精　鶨ㄑㄧ 5清

之鳥也。从鳥學省聲。胡角切三部 鷽或从隹。鶁鳥 鶁字今補 黑色多子 山海經其獸多鹿麏就郭引廣雅鶁雕也李將軍傳是必射雕者服虔曰雕一名鷲黑色多子可以其毛作矢羽按廣雅鶁鶚鷲鷲雕也統言之許雕鷲爲一鶁爲一鶚爲一析言之 師曠曰南方有鳥名曰羌鶁黃頭赤目五色皆備 此別一鳥名羌鶁非鶁也藝文志小說家有師曠六篇豈許所偁與今世有禽經係之師曠其文理淺陋葢因說文此條而僞造吳都賦彈鸞鶁劉注引師曠曰云云葢本說文不知字何以作鶁李音京廣韵十二庚有鶁字注羌鶁也[元]應書引說文赤目作赤咽 从鳥就聲 疾僦切三部 鴟鴞 逗鴟當作雎雎雖也雖鴞則爲寧鴂雎舊則爲舊畱不得舉一雎字謂爲同物又不得因鴞與梟音近謂爲一物又不得因雎鴞與鵂音近謂爲一物也雎舊不可單言雎雖鴞不可單言凡物以兩字爲名者不可因一字與他物同謂爲一物 寧鴂也 釋鳥鴟鴞鸋鴂幽風毛傳同方言曰桑飛有工爵過鸁女匠鶉鴂儀爵諸名陸璣曰鴟鴞似黃雀而小取茅秀爲窠以麻紩之如刺襪然或謂之襪爵按郭氏因一雎字謂寧鴂必雎屬後人溪信之者謂此鳥呼既取我子之鳥而告之耳不知鳥名多自評開端一句正是鳥聲 从鳥号聲 于嬌切二部按今人讀許嬌切非 寧鴂也 小正孟子借鴂爲鶪離騷恐鵜鴂之先鳴楊雄作鷤鴂或釋爲子規或釋爲伯勞未得其審而廣韵乃合鶪鴂鶗鴂爲一物凡物名因一字相同而溷誤之類如此 从鳥夬聲 古穴切十五部 鳥也 廣韵曰小鳥名 从鳥祟聲 辛聿切十五部 澤虞也 釋鳥鴋澤虞釋文鴋本或作鶭說文作鴋郭云今婟澤鳥常在澤中有象主守之官按此釋澤虞之意謂若周禮之澤虞也楊雄云鳫鳩或謂之鶭鸅葢尸鳩之一名耳孫氏乃援以注爾雅之鴋澤虞不知其斷句本異 从鳥方聲 分网切十部此不得牽合鸅鳩 鷦鳥也 鷦之言尐也小鳥名也篇韵皆云小雞 从鳥截聲 子結切十五部 鶨鳥也从鳥

桼聲 親吉切十二部 鋪豉也 二徐上字皆作鋪宋刻鉉本李燾本不作鋪也爾雅作鋪釋鳥鴃鋪豉此必鳥聲如云鋪豉自郭氏已未詳矣 从鳥失聲 徒結切十二部 鶤雞也 釋鳥雞三尺爲鶤郭曰陽溝巨鶤古之名雞釋文字或作鵾九辯鵾雞啁哳而悲鳴王云奮翼鳴呼而低昂王正謂雞三尺者也高注淮南曰鶤雞鳳皇別名張揖注上林賦曰昆雞似鶴黃白色則非釋鳥所云矣許意不謂雞畢亦不謂鳳皇故其字廁於此葢與張說同也 从鳥軍聲讀若運 古渾切十三部 鴁鳥也 各本鴁鴁鳥等字皆刪今補三字句疑卽釋鳥之鴢頭 从鳥芺聲 烏浩切二部 鵴鳥也 从鳥臼聲 居玉切三部 鷦𪀙 逗 桃蟲也 桃蟲見周頌釋鳥曰桃蟲鷦其雌鴱毛傳亦云桃蟲鷦也鳥之始小終大者箋云鷦之所爲鳥題肩也或曰鴞按單呼曰鷦絫呼曰鷦𪀙謂其小也取義於焦眇也桃蟲之桃亦取兆聲謂其小列子盜驪之馬廣雅作駣騟荀卿戰國策作纖離郭注穆天子傳云爲馬細頸此桃訓小之證也郭注爾雅云俗呼爲巧婦注方言云桑飛卽鷦鷯也今亦名爲巧婦按許意巧婦者其所謂雎鴞寧鴂也鷦鷯者其所謂鷦𪀙也許二之郭一之陸機疏分別與許合 从鳥焦聲 卽消切二部 鷦𪀙也 从鳥眇聲 眇小也亡沼切二部 鳥少美長醜爲鶹離 北風瑣兮尾兮鶹離之子毛云鶹離鳥也少好長醜釋鳥曰鳥少美長醜爲鶹鷅鶹鷅與鶹離皆同也詩字本作畱爾雅注及音義可證詩音義則淺人改易之按此詩以少好長醜比衛臣始有小善終無成功陸疏乃謂流離梟也其子長大還食其母絕非爾雅毛鄭許諸君意也 从鳥畱聲 力求切三部 𪆵鳥也 今爲難易字而本義隱矣 从鳥菫聲 那干切十四部按菫聲在十三部合韵也 𪆵或从隹 今難易字皆作此 古文𪆵 古文𪆵 古文𪆵 欺老也 釋鳥鶨鶀老下云鳸鴳按許上文說九雇旣云老雇鴳也則以老下屬與賈逵樊光同此

鴩ㄧˋ 5定　鶤ㄍㄨㄣ 9見　鴁ㄠˇ 19影　鵴ㄐㄩˊ 22見　鷦ㄐㄧㄠ 19精　𪀙ㄇㄧㄠˇ 19明　鶹ㄌㄧㄡˊ 21來　𪆵ㄋㄢˊ 3泥　△難　△難　△難　△難　鶨ㄊㄨㄢˋ 3透

鴂 2定　鸔 20並　鵠 22匣　鷺 14來　鶴 20匣　鴼 14來　鴲 4端　鶠 3影　鷯 19來　鴖 9明　䳲 16透

以老上屬下云鴂雁也復與舍人李巡孫炎同葢兩從未定也欺老未詳何鳥从鳥彖聲丑絹切十四部

鴂鳥也玉篇水鳥也从鳥兌聲弋雪切十五部

䳲鳥也篇韵皆云水鳥黑色从鳥主聲天口切四部

鴖鳥也廣韵鳥似翠而赤喙玉篇作鴟作鶻从鳥昏聲武巾切古音在十三部

鷯刀鷯逗剖葦句釋鳥鳭鷯剖葦鳭者刀之俗字郭云好剖葦皮食其中蟲因名云按爾雅說文之剖葦自是刀鷯之別名今本說文食其中蟲四字淺人用郭注羼入也能剖葦故名刀鷯與剖義相應改刀爲鳭讀丁堯切非也玉篇云鷦鷯亦作鳭鷯其說尤誤鷦鷯爲小鳥刀鷯則不甚小觀郭云似雀青斑長尾則大於鷦鷯可知也食其中蟲四字當删从鳥寮聲洛蕭切二部

鶠鳥也其雌皇釋鳥鶠鳳其雌皇說者便以鳳皇釋之據許則有鳥名鶠鳳非可以鳳釋鶠也鳥字葢鳳之誤三字一句从鳥匽聲於幰切十四部一曰鳳皇也此別一義與說爾雅者同

鴲瞑鴲也廣韵曰小青雀也按廣韵葢謂即竊脂从鳥旨聲旨夷切十五部

鴼烏鸔也見釋鳥郭云水鳥也按此與隹部雒音同義別从鳥各聲盧各切五部

鸔烏鸔也从鳥暴聲蒲木切古音在二部

鶴鶴鳴九皋聲聞于天鶴字今補此見詩小雅毛曰皋澤也言身隱而名著也爾雅無鶴故偁詩後人鶴與鵠相亂从鳥隺聲下各切古音在二部

鷺白鷺也釋鳥曰鷺春鉏周頌魯頌傳曰鷺白鳥也按大雅白鳥翯翯白鳥謂鷺傳不言者人所共知也漢人謂鷺爲白鳥也於頌則以人所知說其所不知此傳注之體也陸氏疏云好而潔白故謂之白鳥此白鷺當作白鳥許之例多因毛傳也春鉏者謂其狀俯仰如春如鉏从鳥路聲洛故切五部

鵠黃鵠也黃各本作鴻今依元應書李善西都賦注正戰國策黃鵠游於江海淹於大沼奮其六翮而陵清風賈生惜誓曰黃鵠一舉兮知山川之紆曲再舉兮知天地之圜方凡經史言鴻鵠者皆謂黃鵠也或單言鵠或單言鴻从鳥告聲胡沃切三部

△鷟

鴻 18匣　鶖 22清　鴛 3影　鴦 15影　鵽 2端　鵱 22來　鴚 1見　（鵝）

鴻鴻逗此複舉字之未删者鵠也黃鵠一名鴻豳風鴻飛遵渚毛曰鴻不宜循渚鴻飛遵陸毛曰陸非鴻所宜止按鄭箋祗云鴻大鳥不言何鳥學者多云雁之大者夫鴻雁遵渚遵陸亦其常耳何以毛云不宜以喻周公未得禮正謂一舉千里之大鳥常集高山茂林之上不當循小州之渚高平之陸也經傳鴻字有謂大雁者如曲禮前有車騎則載飛鴻易鴻漸于磐是也有謂黃鵠者此詩是也單呼鵠絫呼黃鵠鴻鵠黃言其色鴻之言琟也言其大也故又單呼鴻雁之大者曰鴻字當作鳿而假借也从鳥江聲戶工切九部

鶖禿鶖也小雅毛傳鶖禿鶖也張尚對孫皓曰鳥之大者有禿鶖古今注曰扶老禿秋也大者頭高八尺李時珍說其形甚詳云頭項皆無毛此其偁禿之故乎从鳥尗聲七由切三部尗聲秋聲同在三部也

鶖鶖或从秋秋聲

鴛鴛鴦也小雅傳曰鴛鴦匹鳥也古今注曰雌雄未嘗相離按鸂鶒者鴛鴦屬也从鳥夗聲於袁切十四部

鴦鴛鴦也二字雙聲从鳥央聲於良切十部

鵽鵽鳩也釋鳥鵽鳩郭連下文寇雉爲一物釋鳥寇雉泆泆郭云即鵽鳩也據許不云寇雉也則許讀不同郭也郭云鵽大如鴿出北方沙漠地俗名突厥雀按南都賦歸雁鳴鵽黃稻鱻魚以爲勺藥若莊子逸篇云青鵽愛子忘親此必別是一物也从鳥叕聲丁刮切十五部

鵱蔞鵝也釋鳥鵱鷜鵝郭云今之野鵝按篇韵皆以鵱鷜爲句許作蔞而下屬則古讀不同蔞鵝鳥名今不定爲何鳥也論衡云蜡彈雀則失鵝从鳥坴聲力竹切三部按鵱篆鍇本在部末

鴚鴚鵝也三字句方言鴈自關而東謂之鴚鵝南楚之外謂之鵝或謂之鶬鴚廣雅鴚鵝倉鴚鴈也本此按楊張所云鴈者鴻雁也許以鴻雁字系佳部此不云鴚鵝雁也知許意不爲鴻雁鴚字亦作鴐大元作鴚鵝子虛上林反離騷南都賦皆作鴐鵞古作鴐山海經鴐鳥魯大夫榮鴐鵞皆即鴐鵞也古加聲與可聲同音張揖注上林賦曰鴐鵞野鵞也然則非家鵞亦非鴻雁鴻雁屬也許意當同○魯大夫榮鴐鵞左傳漢

鵝ㄜˊ 1疑　鴈ㄧㄢˋ 3疑

書皆作駕與山海經同毛居正云从馬誤毛非也釋文宋刊皆作駕通志堂乃於定元年改作駕**从鳥可聲**古俄切十七部爾雅音義曰說文音河郭音加

鵝　鴚鵝也从鳥我聲五何切十七部

鴈　鵝也鴈與雁各字鵝與鴚鵝各物許意隹部雁爲鴻鳥部鴈爲鵝鴚鵝爲野鵝單呼鵝爲人家所畜之鵝今字雁鴈不分久矣禮經單言鴈者皆鴻雁也言舒鴈者則鵝也爾雅舒鴈鵝是也李巡云野曰鴈家曰鵝鵝謂之舒鴈者家養馴不畏人飛行舒遲也是則當作舒雁謂雁之舒者也雁在野鵝爲家雁也儀禮出如舒鴈不言如鴈內則舒鴈翠別於下文鴈腎鵝之名舒鴈顯然而某氏注爾雅云在野舒翼飛遠者爲鴈以爾雅舒鴈爲一物鵝爲一物非是鵝固有單呼鴈者如莊子命豎子殺鴈而烹之謂鵝也王褒僮約云鴈鶩百餘者爲鵝鴨別於上文云繳鴈彈鶩者爲雁鳧蓋雁鴈不分久矣許當云鴈鴈舒雁也舒雁鵝也文乃備**从鳥人**鵝依人故同雁從人**厂聲**厂呼旱切鴈五晏切十四部

鷑ㄐㄧㄝˊ 2見　鷖ㄧ 4影　鶩ㄨˋ 16明

鶩　舒鳧也几部曰舒鳧鶩也與釋鳥同舍人李巡云鳧野鴨名鶩家鴨名許於鳧下當云鳧水鳥也舒鳧鶩也文乃備左傳疏云謂之舒鳧者家養馴不畏人故飛行遲別野名耳某氏注云在野舒飛遠者爲鳧非是詞章家鳧亦呼鶩此如今野人雁亦呼雁鵝也春秋繁露張湯問祠宗廟或以鶩當鳧可用否仲舒曰鶩非鳧鳧非鶩也以鶩當鳧名實不相應以承大廟不可此舒鳧與鳧之判廣雅云鳧鶩鴄也此統言而未析言之也**从鳥敄聲**莫卜切三部

鷖　鳧屬也大雅鳧鷖傳曰鳧水鳥也鷖鳧屬也按此謂鳧屬非謂舒鳧屬也周禮王后之五路安車彫面鷖總故書鷖或爲緊鄭司農云緊讀爲鳧鷖之鷖鷖總者青黑色以繒爲之按於此知此鳥青黑色也陸孔皆引倉頡解詁曰鷖鷗也一名水鴞許云鷗水鴞而不云鷖鷗也則許不謂一物也鳧屬者似鳧而別其釋鳥之鷗沈鳧乎**从鳥殹聲**烏雞切十五十六部**詩曰鳧鷖在梁**梁當作涇大雅文

鷑　鷑鷿逗**鳧屬**南都賦其鳥則有鷑鴂鸊鷈李引說文曰鷑鴂鳧屬按鴂皆鷿之誤故李音雅札反與集韵牛轄切同若鶂則五歷切在今錫韵不相謀

鷿ㄋㄧㄝˋ 2疑　鸏ㄇㄥˊ 18明　鷸ㄩˋ 8定

也从鳥契聲古節切十五部李善苦札切廣韵古黠切

鷿　鷑鷿也从鳥辥聲魚列切十五部集韵牛轄切

鸏　水鳥也史記上林賦說水鳥有煩鶩徐廣曰煩鶩一作番鷭按矛聲敄聲之字音轉多讀如蒙賦文當依此本**从鳥蒙聲**莫紅切九部

鷸　知天將雨鳥也釋鳥翠鷸李巡樊光郭璞皆云一鳥許於羽部曰翠青羽雀也合此條知其讀不同各爲一鳥**从鳥矞聲**余律切十五部**禮記曰知天文者冠鷸**引禮記者漢志百三十一篇中語也左傳鄭子臧出奔宋好聚鷸冠鄭伯聞而惡之使盜殺之君子曰服之不衷身之災也詩曰彼己之子不稱其服子臧之服不稱也夫云不稱者正謂子臧不知天文而冠聚鷸也獨斷曰建華冠形制似縷鹿記曰知天文者服之鄭子臧聚鷸冠前圜此則是也司馬彪輿服志引記曰知天者冠述知地者履絇莊子鷸一作鶐然則述者鶐之省毛傳遹述也古音同也說苑知天道者冠鉥知地道者履蹻則又假鉥蹻爲鶐絇字小顏說禮之衣服圖謂爲術氏冠亦以

△鷸　鷈ㄊㄧ 10透　鸊ㄆㄧˋ 11滂　鸕ㄌㄨˊ 13來　鷀ㄘˊ 24從　鷧ㄧˋ 5影　鴔ㄈㄨˊ 31並

古音同耳

鷸　鷸或从遹

鸊　鸊鷈也釋鳥鷉須鸁按單呼曰鷈絫呼曰鸊鷈方言野鳧其小而好沒水中者南楚之外謂之鸊鷉大者謂之鶻鷉南都賦作鷿鷈**从鳥辟聲**普擊切十六部

鷈　鸊鷈也从鳥虒聲土雞切十六部按鷿鸊鷈皆疊韵

鸕　鸕鷀也釋鳥鶿鷧郭云卽鸕鶿也按今江蘇人謂之水老鴉畜以捕魚鸕者謂其色黑也鷀者謂其不卵而吐生多者生八九少生五六相連而出若絲緒也有單言鸕者上林賦箴疵鵁盧南都賦鶂鸕是也有單言鷀者釋鳥是也**从鳥盧聲**洛乎切五部

鷀　鸕鷀也从鳥茲聲疾之切一部

鷧　鷀也从鳥壹聲乙冀切十五部

鴔　鴔鵖也釋鳥鵖鴔戴鵀郭云鵀卽頭上勝今亦呼爲戴勝按說文倒之曰鴔鵖疑當從爾雅鵖戴一音也鴔鵀勝一音也呂覽作任勝與任六部七部合音取近方言又謂之戴南月令戴勝降於桑鄭云戴勝織紝之鳥郭注方言云勝所以纏紝按木部云滕機持經者糸部云紝機縷也此鳥之首

鵖 27幫　鴔 21幫　△鴇　鷗 16影　⿰犮鳥 2並　鷛 18定　鸈 13匣　鶂 10疑　△鷊　△⿰赤鳥　鵜 4定

文有如纏機縷之滕故曰戴勝方言又謂之鶝鶝鵖鴔之雙聲也 从鳥乏聲 平立切七部

鴔鵖也从鳥皀聲 彼及切七部

鴇鳥也 鴇見詩禮記陸疏曰連蹄性不樹止 肉出尺胾 未聞按內則鵠鴞胖謂脅側薄肉也鵠或爲鴇鴇胖在不利人之列此云出尺胾者葢謂去此尺胾不食其餘可食 从鳥乍聲 博好切古音在三部

鴇或从包 古乍聲包聲同在三部管子周禮注皆作鴇

雡鸈也 見隹部雡下 从鳥渠聲 強魚切五部

水鴞也 山海經注曰鷗水鴞也按列子作漚 从鳥區聲 烏侯切四部

⿰犮鳥鳥也 从鳥犮聲讀若撥 蒲達切十五部

鷛鳥也 上林賦說水鳥有庸渠史記作鷛鸈郭曰鷛鸈似鶩灰色而雞足一名章渠吳都賦鷛鸈劉注同郭李善音庸渠按此鳥本單呼鷛也 从鳥庸聲 余封切九部

鶂鳥也 字見春秋經文十六年水鳥也博物志曰鶂雄雌相視則孕或曰雄鳴上風雌鳴下風薛綜曰鷁首者船頭象鷁鳥厭水神按今字多作鷁 从鳥兒聲 五歷切十六部 春秋傳曰六鶂退飛 三傳皆同今皆左兒右鳥

鶂或从鬲 兒聲鬲聲益聲皆十六部也

司馬相如鶂从赤 按赤聲古音在五部而用爲鶂字者合韵也葢凡將篇如此作今上林賦濯鷁牛首祇作鷁

鵜胡 逗 污澤也 釋鳥鵜鴮鸅毛傳鵜洿澤鳥也按今爾雅多俗字毛詩作洿澤是也鄭注表記云鵜鵜胡污澤也污澤善居泥水之中許鄭皆云鵜胡爾雅毛詩不言胡者此鳥本單呼鵜以其胡能抒水故又名鵜胡也國語盛以鴟夷而投之於江惟宋明道二年本作鴟鵜注云鴟鵜革囊按陸疏云鵜胡頷下胡大如數升囊若小澤中有魚便羣共抒水滿其胡而棄之令水竭盡乃共食之故曰淘河然則此革囊名鵜亦取能容受之意應劭注漢書曰取馬革爲鴟夷鴟夷榼形而楊雄酒箴曰鴟夷滑稽腹如大壺盡日盛酒人復借酤師古曰鴟夷韋囊以盛酒即今鴟夷幐也然則凡作夷者皆鵜之省云鴟夷者謂其如鴟之貪如鵜之善受也古音鵜讀同夷 从鳥夷聲 杜兮切十五部

△鵜　鴗 27來　鶬 15清　△⿰倉隹　鴰 2見　鵁 19見　鶄 12精　鳽 3見　⿰箴鳥 28端　鴜 10精　鷻 9定　鳶 14疑

鵜或从弟 今字多作鵜

天狗也 見釋鳥郭曰小鳥也青似翠食魚江東呼爲水狗按今所在園池有之謂之魚狗亦謂之魚虎 从鳥立聲 力入切七部

麋鴰也 見釋鳥郭云今呼鶬鴰師古曰今關西呼爲鶬鹿山東通謂之鶬鄙俗名爲錯落司馬彪云鶬似鴈而黑 从鳥倉聲 七岡切十部

鶬或从隹

麋鴰也从鳥昏聲 古活切十五部

鵁鶄也 三字句釋鳥鳽鵁鶄職方氏揚州其畜宜鳥獸鄭云孔雀鸞鵁鶄犀象之屬史記上林賦鵁鶄漢書作交精爾雅音義曰本亦作交精 从鳥交聲 古肴切二部 一曰鵁鸕也 此謂鵁鶄一名鵁鸕〔元〕應書作一名鵁鸕按上林賦既云交精旋目又云箴疵鵁盧史記盧作鸕張揖郭璞注皆鵁鸕爲二物與此不同

鵁鶄也 从鳥青聲 子盈切十一部按辭章家有單呼鶄者吳都賦鶄鶴鵚鶬謂四鳥也

鵁鶄也 鳽者古名鵁鶄者今名此與隹部雗各物 从鳥幵聲 古賢切十二部

⿰箴鳥鴜也 上林賦箴疵史記作⿰箴鳥鴜張揖曰箴疵似魚虎而蒼黑色按鱵觜二音鴜之言觜也觜口也⿰箴鳥鴜葢其味似鱵之銳 从鳥箴聲 職深切七部

⿰箴鳥鴜也从鳥此聲 即夷切十六部○按自鵞舒鳧也至此皆謂水鳥而鴚鵖鴇鶬非水鳥辭章家鋪陳水鳥或舉鴇鶬而不舉鵖鴔

雕也 隹部曰雕鷻也今小雅四月匪鶉鶉字或作鷻毛曰鷻雕也隹部隼下曰一曰鶉字鶉者鷻之省鷻鶉字與隹部雜字別經典鶉首鶉火鶉尾字當爲鷻魏風縣鶉內則鶉羹字當爲雜當隨文釋之漢書音義廣雅皆雕鷻爲一鳥許二之且鷻不列於鷙鳥 从鳥敦聲 度官切古音在十三部 詩曰匪鷻匪鳶

鷙鳥也 此今之鶚字也咢說文作㖾鶚廣雅作鶚古音屰聲㖾聲皆在五部五各切作鶚者隸變耳自鷻至鷂九篆皆鷙鳥獨於鳶鷂言之者鳶鷂無他名則直謂鷙鳥而已矣詩匪鷻匪鳶正義鳶作鶚引孟康曰鶚大雕也又引說文鳶鷙

鸛 3曉　鴡 13清　鷢 2見　鷂 19定　鷳 3匣

鳥也是孔沖遠固知鳶卽鴟字陸德明本乃作鳶云以專反今毛詩本因之又以與專反改說文鳶字之音誤之甚矣鳶夏小正作弋與職切俗作鳶與專切此猶鸗切以水譌爲以沼耳弋者雖也非鴟也**从鳥屰聲**五各切五部

雖也隹部曰雖雗也雗雖也又名鷳今之鷂鷹也廣雅曰鷳鴟夏小正謂之弋十有二月鳴弋弋卽雖也弋之字變爲鳶讀與專切鳶行而弋廢矣鳶讀與專切者與鷳疊韵而又雙聲毛詩正義引倉頡解詁鳶卽鴟也然則倉頡有鳶字从鳥弋聲許無者謂鷳爲正字鳶爲俗字也毛詩四月匪鴟說文作匪鳶陸釋文作匪鳶不獨改其字且非其物矣大雅鳶飛戾天魚躍于淵語與四月相類鳶亦當爲鳶箋云鳶鴟之類云類則別於鴟經文字本爲鳶明矣正義又引說文云鳶鷙鳥也此亦引說文鳶鷙鳥而從俗寫爲鳶耳蓋唐初已認鳶爲鳶二字不分故正義不能質言**从鳥閒聲**戶閒切十四部

鷙鳥也釋鳥鷣負雀郭曰鷣鷂也江東呼之爲鷣按鷣古音淫見釋文今音燿見廣韵語之轉也說文鷂卽鷣以其善捉雀故亦爲鷙鳥**从鳥䍃聲**弋笑切二部

白鷢逗**王睢也**釋鳥曰鷢白鷢郭云似鷹尾上白按釋鳥云睢鳩王睢與鷢白鷢劃分二鳥許乃一之恐係轉寫譌誤非許書本然也當爲正之曰鷢者白鷢楊也鴡者鴡鳩王鴡也乃合毛詩正義曰陸璣疏云睢鳩大小如鴟深目目上骨露幽州人謂之鷲而楊雄許愼皆曰白鷹白鷹似鷹尾上白此是陸璣而非楊雄許愼也楊雄許愼已下孔沖遠語也所謂楊雄者今不見於方言未知其所本**从鳥厥聲**居月切十五部

王鴡也按鴡鳩見詩春秋傳傳曰鴡鳩氏司馬也五鳩鳩民之一許不當不箸鴡鳩二字王鴡也之上當出鴡鳩乃與前文鶌鳩祝鳩尸鳩爲一例釋鳥睢鳩王睢郭云鵰類今江東呼之爲鶚周南毛傳曰睢鳩王睢也鳥摯而有別摯本亦作鷙古字同**从鳥且聲**七余切五部

鸛專逗**畐蹂**句**如䧿短尾射之銜矢射人**見釋鳥釋鳥作鸛鶇鶝鶔廣韵作鸛鶇按畐蹂蓋其一名郭云又名⿱臾女羿釋文⿱臾女古以爲懈惰字言此鳥捷勁雖羿之善射亦懈惰不敢射也鄭注

四篇上

鴝 16匣　鶯 12影　鴥 5定　鷙 5端　鷐 9定　△鸇　鸇 3端

周禮設其鵠云謂之鵠者取名於雅鵠雅鵠小鳥而難中按當是此鳥鸛雅音近鵠呼韓鵠此鳥狀如鵲故亦謂之雅鵠**从鳥雚聲**呼官切專徒端切疊韵十四部

鷐風也秦風作晨風釋鳥毛傳皆云晨風鸇也郭云鷂屬孟子趙注謂之土鸇**从鳥亶聲**諸延切十四部釋文引說文上仙反

籀文鸇从廛廛聲也又作⿰旃鳥戰國策宋康王之時有雀生⿰旃鳥於城之陬新序作鸇一字也今戰國策誤爲鷆通鑑作鸇不誤而集韵不收

鷐風也一名翰見羽部**从鳥晨聲**植鄰切十三部毛詩作晨古文假借

擊殺鳥也夏小正六月鷹始摯月令鷹隼蚤鷙古字多假摯爲鷙儒行鷙蟲攫摶注曰鷙从鳥摯省聲此注正義本誤郭忠恕所據不誤六月毛傳云輊摯也士喪禮注云輖摯也考工記注云摯輖也然則摯卽摯字摯之或體也鄭注少言字體此言之者蓋鷙上从執俗認爲執聲則當在侵韵而非音理故云摯省聲以正之摯之在質術韵而不在侵緝易明也擊殺鳥者謂能擊殺之鳥自鷙至鷐風皆擊殺鳥也故釋鷙**从鳥从執**各本作从鳥執聲非也許說會意鄭說形聲皆可以知此字之非執聲也不曰从執鳥而曰从鳥从執者惡其以鳥殺鳥傷其類且容所殺不獨鳥也殺鳥必先攫搏之故从執小正傳曰諱殺故言摯然則摯者執也脂利切古音在十二部一作⿱折鳥从折聲則在十五部

鸇飛皃秦風鴥彼晨風毛曰鴥疾飛皃許專系諸鸇**从鳥穴聲**按各本篆作鴥陸云鴥說文作鴪今從之余律切古音在十二部**詩曰鴪彼鷐風**

鳥有文章皃各本作鳥也必淺人所改今正毛詩曰交作桑扈有鶯其羽有鶯其領傳曰鶯鶯然有文章皃皃舊作也非鶯鶯猶熒熒也皃其光彩不定故从熒省會意兼形聲自淺人謂鶯卽鸎字改說文爲鳥也而與下引詩不貫於形聲會意亦不合不可以不辨也**从鳥熒省聲**熒各本作榮今正說文熒省聲之字共十有九無榮省聲之字烏莖切十一部**詩曰有鶯其羽**

鴝鵒也今之八哥也左氏春秋昭二十五年有鸜鵒來巢鸜本又作鴝公羊作鸛音權穀梁作鸜亦作鸛考

四篇上

鵒 22定　△雗　鷩 2幫　鵕 2心　鸃 1疑　鶙 11端　鶡 2匣

工記作鸛亦作鸜郭注山海經云鸛鵒鴝鵒也按句瞿音同作鸛音權者語轉也鴝與隹部雊各字从鳥句聲其俱切四部

鴝鵒也从鳥谷聲余蜀切三部古者鴝鵒不踰泲見考工記五經異義公羊以爲鸜鵒夷狄之鳥穴居今來至魯之中國巢居此權臣欲自下居上之象穀梁亦以爲夷狄之鳥來中國義與公羊同左氏以爲鸜鵒來巢書所無也彼注云周禮曰鸜鵒不踰濟今踰宜穴而又巢故曰書所無也許君謹案從二傳後鄭駁之云按春秋言來者甚多非皆從夷狄來也從魯疆外而至則言來鸜鵒本濟西穴處今乃踰濟而東又巢爲昭公將去魯國玉裁按先鄭云不踰濟無妨於中國有之駁二傳也作異義時從二傳作說文解字亦引考工記爲證不言夷狄之鳥則從古左氏說許君異義先成說文解字晚定故多有不同異義者不言周禮曰而言古者此以釋左氏書所無也之恉也

鵒或从隹臾臾聲此如鬼臾區亦爲鬼容區也

赤雉也隹部雉十四種有鷩雉釋鳥鷩雉樊光曰丹雉也左傳丹鳥氏司閉也杜曰丹鳥鷩雉也以立秋來立冬去入大水爲蜃周禮鷩冕注曰鷩畫以雉謂華蟲也華蟲五色之蟲繢人職曰鳥獸蛇襍四時五色以章之謂是也考工記鳥獸蛇注曰蟲之毛鱗有文采者也按鄭意鷩爲雉五色不云赤雉也許云赤雉與樊光合从鳥敝聲并列切十五部周禮曰孤服鷩冕司服曰侯伯之服自鷩冕而下如公之服此云孤服鷩冕者蓋以天子之孤當侯伯

鵕鸃逗鷩也師古注上林賦曰鵕鸃鷩也似山雞而小冠背毛黃腹赤項綠尾紅按許云赤雉者不必全赤謂赤多也劉逵注蜀都賦曰蝴蛦鳥名也如今之所謂山雞注吳都賦曰今所謂山雞者鷩蹺也合浦有之此蓋皆鷩屬从鳥夋聲私閏切按古音當讀如雖十五部

鵕鸃也从鳥義聲魚羈切古音在十七部秦漢之初侍中冠鵕鸃佞幸傳曰孝惠時郎侍中皆冠鵕鸃貝帶

雉屬戇鳥也戇愚也从鳥啻聲都歷切十六部

侣雉出上黨後書輿服志虎賁羽林皆鶡冠鶡者勇雉也其鬭對一死乃止故趙武靈王以表武士加雙鶡尾豎左右爲鶡冠徐廣曰鶡似黑雉出於上黨从鳥曷聲胡割切十五部

鷕 7定　鷮 19匣　（鵡）䳇 24明　鸚 12影　鴧 2見

鴧雀也依顏氏家訓廣韵訂侣鶡而青出羌中顏氏家訓曰賓如同得一青鳥呼之爲鶡吾曰鶡出上黨數曾見之色竝黃黑故陳思王鶡賦云揚元黃之勁羽試檢說文鴧雀似鶡而青出羌中韵集音介此疑頓釋漢循吏傳張敞舍鴧雀飛集丞相府蘇林曰今虎賁所箸鶡也師古曰蘇說非也鴧音芥或作鶡鶡此通用耳鴧雀大而色青出羌中非武賁所箸也武賁鶡者色黑出上黨今時俗人所謂鶡雞音曷非此鴧雀按二書今本舛譌介誤分芥誤芬鴧誤鶡誤鴶不可讀故全載之據此知郭注山海經云鶡似雉而大青色有毛角鬭死乃止亦誤認鴧爲鶡也今玉篇毛冕增韵皆襲漢書誤字从鳥介聲古拜切十五部

鸚䳇逗能言鳥也曲禮曰嬰母能言不離飛鳥从鳥嬰聲烏莖切十一部

鸚䳇也从鳥母聲曲禮釋文嬰本或作鸚母本或作䳇同音武諸葛恪茂后反按裴松之引江表傳曰恪呼殿前鳥爲白頭翁張昭欲使恪復求白頭母恪亦以鳥名鸚母未有鸚父相難此陸氏所謂茂后反也據此知彼時作母作䳇不作鵡至唐武后時狄仁傑對云鵡者陛下之姓起二子則兩翼振矣其字其音皆與三國時不同此古今語言文字變移之證也釋文當云母本或作䳇古茂后反今作鵡音武乃合李善注文選云鵡一作䳇莫口反較明析大徐用唐韵文甫切亦鵡音非䳇音也古音母在一部

長尾雉走且鳴依毛詩正義韵會訂隹部雉十四種有鷮雉小雅有集維鷮毛曰鷮鷮雉也釋鳥鷮雉陸疏云鷮微小於翟走而且鳴曰鷮鷮薛綜曰雉之健者爲鷮尾長六尺按韓詩鄭風二矛重鷮謂以鷮羽飾矛乘輿尾爲防釳箸馬頭上尾各本作以今從詩正義防釳詳金部按金部云釳以翟尾此云以鷮尾者鷮翟屬也陸疏云似翟而小是也从鳥喬聲巨嬌切二部按當依鄭風小雅陸釋文居橋反廣韵玉篇皆音嬌雉聲如是

雌雉鳴也邶風有鷕雉鳴又云雉鳴求其牡毛曰鷕雌雉聲也此望文爲聲

義 **从鳥唯聲** 以沼切古音在十五部釋文引說文以水反字林于水反皆古音也其云以小反者字之譌亦聲之譌也 **詩曰有鷕雉鳴**

鸓 ㄌㄟˊ 7 來

鼠形飛走且乳之鳥也 走字疑衍釋鳥鼯鼠夷由鼯或作鴺由或作鵜郭云狀如小狐似蝙蝠肉翅飛且乳其飛善從高集下劉淵林陶隱居說略同其物見本艸經上林西京南都吳都諸賦亦名飛生而生子故也亦名飛鸓亦名鸓鼠其字惟史記作鸓本艸經作鸓在獸部賦家或作蠝或作猵以其似鳥似獸似蟲似鼠也諸家皆云以肉翼飛而張揖云狀如兔而鼠首以其頟飛此本北山經有獸狀如兔而鼠首以其背飛名曰飛鼠惟張所據背作頟耳不若劉郭說可信也今雲南有之 **从鳥畾聲** 說文無畾字當作靁省聲力軌切十五部 **籀文鸓** 鸓省聲也鸓古文靁

△ 鸓

鶾 ㄏㄢˋ 3 匣

雗肥翰音者也 各本作雗肥鶾音者也今正曲禮凡祭宗廟之禮雞曰翰音注翰猶長也正義曰雞肥則其鳴聲長也易翰音登于天虞曰翰高也按小雅翰飛戾天毛曰翰高也高飛曰翰因之聲高亦曰翰故鄭云翰猶長也翰音之雞謂之鶾此許以疊韵為訓也玉篇曰鶾雞肥皃此所據說文古本不誤也若作雗則下文丹雞不可通矣鶾與隹部雗義別 **从鳥倝聲** 侯旰切十四部 **魯郊以丹雞祝曰以斯翰音赤羽去魯侯之咎** 此引魯郊禮文證翰音之為肥雞也各本翰作鶾誤田部曰魯郊禮畜字從田茲作蓄五經異義曰魯郊禮祝延帝尸風俗通亦言魯郊祀常以丹雞祝曰以斯翰聲赤羽去魯侯之咎

鴳 ㄧㄢˋ 3 影

雇也 釋鳥鳸鴳舍人李巡孫炎皆云鳸一名鴳鴳雀也元應曰鴳又作鷃一名鳸一名鴿鴳纂文云關中有鴳濫堆是也按杜注左傳青鳥氏為鴿鴳而九鳸有老鳸鷃是則別為二鳥不如元應所說也國語晉平公射鴳內則云雉兔鶉鷃又云爵鷃蜩范雇下云老雇鴳也皆不云鴿鴳 **从鳥安聲** 烏諫切十四部

鴆 ㄓㄣˋ 28 定

毒鳥也 左傳正義鴆鳥食蝮以羽翮擽酒水中飲之則殺人按左傳鴆毒字皆作酖假借也酉部曰酖樂酒也 **从鳥冘聲** 直禁切古音在八部 **一曰運日** 一曰猶一名也廣雅云雄曰運日雌曰陰諧淮南書云暉日知晏陰諧知雨

鷇 ㄎㄡˋ 17 溪

鳥子生哺者 釋鳥生哺鷇郭云鳥子須母食之生噣雛郭云能自食方言北燕朝鮮洌水之閒爵子及雞雛皆謂之鷇 **从鳥𣪊聲** 口豆切三部

鳴 ㄇㄧㄥˊ 12 明

鳥聲也 引伸之凡出聲皆曰鳴 **从鳥口** 武兵切十一部

鶱 ㄒㄧㄢ 3 曉

飛皃也 楚辭鳳鶱翥而飛翔 **从鳥寒省聲** 虛言切十四部

鳻 ㄈㄣ 9 並

鳥聚皃也 言繽紛也 **一曰飛皃也** 莊子翂翂翐翐司馬云舒遲皃一曰飛不高皃 **从鳥分聲** 府文切十三部

文百十六　重十九

烏 ㄨ 13 影

孝鳥也 謂其反哺也小爾雅曰純黑而反哺者謂之烏 **象形** 鳥字點睛烏則不以純黑故不見其睛也哀都切五部 **孔子曰烏亏呼也** 亏各本作盱今正亏於也象气之舒亏呼者謂此鳥善舒气自叫故謂之烏 **取其助气故以為烏呼** 此許語也取其字之聲可以助气故以為烏呼字此發明假借之法與朋為朋黨韋為皮韋來為行來西為東西止為足子為人偁一例古者短言於長言烏呼於烏一字也匡繆正俗曰今文尚書悉為於戲字古文尚書悉為烏呼字而詩皆云於乎中古以來文籍皆為烏呼字按經傳漢書烏呼無有作嗚呼者唐石經誤為鳴者十之一耳近今學者無不加口作嗚殊乖大雅又小顏云古文尚書作烏呼謂校頤本也今文尚書作於戲謂漢石經也洪适載石經尚書殘碑於戲字尚四見可證也今匡繆正俗古今字互譌 **凡烏之屬皆从烏** **古文烏象形** **象古文烏省** 此即今之於字也象古文烏而省之亦革省為革之類此字蓋古文之後出者此字既出則又于於為古今字釋詁毛傳鄭注經皆云亏於也凡經多用于凡傳多用於而烏烏不用此字

△ 𣃔 △ 於

舄 ㄒㄧˋ 14 清

䧿也 謂舄卽䧿字此以今字釋古字之例古文作舄小篆作䧿舄下曰卿也周禮注曰飭讀為勳皆以今字釋古字鳥部曰雗鷽䧿也言其物此云舄䧿也言其字舄本䧿字自經典借為履舄字而本義廢矣周禮注曰複下曰舄禪下曰履小

△雒
焉 一ㄢ 3匣

雅毛傳曰舄達屨也達之言重沓也卽複下之謂也釋名曰舄腊也複其下使乾腊也**象形**鳥舄焉皆象形惟首各異故合爲一部七削切古音在五部

雒　篆文舄从隹昔昔聲也此亦上部先古文之例雒隸變从鳥

焉　焉鳥逗**黃色出於江淮**今未審何鳥也自借爲詞助而本義廢矣古多用焉爲發聲訓爲於亦訓爲於是如周禮焉使則介之晉語焉作爰田焉作州兵左傳晉鄭焉依國公羊傳焉爾焉門者焉閽者呂覽淮南焉始乘舟三年問焉爲之立中制節焉使倍之焉使不及也招霓巫陽焉乃下招**象形**有乾切十四部**凡字朋者羽蟲之長鳥者日中之禽**淮南書曰日中有踆烏靈憲曰日陽精之宗積而成烏烏有三趾陽之類故數奇**舄者知大歲之所在**淮南書曰蟄蟲鵲巢皆向天一捘天一謂太陰所建也博物志曰鵲背太歲然則鵲巢開戶向天一而背歲**燕者請子之候**見乙部**作巢避戊己**亦見博物志陸氏佃羅氏願皆曰燕之來去皆

四篇上　毛

避社又戊己日不取土**所貴者故皆象形**鳥多矣非所貴皆爲形聲字今字作鳳作雒作鵲作鳦作鷙則惟烏焉不改焉**焉亦是也**焉亦象形必有可貴者也按烏舄焉皆可入鳥部云從鳥省不爾者貴之也貴燕故既有燕部又有乙部朋何以不別爲部也冠於羣鳥之首矣故傳諸小篆也

文三　重三

說文解字第四篇上　　山陰李宏信校字

華 ㄅㄢ 3幫　畢 ㄅㄧˋ 5幫　糞 ㄈㄣˋ 9幫　棄 ㄑㄧˋ 5溪

說文解字第四篇下

金壇段玉裁注

華 箕屬所㠯推糞之器也 糞各本作弃今依篇韵正推糞者推而除之也 象形 此物有柄中直象柄上象其有所盛持柄迫地推而前可去穢納於其中箕則無柄而受穢一也故曰箕屬北潘切十四部按篇韵皆音畢此古今音不同也 凡華之屬皆从華 官溥說 官溥者博采通人之一也

畢 田网也 謂田獵之网也必云田者以其字從田也小雅毛傳曰畢所以掩兔也月令注曰罔小而柄長謂之畢按鴛鴦傳云畢掩而羅之然則不獨掩兔亦可掩鳥皆以上覆下也畢星主弋畢故曰畢亦曰罕車許於率下曰捕鳥畢也此非別有一畢亦是掩物之网特牲饋食禮助載鼎實之器象之亦曰畢此則用以上載為異 从田 各本無此二字依韵會補 从華象形 謂以華象畢形也柄長而中可受畢與華同故取華象形各本作象畢形微也有誤今正 或曰田聲 上云從田華會意而象其形則非形聲也或曰田聲田與畢古音同在十二部也各本田誤由鉉曰由音拂此大誤也畢甲吉切畢之言蔽也支部曰戰盡也今盡義通作畢

糞 棄除也 按棄亦糞之誤亦複舉字之未刪者糞方是除非棄也與土部坌音義皆略同禮記作糞亦作㩶亦作拚曲禮曰凡為長者糞之禮少儀曰氾埽曰埽埽席前曰拚老子曰天下有道卻走馬以糞謂用走馬佗棄糞除之物也左傳小人糞除先人之敝廬許意坌用帚故曰埽除糞用華故但曰除古謂除穢曰糞今人直謂穢曰糞此古義今義之別也凡糞田多用所除之穢為之故曰糞 从廾推華糞采也 合三字會意方問切古音在十四部 官溥說佀米而非米者矢字 此偁官說釋篆上體米佀米非米乃矢字故廾推華除之也矢艸部作菌云糞也謂糞除之物為糞謂菌為矢自許已然矣諸書多假矢如廉藺傳頃之三遺矢是也許書說解中多隨俗用字

棄 捐也 手部曰捐棄也 从廾推華棄也 竦手推華而捐之也 从𠫓𠫓逆子也 既以廾華會意又加𠫓以箸之𠫓者不孝子人所棄也棄詰利切十五部 古文棄 古文以竦手去屰子會意按棄字隸變作棄中體佀世唐人諱世故開成石經及凡碑板皆作弃近人乃謂經典多用古文矣 籀文棄 今字亦從去不從𠫓

△弃　△棄

文四　重二

冓 ㄍㄡˋ 16見　再 ㄗㄞˋ 24精　爯 ㄔㄥ 26透

冓 交積材也 高注淮南曰構架也材木相乘架也按結冓當作此今字構行而冓廢矣木部曰構蓋也義別 象對交之形 冓造必鉤心鬭角也古候切四部廣韵侯候二韵皆曰冓數也此古筭經說也而紙韵引風俗通作壞生溝溝生澗五經筭術數術記遺等書亦皆作溝矣 凡冓之屬皆从冓

再 一舉而二也 凡言二者對偶之詞凡言再者重複之詞一而又有加也 从一冓省 冓者架也架古祇作加作代切一部

爯 幷舉也从爪冓省 冓為二爪者手也一手舉二故曰幷舉趙注孟子稱貸曰稱舉也凡手舉字當作爯凡偁揚當作偁凡銓衡當作稱今字通用稱處陵切六部

文三

幺 ㄧㄠ 19影 （幺）　幼 ㄧㄡˋ 21影　𢆶 ㄧㄡ 21影　幽 ㄧㄡ 21影

幺 小也 通俗文曰不長曰幺細小曰麼許無麼字 象子初生之形 子初生甚小也俗謂一為幺亦謂晚生子為幺皆謂其小也於堯切二部 凡幺之屬皆从幺

幼 少也 釋言曰幼鞠稚也又曰冥幼也斯干毛傳亦云冥幼也幼同幽一作窈 从幺力 幺亦聲伊謬切三部

文二

𢆶 微也 微當作𢼸人部曰𢼸眇也小之又小則曰𢼸 从二幺 二幺者幺之甚也於虯切三部 凡𢆶之屬皆从𢆶

幽 隱也 自部曰隱蔽也小雅桑葉有幽毛曰幽黑色也此謂幽為黝之假借玉藻幽衡鄭云幽讀為黝毛不易字鄭則易之周禮牧人陰祀用幽牲守祧幽堊之鄭司農皆幽讀為黝

引爾雅地謂之黝今本幽黝字互譌从山丝幽從山猶隱從自取遮蔽之意從丝者微則隱也丝亦聲於虯切三部

幾 ㄐㄧ 7見

幾 微也毄辭傳曰幾者動之微吉凶之先見也又曰顏氏之子其殆庶幾乎虞曰幾神妙也殆也歺部曰殆危也危與微二義相成故兩言之今人分微義爲上聲危義爲平聲按禮記雕幾借爲圻堮之圻从丝从戍戍兵守也丝而兵守者危也說從戍之意居衣切十五部

文三

叀 ㄓㄨㄢ 3端

△ 幽

叀 小謹也各本小上有專字此複舉字未刪又誤加寸也从幺省小意从屮二字今補屮財見也亦小意田象謹形四字各本無今補蓋李陽冰爲墨斗之說而有所刪也上從屮下從幺省中象顯顯謹皃屮亦聲職緣切十四部凡叀之屬皆从叀 𠥾 古文

△ 卣

𠧪 亦古文叀斤部古文𢇍殳部㱿皆從此

惠 ㄏㄨㄟˋ 5匣

惠 仁也人部曰仁親也經傳或假惠爲慧从心叀爲惠者必謹也胡桂切十五部

△ 蕙

𢜩 古文惠从芔從心叀省從芔聲小篆省芔

疐 ㄓˋ 5端

疐 礙不行也釋言云疐跲也豳風毛傳同足部躓跲也跲躓也以大學懥亦作懫推之則疐卽躓字音義皆同許不謂一字殊其義者依字形爲之說也如許說則爾雅毛傳假疐爲躓从叀引而止之也叀者如叀馬之鼻馬當作牛牛鼻有桊所以叀牛也叀之義引伸讀同纚纚綰也有所牽掣之謂楊雄酒箴曰一旦叀礙爲瓽所轠謂汲井之綆略有牽絆爲貯水大盆所擊碎也字從叀者如叀牛之鼻然可使行亦可使止故曰引而止之也此說從叀之意从冂此與牽同意冂各本無今補從冂者象挽之使止如牽字冂象牛縻可引之使行也故曰此與牽同意陟利切古音在十一部詩曰載疐其尾按足部引載躓其尾必三家詩之異也或同一毛詩而異字如同一周禮故書儀禮古文而或有異文

文三　重三

玄 ㄒㄩㄢˊ 6匣

玄 幽遠也老子曰元之又元衆妙之門高注淮南子曰天也聖經不言元妙至僞尚書乃有元德升聞之語象幽謂幺也小則隱而入覆之也幽遠之意胡涓切十二部黑而有赤色者爲元此別一義也凡染一入謂之縓再入謂之赬三入謂之纁五入爲緅七入爲緇而朱與元周禮爾雅無明文鄭注儀禮曰朱則四入與注周禮曰元色者在緅緇之閒其六入者與按纁染以黑則爲緅緅漢時今文禮作爵言如爵頭色也許書作纔纔既微黑又染則更黑而赤尚隱隱可見也故曰黑而有赤色至七入則赤不見矣緇與元通偁故禮家謂緇布衣爲元端凡元之屬皆从元 𠁥 古文

△ 串

兹 ㄗ 24精

兹 黑也从二元胡涓切十二部今本子之切非也按左傳何故使吾水兹釋文曰兹音元此相傳古音在十二部也又曰本亦作滋子絲反此俗加水作滋因誤認爲滋益字而入之之韵也艸部兹從絲省聲凡水部之滋子部之孳鳥部之鶿皆以兹爲聲而兹滋字祗當音懸不當音孜廣韵七之作滋一先作滋音義各不同爲是也且訓此之兹本假借從艸之兹而不當用二元之兹蔡邕石經見於隸釋漢隸字原者尚書兹字五見皆從艸則唐石經皆作兹者非矣今本說文滋孳鶿篆體皆誤從兹春秋傳曰何故使吾水兹見左傳哀八年釋文曰兹音元本亦作滋子絲反濁也字林云黑也按宋本如是今本兹滋互易非也且本亦作滋則仍胡涓切不同水部滋水字子絲反也陸氏誤合二字爲一

文二　重一

予 ㄩˇ 13定

予 推予也予與古今字釋詁曰台朕賚畀卜陽予也按推予之予假借爲予我之予其爲予字一也故台朕陽與賚畀卜皆爲予也爾雅有此例廣雅尚多用此例予我之予儀禮古文左氏傳皆作余鄭曰余予古今

爰 ㄩㄢˊ 3匣　𠬪 ㄆㄧㄠˇ 19並　敫 ㄐㄧㄠˇ 20定　敖 ㄠˊ 19疑　放 ㄈㄤˋ 15幫　幻 ㄏㄨㄢˋ 3匣　舒 ㄕㄨ 13透

字象相予之形象以手推物付之余呂切五部古予我字亦讀上聲凡予之屬皆从予

伸也經傳或假荼或假豫从予物予人得伸其意舍聲此依鍇本今各本作從舍予聲者淺人不知舍之古音而改之也傷魚切五部一曰舒緩也此與糸部紓音義皆同

相詐惑也詭誕惑人也漢書犛軒眩人字作眩从反予倒予字也使彼予我是爲幻化胡辦切十四部周書曰無或譸張爲幻無逸篇文又見言部譸下

文三

逐也从攴方聲甫妄切十部凡放之屬皆从放

出游也邶風曰以敖以游敖游同義也經傳假借爲倨傲字从出放從放取放浪之意出部又收此後人妄增也五牢切二部

光景流皃皃各本作也今從廣韵謂光景流行煜燿昭箸从白放凡物光景多白如白部所載是也故從白不入白部者重其放於外也讀若龠與爚燿字音義略同以灼切古音在二部平聲

文三

物落也也字依韵會補草曰苓木曰落引伸之凡物皆曰落上下相付也付与也以覆手与之以手受之象上下相付凡物陊落皆如是觀从爪又凡𠬪之屬皆从𠬪讀若詩摽有梅見周南毛曰摽落也按摽擊也毛詩摽字正𠬪之假借孟子野有餓莩趙曰餓死者曰莩詩云莩有梅莩零落也丁公著云莩有梅韓詩也食貨志野有餓莩鄭氏莩音蔈有梅之蔈孟子作莩者莩之字誤漢志作莩者又𠬪之俗字韓詩作𠬪是正字毛詩作摽是假借字鄭德作蔈亦假借也鄭風風其漂女毛曰漂猶吹也毛意漂亦𠬪之假借平小切二部

引也此與手部援音義皆同韵會作引也謂引詞也六字謂引

△𤔔

寽 ㄌㄩˋ 5來　𢍺 ㄧㄣˇ 9影　爭 ㄓㄥ 12精　𠭥 ㄌㄩㄝˋ 5來　受 ㄕㄡˋ 21定　𤔔 ㄌㄨㄢˋ 3來

詞也四字當出演說文今按援從手爰聲訓引也爰從𠬪從亐訓引詞也轉寫奪詞字釋詁粵于爰曰也爰粵于也爰粵于那都繇於也八字同訓皆引詞也粵于曰爰見經傳者多那若越語吳人之那不穀都若孟子謨蓋都君相如傳終都攸卒繇同由於郎今人所用於字凡言於者兩物相於自此引而之彼由此八字皆由上引下之詞也曰下云曶也亐下云於也粵下云于也烏於同引孔子曰烏于呼也是可以得其解从𠬪从亐𠬪者相付取相引之意亐亦引詞與爰雙聲羽元切十四部籀文以爲車轅字此說假借也轅所以引車故籀文車轅字祇用爰左傳晉作爰田國語作轅田地理志制轅田食貨志云自爰其處孟康云轅爰同此又皆假轅爲爰也

治也此與乙部亂音義皆同幺子相亂𠬪治之也幺子謂幺亂當作爭謂冂也冂音扃介也彼此分介則爭門部云兒善訟者也𠬪治之如寽下又寸分理之讀若亂同郎段切十四部一曰理也與治無二義當由唐人避諱致此妄增

古文𤔔

相付也受者自此言受者自彼言其爲相付一也从𠬪舟省聲舟省聲蓋許必有所受之殖酉切三部尚書紂字古文尚書作受

撮也从𠬪乙聲鍇本如是云乙者甲乙之乙鉉本作從𠬪從己云己者物也以音求之侶小徐近是力輟切乙聲則當在十二部

引也凡言爭者皆謂引之使歸於己从𠬪厂從𠬪猶從手厂余制切抴也抴引也側莖切十二部

有所依也依元應本訂依𢍺雙聲又合韵取近此與𨸏部隱音同義近隱行而𢍺廢矣凡諸書言安隱者當作此今俗作安穩从𠬪工𠬪工者所落之処巧得宜也讀與隱同於謹切十三部

五指寽也各本寽作捋宋本李燾本類篇集韵六術皆作捋捋又寽之誤今依集韵十三末作寽按寽與捋各字捋毛曰取也許曰取易也寽許曰五指寽也凡今俗用五指捋物引取之曰寽廣韵曰今寽禾是是也芣苡薄言捋之說者謂取其子假令謂取其子則當作寽从𠬪五指寽而落之故從𠬪一聲聲疑衍一謂所寽也呂戌切十五部讀

△殸 △敢 𢽳ㄍㄢˇ 13見　奴ㄘㄢˊ 3從　㕡ㄏㄨㄛˋ 14曉　△壑　𣦿ㄍㄞˋ 2見　𣦷ㄐㄧㄥˋ 12從　叡ㄖㄨㄟˋ 2定

若律

𢽳進取也从𠬪猶手也從古聲古聲在五部敢在八部此於雙聲合韵求之古覽切

𢽳籒文𢽳ヨ蓋亦爪也冃音冒用爪用殳冒而前也今字作敢殸之隸變

𢽳古文𢽳

文九　重三

奴殘穿也殘穿者殘賊而穿之也睿字下曰歺殘也亦謂殘穿从又歺又所以殘穿也殘穿之去其穢襍故從又歺會意歺亦聲昨干切十四部歺讀若櫱十五十四合韵也凡奴之屬皆从奴讀若殘

㕡溝也大司徒溝封鄭曰溝穿地為阻固也水部溝水瀆廣四尺深四尺此單舉匠人文耳凡穿地為水瀆皆稱溝稱㕡毛詩實墉實壑謂城池也鄭伯有為窟室飲酒人謂之壑谷从奴从谷穿地而通谷也釋水曰注谷曰溝讀若郝呼各切五部

壑㕡或从土謂穿土

𣦿深堅意也各本深上有𣦿奴字宋本無𣦿有奴今按𣦿係複舉奴則衍文也凡言意者𧦝下意內言外之意其意為深堅其言云𣦿也从奴从貝深意故從奴堅意故從貝貝堅實也說從貝之意實大徐作寶讀若概古代切十五部齇以為聲

𣦷阬也𨸏部曰阬閬也釋詁曰㕡阬虛也𣦷與井部阱穽音同義異𣦷謂穿地使空也从奴井井亦聲疾正切十一部

叡深明也鉉本此下有通也二字雖合古訓然恐俗增馬注尚書鄭注尚書大傳皆曰睿通也許則於叡曰深明也於聖曰通也叡從目故曰明聖從耳故曰通此許意也周書謚法解曰叡聖也邶風毛傳曰聖叡也古文尚書睿作聖故周書毛傳叡聖互訓楚語謂之睿聖武公韋曰睿明也按韋但曰明許曰深明者許主解字為其字之從奴也从奴从目故曰深明从谷省谷以皃其深也按叡實從㕡省從㕡者皃其能容也能容而後能明古文尚書思曰睿今文尚書思心曰容義實相成也許不云從㕡者不立㕡部也五經文字曰易作叡是可證

△睿 △壡 歺ㄜˋ 2疑　△户 𣨙ㄨㄟ 7影　殙ㄏㄨㄣ 9曉　殰ㄉㄨˊ 17定　歾ㄇㄛˋ 8明　△殁　𣨛ㄗㄨˊ 8精　殊ㄕㄨ 16定

尚書作睿也以芮切十五部

睿古文叡見古文尚書歺者奴之省睿下曰歺殘也按殘者謂殘穿

壡籒文叡从土此亦從㕡省也玉部籒文璿從此

文五　重三

歺𠛱骨之殘也刀部曰𠛱分解也殘當作𣦼許殘訓賊𣦼訓餘後人輒同之也从半冎冎剔人肉置其骨也半冎則骨殘矣鉉曰不當有中一秦刻石文有之凡歺之屬皆从歺讀若櫱岸之櫱櫱岸未聞櫱當作屵屵者岸高也五割切櫱音同蓋轉寫者以其音改其字耳十五部五經文字九經字㨼音兢非

户古文歺古文殂古文殪古文死古文伊皆從此

𣨙病也艸部曰菸一曰𣨙也菸𣨙雙聲廣韵曰𣨙枯死也萎蔫也按𣨙萎古今字菸蔫古今字內則注曰今益州有鹿𣨙从歺委聲於為切十六部

殙瞀也瞀當作霿雨部曰霿晦也諸家霿瞀通用子部㲉瞀亦作瞀字莊子以瓦注者巧以鉤注者憚以黃金注者殙釋文引說文瞀也左傳札瘥夭殙杜曰未名而死曰殙今傳作昏从歺昏聲呼昆切十三部

殰胎敗也樂記胎生者不殰注曰內敗曰殰管子羽卵者不段毛胎者不贕房曰贕謂胎敗漬也集韵曰古作贕从歺賣聲徒谷切三部

歾終也白起王翦列傳曰偷合取容以至歾身徐廣云歾音沒按今歾譌坳集韵傳會之云坳埋也从歺勿聲莫勃切十五部

殁歾或从㒵按殁死字當作此入水有所取曰㒵湛於水曰沒內頭水中曰頞此許之分別也

𣨛大夫死曰𣨛曲禮天子死曰崩諸侯曰薨大夫曰卒士曰不祿庶人曰死白虎通曰大夫曰卒精燿終也卒之為言終於國也字皆作卒於說文為假借从歺卒聲子聿切十五部

殊死也凡漢詔云殊死者皆謂死罪也死罪者首身分離故曰殊死引伸為殊異从歺朱聲市朱切四部一曰斷也各本無此四字依左傳釋文補斷與死本無二義許以字從歺故以死為正義

殟 ㄨㄣ 9影　殤 ㄕㄤ 15透　殂 ㄘㄨˊ 13從

凡物之斷爲別一義左傳曰武城人塞其前斷其後之木而弗殊邾師過之乃推而蹷之史蘇秦列傳刺蘇秦不死殊而走按弗殊者謂不絕也不死殊而走者謂人雖未死創已決裂也皆斷之說也宣帝詔曰骨肉之親粲而不殊凡言殊異殊絕皆引伸之義殳部曰以杖殊人謂隔遠敵仇不得近亦是斷義**漢令曰蠻夷長有罪當殊之**按殊之者絕之也所謂別異蠻夷此舉漢令證斷義而斐駟以來皆謂殊之爲誅死夫蠻夷有罪非能必執而殺之也而顧箸爲令哉今鍇本作當殊之市多市字此由張次立以鉉本改鍇本誤以鉉本市朱切市字系殊之下其可笑有如此者

殟　暴無知也各本作胎敗也誤同殰解元應書卷八卷十三十四皆引說文殟暴無知也聲類烏殟欲死也今據正廣韵云病也又云心悶其義正合葢上下文皆說死之類此亦謂暴死者烏殟雙聲元應殟於門切**从歺𥁕聲**烏没切古音在十三部讀溫

殤　不成人也不喪服傳作未**人年十九至十六死爲長殤十五至十二死爲中殤十一至八歲死爲下殤**見喪服傳鄭曰殤者男女未冠笄而死可傷者也**从歺傷省聲**式陽切十部

殂　往死也殂之言退也退往也故曰往死玉篇曰殂今作徂**从歺且聲**昨胡切五部**虞書曰勛乃殂**虞書當作唐書勛乃殂二徐本皆如是宋本說文及洪邁所引皆可證至集韵類篇乃增放字至李仁甫乃增之曰放勛乃殂落或用改大徐本此皆不信古之過也堯典曰二十有八載放勛乃殂落見孟子春秋緐露皇甫謐帝王世紀所引皆如是此作勛乃殂據力部動者小篆勛者古文動則許所偁眞壁中文也而無放落二字葢孟子董子所偁者今文尚書也許所偁者古文尚書也孟子何以偁今文尚書伏生本與孔安國本皆出周時說詳尚書撰異矣放勛何以但言勛也或言放勛或言勛一也葢當世臣民所偁不一也殂落何以但言殂也云殂則巳足矣不必言殂落也釋詁崩薨無祿卒殂落殪死也白虎通曰書言殂落死者各自見義堯見憯痛之舜見終各一也此其所據皆今文尚書且爾雅無妨殂落二字各

四篇下　九

△ 𣦸　殛 ㄐㄧˊ 25見

爲一句也師古注王莽傳引虞書放動乃殂則唐初尚書尚有無落字者

𣦸　古文殂从歺从作此從古文歺作聲也小徐本篆爲舴非也

殛　殊也殊謂死也廣韵曰殊陟輸切殊殺字也從歹歹五割切𣦸同殊據此知古殊殺字作殊與誅責字作誅迥別矣周禮八曰誅以馭其過禁殺戮禁暴氏野盧氏皆云誅之此誅責也公羊傳君親無將將而誅焉此殊殺也當各因文爲訓**从歺从亟聲**己力切一部**虞書曰**虞書當作唐書**殛鯀于羽山**堯典文此引經言假借也殛本殊殺之名故其字廁於殤殂殪蔓之閒堯典殛鯀則爲極之假借非殊殺也左傳曰流四凶族投諸四裔劉向曰舜有四放之罰屈原曰永過在羽山夫何三年不施王注言堯長放鯀於羽山絕在不毛之地三年不舍其罪也鄭志荅趙商云鯀非誅死鯀放居東裔至死不得反於朝禹乃其子也以有聖功故堯與之尋此諸說可得其實矣周禮廢以馭其罪注廢猶放也舜極鯀於羽山是也此條釋文宋本極紀力反可證洪範鯀則殛死釋文殛本又作極多方我乃其大罰殛之釋文殛本又作極左傳昭七年昔堯殛鯀於羽山釋文殛本又作極魯頌致天之屆于牧之野箋云屆極也引書鯀則極死又云天所以罰極紂于商郊牧野正義云屆極虞度釋言文釋言又云極誅也武王致天所罰誅紂於牧野定本集注皆云殛紂於牧野殛是殺非也此條宋本岳本元本皆不誤小雅後子極焉毛曰極至也鄭曰極誅也正義云極至釋詁文極誅釋言文合魯頌小雅兩箋兩正義觀之則釋言之爲極誅甚明今爾雅作殛誅也葢誤以洪範多方殛字鄭皆作極例之則知周禮注引極鯀於羽山鄭所見尚書自是作極不作殛也說文引殛鯀于羽山作殛疑是後人增之若以引尚狟狟爲尚桓桓引無有作敀爲無有作好例之則引殛鯀爲極鯀正是一例鄭注周禮引遂覲東后注明堂位引應軸縣鼓本經作肆作田則或本經作殛而引作極亦注家有是例也假殛爲極正如孟子假殺爲竄鯀因極而死於東裔韋注晉語云殛放而殺也此當作放而死也高注呂覽云先殛後死此當作先極後死若呂覽副之以吳刀山海經殺鯀於羽郊則言之不從不可信矣然則馬注尚書趙注孟子韋注國語皆云殛誅也

四篇下　十

殨 ㄏㄨㄟˋ 7匣

⿰歹丂 ㄒㄧㄡˇ 21曉　殠 ㄔㄡˋ 21透　殣 ㄐㄧㄣˋ 9匣　殔 ㄧˋ 8定　殯 ㄅㄧㄣˋ 6幫　⿱莫歹 ㄇㄛˋ 14明　△ ⿱壹死　殪 ㄧˋ 5影

何也曰此皆用釋言極誅也之文謂正文殛當作極也

殪 死也 左傳聲子射其馬斬鞅殪將擊子車子車射之殪小雅毛傳文穎注上林賦皆曰壹發而死爲殪是也故其字從壹按尚書言殪戎殷殪什也此引伸之義中庸言壹戎衣注衣讀爲殷聲之誤也壹戎殷者壹用兵伐殷也郭忠恕佩觿乃引鄭注云壹當爲殪此記憶之誤耳凡恃記憶而不檢閱者多此病 从歺壹聲 形聲包會意於計切古音在十二部

⿱壹死 古文殪从死 從古文死壹省聲

⿱莫歹 死宋募也 宋募猶㖕嗼也 从歺莫聲 莫各切五部

殯 死在棺將遷葬柩賓遇之 按士喪禮主人奉尸由阼階鄉西階斂於棺棺先在肂中矣所謂殯也在西階故檀弓曰殯於客位又曰周人殯於西階之上賓之也釋名亦曰於西壁下塗之曰殯殯賓也賓客遇之言稍遠也此去葬期尚遠非將葬賓遇之也將葬而朝於祖而設遷祖奠而載柩於車而祖而設祖奠而設葬奠此不得名殯淺人竄改之致此不通耳當云屍在棺肂於西階賓遇之 从歺賓 屍在棺故從歺西階賓之故從賓 賓亦聲 必刃切十二部 夏后殯於胙階殷人殯於兩楹之閒周人殯於賓階 見檀弓據此可證將遷葬柩四字之誤

肂 瘞也 土部曰瘞幽薶也士喪禮掘肂注曰肂埋棺之坎也棺在肂中斂屍焉所謂殯也肂者所以殯故其字次於殯可證上文將遷葬柩之誤 从歺隶聲 羊至切十五部

殣 道中死人人所覆也 今小雅小弁作墐傳曰墐路冢也按墐者假借字殣者正字也義在人所覆故其字次於殔左傳道殣相望杜云餓死爲殣 从歺堇聲 渠吝切十三部 詩曰行有死人尚或殣之 許所據作殣

殠 腐气也 廣韵曰腐臭也按臭者氣也兼芳殠言之今字專用臭而殠廢矣儀禮釋文引孟子飯殠茹菜楊敞傳冒頓單于得漢美食好物謂之殠惡楊王孫傳其穿下不亂泉上不泄殠 从歺臭聲 尺救切三部

殨 爛也 今殨爛字作潰而殨廢矣 从歺貴聲 胡對切十四部

⿰歹丂 腐也 肉部曰腐

△ 朽

殆 ㄉㄞˋ 24定　殃 ㄧㄤ 15影　殘 ㄘㄢˊ 3從　殄 ㄊㄧㄢˇ 9定　△ ㄐ　殲 ㄐㄧㄢ 30精

爛也今字用朽而⿰歹丂廢矣 从歺丂聲 許久切三部

朽 ⿰歹丂或从木

殆 危也 危者在高而懼也引伸之凡將然之詞皆曰殆曰危與隸天之未陰雨音義同又豳風殆及公子同歸傳曰殆始也此謂殆爲始之假借也 从歺台聲 徒亥切一部

殃 凶也 各本作咎也今依易釋文 从歺央聲 於良切十部

殘 賊也 戈部曰賊敗也敂部殘穿也今俗用爲𣦼餘字按許意殘訓賊𣦼訓餘今則殘專行而𣦼廢矣周禮稾人注假戔爲𣦼 从歺戔聲 昨干切十四部

殄 盡也 釋詁大雅瞻卬傳同邶風籧篨不殄傳曰殄絕也此盡義之引伸也箋云殄當作腆腆善也按古文假殄爲腆儀禮注云腆古文作殄是也 从歺㐱聲 徒典切十二部

㐱 古文殄如此

殲 微盡也 殲之言纖也纖細而盡之也 从歺韱聲 子廉切七部 春秋傳曰 小徐本無傳字 齊人殲于遂 春秋經莊十七年文左穀作殲公作瀸字之同音假借也穀曰殲盡也公曰瀸漬也何云瀸之爲死積死非一之辭故曰瀸釋詁殲盡也

殫 極盡也 窮極而盡之也極鉉本作殛誤古多假單字爲之郊特牲云社事單出里祭義歲既單矣大雅其軍三單箋云單者無羨卒也皆是也 从歺單聲 都寒切十四部

殬 敗也 經假斁爲殬雲漢鄭箋云斁敗也孔穎達引洪範彝倫攸斁 从歺睪聲 當故切五部 商書曰彝倫攸殬 洪範文今作斁者蓋漢人以今字改之許所云者壁中文也彝張次立本作夷

⿰歹羸 畜產疫病也 畜產當作嘼犧左傳不疾瘯蠡杜云無疥癬釋文蠡說文作瘰云瘯瘰皮肥也按今說文無瘯瘰二字本艸經有瘰癧字瘰癧皮病非皮肥也陸氏書說文二字肥字蓋有誤此云嘼犧疫病則又非瘰癧也人曰癘疫嘼曰⿰歹羸 从歺羸聲 郎果切十七部篇韵皆力外力臥二切

⿰歹豈 殺羊出其胎也 此與刀部剴音同義異云殺羊出其胎則廣雅云⿰歹豈腜胎也辭不達意矣 从歺豈聲 五來切古音在十五部

𣦼 禽獸所食餘也 引伸爲凡物之餘凡殘餘

殫 ㄉㄢ 3端　殬 ㄉㄨˋ 14端　⿰歹羸 ㄌㄨㄛˇ 1來　⿰歹豈 ㄞˊ 7疑　𣦼 ㄘㄢˊ 3從

殖 ㄓˊ 25定　殆 ㄎㄨ 13溪　⿰歹奇 ㄑㄧ 1溪

字當作殂从歺从月月各本作肉篆體作𣧂今正禽獸所食不皆肉歺者殘也月者缺也於禿齺之意近昨干切十四部廣韵十五鎋有此字與朋明同音是其字之從月可知矣

殖脂膏久殖也久下當有曰字國語舊音引說文殖脂膏久也考工記故書昵或作樴注云樴讀爲脂膏䐈敗之䐈按䐈即殖字字林云䐈膏敗也亦作職廣雅云職臭也玉篇廣韵皆云職油敗也其字常職切亦音職今俗語謂膏油久不可用正讀職之平聲也脂膏以久而敗財用以多藏而厚亡故多積者謂之殖貨引伸假借之義也从歺直聲常職切一部

殆枯也周禮殺王之親者辜之注辜之言枯也謂磔之桀部曰磔辜也按殆同辜磔也玉篇曰殆古文辜字从歺古聲苦孤切五部

⿰歹奇棄也从歺奇聲去其切按其誤當依廣韵去奇切古音在十七部俗語謂死曰大⿰歹奇別一義

文三十二　重六

死 ㄙˇ 4心　△𣦵　薨 ㄏㄨㄥ 26曉　薧 ㄏㄠ 19曉

死澌也水部曰澌水索也方言澌索也盡也是澌爲凡盡之偁人盡曰死死澌異部疊韵人所離也形體與魂魄相離故其字從歺人从歺人息姊切十五部凡死之屬皆从死

𣦵古文死如此從古文歺古文人

薨公侯卒也曲禮曰公侯曰薨歺部曰大夫死曰㱣此不曰公侯死而言公侯㱣者欲見分別則惟大夫偁㱣統言則不爾也曲禮又曰壽考曰卒短折曰不祿此概言之非謂大夫士也从歺瞢省聲呼肱切六部

薧死人里也樂府相和曲有薤露蒿里之歌譙周崔豹皆云起於田橫自殺從者爲作悲歌崔云謂人命奄忽如薤上之露易晞滅亦謂人死魂魄歸於蒿里蒿里辭曰蒿里誰家地聚斂魂魄無賢愚然則蒿里者謂虛墓之閒也且其字作蒿此獨云薧死人里則字作薧而義亦殊蓋有一里人盡死者因目爲薧里許所聞不同譙崔也按周禮乾魚謂之薧內則堇荁枌榆免薧注免新生者薧乾也然則凡死而枯槁謂之薧不必如許所說从歺蒿省聲呼毛切二部按

⿰歹次 ㄗˋ 4精　冎 ㄍㄨㄚˇ 1見　別 ㄅㄧㄝˊ 2幫

周禮禮記音考⿰歹次戰句見血曰傷句周禮曰凡傷人見血而不以告者注傷人見血見血乃爲傷人耳此見血曰傷謂戰者見血受傷也亂或爲惛或惑古今字心部曰惛不憭也此謂戰傷殙瞀者重於見血也死而復生爲⿰歹次此謂戰傷又重於惛也謂之⿰歹次者次於死也三言皆謂戰蓋出司馬法等書从歺次聲形聲包會意也咨四切十五部

文四　重一

冎剔人肉置其骨也剔當作鬄解也其周禮膊之焚之辜之之刑與列子曰炎人之國其親戚死冎其肉而棄之刀部無剔字冎俗作剮象形頭隆骨也隆豐大也說此字爲象形者謂上大下小象骨之隆起也古瓦切十七部口部咼以爲聲凡冎之屬皆从冎

別分解也分別離別皆是也今人分別則彼列切離別則憑列切古無是也俗謂八部兆爲古別字且或於ㄚ部乖字下益曰兆古文別假令果尒則於此何不載乎从冎从刀冎者分解之皃刀者所以分解也十五部

⿰冎卑 ㄅㄧˋ 10並　骨 ㄍㄨˇ 8見　髑 ㄉㄨˊ 17定　髏 ㄌㄡˊ 16來　髆 ㄅㄛˊ 13幫

⿰冎卑別也从冎卑聲讀若罷府移切十六部罷聲古音在十七部合韵也⿰冎卑與底匾字音義相近

文三

骨肉之覈也襾部曰覈實也肉中骨曰覈蔡邕注典引曰肴覈食也肉曰肴骨曰覈周禮丘陵其植物宜覈物注云核物梅李之屬小雅殽核維旅箋云豆實菹醢也籩實有桃梅之屬按覈核古今字故周禮經文作覈注文作核古本皆如是詩殽核蔡邕所據魯詩作肴覈梅李謂之覈者亦肉中有骨也从冎有肉去肉爲冎在肉中爲骨古忽切十五部凡骨之屬皆从骨

髑髑髏逗頂也頁部曰頂顚也廣雅頊顱謂之髑髏按頁部頭顱頭骨也从骨蜀聲徒谷切三部

髏髑髏也二字疊韵从骨婁聲洛侯切四部

髆肩甲也肉部曰肩髆也單呼曰肩絫呼曰肩

甲甲之言蓋也肩蓋乎衆體也今俗云肩甲者古語也釋名作肩甲靈樞經作肩胛水經注云如人袒胛故謂之赤胛山胛者甲之俗也應劭漢書注曰大宛天馬汗血汗從前肩髆中出如血周禮醢人豚拍注云或曰豚拍肩也然則假拍爲髆字 **从骨尃聲** 補各切五部 **髃 肩前也** 士喪禮記即牀而奠當髃注曰髃肩頭也髃字毛詩傳曰自左膘而射之達於右髃爲上殺膘脅後髀前肉也何注公羊云自左膘射之達於右髃中心死疾鮮絜也髃本謂人亦假爲獸骨之偁凡肩後統於背前爲髃髃之言隅也如物之有隅也 **从骨禺聲** 午口切四部 **骿 骿脅**逗 **幷榦也** 依左傳正義訂肉部脅膀也肋脅骨也廣雅榦謂之肋是脅骨一名榦故韋注國語云骿幷榦也杜注左傳云駢脅合榦也其字左傳史記作駢國語吳都賦作骿論衡作仳駢仳假借字 **从骨幷聲** 形聲包會意也部田切古音在十一部 **晉文公骿脅** 見左傳僖廿三年晉語 **髀 股外也** 各本無外今依爾雅音義文選七命注元應書太平御覽補股外曰

髀髀上曰髖肉部曰股髀也渾言之此曰髀股外也析言之其義相足大部曰奎兩髀之間也 **从骨卑聲** 幷弭切十六部 **𨂜 古文髀** 從足者足所持以能行也鄭司農注周禮典同曰鍾形下當𨂜按其文義當是庳之假借庳卑也列女傳古者婦人身子寢不側坐不邊立不𨂜按其文義當是跛之假借今兩書皆譌作𨂜 **髁 髀骨也** 髀骨猶言股骨也醫經亦謂之股骨沈氏彤釋骨云腰骻骨旁臨兩股者曰堅骨曰大骨曰髂一身之伸屈司焉故通曰機關之旁曰髀樞亦曰樞機者髀骨之入樞者也在膝以上者曰髀骨曰股骨其直者曰楗其斜上俠髖者則所謂機也按髀之上曰髖即俗所謂髂也髁者上髀與髖相按之處人之所以能立能行能有力者皆在於是故醫經謂之機骨空論曰俠髖曰機是也醫經曰腰髁骨者其字當作骻即髂字不當作髁文選注引埤蒼曰髂腰骨也 **从骨果聲** 苦臥切十七部 **𩪘 尻骨也** 廣雅曰臎臀也臎者翠之俗內則所謂舒鴈翠舒鳧翠是也呂覽雋觾之翠高注曰翠厥也此假厥爲𩪘也醫經曰尻骨曰脊骶曰尾骶曰尾

屈曰橛骨曰窮骨 **从骨厥聲** 居月切十五部 **髖 髀上也** 髀上爲尻之兩旁故其字次於𩪘髖者其骨取寬大也諸書所謂骻骨骼髂皆同也埤蒼作骼字林作骻皆云膂骨謂上屬於膂也釋名云樞機也要髀股動搖如樞機也正謂此髖與髀相接處釋骨曰骶之上俠脊十七節至二十節起骨曰腰髁骨曰兩髁按髁當作骻○骨空論云輔骨上橫骨下爲楗注膝輔骨上腰髖骨下爲楗按橫骨即髖橫之言廣也楗即髀骨之直者機即髀骨與髖相構處也 **从骨寬聲** 胡官切十四部 **髕 厀耑也** 厀脛頭節也釋骨云蓋膝之骨曰膝髕大戴禮曰人生朞而髕髕不備則人不能行古者五刑臏宮劓墨死臏者髕之俗去厀頭骨也周改作跀其字借作刖斷足也漢之斬趾是也髕者廢不能行跀者尚可箸踊而行踊者跀足者之屨莊子兀者叔山無趾踵見仲尼崔譔云無趾故以踵行是則跀輕於髕也古文尚書呂刑說夏刑作剕周本紀漢刑法志周禮司刑注引尚書大傳皆作臏周禮注云周改臏作刖而公羊疏引鄭駁異義云皋陶改臏爲剕呂刑有剕周改剕爲刖與周

禮注不合足部云𨂟跀也𨂟即剕字許謂𨂟即跀矣鄭析𨂟跀爲二不知其制何以分別竊謂周禮注爲長駁異義則未定之論許說亦非是也剕惟見於呂刑他經傳無言𨂟言剕者蓋𨂟者髕之一名也故周禮說周制作刖呂刑說夏制則今文尚書作臏古文尚書作剕實一事也周改臏爲跀即改𨂟爲跀也許釋𨂟爲跀非鄭云皋陶改臏爲𨂟亦非也髕作𨂟如禹貢蠙作玭商書紂作受音轉字異非有他也 **从骨賓聲** 毗忍切十二部 **䯏 骨耑也** 骨當是骸之誤骨空論云膝解爲骸關是也關䯏雙聲䯏取機括之意 **从骨昏聲** 古活切十五部 **䯣 厀脛閒骨也** 骨空論云骸下爲輔輔上爲膕膕上爲關是也膝解爲骸關言外也膕上爲關言內也 **从骨貴聲** 丘媿切十五部 **骹 脛也** 脛厀下也凡物之脛皆曰骹釋嘼馬四骹皆白驓薛注西京曰青骹鷹青脛者方言曰孑骹細如鶴脛者謂之鶴膝考工記說輻材曰參分其股圍去一以爲骹圍大鄭云方言股以喻其豐故言骹以喻其細禮多假校爲之士喪禮記綴足用燕几校在南注校脛也祭

骭ㄍㄢˋ 3見　骸ㄏㄞˊ 24匣　髓ㄙㄨㄟˇ 1心　⿰骨易ㄊㄧˋ 10透　體ㄊㄧˇ 4透　髍ㄇㄛˊ 1明　骾ㄍㄥˇ 15見

統夫人薦豆執校校注校豆中央直者也此皆假校爲骹也**从骨交聲**口交切二部

骭　骹也呂覽注引孟子拔骭一毛而利天下甯戚歌短布單衣適至骭按骭之言榦也榦者本也人體之阯也脅骨何以亦名榦也曰脅榦見於左傳楄柎藉榦公羊拹公榦而殺之古榦翰通用毛詩翰字多爲榦之假借脅榦乃翰之假借脅肋如鳥之羽翰分布也**从骨干聲**古案切十四部

骸　脛骨也上文言脛也骹也不言骨者骹骭皆目其表也骨空論曰膝解爲骸關俠膝之骨爲連骸然則正謂脛骨爲骸矣下文云連骸下爲輔輔卽骸也膝解爲其關俠膝之骨連之也字從亥者亥荄也荄根也公羊傳注骸人骨也則引伸爲凡人骨之偁**从骨亥聲**戶皆切古音在一部

髓　骨中脂也从骨隓聲息委切古音在十七部俗作髓

⿰骨易　骨閒黃汁也从骨易聲讀若易曰夕惕若厲讀若二字小徐無非也汗簡古文四聲韵皆云⿰骨易出古周易正因說文奪讀若字遂徑作夕⿰骨易也夕惕若厲又見夕部及他古籍易惟費氏以古字號古文易鄭君傳費氏亦云惕懼也且易惕字屢見倘古文皆作⿰骨易諸家必有爲之說者而未見也他歷切十六部

體　總十二屬也十二屬許未詳言今以人體及許書覈之首之屬有三曰項曰面曰頤身之屬三曰肩曰脊曰尻手之屬三曰厷曰臂曰手足之屬三曰股曰脛曰足合說文全書求之以十二者統之皆此十二者所分屬也**从骨豊聲**他禮切十五部

髍　㾜病也疒部曰㾜半枯也漢書敘傳曰又況幺麼不及數子鄭氏曰麼音麼小也晉灼曰此骨偏麼之麼也按二說皆是本骨偏麼字借爲幺麼是以文選作幺麼且偏麼是不全之病不全則不大故引伸爲不長曰幺細小曰麼之義許書無麼字蓋以髍包之不得以髍平麼上爲疑也**从骨麻聲**莫鄱切十七部

骾　食骨留咽中也晉語卜籀曰狹以銜骨韋曰骨所以鯁刺人也忠言逆耳如食骨在喉故云骨骾之臣漢書已下皆作骨鯁字從魚謂留咽者魚骨挍多也依說文則鯁訓魚骨骨留咽中當作骾按自髑至體皆言人骨體者總上文言之也髍者人骨之病也

骼ㄍㄜˊ 14見　骴ㄘ 10精

骼骴二文則禽獸之骨骾者人哽於物骨主謂人故其字非人骨而從骨其次則必先於骼骴也**从骨更聲**古杏切古音在十部

骼　禽獸之骨曰骼按骨當作髖許據禮十七篇故云禽獸之髖曰骼也禽者走獸總名儀禮多言肫骼肫亦作膞皆說文之腨字也骼亦作胳於人曰髖也髖者髀上也牲前足體三曰肩曰臑曰臂臑於人爲厷肩下臂上也後足體三曰骼曰髀曰腨禮髀賤不升故經多言肩臂臑膊骼臑在臂上骼在肫上而先言臂肫者蓋四胑以下爲貴也骼是本字至埤蒼乃作髂廣雅字林變作胢又或作⿰骨叚魚虞歌麻通轉之故也云曰骼曰骴者所以別人禽之異名肉部曰臂羊豕曰臑是其例也許據十七篇爲言故不敢謂骼爲人骨也月令孟春掩骼薶骴鄭云骨枯曰骼肉腐曰骴蔡云露骨曰骼有肉曰骴高注呂覽云白骨曰骼有肉曰髊注淮南同皆不言骼骴爲禽獸之骨也則亦未嘗不可通用矣**从骨各聲**古覈切廣韵古伯切古音在五部

骴　鳥獸殘骨曰骴殘同歾餘也鳥獸廣韵作鳥鼠曲禮曰四足曰漬注漬謂相瀸污而死也小雅助我舉柴手部引作⿱此手毛許皆云⿱此手積也鄭箋雖不中必助中者舉積禽二經漬⿱此手字音義皆同骴故許知骴不謂人骨也周禮蜡氏掌除骴故書骴作脊先鄭云脊讀爲殨謂死人骨也月令掩骼埋胔骨之尚有肉者也及禽獸之骨皆是此先鄭兼人與禽獸言之而公羊傳大災者何大瘠也大瘠者何痢也漢食貨志國亡捐瘠孟康曰肉腐爲瘠捐骨不薶者公羊漢志瘠卽骴字合之鄭注月令肉腐曰骴蔡氏高氏云有肉曰骴又皆指人言之說雖不同皆闕王政仁民愛物之意其字正作骴假借作漬作胔作瘠作脊皆同音假借也漬又作殨**骴**逗**可惡也**釋骴字音義也以其歾薉可惡人所不欲見故從骨從此此亦聲**从骨此聲**資四切十六部**明堂月令曰**大戴禮盛德篇云明堂月令盧辯曰於明堂之中施十二月之令也按漢志說禮云明堂陰陽三十三篇古明堂之遺事月令蓋三十三篇之一許偁月令皆云明堂月令**掩骼薶骴**鉉本此下有骴或從肉四字鍇無按假令許有此四字則當先冠以篆文胔見周禮禮記釋文或字也玉篇骴作胔豈周禮說

骫 ㄨㄟˇ 3影　䯤 ㄎㄨㄞˋ 2見

文古本皆如是與呂氏春秋作髊亦或字也

骫 **骨耑骫㚔也** 矢部㚔下曰頭衺骫㚔態也招隱士曰林木茷骫王注枝條盤紆也枚皋傳其文骫骳曲隨其事皆得其意師古曰骫骳猶言屈曲也然則骫㚔者謂屈曲之狀骫字廁於此者統人及禽獸之骨言 **从骨丸聲** 於詭切十六部按丸聲在十四部此合韻也

䯤 **骨擿之可會髮者** 䯤會疊韻鄭風象之揥也毛曰揥所以摘髮摘本又作擿䯤所以會髮與揥所以擿髮訓釋正同䯤與揥一物而少異釋名曰揥摘也所以摘髮也導所以導擽鬢髮使入巾幘之裏也或曰擽鬢以事名之也然則揥一名擿鄭風所云也導一名撩鬢漢魏已後多云玉導簪導今人之抿簪詩禮之䯤也周禮弁師會五采玉琪注曰故書會作䯤先鄭云讀如馬會之會謂以五采束髮也士喪禮檜用組乃笄檜讀與䯤同書之異耳說曰以組束髮乃箸笄謂之檜沛國人謂反紒爲䯤按先鄭說云爾者蓋由會髮之器謂之䯤因之謂束髮謂之䯤與儀禮之檜同今士喪禮字作髻注云古文髻皆爲括骨擿猶象揥也必云骨者爲其字從骨䯤者獸骨之成器者也故廁於末 **从骨會聲** 形聲包會意也古外切十五部 **詩曰䯤弁如星** 衛風文今作會弁毛傳曰弁皮弁所以會髮按此傳極可疑蓋淺人改竄也皮弁者諸侯所以視朝及與諸侯相朝聘非爲會髮之用也云所以會髮殊不辭矣說文多沿毛傳其云可會髮者必本毛傳此文蓋毛詩本作䯤弁傳本云䯤所以會髮弁皮弁正同周禮故書皮弁䯤五采謂先束髮而後戴弁其光耀如星也自鄭箋毛詩乃易䯤爲會釋爲弁之縫中與注周禮從今書不從故書正同後人據箋改傳致有此不通耳毛許先鄭說詩禮皆與後鄭不同其義則後鄭爲長

文二十五　重一

肉 ㄖㄡˋ 22泥

肉 **胾肉** 下文曰胾大臠也謂鳥獸之肉說文之例先人後物何以先言肉也曰以爲部首不得不首言之也生民之初食鳥獸之肉故肉字冣古而製人體之字用肉爲偏旁是亦假借也人曰肌鳥獸曰肉此其分別也引伸爲爾雅肉好樂記廉肉字 **象形** 如六切三部 **凡肉之屬皆从肉**

腜 ㄇㄟˊ 24明　（胚）肧 ㄆㄟ 24滂　胎 ㄊㄞ 24透　肌 ㄐㄧ 4見　臚 ㄌㄨˊ 13幫

腜 **婦孕始兆也** 依廣韻訂韓詩曰周原腜腜又曰民雖靡腜毛詩皆作膴腜腜美也廣雅曰腜腜肥也此引伸之義也 **从肉某聲** 莫桮切古音在一部

肧 **婦孕一月也** 文子曰一月而膏二月血脈三月而肧四月而胎五月而筋六月而骨七月而成形八月而動九月而躁十月而生淮南曰一月而膏二月而胅三月而胎說各乖異其大致一也李善注江賦引淮南三月而肧胎與今本異 **从肉不聲** 匹桮切古音在一部

胎 **婦孕三月也** 元應兩引皆作二月釋詁曰胎始也此引伸之義方言曰胎養也此假借胎爲頤養也又曰胎逃也則方俗語言也 **从肉台聲** 土來切一部

肌 **肉也** **从肉几聲** 居夷切十五部

臚 **皮也** 今字皮膚從籀文作膚膚行而臚廢矣晉語聽臚言於市史漢臚句傳蘇林曰上傳語告下爲臚此皆讀爲敷奏以言之敷也史記臚於郊祀漢書大夫臚岱韋昭辨釋名鴻大也臚陳序也謂大以禮陳序賓客此皆讀爲廷實旅百之旅也劉熙釋名鴻臚腹前肥者曰臚以京師爲心體王侯外國爲腹胅以養之也此讀爲夏右胅之胅皆假借也其本義則皮膚也 **从肉盧聲** 甫無切五部

△膚　肫 ㄓㄨㄣ 9端　䐚 ㄐㄧ 7見　脣 ㄔㄨㄣˊ 9定

膚 **籒文臚** 經籍通用此字禮運曰膚革充盈引伸爲狼跋文王之膚美爲六月之膚大爲論語之膚受

肫 **面頯也** 頁部曰頯權也權俗作顴肫史漢作準高祖隆準服虔曰準音拙應劭曰隆高也準頰權準也按準者假借字肫其正字儀禮釋文引說文肫之允反是也其入聲則音拙廣雅作頔是也若戰國策準頞權衡竝言則準訓鼻矣儀禮牲體肫骼假借肫爲脽字也脽者脾腸也又中庸肫肫其仁鄭讀爲誨爾忳忳之忳忳忳懇誠皃也是亦假借也士昏禮腊一肫肫者純之假借純全也 **从肉屯聲** 章倫切十三部

䐚 **頰肉也** 東方朔傳曰樹頰胲師古曰胲頰肉音改按集韻十五海曰頰下曰頦或作胲䐚廣韻十五海曰頦頰頦也頦爲頰肉與䐚異部而同義或作頦或假借胲字 **从肉幾聲讀若畿** 居衣切十五部

脣 **口耑**

△顧 脰ㄉㄡˋ 16定　肓ㄏㄨㄤ 15曉　腎ㄕㄣˋ 6定　肺ㄈㄟˋ 8滂

也口之匡也假借爲水匡之字鄭注乾鑿度引詩寘之河之脣从肉辰聲食鄰切古音十三部

顧古文脣从頁

脰項也頁部曰項頭後也按頭後即頸後也左傳曰兩矢夾脰公羊傳曰宋萬搏閔公絕其脰注脰頸也齊人語士虞禮膚祭三取諸左膉上注膉脰肉也古文曰左股上此字從肉非從殳矛之殳聲鄭意謂股者髀也禮經多言髀不升則取諸左股爲膚祭非也尋古文用字之例假股爲髀膉正與假脾爲髀假肫膊爲腨假胳爲骼假頭爲脰皆以異物同音相假借股與膉當是同音蓋從肉役省聲如投疫殺皆從役省聲之比役與益同部此股非股肱字注當云此字從肉從役省聲非從殳矛之殳聲今本脫誤不完據賈疏云鄭以殳與股不是形聲之類其理未審賈實錯解而可證有非字今本又奪非字則更不可通矣从肉豆聲徒候切四部

肓心下鬲上也下上各本互譌篇韵同今依左傳音義正左傳疾不可爲也在肓之上膏之下賈逵杜預皆曰肓鬲也心下爲膏按鄭駁異義云肺也心也肝也俱在鬲上賈侍中說肓鬲也統言之許云鬲上爲肓者析言之鬲上肓肓上膏膏上心今本作心上鬲下則不可通矣素問曰肓之原在臍下釋名曰膈塞也塞上下使氣與穀不相亂也从肉亡聲呼光切十部按當云网平聲春秋傳曰病在肓之上左傳成十年文各本上譌下今正

腎水藏也今尚書古尚書說同从肉臤聲時忍切十二部

肺金藏也按各本不完當云火藏也博士說以爲金藏下文脾下當云木藏也博士說以爲土藏肝下當云金藏也博士說以爲木藏乃與心字下土藏也博士說以爲火藏一例元應書兩引說文肺火藏也其所據當是完本但未引一曰金藏耳五經異義云今尚書歐陽說肝木也心火也脾土也肺金也腎水也古尚書說脾木也肺火也心土也肝金也腎水也許愼謹案月令春祭脾夏祭肺季夏祭心秋祭肝冬祭腎與古尚書同鄭駁之曰月令祭四時之位乃其五藏之上下次之耳冬位在後而腎在下夏位在前而肺在上春位小前故祭先脾秋位小郤故祭先肝腎也脾也俱在鬲下肺也心也肝也俱在鬲上祭者必三故有先後焉不得同五行之義今醫病之法以肝爲木心爲火脾爲土肺爲金腎爲水則有瘳也若反其術不死爲劇鄭注月令自用其說從今尚書說楊雄大元木藏脾金藏肝火藏肺水藏腎土藏心從古尚書說高注呂覽於春祭先脾曰春木勝土先食所勝也一說脾屬木自用其藏也於夏祭先肺曰肺金也祭禮之先進肺用其勝也一曰肺火自用其藏於秋祭先肝曰肝木也祭祀之肉用其勝也故先進肝一曰肝金也自用其藏也於冬祭先腎曰腎屬水自用其藏也於中央土祭先心曰祭祀之肉先進心心火也用所勝也一曰心土自用其藏也其注淮南時則訓略同皆兼從今古尚書說而先今後古許異義從古尚書說說文雖兼用今古尚書說而先古後今與鄭不同矣从肉宋聲芳吠切在十五部

脾ㄆㄧˊ 10並　肝ㄍㄢ 3見　膽ㄉㄢˇ 32端　胃ㄨㄟˋ 8匣　脬ㄆㄠ 21滂　腸ㄔㄤˊ 15定

脾土藏也文有脫誤說見上从肉卑聲符支切在十六部按古文以脾爲髀字

肝木藏也文有脫誤說見上从肉干聲古寒切十四部按禮經正脅謂之幹少牢古文幹爲肝此與古文髀爲脾皆但取同音假借而已

膽連肝之府也白虎通曰府者爲藏官府也膽者肝之府也肝主仁仁者不忍故以膽斷仁者必有勇也素問曰膽者中正之官決斷出焉从肉詹聲都敢切八部

胃穀府也白虎通曰胃者脾之府也脾主稟氣胃者穀之委也故脾稟氣於胃也素問脾胃者倉廩之官五味出焉从肉圂象形云貴切十五部

脬旁光也各本作膀非兩膀謂脅也今正白虎通曰旁光者肺之府也肺者斷決膽旁光亦常張有勢故先決難也素問曰旁光者州都之官津液藏焉按此所引白虎通本小徐與御覽所引元命苞合脬俗作胞旁光俗皆從肉从肉孚聲匹交切古音在三部

腸大小腸也白虎通曰大腸小腸心之府也心者主禮禮者有分理腸之大小相承受也腸爲胃紀胃爲脾府心爲支體主故有兩府素問曰大腸者傳道之官變化出焉小腸者受盛之官化物出焉按所引白虎通從顏氏急就篇注所引也藏府古通偁如周禮注五藏倂胃旁光大腸小腸爲九藏是也从肉易聲直良切十部

膀ㄆㄤˊ 15並　△臆

胂ㄕㄣ 6透　肋ㄌㄜˋ 25來　脟ㄌㄩㄝˋ 2來　△髈　脅ㄒㄧㄝˊ 29曉　背ㄅㄟˋ 25幫　肊ㄧˋ 5影　膺ㄧㄥ 26影　肪ㄈㄤˊ 15幫　膏ㄍㄠ 19見

膏 肥也 按肥當作脂脂字不廁於此者許嚴人物之別自胙篆已下乃謂人所食者膏謂人脂在人者可假以名物如無角者膏是也脂專謂物在物者不得假以名人也 从肉高聲 古勞切二部

肪 肥也 肥亦當作脂王逸正部論說玉符曰白如豬肪通俗文曰脂在腰曰肪此假在人者以名物也 从肉方聲 甫良切十部

膺 匈也 勹部曰匈膺也魯頌戎狄是膺釋詁毛傳曰膺當也此引伸之義凡當事以膺任事以肩 从肉𤸰聲 於陵切六部

肊 匈骨也 宋本李燾本皆作骨俗本作肉非也此如脅爲兩膀榦爲脅骨正名百物不可紊也 从肉乙 各本作乙聲今按聲字淺人所增也肊臆字古今音皆在職德韵乙字古今音皆在質櫛韵是則作臆者形聲作乙者會意也從乙者皃其骨也魚骨亦有名乙者 於力切一部

臆 肊或从意 意聲也亦作膪

背 脊也 𠦬部曰脊背呂也然則脊者背之一端背不止於脊如髀者股外股不止於髀也云背脊也股髀也文法正同周易艮其背不獲其身 从肉北聲 補妹切古音在一部

脅 兩膀也 廣雅曰膀胠胉脅也按許無胉字胠下云亦下者析言之不與廣雅同也膀言其前胠言旁迫於肱者又按周禮豚脅謂之豚拍儀禮牲體脅謂之兩胉注曰今文胉爲迫許此部前後皆無胉字是則鄭從古文胉許從今文迫也膀亦假旁爲之考工記旁鳴蜩屬是 从肉劦聲 虛業切八部

膀 脅也 从肉旁聲 步光切十部

髈 膀或从骨

脟 脅肉也 脅者統言之脟其肉也肋其骨也子虛賦脟割輪焠假脟爲臠也九歎說流水龍邛脟圈繚戾宛轉脟一作綸 从肉寽聲 力輟切十五部 一曰脟腸閒肥也一曰膫也 肥當作脂此別一義謂禽獸也下文云膫牛腸脂也腸脂謂之脟一名膫下一曰當作一名

肋 脅骨也 亦謂之榦榦者翰也如羽翰然也 从肉力聲 盧則切一部

胂 夾脊肉也 易艮九三艮其限裂其夤馬云夤夾脊肉也虞亦云夤脊肉王弼云當中脊之肉也按夕部夤敬惕也周易假爲胂故三家注云爾若鄭本作䐈䐈恐夤之誤廣雅云胂謂之脢周易音義云胂以人反則胂音同夤○又按艮九三字當是上肉下寅故鄭本作䐈非叚夤敬字也 从肉申聲 失人切十二部

△肩

臑ㄋㄠˋ 16泥　臂ㄅㄧˋ 11幫　胠ㄑㄩ 13溪　胳ㄍㄜ 14見　肩ㄐㄧㄢ 3見　脢ㄇㄟˊ 24明

脢 背肉也 咸九五咸其脢子夏易傳云在脊曰脢馬云脢背也鄭云脢背脊肉也虞云夾脊肉也按諸家之言不若許分析憭然胂爲迫呂之肉脢爲全背之肉也釋文云說文同鄭作背脊肉未知其審內則注脥脊側肉也脥即脢字 从肉每聲 莫桮切古音在一部 易曰咸其脢

肩 髆也 骨部曰髆肩甲也 从肉象形 象其半也 古賢切十四部

肩 俗肩从戶 從門戶於義無取故爲俗字

胳 亦下也 亦腋古今字亦部曰人之臂亦也兩厷迫於身者謂之亦亦下謂之胳又謂之胠身之迫於兩厷者也深衣曰胳之高下可以運肘注肘不能不出入胳衣袂當腋之縫也按衣袂當胳之縫亦謂之胳俗作袼禮經牲體之胳今文作胳古文作骼鄭出古文於注是注從今文也許訓胳爲亦下訓骼爲禽獸之骨是從古文禮不同鄭也 从肉各聲 古洛切五部按儀禮肫骼之骼或作胳假借也

胠 亦下也 玉藻說袂二尺二寸袪尺二寸袪袂末也袪與胠同音然則胳謂迫於厷者胠謂迫於臂者左傳襄廿三年齊侯伐衛有先驅申驅戎車貳廣啟胠大殿賈逵曰左翼曰啟右翼曰胠啟胠皆在旁之軍莊子胠篋司馬曰從旁開爲胠皆取義於人體也廣雅胠脅也未若許說之明析 从肉去聲 按胠去魚切五部鉉從去劫一切此因訓脅而讀同之也

臂 手上也 又部曰厷臂上也此皆析言之亦下云人之臂亦渾言之也渾言則厷臂互偁 从肉辟聲 卑義切十六部

臑 臂 句 羊豕曰臑 各本皆作臂羊矢也鄉射禮音義引字林臂羊豕也禮記音義引說文臂羊犬也皆不可通今正許書嚴人物之辨人曰臂羊豕曰臑此其辨也禽有假臂名者如周禮內則馬般臂是也人臂無偁臑者如儀禮禮記肩臂臑皆謂牲體也許書之體本多言曰某轉寫者多改曰某二字爲一也字既改曰臑爲也又誤羊豕爲矢襲繆者久矣不曰羊豕臂曰臑而先言臂者何也尊人也謂人之臂在羊豕則曰臑也不以臑

肘 ㄓㄡˇ 21端　臍 ㄑㄧˊ 4從　腹 ㄈㄨˋ 22幫　腴 ㄩˊ 16定　脽 ㄕㄨㄟˊ 7定　肤 ㄐㄩㄝˊ 2見

字廁於胡肱腕脛膘膟臁之所而廁於此何也廁於此以舉正人物之名之例也禮經臂臑爲二然則手上人禽皆曰臂臂上則人曰厷禽曰臑何以言人臂禽臑也曰臂可偁厷厷亦可偁臂許蒙上文臂篆言故爲統辭未及分析也鄭注禮曰肩臂臑肱骨肫骼股骨則又以肱統三者以股統二者也臑之言濡也濡者柔也**从肉需聲****讀若儒**各本作穛今從鄉射禮音義人于反古音在四部鉉用那到一切乃音轉非古本音也作腝者誤

肘　臂節也厷與臂之節曰肘股與脛之節曰厀卪部曰厀脛頭卪也其文法同也肘今江蘇俗語曰手臂捋注是也深衣曰胳之高下可以運肘袂之長短反詘之及肘注云肘當臂中爲節臂骨上下各尺二寸按上謂厷下謂臂也**从肉寸**陟梆切三部**寸**逗**手寸口**說從寸之意謂從寸口至此爲一節也此一節之中曰擊

臍　毗齎也各本毗作肶誤囟部曰毗臍人臍也凡居中曰臍釋言馬注呂刑皆云齊中也釋地中州曰齊州列子中國曰齊國莊列與齊俱入與汩偕出司馬云齊回水如磨齊也皆臍字引伸假借之義左傳噬齊字祇作齊**从肉齊聲**徂兮切十五部

腹　厚也腹厚疊韵此與髮拔也尾微也一例謂腹之取名以其厚大釋名曰腹複也富也文法同釋詁毛傳皆云腹厚也則是引伸之義謂凡厚者皆可偁腹如小雅出入腹我月令水澤腹堅是也**从肉复聲**方六切三部

腴　腹下肥者者各本作也今依文選注此主謂人論衡傳語曰堯若腊舜若腒桀紂之君垂腴尺餘是也若少儀羞濡魚者進尾冬右腴七發犓牛之腴假人之偁偁之也**从肉臾聲**羊朱切四部

脽　𡱂也𡱂鍇作尻非也東方朔傳曰臣觀其齒牙樹頰胲吐脣吻擢頷頤結股腳連脽尻每句二字皆相爲屬別師古曰脽臀也本說文也㸑言脽則尻尻爲一尸部曰尻脽也朔傳曰尻益高是也析言則尻統之尻乃近穢處今北方俗云溝子是也連脽尻者斂足而立之狀漢武帝紀立后土祠於汾陰脽上如淳曰脽者河之東岸特堆魏土地記云河東郡北八十里有汾陰城北去汾水三里城西北隅曰脽丘詳邑部鄭下**从肉隹聲**示隹切十五部

肤　孔也蒙脽

胯 ㄎㄨㄚˋ 13溪　股 ㄍㄨˇ 16見　腳 ㄐㄧㄠˇ 14見　脛 ㄐㄧㄥˋ 12匣　胻 ㄒㄧㄥˊ 15匣　腓 ㄈㄟˊ 7並　腨 ㄕㄨㄢˋ 3定　胑 ㄓ 10端　△肢　胲 ㄍㄞ 24見　肖 ㄒㄧㄠˋ 19心

言則謂尻孔也俗謂之⿰骨童骽**从肉夬聲讀若決水之決**夬聲鉉本作決省聲誤鍇本亦同者張次立依鉉改之也決水在盧江見水部古穴切十五部

胯　股也合兩股言曰胯廣韵曰胯兩股之閒也史記曰不能死出我胯下**从肉夸聲**苦故切五部

股　髀也骨部曰髀股外也言股則統髀故曰髀也**从肉殳聲**公戸切五部按殳字古音在四部股殺字古音在五部見於詩者如此

腳　脛也東方朔傳曰結股腳謂跪坐之狀股與腳以厀爲中腳之言卻也凡卻步必先脛**从肉卻聲**居勺切五部

脛　胻也厀下踝上曰脛脛之言莖也如莖之載物**从肉巠聲**胡定切十一部

胻　脛耑也耑猶頭也脛近膝者曰胻如股之外曰髀也言脛則統胻言胻不統脛龜策傳曰壯士斬其胻郎斮朝涉之脛也**从肉行聲**戸更切古音在十部篇韵皆胡郎切

腓　脛腨也咸六二咸其腓鄭曰腓膞腸也按諸書或言膞腸或言腓腸謂脛骨後之肉也腓之言肥似中有腸者然故曰腓腸荀爽易作肥云謂五也尊盛故稱肥此荀以意改字耳**从肉非聲**符飛切十五部

腨　腓腸也腨者脛之一耑舉腨不該脛也然析言之如是統言之則以腨該全脛如禮經之言肫骼是也禮經多作肫或作膞皆假借字山海經謂之脣**从肉耑聲**市沇切十四部

胑　體四胑也荀子君道篇如四胑之從心淮南脩務訓四胑不動孟子謂之四體孟子注胑作枝云體者四枝股肱也又云折枝按摩折手節解罷枝也自胳胠至腨言手足也故總之以胑**从肉只聲**章移切十六部

肢　胑或从支只支同部

胲　足大指毛肉肉字依篇韵補倉公傳正義作皮足母指上多生毛謂之毛肉故字從肉國語至於手拇毛脈謂手拇有毛脈也莊子膱者之有膱胲音義云胲足大指也漢書樹頰胲假爲膱也**从肉亥聲**古哀切一部

肖　骨肉相佀也骨肉相似者謂此人骨肉與彼人骨肉狀皃略同也故字從肉漢刑法志假宵列子假俏**从肉小聲**私妙切二部**不佀其先故曰**

不肖也釋經傳之言不肖此肖義之引伸也

胤子孫相承續也釋詁胤嗣繼也大雅毛傳胤嗣也从肉从八象其長也八分也骨肉所傳支分𠂢別傳之無窮幺亦象重絫也絫俗作累上非幺麼之幺直像其重絫之意羊晉切十二部

古文胤兩旁蓋亦從八之意

胄胤也左傳曰是四嶽之裔胄也从肉由聲許書無由字然由聲字甚多不可謂古無由字欲盡改爲甹省聲也直又切三部與甲胄字別

𦘒振肸也振肸依玉篇今本玉篇肸譌眸十部曰肸蠁布也然則振肸者謂振動布寫也以疊韵爲訓也鍇本云振也鉉本云振肸也皆非是禮樂志曰鸞路龍鱗罔不肸飾師古曰肸振也謂皆振整而飾之也上林賦肸蠁布寫師古曰肸蠁盛作也甘泉賦薌呹肸以掍根師古曰言風之動樹聲響振起此皆與說文合蓋肸與𦘒音義皆同許無八𦘒字今按作𦘒作肸皆可左傳言振萬舞者必振動也尸部曰屑動作切切也此從𦘒會意也从肉八聲許乞切古音在十二部

膻肉膻也釋訓毛傳皆云襢裼肉襢也李巡云脫衣見體曰肉襢孫炎云襢去裼衣按多作襢作袒非正字膻其正字素問膻中謂氣海从肉亶聲徒旱切十四部詩曰膻裼暴虎鄭風文今詩作襢作袒

⿰月襄益州鄙言人盛諱其肥謂之⿰月襄方言曰梁益之閒凡人言盛及其所愛諱其肥膩謂之壤鄒陽上書壤子王梁代晉灼注引方言梁益之閒所愛諱其肥盛曰壤也李善曰諱方言作瑋按李所據方言作瑋許書諱亦當作瑋瑋同偉奇也驚羨之意也⿰月襄假借作壤从肉襄聲如兩切十部

肥多肉也从肉卪鉉等曰肉不可過多故從卪符非切十五部按各本此篆在部末蓋因奪落而補綴之也今考定文理必當廁此與下文少肉反對

腊臞也从肉皆聲古諧切十五部

臞少肉也釋言臞瘠也周禮注瘠臞也从肉瞿聲其俱切五部

脫消肉臞也消肉之臞臞之甚者也今俗語謂瘦太甚者曰脫形言其形象如解蛻也此義少有用者今俗用爲分散遺失之義分散之義當用捝手部捝下曰解捝也遺失之義當用奪奞部曰奪手持隹失之也从肉兌聲徒活切十五部

脙齊人謂臞脙也臞齊人曰脙雙聲之轉也釋言曰臞脙瘠也玉篇云齊人謂瘠腹爲脙从肉求聲讀若休止木部曰休息止也許音休今音巨鳩切三部

臠臞也毛詩傳曰欒欒瘦瘠皃蓋或三家詩有作臠從正字毛作欒從假借字抑許所據毛作臠皆不能肊定也从肉䜌聲力沇切十四部古皆讀平聲一曰切肉也依廣韵訂切肉曰臠臠之大者曰胾此許義也詩曰膌人臠臠此證前一義也

膌瘦也疒部曰瘦臞也許欲令其義錯見也膌亦作瘠瘦亦作膄凡人少肉則脊呂歷歷然故其字從脊大雅串夷載路箋云路瘠也天意去殷之惡就周之德文王則侵伐混夷以瘠之此讀路爲露也瘠者露骨从肉脊聲資昔切十六部

古文膌从疒从朿朿木芒也木芒是老瘠之狀故從朿呂覽曰凡耕之大方棘者欲肥肥者欲棘高云棘羸瘠也詩棘人之欒欒言羸瘠也土亦有瘠土按棘從竝朿故高云爾朿亦聲朿聲與脊聲同十六部也

脀騃也馬部曰騃馬行仡仡也人部曰仡勇壯也按騃取壯意凡肥者多癡故方言曰癡騃也廣韵曰脀癡皃下文胗腄等字皆言人病騃亦病之一也从肉丞聲按禮經戴記以此字爲薦脀字蓋假脀爲烝也烝進也而廣韵乃分別⿰月丞爲熟脀爲癡皃集韵亦分別異體皆非是讀若丞署陵切六部

胗脣瘍也宋玉風賦曰中脣爲胗从肉㐱聲之忍切十三部

籒文胗从疒

腄跟胝也跟鉉作瘢不可通跟足踵也戰國策墨子聞之百舍重繭高注重繭絫胝也是足跟生胝之說也从肉垂聲竹垂切古音在十七部

胝腄也漢書躳奏胝無胈史記作躳胝無胈徐廣曰胝竹移反胝腄也李善引郭璞三蒼解詁曰胝⿰足繭也竹施反按據此二音似胝本從氏聲在五支韵然小顏注漢云竹尸反今說文作胝從氐今韵入六脂姑仍其舊从肉氐聲竹尼切十五部

肬贅肬也各本奪肬

△黕

肬 3匣　腫 18端　胅 5定　脪 7曉　⿰月引 6定　臘 31來　膢 16來

字今補。贅同綴，書傳多贅綴通用，故此直作贅。綴，屬也。屬於皮上，如地之有丘也。从肉尢聲。羽求切。三部。黕 籀文肬从黑。

肒 搔生創也。手搔皮肉成瘡。从肉丸聲。胡岸切。十四部。

腫 癰也。疒部曰：癰，腫也。瘍醫注曰：腫瘍，癰而上生創者。按凡膨脹粗大者謂之雍腫。生民毛傳：種，雍腫也。莊子說木盤瘻曰雍腫。雍俗作擁。从肉重聲。之隴切。九部。

胅 骨差也。謂骨節差忒不相值，故胅出也。蘇林漢書注云：窅胅，窅謂入，胅謂出。爾雅注云：胅起高二尺許。山海經結匈國注云：臆前胅出如人結喉。元應書：顛頭胅頷，皆是窅胅。倉頡篇作容胅，葛洪字苑作凹凸，今俗通用作坳突。从肉失聲。讀若跌同。踐跌者骨多差，音義皆同。徒結切。十二部。

脪 創肉反出也。今洗冤錄所謂皮肉捲凸也。从肉希聲。香近切。十三部。希聲讀入殷韵，猶斤聲讀入微韵。

⿰月引 瘢也。疒部：瘢，痍也；痍，傷也。从肉引聲。羊晉切。十二部。一曰遠也。別一義。按篇韵皆云⿰月引脊肉，是爲胂腪字也。

臘 冬至後三戌，臘祭百神。三戌下，玉篇有爲字，非也。臘本祭名，因呼臘月臘日耳。月令臘先祖五祀，左傳虞不臘矣，皆在夏正十月。臘卽蜡也。風俗通云：禮傳夏曰嘉平，殷曰清祀，周曰大蜡。皇侃曰：夏殷蜡在已之歲終。皇說是也。秦本紀惠王十二年初臘，記秦始行周正亥月大蜡之禮也。始皇三十一年十二月更名臘曰嘉平。十二月者，丑月也。始皇始建亥，而不敢謂亥月爲春正月，但謂之十月朔而巳。項羽紀書漢之二年冬，繼之以春，繼之以四月，可證也。更名臘爲嘉平者，改臘在丑月，用夏制，因用夏名也。臘在丑月，因謂丑月爲臘月，陳勝傳書臘月是也。漢仍秦制，亦在丑月，而用戌日，則漢所獨也。風俗通曰：臘者，接也。新故交接，大祭以報功也。漢家火行，火衰於戌，故曰臘也。高堂隆曰：帝王各以其行之盛而祖，以其終而臘。火生於寅，盛於午，終於戌，故火家以午祖，以戌臘。按必在冬至後三戌者，恐不在丑月也。鄭注月令曰：臘謂以田獵所得禽祭也。風俗通亦曰：臘者，獵也。按獵以祭，故其祀從肉。从肉巤聲。盧盍切。八部。

膢 楚俗㠯二月祭歓

朓 19透　胙 14從　隋 1定　膳 3定　腬 21泥

食也。風俗通曰：韓子書山居谷汲者，膢臘而買水。楚俗常以十二月祭飲食也。按買水，今本韓子作相遺以水，皆謂水少耳。風俗通作十二月，劉昭引同，與許書二月異，疑十爲衍字。仲遠書多襲用說文也。劉元傳注引漢書音義云：冀州北郡以八月朝作飲食爲膢，其俗語曰膢臘社伏。元應引三倉云：膢，八月祭也。篇韵皆云：膢，飲食祭也。冀州八月，楚俗二月，合說文與漢書音義言之。从肉婁聲。力俱切。古音在四部。按俱近，鉉本誤居。廣雅膢作褸。一曰祈穀食新曰膢。鉉本膢上有離字。風俗通曰又曰：嘗新始殺食曰貙膢。劉昭所引如是。按後漢禮儀志：立秋之日，武官肄兵，習戰陣之儀，斬牲之禮，名曰貙劉。劉元傳：立秋貙膢時。注引前書音義曰：貙，獸，以立秋日祭獸，王者亦以此日出獵，用祭宗廟。是則貙劉、貙膢同義。依風俗通，似祈穀二字當作始殺。或曰祈穀食新，卽八月祭之說也。

朓 祭也。祭名也。廣雅云：祧，祭也。祧當作朓。从肉兆聲。玉篇通堯、他召二切。二部。鉉本土了切，葢誤以月部之朓當之也。

胙 祭福肉也。福者，皇尸命工祝承致多福無疆于女孝孫是也。周禮以脤膰之禮親兄弟之國，注曰：同福祿也。引伸之，凡福皆言胙，如左傳言天胙明德、無克胙國，國語胙以天下、胙四岳國，是也。自後人肊造祚字以改經傳，由是胙祚錯出矣。从肉乍聲。昨誤切。五部。

隋 裂肉也。衣部曰：裂，繒餘也。齊語：戎車待游車之裂。韋曰：裂，殘也。裂訓繒餘，引伸之，凡餘皆曰裂。裂肉謂尸所祭之餘也。守祧：既祭則藏其隋。注：隋，尸所祭肺脊黍稷之屬。其儀節詳於禮十七篇。其字古支士虞禮作隋，與周禮同；特牲、少牢篇今文作綏，古支作挼。或作妥。鄭注云：周禮作隋，隋與挼讀同。又云：挼讀爲隋。注曾子問亦云：綏，周禮作隋。是鄭以隋爲正字，與許同也。尸祭刌肺黍稷之屬，已祭則爲殉餘無用之物，故云裂肉。單言肉者，爲其字從肉也。从肉隓省聲。徒果切。十七部。按今儀禮注隋皆作墮，誤。

膳 具食也。此與食部饗字同義。具者，供置也；欲善其事也。鄭注周禮膳夫曰：膳之言善也。又云：膳，牲肉也。从肉善聲。常衍切。十四部。

腬 嘉善肉也。謂肥美。小徐云：晉語曰：若克有成，無亦晉之柔嘉是

△朁　腯ㄊㄨˊ 9透　腆ㄊㄧㄢˇ 3透　肴ㄧㄠˊ 19匣

以甘食偃之肉腥臊將焉用之 从肉柔聲 耳由切三部 肴 啖也 折俎謂之肴見左傳國語豆實謂之肴見毛傳凡非穀而食曰肴見鄭箋皆可啖者也按許當云啖肉也謂熟饋可啖之肉今本有奪字 从肉爻聲 胡茅切二部按今經傳皆作殽非古經之舊也 腆 設膳腆腆多也 士昏禮注邶風箋皆曰腆善也方言公羊傳注皆曰腆厚也此皆引伸之義也禮古文以殄為腆 从肉典聲 他典切十二部 朁 古文腆 從日益誤玉篇作朁 腯 牛羊曰肥豕曰腯 按人曰肥獸曰腯此人物之大辨也又析言之則牛羊得偁肥豕獨偁腯曲禮豕曰剛鬣豚曰腞肥注云腞亦肥也春秋傳作腯腯充皃也按曲禮經注當如是今本經文作腯則不可通矣腞亦腯字也釋文腯本亦作豚乃本亦作腞之誤郭注方言曰腯腯肥充也音突亦作腞是其證左傳奉牲以告曰博碩肥腯腯下文以謂民力溥存釋博以謂其畜之碩大蕃滋釋碩以謂其不疾瘯蠡釋肥以謂其備腯咸有釋腯曲禮專謂豚左氏統言之 从肉盾聲 他骨

四篇下　圭

䏟ㄅㄧㄝˊ 5並　胡ㄏㄨˊ 13匣　胘ㄒㄧㄢˊ 6匣　膍ㄆㄧˊ 4並

切十五部 䏟 肥肉也 廣韵曰䏟奋肥也奋肥狀也 从肉必聲 蒲結切十二部 胡 牛顄垂也 元應司馬貞引皆作牛領按此言頷以包頸也頷頤也牛自頤至頸下垂肥者也引伸之凡物皆曰胡如老狼有胡鶘胡龍垂胡顙是也胡與侯音轉取近故周禮立當前侯注曰車轅前胡下垂柱地者經傳胡侯遐皆訓何士冠禮永受胡福鄭曰胡猶遐也毛傳胡壽也謚法彌年壽考曰胡保民耆艾曰胡皆謂壽命遐遠 从肉古聲 戶孤切五部 胘 牛百葉也 廣雅胃謂之胘李時珍云胘即胃之厚處齊民要術有牛胘炙即牛百葉也公羊傳注自左髀達於右胘胘謂達於胃也 从肉弦省聲 胡田切十二部 膍 牛百葉也 周禮醢人既夕禮皆云脾析周禮注鄭司農云脾析牛百葉也既夕注云脾讀為雞脾肶之脾脾析百葉也按肶從此聲釋文尺之反內則鵄奥注奥脾肶也字亦作肶釋文昌私反今儀禮注禮記釋文肶皆作肶誤甚肶與斯斯與析音近故釋脾析為脾肶雞鵄皆有脾肶謂胃也即許所謂鳥膍胵也鄭與許字異

△肶　胵ㄔ 5透　膘ㄆㄧㄠˇ 19滂

而音義同謂之百葉者胃薄如葉碎切之故云百葉未切為膍胵既切則謂之脾析謂之百葉也此胃也而經注何以謂之脾蓋如今人俗語脾胃連言故以脾之名加於胃也經文脾析說禮家容有讀為膍者故許從之不欲與土藏同名也莊子臘者之有膍胲司馬云膍牛百葉也是也大雅加肴脾臄脾蓋亦謂百葉許以牛百葉系諸獸系諸已成之豆實故以鳥膍胵為別一義實則皆謂胃也廣雅云百葉謂之膍胵渾言之也 从肉㿝聲 房脂切十五部 一曰鳥膍胵 逗 鳥胃也 鳥胃也三字本在胵下今更定內則鵄奥注奥脾肶也玉篇廣韵奥皆作膍云膍鳥胃 肶 膍或从比 釋詁曰肶厚也毛詩曰膍厚也實一字也皆引伸假借之義也采菽福祿膍之音義曰韓詩作肶按韓詩爾雅皆同說文或字毛詩節南山又作毗毗卽毘字釋詁肶亦作脾 胵 鳥膍胵也 依全書通例正 从肉至聲 處脂切十五部古音至聲在十二部一 曰胵五藏總名也 此單呼胵不連膍五藏亦謂禽獸 膘 牛脅後髀前合

四篇下　圭

膟ㄌㄩˋ 8來　△膟　膫ㄌㄧㄠˊ 19來

革肉也 合革肉者他處革與肉可分剝獨此處不可分剝也七發所謂犓牛之腴毛傳云射左膘三蒼云膘小腹兩邊肉也 从肉㶾聲讀若繇 敷紹切二部今俗謂牲肥者曰膘壯音如標 膟 血祭肉也 郊特牲曰取膟膋燔燎升首報陽也鄭云膟膋腸閒脂也朝事時取牲膟膋燔於爐炭至薦孰之時又取膟膋與蕭合燒之按此注謂膟膋腸閒脂二字一物祭義注云膟膋血與腸閒脂也則以血釋膟以腸閒脂釋膋略同許說小雅執其鸞刀以啟其毛取其血膋正與祭義毛牛尚耳鸞刀以封取膟膋乃退語相合毛云毛以告純也膋脂膏也血以告殺膋以升臭合之黍稷實之於蕭合馨香也蓋說禮家以膟當詩之血故許云血祭鄭注祭義同考之郊特牲血祭與燔膟膋各事膟膋自是一物郊特牲注為長也許云血祭肉者肉是衍字血祭不容有肉祭義疏引說文字林膟血祭無肉字釁字下亦云血祭 从肉帥聲 呂戌切十五部 膟 膟或从率 今毛傳禮記皆作膟 膫 牛腸脂也 从肉尞聲 洛蕭切二部 詩曰取

其血膫小雅信南山文脟字下云一曰脟腸閒肥也一名膫然則膫一名脟矣今按脟蓋卽膟字之異者脟膫同訓腸閒脂與郊特牲注合

△膋

膋膫或从勞省聲今毛詩禮記皆作膋

脯 ㄈㄨˇ 13幫

脯乾肉也周禮腊人掌乾肉凡田獸之脯腊膴胖之事注云大物解肆乾之謂之乾肉薄析曰脯捶之而施薑桂曰段脩腊小物全乾也許於脯於日部之㫺統言之曰乾肉鄭則以大物小物析言之从肉甫聲方武切五部

脩 ㄒㄧㄡ 21心

脩脯也膳夫大鄭注曰脩脯也按此統言之析言之則薄析曰脯捶而施薑桂曰段脩後鄭注內饔云脩鍛脯也是也曲禮疏云脯訓始始作卽成也脩訓治治之乃成修治之謂捶而施薑桂經傳多假脩爲修治字从肉攸聲息流切三部

膎 ㄒㄧㄝˊ 10匣

膎脯也太元曰多田不婁費我膎功从肉奚聲戶皆切十六部皆當從廣韵作佳膎俗作鮭

脼 ㄌㄧㄤˇ 15來

脼膎肉也廣雅曰膎脼肉也不列於脯類錯本膎脼二篆在膞篆之下集韵曰吳人謂腌魚膎脼从肉兩聲良獎切十部

膊 ㄆㄛˋ 13滂

膊薄脯膊之屋上膊之屋上當作薄之屋上薄迫也釋名膊迫也薄椓肉迫箸物使燥也說與許同方言膊暴也燕之外郊朝鮮洌水之閒凡暴肉發人之私披牛羊之五藏謂之膊左傳龍人囚盧蒲就魁殺而膊諸城上周禮斬殺賊諜而膊之皆謂去衣磔其人如迫脯於屋上也又儀禮兩胉今文作迫周禮豚拍杜子春以拍爲膊謂脅也按脅之正字當從禮今文作迫从肉尃聲匹各切五部

脘 ㄨㄢˇ 3從

脘胃脯也胃脯見史漢貨殖傳晉灼曰今大官常以十月作沸湯燖羊胃以末椒薑坋之暴使燥是也廣雅曰脘脯也鉉本胃脯作胃府則與上下文言脯者不貫脘篆應廁於胃篆下矣素問胃脘謂胃宛中可容受脘蓋宛之俗大廣益會玉篇脘注古卵切胃脘非許意从肉完聲讀若患曹憲丸管二音十四部

朐 ㄑㄩˊ 16匣

朐脯挺也許書無脡字挺卽脡也何注公羊曰屈曰朐申曰脡朐脡就一脡析言之非謂脡有曲直二種也曲禮曰左朐右末鄭云屈中曰朐屈中猶言屈處末卽申者也士虞禮曰設俎于薦東朐在南鄭云朐脯及乾肉之屈也曰左朐曰朐在南則朐在脯端明矣鄉飲酒記曰薦脯五挺橫祭于其上注引曲禮左朐右末鄉射記薦脯五膱膱長尺二寸注膱猶挺也然則每一脯爲一膱謂之一挺每膱必有屈處故亦可謂之一朐挺作脡膱作職皆俗字朐引伸爲凡屈曲之偁漢巴郡有朐忍縣十三州志曰其地下溼多朐忍蟲因名朐忍蟲卽丘蚓今俗云曲蟺也漢碑古書皆作朐忍無異不知何時朐譌朐忍譌䏰闞駰上音春下音閏通典上音蠢下音如尹切廣韵則上音蠢下音閏而大徐乃於肉部增朐䏰二篆上音如順下音尺尹不知爲朐忍之字誤且謂其地在漢中又不知漢朐忍在今夔州府雲陽縣名萬戶埧者是去漢中遠甚也从肉句聲凡從句之字皆曲物故皆入句部朐不入句部何也朐之直多曲少故釋爲脯挺但云句聲也云句聲則亦形聲包會意也其俱切四部

膴 ㄏㄨ 13曉

膴無骨腊也腊今字也日部作㫺腊人掌乾肉凡田獸之脯腊膴胖之事脯腊皆謂乾肉故許釋膴爲無骨腊蓋賈侍中周禮解詁說與鄭司農云膴膺肉杜子春云膴胖皆謂夾脊肉後鄭云公食大夫禮曰庶羞皆有大有司曰主人亦一魚加膴祭于其上內則曰麋鹿田豕麕皆有胖足相參正也大者胾之大臠膴者魚之反覆膴又詁曰大二者同矣則是膴亦膴肉大臠胖宜爲脯而腥胖之言片也析肉意也按依後鄭說膴胖皆非腊也趙商問腊人掌凡乾肉而有膴胖何鄭荅雖鮮亦屬腊人此可證膴胖之非腊許說蓋偏執耳下文云周禮有膴判易胖爲判度許亦必釋爲腊屬而今亡其說矣無骨之腊故其字從肉無骨則肥美故引伸爲凡美之偁毛詩傳曰膴膴美也楊雄說鳥腊此別一義鳥腊必非無骨也蓋楊雄蒼頡訓纂一篇中有此語从肉無聲荒胡切五部周禮有膴判按周禮作胖鄭大夫云胖讀爲判許同之半部釋胖爲半體讀若謨後鄭云膴又詁曰大注有司徹云膴讀如殷冔之冔則讀同幠火吳反

腒 ㄐㄩ 13見

腒北方謂鳥腊腒周禮內則注皆曰腒乾雉士相見之禮摯冬用雉夏用腒注曰備腐臭也按鄭主謂乾雉依士相見禮而言也士相見禮腒謂雉周禮內則不必專謂雉許槩言鳥腊爲長从肉居聲九魚切五部傳曰堯如腊舜如腒亦見王充論衡引傳

䐹 ㄙㄨˋ 22心

䐹乾

鱐 魚尾肅肅也 肅肅各本作鱐鱐今正肅肅乾皃今俗尚有乾肅肅之語風俗通說夏馬掉尾肅肅古言也庖人內則注曰鱐乾魚籩人注曰鱐者析乾之出東海 从肉肅聲 所鳩切三部 周禮有腒鱐 今周禮庖人作腒鱐

肒 21匣
肒 孰肉醬也 用孰肉爲醬孰廣韵作乾疑乾是下文云生肉醬者鮮肉醬也 从肉九聲讀若舊 巨鳩切三部

腝 3心
腝 有骨醢也 酉部曰醢肉醬也釋器曰肉謂之醢有骨者謂之臡醢人注曰臡亦醢也或曰有骨爲臡無骨爲醢公食大夫禮注曰醢有骨謂之臡 从肉耎聲 人移切古音在十四部

△ 臡
臡 腝或从難 耎難二聲同在十四部按公食大夫禮注曰今文臡皆作麋麋系腝之誤儀禮爾雅音義曰臡字林作腝五經文字曰臡見禮經周禮說文字林皆作腝據此則說文本無臡字甚明後人益之也許於禮經或從今文或從古文此從今文腝鄭則從古文臡也

脠 3透
脠 生肉醬也 廣韵曰魚醢也引說文云肉醬釋名齊民要術有生脠 从肉延聲 丑連切十四部按此字從延非從延也目部𥉫木部梴同今本說文梴作梴脠篆大徐不誤而注誤云延聲

脴 24並
脴 豕肉醬也 魚部曰鮨魚脴醬也是魚肉醬亦偁脴 从肉咅聲 各本作否聲誤薄口切四部

胥 13心
胥 蟹醢也 庖人共祭祀之好羞注謂四時所爲膳食若今荊州之鮮魚青州之蟹胥雖非常物進之孝也釋名曰蟹胥取蟹藏之使骨肉解足胥胥然也字林云胥蟹醬也按鄭云作醢及臡必先膊乾其肉乃後莝之襍以粱麴及鹽漬以美酒塗置甀中百日則成許云蟹醢作之當同也釋名所云則似今之醉蟹似劉說長蟹者多足之物引伸假借爲相與之義釋詁曰胥皆也又曰胥相也今音相分平去二音爲二義古不分公羊傳曰胥命者相命也穀梁傳曰胥之爲言猶相也毛傳於聿來胥宇于胥斯原皆曰胥相也此可證相與相視古同音同義也小雅君子樂胥毛曰胥皆也賈誼書引此詩云胥相此爾雅皆與相同義之證也方言又曰胥輔也文王胥附先後是也 从肉疋聲 按蟹八跪二敖故字從疋劉熙云足胥胥然也相居切五部劉昌宗音素集韵又作蝑蛥蜩蛉音四夜切

胹 24泥
按胥篆舊在膴腒之閒非其類今正之移於此
胹 爛也 爛火部作爛火孰也左傳宰夫胹熊蹯不孰火孰之而未孰也方言胹熟也自關而西秦晉之郊曰胹按內則作濡 从肉而聲 如之切一部廣韵作臑云籒文作胹

䐣 9心
䐣 切孰肉內於血中和也 釋名有胏䐣䐣同䐣五經文字曰䐣䐣見禮經注廣韵三十三線曰䐣同餜見儀禮士戀切 从肉員聲讀若遜 穌本切十三部

胜 12心
胜 犬膏臭也 庖人內則秋行犢麛膳膏腥杜子春云膏腥豕膏也後鄭云膏腥雞膏也許云犬膏益本賈侍中 从肉生聲 桑經切十一部 一曰不孰也 上文云生肉醬字當作胜論語君賜腥必孰而薦之字當作胜今經典膏胜胜肉字通用腥爲之而胜廢矣而腥之本義廢矣

臊 19心
臊 豕膏臭也 庖人內則曰夏行腒鱐膳膏臊杜子春云膏臊犬膏大鄭云膏臊豕膏後鄭從杜說許同大鄭 从肉喿聲 穌遭切二部

膮 19曉
膮 豕肉羹也 公食大夫禮注曰膷臐膮今時臛也牛曰膷羊曰臐豕曰膮皆香美之名也古文膷作香臐作熏按許無膷臐二字從古文不從今文也內則同今文作膷臐又按此庶羞豆實也其謂之羹何羹有實於鼎者牛藿羊苦豕薇是也有實於豆者膷臐膮是也鄭云臛也許云臛肉羹也說正同臛亦謂之羹而較乾於鉶羹且鉶羹有菜芼臛不云用菜芼也 从肉堯聲 許幺切二部

腥 12心
腥 星見食豕令肉中生小息肉也 息當作瘜疒部曰瘜寄肉也星見時飼豕每致此疾內饔曰豕盲眡而交睫腥盲眡內則作望視鄭云腥當爲星聲之誤也肉有如米者似星注內則同按鄭意腥爲腥孰字豕不可食者當作星與經傳及今俗用字皆合許則謂腥孰字正作胜腥當專謂豕不可食者與鄭絕異爾雅米者謂之檗郭云飯中有腥其用字與許同也 从肉星星亦聲 穌佞切十一部字林先定反

脂 4端
脂 戴角者脂無角者膏 大戴易本命曰戴角者無上齒謂牛無上齒觸而不噬也無角者膏而無前齒謂豕屬也無前齒者齒盛於後不用前有羽者脂而無後齒羽當爲角謂羊屬也齒盛於前不任後考工記鄭注曰脂者牛羊屬膏

⿰月貨 1心　⿱𦥯肉 22影　膩 4泥　膜 14明　⿰月弱 20泥　⿰月隺 20曉　膹 9並　臇 3精　胾 24精　△熼

者豕屬內則注曰肥凝者爲脂釋者爲膏按上文膏系之人則脂系之禽此人物之辨也有角無角者各異其名此物中之辨也釋膏以脂禽亦曰膏周禮香臊腥羶皆曰膏此皆統言不別也 **从肉旨聲** 旨夷切十五部

⿰月貨　⿱𦥯肉也 ⿱𦥯肉各本譌觷說者以釋器角謂之觷釋之誤甚角部本無觷字此上下文皆言脂膏治角之義無從闌入也玉篇⿰月貨膏⿱𦥯肉也⿱𦥯肉膏⿰月貨也廣韵過韵⿰月貨⿱𦥯肉膏也⿱𦥯肉又見屋沃韵是可據以正誤補缺矣 **从肉貨聲** 穌果切十七部廣韵先臥切

⿱𦥯肉　膏肥皃 从肉學省聲 烏酷切三部此篆舊無今補按⿰月貨⿱𦥯肉二篆蓋古本皆無或增⿰月貨而失其解則不若併增⿱𦥯肉也

膩　上肥也 謂在上者釋器曰冰脂也郭云莊子肌膚若冰雪冰雪脂膏也按此所謂上肥也冰凝古今字毛詩膚如凝脂同也楚辭靡顏膩理膩滑也 **从肉貳聲** 女利切十五部

膜　肉閒胲膜也 釋名膜幕也幕絡一體也廣雅膝⿰月弱膜也⿰月弱與膜爲一許意爲二膜在肉裏也許爲長胲膜者系呼之胲之言該也按膜⿰月弱皆人物所同許專系之物者在人者不可得見也 **从肉莫聲** 慕各切五部

⿰月弱　肉表革裏也 考工記注曰今人謂蒲本在水中者爲弱按蒻在茎之下根之上肉表革裏名⿰月弱亦猶是也 **从肉弱聲** 而勺切二部

⿰月隺　肉羹也 鬻部曰鬻五味盉鬻也釋器曰肉謂之羹羹有二實於鉶者用菜芼之謂之羹實於庶羞之豆者不用芼亦謂之羹禮經牛膷羊臐豕膮鄭云今時臛也是今謂之臛古謂之羹臛字不見於古經而見於招䰟王逸曰有菜曰羹無菜曰臛王說與禮合許不云羹也而云肉羹也者亦無菜之謂匡謬正俗駁叔師說其言甚誤 **从肉隺聲** 呼各切古音在二部

膹　臛也 廣雅曰臇膹䐃臛也臛俗⿰月隺字 **从肉賁聲** 房吻切十三部

臇　臛也 李善引蒼頡解詁曰臇少汁臛也曹植七啟曰臇漢南之鳴鶉名都篇曰膾鯉臇胎鰕 **从肉雋聲讀若纂** 子沇切十四部

熼　臇或从火巽

胾　大臠也 切肉之大者也 **从肉𢦏聲** 側吏切一部按鄉射禮古文織爲胾戠聲𢦏聲同也脯脡字本

䐑 29定　膾 2見　腌 30影　脃 2清　膬 2清　散 3心　膞 3定　腏 2端　⿱食土 24精

作挺從木從手從肉皆誤也挺一枚也樴猶挺也樴作胾則同聲而不同義凡禮古文髀作脾幹作肝骼作胳等皆同聲而不同義

䐑　薄切肉也 云薄者取從葉之意少儀曰牛與羊魚之腥聶而切之爲膾注聶之言䐑也先藿葉切之復報切之則爲膾醢人注引少儀聶皆作䐑腊人注云膴亦䐑肉大臠按如許鄭說䐑者大片肉也鄭云凡醓醬所和細切爲韲全物若䐑爲菹 **从肉葉聲** 直葉切八部

膾　細切肉也 所謂先藿葉切之復報切之也報者俗語云急報凡細切者必疾速下刀少儀注云報讀爲赴疾之赴拔赴皆疾也 **从肉會聲** 古外切十五部

腌　漬肉也 今淹漬字當作此淹行而腌廢矣方言云淹敗也水敗爲淹皆腌之引伸之義也腌猶瀸也肉謂之腌魚謂之饐倉頡篇云腌酢淹肉也 **从肉奄聲** 於業切八部

脃　小耎易斷也 七發曰甘脃肥膿魏都賦稾質蓬脃作脆者誤也 **从肉絕省聲** 形聲包會意也易斷故從絕省此芮切十五部

膬　耎易破也 耎七發注作腝腝者醢有骨者也七發曰飲食則溫淳甘膬腥醲肥厚 **从肉毳聲** 七絕切十五部按脃膬蓋本一字異體篇韵皆云膬同脃小宗伯注曰今南陽名穿地爲竁聲如腐脃之脃音義云字書無脃字但有膬字音千劣反今注本或膬字者則與劉音清劣反爲協據此則陸氏所見說文等書有膬無脃也而李善於魏都七發分引此二字則唐初說文非無脃矣二字皆可入可去分廁祭薛古音理不然也

散　襍肉也 從㪔者會意也㪔分離也引伸凡㪔皆作散散行而㪔廢矣 **从肉㪔聲** 穌旰切十四部

膞　切肉也 膞與剸義近儀禮說牲體前有肩臂臑後有胣髀骼髀不升於俎故多言胣骼胣亦作膞經胣膞錯出皆假借字也經本應作腨腨腓腸也以腓腸該全脛假胣膞字爲之 **从肉專聲** 市沇切十五部

腏　挑取骨閒肉也 手部曰抉挑也 **从肉叕聲讀若詩曰啜其泣矣** 王風文陟劣切十五部

⿱食土　食所遺也 馬融陸績皆曰肉有骨謂之胏說文字林作⿱食土訓爲食所遺蓋孟本孟說與 **从肉仕**

△胏　⿰月臽 30匣　△肳　䐜 6透　肒 28透　肰 3泥　△⿰月⿰犭火

聲阻史切古音在一部易曰噬乾𦙶今鍇本此下衍止字噬嗑九四爻辭胏楊雄說𦙶从朿蓋訓纂篇中字如此作馬鄭易同楊鄭云胏簀也蓋謂胏爲第之假借其說未聞胏當在十五部而與𦙶同字者合韻之理也⿰月臽食肉不猒也猒飽也从肉臽聲讀若陷戶猎切八部肰犬肉也从肉犬讀若然如延切十四部⿰月⿰犭火古文肰小篆從一犬古文從二犬𦜘亦古文肰按此蓋嘫之譌耳䐜起也當云肉起也素問曰濁氣在上則生䐜脹王砅注䐜脹起也按許廁此謂人所食肉从肉真聲昌眞切十二部肒肉汁滓也醓人韭菹醓醓注云醓肉汁也公食大夫禮注曰醓醓醓有醓釋名曰醓多汁者曰醓醓瀋也宋魯人皆謂汁爲瀋按合此三條可見禮經醓醓正字當作肒謂多肉汁之醓也許云汁滓者謂醓不同滑也合醓人注及血部監下觀之肒醓用牛乾脯莝之䄙以粱麴及鹽漬以美酒塗置甄中百日則成蓋他醓及醓皆用此法如𣎆

四篇下

膠 21見　𣎆 1來

醓則用乾𣎆肉麋臡則用乾麋肉也凡醓臡皆有汁而牛乾脯獨得肒名者六畜不言牲名他醓臡不言肒立文錯見之法汁卽鹽酒所成醓皆胜物非有孰汁也毛傳云以肉曰醓醓大鄭云醓肉醬也皆言肉以包汁不言何肉者蓋謂周禮六牲之肉下文醓臡麋鹿麋兔鴈在六獸六禽內可證也許但言牛乾脯者舉六牲之一以包其餘也正字作肒醓假借字作監醓許所據禮作監今字作醓从肉冘聲他感切八部膠昵也弓人說膠曰凡昵之類不能方注故書昵或作樴杜子春云樴讀爲不義不昵之昵或爲䵒䵒黏也元謂樴脂膏膱敗之膱膱亦黏也按此經杜作昵又作䵒後鄭作膱其意則同也許從杜作昵日部曰暱日近也或作昵是則昵亦訓黏也一說此昵也及周禮注不義不昵之昵三昵字皆當作䵒作之㠯皮考工記鹿膠青白馬膠赤白牛膠火赤鼠膠黑魚膠餌犀膠黃注云皆謂煑用其皮或用角按皮近肉故字從肉从肉翏聲古肴切古音在三部𣎆或曰嘼名或曰不定之詞云嘼名蓋𣎆爲𣎆之古字與驢𣎆皆可畜於家則謂

胆 13清　肙 3影　腐 16並　肯 26溪　△肎　朘 9精

之畜宜也象形闕象形二字淺人所增闕謂闕其形也其義則畜名其音則以𣎆聲之字定之其形則從肉以外不能強爲之說也郎果切十七部一說或曰嘼名四字亦後人所增義形皆闕胆蠅乳肉中也三蒼曰蠅乳肉中曰胆通俗文云肉中蟲曰胆周禮蜡氏注蜡骨肉腐臭蠅蟲所蜡也蜡讀如狙司之狙按狙司俗作覷伺釋蟲蠭醜螸蠭本作䗬千據反見廣韻卽周禮所謂蜡三蒼所謂乳肉中也从肉且聲七余切五部作蛆者譌肙小蟲也蟲部蜎下曰肙也考工記注云謂若井中蟲蜎蜎按井中孑孓蟲之至小者也不獨井中有之字從肉者狀其耎也從口者象其首尾相接之狀也从肉口各本有聲字非也烏懸切十四部廣韻玉篇皆烏懸切一曰空也甑下孔謂之窐窐亦作㼫是其義也腐爛也上文云膴爛也爛之正義此云腐爛也歹部云殨爛也爛之引伸之義从肉府聲扶雨切四部肎骨閒肉肎肎箸也肎肎附箸難解之皃莊子說庖丁解牛曰技經肯綮之未嘗肯崔引

四篇下

此解釋之綮音磬司馬云猶結處也按肎之言可也故心所願曰肎得其窾郤曰中肎引伸之義也从肉从冎省冎者剔肉置其骨也肎有相著有待於剔故從冎陸德明引說文字林皆口乃反唐韻苦等切按肎等二字古音同在一部故皆在海韻音轉入六部乃在拯等韻也隸作肯一曰骨無肉也此別一義肎古文肎朘赤子陰也老子未知牝牡之合而朘作河上本如是从肉夋聲釋文引說文子和反又子壘反按此字各本無之老子音義引說文可據故補綴於末

文一百四十今補朘二篆則百四十二

重二十腜肧胎人之始也自肌膚以及肞胲皆言人體所具而依次弟言之肖至胄言人之苗裔也肓臚人所時有也臞至膌言人之肥瘦也脅至剈言人之疕病也臘至隋言祭也祭必以肉故字從肉也膳至腆言食也自膴至膫言六畜體所具也自脯至膞皆乾肉可食者皆胜物也自肒至膌皆醬屬也自腒至肒皆肉可食者膠用皮皮

筋 ㄐㄧㄣ 9見　笏 3匣　⿱⺮肑 ㄅㄛˊ 20幫　△腱　△肑　刀 ㄉㄠ 19端　⿰缶刂 ㄈㄡˇ 21幫　⿰咢刂 ㄜˋ 14疑　△䂢　削 ㄒㄩㄝ 19心　⿰句刂 ㄍㄡ 16見

者肉之類也羸胆肙三文以其多肉製字腐肙之用皆取義於肉也腱之次當本在腓胑二篆之下

筋 肉之力也 力下曰筋也筋力同物今人殊之耳考工記故書筋或作薊 从肉力从竹 竹物之多筋者 說從竹之意居銀切十三部 凡筋之屬皆从筋

笏 筋之本也 內則注曰餌筋腱也王逸注招䰟曰腱筋頭也餌篇韵作⿰月耳 从筋省夗省聲 渠建切十四部

腱 笏或从肉建 建聲也今字多作此

⿱⺮肑 手足指節鳴也 其聲膞膞然 从筋省勺聲 北角切二部

肑 ⿱⺮肑或省竹 按廣雅曰肑謂之腴篇韵皆云肑腹下肉此別一義

文三　重二

刀 兵也 刀者兵之一也衛風假借為舠字 象形 都牢切二部 凡刀之屬皆从刀

⿰缶刂 刀握也 謂握持處也篇韵皆云⿰缶刂同弣按弓把曰弣考工記少儀弣作拊刀把曰⿰缶刂少儀亦作拊刀卻刃授穎削授拊注穎鐶也拊謂把也按穎近拊拊近刃故削外削內異其授拊與⿰缶刂音相近 从刀缶聲 方九切三部玉篇孚主切

⿰咢刂 刀劒刃也 淮南脩務訓摩其鋒⿰咢刂王子淵聖主得賢臣頌漢書作越砥斂其咢文選作鍔 从刀咢聲 五各切五部

䂢 籀文⿰咢刂从㓞各 各聲與咢聲同部釋詁剡䂢利也陸德明本作䂢顏籀孔沖遠引作略周頌有略其耜毛云略利也張揖古今字詁云略古作䂢以說文折衷之䂢者古字⿰咢刂者今字⿰咢刂者正字略者假借字

削 鞞也 革部曰鞞刀室也少儀曰削授拊史漢貨殖傳曰洒削方言劒削自河而北燕趙之閒謂之室自關而東或謂之廓或謂之削自關而西謂之韠廓卽郭韠卽鞞今字作鞘元應曰小爾雅作鞘 从刀肖聲 息約切按當依廣韵私妙切二部 一曰析也 木部曰析破木也析從斤削從刀皆訓破木凡侵削削弱皆其引伸之義也今音息約切

⿰句刂 鎌也 ⿰句刂亦作鉤周禮雉氏夏日至而夷之注云以鉤鎌迫地芟之也方言曰刈鉤江淮陳楚之閒謂之鉊音昭或謂之鐹音果亦作划自關而西或謂之鉤或謂之鎌或謂之鍥音結按鎌之屬見於金部 从刀句聲 古矦切四部

剴 ㄎㄞˇ 7疑　剞 ㄐㄧ 1見　⿰屈刂 ㄐㄩㄝˊ 8見　利 ㄌㄧˋ 5來　△𥝢　剡 ㄧㄢˇ 32定　初 ㄔㄨ 13清　剪 ㄐㄧㄢˇ 3精

剴 大鎌也 謂可切地芟刈也金部曰鉊大鎌也 一曰摩也 下文云刀不利於瓦石上刉之剴刉音義皆同也引伸之為規諷之義如大司樂注曰導者言古以剴今雨無正箋巧言謂以事類風切剴微之言是也唐魏徵傳二百餘奏無不剴切當帝心今人乃謂直言為剴切昧於字義甚矣 从刀豈聲 五來切古音在十五部又古愛反與杚槩音義皆同

剞 剞⿰屈刂逗 曲刀也 高注俶眞訓曰剞巧工鉤刀⿰屈刂規度刺墨邊箋也箋字有誤所以刻鏤之具應劭注甘泉賦曰剞曲刀也⿰屈刂曲鑿也二注皆謂剞⿰屈刂有二王逸注哀時命剞⿰屈刂刻鏤刀也與許合 从刀奇聲 居綺切古音在十七部

⿰屈刂 剞⿰屈刂也 二字雙聲 从刀屈聲 九勿切十五部亦作劂

利 銛也 銛者舌屬引伸為銛利字銛利引伸為凡利害之利 刀和然後利从刀和省 依韵會本毛傳曰鸞刀刀有鸞者言割中節也郊特牲曰割刀之用而鸞刀之貴貴其義也聲和而後斷也許據此說會意力至切十五部 易曰利者義之和也 又引易說從和省之意上云刀和然後利者本義也引易者引伸之義也

𥝢 古文利 蓋從刃禾

剡 銳利也 釋詁曰剡利也毛詩假借覃為之大田曰以我覃耜毛曰覃利也釋詁文也按此二篆古本當作利剡也剡利也二字互訓 从刀炎聲 以冄切八部

初 始也 見釋詁 从刀衣 會意楚居切五部 裁衣之始也 衣部曰裁製衣也製衣以鍼用刀則為製之始引伸為凡始之偁此說從刀衣之意

前 齊斷也 釋言魯頌傳皆曰翦齊也士喪禮馬不齊髦注云齊翦也二字互訓許必云齊斷者為其從刀也其始前為刀名因為斷物之名斷物必齊因為凡齊等之偁如實始翦商謂周之氣象始與商齊等語本甚明戈部引此詩作戩商字之假借如竹箭之為竹晉也前古假借作翦召南毛

則 ㄗㄜˊ 25精　△𠟭　△〓　剛 ㄍㄤ 15見　△信　剬 ㄉㄨㄢ 3端

傳曰翦去也是也禮經蚤揃假借揃爲之又或爲鬋今字作剪俗 从刀歬聲 子善切十二部

等畫物也 等畫物者定其差等而各爲介畫也今俗云科則是也介畫之故從刀引伸之爲法則假借之爲語䛐 从刀貝貝古之物貨也 說從貝之意物貨有貴賤之差故從刀介畫之子德切一部

古文則 重貝者定其等差之意

籒文則从鼎 鼎部曰籒文以鼎爲貝故員作鼎娟作駛賁作鼐則作剔

彊斷也 彊者弓有力也有力而斷之也周書所謂剛剋引伸凡有力曰剛 从刀岡聲 古郎切十部

古文剛如此 按從仈仈古文信信者必剛也從二者仁從二之意仁者必有勇也侃剛直也亦從仈

斷齊也 齊字衍 从刀耑聲 旨兖切十四部按首部𩠐斷首也亦截也剸上同考鍇本無剸上同之文而元應書云剬聲類作剸說文剬斷首也亦截也然則許書首部有剬無剸刀部無剬後人以聲類之剸改首部之剬又移剬入刀部二徐本皆非古也此篆宜刪

劊 ㄎㄨㄞˋ 2見　切 ㄑㄧㄝ 5清　刌 ㄘㄨㄣˇ 9清　〓 ㄒㄩㄝ 2心　刉 ㄐㄧ 8見

斷也 易困九五劓刖困于赤紱京房本作劓劊按刖絕劊斷義正相同今俗云劊子手 从刀會聲 古外切十五部

刌也 二字雙聲同義古文禮刌肺今文刌爲切引伸爲迫切又爲一切俗讀七計切師古曰一切者權時之事如以刀切物苟取整齊不顧長短縱橫故言一切 从刀七聲 千結切十二部

切也 玉藻瓜祭上環注曰上環頭刌也元帝紀分刌節度 从刀寸聲 凡斷物必合法度故從寸周禮昌本切之四寸爲菹陸續之母斷葱以寸爲度是也云寸聲包會意詩他人有心予寸度之俗作忖其實作寸作刌皆得如切物之度其長短也倉本切十三部

斷也 从刀辥聲 私列切十五部

劃傷也 錐刀畫曰劃周禮士師職凡刉珥小子職作珥祈祈或爲刉肆師職作祈珥祈或作幾按鄭讀珥皆爲衈云作刉衈爲正字刉衈者釁禮之事用牲毛者曰刉羽者曰衈小子衈於社稷刉於五祀謂始成其宮兆時也襍記雍人舉羊升屋中屋南面刲羊血流于前門夾室皆用雞其衈皆于屋下割雞門當門夾室中室是刉衈之事也許云劃傷者正謂此禮不主於殺之但得其血涂祭而已血部無衈字葢許依經作珥襍記注曰衈謂將封割牲以釁先滅耳旁毛薦之周禮注引公羊傳叩其鼻以衈社今公羊作血社山海經聃用魚傳引叩其鼻以聃社字又不同聃葢從神省從耳 从刀气聲 當九祈切十五部 一曰斷也 此別一義 又讀若殪 又者蒙上文乞聲言之云乞聲則得其音矣而斷之義讀如殺羊出其胎之殪音稍不同也今音五來切 一曰刀不利於瓦石上刉之 又別一義刉與厲不同厲者厲於厲石刉者一切用瓦石磢之而已與檠杚剴音義略同今音當古愛切

劌 ㄍㄨㄟˋ 2見　刻 ㄎㄜˋ 24溪　△〓

利傷也 聘義廉而不劌義也注云劌傷也按玉部作廉而不忮毛公曰忮害也是其義同也利傷者以芒刃傷物 从刀歲聲 居衛切十五部

鏤也 金部曰鏤剛鐵可以刻鏤也釋器曰金謂之鏤木謂之刻此析言之統言則刻亦鏤也引伸爲刻覈刻薄之刻 从刀亥聲 苦得切一部

古文刻 各本無此依玉篇增各本則下有古文作篇韵皆不載汗簡載之云說文續添則古本所無可知矣葢古文刻之譌而誤系也

副 ㄈㄨˋ 25滂　△疈　剖 ㄆㄡˇ 24並

判也 毛詩大雅曰不坼不副曲禮曰爲天子削瓜者副之匡繆正俗曰副貳之字本爲福從衣畐聲俗呼一襲爲一福衣是也書史假借遂以副字代之副本音普力反義訓剖劈學者不知有福字以副貳爲正體詩不坼不副乃以朱點發副字按顏說未盡然也副之則一物成二因仍謂之副因之凡分而合者皆謂之副訓詁中如此者致多流俗語音如付由一部入三部故韵書在宥韵俗語又轉入遇韵也㳂襲既久其義其音遂皆忘其本始福字雖見於龜策傳東京賦然恐此字因副而製耳鄭仲師注周禮云貳副也貝部貳下因之史記曰臧之名山副在京師漢書曰臧諸宗廟副在有司周人言貳漢人言副古今語也豈容廢副用福 从刀畐聲 芳逼切一部 周禮曰副辜祭 鄭注周禮作疈云疈疈牲胷也疈而磔之謂磔禳及蜡祭許所據作副葢副者古文小篆所同也鄭所據用籒文

籒文副从畐 當云重畐重畐者狀分析之聲

判

也史記曰騶衍稱引天地剖判以來从刀咅聲浦后切四部

辨ㄅㄧㄢˋ 3並

辨判也小宰傳別故書作傅辨朝士判書故書判爲辨大鄭辨讀爲別古辨判別三字義同也辨從刀俗作辦爲辨別字符蹇切別作從力之辦爲幹辦字蒲莧切古辨別幹辦無二義亦無二形二音也从刀辡聲十二部

判ㄆㄢˋ 3滂

判分也媒氏掌萬民之判注判半也得耦爲合主合其半成夫婦也朝士有判書以治則聽注判半分而合者从刀半聲形聲包會意普半切十四部

剫ㄉㄨㄛˊ 14定

剫判也釋器木謂之剫郭引左傳山有木工則剫之从刀度聲徒洛切五部

刳ㄎㄨ 13溪

刳判也內則云刲之刳之按刲謂刺殺之刳謂空其腹繫辭刳木爲舟亦謂虛木之中刳木一作挎木鄉飲酒禮相者二人皆左何瑟後首挎越內弦賈公彥曰瑟底有孔越以指深入而持之也手部無挎从刀夸聲苦孤切五部

列ㄌㄧㄝˋ 2來

列分解也列之本義爲分解故其字從刀齒分骨之劙從列引伸爲行列之義古假借烈爲列如鄭風火烈具舉毛曰烈列也是也羽獵賦舉奊烈火烈亦與列同从刀𡿪聲良薛切十五部

刊ㄎㄢ 3溪

刊剟也柞氏夏日至令刊陽木而火之注刊謂斫去次地之皮也按凡有所削去謂之刊故刻石謂之刊石此與木部栞音同義異唐衛包乃改栞爲刊誤認爲一字也从刀干聲苦寒切十四部

剟ㄉㄨㄛˊ 2端

剟刊也商子曰有敢剟定法令者死賈誼傳曰盜者剟寢戶之簾从刀叕聲陟劣切十五部

刪ㄕㄢ 3心

刪剟也凡言刪剟者有所去卽有所取如史記司馬相如傳曰故刪取其要歸正道而論之刪取猶節取也謂去其侈靡過實非義理所尚取其天子芒然而思已下也旣錄其全賦矣謂之刪取何也言錄賦之意在此不在彼也藝文志曰今刪其要以備篇籍刪其要謂取其要也不然豈劉歆七略之要孟堅盡刪去之乎詳言之則如律曆志曰刪其僞辭取其義者箸於篇約言之則如相如傳藝文志从刀冊冊逗書也說從刀冊之意也云冊書也者謂凡簡牘非必受於王之符命也築氏爲削鄭云今之書刀凡艸掤不定者以削削之謂之刪因之凡刊落不用者皆謂之刪所姦切十四部

劈ㄆㄧ 11滂

劈破也此字義與副近而不同今字用劈爲副劈行而副廢矣劈與副古經有相通者大宗伯疈辜祭疈在一部故書疈爲罷大鄭釋爲披磔牲以祭罷披破同十七部劈在十六部此其音義相通之證也考工記假薜爲劈注云薜破裂也又或假擘爲之張衡賦云分肌擘理是也从刀辟聲普擊切十六部

剝ㄅㄛ 17幫

剝裂也衣部曰裂繒餘也謂殘破也夏小正二月剝鱓以爲鼓也八月剝瓜畜瓜之時也剝棗剝也者取也栗零零也者降也零而後取之故不言剝也按剝鱓者謂殘其皮剝瓜棗者謂殘其實其用一也皮部曰剝取獸革與剝鱓合孔子易傳曰致飾然後通則盡矣故受之以剝剝者剝也物不可以終盡剝窮上反下故受之以復也按此是剝訓盡裂則將盡矣豳風假剝爲攴八月剝棗毛曰剝擊也音義云普卜反故知剝同攴也小正傳云取毛傳云擊此後人訓詁必密於前人也从刀条条刻也說從条之意条下云刻木条条也破裂之意条亦聲北角切三部一曰剝割也此別一義與上義相通按此篆解說合二徐本及尚書泰誓正義宋刻本參定

△卜刂

卜刂剝或从卜卜聲也

割ㄍㄜ 2見

割剝也蒙剝之弟二義互訓割謂殘破之釋言曰蓋割裂也尚書多假借割爲害古二字音同也釋言舍人本蓋作害明害與割同也鄭注緇衣曰割之言蓋也明蓋與割同也从刀害聲古達切十五部按古字亦從勹聲故宋次道王仲至家所傳古文尚書曰刟申勸寧王之德

剺ㄌㄧˊ 24來

剺剝也方言劙解也劙與蒡雙聲義近劃也此別一義當言一曰按元應書引三蒼云蒡劃也文部曰蔑微畫也音同義近从刀𠩺聲里之切一部

劃ㄏㄨㄚˋ 11曉

劃錐刀畫曰劃畫字各本無今補謂錐刀之末所畫謂之劃也上文云刉劃傷也蒡劃也皆是也从刀畫畫亦聲呼麥切十六部當依廣韵胡麥切

剈ㄩㄢ 3影

剈挑取也抉而取之也挑抉也今俗云剜許書無剜字从刀肙聲烏元切十四部一曰窒也穴部曰窒空也窒與剈音義通如圭瓥之比

劀ㄍㄨㄚ 8見

劀刮去惡創肉也瘍醫掌腫瘍潰瘍金瘍斯瘍之祝藥劀殺之齊鄭云劀刮去膿血殺謂以藥食其惡肉與許異刮劀爲疊韵从刀矞

劑 ㄐㄧˋ 4從　刷 ㄕㄨㄚ 2心

聲古鍇切十五部周禮曰劑殺之齊齊也釋言劑翦齊也按周禮或言質劑或言約劑鄭訓劑爲券書大鄭曰質劑謂市中平價今時月平是也鄭云長券曰質短券曰劑是劑所以齊物也周禮又多用齊字亨人注齊多少之量此與劑義不同今人藥劑字乃周禮之齊字也从刀從刀者齊之如用刀也不必用刀而從刀故不與前爲伍餘倣此齊聲形聲包會意在詣切十五部

刮也刷與㕞別又部曰㕞飾也巾部曰飾㕞也㕞飾今拭字拭用手用巾故從又巾刷者掊杷也掊杷必用除穢之器如刀然故字從刀艸部曰蒀刷也是也从刀㕞省聲其義亦略相近所劣切十五部禮有刷巾有鉉譌布黃氏公紹所據鍇本不誤而宋張次立依鉉改爲布今繫傳本乃張次立所更定往往改之同鉉而佳處時存韵會也禮謂禮經十七篇也鄉飲酒禮鄉射禮燕禮大射儀公食大夫禮有司徹皆言帨手注帨拭也帨手者於帨帨佩巾據賈氏鄉飲公食二疏知經注皆作帨絕無挩字也帨之爲巾見於士昏禮及內則內則盥卒授巾注云巾

刮 ㄍㄨㄚ 2見　剽 ㄆㄧㄠ 19滂

以帨手鄭卽用禮經帨手字也此云刷巾刷當作㕞益漢時禮經挩手有作刷手者假刷爲㕞說禮家所定字不同也刷巾又見服氏左傳注左傳藻率鞞鞛服云藻爲畫藻率爲刷巾禮有刷巾服語正與許同巾部云帥佩巾也帨帥或字是帨與帥同字樂師故書帥爲率聘禮古文帥皆作率韓詩帥時農夫毛詩作率是率與帥同音假借左氏傳之率卽說文之帥而許服所見禮經皆作刷手鄭禮經今文作帨手古文作說手是則帥帨率說刷㕞六字以同音通用而陸德明本作挩手者爲誤字

掊杷也杷各本作把誤手部曰掊杷也木部曰杷收麥器凡掊地如把麥然故桒言之曰掊杷考工記故書挄摩之工大鄭挄讀爲刮从刀昏聲古八切十五部今字作刮

砭刺也謂砭之刺之皆曰剽也砭者以石刺病也刺者直傷也砭刺必用其器之末因之凡末謂之剽莊子謂本末爲本剽素問有標本病傳論標亦末也从刀票聲匹妙切二部按當依李軌莊子音怖遙反陸甫小反一曰剽劫也史記貨殖傳攻剽椎埋劫人作姦漢賈誼傳白晝大都之中剽

刲 ㄎㄨㄟ 10溪　剉 ㄘㄨㄛˋ 1清　剿 ㄐㄧㄠˇ 19精

吏而奪之金按此義當去聲

刺也馬虞說易同从刀圭聲圭刲上故從圭形聲包會意也苦圭切十六部易曰士刲羊歸妹上六爻辭

折傷也剉與手部挫音同義近考工記揉牙內不挫注挫折也是二字通用也經史剉折字多作挫按今俗謂鍋爲剉乃錯之聲誤耳說文作厝从刀㘴聲麤臥切十七部

絕也夏書甘誓天用剿絕其命天寶巳前本如是釋文曰剿子六反玉篇子小反馬本作剿朱開寶巳前本如是今玉篇剿子小切絕也剿同上此顧希馮之舊也自衞包改剿爲勦以刀部訓絕之字改爲力部訓勞之字於是五經文字力部曰勦見禮記又見夏書而刀部反無剿字開寶中改釋文剿爲勦剿爲巢羣經音辨集韵等皆云勦絕也重紕馳繆莫能諟正蓋衞包當日改剿爲從刀之剿猶可說也改爲從力之勦則不可說矣王莽傳郭欽封剿胡子又詔曰將遣大司空征伐剿絕之矣此用夏書也外戚傳命樔絕而不長此假借字也說文水部灑讀若夏書天用勦絕此必淺人以衞包本改之也曲禮毋剿說字從刀不從力从

刖 ㄩㄝˋ 2疑　刜 ㄈㄨˊ 8幫　⿰桼刂 ㄑㄧˋ 5清　劖 ㄔㄢˊ 3從　刓 ㄨㄢˊ 3疑　釗 ㄓㄠ 28端

刀喿聲子小切二部周書曰周者夏之誤天用剿絕其命

絕也凡絕皆偏刖故剿下云刖鼻也刖足則爲跀周禮刖者使守囿此是假刖爲跀困九五劓刖京房作劓劊說文劊與刖義同从刀月聲魚厥切十五部

擊也左傳苑子刜林雍斷其足齊語刜令支从刀弗聲分勿切十五部

傷也芈下曰虢皮可以割桼桼疑⿰桼刂之誤割⿰桼刂桼言之也廣雅曰⿰桼刂割也測紀切从刀桼聲親結切十二部

斷也與金部鑱義略近从刀毚聲鉏銜切八部一曰剽也砭刺也釗也刓也廣韵引無此二字

剸也剸當作團團圜也通俗文曰斷截曰剸非其訓也且許書本無剸字韓信傳刻印刓忍不能予蘇林曰刓音刓角之刓與摶同手弄角訛不忍授也按正文當本是同酈食其傳作玩故蘇以手弄角訛釋之訛當作鈋見金部刓齊物論作園从刀元聲五丸切十四部一曰齊也

刓也未聞从刀金金有芒角摩弄

△⿲未彡刂

制 ㄓˋ 8端　⿰占刂 ㄉㄧㄢˋ 30端　罰 ㄈㄚˊ 2並　刵 ㄦˋ 24泥　劓 ㄧˋ 2疑

泯之釋詁曰釗勉也其引伸之義也又曰釗見也此假借釗爲昭也孟子引書昭我周王郭引逸書釗我周王止遥切二部**周康王名**

制　裁也衣部曰裁製衣也製裁衣也此裁之本義此云制裁也裁之引伸之義古多假折爲制呂𠛬制以𠛬墨子引作折則𠛬魯論片言可以制獄古作折獄羽獵賦不制中以臬臺制或爲折又呂𠛬折民惟𠛬四八目引作制民**从刀未**會意征例切十五部**未**逗**物成有滋味可裁斷**說從未之意未下曰味也有滋味可裁斷故刀未爲制**一曰止也**前義可包此義

⿲未彡刂　古文制如此從彡者裁斷之而有文也

⿰占刂　缺也大雅抑詩白圭之玷毛曰玷缺也箋云玉之缺尚可磨鑢而平按⿰占刂玷古今字**从刀**從刀者待磨鑢也**占聲**丁念切七部**詩曰白圭之⿰占刂**

罰　辠之小者辠犯法也罰爲犯法之小者𠛬爲罰辠之重者五罰輕於五𠛬**从刀詈**會意房越切十五部**未㠯刀有所賊但持刀罵詈則應罰**說從刀詈之意罰者但持刀而詈則法之然則𠛬者謂持刀有所賊則法之別其犯法之輕重也初學記云元命包曰网言爲詈刀守詈爲罰罰之爲言內也陷於害也注云詈以刀守之則不動矣今作罰用寸寸丈尺也言納以繩墨之事初學記又云元命包曰𠛬刀守井也飲水之人入井爭水陷於泉刀守之割其情也注云井飲人則人樂之不已則自陷於泉故加刀謂之𠛬欲人畏懼以全命也此二條皆引春秋元命包今本初學記皆系諸說文殊誤觀[元]應書卷廿一廿五引春秋元命包說𠛬字與此同可以諟正矣云刀守詈刀守井則𠛬罰不分輕重古五罰不用刀也故許說罰爲刀詈犯法之小者𠛬爲井刀執法之大者一入刀部一入井部所以正緯說也○唐人諱淵作泉亦或作川

刵　斷耳也刵見康誥呂𠛬五𠛬之外有刵軍戰則不服者殺而獻其左耳曰聝周禮田獵取禽左耳以效功曰珥**从刀耳**會意包形聲仍吏切一部

劓　刖鼻也刖絕也周禮注曰截鼻**从刀臬聲**臬法也形聲包會意魚器切十五部易音義引說文牛列反**易曰天且劓**睽六三爻辭馬虞皆云黥額爲天

△劓

刑 ㄒㄧㄥˊ 12匣　剄 ㄐㄧㄥˇ 12見　⿰尊刂 ㄗㄨㄣˇ 9精　魝 ㄐㄧㄝˊ 2見　券 ㄑㄩㄢˋ 3溪　刺 ㄘˋ 11清

劓　劓或从鼻刀鼻會意今經典如此作

刑　剄也按𠛬者五𠛬也凡𠛬罰典𠛬儀𠛬皆用之刑者剄頸也橫絕之也此字本義少用俗字乃用刑爲𠛬罰典𠛬儀𠛬字不知造字之恉既殊井聲幵聲各部凡井聲在十一部凡幵聲在十二部也**从刀幵聲**戶經切按古音當與一先韵内幵聲諸字爲伍

剄　刑也耳部曰小罪聅中罪刖大罪剄謂斷頭也左傳越句踐使罪人三行屬劒於頸而辭曰臣不敢逃𠛬敢歸死遂自剄也吳師屬之目剄經典釋文宋刻作頸非也按許意剄謂斷頭𠛬之至重者也**从刀巠聲**古零切十一部廣韵古挺切

⿰尊刂　減也⿰尊刂撙古今字蓋隸變也曲禮恭敬撙節退讓以明禮注撙猶趨也按趨同趣疾也當音促非趨走之趨戰國策伏軾撙銜集韵曰撙挫也**从刀尊聲**茲損切十三部

魝　楚人謂治魚也楚語也**从刀魚讀若鍥**古屑切十五部薊以爲聲

券　契也小宰官府之八成大鄭曰稱責謂貸子傅別謂券書聽訟責者以券書決之傅傅著約束於文書別別爲兩兩家各得一也書契符書也質劑謂市中平價今月平是也後鄭曰傅別謂爲大手書於一札中字別之書契謂出予受入之凡要凡簿書之冣目獄訟之要辭皆曰契春秋傳曰王叔氏不能舉其契質劑謂兩書一札同而別之長曰質短曰劑質劑皆今之券書也按云今之券書者謂漢時名券書其實券字自古有之也大部曰契大約也引易毄辭書契**从刀𢍏聲**去願切十四部**券別之書㠯刀判絜其旁**絜各本作契今正判分也絜刻也兩家各一之書牘分刻其旁使可兩合以爲信韓子曰宋人得遺契而數其齒是也**故曰書契**書契鉉作契券錯無書皆非也今正書契謂易毄辭周禮小宰所云書契也書而契之是曰書契絜契音同此三句說從刀之意

刺　君殺大夫曰刺刺直傷也刺篆疑非舊次刺直傷也當爲正義君殺大夫曰刺當爲別一義次辭之先後今又倒亂矣上文剽砭刺也刲刺也皆直傷之義然則刺篆當廁剽刲二篆下禮經云刺草大雅之刺訓責史稱刺六經作王制官稱刺史

鍼黹曰刺繡用𥮼曰刺船盜取國家密事爲刺探尚書事皆其引伸之義也一曰君殺大夫曰刺者春秋傳二十八年公子買戍衛不卒戍刺之成十六年刺公子偃公羊傳曰刺之者何殺之也內諱殺大夫謂之刺之也考諸周禮司刺掌三刺之法壹刺曰訊羣臣再刺曰訊羣吏三刺曰訊萬民注刺殺也訊而有罪則殺之然則春秋於他國書殺其大夫於魯國則兩書刺諱魯之專殺而謂之刺謂其當罪合於周禮公羊內諱之說是矣此云君殺大夫曰刺春秋於他國不云爾也　从刀朿朿亦聲　七賜切十六部按又七迹切古不分去入

文六十四　舊有剔篆在末大徐所增十九文之一也今刪說在彡部鬍下得六十三

重十　十誤實得九字小徐作重七自首至剝割勢皆謂刀及刀之用也自劑刷至劵皆非必用刀而擬乎刀之用者也其刵劓刑剄四字則司寇之荆用刀者也不與凡用刀之字爲伍者因上文言罰而系聯之也

刃 ㄖㄣˋ 9泥　刅 ㄔㄨㄤ 15清　△創　劒 ㄐㄧㄢˋ 30見　△劍　㓞 ㄑㄧˋ 2溪

刃　刀鋻也　鋻各本作堅今正刀部曰㓵刀劒刃也金部曰鋻剛也郭璞三倉解詁曰焠作刀鋻也　象刀有刃之形　而振切十三部　凡刃之屬皆从刃

刅　傷也　凡殺傷必以刃　从刃从一　按鉉本篆作刅錯本篆作刄今按當是從刃從一一者傷之象剏之所入也刅省則作刅小徐本井部刱米部粱皆從刅考桐柏廟碑粱字羊竇道碑粱字五經文字及唐石經粱粱皆不作刃今人作隸書粱粱皆從刅非古法不可從也楚良切十部

創　刅或从倉　從刀倉聲也凡刀創及創瘍字皆作此俗變作刅作瘡多用創爲刱字

劒　人所帶兵也　桃氏爲劒有上制有中制有下制注云此今之匕首也人各以其形皃大小帶之　从刃僉聲　居欠切八部

劍　籒文劒从刀

文三　重二

㓞　巧㓞也　巧㓞蓋漢人語　从刀丯聲　恪八切十五部　凡㓞之屬皆从㓞

⿱㓞夬 ㄐㄧㄚˊ 2見　栔 ㄑㄧˋ 2溪　丯 ㄐㄧㄝˋ 2見　⿰丯各 ㄍㄜˊ 14見　耒 ㄌㄟˇ 8來

⿱㓞夬　齘⿱㓞夬　逗疊韵　刮也　刮者掊把也　从㓞夬聲　古黠切十五部　一曰⿱㓞夬　逗

畫堅也　畫當作劃劃堅曰契

栔　刻也　釋詁契滅殄絕也唐韵引作契郭云今江東呼刻斷物爲契斷按古經多作契假借字也大雅爰契我龜毛曰契開也周禮亦作契左傳盡借邑人之車契其軸爾雅音義所引如是今左傳荀子作鍥漢書注引綿詩作挈大戴禮楔而舍之朽木不折皆假借字也晉虞溥傳作契俗字也　从㓞木　刻之用於木多故從木苦計切十五部按又苦結切

文三

丯　艸蔡也　艸部曰蔡艸丯也疊韵互訓孟子曰君之視臣如土芥趙云芥草芥也左傳以民爲土芥杜注同方言蘇芥草也江淮南楚之閒曰蘇自關而西或曰草或曰芥南楚江湘之閒謂之莽按凡言艸芥皆丯之假借也芥行而丯廢矣　象艸生之散亂也　散當作㪔外傳曰道茀不可行中直象道三象茀　凡丯之屬皆从丯　讀若介　古拜切十五部

⿰丯各　枝⿰丯各也　枝⿰丯各者遮禦之意玉篇曰格枝柯也釋名戟格也旁有枝格也庾信賦草樹溷淆枝格相交格行而⿰丯各廢矣　从丯各聲　古百切古音在五部

文二

耒　耕曲木也　各本耕上有手今依廣韵隊韵周易音義正下文云耕犂也謂犂之曲木也禮記音義引字林亦云耕曲木考工記車人爲耒庛長尺有一寸中直者三尺有三寸上句者二尺有二寸自其庛緣其外以至於首以弦其內六尺有六寸注云庛讀爲棘刺之刺刺耒下前曲接耜緣外六尺有六寸內弦六尺應一步之尺數按經多云耒耜據鄭說耒以木耜以金沓於耒刺京房云耜耒下⿰耒冓也耒耜上句木也許木部耜作梠耒耑也耕犂也許說與京同與鄭異鄭本匠人謂犂爲鑱統言之也許分別金謂之犂木謂之枱析言之也　从木推

耕 ㄍㄥ 12見　耦 ㄡˇ 16疑　耤 ㄐㄧˊ 14從　𦓜 ㄍㄨㄟ 10見　䢵 ㄩㄣˊ 9匣

丰考工記曰直庛則利推從木推丰會意盧對切十五部古者垂作耒梠梠見木部今之耜字也各本作梠誤梠臿也吕振民也此出世本世本有作篇振舉救也凡耒之屬皆从耒

耕犂也牛部曰犂耕也人用以發土亦謂之耕从耒井會意包形聲古莖切十一部古者井田故从井此說從井之意也已上十字依韵會所據鍇本

耦耕廣五寸爲伐二伐爲耦耕各本作耒今依太平御覽正匠人耜廣五寸二耜爲耦一耦之伐廣尺深尺謂之甽注古者耜一金兩人併發之其壟中曰甽甽土曰伐伐之言發也甽畎也今之耜岐頭兩金象古之耦也許與記文辭異義同耕卽耜謂犂之金其廣五寸也不曰枱廣五寸者許意枱乃耒本之耑耕之錔於枱故必析言之長沮桀溺耦而耕此兩人併發之證引伸爲凡人耦之偁俗借偶从耒禺聲五口切四部

耤帝耤千畝也帝耤見月令周禮甸師掌帥其屬而耕耨王耤以時入之以共齍盛禮記曰天子爲耤千畝冕而朱紘躬秉耒以事天地山川社稷先古古者使民如借故謂之藉鄭注周禮詩序云藉之言借也借民力治之故謂之藉田韋注周語云藉借也借民力以爲之按鄭韋與許同應劭云帝王典藉之常臣瓚曰蹈藉也皆非也親耕不能終事故借民力而謂之藉田言藉者歉然於當親事而未能親事也臣瓚師古之言尤爲剌繆从耒昔聲秦昔切古音在五部按今經典多作藉

𦓜卌叉可以劃麥河内用之冊今刻大徐本作𦓜鍇本及集韵皆作冊集韵所據鉉本耒誤也冊當是卌之譌今定作卌卌者數之積也見𢻰下漢石經以爲四十字叉鉉作叉鍇作叉今定作叉叉者手甲也今字作爪卌叉可以劃麥卽今俗用麥杷也木部曰杷收麥器也謂之卌叉者言其多爪可捂杷也廣韵曰卌先立切字統云插糞杷說文云數名此卌字之證插糞者抹撥糞除之言據廣韵則十部當有卌篆方言曰杷宋魏之閒謂之渠挐或謂之渠疏釋名曰齊魯閒謂四齒杷爲欋然則河内謂之𦓜也从耒圭聲古攜切十六部

䢵除苗閒穢也

四篇下　廿三

耡 ㄔㄨˊ 13從　△耘　角 ㄐㄧㄠˇ 22見

穢當作薉艸部薉蕪也無穢字小雅毛傳曰耘除草也耔雝本也食貨志云播種於甽中苗生三葉以上稍耨壠草因壝其土以附苗根比成壠盡而根深能風與旱故薿薿而盛也按此古者䢵秄爲一事也謂苗初生之始也旣成已後仍有莠及童蓈生乎其閒蓐下所云陳艸復生也則又以耨薅之薅者披田艸也亦謂之䢵呂覽云其耨六寸所以閒稼也注云耨所以耘苗刃廣六寸所以入苗閒〇又按呂覽云六尺之耜所以成畝也謂六尺爲步步百爲畝卽車人爲耒所謂弦其内與步相中也又云其博八寸所以成甽也八寸者周之一尺見夫部尺部卽匠人所謂一耦之伐廣尺也又云耨柄尺此其度也謂耨柄之尺寸以耒六尺爲度也又云其耨六寸所以閒稼也此謂耨頭之金廣六寸入於苗閒所謂立苗欲疏也高注古者以耜耕六尺爲步步百爲畝廣尺爲甽今本舛誤不可讀从耒員聲員物數也謂艸之多也此形聲包會意羽文切十三部

耘䢵或从芸按當云或從耒艸云聲今字省艸作耘

耡殷人七十而耡孟子滕文篇文今孟子作助周禮注引作莇耡耤稅也孟子曰夏后氏五十而貢殷人七十而助周人百畝而徹其實皆十一也徹者徹也助者藉也趙曰徹者猶人徹取物也藉者借也猶人相借力助之也按耤耡二篆皆偁古成語而後釋其字義耡卽以耤釋之耤稅者借民力以食稅也从耒助聲牀倨切五部周禮曰以興耡利萌遂人職文今萌作甿俗改也注曰變民言萌異外内也萌猶懵懵無知貌也鄭本作萌淺人一改爲氓再改爲甿注又云鄭大夫讀耡爲藉杜子春讀耡爲助謂起民人令相佐助按鄭意耡者合耦相助以歲時合耦于耡謂於里宰治處合耦因謂里宰治處爲耡也許意以周禮證七十而耡謂其義同

文七　重一

角獸角也人體有偁角者如日月角角犀豐盈之類要是假借之辭耳象形古岳切三部按舊音如穀亦如鹿角與刀魚相佀其字形與刀魚相似也此龜頭似蛇頭虎足似人足之例凡

四篇下　廿四

⿰角虒 ㄔˊ 10透　觭 ㄐㄧ 1溪　觢 ㄕˋ 2透　觬 ㄋㄧˊ 10疑　觠 ㄑㄩㄢˊ 3匣　䚡 ㄙㄞ 24心　觻 ㄌㄨˋ 20來　⿰角雚 ㄒㄩㄢ 3曉

角之屬皆从角。

⿰角雚 揮角皃 揮⿰角雚雙聲 从角雚聲 況袁切十四部 梁⿰阝焉縣有⿰角雚亭 梁國⿰阝焉地理志作傿應劭曰鄭伯克段於傿是也郡國志作⿰阝焉今按𨸏部無⿰阝焉則從傿是矣 又讀若繐 又者蒙雚聲而言又讀若布名之繐者與十五部合韵也

觻 角也 按尋立文之例角下當奪一字廣韵集韵錫韵皆曰觻角鋒也 从角樂聲 盧谷切古音在二部 張掖有觻得縣 二志同廣韵德韵曰觻悳縣名漢書作得

䚡 角中骨也 骨當作肉字之誤也鄭注樂記角觡生曰無䚡曰觡謂角中堅實無肉者麋鹿是也許亦解觡爲骨角亦謂中無肉者也本艸經牛角䚡下閉血瘀血瘀痛女人帶下血此則謂角之本當中有肉之處外有文理可觀故陳藏器曰久在糞土爛白者佳玉部曰䚡理自外可以知中引伸謂凡物之文理也 从角思聲 亼部曰侖思也侖部曰侖理也是思卽理也此云思聲包會意穌來切一部

觠 曲角也 釋嘼曰角三觠羷呂郭音權謝居轉反 从角𢍏聲 巨員切十四部

觬 角觬曲也 篇韵皆云角不正 从角兒聲 研啟切十六部廣韵又五稽切 西河有觬氏縣 前志有後志無葢省併也前志氏作是按是氏古多通用觀禮大史是右古文是爲氏曲禮是職方是或爲氏古文尚書曰時五者來備今文作五是來備見於宋微子世家後漢李雲上書作五氏來備漢書云造父後有非子至元孫氏爲莊公師古曰氏與是同

觢 一角仰也 一當作二釋嘼曰角一俯一仰觭皆踊觢皆踊謂二角皆豎也蒙上文一俯一仰故曰皆許一俯一仰之云在下文故云二角俗譌爲一則與觭無異易音義引說文以角一俯一仰系之觢當時筆誤耳睽六三其牛掣鄭作挈云牛角皆踊曰挈與爾雅說文同子夏作契荀作觭虞作掣皆以一俯一仰爲訓與許鄭不同也觢者如有掣曳然角本當邪展而乃聳直也虞本當同荀作觭李氏鼎祚正文作掣遂比而同之耳 从角㓞聲 尺制切十五部 易曰其牛觢 釋文曰說文之世反

⿰角虒 角傾也 从角虒聲 敕豕切十五部

觭 角一

觲 ㄒㄧㄥ 12心　觸 ㄔㄨˋ 17透　⿰角厥 ㄐㄩㄝˊ 2見　⿰爿角 ㄓㄨㄛˊ 15從　⿰角畏 ㄨㄟ 8影　觓 ㄑㄧㄡˊ 21匣

俛一仰也 荀易其牛觭按子夏傳作契云一角仰也虞作挈云牛角一低一仰是子夏虞皆作觭也觭者奇也奇者異也一曰不耦也故其字從奇公羊傳匹馬隻輪無反者穀梁作倚輪漢五行志作觭輪此不耦之義之引伸也周禮觭夢杜子春讀爲奇偉此異義之引伸也 从角奇聲 去奇切又音羈又古音在十七部

觓 角皃 周頌有捄其角傳云社稷之牛角尺箋云捄角皃捄者觓之假借字也小雅桑扈兕觵其觓俗作觩 从角丩聲 渠幽切三部 詩曰有觓其角

⿰角畏 角曲中也 考工記曰夫角之中恆當弓之畏畏也者必橈杜子春讀畏爲威威謂弓淵鄭讀畏如秦師入隈之隈按大射儀弓淵字作隈鄭讀從之也弓之中曰畏角之中曰⿰角畏皆其曲處而弓人必以⿰角畏傳於畏故記曰恆當 从角畏聲 烏賄切十五部

⿰爿角 角長皃 按此字見於經史者皆譌爲觕從牛角公羊傳曰觕者曰侵精者曰伐何曰觕麤也公羊隱元年注曰用心尚麤觕漢藝文志曰庶得麤觕觕以麤觕連文則觕非麤字也麤觕若今人曰粗糙雙聲字也⿰爿角從爿聲古葢讀如倉轉寫譌其形作觕其音讀才古反又或讀七奴反矣其義則本訓角長引伸之爲鹵莽之意因之觕與精爲對文月令其器高以粗呂覽粗作觕 从角 廣韵觕徂古切牛角直下也於本義近 爿聲 集韵曰獸角長曰衡或作觕鋤庚切於本音近 讀若粗觕 觕行字讀若粗則徂古切經典釋文所由才古反也今字別觕觕爲二觕音士角切

⿰角厥 角有所觸發也 厂部曰厥發石也此字從角厥謂獸以角有所觸發西都賦曰窮虎奔突狂兕觸蹷蹷者⿰角厥之假借孟子曰厥角稽首趙曰叩頭以額角犀撅地也按厥角二字皆假借之言 从角厥聲 形聲包會意也居月切十五部

觸 抵也 牛部曰抵觸也 从角蜀聲 尺玉切三部

觲 用角低仰便也 小雅騂騂角弓毛曰騂騂調利也按毛意謂角弓張弛便易許意謂獸之舉角高下騂擾毛說正許說之引伸也 从羊牛角 羊祥也祥善也牛角騂善之意息營切十一部 讀若詩曰觲觲角弓 今詩作騂騂按許所引詩作觲則不得言

△奧

觟ㄏㄨㄚˋ 10匣　觤ㄍㄨㄟˇ 10見　觰ㄓㄚ 13端　觲ㄉㄨㄢ 3端　衡ㄏㄥˊ 15匣　舩ㄍㄤ 18見

讀若鉉本所以刪讀若也詩音義云騂騂說文作弲火全反此陸氏之誤當云說文作觲也弲自訓角弓不訓弓調利

舩舉角也假借爲扛字魏大饗碑上索蹻高舩鼎緣橦西京賦烏獲舡鼎是也舡亦舩字从角公聲古雙切九部

衡牛觸橫大木各本大木下有其角二字今依韵會所據鍇本按許於告字下曰牛觸角著橫木所以告也是設於角者謂之告此云牛觸橫大木是闌閑之謂之衡衡與告異義大木斷不可施於角此易明者魯頌傳曰楅衡設牛角以楅之也箋云楅衡其牛角爲其觸觝人也許說與毛鄭不同毛鄭謂設於角許不云設於角也木部云楅以木有所畐束也亦不言角云大木者字從大也古多假衡爲橫玉人注曰衡古文橫假借字也○鄭注周禮云楅設於角衡設於鼻如椵狀楅衡爲二許於衡不言楅於楅不言衡蓋亦二之从角大行聲戶庚切古音在十部詩曰設其楅衡詩曰當作周禮曰

奧古文衡如此

觲角觲逗獸也狀侶豕角善爲弓上林賦獸則麒麟角觲張揖曰角觲侶牛角可以爲弓郭樸曰角觲音端侶豬角在鼻上堪作弓李陵嘗以此弓十張遺蘇武也出胡尸國一曰出休尸國十字依御覽訂吳淑事類賦注引出胡尸國四字今各本作出胡休多國五字乃脫誤本也从角耑聲多官切十四部漢書文選作端

觰觰拏逗疊韵字獸也未聞从角者聲陟加切古音在五部一曰下大者謂角之下大者曰觰也廣雅釋詁曰觰大也本此

觤羊角不齊也釋嘼曰角不齊觤郭云一短一長按此依爾雅系之羊上文䚬觭不系之牛者意以䚬觭可凡獸通偁也觤觟則專謂羊从角危聲過委切十六部

觟牝羊角者也各本作牝牂羊生角者也今依韵會正羊部曰牂牝羊也然則此云牝羊者牂也羖夏羊牡之偁羖羊無無角者故小雅云俾出童羖羊多無角故其角者別之曰觟也大雅云彼童而角傳云童羊之無角者也而角自用也箋云童羊謂皇后也按童羊正謂牂羊从角圭聲下瓦切十六部

觵ㄍㄨㄥ 15見　觛ㄉㄢˋ 3定　觿ㄒㄧ 10匣　解ㄐㄧㄝˇ 11見　觜ㄗ 10精　觡ㄍㄜˊ 14見

觡骨角之名也骨角角之如骨者猶石言玉石也樂記角觡生注云無䚡曰觡無䚡者其中無肉其外無理郭氏山海經傳云麋鹿角曰觡是也牛羊角有肉有理玉篇云無枝曰角有枝曰觡此取枝格之意惟麋鹿角有枝則其說非異也封禪文犧雙觡共抵之獸謂二角同本也言觡者白麟鹿之大者也从角各聲古百切古音在五部按觡者不廁於觝下者觟觡觜皆角之異者也

觜雖舊頭上角觜也角觜萑下云毛角是也毛角頭上毛有似角者也觜猶觜鋭詞也毛角鋭凡羽族之咮鋭故鳥咮曰觜俗語因之凡口皆曰觜其實本鳥毛角之偁也鳥口之觜廣雅作柴郭爾雅注云山鵲柴脚赤葉抄釋文不誤

一曰觜逗觿也別一義从角此聲按當子髓遵爲二切十五十六部

解判也从刀判牛角會意佳買切又戶賣切十六部一曰解廌逗疊韵字獸也見廌部按大元論衡觟觽解廌字之假借也四字皆在十六部

觿佩角鋭耑可以解結衛風傳曰觿所以解結成人之佩也內則注曰小觿解小結也觿皃如錐以象骨爲之周禮眂祲十煇三曰鑴鄭云鑴讀如童子佩鑴之鑴謂日旁氣刺日者按此注當云讀爲童子佩鑴之鑴轉寫誤也周禮假鑴爲觿从角巂聲戶圭切十六部詩曰童子佩觿

觛卮也各本作小觶也廣韵同玉篇作小卮也御覽引說文亦作小卮也今按卮下云圜器也一名觛則此當作卮也無疑小徐本廁此大徐本改廁於觶篆後云小觶也殊誤卮非觶也漢高紀奉玉卮爲大上皇壽應劭曰飲酒禮器也古以角作受四升古卮字作觗許云觶禮經作觗則觗字非卮古字應仲遠誤合爲一三都賦序舊注因之遂有改說文者矣今更正古者簠簋爵觶禮器也敦牟卮匜常用器也从角旦聲徒旱切十四部

觵兕牛角可以飲者也詩四言兕觵而傳不同卷耳曰兕觵角爵也七月曰觵所以誓衆也桑扈曰兕觵罰爵也絲衣箋曰繹之旅士用兕觵變於祭也周禮閭胥注曰觵撻者失禮之罰也小胥曰觵罰爵也卷耳無罰義故祇云角爵七月因鄉飲酒而正齒位故云誓誓者示

△觥　觶 ㄓˋ 3端

以失禮則受罰也蓋觵之用於罰多而非專用以罰故卷耳絲衣竝用兕觥此許不言罰爵而言可以飲之意也異義韓詩說觥亦五升所以罰不敬觥廓也箸明之貌君子有過廓然箸明毛詩說觥大七升許愼謹案觥罰有過一飲而盡七升爲過多許意當同韓詩說大五升也五升亦恐非一飲能盡故於說文不言升數 **从角** 據許是以兕角爲之詩正義引禮圖先師云刻木爲之非許意又按凡觵觶觴觚字皆從角許不言其義考工記飲器爲於梓人梓人者攻木之工也飲器惟觵多連兕言許云兕牛角可以飲其他不以角爲而字從角者蓋上古食鳥獸之肉取其角以飲飲之始也故四升曰角猶仍角名而觚觶字從角與 **黃聲** 古橫切古音如光在十部 **其狀觵觵故謂之觵** 觵觵壯皃猶儣儣也後漢書曰關東觥觥郭子橫

觥 **俗觵从光** 今毛詩從俗

觶 **鄉飲酒觶** 鄉當作禮禮經十七篇用觶者多矣非獨鄉飲酒也因下文一人洗舉觶之文見鄉飲酒篇淺人乃改鄉字觶鉉本作角非當同觚下作爵 **从角單聲** 支義切十六部按鄭駁異義云今禮角旁單然則是今文禮作觶也單聲而支義切由古文本作觗從氏聲後遷變其形從辰從單爲聲而古音終不改也 **禮曰一人洗舉觶** 鄉飲酒曰一人洗升舉觶于賓鄉射禮曰一人洗舉觶于賓禮經言觶多矣略舉其一耳 **觶受四升** 異義云今韓詩一升曰爵盡也足也二升曰觚觚寡也飲當寡少三升曰觶觶適也飲當自適也四升曰角角觸也不能自適觸罪過也五升曰散散訕也飲不能自節人所誘訕也總名曰爵其實曰觴觴者餉也觥廓也箸明之皃君子有過廓然箸明非所以餉不得名觴古周禮說爵一升觚三升獻以爵而酬以觚一獻而三酬則一豆矣食一豆肉飲一豆酒中人之食許愼謹案周禮云一獻而三酬當一豆若觚二升不滿一豆矣鄭駁之曰周禮獻以爵而酬以觚觚寡也觶字角旁箸友誤字汝潁之閒師讀所作今禮角旁單古書或作角旁氏則與觚字相近學者多聞觚寡聞觶寫此書亂之而作觚耳又南郡太守馬季長說一獻而三酬則一豆豆當爲斗與一爵三觶相應按駁異義從韓詩說觶受三升謂考工記觚三升觚爲觗誤其注考工

△䚀　△觗　觴 ㄕㄤ 15透

記同其注禮特牲篇云舊說爵一升觚二升觶三升角四升散五升謂韓詩說也士冠禮注亦云爵三升曰觶而許云觶受四升蓋從周禮不改字觚受三升則觶當受四升也○按馬季長說與一爵三觶相應此觶字乃觚之誤改觚爲觶始於鄭馬不介也馬注論語云爵一升觚三升

䚀 **觶或从辰** 辰聲而讀支義切此如古祗振多通用也考工記疏引鄭駁異義云觶字角旁友汝潁之閒師讀所作今本皆如是友字無理蓋辰之誤韵會徑改友作支云古作⿰角支於形聲合矣而玉篇廣韵集韵類篇釋行均書皆有䚀觗無⿰角支則不可信也

觗 **禮經觶** 此謂古文禮也鄭駁異義云今禮角旁單古書或作角旁氏然則古文禮作觗或之云者改竄之後不畫一也燕禮媵觚于公鄭云酬之禮皆用觶言觚者字之誤也古者觶字或作角旁氏由此誤耳按上文主人北面盥坐取觚洗注古文觚皆爲觶此亦謂古文作觗而誤

觴 **實曰觴虛曰觶** 投壺命酌曰請行觴觴者實酒於爵也韓詩說爵觚觶角散五者總名曰爵其實曰觴觴者餉也觥者罰爵非所以餉不得名觴然投壺

△⿱爵昜　觚 ㄍㄨ 13見　觛 ㄒㄩㄢ 3曉　觿 ㄒㄧ 20匣

之請行觴固罰爵也凡禮經曰實者皆得曰觴獨於觶言者觶之用多舉觶以該他也下文云觴受三升者曰觚 **从角鍚省聲** 鍚從矢矢從入故曰鍚省聲也式陽切十部

⿱爵昜 **籒文觴或从爵省**

觚 **鄉飲酒之爵也** 鄉亦當作禮鄉飲酒禮有爵觶無觚也燕禮大射特牲皆用觚 **一曰觴受三升者觚** 觚受三升古周禮說也言一曰者許作五經異義時從古周禮說至作說文則疑焉故言一曰以見古說未必盡是則韓詩說觚二升未必非也不先言受二升者亦疑之也上文觶實四升文次於從角單聲引禮之下其意蓋與此同或云亦當有一曰二字 **从角瓜聲** 古平切五部

觛 **角匕也** 匕下曰匕所以比取飯一名柶柶下曰匕也按士冠禮有角柶郎觛也 **从角亘聲讀若讙** 況袁切十四部

觿 **杖耑角也** 杖耑謂杖首也司馬彪禮儀志仲秋之月民始七十者授之以玉杖餔之麋粥八十九十有加賜玉杖長尺端以鳩鳥爲飾謂玉長尺飾杖首玉之顛復爲鳩形也廣韵曰觿以角

觼ㄐㄩㄝˊ 3見

△鐍

⿰角弱省 20影

⿰角發ㄅㄛ 2幫　⿰角酋 21從

觳ㄏㄨˊ 17匣

觱ㄅㄧˋ 8幫（觱）

飾杖策頭小徐謂飾拄地處誤甚从角敫聲胡狄切古音在二部

觼環之有舌者秦風曰沃以觼軜爾雅環謂之捐捐者觼之假借字詩容有作捐者通俗文曰缺環曰鐍許與服不同服謂如玦許謂環中有橫者以固系从角夐聲古穴切十五部夐在十四部合韵也

鐍觼或从金矞矞聲也莊子固扃鐍崔云鐍環舌也按通俗文直謂鐍爲玦字

⿰角弱省調弓也手部云搦按也鄭注矢人云撓搦其幹亦是調意弓人曰和弓轂摩注和猶調也將用弓必先調之拂之摩之引大射禮大射正以袂順左右隈上再下一小雅鮮鮮角弓毛傳曰鮮鮮調利也世說新語曰輕在角⿰角弱省中爲人作議論角⿰角弱省方俗語言也从角弱省聲於角切古音在二部按廣韵女角切

⿰角發隿射收繁具也蓋以角爲之从角發聲方肺切十五部

⿰角酋隿射收繁具按兩字同義蓋其物名⿰角發⿰角酋上字當云⿰角發⿰角酋隿射收繁具也下字當云⿰角發⿰角酋也今本恐非舊但無證據未敢專輒从角酋聲讀若鰌字秋切三部

觳盛觵卮也盛字當是衍文觵卮謂大卮觵者酒器之大者也韋注越語曰觥大也旗人曰豆實三而成觳鬲部曰斗二升曰觳鄭注考工記同按簋庾鬲甗盆甑量皆以觳計小者曰卮可以飲大卮曰觳可宁酒漿以待酌也觵之大極於觳故引伸之曰觳盡也見釋詁禮經牲體之跗曰觳謂牲體之盡也一曰䠶具从角殸聲讀若斛胡谷切三部按此此篆當廁觛之篆之下而廁此者此器屬陶旗之事非角爲之亦非角飾

觱羌人所龡角屠觱句㠯驚馬也羌人西戎也屠觱羌人所吹器名以角爲之以驚中國馬後乃以竹爲管以蘆爲首謂之觱篥亦曰篳篥唐以編入樂部徐廣車服儀制曰角者前世書記不載或云本出羌胡以驚中國之馬也按仌部畢沷今詩作觱發水部畢沸今詩作觱沸皆假借字也从角觱聲畢吉切按觱聲古音在十五部觱古文詩字古當爲籀言部云籀文

文三十九　重六

四十五部　文七百四十七今肉部補二字刀部刪一字七宋本作八　重百一十六六宋本作二　凡七千六百三十八字此第四篇都數

竹ㄓㄨˊ 22端　箭ㄐㄧㄢˋ 3精　箘ㄐㄩㄣˋ 9匣　簬ㄌㄨˋ 14來　△簵　筱ㄒㄧㄠˇ 21心　簜ㄉㄤˋ 15定

說文解字第五篇上

金壇段玉裁注

竹　冬生艸也　云冬生者謂竹胎生於冬且枝葉不凋也云艸者爾雅竹在釋艸山海經有云其艸多竹故謂之冬生艸戴凱之云植物之中有艸木竹猶動品之中有魚鳥獸也　象形　象兩兩竝生陟玉切三部按廣韵張六切　下𠂹者箁箬也　恐人未曉下𠂹之恉故言之　凡竹之屬皆从竹

箭　矢竹也　各本無竹依藝文類聚補矢竹者可以爲矢之竹也周禮及釋地注皆曰箭篠也方言箭自關而東謂之矢江淮之閒謂之鏃關西曰箭郭云箭者竹名因以爲號按今天下語言皆謂矢爲箭　从竹　前聲　子賤切古音在十一部周禮故書箭爲晉杜云晉當爲箭按吳越春秋晉竹十廋晉竹即箭竹假借字也

箘　箘簬　逗　竹也　竹字今補禹貢鄭注曰箘簬聆風也按箘簬二字一竹名吳都賦之射筒也劉逵曰射筒竹細小通長長丈餘無節可以爲矢笴名此三字補射筒及由梧竹皆出交趾九眞招蠠昆蔽象棊王曰昆或言箟簬今之箭囊也箟卽箘之異體箭囊卽射筒之異詞無底曰囊通簫曰筒皆自其無節言之謂之好箭幹耳古者絫呼曰箘簬戰國策箘簬之勁不能過是也單呼曰箘呂氏春秋越駱之箘是也書正義及戴凱之說箘簬爲二竹繆矣　从竹囷聲　渠隕切十三部　一曰䈣棊也　方言䈣或謂之蔽或謂之箘秦晉之閒謂之䈣吳楚之閒或謂之蔽或謂之棊

簬　箘簬也　从竹路聲　洛故切五部　夏書曰惟箘簬枯　禹貢文枯各本作楛今依木部正

簵　古文簬从輅　當作簬或从輅轉寫之誤也篇韵皆云簵同簬今尚書史記皆作簵若古文四聲韵云簵古文卽取諸誤本說文也

筱　箭屬小竹也　釋草曰篠箭周禮注曰箭篠也二京賦解曰篠箭竹也此云箭屬小異　从竹攸聲　先杳切今字作篠古音在三部

簜　大竹也　大射儀簜在建鼓之閒注簜竹也笙簫之屬按簜者竹名以竹成器亦曰簜笙簫皆用小竹而云簜者大之也　从竹湯聲　徒朗切十部　夏書曰瑤琨筱簜　禹貢文　簜可爲榦　榦弓榦也弓人曰凡取榦之道七竹爲下　筱可爲矢　筱簜之用不止於此而此爲取宜

䉋ㄇㄟˊ 7明　△𥳑　筍ㄙㄨㄣˇ 6心　䈚ㄊㄞˊ 24定　箁ㄆㄡˊ 24並　箬ㄖㄨㄛˋ 14泥　節ㄐㄧㄝˊ 5精　筡ㄊㄨˊ 13定

䉋　竹也　竹名按篠箭古今字也如禮經古文眉作微爾雅湄作微之比西山經英山其陽多箭多篃今本作䉋郭云今漢中郡出厚裹而長節根淺筍冬生戴凱之云生非一處江南山谷所饒也故是箭竹類一尺數節葉大如履可以作蓬莖中作矢俗謂之䉋筍按郭云長節戴云槪節不合旣云中作矢則一尺數節當作數尺一節也　从竹微聲　無非切十五部按廣韵云又武悲切

𥳑　籀文从微省　按當云从㪟省字衍

筍　竹胎也　醢人注曰筍竹萌按許與鄭稍異胎言其含苞萌言其已擂也吳都賦曰苞筍抽節引伸爲竹青皮之偁尚書云敷重筍席禮器如竹箭之有筍聘義孚筍旁達皆是其音爲贇切今字作筍　从竹旬聲　思允切十二部今字作笋

䈚　竹萌也　釋草曰䈚箭萌醢人鄭注同許意筍䈚不以大竹小竹分別筍从旬旬从勹取裹妊之意䈚从怠怠與始同音取始生之意筍謂掘諸地中者如今之冬筍䈚謂已抽出者如今之春筍與鄭說不同也按周禮箈菹本作落菹故大鄭云落水中魚衣也與艸部落水青衣也合後鄭讀落爲䈚用釋草箭萌之訓故郭注爾雅引周禮䈚菹鴈醢也今本周禮作箈非落非䈚乃是譌字注中亦奪落當爲䈚四字　从竹怠聲　徒哀切一部

箁　竹箬也　从竹音聲　薄侯切四部

箬　楚謂竹皮曰箬　今俗云筍籜箬是也綖而哆地故竹篆下垂者像之　从竹若聲　若擇菜也擇菜者絕其本末此形聲包會意也而勺切五部

節　竹約也　約纏束也竹節如纏束之狀吳都賦曰苞筍抽節引伸爲節省節制節義字又假借爲符卪字　从竹卽聲　子結切十二部

筡　析竹笢也　析各本譌折今正方言筡析也析竹謂之筡郭云今江東呼蔑竹裹爲筡亦名筡之也按此注謂已析之蔑爲筡人析之亦偁筡之本無誤字戴氏疏證改筡之二字爲笢字非也爾雅簡筡中蓋

⿱竹冞 ㄇㄧˊ 3明　笢 ㄇㄧㄣˇ 6明　笨 ㄅㄣˋ 9幫　⿱竹翁 ㄨㄥ 18影　篸 ㄘㄣ 28心　篆 ㄓㄨㄢˋ 3定　籒 ㄓㄡˋ 21定

此義之引伸肉薄好大者謂之筡中如析去青皮而薄也醫方竹茹音如卽此字別錄从竹俗从艸 从竹余聲讀若絮 絮宋刻作絮小徐同同都切五部

⿱竹冞 筡也 謂筡之也釋草粼堅中粼同磨礱之礱謂堅中者必磨之也簢筡中簢同⿱竹冞謂空中者必析之也 从竹冞聲 武移切古音在十二部

笢 竹膚也 膚皮也竹膚曰笢亦曰筍見禮器俗作筠巳析可用者曰蔑禮注作篾士喪禮謂之笒析之謂之筡亦謂之⿱竹冞 从竹民聲 武盡切十二部

笨 竹裏也 謂其內質白也又有白如紙者吳都賦注謂之竹孚俞 从竹本聲 布忖切十三部

⿱竹翁 竹皃 南都賦其竹阿那⿱竹翁箮風靡雲披李善引說文⿱竹翁竹皃也埤蒼箮竹頭有文也上烏孔反下如涌反按吳都賦云⿱竹翁箮蕭瑟謝靈運山居賦自注修竦便娟蕭森⿱竹翁蔚皆竹貌也今三賦⿱竹翁皆誤从艸矣 从竹翁聲 烏紅切九部

篸 篸差也 各本差上無篸此淺人謂爲複舉字而刪之也集韵篸差竹皃初簪切又篸竹長皃疏簪切按木部槮木長皃引槮差荇菜葢物有長有短則參差不齊竹木皆然今人作參差古則从竹从木也 从竹參聲 所今切七部

篆 引書也 引書者引筆而箸於竹帛也因之李斯所作曰篆書而謂史籒所作曰大篆既又謂篆書曰小篆其字之本義爲引書如彫刻圭璧曰瑑周禮注五采畫轂約謂之夏篆 从竹彖聲 特充切十五部

籒 讀書也 言部曰讀籒書也敘目曰尉律學僮十七巳上始試諷籒書九千字乃得爲吏試字句絕諷籒連文謂諷誦而抽繹之滿九千字皆得六書之恉乃得爲吏也此籒字之本義經傳尟用周宣王時大史以爲名因以名所箸大篆曰籒文迄今學者絕少知其本義者故於讀下籒書改爲誦書於敘目釋爲籒文九千字重悂貤繆可勝嘆哉毛傳曰讀抽也方言曰抽讀也抽皆籒之假借籒者抽也讀者續也抽引其緒相續而不窮也亦假紬字爲之大史公自序紬史記石室金匱之書如淳云抽徹舊書故事而次述之也亦借繇字爲之春秋傳卜筮繇辭今皆作繇繇又俗作䌛據許則作籒服虔曰繇抽也抽出吉凶也 从竹擂聲 此形聲包會意直又切三部

五篇上　三

篇 ㄆㄧㄢ 6滂　籍 ㄐㄧˊ 14從　篁 ㄏㄨㄤˊ 15匣　⿱竹將 ㄐㄧㄤ 15精　⿱竹枼 ㄧㄝˋ 29定　籥 ㄩㄝˋ 20定　⿱竹劉 ㄌㄡˊ 21來　簡 ㄐㄧㄢˇ 3見　笐 ㄍㄤˋ 15見　篰 ㄆㄡˋ 24並

春秋傳曰卜籒云 左傳卜筮皆云繇此言卜以該筮也

篇 書也 書箸也箸於簡牘者也亦謂之篇古曰篇漢人亦曰卷卷者繼帛可捲也 一曰關西謂榜篇 榜所以輔弓弩者此其引伸之義今之榜額標榜是也關西謂之篇則同扁 从竹扁聲 芳連切古音在十二部

籍 簿也 簿當作薄六寸薄見寸部引伸凡箸於竹帛皆謂之籍 从竹耤聲 秦昔切古音在五部

篁 竹田也 戰國策薊丘之植植於汶篁西京賦篠簜敷衍編町成篁漢書篁竹之中注竹田曰篁今人訓篁爲竹而失其本義矣 从竹皇聲 戶光切十部

⿱竹將 剖竹未去節謂之⿱竹將 謂未去中之相隔者方言所以隱櫂謂之⿱竹將郭云搖櫓小㰤也按⿱竹將葢卽⿱竹將字其始以剖竹未去節爲之後乃以木爲之改其字作槳作槳後人又不以名㰤而以名櫂矣 从竹將聲 卽兩切十部按此二篆之次當在篸下篆上則皆得其所矣

⿱竹枼 籥也 小兒所書寫每一笘謂之一⿱竹枼今書一紙謂之一頁或作葉其實當作此⿱竹枼 从竹枼聲 與接切八部

籥 書僮竹笘也 笘下曰潁川人名小兒所書寫爲笘按笘謂之籥亦謂之觚葢以白墡染之可拭去再書者其拭觚之布曰幡 从竹龠聲 以灼切二部按管龠字與此別

⿱竹劉 竹聲也 小徐曰猶言瀏然聲淸也 从竹劉聲 力求切三部

簡 牒也 片部曰牒札也木部曰札牒也按簡竹爲之牘木爲之牒札其通語也釋器曰簡謂之畢學記云呻其佔畢是也等者齊簡也編者次簡也詳冊下 从竹閒聲 古限切十四部

笐 竹列也 列元應書作次竹列者謂竹之生疏數偃仰不齊而齊笐之言行也行列也釋草仲無笐葢謂竹有行列如伯仲然也無者發聲也引伸之取竹爲衣架亦曰笐廣韵四十二宕曰笐衣架是也內則所謂楎椸釋器所謂竿謂之箷也其字亦作桁古樂府云還視桁下無懸衣是也 从竹亢聲 古郎切十部按依爾雅音義戶剛反其衣笐衣桁韵書下浪切

篰 ⿱竹滿爰也 廣雅曰⿱竹滿篓篰也曹憲上音滿下音緩廣韵曰⿱竹滿篓簡也篰牘也玉篇曰

五篇上　四

等 ㄉㄥˇ 24端　笵 ㄈㄢˋ 32並　箋 ㄐㄧㄢ 3精　符 ㄈㄨˊ 16並　筮 ㄕˋ 2定　笄 ㄐㄧ 3見

節竹牘也按蒚𡖒漢人語俗字加竹 **从竹部聲** 薄口切四部按許書無簿字節蓋郎今之簿字也

等 齊簡也 齊簡者疊簡冊齊之如今人整齊書籍也引伸爲凡齊之偁凡物齊之則高下歷歷可見故曰等級刀部云則等畫物也 **从竹寺** 會意 **寺官曹之等平也** 說从寺之意寸部曰寺廷也有法度者也故从寸官之所止九寺於此等平法度故等从竹寺古在一部止韵音變入海韵音轉入等韵多肯切

笵 法也 轂辭範圍天地之化而不過鄭曰範法也考工記軓前十尺注云書或作軓軓法也按許無軓字車部範爲範載則轂辭範圍假借字也 **从竹氾聲** 防妥切八部 **竹簡書也古法有竹刑** 說从竹之意法具於簡書故笵从竹也左傳曰鄭駟歂殺鄧析而用其竹刑竹刑者刑罰科條載於竹簡也通俗文曰規模曰笵[元]應曰以土曰型以金曰鎔以木曰模以竹曰笵一物材別也說與說合

箋 表識書也 鄭六藝論云注詩宗毛爲主毛義若隱略則更表明如有不同卽下己意按注詩偁箋自說甚明博物志云毛爲北海相鄭是郡人故稱箋以爲敬此泥魏晉時上書偁箋之例絕非鄭意 **从竹戔聲** 則前切十四部

符 信也漢制以竹長六寸分而相合 周禮門關用符節注曰符節者如今宮中諸官詔符也小宰傳別故書作傳辨鄭大夫讀爲符別漢孝文紀始與郡國守相爲銅虎符竹使符應劭云銅虎符一至五國家當發兵遣使至郡合符符合乃聽受之竹使符皆以竹箭五枚長五寸鐫刻篆書第一至第五張晏曰符以代古之圭璋從簡易也按許云六寸漢書注作五寸未知孰是 **从竹付聲** 防無切古音在四部

筮 易卦用蓍也 曲禮曰龜爲卜筴爲筮策者蓍也周禮簭人注云問蓍曰筮其占易艸部曰蓍易以爲數 **从竹𢍰** 从竹者蓍如筭也筭以竹爲之从𢍰者事近於巫也九簭之名巫更巫咸巫式巫目巫易巫比巫祠巫參巫環字皆作巫時制切十五部 **𢍰古文巫字**

笄 先也 先各本作簪今正先下曰首笄也俗作簪戴氏曰無冠笄而冕弁有笄笄所以貫之於其左右是以冠無之凡無笄者纓

五篇上　五

△ ⿰角閒

⿱𥫗𠤲 ㄐㄧ 24見　籆 ㄩㄝˋ 14匣　筳 ㄊㄧㄥˊ 12並　筦 ㄍㄨㄢˇ 3見　筟 ㄈㄨ 21並　簾 ㄌㄧㄢˊ 30來　笮 ㄗㄜˊ 14精

冕制延前圓垂旒後方延有紐自延左右垂笄貫之以爲固紘以組自頤屈而上左右屬之笄垂其餘凡冕弁笄有笄者紘記曰天子冕而朱紘諸侯冕而青紘士冠禮皮弁笄爵弁笄朱組紘纁邊 **从竹幵聲** 古兮切古音在十二部

⿱𥫗𠤲 取蟣比也 比篦古今字比密也引伸爲櫛髮之比釋名曰梳言其齒疏也數言比比於梳其齒差數也比言細相比也木部曰櫛者梳比之總名也史記遺單于比余一漢書作比疏一余疏皆卽梳字比梳一者統言則比亦梳也蟣者蝨子云取蟣比者比之至密者也今江浙皆呼篦⿱𥫗𠤲比當依俗音眦漢書頻痳反 **从竹𠤲聲** 居之切一部

籆 所㠯收絲者也 所㠯二字今補方言曰籆榱也兗豫河濟之閒謂之榱郭云所以絡絲也音爰按今俗謂之籆車于縛切字亦作籰 **从竹蒦聲** 王縛切五部

⿰角閒 籆或从角閒

筳 維絲筦也 系部曰維著絲於筟車也按絡絲者必以絲耑箸於筳今江浙尙呼筳 **从竹廷聲** 特丁切十一部

筦 筟也从竹完聲 古滿切十四部

筟 筳也 筳筦筟三名一物也方言曰維車趙魏之閒謂之轣轆車東齊海岱之閒謂之道軌按自其轉旋言之謂之厤鹿亦謂之道軌亦謂之鹿車自其箸絲之筳言之謂之維車亦謂之筟車實卽今之籆車也 **从竹孚聲讀若春秋魯公子彄** 公子彄見春秋經隱公五年臧僖伯也孚聲在三部區聲在四部合音取近今音芳無切

簾 堂簾也 小徐曰此書及釋名簾帷皆作嫌疑嫌或與簾別或者此簾字後人所加之乎所不能決也按巾部曰嫌帷也又曰在旁曰帷周禮幕人掌帷幙幄帟綬之事注曰王出宮則有是事在旁曰帷在上曰幕帷幕皆以布爲之四合象宮室曰幄帟者王在幕若幄中坐上承塵幄帟皆以繒爲之然則嫌施於次以蔽旁簾施於堂之前以隔風日而通明嫌以布爲之故从巾簾析竹縷爲之故其字从竹其用殊其地殊其質殊學者可以無疑矣 **从竹廉聲** 力鹽切七部按韋昭注國語曰薄簾也薄今字作箔

笮 迫也 疊韵說文無窄字笮窄古今字也屋笮者本義引伸爲逼窄字 **在瓦之下棼**

五篇上　六

簀 ㄗㄜˊ 11精　笫 ㄗˇ 4精　筵 ㄧㄢˊ 3定　簟 ㄉㄧㄢˋ 28定　籧 ㄑㄩˊ 13匣　篨 ㄔㄨˊ 13定　籭 ㄕㄞ 1心　籓 ㄈㄢ 3幫　籅 ㄩˋ 22影

上棼複屋棟也釋宮屋上薄謂之筄郭云屋笮也考工記注曰重屋複笮也按笮在上椽之下下椽之上迫居其閒故曰笮釋名曰笮迮也編竹相連迫迮也以竹爲之故从竹**从竹乍聲**阻厄切古音在五部

牀棧也衞風綠竹如簀毛曰簀積也此言假借也韓詩傳亦同**从竹責聲**阻厄切十六部

簀也見釋器左傳牀笫之言不踰閾周易噬乾胏鄭曰胏簀也此言假借胏爲笫也士喪禮古文笫爲茨**从竹朿聲**阻史切按史當作死十五部

竹席也周禮司几筵注曰筵亦席也鋪陳曰筵藉之曰席然其言之筵席通矣按司几筵掌五几五席之名物筵席不別也五席不用竹惟後鄭說次席是桃枝席又說顧命蔑席底席豐席筍席皆爲竹席許釋筵爲竹席者其字从竹也**从竹延聲**以然切十四部**周禮曰度堂以筵**匠人職曰室中度以几堂上度以筵**筵一丈**此釋周禮也周禮曰度九尺之筵此不合未詳

竹席也毛詩箋曰竹葦曰簟**从竹覃聲**徒念切廣韵上聲七部

籧篨逗**粗竹席也**方言曰簟宋魏之閒謂之笙或謂之籧苗自關而西或謂之簟或謂之䇘其麤者謂之籧篨自關而東或謂之篕棪郭云江東呼籧篨爲䉬音廢按此云粗者與上筵簟別言之筵簟其精者也晉語毛詩皆云籧篨不可使俯此謂捲籧篨而豎之其物不可俯故詩風以言醜惡爾雅以名口柔也**从竹遽聲**彊魚切五部

籧篨也从竹除聲直魚切五部

竹器也可㠯取麤去細俗云簁籮是也廣韵云籭盪也能使麤者上存細者盪下籭簁古今字也漢賈山傳作篩**从竹麗聲**所宜切十六部今音山佳切

大箕也廣雅曰籓籮箕也**从竹潘聲**甫煩切十四部**一曰蔽也**艸部曰藩屏也尸部曰屏蔽也是則籓與藩音義皆同

漉米籔也方言曰炊籅謂之縮或謂之篗或謂之匠郭注漉米籅江東呼淅籤按史記索隱引纂要云籅淅箕也此注籤字正箕之誤今江蘇人呼淘米具曰溲箕是也**从竹與聲**於六切三部

五篇上　七

籔 ㄙㄡˇ 16心　箅 ㄅㄧˋ 8幫　䈾 ㄕㄠ 19心　𥳓 ㄕㄠ 19心　筥 ㄐㄩˇ 13見　笥 ㄙˋ 24心　簞 ㄉㄢ 3端

炊籅也本漉米具也既浚乾則可炊矣故名炊籅方言籅同籔縮即籔之入聲也毛詩伐木傳曰以筐曰釃以籔曰湑籔即今之溲箕也今誤从艸作藪筐者盛飯之器較細籔者漉淅之器較麤皆可以漉酒者**从竹數聲**穌后切三部

蔽也此戶護也門聞也之例**所㠯蔽甑底**甑者蒸飯之器底有七穿必以竹席蔽之米乃不漏雷公炮炙論云常用之甑中箅能淡鹽味煑昆布用弊箅亰江南賦曰敝箅不能救鹽池之鹹**从竹畀聲**必至切十五部按廣韵博計切

飯筥也受五升方言曰簇南楚謂之筲郭曰盛餅筥也按簇卽筥字筲卽䈾字也論語斗筲之人鄭曰筲竹器容斗二升與許說受五升異**从竹稍聲**山樞切古音在二部廣韵十虞無此**秦謂筥曰䈾**

陳畱謂飯帚曰𥳓飯帚者所以埽殉餘之飯**从竹捎聲**所交切二部**一曰飯器容五升**此說謂𥳓與䈾同字也**一曰宋魏謂箸筩爲𥳓**箸筩者所以盛飯敮之筩也方言曰箸筩陳楚宋魏之閒謂之䈾或謂之籯自關而西謂之桶檧切䈾卽𥳓字郭云音鞭鞘

䈾也䈾當作籍方言簇南楚謂之筲趙魏之郊謂之笑簇禮經鄭注云笄形蓋如今之筥笑盧按笑盧卽笑簇也**从竹呂聲**居許切五部

飯及衣之器也禮記曲禮注曰圓曰簞方曰笥禮經士冠禮注曰隋方曰篋許曰簞笥也又匚部曰匧笥也許渾言之鄭別言之也曲禮注曰簞笥盛飯食者此飯器之證禮記引兌命曰惟衣裳在笥此衣器之證**从竹**大射儀曰小射正奉決拾以笥注笥葦器按此蓋笥之小者也大者以竹爲之**司聲**相吏切一部

笥也論語孔注同皇侃曰以竹爲之如箱篋之屬左傳夫差以一簞珠問趙孟蓋亦簞之小者也**从竹單聲**都寒切十四部**漢律令簞小匡也**匡俗作筐匚部曰匡飯器筥也按筥者䈾也容五升漢律令之簞謂匡之小者也與經傳所云簞謂笥者異蓋匡簞皆可盛飯而匡筥無蓋簞笥有蓋如今之箱盒其制不同故小匡爲別一義**傳曰簞食壺**

五篇上　八

篵 ㄕㄞ 1心　箄 ㄅㄟ 10幫　篿 ㄊㄨㄢˊ 3定　箸 ㄓㄨˋ 13端

緐孟子及他儒家書皆有此言故約之以傳曰也此證前一義

篵箄逗**竹器也**按篵箄器名以上下文例之是盛物之器而非可以取麤去細之器也可以取麤去細之器其字作籭不作篵若廣韵支韵云篵下物竹器紙韵曰篵籭也皆韵曰⿰金徙⿰金徙籭古以玉爲柱故字从玉今俗作篵此皆用篵爲籭古今字變非許意也小顏注急就篇誤**从竹徙聲**所綺切十六部

篵箄也絫呼曰篵箄單呼曰箄方言箄簍籅箵篆也篆小者自關而西秦晉之閒謂之箄郭云今江東呼小籠爲箄按許意篵箄與篆各物**从竹卑聲**并弭切十六部按考工記注鄭司農云綆讀爲關東言餅之餅謂輪箄也元謂輪雖箄爪牙必正也箄劉昌宗薄歷反李軌方四反箄謂偏僻漢人語也與箅字絕異江氏愼修改爲甑箅字亦千慮之一失也果是从畀則不得反以薄歷矣

圜竹器也盛物之器而圜者篿與團音同也離騷王注曰楚人名結草折竹卜曰篿別一義也**从竹專聲**度官切十四部

飯𢻰也𢻰各本作敧支部敧持去也危部𢻰䧢也𢻰者傾側意箸必傾側用之故曰飯𢻰宗廟宥座之器曰敧器古亦當作𢻰器也箸曲禮謂之梜假借爲箸落爲箸明古無去入之別字亦不从艸也**从竹者聲**陟慮切又遲倨切五部

簍 ㄌㄡˇ 16來　筤 ㄌㄤˊ 15來　籃 ㄌㄢˊ 32來　△⿸广目　篝 ㄍㄡ 16見　笿 ㄌㄨㄛˋ 14來

竹籠也方言簍篆也篆小者南楚謂之簍**从竹婁聲**洛侯切四部

籃也廣雅筤謂之笶廣韵曰筤車籃一名笶笶音替按許不言車籃汎言籠下之器耳**从竹良聲**盧當切十部

大篝也今俗謂熏篝曰烘籃是也**从竹監聲**魯甘切八部

古文籃如此未詳

笿也可熏衣按也字衍文當云笿可熏衣者廣韵曰熏籠**从竹冓聲**古侯切四部**宋楚謂竹篝牆居也**各本牆居之閒誤衍以字方言曰篝陳楚宋魏之閒謂之牆居廣雅篝籠也薰篝謂之牆居

栝笿也方言栝落陳楚宋衛之閒謂之栝落又謂之豆筥自關東西謂之栝落郭云盛栝器籠也按引伸爲籠絡字今人作絡古當作笿亦作落**从竹各聲**盧各切五部

⿱竹夅 ㄍㄨㄥˋ 23見　籨 ㄌㄧㄢˊ 30來　籫 ㄗㄨㄢˇ 3精　籯 ㄧㄥˊ 12定　⿱竹删 ㄕㄢ 3心　簋 ㄍㄨㄟˇ 21見

栝笿也廣雅曰⿱竹夅栝落也**从竹夅聲**古送切九部**或曰盛箸籠**箸筩曰箱亦曰⿱竹夅也

鏡籨也玉篇引列女傳曰置鏡籨中別作匳俗作奩廣韵云盛香器也**从竹斂聲**力鹽切七部

竹器也廣雅方言注皆曰籫箸筩**从竹贊聲讀若纂**作管切十四部**一曰叢也**木部欑下曰一曰叢木贊音同義近

笭也笭字下曰一曰籯也漢書遺子黃金滿籯不如敎子一經竹籠也廣雅曰籯箸筩也**从竹贏聲**以成切十一部

竹器也玉篇曰似箱而麤**从竹删聲**穌旰切十四部

黍稷方器也周禮舍人注曰方曰簠圓曰簋盛黍稷稻粱也掌客注曰簠稻粱器也簋黍稷器也秦風傳曰四簋黍稷稻粱也按毛意言簋可以該簠鄭注則據公食大夫禮分別所盛也許云簋方簠圓鄭則云簋圓簠方不同者師傳各異也周易二簋可用享鄭注云離爲日日體圓巽爲木木器圓簋象聘禮竹簋方注云竹簋方者器名以竹爲之狀如簋而方賈疏云凡簋皆用木而圓此則用竹而方故云如簋而方宋刻單行疏內簋字凡四見今本依釋文改經注疏皆作簠字非也已上可證鄭確謂簋爲圓器周禮疏云孝經陳其簋簠注云內圓外方受斗二升者直據簠而言若簋則內方外圓孝經鄭注說者謂鄭小同之注也賈所引文亦不完則無用湥求矣而秦風釋文有內圓外方曰簠內方外圓曰簋之文葢本孝經注聘禮釋文則又方圓字皆互易之自相乖刺聶崇義曰舊圖云內方外圓曰簋外方內圓曰簠與秦風音義合廣韵曰內圓外方曰簋歐陽氏集古錄曰簋外方內圓與聘禮音義合攷圓器之內爲之方方器之內爲之圓似以木以瓦以竹皆難爲之他器少如是者恐孝經注之不可信許鄭皆所不言也鄭注禮曰飾葢象龜者意擬之詞注禮云大夫刻爲龜形可證也聶氏陳氏禮圖皆於葢頂作一小龜誤解一葢字耳見考工記圖**从竹皿皀**合三字會意按簋古文或从匚或从木葢本以木爲之大夫刻其文爲龜形諸侯刻龜而飾以象齒天子刻龜而飾以玉其後乃有瓦簋乃有竹簋方因製从竹之簋字木簋竹簋禮器瓦簋常用器也皀穀之馨

△𠤳 △匭 簠ㄈㄨˇ 13幫 △朹 △医 籩ㄅㄧㄢ 3幫

香謂黍稷也居洧切古音在三部讀如九

𠤳 古文簋从匚食九 各本作从匚飢飢非聲也从方从食九聲也

匭 古文簋从匚軌 按許說簋爲方器蓋以古文从匚也軌聲古音簋軌皆讀如九也史記李斯傳曰飯土匭公食大夫禮注曰古文簋皆作軌易損二簋蜀才作軌周禮小史故書簋或爲九大鄭云九讀爲軌書亦或爲軌簋古文也今本周禮脫誤爲正之如此軌九皆古文假借字也匭古文本字也匭之字後世用爲匭匣字尚書苞匭菁茅鄭曰匭纏結也鄭意謂匭爲糾之假借字吳都賦注用之

朹 亦古文簋 簋以木爲之故字从木也惠氏棟九經古義曰易渙奔其机當作朹宗廟器也

簠 黍稷圜器也 簠盛稻粱見公食大夫禮經文云左擁簠粱是也此云黍稷者統言則不別也如毛傳云四簋黍稷稻粱亦是統言云圜器與鄭云方器互異 从竹皿甫聲 方矩切五部

医 古文簠从匚夫 夫聲也

籩 竹豆也 豆古食肉器也木豆謂之梪竹豆謂之籩周禮籩人掌四籩之實注曰籩竹器如豆者其容實皆四升 从竹邊聲 布元切十二部

匾 籒文籩 匚者籒文匚也

△匾 𥬠ㄉㄨㄣ 9定 篅ㄔㄨㄢˊ 3定 △簶 簏ㄌㄨˋ 17來 簜ㄉㄤˋ 15定 筩ㄊㄨㄥˊ 18定 箯ㄅㄧㄢ 3並

𥬠 篅也 廣韵𥬠籧也按今俗謂盛穀高大之器曰土籧 从竹屯聲 徒損切十三部

篅 㠯判竹 句謂用析竹爲之也 圜㠯盛穀者 用竹箬圜其外殺其上高至於屋蓋以盛穀近底之処爲小戶常閉之可出穀今江蘇謂之土籧是也古曰𥬠今江蘇編稻艸爲之容數石謂之𥬠淮南書曰與守其篅𥬠注篅𥬠受穀器也篅讀顓孫之顓按別作圌 从竹耑聲 市緣切十四部

簏 竹高匧也 匧之高者竹爲之 从竹鹿聲 盧谷切三部

簶 簏或从彔

簜 大竹筩也 大射儀簜在建鼓之閒按當作簜簜乃竹名非其義也笙簫之屬而謂之簜者大之也 从竹昜聲 徒朗切十部

筩 斷竹也 漢律厤志曰制十二筩以聽鳳之鳴此筩之一耑也 从竹甬聲 徒紅切九部

箯 竹輿也 公羊傳曰脅我而歸之筍將而來也何曰筍者竹箯一名編輿齊魯以北名之曰筍將送也釋文曰筍音峻史漢張耳傳曰貫高箯輿前服虔曰箯音編編竹木如今峻可以糞除也韋昭曰輿如今輿牀人舁以行按公羊史記說文輿皆去聲亦作轝作欒 从竹便聲 旁連切十二部

笯ㄋㄨˊ 13泥 竿ㄍㄢ 3見 籗ㄓㄨㄛˊ 20端 △篧 箇ㄍㄜˋ 13見 △个 筊ㄐㄧㄠˇ 19匣

笯 鳥籠也 方言籠南楚江沔之閒謂之篣或謂之笯懷沙曰鳳皇在笯洪興祖補注引說文笯籠也南楚謂之笯豈洪氏所見本異與 从竹奴聲 乃故切五部

竿 竹梃也 木部曰梃一枚也按梃之言挺也謂直也衛風曰籊籊竹竿引伸之木直者亦曰竿凡干旄干旟干旌皆竿之假借又莊子竿牘即簡牘也 从竹干聲 古寒切十四部

籗 罩魚者也 网部曰罩捕魚器也小雅傳曰罩罩籗也釋器曰籗謂之罩李巡云籗編細竹以爲罩捕魚也孫炎云今楚籗也 从竹靃聲 竹角切按靃聲當在五部隺聲當在二部爾雅作籗故郭音七角反唐韵竹角切說文作籗故廣韵苦郭切

篧 籗或从隺 鉉本篆作籗云籗或省

箇 竹枚也 竹梃自其徑直言之竹枚自其圓圜言之一枚謂之一箇也方言曰箇枚也 从竹固聲 古賀切按古音在五部

个 箇或作个半竹也 各本無見於六書故所引唐本按竝則爲竹單則爲个竹字象林立之形一莖則一个也史記木千章竹竿萬个正義引釋名竹曰个木曰枚今釋名佚此語經傳多言个大射士虞禮特牲饋食禮注皆云个猶枚也今俗或名枚曰個音相近又云今俗言物數有云若干個者此讀然經傳个多與介通用左氏或云一个行李或云一介行李是一介猶一个也介者分也分則有閒閒一而已故以爲一枚之偁方言曰介特也是也閒之外必兩分故曰介居二大國之閒月令左介右介是其義也○又按支下云从手持半竹即个爲半竹之證半者物中分也半竹者一竹兩分之也各分其半故引伸之曰左个右个竹从二个者謂竹易分也分曰个因之梱者亦曰个

筊 竹索也 謂用析竹皮爲繩索也今之竹纜也漢溝洫志曰搴長茭兮湛美玉如淳曰茭草也一曰竿也臣瓚曰竹索縆謂之茭所以引置土石也師古曰瓚說是也茭字宜从竹風俗通後漢禮儀志皆言葦茭謂葦索也 从竹交聲 胡茅

筰 ㄗㄨㄛˊ 14從　箈 ㄑㄧㄢˊ 30從　箑 ㄕㄚˋ 29心　△篓　籠 ㄌㄨㄥˊ 18來　⿱竹襄 ㄖㄤˊ 15泥　笪 ㄏㄨˋ 13匣　△互　簝 ㄌㄧㄠˊ 19來　⿱竹豦 ㄐㄩˇ 13見

切二部**筰筊也**廣韵曰笮筰二同竹索也西南夷尋之以渡水按西南夷有筰縣在越嶲其名本此或从艸作筰非也**从竹作聲**在各切五部**箈潎絮簣也**潎各本作蔽今正廣韵曰箈漂絮簣也漂與潎同義水部曰潎於水中擊絮也潎絮簣卽今做紙密緻竹簾也潎絮莊子所謂洴澼纊卽做紙之事糸部曰紙絮一箈也謂絮一箈成一紙也紙之初起用敝布魚网爲之用水中擊絮之法成之紙字箈字載於說文則紙之由來遠矣**从竹沾聲讀若錢**昨鹽切七部按讀若錢者合韵也**箑扇也**戶部曰扇扉也扉可開合故箑亦名扇方言扇自關而東謂之箑自關而西謂之扇郭曰今江東亦通名扇爲箑按今江東皆曰扇無言箑者凡江東方言見於郭注者今多不同蓋由時移世易士民遷徙不常故也士喪禮下注曰翣扇也此言經文假翣爲箑也**从竹疌聲**山洽切八部**篓箑或从妾**妾聲**籠舉土器**木部曰枱一曰徙土輂齊人語也一作梩手部曰捄盛土於梩中也是則籠卽梩也**一**

曰笭也笭下云一曰籯也周禮緧人凡乘車充其籠箙注云充籠箙者以矢**从竹龍聲**盧紅切九部**⿱竹襄褱也**衣部曰褱袌也此謂竹器可以中藏一切者音義如瓜瓤之瓤篇韵皆云⿱竹襄箕盛米竹器**从竹襄聲**如兩切十部**笪可㠯收繩者也**者字今補收當作糾聲之誤也糾絞也今絞繩者尚有此器**从竹象形**謂其物像工字**中象人手所推握也**謂丩像人手推之持之胡誤切五部**互笪或省**或字當作古文二字故枑以爲聲唐元度云笪古文互隸省誤也周禮牛牲之互注云縣肉格也**簝宗廟盛肉竹器也**牛人共盆簝以待事注盆所以盛血簝受肉籠也**从竹尞聲**洛蕭切二部**周禮供盆簝㠯待事**供當依周禮作共**⿱竹豦食牛匡也**食各本作飲誤韵會作飯按萎下曰食牛飤下曰食馬今正作食匚部曰匡飯器筥也⿱竹豦匡之圓者飯牛用之今字通作筥許⿱竹豦與筥別**从竹豦聲**居許切五部**方曰匡圓**

篼 ㄉㄡ 16端　籚 ㄌㄨˊ 13來　箝 ㄑㄧㄢˊ 32匣　籋 ㄋㄧㄝˋ 4泥　簦 ㄉㄥ 26端　笠 ㄌㄧˋ 27來　箱 ㄒㄧㄤ 15心　篚 ㄈㄟˇ 7滂

曰⿱竹豦召南傳方曰筐圓曰筥筥當作⿱竹豦月令具曲植⿱竹豦筐或譌作籧**篼食馬器也**方言飤馬橐自關而西謂之裺囊或謂之裺篼或謂之樓篼燕齊之間謂之帳**从竹兜聲**當侯切四部**籚積竹矛戟矜也**積竹見殳部矜柄也考工記攻木之工輪輿弓廬匠車梓注廬矛戟矜柲也按廬者籚之假借字也釋文曰廬本或作籚**从竹盧聲**洛乎切五部**春秋國語曰朱儒扶籚**晉語文今本朱籚作侏盧朱儒扶籚西京賦所謂都盧尋橦也**箝籋也**拑脅持也以竹脅持之曰箝以鐵有所劫束曰鉗書史多通用**从竹拑聲**巨淹切七部**籋箝也**二字雙聲夾取之器曰籋今人以銅鐵作之謂之鑷子**从竹爾聲**尼輒切古音十五十六部**簦笠蓋也**笠而有柄如蓋也卽今之雨繖史記躡屩擔簦按簦亦謂之笠渾言不別也士喪禮下篇燕器杖笠翣注曰笠竹篣蓋也云蓋則簦也又按疏云篣竹青皮恐非是篣疑同箁竹箬也今人謂之箬帽**从竹登聲**都滕切六部

笠簦無柄也汪氏龍曰笠本以御暑亦可御雨故良耜傳笠所以御暑雨無羊傳蓑所以御雨笠所以備暑都人士傳臺所以御雨笠所以御暑三傳相合今都人士暑雨互譌以南山有臺疏文選注正**从竹立聲**力入切七部**箱大車牝服也**考工記大車牝服二柯又參分柯之二注云大車平地載任之車牝服長八尺謂較也鄭司農云牝服謂車箱服讀爲負小雅傳曰服牝服也箱大車之箱也按許與大鄭同箱卽謂大車之輿也毛二之大鄭一之要無異義後鄭云較者以左右有兩較故名之曰箱其實一也假借爲匧笥之稱又假借爲東西室之稱禮經箱字俗改爲廂字非也**从竹相聲**息良切十部**篚車笭也**釋器曰輿革前謂之鞎後謂之笰竹前謂之禦後謂之蔽按此對文則別之散文則不別詩言簟笰毛曰簟方文席也笰車之蔽也周禮巾車蒲蔽棼蔽等蔽卽笰也故鄭引翟茀以朝作翟蔽以朝竹前竹後許所謂車笭也廣雅曰簣謂之笶又曰陽門箳篁雀目蔽簹也皆謂車笭笭之言櫺也言其昤曨也茀詩碩人从艸載驅从竹从

笭ㄌㄥˊ 6來　⿱竹剡ㄊㄢˊ 32透　策ㄘㄜˋ 11清　箠ㄔㄨㄟˊ 1端　⿱竹朵ㄓㄨㄚ 1端　笍ㄓㄨㄟˋ 8端

竹者誤也茀之言蔽也篚是正字茀是假借字如儀禮今文作厞古文作茀厞茀同字**从竹匪聲**敷尾切十五部按依許匡匪之匪不从竹在匚部从竹者專謂車笭

笭車笭也从竹令聲郎丁切十一部**一曰笭**逗**籯也**竹籠

⿱竹剡所以搔馬也所以二字今補廣韵刮馬箆也**从竹剡聲**丑廉切八部篇韵特甘切

策馬箠也馬箠曰策以策擊馬曰敕經傳多假策為冊又計謀曰籌策者策猶籌籌猶筭筭所以計歷數謀而得之猶用筭而得之也故曰筭曰籌曰策一也張良借箸為籌**从竹朿聲**楚革切十六部

箠所以擊馬也所以二字今補假借為杖人之稱漢書定箠令是也周禮假垂為箠垂氏掌共燋契是也**从竹垂聲**之壘切按壘當作累古音在十七部

⿱竹朵箠也⿱竹朵檛古今字亦作簻左傳繞朝贈之以策杜預曰馬檛也檛婦翁字本从木後人又改从手**从竹朵聲**陟瓜切古音在十七部戈韵

笍羊車騶箠也箸箴其耑長半分金部曰鍪羊車騶箠也耑有鐵丂部曰匱讀如羊車騶箠之鍪羊車見考工記鄭曰羊善也善車若今定張車釋名曰羊祥也祥善也羊車善飾之車今犢車是也馬部曰騶廄御也月令注曰七騶謂趣馬主為諸官駕說者也左傳程鄭為乘馬御六騶屬焉使訓羣騶知禮按騶即御騶箠者御車之馬箠也箸箴其耑長半分箴當作鍼所謂耑有鐵可以郵勿而椓刺之善飾之車駕之以犢馳驟不揮鞭策惟用箴刺而促之淮南道應訓字作錣高曰策馬捶端有鐵以刺馬謂之錣錣與笍音義皆同**从竹內聲**陟衞切十五部

籣ㄌㄢˊ 3來　箙ㄈㄨˊ 25並

籣所以盛弩矢人所負也信陵君列傳曰平原君負韊矢韊即籣字字林作韊玉篇作韊索隱曰如今之胡鹿而短胡鹿廣韵作弧簶箭室也按西京吳都魏都賦皆云蘭錡劉逵曰受他兵曰蘭受弩曰錡蘭字皆當从竹**从竹闌聲**洛干切十四部

箙弩矢箙也司弓矢曰中秋獻矢箙注曰箙盛矢器也以獸皮為之按本以竹木為之故字从竹國語檿弧萁服韋昭曰其木名服房也小雅象弭魚服皆假服為箙**从竹服聲**

五篇上　圭

⿱竹朱ㄔㄨ 16端　笘ㄕㄢ 30透　笪ㄉㄚˊ 3端　笞ㄔ 24透　籤ㄑㄧㄢ 30清　⿱竹殿ㄊㄨㄣˊ 9定

房六切古音在一部**周禮仲秋獻矢箙**經文仲作中

⿱竹朱桻雙也桻雙見木部廣雅筝雙謂之⿱竹朱廣韵四江曰桻雙者帆未張也又曰雙者帆也按以篰席為帆曰桻雙故字或皆从竹今大船之帆多用篰席是也**从竹朱聲**陟輸切古音在四部

笘折竹箠也折竹為箠箠之便易者也**从竹占聲**失廉切七部按篇韵丁頰切為是失廉誤也**潁川人名小兒所書寫為笘**此別一義籥下曰書僮竹笘也用此義廣雅笘籥也

笪笞也笪者可以撻人之物**从竹旦聲**當割切十五部

笞擊也疑奪所以二字笞所以擊人者因之謂擊人為笞也方言引傳曰慈母之怒子也雖折葼笞之其惠存焉後世笞杖徒流大辟五刑制於隨唐至於今日笞有名無實**从竹台聲**丑之切一部

籤驗也驗當作讖占讖然不也小徐曰籤出其處為驗也**一曰銳也貫也**銳貫二義相成與占讖意相足**从竹韱聲**七廉切七部

⿱竹殿榜也木部曰榜所以輔弓弩也檢柙弓弩必攷擊之故廣雅曰榜擊也引伸之義也史漢多言榜笞榜箠**从竹殿聲**殳部曰殿擊也此形聲包會意徒魂切十三部

箴ㄓㄣ 28端　箾ㄕㄨㄛ 19心　竽ㄩˊ 13匣

箴綴衣箴也綴衣聯綴之也謂籤之使不散若用以縫則从金之鍼也尚書贊衣即綴衣也引伸之義為箴規古箴鍼通用風俗通曰衛大夫箴莊子今左傳作鍼莊子**从竹咸聲**職深切七部

箾以竿擊人也西京賦曰飛罕潚箾薛曰潚箾罕形也按罕者网之以竿為柄者也左傳舞象箾南籥杜曰象箾舞所執南籥以籥舞也箾不知何等器豈以竿舞與**从竹削聲**所角切二部**虞舜樂曰箾韶**按音部引書簫韶九成知皋陶謨字作簫此云箾韶蓋據左傳左云見舞韶箾者此作箾韶見書與左一也孔疏云箾即簫字釋文箾音簫與上文象箾音朔異今按同為樂名不當異義異音疏引賈逵釋象箾云箾舞曲名言天下樂削去無道於箾韶又不引賈注

竽管三十六簧也管下當有樂字凡竹為者皆曰管樂周禮笙師掌敎龡竽大鄭曰竽三十六簧按據廣雅竽三

五篇上　夫

笙ㄕㄥ 12心　簧ㄏㄨㄤˊ 15匣　篪ㄔˊ 10定　簫ㄒㄧㄠ 22心　筒ㄊㄨㄥˊ 18定　籟ㄌㄞˋ 2來

十六管然則管皆有簧也通卦驗風俗通皆云長四尺二寸竽與笙之管皆列於匏宋書樂志曰竽今亡**从竹亏聲**羽俱切五部

笙十三簧蒙上管樂而言故不云管樂也大鄭周禮注曰笙十三簧按廣雅云笙十三管亦每管有簧也**象鳳之身也笙正月之音物生故謂之笙**白虎通曰八音匏曰笙匏之爲言施也在十二月萬物始施而牙笙者大蔟之氣象萬物之生故曰笙釋名曰笙生也象物貫地而生也按禮經東方鐘磬謂之笙鐘笙磬笙猶生也東爲陽中萬物以生是以東方鐘磬謂之笙也初生之物必細故方言云笙細也竽大笙也故竽可訓大**大者謂之巢小者謂之和**見釋樂孫云巢高大和小笙鄉射記曰三笙一和而成聲三笙謂大者一和謂小者也**从竹生**列管故从竹正月之音故从生舉會意包形聲也韵會本無聲字爲長所庚切十一部**古者隨作笙**通典曰出世本

簧笙中簧也小雅吹笙鼓簧傳曰簧笙簧也吹笙則簧鼓矣按經有單言簧者謂笙也王風左執簧傳曰簧笙也是也**从竹黃聲**戶光切十部**古者女媧作簧**蓋出世本作篇明堂位曰女媧之笙簧按笙與簧同器不嫌二人作者簧之用廣或先作簧而後施於笙竽未可知也

篪簧屬今之鎖簧以張之篪以斂之則启矣其用與笙中簧同也**从竹是聲**是支切十六部

簫參差管樂言管樂之列管參差者竽笙列管雖多而不參差也周禮小師注簫編小竹管如今賣飴餳所吹者周頌箋同廣雅云大者二十三管小者十六管王逸注楚辭云參差洞簫也**象鳳之翼**排其管相對如翼**从竹肅聲**釋名簫肅也其聲肅肅而清也穌彫切古音在三部

筒通簫也所謂洞簫也廣雅云大者二十三管無底是也漢章帝紀吹洞簫如淳曰洞者通也簫之無底者也**从竹同聲**徒弄切九部

籟三孔龠也龠部曰龠管樂六孔以和衆聲按毛詩傳曰龠六孔許龠下從之此云三孔龠者謂龠之三孔者則名籟也鄭注笙師少儀明堂位皆云籥如笛三孔鄭專謂籟耳今本說文龠下爲淺人所亂然

箹ㄩㄝ 20影　管ㄍㄨㄢˇ 3見　△琯　篎ㄇㄧㄠˇ 19明　笛ㄉㄧˊ 21定

於此可以正彼莊子人籟地籟天籟引伸義也**大者謂之笙**笙釋樂作產**其中謂之籟**釋樂作謂之仲蓋誤**小者謂之箹**三句見釋樂大者蓋六孔者也中者三孔**从竹賴聲**洛帶切十五部

箹小籟也从竹約聲於角切二部

管如篪六孔篪有七孔見大鄭笙師注管之異於篪者孔六耳賈逵大鄭許君應劭風俗通蔡邕月令章句張揖廣雅皆云如篪六孔惟後鄭周禮注詩箋云如篴而小併兩而吹之今大予樂官有焉**十二月之音物開地牙故謂之管**風俗通曰管漆竹長一尺六孔十二月之音也物貫地而牙故謂之管物開地牙四字有脫誤當作物貫地而牙貫管同音牙芽古今字古書多云十一月物萌十二月物牙正月物見也**从竹官聲**古滿切十四部

琯古者管㠯玉此句今正**舜之時西王母來獻其白琯**見大戴禮尚書大傳**前零陵文學姓奚於泠道舜祠下得笙玉琯**見風俗通孟康漢書注宋書樂志皆云漢章帝時零陵文學奚景於泠道舜祠下得笙白玉管惟孟注無笙字盧注大戴作明帝時亦無笙字**夫㠯玉作音故神人㠯和鳳皇來儀也**風俗通同**从王官聲**按此疑出後人用風俗通沾綴許書祇當云古者管以玉或从玉

篎小管謂之篎釋樂大管謂之簥其中謂之篞小者謂之篎許無簥篞字者許所據不从竹**从竹眇聲**亡沼切二部

笛七孔筩也文選李注引說文笛七孔長一尺四寸今人長笛是也此蓋以注家語益之風俗通亦云長尺四寸七孔周禮笙師字作篴大鄭云杜子春讀篴如蕩滌之滌今人所吹五空竹笛按篴笛古今字大鄭注上作篴下作笛後人妄改一之大鄭云五孔馬融賦亦云易京君明識音律故本四孔加以一君明所加孔後出是謂商聲五音畢然則漢時長笛五孔甚明云七孔者禮家說古笛也許與大鄭異**从竹由聲**由與逐皆三部聲也古音如逐今音徒歷切**羌笛三孔**言此以別於笛七孔也馬曰近世雙笛從羌起謂長

笛與羌笛皆出於羌漢丘仲因羌人截竹而爲之知古篴漢初亡矣李善曰羌笛長於古笛有三孔大小異

筑 ㄓㄨˊ 22端

筑 以竹曲五弦之樂也 以竹曲不可通廣韵作以竹爲亦繆惟吳都賦李注作似箏五弦之樂也近是箏下云五弦筑身然則筑似箏也但高注淮南曰筑曲二十一弦可見此器竊呼之名筑曲釋名筑以竹鼓之也御覽引樂書云以竹尺擊之如擊琴然今審定其文當云筑曲以竹鼓弦之樂也高云二十一弦樂書云十三弦筑弦數未審古者箏五弦說文殆筑下鼓弦與箏下五弦互譌耳箏下云筑身則筑下不必云似箏恐李善亦昧於筑曲而改之 从巩竹 持而擊之也 巩持之也 樂書曰項細肩圓鼓法以左手扼項右手以竹尺擊之史云善擊筑者高漸離 竹亦聲 張六切三部

箏 ㄓㄥ 12精

箏 五弦筑身樂也 各本作鼓弦竹身不可通今依太平御覽正風俗通曰箏謹按樂記五弦筑身也今幷梁二州箏形如瑟不知誰所改作也或曰秦蒙恬所造據此知古箏五弦恬乃改十二弦變形如瑟耳魏晉以後箏皆如瑟十二弦唐至今十三弦筑似箏細項古筑與箏相似不同瑟也言筑身者以見形如瑟者之非古也言五弦筑身者以見箏之弦少於筑也宋書樂志改筑身爲瑟身誤矣 从竹 筑本竹聲故从竹即从筑省也筑箏皆木爲之 爭聲 側莖切十一部

丸

箛 ㄍㄨ 13見

箛 吹鞭也 風俗通曰漢書舊注箛者吹鞭也急就篇曰箛篍起居課後先師古曰箛吹鞭也篍吹箫也起居謂晨起夜臥及休食時督作之司以此二者爲之節度朱書樂志晉先蠶注吹小箛大箛按云鞭者如長笛賦云裁以當籥便易持也 从竹孤聲 古乎切五部

篍 ㄑㄧㄡ 21清

篍 吹箫也 吹鞭蓋葭爲之吹箫蓋竹爲之風俗通曰漢書注篍箫也言其聲音篍篍名自定也 从竹秌聲 七肖切按廣韵七遙切又音秋古音在三部

籌 ㄔㄡˊ 21定

籌 壷矢也 禮記投壷篇曰籌室中五扶堂上七扶庭中九扶注曰籌矢也按引伸爲泛偁又謂計筭爲籌度 从竹𠷎聲 直由切三部

簺 ㄙㄞˋ 25心

簺 行棊相塞謂之簺 格五見吾丘壽王傳劉德曰格五棊行塞法曰簺自乘五至五格不得行故云格五莊子作博塞 从竹塞 塞

亦聲 先代切一部

簙 ㄅㄛˊ 13幫

簙 局戲也六箸十二棊也 古戲今不得其實箸韓非所謂博箭招魂注云箟簬作箸故其字从竹 从竹博聲 補各切五部經傳多假博字 古者烏曹作簙 曹字依韵會各本作冑非廣韵曰出世本

篳 ㄅㄧˋ 5幫

篳 藩落也 藩落猶俗云籬落也篳之言蔽也 从竹畢聲 畢吉切十二部 春秋傳曰篳門圭窬 見襄十年左傳杜曰篳門柴門廣韵曰織荊門也

⿱竹愛 ㄞˋ 8影

⿱竹愛 蔽不見也 爾雅薆隱也方言揜翳薆也其字皆當从竹竹善蔽九歌曰余處幽篁兮終不見天是也大雅愛莫助之毛曰愛隱也假借字也邶風愛而不見郭注方言作薆而 从竹愛聲 烏代切十五部

⿱竹嚴 ㄧㄢˊ 32疑

⿱竹嚴 雉射者所蔽者也 依晉灼補上者字此卽射雉之翳也亦謂之廔廣雅廔作銖 从竹嚴聲 語枚切八部

篽 ㄩˋ 13疑

篽 禁苑也 宣帝紀詔池籞未御幸者假與貧民蘇林曰折竹以繩綿連禁禦使人不得往來律名爲籞應劭曰籞者禁苑也按蘇應說與許合元帝紀詔罷嚴籞池田假與貧民西京賦云洪池清籞清籞猶漢書云嚴篽也晉灼釋嚴籞爲射苑故引許⿱竹嚴字之解謂嚴與⿱竹嚴同可以訓射亦迂曲矣 从竹御聲 魚舉切五部 春秋傳曰澤之自篽 自當作舟昭二十年左傳曰澤之萑蒲舟鮫守之鮫當是魰誤許所據竟作舟篽耳魯語有舟虞同也

千

△魰

魰 篽或作魰 从又从魚 从又者取扞衛之意

筭 ㄙㄨㄢˋ 3心

筭 長六寸所㠯計厤數者 所㠯二字今補漢志云筭法用竹徑一分長六寸二百七十一枚而成六觚爲一握此謂筭籌與算數字各用計之所謂算也古書多不別 从竹弄 蘇貫切十四部 言常弄乃不誤也 說从弄之意

算 ㄙㄨㄢˋ 3心

算 數也 論語何足算也鄭曰算數也古假選爲算如邶風不可選也車攻序因田獵而選車徒選皆訓數是也又假撰爲算如大司馬羣吏撰車徒鄭曰撰讀曰算謂數擇之也是也筭爲算之器算爲筭之用二字音同而義別 从竹具 从竹者謂必用筭以計也从具者具數也 讀若筭 蘇管切十四部

笑 ㄒㄧㄠˋ 19心

笑 喜也从竹从犬

第 ㄉㄧˋ 定 4　箕 ㄐㄧ 見 24　簸 ㄅㄛˋ 幫 1
△其 △㠱 △囟 △甘 △匩

徐鼎臣說孫愐唐韵引說文云笑喜也从竹从犬而不述其義攷孫愐唐韵序云仍篆隸石經勒存正體幸不譏煩葢唐韵每字皆勒說文篆體此字之从竹犬孫親見其然是以唐人無不从犬作者干祿字書云咲通笑正五經文字力尊說文者也亦作笑喜也从竹下犬玉篇竹部亦作笑廣韵因唐韵之舊亦作笑此本無可疑者自唐元度九經字樣始先笑後笑引楊承慶字統異說云从竹从夭竹爲樂器君子樂然後笑字統每與說文乖異見元應書葢楊氏求从犬之故不得是用改夭形聲唐氏從之李陽冰遂云竹得風其體夭屈如人之笑自後徐楚金缺此篆鼎臣竟改說文笑作笑而集韵類篇乃有笑無笑宋以後經籍無笑字矣今以顧野王孫愐顏元孫張參爲據復其正始或問曰从犬可得其說乎曰从竹之義且不敢妄言況从犬乎聞疑載疑可也假云必不宜从犬則哭又何以从犬乎哭之獄省聲乃亦强作解事者爲之也詳哭下私妙切二部○又按宋初說文本無笑鉉增之十九文之一也孫愐但从竹从犬其本在竹部抑在犬部鉉不能知姑綴於竹末今依之恐有未協準哭从犬求之笑或本在犬部而从竹部之字之省聲未可知也

第　次也从竹弟　此見毛詩正義卷一之一引說文其在第一部抑竹部今不可知要孔沖遠所據有此篆無疑俗省弟作第耳特計切十五部

文百四十四　今補第則百四十五　**重十五**

箕　所以簸者也　所以者三字今補全書中所以字爲淺人刪者多矣小雅曰維南有箕不可以簸揚廣韵引世本曰箕帚少康作按簸揚與受坌皆用箕　**从竹甘象形丌其下也**　四字依韵會本今各本丌下互譌居之切一部　**凡箕之屬皆从箕**

𠀠　古文箕　象形不用足今之箕多不用足者

𠑹　亦古文箕　下象竦手

囟　亦古文箕　此象箕之哆口

其　籒文箕　依大徐作籒按經籍通用此字爲語詞渠之切或居之切

匩　籒文箕　从匚會意匚部曰匸籒文匚

簸　揚米去康也　與播布之義相近　**从箕皮聲**　布火切十七部

文二　重五

丌 ㄐㄧ 見 24　迈 ㄐㄧˋ 見 24

丌　下基也　字亦作亓古多用爲今渠之切之其墨子書其字多作亓亓與丌同也　**荐物之丌象形**　平而有足可以薦物　**凡丌之屬皆从丌讀若箕同**　居之切一部

迈　古之遒人以木鐸記詩言　左傳襄十四年師曠引夏書曰遒人以木鐸徇于路官師相規工執藝事以諫正月孟春於是乎有之杜云木鐸徇于路采歌謠之言也何注公羊曰五穀畢入民皆居宅男女同巷相從夜績從十月盡正月止男女有所怨恨相從而歌飢者歌其食勞者歌其事男年六十女年五十無子者官衣食之使之民閒求詩鄉移於邑邑移於國國以聞於天子故王者不出牖戶盡知天下食貨志曰孟春之月行人振木鐸徇於路以采詩獻之大師比其音律以聞於天子故曰王者不窺牖戶而知天下遒人即班之行人以木鐸巡於路使民閒出男女歌詠記之簡牘遞薦於天子故其字從辵丌辵者行也丌者薦也記與丌疊韵也僞尙書襲左傳而不言振木鐸者何所事○按劉歆與楊雄書云三代周秦軒車使者遒人使者以歲八月巡路求代語僮謠歌戲楊荅劉書云嘗聞先代輶軒之使奏籍之書皆藏於周秦之室又云翁孺猶見輶軒之使所奏言二書皆即遒人之事也遒輶遒三字同音遒人即遒人楊劉皆謂使者采集絕代語釋別國方言故許槩括之曰詩言班何則但云采詩也劉云求代語僮謠歌戲則詩在其中矣周禮大行人屬象胥諭言語協辭命屬瞽史諭書名聽聲音豈非楊劉所謂使者班所謂行人與說者雖殊可略見古者考文之事爲政之不外正名矣○乃部云卤氣行皃遒訓行故遒人即行人也遒葢遒之假借字　**从辵丌丌亦聲讀與記同**　居吏切一部大雅往迈王舅假借爲語詞也王風彼其之子箋云其或作記或作已讀聲相似鄭風箋云忌讀爲彼已之子之己崧高傳曰迈已也箋申之曰已辭也讀如彼已之子之己是則已忌記其迈五字通用一部也大雅作近者誤近十三

典 ㄉㄧㄢˇ 3 端　△⿱竹典　畀 ㄅㄧˋ 8 幫　巺 ㄒㄩㄣˋ 3 心

部也**典五帝之書也**三墳五典見左傳**从冊在丌上尊閣之也**閣猶架也以丌庋閣之也多殄切古音在十三部**莊都說典大冊也**此字形之別說也莊都者博訪通人之一也謂典字上从冊下从大以大冊會意與冊在丌上說異不別爲篆者許意下本不從大故存其說而已**⿱竹典古文典从竹**古文冊作笧此从古文冊也漢碑多有从竹从艸者

畀相付与之約在閣上也与舊作與勺部曰与與予同予推予也與黨與也今正約當作物古者物相与必有藉藉卽閣也故其字从丌疑此有奪文當云相付与也付与之物在閣上从丌祭統曰夫祭有畀煇胞翟閽者惠下之道也畀之爲言與也能以其餘畀其下者也此謂上之与下庋閣而命取之**从丌由聲**由敷勿切鬼頭也必至切十五部

巺具也孔子說易曰巺入也巺乃愻之假借字愻順也順故善入許云具也者巺之本義也巺今作巽**从丌𠆣聲**形聲包會意卪部曰𠆣二卪也巺从此按二卪者具意也蘇困切古音在

△巽　△巽　顨 ㄒㄩㄣˋ 3 心

十四部**巽古文巺**从𠆣从幵**巽篆文巺**汗簡古文四聲韵載此體各乖異未詳宜何從也竊疑此篆字當作籀字之誤也古文下从幵幵亦具意也籀文緐重則从𠆣从幵而又从丌古文四聲韵作巽蓋不誤小篆則省幵作巺後人彝字則从籀變之作巽說文仿彝爲之非也

顨巺也具也**从丌从頁**頁部曰顨選具也按選具者選而供置之也**此易顨卦爲長女爲風者**今周易巺卦作巺許於巺下云具也不云卦名謂顨爲易卦名之字蓋二字皆訓具也其義同其音同伏羲文王作顨孔子則作巽巺而小篆乃作巺矣顨爲卦名巺爲卦德孔子彖傳但言健順動止巺陷麗說皆卦德也其言重巺以申命巺以行權震動也巺入也巺爲雞巺爲股巺爲木爲風爲長女皆當舉卦名而不作顨但云巺以德爲名者於伏羲文王爲古今字也是可以知字有古今之理矣許於此特言之者存周易冣初之古文也此說本之江氏聲愚又謂許所見易惟此爲木爲風爲長女之字作顨猶今易惟襍卦傳之姤作遘也各本此篆在畀篆之上今正之次此

奠 ㄉㄧㄢˋ 3 定

奠置祭也置祭者置酒食而祭也故从酋丌丌者所置物之質也如置於席則席爲丌引伸爲凡置之偁又引伸爲奠高山大川之奠定也大元天地奠位假奠字爲之**从酋酋酒也**見酋下置之物多矣言酒者舉其一耑也**丌其下也**丌下各本互譌今依篆下正堂練切古音在十一部**禮有奠祭**各本下有者字韵會無說文禮有刷巾禮有柶禮有縉緣句法皆同無者是也禮謂禮經也士喪禮既夕禮祭皆謂之奠葬乃以虞易奠又文王世子篇釋奠于其先師注云釋奠薦饌酌奠而已無迎尸以下之事召南于以奠之毛云奠置也箋云謂教成之祭也昏義注云此告事耳非正祭也

文七　重三

左 ㄗㄨㄛˇ 1 精

左ナ手相左也各本俱誤今正左者今之佐字說文無佐也ナ者今之左字ナ部曰左手也謂左助之手也以手助手是曰左以口助手是曰右**从ナ工**工者左助之意則箇切十七部**凡左之**

差 ㄔㄚ 1 精　△𢀩

屬皆从左

𢀩貳也左不相値也貳各本作貳左各本作差今正貳者㤥之假借字心部曰忒失當也失當卽所謂不相値也釋言曰爽差也爽忒也㤥與忒蓋本一字尚書二衍忒宋世家作貣易四時不忒京房作貣管子全書皆以貣爲忒貣與貳形易相誤月令宿離不貸釋文貸他得切徐音二無有差貸釋文貸音二又他得反緇衣其儀不忒釋文忒他得反又作貳音二漢費鳳碑貸與則德韵婁氏釋作貳皆貣之誤爲貳者也貳與貣忒音既脂之迴別義則杜訓副也副貳之解何得同於差㤥乎左氏傳其卜貳圉杜注貳代也按外傳作以代圉謂用世次當立之圉左傳作貳圉謂副貳之圉坊記注引之此則當各依文爲釋杜注左云貳代也似爲牽合此云貳也者用漢人常用字故不作㤥也云左不相値也者左之而不相當則𢀩矣今俗語所謂左也故其字从左从𠂹𠂹者乖也**从左𠂹**韵會作𠂹省聲疑是乖省聲之誤初牙切十七部在支韵則楚宜切在佳卦韵則楚佳楚懈切說文竹部曰篸差木部曰椮差系部曰參縿吉日傳曰差擇也其引伸之義也**𢀩籀**

工 ㄍㄨㄥ 18見　△㠭　式 ㄕˋ 25透　巧 ㄑㄧㄠˇ 21溪　巨 ㄐㄩˋ 13匣　△榘　△𢀚

文𢀩从二　从二者岐出乖異之意

文二　重一

工　巧飾也　飾拭古今字又部曰㕞飾也巾部曰飾㕞也聿部曰𦘒聿飾也彡部曰彡毛飾畫文也皆今之拭字也此云巧飾也者依古文作㠭爲訓彡者飾畫文也巧飾者謂如𢎥人施廣領大袖以仰涂而領袖不汚是也惟孰於規榘乃能如是引伸之凡善其事曰工見小雅毛傳　象人有規榘　直中繩二平中準是規榘也　與巫同意　㠭有規榘而彡象其善飾巫事無形亦有規榘而㠯象其兩裦故曰同意凡言某與某同意者皆謂字形之意有相似者古紅切九部　凡工之屬皆从工　㠭　古文工从彡

式　法也　廌部法作灋灋荆也引伸之義爲式用也按周禮八灋八則九式異其文注曰則亦法也式謂用財之節度　从工弋聲　賞職切一部

巧　技也　手部曰技巧也　从工丂聲　苦浩切古音在三部丂部曰古文以丂爲巧

巨　規巨也　周髀筭經曰圜出於方方出於矩矩出於九九八十一故折矩以爲句廣三股脩四徑隅五既方其外半之一矩環而共盤得成三四五兩矩共長二十有五是謂積矩用矩之道平矩以正繩偃矩以望高覆矩以測深臥矩以知遠環矩以爲圓合矩以爲方方屬地圓屬天天圓地方方數爲典以方出圓按規矩二字猶言法度古不分別規圓矩方者圓出於方圓方皆出於矩也夫部曰規有法度也不言圓曰規考工記斬轂之道必矩其陰陽注矩謂刻識之也凡識其廣長曰矩故凡有所刻識皆謂之矩　从工象手持之　謂コ也其呂切五部按後人分別巨大也矩法也常也與說文字異其呂切唐韵也廣韵作矩榘入九麌俱雨切又云說文又其呂切此出說文音隱　榘　巨或从木矢　矢者其中正也　矢部曰有所長短以矢爲正按今字作矩省木　𢀚　古文巨　此爲象手持之小篆變之取整齊耳大學絜矩之道注云矩或作巨此古文之遺也

㠭 ㄓㄢˇ 3端　（展）　塞 ㄙㄜˋ 25心　巫 ㄨ 13明　△𢍏　覡 ㄒㄧˊ 11匣

文四　重三

㠭　極巧視之也　工爲巧故四工爲極巧極巧視之謂如離婁之明公輸子之巧既竭目力也凡展布字當用此展行而㠭廢矣玉篇曰㠭今作展　从四工　知衍切十四部　凡㠭之屬皆从㠭

𡫳　窒也　穴部曰窒𡫳也此與土部塞音同義異與心部𡫳音同義近塞隔也隔塞也與𡫳窒訓別𡫳實也實富也與𢍏窒訓近凡塡塞字皆當作𢍏自塞行而𢍏𡫳皆廢矣　从㠭从𠬞窒宀中　竦手舉物塡屋中也从三字會意　㠭猶齊也　說从㠭之意凡漢人訓詁本異義而通之曰猶㠭从四工同心同力之狀窒不必極巧故曰猶齊注經者多言猶許書言猶者三見耳穌則切一部

文二

巫　巫祝也　依韵會本三字一句按祝乃覡之誤巫覡皆巫也故覡篆下總言其義示部曰祝祭主贊辭者周禮祝與巫分職二者雖相須爲用不得以祝釋巫也　女能事無形㠯舞降神者也　無舞皆與巫疊韵周禮女巫無數旱暵則舞雩許云能以舞降神故其字象舞裦　象人兩裦舞形　謂㠯也太史公曰韓子稱長袖善舞不言从工者工小篆也巫小篆之仍古文者也古文不从小篆也不言工象人有規榘者已見上文工下矣式巧何以从工式巧之古文本从㠭也巨何以从工也巨下云从工猶云象規榘也　與工同意　此當云與㠭同意說見工下武扶切五部　古者巫咸初作巫　蓋出世本作篇君奭曰在大戊時則有巫咸乂王家書序曰伊陟相大戊伊陟贊于巫咸馬云巫男巫名咸殷之巫也鄭云巫咸謂爲巫官者封禪書曰伊陟贊巫咸巫咸之興自此始謂巫覡自此始也或云大臣必不作巫官是未讀楚語矣賢聖何必不作巫乎　凡巫之屬皆从巫　𢒉　古文巫　筮之小篆从此

覡　能齊肅事神明者　楚語民之精爽不攜貳者而又能齊肅衷正其知能上下比義其聖能光遠宣朗其

明能光照之其總能聽徹之如是則明神降之在男曰覡在女曰巫是使制神之處位次主而爲之牲器時服韋注齊一也肅敬也巫覡見鬼者今說文齊作齋非國語神明作明神非在男曰覡在女曰巫此析言之耳統言則周禮男亦曰巫女非不可曰覡也詩譜曰陳大姬無子好巫覡禱祈鬼神歌舞之樂民俗化而爲之从巫見見鬼者也故从見胡狄切十六部

文二　重一

甘 ㄍㄢ 32見　甜 ㄊㄧㄢˊ 32定　曆 ㄍㄢ 32見　猒 ㄧㄢ 32影　△猒　甚 ㄕㄣˋ 28定　△是

甘美也羊部曰美甘也甘爲五味之一而五味之可口皆曰甘从口含一一道也食物不一而道則一所謂味道之腴也古三切古音在七部凡甘之屬皆从甘

甛美也周禮注恬酒恬卽甛字从甘舌舌知甘者說从舌之意

曆和也和當作盉寫者亂之耳皿部曰盉調味也从甘厤厤調也說从厤之意厂部曰厤治也秝部曰稀疏適也稀疏適者調龢之意周禮凡和春多酸夏多苦秋多辛冬多鹹調以滑甘此从甘厤之義也各本及篇韵集韵類篇字體皆譌今正甘亦聲讀若函古三切七部

猒飽也足也足也二字依韵會增淺人多改猒爲厭厭專行而猒廢矣猒與厭音同而義異雒誥萬年猒于乃德此古字當存者也按飽足則人意倦矣故引伸爲猒倦猒憎釋詁曰豫射厭也是也豫者古以爲舒字安也亦緩也洪範曰豫曰急豫猶怠也猒厭古今字猒饜正俗字从甘肰肰犬肉也此會意於盬切古音在七部

猒猒或从㠯㠯用也用之猶甘之也

甚尤安樂也尤甘也引伸凡殊尤皆曰甚从甘匹句匹各本誤甘依韵會正常枕切七部匹逗耦也說从匹之意人情所尤安樂者必在所溺愛也

甚古文甚从口猶从甘也

文五　重二

旨 ㄓˇ 4端　嘗 ㄔㄤˊ 15定　△香

旨美也疊韵今字以爲意恉字从甘匕聲職雉切十五部凡旨之屬皆从旨

旨古文旨从千甘者謂甘多也

嘗口味之也引伸凡經過者爲嘗未經過爲未嘗从旨尚聲市羊切十部

文二　重一

按旨部本在亏前喜後江聲曰旨當與甘爲類今移於此

曰 ㄩㄝ 2匣　曹 ㄘㄠˊ 11清　曷 ㄏㄜˊ 2匣　曶 ㄏㄨ 8曉　△曶

曰詞也詞者意內而言外也有是意而有是言亦謂之曰亦謂之云云曰雙聲也釋詁粵于爰曰也此謂詩書古文多有以曰爲爰者故粵于爰曰四字可互相訓以雙聲疊韵相假借也从口乚象口气出也各本作从口乙聲亦象口气出也非是孝經音義曰从乙在口上乙象氣人將發語口上有氣今據正王伐切十五部凡曰之屬皆从曰

曹告也按下云从曰从冊會意則當作冊告也三字簡牘曰冊以簡告誡曰曹冊行而曹廢矣从曰从冊冊亦聲楚革切十六部

曷何也雙聲也詩有言曷者如曷不肅雝箋云曷何也有言害者如害澣害不傳云害何也害者曷之假借字詩書多以害爲曷釋詁曷止也此以曷爲遏釋言曰曷盍也此亦假借凡言何不者急言之但云曷也从曰匃聲胡葛切十五部

曶出气詞也玉篇作曶出气者其意也曶者其言也意內言外謂之詞此與心部忽音同義異忽忘也若羽獵賦蠁曶如神傳毅舞賦雲轉飄曶漢樊敏碑奄曶滅形皆出气之意倏欻之皃本當用此字不當作忽忘字也楊雄傳於時人皆曶之則假曶爲忽古今人表仲忽作中曶許云鄭大子曶則未識名字取何義也今則忽行而曶廢矣从曰勹象气出形呼骨切十五部俗作曶春秋傳曰鄭大子曶始見左傳桓公十年今字作忽

曶籒文曶从口一曰佩也象形按六字當作一曰佩曶也五字系於象气出形之下春秋傳之上淺人改易之致不通耳不得謂古笏可从口不可从曰亦不得謂曶象笏形也咎繇謨六律五聲八音在治忽漢書在治曶作七始訓史記作來始滑裴駰曰尚書滑

朁 ㄘㄢˇ 28清

字作曶音忽鄭曰曶者臣見君所秉書思對命者也君亦有焉據此則象笏字古作𡇒許竹部無笏

朁 曾也釋言大雅傳小雅箋同八部曰曾者䛐之舒也曾之言乃也詳八部从曰兓聲七感切古音在七部詩曰朁不畏明大雅文今民勞十月之交爾雅字皆作憯憯之本義痛也

沓 ㄊㄚˋ 27定

沓 語多沓沓也孟子毛傳釋詩皆曰泄泄猶沓沓也引伸爲凡重沓字假借爲達字毛生民傳曰達達生也先生姜嫄之子先生者也達生卽沓生謂始生而如再生三生之易也車攻傳曰舄達履也達履卽沓履所謂複下曰舄也板箋曰女無憲憲然無沓沓然爲之制法度達其意以成其惡以達釋沓是其理也从水曰會意也徒合切古音蓋在十五部遼東有沓縣兩志皆作遼東沓氏縣顏曰凡言氏者皆謂因之而立名

曹 ㄘㄠˊ 21從

曹 獄兩曹也兩曹今俗所謂原告被告也曹猶類也史記曰遺吏分曹逐捕古文尚書兩造具備史記兩造一作兩遭兩遭兩造卽兩曹古字多假借也曹之引伸爲輩也羣也从棘在廷東也兩曹在廷東故从二東之棘其制未聞也从曰治事者也謂聽獄者已上十二字依韵會本昨牢切古音在三部

文七　重一

乃 ㄋㄞˇ 24泥

乃 曳䛐之難也玉篇䛐作離非也上當有者字曳有矯拂之意曳其言而轉之若而若乃皆是也乃則其曳之難者也春秋宣八年日中而克葬定十五年日下昃乃克葬公羊傳曰而者何難也乃者何難也曷爲或言而或言乃乃難乎而也何注言乃者內而深言而者外而淺按乃然而汝若一語之轉故乃又訓汝也象气之出難也气出不能直遂象形奴亥切一部凡乃之屬皆从乃

△𢎗

乃 古文乃

乃 籀文乃三之以見其意

△弜 迺 ㄋㄞˇ 24泥

迺 驚聲也从乃省卣聲卣聲宋本作西聲不誤趙鈔及俗刻作卣聲誤甚从弓省者从弓而未盡其曲折也卣者籀文西字以西爲聲也鍇本作从乃卣省聲非是驚聲者驚訝之聲與乃字音義俱別詩書史漢發語多用此字作迺而流俗多改爲乃按釋詁曰仍迺侯乃也以乃釋迺則本非一字可知矣西聲則古音當在十三部古音西讀如詵又讀如仙

迺 籀文迺不省按此五字疑有誤當作卣籀文卣說文之通例如此或曰迺逗鍇作隨非往也元應書三引倉頡篇迺往也讀若仍如乘切按此三字不在卣聲之下而系於此是或說往義之音則然也仍孕字皆乃聲一部與六部合音也迺讀若仍則謂从卣乃省聲或說與前說迥異今人迺讀乃與或說相近

卣 ㄧㄡˇ 21定　△逌

卣 气行皃䌛作逌禹貢陽鳥攸居豐水攸同九州攸同漢地理志攸皆作逌逌之言于也陽鳥于是南來得所也與爰粤義同劉歆書逌人使者謂行人之官也从弓卣聲讀若攸按依上迺云从弓省則此亦當有省字以周切三部

卣 古文卣卣本古文此又古文之異者也

文三　重三

丂 ㄎㄠˇ 21溪

丂 气欲舒出ㄅ上礙於一也ㄅ者气欲舒出之象一其上不能徑達此釋字義而字形已見故不別言形也苦浩切古音在三部丂古文以爲亏字亏與丂音不同而字形相似字義相近故古文或以丂爲亏又以爲巧字此則同音假借凡丂之屬皆从丂

粤 ㄆㄧㄥ 12滂

粤 亟䛐也其意爲亟其言爲粤是曰意內言外粤亦語䛐也說文𢔩𢓜爾雅作粤夆假借字也从丂从由普丁切十一部或曰粤俠也與一曰同此謂粤與俜音義同人部曰俜俠也俠俜也漢季布傳爲人任俠音義或曰任氣力也俠粤也三輔謂輕財者爲粤所謂俠也今人謂輕生曰粤命卽此粤字

寧 ㄋㄧㄥˊ 12泥

寧 願䛐也其意爲願則其言爲寧是曰意內言外盌部曰盌安也今字多假寧爲盌寧行而盌廢矣古文尚書蓋有盌字陸氏於大禹謨曰盌安也說文安盌字如此寧願詞也此陸氏依許分別二字今本經宋開寶閒改竄不可讀从丂盌聲奴丁切十一部

𠀀 ㄏㄜ 1曉

𠀀 反丂也讀若呵虎何切十七部

可ㄎㄜˇ 1溪　奇ㄑㄧˊ 1匣　哥ㄍㄜ 1見　哿ㄍㄜˇ 1見

文四

可　肎也肎者骨閒肉肎肎箸也凡中其肎綮曰肎可肎雙聲从口丂口气舒丂亦聲肯我切十七部凡可之屬皆从可

奇　異也不羣之謂一曰不耦奇耦字當作此今作偶俗按二義相因从大从可會意可亦聲古音在十七部今音前義渠羈切後義居宜切

哿　可也見小雅毛傳从可加聲古我切十七部詩曰哿矣富人

哥　聲也此義未見用者今呼兄爲哥从二可古俄切十七部古文㠯爲歌字漢書多用哥爲歌

文四　鉉新附有叵字不可也從反可按元應引三蒼叵不可也說文敘目亦云雖叵復見遠流

兮ㄒㄧ 10匣　⿱旬兮ㄙㄣˇ 6心　△⿰忄⿱旬兮　羲ㄒㄧ 1曉　乎ㄏㄨ 13匣

兮　語所稽也兮稽疊韵稽部曰畱止也語於此少駐也此與哉言之閒也相似有假猗爲兮者如詩河水淸且漣猗是也从丂八象气越亏也越亏皆揚也八象气分而揚也胡雞切十六部凡兮之屬皆从兮

⿱旬兮　驚詞也詞各本作辭誤今依篇韵正其意驚也其言⿱旬兮也是爲意內言外从兮旬聲思允切十二部

⿰忄⿱旬兮　⿱旬兮或从心大學瑟兮僩兮者恂栗也注曰恂字或作峻讀爲嚴峻之峻言其容貌嚴栗也按大學之恂卽說文之⿰忄⿱旬兮有驚懼之意故恂栗爲容皃嚴栗心部曰恂信心也是其本義大學則假恂爲⿰忄⿱旬兮也莊子衆狙見之恂然棄而走亦是驚意

羲　气也謂气之吹噓也按气下當有奪字从兮義聲許羈切古音在十七部

乎　語之餘也乎餘疊韵意不盡故言乎以永之班史多假虖爲乎从兮象聲上越揚之形也謂首筆也象聲气上升越揚之狀戶吳切五部

文四　重一

号ㄏㄠˊ 19匣　號ㄏㄠˊ 19匣　亏ㄩˊ 13匣　虧ㄎㄨㄟ 13溪　△⿰雐兮　粵ㄩㄝˋ 2匣　吁ㄒㄩ 13曉

号　痛聲也号嘑也凡嘑號字古作号口部曰嘑号也今字則號行而号廢矣从口在丂上丂者气舒而礙雖礙而必張口出其聲故口在丂上号咷之象也胡到切二部按當讀平聲凡号之屬皆从号

號　嘑也嘑各本作呼今正呼外息也與嘑義別口部曰嘑號也此二字互訓之證也釋言曰號謼也魏風傳曰號呼也以說文律之謼呼皆假借字號嘑者如今云高叫也引伸爲名號爲號令从号从虎嘑号聲高故从号虎哮聲厲故从虎号亦聲乎刀切亦去聲二部

文二

亏　於也於者古文烏也烏下云孔子曰烏亏呼也取其助气故以爲烏呼然則以於釋亏亦取其助气釋詁毛傳皆曰亏於也凡詩書用亏字凡論語用於字蓋亏於二字在周時爲古今字故釋詁毛傳以今字釋古字也凡言於皆自此之彼之詞其气舒亏檀弓易則易亏則亏論語有是哉子之亏也亏皆廣大之義左傳亏民生之不易杜云亏曰也此謂假亏爲曰與釋詁亏曰也合象气之舒亏从丂从一一者其气平也气出而平則舒亏矣羽俱切五部按今音亏羽俱切於央居切烏哀都切古無是分別也自周時已分別於爲屬辭之用見於羣經爾雅故許仍之凡亏之屬皆从亏

虧　气損也引伸凡損皆曰虧小雅㒳言不騫不崩魯頌作不虧不崩毛曰騫虧也从亏雐聲去爲切據道德經古音在十七部虧在五部魚歌合韵也

⿰雐兮　虧或从兮亏兮皆謂气

粵　亏也釋詁曰粤于爰曰也爰粵于也爰粤于那都繇於也粤與于雙聲而又从亏則亦象气舒亏也詩書多假越爲粵箋云越於也又假曰爲粤宷愼之譽也也各本作者今正此說从宷之意粤亏皆訓於而粤尤爲宷度愼重之譽故从宷从宷亏宷愼而言之也王伐切十五部周書曰粵三日丁亥今召誥越三日丁巳亥當作巳

吁　驚語也吕荆王曰吁來按亏有大義故从亏之字多訓大者芋下云大葉實根駭人吁

平ㄆㄧㄥˊ 12並　△𠀭　喜ㄒㄧˇ 24曉　△歖

訓驚語故从亏口亏者驚意此篆重以亏會意故不入口部如句丩屬字之例後人又於口部增吁解云驚也宜刪

从口亏亏亦聲況于切五部

平語平舒也引伸爲凡安舒之偁从亏八句八逗分也說从八之意分之而勻適則平舒矣符兵切十一部爰禮說爰禮者敍目云孝宣皇帝時沛人爰禮是也

𠀭古文平如此此等篆皆轉寫譌亂何氏煌曰玉篇中畫不斷小篆疑从古文省也今从玉篇

文五　重二

喜樂也樂者五聲八音總名樂記曰樂者樂也古音樂與喜樂無二字亦無二音从壴从口壴象陳樂立而上見从口者笑下曰喜也聞樂則笑故从壴从口會意虛里切一部凡喜之屬皆从喜

歖古文喜从欠蓋古文作歖轉寫誤耳與歡同同下當有意謂皆从欠也

憙ㄒㄧˋ 24曉　嚭ㄆㄧˇ 24滂　壴ㄓㄨˋ 16端　尌ㄕㄨˋ 16定

憙說也說者今之悅字樂者無所箸之言悅者有所箸之言口部嗜下曰憙欲之也然則憙與嗜義同與喜樂義異淺人不能分別認爲一字喜行而憙廢矣顏師古曰喜下施心是好憙之意音虛記切从心喜喜亦聲許記切一部古有通用喜者如封禪書天子心獨喜其事者

嚭大也从喜否聲按訓大則當从丕集韵一作嚭是也匹鄙切十五部春秋傳吳有大宰嚭見左傳

文三　重一

壴陳樂立而上見也謂凡樂器有虡者豎之其顛上出可望見如詩禮所謂崇牙金部所謂鎛鱗也厂部曰屵岸上見也亦謂遠可望見从屮豆豆者豎也豎堅立也豆有骹而直立故侸豎从豆壴亦从豆屮者上見之狀也艸木初生則見其顛故从屮中句切四部凡壴之屬皆从壴

尌立也與人部侸音義同今字通用樹爲之樹行而尌廢矣周禮注多用尌字从壴从寸句寸逗此字補持之也寸與又古通用又者手也此說从寸之意壴而復持之則固矣壴亦聲讀若駐常句切四部

鼜ㄑㄧˋ 21清　彭ㄆㄥˊ 15並

鼜夜戒守鼓也周禮鼓人軍旅夜鼓鼜注同此鎛師凡軍之夜三鼜皆鼓之守鼜亦如之注曰守鼜備守鼓也鼓之以鼖鼓从壴鼓必有虡从壴者鼓之省蚤聲今周禮作鼜禮此當云禮記軍禮司馬法百五十五篇藝文志以入禮家昏鼓四通爲大鼓四者陰數唐李靖云鼓三百三十三槌爲一通未知古法然不大鼓當依周禮注作大鼜大鼜謂大行夜也夜半三通爲戒晨戒晨周禮注作晨戒旦五通爲發明旦鉉本作旦明周禮注亦作旦明發明周禮注作發昫日部曰昫日出溫也已上據鼓人注乃司馬法之文也讀若戚戚古音如促朩聲與蚤聲同在三部眡瞭注云杜子春讀鼜爲憂戚之戚擊鼓聲疾數故曰戚許意同也杜以他經傳無鼜字故或讀爲造次之造或易爲戚許則謂但讀如戚而已今音倉歷切

彭鼓聲也詩之言鼓聲者惟鼉鼓逢逢毛曰逢逢和也逢逢埤

嘉ㄐㄧㄚ 1見

蒼廣雅作韸韸高注淮南呂覽郭注山海經引詩皆作韸韸許無韸字彭卽韸也東陽合韵也毛詩出車彭彭又四牡彭彭又駟騵彭彭又以車彭彭凡言彭彭皆謂馬卽鄭風駟介旁旁之異文彭旁皆假借其正字則馬部之騯也言馬而假鼓聲之字者其壯盛相似也齊風行人彭彭傳曰多皃亦盛意从壴鼓省从彡从彡各本作彡聲今正从彡猶从三也指之列多略不過三故毛飾畫文之字作彡彭亦从彡也大司馬冬狩言三鼓者四言鼓三闋者一左傳曹劌亦言三鼓雖未知每鼓若干聲而从彡之意可見矣薄庚切古音在十部同旁

嘉美也見釋詁又曰嘉善也周禮以嘉禮親萬民鄭曰嘉善也所以因人心所善者而爲之制按誩部曰譱吉也羊部曰美與善同意經有借假爲嘉者如大雅周頌毛傳皆曰假嘉也是也有借賀爲嘉者覲禮古文余一人嘉之今文嘉作賀是也从壴壴者陳樂也故嘉从壴加聲古牙切十七部

文五

鼓 ㄍㄨˇ 13見　△鼛　鼛 ㄍㄠ 21見　鼖 ㄈㄣˊ 9並　△鞼　鼙 ㄆㄧˊ 10並

鼓　**郭也**城𩫏字俗作郭凡外障內曰郭自內盛滿出外亦曰郭郭廓正俗字鼓郭疊韵**春分之音萬物郭皮甲而出故曰鼓**風俗通全用此說**从壴**鼓必有虞也**从中又中象𠂹飾又象其手擊之也**各本篆文作鼓此十四字作从支支象其手擊之也今正弓部弢下云从弓从中又中垂飾與鼓同意一則鼓之从中僚然矣弢鼓皆从中以象飾一象弓衣之飾一象鼓虞之飾也皆从又一象手執之一象手擊之也夢英所書郭氏佩觿皆作鼓是也凡作鼓作鼓作鼓者皆誤也从中从又非从屮滑之屮後人譌刪弓衣之飾如紛綏是也鼓虞之飾如祟牙樹羽是也工戶切五部**周禮六鼓靁鼓八面靈鼓六面路鼓四面鼖鼓皐鼓晉鼓皆兩面**六鼓見周禮鼓人六面四面兩面鄭與此同**凡鼓之屬皆从鼓**

鼓　**籀文鼓从古**

鼛　**大鼓也**周禮作皐古音同在三部也鼓人以皐鼓鼓役事韗人爲皐鼓長尋有四尺倨句磬折毛傳鼛大鼓也長一丈二尺**从鼓咎聲**古勞切古音在三部**詩曰鼛鼓不勝**不二徐同汲古閣作弗非也今頪篇集韵宋刻說文皆作不大雅文今詩不作弗

鼖　**大鼓謂之鼖**凡貣聲字多訓大如毛傳云墳大防也頒大首皃汾大也皆是卉聲與貣聲一也**鼖八尺而兩面**韗人鼓長八尺鼓四尺中圍加三之一謂之鼖鼓鄭曰大鼓謂之鼖**㠯鼖鼓軍事**見鼓人**从鼓卉聲**鉉本改作貣省聲非也貣从貝卉聲微與文合韵冣近符分切十三部

鞼　**鼖或从革貣聲**鉉本改作貣不省非是大司馬職作貣鼓卽韇之省也

鼙　**騎鼓也**戴先生曰儀禮有朔鼙應鼙鼙者小鼓與大鼓爲節魯鼓薛鼓之圖圓者擊鼙方者擊鼓後世不別設鼙以擊鼓側當之作堂下之樂先擊朔鼙應鼙應之朔者始也所以引樂故又謂之棘棘之言引也朔鼙在西置鼓北應鼙在東置鼓南東方諸縣西鄉西方諸縣東鄉故也按大司馬云師帥執提旅帥執鼙大鄭曰提謂馬上鼓有曲木提持鼓立馬髦上者然則騎鼓謂提非謂鼙也許與大鄭異**从鼓卑聲**部迷切十六部

五篇上　三十五

⿱隆鼓　**鼓聲也**此當云⿱隆鼓⿱隆鼓鼓聲也篇韵良弓切其作鼕讀徒東徒冬二切者卽⿱隆鼓鼕之變也**从鼓隆聲**徒冬切九部

鼘　**鼘鼘鼓聲也**各本無鼘鼘二字今依韵會詩小雅商頌作淵淵魯頌作咽咽皆假借字也魯須音義曰本又作鼘譌字也小雅傳曰淵淵鼓聲也魯頌傳曰咽咽鼓節也**从鼓淵聲**烏元切十二部**詩曰鼘鼓鼘鼘**今商頌作鞉鼓淵淵

鼞　**鼓聲也**周禮注曰司馬法云鼓聲不過閶鼙聲不過闒鐸聲不過琅音義曰闛吐剛反然則闛卽鼞也投壺音義曰口鄭呼爲鼓其聲高其音鏜鏜然鏜音吐郎反是則鏜亦鼞也上林賦金鼓迭起鏗鎗闛鞈顏曰鏗鎗金聲闛鞈鼓音闛亦鼞也揚雄賦闛闛卽闛闛堂聲昌聲古通用耳**从鼓堂聲**土郎切十部**詩曰擊鼓其鼞**邶風文今詩作鏜金部曰鏜鼓鐘聲也鼓鐘謂擊鐘也字从金故曰鐘聲於鼓言鏜爲假借按今金部鏜下作鐘鼓之聲蓋誤倒

⿱鼓合　**鼙聲也**鼙各本誤作鼓今正司馬法曰鼙聲不過闒音義曰闒吐臘反劉湯荅反臘今誤从犬闒卽⿱鼓合字也投壺音義曰○鄭呼爲鼙也其聲下其音楬楬然楬音吐臘反楬亦卽⿱鼓合也史記上林賦鏗鎗鏜⿱鼓合漢書文選作闛鞈郭璞曰闛鞈鼓音也此渾言之耳鼙亦鼓也淮南兵略訓若聲之與響若鏜之與鞈高注鏜鞈鼓鼙聲此謂鏜鼓聲鞈鼙聲也**从鼓合聲**徒合切七部按當依釋文吐臘反

鞈　**古文⿱鼓合从革**按革部有此字別爲訓後人誤移此增彼也

⿱鼓咠　**鼓無聲也**上文皆言聲故以鼓無聲廁於後**从鼓咠聲**他叶切七部字又作鼛

⿱鼓缶　**鼓鼙聲**　**从鼓缶聲**土盍切按缶聲不得土盍切明矣玉篇曰鼛鼓聲也七盍切廣韵曰鼛鼓聲也倉雜切皆卽其字缶者去之譌去聲古或入侵部也然皆鼛之誤字耳今鼛之解說既更正則鼛篆可刪

文十　重三

⿱隆鼓 ㄌㄨㄥˊ 18定　鼘 ㄩㄢ 6影　鼞 ㄊㄤ 15透　⿱鼓合 ㄊㄚˋ 27定　△鞈　⿱鼓咠 ㄊㄝˋ 27透　⿱鼓缶 ㄘㄚˋ 21透　豈 ㄑㄧˇ 7曉

豈　**還師振旅樂也**公羊傳曰出曰祠兵入曰振旅周禮大司樂曰王師大獻則令奏愷樂注

五篇上　三十六

愷 ㄎㄞˇ 7溪　𧯛 ㄑㄧˊ 7匣　豆 ㄉㄡˋ 16定

曰大獻獻捷於祖愷樂獻功之樂鄭司農說以春秋晉文公敗楚於城濮傳曰振旅愷以入於晉按經傳豈皆作愷

一曰欲登也 各本作欲也登也多也字今刪正欲登者欲引而上也凡言豈者皆庶幾之詞言幾至於此也故曰欲登曾子問周公曰豈不可注言是豈於禮不可按此謂於禮近於不可也漢書丙吉傳豈宜褒顯猶言葢庶幾宜褒顯也周漢文字用豈同此者甚多舉二事足以明矣欠部有㰻字幸也文王世子注孔廟禮器碑有騐字意皆與豈相近騐卽豈之變也豈本重難之詞故引伸以爲疑詞如召南傳曰豈不言有是也後人文字言豈者其意若今俚語之難道是與曾子問丙吉傳二豈字似若相反然其徘徊審顧之意一也 **从豆** 豆當作壴省二字豈爲獻功之樂壴者陳樂也 **𢼸省聲** 𢼸各本作微誤今依鉉本𢼸下注語正墟豨切十五部按鉉本豨作喜誤 **凡豈之屬皆从豈**

愷 康也 愷康雙聲釋詁曰康安也毛傳釋豈弟曰豈樂也弟易也按奏豈經傳多作愷愷樂毛詩亦作豈是二字互相假借也愷不入心部而入此者重以豈會意也詩又作凱俗字也邶風傳曰凱風謂之南風樂夏之長養凱亦訓樂卽愷字也 **从豈心豈亦聲** 苦亥切古音在十五部

𧯛 汔也 汔各本作㣲無此字今正釋詁曰𧯛汔也孫炎曰汔近也民勞箋云汔幾也幾與𧯛同汔與訖同汔水涸也水涸則近於盡矣故引爲凡近之譬木部杚平也亦摩近之義也幺部曰幾微也殆也然則見幾研幾字當作幾庶幾幾近字當作𧯛幾行而𧯛廢矣 **訖事之樂也从豈** 說从豈之意也終事之樂五角切如賓出奏陔公入奏驁是也終事之樂盧各切如言可與樂成是也其意一也故从豈訖與汔通 **幾聲** 按當云从豈幾幾亦聲渠稀切十五部

文三

豆 古食肉器也 考工記曰食一豆肉中人之食也左傳曰四升爲豆周禮醢人掌四豆之食 **从口** 音圍象器之容也 **象形** 上一象幎也特牲籩巾以綌纁裏士昏醯醬二豆菹醢四豆兼巾之士喪

𣅀 △　梪 ㄉㄡˋ 16定　𧯷 ㄐㄧㄣ 26見　䜴 ㄐㄩㄢ 3見　𧯞 ㄨㄢ 3影

籩豆用布巾是也下一象𠆢也祭統注曰鐙豆下跗是也丨象骹也祭統曰夫人薦豆執校校者骹之假借字注云豆中央直者是也豆柄一而已兩之者望之則兩也畫繪之法也考工記曰豆中縣注縣繩正豆之柄是也豆柄直立故豎侸豈字皆从豆徒候切四部 **凡豆之屬皆从豆**

𣅀 古文豆 鍇本如此作玉篇亦曰𣅀古文當近是

梪 木豆謂之梪 釋器曰木豆謂之梪竹豆謂之籩瓦豆謂之登毛傳亦曰木曰豆瓦曰登所以薦菹醢也瓦曰登所以薦大羹也毛詩豆當作梪旅人豆中縣豆本瓦器故木爲之則異其字韓勑碑爵鹿柤梪僞古文武成有梪 **从木豆** 豆亦聲徒候切四部

𧯷 蠡也 瓠部曰瓢蠡也然則𧯷瓢也蠡說文三見斗部曰斡蠡柄也并此及瓠部凡三見也蠡之言離方言曰劙解也一瓠離爲二故曰蠡鄭注鬯人云瓢謂瓢蠡也漢書以蠡測海張晏曰蠡瓠瓢也字皆借蠡九歎瓟蠡蠹於筐簏急就篇蠡升參升半卮觛方言蠡或謂之瓢或謂之簞或謂之櫼則字皆从瓜王伯厚注急就云皇象碑本作蠡李本作蠡廣韵齊韵薺韵皆有蠡士昏禮四爵合巹注云合巹破匏也昏義亦作巹正義云以一瓠分爲兩瓢巹者𧯷之假借字巹从丞聲𧯷从丞聲故同音假借 **从豆** 此非豆而从豆者謂瓠可盛飲食略同豆 **蒸省聲** 艸部蒸或省火作烝不云烝聲者烝字後出也古音在六部今音居隱切劉昌宗呂忱反語已誤

䜴 豆屬 此本艸經之大豆黃卷也味甘平主濕痹筋攣膝痛唐本注云以大豆爲芽糵生便乾之名爲黃卷靈樞曰腎病者宜食廣韵阮韵云䜴黃豆也 **从豆** 許言尗豆也象豆生之形也荅小豆也其豆莖也藿尗之少也菽配鹽幽尗也然則尗與古食肉器也同名故登巹二字入豆部按豆卽尗一語之轉周人之文皆言尗少言豆者惟戰國策張儀云韓地五穀所生非麥而豆史記作菽吳氏師道云古語祇稱菽漢以後方呼豆若然則登巹字蓋出漢製乎 **𢍏聲** 居願切廣韵求晚切十四部

𧯞 豆飴也 飴米糵煎也糵芽米也然則豆飴者芽豆煎爲飴也黑部黳下曰讀若飴登之登方言飴謂之餦餭謂之餹郭注以豆屑襍餳也餩卽登字 **从豆夗聲** 一丸切按篇韵皆於月切

一丸非也十四部

𢍺 ㄉㄥ 26端

𢍺 禮器也 生民曰于豆于登釋器毛傳皆曰瓦豆謂之登毛云登薦大羹公食大夫禮大羹湆不和實于鐙登鐙皆假借字劉氏台拱曰詩爾雅皆作登釋文唐石經篇韵皆無登字玉篇有𢍺字俗製登字改經非也 从𠬞持肉在豆上 會意 讀若鐙同 都滕切六部

文六　重一 按𢍺篆當次豆篆之下梪篆之上說解當云豆也乃合豆本陶旅爲之故不云瓦豆也今非其次疑許本無此篆淺人妄增之籒文登作𢍺又或益之肉成此字云从廾持肉在豆上亦非也

豊 ㄌㄧˇ 4來

豊 行禮之器也 豊禮疊韵 从豆象形 上象其形也林罕字源云上从𡴀郭氏忠恕非之按說文之例成字者則曰从某假令上作𡴀則不曰象形盧啟切十五部 凡豊之屬皆从豊 讀與禮同

豑 ㄓˋ 4定

豑 爵之次弟也 爵者行禮之器故从豊有次弟故从弟爵之次弟若士虞禮主人廢爵主婦足爵賓長繶爵祭統玉爵獻卿瑤爵獻大夫散爵獻士及羣有司是也凡酒器皆曰爵則如禮運云宗廟之爵貴者獻以爵賤者獻以散尊者舉觶卑者舉角梓人云獻以爵而酬以觶是也 从豊弟 直質切按因堯典作平秩故爲此音耳當是弟亦聲也十五部 虞書曰 虞當作唐 平豑東作 堯典今文尚書作平秩史記作便程周禮鄭注引書作辨秩許作平豑豑葢壁中古文之字如此孔氏安國乃讀爲秩而古文家從之許存壁中之字如鄭注禮經存古文之字注周禮存故書之字也

文二

豐 ㄈㄥ 18滂

豐 豆之豐滿也 謂豆之大者也引伸之凡大皆曰豐方言曰豐大也凡物之大皃曰豐又曰朦尨豐也豐其通語也趙魏之郊燕之北鄙凡大人謂之豐燕記豐人杼首燕趙之間言圍大謂之豐許云豆之豐滿者以其引伸之義明其本義也周頌豐年傳曰豐大也然則豐年亦此字引伸之義而賈氏儀禮疏不得其解 从豆象形 曲象豆大也此與豊上象形同耳戴侗云唐本曰从豆从山丰聲蜀本曰丰聲山取其高大按生部云丰艸盛丰丰也與豐音義皆同大射儀注曰豐其爲字从豆曲聲近似豆大而卑矣似鄭時有曲字但鄭注轉寫至今亦多譌誤曲聲之聲或是𦡀字儀徵阮氏元說曲字瓦云豐字當是𡴀聲而山象形豐字當是丰丰聲而凵象形一从艸盛之丰一从艸蔡之丰也玉裁按竝丰竝丰說文無字如㬱[illegible]字从兟聲蒜字从祘聲飆轟字从猋聲驫聲𣏟𣏟字从𣏟皆非無字者也則唐本蜀本未可遽信敷戎切九部 一曰鄉飲酒有豐侯者 此別一義鄉當作禮與觚下觶下之誤同禮飲酒有豐侯謂鄉射燕大射公食大夫之豐也鄭言其形云似豆卑而大說者以爲若井鹿盧言其用於鄉射云所以承爵也於大射云以承尊也公食大夫之豐亦當是承爵燕禮之豐亦當是承尊皆各就其篇之文釋之禮但云豐許云豐侯者葢漢時說禮家之語漢律㕒志王命作策豐荆竹書紀年成王十九年黜豐侯阮諶曰豐國名也坐酒亡國崔駰酒箴曰豐侯沈湎荷罌負缶自戮於世圖形戒後李尤豐侯銘曰豐侯荒謬醉亂迷逸乃象其形爲禮戒式後世傳之固無正說三君皆後漢人諶撰三禮圖者漢人傳會禮經有豐侯之說李尤以爲無正說鄭不之用許則襲禮家說也 凡豐之屬皆从豐 𧯛 古文豐

△ 𧯛

豔 ㄧㄢˋ 31定

豔 好而長也 小雅毛傳曰美色曰豔方言豔美也宋衛晉鄭之閒曰豔美色爲豔按今人但訓美好而已許必云好而長者爲其从豐也豐大也大與長義通詩言莊姜之美必先言碩人頎頎言魯莊之美必先言猗嗟昌兮頎若長兮所謂好而長也左傳兩言美而豔此豔進於美之義人固有美而不豐滿者也毛傳及方言皆渾言之也 从豐豐大也 說从豐之意豐之本義當於豔故舉其引伸之義 無盇聲 以贍切八部 春秋傳曰美而豔 左傳桓元年文十六年文

文二　重一

虗 ㄒㄩ 13曉

虗 古陶器也 陶當作匋書多通用匋作瓦器也 从豆虍聲 許羈切按虍聲當在五部

䖒 ㄏㄠˊ 19匣　㿽 ㄓㄨˋ 13定　虍 ㄏㄨ 13曉　虞 ㄩˊ 13疑　虙 ㄈㄨˊ 5並

而虘戲轉入十六部十七部合音之理也凡虘之屬皆从虘䖒土鍪也金部曰鍪鍑屬也鍑釜大口者廣雅鍑鍪鬵鬴也鬵即䖒字鍪金爲之䖒則土爲之鄭注周禮所謂黃㽉也㽉即鍪字鬲部曰秦名土釜曰鬴从虘号聲讀若鎬胡到切二部㿽器也从虘宝宝亦聲直呂切五部闕此疑衍其義其形其聲皆具則無缺矣

文三

虍虎文也象形小徐曰象其文章屈曲也荒烏切五部凡虍之屬皆从虍讀若春秋傳曰虍有餘有譌字不可通疑是賈余餘勇之賈虞騶虞也騶虞山海經墨子作騶吾漢東方朔傳作騶牙皆同音假借字也白虎黑文見毛傳鄭志張逸問傳曰白虎黑文荅曰周史王會云按今王會篇文不具尾長於身見山海經仁獸也食自死之肉毛傳曰騶虞義獸也白虎黑文不食生物有至信之德則應之許云仁獸不同者毛用古左氏修母致子之說許不從也哀十四年左傳服虔注云視明禮修而麟至思睿信立白虎擾言從義成則神龜在沼聽聰知止而名山出龍貌恭禮仁則鳳皇來儀此以昭九年傳云水官不修則龍不至故也毛云麟信而應禮又云騶虞義而應信又云鳳皇靈鳥仁瑞也正用古說許不从古說故麟騶虞皆謂之仁獸鳳謂之神鳥騶虞之仁何也以其不食生物食自死之肉也从虍吳聲五俱切按此字假借多而本義隱矣凡云樂也安也者娛之假借也凡云規度也者以爲度之假借也詩曰于嗟乎騶虞召南文五經異義今詩韓魯說騶虞天子掌鳥獸官古詩毛說騶虞義獸白虎異文食自死之肉不食生物人君有至信之德則應之周南終麟止召南終騶虞俱稱嗟歎之皆獸名謹按古山海經鄒書云騶虞獸說與毛詩同按許說詩从毛作說文則於从毛之中不从其義獸應信之說也鄒書盖謂鄒子書虙虎皃古伏羲字作虙五經文字引論語釋文云宓子賤姓虙文字譌舛轉

△耆

虔 ㄑㄧㄢˊ 9匣　虘 ㄘㄨㄛˊ 13從　虖 ㄏㄨ 13曉　虐 ㄋㄩㄝˋ 20疑　虨 ㄅㄧㄣ 28幫

而爲宓故濟南伏生稱子賤之後也从虍必聲房六切按古音在十二部讀如密顏氏家訓云張揖孟康皆云虙伏古今字而皇甫謐帝王世紀云伏羲或謂之宓羲案諸經史緯候遂無宓羲之號虙宓二字下俱爲必是以誤耳孔子弟子虙子賤即虙羲之後俗字亦爲宓今兗州永昌郡城東門子賤碑漢世所立云濟南伏生即子賤之後是虙之與伏古來通字誤以爲宓較可知矣顏語謂虙音房六切與伏音同而宓音緜一切與虙音殊故謂宓羲宓子賤皆誤字不知虙宓古音正同故虙羲或作宓羲其爲伏羲者如毛詩苾字韓詩作馥語之轉也宓子賤之當爲虙子賤則出黃門肊測而陸氏釋文張氏五經文字從之葢古未有作虙子賤者若論其同从必聲則作虙子賤亦無不可虔虎行皃釋詁大雅商頌傳皆曰虔固也商頌傳魯語注皆曰虔敬也左傳虔劉我邊陲注虔劉皆殺也方言虔慧也虔殺也虔謾也按方言不可盡知其說糾虔虔劉皆即釋詁虔固之義堅固者必敬堅固者乃能殺也堅固者虎行之皃也商頌箋虔椹也亦取堅固之意从虍文聲按聲當是衍字虎行而箸其文此會意讀若矜渠焉切按矜从令聲亦作矝則虔古音當在十二十三部也虘虎不柔不信也剛暴矯詐从虍且聲讀若鄺縣昨何切按邑部曰鄺沛國縣也鄺皆虘聲然則古音本在五部沛人言鄺若昨何切此方言之異而虘讀同之虖哮虖也口部曰哮豕驚聲也唬虎聲通俗文曰虎聲謂之哮唬疑此哮虖當作哮唬漢書多假虖爲乎字从虍乎聲荒烏切五部虐殘也歹部曰殘賊也从虍爪人爪人補三字會意虎足反爪人也覆手曰爪虎反爪鄉外攫人是曰虐魚約切二部䖈古文虐如此虨虎文彪也彪下曰虎文也二字雙聲假借作班漢書敘傳曰楚人謂虎班其子呂爲號上文既曰楚人謂虎於檡矣此正當作楚人謂虎文班上林賦被班文史記作豳文李善曰班文虎豹之皮索隱引輿服志虎賁騎被虎文單衣按豳與彪同部之假借也班與彪同類之假借也錢氏大昕曰易象傳大人虎變其文炳也與下文蔚君爲韵蔚讀

虡ㄐㄩˋ 13匣　△鐻　△虡　虎ㄏㄨˇ 13曉

如𤉢轉移取近㶷當爲彪則音義皆近**从虍彬聲**布還切古音在十三部與文部辬音義皆相近

虡鐘鼓之柎也木部曰柎闌足也靈臺有瞽傳皆曰植者曰虡橫者曰栒考工記曰梓人爲筍虡**飾爲猛獸**梓人曰贏屬恆有力而不能走其聲大而宏若是者以爲鐘虡按鼓虡當亦象贏屬也戴氏考工記圖曰虡所以負筍非以贏者羽者爲虡下之跗也引西京賦洪鐘萬鈞猛虡趪趪負筍業而餘怒乃奮翅而騰驤薛注云當筍下爲兩飛獸以背負張揖注上林賦曰虡獸重百二十萬斤以俠鐘旁俠同夾此可見虡制師古改其注云以縣鐘則昧於古制矣廣韵引埤倉鐻樂器以夾鐘削木爲之與張注同今本廣韵作形似夾鐘則非矣又考上林賦㩧飛虡廣韵引正作虡張揖曰飛虡天上神獸鹿頭龍身是長卿謂虡爲神獸許謂栒虡字飾以猛獸說不同也**从虍畀象形**畀各本作異非今正謂篆之中體象猛獸之狀非畀異二字也形字鉉本無非是**其下足**謂丌也丌者下基也虡之迫地者也其呂切五部

鐻虡或从金豦或當作篆此亦上部之例也周禮典庸器注橫者爲筍從者爲鐻釋文曰鐻舊本作此字今或作虡按經典鐻字祗此一處此字葢秦小篆李斯所作也秦始皇本紀收天下兵聚之咸陽銷以爲鐘鐻本篇引賈生論云銷鋒鑄鐻三輔黃圖曰始皇收天下兵銷以爲鐘鐻高三丈字皆正作鐻葢梓人爲虡本以木始皇乃易以金李斯小篆乃改爲从金豦聲之字司馬賦云千石之鐘萬石之鉅正謂秦物史記作鉅即鐻字之異者也鐘鐻與金人爲二事本紀賈論西都西京二賦三輔黃圖皆竝舉漢賈山傳陳項傳各舉其一學者或認爲一事非也典庸器經文作虡注文作鐻此鄭氏注經之通例如禮經經文作庿注文作廟周禮經文作眡注文作視皆是也

虡篆文虡五經文字曰虡說文也虡隸省也然則虡爲隸字不用小篆而改省古文後人所增也

文九　重三

虎山獸之君从虍从儿會意**虎足象人足也**巳上八字鉉本安改張次立復以鉉本改鍇本惟韵會如是此古本之眞也从儿韵會作从几此其誤已久耳儿部曰孔子曰在人下故詰屈謂人之股腳也虎之股腳似人故其字上虍下儿虍謂其文儿謂其足也說文龜頭黽頭似它頭燕尾似魚尾兔頭似㲋頭莧足似兔足能足似㲋足似鹿足㲋頭似兔足似鹿文義相同儿有其字故先言从儿而後言虎足象人足篆體改作虎則象人足之云不可通顧氏譌吉乃疑虎下當从爪矣今正之凡篆虎字依隸體从儿爲是呼古切五部與十七部通故左氏陽虎論語作陽貨非一名一字也邢昺孫奭乃有虎名貨字之說**凡虎之屬皆从虎**

虎古文虎

虎亦古文虎

△⿸虍勿　△虒　⿰殼虎ㄍㄜˊ 11見　⿰虎日ㄇㄧˋ 14明　⿰去虎ㄏㄢˇ 13曉

⿰殼虎虎聲也篇韵作⿰殼虎**从虎殼聲讀若隔**古覈切十六部

⿰虎日白虎也从虎昔省聲讀若鼏昔當作冥字之誤也水部曰汨从水冥省聲玉篇曰⿰虎冥俗⿰虎日字可證也又按漢書金日磾說者謂密低二音然則日聲可同密蚰部𧖅蜜同字禮古文鼏皆爲密則鼏密音同也今音⿰虎日莫狄切

⿰去虎虎屬釋獸甝白虎許無甝⿰去虎即甝也一說釋文云甝字林下甘反又亡狄反甘聲之字不能切亡狄⿰去虎與甝當是以一譌二未知孰是耳**从虎厺聲**呼濫切鉉等曰去非聲未詳按業韵之㹤怯亦音去劫切而血部之盇隸字多作盍葢厺盇二字古通去聲即盇聲也重讀爲呼濫切

彪ㄅㄧㄠ 21幫　虦ㄓㄢˋ 3從　虪ㄕㄨˋ 21透

虪黑虎也釋獸曰虪黑虎釋文曰虪今作虪吳都賦曰越虪虪**从虎儵聲**式竹切三部此舉形聲包會意也但形聲則言攸聲已足如倏儵是也

虦虎竊毛謂之虦苗苗今之貓字許書以苗爲貓也釋獸曰虎竊毛謂之虦貓按毛苗古同音苗亦曰毛如不毛之地是竊虦淺亦同音也具言之曰虦苗急言之則但曰苗詩言有貓有虎記言迎貓迎虎是也**从虎戔聲**昨閑切十四部**竊淺也**此於雙聲疊韵求之必言此者嫌竊之本義謂盜自中出也大雅曰鞹鞃淺幭傳曰淺虎皮淺毛也言竊言淺一也釋鳥竊藍竊黃竊丹皆訓淺於六書爲假借不得云竊即淺字

彪虎文也此與虨雙聲同義虎皮詩謂之虎如虎韔是也亦謂之文如文茵是也分別言之謂之淺如淺幭是

⿰乞虎 ㄧˋ 8疑　䖈 ㄧˋ 2疑　虓 ㄒㄧㄠ 21曉　⿰虎斤 ㄧㄣˊ 9疑　虩 ㄒㄧˋ 14曉　虢 ㄍㄨㄛˊ 14見　虒 ㄙ 10心　⿰虎騰 ㄊㄥˊ 26定

也說文曰虍曰彪曰彪皆狀其文也班彪字伯皮此取虎文之義也从虍彡彡補句彡逗象其文也說从彡之意彡毛飾畫之文也故虎文之字從之

䖈虎皃从虎乂聲魚廢切十五部

⿰乞虎虎皃篇韵作⿸虍乞从虎乞聲魚迄切十五部

虓虎鳴也大雅闞如虓虎毛曰虓虎虎之自怒虓然按自怒猶盛怒也口部曰唬虎聲也虓與唬雙聲同義从虎九聲四字依韵會本在此許交切古音在三部一曰師子別義謂師子名虓也師獅正俗字釋獸曰狻麑如虦貓食虎豹郭曰即獅子也出西域按鹿部云狻麑獸也不云師子然則許意不同郭也東觀記曰順帝時疎勒王遣使文時詣闕獻獅子似虎正黃有髯耏尾端茸毛其大如斗

⿰虎斤虎聲也猶⿰犭斤為犬吠聲从虎斤聲語斤切古音在十三部

虩易履虎尾虩虩履九四爻辭今易虩虩作愬愬釋文曰愬愬子夏傳云恐懼貌馬本作虩虩云恐懼也說文同按震卦辭震來虩虩馬云恐懼貌鄭同馬鄭用費易許用孟易而字同義同也虩虩二字今補恐懼也巳上引易而釋之一曰蠅虎也崔豹曰蠅虎蠅狐也形似蜘蛛而色灰白善捕蠅一名蠅蝗一名蠅豹从虎按此篆下先引經者以履虎尾說字之从虎也𡭴聲許逆切古音在五部故易一作愬也

虢虎所攫畫明文也攫者叉所抓也畫者叉所劃故有明文也虢字本義久廢罕有用者从虎寽各本衍聲字今正寽在十五部虢在五部非聲也受部曰寽五指寽也虎所攫畫故从虎寽會意今音古伯切

虒委虒㬪韵虎之有角者也虎無角故言者以別之廣韵曰虒似虎有角能行水中按韵會引說文虒以廣韵語非偁古之法从虎厂聲息移切十六部

⿰虎騰黑虎也从虎騰聲徒登切六部按此篆當與虪為伍今非其次或轉寫失而補之或後人羼綴未可定也

文十五　重二

⿱虤曰 ㄧㄣˊ 6疑　贙 ㄒㄩㄢˋ 7匣　虤 ㄧㄢˊ 3疑

虤虎怒也从二虎此與犾兩犬相齧也同意五閑切十四部凡虤之屬皆从虤

⿱虤曰兩虎爭聲从虤从曰會意讀若憖語巾切十二部

贙分別也魏都賦蒹葭贙謂蒹葭茂密若爭地而生也釋獸之贙獸名也从虤對爭貝爭則分別矣讀若回古音在十五部今音胡畎切

文三

皿 ㄇㄧㄣˇ 15明　盂 ㄩˊ 13匣　盌 ㄨㄢˇ 3影　盛 ㄔㄥˊ 12定　齍 ㄗ 4精

皿飯食之用器也飯汲古閣作飲誤孟子牲殺器皿趙注皿所以覆器者此謂皿為幎之假借似非孟意象形與豆同意上象其能容中象其體下象其底也與豆略同而少異凡皿之屬皆从皿讀若猛按古孟猛皆讀如芒皿在十部今音武永切

盂飲器也飲大徐及篇韵急就篇注作飯誤小徐及後漢書注御覽皆作飲不誤木部椲木也可屈為杅者杅即盂之假借字既夕禮兩敦兩杅注杅盛湯漿公羊傳古者杅不穿何注杅飲水器孫卿子曰槃圓而水圓杅方而水方史記滑稽傳操一豚蹏酒一盂而祝後漢書孝明紀盂水脯糒而已方言盂宋楚魏之閒或謂之盌又曰盂謂之柯又曰盂謂之櫨河濟之閒謂之盍盞又曰盂謂之銚銳从皿亏聲羽俱切五部

盌小盂也方言曰盌謂之盂或謂之銚銳又曰盌謂之櫂又曰椀謂之盞从皿夗聲于夗皆坳曲意皆以形聲包會意也鳥管切十四部

盛黍稷在器中㠯祀者也盛者實於器中之名也故亦評器為盛如左傳旨酒一盛喪大記食粥於盛是也引伸為凡豐滿之偁今人分平去古不分也如左傳盛服將朝盛音成本亦作成从皿成聲形聲包會意小徐無聲字會意兼形聲也氏征切十二部

齍黍稷器所㠯祀者各本作黍稷在器以祀者則與盛義不別今从韵會本按周禮一書或兼言齍盛或單言齍單言盛皆言祭祀之事他事絕不言齍盛故許皆云以祀者兼言齍盛若甸師舂人肆師小祝是也單言齍若大宗伯小宗

⿱有皿 ㄧㄡˋ 24匣　△⿱右皿　盧 ㄌㄨˊ 13來　△盧　盬 ㄍㄨˇ 13見　盄 ㄓㄠ 19端　盎 ㄤˋ 15影　△㼜　盆 ㄆㄣˊ 9並　⿱宁皿 ㄓㄨˋ 13定　盨 ㄒㄩ 16心

伯大祝是也單言盛若饎人廩人是也小宗伯逆齍注云受饎人之盛以入然則齍盛可互偁也甸師注云粢稷也穀者稷爲長是以名云肆師注云粢六穀也大祝注云粢號謂黍稷皆有名號也舂人注云齍盛謂黍稷稻粱之屬可盛以爲簠簋實經文齍字注三易爲粢而小宗伯六齍注云齍讀爲粢六粢謂六穀黍稷稻粱麥苽此則易齍爲粢之恉謂齍粢古今字也考毛詩甫田作齊亦作齍用古文禮記作粢盛用今文是則齍粢爲古今字憭然左傳作粢盛則用今字之始左傳曰絜粢豐盛毛曰器實曰齍在器曰盛鄭注周禮齍或專訓稷或訓黍稷稻粱盛則皆訓在器是則齍之與盛別者齍謂穀也盛謂在器也許則云器曰齍實之則曰盛似與毛鄭異蓋許主說字其字从皿故謂其器可盛黍稷曰齍要之齍可盛黍稷而因謂其所盛黍稷曰齍凡文字故訓引伸每多如是說經與說字不相妨也 从皿亝聲 亝禾麥吐穗上平也形聲包會意即夷切十五部

⿱有皿 小甌也 甌小盆也廣韵盇抒水器也 从皿有聲讀若灰 灰有二聲古音皆在一部也今音于救切 一曰若賄 賄从有聲古音亦在一部

⿱右皿 ⿱有皿或从右 右聲也古亦在一部

盧 盧飯器也 凵部曰凵盧飯器以柳爲之士昏禮注曰笲竹器而衣者如今之筥笿籚矣筥笿籚二物相似笿籚即凵盧也方言簇趙魏之郊謂之去簇注盛飯筥也錢氏大昕曰去簇即凵盧也 从皿虍聲 洛乎切五部

盧 籀文盧

盬 器也从缶皿古聲 公戶切五部

盄 器也从皿弔聲 止遙切二部

盎 盆也 釋器盎謂之缶注云盆也假借爲酒名周禮盎齊注曰盎猶翁也成而翁翁然蔥白色如今酇白矣按翁者滃之假借滃滃猶泱泱也酒之成似之孟子盎於背趙曰其背盎盎然凡言盎然者皆謂盛以音假借也 从皿央聲 烏浪切十部

㼜 盎或从瓦 莊子甕盎大癭

盆 盎也 廣雅盎謂之盆考工記盆實二鬴 从皿分聲 步奔切十三部

⿱宁皿 器也从皿宁聲 直呂切五部⿸虍⿱宁皿字從此

盨 橧盨 逗 負戴器也 橧小桮也見匚部此橧盨之橧乃別一義廣韵一送云橧格木也三十六養云橧載器也出埤蒼玉篇云橧渠往切載器也載器皆當作戴器古載戴通用格木亦謂庋閣之木東方朔傳朔曰是窶數也師古曰窶數戴器也以盆盛物戴於頭者則以窶數薦之今賣白團餠人所用者也又楊敞傳鼠不容穴銜窶數師古曰窶數戴器也按窶數其羽山羽二反橧盨渠往相庾二反橧與窶雙聲盨與數雙聲疊韵一語之轉也負戴器者謂藉以負戴物之器 从皿須聲 相庾切古音在四部

⿱漻皿 ㄐㄧㄠˇ 21見　⿱必皿 ㄇㄧˋ 5明　醯 ㄒㄧ 10曉　盉 ㄏㄜˊ 1匣　益 ㄧˋ 11影　盈 ㄧㄥˊ 12定　盡 ㄐㄧㄣˋ 6從　盅 ㄓㄨㄥ 23定

⿱漻皿 器也 廣韵古巧切濁也苦絞切溫器也 从皿漻聲 古巧切古音在三部

⿱必皿 拭器也 廣韵集韵類篇皆作拭許書以飾爲拭不出拭此作拭者說解中容不廢俗字抑後人改也可以㕞拭之器若今㕞子之類韓非所謂懷刷其是歟古㕞刷通用也今各本作械器非古本 从皿必聲 彌畢切十二部

醯 酸也 酉部曰酸酢也關東謂酢曰酸周禮醯人掌共醯物 作醯㠯䰞㠯酒 䰞者鬻或字 从䰞酒並省从皿皿器也 器者周禮所謂罋也呼雞切十六部

盉 調味也 調聲曰龢調味曰盉今則和行而龢盉皆廢矣鬻部曰鬻五味盉羹也 从皿 調味必於器中故从皿古器有名盉者因其可以盉羹而名之盉也廣川書跋引說文調味器也沾器字非 禾聲 戶戈切十七部

益 饒也 食部曰饒飽也凡有餘曰饒易象傳曰風雷益君子以見善則遷有過則改 从水皿 水皿 此水字今補 益之意也 說會意之恉伊昔切十六部

盈 滿器也 滿器者謂人滿宁之如彍下云滿弩之滿水部溢下云器滿也則謂器中已滿滿下云盈溢也則兼滿之已滿而言許書之精嚴如此 从皿夃 秦以市買多得爲夃故从夃以成切十一部

盡 器中空也 釋詁毄悉卒泯忽滅罄空畢罊殲拔殄盡也曲禮曰虛坐盡後實坐盡前即忍切俗作儘亦空義之引伸 从皿𦘒聲 慈忍切十二部

盅 器虛也 丠部曰虛大丠也引伸爲虛落今之墟字也又引伸爲空虛邶風其虛其邪毛曰虛虛也是其義也謂此虛字乃虛中之虛也盅虛字今作沖水部曰沖涌繇也則作沖

盦ㄢ 28影　昷ㄨㄣ 9影　盥ㄍㄨㄢˋ 3見　盪ㄉㄤˋ 15定

非也沖行而盅廢矣从皿中聲直弓切九部老子曰道盅而用之今道德經作沖

盦覆蓋也此與大部奄音義略同此謂器之蓋也从皿酓聲烏合切七部合當作合

昷仁也从皿㠯食囚也官溥說凡云溫和溫柔溫暖者皆當作此字溫行而昷廢矣水部溫篆下但云水名不云一曰煗者許謂煗義自有囚皿字在也用此知日部昫日出溫也安𪓔溫也㬈溫溼也火部煗溫也衮以微火溫肉也金部銚溫器也鑴溫器也凡若此等皆作昷不作溫矣官溥者博訪通人之一也烏渾切十三部

盥澡手也水部曰澡洒手也禮經多言盥內則每日進盥五日請浴三日具沐其閒面垢請靧足垢請洗是則古人每旦必洒手而洒面則不必旦旦爲之也大學有湯之盤即特牲內則之盥槃故其銘曰日日新凡洒手曰澡曰盥洒面曰頮濯髮曰沐洒身曰浴洒足曰洗从臼水臨皿也會意皿者禮經之所謂洗內則之所謂槃也內則注曰槃承盥水者禮經注曰洗承盥洗者棄水器也古玩切十四部春秋傳曰奉匜沃盥左傳僖廿三年文匜者柄中有道可以注水內則亦云請沃盥沃者自上澆之盥者手受之而下流於槃故曰臼水臨皿此引傳說字形之意特牲經曰尸盥匜水實于槃中簞巾在門內之右注設盥水及巾尸尊不就洗又不揮謂不就洗故設匜水水實於匜匜實於槃也不揮故設巾巾實於簞也古之盥手者用匜澆手水下流於洗洒爵者用匜澆爵中覆水於洗盥者揮手令乾而已故禮經盥不言帨手尸尊則帨敬老則盥卒授巾也匜之水勻於罍少牢注曰凡設水用罍沃盥用枓禮在此也是則常用爲匜爲槃禮器爲枓爲洗又云洗者統洗爵而名之也設水之器禮器爲罍常用未聞

盪滌器也水部曰滌洒也洒滌也此字从皿故訓滌器凡貯水於器中搖蕩之去滓或以磢垢瓦石和水吮潠之皆曰盪盪者滌之甚者也易曰八卦相盪左傳震盪播越皆引伸之義郊特牲曰滌蕩其聲注滌蕩猶搖動也蕩者盪之假借从皿湯聲徒朗切十部

凵ㄑㄩ 13溪　△笑　去ㄑㄩˋ 13溪　朅ㄑㄧㄝˋ 2溪　𨑥ㄌㄥˊ 26來

文二十五　重三

凵凵盧飯器凵盧疊韵爲名凵盧詳皿部盧下按皿部不言凵者單評曰盧絫評曰凵盧也㠯柳作之象形下侈上斂去魚切五部凡凵之屬皆从凵

笑凵或从竹去聲按士昏禮注作笑籚廣韵曰笑飯器

文一　重一

去人相違也違離也人離故从大大者人也从大凵聲丘據切五部凡去之屬皆从去

朅去也思元賦舊注劉逵蜀都賦注皆同按古人文章多云朅來猶往來也从去曷聲丘竭切十五部

𨑥去也从去夌聲讀若棘陵力膺切六部按大徐刪棘字今按玉篇曰居力切又力膺切廣韵集韵皆兼入蒸職二韵一力膺切一紀力切葢許書本作讀若棘夌聲而讀同棘一部與六部之合也或又讀若陵註陵於秀而小徐兩存之

文三

血ㄒㄧㄝˋ 5曉　衁ㄏㄨㄤ 15曉　衃ㄆㄟ 24滂

血祭所薦牲血也肉部曰膋血祭肉也釁部曰釁血祭也郊特牲曰毛血告幽全之物也注幽謂血也毛詩血以告殺膋以升臭此皆血祭之事按不言人血者爲其字从皿人血不可入於皿故言祭所薦牲血然則人何以亦名血也以物之名加之人古者茹毛飲血用血報神因製血字而用加之人从皿皿者周禮珠槃玉敦之類一象血形在皿中也呼決切十二部凡血之屬皆从血

衁血也易歸妹上六女承筐無實士刲羊無血左傳晉筮繇曰士刲羊亦無衁也女承筐亦無況也正義曰易言血而此言衁故杜知衁是血也从血亡聲呼光切十部春秋傳曰士刲羊亦無衁也左僖十五年文

衃凝血也素問赤如衃血者死注衃血謂敗惡凝聚之血色赤黑也从血

盡 6精　甹 12定　衄 21泥　盥 23泥　△膿　監 28透

不聲芳杯切古音在一部　气液也此字各書皆假津爲之津行而盡廢矣水部曰液盡也　从血聿聲將鄰切十一部　定息也心部曰息喘也喘定曰甹　从血甹省聲讀若亭特丁切十一部　鼻出血也素問曰鼻衄又脾移熱於肝則爲驚衄按諸書用挫衄者縮朒字之假借也縮朒者退卻之意也　从血丑聲女六切三部　腫血也腫癰也停滯之血則爲盥周禮注曰潰瘍癰而含膿血者　从血農省聲奴冬切九部　俗盥从肉農聲周禮注如此作　血醢也以血爲醢故字从血　从血肬聲肬聲當作从肬此以會意兼形聲也肉部曰肬肉汁滓也按醢多汁則曰肬肬醢以血爲醢則曰監醢其多汁汪郎相似也故从肬而肬亦聲他感切八部　禮有監醢各本禮下有記誤今依韵會本禮經周禮皆云醢醢非出於記也許書言禮有柶禮有刷巾禮有奠祭禮有縉縿皆謂禮經　以牛乾脯粱䊮鹽酒也醢人注曰

五篇上　卅二

蒀 13精　△蘊　盞 7匣

作醢及𩱝者必先膊乾其肉乃後莝之襍以粱麴及鹽漬以美酒塗置甀中百日則成矣其作法許鄭正同鄭槀云膊乾其肉許云牛乾脯者鄭總釋諸醢𩱝許單釋醢醢舉一以見例也經牛醢不言牛他醢𩱝不言監立文錯見也以牛乾脯粱䊮鹽酒則非血醢矣其謂之監醢何也禮經醢即監之變醢醢用牛乾脯粱䊮鹽酒閉之甀中令其汁汪郎然是曰肉汁滓是曰肬醢宜矣而許時禮經作監醢則假借血醢之字也故許引禮經而釋監醢非監之本訓猶圛下引商書曰圛而又釋之堲下引唐書堲讒而又釋之非圛堲之本義　醢也从血菹聲醢人注曰凡醢醬所和細切爲齏全物若牒爲菹少儀曰麋鹿爲菹野豕爲軒皆牒而不切麇爲辟雞兔爲宛脾皆牒而切之切葱若薤實之醢以柔之由此言之則齏菹之稱菜肉通按菹亦爲肉稱故其字又作䔪从血菹會意也从血猶从肉側余切五部　蘊或从缶从缶者菹醢必鬱諸器中而成也蒀蘊二篆又見艸部後人增之耳玉篇艸部無之當刪彼存此　以血有所刏涂祭也詳刀部刏

卹 5心　盡 25曉　䘓 30溪　△贛

下盭蓋亦刏字之異者　从血幾聲渠稀切十五部　憂也憂當作㥑㥑愁也釋詁曰恤憂也卹與心部恤音義皆同古書多用卹字後人多改爲恤如比部引周書無毖于卹潘岳藉田賦惟穀之卹李注引書惟刑之卹今尚書卹皆作恤是也　从血卩聲辛聿切古音在十二部　一曰鮮少也此別一義卹與惜雙聲鮮少可惜也鮮當作尟　傷痛也某氏注尚書亦云盡然痛傷其心　从血聿聿者所以書也血聿者取披瀝之意　皕聲皕讀若逼在第一部　周書曰民罔不盡傷心酒誥文　讀若憘心部無憘喜部有憙而義不相近按當作譆言部曰譆痛也音義皆近許其切一部今許力切　羊凝血也釋名曰血脂以血作之脂即䘓字也陶氏注本艸宋帝時太官作血䘓庖人削藕皮誤落血中遂皆散不凝陶所云血䘓即劉之血脂也按必系諸羊者惟羊血供飲食前云衁血也衃凝血也皆謂人至監盭䘓三字乃言牲血此許書嚴人物之辨也　从血臽聲苦紺切八部　䘓

五篇上　卅三

盇 31匣　衊 2明　丶 16端　主 16端

或从贛依小徐及玉篇　覆也皿中有血而上覆之覆必大於下故从大艸部之蓋从盇會意訓苫覆之引伸耳今則蓋行而盇廢矣曷何也凡言何不者急言之亦曰何是以釋言云曷盇也鄭注論語云盇何不也盇古音在十五部故爲曷之假借又爲蓋之諧聲今入七八部爲閉口音非古也　从血大聲此以形聲包會意大徐刪聲非也今胡臘切其形隸變作盍　污血也漢文三王傳污衊宗室孟康曰衊音漫　从血蔑聲莫結切十五部

文十五　重三按卹盡二篆當上屬盥篆已上皆人事也監蘊䘓當以類廁焉

丶有所絕止丶而識之也按此於六書爲指事凡物有分別事有可不意所存主心識其處者皆是非專謂讀書止輒乙其處也知庾切古音在四部　凡丶之屬皆从丶

鐙中火主也釋器瓦豆謂之登郭曰即膏鐙也膏鐙說文金部之鐙錠二字也其形如豆今之鐙盞是

咅ㄊㄡˇ 24透

△𧯞

也上爲盌盛膏而爇火是爲主其形甚微而明照一室引伸假借爲臣主賓主之主 **主象形** 謂象鐙形 **从丶** 謂火主 **丶亦聲** 之庾切古音在四部按丶主古今字主炷亦古今字凡主人主意字本當作丶今假主爲丶而丶廢矣假主爲丶則不得不別造鐙炷字正如假左爲ナ不得不別造佐爲左也

咅相與語唾而不受也 今俗有此 **从丶从否** 不部曰否不也从丶否者主於不然也 **丶亦聲** 丶各本作否非今正咅韵書皆入侯部或字从豆聲豆與丶同部周易蔀斗主爲韵蔀正咅聲也天口切四部其形譌作音

𧯞咅或从豆欠 欠者口气也豆者聲也

文三　重一

說文解字第五篇上　　　　錢塘梁玉繩校字

丹 ㄉㄢ 3端　△𠁿　雘 ㄏㄨㄛˋ 14影　△彬　彤 ㄊㄨㄥˊ 28定　青 ㄑㄧㄥ 12清　靜 ㄐㄧㄥˋ 12從　△𡴑

說文解字第五篇下

金壇段玉裁注

丹 巴越之赤石也 巴郡南越皆出丹沙蜀都賦丹沙赩熾出其坂謂巴也吳都賦赬丹明璣謂越也丹者石之精故凡藥物之精者曰丹 象采丹井 謂只也采丹之井史記所謂丹穴也蜀吳二都賦注皆云出山中有穴 丶象丹形 都寒切十四部 凡丹之屬皆从丹 𠁿 古文丹 彬 亦古文丹 按此似是古文彤

雘 善丹也 按南山經曰雞山其下多丹雘倫者之山其下多青雘然則凡采色之善者皆偁雘蓋本善丹之名移而他施耳亦猶白丹青丹黑丹皆曰丹也 从丹蒦聲 讀與靃同 各本作讀若隺今依尚書音義正烏郭切五部 周書曰 惟其敷丹雘 梓材文敷孔穎達正義本作斁衞包改作塗俗字也

彤 丹飾也 春秋經曰丹桓宮楹 从丹彡 彡 以丹拂拭而涂之故从丹彡彡者毛飾畫文也飾拭古今字 彡其畫也 說从彡之意 彡亦聲 小徐有此三字然則彤古音當在七部矣今音徒冬切

文三　重二

青 東方色也 考工記曰東方謂之青 木生火 从生丹 丹赤石也赤南方之色也倉經切十一部 丹青之信言必然 俗言信若丹青謂其相生之理有必然也援此以說从生丹之意 凡青之屬皆从青 𡴑 古文青

靜 宷也 上林賦靚糚張揖注曰謂粉白黛黑也按靚者靜字之假借采色詳宷得其宜謂之靜考工記言畫繢之事是也分布五色疏密有章則雖絢爛之極而無淟涊不鮮是曰靜人心宷度得宜一言一事必求理義之必然則雖緐勞之極而無紛亂亦曰靜引伸假借之義也安靜本字當从立部之竫 从青爭聲 疾郢切十一部

文二　重一

井 ㄐㄧㄥˇ 12精　⿱𤇾井 ㄧㄥˊ 12影　阱 ㄐㄧㄥˋ 12從　△穽　荆 ㄒㄧㄥˊ 12匣　△汬　刱 ㄔㄨㄤˋ 15清

井 八家爲一井 穀梁傳曰古者公田爲居井竈葱韭盡取焉風俗通曰古者二十畝爲一井因爲市交易故稱市井皆謂八家共一井也孟子曰方里而井井九百畝其中爲公田此古井田之制因象井韓而命之也 象構韓形 謂共也韓井上木闌也其形四角或八角又謂之銀牀 ・罋象也 缶部曰罋汲缾也井子郢切十一部 古者伯益初作井 出世本 凡井之屬皆从井

⿱𤇾井 突池也 按玉篇作瀅地雖不言出說文然恐說文古本如是廣韵洴濴小水也濴蓋即⿱𤇾井 从井熒省聲 按凡从𤇾之字皆曰熒省聲則⿱𤇾井當作熒烏迥切十二部

阱 陷也 穿地陷獸 从𨸏井 於大陸作之如井 井亦聲 疾正切十一部 穽 阱或从穴 中庸音義曰阱本作穽同引說文穽或阱字也今本釋文於或下妄沾爲字按古本說文多云某或某字見於經典釋文者往往如是周禮注所謂古字多或也今本說文盡改之云某或作某非古也若讀釋文竄改者則益可歎矣 汬 古文阱从水 錯本作阱或从水玉篇云古文作汬

荆 罰辠也 假借爲典型字 从刀井 易曰 井者法也 此引易說从井之意井者法也蓋出易說司馬彪五行志引易說同風俗通亦云井者法也節也春秋元命包曰荆刀守井也飲水之人入井爭水陷於泉刀守之割其情也又曰网言爲詈刀守詈爲罰罰之爲言內也陷於害也已上見元應大唐衆經音義徐堅初學記夫井上爭水不至用刀至於詈詈罵當罰五罰斷不用刀也故許以罰入刀部謂持刀罵詈則應罰以一荆入井部謂有犯五荆之辠者則用刀法之同一从刀而一系諸受法者一系諸執法者且从井非爲入井爭水視元命包之說正如摧枯拉朽安置安帖矣故其書百世師承可也 井亦聲 戶經切十一部按此荆罰正字也今字改用刑刑者剄也見刀部其義其音皆殊異

刱 造法刱業也 蒙上文井者法也而言故云造法刱業國語孟子字皆作創趙氏韋氏皆曰創造也假借字也

从井丮聲讀若創初亮切十部

文五　重二

皀 ㄒㄧㄤ 15曉

皀穀之馨香也禾部曰穀續也續當作粟粟者嘉穀實也曲禮曰黍曰薌合粱曰薌其薌卽香字左傳引周書曰黍稷非馨明德惟馨馨者香之遠聞者也香者芳也象嘉穀在裹中之形謂皀也大雅謂秬䆃芑爲嘉穀毛傳謂苗爲嘉穀許書謂禾爲嘉穀䆃芑苗禾一物也連裹曰穀曰粟去裹曰米米之馨香曰皀裹者禾部所謂稃也穭也穅也穀皮是也匕所㠯扱之說下體从匕之意匕部曰匕所以比取飯一名柶扱者收也或說皀一粒也顏氏家訓曰在益州與數人同坐初晴見地下小光問左右是何物一蜀豎就視云是豆逼耳皆不知所謂取來乃小豆也蜀土呼豆爲逼時莫之解吾云三蒼說文皆有皀字訓粒通俗文音方力反衆皆歡悟凡皀之屬皆从皀又讀若香又字上無所承

五篇下　三

疑有奪文按顏黃門云通俗文音方力反不云出說文然則黃門所據未嘗有方力反矣而許書中鄉字从皀聲讀若香之證也又鳥部鵖鴔字从皀聲爾雅音義云鵖彼及反郭房汲反字林方立反是則皀有在七部一音當云讀若某在又讀若香之上今奪

即 ㄐㄧˊ 8精

卽卽食也卽當作節周易所謂節飲食也節食者檢制之使不過故凡止於是之㬪謂之卽凡見於經史言卽皆是也鄭風毛傳曰卽就也从皀卪聲此當云从卪皀卪亦聲其訓節食故从卪皀卪節古通也今音子力切古音在十二部

既 ㄐㄧˋ 8見

既小食也此與口部嘰音義皆同玉藻少儀作機假借字也引伸之義爲盡也已也如春秋日有食之既周本紀東西周皆入於秦周既不祀正與小食相反此如亂訓治徂訓存既者終也終則有始小食則必盡盡則復生从皀旡聲居未切十五部論語曰不使勝食既鄉黨篇文此引經說假借也論語以既爲气如商書以玫爲好詩以𠬝爲姑之類今論語作氣气氣古今字作氣蓋魯論也許偁蓋古文論語也或云謂不使肉勝於食但小小食之說固可通然古人之文云不使勝則已足不必贅此字

冟 ㄕˋ 11透

冟飯剛柔不調相著按玉篇作飯堅柔調也無不字非也堅與柔不龢謂不純堅不純柔柔者與堅者兩相附箸飯之不美者也米者謂之粲則純有性者也从皀冂聲讀若適施隻切十六部

文四

鬯 ㄔㄤˋ 15透

鬯㠯𩰪釀鬱艸芬芳攸服㠯降神也攸服當作條暢周禮鬯人注大雅江漢箋皆云芬香條暢可證也郊特牲云周人尚臭灌用鬯臭鬱合鬯臭陰達於淵泉云鬱合鬯與下文蕭合黍稷皆謂二物相合也周禮鬱人職凡祭祀賓客之祼事和鬱鬯以實彝而陳之注云築鬱金煑之以和鬯酒按此正所謂鬱合鬯也鄭注序官鬱人云鬱金香草宜以和鬯注鬯人云鬯釀秬爲酒芬香條暢於上下也是鬯與鬱之分較然矣秬釀爲鬯芳艸築煑爲鬱二者攪和之爲鬱鬯許說略同故於鬯言秬釀於鬱言芳艸其鬯下兼言鬱艸者於

五篇下　四

分中見其合謂用秬釀及築煑之鬱艸合和之降神鬯主於秬釀也故說字形曰中象米匕所以扱之又按江漢傳云秬黑黍也鬯香草也築煑合而鬱之曰鬯此鬱鬯不爲二物又謂鬯爲香艸皆與後來許鄭異攷王度記云天子以鬯諸侯以薰大夫以蘭芝士以蕭庶人以艾禮緯云鬯艸生郊中候云鬯艸生庭徐氏中論云煑鬯燒薰以揚其芬皆謂鬯爲艸名與毛說合者也竊謂鬱者蘊積鬯者條暢凡物必蘊積而後條暢秬釀非不可言鬱香艸未嘗不言鬯也則秬艸二物固可各兼二名矣从凵音袪凵器也凵部云凵盧飯器中象米謂㐅也㐅卽米字斜書之匕所㠯扱之士冠士昏禮皆以柶扱醴柶卽匕也易曰不喪匕鬯震卦辭經言鬯者多矣獨偁此文者說鬯从匕之意也與豐麗等字引易同鬯丑諒切十部凡鬯之屬皆从鬯

鬱 ㄩˋ 8匣

鬱芳艸也十葉爲貫十當作千百字下曰十百爲一貫是也周禮注作十亦誤百廿貫廿者古文二十也周禮注作二十築㠯煑之爲鬱鬱人注鄭司農云鬱草名

十葉爲貫百二十貫築以煑之鐎中停於祭前按許說同此今本注百二十貫之下衍爲字賈公彥誤連築爲句矣築鬻二字見肆師職注云築鬱草煑之鬱人注云築鬱金煑之以和鬯酒又云鬱者鬱金香草宜以和鬯是則鄭意謂築之煑之以和秬黍所釀之鬯酒乃用於祼也凡以鬱和鬯謂之鬱鬯如鬱人云和鬱鬯以實彝是不和鬱者但謂之秬鬯如鬯人掌共秬鬯而飾之是也許意與鄭略同**从臼缶冖**音覛**鬯**臼又手也缶瓦器冖覆也鬯之言暢也又手築之令麋乃盛之於缶而覆之封固以幽之則其香气暢達此會意之恉也**彡其飾也**此說从彡之意其物用於祭祀喪紀賓客者也故必飾其器鬱迂勿切十五部**一曰鬱鬯**此連鬯爲文釋之**百艸之華遠方鬱人所貢芳艸合釀之㠯降神**謂凡言鬱鬯者用中國百艸之華及遠方鬱人所貢芳艸二者合而釀之芬芳條暢可用降神是曰鬱鬯此別一義也前說芳艸築煑爲鬱合秬釀爲鬯此說謂合釀艸華及遠國芳艸爲鬱鬯不必合秬酒而後爲鬯也肆師職大鄭注亦謂築煑香

五篇下　五

△[illegible]

爵 ㄐㄩㄝˊ 20精

艸爲鬯水經注溫水篇引應仲遠地理風俗記語乃仲遠㯻栝許書而爲之者**鬱**逗謂鬱人之鬱字**今鬱林郡也**以上三鬱字舊作鬱今依漢志作鬱或說正以鬱釋鬱許意古書云鬱人所貢卽今鬱林郡地之人也水經溫水至鬱林廣鬱縣爲鬱水地理志武帝元鼎六年更名桂林爲鬱林

禮器也古說今說皆云爵一升韓詩說爵觚觶角散總名曰爵其實曰觴**象雀之形**各本作象爵之形四字今正古文全象爵形卽象雀形也小篆改古文婿之首象其正形下象其側形也**中有鬯酒又持之也**又手也祭統尸酢夫人執柄夫人受尸執足柄者尾也**所㠯飲器象雀者**各本雀作爵今正**取其鳴節節足足也**節節足足雀音如是廣雅曰鳳皇雄鳴卽卽雌鳴足足宋書符瑞志因之皮傳之說耳卽略切二部爵引伸爲爵秩字假借爲雀字韓詩說曰爵盡也足也白虎通說爵祿曰爵者盡也所以盡人材古爵音同焦釂潐字皆取盡意

依古文四聲韵**古文爵如此象形**首尾喙翼足具見爵形卽雀形也程氏瑤田通藝錄曰前有流喙也腦與項也胡也後有柄尾也容酒之量其口左右侈出者翅也近前二柱聳翅將飛皃也其量腹也腹下卓爾鼎立者其足也古爵之存於今者驗之兩柱拄眉而酒盡古經立之容不能昂其首也不昂首而實盡取節於兩柱之拄眉梓人所謂鄉衡者如是

⿰鬯矩 ㄐㄩˋ 13匣

黑黍也一稃二米㠯釀生民曰誕降嘉穀維秬維秠毛曰秬黑黍也秠一稃二米也禾部稃稽也秠一稃二米天賜后稷之嘉穀也是則黑黍名⿰鬯矩自其一稃二米言之則謂之秠以釀酒是曰⿰鬯矩釀經典曰⿰鬯矩鬯故其字从鬯也黑黍容有不一稃二米者**从鬯矩聲**其呂切五部

△秬

秬　⿰鬯矩或从禾今經典字皆如此作

⿰鬯吏 ㄕˇ 24心

列也列當从玉篇作烈字之誤也烈火猛也引伸爲凡猛之偁⿰鬯吏謂酒氣酷烈左傳嘉栗旨酒栗讀爲烈⿰鬯吏引伸爲迅疾之義今俗用駛疾字當作此**从鬯**⿰鬯矩鬯灌地臭陰達於淵泉其氣烈也**吏聲讀若迅**吏聲卽史聲史與迅雙聲唐韵疏吏切古音亦在一部

五篇下　六

文五　重二

食 ㄕˊ 25定

亼米也各本作一米也玉篇同蓋孫強時已誤矣韵會本作米也亦未是今定爲亼米也由亼字俗罕用而誤也以合下云亼口例之則此當爲亼米信矣亼集也集衆米而成食也引伸之人用供口腹亦謂之食此其相生之名義也下文云飯食也此食字引伸之義也人食之曰飯因之所食曰飯猶之亼米曰食因之用供口腹曰食也食下不曰飯也者何也食者自物言飯者自人言嫌其義不顯故不以飯釋食也飯下何以云食也自饔篆以下皆自人言故不嫌也周禮膳夫職注曰食飯也曲禮食居人之左注食飯屬也凡今人食分去入二聲飯分上去二聲古皆不如此分別**从皀亼聲或說亼皀也**此九字當作从亼皀三字經淺人竄改不可通皀者穀之馨香也其字从亼皀故其義曰亼米此於形得義之例乘力切一部**凡倉之屬皆从倉**錯本此下有讀若粒三字衍文

饙 ㄈㄣ 9並

脩飯也脩各本作滫誤今依爾雅音義引正脩倉頡篇

△饋　△餴
餾ㄌㄡˋ 21來
△⿰月壬　△恁
飪ㄖㄣˋ 28泥
饔ㄩㄥ 18影
飴ㄧˊ 24定
△⿱食異
餳ㄒㄧㄥˊ 15定

作餐滫之言溲也水部曰溲浸沃也飯者人所飯也餴爾雅作饙釋言曰饙餾稔也孫云蒸之曰饙均之曰餾郭申之云今呼餐音脩餐飯爲饙饙均孰爲餾詩釋文引字書云饙一蒸米也劉熙云饙分也衆粒各自分也按大雅泂酌行潦挹彼注茲可以餴饎箋云酌取行潦投大器之中又挹之注之於此小器而可以沃酒食之餴者以有忠信之德齊絜之誠以薦之故也此謂以水浚熱飯古語云餐飯 **从食𠦬聲** 𠦬从卉聲賁奔亦从卉聲十五部與十三部合音也府文切

饙 **𩞯或从賁** 賁聲也

餴 **𩞯或从奔** 奔聲也今詩字如此

餾 **飯气流也** 流各本作蒸今依泂酌正義引改餴下云馬食穀多气流四下也然則飯气流者謂气液盛流也據孫郭爾雅注及詩釋文所引字書似一蒸爲餴再蒸爲餾然許不如此說 **从食留聲** 力救切三部

飪 **大孰也** 特牲禮請期曰羹飪注飪孰也飪亦假稔爲之釋言饙餾稔也字又作餁餁同飪 **从食壬聲** 如甚切七部

⿰月壬 **古文飪** 从肉

恁 **亦古文飪** 心部恁下云齋也此古文系後人增屬小徐說李舟切韵不云亦古文飪

饔 **孰食也** 巳孰可食者也小雅毛傳曰孰食曰饔周禮注曰饔割亨煎和之稱 **从食雝聲** 於容切九部

飴 **米糵煎者也** 者字今補米部曰糵芽米也火部曰煎熬也以芽米熬之爲飴今俗用大麥釋名曰餳洋也煮米消爛洋洋然也飴小弱於餳形怡怡也內則曰飴蜜以甘之 **从食台聲** 与之切一部

⿱食異 **籒文飴从異省** 異省聲

餳 **飴和饊者也** 不和饊謂之飴和饊謂之餳故成國云飴弱於餳也方言曰凡飴謂之餳自關而東陳楚宋衞之閒通語也楊子渾言之許析言之周禮小師注管如今賣飴餳所吹者周頌箋亦云 **从食易聲** 各本篆作餳云易聲今正按餳从易聲故音陽亦音唐在十部釋名曰餳洋也李軌周禮音唐是也其陸氏音義周禮辭盈反毛詩夕清反因之唐韵徐盈切此十部音轉入於十一部如行庚航等字之入庚韵郭璞三倉解詁曰楊音盈協韵晉灼漢書音義反楊惲爲由嬰其理正同耳淺人乃易其諧聲之偏旁玉篇廣韵皆誤从易然玉篇曰餳徒當切廣韵十一唐曰糖飴也十四清曰餳飴也皆可使學者知餳糖一字不當从易至於集韵始以餳入唐韵畫分二字使人眞鴈不分其誤更甚猶賴類篇正之餳古音如洋語之轉如唐故方言曰餳謂之餹郭云江東皆言餹音唐

饊ㄙㄢˇ 3心
餅ㄅㄧㄥˇ 12幫
餈ㄘˊ 4從
△𩜨　△粢
饘ㄓㄢ 3端
餱ㄏㄡˊ 16匣

饊 **熬稻粻餭也** 餭依韵會从食各本作程蓋因許書無餭改之耳楚辭方言皆作餦餭古字蓋當作張皇招䰢有餦餭些王曰餦餭餳也方言曰餳謂之餦餭郭云即乾飴也諸家渾言之許析言之熬乾煎者也稻稌也稌者今之稉米米之黏者鬻稉米爲張皇張皇者肥美之意也既又乾煎之若今煎粢飯然是曰饊飴者熬米成液爲之米謂禾黍之米也饊者謂乾熬稻米之張皇爲之兩者一濡一小乾相盉合則曰餳此許意也楊王郭以餳飴釋餦餭渾言之也豆飴謂之登見豆部 **从食散聲** 穌旱切十四部

餅 **麪餈也** 麥部曰麪麥末也麪餈者餅之本義也方言曰餅謂之飥或謂之餦或謂之餛是也 **从食并聲** 必郢切十一部

餈 **稻餅也** 方言曰餌謂之餻或謂之粢或謂之䬆或謂之餣或謂之䬪謂米餅也周禮糗餌粉餈注曰餌餈皆粉稻米黍米所爲也合蒸曰餌餅之曰餈糗者擣粉熬大豆爲餌餈之黏著以粉之耳餌言糗餈言粉互相足按許說與鄭不同謂以稉米蒸孰餅之如麪餅曰餈今江蘇之餈飯也粉稉米而餅之而蒸之則曰餌鬻部云鬻粉餅也是也今江蘇之米粉餅米粉團也粉餅則傅之以熬米麥之乾者故曰糗餌米部云糗熬米麥也可證餈則傅之以大豆之粉米部曰粉傅面者也可證也許不言何粉大鄭云豆屑是也 **从食次聲** 疾資切十五部周禮故書作茨假借字也

𩜨 **餈或从齊** 齊聲

粢 **餈或从米** 猶从食也內則音義曰餈本或作粢按粢與禾部秶各義

饘 **糜也** 米部曰糜糝也糝以米和羹也按以米和羹者鼎實也故正考父鼎銘曰饘於是粥於是以餬余口詳鬻部 **从食亶聲** 諸延切十四部 **周謂之饘宋衞謂之餰** 此五字各本作宋謂之餬四字今依檀弓音義初學記正餰者鬻之或字見鬻部去虔切一人安謂鬻饘同字故於此改餰爲餬耳

餱 **乾食**

餥 ㄈㄟ 7 幫　饎 ㄒㄧ 24 透　△⿰飠巸　△糦　籑 ㄓㄨㄢˋ 3 從　△饌

也 小雅乾餱以愆釋言毛傳皆曰餱食也大雅毛傳又云餱饘食也凡乾者曰餱故許曰乾食無羊或負其餱亦必乾者乃可負也小徐曰今人謂飯乾爲餱 从倉侯聲 乎溝切四部 周書曰峙乃餱粻 粊誓文今書作糗糧據正義引鄭注糗擣熬穀也與周禮注糗同然則古文尚書作糗矣許或兼偁歐陽夏矦書與粻字不見米部而大雅云以峙其粻釋言詩箋皆曰粻糧也大雅又云乃裹餱糧則餱粻卽餱糧

餥 餱也 釋言曰餥餱食也 从倉非聲 非尾切十五部 陳楚之閒相謁而食麥飯曰餥 方言曰餥食也陳楚之內相謁而食麥饘謂之餥郭曰音非

饎 酒食也 大雅洞酌傳曰饎酒食也七月大田箋同按酒食者可喜之物也故其字从食喜商頌大糦是承傳曰糦黍稷也周禮饎人大鄭注云饎人主炊官也特牲饋食禮注曰炊黍稷曰饎皆依文爲訓由黍稷而炊之爲酒爲食其事相貫饎本酒食之偁因之名炊曰饎因之名黍稷曰饎引伸之義也方言糦孰食也氣孰曰糦據毛詩箋則古文以喜爲饎 从倉喜聲 昌志切一部 詩曰可㠯饙饎 大雅文謂行潦之水可用於酒食之饙

⿰飠巸 饎或从巸 巸聲也周禮注曰故書饎作⿰飠熙蓋轉寫多灬

糦 饎或从米 商頌字如此作特牲注曰古文饎作糦

籑 具食也 廾部曰具共置也禮經凡言饌注曰陳也陳與置義同論語曰有酒食先生饌 从倉算聲 士戀切十四部

饌 籑或从巽 巽聲論語先生饌馬云飲倉也鄭作餕食餘曰餕按馬注者古論鄭注者校周之本以齊古讀正凡五十事其讀正者皆云魯讀爲某今从古此不云今从古則是从魯論作餕者何晏作饌从孔安國馬融之古論也據禮經特牲少牢注皆云古文籑作餕許書則無餕有籑籑字是則許於禮經从今文不从古文也但禮經之籑訓食餘而許籑饌同字訓爲具食則食餘之義無箸且禮經言饌者多矣注皆訓陳不言古文作餕食餘之字皆作籑未有作饌者然則禮饌籑當是各字饌當獨出訓具食也籑餕當同出訓食餘也乃與禮經合若論語魯餕古饌此則古文假饌爲餕此謂養親必有酒肉既食恆餕而末有原常情以是爲孝也○又按禮記之字於禮經皆从今文而皆作餕疑儀禮注當云今文籑作餕

養 ㄧㄤˇ 15 定　△⿰羊攵　飯 ㄈㄢˋ 3 並　⿰飠丑 ㄋㄡˇ 21 泥　飼 ㄙˋ 24 定　饡 ㄗㄢˋ 3 精　△餳　⿰飠象 ㄕㄤˇ 15 透　飧 ㄙㄨㄣ 9 心

養 供養也 今人分別上去古無是也 从倉羊聲 余兩切十部

⿰羊攵 古文養

飯 食也 自饎篆已上皆自物言之自籑篆已下皆自人言之然則云食也者謂食之也此飯之本義也引伸之所食爲飯今人於本義讀上聲於引伸之義讀去聲古無是分別也禮記音義云依字書食旁作卞扶万反謂所食也食旁作反符晩反謂食之也二字不同今則混之故隨俗而音此字陸語殊誤古祇有飯字後乃分別作餅俗又作飰此正如汳水俗作汴也唐以前書多作餅字後來多譌爲餅字 从倉反聲 符萬切十四部按大徐不達許意故切符萬而不云扶晩也

⿰飠丑 穕飯也 从倉丑聲 女久切三部按米部曰粈穕飯也此⿰飠丑篆蓋俗增故非其次宐刪

飤 糧也 从人倉 祥吏切一部按以食食人物其字本作食俗作飤或作飼經典無飤許云䬴食馬穀也不作飤馬此篆淺人所增故非其次釋爲糧也又非宐刪

饡 㠯羹澆飯也 此飯用引伸之義謂以羹澆飯而食之也考工記注曰瓚讀餈屭之屭屭卽饡字也玉篇曰屭者饡之古文然則本作屭轉寫作屭耳內則注曰狼臅膏臆中膏也以煎稻米則似今膏屭矣釋名曰肺⿰月巽⿰月巽饡也以米糝之如膏饡也以羹澆飯者饡之本義膏饡者漢人所爲 从倉贊聲 則幹切十四部

⿰飠象 晝食也 此猶朝曰饔夕曰飧也晝食曰⿰飠象俗譌爲日西食曰⿰飠象見廣韵今俗謂日西爲晌午頃刻爲半晌猶⿰飠象之遺語也 从倉象聲 書兩切十部

餳 ⿰飠象或从𥏻

飧 餔也 小雅傳曰孰食曰饔魏風傳曰孰食曰飧然則饔飧皆謂孰食分別之則謂朝食夕食許於饔不言朝於飧不言孰互文錯見也趙注孟子曰朝食曰饔夕曰飧此析言之公羊傳趙盾食魚飧左傳僖負羈饋盤飧趙衰以壺飧從皆不必夕時渾言之也司儀注曰小禮曰飧大禮曰饔餼掌客上公飧五牢饔餼九牢侯伯飧四牢饔餼七牢子男飧三牢饔餼五牢此飧饔與常食不同且多生腥不皆孰物 从夕倉 會意俗作飱非也思魂切十三部按伐檀

餔ㄅㄨ 13幫　△盙　餐ㄘㄢ 3清　△湌　䭑ㄌㄧㄢˊ 30來

正義引說文飱水澆飯也从夕食正以釋文則字林語與說文異

餔 申時食也 各本申時上有日加二字今依廣韵類篇韵會正淮南書云日至於悲谷是謂餔時餔一作晡引伸之義凡食皆曰餔又以食食人謂之餔 从食甫聲 博狐切五部

盙 籀文餔从皿浦聲 皿飲食器也

餐 吞也 口部曰吞咽也鄭風曰使我不能餐兮魏風曰彼君子兮不素餐兮是則餐猶食也鄭風還子授子之粲兮釋言毛傳皆曰粲餐也謂粲爲餐之假借字也餐訓吞引伸之爲人食之又引伸之爲人所食故曰授餐飧與餐其義異其音異其形則飧或作飱餐或作飡鄭風釋言音義誤認餐爲飧字耳而集韵類篇竟謂飧餐一字 从食奴聲 七安切十四部與十三部之飧迥別魏伐檀一章三章分用

湌 餐或从水

䭑 嘰也 口部曰嘰小食也 从食兼聲讀若風溓溓 風溓溓未聞禾部曰稴讀若風廉之廉蓋同此未識孰是力鹽切七部 一曰廉絜也 一謂讀若廉潔之廉也轉寫奪若字

饁ㄧㄝˋ 31匣　饟ㄒㄧㄤˇ 15泥　餉ㄒㄧㄤˇ 15透　饋ㄎㄨㄟˋ 7匣　饗ㄒㄧㄤˇ 15曉

饁 餉田也 釋詁豳傳皆曰饁饋也孫炎云饁野之餉 从食盍聲 筠輒切古音盍在十五部 詩曰饁彼南畝 豳風小雅文

饟 周人謂餉曰饟 周頌曰其饟伊黍正周人語也釋詁曰饁饟饋也 从食襄聲 人漾切十部

餉 饋也 饋各本作饟今依韵會本孟子說葛伯仇餉云老弱饋食又云有童子以黍肉餉 从食向聲 式亮切十部

饋 餉也 饋之言歸也故饋多假歸爲之論語詠而饋饋孔子豚齊人饋女樂古文皆作饋魯皆作歸鄭皆从古文聘禮歸饔餼五牢鄭云今文歸或爲饋今本集解陽貨微子篇作歸依集解引孔安國語則當作饋也 从食貴聲 求位切十五部按今字以餽爲饋此乃假借其義本不相通也孟子餽孔子豚漢禮樂志齊人餽魯而孔子行已作此字

饗 鄉人飲酒也 豳風朋酒斯饗曰殺羔羊傳曰饗鄉人飲酒也其牲鄉人以狗大夫加以羔羊此傳各本譌奪依正義攷定如是許君所本也饗字之本義也孔沖遠曰鄉人飲酒而謂之饗者鄉飲酒禮尊事重

饛ㄇㄥˊ 18明　飵ㄗㄨㄛˋ 14從　䬴ㄋㄧㄢˊ 30泥　䭇ㄨㄣˇ 9影

故以饗言之此不知亯燕之亯正作亯亯獻也左傳作亯爲正字周禮禮記作饗爲同音假借字猶之左傳作宴爲正字宴安也禮經周禮作燕爲同音假借字也沖遠證之以用樂或上取其說迂曲矣至若毛詩云我將我亯下文云既右饗之云以亯以祀下文云神保是饗云亯以騂犧下文云是饗是宜毛詩之例凡獻於上曰亯凡食其獻曰饗左傳用字正同凡左氏亯燕字皆作亯惟用人其誰饗之字作饗 从鄉从食 鄉食會意 鄉亦聲 許兩切十部

饛 盛器滿皃 小雅傳曰饛滿簋貌許謂字之本義不專謂簋也故易爲器 从食蒙聲 莫紅切九部 詩曰有饛簋飧

飵 楚人相謁食麥曰飵 方言餥飵食也陳楚之內相謁而食麥饘謂之餥楚曰飵凡陳楚之郊南楚之外相謁而餐或曰酢或曰䬴秦晉之際河陰之間曰䭇䭓此秦語也 从食乍聲 在各切五部

䬴 相謁食麥也 从食占聲 奴兼切七部

䭇 秦人謂相謁而食麥曰䭇䭓 从食㥯聲

䭓ㄞˋ 7疑　餬ㄏㄨˊ 13匣　飶ㄅㄧˋ 5並　飫ㄩˋ 19影　飽ㄅㄠˇ 21幫

烏困切十三部

䭓 䭇䭓也 从食豈聲 五困切十三部豈聲在十五部合音也

餬 寄食也 左傳餬其口於四方方言曰餬寄也寄食曰餬引伸之義釋言曰餬饘也是 从食胡聲 戶吳切五部

飶 食之香也 周頌傳曰飶芬香皃許云食之香爲其字从食也 从食必聲 毗必切十二部與艸部苾音同義近 詩曰有飶其香

飫 燕食也 燕同宴安也安食者無事之食也無事食則充腹而已故語曰猒飫釋言曰飫私也私即安食之謂此非周語房烝立成之飫亦非毛傳脫屨升堂之飫其字下與飽𩛿饒餘相屬則其義略同也 从食芺聲 依據切古音在二部今字作飫 詩曰飲酒之飫 此引常棣六章說叚借也飫韓詩作醧說曰跣而上坐謂之宴能者飲不能者已謂之醧毛詩叚飫爲醧故傳曰飫燕私也今本奪燕字脫屨升堂謂之飫今本句首衍不字毛韓義一也故曰許引此詩說醧之叚借也此猶引作酘爲作好引莧席爲箴席也說詳酉部

飽 猒也 甘部曰猒飽也是爲轉注

△餜　△⿱丣食　餶ㄩㄢ 3影　饒ㄖㄠˊ 19泥　餘ㄩˊ 13定　餀ㄏㄞˋ 2曉　餞ㄐㄧㄢˋ 3從　餫ㄩㄣˋ 9匣　館ㄍㄨㄢˇ 3見　饕ㄊㄠ 19透

从倉包聲博巧切古音在三部餜古文飽从采聲采古文孚字也孚聲在三部⿱丣食亦古文飽从丣聲丣聲亦在三部餶猒也賈思勰齊民要術曰食飽不餶按猒飽也餶則有猒棄之意皆猒中之義也呂覽曰甘而不噮玉篇集韵引同噮卽餶字廣韵曰噮甘而猒也是也集韵鍔韵又引伊尹曰甘而不餶肥而不饖从倉肙聲烏玄切十四部按篇韵集韵皆於縣切在霰韵類篇亦無平聲饒飽也饒者甚飽之詞也引以爲凡甚之偁漢謠曰今年尚可後年饒謂後年更甚也近人索饒討饒之語皆謂已甚而求已也从倉堯聲如昭切二部餘饒也从倉余聲以諸切五部餀食臭也食臭謂殠而食之也儀禮音義引孟子飯殠从倉艾聲呼艾切十五部爾雅曰餀謂之喙釋器文今爾雅喙作餘按許作喙二徐李燾及集韵類篇皆同汲古初印本亦不誤而毛扆改作餘餞送去食也各本少食字今依左傳音義補毛傳曰祖而舍軷飲酒於其側曰餞从倉戔聲才線切十四部詩曰顯父餞之大雅文餫野饋曰餫左傳晉荀首如齊逆女宣伯餫諸穀杜云野饋曰餫運糧饋之敬大國也按餫之言運也遠詞也穀齊地魯之禮不當至此是野饋也犧象不出門嘉樂不野合傳書餫者譏之也小雅黍苗箋云營謝轉餫之役有負任者有輓輦者有將車者有牽傍牛者可證餫爲運糧从食軍聲王問切十三部館客舍也鄭風大雅傳曰館舍也按館古假觀爲之如白虎通引于邠斯觀又引春秋築王姬觀于外沈約宋書曰陰館前漢作觀後漢晉作館東觀餘論曰漢書郊祀志作益壽延壽館封禪書云作益延壽觀漢書衍一壽字耳自唐以前六朝時凡今道觀皆謂之某館至唐始定謂之觀从倉官聲古玩切十四部周禮五十里有市市有館館有積㠯待朝聘之客遺人職凡賓客會同師役掌其道路之委積五十里有市市有候館候館有積鄭云候館樓可以觀望者也以觀望釋館釋名曰觀者於上觀望也饕

△叨　△號　飻ㄊㄧㄝˋ 9透　（餮）　饖ㄨㄟˋ 2影　饐ㄧˋ 5影　餲ㄞˋ 2影　饑ㄐㄧ 7見　饉ㄐㄧㄣˇ 9匣　䭃ㄜˋ 8影　餒ㄋㄟˇ 1泥

貪也从倉號聲土刀切二部叨俗饕从口刀聲今俗與饕分別異用號籀文饕从號省飻貪也从倉㐱聲鉉本作殄省聲不明於平入一理妄改之也他結切十二部春秋傳曰謂之饕飻左傳文十八年文今傳作餮賈服及杜皆曰貪財爲饕貪食爲飻此蒙上文貪于飲食冒于貨賄分言之非許意也饖飯傷熱也周禮禮記皆言食齊視春時鄭皆曰飯宜溫按溫者不寒不熱之謂也曲禮曰毋揚飯注云嫌欲疾也按飯傷熱則或揚之矣爾雅音義引倉頡篇饖食臭敗也廣韵本之與許異玉篇無饖从倉歲聲於廢切十五部饐飯傷溼也魚部曰鮑饐魚也是引伸之凡淹漬皆曰饐也字林云饐飯傷熱溼也混饐於饖葛洪云饐飯餿臭也本論語孔注而非許說从倉壹聲乙冀切古音在十二部餲飯餲也飯餲者謂飯久而味變餲之言鬱也今江蘇俗云餲生當作此字鄉黨篇食饐而餲孔曰饐餲臭味變也皇侃云饐謂飲食經久而腐臭也餲謂經久而味惡也是則孔注本作饐臭餲味變也今本誤倒耳據論語及許說饐餲是二事析言之也釋器云食饐謂之餲則統言之充云皆飲食壞敗之名是也从倉曷聲乙例烏介二切十五部論語曰食饐而餲饑穀不孰爲饑釋天文又曰仍饑爲荐按論語年饑因之以饑饉鄭本皆作飢从倉幾聲居衣切十五部饉蔬不孰爲饉釋天文按許書無蔬字此蔬當是本作疏疏之言疋也凡艸菜可食者皆有根足而生也从倉堇聲渠吝切十三部䭃飢也廣韵作飢皃从倉戹聲讀若楚人言恚人於革切十六部恚與戹皆十六部聲也餒飢也从倉妥聲各本篆作餧解作委聲非也今正攷論語音義曰餒奴罪反說文魚敗曰餒本又作餧字書同爾雅音義亦云餒奴罪反說文魚敗曰餒字書作餧別字書於說文則陸所據說文从妥明矣按妥聲乃與奴罪切音相近猶桵必妥聲乃與女禾切相近綏必妥聲乃得妥綏爲古今字也若五經文字曰

餓ㄜˋ 1疑　飢ㄐㄧ 4見　餽ㄎㄨㄟˋ 7見　餟ㄓㄨㄟˋ 2端　䬽ㄕㄨㄟˋ 2透　䬋ㄌㄥˊ 26來　䬴ㄇㄛˋ（秣）8明　亼ㄐㄧˊ 27從　合ㄏㄜˊ 27匣　僉ㄑㄧㄢ 30清

餧飢也經典相承別作餧爲飢餧以餧爲餧餉葢張時說文已改从委聲與陸所據說文不同故其字各異餧古音十七部餧爲餧餉俗字許艸部作萎一曰魚敗曰餧論語魚餧而肉敗釋器曰內謂之敗魚謂之餧按魚爛自中亦飢義之引伸也

飢 餓也與饑分別葢本古訓諸書通用者多有轉寫錯亂者亦有之从食几聲居夷切十五部

餓 飢也从食我聲五箇切十七部

餽 吳人謂祭曰餽方言䭈餟餽也三字皆謂祭戰國策三十三飲食餔餽高注吳謂祭鬼爲餽古文通用讀與饋同按祭鬼者餽之本義不同饋也以餽爲饋者古文假借也高說與楊許同今本高注淺人增竄不可從从食鬼會意鬼亦聲俱位切十五部

餟 祭酹也酉部曰酹餟祭也史記孝武帝紀其下四方地爲餟食封禪書作醊食漢郊祀志作餟方言餟餽也从食叕聲陟衛切十五部

䬽 小餟也方言䭈餽也玉篇云䭈同䬽廣雅祱祭也祱亦同䬽从食兌聲輸芮切十五部

䬋 馬食穀多气流四下也謂汗液前後左右四面流下也䬋與淋雙聲義近由於食穀多也故从食夌聲里甑切六部

䬴 食馬穀也以穀飤馬也周南傳曰秣養也小雅乘馬在廄摧之秣之傳曰摧挫也秣粟也按挫謂以莝飤之粟謂以粟飤之也秣同䬴从食末聲莫撥切十五部

文六十二　重十八

亼 三合也从入一象三合之形許書通例其成字者必曰从某如此言从入一是也从入一而非會意則又足之曰象三合之形謂似會意而實象形也凡亼之屬皆从亼讀若集秦入切七部

合 亼口也各本亼作合誤此以其形釋其義也三口相同是爲合十口相傳是爲古引伸爲凡會合之偁釋詁曰敆郃盍翕仇偶妃匹會合也妃合會對也从亼口侯閤切七部

僉 皆也釋詁曰僉咸胥皆也从亼从吅从从吅驚嘑也从相聽也七廉切七部虞

△篇

侖ㄌㄨㄣˊ 9來　今ㄐㄧㄣ 28見　舍ㄕㄜˋ 13透　會ㄏㄨㄟˋ 2匣

書曰虞當作唐僉曰伯夷堯典文

侖 思也侖下曰侖理也大雅毛傳曰論思也按論者侖之假借思與理義同也思猶䚡也凡人之思必依其理倫論字皆以侖會意从亼冊聚集簡冊必依其次第求其文理力屯切十三部

籀文侖古文冊作篇

今 是時也今者對古之偁古不一其時今亦不一其時也云是時者如言目前則目前爲今目前已上皆古如言趙宋則趙宋爲今趙宋已上爲古如言魏晉則魏晉爲今魏晉已上爲古班固作古今人表漢人不與焉而謂之古今人者謂近乎漢者爲今人遠乎漢者爲古人也作古今人表者所以補漢書之所無存漢已前之匡略也亦謂三皇至漢以前迭爲古今人也古今人用字不同謂之古今字張揖作古今字詁是也自張揖已後其爲古今又不知幾更也古今音之不同近世言之㝡詳自商周至近世不知凡幾古今也故今者無定之暠約之以是時則兼賅矣召南傳曰今急辭也今急疊韻从亼乁會意乁逮也乁亦聲居音切七部乁古文及見又部

舍 市居曰舍倉部曰館客舍也客舍者何也謂市居也市居者何也周禮遺人曰凡國野之道十里有廬廬有飲食三十里有宿宿有路室路室有委五十里有市市有候館候館有積鄭云一市之閒有三廬一宿候館及廬宿皆所謂市居曰舍也此市字非買賣所之謂賓客所之也舍可止引伸之爲凡止之偁釋詁曰廢稅赦舍也凡止於是曰舍止而不爲亦曰舍其義異而同也猶置之而不用曰廢置而用之亦曰廢也論語不舍晝夜謂不放過晝夜也不放過晝夜卽是不停止於某一晝一夜以今俗音讀之上去無二理也古音不分上去舍捨二字義相同从亼屮口屮口二字今補全書之例成字則必曰从某而下釋之也从亼者謂賓客所集也屮象屋也象屋上見之狀說从屮之意口象築也口音圍說从口之意始夜切古音在五部

文六　重一

會 合也見釋詁禮經器之葢曰會爲其上下相合也凡曰會計者謂合計之也皆非異義也从亼

△佮 鞞 ㄆㄧˊ 10並 𣊟 ㄔㄣˊ 2匣

曾省三合而增之會意黃外切十五部曾益也說从曾之意土部曰增益也是則曾者增之假借字如曾祖曾孫之曾卽含益義凡會之屬皆从會𠌫古文會如此

鞞益也鞞禆古今字今字作禆益古字作鞞益禆行而鞞廢矣从會卑聲符支切十六部

𣊟日月合宿爲𣊟各本作爲辰今依廣韵集韵類篇訂左傳晉侯問伯瑕曰何謂六物對曰歲時日月星辰是謂也公曰多語寡人辰而莫同何謂辰對曰日月之會是謂辰故以配日按辰以配日者謂以從子至亥配從甲至癸也十日十二辰見周禮馮相氏哲蔟氏注云日謂從甲至癸辰謂從子至亥者日月一歲十二會所會之處謂之十二次星紀之次爲丑元枵之次一名天黿爲子豕韋之次一名娵訾爲亥降婁之次爲戌大梁之次爲酉實沈之次爲申鶉首之次爲未鶉火之次爲午鶉尾之次爲巳壽星之次爲辰大火之次爲卯析木之次爲寅是也據說文則日月之合宿謂之𣊟據周禮左傳則日月𣊟處謂之辰也𣊟者卽左傳之會字非左傳之辰字

五篇下 七

也从會辰辰時也日月以時而會故从辰會會意會亦聲各本作辰亦聲攷廣韵十四泰有𣊟音黃外切十七眞無𣊟字是可證說文本作會亦聲也玉篇曰𣊟時眞切日月會也今作辰葢當希馮時說文已有作辰亦聲者而顧從之集韵類篇亦沿誤耳皆誤讀左氏者爲之也大徐用孫愐唐韵爲音而不必盡用唐韵如此字廣韵入泰不入眞可證十五部

文三　重一

△全 牄 ㄑㄧㄤ 15清 倉 ㄘㄤ 15清

倉穀藏也藏當作臧臧善也引伸之義善而存之亦曰臧臧之之府亦曰臧俗皆作藏分平去二音穀藏者謂穀所藏之處也广部曰府文書藏庫兵車藏廥芻稾藏今音皆徂浪切蒼黃取而藏之蒼舊作倉今正蒼黃者匆遽之意刈穫貴速也故謂之倉蒼倉疊韵从食省口象倉形七岡切十部凡倉之屬皆从倉仺奇字倉葢从古文巨

牄鳥獸來食聲也牄葢壁中文如此孔安國以今文字讀之易爲蹌蹌鄭云飛鳥走獸蹌蹌然而舞僞孔說本之許則徑從牄字說爲鳥獸來食聲與鄭異鄭易字許不易字也鄭注大司樂亦引鳥獸牄牄公羊春秋有頓子牄从倉鳥獸來食故从倉爿聲七羊切十部虞書曰鳥獸牄牄咎繇謨文

文二　重一

入 ㄖㄨˋ 27泥 內 ㄋㄟˋ 8泥 𥦚 ㄘㄢ ??

入內也自外而中也象從上俱下也上下者外中之象人汁切七部凡入之屬皆从入

內入也今人謂所入之処爲內乃以其引伸之義爲本義也互易之故分別讀奴荅切又多假納爲之矣周禮注云職內主入也內府主良貨賄藏在內者然則職內之內是本義內府之內是引伸之義从冂入小徐曰冂音坰按當音覓許冂冂異篆冂者覆也覆在外各本無入字今依韵會補奴對切十五部自外而入也釋會意之恉

𥦚入山之𥦚也廣韵作入山㴱皃於形得義

五篇下 六

从山从入會意闕此闕謂闕其音讀也大徐鉏箴切篇韵同乃後人強爲之音以其字似岑因謂音岑耳

△全 仝 ㄑㄩㄢˊ 3從 糴 ㄉㄧˊ 22定

糴市穀也从入糴米部曰糴穀也故市穀从入糴糴亦聲今徒歷切古音在三部左傳晉大夫有糴茷

仝完也宀部曰完全也是爲轉注从入从工从工者如巧者之製造必完好也疾緣切十四部

全篆文仝从王按篆當是籒之誤仝全皆从入不必先古後篆也今字皆从籒而以仝爲同字純玉曰全考工記玉人云天子用全大鄭云全純色也許玉部云全純玉也後鄭周禮注同許按云純玉曰全者引經說此字从玉之意𠓜古文全按下體未宷其所從汗簡作𠓜古文四聲韵載王庶子碑亦作𠓜疑近是

△㒳 从 ㄌㄧㄤˇ 15來 (兩)

从二入也以形爲義㒳从此㒳各本作兩今按兩从㒳㒳从从也闕此闕亦謂音讀不傳也大徐良獎切乃因㒳字從此謂同㒳音

文六　重二

缶 ㄈㄡˇ 21幫

缶 瓦器所㠯盛酒漿 釋器陳風傳皆云盎謂之缶許云盎盆也罌缶也似許與爾雅說異缶有小有大如汲水之缶蓋小者也如五獻之尊門外缶大於一石之壺五斗之瓦甒其大者也皆可以盛酒漿 **秦人鼓之㠯節謌** 鼓之錄切擊也韵會鼓作擊李斯傳廉藺傳漢楊惲傳皆可證 **象形** 字象器形方九切三部俗作缻 **凡缶之屬皆从缶**

㲉 ㄎㄡˋ 17溪

㲉 未燒瓦器也 土部曰瓦未燒曰坏㲉與坏不但義同而音取相近故集韵謂爲一字披尤切也 **从缶㱿聲讀若筩莩同** 謂讀與筩莩之莩同也漢書非有葭莩之親張晏曰葭蘆也莩葉裏白皮也晉灼曰莩葭裏之白皮也師古曰莩者蘆筩中白皮至薄者也張說非也按張說本同惟轉寫蘆誤爲葉耳司馬彪律歷志以葭莩灰抑其端當亦謂此劉注葭莩出河內豈以河內者爲善歟莩音孚則㲉亦音孚孚古音同浮是以在一部爲坏字在三部爲㲉字大徐苦候切玉篇苦谷切

匋 ㄊㄠˊ 21定

匋 作瓦器也 作字各本無今依玉篇補大雅陶復陶穴箋云復穴皆如陶然正義引說文匋瓦器竈也按穴部云窯燒瓦竈也瓦部云甄匋也然則依玉篇爲長作瓦器者㲉之燒之皆是其事故匋之字次於㲉今字作陶陶行而匋廢矣陶見𨸏部再成丘也 **从缶包省聲** 疑作勹聲亦是皆形聲包會意也徒刀切古音在三部 **古者昆吾作匋** 裴駰曰出世本呂覽昆吾作陶高云昆吾顓頊之後吳回黎之孫陸終之子己姓也爲夏伯制作陶冶埏埴爲器按顓頊產老童老童產黎左傳云顓頊氏有子曰黎爲祝融是也帝嚳誅黎而以其弟吳回爲黎後奉黎之祀故高云吳回黎之孫實則吳回之孫也國語昆吾爲夏伯韋云昆吾祝融之孫陸終第二子名樊爲己姓封於昆吾衞是也其後夏衰昆吾爲夏伯遷於舊許按帝繫世本皆言昆吾者衞是也昆吾始封在衞故哀十七年左傳衞侯夢見人登昆吾之觀也其後遷於舊許故昭十二年傳楚靈王曰昔我皇祖伯父昆吾舊許是宅也其後滅於湯商頌云韋顧既伐昆吾夏桀楚世家曰昆吾氏夏之時嘗爲侯伯桀之時湯滅之是也據高說是始封之昆吾作匋據古史考云夏時昆吾氏作瓦張華博物志云桀作瓦尸子云夏桀臣昆吾作陶是謂湯所滅之昆吾與桀作匋以舜匋河濵而有虞氏上匋斷之則高說是而他說失之也 **案史篇讀與缶同** 許書言案者二條疑後人所羼入史篇者史籀所作大篆十五篇也詳皕部讀與缶同者謂史篇以匋爲缶古文假借也匋與缶古音同在三部故得相假借據此可知史篇四言成文如後世倉頡爰歷之體

五篇下　九

△瓶

罌 ㄧㄥ 12影

罌 缶也 缶太平御覽作𦉥今按作缶爲是許意缶罌𦉥一物也方言瓬瓶甒𦉥甇甈瓮瓿甊甈甖也自關而西晉之舊都河汾之閒其大者謂之甀自關而東趙魏之郊謂之瓮或謂之甖甖其通語也甀即𦉥甖即罌瓦部曰罌謂之甁甇罌也康瓠破罌也史漢淮陰侯傳曰信乃益爲疑兵乘船欲渡臨晉而伏兵從夏陽以木罌缻渡軍襲安邑木罌缶者以木爲罌缶狀實兵於其中不欲人知故不爲盆狀韋昭云以木爲器如罌缻以渡軍無船且尚密也韋說是也罌缶器之大者 **从缶賏聲** 烏莖切十一部

𦉥 ㄓㄨㄟˋ 1定

𦉥 小口罌也 上文罌者兼大口小口渾言之此云小口罌則析言之也小口則宁物必垂下之故曰𦉥淩人注云鑑如甀大口以盛冰謂如𦉥而大口也醢人注曰塗置甀中百日則成矣方言罃周洛韓鄭之閒謂之甀或謂之罃按罃者缾之長頸者𦉥不長頸方俗或同名 **从缶垂聲** 池僞切古音在十七部

䍂 ㄆㄡˇ 24並

䍂 小缶也 按方言曰瓿甊罌也自關而西晉之舊都河汾之閒其大者謂之甀其中者謂之瓿甊又曰缶謂之瓿㼜許意缶罌一物也故云瓿小缶也即揚之中者謂之瓿甊也 **从缶咅聲** 蒲候切廣韵薄侯切四部

缾 ㄆㄧㄥˊ 12並

缾 罋也 易井卦辭曰羸其缾左傳衞孫蒯飲馬於重丘毀其缾按缾亦評缶左傳具綆缶此缶之小者 **从缶幷聲** 薄經切十一部 **瓶 缾或从瓦**

罋（甕） ㄨㄥˋ 18影

罋 汲缾也 井下曰外象構韓形其罋也井爻辭曰甕敝漏按缾罋之本義爲汲器經傳所載不獨汲水者偁缾罋也許云汲缾分別言之許固謂缾不專用汲矣罋俗作甕 **从缶雝聲** 烏貢切九部

𦈢 ㄊㄚˋ 31透

𦈢 下平缶也 下當作不字之誤也凡器無不下平者以從乏之意求之當是不平缶反正爲乏之也又以讀若曷求之曷與替雙聲替者一偏下也集韵類篇皆引說文瓬也

五篇下　十

罃ㄧㄥ 12影　缸ㄍㄤ 18匣　⿰缶或ㄩˋ 25匣　⿰缶薦ㄑㄧㄢˋ 9精　⿰缶需ㄌㄧㄥˊ 12來　䍃ㄧㄡˊ 22定　⿰缶占ㄉㄧㄢˋ 30端　缺ㄑㄩㄝ 2溪　罅ㄒㄧㄚˋ 13曉　罄ㄑㄧㄥˋ 12溪

二書引說文皆用大徐本何以乖異若是廣雅缻瓶也**从缶亞聲讀若簿引易**土盇切七部

罃　備火長頸缻也左傳襄九年宋災具綆缶備水器杜曰缶汲器也水器盆甖之屬也是謂汲水貯水之分師古注五行志則謂缶卽盎也水器者罃瓮之屬引許氏說文解字罃備火今之長頸瓶也按各本無今之二字備火長頸缻者備火之汲甕則長其頸以多盛水且免傾覆也其說左傳者杜爲長**从缶熒省聲**烏莖切十一部按近人謂罌罃一字依許則劃然二物二字也罌大罃小用各不同方言廣雅說雖不與許同而罌罃亦畫爲二今本廣雅甈瓶之下奪一也字

缸　瓨也瓦部曰瓨似罌長頸受十斗缸與瓨音義皆同也史漢貨殖傳皆曰醯醬千瓨**从缶工聲**下江切九部

⿰缶或　瓦器也从缶或聲于逼切一部

⿰缶薦　瓦器也詩斯干乃生女子載弄之瓦傳曰瓦紡專也箋云紡專習其壹所有事也案專同塼紡專正義不言何物廣韵廿二霰云⿰缶薦紡錘集韵霰韵云⿰缶薦一曰紡甎然則婦人撚綫錘頭古用塼爲之婦人所重者紡績故箋云習其壹意於所有事也許云瓦器渾言之未及詳說耳紡錘下垂如戈鐏之在底故其字亦七鈍切**从缶薦聲**作甸切十二部

䍃　瓦器也从缶肉聲以周切三部

⿰缶需　瓦器也篇韵皆云似瓶有耳**从缶霝聲**郎丁切十一部

⿰缶占　缺也刀缺謂之剈瓦器缺謂之⿰缶占詩云白圭之剈引伸通用也**从缶占聲**都念切七部

缺　器破也俗誤作缺又通用闕**从缶夬聲**各本作決省聲今正傾雪切十五部

罅　裂也考工記旅人所謂罅也引伸爲凡裂之偁**从缶虖聲**呼迓切古音在五部**缶燒善裂也**說从缶之意

罄　器中空也釋詁毛傳皆曰罄盡也引伸爲凡盡之偁如韓詩罄天之妹毛詩俔磬也郭注爾雅云今人呼厭極爲罄皆是古書罄磬多互相假借**从缶殸聲**苦定切十一部**殸古文磬字**依石部耳部香部古當作馨**詩曰缾之罄矣**小雅文不偁罄無不宜而偁此者於从缶之意切也

罊ㄑㄧˋ 11溪　缿ㄒㄧㄤˋ 16曉　矢ㄕˇ 4透　䠶ㄕㄜˋ 14定　△射　矯ㄐㄧㄠˇ 19見　矰ㄗㄥ 26精

罊　器中盡也釋詁曰罊盡也皿部曰盡器中空也**从缶毄聲**苦計切十六部爾雅音義引說文口地反

缿　受錢器也易入難出器也史記酷吏列傳惡少年投缿漢書趙廣漢敎吏爲缿箭蘇林曰缿如瓨可受投書師古曰缿若今盛錢藏瓶爲小孔可入而不可出**从缶后聲**大口切又胡講切按胡講音之轉也古音在四部大當作火**古㠯瓦今㠯竹**說从缶之意也趙傳缿箭缿卽以瓦者箭卽以竹者許云今以竹則許時用竹者多也今市中錢箭皆用竹

文二十一　重一

矢　弓弩矢也弓弩所用䠶之矢也**从入**矢欲其中**象鏑栝羽之形**鏑謂丨也金部曰鏑矢鏠也栝作括者誤栝謂八也木部曰栝矢栝檃弦処岐其耑以居弦也羽謂一也羽部曰翦矢羽是也矢羽從而橫之何也以識其物耳矢之制詳於考工記矢人式視切十五部**古者夷牟初作矢**山海經曰少皞生般般是始爲弓矢郭曰世本云牟夷作矢揮作弓弓矢一器作之兩人於義有疑此言般之作是按弦木爲弧掞木爲矢轂傳系諸黃帝堯舜之下葢不妨有同時合成之者夷牟郭作牟夷孫卿作浮游**凡矢之屬皆从矢**

䠶　弓弩發於身而中於遠也謂用弓弩發矢於身而中於遠也詩禮記以射爲䠶數之數**从矢从身**會意食夜切古音在五部

射　篆文䠶射者小篆則䠶者古文此亦上部之例也何不以射入寸部而以䠶傳見也爲其事重矢也**从寸寸法度也亦手也**說从寸之意射必依法度故从寸寸同又射必用手故从寸

矯　揉箭箝也揉當作柔許無揉有柔楺也箭者矢竹所爲矢也不言矢言箭者矯施於笴不施於鏑羽也箝籋也柔箭之箝曰矯引伸之爲凡矯枉之偁凡云矯詔者本不然而云然也**从矢喬聲**居夭切二部

矰　隿射矢也周禮司弓矢云矰矢茀矢用諸弋射注云結繳於矢謂之矰矰高也茀矢象焉茀之言刜也二者皆可以

侯 ㄏㄡˊ 16匣

弋飛鳥制羅之也前於重又微輕行不低也詩云弋鳧與鴈 从矢曾聲 作滕切六部

矦 春饗所射侯也 饗者鄉人飲酒也春饗所射侯謂天子諸侯養老先行大射禮之侯也天子諸侯養老皆如鄉飲酒之禮故亦謂之饗文王世子曰設三老五更群老之席位注云三老如鄉飲酒禮之賓五更如介群老如衆賓魯頌曰魯侯戾止在泮飲酒箋云徵先生君子與之行飲酒之禮而因以謀事也此天子諸侯養老即鄉飲酒之證也廱下曰天子饗飲辟廱也泮下曰諸侯饗射泮宮也饗皆謂養老也古者鄉飲鄉射必聯類而行卿大夫士之射必先行鄉飲酒之禮天子諸侯則先大射後養老天子諸侯賓射於朝燕射於寢大射於澤於射宮射宮者大學也行射爲養老之詩箋云先王將養老先與群臣行射禮擇其可與者以爲賓今我成王承先王之法度亦既序賓矣有醇厚之酒醴以告黃耇之人徵而養之王制曰王親視學注云謂習射習鄉以化之習射即大射習鄉即養老此天子大射而養老之證也七月行葦皆詠公劉之詩七月言朋酒斯饗行葦箋言先王將養老先與群臣行射禮先王即謂公劉此諸侯大射而養老之證也大射張皮侯而棲鵠其禮大故得專侯名郊廟祭祀必先大射不言祭但言饗舉饗以賅祭也不言秋但言春何也舉春以賅秋也廱下但言饗不言射舉饗以賅射也 从人 爲人父子君臣者各以爲父子君臣之鵠故其字从人鄭云侯制上廣下狹蓋取象於人張臂八尺張足六尺是取象率焉 从厂象張布 梓人爲侯上兩个與其身三下兩个半之注云个者鄉射禮記所謂舌也侯凡用布三十六丈侯之張布如厓巖之狀故从厂 矢在其下 象矢集之也乎溝切四部 天子射熊虎豹服猛也諸侯射熊虎大夫射麋麋惑也 熊虎豹當依周禮作虎熊豹轉寫誤倒也諸侯射熊虎各本作射熊豕虎豕字今正此本周禮言春官所射也司裘曰王大射則共虎侯熊侯豹侯設其鵠諸侯則共熊侯豹侯卿大夫則共麋侯皆設其鵠鄭曰以虎熊豹麋之皮飾其側又方制之以爲臯謂之鵠箸於侯中所謂皮侯王之大射虎侯王所自射也熊侯諸侯所射豹侯卿大夫以下所射諸侯之大射熊侯諸侯所自射豹侯羣臣所射卿大夫之大射麋侯君臣共射焉按梓人云張皮侯而棲鵠者謂此也諸侯射熊虎與今本不同者鄭曰故書則共熊侯虎侯杜子春云虎當爲豹是則鄭從杜改許從故書也天子諸侯服猛大夫去惑說其義也郊特牲曰虎豹之皮示服猛漢五行志曰麋之爲言迷也 士射鹿豕爲田除害也 鄉射禮記曰凡侯天子熊侯白質諸侯麋侯赤質大夫布侯畫以虎豹士布侯畫以鹿豕鄭云此所謂獸侯也梓人張獸侯則王以息燕是射息者休農息老物也燕謂勞使臣若與羣臣飲酒而射是則士射鹿豕在王息燕時不在大射而許牽合言之容鄭以前說禮不同也鄭云士不大射士無臣祭無所擇故司裘於大射不言士鹿豕爲田害故大蜡迎虎 其祝曰毋若不寧侯不朝于王所故伉而射汝也 十九字韵會用考工記作四十二字非也梓人曰祭侯之禮以酒脯醢其辭曰惟若寧侯毋或若女不寧侯不屬于王所故抗而射汝強飲強食貽曾孫諸侯百福大戴禮略同抗舉也許作伉大戴作亢

△医

医 古文侯

𥏻 ㄕㄤ 15透

短 ㄉㄨㄢˇ 3端

𥏻 傷也 謂矢之所傷也引伸爲凡傷之偁 从矢傷省聲 各本篆作𥏻注曰昜聲鉉於傷下觴下曰𥏻省聲知字本作𥏻今正爲傷省聲式羊切凡傷聲之字皆同此切也

短 有所長短㠯矢爲正从矢 按此上當補不長也三字乃合有所長短以矢爲正說从矢之意也桀字下曰矢者其中正也正直爲正必正直如矢而刻識之而後可裁其長短故詩曰其直如矢韓詩曰如矢斯朸 豆聲 按考工記曰豆中縣謂縣繩正豆之柄也然則豆聲當作从豆从豆之意與从矢同也都管切十四部

矤 ㄕㄣˇ 6透

矤 況詞也 各本況下有也誤今刪況當作兄古今音殊乃或假況許書當本作兄也兄長之兄引伸爲兄益詩常棣傳曰況滋也桑柔傳曰兄滋也召旻傳曰兄茲也兄況不同以兄爲正滋茲不同許皆訓益兄詞者增益之詞其意益其言曰矤是爲意內言外今俗所云已如是況又如是也尚書多用矤字俗作矧 从矢引省聲 式忍切十二部 从矢取詞之所之如矢也 說从矢之意今言矧則其詞有一往不可止者

矣 ㄧˇ 24匣　知 ㄓ 10端

知 䛐也 白部曰䛐識䛐也从白从亏从知按此䛐也之上亦當有識字知䛐義同故䛐作知 从口矢 識敏故出於口者疾如矢也陟离切十六部

矣 語已䛐也 已矣疊韵已止也其意止其言曰矣是爲意內言外論語或單言矣或言已矣如學而子張篇皆云可謂好學也已矣公冶長篇不可得而聞也已矣已矣乎吾未見能見其過而內自訟者也俗本句末刪矣者非淮南書說矣與也二字不同 从矢㠯聲 于己切一部

文十　重二

高 ㄍㄠ 19見

高 崇也 山部曰崇嵬高也 象臺觀高之形 謂合也 从冂口 上音莫狄切下音闈 與倉舍同意 倉舍皆从口象築也合與冂皆象高古牢切二部 凡高之屬皆从高

𩫏 ㄑㄧㄥˇ 12溪　△廎

𩫏 小堂也 集韵曰傾覆切瓜屋也 从高省冋聲 去穎切十一部

廎 𩫏或从广 元次山居廎宋人多謂廎卽亭字非也今按可讀如今之廳 頃聲 宋本有聲

亭 ㄊㄧㄥˊ 12定

亭 民所安定也 亭定疊韵周禮三十里有宿鄭云宿可止宿若今亭有室矣百官公卿表曰縣道大率十里一亭亭有長十亭一鄉鄉有三老有秩嗇夫後漢志曰亭有長以禁盜賊風俗通曰亭留也蓋行旅宿會之所館釋名曰亭停也人所停集按云民所安定者謂居民於是備盜賊行旅於是止宿也亭定疊韵亭之引伸爲亭止俗乃製停渟字依釋名則漢時已有停字而許不收徐氏鉉云低債價停僦伺六字皆後人所加是也 亭有樓 故从高 从高省丁聲 特丁切十一部

亳 ㄅㄛˊ 14並

亳 京兆杜陵亭也 六國表湯起于亳徐廣曰京兆杜縣有亳亭錢氏大昕史記攷異曰殷本紀湯始居亳皇甫謐曰梁國穀熟爲南亳湯所都也立政三亳皆非京兆之亳亭秦本紀寧公二年遣兵伐蕩社三年與亳戰亳王奔戎遂滅蕩社徐廣云蕩一作湯社一作杜皇甫謐以爲亳號湯西夷之國又云周桓王時自有亳王號湯非殷也封禪書于杜亳有三杜主之祠蓋京兆之亳乃戎王號湯者之邑徐廣以爲殷湯所起其不然乎然此篇稱作事者必於東南收功實者常於西北乃述禹與西羌周始豐鎬而及湯之起亳則史公固以關中之亳系之湯矣按許不言三亳而獨言杜陵亳亭者正爲其字从高則以此亭當之也然十里一亭者秦制亳亭之名秦漢乃有之亳之字固不起於亭也以解字爲書不得不有涉於皮傅者 从高省乇聲 旁各切五部古亦借薄爲之如禮記薄社北牖

文四　重一

冂 ㄐㄩㄥ 12見

冂 邑外謂之郊郊外謂之野野外謂之林林外謂之冂 與魯頌毛傳同邑國也岠國百里曰郊野郊外也平土有叢木曰林皆許說也爾雅釋地邑外謂之郊郊外謂之牧牧外謂之野野外謂之林林外謂之坰多謂之牧牧外五字依野有死麕燕燕干旄傳叔于田箋斷之淺人妄增也牧李巡作田王砯注素問作邑外謂之郊郊外謂之甸甸外謂之牧牧外謂之林林外謂之坰坰外謂之野所偁更

△坰　△冋

市 ㄕˋ 24定　冘 ㄧㄣˊ 28定　央 ㄧㄤ 15影

繆 象遠介也 介各本作界誤今正八部曰介畫也八像遠介所聯互一象各分介畫也古熒切十一部 凡冂之屬皆从冂

冋 古文冂从口象國邑 像國邑在介內也

坰 冋或从土 詩爾雅皆如此作

市 買賣所之也 釋詁曰之往也古史考曰神農作市本轂辭說也世本曰祝融作市 市有垣从冂 垣所以介也故从冂 从乀象物相及也 乀古文及字 依韵會本 㞢省聲 舉形聲包會意也時止切一部

冘 冘冘 逗 行皃 冘冘各本作淫淫今依玉篇集韵類篇正玉篇別立冘部云冘冘行皃則知冂部有冘者孫強所增也而引說文作淫淫是唐時譌本耳後漢書盧植傳注所引不誤羽獵賦三軍芒然窮冘闕與孟曰冘行也如曰冘懈怠也古籍內冘豫義同猶豫巴東灩澦堆亦曰猶豫坤元錄作冘豫樂府作淫豫然則冘是遲疑蹢躅之皃矣 从儿出冂 儿者古文奇字人也冘者遠望人行若行若不行之皃余箴切七部

央 央 中也

央逗複舉字之未刪者也月令曰中央土詩箋云夜未渠央古樂府調弦未詎央顏氏家訓作未遽央皆訓未渠央也渠央者中之謂也詩言未央謂未中也毛傳央且也且者薦也凡物薦之則有二至於艾而爲三矣下文夜未艾艾者久也箋云芟末曰艾以言夜先雞鳴時合初昏與艾言之是央爲中也 **从大在冂之內大**逗 **人也** 人在冂內正居其中於良切十部 **央㫄同意** 央取大之中居㫄取㫄外廓故曰同意

隺 ㄏㄨˋ 20匣

一曰久也 此別一義

隺 高至也从隹上欲出冂 上翔欲遠行也胡沃切古音在二部 **易曰夫乾隺然** 見繫辭今易作確按釋文云確苦角反馬韓云剛皃說文云高至按陸不云說文作隺益釋文固作隺然淺人改爲從石耳許書有确無確

文五　重三

𩫏 ㄍㄨㄛ 14見 （郭）

𩫏 度也 此以音說義與蒦度也音義略同 **民所度居也** 釋名曰郭廓也廓落在城外也

按城𩫏字今作郭郭行而𩫏廢矣邑部曰𩫏齊之郭氏虛也𩫏下云萬物郭皮甲而出當作𩫏卽今之廓字也 **从回象城𩫏之重** 內城外𩫏 **兩亭相對也** 謂上合下𠂇也內城外𩫏兩亭相對漢典略曰雒陽二十街街一亭十二城門門一亭此城內亭也百官公卿表縣道十里一亭此城外亭也 **或但从口** 音韋謂篆作韋也按當出韋篆在皆从𩫏之下 **凡𩫏之屬皆从𩫏**

𩫖 ㄑㄩㄝˋ 2溪

𩫖 缺也 以疊韵爲義 **古者城闕其南方謂之𩫖** 闕之義同缺何氏公羊傳注曰天子周城諸侯軒城軒城者缺南面以受過也按毛詩傳曰闉曲城也闍城臺也城門上有臺謂之闍周官匠人詩靜女所謂城隅也無臺謂之𩫖詩子衿所謂城闕也三面有臺而南方無臺故謂之𩫖猶軒縣之缺南方泮水之缺北方不敢同天子也毛詩城闕當作𩫖闕其假借字非象闕之闕也詩曰在城闕兮傳曰乘城而見闕箋申之曰登高而見於城闕明非城墉不完如公羊疏所疑也本城𩫖之字故从𩫏引伸爲凡缺之偁故先之曰缺也 **从𩫏夬聲讀若拔物爲決引也** 以物塞其口拔其物使內出𩫖傾雪切十五部

文二

京 ㄐㄧㄥ 15見

京 人所爲絕高丘也 釋丘曰絕高爲之京非人爲之丘郭云爲之者人力所作也按釋詁云京大也其引伸之義也凡高者必大 **从高省丨象高形** 舉卿切古音在十部 **凡京之屬皆从京**

就 ㄐㄧㄡˋ 21從

就 就此複舉字之未刪者 **高也** 廣韵曰就成也迎也卽也皆其引伸之義也 **从京尤尤異於凡也** 說从尤之意京者高也高則異於凡疾僦切三部

△就

𡮢 籒文就

就

文二　重一

亯 ㄒㄧㄤˇ 15曉 （享）

亯 獻也 下進上之詞也按周禮用字之例凡祭亯用亯字凡饗燕用饗字如大宗伯吉禮下六言亯先王嘉禮下言以饗燕之禮親四方賓客尤其明證也禮經十七篇用字之例聘禮內臣亯君字作亯士虞禮少牢饋食禮尙饗字作饗小戴記用字之例凡祭亯饗燕字皆作饗無作亯者左傳則皆作亯無作饗者毛詩之例則獻於神曰亯神食其所亯曰饗如楚茨以亯以祀下云神保是饗周頌我將我亯下云既右饗之魯頌亯祀不忒亯以騂犧下云是饗是宜商頌以假以亯下云來假來饗皆其明證也鬼神來食曰饗卽禮經尙饗之例也獻於神曰亯卽周禮祭亯作亯之例也各經用字自各有例周禮之饗燕左傳皆作亯宴此等葢本書固尒非由後人改竄 **从高省** 獻者必高奉之曲禮曰執天子之器則上衡國君則平衡後世亦以舉案齊眉爲敬 **曰象孰物形** 禮經言饋食者薦孰也許兩切十部亯象薦孰因以爲飪物之偁故又讀普庚切亯之義訓薦神誠意可通於神故又讀許庚切古音則皆在十部其形薦神作亯亦作亨飪物作亨亦作烹易之元亨則皆作亨皆今字也 **孝經曰祭則鬼亯之** 孝經孝治章文 **凡亯之屬皆从亯**

亯 篆文亯

△享

𦎫 ㄔㄨㄣˊ 9定　△𦎫　䈞 ㄉㄨˇ 22端　𩫖 ㄩㄥ 18定 (庸)

後篆者上部之例也據[元]應書則亯者籒文也小篆作亯故隸書作亨作享小篆之變也

𦎫 孰也 今俗云純熟當作此字純醇行而𦎫廢矣周禮司裘注假借爲埻的字 **从亯羊** 凡从𦎫者今隸皆作亨與亯之隸無別 **讀若純** 常倫切十三部 **一曰鬻也** 鬻饘也

𦎫 篆文𦎫

䈞 厚也 䈞各本作厚今正䈞厚古今字䈞篤亦古今字䈞與二部竺音義皆同今字篤行而䈞竺廢矣公劉毛傳曰篤厚也此謂篤卽竺䈞字也 **从亯竹聲讀若篤** 冬毒切三部

𩫖 用也 此與用部庸音義皆同玉篇曰𩫖今作庸廣韵曰𩫖者庸之古文 **从亯从自自知臭香所食也** 句自鼻也知臭臭味之芳殠香當作亯轉寫之誤也上說从自之意此說从亯之意鼻聞所食之香而食之是曰𩫖今俗謂喫爲用是也 **讀若庸同** 余封切九部

文四　重二

㫗 ㄏㄡˋ 16匣　覃 ㄊㄢˊ 28定　△𠧘　△𡒇 厚 ㄏㄡˋ 16匣　△垕

㫗 厚也 厚當作䈞上文曰䈞㫗也此曰㫗篤也是爲轉注今字厚行而㫗廢矣凡經典㫗薄字皆作厚 **从反亯** 倒亯者不奉人而自奉㫗之意也胡口切四部 **凡㫗之屬皆从㫗**

覃 長味也 此與酉部醰音同義近醰以覃會意也引伸之凡長皆曰覃葛覃傳曰覃延也凡言覃及覃思義皆同經典葛覃字亦假蕈爲之 **从㫗鹹省聲** 當作鹹省鹹亦聲以从鹹故知字本義爲味長也徒含切古音在七部 **詩曰實覃實吁** 大雅文傳曰覃長也訏大也許作吁疑轉寫誤

𠧘 古文覃

𡉈 篆文覃省 今隸本此以古𠧘篆𡉈推之則𡉈乃籒也先籒後篆者上部之例也

厚 山陵之㫗也 㫗各本作厚今正山陵之厚故其字从厂今字凡㫗薄字皆作此 **从厂从㫗** 㫗亦聲胡口切四部

垕 古文厚从后土 从土后聲也

文三　重三

畐 ㄈㄨˊ 25滂　良 ㄌㄧㄤˊ 15來　△㠰　△𡆝　△筤

畐 滿也 方言悀偪滿也凡以器盛而滿謂之悀注言涌出也腹滿曰偪注言勑偪也按廣雅悀愊滿也本此而玉篇云腹滿謂之涌腸滿謂之畐與今本方言異[元]應書畐塞注曰普逼切引方言畐滿也是則希馮[元]應所據方言皆作畐也許書無偪逼字大徐附逼於辵部今乃知逼仄逼迫字當作畐偪行而畐廢矣荀卿子充盈大宇而不窕入郤穴而不偪淮南兵略訓入小而不偪處大而不窕凡云不偪者皆謂不塞淮南俶眞訓處小隘而不塞要略訓置之尋常而不塞氾論訓內之尋常而不塞齊俗訓大則塞而不入小則窕而不周偪與塞義同畐偪正俗字也釋言曰逼迫也本又作偪二皆畐之俗字 **从高省** 謂合也 **象高厚之形** 謂田也 **凡畐之屬皆从畐讀若伏** 芳逼切按畐伏二字古音同在第一部今音同房六切

良 善也从畐省亡聲 呂張切十部

㠰 古文良 玉篇不錄

𡆝 亦古文良

筤 亦古文良 玉篇作筤

文二　重三　按此部小徐在㫗部之前

亩 ㄌㄧㄣˇ 28來

亩 穀所振入也 穀者百穀總名中庸注曰振猶收也手部曰振舉也周禮注曰米藏曰廩 **宗廟粢盛** 粢各本作粢今正粢稻餅之或字也粢者稷之或字也甸師以共齍盛鄭注齍作粢云粢稷也穀者稷爲長是以名云在器曰盛按小宗伯注云齍讀爲粢六粢謂六穀黍稷稻粱麥苽是則六穀稷爲長故單舉粢也許於皿部曰齍黍稷器也盛黍稷在器中也字依周禮此作粢盛者齍粢古今字禮記多用粢盛故許從之與鄭同也 **蒼黃亩而取之故謂之亩** 蒼舊作倉今正亩而取之之亩當作廩廩廩寒也凡戒愼之曰廩廩亦作懍懍漢書通作廩廩許云廩而取之故謂之亩廩亩疊韵如上文蒼黃取而藏故謂之倉藏倉疊韵也上文云穀所振入也者周禮所謂廩人掌九穀之數以待國之匪頒賙賜稍食也此云宗廟粢盛蒼黃廩而取之者穀梁傳所謂甸粟而內之三宮三宮米而藏之御廩周禮所謂廩人大祭祀則共其接盛舉其重者以釋亩之音義

△廩　稟 ㄅㄧㄥˇ 28幫　亶 ㄉㄢˇ 3端　啚 ㄅㄧˇ 24幫　△啚　嗇 ㄙㄜˋ 25心

也鄭云大祭祀之穀藉田之收藏於神倉者也不以給小用釋言廩廯也臧氏鏞堂曰廯古本當作鮮舍人云廩少鮮也公羊羣公廩注云連新於上財令半相連耳襄廿三年所傳聞注亦云廩廩近升平皆廩鮮也之義玉裁按此與漢書廩廩庶幾賈誼爲此廩廩皆懍懍之假借也**从入**穀所入故从入**从回**回之訓轉也而此从回之意則如下所云**象屋形**謂外口舍下云口象築此云象屋者屋在上者也㐭之戶牖多在屋**中有戶牖**謂內口小徐曰戶牖以防蒸熱也力甚切七部**凡㐭之屬皆从㐭　廩　㐭或从广稟**會意也稟亦聲**稟　賜穀也**賜穀曰稟中庸既稟稱事鄭注周禮宮正內宰廩人掌固皆云稍食祿稟也又司稼注云賙稟其艱阨晉惠帝云官讀可給稟凡若此類今本多譌爲廩卽有未譌者亦皆讀爲力甚切矣今之廩膳生員於古當作稟膳**从㐭禾**禾猶穀也穀在於㐭周禮所謂以待賙賜稍食也凡賜穀曰稟受賜亦曰稟引伸之凡上所賦下所受皆曰稟左傳言稟命則不威是也筆錦切七部**亶　多穀**

也亶之本義爲多穀故其字从㐭引伸之義爲厚也信也誠也見釋詁毛傳**从㐭旦聲**多旱切十四部**啚　嗇也**下文云嗇愛濇也水部曰濇不滑也凡鄙吝字當作此鄙行而啚廢矣論語鄙夫周書鄙我周邦皆當作此**从口**音韋口猶聚也**从㐭㐭受也**㐭所以受穀引伸之凡受皆曰㐭聚而受之愛濇之意也方美切十五部**啚　古文啚如此**

文四　重二

嗇　愛濇也嗇濇疊韵廣韵引作歰歰與濇皆不滑也大雅云好是家嗇力民代食箋云但好任用是居家之吝嗇於聚歛作力之人令代賢者處位食祿又云家嗇維寶代食維好箋云言王不尙賢但貴吝嗇之人與愛代食者而已老子曰治人事天莫若嗇詩序云其君儉嗇褊急**从來㐭來者㐭而臧之故田夫謂之嗇夫**說从來㐭之意也嗇者多入而少出如田夫之務蓋藏故以來㐭會意嗇夫見

△嗇　牆 ㄑㄧㄤˊ 15從　△牆　△牆　來 ㄌㄞˊ 24來

左傳所引夏書漢制十亭一鄉鄉有三老有秩嗇夫游徼皆少吏之屬許云田夫謂之嗇夫者若郊特牲先嗇司嗇報嗇嗇皆謂農古嗇穡互相假借如稼穡多作稼嗇左傳小國爲穡大國省穡而用之卽省嗇也所力切一部**一曰棘省聲**來㐭者會意棘省聲者形聲別一說也棘省謂省竝朿爲單朿來亦象朿故云棘聲然少迂矣**凡嗇之屬皆从嗇　嗇　古文嗇从田　牆　垣蔽也**土部曰垣牆也左傳曰人之有牆以蔽惡也故曰垣蔽釋宮曰牆謂之墉釋名曰牆障也**从嗇**小徐曰取愛嗇自護也**爿聲**才良切十部按凡爿聲二徐多肊改爲牀省聲此爿聲小徐云亦當言牀省韵會遂改之**牆　籀文从二禾　牆　籀文亦从二來**按玉篇云牆者籀文牆者古文與今本異

文二　重三

來　周所受瑞麥來麰也也字今補詩正義此句作周受來牟也五字周頌詒我來麰箋

云武王渡孟津白魚躍入王舟出涘以燎後五日火流爲烏五至以穀俱來此謂遺我來牟書說以穀俱來云穀紀后稷之德按鄭箋見尙書大誓尙書旋機鈐合符后詩云來牟書云穀其實一也下文云來麰麥也此云瑞麥來麰然則來麰者以二字爲名毛詩傳曰牟麥也當是本作來牟麥也爲許麰下所本後人刪來字耳古無謂來小麥麰大麥者至廣雅乃云麰小麥麰大麥非許說也劉向傳作麰麥文選典引注引韓詩內傳貽我嘉麰薛君曰麰大麥也與趙岐孟子注同然韓傳未嘗云來小麥**二麥一夆象其芒朿之形**二麥一夆各本作一來二縫不可通惟思文正義作一麥二夆今定爲二麥一夆夆卽縫字之省許書無峯則山耑字可作夆凡物之標末皆可侔夆夆者朿也二麥一夆爲瑞麥如二米一稃爲瑞黍蓋同夆則亦同稃矣廣韵十六咍引埤蒼曰稃麰之麥一麥二稃周受此瑞麥此一二兩字亦是互譌二麥一稃亦猶異晦同穎雙斛共柢之類其字以从象二麥以朩象一芒故云象其芒朿之形洛哀切古音在一部**天所來也故爲行來之來**自天

䅘 ㄙˋ 24從　△⿰彳矣　麥 ㄇㄞˋ 25明　麰 ㄇㄡˊ 21明　△⿱艹牟　麧 ㄏㄜˊ 8匣　麱 ㄙㄨㄛˇ 10心

而降之麥謂之來麰亦單謂之來因而凡物之至者皆謂之來許意如是猶之相背韋之爲皮韋朋鳥之爲朋攩鳥西之爲東西之西子月之爲人偁鳥之爲烏呼之烏皆引伸之義行而本義廢矣如許說是至周初始有來字未詳其恉 詩曰詒我來麰 今毛詩詒作貽俗字也麰作牟古文假借字也 凡來之屬皆从來

䅘 詩曰不䅘不來 毛詩無此語釋訓曰不䅘不來也爾雅多釋詩書葢江有汜之詩不我以古作不我䅘䅘者來之也不我䅘者不來我也許葢兼偁詩爾雅當云詩曰不我䅘不䅘不來也轉寫譌奪不可讀耳䅘與以不同者葢許兼偁三家詩也 从來矣聲 牀史切一部

⿰彳矣 䅘或从彳 今韵書字書以䅘後同竢訓待非也

文二　重一

麥 芒穀 有芒朿之穀也稻亦有芒不偁芒穀者麥以周初二麥一鏠箸也鄭注大誓引禮說曰武王赤烏芒穀應許本禮說 秋種厚薶故謂之麥 薶麥疉韵夏小正九月樹麥月令仲秋之月乃勸種麥毋或失時麥以秋種尚書大傳淮南子說苑皆曰虛昏中可以種麥漢書武帝紀謂之宿麥 麥金也金王而生火王而死 程氏瑤田曰素問云升明之紀其類火其藏心其穀麥鄭注月令云麥實有孚甲屬木許以時鄭以形而素問以功性故不同耳 从來有穗者也 也字今補有穗猶有芒也有芒故从來來象芒朿也 从夊 夊思隹切行遟曳夊夊也从夊者象其行來之狀莫獲切古音在一部 凡麥之屬皆从麥

麰 來麰 逗 麥也 見毛傳 从麥牟聲 莫浮切三部

⿱艹牟 麰或从艸

麧 堅麥也 謂麥之堅者也史漢皆云亦食穅覈耳孟康曰覈麥穅中不破者也晉灼曰覈音紇京師人謂麤屑爲紇頭按廣韵引漢書食穅麧爲是孟注晉音皆是麧字後人妄改漢書耳麧在沒韵覈在麥韵音不同也孟注與許說合 从麥气聲 乎沒切十五部

麱 小麥屑之覈 此晉灼所云京師人謂麤屑爲麧頭也上文堅麥兼大小麥言此單謂小麥又堅麥謂梱者此謂屑之而仍有核覈同果中核之核今所謂粗麪也麱與麧皆謂堅者故類言之 从麥𧴪聲 穌果切十七部

⿺麥差 ㄘㄨㄛˊ 1從　△⿺麥甫　麩 ㄈㄨ 13幫　麪 ㄇㄧㄢˋ 6明　（麵）　⿺麥啇 ㄓˊ 11定　麷 ㄈㄥ 18滂　麮 ㄑㄩˋ 13溪

⿺麥差 礦麥也 謂以石礦礦之是曰⿺麥差也 从麥差聲 昨何切十七部 一曰擣也 別一義

麩 小麥屑皮也 麩之言膚也屑小麥則其皮可飤畧大麥之皮不可食用故無名 从麥夫聲 甫無切五部

⿺麥甫 麩或从甫

麪 麥屑末也 屑字依類篇補末者屑之尤細者齊民要術謂之勃今人俗語亦云麪勃勃取蓬勃之意非白字也廣雅穖謂之麪篇韵皆云麩麪也麩即末也末與麪爲雙聲穖與麪爲疊韵 从麥丏聲 彌箭切十二部

⿺麥啇 麥覈屑也 上文云麥屑之覈謂其堅此云帶覈之屑謂其䃺碎礦之尚未成末麩與麪未分是爲⿺麥啇廣韵云麩⿺麥啇又云⿺麥啇麩皆謂麩未離析九章筭術曰小⿺麥啇之率十三半大⿺麥啇之率五十四麥八斗六升七分升之三得小⿺麥啇二斗五升一十四分升之一十三麥一斗得大⿺麥啇一斗二升李籍音義曰細曰小⿺麥啇粗曰大⿺麥啇然則九章之小⿺麥啇許所謂⿺麥啇也九章之大⿺麥啇許所謂麩及麪也 十斤爲三斗 然則一秳爲三斛也葢出古筭經 从麥啻聲 直隻切又音敵十六部

麷 煑麥也 周禮籩實有麷大鄭云熬麥曰麷後鄭云今河閒以北煑種麥賣之名曰逢後鄭謂逢即麷之遺語也種釋文直龍反是種稑之種程氏瑤田曰熬煑葢通偁熬乾煎也荀卿子午其軍取其將若撥麷葢麥乾煎則質輕撥去之甚易故以爲易之況今南方蒸稬米爲飯曝乾熇之呼爲米蓬與鄭云逢者合籩食皆乾物餌餈亦必以粉坌之然則煑麥非麥粥也今人通呼乾煎爲熇說文鬻熬也 从麥豐聲讀若馮 馮从馬仌聲漢時馮姓之馮葢已讀如今音矣敷戎切九部

麮 麥甘鬻也 荀卿書冬日則爲之饘粥夏日則與之瓜麮釋名曰煑麥曰麮麮亦齲也煑熟亦齲壞也按麥甘鬻者以麥爲粥其味甜也急就篇云甘麮殊美奏諸君是也其法當用大麥爲之或去皮或粉之皆可爲粥其性清虛於夏日宜大麥甘故今煎

𪍿 ㄎㄨˋ 17溪　𪌭 ㄏㄨˋ 5匣　䴭 ㄘㄞˊ 24從　夊 ㄙㄨㄟ 4心　夋 ㄑㄩㄣ 9清　复 ㄈㄨˋ 25並　夌 ㄌㄧㄥˊ 26來　致 ㄓˋ 5端

飴餹亦用大麥**从麥去聲**丘據切五部

𪍿餅籟也餅籟者堅築之成餅也方言𪍿䴭𪌭麰𪎊麴也自關而西秦豳之閒曰𪍿晉之舊都曰䴭齊右河泲曰𪌭或曰麰北鄙曰麯麴其通語也**从麥㱿聲讀若庫**許音庫合音也今音空谷切依㱿聲也

𪌭餅籟也从麥穴聲戶八切十五部

䴭餅籟也从麥才聲昨哉切一部

文十三　重二

夊行遲曳夊夊也也字今補曲禮曰行不舉足車輪曳踵玉藻曰圈豚行不舉足齊如流注云孔子執圭足縮縮如有循是也玉篇曰詩云雄狐夊夊今作綏**象人兩脛有所躧也**通俗文履不箸跟曰屣屣同躧躧屣古今字也行遲者如有所拕曳然故象之楚危切玉篇思隹切十五部**凡夊之屬皆从夊**

夋行夋夋也夋夋行皃**一曰倨也**亢部夋下曰夋倨也故莽竣字从夋會意**从夊允聲**七倫切十三十四部

复行故道也彳部又有復復行而复廢矣疑彳部之復乃後增也**从夊畗省聲**房六切三部按畗聲在一部合音也

夌越也凡夌越字當作此今字或作淩或作凌而夌廢矣檀弓喪事雖遽不陵節鄭曰陵躐也躐與越義同廣韵陵下云犯也侮也侵也皆夌義之引伸今字概作陵矣**从夊圥**越之義也力鷹切六部**圥高大也**說从圥之意**一曰夌徲也**彳部曰徲久也凡言陵遲陵夷當作夌徲今字陵遲陵夷行而夌徲廢矣玉篇云夌遲也廣韵云陵遲也遲與徲同也匡謬正俗釋陵遲曰陵爲陵阜之陵而遲者遲遲微細削小之義古遲夷通用或言陵夷其義一也言陵阜漸平喻王道弛替耳玉裁謂許書作夌則知說陵爲陵阜非也夌徲爲邌之反語古遲邌通用夌徲言時久則弛替遲古讀如夷夌夷疊韵字耳以左傳下陵上替說之許前義於下陵近後義於上替近下陵與上替其事常相因也

致送詣也言部曰詣候至也送詣者送而必至其処也引伸爲召致之致又爲精致之致月令必工致爲上是也精致漢人祗作致糸部緻字徐鉉所增凡鄭注俗本乃有緻**从夊从至**夊猶送也陟利切十五部

憂 ㄧㄡ 21影　愛 ㄞˋ 8影　𡕢 ㄆㄨˊ 17並　竷 ㄎㄢˇ 23溪　𡖇 ㄇㄢˇ 32明　夏 ㄒㄧㄚˋ 13匣

憂和之行也商頌毛傳曰優優和也廣雅釋訓憂憂行也行之狀多而憂憂爲龢之行和當作龢憂今字作優以憂爲𢙢愁字**从夊𢙢聲**於求切三部**詩曰布政憂憂**商頌文今詩作優優

愛行皃也心部曰㤅惠也今字假愛爲㤅而㤅廢矣愛行皃也故从夊**从夊㤅聲**烏代切古音在十五部

𡕢行𡕢𡕢也从夊闕讀若僕各本篆作𡕢今依廣韵作𡕢與小徐注合此闕謂形上體作亢不知其說也讀若僕則知𡕢𡕢卽今俗語僕僕道途之謂趙注孟子曰僕僕煩猥皃皮卜切三部

竷繇也舞也繇當作䚻䚻徒歌也上也字衍謠舞者謠且舞也詩序曰維清奏象舞也武奏大武也禮記文王世子明堂位祭統皆云管象舞大武象與大武皆謂周頌武篇鄭注祭統云吹管而舞武象之樂也樂記說武以咏歎淫液發揚蹈厲竝言則舞兼歌矣故其字从章从夊**从夊从章樂有章也**說从章之意**夅聲**已上十字今更正夅聲在九部與八部合韵苦感切八部**詩曰竷竷鼓我**鼓各本作舞今依韵會訂士部引壿壿舞我則此當同詩作鼓矣今小雅伐木作坎坎毛無傳而陳風曰坎坎擊鼓聲也魏風傳曰坎坎伐木聲也魯詩伐檀作欿欿疑竷竷鼓我容取三家與毛異

𡖇瑙蓋也司馬彪輿服志乘輿金鋄劉昭引蔡邕獨斷曰金鋄者馬冠也高廣各五寸上如五華形在馬髦前薛綜注東京賦同按在馬髦前則正在馬之瑙蓋其字本作金𡖇或加金旁耳馬融廣成頌揚金𡖇而拕玉瓖字正作𡖇可證西京賦璿弁玉纓薛曰弁馬冠叉髦也徐廣說金鋄云金爲馬叉髦然則弁也叉髦也𡖇也一也𡖇或誤作鬏鋄或誤作鑁玉篇又誤作金鬉皆音子公反非也瑙蓋者人囟也見囟部**象皮包覆瑙**謂𠘧**下有兩臂**謂人**而夊在下**人足也**讀若范**亡范切七部八部

夏中國之人也以別於北方狄東北貉南方蠻閩西方羌西南焦僥東方夷也夏引伸之義爲

△⿱會辵　畟 ㄘㄜˋ 25清　㚇 ㄗㄨㄥ 18精　夒 ㄋㄠˊ 21泥　夔 ㄎㄨㄟˊ 4匣

大也从夊从頁从臼臼兩手夊兩足也胡雅切古音在五部⿱會辵古文夏

畟治稼畟畟進也釋訓曰畟畟耜也周頌毛傳曰畟畟猶測測也箋云農人測測以利善之耜織菑是南畝也按畟畟古語測測今語毛以今語釋古語故曰猶周禮雉氏注曰耜之者以耜測凍土剗之然則畟測皆進意从田儿儿亦人字田人者農也从夊夊言其足之進足進而耜亦進矣初力切一部詩曰畟畟良耜許書耜作枱鈶二形見木部云耒耑也

㚇斂足也䧿⿰臭隹醜其飛也㚇二句見釋鳥今爾雅作翪許所據異也从夊斂足故从夊兇聲子紅切九部

夒貪獸也一曰母猴謂夒一名母猴犬部曰猴夒也玃大母猴也甶部曰禺母猴屬爪部曰爲母猴也單評猴彔評母猴其實一也母猴與沐猴獼猴一語之轉母非父母字詩小雅作猱毛曰猱猨屬樂記作獿糅之變鄭曰獿彌猴也佀人似人面手足从頁句巳止夊其手足巳止象其似人手夊象其足奴刀切古音在三部

夔卽魖也卽鉉作神疑神是鬼部曰魖耗鬼也神魖謂鬼之神者也甘泉賦曰捎夔魖而抶獝狂東京賦曰殘夔魖與罔象皆夔魖連文可證國語木石之怪夔罔兩韋注或云夔一足越人謂之山繅或作猱富陽有之人面猴身能言廣韵曰山魈出汀州獨足鬼也神魖謂山繅之尤靈異者若大荒東經云有獸狀如牛蒼身而無角一足出入水則必風雨其光如日月其聲如雷名曰夔黃帝得其皮爲鼓聲聞五百里此獸也非鬼也薛注二京合而一之恐非是如龍一足从夊孟康曰夔神如龍有角人面薛綜曰木石之怪如龍有角按从夊者象其一足象有角手人面之形云如龍則有角可知故丫象有角又止巳象其似人手頁象其似人面渠追切十五部古假歸作夔樂緯云昔歸典協律卽夔典樂也地理志歸子國卽夔子國也

文十五　重一

五篇下

舛 ㄔㄨㄢˇ 3清　△踳　舞 ㄨˇ 13明　△⿱羽亡　舝 ㄒㄧㄚˊ 2匣

舛對臥也謂人與人相對而休也引伸之足與足相抵而臥亦曰舛其字亦作僢王制注釋交趾云浴則同川臥則僢足是也又引伸之凡足相抵皆曰僢典瑞兩圭有邸注云僢而同本是也淮南書及周禮注多用僢字从夊㐄相背相背猶相對也昌兗切古音在十三部凡舛之屬皆从舛

踳楊雄作舛从足萅萅聲也李善注魏都賦引司馬彪莊子注曰踳讀曰舛舛乖也按司馬意舛踳各字而合之楊許則云踳爲舛之或也葢訓纂篇如此作諸家多用踳駮謂譌舛也

舞樂也用足相背說从舛之意从舛無聲文撫切五部按諸書多作儛⿱羽亡古文舞从羽亾亾聲也攴部曰攺讀與撫同然則以亾爲無也古矣

舝車軸耑鍵也金部鍵一曰轄也車部轄一曰鍵也然則許意謂舝轄同也以鐵豎貫軸頭而制轂如鍵閉然邶風傳曰脂舝其車小雅傳曰閒關設舝皃皆謂舝必行而後設也車軸耑謂之軎軎今字作轊大馭右祭兩軹軹故書作軒杜子春云軒謂兩轊也或讀軒爲簪笄之笄按鐵貫軸如笄貫弁然軸耑名軒者以鐵名之也子春易爲軹非也兩穿相背从舛據許說則每耑爲兩穿每穿鍵以一鐵兩穿相對故其字从舛⿱山禸省聲胡戛切十五部⿱山禸古文卨字卨各本作偰今依厹部正卨讀如偰故漢書以卨爲稷偰字

文三　重二

五篇下

△⿱叕土　舜 ㄕㄨㄣˋ 3透　⿰舜生 ㄏㄨㄤˊ 15匣

舜舜艸也楚謂之葍秦謂之藑艸部曰葍茅葍也一名舜是一物三名也蔓地生而連蕐象形生而二字依爾雅音義補⿷匚炎象葉蔓蕐連之形也从舛亦狀蔓連相鄉背之皃舛亦聲舒閏切十三部䑞作舜按此與艸部蕣音同義別有虞氏以爲謚者堯高也舜大也舜者俊之同音假借字山海經作帝俊凡舜之屬皆从舜⿱叕土古文舜

⿰舜生蕐榮也釋言曰皇華也釋草曰蕍芛葟華榮許蕐部曰榮也蕐部曰艸木蕐也此云蕐榮者枀言之从舜

△䓤

韋 ㄨㄟˊ 7匣

△莫

韠 ㄅㄧˋ 5幫

㞷聲㞷見㞷部形聲包會意各本譌生則非聲大徐本篆文右半譌生非也戶光切十部讀若皇爾雅曰𩀁蕚也今釋言作皇非䓤𩀁或从艸皇皇聲釋艸如此作

文二　重二

韋相背也故从舛今字違行而韋之本義廢矣酒誥薄韋農父馬云韋違行也據羣經音辨則古文尙書當如是从舛囗聲宇非切十五部獸皮之韋此韋當作圍謂繞也可以束物枉戾相韋背物字依韵會補生革爲縷圍束物可以矯枉戾而背其故也故借以爲皮韋其始用爲革縷束物之字其後凡革皆偁韋此與西朋來子烏五字下文法略同皆言假借之信也假借專行而本義廢矣凡韋之屬皆从韋古文韋

韠韍也市部曰韠也市小篆作韍所以蔽前者鄭注禮曰古者佃漁而食之衣其皮先知蔽前後知蔽後後王易之以布帛而

五篇下　羌

韎 ㄇㄟˋ 2明

獨存其蔽前者不忘本也按韠之言蔽也韍之言亦蔽也以韋故从韋下廣二尺上廣一尺其頸五寸記玉藻文也玉藻曰韠下廣二尺上廣一尺長三尺其頸五寸襍記云會去上五寸會謂頸下縫也會已上長五寸卽所謂其頸長五寸也又云紕以爵韋六寸不至下五寸謂頸五寸之下下五寸之上中長二尺兩邊皆紕以爵韋左右各廣三寸也又云下五寸純以素謂下五寸緣以生帛也鄭云其頸五寸其緣當亦用爵韋一命緼韠再命赤韠玉藻曰一命緼韍幽衡再命赤韍幽衡三命赤韍蔥衡鄭云尊祭服故變韠言韍又云元端服稱韠元冕爵弁服之韠稱韍然則韠韍同物殊其名耳許於此言一命緼韠再命赤韠於市下言天子朱市諸侯赤市大夫赤市蔥衡許意韠者偁韠尊者偁韍說與鄭少異緼者赤黃之閒色所謂韎也縓之假借字也从韋畢聲畢吉切十二部

韎茅蒐染韋也左傳云韎韋一入曰韎入字宋本汲古初印本同與五經文字毛詩定本合毛扆修版改入爲叉則倒易其是非矣小雅毛

傳曰韎者茅蒐染革也一入曰韎句韐逗所以代韠也士冠禮注云韎韐緼韍也此鄭以緼釋韎以韍釋韐玉藻曰一命緼韍注云緼赤黃之閒色所謂韎也按赤黃之閒色曰縓糸部縓帛赤黃色是也爾雅一染謂之縓緼者縓之假借字一入曰韎卽一入曰縓也三君注國語云一染曰韎詩箋云韎茅蒐染也茅蒐韎聲也韐祭服之韠合韋爲之又駁異義云齊魯之閒言韎聲如茅蒐字當作韎陳留人謂之蒨韋注國語云茅蒐今絳草也急疾呼茅蒐成韎此皆詩箋所謂茅蒐韎聲也士冠禮韎韐注云士染以茅蒐因以名焉今齊人名蒨爲韎句韐之制似韠已上諸文今本譌舛特甚悉爲正之从韋末聲莫佩切十五部按許云末聲鄭駁異義云韎齊魯之閒言韎聲如茅蒐字當作韎今詩箋版本二體不別蓋鄭所據亦作末聲鄭謂當从未聲也鄭必知當从未聲者未聲與文蒐爲類末聲與元寒爲類文蒐與尤侯相似也元寒與魚模相似也茅蒐爲韎聲則當从未矣唐韵莫佩切劉李周禮音妹者鄭未聲之說也廣韵音末諸經音莫介反者許末聲之說也

韢 ㄒㄧˋ 5匣

韢橐紐也橐車上大橐也紐糸也一

五篇下　罕

韜 ㄊㄠ 21透

韝 ㄍㄡ 16見

曰結而可解也从韋惠聲胡計切十五部一曰盛虜頭橐也呂覽北郭騷告其友曰盛吾頭於笥中奉以託以白晏子也退而自刎其友因奉以託按託者橐之假借字云虜頭者如函梁君臣之首之類

韜劍衣也少儀曰劍則啟櫝葢襲之加夫襓與劍焉注曰夫襓劍衣也夫或爲煩皆發聲按許書無襓字襓與韜音相近襓卽韜也曹憲廣雅袟襓䘦劍衣也䘦音陳律反按熊氏安生義疏引廣雅夫襓木劍衣也木葢本作术熊認爲艸木字夫术曹本乃作袟䘦知今本廣雅多增益偏旁而不古矣引伸爲凡包藏之偁从韋以韋爲之也熊云木劍衣非是櫝既木爲之矣昏聲土刀切古音在三部

韝臂衣也各本作射臂決也誤甚決箸於右手大指不箸於臂今依文選荅蘇武書注正射韝者詩之拾禮經之遂內則之捍也毛傳曰拾遂也大射注曰遂射韝也以朱韋爲之箸左臂所以遂弦也凡因射箸左臂謂之射韝非射而兩臂皆箸之以便於事謂之韝許不言射韝者言臂衣則射韝在其中矣東方朔傳曰綠幘傳青韝韋昭曰韝形如射韝以縛左右手

韘ㄕㄜˋ 29透

於事便也崔豹古今注曰擐衣斷役之服取其便於用耳乘輿進食者服擐衣按擐衣卽韝也以繩纕臂謂之絭以衣斂袖謂之韝其字或作褠見後漢書或作⿰巾冓見南都賦 **从韋** 繕人注曰韝扞箸左臂裏以韋爲之 **冓聲** 古侯切四部

韘 射決也所㠯拘弦 衛風童子佩韘毛曰韘決也能射御則帶韘小雅車攻傳曰決所以鉤弦也鄭注周禮曰抉挾矢時所以持弦飾也注鄉射禮大射儀云決猶闓也以象骨爲之箸右大巨指以鉤弦闓體按卽今人之扳指也經典多言決少言韘惟見詩毛公釋爲決而箋云韘之言沓所以彄沓手指此以禮經之極釋韘也大射云朱極三注云極猶放也所以韜指利放弦也以朱韋爲之食指將指無名指各一小指短不用鄭意以韘極沓三字雙聲且極用韋爲之故字从韋決則用象骨爲之故不从毛而易其義許說从之也以字从韋論之鄭爲長矣內則言佩決詩言佩韘蓋言一可以包二 **㠯象骨** 句 **韋系** 句 **箸右巨指从韋** 繕人注云士喪禮抉用正王棘若檡棘則天子用象骨與按用棘蓋施諸死者疑生者用象若骨故鄉射大射禮注皆云用象骨許意正如是用韋爲系箸右巨指故字从韋但今世扳指不用系士喪禮注云決以韋爲之藉又云以紐環大擘本恐生者皆不必然也 **枼聲** 失涉切八部釋文大涉切 **詩曰童子佩韘**

△弽

弽 韘或从弓

韣ㄉㄨˊ 17端

韣 弓衣也 月令帶以弓韣高誘曰韣弓韜也按革部韇下曰弓矢韇也韇蓋又在韣之外容以木爲之飾以皮耳故服注左云冰櫝丸蓋也如劍衣在劍櫝之內 **从韋蜀聲** 之欲切三部

韔ㄔㄤˋ 15透

韔 弓衣也 秦風虎韔毛曰虎虎皮也韔弓室也又交韔二弓毛曰交韔交二弓於韔中鄭風作鬯毛曰鬯弓弢弓 **从韋長聲** 丑亮切十部 **詩曰交韔二弓**

⿰韋段ㄉㄨㄢˋ 3定

⿰韋段 履後帖也 帖帛書署也引伸爲今俗語帮貼之字凡履跟必帮貼之令堅厚不則易敝臣瓚曰蹋跟曰貼按履緊曰貼屣也貼與帖音同急就篇履舄鞜裒絨緞紃師古引說文爲注 **从韋段聲** 此形聲包會意也段取堅意古本蓋祇有⿰韋段緞二篆自从段譌爲从叚而篇韵皆有⿰韋叚縀音乎加切此⿰韋段篆之上亦妄增⿰韋叚篆云履也从韋叚聲正如石部碫譌爲碬各本說文乃作碬耳今刪⿰韋叚篆徒玩切篇韵皆上聲徒管切十四部

△緞

緞 ⿰韋段或从糸 今俗以爲錦緞段之段

韤ㄨㄚˋ 2明（襪）

韤 足衣也 左傳曰褚師聲子韤而登席謂燕禮宜跣也 **从韋蔑聲** 望發切十五部

⿰韋尃ㄆㄛˋ 13滂

⿰韋尃 軶裹也 軶轅前也以皮裹之 **从韋尃聲** 匹各切五部按玉篇云⿰韋甫扶豆扶武二切尻衣也次於⿰韋段下韏上與說文同攷許書韤足衣也絝脛衣也則當別有尻衣卽史漢萬石君傳所謂中褚也而廣韵九麌曰⿰韋甫尻衣集韵九麌曰⿰韋甫幒也幒卽許之幒字疑說文本有⿰韋甫尻衣也从韋甫聲之文因與⿰韋尃相似而佚之如圝鼏袀袗皆佚其一之比

韏ㄐㄩㄢˋ 3見

韏 革中辨謂之韏 釋器革中絕謂之辨郭注中斷皮也革中辨謂之韏注復平分也如郭說則正文當云辨中絕謂之韏立文不當如是今按當云革辨謂之韏中乃衍文衣部襞下云韏衣也衣襧古曰韏亦曰襞積亦曰緛然則皮之縐文蹙蹙者曰韏何疑文部曰辨駁文也許所據爾雅不同郭本而淺人以郭本易之 **从韋𢍏聲** 九萬切十四部

⿰韋焦ㄐㄧㄡ 21精

⿰韋焦 收束也 漢律厤志曰秋⿰韋焦也物⿰韋焦斂乃成孰鄉飲酒義曰西方者秋秋之爲言揫也 **从韋** 亦取圜束之義 **𤍽聲讀若酋** 𤍽从焦聲焦从雥省聲卽由切三部

△⿰韋⿱要焦

⿰韋⿱要焦 ⿰韋焦或从要 亦取圜束之意

△揫

揫 ⿰韋焦或从秋手

韓ㄏㄢˊ 3匣

韓 井橋也 橋各本作垣今依史記孝武本紀索隱正井橋見曲禮莊子說苑淮南子曲禮奉席如橋衡注曰橋井上挈皋衡上低昂者莊子曰鑿木爲機後重前輕挈水若抽數如泆湯其名爲橰橰本又作橋淮南書今夫橋直植立而不動俛仰取制焉高曰橋桔臯上衡也說苑曰爲機重其後輕其前命曰橋終日溉韭百區不倦橋陸音義晉居廟反按其義當同橋舉也井韓見史漢孝武紀封禪書郊祀志校乘傳莊子秋水篇其字多作井幹司馬彪云井幹井闌也崔譔云井以四邊爲幹猶築之有楨榦晉灼曰井幹上四交之幹常爲汲者所契傷是諸家皆說井幹井闌按井韓爲木架四圍中其圜橫圜木爲橋字如毌兩旁木有軸可轉中設鹿盧縣緶上下故言橋而韓見也 **从韋取其帀也** 說韋同口 **倝聲** 胡安切十

弟 ㄉㄧˋ 4定

△𢎗 罤 ㄎㄨㄣ 9見

四部諸書榦亦音寒

文十六 今刪報則十五 **重五**

韋束之次弟也 以韋束物如輈五束衡三束之類束之不一則有次弟也引伸之爲凡次弟之弟爲兄弟之弟爲豈弟之弟詩正義引說文有第字 **从古文之象** 文各本作字今正說文小篆有从古文之像似者凡三曰弟曰革曰民皆各像其古文爲之特計切十五部 **凡弟之屬皆从弟**

古文弟从古文韋省 古文韋見韋部 **丿聲** 丿右戾也房密匹蔑二切

周人謂兄曰罤 昆弟字當作此昆行而罤廢矣釋親晜兄也郭注今江東通言曰晜按晜者罤之誤男子先生爲兄後生爲弟此本定偁謂兄罤者周人語也詩惟王風有昆字此周人謂兄之證也諸經皆言兄如尙書乃寡兄勖春秋衛侯之兄縶周禮父之讎兄弟之讎從父兄弟之讎詩瞻望兄兮皆是惟禮喪服經傳大功已上皆曰昆弟小功已下同異姓皆曰兄弟不相淆亂葢禮經欲別服之親疏隆殺遂以周人謂兄者專系之同姓大功已上以爲立言之別也戴先生曰兄弟與昆弟在儀禮喪服爾雅釋親截然有辨喪服傳曰何如則可謂之兄弟傳曰小功已下爲兄弟此傳中引傳相證明也爾雅曰母與妻之黨爲兄弟又曰婦之黨爲婚兄弟壻之黨爲姻兄弟詩小雅兄弟無遠鄭箋云兄弟父之黨母之黨葢兄弟云者或專言異姓或兼同姓異姓皆舉遠不以闗大功之親記曰兄弟皆在他邦加一等不及知父母與兄弟居加一等此惟小功已下卽於疏故加等若大功已上則昆弟也世父母叔父母也從父昆弟也豈可以皆在他邦及少孤相依而加等哉大功之親分當相恤其不相恤是賊其性者也小功已下而相恤斯進之也記又曰夫之所爲兄弟服妻降一等篇內明言夫之昆弟無服此兄弟卽所謂小功者兄弟之服是也謂夫爲之小功者妻降一等則緦如從祖祖父母從祖父母及外祖父母從母在小功章夫之諸祖父母在緦麻章此降一等之謂禮記服問篇公子之妻爲公子之外兄弟謂爲夫之外祖父母從母緦也禮之稱兄弟通乎尊卑如是凡同姓異姓旣漸卽於疏者而與之相親好皆得稱兄弟玉裁按大司徒聯兄弟鄭曰兄弟昏姻嫁娶也與調人職兄弟不同知以昆弟兄弟異其辭者惟禮經他經不尒 **从弟眔** 眔者逮也鰥下曰从魚眔聲則此亦可眔聲合韵也古寬切十三部

文二　重一

夊 ㄓˇ 4端

從後至也 至當作致 **象人兩脛後有致之者** 致送詣也 **凡夊之屬皆从夊讀若黹** 陟侈切玉篇竹几切十五部

夆 ㄏㄞˋ 2匣

相遮要害也 要害猶險隘也 **从夊丰聲** 乎葢切十五部 **南陽新野有夆亭**

夆 ㄈㄥˊ 18滂

啎也 午部曰啎逆也夆訓啎猶逢迎逆遇遻互相爲訓釋訓曰甹夆掣曳也掣曳者啎逆之意夆古亦借爲縫峯字 **从夊丰聲讀若縫** 敷容切九部

夅 ㄒㄧㄤˊ 23匣

服也从夊㐄相承不敢竝也 上从夊下从反夊相承不敢竝夅服之意也凡降服字當作此降行而夅廢矣下江切九部

夃 ㄍㄨ 13見

秦人市買多得爲夃 爲當作謂之二字此秦人語也方言不載 **从乃从夊益至也** 說从乃夊之意乃夊者徐徐而益至也古乎切五部 **詩曰我夃酤彼金罍** 周南文今毛詩作姑酤傳曰姑且也許所據者毛詩古本今作姑者後人以今字易之也如尙書壁中古文本作無有作政本作黎民俎飢之類夃者姑之假借字如政俎者好阻之假借字玉篇曰夃今作沽引論語求善價而夃諸未審其所本之論語作沽

午 ㄎㄨㄚˇ 1溪

跨步也 跨當作夸夸步謂大張其兩股也 **从反夊** 苦瓦切十七部 **[鬲+午]从此** 以午爲聲

文六

久 ㄐㄧㄡˇ 24見

從後灸之也 也字今補久灸疊韵火部曰灸灼也灼灸也灸有迫箸之義故以灸訓久士喪禮冪用疏布久之鄭曰久讀爲灸謂以葢塞冪口也旣夕苞筲甕甒皆木桁久之鄭曰久讀爲灸謂以葢案塞其

桀 ㄐㄧㄝˊ 2 匣　磔 ㄓㄜˊ 14 端　椉 ㄔㄥˊ 26 定（乘）　△兗

口此經二久字本不必改讀葢久本義訓從後歫之引伸之則凡歫塞皆曰久鄭以久多訓長久故易爲灸以釋其義考工記灸諸牆以眡其橈之均鄭曰灸猶柱也以柱兩牆之閒許所偁作久與禮經用字正同許葢因經義以推造字之意因造字之意以推經義無不合也相歫則其象候必遲故又引伸爲遲久遲久之義行而本義廢矣

人兩脛後有歫也 歫各本作距今正歫止也距雞距也舉友切古音在一部 **周禮曰久諸牆以觀其橈凡久之屬皆从久**

文一

桀 磔也 裴駰引謚法曰賊人多殺曰桀故引伸爲桀黠字 **从舛在木上也** 通俗文曰張伸曰磔舛在木上張伸之意也毛詩雞棲於杙爲桀其引伸之義釋宮作榤俗字也渠列切十五部左傳桀石以投人此假桀爲揭也揭高舉也 **凡桀之屬皆从桀**

磔 辜也 辛部曰辜辠也掌戮殺王之親者辜之注辜之言枯也謂磔之鄭與許合也大宗伯以疈辜祭四方百物大鄭從故書作罷辜云罷辜披磔牲以祭爾雅祭風曰磔郭云今俗當大道中磔狗云以止風按凡言磔者開也張也刳其胷腹而張之令其乾枯不收字或作矺見史記 **从桀石聲** 陟格切古音在五部今俗語云磔破者當作此字音如作

椉 覆也 加其上曰椉人乘車是其一耑也 **从入桀** 入者覆之意也食陵切六部 **桀黠也** 說从桀之意方言黠慧也自關而東趙魏之閒謂之黠史記云桀黠奴凡黠者必強故桀訓黠入桀者謂籠罩桀黠 **軍法入桀曰椉** 各本奪入桀二字則不可通今依韵會補此偁軍法說字形會意猶引易艸木麗于地說麗引豐其屋說豐也云軍法者葢出漢志兵書四種內入桀者以弱勝強書序云周人椉黎左傳車馳卒奔椉晉軍椉之者證也

兗 古文椉从几 凭几者亦覆其上故从几然則兗亦可以爲依凭字

文三　重一

六十三部　文六百三十七 今韋部刪一字則六百三十六 **重百二十二　凡七千二百七十三字** 此第五篇都數

說文解字第五篇下

山陽汪庭珍校字

木ㄇㄨˋ 17明　橘ㄐㄩˊ 8見　橙ㄔㄥˊ 26定　柚ㄧㄡˋ 21定　樝ㄓㄚ 13精　梨ㄌㄧˊ 4來　梬ㄧㄥˇ 12定

說文解字弟六篇上

金壇段玉裁注

木冒也以疊韵爲訓冃部曰冒冢而前也冒地而生東方之行从屮下象其根謂𠆢也屮象上出𠆢象下垂莫卜切三部凡木之屬皆从木

橘橘果出江南禹貢荆州厥苞橘柚考工記曰橘踰淮而北爲枳屈原賦曰受命不遷生南國兮許言出江南者卽考工屈賦所云也王逸注云言橘受天命生於江南从木矞聲居聿切十五部

橙橘屬南都賦曰穰橙鄧橘蜀都賦劉注曰蜀有給客橙从木登聲丈庚切廣韵宅耕切古音在六部

柚條也佀橙而酢釋木柚條郭云似橙實酢生江南列子曰吳楚之國有大木焉其名爲櫾碧樹而冬生實丹而味酸食其皮汁已憤厥之疾按今橘橙柚三果莫大於柚莫酢於橙汁而橙皮甘可食本草經合橘柚爲一條渾言之也从木由聲余救切三部按爾雅亦作櫾列子山海經皆作櫾許則云櫾者崐崘河隅之長木也夏書曰厥苞橘柚苞俗作包今正禹貢文

樝樝果佀梨而酢内則祖梨注曰祖梨之不臧者爾雅郭注山海經郭傳皆云樝似梨而酢濇按卽今梨之肉粗味酸者也張揖注子虛賦云樝似梨而甘乃以同類而互易其名耳陶隱居譏鄭公不識樝恐誤从木虘聲側加切古音在五部

梨梨果也各本作果名二字淺人改也釋木梨山樆謂梨之山生者曰樆也樆本亦作離子虛賦檕離朱楊裴駰引漢書音義云離山梨也師古注急就篇云梨一名山樆非是从木𥝢聲力脂切十五部

𥝢古文利見刀部

梬梬棗也三字一句梬棗果名非今俗所食棗也南都賦曰梬棗若畱張揖注子虛曰梬梬棗也李善引說文亦云梬棗似柹於此可以訂刪複字者之非矣佀柹而小一曰楆各本無而小一曰楆五字今合齊民要術衆經音義廣韵子虛南都二賦李善注引訂補按楆卽釋木之遵羊棗也郭云實小而圓紫黑色今俗呼之爲羊矢棗引孟子曾晳嗜羊棗何氏焯曰羊棗非棗也乃柹之小者初生色黃熟則黑似羊矢其樹再椄卽成柹矣余客臨沂始覩之亦呼牛妳柹亦呼楆棗此尤可證以柹得棗名孟子正義不得其解玉裁謂凡物必得諸目驗而折衷古籍乃爲可信昔在西苑萬善殿庭中會見其樹葉似柹而不似棗其實似柹而小如指頭内監告余用此樹椄之便成柹古今注曰楆棗實似柹而小味亦甘美師古曰梬棗卽今之楆棗也楆與遵音相近楆卽遵字也一曰楆者一名楆也本作一曰李善改爲名曰以便於文也許無楆篆葢俗字不列也内則芝栭賀氏云芝木椹栭軟棗釋文云栭本又作檽檽者楆之誤賀氏作楆許不妨作耎也梬棗者柹屬故受之以柹篆○又按衆經音義楆棗如充切說文云似柹而小或作濡非體也似元應所據本有楆篆其解當云梬棗也從木耎聲似柹而小乃梬篆下語也○司馬氏光曰君遷子卽今牛奶柹按吳都劉注梠櫨子如瓠形玉篇曰梠櫨子如雞子不當以羊棗當之從木甹聲以整切十一部楆而兗切

柿ㄕˋ 4從　枏ㄋㄢˊ 30泥　梅ㄇㄟˊ 24明

柹赤實果言果又言實者實謂其中也赤中與外同色惟柹内則曰棗栗榛柹從木朿聲鉏里切古音在十五部俗作柿非

枏梅也從木冄聲汝閻切七部

梅枏也可食從木每聲莫桮切古音在一部按釋木曰梅枏也毛詩秦風陳風傳皆曰梅枏也與爾雅同但爾雅毛傳皆謂楩枏之枏毛公於召南摽有梅曹風其子在梅小雅四月侯栗侯梅無傳而秦陳乃訓爲枏此以見召南等之梅與秦陳之梅判然二物召南之梅今之酸果也秦陳之梅今之楠樹也楠樹見於爾雅者也酸果之梅不見於爾雅者也樊光釋爾雅曰荆州曰梅楊州曰枏益州曰赤楩孫炎釋爾雅曰荆州曰梅楊州曰枏陸機疏草木曰梅樹皮葉似豫樟皆謂楠樹也枏亦名梅後世取梅爲酸果之名而梅之本義廢矣郭釋爾雅乃云似杏實酢篇韵襲之轉謂酸果有枏名此誤之甚者也然則許以枏梅二篆廁諸果之閒又云可食豈非始誤與曰此淺人所改竄也如許謂梅酸果其立文當先梅篆云酸果也次枏篆云梅也黎杏李桃等不云可食何必獨云可食哉許意某爲酸果正字故某篆解

△楳　杏 ㄒㄧㄥˋ 15 匣　奈 ㄋㄞˋ 4 泥　李 ㄌㄧˇ 24 來　△杍　楙 ㄇㄠˋ 16 明　桃 ㄊㄠˊ 19 定

云酸果也從木從甘其字當本廁梀下杏上而廁梅二篆當本廁諸木名之閒淺人易其處又增竄其文耳以許書律羣經則凡酸果之字作梅皆假借也凡某人之字作某亦皆假借也假借行而本義廢固不可勝數矣

或从某 某聲召南釋文曰韓詩作楳

杏果也 內則桃李梅杏 从木向省聲 向各本作可誤今正若以杏爲聲亦作莕從行聲則知杏莕字古皆在十部也今何梗切○六書故云唐本曰从木从口

奈果也 假借爲奈何字見尚書左傳俗作奈非 从木示聲 奴帶切十五部

李果也从木子聲 良止切一部古李理同音通用故行李與行理竝見大李與大理不分

古文 尚書音義曰梓材音子本亦作杍馬云古作梓字治木器曰梓正義曰此古杍字今文作梓按正義本經作杍音義本經作梓據二家說葢壁中古文作杍而馬季長易爲梓匠之梓也如馬說是壁中文假借杍爲梓匠字也

桃果也从木兆聲 徒刀切二部

冬桃 釋木曰旄冬桃郭云子冬孰按作旄者字之假借二部三部合韵冣近也釋文曰字林作楙今本譌爲字林作楙 从木敄聲讀若髦 莫候切三部按釋文及篇韵皆音毛鼎臣葢檢唐韵無此字因以楙字當之故音茂也

亲 ㄓㄣ 6 精　楷 ㄎㄞˇ 4 溪　梫 ㄑㄧㄣˇ 28 清

亲實如小栗 韵會作木名實如小栗六字周禮籩人記曲禮內則左傳毛詩字皆作榛假借字也榛行而亲廢矣鄭云如栗而小與許合齊民要術引詩義疏云榛栗有二種 从木辛聲 側詵切十二部蜀都賦作樼 春秋傳曰女摯不過亲栗 左傳莊二十四年文

楷木也孔子冢葢樹之者 皇覽云冢塋中樹以百數皆異種傳言弟子各持其方樹來種之按楷亦方樹之一也儒行曰今世行之後世以爲楷楷法式也楷之言稽我稽古而後世又於此焉稽也 从木皆聲 苦駭切十五部以下言木名故先之以孔冢所樹

桂也 釋木梫木桂郭曰今南人呼桂厚皮者爲木桂葉似枇杷而大按南方草木狀云桂有三種葉似枇杷者爲牡桂牡木音同許言梫桂也者梫爲桂之一

三

桂 ㄍㄨㄟˋ 10 見　棠 ㄊㄤˊ 15 定　杜 ㄉㄨˋ 13 定

而桂不止於梫也蜀都賦其樹則有木蘭梫桂劉逵曰梫桂木桂也 从木侵省聲 七荏切七部

江南木 本艸曰桂生桂陽牡桂生南海山谷箘桂生交趾桂林山谷 百藥之長 本艸經木部上品首列牡桂菌桂箘桂味辛溫主百病養精神和顏色爲諸藥先聘通使故許云百藥之長檀弓內則皆薑桂竝言劉逵引本艸經正文曰菌桂圓如竹出交趾然則其樹正圓如竹故名箘桂今本艸云無骨正圓如竹不系之正文無骨葢謂空心也左思賦邛竹緣嶺箘桂臨崖正以竹之實中者與桂之虛中者反對也 从木圭聲 古惠切十六部

牡曰棠牝曰杜 艸木有牡者謂不實者也小雅云有杕之杜有睆其實此牝者曰杜之證也陸機詩疏曰赤棠與白棠同耳但子有赤白美惡子白色爲白棠甘棠少酢滑美赤棠子澀而酢無味俗語云澀如杜是也依陸說是棠杜皆有子然種類甚多今之海棠皆華而不實葢所謂牡者曰棠也 从木尚聲 徒郎切十部

甘棠也 召南蔽芾甘棠毛曰甘棠杜也釋木曰杜甘棠本無不合棠不實杜實而可食則謂之甘棠凡實者皆得謂之杜則皆得謂之甘棠也牡棠牝杜析言之也杜得偁甘棠互言之也釋木又曰杜赤棠白者棠魏風傳用之此以其木色之異異其名與杜甘棠說異卽與分牡牝說異爲許所不取戴先生曰爾雅謂杜甘曰棠毛公失其句讀葢依陸璣疏白棠卽甘棠子美赤棠卽杜子澀爲此說耳非許意亦非爾雅意也先生又曰梨山樆謂梨山生曰樆榆白枌謂榆之白者曰枌今按毛傳云枌白榆也誠當於白爲讀漢書音義云離山棃也是爾雅當同音義乙其字矣 从木土聲 徒古切五部借以爲杜塞之杜

槢 ㄒㄧˊ 27 定　樿 ㄓㄢˇ 3 端　椲 ㄨㄟˇ 7 匣

槢木也 莊子淮南有椄槢字皆謂械楔不爲木名 从木習聲 似入切七部

樿木也可㠯爲櫛 玉藻曰櫛用樿櫛髮晞用象櫛禮器曰樿勺鄭曰樿木白理中山經曰風雨之山其木多棷樿郭曰樿木白理中櫛 从木單聲 旨善切十四部

椲木也可屈爲杅者 屈當作詘詰詘紆曲也糸部云紆詘也是也杅當作盂盂飲器也玉篇曰椲木皮如韋可屈以爲盂 从

四

楢ㄧㄡˊ 21定　桏ㄑㄩㄥˊ 18匣　棆ㄌㄨㄣˊ 9端　楈ㄒㄩ 13心　柍ㄧㄤ 15影　楑ㄎㄨㄟˊ 4匣　⿰木咎ㄍㄠ 21見

木韋聲于鬼切十五部

楢柔木也工官㠯爲耎輪大鄭引鄹子書秋取柞楢之火工官若周之輪人漢之考工室也耎輪者安車之輪也郭注山海經云楢剛木中車材剛木卽柔木葢此木堅韌故柔剛異偁而同實耳从木酋聲讀若糗以周切三部

桏櫻椐木也集韵作櫻類篇作橎是宋初本不同也宋刻鈒本及李氏五音韵譜作橎毛刻初印同斧季剜版作櫻按橎字無攷櫻椐木合二木爲名未知何木也釋木曰櫻柜柳郭注云未詳或曰桏當爲柳柜柳似柳皮可以煑作飲郭易桏爲柳而後釋柜柳則篇韵以柜柳釋桏非也說文葢取諸爾雅櫻與椶形似椐與柜聲同櫻疑椐之誤从木邛聲渠容切九部

棆毋杶也按毋杶當作毋疵皆字之誤也釋木棆無疵古毋無通用故許作毋玉篇棆木名也枇無枇木也二字爲伍葢謂一物也廣韵云無枇木一名棆是也楊雄蜀都賦說木有枇郭云棆梗屬似豫章从木侖聲讀若易卦屯之屯陟倫切十三部

楈楈木也上林賦有胥邪南都賦作楈枒郭璞曰胥邪似幷閭皮可作索按未審卽許所云楈木否也从木胥聲讀若芟刈之芟芟在七八部胥在五部合韵也唐韵私閭切

柍柍梅也柍梅合二字成木名今各本刪去柍字是柍卽枏矣釋木時英梅齊民要術引郭注云英梅未聞今本注云雀梅殆非郭語南都賦曰柍柘檍檀與櫻梅山柿等各爲一條柍梅非今之梅類明矣从木央聲於京切古音在十部李善於兩切一曰江南橦材其實謂之柍橦帳極也與此不相涉以唐式柴方三尺五寸曰一橦音鍾解之下文又不屬也況漢人曰章唐人乃曰木鍾乎栛字下曰淮南謂之柍宜以訂正此句一說蜀都賦布有橦華劉逵云橦樹名謂此橦材堅實者謂之柍也實下當有者字

楑楑木也未詳从木癸聲求癸切十五部一曰度也度徒落切此與手部揆音義皆同揆專行而楑廢矣

⿰木咎⿰木咎木也六書故以烏臼當之未知是否从木咎聲讀若晧晧各本作皓非今正古老切古音在三部

椆ㄔㄡˊ 21端　樕ㄙㄨˋ 17心　⿰木彝ㄧˊ 4定　梣ㄔㄣˊ 28精　△⿰木寑　棳ㄓㄨㄛˊ 2端　椃ㄏㄠˊ 19匣　棪ㄧㄢˇ 32定　⿰木遄ㄔㄨㄢˊ 3定　椋ㄌㄧㄤˊ 15來　櫠ㄈㄟˋ 8並　樗ㄕㄨ 13透

椆椆木也中山經虎首之山多苴椆椐郭曰椆未詳也音彫从木周聲讀若丩職留切三部

樕樸樕小木也樸當作樸樸樸正俗字也各本無小字今依五音韵譜韵會集韵類篇補召南林有樸樕毛曰樸樕小木也釋木云樕樸心樕樸卽詩之樸樕俗書立心多同小又艸書心似小毛傳說文當本作心木譌爲小木耳詩正義云某氏曰樸樕斛樕也有心能淫江河閒以作柱孫炎曰樸樕一名心據此及許立文之次弟知樸樕乃木名非凡小木之偁也斛俗作槲槲樕櫟之類樸爾雅音義作樸廣韵曰柲木名其心黃柲卽爾雅心字从木敕聲桑屋切三部

⿰木彝⿰木彝木也未詳从木彝聲羊支切廣韵以脂切十五部

梣青皮木淮南書曰夫梣木色青瘉翳而贏蝸瘉睆此皆治目之藥也高曰梣木苦歷木名也生於山剝其皮以水浸之正青用洗眼瘉人目中膚翳正文各本譌誤今考定如是按本艸經謂之秦皮以一名岑皮而聲誤作秦耳其木一名石檀陶隱居云是樊槻木槻音規集韵云江南樊雞木其皮入水

綠色可解膠益墨樊雞卽樊槻也从木岑聲子林切七部玉篇作今切

⿰木寑或从寑省寑籒文寑見宀部

棳棳木也未詳俗以爲梁上楹之字从木叕聲職說切十五部益州有棳縣棳上當有毋地理郡國二志益州皆有毋棳縣

椃椃木也未詳从木號省聲乎刀切二部

棪遬其也釋木棪樕其郭曰棪實如柰可食南山經傳曰棪別名速其子似柰而赤可食按遬籀文速字也今爾雅作樕爲俗字从木炎聲讀若三年導服之導三年導服詳示部禫下棪讀如淡與導服相似也山海經傳音剡爾雅音義餘念反唐韵以冉切

⿰木遄⿰木遄木也未詳从木遄聲市緣切十四部

椋卽來也釋木曰椋卽棶釋文曰棶埤蒼字林作來本說文也絫評曰卽來單評曰來唐本艸謂之椋子木从木京聲呂張切十部

櫠櫠木也未詳从木費聲房未切十五部

樗樗木也各本樗與櫄二篆互

楀 ㄩˇ 13匣 蘽 ㄌㄟˇ 7来 △𣛧 桋 ㄧˊ 4定 栟 ㄅㄥ 12幫 椶 ㄗㄨㄥ 18精 (棕) 椅 ㄧ 1影

謂今正毛詩音義爾雅音義五經文字可證也假令許書與今互異則陸氏張氏當辨明之如種種之例矣豳風小雅雅毛傳皆曰樗惡木也惟其惡木故豳人祇以爲薪小雅以儷惡菜今之臭椿樹是也所在有之有一種葉香者可食 從木雩聲 各本作虖聲今正丑居切五部 楀 楀木也 未詳小雅楀維師氏箋云楀氏也集韵類篇皆云楀木名㨨姓引詩㨨維師氏唐石經初刻從手後改從木按篇韵皆無㨨字釋文五經文字急就篇顏注皆從木 從木禹聲 王矩切五部 蘽 蘽木也 釋木諸慮山櫐虎櫐郭曰今江東呼櫐爲藤虎櫐今虎豆纏蔓林樹而生中山經畢山其上多櫐櫐依齊民要術藝文類聚郭曰今虎豆貍豆之屬櫐一名縢音耒按櫐者蘽之省其物在艸木之閒近於艸者則爲艸部之藟詩之藟也近於木者則爲木部之蘽釋木之山櫐虎櫐也縢藤古今字謂之縢者可以爲緘縢也蘽之屬不一統名之曰蘽木 從木畾聲 形聲包會意力軌切十五部 𣛧 籒文 桋 赤桋也 釋木曰桋赤桋白者栜毛傳曰桋赤桋也郭云赤桋樹葉細而岐銳白栜葉圓而岐爲大木按栜釋文音山厄反許書無栜字葢古只作朿也 從木夷聲 以脂切十五部 詩曰隰有杞桋 小雅文 栟 栟櫚 逗 椶也 各本奪椶字今依韵會本補廣雅劉逵引異物志皆曰栟櫚椶也上林甘泉賦字作并閭南都吳都賦字作栟櫚許書有栟無櫚櫚因栟之木旁而同之耳 從木并聲 府盈切十一部 椶 栟櫚也 互訓也蜀都賦椶枒楔樅四木名也 從木嵏聲 子紅切九部按椶與召南之總音義略同毛曰總數也數讀數罟之數 可作萆 艸部曰萆雨衣一名衰衣按可作萆之文不系於栟下而系椶下者此樹有葉無枝其皮曰椶可爲衰故不系栟下也椶本皮名因以爲樹名故栟閭與椶得互訓也張揖注上林賦曰并閭椶也皮可以爲索今之椶繩也玉篇云椶櫚一名蒲葵今按南方艸木狀云蒲葵如栟櫚而柔薄可爲簦笠出龍川是蒲葵與椶樹各物也謝安之蒲葵扇今江蘇所謂芭蕉扇也椶葉縷析不似蒲葵葉成片可爲笠與扇 椅 梓也 釋木曰椅梓渾言之也衛風傳

六篇上 七

檟 ㄐㄧㄚˇ 13見 △榟 梓 ㄗˇ 24精 楸 ㄑㄧㄡ 21清 檍 ㄧˋ 25影 柀 ㄅㄧˇ 1幫

曰椅梓屬析言之也椅與梓有別故詩言椅桐梓漆其分別甚微也故爾雅說文渾言之 從木奇聲 於离切古音在十七部按賈逵說又作檹 檟 楸也 釋木槐小葉曰榎郭云槐當爲楸楸細葉者爲榎又大而皵楸小而皵榎郭云老乃皮粗皵爲楸小而皮粗皵者爲榎又槄山榎郭云今之山楸按榎者檟之或字左傳孟子作檟爾雅別言之許渾言之 從木賈聲 古雅切古音在五部 春秋傳曰樹六檟於蒲圃 見左傳襄四年 梓 楸也 從木宰省聲 即里切一部按許知宰省聲而非辛聲者於或字知之也或字葢古文之遺與 榟 或不省 楸 梓也 左傳史漢以萩爲楸如秦周伐雍門之萩淮北常山巴南河濟之閒千樹萩是也左傳萩一作秋 從木秋聲 七由切三部 檍 梓屬大者可爲棺椁小者可爲弓材 按檍檍古今字心部意今作億艸部蓄今作薏水部澺今作澺人部億今作億然則經典檍字即說文之檍何疑考工記取幹之道七柘爲上檍次之此即所謂小者可爲弓材也唐風隰有杻釋木毛傳皆曰杻檍也許無杻字豈其字正作紐俗作杻與大鄭云檍讀如億萬之億陸機云今官園種之正名曰萬歲取名於億萬共汲山下人或謂之牛筋或謂之檍材可爲弓弩幹也今各本椋檟二篆之閒有檍篆云杶也從木意聲葢淺人謂不當闕檍字而增之本云檍杻也後又譌杻爲杶不可通考韵會云說文作檍今文作檍則黃氏所據鍇本未誤也今刪一檍篆 從木啻聲 於力切一部 柀 黏也 黏各本作⿰木黏徐鍇因增一⿰木黏篆非也今刪⿰木黏篆依爾雅正⿰木黏爲黏釋木曰柀黏上音彼下音所咸反即今之杉木也黏與杉爲正俗字郭云黏生江南可以爲船及棺材氏顧爾雅翼曰柀似杉而異杉以材偁柀又有美實而尤文采其樹大連抱高數仞葉似杉木如柏作松理肌理細輭堪爲器用古所謂文木也其實有皮殼大小如棗而短去皮殼可生食本艸有彼子即柀子也引蘇恭說本艸誤入蟲部陶隱居木部出之按依羅氏說則柀與杉有別今人恆用者皆杉非柀也爾雅說文渾言之耳南方艸木狀曰杉一名柀黏 從木皮聲 甫委切古音在

六篇上 八

△櫄 △杻 橁ㄒㄩㄣ 6心 桵ㄖㄨㄟˊ 1泥 杶ㄔㄨㄣ 9透 ⿰木尻ㄎㄠˇ 21溪 榛ㄓㄣ 6精

十七部按爾雅音義音彼又匹彼反集韵類篇本之皆補靡普靡二切今爾雅音義彼譌作披非也蘇恭本艸彼子注云彼當作柀柀仍音彼成化刻本彼亦譌披一曰析也析各本譌折今正葉石君寫本及類篇正作析按柀析字見經傳極多而版本皆譌爲手旁之披披行而柀廢矣左傳曰披其地以塞夷庚韓非子曰數披其木毋使木枝扶疎戰國策范睢引詩曰木實繁者披其枝披其枝者傷其心史記魏其武安傳曰此所謂枝大於本脛大於股不折必披方言曰披散也東齊聲散曰廝器破曰披此等非柀之字誤即柀之假借手部披訓從旁持木部柀乃訓分析也陸德明包愷司馬貞張守節吳師道皆音上聲普彼反是可證字本從木也矣

榛榛木也鄁風山有榛傳曰榛木也小雅營營青蠅止于榛傳曰榛所以爲藩也衛風箋曰樹榛栗椅桐梓漆六木於宮可伐以爲琴瑟從木秦聲側詵切十二部一曰叢木也各本作一曰菆也艸部曰菆蓐也今依元應書卷十一所引爲長倉頡篇淮南高注漢書服注廣雅皆云木叢生曰榛菆一作蕪

⿰木尻山樗也樗舊作⿰木虖今改釋木唐風傳皆曰栲山樗⿰木尻栲古今字許所據作⿰木尻也陸機云山樗與下田樗無異葉似差狹耳方俗無名此爲栲者今所云栲者葉如櫟木皮厚數寸可爲車軸或謂之栲郭云栲似樗色小白生山中因名云亦類漆樹俗語曰櫄樗栲漆相似如一按二說似許爲長從木尻聲讀若糗讀若糗三字依陸機補陸云許慎正以栲讀爲糗今人言考失其聲耳古音在三部今苦浩切

杶杶木也禹貢杶榦栝柏釋文杶本又作櫄山海經成侯之山其上多櫄木郭曰似樗樹材中車轅吳人呼櫄音輴車從木屯聲敕倫切十三部夏書曰杶榦栝柏櫄或從熏杻古文杶按依汗簡所載近是即屯字側書之耳集韵經作杻非也

橁杶也此杶木別名非即杶字也左傳孟莊子斬雍門之橁以爲公琴從木筍聲相倫切十二部

桵白桵逗棫也也字今補大雅芃芃棫樸釋木毛傳皆云棫白桵也陸機曰其材理全白無赤心者爲白桵直理易破可爲犢車軸又可爲矛戟矜從木

六篇上　九

⿰木息ㄒㄧ 25心 椐ㄐㄩ 13見 棫ㄩˋ 25匣 樻ㄎㄨㄟˋ 7匣 栩ㄒㄩˇ 13曉 柔ㄕㄨˋ 13定 樣ㄧㄤˋ 15定 杙ㄧˋ 25定

妥聲鉉曰當從綏省聲按鉉因說文無妥字故云尒綏下則又云當作從爪從安省抑思妥字見於詩禮不得因許書偶無妥字而支離其說也儒隹切古音在十七部

棫白桵也從木或聲于逼切一部

⿰木息⿰木息木也未詳玉篇不載從木息聲相即切一部

椐椐樻也大雅其檉其椐釋木毛傳皆云椐樻也陸機云節中腫似扶老即今靈壽是也今人以爲馬鞭及杖郭云腫節可以爲杖按杖以木者曰靈壽亦曰扶老漢書孔光傳賜靈壽杖孟康曰扶老杖也服虔曰靈壽木名郭注山海經亦云靈壽木名似竹有枝節常璩云朐忍縣有靈壽木劉逵云靈壽木出涪陵楊雄作靈節銘皆是也以竹者名扶老杖中山經其上多扶竹郭云邛竹也高節實中中杖名之扶老竹漢書之邛竹杖王逸少以邛竹杖分贈老友皆是也靈壽木與邛竹皆以節勝陸氏云椐即靈壽然椐與靈壽俱見山海經郭不云一物若陶潛云策扶老以流憩則又未識其爲椐與靈壽也從木居聲九魚切五部按郭音袪字林紀庶反

樻樻椐也從木貴聲求位切十五部詩音義曰去塊反何音匱

栩栩柔也見唐風毛傳陸機曰栩今柞櫟也徐州人謂櫟爲杼或謂之爲栩按毛傳說文皆栩柔櫟爲一木櫟下但云木也不云即栩也然則陸機專據徐州語言合之耳從木羽聲況羽切五部其皁一曰樣按各宋本及集韵類篇皆同毛氏依小徐作其實皁非也艸部曰皁斗櫟實也一曰樣斗許蓋謂栩爲柞櫟與陸機同

柔栩也莊子狙公賦芧司馬云芧橡子也芧即柔字橡即樣字柔本樹名因用爲實名也從木予聲此與機杼字以下形上聲左形右聲分別讀若杼按玉篇時渚切廣韵神與切是也大徐直呂切則與機杼字同音五部

樣栩實也樣橡正俗字爾雅舊注曰柔實爲橡子以橡殼爲柔斗者以剜剜似斗故也橡子儉歲可食以爲飯豐年收豬飤之可以致肥也見齊民要術從木羕聲徐兩切十部按樣俗作橡今人用樣爲式樣字像之假借也唐人式樣字從手作㨾

杙劉劉杙見釋木當讀劉劉爲句郭云劉子生山中實如梨酢甜核堅未知許意然

六篇上　十

枇 ㄆㄧˊ 4並　桔 ㄐㄧㄝˊ 5見　柞 ㄗㄨㄛˋ 14從　杼 ㄉㄨˋ 13透　榗 ㄐㄧㄣˋ 6精　檖 ㄙㄨㄟˋ 8定

否也今人以杙爲檿弋字乃以檿弋爲谁射字從木弋聲與職切一部

枇 枇杷木也四字句從木比聲房脂切十五部

桔 桔梗逗藥名本艸經曰桔梗味辛微溫主胷脅痛如刀刺腹滿腸鳴幽幽驚恐悸氣戰國策曰今求柴胡桔梗於沮澤則絫世不得一焉從木桔梗艸類本艸經在艸部而字從木者艸亦木也吉聲古屑切十二部一曰直木鄭有桔柣之門蓋取直木爲門限之義釋宮曰柣謂之閾

柞 柞木也詩有單言柞者如維柞之枝析其柞薪是也有柞棫連言者如皇矣旱麓緜是也陸機引三蒼棫卽柞也與許不合假令許謂棫卽柞則二篆當聯屬之且詩不當或單言棫或單言柞或柞棫竝言也鄭詩箋云柞櫟也孫炎爾雅注櫟實橡也齊民要術援爾雅注合柞栩櫟爲一亦皆非許意從木乍聲在各切五部按柞可薪故引伸爲凡伐木之偁周禮有柞氏周頌傳曰除艸曰芟除木曰柞古無二音也

杼 杼木出櫜山中山經曰傳山西五十里曰櫜山其木多樗多樠木按樗者杼之誤許所引山海經樜字今作柘洽字今作涔劦字今作勰其不同如此廣韵十一模曰黃杼木可染十姥曰杼木名可染繒按周禮注曰染艸茅蒐櫜盧豕首紫茢之屬櫜盧豈卽黃杼與抑字音相近而艸木異類也玉篇乃佚杼字從木乎聲他乎切五部

榗 榗木也未詳尚書大傳曰南山之南有木名橋高高然而上父道也南山之陰有木名梓晉晉然而俯子道也高與橋晉與梓皆疊韵梓字當是榗字梓從宰省聲不與晉同韵也從木晉聲子賤切古音在十二部書曰竹箭如榗六字未詳疑當作周禮曰竹榗讀如晉八字職方氏其利金錫竹箭注云故書箭爲晉葢許所見故書作榗榗本木名故書借爲竹名也大射儀幁用錫若絺綴諸箭注云古文箭作晉吳越春秋晉竹十廋晉竹卽箭竹皆與周禮故書同讀如晉者許謂榗之音同晉也轉寫滑譌致不可讀矣

檖 檖羅也釋木檖蘿秦風毛傳曰檖赤羅也陸機郭璞皆云今之楊檖也實似棃而小酢可食按蘿者羅之誤從木遂聲徐醉切十五部詩曰隰有樹檖

櫘 ㄏㄨㄟˋ 5匣

椵 ㄐㄧㄚˇ 13見　楛 ㄏㄨˋ 13匣　櫅 ㄐㄧ 4精　杒 ㄖㄥˊ 26泥　櫇 ㄆㄧㄣˊ 6並　樲 ㄦˋ 4泥　樸 ㄆㄨˊ 17幫

今詩爾雅作檟

椵 椵木可作牀几牀鉉本作伏疑誤釋木曰椵椵本艸陶隱居說人參曰高麗人作人參讚曰三椏五葉背陽向陰欲來求我椵樹相尋椵樹葉似桐甚大陰廣圖經亦言人參春生苗多於深山背陰近椵漆下潤溼處是則椵爲大木故材可牀几郭云子大如盂者未知是不也從木叚聲讀若賈古雅切五部

櫘 櫘木也未詳從木惠聲胡計切十五部

楛 楛木也大雅榛楛濟濟陸機曰楛其形似荊而赤葉似著上黨人蔞以爲筥箱又屈以爲釵按禹貢惟箘簵楛楛不與上文杝榦栝相爲伍而與箘簵爲伍楛之用葢與箘簵同也從木苦聲侯古切五部詩曰榛楛濟濟

櫅 櫅木也釋木曰櫅白棗按許不云白棗與爾雅異葢爾雅本作齊白棗今人所食棗白乃孰是也櫅乃別一木廣韵曰櫅榆堪作車轂正與許合轂軸異耳楊雄蜀都賦枇櫅椄楬章樵注云櫅榆屬可㠯爲大車軸從木齊聲祖稽切十五部

杒 杒木也未詳從木乃聲讀若仍如乘切六部按乃聲在一部合韵也

櫇 櫇木也未詳疑卽仁頻也上林賦有仁頻孟康曰仁頻椶也李善曰仙藥錄云檳榔一名椶然則仁頻卽檳榔也從木頻聲符眞切十二部

樲 樲酸棗也釋木曰樲酸棗孟子曰舍其梧檟養其樲棗趙曰樲棗小棗所謂酸棗也按孟子本作樲棗宋刻爾雅單行疏及玉篇唐本艸又本艸圖經皆可證今本改作樲棘非是樲之言副貳也爲棗之副貳故曰樲棗本艸經曰酸棗味酸平主心腹寒熱邪結氣聚四肢酸疼溼痺煩心不得眠諸家皆云似棗而味酸從木貳聲而至切十五部

樸 樸棗也釋木言棗之名十有一檵之言櫬梧檵之言樸枹者是今爾雅樸不謂棗也疑許所據有不同故云介寇宗奭曰御棗甘美輕脆今人所謂樸落酥者是樸棗豈卽御棗樸古今字大雅毛傳曰樸枹木也方言曰樸盡也南楚凡物盡生者曰樸生郭云今種物皆生曰樸地生也又曰樸聚也楚謂之樸郭云樸屬藂相箸皃按詩爾雅之樸皆當同方言作樸樸從僕附也考工記樸屬猶附箸文選廛閈樸地

橪ㄖㄢˇ 3泥　柅ㄋㄧˇ 4泥　梢ㄕㄠ 19心　[木隸]ㄌㄧˋ 8來　梭ㄙㄨㄛ 9心　[木寽]ㄌㄜˋ 2來　楋ㄌㄚˋ 2來　[木畢]ㄅㄧˋ 5幫

字皆當作樸釋木毛傳皆訓樸爲枹許以爲棗名則徧矣從木僕聲博木切三部橪酸小棗此云酸小棗則上文樲酸棗者與棗大小同矣上林賦枇杷橪柹按厠橪於枇杷柹之閒然則皆果也與許說合淮南子伐橪棗以爲矜亦云橪棗郭云橪橪支木音煙與許異從木然聲人善切十五部一曰染也染小徐作柔皆未詳柅柅木也實如棃今字以爲檷字從木尼聲女履切十五部梢梢木也未詳廣韵曰梢船舵尾也又枝梢也此今義也釋木曰梢梢擢郭云梢音朔按梢擢字葢本從手作捎從木肖聲所交切二部[木隸][木隸]木也未詳從木隸聲郎計切十五部[木寽][木寽]木也未詳從木寽聲力輟切十五部梭梭木也未詳從木夋聲私閏切玉篇且泉切十三部今人訓織具者用爲杼字也於其雙聲讀之也廣雅作[木幽][木畢][木畢]木也未詳從木畢聲卑吉切十二部楋楋木也未詳從木剌

枸ㄐㄩˇ 16見　樜ㄓㄜˋ 13端　枋ㄈㄤ 15並　橿ㄐㄧㄤ 15見　樗ㄏㄨˋ 13匣

聲盧達切十五部枸枸木也可爲醬出蜀史漢皆云枸醬詳艸部蒟下從木句聲俱羽切四部按小雅南山有枸毛曰枸枳枸也枳枸即禮記之椇許於枸下不言枳枸椇字亦不錄樜樜木出發鳩山北山經曰發鳩之山其上多柘木許所據柘作樜也發鳩山即水部涑水所出之發包山淮南書亦作發包古音包鳩同在三部許不言樜同柘而廣韵謂一字非許意也從木庶聲之夜切古音在五部枋枋木可作車禮周官皆以枋爲柄古音方聲丙聲同在十部也從木方聲府良切十部橿橿枋也謂一木二名考工記注曰今世轂用雜榆輻以檀牙以橿郭注山海經曰橿中車材南都賦吳都賦說木皆有橿從木畺聲居良切十部一曰鉏柄釋名曰鋤齊人謂其柄曰橿橿然正直也頭曰鶴似鶴頭也樗樗木也釋木檴落郭云可以爲杯器素按小雅薪是穫薪箋云穫落木名也陸云依鄭則字宜木旁樗檴古今字也司馬上林賦字作華師古曰華即

△檴　檗ㄅㄛˋ 11幫　梤ㄈㄣˊ 9滂　樧ㄕㄚ 2心　槭ㄘㄨˋ 22精

今之樺皮貼弓者莊子華冠亦謂樺皮爲冠也樺者俗字也㠯其皮裹松脂所謂樺燭從木雩聲乎化切古音在五部讀若華檴檴或從蒦檗黃木也本艸經之檗木也一名檀桓從木辟聲博戹切十六部俗加艸作蘗多誤爲蘖字梤香木也芬爲艸香故梤爲香木從木芬聲形聲包會意也撫文切十三部按梤字多作棻葢由篆體本作棻象香气上出樧樧似茱萸出淮南釋木茱樧醜菉郭云菉萸子聚生成房皃樧似茱萸而小赤色內則注曰藙煎茱萸也漢律會稽獻焉爾雅謂之樧按鄭云藙即樧許於艸部有茱萸有藙此云似與鄭說小異本艸經木部云吳茱萸一名藙是則一物異名亦不待煎成始爲藙也從木茱萸藙字在艸部樧字在木部故許不云一物然茱萸在本艸經木部茱從艸而爾雅在釋木則從艸從木一也殺聲所八切十五部槭槭木可作大車輮未詳今何木大車牛車也輮車网考工記之牙也從木戚聲子六切三部

楊ㄧㄤˊ 15定　檉ㄔㄥ 12透　柳ㄌㄧㄡˇ 21來

楊楊蒲柳也各本作木也二字今依藝文類聚初學記本艸圖經太平御覽所引正釋木云楊蒲柳許所本也按蒲葢本作浦浦水瀕也王風不流束蒲毛云蒲艸也箋云蒲蒲柳孫毓云蒲艸之聲不與戍許相協箋義爲長是則晉人讀蒲柳爲浦柳之明證古今注曰蒲柳生水邊又曰水楊蒲楊也枝勁細任矢用任矢用者左傳云董澤之蒲是也案呼曰蒲柳單評曰蒲音同浦至唐而失其讀矣從木昜聲与章切十部古假楊爲揚故詩楊之水毛曰楊激揚也廣雅曰楊揚也佩觿曰楊柳也亦州名古書州名皆作楊矣檉檉河柳也釋木毛傳同陸機云生水旁皮正赤如絳一名雨師羅願云葉細如絲天將雨檉先起氣迎之故曰雨師按檉之言楨也赤莖故曰檉廣韻釋楊爲赤莖柳非也從木聖聲敕貞切十一部柳柳少楊也各本作小楊今依孟子正義葢古本也古多以少爲小如少兒即小兒之類楊之細莖小葉者曰柳周禮故書衣接櫝之材鄭司農讀爲蹬柳後鄭云柳之言聚也引書分命和仲度西曰柳穀按度西曰柳穀者今文尚書也宅西曰昧谷

樳ㄒㄩㄣˊ 6定　欒ㄌㄨㄢˊ 3來　栘ㄧˊ 1定　棣ㄉㄧˋ 8定　枳ㄓˇ 10端　楓ㄈㄥ 28幫

者後鄭所讀之古文尚書也詳見尚書撰異從木丣聲丣古文酉力久切三部古多假栁爲酉如鄭印癸字子栁栁卽丣名癸字酉也仲尼弟子列傳顏幸字子栁栁亦卽丣幸者辛之譌也已上海寧錢馥字廣伯說樳大木可爲鉏柄未詳從木粵聲詳遵切十二部欒欒木似欄欄者今之楝字本艸經有欒華未知是不借爲圜曲之偁如鐘角曰欒屋曲枅曰欒是從木䜌聲洛官切十四部禮天子樹松諸侯柏大夫欒士楊士楊二字當作士槐庶人楊五字轉寫奪去也禮謂禮緯含文嘉也周禮冢人以爵等爲丘封之度與其樹數賈疏引春秋緯天子墳高三仞樹以松諸侯半之樹以柏大夫八尺樹以藥草士四尺樹以槐庶人無墳樹以楊栁藥草二字欒之誤也白虎通引春秋含文嘉語全同正作大夫以欒又廣韵引五經通義士之冢樹槐然則此士下有奪可知矣含文嘉是禮緯白虎通云春秋含文嘉蓋引春秋禮二緯而春秋下有奪字唐封氏聞見記引禮經及說文皆譌舛栘棠棣也釋木曰唐棣栘常棣棣唐與常音同葢謂其花赤者爲唐棣花白者爲棣一類而錯舉故許云栘棠棣也棣白棣也改唐爲棠改常爲白以棠對白則棠爲赤可知皆卽今郁李之類有子可食者小雅常棣論語逸詩唐棣實一物也郭注唐棣云似白楊江東呼夫栘白楊大樹也古今注云栘楊亦曰栘栁亦曰蒲栘圜葉弱蔕微風善搖此正今之白楊樹安得有韡韡偏反之咢耶因一栘字提合之從木多聲弋支切古音在十七部棣白棣也小雅傳曰常棣棣也秦風傳曰棣唐棣也常與唐同字可證矣渾言之則白棣亦評唐棣也豳風傳云鬱棣屬從木隶聲特計切十五部枳枳木似橘考工記橘踰淮而北爲枳本艸經所謂枳實也枳可爲籬周書小開曰德枳維大人從木只聲諸氏切十六部楓楓木也厚葉弱枝善榣一名欇欇各本榣作搖今正少一欇字今依韵會補釋木曰楓欇欇犍爲舍人曰楓爲樹厚葉弱莖大風則鳴故曰欇欇按欇木葉榣白也榣樹動也厚葉弱枝故善榣善榣故名欇欇

六篇上　十五

△柠

權ㄑㄩㄢˊ 3匣　柜ㄐㄩˇ 13匣　槐ㄏㄨㄞˊ 7匣　穀ㄍㄨˇ 17見　楮ㄔㄨˇ 13透　欐ㄐㄧˇ 5見　杞ㄑㄧˇ 24曉　枒ㄧㄚˊ 13疑

嵇含南方艸木狀分楓人楓香爲二條實一木也從木風聲方戎切古音在七部招䰟楓心南爲韵上林賦楓一作汜是也權黃華木釋木曰權黃英按英華一也郭云未詳而釋艸亦云權黃華郭云今謂牛芸艸爲黃華艸部英下一曰黃英然則爾雅木曰黃英艸曰黃華許則英華字互易從木雚聲巨員切十四部一曰反常論語曰可與立未可與權孟子曰執中無權猶執一也公羊傳曰權者何權者反於經然後有善者也柜柜木也趙注孟子曰杞栁柜栁也郭注爾雅曰柜栁似栁皮可煮作飲廣韵柜下云柜栁按柜今俗作櫸又音譌爲鬼栁樹未知許所說是此不從木巨聲其呂切廣韵居許切五部按周禮梐枑注故書枑作拒從手俗本從木作柜非槐槐木也釋木曰櫰槐大葉而黑守宮槐葉晝聶宵炕按此皆槐之異者從木鬼聲戸恢切十五部穀楮也此篆體依五經文字正各本作穀者從㱿便也小雅傳曰穀惡木也陸機疏曰江南以其皮擣爲紙謂之穀皮紙絜白光輝按山海經傳曰穀亦名構此一語之輕重耳從木㱿聲古祿切三部楮穀也從木者聲丑呂切五部柠楮或從宁宁聲欐欐枸杞也四牡四月傳皆曰杞枸欐也他杞字無傳讀詩者有三杞之說焉從木繼省聲按繼下云一曰反㡭爲繼然則此云繼聲足矣疑或竄改之也古詣切十五部一曰堅木也堅各本作監誤今正此別一義謂堅木偁欐堅欐雙聲如薊與筋也杞枸杞也按釋木毛傳皆云杞枸欐禮記鄭注亦云芑枸欐也郭注爾雅云今枸杞也是則枸欐爲古名枸杞雖見本艸經而爲今名許欐篆下當云枸欐杞也杞篆下當云杞枸欐也乃合今本後人亂之耳從木己聲墟里切一部枒枒木也上林賦有胥邪史記作胥餘南都賦作楈枒蜀都吳都賦單評之曰枒艸木狀作椰其木葉在顛略似椶樹而實大如瓠繫在顛若挂物今俗用椰瓢是也從木牙聲五加切古音在五部一曰車网會也网俗本作輞今正考工記輪人注曰牙讀如訝謂輪輮也世閒或謂之网

六篇上　十六

檀ㄊㄢˊ 3定　櫟ㄌㄧˋ 20來　梂ㄑㄧㄡˊ 21匣　欄ㄌㄢˊ 3來

書或作軛按車人牙作輮車部曰輮車网也車輪之肉今北人謂之瓦郎古語之牙也謂之牙者如艸木萌芽句曲然襍佩之璜曰牙亦猶是也車网必合衆曲而成大圜故謂之网會网會參言之也牙枒蓋古今字

檀 檀木也 鄭風傳曰檀彊刃之木刃今靭字榽醯似檀齊人諺曰上山斫檀榽醯先殫 從木亶聲 徒乾切十四部

櫟 櫟木也 秦風隰有苞櫟傳曰櫟木也陸機曰苞櫟秦人謂柞櫟爲櫟河內人謂木蓼爲櫟椒樧之屬其子房生爲梂木蓼子亦房生故說者或曰柞櫟或曰木蓼機以爲此秦詩也宜從其方土之言柞櫟是也按陸意謂秦詩當是柞櫟今觀許櫟梂二篆連屬正與陸所云木蓼子房生爲梂者合然則許意謂木蓼也艸部云草斗櫟實也一曰樣斗木部栩下云柔也其草一曰樣此則謂草斗爲櫟實正陸所謂秦人謂柞櫟爲櫟又云栩今柞櫟也草下櫟實字非木部之櫟許意栩柔樣草爲一物是名柞櫟亦名櫟而非柞也亦非子梂生之櫟也柞與棫爲類櫟似椒樧鄭箋大雅云柞櫟也則以柞與柞櫟合爲一耳 從木樂聲 郎擊切古音在二部

梂 櫟實 此櫟實與草下櫟實各物草下當云草斗柞櫟實損柞字耳釋木曰櫟其實梂陸機云椒樧之屬其子房生爲梂木蓼子亦房生然則許何爲以梂字專系諸木蓼也曰艸部以茮系諸茮樧矣則許以梂系諸櫟也茮與梂皆謂聚生成房樣斗不介也梂與茮古通用椒聊箋云一梂之實蕃衍滿升非其常也此假梂爲茮也今俗語謂緐多叢聚曰一梂椒子每梂數十百顆詩人言其盛則曰每梂將盈升不識正義何以不解也木蓼唐本艸謂之木天蓼蘇頌云木高二三丈三四月開花似柘花五月採子子作銶 一曰鑿首 幽風毛傳曰鑿屬曰錡木屬曰銶釋文曰錡韓詩云木屬銶韓詩云鑿屬也按許用韓詩說也鑿所以穿木也鑿首謂鑿柄鑿柄必以木爲之今木工尚然矣故字從木金部無銶許所據詩然也 從木求聲 巨鳩切三部

欄 欄木也 各本篆作楝下文云柬聲今改正按考工記以欄爲灰字作欄許於欒下云木似欄然則此當同考工記可知矣廣韵廿五寒欄下云木名從古字古音也欄俗作楝乃用欄爲闌檻俗字欄實曰金鈴子可用浣衣 從木闌聲 郎電切十四部按莊子非練實不食或謂卽欄實欄實非珍物似非旳解也

檿ㄧㄢˇ 32影　柘ㄓㄜˋ 14端　⿰木厀ㄑㄧ 5清　檈ㄒㄩㄢˊ 3定　梧ㄨˊ 13疑　榮ㄖㄨㄥˊ 12匣　桐ㄊㄨㄥˊ 18定　橎ㄈㄢˊ 3並　榆ㄩˊ 16定

檿 山桑也 釋木曰檿桑山桑大雅毛傳曰檿山桑也禹貢檿絲史記檿作酓同音假借字也 從木厭聲 於琰切七部 詩曰其檿其柘

柘 柘桑也 三字句各本無柘字今補山桑柘桑皆桑之屬古書竝言二者則曰桑柘單言一者則曰桑曰柘柘亦曰柘桑如淮南注烏號云柘桑其木堅勁烏跱其上是也桑柘相似而別見胡氏通鑑釋文辨誤 從木石聲 之夜切古音在五部漢志琅邪郡靈門高柘山柘乃原之誤水經注可證師古謂卽柘字誤

⿰木厀 ⿰木厀木可爲杖 小徐云今楖栗之屬 從木厀聲 親吉切十二部

檈 檈味 逗 稔棗也 釋木還味稔棗釋文云還字林作檈不言出說文疑或取字林增此 從木還聲 似沿切十四部

梧 梧桐木 三字句釋木曰櫬梧賈思勰曰注云今梧桐皮青者曰梧桐案今人以其皮青號曰青桐也玉裁謂此今人所植梧桐樹也其華五出子如珠綴於瓢邊瓢如羹匙賈氏云青桐九月收子炒食甚美如菱芡是也 從木吾聲 五胡切五部 一曰櫬 一曰猶一名也本爾雅

榮 桐木也 見釋木按梧下云梧桐木榮下曰桐木此卽賈思勰青桐白桐之別也白桐華而不實材中樂器青桐則不中用毛詩椅桐梓漆爰伐琴瑟其白桐與又云其桐其椅其實離離則青桐亦評桐渾言之也郭注爾雅於榮桐木曰卽梧桐於櫬梧曰今梧桐皮青者本不誤今本刪節乃不可通 從木熒省聲 永兵切十一部 一曰屋梠之兩頭起者爲榮 士冠禮鄉飲酒禮皆云東榮鄭曰榮屋翼也韋注甘泉賦同梠楣也楣齊謂之檐楚謂之梠檐之兩頭軒起爲榮故引伸凡揚起爲榮卑汚爲辱

桐 榮也 從木同聲 徒紅切九部

橎 橎木也 未詳 從木番聲讀若樊 附轅切十四部

榆 榆白枌 見釋木陳風東門之枌傳云枌白榆也然則釋木榆白爲逗枌爲句顯然許意亦如此讀別榆一種以起下也榆莢可食亦可爲醬酉部所謂醬醔也 從木俞聲 羊朱切

枌ㄈㄣˊ 9並　梗ㄍㄥˇ 15見　樵ㄑㄧㄠˊ 19從　松ㄙㄨㄥ 18定　△窠　樠ㄇㄢˊ 9明　檜ㄎㄨㄞˋ 2見　樅ㄘㄨㄥ 18清

切古音在四部枌枌榆也三字句各本少枌淺人以爲複字而誤刪之枌榆者榆之一種漢初有枌榆社是也從木分聲扶分切十三部梗山枌榆有朿山枌榆又枌榆之一種也有朿故名梗榆卽齊民要術所謂刺榆者也方言凡草木刺人自關而東或謂之梗郭注今云梗榆是也莢可爲蕪荑也荑當作夷爾雅急就篇皆不從艸釋木無姑其實夷郭云無姑姑榆也生山中莢圓而厚莢各本作葉急就篇注引不誤剝取皮合漬之其味辛香所謂蕪荑按齊民要術分姑榆刺榆山榆爲三云刺榆木甚堅肕山榆可以爲蕪荑依許說則刺榆山榆一物也賈氏言種植皆得諸目驗豈許有未諦與姑榆卽周禮之橭杜子春作枯榆鄭注周易大過曰枯音姑謂無姑山榆廣雅山榆毋估也是則山枌榆卽爾雅無姑之證從木㪅聲古杏切古音在十部按梗引伸爲凡柯莖骾刺之偁樵散木也小雅樵彼桑薪列子書以蕉爲樵按上下文皆木名也此字廁此恐非其舊次當與柴篆爲伍從木焦聲昨焦切古音二部三部

松松木也從木公聲祥容切九部集韵思恭切關內語也按俗皆從關內語惟徽州讀祥容切窠松或從容容聲也此如頌額同字樠松心木疑有奪誤當作松心也一曰樠木也廣韵廿二元注曰松心又木名也所據古本也蒙上文松木言之故曰松心謂之樠葢松心微赤故與穈璊同音又松心有脂莊子所謂液樠廣韵養韵釋樠曰松脂正樠爲松脂之誤也一曰樠木也者別有木名樠如左傳卒於樠木之下馬融廣成頌陵喬松履脩樠漢書烏孫國山多松樠是也小顏云樠木名其心似松是小顏所據已同今本矣舊有樠⿰木兩二字一㒼聲一兩聲左傳樠木音義云郎蕩反又莫昆武元二反馬援傳章懷注曰水經注武陵五溪謂雄溪樠溪酉溪潕溪辰溪蠻土俗雄作熊樠作朗潕作武是皆認樠爲⿰木兩未別其字而強說其音也從木㒼聲莫奔切十五部檜檜柏葉松身釋木衛風毛傳皆曰檜柏葉松身禹貢作栝從木會聲古外切十五部樅樅松葉柏身見釋木郭引尸子曰松柏之鼠不知堂密之有美樅

柏ㄅㄛˊ 14幫　机ㄐㄧ 4見　枮ㄒㄧㄢ 30心　梇ㄌㄨㄥˋ 18來　椇ㄩˇ 16定　梔ㄓ 10端　杒ㄖㄣˋ 6泥　榙ㄊㄚˋ 27透　㮝ㄊㄚˋ 27定　某ㄇㄡˇ 24明　△槑

按堂密謂山如堂者從木從聲七恭切九部柏柏鞠也釋木曰柏椈禮記暢臼以椈鄭曰椈柏也按椈者鞠之俗柏古多假借爲伯仲之伯促迫之迫從木白聲博陌切古音在五部張參曰經典相承亦作栢机机木也山海經單狐之山多机木族篇之山多松柏机桓郭曰机木似榆可燒以糞稻田音飢按葢卽榿木也今成都榿木樹讀若豈平聲楊雄蜀都賦曰春机楊柳机榿古今字榿見杜詩王安石詩以榿滋移爲韵韵會音邛其切與蜀語合從木几聲居履切十五部枮枮木也未詳從木占聲息廉切七部梇梇木也未詳從木弄聲盧貢切九部益州有梇棟縣益州漢郡名也前志字作弄後志作梇椇椇鼠梓木釋木小雅毛傳皆曰椇鼠梓也陸機郭璞皆云楸屬從木臾聲羊朱切四部詩曰北山有椇梔梔黃木可染者各本篆文誤作桅今依韵會所據本正小徐云史記貨殖傳千畝卮茜又書記多言鮮支皆此是錯本固

作桅字證一玉篇列字次弟與說文同而梇椇杒榙四字之閒字作梔之移切不作桅桅字乃在下文孫強等增竄之處證二水部染下引裴光遠曰從木木者所以染梔茜之屬也此用史記梔茜而亦譌作桅證三梔今之梔子樹實可染黃相如賦謂之鮮支史記假卮爲之從木卮聲卮各本誤作危音過委反今依韵會所據正章移切十六部釋木桑辨有甚梔此別一義杒桎杒也未詳何木從木刃聲而震切十二部榙榙㮝逗果似李史記上林賦榙㮝字同許漢書文選皆作荅遝假借字也郭云荅㮝似李廣韵引埤蒼同從木荅聲讀若嚃嚃口部無卽舌部䑙之異文也毋嚃羹見曲禮土合切七部按各本二篆先後失次今從玉篇㮝榙㮝木也從木遝聲徒合切八部某酸果也此是今梅子正字說見梅下從木甘闕此闕謂義訓酸而形從甘不得其解也玉裁謂甘者酸之母也凡食甘多易作酸味水土合而生木之驗也莫厚切古音在一部槑古文某從口

△𣎵　△封　本 9幫　樹 16定　欁 21定

從口者甘之省也兩之者皃其酢醶　**欁**　**崐崘山河隅之長木也**　崐崘當作昆侖山字依類篇補西山經曰槐江之山西望其大澤其陰多榣木郭曰榣木大木引國語榣木不生危按榣卽欁字韋注晉語亦云榣木大木也晉語一本作拱木非許謂欁爲長木榣爲樹動他書則欁爲橋柚榣爲長木用字之不同也穆天子傳曰天子釣于河以觀繇之木郭云姑繇大木姑繇亦卽欁也　**從木繇聲**　按許書有繇無繇或傳寫之誤以周切三部

樹　**木生植之總名也**　植立也假借爲尌豎字　**從木尌聲**　形聲包會意常句切四部

尌　**籒文**　籒文從豆不從壴者豆柄直亦有直立之義豆與壴同在四部爲龤聲寸則謂手植之也

本　**木下曰本從木從丅**　此篆各本作㮺解云從木一在其下今依六書故所引唐本正本末皆於形得義其形一從木上一從木丅而意卽在是全書如此者多矣一記其處之說非物形也大雅以本奏爲奔走假借也布忖切十三部

𣎵　**古文**　此從木象形也根多竅似口故從三口

柢　**木根也**　道德經深其根固其柢長生久視之道韓非解老曰樹木有曼根有直根直根者書之所謂柢也柢也者木之所以建生也曼根者木之所以持生也按直者曰直根橫者曰曼根柢或借蔕字爲之又借氐字爲之節南山傳曰氐本也是　**從木氐聲**　都禮切十五部

朱　**赤心木松柏屬**　朱本木名引伸假借爲純赤之字糸部曰絑純赤也是其本字也　**從木一在其中**　赤心不可像故以一識之若本末非不可像者於此知今本之非也章俱切古音在四部又按此字解云赤心木松柏屬當廁於松樠檜樅柏之処今本失其舊次本柢根株末五文一貫不當中骾以他物葢淺人類居之以傳會其一在上一在中一在下之說耳

根　**木株也從木𥃩聲**　古痕切十三部

株　**木根也**　莊列皆有厥株駒株今俗語云椿　**從木朱聲**　陟輸切古音在四部

末　**木上曰末從木從上**　此篆各本作朩解云從木一在其上今依六書故所引唐本正莫撥切十五部六書故曰末木之竆也因之爲末殺

條 21定　枝 10端　杈 1清　樏 10來　果 1見　⿰木畟 25精

末減略末又與蔑其無聲義皆通記曰末之卜也語曰吾末如之何末由也已　**⿰木畟**　**細理木也**　⿰木畟見西山經南都賦郭曰⿰木畟似松有刺細理劉淵林注蜀都賦曰⿰木畟似松有刺按蜀都⿰木畟字葢⿰木畟之譌　**從木畟聲**　子力切一部按此篆亦失其舊次當與諸木名爲伍

果　**木實也**　上文言果多矣故總釋之引伸假借爲誠實勇敢之偁　**從木象果形在木之上**　謂田也古火切十七部

樏　**木實也**　絫者今之累積字從絫言其多也假借則扁榼謂之樏似盤中有隔也　**從木絫聲**　力追切按當依廣韵力委切十六部

杈　**杈枝也**　三字句廣韵曰方言云江東言樹枝爲椏杈也枝如手指相錯之形故從叉　**從木叉聲**　初牙切古音在十六部

枝　**木別生條也**　艸部曰莖枝主也榦與莖爲艸木之主而別生條謂之枝枝必岐出也故古枝岐通用　**從木支聲**　章移切十六部

條　**小枝也**　毛傳曰枝曰條渾言之也條爲枝之小者析言之也　**從木攸聲**　徒遼切古音在三部

朴　**木皮也**　洞簫賦秋蜩不食抱朴以長吟李注抱音附引蒼頡篇朴木皮也顏注急就篇上林賦厚朴曰朴木皮也此樹以皮厚得名按廣雅云重皮厚朴也　**從木卜聲**　匹角切三部按凡鞭扑字從手作扑卽攴字也凡樹皮字從木作朴凡械樸樸屬字作樸卽樸之省也凡朴素字作樸皆見說文

枚　**榦也**　毛傳曰榦曰枚引伸爲銜枚之枚爲枚數之枚豳風傳曰枚微也魯頌傳曰枚枚礱密也皆謂枚爲微之假借也　**從木攴**　會意　**可爲杖也**　說從攴之意也攴小擊也因爲鞭扑字杖可以擊人者也故取木攴會意莫桮切十五部　**詩曰施于條枚**　大雅文

栞　**槎識也**　槎衺斫也槎識者衺斫以爲表志也斫之以爲表識如孫臏斫大樹白而書之曰龐涓死此樹下是其意也禹貢隨山栞木夏本紀作行山表木此古說也今尚書益稷禹貢皆作隨山刊木九山刊旅周禮曰刊陽木左傳曰井堙木刊木非不言刊也然刀部曰刊剟也剟刊也刊者除去之意與栞訓槎識不同葢壁中古文作栞今文尚書作栞則未知何時改爲刊也據正

△栞 ㄎㄢ　欇 ㄓㄜˊ 29端　栠 ㄖㄣˇ 28泥　枖 ㄧㄠ 19影　槙 ㄉㄧㄢ 6端　梃 ㄊㄧㄥˇ 12定

義已作刊則從木幵闕此云闕者謂幵形不可識無由知其形聲抑會意也說文之例先小篆後古文惟此先壁中古文者尊經也夏書曰隨山栞木夏書謂禹貢也讀若刊此謂同音耳苦寒切十四部栞篆文從幵李斯輩作栞史漢所引禹貢作栞故知今文尚書作栞也

欇木葉榣白也榣各本從手今正榣樹動也凡木葉面青背白爲風所攝則獵獵然背白盡露故曰榣白楓厚葉弱枝善榣一名欇欇是也釋木又有欇虎櫐則未得其解從木聶聲之涉切七部

栠弱皃小雅大雅皆言荏染柔木毛曰荏染柔意也論語色厲而內荏孔曰荏柔也按此荏皆當作栠桂荏謂蘇也經典多假荏而栠廢矣從木任聲如甚切七部

枖木少盛皃周南桃之夭夭毛曰桃有華之盛者夭夭其少壯也邶風棘心夭夭毛曰夭夭盛皃按夭下曰屈也屈者大之反然屈者大之光也故枖字從夭從木夭聲聲疑衍文以會意包形聲也於喬切二部詩曰桃之枖枖按韵會引說文從木夭聲之下不言引詩桃之枖枖而云通作夭引詩棘心夭夭至鍇注棘心夭夭始援厥草唯夭桃之夭夭等語是黃氏所據鍇本作詩曰棘心夭夭明甚枖從木夭會意故偁棘心夭夭說從木夭之意如引豐其屋說寷從宀豐引艸木麗于地說蘺從艸麗同一例也淺人不知此例故改夭夭爲枖枖又易棘心爲桃之好學深思者當能知之矣

槙木頂也人頂曰顚木頂曰槙今顚行而槙廢矣從木眞聲都秊切十一部一曰仆木也人仆曰顚木仆曰槙顚行而槙廢矣頂在上而仆於地故仍謂之顚槙也大雅人亦有言顚沛之揭枝葉未有害本實先撥此以木爲喻故毛曰顚仆沛跋揭見根皃是毛詩之顚槙之假借也般庚若顚木之有由櫱義亦同槙考工記稹理亦或假槙

梃一枚也凡條直者曰梃梃之言挺也一枚疑當作木枚竹部曰箇竹枚則梃當云木枚也方言曰箇枚也鄭注禮經云个猶枚也今俗或名枚曰個音相近按枚榦也一莖謂之一枚因而凡物皆以枚數左傳以枚數闔謂枚枚數之猶云一一數之也直者則曰梃如孟子

驫 ㄅㄧㄠ 21幫　標 ㄅㄧㄠ 19滂　杪 ㄇㄧㄠˇ 19明　朵 ㄉㄨㄛˇ 1端　桹 ㄌㄤˊ 15來　橌 ㄒㄧㄢˋ 3見　枵 ㄒㄧㄠ 19曉

制梃漢書白梃皆是禮經脯梃字本作梃亦作梃俗作脡誤也詳肉部從木廷聲徒頂切十一部

驫衆盛也焱部曰焱盛皃驫與燊同意三馬三火皆盛意也從木驫聲驫見馬部唐韵甫虯切曹憲廣雅音曰香幽必幽二反廣韵甫烋切又音標然則驫音當在三部明矣而鉉云所臻切篇韵皆同與許云驫聲者不合蓋燊屬會意驫屬形聲而皆訓盛燊讀若莘莘征夫之莘因強同之耳逸周書曰驫疑沮事各本脫驫字今依玉篇補周書文酌解七事三聚疑沮事聚古讀如驟與驫音近驫疑沮事猶云蓄疑敗謀也各本此下有闕字者淺人不解周書語妄增也

標木杪末也杪末謂末之細者也古謂木末曰本標如素問有標本病傳論是也亦作本剽如莊子云有長而無本剽者是也標在冣上故引伸之義曰標舉肆師表齍盛告絜注云故書表爲剽剽表皆謂徽識也按表剽皆同標從木票聲敷沼切二部

杪木標末也方言曰杪小也木細枝謂之杪郭注言杪捎也按引伸之凡末皆曰杪王制言歲之杪是也從木少聲亡沼切二部

朵樹木𠂹朵朵也凡枝葉華實之垂者皆曰朵朵今人但謂一華爲一朵引伸爲易之朵頤李鼎祚曰朵頤垂下動之皃也從木象形謂乃也丁果切十七部此與采同意宋本作采今本作采按采采會意朵則不同言其梗槩而已當云與𠂹同意

桹高木也此泛言高木謂之桹非謂桄桹及檳榔也門部閬訓門高義相近從木良聲魯當切十部

橌大木皃未見其證小徐說以左傳橌然授兵登陴今左傳自唐石經而下皆從手從木閒聲古限切十四部

枵木皃大徐本作木根非也木根則當廁於李柢根株四篆処矣枵木大皃莊子所云呺然大也木大則多空穴莊子曰大木百圍之竅穴似枅似圈似臼似洼者似污者故左氏釋[元]枵云枵虛也從木号聲許嬌切二部春秋傳曰歲在[元]枵枵虛也依韻會本訂見襄廿八年左氏傳許檃栝其辭耳傳曰[元]枵虛中也枵秏名也爾雅曰[元]枵虛也孫炎云枵之言秏秏虛

柖ㄓㄠ 19端　榣ㄧㄠ 19定　朻ㄐㄧㄡ 21見　枉ㄨㄤ 15匣

之意也許亦以虛正釋枵字[元]枵以虛得名如天駟以房得名天根以氐得名左氐云虛中猶言虛之區域耳不必泥於杜注[元]枵三宿虛星在其中之說**柖樹搖皃**榣各本作搖今正柖之言招也樹高大則如能招風者然漢志郊祀歌體招搖若永望注招搖申動之皃按此招搖與柖榣同師古招音韶猶玉篇柖時昭切也**從木召聲**止搖切二部**榣樹動也**榣之言搖也今俗語謂煽惑人爲招搖當用此從木二字謂能招致而搖動之也**從木䍃聲**余昭切二部**朻高木下曲也從木丩丩亦聲**此韵會所據小徐本也今二徐本皆分樛朻爲二篆樛訓下曲朻訓高木乃張次立以鉉改鍇而然鍇云詩作樛爾雅作朻依詩爲正鍇意許書作朻未是也今考釋木曰下句曰朻南有樛木毛傳曰木下曲曰樛下曲卽下句也樛卽朻也一字而形聲不同許則從丩聲者容許當日毛詩亦作朻也玉篇分引詩爾雅而云二同甚爲明晳丩者相糾繚也凡高木下句垂枝必相糾繚故曰從木丩丩亦聲吉虬切三部**枉衺曲**

橈ㄋㄠ 19泥　扶ㄈㄨ 13並　檹ㄧ 1影

也本謂木衺曲因以爲凡衺曲之偁**從木㞷聲**迂往切十部**橈曲木也**引伸爲凡曲之偁見周易考工記月令左傳古本無從手撓字後人肊造之以別於橈非也**從木堯聲**女教切二部**扶扶疏**逗**四布也**扶汲古刊木從手非也今依玉篇五音韵譜集韵類篇正扶之言扶也古書多作扶疏同音假借也上林賦垂條扶疏劉向傳梓樹生枝葉扶疏上出屋楊雄傳枝葉扶疏呂覽樹肥無使扶疏是則扶疏謂大木枝柯四布疏通作胥亦作蘇鄭風山有扶蘇毛曰扶蘇扶胥木也釋文所引不誤正義作小木誤也毛意山則有大木隰則纔有荷華是爲高下大小各得其宜後人以鄭箋捃合而改之**從木夫聲**防無切五部**檹木檹施也**旖各本作檹施集韵類篇作梔皆非也㫃部旖下曰旗旖施也旗旖施故字從㫃木如旗之旖施故字從木旖九辨紛旖旎乎都房王注旖旎盛皃引詩旖旎其華九歎注同然則今曹風猗儺毛曰猗儺柔順也猗儺卽旖施旎者施之俗也梔者又旎之譌也上林賦旖旎從風張揖云旖旎猶阿

杪ㄒㄧㄠ 19心　榴ㄏㄨ 8曉　槮ㄙㄣ 28心　梴ㄔㄢ 3透

郍漢書文選皆作猗柅韵書紙韵作猗狔椅柅旖旎旖韵作旖旎橠橠其實皆同字也**從木旖聲**形聲包會意於离切古音在十七部**賈侍中說檹卽椅也**也各本作木今依篇韵**可作琴**賈說檹卽椅字之異者也椅可作琴見衞風**杪榴也**榴各本作相高二字今正玉篇曰杪木忽高也以榴字之解解之是杪訓榴也杪者言其杪末之高**從木小聲**私兆切二部玉篇子了切**榴㕣高皃也**各本無㕣字今按玉篇杪下云忽高者正用榴之解也倏忽字今作忽許作㕣㕣高者忽然而高如桑穀一暮大拱西京賦神山崔巍倏從背見之類**從木㕣聲**形聲包會意呼骨切十五部**槮長木皃**本作木長今正九辨蒴橚槮之可哀郋許之橚槮二字也王注莖獨立也上林賦紛溶蒴蔘郭云支竦擢也蔘同槮李善音森**從木參聲**所今切七部**詩曰槮差荇菜是也**見周南今詩作參許所據作槮謂如木有長有短不齊也**梴長木也從木延聲**丑連切十四部**詩曰**

橚ㄙㄨ 22心　杕ㄉㄧ 2定

松桷有梴見商頌毛云長皃按此篆疑後人所增毛詩本從手作挻不從木也商頌音義曰有挻丑連反又力鱣反長皃柔挻物同耳字音饘俗作埏又道德經音義曰挻始然反河上云和也聲類云柔也字林云長也丑連反一曰柔挻方言云取也玉裁謂挻埴字俗作埏古作挻柔也陸氏於商頌云挻長皃又云柔挻物同謂柔挻與長皃無二字也於老子挻埴云和也柔也而又引字林云長也謂長與柔挻無二字也陸氏毛詩本從手作挻明甚今本音義作木旁延非也白氏六帖於松柏類引詩松桷有埏勑延切字正作挻之俗字是亦可以證商頌之本作挻也五經文字木部有梴云見詩頌蓋所據已爲誤本矣故曰梴篆淺人以誤本毛詩羼入者也手部云挻長也此正用商頌傳也是說明而治說文者可刪此篆矣**橚長木皃**橚與槮同義聯文淺人以梴梗其間非也九辨橚卽橚淺人加艸耳吳都賦說竹曰橚矗森萃史記上林賦紛容蕭蔘蕭同橚**從木肅聲**山巧切古音在三部廣韵蘇彫切玉篇息六切**杕樹皃**樹當作特字之誤也在顏黃門時已誤矣唐風有杕

之杜毛曰杕特皃許所本也引伸爲舟舵高注淮南曰杕舟尾也杕舵皆俗字從木大聲特計切十五部顏黃門云詩河北本皆爲夷狄之狄讀亦如字此大誤也按近人有謂古無入聲與於江左者據黃門此條則河北非無入聲也詩曰有杕之杜此句詩凡六見

𣐼 ㄊㄨㄛˋ 13透

𣐼木葉陊也陊落也小徐云此亦蘀字按此與蘀義同音不必同相爲轉注非一字也言部訬讀若㲋此𣐼讀如薄然則㲋之在二部或五部難定也玉篇云𣐼同欂則合㲋聲毚聲爲一其誤甚矣從木㲋聲讀若薄他各切

格 ㄍㄜˊ 14見

格木長皃以木長別於上文長木者長木言木之美木長言長之美也木長皃者格之本義引伸之長必有所至故釋詁曰格至也抑詩傳亦曰格至也凡尚書格于上下格于藝祖格于皇天格于上帝是也此接於彼曰至彼接于此則曰來鄭注大學曰格來也凡尚書格爾衆庶格汝衆是也至則有摩杚之義焉如云格君心之非是也或借假爲之如雲漢傳曰假至也尚書格字今文尚書皆作假是也有借格爲庋閣字者亦有借格爲扞格字者從木各聲古百切古音在五部

槸 ㄧˋ 2疑

槸木相摩也釋木曰木相磨槸按大雅作之屛之其菑其翳脩之平之其灌其栵爾雅立死甾蔽者翳木相磨槸除灌木叢木己見於上則槸即栵也以文法論栵必非木名毛云栵栭也栭謂之而小木相迫切與爾雅義無不合也栭爲小木如鮞爲魚子從木埶聲魚祭切十五部按槷考工記輪人以爲槷椴字又匠人以爲臬字又輪人注以爲危陧字

△ 𣠽

𣠽或從蓺作據此則蓺字古有之矣

枯 ㄎㄨ 13溪

枯槀也從木古聲苦孤切五部夏書曰唯箘輅枯禹貢文今尚書作惟箘簬楛按惟作唯轉寫誤也輅當依竹部引書作簬楛作枯則許所據古文尚書如是竹部引書作楛非也枯逗各本無此字今補木名也此釋書之枯非枯槀之義如引塱讒說而又釋塱引曰圛而又釋圛引布重莫席而又釋莫皆非塱圛莫本義必別釋以曉人也木名未審何木周易大過之枯鄭音姑謂無姑山楡周禮壺涿氏杜子春讀橭爲枯云枯楡木名疑當是枯楡也而馬云可以爲箭或謂枯乃楛之假借未知其審考工記注引尚書箘簬枯音義曰枯尚書作楛鄉射禮注引國語肅慎貢枯矢音義曰枯字又作楛然則鄭所據尚書國語皆作枯與許所據合也

槀 ㄍㄠˇ 19溪

槀木枯也枯槀禾槀字古皆高在上今字高在右非也凡潤其枯槀曰槀如慰其勞苦曰勞以膏潤物曰膏尚書槀飫周禮槀人小行人若國師役則令槀禬之義皆如是鄭司農以漢字通之於槀人曰槀讀爲犒師之犒主冗食者故謂之犒於小行人曰槀當爲犒謂犒師也葢漢時盛行犒字故大鄭以今字易古字此漢人釋經之法也左傳國語皆有犒字左傳服注曰以師枯槀故饋之飲食韋注國語曰犒勞也計左國皆本作槀今本作犒者亦漢人所改如牛人軍事共其犒牛此必後鄭從大鄭所易也小行人經文從大鄭易爲犒而注之曰故書犒作槀今本則譌舛難讀矣何注公羊曰牛酒曰犒高注淮南曰酒肉曰餉牛羊曰犒漢庰彰長碑又作勞醻許不錄犒醻字者許以槀爲正字不取俗字也從木高聲苦浩切二部鄭箋詩讀橋爲槀

樸 ㄆㄨˊ 17滂

樸木素也素猶質也以木爲質未彫飾如瓦器之坯然士喪禮周禮槀人皆云獻素獻成注云形法定爲素飾治畢爲成是也引伸爲凡物之偁如石部云磺銅鐵樸是也作璞者俗字也又引伸爲不奢之偁凡云儉樸是也漢書以敦朴爲天下先假朴爲樸也從木菐聲匹角切三部今詩棫樸周禮樸屬借用此字

楨 ㄓㄣ 6端

楨剛木也此謂木之剛者曰楨非謂木名也吳都賦之楨廣韻之女楨則爲木名從木貞聲陟盈切十一部上郡有楨林縣地理郡國二志同

柔 ㄖㄡˊ 21泥

柔木曲直也洪範曰木曰曲直凡木曲者可直直者可曲曰柔考工記多言揉許作煣云屈申木也必木有可曲可直之性而後以火屈之申之此柔與煣之分別次弟也詩荏染柔木則謂生木柔之引伸爲凡耎弱之偁凡撫安之偁從木矛聲耳由切三部

㭊 ㄊㄨㄛˋ 14透

㭊判也土裂曰坼木判曰㭊二字今可用今人從手作拆甚無謂也自專以㭊爲擊㭊字而㭊之本義廢矣從木𢊁聲他各切五部按此古音也以今語言讀之則丑格切也易曰重門擊㭊繫辭傳文按㯷下引易重門擊㯷㯷之本義也引經言轉注也此引易擊㭊者㯷之借字也引經言假借

朸 ㄌㄜˋ 25來　材 ㄘㄞˊ 24從　柴 ㄔㄞˊ 10從

也易有異文兼引之而六書明矣

朸木之理也

考工記曰陽木稹理而堅陰木疏理而柔毛詩傳曰析薪必隨其理毛詩如矢斯棘韓詩棘作朸毛曰棘稜廉也韓曰朸隅也學者皆不解及觀抑詩維德之隅毛曰隅廉也箋申之云如宮室之制內有繩直則外有廉隅然後知斯干詩謂如矢之正直而外有廉隅也韓朸爲正字毛棘爲假借字如矢之直則得其理而廉隅整飭矣毛韓異而意一也

從木力聲

以形聲包會意也阞下曰地理朸下曰木理泐下云水理皆從力力者筋也人身之理也盧則切一部

平原有朸縣

見地理志

材木梃也

梃一枚也材謂可用也論語無所取材鄭曰言無所取桴材也貨殖傳曰山居千章之材服虔云章方也孟康云言任方章者千枚按漢人曰章唐人曰橦音鐘材方三尺五寸爲一橦材引伸之義凡可用之具皆曰材

從木才聲

昨哉切一部

柴小木散材

月令乃命四監收秩薪柴以供郊廟及百祀之薪燎注云大者可析謂之薪小者合束謂之柴薪施炊爨柴以給燎按寮柴祭天也燔柴曰柴毛詩車攻假柴爲積字

從木此聲

士佳切十六部

榑 ㄈㄨˊ 13並　杲 ㄍㄠˇ 19見　杳 ㄧㄠˇ 19影　[木卻] ㄏㄜˊ 14匣　栽 ㄗㄞ 24從

榑榑桑神木日所出也

叒下曰日初出東方湯谷所登榑桑叒木也然則榑桑即叒木也東下曰從日在木中杲下曰從日在木上皆謂榑木也淮南高注亦曰榑桑日所出也

從木尃聲

防無切五部

杲明也

衛風杲杲出日毛曰杲杲然日復出矣

從日在木上 讀若稾

日在木中昒也日在木上旦也古老切二部

杳冥也

冥窈也莫爲日且冥杳則全冥矣由莫而行地下而至於榑桑之下也引伸爲凡不見之偁

從日在木下

烏皎切二部

[木卻]角械也

角蓋角屬之角

從木卻聲

其逆切古音在五部

一曰木下白也

未詳

栽築牆長版也

古築牆先引繩營其廣輪方制之正詩曰俾立室家其繩則直是也繩直則豎楨榦題曰楨植於兩頭之長杙也旁曰榦植於兩邊之長杙也植之謂之栽栽之言立也而後橫施版於兩邊榦內以繩束榦實土用築築之一版竣則層絫而上詩曰縮版以載捄之仍仍度之薨薨築之登登是也然則栽者合楨榦與版而言許云築牆長版爲栽者以版該楨榦也中庸故栽者培之鄭云栽猶殖也今時人名艸木之殖曰栽築牆立版亦曰栽鄭同許說長版者五經異義曰戴禮及韓詩說八尺爲版五版爲堵五堵爲雉版廣二尺積高五版爲一丈五堵爲雉雉長四丈古周禮及左氏說一丈爲版版廣二尺五版爲堵一堵之牆長丈高丈三堵爲雉一雉之牆長三丈高一丈以度其長者用其長以度其高者用其高也毛詩說亦云一丈爲版五版爲堵公羊說五版而堵五堵而雉百雉而城鄭君曰左氏傳說鄭莊公弟段居京城祭仲曰都城過百雉國之害也先王之制大都不過三國之一中五之一小九之一今京不度非制也古之雉制書傳各不得其詳案天子之城九里公城七里侯伯之城五里子男之城三里今以左氏說鄭伯之城方五里積千五百步也大都三國之一則五百步也五百步爲百雉則知雉五步五步於度長三丈則雉長三丈也雉之度量於是定可知矣按何注公羊曰八尺曰版堵凡四十尺此用今戴韓說也鄭箋詩曰春秋傳云五版爲堵五堵爲雉雉長三丈則版六尺自用其說也若異義今無全書未識許氏何從而於此但云長版不箸丈尺是作說文時於今說八尺古說一丈皆疑之而不敢定矣

從木𢦏聲

昨代切一部今分平去二聲古無是也中庸注可證

春秋傳曰楚圍蔡里而栽

左傳哀公元年文莊二十九年曰水昏正而栽杜云樹版榦定元年城成周庚寅栽杜云設版築

築 ㄓㄨˋ 22端　△𡑞　榦 ㄍㄢˋ 3見（幹）

築所㠯擣也

所㠯二字今補此篆上築牆言所用築者謂器也其器名築因之人用之亦曰築手部曰擣一築也是也築者直舂之器鄭注周禮引司馬法云輂一斧一斤一鑿一梩一鉏周輂加二版二築正義曰築者築杵也

從木筑聲

陟玉切三部

𡑞古文

按此從土筥聲也今本篆體譌舛故正之

榦築牆耑木也

耑謂兩頭也假令版長丈則牆長丈其兩頭所植木曰榦釋詁曰楨榦也舍人曰楨正也築牆所立兩木也榦所以當牆之兩邊鄣土者也粊誓注曰題曰楨旁曰榦正義云題曰楨謂當牆兩端者也旁曰榦謂在牆兩邊者也然則舊說皆謂楨爲兩耑木榦爲夾版兩邊木許不尒者舊說析

檥ㄧˇ 1疑　構ㄍㄡˋ 16見　模ㄇㄛˊ 14明　桴ㄈㄨˊ 21並

言之爾雅與許皆渾言之也大雅傳亦以榦釋楨許於楨下渾云剛木從木倝聲古案切十四部按詩多以翰爲榦故爾雅毛傳曰翰榦也言六書之假借也榦俗作幹一曰本也四字今補文選魏都賦注盧諶贈劉琨詩注皆引說文榦本也按上文云枚榦也引詩施于條枚與此訓相足木下曰本木身亦曰本

檥榦也釋詁曰楨翰儀榦也許所據爾雅作檥也人儀表曰榦木所立表亦爲榦其義一也史記烏江亭長檥船待檥船者若今小船兩頭植櫼爲系也從木義聲魚羈切古音十七部

構葢也此與冓音同義近冓交積材也凡覆葢必交積材從木冓聲以形聲包會意古后切四部杜林以爲椽桷字杜林用構爲桷字桷古音如穀杜意構造字用冓椽桷字用構葢蒼頡訓纂一篇及蒼頡故一篇中語

模法也以木曰模以金曰鎔以土曰型以竹曰笵皆法也漢書亦作橅從木莫聲讀若嫫母之嫫女部曰嫫母都醜也莫胡切五部

桴眉棟也各本作名今

棟ㄉㄨㄥˋ 18端　極ㄐㄧˊ 25匣　柱ㄓㄨˋ 16定　楹ㄧㄥˊ 12定

正釋宮棟謂之桴許云眉棟者爾雅渾言之許析言之鄭注鄉射禮記曰五架之屋正中曰棟次曰楣前曰庋注鄉飲酒禮曰楣前梁也許之眉棟卽禮經之楣也許广部之户卽禮經之庋也許以屋櫋聯曰楣則棟前曰眉棟謂棟之近前若眉者也豈許所據禮經楣作眉與張載注靈光殿賦亦云眉梁從木孚聲附柔切三部

棟極也極者謂屋至高之處繫辭曰上棟下宇五架之屋正中曰棟釋名曰棟中也居屋之中從木東聲多貢切九部

極棟也李奇注五行志薛綜注西京賦皆曰三輔名梁爲極按此正名棟爲極耳今俗語皆呼棟爲梁也搜神記漢蔡茂夢坐大殿極上有禾三穗主簿郭賀曰極而有禾人臣之上祿也此則似謂梁按喪大紀注曰危棟上也引伸之義凡至高至遠皆謂之極從木亟聲渠力切一部

柱楹也柱之言主也屋之主也從木主聲直主切古音在四部按柱引伸爲支柱柱塞不計縱橫也凡經注皆用柱俗乃別造從手拄字音株主切

楹柱也釋名曰楹亭也亭亭然孤立旁無所

樘ㄊㄤˊ 15透　欂ㄅㄛˊ 13並　榰ㄓ 4端

依也按禮言東楹西楹非孤立也自其一言之耳考工記葢杠謂之桯桯卽楹如欒欒盈史記作欒逞其比也從木盈聲以成切十一部春秋傳曰丹桓宮楹左氏莊二十三年傳文

樘柱也各本柱上有衺字今刪文選靈光殿賦長笛賦李注皆引說文柱也長門賦李注引字林柱也皆無衺字惟樘字或作牚或作撐皆俗字耳玉篇云樘柱也亦無衺葢樘本柱名如靈光枝樘杈枒而斜據枝樘與層櫨曲枅芝栭爲儷然則訓爲柱無疑也樘可借爲牚歫猶柱可借爲支柱而支柱遂正釋樘俗閒謂撐拄必用衺木遂沾一衺字矣從木堂聲丑庚切李善引說文恥孟反古音在十部

欂壁柱也壁柱謂附壁之柱柱之小者此與欂櫨之欂各字篇韻皆兩存不混從木薄聲弼戟切古音在五部。按各本在榰篆之後誤也今移正

榰柱氐也氐各本作砥誤今正日部昏下曰氐者下也广部曰底一曰下也氐底古今字元應書引作柱下知本作柱氐矣今之磉子也釋言曰榰拄也卽榰柱之譌磉在柱下而柱可立因引伸爲凡支拄

楶ㄐㄧㄝˊ 4精　欂ㄅㄛˊ 13幫

拄塞之偁古用木今以石從木此說古用木故字從木也柱氐之用石久矣尚書大傳曰天子賁庸諸侯疏杼大夫有石材庶人有石承鄭曰石材柱下質也石承當柱下而已不出外爲飾也廣雅礎碣磌礩也碣見西京景福殿二賦字作舄磌見西都賦字作瑱礎見淮南書許注曰楚人謂柱碣爲礎按礎者溼也礩者質也舄者如人之舄也瑱者塡也皆謂石此云古用木者溯其始言之耆聲章移切十五部易曰榰恆凶是恆上六爻辭釋文曰振恆張璠作震今易皆同張者聲辰聲合韵取近許偁葢孟易也

楶欂櫨也明堂位注曰山節刻欂櫨爲山也按楶論語禮器明堂位爾雅舊本皆作節從木咨聲子結切十二部

欂欂櫨逗柱上枅也魏都賦靈光殿賦景福殿賦長門賦李注皆引說文欂櫨柱上枅也王莽傳爲銅薄櫨師古曰柱上枅也亦本說文枅今本作栱誤欂櫨絫呼之也單呼亦曰櫨詞賦家或言欂櫨或言櫨一也釋名曰盧在柱端如都盧負屋之重也此單言櫨也廣雅曰欂謂之枅此單言欂也李善引蒼頡

櫨ㄌㄨˊ 13來　枅ㄐㄧ 12見　栵ㄌㄧㄝˋ 2來　栭ㄦˊ 24泥

篇曰枅柱上方木許說榰也欂櫨也枅也一物三名也從木薄聲篇韵皆有補各彌戟二切五部按各本篆作𣚍解云壁柱從木蓴聲而無欂篆今尋文義當有𣚍𣚍二篆𣚍與櫨榩爲類𣚍則蒙上文榰欂櫨也言之淺人誤合爲一正如鼏鼏袗袀之比爲分別依類補正之

欂 欂櫨也依全書通例正從木盧聲落胡切五部伊尹曰果之美者箕山之東青鳧之所有甘櫨焉夏孰也語見呂覽本味篇鳧作鳥不言夏孰高誘曰箕山在潁川陽城之西青鳥崑崙山之東二處皆有甘櫨之果上林賦盧橘夏孰應劭曰伊尹書云果之美者箕山之東青鳥之所有盧橘夏孰史漢注作青馬依文選作青鳥爲長蓋郎山海經之三青鳥疑鳥鳧皆鳥之誤也漢志道家者流有伊尹五十一篇小說家者流有伊尹說二十七篇許葦下秏下鰤下及此皆取諸伊尹書相如用盧橘夏孰太沖猶譏其不實後人以給客橙枇杷等當之繆甚一曰宅櫨木出宏農山也鄭注周禮說湪艸之屬有稾蘆未知是不

枅 屋欂櫨也按有枅有曲枅枅者蒼頡篇云柱上方木也曲枅者廣雅云曲枅謂之欒薛綜西京賦注云欒柱上曲木兩頭受櫨者釋名欒攣也其體上曲攣拳然也然則曲枅謂之欒欒以承欂櫨故靈光殿賦曰層櫨磥垝以岌峩曲枅要紹而環句二者竝言景福殿賦亦櫨欒對舉魏都賦亦云欒櫨疊施皆可證曲枅與枅爲二事從木幵聲古兮切十五部亦作槆

栵 栭也大雅其灌其栵毛曰栵栭也栭與灌爲類非木名謂栭小木叢生者如魚子名鯤鮞也許云栵栭也者字之本義曲枅加於柱枅加於曲枅栭又加於枅以次而小故名之栭毛取小木之義故亦曰栵栭也從木𠛱聲良辥切十五部詩曰其灌其栵大雅文許說爲本義毛傳爲引伸假借之義

栭 屋枅上標也標靈光殿賦王命論二注皆作梁今按作標爲長標者表也高也辥注西京賦曰栭斗也張載注靈光曰栭方小木爲之栭在枅之上枅者柱上方木斗又小於枅亦方木也然後乃抗梁焉靈光曆櫨曲枅之下曰芝栭攢羅景福藺栭積重之下曰欂櫨各落此可證栭與枅

檼ㄧㄣˇ 9影　橑ㄌㄠˇ 19來　桷ㄐㄩㄝˊ 17見　椽ㄔㄨㄢˊ 3定　榱ㄘㄨㄟ 7心　楣ㄇㄟˊ 4明

非一物釋宮云栭謂之榰合二事渾言之許則析言之也諸家襲爾雅者皆少分別從木而聲如之切一部爾雅曰栭謂之榰偁爾雅者欲見渾言析言兩不相背也

檼 棼也林部曰棼複屋棟也注詳彼矣釋名及郭璞謂棟爲檼非也從木㥯聲於靳切十三部

橑 椽也九歌曰桂棟兮蘭橑王云以木蘭爲榱也按西都賦列棼橑以布翼下又云裁金壁以飾當西京賦結棼橑以相接下又云飾華榱與璧璫魏都賦棼橑複結下又云朱桷森布而支離橑必與棼連言而別於榱桷則榱桷爲屋椽橑爲複屋之椽可知簷霤在複屋故廣韵曰屋橑簷前木此檼橑二篆相屬亦此意也當是本作橑檼椽也謂屬於檼之椽從木尞聲盧浩切二部

桷 榱也榱也者渾言之釋宮云桷謂之榱是也下文椽方曰桷者析言之從木角聲形聲包會意也古岳切三部椽方曰桷桷之言棱角也椽方曰桷則知桷圜曰椽矣周易或得其桷虞曰桷椽也方者謂之桷春秋傳曰刻桓宮之桷左氏莊二十四年經文

椽 榱也左傳以大宮之椽歸爲盧門之椽釋名曰椽傳也相傳次而布列也從木彖聲直專切十四部

榱 椽也二字依韵會補秦名屋椽也周謂之榱齊魯謂之桷上二句各本作秦名爲屋椽周謂之榱大誤今依左傳桓十四年音義周易漸卦音義正謂屋椽秦名之曰榱周曰椽齊魯曰桷也各本妄改乃或疑釋文有誤矣釋宮音義云榱秦名屋椽也周謂之榱齊魯謂之桷此淺人改周椽爲周榱耳其引字林云周人名椽曰榱齊魯名榱曰桷則字林始與說文乖異矣榱之言差次也自高而下層次排列如有等衰也從木衰聲所追切古音在十七部

楣 秦名屋櫋聯也齊謂之厃楚謂之梠秦名屋櫋聯也者秦人名屋櫋聯曰楣也與秦名屋椽曰榱同解李善注文選引說文曰櫋梠秦名屋櫋聯失其義矣齊謂之厃各本厃作檐今依厂部厃下正厃屋梠也秦謂之楣齊謂之厃禮經正中曰棟棟前曰楣又爾雅楣謂之梁皆非許所謂楣者從木眉聲武悲切十五部

梠ㄌㄩˇ 13來　榌ㄆㄧˊ 4並　櫋ㄇㄧㄢˊ 3明　檐ㄧㄢˊ 32定　橝ㄊㄢˊ 28定　樀ㄉㄧˊ 11端　植ㄓˊ 25定　△[木置]　樞ㄕㄨ 16透　槏ㄑㄧㄢˇ 30溪　樓ㄌㄡˊ 16來

梠楣也釋名曰梠旅也連旅之也士喪禮注曰宇梠也宀部曰宇屋邊也從木呂聲力舉切五部

榌梠也榌之言比敘也西京賦曰三階重軒鏤檻文榌按此文榌謂軒檻之飾與屋梠相似者從木毘聲讀若枇杷之枇房脂切十五部

櫋屋櫋聯也釋名曰梠或謂之櫋櫋緜也緜連榱頭使齊平也上入曰爵頭形似爵頭也按郭云雀梠卽爵頭也九歌曰擘蕙櫋兮既張從木臱聲各本作邊省聲非今正武延切十二部讀如民

檐榌也檐之言隒也在屋邊也明堂位重檐注云重檐重承壁材也姚氏鼐云漢時名檐爲承壁材以其直垂而下如壁從木詹聲余廉切八部俗作簷按古書多用檐爲儋何之儋

橝屋梠前也梠與霤之閒曰橝從木覃聲徒含切古音在七部一曰蠶槌方言言蠶槌備矣獨無橝字

樀戶樀也按戶樀謂門檐也郭注爾雅及篇韵皆云屋梠則不專謂門從木啻聲樀之言滴也與霤滴相近都歷切十六部爾雅曰檐謂之樀見釋宮

樀朝門鉉本無此三字鍇本有之門部闠下云闠謂之樀樀廟門也許以此樀爲朝門之樀彼樀爲廟門之樀正謂此檐彼闠分朝廟形異而義隨之也葢本舊說讀與滴同

植戶植也釋宮曰植謂之傳傳謂之突郭曰持戶鎖植也見埤蒼邵氏晉涵曰墨子爭門關決植淮南云縣聯房植高曰植戶植也植當爲直立之木徐鍇以爲橫鍵非也按今豎直木而以鐵了鳥關之可以加鎖故曰持鎖植植之引伸爲凡植物植立之植從木直聲常職切一部

[木置]或從置置亦直聲也漢石經論語置其杖而耘商頌置我鼗鼓皆以置爲植

樞戶樞也戶所以轉動開閉之樞機也釋宮曰樞謂之椳從木區聲昌朱切四部

槏戶也通俗文云小戶曰戾口減反集韵槏戾㡳三同口減切戶也按許戾爲古文戶不爲槏從木兼聲苦減切七部

樓重屋也重屋與複屋不同複屋不可居重屋可居考工記之重屋謂複屋也釋名曰樓謂牖戶之閒諸射孔樓樓然也樓樓當作婁婁女部曰婁空也囧下曰窗牖麗廔開明從木婁聲洛侯切四部

櫳ㄌㄨㄥˊ 18來　楯ㄕㄨㄣˇ 9定　櫺ㄌㄧㄥˊ 12來　杗ㄨㄤˊ 15明　梀ㄔㄨˋ 17透　杇ㄨ 13影　槾ㄇㄢˊ 3明　椳ㄨㄟ 8影　[木冒]ㄇㄠˋ 21明

櫳房室之疏也按疏當作䟽疏者通也䟽者門戶疏窗也房室之窗牖曰櫳謂刻畫玲瓏也從木龍聲盧紅切九部

楯闌檻也闌門遮也檻櫳也此云闌檻者謂凡遮闌之檻今之闌干是也王逸楚辭注曰檻楯也從曰檻橫曰楯古亦用爲盾字從木盾聲食允切十三部

櫺楯閒子也闌楯爲方格又於其橫直交處爲圖子如綺文瓏玲故曰櫺左傳車曰忽靈亦其意也文選注作窗閒子從木霝聲郎丁切十一部

杗棟也從木亡聲武方切十部爾雅曰杗廇謂之梁按此條當以此八字冠於從木亡聲之上而刪去棟也二字門部闠謂之樀正其例也棟與梁不同物棟言東西者梁言南北者上文言棟而未及梁故於此補之杗廇者杗之言网也廇者中庭也架兩大梁而後可定中庭也釋宮曰杗廇謂之梁其上楹謂之棳今宮室皆如此不得謂梁爲棟也

梀短椽也此當與桷椽欘爲類而廁此者亦以補前也廣雅梀椽也從木束聲丑錄切三部

杇所㠯涂也涂塗古今字涂者飾牆也土部曰墐涂也墍仰涂也墀涂地也論語曰糞土之牆不可杇也秦謂之杇關東謂之槾從木按此器今江浙以鐵爲之或以木戰國策豫讓變姓名入宮塗廁欲以刺襄子襄子如廁心動執問塗者則豫讓也刃其杇曰欲爲智伯報讎杇謂涂廁之杇今本皆作扞侯旰切繆甚刃其杇謂皆用木而獨刃之以槽下云古用木故從木例之疑杇古全用木故杇槾古字也釫鏝今字也亏聲哀都切五部經傳多假爲孟字

槾杇也釋宮曰鏝謂之杇釋文云鏝本或作槾按孟子作墁從木曼聲母官切十四部

椳門樞謂之椳見釋宮謂樞所檃謂之椳也椳猶淵也宛中爲樞所居也弓淵大射儀作隈考工記作畏亦此意與上文戶樞義互相足其文則以戶與門區別之實則戶與門制同從木畏聲烏恢切十五部

[木冒]門樞之橫梁釋宮曰楣謂之梁郭曰門戶上橫梁今本爾雅作楣

梱 ㄎㄨㄣˇ 9溪　榍 ㄒㄧㄝˋ 5心

字之誤也釋文楣亡悲反或作𣚍亡報反埤蒼云梁也呂伯雍云門戶之橫梁也說文曰楣秦名屋櫋聯也陸引埤蒼字林以證𣚍引說文以證楣謂𣚍楣義不同今本脫誤不可讀陸於𣚍不引說文者隨繙閱所得也梱言樞之下𣚍言樞之上門上爲橫梁鑿孔以貫樞今江浙所謂門龍也**從木冒聲**莫報切古音在三部

梱　門橜也橜下云一曰門梱也門部曰闑門梱也然則門梱門橜闑一物三名矣謂當門中設木也釋宮橜謂之闑廣雅橜機闑朱也朱同梱史記孫叔敖傳曰楚俗好庳車王欲下令使高之相敎閭里使高其梱居半歲民悉自高其車史記張釋之馮唐傳曰閫以內者寡人制之閫以外者將軍制之漢書閫作闑韋昭曰此郭門之梱也門中橜曰梱鄭注曲禮曰梱門限也與許不合**從木困聲**苦本切十三部

榍　限也自部限下云一曰門榍也門部云閾門榍也亦一物三名矣釋宮柣謂之閾柣郭千結反柣卽榍字也漢人多作切考工記注云眼讀如限切之限限切謂門限也漢書外戚傳切皆銅沓黃金塗師古曰切門限也千結反按西都賦元墀釦切

六篇上　廿七

楗 ㄐㄧㄢˋ 3匣　槍 ㄑㄧㄤ 15清　柤 ㄓㄚ 13精

釦切卽漢書之切皆銅沓黃金塗也文選切作砌誤西京賦云金戺卽釦切也西京賦又云設切厓隒卽西都賦之仍增厓而衡閾也廣雅柣戺橉切也切今本亦譌砌橉見淮南書匡謬正俗云俗謂門限爲門樀者爾雅柣謂之閾郭音切今言門樀是柣聲之轉耳字當爲柣而作切音玉裁謂柣當爲榍而作切音如多方大淫泆有辭泆又作佾馬本作屑是其比也**從木屑聲**先結切十二部

柤　木閑也門部曰閑闌也廣雅曰柤樘柱距也距當作歫止也**從木且聲**側加切按當依廣雅士加切古音在五部

槍　歫也止部曰歫止也一曰槍也按槍有相迎鬭爭之意通俗文曰剡木傷盜曰槍今俗作鎗**從木倉聲**七羊切十部**一曰槍攘也**三字句攘各本從木誤今正莊子在宥傖囊崔譔作戕囊云戕囊猶搶攘晉灼注漢書曰搶攘亂皃也按許無從手之搶凡槍攘上從木下從手

楗　歫門也歫各本作限非今依南都賦注所引正老子釋文亦作距門也月令脩鍵閉慎管籥注曰鍵牡閉牝也管籥搏鍵器也周禮司門掌授管鍵以啓閉

櫼 ㄐㄧㄢ 30精　楔 ㄒㄧㄝ 2心

國門先鄭云管謂籥也鍵謂牡按楗閉卽今木鎖也諸經多借鍵爲楗而周禮司門作管蹇先鄭云蹇讀爲鍵今本乃互易蹇鍵字**從木建聲**其獻切十四部

櫼　楔也元應書曰說文櫼子林切今江南言櫼中國言屆楔通語也屆側洽切按子林切葢本說文音隱今江浙語正作知林切不作子林也木工於鑿枘相入處有不固則斫木札楔入固之謂之櫼一櫼亦作鉆戰國策蘇秦謂趙王曰柱山有兩木一葢呼侶一葢哭問其故曰吾苦夫匠人且以繩墨案規矩刻鏤我一曰此非吾所苦也是故吾事也吾所苦夫鐵鉆然自入而出夫人者今臣使於秦而三日不見無有爲臣鐵鉆者乎鉆自入而出謂以大鐵鉆釘入大樹一邊旣析破乃取樹之一邊爲用夫人者言此人取所苦也今四川建昌山中取杪方皆以楔釘入取陽面一塊而樹尚卓立蘇秦以此喻離閒之人也蘇秦謂鐵器許謂木札其用正同周禮注飛鉆當作此解砧音**從木韱聲**子廉切七部

楔　櫼也今俗語曰楔子先結切考工記曰牙得則無槷而固注曰鄭司農云槷榝也蜀人言榝曰槷元謂槷讀如涅從木埶

六篇上　廿八

欜 ㄊㄨㄛˋ 14透　杝 ㄌㄧˊ 1定　柵 ㄓㄚˋ 11清

省聲按槷榝皆假借字榝卽楔之假借也釋木楔荆桃爲木名南都蜀都二賦皆有楔**從木契聲**先結切十五部

柵　編豎木也豎各本作樹今依篇韵正臤部曰豎堅立也通俗文曰木垣曰柵**從木冊聲**依韵會本楚革切十六部

杝　落也元應書謂杝欐籬三字同引通俗文柴垣曰杝木垣曰柵按釋名亦云籬離也以柴竹作疏離離也柵積也以木作之上平積然也皆杝柵類舉落廣雅作落廣韵引音謚作榕齊民要術引仲長子曰柂落不完垣牆不牢埽除不淨笞之可也柂者杝之誤小雅析薪杝矣傳曰析薪者必隨其理謂隨木理之迆衺而析之也假杝爲迆也凡笆籬多衺織之故其義相通**從木也聲**池尒切古音在十七部按池尒之音傳合下文讀若陁爲之非許意也許意讀如離而又如陁**讀又若陁**又字鉉本無非也許時杝爲籬字人人所知而杝之讀又或如陁故箸之陁古皆作他非也趙凡夫鈔本作陁

欜　行夜所擊木行夜各本譌夜行木作者今依御覽正行去聲巡也周禮宮正夕擊柝而比之注云其行夜以

楃 ㄨㄛˋ 17影　桓 ㄏㄨㄢˊ 3匣

比直宿者修閭氏比國中宿互欜者先鄭云欜謂行夜擊欜九家易曰㭋者兩木相擊以行夜也孟子注云㭋行夜所擊木也左傳賓將掫注云掫行夜也**從木橐聲**从橐者蓋虛其中則易響今之敲梆是也他各切五部**易曰重門擊欜**注詳㭋下

桓 亭郵表也檀弓注曰四植謂之桓按二植亦謂之桓一柱上四出亦謂之桓漢書瘞寺門桓東如淳曰舊亭傳於四角面百步築土四方有屋屋上有柱出高丈餘有大板貫柱四出名曰桓表縣所治夾兩邊各一桓陳宋之俗言桓聲如和今猶謂之和表師古曰卽華表也孝文紀誹謗之木服虔曰堯作之橋梁交午柱崔浩以爲木貫柱四出名桓**從木亘聲**胡官切十四部釋訓曰桓桓威也

楃 木帳也周禮巾車翟車有楃字從木釋文及各本從手非也釋文云握劉音屋賈馬皆作幄攷幕人注曰四合象宮室曰幄許書無幄有楃楃蓋出巾車職今本周禮轉寫誤耳鄭云有楃則此無蓋謂上四車皆有容有蓋翟車以楃當容不云有蓋也釋名云幄屋也以帛衣版施之形如屋也故許曰木帳**從**

六篇上　卅九

牀 ㄔㄨㄤˊ 15從　桱 ㄐㄧㄥˋ 12見　桯 ㄊㄧㄥ 12透　杠 ㄍㄤ 18見　橦 ㄔㄨㄤˊ 18定

木屋聲於角切三部

橦 帳極也極棟也帳屋高処也宋本葉鈔本小徐本作帳柱按西京賦都盧尋橦謂植者也**從木**以木爲之故從木**童聲**宅江切三部

杠 牀前橫木也方言曰牀其杠北燕朝鮮之閒謂之樹自關而西秦晉之閒謂之杠南楚之閒謂之趙東齊海岱之閒謂之樺按廣韵作牀前橫無木字然則橫讀古曠反孟子徒杠其引伸之義也爾雅素錦韜杠丨部曰於旌旗杠皃則謂直者也**從木工聲**古雙切九部

桯 牀前几方言曰榻前几江沔之閒曰桯趙魏之閒謂之榹按古者坐於牀而隱於几孟子隱几而卧內則少者執牀與坐御者舉几是也此牀前之几與席前之几不同謂之桯者言其平也考工記蓋桯則謂直杠**從木呈聲**他丁切十一部

桱 桱此複舉字之未刪者**桯也東方謂之蕩**蕩集韵類篇皆從竹作簜桱蕩皆牀前几之殊語也而方言不載**從木巠聲**古零切十一部廣韵古定切似杉而硬之木

牀 安身之几坐也鉉本作安身之

坐者五字非是牀之制略同几而庳於几可坐故曰安身之几坐牀制同几故有足有桄牀可坐故尻下曰処也從尸得几而止引孝經仲尼尻而釋之曰謂閒居如此按得几而止者謂得牀而止也仲尼尻者謂坐於牀也上文曰凭依几也乃謂手所馮之几漢管寧常坐一木榻積五十餘年未嘗箕股其榻上當膝處皆穿此皆古人坐於牀而又不似今人垂足而坐之證也牀亦可臥古人之臥隱几而已牀前有几孟子隱几而臥是也孟子曰舜在牀琴蓋尚書佚篇語也而古坐於牀可見琴必在几則牀前有几亦可見然則古人之臥無橫陳者乎曰有之弟子職曰先生將息弟子皆起敬奉枕席問疋何止內則曰父母舅姑將衽長者奉席請何趾論語曰寢不尸左傳掘地下冰而牀焉鮮食而寢皆是也內則云少者執牀與坐御者舉几謂晨興時也卽以所衽爲所坐也**從木爿聲**今書牂牂斨牆壯牀狀將字皆曰爿聲張參五經文字爿部曰爿音牆九經字樣鼎字注云下象析木以炊篆文出析之兩向左爲爿音牆右爲片李陽冰亦云木字右旁爲片左爲爿音牆許書列部片之後次以鼎然則反片爲爿

六篇上　四十

櫝 ㄉㄨˊ 17定　椷 ㄨㄟ 7影　枕 ㄓㄣˇ 28端

當有此篆六書故曰唐本說文有爿部蓋本晁氏說之參記許氏文字一書非肊說其次弟正當在片後鼎前矣二徐乃欲盡改全書之爿聲爲牀省聲非也顧野王片部後出牀部則其誤在前耳仕莊切十部

枕 臥所㠯薦首者㠯字今補警枕曰頸見少儀**從木冘聲**章衽切八部

椷 椷𥦗逗**褻器也**史記萬石君列傳石建取親中裙廁牏身自浣滌徐廣曰一讀牏爲竇竇音豆言建又自洗蕩廁竇瀉除穢惡之穴也呂靜云椷𥦗褻器也音威豆裴駰按蘇林曰牏音投賈逵解周官椷虎子𥦗行清也孟康曰廁行清𥦗行清空中受糞者也東南人謂鑿木空中如曹謂之牏玉裁謂賈孟說是也虎子所以小便也行清所以大便鄭司農謂之路廁者也清圊古今字穴部𥦗下曰一曰空中也空中與孟說合今馬子其遺象也椷𥦗二物許類舉之**從木威聲**於非切十五部

櫝 匱也此與匸部匵音義皆同匵匣也論語韞匵而藏諸作匵龜玉毀於櫝中作櫝**從木賣聲**徒谷切三部**一曰木名**未詳**又曰櫝木枕**

△鎒

櫛ㄐㄧㄝˊ 5精　梳ㄕㄨ 13心　㭘ㄒㄧㄚˊ 27匣　槈ㄋㄡˋ 17泥　稟ㄒㄩ 13見　茉ㄏㄨㄚˊ 13匣

也木枕大徐作大梳字之誤也木枕謂以圜木爲枕少儀所謂頫也謂之頫者圜轉易醒令人憬然故鄭注曰警枕

櫛梳比之總名也比讀若毗疏者爲梳密者爲比釋名曰梳言其齒疏也數言比比於梳其齒差數也比言細相比也按比之尤細者曰筐見竹部從木節聲阻瑟切十二部按考工記櫛字櫛之古文也

梳所㠯理髮也所㠯二字今補器曰梳用之理髮因亦曰梳凡字之體用同稱如此漢書亦作疏從木疏省聲疏通也形聲包會意所葅切五部

㭘劒柙也柙當作匣聲之誤也少儀所謂劒櫝也廣雅㭘室郭劒削也從木合聲胡甲切七部按廣韵古沓巨業二切

槈薅器也蓐部曰薅披去田艸也槈者所以披去之器也槈刃廣六寸柄長六尺說詳頛下從木辱聲奴豆切三部

鎒或作從金從木者主柄從金者主刃

稟茉臿也從木謂柄入象形從入者象兩刃也䀠聲舉朱切廣韵況于矩于二切五部

茉兩刃臿也兩刃臿者謂臿之兩邊有刃者也臿者刺土之器釋器曰斛謂之疀斛鍫疀臿皆古今字作臿者就舂臼之義引伸之俗作郭衣鍼之鍤非也金部曰銛鈂鍦皆臿屬鐅河內謂臿頭金也此云兩刃臿則又與凡臿不同方言曰臿燕之東北朝鮮洌水之閒謂之斛宋魏之閒謂之鏵或謂之鍏江淮南楚之閒謂之臿沅湘之閒謂之畚趙魏之閒謂之喿東齊謂之梩按茉鏵古今字也方言渾言之許析言之耳高注淮南曰臿鏵也青州謂之鏵有刃也三輔謂之鍋釋名鍤插也掘地起土也或曰銷銷削也能有所穿削也或曰鏵鏵刳也刳地爲坎也其板曰葉象木葉也高劉皆作鏵高云有刃當作有兩刃奪一字耳茉字亦作鋘吳越春秋夫差夢兩鋘殖吾宮牆大宰嚭占之曰農夫就成田夫耕也公孫聖占之曰越軍入吳國伐宗廟掘社稷也元應曰茉古文奇字作鋘李賢引何承天纂文張揖字詁作鋘鋘又鋘之俗承天改吳爲吳因又改鋘爲鋘耳非張揖有鋘字也吳蕚皆在古音弟五部從木謂柄丫象形從丫者謂兩刃如羊兩角之狀互瓜切古音在弟五部宋魏曰茉也方言

△釫　△梩　△鈶　辝

㭒ㄙˋ 24定　枱ㄧˊ 24定　楎ㄏㄨㄟ 9曉

云宋魏之閒謂之鏵是也當論方言之字多爲後人以今易古以俗易正此其一耑也

釫或從金亏亏聲也蕚𠌶聲𠌶亏聲鏵即釫字也

㭒臿也周禮注引司馬法曰輂一斧一斤一鑿一梩疏云梩或解謂臿或解謂鍬鍬臿亦不殊孟子蓋歸反虆梩而掩之趙曰虆梩籠臿之屬可以取土者也按虆即欙之假借字可以舁土者梩同㭒可以臿地揠土者趙以籠屬釋虆以臿屬釋梩也從木㠯聲詳里切一部郭注方言音駭一曰從土輂此別一義謂㭒即欙孫奭孟子音義云梩土輂也本此廣韵曰梩里之切徙土輂出六韜齊人語也按此四字與宋魏曰茉文法同方言云臿東齊謂之梩是也由此言之疑一曰從土輂五字當移在此下

梩或從里㠯聲里聲同在一部

枱耒耑也枱今經典之耜耒下曰耕曲木也此云耒耑也與京房耜耒下耓也耒耜上句上也相合曲木考工記所謂上句者二尺有二寸也耒耑所謂庛長尺有一寸也許意上曰耒下曰枱皆謂木材錯於庛之金是曰耕曰犂鄭注周禮則云耒爲木枱爲金故云古者耜一金兩人併發之又云庛讀爲刺刺耒下前曲接耜又注月令於孟春云耒耜之上曲也於季冬云耜耒之金也說與許異鄭本匠人耜廣五寸而云許則謂記文枱犂不分渾言之記云耜廣五寸者謂犂也故於耦下易之云耕廣五寸從木台聲弋之切按當云詳里切今俗作耜鉉本乃以訓臿訓從土輂之㭒注云今作耜故從木則大誤矣玉篇同誤後人所改也一部

鈶或從金台聲以其木也故從木以其屬於金也故亦從金

辝籀文從辝從木辝聲也辝者籀文辭

楎六叉犂叉各本誤又廣韻廿三魂曰三爪犂曰楎此謂一犂而三爪也許云六爪犂者謂爲三爪犂者二而二牛竝行如人耦耕也一犂一牛二犂則二牛共用三人食貨志所云趙過法用耦犂二牛三人也其上爲樓貯穀下種故亦名三腳樓今陝甘人用之一曰犂上曲木犂轅按集韻類篇皆無犂轅二字似可刪許云耕上曲木爲耒此云犂上曲木爲楎者正謂耒耑也故廣韻云楎犂頭玉篇云楎犂轅頭也從木軍聲讀若緯緯音徽今篇韻皆云呼歸切文微合韻也或如渾天之渾益部耆舊傳落下閎

櫌 ㄧㄡ 21影　欘 ㄓㄨˊ 17端　櫡 ㄓㄨㄛˊ 13端　杷 ㄆㄚˊ 13並

字長公於地中轉渾天戸昆切十三部

櫌摩田器也漢石經論語櫌不輟五經文字曰經典及釋文皆作耰鄭曰耰覆種也與許合許以物言鄭以人用物言齊語深耕而疾耰之以待時雨韋曰耰摩平也齊民要術曰耕荒畢以鐵齒鎘錸再偏杷之漫擲黍穄勞亦再偏按先云再偏杷之卽國語所謂疾耰待時雨也後云勞亦再偏卽鄭所謂覆種也許云摩田當兼此二者賈又曰春耕尋手勞秋耕待白背勞古曰耰今曰勞勞郎到切集韵作橯若高誘云櫌椎也如淳云椎塊椎也服虔孟康云櫌鉏柄也椎塊尚近之鉏柄之說未可信矣**從木憂聲**於求切三部**論語曰櫌而不輟**微子篇

欘斫也齊謂之兹箕各本作鎡錤今依爾雅正其實箕尚誤當作其耳斤部曰斫擊也釋器曰斫斸謂之定釋文云斸本或作欘引說文齊謂之兹箕一曰斤柄自曲據陸氏以說文語系之或作欘之下則說文有欘無斸可知今本斤部出斫斸二篆皆云斫也夫爾雅斫斸本一物安得二之且考工記注引爾雅作句欘又爾雅音義云斫本或作拘是則句拘皆訓曲不爲別一器名也句欘者李巡云鉏也郭璞云鉏屬葢似鉏而健於鉏似斤而不以斫木專以斫田其首如鉏然句於矩故謂句欘也斤部斫斸二篆淺人依爾雅俗本增之今刪管子曰美金以鑄戈劒矛戟試諸狗馬惡金以鑄斤斧鉏夷鋸欘試諸木土謂斤斧鋸試諸木者鉏夷欘試諸土者也韋曰夷者所以削艸平地也云齊謂之兹其者孟子引齊人言曰雖有兹基不如待時齊謂斫地欘也趙注云耒耜之屬約略言之耳月令修耒耜具田器鄭曰田器鎡錤之屬然則鎡錤之非耒耜可知矣韋注國語云耨兹其也亦分別未審**一曰斤柄性自曲者**此別一義謂斫木之斤及斫田之器其木首接金者生而內句不假煣治是之謂欘考工記曰半矩謂之宣一宣有半謂之欘一欘有半謂之柯一柯有半謂之磬折鄭司農云蒼頡篇有柯欘**從木屬聲**陟玉切三部

櫡斫謂之櫡見釋器櫡一作鐯俗字也凡斫木之斤斫地之欘皆謂之櫡櫡之言箸也箸直略反郭云钁也金部云钁大鉏也**從木**欘櫡皆重柄故字皆從木**箸聲**張略切五部

枷 ㄐㄧㄚ 1見　杵 ㄔㄨˇ 13透　概 ㄍㄞˋ 8見　杚 ㄍㄨˇ 8見　柫 ㄈㄨˊ 8滂　柃 ㄌㄧㄥˊ 12來　椴 ㄒㄧˊ 11定

杷收麥器方言云杷宋魏之閒謂之渠挐亦謂之渠疏郭云無齒爲朳按耒部云桂卌叉也可以劃麥河內用之桂亦杷也杷引伸之義爲引取與掊捊義略同**從木巴聲**蒲巴切五部

椴種樓也種者今之種字樓者今之耬字廣韵曰耬種具也今北方謂所以耩者曰耬耩者種也小徐本樓作椴**一曰燒麥柃椴也**燒猶熬也柃椴者熬麥器名**從木役聲**與辟切十六部

柃木也上林賦張揖注曰㯳似柃按云木也非其次當作柃椴也三字葢蒙上釋柃字耳**從木令聲**郎丁切十一部

柫擊禾連枷也方言曰僉宋魏之閒謂之欇殳或謂之度音量度自關而西謂之棓蒲項反或謂之柫音拂齊楚江淮之閒謂之柍音悵快亦音車鞅或謂之桲音勃齊語耒耜枷芟韋云枷柫也所以擊草也革當作禾王莽傳必躬載柫釋名曰枷加也加杖於柄頭以檛穗而出其穀也或曰羅枷三杖而用之也或曰了了杖轉於頭故以名之也戴先生曰羅連語之轉今連枷之制與古同**從木弗聲**敷勿切十五部

枷柫也從木加聲古牙切十七部**淮南謂之柍**出方言

杵舂杵也舂擣粟也其器曰杵繫辭曰斷木爲杵掘地爲臼臼杵之利萬民以濟**從木午聲**昌與切五部

概所以杚斗斛也所以二字今補月令正權槩鄭高皆云槩平斗斛者槩本器名用之平斗斛亦曰槩許鄭高皆云其器也凡平物曰杚所以杚斗斛曰槩引伸之義爲節槩感槩梗槩**從木既聲**工代切十五部

杚平也杚非器也廁於此者因上文云杚斗斛而釋之也按許書有杚無扢杚在入聲則古沒切亦居乙切去聲則古代切亦古對切無二字也廣韵去入聲皆作扢從手皆從木之誤耳集韵代沒二韵皆於杚字之外別出扢字則由未知廣韵之爲字誤也杚者平物之謂平之必摩之故廣雅曰杚摩也廣韵摩之訓本此古杚與槩二字通用班固終南山賦槩青宮觸紫宸曹植贈丁儀王粲詩員闕出浮雲承露槩泰清李善注云西都賦杚仙掌與承露廣雅杚摩也槩與杚同古字通今書籍此等杚字皆譌作扢而今文選後漢書抗仙掌以承

楷 12心　柶 5心　桮 24幫（杯）　△㔶　槃 3並　△鎜　△盤　榹 10心　案 3影

露又與李善所引迴異凡學古者當優焉游焉以求其是顏黃門云觀天下書未徧不可妄下雌黃是也從木气聲古沒切十五部杚與刉剴磯音義皆相近

楷木參交㠯支炊籅者也支各本作枝今依集韵類篇正竹部曰籅漉米籔也籔炊籅也籅籔二字爲一物謂米旣淅將炊而漉之令乾又以三交之木支此籅則瀝乾尤易也三交之木是爲楷從木省聲所綆切十一部讀若驪駕漢平帝紀禮娶親迎立軺併馬服虔曰立軺立乘小車也併馬驪駕也按驪之言麗也駢下云駕二馬也駕二馬爲麗駕楷讀若驪駕之驪此淸支二部合韵也按玉篇曰杫楷椸三同思漬切肉几也集韵說同考方言曰俎几也西南蜀漢之郊曰杫音賜後漢書藥崧家貧爲郎常獨直臺上無被枕杫是則肉几應作杫椸支籅應作楷不知何以合之而亦可以證十一十六部合韵之理也

柶禮有柶凡言禮者謂禮經十七篇也禮經多言柶士冠禮注曰柶狀如匕以角爲之者欲滑也柶匕也鄭云如匕許云匕也小異葢常用器曰匕禮器曰柶匕下曰一名柶從木四聲息利切十五部

桮𩰫也匸部曰𩰫小桮也析言之此云桮𩰫也渾言之方言盃椷盞温閜盪[illegible]杯也桮其通語也古以桮盛羹桮圈是也從木否聲布回切一部俗作杯

㔶籀文桮鉉本作㔶

槃承槃也承槃者承水器也內則曰進盥少者奉槃長者奉水請沃盥左傳曰奉匜沃盥特牲經曰尸盥匜水實于槃中古之盥手者以匜沃水以槃承之故曰承槃內則注曰槃承盥水者吳語注曰槃承盥器也大學湯之盤銘曰苟日新日日新又日新正謂刻戒於盥手之承槃故云日日新也古者晨必洒手日日皆然至於沐浴頮面則不必日日皆然據內則所云知之槃引伸之義爲凡承受者之偁如周禮珠槃夷槃是也從木般聲薄官切十四部

鎜古文從金葢古以金後乃以木

盤籀文從皿今字皆作盤

榹槃也急就篇樽榼椑榹當與許訓同釋木以爲榹桃字夏小正作梔桃從木虒聲息移切十六部

案几屬考工記玉人之事案十有二寸棗栗十有二列大鄭云案玉案也後鄭云案玉飾案也棗栗實於器乃加於案戴先生云案者㮲禁之屬儀禮注曰㮲之制上有四周下無足禮器注曰禁如今方案隋長局足高三寸此以案承棗栗宜有四周漢制小方案局足此亦宜有足按許云几屬則有足明矣今之上食木槃近似惟無足耳楚漢春秋淮陰侯謝武涉漢王賜臣玉案之食後漢書梁鴻傳妻爲具食不敢於鴻前仰視舉案齊眉方言曰案陳楚宋魏之閒謂之槅自關而東謂之案後世謂所凭之几爲案古今之變也從木安聲烏旰切十四部

檈 3定　椷 28見　枓 16端　杓 20幫　櫑 7來

檈圜案也檈圜疊韵從木睘聲似沿切十四部

椷篋也匸部曰匧笥也竹部曰笥飯及衣之器也方言椷杯也與許異漢天文志閒可椷劒蘇林曰椷音函容也此假椷爲含也從木咸聲古咸切七部

枓勺也勺下曰所以挹取也與此義相足凡升斗字作斗枓勺字作枓本不相謀而古音同當口切故枓多以斗爲之小雅維北有斗不可以挹酒漿維北有斗西柄之揭大雅酌以大斗皆以斗爲枓也考工記注曰勺尊斗也尊斗者謂挹取於尊之勺士冠禮注亦曰勺尊斗也所以㪺酒也此等本皆假斗爲枓而俗本譌爲尊升遂不可通少宰注曰凡設水用罍沃盥用枓此則用本字趙世家使廚人操銅枓張儀傳說此事作金斗喪大記沃水用枓周禮鬯人作斗從木斗聲鉉本作從斗非也之庾切音之轉也古當口切在四部

杓枓柄也枓柄者勺柄也勺謂之枓勺柄謂之杓小雅言西柄之揭大雅傳曰大斗長三尺張儀傳令工人作爲金斗長其尾令可以擊人天官書天文志皆云杓攜龍角魁枕參首北斗一至四爲魁象羹枓五至七爲杓象枓柄也從木勺聲甫遙切二部按索隱引說文匹遙反

櫑龜目酒尊五經異義韓詩說金罍大器也天子以玉諸侯大夫以金士以梓古毛詩說金罍酒器也諸臣之所酢人君以黃金飾尊大一碩金飾龜目葢刻爲雲靁之象許君曰謹案韓詩說天子以玉經無明文謂之罍者取象雲靁博施故從人君下及諸臣同按異義從古毛說說文同也故云龜目酒尊刻本爲雲靁象爾雅彝卣罍器也小罍謂之坎然則櫑有小大燕禮罍水在東則罍亦以盛水刻木作雲靁象

△罍　△𥁨　△𦉜　椑ㄆㄧˊ 10幫　榼ㄎㄜ 31溪　橢ㄊㄨㄛˇ 1定

句象施不窮也從木從畾畾亦聲此五字今補正刻木至從畾此述古毛說說從木從畾之意也刻為龜目又通體刻為雲靁古之刻雲如古文之𠃑刻靁如古文之回所以刻為雲靁者以雲靁施澤不窮人君之櫑為諸臣取酒自酢者故象之也畾者靁之省凡許言畾聲皆靁省聲也魯回切十五部

罍櫑或從缶蓋始以木後以匋

𥁨櫑或從皿

𦉜籀文櫑從缶回猶籀文鸓作𪇴也漢書文三王傳孝王有𦉜尊如此作

椑圜榼也漢書曰美酒一椑椑見急就篇及廣雅按考工記廬人句兵椑注云椑隋圜也從木卑聲部迷切十六部

榼酒器也師古注急就篇曰榼盛酒之器其形榼榼然也孔叢子曰子路嗑嗑當飲十榼從木盍聲枯蹋切八部

橢車笭中橢橢器也橢橢當作隋隋山部隋山之隋隋者今本亦譌作隓隓者隋隋狹長皃也史記索隱引三蒼云橢盛鹽豉器他果反師古注急就篇云橢小桶也所以盛鹽豉廣韵曰橢器之狹長從木隋聲徒果切十七部廣韵他果切

槌ㄔㄨㄟˊ 7定　持ㄓˊ 24端　栚ㄓㄣˋ 26定

槌關東謂之槌關西謂之持方言槌宋魏陳楚江淮之閒謂之植自關而西謂之𣏐郭云槌縣蠶薄柱也度畏反植音值𣏐音陽按持與植蓋一字古音同在一部也依方言當作關西謂之𣏐關東謂之持容許所據不同耳從木追聲直類切十五部

持槌也從木寺聲各本作特省聲淺人所改也特又何聲耶持卽方言之植月令具曲植鄭曰植槌也呂覽作具挾曲高曰挾讀曰朕三輔謂之挾關東謂之得淮南書作具撲曲高曰薄持也三輔謂之撲按高注持卽持之誤得卽持之假借字也篇韵皆云持一作㮊一作橞朕本謂橫者高注蓋統言之耳陟革切古音在一部

栚槌之橫者也關西謂之𣓌方言槌其橫關西曰𣓌宋魏陳楚江淮之間謂之𣓌音帶齊海岱之閒謂之綴相卞反按栚𣓌朕三同關西謂之𣓌西當作東𣓌當同篡虞之篡橫者曰篡方言作綴亦同音也呂覽注曰挾讀曰朕三輔謂之朕正與方言關西曰𣓌合從木灷聲許𠈃朕字皆灷聲是

槤ㄌㄧㄢˊ 3來　櫎ㄏㄨㄤˇ 15匣　㮿ㄐㄩ 16見

本有灷篆而佚之也直衽切七部

槤胡槤也胡各本作瑚今正瑚璉見論語禮記然依左傳作胡為長明堂位曰有虞氏之兩敦夏后氏之四璉殷之六瑚周之八簋而苞注論語曰瑚璉者黍稷器也夏曰瑚商曰璉周曰簠簋杜注左云夏曰瑚周曰簋孔沖遠云包鄭等注論語賈服等注左傳皆云夏曰瑚杜亦同之或別有所據或相從而誤按此非相從而誤漢人所據戴記不同也璉當依許從木據明堂位音義本作四連周禮管子以連為輦韓勑禮器碑胡輦器用卽胡連也司馬法夏后氏謂輦曰余車殷曰胡奴車周曰輜輦疑胡輦皆取車為名從木連聲里典切廣韵力展切十四部

櫎所㠯几器謂所以庋閣物之器也几可庋物故凡庋曰几廣韵曰櫎兵闌從木廣聲胡廣切十部一曰帷屏屬各本屏下有風之二字今依李善吳都賦注正吳都賦曰房櫳對櫎櫎之字一變為榥再變為幌雪賦注引文字集略曰幌以帛明牕也

㮿所㠯舉食者所㠯二字今補按㮿梮二字同㮿四圍有周無足置食物其中人舁以進別於案者案一人扛之㮿二人對舉之也漢書溝洫志山行則梮韋昭曰梮木器如今轝牀人轝以行也左傳襄九年陳畚梮杜曰梮土轝也梮同㮿人轝土轝與食轝形製則一史記梮作檋許則云山行乘檋而盛土之梮孟子毛傳皆謂之虆梩卽欙字梮卽㮿字應劭注漢書曰梮或作欙為人所牽引也此蓋物重則舁之而又輓之故曰欙孔沖遠左傳正義作從手之梮乃誤字也從木具聲俱燭切古音在四部

檕ㄐㄧˋ 11見　檷ㄋㄧˇ 4泥　機ㄐㄧ 7見

檕繘耑木也繘汲井綆也綆耑木者下耑有轡上耑有木以為硾毄之言系也釋木以為繫梅字從木毄聲古詣切十六部

檷絡絲柎也柎各本作檷今依易釋文玉篇廣韵正釋文作趺柎趺古今字柎咢足也絡絲柎者若今絡絲架子姤初六繫於金柅九家易曰絲繫於柅猶女繫於男故以喻初宜繫二也從木爾聲奴禮切十六部讀若柅柅各本作柅今依易釋文正柅或暱字合韵也易曰繫於金檷六字各本無今依易釋文補

機主發謂之機下文云機持經者機持緯者則機謂織具也機之用主於

榺ㄕㄥˋ 26透　杼ㄓㄨˋ 13定　椱ㄈㄨˋ 22並　楥ㄒㄩㄢˋ 3曉　核ㄏㄜˊ 24見　棚ㄆㄥˊ 26並　棧ㄓㄢˋ 3從

發故凡主發者皆謂之機槩栝之辭 **從木幾聲** 居衣切十五部

榺 機持經者 三倉曰經所居機滕也淮南氾論訓曰後世爲之機杼勝複以便其用而民得以揜形御寒勝者滕之假借字戴勝之鳥首有横文似滕故鄭云織紝之鳥小雅云杼軸其空滕卽軸也謂之軸者如車軸也俗作柚謂之滕者勝其任也任正者也 **從木朕聲** 詩證切六部按集韻引廣雅柢謂之滕今廣雅柢作榝誤也

杼 機持緯者 榝梭皆俗字 **從木予聲** 直呂切五部按此與木名之柔以左形右聲下形上聲爲別

椱 機持繒者 繒字不可通玉篇作繪按當作會會者經與緯之合也緯與經合慮其不緊則有複入經之間以緊之魯季敬姜說織曰持交而不失出入不絕者梱也梱可以爲大行人也持交正許所云持會也趙注孟子梱屨曰梱猶叩椓也織屨欲堅故叩之也此與敬姜說梱義同字皆當從木孫氏孟子音義從手誤淮南氾論訓云機杼勝複複卽椱之假借字也 **從木复聲** 扶富切三部

楥 履法也 今鞋店之楦也楥楦正俗字 **從木爰聲** 吁券切十四部 **讀若指撝** 手部撝下曰一曰手指也按撝古音在十七部此合韻也今人語音爲正

核 蠻夷以木皮爲匧狀如斂尊之形也 未詳所本今字果實中曰核而本義廢矣按許不以核爲果實中者許意果實中之字當用覈也小雅脊核維旅班固蔡邕作脊覈左思作脊槅槅卽覈也今本毛詩作核非古也周禮其植物宜覈物覈猶骨也廣韻云槅果子槅也出聲譜戶骨切此字近是玉篇亦云核戶骨切果實中也 **從木亥聲** 古哀切一部

棚 棧也 通俗文曰板閣曰棧連閣曰棚析言之也許云棚棧也渾言之也今人謂架上以蔽下者皆曰棚 **從木朋聲** 薄衡切古音在六部

棧 棚也竹木之車曰棧 不言一曰者其義同也小雅傳曰棧車役車箋云棧車輦者許云竹木之車者謂以竹若木散材編之爲箱如柵然是曰棧車棧者上下四旁皆偁焉公羊傳云亡國之社掩其上而柴其下周禮喪祝注作奄其上而棧其下棧其下謂以竹木布於地也 **從木戔聲**

栫ㄗㄨㄣˋ 9從　槶ㄍㄨㄟˋ 25見　梯ㄊㄧ 4透　棖ㄔㄥˊ 15定　桊ㄐㄩㄢˋ 3見

士限切十四部

栫 以柴木雝也 雝者今之壅字也文選注引以柴木壅水玉篇類篇同然此不獨施於水無水爲長也上文棧云竹木謂竹木之整齊者此云柴木謂散材不整齊者橫直皆可云栫左傳吳囚邾子於樓臺栫之以棘杜曰栫擁也釋器槮謂之涔江賦栫澱爲涔此則聚積柴木於水中也 **從木存聲** 徂悶切十三部按篇韻皆在甸切

槶 匡當也 匡當今俗有此語謂物之腔子也槶亦作箇亦作蘮士冠禮注云滕薛名蘮爲頻釋名曰箇恢也恢廓覆髮上也魯人曰頻齊人曰帨按鄭劉所說槶之一耑耳 **從木國聲** 古悔切古音在一部

梯 木階也 孟子父母使舜完廩捐階趙曰階梯也階以木爲之便於登高 **從木弟聲** 土雞切十五部

棖 杖也 未詳 **從木長聲** 宅耕切廣韻直庚切古音在十部 **一曰法也** 未詳釋宮曰棖謂之楔玉藻注棖門楔也鄭風箋棖門梱上木近邊者按門兩旁木亦法之一端也鄭說梱爲門限故曰門梱上木

桊 牛鼻環也 各本環上有中字今依元應刪

椯ㄉㄨㄛˇ 3端　橜ㄐㄩㄝˊ 2匣　樴ㄓˊ 25端

元應曰桊牛拘也今江以北皆曰牛拘以南皆曰桊居院切按呂氏春秋曰使烏獲疾引牛尾尾絕力勯而牛不可行逆也使五尺童子引其棬而牛恣所以之順也棬者桊之譌字 **從木𢍏聲** 居倦切十四部

椯 箠也 淮南氾論訓是猶無鏑銜橜策錣而御馸馬也高注錣椯頭箴注道應訓又曰策馬捶也端有箴以刺馬謂之錣按二注是箠策椯一物也竹部曰策馬箠也 **從木耑聲** 兜果切古音當在十四部 **一曰度也** 手部揣下曰度高曰揣一曰捶之此云椯箠也一曰度也然則椯與揣音義略同如楑與揆皆訓度也 **一曰椯剟也** 刀部曰剟刊也椯與剟雙聲

橜 弋也 弋下曰橜也 **從木厥聲** 瞿月切十五部與氏部氒音同義相近莊列橜株駒 **一曰門梱也** 上文云梱門橜也與此爲互訓此亦櫼弋之一耑耳橜或借厥梱或借困荀卿曰和之璧井里之厥也玉人琢之爲天子寶晏子作井里之困

樴 弋也 釋宮曰樴謂之杙在牆者謂之楎在地者謂之臬大者謂之栱長者謂之閣弋杙古今字樴周禮作職牛人曰

杖 ㄓㄤˋ 15端　棓 ㄅㄤˋ 24並　柭 ㄅㄚˊ 2幫　梲 ㄓㄨㄛ 2透　椎 ㄓㄨㄟ 7定　柯 ㄎㄜ 1見　柄 ㄅㄧㄥˇ 15幫　△棅　柲 ㄅㄧˋ 5幫

祭祀共其享牛求牛以授職人而芻之注云職讀爲樴樴謂之杙可以繫牛引伸凡物一枚曰一樴鄉射禮記薦脯五樴注云樴猶梃也爲記者異耳鄉飲酒禮記薦脯五梃注云梃猶樴也今本儀禮樴譌膱梃譌挺及脡今依張淳棊林宗所據釋文正**從木戠聲**之弋切一部

杖　持也杖持疊韵凡可持及人持之皆曰杖喪杖齒杖兵杖皆是也兵杖字俗作仗非門下云兵杖在後欑下云積竹杖可證**從木丈聲**直兩切十部

柭　棓也從木犮聲北末切十五部

棓　梲也棓棒正俗字天官書紫宮左三星曰天槍右五星曰天棓淮南書寒浞殺羿於桃棓**從木咅聲**步項切按音聲在四部合韵也

梲　木杖也木一本作大穀梁傳宣十八年曰邾人戕繒子于繒戕猶殘也梲殺也梲殺謂杖殺之今本注疏釋文皆譌從手而唐石經初從木作梲後改從手唐元度之紕繆也後漢禰衡傳手持三尺梲杖按經典用爲梁上短柱之梲**從木兌聲**他活切又之說切十五部。梲篆舊在椎柯二篆後今移正

椎　所目擊也所以二字今補器曰椎用之亦曰椎方言曰拹抌椎也南楚凡相椎搏曰拹或曰揔沅涌澆幽之語或曰攩郭云今江東人亦名椎爲攩按方言椎字今本多誤從手作推**齊謂之終葵**考工記大圭長三尺杼上終葵首注曰終葵椎也爲椎於其杼上明無所屈也按考工記終古終葵椑皆用齊言蓋齊人作**從木隹聲**直追切十五部

柯　斧柄也見幽風毛傳考工記曰一欘有半謂之柯注云伐木之柯柄長三尺又廬人注曰齊人謂柯斧柄爲椑按柯斧者大斧也柯之假借爲枝柯**從木可聲**古俄切十七部

柄　柯也柄之本義專謂斧柯引伸爲凡柄之偁周禮禮經作枋丙聲方聲同在十部也**從木丙聲**陂病切古音在十部

棅　或從秉秉聲古亦在十部也莊子天道篇天下奮棅而不與之偕管子山權數篇此謂君棅按古又以秉爲柄如左傳國子實執齊秉前五行志殺生之秉終矣

柲　欑也欑各本誤從手葉本誤從亻今正此卽下文積竹杖也考工記廬人爲廬器戈柲六尺有六寸殳長尋有四尺車戟常酋矛常有四尺夷矛三尋注云柲猶柄也按戈戟矛柄皆用積竹杖不比他柄用木而已殳則用積竹杖而無刃柲之引伸爲凡柄之偁左傳剸圭以爲戚柲戚柄不用積竹**從木必聲**兵媚切古音在十二部

欑 ㄘㄨㄢˊ 3從　杘 ㄔˇ 4泥　△柅　榜 ㄅㄤˇ 15幫　檠 ㄑㄧㄥˊ 12匣　檃 ㄧㄣˇ 9影

欑　積竹杖詳竹部籚下殳部殳下鄭注考工記曰矛戟柄竹欑柲**從木贊聲**在丸切十四部**一曰穿也**此與金部鑽音義皆同**一曰叢木**蒼頡篇云欑聚也眾經音義云儹欑同喪大記君殯欑至於上注云欑猶菆也按注謂與檀弓菆塗同也欑菆叢皆聚意

杘　籆柄也竹部曰籆所以收絲者也方言籆榬也兗豫河濟之間謂之榬郭云所以絡絲也絡謂之格郭云所以轉籆絡車也按注籆字蓋衍籆卽絡車也所以轉絡車者卽杘也此與檷異物**從木尸聲**女履切十五部

柅　杘或從木尼聲中山經注曰檷音絡柅之柅易姤初六繫于金柅釋文曰柅說文作檷按昔人謂檷柅同字依許則柅者今時籆車之柄檷者今時籰絲於上之架子以受籆者也故曰絡絲柎臣鉉等曰上文云柅木實如棃此重出

榜　所目輔弓弩也經傳未見此義竹部曰篋榜也假借之義也辭章家用榜人則舟部之舫人也**從木旁聲**補盲切古音在十部

檠　榜也秦風竹閉緄縢毛曰閉紲緄繩縢約也小雅角弓傳曰不善紲檠巧用則翩然而反既夕記說明器之弓有柲注云柲弓檠也弛則縛之於弓裏備損傷也以竹爲之引詩竹柲緄縢考工記弓人注云紲弓䪐弓有䪐者爲發弦時備頓傷引詩竹䪐緄縢合此言之禮謂之柲詩謂之閉周禮注謂之䪐禮古文作柴四字一也皆所謂檠也紲者繫檠於弓之偁緄則繫之之繩謂之檠者正之也謂之榜者以竹木異體從旁傅合之之言凡言榜笞榜箠者取義於縲紲凡後世言標榜者取義於表見在外也**從木敬聲**巨京切十一部

檃　桰也檃與桰互訓檃亦作檃亦假借作隱桰亦假借作括尚書大傳子贛曰檃桰之旁多曲木良醫之門多疾人砥厲之旁多頑鈍荀卿大略篇大山之木示諸檃桰檃桰者矯制袤曲之器也方言所以隱櫂謂之檠郭云搖櫂小橛也按櫂以索繫於檠而後可打是檠者所以檃其櫂也如許云矢檃

桰 ㄍㄨㄚ 2見　椄 ㄐㄧㄝ 31精　棊 ㄑㄧˊ 24匣　栙 ㄒㄧㄤˊ 23匣　栝 ㄊㄧㄢˇ 30透　槽 ㄘㄠˊ 21從　臬 ㄋㄧㄝˋ 2疑　桶 ㄊㄨㄥˇ 18透

弦處謂之矢栝矢栝所以檢弦也般庚尚皆檃哉某氏注云相檃括共爲善政公羊傳何序云檃括使就繩墨孫卿書云劫之以勢隱之以阸阸而用之得而後功之隱皆讀爲檃漢刑法志隱之以勢臣瓚注曰秦政急峻檃括其民於隘狹之法是也凡古云安隱者皆謂檃栝之而安也俗作安穩聲形皆變也從木隱省聲於謹切十三部按篇韵皆引說文檃栝也不省心

檃也從木昏聲古活切十五部一曰矢栝檃弦處檃各本作築不可通今正釋名曰矢末曰栝栝會也與弦會也云檃弦處者弦可隱其間也此亦檃栝之一耑耳而別言之者俗但知栝爲矢栝字嫌義不備故箸之也矢栝字經傳多用括他書亦用筈

簙棊也竹部曰簙局戲也六箸十二棊從木其聲渠之切一部

續木也今栽華植果者以彼枝移椄此樹而華果同彼樹矣椄之言接也今接行而椄廢從木妾聲子葉切八部

栙雙也三字句竹部曰䉶栙雙也廣韵曰栙雙帆未張又曰雙帆也按廣韵有跭䟫跭䟫解䉶皆疊韵字從木夅聲讀若鴻下江切九部

炊竈木今俗語云竈栝是也廣韵云栝火杖栝栝古今字也從木舌聲臣鉉等曰當從甛省乃得聲按徐說非也栝甛銛等字皆從西聲西見谷部轉寫譌爲舌耳他念切七部

嘼之食器嘼各本作畜獸二字今正嘼六嘼也馬櫪曰槽方言櫪梁宋齊楚北燕之閒謂之樎皁皁與槽音義同也從木曹聲昨牢切古音在三部按大雅乃造其曹曹益槽之假借謂造於飤豕之處也

射埻的也埻的各本作準的今正土部曰埻射臬也二字互訓日部曰旳明也埻準旳的皆古今字李善東京賦注引作埻可證古本不作俗字矣臬古假藝爲之上林賦弦矢分藝殪仆文穎曰所射準的爲藝左傳陳之藝極皆是也臬之引伸爲凡標準法度之偁釋宮曰樴謂之杙在牆者謂之臬康誥曰陳時臬事考工記匠人作槷自部曰賈侍中說隉法度也皆臬之假借字也從木自聲五結切十五部李陽冰曰自非聲以去入爲隔礙也

木方受六升疑當作方斛受

櫓 ㄌㄨˇ 13來　△樐　樂 ㄩㄝˋ 20疑　柎 ㄈㄨ 16幫　枹 ㄈㄨˊ 21幫　椌 ㄑㄧㄤ 18溪　柷 ㄔㄨˋ 22透

六斗廣雅曰方斛謂之桶月令角斗甬注曰甬今斛也甬即桶今斛者今時之斛凡鄭言今者皆謂漢時秦漢時有此六斗斛與古十斗斛異史記商君平斗桶呂不韋仲春紀角斗桶故知起於秦也從木甬聲他奉切九部

大盾也盾瞂也戰盾也秦風毛傳曰伐中干也伐即瞂干即戰櫓其大者也釋名曰盾大而平者曰吳魁隆者曰須盾櫓或假杵爲之流血漂杵即流血漂櫓也從木魯聲郎古切五部

或從鹵鹵聲也始皇本紀亦假鹵爲之天子出行鹵簿鹵大楯也以大盾領一部之人故名鹵簿

五聲八音總名樂記曰感於物而動故形於聲聲相應故生變變成方謂之音比音而樂之及干戚羽旄謂之樂音下曰宮商角徵羽聲也絲竹金石匏土革木音也樂之引伸爲哀樂之樂象鼓鞞鞞當作鼙俗人所改也象鼓鼙謂𢆶也鼓大鼙小中象鼓兩旁象鼙也樂器多矣獨像此者鼓者春分之音易曰雷出地奮豫先王以作樂崇德是其意也木逗謂從木虡也虍部曰虡鐘鼓之柎也五角切古音在二部

闌足也柎蒙上文木虡言之闌字恐有誤韵會本闌作鄂柎跗正俗字也凡器之足皆曰柎小雅鄂不韡韡傳云鄂猶鄂鄂然言外發也箋云承華者曰鄂不當作柎柎鄂足也鄂足得華之光明則韡韡然盛古聲不柎同箋意鄂承華者也柎又在鄂之下以華與鄂喻兄弟相依郭璞云江東呼草木子房爲柎草木子房如石榴房蓮房之類與花下鄂一理也從木付聲甫無切四部

擊鼓柄也柄各本作杖今依文選注元應書正左傳音義引字林亦作柄左傳右援枹而鼓禮運明堂位皆云曰桴土鼓元應云衛宏詔定古文官書枹桴二字同體音扶鳩切鼓椎也按桴本訓棟借爲鼓柄字耳從木包聲甫無切按當依廣韵縛謀切三部

柷樂也樂記注曰椌楬謂柷敔也此釋椌爲柷釋楬爲敔也謂之椌者其中空也從木空聲苦江切九部

樂木椌也樂上當有柷字椌各本作空誤周頌毛傳曰柷木椌也圉楬也許所本也今更正所㠯止音爲節按鉉本此六字大誤柷以始樂非以止音也鍇本此篆已

槧 32從　札 5精　檢 30見　檄 20匣

佚而見韵會者亦譌舛不可讀今按當作以止作音爲柷
釋樂曰所以鼓柷謂之止葢椌之言空也自其如桼桶言
之也柷之言觸也自其椎柄之撞言之也臯陶謨合止柷
敔鄭注云柷狀如桼桶而有椎合之者投椎其中而撞之
爾雅郭注云柷如桼桶方二尺四寸風俗通廣雅云三尺
五寸深一尺八寸風俗通云尺五寸中有椎柄連底挏之
令左右擊止者其椎名劉熙云柷祝也故訓祝爲始以作樂也**從木祝省聲**昌六切三部

槧　牘樸也樸素也猶坏也牘書版也槧謂書版之素未書者也論衡曰斷木爲槧釋名曰槧版之長三尺者也
槧漸也言漸漸然長也楊雄曰天下上計孝廉及內郡衛
卒會雄常把三寸弱翰齎油素四尺以問其異語歸郞以
鉛擿次之於槧西京雜記曰懷鉛提槧**從木斬聲**自刻切八部

札　牒也片部曰牒札也
二字互訓長大者曰槧薄小者曰札曰牒釋名曰札櫛也
編之如櫛齒相比也司馬相如傳曰上令尚書給筆札師
古曰札木簡之薄小者也**從木乙聲**側八切古音在十二部

檢　書署也書署謂表署書
函也後漢祭祀志曰尚書令奉玉牒檢皇帝以二分璽親
封之訖太常命人發壇上石尚書令藏玉牒已復石覆訖
尚書令以五寸印封石檢按上云玉牒檢者玉牒之玉函
也所謂玉檢也下云石檢者上文云石覆訖是也檢以盛
之又加以璽印周禮注曰璽節印章如今斗檢封矣廣韵
云書檢者印窠封題也則通謂印封爲檢矣公孫瓚傳曰
袁紹矯刻金玉吕爲印璽每有所下輒皁囊施檢章懷曰檢今俗謂之排排如今言標籤耳**從木僉聲**
居奄切七部引伸爲凡檢制檢按之偁

檄　尺二書各本作二尺書小徐繫傳已佚見韵會者作尺
二書葢古本也李賢注光武紀曰說文以木簡爲書長尺
二寸謂之檄以徵召也與前書高紀注同此葢出演說文
故語加詳云尺二寸與錯本合但漢人多言尺一未知其
分別之詳後漢書水經注皆曰李雲上書云孔子言帝者
諦也今尺一拜用不經御省是帝欲不諦乎又後漢書儒
林傳云詔曰乞楊生師卽尺一出升文選注引蕭子良古
今篆隸文體曰鶴頭書偃波書俱詔板所用在漢時則謂
之尺一簡獨斷曰策書長二尺以命諸侯王三公三公以
辠免亦賜策以尺一木**從木敫聲**胡狄切古音在二部

棨 4匣　楘 16明

棨　傳信也此字蒙上槧札檢檄
爲次若今之文書也漢孝文紀除關無用傳張晏曰傳信
也若今過所也如淳曰兩行書繒帛分持其一出入關合
之乃得過謂之傳也李奇曰傳棨也師古曰古者或用棨
或用繒帛棨者刻木爲合符也按用繒帛謂之繻終軍傳
曰關吏予軍繻是也用木謂之棨此云傳信也是也傳讀
張戀反釋名曰棨詣也以啓語官司所至詣也當謂此今
本譌舛不可讀爲正之如此**從木啓省聲**康禮切十五部今字棨釋爲兵闌

楘　車歷錄句**束文也**東文上當疊歷錄字今奪文宋本葉本趙本韵會皆同一本作交非秦風五楘梁輈傳曰
五五束也楘歷錄也梁輈上句衡也一輈五束束有歷
錄考工記輈欲頎典大鄭云頎讀爲懇典讀爲殄駟車之
轅率尺所一縛懇殄似謂此也按此所謂曲轅纀縛也歷
錄者歷歷錄錄然坳胅分明皃歷錄古語也小雅約之閣
閣毛云約束也閣閣猶歷歷也革部曰車軸束謂之鞏**從木敄聲**莫卜切三部**詩曰五楘
梁輈**

梐 4幫　枑 13匣　极 27匣　𣏹 13溪　槅 4見

梐　梐枑逗**行馬也**周禮掌舍掌王之會同之舍設梐枑再重注曰故書枑爲拒杜
子春讀爲梐枑梐枑謂行馬元謂行馬再重者
以周衞有外內列按許亦從杜子春作梐枑也**從木陛省
聲**邊兮切十五部按當作坒聲與非部陛下陛省聲不同**周禮曰設梐枑再重**

枑　梐枑也從木互聲胡誤切五部○按舊二篆先枑後梐今正又此二篆舊次當與柤槍等篆爲伍
而楘槅橾楇當聯文

极　驢上負也當云驢上所以負也淺人刪之耳廣韵云驢上負版葢若今馱
鞍或云負笈字當用此非也風土記曰笈謂學士所以負
書箱如冠箱而卑者也謝承後漢書曰負笈隨師然則笈
者書箱人所負以徒步者不得合爲一也**從木及聲**其輒切七部**或讀若急**云或者云及聲則旣讀若及矣又或若急也

𣏹　极也廣韵曰版匱驢上負物**從木去聲**去魚切五部

槅　大車枙枙當作軶隸省作軶車部曰軶轅前也槅考工記作鬲大鄭云鬲謂轅端厭牛領者大車

六篇上

橾ㄕㄨ 19心　楇ㄍㄨㄛ 1匣

者鄭云平地任載之車也通曰輗大車之輗曰槅釋名曰槅扼也所以扼牛頸也馬曰烏啄下向叉馬頸似烏開口向下啄物時也西京賦曰五都貨殖既遷既引商旅聯槅隱隱展展此正謂大車也下文云冠帶交錯方轅接軫謂乘車也 **從木鬲聲** 古覈切十六部按左思蜀都賦以槅爲覈

橾 車轂中空也 考工記以轂圍之防捎其藪注曰捎除也防三分之一也鄭司農云捎讀如桑螵蛸之蛸藪讀如蜂藪之藪謂轂空壺中也[元]謂此藪徑三寸九分寸之五壺中當輻菑者也藪者猶言趨也蜂藪者衆輻之所趨也舊本經注多誤字今按正之如是按記文葢本作捎其橾大鄭乃易爲藪故云讀爲後人直用大鄭說改記文耳程氏瑤田通藝錄曰防與王制祭用數之仂同十分之一也藪謂鑿深捎之以待置輻也記曰六分其輪崇以其一爲之牙圍參分其牙圍而漆其二椁其漆內而中詘之以爲轂長是則轂長當三尺二寸五分四釐一豪六絲六不盡由是以轂長爲圍以圍之十一爲鑿深十一當三寸二分五釐四豪一絲六忽六不盡用其成數得三寸輻廣亦三寸也車人大車輻廣三寸柏車羊車不見輻廣亦三寸可知故下文云凡輻量其鑿深以爲輻廣先鄭言蜂藪後鄭言衆輻所趨則藪之名義當起於輻鑿也按先後鄭說直以轂空壺中與衆輻之孔相接故云壺中當輻菑者也合二者爲一以釋經而未知輻孔不通壺中壺中以受輻橾以受輻劃然二事鄭不若程氏之精確也許字作橾從喿喿鳥羣鳴也亦與衆趨之義合其云車轂中空也亦未該 **從木喿聲讀若藪** 大鄭云讀爲藪者易橾爲藪也注經之法也許云讀如藪者擬其音也字書之體也山樞切古音當在二部讀如臊急就篇有⿰車喿字橾藪⿰車喿雙聲宜分別壺中曰⿰車喿輻孔曰橾曰藪

楇 盛膏器 孟子荀卿列傳談天衍雕龍奭炙轂過髡劉伯莊云轂字衍裴駰云劉向別錄過字作輠輠者車之盛膏器炙之雖盡猶有餘流者言淳于髡不盡如炙輠也按方言車釭齊燕海岱之閒謂之鍋或謂之錕自關而西謂之釭盛膏者乃謂之鍋此謂關西謂盛膏者曰鍋也脂施於車釭故釭或得楇名而楇自別有物如今時御者亦系小油缾於車以備用是也過輠鍋三字同 **從木咼聲** 乎臥切十七部

枊ㄤˋ 15疑　棝ㄍㄨˋ 13見　欙ㄌㄟˊ 7來　榷ㄑㄩㄝˋ 20見　橋ㄑㄧㄠˊ 19匣

按當依篇韵古禾切

枊 馬柱也 謂系馬之柱也蜀志劉備解綬縛督郵馬枊華陽國志曰建寧郡存驅縣雍闓反結壘於縣山繫馬枊柱生成林 **從木卬聲** 吾浪切十部按亦平聲

棝 棝斗 逗 **可射鼠從木固聲** 古慕切五部

欙 山行所乘者 河渠書作橋橋丘遙反徐廣曰一作輂几玉反輂直轅車也漢書作梮韋昭曰梮木器也如今轝牀人轝以行也應劭曰梮或作欙爲人所牽引也尚書正義引尸子山行乘欙僞孔傳亦作欙按輂梮橋三字同以梮爲正橋者音近轉語也欙與梮一物異名梮自其盛載而言欙自其輓引而言纍大索也欙從纍此聲義之皆相倚者也應釋欙韋釋梮皆是兼二說而後全孟子虆梩趙云虆籠屬毛詩傳捄虆也亦謂土籠畀之曰梮人引之而行則曰欙也虆者欙之假借字或省作樏者非也毛詩之捄亦梮之假借字也 **從木纍聲** 力追切十五部 **虞書曰予乘四載** 皋陶謨文 **水行乘舟陸行乘車山行乘欙澤行乘䡆** 此四載之故訓也故統系之虞書猶河渠書溝洫志謂皋陶謨夏書則亦以此四句統系之夏書也䡆史記作毳亦作橇漢書作毳如淳曰毳音茅蕝之蕝謂以版置泥上以通行路也服虔曰木毳形如木箕擿行泥上孟康說同尚書正義引尸子作蕝引愼子爲毳者患塗之泥也徐廣注史記作楯僞孔傳作輴凡此諸字皆一聲之轉其義一也車部曰䡆車約䡆也此乘䡆當讀同毳非車約䡆之謂

榷 水上橫木 句 **所㠯渡者** 釋宮曰石杠謂之徛孟子歲十月徒杠成古本如是趙岐釋爲步度郭釋云步渡彴然則石杠者謂兩頭聚石以木橫架之可行非石橋也凡直者曰杠橫者亦曰杠杠與榷雙聲孝武紀曰榷酒酤韋昭曰以木渡水曰榷謂禁民酤釀獨官開置如道路設木爲榷獨取利也凡言大榷揚榷辜榷當作此字不當從手 **從木隺聲** 江岳切古音在二部

橋 水梁也 水梁者水中之梁也梁者宮室所以關舉南北者也然其字本從水則橋梁其本義而棟梁其假借也凡獨木者曰杠駢木者曰橋大而爲陂陀者曰橋古者挈皋曰井橋曲禮奉席如橋衡讀若居廟反取高舉之義也

梁 ㄌㄧㄤˊ 15來　△漆　樓 ㄙㄡ 21心　橃 ㄈㄚˊ 2並　楫 ㄐㄧˊ 27精

從木喬聲巨驕切二部 梁 水橋也梁之字用木跨水則今之橋也孟子十一月輿梁成古本如是國語引夏令曰九月除道十月成梁大雅造舟爲梁皆今之橋制見於經傳者言梁不言橋也若爾雅隄謂之梁毛傳石絕水曰梁謂所以偃塞取魚者亦取亙於水中之義謂之梁凡毛詩自造舟爲梁外多言魚梁 從木水會意刅聲呂張切十部 㳡 古文水闊者必木與木相接一其際也 樓 船總名漢書溝洫志漕船五百樓其字從木古本從手 從木叜聲穌遭切古音在三部 橃 海中大船廣韵橃下曰木橃說文云海中大船謂說文所說者古義今義則同筏也凡廣韵注以今義列於前說文與今義不同者列於後獨得訓詁之理蓋六朝之舊也卽如此篆玉篇注云海中大船也泭也是爲古義今義襍糅漢人注經固云大者曰筏小者曰桴是漢人自用筏字後人以橃代筏非漢人意也 從木發聲房越切十五部 楫 所目擢舟也各本作舟擢也許無擢字手部曰擢引也楫所以引舟而行故亦謂

欚 ㄌㄧˇ 1來　校 ㄐㄧㄠˋ 19見

之擢而漢書劉屈氂傳外戚傳百官表皆用輯濯爲楫擢假借也毛衞風傳曰楫所以擢舟也此許所本今據以正今毛詩擢譌櫂淺人所改也鄧通傳以濯船爲黃頭郎司馬相如傳濯鷁牛首皆擢舟之義也詩爾雅音義引說文舟棹也則其誤久矣棹又擢之俗 從木咠聲子葉切七部方言曰楫謂之橈或謂之擢擢亦擢之譌也擢櫂正俗字 欚 江中大船也越絕書曰欐溪城者闔廬所置船宮也蓋欐與欚古通用 從木蠡聲盧啓切十六部 校 木囚也囚繫也木囚者以木羈之也易曰屨校滅趾何校滅耳屨校若今軍流犯人新到箸木韓何校若今犯人帶枷也此字似當與下文械杽等篆爲伍矣周禮校人注曰校之言挍也主馬者必仍挍視之校人馬官之長挍此引伸假借之義也陸德明曰比挍字當從手旁張參五經文字手部曰挍經典及釋文或以爲比挍字案字書無文張語正謂說文無從手之挍也故唐石經考校字皆從木用張說也但訂以周禮鄭注則漢時固有從手之挍矣比挍字古蓋無正文較榷等皆可用 從木交聲古孝切二

樔 ㄔㄠˊ 19從　采 ㄘㄞˇ 24清　柹 ㄈㄟˋ 5滂

部 樔 澤中守艸樓謂澤中守望之艸樓也艸樓蓋以艸覆之藝文類聚艸譌作竹左傳成十六年正義引此文樔譌爲櫓 從木巢聲形聲包會意也從巢者謂高如巢鉏交切二部 采 捋取也大雅曰捋采其劉周南芣苢傳曰采取也又曰捋取也是采捋同訓也詩又多言采采卷耳傳曰采采事采之也此謂上采訓事下采訓取而芣苢傳曰采采非一辭也曹風采采衣服傳曰采采衆多也秦風蒹葭采采傳曰采采猶萋萋也此三傳義略同皆謂可采者衆也凡文采之義本此俗字手采作採五采作彩皆非古也釋詁曰采事也此言假借采事同在一部也 從木從爪此與采同意采之訓曰禾成秀人所收也則采亦可云木成文人所取也此采爲五采字而毛詩屢言采采與倉宰切 柹 削木朴也各本作削木札樸也今依元應書卷十九正朴者木皮也樸者木素也柹安得有素則作朴是矣知札爲衍文者元應引倉頡篇曰柹札也此下文云陳楚謂之札柹元應曰江南名柹中國曰札山東名朴豆廣韵柹注曰斫木札然則札非簡牒之札乃

橫 ㄏㄥˊ 15匣　梜 ㄐㄧㄚˊ 29見

柹之一名耳許以札柹系諸陳楚方言則此云削木朴已足小雅伐木許許許許書作所所毛云許許柹皃泛謂伐木所斫之皮許云削木猶斫木也顏氏家訓必云削札牘之柹又廣爲之證恐非許意晉書王濬造船木柹蔽江而下柹之證也漢書中山靖王劉向田蚡傳多言肺附謂斫木之柹札也已於帝室親近猶柹札附於大木材也此柹之假借字也後漢楊由傳風吹削肺亦柹之假借也一譌爲腩再譌爲哺釋之者曰削哺是屏障之名絕無證據 從木朮聲朮在六篇柹脒沭字皆從之隸變作柿肺沛殊誤而柿之誤作柹果肺之誤作乾肺沛之誤作沛水其譌又不勝改也芳吠切十五部 陳楚謂之札柹各本作陳楚謂櫝爲柹今依韵會所引鍇本正札柹粲言之非謂札牘之柹漢書注柹札字亦正用此也此箸柹語所出 橫 闌木也闌門遮也引伸爲凡遮之偁凡以木闌之皆謂之橫也古多以衡爲橫陳風傳曰衡門橫木爲門也考工記衡四寸注曰衡古文橫假借字也 從木黃聲戶盲切古音在十部 梜 檢柙也檢柙皆函物之偁然則梜亦謂函物

桄ㄍㄨㄤˋ 15見　檇ㄗㄨㄟˋ 7精　椓ㄓㄨㄛˊ 17端　朾ㄔㄥˊ 12定　柧ㄍㄨ 13見　欁ㄋㄧㄝˋ 3疑　棱ㄌㄥˊ 26來

之器也曲禮羹之有菜者用梜謂箸爲梜此引伸之義也從木夾聲古洽切八部

桄充也見釋言陸氏音義曰桄孫作光按堯典光被四表某氏傳曰光充也用爾雅爲訓也桄讀古曠切所以充拓之圻堮也必外有桄而後內可充拓之令滿故曰桄充也不言所以者仍爾雅文也桄之字古多假橫爲之且部曰從几足有二橫卽桄字今文尚書曰橫被四表孔子閒居曰以橫於天下鄭曰橫充也樂記曰號以立橫橫以立武鄭曰橫充也皆卽釋言之桄充也今文尚書作橫被故漢書王莽傳王褒傳後漢書馮異傳崔駰傳班固傳魏都賦注所引東京賦皆作橫被古文尚書作光被與孫叔然爾雅合某氏傳光充也不誤鄭注釋以光耀葢非淮南書橫四維卽尚書之橫被四表也元應曰桄音光古文橫廣二形聲類作輄今車牀及梯轝下橫木皆是也從木光聲古曠切十部

檇㠯木有所擣也宋永嘉戴侗曰今人猶有此語從木隽聲遵爲切按當從廣韵將遂切古音在十三十五部也公羊傳作醉李春秋傳曰越敗吳於檇李定公十四年事檇李地名杜預曰吳郡嘉興縣南醉李城是

椓擊也此與攴部斀音義皆同詩云椓之丁丁又云椓之橐橐呂刑曰爰始淫爲劓刵椓黥從木豖聲竹角切三部

朾橦也橦從手各本誤從木從禾今正通俗文曰橦出曰朾丈鞭丈莖二切與說文合謂以此物橦彼物使出也三蒼作敞周禮職金注作揨他書作敞作㪙實一字也朾之字俗作打音德冷都挺二切近代讀德下切而無語不用此字矣從木丁聲宅耕切十一部

柧棱也柧與棱二字互訓殳以積竹八觚觚當作柧觚行而柧廢矣史記酷吏傳曰漢興破觚而爲圜應劭曰觚八棱有隅者通俗文曰木四方爲棱八棱爲柧按通俗文析言之若渾言之則急就奇觚謂四方版也從木瓜聲古胡切五部又柧棱逗殿堂上冣高之處也文選西都賦曰設璧門之鳳闕上觚棱而棲金爵後漢書正作柧棱李賢引說文爲注

棱柧也從木夌聲魯登切六部俗作楞

欁伐木餘也商頌傳曰櫱餘也周南傳曰肆餘也斬而復生曰肆按肆者蘖之假借字也韋昭曰以株生曰蘖方言烈枿餘也陳鄭之閒曰枿晉衞之閒曰烈秦晉之閒曰肆或曰烈枿者亦蘖之異文從木獻聲五葛切十五部按獻聲在十四部合韵也商書曰若顛木之有甹欁般庚上文今尚書作由蘖本又作枿馬云顛木而肆生曰枿

△櫱　△不　△栓　枰ㄆㄧㄥˊ 12並　柆ㄌㄚˋ 27來　槎ㄔㄚˊ 1精

櫱欁或從木辥聲今經典用此字

不古文欁從木無頭謂木禿其上而僅餘根株也

栓亦古文欁從木𠦒聲也𠦒者㚔之或字見羊部古文四聲韵作栓

枰平也此門聞也戶護也之例謂木器之平偁枰如今言棊枰是也上林賦華楓枰櫨吳都賦枰仲君遷本皆作平木名也非許所說從木平平亦聲蒲兵切十一部

柆折木也此與手部拉義殊猶槢與摺之別也從木立聲盧合切七部

槎衺斫也栞下曰槎識也魯語里革曰山不槎櫱李善注西京賦引賈逵解詁曰槎邪斫也韋曰槎斫也按賈云衺斫者於字從差得之周禮有柞氏周

檮ㄊㄠˊ 21定　柮ㄉㄨㄛˋ 8泥　析ㄒㄧ 11心

頌曰載芟載柞毛云除木曰柞柞皆卽槎字異部假借魚歌合韵之理也從木差聲側下切十七部按徐爰注射雉賦千荷切此爲舊音漢書貨殖傳作山不差櫱此爲古字今漢書譌爲茬字春秋傳曰山不櫱宋本皆如此惟趙鈔本作山木不槎今按當於槎下補櫱不當於山下添木也許書亦有謂國語爲春秋傳者此其一也

檮檮柮逗二字今補斷木也謂斷木之榦㮯頭可憎者從木𠷎聲徒刀切古音在三部春秋傳曰檮柮左傳無檮柮惟文十六年有檮杌杜預曰檮杌凶頑無疇匹之皃趙注孟子曰檮杌嚚凶之類按葢取斷木之可憎爲惡人名也出聲兀聲同部許所據與今異

柮檮柮也舊作斷也二字今更正今人謂木頭爲榾柮於古義未遠也從木出聲讀若爾雅貀無前足之貀女滑切十五部玉篇當骨切引說文五骨切○按二篆舊先後倒置今依全書通例正之亦與槎柦同

析破木也斯下云析也柀下云一曰析也詩多言析薪一曰折也

棷ㄗㄡ 16精　梡ㄨㄢˊ 3匣　㮯ㄈㄚˊ 9匣　楄ㄆㄧㄢˊ 3幫　楅ㄈㄨˊ 25幫　枼ㄧㄝˋ 29定　槱ㄧㄡˇ 21定

以斤破木以斤斷艸其義一也魏都賦注引說文析量也與今本異從木從斤先激切十六部

棷 木薪也按禮運假棷爲藪字從木取聲側鳩切四部

梡 㮯木薪也對析言之梡之言完也從木完聲胡本切玉篇口管胡管二切十四部

㮯 梡木未析也此梡當作完全也通俗文曰合心曰㮯纂文曰未判爲㮯頁部頑下云㮯頭也凡全物渾大皆曰㮯完㮯雙聲完頑疊韵從木圂聲胡昆切十三部

楄 楄部逗方木也部字衍當刪左傳正義引說文楄方木也可證方木泛言非專謂棺中笭牀故不與棺槨等篆爲伍也何平叔景福殿賦曰爰有禁楄肋分翼張亦方木之一耑也從木扁聲部田切十二部春秋傳曰楄部薦榦左傳昭廿五年文今作楄柎藉榦杜云楄柎棺中笭牀也榦骸骨也

楅 吕木有所畐束也畐依韵會本各本作逼者後人以俗字改之也泛云吕木有所畐束則不專謂施於牛者引詩特其一證耳鄉射禮命弟子設楅注楅猶幅也所以承笴齊矢者按記云楅髤橫而拳之南面坐而奠之南北當洗是以木有所畐束也從木畐聲彼卽切一部詩曰夏而楅衡魯頌文注詳角部

枼 楄也方木也枼逗薄也葉上當有一曰二字凡木片之薄者謂之葉故葉牒鍱䈎偞等字皆用以會意廣韵偞輕薄美好皃從木丗聲與涉切八部按鉉曰當從卅乃得聲此非也毛傳曰葉世也葉與世音義俱相通凡古侵覃與脂微如立位盍蓋疌中協荔軜內籋爾遝隶等其形聲皆枝出不得專疑此也

槱 積木燎之也木各本作火今依玉篇五經文字正大雅芃芃棫樸薪之槱之傳曰槱積也山木茂盛萬民得而薪之賢人衆多國家得用蕃興按如毛說則槱謂積薪而已至鄭箋乃以煙祀槱燎爲說許不但云積木而兼云燎之者爲其字之從火也不云尞之而云燎之者燎放火也尞柴祭天也毛曰萬民薪之而巳故但云燎從木火酉聲余救切三部詩曰薪之槱之周禮以槱燎祠司中司命見大宗伯燎依許火部當作尞祠今周禮作祀許從毛說又引周禮者廣槱證也鄭注周禮曰槱積也

休ㄒㄧㄡ 21曉　△禉　△庥　㮓ㄍㄥˋ 26見　△亙　械ㄒㄧㄝˋ 25匣　杽ㄔㄡˇ 21透　桎ㄓˋ 5端　梏ㄍㄨˋ 22見　櫪ㄌㄧˋ 11來

禉 槱或從示柴祭天神也各本作柴祭天神或從示今正謂其字有從示者以燔柴乃祀天神之禮故從示也各本作天神趙本作大神

休 息止也周南曰南有喬木不可休思從人依木許尤切三部

庥 休或從广釋詁曰休戾也又曰庇庥廕也此可證休庥同字

㮓 竟也弓人注曰恆讀爲㮓㮓竟也大雅恆之秬秠毛云恆徧也徧與竟義相足從木亙聲古鄧切六部

亙 古文㮓按今字多用亙不用㮓舟在二之閒絕流而竟會意也恆之字本從心從亙

械 桎梏也從木戒聲胡戒切古音在一部一曰械逗今補此字器之總名趙注孟子曰械器之總名禮記音義引郭璞三蒼解詁同一曰械逗今補此字治也各本治作持恐是唐人諱改今依李善長笛賦注正一曰有所盛曰器無所盛曰械各本作有盛爲械無盛爲器詩車攻釋文引無所盛曰械今據正按器部曰器皿也何注公羊云攻守之器曰械大傳異器械注云禮樂之器及兵甲也王制器械異制注云謂作務之用皆可爲有盛無盛之證師古注宣帝紀與各本同恐淺人所改也若六書故云唐本說文曰或說內盛爲器外盛爲械外盛未安當作外戒

杽 械也械當作梏字從木手則爲手械無疑也廣雅曰杽謂之梏杽杻古今字廣韵曰杽杻古文從木手會意手亦聲敕九切三部

桎 足械也所吕質地所吕質地四字依周禮音義補桎質疊韵也周禮掌囚注鄭司農云拲者兩手共一木也桎梏者兩手各一木也元謂在手曰梏在足曰桎中罪不拲手足各一木耳按後鄭從許說也韋昭云兩手共一木曰拲兩手各一木曰梏從木至聲之日切十二部

梏 手械也所吕告天所吕告天四字依周禮音義補梏告疊韵也從木告聲古沃切三部

櫪 櫪㯕逗柙指也柙各本作椑今正柙指如今之拶指故與械杽桎梏爲類莊子曰罪人交臂厤指厤指謂以櫪㯕柙其指也通俗文

撕 ㄒㄧ 10心　檻 ㄎㄢˇ 32匣　櫳 ㄌㄨㄥˊ 18來　柙 ㄒㄧㄚˊ 31心　△𠙽　棺 ㄍㄨㄢ 3見

曰考具謂之櫪撕考俗作拷尉繚子曰東人之指而訊四之情從木歷聲郎擊切十六部

撕櫪撕也二字疊韵撕讀同析從木斯聲先稽切十六部

檻櫳也李善注長楊賦引釋名曰檻車上施闌檻以格猛獸亦四禁罪人之車也按許云檻櫳也者謂罪人及虎豹所居假借為凡闌檻字從木監聲胡黯切八部一曰圈圈者養畜之閑

櫳檻也從木龍聲字有偏旁稍移而為二字者柔栩也杼機持緯者也櫳房室之疏也櫳檻也是也竊有疑焉龔與櫳皆言橫直為窗牖通明不嫌同偁如檻亦為闌檻許於楯下云闌檻是也左木右龍之字恐淺人所增盧紅切九部

柙檻也所吕臧虎兕也所也二字依廣韵補論語虎兕出於柙馬曰柙檻也引伸為凡檢柙之偁如上文云柙指是也從木甲聲烏匣切廣韵胡甲切八部

𠙽古文柙

棺關也以疊韵為訓門聞戶護之例也所吕掩屍屍各本作尸誤今正釋名曰棺關也關閉也從木官聲古丸切十四部

櫬 ㄔㄣˋ 6清　槥 ㄏㄨㄟˋ 2定　椁 ㄍㄨㄛˇ 14見　楬 ㄐㄧㄝˊ 2匣

櫬棺也玉篇曰親身棺也按天子之棺四重諸公三重諸侯再重大夫一重士不重天子水兕革棺取在內諸侯杝棺取在內櫃弓君即位而為椑椑謂杝棺親屍者椑堅箸之言也從木親聲初僅切十二部春秋傳曰士輿櫬左傳僖六年文

槥棺櫝也櫝匱也棺之小者故謂之棺櫝急就篇棺槨槥櫝櫝即槥也高帝紀令士卒從軍死者為槥應劭曰小棺也今謂之櫝臣瓚引金布令曰不幸死死所為櫝傳歸所居縣賜以衣棺從木彗聲祥歲切十五部

椁葬有木𩫏也木𩫏者以木為之周於棺如城之有𩫏也檀弓曰殷人棺椁注椁大也以木為之言郭大於棺也從木𩫏會意𩫏亦聲𩫏亦二字今補古博切五部

楬楬櫫也三字句趙鈔本及近刻五音韵譜作楬櫫宋本葉本類篇集韵宋刊五音韵譜皆作楬桀蓋宋時大徐本固有二故同一五音韵譜而流傳不一也今按作桀不可通桀自訓磔雖杙有訐櫫者然頗迂遠楬櫫見周禮注職金楬而壐之注曰楬書其數量以著其物也今時之書有所表識謂之楬櫫廣雅曰楬櫫杙也廣韵曰楬櫫有所表識也楬櫫漢人語許以漢人常語為訓故出櫫字於說解仍不大列櫫篆漢酷吏傳曰瘞寺門桓東楬著其姓名著櫫同字可證也韵會楬下引說文曰杙也櫫也此小徐眞本而語似不完師古注漢書曰楬杙也椓杙於瘞處而書死者名也師古杙也之云蓋本說文但說文杙字當作弋從木曷聲其謁切十五部今字揭行而楬廢矣春秋傳曰楬而書之未見疑是引周禮楬而壐之

梟 ㄒㄧㄠ 19見　棐 ㄈㄟˇ 7並

梟不孝鳥也故日至捕梟磔之漢儀夏至賜百官梟羹漢書音義孟康曰梟鳥名食母破鏡獸名食父黃帝欲絕其類使百吏祠皆用之如淳曰漢使東郡送梟五月五日作梟羹以賜百官以其惡鳥故食之也從鳥在木上五經文字曰從鳥在木上隸省作梟然則說文本作梟甚明今各本云從鳥頭在木上而改篆作梟非也此篆不入鳥部而入木部者重磔之於木也倉頡在黃帝時見黃帝磔此鳥故製字如此古堯切二部

棐輔也尚書多言棐釋詁曰弼棐輔比俌也按棐蓋弓檠之類從木非聲府尾切十五部按此篆失其舊次

文四百二十一古本皆作二十一毛扆剜沾閑篆於部末改作二十二非也今刪檍樛二篆則四百十九

重三十九

東 ㄉㄨㄥ 18端　𣘚 ㄘㄠˊ ??　林 ㄌㄧㄣˊ 28來

東動也見漢律厤志從木官溥說從日在木中木榑木也日在木中曰東在木上曰杲在木下曰杳得紅切九部凡東之屬皆從東

𣘚二東謂其形也曹從此謂曹以會意也闕謂義與音皆闕也鍇曰按說文舊本無音鉉亦不箸反語

文二

林平土有叢木曰林周禮林衡注曰竹木生平地曰林小雅依彼平林傳曰平林林木之在平地者也冂部曰野外謂之林引伸之義也釋詁毛傳皆曰林君也假借之義也從二木力尋切七部

𣡦 ㄨˊ 13明 (無)

凡林之屬皆從林𣡦豐也釋詁曰蕪茂豐也釋文云無古本作森從林𡗜會意𡗜逗此字今補或說規模字或說𡗜是規模之模字也或之者疑之也故木部模下不錄從大卌謂𡗜從大卌會意也卌逗此字今補數之積也卌篆不見於本書故釋其義耒部𦓤下曰卌叉用卌字漢石經論語年卌見惡焉是卌爲四十并猶廿爲二十并卅爲三十并也其音則廣韻先立切四十之合聲猶廿讀如入卅讀如趿也廣韻引說文云數名卽此已上十四字說從𡗜之意林者木之多也說從林之意𣡦與庶同意𣡦各本作卌誤𣡦從林大卌庶從广芡其製字之意略同皆貌其衆盛也文甫切五部按此蕃𣡦字也隸變爲無遂借爲有𣡦字而蕃無乃借麃或借蕪爲之矣商書曰庶艸緐𣡦洪範文今尚書作蕃廡晉語黍不爲黍不能蕃廡亦同

鬱 ㄩˋ 8匣

鬱木叢者依韵會本秦風鬱彼北林毛曰鬱積也鄭司農注考工記曰惌讀如宛彼北林之宛菀柳傳曰菀茂林也桑柔傳曰菀茂皃按宛菀皆卽鬱字從林鬱省聲迂弗切十五部

楚 ㄔㄨˇ 13清

楚叢木小雅傳曰楚楚茨棘皃小徐引小謝詩曰寒城一以眺平楚正蒼然一名荊也一名當作一曰許書之一曰有謂別一義者有謂別一名者上文叢木泛詞則一曰爲別一義矣艸部荊下曰楚木也此云荊也是則異名同實楚國或評楚或評荊或䋣評荊楚從林疋聲創舉切五部

苓 ㄔㄣ 28透

苓木枝條苓儷也也各本作皃今依集韵類篇正人部儷下云苓儷也苓儷者枝條茂密之皃借爲上覆之皃東都賦鳳蓋苓麗李善注引七略雨蓋苓麗麗與儷同力支切張揖大人賦注曰林離摻攦也摻攦所林所宜二反蓋卽苓儷從林今聲丑林切七部

楙 ㄇㄠˋ 21明

楙木盛也此與艸部茂音義皆同分艸木耳釋木楙木瓜則專爲一物之名從木矛聲莫候切四部

麓 ㄌㄨˋ 17來

麓守山林吏也左傳山林之木衡鹿守之杜曰衡鹿官名也按鹿者麓之假借字天子曰林衡諸侯曰衡鹿皆守山林吏也晉語史黯曰主將適螻而麓不聞韋曰麓主君苑囿者從林鹿聲盧谷切三部按此亦形聲包會意守山林之吏如鹿之在山也一曰林屬於山爲麓春秋傳曰沙麓崩春秋僖公十四年文三傳同穀梁傳曰林屬於山爲麓周禮王制皆云林麓鄭云山木生平地曰林生山足曰麓詩大雅旱麓毛曰麓山足也蓋凡山足皆得偁麓也亦假借作鹿易卽鹿無虞虞翻曰山足稱鹿鹿林也

△禁

古文從彔彔聲

棼 ㄈㄣˊ 9並

棼複屋棟也複屋考工記謂之重屋木部曰檼棼也是曰檼曰棼者複屋之棟也曰橑者複屋之椽也竹部曰笮者在瓦之下棼上者也姚氏鼐曰椽棟既重軒版垂檐皆重矣軒版卽屋笮或木或竹異名在瓦之下椽之上檐垂椽端椽亦謂之橑考工記重屋鄭以複笮釋之而他書所稱曰重檐曰重橑曰重軒曰重棟曰重棼各舉其一爲言爾按左傳治絲而棼之假借爲紛亂字從林分聲符分切十三部

森 ㄙㄣ 28心

森木多皃從林從木按篇韵皆云森長木皃疑篇韵所據爲長從林從木正謂有木出平林之上也讀若曾參之參所今切七部

文九　重一

才 ㄘㄞˊ 24從

才艸木之初也引伸爲凡始之偁釋詁曰初哉始也哉卽才故哉生明亦作才生明凡才材財裁纔字以同音通用從丨上貫一將生枝葉也一逗地也一謂上畫也將生枝葉謂下畫才有莖出地而枝葉未出故曰將艸木之初而枝葉畢寓焉生人之初而萬善畢具焉故人之能曰才言人之所蘊也凡艸木之字才者初生而枝葉未見也屮者生而有莖有枝也㞢者枝莖益大也出者益茲上進也此四字之先後次弟昨哉切一部凡才之屬皆從才

文一

儀徵阮長生校刊

叒 ㄖㄨㄛˋ 14泥　△𠭥

說文解字第六篇下

金壇段玉裁注

叒 日初出東方湯谷所登榑桑句叒木也 按當云叒木榑桑也日初出東方湯谷所登也榑桑已見木部此處立文當如是宋本葉本宋刻五音韻譜集韵類篇皆作湯別刻作暘毛扆改湯爲暘非也尚書暘谷自說青州嵎夷之地非日出之地也日出之地豈羲仲所能到天問曰出自湯谷次于蒙汜淮南天文訓曰日出于湯谷浴于咸池拂于扶桑是謂晨明墬形訓注曰扶木扶桑也在湯谷之南海外東經曰湯谷上有扶桑十日所浴大荒東經曰湯谷上有扶木一日方至一日方出皆載於烏按今天文訓作暘谷以王逸楚辭注史記索隱文選注所引正之則暘亦淺人改耳離騷總余轡乎扶桑折若木以拂日二語相聯蓋若木即謂扶桑扶若字卽榑叒字也 象形 枝葉蔽翳而灼切五部 凡叒之屬皆从叒 𠭥 籒文

桑 ㄙㄤ 15心　之 ㄓ 24端　㞷 ㄏㄨㄤˊ 15匣　△𡉚

桑 蠶所食葉木从叒木 榑桑者叒之長也故字从叒桑不入木部而傳於叒者所貴者也息郎切十部

文二　重一

㞢 出也 引伸之義爲往釋詁曰之往是也按之有訓爲此者如之人也之德也之條條之刀刀左傳鄭人醢之三人也召南毛傳曰之事祭事也周南曰之子嫁子也此等之字皆訓爲是之有訓爲上出者戴先生釋梓人曰頰側上出者曰之下垂者曰而須鬣是也 象艸過屮 過於中也 枝莖漸益大有所之也 莖漸大枝亦漸大勢有日新不已者然 一者地也凡㞢之屬皆从㞢 止而切一部

㞷 艸木妄生也 㞷妄疊韵妄生猶怒生也 从㞢在土上讀若皇 戶光切十部 𡉚 古文 按从㞢从王會意也鉉本無此然宋本文二之下有重一兩字則知固有此篆與小徐本同辵部古文往作遑从此

文二　重一

帀 ㄗㄚ 29精　師 ㄕ 4心　△𢀡

帀 𠣬也 𠣬各本作周誤今正勹部𠣬帀徧也是爲轉注按古多假襍爲帀 从反㞢而帀也 反㞢謂倒之也凡物順屰往復則周徧矣子荅切七八部 凡帀之屬皆从帀周盛說 周盛者亦博采通人之一也

師 二千五百人爲師 小司徒曰五人爲伍五伍爲兩五兩爲卒五卒爲旅五旅爲師師衆也京師者大衆之稱衆則必有主之者周禮師氏注曰師教人以道者之稱也黨正旅師閭胥注曰正師胥皆長也師之言帥也 从帀从𠂤 會意疎夷切十五部 𠂤四帀衆意也 自下曰小𠂤小𠂤而四圍有之是衆意也說會意之恉 𢀡 古文師

文二　重一

出 ㄔㄨ 8透　敖 ㄠˊ 19疑　賣 ㄇㄞˋ 11明　糶 ㄊㄧㄠˋ 20透　𡴳 ㄋㄧㄝˋ 2疑

出 進也 本謂艸木引伸爲凡生長之偁又凡言外出爲內入之反 象艸木益茲上出達也 茲各本作滋今正茲艸木多益也艸木由才而屮而㞢而出日益大矣尺律切十五部 凡出之屬皆从出

敖 游也 游本旗游字假借爲出游字詩邶風曰以敖以游經傳多假敖爲倨傲字 从出从放 五牢切二部按此篆當刪說見四篇放部

賣 出物貨也 周禮多言賣儥謂賣買也 从出从買 出買者出而與人買之也韵會作買聲則以形聲包會意也莫邂切十六部

糶 出穀也 米部曰糴穀也出穀之字从出糶市穀之字从入糴 从出从糶糶亦聲 他弔切二部

𡴳 槷𡴳 逗 不安也 此釋易也 从出臬聲 五結切十五部 易曰槷𡴳 槷一本作埶非也困上六于臲卼釋文云臲說文作劓卼說文作𡴳云𡴳不安也陸云說文作劓與今本不同小徐本作易曰劓𡴳困于赤芾劓字與陸氏合而多困于赤芾四字則爲九五爻辭又不與陸合鍇注仍引上六爻辭恐

朩 5滂　𣎵 8匣　孛 8並　索 14心

四字淺人所增也九五劓刖荀王作臲䡾鄭云劓刖當爲倪伔則兩爻辭義同矣許作槷魁蓋孟易也尚書邦之杌隉槷與隉臲劓倪同魁與杌䡾卼伔同杌䡾卼伔皆兀聲以說文檮杌作檮柮例之則出聲兀聲同魁當是从臬出聲五忽切因不立臬部誤謂从出臬聲耳臬聲則與槷同音五結切非也許書有扤無杌

文五

朩　艸木盛朩朩然　朩朩者枝葉茂盛因風舒散之皃小雅萑葦淠淠毛曰淠淠衆皃淠淠者朩朩之假借也小雅胡不旆旆毛曰旆旆旆垂皃旆旆者亦朩朩之假借字非繼旐之旆也魯頌作伐伐按玉篇𣎳作市引毛傳蔽市小皃玉裁謂毛詩蔽市字恐是用蔽鄰之市字經傳黻多作芾作茀可證也　象形　謂中也不曰从中而曰象形者艸木方盛不得云从中也　八聲　八爲質之入聲在十二部而合於十五部　凡朩之屬皆从朩　讀若輩　普活切十五部

𣎵　艸木𣎵孛之皃　當作𣎵孛艸木之皃周易拔茅茹以其彙征吉釋文云彙古文作𦲸按𦲸卽𣎵字之異者彙則假借字也𣎵孛疊韵　从朩畀聲　于貴切十五部

孛　𣎵孛也　依全書通例補孛字春秋有星孛入于北斗穀梁曰孛之爲言猶茀也茀者多艸凡物盛則易亂故星孛爲𣎵孛引伸之義詩悖字从孛　从朩从子　二字今補會意蒲妹切十五部　人色也故从子　故字今補說从子之意　論語曰色孛如也　鄉黨篇文今作勃此證人色之說也艸木之盛如人色盛故从子作孛而艸木與人色皆用此字○按各本孛篆在索篆之下非也今移正

索　艸有莖葉可作繩索　當云索繩也與糸部繩索也爲轉注而後以艸有莖葉可作繩索發明从朩之意今本乃淺人所刪耳爾雅曰紼繂也謂大索經史多假索爲索字又水部曰澌水索也索訓盡　从朩糸　朩糸者謂以艸莖葉糾繚如絲也詩曰晝爾于茅宵爾索綯以艸者如蔽芾茅麻是以竹者竹部之筊是以木者欙纍之屬是穌各切五部　杜林說朩亦朱市字　未詳疑當作索亦朱市字

𠂔 4精　南 28泥　△𡴘　生 12心　丰 18滂　產 3心　隆 23來　甤 4泥　甡 6心

市者篆文韍也杜林說索爲韍字从糸朩聲與杜林說構爲搆字㝵爲貶損字冓爲麒麐字鼂爲朝旦字正同

𠂔　止也从朩盛而一橫止之也　會意卽里切古音當在十五部詩萬億及秭與醴妣禮皆韵可證也而肯仕聲楊雄作胏又疑朿在一部

南　艸木至南方有枝任也　此亦脫誤當云南任也與東動也一例下乃云艸木至南方有枝任也發明从朩之意漢律厤志曰大陽者南方南任也陽氣任養物於時爲夏云艸木至南方者猶云艸木至夏也有枝任者謂夏時艸木暘楙丁壯有所枝格任載也故从朩按古南男二字相假借　从朩羊聲　那含切古音在七部

𡴘　古文

文六　重一

生　進也象艸木生出土上　下象土上象出此與㞢出朩以類相從所庚切十一部　凡生之屬皆从生

丰　艸盛丰丰也　引伸爲凡豐盛之偁鄭風子之丰兮毛曰丰豐滿也鄭曰面皃丰丰然豐滿方言好或謂之姅姅卽丰字也　从生上下達也　上盛者根必深敷容切九部

產　生也从生彥省聲　所簡切十四部通用爲畢犍字按今南北語言皆作楚簡切

隆　豐大也　隆者漢殤帝之名不云上諱而直書其字者五經異義云漢幼小諸帝皆不廟祭而祭於陵旣不廟祭似可不諱然漢志河內郡隆慮應劭曰隆慮山在北避殤帝名改曰林慮也又郡國志林慮故隆慮殤帝改漢制生而諱故孝宣更名此蓋殤帝在位時所改而書成於和帝永元十二年以前未及諱至安帝建光元年許沖上書時不追改故不云上諱祜曰上諱者今天子之名又在開卷也林與隆合韵故毛詩臨衝韓詩作隆衝　从生降聲　力中切九部

甤　艸木實甤甤也　甤與蕤音義皆同甤之言垂也　从生豕聲　豕與甤皆在十六部鍇作豕聲冣善鉉作豨省聲非也唐元應引亦云豕聲　讀若綏　綏當作緌禮家緌與蕤通用故知之儒追切古音在十六部

甡　衆生竝立之皃　大雅

毛傳曰甡甡衆多也其字或作詵詵或作駪駪或作侁侁或作莘莘皆假借也周南傳曰詵詵衆多也小雅傳曰駪駪衆多之皃 从二生 所臻切十二部 詩曰甡甡其鹿

文六

乇 ㄓㄜˊ 14端

乇 艸葉也 當作艸華皃下云垂𥝌上貫一華則有𥝌葉不當言𥝌也 𠂹𥝌 直者莖也斜垂者華之𥝌也禾篆亦以下垂象其𥝌 上毌一下有根 在一之下者根也一者地也 象形字 謂雖中从一而於六書爲象形字也陟格切五部凡乇聲字皆在五部用以會意者古文𠂹字𠂇旁从此 凡乇之屬皆从乇

文一

𠂹 ㄔㄨㄟˊ 1定 （垂）

𠂹 艸木華葉𠂹 引伸爲凡下𠂹之偁今字垂行而𠂹廢矣 象形 象其莖枝華葉也此篆各書中直惟廣韵五支及夢英所書作𠂹是爲切古音在十七部 凡𠂹之屬皆从𠂹

△⿰扌勿

⿰扌勿 古文 地理志曰武功垂山古文吕爲敦物豈古文𠂹與物字相似故與

文一　重一

𠌶 ㄏㄨㄚ 13曉

𠌶 艸木華也 此與下文𦻏音義皆同𦻏榮也釋艸曰𦻏荂也𦻏荂榮也今字花行而𠌶廢矣 从𠂹亏聲 況于切五部 凡𠌶之屬皆从𠌶

△荂

荂 𠌶或从艸从夸 夸聲亦亏聲也釋艸有此字郭曰今江東呼華爲荂音敷按今江蘇皆言花呼瓜切方言曰華荂晠也齊楚之閒或謂之華或謂之荂吳都賦曰異荂蓲藺李善曰荂枯瓜切

韡 ㄨㄟˇ 7匣

韡 盛也 小雅傳曰韡韡光明也 从𠌶韋聲 于鬼切十五部 詩曰咢不韡韡 咢各本作萼俗字也今正今詩作鄂亦非也毛云咢猶咢咢然言外發也鄭云承華者曰咢皆取咢布之意

文二　重一

華 ㄏㄨㄚˊ 13匣

𦻏 榮也 見釋艸艸部曰葩華也舜部曰䑞華榮也按釋艸曰蘛芛葟華榮渾言之也又曰木謂之華艸謂之榮榮而實者謂之秀榮而不實者謂之英析言之也引伸爲曲禮削瓜爲國君華之之字又爲光華華夏字 从艸𠌶 𠌶亦聲此以會意包形聲也戶瓜切又呼瓜切古音在五部俗作花其字起於北朝 凡𦻏之屬皆从𦻏

曄 ㄧㄝ 31匣

曄 艸木白華皃 皃各本作也今依文選西都賦注正賦曰蘭茝發色曄曄猗猗 从𦻏从白 不入白部者重華也皅下曰艸華之白也重白故入白部也左思白髮賦曰子觀橘柚一皜一曄貴其素華匪尚綠葉則音在八部也筠輒切

文二

禾 ㄐㄧ 4見

禾 木之曲頭止不能上也 此字古少用者玉篇曰亦作礙非是礙在一部禾當在十五十六部古兮切玉篇古溉古兮二切 凡禾之屬皆从禾

𥠻 ㄓˇ 10端

𥠻 𥠻𥡴 逗二字各本無今補 多小意而止也 小意者意有未暢也謂有所妨礙含意未伸廣韵𥠻𥡴皆訓曲枝果按𥠻𥡴字或作枳椇或作枳枸或作枳句或作枝拘皆上字在十六部下字在四部皆詰詘不得伸之意明堂位俎殷以椇注椇之言枳椇也謂曲橈之也莊子山木篇騰蝯得柘棘枳枸之閒處勢不便未足以逞其能宋玉風賦枳句來巢空穴來風枳句空穴皆連綿字空穴即孔穴枳句來巢陸機詩疏作句曲來巢謂樹枝屈曲之處鳥用爲巢逸莊子作桐乳致巢乃譌字耳淮南書龍夭𤘊燕枝拘亦屈曲盤旋之意其入聲則爲迟曲𥠻與枳枝迟𥡴與椇句枸拘曲皆疊韵也𥠻𥡴與迟曲皆雙聲字也急就篇沽酒釀醪稽極程王伯厚云稽極當作𥠻𥡴蓋詘曲爲酒經程寓止酒之義又按釋地枳首蛇枳本或作𥠻此則借𥠻枳爲岐字亦同部假借也故郭釋以岐頭蛇 从禾从支 支者枝格之意 只聲 職雉切按古音在十六部亦音支 一曰木也 一說𥠻是木名也

𥡴 ㄐㄩˇ 16見

𥡴 𥡴

稽 ㄐㄧ 4見　⿰禾⿱尤卓 ㄓㄨㄛˊ 20端　⿰禾⿱尤咎 ㄍㄠˇ 21見

椒也上篆下釋稽椒之義此祗云稽椒也全書之例如此从禾从又句聲俱羽切古音在四部讀如苟亦如勾又者从丑省說从又之意丑紐也紐者不伸之意一曰木名一說椒是木名也木名但謂單字

文三

稽畱止也元應書引畱止曰稽高注戰國策曰畱其日稽畱其日也凡稽畱則有審愼求詳之意故爲稽攷禹會諸矦於會稽稽計也稽攷則求其同異故說尙書稽古爲同天稽同也如流求也之例从禾从尤取乙欲出而見閡之意旨聲古兮切十五部凡稽之屬皆从稽

⿰禾⿱尤卓特止也錯曰特止卓立也按如有所立卓爾當用此字从稽省卓聲此說形聲包會意卓者高也竹角切二部

⿰禾⿱尤咎稽椒而止也積椒謂之雙聲稽椒謂之疊韵从稽省咎聲讀若皓古老切古音咎聲告聲皆在三部賈侍中說稽⿰禾⿱尤卓⿰禾⿱尤咎三字皆木名有木名稽有木名稽有木名稽也皆別一義

文三

巢 ㄔㄠˊ 19從　导 ㄅㄧㄢˇ 29幫

巢鳥在木上曰巢在穴曰窠穴部曰穴中曰窠樹上曰巢巢之言高也窠之言空也在穴之鳥如鴝鵒之屬今江蘇語言通名禽獸所止曰窠从木象形象其架高之形鉏交切二部凡巢之屬皆从巢

导傾覆也周禮硩蔟氏掌覆夭鳥之巢从寸臼覆之寸巢猶硩蔟也寸人手也古寸與又通用臼今補从巢省臼者巢之省以手施於巢傾覆之意也方斂切七部按解云從寸從臼而各本篆體作叟誤今依玉篇廣韵集韵類篇更正杜林說以爲貶損之貶此亦如以構爲搆以索爲市以鼂爲朝以畀爲麒也巢在上覆之而下則與貶損義相通上林賦適足以导君自損晉灼曰导古貶字

文二

桼 ㄑㄧ 5清　髹 ㄒㄧㄡ 21曉　⿰桼包 ㄆㄠˊ 21滂

桼木汁可以髹物木汁名桼因名其木曰桼今字作漆而桼廢矣漆水名也非木汁也詩書梓桼桼絲皆作漆俗以今字易之也周禮載師桼林之征二十而五大鄭曰故書桼林爲漆林杜子春云當爲桼林是則漢人分別二字之嚴今注疏譌舛爲正之如此周禮巾車注髹桼字皆作桼不作漆漢人多假桼爲七字史記六律五聲八音來始來始正桼始之誤尙書大傳漢律歷志皆作七始史漢同用今文尙書也从木各本無今補韵會作象木形亦誤象形謂左右各三皆象汁自木出之形也親吉切十二部桼如水滴而下也也字補說象形之意也左右各三象水滴下凡桼之屬皆从桼

髹桼也韋昭曰敫桼曰髤師古曰以桼桼物謂之髹今關東俗謂之捎桼捎即髹聲之轉耳髹或作髼按以桼桼物皆謂之髹不限何色也鄉射禮記曰楅髹注云赤黑桼也巾車注云髹謂赤多黑少之色韋也漢書中庭彤朱殿上髹桼西都賦謂之彤庭元墀然則或赤或黑或赤黑兼或赤多黑少皆得云髹从桼髟聲許尤切三部髟必由切

⿰桼包桼垸已句復桼之垸者以桼䵒灰垸而髹也既垸之復桼之以光其外也从桼包聲舉形聲包會意也匹皃切古音在三部篇韵步交切

文三

束 ㄕㄨˋ 17透　柬 ㄐㄧㄢˇ 3見

束縛也系部曰縛束也是爲轉注禮記曰納幣一束束五兩兩五尋从口木口音韋回也詩言束薪束楚束蒲皆口木也書玉切三部凡束之屬皆从束

柬分別簡之也釋詁曰流差柬擇也韵會無簡字爲長凡言簡練簡擇簡少者皆借簡爲柬也柬訓分別故其字從八一說當作分別簡之簡在也在存也从束八爲若干束而分別之也古限切十四部八分別也說從八之

意

𣐺 ㄐㄧㄢˇ 3見

𣐺 小束也齊民要術曰麻𣐺欲小縛欲薄爲其易乾从束幵聲讀若繭古典切十四部

剌 ㄌㄚˋ 2來

剌 戾也戾者韋背之意凡言乖剌剌謬字如此謚法愎很遂過曰剌从束从刀刀束者束字今補刀束如㝵下言寸㝵剌之也既束之則當藏弆之矣而又以刀毀之是乖剌也盧達切十五部

文四

㯻 ㄏㄨㄣˋ 9匣

㯻 橐也廣韵曰橐大束从束圂聲胡本切十三部按五經文字云捆厶反廣韵云符霄切是以橐音爲橐音也

凡橐之屬皆从橐

橐 ㄊㄨㄛˊ 14透

橐 囊也按許云橐囊也囊橐也渾言之也大雅毛傳曰小曰橐大曰囊高誘注戰國策曰無底曰囊有底曰橐皆析言之也囊者言實其中如瓜瓠也橐者言虛其中以待如木櫜也[元]應書引蒼頡篇云橐囊之無底者則與高注互異許多用毛傳疑當云橐小囊也囊橐也則同異皆見全書之例如此此葢有奪字又詩釋文引說文無底曰囊有底曰橐與今本絕異从橐省石聲他各切五部

囊 ㄋㄤˊ 15泥

囊 橐也从橐省㱿聲㱿各本作襄省二字淺人改也今正奴郎切十部

櫜 ㄍㄠ 21見

櫜 車上大橐云車上大橐者謂可藏任器載之於車也樂記注曰兵甲之衣曰櫜鍵櫜言閉藏兵甲也大雅周頌毛傳曰櫜韜也齊語垂櫜而入韋曰櫜囊也引伸之義凡韜於外者皆爲櫜周禮膏物注云膏當爲櫜蓮芡之實有櫜韜从橐省咎聲古勞切古音在三部詩曰載櫜弓矢周頌文

𣝋 ㄆㄠ 21並

𣝋 橐張大皃石鼓文其魚隹可隹鱮隹鯉可以𣝋之隹楊及栁𣝋讀如苞苴之苞蘇軾詩作貫非也从橐省缶聲符宵切古音在三部

文五

囗 ㄨㄟˊ 7匣

囗 回也回轉也按圍繞週圍字當用此圍行而囗廢矣象回帀之形帀周也羽非切十五部

部

凡囗之屬皆从囗

圜 ㄩㄢˊ 3匣

圜 天體也圜環也呂氏春秋曰何以說天道之圜也精氣一上一下圜周復襍高曰襍猶帀無所稽留故曰天道圜何以說地道之方也萬物殊類殊形皆有分職不能相爲故曰地道方按天體不渾圓如丸故大戴禮云參嘗聞之夫子曰天道曰圓地道曰方盧云道曰方圓耳非形也淮南子曰天之圓不中規地之方不中矩白虎通曰天鎮也其道曰圓地諦也其道曰方許言天體亦謂其體一氣循環無終無始非謂其形渾圓也下文云圓圜全也斯爲渾圜許書圜圓圓三字不同今字多作方圓方員方圜而圓字廢矣依許則言天當作圜言平圓當作圓言渾圓當作圓从囗睘聲王權切十四部

團 ㄊㄨㄢˊ 3定

團 圜也鄭風霝露團兮周禮假專爲團大司徒注曰專圜也从囗專聲度官切十四部

⿴囗肙 ㄒㄩㄢˊ 3定

⿴囗肙 規也規有法度也从囗肙聲似沿切十四部

囩 ㄩㄣˊ 9匣

囩 回也二字疊韵雲字下曰象雲回轉形沄字下曰轉流也凡從云之字皆有回轉之義从囗云聲形聲包會意也羽巾切十三部

圓 ㄩㄢˊ 9匣

圓 圜全也全集韵類篇作合誤字也圜者天體天屈西北而不全圜而全則上下四旁如一是爲渾圜之物商頌幅隕既長毛曰隕均也按[元]鳥傳亦曰員均也是則毛謂員隕皆圓之假借字渾圓則無不均之処也箋申之曰隕當作圓圓謂周也此申毛非易毛从囗員聲讀若員王問切十三部按古音如云

回 ㄏㄨㄟˊ 7匣

回 轉也淵回水也故顏回字子淵毛詩傳曰回邪也言回爲㔭之假借也又曰回違也亦謂假借也㔭衺也見交部从囗中象回轉之形中當作囗外爲大囗內爲小囗皆回轉之形也如天體在外左旋日月五星在內右旋是也戶恢切十五部

△囘

囘 古文古文象一气回轉之形

圖 ㄊㄨˊ 13定

圖 畫計難也左傳曰咨難爲謀畫計難者謀之而苦其難也國語曰夫謀必素見成事焉而後履之謂先規畫其事之始終曲折歷歷可見出於萬全而後行之也故引伸之義謂繪畫爲圖聘禮曰君與卿圖事釋詁曰圖謀也小雅傳曰慮圖皆謀也从囗規畫之意从啚啚逗難意也說從啚之意啚者嗇也嗇者愛濇也慎難之意同都切五

圛 ㄧˋ 14定　國 ㄍㄨㄛˊ 25見　壼 ㄎㄨㄣˇ 9溪　囷 ㄐㄩㄣ 9溪　圈 ㄐㄩㄢˋ 3匣

部 圛 回行也 謂回曲而行 从口睪聲 羊益切古音在五部 商書曰 商各本譌尚今依廣韵玉篇正曰字各本無今補 曰圛 句絕商書謂洪範曰圛唐衛包改爲曰驛而尚書正義詩齊風正義皆作曰圛此天寶以前未改之本也自貞觀以前史記宋世家集解云尚書作圛引鄭注圛色澤而光明也周禮大卜注引洪範曰雨曰濟曰圛曰蟊曰剋齊風鄭箋云古文尚書弟爲圛皆古文尚書作圛之明證也古文尚書弟爲圛者謂夏矦歐陽作弟古文尚書則作圛也言此者證詩之弟字亦當爲圛而訓明也知今文尚書作弟者宋世家作涕可證也今本鄭箋作以弟爲圛衍一字而不可通矣 圛者 者字依廣韵五經文字補舊讀圛圛升雲爲句誤甚 升雲半有半無 此釋書曰圛之義與本訓回行不同故箸之如莫席別於火不明聖讒別於以土增大道文法正同升雲半有半無正某氏氣落驛不連屬王肅霍驛消減如雲陰所本如許說則商書圛字正繹之假借 讀若驛 國 邦也 邑部曰邦國也按邦國互訓渾言之也周禮注曰大曰邦小曰國邦之所居亦曰國析言之也 从口从或 戈部曰或邦也古或國同用邦封同用古惑切一部 壼 宮中道 釋宮曰宮中衖謂之壼郭云巷閤門道也按大雅室家之壼毛曰壼廣也箋云壼之言梱也室家相梱致皆引伸假借之義 从口象宮垣道上之形 從口象宮垣也餘象道按上當是從束省從束者內言不出於閫之意與玉篇此字入橐部苦本切郭呂竝邱屯反古音在十二部 詩曰室家之壼 囷 廩之圜者从禾在口中 去倫切十二部 圜謂之囷 見詩魏風傳考工記注吳語韋注急就篇顏注 方謂之京 管子曰新成囷京史記倉公傳見建家京下方石釋名曰京矜也寶物可矜惜者投之其中也急就篇門戶井竈廡囷京廣雅曰京庾廩鹿倉也按吳語注員曰囷方曰鹿鹿卽京也廡者鹿之俗 圈 養畜之閑也 畜當作嘼轉寫改之耳閑闌也牛部曰牢閑養牛馬圈也是牢與圈得通偁也 从口卷聲 考公羊傳文十一年楚子伐圈音義云圈說文作圈而集韵廿五願云圈圞二

△ 圝

囿 ㄧㄡˋ 24匣　園 ㄩㄢˊ 3匣　圃 ㄆㄨˇ 13幫　因 ㄧㄣ 6影　囟 ㄋㄧㄝˋ 29泥　囹 ㄌㄧㄥˊ 12來

同養畜閑也類篇圈圞分出皆云養畜閑也疑說文本作圞後人改之耳渠篆切十四部 囿 苑有垣也 高注淮南曰有牆曰苑無牆曰囿與許互異葢有無互譌耳魏都賦曰繚垣開囿繚垣西京賦作繚亙繚亙綿聯卽西都賦之繚以周牆也周禮注曰囿今之苑按古今異名許析言之鄭渾言之也引伸之凡淵奧處曰囿夏小正正月囿有見韭囿也者園之燕者也四月囿有見杏囿也者山之燕者也又引伸之凡分別區域曰囿常道將引洛書曰人皇始出分理九州爲九囿九囿卽毛詩之九有韓詩之九域也域同或古或與有與囿通用 从口 有聲 于救切古音在一部 一曰所吕養禽獸曰囿 養字依御覽補所吕二字今補大雅靈臺傳曰囿所以域養禽獸也域養者域而養之周禮囿人掌囿游之獸禁牧百獸按韵會無一曰二字艸部云苑所吕養禽獸也此云苑有垣則養禽獸在其中矣此句葢淺人增之 籀 籀文囿 艸部蘙從此爲聲 園 所吕樹果也 鄭風傳曰園所以樹木也按毛言木許言果者毛詩檀穀桃棘皆系諸園木可以包果故周禮云園圃毓草木許意凡云苑囿已必有艸木故以樹果系諸園 从口袁聲 羽元切十四部 圃 所吕種菜曰圃 所吕二字今補齊風毛傳曰圃菜園也馬融論語注曰樹菜蔬曰圃元應引倉頡解詁云種樹曰園種菜曰圃 从口甫聲 博古切五部 因 就也 就下曰就高也爲高必因丘陵爲大必就基阯故因從口大就其區域而擴充之也中庸曰天之生物必因其材而篤焉左傳曰植有禮因重固人部曰仍因也論語因不失其親謂所就者不失其親 从口大 於眞切十二部 囟 下取物縮藏之 謂攝取也今農人圂泥圂卽囟之俗字 从又 下取故從又 从口 縮藏之故從口 讀若聶 女洽切七部聶小徐作籥 囹 獄也 獄上當有囹圄二字幸部曰囹圄所吕拘罪人葢許作囹圉與他書囹圄不同也月令鄭注曰囹圄所以禁守繫者若今別獄矣蔡邕云囹牢也圄止也所以止出入皆罪人所舍也鄭志崇精問曰囹圄何代之獄焦氏荅曰月令秦書則秦獄名也漢曰若盧魏曰司空 从口令

圄ㄩˇ 13疑　囚ㄑㄧㄡˊ 21定　固ㄍㄨˋ 13見　圍ㄨㄟˊ 7匣　困ㄎㄨㄣˋ 9溪　△𣎵　圂ㄏㄨㄣˋ 9匣

聲錯曰囹櫺也櫳檻之名郎丁切十一部

圄守之也从口吾聲魚舉切五部按韵會云圄說文本作圉蓋小徐本有圉無圄左傳圄伯嬴於轑陽而殺之

囚繫也从人在口中似由切三部

固四塞也四塞者無罅漏之謂周禮夏官掌固注云固國所依阻者也國曰固野曰險按凡堅牢曰固又事之已然者曰固卽故之假借字也漢官掌故唐官多作掌固从口古聲古慕切五部

圍守也从口韋聲羽非切十五部

困故廬也廬者二畝半一家之居居必有木樹牆下以桑是也故字從口木謂之困者疏廣所謂自有舊田廬令子孫勤力其中也困之本義爲止而不過引伸之爲極盡論語四海困窮謂君德充塞宇宙與橫被四表之義略同苞注曰言爲政信執其中則能窮極四海天祿所以長終也凡言困勉困苦皆極盡之義从木在口中苦悶切十三部

𣎵古文困廣雅𢋈機闑𣎵也按稚讓用𣎵爲梱字此可證四海困窮之義

圂豕廁也少儀君子不食圂腴注云周禮圂作豢謂犬豕之屬食米穀者也腴有似於人穢按云周禮圂作豢者槀人掌豢祭祀之犬是也豢從豕弄聲圂從口豕會意據許說本非一字豢以人之豢養而言圂以牢中溷濁而言少儀圂腴不煩改字謂豕廁爲圂因謂豕犬爲圂耳引伸之義人廁或曰圂或曰溷俗作溷或曰清俗作圊或曰軒皆見釋名从口象豕在口中也會意象當作豕字之誤也胡困切十三部

囮ㄜˊ 1疑　△圝

囮譯也譯疑當作誘一說周禮貉隸掌與獸言夷隸掌與鳥言是其事也从口化聲今小徐本有聲字是五禾切十七部率鳥者繫生鳥㠯來之名曰囮率捕鳥畢也將欲畢之必先誘致之潘安仁曰暇而習媒翳之事徐爰曰媒者少養雉子至長狎人能招引野雉因名曰媒讀若譌囮者誤之也故讀若譌

圝囮或从繇各本篆作圝解作繇今正按或當作也本二字一化聲一繇聲其義則同廣雅釋言曰囮圝也是可證爲二字轉注矣潘岳射雉賦恐吾游之晏起又良游呃喔引之規裏徐爰注雉媒江淮閒謂之游唐呂溫有由鹿賦游與由皆卽圝字也從繇當作從口繇聲音由三部徐鉉云訛由二音誤也

文二十六當作七　重四當作三

員ㄩㄢˊ 9匣　△鼎　䞫ㄩㄣˊ 9匣（紜）

員物數也本爲物數引伸爲人數俗偁官員漢百官公卿表曰吏員自佐史至丞相十二萬二百八十五人是也數木曰枚曰梃數竹曰箇數絲曰紽曰總數物曰員小雅員于爾輻毛曰員益也此引伸之義也又假借爲云字如秦誓若弗員來鄭風聊樂我員商頌景員維河箋云員古文云从貝貝古以爲貨物之重者也口聲王權切古音云在十三部口聲在十五部合韵取近凡員之屬皆从員

鼎籒文从鼎鼎下曰籒文以鼎爲貝字故員作鼎則作𠟭

䞫物數紛䞫亂也䞫今字作紜紜行而䞫廢矣紛䞫謂多多則亂也古假芸爲䞫老子夫物芸芸各歸其根从員云聲讀若春秋傳曰宋皇鄖宋皇鄖見左傳羽文切十三部

文二　重一

貝ㄅㄟˋ 2幫

貝海介蟲也介蟲之生於海者居陸名猋在水名蜬見釋魚猋作贆俗字也蜬亦當作函淺人加之偏傍耳虫部曰蜬毛蠹也則非貝名象形象其背穹隆而腹下岐博蓋切十五部古者貨貝而寶龜謂以其介爲貨也小雅既見君子錫我百朋箋云古者貨貝五貝爲朋周易亦言十朋之龜故許以貝與龜類言之食貨志王莽貝貨五品大貝壯貝幺貝小貝皆二枚爲一朋不成貝不得爲朋龜貨四品元龜當大貝十朋公龜當壯貝十朋侯龜當幺貝十朋子龜當小貝十朋此自莽法鄭箋詩云古者五貝爲朋注易以爾雅之十龜未嘗用歆莽說也周而有泉周禮外府掌邦布之入出以共百物而待邦之用泉府掌以市之征布斂市之不售貨之滯於民用者注云布泉也讀爲宣布之布其藏曰泉其行曰布取名於水泉其流行無不徧泉始蓋一品周景王鑄大泉而有二品按許謂周始有泉而不廢貝也至秦廢貝行

貨ㄙㄨㄛˇ 1心　賄ㄏㄨㄟˋ 24曉　財ㄘㄞˊ 24從　貨ㄏㄨㄛˋ 1曉　䞈ㄍㄨㄟˋ 1見

錢秦始廢貝專用錢變泉言錢者周曰泉秦曰錢在周秦爲古今字也金部錢下鍇本云一曰貨也檀弓注曰古者謂錢爲泉布則知秦漢曰錢周曰泉也周禮泉府注云鄭司農云故書泉或作錢蓋周人或用假借字秦乃以爲正字凡貝之屬皆从貝

貨貝聲也从小貝聚小貝則多聲故其字從小貝引伸爲細碎之偁今俗瑣屑字當作此瑣行而貨廢矣周易旅初六旅瑣瑣陸績曰瑣瑣小也艮爲小石故曰旅瑣瑣也按瑣者貨之假借字玉部瑣謂玉聲蘇果切十七部

賄財也周禮注曰金玉曰貨布帛曰賄析言之也許渾言之貨賄皆釋曰財从貝有聲呼罪切按古音在一部古假悔字爲之聘禮注曰古文賄皆作悔

財人所寶也寶珍也周禮注曰財泉穀也⿱雨鮮下云小雨財零也以爲今之纔字从貝才聲昨哉切一部

貨財也廣韵引蔡氏化清經曰貨者化也變化反易之物故字从化从貝化聲形聲包會意韵會無聲字呼臥切十七部

䞈資也按篇韵皆云賭也許無賭字从貝爲聲詭僞切古音在十七部或曰此古貨字鍇本無此但云臣鍇按字書云古貨字按爲化二聲同在十七部貨古作䞈猶訛譌通用耳鉉本此下更有讀若貴三字

資ㄗ 4精　贎ㄨㄢˋ 3明　賑ㄓㄣˋ 9端　賢ㄒㄧㄢˊ 6匣　賁ㄅㄧˋ 7幫

資貨也貨者化也資者積也旱則資舟水則資車夏則資皮冬則資絺綌皆居積之謂資者人之所藉也周禮注曰資取也老子曰善人不善人之師不善人善人之資从貝次聲即夷切十五部

贎貨也廣韵云贈貨从貝萬聲無販切十四部

賑富也見釋言郭曰謂隱賑富有西京賦鄉邑殷賑薛曰謂富饒也匡謬正俗曰振給振貨字皆作振振舉救也俗作賑非从貝辰聲之忍切十三部

賢多財也財各本作才今正賢本多財之偁引伸之凡多皆曰賢人偁賢能因習其引伸之義而廢其本義矣小雅大夫不均我從事獨賢傳曰賢勞也謂事多而勞也故孟子說之曰我獨賢勞戴先生曰投壺某賢於某若干純賢多也从貝臤聲胡田切十二部

賁飾也易象傳曰山下有火賁序卦傳曰賁飾也按古假賁爲奔从貝卉聲彼義切十五部按亦音墳亦音肥文與微合韵取近

賀ㄏㄜˋ 1匣　貢ㄍㄨㄥˋ 18見　贊ㄗㄢˋ 3精　賮ㄐㄧㄣˋ 6定

賀以禮物相奉慶也物字依韵會玉篇補相奉慶玉篇作相慶加爲長心部曰慶行賀人也是慶與賀二字互訓賀之言加也猶贈之言增也古假賀爲嘉覲禮余一人嘉之今文嘉作賀是也廣韵曰賀擔也勞也此謂或假賀爲儋何字也儋何俗作擔荷从貝加聲胡箇切十七部

貢獻功也貢功疊韵魯語曰社而賦事烝而獻功韋注社春分祭社也事農桑之屬也冬祭曰烝烝而獻五穀布帛之屬也周禮八則治都鄙六曰賦貢以馭其用注云貢功也九職之功所稅也按大宰以九貢致邦國之用凡其所貢皆民所有事也故職方氏曰制其貢各以其所有从貝工聲古送切九部

贊見也此以疊韵爲訓疑當作所以見也謂彼此相見必資贊者士冠禮贊冠者士昏禮贊者注皆曰贊佐也周禮大宰注曰贊助也是則凡行禮必有贊非獨相見也从貝从兟鉉曰兟音詵進也鍇曰進見以貝爲禮也則旰切十四部

賮會禮也以財貨爲會合之禮也蒼頡篇曰賮財貨也張載注魏都賦曰賮禮贄也又孟子曰行者必以賮辭曰餽賮或假進爲之如漢高紀曰蕭何爲主吏主進是也从貝𦘒聲徐刃切十二部

齎ㄐㄧ 4精　貸ㄉㄞˋ 25透　貣ㄊㄜˋ 25透

齎持遺也周禮掌皮歲終則會其財齎注予人以物曰齎今時詔書或曰齎計吏鄭司農云齎或爲資外府共其財用之幣齎注齎行道之財用也聘禮曰問幾月之齎鄭司農云齎或爲資今禮家定齎作資元謂齎資同耳其字以齊次爲聲從貝變易古字亦多或玉裁按此鄭君不用許書說謂齎資一字聲義皆同也許則釋資爲貨釋齎爲持而予之其義分別不爲一字近人則訓齎爲持矣从貝齊聲祖雞切十五部

貸施也謂我施人曰貸也从貝代聲他代切一部

貣從人求物也從人猶向人也謂向人求物曰貣也按代弋同聲古無去入之別求人施人古無貣貸之分由貣字或作貸因分其義又分其聲如求人曰乞給人之求亦曰乞今分去訖去既二音又如假借二字皆爲求者予者之通名唐人亦有求讀上入予讀兩去之說古皆未必有是貣別爲貸又以改竄許書尤爲異耳

賂ㄌㄨˋ 14來　賸ㄕㄥˋ 26定　贈ㄗㄥˋ 26從　△贛　貱ㄅㄧˋ 1幫　贛ㄍㄢˋ 30見　賚ㄌㄞˋ 24來　賞ㄕㄤˇ 15透　賜ㄙˋ 11心

經史內貣貸錯出恐皆俗增人旁蟘字經典釋文五經文字皆作蟘俗作蟘亦其證也周禮泉府凡民之貸者注云貸者謂從官借本賈也廣韵廿五德云貣謂從官借本賈也其所據周禮正作貣而周禮注中借者予者同用一字釋文别其音亦可知本無二字矣 **从貝弋聲** 他得切亦徒得切一部按古多假貣爲差忒字

賂 遺也 見魯頌大賂傳箋云大猶廣也廣賂者賂君及卿大夫也按以此遺彼曰賂如道路之可往來也貨賂皆謂物其用之則有公私衺正之不同 **从貝各聲** 洛故切五部按各古有洛音鉉云賂當從路省聲非也

賸 物相增加也 賸增疊韵以物相益曰賸字之本義也今義訓爲贅疣與古義小異而實古義之引伸也改其字作剩而形異矣 **从貝朕聲** 以證切六部 **一曰送也副也** 人部曰倂送也賸訓送則與倂音義皆同副貳也貳副益也訓送訓副皆與增加義近

贈 玩好相送也 贈送疊韵秦風渭陽大雅韓奕皆云何以贈之毛傳鄭箋皆云贈送也崧高云以贈申伯傳云贈增也增與送義異而同猶賸之訓增亦訓送也既夕禮云知死者贈知生者賻何休云知死者賵賻知生者贈襚按以玩好送死者亦贈之一端也今人以物贈人曰送送亦古語也 **从貝曾聲** 昨鄧切六部

貱 迻予也 迻遷徙也展轉寫之曰迻書展轉予人曰迻予貱迻疊韵 **从貝皮聲** 彼義切古音在十七部

贛 賜也 釋詁曰贛賜也據釋文本作贛後人改作貢耳端木賜字子贛凡作子貢者亦皆後人所改淮南道應要略二訓注皆云贛賜也 **从貝竷省聲** 古送切按竷聲當在八部而讀同貢則音之轉也贛之古義古音皆與貢不同 **贛 籀文贛** 集韵類篇作贑

賚 賜也 釋詁賚貢錫畀予況賜也又曰賚予也小雅毛傳云賚予也大雅傳云釐賜也釐者賚之假借也 **从貝來聲** 洛帶切一部按徐仙民音來 **周書曰賚尒秬鬯** 文矦之命文今尒作爾

賞 賜有功也 錯曰賞之言尚也尚其功也 **从貝尚聲** 書兩切十部

賜 予也 釋詁賚貢錫畀予況賜也七字轉注凡經傳云錫者

貤ㄧˊ 1定　贏ㄧㄥˊ 12定　賴ㄌㄞˋ 2來　負ㄈㄨˋ 24並　貯ㄓㄨˋ 13定　貳ㄦˋ 4泥　賓ㄅㄧㄣ 6幫　△賓　賒ㄕㄜ 13透

賜之假借也公羊傳曰錫者何賜也賜者與之通稱禹貢納錫大龜乃下與上之詞又玉藻言賜君子與小人者別言之統言則不別也方言曰賜盡也此借賜爲澌澌盡也盡之字俗作儩 **从貝易聲** 斯義切十六部

貤 重次弟物也 漢書注引作物之重次弟也重次弟者既次弟之又因而重之也漢武帝詔曰受爵賞而欲移賣者無所流貤應劭訓貤爲移上林賦說果樹曰貤丘陵下平原郭樸曰貤猶延也按賣爵者展轉與人蔓莚丘陵者層疊兹長皆重次弟之意也毛詩施于中谷施于孫子皆當作貤 **从貝也聲** 以豉切古音在十七部

贏 賈有餘利也 依韵會本訂左傳曰賈而欲贏而惡囂乎俗語謂贏者輸之對 **从貝𣎆聲** 按惟羸嬴字可云𣎆聲贏字當云從貝𣎆𣎆者多肉之獸也故以會意女部嬴當云𣎆省聲今本多誤 以成切十一部

賴 贏也 高帝紀始大人常以臣亡賴應曰賴者恃也晉曰許慎云賴利也無利入於家也或曰江淮之閒謂小兒多詐狡獪爲亡賴按今人云無賴者謂其無衣食致然耳方言云賴讎也南楚之外曰賴賴取也 **从貝剌聲** 洛帶切十五部

負 恃也 左傳曰昔秦人負恃其衆貪於土地逐我諸戎孟子曰虎負隅莫之敢攖 **从人守貝有所恃也** 會意房九切古音在一部樂記禮樂偩天地之情史記栗姬偩貴皆作偩俗字也 **一曰受貸不償** 凡以背任物曰負因之凡背德忘恩曰負

貯 積也 此與宁音義皆同今字專用貯矣周禮注作褚俗字也 **从貝宁聲** 直呂切五部

貳 副益也 當云副也益也周禮注副貳也說詳刀部 **从貝弍聲** 形聲包會意而至切十五部 **弍古文二**

賓 所敬也 大宰八統八曰禮賓大宗伯以賓禮親邦國賓客渾言之也析言之則賓客異義又賓謂所敬之人因之敬其人亦曰賓又君爲主臣爲賓故老子曰樸雖小天下莫能臣也矦王若能守之萬物將自賓司馬相如引詩率土之賓莫非王臣 **从貝** 貝者敬之之物也 **𡧍聲** 必鄰切十二部 **賓 古文** 鉉本無首畫玉篇集韵類篇皆有

賒 貰買也 貰買者在彼爲貰在

貰 ㄕˋ 2定　贅 ㄓㄨㄟˋ 2端　質 ㄓˋ 5端　貿 ㄇㄠˋ 21明　贖 ㄕㄨˊ 17定　費 ㄈㄟˋ 8並　責 ㄗㄜˊ 11精　賈 ㄐㄧㄚˇ 13見

我則爲賖也周禮泉府凡賖者祭祀無過旬日喪紀無過三月鄭司農云賖貰也 从貝余聲 式車切古音在五部

貰 貸也 泉府以凡賖者與凡民之貸者竝言然則賖與貸有別賖貰也若今人云賖是也貸借也若今人云借是也其事相類故許渾言之曰貰貸也高祖本紀常從武負王媼貰酒韋昭曰貰賖也按賖貰皆紓緩之詞 从貝世聲 神夜切按古音在五部聲類字林鄒誕生皆音勢劉昌宗周禮音乃讀時夜反

贅 㠯物質錢 若今人之抵押也漢嚴助傳賣爵贅子以接衣食如淳曰淮南俗賣子與人作奴婢名爲贅子三年不能贖遂爲奴婢按大雅傳曰贅屬也謂贅爲綴之假借也孟子屬其耆老大傳作贅其耆老公羊傳云君若贅旒史漢云贅壻此爲聯屬之偁又莊子云附贅縣肬老子云餘食贅行此爲餘賸之偁皆綴字之假借 从敖貝 會意之芮切十五部 敖者猶放 敖出游也放逐也敖與放義不同而可通故曰猶 謂貝當復取之 謂字依韵會補放者當復還贅者當復贖其義一也此十字釋敖貝之意

質 㠯物相贅 質贅雙聲以物相贅如春秋交質子是也引伸其義爲樸也地也如有質有文是小雅毛傳云旳質也周禮射則充椹質左傳策名委質皆是又縣詩抑詩傳曰質成也禮謂平明爲質明 从貝从所闕 闕者闕從所之說也韵會從所作所聲無闕字之日切十二部

貿 易財也 衞風抱布貿絲咎繇謨貿遷有無化居 从貝卯聲 莫候切三部

贖 貿也 堯典金作贖刑 从貝賣聲 殊六切三部

費 散財用也 論語曰君子惠而不費 从貝弗聲 房未切十五部

責 求也 引伸爲誅責責任周禮小宰聽稱責以傳別稱責即今之舉債古無債字俗作債則聲形皆異矣 从貝朿聲 側革切十六部

賈 賈 此複舉字之未刪者 市也 市買賣所之也因之凡買凡賣皆曰市賈者凡買賣之偁也酒誥曰遠服賈漢石經論語曰求善賈而賈諸今論語作沽者假借字也引伸之凡賣者之所得買者之所出皆曰賈俗又別其字作價別其音入禡韵古無是也 从貝襾聲 公戶切五部 一

𧶜 ㄕㄤ 15透　販 ㄈㄢˋ 3幫　買 ㄇㄞˇ 11明　貴 ㄍㄨㄟˋ 7見　賤 ㄐㄧㄢˋ 3從　賦 ㄈㄨˋ 13幫　貪 ㄊㄢ 28透　貶 ㄅㄧㄢˇ 31幫

曰坐賣售也 六字葢淺人妄增司市注通物曰商居賣物曰賈居賣物謂居積物亦兼賣之也居非謂坐此以坐與下行相對又贅以說文所無之售字殊無文理

𧶜 行賈也 白虎通曰商賈何謂也商之爲言章也章其遠近度其有亡通四方之物故謂之商也賈之爲言固也固其有用之物以待民來以求其利者也通物曰商居賣曰賈按白虎通古本如是漢律厤志商章也物成孰可章度也尚書我商賚女徐邈商音章㕯部商從章聲皆可證𧶜俗作𧶜經傳皆作商商行而𧶜廢矣渾言之則𧶜賈可互偁析言之則行賈曰𧶜行賈者通四方之珍異以資之 从貝商省聲 式陽切十部

販 買賤賣貴者 司市曰夕市夕時而市販夫販婦爲主注云販夫販婦朝資夕賣按資猶取也 从貝反聲 形聲包會意方願切十四部

買 市也 市者買物之所因之買物亦言市論語沽酒市脯 从网貝 會意莫蟹切十六部春秋襄三十一年莒人弒其君密州密州左傳作買朱鉏杜云買朱鉏密州之字按弒君未有書字者傳明云書曰莒人弒其君買朱鉏然則左公所據之經實作買朱鉏不作密州也買爲密朱爲州皆音之轉朱鉏者猶邾之言邾婁也今本經與傳不合葢或以公穀經文改左氏經文 孟子曰登壟斷而网市利 見公孫丑篇此引以證从网貝之意也壟孟子作龍丁公著讀爲隆陸善經乃讀爲壟謂岡壟斷而高者按趙注釋爲堁斷而高者也堁塵也高誘云楚人謂塵爲堁趙本葢作龙斷龙塵襍之皃躐塵不到地勢略高之處也古書龙龍二字多相亂許書亦當作龙斷淺人以陸善經說改爲壟耳

貴 物不賤也 从貝臾聲 居胃切十五部 臾古文蕢 見艸部○按貴篆各本廁部末賏上非舊次也今更正

賤 賈少也 賈今之價字 从貝戔聲 才線切十四部

賦 斂也 周禮大宰以九賦斂財賄斂之曰賦班之亦曰賦經傳中凡言以物班布與人曰賦 从貝武聲 方遇切五部

貪 欲物也 心部惏女部婪皆訓貪 从貝今聲 他含切七部

貶 損也 从貝乏聲 形聲包會意也鉉本

六篇下　九

六篇下　廿

△穷

貧 ㄆㄧㄣˊ 9並　賃 ㄌㄧㄣˋ 28泥　賕 ㄑㄧㄡˊ 21匣　購 ㄍㄡˋ 16見　䝮 ㄕㄨˇ 13心　貲 ㄗ 10精　賨 ㄘㄨㄥˊ 23從　賣 ㄩˋ 17定

作從貝從乏之方斂切杜林作㝵 貧財分少也 謂財分而少也合則見多分則見少富備也厚也則貧者不備不厚之謂 从貝分分亦聲 符巾切十三部 穷古文从宀分 賃庸也 庸者今之傭字廣韵曰傭餘封切傭賃也凡僱僦皆曰庸曰賃 从貝任聲 尼禁切七部 賕㠯財物枉法相謝也 枉法者違法也法當有罪而以財求免是曰賕受之者亦曰賕呂制五過之疵惟來馬本作惟求云有請賕也按上文惟貨者今之不枉法贓也惟求者今之枉法贓也 从貝求聲 形聲包會意巨畱切三部 一曰載質也 載各本作戴今依韵會正謂載質而往求人俌貣也質謂以物相贅 購㠯財有所求也 縣重價以求得其物也漢律能捕豺貀購錢百 从貝冓聲 古候切四部 䝮齎財卜問爲䝮 卜問廣韵作問卜史記貨殖傳醫方諸食技術之人焦神竭能爲重精也日者傳卜而有不審不見奪精按精皆當作䝮同音假借䝮所以餽卜者也祭神米曰糈卜者必禮神故其字亦作糈 从貝疋聲讀若所 疏舉切五部 貲小罰㠯財自贖也 貲字本義如是引伸爲凡財貨之偁 从貝此聲 卽夷切十五部 漢律民不繇貲錢二十三 繇傜古今字二十三各本作二十二今正漢儀注曰人年十五至五十六出賦錢人百二十爲一筭又七歲至十四出口錢人二十以供天子至武帝時又口加三錢以補車騎馬見昭帝紀光武紀二注及今四庫全書內漢舊儀按論衡謝短篇曰七歲頭錢二十三亦謂此也然則民不傜者謂七歲至十四歲貲錢二十三者口錢二十并武帝所加三錢也 賨南蠻賦也 後漢書南蠻西南夷傳曰槃瓠之傳蠻夷秦置黔中郡漢改爲武陵歲令大人輸布一匹小口二丈是謂賨布魏都賦曰賨幏積墆幏見巾部 从貝宗聲 徂紅切九部 賣衒也 衒行且賣也賣字不見經傳周禮多言儥儥訓買亦訓賣胥師飾行儥慝賈師貴儥者𠀤卽說文之賣字而說文人部儥見也則今之覿字也玉篇云賣或作𧷗𧷗是賣𧷗爲古今字矣按賣

△𡏳

賏 ㄧㄥ 12影　邑 ㄧˋ 27影　邦 ㄅㄤ 18幫　郡 ㄐㄩㄣˋ 9匣

隸變作賣易與賣相混 从貝𡏳聲𡏳古文睦 見目部 讀若育 余六切三部 賏頸飾也从二貝 騈貝爲飾也烏莖切十一部

文五十九　重三

邑國也 鄭莊公曰吾先君新邑於此左傳凡偁人曰大國凡自偁曰敝邑古國邑通偁白虎通曰夏曰夏邑商曰商邑周曰京師尚書曰西邑夏曰天邑商曰作新大邑於東國雒皆是周禮四井爲邑左傳凡邑有宗廟先君之主曰都無曰邑此又在一國中分析言之 从口 音韋封域也 先王之制尊卑有大小从卪 尊卑謂公矦伯子男也大小謂方五百里方四百里方三百里方二百里方百里也土部曰公矦百里伯七十里子男五十里從孟子說也尊卑大小出於王命故從卪於汲切七部 凡邑之屬皆从邑 邦國也 周禮注曰大曰邦小曰國析言之也許云邦國也國邦也統言之也周禮注又云邦之所居亦曰國此謂統言則封竟之內曰國曰邑析言則國之野對偁周禮體國經野是也古者城𩫖所在曰國曰邑而不曰邦邦之言封也古邦封通用書序云邦康叔邦諸矦論語云在邦域之中皆封字也周禮故書乃分地邦而辨其守地邦謂土畍杜子春改邦爲域非也 从邑丰聲 博江切九部 𡭊古文 從㞢田之適也所謂往卽乃封古文封字亦從之土 郡周制天子地方千里分爲百縣縣有四郡 逸周書作雒篇曰千里百縣縣有四郡高注六月紀云周制天子畿內方千里分爲百縣縣有四郡郡有監故春秋傳曰上大夫受縣下大夫受郡周時縣大郡小至秦始皇兼天下初置三十六郡以監縣耳按作雒篇與周禮不合鄭注月令但云四監主山林川澤之官百縣鄉遂之屬是不從作雒說也 故春秋傳曰上大夫受縣下大夫受郡是也 各本少受縣下大夫五字今從水經注河水篇所引補正趙簡子曰克敵者上大夫受縣下大夫受郡見左傳哀公二年 至秦初天下置三十

六郡㠯監縣戰國策甘茂曰宜陽大縣也名爲縣其實郡也秦武王時巳郡大縣小矣前此惠文王十年魏納上郡十五縣後十三年攻楚漢中取地六百里置漢中郡吳氏師道云或者山東諸矦先變古縣大郡小之制而秦效之是也至始皇廿六年始置三十六郡三十六郡者錢氏大昕曰地理志河東太原上黨東郡潁川南陽南郡九江鉅鹿齊郡瑯邪會稽漢中蜀郡巴郡隴西北地上郡雲中鴈門代郡上谷漁陽右北平遼西遼東南海皆曰秦置長沙國曰秦郡河南曰故秦三川郡沛郡曰故秦泗水郡五原曰秦九原郡鬱林曰故秦桂林郡日南曰故秦象郡趙國曰故秦邯鄲郡梁國曰故秦碭郡魯國曰故秦薛郡數之適得三十六下文揔之曰本秦京師爲內史分天下作三十六郡此確然不易者也史記始皇本紀二十六年分天下爲三十六郡而略取陸梁地爲桂林象郡南海乃在三十三年裴駰以爲不當在三十六之內因舍三郡以內史鄣郡黔中足之內史別於三十六郡不待言故鄣郡雖見於志注而不系之秦黔中郡見昭襄王三十年而志不之數不可爲典要也史記之三十六與漢志同乃揔攝後事而言之故漢志說文高誘呂覽注應劭風俗通皇甫謐帝王世紀司馬彪郡國志皆言秦分三十六郡裴氏不從漢志之目而唐人作晉書乃造秦四十郡之說前此無言之者**从邑君聲**渠運切十三部按釋詁曰郡乃也此未得其說疑邢之誤也

都 ㄉㄨ 13端

都 有先君之舊宗廟曰都左傳曰凡邑有宗廟先君之主曰都無曰邑周禮大司徒注曰都鄙者王子弟公卿大夫采地其畍曰都鄙所居也載師注曰家邑大夫之采地小都卿之采地大都公之采地王子弟所食邑也大宰八則注曰都鄙公卿大夫之采邑王子弟所食邑周召毛聃畢原之屬在畿內者祭祀者其先君社稷五祀按據杜氏釋例大曰都小曰邑雖小而有宗廟先君之主曰都尊其所居而大之也又按左氏言有宗廟先君之主曰都許改云有先君之舊宗廟則必如晉之曲沃故絳而後可偁都恐非左氏意也左氏與周官合**从邑者聲**當孤切五部**周禮距國五百里爲都**此周禮說也周禮載師注引司馬法曰王國百里爲郊二百里爲州三百里爲野四百里爲縣五百里爲都大宰注曰邦中在城郭者四郊去國百里邦甸二百里家削三百里邦縣四百里邦都五百里

六篇下　卅三

鄰 ㄌㄧㄣˊ 6來　酇 ㄗㄢˋ 3精

鄰 五家爲鄰見遂人職按引伸爲凡親密之偁**从邑粦聲**力珍切十二部

酇 百家爲酇遂人五家爲鄰五鄰爲里四里爲酇五酇爲鄙五鄙爲縣五縣爲遂**酇聚也**謂酇與欑儹音義皆同欑一曰叢木也儹取也**从邑贊聲**作管切又作旦切**南陽有酇縣**漢地理志南陽郡酇矦國孟康曰音讚按南陽縣作酇沛郡縣作鄼許二字畫然不相亂也在沛者後亦作酇直由莽曰贊治而亂南陽酇音讚沛鄼及改作酇字皆音嵯音亦本不相亂蕭何始封之酇茂陵書文穎臣瓚顏師古杜佑皆云在南陽江統戴規姚察李吉甫今錢氏大昕皆云在沛在沛說是也始封於鄼高后乃封之南陽之酇與筑陽文帝至莽之酇矦皆在南陽故地理志於南陽云酇矦國而沛郡鄼下不云矦國爲在沛者不久也諸家所傳班固作泗水亭高祖碑云文昌四友漢有蕭何序功第一受封於鄼以韵求之可以不惑

鄙 ㄅㄧˇ 24幫

鄙 五酇爲鄙見遂人五百家也又周禮都鄙王子弟公卿大夫采地其畍曰都鄙所居也按大司徒以邦國都鄙對言鄭注以邦之所居曰國都之所居曰鄙對言春秋經傳鄙字多訓爲邊者葢周禮都鄙距國五百里在王畿之邊故鄙可釋爲邊又引伸爲輕薄之偁而鄙夫字古作啚取目云俗儒啚夫翫其所習可證也今則鄙行而啚廢矣**从邑啚聲**兵美切古音在一部故鄙否通叚用也

郊 ㄐㄧㄠ 19見

郊 距國百里爲郊杜子春注周禮曰五十里爲近郊百里爲遠郊玉藻說郊祭曰於郊故謂之郊**从邑交聲**古肴切二部按周禮故書作蒿假借字

邸 ㄉㄧˇ 4端

邸 屬國舍也文帝紀曰入代邸顏注曰郡國朝宿之舍在京師者率名邸邸至也言所歸至也按今俗謂旅舍爲邸經典假借邸爲柢如典瑞四圭有邸是也釋器邸謂之柢當作柢謂之邸釋言曰柢本也鄭司農引作邸本也可證爾雅皆釋經之辭**从邑氐聲**都禮切十五部

郛 ㄈㄨˊ 21幫

郛 𩫏也𩫏各本作郭今正公羊傳入其郛注郛恢郭也城外大郭也**从邑孚聲**甫無切古音在三部

郵 ㄧㄡˊ 24匣

郵 竟上行書舍孟子德之

六篇下　卅四

⿰肖阝ㄕㄠ 19心　鄯ㄕㄢˋ 3定

流行速於置郵而傳命釋言郵過也按經過與過失古不分平去故經過曰郵過失亦曰郵爲尤訧之假借字从邑垂會意羽求切古音在一部垂邊也說從垂之意在境上故從垂

⿰肖阝　國甸大夫稍稍所食邑載師注曰故書稍或作削按削當是⿰肖阝之誤許所據正故書或本也太宰家削之賦當作家⿰肖阝釋文曰家削本又作⿰肖阝是也按國甸之下疑有奪文大宰曰三曰邦甸之賦四曰家⿰肖阝之賦載師曰以公邑之田任甸地以家邑之田任⿰肖阝地此云國甸卽經之邦甸也邦甸去國二百里家⿰肖阝三百里此當云國甸之外曰家⿰肖阝大夫稍稍所食邑鄭曰家邑大夫之采地也稍與⿰肖阝疊韵从邑肖聲所教切二部周禮曰任⿰肖阝地在天子三百里之內鄭說同

鄯　鄯善逗西胡國也許書三言西胡皆謂西域也言西胡以別於匈奴爲北胡也漢西域傳云鄯善國本名樓蘭王治扜泥城去陽關千六百里去長安六千一百里元鳳四年傳介子誅其王更名其國爲鄯善爲刻印章是則此時初製鄯字也漢鄯善國城

六篇下　卅五

竆ㄑㄩㄥˊ 23匣　⿰契阝ㄐㄧˋ 2見

在今哈密衛東南中國山川維首在隴蜀紀地者必始於西故起西域而雍州从邑善善亦聲時戰切十四部

竆　夏后時諸侯夷羿國也弓部曰⿰幵弓帝嚳䠶官夏少康滅之羽部曰羿羽之羿風亦古諸侯也按⿰幵弓羿古通用云帝嚳射官而夏少康滅之則夏之夷羿卽帝嚳䠶官之後裔明矣夷羿見左傳虞箴左傳魏絳云夏訓有之曰有窮后羿昔有夏方衰后羿自鉏遷於窮石因夏民以代夏政寒浞殺羿靡滅浞立少康有窮由是遂亡今左傳作窮許所據作竆今古字也左氏之竆石杜不言其地所在蓋非山海經離騷淮南子所云弱水所出之窮石也地理志說文皆云弱水出張掖山丹則山海經離騷淮南子所云竆石當在山丹漢山丹今爲甘州府山丹縣岠夏都安邑甚遠然許鄯善之下卽出竆字固謂西北邊地从邑竆省聲渠弓切九部

⿰契阝　周封黃帝之後於⿰契阝也樂記曰武王克殷及商未及下車而封黃帝之後於薊按⿰契阝薊古今字也薊行而⿰契阝廢矣漢地理志郡國志皆作薊則其字假借久矣陸德明曰薊今涿郡薊縣是

也卽燕國之都也孔安國司馬遷及鄭皆云燕召公與周同姓案黃帝姓姬君奭蓋其後也或黃帝之後封薊者滅絕而更封燕召公乎疑不能明也而皇甫謐以召公爲文王之庶子記傳更無所出又左傳富辰言文王之昭亦無燕玉裁按地理志曰廣陽國薊燕召公所封然則班意謂封黃帝之後卽召公也而周本紀以封堯後於薊封召公奭於燕竝言張守節疑薊爲燕所幷未知其審从邑契聲讀若薊古詣切十五部上谷有⿰契阝縣地理志廣陽國下曰高帝燕國昭帝元鳳元年爲廣陽郡宣帝本始元年更爲國郡國志廣陽郡注曰世祖省廣陽郡幷上谷永平八年復按許云上谷有薊縣依光武省幷而言也今京師順天府附郭大興縣治卽古燕都許說漢制作⿰契阝則知漢時故作⿰契阝矣但不解今之漢志何以作薊也○又按此五字當如下文邰下鄻下之例作今上谷薊縣是也七字漢時字已作薊如邰已作斄鄻已作穰古今字不同故著之以言其合假令漢時字本作⿰契阝則其立文當云上谷縣也周時黃帝之後所封如鄒下云魯縣古邾國帝顓頊之後所封之例矣然則⿰契阝者許所見

六篇下　卅六

邰ㄊㄞˊ 24透　⿰支阝ㄑㄧˊ 10匣

古字也薊者漢時字也

邰　炎帝之後姜姓所封周棄外家國大雅有邰家室毛傳曰邰姜嫄之國也堯見天因邰而生后稷故國后稷於邰使事天以顯神順天命是則邰本后稷外家之國名炎帝之後姜姓所封也國后稷於邰時益國姜姓於他處矣至武王克殷興滅國繼絕世乃封神農之後於焦从邑台聲土來切一部右扶風斄縣是也見地理志周人作邰漢人作斄古今語小異故古今字不同郡國志無斄縣郿下曰有邰亭益斄縣倂入郿也邰亭杜預謂之斄鄉徐廣謂之斄鄉今陝西乾州武功縣縣西南二十二里故斄城是詩曰有邰家室今生民詩有卽字考高誘注呂覽辨土引實穎實粟有邰家室亦無卽○宋本說文無卽與九經字樣所引合一本有者非也

⿰支阝　周文王所封在右扶風美陽中水鄉經典有岐無⿰支阝惟漢地理志曰大王徙⿰支阝文王作豐匈奴傳曰秦襄公伐戎至⿰支阝師古曰⿰支阝古岐字岐專行而⿰支阝廢矣許所見豳岐作⿰支阝猶所見薊作⿰契阝也地理志曰右扶風美陽

△岐　△⿱枝山　邠ㄅㄣ 9幫　△豳

禹貢岐山在西北中水鄉周大王所邑魯頌箋曰大王自豳徙居岐山之陽按此云文王所封要其終而言皇矣詩曰度其鮮原居岐之陽箋云乃始謀居善原廣平之地亦在岐山之南也文王自郊遷酆非文王始國郊也下云酆周文王所都則此當云大王矣戴先生曰美陽今爲陝西鳳翔府岐山扶風二縣漢志美陽岐山在西北今岐山縣東七十里岐山是 **从邑支聲** 巨支切十五部

岐 郊或从山支聲因岐山以名之也 郊或者岐之或字謂岐即郊邑之或體也又云因岐山以名之則又郊邑岐山畫爲二字矣考岐山見於夏書雅頌漢志郊邑因岐山以名郊邑可作岐岐山不可作郊薛綜注西京賦引說文岐山在長安西美陽縣昑山有兩岐因以名焉此說文山部原文也山有兩岐當作山有兩枝山有兩枝故名曰岐山疑後人移入於此而刪改之學者讀此可以刪邑部之岐專入山部矣○按漢書地理志曰大王徙郊曰襄公將兵救周有功賜受郊酆之地郊祀志曰大王建國於郊梁匈奴傳曰秦襄公伐戎至郊皆作郊郊周字也而岐山字地理志皆作岐是可證郊岐之別

⿱枝山 古文郊从枝从山 古文郊當作古文岐此亦淺人改山部之文入此部耳亦當刪此入彼

邠 周大王國在右扶風美陽从邑分聲 補巾切十三部

豳 美陽亭即豳也民俗以夜市有豳山从山从豩闕 按此二篆說解可疑豳者公劉之國史記云慶節所國非大王國疑一漢地理志毛詩箋郡國志皆云豳在右扶風栒邑不在美陽疑二地理郡國二志皆云栒邑有豳鄉徐廣曰新平漆縣之東北有豳亭漢右扶風之漆與栒邑皆是豳域不得美陽有豳亭疑三從山豩聲非有闕也而云從豩闕疑四假令許果以豳合邠當云或邠字而不言及疑五蓋古地名作邠山名作豳而地名因於山名同音通用如郊岐之比是以周禮籥師經文作豳注作邠漢人於地名用邠不用豳許氏原書當是豳岐本在山部而後人移之倂古今字爲一字抑或許書之變例有然未能定也經典多作豳惟孟子作邠唐開元十三年始改豳州爲邠州見通典元和郡縣志郭忠恕云因似幽而易誤也

郿ㄇㄟˊ 4明　郁ㄩˋ 24影　鄠ㄏㄨˋ 13匣　扈ㄏㄨˋ 13匣　△⿰山马　⿰崩阝ㄅㄥ 26並

郿 右扶風縣 前後二志同大雅申伯信邁王餞于郿毛云郿地箋云時王蓋省岐周故于郿云正義云申在鎬京之東南自鎬適申塗不經郿時宣王蓋省視岐周申伯從王至岐自岐餞之按今鳳翔府郿縣縣東北十五里渭水之北有故郿城 **从邑眉聲** 武悲切師古音媚十五部

郁 右扶風郁夷也 見地理志班引詩周道郁夷師古曰毛詩周道倭遲韓詩作郁夷字言使臣乘馬行於此道按古假借爲䣙字如論語郁郁乎文哉是也䣙有文章也其始借或爲䣙其後又借郁爲或今陝西鳳翔府隴州州西五十里有故郁夷城後漢建武二年鄧禹遣兵擊赤眉於郁夷在此處也 **从邑有聲** 於六切古音在一部

鄠 右扶風縣也 前後二志同今陝西西安府鄠縣縣北二里有故鄠城即古扈國也 **从邑雩聲** 胡古切五部

扈 夏后同姓所封戰於甘者 尚書序曰啟與有扈戰於甘之野作甘誓馬融曰有扈姒姓之國爲無道又曰甘有扈南郊地名也左傳曰夏有觀扈五觀與扈皆夏同姓也 **在鄠** 謂夏之有扈在漢之鄠縣也鄠即扈如鰲即部藺即鄰皆古今字姚察史記訓纂云戶扈鄠三字一也按扈爲周字鄠爲秦字通典云至秦改爲鄠 **有扈谷甘亭** 此五字有脫誤當作有戶谷戶亭甘亭七字今漢書鄠下云古國有扈谷亭語不完當依元和郡縣志所引云古扈國有戶谷戶亭又有甘亭史記正義所引志云古扈國有戶亭疑正義尚脫戶谷二字許書當與漢志同戶扈同字姚察云戶扈鄠三字同是也 **从邑戶聲** 胡古切五部按左傳扈扈民無淫者也同屆蕩戶之之戶止也又離騷扈江離於辟芷王云楚人名被爲扈

⿰山马 古文扈从山马 此未詳其右所從也鍇曰從辰巳之巳竊謂當從戶而轉寫失之

⿰崩阝 右扶風鄠鄉 謂右扶風鄠縣有⿰崩阝鄉也下仿此漢⿰崩阝成侯周緤服虔音菅蒯之蒯蘇林音簿催反小顏小司馬皆云字從崩從邑功臣表⿰崩阝成在長沙張守節引輿地志云⿰崩阝成縣故陳倉縣之故鄉聚名也周緤所封與漢表說文皆乖異而穆天子傳天子西征至于⿰崩阝又未詳其地 **从邑崩聲沛城父有⿰崩阝鄉** 沛郡城父見地

郰ㄐㄩ 13精　郝ㄏㄠˇ 14曉　酆ㄈㄥ 18滂　鄭ㄓㄥˋ 6定　郃ㄍㄜˊ 27匣　叩ㄎㄡˋ 16溪　⿱樊邑ㄈㄢˊ 3並

理志城父者左傳襄元年昭九年之夷地今安徽潁州府亳州州東南七十里有故城父城是也史記索隱引三蒼云鄘鄉在城父縣音裴**讀若陪**許云崩聲則在第六部也讀若陪則音轉在一部也鄘城楚漢春秋作憑城師古云鄘又音普肯反皆本音也今音蒲回切依讀若陪之云而入灰韵也

郰　右扶風鄠鄉　从邑且聲子余切五部

郝　右扶風鄠盩厔鄉鉉本如此謂右扶風之鄠縣盩厔縣皆有郝鄉也玉篇作右扶風盩厔鄉無鄠字而錯本作右扶風鄠鄉盩厔縣脫落不完汲古毛扆乃取以改舊本可笑也前志曰右扶風盩厔按在今陝西西安府盩厔縣**从邑赤聲**呼各切五部

酆　周文王所都詩書皆作豐左傳酆文之昭也字從邑前後二志亦作酆大雅曰既伐于崇作邑于豐杜預曰酆在鄠縣後志曰酆在京兆杜陵西南**在京兆杜陵西南**京兆尹杜陵二志同今陝西西安府府東南十五里有故杜陵城**从邑豐聲**敷戎切九部

鄭　京兆縣二志同今陝西同州府華州州城北有故鄭城**周厲王子友所封**前志曰周宣王弟鄭桓公邑**从邑奠聲**直正切十一部**宗周之滅鄭徙溍洧之上今新鄭是也**桓公友之子武公與平王東遷取虢鄶鄢蔽補丹依疇歷華十邑之地右雒左濟前華後河食溱洧焉從其故名曰鄭至漢爲河南郡新鄭二志同今河南開封府新鄭縣西有故鄭城

郃　左馮翊郃陽縣二志同應劭曰在郃水之陽也按今陝西同州府郃陽縣卽其地**从邑合聲**矦閤切七部**詩曰在郃之陽**大雅文今詩郃作洽水經注引亦作郃按魏世家文矦時西攻秦築雒陰合陽字作合蓋合者水名毛詩本作在合之陽故許引以說會意秦漢間乃製郃字耳今詩作洽者後人意加水㝊許引詩作郃者後人所改

叩　京兆藍田鄉二志皆云京兆尹藍田今陝西西安府藍田縣縣治西十一里有藍田故城叩者鄉名今人叩擊字从卩不當作叩**从邑口聲**苦后切四部

⿱樊邑　京兆杜陵鄉水經注渭水篇泬水上承

鄜ㄈㄨ 19幫　⿰屠阝ㄊㄨˊ 13定　邮ㄧㄡˊ 21定　⿰年阝ㄋㄧㄢˊ 6泥　邽ㄍㄨㄟ 10見　部ㄆㄡˇ 24並

皇子陂於樊川其地卽杜之樊鄉也漢祖至櫟陽以將軍樊噲灌廢丘最賜邑於此鄉按樊鄉見史漢樊噲傳索隱引三秦記曰長安正南山名秦嶺谷名子午一名樊川一名御宿樊鄉卽樊川也宋敏求長安志曰樊川在萬年縣南三十五里引十道志云其地卽杜陵之樊鄉凡言樊鄉卽許之⿱樊邑鄉也在今西安府府南三十里之樊川周語樊仲山父諫韋曰仲山父王卿士食采於樊毛傳曰仲山甫樊矦也按周襄王賜晉文公陽樊之田陽樊一名樊一名陽國語陽人不服而曰陽有樊仲之官守焉然則仲山甫之樊非此⿱樊邑也陽樊方輿紀要云或曰在今河南懷慶府濟源縣**从邑樊聲**附袁切十四部

鄜　左馮翊縣見地理志按封禪書秦文公作鄜畤今陝西鄜州洛川縣縣東南七十里有鄜城廢縣**从邑麃聲**甫無切按票聲麃聲當在二部而孟康鄜音敷者凡漢志地名皆隨其地語言爲音故也隸省作鄜

⿰屠阝　左馮翊郃陽亭謂左馮翊郃陽有⿰屠阝亭也各本作⿰屠阝陽亭誤今依集韵類篇王伯厚詩地理考正伯厚困學紀聞亦作⿰屠阝陽亭則宋時本固是非錯出也大雅韓奕出宿于屠毛曰屠地名宋濬水李氏謂地在同州⿰屠阝谷是也按屠⿰屠阝古今字顧氏祖禹讀史方輿紀要作荼谷渡云在今陝西同州府郃陽縣東河西故城南**从邑屠聲**同都切五部

邮　左馮翊高陵亭各本無亭字今依廣韵尤韵及玉篇補錫韵又曰邮鄉名在高陵按左馮翊高陵二志同今陝西西安府高陵縣卽其地**从邑由聲**徒歷切古音在三部

⿰年阝　左馮翊谷口鄉左馮翊谷口見地理志今陝西西安府醴泉縣東北七十里有故谷口城**从邑年聲讀若寧**奴顛切十二部按廣韵奴丁切年聲而讀如寧合韵也

邽　隴西上邽也見地理志郡國志曰漢陽郡上邽故屬隴西胡氏三省云秦本紀武公伐邽冀戎初縣之上邽縣故邽戎地也此爲上邽京兆有下邽今甘肅秦州州西六十里有故上邽城**从邑圭聲**古畦切十六部

部　天水狄部地理志天水無狄部未詳顧氏祖禹曰漢天水郡今陝西鞏昌府以東秦州之境是其地**从邑咅聲**蒲口切四部按廣韵曰部署也

許冣目曰分別部居不相雜廁

郖　宏農縣庾地　二志宏農郡首宏農縣郡縣同名故但言宏農縣也庾當作渡字之誤也水經注河水篇曰門水又北徑宏農縣故城東城卽故函谷關門水側城北流而注於河河水於此有浢津以河北有浢水南入於河故有浢津之名也穆天子傳天子自賓軨乃次於浢水之陽丁亥入於南鄭考其沿歷所踵路直斯津是知袁豹之徒竇津之說非矣按浢郖同字魏志杜畿傳畿遂詭道從郖津渡陳壽用字合許書也宋元嘉二十九年北魏將封禮自郖津南渡赴宏農拒柳元景在今河南陝州靈寶縣縣西十里　**从邑豆聲**　當矦切四部按矦當作侯

鄏　郟鄏　逗二字依韵會補　**河南縣直城門官陌地也**　官趙抄宋本李仁甫本作宮今集韵作宮類篇作官似官是官陌卽今云官路也河南縣者二志皆云河南郡河南縣同名故但云河南縣以別於凡縣不云縣也若漢魏時碑則云河南河南矣漢雒陽縣周之成周也漢河南縣周之王城也今河南河南府府東北二十里有雒陽故城府城西北有河南故城河南故城西有郟鄏陌或謂之郟山北二里曰邙山　**从邑辱聲**　而蜀切三部　**春秋傳曰成王定鼎于郟鄏**　宣三年左傳文按逸周書云周公作大邑成周於中土南繫於雒水北因於郟山以爲天下之大湊地理志曰河南郡河南故郟鄏地周武王遷九鼎周公致太平營以爲都是爲王城是則漢之河南縣左傳之郟鄏也周時郟鄏爲大名漢時專謂城外官陌爲郟鄏陌舊名之僅存者故皇甫謐杜預皆云縣西有郟鄏陌也許君先舉漢陌後舉周地使文義相足別詳邙下

鄻　周邑也　左傳昭廿九年王子趙車入于鄻以叛杜云鄻周邑　**从邑輦聲**　力展切十四部

⿰祭阝　周邑也　左傳曰凡蔣邢茅胙祭周公之允也按春秋經左傳國語史記逸周書竹書紀年凡云祭伯祭公謀父字皆作祭惟穆天子傳云⿰祭阝父注云⿰祭阝父⿰祭阝公謀父⿰祭阝者本字祭者假借字韋注國語云祭畿內之國周公之後也爲王卿士謀父字也是則⿰祭阝本西都畿內邑名至東周時隱元年祭伯來莊廿三年祭叔來聘尚仍其西都舊偁許云周邑系諸河南河內之間其諸東都亦有⿰祭阝與

抑如鄭之仍舊偁與　**从邑祭聲**　側介切十五部禮記葉公之顧命以周書祭公解正之葉乃祭之誤

邙　河南雒陽北　雒各本作洛誤今正河南雒陽二志同　**芒山上邑**　芒宋本或作亡或作土玉篇集韵類篇作土今定作芒左傳昭廿二年杜注曰北山洛北芒也文選應休璉與從弟君苗君冑書曰登芒濟河李注引說文芒洛北大阜也今說文雖無此語然所據爲唐以前書郡國志雒陽下亦引皇覽縣北芒山道西呂不韋冢水經注穀水篇曰廣莫門北對芒阜是則山本名芒山上之邑則作邙後人但云北邙尟知芒山矣亡者譌字也土者淺人肊改之也北芒山在今河南河南府府北十里山連偃師鞏孟津三縣綿亙四百餘里左傳昭二十二年王田北山卽此按周書所謂郟山者北邙山也王城謂之郟者以山名之桓七年王遷盟向之民于郟襄二十四年齊人城郟周語晉文公旣定襄王于郟皆謂王城也然則云郟鄏者謂郟山下肥瘠之地郟古字容當作夾　**从邑亡聲**　亦從芒省會意莫郎切十部

鄩　周邑也　左傳昭廿二年郟鄩潰杜曰河南鞏縣西南有地名鄩中水經注洛水篇曰鄩水於訾城西北東入洛水京相璠云有鄩城蓋周大夫鄩肸之邑也按鄩肸鄩羅皆子朝之黨見左傳今河南河南府鞏縣縣西南五十八里有故鄩城　**从邑尋聲**　徐林切七部

郗　周邑也在河內　左傳隱十一年王與鄭人蘇忿生之田溫原絺樊隰郕欑茅向盟州陘隤懷杜曰絺在野王縣西南按郗者本字絺者古文假借字也前志河內郡波縣孟康云有絺城後志亦云河內波有絺城按許但云河內不云某縣者有所未審也　**从邑希聲**　丑脂切十五部

鄆　河內沁水鄉　河內郡沁水二志同今河南懷慶府濟源縣縣東北有故沁水城是也沁水縣有鄆鄉　**从邑軍聲**　王問切十三部　**魯有鄆地**　見左氏春秋經傳公羊作運文公十二年成公九年襄公十二年昭公元年之鄆杜云莒別邑在城陽姑幕縣此在魯東者也成公十六年之鄆杜云魯西邑在東郡廩丘此在魯西境者也東鄆當在今山東青州府諸城縣西鄆在今山東曹州府鄆城縣有鄆城故城按此與沛城父有鄘鄉魯東有郗武

邵ㄕㄠˋ 19定　⿱㓞邑ㄌㄧˊ 4來　邘ㄩˊ 13曉　邶ㄅㄟˋ 25幫

爲一例別於前義

邶 故商邑商畿內之地也邑國也商頌曰商邑翼翼自河內朝歌以北是也河內朝歌二志同前志曰朝歌紂所都詩譜曰邶鄘衞者商紂畿內方十里之地武王伐紂以其京師封紂子武庚爲殷後三分其地置三監使管叔蔡叔霍叔尹而教之自紂城而北謂之邶南謂之鄘東謂之衞後三監導武庚叛成王殺武庚伐三監更於此三國建諸侯封康叔於衞使爲之長後世子孫稍幷彼二國混而名之從其國本而異之爲邶鄘衞之詩焉故邶城在今河南衞輝府府東北通典曰故鄘城在新鄉縣縣西南三十二里从邑北聲補妹切古音在一部

邘 周武王子所封左傳曰邘晉應韓武之穆也在河內野王是也是也二字衍文河內野王二志同前志孟康注曰故邘國今邘亭是也後志曰野王有邘城尚書大傳曰文王受命一年斷虞芮之訟二年伐邘此商時之邘也武王子所封徐廣曰在野王縣西北按今河南懷慶府府西北十三里有故邘城从邑亏聲況于切五部讀又若區于聲則讀如于矣又讀同區與四部合韵也

⿱㓞邑 殷諸侯國今商書西伯戡黎今文尚書作耆尚書大傳文王受命五年伐耆周本紀明年敗耆國是也或作肌或作飢皆假借字也許所據古文尚書作⿱㓞邑戈部作黎蓋俗改也左傳曰赤狄奪黎氏地詩序曰狄人迫逐黎侯未知即商諸侯之後與否在上黨東北上黨郡名不言何縣者有未審也前志上黨壺關應劭曰黎侯國也今黎亭是後志同應說今山西潞安府府治即漢壺關縣府西南三十五里有黎亭从邑㓞聲郎奚切十五部㓞古文利見刀部商書西伯戡⿱㓞邑商書篇名

邵 晉邑也左傳襄二十三年齊侯伐衞遂伐晉入孟門登大行張武軍於熒庭戍郫邵杜曰取晉邑而守之杜不言郫邵二邑名據許則當是二邑也文六年賈季召公子樂於陳趙孟使殺諸郫此單言郫也後志河東垣縣有邵亭注引博物記縣東九十里有郫邵之阸趙孟殺公子樂於郫邵豈張華所見左傳有異歟按今山西絳州垣曲縣東有邵城後魏之邵郡後周之邵州皆此也依許則經典獨此字從邑召凡周召字作邵者俗也後儒或謂垣曲邵城爲周召分陝之所其說不經从邑召聲寔照切二部

⿰匩阝ㄎㄨㄤ 4匣　鄈ㄎㄨㄟˊ 15溪　⿰虔阝ㄑㄧㄢˊ 3匣　䣛ㄈㄟˊ 7並　郤ㄒㄧˋ 14溪　邲ㄅㄧˋ 5並　鄇ㄏㄡˋ 16匣　鄐ㄔㄨˋ 22透　鄍ㄇㄧㄥˊ 12明

鄍 晉邑也左傳僖二年荀息假道於虞曰冀爲不道入自顛軨伐鄍三門服虔曰謂冀伐晉也下文冀之既病亦唯君故謂虞助晉也將欲假道稱前恩以誘之按服說是也杜云鄍虞邑非也許同服說从邑冥聲莫經切十一部春秋傳曰伐鄍三門是也

鄐 晉邢侯邑按當云晉雍子邑許筆誤也左傳襄卄六年聲子曰雍子奔晉晉人與之鄐子靈即申公巫臣奔晉晉人與之邢昭十四年晉邢侯與雍子爭鄐田杜曰邢侯巫臣之子也从邑畜聲丑六切三部

鄇 晉之溫地左傳成十一年晉郤至與周爭鄇田郤至曰溫吾故也杜曰鄇溫別邑今河內懷縣西南有傒人亭按鄇田今在河南懷慶府武陟縣劉歆遂初賦越侯田而長驅兮釋叔向之飛患已下皆述叔向事則侯田正謂邢侯雍子所爭者也章樵以鄇田說之疑非从邑侯聲胡遘切四部春秋傳曰爭鄇田

邲 晉邑也杜曰邲鄭地按水經注濟水篇曰次東得宿胥水口濟水與河渾濤東注濟水於此又兼邲目春秋宣公十三年晉楚之戰楚軍於邲即是水也顧氏祖禹曰其地蓋即熒口受河之處今在河陰縣西从邑必聲毗必切十二部春秋傳曰晉楚戰于邲宣十二年左傳文

郤 晉大夫叔虎邑也叔虎之子曰郤芮以邑爲氏从邑谷聲綺戟切古音在五部

䣛 河東聞喜鄉鄉各本作縣今依廣韵正河東郡聞喜二志同今山西絳州聞喜縣漢縣地也廣韵曰䣛鄉名在聞喜伯益之後封於䣛鄉因以爲氏後徙封解邑乃去邑從衣按今字裴行而䣛廢矣从邑非聲薄回切十五部

⿰虔阝 河東聞喜聚乑部曰邑落曰聚舜所居一年成聚二年成邑三年成都聚小於邑也从邑虔聲渠焉切蓋十四部

⿰匩阝 河東聞喜鄉从邑匩聲去王切十部

鄈 河東臨汾地河東郡臨汾二志同今山西平陽府太平縣縣南二十五里臨汾故城是也漢

邢ㄒㄧㄥˊ 12匣　鄔ㄨ 13影　祁ㄑㄧˊ 4匣

武帝紀元鼎四年立后土祠於汾陰脽上如淳曰脽者河之東岸特堆崛長四五里廣二里餘高十餘丈汾陰縣治脽之上后土祠在縣西汾在脽之北西流與河合也師古曰以其形高起如人尻脽故以名云一說地臨汾水之上地本名鄈音與葵同彼鄉人呼鄈音如誰因轉而爲脽字耳故漢舊儀云葵上玉裁按水經汾水又西過皮氏縣注曰汾水徑鄈丘北故漢氏之方澤也賈逵云漢法三年祭地汾陰方澤澤中有方丘故謂之方澤丘卽鄈丘也經又曰又西至汾陰縣北西注於河注曰水南有長阜背汾帶河阜長四五里廣二里餘高十丈汾水歷其陰西入河漢書謂之汾陰脽據酈氏此注鄈脽異處極明然封禪書郊祀志皆云始立后土祠汾陰脽上與武紀合水經注河水篇亦云河水東際汾陰脽縣故城在脽側城西北隅有脽丘上有后土祠是則鄈脽本無二漢志云汾陰許云臨汾者葢二縣地邊竟相接故似不當分別鄈脽爲兩地也**从邑癸聲**水經注引此揆唯切十五部**卽漢之所祭后土處**

邢　周公子所封左傳富辰曰凡蔣邢茅胙祭周公之允也**地近河內懷**杜曰邢國在廣平襄國縣前志趙國襄國故邢國後志同按襄國故城在今直隸順德府城西南許不云在趙國襄國而云地近河內懷者有所審定之辭也河內郡懷二志同今河南懷慶府武陟縣西南十一里有故懷城**从邑幵聲**戸經切按玉篇又輕千切十一部

鄔　大原縣二志同前志曰晉大夫司馬彌牟邑按彌牟爲鄔大夫見昭二十八年左傳前此有鄔臧以邑爲氏戴先生曰今山西汾州府介休縣縣東三十五里有故鄔城漢縣也其北魏之鄔城在今介休縣東四十五里俗譌武城**从邑烏聲**安古切五部按據許字從烏以烏爲聲甚明此所以字林乙袪反郭樸三蒼解詁音瘀於庶反闞駰音厭飫之飫重言之也陸氏左傳音義乃云太原縣字從焉作鄔誤甚且云舊音烏戸反非當從於庶反夫於庶與烏戸亦南朝魚虞斂侈之辨耳安有是非也

祁　大原縣二志同前志曰晉大夫賈辛邑按賈辛爲祁大夫見左傳昭廿八年前此巳有祁奚祁午祁盈祁勝以邑爲氏令山西太原府祁縣縣東南七里有故祁城漢縣治也毛

鄴ㄧㄝˋ 31疑　郱ㄐㄧㄥ 12精　邯ㄏㄢˊ 32匣　鄲ㄉㄢ 3端　郇ㄒㄩㄣˊ 6心　鄃ㄕㄡ 16透　鄗ㄏㄠˋ 19曉　鄡ㄑㄧㄠ 19溪

傳於吉日云祁大也於采蘩大田云祁祁舒遲也祁祁徐皃也於七月云祁祁衆多也皆與本義不相關**从邑示聲**巨支切按古音在十五部當依廣韵渠脂切

鄴　魏郡縣二志同漢魏郡治鄴縣今河南彰德府臨漳縣縣西二十里有故鄴城**从邑業聲**魚怯切八部

郱　鄭地有郱亭云鄭地恐誤葢京兆之鄭則篆文宜次於鄭之**从邑井聲**後若河南之新鄭則宜次於下文鄐邧之伍此上下文皆河內地不宜忽羼以河南地名也疑卽二志常山郡之井陘縣趙地也郱井葢古今字井陘山穆天子傳作鈃山地理志上黨郡下謂之石研關師古曰研音形玉篇郱子省切廣韵子郢切大徐戸經切十一部

邯　趙邯鄲縣趙國邯鄲二志同左傳有邯鄲午秦始皇置邯鄲郡漢趙國故邯鄲郡也張晏曰邯山在東城下單盡也城郭從邑故加邑按今直隸廣平府邯鄲縣縣西南二十里有故邯鄲城**从邑甘聲**胡安切按甘聲當音含古在七部

鄲　邯鄲也依張晏古字本作單後人加邑耳**从邑單聲**都寒切十四部

郇　周文王子所封國文各本作武誤今依篇韵正左傳富辰曰郇文之昭也毛傳曰郇伯郇矦也左傳曰軍於郇曰盟於郇曰必居郇瑕氏之地皆是也郇國爲晉所幷**在晉地**在二志之河東解縣今山西蒲州府臨晉縣東北十五里有故郇城**从邑旬聲**相倫切十二部**讀若泓**此合韵也疑當作淵

鄃　清河縣前志清河郡鄃後志清河國鄃史記河渠書曰田蚡奉邑食鄃又呂嬰欒布皆封俞矦俞卽鄃今山東臨清州夏津縣東北三十里有故鄃縣城**从邑俞聲**式朱切四部

鄗　常山縣也从邑高聲呼各切古音在二部**世祖所卽位今爲高邑**前志曰常山郡鄗世祖卽位更名高邑後志曰常山國高邑故鄗光武更名按今直隸趙州栢鄉縣之縣北二十里有故鄗城是也春秋時晉邑左傳哀四年齊國夏伐晉取鄗杜曰鄗卽高邑縣

鄡　鉅鹿縣也二志同前志作鄡県與梟一字但前志鉅鹿鄡縣豫章鄡陽縣玉篇廣韵皆鄡與鄡陽二縣字別然則許書此

鄚ㄇㄛˋ
14明

字作鄡及後志二縣字皆作鄡非是許書當是淺人改之如県首之改爲梟首也盧氏文弨云仲尼弟子列傳鄡單鄡當作鄵鄵單蓋卽檀弓縣亶縣乃字之誤按漢鉅鹿縣城卽今直隸順德府平鄉縣城唐通典曰漢鄡城在深州鹿城縣東**从邑梟聲**梟當作県篆文當作鄡牽遙切二部

鄚　涿郡縣見前志後志曰河閒郡鄚故屬涿史記曰扁鵲者勃海郡鄭人徐廣云鄭當爲鄚按司馬以鄭系勃海者境相際也扁鵲漢以前人不當繫以漢制耳今直隸河閒府任丘縣北十三里有莫州城往來孔道也唐開元十三年改鄚爲莫見通典舊唐書**从邑莫聲**慕各切五部今俗語如冒

郅ㄓˋ
5端

郅　北地郁郅縣見前志漢北地郡今甘肅慶陽府北至寧夏衞是其境慶陽府附郭安化縣府城東有故郁郅城水經注謂之尉李城聲之誤也**从邑至聲**之日切十二部

鄋ㄙㄡ
21心

鄋　北方長狄國也春秋文公十一年左傳鄋瞞侵齊遂伐我叔孫得臣獲長狄僑如穀梁傳曰身橫九畝**在夏爲防風氏在殷爲汪芒氏**芒或作茫作汒皆誤魯語仲尼曰昔禹致羣神於會稽山防風氏後至禹殺而戮之其骨節專車防風汪芒氏之君也守封嵎之山者也爲漆姓在虞夏商爲汪芒氏在周爲長翟今爲大人按國語本作在虞夏爲防風氏在商爲汪芒氏爲說苑說文王肅家語所本今國語及史記孔子世家皆誤奪數字耳韋注云防風汪芒氏之國名汪芒長翟之國名謂汪芒之國在夏爲防風氏之國長翟之國在商爲汪芒氏之國此依孔子防風汪芒之君也而言之今韋注譌爲汪芒氏之君名則不可解矣韋注云封嵎二山在今吳郡永安縣周世其國北遷爲長翟也吳之永安縣在今浙江湖州府武康縣顧氏祖禹曰鄋瞞在山東濟南府北境或云今青州府高苑縣有廢臨濟城古狄邑卽長狄所居按許以此篆厠涿郡北地之下則許意謂其地在西北方非在今山東也**从邑叜聲**所鳩切三部**春秋傳曰鄋瞞侵齊**

鄦ㄒㄩˇ
13曉

鄦　炎帝大嶽之允甫矦所封炎帝神農氏之裔子爲大嶽詳呂部下大嶽封於呂其裔子甫矦又封於鄦鄦許古今字前志曰潁川郡許故國姜姓四岳後大叔所封大叔左傳隱十一年正義作文叔說文敘目云呂叔作藩俾矦於許然則封鄦者文叔非甫矦也鄭注呂荆曰呂矦受王命入爲三公引尚書荆德放云周穆王以呂矦爲相古文尚書呂荆今文尚書作甫荆且據國語毛傳史記潛夫論諸書呂甫許皆姜姓封國詩王風申甫許三國竝言武王既封文叔於許矣豈待穆王封甫矦於許叔重言甫矦所封者甫矦卽謂呂叔呂叔卽謂文叔無二人也**在潁川**謂鄦在潁川許縣也潁川郡許二志同漢字作許周時字作鄦史記鄭世家鄦公惡鄭於楚蓋周字之存者今春秋經傳不作鄦者或後人改之或周時已假借未可定也不曰在潁川許縣者其字異形同音其地古今一也今河南許州州東三十里有故許昌城**从邑橆聲讀若許**虛呂切五部

郋ㄒㄧˊ
15溪

郋　潁川縣見前志今地理志云潁川郡周承休矦國元帝置元始二年更名鄭公攷後漢書黃瓊傳封郋鄉矦注引前書周承休矦國元始二年更名曰郋與顏本絕異今按李本顏本皆非事實志文當是郋字大書周承休矦國五字小書注於下此矦國不與他矦國同故不以縣名爲國名也元始二年更名曰鄭公二年當依平帝紀外戚恩澤矦表作四年字之誤也郡國志無郋縣者幷省也幷省之故有郋鄉矣漢封殷周之後可攷者武帝紀元鼎四年巡省豫州封周孽子嘉爲周子南君此史記封禪書所謂以三十里封周後外戚恩澤矦表所謂初得周後復加爵邑也元帝紀初元五年以周子南君爲周承休矦此地理志所謂周承休矦國元帝時置也成帝紀綏和元年二月封孔吉爲殷紹嘉矦三月進爵爲公及周承休矦皆爲公此後漢書光武紀注所謂成帝封姬延爲周承休公是也平帝紀元始四年改殷紹嘉公曰宋公周承休公曰鄭公是則成帝先進周承休矦爲公平帝乃改周承休公爲鄭公地理志特約言之耳後漢書光武帝紀建武二年封周後姬常爲周承休公四年封殷後孔安爲殷紹嘉公葢亂後失其封故也建武十三年以殷紹嘉公孔安爲宋公周承休公姬常爲衞公則又易其地而因易其國名也地理志東郡觀應劭云世祖更名衞國以封周後又汝南新郪應劭曰章帝封殷後更爲宋郡國志曰東郡衞公國本觀光武更名汝南郡宋公國周名郪丠漢改爲新郪章帝建初四年徙宋

郾ㄧㄢˇ 3影　郟ㄐㄧㄚˊ 30見　郪ㄑㄧ 4清　鄎ㄒㄧ 25心　郋ㄒㄧ 5匣

公於此云徙宋公則光武時宋公不在新鄭未審在何地而成帝之殷紹嘉平帝之宋公地理志不載其封地據恩澤矦表及水經注則綏和元年始封於沛也前漢之周子南君據恩澤矦表在長社周承休在邟後漢光武紀注曰承休所封故城在今汝州東北通典曰汝州梁縣光武封姬常爲周承休公故城在今縣東方輿紀要曰承休廢縣在今汝州治子城東光武封姬常於東郡觀縣曰衞公以邟縣廢入陽城然則始在邟縣後徙於觀爲衞公則非邟縣地矣○按東郡縣二十三畔觀二縣也今本漢書譌姓舉正於此 从邑亢聲 苦浪切十部

郾 潁川縣 二志同前志曰南陽郡雉衡山澧水所出東至郾入汝郾今本譌作郾全氏祖望勘以水經正之今河南許州郾城縣是其地 从邑匽聲 於建切十四部

郟 潁川縣 見前志故楚郟邑也左傳昭元年楚公子圍使公子黑肱城郟十九年令尹子瑕城郟秦二世元年陳勝將鄧寵將兵居郟在今河南汝州郟縣 从邑夾聲 工洽切八部按郟鄏之郟山名非此郟

郪 新郪 逗 汝南縣 見前志後志曰汝南郡宋公國周名郪丘漢改爲新郪章帝建初四年徙宋公於此按魏世家安釐王十一年秦拔我郪丘是其地今安徽潁州府城東八里有城故新郪城也 从邑妻聲 七稽切十五部

鄎 姬姓之國在淮北 左傳隱十一年鄭息有違言杜曰鄎國汝南新息縣按此經作息注作鄎國也釋文云鄎音息一本作息此爲注作音也自墨書朱字不分而學者惑矣左傳用古文假借字杜解用說文本字不與經同此鄭氏注經之例也左正義引世本曰息國姬姓許云姬姓之國本世本也息矦伐鄭君子謂其不親親以其同姓也左傳云息嬀者謂息矦所娶之陳嬀也今河南光州息縣淮水在縣南五里故息城在縣北三十里 从邑息聲 相卽切一部 今汝南新息是也 新息大徐作新鄎誤汝南郡新息二志同孟康司馬彪皆曰故息國按漢字作息與左氏合地在今息縣

郋 汝南召陵里 召各本作邵誤今正汝南郡召陵二志同闞駰曰召者高也左傳僖四年楚屈完來盟于師盟于召陵又見昭十四年定四年傳杜曰召陵潁川縣也晉改屬潁川也按今河南許州郾城縣東四十五里有故召陵城郋者召陵里名召陵又有萬許君召陵萬歲里人也 从邑自聲讀若奚 自聲在十五部奚聲在十六部合韵也許葢用其方言如是胡雞切

⿰㫄阝ㄆㄤˊ 15並　郹ㄐㄩˊ 11見

⿰㫄阝 汝南鮦陽亭 汝南郡鮦陽二志同鮦孟康音紂此方言如是或云當作紂紅反者非也今河南汝寧府新蔡縣北有鮦陽故城又有鮦陽渠鮦者水名水經注葛陂東出爲鮦水俗謂之三丈陂是也⿰㫄阝者鮦陽亭名疑卽左傳襄四年定四年之緐陽也 从邑㫄聲 步光切十部

郹 蔡邑也 地理志汝南郡有新蔡上蔡二縣沛郡有下蔡縣上蔡縣故蔡國周武王弟叔度所封度放成王封其子胡十八世徙新蔡新蔡縣蔡平矦自蔡徙此後二世徙下蔡下蔡縣故州來國爲楚所滅吳取之至夫差遷昭矦於此後四世矦齊竟爲楚所滅按杜預說同上蔡新蔡下蔡漢時用以名縣非周時有此名也上蔡新蔡漢時同在汝南郡今二縣皆屬汝寧府相距不遠若下蔡則距上蔡新蔡遠矣昭十九年左傳云楚子之在蔡也郹陽封人之女奔之生大子建平王爲蔡公時蔡方滅尚未遷新蔡則郹陽當在上蔡矣左傳又云齊矦衞矦次于垂葭實郹氏則衞地非蔡地也 从邑狊聲 古闃切十六部 春秋傳曰郹陽人女奔之 按許當云郹陽蔡邑也以別於衞之郹氏

鄛ㄔㄠˊ 19從　⿰号阝ㄏㄠˊ 19匣　鄾ㄧㄡ 21影　鄧ㄉㄥˋ 26定

鄧 曼姓之國 左傳楚武王夫人曰鄧曼則知鄧國曼姓也前志曰鄧縣故國 今屬南陽 南陽郡鄧二志同今河南南陽府鄧州是其地 从邑登聲 徒亙切六部

鄾 鄧國地也 左傳桓九年楚子使道朔將巴客以聘於鄧鄧南鄙鄾人攻而奪之幣杜曰鄾在今鄧縣南沔水之北後志曰鄧有鄾聚水經注曰淯水又南逕鄧塞東又逕鄾城東古鄾子國也葢鄧之南鄙也 从邑憂聲 於求切三部 春秋傳曰鄧南鄙鄾人攻之

⿰号阝 南陽淯陽鄉 淯二志作育南陽郡育陽二志同今河南南陽府東育陽故城是也⿰号阝者漢時鄉名 从邑号聲 乎刀切二部

鄛 南陽棘陽鄉 棘各本作棗誤今依後漢書宦者傳注及玉篇正南陽郡棘陽

⿰襄阝 15泥　⿰婁阝 16來　⿰葛阝 2見　⿰里阝 24來　⿰羽阝 13匣　郢 12定

二志同今河南南陽府新野縣東北七十里有棘陽城是也鄡其鄉名也 从邑巢聲 鉏交切二部

⿰襄阝 今南陽穰縣 南陽穰二志同今河南南陽府鄧州東南二里穰縣故城是也本楚地後爲韓邑史記韓襄王十一年秦取我穰又秦武王封魏冄於此爲穰侯⿰襄阝者古字穰者漢字如鄭薊鄦許鄎息郃蔡之例蓋許所見古籍作⿰襄阝漢時縣名字從禾也 从邑襄聲 汝羊切十部

⿰婁阝 南陽穰鄉 穰縣鄉名也 从邑婁聲 力朱切古音在四部

⿰葛阝 南陽陰鄉 南陽郡陰二志同師古曰左傳所云遷陰於下陰者也⿰葛阝者其鄉名 从邑葛聲 古達切十五部○按此篆舊在鄳篆後今依玉篇廁此

⿰里阝 南陽西鄂亭 南陽郡西鄂二志同今河南南陽府北五十里故西鄂城是也⿰里阝者漢時亭名 从邑里聲 良止切一部

⿰羽阝 南陽舞陰亭 南陽郡舞陰二志同水經曰潕水出潕陰縣西北扶予山東過其縣南凡水之南爲陰當因水在縣西北縣卽在水東南而名舞陰矣水作潕縣作舞者漢時縣字作舞也水經注作潕陰者依水改字也⿰羽阝者漢時亭名庾信賦曰栩陽亭有離別之賦漢藝文志之別栩陽賦也栩陽亭豈卽⿰羽阝亭與 从邑羽聲 王榘切五部

郢 故楚都 楚羋姓楚熊繹始居丹陽顧氏輿地志秭歸縣東有丹陽城周迴八里熊繹始封也按今湖北宜昌府歸州州東七里丹陽城是至文王熊貲始都郢 在南郡江陵北十里 南郡江陵二志同今湖北荊州府治江陵縣府治卽故江陵城府東北三里有故郢城前志曰江陵縣故楚郢都楚文王自丹陽徙此後九世平王城之後十世秦拔我郢徙東按楚有二郢所都曰郢別邑曰郊郢左傳鬬廉曰君次於郊郢以禦四邑杜曰郊郢楚地此必非郢都也故前志曰江陵縣故楚郢都又曰郢縣楚別邑故郢劃然二縣故郢二字正故郊郢之奪誤也許君於他邑不言距今縣方向里數獨此云在南郡江陵北十里詳之者以見非漢郢縣之郢也水經注江水又東逕江陵縣故城南謂楚都也又東逕郢城南子囊遺言所城可知也謂楚別邑也 从邑呈聲 以整切十一部按孟子文王生於岐周卒於畢

△⿰王阝　鄢 3影　鄳 12明　邔 24見　鄂 14疑

郢郢者程字之假借也

⿰王阝 郢或省

鄢 南郡縣孝惠三年改名宜城 南郡宜城二志同前志曰宜城故鄢惠帝三年更名按今湖北襄陽府宜城縣縣西南九里故鄢城亦謂之宜城廢縣是也左傳昭十三年王沿夏將欲入鄢杜曰夏漢別名順流爲沿順漢水南至鄢也秦昭襄王廿八年白起攻楚取鄢鄧二十九年白起攻楚取郢爲南郡高誘曰秦兵出武關則臨鄢下黔中則臨郢也 从邑焉聲 於乾切十四部按釋文於建反又於晚反又按春秋經傳鄭伯克段于鄢晉及楚鄭戰于鄢陵說者謂潁川郡地也前志作傿陵

鄳 江夏縣 二志同地當在南陽江夏二郡之閒今河南信陽州湖北德安府應山縣之閒縣蓋以黽阨得名也左傳定四年楚司馬戌云塞大隧直轅冥阨三者漢東之隘道總名曰城口魏晉以後義陽有三關之塞三關者一曰平靖關亦名西關卽左傳之冥阨也今在信陽州東南九十里應山縣北六十五里一曰武陽關亦名東關卽左傳之大隧也在信陽州東南一百五十里西南至應山縣一百三十里一曰黃峴關卽左傳之直轅也在信陽州南九十里南至應山縣亦九十里呂氏春秋淮南鴻烈皆云天下九塞冥阨其一戰國策史記二書或云黽阨或云黽塞或云黽阨之塞或云鄳隘或云冥阨之塞其實黽冥鄳一字阨隘一字而魏策無忌謂魏王作危隘之塞危卽黽之字誤也黽古音讀如忙與冥字爲陽庚之轉冣近隋書地理志義陽郡鍾山縣舊曰鄳魏世家正義引水經注作鄳鄳者鄳之變宋書州郡志曰晉太康地志屬義陽作鄳永初郡國志何竝作鄳此字今正廣韵集韵皆云鄳在義陽今譌昌又通典申州羅山鍾山二縣下皆曰漢郢縣地此處不當有郢地二郢字皆鄳字之誤 从邑黽聲 莫杏切古音在十部按庚韵音盲

邔 南郡縣也 郡各本誤陽今正南郡邔二志同後志俗本譌作卬水經曰禹貢三澨沱在南郡邔縣北今湖北襄陽府宜城縣縣北五十里有故邔城 从邑己聲 居擬切一部○按邔篆舊廁鄂郱之閒今正

鄂 江夏縣 二志同今湖北武昌府武昌縣縣西南二里故鄂城是也江夏有鄂縣故南陽之縣曰西鄂顧氏祖禹曰史記熊渠當周夷王時興

⿰壽阝ㄔㄡˊ 21定　郫ㄆㄧˊ 10並　鄘ㄩㄥ 18定　鄖ㄩㄣˊ 3匣　邾ㄓㄨ 16端

兵伐庸楊粵至於鄂又封中子紅爲鄂王孔氏以爲南陽之鄂誤矣時楚兵未能踰漢而北也**从邑咢聲**五各切五部

邾　江夏縣二志同前志曰衡山王吳芮都按芮都邾見項羽本紀今湖北黃州府城去故邾城二里許是也今大江東流徑黃州府城南隔江相望者曰武昌縣水經曰又東過邾縣南鄂縣北是也酈善長曰楚宣王滅邾徙居於此王隱地道記劉昭郡國志注皆有此說但此事不見楚世家時楚之強未必滅此彈丸而尚以地居之葢此地古名邾魯附庸國古名邾婁依許所說本不相謀無庸牽合**从邑朱聲**陟輸切古音在四部

鄖　漢南之國左傳桓十一年鄖人軍於蒲騷宣四年若敖娶於鄖字或作邧杜曰鄖國在江夏雲杜縣東南有鄖城按二志江夏皆有雲杜今湖北德安府府城卽故鄖都也漢水自西北而東南德安在漢水北而云漢南者漢之下游地勢處南也春秋時楚滅鄖故有鄖公辛**从邑員聲**羽文切十三部**漢中有鄖關**地理志曰漢中郡長利有鄖關史記貨殖傳曰南陽西通武關鄖關按武關在今河南內鄉縣西百七十里鄖關在今湖北鄖陽府西張守節注貨殖傳曰鄖關當爲洵關在金州洵陽縣玉裁按葢卽今鄖陽府舊上津縣唐室亂時用通貢道者東南通今鄖陽府西通今陝西興安府洵陽縣謂酈商傳之旬關卽鄖關可也其關監延長不當謂兩地鄖關去鄖國甚遠其字同耳故別言之

鄘　南夷國牧誓有庸蜀左傳文十六年庸人率羣蠻以叛楚楚滅之杜曰庸今上庸縣屬楚之小國按二志漢中郡皆有上庸縣今湖北鄖陽府竹山縣東四十里有故上庸城尚書庸地在漢水之南南至江尚遠僞傳云在江南非也今字庸行而鄘廢於詩風之邶庸作鄘皆非也又按南夷國當作漢南國**从邑庸聲**余封切九部

郫　蜀縣也二志同今四川成都府郫縣縣北故郫城是**从邑卑聲**符支切十六部

⿰壽阝　蜀江原地蜀郡江原二志同故城當在今灌縣竟華陽國志曰縣在郡西渡大江濱文井江去郡一百二十里是也鄭注梁州之沱曰江原有⿰壽阝江首出江南至犍爲武陽又入江豈沱之類與前志曰⿰壽阝水首受江南至武陽入江水經注亦云江原縣⿰壽阝江水出焉葢有⿰壽阝地而以名江也今則無⿰壽阝地⿰壽阝江之僢矣**从邑壽聲**市流切三部

那ㄋㄨㄛˊ 30泥　⿰包阝ㄅㄠ 21幫　鄨ㄅㄧˋ 2幫　⿰馬阝ㄇㄚˋ 13明　邡ㄈㄤ 15並　鄤ㄇㄢˋ 3明　⿰耤阝ㄐㄧˊ 14從

⿰耤阝　蜀地也鍇曰按字書鄉名在臨邛**从邑耤聲**秦昔切古音在五部

鄤　蜀廣漢鄉也按蜀字衍漢有蜀郡有廣漢郡此云廣漢鄉上文云蜀地皆不舉縣名者未審也**从邑蔓聲**無販切十四部今集韻類篇又武粉切卽此字而譌其體

邡　汁邡逗**廣漢縣也**汁各本作什非今正應劭注地理志曰汁音十如淳注功臣表曰汁音什漢王君平鄉道碑曰汁邡王卿是則漢時此縣名作汁字凡作什者以其音改之也廣漢郡汁邡二志同今四川成都府什邡縣是也**从邑方聲**府良切十部

⿰馬阝　存⿰馬阝逗**犍爲縣**宋本皆作存或作郁者俗又或譌爲郁矣前志犍爲郡存⿰馬阝今本存作郁而師古不爲音知故作存華陽國志晉書尚作存今四川敘州府府西南有郁⿰馬阝廢縣府西北百六十里有郁⿰馬阝灘**从邑馬聲**莫駕切古音在五部

鄨　牂柯縣二志同前志曰不狼山鄨水所出東入沅過郡二行七百三十里按犍爲郡武帝建元六年開牂柯郡武帝元鼎六年開則⿰馬阝字鄨字必其時所製今貴州遵義府府城西有鄨縣故城是也方輿紀要曰雲南陸涼州州北有廢鄨縣非是**从邑敝聲讀若驚雉之驚**必袂切十五部師古曰不列切

⿰包阝　地名按字廁於此當是西南夷之地**从邑包聲**布交切古音在三部

那　西夷國其地當在今四川之西史記自筰以東北君長以什數冄駹最大在蜀之西又謂牂柯爲南夷邛筰爲西夷那葢卽冄駹之冄字古今字也按文王之子聃季賈逵韋昭皆云聃國名但其地闕史記作冄索隱云冄或作那終莫詳其地也左傳莊十八年有那處杜云那處楚地凡若此等異地同名者今皆不引以茲緐蕪**从邑冄聲**諾何切按冄聲本在七八部雙聲合韵也小雅商頌毛傳曰那多也釋詁曰那於也左傳棄甲則那杜云那猶何也今人用那字皆爲柰何之合聲越語吳人之那不穀亦又甚焉韋注那於也此釋詁之證郭失其解又魚藻箋云那安皃**安定有朝那縣**安定郡朝那二志同今陝西平涼府

鄱 3並　酃 12來　郴 28透　邦 8來

府東南有朝那故城許意葢謂那與朝那異處如上文郥與郥闕之例如淳朝音株

鄱　鄱陽逗豫章縣也　二志同前志云有鄱水西入湖漢則縣在鄱水之北也今江西饒州府治鄱陽縣府東六十里有故鄱陽城府南有鄱江是也楚世家昭王十二年吳伐楚取番按字本作番故史漢皆曰番君吳芮地理志作鄱陽者漢字也　从邑番聲　薄波切十七部按番聲在十四部合韵也

酃　長沙縣　前志長沙國酃後志長沙郡酃今湖南衡州府治衡陽縣府東卄五里有故酃縣城是也有酃湖即荊州記水經注所云湖水釀酒甚美謂之酃酒者也　从邑霝聲　郎丁切十一部

郴　桂陽縣　二志同今湖南直隸郴州即古郴縣漢桂陽郡治也　从邑林聲　丑林切七部

邦　今桂陽耒陽縣　耒各本作邦今正許謂邦即今之耒陽縣如言鄎即今之新息鄎即今之穰縣也其字既異其地則一故言今以說之桂陽郡耒陽二志同今湖南衡州府耒陽縣縣東四十五里有耒陽廢城耒陽以耒水得名　从邑耒聲　盧對切十五部

鄮 21明　鄞 9疑　郝 2幫　邴 15幫　䣜 13從

鄮　會稽縣　二志同今浙江寧波府治鄞縣府治東三十里故鄮城是也陸士龍曰秦始皇身在鄮縣三十餘日　从邑貿聲　莫候切三部

鄞　會稽縣　二志同今浙江寧波府奉化縣有故鄞城是也說者謂以赤堇山得名越絕書所謂赤堇之山破而出錫是也葢其字初作堇後乃加邑越語曰句踐之地東至於鄞韋曰今鄞縣是也　从邑堇聲　語斤切十三部

郝　沛國也　鉉本作沛郡鍇本作沛國郡按當作沛國沛郡也謂後漢之沛國前漢之沛郡皆此郝也不言沛縣者言郡而縣可知矣二志字皆作沛郝沛古今字如鄎息鄎穰邦耒之比今江蘇徐州府漢沛郡地　从邑朩聲　博葢切十五部

邴　宋下邑　下邑猶言小邑左傳邴歡邴意茲邴洩邴夏皆非宋人公羊隱八年歸邴入邴九年會齊侯于邴皆非宋地十年取防防者宋地疑當作邴　从邑丙聲　兵永切古音在十部

䣜　沛國縣　前志沛郡鄲後志沛國鄲陳勝攻銍鄲苦柘譙謂此鄲也今河南歸德府永城縣縣西南有故鄲縣城　从邑虘聲　昨何切通典引說文在何反是也古音在五部　今酇縣　謂本為䣜縣今為酇縣古今字異也班固泗水亭長碑曰文昌四友漢有蕭何序功第一受封于䣜正作䣜水經注曰渙水又東徑酇縣城南春秋襄公十年公會諸侯及齊世子光於䣜今其地䣜聚是也按今三經皆作祖䣜所據作䣜此皆古字作䣜之證許云今酇縣者謂當時皆作酇故著之如郝縣既爲周承休矣而必存郝字以著其始也

⿰少阝 19透　⿰毚阝 32從　⿰臣阝 6定　鄑 6精

⿰少阝　地名　从邑少聲　書沼切二部

⿰臣阝　地名　从邑臣聲　植鄰切十二部

⿰毚阝　宋地也　左傳哀十七年宋皇瑗之子麇有友曰田丙而奪其兄⿰毚阝般邑以與之⿰毚阝般猶祁午孟丙⿰毚阝者般之邑也不詳其地在漢之何郡縣故但曰宋地　从邑毚聲讀若讒　士咸切八部

鄑　宋魯閒地　左傳莊元年齊師遷紀郱鄑郚杜曰三邑也北海都昌縣有鄑城杜意鄑即郚也許於下文郚曰東海縣故紀侯之邑此不云紀邑而云宋魯閒地者據莊十一年公敗宋師于鄑而言不謂紀邑也　从邑晉聲　即移切按晉聲在古音十二部今鄑在五支者葢由杜以訾城當之而同其讀耳集韵類篇皆有即刃切

郜 14見　鄄 9見　邛 18匣

郜　周文王子所封國　左傳富辰曰郜雍曹滕文之昭也杜云濟陰成武縣東南有郜城隱十年敗宋師取郜葢郜附庸於宋魯隱取其地桓又取郜鼎於宋僖二十年郜子來朝則魯未滅之也許不云在成武者許意以爲未宷也今山東兗州府城武縣縣東南二十里有故郜城　从邑告聲　古到切古音在三部

鄄　衛地　春秋莊十四年單伯會齊侯宋公衛侯鄭伯于鄄十五年復會于鄄十九年公子吉及齊侯宋公盟于鄄襄十四年衛獻公如鄄出奔齊哀十七年晉伐衛衛人出莊公而與晉平既而衛侯自鄄入衛杜曰鄄衛地今東郡甄城是也　今濟陰鄄城　二志同謂在周曰鄄在漢爲鄄城縣也今山東曹州府濮州州東二十里有鄄城廢縣　从邑垔聲　吉掾切古音在十二部左傳杜注作甄城音眞可證也

邛　邛成逗　成各本作地今正　濟陰縣　各本衍在字今刪今本地理志曰山陽郡郜成侯國宋氏祁云郜當作邛外戚侯表邛成屬濟陰與山陽相距不遠玉裁按宋

六篇下

說是也玉篇邛字下曰山陽邛成縣此邛成之確證希馮蓋以前志正說文而不知說文與表合前漢時容有改屬故志表不符耳志云侯國卽表之邛成共侯王奉先也邛成之誤郚成者以莽曰告成之故也郡國志成武有郚城與此無涉○又按水經注泗水篇曰黃溝又東逕邛城縣故城南地理志山陽縣也王莽更名之曰邛城矣故世有南郚北郚之論也此可證漢志本作邛水經注版本譌作印戴先生校注文乃依漢志誤本改印城爲郚成改郚城爲告成非是郚城本在成武縣東南自莽改邛城曰郚城於是謂在成武者北郚此曰南郚今本漢志作莽曰告成亦誤也地理中成城二字多淆猝難審定**从邑工聲**渠容切九部

鄶ㄎㄨㄞˋ 2見

鄶祝融之後妘姓所封澮洧之閒鄭滅之鄭詩譜曰檜者古高辛氏火正祝融之墟檜國在禹貢豫州外方之北滎播之南居溱洧之閒祝融氏名黎其後八姓惟妘姓檜者處其地焉後爲鄭桓公之子武公所滅按鄶在外方之東非外方之北也滎播依小顏地理志注引作播鄭語云祝融其後八姓妘姓鄢鄶路偪陽也鄶以祝融之後仍封祝融之墟左傳黎爲祝融大戴禮世本皆云祝融之弟吳回吳回生陸終陸終弟四子萊言是爲妘鄶人卽鄶之祖也萊亦作求妘亦作云鄶亦作會今河南許州密縣古鄶地**从邑會聲**古會切十五部按檜者假借字也左傳國語作鄶詩釋文曰檜本又作鄶

邧ㄩㄢˊ 3疑　郔ㄧㄢˊ 3定

邧鄭邑也左傳文四年晉侯伐秦圍邧新城以報王官之役廣韵云秦邑名是也今左傳鄭地無名邧者**从邑元聲**虞遠切十四部

郔鄭地左傳宣三年晉侯伐鄭及郔杜曰郔鄭地釋文郔音延宋淳化本及明人補刻石經作延皆誤字也又宣十二年楚子北師次于郔實一地也若隱元年大叔收貳以爲己邑至於廩延當別是一地字不從邑**从邑延聲**以然切十四部

郠ㄍㄥˇ 15見　鄅ㄩˇ 13匣

郠琅邪莒邑按當云莒邑也在琅邪如郇周邑也在河內之例**从邑更聲**古杏切古音在十部**春秋傳曰取郠**左傳昭十七年季平子伐莒取郠杜云郠莒邑

鄅妘姓之國春秋昭十八年邾人入鄅左傳云鄅人藉稻杜云鄅妘姓國也正義云鄅爲妘姓世本文按韋昭曰陸終弟四子求言爲妘姓杜曰鄅今琅邪開陽縣前志曰東海郡開陽故鄅國後志開陽屬琅邪開陽卽春秋經哀三年之啓陽也魯有鄅地爲啓陽荀卿則云襄賁開陽今山東沂州府府北十五里有故開陽城**从邑禹聲春秋傳曰鄅人藉稻**服虔曰藉耕種於藉田也**讀若規榘**今王榘切五部

鄒ㄗㄡ 16精

鄒魯縣古邾婁國帝顓頊之後所封魯國騶二志同二志作騶許作鄒者蓋許本作魯騶縣如今汝南新息今南陽穰縣之比淺者乃刪去騶字耳周時或云鄒或云邾婁者語言緩急之殊也周時作鄒漢時作騶者古今字之異也邾婁各本無婁今依韵會所據正左穀作邾公羊檀弓作邾婁婁如字邾又夷也邾婁之合聲爲鄒夷語也國語孟子作鄒三者鄒爲正邾則省文故邾篆下不言春秋邾國此必依公羊作邾婁國也漢時縣名作騶如韓勑碑陰騶韋仲卿足證鄭語曰曹姓鄒莒韋云陸終第五子曰安爲曹姓封於鄒杜譙云邾曹姓顓頊之後有六終產六子其弟五子曰安邾卽安之後也周武王封其苗裔俠爲附庸居邾前志曰騶故邾國曹姓二十九世爲楚所滅按左傳顓頊氏有子曰黎爲祝融祝融之後八姓妘曹其二也然則上文鄶祝融之後妘姓所封此云帝顓頊之後互文錯見也今山東兖州府鄒縣縣東南二十六里有古邾城○趙氏岐曰鄒本春秋邾子之國至孟子時改曰鄒此未知其始本名鄒也**从邑芻聲**側鳩切三部

𨛦ㄊㄨˊ 13定

𨛦邾下邑地邾當作鄒如鄒篆與鄧篆相聯之例地當作也周禮雍氏注伯禽以王師征徐戎劉本徐作𨛦音徐按魯世家頃公十九年楚伐我取徐州徐廣曰徐州在魯東今薛縣引後志曰魯國薛縣本國六國時曰徐州玉裁謂楚所取之徐州卽𨛦地疑非薛齊湣王三年已封田嬰於薛不能至魯頃公十九年魯尚有薛也齊世家田常執簡公於徐州亦非此徐州**从邑余聲魯東有𨛦城**城當作戎許書之例未有言城者𨛦戎卽周禮注所云伯禽以王師征𨛦戎今尚書作徐夷徐戎許鄭所據作𨛦鄒在魯東則𨛦在魯東可知矣書序曰徐夷竝興東郊不闢昭元年傳周有徐奄徐蓋𨛦戎也鄒習於夷故左傳曰邾又夷也**讀若塗**塗當作涂同都切五

邿 ㄕ 24透

部邿附庸國王制曰不能五十里者不合於天子附於諸侯曰附庸鄭云不合謂不朝會也小城曰附庸附庸者以國事附於大國不能以名通也春秋襄十三年夏取邿邿者魯附庸也在東平亢父邿亭前志曰東平國亢父詩亭故詩國後志曰章帝元和元年分東平國爲任城國亢父屬任城國按前志當作詩亭故邿國許書當作東平亢父詩亭杜預左注亦當本作詩亭皆寫者亂之耳邿詩古今字也今山東濟寧州東南有故邿城从邑寺聲書之切一部春秋傳曰取邿

郰 ㄗㄡ 16精

郰魯下邑孔子之鄉論語孔注曰鄹孔子父叔梁紇所治邑也左傳杜注曰紇郰邑大夫仲尼父叔梁紇也檀弓郰曼父之母鄭云曼父之母與徵在爲鄰相善孔子世家曰孔子生魯昌平鄉郰邑杜曰郰邑魯縣東南莝城是也張守節曰夫子生在鄒之闕里長徙曲阜仍號闕里按杜云莝城者今不得其詳說者以爲今鄒縣西北之東鄒村西鄒集是也孔子世家言郰人輓父檀弓言郰曼父鄭注言郰叔梁紇葢孔子之父魯人以郰人紇呼之如周禮之鄉以州名野以邑名非郰爲所治邑也論語云郰人之子者孔子弟子爲師諱紇字也郰大夫之文始見於王肅私定家語而孔氏論語注乃肅輩僞托者从邑取聲側鳩切四部論語作鄹

郕 ㄔㄥˊ 12定

郕魯孟氏邑今春秋三經三傳皆作成郕成古今字也左傳昭七年晉人來治杞田季孫將以成與之杜云成孟氏邑本杞田定十二年將墮成公斂處父曰墮成齊人必至于北門杜云成在魯北竟按孟氏邑非姬姓郕國之地也今左傳隱五年衛人入郕文十二年郕伯來奔僖廿四年管蔡郕霍文之昭也字皆正作郕而許不云姬姓之國者葢許所據左氏郕成字互易不可以今所據繩許也公羊郕國之字則作盛古郕國在今兗州府汶上縣北二十里故郕城不在魯北竟从邑成聲氏征切十一部

䣍 ㄧㄢˇ 30影

䣍周公所誅䣍國在魯玉篇作周公所誅叛國商奄是也奄䣍二字周時竝行今則奄行而䣍廢矣單呼曰奄絫呼曰商奄書序孟子左傳皆云奄如踐奄歸自奄伐奄昭元年周有徐奄是也左傳又云商奄如昭九年蒲姑商奄吾東土也定四年因商奄之民命以伯禽而封於少皥之虛是也大部曰奄覆也爾雅弇葢也故商奄亦呼商葢墨子曰周公旦非關叔辭三公東處於商葢韓非子曰周公旦將攻商葢辛公甲曰不如服衆小以劫大乃攻九夷而商葢服矣商葢即商奄也奄在淮北近魯故許云在魯鄭注書序云奄在淮夷之北注多方云奄在淮夷旁是也祝鮀說因商奄之民封魯者杜云或遊散在魯是也今山東兗州府曲阜縣城東二里有奄城云故奄國即括地志之奄里此可證遊散在魯之說豳風四國是皇毛傳云四國管蔡商奄也商謂武庚則此傳商奄爲二从邑奄聲依檢切八部

酄 ㄏㄨㄢ 3曉

酄魯下邑春秋經定十年齊人來歸鄆讙龜陰之田鄆公羊作運讙三經三傳皆同許作酄容許所據異也應劭注前志引春秋哀八年取酄及闡字亦作酄賈服云鄆讙二邑名左傳桓三年杜注曰讙魯地濟北蛇丘縣西有下讙亭从邑雚聲呼官切十四部春秋傳曰齊人來歸酄按許引左氏則言春秋傳曰引公羊則言春秋公羊傳曰以別於左氏

郎 ㄌㄤˊ 15來

郎魯亭也春秋隱元年費伯率師城郎桓四年公狩于郎十年齊侯衛侯鄭伯來戰于郎莊八年師次于郎以俟陳人蔡人三十一年築臺于郎哀十一年戰于郊檀弓作戰於郎鄭曰郎魯近邑也杜云郎魯邑高平方與縣東南有郁郎亭按以郎爲男子之偁及官名者皆良之假借字也从邑良聲魯當切十部

邳 ㄆㄟˊ 24滂

邳奚仲之後湯左相仲虺所封國左傳定元年薛宰曰薛之皇祖奚仲居薛以爲夏車正奚仲遷於邳仲虺居薛以爲湯左相謚云薛任姓黃帝之苗裔奚仲封爲薛侯今魯國薛縣是也奚仲遷於邳仲虺居薛以爲湯左相武王復以其胄爲薛侯齊桓黜爲伯小國無記世不可知亦不知爲誰所滅按杜亦云仲虺奚仲之後與許合邳者所封國名如龐鄚邰扈邘鄨邢酆鄎鄧郜鄶鄅等字之例左傳昭元年云虞有三苗夏有觀扈商有姺邳周有徐奄皆國名也杜云姺邳二國商諸侯按葢謂仲虺之後爲亂者也在魯句薛縣是也謂商之邳國在今漢之魯國魯國薛縣是其地也魯國薛二志同前志云夏車正奚仲所國後遷於邳湯相仲虺居之合班許所云葢奚仲所遷之邳岠薛密邇如邾遷於繹之比

鄣ㄓㄤ 15端　邗ㄏㄢˊ 3匣　𨞛ㄧˊ 1疑　郈ㄏㄡˋ 16匣

遷於邳則國名邳仲虺所居薛而邳名不改姚邳與觀扈徐奄同則國嘗滅矣周復封其後於邳爲薛侯也應劭注東海下邳曰邳在薛其後徙此故曰下臣瓚曰有上邳故曰下邳按呂后三年封楚元王子郢客爲上邳侯上邳即薛也然則昭元年定元年杜注皆云邳下邳縣非是下邳在今江蘇徐州府之邳州薛縣在今山東兗州府滕縣縣南四十里有故薛城

从邑丕聲敷悲切十五部

鄣紀邑也春秋經莊三十年齊人降鄣公羊穀粱皆曰鄣紀之遺邑也劉歆賈逵依之許說同杜云紀附庸國東平無鹽縣東北有鄣城鉅紀太遠非許意也古紀國在今山東青州府壽光縣西南三十里紀城鄣邑當附近即昭十九年左傳之紀鄣也紀鄣者本紀國之鄣邑猶齊語紀酅謂本紀國之酅邑也公穀云鄣紀之遺邑與左傳云紀鄣合杜云紀鄣在東海贛榆是也莊三十年之鄣即此杜分爲兩地非今江蘇海州贛榆縣縣北七十五里有故紀鄣城亦曰紀城

从邑章聲諸良切十部

邗國也今屬臨淮左傳哀九年吳城邗溝通江淮杜云於邗江築城穿溝東北通射陽湖西北至末口入淮通糧道也今廣陵邗江是按左傳吳城邗爲句溝通江淮爲句曰城邗則知邗地名許云國者許必有所據矣本是邗國其地漢屬臨淮郡不言何縣者有未審也此與鄦在潁川鄧屬南陽一例地理志曰廣陵國江都有渠水首受江北至射陽入湖水經注曰邗城下掘深溝謂之韓江亦曰邗溟溝自江東北通射陽湖地理志所謂渠水也西北至末口入淮江都縣前志屬廣陵郡許云今屬臨淮者許意邗國地當在前漢臨淮郡不在廣陵也

从邑干聲胡安切十四部

一曰邗本屬吳錢氏大昕曰許前後兩說後說似即用左氏吳城邗溝通江淮之文

𨞛臨淮徐地前志曰臨淮郡徐故國盈姓春秋時徐子章禹爲楚所滅後志曰下邳國徐本國後志之下邳國即前志之臨淮郡也今安徽泗州州北五十里有故徐城廢縣𨞛者徐縣地名也

从邑義聲魚羈切古音在十七部

春秋傳曰徐𨞛楚左傳昭六年徐儀楚聘于楚楚子執之杜云儀楚徐大夫按許所據左作𨞛以邑爲氏古本古說也

郈東平無鹽鄉東平國無鹽二志同杜預曰故宿國今山東東平州東二十里有故無鹽城前志曰無鹽有郈鄉左傳昭二十五年臧會逸奔郈杜曰東平無鹽縣東南有郈鄉亭左正義曰此時尚爲公邑後爲叔孫私邑

郯ㄊㄢˊ 32定　郚ㄨˊ 13疑　酅ㄒㄧ 10匣　鄫ㄗㄥ 26從　邪ㄧㄝˊ 13定

从邑后聲胡口切四部

郯東海縣東海郡郯二志同今山東沂州府郯城縣縣西南百里有故郯城

帝少昊之後所封前志曰郯故國少昊後盈姓按盈即嬴字宣四年經曰公及齊侯平莒及郯

从邑炎聲徒甘切八部

郚東海縣前志云東海郡郚鄉疑此當云郚鄉東海縣

故紀侯之邑也春秋經莊元年齊師遷紀郱鄑郚杜云郚在東莞朱虛縣東南按前漢郚鄉縣後漢幷入琅邪之朱虛永初元年朱虛又屬北海國晉屬東莞郡故杜預劉昭皆云朱虛有郚城朱虛今山東青州府臨朐縣縣東六十里故朱虛城是也故郚城在今青州府安丘縣縣西南六十里

从邑吾聲五乎切五部

酅東海之邑春秋經莊三年紀季以酅入于齊前志甾川國東安平孟康注曰春秋之酅今酅亭是也後志東安平屬北海國有酅亭按前志云甾川國後幷北海疑許當云北海之邑酅亭在今山東青州府臨淄縣縣東齊語曰正封疆地東至于紀酅紀酅猶言紀鄣謂故紀國之酅也

从邑巂聲戶圭切十六部

鄫姒姓國按許書無姒字漢碑姒作似左傳衛成公命祀夏后相甯武子不可曰杞鄫何事國語韋注曰杞繒二國姒姓夏禹之後

在東海前志曰東海郡繒故國禹後後志曰琅邪國繒故屬東海今山東兗州府繹縣東八十里有故鄫城按國名之字左傳作鄫國語作繒公羊作鄫穀粱作繒左釋文於鄫首見處云亦作繒據許則國名從邑也漢縣名從系

从邑曾聲疾陵切六部

邪琅邪郡也謂琅邪郡之字如此作也前志曰琅邪郡秦置屬徐州後志曰琅邪國屬徐州刺史部許從前漢之制故曰郡前志郡領東武等五十一縣今山東兗州府東境沂州府及青州府南境莒州萊州府南境膠州一帶皆是其地今兗州府諸城縣縣東南百四十里有故琅邪城古齊琅邪邑也其地有琅邪山管子齊桓公將東遊南至琅邪孟子齊景公欲遵海而南放於琅邪

蘇秦說齊宣王曰齊南有泰山東有琅邪史記秦始皇屢竝海至琅邪子虛賦曰齊東陼鉅海南有琅邪皆謂今諸城縣山海經云琅邪臺在渤海閒非也趙岐曰琅邪齊東南境上邑越絕書句踐既滅吳欲霸中國徙都琅邪立觀臺於山上周七里以望東海始皇立琅邪郡爲三十六郡之一而漢因之尋周時琅邪之名未知何解許君以其字从邑傳合郡名爲釋耳九經字樣曰郎邪郡名郎良也邪道也以地居鄒魯人有善道故爲郡名今經典玉旁作艮者譌未知其說所出古書絕無作郎者且琅邪齊地非鄒魯地邪古書用爲衺正字又用爲辭助如乾坤其易之門邪乾坤其易之縕邪是也今人文字邪爲疑辭也爲決辭古書則多不分別如子張問十世可知也當作邪是也又邪也二字古多兩句竝用者如龔遂傳今欲使臣勝之邪將安之也韓愈文其眞無馬邪其眞不知馬也皆也與邪同**从邑牙聲**以遮切古音在五部按漢碑琅邪字或加玉旁俗字也近人隸書從耳作耶由牙耳相似臧三牙或作臧三耳

邞　13幫

邞琅邪縣也前志琅邪郡邞後志無幷省也漢孝文元年封呂平爲侯國**一名純德**前志曰莽曰純德**从邑夫聲**甫無切五部

郪　5清

郪齊地也从邑桼聲親吉切十二部

郭　14見

郭齊之郭氏虛謂此篆乃齊郭氏虛之字也郭本國名虛墟古今字郭國既亡謂之郭氏虛如左傳言少昊之虛昆吾之虛大皥之虛祝融之虛也郭氏虛在齊境內**善善不能進惡惡不能退是㠯亡國也**郭何以爲虛職是故也事見韓詩外傳新序風俗通皆同亦有取此說春秋者按莊二十四年經云赤歸于曹郭公公羊傳曰赤者何曹無赤者蓋郭公也郭公者何失地之君也穀梁傳曰赤蓋郭公也何爲名也禮諸侯無外歸之義外歸非正也左無傳郭今以爲城𩫏字又以爲恢郭字又左傳號國字公羊作郭**从邑𩫏聲**古博切五部

郳　10疑

郳齊地从邑兒聲五雞切十六部**春秋傳曰齊高厚定郳田**左傳襄六年齊侯滅萊遷萊于郳高厚崔杼定其田杜云遷萊子於郳國正義云郳即小邾小邾附屬於齊故滅萊國而遷其君於小邾按世本云邾顏居邾肥徙郳宋仲子注邾顏別封小子肥於郳爲小邾子左傳曰魯擊柝聞於邾小邾者邾所別封則其地亦在邾魯不當爲齊地今鄒縣有故邾城滕縣東南有郳城皆魯地且郳之偁小邾久矣不應又忽評爲郳也許意郳是齊地非小邾國凡地名同實異者不可枚數如許書郲非鄒國是其例也據傳云遷萊於郳高厚崔杼定其田蓋定其與萊君之田以郳田與之也

郣　8並

郣郣地此從錯本鉉作郭海地非是郭是褱卑字之未刪者地謂有地名郣也今其地未聞蓋春秋時齊地也若漢二志之勃海郡今直隷河間天津二府地其謂之勃海者師古曰在勃海之濱因以爲名也水部澥下曰勃澥海之別也漢書子虛賦音義曰勃澥海別枝也勃澥史記河渠書謂之勃海今靜海縣之海與山東遼東接境者即勃澥司馬相如賦所以自琅邪觀成山射之罘而浮勃澥始皇所以竝勃海以東過黃腄窮成山登之罘而南登琅邪也齊都賦注曰海旁曰勃斷水曰澥勃與郣似可通然勃海郡勃澥字皆不作郣假令勃海郡字可作郣則許當云郣海郡也而不曰地**从邑孛聲**蒲沒切十五部**一曰地之起者曰郣**周禮草人勃壤用狐鄭云勃壤粉解者廣雅垶塵也今俗謂粉之細者曰勃皆即郣字地之起者謂虛脃

鄿　28定

鄿國也齊桓公之所滅衞風曰譚公維私小雅曰東國困於役而傷於譏譚大夫作大東以告病左傳莊十年曰齊師滅譚譚無禮也譚子奔莒同盟故也今濟南府府東南七十里有故譚城在二志濟南郡之東平陵縣東平陵故城在今濟南府府東七十五里**从邑覃聲**徒含切古音在七部按詩春秋公穀皆作譚許書又無譚字蓋許所據從邑齊世家譌作郯可證司馬所據正作鄿鄿譚古今字也許書有譚長不以古字廢今字也

郇　16匣

郇地名左傳注多不言名如毛傳云水也山也地也皆是許君亦不言名如郭地也郇地也以及邑也國也皆是凡言名者後人所改**从邑句聲**其俱切四部

郂　24見

郂陳畱鄉陳畱郡二志同今河南開封府東至歸德府西皆是其境陳畱郡屬有陳畱縣此不云陳畱縣鄉但云陳畱鄉則是舉郡名不箸某縣也曷爲不箸有未審也郖下曰宏農縣鄏下曰河南縣是舉郡縣同名之例**从邑亥聲**

邚 ㄖㄨˊ 13泥　⿰翕阝 ㄒㄧ 27曉　⿰嬰阝 ㄧㄥ 12影　⿰虘阝 ㄏㄨ 13曉

⿰𢦏阝 ㄗㄞ 24精　酀 ㄧㄢ 3影　邱 ㄑㄧㄡ 24溪　⿰丑阝 ㄋㄧㄡˇ 21泥　邔 ㄐㄧˇ 4見　⿰求阝 ㄑㄧㄡˊ 21匣　⿰尚阝 ㄉㄤˇ 15端　郱 ㄆㄧㄥˊ 12並　邩 ㄏㄨㄛˇ 1曉　鄝 ㄌㄧㄠˇ 21來

古哀切一部⿰𢦏阝故國在陳畱春秋經隱十年宋人蔡人衛人伐載三經皆作載惟穀梁音義曰載本或作戴而前志作戴古載戴同音通用耳許作𢦏阝左氏音義引字林亦作𢦏阝呂本許所據從邑也前志云梁國甾故戴國後志云陳畱郡考城縣故甾注引陳畱志云古戴國今河南衛輝府考城縣東南五里有考城故城漢之甾縣古之𢦏阝國也甾與𢦏阝古音同𢦏阝古字甾漢字許云在陳畱者章帝改名考城屬陳畱也水經注汳水篇曰陳畱風俗傳曰秦之穀縣後遭漢兵起邑多災年故改曰甾縣王莽更名嘉穀章帝東巡詔曰甾縣名不善其改曰考城按莽章帝不達同音譌字之源委故不能正爲𢦏阝字而風俗傳云秦之穀縣則更無稽之言耳从邑𢦏聲作代切一部酀地名从邑燕聲烏前切十四部齊有高酀郎高偃高傒之元孫左傳曰敬仲之曾孫者古人立文後裔統云曾孫邱地名从邑丘聲去鳩切古音在一部今制諱孔子名之字曰邱邚地名从邑如聲人諸切五部⿰丑阝地名从邑丑聲女九切三部邔地名从邑几聲居履切十五部按西伯戋𪐴周本紀作耆徐廣曰一作阢阢蓋即邔字⿰翕阝地名从邑翕聲希立切七部⿰求阝地名玉篇曰⿰求阝鄉在陳畱从邑求聲巨鳩切三部⿰嬰阝地名从邑嬰聲於郢切十一部⿰尚阝地名廣韻曰鄺地名說文作⿰尚阝从邑尚聲多朗切十部今俗以爲鄉黨字郱地名从邑并聲薄經切十一部前志齊郡臨朐應劭云有伯氏駢邑後志齊國臨朐有古郱邑按春秋莊元年齊師遷紀郱鄑郚杜云郱在東莞臨朐縣東南齊取其地然則伯氏駢邑即此地駢即郱字今山東青州府臨朐縣東南有郱城是也未知許意然不⿰虘阝地名玉篇云魯地名从邑虘聲呼古切五部邩地名从邑火聲呼果切十七部鄝地名从邑翏聲盧鳥切三部左傳文公五年楚滅蓼釋文云字或作鄝穀梁宣八年經楚人滅舒鄝釋文云本又作蓼小雅漸漸之石詩序注云舒舒鳩舒鄝舒庸

⿰舍阝 ㄕㄨ 13透　⿰乾阝 ㄍㄢ 3見　⿰山阝 ㄕㄢ 3心

鄬 ㄨㄟˊ 1見　邨 ㄘㄨㄣ 9清（村）　⿰盇阝 ㄏㄜˊ 31匣　⿰㐭阝 ㄧㄣˊ 28來　⿰興阝 ㄒㄧㄥ 26曉　⿰臺阝 ㄊㄞˊ 15定　⿰馮阝 ㄈㄥˊ 26並　⿰𠭥阝 ㄎㄨㄞˋ 8溪

之屬釋文云鄝又作蓼按坊記陽侯繆侯即淮南氾論訓之陽侯蓼侯繆者字誤耳前志六安國後志廬江郡皆作蓼許不謂此也鄬地名从邑爲聲居爲切十七部春秋經襄七年公會晉侯宋公陳侯衛侯曹伯莒子邾子于鄬杜云鄬鄭地邨地名从邑屯聲此尊切十二部按本音豚屯聚之意也俗讀此尊切又變字爲村⿰舍阝地名从邑舍聲式車切五部按玉篇引春秋徐人取⿰舍阝杜預云今廬江舒縣按僖三年三經皆作舒魯頌亦作舒二志廬江舒縣亦皆作舒未審希馮所據⿰盇阝地名从邑盇聲胡蠟切八部二志泰山郡皆有蓋縣孟子有蓋大夫廣韻蓋姓字書作⿰盇阝古盍切⿰乾阝地名从邑乾聲古寒切十四部⿰㐭阝地名从邑㐭聲讀若淫力荏切七部⿰山阝地名从邑山聲所閒切十四部⿰興阝地名从邑興聲鉉無錯有今按廣韻蒸韻集韻證韻皆引說文則有者是也虛陵切六部⿰臺阝地名从邑臺聲徒郎切十部玉篇⿰臺阝鄌二同引續漢書云廣陵鄌邑也按續漢書謂司馬彪郡國志也今志作堂邑云故屬臨淮春秋時曰堂考左傳襄十四年楚子囊師于棠以伐吳昭二十年棠君五尚字皆從木而廣韻引風俗通堂楚邑大夫五尚爲之其後氏焉字從土蓋今左傳從木或誤堂邑今江蘇江寧府六合縣是也許但云地名未知謂此地與否臺古文堂字文字各本奪今補見土部⿰馮阝姬姓之國廣韻曰馮姓也畢公高之後食采於馮城因而命氏左傳云畢者文之昭王肅注尚書云畢毛文王庶子然則馮爲姬姓國其後以國氏省作馮也師古云馮歸姓恐非字廁於此者許不審馮地所在从邑馮聲○房戎切古音在六部按許既知爲姬姓國則當知其地所在蓋古本據其次第可推今本蓋寫者奪之補綴於此⿰𠭥阝汝南安陽鄉汝南郡安陽二志同今河南汝寧府眞陽縣縣東故安陽城是也有鄉名⿰𠭥阝从邑𠭥省聲𠭥宋版及小徐皆不從艸艸部蔽耳部聵皆𠭥聲則固有𠭥字矣苦怪切十五部漢書鄺成侯周緤服虔音菅蔽之蔽則服作⿰𠭥阝成

郙 ㄈㄨˇ 13幫　酈 ㄌㄧˋ 1來　酁 ㄑㄢ 3清　𨙨 ㄓㄢˋ ??　𨛜 ㄒㄧㄤˋ ??　鄉 ㄒㄧㄤ 15曉

矦

郙 汝南上蔡亭 汝南郡上蔡二志同今河南汝寧府上蔡縣縣西南十里故蔡城是也有亭名郙 从邑甫聲 方矩切五部○按郙郙二篆當與鄭郎郎郭鄭等篆爲伍寫者奪之補綴於此

酈 南陽縣 南陽郡酈二志同秦二世二年沛公攻析酈皆下之則是秦所置縣今河南南陽府內鄉縣縣東北有故酈縣城 从邑麗聲 郎擊切十六部按蘇林如淳皆音擲小顏漢書注酈姓音歷縣名音同蘇如○按酈篆當與邔鄖鄾鄧郢鄉六篆爲伍寫者奪之而補綴於此

酁 地名从邑毚聲 七然切十四部

𨙨 从反邑𨛜字从此闕 闕謂其音闕也

文一百八十一 一宋本作四今依鍇補鄭則一百八十二 重六 邑部自邦至部皆國邑殊名及國邑所有之地也自鄯以下則皆地名自西而東鄯窺西北之取遠者也鄭則近東北矣自部至郉漢之三輔屬司隸邽部二文隴西天水郡也在三輔之西屬涼州自郖至郱宏農河南河內河東四郡也在三輔之東亦屬司隸鄔祁大原郡也屬幷州自鄴至鄲魏郡趙國清河常山鉅鹿郡也屬冀州鄚涿郡也屬幽州郅北地郡也屬涼州郊者近北地之狄自鄦至郥潁川汝南郡也屬豫州自鄧至郢南陽南郡江夏三郡也屬荆州自郞至邦漢中蜀廣漢犍爲牂柯五郡也屬益州自都至鄞豫章桂陽會稽三郡也屬揚州長沙在江南故附於豫章下長沙本屬荆州也自郴至鄞蓋漢豫州兗州之地自邗至鄒臨淮東海琅邪三郡也屬徐州郭至郚齊地也當屬青州郯截陳留郡也屬兗州以下槩云地名則未審其在何所也

𨛜 鄰道也 道當爲邑字之誤也其字從二邑會意 从邑从𨙨 隸變作𨛜 凡𨛜之屬皆从𨛜闕 闕者謂其音未聞也大徐云胡絳切依鄉字之音非有所本如餖字或依闕字之音或依皂字之音皆非是

鄉 國離邑 離邑如言離宮別館國與邑名可互偁析言之則國大邑小一國中離析爲若干邑 民所封鄉也 封猶域也鄉者今之向字漢字多作鄉今作向所封謂民域其中所鄉謂歸往也釋名曰鄉向也民所向也以同音爲訓也 嗇夫別治 別彼列切別治謂分治也百官公卿表曰縣大率十里一亭亭有長十亭一鄉鄉有三老有秩嗇夫游徼三老掌教化嗇夫職聽訟收賦稅游徼徼循禁盜賊司馬彪百官志曰鄉置有秩三老游徼鄉小者置嗇夫一人風俗通云嗇者省也夫賦也言消息百姓均其役賦按許不言三老游徼者舉一以該其二亦謂鄉小者但置嗇夫不置三老游徼也 从𨛜皀聲 許良切十部 封圻之內六鄉六鄉治之 按封圻上當有周禮二字上云嗇夫別治言漢制此云六鄉六鄉治之謂周禮也封圻卽邦畿周禮方千里曰國畿六鄉地在遠郊以內五家爲比五比爲閭四閭爲族五族爲黨五黨爲州五州爲鄉鄉老二鄉則公一人鄉大夫每鄉卿一人許先舉漢制後言周禮者許書凡言郡縣鄉亭皆漢制漢表云凡縣道國邑千五百八十七鄉六千六百二十二亭二萬九千六百三十五許全書所舉某縣某鄉某亭皆在此都數之中

䣈 ㄒㄧㄤˋ 18匣　△巷

䣈 里中道也 不言邑中道言里中道者言邑不該里言里可該邑也析言之國大邑小邑大里少渾言之則國邑通偁邑里通偁載師注曰今人云邑居里此邑里通偁也高祖紀云沛豐邑中陽里人此邑里析言也應劭曰沛縣也豐其鄉也然則鄉可偁邑矣周禮五家爲鄰五鄰爲里此周制也齊語五家爲軌十軌爲里此齊制也百官志曰里魁掌一里百家什主十家伍主五家以相檢察此漢制也里中之道曰巷古文作䣈爾雅作衖引伸之凡夾而長者皆曰巷宮中衖謂之壼是也十七史言弄者皆卽巷字語言之異也今江蘇俗尚云弄也 从𨛜共 會意 言在邑中所共 說會意之恉道在邑之中人所共由胡絳切共亦聲九部

巷 篆文从邑省 巷爲小篆則知䣈爲古文籒文也先古籒後篆者亦上部之例巷今作巷

文三 重一

二十五部 文七百五十四宋本四作三鈕樹玉曰按實七百五十五 重六十宋本作六十一鈕曰實五十九 凡九千四百四十三字此弟六篇都數

説文解字弟六篇下 吳縣鈕樹玉校字

說文解字第七篇

金壇段玉裁注

日 ㄖˋ 5 泥

日 實也 以疊韵爲訓月令正義引春秋元命包云日之爲言實也釋名曰日實也光明盛實也 大昜之精不虧 故曰實 从〇一象形 〇象其輪郭一象其中不虧人質切十二部 凡日之屬皆从日

△㘥

㘥 古文象形 葢象中有烏武后乃竟作囝誤矣

旻 ㄇㄧㄣˊ 9 明

旻 秋天也 此爾雅釋天及歐陽尚書說也釋天曰春爲昊天夏爲蒼天秋爲旻天冬爲上天許鄭本如是孫炎郭樸本乃作春蒼夏昊 从日文聲 武巾切十三部 虞書說 說各本作曰今依韵會訂虞書說三字當作唐書說曰四字古文堯典欽若昊天說也 仁覆閔下則偁旻天 覆閔各本作閔覆誤今依玉篇廣韵皆作仁覆愍下謂之旻天訂此古尚書說也與毛詩王風傳同五經異義天號今尚書歐陽說堯典欽若昊天春曰昊天夏曰蒼天秋曰旻天冬曰上天總爲皇天爾雅亦云古尚書毛詩說天有五號各用所宜稱之尊而君之則曰皇天元氣廣大則稱昊天仁覆愍下則稱旻天自天監下則稱上天據遠視之蒼蒼然則稱蒼天許君曰謹按堯典羲和以昊天總勑以四時故昊天不獨昊春也左傳夏四月孔丘卒稱曰旻天不弔非秋也元之聞也爾雅者孔子門人所作以釋六藝之言葢不誤也春氣博施故以廣大言之夏氣高明故以遠言之秋氣或生或殺故以閔下言之冬氣閉藏而清察故以監下言之皇天者至尊之號也六藝之中諸稱天者以情所求言之耳非必於其時稱之浩浩昊天求天之博施蒼天蒼天求天之高明昊天不弔求天之生殺當其宜上天同雲求天之所爲當順其時也此之求天猶人之說事各从其主耳若察於是則堯命羲和欽若昊天孔丘卒稱旻天不弔無可怪爾按許作五經異義不从爾雅从毛詩造說文兼載二說而先爾雅於毛與鄭說無不合葢異義早成說文後出不待鄭之駁正而巳權衡悉當觀此及社下姓下皆與異義不同與鄭說相合可證

時 ㄕˊ 24 定

時 四時也 本春秋冬夏之稱引伸之爲凡歲月日刻之用釋詁曰時是也此時之本義言時則無有不是者也廣雅曰時伺也此引伸之義如不能辰夜遠猶辰告傳皆云辰時也是也 从日寺聲 市之切一部

△旹

旹 古文時从日㞢作 之聲也小篆从寺寺亦之聲也漢隸亦有用旹者

早 ㄗㄠˇ 21 精

早 晨也 晨者早昧爽也二字互訓引伸爲凡爭先之偁周禮大司徒早物段早爲草 从日在甲上 甲象人頭在其上則早之意也易曰先甲三日子浩切古音在三部

曶 ㄏㄨ 8 曉

曶 尚冥也 冥者窈也幽也自日入至於此尚未日出也司馬相如傳曶爽暗昧得燿乎光明然則曶尚未明也按漢人曶昧通用不分故幽通賦昒昕寣而仰思曹大家曰昒昕晨旦明也韋昭曰昒昧忽兩音郭樸注三倉解詁云曶旦明也然則獨許分別曶爲未明昧爽爲且明以其時相際故說之者異 从日勿聲 大徐作昒古皆有之呼骨切十五部按韋音梅憒切字林音勿皆與昧通用之證

昧 ㄇㄟˋ 8 明

昧 昧爽 逗昧字舊奪今補 且明也 各本且作旦今正且明者將明未全明也牧誓時甲子昧爽王朝至于商郊牧野言昧爽起行朝旦至牧野左傳晏子述讒鼎之銘曰昧旦丕顯偁尚書演其辭曰昧爽丕顯坐以待旦郊祀志十一月辛巳朔旦冬至昒爽封禪書昒作昧既言旦又言昧爽者以辛巳朔旦冬至合前文黃帝己酉朔旦冬至爲言明冬至均在朔之旦也繼云昧爽天子始郊拜泰一明未旦時卽郊拜泰一也內則成人皆雞初鳴適父母舅姑之所未冠笄者昧爽而朝後成人也昧與曶古多通用而許分別之直以昧連爽爲譽昧者未明也爽者明也合爲將旦之偁 从日未聲 莫佩切十五部 一曰闇也 闇者閉門也閉門則光不明明闇字用此不用暗暗者日無光也義異司馬相如傳阻深闇昧得燿乎光明

暏 ㄉㄨˇ 13 端

暏 且明也 各本作旦明誤今正作且明暏與昧爽同義許書有暏無曙而文選魏都賦謝康樂溪行詩李注竝引作曙古今字形異耳許本作暏後乃變爲曙以署亦者聲也玉篇昒昧二文問出曙字市據切此顧希馮以今字易古字也後出暏字丁古切此孫强陳彭年輩所據說文妄增者也呂覽謂一朝爲一曙廣韵曰暏詁朝欲明也 从日者聲 當古

晢ㄓㄜˊ 2端　曉ㄒㄧㄠˇ 19曉　昕ㄒㄧㄣ 9曉　昭ㄓㄠ 19端　晤ㄨˋ 13疑

切廣韵亦暏入姥韵曙入御韵五部 **晢** 各本篆體誤今正 **昭晢** 逗 **明也** 旦下曰明也明下曰昭也既昧爽則旦矣周易王弼本明辨晢也陳風明星晢晢傳曰晢晢猶煌煌也洪範明作晢鄭曰君視明則臣昭晢按昭晢皆从日本謂日之光引伸之爲人之明晢口部曰哲知也 **从日斦聲** 斦舊作折今正晢字日在下或日在旁作晣同耳旨熱切十五部 **禮曰晢明行事** 禮謂十七篇也許序例云其偁禮周官禮謂儀禮周官謂周禮也士冠禮宰告曰質明行事鄭云質正也許所據作晢明以戴記禮器昏義兩言質明推之戴記多从今文則知質明今文晢明古文也鄭不疊古文者畧也 **曉明也** 此亦謂旦也俗云天曉是也引伸爲凡明之偁方言黨曉哲知也楚謂之黨或曰曉齊宋之間謂之哲 **从日堯聲** 呼鳥切二部曉昕二篆鉉本奪而綴于末今依鍇本 **昕且明也** 小徐本作旦也明也韵會作旦明也今正爲且明文王世子大昕鄭云早昧爽也是昕即晨而未旦也士昏禮記曰凡行事必用昏昕齊風東方未晞顛倒裳衣傳曰晞明之

始升按蒹葭湛露傳皆云晞乾也此云明之始升則當作昕無疑昕與晞各形各義而昕讀同希因誤爲晞耳 **日將出也** 按此亦言且明而不次諸晢篆之前者正謂昧爽於旦猶遠昕於旦僅一間耳故毛云明之始升許先列晢曉篆而以昕足之 **从日斤聲讀若希** 斤聲而讀若希者文微二韵之合齊風是以與衣韵也今讀許斤切則又合乎冣初古音矣十三部○說文讀若希見文王世子音義鍇作讀若忻非鄭注樂記訢讀爲熹是其理也 **昭日明也** 引伸爲凡明之偁廟有昭穆昭取陽明穆取陰幽皆本無正字叚此二字爲之自晉避司馬昭諱不敢正讀一切讀上饒反而陸氏乃以入經典釋文陋矣又別製佋字注云廟昭穆父爲佋南面子爲穆北面从人召聲此冣爲不通昭穆乃鬼神之偁其字當从示而从人何也無識者又取以竄入說文人部中其亂名改作有如此者今人部刪佋 **从日召聲** 止遙切二部 **晤明也** 晤旳晄曠四篆不必專謂日之明然莫明于日故四字皆从日而廁于此也晤者启之明也心部之悟寤部之寤皆訓覺覺亦明也

旳ㄉㄧˋ 20端　晃ㄏㄨㄤˇ 15匣　曠ㄎㄨㄤˋ 15溪　旭ㄒㄩˋ 21曉　晉ㄐㄧㄣˋ 6精　暘ㄧㄤˊ 15定

同聲之義必相近 **从日吾聲** 五故切五部 **詩曰晤辟有摽** 邶風文今詩作寤此篇云耿耿不寐云我心匪石云如匪澣衣則當作寤訓覺晤其叚借之字也 **旳明也** 旳者白之明也故俗字作的漢魯峻碑曰乘傳耆齡暵矣旳旳引伸爲躳旳 **从日勺聲** 都歷切古音在二部詩發彼有勺叚勺爲旳字 **易曰爲旳顙** 說卦傳文旳顙白顛也馬部又有馰篆云馬白頟也引易馬馰顙疑馰後出非古 **晃明也** 各本篆作晄篇韵皆云晃正晄同今正晃者動之明也凡光必動會意兼形聲字也楊雄賦北橫幽都李善云橫與晃音義同 **从日光聲** 胡廣切十部 **曠明也** 廣大之明也會意兼形聲字也引伸爲虛空之偁 **从日廣聲** 苦謗切十部 **旭日旦出皃** 邶風旭日始旦傳曰旭者日始出謂大昕之時旭與曉雙聲釋訓曰旭旭蹻蹻憍也郭云皆小人得志憍蹇之皃此其引伸叚借之義也今詩旭旭作好好同音叚借字也 **从日九聲讀若好** 好各本作勗誤今依詩音義訂按音

義云許玉反徐又許九反是徐讀如朽朽即好之古音朽之入聲爲許玉反三讀皆於九聲得之不知何時許九誤爲許元集韵類篇皆云許元切徐邈讀今之音義又改元爲袁使學者求其說而斷不能得矣大徐許玉切三部 **一曰明也** 此別義也明謂日之明引伸爲凡明之偁 **晉進也** 周易彖傳曰晉進也以疊韵爲訓凡進皆曰晉難進亦曰晉周禮凡田王提馬而走諸侯晉是也禮古文周禮故書皆叚晉爲箭 **日出而萬物進** 故其字从日 **从日从臸** 臸者到也以日出而作會意隸作晉即刃切十二部 **易曰明出地上晉** 此引易象傳文以證从日之意也 **暘日出也** 洪範八庶徵曰雨曰暘某氏云雨以潤物暘以乾物祭義夏后氏祭其闇殷人祭其陽周人祭日以朝及闇鄭云闇昏時也陽讀爲曰雨曰暘之暘謂日中時也朝日出時也暘之義當从鄭孟子秋陽以暴之亦當作秋暘 **从日易聲** 與章切十部 **虞書曰曰暘谷** 虞書宋本葉本如是他本作商書非也各本少一曰字今補虞書當作唐書說見禾部

啓 ㄑㄧˇ 4 溪　晹 ㄧˋ 11 定　昫 ㄒㄩˇ 16 曉　晛 ㄒㄧㄢˋ 3 匣

此古文尚書堯典文也 **晵 雨而晝姓也** 啓之言闓也姓者雨而夜除星見也雨而晝除見日則謂之啓啓亦謂之姓 **从日啟省聲** 康禮切十五部按集韵又輕甸切語之轉也今蘇州俗語云啓晝不是好晴正作此音

晹 日覆雲暫見也 覆雲者揜於雲暫見者倏見也此與目部晹義畧同 **从日易聲** 羊益切十六部按當施隻切

昫 日出昷也 昷各本作溫今正詳水部昫與火部煦義畧同樂記煦嫗淮南書作昫嫗廣韵直以爲一字周禮注曰司馬法旦明皷五通爲發昫是知主初日出言也 **从日句聲** 火于切又火句切古音在四部 **北地有昫衍縣** 見前書地理志今甘肅寧夏府靈州東南花馬池境有昫衍廢縣是也俗譌作朐衍非

晛 日見也 毛詩見晛曰消毛云晛日氣也韓詩曣晛聿消韓云曣晛日出也二解義相足日出必有溫氣也廣雅釋詁云曣曣煗也曣曣卽韓詩之曣晛煗卽毛日氣之說荀卿非相篇引詩作宴然宴然卽曣曣也宴晏曣古通用玉篇曰曣同晛 **从日見** 形卽義 **見亦聲** 胡甸切十四部 **詩曰見晛曰消** 小雅角弓文

晏 ㄧㄢˋ 3 影　曣(暥) ㄧㄢˋ 3 影　景 ㄐㄧㄥˇ 15 見

晏 天清也 楊雄羽獵賦曰天清日晏李引許淮南子注曰晏無雲之處也漢天文志曰日餔時天星晏星卽今之晴字淮南書鶡曰知晏陰蝔知雨晏對陰而言如淳注郊祀志云三輔謂日出清濟爲晏按郊祀之晏溫封禪書作曣昷猶氤氳也郊祀志字異而義同如淳以日出清濟釋之謂晏而溫是爲異非是晏之言安也古晏安通用故今文堯典晏晏古文作安安左傳安孺子古今人表作晏孺子 **从日安聲** 烏諫切十四部

暥 星無雲也 姚氏鼐曰星卽姓字按日閒雨除亦曰姓無雲謂晴而無雲也晴容有有雲者其字亦作曣毛詩見晛曰消韓詩作曣晛聿消劉向上封事引之師古注云曣無雲也今漢書譌姸不可讀韓詩釋曣晛爲日氣許注淮南釋晏爲無雲此以天清釋晏以晴無雲釋暥言各有當不以音義相近而淆之也一說星無雲謂星而無雲如雨部云風雨土謂風而雨土也詩星言夙駕韓云星晴也卽許星而無雲之說 **从日燕聲** 於甸切十四部

景 日

晧(皓) ㄏㄠˋ 22 見　暤 ㄏㄠˋ 21 匣　曅 ㄧㄝˋ 31 匣

光也 日字各本無依文選張孟陽七哀詩注訂火部曰光者明也左傳曰光者遠而自他有燿者也日月皆外光而光所在處物皆有陰光如鏡故謂之景車舝箋云景明也後人名陽曰光名光中之陰曰影別製一字異義異音斯爲過矣爾雅毛詩皆曰景大也其引伸之義也 **从日京聲** 居影切古音在十部讀如姜

晧 日出皃 謂光明之皃也天下惟絜白者取光明故引伸爲凡白之偁又改其字从白作皓矣 **从日告聲** 胡老切古音在三部

暤 晧旰也 晧鍇本作暤集韵類篇从之晧旰謂絜白光明之皃旰同日出光軑軑之軑非下文訓晚之旰也漢書上林賦采色澔旰史記作澔旰靈光殿賦澔澔涆涆曹植七啟云丹旗燿野戈殳晧旰此可證晧旰之爲古語古者大暤少暤蓋皆以德之明得偁俗作大昊少昊晧旰雙聲字 **从日皋聲** 胡老切古音在三部俗从白作皞

曅 光也 也當作皃字之誤思元賦舊注云曄光皃漢書敘傳云世宗曄曄吳都賦云飾赤烏之韡曄 **从日𠌶** 鍇本日在𠌶上玉篇曰說文作曅大徐日在旁非也筠輒切八部

暈 ㄩㄣˋ 9 匣　旰 ㄍㄢˋ 3 見　暆 ㄧˊ 1 定

暈 光也 按光也二字當作日光氣也四字篆體暉當作暈周禮暈作煇古文叚借字眡祲掌十煇之法以觀妖祥辨吉凶一曰祲二曰象三曰鑴四曰監五曰闇六曰瞢七曰彌八曰敘九曰隮十曰想鄭司農云煇謂日光炁也按日光氣謂日光捲結之氣釋名曰暈捲也氣在外捲結之也日月皆然孟康曰暈日旁氣也篆體日在上或移之在旁此篆遂改爲暉改其訓曰光與火部之輝不別蓋淺者爲之乃致鉉以暈爲新附篆矣 **从日軍聲** 軍者圜圍也此以形聲包會意王問切十三部大徐許歸切非

旰 晚也 襄十四年左傳杜注曰旰晏也 **从日干聲** 古案切十四部 **春秋傳曰日旰君勞** 昭十二年左氏傳文今本勞作勤

暆 日行暆暆也 史記屈原賈生列傳曰庚子日施兮服集予舍施卽說文暆字也暆暆迆邐徐行之意暆暆猶施施詩毛傳曰施施難進之意 **从日施聲** 弋支切十六十七部 **樂浪** 音洛狼 **有東暆縣** 樂浪郡東暆見地理志樂浪今朝鮮國地東暆故城未聞魚部云東暆輸鰅魚 **讀**

晷ㄍㄨㄟˇ 21見　昃ㄗㄜˋ 25精　晚ㄨㄢˇ 3明　昏ㄏㄨㄣ 9曉　㬅ㄌㄨㄢˊ 3明

如酏三字當在施聲之下

晷 日景也上文云景光也渾言之此云晷日景也不云日光析言之也以其陰別於陽卽今之影字也左傳謂之蔭云趙孟視蔭釋名曰晷規也如規畫也此謂以表度日大雅旣景乃岡傳云考於日景參之高岡 从日咎聲居洧切古音在三部

昃 日在西方時側也蒙上日景言之日在西方則景側也易曰日中則昃孟氏易作稷穀梁春秋經戊午日下稷古文叚借字 从日仄聲此舉形聲包會意隸作昃亦作昗小徐本矢部又出昗字則複矣夫製字各有意義晏景晷旱之日在上皆不可易也日在上而干聲則爲不雨日在旁而干聲則爲晚然則𣅝訓爲日在西方豈容移日在上形聲之內非無象形也阻力切一部 易曰日𣅝之離離九三爻辭

晚 莫也莫者日且冥也从日在茻中見茻部引伸爲凡後之偁 从日免聲無遠切十四部

昏 日冥也冥者窈也窈者深遠也鄭目錄云士娶妻之禮以昏爲期因以名焉必以昏者陽往而陰來日入三商爲昏引伸爲凡闇之偁 从日氐省氐者下也氐部曰氐者至也其引伸之義則爲下故此云氐者下也上部云下者氐也目部云氐目卽低目人部無低字昏字於古音在十三部不在十二部昏聲之字蟁亦作蚊暋亦作岐敃亦作忞昏古音同文與眞臻韵有斂侈之別字从氐省爲會意絕非从民聲爲形聲也葢隸書淆亂乃有从民作昬者俗皆遵用唐人作五經文字乃云緣廟諱偏傍準式省从氐凡汦昏之類皆从氐以昏類汦其亦愼矣呼昆切魂韵者文韵之音變 一曰民聲此四字蓋淺人所增非許本書宜刪凡全書內昏聲之字皆不从民有从民者譌也

㬅 日且昏時也且各本作旦今正昏訓冥莫訓日且冥則㬅卽莫也㬅之言蠻也蠻者交兒日將入而色有異也 从日䜌聲讀若新城䜌中䜌他書作蠻地理志河南郡新城下蠻中故戎蠻子國也郡國志河南郡新城有鄤聚古鄤氏今名蠻中左傳昭十六年楚子誘戎蠻子殺之杜云河南新城縣東南有蠻城水經注伊水篇曰新城縣故蠻子國也縣有鄤聚今名蠻中漢新城故城在今河南河南府洛陽縣南今左穀皆作蠻公羊作曼劉昭引左傳作鄤㬅音如蠻集韵謨還切者是大徐洛官切非也十四部

晻ㄢˇ 30影　暗ㄢˋ 28影　晦ㄏㄨㄟˋ 24曉　⿱能日ㄋㄞˋ 24泥　曀ㄧˋ 5影　旱ㄏㄢˋ 3匣　𣅀ㄧㄠˇ 19影　昴ㄇㄠˇ 21明

晻 不明也北征賦曰晻晻其將暮漢書元帝紀三光晻昧南都賦晻曖蓊蔚吳都賦旭日晻旿凡言晻藹謂陰翳也蜀都賦作菴藹 从日奄聲烏敢切八部

暗 日無光也集韵類篇皆以晻暗爲一字依許則義各殊明之反當用晻暗主謂日無光眡祲掌十煇之灋五曰闇鄭司農云闇日月食也暗者正字闇者叚借字也引伸爲凡深沈不明之偁 从日音聲烏紺切古音在七部

晦 月盡也朔者月一日始蘇望者月滿與日相望似朝君字皆从月月盡之字獨从日者明月盡而日如故也日如故則月盡而不盡也引伸爲凡光盡之偁僖十五年春秋經晦震夷伯之廟公羊曰晦晝冥也穀梁曰晦冥也杜注左云與凡書晦同爾雅曰霿謂之晦 从日每聲荒內切十五部

⿱能日 埃⿱能日逗疊韵字 日無光也埃⿱能日猶靉靆也通俗文雲覆日謂之靉靆 从日能聲奴代切一部

曀 天陰沈也各本作陰而風也今正攷開元占經引作天地陰沈也大平御覽引作天陰沈也邶風曰終風且曀爾雅毛傳皆云陰而風曰曀釋名曀翳也言雲氣晻翳日光使不明也小爾雅曀冥也曀主謂不明爾雅毛傳因詩句兼風言耳故許易之陰沈當作霒霃 从日壹聲於計切古音在十二部 詩曰終風且曀

旱 不雨也 从日干聲乎旰切十四部

𣅀 望遠合也合者望遠則其形不分其色不分其小大高下不分是也與杳字義略相近 从日匕會意 匕逗合也匕何以訓合比之省也猶會下云會益也會何以訓益增之省也是亦許書言叚借之一也𣅀何以省比有昆字在也 讀若窈窕之窈窈古讀如黝音轉如杳烏皎切二部

昴 白虎宿星召南傳曰昴畱也古謂之昴漢人謂之畱故天官書言昴律書直言畱毛以漢人語釋古語也元命包云昴六星昴之言畱物成就繫畱此昴亦評畱之義也 从日丣聲丣古音讀如某丣古文酉字字別而音同在三部雖同在三部而不同紐是以丣聲之劉畱聊桺珋駵鼺

曏 ㄒㄧㄤˋ 15曉　曩 ㄋㄤˇ 15泥　昨 ㄗㄨㄛˊ 14從　暇 ㄒㄧㄚˊ 13匣

莽帘爲一紐卯聲之曏爲一紐古今音讀皆有分別𨚖聲之不讀莫飽切猶卯聲之不讀力九切也惠氏棟因毛傳之語謂曏必當从𨚖其說似是而非王氏鳴盛尚書後案襲之非也莫飽切古音在三部

曏　不久也　士相見禮曰曏者吾子辱使某見請還贄於將命者注云曏曩也按禮注曏字或作鄉今人語曰向年向時向者卽曏字也又曰一晌曰半晌皆是曏字之俗　**从日鄉聲**　許網切十部　**春秋傳曰曏役之三月**　僖廿八年左氏傳文曏猶前也城濮之役在四月前乎此役之三月正與不久之義合杜作鄉云鄉猶屬也殊誤

曩　曏也　釋言文左傳曰曩者志入而已今則怯也晉語曰曩而言戲乎莊子曰曩子行今子止　**从日襄聲**　奴朗切十部

昨　絫日也　絫鉉本作壘誤錯本作累絫累正俗字古書積累字皆作絫厽部云絫者增也絫日謂重絫其日也廣韵云昨日隔一宵也周禮司尊彝叚昨爲酬酢字　**从日乍聲**　在各切五部

暇　閑也　各本作閑俗字也今正酒誥曰不敢自暇自逸古多借假爲暇周書多方天惟須夏之子孫鄭云夏之言假大雅皇矣周頌武二箋皆作須假而孔本作暇孫卿子其爲人也多假日其出入不遠也賈逵國語注假閒也登樓賦聊假日以銷憂李善云假或爲暇引楚辭聊暇日以消時可見古假暇通用假訓大故包閒暇之義匡謬正俗似未識此意　**从日叚聲**　胡嫁切古音在五部

暫 ㄓㄢˋ 32從　昪 ㄅㄧㄢˋ 3並　昌 ㄔㄤ 15透

暫　不久也　左傳婦人暫而免諸國今俗語云霎時閒卽此字也　**从日斬聲**　藏濫切八部

昪　喜樂兒　小雅弁彼鸒斯傳曰弁樂也此昪之叚借也釋詁詩序皆云般樂也般亦昪之叚借也古三字同音盤故相叚借如此昪其正字而尠用之者　**从日**　从日者熙熙如春登臺之意　**弁聲**　皮變切十四部

昌　美言也　咎繇謨曰禹拜昌言今文尚書作黨趙注孟子引尚書禹拜黨言逸周書祭公解拜手稽首黨言張平子碑黨言允諧劉寬碑對策嘉黨皆昌言字之叚借也至於讜言亦見漢人文字字林讜言美言也此又因黨言而爲之言傍謂之正俗字可　**从日从曰**　會意取縣諸日月不刊之意也不入曰部者日至尊也尺良切十部

一曰日光也　裴松之引易運期讖曰兩日並光日居午兩日昌字圖讖說字多不合本義裴引孝經中黃讖曹爲日載東曹字亦本从曰非从日蓋昌之本義訓美言引伸之爲凡光盛之偁則亦有訓爲日光者日光祇爲餘義例所不載一曰日光也五字恐魏時因許昌之說而妄增之　**詩曰東方昌矣**　齊風東方明矣朝既昌矣傳曰東方明則夫人纚笄而朝朝已昌盛則君聽朝云朝已昌盛與美言之義相應許幷二句爲一句當由轉寫筆誤

△昌

暀 ㄨㄤˋ 15影　昄 ㄅㄢˇ 3幫　昱 ㄩˋ 27定

昌　籀文

暀　光美也　釋詁曰暀暀皇皇美也按暀見爾雅而不見他經泮水箋云皇皇當作暀暀暀暀猶往往也此易皇爲暀復訓暀爲往以作暀而後可訓往也少儀祭祀之儀齊齊皇皇注云皇皇讀爲歸往之往皇氏云謂心所繫往此處鄭不讀爲暀徐先民於況反非是　**从日往聲**　此擧形聲包會意謂往者衆也於放切十部

昄　大也　大雅土宇昄章釋詁毛傳皆曰昄大也　**从日反聲**　補綰切十四部

昱　日明也　日明各本作明日今依衆經音義及玉篇訂大元曰日以昱乎晝月以昱乎夜注云昱明也日無日不明故自今日言下一日謂之明日亦謂之昱日昱之字古多叚借翌字爲之釋言曰翌明也是也凡經傳子史翌日字皆昱日之叚借翌與昱同立聲故相叚借本皆在緝韵音轉又皆入屋韵劉昌宗讀周禮翌日乙丑音育是也俗人以翌與翼形相似謂翌卽翼同入職韵唐衛包改尚書六翌皆爲翼而昱日之義廢矣朙部朚下曰翌也翌當爲昱朚从亡明晝夜之道亡明而明復矣昱之義引伸爲凡明之偁故顧命翌室某氏曰明室三輔決錄注釋左馮翊曰馮盛也翊明也翊卽翌　**从日立聲**　余六切古音在七部

㬉 ㄋㄢˇ 3泥　暍 ㄧㄝˋ 2影　暑 ㄕㄨˇ 13透

㬉　𥁕溼也　𥁕各本作溫今正說詳水部溫而生溼故其字从日　**从日赧省聲**　溫溼生徽亦有色赤者未必不从赤會意也集韵類篇㬉㬉小赤也　**讀與赧同**　女版切十四部

暍　傷暑也　北山經北嚻之山鳥名鶯鶡食之已暍按今俗語謂鬱蒸之曰暍聲如遏卽此字　**从日曷聲**　於歇切十五部

暑　熱也　暑與熱渾言則一故許以熱訓暑析言則二故大雅溫隆蟲蟲毛云溫溫而暑隆隆

㬮ㄋㄢˇ 3泥　㬎ㄒㄧㄢˇ 27曉（顯）

而雷蟲蟲而熱也暑之義主謂溼熱之義主謂燥故溽暑謂溼暑也釋名曰暑煮也如水煮物也熱爇也如火所燒爇也**从日者聲**舒呂切五部**㬮安㬮**逗疊韵字也**昷也**昷各本作溫今正說詳水部安㬮猶溫存也二字皆平聲廣雅云暍㬮煖也安作暍語之轉耳巾部云讀若水溫㬮則安亦作溫**从日難聲**奴案切十四部按廣韵集韵類篇㬮皆讀平聲入山韵玉篇㬮亦奴達切平則二字皆平去則二字皆去入則二字皆入是之謂疊韵**㬎衆微杪也从日中視絲**此九字廣韵作衆明也微妙也从日中視絲十一字疑當作衆明也从日中見絲絲散眇也散者今之微字眇者今之妙字玉篇亦作妙日中視絲衆明察及微妙之意**古文目爲顯字**顯爲頭明飾㬎爲日中見微妙則經傳顯字皆當作㬎㬎者本義顯者段借載籍既皆作顯乃謂古文作㬎爲段借矣故曰古文以爲顯字頁部顯下曰从頁㬎聲是則㬎之讀如顯可知呼典切**或曰衆口皃讀若唫唫**此別一義也讀若唫唫當作讀若口唫之唫轉

暴ㄆㄨˋ 20並

寫譌奪耳巨錦切○集韵不得其句乃於寢韵云㬎者絮中小繭渠飲切**或目爲繭**句謂或用爲繭字也其字从絲故或用爲繭字**繭者絮中往往有小繭也**蒙繭而釋之必釋之者此繭不同糸部訓蠶衣之繭也亦蠶衣之義之引伸也釋名云繭者幕也貧者著音褚褎衣也衣可以幕絡絮也或謂之牽離煑熟爛牽引使離散如緜然也牽離即糸部之繫𦅾繫𦅾一名惡絮繫牽奚切𦅾郎兮切與牽離爲一語之轉絓字下亦云繭滓也一名絓頭一名牽離按此蓋繰絲之餘滓亦可褎衣而中有纇結故云絮中歷歷有小繭繭之言結也釋名則謂可以煑爛牽引冪之絮外說無不合以㬎爲此繭則㬎古典切七部○已上三義畫然三音大徐總曰五合切非也惟第二義讀若唫也故濕水字从之爲聲**暴晞也**攷工記晝暴諸日孟子一日暴之引伸爲表暴暴露之義與夲部暴義別凡暴疾暴虐暴虎皆夲部字也而今隸一之經典皆作暴難於諟正**从日出廾米**日出而竦手舉米曬之合四字會意玉篇步卜切五經文字捕沃切廣韵蒲木切大徐薄報切非也三部

△⿱麃日　曬ㄕㄞˋ 1心　暵ㄏㄢˋ 3曉　晞ㄒㄧ 7曉　昔ㄒㄧ 14心

⿱麃日古文暴从日麃聲　**曬暴也**漢中山靖王傳白日曬光幽隱皆照**从日麗聲**曬與灑同意散其光也所智切音變則所賣切十六部**暵乾也**乾上當有日字乾者上出也凡物乾者必上溼者必下王風傳曰暵菸皃周禮旱暵之事鄭云暵熱氣也皆引伸之義也**耕暴田曰暵**暴田曰暵因之耕暴田曰暵齊民要術論耕曰寧燥不溼燥雖耕塊一經得雨地則粉解溼耕堅垎數年不佳垎胡格反**从日𦰩聲**同一堇聲而謹殣入十三部漢暵難則入十四部且隸易其字从莫蓋部分甚相近故也呼旰切**易曰燥萬物者莫暵乎火**依韵會所據小徐本訂說卦傳文今易作熯**晞乾也**元應書引作日乾曰晞小雅湛湛露斯匪陽不晞傳曰陽日也晞乾也陽日也者謂陽即暘之段借也方言膊曬晞暴也暴五穀之類秦晉之間謂之曬東齊北燕海岱之郊謂之晞又曰晞燥也**从日希聲**香衣切十五部**昔乾肉也**周禮腊人掌乾肉凡田獸之脯腊膴胖之事鄭云大物解肆乾之謂

△腊　暱ㄋㄧˋ 25疑

之乾肉若今涼州烏翅矣腊小物全乾者鄭意大曰乾肉小曰腊然官名腊人則大物亦偁腊也故許渾言之**从殘肉**謂𠔉也象形**日目晞之**昨之殘肉今日晞之故从日鄭注腊人云腊之言夕也此可證周禮故作昔字後人改之昔者古文籀文增肉作⿱昔肉於義爲短昔肉必經一夕故古段昔爲夕穀梁經辛卯昔恆星不見左傳爲一昔之期列子昔昔夢爲君皆是又引伸之則段昔爲昨又引伸之則以今昔爲今古矣今古之義盛行而其本義遂廢凡久謂之昔周禮昔酒鄭云今之酋久白酒周語厚味實腊毒韋云腊亟也讀若酋昔酒焉味厚者其毒亟也韋意久與亟義相成積之久則發之亟思積切古音在五部**與俎同意**俎从半肉且薦之昔从殘肉日晞之其作字之恉同也故曰同意**⿱昔肉籀文从肉**今隸作腊專用諸脯腊**暱日近也**日謂日日也皆日之引伸之義也釋詁小雅傳皆云暱近也左傳不義不暱非其私暱誰敢任之**从日匿聲**舉形聲包會意尼質切古音在一部魚力切**春秋傳曰私降暱燕**昭廿五年

△昵　暬 ㄒㄧㄝˋ 2心　否 ㄇㄧˋ 24明

左傳文今本作昵 **昵 或从尼作** 攷工記凡昵之類不能方故書昵或作樴或爲䵒杜子春讀爲不義不昵之昵按古文叚尼爲昵古文尚書典祀無豐於尼釋詁云卽尼也孫炎曰卽猶今也尼近也郭樸引尸子恱尼而來遠釋文引尸子不避遠尼自衛包改尚書作昵朱開寶閒又改釋文而古文之讀不應爾雅矣

暬 日狎習相嫚也 嫚者侮易也小雅會我暬御傳云暬御侍御也楚語居寢有暬御之箴韋云暬近也暬與褻音同義異今則褻行而暬廢矣 **从日埶聲** 各本篆作暬埶聲作執聲五經文字亦誤今正私列切十五部

否 不見也从日否省聲 此字古籍中未見其訓云不見也則於从日無涉其音云否省聲則與自來相傳密音不合且何不云不聲也以理求之當爲不日也从不日王風曰不日不月謂不知其旋反之何日何月卽上章之不知其期也大雅不日成之箋云不設期日今俗謂不遠而不定何日亦曰不日卽形卽義許書有此例如止戈爲武日見爲晛是也其音美畢切者蓋謂遠不可期則讀如蔑近不可期則讀如密也

七篇上　卅三

昆 ㄎㄨㄣ 9見　晐 ㄍㄞ 24見　普 ㄆㄨˇ 13滂

自讀許書者不解而妄改其字或改作冐廣韻改作冐意欲與覓之俗字作覔者比附爲一十一部

昆 同也 夏小正昆小蟲傳曰昆者衆也由䰟由同猶䰟也者動也小蟲動也王制昆蟲未蟄鄭曰昆明也明蟲者得陽而生得陰而藏以上數說兼之而義乃備惟明斯動動斯衆衆斯同同而或先或後是以昆義或爲先如昆弟是也或爲後如昆命元龜釋言昆後也是也羽獵賦噍噍昆鳴 **从日从比** 从日者明之義也亦同之義也从比者同之義今俗謂合同曰渾其實當用昆用梱古渾切十三部

晐 兼晐也 吳語一介嫡女執箕帚以晐姓於王宮韋云晐備也姓庶姓引曲禮納女於天子曰備百姓廣雅晐皆咸也按此晐備正字今字則該晐行而晐廢矣莊子淮南作晐今多作該 **从日** 日者天下所大同也故从之 **亥聲** 古哀切一部

普 日無色也 此義古籍少用衣部袢下曰無色也讀若普兩無色同讀是則普之本義實訓日無色今字借爲溥大字耳今詩溥天之下孟子及漢人引詩皆作普天趙岐曰普徧也 **从日竝聲** 小徐本如此韵會同竝古音同傍普从竝聲又轉入虞模部袢讀若普知普古音亦讀若伴以雙聲爲用也滂古切五部

文七十　重六

旦 ㄉㄢˋ 3端　暨 ㄐㄧˋ 8匣

旦 明也 明當作朝下文云朝者旦也二字互訓大雅板毛傳曰旦明也此旦引伸之義非其本義衛風信誓旦旦傳曰信誓旦旦然謂明明然也 **从日見一上一地也** 易曰明出地上晉得案切十四部 **凡旦之屬皆从旦**

暨 日頗見也 頗頭偏也頭偏則不能全見其面故謂事之略然者曰頗曰頗見者見而不全也釋言曰暨不及也此其引伸之義㐺部曰枭者衆與詞也引唐書枭咎繇枭之叚借多作洎作暨公羊傳曰會及暨皆與也暨猶暨暨也按暨暨猶幾幾爾雅所謂不及也 **从旦既聲** 其冀切十五部既小食也日不全見故取其意亦舉形聲包會意

文二

七篇上　卅四

倝 ㄍㄢˋ 3見　△𠦝　朝 ㄓㄠ 19端　㫃 ㄧㄢˇ 3影

倝 日始出 始式吏切 **光倝倝也从旦㫃聲** 古案切十四部 **凡倝之屬皆从倝**

𠦝 闕且从三日在㫃中 按此蓋倝籒文也汗簡朝作雗翰作雗亦可證矣闕且二字當作籒文二字从三日在㫃中則二篆體冐下不當有一也

朝 旦也 旦者朝也以形聲會意分別庸風崇朝其雨傳云崇終也從旦至食時爲終朝此謂至食時乃終其朝其實朝之義主謂日出地時也周禮春見曰朝注曰朝猶朝也欲其來之早毛詩叚輖爲朝周南怒如輖飢傳云輖朝也此謂叚借也 **从倝舟聲** 陟遙切二部按舟聲在三部而與二部合音冣近毛詩以周聲之調輈爲朝則朝非不可讀如舟也

文三 當云文二重一

㫃 旌旗之游㫃蹇之皃 旌旗者旗之通偁旌有羽者其未有羽者各舉其一以該九旗也王逸九歌注云偃蹇舞皃大人賦說旌旗曰掉括撟以偃蹇張揖曰偃蹇高皃 **从中曲而垂下**

△㫃

旗ㄑㄧˊ 24匣

㫃相出入也 此十一字當作从中曲而下坙者游从入游相出入也十五字从中者與豈肯屵同意謂杠首之上見者曲而下垂者象游游相出入者謂从風往復如一出一入然故从入大徐云此字从中下垂當只作屮相承多一畫玉裁謂从中謂竿首下垂謂游也鼎臣殊誤會 讀若偃 於㦤切十四部 古人名㫃字子游 晉有籍偃荀偃鄭有公子偃駟偃孔子弟子有言偃皆字游今之經傳皆變作偃偃行而㫃廢矣 凡㫃之屬皆从㫃 古文㫃字象旌旗之游及㫃之形 此小徐本也大徐作象形及象旌旗之游皆不可通其篆形各本古文與上小篆文皆不可分別惟小徐本牽連其上端略異與古文四聲韵及汗簡合此等不能強爲之說或曰當是㫃古文以爲偃字七字之誤

熊旗五游㠯象伐星 五鄭本攷工記作六熊旗六游以象伐也司常職曰熊虎爲旗注曰畫熊虎者鄉遂出軍賦象其守猛莫敢犯也伐屬白虎宿與參連體而六星按記不言虎者舉熊以包虎 士卒㠯爲

旐ㄓㄠˋ 19定

旆ㄆㄟˋ 8並

期 期旗疊韵釋名曰熊虎爲旗軍將所建象其猛如虎與衆期之於下也 从㫃其聲 渠之切一部 周禮曰率都建旗 司常職文今周禮率作師師者帥之誤樂師注曰故書帥爲率然則許作率都者故書鄭作帥都者今書也聘禮注曰古文帥皆作率毛詩率時農夫韓詩作帥見文選注大司馬職仲秋教治兵軍吏載旗

龜蛇四游㠯象營室 攷工記文也司常掌九旗之物名龜蛇爲旐鄭云畫龜蛇者象其扞難避害也爾雅曰繒廣充幅長尋曰旐是則九旗之帛皆用絳惟旐用繒攷工記注曰營室元武宿與東辟連體而四星故旐四游營室一名水左傳云水昏正而栽是一名定詩定之方中是也 攸攸而長也 小徐作悠悠今正古悠長字皆作攸攸攸而長故謂之旐旐攸旐音近以疊韵釋之也旐何以著其長以有繼旐之旆故也孫炎云帛續旐末亦長尋二尋則長丈六尺故獨長也 从㫃兆聲 治小切二部 周禮曰縣鄙建旐 司常職文大司馬職仲秋教治兵郊野載旐

繼旐之旗也 旗者

旌ㄐㄧㄥ 12精

旌旗之總名下文云旗有衆鈴旗曲柄旗旖施皆是爾雅繼旐曰旆郭云帛續旐末爲燕尾者何休注公羊云繼旐如燕尾曰旆釋名云旆以帛繼旐末也小雅帛旆央央毛曰帛旆繼旐者也按帛蓋用絳 沛然而坙 沛旆疊韵引伸爲凡垂之偁出車傳曰旆旆旒垂皃左傳昭十三年曰八月辛未治兵建而不旆壬申復旆之杜云建立旌旗不曳其旆旆游也按不旆者卷而不垂旆之者垂之也定四年晉人假羽旄於鄭鄭人與之明日或旆以會亦是垂旒之義大雅荏菽旆旆傳曰旆旆然長也沛然而垂則長故毛云爾也又旆爲旗幟之總名如左傳狐毛設二旆而退之晉亡大旆之左旃是也又假茷爲旆如左傳綪茷卽旖旆詩帛茷央央卽帛旆是也亦有與末通用者士喪禮書銘於末曰某氏某之柩注曰今文銘皆爲名末爲旆 从㫃𣎵聲 蒲蓋切十五部

游車載旌 司常職文注云游車木路也王以田以鄙 析羽注旄首也 司常職曰析羽爲旌爾雅釋天曰注旄首曰旌李巡注爾雅曰以犛牛尾著旌首郭云載旌於竿頭如今之幢亦有旒鄭注周禮云全羽析羽皆五采繫之於旞旌之上所謂注旄於干首也周禮舉羽以晐旄爾雅舉旄以晐羽許鄭則兼舉之合周禮爾雅以立文鄭云明堂位曰夏后氏之綏緌以旄牛尾爲之綴於幢上所謂注旄於干首者蓋夏后氏但用旄牛尾周人加用析羽夏時徒綏不旒周人則注羽旄而仍有緌旒先有旄首而後有析羽注之故許云析羽注旄首孫炎云析五采羽注旄上也孫郭皆云其下亦有旒緌鄘風孑孑干旄傳云孑孑干旄之皃注旄於干首大夫之旆也此可證大常旂旃物旗旟旐七者皆得注羽旄於首矣左傳言晉人假羽旌於鄭言范宣子假羽旌於齊則在春秋時諸侯少有此者 所㠯精進士卒也 精旌疊韵釋名曰旌精也有精光也引伸爲凡表異之偁 从㫃生聲 子盈切十一部

旟ㄩˊ 13定

錯革鳥其上 鳥上各本有畫字妄人所增攷韵會所據小徐本無此字今刪司常職曰鳥隼爲旟爾雅曰錯革鳥曰旟小雅毛傳曰鳥章錯革鳥爲章也李巡云錯革鳥者以革爲之置於旐端孫炎云錯置也革急也言畫急疾之鳥於繆周官所謂鳥隼爲旟者矣郭云此謂合剝鳥皮毛置之竿頭

旂 ㄑㄧˊ 9匣

郎禮記云載鴻及鳴鳶三人釋革各不同許仍爾雅原文許意大約於孫說無異鄭注周禮云畫日月畫交龍畫熊虎鳥隼龜蛇是則鄭之說錯革鳥謂畫鳥隼孫說所本也許云其上者謂畫於正幅高處所㠯進士衆小雅大人占之旐維旟矣室家溱溱傳云溱溱衆也旐旟所以聚衆也旟旟朱本集韵皆疊旟字衆也从㫃與聲按此八字當作从㫃从與與與衆也與亦聲十一字轉寫譌舛耳楚茨箋云與與蕃廡皃旟从與會意以諸切五部周禮曰州里建旟司常職文大司馬仲秋敎治兵百官載旟

旂旗有衆鈴爾雅曰有鈴曰旂司常職曰交龍爲旂許偁爾雅不偁周禮者錯見其說欲學者互攷也畫交龍於正幅一升一降象諸侯升朝下復也周頌曰龍旂陽陽和鈴央央傳云鈴在旂上李巡云以鈴著旐端郭樸云縣鈴於竿頭按李說近是惟羽旄注竿首鈴非注竿首之物也左傳錫鸞和鈴昭其聲也杜云鈴在旂李云以鈴著旐端公羊疏左傳疏同周頌疏旐作旒誤云旐者旐亦旗正幅之通偁㠯令衆也令鈴與旂疊韵令古音如

旞 ㄙㄨㄟˋ 8定

鄭从㫃斤聲渠希切按古音如芹十三部此不偁諸侯建旂者亦錯見

旞導車所載各本作所以載今依御覽訂司常職曰道車載旞斿車載旌注云道車象路也王以朝夕燕出入按道導字異許鄭所據不同金氏榜曰九旗王建大常諸侯建旂孤卿建旜大夫士建物師都建旗州里建旟縣鄙建旐此七旗蓋無羽賓祭之所用也其曰旞曰旌則以有羽爲異道車謂象路斿車謂革路木路變路言車關孤卿大夫士也旞旌皆張縿幅屬旒爲畫於縿如日月以下旜與物不畫夏采以乘車建禭復於四郊禭當爲旞說文旞亦作𣄺因譌而爲禭復者求之平生常所有事之處故以道車朝夕燕出入者建旞以復襍記諸侯死於道以其綏復又曰大夫士死於道以其綏復綏皆旞之譌言其旞者明異物天子以大常諸侯以旂孤卿以旜大夫士以物鄭君謂去其旒異之於生失之矣大司馬仲秋敎治兵王載大常諸侯載旂軍吏載旗師都載旜鄉遂載物郊野載旐百官載旟此指師田所用者凡七旗郎謂斿車載旌者司馬辨於治兵司常贊於大閱胥此也司馬所須旗物與司常互異禮尙相變

△旜
旝 ㄎㄨㄞˋ 2見

載旞者設旗宜從司常之序載旌者設旗宜從司馬之序司常王建大常以下文與下經皆畫其象爲緣起而與上贊司馬須旗物文不相屬全羽㠯爲允句允旞亦雙聲疊韵也詩仲允膳夫古今人表作膳夫中術術與遂古同音通用允古音如戈盾之盾是以漢之大子中盾後世稱大子中允允盾術遂四字音近御覽改此文云全羽允允而進也殊爲昧昧允逗進也此謂允即𡴍之叚借夲部曰𡴍進也引易𡴍升大吉从㫃遂聲徐醉切十五部

𣄺或从遺作釋名字如此作轉寫譌爲旜

旝旌旗也旌旗有名旝者下文所偁詩及左傳皆是也从㫃會聲古會切十五部詩曰其旝如林大雅大明文今毛詩作會鄭箋以盛合其兵衆釋之然則毛作會三家詩作旝許偁毛而不廢三家也馬融廣成頌曰旃旝摻其如林季長所偁同許而旝爲旃之類則說亦同許也飛石起於范蠡兵法左傳云親受矢石恐尙非飛石春秋傳曰旝動而鼓桓五年左氏傳文杜曰旝旃也與馬許合蓋左傳舊說多如此惟賈

旃 ㄓㄢ 3端

侍中獨爲異說也一曰以下別一義建大木置石其上發㠯機㠯槌敵槌依小徐及五經文字大徐作追非也桓五年左傳疏云賈侍中以旝爲發石一曰飛石引范蠡兵法作飛石之事然則許之別義正用賈說也魏志大祖乃爲發石車號曰霹靂車裴注引魏氏春秋曰以古有矢石又傳言旝動而鼓說曰發石也於是爲發石車魏氏春秋所云說曰旝者即謂賈侍中○按此條大小徐二本皆作建大木置石其上發以機以槌敵从㫃會聲春秋傳曰旝動而鼓詩曰其旝如林此非許書之舊今依韵會所據小徐本乃許書之舊也前一說旝爲旌旗故廁於旂旞旃三篆閒

旃旗曲柄也漢田蚡傳曰前堂羅鐘鼓列曲旃蘇林云禮大夫立曲旃曲旃柄上曲也按蘇林所據禮正與周禮司常孤卿建旜大司馬帥都載旜合帥都遂大夫也左傳曰昔我先君之田也旃以招大夫正謂大夫用旃也庸風傳曰干旄大夫之旃子虛賦靡魚須之橈旃張揖曰以魚須爲柄師古曰橈旃卽曲旃也所㠯旃表士衆旃當爲展以疊韵爲訓聘禮曰使者載旜注云

⿸㫃要ㄧㄠˇ 19影
旖ㄧˇ 1影　𣄚ㄧㄡˊ 21定　△旜

載之者所以表識其事也及竟張旜誓注云張旜明事在此國也此與仲秋治兵載旜皆展表士衆之義**从㫃丹聲**諸延切十四部叚借爲語助如尙愼旃哉傳曰旃之也**周禮曰通帛爲旜**司常職文注云通帛謂大赤從周正色無飾爾雅因章曰旃郭云因絳帛之文章不復畫之**旜或从亶**亶聲也周禮禮經皆如此作**𣄚旌旗之流也**宋刊本皆作流作旒者俗**从㫃攸聲**以周切三部篇韵皆餘昭切**⿸㫃要旗屬从㫃要聲**烏皎切二部**旖旖施**逗**旗兒**旖施疊韵字在十七部許於旗曰旖施於木曰檹施於禾曰倚移皆讀如阿那檜風猗儺其枝傳云猗儺柔順也楚辭九辨九歎則皆作旖旎上林賦旖旎從風張揖曰旖旎猶阿那也文選作猗狔漢書作椅梔攷工記注則作倚移與許書禾部合知以音爲用製字日多廣韵集韵曰婀娜曰旑⿸㫃多曰衺袲曰檹檥皆其俗體耳本謂旌旗柔順之兒引伸爲凡柔順之偁倚移與旖施同許以从㫃从禾別之**从㫃奇聲**於离切古音在十七部

游ㄧㄡˊ 21定　⿸㫃焱ㄅㄧㄠ 19幫　旚ㄆㄧㄠ 19滂　施ㄕ 1透

施旗旖施也大人賦說旌旗曰又旖旎以招搖施字俗改爲旎从尼聲殊失音理**从㫃也聲**式支切古音在十七部按經傳叚此爲敷㪅字㪅之形施之本義俱廢矣毛傳曰施移也此謂施卽延之叚借大雅施于條枚呂氏春秋韓詩外傳新序覼⿺辶黃痑皆引作延上林賦貤丘陵下平原司馬彪曰貤延也按貤丘陵與詩施中谷施條枚同貤亦延之叚借**齊欒施字子旗**見左氏傳孔子弟子巫馬施亦字子旗**知施者旗也**自叚施爲㪅而施从㫃之意隱矣故明之○此二篆各本轉寫譌舛據全書連緜字通例更正**旚旌旗旚繇也**繇今之搖字小徐作搖旚今字作飄飄搖行而旚繇廢矣廣成頌曰羽旄紛其髟鼬髟鼬卽旚搖之叚借字也**从㫃𤐫聲**匹昭切二部**⿸㫃焱旌旗飛揚兒**扶搖風曰颷義略相近**从㫃焱聲**甫遙切二部**游旌旗之流也**流宋刊本皆同集韵類篇乃作旒俗字耳旗之游如水之流故得偁流也大常十有二游旂九游旟七游旗六游旐四游周禮王建大常十有

旇ㄆㄧ 1滂　△⿺辶学

二游上公建旂九游侯伯七游子男五游孤卿建旜大夫士建物其游各視其命之數禮緯含文嘉云天子之旗九仞十二旒曳地諸侯七仞九旒齊軫卿大夫五仞七旒齊較士三仞五旒齊首皆不言其命數未可信旗之正幅爲縿游則屬焉節服氏六人維王之大常注王旌十二旒兩兩以縷綴連旁三人持之然則旗之制游屬於兩旁十二游者一旁六游九游則兩旁一四一五巳下可知也曳地齊軫皆謂游其正幅之長爾雅曰旐長尋餘未聞游亦曰旓楊雄賦有此字大人賦作髾游周禮省作斿引伸爲凡垂流之偁如弁師說晃弁之斿是又引伸爲出游嬉游俗作遊**从㫃汓聲**以周切三部此字省作斿俗作旒集韵云斿亦作旇按此說必有據上文旇篆與此同義而居非其㳄當移此下正之曰游或作旇**⿺辶学古文游**从辵者流行之義也从学者汓省聲也俗作遊者合二篆爲一字**旇旌旗披靡也**披靡當是指麾之誤淺人所改也爾雅曰旇謂之蘢集韵類篇皆作麾謂之旇爾雅蘢字卽許之旇字大人賦張揖注云指橋隨風指麾也今麾誤靡**从㫃皮聲**

旄ㄇㄠˊ 19明　旋ㄒㄩㄢˊ 3定

敷羈切古音在十三部披靡皆上聲**旋周旋**逗**旌旗之指麾也**左傳曰師之耳目在吾旗鼓進退從之手部麾下曰旌旗所以指麾者也旗有所鄉必運轉其杠是曰周旋引伸爲凡轉運之偁**从㫃疋**句**疋**逗**足也**杠之柱地者是旌旗之足也似沿切十四部**旄幢也**劉熙曰幢童也其兒童童也廣雅曰幢謂之翿爾雅曰翢纛也毛傳曰翿者纛也翳也羽部曰翳者翳也所以舞也人部曰儔者翳也按或用羽或用犛牛尾或兼用二者翢儔翿實一字纛俗作纛亦卽翳字爾雅毛傳皆以今字釋古字耳幢亦卽翳字古弓聲周聲與童聲轉移如詩以調韵同漢縣鮦陽讀如紂之比其始祇有翳字繼乃有纛繼乃有幢皆後出故許書不列纛幢二篆此釋旄必云幢不云翳者翳嫌舞者所持旄是旌旗之名漢之羽褋幢以犛牛尾爲之如斗在乘輿左騂馬頭上用此知古以犛牛尾注竿首如斗童童然故詩言干旄言建旄言設旄有旄則亦有羽羽或全或析言旄不言羽者舉一以晐二其字从㫃从毛亦舉一以晐二也以犛牛尾注旗竿故謂此旗爲旄因而謂

旛 ㄈㄢ 3滂　旅 ㄌㄩˇ 13来　△𣄼　族 ㄗㄨˊ 17從

犛牛尾曰旄謂犛牛曰旄牛名之相因者也禹貢兩言羽旄周禮旄人旄舞皆謂犛牛尾曰旄也**从㫃毛聲**舉形聲包會意莫袍切二部

旛　旛胡也各本作幅胡也今依葉石林抄宋本及韵會所據本訂韵會作幡胡幡卽旛之俗序例所以書幡信字亦從俗叚巾部之幡爲旛而旛廢矣旛胡蓋古語如甗甎之名甑瓬見廣雅漢堯廟碑作墦⿰土胡玉曰璠璵艸木盛曰緐廡皆雙聲字凡旗正幅謂之縿亦謂之旛胡廣韵云旛者旗旒總名古通謂凡旗正幅曰旒是則凡旗幅皆曰旛胡也吳語建肥胡韋注肥胡幡也幡卽旛字與許互相發明旛胡卽肥胡謂大也吳都賦作祀姑誤**謂旗幅之下垂者**集韵類篇韵會皆有此七字今據補**从㫃番聲**孚袁切十四部按當依符袁切

旅　軍之五百人大司徒五人爲伍五伍爲兩四兩爲卒五卒爲旅五旅爲師五師爲軍以起軍旅注云此皆先王所因農事而定軍令者也欲其恩足相恤義足相救服容相別音聲相識引伸爲凡衆之偁小雅旅力方剛傳云旅衆也又引伸之義爲陳小雅殽核維旅傳云旅陳也又凡言羈旅義取乎廬廬寄也故大雅廬旅猶處處言言語語也又古叚爲廬弓之廬俗乃製玈字**从㫃**

从从句从㫃者旌旗所以屬人耳目**从**逗**俱也**說从从之意力舉切五部

𣄼　古文旅左傳仲子生而有文在其手曰爲魯夫人正義曰隸書起於秦末手文必非隸書石經古文虞作㳄魯作𣄼手文容或似之者字以爲聲**古文㠯爲魯衞之魯**此言古文叚借也周本紀周公受禾東土魯天子之命卽書序旅天子之命旅者陳也

族　矢鏠也今字用鏃古字用族金部曰鏃者利也則不以爲矢族字矣**束之族族也**族族聚皃毛傳云五十矢爲束引伸爲凡族類之偁**从㫃从矢**會意此說从㫃之意㫃所以標衆者亦謂旌旗所以屬人耳目旌旗**㫃所㠯標衆衆矢之所集**所在而矢咸在焉衆之意也韵會集韵類篇皆引此而衍一曰从三字則不可解矣昨木切三部

文二十三小徐本作二十二疑本無旅字**重五**

冥 ㄇㄧㄥˊ 12明　鼆 ㄇㄥˇ 12明　晶 ㄐㄧㄥ 12精　曐 ㄒㄧㄥ 12心　△曐　△星

冥　窈也窈各本作幽唐元應同而李善思元賦歎逝賦陶淵明赴假還江陵詩三注皆作窈許書多宗爾雅毛傳釋言曰冥窈也孫炎云深闇之窈也郭本作幼釋云幼稺者多冥昧頗紆迴小雅斯干傳曰正長也冥窈也正謂宮室之寬長深窈處王肅本作幼其說以人之長幼對文與下君子攸寧不相屬然則三者互相證知皆當作窈穴部曰窈深遠也窈與杳音義同故杳之訓曰冥也莫之訓曰日且冥也昏之訓曰日冥也鄭箋斯干曰正晝也冥夜也引伸爲凡闇昧之偁**从日六从冖**从冖各本作冖聲下文曰冖亦聲則此祇當云从冖矣冖者覆也覆其上則窈冥**日數十十六日而月始虧冥也**冥各本作幽今依元應本冥也二字當作冥之意也四字此釋从日六之義也日之數十昭五年左傳文謂甲至癸也歷十日復加六日而月始虧是冥之意故从日六**冖亦聲**亦字舊奪依小徐說補冖今音莫狄切鼎蓋之鼏用爲聲䖵部蠠又用鼏爲聲冥在十一部莫經切以雙聲爲聲也**凡冥之屬皆从冥**

鼆　冥也从冥黽

聲讀若黽蛙之黽黽蛙卽黽部之鼃黽武庚切古音在十部讀如芒此字見於經者文十五年左傳曰一人門于句鼆杜云魯邑名

文二

晶　精光也凡言物之盛皆三其文日可三者所謂衆日也**从三日**子盈切十一部**凡晶之屬皆从晶**

曐　萬物之精上爲列星管子云凡物之精此則爲生下生五穀上爲列星流於天地之閒謂之鬼神藏於胷中謂之聖人星之言散也引伸爲碎散之偁**从晶从生聲**桑經切十一部**一曰象形从〇**从三〇故曰象形也大徐〇作口誤**古〇復注中故與日同**古文从三〇而或復丨其中則與晶相似矣依此說則當入生部解云从生象形

曐　古文所謂象形从〇

星　曐或省春秋說題辭云星之爲言精也陽之榮也陽精爲日日分爲星故其

曑 ㄕㄣ 9心　△參　晨 ㄔㄣˊ 9定　△晨　疊 ㄉㄧㄝˊ 27定　月 ㄩㄝˋ 2疑

字曰生爲星依此則又當入日部 **曑商星也** 商當作晉許氏記憶之誤也左傳子產曰后帝遷閼伯於商丘主辰商人是因故辰爲商星遷實沈於大夏主參唐人是因以服事夏商及成王滅唐而封叔虞故參爲晉星依此則商當爲晉明矣或云此以篆文曑連商句絕釋爲星也夫苟氾釋爲星安用商字參商之云起於漢時辭章聯綴不倫許君何取此於曟舉國語農祥釋之於參舉晉星釋之一重民事一重分野也召南傳曰參伐也漢人參伐統評伐參故毛以伐釋參 **从晶㐱聲** 㐱聲疑後人竄改當作㐱象形唐風傳曰三星參也天官書天文志皆云參爲白虎三星直者是爲衡石蓋彡者象三星其外則象其畛域與今隸變爲參用爲參兩參差字所今切七部 **參或省** 即今用參兩參差字也凡槮篸驂字用爲聲 **曟房星** 爾雅曰天駟房也大辰房心尾也於天官爲東官蒼龍 **爲民田時者** 周語曰農祥晨正韋云農祥房星也晨正謂立春之日晨中於午也農事之候故曰農祥爾雅注曰龍星明者以爲時候故曰大辰 **从晶辰聲** 以晨解例之當云从晶从辰辰時也辰亦聲上文爲民田時者正爲从辰發也晨星字亦徑作辰周語辰馬農祥植鄰切十三部 **晨曟或省** 今之晨字作此 **疊楊雄說以爲古理官決罪三日得其宜乃行之从晶宜** 已上楊雄說也理官士也詩莫不震疊韓詩薛君傳曰震動也疊應也天下無不動而應其政教李固曰此言動之於內而應之於外者也按疊爲應卽得其宜乃行之說也毛詩傳曰疊懼也今毛義行而韓義廢矣抑楊子所說者本義也故許述之毛詩之云謂疊卽慴之叚借字也故許不偁从晶宜會意徒叶切八部 **亡新目从三日大盛改爲三田** 亡新不知三日爲絫日譏其陋也今皆從之亦可已矣多部曰重夕爲多重日爲疊此今人用疊之義也

文五　重四

月闕也大侌之精 月闕疊韻釋名曰月缺也滿則缺也 **象形** 象不滿之形魚厥切十五

朔 ㄕㄨㄛˋ 14心　朏 ㄈㄟˇ 8滂　霸 ㄆㄚˋ 14滂　△朗　朗 ㄌㄤˇ 15來　朓 ㄊㄧㄠˇ 19透　朒 ㄋㄩˋ 22泥

部 **凡月之屬皆从月** **朔月一日始蘇也** 朔蘇疊韻日部曰晦者月盡也盡而蘇矣樂記注曰更息曰蘇息止也生也止而生矣引伸爲凡始之偁北方曰朔方亦始之義也朔方始萬物者也 **从月屰聲** 所角切古音在五部 **朏月未盛之明也** 律歷志曰召誥曰惟三月丙午朏周公七年復子明辟之歲三月甲辰朔之三日也畢命豐刑曰惟十有二年六月庚午朏王命作策豐刑康王十二年六月戊辰朔之三日也志引古文月采篇曰三日曰朏按尚書正義曰周書月令云三日粵朏疑卽取諸漢志而月采作月令未知孰是逸周書月令弟五十三據牛弘傳蔡邕王肅時已亡孟堅時未亡也小顏漢書采字當從孔沖遠作令小顏讀孟注而不察耳 **从月出** 會意普乃切又芳尾切十五部 **周書曰丙午朏** **霸月始生魄然也** 霸魄疊韻 **承大月二日承小月三日** 鄉飮酒義曰月者三日則成魄正義云前月大則月二日生魄前月小則三日始生魄馬注康誥云魄朏也謂月三日始生兆朏名曰魄白虎通曰月三日成魄八日成光按已上皆謂月初生明爲霸而律歷志曰死霸朔也生霸望也孟康曰月二日以往明生魄死故言死魄魄月質也三統說是則前說非矣 **从月𩅪聲** 普伯切書音義引說文匹革反古音在五部漢志所引武成顧命皆作霸後代魄行而霸廢矣俗用爲王霸字實伯之叚借字也 **周書曰哉生霸** 康誥顧命文 **霸古文或作此** **朗明也** 大雅高朗令終傳曰朗明也釋言曰明朗也 **从月良聲** 盧黨切十部今字作朗 **朓** 篆體今正 **晦而月見西方謂之朓** 朓朒皆言月之變也尚書五行傳曰晦而月見西方謂之朓朓則侯王其荼音舒注云朓條也條達行疾皃荼緩也日君象也月臣象也君政急則日行疾月行徐臣逡遁不進也蔡邕曰元首寬則望舒朓侯王肅則月側匿 **从月兆聲** 土了切二部 **朒朔而月見東方謂之縮朒** 尚書五行傳朔而月見東方謂之側匿側匿則侯王其肅注云側匿猶縮縮行遲皃肅急也君政緩則日

行徐月行疾臣放恣也按鄭注謌奪側匿與縮朒疊韵雙聲 从月肉聲 各本篆作朒解作肉聲今正女六切三部

期ㄑㄧˊ 24匣

期 會也 會者合也期者要約之意所以爲會合也叚借爲期年期月字其本字作稘期行而稘廢矣周禮質人士虞禮古文期年字作基 从月 月猶時也要約必言其時 其聲 渠之切一部

△旮

旮 古文从日六 日猶時也六聲

文八　重二

有ㄧㄡˇ 24匣

有 不宜有也 謂本是不當有而有之偁引伸遂爲凡有之偁凡春秋書有者皆有字之本義也 春秋傳曰日月有食之从月 日下之月行字也此引經釋不宜有之恉亦即釋从月之意也日不當見食也而有食之者孰食之月食之也月食之故字从月公羊傳注曰不言月食之者其形不可得而觀也故疑言曰有食之引孔子曰多聞闕疑愼言其餘則寡尤 又聲 云九切古音在一部古多叚有爲又字

凡有之屬皆从有

䏿ㄩˋ 25影

䏿 有彣彰也 彣彰各本作文章誤今正彣下曰䏿也是其轉注也䏿古多叚或字爲之或者䏿之隸變今本論語郁郁乎文哉古多作彧彧是以荀彧字文若朱書王彧字景文大戴公冠篇遵並大道邠彧邠彧即彬彧謂彬彬彧彧也小雅黍稷彧彧傳云彧彧茂盛皃即有彣彰之義之引伸也 从有𢦏聲 於六切古音在一部讀如域

龓ㄌㄨㄥˊ 18來

龓 兼有也 今牢籠字當作此籠行而龓廢矣吳都賦曰沇虎潛鹿馬龓僒束按馬龓者縶而籠其頭也玉篇曰馬龓頭說文鞥下云龓頭繞者亦取兼包之意 从有龍聲讀若聾 盧紅切九部

文三

朙ㄇㄥˊ 15明

朙 照也 火部曰照明也小徐作昭日部曰昭明也大雅皇矣傳曰照臨四方曰明凡明之至則曰明明明明猶昭昭也大雅大明常武傳皆云明明察也詩言明明者五堯典言朙朙者一禮記大學篇曰大學之道在明明德鄭云明明德謂顯明其至德也有駜在公明明鄭箋云在於公之所但明明德也引禮記大學之道在明明德夫由微而著由著而極光被四表是謂明明德於天下自孔穎達不得其讀而經義隱矣 从月囧 从月者月以日之光爲光也从囧取窗牖麗廔闓明之意也囧亦聲不言者舉會意包形聲也武兵切古音在十部

凡朙之屬皆从朙

△明

明 古文从日 云古文作明則朙非古文也蓋籀作朙而小篆隸从之干祿字書曰明通朙正顏魯公書無不作朙者開成石經作明從張參說也漢石經作明

朚ㄏㄨㄤ 15曉

朚 翌也 翌也未闇當作昱昱朙也朚即今之忙字亦作茫俗作忙元應書曰茫又作朚遽也朚人晝夜作無日用月無月用火常思明故从明或云朚人思天曉故字从明也按方言通俗文皆作茫方言茫遽也通俗文時務曰茫許書則有朚 从朙亡聲 呼光切十部按當依廣韵武方莫郎二切

文二　重一

囧ㄐㄩㄥˇ 15見

囧 窗牖麗廔闓明也 麗廔雙聲讀如離婁謂交延玲瓏也闓明謂開明也 象形 謂象窗牖玲瓏形 凡囧之屬皆从囧讀若獷 獷古音如廣囧音同也䛎讀若誑䛎聲之䫶爲古文囧字可以證矣古音在十部今音俱永切 賈侍中說讀與朙同 賈侍中說讀若芒也

盟ㄇㄥˊ 15明

盟 各本下从皿今正 周禮曰國有疑則盟 周禮司盟職掌盟載之法凡邦國有疑會同則掌其盟約之載及其禮儀鄭云有疑不協也 諸侯再相與會十二歲一盟 再相與會四字當作再朝而會再會六字轉寫之誤也昭十三年左傳曰明王之制使諸侯歲聘以志業閒朝以講禮再朝而會以示威再會而盟以顯昭明杜云三年而一朝六年而一會十二年而一盟 北面詔天之司愼司命 司盟職曰北面詔明神僖二十八年左傳曰有渝此盟以相及也明神先君是糾是殛襄十一年載書曰或閒茲盟司愼司命名山名川羣神羣祀先王先公七姓十二國之祖明神殛之按今左傳襄十一年盟與命

△盟　△盟

二字互譌陸孔皆不能正許合周禮左傳爲言謂司愼司命爲明神之首司愼司命葢大宗伯職之司中司命文昌宮弟五弟四星也尙書大傳注司中作司人○又按天之司盟見覲禮注然則左傳正文不容輕改 盟殺牲歃血朱盤玉敦吕立牛耳 朱小徐及周禮作珠今依大徐本立當爲莅莅臨也曲禮曰莅牲曰盟是也玉府職曰若合諸侯則共珠槃玉敦鄭云合諸侯者必割牛耳取其血歃之以盟朱盤以盛牛耳尸盟者執之玉敦歃血玉器戎右職曰贊牛耳桃茢左傳曰諸侯盟誰執牛耳 从囧 囧明也左傳所謂昭明於神冢上詔司愼司命言 皿聲 今與篆體皆正鍇皿作血云聲字衍鉉因作从血删聲字按盟與孟皆皿聲故孟津盟津通用今音武兵切古音在十部讀如芒亦舉形聲包會意朱盤玉敦器也故从皿 盟 各本下从皿今正 篆文从朙 朙小篆文也故盟爲小篆鍇本云古文从朙非也 盟 各本下从皿今正 古文从明 明者朙之古文也故古文盟作盟鍇本云籀文非也盟者盟之籀文先籀後篆者以其囧之屬也今人皆作盟不從小篆作盟者猶皆作明不作朙也

文二　重二

夕ㄒㄧ 14定　夜ㄧㄝ 14定　夢ㄇㄥ 26明　夗ㄩㄢ 3影

夕 莫也 莫者日且冥也日且冥而月且生矣故字从月半見旦者日全見地上莫者日在茻中夕者月半見皆會意象形也 从月半見 祥易切古音在五部 凡夕之屬皆从夕

夜 舍也 以疊韵爲訓 天下休舍 休舍猶休息也舍止也夜與夕渾言不別析言則殊小雅莫肎夙夜莫肎朝夕朝夕猶夙夜也春秋經夏四月辛卯夜卽辛卯夕也 从夕亦省聲 羊謝切古音在五部

夢 不朙也 小雅民今方殆視天夢夢傳曰王者爲亂夢夢然釋訓曰夢夢亂也按故訓釋爲亂許云不明者由不明而亂也以其字从夕故釋爲不明也夢之本義爲不明今字叚爲㝱寐字夢行而㝱廢矣 从夕瞢省聲 莫忠切又亡貢切古音在六部舉形聲包會意也

夗 轉臥也 謂轉身臥也詩曰展轉反側凡夗聲宛聲字皆取委曲意 从夕卪 會意 臥有卪也 釋从卪之意卪節古今字於阮切十四部

夤ㄧㄣ 6定　△夤　姓ㄑㄧㄥ 12從

夤 敬惕也 此與十二辰之寅義各不同釋詁云寅敬也凡尙書寅字皆叚寅爲夤也漢唐碑多作夤者凡云夤緣者卽延緣云八夤者卽八埏皆雙聲叚借也 从夕寅聲 翼眞切十二部 易曰夕惕若厲 乾九三爻辭也厲各本作夤今正凡漢人引周易夕惕若厲不暇枚舉許書𩱷字下亦作夕惕若厲此引者說从夕之意也夕惕者火滅修容之謂凡許書引易井者法也說荆从井之意引易地可觀者莫可觀於木說相从目木之意引易先庚三日說庸从庚之意引易豐其屋說寷从宀豐之意引易百穀艸木麗於地說麗从艸麗之意引易𠫓如其來如不孝子𠫓出不容於內也說𠫓从倒子之意皆偁周易以說字形之意學者不憭往往誤會於是改厲爲夤改𠫓爲去而惠氏定宇作周易述竟作夕惕若夤厲无咎去如其來如矣 夤 籀文

姓 雨而夜除星見也 衞風靈雨旣零命彼倌人星言夙駕韓詩曰星者精也按精者今晴字史記天精而見景星漢書作天暒孟康曰暒者精明也漢書亦作精韋昭曰精者淸朗也郭樸注三倉云暒者雨止無雲也古姓暒精皆今之晴而詩作星韓非子曰荆伐陳吳救之軍閒三十里雨十日夜星夜星卽夜姓也雨夜止星見謂之姓姓星疊韵引伸爲晝晴之偁故其字又作暒○按漢書亦作精故孟康曰精暒明也今本係後人所改史漢之天精卽晶之叚借 从夕生聲 疾盈切十一部

外ㄨㄞ 2疑　△外　夙ㄙㄨ 22心

外 遠也 此下當有从夕卜三字 卜尙平旦今若夕卜於事外矣 此說从夕卜之意五會切十五部 外 古文 卜部曰卜古文卜

夙 早敬也 召南毛傳曰夙早也此言早敬者以字从丮故晨下曰臼辰爲晨丮夕爲夙皆同意是也大雅載震載夙毛云夙早也箋云夙之言肅也惟夙有敬意故鄭云爾 从丮夕 夕舊奪今補息逐切三部隸變作夙 持事雖夕不休早敬者也 此說會意之指謂日莫人倦齋莊正齊而不敢懈惰是乃完今日之早敬基明日之早敬也抑夕者夜之通偁未旦而執事有恪故字从丮夕

△㑺△㑺　募 ㄇㄛˋ 14明　多 ㄉㄨㄛ 1端　△㚊　夥 ㄏㄨㄛˇ 1曉　𡖿 ㄍㄨㄞ 25見　𡖂 ㄓㄚ 1端　毌 ㄍㄨㄢˋ 3見　貫 ㄍㄨㄢˋ 3見

歟

㑺 古文谷部曰㑺古文西讀若三年導服之導此从人从㑺聲也 㑺 古文谷部西本亦古文㑺亦夙之古文宿从㑺聲

𡨄 宋也當云宋募也轉寫佚字耳宋募者夕之靜也㖞嗼者口之靜也宋募者死之靜也 从夕莫聲莫白切古音在五部讀如莫

文九　重四

多 緟也緟者增益也故爲多多者勝少者故引伸爲勝之偁戰功曰多言勝於人也 从緟夕會意得何切十七部 夕者相繹也故爲多相繹者相引於無窮也抽絲曰繹夕繹疊韵說从重夕之意 緟夕爲多緟日爲疊凡多之屬皆从多

𡖈 古文竝夕有竝與重別者如棘棗是也有竝與重不別者㚊多是也

夥 齊謂多也方言曰大物盛多齊宋之郊楚魏之際曰夥許䫲字下曰讀若楚人名多夥此云齊語皆本方言也史記陳勝世家曰楚人謂多爲夥陳勝楚人在楚言楚也 从多果聲呼果切十七部

𡖿 大也與恢音義皆同 从多圣聲苦回切古音在一部

𡖂 厚脣皃从多尚陟加切按鍇本云尚聲而注云从多尚會意則聲字衍也依今音則當云多亦聲十七部

文四　重一按詩螽斯釋文引說文辨字豈古本有之

毌 穿物持之也从一橫毌各本毌作貫淺人所改也今正 毌象寶貨之形各本脫毌今補毌者寶貨之形獨言寶貨者例其餘一者所以穿而持之也古貫穿用此字今貫行而毌廢矣毌之用廣如爾下云以物橫毌鼎耳而舉之也軸下云所以持輪也皆是貫之用專後有串字有弗字皆毌之變也毌不見於經傳惟田完世家宣公取毌乇索隱曰毌音貫 凡毌之屬皆从毌讀若冠古丸切十四部

貫 錢貝之毌也毌各本作貫今正錢貝之毌故其字从毌貝會意也漢書都內之錢貫朽而不可挍其本義也齊風射則貫兮傳云貫中也詩及爾如貫易貫魚以宮人寵左傳使疾其民以盈其貫皆其引伸之義也其字皆可作毌叚借爲摜字習也如孟子我不貫與小人乘是也亦借爲宦字事也如毛詩三歲貫女魯詩作宦是也毛詩串夷傳云串習也串卽毌之隸變傳謂卽慣字箋謂卽昆字皆於音求之 从毌貝古玩切十四部

虜 獲也公羊傳爾虜焉故凡虜囚亦曰纍臣謂拘之以索也於毌義相近故从毌 从毌从力左傳曰武夫力而拘諸原 虍聲郎古切五部

文三

△肣　㔾 ㄏㄢˋ 32匣　函 ㄏㄢˊ 32匣　虜 ㄌㄨˇ 13來　𠧪 ㄧㄡˊ 21定

㔾 嘾也口部曰嘾者含深也 艸木之𢎘未發函然函之言含也深含未放 象形下象承𢎘之莖上象未放之蓓蕾 凡㔾之屬皆从㔾讀若含乎感切古音在七部

函 舌也舌在口所以言別味也函之言含也含於口中也按大雅毛傳曰臄者函也通俗文云口上曰臄口下曰函毛服之函皆卽說文之顄字顄頤也故服云口下毛則渾言之口上口下不分耳陸氏音義引許函舌也之云以釋毛去之遠矣許函與顄各字各義毛服用函爲顄函借爲含如席閒函丈函人爲甲是也周頌實函斯活傳曰函含也謂叚借也 舌體㔾㔾从㔾舌有莖而如蓓蕾故从㔾 象形二字各本誤在舌體上今正謂囷象舌輪郭及文理也小徐云說文篆如此李陽冰非之謂當作函按如李說易與㔾混今廣韵函函別爲二字則更非矣 㔾亦聲胡男切七部

肣 俗函从肉今大雅音義引說文云函舌也又云口裏肉也按口裏肉也四字當在此下釋从肉之意也从今者今聲也

𠧪 木生條也條者小枝也 从㔾由聲許書由聲之字不減數十淺人因許書無由字欲盡改爲皀省聲然則皀从由聲又何說也以州切三部 商書曰若顚木之有皀枿般庚上篇文今書作由櫱許木部作皀𣟄枿卽𣟄櫱之異體也皀者生也左傳史趙曰陳顓頊之族也歲在鶉火是以卒滅陳將如之今在析木之津猶將復

甬 ㄩㄥˇ 18定　𣐺 ㄏㄢˋ 32匣　韖 ㄨㄟˇ 7影　卤 ㄊㄧㄠˊ 21定　△𠧪

由此以生滅對言由卽甹之叚借詩序曰由儀萬物之生各得其宜也此以生釋由以宜釋儀由亦甹之叚借下云古文言由枿則作甹者伏生歐陽夏侯之書也許於書偁孔氏而不廢伏生於此可見矣**古文言由枿**古文謂孔氏壁中書也伏作甹爲正字孔作由爲叚借字偁伏又偁孔者明叚借也不曰古文甹作由云古文言由枿者此偁經非說字也嫌其無別也故別之孟康注漢書黎民祖飢曰祖古文言阻

甬　艸木甹甬甬然也小徐曰甬之言涌也若水涌出也周禮鐘柄爲甬按凡从甬聲之字皆興起之意**从㔾用聲**余隴切十部

文四　大徐本部末有㔾字云艸木㔾盛也从二㔾胡先切小徐本無今依小徐　**重一**

𣐺　艸木𠂹甹實也艸字依玉篇補**从木㔾**小徐本及大徐宋本皆同惟趙抄宋本作从木㔾㔾亦聲五音韵譜有同之者殊誤葢篆體一㔾在木中寫者屈曲反覆似从二㔾因改此解又於前部末增㔾篆耳㔾音胡先切則用爲聲之篆不當胡感切也**㔾亦聲**胡感切古音在七部**凡𣐺之屬皆从𣐺**

韖　𣐺也𣐺之訓於从韋得之**从𣐺**小徐曰言𣐺之象木華實之相累也**韋聲**於非切十五部

文二

卤　艸木實𠂹卤卤然卤卤𠂹皃莊子曰之調調之刀刀之此也調調謂長者刀刀謂短者調調卽卤卤也卤之隸變爲卣周書雒誥曰秬鬯二卣大雅江漢曰秬鬯一卣毛云卣器也鄭注周禮廟用修曰修讀曰卣卣中尊凡彝爲上尊卣爲中尊罍爲下尊中尊謂獻象之屬按如許說則木實𠂹者其本義叚借爲中尊字也**象形凡卤之屬皆从卤讀若調**徒遼切二部按調本周聲中尊之義羊久反又音由乃部之逌用卤爲聲古三部與二部合音冣近

𠧪　籀文从三卤作然則卤爲古文小篆用之

栗 ㄌㄧˋ 5來　△㮚　粟 ㄙㄨˋ 17心　△𥻆　齊 ㄑㄧˊ 4從　䶒 ㄑㄧˊ 4從

㮚　栗木也三字句舊刪栗字非也叚借爲戰栗**从卤木**卤字今補會意力質切十二部**其實下𠂹故从卤**說从卤之意

㮚　古文㮚古鍇作籀今依大徐籀文卤从三卤則籀文㮚亦當从三卤玉篇曰㮚籀文是也疑許書本一古一籀並載轉寫佚亂之**从西**卥部曰卤古文卥疑篆體當从卤隸變作栗者竊取古文从西之意**从二卤徐巡說木至西方戰栗也**引徐說說从西之意後漢書杜林傳曰沛南徐巡始師事衛宏後更受林學林於西州得桼書古文尚書一卷雖遭艱困握持不離衛徐能傳之於是古文遂行論語周人以栗曰使民戰栗字从西者取西方揫斂戰栗之意葢堯典皋陶謨寬而栗壁中古文尚書作㮚而徐巡說之如此也㥞凶也亦徐說秦誓語

𥻆　嘉穀實也禾下曰嘉穀也桼下曰禾屬而黏者也然則嘉穀謂禾桼也大雅曰誕降嘉穀惟秬惟秠惟虋惟芑秬秠謂桼虋芑謂禾許於秠下曰秬秠者天賜后稷之嘉穀也虋下曰赤苗嘉穀也芑下曰白苗嘉穀也毛魏風傳釋苗爲嘉穀苗

者禾也生民傳釋黃爲嘉穀黃者黃粱謂禾也古者民食莫重於禾桼故謂之嘉穀穀者百穀之總名嘉者美也嘉穀字見詩生民許書及典引注可據改爲嘉種者非嘉穀之實曰粟粟之皮曰穅中曰米**从卤**自其采言之**从米**自其蘊言之相玉切三部**孔子曰粟之爲言續也**孔子以疊韵爲訓也嘉種不絕蒸民乃粒禹稷之功也

𥻆　籀文𥻆

文三　重三

齊　禾麥吐穗上平也象形从二者象地有高下也禾麥隨地之高下爲高下似不齊而實齊參差其上者蓋明其不齊而齊也引伸爲凡齊等之義古叚爲䶒字亦叚爲齋字徂兮切十五部**凡齊之屬皆从齊**

䶒　等也齊等字當作此齊行而䶒廢矣**从亝妻聲**妻者齊也此舉形聲包會意徂兮切十五部

朿ㄘˋ 11清　棗ㄗㄠˇ 21精　棘ㄐㄧˊ 25見

文二

朿　木芒也　芒者艸耑也引伸爲凡鑯鋭之偁今俗用鋒鋩字古祇作芒朿今字作刺刺行而朿廢矣方言曰凡草木刺人北燕朝鮮之閒謂之茦或謂之壯自關而東或謂之梗或謂之劌自關而西謂之刺江湘之閒謂之棘　**象形**　不言从木者朿附於木故但言象形也　**凡朿之屬皆从朿讀若刺**　七賜切十六部

棗　羊棗也　羊蓋衍文羊棗卽木部之梬爾雅諸棗中之一與常棗絕殊不當專以爲訓葢此當云棗木也棗樹隨地有之盡人所識赤心而外朿非羊棗也必轉寫妄改之誤　**从重朿**　釋木曰槐棘醜喬棘卽棗也析言則分棗棘統言則曰棘周禮外朝九棘三槐棘正謂棗故注云取其赤心而外刺上句曰喬故从重朿會意子晧切古音在三部

棘　小棗叢生者　此言小棗則上文謂常棗可知小棗樹叢生今亦隨在有之未成則爲棘而不實巳成則爲棗魏風園有棘其實之食唐風肅肅鴇翼集于苞棘小雅有捄棘匕毛傳曰棘棗也此謂統言不別也邶風吹彼棘心吹彼棘薪左傳除翦其荆棘此則主謂未成者古多叚棘爲亟字如棘人欒欒兮我是用棘匪棘其欲皆是棘亟同音皆謂急也　**从竝朿**　棘庳於棗而朿尤多故从並朿會意己力切一部

文三

片ㄆㄧㄢˋ 3滂　版ㄅㄢˇ 3幫　𤗓ㄆㄧˋ 25滂

片　判木也　謂一分爲二之木片判以疊韵爲訓判者分也周禮媒氏掌萬民之判喪服傳曰夫妻胖合也胖當作片片卽媒氏判字鄭注周禮云判半也得耦爲合主合其半成夫婦也按夫婦各半而合故取象於合葢漢書一半冰亦叚半爲片字　**从半木**　木字之半也匹見切十四部　**凡片之屬皆从片**

版　片也　舊作判也淺人所改今正凡施於宮室器用者皆曰版今字作板古叚爲反字大雅上帝板板傳云板板反也謂版卽反之叚借也　**从片反聲**　布綰切十四部

𤗓　片也　片各本作判今正副者判也𤗓則判木也廣韵曰𤗓版出通俗文　**从片畐聲**　芳逼切一部

牘ㄉㄨˊ 17定　牒ㄉㄧㄝˊ 29定　牑ㄅㄧㄢ 6幫　牖ㄧㄡˇ 13定　牏ㄩˊ 16定

牘　書版也　牘專謂用於書者然則周禮之版禮經之方皆牘也小宰注曰版戶籍也宮正注曰版其人之名籍也聘禮注曰策簡也方版也李賢蔡邕傳注引說文而曰長一尺按漢人多云尺牘史記緹縈通尺牘此臣得用於君也漢書陳遵與人尺牘主皆藏去此施於儕輩者也木部云槧牘樸也然則粗者爲槧精者爲牘顏師古曰形若今之木笏但不挫其角耳　**从片賣聲**　徒谷切三部

牒　札也　木部云札牒也左傳曰右師不敢對受牒而退司馬貞曰牒小木札也按厚者爲牘薄者爲牒牒之言枼也葉也竹部䈎義略同史記叚諜爲牒　**从片枼聲**　徒叶切八部

牑　牀版也　方言曰牀其上版衛之北郊趙魏之閒謂之牒或曰牑按左傳牑柎藉榦義與牖近　**从片扁聲讀若邊**　方田切十二部

牖　穿壁以木爲交窗也　交窗者以木橫直爲之卽今之窗也在牆曰牖在屋曰窗此則互明之必言以木者字从片也古者室必有戶有牖牖東戶西皆南鄉毛詩曰向北出牖也北或有穴通明至冬塞之然士虞禮祝啓牖鄉注云鄉牖一名明堂位達鄉注牖屬是南牖亦名向士喪禮寢東首於牖下喪大記作北墉下今本墉皆譌牖非也牖所以通明故叚爲誘召南吉士誘之大雅天之牖民傳皆訓曰道也道卽導　**从片戶甫聲**　葢用合韵爲聲也與从切三部　**譚長以爲**　譚長者博采通人之一　**甫上**　句　**日也非戶也牖所以見日**　說从日之意也許篆作牖而偁譚說者字久从戶作譚說有理故偁之

牏　築牆短版也　木部栽下曰築牆長版也長版用於兩邊短版用於兩耑一縮一橫也此牏之本義也史漢萬石君傳石建取親中帬廁牏身自浣滌蘇林曰牏音投賈逵解周官云牏行清也孟康曰廁行清牏行清中受糞函者也東南人謂鑿木空中如曹謂之牏依蘇孟說則史漢之牏卽窬之叚借字穴部曰窬空中也徐廣謂讀牏爲竇是也至若晉灼云今世謂反閉小袖衫爲侯牏則尤爲叚借字釋名曰齊人謂如衫而小袖曰侯頭侯頭猶言解瀆辟直通之言是則其語本無正字

爿 ㄑㄧㄤˊ 15從

鼎 ㄉㄧㄥˇ 12端

从片俞聲讀若俞度侯切四部徐廣曰音住葢本說文音隱住卽侸一曰若紐此音則入三部

爿反片爲爿讀若牆各本無此按六書故云唐本有爿部葢從晁氏以道說也今不別立一部依彳部終於反彳爲亍之例補焉說詳木部牀下

文八新補一共文九

鼎三足兩耳和五味之寶器也三足兩耳謂器形非謂字形也九家易曰鼎三足以象三台也易曰鼎黃耳和當作盉許亦從俗通用象析木吕炊巳下次第依韵會所據小徐本訂爿者判木也反片爲爿一木析爲二之形炊鼎必用薪故像之唐張氏參誤會三足兩耳爲字形乃高析木之兩旁爲耳唐人皆作鼎非唐氏元度旣辨之矣貞省聲大徐本無無此三字則上體未說此謂上體目者貞省聲也或曰離爲目巽爲木鼎卦上離下巽何不以此說字乎曰言易卦之取象則可若六書之會意必使二字相合成文如人言止戈是目與木不相合也故釋下體爲象形上體爲諧聲古叚鼎爲丁如賈誼傳春秋鼎盛匡衡傳匡鼎來皆是鼎之言當也正也都挺切十一部昔禹收九牧之金鑄鼎荊山之下入山林川澤者此字依韵會補离魅蝄蜽莫能逢之吕協承天休离俗用螭依内部則當作离此用宣三年左傳王孫滿說傳不言鑄鼎荊山之下尙書古文疏證云陝西同州朝邑縣西南三十二里有懷德城漢縣也漢志左馮翊褱德下曰禹貢北條荊山在南皇甫謐帝王世紀禹鑄鼎於荊山在馮翊懷德之南山下有荊渠酈氏水經注懷德縣故城在渭水之北沙苑之南禹貢北條荊山在南山下有荊渠卽夏后鑄九鼎處也易卦巽木於下者爲鼎此引易證下體象析木之意與晉下引易證从日一例古文吕貝爲鼎籒文吕鼎爲貝二貝字小徐皆作貞郭忠恕佩觿云古文以貞爲鼎籒文以鼎爲則亦誤今正京房說貞字鼎聲此古文以貝爲鼎之證也許說鼑鼎霣敱者籒文之則員霣

鼒 ㄗ 24精

△鎡

鼐 ㄋㄞˋ 24泥

鼏 ㄇㄧˋ 11明

鼏 ㄇㄧˋ 11明

妘字此籒文以鼎爲貝之證也凡鼎之屬皆从鼎

鼒鼎之圜掩上者周頌鼐鼎及鼒釋器曰圜弇上謂之鼒手部曰掩斂也小上曰掩艸部曰弇葢也然則此依許作掩爲正字从鼎才聲子之切一部詩曰鼐鼎及鼒

鎡俗鼒从金茲聲茲各本作兹今正

鼐鼎之絕大者釋器曰鼎絕大謂之鼐周頌傳曰大鼎謂之鼐小鼎謂之鼒傳與爾雅說鼒異說鼐則略同絕大謂函牛之鼎也九家易曰牛鼎受一斛羊鼎五斗豕鼎三斗乃者詞之難也故从乃爲大才者艸木之初也故从才爲小从鼎乃聲奴代切一部魯詩說鼐小鼎魯詩說謂傳魯申公之學者也惠氏棟云說苑曰詩自堂徂基自羊徂牛言自內及外以小及大也魯詩者劉向家學故說鼐小鼒大

鼏吕木橫貫鼎耳舉之貫當作毌許亦從俗也禮經十七篇多言扃鼏注多言今文扃爲鉉古文鼏爲密按扃者叚借字鼏者正字鉉者音近義同字也以木橫毌鼎耳是曰鼏兩手舉其木之耑是曰扛鼎鼏橫於鼎葢之上故禮經必先言抽扃乃後取鼏猶扃爲戶外閉之關故或以扃代之也从鼎冂聲五篇有冂部此从之爲聲古熒切十一部按大小徐篆皆作鼏解作冂聲莫狄切以鼎葢字之音加諸橫毌鼎耳之義誤矣廣韵集韵禮部韵略玉篇類篇皆佚此字然廣韵玉篇皆云亡狄切鼎葢也則鼏字尙未亡集韵類篇引橫貫鼎耳云云於錫韵冥狄切而鼏字亡矣惟匡謬正俗及毛晃禮部韵略增字獨不誤周禮廟門容大鼏七箇攷工記匠人文今本作大扃七箇許所據作鼏用此知禮經古文本亦作鼏古文以鼏密連文今文以鉉密連文鄭上字從古文下字從今文遂鼏鼏連文轉寫恐其易混則上字易爲扃耳韵會無大卽易玉鉉大吉也鼎上九爻辭金部鉉下曰所以舉鼎也易謂之鉉禮謂之鼏據此則許所據禮古文作鼏鄭則據禮今文作鉉同易也鼏鉉異字同義或讀鉉古冥反則非矣韵會無大吉也

鼏鼎覆也从鼎冖冖亦聲此九字各本無以鼏篆鼏解牛頭馬脯而合之今補正鼏見禮經所以覆鼎用茅爲

之今本作冪正字也禮古文作密叚借字也从鼏冖者冖覆也冖亦聲者據冥字之解知之古者覆巾謂之幎鼏蓋謂之冪而禮經時亦通用蚰部蠠从冪聲亦作蜜虎部虙讀若冪是知冪古音同冥亦同密在十一十二部之閒今音則莫狄切

文四 今補一 共文五　重一

克 **肩也** 周頌傳曰仔肩克也人部曰仔克也此曰克肩也然則周頌仔肩絫言之毛謂二字皆訓克也肩謂任任事以肩故任謂之肩亦謂之克釋詁云肩克也又曰肩勝也鄭箋云仔肩任也許云勝任也任保也保當也凡物壓於上謂之克今蘇常俗語如是釋言曰克能也其引伸之義左傳曰凡師得儁曰克於鄭伯克段於鄢曰如二君故曰克卽得儁之說也穀梁曰克者何能也何能也能殺也此釋言之說也公羊曰克之者何殺之也此以相勝爲義大雅毛傳云掊克自伐而好勝人也俗作剋 **象屋下刻木之形** 上象屋下象刻木彔彔形木堅而安居屋下棨刻之能事之意也相勝之意也苦得切一部刻克疊韵 **凡克之屬皆从克**

亯 古文克 彔 亦古文克

文一　重二

彔 **刻木彔彔也** 小徐曰彔彔猶歷歷也一一可數之皃按剶下曰彔刻割也彔彔麗廔嵌空之皃毛詩車歷錄亦當作歷彔 **象形** 盧谷切三部 **凡彔之屬皆从彔**

文一

禾 **嘉穀也** 嘉禾疊韵生民詩曰天降嘉穀維虋維芑虋芑爾雅謂之赤苗白苗許艸部皆謂之嘉穀皆謂禾也公羊何注曰未秀爲苗已秀爲禾魏風無食我黍無食我麥無食我苗毛曰苗嘉穀也嘉穀謂禾也生民傳曰黃嘉穀也嘉穀亦謂禾民食莫重於禾故謂之嘉穀嘉穀之連稾者曰禾實曰㮚㮚之人曰米米曰粱今俗云小米是也 **㠯二月始生八月而孰得之中和故謂之禾** 依思[元]賦注齊民要術訂和禾疊韵 **禾木也木王而生金王而死** 謂二月生八月孰也伏生淮南子劉向所著書皆言張昏中種穀呼禾爲穀思[元]賦注引此下有故曰木禾四字 **从木象其穗** 各本作从木从𠂹省𠂹象其穗九字淺人增四字不通今正下作从木上筆𠂹者象其穗是爲从木而象其穗禾穗必下垂淮南子曰夫子見禾之三變也滔滔然曰狐向丘而死我其首禾乎高注云禾穗垂而向根君子不忘本也張衡思[元]賦曰嘉禾垂穎而顧本王氏念孫說莠與禾絕相似雖老農不辨及其吐穗則禾穗必屆而倒垂莠穗不垂可以識別艸部謂莠揚生古者造禾字屆筆下垂以象之戶戈切十七部 **凡禾之屬皆从禾**

秀 **上諱** 上諱二字許書原文秀篆許本無後人沾之云上諱則不書其字宜矣不書故義形聲皆不言說詳一篇示部伏侯古今注曰諱秀之字曰茂盇許空其篆而釋之曰上諱下文禾之秀實爲稼則本作茂實也許旣不言當補之曰不榮而實曰秀从禾人不榮而實曰秀者釋艸毛詩文按釋艸云木謂之榮艸謂之華榮華散文則一耳榮而實謂之實桃李是也不榮而實謂之秀禾黍是也榮而不實謂之英牡丹勺藥是也凡禾黍之實皆有華華瓣收卽爲稃而成實不比華落而成實者故謂之榮可如黍稷方華是也謂之不榮亦可實發實秀是也論語曰苗而不秀秀而不實秀則已實矣又云實者此實卽生民之堅好也秀與采義相成采下曰禾成秀也采自其𠂹言之秀自其挺言之而非實不謂之秀非秀不謂之采夏小正秀然後爲萑葦周禮注荼茅秀也皆謂其采而實引伸之爲俊秀傑从禾人者人者米也出於稃謂之米結於稃內謂之人凡果實中有人人本艸本皆作人明刻皆改作仁殊謬禾稃內有人是曰秀玉篇集韵類篇皆有秂字欲結米也而鄰切本秀字也隸書秀从乃而秂別讀矣息救切三部

稼 **禾之秀實爲稼** 旣言秀又言實者論語說也謂禾采之成曰稼也甫田曾孫之稼箋云稼禾也謂有稾者也 **莖節爲禾** 全體爲禾渾言之也聘禮禾三十車是也禹貢所謂總也莖節

穡ㄙㄜˋ 25心　穜ㄊㄨㄥˊ 18端　稙ㄓˊ 25定

爲禾別於采而言析言之也下文之稭稈也　**从禾家聲**　古訝切古音在五部　**一曰稼家事也**　此取从家爲義史記曰五穀蕃孰穰穰滿家邠風八月其穫謂禾可穫也九月築場圃十月納禾稼謂治於場而納之囷倉也此說與穡義略同　**一曰在野曰稼**　稼之言嫁也毛傳曰種之曰稼周禮司稼注曰種穀曰稼如嫁女以有所生此說與穡義別呂覽君守篇曰后稷作稼　**穡　穀可收曰穡**　毛傳曰斂之曰穡許不云斂之云可收者許主謂在野成孰不言禾言穀者晐百穀言之不獨謂禾也古多叚嗇爲穡　**从禾嗇聲**　此舉形聲包會意所力切一部　**穜　埶也**　丮部曰埶種也小篆埶爲種之用切種爲先種後孰直容切而隸書互易之詳張氏五經文字種者以穀播於土因之名穀可種者曰種凡物可種者皆曰種別其音之隴切生民曰種之黃茂又曰實種實褎箋云種生不雜也　**从禾童聲**　之用切九部　**稙　早種也**　此謂凡穀皆有早種者魯頌傳曰先種曰稙謂先種先孰也釋名曰青徐人謂長婦曰稙長禾苗先

七篇上　羌

種ㄓㄨㄥˇ 18定　稑ㄌㄨˋ 22來　△穋　稺ㄓˋ 4定

生者曰稙取名於此也　**从禾**　凡氾言諸穀而字从禾者依嘉穀爲言也　**直聲**　常職切一部　**詩曰稙稚尗麥**　魯頌閟宮文按稚當作稺郭景純注方言曰稺古稚字是則晉人皆作稚故稺稚爲古今字寫說文者用今字因襲之耳　**種　先種後孰也**　此謂凡穀有如此者邠風傳曰後孰曰重周禮內宰注鄭司農云先種後孰謂之種按毛詩作重叚借字也周禮作種轉寫以今字易之也　**从禾重聲**　直容切九部　**稑　疾孰也**　謂凡穀有如此者邠風傳曰先孰曰穋周禮內宰注鄭司農云後種先孰謂之稑按土宜物性卽同一種而有不同故大司徒必辨十有二壤之物而知其種司稼掌巡邦野之稼而辨種穋之種也　**从禾坴聲**　力竹切三部　**詩曰黍稷種稑**　邠風七月文按七月及閟宮皆作重許種下不偁而偁於稑下蓋本作重轉寫易之也　**穋　稑或从翏**　翏聲也今周禮作稑毛詩作穋　**稺　幼禾也**　魯頌毛傳曰後種曰稺許不言後種者後種固小於先種卽先種者當其未長亦稺也先

稹ㄓㄣˇ 6端　稠ㄔㄡˊ 21定　穊ㄐㄧˋ 8見　稀ㄒㄧ 7曉　穖ㄇㄧㄝˋ 2明　穆ㄇㄨˋ 22明

種而中有遲長者亦稺也故惟魯頌稙稺對言毛釋之小雅無害我田稺彼有不穫稺毛不釋者亦謂槩言幼禾引伸爲凡幼之偁今字作稚　**从禾屖聲**　屖者遲也直利切十五部　**稹　種穊也**　此與鬒爲稠髮同也引伸爲凡密緻之偁　**从禾眞聲**　之忍切十二部　**周禮曰稹理而堅**　攷工記輪人文鄭云稹致也致今之緻字也　**稠　多也**　本謂禾也引伸爲凡多之偁小雅綢直如髮叚綢爲稠也　**从禾周聲**　直由切三部　**穊　稠也**　漢書劉章言耕田曰深耕穊種立苗欲疏非其種者鉏而去之穊引伸爲凡稠之偁　**从禾既聲**　几利切十五部　**稀　疏也**　去部曰疏通也稀與穊爲反對之辭所謂立苗欲疏也引伸爲凡疏之偁　**从禾希聲**　許書無希字而希聲字多有與由聲字正同不得云無希字由字也許時奪之今不得其說解耳香衣切十五部　**穖　禾穖也**　蓋禾有名穖者也廣韵曰莊子謂之禾也　**从禾蔑聲**　莫結切十二部　**穆　禾也**　蓋禾有名穆者也凡經傳所用穆字皆叚穆爲㣎㣎者細

七篇上　罕

私ㄙ 4心　穙ㄈㄟˋ 7並　稷ㄐㄧˋ 25精

文也从彡㣎省彡言文㣎言細凡言穆穆於穆昭穆皆取幽微之義釋訓曰穆穆敬也大雅文王傳曰穆穆美也　**从禾㣎聲**　莫卜切三部　**私　禾也**　蓋禾有名私者也今則叚私爲公ム倉頡作字自營爲ム背ム爲公然則古祗作ム不作私　**从禾ム聲**　息夷切十五部　**北道名禾主人曰私主人**　北道蓋許時語立乎南以言北之辭周頌駿發爾私毛曰私民田也　**穙　稻紫莖不粘者也**　者字今補　**从禾糞聲讀若靡**　王氏念孫曰靡當作廣字之誤也扶沸切古音在十三部十五部之閒又按此爲稻屬則當廁於下文稻稌穬秔秏之類蓋轉寫者亂之　**稷　齋也**　程氏瑤田九穀攷曰稷齋大名也粘者爲秫北方謂之高粱通謂之秫秫又謂之蜀黍高大似蘆月令首種不入鄭云首種謂稷今以北方諸穀播種先後攷之高粱取先管子書日至七十日陰凍釋而蓺稷百日不蓺稷日至七十日今之正月也今南北皆以正月蓺高粱是也凡經言疏食者稷食也稷形大故得疏偁按程氏九穀攷至爲精析學者必讀此而

△𥞊　齋 ㄐㄧ 4精　△粢

後能正名其言漢人皆冒粱爲稷而稷爲秫秫鄙人能通其語者士大夫不能舉其字眞可謂撥雲霧而覩靑天矣

五穀之長 謂首種也月令注稷五穀之長按稷長五穀故田正之官曰稷五經異義今孝經說稷者五穀之長穀衆多不可偏敬故立稷而祭之古左氏說列山氏之子曰柱死祀以爲稷稷是田正周棄亦爲稷自商以來祀之許君曰謹按禮緣生及死故社稷人事之旣祭稷穀不得但以稷米祭稷反自食同左氏義鄭君駁之曰宗伯以血祭祭社稷五祀五嶽社稷之神若是句龍柱棄不得先五嶽而食大司徒五地一曰山林二曰川澤三曰丘陵四曰墳衍五曰原隰大司樂五變而致介物及土示土示者五土之總神卽謂社也六樂於五地無原隰而有土祇則土祇與原隰同用樂也是以變原隰言土示詩信南山云畇畇原隰下云黍稷彧彧原隰生百穀稷爲之長然則稷者原隰之神若達此義不得以稷米祭稷爲難社者五土總神稷者原隰之神皆能生萬物者以古之有大功者配之句龍以有平水土之功配社祀之稷有播種之功配稷祀之按許造說文但引今孝經說則其說社稷當與鄭意同玉裁謂異義早成說文晚出爲定說此亦一耑也

从禾畟聲 子力切一部古叚稷爲卽小雅旣齊旣卽毛云稷疾是也亦叚爲昃字如穀梁日昃作日稷是也

𥞊 古文稷 按兒蓋卽古文畟字

齋 稷也 釋艸曰粢稷也周禮甸師齍盛注云粢者稷也穀者稷爲長按經作齍注作粢此經用古字注用今字之例周禮齍盛字鄭易爲粢者三甸師肆師大祝也小宗伯六齍注云齍讀爲粢六粢謂六穀黍稷稻粱麥苽云齍讀爲粢此易齍爲粢之證也粢本謂稷何以六穀統名粢則以稷爲穀之長故得槩之甸師注是其恉也米本謂禾凡穀皆得名米粢盛之粢猶是矣甫田作齊亦作齍毛曰器實曰齍而左傳禮記皆作粢盛是可證齍粢之同字穀名曰粢用以祭祀則曰齍別之者貴之也今經典粢皆譌築而槩字且不見於經典矣廣韵曰齍祭飯也玉篇曰黍稷在器曰齍知舊本經典故作齍盛

从禾亝聲 卽夷切十五部

粢 齋或从次作 鄭注周禮曰齍資字同其字以亝次爲聲从貝變易此亦以亝次爲聲从禾變易而今日經典粢盛皆从米作

秫 ㄕㄨˊ 8透　△朮　穄 ㄐㄧˋ 2精　稻 ㄉㄠˋ 21定　稌 ㄊㄨˊ 13定　稬 ㄋㄨㄛˋ 3泥（糯）

則又粉餈之或字而誤叚之

秫 稷之粘者 九穀攷曰稷北方謂之高粱或謂之紅粱其粘者黃白二種所謂秫也秫爲黏稷而不黏者亦通評爲秫秫而他穀之黏者亦叚借通偁之曰秫陶淵明使公田二頃五十畝種秫稻之黏者也崔豹古今注所謂秫爲黏稻是也

从禾朮象形 下象其莖葉上象其采食聿切十五部鍇本作朮聲

朮 秫或省禾

穄 穈也 此謂黍之不粘者也黍部曰穈者穄也呂氏春秋飯之美者陽山之穄高注云關西謂之穈冀州謂之𪍈廣雅𪎊穈穄也九穀攷曰據說文禾屬而黏者黍則禾屬而不黏者穈對文異散文則通偁黍內則飯黍稷稻粱白黍黃粱鄭注黍黃黍也黃黍者穈也穄也飯用之黏者釀酒及爲餌餈酏粥之屬不黏者評穈評穄而黏者乃專得黍名矣今北方皆評黍子穈子穄子穄與稷雙聲故俗誤認爲稷其誤自唐之蘇恭始

从禾祭聲 子例切十五部九穀攷曰簠簋實穈爲之以供祭祀故又異其名曰穄

稻 稌也 今俗槩謂黏者不黏者未去穅曰稻稬稻秈稻秔稻皆未去穅之偁也旣去穅則曰稬米曰秈米曰秔米古謂黏者爲稻謂黏米爲稻九穀攷曰七月詩十月穫稻爲此春酒月令乃命大酋秫稻必齊內則襍記並有稻醴左傳進稻醴粱糗是以稻爲黏者之名黏者以釀也內則糝酏用稻米籩人職之餌餈注亦以爲用稻米皆取其黏耳而食醫之職牛宜稌鄭司農說稌稉也是又以稉釋稻稉其不黏者也孔子曰食夫稻亦不必專指黏者言職方氏揚荊諸州亦但云其穀宜稻吾是以知稌稻之爲大名也玉裁謂稻其渾言之偁秔與稻對爲析言之偁稻宜水故周禮稻人掌稼下地

从禾舀聲 徒皓切古音在三部

稌 稻也 釋艸曰稌稻周頌毛傳同許一曰沛國評稬而郭樸曰今沛國呼稌然則稌稬本一語而稍分輕重耳

从禾余聲 徒古切五部

周禮曰牛宜稌 食醫文

稬 沛國謂稻曰稬 襄五年穀梁傳仲孫蔑衛孫林父會吳於善稻吳謂善伊謂稻緩按謂善爲伊者古合韵也謂稻爲緩者卽沛國謂稻曰稬之理也緩古亦讀如暖昭五年狄人謂賁泉矢胎謂賁爲矢者卽今俗語謂糞爲矢也今矢胎作失台者誤

从禾

稴ㄒㄧㄢˊ 30來　秔ㄍㄥ 15見（粳）　△稉　秏ㄏㄠˋ 19曉　穬ㄍㄨㄥˇ 15見　秜ㄋㄧˊ 4來

耎聲奴亂切十四部今語奴臥切

稴稻不黏者凡穀皆有黏者有不黏者秫則稷之黏者也穄則黍之不黏者也稻有不黏者則稴是也今俗通謂不黏者爲秈米集韵類篇皆云方言江南呼粳爲秈亦作籼作秈按說文玉篇皆有稴無秈蓋秈卽稴字音變而字異耳廣雅曰秈稉也渾言不別也从禾兼聲讀若風廉之廉風廉之廉疑當同食部作風溓溓力兼切亦胡兼切七部

秔稻屬凡屬者以屬見別也言別者以別見屬也重其同則言屬秔爲稻屬是也重其異則言別稗爲禾別是也周禮注曰州黨族閭比鄉之屬別介次市亭之屬別小者屬別並言分合並見也稻有至黏者稬是也有次黏者稉是也有不黏者稴是也稉比於稬則爲不黏比於稴則尙爲黏稉與稴爲飯稬以釀酒爲餌餈今與古同矣散文稉亦偁稻對文則別魏都賦水澍稉稌陸蒔稷黍蜀都賦黍稷油油稉稻莫莫皆稉稻並舉本艸經秔米稻米殊用陶貞白乃不能分別其亦異矣从禾亢聲古行切古音在十部

稉俗秔更聲也陸德明曰稉與粳皆俗秔字

秏稻屬漢書曰訖於孝武後元之年靡有孑遺秏矣孟康曰秏音毛無有秏米在者也秏米米名卽所謂稻屬也今本作毛米誤孟意若今言無有一粒存者水經注曰燕人謂無爲毛故有用毛爲無者又有用秏者初讀莫報切旣又讀呼到切改禾旁爲耒旁罕知其本音本義本形矣大雅秏斁下土秏者乏無之謂故韓詩云惡也从禾毛聲呼到切二部按當音毛音耄伊尹曰飯之美者元山之禾南海之秏呂氏春秋本味篇伊尹曰南海之秬高注南海南方之海秬黑黍也許所據伊尹書不同伊尹書見漢藝文志

穬芒粟也周禮稻人澤草所生種之芒種鄭司農云芒種稻麥也按凡穀之芒稻麥爲大芒粟次於此麥下曰芒穀然則許意同先鄭也稻麥得評粟者從嘉穀之名也从禾廣聲古猛切古音在十部

秜稻今年落來年自生謂之秜淮南書離先稻孰而農夫耨之不以小利傷大穫也注云離與稻相似耨之爲其少實疑離卽秜玉篇廣韵秜皆力脂切則音同也他書皆作穭力與切埤蒼穭自生也亦作稆後漢書獻帝紀尙書郎以下自出采稆古作旅史漢皆云觜觿主葆旅事晉灼曰葆采也野生曰旅今之飢民采旅生按離秜旅一聲之轉皆謂不種而自生者也从禾尼聲里之切按之當依廣韵作脂十五部

稗ㄅㄞˋ 10滂　移ㄧˊ 1定　穎ㄧㄥˇ 12定　⿰禾來ㄌㄞˊ 24來

稗禾別也謂禾類而別於禾也孟子曰苟爲不孰不如荑稗左傳云用秕稗也杜云稗草之似穀者稗有米似禾可食故亦種之如淳曰細米爲稗故小說謂之稗官小販謂之稗販从禾卑聲旁卦切十六部琅邪有稗縣地理志琅邪郡椑縣郡國志無後漢省也椑當是本作稗莽曰識命蓋惡其名而易之今山東沂州府莒州州南有稗縣故城或曰本春秋時向國隱公二年莒人入向是也

移禾相倚移也相倚移者猶言虛而與之委蛇也呂氏春秋曰苗其弱也欲孤其長也欲相與俱其孰也欲相扶倚移連緜字疊韵讀若阿那攷工記鄭司農注兩引倚移從風今上林賦作旖旎從風說文於禾曰倚移於旗曰旖施於木曰檹施皆謂阿那也毛傳曰猗儺柔順也猗儺卽阿那表記衣服以移之注移讀如禾氾移之移移猶廣大也禾氾移葢謂禾蕃多郊特牲其蜡乃通以移民也鄭曰移之言羨也古叚移爲侈如攷工記飾車欲侈故書侈爲移少牢饋食禮移袂皆是今人但讀爲遷移據說文則自此之彼字當作迻从禾多聲弋支切古音在十六部一曰禾名別一義

穎禾末也穎之言莖也頸也近於采及貫於采者皆是也大雅實穎實栗毛曰穎垂穎也禹貢鄭注曰百里賦入總謂入刈禾也二百里銍銍斷去稿也三百里秸秸又去穎也四百里入粟五百里入米者遠彌輕也禮器稾鞂之設鄭注穗去實曰鞂鞂與秸同物鄭注尙書曰去穎謂用其采也注禮器曰去實謂用其穎也史記曰錐處囊中穎脫而出非特其末見而已少儀刀卻刃授穎是則穎在錐則卻於末在刀則卻於刃在禾則卻於采也渾言之則穎爲禾末析言之則禾芒乃爲秒从禾頃聲余頃切十一部詩曰禾穎穟穟大雅生民文今詩作禾役毛曰役列也玉裁按役者穎之叚借字古支耕合韵之理也列者梨之叚借禾穟也此穎通穟言之下章之穎則專謂垂者

⿰禾來齊謂麥⿰禾來也

采 ㄙㄨㄟˋ 5定　䄷 ㄉㄧㄠˇ 20端　△穗　穟 ㄙㄨㄟˋ 8定　䅌 ㄉㄨㄛˇ 3端　△蓫　⿰禾曷 ㄐㄧㄝˊ 2見　秒 ㄇㄧㄠˇ 19明　穖 ㄐㄧˇ 7見

來之本義訓麥然則加禾旁作來俗字而已蓋齊字也據廣韵則埤蒼來麰字作⿰禾來 **从禾來聲** 洛哀切一部按上下文皆言禾中間以麥疑皆非舊文

采 禾成秀人所收者也 依爾雅音義及元應書訂采與秀古互訓如月令注黍秀舒散即謂黍采也人所收故从爪 **从爪禾** 會意小徐作爪聲非此與采同意徐醉切十五部

穗 俗从禾惠聲

䄷 禾危采也 危采謂穎欲斷落也齊民要術云刈晚則穗折遇風則收減玉篇云䄷亦懸物也則䄷同方言之了方言曰了縣也趙魏之間曰了燕趙之郊縣物於臺之上謂之了郭樸曰了了縣物皃丁小反按元應書及集韵所引方言皆如是今本方言作佻妄人所改耳王延壽王孫賦了瓜懸而瓠垂了者象形字䄷者諧聲字 **从禾勺聲** 都了切二部

穟 禾采之皃 大雅生民曰禾役穟穟釋訓曰穟穟苗也毛傳曰穟穟苗好美也按公羊傳注生曰苗秀曰禾苗禾一也釋訓毛傳與許說一也許以經言禾穎則穟穟指采言成就之皃 **从禾遂聲** 徐醉切十五部 **詩曰禾穎穟穟** 按古音支清二部互轉役在支部即穎之入聲蓋即穎之叚借字許此句蓋用三家詩如如鳥斯翱爲正字毛詩作革爲叚借字也

蓫 穟或从艸

䅌 禾𠂹皃 禾采必𠂹采重則秆𠂹 **从禾耑聲讀若端** 十四部今音丁果切取朵字之意

⿰禾曷 禾舉出苗也 何休曰生曰苗秀曰禾禾采初挺出於苗是曰⿰禾曷既成則屈而下𠂹矣周頌曰驛驛其達有厭其傑毛云達射也有厭其傑言傑苗厭然特美也毛鄭釋詩皆謂苗許云禾舉出苗則謂采手部揭者高舉也音義略同 **从禾曷聲** 居謁切十五部廣韵入曷薛二韵

秒 禾芒也 下文云禾有秒秋分而秒定淮南書秒作蔈亦作標按艸部云蔈末也禾芒曰秒猶木末曰杪九穀攷曰粟之孚甲無芒芒生於粟采之莖 **从禾少聲** 亡沼切二部

穖 禾穖也 九穀攷曰禾采成實離離若聚珠相聯貫者謂之穖與珠璣之璣同意呂氏春秋得時之禾疏穖而穗大得時之稻長稠疏穖高注云穖禾穗果蠃是也玉裁謂穖貴疏者禾采緊密每顆皆綻而後能疏也穖疏而穗乃大 **从禾幾聲** 居豨切十五部

秠 ㄆㄧ 24滂　稃 ㄈㄨ 21滂　△粰　⿰禾會 ㄎㄨㄞˋ 2溪　穅 ㄎㄤ 15溪（糠）　△康

秠 一稃二米 从禾丕聲詩曰誕降嘉穀惟秬惟秠天賜后稷之嘉穀也 按此解當云稃也从禾丕聲詩曰誕降嘉穀惟秬惟秠黑黍一稃二米天賜后稷之嘉穀也爲淺人改竄之耳詩生民惟秬惟秠釋艸曰秬黑黍秠一稃二米毛傳正同蓋黑黍一稃二米曰秬言秬而一稃二米巳見經文以惟秠足句見黑黍之稃有異不比下文惟蘡惟芑畫然二物故釋訓者以黑黍系秬以一稃二米系秠分屬之鄭志張逸問云鬯人職注秬如黑黍一秠二米按爾雅秠一稃二米未知二者同異荅曰秠即其皮稃亦皮也爾雅重言以曉人更無異偁也據此知秠即稃凡稃皆曰秠非必二米一稃也許於鬯部⿰巨鬯下云黑黍也一稃二米是可見一稃二米者謂秬非謂凡秠也此必偁經文惟秬惟秠而後總釋之曰黑黍一稃二米則爾雅毛傳訓詁之意明矣秠之本義與稃同故必先之曰稃也从禾丕聲而後引詩則知經義與字義無不合矣小徐本秠稃二篆相屬此必古本秠稃⿰禾會穅四篆同義淺人墨守爾雅毛傳而不心知其意乃妄改許書致文理不通而不可讀敷悲切字林匹几匹九夫九三反匹九夫九二反則當从不聲玉篇作⿰禾不是也古音在一部○今鬯人注如黑黍一稃二米詩正義引作一秠二米蓋正義所引是鄭作一秠爾雅作一稃鄭意秠即稃故荅問云爾

稃 ⿰禾會也 小徐本此篆與秠篆相屬古本也玉篇次第正同自淺人不知秠解而改竄之乃又移易篆之次第矣甫田箋曰方房也謂孚甲始生而未合時也古借孚爲稃 **从禾孚聲** 芳無切古音在三部

粰 稃或从米付聲

⿰禾會 穅也从禾會聲讀若裹 苦會切十五部玉篇公臥公外二切公臥即讀若裹之云會聲而讀若裹者合音也

穅 穀之皮也 云穀者晐黍稷稻粱麥而言穀猶粟也今人謂巳脫於米者爲穅古人不爾穅之言空也空其中以含米也凡康寧康樂皆本義空中之引伸今字分別乃以本義从禾引伸義不从禾 **从禾米庚聲** 庚毛刻作康誤今正苦岡切十部

康 穅或省作 稃⿰禾會穅康

四篆大徐在秳秅二篆之下今以類移此

秨　禾䌊皃 䌊今搖字今俗語說動搖之皃曰秨卽此字也 **从禾乍聲讀若昨** 在各切五部

穮　槈鉏田也 各本作耕禾閒也今正周頌釋文引說文穮槈鉏田也表嬌反字林穮耕禾閒也方遙反然則今本說文淺人用字林改之穮者耘也非耕也周頌緜緜其麃毛傳曰麃耘也釋訓曰緜緜麃也孫炎云緜緜言詳密也郭樸云芸不息也左傳是穮是蓘杜云穮耘也許云槈鉏田者槈薅器也鉏立薅斫也薅者披田艸也或槈其田或鉏其田皆曰穮今吳下俗語說用鉏曰暴卽此字也 **从禾麃聲** 甫嬌切二部周頌段麃爲之 **春秋傳曰是穮是衮** 左傳昭元年文衮之言畎也謂壅禾本也

案　轢禾也 轢者車所踐也此轢讀如勞卽齊民要術所謂勞也郎到切賈思勰曰古曰耰今曰勞說文耰摩田器今人鄙語曰摩勞種穀之法苗既出壟每一經雨白背時輒以鐵齒鍽楱縱橫杷而勞之杷法令人坐上數以手斸去艸如此令地輭易鉏省力中鋒止苗高一尺鋒之按賈云鋒之謂鉏之也勞之而後鋒之然則案之而後穮之矣 **从禾安聲** 轢禾者所以安禾也形聲包會意烏旰切十四部

秄　雝禾本 雝俗作壅小雅或耘或秄毛曰耘除艸也秄雝本也食貨志后稷始甽田以二耜爲耦廣尺深尺曰甽長終畝一畝三甽一夫三百甽而播種於甽中苗生三葉以上稍耨隴艸因隤其土以附苗根故其詩曰或芸或芓黍稷儗儗芸除艸也秄附根也言苗稍壯每耨輒附根比盛暑隴盡而根深能風與旱故儗儗而盛也按班所據詩作芓古文段借字說詩作秄小篆字詩言耘秄左傳言穮衮衮者畎也隤壟艸壅於畎中也耔蓘皆俗字 **从禾子聲** 卽里切一部

穧　穫刈也 穫刈謂穫而芟之也刈同乂芟艸也刈之必齊故从齊小雅曰此有不斂穧謂已刈而遺於田未斂者也上文不穫穉謂幼禾留於田未刈者也釋詁曰戠穧穫也鄭注周禮云四秉曰筥謂一穧也 **一曰撮也** 撮者四圭也一曰兩指撮也然則穧之別義謂少也 **从禾齊聲** 上文既有穧字以禾在上禾在旁別其義在詣切十五部

穫　刈穀也 穫之言獲也刈穀者以銍以鎌 **从禾蒦聲** 胡郭切五部

穦　積禾也 穦積雙聲廣雅曰穦積也 **从禾資聲** 卽夷切十五部 **詩曰積之秩秩** 周頌文今作積之栗栗毛云栗栗衆多也無穦積也之文蓋許偁三家詩也

積　聚也 禾與粟皆得偁積引伸爲凡聚之偁淇奧詩段簀爲積 **从禾責聲** 則歷切十六部

秩　積皃 皃各本作也今正積之必有次敘成文理是曰秩詩段樂傳曰秩秩有常也斯干傳曰秩秩流行也巧言傳曰秩秩進知也賓之初筵傳曰秩秩然肅敬也釋訓曰條條秩秩智也又曰秩秩淸也皆引伸之義也 **从禾失聲** 直質切十二部古段載爲秩如秩秩大猷大部作載載大猷儀禮注云秩或爲載皆是也 **詩曰積之秩秩**

稛　絭束也 絭束謂以繩束之國語垂櫜而入稛載而歸韋注稛絭也古亦段麇爲之如左傳羅無勇麇之及潞麇之是也方言稛就也注稛稛成就皃廣韵作成熟蓋禾熟而刈之而絭束之其義相因也 **从禾囷聲** 苦本切十三部按本从囷聲丘吻反轉入寬韵爲苦本切非从困聲也

稞　穀之善者 謂凡穀顆粒俱佳者廣韵云淨穀者 **从禾果聲** 胡瓦切古音讀如顆十七部 **一曰無皮穀** 謂穀中有去稃者也此義當讀如稞

秳　舂粟不潰也 水部曰潰漏也舂粟不潰者謂無散於臼外者也蓋舂之用力重則或潰用力輕則不是曰秳今俗謂輕舂曰桄古曠切卽秳之轉語也 **从禾昏聲** 戶括切按當古活切十五部

𥝌　秳也 **从禾气聲** 居气切十五部篇韵皆下沒切

穛　禾皮也 禾皮者禾稿之皮也呂氏春秋曰得時之麥薄穛而赤色本謂稿皮因以評稍皮羔聲勺聲古音同在二部故穛音灼下文曰禾若秧穰曰把取禾若若卽穛今音相近又改其字耳 **从禾羔聲** 之若切古音在二部平聲按春秋經有穛字齊地名今釋文五經文字皆作穛从禾惟玉篇禾部穛下曰又齊地名而禾部穛字在部末孫強等所沾然則希馮所據春秋字从禾

稭　禾稾去其皮祭天以爲席也 禮器曰莞簟之安而稾鞂之設鄭注穗去實曰鞂引禹貢三百

稈ㄍㄢˇ 3見　△秆　稾ㄍㄠˇ 19見　秕ㄅㄧˇ 4幫　䅌ㄐㄩㄢ 3見　梨ㄌㄧㄝˋ 2來　穰ㄖㄤˊ 15泥　秧ㄧㄤ 15影

里納鞂服禹貢釋文秸本或作稭然則稭秸鞂三形同又或作鞊亦同謂禾莖既刈之上去其穗外去其皮存其淨莖是曰稭鄭云穗去實猶云穎去穗也穎謂莖之近穗者鄭注禹貢云銍謂刈穗斷去稾也稭又去其穎也是謂下截爲稾近穗爲穎故三百里納秸者不惟去稾又去穎而納穗其注禮器云穗去實者正謂去穗用近穗之穎與許云稾去皮者少異許云稾者兼穎而言言稾得兼穎言穎不兼稾也 从禾皆聲古黠切十五部

稈 禾莖也 謂自根之上至貫於穗者是也 从禾旱聲古旱切十四部 春秋傳曰或投一秉稈 昭公廿七年左傳曰或取一編菅焉或取一秉秆爲國人投之此以二句合爲一句耳

秆 稈或从干作 干聲

稾 稈也 廣雅左傳注皆云秆稾也叚借爲矢榦之稾屈平屬艸稾之稾 从禾高聲古老切二部

秕 不成粟也 按不成粟之字从禾惡米之字从米而皆比聲此其別也左傳若其不具用秕稗也杜云秕穀不成者僞古文云若粟之有秕呂覽云凡禾之患不俱生而俱死是

七篇上　四九

以先生者美米後生者多秕是故其耨也長其兄而去其弟按今俗評穀之不充者曰癟補結切卽秕之俗音俗字也引伸之凡敗者曰秕漢書曰秕我王度 从禾比聲卑履切十五部

䅌 麥莖也 麥莖光澤娟好故曰䅌一作籀潘岳射雉賦曰闒問籀葉是 从禾肙聲古元切十四部

梨 黍穰也 廣雅黍穰謂之梨左傳使巫以桃茢先祓殯杜注云茢黍穰檀弓以巫祝桃茢執戈鄭注云茢萑苕按二物皆可爲彗二字可通用故注不同許說其本義也詩生民禾役穟穟毛傳役列也列蓋梨之叚借禾穰亦得謂之梨也 从禾梨聲良薛切十五部

穰 黍梨已治者 已治謂已治去其箬皮也謂之穰者莖在皮中如瓜瓤在瓜皮中也周頌傳曰穰穰衆也此叚借也 从禾襄聲汝羊切十部

秧 禾若秧穰也 若卽上文之穛也若者擇菜也擇菜者必去其邊皮因之凡可去之皮曰若竹皮亦曰箬漢書印絫絫綬若若絫絫重積也若若如擣若之多也秧穰疊韵字集韵曰禾下葉多也今俗謂稻之初生者曰秧凡艸木之幼可

稅ㄕㄨㄟˋ 2透

䆃ㄉㄠˋ 21定　租ㄗㄨ 13精　稔ㄖㄣˇ 28泥　穀ㄍㄨˇ 17見　年ㄋㄧㄢˊ 6泥　䅣ㄏㄨㄤˊ 15匣　䅭ㄆㄤˊ 15並

移栽者皆曰秧此與古義別 从禾央聲於良切十部

䅭 䅭䅣穀名 廣雅曰䅭䅣穄也按許但云穀名不與穄篆爲伍則與張說異 从禾旁聲薄庚切古音在十部

䅣 䅭䅣也 二字疊韵 从禾皇聲戶光切十部

年 穀孰也 爾雅曰夏曰歲商曰祀周曰年唐虞曰載年者取禾一孰也 从禾千聲奴顚切古音在十二部 春秋傳曰大有年 宣十六年經文穀梁傳曰五穀皆孰爲有年五穀皆大孰爲大有年

穀 此篆體依五經文字木部正 續也 穀與粟同義引伸爲善也釋詁毛傳皆曰穀善也又大雅傳曰穀祿也 百穀之總名也 周禮太宰言九穀鄭云黍稷稻粱麻大小豆小麥苽也膳夫食用六穀先鄭云稌黍稷粱麥苽也疾醫言五穀鄭曰麻黍稷麥豆也詩書言百穀種類繁多約舉兼晐之詞也惟禾黍爲嘉穀李善引辟君韓詩章句曰穀類非一故言百也 从禾殸聲 殸者今之殼字穀必有稃甲此以形聲包會意也古祿切三部

稔 穀孰也 稔之言飪也

七篇上　五十

从禾念聲而甚切七部 春秋傳曰不五稔是 昭元年左傳文

租 田賦也 从禾且聲則吾切五部

稅 租也 从禾兌聲輸芮切十五部

䆃 䆃米也 三字句各本刪䆃字改米爲禾自呂氏字林顏氏家訓時已然今正䆃擇也擇米曰䆃米漢人語如此雅俗共知者漢書百官表後書殤帝和帝紀皆有䆃官注皆云䆃官主擇米鄧后詔曰減大官䆃官自非共陵廟稻粱米不得䆃擇光武詔曰郡國異味有豫養䆃擇之勞凡作導者譌字也䆃米是常語故以䆃米釋䆃篆如河下云河水嶲下云嶲周之比淺人槩謂複字而刪之又改米爲禾呂忱徐廣顏之推司馬貞皆執誤本說文謂䆃是禾名豈知䆃果禾名則許書之例當與穛穆私三篆爲伍而不廁於此 从禾道聲徒到切古音在三部 司馬相如曰䆃一莖六穗也 史漢司馬相如傳封禪文曰囿騶虞之珍羣徼麋鹿之怪獸䆃一莖六穗於庖犧雙觡共柢之獸獲周餘珍放龜於岐招翠黃乘龍於沼鄭德云䆃擇也一莖六穗謂嘉禾之米鄭語取

明憭言於庖者擇米作飯必於庖也呂忱乃云禾一莖六穗謂之導蕖不讀封禪文而誤斷許書之句度矣

⿰禾荒 ㄏㄨㄤ 15曉

⿰禾荒虛無食也 爾雅果不孰爲荒周禮疏曰疏穀皆不孰爲大荒按荒年字當作⿰禾荒荒行而⿰禾荒廢矣 **从禾荒聲** 呼光切十部

穌 ㄙㄨ 13心

穌杷取禾若也 杷各本作把今正禾若散亂杷而取之不當言把也離騷蘇糞壤以充幃兮謂申椒其不芳王逸曰蘇取也韓信傳曰樵蘇後爨師不宿飽漢書音義曰樵取薪也蘇取草也此皆假蘇爲穌也蘇桂荏也蘇行而穌廢矣樂記蟄蟲昭蘇注云更息曰蘇據玉篇云穌息也死而更生也然則希馮所據樂記作穌 **从禾魚聲** 素孤切五部

稍 ㄕㄠ 19心

稍出物有漸也 漸依許當作趣漸行而趣廢矣稍之言小也少也凡古言稍稍者皆漸進之謂周禮稍食祿稟也云稍者謂祿之小者也 **从禾肖聲** 所教切二部

秋 ㄑㄧㄡ 21清

秋禾穀孰也 其時萬物皆老而莫貴於禾穀故从禾言禾復言穀者晐百穀也禮記曰西方者秋秋之爲言揫也 **从禾龜省聲** 七由切三部

△龝

龝籒文不省

秦 ㄑㄧㄣ 6從

秦伯益之後所封國 鄭詩譜曰秦者隴西谷名於禹貢近雍州鳥鼠之山堯時有伯翳者實皐陶之子佐禹治水水土既平舜命作虞官掌上下草木鳥獸賜姓曰嬴歷夏商興衰亦世有人焉周孝王使其末孫非子養馬於汧渭之間孝王封非子爲附庸邑之於秦谷至曾孫秦仲宣王又命作大夫始有車馬禮樂侍御之好國人美之秦之變風始作按伯益伯翳實一人皐陶之子也今甘肅秦州清水縣有故秦城漢地理志之隴西秦亭秦谷也 **地宜禾从禾舂省** 地宜禾者說字形所以从禾从舂也職方氏曰雍州穀宜黍稷豈秦穀獨宜禾與匠鄰切十二部按此字不以舂禾會意爲本義以地名爲本義者通人所傳如是也 **一曰秦禾名** 此別一義

△⿱𡗗秝

⿱𡗗秝籒文秦从秝

稱 ㄔㄥ 26透

稱銓也 銓者衡也聲類曰銓所以稱物也稱俗作秤按爯幷舉也偁揚也今皆用稱稱行而爯偁廢矣 **从禾爯聲** 處陵切六部廣韵又昌孕切是也等也銓義之引伸 **春分而禾生** 上文云以二月生 **日夏至晷景可度禾有秒** 謂其時禾乃有芒也 **秋分而秒定** 上文云以八月孰孰時芒乃定 **律數十二** 句十二謂六律六呂也 **十二秒而當一分** 十二兩字舊奪今補下文云十髮爲程一程爲分十分爲寸然則十二禾秒而當十髮淮南天文訓作十二蔈而當一粟 **十分而寸** 天文訓作十二粟而當一寸 **其吕爲重** 以衡輕重也 **十二粟爲一分** 此粟謂禾粟 **十二分爲一銖** 百四十四粟也天文訓曰十二粟而當一分十二分而當一銖十二銖而當半兩衡有左右因倍之故二十四銖爲一兩按金部銖下曰權十分黍之重也十分黍有譌依此則當云十二分粟之重也許用淮南說與說苑律歷志說異 **故諸程品皆从禾** 度起於十二秒權起於十二粟諸程品之字謂稱以下七篆也此釋稱从禾之意幷釋科以下六字从禾之意也

科 ㄎㄜ 1溪

科程也 廣韵曰程也條也本也品也又科斷也按實一義之引伸耳論語曰爲力不同科孟子曰盈科而後進趙岐曰科坎也按盈科爲盈等也 **从禾斗** 依韵會所據小徐本苦禾切十七部 **斗者量也** 說从斗之意

程 ㄔㄥ 12透

程程品也 大徐無程字按此三字爲句與藁米也一例淺人槩謂複字而刪之品者衆庶也因衆庶而立之法則斯謂之程品上文言諸程品可證矣荀卿曰程者物之準也月令陳祭器按度程注程謂器所容也漢書張蒼定章程如淳云章厤數之章術也程者權衡丈尺斗斛之平法也 **十髮爲程一程爲分** 一俗本作十誤大小徐舊本漢制攷小學紺珠皆不誤百髮爲分斷無是理 **十分爲寸** 十髮爲程度起於此十髮當禾秒十二故字从禾 **从禾呈聲** 直貞切十一部

稯 ㄗㄨㄥ 18精

稯布之八十縷爲稯 按此當有奪文聘禮記曰禾四秉曰筥十筥曰稯十稯曰秅許下文五稯爲秭二秭爲秅正本記文若先之曰布八十縷爲稯則下文不爲四百縷爲秭八百縷爲秅乎知其斷不然矣葢必云禾四十秉爲稯从禾㚇聲一曰布之八十縷爲稯轉寫奪漏而亂之耳秉見又部云禾把也从又持禾云四十秉爲稯則上下相屬成文鄭注周禮云禾稾實幷刈者也秉手把也稯猶束也國語其歲收

△稅
秭ㄗˇ 4精
秅ㄔㄚˊ 14定

田一井出稯禾秉芻缶米不是過也稯禾謂禾四十秉秉芻謂芻一把韋注殊誤布八十縷爲稯者史記孝景本紀令徒隸衣七稯布索隱正義皆云蓋七升布用五百六十縷漢書王莽傳一月之祿十緵布二匹孟康云緵八十縷也攷鄭注喪服曰八十縷爲升升當爲登登成也今之禮皆登爲升俗誤已行久矣賈公彥云今亦云布八十縷謂之宗宗卽古之升也是則宗緵登升一語之轉聘禮今文作稯古文作緵許从今文故糸部無緵布縷與禾把皆數也故同名糸部總下云十五升布謂十五稯布也**从禾叜聲**子紅切九部

稯　籒文稯省叜亦兇聲也

秭　五稯爲秭禾二百秉也周禮掌客注有秅秭麻荅之文秅秭連文則非詩之秭也謂五稯也**从禾𠂔聲**將几切十五部**一曰數意至萬曰秭**意各本作億今依心部正周頌兩言萬億及秭毛曰數萬至萬曰億數億至萬曰秭定本集注釋文皆作數億至萬釋文所記別本及正義及前此甄鸞五經算術皆作數億至億許書多襲毛傳此云數意至萬曰秭似當出於毛然心部云十萬曰意不從毛之萬萬曰億而從古數則說秭亦不必同毛蓋毛作數億至億曰秭許別有所受作數億至萬與秭不見他經惟見周頌鄭內則注萬億曰兆依許說則秭卽他經之兆與五經算術曰黃帝爲法數有十等億兆京垓秭壤溝澗正載是也及其用也乃有上中下三等下數十十變之中數萬萬變之上數數窮則變以中數言之毛傳應云數垓至億曰秭而言數億至億曰秭有所未詳玉裁按十等之說起於漢末取周頌云秭國語云經姟者演之三等之說取鄭云今數古數者演之許鄭所不言未可盡信數億至萬亦不爲不多矣不必從毛之數億至億也秭之言積也韓詩云陳穀曰秭亦取積義如第贊之爲一物其例也○釋詁云歷秭算數也郭云今以十億爲秭

秅　二秭爲秅禾四百秉也周禮掌客曰上公車禾眡死牢牢十車車三秅注云禾稾實并刈者也聘禮四秉曰筥十筥曰稯十稯曰秅每車三秅則三十稯也聘禮注云一車之禾三秅爲千二百秉三百筥三十稯也○按小徐本作秭也廣韵從之是則秅卽秭爲今數二秭爲秅爲古數也小徐本非奪字仍記於此**从禾乇聲**

䄷ㄕˊ 14定
稘ㄐㄧ 24見

宅加切古音在五部丁故反**周禮曰**周禮當是本作禮記淺人所改也許書之例謂周官經曰周禮謂十七篇曰禮十七篇之記謂之禮記如偁鉶毛牛藿羊苦豕薇系之禮記是也四秉爲筥以下聘禮記文**二百四十斤爲秉**此七字妄人所增當刪聘禮記曰十斗曰斛十六斗曰籔十籔曰秉二百四十斗云二百四十斗者經致囊米三十車每車秉有五籔計之得二十四斛爲二百四十斗也此說米之數與禾無涉鄭君所謂米禾之秉筥字同數異妄人乃益之曰爲秉與下文言禾之四秉曰筥相屬而轉寫又斗譌斤會謂許君而有此乎國語稯禾秉芻缶禾韋注當本云稯禾四十秉也秉把也缶庾也庾米十六斗也聘禮曰十六斗曰庾四秉曰筥十筥曰稯今本亦不知何人妄改致不可讀要之許韋不可誣也若廣雅之謬誤又無論矣**四秉曰筥**秉見又部曰禾秉也从又持禾秝部云持一爲秉持二爲兼詩毛傳云秉把也四秉家又部言之謂禾四把也禾者稾實兼刈者也鄭注禮云筥穧名也若今萊陽之閒刈稻聚把有名爲筥者詩云彼有遺秉又云此有不斂穧按鄭意筥卽穧刈禾盈手曰秉盈手者四聚於一處爲一穧穧十而總束之則爲稯故曰稯猶束也周禮注云筥讀如棟梠之梠謂一穧也疑今禮注奪去一字**十筥曰稯十稯曰秅四百秉爲一秅**

䄷　百二十斤也律厤志曰五權之制銖者物繇忽微至於成著可殊異也本起於黃鍾之重一龠容千二百黍重十二銖兩者兩黃鍾律之重也二十四銖而成兩斤者明也十六兩成斤鈞者均也三十斤成鈞石者大也權之大者也四鈞爲石古多叚石爲䄷月令鈞衡石是也有假䄷爲山石者楚辭悲任䄷之何益是也**稻一䄷爲粟二十斗禾黍一䄷爲粟十六斗大半斗**斗宋刻皆譌升毛本又誤改斤今正稻亦可偁粟猶凡穀皆可偁米也䄷不專用諸穀而从禾故舉稻與禾黍之粟各一䄷合於量者言之**从禾石聲**常隻切古音在五部

稘　復其時也言帀也十二月帀爲期年中庸一月帀爲期月左傳旦至旦亦爲期今皆假期爲之期行而稘廢矣**从禾**从禾者取舊穀没新穀升也

其聲居之切一部唐書曰稘三百有六旬堯典文今堯典作期葢壁中古文作稘孔安國以今字讀之易爲期也唐書大徐作虞書攷心部偁唐書五品不愻大小徐本同此則小徐作唐書大徐作虞書佗偁堯典者凡二十五皆云虞書不云唐書參差不畫一未得其解竊謂尚書鄭贊云三科之條五家之教三科者古文家說虞夏書商書周書是也五家者今文家說唐書虞書夏書商書周書是也虞夏同科則自堯典至甘誓爲虞夏書湯誓以下爲商書大誓牧誓以下爲周書五家堯典爲唐書皐陶謨爲虞書禹貢甘誓爲夏書湯誓以下爲商書大誓牧誓以下爲周書論衡曰唐虞夏殷周者土地之名重本不忘始故以爲號若人之有姓矣說尚書謂五者功德之名盛隆之意唐之爲言蕩蕩也虞者樂也夏者大也殷者中也周者至也其褒五家大矣然而失其初意王充業今文此五家之說之證也伏生有五家之教故尚書大傳有唐傳虞傳夏傳殷傳周傳之目見唐人正義所偁引大傳既亡近惠氏定宇蒐集之爲書乃標堯典之首曰虞夏傳唐傳標禹貢之首曰虞夏傳夏傳以古文家之目羼入今文家殊爲不可通許君云唐書者從今文家說也曷爲從今文家說也堯典紀唐事紀舜皆紀堯也則謂之唐書皐陶謨紀虞事則謂之虞書禹貢紀禹之功則謂之夏書勝於古文家之槩偁虞夏書未得其實也曷爲自言偁書孔氏古文而從今文說也古文今文家標目皆非孔子所題皆學之者爲之說耳說則可擇善而從無足異也若左傳以舂徵五典六句系之虞書以敷內以言三句系之夏書洪範一篇系之商書亦與古文家說不同許於洪範則依左傳謂之商書於堯典皐陶謨禹貢則依今文五家之教謂之唐書虞書夏書葢合諸說而折其衷矣凡今本說文以堯典系虞書者二十五皆淺人所妄改許不應自相舛戾如是

文八十七　重十三

秝 ㄌㄧˋ 11來

秝稀疏適秝也各本無秝字今依江氏聲王氏念孫說補適秝上音的下音歷疊韵字也玉篇曰稀疏厤厤然葢凡言歷歷可數歷錄束文皆當作秝歷行而秝廢矣周禮遂師及窆抱磿鄭云磿者適歷執綍者名也遂人主陳之而遂師以名行挍之賈公彥云天子千人分布於六綍之上稀疏得所名爲適歷也王氏念孫廣雅疏證云子虛賦七發楊雄蜀都賦南都賦論衡譴告篇嵇康聲無哀樂論皆云勺藥伏儼文穎晉灼李善皆說是調和之名上丁削反下旅酌反勺藥之言適歷也周禮注及說文皆云適歷說文厤字下云治也㽁字下云調也凡均調謂之適歷从二禾禾之疏密有章也凡秝之屬皆从秝讀若歷郎擊切十六部

兼 ㄐㄧㄢ 30見

兼并也并相從也从又持秝會意古甜切七部兼持二禾秉持一禾

文二

黍 ㄕㄨˇ 13透

黍許云雨省聲則篆體當如是引孔子曰者其別說也禾屬而黏者也九穀攷曰以禾況黍謂黍爲禾屬而黏者非謂禾爲黍屬而不黏者也禾屬而黏者黍禾屬而不黏者穈對文異散文則通偁黍謂之禾屬要之皆非禾也今山西人無論黏與不黏統呼之曰穈黍太原以東則呼黏者爲黍子不黏者爲穈子黍宜爲酒爲著籩之餌餈爲酏粥穈宜爲飯禾黍稻稷各有黏不黏二種按黍爲禾屬者其米之大小相等也其采異禾穗下垂如椎而粒聚黍采略如稻而舒散㠯大暑而種故謂之黍大衍字也九穀攷曰伏生尚書大傳淮南劉向說苑皆云大火中種黍菽而呂氏春秋則云日至樹麻與菽麻正穈之誤又夏小正五月初昏大火中種黍菽穈穈字因下文誤衍諸書皆言種黍以夏至說文獨言以大暑葢言種暑之極時其正時實夏至也玉裁謂種植有定時古今所同非可段借許書經轉寫妄增之字耳以暑種故謂之黍猶二月生八月孰得中和故謂之禾皆以疊韵訓釋从禾雨省聲舒呂切五部孔子曰黍可爲酒如稬與秫皆宜酒故从禾入水也依廣韵補故从二字此說字形之異說也凡云孔子曰者通人所傳以禾入水不見其必爲酒故先雨省聲之說而禾入水會意之說次之今之隸書則从禾入水不从雨省凡黍之屬

䵎 ㄇㄟˊ 1明　⿰黍卑 ㄅㄞˋ 10幫　黏 ㄋㄧㄢˊ 30泥　⿰黍日 ㄋㄧˋ 5泥　䵑 ㄏㄨˊ 13匣（糊）　△粘　△⿰黍刃　黎 ㄌㄧˊ 4來　⿰黍畐 ㄈㄨˊ 25並　香 ㄒㄧㄤ 15曉

皆从黍。䵎 穄也。穄見禾部。䵎黍之不黏者如稴爲稻之不黏者稷爲秫之不黏者也高注呂氏春秋曰穄關西謂之䵎冀州謂之𥻸九穀攷曰特牲饋食禮尸挼主人有搏黍之儀必是炊䵎爲飯不相黏著故令佐食者搏之而後授尸按周禮土訓注云荊揚地宜稻幽幷地宜麻依李氏聶氏皆忙皮反則麻本作䵎九穀攷云鄭據職方氏爲說也幽州宜三種幷州宜五種內皆有黍 从黍麻聲。靡爲切古音在十七部

⿰黍卑 黍屬也。禾之別爲稗黍之屬爲⿰黍卑言別而屬見言屬而別亦見⿰黍卑之於黍猶稗之於禾也九穀攷曰余目驗之稗與穀皆如黍農人謂之野稗亦曰水稗 从黍卑聲。幷弭切十六部篇韵又皆平懈切

黏 相箸也。有叚濂爲黏者如攷工記雖有深泥亦弗之濂也是 从黍占聲。女廉切七部

䵑 黏也。从黍古聲。戶吳切五部俗作糊

粘 黏或从米作。

⿰黍日 黏也。从黍日聲。尼質切十二部 春秋傳曰：不義不⿰黍日。隱元年左傳文今左傳作暱昵或暱字曰近也攷工記弓人凡昵之類不能方故書昵或作樴杜子春云樴讀爲不義不昵之昵或爲⿰黍日⿰黍日黏也按許所據左傳作⿰黍日爲長⿰黍日與暱音義皆相近

⿰黍刃 ⿰黍日或从刃。刃聲也據杜子春說攷工記弓人昵或爲⿰黍日方言曰⿰黍日黏也齊魯青徐自關而東或曰⿰黍日或曰敎敎黏也

黎 履黏也。釋詁曰黎衆也衆之義行而履黏之義廢矣古亦以爲黧黑字 从黍𥝢省聲。𥝢省者不欲重禾也郎奚切十五部 𥝢 此依刀部作 古文利。作履黏㠯黍米也。說从黍之意

⿰黍畐 治黍禾豆下潰葉也。潰葉萩䅗恐其傷穀故必治之治之者當以杷以鉏此今農人所當知也 从黍畐聲。蒲北切一部

文八 汲古閣妄增黐非 重二

香 芳也。艸部曰芳艸香也芳謂艸香則氾言之大雅曰其香始升 从黍从甘。會意許良切十部 春秋傳曰：黍稷馨香。約舉左傳僖五年文此非爲香證說香必从黍之意也 凡香之屬皆从香。

馨 ㄒㄧㄣ 12曉　米 ㄇㄧˇ 4明　粱 ㄌㄧㄤˊ 15來　⿰米焦 ㄓㄨㄛˊ 19精

馨 香之遠聞也。同大雅鳧鷖傳按唐風椒聊一章曰椒聊且遠條且傳曰脩長也二章椒聊且遠條且傳曰條言馨之遠聞也今本前後章皆作條則毛不應別爲傳矣而足利古本尚可證經言脩者枝條之長條者芬香條鬯之謂傳馨字今譌聲 从香殸聲。呼形切十一部 殸，籀文磬。

文二 徐鉉新附馥字按毛詩苾字韓詩作馥許於艸部巳錄苾故不收馥不從韓也

米 粟實也。卤部曰粟嘉穀實也嘉穀者禾黍也實當作人粟舉連秠者言之米則秠中之人如果實之有人也果人之字古書皆作人金刻本艸無作仁者至明乃盡改爲仁鄭注冢宰職九穀不言粟注倉人掌粟入之藏云九穀盡藏焉以粟爲主粟正謂禾黍也禾者民食之大同黍者食之所貴故皆曰嘉穀其去秠存人曰米因以爲凡穀人之名是故禾黍曰米稻稷麥苽亦曰米舍人注所謂六米也六米卽膳夫食醫之食用六穀也賓客之車米筥米喪紀之飯米不外黍粱稻稷四者凡穀必中有人而後謂之秀故秀从禾人 象禾黍之形。大徐作禾實非是米謂禾黍故字象二者之形四點者聚米也十其閒者四米之分也篆當作四圍點以象形今作長點誤矣莫禮切十五部 凡米之屬皆从米。

粱 禾米也。各本作米名也今正古訓詁多不言某名如毛傳但言水也山也艸也木也皆是上文粟與米皆兼禾黍言粱則專爲禾米故別言之淺人不得其解乃刪禾字矣生曰苗秀曰禾稾實幷刈曰禾其實曰粟粟中人曰米米可食曰粱禮經簠陳稻粱簋陳黍稷聘禮米百筥設於中庭十以爲列黍粱稻皆二行稷四行內則飯黍稷稻粱白黍黃粱食醫六食犬宜粱喪大記君用粱大夫用稷士用粱凡黍稷稻之米無別名禾之米則曰粱自糲以至於侍御皆粱也小雅黃鳥無啄我粟兼禾黍言之二章言粱三章言黍其目也粟言連秠粱黍言米又其別也 从米梁省聲。呂張切十部

⿰米焦 早取穀也。內則稰穛注云孰穫曰稰生穫曰穛正義曰穛是斂縮之名明以生穫故其物縮斂

也按穛即糕字亦作穱古爵與焦同音通用也大招七發皆云穱麥王逸云穱麥中先孰者也大招以爲飯七發以飤馬吳都賦云穱秀菰穗廣韵云穱者稻處種麥皆與早取之義合凡早取穀皆得名穱不獨麥也**从米焦聲**側角切二部**一曰小**謂穀之小者也取揫斂之意

粲稻重一䄷爲粟二十斗見禾部**爲米十斗曰毇**此當有奪文當以爲米十斗句絶下云爲米九斗曰毇稻粟二十斗爲米十斗者九章筭術所謂稻率六十糲米率三十也稻粟二十斗爲米十斗今目驗猶然其米甚粗不得曰毇毇明矣爲米九斗曰毇者下文云米一斛舂爲九斗曰毇是也毇卽粺禾黍言粺稻言毇稻米九斗而舂爲八斗則亦曰糳八斗而舂爲六斗大半斗則曰粲猶之禾黍糳米爲七斗則曰侍御也禾黍米至於侍御稻米至於粲皆精之至矣不言亦曰糲不言爲米八斗亦曰糳者名各有所系欲讀者參伍而得之**爲米六斗大半斗曰粲**謂以八斗舂爲六斗大半斗也以今目驗言之稻米十斗舂之爲六斗大半斗精無過此者矣漢𠛬

法有鬼薪白粲白粲謂舂也粲米取白故爲鮮好之偁穀粱粲然皆笑謂見齒也鄭風傳曰粲餐也此謂粲爲餐之叚借也**从米𣦼聲**舂之義亦與𣦼相近倉案切十四部

糲粟重一䄷爲十六斗大半斗見禾部不言禾黍者粟本禾黍實之名稻秠粟則借辭也**舂爲米一斛曰糲**粟十六斗大半斗爲米十斗卽九章筭術粟米之法粟率五十糲米三十也張晏曰一斛粟七斗米爲糲與九章筭術率異**从米萬聲**今皆作糲从厲古从萬聲與牡蠣字正同漢書司馬遷傳糲粱之食與許篆體合洛帶切十五部

精擇米也米字各本奪今補擇米謂䆃擇之米也莊子人閒世曰鼓筴播精司馬云簡米曰精簡卽柬俗作揀者是也引伸爲凡取好之偁撥雲霧而見青天亦曰精韓詩於定之方中云星精也**从米青聲**子盈切十一部

粺毇也粺者糲米一斛舂爲九斗也大雅彼疏斯粺傳云彼宜食疏今反食精粺箋云米之率糲十粺九鑿八侍御七按漢九章筭術云糲米三十粺米二十七糳米二十四御米二十一

卽鄭說所本粺謂禾黍米毇謂稻米而可互偁故以毇釋粺**从米卑聲**旁卦切十六部

粗疏也大雅彼疏斯粺箋云疏麤也謂糲米也麤卽粗正與許書互相證疏者通也引伸之猶大也故粗米曰疏糲米與粺米挍則糲爲粗稷與黍稻粱挍則稷爲粗九穀攷云凡經言疏食者稷食也論語疏食菜羹卽玉藻之稷食菜羹左傳粱則無矣麤則有之麤對粱而言稷之謂也儀禮昏禮婦饋舅姑有黍無稷特著其文蓋婦道成以孝養不進疏食也按引伸叚借之凡物不精者皆謂之粗**从米且聲**徂古切五部今皆讀平聲

粊惡米也粟之不成者曰秕米之惡者曰粊其音同也莊子塵垢秕糠粃卽粊字**从米比聲**各本篆作粊解云北聲今正粊在古音十五部不當用一部之北諧聲也經典釋文五經文字皆不誤若廣韵作粊注云說文作粊蓋由說文之誤已久玉篇作棐作䊧作粊皆云惡米而皆粊之誤兵媚切十五部**周書有粊揞**尙書粊揞卽今所用衛包妄改本之費揞也周禮禮記曾子問鄭注皆云粊揞裴駰司馬貞注史記皆云尙書作粊司馬

貞當開元時衛包本猶未行至包乃改作費至宋開寶陳諤乃將尚書音義之粊改費學者莫知古本矣貞之改粊爲費也直謂粊卽季氏費邑不知漢費縣故城在今兖州府費縣西北二十里去曲阜且三百里粊揞全篇乃初出師時語未必遠在今費縣史記作肹揞徐廣曰一作鮮一作獮蓋伏生作肹作鮮作獮古文作粊音正相近不當从一部北聲可知

糱芽米也牙同芽芽米者生芽之米也凡黍稷稻粱米已出於糠者不牙麥豆亦得云米本無糠故能芽芽米謂之糱猶伐木餘謂之櫱庶子謂之孽也按許云芽米蓋容穀言之散文則粟得偁米月令乃命大酋秫稻必齊麴糱必時注云古者穫稻而漬米麴至春而爲酒按漬米漬麴是二事漬米卽大酋之糱也此糱不必有芽以凡穀漬之則有芽故名漬米曰糱**从米辥聲**魚列切十五部

粒糂也按此當作米粒也米粒是常語故訓釋之例如此與糱篆下云糱米也正同玉篇廣韵粒下皆云米粒可證淺人不得其解乃妄改之以與糂下一曰粒也相合不知粒乃糂之別義正謂米粒如妄改之文則粒爲以米和羹矣而一曰粒

△䬼　釋ㄕˋ 14透　糂ㄙㄢˇ 28心　△糣　△糝　糪ㄅㄛˋ 11幫　糜ㄇㄧˊ 1明

也何解乎今俗語謂米一顆曰一粒孟子樂歲粒米狼戾趙注云粒米粟米之粒也皐陶謨烝民乃粒周頌立我烝民鄭箋立當作粒詩書之粒皆王制所謂粒食始食艱食鱻食至此乃粒食也**从米立聲**力入切七部按此篆不與糂篆相屬亦可證其解斷不作糂也**䬼古文从食**

釋漬米也大雅曰釋之叜叜傳曰釋淅米也叜叜聲也按漬米淅米也漬者初湛諸水淅則淘汏之大雅作釋釋之段借字也**从米睪聲**施隻切古音在五部

糂以米和羹也古之羹必和以米墨子藜羹不糂十日吕覽作藜羹不斟七日不粒不斟正不糂之譌內則注曰凡羹齊宜五味之和米屑之糝**从米甚聲**桑感切七部**一曰粒也**今南人俗語曰米糝飯糝謂孰者也釋名曰糝黏也相黏𥽊也按廣韵集韵類篇于䅳字書皆有粽字云蜜漬瓜食也桑感切蓋糝有零星之義故今之小菜古謂之糝別製其字作粽通鑑盧循遺劉裕益智粽宋廢帝殺江夏王義恭以蜜漬目睛謂之鬼目粽廣韵二仙枸櫞樹皮可作粽南方艸物狀建安八年交州刺史張津以益智子粽餉魏武帝俗多改粽字胡三省注通鑑曰角黍也蓋誤認爲送韵之粽字齊民要術引廣州記益智子取外皮蜜煮爲糝味辛徑作糝字**糣籒文糂从朁**朁聲甚聲同在七部**糝古文糂从參**參聲亦在七部周禮醢人內則皆如此作周頌潛有多魚傳曰潛糝也古本如此爾雅糝謂之涔涔即詩之潛也小爾雅及郭景純改糝爲木旁謂積柴水中令魚依之止息字當从木也而舍人李巡皆云以米投水中養魚曰涔似其說各異不知積柴而投米焉非有二事以其用米故曰糝以其用柴故或製字作罧罧見淮南書糣糝皆魏晉閒妄作也

糪炊句**米者謂之糪**炊謂飯與鬻也下言炊爨之失故先言之曰炊釋器曰米者謂之糪米者謂飯之米性未孰者也李巡云飯米半腥半孰曰糪腥先定反廣韵引新字林云糪豆中小硬者義相近**从米辟聲**博厄切十六部

糜糝糜也各本無糜字淺人所刪今補以米和羹謂之糝專用米粒爲之謂之糝糜亦謂之鬻亦謂之饘食部曰饘糜也釋名曰糜煮米使糜爛也粥淖於糜粥粥然也引伸爲糜爛字**从米麻聲**靡爲切古音在十七部**黃帝初教作糜**各本無此六字今依韵會所據鍇本補初學記藝文類聚北堂書鈔皆引周書黃帝始亨穀爲粥此記化益作井揮作弓奚仲造車之例

𥼶ㄑㄩ 22溪　△鞠　糟ㄗㄠ 21精　䊤ㄉㄢˋ 28定　𥻦ㄇㄧˊ 4明　△醩　糒ㄅㄟˋ 25並　糗ㄑㄧㄡˇ 21溪

䊤糜和也糜和謂菜屬也凡羹以米和之曰糝糜或以菜和之曰䊤**从米覃聲讀若譚**大徐譚作鄲鄲譚古今字也徒感切古音在七部

𥻦潰米也潰屑也謂米之棄於地者也禾部曰稃春粟不潰也不抛散謂之不潰**从米尼聲**武夷切十五部**交止有𥻦泠縣**止俗作阯誤今正地理志交止郡麊泠後郡國志同麊者𥻦之誤應劭曰麊音彌孟康曰泠音螟蛉之蛉

𥼶酒母也从米𥷽省聲𥷽或作𣢑則亦可云𣢑聲也駈六切三部**鞠𥼶或从麥鞠省聲**作麴或以米或以麥故其字或从米或从麥

糟酒滓也內則曰重醴稻醴清糟黍醴清糟粱醴清糟注云重陪也糟醇也清泲也致飲有醇者有泲者陪飲之也周禮酒正共后之致飲於賓客之禮醫酏糟注云糟醫酏不泲者泲曰清不泲曰糟按今之酒但用泲者直謂已漉之粕爲糟古則未泲帶滓之酒謂之糟泛齊醴齊滓浮尤濁盎齊緹齊沈齊差清莊子音義元應書皆引許君淮南注曰粕已漉粗糟也然則糟謂未漉者**从米曹聲**作曹切古音在三部大鄭周禮注引內則清糟字皆作莤云糟音聲與莤相似記之者各異耳按莤蓋从酒艸聲亦糟字也**醩籒文从酉**大徐本作醩集韵從之小徐本作醩韵會從之汲古閣以小徐改大徐非也

糒乾飯也飯字各本奪今依李賢明帝紀注隗囂傳注李善文選注元應書補乾音干釋名曰干飯飯而暴乾之也周禮廩人注曰行道曰糧謂糒也止居曰食謂米也按干飯今多爲之者**从米葡聲**平祕切古音在一部

糗熬米麥也周禮羞籩之實糗餌粉餈鄭司農云糗熬大豆與米也粉豆屑也元謂糗者擣粉熬大豆爲餌餈之黏著以坋之耳按先鄭云熬大豆及米後鄭但云熬大豆注內則又云擣熬穀不同者黍粱朮麥皆可爲糗故或言大豆以包米或言穀以包米豆而許云熬

𥻆ㄐㄧㄡˇ 22匣　糈ㄒㄩˇ 13心　糧ㄌㄧㄤˊ 15來　粈ㄖㄡˇ 21泥　糴ㄉㄧˊ 20透　䊳ㄇㄧㄝˋ 2明　粹ㄘㄨㄟˋ 8心　氣ㄑㄧˋ 8曉

米麥又非不可包大豆也熬者乾煎也乾煎者鬻也鬻米豆舂爲粉以坋餌餈之上故曰糗餌粉餈鄭云擣粉之許但云熬不云擣粉者鄭釋經故釋粉字之義許解字則糗但爲熬米麥必待𥻆之而後成粉也粊誓峙乃糗糧某氏云糗糒之糧孟子曰舜之飯糗茹草趙云糗飯乾糒也左傳爲稻醴粱糗廣韵曰糗乾飯屑也此皆謂熬穀未粉者也 **从米臭聲** 去九切三部

𥻆 舂糗也 米麥巳熬乃舂之而粉之成勃鄭所謂擣粉也而後可以施諸餌餈 **从米臼** 臼亦聲此舉會意包形聲也其九切三部

糈 糧也 凡糧皆曰糈離騷王注曰糈精米所以享神其一耑耳 **从米胥聲** 私呂切五部

糧 穀食也 周禮廩人凡邦有會同師役之事則治其糧與其食鄭云行道曰糧按詩云乃裹餱糧莊子云適百里者宿舂糧適千里者三月聚糧皆謂行道也許云穀食則兼居者行者言糧本是統名故不爲分析也 **从米量聲** 呂張切十部亦作粻

粈 襍飯也 食部曰𩚵襍飯也廣韵曰𩚵亦作粈然則𩚵粈一字今之糅襍字也 **从米丑聲** 女久切三部

糴 穀也 糴者穀也故糴字从入糴會意楊雄蜀都賦糴米肥腊言食穀米之肥腊也轉寫作糴米誤矣 **从米翟聲** 他弔切二部按當依玉篇徒的徒弔二切

䊳 末也 末小徐本作麩據玉篇云䊳或作麩則䊳麩一字大徐作麩麩乃麩之誤汲古後人又依小徐改作麩矣今正作末凡䊳而粉之曰末麥部曰麩麥末也是也麩專謂一麥末䊳則統謂凡米之末廣雅䊳謂之麩此謂麩亦䊳之一耳䊳者自其細蔑言之今之米粉麩勃皆是 **从米蔑聲** 莫撥切古在十二部

粹 不襍也 劉逵引班固云不變曰醇不襍曰粹按粹本是精米之偁引伸爲凡純美之偁 **从米卒聲** 雖遂切十五部

氣 饋客之芻米也 聘禮殺曰饔生曰餼餼有牛羊豕黍粱稻稷禾薪芻等不言牛羊豕者以其字从米也言芻米不言禾者舉芻米可以該禾也經典謂生物曰餼論語告朔之餼羊 **从米气聲** 許既切十五部今字叚氣爲雲氣字而饔餼乃無作氣者 **春秋傳曰齊人來氣諸侯** 事見左傳桓六年十年十年傳曰齊人餼諸侯許所據作氣左丘明述春秋傳以古文於此可見

△槩　△餼　粠ㄏㄨㄥˊ 18匣　粉ㄈㄣˇ 9幫　䊎ㄑㄩㄢˇ 3溪　䊝ㄒㄧˋ 5心　𥽛ㄙㄚˋ 2心　糜ㄇㄧˊ 1明　竊ㄑㄧㄝˋ 2清

槩 氣或从既 既聲也聘禮記曰日如其饔既之數注云古文既爲餼中庸篇曰既稟稱事注云既讀爲餼大戴朝事篇私覿致饔既戴先生曰既卽餼字按三既皆槩之省

餼 氣或从食 按从食而氣爲聲蓋晚出俗字在假氣爲气之後

粠 陳臭米 賈捐之傳太倉之粟紅腐而不可食師古曰粟久腐壞則色紅赤也按紅卽粠之叚借字 **从米工聲** 戶工切九部

粉 所以傅面者也 所以字舊奪今補小徐曰古傅面亦用米粉故齊民要術有傅面粉英按據賈氏說粉英僅堪妝摩身體耳傅人面者固胡粉也許所云傅面者凡外曰面周禮傅於餌餈之上者是也引伸爲凡細末之偁 **从米分聲** 方吻切十三部

䊎 粉也 **从米卷聲** 去阮切十四部玉篇曰粽同

䊝 䊝𥽛也 䊝𥽛雙聲字今俗語尙如此言之斂曰䊝言之侈曰𥽛皆單評也絫評之曰䊝𥽛 **从米悉聲** 私列切十二部

𥽛 䊝𥽛散之也 𥽛者複舉字䊝者衍字左傳正義兩引說文𥽛散之也可證左傳昭元年曰周公殺管叔而蔡蔡叔釋文曰上蔡字音素葛反說文作𥽛正義曰說文𥽛爲放散之義故訓爲放隸書改作巳失字體𥽛字不可復識寫者全類蔡字至有爲一蔡字重點以讀之者定四年正義同是𥽛本謂散米引伸之凡放散皆曰𥽛字譌作蔡耳亦省作殺齊民要術凡云殺米者皆𥽛米也孟子曰殺三苗於三危卽𥽛三苗也 **从米殺聲** 桑割切十五部

糜 碎也 石部云碎糜也二字互訓王逸注離騷瓊糜云糜屑也糜卽糜字廣雅糜字二見曰糜饘也與說文同曰糜糆也卽說文之糜碎也糜與糜音同義少別凡言粉碎之義當作糜 **从米糜聲** 此字玉篇廣韵集韵皆忙皮切徐鼎臣乃云莫臥切而類篇從之蓋誤認爲糜字耳鼎臣所說不必皆唐韵也糜古音在十七部

竊 盜自中出曰竊 小徐曰所謂亂在內爲宄也按春秋曰盜竊寶玉大弓盜自中出也虎部曰竊淺也此於雙聲疊韵得之 **从穴米** 米自穴出此盜自中出之象也會意 **离廿皆聲也** 一字有以二字

毇 ㄏㄨㄟˇ 7曉　糳 ㄗㄨㄛˋ 20精　臼 ㄐㄧㄡˋ 22心　舂 ㄔㄨㄥ 18透

形聲者千結切十五部 **廿古文疾** 童下亦曰廿古文以爲疾云以爲則本訓二十卄古文叚借以爲疾字也疒部疾下列古文仍與小篆不別葢轉寫之誤 **禼偰字也** 大徐作古文偰按内部禼蟲也讀與偰同是則音同而義異也此云偰字者葢古文叚借以禼爲偰猶見於漢書

文三十六　重七

毇 糲米一斛舂爲九斗也 九斗各本譌八斗糳下八斗各本譌九斗今皆正九章筭術曰糲米率三十粺米二十七糳米二十四御米二十一毛詩鄭箋米之率糲十粺九糳八侍御七米部曰粺毇也是則毇與粺皆一斛舂爲九斗明甚毇見粲下謂稻米也稻米之始亦得云糲此云糲米者兼稻米粟米言也 **从臼米** 依韵會本 **从殳** 从臼米者謂舂也从殳者殳猶杵也許委切十五部鉉本从臼米作从杲 **凡毇之屬皆从毇**

糳 糲米一斛舂爲八斗曰糳 此糲米亦兼粟米稻米言也詩生民召旻音義左傳桓二年音義皆引字林糳子沃反糲米一斛舂爲八斗也與九章筭術毛詩鄭箋皆合然則許在張蒼之後鄭呂之前斷無乖異各本八斗譌九斗繆誤顯然經傳多叚鑿爲糳 **从毇丵省聲** 鍇有省字今依之篆體減一畫則各切古音在二部

文二

臼 舂臼也 各本無臼字今補杵下云舂杵也則此當云舂臼也明矣引伸凡凹者曰臼 **古者掘地爲臼** 見易繫辭傳葢黃帝時雍父初作如此 **其後穿木石** 或穿木或穿石 **象形** 凵象木石臼也 **中象米也** 所舂也其九切三部 **凡臼之屬皆从臼**

舂 擣粟也 言粟以晐他穀亦言粟以晐米小徐本粟作米周禮有舂人廣雅曰臿𡐦昁暘糳揰蠢簸蠢稽舂也 **从廾持杵以臨臼** 會意書容切九部 **杵省** 此與日部匕合也會部會益也𠬪部允進也同皆六書之叚借也

𦥔 ㄆㄛˋ 14滂　臿 ㄔㄚ 29清　舀 ㄧㄠˇ 21定　△抌　△𦥚　臽 ㄒㄧㄢˋ 30匣　凶 ㄒㄩㄥ 18曉　兇 ㄒㄩㄥ 18曉

古者雝父初作舂 太平御覽世本雍父作舂杵臼宋衷曰雍父黃帝臣也周本紀楚圍雍氏正義云括地志故雍城在洛州陽翟縣東北二十五里故老云黃帝時雍作杵臼所封也

𦥔 齊謂舂曰𦥔 按廣雅獨不載此字疑其臿即𦥔之誤而其蠢即許之臿也 **从臼屰聲讀若膊** 匹各切五部

臿 舂去麥皮也 示部𥛸下曰讀若舂麥爲𥛸之𥛸臿𥛸古今字也許於說解中用今字耳周禮稾人大祭祀則共其接盛接即臿之叚借凡穀皆得云臿也引伸爲凡刺入之偁如農器刺地者曰鍫 **从臼干聲一曰干所㠯臿之** 此依韵會所據鍇本干聲在十四部與十五部取近臿臿字本在十五部臿又轉入於八部音楚洽切也一曰干所以臿之則爲會意干猶杵也

舀 抒臼也 生民詩曰或舂或揄或簸或蹂毛云揄抒臼也然則揄者舀之叚借字也抒挹也既舂之乃於臼中挹出之今人凡酌彼注此皆曰舀其引伸之語也 **从爪臼** 會意以沼切今語也古音讀如由釋文引說文弋紹切音隱如此 **詩曰或簸或舀** 此偁或舂或揄也簸字系一時筆誤耳舀揄不同則或許所據毛詩作舀或許取諸三家詩如毛作革韓作鞠之比皆不可定

抌 舀或从手冘 从手冘聲也冘今音在九部古音當在三部周禮舂人奄二人女舂抌二人奚五人鄭曰抌抒臼也引詩或舂或抌禮有司徹篇執挑匕柄以挹湆注於疏匕鄭云挑讀如或舂或抌之抌按鄭君注禮多用韓詩然則韓詩作抌即舀也

𦥚 舀或从臼冘

臽 小阱也 阱者陷也臽謂阱之小者 **从人在臼上** 古者掘地爲臼故从人臼會意臼猶坑也戶猪切八部

文六　重二

凶 惡也 凶者吉之反 **象地穿交陷其中也** 此爲指事許容切九部 **凡凶之屬皆从凶**

兇 擾恐也 杜注左曰兇恐懼聲 **从儿在凶下** 會意許拱切九

部

春秋傳曰曹人兇懼僖二十八年左傳文

文二

說文解字第七篇上

七篇上　乇

此篇釋圅字與三篇上釋谷字乖異此云圅訓舌彼以此舌也爲谷也之譌今案彼處說是圅者口次肉以囧象其形下言舌體𢎘𢎘含於谷中故其字从𢎘也象形二字在舌體𢎘𢎘之上不誤圅谷也正與毛傳臄圅也適合非毛之圅卽顄也顄自叵言圅自口次肉言陸氏引說文圅谷也口次肉也而谷譌舌乃妄增又云字服虔云口上曰臄口下曰圅者析言之毛許渾言之

受業歙江有誥校字

朩ㄆㄣˋ 6滂　枲ㄒㄧˇ 24心

說文解字第七篇下

金壇段玉裁注

朩分枲莖皮也謂分擘枲莖之皮也从屮象枲莖八象枲皮兩旁者其皮分離之象也此字與讀若輩之朩別凡朩之屬皆从朩讀若髕匹刃切十二部

枲麻也錯本作麻子也非玉篇云有子曰苴無子曰枲廣韵互易之誤也喪服傳曰苴麻之有蕡者也牡麻者枲麻也艸部曰萉枲實也萉者蕡之本字枲既無實之牡麻何以言枲實也枲亦爲母麻牡麻之大名猶麻之爲大名也芋者母麻一曰芋卽枲也是苴可評枲之證也周禮但言枲以晐麻艸之物九穀攷曰聞傳曰苴惡貌也斬衰貌若苴齊衰貌若枲以今日北方種麻事目驗之牡麻俗評花麻夏至開花所謂榮而不實謂之英者花落卽拔而漚之剝取其皮是爲夏麻夏麻之色白苴麻俗評子麻夏至不作花而放勃勃卽麻實所謂不榮而實謂之秀者八九月閒子熟則落搖而取之子盡乃刈漚其皮而剝之是爲秋麻色青而黯不潔白閒傳所云若苴若枲殆以是與从朩台聲錯作辝省聲非也胥里切一部

⿱辝𣏟籒文枲从𣏟从辝辝聲也

文二　重一

七篇下　一

𣏟ㄆㄞˋ 11滂　△⿱辝𣏟　檾ㄑㄧㄥˇ 12溪

𣏟萉之總名也各本萉作葩字之誤也與呂覽季冬紀注誤同今正艸部曰萉枲實也䕸或萉字也萉本謂麻實因以爲苴麻之名此句疑尙有奪字當云治萉枲之總名下文云𣏟人所治也可證萉枲則合有實無實言之也趙岐劉熙注孟子妻辟纑皆云緝績其麻曰辟按辟音劈今俗語緝麻析其絲曰劈卽𣏟也𣏟之爲言微也𣏟微音相近春秋說題辭曰麻之爲言微也𣏟麻古蓋同字微纖爲功絲起於糸麻縷起於𣏟象形按此二字當作从二朩三字朩謂析其皮於莖𣏟謂取其皮而細析之也匹卦切十六部凡𣏟之屬皆从𣏟

檾枲屬類枲而非枲言屬而別見也檾者草名也周禮典枲掌布絲縷紵之麻草之物注云草葛蕡之屬掌葛徵草貢之材於澤農注云草貢出澤蕡紵之屬可緝績者蕡卽檾字之異者蕡紵出於澤與葛出於山不同又作顈襍記如三年之喪則既顈其練祥皆行鄭云顈草名無葛之鄉去麻則用顈詩兩言褧衣許於此偁檾衣於衣部偁褧衣而云褧檾也示反古然則褧衣者以檾所績爲之蓋士昏禮所謂景也今之檾麻本草作茵麻其皮不及枲麻之堅韌今俗爲䌫繩索多用之从𣏟熒省聲去顈切十一部詩曰衣錦檾衣衛碩人鄭丰文今皆作褧

㪚ㄙㄢˋ 3心　麻ㄇㄚˊ 1明

㪚分離也散潸字以爲聲散行而㪚廢矣从𣏟从攴會意穌旰切十四部𣏟分㪚之意也說从𣏟之意

文三

麻枲也麻與枲互訓皆兼苴麻牡麻言之从𣏟从广會意莫遐切古音在十七部𣏟人所治也在屋下說从广之意𣏟必於屋下績之故从广然則未治謂之枲治之謂之麻以巳治之偁加諸未治則統謂之麻此條今各本皆奪誤惟韵會所據小徐本不誤今從之凡麻之屬皆从麻

七篇下　二

⿱後麻ㄎㄨˋ 16溪　黀ㄗㄡ 16精　⿱俞麻ㄊㄡˊ 16定　尗ㄕㄨˊ 22透

⿱後麻未練治纑也糸部曰纑布縷也劉熙孟子注曰緝績其麻曰辟練絲曰纑練絲謂取所緝之縷湅治之也練者湅也湅者灡也汏諸水漂㵐之也巳湅曰纑未湅曰⿱後麻廣雅曰⿱後麻綃也綃是生絲未湅之縷如生絲然故曰綃也如成國謂巳湅曰練絲从麻後聲空谷切三部按後之入聲如斛如大雅垢與谷韵是也

黀麻蒸也从麻取聲東方朔七諫曰菎蕗襍於黀蒸王注云枲翮曰黀煏竹曰蒸按蒸卽稭字之俗黀麻蒸卽艸部之菆麻蒸此部此篆蓋淺人所增側鳩切四部

⿱俞麻檾屬檾爲枲類⿱俞麻又檾類也廣韵引字書云⿱俞麻麻一絜也从麻俞聲度侯切四部

文四

尗豆也尗豆古今語亦古今字此以漢時語釋古語也戰國策韓地五穀所生非麥而豆民之所食大

敊 ㄔˇ 10定　△豉　耑 ㄉㄨㄢ 3端

抵豆飯藿羹史記豆作菽

尗象豆生之形也 尗象各本作象尗誤今正重言尗者著其形也豆之生也所種之豆必爲兩瓣而戴於莖之頂故以一象地下象其根上象其戴生之形式竹切三部今字作菽 **凡尗之屬皆从尗**

敊配鹽幽尗也 廣雅說飲食曰寑醯鬱辟幽也幽與鬱同義以豆鬱之其味苦招魂曰大苦鹹酸辛甘行些王云大苦豉也辛謂椒薑也甘謂飴蜜也言取豉汁調和以椒薑鹹酢和以飴蜜則辛甘之味皆發而行也釋名曰豉嗜也五味調和須之而成乃可甘嗜故齊人謂豉聲同嗜也按齊民要術說作豉必室中溫煖所謂幽尗也云食經作豉法用鹽五升所謂配鹽也 **从尗支聲** 是義切十六部

豉俗敊从豆 此可證尗豆爲古今字豆部之䇺字豋字皆非古文所有也

文二　重一

耑物初生之題也 題者頟也人體頟爲冣上物之初見卽其頟也古發端字作此今則端行而耑廢乃多用耑爲專矣周禮磬氏已下則摩其耑耑之本義也左傳履端於始假端爲耑也 **上象生形** 以才屯韭字例之一地也山象初生 **下象根也** 一下則象其根也多官切十四部 **凡耑之屬皆从耑**

文一

韭 ㄐㄧㄡˇ 21見　䪢 ㄉㄨㄟˋ 8定　𩐁 ㄐㄧ 4精

韭韭菜也 三字一句 **一種而久生者也故謂之韭** 此與說禾同例韭久疊韵 **象形** 謂䒨 **在一之上一地也此與耑同意** 耑亦象形在一之上也耑下不言一地也錯見互相足舉友切三部 **凡韭之屬皆从韭**

䪢𩐁也 廣雅䪢菹也 **从韭隊聲** 徒對切十五部

𩐁䪢也 周禮醢人王舉則共醢六十罋以五齊七醢七菹三臡實之注齊當爲齏凡醯醬所和細切爲齏全物若䐑爲菹王氏念孫曰齏者細碎之名莊子言齏粉是也按艸部曰菹酢菜也酢菜之細切者曰齏通俗文曰淹韭曰𩐁淹薤曰䪢蓋其名起於淹韭淹䪢故从韭 **从韭次朿皆聲** 二字皆聲米部䊋字同也祖雞切十五部

△齏　（薤）韰 ㄒㄧㄝˋ 2匣　韱 ㄒㄧㄢ 30心　𩐄 ㄈㄢˊ 3定

齏𩐁或从齊 齊聲

韰菜也 內則多言韰釋草曰韰鴻薈 **似韭从韭馭聲** 胡戒切十五部俗作薤

韱山韭也 山韭謂山中自生者按夏小正正月囿有韭與四月囿有見杏皆謂自生者也釋草作萑山韭萑見艸部不云山韭然則許所據爾雅作韱山韭與 **从韭𢦏聲** 息廉切七部

𩐄小蒜 艸部曰蒜葷菜也南都賦曰其園圃則有諸蔗薑𩐄李善引字書𩐄小蒜也玉篇廣韵皆云百合蒜也按卽齊民要術所云百子蒜 **从韭番聲** 附袁切十四部

文六　重一

瓜 ㄍㄨㄚ 13見　𤬪 ㄅㄛˊ 19並　瓞 ㄉㄧㄝˊ 5定　△𤬲

瓜㼌也 㼌大徐作蓏誤艸部曰在木曰果在地曰㼌瓜者縢生布於地者也 **象形** 徐鍇曰外象其蔓中象其實古華切古音在五部 **凡瓜之屬皆从瓜**

𤬪小瓜也 謂有一種小瓜名𤬪一名瓞 **从瓜交聲** 蒲角切二部爾雅毛詩傳皆作瓝交聲勹聲同在二部也隋書瓝稍今之金瓜椎也宋人字作犦稍遂爲牛形因字䛕而附會有如此者見文昌襍錄

瓞𤬪也 釋草曰瓞瓝其紹瓞按瓞瓝者一種艸結小瓜名瓞卽瓝瓜也云其紹瓞者瓝瓜之近本繼先歲之實謂之瓞也上云瓞瓝運言之此析言之也大雅緜緜瓜瓞傳云瓜瓞瓜紹也瓞瓝也今本傳奪瓜瓞二字乃不可讀矣云瓜瓞瓜紹也者言瓜之近本繼先歲之實必小如瓝瓜之近本繼先歲之實亦小故亦謂之瓞也瓜紹不云瓞以瓝紹之名名之故曰瓜瓞又引爾雅瓞瓝說其本義也毛傳襲爾雅而文義不同詩言瓜瓞者與其先小後大陸氏佃曰今驗近本之瓜常小末則復大戴先生謂於詩意物理皆得之 **从瓜失聲** 徒結切十二部 **詩曰緜緜瓜瓞** 大雅緜文

𤬲瓞或从弗 按弗當作弟篆體誤也尚書平秩亦作平豑釋草稊亦曰苵是其例弟與失雙聲

繇ㄧㄠˊ 21定　𤬪ㄒㄧㄥˊ 12匣　瓣ㄅㄢˋ 3並　㼡ㄩˇ 16定　瓠ㄏㄨˋ 13匣　瓢ㄆㄧㄠˊ 19並　宀ㄇㄧㄢˊ 3明　家ㄐㄧㄚ 13見

𤬪小瓜也亦一種小瓜之名齊民要術引作小瓜脥也**从瓜熒省聲**戶扃切十一部

𤬫瓜也有瓜名𤬫也**从瓜繇省聲**余昭切古音在三部

瓣瓜中實也衞風齒如瓠棲釋草及毛傳曰瓠棲瓠瓣也瓜中之實曰瓣實中之可食者當曰人如桃杏之人**从瓜辡聲**蒲莧切古音葢在十二部

㼡本不勝末微弱也从二瓜本者蔓也末者瓜也蔓一而瓜多則本微弱矣故污窬之窳惰嬾之窳皆从此**讀若庾**以主切古音當在四部

文七　重一

瓠匏也包部曰匏瓠也二篆左右轉注七月傳曰壺瓠也此謂叚借也**从瓜夸聲**胡誤切五部

凡瓠之屬皆从瓠

瓢蠡也蠡者蓋也豆部曰蓋者蠡也以一瓠劙爲二曰瓢亦曰蠡亦曰蓋蠡一作蠡見九歎方言一作蠡見皇象書急就碑本其作蠡者見周禮鬯人注漢書東方朔傳詳豆部**从瓠省**不入瓜部者瓠與瓜別也**票聲**符宵切二部玉篇作瓢

文二

宀交覆突屋也古者屋四注東西與南北皆交覆也有堂有室是爲深屋自部臱下曰宀宀不見也是則宀宀謂深也**象形**象兩下之形亦象四注之形武延切古音當在十二部**凡宀之屬皆从宀**

家凥也凥各本作居今正凥處也處止也釋宮牖戶之閒謂之扆其內謂之家引伸之天子諸侯曰國大夫曰家凡古曰家人者猶今曰人家也家人字見哀四年左傳夏小正傳及史記漢書家凥疊韵**从宀豭省聲**古牙切古音在五部按此字爲一大疑案豭省聲讀家學者但見从豕而已从豕之字多矣安見其爲豭省耶何以不云叚聲而紆回至此耶竊謂此篆本義乃豕之凥也引申叚借以爲人之凥字義之轉移多如此牢牛之凥也引伸爲所以拘罪之陛牢庸有異乎豢豕之生子冣多故人凥聚處借用其字久而忘其字之本義使引伸之義得冒據之葢自古而然許書之作也盡正其失而猶未免此且曲爲之說是千慮之一失也家篆當入豕部

△冡　△𡧖　△厇

宅ㄓㄞˊ 14定　室ㄕˋ 5透　宣ㄒㄩㄢ 3心　向ㄒㄧㄤˋ 15曉　宧ㄧˊ 24定　宦ㄧㄠˇ 19影　奧ㄠˋ 22影

𡨧古文家按此篆體葢誤當从古文豕作𡨧古文四聲韵引作𡨧似近是

宅人所託凥也依御覽補字託者寄也人部亦曰侂寄也引伸之凡物所安皆曰宅宅託疊韵釋名曰宅擇也擇揀吉處而營之**从宀乇聲**場伯切古音在五部

𡧖古文宅　厇亦古文宅侂从此

室實也以疊韵爲訓古者前堂後室釋名曰室實也人物實滿其中也引伸之則凡所居皆曰室釋宮曰宮謂之室室謂之宮是也**从宀至聲**大徐無聲字非也古至讀如質至聲字皆在十二部下文叉言此字之會意式質切**室屋皆从至所止也**而室屋者人所至而止也說从至之意室兼形聲屋主會意尸部亦言之

宣天子宣室也葢謂大室如璧大謂之瑄也賈誼傳孝文受釐坐宣室蘇林曰宣室未央前正室也天子宣室葢禮家相傳古語引伸爲布也明也徧也通也緩也散也**从宀亘聲**須緣切十四部

向北出牖也豳風塞向墐戶毛曰向北出牖也按士虞禮祝啓牖鄉注云鄉牖一名明堂位達鄉注云鄉牖屬是渾言不別毛公以在冬日可塞故定爲北出者引伸爲向背字經傳皆假鄉爲之**从宀从口**口舊作口按亩下曰从口中有戶牖是皆从口象形也今正許諒切十部**詩曰塞向墐戶**

宧養也以雙聲爲訓周易頤卦亦訓爲養釋詁曰頤養也**室之東北隅**釋宮曰東北隅謂之宧**食所居**居當作凥邵氏晉涵云君子之居恒當戶戶在東南則東北隅爲當戶飲食之處在焉此許意也舍人云東北陽氣始起育養萬物故曰宧宧養也釋名與舍人略同**从宀𦣝聲**以形聲包會意與之切一部

宦戶樞聲也室之東南隅二句一義古者戶東牖西故以戶樞聲名東南隅也釋宮曰東南隅謂之宦按釋名曰宦幽也非許意許宦窅義殊爾雅釋文引說文窅深皃誤以窅爲宦也**从宀皀聲**烏皎切二部禮經及他書作窔亦作宎

奧宛也

宸 ㄔㄣˊ 9定　宇 ㄩˇ 13匣　△寓　寷 ㄈㄥ 18滂　寏 ㄏㄨㄢˊ 3匣　△院

宛奧雙聲宛者委曲也室之西南隅宛然深藏室之尊處也 **室之西南隅从宀𢍏聲** 烏到切古音在三部按𢍏部𢍏讀若書卷則奧宜讀若怨而古音不介者取雙聲爲聲也

宸 屋宇也 屋者以宮室上覆言之宸謂屋邊故古書言㮟振者即棟宇也甘泉賦日月纔經於㮟振伏虔曰㮟中央也振屋梠也魏都賦旅楹閑列暉鑒㮟振張載曰㮟中央也振屋宇檼也是知㮟振即上棟下宇之謂㮟即央字振即宸字西京賦消氛埃於中宸集重陽之清瀓中宸即㮟振韋昭注國語云宸屋霤也宇邊也若玉篇引賈逵云宸室之奧者當亦是國語注而其說異矣 **从宀辰聲** 植鄰切十三部

宇 屋邊也 豳風八月在宇陸德明曰屋四垂爲宇引韓詩宇屋霤也高誘注淮南曰宇屋檐也引伸之凡邊謂之宇如輪人爲蓋上欲尊而宇欲卑左傳云在君之宇下又云失其守宇皆是也宇者言其邊故引伸之義又爲大文子及三蒼云上下四方謂之宇往古來今謂之宙上下四方者大之所際也莊子云有實而無乎處者宇也宙有長而無本剽者宙也有實而無乎處謂四方上下實有所際而所際之處不可得到 **从宀亏聲** 王榘切五部 **易曰上棟下宇** 繫辭傳文虞翻曰宇謂屋邊也

寓 籀文宇从禹 禹聲也大徐本篆體从一非

寷 大屋也从宀豐聲 此以形聲包會意當云从宀豐豐亦聲也敷戎切九部 **易曰豐其屋** 豐上六爻辭離此說寷从宀豐會意之恉宀屋也豐大也故寷之訓曰大屋此與離百穀艸木麗於地說龘从艸麗同意經典釋文不得其解乃云麗說文作龘豐說文作寷大小徐皆於引易作龘寷之字其繆非一日矣

寏 周垣也 寏之言完也西京賦曰繚亙綿聯四百餘里薛注曰苑之周圍也善曰西都賦之繚以周牆也 **从宀奐聲** 胡官切十四部

院 寏或从𨸏完聲 完亦義也廣雅釋室云院垣也左傳繕完葺牆以待賓客李涪云完當爲宇按繕完葺三字成文猶下文云觀臺榭亦三字成文也安得以今人儷辭之法繩之必欲謂爲誤字則完當是院字葢惟子產盡壞館垣故措辭就垣言上文高其閈閎亦爲門不容車掩飾古人字無泛

宏 ㄏㄨㄥˊ 26匣　弘 ㄏㄨㄥˊ 26匣　寪 ㄨㄟˇ 1匣　㝩 ㄎㄤ 15溪　㝗 ㄌㄤˊ 15來　宬 ㄔㄥˊ 12定　寍 ㄋㄧㄥˊ 12泥　定 ㄉㄧㄥˋ 12定　寔 ㄕˊ 10定

設也又按鉉本云寏或从𨸏鍇多完聲二字皆非善本葢此篆當从宀阮聲與𨸏部从𨸏完聲之字別篆體及說解轉寫誤耳

宏 屋深也 各本深下衍響字此因下文屋響而誤今依韵會集韵類篇正大小徐本皆不誤也或曰厷弘本一聲谷部曰谹谷中響也弓部曰弘弓聲也水部曰泓下深大也參伍求之葢宏訓屋深響宖其重文愚按此說近是但江賦以泓汯成文不妨宏宖各字也屋深者其內深廣也法言曰其中弘深其外肅括此宏字之義假弘爲宏耳攷工記其聲大而宏大而宏者其聲外大而中宏也月令其器圜以閎鄭云閎謂中寬象土含物圜以閎呂氏春秋作圜以揜葢宏者深廣其中揜其外故禮記呂覽可互相足揜者斂也閎亦宏之段借字 **从宀厷聲** 戶萌切古音在六部

宖 屋響也 長門賦曰擠玉戶以撼金鋪兮聲噌吰而似鍾音甘泉賦帷弸彋其拂汨兮稍暗暗而靚深皆屋響之意魯靈光殿賦曰隱陰夏以中處宖寥窲以崢嶸今文選宖字皆誤惟韵會所據不誤 **从宀宏聲** 弓部曰宏弓聲也此舉形聲包會意也戶萌切古音在六部

寪 屋皃 王逸注招隱士曰崎嶇閜寫 **从宀爲聲** 韋委切古音在十七部

㝩 屋㝩㝗也 方言㝩空也郭注㾻㝗空皃 **从宀康聲** 苦岡切十部

㝗 㝩㝗也 各本刪㝗字今補㝩㝗以疊韵成文 **从宀良聲音良久** 說文少言音者當作讀若力康切十部

宬 屋所容受也 宬之言盛也廣韵無所字 **从宀成聲** 氏征切

寍 安也 此安寧正字今則寧行而寍廢矣僞古文萬邦咸寍音義曰寍安也說文安寧字如此寧願詞也語甚分明自衛包改正文李昉陳鄂又改釋文令人不可讀矣 **从宀心在皿上** 會意奴丁切十一部 **皿**逗**人之食飲器所吕安人也** 故既从宀而又从心在皿上

定 安也 古亦叚奠字爲之 **从宀正聲** 依韵會本訂徒徑切十二部

寔 正也 正各本作止今正召南毛傳曰寔是也韓奕鄭箋亦曰寔是也春秋桓六年寔來公羊傳曰寔來者何猶云是人來也穀梁傳曰寔來者是來也按許云正者是也然則

安ㄢ 3影　宓ㄇㄧˋ 5明　窫ㄧˋ 2影　宴ㄧㄢˋ 3影

正與是互訓寔與是音義皆同此云寔正也卽公穀毛鄭之寔是也詩湜湜其止鄭箋尚以持正釋湜而古多有以實爲寔者韓詩實命不猶卽寔命不猶也大雅韓奕實墉實壑卽寔墉寔壑也周語咨於故實卽故寔故章云故事之是者也實寔音義皆殊由趙魏之閒實寔同聲故相叚借耳若杜預注春秋寔來曰寔實也則非是也**从宀是聲**此舉形聲包會意常隻切古音在十六部廣韵入廿四職非

安竫也竫各本作靜今正立部曰竫者亭安也與此爲轉注青部靜者審也非其義方言曰安靜也以許書律之叚靜爲竫耳安亦用爲語詞**从女在宀中**此與寍同意烏寒切十四部

宓安也此字經典作密密行而宓廢矣大雅止旅乃密傳曰密安也正義曰釋詁曰密康靜也康安也轉以相訓是密得爲安按上林賦宓汩去疾也義似異而實同孔子弟子子賤姓宓**从宀必聲**美畢切十二部

窫竫也玉篇引蒼頡篇云安也**从宀契聲**於計切十五部

宴安也引伸爲宴饗經典多叚燕爲之**从宀晏聲**晏見女部

（寂）

寂ㄐㄧˊ 22從　察ㄔㄚˊ 2清　△⿰言尗　寴ㄑㄧㄣ 6清　完ㄨㄢˊ 3匣　富ㄈㄨˋ 25幫

安也於甸切十四部五經文字曰字林作宴

宲無人聲也从宀尗聲前歷切古音在三部口部作㗛宲今字作寂方言作家云靜也江湘九嶷之郊謂之家**⿰言尗宲或从言**

察覆審也襾部云襾覆也覈从襾敫聲實也攷事襾笮邀遮其辤得實曰覈然則察與覈同意釋訓曰明明斤斤察也**从宀祭聲**从宀者取覆而審之从祭爲聲亦取祭必詳察之意初八切十五部

寴至也至者親密無閒之意見部曰親者至也然則寴與親音義皆同故秦碑以寴輒爲親巡廣韵眞韵曰寴古文親也震韵曰寴屋空皃此今義非古義凡廣韵之例今義與說文義異者必先舉今義而後偁說文故震韵先云屋空皃而後云說文至也**从宀親聲**覆而親之也初僅切十二部按玉篇且仁切

完全也入部仝作全仝完也是二字互訓**从宀元聲**胡官切十四部**古文㠯爲寬字**此言古文叚借字

富備也富與福音義皆同釋名曰福富也**一曰厚也从宀畐聲**方副切古音在一部

實ㄕˊ 5定　宲ㄅㄠˇ 21幫　容ㄖㄨㄥˊ 18定　△⿱宀公　宂ㄖㄨㄥˇ 18泥　⿱宀臱ㄇㄧㄢˊ 3明

實富也引伸之爲艸木之實**从宀貫**會意神質切十二部**貫爲貨物**以貨物充於屋下是爲實

宲藏也藏當作臧宲與保音同義近**从宀呆聲**博褒切古音在三部按玉篇既云宲補道切又重出而云食質切古實字殊誤**呆古文保**見人部**周書曰陳宲赤刀**顧命文蓋壁中古文如此今作寶

容盛也今字叚借爲頌皃之頌**从宀谷聲**此依小徐本谷古音讀如欲以雙聲諧聲也鉉本作从宀谷云屋與谷皆所以盛受也亦通余封切九部**⿱宀公古文容从公**公聲

宂㪿也从宀儿各本奪儿今補儿卽人也會意而隴切九部**人在屋下無田事也**說會意之恉**周書曰宮中之宂食**書當作禮轉寫之誤周禮稾人掌共外內朝宂食者之食許偁之涉校人宮中之稍食而誤記憶之過也

⿱宀臱⿱宀臱⿱宀臱不見也⿱宀臱與臱音義皆同毛詩綿綿韓詩作民民按綿綿民民皆謂密也卽⿱宀臱⿱宀臱不見之意莊子窅然喪其天下焉郭象音武駢反是郭本作⿱宀臱然也**一曰⿱宀臱⿱宀臱不省人**大徐作不見省人見字衍玉篇亦作一曰不省人**从宀臱聲**武延切古音讀如民在十二部

寶ㄅㄠˇ 21幫　△寚　宭ㄑㄩㄣˊ 9匣　宦ㄏㄨㄢˋ 3匣　宰ㄗㄞˇ 24精　守ㄕㄡˇ 21透

寶珍也玉部曰珍寶也二字互訓史記多假葆爲寶**从宀玉貝**玉與貝在屋下會意**缶聲**博晧切古音在三部

寚古文寶省貝廣韵曰古文作珤

宭羣居也以疊韵爲訓論語曰羣居終日**从宀君聲**渠云切十三部

宦仕也人部曰仕者學也左傳宦三年矣服虔云宦學也曲禮宦學事師注云宦仕也熊氏云宦謂學官事學謂習六藝二者俱是事師襍記宦於大夫左傳妾爲宦女按仕者習所事也古事士仕通用貫宦通用故魏風三歲貫女魯詩作宦女**从宀臣**胡慣切十四部

宰辠人在屋下執事者此宰之本義也引伸爲宰制**从宀从辛辛辠也**辛卽辠之省作亥切一部

守守官也左傳曰守道不如守官孟子曰有官守者不得其職則去**从宀从寸**

寵 ㄔㄨㄥˇ 18透　宥 ㄧㄡˋ 24匣　宜 1疑 (宜)　△館 △家　寫 ㄒㄧㄝˇ 14心　宵 ㄒㄧㄠ 19心　宿 ㄙㄨˋ 22心　寑 ㄑㄧㄣˇ 28清　△帘 𡧍 ㄇㄧㄢˇ 6明

从宀寺府之事也寸部曰寺廷也广部曰府文書藏也从寸法度也守从二者會意書九切三部从宀以下十四字參韵會本訂寵尊凥也引伸爲榮寵从宀龍聲丑壟切九部宥寬也周頌夙夜基命宥密叔向毛公皆曰宥寬也宥爲寬故貰罪曰宥周禮大司樂假宥爲侑王制假又爲宥从宀有聲于救切古音在一部宜所安也周南宜其室家傳曰宜以有室家無踰時者从宀之下一之上一猶地也此言會意多省聲按廣韵曰說文本作宐今據以正篆體多省聲故古音魚何切十七部今音魚羈切漢石經作宜𡧯古文宜𡨆亦古文宜寫置物也謂去此注彼也曲禮曰器之溉者不寫其餘皆寫注云寫者傳己器中乃食之也小雅曰我心寫兮傳云輸寫其心也按凡傾吐曰寫故作字作畫皆曰寫俗作瀉者寫之俗字周禮以澮寫水不作瀉从宀寫之則安矣故从宀舄聲悉也切古音在五部宵夜也釋言毛傳皆曰

宵夜也周禮司寤禁宵行夜游者鄭云宵定昏也按此因經文以宵別於夜爲言若渾言則宵卽夜也有假宵爲小者學記之宵雅是也有假宵爲肖者漢志人宵天地之貌是也从宀宀下冥也謂日在下而窈冥地覆日如屋也肖聲相邀切二部宿止也凡止曰宿夜止其一耑也毛傳一宿曰宿再宿曰信卽左傳之凡師一宿曰舍再宿曰信過信曰次也止之義引伸之則爲素如史記云宿將宿學是也先期亦曰宿周禮世婦掌女宮之宿戒祭統宮宰宿夫人禮經宿尸皆謂先期戒飭鄭云宿讀爲肅从宀㐰聲㐰古文夙息逐切三部按去聲息救切此南北音不同非有異義也星宿宿留非不可讀入聲寑臥也李善引論語鄭注寢臥息也臥必於室故其字从宀引伸爲宮室之偁周禮宮人掌王之六寢之脩釋宮曰室有東西箱曰廟無東西箱有室曰寢寢又引伸之凡事止亦曰寢从宀侵聲今人皆作寢寢乃㝱部𥧳字之省與寑異義七荏切七部𡪢籒文寑省省人也水部濅下曰𡪢籒文寑𡧍冥合也冥合

寤 ㄨˋ 13疑　寬 ㄎㄨㄢ 3溪　寁 ㄗㄢˇ 29精　寡 ㄍㄨㄚˇ 13見　宛 ㄨㄢˇ 3影　△惌 客 ㄎㄜˋ 14溪

者合之泯然無迹今俗云吻合者當用此字从宀丏聲莫甸切賓字以爲聲十二部讀若書曰藥不瞑眩謂讀若此瞑也十一十二部之合音按此許引孟子滕文公篇文也鄭注醫師亦引孟子藥不瞑眩厥疾無瘳趙注孟子云書逸篇也若今僞撰說命則采楚語爲之許鄭所未見者大徐本作讀若周書繆甚寬屋寬大也廣韵曰裕也緩也其引伸之義也古文假完字爲之从宀莧聲苦官切十四部寤寤也寐覺而有言曰寤寤之音義皆同也从宀吾聲吾故切五部寁凥之速也止部疌疾也疌爲凡速之詞从宀則爲居之速也鄭風不寁故也毛曰寁速也用寁以言凡速耳周易朋盍簪晁氏說之曰簪京本蜀才本作撍陰宏道案張揖古今字詁庚作撍埤蒼云撍疾也撍與簪同王元叔謂卽詩不寁字祖感反玉裁按庚卽寁古宀广通用蓋古今字詁今字作庚古字作撍也从宀疌聲子感切八部寡少也引伸之凡倮然單獨皆曰寡从宀頒頒分也先鄭注周禮曰

頒讀爲班布之班謂分賜也按頒之本訓大頭也此云頒分也謂段借宀分故爲少也依韵會所據小徐本訂宀分者合於上而分於下也故始多而終少古瓦切古音在五部宛屈艸自覆也上文曰奧宛也宛之引伸義也此曰屈艸自覆者宛之本義也引伸爲宛曲宛轉如爾雅宛中宛丘周禮琬圭皆宛曲之義也凡狀皃可見者皆曰宛然如魏風傳曰宛辟皃唐風傳曰宛死皃攷工記注惌小孔皃皆是宛與蘊蘊與鬱聲義皆通故方言曰宛蓄也禮記曰兔爲宛脾春秋緐露曰鶴無宛氣皆是从宀夗聲夗轉臥也亦形聲包會意於阮切十四部惌宛或从心函人爲甲眂其鑽空欲其惌也鄭司農云惌小孔皃惌讀爲宛彼北林之宛按爲當作如先鄭不云宛惌同字許乃一之客寄也字从各各異詞也故自此託彼曰客引伸之曰賓客賓所敬也客寄也故周禮大行人大賓大客別其辭諸侯謂之大賓其孤卿謂之大客司儀曰諸公諸侯諸伯諸子諸男相爲賓諸公之臣侯伯子男之臣相爲客是也統言則不別耳論語寢不尸居不客謂生

寄 ㄐㄧˋ 1見　寓 ㄩˋ 16疑　△庽　寠 ㄐㄩˋ 16匣　宊 ㄐㄡˋ 24見

不可似死主不可似客也今本誤作不容**从宀**所託也**各聲**苦格切古音在五部**寄託也**字从奇奇異也一曰不耦也言部曰託寄也方言曰餬託庇寓媵寄也**从宀奇聲**居義切古音在十七部**寓寄也**方言曰寓寄也左傳曰寓書史記曰木禺龍禺者寓之叚借也**从宀禺聲**牛具切四部**庽寓或从广作寠無禮凥也**邶風終窶且貧傳曰窶者無禮也貧者困於財箋云君於己祿薄終不足以爲禮又近困於財按無禮因於祿薄故釋言云窶貧也然倉頡篇云無財曰貧無財備禮曰窶則貧窶有別小雅云佌佌彼有屋蔌蔌方穀箋云小人富而窶陋將貴也然則有富而窶陋者矣許從毛益以居字者以其字从宀也無禮居謂宮室不中禮**从宀婁聲**其榘切古音在四部**宊貧病也**貧病者貧之病也**从宀**室如縣磬之意**久聲**居又切古音在一部**詩曰煢煢在宊**周頌文今詩作嬛嬛在疚毛曰疚病也按毛詩葢本作宊毛釋以病者謂宊爲疚之叚借也左傳亦曰煢

寒 ㄏㄢˊ 3匣　害 ㄏㄞˋ 2匣　𡩋 ㄙㄨㄛˇ 14定　𡫜 ㄐㄩ 22見

煢余在疚**寒凍也**凍當作冷十一篇曰凍仌也冷寒也此可證矣釋名曰寒捍也捍格也左傳寒盟寒者尋之反尋卽燅字**从人在宀下从茻上下爲覆**此依小徐本上下皆得云覆也**下有仌也**合一宀一人二茻一仌會意胡安切十四部**害傷也**人部曰傷創也刀部曰創傷也詩書多假害爲曷故周南毛傳曰害何也俗本改爲曷何也非是今人分別害去曷入古無去入之分也**从宀口言从家起也**會意言爲亂階而言每起於衽席**丯聲**胡葢切十五部**𡩋入家搜也**搜求也顏氏家訓曰通俗文云入室求曰搜按當作入室求曰索今俗語云搜索是也索經典多假索爲之如探嘖索隱是**从宀**入家故从宀**索聲**所責切古音在五部**𡫜竆也**𡫜竆雙聲毛傳於谷風南山小弁皆曰鞫竆也鞫皆𡫜之叚借也卒部曰𥷚竆治罪人也其字俗作鞫然則詩谷風南山小弁鞫字皆𡫜之叚借也毛傳於公劉曰鞫究也於節南山曰鞫盈也究與盈皆與竆義近若蓼莪傳曰鞫養也則就竆義而

宄 ㄍㄨㄟˇ 21見　△𥨎　△⿱九又　△⿳宀九心　𡨄 ㄘㄨㄢˋ 8清

變之所謂相反而相成也若菜芑傳云鞫告也則謂鞫卽告之叚借自淺人不得其義例多所改竄唐石經鞫鞠錯出至近日而盡改爲鞠矣鞠者革部蹋鞠之字其義相去遠詩借鞠爲𡫜義相近也鞠行而𡫜廢矣**从宀**覆而竆之**𥷚聲**𥷚或𥷚字也見㚔部居六切三部**𥨎𡫜或从穴宄姦也**姦宄者通偁內外者析言之也**外爲盜內爲宄**凡盜起外爲姦中出爲宄成十七年左傳曰亂在外爲姦在內爲宄外傳晉語亦云亂在內爲宄在外爲姦魯語竊寶者爲宄用宄之財者爲姦亦謂莒太子僕竊莒寶爲內魯藏姦爲外三傳無異也惟亂在內故字从宀鄭注尚書云由內爲姦起外爲軌或後人轉寫誤也宄經史亦假軌爲之**从宀九聲讀若軌**居洧切古音九在三部**⿱九又古文宄⿳宀九心亦古文宄𡨄塞也**廣雅𡨄塞也本此陸贄關中事狀倘有賊臣盜𡨄**从宀𣪠聲**麤取切十五部**讀若虞書曰𡨄三苗之𡨄**虞書當作唐書見禾部𥝤下二𡨄本皆作竄妄人所改也今

宕 ㄉㄤˋ 15定　宋 ㄙㄨㄥˋ 23心　𡪙 ㄉㄧㄢˋ 27端　宗 ㄗㄨㄥ 23精

正說文者說字之書凡云讀若例不用本字偁尚書作𡨄又不當言讀若也改此者直疑竄七亂反與𡨄音殊不知易訟象傳宋玉高唐賦班固西都賦魏大饗碑張協七命潘岳西征賦呂忱字林竄皆音七外反**宕過也**宕之言放蕩也穀梁傳引傳曰長狄兄弟三人佚宕中國**一曰洞屋**洞屋謂通迵之屋四圍無障蔽也凡道家言洞天者謂無所不通**从宀碭省聲**徒浪切十部**汝南項有宕鄉**汝南郡項縣地理志郡國志同春秋經之項國也今河南陳州府項城縣是其地**宋凥也**此義未見經傳名子者不以國而魯定公名宋則必取其本義也**从宀木讀若送**蘇綜切九部**𡪙屋傾下也**謂屋欹傾下陷也與墊音義同**从宀執聲**都念切七部**宗尊祖廟也**宗尊雙聲按當云尊也祖廟也今本奪上也字大雅公尸來燕來宗傳曰宗尊也凡尊者謂之宗尊之則曰宗之大雅君之宗之箋云宗尊也禮記別子爲祖繼別爲宗繼禰者爲小宗凡言大宗小宗皆謂同所出之兄弟所尊也尊

莫尊於祖廟故謂之宗廟宗从宀从示示謂神也宀謂屋也**从宀示**會意作冬切九部按唐韵當在一東

宔 ㄓㄨˇ 16端

宔 宗廟宔祏也五經異義及鄭駁詳示部祏下經典作主小篆作宔主者古文也祏猶主也左傳使祝史徙主祏於周廟是也鄭說卿大夫無宔許說大夫以石爲宔**从宀主聲**之庾切古音在四部

宙 ㄓㄡˋ 21定

宙 舟輿所極覆也覆者反也與復同往來也舟輿所極覆者謂舟車自此至彼而復還此如循環然故其字从由如軸字从由也訓詁家皆言上下四方曰宇往古來今曰宙由今溯古復由古沿今此正如舟車自此至彼復自彼至此皆如循環然莊周書云有實而無乎處者宇也有長而無本剽者宙也本剽卽本末莊子說正與上下四方曰宇往古來今曰宙同亦謂其大無極其長如循環也許言其本義他書言其引伸之義其字从宀者宙不出乎宇也韋昭曰天宇所受曰宙**从宀**淮南覽冥訓燕雀以爲鳳皇不能與爭於宇宙之閒高注宇屋簷也宙棟梁也引易上棟下宇然則宙之本義謂棟一演之爲舟輿所極復再演之爲往古來今則从宀爲天地矣**由聲**直又切三部

文七十一　重十六

宮 ㄍㄨㄥ 23見

宮 室也釋宮曰宮謂之室室謂之宮郭云皆所以通古今之異語明同實而兩名按宮言其外之圍繞室言其內析言則殊統言不別也毛詩作于楚宮作于楚室傳曰室猶宮也此統言也宮自其圍繞言之則居中謂之宮五音宮商角徵羽劉歆云宮中也居中央唱四方唱始施生爲四聲綱也**从宀躳省聲**按說宮謂从宀呂會意亦無不合宀繞其外呂居其中也呂者膂骨也居人身之中者也居戎切九部**凡宮之屬皆从宮**

營 ㄧㄥˊ 12定

營 帀居也帀各本作市今依葉抄宋本及韵會本訂攷集韵作帀類篇韵會作匝葢由古本作帀故有譌爲市者帀居謂圍繞而居如市營曰闤軍壘曰營皆是也西京賦通闤帶闠薛注闤市營也闠中隔門也崔豹曰市牆曰闤市門曰闠孫氏星衍曰營闤音近如自營曰厶今本韓非子作自環煢煢在疚亦作嬛嬛是也諸葛孔明表云營中之事謂軍壘也引伸之爲經營營治凡有所規度皆謂之營**从宮**下體从宮不省今隸皆省誤也李文仲字鑒不誤**熒省聲**謂省去宊也與他熒省聲但省下火者異余傾切十一部

文二

呂 ㄌㄩˇ 13來

呂 膂骨也象形呂象顆顆相承中象其系聯也沈氏彤釋骨曰項大椎之下二十一椎通曰脊骨曰脊椎曰膂骨或以上七節曰背骨第八節以下乃曰膂骨力舉切五部**昔大嶽爲禹心呂之臣故封呂矦**周語大子晉曰伯禹念前之非度釐改制量象物天地比類百則儀之于民而度之于羣生共之從孫四嶽佐之高高下下疏川道滯帥象禹之功度之于軌儀莫非嘉績克厭帝心皇天嘉之胙以天下賜姓曰姒氏曰有夏謂其能以嘉祉殷富生物也胙四嶽國命爲矦伯賜姓曰姜氏曰有呂謂其能爲禹股肱心膂以養物豐民人也按曰共之從孫賈逵韋昭皆曰共共工也外傳曰四嶽內傳曰大嶽一也官名也外傳以祉訓姒以殷富訓夏以膂訓呂以養訓姜韋解云呂之爲言膂也是呂膂各字呂者國名以國爲氏許云大嶽爲禹心呂之臣故封呂矦膂爲小篆呂是許所據國語股肱心膂作股肱心呂本無二字後之爲國語學者不得其解乃以氏曰有呂作古文股肱心膂作小篆章氏習而不察乃云呂之爲言膂矣以心呂之意名其地而矦之而氏之潛夫論曰宛西三十里有呂酈道元徐廣司馬貞說皆同宛城今南陽府治附郭南陽縣是也許自序曰大岳左夏呂叔作藩俾矦於許世胙遺靈大岳者許之先也故詳之**凡呂之屬皆从呂**

△膂

膂 篆文呂从肉旅聲呂本古文以古文爲部首者因躳从呂也此二部之例也秦誓旅力既愆小雅旅力方剛古注皆訓爲衆力不敢曰旅與膂同者知詩書借以心膂爲義則其字當从呂矣僞君牙襲國語云股肱心膂此未知古文無膂秦文乃有膂也急就篇尻寬脊膂要背僂股腳膝臏脛爲柱云要背僂曰脛爲柱辭意相對皇象碑本不誤若顏本膂呂重出師古不得不以脊內肉脊骨分釋之似史游早不識字矣膂之譌或爲裔華陽國志孝子隗通爲母汲

躳ㄍㄨㄥ 23見　△躬　穴ㄒㄩㄝˋ 5明　𥁰ㄇㄥˇ 15明　窨ㄧㄣˋ 28影　𥨍ㄈㄨˋ 22滂　竈ㄗㄠˋ 22精

江脊水天爲出平石至江中江脊水謂江心水也

躳　身也　廣雅同　从呂从身　从呂者身以呂爲柱也矦執信圭伸圭人形直伯執躳圭躳圭人形曲鞠躳者斂曲之皃也居戎切九部

躬　俗从弓身　弓身者曲之會意也

文二　重一

穴　土室也　引伸之凡空竅皆爲穴　从宀　覆其上也　八聲　胡決切十二部　凡穴之屬皆从穴

𥁰　北方謂地空因㠯爲土穴爲𥁰戶　因地之孔爲土屋也廣雅𥁰竈也　从穴皿聲讀若猛　武永切古音若芒在十部

窨　地室也　今俗語以酒水等埋藏地下曰窨讀陰去聲　从穴音聲　於禁切七部

𥨍　地室也　大雅正義引作覆於地也四字按詩大雅陶復陶穴箋云復者復於土上鑿地曰穴皆如陶然庾蔚之云覆謂地上累土爲之穴則穿地也鄭庾之云與許云覆於地合覆於地者謂旁穿之則地覆於上穴則正穿之上爲中霤毛傳云陶其土而復之陶其壤而穴之土謂堅者堅則不患崩壓故旁穿之使上有覆蓋陶其土旁穿之也壤謂柔者柔則恐崩故正鑿之陶其壤謂正鑿之直穴之中爲中霤也鄭注月令云中霤猶中室也古者復穴是以名室爲霤云連復言之者文勢使然也毛之陶其土陶其壤蓋讀陶爲掏鄭則云皆如窯然特此爲異耳漢時陵墓築封土謂之復土義與此復土小異要亦上覆之言耳　从穴復聲　芳福切三部　詩曰陶𥨍陶穴　按毛作復三家詩有作𥨍者如斯干毛革韓鞠之比釋名說中霤云古者寢穴乃是𥨍穴之誤語與月令注同

竈　炊竈也　炊者爨也竈者炊爨之處也　周禮㠯竈祠祝融　各本無此七字今據史記孝武本紀索隱補賈逵注左傳云句芒祀於戶祝融祀於竈蓐收祀於門元冥祀於井　呂氏春秋注曰行或作井淮南時則訓注曰井或作行后土祀於中霤淮南時則訓孟夏之月其祀竈高注云祝融吳回爲高辛氏火正死爲火神託祀於竈是月火旺故祀竈此皆用古周禮說也五經異義竈神今禮戴說引禮器燔柴盆瓶之事古周禮說顓頊氏有子曰黎爲祝融祀以爲竈神許君謹案同周禮說鄭駁之云祝融乃古火官之長猶后稷爲堯司馬其尊如是王者祭之但就竈陘一何陋也祝融乃是五帝之神祀於四郊而祭火神於竈陘於禮乖也按許君說文有此七字是與五經異義不殊風俗通義亦從異義用古周禮說　从穴鼀省聲　鼀在古音三部入聲故竈古音亦在三部今音則到切周禮故書以竈爲造

△竈　或不省作　今人皆作竈

窯ㄧㄠˊ 19定　窐ㄍㄨㄟ 10影　罙ㄕㄣ 28透

窯　燒瓦窯竈也　窯似竈故曰窯竈韻會本作燒瓦窯也無竈字大徐本作燒瓦竈也非是緜詩鄭箋云復穴皆如陶然是謂經之陶即窯字之叚借也緜正義引說文陶瓦器竈也蓋其所據乃缶部匋下語匋窯蓋古今字　从穴羔聲　余招切二部

窐　空也　楚辭曰圭璋襍於甑窐此甑下空也攷工記鳧氏爲鐘注隧在鼓中窐而生光高注淮南曰靨輔者頰上窐也然則凡空穴皆謂之窐矣　从穴圭聲　烏瓜切十六部按廣韵圭攜二音

罙　深也　此以今字釋古字也突湥古今字篆作突湥隸變作罙深水部湥下但云水名不言淺之反是知古深淺字作罙深行而罙廢矣有穴而後有淺深故字从穴毛詩罙入其阻傳曰罙深也此罙字見六經者毛公以今字釋古字而許襲之此罙之音義原流也鄭箋易罙爲冞訓爲冒也葢以字形相似易之罙在侵韵冞在脂韵鄭注經有易字之例他經云某讀爲某箋詩不尒讀經者誤謂毛鄭同字作音義者當各字各音分別載之云毛作罙式針反深也鄭作冞面規反冒也說文罙作突冞作冞乃爲明析而陸釋文則曰冞面規反毛深也鄭冒也說文作冞从网米云冒也此條之弊有七以罙切面規絕非毛音一也以鄭箋作冞非鄭所易字二也以說文之罙作冞而不知說文罙作突冞別一字或體作寀與突無交涉三也突字不見他經惟見商頌而陸亡其音遂亡其義四也許用商頌毛傳造說文而失許之原本致許書突下義晦罙下遂有妄人添詩曰冞入其阻六字鄭箋所改之字許時代在前安能用其說五也突隸作罙猶湥隸作深而各字書韵書因陸冞切面規突下不敢載罙張參五經文字

穿 ㄔㄨㄢ 3透　寮 ㄌㄧㄠˊ 19來　穾 ㄩㄝ 2影　⿱穴抉 ㄩㄝ 2影　竇 ㄉㄡˋ 17定　空 ㄎㄨㄥ 18溪　竅 ㄑㄧㄠˋ 20溪

曰罙罙音彌上說文下釋文相承緐省見詩集韵類篇皆曰罙罙宷三形同字此皆陸爲作甬六也唐石經作罙尙不誤自宋及今日毛詩刻本竟作罙不罙不罙爲從古所無之字陸實召之七也許水部不載深淺一義故全書深淺字用突今發其例於此 **一曰竈突** 廣雅竈窻謂之埃呂氏春秋云竈突決則火上焚棟蓋竈上突起以出烟火今人謂之煙囱卽廣雅之竈窻今人高之出屋上畏其焚棟也以其顯言謂之突以其中深曲通火言謂之突廣雅突下謂之突今本正奪突字耳漢書云曲突徙薪則有曲之令火不直上者矣趙宧光欲盡改故書之竈突爲竈突眞瞽說也 **从穴火求省** 穴中求火突之意也此會意字式針切七部 **讀若禮三年導服之導** 導服卽禫服也說詳木部棪下按突卽湥淺字不當有異音蓋竈突可讀如禫與突爲雙聲

穿　通也从牙在穴中 召南曰誰謂鼠無牙何以穿我墉昌緣切十四部

寮　穿也 倉頡篇曰寮小空也西京賦曰交綺豁以疏寮薜曰疏刻穿之也善曰倉頡篇云寮小窗魏都賦皦日籠光於綺寮按大雅及爾同寮左傳曰同官爲寮毛傳曰寮官也箋云與汝同官俱爲卿士蓋同官者同居一域如俗云同學一處爲同窗也亦假僚字爲之左傳泉丘人女奔孟僖子其僚從之杜注鄰女爲僚友 **从穴尞聲** 洛蕭切二部俗省作寮 **論語有公伯寮** 憲問篇

穾　穿也从穴夬聲 大徐作決省聲此不知古音者爲之也於決切十五部

⿱穴抉　深抉也 抉之深故从穴 **从穴抉** 此以會意包形聲小徐作抉聲亦通於抉切十五部

竇　空也 空孔古今語凡孔皆謂之竇古亦借瀆爲之如周禮注四竇卽四瀆左傳襄三十年墓門之瀆徐音豆是也 **从穴賣聲** 徒奏切四部按古音去入不分

竅　空也 空孔古今字老子常有欲以觀其竅 **从穴敫聲** 牽弔切二部

空　竅也 今俗語所謂孔也天地之閒亦一孔耳古者司空主土尙書大傳曰城郭不繕溝池不修水泉不修水爲民害責於地公司馬彪曰司空公一人掌水土事凡營城起邑浚溝洫修墳防之事則議其利建其功是則司空以治水土爲

七篇下　十九

⿱穴巠 ㄑㄧㄥ 12溪　穵 ㄨㄚ 5影　⿱穴喬 ㄒㄩㄝ 8曉　窠 ㄎㄜ 1溪　窗 ㄔㄨㄤ 18清　窊 ㄨㄚ 13影　窳 ㄩˇ 16定

職禹作司空治水而後晉百揆也治水者必通其瀆故曰司空猶司孔也 **从穴工聲** 形聲包會意也苦紅切九部

⿱穴巠　空也 空虛孔穴本無二義但有孔穴則是空虛也 **从穴巠聲** 去徑切十一部 **詩曰瓶之⿱穴巠矣** 小雅蓼莪文今詩作罄傳曰罄空也與爾雅釋詁合空與盡義相因

穵　空大也 鉉本作空大也非是廣韵引同亦誤本耳今依小徐及玉篇今俗謂盜賊穴牆曰穵是也 **从穴乙聲** 烏黠切十五部按此篆當是从乙鳥之乙非甲乙也

⿱穴喬　空皃 孔之皃也 **从穴喬聲** 呼決切十五部

窠　空也 雙聲爲訓其字亦作窾高誘曰窾空也是或借科爲之孟子盈科而後進是或借邁爲之如衞風碩人之薖毛云寬大皃鄭云飢意皆是 **从穴果聲** 苦禾切十七部 **一曰鳥巢也** 一曰者義近而別者也蜀都賦曰窠宿異禽 **在樹曰巢在穴曰窠** 此析言之也與巢部合

窻　通孔也从穴悤聲 楚江切九部按此篆淺人所增古本所無當刪十篇囪下曰在牆曰牖在屋曰囪囪或从穴作窗古祇有囪字窗已爲或體何取乎更取悤聲作窻字哉自東江韵分淺人多所僞撰廣韵四江窻下云說文作窗通孔也則篆體之不當有心明矣依廣韵宜囪部去窗篆此窻篆改爲窗然囪窗本一字宜囪部仍舊而此從刪也許但作空不作孔此云通孔也則非許氏原文

窊　污衺 逗 **下也** 史記甌窶滿篝污邪滿車司馬彪曰污邪下地田也按凡下皆得謂之窊水部洿者窊下也吳都賦窊隆異等 **从穴瓜聲** 烏瓜切五部

窳　污窬也 污窬蓋與污衺同亦謂下也以衺與窊同韵窬與窳同韵故分別其辭也史記舜陶河濱器不苦窳裴駰曰窳病也按器者窳者低陷之謂亦汙窬之意也釋詁曰窳勞也郭云勞苦者多惰窳大雅毛傳曰訿訿窳不供事也史記呰窳偷生晉灼曰呰病也窳惰也許於此部呰下亦云窳也蓋卽用毛傳毛詩訿卽呰也此等窳皆訓惰嬾亦皆污窬引伸之義釋元應廣引揚承慶字統說嬾者不能自起如瓜瓠在地不能自立故字从㼌又嬾人恒在室中故从穴夫穴訓土室不必从宀而後爲室也而召旻正義曰艸木皆

七篇下　二十

窞 ㄉㄢˋ 30定　窌 ㄐㄧㄠˋ 21來　窖 ㄐㄧㄠˋ 22見　窬 ㄩˊ 16定　窵 ㄉㄧㄠˋ 19端　窺 ㄎㄨㄟ 10溪　竀 ㄔㄥ 12透　窡 ㄓㄨㄛˊ 2端

自豎立惟瓜瓠之屬臥而不起似若嬾人常臥室故字从宀宀音眠此亦用字統說而與元應所據有異且陸氏釋文孔氏正義皆引說文窳嬾也而說文無此語聞疑載疑不敢於宀部妄補窳篆　**从穴胍聲**　以主切古音在四部按字統說胍為會意許則云形聲　**朔方有窳渾縣**　朔方郡窳渾縣地理志有郡國志無讀史方輿紀要曰故窳渾城在故夏州西北漢縣故夏州城在榆林衛西北二百里

窞　坎中更有坎也　各本作坎中小坎今依易釋文訂易坎初六曰入於坎窞虞翻曰坎中小穴稱窞釋文引說文坎中更有坎也字林坎中小坎也然則今文為後人以呂改許明矣　**从穴臽臽亦聲**　徒感切八部　**易曰入于坎窞一曰旁入也**　干寶釋易正用旁入之義

窌　窖也　攷工記匠人注曰穿地曰窌呂覽穿竇窌月令淮南皆作窖　**从穴丣聲**　丣聲各本作卯聲今正窌見左傳釋文音力救力到二反則从丣雙聲可知矣漢公孫賀南窌侯表作南窌字皆从丣音力救切譌从卯乃匹皃切矣三部

窖　地藏也　月令穿竇窖注曰入地隋曰竇方曰窖通俗文曰藏穀麥曰窖　**从穴告聲**　古孝切古音在三部

窬　穿木戶也　淮南氾論訓古者為窬木方版以為舟航高誘曰窬空也方並也舟相連為航也按窬木為舟即易轂辭刳木為舟也儒行篳門圭竇鄭云門旁窬也穿牆為之如圭矣左傳篳門圭竇杜曰竇小戶也穿壁為戶狀如圭形郭樸三蒼解詁云窬門旁小竇也是則於門旁穿壁以木衺直居之令如圭形謂之圭窬若論語本作穿踰釋為穿壁踰牆似無煩與此牽混　**从穴俞聲**　羊朱切古音在四部　**一曰空中也**　孟康漢書注曰東南謂鑿木空中如曹曰㢩曹當作槽㢩者窬之或體玉篇云㢩木槽也是也㢩與踰古通用　古音投音豆

窵　窵窅　逗　**窔也**　窅見目部深目也杜詩動影窵窕沖融閒　**从穴鳥聲**　多嘯切二部

窺　小視也　从穴規聲　去隓切十六部

竀　正視也　从穴中正見正亦聲　敕貞切十一部

窡　穴中見也　从穴叕聲　丁滑切十五部

窋 ㄓㄨˊ 8端　窴 ㄊㄧㄢˊ 6定　窒 ㄓˋ 5端　突 ㄊㄨˊ 8定　竄 ㄘㄨㄢˋ 3清　窣 ㄙㄨˋ 8心　窘 ㄐㄩㄥˇ 9匣　窕 ㄊㄧㄠˇ 19定

窋　物在穴中皃　靈光殿賦曰綠房紫菂窋咤垂珠謂蓮房之實窋咤然見於房外如垂珠也上文云反植荷蕖故曰垂珠　**从穴出聲**　丁滑切十五部后稷之子不窋

窴　𡫳也　𡫳各本譌作塞今正玉篇曰窴今作塡按窴塡同義塡行而窴廢矣　**从穴眞聲**　待季切十二部

窒　𡫳也　各本𡫳譌塞今正𡫳窒也見廷部此二字互訓也𡫳之隸體為寒土部曰塞隔也皀部曰隔塞也塞於義不為窒邊塞其本義也自用塞為塡寒字而寒廢矣且有讀寒為鏬者則寒愈失其本音本義矣說詳廷部釋言幽傳皆曰窒塞也　**从穴至聲**　陟栗切十二部論語以室為窒

突　犬從穴中暫出也　引伸為凡猝作之稱　**从犬在穴中**　徒骨切十五部　**一曰滑也**　義小別

竄　匿也　周易逋竄左氏無所伏竄是也堯典竄三苗于三危與言流言放言極一例謂放之令自匿故孟子作殺三苗即左傳槩蔡叔之槩槩為正字竄殺為同音段借　**从鼠在穴中**　漢書曰奉頭鼠竄七亂切古音在十五部

窣　從穴中卒出　卒猝古今字子虛賦嫳姍敎窣上乎金隄韋昭曰嫳姍敎窣匍匐上也按嫳姍謂徐行勃窣謂急行　**从穴卒聲**　蘇骨切十五部

窘　迫也　小雅又窘陰雨毛傳窘困也按箋云窘仍也仍者仍其舊而不能變亦是困意　**从穴君聲**　渠隕切十三部字林巨畏反文微合音也

窕　罙肆極也　窕與窘為反對之辭釋言曰窕肆也大戴禮王言七者布諸天下而不窕內諸尋常之室而不塞淮南俶眞訓處小隘而不塞橫扃天地之閒而不窕要略訓置之尋常而不塞布之天下而不窕氾論訓舒之天下而不窕內之尋常而不塞齊俗訓大則塞而不入小則窕而不周兵略訓入小而不偪處大而不窕墨子尚賢中此道也大用之天下則不窕小用之則不困尚同下大用之治天下不窕小用之治一國一家而不橫荀卿子曰充盈大宇而不窕入郤穴而不偪管子宙合曰夫成軸之多也其處大也不窕其入小也不塞司馬法曰凡戰之道位欲嚴政欲栗力欲窕氣欲閑又曰擊其勞倦避其閑窕凡此皆可證窕之訓寬肆凡言在小不塞在大不窕者謂置之小處而

穹 ㄑㄩㄥ 26溪

小處不見充塞無餘地置之大處而大處不見空曠多餘地高誘曰不窕在大能大也今本管子墨子窕誤作究非是毛詩傳曰窈窕幽閒也幽訓窈閒訓窕方言美狀爲窕言外之寬綽也美心爲窈言中之幽靜也左傳泠州鳩論樂曰小者不窕大者不櫆則和於物此可以諸子釋之小者不窕謂雖小而處大不使多空廫之處也大者不櫆謂雖大而處小不使偪塞莫能容也莊周書云瓠落無所容以注櫆字甚合郭注爾雅云輕窕者多放肆眞憒憒之說也左傳楚師輕窕此窕義之引伸寬然無患謂之輕窕唐石經左傳譌作宨从宀釋言宨肆也宨閒也其字其義皆同而唐石經亦於肆也作宨从宀與閒也作窕从穴別異皆字之偶誤耳而或據以爲說分別訓詁攷之許書本無从宀之字从穴兆聲讀若挑徒了切二部

穹窮也窮者極也幽風穹窒熏鼠毛傳曰穹窮窒塞也穹窮雙聲大雅以念穹蒼釋天毛傳皆曰穹蒼蒼天也按穹蒼者謂蒼天難窮極也韗人爲臯陶穹者三之一注謂鼓木腹穹隆居鼓三之一今人皆謂高爲穹隆从穴弓聲去弓切古音在六部

究 ㄐㄧㄡˋ 21見 窮 ㄑㄩㄥˊ 23匣 窅 ㄧㄠˇ 19影 窔 ㄧㄠˇ 19影 邃 ㄙㄨㄟˋ 8心 窈 ㄧㄠˇ 21影 窱 ㄊㄧㄠˇ 19定 竁 ㄘㄨㄟˋ 2透

究窮也釋言同小雅常棣傳曰究深也釋詁及大雅皇矣傳曰究謀也皆窮義之引伸也从穴九聲居又切三部

竆極也从穴躳聲渠弓切九部或假爲躳字如鞠躬古作鞠窮

窅冥也冥者窈也从穴皀聲烏皎切二部

窔窅窔逗罙也也爾雅音義作皃上林賦曰巖窔洞房窔亦作宎郭樸曰於巖穴底爲室潛通臺上也按郭以通釋洞小顏改宎爲突於郭注巖穴底爲室之下輒增如竈突然四字其亦妄矣从穴交聲烏叫切二部

邃罙遠也从穴遂聲雖遂切十五部

窈罙遠也周南毛傳曰窈窕幽閒也以幽釋窈以閒釋窕方言曰美心爲窈美狀爲窕陳風傳又曰窈糾舒之姿也舒遲也从穴幼聲烏皎切古音在三部

窱杳窱也廣雅曰窈窱深也西京賦曰望窵窱以徑廷薛曰過度之義也集韵曰窵同窈从穴條聲徒弔切二部

竁穿地也周禮小宗伯冢人皆曰甫竁注曰甫始也鄭大夫讀竁皆爲穿杜子春讀竁如毳皆謂葬穿壙也今南陽名穿地爲竁聲如腐脆之脆按此注讀竁爲穿者易其字也讀竁如毳者擬其音也下文鄭伸子春之說以南陽語證子春說之不誤从穴毳聲充芮切十五部一曰小鼠聲謂鼠聲之小者也聲字依玉篇補宋本小鼠下皆空一字必是聲字耳竁入聲如猝於鼠聲相似周禮曰大喪甫竁

窆 ㄅㄧㄢˇ 31幫 窀 ㄓㄨㄣ 9端

窆葬下棺也土部曰堋葬下土也春秋傳朝而堋禮謂之封周官謂之窆按禮謂十七篇也士喪禮下篇曰及窆主人哭踊無筭注窆下棺也今文窆爲封然則許十七篇從今文鄭從古文而疊今文也凡戴記皆作封戴記從今文也周官謂之窆者周禮鄉師云及窆執斧以涖匠師先鄭云窆謂葬下棺春秋傳所謂傰禮記所謂封也按堋窆封三字分蒸侵東三韵而一聲之轉从穴乏聲方驗切古音在七部周禮曰及窆執斧

窀窀穸逗各本刪此二字今依全書例補厚釋窀夕釋穸葬之厚夕也襄十三年左傳曰惟是春秋窀穸之事所以從先君於禰廟者杜曰窀厚也穸夜也厚夜猶長

穸 ㄒㄧ 14定 ⿱穴甲 ㄧㄚ 31影 㝱 ㄇㄥˋ 26明

夜春秋謂祭祀長夜謂葬輴按窀淳同音窀訓厚从穴屯聲陟輪切十三部春秋傳曰窀穸從先君於地下與今左傳異

穸窀穸也从穴夕聲孔宙碑作窀夕乃蒙上穴而省耳詞亦切古音在五部

⿱穴甲入脈刺穴謂之⿱穴甲蓋古醫經之言齊民要術說相牛有⿱穴甲字从穴甲聲烏狎切八部

文五十一 重一

㝱寐而覺者也寐而覺與醒字下醉而覺同意今字叚夢爲之夢行而㝱廢矣从宀从爿夢聲宀者覆也爿者倚著也夢者不明也夢亦聲古音在六部今莫鳳切周禮吕日月星辰占六㝱之吉凶鄭注詳矣一曰正㝱鄭云無所感動平安自夢也二曰咢㝱咢者譁訟也借爲驚遌之遌周禮作噩夢杜子春云當爲驚愕之愕謂驚愕爲夢也三曰思㝱鄭云

寑 28清　寐 8明　寤 13疑　△𡪧　㝲 13影　㝳 4明　㝴 7匣

覺時所思念之而夢也思小徐作觭誤四曰寤㝱鄭云覺時所道之而夢也寤大徐作悟五曰喜㝱鄭云喜悅而夢也六曰懼㝱鄭云恐懼而㝱也巳上周禮占夢文凡㝱之屬皆从㝱

寑病臥也寑者臥也𥩠者病臥也此二字之別今字槩作寑矣从㝱省𡨧省聲𡨧者籒文寑七荏切七部

寐臥也俗所謂睡著也周南毛傳曰寐寑也从㝱省未聲蜜二切十五部

寤寐覺而有言曰寤有言今鍇本作省信鉉本作有信皆誤今依韵會所據鍇本釋元應引倉頡篇覺而有言曰寤左傳季寤字子言是其證按周南毛傳曰寤覺也衛風鄭箋同言其大略而巳鄭釋周禮寤夢云覺時道之而夢亦與倉頡篇同也古書多叚寤爲悟从㝱省吾聲五故切五部一曰晝見而夜㝱也蓋亦周禮寤夢之說陳風傳云晤遇也箋云晤對也寤與晤義相通

𡪧籒文寤周禮占夢釋文云寤本又作𡪧此用籒文而小變也

㝲楚人謂寐曰㝲㝲猶𥹉也𥹉黏也从㝱省女聲依倨切廣韵亦音女五部

㝳寐而厭也鉉本作未厭誤甚胡身之通鑑釋文辨誤引作米厭米即寐之譌葢古本作寐而寐厭一譌作米再譌作未要不若小徐本爲長廣雅曰㝳𥨊厭也按厭魘正俗字大徐於鬼部妄增魘字云夢驚也由不解此處厭字故耳倉頡篇曰伏合人心曰厭字苑曰厭眠內不祥也皆見元應書廣韵五十琰厭注厭魅二十九葉厭注惡夢可見魘字之晚出取俗矣西山經翼望之山鳥名鵸鵌服之使人不厭此用厭字之取古者㝳古多叚借眯爲之郭注山海經引周書服之不眯爲不厭之證莊子天運彼不得夢必且數眯焉司馬彪曰眯厭也通鑑劉曄曰臣得與聞大謀常恐眯夢漏泄以益臣罪語本裴松之引傳子胡身之引說文寐字解之从㝱省米聲此篆今本說文作𤶼攷廣雅作㝳玉篇廣韵皆作㝳不載寐字可知古本說文作㝳也若集韵云寐或作㝳類篇有寐無㝳則鉉本盛行之故耳今正莫禮切十五部

㝴孰寐也从㝱省水聲讀若悸求癸切十五部按大徐用唐韵也玉篇廣韵集韵類篇皆祇渠季切一音

七篇下　卅五

寎 15並　寱 2疑　寣 8曉　疒 11泥

寎臥驚病也以疊韵爲訓爾雅三月爲寎月作此字从㝱省丙聲皮命切古音在十部

寱瞑言也瞑目翕也瞑言者寐中有言也寐亦作寱俗作囈从㝱省臬聲牛例切十五部

寣臥驚也廣雅曰寣覺也義相近今江蘇俗語曰睡一寣一曰小兒號寣寣別一義也寣寣者號聲一曰河內相評也又別一義也評者召也今字作呼相召曰寣如言咄少卿良苦言嚄大姊之比河內人語如此从㝱省从言會意火滑切十五部

文十　重一

疒倚也倚與疒音相近人有疾痛也也字玉篇有象倚箸之形橫者直者相距故曰象倚箸之形或謂即牀狀牆戕之左旁不知其音迥不相同也女尼切十六部凡疒之屬皆

痛 18透　△𤵸　疾 4從　△廿　病 15並　瘣 7匣

从疒

疾病也析言之則病爲疾加渾言之則疾亦病也按經傳多訓爲急也速也此引伸之義如病之來多無期無迹也止部曰疌疾也从疒矢聲矢能傷人矢之去甚速故从矢會意聲字疑衍秦悉切十二部

𤵸籒文疾从廿者古文疾也从𤵸者𤵸省也

廿古文各本篆體作𤵸是仍與小篆無異今正攷竊篆下曰廿古文疾童篆下曰廿古文以爲疾此廿爲古文疾之明證而集韵類篇皆曰廿古文疾𤵸籒文疾此丁度所見不誤之明證也其曰籒文作𤵸又作𤶼者乃當其時巳有誤本同今本而因併入之又譌古爲籒也

痛病也从疒甬聲他貢切九部

病疾加也苞咸注論語曰疾甚曰病从疒丙聲皮命切古音在十部

瘣病也从疒鬼聲胡罪切十五部詩曰譬彼瘣木今小雅小弁作壞木傳曰壞瘣也謂傷病也箋云猶內傷病之木內有疾故無枝也按今毛傳壞瘣二字互譌許及樊光所引皆作瘣木爲是一曰腫旁出也此別一義釋木瘣木苻婁

七篇下　卅六

疴ㄜ 1影　痡ㄆㄨ 13滂　瘽ㄑㄧㄣ 9匣　瘵ㄓㄞ 2精　瘨ㄉㄧㄢ 6端　瘼ㄇㄛ 14明　㽱ㄐㄧㄡ 21見

郭云謂木病尪傴癭腫無枝條攷工記凡揉牙外不廉而內不挫旁不腫注腫瘣也 **疴病也** 鴻範五行傳鄭注同 **从疒可聲** 烏何切十七部 **五行傳曰時即有口疴** 五行傳者伏生鴻範五行傳也言之不從是謂不乂時則有口舌之疴 **痡病也** 釋詁毛傳同 **从疒甫聲** 普胡切五部 **詩曰我僕痡矣** 周南卷耳文 **瘽病也** 釋詁曰瘽病也字亦作懃 **从疒堇聲** 巨斤切 **瘵病也** 釋詁曰瘵病也小雅菀柳毛傳同箋云瘵接也則謂詩叚瘵為際也 **从疒祭聲** 側介切十五部 **瘨病也** 大雅雲漢傳同按今之顛狂字也廣雅瘨狂也急就篇作顛疾 **从疒眞聲** 都年切十二部 **一曰腹張** 張汲古閣作脹誤今依宋本訂古無脹字左傳晉侯獳將食張如廁即今之脹字也瘨與䐜䐜字意略同集韵稱人切 **瘼病也** 小雅曰亂離瘼矣釋詁毛傳皆云瘼病也方言曰瘼病也東齊海岱之閒曰瘼 **从疒莫聲** 慕各切五部 **㽱腹中急痛**

㾕ㄩㄣ 9匣　癇ㄒㄧㄢ 3匣　⿸疒出ㄨ 8疑　疵ㄘ 10從　癈ㄈㄟ 2幫　瘏ㄊㄨ 13定

也 痛字依小徐及廣韵補今吳俗語云絞腸刮肚痛其字當作㽱也古音讀如糾釋詁云咎病也咎蓋㽱之古文叚借字 **从疒丩聲** 古巧切古音在三部 **㾕病也从疒員聲** 王問切十三部 **癇病也从疒閒聲** 戶閒切十四部按今俗語皆呼閒切方書小兒有五癇王符貴忠篇云哺乳多則生癇病元應引聲類云今謂小兒瘨曰癇也 **⿸疒出病也从疒出聲** 五忽切十五部 **疵病也** 古亦叚玼為之 **从疒此聲** 疾咨切十六部廣韵疾移切是也 **癈固病也** 按此當云癈固病也癈固為逗淺人刪癈字耳下文痼為久病癈固則經傳所云廢疾也其義不同鍇本作痼疾也則尤誤矣癈猶廢固猶錮如瘖聾跛躃斷者侏儒皆是癈為正字廢為叚借字亦有叚癈疾字為與廢字者 **从疒發聲** 方肺切十五部按廢癈可入發伐可去南人作韵書分別遂若約定俗成矣古無去入之別 **瘏病也** 周南卷耳曰我馬瘏矣釋詁毛傳皆曰瘏病也豳風鴟鴞傳同 **从疒者聲** 同都切五

瘲ㄗㄨㄥ 18精　⿸疒辛ㄕㄣ 6心　⿸疒或ㄒㄩ 25曉　痟ㄒㄧㄠ 19心　疕ㄅㄧ 4幫　瘍ㄧㄤ 15定

部 **詩曰我馬瘏矣** **瘲病也从疒從聲** 將容切九部按廣韵集韵將容切內皆不收此字蓋與瘛瘲為二病 **⿸疒辛寒病也** 古多借洒為痒晉語狐突曰玦之以金銑寒之甚矣韋注玦猶離也銑猶洒也洒洒寒皃唐人舊音云洒或為洗本艸為色洗洗是寒皃玉裁謂凡素問靈樞本艸言洒洒洗洗者其訓皆寒皆痒之叚借古辛聲先聲西聲同在眞文一類國語注洒音銑不誤 **从疒辛聲** 所臻切十二部 **⿸疒或頭痛也从疒或聲** 吁逼切一部 **讀若溝洫之洫** 按洫聲在十二部或聲在一部然毛詩洫作減古文閾作闆是合音之理也 **痟酸痟** 逗 **頭痛也** 周禮疾醫春時有痟首疾注云痟酸削也首疾頭痛也疏曰春時陽氣將盛惟金沴木故有痟首之疾 **从疒肖聲** 相邀切二部 **周禮曰春時有痟首疾** **疕頭瘍也** 周禮醫師凡邦之有疾病疕瘍者造焉則使醫分而治之注云疕頭瘍亦謂禿也 **从疒匕聲** 卑履切十五部 **瘍頭創**

痒ㄧㄤ 15定　⿸疒馬ㄇㄚ 13明　⿸疒斯ㄒㄧ 10心　⿸疒為ㄨㄟ 1匣　疦ㄐㄩㄝ 2見　瘖ㄧㄣ 28影　癭ㄧㄥ 12影

也 按頭字蓋賸上文疕下曰頭瘍則見瘍不專在頭矣鄭注周禮云身傷曰瘍以別於頭瘍曰疕許則疊韵為訓疕得評瘍他瘍不得評疕也檀弓曰居喪之禮身有瘍則浴 **从疒昜聲** 與章切十部魯頌假瘍為揚 **痒瘍也** 小雅癙憂以痒傳曰癙痒皆病也釋詁亦曰痒病也按今字以痒為癢字非也癢之正字說文作蛘 **从疒羊聲** 似陽切十部 **⿸疒馬目病一曰惡气著身也一曰蝕創** 凡三義蝕者敗創也 **从疒馬聲** 莫駕切古音在五部 **⿸疒斯散聲也** 方言⿸疒斯噎也楚曰⿸疒斯又曰⿸疒斯散也東齊聲散曰⿸疒斯秦晉聲變曰⿸疒斯器破而不殊其音亦謂之⿸疒斯按與斯斷字義相通馬嘶字亦當作此 **从疒斯聲** 先稽切十六部 **⿸疒為口咼也** 口部曰咼口戾不正也此亦疊韵為訓 **从疒為聲** 韋委切古音在十七部 **疦瘍也** 廣韵云瘡裏空也今義也 **从疒夬聲** 古穴切十五部 **瘖不能言也从疒音聲** 於今切七部 **癭頸瘤也** 下文云瘤腫也

⿸疒又ㄧㄡˋ 24匣
瘻ㄌㄡˋ 16來　瘀ㄩ 13影　疝ㄕㄢˋ 3心　疛ㄓㄡˇ 21端

此以頸瘤與頸腫別言者頸瘤則如囊者也頸腫則謂暫時腫脹之疾故異其辭釋名曰癭嬰也在頤纓理之中也青徐謂之脰博物志曰山居多癭飲水之不流者也凡楠樹樹根贅肬甚大析之中有山川花木之文可爲器械吳都賦所謂楠瘤之木三國張昭作楠瘤枕賦今人謂之癭木是也癭木俗作影木楠瘤俗本作楠榴皆誤字耳

从疒嬰聲 於郢切十一部

瘻　頸腫也 淮南說山訓雞頭已瘻高注瘻頸腫疾也雞頭水中芡也錯本作頭腫蓋淺人恐與頸瘤不別而改之腫癰也頸腫卽釋名之癰喉 **从疒婁聲** 力豆切四部

⿸疒又　顫也 與頁部頫疣音義同 **从疒又聲** 于救切古音在一部

瘀　積血也 血積於中之病也九辯曰形銷鑠而瘀傷 **从疒於聲** 依據切五部

疝　腹痛也 釋名曰心痛曰疝疝詵也氣詵詵然上而痛也陰腫曰隤氣下隤也又曰疝亦言詵詵也小腹急痛也 **从疒山聲** 所晏切十四部

疛　小腹病 小當作心字之誤也隸書心或作小因譌爲小耳玉篇云疛心腹疾也仍古本也小雅曰我心憂傷惄焉如擣傳曰擣心疾也釋文擣本或作𤸫韓詩作疛義同按疛其正字擣其或體擣其譌字也玉篇引呂氏春秋曰身盡疛腫今本呂覽作身盡府種二字皆誤高誘曰疛腹疾也 **从疒肘省聲** 陟柳切三部詩音義除又切

七篇下　卅九

⿸疒㬥ㄆㄧˋ 5並　⿸疒付ㄈㄨˇ 16幫　痀ㄐㄩ 16匣　瘚ㄐㄩㄝˊ 2見　△欮　痵ㄐㄧˋ 5匣　痱ㄈㄟˋ 7並

⿸疒㬥　滿也 毛詩傳曰不醉而怒曰㬥然則㬥謂氣滿㬥擧形聲包會意也 **从疒㬥聲** 平秘切十五部

⿸疒付　俛病也 方言曰短東陽之間謂之府按俛者多庳方言與許義相近 **从疒付聲** 方榘切四部

痀　曲脊也 玉部玖下曰讀若人句脊之句二句字皆痀之誤也 **从疒句聲** 其俱切古音讀如苟在四部

瘚　屰气也 釋名曰厥逆氣從下厥起上行入心脅也高誘呂覽注曰厥逆寒疾也 **从疒从屰从欠** 欠猶气也居月切十五部

欮　瘚或省疒 厂部厥用爲聲

痵　气不定也 心部曰悸心動也義相近玉篇曰痵亦作悸 **从疒季聲** 其季切十五部

痱　風病也 非風雙聲釋詁曰痱病也郭注見詩按小雅百卉具腓李善注文選戲馬臺詩云韓詩云百卉具腓薛君曰腓變也毛萇曰痱病也今本作腓據李則毛詩本作痱與釋詁合 **从疒非聲** 蒲罪切十五部按當扶非切亦作疿

痤ㄘㄨㄛˊ 1從　瘤ㄌㄧㄡˊ 13來
疽ㄐㄩ 13清　⿸疒麗ㄌㄧˋ 1來　癰ㄩㄥ 18影

瘤　腫也 釋名曰瘤流也流聚而生腫也 **从疒畱聲** 力求切三部

痤　小腫也 玉篇曰癤也 **从疒坐聲** 昨禾切十七部 春秋經宋公殺其世子痤是此字三傳同以隱疾名子也 **一曰族絫病** 左傳曰牲不疾瘯蠡疾者族之俗蠡與絫同部杜注以皮毛無疥癬釋之按季㒸以民力溥存釋博以碩大蕃滋釋碩以不疾瘯蠡釋肥以備腯咸有釋腯釋文云說文蠡作瘰云瘯瘰皮肥也此說文二字有譌當是別本作瘰注云不疾瘯瘰皮肥也奪不疾二字

疽　久癰也 後漢書劉焉傳注元應一切經音義皆引久癰與小徐合癰久而潰沮澤然也 **从疒且聲** 七余切五部

⿸疒麗　癰也从疒麗聲 郎計切十六部 **一曰瘦黑讀若隸**

癰　腫也 肉部曰腫癰也按腫之本義謂癰引伸之爲凡墳起之名如上文瘤腫也痤小腫也則非謂癰也釋名曰癰壅也氣壅否結裹而潰也 **从疒雝聲** 於容切九部

七篇下　卌

瘕ㄐㄧㄚˇ 13匣　痂ㄐㄧㄚ 1見　疥ㄐㄧㄝˋ 2見　癬ㄒㄩㄢˇ 3心　瘜ㄒㄧˊ 25心

瘜　寄肉也 肉部腥下曰星見食豕令肉中生小息肉也息肉卽瘜肉廣韵曰惡肉 **从疒息聲** 相卽切一部

癬　乾瘍也 乾音干瘍之乾者也釋名曰癬徙也浸淫移徙處日廣也故青徐謂癬爲徙也 **从疒鮮聲** 息淺切十四部

疥　搔也 搔音穌到切疥急於搔因謂之搔俗作瘙或作⿸疒喿穌到切今四川人語如此禮記釋文引說文疥瘙瘍也文選登徒子好色賦注引疥瘙也皆以俗字改正字耳後漢書烏桓傳曰手足之蚧搔章懷音新到反蚧同疥釋名曰疥齘也癢搔之齒類齘也 **从疒介聲** 古拜切十六部

痂　疥也 按痂本謂疥後人乃謂瘡所蛻鱗爲痂此古義今義之不同也蓋瘡鱗可曰介介與痂雙聲之故耳南史劉邕嗜食瘡痂謂有蝮魚味 **从疒加聲** 古牙切十七部

瘕　女病也 按女字必是衍字詩厲假不瑕箋云厲假皆病也正義引說文癘疫病也或作癩瘕病也是唐初本無女字也倉公傳曰潘滿如小腹痛臣意診其

癘 ㄌㄧˋ 2來　瘧 ㄋㄩㄝˋ 20疑　痁 ㄉㄢ 30透　痎 ㄐㄧㄝ 24見　痳 ㄌㄣˊ 28來　痿 ㄨㄟˇ 7泥　痔 ㄓˋ 24定　痹 ㄅㄧˋ 8幫　𤸎 ㄅㄧˋ 5並

脈曰遺積瘕也女子薄吾病甚臣意診其脈曰蟯瘕也瘕蓋腹中病**从疒叚聲**乎加切玉篇曰說文本音遐史記索隱亦曰瘕音遐按古音在五部○錢氏大昕曰唐公房碑癘蠱不遐卽鄭箋之癘瘕不瑕也

癘 惡疾也按古義謂惡病包內外言之今義別製癩字訓爲惡瘡訓癘爲癘疫古多借厲爲癘公羊傳作痢何注云痢者民疾疫也大戴禮及公羊何注說七出皆云惡疾出何休曰惡疾棄者不可以奉宗廟也論語伯牛有疾苞氏曰牛有惡疾不欲見人故孔子從牖執其手也韓詩曰芣苢傷夫有惡疾也薛君曰芣苢澤瀉也臭惡之草詩人傷其君子有惡疾人道不通求己不得發憤而作以事興芣苢雖臭惡乎我猶采采而不已者以興君子雖有惡疾我猶守而不離去也**从疒蠆省聲**按大徐厲作蠆不誤洛帶切十五部

瘧 寒熱休作病謂寒與熱一休一作相代也釋名曰瘧酷虐也凡疾或寒或熱耳而此疾先寒後熱兩疾似酷虐者周禮曰秋時有瘧寒疾**从疒虐虐亦聲**魚約切二部

痁 有熱瘧有熱無寒之瘧也**从疒占聲**失廉切七部**春秋傳曰齊侯疥遂痁**左傳昭二十年文按梁元帝及袁狎顏之推欲改疥爲痎所謂無事而自擾也陸氏德明既辨之矣

痎 二日一發瘧也今人謂間二日一發爲大瘧顏之推云兩日一發之瘧今北方猶呼痎瘧音皆**从疒亥聲**古諧切古音在一部

痳 疝病也釋名曰淋懍也小便難懍懍然也按痳篆不與疝伍者以有疝痛而不痳者也**从疒林聲**力尋切七部

痔 後病也从疒寺聲直理切一部

痿 痹也如淳曰痿音蹶痿弩病兩足不能相過曰痿張揖曰痿不能行師古曰蹶痿弩名見晉令煩蕤二音按古多痿痹聯言因痹而痿也素問曰有漸於濕肌肉濡潰痹而不仁發爲肉痿**从疒委聲**儒佳切古音在十六部玉篇曰說文音蕤

痹 溼病也素問痹論痿論各爲篇岐伯曰風寒溼三氣雜至合而爲痹也**从疒畀聲**必至切十五部

𤸎 足氣不至也玉篇云足氣不至轉筋也**从疒畢聲**毗至切十二部

瘃 ㄓㄨˊ 17端　㾫 ㄆㄧㄢ 6滂　瘇 ㄓㄨㄥˇ 18定　△尰　㿈 ㄜˋ 31影　疻 ㄓˇ 10端　痏 ㄨㄟˇ 24匣　𤺌 ㄨㄟˇ 10定　𤵸 ㄔㄢ 30透　△痕

瘃 中寒腫覈趙充國傳手足皸瘃文穎曰瘃寒創也按腫覈者腫而肉中鞕如果中有覈也覈核古今字**从疒豖聲**陟玉切三部

㾫 半枯也尚書大傳禹其跳湯扁其跳者踦也鄭注云其發聲也踦步足不能相過也扁者枯也注言湯體半小扁枯按扁卽㾫字之叚借㾫之言偏也**从疒扁聲**匹連切十一部

瘇 脛气腫小雅巧言既微且尰釋訓毛傳皆曰骭瘍爲微腫足爲尰按云脛氣腫卽足腫也大徐本云脛氣足腫非**从疒童聲**時重切九部**詩曰既微且瘇**

尰 籒文左从允烏光切右从籒文童爾雅音義云尰本或作尰同並籒文尰字也按籒文本作尰又或變爲尰耳非有兩籒文也

㿈 跛病也廣韵曰㿈短氣也此今義也**从疒盍聲讀若脅又讀若掩**烏盍切八部

疻 疻痏逗**毆傷也**疻痏二字各本無依全書通例補漢書薛宣傳廷尉引傳曰遇人不以義而見疻者與痏人之罪鈞惡不直也應劭曰以杖手毆擊人剝其皮膚起青黑而無創瘢者律謂疻痏按此應注譌脫急就篇顏注云毆人皮膚腫起曰疻毆傷曰痏蓋應注律謂疻下奪去六字當作其有創瘢者謂痏文選嵇康詩注但若創痏李善引說文痏瘢也正與應語合皆本漢律也疻輕痏重遇人不以義而見疻罪與痏人等是疻人者輕論見疻者重論故曰惡不直也創瘢謂皮破血流**从疒只聲**諸氏切十六部

痏 疻痏也按依許全書之例則疻下云疻痏毆傷也此但云疻痏也而義已足此等往往爲淺人妄刪致文理不可讀矣或曰依應仲遠則疻痏異事何爲合之也曰應析言之許渾言之許曰毆傷則固兼無創瘢有創瘢者言之文選注引倉頡篇痏毆傷也與許正合**从疒有聲**榮美切古音在一部**一曰痏**逗**瘢也**據文選嵇康詩注補此五字此析言之與應劭引律合

𤺌 創裂也一曰疾𤺌玉篇作一曰疾也**从疒巂聲**以水切當依廣韵羊捶切十六部

𤵸 皮剝也剝裂也**从疒冄聲讀若柟又讀若襜**赤占切七部小徐有此七字

痕

瘦ㄕㄡˋ 16心　⿸疒夾ㄑㄧㄝˋ 29溪

癑ㄋㄨㄥˋ 23泥　痍ㄧˊ 4定　瘢ㄆㄢ 3並　痕ㄏㄣˊ 9匣　痙ㄐㄧㄥˋ 12匣　痋ㄔㄨㄥˊ 23定

各本下从㞋。今按尸部㞋字也，故正之。籀文从㞋。癑痛也。从疒農聲。奴動切。九部。痍傷也。成十六年晉侯及楚子鄭伯戰于鄢陵，楚子鄭師敗績。公羊傳曰：敗者稱師，楚何以不稱師？王痍也。王痍者何？傷乎矢也。按周易夷傷也，左傳察夷傷，皆假夷字爲之。从疒夷聲。以脂切。十五部。瘢痍也。長楊賦吮鋋瘢耆，孟康曰：瘢耆，馬脊耆創瘢處。按古義傷處曰瘢，今義則少異。从疒般聲。薄官切。十四部。痕胝瘢也。胝瘢謂胝之傷。肉部腄下云瘢胝也，與此同義。胝下云腄也，則不必傷者也。按今義與此亦異，皆逐末而忘本也。韵會無胝字。从疒艮聲。戶恩切。十二部。痙彊急也。本艸經曰：朮主痙疸。廣韵曰：風強病也。按急就篇癰疽瘛瘲痿痹疢，疢即痙。顏云：體強急難用屈伸也。从疒巠聲。其頸切。十一部。痋動病也。痋即疼字。釋名曰：疼，旱氣疼疼然煩也。按詩旱既太甚，蘊隆蟲蟲，韓詩作鬱隆烔烔，劉成國作疼疼，皆旱熱人不安之皃也。今義疼訓痛。从疒蟲省聲。徒冬切。九

七篇下　卅三

⿸疒易ㄧˋ 11定　痞ㄆㄧˇ 24並　疸ㄉㄢˇ 3端　癉ㄉㄢˇ 3端　疢ㄔㄣˋ 6透

部。瘦臞也。肉部曰：臞，少肉也。从疒叜聲。所又切。四部。今字作瘦。疢熱病也。其字从火，故知爲熱病。小雅疢如疾首，箋云：疢猶病也。此以疢爲煩熱之偁。从火从疒。會意。丑刃切。十二部。癉勞病也。大雅下民卒癉，釋詁、毛傳皆云：癉，病也。小雅哀我癉人，釋詁、毛傳曰：癉，勞也。許合云勞病者，如嘽訓喘息皃，幝訓車敝皃，皆單聲字也。癉與疸音同而義別，如郭注山海經、師古注漢書皆云癉黃病，王砅注素問黃疸云疸勞也，則二字互相假而淆惑矣。癉或假憚，或作癉。从疒單聲。丁幹、丁賀二切。十四部。疸黃病也。素問曰：溺黃赤安臥者黃疸，目黃者曰黃疸。从疒旦聲。丁幹切。十四部。⿸疒夾病息也。病息謂病之鼻息也。心部瘱从此。从疒夾聲。苦叶切。八部。痞痛也。廣韵曰：腹內結痛。从疒否聲。符鄙切。古音在一部。⿸疒易脈⿸疒易也。脈⿸疒易疊韵字。脈⿸疒易者善驚之病也。方言曰：脈⿸疒易，欺漫也。又曰：䘑，慧也。郭注：今名黠爲鬼䘑。又曰：慧，自關而東趙魏之間謂之黠，或謂

疲ㄆㄧˊ 1並

⿸疒术ㄕㄨˋ 8定　⿸疒肙ㄩㄢ 3影　⿸疒朿ㄗˇ 4精　疧ㄑㄧˊ 10匣

之鬼。郭注言鬼脈也。潘岳賦：靡聞而驚，無見自脈。徐爰注言雉性驚鬼黠。按蜥蜴跂跂脈脈，亦是此意。漢書所云易病者，當是⿸疒易之叚借。王子侯表：樂平侯訢病狂易。从疒易聲。羊益切。十六部。⿸疒术狂走也。春秋經甲戌己丑陳侯鮑卒，公羊傳曰：曷爲以二日卒之？怢也。注曰：怢者，狂也，齊人語。甲戌之日亡，己丑之日死而得，君子疑焉，故以二日卒之也。按⿸疒术怢蓋同字。从疒术聲。讀若歘。歘見欠部。今字譌作欻。食聿切。十五部。疲勞也。經傳多假罷爲之。从疒皮聲。符羈切。古音在十七部。⿸疒肙疲也。从疒肙聲。烏懸切。十四部。按各本無此篆，今依謝靈運發臨海嶠詩李善注引說文補。篇韵皆云⿸疒肙骨節疼也。今俗謂⿸疒肙酸。⿸疒朿瑕也。古本皆作瑕，惟小徐及毛本及集韵作瘕，恐是譌字耳。⿸疒朿之言疵也。从疒朿聲。側史切。古音在十五部。疧病不翅也。翅同啻。口部啻下曰：語時不啻也。倉頡篇曰：不啻，多也。古語不啻，如楚人言夥頤之類。世說新語云：王文度弟阿至惡乃不翅。晉宋間人尚作此語。帝聲。

七篇下　卅四

疫ㄧˋ 11定　△⿸疒夅　癃ㄌㄨㄥˊ 18來　⿸疒殹ㄞˋ 4影　⿸疒及ㄐㄧˊ 27曉

支聲、氏聲同在十六部，故疧以病不翅釋之，取疊韵爲訓也。爾雅釋詁、詩無將大車、白華傳皆云：疧，病也。何人斯不叚借祇爲疧，故毛傳曰：祇，病也。言假借也。又按古書或言不啻，或言奚啻，皆或作翅。國語曰：奚啻其聞之也。韋注云：奚，何也。何啻，言所聞非一也。孟子：奚翅食重，奚翅色重。趙注：翅，辭也。若言何其重也。今刻本作何其不重也，乃大誤。从疒氏聲。渠支切。十六部。爾雅音義云或丁禮反，非是。⿸疒及病劣也。劣猶危也。从疒及聲。呼合切。七部。⿸疒殹劇聲也。劇者病甚也。⿸疒殹者病甚呻吟之聲。酉部醫下曰：殹，病聲也。殹蓋⿸疒殹之省。从疒殹聲。於賣切。古音在十五部。癃罷病也。病當作癃。罷者，廢置之意。凡廢置不能事事曰罷癃。平原君傳：躄者自言不幸有罷癃之病。然則凡廢疾皆得謂之罷癃也。師古注漢書改罷病作疲病，非許意。从疒隆聲。力中切。九部。⿸疒夅籀文癃省。按篇韵皆作⿸疒夅，疑篆體有誤。漢書高帝紀年老癃病，景祐本及韵會所引皆作⿸疒夅。疫民皆疾也。鄭注周禮兩言疫癘之鬼。从

瘛2透　疼1端　痥2定　痼13見　𤻲20來　瘌2來　△療　癆19來　瘥1清　𤺋7清　瘉16定　瘳21透

疒役省聲營隻切十六部

瘛　小兒瘛瘲病也　急就篇亦云瘛瘲師古云即今癎病按今小兒驚病也瘛之言掣也瘲之言縱也蓺文志有瘛瘲方　从疒恝聲　徐鉉等曰說文無恝字疑从疒从心恝省聲也尺制切十五部

痑　馬病也　从疒多聲　丁可切十七部　詩曰痑痑駱馬　小雅四牡曰嘽嘽駱馬口部既偁之訓喘息皃與毛傳合矣此復偁作痑痑訓馬病其爲三家詩無疑也單聲之字古多轉入弟十七部此其異字異音之故漢書大人賦衍曼流爛痑以陸離史記痑作壇

痥　馬脛瘍也　瘍廣韵作傷　从疒兌聲　徒活切十五部　一曰將傷　將疑當作捋捋痥疊韵小徐本作持

痼　久病也　多假固爲之月令十二月行春令則國多固疾注曰生不充其性有久疾癈疾爲錮疾痼謂久疾故許異其義　从疒固聲　古慕切五部

𤻲　治也　方言曰療治也周禮注云止病曰療詩陳風泌之洋洋可以樂饑傳云可以樂道忘饑箋云可飲以𤻲饑是鄭讀樂爲𤻲也經文本作樂唐石經依鄭改爲𤻲誤矣　从疒樂聲　讀若勞　力照切二部

療　或从尞　尞聲

瘌　楚人謂藥毒曰痛瘌　方言曰凡飲藥傅藥而毒南楚之外謂之刺北燕朝鮮之閒謂之癆東齊海岱之閒謂之眠或謂之眩自關而西謂之毒瘌痛也郭云癆瘌皆辛螫也按瘌如俗語言辛辣　从疒刺聲　盧達切十五部

癆　朝鮮謂藥毒曰癆　从疒勞聲　郎到切二部郭音聊

瘥　瘉也　通作差凡等差字皆引伸於瘥　从疒差聲　楚懈切又才他切十七部

𤺋　減也　減亦謂病減於常也凡盛衰字引伸於𤺋凡等衰字亦引伸於𤺋凡喪服曰衰者謂其有等衰也皆𤺋之段借　从疒衰聲　楚追切古音在十七部　一曰耗也　耗之本義禾名也亦謂無爲耗讀如眊

瘉　病瘳也　釋詁及小雅角弓毛傳皆曰瘉病也渾言之謂瘳而尙病也許則析言之謂雖病而瘳也凡訓勝訓賢之愈皆引伸於瘉愈卽瘉字也　从疒俞聲　以主切古音在四部

瘳　疾瘉也

癡24透　冖11明　冠3見　冣16從

二字互訓也　从疒翏聲　敕鳩切三部

癡　不慧也　心部曰慧者獧也犬部曰獧者急也癡者遲鈍之意故與慧正相反此非疾病也而亦疾病之類也故以是終焉　从疒疑聲　丑之切一部

文一百二　今增痏爲百三　重七

冖　覆也　覆者葢也　从一下𠂹　一者所以覆之也覆之則四面下垂廣韵引文字音義云以巾覆从一下垂莫狄切十六部按冥下曰冖聲鼏亦冖聲則亦在十一部支耕之合也　凡冖之屬皆从冖

冠　𢃼也　疊韵爲訓　所以𢃼髮　𢃼者纚臂繩之名所以約束髮者也冠以約束髮故曰𢃼髮引伸爲凡覆葢之偁　弁冕之總名也　析言之冕弁冠三者異制渾言之則冕弁亦冠也　从冖元　會意元猶首也　元亦聲　古丸切十四部　冠有法制　謂尊卑異服　故从寸　古凡法度之字多从寸者

冣　積也　冣與聚音義皆同與冃部之最音義皆別公羊傳曰會猶冣也何云冣之爲言聚周禮太宰注曰凡簿書之冣目劉歆與楊雄書索方言曰欲得其冣目又曰頗願與其冣目得使入錄按凡言冣目者猶今言摠目也史記殷本紀大冣樂戲於沙丘冣一作聚張釋之馮唐列傳誅李牧令顏聚代之漢書聚作冣爾雅灌木叢木也毛傳叢木作冣木說文凡字下曰冣栝也儹字下曰冣也史記周本紀周冣文選過秦論周冣今各書此等冣字皆譌作最讀祖會反音義俱非葢字林固有冣字音才句反見李善選注至乎南北朝冣最不分是以周續之劉昌宗陸德明輩皆不能知毛傳之本作冣木顧野王玉篇冖部無冣而冃部有最云齊也聚也廣韵本唐韵而廣韵十遇才句一切無冣字然則唐韵葢亦本無冣字學者知有最字不知有冣字久矣玉篇云最者齊也聚也子會切是以冣之義爲最之義而廣韵十四泰云冣極也祖外切亦是冣之義誤以爲最之義也何以言之古凡云殿冣者皆當作从冖字項岱曰殿負也冣善也韋昭曰第上爲冣極下爲殿孫檢曰上功曰冣下功曰殿漢書周勃傳曰冣從高帝云云師古云冣凡也摠言其攻戰克獲之數又衛青霍去病傳曰冣大將軍青凡七出云

託 ㄉㄨˋ 14端　冂 ㄇㄠˋ 21明

云文法正同此皆與冣目之冣同又周勃傳曰攻槐里好畤冣又曰擊趙賁內史保於咸陽冣又曰攻上邽東守嶢關擊項籍攻曲遇冣樊噲傳曰攻趙賁下郿槐里柳中咸陽灌廢丘冣此皆殿冣之冣張晏曰冣功第一也如淳曰於將帥之中功爲冣也此正如葬書所言凡山顛可葬者名上聚之穴漢蔡湛碑三載勳冣其字正作冣以許君訓積求之積則必有其高處今人冣美冣惡之云讀祖會切蓋於形於音皆失之古必作冣讀才句切**从冖取**冖其上而取之**取亦聲**才句切四部

託奠酒爵也大徐作奠爵酒今依韵會所據訂周書顧命曰王三宿三祭三託某氏注曰酌者實三爵於王王三進爵三祭酒三奠爵六部曰奠置也**从冖**禮器必有冪也故从冖**託聲**當故切五部**周書曰王三宿三祭三託**

文四

冂重覆也下一覆也上又加一是爲重覆**从冂一**會意**凡冂之屬皆从冂**

同 ㄊㄨㄥˊ 18定　肯 ㄑㄧㄤˋ 18溪　冡 ㄇㄥˊ 18明　冃 ㄇㄠˋ 21見

讀若艸苺苺汲古閣作艸苺之苺字誤今依宋本苺當作每屮部曰每艸盛上出也每隸書作每左傳輿人誦曰原田每每杜注晉君美盛若原田之草每每然魏都賦蘭渚苺苺每上加艸非按古音蓋在之尤二部聞今音莫保切

同合會也从冂口口皆在所覆之下是同之意也徒紅切九部

肯幬帳之象巾部曰幬禪帳也帳張也**从冂**幬帳所以覆也**㞢其飾也**帳必有飾凡弢鼓右皆像垂飾苦江切按古音在三部殳部殸从殳肯聲凡槃肇殸字从殸聲

冡覆也凡蒙覆僮蒙之字今字皆作蒙依古當作冡蒙行而冡廢矣艸部蒙艸名也**从冂豕**會意莫紅切九部

文四

冃小兒及蠻夷頭衣也謂此二種人之頭衣也小兒未冠夷狄未能言冠故不冠而冃荀卿曰古之王者有務而拘領者矣楊注務讀爲冒拘與勾同淮南書曰古者有鍪而綣領以王天下者高注古者蓋三皇以前也鍪著兜鍪帽言未知制冠按高注兜鍪二字蓋淺人所加務與鍪皆讀爲冃冃卽今之帽字也後聖有作因冃以制冠冕而冃遂爲小兒蠻夷頭衣**从冂二其飾也**古報切古音在三部**凡冃之屬皆从冃**

冕 ㄇㄧㄢˇ 9明

冕大夫㠯上冠也冠下曰弁冕之總名渾言之也此云冕者大夫以上冠析言之也大夫㠯上有冕則士無冕可知矣周禮王之五冕皆元冕朱裏延紐五采繅十有二就皆五采玉十有二玉笄朱紘諸侯之繅斿九就瑉玉三采其餘如王之事繅斿皆就戴先生曰實六冕而曰五冕者陳采就玉之數止於五也亦以見服自十二章至一章而六冕瑑自十二旒至三旒而五其天子大裘之冕無旒也槩舉諸侯又申之曰繅斿皆就者明九旒至於三旒其就數九公侯伯子男無降差同也**邃延垂瑬紞纊**邃深遠也延者鄭云冕之覆周禮弁師王之五冕皆元冕朱裏延紐謂延上元下朱以表裏冕版也古者以三十升布爲之故尚書論語謂之麻冕用三十升布上元下朱爲延天子至大夫所同也其字左傳作綖垂瑬詳玉部瑬下紞纊糸部

△絻　冑 ㄓㄡˋ 21定　△䡣

曰紞者冕冠塞耳者也按紞所以懸瑱也瑱亦謂之纊詳糸部紞下據許紞系於延左右據周禮注王后之祭服有衡垂於副之兩旁當耳其下以紞懸瑱是專謂后服也然左傳衡紞紘綖昭其度也似男子有衡簪於冕覆而系紞**从冃免聲**亡辨切按古音當在十三部讀如問許書無免字而俛勉字皆免聲蓋本有免篆而佚之或曰古無免免之分俗強分別者非也冕之義取前俛則與低頭之俛關通**古者黃帝初作冕**大平御覽引世本曰黃帝作旃冕宋衷注云通帛曰旃應劭曰周始加旒周易繫辭曰黃帝堯舜垂衣裳而天下治蓋取諸乾坤

絻冕或从糸作从糸作者謂冕延用三十升布也周禮曰元冕朱裏謂元表朱裏注云冕延之覆在上是以名焉延之覆猶云延之表也是以名焉者釋經文元冕之冕字也以其冣居上故專得冕名也覲禮注云今文冕皆作絻許或之者許意從古文也亦見管子荀卿子及封禪書

冑兜鍪也兜部兜下曰兜鍪首鎧也按古謂之冑漢謂之兜鍪今謂之盔**从冃由聲**直又切三部

䡣司馬

冒 ㄇㄠˋ 21明
最 ㄗㄨㄟˋ 2精
△冣

法冑从革荀卿子鹽鐵論大[元]皆作軸冒冢而前也冢者覆也引伸之有所干犯而不顧亦曰冒如假冒如冒白刃如貪冒是也邶風下土是冒傳曰冒覆也此假冒爲冃也从冃目會意冃目者若無所見也冃亦聲目報切古音在三部

冒古文冒汗簡同

最犯取也鍇曰犯而取也按犯而取猶冢而前冣之字訓積最之字訓犯取二字義殊而音亦殊顏氏家訓謂冣爲古聚字手部撮字从最爲音義皆可證也今小徐本此下多又曰會三字係淺人增之韵會無之是也最俗作冣六朝如此作○莊子秋水鴟鵂夜撮蚤察毫末晝出瞋目而不見丘山釋文撮崔本作最此可證最撮古音同蚤謂齧人跳蟲也或誤爲聚爪云夜入人家索人指甲可笑也从冃取會意小徐衍聲字非也祖外切十五部

文五　重三

㒳 ㄌㄧㄤˇ 15來
兩 ㄌㄧㄤˇ 15來
㒼 ㄇㄢˊ 3明

㒳再也冓部曰再者一舉而二也凡物有二其字作㒳不作兩兩者二十四銖之偁也今字兩行而㒳廢矣从冂覆其上也从㐺入部曰㐺二入也㒳从此與此正相印合而鉉本此作从一闕其誤甚矣从丨二字今補葢爲二入之介也良奬切十部易曰參天㒳地說卦傳文葢孟氏易如此凡㒳之屬皆从㒳

兩二十四銖爲一兩一字衍禾部曰十二粟爲一分十二分爲一銖律[曆]志曰衡權本起於黃鍾之重一龠容千二百黍重十二銖兩之爲兩二十四銖爲兩按兩者㒳黃鍾之重故从㒳也从一㒳會意㒳逗平分也㒳小徐作兩誤今正也字今增此說从㒳之意㒳亦聲良奬切十部

㒼平也廣韵曰無穿孔狀按周禮鼈人掌取互物注云互物謂有甲㒼胡龜鼈之屬从廿二十併也五行之數二十分爲一辰此說从廿之意五行每行得廿分分之適平其法未聞从㒳从字今補㒳各本作㒼誤今正平也此說从㒳之意讀若蠻母官切十四部

网 ㄨㄤˇ 15明
△罔
△⿵冂亡
△⿵冂⿰糸亡
罨 ㄧㄢˇ 30影
△⿵冂㸚
罕 ㄏㄢˇ 3曉
⿱罒繯 ㄐㄩㄢˋ 3見

文三

网庖犧氏所結繩㠯田㠯漁也以田二字依廣韵太平御覽補周易毄辭傳文从冖幂其上也下象网交文从象网自文紡切在十部五經文字曰說文作网今依石經作冂凡网之屬皆从网

罔网或加亡亡聲也

⿵冂⿰糸亡或从糸以結繩爲之也

网古文网从冖亡聲

网籒文从冂

罨罕也蜀都賦曰罨翡翠从网奄聲奄覆也此舉形聲包會意於業切八部

罕网也謂网之一也吳都賦注曰畢罕皆鳥網也按罕之制葢似畢小网長柄故天官書畢曰罕車經傳叚爲尟字故釋詁云希寡鮮罕也从网干聲呼旱切十四部五經文字曰經典相承隸省作罕

⿱罒繯网也网之一也从网繯會意糸部曰繯落也落者今之包絡字繯网主於圍繞故从繯繯亦聲古眩切十四部俗作罥一曰綰也此別一義糸部綰下曰絹也絹卽繯字俗書叚借也周禮冥氏注曰弧張罿罦之屬所以扃絹禽獸翟氏注曰置其所食之物於絹中鳥來下則掎其腳亦皆假絹爲繯絹之言絆也下文云⿱罒巽者繯獸足是其義

⿱罒每 ㄇㄟˊ 24明
⿱罒巽 ㄒㄩㄢˋ 3心
⿰𧾷巽
罙 ㄇㄧˊ 4明
△冞

⿱罒每网也网之一也篇韵皆曰雉网从网每聲莫梧切古音在一部

⿱罒巽网也网之一也从网巽聲思沇切十四部

⿰𧾷巽⿱罒巽或从足巽逸周書曰不卵不⿰𧾷巽㠯成鳥獸周書文傳解曰山林非時不升斤斧以成草木之長川澤非時不入罔罟以成魚鼈之長不麛不卵以成鳥獸之長許所據有不⿰𧾷巽二字⿱罒巽者繯獸足故从足

罙网也各本作周行也詩釋文引作冒也乃涉鄭箋而誤今尋上下文皆网名篇韵皆云罙罟也更正葢罙亦网名其用主自上冒下故鄭氏箋詩殷武改毛之冞入其阻爲罙入云冒也就字本義引伸之此鄭箋之易舊非經本有作罙者也各本米聲下有詩曰罙入其阻六字似許用鄭本恐後人所增今刪从网米聲武移切按古音在十五部

冞

罩 ㄓㄠˋ 19端　罾 ㄗㄥ 26精　罪 ㄗㄨㄟˋ 7從　罽 ㄐㄧˋ 2見　罛 ㄍㄨ 13見　罟 ㄍㄨˇ 13見　罶 ㄌㄧㄡˇ 21來　△𦌒　罜 ㄓㄨˇ 16端

𦋺或从歺歺者列骨之殘也从歺亦网罟殘害之意也

罩捕魚器也小雅南有嘉魚烝然罩罩釋器曰籗謂之罩毛傳曰罩籗也劉逵吳都賦注曰罩籗也編竹籠魚者也按竹部曰籱罩魚者也从网卓聲都教切二部

罾魚网也文穎曰罾魚網也師古曰形如仰繖蓋四維而舉之从网曾聲作滕切六部

罪捕魚竹网竹字蓋衍小徐無竹网二字从网非聲聲字舊缺今補本形聲之字始皇改爲會意字也徂賄切十五部秦吕爲辠字文字音義云始皇以辠字似皇乃改爲罪按經典多出秦後故皆作罪罪之本義少見於竹帛小雅畏此罪罟大雅天降罪罟亦辠罟也

罽魚网也廣雅罽罔也从网𠟼聲居例切十五部𠟼籒文銳見金部

罛魚罟也衛風碩人曰施罟濊濊釋器毛傳皆曰罛魚罟从网瓜聲古胡切五部詩曰施罛濊濊按此可以正今本水部濊濊大部濊濊之譌

罟网也小雅小明傳曰罟网也按不言魚网者易曰作結繩而爲网罟以田以漁是网罟皆非專施於漁也罟實魚网而鳥獸亦用之故下文有鳥罟兔罟从网古聲公戶切五部

罶曲梁寡婦之笱魚所畱也釋訓曰凡曲者爲罶釋器曰嫠婦之笱謂之罶小雅魚麗苕華傳合之曰罶曲梁也寡婦之笱也許說本之按𨚗風傳云梁魚梁衛風傳曰石絕水曰梁曹風傳云梁水中之梁𨚗風傳云笱所以捕魚也句部云笱曲竹捕魚也葢曲梁別於凡梁寡婦之笱別於凡笱曲梁者僅以薄爲之寡婦之笱笱之敝者也魚麗美物盛多能備禮也故言此曲梁寡婦之笱而魚之多如是苕之華大夫閔時也師旅並起因之以飢饉言三星在罶則無魚可知也梁與笱相爲用故詩云敝笱在梁言逝梁必言發笱若魯語曰古者大寒降土蟄發水虞於是乎講罛罶取名魚則非止曲梁寡婦之笱矣从网畱畱亦聲力九切三部

𦌒罶或从婁三部四部合音春秋國語曰溝罛𦌒魯語文溝疑誤古本葢作冓冓猶交加也今魯語作講

罜罜䍡逗小魚罟也魯語曰鳥獸成水蟲孕水虞於是禁罝罜麗設穽鄂以實廟庖畜功用也韋曰罝當作罛罜麗小網也西京賦曰設罜麗从网主聲之庾切四部按古音獨

䍡 ㄌㄨˋ 17來　罧 ㄙㄣˋ 28心　罠 ㄇㄧㄣˊ 6明　羅 ㄌㄨㄛˊ 1來　罬 ㄓㄨㄛˊ 2端　△輟　𦊖 ㄈㄡˊ 21並　罿 ㄔㄨㄥ 18透　△罦　罻 ㄨㄟˋ 8影　罘 ㄈㄡˊ 24並

䍡罜䍡也从网鹿聲盧谷切三部

罧積柴水中吕聚魚也从网林聲毛詩潛有多魚韓詩潛作涔釋器曰槮謂之涔毛傳曰潛槮也爾雅毛傳槮本从米舍人李巡皆云以米投水中養魚曰涔从米是也自小爾雅改作槮改米爲木云槽改水爲木槮也積柴水中而魚舍焉郭景純因之云今之作槮者聚積柴木於水魚得寒入其裹藏隱因以薄圍捕取之槮非古字至若罧字雖見淮南鴻烈然與槮皆俗字也毛詩爾雅音義皆云字林作罧不云出說文疑或取字林𢏌入許書古本當無此篆所今切七部按舊皆山沁反

罠所吕釣也所以二字今補召南曰其釣維何維絲伊緡緡傳曰緡綸也箋云以絲爲之綸則是善釣也按糸部曰緡釣魚繁也此曰罠所以釣也然則緡罠古今字一古文一小篆也吳都賦注曰罠麋網也廣韵曰罠𩵹網則又古今義殊○釋器𩵹罟謂之羉本或作罠張載七命布飛羉張修罠則羉與罠非一字也从网民聲武巾切十二部自罩至此十一篆皆謂以漁者也

羅吕絲罟鳥也釋器鳥罟謂之羅王風傳曰鳥網爲羅从网从維會意魯何切十七部或作羅俗異用古者芒氏初作羅葢出世本作篇

罬捕鳥覆車也釋器曰繴謂之罿罿罬也罬謂之罦罦覆車也郭云今之翻車也有兩轅中施罥以捕鳥展轉相解廣異語按又見糸部从网叕聲陟劣切十五部

輟罬或从車作按車部有輟篆義殊

罿罬也王風毛傳同从网童聲尺容切九部

𦊖覆車也王風雉離于罦傳曰罦覆車也从网包聲縛牟切三部詩曰雉離于𦊖今毛傳作罦

罦𦊖或从孚作古包聲孚聲同在三部

罻捕鳥网也王制注曰罻小網也从网尉聲於位切十五部

罘兔罟也郭璞注子虛賦曰罘罝也从网否聲縛牟切古音在

⿱罒互 ㄏㄨˋ 13匣　罝 ㄐㄩ 13精　△⿱罒組　△⿱罒虘　⿱罒舞 ㄨˇ 13明　署 ㄕㄨˋ 13定　罷 ㄆㄚˊ 1並　置 ㄓˋ 25端　詈 ㄌㄧˋ 1來　罯 ㄢˇ 28影　羈 ㄐㄧ 10見　罵 ㄇㄚˋ 13明　（羈）　△羈

一部秦刻石可證也繇作罘　⿱罒互　罟也　廣韵曰兔網　从网互聲　胡誤切五部　罝　兔网也　周南肅肅兔罝釋器毛傳皆曰兔罟也　从网且聲　子邪切古音在五部　⿱罒組　罝或从組作　⿱罒虘　籀文从虘　虘聲自羅至此八篆皆以田者也　⿱罒舞　牖中网也　中字牖或曰當作戶牖网如招寬之网戶王逸曰网戶綺紋鏤也此似网非眞网也故次於此　从网舞聲　文甫切五部　署　部署也　部署猶處分疑本作罘署後改部署也項羽本紀曰梁部署吳中豪傑爲校尉候司馬急就篇曰分別部居不雜廁魯語孟文子曰夫位政之建也署位之表也署所以朝夕虔君命也按官署字起於此　各有所网屬也从网　网屬猶系屬若网在綱故从网　者聲　者別事䛐也此舉形聲包會意常恕切五部　罷　遣有辠也　引伸之爲止也休也周易或鼓或罷論語欲罷不能周禮有罷民鄭曰民不愍作勞有似於罷齊語有罷士罷女韋曰罷病也無作曰病按罷民罷士謂偷惰之人罷之音亦讀如疲而與疲義殊少儀師役曰罷鄭曰罷之言疲勞也凡曰之言者皆轉其義之詞　从网能　會意薄蟹切古音在十七部讀如婆論語音杷　网辠网也　依韵會補四字　言有賢能而入网卽貫遣之周禮曰　大司寇職文　議能之辟是也　說會意之恉　置　赦也　攴部曰赦置也二字互訓置之本義爲貫遣轉之爲建立所謂變則通也周禮廢置以馭其吏與廢對文古借爲植字如攷工記置而搖之卽植而搖之論語植其杖卽置其杖也　从网直　徐鍇曰與罷同意是也直亦聲陟吏切一部　罯　覆也从网音聲　烏感切七部　詈　罵也从网言　力智切十六部　罵　詈也从网馬聲　莫駕切古音在五部　羈　馬落頭也　落絡古今字許書古本必是作落引伸之爲羈旅　从网馽馽絆也　既絆其足又网其頭居宜切十六部　羈　羈或从革　今字作羈俗作羇

襾 ㄒㄧㄚˋ 13曉　覂 ㄈㄥˇ 31幫　覆 ㄈㄨˋ 22滂　覈 ㄏㄜˊ 20匣　△覈　巾 ㄐㄧㄣ 9見

文三十四　重十二

襾　覆也从冂上下覆之　下字賸冂者自上而下也凵者自下而上也故曰上覆之覆者覂也从一者天也上覆而不外乎天也　凡襾之屬皆从襾讀若晋　呼訝切古音在五部　覂　覆也　武帝紀泛駕之馬師古曰泛覆也音方勇反字本作覂後通用耳廣韵正作覂駕之馬食貨志大命將泛孟康曰泛音方勇反玉篇正作大命將覂　从襾乏聲　方勇切古音在七部　覆　覂也　反也覆覂三字雙聲又部反下曰覆也反覆者倒易其上下如襾从冂而反之爲凵也覆與復義相通復者往來也　从襾復聲　此舉形聲包會意芳福切三部　一曰葢也　此別一義艸部曰葢者苫也苫者葢也上文云冖者覆也皆此義古本與上義同一音南音乃別此義爲敷救切　覈　實也　凡有骨之偁也骨下曰肉之覈也蔡邕注典引曰有骨曰覈周禮其植物曰覈物謂梅李之屬按詩小雅肴覈維旅典引及注不誤蜀都賦作槅叚借字也今本作核傳寫也周禮經作覈注作核葢漢人巳用核爲覈矣　攷事襾笮邀遮其辭得實曰覈　襾者反覆之笮者迫之徼者巡也遮者遏也言攷事者定於一是必使其上下四方之辭皆不得逞而後得其實是謂覈此所謂咨於故實也所謂實事求是也　从襾敫聲　下革切古音當在二部　覈　覈或从雨　亦襾意

文四　重一

巾　佩巾也　帶下云佩必有巾巾部佩巾禮之紛帨也鄭曰紛帨拭物之佩巾也按以巾拭物曰巾如以帨拭手曰帨周禮巾車之官鄭注巾猶衣也然吳都賦吳王乃巾玉路陶淵明文曰或巾柴車或櫂孤舟皆謂拂拭用之不同鄭說也陶句見文選江淹雜體詩注今本作或命巾車不可通矣玉篇曰本以拭物後人著之於頭　从冖　巾可覆物故从冖周禮冪人注以巾覆物曰冪　丨象系也　有系而後佩於帶居銀切十二部　凡

帉 ㄈㄣ 9明　帥 ㄕㄨㄞˋ 8心 △帨　⿱埶巾 ㄕㄨㄟˋ 2透　帗 ㄈㄨˊ 2幫　帎 ㄖㄣˋ 9泥　幋 ㄆㄢˊ 3並　帤 ㄖㄨˊ 13泥

巾之屬皆从巾。

帉　楚謂大巾曰帉。方言大巾謂之帉內則曰左佩紛帨鄭云紛帨拭物之佩巾今齊人有言紛者釋文曰紛或作帉按紛者叚借字也帉帉同从巾分聲。撫文切十三部

帥　佩巾也。从巾𠂤聲。𠂤聲字大徐奪所律切十五部

帨　帥或从兌聲。今音稅此二篆今人久不知爲一字矣召南毛傳曰帨佩巾也鄉飲酒禮鄉射禮燕禮大射儀公食大夫禮有司徹皆言帨手注帨拭也帨手者於帨帨佩巾據賈氏鄉飲公食二疏知經注皆作帨別無挩字內則盥卒授巾注云巾以帨手卽用禮經帨手字也㕞者拭也刷亦同㕞左傳藻率鞞鞛服虔曰藻爲畫藻率爲刷巾禮有刷巾許於刀部刷下亦云禮有刷巾是則刷爲刷巾卽左傳之率與帥古多通用如周禮樂師故書帥爲率聘禮古文帥皆作率韓詩帥時農夫毛詩作率皆是佩巾本字作帥叚借作率也鄭曰今文帨古文作說是則帥率帨說㕞刷六字古同音通用後世分文析字帨訓巾帥訓率導訓將帥而帥之本義廢矣率導將帥字在許書作達作衛而不作帥與率六書惟同音叚借之用最廣

⿱埶巾　禮巾也。从巾埶聲。篆體二徐皆作⿱執巾大徐曰从執小徐曰執聲皆誤今正⿱埶巾輸芮切十五部今不見經典恐亦帨之或體然廣雅巳兼載帨⿱埶巾矣

帗　一幅巾也。幅布帛廣也一幅巾者巾廣二尺二寸其長當亦同也此與鄭注周禮帗舞義絕殊葢許君周禮作翇舞與鄭司農說同見羽部从巾犮聲。讀若撥。北末切十五部

帎　枕巾也。葢加枕以藉首爲易污也今俗所謂枕頭衣廣雅亦曰帎巾也从巾刃聲。而振切十二部亦作⿰巾忍

幋　覆衣大巾也。从巾般聲。薄官切十四部或㠯爲首幋。首幋未聞當依李善思元賦注作首飾

帤　巾帤也。方言幏巾也大巾謂之帉嵩嶽之南陳潁之閒謂之帤巾亦謂之幏按巾帤葢方俗語从巾如聲。女余切五部一曰幣巾。幣當爲敝字之誤也如衣部袽爲敝衣糸部絮爲敝絮虞翻注易曰袽敗衣也盧氏曰袽者殘幣帛可拂拭器物也音義皆略同弓人厚其袽注謂弓中裨也內景黃庭經曰人閒紛紛臭帤如

幣 ㄅㄧˋ 2並　幅 ㄈㄨˊ 25幫　⿰巾㐬 ㄏㄨㄤ 15曉　帶 ㄉㄞˋ 2端　幘 ㄗㄜˊ 11精　帔 ㄆㄟˋ 1滂　⿰巾旬 ㄒㄩㄣˊ 6心　帬 ㄑㄩㄣˊ 9匣（裙）

幣　帛也。帛者繒也聘禮注曰幣人所造成以自覆蔽作幣者誤謂束帛也愛之斯欲飲食之君子之情也是以享用幣所以副忠信从巾敝聲。毗祭切十五部

幅　布帛廣也。凡布帛廣二尺二寸其邊曰幅左傳曰夫富如布帛之有幅焉爲之制度使無遷也引伸爲邪幅小雅邪幅在下傳曰幅偪也所以自偪束也从巾畐聲。方六切古音在一部

⿰巾㐬　設色之工治絲練者。攷工記設色之工⿰巾㐬氏掌湅絲湅帛此云治絲謂湅絲云治練謂湅帛也糸部曰練湅繒也此謂帛爲練者運言之也湅見水部从巾㐬聲。呼光切十部一曰⿰巾㐬逗隔也。也字今補詩曰葛藟荒之傳曰荒掩也隔之義謂網其上而葢之卽詩所謂荒之也玉篇曰⿰巾㐬幏也讀若荒。攷工記先鄭注曰讀爲芒芒禹迹之芒讀爲當是讀如之誤

帶　紳也。糸部曰紳大帶也男子鞶帶婦人帶絲。古本皆如此毛本依小徐誤內則曰男鞶革女鞶絲革部鞶下云大帶也男子帶鞶婦人帶絲按古有大帶有革帶革帶以繫佩韍而後加之大帶則革帶統於大帶故許於紳於鞶皆曰大帶實則內則之鞶專謂革帶此偁內則者謂鞶統於紳佩繫於鞶也象繫佩之形。謂卌也佩必有巾从重巾。謂巿也當葢切十五部

幘　髮有巾曰幘。方言曰覆髻謂之幘巾或謂之承露或謂之覆髮獨斷曰幘古者卑賤執事不冠者之所服也漢以後服之其制日詳詳見司馬氏輿服志从巾責聲。側革切十六部

⿰巾旬　領耑也。从巾旬聲。相倫切十二部篇韵皆無此字

帔　宏農謂帬帔也。謂帬曰帔也方言曰帬陳魏之閒謂之帔自關而東謂之襬从巾皮聲。披義切古音在十七部

帬　繞領也。方言繞衿謂之帬廣雅本之曰繞領句帔句帬也衿領今古字領者劉熙云總領衣體爲端首也然則繞領者圍繞於領今男子婦人披肩其遺意劉熙曰帔披也披之肩背不及下也葢古名帬宏農方言曰帔若常則曰下帬言帬之在下者亦集眾幅爲之如帬之集眾幅被身也如李善引梁典任昉諸子冬

△裠 常 ㄔㄤˊ 15定　△裳 帴 ㄘㄢ 3心　⿰巾軍 ㄎㄨㄣ 9見　△褌 幒 ㄓㄨㄥ 18端　△⿰巾松 ⿰巾監 ㄌㄢˊ 32來　幎 ㄇㄧˋ 12明　幔 ㄇㄢˋ 3明　幬 ㄔㄡˊ 21定

月著葛巾帔練裙自是上下三物水經注淮南王廟安及八士像皆羽扇裙帔巾壺枕物一如常居亦帬帔竝言自釋名裙系下帔系上後人乃不知帔帬之別擅改說文矣**从巾君聲**渠云切十三部按此篆之解各本改為下裳也無義又移其次於常下帴上今皆更正

裠　帬或从衣

常　下帬也釋名曰上曰衣下曰裳裳障也以自障蔽也士冠禮爵弁服纁裳皮弁服素積元端元裳黃裳襍裳可也禮記深衣續衽鉤邊要縫半下今字裳行而常廢矣**从巾尚聲**从巾者取其方幅也引伸為經常字市羊切十部

裳　常或从衣

帴　帬也衣部褿下曰帴也**一曰帗也**帗一幅巾也**一曰婦人脅衣**釋名所謂心衣小徐作脅巾**从巾戔聲讀若末殺之殺**末殺亦見漢書谷永傳服虔注左傳作末⿱癶木皆即水部之濊滅拭滅兒也今京師有此語所八切古音十四十五部合韵

⿰巾軍　幒也方言褌陳楚江淮之間謂之⿰衤松釋名褌貫也貫兩腳上繫腰中也按今之套褲古之絝也今之滿襠褌古之褌也自其渾合近身言曰⿰巾軍自其兩襱孔穴言曰幒方言無裥之袴謂之襣郭云即犢鼻褌**从巾軍聲**古渾切十三部

褌　⿰巾軍或從衣

幒　⿰巾軍也从巾悤聲職茸切九部方言錯勇反**一曰帙也**書衣

⿰巾松　幒或从松方言作⿰衤松

⿰巾監　楚謂無緣衣也方言無緣之衣謂之襤又曰裯謂之襤又云楚謂無緣之衣曰襤紩衣謂之褸又曰襜褕以布而無緣敝而紩之謂之襤褸**从巾監聲**魯甘切八部

幎　幔也謂冡其上也周禮注曰以巾覆物曰幎禮經鼏有鼏尊彝有幎其字亦作冪俗作羃篝家幎積是此字魏都賦注引左傳冪館宮室塗塈曰冪者亦謂冡其上也今本作塓乃俗字**从巾冥聲**莫狄切古音在十一部**周禮有幎人**天官所屬掌供巾幎今周禮作冪

幔　幎也幎各本作幕由作冪而誤耳今正凡以物冡其上曰幔與幎雙聲而互訓釋名玉篇廣韵以帷幔釋之今義非古義也**从巾曼聲**莫半切十四部

幬　禪帳也襌不重也

△⿷匚隹 帳 ㄓㄤˋ 15端　帷 ㄨㄟˊ 7匣　⿰巾兼 ㄌㄧㄢˊ 30來　幕 ㄇㄨˋ 14明　𢁏 ㄅㄧˇ 4幫　⿰巾祭 ㄒㄧㄝˋ 2心　⿰巾俞 ㄕㄨ 16心　帖 ㄊㄧㄝ 30透　帙 ㄓˋ 5透　△袠 ⿰巾前 ㄐㄧㄢ 3精

古樂府紅羅複斗帳則帳多複者召南抱衾與裯傳襌被也箋云裯牀帳也按鄭謂裯為幬之叚借也不言襌者統辭也釋訓曰幬謂之帳引伸為覆幬見左傳及中庸中庸注曰幬或作燾**从巾𠷎聲**直由切三部

⿰巾兼　帷也釋名曰⿰巾兼廉也自障蔽為廉恥也戶⿰巾兼施之於戶外也按與竹部簾異物⿰巾兼以布為之簾以竹為之**从巾**鄭云帷以布為之**兼聲**力鹽切七部

帷　在旁曰帷周禮注同釋名曰帷圍也所以自障圍也**从巾隹聲**洧悲切十五部

⿷匚隹　古文帷錯曰从匚象周帀

帳　張也以疊韵為訓釋名曰帳張也張施於牀上也小帳曰斗帳形如覆斗也古亦借張字為之**从巾長聲**知諒切十部

幕　帷在上曰幕周禮注曰在上曰幕幕或在地展陳於上疏云聘禮布幕官陳幣史展幣皆於幕下又賓入境至館皆展幕是幕在地展陳於上也按大徐本此下有覆食案亦曰幕六字葢淺人所增**从巾莫聲**慕各切五部按周禮尚有帟字鄭云四合象宮室曰幄王所居之帳也帟王在幕若幄中坐上承塵皆以繒為之許無幄字者木部有楃本巾車帟則葢叚亦為之亦之言重也其皆周禮故書與方

𢁏　⿰巾祭裂也謂殘帛裂也急就篇曰𢁏敝囊橐不直錢方言器破而未離南楚之間謂之敂聲同義近亦作⿰巾比**从巾匕聲**畢履切十五部

⿰巾祭　殘帛也廣韵曰⿰巾祭縷桃花類篇曰今時剪繒為華者按與碎音義略相近**从巾祭聲**所例切廣韵音雪十五部

⿰巾俞　正褍裂也褍各本作耑今正衣部曰褍衣正幅也此謂帛之正褍以別於上文𢁏謂殘帛之裂**从巾俞聲**山樞切古音在四部

帖　帛書署也木部曰檢書署也木為之謂之檢帛為之則謂之帖帖皆謂標題今人所謂籤也帛署必黏黏引伸為帖服為帖妥俗製貼字為相附之義製怗字為安服之義**从巾占聲**他叶切七部

帙　書衣也書衣謂用裹書者亦謂之幒陸德明撰經典釋文三十卷合為三袟今人曰函**从巾失聲**直質切十二部

袠　帙或从衣

⿰巾前　幡幟也幡幟旛識之俗字也古有旛無

七篇下　晃

徽 ㄏㄨㄟ 7曉

幡有識無幟許書本作旛識淺人易之旛識者旗有幅可爲表識旛之言箋也箋謂表識从巾荊聲則前切十四部

徽徽識也三字一句各本刪徽字識作幟今正㠯絳帛句箸於背各本絳下衍徽字誤移識上之徽於此也今刪六月詩識文鳥章鄭箋識徽識也將帥以下衣皆箸焉周禮司常掌九旗之物名各有屬以待國事鄭注屬謂徽識也大傳謂之徽號今城門僕射所被及亭長箸絳衣皆其舊象司常又曰及國之大閱贊司馬頒旗物王建大常諸侯建旂孤卿建旜大夫士建物帥都建旗州里建旟縣鄙建旐道車載旞斿車載旌皆畫其象焉官府各象其事州里各象其名家各象其號鄭云徽識旌旗之細也士喪禮爲銘各以其物以緇長半幅赬末長終幅廣三寸書名於末此蓋其制也大閱禮象而爲之兵凶事若有死事者則以相別也左傳曰揚徽者公徒也杜注曰徽徽識也大傳曰殊徽號鄭曰徽號旗之名也觀禮曰公侯伯子男皆就其旂而立賈公彥云此旂鄭雖不解鄭注夏官仲夏辨號名此表朝位之旂與銘旌及在軍徽識同皆以尺易仞小而爲之也按古朝觀軍禮皆有徽識而徽各書作徽容是段借識各書作幟則是俗字唐初釋元應曰幟與識本無二音若毛詩作織則亦段借字也許書及杜注皆徽識也三字爲句淺者皆刪去一字不完以絳帛者用絳帛爲之周禮九旗之帛皆用絳則其細亦皆用絳可知也箸於背者專謂軍禮象銘旌而爲之者下文云若今救火衣鄭注周禮云今城門僕射所被及亭長箸絳衣皆其舊象蓋此等皆箸於背以爲表識也衣部卒下曰衣有題識者即鄭所云亭長箸絳衣也从巾微省聲許歸切十五部春秋傳曰揚徽者公徒昭公二十一年左傳文按曰揚則旌旗而非箸背者若今救火衣然也此與箸於背相屬

幖 ㄅㄧㄠ 19幫

幖幖識也亦三字一句各本作幟也二字今正通俗文曰徽号曰幖私記曰幟周禮肆師表齍盛告絜鄭注故書表爲剽剽表皆謂徽識也按剽表皆叚借字幖其本字也凡物之幖識亦曰徽識今字多作標牓標行而幖廢矣从巾票聲方招切二部

帣 ㄐㄩㄢ 3影

帣幡也幡者下文云書兒抵觚布也與上文𢄼下云幡幟迴別許書㫃部旛下曰旛胡也謂旗幅之下垂者與幡各義自俗書從便旗旛字皆作幡冣目曰鳥蟲書所以書旛信也今本亦改爲幡信而此部荊之幡識鮮知其當作旛矣荊與徽幖伍旌旗類也帣與幡同物拭觚布也廣韵繙字下云繙帣亂取此今義非許義从巾夗聲於袁切十四部

七篇下　卒

幡 ㄈㄢ 3幫

幡書兒拭觚布也拭本作飾淺人所改也飾拭正俗字許書有飾無拭顏師古曰觚者學書之牘或以記事削木爲之其形或六面或八面皆可書觚者棱也以有棱角故謂之觚即孔子所歎也按觚以學書或記事若今書童及貿易人所用粉版既書可拭去再書揚雄齋油素四尺亦謂素之可拭者也拭觚之布謂之幡亦謂之帣反覆可用之意从巾番聲甫煩切十四部

㡀 ㄌㄚ 2來

㡀刜也刜當作拂字之誤也刀部曰刜擊也手部曰拂過擊也過擊者所過而擊箸與拭之義近上下文皆言拭可證必當作拂矣玉篇注作拂也廣韵注作拂箸从巾剌聲盧達切十五部

幟 ㄐㄧㄢ 30精

幟拭也其義少見字林幖幟記則音義同籤从巾韱聲精廉切七部

飾 ㄕˋ 25透

飾㕞也又部曰㕞飾也二篆爲轉注飾拭古今字許有飾無拭凡說解中拭字皆淺人改飾爲之而彡下云毛飾畫文也聿下云聿飾也皆即拭字淺人不解而不之改若叙下云飾也則五經文字所據尚不誤周禮司尊彝注云涗酌者涗飾勺而酌也釋文作飾今本作拭實無二義凡物去其塵垢即所以增其光采故叙者飾之本義而凡踵事增華皆謂之飾則其引伸之義也若席下云純飾綦下云弁飾縟下云緐采飾是也凡許書之義例依此求之無不可得者聘禮拭圭字今作拭蓋古經必作飾鄭云拭清也此必經文作飾而以清訓之倘經本作拭又何用此注乎釋詁云拭清也爾雅少古字故往往與經典不合古本當不作拭耳管子輕重曰桓公使八使者式璧而聘之式者飾之段借从巾从人拭物者巾也用巾者人也从食聲讀若式賞隻切按廣韵賞職切與唐韵異一部飾篆各本皆在幭後幃前此不知許因上文四篆言飾故緊承以飾篆而誤移其次也一曰襐飾此別一義衣部襐下曰襐飾也急就篇曰襐飾刻畫無等雙漢平帝后傳曰令孫建世子襐飾將醫往問疾顏注襐飾盛飾也一曰

幝 ㄔㄢˇ 3透　幏 ㄇㄥˊ 18明　幭 ㄇㄧㄝˋ 2明　幠 ㄏㄨ 13曉　幃 ㄨㄟˊ 7曉　帣 ㄐㄩㄢˋ 3見

首飾在兩耳後刻鏤而爲之廣韵曰褖未笄冠者之首飾也玉篇曰首飾也

幝車敝皃敝各本譌作弊今正皃釋文引作也小雅杕杜曰檀車幝幝傳曰檀車役車也幝幝敝皃釋文曰幝韓詩作繟糸部曰繟偏緩也○按古本當是巾敝皃故从巾詩以爲車敝字則其引伸之義也釋文引說文巾敝也从巾單今本釋文乃巾譌車殊失陸意**从巾單聲**昌善切十四部**詩曰檀車幝幝**

幏蓋衣也覆蓋物之衣也法言震風凌雨然後知夏屋之爲帡幪也幪即幏之俗尚書大傳下刑墨幏方言幏巾也與許義稍異大雅麻麥幪幪傳曰幪幪然茂盛也按此亦引伸之義謂偏覆於地也**从巾冡聲**莫紅切九部

幭蓋幭也幭之言幎也大雅淺幭傳曰淺虎皮淺毛也幭覆式也按幭之本義不專爲覆軾而覆軾其一端也司馬彪徐廣曰乘輿車文虎伏軾龍首衡軛文虎伏軾即經之淺幭龍首衡軛即金厄也說詳詩經小學曲禮素簚注簚覆笭也釋文簚本又作幭幭者正字簚者叚借字也篇韵皆以帊幞釋幭今義也**从巾蔑聲**莫結切十五部**一曰襌被**別一義被寑衣也

幠覆也喪大記幠用斂衾釋詁幠大也幠有也皆覆義之引伸也投壺曰無幠無敖注曰幠敖皆慢也又其引伸也斯干以芋爲幠**从巾無聲**荒烏切五部

幃囊也離騷蘇糞壤以充幃王逸曰幃謂之幐幐香囊也按凡囊皆曰幃曰幐王依文爲說則謂之香囊耳或曰爾雅婦人之褘亦作幃是許所云幃也今按此與爾雅之褘無涉釋器曰婦人之褘謂之縭縭緌也郭云即今之香纓女子既嫁之所著示繫屬於人義見禮記攷士昏禮注曰婦人十五許嫁笄而禮之因著纓明有繫也蓋以五采爲之其制未聞內則婦事舅姑衿纓注曰婦人有纓示繫屬也詩親結其縭毛云縭婦人之褘也母戒女施衿結帨孫炎釋爾雅婦人之褘云帨巾也禮之纓必以采繩詩爾雅之褘縭乃帨巾其不相涉明甚景純注非許以囊釋幃亦斷非釋器及毛詩之褘也**从巾韋聲**許歸切十五部

帣囊也集韵曰囊有底曰帣或借爲絭字史記淳于髡帣韝鞠䠊帣韝謂以韝約袖糸部曰絭纕臂繩也**今鹽官三斛**

△囦

帚 ㄓㄡˇ 21端　席 ㄒㄧˊ 13定　幐 ㄊㄥˊ 26定　⿰巾奮 ㄈㄣˇ 9幫　⿰巾盾 ㄓㄨㄣ 9端　⿰巾及 ㄍㄜˊ 27見　幩 ㄈㄣˊ 9並

爲一帣舉漢時語證之捂字下曰今鹽官入水取鹽爲捂皆漢時鹽法中語**从巾𢍏聲**居倦切十四部

帚所吕糞也所吕二字淺人刪之今補糞當作坌土部曰坌埽除也不言埽言坌者坌亦埽也曲禮言糞少儀曰汜埽曰埽埽席前曰拚拚即坌之叚借字坌與埽對文則二散文則一帚亦謂之鬣**从又持巾埽冂內**冂舊作一非今按當作冂冂字音扃介也凡埽除以潔清介內持巾者埽之事昉於拂拭因巾可拭物乃用雚芀黍梨爲帚拂地矣合三字會意支手切三部**古者少康初作箕帚秫酒**太平御覽云世本曰少康作箕帚又云世本曰儀狄始作酒醪變五味少康作秫酒按許酒下亦曰古者儀狄作酒醪杜康作秫酒**少康杜康也葬長垣**嫌少康即夏少康故釋之文選注引王著與杜康絕交書曰康字仲寧或云黃帝時宰人號酒泉太守按此蓋以文爲戲之言未可爲典要

席藉也此以疊韵爲訓戶護門閭之例也藉本祭藉引伸爲凡藉之偁竹部曰竹席曰筵實通偁耳**禮天子**謂周官經**諸侯席有黼繡純飾**此約周禮司几筵之文莞筵紛純次席黼純鄭司農云紛讀爲和粉之粉謂白繡也純緣也後鄭云斧謂之黼其繡白黑采**从巾**其方幅如巾也**庶省聲**此形聲非會意祥易切古音在五部

囦古文席从石省下象形上从石省聲

幐囊也離騷蘇糞壤以充幃王注幃謂幐幐香囊也按凡囊皆曰幐王望文爲說耳玉篇曰兩頭有物謂之幐擔廣韵曰囊可帶者或借滕爲之**从巾朕聲**徒登切六部

⿰巾奮吕囊盛穀大滿而裂也⿰巾奮之言璺也璺者隙也玉篇曰又弓筋起**从巾奮聲**方吻切十三部

⿰巾盾載米䉛也宁部曰䉛⿰巾盾也所以盛米也二字相轉注**从巾**蓋其體方**盾聲讀若易屯卦之屯**陟倫切十三部

⿰巾及蒲席䉛也甾部曰䉛者⿰巾及也楊雄以爲蒲器然則䉛與⿰巾及一物也**从巾及聲讀若蛤**古沓切七部

幩馬纏鑣扇汗也衞風碩人曰朱幩儦儦傳曰幩飾也人君以朱纏鑣扇汗

且以爲飾儦儦盛皃金部曰鑣者馬銜也以朱幓縷纏馬銜之上而垂之可以因風扇汗故謂之扇汗亦名排沫以其用幓故从巾**也** **从巾賁聲** 符分切十三部 **詩曰朱幩儦儦** 儦儦各本及詩經皆作鑣鑣今依玉篇人部訂希馮所據詩不誤孔沖遠正義巳誤矣○按廣雅亦曰鑣鑣盛也則不必改

𢅥 ㄋㄠˊ
9泥

𢅥 墀地也 也字今補土部曰墀者涂地也然則墀地卽涂地也漢書楊雄傳曰𢅥人亡則匠石輟斤而不敢妄斲服虔曰𢅥古之善塗墍者施廣領大袖以仰塗而領袖不污按服注不言涂地然仰涂如此其善則涂地更可知矣𢅥人卽莊子郢人 **以巾撋之从巾** 說从巾之意也撋蓋卽手部揞字今之抆字揞者撫也涂地以巾按而摩之如今之擦漆故其字从巾巾撊廣韵作巾捫集韵作巾撊 **夒聲讀若水溫𩏂** 夒聲各本作夒聲篆體各本皆誤作𢅥今正按許讀如𩏂大徐據唐韵乃昆切玉篇奴昆切蓋古溫𩏂之讀乃昆切玉篇曹憲廣雅音廣韵又乃回奴回切則乃昆之轉脂文之合廣韵又奴案切則依說文𩏂字今音莊子釋文引漢書音義音溫一本作溫與乃昆一音相近韋昭乃回反則乃回一音之所本也乃昆之音因於㥿聲㥿者古文婚字見女部車部轗以爲聲亦讀若閔然則此爲㥿聲而非夒聲明甚夒在尤幽部轉入蕭宵肴豪部斷不得反以乃昆也顧夒孰㥿生說文及漢書𢅥乃譌𢅥賴可據音以證其形而師古注漢書妄云乃高反是其形終古不可正矣今漢書字竟作獿莊子釋文竟作懮莫能諟正近盧召弓重刻莊子音義又改音溫作音鐃可不急辨其非哉乃昆之音可爲乃回而斷不可爲乃高斯聲音自然之理學者所當究心也十三部○又按廣韵集韵六豪內皆無𢅥乃高切之語且師古明云𢅥抆拭也故謂塗者爲𢅥人其語故依傍說文及漢書音義其音必同漢書音義斷不自造乃高一反先於乃回一反也蓋師古之後字誤作獿而後有妄改顏注者耳 **一曰箸也** 箸直略反此別一義

帑 ㄋㄨˊ
13泥

帑 金幣所藏也 此與府庫廥等一律帑讀如奴帑之言囊也以幣帛所藏故从巾 **从巾** **奴聲** 乃都切五部小雅常棣傳曰帑子也此叚帑爲奴周禮曰其奴男子入於罪隸女子入於舂槀本謂罪人之子孫爲奴引伸之則凡子孫皆可偁奴又叚帑爲之鳥尾曰帑亦其意也今音帑藏他朗切以別於妻帑乃都切

布 ㄅㄨˋ
13幫

布 枲織也 其艸曰枲曰萉析其皮曰𣏟曰朩屋下治之曰麻緝而績之曰綫曰縷曰纑織而成之曰布布之屬曰紨曰繂曰絟曰緦曰緆曰緰貲曰幓曰幏古者無今之木綿布但有麻布及葛布而巳引伸之凡散之曰布取義於可卷舒也外府注曰布泉也其藏曰泉其行曰布泉者今之錢也衞風抱布貿絲傳曰布幣也箋云幣者所以貿買物也此幣爲凡貨之偁布帛金錢皆是也 **从巾父聲** 博故切五部隸變作布

幏 ㄐㄧㄚ
13見

幏 南郡蠻夷賨布也 貝部曰賨者南蠻賦也文選魏都賦注引風俗通曰槃瓠之後輸布一匹小口二丈後漢書少小口二字是爲賨布廩君之巴氏出幏布八丈後漢書云八丈二尺幏亦賨也故統謂之賨布 **从巾家聲** 古訝切古音在五部

㡆 ㄒㄧㄢˊ
6匣

㡆 㡆布也 各本刪㡆字今補布名也 **出東萊** 地理志郡國志東萊郡皆有㡆縣蓋以布得名也㡆縣故城在今山東登州府黃縣南百二十里○按廣韵㡆布名㡆縣名在東萊集韵亦云㡆縣名㡆布名出東萊㡆縣而魏地形志晉地理志皆作㡆縣字从小今本郡國志亦从小未能是正 **从巾玆聲** 胡田切十二部師古音堅

𢄊 ㄇㄨˋ
16明

𢄊 髼布也 髼者桼也廣韵集韵十遇作髼巾 **一曰車衡上衣** 衡上各本誤倒今依小徐及廣韵玉篇集韵類篇訂廣韵曰𢄊轅上絲 **从巾敄聲讀若項** 莫卜切三部按此字集韵六引皆不云出說文

幦 ㄇㄧˋ
11明

幦 髼布也 既夕禮玉藻少儀鄭注公羊傳昭廿五年何注皆曰幦覆笭也按車覆笭與車笭是二事車笭者周禮之蔽毛詩爾雅之笰說文之䡈鄭曰車旁禦風塵者也覆笭者禮經周禮禮記公羊傳之幦大雅曲禮之幭今周禮之幎蓋乎軾上者也以禦旁之名名之也車笭多以竹故字从竹覆笭不用竹用皮巾車曰王喪之車犬褉鹿淺褉然褉豻褉各用其皮也大雅之淺幭虎皮也與玉藻之羔幦鹿幦皆諸侯大夫士之吉禮也曲禮之素幭卽士喪禮之白狗幦大夫士之凶禮也然則車覆笭古無用桼布者許以髼布釋幦幦之本義也經典用爲車覆笭之字也 **从巾辟聲**

㡇 ㄓㄜˊ 29 端

巿 ㄈㄨˊ 2 幫

△ 韍

莫狄切十六部周禮曰駹車犬幦巾車職文按巾車云木車犬𧝓素車犬𧝓駹車然𧝓蓋許一時筆誤如或箴或臽之比𧝓幦不同蓋故書今書之異車覆笭之字當是幭爲正字上文云蓋幭是也幦爲叚借字大雅毛傳曰幭覆軾然則幦者主謂軾覆輿服志曰文虎伏軾經之淺幦也士喪禮記曰古文幦爲冪又可證禮古文不作幦

㡇領耑也从巾耴聲陟葉切八部按此篆與㡄篆同義篇韵皆有㡇無㡄集韵乃兼有之蓋此書當删㡄而存㡇於㡄處

文六十二　重八

巿韠也韋部曰韠韍也二字相轉注也鄭曰韠之言蔽也韍之言亦蔽也祭服偁韍元端服偁韠上古衣蔽前而已巿㠯象之鄭注禮曰古者佃漁而食之衣其皮先知蔽前後知蔽後後王易之以布帛而獨存其蔽前者不忘本也天子朱巿諸矦赤巿卿大夫葱衡卿大夫下當有赤巿二字奪文也斯干箋云芾天子純朱諸矦黃朱采芑傳曰芾黃朱芾也鄭注易云朱深於赤則黃朱爲赤也乾鑿度曰困九五文王爲紂三公故言困於赤紱至於九二周將王故言朱紱方來引孔子曰天子三公九卿朱紱諸矦赤紱玉藻曰一命縕韍幽衡再命赤韍幽衡三命赤韍蔥衡鄭注縕赤黃之閒色所謂韎也衡佩玉之衡也同珩幽讀爲黝黑謂之黝青謂之蔥周禮公矦伯之卿三命其大夫再命其士一命子男之卿再命其大夫一命其士不命按云赤巿葱衡者以別於再命之赤赤巿也从巾象連帶之形謂一也玉藻云頸五寸肩革帶博二寸鄭曰頸五寸亦謂廣也頸中央肩兩角皆上接革帶以繫之肩與革帶廣同分勿切十五部凡巿之屬皆从巿

韍篆文巿从韋从犮犮聲也此爲篆文則知巿爲古文也先古文後小篆此亦二部之例以有从巿之韐故以巿爲部首而韍次之假令無从巿之字則以韍入韋而以巿次之俗作紱疑當出一篆而注之按經傳或借黻爲韍如明堂位注曰韍或作黻是也或借芾爲之如詩候

韐 ㄐㄧㄚˊ 27 見

人斯干采菽是也或借沛爲之如易豐其沛一作芾鄭云蔽厀是也芾與沛蓋本用古文作巿而後人改之或借茀爲之如詩釋文所載及李善所引詩皆是也或作紱如今周易乾鑿度朱紱赤紱是也倉頡篇曰紱綬也韍佩廢而存其係縌秦乃以采組連結於縌光明章表轉相結受故謂之綬亦謂之紱糸部曰綬韍維也然則韍廢而綬乃出韍字廢而紱字乃出

韐士無巿有韐大夫以上祭服用元冕爵弁服其韠曰韍士與君祭之服用爵弁服其韠曰韐不曰韍故曰士無韍有韐也玉藻之緼韍卽韎韐則非不可偁韍也制如榼缺四角玉藻曰韠天子直四角直無圜殺也公矦前後方殺四角使之方變於天子也所殺者去上下各五寸大夫前方後挫角圜其上角變於君也韠以下爲前以上爲後士前後正士賤與君同不嫌也正直方之閒語也天子之士則直諸矦之士則方按許云韐缺四角者正謂如公矦殺四角使之方也所謂殺四角使之方者合上下成八角形方之言柧也正義云既殺而補之使方非是云如榼者古榼之制蓋八角故木部椑下云圜榼也可以見榼之有棱而不正圜也韠之制下廣二尺上廣一尺長三尺韐之制則大體圜而八角故毛公云韐所以代韠也士冠禮注云韐之制似韠許云士無韍有韐蓋其制不同惟缺四角者略同諸矦大夫之韠耳爵弁服見士冠禮其色韎韋部曰茅蒐染韋一入曰韎瞻彼洛矣傳曰韎韐者茅蒐染韋一入曰韎句韐所以代韠也箋云韎者茅蒐染也茅蒐韎聲也韐祭服之韠合韋爲之士冠禮注曰韎韐緼韍也合韋爲之士染以茅蒐因以名焉今齊人名蒨爲韎句韐之制似韠按凡言韎韐者韐謂其物韎謂其色故士喪禮設韐帶不連韎緇言自六朝人不知韎韐二字可分析詩傳鄭箋禮注鄭志皆譌亂不可讀矣賤不得與裳同士喪禮曰爵弁服纁裳純衣緇帶韎韐纁淺絳也三入爲纁韎則茅蒐一入而已不與裳同色也凡韠同裳色上文云天子朱巿諸矦赤巿卿大夫赤巿蒽衡蓋天子朱裳諸矦赤裳卿大夫赤裳士賤則裳韠色不同若皮弁服素韠則士赤與裳同色也此下銓本有司農曰裳纁色六字恐是淺人增注司農者不詳其何人許自買侍中而外無舉官者从巿亦巿也故从巿合

△韐　帛ㄅㄛˊ 14滂　錦ㄐㄧㄣˇ 28見

聲鄭云合韋爲之則形聲可兼會意古洽切七部 韐 韐或从韋按經典有韐無帢韐行帢廢矣

文二　重二

帛 繒也糸部曰繒帛也聘禮大宗伯注皆云帛今之壁色繒也 从巾白聲旁陌切古音在五部 凡帛之屬皆从帛

錦 襄邑織文也漢地理志郡國志陳畱郡屬縣有襄邑今河南歸德府睢州治卽故縣地地理志云縣有服官李善引陳畱記云襄邑渙水出其南睢水經其北傳云睢渙之閒出文章故其黼黻絺繡日月華蟲以奉宗廟御服焉司馬彪輿服志云襄邑歲獻織成虎文按許以漢法釋古謂若今之襄邑織文卽經典之錦文也毛傳貝逗錦文也禹貢厥匪織貝鄭注云貝錦名也凡爲織者先染其絲乃織之則成文矣禮記云士不衣織 从帛金聲居飲切七部

文二

白ㄅㄞˊ 14滂　△自　皎ㄐㄧㄠˇ 19見　曉ㄒㄧㄠˇ 19曉　皙ㄒㄧ 11心　皤ㄆㄛˊ 3並　△䪿　皠ㄏㄨˊ 20匣

白 西方色也会用事物色白从入合二出者陽也入者陰也故从入 二会數說从二之恉旁陌切古音在五部 凡白之屬皆从白 自 古文白

皎 月之白也上文云物色白不一其物則不一其白故皆爲分別之䛐 从白交聲古了切二部 詩曰月出皎兮陳風月出文傳曰皎月光也箋云喻婦人有美色之白皙

曉 日之白也先月後日者月陰日陽月之白其正色也 从白堯聲呼鳥切二部

皙 人色白也鄘風揚且之皙也傳曰皙白皙也 从白析聲今字皆省作晳非也先擊切十六部

皤 老人白也易釋文文選兩都賦注皆作老人皃非是老人之色白與少壯之白皙不同故以次於皙兩都賦曰皤皤國老周易賁六四賁如皤如引伸爲凡白素之偁也 从白番聲薄波切古音在十四部白蒿曰蘩是其理也 易曰賁如皤如 䪿 皤或从頁然則白髮亦偁皤

皠 鳥之白也景福殿賦曰皠皠白鳥李善曰皠與翯音義同 从白隺聲胡沃切古音在二部

皚ㄞˊ 7疑　皅ㄆㄚ 13滂　皦ㄐㄧㄠˇ 20見　𤾊ㄒㄧˋ 14溪　皛ㄒㄧㄠˇ 19影

皚 霜雪之白也辭賦家多用皚皚字 从白豈聲五來切古音在十五部

皅 艸華之白也葩字从此靈樞經曰紛紛皅皅終而復始紛紛皅皅盎言多也 从白巴聲普巴切古音在五部

皦 玉石之白也王風有如皦日傳曰皦白也按此叚皦爲曉也論語皦如也何曰言樂之音節分明也此其引伸之義也 从白敫聲古了切二部

𤾊 際見之白也際者壁會也壁會者隙也見讀如現壁隙之光一綫而巳故从二小 从白上下小見會意起戟切古音在五部

皛 顯也顯當作㬎顯頭明飾也㬎衆明也顯行而㬎廢矣許云古文以㬎爲顯則小篆以顯爲㬎久矣倉頡篇曰皛明也按蜀都賦皛貙氓於葽艸貙氓貙人也江漢有貙人能化爲虎然則皛者謂顯其形也李善云當爲拍誤 通白曰皛四字依李善注陶淵明赴假還江陵詩引補 从三白會意 讀若皎烏皎切二部

文十一　重二

㡀ㄅㄧˋ 2並　敝ㄅㄧˋ 2並　黹ㄓˇ 4端

㡀 敗衣也此敗衣正字自敝專行而㡀廢矣 从巾象衣敗之形毗際切十五部 凡㡀之屬皆从㡀

敝 帗也帗者一幅巾也 一曰敗衣引伸爲凡敗之偁 从㡀从攴會意 㡀亦聲毗祭切十五部

文二

黹 箴縷所紩衣也箴當作鍼箴所以綴衣鍼所以縫也紩縫也縷綫也絲亦可爲綫矣以鍼貫縷紩衣曰黹釋言曰黹紩也皋陶謨曰絺繡鄭本作希注曰希讀爲黹黹紩也周禮司服希冕鄭注引書希繡又云希讀爲黹或作絺字之誤也今本周禮注疏傳寫倒亂今俗語云鍼黹是此字按許多云希聲而無希篆疑希者

⿰黹虘 ㄔㄨˇ 13 清　黼 ㄈㄨˇ 13 幫　⿰黹卒 ㄗㄨㄟˋ 8 精　黻 ㄈㄨˊ 2 幫　黺 ㄈㄣˇ 9 幫

古文黹也从巾上象繡形从㡀丵省象刺文也韵會有此四字丵者叢生艸也鍼縷之多象之陟几切十五部凡黹之屬皆从黹⿰黹虘會五采鮮皃本作合五采鮮色今依廣韵韵會訂曹風蜉蝣曰衣裳楚楚傳曰楚楚鮮明皃許所本也⿰黹虘其正字楚其叚借字也蓋三家詩有作⿰黹虘⿰黹虘者如毛革韓鞠之比从黹虘聲創舉切五部詩曰衣裳⿰黹虘⿰黹虘黼白與黑相次文攷工記文鄭曰文章黼黻繡五者言刺繡采所用也繡以爲裳从黹甫聲方榘切五部黻黑與青相次文攷工記文从黹犮聲分勿切十五部⿰黹卒會五采繒也也本作色今依廣韵訂五采繒者五采帛也大人賦綷雲蓋如淳云蓋有五色也吳都賦孔雀綷羽以翱翔按綷者或⿰黹卒字从黹卒聲各本作綷省聲今正子對切十五部黺袞衣山龍華蟲黺畫粉也皋陶謨曰日月星辰山龍華蟲作繪宗彝藻火粉米黼黻絺繡鄭注云畫者爲繪刺者爲繡繡與繪各有六衣用繪裳用繡許書繪下云會五采繡也藻作璪粉作黺米作絲鄭粉米爲一事許黺絲爲二事鄭說粉米爲繡許說黺爲畫粉絲爲繡文如聚米蓋許時鄭說未出許以說黺系諸衛宏但今鈌有閒矣且尚書山龍華蟲不與粉相屬許書恐轉寫有奪誤畫粉蓋何晏賦所謂分閒布白从黹分聲各本作从粉省今正方吻切十三部衛宏說衞宏治古文尚書者

文六

五十六部　文七百一十四　重百一十五

凡八千六百四十七字

歸安嚴元照校字

說文解字七篇下

人 ㄖㄣˊ 6泥　僮 ㄊㄨㄥˊ 18定　保 ㄅㄠˇ 21幫　△保 △𤓽　仁 ㄖㄣˊ 6泥

說文解字第八篇上

金壇段玉裁注

人 天地之性㝡貴者也㝡本作最性古文以爲生字左傳正德利用厚生國語作厚性是也許偁古語不改其字禮運曰人者其天地之德陰陽之交鬼神之會五行之秀氣也又曰人者天地之心也五行之端也食味別聲被色而生者也按禽獸艸木皆天地所生而不得爲天地之心惟人爲天地之心故天地之生此爲極貴天地之心謂之人能與天地合德果實之心亦謂之人能復生艸木而成果實皆至微而具全體也果人之字自宋元以前本艸方書詩歌紀載無不作人字自明成化重刊本艸乃盡改爲仁字於理不通學者所當知也○仁者人之德也不可謂人曰仁其可謂果人曰果仁哉金泰和閒所刊本艸皆作人藏袁廷檮所 此籒文此對儿爲古文奇字人言之如大之有古文籒文之別也字多从籒文者故先籒而後古文 象臂脛之形人以从生貴於橫生故象其上臂下脛如鄰切十二部 凡人之屬皆从人

僮 未冠也辛部曰男有辠曰奴奴曰童按說文僮童之訓與後人所用正相反如種種二篆之比今經傳僮子字皆作童子非古也襍記注曰童未成人之稱學記注曰成童十五以上引伸爲僮蒙玉篇引詩狂僮之狂也且傳曰狂行僮昏所化也廣雅曰僮癡也若召南僮僮竦敬也則又如愚之義也 从人童聲徒紅切九部

保 養也宣帝紀阿保之功臣瓚曰阿倚保養也賈誼說大師大傅大保曰保者保其身體按保全保守皆其引伸之義南山有臺傳曰保安也 从人𤓽省聲博褒切古音在三部孚聲亦在三部也 𤓽古文孚各本誤今正見爪部 𠈃古文不省 呆古文按此蓋古文以孚爲保也

仁 親也見部曰親者密至也 从人二會意中庸曰仁者人也注人也讀如相人偶之人以人意相存問之言大射儀揖以耦注言以者耦之事成於此意相人耦也聘禮每曲揖注以相人耦爲敬也公食大夫禮

△忎 △𡰥　企 ㄑㄧˇ 10溪　△𨈊　仞 ㄖㄣˋ 9泥

賓入三揖注相人耦詩匪風箋云人偶能亨魚者人偶能輔周道治民者正義曰人偶者謂以人意尊偶之也論語注人偶同位人偶之辭禮注云人偶相與爲禮儀皆同也按人耦猶言爾我親密之詞獨則無耦耦則相親故其字从人二孟子曰仁也者人也謂能行仁恩者人也又曰仁人心也謂仁乃是人之所以爲心也與中庸語意皆不同如鄰切十二部 忎古文仁从千心作从心千聲也 𡰥古文仁或从尸按古文夷亦如此

企 舉踵也踵各本作踵非今正踵者跟也企或作跂衞風曰跂予望之檀弓曰先王之制禮也過之者俯而就之不至焉者跂而及之方言跂登也梁益之閒語 从人止按此下本無聲字有聲非也今正止部曰止爲足說文無趾止卽趾也从人止取人延竦之意渾言之則足偁止析言則前止後踵止鑄於前則踵舉於後矣企跂字自古皆在十六部寘韵用止在一部非聲也去智切 𨈊古文企从足足止同物

仞 伸臂一尋八尺按此解疑非許之舊恐後人改竄爲之尺部下云周制寸尺咫尋常仞諸度量皆以人之體爲法假令尋仞同物許不當兩舉之矣諸家之說仞也王肅趙岐王逸曹操李筌顏師古房元齡鮑彪諸人並曰八尺而鄭周禮儀禮注包咸論語注高誘注呂氏春秋王逸注大招招蒐李謐明堂制度論郭璞注司馬相如賦用司馬彪之說陸德明莊子釋文則皆謂七尺淮南子原道訓注八尺而覽冥訓注則云七尺百仞者七百尺證以呂氏春秋注則原道注可疑近歙程氏瑤田通藝錄有說曰言七尺者是也楊雄方言云度廣曰尋杜預左傳仞溝洫注度深曰仞二書皆言人伸兩手以度物之名而尋爲八尺仞必七尺者何也同一伸手度物而廣深用之其勢自不得不異人長八尺伸兩手亦八尺用以度廣其勢全伸而不屈而用之以度深則必上下其左右手而側其身焉身側則胸與所度之物不能相摩於是兩手不能全伸而成弧之形弧而求其弦以爲仞必不能八尺故七尺曰仞亦其勢然也說文測下云深所至也玉篇云度深曰測測之爲言側也余說與之合矣玉裁謂程說甚精仞說可定矣考工記廣二尋深二仞謂之澮倘其度同八尺何不皆曰二尋如上文

仕ㄕˋ 24從　佼ㄐㄧㄠˇ 19見　僎ㄓㄨㄢˋ 3從　俅ㄑㄧㄡˊ 21匣　佩ㄆㄟˋ 24並　儒ㄖㄨˊ 16泥

廣二尺深二尺之例也許書於尺下旣尋仞兼舉尋者八尺也見寸部則仞下必當云七尺今本乃淺人所竄易耳程氏又曰小爾雅云四尺應卲云五尺六寸此其繆易見也**从人刃聲**而震切十二部或借爲牣滿字孟子掘井九軔借軔爲之

仕 **學也**訓仕爲入官此今義也古義宦訓仕仕訓學故毛詩傳五言士事也而文王有聲傳亦言仕事也是仕與士皆事其事之謂學者覺悟也事其事則日就於覺悟也若論語子張篇子夏曰仕而優則學學而優則仕公冶長篇子使漆雕開仕注云仕仕於朝也以仕學分出處起於此時矣許說其故訓**从人士聲**鉏里切一部

佼 **交也**佼見管子明法解曰羣臣皆忘主而趨私佼又曰養所與佼而不以官爲務又曰小臣持祿養佼不以官爲事其訓皆交也而韵會引小徐本作好也鍇引史記後有長姣美人按小徐本女部姣好也引史記長姣美人韵會移入此甚誤**从人交聲**下巧切二部按交義當依廣韵古肴切

僎 **具也**具者共置也論語有公叔文子之臣大夫僎鄉飲酒禮遵者降席注曰今文遵爲僎或爲全禮記從今文禮作僎**从人巽聲**士勉切十三部

俅 **冠飾皃**周頌絲衣曰載弁俅俅釋訓曰俅俅服也傳曰俅俅恭順玉篇作愼皃按許以上文紑屬衣言之則俅俅亦當屬冠言之故此用爾雅易傳義而紑下不易傳也**从人求聲**巨鳩切三部**詩曰戴弁俅俅**毛詩戴作載鄭箋云載猶戴也按載戴古書多互譌者

佩 **大帶佩也**大帶佩者謂佩必系於大帶也古者有大帶有革帶佩系於革帶不在大帶何以言大帶佩也革帶統於大帶也許於系部之紳革部之鞶皆曰大帶實則紳爲大帶鞶爲革帶也佩者內則左右佩用是**从人凡巾**从人者人所以利用也从凡者所謂無所不佩也从巾者其一耑也蒲妹切古音在一部俗作珮**佩必有巾故从巾**故字依韵會補巾部之希飾也說从巾之意**巾謂之飾**巾部曰飾㕞也又部曰㕞飾也飾拭古今字巾以飾物故謂之飾禮經詳帨左氏偁率巾者取切於用者也故倉頡製佩帶二文皆箸巾

儒 **柔也**以疊韵爲訓鄭目錄云儒行者以其記有

俊ㄐㄩㄣˋ 9精　傑ㄐㄧㄝˊ 2匣　⿰亻軍ㄏㄨㄣˊ 9疑　伋ㄐㄧˊ 27見

道德所行儒之言優也柔也能安人能服人又儒者濡也以先王之道能濡其身玉藻注曰舒儒者所畏在前也**術士之偁**術邑中也因以爲道之偁周禮儒以道得民注曰儒有六藝以教民者大司徒以本俗六安萬民四曰聯師儒注云師儒鄉里教以道藝者按六藝者禮樂射御書數也周禮謂六德六行六藝曰德行道藝自眞儒不見而以儒相詬病矣**从人需聲**人朱切古音在四部

俊 **材過千人也**大徐本無過字尹文子曰千人才曰俊萬人曰傑淮南泰俗訓曰智過萬人者謂之英千人者謂之俊百人者謂之豪十人者謂之傑春秋繁露曰萬人者曰英千人者曰俊百人者曰傑十人者曰豪皐陶謨鄭注曰才德過千人爲俊百人爲乂呂氏春秋孟秋紀高注曰才過萬人曰桀千人曰俊王逸注懷沙曰千人才爲俊一國高爲桀諸家說俊皆同惟月令正義引蔡氏辨名記云十人曰選倍選曰俊萬人曰桀其說不同方言曰了俊也遵俊也○又按月令疏蔡氏下奪引字辨名記郎白虎通之別名記古文記二百十四篇之一也禮運及左傳宣十五年疏皆引辨名記云倍人

曰茂十人曰選倍選曰俊千人曰英倍英曰賢萬人曰桀倍桀曰聖語較完而白虎通引別名記五人曰茂十人曰選百人曰俊千人曰英倍英曰賢萬人曰傑萬傑曰聖又不同乖異**从人夋聲**子峻切十三部按尚書以畯爲俊山海經以俊爲舜

傑 **埶也**以疊韵爲訓埶本種埶字引伸爲勢力字傑者言其勢傑然也衞風毛傳曰桀特立也**材過萬人也**辨名記尹文子高誘趙岐王逸說同以上七字大徐作傲也二字非古義且何不與傲篆相屬而廁之俊篆下乎二傳相屬則義相近全書之例也**从人桀聲**渠列切十五部

⿰亻軍 **人姓从人軍聲**吾昆切十三部按此篆必淺人所增許書自女部外罕有言人姓者且廣韵此字魂韵兩見云女字又姓出纂文此姓既出何氏之書安得云出許書乎

伋 **人名**以此爲解亦非例也古人名字相應孔伋字子思仲尼弟子燕伋字子思然則伋字非無義矣人名二字非許書之舊也荀卿曰空石之中有人焉其名曰觙其爲人也善射以好思闢耳目之欲遠蚊蝱之聲閑居靜思則通思仁若是可謂微乎此

伉 ㄎㄤˋ 15溪　伯 ㄅㄛˊ 14幫　仲 ㄓㄨㄥˋ 23定

莁設言善思之人名之以般乎般與伋音義莁相近从人及聲居立切七部【伉】人名非例也左傳施氏婦曰不能庇其伉儷杜注曰伉敵也儷偶也从人亢聲苦浪切十部論語有陳伉按論語作陳亢字子禽與爾雅亢鳥嚨故訓相合作陳伉似非也然古今人表陳亢陳子禽爲二人【伯】長也釋詁正月傳同載芟傳云伯長子也伯兮傳云伯州伯也一義之引伸也凡爲長者皆曰伯古多假柏爲之从人白聲博陌切古音在五部【仲】中也白虎通同伯仲叔季爲長少之次伯仲見於此子部曰季少偁也叔則少之假借字也古者幼名冠字冠字者爲之且字也且字也者若尼甫嘉甫是也五十以伯仲乃偁伯某甫仲某甫以伯仲而後成字伯仲之下一字爲且字且者薦也爲伯仲之薦也伯仲生而已定故士冠禮字辭曰伯某甫雖定此字而五十以前但偁某甫也女子笄而字則曰伯姬曰仲姬毛傳於大明曰仲中女也於燕燕曰仲字也皆言婦人也二傳其實一也古中仲二字互通从人中中亦聲直眾切九部

八篇上　五

伊 ㄧ 4影　△⿰歹欠　偰 ㄒㄧㄝˋ 2心

【伊】殷聖人阿衡也殷聖人之上當有伊尹二字傳寫奪之阿衡見商頌毛傳曰阿衡伊尹也箋云阿倚衡平也伊尹湯所依倚而取平故以爲官名伊與阿尹與衡皆雙聲然則一語之轉也許云伊尹殷聖人阿衡也本毛說不言伊尹爲姓名也諸家或云伊氏尹字或云名摯皆所傳聞異辭耳禮記所偁古文尚書兩言尹躬則尹實其名尹治天下者从人尹尹治猶言治平此說从人尹之意也言阿衡者尹治天下者也故又謂之伊尹而伊字亦从尹於脂切十五部釋詁毛傳皆曰伊維也爲發語辭詩雄雉蒹葭東山白駒之伊字鄭箋云當爲緊緊猶是也【⿰歹欠】古文伊从古文死以死爲聲【偰】高辛氏之子爲堯司徒殷之先也爲字依玉篇補左傳曰高辛氏有才子八人伯奮仲堪叔獻季仲伯虎仲熊叔豹季貍舜臣堯舉八元使布五教於四方父義母慈兄友弟恭子孝內平外成偰卽八元之一人也毛詩傳曰元王契也經傳多作契古亦假禼爲之米部曰禼古文偰言古文假借字也从人契聲私列

倩 ㄑㄧㄢˋ 12清　伃 ㄩˊ 13定　伀 ㄓㄨㄥ 18端　儇 ㄒㄩㄢ 3曉

切十五部【倩】人美字也依韵會本訂朱邑傳陳平雖賢須魏倩而後進師古曰倩士之美稱也蓋本說文而改人爲士改字爲稱其實可無改也倩猶甫也穀梁傳曰父⿰甫同猶傅也男子之美稱也男子之字有稱甫者儀甫嘉甫是有偁倩者蕭長倩東方曼倩韋昭云倩魏無知字也皆是倩好也毛傳說倩曰好口輔以詩言巧笑故知爲口輔好也从人青聲倉見切古音在十一部東齊壻謂之倩方言曰青齊之閒壻謂之倩按此蓋亦以美偁加之耳郭云言可借倩也借倩讀七政七見二切蓋方俗語謂請人爲之【伃】婦官也漢書外戚傳婦官十四等昭儀位視丞相比諸侯王倢伃視上卿比列侯韋昭曰倢承伃助也漢舊儀云皇后爲倢伃下與禮比丞相按婦官上當有倢伃二字淺人刪之倢之本訓佽也見下从人予聲以諸切五部亦作好【伀】志及眾也與公同義其音當同引伸爲夫兄曰兄伀之字或作妐若方言廣雅之征伀卽今怔忪字也从人公聲職茸切九部【儇】慧也心部慧下曰儇也是二字

八篇上　六

倓 ㄊㄢˊ 32定　△⿲亻冈刂　侚 ㄒㄩㄣˋ 6定　傛 ㄩㄥˊ 18定　偞 ㄧㄝˋ 29定

互訓也齊風揖我謂我儇兮傳曰儇利也此言慧者多便利也方言儇慧也荀卿子曰鄉曲之儇子从人睘聲許緣切十四部【倓】安也倉頡篇曰倓恬也荀卿子曰桓公倓然見管仲之能足以託國也洞簫賦時恬倓以綏肆按蠻夷贖罪貨曰倓此夷語耳字亦作賧从人炎聲讀若談徒甘切八部【倓】倓或从剡剡亦炎聲【侚】疾也五帝本紀黃帝幼而侚齊裴駰曰侚疾齊速也素問上古天眞論黃帝幼而侚齊長而敦敏王注侚疾也按侚今本譌作徇司馬貞乃云未見所出矣釋言宣徇徧也徇本又作侚墨子年踰五十則聰明思慮不侚通矣徇亦當作侚史記侚齊大戴禮作叡齊亦作慧齊从人旬聲辭閏切十二部【傛】不安也與水波溶溶意義略同皆動盪皃也从人容聲余隴切九部一曰華按華上當本有傛字淺者刪之傛華亦婦官外戚傳注婦官十四等弟三等傛華視眞二千石比大上造此義餘封切【偞】宋衛之閒謂華偞偞華容華也偞偞好皃方言曰奕偞容

佳 ㄐㄧㄚ 10見　侅 ㄍㄞ 24見　傀 ㄍㄨㄟ 7見　△瓌　偉 ㄨㄟˇ 7匣　份 ㄅㄧㄣ 9幫　△彬

也凡美容謂之奕或謂之僷宋衞曰僷陳楚汝潁之閒謂之奕按僷亦作偞廣韵曰偞偞輕薄美好皃从人枼聲與涉切八部

善也廣韵曰佳善也又曰好也又曰大也老子佳兵者不祥淮南說林訓曰佳人不同體美人不同面而皆說於目从人圭聲古膎切十六部按唐人入於下平九麻

奇侅逗非常也漢書藝文志五行家有五音奇侅用兵二十三卷五音奇侅刑德二十一卷如淳曰侅音該史記扁鵲倉公列傳臣意即避席再拜謁受其脈書上下經五色診奇咳集解曰奇音羈咳音該按據張守節正義則史記奇咳本亦作奇侅肉部訓侅爲足指毛皮然則侅正字侅其假借字耳淮南兵略訓明於星辰日月之運刑德奇賌之數背向左右之便此戰之助也注云奇賌之數奇祕之數非常術其字又作賌亦假借也蓋奇侅與今云奇駭音義皆同是以左氏春秋無駭穀梁春秋作無侅若莊子侅溺於馮氣據徐音乃是假侅爲礙从人亥聲古哀切一部篇韵皆又胡改切

偉也方言傀盛也注言瓌瑋也廣雅傀盛也司馬注莊子曰傀大也字林傀偉也从人鬼聲公回切十五部周禮曰大傀異烖大司樂職文周禮作烖篆文也許作災籀文也鄭注傀猶怪也大傀異烖謂天地奇變若星辰奔霣及震裂爲害者

傀或从玉褱聲

奇也莊子曰偉哉夫造物者从人韋聲于鬼切十五部元應曰埤蒼作瑋

文質備也備當作葡許訓葡曰具訓備曰愼說解內字多自亂其例葢許時所用固與古不同許以後人又多竄改二者皆有之矣論語雍也篇文質彬彬然後君子包咸注曰彬彬文質相襍半之皃也鄭注曰彬彬襍半皃也按古謂集爲襍集聚也从人分聲府巾切古音在十三部論語曰文質份份

古文份今論語作彬古文也从彡林彡者毛飾畫文也飾畫者拭而畫之也从彡與彫彰同意林者从焚省聲猶彫从彡周聲也按彬份字古或借幽字爲之如上林之玢幽文鱗是也或借邠字爲之如太元棐如邠如是也俗份作斌取文武相半意潘岳藉田賦之頒斌郎上林

僚 ㄌㄧㄠˊ 19來　佖 ㄅㄧˋ 5並　僝 ㄔㄢˊ 3從　儠 ㄌㄧㄝˋ 31來　儦 ㄅㄧㄠ 24幫　儺 ㄋㄨㄛˊ 3泥　倭 ㄨㄟ 7影　僓 ㄊㄨㄟˇ 7透　僑 ㄑㄧㄠˊ 19匣

賦之玢幽

好皃陳風皎人僚兮傳曰僚好皃此僚之本義也自借爲同寮字而本義廢矣从人尞聲力小切二部

威儀也按此當作威儀媟嫚也小雅賓之初筵曰威儀怭怭傳曰怭怭媟嫚也許所據作佖佖自奪媟嫚字韵會廣韵徑注云有威儀矣从人必聲毗必切十二部詩音義曰說文作佖平一反詩曰威儀佖佖

具也馬注尚書同五帝本紀曰旁聚布功釋以布也从人孨聲士戀切十四部玉篇廣韵作僝讀若汝南孨水汝南孨水未聞水部無孨虞書曰虞書當作唐書說詳禾部稘下旁救僝功堯典文作方鳩者古文尚書也作旁逑者歐陽夏侯尚書也辵部逑下偁旁逑孱功此作救彼作孱皆駁文小徐本此作方鳩

長壯儠儠也左傳昭七年十七年國語楚語皆云長鬣鬣者儠之假借字也韋昭杜預釋爲美須鬣誤廣雅曰儠長也按儠長壯皃辭賦家用獵獵字葢當作儠儠从人巤聲良涉切八部春秋傳曰長儠者相

之左傳昭七年曰使長鬣者相

行皃齊風載驅曰行人儦儦傳曰儦儦衆皃許曰行皃者義得互相足也廣雅亦曰儦儦行也玉篇曰儦儦盛皃也从人麃聲甫嬌切三部詩曰行人儦儦

行有節也衞風竹竿曰佩玉之儺傳曰儺行有節度按此字之本義也其歐疫字本作難自假儺爲歐疫字而儺之本義廢矣其曹風之猗儺則說文之旖施也从人難聲諾何切古本音葢在十四部詩曰佩玉之儺

順皃倭與委義略同委隨也隨從也廣韵作愼皃乃梁時避諱所改耳从人委聲於爲切十六部音轉則烏何切詩曰周道倭遲小雅四牡文傳曰倭遲歷遠之皃按倭遲合二字成語韓詩作威夷故與順訓不同而亦無不合也

嫺也嫺者雅也从人貴聲吐猥切又魚罪切十五部一曰長皃廣韵曰長好皃

高也僑與喬義略同喬者高而曲也自用爲喬寓字而僑之本義廢矣字林始有喬字云寄客爲喬按春秋有叔孫僑如有公孫僑

俟 ㄙˋ 24從　侗 ㄊㄨㄥˊ 18透　佶 ㄐㄧˊ 5匣

字子產皆取高之義也从人喬聲巨嬌切二部

俟大也此俟之本義也自經傳假爲竢字而俟之本義廢矣立部曰竢待也廢竢而用俟則竢俟爲古今字矣从人矣聲牀史切一部詩曰伾伾俟俟小雅吉日文今毛詩作儦儦俟俟傳曰趨則儦儦行則俟俟按西京賦李善注馬融傳太子賢注皆引韓詩駓駓騃騃善引薛君韓詩章句曰趨曰駓行曰騃疑今毛傳非舊或用韓改毛也騶傳曰伾伾有力也許從之當是吉日傳有俟俟大也之文而許從之

侗大皃此義未見其證然同義近大則侗得爲大皃矣論語侗而不愿孔注曰侗未成器之人按此大義之引伸猶言渾沌未鑿也从人同聲他紅切九部詩曰神罔時侗大雅思齊文今本作恫傳曰恫痛也按痛者恫之本義許所據本作侗傳之以見毛詩假侗爲恫也

佶正也小雅六月傳曰佶正也箋云佶壯健之皃按鄭以言壯健乃可皃馬但毛言正自可含壯健也从人本言人引伸言馬吉聲巨乙切十二部詩曰既佶且閑

俁 ㄩˇ 13疑　仜 ㄏㄨㄥˊ 18匣　僤 ㄉㄢˋ 3定　健 ㄐㄧㄢˋ 3匣　倞 ㄐㄧㄥˋ 15匣

俁大也邶風簡兮曰碩人俁俁傳曰俁俁容皃大也从人吳聲魚禹切五部詩曰碩人俁俁

仜大腹也與堆音義略同廣韵曰身肥大也廣雅曰仜有也从人工聲讀若紅戶工切九部

僤疾也速疾从人單聲徒案切十四部周禮曰句兵欲無僤考工記廬人文今本作欲無彈注曰故書彈或作但鄭司農云但讀爲彈丸之彈謂掉也按經文彈字疑本作僤彈乃先鄭所易字許訓僤爲疾者古說也

健伉也伉下曰人名而不言其義以此云伉也證之則知人名二字非許書之舊矣周易曰乾健也从人建聲渠建切十四部

倞彊也廣雅倞強也按大雅無競維人傳曰無競競也箋云競彊也秉心無競傳曰競彊也周頌無競維人傳曰競彊也執競武王傳曰執競競也箋云競彊也按傳箋皆謂競爲倞之假借字也郊特牲祊之爲言倞也注倞猶索也倞不訓索而與水部之滰音同滰者浚乾漬米也索求神似之从人京聲渠竟切古音在十部亦作

傲 ㄠˋ 19疑　仡 ㄧˋ 8疑　倨 ㄐㄩˋ 13見　儼 ㄧㄢˇ 32疑

傹

傲倨也按此當與下倨不遜也連屬傲篆當與健倞二篆相屬蓋此部經傳寫既久失其舊者多矣古多假敖爲傲女部又出嫯字侮傷也从人敖聲五到切二部

仡勇壯也秦誓曰仡仡勇夫某氏曰仡仡壯勇之夫公羊傳趙盾之車右祁彌明者國之力士也仡然從乎趙盾而入何云仡然壯勇皃若詩崇墉仡仡毛曰高大也引伸之義也土部引作圪圪从人气聲魚訖切十五部今字作仡周書曰仡仡勇夫

倨不遜也遜當是本作孫說詳辵部孫者逡循恭敬之意戰國策曰何前倨而後恭引伸之凡侈曰倨凡斂曰句大戴禮與其倨也寧句樂記倨中矩句中鉤左傳直而不倨曲而不屈淮南子句爪倨牙凡言侈斂之度謂之倨句考工記曰倨句一矩有半又曰倨句磬折即謂一矩有半也又曰倨句外博謂侈於一矩而不及一矩有半也又曰句於矩謂斂於一矩也管子弟子職曰倨句如矩謂正方也从人居聲居御切五部

儼昂頭也昂當是本作卬淺人所改也卬者望欲有所庶及也陳風碩大

傪 ㄘㄢ 28清　俚 ㄌㄧˇ 24來　伴 ㄅㄢˋ 3並　俺 ㄧㄢˋ 30影　僩 ㄒㄧㄢˋ 3匣

且儼傳曰儼矜莊皃曲禮注同古借嚴爲之从人嚴聲魚儉切八部一曰好皃

傪好皃未見其證方言曰傪惽也惽惡也此假傪爲慘也从人參聲倉含切七部

俚賴也賴各本作聊此用方言改許書也今依漢書季布傳晉灼注所引正方言俚聊也語之轉字之假借耳漢書曰其畫無俚之至無俚即今所謂無賴亦語之轉古叚理爲之孟子稽大不理於口趙注理賴也大不賴人之口从人里聲良止切一部

伴大皃大雅伴奐爾游矣傳曰伴奐廣大有文章也箋云伴奐自縱弛之意按廾部奐下一曰大也故伴奐皆有大義大學注胖猶大也胖不訓大云猶者正謂胖即伴之假借也方言廣雅孟子注皆曰般大也亦謂般即伴廣韵云侶也依也今義也夫部扶下曰讀若伴侶之伴知漢時非無伴侶之語許於俗語不之取耳至聲類乃云伴侶从人半聲薄滿切十四部

俺大也與奄義略同奄大有餘也其音當亦同从人奄聲於業切八部廣韵於驗切

僩武皃衛風淇奧傳瑟矜莊

伾 ㄆㄧ 24滂　偲 ㄙㄞ 24清　倬 ㄓㄨㄛˊ 20端　侹 ㄊㄧㄥˇ 12透　倗 ㄆㄥˊ 26並　偏 ㄆㄧㄢ 3透　儆 ㄐㄧㄥˇ 12見

皃僩寬大也許言僩武皃與毛異者以爾雅及大學皆曰瑟兮僩兮者恂栗也恂或作峻讀如嚴峻之峻言其容皃嚴栗與寬大不相應故易之僩左傳方言廣雅皆作撊左傳撊然授兵登陴服注撊然猛皃也杜注撊然勁忿皃方言撊猛也晉魏之閒曰撊廣雅亦曰撊猛也而荀卿子塞者俄且通也陋者俄且僩也愚者俄且知也則以陋陿與寬大反對與毛合葢大毛公固受詩於孫卿子者 **从人閒聲** 下簡切十四部 **詩曰瑟兮僩兮**

有力也 魯頌駉曰以車伾伾傳曰伾伾有力也俟下引詩伾伾俟俟 **从人** 本謂人有力引伸謂馬 **丕聲** 敷悲切古音在一部 **詩曰以車伾伾**

彊力也 齊風盧令曰其人美且偲傳曰偲才也箋云才多才也許云彊力者亦取才之義申之才之本義艸木之初也故用其引伸之義若論語朋友切切偲偲馬曰相切責之皃毛傳作切切節節 **从人思聲** 倉才切一部 **詩曰其人美且偲**

箸大也 箸大者箸明之大也小雅倬彼甫田傳曰倬明皃大雅棫樸倬彼雲漢傳曰倬大也許兼取之曰箸大韓詩菿彼甫田音義同也假菿爲倬也 **从人卓聲** 竹角切二部 **詩曰倬彼雲漢**

長皃 與挺音義略同 **一曰箸地** 箸直略切 **一曰代也** 方言侹代也江淮陳楚之閒曰侹 **从人廷聲** 他鼎切十一部

輔也 周禮士師掌士之八成七曰爲邦朋注曰朋黨相阿使政不平者故書朋作傰鄭司農讀爲朋友之朋按管子亦曰練之以散羣傰署皆即倗字也鳥部朋下曰鳳飛羣鳥從以萬數故以爲朋黨字葢朋黨字正作倗而朋其假借字然許云讀若陪則似有別矣 **从人朋聲** 步崩切六部 **讀若陪位** 讀若陪者之蒸合韵最近也

熾盛也 小雅十月之交曰豔妻煽方處傳曰豔妻褒姒美色曰豔煽熾也按詩本作偏後人以訓熾之故肊造煽字耳古通作扇魯詩閻妻扇方處方言扇助也廣雅扇疾也 **从人扇聲** 式戰切十四部 **詩曰豔妻偏方處**

戒也 與警音義同孟子引書洚水儆予用儆字左傳國語亦用儆毛詩徒御不

俶 ㄔㄨˋ 22透　傭 ㄩㄥ 18定　僾 ㄞˋ 8影　仿 ㄈㄤˇ 15滂　△俩　佛 ㄈㄨˊ 8滂　僁 ㄒㄧㄝˋ 5心

警周禮警戒羣吏皆用警鄭注周禮曰警勑戒之言也韋注國語曰儆戒也 **从人敬聲** 居影切十一部 **春秋傳曰儆宮** 左傳襄公九年令司宮巷伯儆宮

善也 按釋詁毛傳皆曰淑善也葢假借之字其正字則俶也淑者水之清湛也自淑行而俶之本義廢矣 **从人叔聲** 昌六切三部 **詩曰令終有俶** 大雅既醉文按許引此爲善訓之證而今本毛傳作俶始也鄭箋易之云俶猶厚也豈許所據作善不作始與 **一曰始也** 釋詁曰俶作也崧高傳曰俶作也大田傳曰俶始也聘禮俶獻注古文俶作淑是此義亦得假淑爲之

均也直也 各本少上也字今補玉篇廣韵皆曰均也直也所據古本也均之義有未盡故更言直也直謂無枉曲也小雅昊天不傭釋言毛傳皆曰傭均也周禮典同正聲緩先鄭云正者不高不下鐘形上下正傭考工摶身而鴻注云鴻傭也此謂鴻即傭之假借字也若廣雅云傭役也謂役力受直曰傭此今義也 **从人庸聲** 余封切九部依廣韵說文當丑凶切

仿佛也 祭義曰祭之日入室僾然必有見乎其位正義云僾髣髴見也見如見親之在神位也按僾與爾雅之薆隱也烝民傳之愛隱也　竹部之薆蔽不見也義相近若大雅亦孔之僾釋言及傳云僾唈也此謂僾爲炁之假借字炁飲食节气不得息也 **从人愛聲** 烏代切古音在十五部 **詩曰僾而不見** 邶風城隅文今詩作愛非古也僾而猶隱然離騷之薆然也

仿佛 逗 **相佀** 句 **視不諟也** 仿佛雙聲疊字也各本皆改竄非舊今依甘泉賦景福殿賦李注所引訂諟即諦言部曰審也長門賦注海賦注亦作諟古是聲帝聲同在十六部故以諟爲諦仿佛或作俩佛或作髣髴或作拂扐或作放怫俗作彷彿仿或又作髣 **从人方聲** 妃罔切十部

籒文仿从丙 丙聲古音丙聲在十部此與周禮柄亦作枋同

仿佛也 依玉篇與全書例合按髟部有髴解云髴若似也即佛之或字 **从人弗聲** 敷勿切十五部

聲也 見釋言謂聲之小者也動作屑屑聲也廣韵曰動草聲又鷙鳥之聲又僁僁呻吟也

僟 ㄐㄧ 7匣　佗 ㄊㄨㄛ 1定（他）　何 ㄏㄜˊ 1匣

从人悉聲讀若屑私列切廣韵先結切十三部

僟精謹也僟謹雙聲稟稟庶幾之意也**从人幾聲**巨衣切十五部廣韵居依切**明堂月令數將僟終**宋本及集韵作數篇韵作歲月令季冬之月日窮于次月窮于紀星回于天數將幾終歲且更始鄭高皆訓幾為近許所據作僟

佗負何也負字蓋淺人增之耳小雅舍彼有罪予之佗矣傳曰佗加也此佗本義之見於經者也佗之俗字為駝為馱隸變佗為他用為彼之偁古相問無它乎祇作它又君子偕老委委佗佗即羔羊之委蛇委蛇也傳云委委者行可委曲從迹也佗佗者德平易也羔羊傳云委蛇者行可從迹也語詳略不同**从人它聲**徒何切十七部

何儋也何俗作荷猶佗之俗作駝儋之俗作擔也商頌百祿是何何天之休何天之龍傳曰何任也箋云謂擔負周易何天之衢虞翻曰何當也何校滅耳王肅云何荷擔也又詩何戈與祋何蓑何笠傳皆云揭也揭者舉也戈祋手舉之蓑笠身舉之皆擔義之引伸也凡經典作荷者皆後人所竄改**一曰**

八篇上　十三

儋 ㄉㄢ 32端　供 ㄍㄨㄥ 18見　偫 ㄓˋ 24定

誰也誰何孰三字皆問詈**从人可聲**今音擔何則胡可切餘義胡歌切古音平上不甚分也十七部按今義何者辭也問也今義行而古義廢矣亦借為呵

儋何也儋俗作擔古書或假擔為之疑又擔之誤耳韋昭齊語注曰背曰負肩曰儋任抱也何揭也按統言之則以肩以手以背以首皆得云儋也**从人詹聲**都甘切八部

供設也設者施陳也釋詁供峙共具也按峙即儲待字共即供之假借字凡周禮皆以共為供尚書一經訓奉訓待者皆作共其恭敬字皆作恭衞包乃盡改共為恭毛詩亦共恭分別總之古經用共為供之假借不用共為恭之假借惟左傳三命茲益共其共也如是君命以共則借共為恭鄭君箋詩所謂古之恭字或作共者平詳古文尚書撰異**从人共聲**俱容切九部**一曰供給**給者相足也設與給二義相足共部曰龔給也是龔與供音義同尚書共行天罰漢人引皆作龔行天罰謂奉行天罰也

偫待也以疊韵為訓謂儲物以待用也待經典或作峙或作庤周頌臣工傳曰庤具也庤儲置屋下也義本同若

△倭

儲 ㄔㄨˊ 13定　備 ㄅㄟˋ 25並　位 ㄨㄟˋ 8匣

崧高以峙其粻粊誓峙乃糗糧某氏傳云儲峙則假借峙躕不前字為之俗乃改从止為从山作峙訓云山立以附合之矣釋詁云供峙共具也峙在說文為待**从人待**此舉會意包形聲也小徐本作从人待聲直里切一部

儲偫也文選注引作蓄也或作具也或作積也又引謂蓄積之以待無也蓋兼舉演說文語古者太子謂之儲君**从人諸聲**直魚切五部儲待為雙聲

備慎也心部曰慎者謹也言部曰謹者慎也得備而三字同訓或疑備訓慎未盡其義不知用部曰葡具也此今之備字備行而葡廢矣葡廢而備訓具尟知其古訓慎者今義行而古義廢矣凡許之書所以存古形古音古義也方言曰備咸也此具之義也又曰藏敕戒備也此慎之義也**从人葡聲**平祕切古音在一部**備古文備**

位列中庭之左右當作ナ又**謂之位**庭當作廷字之誤也廴部曰廷朝中也釋宮曰中庭之左右謂之位郭云羣臣之列位也周語注亦曰中廷之左右曰位按中廷猶言廷中古者朝不屋無堂階故謂之朝廷朝士掌外朝之

八篇上　十四

儐 ㄅㄧㄣˋ 6幫

位左九棘孤卿大夫位焉右九棘公侯伯子男位焉面三槐三公位焉司士掌治朝之位王南鄉三公北面東上孤東面北上卿大夫西面北上王族故士在路門之右南面東上大僕大右大僕從者在路門之左南面西上雖有北面南面之臣皆以左右約舉之左傳云有位于朝是也引伸之凡人所處皆曰位**从人立**會意于備切十五部按小宗伯掌神位故書位作立古文春秋公即位為公即立古者立位同字蓋古音十五部與八部多合韵

儐導也導者導引也周禮司儀注曰出接賓曰擯聘禮卿為上擯大夫為承擯士為紹擯注曰擯謂主國之君所使出接賓者也士冠禮擯者請期注曰擯者有司佐禮者在主人曰擯按儐經典多作擯史記作賓廉藺列傳設九賓於廷是也○聘禮賓用束錦儐勞者又儐之如初又儐之兩馬束錦又無儐凡言儐者九鄭曰上於下曰禮敵者曰儐上於下曰禮謂如主國之禮聘賓是也敵者曰儐謂如儐勞者儐歸饔餼者等是也鄭據禮經字作儐是以周禮司儀賓亦如之賓使者如初之儀皆云賓當為儐易賓為儐取賓禮相待之義非擯相之義也然則合

△擯　偓ㄨㄛˋ 17影　佺ㄑㄩㄢˊ 3清　𠐼ㄔㄜˋ 29透　仢ㄉㄧˋ 20定

二禮訂之擯相字當从手賓禮字當从人許儐擯合而一云導也與二禮及鄭說不合劉昌宗說聘禮儐與擯同雖本許而令學者惑矣今禮經石本版本於此九儐字內錯出擯字非是○又毛詩絲衣繹賓尸也有司徹賓尸經典釋文古本皆作賓又無必刃反之音而唐宋石本版本賓儐錯出要之古無作儐尸者此學者所當知也○小雅儐爾籩豆傳曰儐陳也**从人賓聲**必刃切十二部

擯 **儐或从手**今經典作擯相字多從此莊子徐無鬼注曰擯棄也此義之窮則變也擯之言屏也

偓 **偓佺**逗**古仙人名也**偓佺見上林賦韋昭郭璞說略同**从人屋聲**於角切郭璞音屋三部篇韵曰偓促今義也

佺 **偓佺也从人全聲**此緣切十四部

𠐼 **心服也**心部懾下一曰心服也然則二字音義同廣韵無𠐼**从人聶聲**齒涉切八部

仢 **約也**疊韵爲訓釋天曰奔星爲仢約舊作彴約佩觿辨證曰字从人不从彳或云許本作仢約也三字爲句**从人勺聲**徒歷切古音在二部仢約讀如招搖

八篇上　十五

儕ㄔㄞˊ 4從　倫ㄌㄨㄣˊ 9來　侔ㄇㄡˊ 21明　偕ㄒㄧㄝˊ 4見　俱ㄐㄩˋ 16見

儕 **等輩也**等齊簡也故凡齊皆曰等樂記曰先王之喜怒皆得其儕焉喜則天下和之怒則暴亂者畏之注儕猶輩類**从人齊聲**仕皆切十五部**春秋傳曰吾儕小人**左傳宣十一年襄十七年文

倫 **輩也**軍發車百兩爲輩引伸之同類之次曰輩鄭注曲禮樂記曰倫猶類也注既夕曰比也注中庸曰猶比也**从人侖聲**力屯切十三部**一曰道也**小雅有倫有脊傳曰倫道脊理也論語言中倫包注倫道也理也按粗言之曰道精言之曰理凡注家訓倫爲理者皆與訓道者無二

侔 **齊等也**輪人注曰侔上下等又曰侔等也弓人注曰侔猶均也又曰侔猶等也**从人牟聲**莫浮切三部

偕 **彊也**小雅北山偕偕士子傳曰偕偕強壯皃**从人皆聲**古諧切十五部**一曰俱也**魏風行役夙夜必偕傳曰偕俱也**詩曰偕偕士子**

俱 **皆也**皆各本作偕字之誤也今正白部曰皆俱詞也與此爲互訓詩有假具爲俱者如大叔于田火烈具舉是也**从人具**

依ㄧ 7影

儹ㄗㄢˇ 3精　併ㄅㄧㄥˋ 12幫　傅ㄈㄨˋ 13幫　侙ㄔˋ 24透　俌ㄈㄨˇ 13滂

聲舉朱切古音在四部

儹 **冣也**冣才句切各本誤作最今正廣韵曰儹聚也冣聚古通用木部欑竹部籫義皆相近李善引揚雄覈靈賦曰文王之始起浸仁漸義會賢儹智儹音攢**从人贊聲**作管切十四部

併 **竝也**十篇曰竝者併也與此爲互訓竝古音在十部讀如旁併古音在十一部讀如幷竝併義有別許互訓者禮經注曰古文竝今文作併是古二字同也**从人幷聲**此舉形聲包會意卑正切十一部

傅 **相也**左傳鄭伯傅王注曰傅相也賈子曰傅傅之德義古假爲敷字如禹敷土亦作禹傅土是也亦爲今之附近字如凡言附箸是也**从人尃聲**方遇切五部

侙 **惕也**惕者敬也**从人式聲**恥力切一部**春秋國語曰於其心侙然是也**吳語申胥曰夫越王之不忘敗吳於其心也戚然服士以司吾閒韋注曰戚猶惕也按韋本葢亦作侙轉寫譌之耳許云惕韋云猶惕者韋擬此字本義不訓惕也

俌 **輔也**謂人之俌猶車之輔也**从人甫聲讀若撫**芳武

八篇上　十六

倚ㄧˇ 1影　仍ㄖㄥˊ 26泥　佽ㄘˋ 4清　佴ㄦˋ 24泥　倢ㄐㄧㄝˊ 29精

切五部按俌見釋詁弼棐輔比俌也郭云俌猶輔也廣韵曰俌出埤蒼葢輔專行而俌廢矣

倚 **依也****从人奇聲**於綺切古音在十七部

依 **倚也从人衣聲**於稀切十五部

仍 **因也**釋詁曰攘仍因也大雅常武傳曰仍就也就與因義一也周禮故書仍爲乃**从人乃聲**如乘切六部

佽 **便利也**小雅車攻決拾既佽傳曰佽利也按百官公卿表更名左弋爲佽飛葢取便利之意**从人次聲**七四切十五部**詩曰決拾既佽一曰遞也**此與次音義同車攻鄭箋云謂手指相次比也唐風胡不佽焉傳曰佽助也箋云何不相推次而助之皆遞之意也

佴 **佽也**此家遞訓言司馬遷傳曰僕又佴之蠶室如淳曰佴次也若人相次也一本佴作茸蘇林云茸次也若人相俾次蘇以謂茸當作佴耳佴之蠶室猶云副貳之以蠶室也小顏乃欲讀爲揖云推致蠶室中殊非文義**从人耳聲**仍吏切一部

倢 **佽也**按上解家遞訓此解家便利之訓廣雅曰倢疾也廣韵曰倢斜出也便也

侍ㄕˋ 24定　傾ㄑㄧㄥ 12溪　側ㄘㄜˋ 25精　侒ㄢ 3影　侐ㄒㄩˋ 5曉　付ㄈㄨˋ 16幫　俜ㄆㄧㄥ 12滂　俠ㄒㄧㄚˊ 29匣　儃ㄊㄢˊ 3定　侁ㄕㄣ 9心

利也玉篇曰詩云征夫倢倢倢倢樂事也本亦作捷按倢仔婦官也亦作婕妤蓋言敏捷而又安舒與　从人疌聲　子葉切八部

侍　承也　承者奉也受也凡言侍者皆敬恭承奉之義　从人寺聲　小徐作从人从寺時吏切一部

傾　仄也　仄部曰仄傾也二字互訓古多用頃爲之又按仄當作夨夨下曰傾頭也引申謂凡夨皆曰傾夨與仄義小異　从人頃頃亦聲　去營切十一部

側　旁也　不正曰仄不中曰側二義有別而經傳多通用如反側當爲反仄仄者未全反也　从人則聲　阻力切一部

侒　宴也　宀部曰宴安也侒與安音義同　从人安聲　烏寒切十四部

侐　靜也　靜者審也悉也知審諦也魯頌曰閟宮有侐傳曰侐清淨也淨乃靜之字誤周頌假以溢我傳曰溢慎也許作誐以謐我謐靜語也一曰無聲也左傳作何以恤我尚書惟刑之恤伏生尚書作惟刑之謐史記作惟刑之靜爾雅謐慎謐靜也溢者恤之字誤莊子書云以言其老洫也近死之心莫使復陽也老洫者枯靜之意莊子洫本亦作溢周頌之恤莊子之洫皆侐之假借侐與謐古音同部　从人血聲　況逼切古音在十二部　詩曰閟宮有侐

付　予也　予者推予也尚書天既孚命正厥德今文尚書作天既付命正厥德　从寸持物㠯對人　寸者手也方遇切古音在四部

俜　俠也　丂部曰甹俠也三輔謂輕財者爲甹然則俜甹音義皆同　从人甹聲　普丁切十一部韵會作从人甹甹亦聲

俠　俜也　荀悅曰立氣齊作威福結私交以立彊於世者謂之游俠如淳曰相與信爲任同是非爲俠所謂權行州里力折公侯者也或曰任氣力也俠甹也按俠之言夾也夾者持也經傳多假俠爲夾凡夾皆用俠　从人夾聲　从二人之夾非二入之夾也胡頰切八部

儃　儃何也　未聞假令訓爲儋何則又不當析廁於此或當作儃回九章曰欲儃佪以干際又曰入漵浦余儃佪王逸曰儃佪猶低佪也洪興祖曰儃知然切　从人亶聲　徒干切十四部

侁　行皃　招魂曰豺狼從目往來侁侁王逸曰侁侁往來聲也詩曰侁侁征夫　从人先聲　所臻

八篇上　七

仰ㄧㄤˇ 15疑　侸ㄕㄨˋ 16定　儽ㄌㄟˊ 7來　侳ㄘㄨㄛˋ 1精　偁ㄔㄥ 26透　伍ㄨˇ 13疑　什ㄕˊ 27定

切十三部

仰　舉也　與卬音同義近古卬仰多互用　从人卬　此舉會意包形聲魚兩切十部

侸　立也　十篇曰立侸也與此爲互訓今本立下改爲住則不可通矣侸讀若樹與尌豎音義同不當作住今俗用住字乃駐逗二字之俗非侸字之俗也　从人豆聲讀若樹　常句切古音在四部按侸玉篇作侸云今作樹廣韵曰侸同尌蓋樹行而侸尌豎廢并侸亦廢矣

傫　垂皃　老子曰儽儽兮若無所歸王弼陸希聲本同今按此傫傫之誤河上公本作乘乘傫從積絫之絫與乘義相近樂記纍纍乎端如貫珠音義云本又作累即絫字傫傫爲垂皃則與絫絫義同也　从人絫聲　各本篆皆作儽解皆作纍聲今正絫者增也从厽从糸厽亦聲在古音十六部纍者綴得理也亦大索也从糸畾聲在古音十五部二字古形古音皆不同而後人亂之人部有傫有儡形音義皆各殊也廣韵六脂曰儽亦作傫傫是儽非累即絫也集韵脂類篇皆首列傫次列儽知傫爲正體矣惟玉篇廣韵集韵力追力罪切皆不若集韵入五寘力僞一切合於古　一曰嬾懈　廣雅曰傫傫疲也是其義也今廣雅字尚从絫不誤史記纍纍若喪家之狗韓詩外傳作羸乎若喪家之狗然則正當作傫也集韵五寘病困謂之儽字體亦誤

侳　安也　从人坐聲　則臥切十七部

偁　揚也　揚者飛舉也釋言曰偁舉也郭注引尚書偁爾戈玉篇引左傳禹偁善人凡古偁舉偁謂字皆如此作自序云其偁易孟氏書孔氏子篆下云人以爲偁自稱行而偁廢矣稱者今之秤字　从人爯聲　處陵切六部

伍　相參伍也　參三也伍五也周禮曰五人爲伍凡言參伍者皆謂錯綜以求之易繫辭曰參伍以變荀卿曰窺敵制勝欲伍以參韓非曰省同異之言以知朋黨之分偶參伍之驗以責陳言之實又曰參之以比物伍之以合參史記曰必參而伍之漢書曰參伍其價以類相準此皆引伸之義也　从人五　五亦聲也疑古切五部

什　相什保也　族師職曰五家爲比十家爲聯五人爲伍十人爲聯使之相保相受鄭云保猶任也宮正注五人爲伍二伍爲什雅頌以十篇爲一什按後世曰什物古曰任器古

八篇上　六

佰 ㄅㄞˇ 14幫　佸 ㄏㄨㄛˊ 2見　𢼸 ㄨㄟˊ 7明　佮 ㄍㄜˊ 27見

今語也任急言之曰什如唐人詩十可讀如諶也周禮牛人司𤕤皆有任器鄭云任猶用也 **从人十** 此舉會意包形聲是執切七部

佰 **相什佰也** 佰汲古閣作伯誤佰連什言者猶伍連參言也佰之言百也廣韵一百爲一佰過秦論曰俛起什佰之中漢書音義云首出十長百長之中此謂十人之長爲什百人之長爲佰也食貨志無農夫之苦有仟佰之得師古云仟千錢也佰百錢也佰莫白反今俗猶謂百錢爲一佰按仟字罕見廣韵集韵類篇皆曰千人之長曰仟毛晃云出文字音義食貨志語意謂兼十倍百倍之利耳顏注非仟疑本作什顏不音千可證 **从人百** 博陌切古音在五部

佸 **會也** 王風君子于役曰曷其有佸傳曰佸會也此以疊韵爲訓 **从人昏聲** 古活切十五部 **詩曰曷其有佸 一曰佸佸力皃** 小徐本無此六字篇韵亦皆無

佮 **合也 从人合聲** 古沓切七部

𢼸 **眇也** 眇各本作妙今正凡古言𢼸眇者即今之微妙字眇者小也引伸爲凡細之偁微者隱行也微行而𢼸廢矣玉篇有微字

引書虞舜側微亦𢼸之俗體也 **从人从攴豈省聲** 鉉等曰豈字从𢼸省𢼸不應从豈省疑从耑省耑物初生之題尚𢼸也無非切十五部

假 ㄐㄧㄚˇ 13見　作 ㄗㄨㄛˋ 14精　傆 ㄩㄢˋ 3疑

傆 **黠也** 黠史記所謂桀黠也傆葢謂鄉原 **从人原聲** 魚怨切十四部

作 **起也** 秦風無衣傳曰作起也釋言穀梁傳曰作爲也魯頌駉傳曰作始也周頌天作傳曰作生也其義別而略同別者所因之文不同同者其字義一也有一句中同字而別之者如小雅作而作詩箋云上作起也下作爲也辵部曰迮迮起也然則作迮二篆音義同古文假借乍爲作 **从人乍聲** 則洛切五部

假 **非眞也** 又部曰叚借也然則假與叚義略同六書六曰假借謂本無其字依聲託事也 **从人叚聲** 古雅切古音在五部 **虞書曰** 虞書當作唐書說見禾部 **假于上下** 堯典文此引經說假借也彳部曰徦至也經典多借假爲徦故偁之淺人不得其例乃於虞書曰之上妄加一曰至也四字又分非眞也爲古雅切至也爲古頟切而不知古音無此區別也今刪正學者苟於全書引經說假借之處皆憭然則無所惑矣○毛詩雲漢傳泮水傳假至也烝民元鳥長發箋同此皆謂假爲徦之假借字也其楚茨傳格來也抑傳格至也亦謂格爲徦之假借字也又那傳烈祖傳假大也此與賓筵卷阿傳之嘏大也同謂假爲嘏之假借字也又假樂傳維天之命傳假嘉也此謂假爲嘉之假借字也

借 ㄐㄧㄝˋ 14精　侵 ㄑㄧㄣ 28清

借 **假也 从人昔聲** 資昔切古音在五部按小徐本無此字張次立乃依大徐增之故曰資昔切而不曰資昔反也大徐依注義序例偏旁所有而補正文者十九字借其一也序曰六書六曰假借又部叚下曰借也此處當有借篆可知矣爾雅音義釋鳥唶唶下曰說文云借字也按云當作之唶乃譜之或體今許書譜下無叚譜之訓豈通作借而遂刪之與聞疑載疑孰理而董之矣古多用藉爲借如言藉令即假令也

侵 **漸進也** 漸當作趣趣進也侵之言駸駸也水部浸淫隨理也浸淫亦作侵淫又侵陵亦漸逼之意左傳曰無鐘鼓曰侵穀梁傳曰苞人民毆牛馬曰侵公羊傳曰觕者曰侵精者曰伐又穀梁傳曰五穀不升謂之大侵 **从人又持帚** 句 **若埽之進** 釋持帚之意 **又** 逗 **手也** 七林切七部

儥 ㄉㄧˊ 17定　候 ㄏㄡˋ 16匣　償 ㄔㄤˊ 15定　僅 ㄐㄧㄣˇ 9匣

儥 **見也** 貝部賣下曰衙也衙者行且賣也賣即周禮之儥字今之鬻字儥訓見即今之覿字也釋詁曰覿見也公羊傳穀梁傳士昏禮聘禮論語鄭注國語韋注皆同按經傳今皆作覿覿行而儥廢矣許書無覿字獨存古形古義於此也以他字例之葢禮經古文作儥今文作覿許從古文不從今文歟大徐本竊取周禮改見爲賣非是周禮儥訓買玉篇作儥買也今又作賣則誤之中又有誤焉 **从人賣聲** 余六切按此音非也今音徒歷切古音徒谷切三部

候 **司望也** 司各本作伺非今正司者今之伺字也曹風候人傳云候人道路送賓客者周禮候人注云候候迎賓客之來者按凡覷伺皆曰候因之謂時爲候 **从人侯聲** 胡遘切四部

償 **還也** 廣雅曰復也左傳西鄰責言不可償也杜云不可報償 **从人賞聲** 食章切十部亦市亮切

僅 **材能也** 材今俗用之纔字也三蒼及漢書作纔鄭注禮記周禮賈逵注國語東觀漢記及諸史並作裁許書水部雨部叀部作財此作材材能言僅能也公羊傳僖十

代 ㄉㄞˋ 25定　儀 ㄧˊ 1疑

六年曰是月者何僅逮是月也何注在月之幾盡故曰劣及是月定八年曰公斂處父帥師而至僅然後得免僅蓋僅之譌字射義蓋勵有存者言存者甚少廟郎僅字广部廑下曰少劣之居也與僅義略同唐人文字僅多訓庶幾之幾如杜詩山城僅百層韓文初守睢陽時士卒僅萬人又家累僅三十口柳文自古賢人才士被謗議不能自明者僅以百數元微之文封章諫草緐委箱笥僅踰百軸此等皆李涪所謂以僅爲近遠者於多見少於僅之本義未隔也今人文字皆訓僅爲但 **从人堇聲** 渠吝切十三部

代 更也 更者改也士喪禮喪大記注同凡以此易彼謂之代次第相易謂之遞代凡以異語相易謂之代語假代字爲世字起於唐人避諱世與代義不同也唐諱言世故有代宗明既有世宗又有代宗斯失之矣 **从人弋聲** 徒耐切一部

儀 度也 度法制也毛傳曰儀善也又曰儀宜也又曰儀匹也其義相引伸肆師職曰古書儀但爲義今時所謂義古書爲誼按如文王傳曰義善也此與釋詁及我將傳儀善也正同謂此義爲儀之假借字也 **从人義聲** 魚羈切古音在十七部

傍 ㄆㄤˊ 15並　似 ㄙˋ 24定　像 ㄒㄧㄤˋ 15定

傍 近也 古多假並爲之如史記始皇紀並河以東武帝紀並海是也亦假旁爲之見溝洫志食貨志 **从人旁聲** 此舉形聲包會意也韵會無聲步光切十部按亦讀去聲

似 像也 各本作象也小徐作象肖也皆非今正像下曰佀也與此互訓是爲轉注度古本二篆必相屬不知何時轉寫違隔又皆改其說解耳相像曰相似古今無異語緣俗閒用象爲像乃致妄改許書廣雅曰似類也又曰似象也又曰似若也皆似之本義也詩斯干裳裳者華卷阿江漢傳皆曰似嗣也此謂似爲嗣之假借字也斯干似續妣祖箋云似讀爲巳午之巳巳續妣祖者謂巳成其宮廟也此謂似爲巳之假借字也 **从人㠯聲** 詳里切一部作似

像 佀也 各本作象也今依韵會所據本正象者南越大獸之名於義無取雖韓非曰人希見生象也而案其圖以想其生故諸人之所以意想者皆謂之象然韓非以前或祇有象字無像字韓非以後小篆既作像則許斷不以象釋似復以象釋像矣毄辭曰爻也者效此者也象也者像此者也又曰象也者像也爻也者效天下之動者也蓋象爲古文聖人以像釋之雖他本像亦作象然鄭康成王輔嗣本非不可信也凡形像圖像想像字皆當从人而學者多作象象行而像廢矣許書二曰象形度許固必作像形招魂云像設君室 **从人象聲** 鉉本云从人从象象亦聲此蓋用韓非語竄改也今依韵會所據小徐本 **讀若養字之養** 古音如此故今云式樣卽像之俗也或又用樣爲之今音徐兩切十部此篆原在後文傳篆下倦篆上今移廁此

便 ㄆㄧㄢˊ 3並　任 ㄖㄣˊ 28泥

便 安也 古與平辨通用如史記便章百姓古文尚書作平今文尚書作辨毛詩平平左右左傳作便蕃左右 **人有不便更之故从人更** 此會意房連切亦去聲古音蓋在十一部

任 保也 按上文云保養也此云任保也二篆不相屬者保之本義尚書所謂保抱任之訓保則保引伸之義如今言保舉是也周禮五家爲比使之相保注云保猶任也又孝友睦婣任恤注云任信於友道也引伸之凡儋何曰任小雅我任我輦我車我牛傳云任者輦者車者牛者四云者者皆謂人也邶風傳任大也卽釋詁之壬大也 **从人壬聲** 如林切七部

俔 ㄑㄧㄢˋ 3溪　優 ㄧㄡ 21影

俔 諭也 各本作譬諭今依詩正義訂言部曰譬者諭也則言諭已足矣大雅大明曰俔天之妹傳曰俔磬也此以今語釋古語俔者古語磬者今語二字雙聲是以毛詩作俔韓詩作磬如十七篇之有古今文孔穎達云如今俗語譬喻言之云磬作然許不依傳云磬而云諭者磬非正字以六書言之乃俔之假借耳不得以假借字釋正字也磬古通用爾雅磬盡也猶言竟是天之妹也 **一曰閒見** 閒各本作閒今正釋言曰閒俔也正許所本上訓用毛韓說此訓用爾雅說爾雅亦釋詩也閒音諫若言不可多見而閒見之爾雅無見字許益見字者以其篆从見也容爾雅原文今有倒奪矣郭景純以左傳謂之諜釋之恐非 **从人从見** 此會意包形聲苦甸切十四部 **詩曰俔天之妹**

優 饒也 食部饒下曰飽也引伸之凡有餘皆曰饒詩瞻卬傳曰優渥也箋云寬也周語注曰優饒也魯語注曰優裕也其義一也引伸之爲優游爲優柔爲俳優商頌布政憂憂小雅既瀀既渥今本皆假優爲之 **从人憂聲** 於求切三部 **一曰倡也** 倡者

僖ㄒㄧ 24曉　偆ㄔㄨㄣˇ 9透　俒ㄏㄨㄣˋ 3匣　儉ㄐㄧㄢˇ 30匣　偭ㄇㄧㄢˇ 3明　俗ㄙㄨˊ 17定

樂也謂作妓者卽所謂俳優也左傳陳氏鮑氏之圉人爲優晉語公之優曰施

僖　樂也　此字之本義少用其綵變爲嬉李注洞簫賦引說文嬉樂也卽謂此也謚法有釐有僖周書二謚並出而春秋三傳僖公史漢皆作釐公殆史漢假釐爲僖乎謚法曰小心畏忌曰僖　从人喜聲　許其切一部

偆　富也　廣韵曰厚也富也若白虎通曰春之爲言偆偆動也春秋繁露曰偆偆者喜樂之貌也蓋皆蠢之假借字　从人萅聲　尺允切十三部

俒　完也　以疊韵爲訓　逸周書曰朕實不明㠯俒伯父　逸周書者謂漢志七十一篇之周書也今大戒解有朕實不明句本典解云今朕不知明德所則政教所行字民之道禮樂所生非不念而知故問伯父許所據未知卽此以不也以俒伯父俒當爲溷字之假借經史亦作慁儒行曰不慁君王注慁猶辱也史記酈陸傳無久慁公爲也范雎蔡澤傳是天以寡人慁先生語意皆同此引經說假借之例　从人从完　胡困切按此字本義當讀如完在十四部胡困切者借爲溷字之音也

儉　約也　約者纏束也儉者不敢放侈之意古假險爲儉易儉德辟難或作險　从人僉聲　巨險切七部

偭　鄉也　鄉今人所用之向字也漢人無作向者少儀尊壺者面其鼻注云鼻在面中言鄉人也按許所據作偭說與鄭同偭訓鄉亦訓背此窮則變變則通之理如廢置徂存苦快之例離騷偭規矩而改錯王逸曰偭背也賈誼弔屈原曰偭蟂獺以隱處應劭曰偭背也項羽傳馬童面之張晏曰背之也張歐傳上具獄事不可卻者爲涕泣面而封之師古曰謂偝之也惠氏定宇左傳補注曰面縛之謂反背而縛之考工記審曲面勢先鄭釋以陰陽之面背許言鄉不言背者述其本義也古通作面　从人面聲　此舉形聲包會意彌箭切十四部　禮少儀曰尊壺者偭其鼻

俗　習也　以雙聲爲訓習者數飛也引伸之凡相效謂之習周禮大宰禮俗以馭其民注云禮俗昏姻喪紀舊所行也大司徒以俗教安注俗謂土地所生習也曲禮入國而問俗注俗謂常所行與所惡也漢地理志曰凡民函五常之性其剛柔緩急音聲不同繫水土之風氣故謂之風好惡取舍動靜無常隨君上之情欲謂之俗　从人谷聲　似足切三部

俾ㄅㄧˇ 10幫　倪ㄋㄧˊ 10疑　億ㄧˋ 25影　使ㄕˇ 24心　㑧ㄐㄧˊ 4匣　伶ㄌㄧㄥˊ 6來　儷ㄌㄧˋ 1來

俾　益也　俾與埤朇裨音義皆同今裨行而埤朇俾皆廢矣經傳之俾皆訓使也無異解蓋卽益義之引伸釋詁俾從也釋言俾職也亦皆引伸之義手部挾下曰俾持亦部夾下曰蔽人俾夾古或假卑爲俾　从人卑聲　幷弭切十六部　一曰俾門侍人　未聞或曰如寢門之內豎是閽寺之屬近得陽湖莊氏述祖說門侍人當是門持人之誤挾下曰俾持也正用此義按此條得此按正可謂渙然冰釋矣

倪　俾也　然則倪亦訓益也若孟子反其旄倪借爲嫛婗之婗也爾雅左倪不類右倪不若左傳注城上僻倪借倪爲睨也莊子不知端倪借端爲耑借倪爲題也題者物初生之題也　从人兒聲　五雞切十六部

億　安也　晉語億寧百神注億安也吳語億負晉衆庶注曰億安也左傳曰不能供億曰心億則樂曰我盍姑億吾鬼神而寧吾族姓杜注皆曰安也此億字之本義也今則本義廢矣或假爲萬意字諸經所用皆是也或假爲意字如論語不億不信億則屢中是也億則屢中漢書貨殖傳作意毋意毋必諸家偁作億必是可證矣　从人意聲　於力切一部

使　令也　大徐令作伶誤令者發號也釋詁使從也其引伸之義也按許書無駛駛字左傳吏走問諸朝本作使走問諸朝古注使速疾之意也又㕦部𠶙烈也讀若迅蓋此二字卽今之駛駛字乎水部𣲝水吏也吏同使謂水疾　从人吏聲　疏士切一部

㑧　㑧　此複舉字之未刪僅存者　左右兩視　兩蓋古本作网目部曰睽目不相聽也㑧卽睽之或字耳　从人癸聲　其季切十五部

伶　弄也　徐鍇曰伶人者弄臣也毛詩寺人之令釋文曰令韓詩作伶云使伶古伶人字本作泠泠人樂官也　从人令聲　郞丁切十一部　益州有建伶縣　地理志郡國志益州郡皆有建伶縣今雲南雲南府西北有建伶廢縣

儷　棽儷也　林部棽下曰木枝條棽儷也義已見彼故此但云棽儷也與同部偓下云偓佺仙人也佺下但云偓佺也例同按左傳伉儷杜云儷偶也士冠禮聘禮儷皮鄭云儷猶兩也古文儷爲離月令宿離不貸鄭云離讀爲儷偶之儷許

但取枝條琴儷之訓不及其他於从人之意未合於全書大例未符恐非許書之舊**从人麗聲**呂支切十六部

傳 3定

傳**遽也**辵部曰遽傳也與此爲互訓此二篆之本義也周禮行夫掌邦國傳遽注云傳遽若今時乘傳騎驛而使者也玉藻士曰傳遽之臣注云傳遽以車馬給使者也左傳國語皆曰以傳召伯宗注皆云傳驛也漢有置傳傳馳傳乘傳之不同按傳者如今之驛馬驛必有舍故曰傳舍又文書亦謂之傳司關注云傳如今移過所文書是也引伸傳遽之義則凡展轉引伸之偁皆曰傳而傳注流傳皆是也後儒分別爲知戀直戀直攣三切實一語之轉**从人專聲**直戀切十四部按廣韵傳注直戀切郵馬知戀切

倌 3見

倌**小臣也**鄘風定之方中曰命彼倌人傳曰倌人主駕者按許說異毛小臣葢謂周禮小臣上士四人大僕之佐也一云左傳所謂巾車脂舝也**从人官聲**古患切十四部**詩曰命彼倌人**

价 2見

价**善也**大雅板曰价人維藩釋詁及傳曰价善也箋云价甲也被甲之人謂卿士掌軍事者葢鄭易价爲介也詩正義引爾雅作价今爾雅作介善也葢非善本**从人介聲**古拜切十六部**詩曰价人維藩**

仔 24精

仔**克也**周頌曰佛時仔肩克也箋云仔肩任也按克勝也勝與任義似異而同許云仔克也釋詁云肩克也許云克肩也然則仔肩絫言之耳**从人子聲**子之切一部

㑞 26定

㑞**送也**㑞今之媵字釋言曰媵將送也周易媵口說也虞曰媵送也燕禮大射媵觚于賓鄭注媵送也九歌曰魚鱗鱗兮媵予王注媵送也送爲媵之本義以姪娣送女乃其一耑耳公羊傳曰媵者何諸侯娶一國則二國往媵之以姪娣從是也今義則一耑行而全者廢矣**从人灷聲**今形从女者由一耑之義獨行故也灷許書無此字而送㑞朕皆用爲聲此亦許書奪屚之一也以證切六部朕送二字古音當亦在六部也**呂不韋曰有侁氏㠯伊尹㑞女**呂氏春秋孝行覽本味篇曰湯於是請取婦爲婚有侁氏喜以伊尹爲媵送女爲送二字乃後人所妄增許所據不如是凡許引呂氏春秋皆直書呂不韋曰此與爝下是也惡其人也**古文㠯爲訓字**訓與㑞音部既相距甚遠字形又不相似如疋足中屮丂亐之比今按訓當作揚由揚譌詠由詠復譌訓始則聲誤終則字誤耳檀弓杜蕢洗而揚觶注云舉觶於君也禮揚作媵揚舉也媵送也揚近得之據此知禮經作媵記作揚媵爲古文揚字燕禮媵觚於賓注云讀或爲揚葢禮家舊讀媵爲揚許亦用禮家舊讀說也若今文禮媵作騰騰正與揚義協

⿰亻余 13定

⿰亻余**緩也**與徐義略同齊世家田常執簡公於徐州索隱曰徐廣音舒其字从人左氏作舒說文作⿰余阝按魯世家作徐**从人余聲**似魚切五部

偋 12並

偋**僻寠也**寠者無禮之居也廣韵曰屛隱僻也無人處引字統云廁也按偋與屛庰義略同**从人屛聲**毗正切十一部

伸 6透

伸**屈伸**屈者無尾也伸之反也屈伸謠俗共知之語故以爲訓屈亦作詘所謂隨體詰詘也伸古經傳皆作信周易詘信相感而利生焉又尺蠖之詘以求信也又引而信之韋昭漢書音義云信古伸字謂古文假借字許書冣目曰近而申之以究萬原古本申作信又虫部尺蠖屈申蟲也太平御覽引作曲信蟲**从人申聲**疑此字不古古但作詘信或用申爲之本無伸字以屈伸訓伸篆亦非說解之體宋毛晃曰古惟申字後加立人以別之失人切十二部

伹 13定

伹**拙也**廣韵作拙人當是說文古本拙者不巧也廣雅曰伹鈍也玉篇引之集韵類篇皆引之云千余切今廣雅乃譌爲但度滿切矣按此字千余切與粗同細即今粗笨字也廣韵祇有七余一切玉篇七閭祥閭二切**从人且聲**似魚切五部

⿰亻然 3泥

⿰亻然**意膬也**此意者志也膬者耎易破也意膬謂有此意而不堅玉篇云意急而懼葢說文之語也或曰當作膬意○通俗文曰痛聲曰痏警聲曰⿰亻然⿰亻然于簡切**从人然聲**人善切十四部

偄 3泥

偄**弱也**此與懦儒二字義略同而音形異懦儒皆需聲偄耎聲也二聲轉寫多淆所當覈正矣偄从人亦或从心左傳穀梁傳皆曰宮之奇之爲人也偄注皆云弱也左傳音義曰偄本又作耎乃亂反又乃貨反弱也字林偄音乃亂反懦音讓夫反云弱也按左傳此音義今本譌甚考正之如此古者耎聲本在元寒部而入歌戈部需聲本在侯部而入虞部分別劃然古假耎爲偄考工記馬不契耎鄭云耎讀爲畏偄之偄自唐初耎已譌需**从**

倍 ㄅㄟˋ 24並　傿 ㄧㄢ 3影　僭 ㄐㄧㄢˋ 28精

人从奭此舉會意包形聲也亣部奭讀若畏偄二字義近音同奴亂切十四部又奴貨切音之轉也○偄亦而沇切俗作輭譌作軟王氏念孫曰軟當輭之譌

倍 反也此倍之本義中庸爲下不倍緇衣信以結之則民不倍論語斯遠鄙倍皆是也引伸之爲倍文之倍大司樂注曰倍文曰諷不面其文而讀之也又引伸之爲加倍之倍以反者覆也覆之則有二面故二之曰倍俗人鋠析乃謂此專爲加倍字而倍上倍文則皆用背餘義行而本義廢矣倍之或體作偝見坊記投壺荀卿子从人咅聲薄亥切一部

傿 引爲賈也引猶張大之賈者今之價字引爲價所謂豫價也後漢書崔烈入錢五百萬得爲司徒及拜靈帝顧謂親倖曰悔不小傿可至千萬从人焉聲於建切十四部

僭 儗也各本作假也今依玉篇所引正廣韵亦云擬也以僭儗二篆相聯互訓知作假之非矣以下儗上僭之本義也引伸之則訓差大雅不僭不賊傳是也又訓不信小雅覆謂我僭箋是也其小雅巧言傳曰僭數也則謂僭卽譖之假借也詩亦假譖爲僭如大雅桑柔瞻卬箋是也从人朁聲子念切七部

八篇上　三十七

儗 ㄋㄧˇ 24疑　偏 ㄆㄧㄢ 6滂　倀 ㄔㄤ 15透　儚 ㄏㄨㄥ 26曉　儔 ㄔㄡˊ 21定

儗 僭也以下僭上此儗之本義如史記說卓王孫田池射獵之樂儗於人君是也與手部擬訓度不同曲禮儗人必於其倫注儗猶比也此引伸之義也漢書食貨志假疑爲儗又假儗爲黍稷薿薿从人疑聲依小徐本魚己切一部一曰相疑此別一義

偏 頗也頗頭偏也引伸爲凡偏之偁故以頗釋偏二字雙聲尚書無偏無頗系言之也周易翩翩古文作偏偏从人扁聲芳連切十二部

倀 狂也狂者狾犬也假借爲人狂之偁仲尼燕居曰譬猶瞽之無相倀倀乎其何之廣韵四十三映曰萌倀失道皃从人長聲褚羊切十部一曰什也什葉抄本作什俟攷

儚 惛也惛者不憭也釋訓曰儚儚洄洄惛也儚當作儚與夢夢亂也義別从人夢聲呼肱切六部

儔 翳也翳者華蓋也引伸爲凡覆蔽之偁按玉篇儔直流切侶也又大到切翳隱蔽也廣韵尤韵儔侶也直由切号韵儔隱也徒到切是儔有隱蔽之訓而其音與疇侶絕不同與翿纛音同由其義相近也翳義廢而侶義獨行矣然自唐以前用儔侶皆作疇絕無作儔者葢由古者一井爲疇並畔爲疇是以釋詁曰疇誰也注易注國策漢書者曰疇類也注國語者曰疇匹也下逮六朝辭賦皆不作儔元應之書曰王逸云二人爲匹四人爲疇疇亦類也今或作儔矣然則用儔者起唐初以至於今从人壽聲直由切三部按大徐此音失之不攷

侜 ㄓㄡ 21端　俴 ㄐㄧㄢˋ 3從　佃 ㄉㄧㄢˋ 6定

侜 有廱蔽也廱今之壅字陳風防有鵲巢曰誰侜予美爾雅及傳曰侜張誑也誑亦壅蔽之意耳許不用毛傳者許以侜張乃尚書譸張之假借字非侜之本義故易之从人舟聲張流切三部詩曰誰侜予美

俴 淺也秦風小戎俴收釋言毛傳皆曰俴淺也从人戔聲慈衍切十四部

佃 中也廣韵曰營田玉篇曰作田今義非古義也許攴部自有畋字不必用佃爲之許所說者相傳古義从人田聲堂練切十二部春秋傳曰乘中佃中佃二字今補一轅車也左傳哀公十七年渾良夫乘衷甸兩牡杜曰衷甸一轅卿車許所據作中佃引

八篇上　三十八

⿰亻囟 ㄘˇ 10心　侊 ㄍㄨㄤ 15見

傳而釋之者孔穎達曰甸乘也四丘爲甸出車一乘故以甸爲名葢四馬爲上乘二馬爲中乘容許意同孔一曰一轅兩牡則一轅在兩牡之中是亦中也故系言之曰中佃

⿰亻囟 小皃小雅正月曰佌佌彼有屋傳曰佌佌小也許所據作⿰亻囟或作[illegible]从人囟聲斯氏切十六部按細字亦囟聲葢取雙聲詩曰⿰亻囟⿰亻囟彼有屋

侊 小皃小當作大字之誤也凡光聲之字多訓光大無訓小者越語句踐曰諺有之曰觥飯不及壺飧韋云觥大也大飯謂盛饌盛饌未具不能以虛待之不及壺飧之救飢疾也言己欲滅吳取快意得之而已不能待有餘力韓詩云觥廓也許所據國語作侊侊與觥音義同廣韵十一唐曰侊盛皃用韋注十二庚曰侊小皃用說文葢說文之譌久矣从人光聲古橫切古音讀如光十部國語曰侊飯不及壺飧壺飧各本作一食一由壺壹遞譌食奪偏旁今依玉篇廣韵所引說文正飧者食部或餐字也集韵正作餐壺飧猶左傳趙衰之壺飧史記操一豚蹄酒一壺皆謂薄少古壺有大小此非大一石之壺也○又按許所據竟

佻 19透　僻 11滂　伭 6匣　伎 10匣

作一食未可知似不必改

愉也古本皆作愉汲古閣作偷誤也心部曰愉薄也小雅鹿鳴曰視民不佻許所據作佻是毛傳曰佻愉也按釋言佻偷也偷者愉之俗字今人曰偷薄曰偷盜皆从人作偷他侯切而愉字訓爲愉悅羊朱切此今義今音今形非古義古音古形也古無从人之偷愉訓薄音他侯切愉愉者和氣之薄發於色也盜者澆薄之至也偷盜字古只作愉也凡古字之末流鋠析類如是矣周禮曰以俗教安則民不愉注曰愉謂朝不謀夕服注左傳視民不佻云示民不愉薄唐風他人是愉傳曰愉樂也箋云愉讀曰偷偷猶取也此同字而各舉一義釋之愉讀曰偷如注周禮主以利得民云讀如上思利民之利耳然可見漢末已有从人之偷許不之取**从人兆聲**土彫切二部按佻訓苟且苟且者必輕故離騷注曰佻輕也方言曰佻疾也左傳楚師輕窕窕正佻之假借字**詩曰視民不佻**

辟也辟大徐本作避非是辟者法也引伸爲辟人之辟辟人而人避之亦曰辟若周禮閽人凡外內命婦出入則爲之辟孟子行辟人可也曲禮若主人拜則客還辟辟拜郊特牲有由辟焉包咸論語注躩盤辟皃也投壺主人盤旋曰辟賓盤旋曰辟大射儀賓辟注曰辟逡遁不敢當盛他書辟人辟邪辟寒辟塵之類語意大略相似自屛之者言則闇人離婁篇郊特牲是也自退者言則曲禮投壺論語注所云是也舟部般辟也卽旋辟盤辟之謂辟之言邊也屛於一邊也僻之本義如是廣韵曰誤也邪僻也此引伸之義今義行而古義廢矣詩曰民之多僻**从人辟聲**普擊切十六部**詩曰宛如左僻**魏風葛屨文此引詩證僻之本義也今詩作辟者俗人不解易字而音避**一曰從旁牽也**此義稍別異

很也心部曰慈急也義略同**从人弦省聲**胡田切十二部

與也舁部曰與者黨與也此伎之本義也廣韵曰侶也不違本義俗用爲技巧之技○小弁鹿斯之奔維足伎伎傳云伎伎舒皃按此伎伎葢與徥徥音義皆同**从人支聲**渠綺切十六部**詩曰鞫人伎忒**大雅瞻卬文今詩伎作忮傳曰忮害也許所據作伎葢毛詩假伎爲忮故傳與雄雉同毛說其假借許說其本義也今詩則學

侈 1透　佁 24定　僠 21心　僞 1疑　伿 10定　佝 16溪　僄 19滂　倡 15透

者所竄易也

掩脅也掩者掩葢其上脅者脅制其旁凡自多以陵人曰侈此侈之本義也吳語夾溝而⿸广多我其字則⿸广多也其義則掩脅也**从人多聲**尺氏切古音在十七部**一曰奢泰也**泰字依韵會本補奢者張也泰者滑也凡傳云汰侈者卽許書之泰字小雅曰侈兮哆兮此與上義別今上義廢而此義獨行矣三禮皆假移爲侈

癡皃大人賦沛艾赳螑仡以佁儗兮張揖曰佁儗不前也此癡意也呂氏春秋出輿入輦命曰佁蹷之機高誘曰佁至也此別一義也**从人台聲讀若騃**夷在切一部

僠此複舉字之未刪者**驕也**馬高六尺爲驕借爲倨傲之偁**从人蚤聲**穌遭切古音在三部

詐也詐者欺也釋詁曰詐僞也按經傳多假爲爲僞如詩人之爲言卽僞言月令作爲淫巧今月令云詐僞淫巧古文尚書南僞史記作南爲左傳爲讀僞者不一葢字涉於作爲則曰僞徐鍇曰僞者人爲之非天眞也故人爲爲僞是也荀卿曰桀紂性也堯舜僞也人之性惡其善者僞也不可學不可事而在人者謂之性可學而能可事而成之在人者謂之僞又曰生之所以然者謂之性心慮而能爲之動謂之僞慮積焉能習焉而後成謂之僞荀卿之意謂堯舜不能無待於人爲耳玉裁昔爲謝侍郎墉作荀卿補注會言之**从人爲聲**危睡切古音在十七部

惰也惰者不敬也醫經解㑥之㑥當作此字**从人只聲**以豉切十六部

佝瞀也各本作務也二字小徐作覆也皆誤今正佝瞀也三字爲句佝音寇瞀音茂曡韵字二字多有或體子部瞉下作瞉瞀荀卿儒效作溝瞀漢五行志作區霿又作傋霿楚辭九辯作怐愗玉篇引作佝愗應劭注漢書作瞉霿郭景純注山海經作瞉瞀其音同其義皆謂愚蒙也山海經注瞉字葢有誤**从人句聲**苦候切四部

輕也方言曰⿰亻凡僄輕也楚凡相輕薄或謂之⿰亻凡或謂之僄也班固賦曰雖輕迅與僄狡按古或假剽爲之僄亦作嫖霍嫖姚是也**从人票聲**匹妙切二部

樂也漢有黃門名倡常從倡秦倡皆鄭聲也東方朔傳有幸倡郭舍人則倡卽俳也經傳皆用爲唱字周禮樂師凡軍大

俳ㄆㄞˊ 7並　僐ㄕㄢˋ 3定　儳ㄔㄢˊ 32從　佚ㄧˋ 5定　俄ㄜˊ 1疑

獻教愷歌遂倡之故書倡爲昌鄭司農云樂師主倡也昌當爲倡按當云昌當爲唱从人昌聲尺亮切十部按當尺良切

戲也以其戲言之謂之俳以其音樂言之謂之倡亦謂之優其實一物也从人非聲步皆切十五部

作姿也廣雅曰僐態也从人譱聲常演切十四部隸作僐

儳互逗不齊也今人作攙和字當用此周語戎翟冒沒輕儳注云儳進退上下無列也曲禮曰長者不及毋儳言注云儳猶暫也左傳聲盛致志鼓儳可也注云儳巖未整陳皆不齊之意表記儳焉如不終日亦同从人毚聲士咸切八部廣韵入去聲

佚民也三字句論語微子篇逸民伯夷叔齊虞仲夷逸朱張柳下惠少連按許作佚民正字也作逸民者假借字佚从人故爲佚民字也孟子曰遺佚而不怨又以爲勞逸字如以佚道使民是也古失佚逸泆字多通用石經今文尚書毋逸字作劮則許所不取廣雅錄之从人失聲夷質切十二部一曰佚忽也心部曰忽忘也按忘之言亡也

頃也各本作行頃乃妄加行耳今正玉篇曰俄頃須臾也廣韵曰俄頃速也此今義也尋今義之所由以俄頃皆偏側之意小有偏側爲時幾何故因謂倏忽爲俄頃許說其本義以晐今義凡讀許書當心知其意矣七部曰頃頭不正也小雅賓之初筵箋云俄傾皃廣雅俄衺也皆本義也若公羊傳曰俄而可以爲其有矣何云俄者謂須臾之閒制得之頃也此今義也有假蛾爲俄者如漢書始爲少使蛾而大幸如淳曰蛾無幾之頃也單言之或曰俄或曰頃絫言之曰俄頃从人我聲五何切十七部詩曰仄弁之俄鄭云俄傾皃古頃傾通用皆謂仄也今詩仄弁作側弁

傜ㄧㄠˊ 19定

喜也喜下曰樂也王風君子陶陶傳曰陶陶和樂皃也陶陶卽傜傜之假借也凡言遙遙歙歙皆疊字則知可作傜傜矣釋詁曰繇喜也繇亦卽傜郭注以檀弓咏斯猶釋繇殊誤鄭云猶當爲搖謂身動搖也从人䍃聲余招切二部凡傜役字卽此字之隸變自關㠯西物大小不同謂之傜此方言殊語也方言曰陂傜衺也陳楚荊揚曰陂自山而西凡物細大不純者謂之傜郭注言俄傜也

△㑄

㑾ㄐㄩㄝˊ 14匣　傞ㄙㄨㄛ 1心　僛ㄑㄧ 24溪　侮ㄨˇ 24明　傷ㄧˋ 11定

徼㑾受屈也子虛賦曰徼郤受詘郭璞曰郤疲極也司馬彪云徼遮也郤倦也謂遮其倦者按長卿用假借字作郤許用正字作㑾蘇林注漢曰郤音倦郤之郤當作音倦㑾之㑾也方言曰㑾僗也㑾同㑾僗同倦心部㑾者勞也與㑾音義同史記匈奴傳漢書趙充國傳皆云徼極與徼㑾音異義同从人卻聲其虐切古音在五部

醉舞皃小雅賓之初筵曰婁舞傞傞傳曰傞傞不止也从人差聲素何切十七部詩曰屢舞傞傞屢當作婁

醉舞皃賓之初筵曰婁舞僛僛傳曰僛僛舞不能自止也从人欺聲去其切一部詩曰屢舞僛僛屢當作婁

傷也傷各本作傷誤今正錯曰傷慢易字也錯作注時未誤也小雅常棣假務爲侮从人每聲五部按每聲在一部合音

古文从母母聲猶每聲也漢書五行志慢侮之心生

輕也此依小徐侮傷相屬蒼頡篇曰傷慢也廣韵曰傷相輕慢也自易專行而傷廢矣禮記易慢之心入之矣注易輕易也國語貴貨而易土注易輕也國策注呂覽注漢書注皆同凡皆傷之假借字也从人易聲以豉切十六部一曰交傷周易毄辭曰交易而退經傳亦止作易公羊莊十三年冬公會齊侯盟于柯傳曰何以不日易也何云易猶佼易也相親信無後患之辭按何用漢時俗語佼同交

㑵ㄐㄧˊ 5從　△嫉　俙ㄒㄧ 7心　僨ㄈㄣˋ 9滂　僵ㄐㄧㄤ 15見

妎也妎者妬也離騷注害賢曰嫉害色曰妬如曰女無美惡入宮見妬士無賢不肖入朝見嫉是也渾言則不別古亦假疾从人疾聲秦悉切十二部一曰毒也廣雅曰嫉惡也

㑵或从女妬也故从女

訟面相是也謂內爭而外順也臯陶謨所謂面從今俗閒俚語猶有之篇韵皆注云訟也失之遠矣从人希聲喜皆切十五部

僵也引伸之爲凡倒敗之偁大學曰一人僨事注云僨猶覆敗也射義假賁爲僨左傳象有齒以焚其身假焚爲僨从人賁聲匹問切十三部

偃也小徐及爾雅釋文皆作偃大徐作僨非是元應引僵却偃也仆前覆也按僵謂仰倒如莊子推而僵之漢書觸

偃ㄧㄢˇ 3影　仆ㄆㄨ 17滂　傷ㄕㄤ 15透　倄ㄧㄠˊ 19匣

寶瑟僵皆是今人語言乃謂不動不死爲僵廣韵作殭死不死也**从人畺聲**居良切十部

僵也小雅或棲遲偃仰論語寢不尸苞注曰不偃臥布展手足似死人左傳偃且射子鉏晉語籧篨不可使俛韋注籧篨偃人參同契曰男生而伏女偃其軀及其死也乃復效之水經注曰徐偃王生而偃故以爲號凡仰仆曰偃引伸爲凡仰之偁**从人匽聲**於幰切十四部依玉篇先偃後仆

頓也頓者下首也以首叩地謂之頓首引伸爲前覆之辭左氏音義引孫炎曰前覆曰仆元應三引說文仆頓也謂前覆也偃謂却偃仆謂前覆蓋演說文者語若論語注云偃仆也則渾言不別矣**从人卜聲**芳遇切古音在三部

創也刅部曰刅傷也二字爲轉注山海經謂木束爲傷**从人𥏻省聲**各本作殤省聲殤下又云傷省聲二字𣪠先後乎今更正曰𥏻省與殤觴同式羊切十部

刺也刺者戾也盧達切**从人肴聲**胡茅切二部**一曰毒之**錯曰謂疾害也顏氏家訓曰蒼頡篇有倄字訓詁云痛而謼也羽罪反今北人痛則呼之聲類音于來反今南人痛或呼之按廣韵集韵有羽罪一音無後一音○按元應佛書音義曰痏痏諸書作侑通俗文于罪切痛聲曰痏此條合之字義俗語皆無不合其云諸書作侑蓋蒼頡訓詁亦在其中借侑爲痏皆有聲也顏氏家訓之侑當是倄之誤不必與說文牽合大徐說文改毒之爲痛聲恐是竊取黃門語○又搜神記卷十四云聞呻吟之聲曰痏痏宜死痏亦痏之俗字

侉ㄎㄨㄚ 13溪　催ㄘㄨㄟ 7清　俑ㄩㄥˇ 18透

𢡟詟也古本皆作備惟類篇誤作備耳心部曰備者懯也懯者備也備今隸作憊詟者意內而言外也按爾雅毛傳皆曰夸毗體多柔然則侉即夸毗字乎夸毗亦作𨉖𨈟**从人夸聲**苦瓜切五部

相擣也猶相迫也邶風北門曰室人交徧摧我傳曰摧沮也音義曰摧或作催據許則催是也不從傳者傳取沮壞之義與摧訓擠訓折義同葢當時字作催而毛釋爲摧之假借許則釋其本義也**从人崔聲**倉回切十五部山部無崔偶奪耳大徐據摧催字補**詩曰室人交徧催我**

痛也此與心部恫音義同禮記孟子之俑偶人也俑即偶之假借字如喁亦禺聲而讀魚容切也假借之義行而本義廢矣廣韵引埤蒼說木人送葬設關而能跳踊故名之俑乃不知音理者強爲之說耳**从人甬聲**他紅切九部按玉篇云說文他紅切此葢出音隱痛義之音如是大徐云又余隴切則木偶之音也

伏ㄈㄨˊ 25並　促ㄘㄨˋ 17清　例ㄌㄧˋ 2來　係ㄒㄧˋ 11匣

司也司者臣司事於外者也司今之伺字凡有所司者必專守之伏伺即服事也引伸之爲俯伏又引伸之爲隱伏**从人犬犬司人也**犬司人也四字小徐本有犬司人謂犬伺人而吠之說此字之會意也不曰从犬人而曰从人犬入於人部者尊人也伏篆以明人事非說犬也房六切古音在一部

迫也與趣音義皆略同**从人足聲**七玉切三部玉篇促催二文相屬

比也此篆葢晚出漢人少言例者杜氏說左傳乃云發凡言例例之言迾也迾者遮迾以爲禁經皆作列作厲不作迾周禮司隸注厲遮例也釋文例本作列葢古比例字祇作列**从人㓠聲**力制切十五部疑許本無此

絜束也絜者麻一耑也絜束者圍而束之左傳係輿人又以朱絲係玉二毄束之義也束之則纍與物相連故凡相聯屬謂之係周易係遯係丈夫係小子釋詁曰係繼也**从人系聲**胡計切十五部按俗通用繫許謂繫褫即牽離惡絮之名考諸古經若周禮司門校人字皆作毄周易毄辭據釋文本作毄漢書景帝紀亦用毄葢古假毄爲係後人盡改爲繫耳

伐ㄈㄚˊ 2並

擊也詩勿翦勿伐傳鉦人伐鼓傳皆曰伐擊也禮記郊特牲二日伐鼓何居鄭曰伐猶擊也尚書不愆于四伐五伐鄭曰一擊一刺曰伐詩是伐是肆篆云伐謂擊刺之按此伐之本義也引伸之乃爲征伐周禮九伐注云諸侯之於國如樹木之有根是以言伐云**从人持戈**戈爲句兵亦曰毄兵左傳擊之以戈是也戍者守也故从人在戈下入戈部伐者外擊也故从人杖戈入人部房越切十五部**一曰敗也**此謂引伸之義伐敗疊韵左傳凡師有鐘鼓曰伐穀梁傳斬樹木壞宮室曰伐攴部曰敗者毀也公羊傳曰春秋伐者爲客伐者爲主何云伐人者爲客讀伐長言之見伐者爲主讀伐短言之皆齊人語也按今人讀房越切此短言也劉昌宗周禮大司馬大行人輈人皆房廢切此長言也劉係

俘ㄈㄨˊ 21滂　但ㄉㄢˋ 3定　傴ㄩˇ 16影　僂ㄌㄡˊ 16來

北音周顒沈約韵書皆用南音去入多強爲分別而不合於古矣伐人者有功故左傳諸侯言時記功大夫稱伐史記明其等曰伐積日曰閱又引伸之自功曰伐**亦斫也**大徐無此三字爲長**俘軍所獲也**春秋左氏經齊人來歸衛俘傳作衛寶公羊穀梁經傳皆作衛寶杜曰疑左氏經誤按非誤也俘孚聲寶缶聲古音同在尤幽部經用假借字傳用正字又如經曰莒人弑其君密州左氏傳云書曰莒人弑其君買朱鉏買卽密如濆水卽汨水朱鉏卽州如邾婁卽鄒亦是字異實同不得疑經誤亦不得謂傳誤**从人孚聲**芳無切古音在三部**春秋傳曰㠯爲俘馘**成三年左傳文**但裼也**衣部曰裼者但也二篆爲轉注古但裼字如此袒則訓衣縫解今之綻裂字也今之經典凡但裼字皆改爲袒裼矣衣部又曰嬴者但也裎者但也釋訓毛傳皆曰袒裼肉袒也肉袒者肉外見無衣也引伸爲徒也凡曰但曰徒曰唐皆一聲之轉空也今人但謂爲語辭而尟知其本義因以袒爲其本義之字古今字之不同類如此**从人旦聲**徒旱切十四部唐人詩多用爲平聲**傴僂也**問喪注曰傴背曲也通俗文曲脊謂之傴僂引伸爲鞠窮恭敬之意又莊子以下傴拊人之民借爲煦嫗字左傳曰一命而僂再命而傴三命而俯析言之實無二義**从人區聲**於武切古音在四部**僂厄也**大徐本作尪也非是尪與僂異疾小徐本作厄也近是科厄木節也厄與僂雙聲人背之僂有似木之科厄晉語注曰戚施僂人也左傳昭四年注僂肩傴也穀梁傳跛僂並言管子云苦水所多尪與傴人然僂不得訓尪明矣公羊傳夫人不僂不可使入何云僂疾疾也齊人語夫人稽留不肯疾順公荀卿書亦兩言僂訓疾按此爲婁之假借字婁卽屢與驟通驟訓數亦訓疾○又按大徐作尪也蓋尪是曲脛之名引伸爲曲脊之名所以尪必釋爲尫曲脛者由其字作尢从大而偏曲其足故二疾不妨同名下文曰周公韈僂蓋尪者亦得謂之僂周公之脛不無少曲疑大徐本爲長甲戌二月重訂**从人婁聲**力主切古音在四部**周公韈僂**韈者足衣韈僂者由足背高隆然如背之僂也未聞出何書**或言背僂**周公背僂見荀卿白虎通論衡諸書白虎通云傳曰周公背僂是爲強後成就周道輔於幼主僂後主爲韵**僇癡行僇僇也**未聞大學借爲戮字荀卿書同**从人翏聲讀若雡**力救切三部**一曰且也**按此卽今所用聊字也聊者耳鳴僇其正字聊其假借字也詩聊與之謀傳曰聊願也**仇讎也**讎猶應也左傳曰嘉偶曰妃怨偶曰仇按仇與逑古通用辵部怨匹曰逑卽怨偶曰仇也仇爲怨匹亦爲嘉偶如亂之爲治苦之爲快也周南君子好逑與公侯好仇義同**从人九聲**巨鳩切三部**儡相敗也**西征賦注引作壞敗之皃寡婦賦注引作敗也無相字道德經傳奕本儡儡兮其不足以無所歸陸氏釋文曰儽一本作儡敗也欺也說文音雷西征賦曰寮位儡其隆替寡婦賦容貌儡以頓顇注引禮記喪容儡儡今禮記作纍纍非也**从人畾聲讀若雷**魯回切十五部按李善引說文洛罪反**咎災也**災當是本作烖天火曰烖引伸之凡失意自天而至曰烖釋詁曰咎病也小雅伐木傳曰咎過也北山箋云咎猶罪過也西伯戡黎

咎ㄐㄧㄡˋ 21匣　仳ㄆㄧˇ 4滂　倃ㄐㄧㄡˋ 21匣　倠ㄒㄩㄟ 7曉　值ㄓˊ 25定　侂ㄊㄨㄛ 14透

鄭注咎惡也呂覽移樂篇注咎殃也方言咎謗也**从人各**會意其久切三部**各者相違也**說从各之意**仳別也**王風中谷有蓷傳云爾**从人比聲**芳比切十五部**詩曰有女仳離**　**倃毀也**疑咎字可以包之但廣韵引已如此**从人咎聲**其久切三部**倠仳倠**逗**醜面**淮南曰粉白黛黑弗能爲美者嫫母仳倠也廣雅曰仳倠醜也四子講德論作倭傀**从人隹聲**許惟切十五部按仳頻脂切二字皆平聲高誘曰仳讀人得風病之痱倠讀近虺痱舊作靡今正**值持也**持各本作措措者置也非其義今依韵會所據正韵會雖譌待然轉刻之失耳陳風值其鷺羽傳曰值持也引伸爲當也凡彼此相遇相當曰值亦持之意也史漢多用直爲之姚察云古字例以直爲值是也價值亦是相當意**从人直聲**直吏切一部**一曰逢遇也**小徐有此五字實則持義足晐之疑淺人所增也**侂寄也**此與託音義皆同俗作托非也玉篇引論語可以侂六尺之孤**从**

僔ㄗㄨㄣˇ 9從　倦ㄐㄩㄢˋ 3匣　傮ㄗㄠ 21精　偶ㄡˇ 16疑　弔ㄉㄧㄠˋ 19端

人乇聲他各切五部乇古文宅見宀部聚也小雅十月之交曰噂沓背憎傳曰噂猶噂噂沓猶沓沓箋云噂噂沓沓相對談語許於口部既引之云聚語矣此復引詩字从人云聚也謂聚人非聚語葢三家詩駁文兼引之耳廣雅僔僔衆也叢艸亦曰蓴蓴从人尊聲慈損切十三部詩曰僔沓背憎罷也罷者遣有罪也引伸爲休息之偁倦與力部勌義少別鉉等於勌下注曰今俗作倦義同葢不檢人部固有倦耳从人卷聲渠眷切十四部終也大雅似先公酋矣釋詁毛詩傳皆曰酋終也酋卽遒字正義作遒遒訓迫亦訓終如亂亦訓治也傮之古音與遒同亦訓終葢古遒傮通用从人曹聲作曹切玉篇又祀牢切古音在三部桐人也偶者寓也寓於木之人也字亦作寓亦作禺同音假借耳按木偶之偶與二枱並耕之耦義迥別凡言人耦射耦嘉耦怨耦皆取耦耕之意而無取桐人之意也今皆作偶則失古意矣又俗言偶然者當是俄字之聲誤从人禺聲五口切四部

問終也謂有死喪而問之也禮記曰弔者東面致命曰寡君聞君之喪寡君使某如何不淑曲禮知死者傷鄭注曰說者有弔辭曰皇天降災子遭罹之如何不淑曾子問父喪稱父母喪稱母鄭注云父使人弔之辭云某子聞某之喪某子使某如何不淑母則若云宋蕩伯姬聞姜氏之喪伯姬使某如何不淑此皆問終之辭淑善也如何不善者欲其善也故引伸之謂善爲弔魯莊公使人弔宋大水云若之何不弔卽如何不淑也左傳哀公誄孔子旻天不弔先鄭注周禮大祝引作旻天不淑此弔淑通用之徵應劭王肅皆訓弔爲善柴誓無敢不弔卽無敢不善也凡書大誥多士君奭詩節南山瞻卬逸周書祭公解左傳莊十一年襄十三年十四年二十三年昭二十六年哀十六年漢書翟義傳所云不弔者皆謂不善大誥君奭之弗弔天三字連讀多士之弗弔昊天四字連讀皆猶小雅之不弔昊天鄭云不善乎昊天也葢弔之爲善今失其傳矣以上王氏引之說玉裁按辵部迅至也凡經文無迅但有弔弔或訓至如天保傳弔至也節南山傳云弔至也箋云至猶善也柴誓無敢不弔鄭云弔猶善也至與善義本相近古非必作迅而後訓至也迅者小篆分別之字从人弓三字今補會意多嘯切二部古之葬者厚衣之㠯薪此偁易毄辭說人持弓會毆禽之故故人持弓會毆禽也故字舊作从今正吳越春秋陳音謂越王曰弩生於弓弓生於彈彈起古之孝子古者人民樸質飢食鳥獸渴飲霧露死則裹以白茅投於中野孝子不忍見父母爲禽獸所食故作彈以守之故歌曰斷竹續竹飛土逐肉按孝子毆禽故人持弓以助之此釋弔从人弓之意也倉頡造字當黃帝時既易之以棺槨矣而葬文猶取衣薪弔文猶依逐肉反始不忘本也禮也者反其所自生弓葢往復弔問之義小徐有此八字葢別一說也當有一曰字左傳有相問以弓者故云然

佋ㄓㄠ 19定　㑗ㄕㄣ 6透　僊ㄒㄧㄢ 3心　仚ㄒㄧㄢ 3曉　僰ㄅㄛˊ 25並

廟佋穆父爲佋南面子爲穆北面从人召聲市招切按此篆雖經典釋文時偁之然必晉人所竄入晉人以凡昭字可易爲曜而昭穆不可易也乃讀爲上招切且又製此篆竄入說文使天下皆作此是猶漢人改蘭臺漆書以合己也且生曰父曰母死曰考曰妣考妣則字當从鬼从示也从人何居當刪去神也按神當作身聲之誤也廣雅曰孕重妊娠身媰㑗也玉篇曰㑗妊身也大雅曰大任有身傳曰身重也箋云重謂懷孕也身者古字㑗者今字一說許云神也葢許所據古義今不可詳从人身聲此舉形聲包會意失人切十二部長生僊去僊去疑當爲䙴去莊子曰千歲猒世去而上僊小雅婁舞僊僊傳曰婁數也數舞僊僊然按僊僊舞袖飛揚之意正引伸假借之義也从人䙴䙴升高也長生者䙴去故从人䙴會意䙴亦聲相然切十四部按上文偓佺仙人也字作仙葢後人改之釋名曰老而不死曰仙仙遷也遷入山也故其制字人旁作山也成國字體與許不同用此知漢末字體不一許擇善而從也漢碑或从䙴或从山漢郊祀志僊人羨門師古曰古以僊爲仙聲類曰仙今僊字葢仙行而僊廢矣人在山上皃引伸爲高舉皃顏元孫引鮑明遠書勢云鳥仚魚躍从人山山亦聲也呼堅切廣韵許延切十四部犍爲蠻夷也楗各本作

僥 ㄧㄠˊ 19疑　𠐕 ㄉㄨㄟˋ 8端　佂 ㄍㄨㄤˋ 15見　七 ㄏㄨㄚˋ 1曉　𠤕 ㄧˊ 4疑

僰今依漢碑从木司馬相如傳曰唐蒙使略通夜郎西僰中文穎曰夜郎僰中皆西南夷後以爲牂柯僰爲二郡按僰爲郡有僰道縣卽今四川敘州府治也其人民曰僰王制屏之遠方西方曰僰東方曰寄鄭注僰當爲棘棘之言逼使之逼寄於夷戎按記文僰字鄭不以爲西南夷故易爲棘經傳之棘多訓亟也故曰棘之言逼使與寄字一例釋文云棘又作僰於此知記本作僰鄭易爲棘也唐初本巳誤 **从人棘聲** 蒲北切一部

南方有焦僥人長三尺短之極也 見魯語焦魯語作僬以說文及山海經正之則从人非是人當作民魯語作民民之誤也據郭注山海經兩引魯語一作民一作人人皆唐避諱改耳韋曰僬僥西南蠻之別名海外南經曰焦僥國在三首東大荒南經曰有小人名曰焦僥之國許系之南方葢本山海經 **从人堯聲** 五聊切二部

市也 汲古閣及集韵類篇皆作币宋刻葉抄及廣韵作市今按市爲長其字从對則無口匝意葢卽今之兑換字也 **从人對聲** 都隊切十五部

遠行也 楚辭曰黿佂佂而南征注佂佂遑遽皃按王注是也 **从人狌聲** 居況切十部按許書葢本終於僰僥二篆𠐕佂非其次也恐後人益之佂訓遠行亦未確此下大徐補件字訓分也按半下云物中分也从八牛件乃半之誤體今仍刪

文二百四十五 去件則二百四十四 **重十四**

八篇上

變也 變者更也凡變匕當作匕教化當作化許氏之字指也今變匕字盡作化化行而匕廢矣大宗伯以禮樂合天地之化百物之產注曰能生非類曰化生其種曰產按虞荀注易分別天變地化陽變陰化析言之也許以匕釋變者渾言之也 **从到人** 到者今之倒字人而倒變匕之意也呼跨切十七部 **凡匕之屬皆从匕**

未定也 按未行字也大雅靡所止疑傳云疑定也箋云止息禮十七篇多云疑立鄭於士昏禮云疑止句絕作正者誤立自定之皃於鄉飲酒禮云疑讀如作鷊者譌仡然從於趙孟之仡疑止句立自定之皃於鄉射禮云疑止也有矜莊之色釋言疑休戾也郭云戾止也疑者亦止按巳上疑字卽說文之𠤕字非說文訓惑之疑也疑𠤕字相似學者識疑不識𠤕於是經典無𠤕於許書定也之上增之未字矣𠤕从矢聲其字在古音十五部故桑柔以與資維階爲韵鄭注禮讀如仡若疑字古音在一部其字从子从止从𠤕省會意非矢聲也 **从匕** 變匕而後定也 **矣聲** 按大徐語期切此音誤也當同儀禮魚乙切桑柔與資維階韵則讀如尼釋文音魚陟切非也十五部 **矣古文矢字** 矢篆下不載

△

眞 ㄓㄣ 6精　化 ㄏㄨㄚˋ 1曉　匕 ㄅㄧˇ 4幫

僊人變形而登天也 此眞之本義也經典但言誠實無言眞實者諸子百家乃有眞字耳然其字古矣古文作𠀔非倉頡以前巳有眞人乎引伸爲眞誠凡稹鎭瞋謓䐜塡寘闐嗔滇鬒瑱顛愼字皆以眞爲聲多取充實之意其顛槇字以頂爲義者亦充實上升之意也愼字今訓謹古則訓誠小雅愼爾優游愼無罪傳皆云誠也又愼爾言也大雅考其相箋皆云誠也愼訓誠者其字从眞人必誠而後敬不誠未有能敬者也敬者愼之弟二義誠者愼之弟一義學者沿其流而不溯其原矣故若詩傳箋所說諸愼字謂卽眞之假借字可也 **从匕目乚** 變形故从匕目獨言目者道書

八篇上

云養生之道耳目爲先耳目爲尋眞之梯級章八謂篆體昭云偓佺方眼乚匿也讀若隱仙人能隱形也八之下也 **所㠯乘載之** 丌者六之省下基也抱朴子曰乘蹻可以周流天下蹻道有三一曰龍蹻二曰氣蹻三曰鹿盧蹻蹻去喬切眞从四字會意側鄰切十二部 **古文眞** 汗簡作𠀔

教行也 教行於上則化成於下賈生曰此五學者既成於上則百姓黎民化輯於下矣老子曰我無爲而民自化 **从匕人** 上匕之而下從匕謂之化化篆不入人部而入匕部者不主謂匕於人者主謂匕人者也今以化爲變匕字矣 **匕亦聲** 呼跨切十七部

文四　重一

相與比敘也 比者密也敘者次弟也以妣籀作𡚱祉或作祉秕或作秕等求之則比亦可作匕也此製字之本義今則取飯器之義行而本義廢矣 **从反人** 相與比敘之意也卑履切十五部

匕

亦所㠯用比取飯㠯者用也用字衍比當作匕漢人曰匕黍稷匕牲體凡用匕曰匕也匕卽今之飯匙也少牢饋食禮注所謂飯橾也少牢饋食禮廩人摡甑甗匕與敦注曰匕所以匕黍稷者也此亦當卽飯匙按禮經匕有二匕飯匕黍稷之匕蓋小經不多見其所以別出牲體之匕十七篇中屢見喪用桑爲之祭用棘爲之又有名疏名挑之別蓋大於飯匙其形製略如飯匙故亦名匕鄭所云有淺斗狀如飯橾者也以之別出牲體謂之匕載猶取黍稷謂之匕黍稷也匕牲之匕易詩亦皆作匕大東傳震卦王注皆云匕所以載鼎實是也禮記襍記乃作枇本亦作朼鄭注特牲引之而曰朼畢同材曰朼載蓋古經作匕漢人或作朼非器名作匕匕載作朼以此分別也若士喪士虞特牲有司篇匕載字皆作朼乃是淺人竄改所爲鄭注易亦云匕牲體薦鬯未嘗作朼牲體也注中容有木旁之朼經中必無劉昌宗分別非是一名柶木部曰禮有柶柶匕也所以取飯凡匕之屬皆从匕

𣪘匕也方言曰匕謂之匙蘇林注漢書曰北方人名匕曰匙元應曰匕或謂之匙今江蘇所謂𣘻匙湯匙也亦謂之調羹實則古人取飯載牲之具其首蓋銳而薄故左傳矢族曰匕昭廿六年傳是也劍曰匕首周禮桃氏注是也亦作鍉元應曰方言作提从匕是聲是支切十六部地理志朱提縣讀如此字

𠤎十相次也从匕十十者數之具也比敘之則必有其次矣博抱切鴇亦作鳵包聲古音在三部則鴇古音亦在三部也鴇从此

𢻱頃也頃者頭不正也小雅大東跂彼織女傳曰跂隅皃按隅者陬隅不正而角織女三星成三角言不正也許所據作𢻱今本乃改爲俗企字音同而義不同矣从匕支聲去智切十六部匕頭頃也說从匕之意小徐無此四字詩曰𢻱彼織女

頃頭不正也匕頭角而不正方故頭不正从匕曰頃引伸爲凡傾仄不正之偁今則傾行而頃廢專爲俄頃頃畝之用矣謚法敏以敬愼曰頃甄心動懼曰頃祗勤追懼曰頃从匕頁頁者頭也匕其頭是不正也義主於不正故入匕部不入頁部去營切十一部

𡿺頭髓也髓者骨中脂也頭髓者頭骨中

△𠦝

脂也左傳晉侯夢與楚子搏楚子伏己而盬其腦服注如俗語相罵云啑汝腦矣服語正謂吸其頭髓也从匕句匕逗相匕箸也匕箸猶比箸箸直略切釋从匕之意巛㠯象髮巛卽髮也見皆字下囟象囟形囟形各本作𡿺形今依韵會本正囟者頭之會腦之蓋也頭髓在囟中故囟曰腦蓋囟字上開象小兒囟不合故曰象形頭髓不可象故言其比箸於髮與囟以三字會意奴晧切古音當在三部考工記作𠜽乃譌體俗作腦

卬望也鉉無也非卬與仰義別仰訓舉卬訓望今則仰行而卬廢且多改卬爲仰矣小雅車舝曰高山卬止箋云卬慕過秦論常以十倍之地百萬之衆卬關而攻秦俗本作叩作仰皆字誤聲誤耳晉語如川然有原以御而浦而後大孔晁本作卬浦牛亮反言川仰浦而大人仰教而成廣雅仰恃也仰亦卬之誤大雅傳曰顒顒卬卬盛皃引伸之義也釋詁毛傳皆曰卬我也語言之叚借也欲有所庶及也从匕卪匕同比庶及意庶及猶庶幾也卪者其欲庶及之所也伍岡切十部亦讀去聲詩曰高山卬止

𠦝高也論語如有所立卓爾凡言卓犖謂殊絕也亦作卓躒按稽部稽特止也辵部逴遠也人部倬箸大也皆一義之引伸覲禮匹馬卓上九馬隨之注卓讀如卓王孫之卓卓猶的也以素的一馬爲上素的一馬謂白馬也鄭意白馬出衆故謂之卓史記多叚淖爲卓早匕爲卓此上當有从匕早三字匕同比早比之則高出於後比之者矣匕卪爲卬皆同意意舊作義今正此與凡云某與某同意也竹角切古音在二部

𠦝古文卓漢隷及今隷从卜用古文而小篆廢矣又疑古文恐是篆文之誤

艮很也很者不聽從也一曰行難也一曰盭也易傳曰艮止也止可兼很三義許不依孔子訓止者止下基也足也孔子取其引伸之義許說字之書嫌云止則義不明審故易之此字書與說經有不同實無二義也方言曰艮堅也釋名曰艮限也从匕目會意古恨切十三部匕目逗猶目相匕目相匕卽目相比謂若怒目相視也不相下也很之意也易曰艮其限艮九三爻辭獨引艮其限者以限與艮音

从 ㄘㄨㄥˊ 18從　從 ㄘㄨㄥˊ 18從　幷 ㄅㄧㄥ 12幫　比 ㄅㄧˇ 4並　△夶　毖 ㄅㄧˋ 5幫

義皆同也匕目爲㠯匕音化目爲眞亦言二字同意

文九惟匙取匕飯之意以下皆取比敘之意　重一

从相聽也聽者聆也引伸爲相許之偁言部曰許聽也按从者今之從字從行而从廢矣周禮司儀客从拜辱於朝陸德明本如此許書凡云从某大徐作从小徐作從江氏聲曰作从者是也以類相與曰从二人疾容切九部以今音言之从亦可去聲凡从之屬皆从从

從隨行也以从辵故云隨行齊風並驅从兩肩兮傳曰從逐也逐亦隨也釋詁曰從自也其引伸之義也又引伸訓順春秋經從祀先公左傳曰順祀先公是從訓順也左傳使亂大從王肅曰從順也左傳大伯不從是以不嗣謂不肎順其長幼之次也引伸爲主從爲從橫爲操從亦假縱爲之从从辵舊作辵从今正从辵者隨行也主从不主辵故不入辵部从亦聲慈用切九部按大徐以去韻別於平韻非也當疾容切

幷相从也从舊作從今正合也兼也从从幵聲府盈切十一部一曰从持二干爲幷干舊奪今依韵會本補上言形聲此言會意干經典用爲竿如孑孑干旄是也二人持二竿是人持一竿幷合之意或曰當出弁篆解云幷或从人人持二干爲弁人持二干爲弁者猶又持二禾爲兼也俗并字之所本也漢隸作并

文三

八篇上

比密也今韵平上去入四聲皆錄此字要密義足以括之其本義謂相親密也餘義俌也及也次也校也例也類也頻也擇善而從之也阿黨也皆其所引伸許書無篦字古祇作比見蒼頡篇釋名漢書匈奴傳周禮或叚比爲庀二人爲从反从爲比猶反人爲匕也毗二切按四聲俱收其義本一其音強分耳唐人詩多讀入聲者十五部凡比之屬皆从比

夶古文比按葢从二大也二大者二人也

毖慎也釋詁曰毖慎也大雅爲謀爲毖傳曰毖慎也从比必聲兵媚切古音如必十

北 ㄅㄟˇ 25幫　冀 ㄐㄧˋ 25見　丘 ㄑㄧㄡ 24溪　虛 ㄒㄩ 13曉　△𡊅

二部周書曰無毖于卹大誥文某氏傳云無勞於憂

文二　重一

北乖也乖者戾也此於其形得其義也軍奔曰北其引伸之義也謂背而走也韋昭注國語曰北者古之背字又引伸之爲北方尚書大傳白虎通漢律厤志皆言北方伏方也陽氣在下萬物伏藏亦乖之義也从二人相背博墨切一部凡北之屬皆从北

冀北方州也周禮曰河內曰冀州爾雅曰兩河閒曰冀州據許說是北方名冀而因以名其州也叚借爲望也幸也葢以冀同覬也覬者欲幸也从北異聲几利切古音在一部

文二

丠土之高也大司徒注曰土高曰丘非人所爲也釋丘曰非人爲之丘謂非人力所爲也从北从一會意去鳩切古音在一部讀如欺漢時讀入今之尤韵故禮記嫌名注曰宇與禹丘與區之類漢時區亦去鳩切也一地也釋从一之意人凥在北南故从北釋从北之意中邦之凥在崑崙東南崑崙下當有丘字嫌人居不必在丘南故言倉頡造字之初取意於此一曰四方高中央下爲丘淮南墬形訓注曰四方而高曰丘象形與上會意別凡丠之屬皆从丠

𡊅古文从土从土猶从一

虛大丠也崑崙丠謂之崑崙虛崑崙丘丘之至大者也釋水曰河出崑崙虛海內西經曰海內崑崙之虛在西北帝之下都卽西山經昆侖之丘實惟帝之下都也水部曰泑津在崑崙虛下按虛者今之墟字猶崑崙今之崐崘字也虛本謂大丘大則空曠故引伸之爲空虛如魯少皞之虛衛顓頊之虛陳大皞之虛鄭祝融之虛皆本帝都故謂之虛又引伸之爲凡不實之稱邶風其虛其邪毛曰虛虛也謂此虛字乃謂空虛非丘虛也一字有數

八篇上

屔 ㄋㄧˊ 4泥

義數音則訓詁有此例如許書巳巳也謂此辰巳之字其義爲巳甚也虛訓空故丘亦訓空如漢書丘亭是自學者罕能會通乃分用墟虛字別休居邱於二切而虛之本義廢矣**古者九夫爲井四井爲邑四邑爲丠丠謂之虛**此又引小司徒職文言丘亦名虛皆說虛篆从丘之意也丘虛語之轉易升九三升虛邑馬云虛丘也虛猶聚也居也引伸爲虛落今作墟庸風升彼虛矣傳曰虛漕虛也**从丠虍聲**邱如切又朽居切五部

屔反頂受水丠也釋丘曰水潦所止泥丘釋文曰依字又作屔郭云頂上洿下者孔子世家叔梁紇與顏氏女禱於尼丘得孔子生而首上圩頂故因名曰丘字仲尼按白虎通曰孔子反宇是謂尼丘德澤所興藏元通流荅頂似尼丘故以類命爲象屔是正字泥是古通用字尼是假借字水潦所止是爲泥淖儀禮注曰淖者和也劉瓛述張禹之說仲者中也尼者和也孔子有中和之德故曰仲尼張固從泥淖得解顏氏家訓乃曰至如仲尼居三字之中兩字非體三蒼尼旁益丘說文尸下施几如此之類何由可從玉裁謂若言駭俗則難依若言古義則不可不知也又漢碑有作仲泥者淺人深非之豈知其合古義哉**从丠泥省**不但曰尼聲必曰从泥省者說水潦所止之意也**泥亦聲**奴低切十五部

文三　重一

㐺 ㄧㄣˊ 28疑

㐺眾立也玉篇作眾也**从三人**會意國語曰人三爲眾**凡㐺之屬皆从㐺讀若欽崟**山部曰崟山之岑崟也欽崟蓋卽岑崟公羊傳及上林賦又皆有嶔巖字从讀如崟魚音切七部

眾 ㄓㄨㄥˋ 23端

眾多也从㐺目眾意之仲切九部古平聲

聚 ㄐㄩˋ 16從

聚會也公羊傳曰會猶冣也注云冣聚也按一部曰冣積也積以物言聚以人言其義通也古亦叚冣爲聚**从㐺取聲**才句切古音在四部**一曰邑落曰聚**平帝紀立學官郡國曰學縣道邑侯曰校鄉曰庠聚曰序張晏曰聚邑落名也韋昭曰小鄉曰聚按邑落謂邑中村落

臮 ㄐㄧˋ 5匣

臮眾與詞也與詞各本誤倒今依廣韵正臮與者多與也所與非一人也詞者意內言外之謂或假洎爲之如鄭詩譜偁無逸爰洎小人是也亦假暨爲之如公羊傳及者何與也會及暨皆與也暨猶暨暨也釋詁曰暨與也釋訓曰暨不及也按不及及也卽公羊所謂猶暨暨也**从㐺自聲**其冀切按冀當作洎十五部**虞書曰**虞當作唐說見禾部**臮咎繇**堯典文今書作暨

△臮

臮古文臮此篆轉寫既久今不可得其會意形聲姑從宋本作

文四　重一

𡈼 ㄊㄧㄥˇ 12透

𡈼善也从人士會意他鼎切十一部**士逗事也**說从士之意人各事其事是善也**一曰象物出地挺生也**𡈼挺疊韵此說象形與前說別上象挺出形下當是土字也古土與士不甚可分如此**凡𡈼之屬皆从𡈼**

徵 ㄓㄥ 26端

徵召也召者評也周禮司市典祀注鄉飲酒禮注鄉射禮注皆曰徵召也按徵者證也驗也有證驗斯有感召有感召而事以成故士昏禮注禮運注又曰徵成也依文各解義則相通**从𡈼从微省**會意微卽敳也陟陵切六部**𡈼微爲徵**嫌上文未顯故又明之巳上九字各本譌奪不可讀今補正**行於微而聞達者卽徵也**聞各本作文今依韵會訂又說𡈼微之意言行於隱微而聞達挺箸於外是乃感召之意也

△敳

敳古文徵

朢 ㄨㄤˋ 15明

朢月滿也此與望各字朢从望省聲今則望專行而朢廢矣**與日相望**以疊韵爲訓原象曰日兆月而月乃有光人自地視之惟於朢得見其光之盈朔則日之兆月其光嚮日下民不可得見餘以側見而闕**佀朝君**佀各本譌以今正韵會作月朢日如臣朝君於廷此釋从臣从𡈼之意也**从月从臣从𡈼**合三字會意不入月部者古文以从臣𡈼見尊君之義故著之無放切十部**𡈼朝廷也**說此𡈼爲廷之叚借字與𡈼本義別

△𦣠

𦣠古文朢省大元謂作譁亦古文也

㸒 ㄧㄣˊ 28定

㸒近求也近求浸淫之意也小徐無近字廣韵曰貪也**从爫𡈼**會意余箴切七部**爫𡈼**舊奪爫字今補**徼幸也**

八篇上　壘

八篇上　巽

重 ㄓㄨㄥˋ 18定　量 ㄌㄧㄤˊ 15來　△量　臥 ㄨㄛˋ 1疑

爪王言挺其爪妟有所取徼幸之意

文四　重二

重 厚也 厚者㫗也厚斯重矣引伸之爲鄭重重疊古祗平聲無去聲 从王東聲 柱用切九部 凡重之重皆从重

量 稱輕重也 稱者銓也漢志曰量者所以量多少也衡權者所以均物平輕重也此訓量爲稱輕重者有多少斯有輕重視其多少可辜搉其重輕也其字之所以从重也引伸之凡料理曰量凡所容受曰量 从重省曏省聲 呂張切十部按亦去聲

量 古文

文二　重一

臥 伏也 伏大徐作休誤臥與寢異寢於牀論語寢不尸是也臥於几孟子隱几而臥是也臥於几故曰伏尸篆下曰象臥之形是也此析言之耳統言之則不別故宀部曰寢者臥也曲禮云寢毋伏則謂寢於牀者毋得俯伏也引伸爲凡休息之偁 从人臣取其伏也 臣下曰象屈服之形故以人臣會意吾貨切十七部 凡臥之屬皆从臥

監 ㄐㄧㄢ 30見　△⿱臥言　臨 ㄌㄧㄣˊ 28來　𦡞 ㄋㄜˋ 11泥　身 ㄕㄣ 6透

監 臨下也 小雅毛傳監視也許書臨視也監臨下也古字少而義晐今字多而義別監與鑒互相假 从臥䘓省聲 古銜切八部

⿱臥言 古文監从言 會意

臨 監也 各本作監臨也乃複字未刪而又倒之今正 从臥品聲 力尋切七部

𦡞 楚謂小兒嬾𦡞 玉篇作楚人謂小嬾曰𦡞此有兒衍字也 从臥食 會意尼厄切十六部

文四　重一

身 躳也 呂部曰躳身也二字爲互訓躳必入呂部者躳謂身之傴主於脊骨也 从人𦣞省聲 大徐作象人之身从人厂聲按此語先後失倫厂古音在十六部非聲也今依韵會所據小徐本正韵會从人之上有象人身三字亦非也申籀作𦣞故从其省爲聲失人切十二部 凡身之屬皆从身

軀 ㄑㄩ 16溪　㐆 ㄧ 9影　殷 ㄧㄣ 9影

軀 體也 體者十二屬之總名也可區而別之故曰軀 从身區聲 豈俱切古音在四部

文二

㐆 歸也 疊韵爲訓 从反身 此如反人爲𠤎反从爲比於機切十五部 凡㐆之屬皆从㐆

殷 作樂之盛偁殷 此殷之本義也如易豫象傳是引伸之爲凡盛之偁又引伸之爲大也又引伸之爲衆也又引伸之爲正也中也 从㐆殳 依廣韵訂樂者樂其所自成故从身殳者干戚之類所以舞也不入殳部者義主於身也於身切古音十三部廣韵於斤切是也 易曰殷薦之上帝 豫象傳曰雷出地奮豫先王以作樂崇德殷薦之上帝以配祖考鄭注王者功成作樂以文得之者作籥舞以武得之者作萬舞各充其德而爲制祀天地以配祖考者使與天同饗其功也

衣 ㄧ 7影　裁 ㄘㄞˊ 24從　衮 ㄍㄨㄣˇ 3見

文二

衣 依也 疊韵爲訓依者倚也衣者人所倚以蔽體者也 上曰衣下曰常 常下帬也 象覆二人之形 孫氏星衍曰當作二ㄥㄥ古文肱也玉裁謂自人部至此部及下文老部尸部字皆从人衣篆非從人則無由次此故楚金疑義篇作𠆣云說文字體與小篆有異今人小篆作𠆣乃是變體求工耳下文表襲褎裔四古文皆从𠆣則知古文从二人也今人作卒字亦从二人何以云覆二人也云覆二人則貴賤皆覆上下有服而覆同也於稀切十五部 凡衣之屬皆从衣

裁 制衣也 刀部曰制者裁也二字爲轉注韓非子曰管仲善制割賓胥無善削縫隰朋善純緣制割者前裁之謂也裁者衣之始也引伸爲裁度風裁 从衣𢦏聲 昨哉切一部

衮 天子亯先王 句 卷龍繡於下常 句 周禮司服曰王之吉服享先王則衮冕鄭仲師云衮卷龍衣也豳風衮衣繡裳傳曰衮衣卷龍衣也卷龍謂龍拳

曲禮記衮衣字皆作卷鄭於王制釋之曰卷俗讀也其通則曰衮葢衮與卷古音同故記假卷爲衮也鄭云周制以日月星辰畫於旌旗而冕服九章初一曰龍次二曰山次三曰華蟲次四曰火次五曰宗彝皆畫於衣次六曰藻次七曰粉米次八曰黼次九曰黻皆絺於裳則衮之衣五章裳四章凡九也許於糸部引書山龍華蟲作繪云會五采繡也此又云繡龍於裳其釋黺則曰畫粉也皆與鄭正相反葢鄭說未出以前許所據之說多不可攷矣**幅一**鄉今向字小徐作卿誤幅一龍謂每幅一龍**龍蟠阿上鄉**也凡裳前三幅後四幅然則繡龍者七與蟠龍阿曲皃也上鄉所謂升龍也鄭注覲禮云上公衮無陞龍然則惟天子衮有升龍也龍曲體而卬首故曰蟠阿上鄉白虎通引傳云天子升龍諸侯降龍賈公彥云此據衣服言若旌旗則諸侯畫交龍一象其升一象其下復故禮**从衣㕣聲**㕣見口部及水部古文沇州字也衮以爲聲故禮記作卷荀卿作衮王純碑以衮爲兖州字各本作公聲篆體作衮公與衮雖雙聲非同部今正按爾雅音義曰衮說文云从衣从㕣㕣羊兗反或云从公衣从㕣當作㕣聲或云从公衣五字非許語也許明云天子衣矣十四部

襄 3端

䘸 丹縠衣也縠細縛也庸風瑳兮瑳兮其之展也毛詩傳禮有展衣者以丹縠爲衣馬融從之許說同先後鄭注周禮及劉氏釋名皆云展衣白後鄭云展衣以禮見王及賓客之服字當爲襢襢之言亶亶誠也按詩周禮作展叚借字也玉藻襍記作襢後鄭從之許作䘸漢禮家文字不同如此**从衣䘸聲**知扇切十四部

褕 16定

褕翟逗二字舊刪褕字今依毛詩補**羽飾衣**庸風玼兮玼兮其之翟也毛傳曰翟褕狄闕狄羽飾衣也釋文褕字又作褕狄字又作翟依說文則毛傳本作褕作翟也羽部曰翟山雉其衣曰褕翟闕翟故知爲羽飾衣也毛許云羽飾衣未詳其制內司服褘衣褕狄闕狄玉藻之記同鄭仲師云褕狄闕狄畫羽飾則釋爲畫後鄭謂褘褕卽爾雅之翬雉搖雉字狄卽翟字翬衣搖翟皆刻繒爲之形而采畫之箸於衣以爲飾因以爲名闕翟刻而不畫後鄭與毛異亦與大鄭異葢毛許謂褘褕闕爲衣服之名褕闕系以翟故釋爲羽飾褕者正字揄者叚借字也後鄭則謂揄者叚借字搖者正字也許無搖雉之說鄭不取褕字然搖與翟十四雉中二雉之名經何不言搖衣而偁搖又言翟也其說似尚當審定矣**从衣俞聲**羊朱切古音在四部**一曰直裾謂之襜褕**方言襜褕江淮南楚謂之䙞褣自關而西謂之襜褕釋名荊州謂禪衣曰布襹亦曰襜褕言其襜襜[宏]裕也師古注急就篇及雋不疑傳曰直裾禪衣也史記索隱曰謂非正朝衣如婦人服也

袀 6見

袀 [元]服也各本無此篆而袗篆下云[元]服也葢誤合二爲一正與鼎部鼏鼏同今依文選閑居賦服以齊[元]李善注所引說文正左傳卜偃曰童謠云袀服振振服虔曰袀服黑服也吳都賦六軍袀服劉注曰袀皁服也士昏禮女從者畢袀[元]袀[元]言衣色月令孟冬乘[元]路鄭云今月令作袗似當爲袀聲之誤也按今士昏禮月令袀皆譌作袗知其字形相近易誤矣又鄭釋士昏杜釋左傳皆釋袀爲同此謂袀卽均之假借字耳**从衣勻聲讀若均**李善引說文音均葢有讀若均三字也十二部廣韵居勻切

袗 9端

袗 禪衣也各本作[元]服也今按論語當暑袗絺綌陸云本又作袗下曲禮注引論語作袗孔安國曰暑則單服玉藻振絺綌不入公門鄭云振讀爲袗袗禪也依此二注定其解**一曰盛服**㐱本訓稠髮凡㐱聲字多爲濃重上林賦磐石裖崖孟康曰裖袗致也以石致川之廉也是裖與㐱稹字義同孟子被袗衣袗衣亦當謂盛服趙云畫衣者不得其說姑依皋陶謨作繪言之耳然則袗亦可訓盛服若大徐作[元]服小徐作袨服引鄒陽上書袨服釋之當是脫誤之後改[元]爲袨傳會成說武力鼎士袨服叢臺之下服虔以大盛[元]黃服釋之不知袨本[元]之異字武士[元]服卽所謂六軍袀服也**从衣㐱聲**之忍切十三部

△裖

裖 袗或从辰

表 19幫

表 上衣也上衣者衣之在外者也論語當暑袗絺綌必表而出之孔曰加上衣也皇云若在家則裘葛之上亦無別加衣若出行接賓客皆加上衣當暑絺綌可單若出不可單則必加上衣也嫌暑熱不加故特明之玉藻表裘不入公門鄭曰表裘外裘也[木外][亻褱][衤今]褻禪絺綌外褻二者形且褻皆當表之乃出引伸爲凡外箸之稱**从衣毛**會意毛亦聲也陂矯切二部

△䙱
裏 ㄌㄧˇ 24來　襁 ㄑㄧㄤˇ 15見　䘸 ㄐㄧˊ 25見　襮 ㄅㄛˊ 20並　褗 ㄧㄢˇ 3影　裺 ㄧㄢˇ 30影　衽 ㄖㄣˋ 28泥

古者衣裘故㠯毛爲表說从衣毛之意也古者衣裘謂未有麻絲衣羽皮也衣皮時毛在外故裘之制毛在外以衣毛製爲表字示不忘古䙱古文表从麃麃聲

裏衣內也引伸爲凡在內之偁从衣里聲良止切一部

襁負兒衣从衣強聲居兩切按古繈緥字从系不从衣淺人不得其解而增襁篆於此叚令許有此字當與襁篆爲類矣當刪說詳系部

䘸衣領也領者頸項也因以爲衣在頸之名魏風要之䘸之毛傳曰要要也䘸領也按裳之上曰要衣之上曰領皆以人體名之也士喪禮云襚者左執領右執要从衣棘聲棘之言亟也領爲衣之亟者故曰䘸己力切一部亦作襋詩曰要之䘸之

襮黼領也白與黑相次文謂之黼黼領刺黼文於領也唐風素衣朱襮釋器曰黼領謂之襮毛傳曰襮領也諸侯繡黼丹朱中衣箋云繡當爲綃綃黼丹朱中衣中衣以綃黼爲領丹朱爲純也按或借爲表㬥字云表襮从衣㬥聲蒲沃切三部詩曰素衣朱襮

褗褗領也三字句⿰衤區領各本譌⿰衤區領字之誤也今正方言曰衱謂之褗郭曰卽衣領也戴先生云衱卽玉藻深衣曲禮之袷字交領也爾雅黼領謂之襮孫炎曰繡刺黼文以褗領也士昏禮注卿大夫之妻刺黼以爲領如今偃領矣偃卽褗字褗領古有此語廣韵曰褗衣領也从衣匽聲於幰切十四部

裺褗謂之裺葢奄覆之義方言曰裺謂之襦又曰懸裺謂之緣又曰繞循謂之襘裺皆不與許同从衣奄聲依檢切八部

衽衣裣也凡朝祭喪服衣與裳殊深衣不殊喪服記曰衽二尺有五寸鄭曰衽所以掩裳際也上正一尺燕尾一尺五寸凡用布三尺五寸玉裁按朝祭服同玉藻注所謂或殺而下屬衣則垂而放之者也玉藻衽當旁鄭曰謂裳幅所交裂也江氏永曰以布四幅正裁爲八幅上下皆廣一尺一寸各邊削幅一寸得七尺二寸既足要中之數矣下齊倍於要又以布二幅斜裁爲四幅狹頭二寸在上寬頭二尺在下各邊削幅一寸亦得七尺二寸共得一丈四尺四寸此四幅連屬於裳之兩旁所謂衽當旁也玉裁按此注所謂或殺而上屬裳則縫之以合前後者也此二者皆謂之衽凡言衽者皆謂裳之兩旁鄭曰凡衽者或殺而下或殺而上是以小要取名焉小要者喪大記云君葢用漆三衽三束是也假借爲衽席衽席者今人所謂褥也語之轉从衣壬聲如甚切七部

褸 ㄌㄩˇ 16來　⿰衤疌 ㄑㄧˋ 29清　裣 ㄐㄧㄣ 28見　褘 ㄏㄨㄟ 7曉

褸衽也方言曰褸謂之衽注衣襟也或曰裳際也又曰褸謂之祐注卽衣衽也按郭云衣襟者謂正幅云裳際者謂旁幅謂衽爲正幅者今義非古義也衽者殺而下者也故引伸之衣被醜弊或謂之褸裂或謂之襤褸或謂之緻从衣婁聲力主切古音在四部

⿰衤疌裣緣也緣衣純也純之允切深衣曰具父母大父母衣純以繢具父母衣純以青如孤子衣純以素純袂緣純邊廣各寸半詩青青子衿毛曰青衿青領也正謂緣以青也葢古者深衣右自領及衽左自袼亦及衽皆緣之故曰裣緣从衣疌聲七入切八部

裣交衽也釋器曰衣皆謂之襟孫郭皆曰襟交領也鄭風青青子衿毛曰青衿青領也方言衿謂之交按裣之字一變爲衿再變爲襟字一耳而爾雅之襟毛傳方言之衿皆非許所謂裣也爾雅詩傳方言皆自領言之深衣曲袷如矩以應方注袷交領也古者方領如今小兒衣領玉藻袷二寸注曲領也曲禮天子視不上於袷玉藻侍於君視帶以及袷注皆云交領也袷者交領之正字其字从合左傳作襘从會與从合一也交領宜作袷而毛詩爾雅方言作衿殆以衿袷爲古今字與若許云裣交衽也此則謂掩裳際之衽以前幅後幅相交之處故曰交衽裣本衽之偁因以爲正幅之偁正幅統於領因以爲領之偁此其推之移之漸許必原其本義爲言凡金聲今聲之字皆有禁制之義禁制於領與禁制前後之不相屬不妨同用一字从衣金聲居音切七部漢石經青青子裣

褘蔽厀也按蔽厀非韠也許釋韠市皆云所以蔽前鄭注禮同韠以蔽前而非專蔽厀也方言曰蔽厀江淮之閒謂之褘或謂之祓魏宋南楚之閒謂之大巾自關東西謂之蔽厀齊魯之郊謂之袡許不云褘者韠也則知許不謂一物也釋名曰褘所以蔽厀前也婦人蔽厀亦如之亦不以爲一物而已與許異从衣韋聲許歸切十五部周禮曰王后之服褘衣謂畫袍

衭 ㄈㄨ 13幫　襲 ㄒㄧˊ 27定　△𧟄　袍 ㄆㄠˊ 21並　襺 ㄐㄧㄢˇ 3見

周禮內司服王后之六服褘衣揄狄闕狄鞠衣展衣緣衣許揄作褕展作襢見上文以褘衣系之褘下弟二義者許必有所受矣袍當作衣大鄭曰褘衣畫衣引祭統君卷冕夫人副褘此古說也至後鄭注乃後褘讀爲翬

衭 **襲衭也**襲衭蓋古語或曰當作衭逗襲也句廣韵曰衭衣前襟錯曰今俗猶言之少儀劒則啟櫝蓋襲之加夫襓與劒焉鄭曰夫襓劒衣也夫或爲煩皆發聲按鄭既謂夫襓是劒衣又云夫是發聲蓋不能定其說也而廣雅曰衭襓袜劒衣也夫加衣旁即許此字亦是韜藏意韋部曰韜劒衣也 **从衣夫聲**甫無切五部

襲 **左衽袍**小斂大斂之前衣死者謂之襲士喪禮乃襲三稱注曰遷尸於襲上而衣之凡衣死者左衽不紐按喪大記小斂大斂祭服不倒皆左衽結絞不紐襲亦左衽不紐也袍褻衣也記曰纊爲繭縕爲袍也許曰袍襺也士喪禮襲衣有爵弁服皮弁服褖衣注褖衣所以表袍者子羔之襲繭衣裳與稅衣爲一是也斂始於襲襲始於袍故單言袍也襲字引申爲凡掩襲之用若記曰帛爲褶士喪禮古文作襲叚借字也喪大記玉藻用禮今文作褶注曰褶袷也有表裏而無著許依古文禮故不收褶字凡經典重襲之義如筮襲于夢武王所用祥襲則行不襲則增修德而改卜皆當作褶褶義之引申 **从衣龖省聲**似入切七部

𧟄 **籒文襲不省**

袍 **襺也**秦風與子同袍釋言毛傳皆曰袍襺也玉藻曰纊爲襺縕爲袍注曰衣有著同褚之異名也記文袍襺有別析言之渾言不別也古者袍必有表後代爲外衣之偁釋名曰袍丈夫箸下至跗者也袍苞也苞內衣也婦人以絳作義亦然也 **从衣包聲**薄褒切古音在三部 **論語曰衣敝縕袍**敝各本作弊誤論語子罕篇文

襺 **袍衣也从衣繭聲**古典切十二部玉藻作繭者字之叚借也絮中往往有小繭故絮得名繭 **以絮曰襺以縕曰袍**既渾言而又析言之也玉藻言纊許言絮者糸部曰纊絮也鄭注玉藻縕謂新綿及舊絮故纊專爲新綿許縕謂紼故纊爲絮不分新舊糸部曰縕紼也紼亂枲也亂枲卽亂麻蒯通傳注及廣韵云亂麻是也孔安國論語縕袍注亦曰枲著孔許與鄭異似孔許爲長

褋 ㄉㄧㄝˊ 29定　袤 ㄇㄠˋ 21明　△𧝬　襘 ㄍㄨㄟˋ 2見　褧 ㄐㄩㄥˇ 12溪　衹 ㄉㄧ 4端　裯 ㄔㄡˊ 21端

春秋傳曰盛夏重襺襄二十一年左傳曰薳子馮方暑掘地下冰而牀焉重襺衣裘許檃栝其語

褋 **南楚謂禪衣曰褋**九歌曰遺余褋兮醴浦方言曰禪衣江淮南楚之間謂之褋關之東西謂之禪衣按屈原賦當用南楚語王逸云襌襦殆非也 **从衣枼聲**各本作葉而篆體乃作褋是改篆而未改說解也葉者薄也禪衣故从葉方言廣雅玉篇廣韵皆作褋至集韵乃云褋省作褋正誤於已改之說文耳今正徒叶切八部

袤 **衣帶以上**此古義也少得其證今則後義行而古義廢矣帶者上衣下常之介也 **从衣矛聲**莫候切四部 **一曰南北曰袤東西曰廣**周髀筭經曰天地之廣袤史記曰蒙恬築長城廣袤萬餘里廣雅袤長也

𧝬 **籒文袤从楙**

襘 **帶所結也**昭十一年左傳叔向曰衣有襘帶有結視不過結襘之中所以道容貌也杜注襘領會結帶結也玉藻曲禮深衣皆謂交領曰袷襘卽袷會合同義且叔向視不過結襘之中卽曲禮視天子不上於袷不下於帶玉藻侍君視帶以及袷也然則杜注得之許合襘結二者爲一似誤矣杜注當仍賈服之舊 **从衣會聲**古外切十五部 **春秋傳曰衣有襘**

褧 **檾衣也**衣字舊無今補檾者枲屬績檾爲衣是爲褧也許意如是若鄭箋衛風云褧禪也不言禪用何物鄭風箋云褧禪也蓋以禪縠爲之與許說異縠者細絹也以絲而非以枲矣鄭說本玉藻玉藻中庸作絅禮經作顈皆假借字也 **詩曰衣錦褧衣**衛碩人鄭丰同 **示反古**此許釋詩也毛傳曰衣錦文衣也夫人德盛而尊嫁則錦衣加褧襜中庸曰衣錦尚絅惡其文之箸也鄭以中庸箋詩許云示反古意亦略同古者麻絲之作蓋先麻而後絲故衣錦尚褧歸眞反樸之意 **从衣耿聲**去潁切廣韵口迥切十一部

衹 **衹裯**逗 **短衣也**方言曰汗襦江淮南楚之間謂之𧝓自關而西或謂之衹裯自關而東謂之甲襦陳魏宋楚之閒謂之襜襦或謂之襌襦後漢羊續傳其資藏惟有布衾敝衹裯鹽麥數斛 **从衣氐聲**都衣切十五部

裯 **衣袂衹裯**依全書之例此當云衹裯

襤 ㄌㄢ 32來　⿰衤⿱左月 ㄉㄨㄛ 1定　⿰衤毒 ㄉㄨ 22端　祛 ㄑㄩ 13溪

也衣袂二字葢誤衍召南抱衾與裯毛曰裯襌被也从衣周聲都牢切古音在三部讀如周祗裯雙聲字也

裯謂之襤褸裯謂祗裯九辨被荷裯之晏晏王曰裯祗裯也方言曰裯謂之襤郭注祗裯敝衣亦謂襤褸按說文褸字疑衍祗裯亦名襤耳不如郭說也襤逗無緣衣也衣字依韵會補方言又曰無緣之衣謂之襤楚謂無緣之衣曰襤故祗裯無緣則謂襤也巾部⿰巾監下曰楚謂無緣衣也襤與⿰巾監同从衣監聲魯甘切八部

無袂衣謂之⿰衤⿱左月方言文从衣惰省聲徒臥切十七部

衣躳縫躳从呂自後言身也躳與⿰衤毒雙聲下文曰裻背縫亦即此字也方言作襩繞循謂之襩裺郭云衣督脊也莊子作督緣督以爲經李云緣順也督中也衣躳縫者深衣云負繩及踝以應直是也从衣毒聲讀若督冬毒切三部

衣袂也鄭風遵大路唐風羔裘傳皆曰祛袂也按祛有與袂析言之者深衣注曰祛袂口也喪服記注曰祛袖口也檀弓注曰祛袖緣口也深衣喪服且袂

八篇上

褎 ㄒㄧㄡ 21定 （袖）

與祛並言葢袂上下徑二尺二寸至祛則上下徑尺二寸其義當分別也若詩之兩言祛則無庸分別定本唐風傳曰祛袂末也此非是傳下文言本末本謂羔裘末謂豹袖非謂袂本祛末也从衣去聲去魚切五部一曰祛褢也褢者裒也此義未見其證方言曰袿謂之裾郭云裾或作袪按下文云裾衣裒也此云祛褢也則知古有假祛爲裾者矣祛得訓褢故或曰藏去或曰弆或曰祛皆其義也藏物必去此而藏彼故其義亦爲攘却兒寬傳李奇注曰祛開也散也凡褰開曰祛若毛傳云祛祛彊健兒亦於从去得義古無从示之祛至集韵而後有之唐石經以車祛祛从衣不誤祛尺二寸喪服記玉藻皆有此句上葢奪禮記曰三字春秋傳曰披斬其祛僖五年左傳文杜注亦曰祛袂也

袂也唐風羔裘傳曰褎猶祛也掌上章言之褎引伸爲盛飾兒邶風傳曰褎如盛服兒董仲舒傳曰褎然爲舉首叙傳曰樂安褎褎生民傳曰褎長也箋云枝葉長也皆其義也从衣𥝌聲聲葢衍字𥝌非聲衣之有褎猶禾之有𥝌故曰从衣

△袖　袂 ㄇㄟ 2明　褢 ㄏㄨㄞ 7匣　裒 ㄅㄠ 21並　褱 ㄏㄨㄞ 7匣　襜 ㄔㄢ 32透

𥝌似又切三部

俗褎从由由聲

褎也从衣夬聲彌弊切十五部郭景純云襼即袂字

褎也褢之爲言回也袼之高下可以運肘袂之長短反詘之及肘一曰臧也此義與褱近从衣鬼聲戶乖切十五部

褱也論語子生三年然後免於父母之懷馬融釋以懷抱即裒褱也今字抱行而裒廢矣抱者引堅也从衣包聲此舉形聲包會意薄保切古音在三部

俠也俠當作夾轉寫之誤亦部曰夾盜竊褱物也从亦有所持俗謂蔽人俾夾是也腋有所持褱藏之義也在衣曰褱在手曰握今人用懷挾字古作褱夾从衣眔聲眔从隶省聲十五部戶乖切一曰橐

衣蔽前釋器曰衣蔽前謂之襜此謂衣非謂蔽厀也引伸之凡衣或曰襜褕或曰襜襦皆取蔽義又引伸之凡所用蔽謂之襜巾車皆有容葢大鄭曰容謂襜車山東謂之裳幃或曰潼容襜即襜字也詩毛傳曰帷裳婦人之車帷裳即裳幃也士昏禮婦車有裧襍記其輤有裧裧亦即襜字从衣詹

八篇上

袥 ㄊㄨㄛ 14透　衸 ㄐㄧㄝ 2匣　袉 ㄊㄨㄛ 1定　裾 ㄐㄩ 13見

聲處占切八部

衣衸廣雅衩衸袥⿰衤來膝也玉篇⿰衤來膝褻衸也按⿰衤來膝者褻衩在正中者也故謂之袥言其開拓也亦謂之衸言其中分也袥之引伸爲推廣之義[元]瑩曰天地開闢宇宙袥坦廣雅釋詁曰袥大也今字作開拓拓行而袥廢矣㡿與袥音義同从衣石聲他各切五部

袥也廣韵十六怪云補膝裙也乃⿰衤來膝裙衸也五字之誤从衣介聲胡介切十五部

裾也士昏禮主人爵弁纁裳緇袉注曰纁裳者衣緇衣不言衣與帶而言袉者空其文明其與衣皆用緇袉謂緣緣之言施以緇緣裳象陽氣下施按袉即袉之叚變鄭云裳緣許云裾者許謂衣裒曰袉經言緇袉則緇衣可知也緇衣未有無裒者也从衣它聲唐左切十七部玉篇曰俗作袘論語曰朝服袉紳鄉黨篇文今論語作拖作拕即手部拕字襍記云申加大帶於上是也許所據作袉假借袉爲拕也此在引經說假借之例

衣裒也裒各本作袍今依韵會正上文云裒裒也裒物謂之裒因之衣前裣謂之裒方言襌衣有裒者趙魏之間

衧 13匣　襗 14定

謂之袪衣郭云前施裦囊也房報切按前施裦囊卽謂右外衽方言無裦者謂之裎衣則今之對衽衣無右外衽者也褻衣無裦禮服必有裦上文之袥衸謂無裦者唐宋人所謂衩衣也公羊傳曰反袂拭面涕沾袍此袍當作裦何注曰衣前襟也釋器衣皆謂之襟衱謂之裾衱同袷謂交領裦連於交領故曰衱謂之裾郭景純曰衣後襟非也釋名裾在後之說非是**从衣居聲讀與居同**从居者中可居物也非謂在後常見踞九魚切五部

衧 **諸衺也**按當云諸衺衣裦也篇韵可證後漢書光武帝紀皆冠幘而服婦人衣諸于繡擁注引前書音義曰諸于大掖衣如婦人之袿衣按大掖謂大其裦也方言袿謂之裾于者衺之假借字**从衣亏聲**羽俱切五部

襗 **絝也**絝者脛衣也按周禮玉府注云燕衣服者巾絮寢衣袍襗之屬論語紅紫不以爲褻服鄭注云褻衣袍襗秦風與子同澤傳曰澤潤澤也箋云襗褻衣近汗垢釋名曰汗衣近身受汗垢之衣也詩謂之澤受汗澤廣韵此字三見一曰褻衣一曰袗襗一曰衣襦亦皆不云絝○又按毛云潤澤也箋云襗褻衣此葢毛作潤襗故箋冡襗而襗之潤襗衣名也**从衣睪聲**徒各切五部玉篇云說文大各切則大徐用舊音也襗篆舊在袗下袉上今移此與下三篆相屬

褰 3溪　襱 18定　△襩　袑 19定　襑 28透　褒 21幫（褎）

褰 **絝也**昭廿五年左傳曰公在乾侯徵褰與襦杜曰褰絝也方言曰絝齊魯之間謂之䙑按今方言作襱俗字也褰之本義謂絝俗乃假爲騫衣字騫虧也古騫衣字作騫今假褰而褰之本義廢矣**从衣寒省聲**去虔切十四部字林己偃反**春秋傳曰徵褰與襦**

襱 **絝踦也**方言曰絝齊魯之間謂之䙑或謂之襱郭注今俗呼絝踦爲襱音鮦魚按絝踦對下文絝上言絝之近足狹處也**从衣龍聲**丈冢切九部

襩 **襱或从賣**賣聲也三部與九部合音爲近如急就篇華洞樂皇象碑及廣韵作華牘樂

袑 **絝上也**漢朱博傳功曹官屬多褒衣大袑不中節度絝上對絝踦言股所居也大之則寬緩上**从衣召聲**市沼切二部

襑 **衣博大也从衣尋聲**他感切古音在七部篇韵皆亦似林切

褒 **衣博裾**博裾謂大其裦囊也漢書褒衣大袑謂大其衣絝之上也引伸之爲凡大之偁爲褒美**从衣保省聲**博毛切古音在三部**保古文保**隸作褒作裒

褅 11透　褍 3端　褘 7匣

褅 **緥也**小雅斯干曰載衣之裼傳曰裼緥也此謂裼卽褅之假借字也易聲啻聲古音同在十六部故借但裼字爲褅字釋文曰韓詩作褅褅集韵云或褅字韓詩用正字毛詩用假借字也緥者小兒衣也**从衣啻聲**他計切十六部**詩曰載衣之褅**

褍 **衣正幅**凡衣及裳不衺殺之幅曰褍左傳端委杜注禮衣端正無殺故曰端周禮士有[元]端素端鄭云端者取其正也按褍者正幅之名非衣名巾部幅下曰正褍裂**从衣耑聲**多官切十四部

褘 **重衣皃从衣圍聲**羽非切十五部**爾雅曰褘褘襀襀**今爾雅無此文釋訓洄洄惛也釋文云洄本或作幃引字林幃重衣皃按玉篇作佪佪惛也而潛夫論云佪佪潰潰葢用爾雅文字林幃卽褘字據潛夫論則爾雅故有潰潰字許所見潰作襀襀字見周禮夏采職故書杜子春易爲綏許不從故書故無襀篆

複 22幫　褆 10定　襛 23泥　裻 22心

複 **重衣也**也作皃者誤凡古書也皃二字互譌者多矣引伸爲凡重之偁複與復義近故書多用復爲複呂覽水澤復注曰復或作複東重褁**从衣复聲**方六切三部**一曰褚衣**褚見下文裝衣也

褆 **衣厚褆褆**褆褆與媞媞義略同爾雅曰媞媞安也篇韵又曰衣服端正皃**从衣是聲**杜兮切十六部

襛 **衣厚皃**凡農聲之字皆訓厚醲酒厚也濃露多也襛衣厚皃也引伸爲凡多厚之偁召南曰何彼襛矣唐棣之華傳曰襛猶戎戎也按韓詩作茙茙戎戎之俗字耳戎取同聲得其義**从衣農聲**汝容切九部**詩曰何彼襛矣**詩俗本作襛誤

裻 **新衣聲**此當依玉篇先鵠切子虛賦翕呷萃蔡張揖曰萃蔡衣聲也萃蔡讀如碎粲二音裻亦雙聲字**一曰背縫**此則冬毒切與上禱義同深衣負繩及踝注云謂裻與後幅相當之縫也按後幅當是裳幅之誤衣與裳正中之縫相接也晉語衣之偏裻章曰裻在中左右異故曰偏引伸爲凡中之偁匠人堂涂十

袳ㄔˇ 1透　裔ㄧˋ 8定　△𧝎　衯ㄈㄣ 9滂　裴ㄆㄟˊ 7並　袁ㄩㄢˊ 3匣　⿰衤鳥ㄉㄧㄠ 19端　褺ㄉㄧㄝˊ 27定

有二分注曰分其裻旁之修以一分爲峻也今本作督五經文字引作裻古多假督爲裻**从衣叔聲**三部

袳　衣張也張篇韵皆作長非按移之言侈也經典罕用袳字者多作移作侈表記曰衣服以移之注云移讀如禾氾移之移移猶廣大也周禮注曰大夫已上移袂少牢饋食禮曰主婦被錫衣移袂注云移者蓋半士妻之袂以益之**从衣多聲**尺氏切古音在十七部**春秋傳曰公會齊侯于袳**桓十五年文左氏經作公會宋公衛侯陳侯于袲公羊經作公會齊侯宋公衛侯陳侯于侈穀梁經與左同許偁左也左無齊侯許言齊侯者容今左傳有奪袲與移同

裔　衣裙也裙各本及篇韵皆作裾今正元應書卷十四曰說文云裔衣裙也以子孫爲苗裔者取下垂義也按帔曰襃裳曰下襃此衣襃謂下襃故方言離騷注皆曰裔末也方言又曰裔祖也亦謂其遠也方言又曰裔夷狄之總名郭云邊地爲裔按左傳衞侯卜繇曰裔焉大國言邊於大國也裔之義如此言衣裙得以通之若言衣裾則何以解焉小徐云裾衣邊蓋小徐作注時本作裙**从衣**此字衣在上正謂其末下垂**冏聲**余制切十五部

𧝎　古文裔几聲

衯　長衣皃子虛賦衯衯裶裶郭璞曰皆衣長貌也集韵曰或書作衮疑作衮者是**从衣分聲**撫文切十三部

裴　長衣皃此卽子虛賦裶字也若史記子虛賦弭節裴回漢郊祀志神裴回若畱放乃長衣引伸之義後漢書蘇竟傳注云裴回謂縈繞淹畱是也俗乃作俳佪徘徊矣**从衣非聲**薄回切按當芳非切十五部舊在褺篆之後今移此

袁　長衣皃此字之本義今祇謂爲姓而本義廢矣古與爰通用如袁盎漢書作爰盎是也王風有兔爰爰傳曰爰爰緩意遠轅等字以袁爲聲亦取其意也**从衣叀省聲**蓋从古文叀而省　羽元切十四部

⿰衤鳥　短衣也釋名曰三百斛曰⿰舟周⿰舟周紹也紹短也今俗語尚呼短尾曰紹尾許書無紹當作⿰衤鳥以短衣之義引伸也**从衣鳥聲**都僚切二部**春秋傳曰有空⿰衤鳥**曰疑衍空疑當作公卽昭廿五年左傳之季公鳥也

褺　重衣也凡古云衣一襲者皆一褺之假借褺讀如重疊之疊文選王命論思有短褐之襲李注引說文襲重衣也王命論本作褺李注時不誤淺人妄改文選耳漢書敘傳作短褐之褻師古釋以親身之衣不知爲褺字之誤也古書之難讀如此**从衣執聲**徒叶切八部**巴郡有褺江縣**今地理志郡國志巴郡下皆作墊江縣蓋淺人所改也據孟康曰音重疊之疊知漢書本不作墊江也褺江縣在今四川重慶府合州嘉陵江涪江渠江會於此入大江水如衣之重複然故以褺江名縣

襡ㄕㄨˇ 17定　𧞒ㄓㄨㄛˊ 16端　襦ㄖㄨˊ 16泥　褊ㄅㄧㄢˇ 6幫　袷ㄐㄧㄚˊ 27見　襌ㄉㄢ 3端　襄ㄒㄧㄤ 15心　△㐮　被ㄅㄟˋ 1並

襡　短衣也篇韵皆襡與⿰衤屬爲二字義別韵會合而一之非是晉書夏統傳使妓女服袿襡**从衣蜀聲讀若蜀**市玉切三部

𧞒　衣至地也　从衣斲聲竹角切三部

襦　短衣也方言襦西南蜀漢之閒謂之曲領或謂之襦釋名有反閉襦有單襦有要襦顏注急就篇曰短衣曰襦自膝以上按襦若今襖之短者袍若今襖之長者**从衣需聲**人朱切古音在四部襦之言濡也猶襗之言澤也**一曰㬎衣**一曰與一名同非別一義也日部曰安㬎溫也然則㬎衣猶溫衣也內則衣不帛襦袴注曰不用帛爲襦袴爲大溫傷陰氣也釋名曰襦耎也言溫耎也

褊　衣小也引伸爲凡小之偁**从衣扁聲**方沔切十四部

袷　衣無絮此對以絮曰襺以縕曰袍言也**从衣合聲**古洽切七部小戴記以爲交領之字

襌　衣不重此與重衣曰複爲對**从衣單聲**都寒切十四部

襄　漢令解衣而耕謂之襄而字依韵會補此襄字所以从衣之本義惟見於漢令也引伸之爲除去爾雅釋言詩牆有茨出車傳皆曰襄除也周書謚法云辟地有德曰襄凡云攘地攘夷狄皆襄之假借字也又引伸之爲反復大東傳云襄反也謂除此而復乎彼也釋言又曰襄駕也此驤之假借字凡云襄上也襄舉也皆同又馬注臯陶謨曰襄因也謚法因事有功曰襄此又攘之假借字有因而盜曰攘故凡因皆曰攘也今人用襄爲輔佐之義古義未嘗有此**从衣𤅢聲**息良切十部

㐮　古文襄不能得其會意形聲所在

被　寢衣長一身有半論語鄉黨篇曰必有寢衣長一

衾ㄑㄧㄣ 28溪　襐ㄒㄧㄤˋ 15定　衵ㄖˋ 5泥　褻ㄒㄧㄝˋ 2心　衷ㄓㄨㄥ 23端　袾ㄓㄨ 16透

身有半孔安國曰今被也鄭注曰今小臥被是也引伸爲橫被四表之被**从衣皮聲**皮義切古音在十七部

大被釋名曰衾广也其下廣大如广受人也寢衣爲小被則衾是大被**从衣今聲**去音切七部

襐飾也各本作飾也奪襐今補此三字爲句如偓佺離黃之類淺人泛謂爲複字可刪而刪之耳巾部飾字下云襐飾也亦三字爲句廣韵曰襐未笄冠者之首飾也**从衣象聲**徐兩切十部

日日所常衣衵服見宣九年左傳**从衣从日日亦聲**人質切十二部

私服私褻疊韵論語曰紅紫不以爲褻服引伸爲凡昵狎之偁假借爲媟字**从衣埶聲**私列切十五部**詩曰是褻袢也**庸風君子偕老文今詩褻作紲按毛傳云是當暑袢延之服當暑二字釋褻也

裏褻衣褻衣有在外者衷則在內者也引伸爲折衷假借爲中字**从衣中聲**陟弓切九部**春秋傳曰皆衷其衵服**宣九年左傳文

好佳也好下奪也字好者美也佳者善也廣韵曰朱衣也按廣韵葢用說文古本故其字从朱衣所引詩則假袾爲姝也**从衣朱聲**昌朱切古音在四部**詩曰靜女其袾**邶風靜女文今詩袾作姝女部引詩作⿰女殳

事好也事好猶言學好也黹部引詩衣裳𪓐𪓐方言曰珇好也珇美也然則袓與𪓐珇音義略同**从衣且聲**才與切五部

接也此也字依玉篇補手部曰接交也**益也**會部曰朇益也土部曰埤增也皆字異而音義同覲禮侯氏裨冕注曰裨冕者衣裨衣而冠冕也裨之爲言埤也天子六服大裘爲上其餘爲裨按本謂衣也引伸爲凡埤益之偁**从衣卑聲**府移切十六部

衣無色也衣字依玉篇補日部曰普日無色也袢讀若普則音義皆同女部曰姅婦人汙也義亦相近**从衣半聲**博幔切十四部**一曰**此二字衍文**詩曰是紲袢也**庸風君子偕老文紲當同褻篆下作褻毛傳曰言是當暑袢延之服也袢延疊韵如方言之襜褕漢時有此語揩摩之意外展衣中用縐絺爲衣可以揩摩汗澤故

雜ㄗㄚˊ 27精　褽ㄨㄟˋ 8影　裕ㄩˋ 17定　襞ㄅㄧˋ 11幫

曰褻袢褻袢專謂縐絺也暑天近汗之衣必無色故知一曰爲衍文矣**讀若普**毛詩以展袢顏媛爲韵則知袢當依釋文符袁反延讀如字普音於雙聲得之許讀如此

五采相合也與辭字義略同所謂五采彰施於五色作服也引伸爲凡參錯之偁亦借爲聚集字詩言襍佩謂集玉與石爲佩也漢書凡言襍治之猶今云會審也**从衣集聲**此篆葢本从衣雧故篆者以木移左衣下作雜久之改雧爲隹而仍作雜也徂合切七部

袵也此袵當訓袵席左傳歸國子之元寘之新篋褽之以[元]纁加組帶焉杜曰褽薦也與許云袵也義同**从衣尉聲**聲字今補於胃切十五部

衣物饒也引伸爲凡寬足之偁方言裕道也東齊曰裕**从衣谷聲**羊孺切古音在三部亦作衮**易曰有孚裕無咎**晉初六爻辭今經有作罔虞翻王弼同則未知許所據孟易獨異與抑字譌與

韏衣也韋部曰革中辨謂之韏革中辨者取革中分其廣摺疊之廣雅曰韏曲也又曰韏詘也衣之襞如革之襞故曰韏衣士冠

衦ㄍㄢˋ 3見　裂ㄌㄧㄝˋ 2來　⿱奴衣ㄋㄚˊ 13泥　袒ㄓㄢˋ 3定

禮皮弁服素積注曰積猶辟也以素爲裳辟蹙其要中子虛賦襞積褰縐張揖曰襞積簡齰也襞經傳作辟積俗作積簡俗作襉襞亦謂之襵襵之涉反**从衣辟聲**必益切十六部

摩展衣也摩展者摩其襵縐而展之也石部硟下曰以石衦繒也衦之用與熨略同而異**从衣干聲**古案切篇韵公但切十四部

繒餘也巾部曰⿰巾比⿰巾祭裂也⿰巾祭殘帛也⿰巾祭繒端裂也內則曰衣裳綻裂方言曰南楚凡人貧衣被醜敝或謂之褸裂皆繒餘之意引伸爲凡分散殘餘之偁或假烈爲之方言曰烈餘也晉衛之間曰烈齊語戎車待游車之裂韋注云裂殘也古作裂通作列**从衣列聲**良辥切十五部

敝衣敝各本作弊誤今正⿱奴衣者敝衣帤者敝巾絮者敝絮各依所从而解之易既濟六四繻有衣袽虞翻曰袽敗衣也然則袽卽⿱奴衣字糸部引易需有衣絮又見⿱奴衣與絮可通用也晁說之曰袽又作絮玉裁謂袽絮皆⿱奴衣之譌字耳**从衣奴聲**女加切古音在五部女居切

衣縫解也許書無綻字此卽綻字也許書但裼字作但不

補 ㄅㄨˇ 13幫　䙇 ㄓˇ 4端　褫 ㄔˇ 10定　臝 ㄌㄨㄛˇ 1來

作袒今人以袒爲袒裼字而但袒二篆本義俱廢矣內則曰衣裳綻裂綻或作䘺鄭曰綻猶解也綻尙未解而近於解故曰猶俗語引伸爲飽滿憺裂之偁按袒爲衣縫解故从衣組爲補縫故从糸音同而義相因也 **从衣旦聲** 丈莧切十四部

補 **完衣也** 既袒則宜補之故次之以補引伸爲凡相益之偁 **从衣甫聲** 博古切五部

䙇 **紩衣也** 糸部曰紩者縫也縫者以鍼紩衣也方言曰襜褕其敝者謂之緻注云緻縫納敝故之名也丁履反按緻即䙇字黹爲鍼刺䙇爲縫敝衣與補組二字義略同 **从衣黹** 會意 **黹亦聲** 諸几切十五部

褫 **奪衣也** 奪當作敓許訓奪爲遺失訓敓爲彊取也此等恐非許原文後人以今字改古字耳周易訟上九或錫之鞶帶終朝三褫之侯果曰褫解也鄭元荀爽翟元皆作三拕之荀翟訓拕爲奪淮南書曰秦牛缺遇盜拕其衣高注拕奪也拕者褫之假借字十七十六二部音冣近也引伸爲凡敓之偁 **从衣虒聲讀若池** 直离切十六部

△ 裸　裎 ㄔㄥˊ 12透　裼 ㄒㄧ 11心

臝 **但也** 但各本作袒今正左傳欲覲其裸正義曰裸謂赤體無衣也大戴禮曰倮蟲三百六十聖人爲之長王制臝股肱注曰擐衣出其臂脛也按人部曰但裼也謂免上衣露裼衣此裸裎皆訓但者裸裎者但之尤甚者也 **从衣臝聲** 郎果切十七部

裸 **臝或从果** 果聲也俗作臝致爲不通

裎 **但也** 但各本作袒今正裎之言呈也逞也孟子袒裼裸裎亦作程士喪禮注倮程 **从衣呈聲** 丑郢切十一部

裼 **但也** 但各本作袒今正人部曰但者裼也故此云裼者但也是爲轉注序云五曰轉注建類一首同意相受考老是也老部曰老者考也考者老也是之謂建類一首同意相受凡全書中異部而互訓者視此裼訓但但訓裼其一㡀也在許當時確知訓裼之字作但不作袒自許至今經傳子史皆爲袒裼不爲但裼賴許書僅存可識字之本形本義又以今字改之則古形古義不傳且上文云袒衣縫解也裸裎裼下皆云袒也不皆爲衣縫解乎是許之不通甚矣考諸經傳凡中衣之外上衣裘則有裼衣裼衣之外上衣玉藻裘之裼也見美也服之襲也充美也鄭曰裼者免上衣見裼衣凡當盛禮者以充美爲敬非盛禮者以見美爲敬禮尙相變也按覆裘之衣曰裼行禮袒其上衣見裼衣謂之裼不露裼衣謂之襲鄭注玉藻曰袒而有衣曰裼以別於無衣曰袒也經傳凡單言裼者謂免上衣也凡單言袒者謂免衣肉袒也肉袒或謂之袒裼釋言毛傳皆曰袒裼肉袒也是也許君肉袒字作膻在肉部而袒作但與裼互訓裼爲無上衣之但臝裎爲無衣之但臝裎亦作肉膻也字與鄭異而義同裼襲之制詳見聘禮注疏 **从衣易聲** 先擊切十六部禮注曰古文禮裼皆爲賜詩斯干假借爲禓字

衺 ㄒㄧㄝˊ 13定　襭 ㄒㄧㄝˊ 5匣　袺 ㄐㄧㄝˊ 5見　褿 ㄘㄠˊ 21從　△ 擷

衺 **𡘉也** 交部曰𡘉者衺也二篆爲互訓小徐本作紕也非是𡘉今字作回衺今字作邪毛詩傳曰回邪也 **从衣牙聲** 似嗟切古音在五部

襭 **㠯衣衽扱物謂之襭** 扱收也周南采采芣苢薄言襭之爾雅曰扱衽謂之襭毛傳同 **从衣頡聲** 胡結切十二部

擷 **襭或从手**

袺 **執衽謂之袺** 周南采采芣苢薄言袺之爾雅曰執衽謂之袺毛傳同 **从衣吉聲** 格八切十二部

褿 **幭也** 巾部曰幭帬也一曰被也一曰婦人脅衣 **从衣曹聲** 昨牢切又七刀切三部

裹 ㄍㄨㄛˇ 1見

裝 ㄓㄨㄤ 15精　裛 ㄧˋ 27影　齋 ㄗ 4精　裋 ㄕㄨˋ 16定

裝 **裹也** 束其外曰裝故著絮於衣亦曰裝 **从衣壯聲** 側羊切十部

裹 **纏也** 纏者繞也 **从衣果聲** 古火切十七部

裛 **纏也** 各本作書囊也今依西都賦琴賦注後漢書班固傳注所引正巾部曰帙書衣也帙亦作袠廣雅裛謂之袠今本殆據廣雅改耳若依今本則當云帙也 **从衣邑聲** 於業切七部

齋 **緶也裳下緝** 各本無裳下緝三字今依韵會補依釋名當作緝下緝下橫縫緝其下也緶者緶衣也緝同緶漢時通用論語鄉黨孔注曰衣下曰齊玉藻縫齋倍要正義曰齋謂裳之下畔深衣下齋如權衡以應平注曰齋緝也禮喪服疏衰裳齊疏云衰裳既就乃始緝之故言齊在衰裳下不比言斬在衰上也按經傳多假齊爲之亦省作齋 **从衣齊聲** 即夷切十五部

裋 **豎使布長襦** 豎與裋疊韵豎使謂僮豎也淮南高注曰豎小使也顏注貢禹傳曰裋褐謂僮豎所著布長襦也方言曰襜褕其短者謂之裋褕韋昭注王命論云裋謂短襦也本方言 **从衣豆**

褔 ㄩˋ 16影　褐 ㄏㄜˊ 2匣　衰 ㄙㄨㄛ 7心　△蓑　卒 ㄗㄨˊ 8精　褚 ㄔㄨˇ 13透　製 ㄓˋ 2端

聲常句切古音在四部褔編枲衣謂取未績之麻編之爲衣與艸雨衣相類衣之至賤者也一曰頭褔冃下曰小兒蠻夷頭衣也頭褔蓋卽頭衣僅冒其頭耳一曰次裹衣方言曰繫袼謂之褔郭曰卽小兒次衣也騔洛嘔三音次裹今俗語尚如此小兒服之衣外以受次者从衣區聲於武切又於侯切四部

褐編枲韤取未績之麻編之爲足衣如今艸鞵之類一曰粗衣文選藉田賦注作麁衣廣韵及孟子正義作短衣誤也趙注孟子曰褐以毳織之若今馬衣者也或曰枲衣也一曰粗布衣按趙云以毳與邠風鄭箋云毛布合馬衣卽左傳定八年之馬褐也枲衣亦謂編枲爲衣褐賤者之服也从衣曷聲胡葛切十五部

衰艸雨衣雨衣有不艸者左傳成子衣製杖戈杜曰製雨衣按言製則非艸爲若今油布衣秦謂之萆艸部曰萆雨衣一曰衰衣此則著萆爲秦語也小雅何蓑何笠傳曰蓑所以備雨笠所以禦暑公羊傳不蓑城也何云若今以艸衣城齊語注云襏襫蓑襞衣也襞或萆字亦作薜六韜蓑薜簦笠衰俗从艸作蓑而衰遂專爲等衰衰經字衰經本作縗衰其假借字也以艸爲雨衣必層次編之故引伸爲等衰後世異其形異其音古義茲昧矣从衣象形謂秝也穌禾切十七部

古文衰

卒隸人給事者爲卒俗本者下有衣字宋本及御覽韵會玉篇皆無此謂人也非謂衣也方言楚東海之閒亭父謂之亭公卒謂之弩父或謂之褚注曰卒者主擔幔弩導幨因名古㠯染衣題識故从衣一此十字依韵會所據小徐本衣有題識如左傳云叔孫氏之甲有物杜云物識也徽字下云若今救火衣周禮司常注云今亭長著絳衣此亭卒以染衣題識之證也从一者象題識也臧没切十五部

褚卒也方言云卒或謂之褚是也郭云言衣赤褚音赭从衣者聲丑呂切五部一曰裝也裝各本作製誤今依玉篇廣韵正左傳鄭賈人將寘荀罃褚中以出此謂衣裝也凡裝綿曰著丑呂切其字當作褚小正七月灌荼灌聚也荼萑葦之秀爲將褚之也褚之者裝衣也將各本作蔣字之誤也

製裁

袚 ㄅㄛˊ 2幫　襚 ㄙㄨㄟˋ 8定　裯 ㄉㄠ 19端　裞 ㄕㄨㄟˋ 2透　褮 ㄧㄥˊ 12影　䘰 ㄕㄢ 3透　褭 ㄋㄧㄠˇ 19泥

衣也从衣制聲征例切十五部按此篆處非其次當本在裁篆之下

袚蠻夷衣左衽衣从衣犮聲北末切十五部一曰蔽厀方言曰蔽厀江淮之閒謂之褘或謂之袚郭音沸

襚衣死人也士喪禮君使人襚注襚之言遺也公羊傳曰車馬曰賵貨財曰賻衣被曰襚注襚猶遺也遺是助死之禮知生者賵賻知死者贈襚从衣遂聲徐醉切十五部春秋傳曰楚使公親襚襄二十九年左傳文楚欲使襄公視衣死人故下文魯行君臨臣喪之禮以報之也

裯棺中縑裏也喪大記曰君裏棺用朱綠用雜金鐕大夫裏棺用元綠用牛骨鐕士不綠正義云君用朱繒貼四面綠繒貼四角大夫四面元四角綠士不綠悉用元按如其說則當云士元不當云不綠也且顏師古定本綠皆作琢謂鐕琢繒則著於棺則士不琢尤爲不辭蓋綠與琢皆字之誤古本三綠皆正作裯以縑裏棺曰裯縑幷絲繒也君朱裯以三色金鐕椓著之大夫元裯以牛骨鐕椓著之士賤不裯則不用鐕士喪禮纖悉畢載而不言裏棺可證也鄭曰鐕所以椓著裏金部曰鐕所以綴著物者與鄭合鐕與裯皆據喪大記而言从衣弔聲讀若雕都僚切二部

裞贈終者衣被曰裞从衣兌聲輸芮切十五部按此字僅見漢書朱建傳葢襚之或字淺人所增非許本書所有也

褮鬼衣也鬼衣猶黿衣明器之屬也鬼部曰魃鬼服也引韓詩傳鄭交甫逢二女魃服釋器曰衣謂之褮郭云衣開孔非許義也从衣熒省聲讀若詩曰葛藟縈之一曰若靜女其祩之祩之祩當作之靜於營切十一部

䘰車溫也車溫玉篇作車韞䘰廣韵曰帑䘰牛領上衣蓋當作車溫䘰如帑幡襎裷詩傳袢延之比皆重疊字也今本奪一字从衣延聲式連切十四部

褭㠯組帶馬也百官志注曰秦爵二十等三曰簪褭御駟馬者按於本義引伸之因以爲馬名要褭古之駿馬也从衣从馬衣馬以組帶馬之意也奴鳥切二部

文一百一十六今增　重十一

裘 ㄑㄧㄡˊ 24匣

皮衣也。从衣象形 各本作从衣求聲一曰象形淺人妄增之也裘之制毛在外故象毛文 與衰同意 皆从衣而象其形也巨鳩切古音在一部 凡裘之屬皆从裘

△求

古文裘 此本古文裘字後加衣爲裘而求專爲干請之用亦猶加艸爲蓑而衰爲等差之用也求之加衣葢不待小篆矣

䙗 ㄎㄜˋ 11溪

裘裏也 表其毛而爲之裏附於革也詩曰羔羊之皮素絲五它皮言其表也羔羊之革素絲五緎革言其裏也羔羊之縫素絲五總合言其表裏也其裏之所用未詳 从裘鬲聲讀若擊 楷革切十六部

文二　重一

老 ㄌㄠˇ 21來

考也 序曰五曰轉注建類一首同意相受考老是也學者多不解戴先生曰老下云考也考下云老也此許氏之恉爲異字同義舉例也一其義類所謂建類一首也互其訓詁所謂同意相受也考老適於許書同部凡許書異部而彼此二篆互相釋者視此如寍窒也窒寍也但裼也裼但也之類老考以疊韵爲訓 七十曰老 曲禮文 从人毛匕 音化按此篆葢本从毛匕長毛之末筆非中有人字也韵會無人字 言須髮變白也 說會意之恉盧皓切古音在三部 凡老之屬皆从老

耋 ㄉㄧㄝˊ 5定

年八十曰耋 釋言耋老也毛傳云耋老也八十曰耋按馬融注易服虔注左傳皆云七十曰耋葢耋訓老故七十八十皆得偁也 从老省 小篆既从老省矣今人或不省非也下同 至聲 古音至讀如銍徒結切十二部

⿱蒿老 ㄇㄠˋ 19明

年九十曰⿱蒿老 今作耄从老省毛聲耗今音讀蒿去聲葢蒿聲毛聲古可通用也曲禮八十九十曰耄注云耄惛忘引左傳老將知而耄又及之按其字亦作眊亦作旄 从老蒿省聲 从蒿者取蒿目之意莫報切二部

耆 ㄑㄧˊ 4匣

老也 曲禮六十曰耆許不言者許以耆爲七十巳上之通偁也鄭注射義云耆耋皆老也古多假借爲嗜字又按士喪禮士虞禮魚進鬐注鬐脊也古文鬐爲耆許書髟部無鬐字依古文禮故不錄今文禮之字也徐鉉沾附未識此意許於禮經古文今文之字依一則廢一 从老省旨聲 渠脂切十五部

耇 ㄍㄡˇ 16見

老人面凍黎若垢 釋詁曰耇老壽也小雅毛傳曰耇壽也孫炎曰耇面凍黎色如浮垢老人壽徵也儀禮注曰耇凍梨也方言曰東齊曰眉燕代之北郊曰梨秦晉之郊陳兗之會曰耇鮐按方言又曰麋黎老也麋黎卽卷一之眉梨凍黎謂凍而黑色或假梨爲之尚書黎老作犂老亦假借也孫炎注本作面凍梨見南山有臺大誓二疋義本無如字釋名及方言注乃云如凍梨非也 从老省句聲 古厚切四部

⿸耂占 ㄉㄧㄢˇ 30端

老人面如點處 處謂老人面有黑瘢之處也點者小黑也 从老省占聲 丁念切古音在七部 讀若耿介之耿 雙聲也

⿸耂勿 ㄕㄡˋ 16定

老人行才相逮 才僅也今字作纔纔相逮者兩足僅能相及言其行遲步小也 从老省勿象形 各本作易省行象誤今正此非易省乃象步小相迫之狀也 讀若樹 與駐聲義略同今俗語尚如此常句切四部

八篇上

壽 ㄕㄡˋ 21定

久也 久者從後灸之也引伸爲長久此用長久之義也 从老省𠷎聲 𠷎見口部今篆體作𠷎誤殖酉切三部

考 ㄎㄠˇ 21溪

老也 凡言壽考者此字之本義也引伸之爲成也考槃江漢載芟絲衣毛傳是也凡禮記皇考春秋考仲子之宮皆是也又假借爲攷字山有樞弗鼓弗考傳曰考擊也是也凡言考挍考問字皆爲攷之假借也 从老省丂聲 苦浩切古音在三部

孝 ㄒㄧㄠˋ 19曉

善事父母者 禮記孝者畜也順於道不逆於倫是之謂畜 从老省从子子承老也 說會意之恉呼教切二部

文十

毛 ㄇㄠˊ 19明

眉髮之屬及獸毛也 眉者目上毛也髮者首上毛也而者須也須者而也𦣞下之毛也䫇者頰須也頿口上須也及獸毛者貴人賤畜也 象形 莫袍切古音二部 凡毛之屬皆从

毴ㄖㄨㄣˇ 7泥　⿰倝毛ㄏㄢˋ 3匣　毨ㄒㄧㄢˇ 9心　⿺毛㒼ㄇㄣˊ 9明　氈ㄓㄢ 3端

毛[篆]毛盛也从毛隼聲而尹切又人勇切按而尹卽玉篇之而允也書釋文毴徐而允反又如兖反俗本允兖字皆譌作充而集韵類篇因有而融如容兩切矣古音當在十五部如隼之在十五十三兩部也虞書曰虞當作唐說詳禾部鳥獸毴髦堯典文髦毛古同用今書毴作氄馬云溫柔皃

[篆]獸豪也豪者豕鬣如筆管者也引伸爲毛之長者之偁⿰倝毛古書多作翰尚書大傳之西海之濱取白狐青翰鄭曰翰長毛也長楊賦藉翰林以爲主人韋昭曰翰筆也善曰說文云毛長者曰翰按翰當作⿰倝毛蓋說文古本有毛長者曰⿰倝毛五字在獸豪也之下曲禮雞曰翰音注翰猶長也其引伸之義也从毛倝聲侯旰切十四部

[篆]選也二字依韵會仲秋鳥獸毛盛可選取㠯爲器毨選雙聲堯典鳥獸毛毨鄭注毨理也毛更生整理周禮中秋獻良裘王乃行羽物鄭注良善也仲秋鳥獸毛毨因其良時而用之按許說兼包鄭二義从毛先聲讀若選穌典切古音在十三部

[篆]㠯毳爲繝毳獸細毛也繝西胡毳布也色如虋故謂之⿺毛㒼與虋雙聲虋禾之赤苗也詳艸部取其同赤故名略同从毛㒼聲莫奔切古音在十四部詩曰毳衣如⿺毛㒼王風文今詩⿺毛㒼作璊毛曰璊赬也按許云毳繝謂之⿺毛㒼然則詩作如璊爲長作如璊則不可通矣玉部曰璊玉經色也禾之赤苗謂之虋璊玉色如之是則⿺毛㒼與璊皆於虋得音義許偁詩證毳衣色赤非證璊篆體也淺人改从玉爲从毛失其指矣抑西胡毳布中國自古有之斷非法服毛傳曰大車大夫之車也天子大夫四命其出封五命如子男之服乘其大車檻檻然服毳冕以決訟是則詩所云毳衣者周禮之毳冕非西胡毳布也許專治毛詩豈容昧此疑此六字乃淺人妄增非許書固有然鄭司農之注周禮曰毳罽衣也至後鄭乃云毳畫虎蜼謂宗彝也是則自康成以前皆謂毳爲繝衣毛公但云毳冕而不言何物許說正同大鄭耳

[篆]撚毛也手部曰撚者蹂也撚毛者蹂毛成氈也周禮掌皮曰共其毳毛爲氈古多假旃字从毛亶聲諸延切十四部

八篇上　卅九

毳ㄘㄨㄟˋ 2清　⿱非毳ㄈㄟ 7幫　尸ㄕ 4透　⿸尸奠ㄉㄧㄢˋ 6定　居ㄐㄩ 13見

文六

[篆]獸細毛也掌皮注曰毳毛毛細縟者从三毛毛細則叢密故从三毛衆意也此芮切十五部凡毳之屬皆从毳

[篆]毛紛紛也紛紛者多也非分雙聲⿱非毳⿱非毳猶紛紛也廣韵曰細毛从毳非聲甫微切十五部

文二

[篆]陳也陳當作敶攴部曰敶列也小雅祈父傳曰尸陳也按凡祭祀之尸訓主郊特牲曰尸陳也注曰此尸神象當從主訓之言陳非也玉裁謂祭祀之尸本象神而陳之而祭者因主之二義實相因而生也故許但言陳至於在牀曰屍其字从尸从死別爲一字而經籍多借尸爲之象臥之形臥下曰伏也此字象首俯而曲背之形式脂切十五部凡尸之屬皆从尸

[篆]侍也侍者儲侍也大元假爲天地奠位之奠从尸奠聲堂練切古音在十一部

[篆]蹲也足部曰蹲居也二字爲轉注今足部改居爲踞又妄添踞篆訓云蹲也總由不究許書條理罔知古形古義耳立部竣下亦曰居也亦同義而譌爲倨竣也蓋俗本之紛亂如此說文有凥有居凥處也从尸得几而止凡今人居處字古祇作凥處居蹲也凡今人蹲踞字古祇作居廣雅釋詁二凥也一條釋詁三踞也一條畫然分別曹憲曰按說文今居字乃箕居字近之矣但古人有坐有跪有蹲有箕踞跪與坐皆厀著於席而跪聳其體坐下其䏶詩所謂啟處四牡傳曰啟跪也處居也四牡不遑啟處采薇出車作不遑啟居居皆當作凥許凥下云處也正本毛傳引伸之爲凡凥處字也若蹲則足底著地而下其䏶聳其厀曰蹲其字亦作竣原壤夷俟謂蹲踞而待不出迎也若箕踞則䏶著席而伸其腳於前是曰箕踞趙佗箕踞見陸賈聞賈言乃蹷然起坐是也箕踞爲大不敬三代所無居篆正謂蹲也今字用蹲居字爲凥處字而凥字廢矣又別製踞字爲蹲居字而居之本義廢矣从尸古聲各本作古者居从古乖於全書之例淺人

八篇上　卌

△⿸尸足　屓ㄒㄧˋ 8曉　屑ㄒㄧㄝˋ 5心　展ㄓㄢˇ 3端　屆ㄐㄧㄝˋ 8見

因下云俗居从足而竄改譌謬耳今正九魚切五部

⿸尸足　俗居从足　小徐本如此不誤大徐本篆作踞非也小徐云⿸尸足一本从居則小徐時固有兩本

屓　臥息也　西京賦吳都賦皆用奰屓字說者謂作力之皃也奰見大部奰俗譌贔屓俗譌屓又譌贔今學者罕知其本字矣屓之本義爲臥息鼻部所謂鼾也用力者必鼓其息故引伸之爲作力之皃呬息也音義略同　从尸自　徐鉉曰自鼻也小徐作自聲許介切按本虛器切十五部

屑　動作切切也　方言曰屑屑不安也秦晉謂之屑屑又曰屑勞也屑猶也邶風不我屑以毛傳曰屑潔也　从尸佾聲　私列切十二部按俗从肖非

展　轉也　展者未轉而將轉也陸德明云字林作輾然則周南作輾轉非古也毛傳曰展誠也方言曰展信也此因展與眞音近假借　从尸　展布四體之意　衺省聲　知衍切十四部

屆　行不便也　此與般義相近般船著沙不行也　一曰極也　釋言曰屆極也蕩閟宮毛傳同釋詁方言皆曰般至也郭云般古屆字按謂古用般今用屆也般屆雙聲　从尸凷聲　古拜切十五部

尻ㄎㄠ 21溪　𡱂ㄊㄨㄣˊ 9定（臀）　△脽　△臀　⿸尸旨ㄑㄧˋ 4溪　尼ㄋㄧˊ 4泥

尻　脽也　按釋名以尻與臀別爲二漢書結股腳連脽尻每句皆合二物也尻今俗云溝子是也脽今俗云屁股是也析言是二統言是一故許云尻脽也通俗文埤蒼皆云尻骨謂之八髎釋名曰尻廖也所在廖牢深也　从尸九聲　苦刀切古音在三部

𡱂　髀也　髀者股外也此云髀者專言股後　从尸下丌尻几　尻各本作居誤今正丌下基也尻者人之下基尻几者猶言坐於牀木部曰牀安身之几坐也尻下曰从尸得几而止皆謂牀也徒魂切十三部

脽　𡱂或从肉隼　隼聲也與肉部脽字義同字異

臀　𡱂或从骨殿聲　今周易春秋考工記皆作臀从肉軍後曰殿卽臀之假借字也

⿸尸旨　尻也　从尸旨聲　詰利切十五部

尼　從後近之　尼訓近故古以爲親暱字高宗肜日典祀無豐于尼釋文尼女乙反尸子云不避遠尼尼近也正義釋詁云卽尼也孫炎云卽猶今也尼近也郭璞引尸子悅尼而來遠自天寶閒衛包改經尼爲昵開寶閒陳鄂又改釋文尼爲昵而賈氏羣經音辨所載猶未誤也尼之本義從後近之若尼山乃取於圩頂水潦所止蚭之假借字也孟子止或尼之尼止也與致遠恐泥同泥濘之假借字也　从尸匕聲　女夷切古音蓋在十五部

⿸尸臿ㄑㄧˋ 29清　⿸尸乏ㄓˊ 31定　⿸尸又ㄖㄨㄢˇ 3泥　屒ㄓㄣˇ 9端

⿸尸臿　⿸尸臿⿸尸乏　二字各本無今依全書通例補　從後相躡也　躡各本作臿今依玉篇訂以後次前積疊之謂之⿸尸臿⿸尸乏吳都賦作墄堮楚立除立二切善曰枝柯相重疊皃廣韵曰重累土也廣韵亦單用⿸尸臿字訓楔非此義也　从尸臿聲　楚洽切八部廣韵云初戢切

⿸尸乏　⿸尸臿⿸尸乏也　从尸乏聲　直立切七部

⿸尸又　柔皮也　周禮所謂攻皮也函人職曰革欲其柔滑而腥脂之則耎廣雅曰⿸尸又弱也是與耎音義同　从尸又　會意　又申尸之後也　从尸謂皮也从又謂申其後也申者引伸之意此九字大小徐本皆不完今補大徐作⿸尸又而曰或从又小徐作⿸尸又而曰或从又疑从又爲是人善切十五部

屒　伏皃　未聞　一曰屋宇也　與宀部宸音義同尸象屋形　从尸辰聲　珍忍切十三部

屖ㄒㄧ 6心　屝ㄈㄟˋ 7並　屍ㄕ 4透　屠ㄊㄨˊ 13定　屟ㄒㄧㄝˋ 29心　屋ㄨ 17影

屖　屖遲也　三字爲句玉篇曰屖今作栖然則屖遲卽陳風之棲遲也毛傳曰棲遲遊息也　从尸辛聲　先稽切古音在十二部

屝　履屬　履者屨也足所依也云屬者屨之麤者曰屝也方言曰屝麤屨也釋名曰齊人謂草履曰屝按喪服傳菅屨者菅菲也杜注左傳曰屝草屨也菲者屝之假借字　从尸非聲　扶沸切十五部

屍　終主也　終主者方死無所主以是爲主也曲禮曰在牀曰屍今經傳字多作尸同音假借也亦尚有作屍者　从尸死　死者終也尸者主也故曰終主式脂切十五部

屠　刳也　刳判也　从尸者聲　同都切五部

屟　履之荐也　之各本作中今依元應所引訂此藉於屨下非同屨中苴也荐者藉也吳宮有響屟廊東宮舊事有絳地文履屟百副卽今婦女鞵下所施高底其字本音他頰切轉爲他計切今籢匱有抽屜本卽屟字　从尸枼聲　穌叶切八部

屋　尻也　尻各本作居誤今正凡尻處於尸得几之字引伸不當用蹲居字也屋者室之覆也引申之凡覆於上者皆曰屋天

△屋 △臺

屏ㄆㄥˊ 12 幫 層ㄘㄥˊ 26 從

子車有黃屋詩箋屋小帳也 从尸 句 尸 逗 所主也 凡尸皆得訓主屋从尸者人爲屋主也 一曰尸象屋形 此从尸之又一說也上象覆旁象壁 从至 句 至 句 所止也 屋室皆从至 室下亦曰至所止也烏谷切三部 屋 籀文屋从厂 厂呼旱切 屋 古文屋 按此字葢郎手部古文握字見於淮南書淺人補入此耳 屏 屏 此複舉字之未刪者 蔽也 小雅萬邦之屏傳曰屏蔽也引伸爲屏除按古無平仄之分 从尸并聲 必郢切十一部 層 重屋也 會之言重也曾祖曾孫皆是也故从曾之層爲重屋考工記四阿重屋注曰重屋複笮也後人因之作樓木部曰樓重屋也引伸爲凡重疊之偁古亦假增爲之 从尸曾聲 昨棱切六部

文二十三 重五

八篇上 圭

說文解字第八篇上

桐城章甫校字

說文解字第八篇下

金壇段玉裁注

尺 ㄔˇ 14透

十寸也寸十分也禾部曰十髮爲程一程爲分十分爲寸又曰律數十二十二禾秒而當一分十分而寸漢志曰九十分黃鐘之長一爲一分十分爲寸十寸爲尺十尺爲丈十丈爲引而五度審矣**人手卻十分動脈爲寸口**寸部下亦曰人手卻一寸動𧖴謂之寸口鄭注周禮曰脈之大候要在陽明寸口疏云陽明在大拇指本骨之高處與弟二指閒一寸口者大拇指本高骨後一寸是也按大拇指本高骨後一寸許所謂人手卻十分也卻者庌也庌者拓也人手竟又開拓十分得動脈之處是曰寸口凡寸之度取象於此**十寸爲尺**十其長是爲尺**尺**逗**所㠯指尺規榘事也**指尺當作指庌聲之誤也指庌猶標目也用規榘之事非尺不足以爲程度尺居中下可晐寸分上可包丈引也漢志曰寸者忖也尺者蒦也尺庌蒦三字同韵**从尸**主也**从乙**會意昌石切古音在五部古書亦乙借赤爲之毛晃曰宋時案牘如此逗**所識也**漢武帝讀東方朔上書未盡輒乙其處題識之意也以榘尺記識所度故從乙**周制寸尺咫尋常仞諸度量皆㠯人之體爲法**寸法人寸口尺起於寸咫法中婦人手尋八尺也法人兩臂之長常倍尋或曰常當作丈周制八寸爲尺十尺爲丈人長八尺故曰丈夫人部曰仞伸臂一尋也是仞尋無二而此尋仞並舉疑許主七尺曰仞之說人部之解出後人改竄非許原文說詳人部**凡尺之屬皆从尺**

咫 ㄓˇ 10端

中婦人手長八寸謂之咫賈逵韋昭注國語杜預注左傳說皆同秦咫之言猶近也晉語吾不能行也咫楚語是知天咫周書大子晉視道如咫**周尺也**通典引白虎通曰夏法日日數十也日無不照尺所度無不極故以十寸爲尺殷法十二月言一歲之中無所不成故以十二寸爲尺周據地而生地者陰也以婦人爲法婦人大桽奄八寸故以八寸爲尺按奄字未詳疑是手之誤字上文曰十寸爲尺此及夫字下云周制八寸爲尺別周制之異乎古也王制曰古者以周尺八尺爲步今以周尺六尺四寸爲步鄭注曰周尺之數未之詳聞案禮制周猶以十寸爲尺蓋六國時多變亂法度或言周尺八寸以步更爲八八八六十四寸鄭意八寸爲尺周末始有之與許說異然許亦曰諸侯力政分爲七國田疇異畮車涂異軌律令異異法則其說亦未嘗不合也左傳天威不違顏咫咫尺咫尺並言不云二尺也國語列子皆言其長尺有咫亦不言其長二尺也是可證周未嘗八寸爲尺矣**从尺只聲**諸氏切十六部

文二

尾 ㄨㄟˇ 7明

微也微當作㣲㣲細也此以曡韵爲訓如門捫也戶護也之例方言曰尾盡也尾梢也引伸訓爲後如晉語歲之二七其靡有微兮古亦叚微爲尾**从到毛在尸後**到者今之倒字無斐切十五部今隸變作尾**古人或飾系尾**未聞鄭說戴曰古者佃漁而食之衣其皮先知蔽前後知蔽後後王易之以布帛而獨存其蔽前者不忘本也按蔽後即或飾系尾之說也**西南夷皆然**後漢書西南夷列傳曰槃瓠之後好五色衣服製裁皆有尾形按尾爲禽獸之尾此甚易解耳而許必以尾系之人者以其字從尸人可言尸禽獸不得言尸也凡全書內嚴人物之辨每如此人飾系尾而禽獸似之許意如是**凡尾之屬皆从尾**

屬 ㄓㄨˇ 17端

連也連者負車也今字以爲聯字屬今韵分之欲市玉二切其義實通也凡異而同者曰屬鄭注司徒序官云州黨族閭比者鄉之屬別注司市云介次市亭之屬別小者也凡言屬而別在其中如秔曰稻屬秠曰稻屬是也言別而屬在其中如稗曰禾別是也**从尾**取尾之連於體也**蜀聲**之欲切三部今作屬

屈 ㄑㄩ 8見

無尾也韓非子曰鳥有翢翢者重首而屈尾高注淮南云屈讀如秋雞無尾屈之屈郭注方言隆屈云屈尾淮南屈奇之服許注云屈短也奇長也凡短尾曰屈玉篇巨律切[元]應書廣韵衢勿切今俗語尚如是引伸爲凡短之偁山短高曰崛其類也今人屈伸字古作詘申不用屈字此古今字之異也鈍筆曰掘筆短頭船

尿 ㄋㄧㄠˋ 19泥　履 ㄌㄩˇ 4來　△𩓡　屨 ㄐㄩˋ 16見

曰撅頭皆字之假借也从尾出聲九勿切十五部按九勿當作衢勿乃合俗分屈屈爲二字不知屈乃屈之隸變尿人小便也从尾水會意古書多假溺爲之奴弔切二部

文四

履足所依也履依疊韵古曰屨今曰履古曰履今曰鞵名之隨時不同者也引伸之訓踐如君子所履是也又引伸之訓祿詩福履綏之毛傳曰履祿也又引伸之訓禮序卦傳詩長發傳是也履禮爲疊韵履祿爲雙聲从尸服履者也从彳夊夊楚危切彳夊皆行也从舟象履形合四字會意良止切按良止誤也當依篇韵力几切十五部一曰尸聲別一說也凡履之屬皆从履𩓡古文履从頁从足履重首故从頁屨履也晉蔡謨曰今時所謂履者自漢以前皆名屨左傳踊貴屨賤不言履賤禮記戶外有二屨不言二履賈誼曰冠雖敝不以苴履亦不言苴屨詩

八篇下　三

𡳐 ㄌㄧˋ 11來　𡱿 ㄒㄩˋ 13定　屩 ㄐㄩㄝ 19見　屐 ㄐㄧ 10匣

曰糾糾葛屨可以履霜屨爲者一物之別名履者足踐之通稱按蔡說極精易詩三禮春秋傳孟子皆言屨不言履周末諸子漢人書乃言履詩易凡三履皆謂踐也然則履本訓踐後以爲履名古今語異耳許以今釋古故云古之屨即今之履也周禮屨人掌爲舃屨鄭云複下曰舃禪下曰屨古人言屨以通於複今世言屨以通於禪俗易語反與方言屝屨麤履也履其通語也从履省婁聲九遇切古音在四部一曰鞮也革部鞮下曰履也二字爲轉注方言曰禪者謂之鞮𡳐履下也謂履之之底也行地經歷者今人言履歷當用此字从履省歷聲郎擊切十六部𡱿履屬从履省予聲徐呂切五部廣韵徐預切屩履也履大徐作屐非也今依小徐史記孟嘗君傳躡屩虞卿傳及漢書王褒傳作蹻假借字也釋名曰屩蹻也出行著之蹻蹻輕便因以爲名應劭曰木蹻臣瓚曰以繩爲屩徐廣曰蹻草履也按屩蓋輕便可遠行之履非法服之履臣瓚徐廣說是从履省喬聲居勺切古音在二部平聲屐屩也

舟 ㄓㄡ 21端　俞 ㄩˊ 16定

从履省支聲奇逆反古音在十六部按釋名云屐搘也爲兩足搘以踐泥也又云屩不可踐泥也屐踐泥者也然則屐與屩有別

文六　重一

舟船也邶風方之舟之傳曰舟船也古人言舟漢人言船毛以今語釋古故云舟即今之船也不傳於柏舟而傳於此者以見方之爲泭而非船也古者共鼓貨狄刳木爲舟剡木爲楫以濟不通郭注山海經曰世本云共鼓貨狄作舟易毄辭曰刳木爲舟剡木爲楫舟楫之利以濟不通致遠以利天下蓋取諸渙共鼓貨狄黃帝堯舜閒人貨狄疑即化益化益即伯益也考工記故書舟作周象形職流切三部凡舟之屬皆从舟俞空中木爲舟也淮南氾論訓古者爲窬木方版以爲舟航高曰窬空也方並也舟相連爲航也按窬俞同俞空中木者舟之始並板者航之始如椎輪

八篇下　四

船 ㄔㄨㄢˊ 3定　彡 ㄔㄣ 28透　舳 ㄓㄡˊ 21定

爲大路之始其始見本空之木用爲舟其後因刳木以爲舟凡穿窬廁牏皆取義於俞中孚傳曰利涉大川乘木舟虛也从亼从舟从巜合三字會意羊朱切古音在四部巜水也巜下曰水流澮澮也說从巜之意船舟也二篆爲轉注古言舟今言船如古言屨今言鞋舟之言周旋也船之言泝沿也从舟㕣聲各本作鉛省聲非是口部有㕣字水部有沿字㕣聲今正食川切十四部彡船行也夏曰復胙商曰肜周曰繹即此字取舟行延長之意也其音以戎切其字毛詩箋作融从舟彡聲丑林切七部舳舳艫也各本艫上刪舳字今補此三字爲句非以艫釋舳也韵會所據本不誤从舟由聲直六切三部漢律名船方長爲舳艫長當作丈史漢貨殖傳皆曰船長千丈注者謂總積其丈數蓋漢時計船以丈每方丈爲一舳艫也此釋舳艫之謂二字不分析者也下文分釋謂船尾舳謂船頭艫此分析者也一曰船尾船舊作舟今正此單謂舳字也方言曰舟後曰舳舳所以制水也郭

艫 ㄌㄨˊ 13來　𦨶 ㄨˋ 2疑　艐 ㄗㄨㄥ 18精　朕 ㄓㄣˋ 26定　舫 ㄈㄤˇ 15幫

云今江東呼柁爲舳按釋名船其尾曰柁仲長統郭璞皆用柁字而淮南子作杕船之有舳如車之有軸主乎運轉

艫舳艫也此二字不分析之說也从舟盧聲洛乎切五部一曰船頭此單謂艫字也方言曰舟首謂之閤閭郭云今江東呼船頭屋謂之飛閭是也釋名曰舟其上屋曰廬象廬舍也其上重室曰飛廬在上故曰飛也按此皆許所謂船頭曰艫艫閭古音同耳李斐注武帝紀亦云舳船後持柁處艫船頭刺櫂處說與許同而小爾雅艫船後也舳船前也吳都賦劉注本之與許異葢小爾雅呼設柁處爲船頭也

𦨶船行不安也方言說舟曰僞謂之抏抏不安也郭云僞音訛船動搖之皃也抏吾教反按𦨶者正字抏者假借字也書阢隉易⿰舟危⿰舟兀皆不安也从舟刖省聲聲字舊奪今補讀若兀五忽切十五部廣韵曰俗作⿰舟兀

艐船箸沙不行也沙字各本奪今依廣韵一東三十三箇所引補大人賦張揖注曰艐箸也尸部屆行不便也郭注方言云艐古屆字按釋詁方言皆曰艐至也不行之義之引伸也从舟嵏聲子紅切九部讀若辜此音與子紅爲雙聲與屆亦雙聲漢時語如是

朕我也闕此說解既闕而妄人補我也二字未知許說字之例也按朕在舟部其解當曰舟縫也从舟灷聲何以知爲舟縫也考工記函人曰視其朕欲其直也戴先生曰舟之縫理曰朕故札續之縫亦謂之朕所以補許書之佚文也本訓舟縫引伸爲凡縫之偁凡言朕兆者謂其幾甚微如舟之縫如龜之坼也目部瞽字下云目但有朕也謂目但有縫也釋詁曰朕我也此如卬吾台余之爲我皆取其音不取其義趙高之於二世乃曰天子所以貴者但以聞聲羣臣莫得見其面故號曰朕比傅朕字本義而言之遂以亡國凡說文字不得其理者害必及於天下趙高王安石是也云从舟灷聲者人部佚字亦云灷聲今說文雖無灷字然論例當有之凡勝騰滕賸縢皆以朕爲聲則朕古音當在六部矣今音直禁切六部與七部合韵取近也

舫船也各本作船師也今依韵會所據本舫祇訓船舫人乃訓習水者觀張揖之訓榜人可得其理矣篇韵皆曰並兩船是認船爲方也舫行而方之本義廢矣舫之本義亦廢矣爾雅釋言曰舫舟也其字作舫不誤又曰舫泭也其字當作方俗本作舫釋水大夫方舟亦或作舫則與毛詩方泭也不相應愚嘗謂爾雅一書多俗字與古經不相應由習之者多率肊改之也明堂月令曰舫人月令六月命漁師伐蛟鄭注今月令漁師爲榜人按榜人即舫人舫正字榜假借字許所據即鄭所謂今月令也子虛賦榜人歌張揖注曰榜船也令命榜人榜人船長也張所據亦作榜人月舫人二字舊奪今補習水者張揖所謂船長杜詩所謂長年吳都賦曰檣工楫師選自閩禺从舟方聲甫安切十部

般 ㄆㄢˊ 3並　△⿰舟攴　服 ㄈㄨˊ 25並　△⿰舟人　𦩟 ㄓㄡ 21端　方 ㄈㄤ 25幫

般辟也人部僻下曰辟也此辟字義同投壺曰賓再拜受主人般旋曰辟主人阼階上拜送賓般旋曰辟般步干反還音旋辟辟徐扶亦反論語包氏注足躩如盤辟皃也盤當作般般辟漢人語謂退縮旋轉之皃也大射儀賓辟注曰辟逡遁不敢當盛釋言曰般還也還者今之環字旋也荀爽注易曰盤桓者動而退也般之本義如是引伸爲般遊般樂象舟之旋說从舟之意从舟从殳會意殳令舟旋者也令韵會作命說從殳之意殳謂所以刺船者也北潘切按當云薄官切十四部

⿰舟攴古文般从支各本作从支誤今正从支猶从殳也

服用也闕睢箋曰服事也一曰車右騑所目舟旋騑毛刻作騎誤馬部曰騑驂也旁馬也古者夾轅曰服馬其旁曰驂馬此析言之許意謂渾言皆得名服馬也獨言右騑者謂將右旋則必策取右之馬先向右左旋亦同舉右以晐左也舟當作周馬之周旋如舟之旋故其字从舟从舟𠬝聲房六切古音在一部

⿰舟人古文服从人从舟从人者凡事如舟之於人取切用也凡事皆當如人之操舟也

○𦩟小船也从舟周聲各本無此字衞風曾不容刀釋文曰說文作𦩟小船也正義曰說文作𦩟小船也合據補於末其形从正義

文十二補𦩟則十三　重二

方併船也周南不可方思邶風方之舟之釋言及毛傳皆曰方泭也今爾雅改方爲舫非其義矣併

△汸
斻ㄏㄤˊ 15匣

船者並兩船爲一。釋水曰大夫方舟謂併兩船也。泭者編木以爲渡。與併船異事。何以毛公釋方不曰併船而曰泭也。曰併船編木其用略同。故俱得名方。方舟爲大夫之禮。詩所言不必大夫。則釋以泭可矣。若許說字則見下从舟省而上有竝頭之象。故知併船爲本義。編木爲引伸之義。又引伸之爲比方。子貢方人是也。秦風西天之防。毛曰防比也。謂防卽方之假借也。又引伸之爲方圓。爲方正。爲方向。又假借爲旁。上部曰旁溥也。凡今文尚書作旁者。古文尚書作方。爲大也。生民實方實苞。毛曰方極畝也。極畝大之意也。又假借爲甫。召南維鳩方之。毛曰方之方有之也。方有之猶甫有之也。**象兩舟省總頭形**。兩當作网。下象兩舟併爲一。上象兩船頭總於一處也。府良切。十部。通俗文連舟曰舫。與許說字不同。蓋方正字俗用舫。**凡方之屬皆从方。**

汸　方或从水。

斻　方舟也。舟字蓋衍。衞風一葦杭之。毛曰杭渡也。杭卽斻字。詩謂一葦可以爲之舟也。舟所以渡。故謂渡爲斻。始皇臨浙江。水波惡。乃西百二十里。從狹中渡。其地因有餘杭縣。杜篤論都賦。造舟於渭。北斻涇流。章懷後漢書作北斻。注云說文斻字在方部。今流俗不解。遂與杭字相亂者誤也。是說誠然。然斻之作杭久矣。章懷偶一正之而不能盡正也。李南傳向度宛陵浦里斻。馬踠足。亦係章懷改杭爲斻。而地理郡國二志餘杭縣未之或改也。斻亦作航。方言曰。舟或謂之航。杭者說文或抗字。**从方亢聲。**胡郎切。十部。**禮天子造舟。諸侯維舟。大夫方舟。士特舟。**大雅詩傳及釋水同。李巡曰。比其舟而渡曰造舟。中央左右相維持曰維舟。併兩船曰方舟。一舟曰特舟。孫炎曰。造舟比舟爲梁也。維舟連四舟也。釋水及公羊傳注此下又有庶人乘泭句。

文二　重一

儿ㄖㄣˊ 6泥

𠘧　古文奇字人也。此冡人部而言人者。天地之性最貴者也。此籀文象臂脛之形。其作𠘧者。則古文奇字之人也。如大下曰天大地大人亦大。故大象人形。古文大也。亣下曰籀文大。則例正同。亣與𠘧之義已見於大與人之下。故皆不必更言其義。今俗本古文奇字之上妄添仁人也三字。是爲蛇足。同字而必異部者。異其从之之字也。**象形。孔子曰。儿在下。故詰詘。**儿在各本作在人。今依玉篇。詘各本作屈。誤。今正。舉孔子說證象形也。籀文兼象臂脛。古文奇字則惟象股腳詰詘。猶今云屈曲也。如鄰切。十二部。**凡儿之屬皆从儿。**

兀ㄨˋ 8透

兀　高而上平也。从一在儿上。儿各本作人。今正。一在儿上。高而平之意也。凡从兀聲之字多取孤高之意。**讀若敻。**敻今韵在四十四諍。古音在元寒部。今韵十月者。元之入也。兀音同月。是以跀亦作𧿹。其平聲讀如涓。在十四部。今音五忽切。**茂陵有兀桑里。**地理志右扶風有茂陵縣。郡國志同。許多言鄉言亭。此言里者。蓋周秦舊名。

兒ㄦˊ 10泥

兒　孺子也。子部曰。孺乳子也。乳子乳下子也。襍記謂之嬰兒。女部謂之嫛婗。兒孺雙聲。引伸爲凡幼小之偁。**从儿。象小兒頭囟未合。**謂篆體囟也。囟者頭會𡿺蓋也。小兒初生𡿺蓋未合。故象其形。汝移切。十六部。

允ㄩㄣˇ 9定

允　信也。釋詁毛傳皆曰允信也。詩仲允。漢表作中術。**从㠯儿。**大徐作从儿㠯聲。㠯非聲也。今依韵會所據小徐本。㠯用也。任賢勿貳是曰允。此會意字。余準切。十三部。

兌ㄉㄨㄟˋ 2端

兌　說也。說者今之悅字。其義見易。大雅行道兌矣。傳曰兌成蹊也。松柏斯兌。傳曰兌易直也。此引伸之義。老子塞其兌。閉其門。借爲閱字。閱同穴。**从儿㕣聲。**㕣與沇古同字同音。兌爲㕣聲者。古合音也。大外切。十五部。

充ㄔㄨㄥ 18透

充　長也。高也。廣韵曰美也。塞也。行也。滿也。**从儿育省聲。**三部與九部合音也。昌終切。九部。

亮ㄌㄧㄤˋ 15來

○**亮　明也。从儿高省。**各本無此。依六書故所據唐本補。蓋卽晁氏以道所見唐本也。古人名亮者字明。人處高則明。故其字从儿高。明者可以佐人。故釋詁曰亮相導也。典謨多用亮字。大雅涼彼武王。傳曰涼佐也。此假涼爲亮也。韓詩正作亮。孟子曰君子不亮。惡乎執。此假亮爲諒也。力讓切。十部。

文六　今增亮則文七

兄 ㄒㄩㄥ 15曉

長也古長不分平上其音義一也長短滋長長幼皆無二義兄之爲長以疊韵爲訓也小雅兄也永歎傳曰兄茲也大雅倉兄塡兮傳曰兄滋也職兄斯引職兄斯宏傳曰兄茲也又小雅僕夫兄瘁箋云兄茲也又大雅亂兄斯削箋云而亂茲甚茲與滋義同茲者草木多益也滋者益也凡此等毛詩本皆作兄俗人乃改作从水之況又譌作况陸氏音義不能諟正畫一正僞錯出且於常棣云作兄者非由未知茲益乃兄之本義故耳兄之本義訓益許所謂長也許不云茲者許意言長則可晐長幼之義也矢部矤下曰兄詞也謂加益之詞此滋長之義也無逸無皇曰今文尚書作毋兄曰王肅本皇作況注曰況滋韋昭注國語云況益也皆兄訓益之證引伸之則爾雅曰男子先生爲兄後生爲弟先生之年自多於後生者故以兄名之猶弟本義爲韋束之次弟以之名男子後生者也莫重於君父故有正字兄弟之字則依聲託事古兄長與兄益無二音也淺人謂兄之本義爲男子先生則主從倒置豈弟之本義爲男子後生乎世之言小學者知此而後可與言說文可與言經義顧希馮玉篇不知此則直云男子先生爲兄男子後生爲弟而已以兄弟二部次於男部女部閒觀其列部之次第可以知其不識字義从儿从口口之言無盡也故以儿口爲滋長之意今音許榮切古音在十部讀如荒轉爲去聲許訪切今人訏兄爲況況老乃古語也用況者於古爲假借既況皆俗字既以意製左國多用之況乃況之變冣爲後出凡兄之屬皆从兄

兢 ㄐㄧㄥ 26見

競也競者彊語也小雅無羊傳曰矜矜兢兢以言堅彊也釋文此義其冰反从二兄會意二兄競意說從二兄之意从丯聲丯讀若介此取雙聲也二丯皆聲也讀若矜居陵切六部漢時矜讀如今韵矣一曰兢此複舉兢字各本誤作競今依葉抄本集韵類篇無此字敬也小雅戰戰兢兢傳曰戰戰恐也兢兢戒也小徐本無此五字玉篇引亦無

文二

兂 ㄗㄢ 28精

首笄也竹部曰笄簪也二字爲轉注古言笄漢言兂此謂今之兂卽古之笄也古經無簪字惟易豫九四朋盍簪鄭云速也實寁之假借字張揖古今字詁庴作撍埤蒼云撍疾也寁庴撍同字京作撍經文之簪古無釋爲笄者又士喪禮復者一人以爵弁服簪衣于裳注云簪連也然則此實鐕之假借字金部曰鐕可以衣箸物者凡經典此二簪字外無言簪者从儿匕象形此非相與比敘之匕乃象兂之形也兂必有岐故又曰叉俗作釵釋名曰叉枝也因形名之也篆右象其叉左象其所抵以固弁者側琴切七部凡兂之屬皆从兂

簪　俗兂今俗行而正廢矣从竹从朁朁聲

△簪

兟 ㄕㄣ 28精

兟兟各本譌朁朁今依玉篇集韵正銳意也兂主入故兩兂爲銳之意兟兟其言所謂意內而言外也凡俗用鑯尖字卽兟字之俗从二兂子林切七部

文二　重一

皃 ㄇㄠˋ 20明

頌儀也頁部曰頌皃也此曰皃頌儀也是爲轉注頌者今之容字必言儀者謂頌之儀度可皃象也凡容言其內皃言其外引伸之凡得其狀曰皃析言則容皃各有當如叔向曰貌不道容是也絫言則曰容貌如動容貌斯遠暴慢是也从儿白象面形上非黑白字乃象人面也莫教切二部凡皃之屬皆从皃

貌　皃或从頁豹省聲按此葢易籒文之皃爲頁

籒文皃从豸大徐本作从豹省今字皆用籒文

△䫉　△貌

覍 ㄅㄧㄢˋ 3並

冕也按當云冕屬轉寫奪屬字耳冠下云弁冕之總名也云總名則弁與冕固有分矣冕下云大夫以上冠也云大夫以上冠則士無冕可知士有爵弁非冕也依禮器則夏殷之士有冕周之士爵弁亦冕之亞也周禮掌弁冕之官但曰弁師周曰覍殷曰吁夏曰收吁宋本及五音韵譜如此此古本也五經文字曰字林作冔經典相承隸省作冔然則冔字又出字林後許書安得有冔白虎通作詡吁詡皆大義士冠禮記曰周弁殷冔夏收鄭曰弁名出於槃槃大也言所以自光大也冔名出於幠幠覆言所以自覆飾也收言所以收斂髮也郊特牲亦曰周弁殷冔夏收弁者爵弁非冕也而王制有

△弁　△𢍜

虞氏皇而祭夏后氏收而祭殷人冔而祭周人冕而祭不言弁言冕鄭曰皇冕屬則收冔皆冕屬可知大雅厥作祼將常服黼冔傳曰冔殷冠也夏后氏曰收周曰冕亦不以周弁配夏收殷冔而言周冕故知士冠禮郊特牲之周弁非不可云周冕蓋周之爵弁卽夏殷之收冔收冔卽夏殷之冕周禮司服弁師二職皆不言爵弁其諸爵弁包於冕與鄭曰爵弁制如冕黑色但無繅耳玉裁謂周覍殷吁夏收皆冕也爵弁卽夏殷之冕則韋弁皮弁亦冕屬也故許以冕屬釋之 **从皃象形** 謂篆體小也葢象皮弁之會鄭曰會縫中也皮變切十四部按弁古音同盤其引伸之義爲法如顧命率循大弁是也亦爲大如鄭云所以自光大是又假借爲昪樂字如詩小弁傳曰弁樂也卽衛風傳之盤樂也弁樂之反爲弁急如左傳邾莊公卞急是也 **或覍字** 今則或字行而正字廢矣𢍜爲籒文則覍本古文也人象上覆之形弁之譌俗爲卞由絫書而貤謬也 **籒文覍从廾上象形** 从廾者敬以承之也

文二　重四

兆　ㄍㄨˇ　13見

廱蔽也 廱當作邕俗作壅此字經傳罕見音與蠱同則亦蠱惑之意也晉語曰在列者獻詩使勿兜疑兜或當爲兆韋曰兜或也 **从儿象左右皆蔽形** 左右當作ナ又謂口也 **凡兆之屬皆从兆讀若瞽** 公戶切五部

兜　ㄉㄡ　16端

兜鍪 逗 **首鎧也** 鎧者甲也鍑屬曰鍪首鎧曰兜鍪謂其形似鍪也冃部曰冑兜鍪也古謂之冑漢謂之兜鍪長楊賦鞮鍪生蟣蝨李善曰鞮鍪卽兜鍪也玉裁謂鞮屨也鍪兜鍪也 **从兆从皃省** 會意當矦切四部 **皃象人頭形也** 說从皃省之意皃之上體象人面

文二

先　ㄒㄧㄢ　9心

前進也 前當作歬不行而進曰歬凡言歬者後詞凡言先者急詞也其爲進一也 **从儿之** 之者出也引伸爲往也穌前切古音在十三部讀若先聲之詵 **凡先之屬皆从先**

兟　ㄕㄣ　9心

進也 五經文字儿部曰兟色巾反見詩按此謂大雅甡甡其鹿也今大雅作甡傳曰甡甡衆多也但玉篇云兟多也亦作詵駪兟甡字同是衆多之義可作兟據五經文字則張參所據大雅作兟蓋並先爲衆進之意今石刻五經文字此字已泐而馬刻本乃誤爲兟蓋因宋榻模糊而譌耳 **从二先贊从此闕** 闕謂闕其讀若也今所臻切十三部

文二

秃　ㄊㄨ　17透

無髮也 喪服四制曰秃者不髽明堂位注曰齊人謂無髮爲秃楬周禮醫師注曰庀頭瘍亦謂秃也引伸之凡不銳者曰秃釋名曰沐秃皆無上皃之稱沐者管子云沐涂樹之枝謂刊落之也 **从儿上象禾粟之形取其聲** 按粟當作秀以避諱改之也采下云禾成秀也然則秀采爲轉注象禾秀之形者謂禾秀之穎屈曲下乑莖屈處圓轉光潤如折釵股秃者全無髮首光潤似之故曰象禾秀之形秀與秃古音皆在三部故云秃取秀之聲爲聲也許書兩言取其聲世下曰从卅而曳長之亦取其聲謂取曳聲也此云象禾秀之形取其聲謂取秀聲也皆會意兼形聲也其實秀與秃古無二字殆小篆始分之今人秃頂亦曰秀頂是古遺語凡物老而椎鈍皆曰秀如鐵生衣曰銹他谷切 **凡秃之屬皆从秃王育說** 謂以上爲王育說也 **倉頡出見秃人伏禾中因吕制字未知其審** 因一時之偶見遂定千古之書契秃人不必皆伏禾中此說殆未然矣廣韵秃下曰說文云無髮也从儿上象禾粟之形文字音義云倉頡出見秃人伏於禾中因以制字廣韵不以倉頡云云爲說文語則知古本無倉頡以下十七字而王育說三字爲結上之辭全書例固如此文字音義者唐書藝文志有[元]宗開元文字音義三十卷是也

穨　ㄊㄨㄟˊ　8定

秃皃 周南曰我馬虺穨釋詁及毛傳曰虺穨病也秃者病之狀也此與𠂤部之隤迴別今毛詩作隤誤字也又小雅維風及頹

毛傳曰頹風之焚輪者也與釋天同**从禿貴聲**此从貴聲今俗字作頹失其聲矣杜回切十五部

文二

見 ㄐㄧㄢˋ 3見　視 ㄕˋ 4定　△眎　△眂

視也析言之有視而不見者聽而不聞者渾言之則視與見聞與聽一也耳部曰聽聆也聞知聲也此析言之**从目儿**用目之人也會意古甸切十四部**凡見之屬皆从見**

瞻也目部曰瞻臨視也視不必皆臨則瞻與視小別矣渾言不別也引伸之義凡我所爲使人見之亦曰視士昏禮視諸衿鞶注曰視乃正字今文作示俗誤行之曲禮童子常視毋誑注曰視今之示字小雅視民不恌箋云視古示字也按此三注一也古作視漢人作示是爲古今字示下曰天垂象見吉凶所以示人也許書當本作視人以疊韵爲訓經淺人改之耳**从見示聲**大徐無聲字神至切十五部

古文視　**亦古文視**此氐聲與目部眂氏聲迥別氐聲古音在十五部氏聲在十六部自唐宋至今多亂之眂見周禮

𧢄 ㄌㄧˋ 1來　覣 ㄨㄟ 7影　𧠞 ㄋㄧˊ 10疑　覶 ㄌㄨㄛˊ 3來　䚄 ㄌㄨˋ 17來　䚃 ㄒㄩㄢˇ 3曉　覝 ㄌㄧㄢˊ 28來　䙵 ㄩㄣˋ 9匣

求視也視字各本奪今補求視者求索之視也李善注吳都賦引倉頡篇曰覛索視之皃也亦作矖**从見麗聲讀若池**郎計切十六部

好視也和好之視也**从見委聲**取委順之意於爲切十六部

旁視也目部曰睨衺視也二字音義皆同**从見兒聲**五計切十六部

好視也女部曰嫿順也覶與嫿義近玉篇曰覶縷委曲也古書亦作覼縷詳言之意**从見𤔔聲**洛戈切古音當在十四部

笑視也嬉笑之視也目部曰睩目睞謹也廣韵曰親眼曲親也**从見录聲**力玉切三部

大視也目部曰睅大目也故親爲大視**从見爰聲**況晚切十四部

察視也密察之視也高帝紀廉問師古注曰廉察也字本作覝其音同耳按史所謂廉察皆當作覝廉行而覝廢矣**从見㶩聲**㶩見火部从入二爲羊之羊爲聲非从入一爲干也篆體沿誤今皆正之**讀若鎌**力鹽切七部

外博衆視也舊視上有多字今依廣韵刪衆多之視所視者衆也貣物數也貣物數紛貣亂也䙵同音而義近博大通也外大通而多所視也**从見員聲讀若運**王問切十三部

觀 ㄍㄨㄢ 3見　△[illegible]　㝵 ㄉㄜˊ 25端　覽 ㄌㄢˇ 32來

諦視也宷諦之視也穀梁傳曰常事曰視非常曰觀凡以我諦視物曰觀使人得以諦視我亦曰觀猶之以我見人使人見我皆曰視一義之轉移本無二音也而學者強爲分別乃使周易一卦而平去錯出支離殆不可讀不亦固哉小雅采綠傳曰觀多也此亦引伸之義物多而後可觀故曰觀多也猶灌木之爲藂木也**从見雚聲**古玩切按玩當作完十四部

古文觀从囧

取也从見寸會意多則切一部**寸度之亦手也**說从寸兼此二解按彳部㝵爲古文得此爲小篆義不同者古今字之說也在古文則同得在小篆則訓取也說詳女部之嫡

觀也以我觀物曰覽引伸之使物觀我亦曰覽史記孟荀列傳爲開第康莊之衢高門大屋尊寵之覽天下諸侯賓客言齊能致天下賢士也此覽字無讀去聲者則觀字何必鋠析其音乎**从見監**會意**監亦聲**盧敢切八部

䚀 ㄌㄞˋ 24來　䚚 ㄊㄧˊ 10定　䚦 ㄆㄧㄠˋ 19幫　䚗 ㄘˋ 4清　覰 ㄑㄩ 13清（覷）

內視也史記趙良曰內視之謂明於从來取意**从見來聲**洛代切一部

顯也顯當作㬎㬎顯古今字㬎者衆明也从日中見絲然則題之爲言亦察及微杪也小雅題彼脊令傳曰題視也題者題之假借字毛云視許云㬎者此葢轉寫奪字當云㬎視如觀下求視亦奪視字察及飛鳥是爲明㬎之視鄭箋云題之爲言睇也則謂題同睇非許意睇者小邪視也與題音義皆不同**从見是聲**杜兮切玉篇亦達麗切十六篇

目有察省見也目偶有所見也伺者有意覭者無心今俗語尙云覭與目部之瞟音義皆同**从見票聲**方小切二部方係類隔

䚗覰逗雙聲字也**闚觀也**闚者閃也閃者闚頭於門中也易觀六二曰闚觀利女貞虞翻曰竊觀爲闚**从見朿聲**七四切十五部玉篇此咨切小徐本及廣韵集韵類篇皆譌作朿非是

䚗覰也三字依全書通例補淺人刪之耳覰古多假狙爲之周禮蜡氏注曰蜡讀如狙司之狙狙

覭 12明　⿰甚見 28端　覯 16見

司卽覰伺也史漢狙擊秦皇帝應劭云狙伏伺也方言自關而西曰素或曰狙三倉狙伺也通俗文伏伺曰狙是則覰狙古今字如今本少此三字則覰之本義隱也**一曰**二字今補**拘覰**逗此亦漢時語**未致密也**致今之緻字許書無緻謂粗疏**从見虘聲**七句切按當依廣韵七慮切五部

覭　小見也如溟之爲小雨皆於冥取意釋言曰冥幼也**从見冥聲**莫經切十一部**爾雅曰覭髳弗離**釋詁文今本弗作茀非古也郭云孫叔然字別爲義按許單出覭字而釋之則孫與合

⿰甚見　內視也隸釋張壽碑⿰甚見⿰甚見虎視不折其節⿰甚見與眈音義皆同眈下曰視近此曰內視**从見甚聲**丁含切古音在七部

覯　遇見也覯與遇疊韵辵部曰遘遇也覯从見則爲逢遇之見召南草蟲曰亦旣見止亦旣覯止傳曰覯遇也此謂覯同遘鄭箋云旣覯謂已昏也引易男女覯精萬物化生鄭意以覯卽見無俟重言毛云遇也實含會合之義故引而伸之必俟脫纓燭出昏禮旣成乃自信可以寧父母心此申毛非異毛也鄭所據

⿱歸見 7匣　覘 30透　覹 7明　覢 32透　⿰賓見 6幫

易作覯精今皆作構盇失之矣**从見冓聲**古后切四部

⿱歸見　注目視也專注之視也於从歸取義**从見歸聲**渠追切十五部

覘　闚視也闚各本作窺今依廣韵訂左傳公使覘之杜曰覘視也檀弓晉人之覘宋者鄭曰覘闚視也國語公使覘之韋曰覘微視也檀弓我喪也斯沾假沾爲覘**从見占聲**敕豔切釋文勑廉反七部**春秋傳曰公使覘之信**左傳成十七年

覹　司也司者今之伺字許書無伺司下當有視字廣韵曰⿰目微伺視也於从微取意⿰目微同覹**从見微聲**無非切十五部

覢　暫見也猝作之見也倉頡篇云覢覢視皃按與目部之睒音義皆同**从見炎聲**失冉切八部**春秋公羊傳曰覢然公子陽生**言公羊者以別於左氏謂之春秋傳也此哀公六年公羊傳文何本覢作闖注云闖出頭皃許所據不同也

⿰賓見　⿰賓見⿰樊見各本佚此二字今依全書通例補集韵十七眞曰⿰賓見⿰樊見暫見**暫見也从見賓聲**必刃切十二部按⿰賓見⿰樊見異

⿰樊見 3並　⿰民見 4明　⿰卣見 21定　⿰彤見 28透　覓 21明

部而疊韵⿰賓見當依集韵紕民切

⿰樊見　⿰賓見⿰樊見也从見樊聲讀若幡附袁切十四部小徐本篆作覛

⿰民見　病人視也从見民聲讀若迷按各本篆作⿰氏見解作氏聲氏聲則應讀若低與讀若迷不協攷廣韵十二齊曰覛病人視皃集韵曰覛覛二同類篇曰覛覛二同集韵類篇覛又民堅切訓病視蓋古本作覛民聲讀若眠者其音變讀若迷者雙聲合音也唐人諱民偏旁省一畫多似氏字始作⿰氏見繼又譌作⿰氏見乃至正譌並存矣今改从正體莫兮切古音在十一部

⿰卣見　下視突也曲禮曰凡視下於帶則憂左傳曰單子視下言徐按云下視突者謂下視突窈之處**从見卣聲讀若攸**以周切三部

⿰彤見　私出頭視也閃下曰闚頭門中也闖下曰馬出門皃也音義皆略同**从見彤聲讀若郴**丑林切七部

覓　突前也前當作歬與冡音義略同重冃故入冃部此重突前故入見部**从見冃**莫紅莫沃二切古音當在二部三部閒按錯本冃部又有覓字鉉本及廣韵有覓無覓集

⿰⿱斦日見 11從　靚 12從　覬 7見　覦 16定　⿱春見 18透　⿰龠見 20定　覺 22見

韵二字兼有

覬　⿰乇欠希也欠部⿰乇欠下曰⿰乇欠希也覬⿰乇欠疊韵古多作幾漢人或作驥亦作冀於从豈取意豈下曰欲也**从見豈聲**几利切十五部

覦　欲也覦欲疊韵廣韵曰覬覦欲得也**从見俞聲**羊朱切古音在四部

⿱春見　視不明也此與心部惷愚也音義同**从見春聲**丑龙切九部**一曰直視**別一義於从春取義

⿰龠見　視誤也从見龠聲弋笑切二部

覺　悟也悟各本作寤今正心部曰悟者覺也二字爲轉注寤部曰寐覺而有言曰寤非其義也何注公羊趙注孟子皆曰覺悟也左傳以覺報宴杜曰覺明也引伸之抑傳曰覺直也此因覺與斠梗疊韵雙聲而言又引伸之斯干傳曰有覺言高大也**从見學省聲**古岳切三部**一曰發也**此義亦見廣雅卽警覺人之意

⿰⿱斦日見　目赤也从見⿱斦日省聲⿱斦日毛刻作智誤今依宋本才的切十六部

靚　召也廣雅釋言曰令召靚也曹憲云耻敬反亦爲靚妝之靚似政反耻敬則召靚之靚也今多云靚師僧則其

字矣廣韵曰古奉朝請亦作此字按史記漢書皆作朝請徐廣云律諸矦春朝曰朝秋曰請郭注上林賦云靚糚粉白黛黑也**从見青聲**疾正切按當依曹憲耻敬切十一部

親 ㄑㄧㄣ 6清

親至也至部曰到者至也到其地曰至情意懇到曰至父母者情之取至者也故謂之親**从見亲聲**七人切十二部李斯刻石文作親左省一畫

覲 ㄐㄧㄣˋ 9匣

覲諸矦秋朝曰覲勤勞王事也勤也二字舊奪今補大宗伯以賓禮親邦國春見曰朝秋見曰覲鄭曰覲之言勤也欲其勤王之事按鄭與許合疊韵爲訓異義朝名公羊說諸矦四時見天子及相聘皆曰朝以朝時行禮卒而相逢於路曰遇古周禮說春曰朝夏曰宗秋曰覲冬曰遇謹案禮有覲經詩曰韓矦入覲書曰江漢朝宗于海知其朝覲宗遇之禮從周禮說鄭駁曰此皆有似不爲古昔覲禮諸矦前朝皆受舍於朝朝通名也秋之言覲據時所用按此條許鄭本無異不得云駁也鄭目錄云朝宗禮備覲遇禮省是以享獻不見焉是鄭謂周禮四者名殊禮異也**从見堇聲**渠吝切十三部

覜 ㄊㄧㄠˋ 19透

覜諸矦三年大相聘曰覜王制曰諸矦之於天子也比年一小聘三年一大聘五年一朝鄭曰此大聘與朝晉文霸時所制也異義云公羊說諸矦比年一小聘三年一大聘五年一朝天子左氏說十二年之閒八聘四朝再會一盟許慎謹案公羊說夏制左氏說周禮傳曰三代不同物明古今異說鄭駁之云三年聘五年朝文襄之霸制周禮大行人各以服數來朝其諸矦歲聘閒朝之屬說無所出晉文公強盛諸矦耳非所謂三代異物也按大宗伯時聘曰問殷覜曰視鄭注殷覜謂一服朝之歲以朝者少諸矦乃使卿以大禮衆聘焉一服朝在元年七年十一年鄭說殷覜不用三年大聘之說許則以周禮之覜卽三年大聘故大行人曰王之所以撫邦國諸矦者歲偏存三歲偏覜五歲偏省省與覜同閒歲而舉所謂三年大聘下於上上於下皆得曰覜故曰相許說與周禮不相違也**覜視也**釋詁文覜訓視故从見小行人曰存覜省聘問臣之禮也按五者皆得訓視**从見兆聲**他弔切二部

覒 ㄇㄠˋ 19明

覒擇也玉篇引詩左右覒之按毛詩作芼擇也蓋三家詩有作覒者廣韵邪視也**从見毛聲讀若苗**莫袍切二部廣韵莫報切

覕 ㄇㄧㄝˋ 5明

覕蔽不相見也覕之言閟也祕也蔽覕雙聲**从見必聲**莫結切十二部

覗 ㄕ 1透

覗司人也司者今之伺字釋訓曰戚施面柔也郭云戚施之疾不能仰面柔之人常俯似之亦以名云釋文云戚施字書作規覗同按面柔之人不敢專輒必伺人顏色故云爾但許無規字許義不必同爾雅**从見它聲讀若馳**式支切古音在十七部

覘 ㄉㄡ 16端

覘目蔽垢也目部所謂蘉兜也兜卽覘字**从見盬聲讀若兜**當矦切四部

文四十五　重三

覞 ㄧㄠˋ 3見

覞竝視也廣韵曰普視此今義也**从二見**弋笑切按祭義見以蕭光見閒以俠甒注云見及見閒皆當爲覸字之誤也覸不見於許書葢卽覞字謂蕭光與燔燎並見俠甒與肝肺首心並見也見者視也覞應古莧切十四部

凡覞之屬皆从覞

覸 ㄑㄧㄢ 3溪

覸很視也很者不聽從也**从覞肩聲**苦閑切十四部**齊景公之勇臣有成覸者**孟子滕文公篇作成覸趙注曰成覸勇果者也廣韵曰覸人名出孟子按成覸淮南齊俗訓作成荆覸爲荆猶攷工記故書顅或作䪼也

䨘 ㄒㄧˋ 7曉

䨘見雨而比息比下曰密也密息者謂鼻息數速也道途遇雨急行則息必頻喘矣此字讀如欷正與肆爲臥息屆爲臥息咽爲息吚爲呻皆讀虛器切同各本比作止篇韵同或又作上似不若宋刊葉抄二本作比爲長**从覞雨**从覞雨者莫衆多於雨也**讀若欷**虛器切十五部

文三

欠 ㄑㄧㄢˋ 30溪

欠張口气悟也悟覺也引伸爲解散之意口部嚏下曰悟解气也鄭注周易草木皆甲宅曰皆讀如人倦解之解人倦解所謂張口气悟也謂之欠亦謂之嚏曲禮君子欠伸正義云志疲則欠體疲則伸通俗文曰張口運氣謂之欠㰦按詩願言則嚏傳曰嚏劫也孫毓同崔靈恩集注云毛訓嚏爲㰦今俗人云欠欠㰦㰦是也

𣤊 ㄌㄨㄢˊ 3來　欯 ㄒㄧ 5曉　欽 ㄑㄧㄣ 28溪

歑 ㄏㄨ 13曉

歇 ㄒㄧㄝ 2曉　歕 ㄆㄣ 9滂　歙 ㄒㄧㄝˊ 29曉　歟 ㄩˊ 13定　𣢥 ㄩˋ 25影　欨 ㄒㄩ 16曉　吹 ㄔㄨㄟ 1透

不作劫字人體倦則伸志倦則㰦玉裁謂許說多宗毛許釋嚏爲悟解气蓋用毛說也㰦音邱據切欠㰦古有此語今俗曰呵欠又欠者气不足也故引伸爲欠少字**象气从儿上出之形**彡與三同李陽冰改篆作乁乃是古文先耳云上象人開口下象气出非也去劒切八部**凡欠之屬皆从欠**

欽　欠皃凡气不足而後欠欽者倦而張口之皃也引伸之乃欲然如不足謂之欽詩晨風憂心欽欽傳曰思望之心中欽欽然小雅鼓鐘欽欽傳曰欽欽言使人樂進也皆言沖虛之意尚書欽哉皆令其惟恐失之也釋詁曰欽敬也攷虞夏商書言欽周書則言敬虞夏商書皆欽敬錯見上曰欽若昊天下曰敬授民時又欽哉不曰敬哉蓋欽與敬意略同而畫有別也周書言敬哉不言欽哉惟多方曰有夏之民叨懫日欽劓割夏邑立政帝欽罰之欽字兩見某氏傳皆訓爲敬未知合書意否**从欠金聲**去音切七部欽歎欲歉皆雙聲疊韵字皆謂虛而能受也

𣤊　欠皃廣韵曰迷惑不解理此今義也**从欠䜌聲**洛官切十四部

欯　喜也廣韵曰笑也**从欠吉聲**許吉切十二部

吹　出气也从欠从口昌垂切古音在十七部按吹已見口部宜刪此

欨　吹也一曰笑意从欠句聲況于切古音在四部

歑　温吹也與呼音同義異**从欠虍聲**虎烏切五部

𣢥　吹气也从欠或聲於六切古音在一部玉篇火麥切是也

歟　安气也如趣爲安行鸒爲馬行疾而徐音同義相近也今用爲語末之辭亦取安舒之意通作與論語與與如也**从欠與聲**以諸切五部

歙　翕气也翕合也廣韵作歙氣**从欠脅聲**虛業切八部

歕　吹气也歕歕與口部之吸噴義相似而異**从欠賁聲**普魂切十三部

歇　息也息者鼻息也息之義引伸爲休息故歇之義引伸爲止歇**一曰气越泄**泄當作渫此別一義越渫猶漏溢也七發曰精神越渫百病咸生李引高注呂氏春秋曰越散也引鄭元毛詩箋曰渫發也**从欠曷聲讀若香臭盡歇**許謁

八篇下　十九

歡 ㄏㄨㄢ 3曉

款 ㄎㄨㄢˇ 3溪　（弞）改 ㄕㄣˇ 24透　欣 ㄒㄧㄣ 9曉

△款　㰟 ㄐㄧˋ 8見　欲 ㄩˋ 17定

切十五部

歡　喜樂也从欠雚聲呼官切十四部孟子借驩爲歡

欣　笑喜也言部訢下曰喜也義略同按萬石君傳僮僕訢訢如也晉灼云訢許慎曰古欣字晉所據說文似與今本不同**从欠斤聲**許斤切十三部

弞　笑不壞顏曰弞各本篆作弞今正考廣韵弞式忍切笑不壞顏也集韵類篇同今按曲禮笑不至矧注云齒本曰矧大笑則見此然則笑見齒本曰矧大笑也不壞顏曰弞小笑也二義不當同音淺人因己與弓略相似妄合之耳玉篇於欸欣二文下曰弞呼來切笑不壞顏也此希馮時所據說文也於歛歛二文之閒曰弞式忍切笑不壞顏也此孫強陳彭年所據誤本說文也學者可以悟矣廣雅弞笑也楚辭吳都賦作哈。齒本曰矧謂矧卽齗之叚借也大戴高柴執親之喪未嘗見齒盧注曰哂則齒見笑則矧見按論語夫子哂之馬曰哂笑也蓋哂卽矧盧語未覈說文無哂後人因哂矧造弞耳**从欠已聲**各本作引省聲式忍切今正呼來切一部

款　意有所欲也屈原賦曰悃悃款款王注心志純也按古款與窾通用窾者空也款亦訓空空中則有所欲也釋器款足者謂之鬲小司馬引舊說款足謂空足也又引申子款言無成**从欠窾省**臣鉉等曰窾塞也意有所欲而猶未塞款款然也按空則宜窒苦管切十四部

𣢔　款或从柰取柰何之意

㰟　幸也幸者吉而免凶也覬下曰㰟幸也㰟與覬音義皆同今字作冀古音不同**从欠气聲**居气切十五部**一曰口不便言**此謂與吃同也口部曰吃言蹇難也

欲　貪欲也欲者衍字貝部貪下云欲也二篆爲轉注今貪下作欲物也亦是淺人增字凡此書經後人妄竄蓋不可數計獨其義例精密迄今將二千年猶可推尋以復其舊是以竊自云後有達者理而董之也感於物而動性之欲也欲而當於理則爲天理欲而不當於理則爲人欲欲求適可斯已矣非欲之外有理也古有欲字無慾字後人分別之製慾字殊乖古義論語申棖之欲克伐怨欲之欲一从心一不从心可徵改古者之未能畫一矣欲从欠者取慕液之意从谷者取虛受之意易曰君子以徵忿窒欲陸德明曰欲孟作谷晁說之曰谷古文

八篇下　廿

歌 ㄍㄜ 1見　△謌　歂 ㄔㄨㄢˇ 3定　歍 ㄨ 13影　⿰鼀欠 ㄘㄨˋ 22從　△噈　⿰尗欠 ㄘㄨˋ 22從　欦 ㄏㄢ 28溪　歋 ㄧˊ 10定　歊 ㄒㄧㄠ 19曉　欻 ㄒㄩ 32曉

欲字晁氏所據釋文不誤今本改爲孟作浴非也 从欠谷聲 余蜀切三部

歌 詠也 言部曰詠歌也二字爲轉注 从欠哥聲 古俄切十七部

謌 歌或从言 歌永言故从言可部曰哥聲也古文以爲謌字

歂 口气引也 廣韻引字林同左傳多有名歂者 从欠耑聲 讀若輇 車部曰有輻曰輪無輻曰輇市緣切十四部

歍 心有所惡若吐也 心有所惡若欲吐而實非吐也山海經曰其所歍所尼郭曰歍嘔猶噴吒范注太元曰歐歍逆吐之聲也按此所謂噴噁噁卽歍之或字也噴於鳩切噁烏路切噴噁言其未發也吒吒言其已發也太元則歐歍之歐謂吐歍謂欲吐未吐 从欠烏聲 哀都切五部 一曰歍⿰鼀欠 二字舊奪今依廣韻一屋蹴字下補 口相就也 謂口與口相就也

⿰鼀欠 歍⿰鼀欠也 其義已在上文故但曰歍⿰鼀欠而已此全書之通例 从欠鼀聲 才六切廣韻子六切三部

噈 俗⿰鼀欠从口从就 會意兼形聲

⿰尗欠 惄然也 此以疊韻爲訓心部曰惄憂也⿰尗欠然心口不安之皃也 从欠尗聲 才六切三部 孟子曰曾西⿰尗欠然 見公孫丑篇今作蹵趙注蹵然猶蹵踖也蹵踖同踧踖

欦 含笑也 欽含疊韻 从欠今聲 丘嚴切廣韻許兼切七部

歋 人相笑相歋瘉 後漢書王霸傳市人皆大笑舉手邪揄之李注說文曰歋瘉手相笑也歋音弋支反瘉音踰或音由按據此注似許書本有瘉篆然許本無瘉則無从欠瘉聲之字可知方言本無正字不妨下字作瘉瘉之或从歈或作瘉或作揄或作擨猶歋之或作擨或作邪或作揶或作擨耳此謂人相笑故字从欠李注引手相笑恐是因正文而誤 从欠虒聲 以支切十六部

歊 歊歊 鍇本祗一歊複舉字之未刪者耳 气上出皃 上字依李善兩都賦注補揚雄解嘲曰泰山之高不嶕嶢則不能浡滃雲而散歊烝亦作歊漢書敘傳曲陽歊歊師古曰氣盛也按今本作歊非祭義假蒿字爲之鄭曰蒿謂氣烝出皃也 从欠高高亦聲 許嬌切二部

欻 有所吹起

欪 ㄒㄧ 24曉　⿰䍃欠 ㄧㄠˊ 19定　歗 ㄒㄧㄠˋ 22心　歎 ㄊㄢˋ 3透　△⿰鷬欠　歖 ㄒㄧ 24曉　欸 ㄞˇ 24影　⿰此欠 ㄗˋ 10從　歐 ㄡˇ 16影　歔 ㄒㄩ 13曉

从欠炎聲讀若忽 西京賦欻從背見薛注欻之言忽也按此篆久譌从炎非聲蓋本从桒聲譌而爲炎莫能諟正倘去聲字說以从炎會意亦恐非也許勿切十五部

欪 欪欪戲笑皃 此今之嗤笑字也廣韻畫欪嗤爲二字殊誤其云嗤又作歎不知皆欪之俗耳文賦曰雖濬發於巧心或受欪於拙目李善曰欪笑也與嗤同今本轉寫乖謬 从欠㞢聲 許其切按當赤之切一部蚩亦从虫㞢聲

⿰䍃欠 ⿰䍃欠⿰䍃欠气出皃 按詩君子陶陶傳曰陶陶和樂皃疑正字當作⿰䍃欠又鬱陶字亦當作此 从欠䍃聲 余招切古音二部三部皆可

歗 吹也 吹大徐作吟 从欠肅聲 穌弔切古音在三部口部以歗爲籀文嘯矣此重出者蓋小篆亦从欠作也 詩曰其歗也謌 今召南其嘯也歌小雅白華歗歌傷懷本亦作嘯

歎 吟也謂情有所悅吟歎而歌詠 悅當作說謂情已下十字各本無今依李善注盧諶覽古詩所引補蓋演說文語也古歎與嘆義別歎與喜樂爲類嘆與怒哀爲類如樂記云一唱而三歎有遺音者矣又云長言之不足故嗟歎之嗟歎之不足故不知手之舞之足之蹈之論語喟然歎曰皆是此歎字檀弓曰戚斯嘆嘆斯擗詩云而無永嘆嘅其嘆矣愾我寤嘆皆是嘆字 从欠鷬省聲 他案切十四部

⿰鷬欠 籀文歎不省

歖 卒喜也 卒疑當作猝 从欠从喜 許其切一部喜部曰歖古文喜此重出未聞蓋如女部孌之例

欸 訾也 按訾者呰之字誤訾者思稱意也呰者訶也分見言部口部玉篇欸者呰也可正呰字之譌廣韵十六怪曰怒聲十六咍曰歎也玉篇曰恚聲正與訶義合口部有唉字譍也與欸義別項羽本紀亞父受玉斗拔劒撞而破之曰唉孺子不足與謀此正怒聲字當作欸方言欸然也南楚凡言然者曰欸或曰譬此正訓譍字當作唉 从欠矣聲 烏戒切又烏開切一部

⿰此欠 歐也 从欠此聲 前智切十五十六部

歐 吐也 海外經歐絲之野一女子跪據樹歐絲 从欠區聲 烏后切四部

歔 欷也 二字雙聲 从欠虛聲 朽居切五部

欷 ㄒㄧ 7曉　歜 ㄔㄨˋ 17透　⿰鹵欠 ㄧㄡˊ 21定　⿰渴欠 ㄎㄜˇ 2溪

一曰出气也與口部噓略同

欷 歔也欷亦作唏史記紂爲象箸而箕子唏从欠希聲香衣切十五部

歜 盛气怒也引伸爲凡氣盛之偁左傳饗有昌歜杜注曰昌歜昌蒲葅也孔氏沖遠云相傳昌歜之音爲在感反徧檢書傳昌蒲之草無此別名玉裁謂此非草名也乃葅名也周禮昌本言取其根左傳昌歜言昌陽氣辛香以爲葅其氣觸鼻故名昌歜歜之讀在敢反者語之轉也歜與歜同在三部音轉皆可入八部是以玉篇云歜亦徂感切昌蒲葅也葢古本左傳有作昌歜者二字可相假借皆可讀屋沃本韵之音非必定當在敢反也从欠蜀聲尺玉切三部

⿰鹵欠 言意也有所言之意也意內言外之意从欠从鹵鹵氣行皃鹵亦聲讀若酉與久切三部

⿰渴欠 欲飲歠从欠渴聲此舉形聲包會意渴者水盡也音同竭水渴則欲水人⿰渴欠則欲飲其意一也今則用竭爲水渴字用渴爲飢⿰渴欠字而⿰渴欠字廢矣渴之本義廢矣晉語忨日而⿰渴欠歲心部引春秋忨歲而⿰渴欠日韋昭曰⿰渴欠遲也遲讀爲遲久之遲急待之意也苦葛切十五部

⿰敫欠 ㄐㄧㄠˋ 20見　⿰嗇欠 ㄙㄜˋ 25曉　⿰𥽈欠 ㄐㄧㄠˋ 19精　⿰緘欠 ㄐㄧㄢ 28見

⿰敫欠 所歌也廣韵無所字所歌也當作⿰敫欠楚歌也四字上林賦激楚結風郭璞曰激楚歌曲也文穎曰楚地風氣本自漂疾歌樂者猶復依激結之急風爲節其樂促迅哀切也按激楚古葢作⿰敫欠楚楚作所者聲之誤淺人又刪去⿰敫欠字耳从欠噭省聲噭當作敫讀若噭呼口部曰噭呼也呼當作嘑此謂⿰敫欠音同噭也古弔切二部古亦讀如激玉篇公的切

⿰嗇欠 悲意意內言外之意元應書云通俗文小怖曰⿰嗇欠公羊傳⿰嗇欠然而駭是也按今公羊作色然从欠嗇聲所力切一部合諸書攷之⿰嗇欠下當云悲意小怖也从欠嗇聲引公羊傳⿰嗇欠然而駭又出⿰奧欠篆下當云悲意从欠奧聲今本舛奪故廣韵集韵仍之⿰嗇欠注悲意火弔切非也類篇⿰嗇欠注馨叫切悲意是也

⿰𥽈欠 盡酒也此與酉部釂音義皆同从欠𥽈聲子肖切二部

⿰緘欠 堅持意堅各本作監今依篇韵正从緘者三緘其口之意口閉也从欠緘聲口閉說从欠緘之意當云从欠緘緘亦聲此舉形聲包會意耳古咸切七部

歁 ㄎㄢˇ 28溪

⿰辰欠 ㄕㄣˇ 9定　⿰鰥欠 ㄍㄨㄣ 9見　歃 ㄕㄚˋ 29心　欶 ㄕㄨㄛˋ 17心　欿 ㄎㄢˇ 30透

⿰辰欠 指而笑也呂覽舜爲天子軥軥⿰辰攵⿰辰攵莫不載悅高注曰⿰辰攵⿰辰攵動而喜也又作陳陳殷殷無二切皆譌字耳⿰辰攵葢卽⿰辰欠字轉寫从攵吳都賦東吳王孫賑然而咍劉注云賑大笑皃引莊周齊桓公賑然而笑賑卽⿰辰攵字之異者俗譌作賑从欠辰聲讀若蜃時忍切十三部

⿰鰥欠 ⿰鰥欠干不可知也⿰鰥欠干各本作昆干今依篇韵正⿰鰥欠干葢古語讀如寬寒二音不可知之意也若云汗曼从欠鰥聲古渾切十三部

歃 歠也歠者飲也凡盟者歃血从欠臿聲山洽切八部春秋傳曰歃而忘隱七年左傳歃如忘服虔曰如而也臨歃而忘其盟載之辭言不精也許作而者古如而通用許所據與服異

欶 吮也口部曰吮欶也二篆爲轉注通俗文含吸曰欶从欠束聲所角切三部

歁 食不滿也从欠甚聲讀若坎苦感切七部

欿 欲得也孟子附之以韓魏之家如其自視欿然則過人遠矣張鎰曰欿音坎內顧不足而有所欲也玉裁按孟子假欿爲坎謂視盈若虛也大元雷推欲窴卽坎窞也今本大元欲字譌不可識从欠臽聲讀若貪他含切七部

欱 ㄏㄜ 27曉　歉 ㄑㄧㄢˋ 30溪　⿰骨欠 ㄨㄚ 8影　欭 ㄧ 6影　欬 ㄎㄞˋ 24溪

欱 歠也欲與吸意相近與歕爲反對東都賦曰欱野歕山从欠合聲呼合切七部

歉 歉食不滿也歉疑當作嗛謂口銜食不滿也引伸爲凡未滿之偁穀梁傳曰一穀不升謂之歉古多假嗛爲歉从欠兼聲苦簟切七部

⿰骨欠 咽中息不利也元應本作气息不利多气字咽者嗌也咽中息不利若骾而非骾也通俗文大咽曰⿰骨欠咽讀去聲與許義不合从欠骨聲烏八切十五部

欭 嚘也口部曰嚘者語未定皃欭嚘爲雙聲王風中心如噎傳曰噎謂噎憂不能息也妊蝙噎憂卽欭嚘之假借字不能息謂气息不利也鄭風傳曰不能息憂不能息也憂亦卽嚘字老子終日號而不嗄玉篇作不嚘云嚘气屰也大元柔兒于號三歲不嗄皆謂气窒塞不利廣韵唶欭歎也从欠因聲乙冀切古音在十二部

欬 屰气也周禮疾醫冬時有嗽上氣疾注曰嗽欬也上氣逆喘也按嗽本亦作

𣤬 ㄒㄧˋ 11曉　歙 ㄒㄧˋ 27曉　欲 ㄧㄡˇ 21影　𣢞 ㄧㄡ 21影　欪 ㄔㄨˋ 8透　欥 ㄩˋ 2定　次 ㄘˋ 4清

欶欶者含吸也含吸之欲其下而气乃逆上是曰欶許書以欶包嗽口部無嗽俗又作瘷倉頡篇齊部謂瘷曰欶 从欠亥聲 苦蓋切一部

且唾聲 且唾者聊唾也 一曰小笑 此與字林之謚音義同集韵類篇皆作小兒蓋奪笑字 从欠設聲 許壁切十六部

縮鼻也 糸部曰縮者蹴也歙之言攝也 从欠翕聲 許及切十六部 丹陽有歙縣 陽當作楊字之誤也地理志郡國志丹楊郡歙縣今江南徽州府歙縣休寧縣皆其地也今徽人讀式涉切

蹴鼻也 蹴鼻即縮鼻也廣雅曰欲吐也此謂欲即歐之假借字左傳吾伏弢嘔血杜曰嘔吐也本又作嗂按嘔嗂即歐欲字 从欠谷聲 於糾切三部 讀若爾雅曰麔豭短脰 見釋獸篇豭今本作麔非麔豭一獸名非上文之麋牡麔鹿牡麔也欲讀如此麔

愁皃 从欠幼聲 於虯切三部按口部云呦之或字篇韵此義上聲於糾切

咄欪 逗此疊韵古語也 無慙 一曰無腸意 無腸猶無心也按廣韵云詞也蓋謂同咄 从欠出聲 讀若中 丑律切五部

詮詞也 詮具也淮南詮言高注曰詮就也就萬物之指以言其徵事之所謂道之所依也詮詞者凡詮解以爲詞如欥求厥寧欥中和爲庶幾是也釋言遹述也毛詩悉蟀傳曰聿遂也文王傳曰聿述也古聿遹同字述遂同字爾雅言述而遂在其中毛公或言遂或言述因文分別也毛詩多言聿獨文王有聲四言遹而毛無傳毛意遹即聿聿訓遂故鄭箋以述別之遂者因事之詞亦專詞韓詩及曹大家注幽通賦及杜注左傳皆云聿惟也此專詞也欥其正字聿遹曰皆其假借字也因詞專詞皆詮詞也 从欠曰 會意气悟而出詞也 曰亦聲 余律切十五部 詩曰 欥求厥寧 今大雅欥作遹班固幽通賦欥中龢爲庶幾兮文選作聿詩曰喪厥國見晛曰消見晛曰流韓詩皆作聿

不前不精也 前當作歬不歬不精皆居次之意也 从欠二聲 當作从二从欠从二故爲次七四切古音在十二部讀如漆是以魯漆室之女或作次室周禮巾車軟字杜子春讀爲桼也

△蕑　㰠 ㄎㄤ 15溪　欺 ㄑㄧ 24溪　歆 ㄒㄧㄣ 28曉　㱃 ㄧㄣˇ 28影　△汵　△𩚬　歠 ㄔㄨㄛˋ 2透　△吷　㳄 ㄒㄧㄢˊ 3定　△保　△漱　羨 ㄒㄧㄢˋ 3定

古文欠 蓋象相欠形

飢虛也 飢者餓也溓者水之虛㝩者屋之虛歉者餓腹之虛 从欠康聲 苦岡切十部

詐也 大徐作詐欺也今依韵會正言部曰詐者欺也此曰欺者詐也是爲轉注从欠者猶从言之意 从欠其聲 去其切一部

神食气也 大雅曰履帝武敏歆傳曰歆饗也許用毛義而不云饗也者嫌食部以鄉飲酒釋饗故易其文神食气故其字从欠也引伸爲意悅之意皇矣無然歆羨傳釋爲貪羨楚語曰楚必歆之賈逵曰歆貪也韋曰歆猶貪也周語民歆而德之韋曰歆猶欣欣喜服也按鄭箋生民首章云心體歆歆然亦是以欣釋歆 从欠音聲 許今切七部

文六十五　重五 小徐重四

歠也 易蒙卦虞注曰水流入口爲飲引伸之可飲之物謂之飲如周禮四飲是也與人飲之謂之飲俗讀去聲如左傳飲之酒是也又消納無迹謂之飲漢書朱家傳飲其德猶隱其德也 从欠酓聲 酓从酉今聲見酉部於錦切七部隸作飲 凡㱃之屬皆从㱃

古文㱃从今水 从水今聲也

古文㱃从今食 从食今聲也隸用此

㱃也 二篆爲轉注與口部啜義異 从㱃省 不立㱃部則歠字無所附偁云从欠从酒省則所歠不獨酒也 叕聲 昌說切十五部

歠或从口从叀 叀聲也莊子吹劍首者吷之而已矣用此字許劣切

文二　重三

慕欲口液也 有所慕欲而口生液也故其字从欠水 从欠水 會意敍連切十四部 俗作涎郭注爾雅作涏 凡㳄之屬皆从㳄

㳄或从侃 侃聲也

籀文㳄 如𣏟𣏟皆籀文

貪欲也 大雅無然歆羨毛傳云無是貪羨此羨之本義也假借爲衍字如大雅及爾游羨傳曰羨溢也周禮以其餘爲羨鄭司農云羨饒也皆是亦假借爲延字典瑞璧羨注云長也

玉人注云徑也皆由延訓長假此爲延也墓中道曰羨道音延亦取羨長之義若江夏郡沙羨縣音夷則係方語**从㳄羑省**按羑當作㸃似面切十四部**羑呼之羑文王所拘羑里**此釋从羑會意之恉而轉寫奪誤不完當云㸃者㸃評之㸃文王所拘羑里作羑共十四字別羑㸃二文也羑里之羑進善也見芉部㸃相訹評也見厶部有所羑者必好惡無節於內知誘於外故从㸃省然㸃之古文作羑則云从羑爲是十四字盜庾儼輩爲之

歠也从㳄厂聲厂抴也明也見十二篇**讀若移**以支切按凡厂聲之字皆在古音十六部

厶利物也周公曰竊賄爲盜盜器爲姦米部曰盜自中出曰竊**从㳄皿**會意**㳄欲也欲皿爲盜**依韵會本說从㳄之意徒到切二部

文四　重二

㱃食屰气不得息曰旡屰气各本作气屰今依篇韵正不得息者咽中息不利毛傳於王鄭皆曰㬇不得息是也屰气故从反欠旡之字經傳無徵大雅桑柔曰如彼遡風亦恐之僾傳曰僾唈也釋言同箋云使人唈然如鄉疾風不能息也今觀許書則知旡乃正字僾乃假借字凡云不得息者如歆字欭字㬇字噎字唈字皆雙聲像意然則旡必讀於未切也僾之訓仿佛見也毛鄭何從知其訓唈然不能息則以有旡字在也僾从愛聲愛从㤅聲㤅从旡聲可得其同音假借之理矣凡古文字之可考者如此或問釋言毛詩傳唈字當作何字曰此即旡字也於唈古多作邑如史記商君傳漢書杜鄴師丹傳可證古音七八部與十五部關通相假之理也毛謂僾旡也此即壺瓠也之例謂壺即瓠之假借也**从反欠**居未切十五部按居未當作於未**凡旡之屬皆从旡**

古文旡觀此則知小徐欠作旡與此爲一正一反正是古文欠也蓋今本欠有小篆而失古文矣㱃从小篆者也歬者从古文者也今隸旡作先从古文而小誤也

屰惡驚詈也玉篇無惡字誤遇惡驚駭之詈曰禍猶見鬼驚駭之詈曰𩕄也假借爲禍字史記漢書多假㱃爲禍㱃即禍也**从旡咼聲讀若楚人名多夥**多部曰齊謂多爲夥蓋齊楚皆有此語也陳勝世家曰楚人謂多爲夥故天下傳之乎果切十七部

事有不善言琼也故从旡按水部曰涼薄也紬繹上下文乃周禮六飲之涼當作薄酒也琼則爲事有不善之言若亮則爲明也諒則爲信也四字在說文義別而古經傳多相假**爾雅琼薄也**按爾雅無此文爾雅二字淺人所增耳琼薄也許以足上文意有未盡之語桑柔毛傳杜注左傳小爾雅皆云涼薄也涼即琼字廣雅釋詁曰琼禣也禣即薄字**从旡京聲**力讓切按篇韵皆力章力尚二切十部

文三　重一

三十七部　文六百一十一今人部去件舟部補𦨴儿部補亮

重六十三　凡八千五百三十九字

高郵王引之校字

說文解字第九篇上

金壇段玉裁注

頁ㄧㄝˋ 5匣

𦣻頭也从百从儿古文䭫首如此按此十二字蓋後人所改竄非許氏原文原文當云𦣻古文䭫𩠐字如此从百从儿共十一字䭫字見下文𩠐部䭫者小篆依常例當於䭫下出𦣻解云古文䭫而以如是立文則从𦣻之九十三文無所附故別出𦣻爲部首正如儿卽古文奇字人穴卽籀文大而皆必別出之爲部首云儿古文奇字人也云穴籀文大改古文也皆不必再釋儿字穴字𦣻字之義後人乃於儿下贅之云仁人也𦣻下贅之云頭也而倒亂其文皆由不知許氏立言之變例故爾𦣻部不廁𩠐部後而列於前者蒙八篇从儿之字爲次也小篆百古文作𩠐小篆䭫古文作𦣻今隸則百用古文䭫用楷字而百𦣻䭫皆不行矣从百儿爲𦣻首字如从气儿爲欠从目儿爲見會意字本與䭫同音康禮切十五部今音轉爲胡結切凡𦣻之屬皆从𦣻大徐本此下有百者䭫𩠐字也小徐本百作𦣻此古注謂𦣻卽䭫字也要非許語今刪

頭ㄊㄡˊ 16定

頭百也百各本作䭫今正小篆作百說文據小篆爲書故敘曰今敘篆文合以古籀也漢人多用䭫不用百者自係一時相習而然許造字書則有定體百下曰頭也頭下曰百也是曰轉注禮記曰頭容直頭頸必中从𦣻𩠐以䭫爲取重故字多从𦣻豆聲度侯切四部

顏ㄧㄢˊ 3疑

顏眉之閒也各本作眉目之閒淺人妄增字耳今正眉與目之閒不名顏釋言曰猗嗟名兮目上爲名郭注云眉眼之閒西京賦名作略薛注曰眉睫之閒是不謂之顏也若云兩眉閒兩目閒則兩目閒巳是鼻莖謂之頞又非顏也面下曰顏前也色下曰顏气也是可證顏爲眉閒醫經之所謂闕道書所謂上丹田相書所謂中正印堂也按庸風揚且之晳也子之清揚揚且之顏也傳曰揚眉上廣也清視清明也揚且之顏者廣揚而顏角豐滿也毛云顏角蓋指全額而言中謂之顏旁謂之角由兩眉閒以直上皆得謂之顏醫經頟曰顏曰庭是也國語角犀豐盈亦角謂旁犀謂中犀牛一角在鼻一角在項故相法有骨自印堂至項者曰伏犀貫頂若方言云𩕳頟顏顙也湘江之閒謂之𩕳中夏謂之頟東齊謂之顙汝潁淮泗之閒謂之顏此則依方語通謂頟爲顏非毛許意也小雅顏之厚矣凡羞媿喜憂必形於顏謂之顏色故色下曰顏气也从𦣻彥聲五姦切十四部

△顏

顏籀文鈕樹玉曰各本篆體右作覺誤也此从古文百

△⿰容頁

頌ㄙㄨㄥˋ 18定

頌皃也皃下曰頌儀也與此爲轉注不曰頌也而曰頌儀也者其義小別也於此同之於彼別之也古作頌皃今作容皃古今字之異也容者盛也與頌義別六詩一曰頌周禮注云頌之言誦也容也誦今之德廣以美之詩譜曰頌之言容天子之德光被四表格于上下無不覆燾無不持載此之謂容於是和樂興焉頌聲乃作此皆以容受釋頌似頌爲容之假借字矣而毛詩序曰頌者美盛德之形容以其成功告於神明者也此與鄭義無異而相成鄭謂德能包容故作頌序謂頌以形容其德但以形容釋頌而不作形頌則知假容爲頌其來巳久以頌字專系之六詩而頌之本義廢矣漢書曰徐生善爲頌曰頌禮甚嚴其本義也曰有罪當盜械者皆頌繫此假頌爲寬容字也从𦣻公聲余封切又似用切九部按古祇余封一切

⿰容頁籀文疑从𩠐

頊ㄉㄨˊ 14定

頊頊顱首骨也此五字各本作顱也二字今依全書通例正骨部曰髑髏頂也頊顱卽髑髏語之轉也頊顱亦疊韵玉篇引博雅聲類作頊顱恐有誤戰國策云頭顱僵仆相望於竟从𦣻乇聲徒谷切按此音誤也廣韵一屋無此字十九鐸音徒落切是不誤矣五部

顱ㄌㄨˊ 13來

顱頊顱也各本作頊顱𩠐骨也五字今依全書通例正漢書武五子傳作盧从𦣻盧聲洛乎切五部

⿰⿱罒大頁ㄩㄢˋ 3疑

⿰⿱罒大頁顚頂也篇韵皆云顚⿰⿱罒大頁二同按說文義異从𦣻⿱罒大聲穴部曰⿱罒大讀若傿魚怨切十四部

顚ㄉㄧㄢ 6端

顚頂也見釋言國語班序顚毛注同引伸爲凡物之頂如秦風有馬白顚傳曰白顚的顙也馬以頟爲頂也唐風首陽之顚山頂亦曰顚也顚爲取上倒之則爲取下也故大雅顚沛之揭傳曰顚仆也論語顚沛馬注曰僵仆也離騷注曰自上下曰顚廣雅曰顚末也从𦣻眞聲都秊切十二部

頂ㄉㄧㄥˇ 12端

頂顚也頂顚異部疊韵字故顚倒樂府或作丁倒引伸爲凡在取上之

偁故廣雅云頂上也按頂之假借字作定詩周南麟之定釋言毛傳皆曰定題也毛傳一本作顚也亦與爾雅無不合葢禽獸橫生以頷爲頂故秦風白顚傳曰昀顙亦以顙釋顚**从頁丁聲**都挺切十一部**𩠐或从首作**鈕曰从古文百也舊作頂誤**𩕄籀文从鼎**鼎聲也**顚頂也**方言中夏謂之顙東齊謂之顙九拜中之頓首必重用其顙故凡言稽顙者皆謂頓首非稽首也公羊傳曰再拜顙者卽拜而後稽顙也何曰顙者猶今叩頭按叩頭者經之頓首也**从頁桑聲**蘇朗切十部**題頟也**釋言毛傳曰定題也引伸爲凡居前之偁**从頁是聲**杜兮切十六部**頟顙也**釋名曰頟鄂也有垠鄂也引伸爲凡有垠鄂之偁如喪服疏引大戴禮云大功已上唯唯小功已下頟頟然臯陶暮晝夜頟頟釋名云頟頟然憚之韓碑云頟頟蔡城**从頁各聲**五陌切古音在五部今隸作額**頞鼻莖也**鼻謂之準鼻直莖謂之頞史記唐舉相蔡澤曰先生曷鼻巨肩魋顏蹙齃旣言鼻又言頞者曷同遏遏鼻言其

內不通而鼻蹙齃則言在外鼻莖也鼻有中斷者蔡澤諸葛恪之相是也有憂愁而蹴縮者孟子言蹙頞是也有病而辛頞者此言其內酸辛素問所言是也**从頁安聲**烏割切十五部釋名曰頞鞍也偃折如鞍也知固可讀如安**齃或从鼻曷**曷聲也**頯權也**權者今之顴字戰國策眉目準頯權衡犀角偃月其字正作權易夬九三壯于頄王云面權也翟云面顴頰間骨也鄭作頯頯夾面也王與許說同國策謂之權衡者象其平也按大[元]視次四頯須姝爲韵今本頯作頯誤肉部曰肫者面頯也儀禮釋文引說文肫章允反漢高祖隆準準與肫音同故應劭曰隆高也準頯權準也入聲音拙則字又作頄**从頁𡗜聲**渠追切按古音仇在三部是以蜀才作仇也三篇廾部𡗜从肉聲讀如逵逵同馗讀如仇**頰面旁也**面者顏前也顏前者兩眉閒兩目閒巳下至頰閒也其旁曰頰面部曰醽頰也易咸上六咸其輔頰舌輔卽醽之假借字也凡言頰車者今俗謂牙牀骨牙所載也與單言頰不同**从頁夾聲**古叶切八部**𩓇籀文頰**各本

右作覺誤今依集韵正又左體之夾今改从籀文大**頣頰後也**頰後謂近耳及耳下也**从頁艮聲**古恨切十三部廣韵古很切**頜顄也**公羊傳呼獒而屬之獒亦躇階而從之祁彌明逆而踆之絕其頷何云以足逆躪曰踆頷口也按玉篇引作絕其頷此謂以足迎躪之遂使獒之頤不能噬也方言頷頤頷也南楚謂之頷秦晉謂之頷頤其通語也**从頁合聲**胡感切按依方言則緩言曰頷急言曰頷頷當讀如合也玉篇公荅切七部**顄頤也**𦣝下曰顄也𦣝者古文頤與此爲轉注王莽傳作顄正字也方言作頷於說文爲假借字**从頁函聲**胡男切七部顄同**頸頭莖也从頁巠聲**居郢切十一部**領項也**按項當作頸碩人桑扈傳曰領頸也此許所本也釋名國語注同領字以全頸言之不當釋以頭後若廣雅領頸項也合宜分別者渾言之其全書之例類皆然矣衣之曲袷謂之領亦不謂衣後也仲尼燕居注領猶治也淮南書高注領理也皆引伸之義謂得其首領也龜策傳用領爲蓮異部假借**从頁**

令聲良郢切古音在十二部**項頭後也**頭後者在頭之後後項雙聲故項橐亦曰后橐也肉部曰脰項也公羊傳搏閔公之脰何云脰頸也齊人語此當曰項而曰頸者渾言則不別小雅四牡項領傳曰項大也此謂項與唯同**从頁工聲**胡講切九部**煩玉枕也**玉枕各本作項煩小徐作項枕廣韵作項煩云項魚欲切醫經本作玉枕許說同一譌爲項煩再譌爲項煩皆非也沈氏形詳攷內經甲乙經作釋骨曰顚之後橫起者曰頭橫骨曰枕骨其兩旁尤起者曰玉枕骨玉枕骨卽偃臥箸枕之處單評曰煩玉篇引蒼頡云垂頭之皃此別一義**从頁冘聲**章衽切八部**顀出頟也**謂頟胅出向前也[元]應曰今江南言顀頭胅額乃以顀爲後枕之名按後枕卽上文之煩也**从頁隹聲**直追切十五部**碩曲頤也**曲頤者頤曲而微向前也揚雄傳鎮頤師古曰曲頤也按廣頤曰𦣝曲頤曰碩頤狀之不同也**从頁不聲**薄回切古音在一部**顩䶢皃也**䶢者齒差也篇韵皆云頓顩不平也頓邱檢切字當

⿰尹頁 ㄩㄣˇ 6定　頵 ㄩㄣ 9影　⿰員頁 ㄩㄣˇ 9匣　⿰兼頁 ㄎㄢˊ 30疑　碩 ㄕˊ 14定　頒 ㄅㄢ 9幫

作⿰羊頁羊聲按許說顩之本義文選解嘲顩頤乃假顩爲⿰兼頁也 从頁 齒差必形於外故从頁 僉聲 魚檢切七部

⿰尹頁 面目不正皃 玉篇曰面不平廣韵曰面斜 从頁尹聲 余準切十三部

頵 頭頵頵大也 按鍇本作頭頵也與文選注合然恐有奪字耳文選長笛賦重巘增石簡積頵砡春秋楚君有名頵者 从頁君聲 於倫切十三部李善引說文巨隕切

⿰員頁 面色⿰員頁⿰員頁皃 皃當依玉篇作也 从頁員聲讀若隕 于閔切十三部

⿰兼頁 頭頰長也 四字當作頭陝面長皃五字玉篇云頭頰面長皃頰亦譌字廣韵面長皃則少頭陝二字文選解嘲顩頤折頞韋昭曰面長曰顩欺甚切玉篇引蒼頡云顩面長鋭頤之皃蓋解嘲及蒼頡皆以顩爲⿰兼頁也 从頁兼聲 五咸切七部

碩 頭大也 引伸爲凡大之偁釋詁毛傳皆曰碩大也簡兮傳曰碩人大德也碩與石二字互相借 从頁石聲 常隻切古音在五部

頒 大頭也 小雅魚藻曰魚在在藻有頒其首傳曰頒大首皃苕之華牂羊墳首傳曰墳大也此假墳爲頒也孟子頒白者不負戴於道路此假頒爲⿱頁韋也周禮匪頒之式鄭司農云匪分也頒讀爲班布之班謂班賜也此假頒爲班也 从頁分聲 布還切按古音在十三部符分切

一曰鬢也 鬢者頰髮也引伸之頰亦曰頒玉藻笏大夫以魚須文竹鄭云文猶飾也大夫士飾竹以爲笏按須乃頒之誤故釋文音班崔靈恩作魚班知唐初故作頒須無音班之理魚頒者謂魚頰骨考工記注曰之而頰頌也是也 詩曰有頒其首 證前一義

顒 大頭也 引伸之凡大皆有是偁小雅六月其大有顒傳曰顒大皃大雅卷阿傳曰顒顒溫皃卬卬盛皃釋訓曰顒顒卬卬君之德也又其引伸之義也 从頁禺聲 魚容切按禺聲本在四部此四部九部合音也 詩曰其大有顒

⿰羔頁 大頭也 玉篇引蒼頡云頭大也廣雅曰⿰羔頁大也 从頁羔聲 口幺切二部

顝 大頭也 廣雅曰顝大也思元賦顝羈旅而無友舊注顝獨也此與九辨塊獨守此無澤之塊同皆於音求之玉篇引蒼頡云相抵

願 ㄩㄢˋ 3疑　顤 ㄧㄠˊ 19疑　頎 ㄑㄧˊ 9匣

觸廣雅云醜也皆引伸之義 从頁骨聲讀若魁 苦骨切十五部玉篇口骨口回二切廣韵同

願 大頭也 本義如此故从頁今則本義廢矣邶風願言思子中心養養傳曰願每也此每如春秋外傳懷私爲每懷賈誼賦品庶每生之每按毛詩願字首見於終風願言則嚏而無傳則毛意謂與今人語同耳釋詁曰願思也方言曰願欲思也邶風鄭箋曰願念也皆與今語合丂部曰寧願詞也用部曰甯所願也心部曰憖肎也凡言願者蓋寧甯憖三字語聲之轉自詩所用已如是而二子乘舟語意尤深故傳別言之實非異也 从頁原聲 魚怨切十四部

顤 高長頭 玉篇下有皃字靈光殿賦李注顤顤大首深目之皃 从頁堯聲 五弔切二部

頎 頭佳皃 此本義也引伸爲長皃衛風碩人其頎齊風頎若長兮傳皆曰頎長皃又曰敖敖猶頎頎也古假頎爲懇如檀弓頎乎其至是也 从頁斤聲 渠希切按古音在十三部如旂本讀同芹然則碩人何以韵衣也曰碩人頎讀入微韵衣讀如殷皆可 讀又若鬢 讀又若者謂讀若芹矣又有此讀也按頎篆併解各本奪今依小徐本及集韵類篇韵會所引訂補

⿱敖頁 ㄠˊ 19疑　⿰岳頁 ㄩㄝˋ 17疑　⿰⿱日巛頁 ㄇㄟˋ 8明　⿰霝頁 ㄌㄥˇ 12來　顡 ㄨㄞˋ 8疑　頑 ㄨㄢˊ 3疑　⿰頁桼 ㄍㄨㄟˋ 10見

⿱敖頁 顤高也 當云頭高也廣韵云頭長 从頁敖聲 五到切二部亦作顤

⿰岳頁 前面岳岳也 前當作卉卉面猶俗云當面李白詩山從人面起靈光殿賦神仙岳岳於棟間李注岳岳立皃 从頁岳聲 岳古文嶽五角切古音在二部

⿰⿱日巛頁 昧前也 前當作卉昧當作昧昧於當卉論語所謂正牆面而立也 从頁⿱日巛聲讀若昧 莫佩切十五部

⿰霝頁 面瘦淺⿰霝頁⿰霝頁也 从頁霝聲 郎丁切十一部

顡 頭蔽顡也 蔽顡疊韵字蓋古語也集韵曰謂頭癡錢氏大昕曰春秋戰國人名有蒯聵者疑卽此蔽顡字 从頁豙聲 五怪切十五部

頑 欄頭也 木部曰欄梡木未析也梡欄木薪也凡物渾淪未破者皆得曰欄凡物之頭渾全者皆曰欄頭欄頑雙聲析者銳欄者鈍故以爲愚魯之偁左傳曰心不則德義之經爲頑 从頁元聲 五還切十四部

⿰頁桼 小頭⿰頁桼⿰頁桼也 ⿰頁桼之言婁也婁

顆ㄎㄜ 1溪　頢ㄎㄨㄛˋ 2疑　頲ㄊㄧㄥˇ 12透　頠ㄨㄟˇ 10疑　頷ㄏㄢˋ 28匣　𩓺ㄐㄩㄢˋ 3匣　頍ㄎㄨㄟ 10溪

者細也。从頁枝聲。讀若規。又己恚切徐云又者謂居隨切矣又有此切也十六部亦作頍亦作頍

顆　小頭也。引伸爲凡小物一枚之偁珠子曰顆米粒曰顆是也賈山傳蓬顆蔽冢晉灼曰東北人名土塊爲蓬顆按此卽淮南書宋玉風賦之塊字許注淮南曰塊塵塺也从頁果聲。苦惰切十七部

頢　短面也。廣韵曰小頭皃从頁昏聲。五活切又下活切十五部廣韵古活切

頲　狹頭頲也。疑當作頲頲也假借爲挺直之挺釋詁曰頲直也从頁廷聲。他挺切十一部

頠　頭閑習也。閑當作嫻字之誤也引伸爲凡嫻習之偁釋詁曰頠靜也頠與女部之姽義略同从頁危聲。語委切十六部

頷　面黃也。離騷苟余情其信姱以練要兮長顑頷亦何傷王注顑頷不飽皃本部顑字下云飯不飽面黃起行也義得相足今則頷訓爲頤古今字之不同也从頁含聲。胡感切七部李善注離騷音呼感反

𩓺　面不正也。从頁爰聲。于反切十四部

頍　舉頭也。此頍之本義也故其字从頁士冠禮緇布冠鈌項注鈌讀爲頍頍圍髮際結項中隅爲四綴以固冠今未冠笄者箸冠卷頍象之所生也滕薛名簂爲頍如鄭說則頍所以支冠舉頭之義之引伸也小雅有頍者弁傳曰頍弁皃弁皮弁也惟舉頭曰頍故載弁亦曰頍義之相因而引伸者也从頁支聲。丘弭切十六部詩曰有頍者弁。頍弁篇

順ㄕㄨㄣˋ 9定　顧ㄍㄨˋ 13見　𩔾ㄇㄛˋ 8影

𩔾　內頭水中也。內者入也入頭水中故字从頁𠬸與水部之㲿義同而別今則𠬸𩔾廢而㲿專行矣从頁𠬸𠬸亦聲。烏㲿切十五部

顧　還視也。還視者返而視也檜風箋云迴首曰顧析言之爲凡視之偁鄉黨賓不顧矣謂還視也車中內顧苞氏謂前視不過衡軛旁視不過輢較則顧猶視也又引伸爲臨終之命曰顧命又引伸爲語將轉之詞从頁雇聲。古慕切五部

順　理也。理者治玉也玉得其治之方謂之理凡物得其治之方皆謂之理理之而後天理見焉條理形焉非謂空中有理非謂性卽理也順者理也順之所以理之未有不順民情而能理者凡訓詁家曰從順也曰愻順也曰馴順也此六書之轉注曰訓順也此六書之假借凡順愼互用者字之譌从頁川。人自頁以至於踵順之至也川之流順之至也故字从頁川會意而取川聲小徐作川聲則舉形聲包會意訓馴字皆曰川聲也食閏切十三部

𩑶ㄓㄣˇ 9端　𩕢ㄌㄧㄣˋ 6來　顓ㄓㄨㄢ 3端　頊ㄒㄩ 17曉　顉ㄑㄧㄣˇ 28疑

𩑶　顏色𩑶𩕢愼事也。愼事玉篇廣韵作順事疑南宋改耳从頁㐱聲。之忍切十三部廣韻亦章刃切

𩕢　𩑶𩕢也。从頁粦聲。良刃切玉篇來軫切二篆今作須頪十二部一曰頭少髮。廣韵廿一震曰須頪頭少髮竊疑頭少髮單承𩕢字言十六軫說是也

顓　頭顓顓謹皃。此本義也故从頁白虎通曰謂之顓頊何顓者專也頊者正也言能專正天之道也按叀者小謹也今字作專亦假顓作專如淮南云顓民法言云顓蒙漢書言顓顓獨居一海之中皆是从頁耑聲。職緣切十四部

頊　頭頊頊謹皃。此本義也故从頁引伸爲正也白虎通又曰冬其帝顓頊顓頊者寒縮也从頁玉聲。許玉切三部

顉　低頭也。低當作氐氐者說文之低字也左傳襄廿六年衛獻公反國大夫逆於竟者執其手而與之言道逆者自車揖之逆於門者頷之而已釋文頷本又作頷按依許則頷頷皆非也杜注搖頭亦非旣不執手而言又不自車揖之則在車首肎而已不至搖頭也釋文本又作頷正是本又作顉之譌列子湯問曰顉其頤則歌合律郭璞游仙詩洪厓頷其頤注引列子亦作頷引廣雅頷動也頷皆顉之譌故云五感反若本頷字則當云胡感反也顉其頤者開口則低其頤靈光殿賦顉若動而躨跜今本亦譌頷从頁金聲。五感切古音在七部春秋傳曰迎于門顉之而已。

頓ㄉㄨㄣˋ 9端

頓　下首也。按當作頓首也三字爲句周禮太祝九𢷎一曰䭬首二曰頓首三曰空首三者分別劃然不當頓䭬二字皆訓之曰下首明矣鄭曰稽首拜頭至地也頓首拜頭叩地也空手拜頭至手所謂拜手也吉拜拜而後稽顙謂齊衰不杖以下者凶拜稽顙而後拜謂三年服者玉裁按九拜以前三者爲體後六者爲用如六書以指事象形形聲會意四者爲體轉注假借二者爲用也凡經言拜手言拜皆周禮之空首手部𢷎字下曰首至

頫ㄈㄨˇ 16明

手何注公羊傳曰頭至手曰拜手皆與周禮空首注合凡經言稽首小篆作䭫古文作頁經傳無異偁何注公羊云頭至地曰稽首與周禮注合凡經傳言頓首言稽顙或單言顙皆九拜之頓首何注公羊曰顙猶今叩頭檀弓稽顙注曰觸地無容皆與周禮頓首注合頭至手者拱手而頭至於手頭與手俱齊心不至地故曰空首若稽首頓首則拱手皆下至地頭亦皆至地而稽首尚稽遲頓首尚急遽頓首主於以顙叩觸故謂之稽顙或謂之顙周禮之九拜不盡知而稽首者吉禮也頓首者凶禮也空首者吉凶所同之禮也經傳立文凡單言拜及下屬稽首稽顙言拜言拜手者皆空首也言拜手稽首者空首而稽首也言拜而後稽顙者空首而頓首也言稽顙而後拜者頓首而空首也言稽顙而不拜者頓首而不空首也經於吉賓嘉曰稽首未有言頓首者也於喪曰稽顙亦未有言頓首者也然則稽顙之卽頓首無疑矣有非喪而言頓首者非常事也類乎凶事也如申包胥之九頓首而坐以國破君亡穆嬴頓首於宣子以太子不立與季平子稽顙於叔孫昭子以君亡昭公子家駒再拜顙於齊侯以失國正同也若陳無

宇稽顙於欒施以排患釋難禮之過也無宇之詐也沿至秦漢以頓首爲請罪之辭中山策司馬喜之頓首別於陰姬公之稽首漢人文字存者蔡邕戍邊上章云朔方髡鉗從臣邕稽首再拜上書皇帝陛下末云臣頓首死罪稽首再拜以聞蔡質所記立宋皇后儀首云尚書令臣囂等稽首言末云臣囂等誠惶誠恐頓首死罪稽首再拜以聞許沖進說文解字首云召陵萬歲里公乘臣沖䭫首再拜上書皇帝陛下末云臣沖誠惶誠恐頓首頓首死辠死辠䭫首再拜以聞皇帝陛下皆頓首與稽首分別稽首爲對敭之辭**从頁**首叩地故从頁**屯聲**都困切十三部凡言供頓頓宿皆取屯聚意而假頓爲之又多假頓爲鈍

頫 低頭也低當作氐西京賦伏櫺檻而頫聽聞雷霆之相激薛綜曰頫低頭也上林賦頫杳眇而無見李善引聲類頫古文俯字**从頁逃省**逃者多媿而俯故取以會意从逃猶从免也

匡謬正俗引張揖古今字詁云頫今之俯俛也蓋俛字本从免俯則由音誤而製用府爲聲字之俗而謬者

頡ㄒㄧㄝˊ 5匣

△俛

頣ㄕㄣˇ 6透　⿰善頁ㄓㄢˇ 3端　⿰出頁ㄓㄨㄛˊ 8端　顥ㄏㄠˋ 19匣

故許書不錄俛舊音無辨切頫玉篇音靡卷切正是一字一音而孫強輩增說文音俯四字不知許正讀如免耳古音在十三十四部之閒大徐云方矩切者俗音也**大史卜書頫仰字如此**卜或作公誤匡謬正俗引正作卜漢藝文志蓍龜十五家四百一卷大史卜書當在其內言此者以正當時多作俛俯非古也**楊雄曰人面頫**此蓋摘取楊所自作訓纂篇中三字以證从頁之意頫本謂低頭引伸爲凡低之偁

俛 頫或从人免匡謬正俗引及小徐皆作俗頫字篆體或改作俛解作从人免以从免聲而讀同俯爲龤不知舊讀同免過秦論俛起阡陌之中李善引漢書音義音免史記倉公傳不可俛仰音免龜策列傳首俛索隱正義皆音免元應書兩云俛仰無辨切廣韻俛亡辨切俯俛也玉篇人部俛無辨切俯俛也此皆俛之正音而表記俛焉日有孳孳釋文音勉毛詩黽勉李善引皆作偭俛俛與勉同音故古假爲勉字古無讀俛如府者也頫音同俛

頣 舉目視人皃目當依廣韻作眉舉眉揚眉也**从頁臣聲**式忍切十二部

⿰善頁 倨視人也倨者不愻也**从頁善聲**旨善切十四部

頡 直項也淮南修務訓王公大人有嚴志頡頏之行者無不憛悇癢心而悅其色矣此頡頏正謂強項也亢部旋下曰直項莽旋淮南之頏卽說文之旋也直項者頡之本義若邶風燕燕于飛頡之頏之傳曰飛而下曰頡飛而上曰頏此其引伸之義直項爲頡頏故引伸之直下直上曰頡頏**从頁吉聲**胡結切十二部

⿰出頁 頭頡⿰出頁也頡⿰出頁疊韻古語頭菌蠢皃若高祖隆準服虔準音拙應劭曰頯權準也師古曰頯權⿰出頁字豈當借準爲之按服但云準音拙耳權⿰出頁之名又出漢後也**从頁出聲**之出切十五部**讀又若骨**云又者謂出聲則讀若拙矣又讀若骨也

顥 白皃漢郊祀歌曰西顥沆碭西都賦曰鮮顥氣之淸英顥與昊音義略同**从景頁**景者日光也日光白从景頁言白首也按上文當云白首皃李善注文選引聲類顥白首皃聲類蓋本許書今許書乃爲淺人刪首字耳郊祀歌西都賦及楚辭則皆引伸假借也胡老切二部**楚詞曰**詞當作辭

⿰樊頁 ㄈㄢˊ 3 並　⿰爭頁 ㄐㄧㄥˋ 12 從　頨 ㄩˇ 6 滂　顗 ㄧˇ 7 疑　顅 ㄑㄢ 3 溪　⿰困頁 ㄎㄨㄣ 9 溪

許書皆作楚詞**天白顥顥**見大招王逸曰顥顥光貌按此當廁白首人也之下寫者亂之耳土部堋下引左傳朝而堋在前引虞書堋淫于家在後可證許偁古之例**南山四顥**南四八目廣韵作商皇甫士安高士傳曰四晧皆河內軹人或在汲一曰東園公二曰角里先生三曰綺里季四曰夏黃公秦始皇時退入藍田山作歌乃共入商雒隱地肺山漢高徵之不至深自匿終南山不能屈己按曰藍田山曰商雒地肺山曰終南山東西相接八百里實一山也詩傳曰終南周之名山中南也左傳作中南史漢謂之南山楊雄解嘲曰四晧采榮於南山說文作南山不誤張良傳注商山四晧宋時浙本作南山**顥**此字今補**白首人也**以是為白首之證他書作四晧者通假字也

⿰樊頁　大醜皃醜可惡也**从頁樊聲**附袁切十四部

⿰爭頁　好皃頭好也**从頁爭聲**疾正切十一部**詩所謂⿰爭頁首**⿰爭頁首當作螓首見衛風碩人傳曰螓首顙廣而方箋云螓謂蜻蜻也按方言蟬小者謂之麥蚻有文者謂之蜻蜻孫炎注爾雅引方言有文者謂之螓然則螓蜻一字也引古罕言所謂者假令詩作⿰爭頁首則徑偁詩句不言所謂

頨　頨妍也三字為句頨妍疊韵大徐改為頭妍此即改頫首為下首之比妍安也頨義如周易之翩翩東都賦翩翩巍巍顯顯翼翼**从頁翩省聲讀若翩**按此當紙延切古音在十二部篇韵王矩一切蓋有認為羽聲者耳廣韵注云孔子頭也又附會以為孔子圩頂之圩

顗　謹莊皃莊者壯盛字之假借也釋詁曰顗靜也義相足**从頁豈聲**魚豈切十五部

顅　頭鬢少髮也彡部曰鬝者鬢禿也此音義皆同葢實一字矣而以顅从頁故云頭鬢謂頭上及鬢夾也鬝从彡故單言鬢考工記數目顅脰故書顅或作牼鄭司農曰牼讀為鬝頭無髮之鬝司農意謂鳥頭毛短也鄭注明堂位曰齊人謂無髮為禿楬釋名曰禿無髮沐禿也毼頭生瘡曰瘕毼亦然也楬與毼皆即鬝字許說周禮與先鄭同後鄭易之曰顅長脰也非許義證以莊子其脰肩肩則後鄭是也肩即顅**从頁肩聲**苦閑切十四部**周禮曰數目顅脰**

⿰困頁　無髮也廣韵曰⿰困頁者⿰困頁顐也顐者禿也五困切**一曰耳門也**別一義**从頁困聲**按毛刻作困聲篆左从困不誤凡困聲之字亦入魂韵矣苦昆切十三部

九篇上　十一

⿰尤頁 ㄧㄡˋ 24 匣　⿰鬼頁 ㄎㄨㄟ 7 溪　頗 ㄆㄛ 1 滂　⿰契頁 ㄑㄧˋ 2 心　顊 ㄆㄧˇ 10 滂　頛 ㄌㄟˋ 8 來　⿰气頁 ㄎㄨ 8 溪

⿰气頁　禿也禿本訓無髮此則用其引伸之義也考工記作其鱗之而注曰之而頰頌也按頰謂鱗屬之面旁頌謂鱗屬之頤顱圓潤光滑故謂之禿古語如是魚游泳必動其頰與顱所謂作其之而也玉篇頹者頰下也是其字可作頹而淺者謂為穨字**从頁气聲**苦骨切十五部按周禮釋文云許愼口忽反禿也劉古本反正義曰舊讀頌字沽罪反劉炫以為當音壺玉裁謂板本壺字葢誤當作壼

頛　頭不正也釋魚左倪不類周禮類作靁葢皆頛之假借字也**从頁耒**會意**耒頭傾**說从耒之意**亦聲**耒亦聲盧對切十五部廣韵無**讀又若春秋陳夏齧之齧**又有此音即與左倪右倪之倪同也曰陳夏齧之齧當許時讀春秋此齧必與他齧不同也陳夏齧見春秋經昭廿三年正義考世本齧者徵舒曾孫杜云元孫

顊　傾首也首元應引作頭元應引蒼頡篇云頭不正也又引淮南子左顊右倪按釋魚左倪右倪郭注行頭左俾右俾俾亦作庳皆非是其字正當作顊故釋文普計反也**从頁卑聲**匹米切十六部

⿰契頁　司人也司者今之伺字**一曰恐也从頁契聲讀若楔**楔或作禊誤今依古本正今楔讀先結切⿰契頁胡計切韵書之分別也十五部

⿰鬼頁　頭不正也从頁鬼聲口猥切十五部

頗　頭偏也引伸為凡偏之偁洪範曰無偏無頗遵王之義人部曰偏者頗也以頗引伸之義釋偏也俗語曰頗多頗久頗有猶言偏多偏久偏有也古借陂為頗如洪範古本作無偏無陂顏師古匡謬正俗李善文選注所引皆作陂可證迄乎天寶乃據其時所用本作頗而詔改為陂一若古無作陂者不學而作聰之過也陂義古皆在歌戈部則又不知古音之過耳**从頁皮聲**滂禾切十七部又匹我切言部曰詖古文以為頗字言古文之假借也

⿰尤頁　顫也从頁尤聲按元應書兩引說文皆作⿰又頁是其字从頁又聲今本說文作⿰尤頁尤聲非古也篇韵皆沿俗本之誤耳元應

九篇上　十二

△疣　顫ㄓㄢˋ 3端　顑ㄎㄢˇ 28匣　顲ㄌㄢˇ 28來　煩ㄈㄢˊ 3並　顡ㄨㄞˋ 8疑　頪ㄌㄟˋ（類）8來　顇ㄘㄨㄟˋ 8從　顝ㄇㄣˊ 9明

引說文云謂掉動不定也葢演說文語通俗文曰四支寒動謂之顫頑于救切古音在一部

疣　頑或从疒按此篆亦當作疚从疒又聲據元應書及廣韵可證元應曰今作疣知淺人以今體改古體耳

顫　頭不定也不定各本作不正今正顫頑皆不寧之皃上文頼頓顫頗四篆言頭不正此則義別頭不定故从見引伸爲凡不定之偁**从頁亶聲**之繕切十四部

顑　顑顲逗二字各本無今依全書通例補疊韵字**食不飽面黃起行也**離騷長顑頷亦何傷王注顑頷不飽皃按許之顑頷即顑頷也離騷假借頷爲顲許書單出頷篆云面黃也此恐淺人所增廣韵顑顲瘦也**从頁咸聲**下感下坎二切七部廣韵苦感切又作顑呼唵切**讀若戇**

顲　顑顲也各本作面顑顲皃今依全書通例正**从頁𪇊聲**盧咸切七部

煩　㷻頭痛也詩曰如炎如焚陸機詩云身㷻頭且痛**从頁火**會意**一曰焚省聲**焚火部作樊此謂形聲也附袁切十四部

顡　癡顡逗各本奪顡字今依玉篇廣韵補**不聽問也**廣韵曰顡顏惡也此今義也**从頁豪聲**五怪切十五部據廣韵此說文舊音也

頪　難曉也謂相佀難分別也頪類古今字類本專謂犬後乃類行而頪廢矣廣雅云頪疾也**从頁米**頁猶種也言種𦮼多如米也米多而不可別會意一說黔首之多如米也故曰元元盧對切十五部按六書故引唐本从迷省**一曰鮮白皃从粉省**鮮猶新也粉者白之甚者也

顇　顦顇也許書無顦篆大徐增之非也錢氏大昕曰面部之醮當是正字小雅或盡瘁事國傳云盡力勞病以從國事左傳引詩曰雖有姬姜無棄蕉萃杜曰蕉萃陋賤之人楚辭漁父顏色憔悴王曰奸黴黑也班固荅賓戲朝而榮華夕而焦瘁其字各不同今人多用憔悴字許書無憔篆悴則訓憂也**从頁卒聲**秦醉切十五部

顝　繫頭殟也歺部曰殟者暴無知也今本譌作胎敗則此以殟釋顝遂不可通集韵類篇引此條有謂頭被繫無知也七字當是古注語玉篇引莊子云問焉則顝然顝不曉也按與心部之惛音義略同**从頁昏聲**莫奔切十三部

九篇上　十三

頦ㄏㄞˊ 24匣　䫏ㄑㄧ 24溪　籲ㄩˋ 20定　顯ㄒㄧㄢˇ 3曉　頭ㄓㄨㄢˋ 3從　百ㄕㄡˇ 21透

頦　醜也廣雅同篇韵云頤下非許義**从頁亥聲**戶來切一部按廣雅柯開切

䫏　醜也此䫏之本義**从頁其聲**去其切一部**今逐疫有䫏頭**此舉漢事以爲證也周禮方相氏注云冒熊皮者以驚敺疫癘之鬼如今魌頭也淮南書䫏毛嫱西施猶䫏醜也高注云䫏頭也方相氏黃金四目衣豬稀世之䫏貌䫏醜言極醜也風俗通曰俗說亾人䰢氣游揚故作魌頭以存之言頭頭魌魌然盛大也或謂魌頭爲觸壙殊方語按魌䫏字同頭大故从頁也亦作僛靈光殿賦佗䫏猥以雕睽李注䫏猥大首也今本作欺猥葢誤

籲　呼也呼當作評言部曰評者召也口部曰召者評也周書乃有室大競籲俊尊上帝某氏曰招呼賢俊與共尊事上天商書率籲眾戚出矢言某氏曰籲和也率和眾憂之人出正直之言按和之訓未知何出葢謂同龠龠以和眾聲也夫下文自我王來至底綏四方皆民不欲從之言姚氏鼐之說是也籲眾戚出矢言正謂不欲徙之民相評急出誓言爲盤庚斆民命眾張本注疏殊繆**从頁籥聲讀與籥同**羊戍切古音在二部讀如姚**商書曰率籲眾戚**見盤庚上戚今本作慼俗字也衞包所改

顯　頭明飾也故字从頁飾者妝也女部曰妝飾也是也頭明飾者冕弁充耳之類引伸爲凡明之偁按㬎謂眾明顯本主謂頭明飾乃顯專行而㬎廢矣日部㬎下曰古文以爲顯字由今字假顯爲㬎乃謂古文假㬎爲顯也此古今字之變遷所必當深究也**从頁㬎聲**此舉形聲包會意呼典切十四部

頭　選具也選擇而共置之也頭選疊韵六部曰㢲具也頭具也人部曰僎具也是㢲頭顛僎四字義同玉篇曰頭古文作選**从二頁**二頁具之意也士戀切十四部

文九十三宋本九十三毛刻九十二今刪顛字補頃字仍九十二

重八

百　頭也頭下曰百也與此爲轉注自古文𦣻行而百廢矣白虎通何注公羊王注楚辭皆曰首頭也引伸之義爲始也本也儀禮古文假借手爲首**象形**象人頭之側面也左象前右象後書九切三部**凡百**

九篇上　十四

脜 ㄖㄡˊ 22泥　面 ㄇㄧㄢˋ 3明　靦 ㄊㄧㄢˇ 3透　△䩄　䩉 ㄈㄨˇ 13並

之屬皆从百

脜　面和也和當作龢龢調也咊相應也許書分別畫然今人淆之抑詩輯柔爾顏傳曰輯和也泮水載色載笑傳曰色溫潤也玉篇曰野王案柔色以蘊之是以今爲柔字按今字柔行而脜廢矣从百肉骨剛肉柔故从百肉會意肉亦聲讀若柔耳由切三部

文二

面　顏前也顏者兩眉之中閒也顏前者謂自此而前則爲目爲鼻爲目下爲頰之閒乃正鄉人者故與背爲反對之偁引伸之爲相鄉之偁又引伸之爲相背之偁易窮則變變則通也凡言面縛者謂反背而縛之偭从面从百象人面形謂囗也左象面彌箭切十四部凡面之屬皆从面

靦　面見人也各本無人今依毛詩正義補面見人謂但有面相對自覺可憎也小雅何人斯有靦面目傳曰靦姡也女部曰姡面靦也按心部曰青徐謂慙曰㥏音義皆同而一从心者慙在中一从面者媿在外韋注國語曰靦面目之見也从面見此以形爲義之例見亦聲他典切十四部詩曰有靦面目

䩄　或从旦旦聲也玉篇曰埤蒼䩄同靦字書作⿰面亶

䩉　頰也頰者面旁也面旁者顏前之兩旁大招靨輔奇牙宜笑嫣只王注言美頰有靨䩉口有奇牙嫣然而笑尤媚好也淮南書奇牙出靨輔搖高注靨輔頰邊文婦人之媚也又曰靨輔在頰則好在顴則醜注靨䩉者頰上窐也由此言之靨䩉在頰故䩉與頰可互偁古多借輔爲䩉如毛詩傳曰倩好口輔也此正謂靨䩉咸上六咸其輔頰舌艮六五艮其輔其字皆當作䩉蓋自外言曰䩉曰頰曰靨䩉自裏言則上下持牙之骨謂之䩉車亦謂牙車亦謂頷車亦謂頰車亦謂⿰面兼車亦謂之䩉亦謂之頰許言䩉頰也者言其外也易言䩉頰言䩉言其裏也䩉車非外之䩉頰車非外之頰此名之當辨者也諸家說左傳輔車相依用牙車爲訓而許君不同說詳車部○按艮卦虞注云輔面頰骨上頰車也面頰骨今俗語尚如是上頰車卽頰骨在上持牙者服虔注左傳謂之上領車然則在下持牙者亦得曰下頰車下頷車矣必云上頰車上領車者言䩉則言上是也頰車與舌言則必動故咸艮爻辭取此从面甫聲符遇切五部

⿰面焦 ㄐㄧㄠ 19精　丏 ㄇㄧㄢˇ 6明　首 ㄕㄡˇ 21透　𩠐 ㄑㄧˇ 4溪

⿰面焦　面焦枯小也玉篇引楚辭云顏色⿰面焦顇希馮所據古本也漢外戚傳嫶妍大息歎稚子兮晉灼曰三輔謂幽愁面省瘦曰嫶冥嫶妍猶嫶冥也按嫶卽⿰面焦字省同痟从面焦此舉會意包形聲卽消切二部

文四　重一

丏　不見也象雝蔽之形雝各本作壅今正其實許書當作邕也禮經乏參侯道居侯黨之一西五步鄭曰容謂之乏所以爲獲者御矢也周禮鄭司農注云容者乏也待獲者所蔽按乏與丏篆文相似義取蔽矢豈禮經本作丏與彌兖切古音在十二部以⿱宀丏賓字知之凡丏之屬皆从丏

文一

首　古文百也各本古文上有百首二字妄人所增也許書絕無此例惟麻下云與𣏟同亦妄人所增也今刪正義巳見上矣故祇言古文百如儿下曰古文奇字人亣下曰籒文大頁下曰古文𩠐皆此例也不見𩠐於百篆之次者以有从𩠐之篆不得不出之爲部首也今字則古文行而小篆廢矣巛象髮說百上有巛之意象髮形也小篆則但取頭形髮謂之鬊髮字舊奪今補鬊卽巛也當作巛卽鬊也與去卽易奕字也例同鬊之訓髮隋也渾言之則爲髮偁此八字蓋別一說上文謂象形此謂巛卽山川字古音同春故可假爲鬊字會意凡𩠐之屬皆从𩠐

𩠐　𩠐首也三字句各本作下首也亦由妄人不知三字句之例而改之今正頓首𩠐首爲周禮九拜之二大耑在漢末時上書言事者必分別其辭則二者形狀之不同所用行禮之分別許時人人知之故小雅大雅稽首毛皆無傳許亦但曰此篆謂𩠐首此篆謂頓首而巳周禮𩠐首本又作稽許沖上書前作稽首後作𩠐首恐今之經典轉寫譌亂者多矣鄭曰𩠐首句拜頭至地也頓首拜頭叩地也蓋𩠐首者拱手至地頭亦至於地而顙不必觸地與頓首之必以顙叩地異矣𩠐首者稽遲其首也頓首亦

𩠐 3端　△剸

曰䭫顙䭫顙者稽遲其顙也此吉凶之大辨也今人作名刺必曰頓首拜是以凶禮施於賓禮嘉禮且頓首而拜非卽喪禮之稽顙而後拜乎亦議禮者所當知矣詳見頁部手部古者吉賓嘉皆䭫首無言頓首者喪則䭫顙無言䭫首者以是知䭫顙卽頓首也諸侯於天子䭫首大夫士於諸侯䭫首大夫士於鄰國之君䭫首家臣於大夫不䭫首以避君也君之於臣拜手君於臣䭫首者重其臣也洛誥云成王拜手稽首是也 **从𩠐旨聲** 康禮切十五部按此下不云頁古文䭫者已別出之爲部首矣

𩠐 截首也 首字各本奪今補斤部曰斷者截也戈部曰截者斷也截首則字从斷首會意集韵類篇皆云斷首是也廣雅斷斷也此引伸爲凡截之偁也 **从斷首** 舊誤今正斷亦聲此舉會意包形聲也大丸旨沇二切十四部

剸 或从刀專聲 王褒傳水斷蛟龍陸剸犀革卽蘇秦傳之水斷牛馬陸截鵠鴈也剸與刀部剬義相近古亦借爲專擅字小徐本無此篆

文三　重一

九篇上　七

𥄉 19見　縣 3匣

𥄉 到首也 到者今之倒字此亦以形爲義之例 **賈侍中說** 偁官不偁名者尊其師也 **此斷首到縣𥄉字** 廣韵引漢書曰三族令先黥劓斬左右趾𥄉首菹其骨按今漢書刑法志作梟菹非孫愐所見之舊矣𥄉首字當用此用梟於義無當不言从到首者形見於義如珏下不言从二玉也古堯切二部 **凡𥄉之屬皆从𥄉**

縣 繫也 繫當作系繫者繫䋈也一名惡絮許書本非此字明矣許自序云據形系聯不作繫也系篆下云繫也當卽縣之譌二篆爲轉注古懸挂字皆如此作引伸之則爲所系之偁周禮縣系於遂邑部曰周制天子地方千里分爲百縣則系於國秦漢縣系於郡釋名曰縣縣也縣係於郡也自專以縣爲州縣字乃別製从心之懸挂別其音縣去懸平古無二形二音也顏師古云古縣邑字作寰亦爲臆說 **从系持𥄉** 會意胡涓切十四部

文二

須 16心　頿 10精　䫇 28泥（髯）　顊 10並　⿰否須 24滂　彡 28心

須 頤下毛也 各本譌作面毛也三字今正禮記禮運正義曰案說文云耏者鬚也鬚謂頤下之毛象形字也今本而篆下云頰毛也須篆下云面毛也語皆不通毛篆下云眉髮之屬故眉解目上毛須解頤下毛須在頰者謂之𩓈不謂之須而釋須爲面毛則九無理須在頤下頿在口上䫇在頰其名分別有定釋名亦曰口上曰髭口下曰承漿頤下曰鬚在頰耳旁曰髯與許說合易賁六二賁其須侯果曰自三至上有頤之象二在頤下須之象也引伸爲凡下垂之偁凡上林賦之鶡蘇吳都賦之流蘇今俗云蘇頭皆卽須字也俗假須爲需別製⿰髟賁鬚字 **从頁彡** 彡者毛飾畫之文須與頿每成三綹形似之也相俞切古音在四部讀如挼釋名曰鬚秀也 **凡須之屬皆从須**

頿 口上須也 在口上在頰亦得名須而正名百物則曰頿曰䫇左傳曰至於靈王生而有頿是爲頿王釋名曰髭姿也爲姿容之美也 **从須此聲** 卽移切十五十六部或作髭

䫇 頰須也 頰面旁也釋名曰隨口動搖冄冄然也封禪書有龍垂胡髯下迎黃帝詳文意乃泛謂須 **从須冄** 會意 **冄亦聲** 汝鹽切七部俗作䫇髯

九篇上　六

顊 須髮半白也 兼言髮者類也此孟子頒白之正字也趙注曰頒者斑也頭半白斑斑者也卑與斑雙聲是以漢地理志卑水縣孟康音斑葢古顊讀如斑故亦假大頭之頒藉田賦士女頒斌李注頒斌相襍之皃也其引伸之義也王制諸侯曰頖宮頖葢顊字之異體故假爲泮水之泮廣韵又借臥髻之髮爲顊 **从須卑聲** 府移切十六部讀如班則十四部

⿰否須 短須髮皃 西京賦說猛獸髬髵薛曰髬髵作毛鬣也髬卽⿰否須字須髮短則植猛獸毛鬣植 **从須否聲** 敷悲切古音在一部

文五

彡 毛飾畫文也 巾部曰飾者㕞也飾畫者㕞而畫之毛者聿也亦謂之不律亦謂之弗亦謂之筆所以畫者也其文則爲彡手之列多略不過三故以彡象之也毛所飾畫之文成彡須髮皆毛屬也故皆以爲彡

形ㄒㄧㄥˊ 12匣　㐱ㄓㄣˇ 9端　△鬒　修ㄒㄧㄡ 21心　彰ㄓㄤ 15端　彫ㄉㄧㄠ 21端　𢒉ㄐㄧㄥˋ 12從

之屬而从彡象形所銜切七部凡彡之屬皆从彡

形象也各本作象形也今依韵會本正象當作像謂像似可見者也人部曰像似也似像也形容謂之形因而形容之亦謂之形六書二曰像形者謂形其形也四曰形聲者謂形其聲之形也易曰在天成象在地成形分倂之實可互倂也左傳形民之力假爲型模字也易其形渥假爲刑罰字也从彡有文可見故从彡幵聲戶經切十一部按枅笄字皆古兮切研字五堅切幵聲古音俟考

㐱稠髮也稠者多也禾稠曰穊髮稠曰㐱其意一也从彡謂髮人聲之忍切十二部詩曰㐱髮如雲庸風君子偕老文今詩作鬒葢以或字改古字傳曰鬒黑髮也疑黑字亦非毛公之舊許多襲毛不應有異左傳昔有仍氏生女黰黑而甚美黰正謂稠髮髮多且黑而皃甚美也服杜皆云美髮爲黰不言黑髮

鬒㐱或从髟眞聲黰又其或體

修飾也巾部曰飾者㕞也又部曰㕞者飾也二篆爲轉注飾即今之拭字拂拭之則發其光采故引伸爲文飾女部曰妝者飾也用飾引伸之義此云修飾也者合本義引伸義而兼舉之不去其塵垢不可謂之修不加以縟采不可謂之修修之从彡者洒㕞之也藻繪之也修者治也引伸爲凡治之倂匡衡曰治性之道必審己之所有餘而強其所不足从彡攸聲息流切三部經典多假肉部之脩

彰彣彰也彣各本作文今正文逪畫也與彣義別古人作彣彰今人作文章非古也尚書某氏傳呂覽注淮南注廣雅皆曰彰明也通作章从彡章會意謂文成章章亦聲諸良切十部

彫琢文也琢者治玉也玉部有琱亦治玉也大雅追琢其章傳曰追彫也金曰彫玉曰琢毛傳字當作琱凡琱琢之成文曰彫故字从彡今則彫雕行而琱廢矣从彡治玉成文也周聲都僚切二三部

𢒉清飾也清飾者謂清素之飾也上林賦靚莊刻飾郭璞曰靚莊粉白黛黑也刻飾刻畫鬋鬢也按靚莊即𢒉妝之假借字𢒉與水部之瀞義略同从彡青聲疾郢切十一部按丹部曰彤者丹飾也从丹彡彡其畫也疑此當云𢒉青飾也从彡青青亦聲葢謂以青色飾畫之文也彤不入彡部𢒉不入青部者錯見也

㣎ㄇㄨˋ 22明　弱ㄖㄨㄛˋ 20泥　彣ㄨㄣˊ 9明　彥ㄧㄢˋ 3疑　文ㄨㄣˊ 9明　斐ㄈㄟˇ 7滂

㣎細文也細文文之細者故字从彡㝅彡者文也㝅者際見之白際者壁隙也璺之細者也引伸爲凡精美之偁周頌曰維天之命於穆不已傳曰穆美也大雅傳曰穆穆美也釋訓曰穆穆肅肅敬也皆其義也古本作㣎今皆从禾作穆假借字也古昭穆亦當用㣎从彡㝅省各本有聲字誤也今正莫卜切三部廣韵莫六切

弱橈也橈者曲木也引伸爲凡曲之偁直者多強曲者多弱易曰棟橈本末弱也弱與橈疊韵上象橈曲謂弓也彡象毛氂橈弱也曲似弓故以弓像之弱似毛氂故以彡像之弱物并不能獨立故从二𢎗而勺切古音在二部

文九　重一

彣戫也有部曰戫有彣彰也是則有彣彰謂之彣彣與文義別凡言文章皆當作彣彰作文章者省也文訓逪畫與彣義別从彡文以毛飾畫而成彣彰會意文亦聲無分切十三部凡彣之屬皆从彣

彥美士有彣彣作文非是今正人所言也言彥疊韵釋訓曰美士爲彥郭曰人所詠也鄭風傳曰彥士之美稱人所言故曰彥有文故从彣大學彥或作盤古文假借字从彣厂聲厂山石之厓巖人可居者也呼旱切彥魚變切十四部

文二

文錯畫也錯當作逪逪畫者这逪之畫也考工記曰青與赤謂之文逪畫之一耑也逪畫者文之本義彣彰者彣之本義義不同也黃帝之史倉頡見鳥獸蹏迒之迹知分理之可相別異也初造書契依類象形故謂之文象交文像兩紋交互也紋者文之俗字無分切十三部凡文之屬皆从文

斐分別文也謂分別之文曰斐衞風有匪君子傳曰匪文章皃小雅萋兮斐兮傳曰萋斐文章相錯也考工

辬 ㄅㄢ 3幫
斄 ㄌㄧˊ 24來

記注曰匪采貌也皆不言分別許云分別者渾言之則爲文析言之則爲分別之文以字从非知之也非違也凡从非之屬巷別也靠相違也从文非聲此舉形聲包會意也敷尾切十五部易曰君子豹變其文斐也革上九象傳文今易作蔚虞曰蔚蔽也許所據蓋孟易

辬駁文也謂駁襍之文曰辬也馬色不純曰駁引伸爲凡不純之偁辬之字多或體易卦之賁字上林賦之斒字史記璸斒漢書文選玢豳俗用之斑字皆是斑者辬之俗今乃斑行而辬廢矣又或假班爲之如孟堅之得氏以楚人謂虎文曰班卽虍部虨字也作辬斑近是而漢書作班頭黑白半曰頒亦辬之假借字許知爲不純之文以从辡知之辨辯字皆从辡从文辡聲此舉形聲包會意布還切十四部

⿱𠩺文微畫文也文各本奪今補此謂微畫之文曰⿱𠩺文也凡今人用豪氂當作此字經解曰差若豪氂謬以千里乃是假借字知爲微畫之文者以从𠩺知之𠩺者坼也微之意也从文𠩺聲此舉形聲包會意里之切一部

九篇上

卅二

文四

髟 ㄅㄧㄠ 21幫
髮 ㄈㄚ 2幫
△𩠐
△頒
鬢 ㄅㄧㄣ 6幫

髟長髮猋猋也猋與髟疊韵猋猋當依玉篇作髟髟通俗文曰髮垂曰髟潘岳秋興賦斑鬢髟以承弁按馬融長笛賦特麚昏髟注髟長髦廣成頌曰羽旄紛其髟䬙瀌䌛之假借字也从長彡彡猶毛也會意五經文字必由反在古音三部桼部髼从此爲聲可得此字之正音矣音轉乃爲必凋切匹妙切其云所銜切者大謬誤認爲彡聲也一曰白黑髮襍而髟依李善秋興賦注補此八字而似當作曰凡髟之屬皆从髟

髮頭上毛也各本作根也廣韵已然以釋名廣雅正之乃拔也之誤要此二字可不必有耳毛部曰毛者眉髮之屬故眉下曰目上毛須下曰頤下毛則髮下必當有頭上毛也四字且下文云鬢者頰髮不先言頭上何以別其在頰者乎今依玉篇廣韵語正从髟犮聲方伐切十五部𩠐髮或从首頒古文蓋象角䰜之形鬢頰髮也謂髮之在面旁者也

鬗 ㄇㄢˊ 3明
⿱髟監 ㄌㄢˊ 32來
⿱髟差 ㄘㄨㄛˇ 1清
鬈 ㄑㄩㄢˊ 3匣

晉語美鬢長大則賢韋昭曰鬢髮頴也明道本如是他本頴作類非髮頴者頴禾末近於采似人頸故錐刀皆有頴髮亦有頴髮以項爲下上至於頂至於匘蓋而旁至於頰則謂之鬢鬢者髮之濱也似禾頴之在末禾之老先采而後莖髮之老而白也先鬢而餘髮繼之項髮最後韋語俗多不解故詳說之釋名曰在頰耳旁曰髯其上連髮曰鬢鬢曲頭曰距从髟賓聲必刃切十二部

鬗髮長皃皃字依玉篇訂引伸爲凡長之偁如郊祀歌曰掩回轅鬗長馳鬗猶今言道里曼曼也如淳曰音樠从髟㒼聲讀若蔓母官切十四部

⿱髟監髮長也集韵曰⿱髟監鬖髮長皃廣韵曰⿱髟監鬢髮疎皃从髟監聲魯甘切八部讀若春秋黑肱以濫來奔左氏春秋經昭公三十一年冬黑肱以濫來奔讀如此濫也

⿱髟差髮好也廣韵有皃字从髟差聲千可切十七部廣韵昨何切

鬈髮好也也廣韵作皃齊風盧令曰其人美且鬈傳曰鬈好皃傳不言髮者傳用其引伸之義許用其本義也本義謂髮好引伸爲

九篇上

卅三

髦 ㄇㄠˊ 19明

凡好之偁凡說字必用其本義凡說經必因文求義則於字或取本義或取引伸假借有不可得而必者矣故許於毛傳有直用其文者凡毛許說同是也有相近而不同者如毛曰鬈好皃許曰髮好皃毛曰飛而下曰頡許曰直項也是也此引伸之說也有全違者如毛曰匪文章皃許曰器似竹匧毛曰干澗也許曰犯也是也此假借之說也經傳有假借字書無假借从髟卷聲衢員切十四部詩曰其人美且鬈

髦髦髮也三字句各本刪髦字作髮也二字此如巂下之刪巂作周燕也離下之刪離倔下之刪倔江河等下之刪江河等字皆不可通今補元應佛書音義卷二引說文髦髮也謂髮中之髦也卷五引說文髦髮也髮中豪者也下句乃古注語上句亦奪一髦字不可讀髮中之秀出者謂之髦髮漢書謂之壯髮馬鬣偁髦亦其意也詩三言髦士爾雅毛傳皆曰髦俊也釋文云毛中之長豪曰髦士之俊傑者借譬爲名此引伸之義也古亦假髦爲毛字既夕禮注曰今文髦爲毛是今文禮叚毛爲髦也从髟毛髮之秀者曰毛猶角之好者曰角毛亦聲莫袍切二部

⿱髟臱 ㄇㄢˊ 3 明　⿱髟周 ㄊㄠˊ 21 定　⿱髟爾 ㄋㄧˇ 4 泥　⿱髟音 ㄆㄡˊ 24 並　⿱髟敄 ㄇㄠˊ 16 明　△髳　鬋 ㄐㄧㄢˇ 3 精

髮皃元應曰凡鬘字皆當作⿱髟臱**从髟臱聲讀若宀**莫賢切十二部

髮多也彡部曰㐱者稠髮也稠髮當作⿱髟周此則說⿱髟周之義小雅曰彼君子女綢直如髮傳曰密直如髮也是則綢乃⿱髟周之假借字**从髟周聲**直由切三部

髮皃从髟爾聲此字亦取爾會意如華盛之字作薾皆取麗爾之意也**讀若江南謂酢母爲⿱髟爾**此江南之方言也漢之江南謂豫章長沙二郡⿱髟爾無異字者方言固無正字知此俗語則髮皃之字之音可得矣奴禮切十五十六部酢今之醋字廣雅嬭母也音與⿱髟爾同

髮皃从髟音聲步矛切四部

髮至眉也庸風髧彼兩髦傳曰髧兩髦之皃髦者髮至眉子事父母之飾許所本也內則拂髦注云髦用髮爲之象幼時鬌其制未聞既夕禮曰既殯主人脫髦注云兒生三月翦髮爲鬌男角女羈否則男左女右長大猶爲之飾存之謂之髦所以順父母幼小之心至此尸柩不見喪無飾可以去之髦之形象未聞玉藻親沒不髦注云去爲子之飾按鄭旣言⿱髟敄之用而云其制未聞者謂其狀不可詳也毛云髮至眉葢以髮兩絡下垂至眉像嬰兒夾囟之角髮下垂父母在不失其嬰兒之素也依禮經曰脫依內則注曰拂髦振去塵箸之是假他髮爲之許引毛詩作⿱髟敄今則詩禮皆作髦或由音近假借⿱髟敄與髦義古畫然不同**从髟敄聲**亡牢切古音在三部廣韵莫浮切**詩曰紞彼兩⿱髟敄**今詩紞作髧釋文云本又作优按紞冕冠塞耳者⿱髟敄葢似之也

髳或省漢令有髳長髳卽⿱髟敄字而羌髳字祇从矛牧誓庸蜀羌髳微盧彭濮小雅如蠻如髦傳曰蠻南蠻也髦夷髦也箋云髦西夷別名按詩髦卽書髳髳長見漢令蓋如趙佗自偁蠻夷大長亦謂其酋豪也

女鬢垂皃也招魂曰盛鬋不同制王云鬋鬢也制法也言九侯之女裝飾兩結垂鬢下髮形貌詭異又長髮曼鬋豔陸離些注曼澤也言美人長髮工結鬟鬋滑澤其狀豔美儀皃陸離而難形也按張揖注上林賦亦云刻畫鬋鬢鬋主謂女鬢不施於男子曲禮不蚤鬋士虞禮蚤翦翦或爲鬋鬋皆翦之假借字也喪大記爪手翦須可證曲禮注翦鬢

鬑 ㄌㄧㄢˊ 30 來　⿱髟截 ㄐㄧㄝˊ 20 精　鬄 ㄊㄧˋ 11 定　△髢　髲 ㄅㄧˋ 1 並　⿱髟次 ㄘˋ 4 清　髺 ㄍㄨㄛ 2 見

釋文作翦鬢非是**从髟歬聲**作踐切十二部

鬋也一曰長皃此別一義謂須鬢之長古陌上桑曰爲人絜白皙鬑鬑頗有鬚**从髟兼聲讀若慊**力鹽切七部

束髮尐小也尐小二字各本作少廣韵十六屑十七薛引作少小二字少乃尐之誤今正尐與⿱髟截疊韵面小亦謂之⿰酉截尐通俗文曰露髻曰⿱髟截露髻者士喪禮婦人髽于室注云既去纚而以髮爲大紒如今婦人露紒其象也注喪服亦云髽露紒也然則露髻漢人語謂不用縚髮之縱露髮爲髻也今乃婦人無不露髻者矣二京賦解訓⿱髟截亦云露頭髻按鄭云大髻許云尐也小者其辭異其爲粗猝之意一也**从髟截聲**子結切十五部

髮也庸風不屑髢也箋云髢髲也不絜者不用髲爲善左傳衛莊公見己氏之妻髮美使髡之以爲呂姜髢按鬄與⿱髟剔義別音亦有異**从髟易聲**大計切古音在十六部从易爲正大徐又載先彳切誤

鬄或从也聲古易聲在十六部也聲在十七部合韵最近此字今音大計切於也聲得之地亦也聲

益髮也各本作鬄也二字今正庸風正義引說文云髲益髮也言人髮少聚他人髮益之下十字古注語髲字不見於經傳假被字爲之召南被之僮僮傳曰被首飾也箋云禮主婦髲⿱髟剔少牢饋食禮主婦被錫注曰被錫讀爲髲⿱髟剔古者或⿱髟剔賤者刑者之髮以髲婦人之紒爲飾因名髲⿱髟剔焉周禮所謂次也按如鄭說則詩禮之被皆卽髲也以⿱髟剔爲髲卽是以⿱髟剔爲鬄許云益髮不謂爲禮服鄭說不同者髲本髮少禪益之名因用爲禮服之名庸風不屑髢也自謂髮⿱髟周不假益髮爲髻要燕居則縱笄總而已禮服笄總之後必分別加副編次於上爲飾副編次皆假他髮爲之也周禮追師之次禮經曰髲⿱髟剔詩曰被**从髟皮聲**平義切古音在十七部

用梳比也比者今之篦字古祇作比用梳比謂之⿱髟次者次第施之也凡理髮先用梳梳之言疏也次用比比之言密也周禮追師爲副編次注云次者次第髮長短爲之疑次卽⿱髟次**从髟次聲**此舉形聲包會意七四切十五部

絜髮也絜各本譌作潔今依玉篇韵會正絜麻一耑也引伸爲圍束之偁絜髮指

⿱髟般ㄆㄢ 3並　⿱髟付ㄈㄨ 16幫　⿱髟莫ㄇㄚ 14明　⿱髟貴ㄍㄨㄟ 8明　⿱髟介ㄐㄧㄝ 2見　鬣ㄌㄧㄝ 31來

束髮也按士喪禮主人髻髮戴記作括髮謂小斂訖去纚爲露髻也婦人之髽亦是去纚而髻與男子之髻髮相等則髻爲凶禮矣然許於髽曰喪髻於髻不云喪髻者髻髮猶云束髮內則喪服之總深衣之束髮士喪禮之鬠同爲一事鬠卽髻字之異者髻非喪服之專偁也故士喪禮之用組以組束髮也深衣之用錦以錦束髮也喪服小記之始死括髮以麻以麻束髮也喪服之布總以布束髮也其他縞總素總以縞素束髮也是皆得謂之髻非凶禮之專辭也士喪禮注曰髻古文作括鬠古文作括禮經髻髮戴禮皆作括髮則用古文與周禮注引鬠用組作撍　**从髟昏聲**古活切十五部

臥結也結今之髻字也士冠禮采衣紒注云古文紒爲結按許書皆作結鄭注經皆作紒鄭依今文禮許依古文禮故糸部有結無紒也臥髻者蓋謂寢時盤髮爲之令可不散　**从髟般聲讀若槃**薄官切十四部

結也廣韵云露髻　**从髟付聲**方遇切四部

⿱髟莫帶逗**結頭飾也**各本奪二字今依西京賦注補鬢帶二字爲句如方言之鬢帶所以繞於髻上爲飾者西京賦朱鬘薛注以絳帕額按薛注帕乃帕之誤帕卽鬘字其字之本義乃飾髻上也故从髟　**从髟莫聲**莫駕切古音在五部

屈髮也當依廣韵屈上有髻字屈者無尾也引伸爲凡短之偁方言絡頭帕頭也紗繢鬢帶髮帶帑㡧幧頭也自關而西秦晉之郊曰絡頭南楚江湘之閒曰帕頭自河以北趙魏之閒曰幧頭或謂之帑或謂之㡧其偏者謂之鬢帶或謂之髮帶按鬢者髻短髮之偁方言之鬢帶謂帕頭帶於髻上也帕頭之制自項中而前交於額卻繞髻　**从髟貴聲**亡媿切十五部

簪結也簪結者既簪之之髻也許以笄與兓互訓而笄有固冕弁之笄有固髮之笄子事父母櫛縰笄總拂髦此固髮爲髻之笄也縰者所以韜髮韜之而後髻之髻之而後簪之之既簪之髻曰髺按髺蓋卽今文禮之紒　**从髟介聲**簪之如介畫然故从介古拜切十五部按曹憲注廣雅曰按說文髺卽籒文髻字也

髮鬣鬣也囟部巤下曰毛巤也象髮在囟上及毛髮巤巤之形巤巤動而直上皃所謂頭髮上指髮上衝冠也辭賦家言

△⿺毛巤　△⿰豕巤　髗ㄌㄨ 13來　髴ㄈㄨ 8滂　髶ㄖㄨㄥ 18泥　鬌ㄉㄨㄛ 1定　鬊ㄕㄨㄣ 9透　鬜ㄑㄧㄢ 3溪　鬄ㄊㄧ 11透

旌旗獵獵是其假借字也許意鬣爲今馬鬣字鬣爲顫動之字今則鬣行而巤廢矣人部曰儠者長壯儠儠也字意略同今左氏傳長儠作長鬣杜以多須釋之殊誤須下垂不偁鬣凡上指者偁鬣　**从髟巤聲**此舉形聲包會意亘涉切八部

鬣或从毛許說毛者通乎獸毛而言故馬豕之髦亦曰鬣周禮巾車髮字故書爲駐亦或爲鬣按駐鬣皆卽鬣字也隸體多假葛爲巤

或从豕曲禮曰豕曰剛鬣系部曰豕鬣如筆管者曰豪是或从豕之意也

鬣也亦謂髮鬣鬣也二篆雙聲　**从髟盧聲**洛乎切五部

髴此復舉字之未刪者　**若佀也**佀者像也若佀者糸言之髴與人部仿佛之佛義同許無髣字後人因髴製髣　**从髟弗聲**敷勿切十五部

亂髮也此與艸部茸義略同　**从髟耳聲**各本作茸省聲今正此於雙聲取聲也而容切九部

髮墮也鉉本墮作隋廣韵云髮落是也內則曰三月之末擇日翦髮爲鬌男角女羈鬌本髮落之名因以爲存髮不翦者之名故鄭注云鬌所遺髮也方言廣雅有毻字江賦注所引字書有毻字皆謂落毛與鬌義相近　**从髟隋省聲**鍇本隋作墮皆通此舉形聲包會意也內則音義曰丁果反徐大果反是古音在十七部匡謬正俗引呂氏字林玉篇切韵並直垂反則轉入十六部矣大徐引唐韵直追切在脂韵非也宋廣韵直垂切則同陸法言切韵

鬊髮也士喪禮曰巾柶鬊爪埋于坎喪大記君大夫鬊爪實于綠中注曰鬊亂髮也漢書曰黑雲如猋風亂鬊按鬊爲墮髮而省字下曰髮謂之鬊巛卽鬊也則髮在頭者亦非不可云鬊矣　**从髟春聲**舒閏切十三部

鬜禿也考工記顅脰注曰顅故書或作牼鄭司農云牼讀爲鬜頭無髮之鬜按大鄭改牼爲鬜而今書作顅頁部云顅頭鬢少髮也是鬜顅音義皆同顅卽鬜也明堂位注曰齊人謂無髮爲禿楬釋名曰禿無髮沐禿也毼頭生瘡曰瘕毼亦然也毼與楬皆卽鬜也　**从髟閒聲**苦閒切十四部經典釋文鬜有苦瞎枯曷二反明堂位釋文楬有苦瞎苦八二反

鬀髮也此篆今經典不見而五經文字曰鬄聽亦反見詩風注所云詩

風注謂宷蘩箋也今箋云禮記主婦髲髢釋文作鬄張參所見作鬄爲是葢鄭旣注禮乃箋詩自用其禮經注之說也少牢饋食禮曰主婦被錫注云被錫讀爲髲鬄古者或鬄賤者刑者之髮以髲婦人之紒爲飾因名髲鬄焉周禮所謂次也周禮追師注引少牢饋食禮主婦髲鬄與詩箋皆自用其改易之字而俗人多識鬄少識鬄且誤認爲一字於是二禮及詩注皆改鬄爲鬄爲髢夫鬄髢同字訓髲髲者益髮也今俗所謂頭髲也鬄者鬀髮也然則鄭云鬄髮以髲婦人之紒卽鬄髮以鬄婦人之紒也倘經云髲鬄直重字而已於義安乎推詳召南正義孔沖遠所見禮注詩箋不誤而顏師古毛詩定本誤也若毛詩音義云鬄本亦作髢徒帝反劉昌宗吐歷反沈湯帝反夫徒帝爲鬄之反語吐歷湯帝二反則爲鬄之反語詩音義之云劉昌宗吐歷反卽少牢音義之云劉士歷反也葢陸氏於鬄鬄未辨亦溷爲一字致後來之誤鬄字見他書者大元增次八兼貝以役往益來鬄釋文云鬄以刀出髮也司馬遷傳鬄毛髮嬰金鐵受辱師古鬄音吐計反文選作剔毛髮韓非曰嬰兒不剔首則腹痛莊子馬蹄燒之剔之剔皆鬄之省也至若由鬄之本義而引伸之則爲解散士喪禮特豚四鬄注曰鬄解也今文鬄爲剔禮經此鬄周禮禮記作肆皆託歷反本非鬄字也而今之禮經作鬄則亦譌字而已矣○或問大雅皇矣攘之剔之何謂也曰釋文云字或作鬄詩本作鬄譌之則爲鬄俗之則爲剔非古有剔字也又周頌狄彼東南釋文云狄韓詩作鬄除也鬄亦鬄之譌鄭箋云狄當作剔用韓說也抑用遏蠻方箋云當作剔葢鄭不廢剔字 **从髟从刀** 以刀除髮會意也 **易聲** 他歷切十六部按小徐本作从髟剔聲此甚誤大徐本不誤而毛氏扆改爲从刀剔聲則誤中又誤矣許於刀部無剔字故此篆斷非剔聲也漢時有剔字許不錄者禮古文作鬄今文作剔許於此字從古文故不取今文也凡許於禮經依古文則遺今文依今文則遺古文猶鄭依古文則存今文於注依今文則存古文於注也剔者鬄之省俗據莊子音義呂忱乃錄剔於字林云剃也然則呂謂卽俗鬄甚明今人好用剔字以之當手部他歷切之擿字葢非古矣

髡 ㄎㄨㄣ 9 溪

髡 **鬄髮也** 楚辭涉江接輿髡首王注云髡剔也剔者俗鬄字周禮髡者使守積注云此必王之同族不宮者宮之爲翦其類髡之而已而部曰罪不至髡完其而鬢曰耏 **从髟兀聲** 苦昆切十三部

△髨

髨 **或从元** 元亦兀聲也故亦从元聲古或假完爲髡如漢刑法志完者使守積王制注同

鬀 ㄊㄧˋ 4 透

鬀 **鬄髮也** 鬀俗作剃 **从髟弟聲** 必次弟除之故从弟此亦形聲包會意他計切十五部 **大人曰髡** 謂有罪者 **小兒曰鬀** 周禮雉氏注曰雉讀如鬀小兒頭之鬀韓非曰嬰兒不剔首則腹痛剔亦鬀也葢自古小兒鬀髮 **盡及身毛曰鬄** 此又析言三字之不同也上文則渾言之

⿱髟並 ㄅㄧㄥˋ 15 並

⿱髟並 **髼也从髟並聲** 蒲浪切十部按並聲本在十部今俗謂卒然相遇曰掽如滂去聲字當作⿱髟並也

⿱髟彔 ㄈㄟˋ 17 滂

⿱髟彔 **⿱髟並也忽見也** 按⿱髟並也二字衍文集韵類篇增一曰⿱髟並二字於忽見之上尤非是 **从髟彔聲** 芳未切十五部此舉形聲包會意也下文說从彔之意 **彔籀文魅** 鬼部曰彔籀文魅也彔古文魅也與此不合立部彔下亦曰彔籀文鬽字然則鬼部之美誤顯然 **亦忽見意** 故⿱髟彔从之

髽 ㄓㄨㄚ 1 精

髽 **喪結也** 鄭注喪服曰髽露紒也猶男子之括髮斬衰括髮以麻則髽亦用麻也葢以麻自項而前交於額卻繞紒如箸幓頭焉注奔喪曰去纚大紒曰髽注檀弓曰去纚而紒曰髽戴先生曰婦人當男子括髮免則髽齊斬之髽皆布總 **禮女子髽衰** 禮謂禮經也喪服經曰女子子在室爲父布總箭笄髽衰三年按布總箭笄髽者以布束髮篠竹爲笄其髻則露髻不用纚韜髮也許所偁者此經謂斬衰之服也齊衰亦髽 **弔則不髽魯臧武仲與齊戰於狐鮐魯人迎喪者始髽** 弔則不髽爲下文張本也檀弓注曰禮婦人弔服大夫之妻錫衰士之妻則疑衰與皆吉笄無首素總是婦人弔禮不當髽檀弓曰魯婦人之髽而弔也自敗於壺鮐始也記禮變之始也襄四年左傳亦曰邾人莒人伐鄫臧紇救鄫侵邾敗於狐鮐國人逆喪者皆髽魯於是乎始髽檀弓注曰其時家家有喪髽而相弔後遂因之爲弔服矣 **从髟坐聲** 莊華切十七部

文三十八　重七

后ㄏㄡˋ 16匣　呴ㄏㄡˇ 16曉　司ㄙ 24心　詞ㄘˊ 24定

后繼體君也釋詁毛傳皆曰后君也許知爲繼體君者后之言後也開剏之君在先繼體之君在後也析言之如是渾言之則不別矣易象下傳曰后以施命誥四方虞云后繼體之君也此許說也葢同用孟易經傳多假后爲後大射注引孝經說曰后者後也此謂后卽後之假借**象人之形**謂上體𠂆也𠂆葢八字橫寫不曰从八而曰象人形者以非立人也下文卮解亦曰象人**从口**胡口切四部**易曰后㠯施令告四方**此用遘象傳說从口之意傳曰天下有風遘后以施命誥四方鄭作誥許作告按此條各本作象人之形施令以告四方故𠂆之从一口發號者君后也淺人所竄不成文理上體旣象人又何得云从余制切之𠂆且从一乎今以下后字解文法更定則宜有易曰審矣**凡后之屬皆从后**

呴厚怒聲厚當作㕧㕧與呴疊韵諸書用呴字卽此字也聲類曰呴嗥也俗作吼**从后口**各本作口后誤今正厚怒故从后后之言厚也聲出於口故从口會意不云从口后聲系之口部者許定此爲后口會意如古文厚之从后土也**后亦聲**呼后切四部

文二

司臣司事於外者外對君而言君在內也臣宣力四方在外故从反后鄭風邦之司直傳曰司主也凡主其事必伺察恐後故古別無伺字司卽伺字見部曰䙆司也䙆司人也人部曰伏司也候司望也頁部曰類司人也犬部曰𤡭司也豸下曰欲有所司殺皆卽今之伺字周禮師氏媒氏禁殺戮之注皆云司猶察也俗又作覗凡司其事者皆得曰有司**从反后**惟反后乃鄉后矣息茲切一部**凡司之屬皆从司**

䛐意內而言外也有是意於內因有是言於外謂之䛐此語爲全書之凡例全書有言意者如歑言意欪無腸意歡悲意憖臁意之類是也有言䛐者如欥詮䛐也者別事䛐也皆俱䛐也曷䛐也魯鈍䛐也𥏫識䛐也曾䛐之舒也乃䛐之難也尒䛐之必然也矣語巳䛐也弥兒䛐也㝵驚䛐也咼𦍌惡驚䛐也鱻𦍌鬼警䛐也臮衆與䛐也之類是也意卽意內䛐卽言外言意而䛐見言䛐而意見意者文字之義也言者文字之聲也䛐者文字形聲之合也凡許之說字義皆意內也凡許之說形說聲皆言外也有義而後有聲有聲而後有形造字之本也形在而聲在焉形聲在而義在焉六藝之學也䛐與辛部之辭其義迥別辭者說也从𤔔辛𤔔辛猶理辜謂文辭足以排難解紛也然則辭謂篇章也䛐者意內而言外从司言此謂摹繪物狀及發聲助語之文字也積文字而爲篇章積䛐而爲辭孟子曰不以文害辭不以䛐害辭也孔子曰言以足志䛐之謂也文以足言辭之謂也大行人故書汁䛐命鄭司農云䛐當爲辭此二篆之不可㨾一也**从司言**司者主也意主於內而言發於外故从司言陸機賦曰辭呈材以效伎意司契而爲匠此字上司下言者內外之意也郭忠恕佩觿曰詞朗之字是謂𧪛行本作䛐服李文仲字鑒曰詞朗崩秋字說文作䛐服崩一烁是可證古本不作詞今各本篆作詞誤也似茲切一部

文二

卮ㄓ 10端（巵）　䏝 3定　腨 3端

卮圜器也內則注曰卮匜酒漿器**一名觛**角部曰觛者小卮也急就篇亦卮觛並舉此渾言析言之異也項羽本紀項王曰賜之卮酒則與斗卮酒斗卮者卮之大者也與下文鱣肩言生意同**所㠯節飲食**飲食在是節飲食亦在是也故从卪**象人**謂上體似人字橫寫也**卪在其下也**卮从人卪與后从人口同意章移切十六部**易曰君子節飲食**頤象傳文偁此說从卪之意古多假節爲卪**凡卮之屬皆从卮**

䏝小卮有耳葢者急就篇皇象本槫榼椑榹槫卽䏝也有耳葢謂有耳有葢也**从卮專聲**市沇切十四部

腨小卮也顏師古急就篇椯榼椑榹椯卽腨也**从卮耑聲讀若捶擊之捶**廣韵之累切大徐旨沇切由十四部轉入十六部也

文三

卪 ㄐㄧㄝˊ 5精

卪瑞信也 瑞者以玉爲信也周禮典瑞注曰瑞節信也典瑞若今符璽郎掌節注曰節猶信也行者所執之信邦節者珍圭牙璋穀圭琬圭琰圭也按是五玉者皆王使之瑞卪引伸之凡使所執以爲信而非用玉者皆曰卪下文是也 守邦國者用玉卪守都鄙者用角卪 鄭云謂諸侯於其國中公卿大夫王子弟於其采邑有所使亦自有節也 使山邦者用虎卪土邦者用人卪澤邦者用龍卪 鄭云謂使卿大夫聘於天子諸侯行道所執之信也是三卪者皆以金爲之鑄虎人龍象焉必自以其國所多者於以相別爲信 門關者用符卪貨賄用璽卪道路用旌卪 鄭云門關司門司關也貨賄者主通貨賄之官謂司市也道路者主治五涂之官謂鄉遂大夫也凡民遠出至於邦國邦國之民若來入由門者司門爲之節由關者司關爲之節其商則司市爲之節其以徵令及家徙則鄉遂大夫爲之節符節者如今宮中諸官詔符也璽節者今之印章也旌節今使者所擁節是也已上八句皆周禮掌節職文此三句許意葢與鄭注不同云門關者者蒙上文使字而言謂使於門關者也 象相合之形 若卯篆則兩合矣子結切十二部 凡卪之屬皆从卪

令 ㄌㄧㄥˋ 6來

令發號也 号部曰號者嘑也口部曰嘑者號也發號者發其號嘑以使人也是曰令人部曰使者令也義相轉注引伸爲律令爲時令詩箋曰令善也按詩多言令毛無傳古文尚書言靈般庚多士多方般庚正義引釋詁靈善也葢今本爾雅作令非古也凡令訓善者靈之假借字也 从亼卪 號嘑者招集之卪也故从亼卪會意力正切古音在十二部

𠨍 ㄅㄧˋ 4並

𠨍輔信也 相輔之信也信者卪也从比故以輔釋之周禮掌節掌守邦節而辨其用以輔王命 从卪比聲 當云从比卪比亦聲古音在十五部大徐毗必切 虞書曰𠨍成五服 臯陶謨文今尚書作弼

卶 ㄔˇ 1透

卶有大慶也 慶各本作度今依廣韵正慶者行賀人也大慶謂大可賀之事也凡从多之字訓大釋言曰庶侈也是其義 从卪多聲讀若侈 充豉切古音在十七部

邲 ㄅㄧˋ 5幫

邲宰之也 未聞葢謂主宰之也主宰之則制其必然故从必按衞風有斐君子釋文云韓詩作邲美皃葢卽此字而今本釋文及廣韵皆誤从邑作邲廣韵六至云邲好皃五質云邲地名在鄭又美皃其誤甚矣 从卪必聲 兵媚切古音在十二部玉篇無此字廣韵亦有邲無邲

卲 ㄕㄠˋ 19定

卲高也 廣雅釋詁同法言曰公儀子董仲舒之才之卲也又曰賢皆不足卲也 从卪召聲 寔照切二部

厄 ㄜˋ 11疑

厄科厄 逗疊韵字 木卪也 卪各本作節誤今正凡可表識者皆曰卪竹之卪曰節木之卪曰科厄易曰艮於木爲多節科厄胅起之皃 从卪厂聲 五果切玉篇牛戈切十七部按厂聲在十六部合韵冣近也 賈侍中說巳爲厄 逗 裹也 別一義不連科字 一曰厄 逗 葢也 又一義不連科字

𠨬 ㄒㄧ 5心 （膝）

𠨬脛頭卪也 肉部曰腳脛也脛胻也𠨬者在脛之首股與腳閒之卪也故从卪 从卪桼聲 息七切十二部俗作膝

卷 ㄐㄩㄢˇ 3匣

卷𠨬曲也 卷之本義也引伸爲凡曲之偁大雅有卷者阿傳曰卷曲也又引伸爲舒卷論語邦無道則可卷而懷之卽手部之捲收字也又中庸一卷石之多注曰卷猶區也又陳風碩大且卷傳曰卷好皃此與齊風傳鬈好皃同謂卽一字也檀弓女手卷然亦謂好皃 从卪𢍏聲 十四部巨員切大徐但云居轉切

卻 ㄑㄩㄝˋ 14溪

卻卪卻也 各本作節欲也誤今依玉篇欲爲卻又改節爲卪卪卻者節制而卻退之也 从卪谷聲 去約切古音在五部俗作却

卸 ㄒㄧㄝˋ 13心

卸舍車解馬也 舍止也馬以駕車止車則解馬矣一說解馬謂騎解韋方言曰發舍車也東齊海岱之閒謂之發宋趙陳魏之閒謂之稅郭注今通言發寫按發寫卽發卸也寫者卸之假借字曲禮曰器之漑者不寫其餘皆寫義正同卸今卸爲通用俗語 从卪止 行止有節 午聲 依韵會所據小徐本 讀若汝南人寫書之寫 司夜切古音在五部

卯 ㄓㄨㄢˋ 3從

卯二卪也 義取於形 巽从此 見丌部 闕 謂其讀若未聞也大徐云士戀切者取饌僎僝等字之音義爲之廣韵亦云卯具也士戀切

ㄗ ㄐㄧㄝˊ 16精

ㄗ卪也闕 按玉篇曰說文云闕葢本祇有

闕字其形反卩其義其音則葢闕今本說其義云卩也說其音云則𠊱切皆肊爲之非許意

文十三

印　一ㄣˋ　6影

執政所持信也　凡有官守者皆曰執政其所持之卩信曰印古上下通曰璽周禮璽節注曰今之印章按周禮守邦國者用玉節守都鄙者用角節謂諸侯於其國中公卿大夫於其采邑用之是卽用印之始也季武子於周禮爲守都鄙者而以璽書達於魯君是古有印明矣葢以簡冊書之而寓書於遠必用布帛檢之以璽泥卬之至用縑素爲書而印之用更廣漢官儀諸侯王黃金槖駝鈕文曰璽列侯黃金龜鈕文曰章御史大夫金印紫綬文曰章中二千石銀印龜紐文曰章千石至四百石皆銅印文曰印　从爪卩　會意手所持之卩也　於刃切十三部　凡印之屬皆从印

归　一ˋ　5影

按也　按當作按印也淺人刪去印字耳按者下也用印必向下按之故字从反印淮南齊俗訓曰若璽之抑埴正與之正傾與之傾璽之抑埴卽今俗云以印印泥也此抑之本義也引伸之爲凡按之偁內則而敬抑搔之注曰抑按也又引伸之爲凡謙下之偁賓筵傳曰抑抑愼密也假樂傳曰抑抑美也抑傳曰抑抑密也猗嗟傳曰抑美色論語三用抑字皆轉語詈於按下之意相近抑詩國語作懿戒懿同抑抑此皇父懿厥哲婦懿亦同抑鄭云抑之言噫有所痛傷之聲也　从反印　用印者必下向故緩言之曰印急言之曰卬詩賓筵抑與毖韵假樂與秩韵古音在十二部卬卽印之入聲也今音於棘切入二十四職

△抑

俗从手　既从反爪矣又从手葢非是

文二　重一

色　ㄙㄜˋ　25心

顏气也　顏者兩眉之閒也心達於气气達於眉閒是之謂色顏气與心若合符卩故其字从人卩記曰孝子之有深愛者必有和气有和气者必有愉色有愉色者必有婉容又曰戎容盛氣闐實陽休玉色孟子曰仁義理智根於心其生色也睟然見於面此皆从人卩之理也主色而後見於面所謂陽氣浸淫幾滿大宅許曰面顏前也是也魯頌載色載笑傳曰色溫潤也大雅令儀令色箋云善威儀善顏色也內則曰柔色以溫之玉藻曰色容莊色容顚顚色容厲肅論語曰色難色思溫色勃如也正顏色引伸之爲凡有形可見之偁　从人卩　此部不與从人爲伍而與从卩爲伍者重卩也所力切一部　凡色之屬皆从色

△𢒈

古文

艴　ㄈㄨˊ　8並

色艴如也　按此當作艴怒色也孟子曾西艴然不悅趙曰艴愠怒色也　从色弗聲　蒲沒切十五部　論語曰色艴如也　見鄉黨篇今論語作勃木部引論語作孛葢必有古魯齊之別在其閒矣或曰依論語則非怒色也不知怒者盛氣之偁不嫌同詈孟子王勃然變乎色不與今鄕黨同詈乎

艵　ㄆㄧㄥ　12滂

縹色也　縹者帛青白色也李善注神女賦頩薄怒以自持引方言頩怒色青皃今方言無此語玉篇引楚辭玉色艵以脕顏今遠遊作頩頩與艵同也按許不云怒色但云縹色者人或色青不必怒也遠遊玉色艵以脕顏謂光澤鮮好不謂怒色大招說美人亦云青色直眉　从色幷聲　普丁切十一部

文三　重一

卯　ㄑㄧㄥ　5精

事之制也　从卩㔾　卩㔾今人讀節奏合乎節奏乃爲能制事者也　凡卯之屬皆从卯　闕　此闕謂闕其音也其義其形既憭矣而讀若某則未聞也今說文去京切玉篇廣韵皆云說文音卿此葢淺人肊以卿讀讀之卿用卯爲義形不爲聲形也玉篇子兮切取卩字平聲讀之廣韵子禮切取卩上聲讀之葢其音必有所受之矣

卿　ㄑㄧㄥ　15溪

章也　此以疊韵爲訓白虎通曰卿之爲言章也章善明理也　六卿天官冢宰地官司徒春官宗伯夏官司馬秋官司寇冬官司空　周禮之六卿也周禮曰治官之屬太宰卿一人教官之屬大司徒卿一人禮官之屬大宗伯卿一人政官之屬大司馬卿一人刑官之屬大司寇卿一人其則事官之屬大司空卿一人也天子六鄉鄉老二鄉則公一人鄉大夫每鄉卿一人卽此六卿也　从卯皀聲　皀下曰又讀若香卿字正从此讀爲聲也古音在十

辟ㄅㄧˋ 11幫　𨐨ㄅㄧˋ 11幫　⿱辟乂ㄧˋ 2疑　勹ㄅㄠ 21幫　匑ㄐㄩ 22匣

部讀如羌今音去京切烏部鴝字皀聲則在古音七部

文二

辟 法也 法當作灋小雅辟言不信大雅無自立辟傳皆曰辟法也又文王有聲箋抑箋周禮鄉師注戎右注小司寇注曲禮下注皆同引伸之爲罪也見釋詁謂犯法者則執法以罪之也又引伸之爲辟除如周禮閽人爲之辟孟子行辟人以及辟寒辟惡之類是也又引伸之爲盤辟如禮經之辟鄭注逡遁是也又引伸爲一邊之義如左傳曰闕西辟是也或借爲僻或借爲避或借爲譬或借爲闢或借爲壁或借爲襞 从卩辛節制其辠也 節當作卩俗所改也以卩制說卩以辠說辛辛从辛辛辠也故辛亦訓辠 从口 句 用法者也 用法上當再出口字以用法說从口辟合三字會意必益切十六部 凡辟之屬皆从辟

𨐨 法也 各本作治也今依尚書釋文正金縢云我之弗辟某氏云治也馬鄭音避謂避居東都說文作𨐨云必亦反法也 从辟井 制字下引易曰井者法也辟亦聲必益切十六部 周書曰我之不𨐨 許所據壁中古文也葢孔安國以今字讀之乃易爲辟字馬鄭所注者從孔讀不今尚書作弗

⿱辟乂 治也 丿部曰乂芟艸也今則乂訓治而⿱辟乂廢矣詩作艾小雅小旻傳曰艾治也 从辟乂聲 魚廢切十五部 虞書曰 當作唐書說詳禾部 有能俾⿱辟乂 見堯典今⿱辟乂作乂葢亦自孔安國以今字讀之已然矣計𨐨⿱辟乂字秦漢不行小篆不用倉頡等篇不取而許獨存之者尊古文經也尊古文也凡尊經尊古文之例視此

文三

勹 裹也 今字包行而勹廢矣 象人曲形有所包裹 包當作勹淺人改也布交切以包苞匏字例之古音在三部 凡勹之屬皆从勹

匑 曲脊也 此論語鄉黨聘禮記鞠躬之正字也聘禮鞠躬亦作鞠窮史記魯世家作匑匔徐廣云見三蒼謹敬皃也音穹窮廣雅亦曰匑匔謹敬也

匍ㄆㄨˊ 13並　匐ㄈㄨˊ 22見　匊ㄐㄩˊ 22見　勻ㄩㄣˊ 6定　勼ㄐㄧㄡ 21見　旬ㄒㄩㄣˊ 6定

漢書注曰鞠躬謹敬也葢上字巨弓切下字巨弓切爲疊韵如左傳鞠窮之即營藭耳上字亦讀巨六切仍是聯綿字孔注論語曰斂身許曰曲脊葢未有謹敬而不傴僂者也許無匑匔字者以匑躬爲正字鞠則匑之假借字也鞠躬行而匑廢矣 从勹匑省聲 巨六切三部音轉入九部

匍 手行也 今人以手摸索其語薄乎切當作此字 从勹甫聲 薄乎切五部

匐 伏地也 匐伏疊韵釋名曰匍匐小兒時也匍猶捕也藉索可執取之言也匐伏也伏地行也人雖長大及其求事盡力之勤猶亦稱之詩曰凡民有喪匍匐救之是也按二篆可合用可析言 从勹畐聲 蒲北切一部

匊 在手曰匊 唐風椒聊之實蕃衍盈匊小雅終朝采綠不盈一匊毛皆云兩手曰匊此云在手恐傳寫之誤手部曰持握也握搤持也搤捉也捉搤也把握也然則在手曰捉曰搤曰握曰持曰把不曰匊也據篇韵所言則許書之譌久矣玉篇曰古文作𦥑此語尤誤𦥑者叉手也叉者手指相錯也廣韵以兩手奉物訓𦥑誤矣方言曰掬離也燕之外郊朝鮮洌水之閒曰掬此方俗殊語不係乎本字也 从勹米 會意米至椒兩手兜之而聚居六切三部俗作掬

勻 少也 少當作币字之誤也币者匊也匊者币徧也徧者币也是可以得勻之義矣廣韵曰勻徧也齊也作少必譌 从勹二 羊倫切十二部

勼 聚也 釋詁曰鳩聚也左傳作鳩古文尚書作逑辵部曰逑斂聚也莊子作九今字則鳩行而勼廢矣 从勹九聲 此當作从勹九九亦聲轉寫奪之 讀若鳩 居求切三部

旬 徧也 小徐無也字非是大雅王命召虎來旬來宣傳曰旬徧也菀彼桑柔其下侯旬傳曰旬言陰均也周禮均人豐年則公旬用三日焉注曰旬均也讀如螢螢原隰之螢易坤爲均今書亦有作旬者內則旬而見注曰旬當爲均嫋妾同時生子以生先後見之也易說卦坤爲均今亦或作旬按旬與均音義皆略同土部曰均平徧也又按許書古文鈞作鋆儀禮今文絢作約知古旬勻二篆相假爲用 十日爲旬 此徧中之一義也而必言之者說此篆从勹日之意也日之數十自甲至癸而一徧 从勹日 勹日猶勹十也

△ 㫗

⿹勹人 ㄅㄠ 21並

匈 ㄒㄩㄥ 18曉

△ 胷

𠣜 ㄓㄡ 21端

詳遵切十二部 **古文** 按从日勹會意

覆也 此當爲抱子抱孫之正字今俗作抱乃或捊字也衣部之褱則訓褱也 **从勹人** 薄晧切廣韵薄報切古音在三部

膺也 肉部曰膺匈也二篆爲轉注膺自其外言之無不當也匈自其中言之無不容也無不容故从勹 **从勹凶聲** 許容切九部今字胷行而匈廢矣

匈或从肉

帀徧也 徧衍文當刪帀下曰𠣜也與此爲轉注帀則無不徧者不待言徧也𠣜與周義別口部曰周者密也周自其中之密言之𠣜自其外之極復言之凡圜周方周周而復始其字當作𠣜謂其極而復也凡圜幂方幂幂幂積謂之周謂其至密無疏罅也左傳以周疏對文是其義今字周行而𠣜廢槩用周字或又作週殊爲乖舛名之當正者也有帀而不密者有密而不帀者故其字宜辨也宙者舟輿所極復𠣜與宙音義皆相近易曰周流六虛盇自古叚周爲𠣜矣 **从勹舟聲** 職流切三部

匌 ㄍㄜ 27匣

帀也 匌之言合也帀而與朝合矣海賦曰磊匒匌而相豗按釋詁曰敆郃合也郃乃地名於義無取當爲匌字之假借也 **从勹合合亦聲** 侯閤切七部

匓 ㄐㄧㄡ 8見

飽也从勹 象腹 **𣪊聲** 己又切又乙庶切按己又是也三部 **民祭** 句 **祝曰厭匓** 祝或作祀非厭當作猒飽也求鬼神之猒飫也

⿹勹復 ㄈㄨˋ 22並

重也 今則複行而⿹勹復廢矣 **从勹復聲** 扶富切三部廣韵匹北切

△ ⿹勹复

或省彳 集韵云古作⿹勹复按小徐本有⿹勹复無⿹勹復云从勹复聲

冢 ㄓㄨㄥˇ 17端

高墳也 土部曰墳者墓也墓之高者曰冢周禮冢人掌公墓之地是也按釋山云山頂曰冢鄭注冢人云冢封土爲丘壠象冢而爲之此從爾雅說也許以冢爲高墳之正偁則不用爾雅說引伸之凡高大曰冢釋山及十月之交傳山頂曰冢乃借冢偁耳釋詁曰冢大也太子曰冢子太宰曰冢宰 **从勹** 墓取勹義 **豕聲** 知隴切九部按豕聲本在三部此合音也古音冢必可讀如獨矣

文十五　重三

包 ㄅㄠ 21幫

妊也 二字各本無今推文意補下文十三字乃說字形非說義則必當有說義之文矣女部曰妊者孕也子部曰孕者褱子也引伸之爲凡外裹之偁亦作苞皆假借字凡經傳言苞苴者裹之曰苞藉之曰苴 **象人裹妊巳在中象子未成形也** 勹象裹其中巳字象未成之子也勹亦聲布交切古音在三部 **元气起於子子人所生也** 子下曰十一月陽气動萬物滋人以爲偁 **男左行三十女右行二十俱立於巳爲夫婦** 左右當作ナ又男自子左數次丑次寅次卯爲左行順行凡三十得巳女自子右數次亥次戌次酉爲右行逆行凡二十亦得巳至此會合故周禮令男三十而娶女二十而嫁是爲夫婦也 **褢妊於巳巳爲子** 下巳字衍巳部曰巳者巳也四月陽气巳出陰气巳藏萬物見成文章故夫婦會合而褢妊是爲子也 **十月而生** 十月上當有子字易本命曰天一地二人三三三而九九九八十一一主日日數十故人十月而生 **男起巳至寅女起巳至**

申故男年始寅女年始申也 淮南氾論曰禮三十而娶高云三十而娶者陰陽未分時俱生於子男從子數左行三十年立於巳女從子數右行二十年亦立於巳合夫婦故聖人因是制禮使男三十而娶女二十而嫁其男子自巳數左行十得寅故人十月而生於寅男子數從寅起女自巳數右行十得申亦十月而生於申故女子數從申起高說與許說同神仙傳王綱云陽生立於寅純木之精陰生立於申純金之精夫以木投金無往不傷是以金不爲木屈而木常畏於金按今日者卜命男命起寅女命起申此古法也自元气至此又詳說从巳之意 **凡包之屬皆从包**

胞 ㄆㄠ 21滂

兒生裹也 包謂母腹胞謂胎衣小雅不屬于毛不離于裹箋云今我獨不得父皮膚之氣乎獨不處母之胞胎乎釋文胞音包今俗語同胞是也其借爲脬字則讀匹交切脬者旁光也腹中水府也 **从肉包** 包子之肉也不入肉部者重包也包亦聲匹交切古音在三部

匏 ㄆㄠˊ 21並

瓠也 瓠下曰匏也與此爲轉注匏判之曰蠡曰瓢曰巹邶風傳曰匏謂之瓠謂異名同實也豳風傳

曰壺瓠也此謂壺卽瓠之假借字也**从包从瓠省**瓠省舊作瓠聲誤韵會作从夸包聲亦誤今正从包瓠者能包盛物之瓠也不入瓠部者重包也包亦聲薄交切古音在三部**包**逗**取其可包藏物也**說从包之意藏當作臧

文三

△茍

茍ㄐㄧˊ 25見

自急敕也急與茍雙聲敕與茍疊韵急者褊也敕者誡也此字不見經典惟釋詁疌駿肅亟遄速也釋文云亟字又作茍同居力反經典亦作棘同是其證可謂一字千金矣而通志堂刻乃改爲急字益誤仍爲从艸之苟也急不得反居力與亟棘音大殊幸抱經堂刻正之或欲易禮經之苟敬爲茍則又繆○小雅六月古作我是用戒亦作我是用棘俗本改作急與飭服國不韵正同此**从芈省从勹口**从勹口三字各本作从包省从口五字誤也己力切一部**勹口**逗各本無勹字今補**猶愼言也**說从勹口之意**从羊與義善美同意**各本疊羊字誤今刪說从羊之意羊者祥也**凡茍之屬皆从茍**

敬ㄐㄧㄥˋ 12見

古文不省　**肅也**肅部曰肅者持事振敬也與此爲轉注心部曰忠敬也戁敬也憼敬也恭肅也惰不敬也義皆相足後儒或云主一無適爲敬夫主一與敬義無涉且文子曰一也者無適之道淮南詮言曰一者萬物之本也無敵之道也適卽敵字非他往之謂**从攴茍**攴猶迫也迫而茍也居慶切十一部

文二　重一

鬼ㄍㄨㄟˇ 7見

人所歸爲鬼以疊韵爲訓釋言曰鬼之爲言歸也郭注引尸子古者謂死人爲歸人左傳子產曰鬼有所歸乃不爲厲禮運曰䰟氣歸於天形魄歸於地**从儿由象鬼頭**自儿而歸於鬼也**从厶**二字今補厶讀如私**鬼陰气賊害故从厶**陰當作侌此說从厶之意也神陽鬼陰陽公陰私居偉切十五部**凡鬼之屬皆从鬼**　**古文从示**

△⿰礻鬼

䰠ㄕㄣˊ 6定

神也當作神鬼也神鬼者鬼之神者也故字从鬼申老子曰其鬼不神封禪書曰秦中最小鬼之神者中山經青要之山䰠武羅司之郭云䰠卽神字許意非一字也**从鬼申聲**食鄰切十二部

魂ㄏㄨㄣˊ 9匣

陽气也陽當作昜白虎通曰䰟者沄也猶沄沄行不休也淮南子曰天气爲䰟左傳子產曰人生始化曰魄既生魄陽曰䰟用物精多則䰟魄強**从鬼云聲**各本篆體作魂今正李文仲字鑑曰說文本下形上聲今作魂右形左聲如詞朗崩秋說文本作䛐脼嘣烋今從隸變又召字形在左則爲叨含字聲在右則爲吟字畫稍改則爲別字按李氏在元時猶見說文舊本故䛐䰟等字不誤今則大徐本皆作魂惟小徐本作䰟廣韵集韵韵會亦作䰟乃乾隆間汪啟淑刻小徐書翦割俗刻說文之篆文付梓人而抄本䰟字不可復見矣是故刻書不可不慎也䛐之必司上言下者意內言外之象也䰟之必鬼下云上者陽氣沄沄而上之象也曰云聲者舉形聲包會意戶昆切十三部

魄ㄆㄛˋ 14滂

陰神也陰當作侌陽言气陰言神者陰中有陽也白虎通曰魄者迫也猶迫迫然箸於人也淮南子曰地氣爲魄祭義曰氣也者神之盛也魄也者鬼之盛也鄭云氣謂噓吸出入者也耳目之聰明爲魄郊特牲曰䰟氣歸於天形魄歸於地祭義曰死必歸土此之謂鬼其氣發揚於上神之箸也是以聖人尊名之曰鬼神按䰟魄皆生而有之而字皆从鬼者䰟魄不離形質而非形質也形質亡而䰟魄存是人所歸也故从鬼**从鬼白聲**孝經說曰魄白也白明白也䰟芸也芸芸動也普百切古音在五部

䰡ㄔˋ 5透

厲鬼也厲之言烈也厲鬼謂虐厲之鬼厲或作癘非左傳曰其何厲鬼也月令注曰昴有大陵積尸之氣氣佚則厲鬼隨而出行虛危有墳墓四司之氣爲厲鬼將隨強陰出害人西山經剛山是多神䰩䰩卽此䰡字郭云离魅之類也恥二反或作魅今本山海經傳誤舛依集韵類篇正**从鬼失聲**丑利切按失聲古音在十二部集韵類篇又丑栗切

魖ㄒㄩ 13曉

秏鬼也秏舊作耗今正秏者乏無之言東京賦曰殘夔魖與罔象夔木石之怪也罔象水之怪也與魖爲三物**从**

魃 ㄅㄚˊ 2並　鬽 ㄇㄟˋ 8明　鬾 ㄐㄧˋ 10匣　△魅 △彖

鬼虛聲形聲包會意朽居切五部魃旱鬼也大雅雲漢曰旱魃爲虐傳曰魃旱神也此言旱鬼以字从鬼也神鬼統言之則一耳山海經曰大荒之中有山名曰不句有黃帝女妓本天女也黃帝下之殺蚩尤不得復上所居不雨妓卽魃也詩正義不引此而引神異經神異經乃不知何人假託東方朔者郭傳山海經不云妓卽詩之旱魃而云音如旱魃之魃疏矣女部曰妓婦人美皃然則山海經爲假借字从鬼犮聲薄撥切十五部周禮有赤魃氏除牆屋之物也周禮秋官之屬赤犮氏掌除牆屋以蜃炭攻之以灰灑毒之鄭云赤犮猶言捇拔也主除蟲豸自埋者按許作赤魃蓋其所據本不與鄭同其云除牆屋之物物讀精物鬼物之物故毆之之官曰赤魃氏說義亦與鄭異蓋賈侍中說與詩曰旱魃爲虐

鬽老物精也各本作精物今依蕪城賦王莽傳二注正論衡曰鬼者老物之精也漢藝文志有神鬼精物之語則作精物亦通周禮以夏日至致地示物鬽注曰百物之神曰鬽引春秋傳螭鬽魍魎按今左傳作魅釋文本作鬽服虔注云魅怪物或云魅人面獸身而四足好惑人山林異氣所生从鬼彡密祕切十五部彡鬼毛說从彡之意彡者毛飾畫之文因以爲毛之偁魅或从未从未爲聲籀文从彖首从尾省聲彖首謂彖也豕之頭也或曰當是㣇首尾聲猶未聲也按此篆今訛爲二㣇彖古文也㣇籀文也與解語不相應亦與髟部立部不相應今刪正鬽當是古文則㣇爲籀文審矣○七篇彔下云刻木彔彔也盧谷切與此相似而非一字从彖首當是从㣇省篆當作彖轉寫失其眞

鬾鬼服也衣部曰褮鬼衣也周禮大喪廞裘注曰廞興也若詩之典謂象似而作之凡爲神之偶衣物必沽而小耳一曰小兒鬼漢舊儀顓頊氏有三子生而亾去爲疫鬼一居江水爲瘧鬼一居若水爲魍魎蜮鬼一居人宮室區隅善驚人爲小兒鬼按此條東京賦注所引較完亦尚有奪字後漢書禮儀志注所引則不可讀東京賦八靈爲之震慴況鬾蜮與畢方薛解云鬾小兒鬼也畢方父老神也从鬼支聲奇寄切十六部按二義同音李善東京賦注巨宜切廣韵以鬼服去聲小兒鬼平聲非也韓詩傳曰鄭交甫逢二女鬾服薛韓詩內傳語也文選江賦注引韓詩內傳鄭交甫漢皋臺下遇二女請其佩二女與佩交甫懷之循探之卽亡矣南都賦注引韓詩外傳鄭交甫遇二女佩兩珠大如荊雞之卵七發注引韓詩序曰漢廣悅人也漢有游女不可求思薛君曰謂漢神也許所偁亦說此詩之語

⿰鬼虎 ㄏㄨ 13曉　魕 ㄑㄧˊ 7匣　⿰鬼需 ㄖㄨˊ 16泥　⿰化鬼 ㄏㄨㄚˋ 1曉　⿰鬼難 ㄋㄨㄛˊ 3泥　⿰鬼賓 ㄆㄧㄣˊ 6並　醜 ㄔㄡˇ 21透　⿰鬼堯 ㄔㄠ 19從

⿰鬼虎鬼皃从鬼虎聲虎烏切五部

魕鬼俗也謂好事鬼成俗也淮南人閒訓曰荊人鬼越人禨高云鬼好事鬼也禨禨祥也景十三王傳治宮室禨祥伏虔曰禨祥求福也史記正義引顧野王云禨祥吉凶之先見也按伏讀禨同祈顧讀爲知幾其神之幾皆好事鬼之意耳玉藻少儀二篇禨字乃既嘰之假借小食也从鬼幾聲渠稀切十五部各書从示作禨同淮南傳曰吳人鬼越人魕淮南傳謂鴻烈也吳今鴻烈作荊列子說此事亦作楚疑荊字是

⿰鬼需鬼鬽聲⿰鬼需⿰鬼需不止也从鬼需聲奴豆切四部當依廣韵人朱乃侯二切

⿰化鬼鬼變也鬼之變匕也从鬼化聲呼駕切十七部

⿰鬼難見鬼驚詞見鬼而驚駭其詞曰⿰鬼難也⿰鬼難爲奈何之合聲凡驚詞曰那者卽⿰鬼難字如公是韓伯休那是也左傳棄甲則那那亦是奈何之合聲从鬼難省聲讀若詩受福不儺小雅桑扈受福不那傳曰那多也此作不儺疑字之誤或是三家詩諾何切十七部

⿰鬼賓鬼皃此益與⿰賓見⿰樊見之義相近从鬼賓聲符眞切十二部

醜可惡也鄭風無我魗兮鄭云魗亦惡也是魗卽醜字也凡云醜類也者皆謂醜卽疇之假借字疇者今俗之儔類字也內則曰鼈去醜鄭云醜謂鼈竅也謂卽爾雅白州驄之州字也从鬼非眞鬼也以可惡故从鬼酉聲昌九切三部○按此下大徐補一魋篆以言部有讒篆从魋聲也但許書故有一字从二聲之例且釋獸云魋如小熊竊毛而黃是當命爲从隹鬼聲入隹部不當入鬼部肌解之曰神獸也

⿰鬼堯各本無此篆孝[元]應書五引說文⿰鬼堯字助交切訓捷健也又引廣雅⿰鬼堯捷也聲類⿰鬼堯疾也益後人以勦代⿰鬼堯而說文⿰鬼堯字

亡矣玉篇曰魑剽輕爲害之鬼也說文訓當云鬼捷皃疑魑篆卽魑篆之譌从鬼堯聲玉篇士交切廣韵楚交切

文十七删魋補魑　重四今魅之重文删一則重三

甶 ㄈㄨˊ 8滂

甶 鬼頭也象形敷勿切十五部凡甶之屬皆从甶

畏 ㄨㄟˋ 8影

畏 惡也从甶虎省虎上體省而儿不省儿者似人足而有爪也於貴切十五部鬼頭而虎爪可畏也說會意 古文省下象爪形

△ 禺 ㄩˋ 16疑

禺 母猴屬爪部曰爲者母猴也攴部曰夒一曰母猴也郭氏山海經傳曰禺似獼猴而大赤目長尾今江南山中多有說者不了乃作牛字按左傳魯公爲檀弓作公叔禺人可證爲禺是一物也頭侣鬼甶故从从甶从禸牛具切古音在四部讀如偶

文三　重一

厶 ㄙ 4心

厶 姦衺也衺字淺人所增當删女部曰姦者厶也二篆爲轉注若衺者𧟄也𧟄者衺也亦二篆爲轉注不與姦厶相淆也公私字本如此今字私行而厶廢矣私者禾名也韓非曰倉頡作字自營爲厶見五蠹篇今本韓非營作環二字雙聲語轉營訓帀居環訓旋繞其義亦相通自營爲厶六書之指事也八厶爲公六書之會意也息夷切十五部凡厶之屬皆从厶

篡 ㄘㄨㄢˋ 3清

篡 屰而奪取曰篡奪當作敓奪者手持隹失之也引伸爲凡遺失之偁今吳語云奪落是也敓者彊取也今字奪行敓廢但許造說文時畫然分別書中不應自相剌謬凡讀許書當先校正有如此者屰而敓者下取上也从厶姦謀也算聲初宦切十四部

羑 ㄧㄡˇ 21定

羑 相訹呼也呼當作評評召也言部曰訹者羑也羑與訹二篆爲轉注今人以手相招而口言羑正當作此字今則誘行而羑廢矣从厶羑羊部曰羑者進善也訹之若進善然故从羑與久切三部

△ 誘

誘 或从言秀秀聲也召南曰有女懷春吉士誘之傳曰誘道也按道卽導字大雅天之牖民傳曰牖道也是則傳謂牖誘同字大雅牖民韓詩外傳樂記作誘民古二字多通用釋詁曰誘進也儀禮誘射鄭曰誘猶教也樂記知誘於外鄭曰誘猶道也引也蓋善惡皆得謂之誘論二字之本義牖訓窗明誘訓相訹固有不同故羑必从厶訹下曰相評誘也許意誘不必以正似板傳爲正字野有死麕傳爲假借字惡無禮之詩必非訹誘之誘也

△ 䛻

䛻 或如此从盾者盾下曰所以扞身蔽目蓋取自隱藏以招人之意宋玉曰若姣姬揚袂鄣日而望所思

△ 羑

羑 古文羊部有此云進善也此云羑之古文說古文以羑爲羑也古文本但有羑字後乃有羑字訓爲相訹評則羑字專爲進善矣

文三　重三

嵬 ㄨㄟˊ 7疑

嵬 山石崔嵬高而不平也各本作高不平也四字今依南都賦李注訂有高而上平者兀下曰高而上平爾雅曰夷上洒下曰漘是也周南陟彼崔嵬釋山曰石戴土謂之崔嵬毛傳曰崔嵬土山之戴石者說似互異依許云高不平則毛傳是矣惟土山戴石故高而不平也岨下云石山戴土亦與毛同从山鬼聲此篆可入山部而必立爲部首者巍从此也五灰切十五部

巍 ㄨㄟˊ 7疑

巍 高也高者必大故論語注曰巍巍高大之稱也左傳卜偃曰萬盈數也魏大名也雉門外闕高巍巍然謂之象巍按本無二字後人省山作魏分別其義與音不古之甚从嵬委聲牛威切按古音當在十六部

文二

說文解字第九篇上

受業長洲徐頲校刊

山ㄕㄢ 3心　嶽ㄩㄝˋ 17疑　△岳　岱ㄉㄞˋ 25定

說文解字第九篇下

金壇段玉裁注

宣也謂能宣散气生萬物也九字依莊子釋文訂散當作㪔有石而高象形所閒切十四部凡山之屬皆从山

東岱見下南靃南霍者衡山也在今湖南衡州府衡山縣西北風俗通曰衡山一名霍山爾雅釋山曰霍山爲南嶽尚書大傳白虎通皆舉霍山毛傳則曰南嶽衡許宗毛者也曰南霍正皆謂今湖南之衡山卽漢地理志長沙國湘南縣東南之禹貢衡山也封禪書漢武帝元封四年巡南郡至江陵而東登禮灊之天柱山號曰南嶽此郭景純所謂武帝以衡山遼曠移其神於天柱者葢自是天柱始有霍山之名而衡山不曰霍山矣許言霍者從其朔偁也天柱山者今安徽六安州霍山縣南之霍山是也西嶽見下北恒爾雅曰恒山爲北嶽毛傳曰北嶽恒禹貢職方之恒山也在今直隸省定州曲陽縣中大室大各本作泰今正古書大字俗或讀他蓋切改爲太又改爲泰蓋不可盡正矣爾雅曰嵩高爲中嶽封禪書郊祀志皆曰中嶽嵩高也按禹貢曰外方左傳曰大室國語曰崇山崇之字亦作崈亦作嵩故崇山亦曰崈高山亦曰嵩高山地理志潁川郡崈高縣武帝置以奉大室山是爲中岳古文以崇高爲外方山也大室崇高錯舉可見一山數名卽今河南河南府登封縣北之嵩山也王者之所㠯巡狩所至㠯用也王者所用至此而巡狩也巡狩者巡所守也天子適諸侯曰巡狩按堯典二月至于岱宗五月至于南嶽八月至于西嶽十有一月至于北嶽不言中嶽也而封禪書郊祀志述堯典皆云中嶽嵩高也何氏注公羊則偁堯典而補其文曰還至嵩如初禮應劭風俗通則曰中嶽嵩高也王者所居故不巡焉其說乖異从山獄聲五角切三部古文象高形今字作岳古文之變大山也大作太者俗改也域中最大之山故曰大山作太作泰皆俗釋山曰泰山爲東嶽毛傳曰東嶽岱堯典至于岱宗封禪書郊祀

島ㄉㄠˇ 19端（島）　峱ㄋㄠˊ 21泥　嶧ㄧˋ 14定　嵎ㄩˊ 16疑　嶷ㄧˊ 24疑

志曰岱宗泰山也禹貢職方皆曰岱在今山東泰安府泰安縣北从山代聲徒耐切一部海中往往有山可依止曰島禹貢鳥夷皮服某氏傳讀爲島與馬鄭注如字不同衛包徑改經爲島字非也从山鳥聲韵會作鳥省聲非讀若詩曰蔦與女蘿小雅頍弁文都晧切二部玉篇丁了多老二切峱山也舊奪峱字也字今補三字句在齊地上文五嶽不言在者人所共知不待言也齊風還曰遭我乎峱之閒兮傳曰峱峱山也地理志引作嶩師古云亦作嶩音皆乃高反从山狃聲奴刀切古音在三部詩曰遭我于峱之閒兮今詩于作乎漢書作虖葛嶧山也地理志東海郡下邳葛嶧山在西古文以爲嶧陽郡國志下邳國下邳縣葛嶧山本嶧陽山按今在江蘇省淮安府邳州西北六里非山東兗州府鄒縣東南二十五里之繹山也魯頌保有鳧繹傳曰繹繹山也左傳邾文公卜遷于繹杜云繹邾邑魯國鄒縣北有繹山哀七年邾衆保于繹杜云繹邾山也史記秦始皇上鄒嶧山刻石頌功德地理志魯國騶縣嶧山在北此山字作繹从糸不从山與東海葛嶧山字从山不同史記作鄒嶧漢志作嶧山乃譌字也秦時石刻字作繹在東海下邳此用永平以前地志也从山睪聲羊益切古音在五部夏書曰嶧陽孤桐禹貢青州文封嵎之山也在吳楚之閒汪芒之國魯語孔子曰防風氏者汪芒氏之君也守封嵎之山者也韋云封封山嵎嵎山在今吳郡永安縣按據許則封嵎乃一山名耳今封嵎二山在浙江省湖州府武康縣東實一山也楚當依玉篇作越邑部曰在夏爲防風氏在殷爲汪芒氏孔子謂防風氏爲汪芒氏之君者以今釋古之例謂夏之防風氏其國在殷之汪芒氏也从山禺聲噳俱切四部九嶷山也舜所葬海內經南方蒼梧之丘蒼梧之淵其中有九嶷山舜之所葬在長沙零陵畍中郭云山今在零陵營道縣南其山九溪皆相似故云九疑古者總名其地爲蒼梧也在零陵營道山在今湖南永州府寧遠縣南

嵏ㄗㄨㄥ 18精　嶭ㄜˋ 2疑　巀ㄐㄧㄝˊ 20從　𡵓ㄐㄧˇ 4見　𡸣ㄇㄣˊ 9明

六十里桂陽州藍山縣西南五十里从山疑聲語其切一部按諸書多作九疑惟山海經作嶷音疑而郭注亦作九疑

𡸣𡸣山也禹貢岷山道江夏本紀作汶山封禪書曰瀆山蜀之汶山也在蜀湔氐西徼外地理志蜀郡湔氐道禹貢崏山在西徼外江水所出郡國志同今四川直隸茂州西北有湔氐廢縣𡸣山在茂州西北五百里江水所出卽隴山之南首連峯千里不絕蜀西之山皆𡸣也水部曰江水出蜀湔氐徼外𡸣山入海从山敃聲武巾切古音在十三部按此篆省作崏隸變作汶作文作岐作崼俗作𡸣作岷漢蜀郡有汶江道漢元鼎六年置汶山郡亦作文山郡汶文皆卽𡸣字之叚借也考工記貉踰汶則死自謂魯北之水殷敬順乃疑爲岷江殊誤

𡵓𡵓山也三字句各本無𡵓字淺人所刪乃使文理不完許書之例以說解釋文字若𡵓篆爲文字𡵓山也爲說解淺人往往氾謂複字而刪之如髦篆下云髦髮也巂篆下云巂周河篆江篆下云河水江水皆刪一字今皆補正玉篇廣韵皆曰女𡵓山名按中山經曰中次九經岷山之首曰女几之山凡岷山之首自女几之山至于賈超之山凡十六山許立文𡸣𡵓系聯與山經合豈古本作女𡵓山與或曰溺水之所出溺各本作弱誤今正水部曰溺水自張掖刪丹西至酒泉合黎餘波入于流沙桑欽說不云出女𡵓山也此云或曰者廣異聞按集韵類篇引說文山名一曰女𡵓山弱水所出與今本異恐未可從从山几聲居履切十五部

巀巀嶭山也四字句在左馮翊池陽左字各本無今補地理志左馮翊池陽惠帝四年置巀嶭山在北漢池陽故城在今陝西西安府三原縣西北二十里嵯峨山在西安府涇陽縣北四十里卽巀嶭山也巀嶭嵳峩語音之轉本謂山嶐皃因以爲山名也楊雄長楊賦曰椓巀嶭而爲弋从山巀聲才葛切十五部按語轉爲嵳

嶭巀嶭山也从山辥聲五曷切十五部按語轉爲峩

嵏九嵏山也在左馮翊谷口左字各本無今補地理志曰左馮翊谷口九嵏山在西谷口故城今在西安府醴泉縣東北七十里九嵏山今在縣東北五十里有九夆俱峻从山夋聲子紅切九部按此篆各本在巀嶭二篆之後非其次今依玉篇次弟正又按古書皆作嵏山在左

九篇下　三

暘ㄧㄤˊ 15定　崞ㄍㄨㄛ 14見　崋ㄏㄨㄚˋ 13匣

崋崋山也在宏農華陰地理志京兆尹華陰大華山在南豫州山郡國志宏農郡華陰故屬京兆有大華山漢之華陰今陝西同州府華陰縣是其地泰華山在縣南十里卽西嶽也从山𠌶聲各本作𠌶省聲今正𠌶卽𠌶聲也胡化切古音在五部按西嶽字各書皆作華華行而崋廢矣漢碑多有从山者

崞崞山也在鴈門地理志鴈門郡領縣十四有崞縣葢以山名縣也不言某縣者略也今崞縣故城在山西直隸代州崞縣西三十五里崞山在縣西南四十里从山𩫖聲古博切五部

暘首暘山也在遼西各本無首字今依玉篇及伯夷列傳正義王貢兩龔鮑傳注所引正地理志遼西郡令支有孤竹城郡國志同應劭曰故伯夷國按許意首暘山卽伯夷叔齊餓於首陽之下也馬融注論語曹大家注幽通賦戴延之西征記說夷齊首陽各不同从山昜聲與章切十部一曰嵎銕暘谷也銕宋本作鐵此卽堯典之嵎夷暘谷也土部引書宅嵎夷曰部引書暘谷皆謂古文尚書也此云嵎銕暘谷則今文尚書也堯典釋文曰尚書考靈曜及史記作禺銕尚書正義曰夏侯等書宅嵎夷爲宅嵎鐵夏本紀索隱曰嵎夷今文尚書及帝命驗並作禺鐵凡緯書皆同今文尚書金部曰銕古文鐵

岵山有艸木也艸舊作草誤今正有當作無釋山曰多草木岵無草木峐釋名曰山有草木曰岵岵怙也人所怙取以爲事用也山無草木曰屺屺圮也無所出生也許書同爾雅釋名吳都賦岡岵童用字亦宗爾雅而毛詩魏風傳曰山無草木曰岵山有草木曰屺與爾雅互異竊謂毛詩所據爲長岵之言瓠落也屺之言荄滋也岵有陽道故以言父無父何怙也屺有陰道故以言母無母何恃也毛又曰父尚義母尚恩則屬辭之意可見矣許宗毛者也疑有無字本同毛後人易之从山古聲侯古切五部詩曰陟彼岵兮魏風陟岵

屺ㄑㄧˇ 24曉　岵ㄏㄨˋ 13匣

屺山無艸木也無當作有从山己聲墟里切一部釋山作峐三蒼字林聲類並云峐

九篇下　四

嶨 ㄒㄩㄝˊ 22匣　嶅 ㄠˊ 19疑　岨 ㄑㄩ 13清　岡 ㄍㄤ 15見　岑 ㄘㄣˊ 28從　崟 ㄧㄣˊ 28疑　崒 ㄗㄨˊ 8精　巒 ㄌㄨㄢˊ 3來　密 ㄇㄧˋ 5明

卽屺字音起詩曰陟彼屺兮魏風陟岵

嶨山多大石也釋山曰多大石嶨許所據字从山也廣韵引爾雅字亦从山許石部有嶨訓石聲與此義別从山學省聲胡角切三部

嶅山多小石也釋山曰多小石磝許所據字从山也魯有具敖二山晉師在敖鄗二山之間敖蓋卽嶅字以多小石得名从山敖聲五交切二部

岨石戴土也周南卷耳曰陟彼砠矣本亦作砠釋山曰石戴土謂之崔嵬土戴石爲岨毛傳云崔嵬土山之戴石者石山戴土曰砠二文互異而義則一戴者增益也釋山謂用石戴於土上毛謂土而戴之以石釋山謂用土戴於石上毛謂石而戴之以土以絲衣戴弁例之則毛之立文爲善矣石在上則高不平故曰崔嵬土在上則雨水沮洳故曰岨許於嵬下同毛此岨下亦同毛也詩爾雅作砠許作岨主謂山故字从山重土故不从石从山且聲七余切五部詩曰陟彼岨矣

岡山脊也釋山曰山脊岡周南傳曰山脊曰岡从山网聲古郎切十部

九篇下　五

岑山小而高釋山曰山小而高曰岑釋名曰岑嶄也嶄然也从山今聲鉏箴切七部

崟山之岑崟也子虛賦岑崟參差日月蔽虧又楊雄蜀都賦張衡南都賦皆有嶜岑字李善讀爲岑崟从山金聲魚音切七部

崒崒此複舉字之未刪者危高也言危殆之高也釋山曰崒者厜廲厜廲亦作嵳峩按小雅十月之交箋曰崒者崔嵬是鄭所據爾雅厜廲作崔嵬也惟土山戴石故易崩耳漸漸之石曰漸漸之石維其卒矣箋云卒者崔嵬也謂山巓之末也是鄭謂卒爲崒之假借字子虛賦隆崇嵂崒从山卒聲醉綏切十五部按廣韵六術崒慈卹切六脂嶉醉綏切大徐誤也

巒山小而銳釋山曰巒山隓說者謂爲一條許於巒隓別爲二條毛公釋隓亦不云巒也蓋爾雅巒隓二物許云山小而銳巒之解也毛云山之隋隋小者隋之解也後儒合爲一者非是劉淵林注蜀都賦曰巒山長而狹也一曰山小而銳也兼用爾雅說文而爾雅之讀與毛許異矣从山䜌聲洛官切十四部

密山如堂

△峻　△𥥛

岫 ㄒㄧㄡˋ 21定　陖 ㄐㄩㄣˋ 9心　嶞 ㄉㄨㄛˇ 1定　嶘 ㄓㄢˇ 3從　崛 ㄐㄩㄝˊ 8匣　崇 ㄔㄨㄥˊ 23從

者土部曰堂殿也釋山曰山如堂者密郭引尸子松栢之鼠不知堂密之有美樅按密主謂山假爲精密字而本義廢矣从山宓聲美畢切十二部按廣韵密下引說文山脊也峚下云山形如堂蓋有誤玉篇云峚同密

岫山有穴也有字各本奪今依文選張景陽襍詩注補有穴之山謂之岫非山穴謂之岫也東京賦王鮪岫居薛解云山有穴曰岫然則岫居言居有穴之山从山由聲似又切三部

𥥛籀文从穴

陖高也高上當有陖字轉寫奪之耳高者崇也陖者陗高也凡斗上曰陗陖从陵則義與陖同同一高而有危高陖高尤高短而高巍高大而高之別大雅崧高維嶽駿極于天傳曰駿大也中庸孔子閒居注皆曰峻高大也然則大雅之駿用叚借字从山陖聲此舉形聲包會意私閏切十三部

峻或省今經典作此字

嶞山之嶞嶞者周頌曰嶞山喬嶽毛傳曰嶞山山之嶞嶞小者也嶞嶞狹長之皃凡圜而長者謂之隋圜方而長者謂之隋方字或作楕毛傳方銎曰斨隋銎曰斧鄭注月令曰隋曰竇方曰窖注禮器曰楙禁如今方案隋長隋長皆用隋字爾雅續貝小而楕平準書食貨志三曰復小楕之皆用楕字此說山則用隋字疑當同毛傳作嶞嶞小者今奪小字耳嶞嶞疑當作隋隋隋卽隓字詩釋文曰嶞字又作隓从山嶞省聲讀若相推落之隓徒果切十七部

嶘尤高也乙部曰尤者異也京部曰尤者異於凡也尤高謂之嶘今字作峨从山棧聲士限切十四部

崛山短而高也而字舊無今依廣韵補短高者不長而高也不長故从屈屈者無尾也無尾之物則短張揖上林賦注曰崛崎斗絕也从山屈聲衢勿切十五部屈省作崛

崇山大而高也各本作巍高也三字今正大雅崧高維嶽釋山毛傳皆曰山大而高曰崧孔子閒居引詩崧作嵩釋名作山大而高曰嵩崧嵩二形皆卽崇之異體韋注國語云古通用崇字太平御覽及徐鉉皆引其語詩序曰崇丘萬物得極其高大也此崇之故訓也河東賦瞰帝唐之嵩高眽隆周之大寧嵩高卽崇高也漢碑曰如山如岳嵩如不傾謂崇而不

九篇下　六

巏 2來　巖 32疑　嵒 28疑　㠑 7來　嶵 7從

傾也中嶽禹貢謂之外方秦名大室漢武帝始謂之崇高山因以山下戸三百爲之奉邑名曰崇高縣武帝紀郊祀志地理志封禪書可證崇字地里志作崈體之小異耳史漢或崇嵩錯出要無礙爲一字惟後漢書靈帝紀熹平五年復崇高山爲嵩高山語大可疑證以東觀紀堂谿典請雨因上言改之名爲嵩高山是則非復崇高爲嵩高乃改崇高爲嵩高葢其時六書之學不明謂嵩與崇別而改之沿至今日尚仍其誤李賢注云前書武帝祠中嶽改嵩高爲崇高前書未嘗有此文武帝改大室爲崇高武帝以前但曰大室不曰嵩高也崇高本非中嶽之專偁故淺人以崇爲氾辭嵩爲中嶽强生分別許造說文不取嵩崧字葢其時固憭然也崇之引伸爲凡高之偁大雅福祿來崇傳曰崇重也禮經崇酒注崇充也邶風崇朝其雨傳曰崇終也皆音近假借○或問釋山嵩高爲中嶽非古名嵩高之證與曰嵩卽崇字封禪書曰秦有大室祠大室嵩高也此謂秦之大室卽漢之崇高也釋山之嵩高葢漢人語非本經故許嶽字下言大室不言崇高 **从山宗聲** 鉏弓切九部此篆舊在嵒篆之後解云嵬高也必轉寫之誤今依玉篇移其次依毛傳釋名易其解山

九篇下　七

巏 巍高也从山藟聲 虫部作蠆毒蟲也从虫上象形依䜌體从虫从萬則誤 **讀若厲** 力制切十五部玉篇廣韵作巁云巍也

巖 厓也 各本作岸也今依太平御覽所引正厂部曰厓者山邊也厓亦謂之巖故厂下云山石之厓巖人可居也戰國策巖下有貫珠者漢書遊於巖廊之上皆謂殿下小屋如厓巖之下可居也天子之堂九尺諸侯七尺其上曰巖廊其下曰巖下 **从山** 山部之巖主謂山厓石部之礹主謂積石 **嚴聲** 五緘切八部按此篆之上舊有嶜篆乃大徐所增古祇用夆夆铻也

嵒 山巖也 西京賦曰下嶄巖以嵒齬 **从山品聲** 大徐無聲按嵒與石部之碞別五咸切七部 **讀若吟**

㠑 㠑嶵 逗疊韵字也 **山皃也** 各本舛誤今依全書通例補正西京賦曰上林岑以壘嵬按壘嵬卽㠑嶵也 **从山絫聲** 落猥切十五部俗作嵬按二篆同在十五部則應作𡾊纍聲

嶵 㠑嶵也从山辠聲 徂賄切十五部文選篇韵皆作嵬

峼 22見　峨 1疑　嶸 12匣　隓 1定　嵯 1從　崝 12清　𡶴 12匣　崩 26幫

峼 山皃一曰山名从山告聲 古到切篇韵皆口沃切三部

隓 山皃从山隓聲 徒果切十七部按隓者小篆文之墯也隓从隋者从墯之省也是則隓隓葢一字不當爲二

嵯 嵳峨 逗二字各本無今依全書通例補 **山皃** 釋山厜㕒又作嵳峩 **从山差聲** 昨何切十七部

峨 嵳峨也从山我聲 五何切十七部

崝 崝嶸 逗 **山皃也** 各本不完今補方言曰崝高也郭云崝嵤高峻之皃也崝今字作崢 **从山青聲** 七耕切十一部按七耕當作士耕

嶸 崝嶸也从山榮聲 戶萌切十一部亦作嵤

𡶴 𡶴谷也 三字句各本刪𡶴字今補廣韵曰𡶴口莖切或作硎谷名在麗山昔秦密種瓜處按秦冬月種瓜谷中溫處瓜實因使諸生往視說之發機阬諸生事見尚書正義所引衛宏詔定古文官書序漢書儒林傳注藝文類聚卷八十七同而師古作阬谷正義及類聚作硎谷實則𡶴谷也 **从山巠聲** 戶經切十一部

九篇下　八

崩 山壞也 引伸之天子死曰崩 **从山朋聲** 方滕切六部按䜌體山在朋上 **△崩 古文从𠂤**

岪 8並　嵍 16明　嶢 19見

岪 山脅道也 脅者兩膀也山如人體其兩旁曰脅水經注曰江水又東逕赤岬城引淮南子徬徨於山岬之旁注云岬山脅也楚辭招隱士云坱兮圠山曲岪王注云盤結屈也結屈許書作詰詘山脅之道然也 **从山弗聲** 符勿切十五部

嵍 山名 按此篆許書本無後人增之許書果有是山則當廁於山名之類矣顏氏家訓柏人城東有山世或呼爲宣務山予讀柏人城內漢桓帝時所立碑銘云上有巏嵍王喬所仙巏字遂無所出嵍字依諸字書卽旄丘之旄也嵍字字林一音忘付反今依附俗名當音權務經典釋文曰嵍字林有堥亡周反一音毛堥丘也又有嵍亡附反一音毛亦云嵍丘也據顏陸之書字林乃有嵍字則許書之本無此顯然矣旄丘見詩爾雅曰前高曰旄丘劉成國曰如馬舉頭垂髦依字林嵍丘卽旄丘乃丘名非山名也 **从山敄聲** 亡遇切古音在三部

嶕 焦嶢山高皃 楊雄傳曰泰山之高不嶕嶢則不能浡滃雲而散歊蒸嶕古祇作焦

嶈 15從　𡵂 5精　崔 7從　屾 6心　嵞 13定

从山堯聲古僚切二部嶈山陖也从山戕聲慈良切十部𡵂陬隅自部曰隅者陬也陬者隅也孟子虎負嵎是知隅者高山之𠙴也嵎即隅字趙注曰虎依陬而怒高山之𠙴也𠙴各本作節今正山之𠙴曰𡵂猶竹𠙴曰節木𠙴曰科厄也劉逵注吳都賦引此謂之許氏記字从山𠙴會意𠙴亦聲子結切十二部崔大高也齊風南山崔崔傳曰崔崔高大也此云大高未知孰是嵬下曰山石崔嵬高而不平也亦卽毛傳之土山戴石曰崔嵬也从山隹聲聲字鉉無今補胙回切十五部按小徐無此篆大徐此篆在部末非其次玉篇亦本無崔字於部末補之疑許葢本無此莊子山林之畏隹隹卽今之崔也但人部有催手部有摧則山部當有崔矣

文五十三今刪峯則五十二　重四

屾二山也此說義而形在是如玨之例凡屾之屬皆从屾闕此闕謂闕其讀若也今音所臻切恐是肌說

嵞會稽山也左傳禹會諸侯於塗山執玉帛者萬國魯語昔禹致羣神於會稽之山防風氏後至禹殺而戮之二傳所說正是一事故云嵞山卽會稽山嵞塗古今字故今左傳作塗封禪書云管仲曰禹封泰山禪會稽吳越春秋曰禹登茅山以朝羣臣乃大會計更名茅山爲會稽封禪書又云秦幷天下自殽以東名山五大室恒山太山會稽湘山劉向上封事曰禹葬會稽葢大禹以前名嵞山大禹以後則名會稽山故許以今名釋古名也杜注左傳云塗山在壽春東北非古說也會稽山在今浙江省紹興府治東南十二里一曰九江當涂也民俗㠯辛壬癸甲之日嫁娶一曰者別一義謂嵞山在九江當塗也地理志九江郡當塗應劭曰禹所娶塗山氏國也郡國志九江郡屬縣有當塗有平阿平阿有塗山按平阿本當塗地漢當塗卽今安徽省鳳陽府懷遠縣縣東南有塗山非今在江南太平府治之當塗也咎繇謨曰子創若時娶于塗山辛壬癸甲鄭注云登用之年始娶于塗山氏三宿而爲帝所命治水水經注引呂氏春秋禹娶塗山氏女不以私害公自辛至甲四日復往治水故江淮之俗以辛壬癸甲爲嫁娶日也許云當塗民俗以辛壬癸甲之日嫁娶正與呂覽合鄭注尚書亦同呂覽尚書辛壬癸甲言娶塗山所歷之四日也縣之名當塗者葢以嵞山得名嵞塗古今字从屾余聲同都切五部虞書曰予娶嵞山咎繇謨文合二句爲一句如東方昌矣之類此證後說也

文二

屵 3疑　岸 3疑　崖 10疑　嵟 7端　嶏 7並

屵岸高也屵之言巘巘然也廣韵高山狀从山厂厂亦聲五葛切十四十五部凡屵之屬皆从屵

岸水厓洒而高者各本無洒字今依爾雅補釋丘曰望厓洒而高岸夷上洒下不漘李巡曰夷上平上洒下陗下故名漘孫炎曰平上陗下故名曰漘不者葢衍字據李孫之釋漘則知李孫之釋岸亦必曰陗下而高上也陗下者謂其體斗陗平上高上者謂其顛有崔嵬平坦之不同嵬下曰高不平也對夷上言也洒釋爲陗者洒卽陵之假借二字古音同𨸏部曰陵者陗高也陗者陵也凡斗立不可上曰陗詩新臺有洒傳曰洒高峻也峻同陵郭景純昧於其義乃釋高曰陵非高之謂也釋洒曰水深水之深淺何與於厓不得冠以望厓矣爾雅言厓許言水厓者申爾雅之說別於山邊之厓也衞風淇則有岸小雅高岸爲谷其本義也大雅誕先登于岸傳曰岸高位也其引伸之義也箋云岸訟也小雅小宛傳曰岸訟也此皆借岸爲犴獄字也从屵干聲五旰切十四部

崖高邊也辵部曰邊行垂崖也土部曰垂者遠邊也按垂爲遠邊崖爲高邊邊之義謂行於此二者此二者因名邊矣其字从屵也故爲高邊从屵圭聲五佳切十六部此與厂部之厓義別

嵟高也玉篇曰亦作陮按𨸏部曰陮隗高也義同字異从屵隹聲都回切十五部玉篇徒罪切

嶏崩也列子黃帝篇目所偏視晉國爵之口所偏肥晉國黥之殷敬順釋文云肥皮美切說文字林皆作嶏又作圮皆毀也按古肥與非通口所偏肥猶云口所偏非耳不必援此也嶏與圮亦

嶏 ㄆㄟˋ 8 並　广 ㄢˇ 32 疑　府 ㄈㄨˇ 16 幫　廱 ㄩㄥ 18 影

非一字从屵肥聲符鄙切十五部

嶏 崩聲从屵配聲讀若費蒲沒切十五部按此葢卽崩之或體耳玉篇有崩無嶏可證廣韵傍佩切

文六

广 因广爲屋也广各本作广誤今正广者山石之厓巖因之爲屋是曰广廣韵琰儼二韵及昌黎集注皆作因巖可證因巖卽因广也从广各本無此二字今補象對刺高屋之形刺各本作刺今正讀七亦切謂對面高屋森聳上刺也首畫象巖上有屋凡广之屬皆从广讀若儼然之儼魚儉切八部

府 文書藏也文書所藏之處曰府引伸之爲府史胥徒之府周禮府六人史十有二人注云府治藏史掌書者又大宰以八法治官府注云百官所居曰府从广付聲方矩切古音在四部

廱 天子饗飲辟廱饗飲謂鄉飲酒也食部曰饗者鄉人飲酒也辟廱者天子之學也在郊禮記文王世子曰凡大合樂必遂養老天子視學設三老五更羣老之席位焉注云以鄉飲酒禮言之席位之處則三老如賓五更如介羣老如衆賓必也又云遂養老者用大合樂之明日也鄉飲酒鄉射之禮明日乃息司正徵唯所欲以告於先生君子可也是養老之象類是則天子養老之禮卽鄉飲酒之禮水部泮下曰諸侯鄉射之宮鄉謂鄉飲酒射謂鄉射魯頌泮宮箋云在泮飲酒者徵先生君子與之行飲酒之禮而因以謀事也永錫難老者長賜之取壽考如王制所云八十月告存九十日有秩也是則天子諸侯養老皆用鄉飲酒禮韓詩說辟廱所以教天下春射秋饗尊事三老五更許但云饗飲者舉鄉飲以該鄉射也大雅曰於樂辟廱毛傳曰辟廱水旋丘如璧以節觀者也魯頌傳曰天子辟廱諸侯泮宮五經異義公羊說天子三諸侯二天子有靈臺以觀天文有時臺以觀四時施化有囿臺觀鳥獸魚鼈諸侯當有時臺囿臺諸侯卑不得觀天文無靈臺皆在國之東南二十五里東南少陽用事萬物著見用二十五里者吉行五十里朝行暮反也韓詩說辟廱者天子之學圓如璧壅之以水示

庠 ㄒㄧㄤˊ 15 定　廬 ㄌㄨˊ 13 來

圓言辟取辟有德不言辟水言辟廱者取其廱和也所以教天下春射秋饗尊事三老五更在南方七里之內立明堂於中五經之文所藏處葢以茅草取其潔清也左氏說天子靈臺在太廟之中壅之靈沼謂之辟廱諸侯有觀臺亦在廟中皆以望嘉祥也毛詩說靈臺不足以監視靈者精也神之精明稱靈故稱臺曰靈臺稱囿曰靈囿沼曰靈沼謹按公羊傳左氏說皆無明文說各無以正之元之聞也禮記王制天子命之教然後爲學在公宮之左大學在郊天子曰辟廱諸侯曰泮宮天子將出征受命於祖受成於學出征執有罪反釋奠於學以訊馘告然則太學卽辟廱也詩頌泮水云既作泮宮淮夷攸服矯矯虎臣在泮獻馘淑問如皐陶在泮獻囚此復與辟廱同義之證也大雅靈臺一篇之詩有靈臺有靈囿有靈沼有辟廱其如是也則辟廱及三靈皆同處在郊矣囿也沼也同言靈於臺下爲囿爲沼可知小學在公宮之左大學在西郊王者相變之宜衆家之說各不昭晢當然於郊差近之耳在廟則遠矣王制與詩其言察察亦足以明之矣从广雝聲於容切九部

庠 禮官養老夏曰校殷曰庠周曰序孟子滕文公篇曰夏曰校殷曰序周曰庠史記儒林傳同漢書儒林傳則云夏曰校殷曰庠周曰序許同漢書疑今孟子史記有誤孟子曰庠者養也从广羊聲似陽切十部

廬 寄也秋冬去春夏居大雅于時廬旅毛傳曰廬寄也小雅中田有廬箋云中田田中也農人作廬焉以便其田事春秋宣十五年公羊傳注曰一夫受田百畝公田十畝廬舍二畝半凡爲田一頃十二畝半八家而九頃共爲一井在田曰廬在邑曰里春夏出田秋冬入保城郭漢食貨志曰一井八家共之各受私田百畝公田十畝是爲八百八十晦餘二十晦以爲廬舍在野曰廬在邑曰里春令民畢出在壄冬則畢入其詩曰四之日舉止同我婦子饁彼南晦又曰十月蟋蟀入我牀下嗟我婦子聿爲改歲入此室處所以順陰陽備寇賊習禮文也孟子曰五畝之宅趙注廬井邑居各二畝半以爲宅冬入保城二畝半故爲五畝也按許意廬與下文廛義互相足在野曰廬在邑曰廛皆二畝半也引伸之凡寄居之處皆曰廬周禮十里有廬廬有飲食左傳立戴公以廬於

庭 ㄊㄧㄥˊ 12定　廇 ㄌㄧㄡˋ 21來

曹吾儕小人皆有闔廬以避燥溼寒暑皆是**从广盧聲**古亦與盧相假借力居切五部

庭　宮中也下文曰中庭則此當曰中宮俗倒之耳中宮宮之中如詩之中林林中也廴部曰廷中朝也朝不屋故不从广宮者室也室之中曰庭詩曰殖殖其庭曰子有廷內曰洒掃庭內檀弓孔子哭子路於中庭注曰寢中庭也凡經有謂堂下爲庭者如三分庭一在南正當作廷爲義相近爾雅釋詁詩大田韓奕閔予小子傳曰庭直也引伸之義也庭者正直之處也**从广廷聲**特丁切十一部

廇　中庭也中庭者庭之中也月令中央土其祀中霤注曰中霤猶中室也古者複穴是以名室爲霤正義引庾蔚之云複者謂地上累土爲之穴則穿地也複穴皆開其上取明故雨霤之是以後因名室爲中霤也按釋名曰室中央曰中霤古者寝穴後室之句霤當今之棟下直室之中古者霤下之處也月令呂覽鄭劉皆作中霤許則霤謂屋水流廇謂中室畫分二字葢既有宮室以後則霤在屋垂而屋中謂之廇以存古釋宮曰杗廇謂之梁葢言室內之制賦家所謂藻井其是與**从广畱聲**力救切三部

九篇下　廿三

庉 ㄉㄨㄣˋ 9定　庌 ㄧㄚˇ 13疑　廡 ㄨˇ 13明　△⿸广舞　⿸广虜 ㄌㄨˇ 13來　庖 ㄆㄠˊ 21並　廚 ㄔㄨˊ 16定　庫 ㄎㄨˋ 13溪　廏 ㄐㄧㄡˋ 8見

庉　樓牆也樓者重屋也**从广屯聲**徒損切十三部

庌　廡也从广牙聲五下切古音在五部**周禮曰夏庌馬**夏官圉師職文注曰故書庌爲訝鄭司農云當爲庌元謂庌廡也廡所以庇馬涼也按許亦用仲師說

廡　堂周屋也各本作堂下元應引作堂周屋今從之釋名曰大屋曰廡幽冀人謂之庌說與許異許謂堂之四舸爲屋也洪範晉語蕃廡皆假廡爲𣞤也**从广𣞤聲**文甫切五部

⿸广舞　籀文从舞舞聲

⿸广虜　廡也从广虜聲讀若鹵郎古切五部

庖　廚也王制三爲充君之庖注曰庖今之廚也周禮庖人注曰庖之言苞也苞裹肉曰苞苴**从广包聲**薄交切古音在三部

廚　庖室也室各本作屋今依御覽**从广尌聲**直株切古音在四部

庫　兵車臧也此庫之本義也引伸之凡貯物舍皆曰庫**从車在广下**會意車亦聲苦故切五部

廏　馬舍也从广𣪘聲居又切三部**周禮曰馬有二百十四匹爲廏廏有僕夫**四當爲六字之誤也夏官校人曰乘馬一師四圉三乘爲皁皁一趣馬三皁爲毄毄一馭夫六毄爲廏廏一僕夫六廏成校校有左右注曰二耦爲乘四匹也自乘至廏其數二百一十六匹易乾爲馬此應乾之策也

△⿱九旦　序 ㄒㄩˋ 13定　廣 ㄍㄨㄤˇ 15見　廦 ㄅㄧˋ 11幫

⿱九旦　古文从九此从古文叀而九聲也

序　東西牆也釋宮曰東西牆謂之序按堂上以東西牆爲介禮經謂階上序端之南曰序南謂正堂近序之處曰東序西序古假杼爲序尚書大傳天子賁庸諸侯疏杼鄭注云牆謂之庸杼亦牆也李善文選注引雜書天準聽天球河圖在東杼又攴部曰次弟謂之敘經傳多假序爲敘周禮儀禮序字注多釋爲次弟是也又周頌繼序思不忘傳曰序緒也此謂序爲緒之假借字**从广予聲**徐呂切五部

廦　牆也與土部之壁音義同**从广辟聲**比激切十六部

廣　殿之大屋也土部曰堂殿也倉頡篇曰殿大堂也廣雅曰堂堭合殿也殿謂堂無四壁漢書胡建傳注無四壁曰堂皇是也覆乎上者曰屋無四壁而上有大覆蓋其所通者宏遠矣是曰廣引伸之爲凡大之偁詩六月雝傳皆曰廣大也**从广黃聲**古晃切十部

九篇下　廿四

廥 ㄍㄨㄞˋ 2見　庾 ㄩˇ 16定　庰 ㄅㄧㄥˇ 12幫　廁 ㄘˋ 25清

廥　芻稾之藏也天官書其南衆星曰廥積如淳漢書注曰芻稾積爲廥也史記正義曰芻稾六星在天苑西主積稾草者**从广會聲**古外切十五部

庾　水漕倉也漢書孝文紀應劭注同謂水轉穀至而倉之也**从广臾聲**以主切古音在四部**一曰倉無屋者**無屋無上覆者也小雅楚茨傳曰露積曰庾甫田箋云庾露積穀也周語野有庾積韋注曰庾露積穀也釋名說同胡廣漢官解詁云在邑曰倉在野曰庾

庰　蔽也此與尸部之屛義同而所謂各異此字从广謂屋之隱蔽者也廣雅曰圊圂庰廁也急就篇曰屛廁清溷糞土壤屛與庰通溷與圂通圊與清通下文云廁清也則庰亦謂廁戰國策云宋王鑄諸侯之象使侍屛匽周禮注云匽路廁也**从广幷聲**必郢切十一部

廁　清也清圊古今字釋名曰廁言人雜廁在上非一也或曰溷言溷濁也或曰圂言至穢之處宜

廛 ㄔㄢˊ 3定　⿸广乂 ㄏㄨㄢˊ 3匣

常修治使潔淸也按凡云雜廁者猶云㴩雜急就篇說文敘皆曰分別部居不雜廁是也古多假廁爲側如史記張釋之傳北臨廁漢書汲黯傳上踞廁視之是也从广則聲初吏切一部

廛二畝半也一家之尻二各本作一尻各本作居今正按說巳見廬篆注合漢食貨志公羊傳何注詩南山箋孟子梁惠王篇趙注知古者在野曰廬在邑曰里各二畝半趙注九明里卽廛也詩伐檀毛傳曰一夫之居曰廛遂人夫一廛先鄭云廛居也後鄭云廛城邑之居載師以廛里任國中之地後鄭云廛里者若今云邑居廛民居之區域也里居也毛鄭皆未明言二畝半要其意同也許於廬不曰二畝半於廛曰二畝半以錯見互足从广里八土里者尻也八土猶分土也亦謂八夫同井也以四字會意直連切十四部

⿸广乂屋牡瓦也牡各本作牝也各本作下今正廣韵二十七删曰屋牡瓦名是也屋瓦下載者曰牝昌邑王傳之版瓦也上覆者曰牡玉篇甋牡瓦也甋廣雅作甑今俗猶以圓而上覆之瓦曰瓪⿸广乂之言似環也甋之言似筩也一曰維綱也

⿸广悤 ㄘㄨㄥ 18清　⿸广侈 ㄔˇ 1透　廉 ㄌㄧㄢˊ 30來　⿸广秅 ㄔㄚˊ 14定

系部曰緭持綱紐也⿸广乂與緭音相近从广閿省聲讀若環戶關切十四部

⿸广悤屋階中會也謂网階之中湊也西京賦曰刊層平堂設切厓隒今之階隒石必長石居中网邊關合篇韵皆作屋中會無階字非是从广悤聲倉紅切廣韵又作孔切九部

⿸广侈廣也上文殿之大屋曰廣矣此廣則其引伸之義也凡讀說文者必知斯例而後無所庢廣雅曰⿸广侈大也今人曰侈斂古字作⿸广侈廉从广侈聲尺氏切古音在十七部春秋國語曰俠溝而⿸广侈我吳語王孫雒曰齊宋徐夷曰吳既敗矣將夾溝而⿸广侈我韋注㫄擊曰⿸广侈按㫄擊者開拓自廣之意也夾古書多作俠

廉仄也此與廣爲對文謂偪仄也廉之言斂也堂之邊曰廉天子之堂九尺諸侯七尺大夫五尺士三尺堂邊皆如其高賈子曰廉遠地則堂高廉近地則堂卑是也堂邊有隅有棱故曰廉廉隅也又曰廉棱也引伸之爲清也儉也嚴利也許以仄晐之仄者圻咢陵附之謂今之筭法謂邊曰廉謂角曰隅从广兼聲力兼切七部

⿸广秅開

龐 ㄆㄤˊ 18並　底 ㄉㄧˇ 4端

張屋也謂屋之開張者也从广秅聲宅加切古音在五部今字作秺殊誤濟陰有⿸广秅縣地理志濟陰郡有秺孟康音妒此古音也

龐高屋也謂屋之高者也故字从广引伸之爲凡高大之偁小雅四牡龐龐傳曰龐龐充實也从广龍聲薄江切九部詩音義鹿同反徐扶公反

底山尻也尻各本譌作居今正山當作止字之誤也字从广故曰止尻玉篇曰底止也下也廣韵曰底下也止也皆本說文釋詁曰底止也又曰底止徯待也晉語戾久將底注曰底止也左傳昭元年勿使有所壅閉湫底服注底止也杜注底滯也楚語夫民氣縱則底底則滯注曰底箸也按底訓止與厂部厎訓柔石引伸之訓致也至也迴別俗書多亂之小雅伊于胡底箋云底至也俗本多作胡底一曰下也下爲底上爲蓋今俗語如是與前一義相足高唐賦曰不見其底虛聞松聲列子無底之谷名曰歸墟从广氐聲都禮切十五部按釋詁替戾底底尼定曷遏止也釋文及唐石經不誤郭注底義見詩傳謂靡所底止伊于胡底傳曰底至也郭又引國

庢 ㄓˋ 5定　廮 ㄧㄥˇ 12影　废 ㄅㄚˊ 2並　庳 ㄅㄧˋ 10並

語戾久將底此爲底字作注也釋文底音丁禮反底音之視反今薺旨二韵區別亦如是

庢礙止也石部曰礙者止也凡庢礙當作此字今俗作窒礙非也七發曰發怒庢沓言水初發怒礙止而涌沸也又右扶風有盩庢縣山曲曰盩水曲曰庢从广至聲陟栗切十二部

廮安止也从广嬰聲於郢切十一部鉅鹿有廮陶縣地理志郡國志同

废舍也詩召南甘棠曰召伯所茇傳曰茇草舍也周禮大司馬中夏教茇舍注云茇讀如萊沛之沛茇舍草止之也軍有草止之法按許書艸部茇艸根也此废訓舍也與毛鄭說異以其字从艸从广別之耳同音故義相因茇废實古今字也毛傳又云草行曰跋跋卽茇之假借字漢禮樂志拔蘭堂拔舍止也卽废之假借字从广犮聲蒲撥切十五部詩曰召伯所废此蓋用三家詩字作废故與毛作茇訓草舍異

庳中伏舍謂高其兩旁而中低伏之舍也从广卑聲便俾切十六部一曰屋卑卑各本作庳今依韵會訂左傳曰宮室卑庳引伸之

庇ㄅㄧˋ 4幫　庶ㄕㄨˋ 13透　庤ㄓˋ 24定　廙ㄧˋ 25定　廔ㄌㄡˊ 16來　廢ㄈㄟˋ 2幫　𢈔ㄉㄨㄟ 7端　庮ㄧㄡˇ 21定

凡卑皆曰庳周禮其民豐肉而庳 或讀若逋 雙聲

庇 蔭也 蔭艸会也引伸之爲凡覆庇之偁釋言曰庇休蔭也 从广比聲 必至切十五部按周禮注庇具也左傳國語亦有庇字注或云具也或云治也攷周禮故書庇作比許從故書故說文無庇

庶 屋下眾也 諸家皆曰庶眾也許獨云屋下眾者以其字从广也釋言曰庶侈也侈鄭箋作肜此引伸之義又引伸之釋言曰庶幸也詩素冠傳同又釋言曰庶幾尚也 从广炗 光取眾盛之意商署切五部 炗古文光字 見火部

庤 儲置屋下也 庤與偫音義同云置屋下者以其字从广也周頌庤乃錢鎛傳曰庤具也 从广寺聲 直里切一部

廙 行屋也 行屋所謂幄也許書巾部無幄篆周禮帷幕幄帟注云四合象宮室曰幄王所居之帳也疏引顏延之纂要四合象宮曰幄巾部曰帳張也木部曰橦者帳柱也帳有梁柱可移徙如今之蒙古包之類廙字本義如是魏晉後用爲翼字如魏丁廙字敬禮是用爲小心翼翼字也篇韵皆曰廙敬也 从广異聲 與職切一部

廔 屋麗廔也 麗廔讀如離婁二音囧字下曰囱牖麗廔闓明也長門賦靈光殿賦皆作離樓謂在屋在牆囱牖穿通之皃玉篇作𢉽廔 从广婁聲 洛侯切四部 一曰所㠯種也 所㠯二字各本奪今補種之用切謂以廔貯穀播種於地也木部曰樅種樓也廣韵耬種具也皆即廔字

𢈔 屋從上傾下也 𢈔之下推也 从广隹聲 都回切十五部

廢 屋頓也 頓之言鈍謂屋鈍置無居之者也引伸之凡鈍置皆曰廢淮南覽冥訓四極廢高注廢頓也古謂存之爲置棄之爲廢亦謂存之爲廢棄之爲置公羊傳曰去其有聲者廢其無聲者鄭曰廢置也于去聲者爲廢謂廢留不去也左傳廢六關王肅家語作置六關淮南子舜葬蒼梧不變其肆高注不煩市井之所廢莊子曰廢一於堂廢一於室仲尼弟子列傳子貢好廢居與時轉貨貨殖列傳作廢箸鬻財徐廣曰箸猶居也讀如貯廢之爲置如徂之爲存苦之爲快亂之爲治去之爲藏 从广發聲 方肺切十五部古可入聲

庮 久屋朽木 朽同歾見歺部周禮內饔牛夜鳴則庮先鄭云庮朽木臭也內則鄭注云庮惡臭也引春秋傳一薰一蕕許說同先鄭久屋而後有朽木故字从广 从广酉聲 與久切三部 周禮曰牛夜鳴則庮臭如朽木

九篇下　七

△

廑ㄐㄧㄣˇ 9匣　廟ㄇㄧㄠˋ 19明　庿　㡯ㄐㄩ 13精　𢉣ㄧㄝˋ 2影　㡿ㄔˋ 14透　廞ㄒㄧㄣ 28曉　廫ㄌㄧㄠˊ 21來　厂ㄏㄢˇ 3曉

廑 少劣之凥 凥舊作居誤今正少劣之居故从广引伸之義與人部之僅同古多用廑爲僅亦用爲勤字文選長楊賦注引古今字詁曰廑今勤字 从广堇聲 巨斤切十三部

廟 尊先祖皃也 尊其先祖而以是儀皃之故曰宗廟諸書皆曰廟皃也祭法注云廟之言皃也宗廟者先祖之尊皃也古者廟以祀先祖凡神不爲廟也爲神立廟者始三代以後 从广朝聲 聲字葢衍古文从苗爲形聲小篆从广朝謂居之與朝廷同尊者爲會意眉召切二部

庿 古文 見禮經十七篇凡十七篇皆作庿注皆作廟

㡯 人相依㡯也 从广且聲 子余切五部按篇韵皆七賜切則與且聲不相應廣雅無㡯有康音七賜切玉篇㡯字亦不攷於援引說文之處疑許本無㡯

𢉣 屋迫也 𢉣之言遏也 从广曷聲 於歇切十五部

㡿 卻屋也 卻屋者謂開拓其屋使廣也與上屋迫成反對廣韵引作卻行也非是卻屋之義引伸之爲㡿逐爲充㡿魏都賦注引倉頡曰㡿廣也又引伸爲指㡿穀梁僖五年傳曰目晉矦㡿殺是也 从广屰聲 廣韵引無聲字非是昌石切古音在五部俗作厈作斥幾不成字

廞 陳輿服於庭也 周禮故書廞爲淫鄭司農云淫讀爲廞廞陳也許說同先鄭釋詁曰廞興也後鄭注周禮云廞興也興作之說同爾雅按易淫爲廞古音同在七部也釋廞爲興古六部七部合音也 从广欽聲 讀若歆 許今切七部

廫 空虛也 从广膠聲 此今之寥字洛蕭切古音在三部

文四十九　重三

厂 山石之厓巖人可凥 凥舊作居今正厓山邊也巖者厓也人可居者謂其下可居也

九篇下　六

△厈　厓ㄧㄞˊ 10疑　厜ㄗㄨㄟ 1精　㕒ㄧˊ 1疑　厰ㄧㄢˊ 32疑　厬ㄍㄨㄟˇ 21見

屋其上則謂之广象形謂象嵌空可居之形呼旱切十四部凡厂之屬皆从厂厈籒文从干象形而从干聲

厓山邊也高邊則曰崖从厂圭聲五佳切十六部

厜厜㕒逗山顛也顚者頂也俗造巔字唐風作首陽之巔謬甚釋山曰崒者厜㕒又作屖屐又作嵳峩許書釋嵳峩曰山皃釋厜㕒曰山頂不曰同字也从厂垂聲姊宜切古音在十七部

㕒厜㕒也从厂義聲魚爲切古音在十七部

厰崟也崟者山之岑崟也一曰地名崟公羊傳殽之嶔巖是也嶔崟卽厰字从厂敢聲魚音切古音在八部隸作厰

厬仄出泉也小雅有洌氿泉釋水曰氿泉穴出穴出仄出也毛傳側出曰氿泉按側出泉之字詩爾雅作氿許作厬水醮之字今爾雅作厬許作氿正互相易水部氿篆下引爾雅水醮曰氿則知許所據與今本絕異水厓枯土爲氿字側出泉當作厬字矣从厂晷聲讀若軌居洧切古音在三部讀如九氿亦讀

九篇下　丸

厎ㄓˇ 4端　𠩺ㄌㄧˋ 2來　△砥

如九是以二字通用

厎柔石也柔石石之精細者鄭注禹貢曰厲摩刀刃石也精者曰砥尚書大傳其稱天子䟤其材而礱之加密石焉注曰礱厲之也密石砥之也按厎者砥之正字後人乃謂砥爲正字厎與砥異用強爲分別之過也厎之引伸之義爲致也至也平也有假借耆字爲之者如周頌耆定爾功傳曰致也是也从厂氐聲職雉切十五部按此字从氐聲俗从氏誤也古音氏聲在十六部氐聲在十五部不容稍誤唐以來知此者鮮矣五經文字石刻譌作厎少一畫不可從顧亭林與潘次耕書分別厎厎不同義不知古無从氏之厎厎與底爭首筆之有無末筆則從同也厎與底音義均別广部詳之

砥厎或从石今字用此而厎之本義廢矣毛詩大東周道如砥孟子作厎

𠩺旱石也旱石者剛於柔石者也禹貢厲砥砮丹大雅取厲取鍛引伸之義爲作也見釋詁又危也見大雅民勞傳虞注周易又烈也見招魂王注俗以義異異其形凡砥厲字作礪凡勸勉字作勵惟嚴厲字作厲而古引伸假借之法隱矣凡經傳中有訓爲惡訓爲病訓爲鬼者

△厲　厥ㄐㄩㄝˊ 2見　厱ㄌㄢˊ 30來

謂厲卽癘之假借也訓爲遮列者謂厲卽迾之假借也周禮之厲禁是也有訓爲涉水者謂厲卽濿之假借如詩深則厲是也有訓爲帶之垂者如都人士垂帶而厲傳謂厲卽烈之假借也烈餘也从厂蠆省聲按說文蠆與萬篆形絕異厲从蠆省聲則字當作厲而隸體蠆作蠆届作厲皆从萬非也後人以隸改篆則又篆皆从萬矣漢隸存者作蠆作厲可考也今篆體及說解皆正力制切十五部

厲或不省今各本篆从萬下虫非是漢人隸省多作厲不省

厥發石也發石故从厂引伸之凡有撅發皆曰厥山海經曰相柢之所抵厥郭云抵觸厥掘也孟子若崩厥角稽首趙云厥角者叩頭以額角犀撅地也晉灼注漢書曰厥猶豎也叩頭則額角豎按厥角者謂額角如有所發角部厥下云角有所觸發是也以上皆厥之本義若釋言曰厥其也此假借也假借盛行而本義廢矣从厂欮聲欮或瘚字舉形聲該會意也俱月切十五部

厱厱諸逗治玉石也淮南說山訓玉待礛諸而成器高注曰礛諸攻玉之石礛卽厱字也廣韵曰礛䃴青礪从

九篇下　干

厤ㄌㄧˋ 11來　𠪚ㄒㄧˇ 25心　居ㄏㄨˋ 13匣　厗ㄊㄧˊ 4定　𠩂ㄌㄚ 27來　𠩇ㄧˋ 10疑

厂僉聲魯甘切七部高誘曰礛讀曰廉氏之廉讀若藍

厤治也甘部曆下云从甘厤厤者調也按調和卽治之義也厤从秝秝者稀疏適秝也从厂秝聲郎擊切十六部

𠪚石利也謂石銳也漢書馮奉世傳器不犀利如淳曰今俗刀兵利爲犀後漢張衡傳犀舟注同按石利之利如砮砭厎厲厝是也犀與𠪚雙聲假借石利之義引伸之凡利皆曰𠪚犀宋本漢書作犀从厂異聲讀若枲胥里切一部

居美石也从厂古聲侯古切五部廣韵又當古切

厗唐厗石也四字句唐厗雙聲字石名也廣韵齊韵唐韵皆作磄厗又曰鎕銻火齊也玉篇曰厗古銻字从厂屖省聲杜兮切十五部按厗固辛聲然則屖亦辛聲也蓋古辛亦讀如今西

𠩂石聲也謂石崩之聲吳都賦曰拉攦雷硍崩巒弛岑拉卽𠩂字也玉篇曰𠩂亦拉字拉者折也柆木折也从厂立聲盧荅切七部

𠩇石地惡也集韵類篇皆曰碣𠩇石地按石部曰碣石地惡也二篆疊韵从

硻 28匣　厢 13滂　厝 14清

厂兒聲五麻切十六部

石地也硻者堅閉之意从厂金聲讀若紟巨今切七部

石閒見也閒讀去聲閒見謂突兀忽見人部俔下云閒見是也厢史假逋字爲之魏書北史溫子昇傳皆云子昇詣梁客館不修容止謂人曰詩章易作逋峭難爲字當作厢廣韵引字林云峬峭好形皃也峬郎厢之𢡠變凡字書因時而作故說文厢字林作峬說文祇有殷字林有𩑈近世波俏之語又音字之遷移也从厂甫聲讀若敷芳無切五部

厲石也各本作厲石今正小雅鶴鳴曰他山之石可以爲錯傳曰錯錯石也今本少一錯字可以琢玉舉賢用滯則可以治國下章曰他山之石可以攻玉傳曰攻錯也錯古作厝厝石謂石之可以攻玉者爾雅玉曰琢之玉至堅厝石如今之金剛鑽之類非厲石也假令是厲石則當次厎厲二篆之下而不當次此矣金部鑢下云錯銅鐵也錯亦當作厝謂剢礦之从厂昔聲蒼各切又七互切五部按許書厝與措錯義皆別而古多通用如抱火厝之積薪之下假厝爲措也詩曰佗山之石可㠯爲厝

厖 18明　屵 20定

石大也石大其本義也引伸之爲凡大之偁釋詁曰厖大也左傳民生敦厖周語敦厖純固是也又引伸之爲厚也商頌爲下國駿厖毛傳是也或假此厖爲尨襍字荀卿引商頌厖作蒙从厂尨聲莫江切九部

岸上見也岸者厓陵而高也岸上見故从厂中會意上見者望之而見於上也从厂从㞢省按之省二字當作中弓部弢下曰中垂飾與鼓同意皆以中象上見者而豈下曰陳樂立而上見也从中九爲明證岸上見故以中象之淺人乃改爲㞢省耳廣韵云說文作屵亦誤又按中與㞢皆謂艸初生故凡上出者可以㞢象之周禮作其鱗之而之謂上出而謂下垂此从㞢省與岩从㞢皆是也讀若躍以灼切二部

厊 29匣　仄 25精

辟也厊與陜音同義近从厂夾聲胡甲切八部

側傾也傾下曰仄也此仄下云傾也是之謂轉注古與側昃字相假借从人在厂下會意阻力切一部

籒文从矢矢亦聲矢傾頭也昃亦作吳吳當是籒文昃字

△厌

𠩵 11滂　厞 7並　厭 32影

仄也仄俗本譌作反今依篇韵正今人言偪仄乃當作𠩵仄从厂辟聲普擊切十六部廣韵之石切

隱也隱者蔽也特牲饋食禮佐食徹尸薦俎敦于西北隅几在南厞有司徹有司官徹饋饌于室中西北隅設右几厞鄭云厞隱也喪大記甸人取所徹廟之西北厞薪用爨之按室西北隅曰屋漏厞者又西北隅隱蔽之處也屈原賦隱思君兮厞側厞葢同厞禮注曰古文厞作茀从厂非聲扶沸切十五部詩音義引沈重云許愼凡非反計沈所見說文當有讀若某之云矣

笮也竹部曰笮者迫也此義今人字作壓乃古今字之殊土部壓訓壞也塞也無笮義凡喪服言尊之所厭皆笮義喪冠謂之厭冠謂冠出武下也周禮巾車王后厭翟注云次其羽使相迫也禮經推手曰揖引手曰厭郎尚書大傳家語之葉拱家語注云兩手薄其心古文禮揖厭分別今文禮厭皆爲揖鄭不之從而禮經有厭譌作撎者周禮大祝疏竟作引手曰撎斷不可從撎爲跪而舉頭下手與厭爲立而引手箸胷不相涉也檀弓死而不弔者厭注行止危險之下已上皆笮之義其音於輒切从厂猒聲於輒切又一剡切八部按厭之本義笮也合也與壓義尚近於猒飽也義則遠而各書皆假厭爲猒足猒憎字猒足猒憎失其正字而厭之本義罕知之矣一曰合也周語克厭天心韋注厭合也韋注漢書敘傳亦同按蒼頡篇云伏合人心曰厭字苑云厭眠內不祥也此合義之一耑寐下云寐而厭也是也俗字作魘徐鉉用爲新附字誤矣山海經服之使人不厭郭云不厭不厭夢也此厭字之取古者也其音一剡切

厃 10疑

仰也从人在厂上會意魚毀切十六部危字从厃卪會意一曰屋梠也秦謂之楣齊謂之厃楣各本作楄今依木部訂木部曰楣者秦名屋櫋聯也謂屋櫋聯秦謂之楣也木部又曰齊謂之檐楚謂之梠此云齊謂之厃者葢齊人或云檐或云厃也

文二十七　重四

丸 3匣

圜也也字各本無今依韵會補以疊韵爲訓也今丸藥其一耑也商頌松桷丸丸傳曰丸丸易直也

䯛 ㄨㄟˇ 1影　𦓐 ㄋㄨㄛˊ 24泥　奿 ㄈㄢˋ 3滂

按謂其滑易而調直也丸義之引伸也大雅松柏斯兌傳亦云兌易直也兌與丸古葢音同而義同矣傾側而轉者从反仄圜則不能平立故从反仄以象之仄而反復是爲丸也胡官切十四部凡丸之屬皆从丸

䯛鷙鳥食已吐其皮毛如丸玉裁昔宰巫山縣親見鴟鳥所吐皮毛如丸从丸咼聲讀若骫於跪切十六部

𦓐丸之孰也俗所謂圜熟言旋轉之易也从丸而聲奴禾切十七部按而聲而奴禾切者如耎之从而合音也

奿闕謂其義其形其音說皆闕也廣韵入二十五願芳万切引說文其義闕其義二字乃廣韵所增耳玉篇同○芳萬切則與𩡖婏二字同音集韵云于願切引李舟云說文闕

文四

危 ㄨㄟˊ 10疑

危在高而懼也引伸爲凡可懼之偁喪大記注危棟上也从产人在厓上自卪止之人在厓上四字依韵會補魚爲切十六部凡危之屬皆从危

𢻫 ㄑㄧ 10溪

𢻫𢻫此複舉字之未刪者嶇也元應所引云𢻫嶇傾側不安也此乃以注家語入正文耳非是自部嶇下云𢻫也與此爲轉注廣韵云𢻫者不正也嶇者嶇隅不安皃俗用崎嶇字正此二字之𣵀變𢻫爲不正故箸之訓曰飯𢻫言𢻫衺之以入飯於口中也宥坐之器曰𢻫器虛則𢻫中則正滿則覆也今俗作敧又譌攲去之遠矣周禮奇衺之民注曰奇衺譎觚非常周禮之奇正𢻫之假借字从危支聲去其切按去其當依廣韵作去奇十六部

文二

石 ㄕˊ 14定

石山石也或借爲碩大字或借爲柘字柘百二十斤也在厂之下口象形常隻切古音在五部凡石之屬皆从石

磺 ㄍㄨㄥˇ 15見

磺銅鐵樸石也文選注二引及玉篇無石字樸木素也因以爲凡素之偁銅鐵樸者在石與銅鐵之閒可爲銅鐵而未成者也不言金玉者舉觕以該精也周禮卝人掌金玉錫石之地而爲之厲禁以守之注云卝之言礦也金玉未成器曰礦未成器謂未成金玉从石黃聲讀若穬古猛切古音在十部按各本此下出卝篆解云古文礦周禮有卝人按周禮鄭注云卝之言礦也賈疏云經所云卝是總角之卝字此官取金玉於卝字無所用故轉從石邊廣之字語甚明析卝之言礦卝非礦字也凡云之言者皆就其雙聲疊韵以得其轉注假借之用卝本說文卵字古音如關亦如鯤引伸爲總角卝兮之卝又假借爲金玉樸之礦皆於其雙聲求之讀周禮者徑謂卝卽礦字則非矣又或云與角卝之字有別亦誤至於說文卵字本作卝不作卵五經文字曰卝古患反見詩風說文以爲古卵字九經字樣曰卝卵上說文下隸變是說文卵字作卝唐時不誤確然可證五經文字又云卝字林不見可證卝變爲卵始於字林今時說文作卵不作卝則五季以後據字林改說文者所爲也說文既無卝乃有淺人於石部妄增之卝果是古文礦則鄭何必云之言賈何必云此官取金玉於卝字無所用哉今於卵部正之於石部刪之學者循是以求之許書之眞面可見矣○五經文字云說文以爲古卵字謂說文作卝乃古卵也九經字樣語甚明

碭 ㄉㄤˋ 15定

碭文石也地里志梁國碭縣山出文石應劭云碭山在東師古云山出文石故以名縣也按以碭名山又以碭名縣本爲文石之名从石昜聲徒浪切十部

碝 ㄖㄨㄢˇ 3泥

碝石次玉者子虛賦碝石武夫張揖曰皆石之次玉者碝石白如冰半有赤色武夫赤地白采蔥蘢白黑不分按此注有奪誤如冰半謂如冰片也有赤色宜依山海經注作有赤色者蔥蘢白黑不分亦宜依山海經注作色蔥蘢不分了西都賦曰碝磩采致从石耎聲而沇切十四部按耎多譌需故山海經誤作礝玉藻誤作瓀

砮 ㄋㄨˇ 13泥

砮砮石可㠯爲矢鏃砮石之名淺人以爲複字刪之則不完鏃當作族族矢鏠也禹貢荊州梁州皆貢砮賈逵注國語曰砮矢鏃之石也按砮本石名韋昭注石砮云砮鏃也以石爲之乃少誤从石奴聲乃都切五部夏書曰梁州貢砮丹禹貢荊州貢厲砥砮丹梁州貢砮磬此乃許君筆誤國語曰肅愼氏貢楛矢石砮見魯語楛

△隮

礜ㄩˋ 13定　碣ㄐㄧㄝˊ 2匣　磏ㄌㄧㄢˊ 30來　碫ㄉㄨㄢˋ 3端

當作桔字之誤也說詳木部桔下 毒石也 疑本作礜石也三字爲句後人改之礜石石名周禮注曰今醫方有五毒之藥作之合黃堥置石膽丹沙雄黃礜石慈石其中燒之三日三夜其煙上著以雞羽埽取之以注創惡肉破骨則盡出本艸經曰礜石味辛有毒西山經曰礜可以毒鼠郭云蠶食之而肥按今世無此物 出漢中 本艸曰生漢中山谷及少室 从石與聲 羊茹切五部

特立之石也 碣之言傑也 東海有碣石山 碣石山見禹貢地理志右北平郡驪成縣大碣石山在縣西南非東海郡也東海字疑誤 从石曷聲 渠列切十五部 古文

厲石也 與廉音義略同 赤色 廣韵曰磏赤礪石也礛䃴青礪也 从石兼聲讀若鎌 力鹽切七部

碫石也 碫篆舊作碬九經字樣所引說文已然今依詩釋文及玉篇正碫石本作厲石自詩釋文所引已然今正大雅取厲取碫今本作取鍛當依釋文本又作碫毛傳曰碫逗碫石也今本奪一字箋云碫石此釋傳所以爲鍛質也箋意此石可爲椎段之椹質是則碫石者石名椎段字今多用鍛古祇作段考工段氏爲鎛器禮經段脩字皆作段是也段與厲絕然二事碫石厲石必是二物尚書粊誓段乃戈矛厲乃鋒刃段之欲其質之堅也厲之欲其刃之利也詩取厲取鍛亦明明分別言之毛傳亦既確指云碫石矣豈許君於此乃忽溷淆之訓碫爲厲石乎揆厥所由由許依傳云碫石也三字爲句而刪複字者乃妄改爲厲字猶上礜篆下本云礜石也而刪複字者妄改爲毒石夫碫豈可爲厲礜豈可概以毒哉大抵淺人於複字之不可刪者或刪或改刪之則如嶲周之去嶲離黃之去離改之則如碫石之改爲厲石諳首頓首之改爲下首知刪者難知改者尤難○或問廣雅何以云碫礪也曰此自廣雅之誤廣雅之例每合異類之相近者爲一此則異類而迴別者也○又按上文云磏礪石赤色據淮南注礛讀廉氏之廉淮南礛諸許作厱諸然則磏即厱礛三字一也以馬赤白色曰騢玉小赤曰瑕海賦瑕石詭暉蜀都賦吳都賦皆有瑕英江賦壁立赧駮言之則厲石赤色名碫宜矣磏篆恐當爲碫篆古本碬碫皆有而致姅譌如鼎部之鼐

礫ㄌㄧˋ 20來　䂬ㄍㄨㄥˇ 18見　磧ㄑㄧˋ 11清　碑ㄅㄟ 10幫　䃝ㄓㄨㄟˋ 8定　磒ㄩㄣˇ 9匣

鼏二篆衣部之袗袀二篆皆以形似致合爲一字○又按椎段古祇用段不用鍛鍛者小冶也凡用鍛爲椎段者非古詩之碫石鄭箋謂可爲段質許意不如是許謂此石可段物故引鄭公孫段字子石古今物不同今之無碫石猶之無砭砮矣 从石段段亦聲 各本作从石段聲四字今正會意兼形聲也殳部曰段椎物也丁亂切故爲會意碫都亂切十四部 春秋傳 舊有曰字今刪正 鄭公孫段字子石 段各本作碬乎加切繆甚矣而改爲碫字者恐亦尚未是蓋此引經說字之例舉公孫段字子石以證碫之从段石會意也春秋傳多古文段者碫之古文也

小石也 釋名小石曰礫礫料也小石相枝柱其間料料然出內氣也楚辭王逸注兩云小石爲礫西京賦薛注石細者曰礫 从石樂聲 郎擊切古音在二部

水邊石也 从石巩聲 居竦切古音在三部 春秋傳曰闕䂬之甲 左傳昭十五年定四年皆作鞏杜注闕鞏國所出鎧

水陼有石者 陼丘水中高者也三蒼曰磧水中沙堆也吳都賦劉注曰磧礫淺水見沙石之皃 从石責聲 七迹切十六部

豎石也 聘禮鄭注曰宮必有碑所以識日景引陰陽也凡碑引物者宗廟則麗牲焉其材宮廟以石窆用木檀弓公室視豐碑三家視桓楹注曰豐碑斲大木爲之形如石碑於槨前後四角豎之穿中於閒爲鹿盧下棺以綍繞天子六綍四碑前後各重鹿盧也諸矦四綍二碑大夫二綍二碑士二綍無碑按此檀弓注即聘禮注所謂窆用木也非石而亦曰碑假借之偁也秦人但曰刻石不曰碑後此凡刻石皆曰碑矣始皇本紀上鄒嶧山立石上泰山立石下皆云刻所立石其書法之詳也凡刻石必先立石故知豎石者碑之本義宮廟識日影者是 从石卑聲 府眉切當依廣韵彼爲切十六部

陊也 陊者落也䃝與隊音義同隊者從高隊也廣韵曰礧䃝物墜也 从石㒸聲 徒對切十五部

落也 磒與隕音義同隕者從高下也春秋經僖公十有六年隕石于宋五左穀作霣許所據左傳作磒釋詁隕磒落也郭云磒猶隕也 从石員聲 本義石落也故从石于敏切十三部

春秋傳曰碩石于宋五偁此者說从石之意

磙 碎石碩聲碩舊作隕今正其聲磙磙然从石炙聲所責切古音在五部

硞 石聲今爾雅釋言硈鞏也郭云硈然堅固邢昺曰硈苦學切當从告說文別有硈苦八切石堅也按邢語剖別甚精釋文苦角切故邢曰苦學切四覺韻字多從屋韻轉入如四江韻字多從東韻轉入告聲在古音三部屋韻是以硞轉入覺韻據陸氏反語則知陸本作硞不作硈廣韻玉篇皆曰硞苦角切硈恪八切集韻類篇克角一切內亦有硞無硈皆可證而釋文注疏唐石經皆譌作硈則與陸氏苦角之音不合矣且硞之與鞏音切近以九韻與東韻切近而硈與鞏不相關也硈斷無苦學之音硞斷無苦八之音此一定之音理學者不知古音不可與讀古者此也江賦曰幽澗積岨礐硞確礐硞當上音學下音角○或問何不正音之苦角爲苦八而謂正文字誤也曰音義積古相傳之學陸氏多從舊當陸時字固未誤也○五經文字曰硈口八反又苦角反見爾雅知張時爾雅已誤而張云吉聲之字可有口八口角二反是其不知音理也从石告聲苦角切三部

硍 石聲从石艮聲此篆各本作硠从石良聲魯當切今正按今子虛賦礧石相擊硠硠磕磕史記文選皆同漢書且作琅以音求義則當爲硍硍而决非硠硠何以明之此賦言水蟲駭波鴻沸涌泉起奔揚會礧石相擊硍硍磕磕若雷霆之聲聞乎數百里之外謂水波大至動搖山石石聲磤天硍硍者石旋運之聲也磕磕者石相觸大聲也硍篇韻音諧眼切古音讀如痕可以見石旋運大聲而硠硠字祇可見清朗小聲非其狀也音不足以見義則斷知其字之誤矣江賦曰巨石硉矹以前却又曰觸曲崖以縈繞駭奔浪而相礧皆即此賦之意漢桂陽太守周憬碑硒水之邪性順導其經脈斷硍溢之電波弱陽侯之洶涌此用子虛賦也而硠作硍可證予說之不繆釋名曰雷硍也如轉物有所硍雷之聲也冣爲明證左思吳都賦拉擸雷硍崩巒弛岑雷即子虛礧石之礧礧硍亦用子虛賦字也而俗本譌作硠李善不能正且曰音郎於是韓愈本之有乾坤擺雷硠之句蓋積譌之莫悟也久矣至於許書之本有此篆可以字林證之周禮典同釋文曰字林硍音限云石聲此必本諸說文說文必本子虛賦也至於許書本無硠字以硠从良聲當訓爲清澈之聲非石聲思元賦伐河鼓之磅硠古作旁琅未可知也古音在十三部○周禮典同高聲碮注曰故書碮爲硍杜子春讀硍爲鏗鎗之鏗硍字見於經典者惟此

礐 石聲也此與山部嶨義別爾雅假礐爲嶨耳江賦曰幽澗積岨礐硞礐確注云皆水激石險峻不平之皃按當云水激石聲也从石學省聲胡角切三部

磕 石聲也高唐賦曰礫碟碟而相摩兮嶒震天之磕磕子虛賦曰礧石相擊硍硍磕磕甘泉賦曰登長平兮雷鼓磕今俗用爲磕破磕嗌字讀苦盍切从石盍聲篆體本如此俗字則從蓋聲口太切十五部按玉篇磕與硠相屬云硠磕石聲廣韻亦云硠磕石聲是皆硍磕之誤也

硈 石堅也从石吉聲格八切古音在十二部按廣韻恪八切一曰突也別一義

硻 餘堅也也各本作者今依廣韻集韻類篇正按硈下當云石堅聲硻下當云餘堅之聲皆轉寫之譌蓋自磙至磿八篆皆皃石聲下文訓堅之礊與此訓堅聲之硻硈義固別也論語曰鄙哉硜硜乎又云硜硜然小人哉其字皆當作硻硻段借古文磬字耳硜者古文磬字也鏗爾舍琴亦當爲硻爾又樂記石聲磬磬當爲硻釋名磬者磬也其聲磬磬然堅緻當作硻硻然堅緻从石堅省聲按此當云臤聲淺人所改也臤堅也讀若鏗鏘之鏗硻口莖切按古音在十二部眞耕之合也俗作礰韓退之詩用之

磿 石聲也左思蜀都賦原臺鬼彈飛丸以礌礰集韻曰礰即磿字磿爲石聲者謂其聲歷歷然玉篇曰石小聲是也周禮遂師抱磿後鄭云磿者適歷執綍者名也是段磿爲歷史記樂毅傳故鼎反乎磿室戰國策作歷室○蜀都賦語見太平御覽世說新語注引左思別傳作鬼彈飛丸以礌礉按鬼彈見水經注若水篇非佳物也故改定之本無此語从石麻聲郎擊切十六部

磛 礹石也按磛礹二篆之解似當依玉篇更正磛下云磛礹山石皃也礹下云磛礹也乃合全書之例今本乃爲淺人所亂耳蓋磛礹古多用爲連綿字上林賦嶄巖嵾嵳郭云皆峯嶺之皃高堂賦登巉巖而下望西都賦蹷嶄巖皆即此二篆

九篇下　毛

九篇下　夭

△殻

礹ㄧㄢˊ 32疑　礊ㄎㄜˋ 11溪　确ㄑㄩㄝˋ 17匣　磽ㄑㄧㄠ 19溪　硪ㄜˊ 1疑　碞ㄧㄢˊ 28疑　磬ㄑㄧㄥˋ 12溪

也古二篆分用者小雅漸漸之石傳曰漸漸山石高峻此礹暫之假借字也節南山傳曰節高峻皃巖巖積石皃此礹之假借字也巖詩音義作巖謂巖爲或本今按許書則巖者厓也礹者山石皃音同而義別詩當作巖爲長**从石斬聲**鉏銜切八部

礹　石山也从石巖主謂山故从山礹主謂石故从石詩曰維石巖巖**嚴聲**諸書多假巖爲礹如高唐上林是也五銜切八部

礊　堅也从石毄聲楷革切十六部

确　礊也依韵會訂确郎今之埆字與土部之墽音義同丘中有麻傳曰丘中墽埆之處也墽埆謂多石瘠薄犾部曰獄确也召南傳曰獄埆也謂堅剛相訟其引伸之義也鉉等曰今俗作確**从石角聲**胡角切三部

㱿　确或从殻殻聲管子地員剛而不㲉㲉薄也當是殻之誤

磽　礊也與土部之墽音義同墽下曰磽也孟子地有肥磽趙曰磽薄也**从石堯聲**口交切二部

硪　石巖也巖厓也石巖石厓也玉篇作礒**从石我聲**五河切十七部

碞　磛碞也磛碞各本作磛碞非是今依集韵類篇正磛碞猶上文之磛礹積石高峻皃也周書召誥畏于民碞某氏曰碞僭也葢謂碞卽僭之假借字耳**从石品**品象石之磛礹品亦聲也五銜切七部**周書曰畏于民碞**各本碞作嵒誤今依集韵類篇正**讀與巖同**

磬　石樂也石樂各本作樂石誤今正樂下云五聲八音總名也瑟下云弦樂也簫龢下皆云管樂也則此當云石樂信矣匡謬正俗所引巳作樂石其誤巳久或疑樂石字見秦嶧山刻石不知與此無涉也彼謂可樂之石此謂製石之樂白虎通曰磬者夷則之氣也**从石**句**声象縣虡之形**各本声作殸上屬今正壴下云陳樂立而上見也从屮此从屮謂虡之上出可見者崇牙樹羽是也一象栒之橫丨象虡之植卩象編磬係焉也或曰卩象磬之股丨象磬之鼓磬之懸股橫出而鼓直凡言磬折者取象於此程氏瑤田通藝錄言之詳矣**殳所㠯擊之也**所以二字今補說从殳之意磬从石殳會意而又象其形也苦定切十一部**古者毋句氏作磬**毋各本作母今正明

△殸　△硜

礙ㄞˋ 24疑　硩ㄔㄜˋ 11透　硟ㄔㄢˇ 3透　碎ㄙㄨㄟˋ 8心　破ㄆㄛˋ 1滂

堂位注引世本作曰無句作磬風俗通山海經注廣雅皆作毋句古無毋通句其俱反

殸　籀文省非籀省篆乃篆加籀也

硜　古文从巠各本篆體誤今依汗簡正樂記曰石聲磬磬以立辨史記樂書作石聲硜硜以立別葢硜本古文磬字後以爲堅确之意是所謂古今字論語子擊磬於衛下文既而曰鄙哉硜硜乎亦不以爲一字要之論語非不可作鄙哉磬磬也釋名曰磬者磬也其聲磬磬然堅緻也

礙　止也列子黃帝篇作硋**从石疑聲**五溉切古音在一部

硩　上擿山巖空青珊瑚陊之擿各本作摘今按手部擿搔也搔刮也當正作擿陊各本作隓今按吳都賦硩陊山谷正用許語當正作陊空青見本艸經珊瑚見玉部陊落也周禮硩蔟氏掌覆妖鳥之巢鄭司農云硩讀爲擿蔟讀爲爵蔟之蔟謂巢也先鄭擿音剔謂如今人以竿毀鳥巢也後鄭申其說曰元謂硩古字从石析聲硩古字者謂硩擿爲古今字也从石析聲者謂古人以石上擲毀物故从石析會意而析亦聲也許意空青珊瑚皆石也取石故其字从石而覆巢用此字乃引伸之義也**从石析聲**析各本作折篆體作硩今正按周禮音義云硩音摘它歷反徐丈列反沈勑徹反李又思亦反知周禮寫本故不同徐邈沈重本作硩从折聲李軌本作硩从析聲以先鄭讀爲擿許云上擿山巖準之擿與析古音同在十六部葢作硩者是作硩者非今本周禮說文作硩皆誤本許以擿訓硩以疊韵爲訓也集韵先的切依李音大徐丑列切依沈音**周禮有硩蔟氏**周禮下有曰字者衍文

硟　㠯石衦繒也衦各本作扞今正衣部衦下曰衦摩展衣也廣韵二仙曰硟衦繒石也急就篇有硟字注曰硟以石輾繒色丸光澤也今俗謂之砑**从石延聲**各本作延聲篆體作硟今依脠誕字正尺戰切十四部

碎　䃺也䃺各本作礳其義迴殊矣礳所以碎物而非碎也今正米部曰䊳碎也二篆爲轉注䃺各書假靡爲之孟子假糜爲之碎者破也䃺者破之甚也義少別而可互訓瓦部曰甄者破也音義同**从石**石可碎物物亦可碎石石兼此二義**卒聲**蘇對切十五部

破　石碎也瓦部曰甄者破也然

則碎瓴㼜三篆同義引伸爲碎之偁古有假破爲坡者如衛風傳云泮坡也亦作陂亦作破**从石皮聲**普過切十七部

礱　礳也下文云礳者石磑也此云礳也者其引伸之義謂以石礳物曰礱也今俗謂磨穀取米曰礱**从石龍聲**盧紅切九部**天子之桷椓而礱之**椓當依類篇所引作斲穀梁傳晉語尚書大傳公羊何注皆作斲可證尚書大傳曰桷天子斲其材而礱之加密石焉大夫達菱士首本庶人到加鄭云礱礪之也密石砥之也菱棱也按棱者謂斲其通體成棱首本者斲其首也韋注晉語亦云先粗礱之加以密砥是可證厲厎之分㵩細矣

研　礳也亦謂以石礳物曰研也手部曰摩者揅也揅者摩也爲轉注此亦研與礳爲轉注揅摩以手故从手研礳以石故从石**从石幵聲**五堅切十四部亦作硯

礳　石磑也礳今字省作磨引伸之義爲研磨俗乃分別其音石磑則去聲模臥切研磨則平聲莫婆切其始則皆平聲耳按詩如琢如磨釋器毛傳皆曰玉謂之琢石謂之磨詩釋文磨本又作摩詩爾雅皆言治石非謂以石治物然則作摩是矣釋元應引爾雅作石謂之摩乃善本**从石靡聲**模臥切十四部

磑　礳也从石豈聲五對切十五部**古者公輸班作磑**廣韵云世本曰公輸般作磑語必出世本作篇矣班與般古通是以檀弓作般孟子注作班

碓　所吕舂也所吕二字各本無今補舂者擣粟也杵臼所以舂本斷木掘地爲之師其意者又皆以石爲之不用手而用足謂之碓桓譚新論宓犧制杵臼之利後世加巧借身踐碓按其又巧者則水碓水磑失聖人勞其民而生其善心之意矣**从石隹聲**都隊切十五部

䃃　舂已復擣之曰䃃䃃之言沓也取重沓之意廣雅䃃舂也**从石**以石舂**沓聲**徒合切八部

磻　吕石箸雖繁也雖者繁射飛鳥也繁者生絲縷系繒矢而以雖軼也以石箸於繁謂之磻戰國策被礛磻引微繁折清風而抎矣**从石番聲**博禾切十四十七二部合音也玉篇廣韵䃋字同此

䃋　斫也斫者其器所以斫地因謂之斫也釋器曰斫謂之鐯鐯字又作櫡依許則當作䃋郭云钁也金部钁者大鉏也然則必以金爲之安得从石蓋上古始爲之用石如砮砭之類或以其可斫地㩶石故从石歟**从石箸聲**張略切五部

硯　石滑也謂石性滑利也江賦曰綠苔鬖髿乎研上李注研與硯同按字之本義謂石滑不澁今人研墨者曰硯其引伸之義也**从石見聲**五甸切十四部

砭　吕石刺病也以石刺病曰砭因之名其石曰砭石東山經高氏之山其下多箴石郭云可以爲砭針治癰腫者素問異法方宜論東方其治宜砭石王云砭石謂以石爲鍼按此篇以東方砭石南方九鍼並論知古金石並用也後世乃無此石矣**从石乏聲**方廉方驗二切七部

碣　石地惡也此與厂部之屵音義略同類篇曰碣屵石地管子沙土之次曰五塥塥疑同碣**从石鬲聲**下革切十六部

砢　磊砢也磊砢二字雙聲上林賦曰水玉磊砢張揖云磊砢魁礨皃也又說樹曰坑衡閭砢郭璞云閭砢相扶持也世說新語曰其人磊砢而英多**从石可聲**來可切十七部

磊　眾石皃皃各本作也今依廣韵訂石三爲磊猶人三爲眾磊之言絫也古音在十六部楚辭石磊磊兮葛蔓蔓**从三石**落猥切古音在紙韵是以亦作磥

文四十九　重五按廣韵十二齊引說文磾染繒黑石出琅邪山

長　久遠也久者不暫也遠者不近也引伸之爲滋長長幼之長今音知丈切又爲多餘之長度長之長皆今音直亮切兒下曰長也是滋長長幼之長也**从兀从匕**會意匕呼霸切**亾聲**二字各本在變匕之下今依韵會正直良切十部**兀者高遠意也**說从兀之意儿部曰兀者高而上平也**久則變匕**匕各本作化今正說从匕之意匕下曰變也**𠂔者到亾也**到各本作倒今正說𠂔卽亾字亾而倒變匕之意**凡長之屬皆从長　𠑷古文長　𠑿亦古文長**

肆　極陳也陳當作敶敶列也極陳者窮極而列之也傳注有但言陳者如楚茨或肆或將傳

△⿱髟隶

镾ㄇ 4明

镻ㄉㄝˊ 5定

葦或肆之筵傳鄉飲酒禮鄉射禮燕禮注是也經傳有專取極意者凡言縱恣者皆是也釋言曰肆力也毛傳大明皇矣傳曰肆疾也皆極陳之義之引伸也又釋詁曰肆故也肆今也毛詩緜傳思齊傳曰肆故今也此以爲語䛐也其他或以肆爲遂或以肆爲鬄或以肆爲肄蓋皆假借**从長**崧高其風肆好傳曰肆長也按極陳之則其勢必長此字之所以从長也**隶聲**息利切十五部

⿱髟隶 或从髟亦取長髮之意

镾 久長也镾今作彌蓋用弓部之彌代镾而又省王也彌行而镾廢矣漢碑多作彌可證镾之本義爲久長其引伸之義曰大也遠也益也深也滿也徧也合也縫也竟也其見於詩者大雅生民卷阿傳皆曰彌終也周禮小祝假爲救史記禮書假爲㜆**从長爾聲**武移切十五十六部

镻 蠒也各本誤今正此用釋魚文也虫部曰蠒镻也二篆爲轉注今各本蠒篆下作虺屬者非是**蛇毒長从長**說从長之意郭璞云蠒者蝮屬以上七字今本作蛇惡毒長也从長七字甚譌舛釋文引蛇毒長也無惡字亦可證今本之誤**失聲**徒結切十二部

勿ㄨˋ 8明

文四　重三

勿 州里所建旗九旗之一也州里當作大夫士周禮司常大夫士建物帥都建旗州里建旟許於旟下既偁州里建旟矣則此偁大夫士建勿必也蓋亦一時筆誤耳大司馬鄉家載物注云鄉家鄉大夫也鄉射禮旜各以其物注襍帛爲物大夫士之所建也士喪禮爲銘各以其物注襍帛爲物大夫之所建也文弗切十五部經傳多作物而假借勿爲毋字亦有借爲沒字者禮記勿勿乎其欲其饗之勿勿卽沒沒猶勉勉也**象其柄**謂右筆也**有三游**謂彡也三游別於旂九游旟七游旗六游旐四游**襍帛**句**幅半異**司常曰通帛爲旃襍帛爲物注云通帛謂大赤從周正色無飾襍帛者以帛素飾其側白殷之正色凡九旗之帛皆用絳按許云幅半異直謂正幅半赤半白鄭則云以素飾側釋名則云以襍色綴其邊爲翅尾說各不同似許爲長**所目趣民**趣者疾也色純則緩色駁則急故襍帛所以促民**故遽偁勿勿**遽韵會作亢遽二字偁舊作稱今正凡亢遽偁勿勿此引伸假借子下曰十一月陽氣動萬物滋人以爲偁亦是此例**凡勿之屬皆从勿**

⿰方勿 勿或从㫃經傳多作物蓋⿰方勿之訛也

△⿰方勿

昜ㄧㄤˊ 15定

昜 開也此陰陽正字也陰陽行而侌昜廢矣闢戶謂之乾故曰開也**从日一勿**从勿者取開展意與章切十部**一曰飛揚一曰長也一曰彊者眾皃**

文二　重一

冄ㄖㄢˇ 28泥

冄 毛冄冄也冄冄者柔弱下垂之皃須部之䫇取下垂意女部之姌取弱意離騷老冄冄其將至此借冄冄爲冘冘詩荏染柔木傳曰荏染柔意也染卽冄之假借凡言冄言姌皆謂弱**象形**而琰切七部**凡冄之屬皆从冄**

文一

而ㄦˊ 24泥

耏ㄦˊ 24泥

而 須也象形各本作頰毛也象毛之形今正頰毛者須部所謂䫇須之類耳禮運正義引說文曰而須也須謂頤下之毛象形字也知唐初本須篆下頤毛也而篆下云須也二篆相爲轉注其象形則首畫象鼻耑次象人中次象口上之頾次象承漿及頤下者蓋而爲口上口下之總名分之則口上爲頾口下爲須須本頤下之專偁須與承漿與頰䫇皆得偁須是以而之訓曰須也象形引伸假借之爲語䛐或在發端或在句中或在句末或可釋爲然或可釋爲如或可釋爲汝或釋爲能者古音能與而同叚而爲能亦叚耐爲能如之切一部**周禮曰作其鱗之而**考工記梓人文鄭云之而頰頜也戴先生云鱗屬頰側上出者曰之下垂者曰而此以人體之偁施於物也按顧氏玉篇以而部次於毛毳冄之後角皮之前則其意訓而爲獸毛絕非許意**凡而之屬皆从而**

耏 罪不至髡也罪當作皋高帝紀令郞中有罪耐以上請之應劭曰輕罪不至於髡完其耏鬢故曰耏古耏字从彡髮膚之意也杜林以爲法度之字皆从寸後改如是言耐罪以上皆

△耐　豕 ㄕˇ 4透　△而　豬 ㄓㄨ 13端

當先請也耐音若能按耐之罪輕於髡髡者𩬊髮也不𩬊其髮僅去須鬢是曰耐亦曰完謂之完者言完其髮也荆法志曰當髡者完爲城旦舂王粲詩許歷爲完士一言猶敗秦江遂曰漢令謂完而不髡曰耐然則應仲遠言完其耏鬢正謂去而鬢而完其髮耳**从彡而而亦聲**彡拭畫之意此字从彡而彡謂拂拭其而去之會意字也而亦聲當如之切一部大徐奴代切非是**耐 或从寸諸法度字从寸**此爲罪名法度之類故或从寸也應仲遠高帝紀注意謂耏卽而鬢字用爲耏罪字至杜林以後乃改从寸作耐許說不如是耐漢人叚爲能字本如之切後變音奴代切古音能讀如而今音耐能皆奴代切

文二　重一

豕 彘也彑部彘豕也是二篆爲轉注小雅傳曰豕豬也毛渾言之許分別言名豕名彘名豬之故**竭其尾故謂之豕**此與後蹶廢故謂之彘相對成文於其音求其義也立部曰竭者負舉也豕怒而豎其尾則謂之豕**象毛足而後有尾**毛當作頭四二字轉寫之誤馬篆下曰象馬頭髦尾四足之形象篆下曰象耳牙四足之形羊篆下曰从丫象四足尾之形豕首畫象其頭次象其四足末象其尾**讀與豨同**左傳封豕長蛇淮南書作封豨脩蛇式視切十五部廣韵施是切**按今世字誤目豕爲彖以彖爲豕何目明之爲啄琢从豕蠡从彖皆取其聲目是明之**此三十三字未必爲許語而各本譌舛特甚今正之啄琢用豕絆足行之豕爲聲俗乃作啄琢是豕誤爲豕也蠡从彑部訓豕之彖爲聲俗乃作蠡是彖誤爲彖也故皆爲今世字誤彑部曰彖讀若弛許書䖵部之蠡心部之㦎皆从彖爲聲在古音十六部各本譌云今世字誤以豕爲彘以彘爲豕何以明之爲啄琢从豕蠡从彘皆取其聲不可讀或正之又不知蠡之本彖聲而非从彖也**凡豕之屬皆从豕 豕 古文**古文與亥同字說詳亥部按此下當有象髦足三字猶帚下云象髦足也丿象髦𠄎象足𠄎象爪字也

九篇下　卅五

豬 豕而三毛叢尻者尻舊作居今正三毛叢尻謂一孔生三毛也說見蘇頌本艸圖經犀下今之豕皆然**从豕者聲**陟魚切五部**豰 小豚也**豚者小豕也左傳晉有先豰字彘子益豰郎豰字釋獸曰貔白狐其子豰異物而同名也**从豕殸聲**步角切三部**豯 生三月豚**此當句下當有一曰二字爲別一義**腹奚奚皃也**奚奚各本作豯豯今正亣部曰奚大腹也以疊韵爲訓方言曰豬其子或謂之豯**从豕奚聲**胡雞切十六部**豵 生六月豚从豕從聲**子紅切九部**一曰一歲曰豵**曰字今補召南傳邠傳大司馬職先鄭注皆云一歲曰豵釋獸曰豕生三豵**尚叢聚也**以疊韵爲訓**豝 牝豕也**釋獸召南傳皆曰豕牝曰豝**从豕巴聲**伯加切古音在五部**一曰二歲豕**豕字今補大司馬先鄭注云二歲爲豝**能相杷拏者也**者字今依韵會補杷舊作把譌今正杷者捨也拏牽引也以疊韵爲訓**詩曰一發五豝**召南騶虞文今詩一作壹**豜 三歲豕**齊風還曰並驅從兩肩兮傳云獸三歲曰肩邠七月獻豜于公傳曰三歲曰豜豜肩一物豜本字肩假借也大司馬先鄭注云四歲爲肩**肩相及者也**也字今補此以疊韵爲訓肩相及者謂與二歲之豕肩相差次**从豕幵聲**古賢切古音在十一部**詩曰並驅從兩豜兮**今詩豜作肩周禮注引邠風亦作肩**豶 羠豕也**羠騬羊也騬犗馬也犗騬牛也皆去勢之謂也或謂之劇亦謂之犍許書無此二字周易大畜六五豶豕之牙虞翻曰劇豕稱豶今俗本劇譌作劇**从豕賁聲**符分切十三部**豭 牡豕也**左傳野人歌曰既定爾婁豬盍歸吾艾豭此豭爲牡豕之證也方言曰豬北燕朝鮮之間謂之豭郭云猶云豭斗也**从豕叚聲**古牙切古音在五部**豛 上谷名豬豛**謂上谷評豬曰豛也上谷漢郡名領沮陽等縣十五沮陽在今直隸保安州**从豕役省聲**營隻切十六部**豴 豶也**豴豶釋獸文郭云俗呼小豶豬爲豴子按蓋羠豕之

九篇下　卅六

豰 ㄅㄛˊ 17幫　豯 ㄒㄧ 10匣　豵 ㄗㄨㄥ 18精　豝 ㄅㄚ 13幫　豜 ㄐㄧㄢ 3見　豶 ㄈㄣˊ 9並　豭 ㄐㄧㄚ 13見　豛 ㄧˋ 11定　豴 ㄉㄧˊ 1定

豤 ㄎㄣˇ 9溪　豷 ㄧˋ 5曉　豧 ㄈㄨ 13滂　豢 ㄏㄨㄢˋ 3匣　豠 ㄘㄨˊ 13從　豲 ㄏㄨㄢˊ 3匣

小者也从豕隋聲以水切按當依廣韵羊捶切古音在十七部䝐與豰音同疑䝐卽豰之或字

豤豕齧也豕字今補人之齧曰齦字見齒部豕之齧曰豤音同而字異也考工記髻豤薜暴不入市注云豤頓傷也此引伸假借字今本作墾非从豕艮聲康狠切十三部

豷豕息也息者喘也豷與眉呬霴音義皆同而有人豕之別从豕壹聲許利切十二部春秋傳曰生敖及豷襄四年左傳文今左傳敖作澆論語及夰部作奡

豧豕息也从豕甫聲芳無切五部

豢㠯穀圈養豕也圈者養畜之閑圈養者圈而養之圈豢疊韵樂記注曰以穀食犬豕曰豢月令注曰養牛羊曰芻犬豕曰豢少儀假圂爲豢从豕𢍏聲胡慣切十四部

豠豕屬凡言屬者類而別也別而類也廣雅曰豠豕也从豕且聲疾余切五部

豲豕屬也三字依戴氏侗六書故所偁唐本蓋晁氏說之所據也篇韵皆云豲豕屬則爲唐本信矣二徐本皆云逸也乃以下文逸周書割一字爲之韵會又增之云豕之逸也更可笑矣廣雅說豕屬有豲豲非豪豬也或以豪豬說之殊誤从豕原聲讀若桓此三字舊在撅下今移胡官切十四部逸周書曰豲有爪而不敢㠯撅見周書周祝解今周書爪作蚤蚤齧人跳蟲也爪覆手也皆假借字許則又爲本字撅者有所杷也

豨 ㄒㄧ 7曉　豖 ㄔㄨˋ 17透

豨豕走豨豨也豨豨走皃以其走皃名之曰豨方言豬北燕朝鮮之間謂之豭關東西謂之彘或謂之豕南楚謂之豨許說其本義故次於此方言說其引伸之義也下文言封豨則亦引伸之義从豕希聲虛豈切十五部古有封豨脩虵之害上古有此害也左傳申包胥曰吳爲封豕長蛇以荐食上國淮南書說封豨脩蛇卽封豕長蛇也

豖豕絆足行豖豖也豖豖艱行之皃孟子曰如追放豚既入其苙又從而招之趙曰招罥也按罥之謂絆其足經文招字與豖古音相近招之卽豖之也此猶州吁卽祝吁从豕繫二足繫當作係此从豕而象形也丑六切三部廣韵丑玉切

豦 ㄐㄩˋ 13匣　豙 ㄧˋ 8疑　豩 ㄅㄧㄣ ??

豦鬬相丮不解也鬬當作鬥兩丮相對也丮持也不言持言丮者以疊韵爲訓也从豕虍此會意虍者虎文也故卽以爲虎字豕虎之鬬當作鬥不相捨說會意之恉讀若蘮蒘艸之蘮蘮蒘當作蘮挐之蘮當作之挐蓋本無末二字後人增之而誤耳蘮蒘竊衣見釋艸強魚切五部司馬相如說豦封豕之屬此別一說也毛詩傳曰封大也封豕大豕也上林賦擽蜚遽遽或作虡廣韵引作虞其卽豦歟一曰虎兩足舉此又別一義

豙豕怒毛豎也毅妄怒也从此會意兼形聲一曰殘艾也艾當作乂乂或作刈芟艸也殘乂者刪夷之也从豕辛省各本無省字篆體从辛豕今按五經文字毅下云从辛省正从辛省之譌以毛豎如食辛辣也會意魚既切十五部

豩二豕也豳从此許書豳燹二篆皆用豩爲聲也然則其讀若尚略可識矣古音當在十三部闕謂其義其音皆闕也二豕乃兼頑鈍之物故古有讀若頑者大徐伯貧切又呼關切

文二十二詩音義引說文豩字爾雅音義引字林豩字未知說文本有此字否也重一

㣇 ㄧˋ 2定　△𢑚　△𢑛　曓 ㄏㄨ 8曉　𢊁 ㄏㄠˊ 19匣

㣇脩豪獸毛詩六月韓奕傳曰脩長也周秦之文攸訓長其後乃叚脩爲攸而訓爲長矣豪豕鬣如筆管者因之凡髦鬣皆曰豪釋獸曰貄脩豪㣇者正字貄者俗字或作肆者叚借字也按此言獸與下文𢊁豕非一物顏氏注漢書曰豪豬一名㣇非也一曰河內名豕也謂河內評豕爲㣇猶上谷之評豭也河內漢郡名領懷縣等縣十有八今懷慶衞輝以及彰德府南境皆是其地从彑象頭銳下象毛足𠃌者象其髦也毛當作髦巾象足凡㣇之屬皆从㣇讀若弟羊至切十五部

𢑚籒文𢑛古文

曓豕屬从㣇㫚聲呼骨切十五部

𢊁豕逗鬣如筆管者𢊁字各本無今補𢊁豕豕名西山經之豪彘長楊賦之豪豬也西山經曰竹山有獸焉其狀如豚而白毛大如笄而黑端郭云貆豬也能以脊上豪射物按本是豕名因其鬣如筆管遂以名其鬣

△豪　𢑚 ㄨㄟˋ 8匣　△蝟 𦗬 ㄙˋ 8心　△𦗬

凡言豪俊豪毛叉皆引伸之義也俗乃別豪俊字从豕豪毛字从毛**出南郡**漢郡名領江陵等縣十有八今荆州府北至襄陽府境是其地**从希高聲**乎刀切二部**豪篆文从豕**篆各本作籒非是今正豪爲籒文則希爲古文豪古文也豪則小篆改希从豕以豪附豪此正以上附二之例下文以豚附豯亦其類孫強輩增竄玉篇所據說文已是誤本矣

𢑚彙蟲也彙字各本無今補也字依廣韵補釋獸曰彙毛刺其字俗作蝟作猬周易拔茅茹以其彙鄭云勤也以爲謂之叚借也王弼云類也以爲會之叚借也**似豪豬而小从希**而小二字依廣韵補有毛刺似豪豬故从希也上文云豪籒文希此正从籒文**胃省聲**于貴切十五部**蝟或从虫作**爾雅亦入之釋獸

𦗬希屬从二希息利切十五部**𦗬古文𦗬虞書曰**虞當作唐說詳禾部**𦗬類于上帝**堯典文許所據蓋壁中古文也伏生尚書及孔安國以今文讀定之古文尚書皆作肆太史公史記作遂然則漢人釋肆爲遂卽爾雅之肆故也壁中文作𦗬乃肆之假借字也此引書說叚借與攷卽好莫卽蔑爲一例

文五　重五

彑 ㄐ 2見　彘 ㄓ 4定　彖 ㄕ 1透　𧰼 ㄒㄧㄚ 13匣　彖 ㄊㄨㄢˋ 3透

彑豕之頭篇韵曰彙類今義也**象其銳而上見也**象形也**凡彑之屬皆从彑讀若罽**厠者籒文銳故音相通也居例切十五部

彘豕也彘與豕篆下彘也爲轉注**後蹏廢謂之彘**廢鈍置也彘之言滯也豕前足僅屈伸後足行步蹇劣故謂之廢**从彑从二匕矢聲**直例切十五部**彘足與鹿足同**說从二匕之意也鹿㲋能足皆从二匕

彖豕也从彑从豕讀若弛式視切按古音在十六十七部閒廣韵尺氏切是也蠡从蚰彖聲㒸从心彖聲古音皆在十六部今韵蠡入薺㒸入佳皆不誤而字形从彖則誤

𧰼豕也从彑下象其足讀若瑕乎加切按小徐本此爲彖之古文篇韵皆無此字

彖豕走也玉篇作豕走悅也恐是許書古本如此周易卦辭謂之彖爻辭謂之象彖辭傳曰彖也者才也虞翻曰八卦以象告彖說三才故言乎象也古人用彖字必系叚借而今失其說劉瓛曰彖者斷也**从彑从豕省**通貫切十四部

文五小徐作四

𧱓 ㄊㄨㄣˊ 9定　△豚　䝩 ㄨㄟˋ 7匣

𧱓小豕也方言豬其子或謂之豚或謂之貕**从古文豕**各本作从希省象形五字非也今正**从又持肉以給祠祀也**凡祭宗廟之禮豕曰剛鬣豚曰腯肥又手也徒䰘切十三部

凡𧱓之屬皆从𧱓各本𧱓作豚誤今正

豚篆文从肉豕上古文此小篆也亦以上附二之例不入豚於豕部附以古文𧱓者以有从𧱓之䝩則不得不立此部首也爾雅音義曰籒文作豚玉篇亦曰豚者籒文皆誤恐學者惑焉故箸於此

䝩豚屬从𧱓衞聲讀若罽于歲切十五部

文二　重一

豸 ㄓˋ 11定

豸獸長脊行豸豸然欲有所司殺形總言其義其形故不更言象形也或曰此下當有象形二字司今之伺字許書無伺凡獸欲有所伺殺則行步詳𥠖其脊若加長豸豸然長皃文象其形也周禮射人以貍步張三侯注云貍善搏者也行則止而擬度焉其發必獲是以量侯道法之也許言獸者謂凡殺物之獸也釋蟲曰有足謂之蟲無足謂之豸按凡無足之蟲體多長如蛇蚓之類正長脊義之引伸也上林賦曰陂池貏豸郎子虛賦之罷池陂陀西京賦曰增嬋娟以此豸按貏豸謂迤邐之長此豸謂婀娜之長亦皆長義之引伸古多叚豸爲解廌之廌以二字古同音也廌與解古音同部是以廌訓解方言曰廌解也左傳庶有豸乎釋文作廌引方言廌解也正義作豸引方言豸解也今本釋文廌譌爲鳩今本方言廌譌爲㾐音胡計切蓋古書之難讀如此

豹 ㄅㄠˋ 20幫　貙 ㄔㄨ 16透　貚 ㄊㄢˊ 3定　貔 ㄆㄧˊ 4並

池爾切十六部凡豸之屬皆从豸

豹似虎圜文豹文圜易曰君子豹變其文蔚也豹一名程从虎勺聲北教切二部

貙貙獌似貍各本下有者字今刪正貍篆下曰似貙其狀互見也釋獸貙似貍又曰貙獌似貍犬部獌下曰狼屬引爾雅貙獌似貍然則此襲爾雅貙似貍獌衍文耳貙常以立秋日祭獸吳都賦注曰虎屬从豸區聲勅俱切古音在四部

貚貙屬也从豸單聲徒干切十四部

貔豹屬大雅韓奕傳曰貔猛獸也尚書某氏傳曰貔執夷虎屬也釋獸曰貔白狐舍人曰名白狐也按方言曰貔陳楚江淮之間謂之貅北燕朝鮮之間謂之豾關西謂之貍郭云貔未聞語所出玉裁謂方言所說貍也非貔也爾雅所說白狐蓋亦貍類非貔也而皆得貔名者俗評之相混也說文毛傳尚書傳則皆貔之本義也出貉國北方國也从豸毘聲房脂切十五部詩曰獻其貔皮大雅韓奕周書曰如虎如貔牧誓貔猛獸按上文豹屬當作貍屬許以貍屬爲貔本義以猛獸爲詩書之貔也於全書之例知之

△豼　豺 ㄔㄞˊ 24從　貐 ㄩˇ 16定　貘 ㄇㄛˋ 14明　⿰豸庸 ㄩㄥˊ 18定

豼或从比比聲

豺狼屬狗聲釋獸曰豺狗足許云狗聲似許長其聲如犬俗評豺狗从豸才聲士皆切古音在一部當入咍韵

貐⿰豸契貐⿰豸契大徐作猰廣韵引許作⿰豸契無⿰豸契篆者疑許本作契無豸旁後人加之从貙虎爪依許當作叉食人迅走以上釋獸說如此从豸俞聲以主切古音在四部爾雅音義曰韋昭餘彼反按彼字必俟字或倏字之誤集韵類篇不知其誤乃云貐尹捶切入四紙葢古書之襲繆有如此者

貘似熊而黃黑色出蜀中即諸書所謂食鐵之獸也見爾雅上林賦蜀都賦注後漢書爾雅謂之白豹山海經謂之猛豹今四川川東有此獸薪采攜鐵飯甑入山每爲所齧其齒則奸民用爲僞佛齒从豸莫聲莫白切古音在五部字亦作貊亦作狛

⿰豸庸猛獸也猛當作⿰豸庸三字爲句⿰豸庸見上林賦郭璞曰⿰豸庸似牛領有肉堆即犎牛也按即爾雅之犦牛也字亦作⿰豸庸亦作⿰牛庸漢書作庸从豸庸聲

貜 ㄐㄩㄝˊ 14匣　貀 ㄋㄚˋ 8泥　貈 ㄏㄜˊ 21匣　貆 ㄏㄨㄢˊ 3匣　豻 ㄢˋ 3疑

余封切九部

貜⿱與犬貜也⿱與犬廣韵引作⿱與豕未知孰是葢合二字爲獸名與犬部玃字義別从豸矍聲王縛切五部

貀貀獸貀字各本無今補無前足前當作歬貀無前足釋獸文从豸出聲女滑切十五部漢律能捕豺貀購錢百錢百各本作百錢今正爾雅郭注律捕虎一購錢三千其豹半之葢亦沿漢律也購者以財有所求也

貈似狐善睡獸也凡狐貉連文者皆當作此貈字今字乃皆假貉爲貈造貊爲貉矣从豸舟聲下各切按此切乃貉之古音非此字本音也其字舟聲則古音在三部邠詩貈貍裘爲韵一部三部合音也論語曰狐貈之厚㠯居鄉黨篇文居當作尻

貆貈之類从豸亘聲按此篆舊系貉篆下云貉之類然則亦必人而豸種者而經傳不言有貆人則知轉寫譌舛耳釋獸曰貈子貆可援以證許書矣今更正而移其次於此胡官切十四部

豻胡地野狗禮記玉藻周禮巾車注皆云豻胡犬也正義皆云胡當作狐與犬合所生按犬有名狼名狐者見廣雅但此注胡犬證以說文高誘淮南注熊安生禮記正義云胡地野狗則其字不當作狐宷矣从豸干聲五旰切十四部

△犴　貍 ㄌㄧˊ 24來　貒 ㄊㄨㄢ 3透　貛 ㄏㄨㄢ 3曉

犴豻或从犬詩曰宜犴宜獄小雅小宛文毛詩作岸釋文曰韓詩作犴云鄉亭之繫曰犴朝廷曰獄李善文選注亦引韓詩按毛詩傳曰岸訟也此謂岸爲犴之假借也獄从二犬故犴與獄同意皇矣箋亦曰岸訟也本小宛傳

貍伏獸似貙伏獸謂善伏之獸鄭注大射云貍首逸詩貍之言不來也其詩有射諸侯首不朝者之言因以名篇皇侃以爲舊解云貍之取物則伏下其頭然後必得言射亦必中如貍之取物矣上文云貙似貍此云貍似貙言二物相似即俗所謂野貓从豸里聲里之切一部

貒貒獸也各本無貒字今補三字爲一句釋獸曰狐貍貒貈醜其足蹯其跡厹貒子貗似豕而肥各本無此四字今依韵會所據及爾雅音義所引補从豸耑聲讀若湍他耑切十四部

貛野豕也从豸雚聲呼官切十四部按厹

貁 ㄧㄡˋ 22 定　貂 ㄉㄧㄠ 19 端　貉 ㄇㄛˋ 14 明

部引爾雅狐貍貒貈醜貒作貛蓋貒貛本一字貛乃貒之或體淺人刪去上文似豕而肥四字乃注野豕也三字於此以分別之耳其物非有二集韵類篇亦合爲一字宜正之曰貒或从雚聲

貁　鼠屬善旋　按當作禺屬善倒縣周禮爾雅山海經有蜼字許無蜼貁卽蜼廣雅曰貁蜼也是也釋獸曰蜼卬鼻而長尾周禮注曰蜼禺屬卬鼻而長尾郭景純曰蜼似獮猴而大黃黑色尾長數尺末有兩岐雨則自縣於樹以尾塞鼻零陵南康人呼之音餘建平人呼之音相贈遺之遺又音余救反皆土俗輕重不同耳淮南覽冥注曰狖猨屬長尾而卬鼻吳都賦劉注引異物志曰狖猨類露鼻尾長四五尺居樹上雨則以尾塞鼻是以狖者貁之俗省蜼貁爲古今字許不取蜼用今字也與鼠部之䶗鼬分別爲三物　**从豸宂聲**　此宂散之宂俗譌作穴聲篆體亦誤今正宂之古音在三部余救切三部

貂　鼠屬大而黃黑出胡丁零國　郭氏山海經注曰今扶餘國卽濊貊故地在長城北去元兔千里出名馬赤玉大珠如酸棗也　**从豸召聲**　都遼切二部

貉　北方貉　各本奪貉字今補此與西方羌从羊北方狄从犬南方蠻从虫東南閩越从虫東方夷从大參合觀之鄭司農云北方曰貉曰狄周禮大旬獵祭表貉注云貉讀爲十百之百　**豸種也从豸**　長脊獸之種也故从豸　**各聲**　莫白切古音在五部下各切俗作貊　**孔子曰貉之言貉貉惡也**　七字一句各本作貉之爲言惡也今依尚書音義五經文字正尚書音義作貊貊淺人所改耳貉與惡疊韵貉貉惡皃○貂貉二篆各本在豻篆之後貍篆之前今以虫部之蠻閩次於以虫爲象之末犬部之狄次於犬末羊部之羌次於羊末人部之僥次於人末大部夷字次於大末依類求之移易次此必有合乎古本矣

文二十　重二　小徐本文十七容有誤也其曰重三必合貒貛爲一字矣

𧰼 ㄙˋ 4 定

𧰼　如野牛青色其皮堅厚可制鎧　青色各本作而青其皮堅厚可制鎧各本無此七字今補論語季氏疏爾雅釋獸疏詩何草不黃正義春秋左傳宣二年正義皆有此七字皆作青色或作青毛釋獸曰兕似牛許云如野牛者其義一也野牛卽今水牛與黃牛別古謂之野牛爾雅云似牛者似此也郭注山海經曰犀似水牛豬頭庳腳兕亦似水牛青色一角重三千斤考工記函人爲甲犀甲七屬兕甲六屬犀甲壽百年兕甲壽二百年　**象形**　謂上象其頭下象其足尾也徐姊切十五部　**𧰼頭**　二字今補　**與禽离頭同**　禸部禽下亦曰禽离𧰼頭相似今人作楷𧰼作凶禽离作凶其頭不同矣篆法古當同　**凡𧰼之屬皆从𧰼**

兕　古文从儿　蓋亦謂其似人胻也虎足亦與人足同今字兕行而𧰼不行漢隸作光經典釋文云本又作光

文一　重一

△兕

易 ㄧˋ 11 定

易　蜥易蝘蜓守宮也　虫部蜥下曰蜥易也蝘下曰在壁曰蝘蜓在艸曰蜥易釋魚曰榮螈蜥蜴蜥蜴蝘蜓蝘蜓守宮也郭云轉相解博異語別四名也方言曰守宮秦晉西夏謂之守宮或謂之蠦蝘或謂之蜥蜴其在澤中者謂之易蜴南楚謂之蛇醫或謂之蠑螈東齊海岱謂之螔蝾北燕謂之祝蜓桂林之中守宮大者而能鳴謂之蛤解按許舉其三者略也易本蜥易語言假借而難易之義出焉鄭氏贊易曰易之爲名也一言而函三義簡易一也變易二也不易三也按易象二字皆古以語言假借立名如象卽像似之像也故許先言本義而後引祕書說云祕書者明其未必然也　**象形**　上象首下象四足尾甚微故不象羊益切十六部古無去入之分亦以豉切今俗書蜥易字多作蜴非也按方言蜥易其在澤中者謂之易蜴郭云蜴音析是可證蜴卽蜥字非羊益切小雅胡爲虺蜴毛傳曰蜴螈也釋文蜴星歷反字又作蜥說文引詩正作蜥毛語正與方言合方言易蜴南楚謂之蛇醫或謂之蠑螈謂在澤中者也螈卽虫部之蚖字蛇醫也陸璣云蜴一名蠑螈水蜴也或謂之蛇醫如蜥易然則蜥易者統名倒言易蜥及單言蜥者別其在澤中者言也　**祕書說曰日月爲易**　祕書謂緯書目部亦云祕書瞋从戌按參同契曰日月爲易剛柔相當陸氏德明引虞翻注參同契云字从日下月　**象侌易**

也謂上从日象陽下从月象陰緯書說字多言形而非其義此雖近理要非六書之本然下體亦非月也一曰从勿又一說从旗勿之勿皆字形之別說也凡易之屬皆从易

文一

象 ㄒㄧㄤ 15定

象南越大獸獸之冣大者而出南越長鼻牙有長鼻長牙以上七字依韵會所據小徐本三年一乳左傳定四年正義作三年一乳字按古書多假象爲像人部曰像者似也似者像也像从人象聲許書一曰指事二曰象形當作像形全書凡言象某形者其字皆當作像而今本皆从省作象則學者不能通矣周易繫辭曰象也者像也此謂古周易象字卽像字之假借韓非曰人希見生象而案其圖以想其生故諸人之所以意想者皆謂之象似古有象無像然像字未製以前想像之義已起故周易用象爲想像之義如用易爲簡易變易之義皆於聲得義非於字形得義也韓非說同俚語而非本無其字依聲托事之恉象耳牙四足尾之形象當作像耳牙疑當作鼻耳尾字各本無今補徐兩切十部凡象之屬皆从象

豫 ㄩˋ 13定

豫象之大者此豫之本義故其字从象也引伸之凡大皆偁豫故淮南子史記循吏傳魏都賦皆云市不豫價周禮司市注云防誑豫皆謂賣物者大其價以愚人也大必寬裕故先事而備謂之豫寬裕之意也寬大則樂故釋詁曰豫樂也易鄭注曰豫喜豫說樂之皃也亦借爲舒字如洪範豫恒燠若卽舒恒燠若也亦借爲與字如儀禮古文與作豫是也賈侍中說不害於物賈侍中名逵許所從受古學者也侍中說豫象雖大而不害於物故寬大舒緩之義取此字从象非許書則象不可解从予聲羊茹切五部俗作預

△□古文

文二　重一

四十六部　文四百九十六　重六十四宋本四作三

凡七千二百四十七字此以上言九篇部分篆文說解字三者之都數也

馬 ㄇㄚˇ 13明　△影　△影　騭 ㄓˋ 25端　馵 ㄏㄨㄢˊ 3匣

說文解字第十篇上

金壇段玉裁注

馬 怒也武也 以疊韵爲訓亦門聞也戶護也之例也釋名曰大司馬馬武也大揔武事也 象馬頭髦尾四足之形 古籀文皆以彡象髦石建奏事事下建讀之曰誤書馬字與尾當五今乃四不足一上譴死矣莫下切古音在五部 凡馬之屬皆从馬 影 古文 影 籀文馬與影同有髦 說文各本籀文古文皆作影無別據玉篇古文作影籀文作影是古文从㣇加髦籀从彡加髦故云二者同有髦也毛髦覆於頸故象覆形

騭 牡馬也 釋嘼曰牡曰騭牝曰騇郭云今江東呼駁馬爲騭按騭古叚陟爲之小正四月執陟攻駒陟騭古今字謂之騭者陟升也牡能乘牝月令所謂累牛騰馬皆乘匹之名月令三月遊牝小正四月執騭事實相因也若釋詁曰騭陞也郭注引方言魯衛之閒曰騭洪範惟天陰騭下民馬融曰騭升也升猶舉也舉猶生也漢五行志引經服虔曰騭音陟應劭曰騭升也此等騭字皆登陟字之假借爾雅以釋詩書者也故陟騭並列而統曰陞也方言躡郅跂洛躋踚登也魯衛曰郅郭注爾雅引之郅作騭葢郭當日所見不誤後人或用其音改其本字耳方言與爾雅同義 从馬陟聲 鉉本此下有讀若郅三字此必後人羼入非許原文也陟聲古音在今職韵郅聲古音在今質韵相隔甚遠諸家訓登予慎音陟騭之爲之翼切無可疑矣葢自僞孔安國解尚書云騭定也意謂爲質之假借而陸德明乃曰之逸反師古乃音質尤而效之者且改方言之騭爲郅增竄讀若郅三字於許書世有善讀書者必能心知其意矣一部

馵 馬一歲也从馬一絆其足 絆其足三字葢衍文祇當云从馬一而已一說馵下云从馬二其足此當作一其足絆字賸韵書字書皆作馵疑非是不當从十也 讀若弦 小徐作絃 一曰若環 戶關切十四部按今玉篇有爲萌一切集韵類篇收入耕韵皆讀若絃之本也集韵類篇又收入咍韵未詳又按絃葢誤字弦

駒 ㄐㄩ 16見　馬八 ㄅㄚ 5幫　驏 ㄒㄧㄢˊ 3匣　騏 ㄑㄧˊ 24匣

是也釋嘼[元]駒音義曰[元]字林作駭音同廣韵駭胡涓切馬一歲語必本諸字林葢字林始變馬爲駭也

駒 馬二歲曰駒三歲曰駣 周禮庾人教駣攻駒鄭司農云馬三歲曰駣二歲曰駒月令曰犧牲駒犢舉書其數犢爲牛子則駒馬子也小雅老馬反爲駒言已老矣而孩童慢之也按詩駒四見而漢廣株林皇皇者華於義皆當作驕乃與毛傳說文合不當作駒依韵讀之則又當作駒乃入韵不當作驕深思其故葢角弓用字之本義南有喬木株林皇皇者華則皆讀者求其韵不得改驕爲駒也駒未可駕車故三詩斷非用駒本義駣字既見周禮何以連類言之不錄此篆也曰疑周禮故書本作兆或借羊部䍦爲之許解中駣字葢非許君原文後人依周禮改之耳不當如玉篇擅增也 从馬句聲 舉朱切古音在四部

馬八 馬八歲也 學初記引何承天纂文同 从馬八八亦聲 合二徐本訂博拔切古音在十二部

驏 馬一目白曰驏 一字賸目部曰瞯戴目也爾雅釋文引倉頡篇瞯目病也廣韵曰瞯人目多白也是則人目白曰瞯馬目白曰驏驏即从瞯省爾雅釋嘼驏作瞯 二目白魚 二當作一按釋嘼曰一目白驏二目白魚魯頌毛傳正義本作二目白曰魚釋文本作一目白曰魚以理覈之葢陸本是孔本非毛傳是爾雅誤傳言一目者以別於二目也假令二目白則傳不言二許本毛則必上句言目白下句言一目白毛本爾雅則知爾雅轉寫失其眞也魚字林作驗許無驗字類言之 从馬閒聲 戶閒切十四部字林作驧

騏 馬青驪文如綦也 如綦各本作如博綦不通今依李善七發注[元]應書卷二卷四卷八正凡馬言色者如下文深黑色淺黑色全體之色也其言某處黑某處白發白色發赤色一耑之色也言襍毛者謂其毛異色相錯非比異色成片段者也其曰文者獨此而已謂異色成枝條相交如文之錯畫然下文青驪馬爲騧謂其全體青黑色此云青驪文如綦謂白馬而有青黑紋路相交如綦也綦糸部作綥白蒼文也綦者青而近黑秦風傳曰騏綦文也魯頌傳曰蒼騏曰騏蒼騏卽蒼綦謂蒼文如綦也曹風其弁伊騏傳曰騏騏文也正義作綦文顧命騏弁鄭注曰青黑曰騏本作綦弁

驪ㄌㄧˊ 1來　駽ㄒㄩㄢ 3曉　騩ㄍㄨㄟ 7見　騮ㄌㄧㄡˊ 21來　騢ㄒㄧㄚˊ 13匣　騅ㄓㄨㄟ 7端　駱ㄌㄨㄛˋ 14來　駰ㄧㄣ 6影

古多叚騏爲綦**从馬其聲**渠之切一部

驪馬深黑色魯頌傳曰純黑曰驪按引伸爲凡黑之偁亦叚黎棃爲之**从馬麗聲**呂支切十六部

駽青驪馬謂深黑色而戴青色也魯頌有駜曰駜彼乘駽釋畱毛傳皆曰青驪曰駽**从馬肙聲**火玄切十四部按當火縣切**詩曰駜彼乘駽**

騩馬淺黑色漢舊儀有天地大變丞相上病使者奉策書駕騩駱馬即時布衣步出府免爲庶人丞相有他過使者奉策書駕騂騩馬即時步出府乘棧車牝馬歸按乘騩者取無色之意**从馬鬼聲**俱位切十五部

騮赤馬黑髦尾也髦各本作毛今依廣韵正髦者髮也髮之長者偁髦因之馬鬣曰髦魯頌傳曰赤身黑鬣曰騮**从馬丣聲**丣各本作畱篆體作騮大誤今依五經文字玉篇廣韵正力求切三部

騢馬赤白襍毛襍毛者謂異色之毛襍亂相廁也或作襍色非是魯頌有騢釋嘼毛傳皆曰彤白襍毛曰騢**从馬叚聲**乎加切古音在五部**謂色似鰕魚也**此當作色似鰕魚四字系襍毛之下如驒下文如鼉魚一例鰕魚謂今之蝦亦魚屬也蝦畧有紅色凡叚聲多有紅義是以瑕爲玉小赤色此六字葢舊注之僅存者

騅馬蒼黑襍毛黑當作白釋嘼毛傳皆云蒼白襍毛曰騅蒼者青之近黑者也白毛與蒼毛相閒而生是爲青馬騅深於青白襍毛之騘未黑也若黑毛與蒼毛相閒而生則幾深黑矣釋言曰菼騅也王風傳曰菼薍也萑之初生者艸部曰菿者萑之初生一曰騅此以同色名之觀萑葦之初生之色則知蒼白之不可易矣○六書故云徐本作白正謂唐本不作白也**从馬隹聲**職追切十五部

駱馬白色黑鬣尾也釋嘼曰白馬黑鬣駱詩音義曰樊孫爾雅並作白馬黑髦鬣尾也然則許正同樊孫本矣魯頌毛傳亦曰白馬黑鬣曰駱按今毛詩有驒有駱有騵有雒毛曰黑身白鬣曰雒正與白身黑鬣曰駱互異正義曰定本集注及徐音皆作駱釋文亦云雒本或作駱然則本二物相似而同名淺人惑之乃妄改字**从馬各聲**盧各切五部

駰馬陰白襍毛黑黑字宋本舊本皆同汲古毛氏改黑作也以合爾雅毛傳然而非是釋嘼魯頌傳皆云陰白襍毛曰駰郭云陰淺黑也今之泥驄或云目下白或云白陰皆非也陰淺黑本叔然說然則許葢襍毛之下釋云陰淺黑也如虢下虎竊毛謂之虢苗竊淺也正是一例既說者惑於白陰之說謂馬私處白而襍黑毛因致漏奪不可讀苟求其故由不解陰之爲淺黑耳廣韵曰駰馬陰淺黑色有脫**从馬因聲**於眞切十二部**詩曰有駰有騢**魯頌駉文

驄馬青白襍毛也白毛與青毛相閒則爲淺青俗所謂葱白色詩曰有瑲葱衡釋器曰青謂之葱**从馬悤聲**千公切九部

驈驪馬白跨也跨者兩股之閒也釋嘼毛傳皆曰驪馬白跨曰驈**从馬矞聲**食聿切十五部**詩曰有驈有騜**魯頌駉文按毛詩作皇許無騜字字林乃有之此騜後人所改耳韵會作有皇是也爾雅作黃白騜亦是俗本

駹馬面顙皆白也面者顏前也釋嘼曰面顙皆白惟駹按言惟者以別於上文的顙白顛白達素縣也面顙白其他非白也故从龙周禮駹車借爲龙襍字也**从馬龙聲**莫江切九部

騧黃馬黑喙釋嘼曰白馬黑脣駩黑喙騧如爾雅之文則是白馬黑喙也秦風傳曰黃馬黑喙曰騧許本之豈今爾雅奪黃馬二字與郭云今之淺黃色者爲騧馬**从馬咼聲**古華切十七部宋明帝以騧字似禍改从瓜遂於古音不合

△**䯄籀文騧**咼聲𦑝聲同在十七部

驃黃馬發白色發白色者起白點斑駁也釋嘼曰黃白曰騜毛詩祇作皇然則皇即驃與牛部犥下曰牛黃白色與驃音正同也**一曰白髦尾也**謂黃馬而白鬣尾也**从馬票聲**毗召切二部

駓黃白襍毛也各本作黃馬白毛今正六書通引唐本作黃馬白襍毛此唐本衍馬字淺人不刪馬字而刪襍字耳釋嘼毛傳皆曰黃白襍毛曰駓字林作駓**从馬丕聲**古作丕字中直貫下或作丕是以論曹魏者曰丕之字不十也詩釋文此字本作駓字林乃作駓敷悲切古音一部

驖馬赤黑色此與青驪馬句法同謂黑色而帶赤色也驖不見爾雅秦風駟

驄ㄘㄨㄥ 18清　驈ㄩˋ 8定　駹ㄇㄤˊ 18明　騧ㄍㄨㄚ 1見　䯄　驃ㄆㄧㄠˋ 19並　駓ㄆㄧ 24滂　驖ㄊㄧㄝˇ 5透

䮗 ㄢˋ 3疑　馰 ㄉㄧˊ 20端　駁 ㄅㄛˊ 19幫　馵 ㄓㄨˋ 16端　驔 ㄉㄧㄢˋ 28定

驖孔阜傳曰驖驪也驪者深黑色許說小異漢人或叚鐵爲之前書地理志叚戴爲之 **从馬𢦏聲** 他結切十二部 **詩曰四驖孔阜** 秦風駟驖文今詩四作駟按詩四牡四騏皆作四惟駟介俴駟乃作駟駟一乘也故言馬四則但謂之四言施乎四馬者乃謂之駟

䮗馬頭有白發色 大徐作馬頭有發赤色者非是篇韵皆云馬白額至脣集韵曰馬流星貫脣則爲馬頭發白色矣廣韵曰駻䮗馬行此今義也按東京賦作半漢 **从馬岸聲** 五旰切十四部

馰馬白頟也 秦風有馬白顛傳曰白顛旳顙也釋嘼曰旳顙白顛郭云戴星馬也說卦傳曰爲旳顙虞翻曰旳白顙頟也按旳顙之馬謂之馰易釋文云旳說文作馰 **从馬勺聲** 舊作旳省聲旳聲亦勺聲也今正都歷切古音在二部 **一曰駿也** 駿馬之良材者 **易曰爲馰顙**

駁馬色不純 純同醇崔覲曰不襍曰純釋嘼曰駵白駁邠風毛傳同謂駵馬發白色也許說不同者許意馬異色成片段者皆得曰駁引伸之爲凡色不純之偁 **从馬爻聲** 北角切古音在二部與駁各字

馵馬後左足白也 左當作ナ釋嘼毛傳皆曰後左足白曰馵說卦傳曰震爲馵足 **从馬二其足** 謂於足以二爲記識如馬於足以一爲記識也非一二字變篆爲隷馬既作馵則馬作馵與篆大乖矣石經作馵 **讀若注** 之戍切古音在三部讀如祝

驔驪馬黃脊 魯頌有驔有魚釋嘼曰驪馬黃脊曰騽爾雅音義云騽說文作驔音簟是則爾雅之騽即驔之異體許於此篆用爾雅不用毛傳也毛傳曰豪骭曰驔此即驔之異說詩音義引字林云驔又音覃豪骭曰驔是則字林豪骭一義不作騽也今說文乃別有騽篆訓云豪骭前與毛詩不合後與字林不合此蓋必非許原文許原文或驔下有一曰豪骭之文或驔篆後有重文作騽之篆皆不可定後人乃以兩義分配兩形耳 **从馬覃聲讀若簟** 徒玷切七部按覃之古音如淫其入聲則如熠古音又如尋其入聲則如習故一驔騽必一字鳥之鷚鴿蟲之熠燿其理一也許此下當有一曰馬豪骭五字又出一騽篆解云驔或从習廣韵二十六緝騽字下云馬豪骭又驪馬

驠 ㄧㄢˋ 3影　騽 ㄒㄧˊ 27定　翰 ㄏㄢˋ 3匣　騛 ㄈㄟ 7幫　驁 ㄠˊ 19疑　驥 ㄐㄧˋ 25見　駿 ㄐㄩㄣˋ 9精

黃脊玉篇騽字下曰驪馬黃脊又馬豪骭亦可證騽二義分二形之非矣

驠馬白州也 山海經曰乾山有嘼其州在尾上今本譌作川廣雅曰州豚臀也郭注爾雅山海經皆云州竅也按州豚同字俗作启國語之龍漦史漢貨殖傳之馬噭皆此也蜀志周羣傳諸毛繞涿居署曰潞涿君語相戲謔涿亦州豚同音字也釋嘼曰白州驠 **从馬燕聲** 於甸切十四部

騽馬豪骭也 骭者骹也骹者脛也高誘注淮南曰骭自膝以下脛以上也豪骭謂骭上有脩豪也魯頌傳曰豪骭曰驔正義本作豪骭白白衍 **从馬習聲** 似入切七部按此篆宜刪正玉篇驔騽二篆相接蓋說文之舊

翰馬毛長者也 者字依文選長楊賦注補此謂馬毛長者名翰也多借翰字爲之翰行而翰廢矣尚書大傳之西海之濱取白狐青翰注曰長毛也文選長楊賦翰林主人注引說文毛長者曰翰曲禮雞曰翰音注曰翰猶長也常武詩如飛如翰箋云鳥中豪俊蓋其字皆當作翰引伸假借之字也 **从馬倝聲** 侯旰切十四部

騛馬逸足者也 者字今補逸當作兔廣韵曰騛兔馬而兔走玉篇曰騛兔古之駿馬也呂氏春秋高注曰飛兔要褭皆馬名也日行萬里馳若兔之飛因以爲名也 **从馬飛** 會意飛亦聲甫微切十五部 **司馬法曰飛衛斯輿** 司馬法今佚此偁司馬法說从飛之意也

驁駿馬 句絕謂駿馬之名也大射禮公入驁注曰驁夏亦樂章也以鍾鼓奏之按驁夏蓋取翶翔之意凡奇士偁豪俊者可作驁俊如尚書槷可爲酋豪字也 **㠯壬申日死乘馬忌之** 忌此日也 **从馬敖聲** 五到切二部

驥千里馬也孫陽所相者 孫陽字伯樂秦穆公時人其所與有九方臯即九方歂戰國策汗明說春申君是伯樂相驥事按小徐說伯樂即王良即郵無恤大繆 **从馬冀聲** 几利切古音在一部 **天水有驥縣** 地理志天水郡冀縣郡國志漢陽郡冀縣漢陽即天水也故城在今陝西鞏昌府伏羌縣東史皆作冀不作驥左傳冀之北土馬之所生許蓋援此說字形从冀馬會意許本作冀縣謂此即左傳生馬之地淺人改之

駿馬之良

△騂

驍 ㄒㄧㄠ 19見　䮔 ㄗㄨㄟ 1端　驕 ㄐㄧㄠ 19見　騋 ㄌㄞˊ 24來

材者引伸爲凡大之偁釋詁毛傳皆曰駿大也毛傳見文王崧高噫嘻从馬夋聲子峻切十三部

驍良馬也周禮良馬與駑馬爲對文良馬兼上文種馬戎馬齊馬道馬田馬言也周易曰良馬逐逐左傳云以其良馬二亦精駿之偁按上文云駿馬之良材者此云良馬卽蒙上文而言也魯頌傳曰駉駉良馬腹幹肥張也引伸爲勇捷之偁从馬堯聲古堯切二部詩曰驍驍牡馬陸氏德明所見說文如此詩釋文曰駉說文作驍按堯聲同聲之類相去甚遠無由相涉大雅崧高四牡蹻蹻傳云蹻蹻壯皃魯頌泮水傳云蹻蹻言彊盛也蓋古本說文堯聲下有詩曰四牡驍驍六字乃崧高之異文或轉寫譌作驍驍牡馬而陸氏乃有駉說文作驍之語矣

䮔馬小皃从馬垂聲讀若箠之壘切按當依廣韻之累切十六十七部辵部遳以爲聲

籀文从𠂹

驕馬高六尺爲驕漢廣言秣其馬言秣其駒傳曰六尺以上爲馬五尺以上爲駒按此駒字釋文不爲音陳風乘我乘駒傳曰大夫乘駒箋云馬六尺以下曰駒此駒字釋文作驕引沈重云或作駒後人改之皇皇者華篇內同小雅我馬維駒釋文云本亦作驕據陳風小雅則知周南本亦作驕也蓋六尺以下五尺以上謂之驕與駒義迥別三詩義皆當作驕而俗人多改作駒者以駒與蔞株濡諏爲韵驕則非韵抑知驕其本字音在二部於四部合韵不必易字就韵而乖義乎陸氏於三詩無定說彼此互異由不知古義也毛云大夫乘驕以此推之當是天子乘龍諸侯乘騋卿乘馬从馬喬聲舉喬切二部詩曰我馬維驕皇皇者華二章也可以此訂周南譌字一曰野馬凡驕恣之義當是由此引伸旁義行而本義廢矣女部曰嬌驕也心部曰怚驕也皆旁義也俗製嬌憍字

騋馬七尺爲騋八尺爲龍周禮廋人曰馬八尺以上爲龍七尺以上爲騋六尺以上爲馬庸風騋牝三千毛傳馬七尺以上曰騋鄭司農以月令駕蒼龍說周禮龍俗作駥从馬來聲洛哀切一部詩曰騋牝驪牝下牝字各本作牡今正詩曰騋牝三千毛傳曰騋牝驪牝騋馬與牝馬也釋嘼曰騋牝驪

𩣵 ㄘˇ 10清　馶 ㄓ 10端

驩 ㄏㄨㄢ 3曉　驗 ㄧㄢˋ 30疑　䮌 ㄒㄧㄡ 21曉　馼 ㄨㄣˊ 9明　駜 ㄅㄧˋ 5並　駫 ㄐㄩㄥ 15見

牝今爾雅譌作驪牡而音義不誤可攷音義曰騋牝頻忍反下同下同者卽謂驪牝也此以驪牝釋詩之騋牝驪與騋以雙聲爲訓謂騋馬驪色亦兼牝馬也此與詩曰不[illegible]不來也合偁詩爾雅正同若鄭注周禮則引騋句絕牡驪牝元句絕駒句絕褭驂句絕孫叔然讀亦如是

驩馬名古叚爲歡字从馬雚聲呼官切十四部

驗馬名今用爲譣字證也徵也效也不知其何自始驗行而譣廢矣从馬僉聲魚窆切七部

𩣵馬名从馬此聲雌氏切十六部

䮌馬名从馬休聲許尤切三部

馼媽馬媽字今補赤鬣縞身目若黃金名曰吉皇之乘各本名曰之下有媽字今刪正海內北經曰犬封國曰犬戎國有文馬縞身朱鬣目若黃金名曰吉量之乘量一作良郭注引周書六韜大傳說其狀略同周書作名曰吉黃之乘六韜作名曰雞斯之乘周成王時犬戎獻之成各本作文誤今正許引成王時周靡獻嚳嚳成王時蜀人獻大翰成王時揚州獻鰅皆逸周書王會篇也王會篇又言犬戎文馬是其事矣或因尚書大傳散宜生之犬戎取美馬駮身朱鬣雞目者獻紂乃改此成王爲文王而不顧其文義从馬文文亦聲無分切十三部大徐左馬右文作駮春秋傳曰媽馬百駟見宣二年左傳作文馬按許書當作文馬此言春秋傳之文馬非周書之媽馬也恐人惑故辯之文馬二字今補畫馬也杜注亦云畫馬爲文四百匹孔子世家文馬三十駟亦謂畫馬西伯獻紂以全其身此八字蓋或取尚書大傳事箋記於此遂致誤入正文文理不貫當刪要自春秋傳以下恐皆非許語

馶馬彊也从馬支聲章移切十六部

駜馬飽也魯頌有駜曰有駜有駜傳曰駜馬肥彊皃馬肥彊則能升高進遠臣彊力則能安國按許義小別鄭箋亦云此言僖公用臣必先致其祿食祿食足而臣莫不盡其忠也从馬必聲毗必切十二部詩曰有駜有駜

駫馬肥盛也各本作盛肥今依廣韻訂从馬光聲古熒切古音在十部詩曰駫

騯ㄆㄥˊ 15並　駠ㄤˊ 15疑　驤ㄒㄧㄤ 15心　驀ㄇㄛˋ 14明　騎ㄑㄧˊ 1匣　駕ㄐㄧㄚˋ 1見　△⿰牛各　騑ㄈㄟ 7幫

駫牡馬各本作四牡駫駫陸氏德明所見作駫駫牡馬按卽魯頌之駉駉牡馬也駉駉牡馬古本作牧馬傳言牧之坰野自當是牧字周禮凡馬特居四之一又不當云良馬有騭無騲也詩釋文曰駉古熒反說文作驍又作駫同作驍又三字當刪云說文作駫同玉篇亦曰駫古切駉同則知說文作駫駫牧馬而讀古熒反十部十一部之音轉也以今攷之實則毛詩作駫許偁駫駫而後人譌亂作駉駉陸所見說文不誤今本說文則誤甚耳毛傳曰駫駫良馬腹榦肥張也許言肥盛卽腹榦肥張从馬光會意而光亦聲

騯馬盛也也當作兒从馬旁聲旁溥也此舉形聲包會意薄庚切古音在十部詩曰四牡騯騯小雅北山四牡彭彭傳曰彭彭然不得息大雅烝民四牡彭彭箋云彭彭行兒大明四騵彭彭箋云馬強疑皆非許所偁鄭風清人駟介旁旁蓋許偁此而駟介轉寫譌四牡耳許所據旁作騯毛傳本有騯騯盛兒之語後逸之二章曰麃麃武兒三章曰陶陶驅馳兒則知首章當有騯騯盛兒矣

駠駠馬怒兒从馬卬聲吾郎切十部廣韵平聲

驤馬之低仰也低當作氐馬之或俛或仰謂之驤吳都賦四騤龍驤古多叚襄爲驤从馬襄聲息良切十部

驀上馬也吳都賦曰驀六駮上馬必捷故引伸爲猝乍之偁从馬莫聲莫白切古音在五部

騎跨馬也兩髀跨馬謂之騎因之人在馬上謂之騎今分平去二音曲禮曰前有車騎正義曰古人不騎馬故經典無言騎者今言騎當是周末時禮按左傳左師展將以昭公乘馬而歸此必謂騎也然則古人非無騎矣趙旃以其良馬二濟其兄與叔父非單騎乎从馬奇聲渠羈切古音在十七部

駕馬在軛中也毛傳曰軛烏噣也烏噣卽釋名之烏啄轅有衡衡橫也橫馬頸上其扼馬頸者曰烏啄下向叉馬頸似烏開口向下啄物時也駕之言以車加於馬也从馬加聲古訝切十七部

⿰牛各籀文駕从牛釋名曰軛所以扼牛頸也各聲者古音五部與十七部相合如春秋傳以輅爲訝是其理也

騑驂也旁馬也各本無上也字不可通今補攷禮記正義文選

九

駢ㄆㄧㄢˊ 12並　驂ㄘㄢ 28清

注引說文或作耳旁馬也三字或作驂旁馬也四字正由有二也字而奪一耳騑馬也經典皆謂之驂故曰驂也下文云駕三馬曰驂許意古爲駕三馬之名後乃駕四駕六其旁馬皆得驂名矣故又申之曰旁馬旁者家上在軛中言之不當衡下者謂之驂亦謂之騑駕三駕四所同也若小雅傳曰騑騑行不止之兒別爲一義从馬非聲甫微切十五部

駢駕二馬也平帝本紀曰詔光祿大夫劉歆等襍定婚禮四輔公卿大夫士郎吏家屬皆以禮娶立軺併馬服虔曰立軺小車也併馬驪駕也按驪讀同伉儷非馬深黑色木部楇下曰讀若驪駕是也併馬謂之儷駕亦謂之駢併駢皆从幷謂並二馬也左傳渾良夫乘中佃兩牡蓋是駕二毛詩說士駕二禮王度記亦言士駕二王肅云夏后氏駕兩謂之麗駢之引伸凡二物幷曰駢从馬幷聲部田切古音在十一部

驂駕三馬也驂三疊韵爲訓詩干旄良馬四之良馬五之良馬六之傳曰四之御四馬也五之驂馬五轡也六之四馬六轡也然則毛公有駕三之說矣王肅云古者一轅之車駕三馬則五轡其大夫皆一轅車夏后氏駕兩謂之麗殷益以一騑謂之驂周人又益以一騑謂之駟本從一驂而來亦謂之驂經言驂則三馬之名五經異義天子駕數易孟京春秋公羊說天子駕六詩毛說天子至大夫同駕四士駕二詩云四騵彭彭武王所乘龍旂承祀六轡耳耳魯僖所乘四牡騑騑周道倭遲大夫所乘謹按禮王度記曰天子駕六諸侯與卿同駕四大夫駕三士駕二庶人駕一說與易春秋同駁曰元之閒也周禮校人掌王馬之政凡頒良馬而養乘之乘馬一師四圉四馬爲乘此一圉者養一馬而一師監之也尚書顧命諸侯入應門皆布乘黃朱言獻四黃馬朱鬣也既實周天子駕六校人則何不以馬與圉以六爲數顧命諸侯何以不獻六馬易經時乘六龍者謂陰陽六爻上下耳豈故爲禮制王度記云天子駕六者自是漢法與古異大夫駕三者於經無以言之依鄭駮則古無駕三之制孔晁云馬以引重左右當均一轅車以兩馬爲服旁以一馬驂之則偏而不調非人情也株林曰乘我乘驕傳曰大夫乘驕則毛以大夫亦駕四也且殷之制亦駕四故王基云商頌約軝錯衡八鸞鏘鏘是則殷駕四不駕三也按詩箋曰驂兩騑也

十

駟 ㄙˋ 5 心　駙 ㄈㄨˋ 16 並

檀弓注曰騑馬曰驂葢古者駕四兩服馬夾輈在中左右各一騑馬左右皆可以三數之故謂之驂以其整齊如翼言之則謂之騑驂本非謂駕三也顧王度記曰大夫駕三故訓傳亦言驂馬五轡則是古有其說故許釋驂爲駕三然許不偁王度記天子駕六以下云云於騑下亦云驂也是說文晚成不堅執異義之說其說經非不與鄭合矣

从馬參聲 倉含切古音在七部

駟 一乘也 周禮校人鄭司農注云四匹爲乘按乘者覆也車軶駕乎馬上曰乘馬必四故四馬爲一乘不必已駕者也引伸之凡物四曰乘如乘矢乘皮乘韋乘壺皆是駟者馬一乘之名鄭清人箋云駟四馬也按詩言四牡言四騏言四驖言四騵言四騂言四黃皆作四下一字皆馬名也言駟介言俴駟皆作駟謂有所以加乎駟者也今詩作駟驖駟騵而干旄疏引異義公羊隱元年疏說文驖字下皆不誤

从馬四聲 息利切十五部

駙 副馬也 副者貳也漢百官公卿表奉車都尉掌御乘輿車駙馬都尉掌駙馬皆武帝初置晉尚公主者並加之師古曰駙副馬也非正駕車皆爲副馬

从馬付聲 符遇切古音在四部

一曰近也 附近字今人作附或作傅依此當作駙

一曰疾也 與赴音義皆相近

䮗 ㄒㄧㄝˊ 4 匣　駊 ㄆㄛˇ 1 滂　騀 ㄜˊ 1 疑　⿰馬臽 ㄊㄠ 21 透　篤 ㄉㄨˇ 22 端

䮗 馬和也 和當作龢孫卿曰六馬不和則造父不能以致遠

从馬皆聲 戶皆切十五部

駊 駊騀 逗二字疊韵 馬搖頭也 也廣韵作皃駊騀於頗俄皆近

从馬皮聲 普火切十七部

騀 駊騀也

从馬我聲 五可切十七部此二篆併解各本譌舛今依全書通例及玉篇所載訂正

⿰馬臽 馬行皃 此當曰⿰馬臽⿰馬臽馬行皃淺人删之也牛徐行曰㹀㹀馬徐行曰⿰馬臽⿰馬臽今人俗語如是矣

从馬臽聲 土刀切古音在三部按篇韵皆左臽右馬作⿰臽馬初學記引何承天纂文作⿰臽馬

篤 馬行頓遲也 頓如頓首以頭觸地也馬行箸實而遲緩也古段借篤爲竺字以皆竹聲也二部曰竺厚也篤行而竺廢矣釋詁曰篤固也又曰篤厚也毛詩椒聊大明公劉傳皆曰篤厚也凡經傳篤字固厚二訓足包之釋詁篤竺並列皆訓厚釋名曰篤築也築堅實稱也厚後也有終後也葢篤字之代竺久矣

从

騤 ㄎㄨㄟˊ 4 匣　⿱與馬 ㄩˊ 13 定

馬竹聲 冬毒切三部

騤 馬行威儀也 馬行上當有騤騤二字詩三言四牡騤騤采薇傳曰彊也桑柔傳曰不息也烝民傳曰猶彭彭也各隨文解之許檃栝之云馬行威儀皃於疊韵取義也

从馬癸聲 渠追切十五部

詩曰四牡騤騤

⿱與馬 ⿱與馬⿱與馬 二字今補 馬行徐而疾也

从馬與聲 此篆各本作⿱𦥯馬解云學省聲於角切今正玉篇⿱與馬弋魚弋庶二切馬行徐而疾次騤下駸上正與說文同然則古本與玉篇同可知矣廣韵平聲九魚⿱與馬以諸切馬行皃去聲九御⿱與馬羊迦切馬疾行皃集韵九魚⿱與馬下曰說文馬行徐而疾引詩四牡⿱與馬⿱與馬類篇⿱與馬羊諸羊茹二切說文馬行徐而疾引詩四牡⿱與馬⿱與馬是可證宋初大徐本不誤玉篇廣韵皆有⿱𦥯馬字訓馬腹下鳴不言出說文集韵類篇皆於⿱𦥯馬下云乙角切引說文馬行徐而疾也一曰馬腹下聲是當丁度司馬光編書時說文已或譌舛乃誤以爲一字兩義今本說文篆用⿱𦥯馬解用⿱與馬正與鼎部鼏篆鼏解衣部袗篆袀解同誤葢本有⿱𦥯馬篆解馬腹下聲當與⿱與馬篆爲伍耳論語注曰與與威儀中適之皃心部曰⿱與心趣步⿱與心⿱與心也蘇林漢書注曰懙懙行步安舒也是可以證⿱與馬⿱與馬之解矣五部

詩曰四牡⿱與馬⿱與馬 依集韵類篇王伯厚詩攷所引說文補今詩無此句小雅車攻大雅韓奕皆云四牡奕奕古音奕之平聲讀弋魚切葢即其異文也

駸 ㄑㄧㄣ 28 精　馺 ㄙㄚˋ 27 心　馮 ㄆㄧㄥˊ 26 並

駸 馬行疾皃 馬行上當本有駸駸字皃各本作也今依篇韵正小雅四牡傳曰駸駸驟皃駸者馬捷步也

从馬侵省聲 子林切七部

詩曰載驟駸駸

馺 馬行相及也 以疊韵爲訓西京賦薛解曰馺娑駘盪枍詣承光皆臺名按馺娑駘盪皆以馬行皃皃臺之高也

从馬及及亦聲 合二徐本訂蘇合切七部

讀若爾雅曰小山馺 大徐本此下有大山嶇三字葢淺人所增耳小山馺今爾雅作小山岌許所據古本也讀若二字葢賸

馮 馬行疾也

从馬仌聲 皮冰切六部按馬行疾馮馮然此馮之本義也展轉他用而馮之本義廢矣馮者馬蹏箸地堅實之皃因之引伸其義爲盛也大也滿也懣也如左傳之馮怒離騷之馮心以及天問之馮翼惟象淮南

⿰馬耴ㄋㄜˋ 29泥　騃ㄞˊ 24疑　驟ㄗㄡˋ 16從　⿰馬匃ㄍㄜˊ 2見　颿ㄈㄢˊ 28並　驅ㄑㄩ 16溪　△敺

書之馮馮翼翼地理志之左馮翊皆謂充盛皆畐字之合音叚借畐者滿也或叚爲凭字凡經傳云馮依其字皆當作凭或叚爲淜字如易詩論語之馮河皆當作淜也俗作憑非是

⿰馬耴 馬步疾也 按今人專輒字作輒似當作⿰馬耴爲近之 从馬耴聲 尼輒切八部

騃 馬行仡仡也 人部曰仡勇壯也吉日儦儦俟俟人部作伾伾俟俟韓詩作駓駓騃騃李賢注馬融傳引韓詩駓駓騃騃或羣或友李善注西京賦引韓詩章句曰趨曰駓行曰騃按毛傳亦曰趨則伾伾行則俟俟毛用叚借字韓乃正字也騃騃與俟俟音義同俟大也皆鉏里切方言曰癡騃也乃讀五駭切俗語借用之字耳 从馬矣聲 一部

驟 馬疾步也 步下曰行也走下曰趨也行下曰人之步趨也然則行兼步與趨言之此馬行馬步馬走之別也小雅曰載驟駸駸按今字驟爲暴疾之詞古則爲屢然之詞凡左傳國語言驟者皆與屢同義如宣子驟諫公子商人驟施於國是也左傳言驟詩書言屢論語言屢亦言亟其意一也亟之本義敏疾也讀去吏切爲數數然數數然即是敏疾驟亟之用同此矣數之本義計也讀所角切爲數數然乃又引伸爲凡迫促之意好學者必心知其意於此可見也馳驟字曲禮叚騶爲之 从馬聚聲 鉏又切古音在四部徐仙民毛詩音反爲在遘古音也

⿰馬匃 馬疾走也 廣韵作走疾 从馬匃聲 古達切十五部

颿 馬疾步也 馬之行疾於風故曰追奔電逐遺風 从馬風聲 此當云从馬風風亦聲或許舉聲包意或轉寫奪屚不可知也符嚴切廣韵符咸扶汎切七部按今有帆字舩上幔以使風者也自杜注左傳已用此字不必借颿

驅 驅馬也 各本作馬馳也今正此三字爲一句驅爲篆文此三字言其義許之例如此驅馬常言耳盡人所知故不必易字以注之也驅馬自人策馬言之革部曰鞭驅馬也是其義也 从馬區聲 豈俱切古音在四部俗作駈

敺 古文驅从攴 攴者小擊也今之扑字鞭箠策所以施於馬而驅之也故古文从攴引伸爲凡駕馭追逐之偁周禮以靈鼓敺之以炮土之鼓敺之孟子爲淵敺魚爲叢敺爵爲湯武敺民皆用古文其實皆可作驅與殳部之毆義別

騁ㄔㄥˇ 12透　⿰馬巟ㄏㄨㄤ 15曉

馳ㄔˊ 1定　騖ㄨˋ 21明　⿱列馬ㄌㄧㄝˋ 2來　駾ㄊㄨㄟˋ 2透　⿰馬失ㄧˋ 5定　駻ㄏㄢˋ 3匣　駧ㄉㄨㄥˋ 18定　驚ㄐㄧㄥ 12見　駭ㄏㄞˋ 24匣　騫ㄑㄧㄢ 3溪　鷽ㄩㄝˋ 22影　駐ㄓㄨˋ 16端　馴ㄒㄩㄣˊ 9定

馳 大驅也 詩每以馳驅並言許穆夫人首言載馳載驅下言驅馬悠悠馳亦驅也較大而疾耳 从馬也聲 直离切古音在十七部

騖 亂馳也 从馬敄聲 亡遇切古音在三部

⿱列馬 次弟馳也 次弟成行列之馳也故从列 从馬列聲 力制切十五部玉篇作⿰馬列

騁 直馳也 節南山傳曰騁極也 从馬甹聲 丑郢切十一部

駾 馬行疾來兒也 大雅緜曰混夷駾矣傳曰駾突也箋云混夷惶怖驚走奔突入柞棫之中 从馬兌聲 他外切十五部 詩曰昆夷駾矣 今詩昆作混按昆恐是譌字孟子亦作混

⿰馬失 馬有疾足也 奔軼絕塵字當作⿰馬失今人用俊逸字當作⿰馬失於此知⿰馬𠂢篆下馬逸足之斷爲譌字矣 从馬失聲 大結切十二部按當依廣韵夷質切

駻 馬突也 駻之言悍也淮南書作馯高曰馯馬突馬也 从馬旱聲 侯旰切十四部

駧 馳馬洞去也 洞者疾流也以洞疊韵爲訓 从馬同聲 徒弄切九部

驚 馬駭也 驚與警義別小雅徒御不警傳曰不警警也俗多譌驚 从馬敬聲 舉卿切十一部

駭 驚也 从馬亥聲 侯楷切古音在一部經典亦作駴戒聲亥聲同在一部也

⿰馬巟 馬奔也 奔者走也 从馬巟聲 呼光切十部按篇韵皆左巟右馬作⿰巟馬

騫 馬腹墊也 墊各本作縶自篇韵已然小徐作熱則更誤今正土部曰墊者下也引春秋傳墊隘馬腹墊正俗所云肚腹低陷也仲尼弟子列傳閔損字子騫是其義矣考工記小體騫腹謂之羽屬詩無羊天保傳皆曰騫虧也亏部曰虧者气損也按詩騫裳字本用此見詩左傳釋文謂摳衣不使盈滿也俗借褰絝字爲之習者不知其非矣 从馬寒省聲 去虔切十四部

鷽 馬腹下聲也 从馬學省聲 於角切三部按許書不必有此字姑補於此聲廣韵作鳴

駐 馬立也 人立曰侸俗作住馬立曰駐 从馬主聲 中句切古音在四部

馴 馬順也 古馴訓順三字互相叚借皆川聲也古文尚書五品

駗 9端　驙 3端　驇 2端　驧 22匣　騬 26定　馻 2見　騷 21心　驏 3端　馽 27端

不愻史記殷本紀及兩漢書及周禮地官注愻皆作訓而五帝本紀作五品不馴馴之本義爲馬順引伸爲凡順之偁

从馬川聲此舉形聲包會意詳遵切十三部

駗 駗驙二字雙聲各本皆刪今依玉篇補

馬載重難也俗本重難下有行字非謂馬所負何者重難也

从馬㐱聲張人切十二部

驙 駗驙也

从馬亶聲張連切十四部

易曰乘馬驙如周易屯六二屯如亶如乘馬班如亶俗作邅宋時經典釋文不誤許所據易蓋上句作駗如驙如乘馬二字當爲誤文

驇 馬重皃也晉世家惠公馬驇不行卽左傳晉戎馬還濘而止今本史記作鷙譌字也而秦本紀作馬驇不誤兆部曰槷驇不行也今本亦譌鷙莊子馬蹄篇闉枙驇曼崔云拒枙頓遲也今刻釋文亦譌从鳥而集韵類篇不誤車之前重曰輊馬重曰驇其音義一也廣雅驎駤止也駤卽驇

从馬埶聲各本埶譌執篆體上从執則失其聲矣今皆正陟利切十五部亦勑利切

驧 馬曲脊也勹部曰𠣾者曲脊也音義皆同

从馬

十篇上　十五

鞠聲巨六切三部玉篇作驧

騬 犗馬也牛部曰犗者騬牛也其事一故其訓互通

从馬乘聲食陵切六部

馻 系馬尾也此當依玉篇作結馬尾廣韵作馬尾結也結卽今之髻字大元曰車軨馬馻可以周天下范注軨轄繫馻尾結也釋文馻音介馬尾髻也按遠行必髻其馬尾馻與髮音義同詩曰駟介左傳曰不介馬而馳疑介卽古文馻

从馬介聲古拜切十五部

騷 摩馬也各本摩馬上有擾也一曰四字淺人所增也今刪正人曰搔馬曰騷其意一也摩馬如今人之刷馬引伸之義爲騷動大雅常武傳曰騷動也是也檀弓注曰騷騷爾大疾若屈原列傳曰離騷者猶離憂也此於騷古音與憂同部得之騷本不訓憂而擾動則生憂也故曰猶

从馬蚤聲穌遭切古音在三部

驏 馬轉臥土中也韓詩外傳曰其馬佚而驏吾圃而食吾葵

从馬展聲張扇反十四部按各本無此篆藝文類聚引說文有之今依玉篇列字次弟補於此

馽 絆馬足也足字依韵會補糸部曰絆者馬縶也是爲轉注

△縶　駘 24定　駔 13從　騶 16精

小雅白駒傳曰縶絆也周頌有客箋同莊子連之以羈馽卽此字

从馬○其足○象絆之形隸書作馽失其意矣陟立切七部

春秋傳曰韓厥執馽前前當作歬語見成公二年左傳今左作執縶馬前蓋古本正作執馽前改易誤衍耳許意絆是物馽是人用物據傳文則謂絆爲馽

讀若輒

縶 馽或从糸執聲

駘 馬銜脫也銜者馬勒口中者也脫當作捝解也馬銜不在馬口中則無以控制其馬崔實政論曰馬駘其銜是也銜脫則行遲鈍廣雅曰駑駘也是也又引伸爲寬大之意漢有臺名駘盪及春色駘蕩是也

从馬台聲徒哀切一部亦徒亥切

駔 壯馬也壯各本作牡今正李善文選注引皆作壯戴仲達引唐本說文作奘馬也皆可證此猶牙下壯齒譌牡齒耳士部曰壯者大也介部奘者駔大也釋言曰奘駔也郭云今江東呼爲大駔而猶驫也按駔本大馬之偁引伸爲凡大之偁故駔篆下云奘馬而奘篆下但云駔大許書義例之精密如此

从馬且聲魏都賦注引說文千助反蓋本音隱篇韵皆徂

十篇上　十六

古切五部大徐子朗切相傳下文別一義之音也

一曰駔會也舊作馬蹲駔今依後漢郭太傳注所引正注引說文駔會也謂合兩家之買賣如今之度市也下十三字蓋系舊注駔會如今之牙行會俗作儈史記節駔會漢書作節駔儈漢書音義云駔亦是儈也後漢書王君公儈牛自隱徐廣曰駔音祖朗切馬儈也廣韵引晉令儈賣者皆當著巾白帖額言所儈賣及姓名一足白履一足黑履蓋駔者本平會買賣馬之偁因以爲平會凡物之偁呂氏春秋段干木晉國之駔

騶 廄御也按騶之段借作趣周禮詩周書之趣馬月令左傳謂之騶一用段借一用本字也周禮乘馬一師四圉三乘爲皁皁一趣馬三皁爲毄毄一馭夫六毄爲廄廄一僕夫趣馬掌贊正良馬而齊其飲食掌駕說之頒鄭曰趣馬趣養馬者也按趣者疾也掌疾養馬故曰騶其字从芻馬正謂養馬也左傳程鄭爲乘馬御六騶屬焉使訓羣騶知禮杜注云六騶六閑之騶月令季秋命僕及七騶咸駕鄭云七騶謂趣馬主爲諸官駕說者也周禮趣馬統於馭夫馭夫統於廄之僕夫故約言之曰廄馭漢書材官騶發蘇林讀爲驟

驛ㄧˋ 14定　馹ㄖˋ 5泥　騰ㄊㄥˊ 26定　⿰馬雈ㄏㄜˊ 20匣　駉ㄐㄩㄥ 12見

如淳讀爲菆**从馬芻聲**此舉形聲包會意側鳩切四部

驛置騎也言騎以別於車也馹爲傳車驛爲置騎二字之別也周禮傳遽注曰傳遽若今時乘傳騎驛而使者也蓋乘傳謂車騎驛謂馬玉藻注云傳遽以車馬給使者也車謂傳馬謂遽渾言則傳遽無二析言則傳遽分車馬亦可證單騎從古而有非經典所無許傳下云遽也遽下云傳也此渾言也驛下云置騎也馹下云傳也此析言也置騎猶孟子言置郵俗用駱驛**从馬睪聲**羊益切古音在五部

馹傳也各本傳上有驛字淺人所增今刪正辵部曰遽者傳也人部曰傳者遽也釋言曰馹傳遽也許用釋言文左傳文十六年襄廿一年昭五年國語晉語韋杜注皆曰馹傳也爾雅舍人注曰馹尊者之傳也呂覽注曰馹傳車也按馹爲尊者之傳用車則遽爲卑者之傳用騎可知舍人說與許合俗字用馹爲驛故左傳文十六年傳注馹字皆譌驛成五年以傳召伯宗注曰傳驛也驛亦馹之譌**从馬日聲**人質切十二部从日者謂如日之健行

騰傳也傳與上文傳同皆張戀切引伸爲馳也爲躍也**从馬朕聲**徒登切六部**一曰犗馬也**上文犗馬謂之騬則是騰爲騬之段借字也亦有段騰爲乘者如月令系牛騰馬讀乘匹之乘

⿰馬雈苑名也苑見下文⿰馬雈苑蓋漢苑三十六所之一也**一曰馬白頟**與駒音義皆同鳥之白曰睢白牛曰⿰馬雈**从馬雈聲**下各切古音在二部

駉牧馬苑也苑所以養禽獸也景帝紀句奴入上郡取苑馬武帝紀罷苑馬百官公卿表曰大僕邊郡六牧師苑令各三丞屬焉如淳曰漢儀注大僕牧師諸苑三十六所分布北邊西邊以郎爲苑監官養馬三十萬匹地理志北地郡靈州有河奇苑號非苑歸德有堵苑白馬苑郁郅有牧師苑師古曰苑謂馬牧也駉之義蓋同閑牧馬之處謂之閑亦謂之駉**从馬同**各本有聲字今刪此重會意同亦聲古熒切五經文字工營反十一部**詩曰在同之野**同各本作駉淺人不知許書之例者所改也今正魯頌曰駫駫牧馬在坰之野坰或同字冂古文同字邑外謂之郊郊外謂之野野外謂之林林外謂之同詩言牧馬在同故偁爲从馬同會意之解與麗下豐下相下去下引易買下引孟子說字形正同馬在同爲駉猶艸木麗於地爲麗也

十篇上　七十

騠ㄊㄧˊ 10定　△驘　駪ㄕㄣ 9心　駮ㄅㄛˊ 19幫　駃ㄐㄩㄝˊ 2見　驘ㄌㄨㄛˊ 1來　驢ㄌㄩˊ 13來　⿰馬冡ㄇㄥˊ 18明　驒ㄊㄨㄛˊ 3定

駪馬衆多皃皇皇者華云駪駪征夫傳曰駪駪衆多之皃按毛不曰馬者以詩言人也其引伸之義也許言馬者字之本義也以其字从馬猋部引詩莘莘征夫**从馬先聲**所臻切十三部

駮駮獸駮字今補**如馬倨牙食虎豹**云如馬則非眞馬也自駮以下皆非眞馬故次於部末如馬倨牙食虎豹釋畜毛傳同秦風言六駮者據所見而言也**从馬交聲**北角切古音在二部

駃駃騠逗**馬父驘子也**謂馬父之騾也言馬父者以別於驢父之騾也今人謂馬父驢母者爲馬騾謂驢父馬母者爲驢騾不言驢母者疑奪蓋當作馬父驢母驘也六字孟康曰駃騠生七日而超其母**从馬夬聲**古穴切十五部

騠駃騠也从馬是聲杜兮切十六部

驘驢父馬母者也者字今補崔豹曰驢爲牡馬爲牝即生騾馬爲牡驢爲牝生駏驢抱朴子曰世不信騾乃驢馬所生云各自有種況乎仙者難知之事哉**从馬驘聲**洛戈切十七部今字作騾

△驘或从贏贏亦驘聲也

驢驢獸二字今補**似馬長耳从馬盧聲**力居切五部按驢騾駃騠騊駼驒騱大史公皆謂爲匈奴奇畜本中國所不用故字皆不見經傳蓋秦人造之耳若鄉射禮閭中注云閭獸名如驢一角或曰如驢岐蹄引周書北堂以閭閭斷非驢也而或以爲一物何哉

⿰馬冡驢子也何承天纂文同**从馬冡聲**莫紅切九部

驒驒騱逗**野馬屬**屬各本作也今依大平御覽正依爾雅則騊駼爲野馬故許謂驒騱爲野馬屬郭注子虛賦曰野馬如馬而小驒騱駏驢類也**从馬單聲**古音在十四部郭璞張守節皆音顚大徐代何切乃下文別一義之音也**一曰驒馬**二字各本奪今補驒騱合二字爲一物此單言驒爲一物名之宜正者也**青驪白鱗**青黑色之馬起白片如鱗然釋畜曰青驪驎驒魯頌毛傳同郭云色有淺深斑駁隱粼今之連錢驄也郭意與許略異**文如鼉魚也**謂如鼉魚青黑而白斑也鼉見黽部謂之

十篇上　七十一

騱ㄒㄧ 10匣　騊ㄊㄠ 21定　駼ㄊㄨ 13定　驫ㄅㄧㄠ 21幫　廌ㄓ 11定　⿰孝廌ㄐㄧㄠ 19見　薦ㄐㄧㄢ 9精

魚者水蟲皆得名魚也似鰕魚則曰鰕似鼉魚則曰驒音各相同也徒河反十四十七部之合音

驒騱也依韵會訂从馬奚聲胡雞切十六部

騊駼逗北野之良馬也釋嘼曰騊駼馬野馬如淳漢書注曰騊駼野馬也師古曰騊駼出北海中其狀如馬非野馬也楊雄傳前番禺後陶塗師古曰國名出騊駼按如淳用爾雅爲訓顏氏駮之誤矣騊駼爲北野之良馬故謂之野馬从馬匋聲徒刀切古音在三部

駼騊駼也从馬余聲同都切五部

驫衆馬也廣雅曰驫驫走皃也吳都賦驫駥飍矞善曰衆馬走皃也从三馬甫虯切三部纂文音風幽切

文一百一十五今補騭驟二篆則當云一十七重八

廌解廌獸也四字一句似牛一角各本皆作似山牛今刪正玉篇廣韵及大平御覽所引皆無山也古者決訟令觸不直者下者字依玉篇補神異經曰東北荒中有獸見人門則觸不直聞人論則咋不正名曰獬豸論衡曰獬豸者一角之羊性識有罪皐陶治獄有罪者令羊觸之按古有此神獸非必皐陶賴之聽獄也廣韵曰字林字㨾作解廌廣雅作獬豸陸作獬豸陸謂陸法言切韵也廌與解疊韵與豸同音通用廌能止不直故古訓爲解左傳宣十七年庶有廌乎杜注廌解也釋文本作廌正義本作豸陸云廌解之訓見方言孔云豸解也方言文今方言卷十二瘛解瘛必廌之誤字既誤後乃反以胡計耳左釋文大書廌字俗改爲鳩莫能諟正象形謂象其頭角也从豸省此下當有豸亦聲宅買切十六部凡廌之屬皆从廌

⿰孝廌解廌屬也蓋亦神獸从廌孝聲古孝切二部按廣韵作⿰孝廌玉篇作⿸廌孝皆从孝

薦獸之所食艸艸部曰荐艸席也與此義別而古相叚借左氏傳戎狄荐居服虔云荐艸也言狄人逐水艸而居徙無常處是則子愼謂荐卽薦之叚借字也莊子麋鹿食薦釋文引三蒼注曰六蓄所食曰薦凡注家云薦進也者皆荐之叚借字荐者藉也故引伸之義爲進也陳也从廌艸會意作甸

灋ㄈㄚ 31幫　△法　△金　鹿ㄌㄨ 17來　麚ㄐㄧㄚ 13見　麟ㄌㄧㄣ 6來　麀ㄧㄡ 21影　△⿸鹿幽

切十三部古者神人㠯廌遺黃帝絫評曰解廌單評曰廌帝曰何食何處曰食薦當作艸夏處水澤冬處松柏此說从廌艸之意初造字時因廌食艸成字後乃用爲凡獸所食艸之偁不入艸部者重廌也

灋刑也刑者罰辠也易曰利用刑人以正法也引伸爲凡模範之偁木部曰模者法也竹部曰笵者法也土部曰型者鑄器之法也平之如水从水說从水之意張釋之曰廷尉天下之平也廌所㠯觸不直者去之从廌去下廌字今依韵會補此說从廌去之意法之正人如廌之去惡也方乏切八部

法今文省許書無言今文者此蓋隸省之字許書本無或增之也如艸部本有斷無折

金古文

文四　重二

鹿鹿獸也鹿字今補三字句韵會作山獸象頭角四足之形盧谷切三部鳥鹿足相比从比依韵會訂說从比之意也上言比象其足矣此當有一曰二字鳥鹿皆二足相距密不同他獸相距寬故鳥从匕鹿从比比密也古匕與比通用故槩之曰从比凡鹿之屬皆从鹿

麚牡鹿也釋嘼曰鹿牡麚从鹿叚聲古牙切古音在五部俗作麚㠯夏至解角月令仲夏之月日長至鹿角解

麟大牡鹿也牡各本及集韵類篇皆譌牝今正玉篇曰麟大麚也是也子虛賦射麋腳麟謂此按許此篆爲大麚麐篆爲麒麐經典用仁獸字多作麟蓋同音叚借从鹿粦聲力珍切十二部

麀牝鹿也釋嘼曰鹿牡麚牝麀小雅吉日傳曰鹿牝曰麀按引伸爲凡牝之偁大雅靈臺傳曰麀牝也左傳思其麀牡曲禮父子聚麀皆謂卽牝字也詩一言騋牝三言麀鹿皆取生息蕃多之意从鹿牝省會意按牝本从匕聲讀扶死反麀音蓋本同後人以鹿聲呦呦改其音並改其字作麀耳於虯切三部

⿸鹿幽或从幽聲按上二篆鉉本在部末鍇本無知古本次此鍇本奪而未補鉉本則補而

䴰 ㄋㄨㄢˋ 3泥　麛 ㄇㄧˊ 10明　麉 ㄐㄧㄢ 3見　麒 ㄑㄧˊ 24匣　麐 ㄌㄧㄣˊ 9來

綴於後也今更正

䴰麢也各本麢上有鹿字今依李善刪吳都賦騶沓無麢鷚李善麢音須引說文麢也按廣韵麢入十一虞麌入二十九換以許讀若偄訂之是許本从耎而从需者乃轉寫譌俗也古音需聲在五部耎聲在十四部从鹿耎聲讀若偄弱之偄奴亂切十四部

麛鹿子也釋嘼曰鹿子麛字亦作麑論語麑裘即麛裘國語注曰鹿子曰麑麋子曰麇按麇王制祇作夭注云少長曰夭从鹿弭聲莫兮切十六部兒聲同部也

麉鹿之絕有力者釋獸文从鹿幵聲古賢切十二部今爾雅作麉

麒麒麟仁獸也各本無麒麟二字今依初學記補公羊傳曰麟者仁獸也何注狀如麕一角而戴肉設武備而不爲害所以爲仁也麟者木精毛詩傳曰麟信而應禮左傳服虔注麟中央土獸土爲信信禮之子修其母致其子視明禮修而麟至思睿信立而白虎擾言從乂成而神龜在沼聽聰知正而名川出龍貌恭性仁則鳳皇來儀此左氏毛氏說與公羊說不同也五經異義許愼謹案禮運云麟鳳龜龍謂之四靈龍東方也虎西方也鳳南方也龜北方也麟中央也是異義謂麟爲信獸從左毛說矣而此云仁獸何也異義早成說文解字晚定此云仁獸用公羊說以其角端戴肉不履生蟲不折生艸也鄭駁異義曰五事言作從從作乂言於五事屬金孔子作春秋故應以金獸性仁之瑞鄭說與奉德侯陳欽說略同鄭云金獸性仁許云仁獸與鄭駁無異但鄭君黨錮事解箋毛詩信而應禮乃依毛說與駁異義相違是知學固與年而徙矣麇身牛尾一角爾雅釋獸文从鹿其聲渠之切一部丌部曰杜林以畀爲麒

麐牝麒也張揖注上林賦曰雄曰麒雌曰麟其狀麇身牛尾狼題郭璞曰麒似麟而無角从鹿吝聲力珍切按吝聲古音在十三部經典麒麟無作麐者惟爾雅从吝而亦云本又作麟許書別麟麐爲二又別麒麟之牡牝未知許書古本固如此不玉篇廣韵皆麟麐爲一字許書葢本無麐字淺人所增今於麒篆下補麒麟二字於仁獸之上而刪麐篆併解說則於古經傳及爾雅皆無不合單評麟者大牡鹿也評麒麟者仁獸也麒麟可單評麟麐者麟之

△麐

△麕　△麂

麋 ㄇㄧˊ 4明　麎 ㄔㄣˊ 9定　麔 ㄐㄧㄡˋ 21匣　䴢 ㄐㄧˇ 4見　麂　麇 ㄐㄩㄣ 9見　麞 ㄓㄤ 15端　麠 ㄐㄧㄥ 15見　△麖 麃 ㄆㄠˊ 19並　麈 ㄓㄨˇ 16端

或字

麋鹿屬从鹿米聲武悲切十五部麋冬至解角月令仲冬日短至麋角解夏小正十有一月隕麋角

麎牝麋也釋獸曰麋牡麔牝麎吉日其祁孔有箋云祁當作麎麎麋牝也大司馬注鄭司農曰五歲爲愼後鄭云愼讀爲麎麋牝曰麎按麎在漢時必讀與祁音同故後鄭得定詩之祁爲麎字林麎讀上尸反徐音同沈市尸反皆本古說也爾雅音義引字林上尸反宋本不誤俗改爲上刃反葢古書之難讀如此从鹿辰聲植鄰切十三部

麔麋牡者見釋獸从鹿咎聲其久切三部

䴢大麋也麋各本誤麇今正釋獸曰麔大麕旄毛狗足郭云旄毛者猶長也山海經注曰麂似獐而大猥毛狗腳狗足从鹿旨聲居履切十五部

麂或从几几聲中山經如此作

麇麞也釋獸曰麕牡麌牝麜其子麆許書皆無其字葢鹿旁皆後人所箸也从鹿囷省聲葢小篆省囷爲禾也居筠切古音在十三部

麕籀文不省今詩如此作

麞麇屬也伏侯古今注曰麞有牙而不能噬考工記續人山以章鄭云章讀爲獐獐山物也齊人謂麞爲獐陸機詩疏云麕麞也青州人謂之麕按麞異於麋者無角从鹿章聲諸良切十部

麠大麃也牛尾一角麃各本作鹿誤今正釋獸云麠大麃牛尾一角許所本也史武帝紀漢郊祀志皆曰郊雍獲一角獸若麃然武帝所獲正是麠葢麃似麠無角大麃有一角則謂之麠當時有司因一角附會爲麟也从鹿畺聲舉卿切古音在十部

麖或从京蜀都吳都二賦如此作此與鱷或从京正同

麃麠屬鉉本作麠屬鍇本作麋屬今依韵會本麃者麠屬也麠者麋屬也韋昭曰楚人謂麋爲麃葢麃似麋而無角陸機詩疏曰四足之美有麃网足之美有鶬从鹿㶾省聲薄交切二部詩鄭風駟介麃麃傳云武皃葢僬之段借字也

麈麋屬說文自麋至麈皆說麋屬乾隆三十一年　純皇帝目驗　御園麈角於冬至皆解而麋角不解　敕改時憲書麋角解之麋爲麈臣因知今所謂麈正古所謂麋也吳都賦注云旄麈有尾故翦

麑ㄋㄧˊ 10疑　麙ㄒㄧㄢˊ 28匣　麢ㄌㄧㄥˊ 12來　䴥ㄍㄨㄟ 10見　麝ㄕㄜˋ 14定　麌ㄩˇ 13定　麗ㄌㄧˋ 1來　△丽　△祀

之从鹿主聲之庾切古音在四部

麑 狻麑獸也釋獸曰狻麑如虦貓食虎豹从鹿兒聲五雞切十六部按此篆與犬部狻篆疑皆後人所增

麙 山羊而大者細角此七字文理不順疑有誤當作山羊而大角者从鹿咸聲胡毚切七部按釋獸說麙與此絕異

麢 大羊而細角釋獸曰麢大羊山海經作麢本艸作羚羊从鹿霝聲郎丁切十一部

䴥 鹿屬从鹿圭聲古攜切十六部

麝 如小麋臍有香釋獸曰麝父麕足郭云腳似麞从鹿䠶聲神夜切古音在五部

麌 侶鹿而大楊雄蜀都賦麢麌鹿麝从鹿與聲羊茹切五部

麗 旅行也此麗之本義其字本作丽旅行之象也後乃加鹿耳周禮麗馬一圉八麗一師注曰麗耦也禮之儷皮左傳之伉儷說文之驪駕皆其義也兩相附則爲麗易曰離麗也日月麗乎天百穀艸木麗乎土是其義也麗則有耦可觀㸚部曰麗爾猶靡麗也是其義也网而介其間亦曰麗離卦之一陰麗二陽是也鹿之性見食急則必旅行此說从鹿之意也見食急而猶必旅行者義也小雅呦呦鹿鳴食野之苹傳曰鹿得蓱呦呦然鳴而相呼懇誠發乎中以興嘉樂賓客當有懇誠相招呼以成禮也北史裴安祖聞講鹿鳴而兄弟同食古文祇作丽後乃加鹿之意如是从鹿丽各本丽下有聲字今正从鹿五經文字作从鹿省蓋張氏所據如是故隸書多作麗少一畫郎計切十五部禮麗皮納聘蓋鹿皮也聘禮曰上介奉幣儷皮士冠禮主人酬賓束帛儷皮儷卽麗之俗鄭注儷皮兩鹿皮也鄭意麗爲兩許意麗爲鹿其意實相通士冠注曰古文麗爲離

丽 古文 祀 篆文麗字古本皆作篆文毛刻作籒文集韻類篇曰古作丽祀玉篇又乖異不同廣韻則麗丽各字疑丽者古文麗者籒文祀者小篆也然小篆多用麗爲形聲

文二十六今刪䴧　重六

按此部各本麢下麝上有䴧篆云鹿迹也从鹿速聲桑谷切無論橫亘令上下二篆不相接釋獸曰麋其跡躔鹿其迹速又作䴧麋其迹解兔其迹远廣雅總之曰躔跡解亢迹也踈曹憲匹迹反是可以證古爾雅之作速不作速卽加鹿亦當作䴧不从速辵部曰速籒文迹速無妨專爲鹿迹之名卽作䴧亦必匹迹切在十六部不得从速桑谷切在三部也許書有䴧篆必是淺人據誤本爾雅所羼入今刪正集韻踈或迹字資昔切又按麒麟作麒麐而麟爲別一字求之古文往往不合麐爲牝麒何以經傳不詳麒但詳麟且又何不言牡曰麒也鳥部以鳳居首此亦當鹿篆之下出麒篆解云麒麟仁獸也麋身牛尾一角从鹿其聲又出麟篆解云麒麟也从鹿粦聲一曰麟大牡鹿也又出麐篆解云或从吝聲以下乃次麌篆乃合今本恐非古本耳改䴧篆爲䴧篆次於麗篆之下解云鹿迹也从鹿速速籒文迹乃合

十篇上　卅三

麤ㄘㄨ 13清　䴢ㄔㄣˊ 6定　△塵　昆ㄔㄨㄛˋ 14透

麤 行超遠也鹿善驚躍故从三鹿引伸之爲鹵莽之偁篇韻云不精也大也疏也皆今義也俗作麁今人槩用粗粗行而麤廢矣粗音徂古切从三鹿三鹿齊跳行超遠之意字統云警防也鹿之性相背而食慮人獸之害也故从三鹿揚氏與許乖異如此倉胡切五部凡麤之屬皆从麤

䴢 鹿行揚土也羣行則揚土甚引伸爲凡揚土之偁土部曰埃塵也塺塵也坋塵也釋詁塵久也卽桑柔傳之塡久也東山傳烝寘也箋云古者聲寘塡塵同也又甫田傳曰尊者食新農夫食陳按寘塡塵陳四字同音皆訓久當是塡爲正字塡者寘也寘則不入土部者安定寘鎭與塡同塵陳皆叚借字也从麤土重麤也直珍切十二部

塵 籒文揚土上散故从二土在上

文二　重一

十篇上　卅四

昆 昆獸也昆字今補三字句侶兔青色而大中山經綸山其獸多閭麈麢㚟郭注

△㲋

㲋似兔而鹿腳青色音綽按㲋乃㲋之俗體耳集韵别爲兩字非也象形頭與兔同足與鹿同合二形爲一形也丑略切按言部曰訬讀若㲋則古音在二部凡㲋之屬皆从㲋

籒文

毚 ㄔㄢˊ 32從

狡兔也小雅巧言傳曰毚兔狡兔也按狡者少壯之意兔之駿者駿者良才者也从㲋兔兔之大者則爲㲋之類士咸切八部

㲋 ㄒㄧㄝˇ 13心

獸名从㲋吾聲讀若寫司夜切古音在五部

㲋 ㄐㄩㄝˊ 2見

㲋獸也三字句侶狌狌曲禮曰狌狌能言不離禽獸諸家說狌狌如狗聲如小兒嗁其字亦作猩猩玉篇廣韵皆曰㲋似貍疑似狌狌三字當作似貍二字从㲋夬聲古穴切十五部

文四　重一

兔 ㄊㄨˋ 13透

兔獸也各本作獸名今正三字句象兔踞兔字今補踞俗字也當作居後其尾形其字象兔之蹲後露其尾之形也湯故切五部俗作菟兔頭與㲋頭同凡兔之屬皆从兔

逸 ㄧˋ 5定

失也此以疊韵爲訓亡逸者本義也引伸之爲逸游爲暇逸从辵兔會意夷質切十二部兔謾訑善逃也說从辵兔之意謾訑皆欺也謾音蠻訑言部作詑音大和切兔善逃故从兔辵猶隹善飛故奪从手持隹而失之皆亡逸之意

冤 ㄩㄢ 3影

屈也屈不伸也古亦叚宛爲冤从冂兔會意一音莫狄切覆也於袁切十四部兔在冂下不得走益屈折也枉曲之意取此

娩 ㄈㄢˋ 3滂

兔子也釋獸曰兔子娩本或作嬎按女部曰嬎生子齊均也此云娩兔子也則二字義別矣郭云俗評曰䨲娩疾也此上當有一曰二字从女兔芳萬切十四部按爾雅音義匹萬反又匹附反恐當前一音爲是後一音非

䨲 ㄈㄨˋ 17滂

疾也玉篇廣韵皆曰急疾也今作趕少儀曰毋拔來毋報往注云報讀爲赴疾之赴拔赴皆疾也按赴趕皆卽䨲字今字䨲趕皆廢矣从三兔與三馬三鹿三犬三羊三魚取

免 ㄇㄧㄢˇ 9明

意同兔善走三之則更疾矣芳遇切古音蓋在三部闕此闕謂闕其讀若也然其音固傳矣

兔逸也从兔不見足會意許書失此字而形聲多用爲偏旁不可闕也今補免兔免之異異於其足能鹿㲋从比鳥鳥兔从匕免象其蹲居之形有足有尾其字當橫視之兔之走最迅速其足不可諟見故免省一畫兔不見獲於人則謂之免孫子云始如處女敵人開戶後如脫兔敵不及拒是也此二字之別也引伸之凡逃逸者皆謂之免假借爲袒免爲免冕依毛詩與洒韵古音在十三部轉入十四部也今音忙辨切錢氏大昕云兔免當是一字漢人作𧴬誤分之似未然俛从免自是會意

文五今補免篆則爲文六

莧 ㄏㄨㄢˊ 3匣

山羊細角者从兔足从苜聲苜部下曰从𦫳从目莧从苜胡官切十四部苜在十五部合音取近俗作羱凡莧之屬皆从莧讀若丸寬字从此寬用爲聲

文一

犬 ㄑㄩㄢˇ 3溪

狗之有縣蹏者也有縣蹏謂之犬叩氣吠謂之狗皆於音得義此與後蹏廢謂之㹠三毛聚居謂之豬竭尾謂之豕同明一物異名之所由也莊子曰狗非犬司馬彪曰同實異名夫異名必由實異君子必貴游藝也象形苦泫切十四部孔子曰視犬之字如畫狗也又曰牛羊之字以形聲今牛羊犬小篆卽孔子時古文也觀孔子言犬卽狗矣渾言之也凡犬之屬皆从犬

狗 ㄍㄡˇ 16見

孔子曰狗叩也叩气吠㠯守吠以當作以吠許書有扣無叩扣訓牽馬也疑古本有叩字而許逸之叩觸也从卩口聲叩气者出其气也一說叩卽敂之俗敂者擊也凡以此擊彼皆曰敂犬敂气吠亦是以內禦外鴻範五行傳注曰犬畜之以口吠守者也屬言按釋獸云未成豪狗與馬二歲曰駒熊虎之子曰狗同義皆謂稚也从犬句聲古厚切四部

獀 ㄙㄡ 21心

南越名犬獿獀也獿獀疊韵

尨ㄆㄤˊ 18明　狡ㄐㄧㄠˇ 19見　獿ㄋㄠˊ 23泥　猲ㄒㄧㄝ 2曉

字南越人名犬如是今江浙尚有此語 从犬叜聲 所鳩切三部

尨 犬之多毛者 釋嘼毛傳皆曰尨狗也此渾言之許就字分別言之也引伸爲襍亂之偁小戎箋曰蒙尨是也牛白黑襍毛曰牻襍語曰哤皆取以會意 从犬彡 會意彡以言其多毛也莫江切九部 詩曰無使尨也吠 召南野有死麇文

狡 少犬也 犬各本作狗今依急就篇注事類賦注作犬淮南俶眞訓狡狗之死也割之有濡高注狡少也引伸爲狂也滑也疾也健也 从犬交聲 古巧切二部 匈奴地有狡犬巨口而黑身 周書王會解匈奴以狡犬狡犬者巨身四尺果顏注急就篇曰狡犬匈奴中大犬也鉅口而赤身

獿 犬惡毛也 爾雅旄毛郭云獿長也 从犬農聲 奴刀切古音在九部乃容反

猲 猲獢 各本奪此二字今依全書通例補雙聲字也 短喙犬也 見釋嘼毛詩傳 从犬曷聲 許謁切十五部毛詩作歇爾雅又作獥今爾雅釋文作獥乃轉寫譌字也詩釋文曰說文音火過反 詩曰載獫猲獢 秦風四驖文 爾雅曰短喙犬謂之猲獢 釋嘼文此引詩又引爾雅可以證不⿰來矣不來也駷牝驪牝也二條皆有譌奪

十篇上　毛

猗ㄧ 1影　猈ㄅㄞˋ 10並　㹥ㄓㄨˇ 16端　獫ㄒㄧㄢˇ 30曉　獢ㄒㄧㄠ 19曉

獢 猲獢也从犬喬聲 許驕切二部毛詩又作驕

獫 長喙犬也 見釋嘼毛詩傳 一曰黑犬黃頭 別一義 从犬僉聲 虛檢切七部詩釋文引說文力劒反

㹥 黃犬黑頭 廣雅說犬屬有㹥 从犬主聲讀若注 之戍切古音在四部

猈 短脛犬 犬舊作狗今正說解中例云犬也猈之言卑也言犤⿰犭皆也 从犬卑聲 薄蟹切十六部

猗 犗犬也 犬曰猗如馬曰騬牛曰犗羊曰羠言之不妨通互耳有用爲歎詈者齊風傳曰猗嗟歎辭商頌傳曰猗歎辭是也衛風傳曰猗猗美盛皃檜風傳曰猗儺柔順也節南山傳曰猗長也皆以音叚借也有叚爲兮字者魏風淸且漣猗淸且直猗淸且淪猗是也有叚爲加字者小雅猗于畝丘是也有叚爲倚字者小雅有實其猗是也 从犬奇聲 於离切古音在十七部

狊ㄐㄩˊ 11見　⿰犭音ㄧㄢ 28影　默ㄇㄛˋ 25明　猝ㄘㄨˋ 8清　猩ㄒㄧㄥ 12心　㺌ㄒㄧㄢˊ 30匣　㺂ㄏㄢˇ 32曉

狊 犬視皃从犬目 古闃切古十六部按爾雅須屬鳥曰狊此謂鳥振其毛羽如犬張目也瞁撟須狊皆謂須眉髦鬛之而毛鬐之鼓動也故槩之曰須屬

⿰犭音 竇中犬聲 犬鳴竇中聲⿰犭音⿰犭音然也 从犬音音亦聲 乙咸切七部

默 犬暫逐人也 叚借爲人靜穆之偁亦作嘿 从犬黑聲讀若墨 莫北切一部

猝 犬从艸暴出逐人也 叚借爲凡猝作之偁古多叚卒字爲之 从犬卒聲 麤没切十五部

猩 猩猩犬吠聲 遠聞犬吠聲猩猩然也 从犬星聲 桑經切十一部按禮記爾雅皆有猩猩記曰猩猩能言猩猩亦作狌狌許不錄狌字猩字下亦不言獸名豈以形作如犬因之得名故與

㺌 犬吠不止也从犬兼聲讀若檻 胡黯切七部 一曰兩犬爭也 於兼犬取意

㺂 小犬吠从犬敢聲 荒檻切八部 南陽新野有㺂鄉 野各本作亭今正南陽郡新野縣見地理志郡國志今河南南陽府新野縣南有漢新野故城

十篇上　天

㹞ㄔㄢˇ 3清

猥ㄨㄟˇ 8影　獿ㄋㄠˊ 21泥　⿰犭翏ㄒㄧㄠ 21曉　⿰犭參ㄙㄣ 28心　獎ㄐㄧㄤˇ 15精　狦ㄕㄢ 3心　狠ㄏㄣˇ 9疑

猥 犬吠聲 此本義也廣韵曰鄙也今義也 从犬畏聲 烏賄切十五部

獿 獿 逗此複舉字之未删者 獿也 夂部夒今作獿作猱獿則別一字別一義 从犬夒聲 女交切古音在三部

⿰犭翏 犬獿獿咳吠也 廣雅曰擾也 从犬翏聲 火包切古音在三部

⿰犭參 犬容頭進也 也當作皃漢書曰容頭過身 从犬參聲 山檻切七部按此字集韵類篇皆云疏簪切犬容頭進皃不言出說文小徐無此篆 一曰賊疾也 賊疾疑有誤

獎 嗾犬厲之也 口部曰嗾使犬聲也厲之猶勉之也引伸爲凡勸勉之偁方言曰自關而西秦晉之間相勸曰聳或曰獎中心不欲而由旁人之勸語亦曰聳凡相被飾亦曰獎 从犬將省聲 即兩切十部俗作奬

㹞 犬齧也 犬字今補 从犬戔聲 初版切十四部

狦 惡健犬也 廣雅曰狠也 从犬刪省聲 所晏切十四部廣韵又平聲

狠 犬鬥

獖 3並　狋 4疑　犿 9疑　猲 14透　獷 15見　狀 15從　奘 15從　獒 19疑　獳 16泥　狧 31透

聲犬各本作吠今依宋本及集韵正鬥各本作鬭今正今俗用狠爲很許書很狠義別从犬艮聲五還切古音在十三部

獖犬鬥聲鬥字今正从犬番聲附袁切十四部

狋犬怒皃漢書東方朔傳曰狋吽牙者兩犬爭也从犬示聲漢書五伊反玉篇魚饑切十五部大徐語其切非也一曰犬難附附各本譌得今依集韵類篇正附猶近也代郡有狋氏縣地理志郡國志同孟康曰狋音權氏音精讀又若銀上文云示聲則在脂微而又讀入文魂部或曰當作讀若銀在下文从犬斤聲之下

犿犬吠聲九辯猛犬狺狺而迎吠王注讒佞讙呼而在側也狺卽犿字从犬斤聲語斤切十三部

猲犬猲猲不附人也良犬宋猲以此得名亦作猎作猑从犬曷聲南楚謂相驚曰猲方言曰猲驚也宋衛南楚凡相驚曰猲或曰透透式六反讀若愬式略切五部古愬讀如朔

獷犬獷獷不可附也呂氏春秋荆文王得茹黃之狗說苑作如黃廣雅犬屬有楚黃廣韵作楚獷經典釋文作楚獷實一字也引伸爲凡麤惡皃之偁漢書曰獷獷亡秦从犬廣聲古猛切古音在十部漁陽有獷平縣地理志郡國志同服虔曰音鞏

狀犬形也引伸爲形狀如類之引伸爲同類也从犬爿聲鉏亮切十部

奘妄彊犬也从犬壯壯亦聲徂朗切十部

獒犬知人心可使者知一作如公羊傳曰靈公有周狗謂之獒何注周狗可以比周之狗所指如意者按周狗爾雅注及博物志或譌作害狗不可爲據也釋嘼曰犬高四尺曰獒从犬敖聲五牢切二部春秋傳曰公嗾夫獒宣六年左傳文

獳怒犬皃从犬需聲讀若槈奴豆切又乃侯切四部或作獳者譌字也

狧犬食也爾雅牛曰齝羊曰齥麋鹿曰齸鳥曰嗉寓鼠曰嗛當補之曰犬曰狧犬食主舌他物主喉也漢吳王濞傳曰狧穅及米史記作䑛䑛見舌部以舌取食也食爾反狧讀如荅異字異音而同義顏注云狧

十篇上　兲

猜 12清　△怯

狎 31匣　狃 21泥　獪 2見　犯 32並　猛 15明　犺 15溪　㹤 13溪　獜 6來　獧 3見　倏 21透　狟 3匣

古䑛字乃大誤从犬舌小徐衍聲字讀如比目魚鰈之鰈魚部不收鰈字而此有之爾雅鰈本或作鰨蓋許書鰨卽鰈也他合切八部亦作猹

狎犬可習也引伸爲凡相習之偁古叚甲爲之衞風傳曰甲狎也此言叚借也从犬甲聲胡甲切八部

狃犬性忕也忕大徐作驕非忕習也余制切心部作愧習也愧卽忕之譌也狃本謂犬性之忕引伸叚借爲凡忕習之偁鄭風傳曰狃習也國語韋注左傳杜注皆曰狃忕也从犬丑聲女久切三部

獪狡獪也从犬會聲方言剿蹶獪也秦晉之間曰獪楚謂之剿或曰蹶鄭曰蔿或曰婚又曰央亡嚜尿婚獪也又曰肩恈獪也郭云獪古狡獪字从犬會聲古外切十五部按此篆蓋本謂犬叚借之言人大徐本在狡獷二篆間非是今依小徐及玉篇次於此

犯侵也本謂犬叚借之謂人从犬巳聲防險切七部

猜恨賊也本謂犬叚借之謂人从犬青聲倉才切古在十一部

猛健犬也叚借爲凡健之偁从犬孟聲莫杏切古音在十部

犺健犬也本謂犬引伸謂人廣韵曰猰犺不順从犬亢聲苦浪切十部

㹤多畏也本謂犬叚借謂人从犬去聲去劫切古音葢在五部

怯杜林說㹤从心今字皆用伯山說也

獜健也廣韵引犬健也今本奪犬字从犬粦聲力珍切十二部詩曰盧獜獜齊風文毛詩作令令纓環聲許葢取三家詩也

獧疾跳也跳者躍也一曰急也獧狷古今字今論語作狷孟子作獧是也論語曰狂者進取狷者有所不爲也大徐別增狷篆非从犬睘聲古縣切十四部

倏犬走疾也依韵會本訂引伸爲凡忽然之詞或叚儵字爲之从犬攸聲讀若叔式竹切三部

狟犬行也廣韵作大犬也从犬亘聲胡官切十四部周書曰尚狟狟牧誓文今作桓桓許用孔壁中古文也釋訓曰桓桓威也魯頌傳曰桓桓威武皃然則狟狟者桓桓之叚借字此亦

十篇上

𤜵ㄅㄛˋ 8並　猲ㄊㄜˋ 11端　猌ㄧㄣˊ 9疑　犮ㄅㄚˊ 2並　戾ㄌㄧˋ 5來

以敃爲好以蕢爲箬以垔爲疾以圉爲繹之例

𤜵過弗取也 此有誤字玉篇但云犬過廣韵但云拂取疑當合之曰犬過拂取 从犬朮聲讀若孛 蒲没切十五部篇韵皆步内切

猲犬張耳皃从犬易聲 陟革切十六部

猌犬張齗怒也 齗齒本也 从犬來聲 此从犬來會意聲字衍當刪 讀又若銀 又字衍魚僅切古音在十二部

犮犬走皃 依篇韵訂 从犬而丿之曳其足則刺犮也 丿余制切抴也抴引也刺犮行皃刺音辣犮與𧻚音義同𧻚下曰足刺𧻚也蒲撥切十五部

戾曲也 了戾乖戾很戾皆其義也引伸之訓爲罪見釋詁詩毛傳又訓爲至訓爲來訓爲止訓爲待訓爲定皆見釋詁毛傳皆於曲引伸之曲必有所至故其引伸如是釋言曰疑休戾也 从犬出戶下 會意郎計切十五部 犬出戶下爲戾者身曲戾也 各本少犬出戶下爲五字今補正戶下猶戶閾戶之下必有閾閾高則犬出必曲身又或戶闔犬擠出亦必偏曲其身此說戾字會意本義叚借用廣而本義廢矣

獨ㄉㄨˊ 17定　狢ㄩˋ 14定　獮ㄒㄧㄢˇ 4心

獨犬相得而鬥也 鬥各本作鬭今正凡爭鬥字許作鬥鬭者遇也其義各殊今人乃謂鬭正鬥俗非也 从犬蜀聲 徒谷切三部 羊爲羣犬爲獨 犬好鬥好鬥則獨而不羣引伸叚借之爲專壹之偁小雅正月傳曰獨單也孟子曰老而無子曰獨周禮大司寇注曰無子孫曰獨中庸大學皆曰愼其獨戾獨等字皆叚借義行而本義廢矣 一曰北嚻山有獨狢獸如虎白身豕鬣尾如馬 山海經北山經曰北嚻之山有獸焉其狀如虎而白身犬首馬尾彘鬣名曰獨狢郭圖贊亦云虎狀馬尾號曰獨狢

狢獨狢獸也 从犬谷聲 此蒙上文言獨狢而終之依全書之例則當次於猤玃以下余蜀切三部郭音谷

獮秌田也 釋天曰秋獵爲獮鄭君韋昭薛綜杜預皆曰獮殺也釋獮爲殺者以疊韵爲訓古音獮與璽同也若明堂位叚省爲獮取其雙聲耳 从犬 取載獫獄獢之意 璽聲 各本篆作璽云璽聲非是依左傳釋文正此从

△禒　獵ㄌㄧㄝˋ 31來　獠ㄌㄠˊ 19來　狩ㄕㄡˋ 21透

小篆文非从獮文也息淺切古音在十五部

禒獮或从示宗廟之田也故从豕示 此篆文及解疑皆有譌不能遽定姑仍其舊

獵放獵逐禽也 放小徐作畋畋平田也非許義韵會作效效疑校之譌校獵見吳都賦蓋卽孟子之獵較也校獵二字逗以逐禽釋之蔡邕月令章句曰獵捷也白虎通曰四時之田總名爲獵毛詩不狩不獵箋云冬獵曰狩宵田曰獵此因經文重言而分別之也引伸爲凌獵爲捷獵 从犬巤聲 良涉切八部

獠獵也 許渾言之釋天析言之曰宵田爲獠管子四稱篇獠獵畢弋 从犬尞聲 力照切二部

狩火田也 火各本作犬不可通今依韵會正釋天曰冬獵爲狩周禮左傳公羊穀梁夏小正傳毛詩傳皆同又釋天曰火田爲狩許不偁冬獵而偁火田者火田必於冬王制曰昆蟲未蟄不以火田故言火以該冬也孟子曰天子適諸侯曰巡狩巡狩者巡所守也此謂六書叚借以守爲狩有叚守爲狩者如明夷于南狩天王狩于河陽皆或作守是也 从犬守聲 書究切三部

臭ㄒㄧㄡˋ 21透　獲ㄏㄨㄛˋ 14匣　獘ㄅㄧˋ 2並　△斃　獻ㄒㄧㄢˋ 3曉

易曰明夷于南狩 明夷九三爻辭

臭禽走臭而知其迹者犬也 走臭猶言逐氣犬能行路蹤迹前犬之所至於其气知之也故其字从犬自自者鼻也引伸叚借爲凡气息芳臭之偁 从犬自 尺救切三部

獲獵所獲也 故从犬引伸爲凡得之偁 从犬蒦聲 胡伯切古音在五部

獘頓仆也 人部曰仆者頓也謂前覆也人前仆若頓首然故曰頓仆 从犬敝聲 毗祭切十五部 春秋傳曰與犬犬獘 僖四年左傳文引此證从犬之意也獘本因犬仆製字叚借爲凡仆之偁俗又引伸爲利弊字遂改其字作弊訓困也惡也此與改獎爲奬正同

斃獘或从死 經書頓仆皆作此字如左傳斃於車中與一人俱斃是也今左傳犬獘亦作犬斃蓋許時經書斃多作獘

獻宗廟犬名羹獻犬肥者以獻 此說从犬之意也曲禮曰凡祭宗廟之禮犬曰羹獻按羹之言良也獻本祭祀奉犬牲之偁引伸之爲凡薦進之偁按論語鄭注曰獻猶賢也獻得訓賢者周

禮注獻讀爲儀是以伏生尙書民儀有十夫古文尙書作民獻咎繇謨古文萬邦黎獻漢孔宙碑費鳳碑斥彰長田君碑皆用黎儀字皆用伏生尙書也班固北征頌亦用民儀字从犬鬳聲許建切十四部

犴 ㄧㄢˋ 3 疑

犴犬也从犬开聲五甸切十四部一曰逐虎犬也廣韵曰逐獸犬蓋唐人避諱改

獟 ㄧㄠˋ 19 疑

獟犴犬也二篆爲轉注从犬堯聲五弔切二部

狾 ㄓˋ 2 端

狾狂犬也左傳哀十二年國狗之瘈無不噬也杜云瘈狂也按今左傳作瘈非古也許所見作狾从犬𣂔聲𣂔各本作折篆體亦誤今正征例切十五部春秋傳曰狾犬入華臣氏之門襄十七年左傳曰國人逐瘈狗瘈狗入于華臣氏無之門二字漢五行志作狾

狂 ㄎㄨㄤˊ 15 匣

狂狾犬也二篆爲轉注段借之爲人病之偁从犬㞷聲巨王切十部

△ 㤮

㤮古文从心按此字當从古文作小篆變爲从犬非也

類 ㄌㄟˋ 8 來

類種類相佀唯犬爲甚說从犬之意也類本謂犬相佀引伸段借爲凡相佀之偁釋詁毛傳皆曰類善也釋類爲善猶釋不肖爲不善也左傳刑之頗類段類爲類从犬頪聲廣韵引無聲字按此當云頪亦聲頪難曉也力遂切十五部

狄 ㄉㄧˊ 11 定

狄北狄也北各本作赤誤今正赤狄乃錯居中國狄之一種耳許書蟲部曰南蠻曰東南閩越大部曰東方夷羊部曰西方羌豸部曰北方貉則此必言北狄狄與貉皆在北而貉在東北狄在正北釋地曰九夷八狄七戎六蠻謂之四海八蠻在南方六戎在西方五狄在北方李巡云五狄者一曰月支二曰穢貊三曰匈奴四曰單于五曰白屋王制明堂位皆言東夷南蠻西戎北狄本犬種此與蠻閩本蛇種貉本豸種羌本羊種一例狄之爲言淫辟也此與孔子曰貉之言貉貉惡也一例惡與貉辟與狄皆曡韵爲訓風俗通云狄父子嫂叔同穴無別狄者辟也其行邪辟其類有五按辟者今之僻字从犬亦省聲徒歷切十六部按亦當作朿李陽氷云蔡中郎以豐同豐李丞相持朿作亦所謂持朿作亦者指迹狄二字言迹籀文作迹狄之古文籀文亦必作猍是以詩瞻卬狄與刺韵屈原九章愍與積擊策蹟適蹟益韵古音在十六部也若从亦聲則古音在五部而非其韵然自李斯變古籀爲篆文其形已誤而其聲至今不誤聖人諭書名之澤長矣

狻 ㄙㄨㄢ 9 心

狻狻麑逗如虦苗食虎豹苗各本作貓今依虎部正虦苗謂淺毛也釋獸曰虎竊毛謂之虦苗狻麑如虦苗食虎豹許所本也於此詳之故鹿部麑下祇云狻麑也全書之例如此凡合二字成文者其義詳於上字同部異部皆然从犬非犬而从犬者猶或行或飛或毛或羸或介或鱗皆从虫也以下同夋聲素官切十四部見爾雅

玃 ㄐㄩㄝˊ 14 見

玃大母猴也各本無大今依爾雅釋文元應書廣韵補釋獸曰玃父善顧郭云貑玃也似獮猴而大色蒼黑能攫持人善顧盼按張揖注上林賦曰玃似獮猴而大善攫持人好顧盼七字依元應補攫俗作玃誤从犬矍聲俱縛切五部爾雅曰玃父善顧各本此下有攫持人也四字正由上奪而衍於此今刪

猶 ㄧㄡˊ 21 定

猶玃屬釋獸曰猶如麂善登木許所說謂此也曲禮曰使民決嫌疑定猶豫正義云說文猶玃屬豫象屬此二獸皆進退多疑人多疑惑者似之故謂之猶豫按古有以聲不以義者如猶豫雙聲亦作猶與亦作冘豫皆遲疑之皃老子豫兮若冬涉川猶兮若畏四鄰離騷心猶豫而狐疑以猶豫二字皃其狐疑耳李善注洛神賦乃以猶獸多豫狐獸多疑對說王逸注離騷絕不如此禮記正義則又以猶與豫二獸對說皆郢書燕說也如九歌君不行兮夷猶王逸即以猶豫解之要亦是雙聲字春秋經猶三望猶朝于廟猶繹今謂可已而不已者曰猶郎猶豫夷猶之意也釋詁曰猷謀也釋言曰猷圖也召南傳曰猶若也說文圖者畫也計難也謀者慮難也圖謀必酷肖其事而後有濟故圖也謀也若也爲一義周禮以猶鬼神示之居猶者圖畫也是則皆從遲疑鄭重之意引伸之魏風毛傳猷可也可之義與庶幾相近庶幾與今語猶者相近也釋詁又曰猷道也以與由音同秩秩大猷漢書作大繇可證釋詁又云猷已也謂已然之詈亦即猶三望之類也从犬酋聲以周切三部今字分猷謀字犬在右語助字犬在左經典絕無此例一曰隴西謂犬子爲猶此別一義益證从犬之意

狙 ㄐㄩ 13 清

狙玃屬

猴ㄏㄡˊ 16匣　⿱殸犬ㄍㄡˋ 17曉　狼ㄌㄤˊ 15來　狛ㄆㄛˋ 14並　獌ㄇㄢˋ 3明

莊子狙公賦芧司馬彪云狙一名獦牂似猨而狗頭喜與雌猨交崔譔向秀謂之猵狙釋文狙七餘反 从犬且聲 親去切五部按親去切非也本七餘切自叚借爲覰字而後讀去聲周禮蜡氏注狙司卽覰伺也倉頡篇曰狙伺候也史漢狙擊秦皇帝伏虔應劭徐廣皆曰狙伺也方言自關而西曰索或曰狙郭注云狙伺也此皆千恕切 一曰犬暫齧人者 犬下各本有也字今依李善劇秦美新注刪李云且餘反 一曰犬不齧人者 此亦當且餘反

猴 夒也 夒上當有母猴二字夒下曰獸也一名母猴爲下曰母猴也玃下曰大母猴也禺下曰母猴屬也⿱殸犬下曰食母猴母猴乃此獸名非謂牝者沐猴獮猴皆語之轉字之譌也陸佃據柳子厚之言曰蝯靜而猴躁其性迥殊按許書亦猴與蝯別析言之也若蝯下曰禺屬禺下曰母猴屬毛傳曰猱猿屬猱卽說文之夒字是二者可相爲屬而非一物也爾雅曰猱蝯善援謂二者一類 从犬侯聲 乎溝切四部

⿱殸犬 犬屬 疑犬屬之上當有⿱殸犬玃二字淺人妄刪之詳於此故豸部但曰⿱殸犬玃也 署巳上黃署巳下黑食母猴 上林賦郭樸注同此而腰以前黃腰以後黑奪去四字當校補南都賦注李善引說文按史漢文選之上林賦文選之南都廣韻一屋說此物皆作豰从豕廣韻十八藥又引說文豰玃作豰玃尋許書豰爲小豚非一物一字也將由寫者亂之 从犬殸聲讀若構 火屋切三部

狼 佀犬銳頭白頰高歬廣後 詳其狀可識別也毛傳曰狼獸名釋獸曰狼牡貛許謂貛卽貒 从犬良聲 魯當切十部

狛 如狼善驅羊从犬白聲讀若檗 當言柏今人黃檗字作黃柏正雙聲之轉也 甯嚴讀之若淺洦 甯嚴蓋博訪通人之一也洦淺水皃見水部俗作泊非也古音傍各切狛大徐匹各切玉篇白駕切廣韻作眏亦白駕切古音在五部

獌 狼屬从犬曼聲 舞販切十四部 爾雅曰貙獌佀貍 釋獸曰貙佀貍郭云今貙虎也大如狗文似貍釋獸又曰貙獌似貍郭云今山民呼貙虎之大者爲貙豻按郭語則二條一物也故許貙下獌下皆偁貙獌似貍郭注子虛賦云蟃蜒大獸似貍長百尋則以西京賦巨獸百尋者提而一之恐附會矣

狐ㄏㄨˊ 13匣　獺ㄊㄚˋ 2透　猵ㄅㄧㄢ 6幫　△獱　猋ㄅㄧㄠ 19幫　㹜ㄧㄣˊ 9疑　⿲犭臣犬ㄙ 24心　獄ㄩˋ 17疑

狐 䄏獸也鬼所乘之 爾雅音義無之字 有三德其色中和小歬大後 廣韻作豐後 死則丘首 音義廣韻皆作首丘 謂之三德 御覽有此四字 从犬瓜聲 戶吳切五部

獺 水狗也 小徐作小狗大徐作如小狗今依廣韻訂 食魚 大徐上有水居二字乃上文作如小狗因妄增 从犬賴聲 他達切十五部

猵 獺屬 楊雄蜀都賦作猵羽獵賦江賦作獱郭樸三蒼解詁云獱似狐青色居水中食魚 从犬扁聲 布[元]切十二部按易翩與鄰韻服虔獱音賓李善獱音頻古扁聲賓聲同在十二部也今韻乃猵入先獱入眞矣

獱 或从賓

猋 犬走皃 引伸爲凡走之偁九歌猋遠舉兮雲中王注猋去疾皃爾雅扶搖謂之猋作此字 从三犬 此與驫麤鱻同意甫遙切二部

文八十三　重五

㹜 网犬相齧也 网各本作兩今正 从二犬 義見於形也語斤切十三部 凡㹜之屬皆从㹜

⿲犭臣犬 司空也 此空字衍司者今之伺字以司釋獄以疊韻爲訓也許書無伺字以司爲之玉篇獄注云察也今作伺按希馮直以獄爲伺覗之古字蓋用許說也其字从㹜蓋謂网犬吠守伺察之意 从㹜臣聲 息茲切一部司事者必臣動有言形聲中有會意后司字亦从口也 復說獄司空 此句上有奪字某復者姓名也某復說獄司空曰獄別一義也周禮司救役諸司空注如漢法城旦舂鬼薪白絜之類儒林列傳大后怒曰安得司空城旦書乎徐廣曰司空掌刑徒之官也如淳說都司空主罪人應劭漢官儀曰綏和元年罷御史大夫官法周制初置司空議者又以縣道官有獄司空故覆加大爲大司空是則漢時有都司空有獄司空皆主罪人皆有治獄之責以其辯獄也故从㹜㹜者獄之省

獄 确也 召南傳曰獄埆

鼠ㄕㄨˇ 13透　⿰鼠番ㄈㄢˊ 3並　⿰鼠各ㄏㄜˊ 14匣　鼢ㄈㄣˊ 9並　△蚡　⿰鼠平ㄆㄧㄥˊ 12並　鼶ㄙ 10心　⿰鼠丣ㄌㄧㄡˊ 21來　鼫ㄕˊ 14定

也埆同确堅剛相持之意从㹜从言魚欲切三部二犬所㠯守也說从㹜之意韓詩曰宜犴宜獄鄉亭之繫曰犴朝廷曰獄獄字从㹜者取相爭之意許云所以守者謂陛牢拘罪之處也

文三

鼠穴蟲之緫名也其類不同而皆謂之鼠引伸之爲病也見釋詁毛詩正月作癙雨無正作鼠實、一字也象形上象首下象足尾書呂切五部凡鼠之屬皆从鼠

⿰鼠番⿰鼠番鼠也三字爲句各本皆刪一字淺人所爲也以下皆同廣雅謂之白⿰鼠番王氏念孫曰⿰鼠番之言皤也从鼠番聲讀若樊附袁切十四部或曰鼠婦此別一義釋蟲曰蟠鼠負蟠卽⿰鼠番字負卽婦字今之瓮底蟲也虫部又云蛜威委黍委黍鼠婦也

⿰鼠各⿰鼠各鼠出胡地皮可作裘从鼠各聲下各切五部

鼢地中行鼠伯勞所化也中字依爾雅釋文補化各本作作今依廣韵所引字林正釋獸有鼢鼠郭云地中行者陶隱居云鼴鼠一名隱鼠一名鼢鼠常穿耕地中討掘卽得蘇頌圖經曰卽化爲鴽者也按依許氏說百勞化田鼠而田鼠化鴽物類遞嬗有如斯矣方言謂之黎鼠黎卽犁字自其場起若耕言之則曰犁鼠一曰偃鼠此一曰猶一名也偃之言隱也俗作鼴莊子云鼴鼠飲河止於滿腹从鼠分聲房吻切十三部莊子釋文引說文舊音扶問反

蚡或从虫分周禮艸人墳壤用麋故書墳作蚡鄭司農云多蚡鼠也

⿰鼠平⿰鼠平令鼠也四字句令平聲⿰鼠平令疊韵字从鼠平聲薄經切十一部

鼶鼶鼠也三字句見小正九月从鼠虒聲息移切十六部

⿰鼠丣竹鼠也如犬後世所謂竹⿰鼠丣也莊子作畱又作貓从鼠丣聲各本作畱省聲今正力求切三部

鼫五技鼠也能飛不能過屋能緣不能窮木能游不能渡谷三句一韵能穴不能掩身能走不能先人二句一韵此之謂五技五字依詩碩鼠正義補釋獸鼠屬有鼫鼠孫炎云五技鼠也舍人樊光同易晉九四晉如鼫鼠九家易以五技鼠釋之荀卿云梧鼠五技而窮詩魏風碩鼠碩鼠無食我黍鄭箋云碩大也不言五技是詩碩鼠非鼫鼠崔豹古今注乃云螻蛄一名鼫鼠有五能而不成技術此語殊誤螻蛄不妨名鼫鼠要不得云有五技也倘許謂螻蛄則此篆必次於部末如黽部之蠅鼄馬部之驘驢駒駼等字矣从鼠石聲常隻切古音在五部

鼨ㄓㄨㄥ 23端　△⿰鼠攵　鼷ㄒㄧ 10匣　鼩ㄑㄩˊ 16匣　△貖　⿰鼠益ㄜˋ 11影　鼸ㄑㄧㄢˇ 30溪　⿰鼠今ㄏㄢˊ 28匣　鼬ㄧㄡˋ 21定　⿰鼠勺ㄓㄨㄛˊ 20端

鼨豹文鼠也釋獸曰鼨鼠豹文鼮鼠郭讀以豹文下屬云鼠文采如豹者漢武帝時得此鼠孝廉郞終軍知之賜絹百匹按文選注藝文類聚皆引竇氏家傳載此事系之光武時竇攸以豹文鼮鼠則同惟唐書盧若虛傳云時有獲異鼠者豹首虎臆大如拳職方辛怡諫謂之鼮鼠而賦之若虛曰非也此許慎所謂鼨鼠豹文而形小一坐盡驚玉裁謂他人讀爾雅皆豹文鼮鼠爲句終軍竇攸辛怡諫從之許讀爾雅鼨鼠豹文爲句盧若虛從之其是非詎難定也許有鼨無鼮疑爾雅六字爲一物从鼠冬聲職戎切九部

⿰鼠攵籀文省𠔃古文終

⿰鼠益鼠屬从鼠益聲於革切十六部

貖或从豸作

鼷小鼠也何休公羊傳注云鼷鼠鼠中之微者玉篇云有螫毒食人及鳥獸皆不痛今之甘口鼠也从鼠奚聲胡雞切十六部

鼩精鼩鼠也四字一句爾雅謂之鼩鼠郭注小鼱鼩也亦名⿰鼠從鼩漢書東方朔傳如淳注曰鼱鼩小鼠也音精劬據爾雅釋文字林有鼱字从鼠句聲其俱切古音在四部

⿰鼠今鼠屬廣韵謂之⿰鼠含鼠从鼠今聲讀若含胡男切七部

鼸⿰鼠今也爾雅鼸鼠郭云以頰裏藏食者从鼠兼聲丘檢切七部

鼬如鼠如鼠小徐作如鼦鼦乃俗貂字貂鼠屬也赤黃色尾大食鼠者見小正爾雅今之黃鼠狼也从鼠由聲余救切三部

⿰鼠勺胡地風鼠郭注爾雅鼫鼠云形大如鼠頭似兔尾有毛青黃色好在田中食粟豆關西呼爲⿰鼠勺鼠見廣雅音雀按廣雅云⿰鼠勺鼠鼫鼠與景純皆合⿰鼠勺鼫爲一物以說文正之鼫與⿰鼠勺迥非一物也葢俗語有移

⿰鼠宂ㄖㄨㄥˇ 18泥　鼭ㄗ 10精　鼲ㄏㄨㄣˊ 9匣　⿰胡鼠ㄏㄨˊ 13匣　能ㄋㄥˊ 24泥　熊ㄒㄩㄥˊ 32匣

易其名者耳从鼠勺聲之若切古音在二部

⿰鼠宂鼠屬从鼠宂聲而隴切九部按此字或讀余救切要與鼬非一物

鼭鼭鼠侶雞鼠尾从鼠此聲卽移切十五十六部

鼲鼲鼠出丁零胡皮可作裘魏志注引魏略云丁零國出名鼠皮青昆子白昆子皮王氏引之云昆子卽鼲子也後漢書鮮卑傳云鮮卑有貂豽鼲子皮毛柔輭天下以爲名裘按今俗語通曰灰鼠聲之轉也如揮翬皆本軍聲从鼠軍聲乎昆切十三部

⿰胡鼠斬⿰胡鼠鼠黑身白腰若帶手有長白毛侶握版之狀類蝯蜼之屬見上林西京賦諸家說其狀乖異不同其字或作螹胡或作獑胡或作獑猢或作鼶⿰胡鼠从鼠胡聲戶吳切五部

文二十　重三

能熊屬左傳國語皆云晉侯夢黃能入於寢門韋注曰能似熊凡左傳國語能作熊者皆淺人所改也足侶鹿故皆从比也㲋足㲋足亦同从肉猶龍之从肉也㠯聲奴登切古者在一部由之而入於咍則爲奴來切由一部而入於六部則爲奴登切其義則一也能獸堅中故偁賢能賢古文作臤臤堅也而彊壯偁能傑也此四句發明叚借之恉賢能能傑之義行而本義幾廢矣子下曰十一月陽氣動萬物滋人以爲偁亦此例也韋朋來西烏五篆下說解皆此例凡能之屬皆从能

文一

熊熊獸侶豕山凥俗作居冬蟄見夏小正从能炎省聲按炎省聲則當在古音八部今音羽弓切雒誥火始燄燄漢書作庸庸淮南書東北曰炎風一作融風皆古音之證左傳正義曰張叔反論云賓爵下革田鼠上騰牛哀虎變鯀化爲熊久血爲燐積灰生蠅或疑熊當爲能王劭曰古人讀雄與熊皆

羆ㄆㄧˊ 1幫　△⿱能皮　火ㄏㄨㄛˇ 7曉　炟ㄉㄚˊ 3端　⿰火尾ㄏㄨㄟˇ 7曉　燬ㄏㄨㄟˇ 7曉　燹ㄒㄧㄢˇ 9心　焌ㄐㄩㄣˋ 9精

于陵反張叔用舊音傳元潛通賦與終韵用新音也玉裁謂熊不妨古反于陵要之反論必是能字春秋左氏敬嬴公穀作頃熊蓋炎熊嬴三字雙聲凡熊之屬皆从熊

羆如熊黃白文見釋獸从熊罷省聲以一能當二能也彼爲切古音在十七部

⿱能皮古文从皮

文二　重一

火⿰火尾也⿰火尾各本作燬今正下文曰⿰火尾火也爲轉注南方之行炎而上與木曰東方之行金曰西方之行水曰北方之行相儷成文象形大其下銳其上呼果切古音在十五部凡火之屬皆从火

炟上諱漢章帝名也伏侯古今注曰炟之字曰著按許書本不書其篆但曰上諱後人補書之次於此者尊上也玉篇曰爆也廣韵曰火起也其字从火旦聲當割切十四十五部

⿰火尾火也从火尾聲許偉切十五部詩曰王室如⿰火尾周南汝墳文今詩作燬毛傳燬火也按爾雅亦作燬釋言曰燬火也詩釋文曰燬音毀齊人謂火曰燬郭樸又音貨字書作⿰火尾說文同一音火尾反夫曰燬說文作⿰火尾則說文之有⿰火尾無燬可知矣曰⿰火尾一音火尾反則⿰火尾本音燬可知矣方言曰煤火也楚轉語也猶齊言⿰火尾也燬⿰火尾實一字方言齊曰⿰火尾卽爾雅郭注之齊曰燬也俗乃強分爲二字二音且肊造齊人曰燬吳人曰⿰火尾之語又於說文別增燬篆陸德明所據不如此

燬火也从火毀聲春秋傳曰衞侯燬許偉切按此篆許所本無當刪

燹火也韵會引字林曰逆燒也从火豩聲穌典切十三部

焌然火也以火燒物曰然从火夋聲子寸切又倉喬切十三部周禮曰遂籥其焌周禮菙氏曰凡卜以明火爇燋遂歛其焌契以授卜師注云焌讀如戈鐏之鐏謂之契柱燋火而吹之也士喪禮楚焞置於燋在龜東楚焞卽契所用灼龜也燋謂炬其存火三字當依士喪禮注作所以然火者也焌火在歬㠯焞焯龜此許引周禮而釋其焌之義似有舛誤依鄭注則契卽楚焞楚焞柱於炬然之

尞 ㄌㄧㄠˊ 19來　然 ㄖㄢˊ 3泥　△⿱艹難　爇 ㄖㄨㄛˋ 2泥　燔 ㄈㄢˊ 3並　燒 ㄕㄠ 19透　烈 ㄌㄧㄝˋ 2來　炪 ㄓㄨㄛˊ 8端　熚 ㄅㄧˋ 5幫　𤈦 ㄈㄨˊ 8滂　烝 ㄓㄥ 26端

用以灼龜焌者謂吹而然之也

尞 柴祭天也 示部柴下曰燒柴尞祭天也是柴尞二篆爲轉注也燒柴而祭謂之柴亦謂之尞亦謂之禷木部曰禷柴祭天神周禮𢹂燎字當作禷尞凡柴尞作柴燎者皆誤字 从火昚 會意力照切二部 昚古文慎字 見心部 祭天所吕慎也 說从昚之意

然 燒也 通叚爲語詈訓爲如此爾之轉語也 从火肰聲 如延切十四部俗作燃非是

⿱艹難 或从艸難 徐鉉等曰艸部有此字此重出與火部無涉也按篆當作爇或古本作爇轉寫奪火耳漢五行志巢爇墮地廣韵引陸佐公石闕銘荆酷爇炭

爇 燒也 从火蓺聲 徐鉉等曰說文無蓺字當从火从艸埶省聲按埶卽聲不必云埶省如劣切十五部 春秋傳曰爇僖負羈 僖廿八年左傳曰爇僖負羈氏

燔 爇也 按許鐇與燔字別鐇者宗廟火炙肉也此因一从火一从炙而別之毛於瓠葉傳曰加火曰燔於生民傳曰傳火曰燔古文多作燔不分別也 从火番聲 附袁切十四部

燒 爇也 二篆爲轉注 从火堯聲 式昭切二部

烈 火猛也 大雅曰載燔載烈傳曰傳火曰燔貫之加于火曰烈商頌曰如火烈烈引伸爲光也業也又方言曰餘也按烈訓餘者盛則必盡盡則必有所餘也又鄭風火烈具舉傳曰烈列也此謂烈卽列之叚借字列者古𠛱字也 从火列聲 良薛切十五部

炪 火光也 類篇作火不光集韵六術曰炪爦煙皃類篇同又九迄曰炪爦煙出也煙盛則光微此葢與上火猛作反對語 从火出聲 職悅切十五部 商書曰予亦炪謀 般庚上文此與叚敢爲好叚狟狟爲桓桓叚莫爲竹蔑同壁中古文叚炪爲拙也今尚書作拙者葢孔安國以今字讀之也 讀若巧拙之拙 其同音也故相叚借

熚 熚𤈦火皃 熚𤈦疊韵字如水部之畢沸 从火畢聲 卑吉切十二部

𤈦 熚𤈦也 玉篇云火盛皃廣韵云鬼火 从火𡗜聲 數勿切十五部 𡗜籒文悖字 見言部

烝 火气上行也 此烝之本義引申之則烝進也如詩信南山甫田傳泮水箋是也又引申之則久也衆也久之義如釋詁曰烝塵也東山傳曰烝窴也常棣傳曰烝塡也皆是鄭云古聲窴塡塵同是也衆之義如東山烝在栗薪傳烝民傳是也又引申之則君也釋詁及文王有聲傳是也又厚也泮水傳曰烝烝厚也是也左傳凡下婬上謂之烝 从火丞聲 煑仍切六部經典多叚蒸爲之者

烰 烝也 詩生民烝之浮浮釋訓曰烰烰烝也毛傳曰浮浮氣也按爾雅不偁詩全句故曰烝也而已毛釋詩全句故曰浮浮氣也許於此當合二古訓爲解曰烰烰烝皃謂火氣上行之皃也或轉寫者刪之耳 从火孚聲 縛牟切三部 詩曰烝之烰烰 今詩作浮浮

煦 烝也 方言煦煆熱也乾也吳越曰煦煆按熱廣雅作爇誤樂記注曰以氣曰煦 一曰赤皃 日部曰昫日光出溫也按昫煦古通用煦蓋日出之赤色 一曰溫潤也 首一義足兼之文選注引韓詩章句煦暖也 从火昫聲 香句切古音在四部廣韵又況羽切方言注讀如州吁之吁

熯 乾皃 乾讀如干此與日部暵同音同義从火猶从日也易說卦傳王肅王弼本作熯萬物者莫熯乎火說文日部及徐邈本作莫暵字有分見而實同者此類是也 从火漢省聲 人善切十四部依楚茨音義人善呼旦二反 詩曰我孔熯矣 小雅楚茨文此偁詩說叚借也楚茨毛傳曰熯敬也熯本不訓敬而傳云爾者謂熯卽戁之叚借字也心部曰戁敬也長發傳曰戁恐也是其義也

炥 火皃 按此篆當是𤈦之或體 从火弗聲 普活切十五部廣韵符弗切

熮 火皃 从火翏聲 洛蕭切古音在三部 逸周書曰味辛而不熮 逸字衍當刪九經字樣引無逸字可證周書葢七十一篇之周書今本未見有此句呂覽本味篇曰辛而不烈周書作不熮字異義同方言注曰癆瘌皆辛螫也按此等字皆雙聲同義而癆爲尤近

焛 火皃 从火㒳省聲 㒳見門部作㒳者誤 讀若粦 良刃切十二部

𤌱 火色也 韓子齊伐魯索讒鼎以其鴈往齊人曰鴈也魯人曰眞也鴈葢卽𤌱之叚借字如今之作僞古物曰燒瘢貨是也俗

熲ㄐㄩㄥˇ 12見　爚ㄩㄝˋ 20定　熛ㄅㄧㄠ 19幫　熇ㄏㄜˋ 19曉

作眞贗从火雁聲讀若鴈五晏切十四部

熲火光也小雅不出於熲傳曰熲光也箋云不得出於光明之道按火光者字之本義傳不言火但言光者其引申之義也从火頃聲古迥切十一部

爚火光也光各本作飛今依文選琴賦景福殿賦注[元]應書卷九正西都賦震震爚爚雷奔電激震震謂雷爚爚謂電也李善引字指曰儵爚電光也按此字或借爲爗字或借爲爍字或作爍者俗體也从火龠聲以灼切二部一曰爇也又一義

熛火飛也[元]應引三蒼云熛迸火也呂氏春秋云突泄一熛焚宮燒積班固答賓戲借焱爲之从火㶾聲讀若摽甫遙切二部當必遙切按同部票標二字同音同義標卽票聲似票正標俗故集韵類篇韵會皆合二爲一然李善[元]應所引皆有熛字玉篇亦分載未容改併

熇火爇也大雅板傳曰熇熇然熾盛也易家人嗃嗃鄭云苦熱之意是嗃卽熇字也釋文曰劉作熇熇从火高聲火屋切古音在二部詩曰多將熇熇

烄ㄐㄧㄠˇ 19見　羡ㄔㄢˊ 28定　燋ㄐㄧㄠ 19精

烄交木然也交烄疊韵玉篇曰交木然之以尞祡天也从火交聲古巧切二部

羡小爇也爇或作熱誤節南山釋文正義引作𤍠亦誤節南山曰憂心如惔古本毛詩作如羡故毛傳曰羡燔也瓠葉傳曰加火曰燔許曰燔爇也爇加火也是毛訓作爇許則別之云小爇耳方言廣雅曰羡明也此引伸之別一義从火羊聲羊各本誤作干篆體亦誤今正干部曰入一爲干入二爲羊羊讀若飪羡从羊聲故古音在七部郭璞曹憲音淫入鹽韵則直廉切今各書皆譌作羡矣詩曰憂心如羡如羡各本作羡羡今正節南山釋文正義皆引憂心如羡

燋所吕然持火也持火者人所持之火也少儀執燭抱燋凡執之曰燭未爇曰燋燋卽燭也士喪禮注曰燎大燋大燋卽大燭也大燭樹於地燭則執於手人所持之火以燋然之燋者苣爲之卜之用燋其一耑也士喪禮楚焞置於燋在龜東注云楚荊也荊焞所以鑽灼龜者燋炬也所以然火者也周禮垂氏凡卜以明火爇燋遂炊其焌契以授卜師杜子春云明火以陽燧取火於日也按以苣然契契卽楚焞以楚焞灼龜而作其兆是卜之次弟也从火焦聲卽消切二部字林子約反周禮曰吕明火爇燋也

炭ㄊㄢˋ 3透　羨ㄓㄚ 1清　敫ㄐㄧㄠˇ 19見　炦ㄅㄚˊ 2並　灰ㄏㄨㄟ 24曉　炱ㄊㄞˊ 24定

炭燒木未灰也未灰大徐作餘从火屵聲各本作岸省聲今依小徐本屵从厂聲厂呼旱切也他旱切十四部

羨東炭也从火差省聲讀若齹齹齒部作齹恐誤楚宜切古音在十七部

敫交灼木也从火教省聲讀若狡按玉篇廣韵皆曰敫同烄必本諸說文不知今本說文何以析爲二交灼之語亦不可通上文炭下曰燒木未灰則灰篆必上聯炭羨二篆間以敫炦決非古本

炦火气也从火犮聲蒲撥切十五部

灰死火餘㶳也漢書曰死灰獨不復然乎从火又會意呼恢切古音在一部又手也火既滅可以執持說从又之意

炱灰炱煤也通俗文曰積煙曰炱煤玉篇曰炱煤煙塺也廣韵曰炱煤灰入屋也从火台聲徒哀切一部按本部無煤土部有塺

煨ㄨㄟ 8影　熄ㄒㄧˊ 25心　烓ㄨㄟ 10溪　煁ㄔㄣˊ 28定　燀ㄔㄢˇ 3透

字玉篇炱煤二文相接

煨盆中火玉篇作盆中火煻廣韵曰煻者埋物灰中令熟也通俗文曰熱灰謂之煻煨許無煻字今俗謂以火溫出冬閉花曰唐花卽煻字也从火畏聲烏灰切十五部

熄畜火也畜當从艸積也熄取滋息之意从火息聲相卽切一部亦曰滅火小徐無此四字滅與蓄義似相反而實相成止息卽滋息也孟子曰王者之迹熄而詩亡詩亡然後春秋作

烓行竈也从火圭聲古支清合韵讀若同同汲古閣作回誤口迥切十六部

煁烓也小雅白華曰樵彼桑薪卬烘于煁釋言曰煁烓也毛傳曰煁烓竈也郭璞云今之三隅竈按鄭箋云桑薪薪之善者不以炊爨養人反以燎於烓竈用炤事物而已然則行竈非爲飲食之竈若今火鑪僅可炤物自古名之曰烓亦名之曰煁或段諶爲之春秋傳裨諶字竈知諶卽煁字也漢書人表又作卑湛从火甚聲氏任切七部詩釋文市林反

燀炊也从火單聲充善切十四部春秋傳曰燀之吕

△𪎊

炊ㄔㄨㄟ 1透　烘ㄏㄨㄥ 18曉　齌ㄐㄧˋ 4從　熹ㄒㄧ 24曉　煎ㄐㄧㄢ 3精　熬ㄠˊ 19疑　炮ㄆㄠˊ 21並　衮ㄣ 7影　熷ㄗㄥ 26精

蘄左傳昭公二十年文爨也爨下曰炊也齊謂炊也爨从火吹省聲昌垂切古音在十七部尞也云尞者燔柴之義之引伸也小雅白華卬烘于煁毛傳及釋言皆曰烘燎也从火共聲呼東切詩釋文引說文巨凶甘凶二反詩曰卬烘于煁炊餔疾也餔日加申時食也晚飯恐遲炊之疾速故字从火引伸爲凡疾之用離騷曰反信讒而齌怒王注云疾怒从火齊聲在詣切十五部炙也炙者抗火炙肉也此熹之本義引申爲爇也左傳或叫于宋大廟曰譆譆出出杜曰譆譆熱也此同音叚借也又與熙相叚借从火喜聲許其切一部熬也方言熬聚煎僃鞏火乾也凡有汁而乾謂之煎東齊謂之鞏从火前聲子仙切十四部乾煎也方言熬火乾也凡以火而乾五穀之類自山而東齊楚以往謂之熬从火敖聲五牢切二部熬或从麥作毛炙肉也炙肉者貫之加於火毛炙肉謂肉不去毛炙之也瓠葉傳曰毛曰炮加火曰燔閟宮傳曰毛炰豚也周禮封八毛炰之豚鄭注毛炮豚者爛去其毛而炮之內則注曰炮者以塗燒之爲名也禮運注曰炮裹燒之也按裹燒之即內則之塗燒鄭意詩禮言毛炮者毛謂燎毛炮謂裹燒毛公則謂連毛燒之曰炮爲許所本六月韓奕皆曰炰鼈箋云炰以火孰之也鼈無毛而亦曰炰則毛與炮二事鄭說爲長矣炰與缹皆炮之或體也韓奕之炰徐仙民音甫九反大射篇注炮鼈或作缹或作炰是知炰缹爲古今字通俗文曰燥煑曰缹燥煑謂不過濡也裹燒曰炮燥煑亦曰炮漢人燥煑多用缹字缶聲包聲古音同在三部从火包聲薄交切古音在三部炮炙也炮炙異義皆得曰衮也以微火溫肉依廣韻所引本玉篇同既云炮炙又云以微火溫肉者嫌炮炙爲毛燒故又足之言不必毛燒也微火溫肉所謂缹也今俗語或曰烏或曰煨或曰燜皆此字之雙聲疊韻耳从火衣聲烏痕切十三部此於合韻得之置魚箭中炙也箭斷竹也置魚箭中而乾炙之事與烝相類从火會聲

△𤏡

爆ㄅㄠˋ 20並　稫ㄅㄧˋ 25並　煬ㄧㄤˊ 15定　爟ㄏㄨˋ 20匣　爤ㄌㄢˋ 3來　爢ㄇㄧˊ 1明　尉ㄨㄟˋ 8影　𤐫ㄐㄧㄠ 21精

△燗

作滕切六部以火乾肉也周禮籩人注曰鮑者於煏室中糗幹之出於江淮也此當作稫室中稫乾之漢書貨殖傳注引作於煏室乾之可證煏卽稫字小顏不解糗字故刪之耳糗者熬米麥也引申爲凡熬之偁語亦可通稫室漢時有此制賈公彥云福土爲室非也陸德明云皮逼反與周禮毛詩稫音逼不同與師古煏音蒲北反合然則陸本當亦作煏今釋文乃轉寫作福非是稫方言作僰凡以火而乾五穀之類自山而東齊楚以往謂之熬關西隴冀以往謂之僰秦晉之閒或謂之聚省作煏又或作焙而異其音玉篇作煏無稫从火稫聲臣鉉等曰稫聲當是稫省聲之誤符逼切一部按符逼當爲蒲逼籀文不省按小徐無灼也謂火飛所炙也从火暴聲蒲木切三部廣韻北教切火裂也炙燥也从火昜聲余亮切十部謚法好內遠禮煬去禮遠眾煬灼也从火雀聲胡沃切古音在二部火孰也此火字依節南山生民二正義補方言自河以北趙魏之閒火孰曰爛孰者食飪也飪者大孰也孰則火候到矣引伸之凡淹久不堅皆曰爛孰則可燦然陳列故又引伸爲粲爛从火蘭聲郎旰切十四部隸作爛不从艸或从閒此如詩蕑卽蘭爛也古多叚糜爲之糜訓糝爢訓爛義各有當矣孟子糜爛其民而戰之文選答客難至則靡耳皆用叚借字也从火靡聲靡爲切古音在十七部从上按下也按者抑也百官公卿表應劭注曰自上安下曰尉武官悉以爲偁張釋之傳曰廷尉天下之平也車千秋傳尉安黎庶師古曰慰安之字本無心後俗所加从𡰥又持火會意𡰥古文仁𡰥又猶親手也於胃切十五部所以申繒也合二徐本訂說手持火之意也字之本義如此引申之爲凡自上按下之偁通俗文曰火斗曰尉灼龜不兆也从龜火从韵會此會意也春秋傳曰卜戰龜𤐫不兆左傳哀二年卜戰龜焦無不兆二字按許所據蓋有不兆與下文以故兆詢相貫而焦作爇則淺人所改也焦者火所傷也龜

灸 ㄐㄧㄡˇ 24見　灼 ㄓㄨㄛˊ 20端　煉 ㄌㄧㄢˋ 3來

焦曰爂許引傳說龜火會意如引豐其屋艸木麗于地同讀若焦音義皆同卽消切古音在三部讀如摯故穥以爲聲灸灼也今以艾灼體曰灸是其一耑也引伸凡柱𡫳曰灸考工記廬人灸諸牆注云灸猶塞也以柱兩牆之閒輓而內之本末勝負可知也古文作久許引周禮久諸牆士喪禮皆木桁久之注云久當爲灸灸謂以蓋案塞其口按久灸皆取附箸相拒之意凡附著相拒曰久用火則曰灸鄭用方言許說造字本意从火久聲舉形聲包會意也舉友切三部灼炙也炙各本作灸誤今正此與上灸篆爲轉注炙謂炮肉灼謂凡物以火附箸之如以楚焞柱龜曰灼其一耑也七諫注曰點污也灼灸也猶身有病人點灸之醫書以艾灸體謂之壯壯者灼之語轉也淮南注曰然也廣雅曰爇也素問注曰燒也其義皆相近凡訓灼爲明者皆由經傳叚灼爲焯桃夭傳曰灼灼華之盛也謂灼爲焯之叚借字也周書焯見三有俊心今本作灼見从火勺聲之若切二部煉鑠治金也治毛本作冶誤今依宋本鑠治者鑠而治之愈消則愈精高注戰國

燭 ㄓㄨˊ 17端　熜 ㄗㄨㄥ 18精

策曰練濯治絲也正與此文法同金部曰鍊治金也此加鑠者正爲字从火从火柬聲郎電切十四部燭庭燎大燭也燎當作尞大各本譌作火今正若韵會庭燎燭也尤善小雅毛傳曰庭燎大燭也燕禮宵則庶子執燭於阼階上司宮執燭於西階上甸人執大燭於庭閽人爲大燭於門外周禮司烜氏凡邦之大事共墳燭庭燎鄭云墳大也郊特牲曰庭燎之百由齊桓公始也鄭云庭燎之差公蓋五十侯伯子男皆三十文出大戴禮按未爇曰燋執之曰燭在地曰燎廣設之則曰大燭曰庭燎大燭與庭燎非有二也周禮絫言墳燭庭燎故鄭注以門外門內別之周禮故書作蕡燭先鄭云蕡燭麻燭也賈公彥曰古者未有麻燭故鄭從墳訓大古庭燎依慕容所爲以葦爲中心以布纏之飴蜜灌之若今蠟燭玉裁謂古燭蓋以薪蒸爲之麻蒸亦其一端麻蒸其易然者必云古無麻燭蓋非許以熜次燭炧之閒蓋得之矣从火蜀聲之欲切三部熜然麻蒸也麻蒸析麻中榦也亦曰菆菆一作廏古者燭多用葦鄭注周禮曰燋炬也許曰苣束葦燒之也亦用麻故

炧 ㄒㄧㄝˋ 1定　㶳 ㄐㄧㄣˋ 6定　焠 ㄘㄨㄟˋ 8清　煣 ㄖㄡˇ 21泥

先鄭注周禮曰蕡燭麻燭也先鄭意蕡卽黂字鄭注士喪禮曰燭用蒸蒸卽謂麻榦弟子職曰蒸閒容蒸从火恖聲作孔切九部炧燭㶳也曲禮所謂燭跋弟子職所謂燭𡎺跋者謂近手所餘𡎺者謂燒過之燼从火也聲徐野切古音在十七部㶳火之餘木也各本作火餘也今依唐初元應本火之餘木曰㶳死火之㶳曰灰引伸爲凡餘之偁左傳收合餘燼大雅箋災餘曰燼方言蓋餘也周鄭之閒曰蓋或曰孑蓋者叚借字也从火聿聲臣鉉等曰聿非聲疑从律省徐吝切十二部俗作燼一曰薪也方言自關而東秦晉之閒燒薪不盡曰蓋焠堅刀刃也王褒傳淸水焠其鋒郭樸三倉解詁曰焠作刀鑒也焠子妹切鑒工練切師古云焠謂燒而內水中以堅之也按火而堅之曰焠與水部淬義別文選譌作淬非也天官書曰火與水合曰焠从火卒聲七內切十五部煣屈申木也謂曲直之也今轂辭傳考工記皆作揉蓋非古也手部無揉字漢書食貨志煣木爲耒从火柔柔亦

焚 ㄈㄣˊ 9並　燫 ㄌㄧㄢˊ 30來　燎 ㄌㄧㄠˊ 19來

聲人久切三部燓燒田也从火林各本篆作燓解作从火棥棥亦聲今正按玉篇廣韵有焚無燓焚符分切至集韵類篇乃合焚燓爲一字而集韵廿二元固單出燓字符袁切竊謂棥聲在十四部焚聲在十三部份古文作彬解云焚省聲是許書當有焚字況經傳焚字不可枚舉而未見有燓知火部燓卽焚之譌元應書引說文焚燒田也字从火燒林意也凡四見然則唐初本有焚無燓不獨篇韵可證也燫火煣車网絕也此爲考工記作注也輪人曰凡揉牙外不廉而內不挫旁不腫謂之用火之善注曰廉絕也挫折也腫瘣也按廉者燫之叚借絕謂火絕記文之外謂火內謂正當火處旁謂不當火處燫之不善則當火處燒滅而不當火處暴起畏此二病或絕火而更燫假令火未嘗少絕而無此二病是眞善用火也車网卽牙也牙木部作栫玉篇曰燫㸑火不絕此義與火絕相輔从火兼聲力鹽切七部周禮曰煣牙外不燫燎放火也此與寮義別盤庚曰若火之燎于原大雅曰瑟彼柞棫民所燎矣箋云人熂燎除其

票ㄆㄧㄠ 19幫　㷮ㄗㄠ 21精　𤓯ㄐㄧㄠ 19精　△焦

秀草小雅燎之方揚箋云火田曰燎[元]應引說文有火田爲燎王制曰昆蟲未蟄不以火田**从火寮聲**力小切二部按詩釋文引說文字林寮力召反燎力小反

票火飛也此與熛音義皆同玉篇廣韻亦然引申爲凡輕銳之偁周禮草人輕爂用犬注謂地之輕脃者也漢有票姚校尉票騎將軍票姚荀悅漢紀作票鷂服虔音飄搖小顏二字皆去聲非古也平聲者古音去聲者今音耳今俗閒信券曰票亦尚存古義凡从票爲聲者多取會意**从火𡨄𡨄與䙴同意**按當作从火舁省䙴省廾爲一也䙴卽舁之或體舁訓升高火飛亦升高故爲同意方昭切二部

㷮𤓯也今俗語謂燒壞曰㷮凡物壞亦曰㷮**从火曹聲**作曹切古音在三部

𤓯火所傷也从火雥聲卽消切二部按廣韻雥徂合切玉篇才帀走合二切今以許書焦字从雥聲訂之則知雥之古音讀如揫如椒雧者會意字非用雥聲後人昧其本音乃以襍字之反語爲雥之反語非也戴氏侗乃疑作𤓯乃得聲矣

焦或省按廣韻𤓯爲籒文此必有所據

十篇上　炅

烖ㄗㄞ 24精　△灾　△災　△𤆎　煙ㄧㄢ 9影　△烟　△𡨭　△𡨊　焆ㄧㄝ 3影　熅ㄩㄣ 9影　炟ㄉㄧ 19端

烖天火曰烖春秋宣十六年夏成周宣謝火左傳曰人火之也凡火人火曰火天火曰災按經多言災惟此言火耳引申爲凡害之偁十五年傳曰天反時爲災地反物爲妖民反德爲亂亂則妖災生**从火𢦏聲**祖才切一部今惟周禮作烖經傳多借菑爲之菑或譌爲蕃

灾或从宀火火起於下焚其上也

災籒文从巛亦會意亦形聲

𤆎古文从才形聲

煙火气也陸璣連珠曰火壯則煙微**从火垔聲**烏前切十二部

烟或从因因聲

𡨭籒文从宀

𡨊古文汲古閣少首筆从冂誤今從廣韻集韻類篇正

焆焆焆煙皃从火肙聲因悅切古音在十四部

熅鬱煙也鬱當作𩰪𩰪與熅聲義皆同煙熅猶壹壺也**从火昷聲**於云切十三部

炟望見火皃依篇韻補見字炟然猶昀然也**从火𣅀聲**𣅀見日部望遠合也从日匕各本篆體作炟皀聲按皀聲讀若逼又讀若香於駒不爲鯌聲皀聲與勻聲則古音同在二部葉抄宋本及五音韻譜作炟𣅀聲獨爲不誤玉篇廣韻集韻類篇作炟皆誤**讀若駒顙之駒**駒顙見說卦傳詳馬部都歷切二部

照ㄓㄠ 19端

燂ㄑㄧㄢ 28定　焞ㄊㄨㄣ 9透　炳ㄅㄧㄥ 15幫

燂火熱也廣雅燂煥也攷工記弓人橋角欲孰於火而無燂注云燂炙爛也故書燂或作朕**从火覃聲**大甘切又徐鹽切七部

焞明也鄭語史伯曰黎爲高辛氏火正以淳燿敦大天明地德光照四海故命之曰祝融崔瑗河閒相張平子碑云遷大史令實掌重黎麻紀之度亦能焞燿敦大天明地德光照有漢今本國語作淳漢碑作焞與許所據合韋云淳大也燿明也下文云敦大則焞燿自皆當訓明士喪禮楚焞所以鑽灼寵者楚荊也焞益亦取明火之意引申之又訓盛采芑傳曰焞焞盛也漢時有敦煌郡應劭地理風俗記曰敦大也煌盛也唐時乃作燉煌見元和郡縣志燉乃唐人俗字非焞之異體也**从火辜聲**他昆切十三部毛詩吐雷切音之轉也**春秋傳曰**傳當作國語**焞燿天地**檃括鄭語

炳明也易曰大人虎變其文炳也**从火丙聲**兵永切古音在

十篇上　辛

焯ㄓㄨㄛ 20端　煒ㄨㄟ 7匣　𤆵ㄔ 1透　熠ㄧ 27定　煜ㄩ 22定

十部

焯明也从火卓聲之若切二部**周書曰焯見三有俊心**立政文今尚書作灼古義焯灼不同

照明也與昭音義同**从火昭聲**之少切二部

煒盛明皃也各本作盛赤也今依[元]應書正詩靜女彤管有煒傳曰煒赤皃此毛就彤訓之盛明之一耑也王莽傳青煒登平赤煒頌平白煒象平[元]煒和平服虔曰煒音暉如淳曰青煒青氣之光輝也**从火韋聲**于鬼切十五部**詩曰彤管有煒**邶風

𤆵盛火也凡言盛之字从多**从火多聲**昌氏切古音在十七部

熠盛光也詩熠燿宵行傳曰熠燿粦也粦熒火也又倉庚于飛熠燿其羽箋云羽鮮明也**从火習聲**羊入切七部**詩曰熠熠宵行**豳風東山文宋本葉抄本作熠熠王伯厚詩攷異字異義條舉說文熠熠宵行而文選張華勵志詩涼風振落熠熠宵流注引毛傳熠熠粦也疑皆熠燿之誤當依詩音義爲正小徐本熠燿下無宵行二字

煜燿也此以雙聲爲訓**从火昱**

燿 一ㄠˋ 20定　煇 ㄏㄨㄟ 9曉　烱 ㄐㄩㄥˇ 12見　爗 一ㄝˋ 31匣　爓 一ㄢˋ 30定

聲余六切古音在七部昱从立聲煜从昱聲本音皆在七部廣韵廿六緝煜爲立切古音也燿照也从火翟聲弋笑切二部煇光也小雅庭燎傳曰煇光也日部曰暉光也二字音義皆同煇與光互訓如易象傳君子之光其暉吉也是也析言之則煇光有別如管輅荅劉邠云不同之名朝旦爲煇日中爲光玉藻揖私朝煇如也登車則有光是也史記斷戚夫人手足去眼煇耳此叚煇爲熏也从火暉者日之光煇者火之光軍聲況韋切古音在十三部庭燎與晨旂韵是也俗作輝炯光也从火冋聲古迴切十一部爗盛也十月之交曰爗爗震電傳曰爗爗震電皃按凡光之盛曰爗从火𦦔聲筠輒切七部詩曰爗爗震電小雅爓火爓也各本作火門也門乃爓之壞字今正文選蜀都賦高爓飛爓於天垂善引說文爓火焰也音豔焰卽爓之省六書故引唐本說文火爓爓也較李善所據多一爓字今人云光燄者作此字爲正古多叚炎爲之如左傳其氣炎以取之司馬相如傳末光絕炎揚雄

炫 ㄒㄩㄢˋ 3匣　煌 ㄏㄨㄤˊ 15匣　焜 ㄎㄨㄣ 9匣　光 ㄍㄨㄤ 15見　△𤎫　△炗　熱 ㄖㄜˋ 2泥　熾 ㄔˋ 25透

傳景炎炘炘皆是又郊祀歌長離前掞光耀明晉灼曰掞卽光炎字亦叚借也爓與燄篆義別从火閻聲余廉切八部按當以贍切炫爓燿也爓燿謂光爓燿明也封禪文叚[元]爲之从火[元]聲胡畎切十四部廣韵去聲煌煌煌煇也此依韵會本今大小徐本各奪一字非也皇皇者華傳曰皇皇猶煌煌也朱芾斯皇傳曰皇猶煌煌也从火皇聲胡光切十部焜煌也甘泉賦樵蒸焜上李善引字書焜燿火皃从火昆聲胡本切十三部光明也左傳周內史釋易觀國之光曰光逗遠而自他有燿者也从火在儿上光明意也說會意目在儿上則爲見气在儿上則爲欠口在儿上則爲兄皆同意古皇切十部炗古文𤎫古文庶字从此會意熱𥁕也𥁕各本作溫今正許意溫爲水名凡𥁕熅字皆當作𥁕𥁕仁也从皿飼囚引申之則爲𥁕煖毛詩傳曰蘊蘊而暑爞爞而熱从火埶聲如列切十五部熾盛也从火戠聲昌志切一部

△戭　燠 ㄩˋ 22影　煖 ㄒㄩㄢ 3曉　煗 ㄋㄨㄢˇ 3泥　炅 ㄐㄩㄥˇ 12見　炕 ㄎㄤˋ 15溪

戭古文燠熱在中也洪範庶徵曰燠曰寒古多叚奧爲之小雅日月方奧傳曰奧煖也从火奧聲烏到切古音在三部亦於六切奧者宛也熱在中故以奧會意此舉聲以見意也煖𥁕也𥁕各本作溫今正說卦傳日以晅之晅亦作烜葢卽煖字也从火爰聲況袁切十四部今人讀乃管切同煗煗𥁕也𥁕各本作溫今正从火耎聲乃管切十四部今通用煖炅見也从火日古迴切按此篆義不可知廣韵作光也似近之从日火亦不可曉葢後人羼入如西部有覀之比廣韵十二霽曰後漢大尉陳球碑有城陽炅橫漢末被誅有四子一姓炅一姓香一姓桂一姓炔四字皆九畫集韵桂氏譜曰桂貞爲秦博士始皇阬儒改姓香其孫改爲炅弟四子改爲炔是則有肊製炅爲姓者恥其不古羼入許書非無證也廣韵云四字皆九畫按桂字十畫其三字皆八畫葢六朝木旁多作才圭作五畫然則當云四字皆八畫也炕乾也謂以火乾之也五行志曰君炕陽而暴虐師古曰凡言炕陽者枯涸

燥 ㄗㄠˋ 19心　烕 ㄒㄩㄝˋ 2曉　焅 ㄎㄨˋ 22溪　燾 ㄊㄠˋ 21定　爟 ㄍㄨㄢˋ 3見

之意謂無惠澤於下也釋木曰守宮槐葉晝聶宵炕郭云晝日聶合而夜炕布从火亢聲苦浪切十部燥乾也易曰水流溼火就燥从火喿聲蘇到切二部烕滅也小雅正月曰赫赫宗周褒姒烕之傳曰烕滅也从火戌會意詩釋文引有聲字許劣切十五部火死於戌火生於寅盛於午死於戌陽氣至戌而盡陽氣當作易气此二句說會意之恉詩曰赫赫宗周褒姒烕之女部無㛥字焅旱气也與酷音義略同从火告聲苦沃切三部燾溥覆照也中庸曰辟如天地之無不持載無不覆幬注云幬或作燾按左傳亦云如天之無不幬杜注幬覆也葢幬是叚借字幬訓禪帳帳主覆也燾从火故訓爲溥覆照周禮司几筵注敎讀曰燾燾覆也从火壽聲徒到切古音在三部爟取火於日官名日當作木周禮夏官司爟掌行火之政令四時變國火以救時疾季春出火季秋內火鄭司農說以鄹子曰春取榆柳之火夏取棗杏之火季夏取

△烜　烽 ㄈㄥ 18滂　爝 ㄐㄩㄝˊ 20精　㷉 ㄨㄟˋ 2匣　熙 ㄒㄧ 24曉

桑柘之火秋取柞楢之火冬取槐檀之火是取火於木之事也若秋官司烜氏以夫遂取明火於日以鑒取明水於月與司爟所職不同淮南子氾論訓注爟火取火於日之官也引周禮司爟云云是高注亦當爲譌字 **从火雚聲** 古玩切十四部 **周禮曰司爟掌行火之政令舉火曰爟** 小徐本此四字在周禮之上今依韵會所據小徐本訂呂覽本味篇湯得伊尹爝以爟火高注云周禮司爟掌行火之政令爟火者所以祓除其不祥置火於桔槔燭以照之爟讀曰權衡之權又贊能篇桓公迎管仲祓以爟火高注略同亦曰爟讀如權字攷史記封禪書漢書郊祀志皆曰通權火又曰權火舉而祠張晏云權火烽火也狀若井挈皋其法類稱故謂之權火欲令光明遠照通於祀所也漢祀五時於雍五里烽火如淳曰權舉也按如云權舉也許云舉火曰爟高云爟讀曰權然則爟權一也

烜 或从亘 周禮秋官司烜氏注云讀如衛侯燬之燬故書烜爲垣鄭司農云當爲烜按依許則烜卽爟字亘聲雚聲同在十四部也許本與先鄭說同

烽 各本無烽字今依文選注補烽各本作燧今正 **候表也** 謂伺候之表 **邊有警則舉火** 孟康曰烽如覆米䉛縣著挈皐頭有寇則舉之燧積薪有寇則燔然之也裴駰顏師古取其說張揖曰晝舉烽夜燔燧李善取其說廣韵夜曰烽晝曰燧蓋有誤按孟張說烽燧爲二許𨸏部曰燧塞上亭守烽火者也則爲一蓋許以與从𨸏故釋曰塞上亭 **从火逢聲** 敷容切九部

苣火祓也 苣東葦燒之也祓除惡之祭也呂覽本味篇湯得伊尹祓之於廟爝以爟火贊能篇桓公迎管仲祓以爟火 **从火爵聲** 子肖切二部 **呂不韋曰湯得伊尹爝以爟火釁以犧豭** 高誘曰以牲血塗之曰釁

暴乾也 也上大徐衍火字乾音干賈誼傳曰日中必㷉顏之推云此語出大公六韜言日中時必須暴曬不爾者失其時也暴與暴疾字異 **从火** 从火猶从日也火卽日也 **彗聲** 于歲切十五部

燥也 文選劉琨贈盧諶詩注引此下有謂㬥燥也四字蓋庾儼默注語釋詁又曰熙興也周語叔向釋昊天有成命之詩曰緝明熙廣也毛傳本之箋據釋詁熙光也云廣當爲光按文王傳曰緝熙光明也敬之傳曰光廣也是古光廣義通燥者熙之本義又訓興訓光者引申之義也 **从火巸聲** 巸見匜部許其切一部

文一百一十二　重十五

炎 ㄧㄢˊ 32匣　焰 ㄧㄢˋ 30定　⿰炎舌 ㄊㄧㄢ 30透　⿱炎亩 ㄌㄧㄣˇ 28來

火光上也 洪範曰火曰炎上其本義也雲漢傳曰炎炎熱氣也大田傳曰炎火盛陽也皆引申之義也 **从重火** 會意于廉切八部 **凡炎之屬皆从炎**

火行微燄燄也 微當作𢼸雒誥曰無若火始燄燄廣韵曰燄火初著也左傳注引書作燄燄漢書梅福傳引書作庸庸此篆與光爓字別焰者俗爓字也 **从炎臽聲** 以冉切八部

炎光也 大徐作火光誤 **从炎西聲** 各本篆體作⿰炎舌解云舌聲鉉疑當是甜省聲非也此與木部之栝皆从西之誤今正谷部曰西舌皃讀若三年導服之導一曰讀若沾古音在七八部導服郎禫服也鉉曰以冉切集韵他點他店切

侵火也 疊韵爲訓也近火者有畏意也 **从炎亩聲讀若桑葚之葚** 力荏切七部

煔 ㄕㄢ 30透　燅 ㄒㄩㄢˊ 32定　△燅　燮 ㄒㄧㄝˋ 29心

火行也 廣韵作皃也 **从炎占聲** 舒贍切七部

燅 於湯中爚肉也 爚當作鬻玉篇韵會作瀹則俗用字也鬻者內肉及菜湯中薄出之瀹漬也禮有司徹乃燅尸俎鄭注燅溫也古文燅皆作尋記或作尋春秋傳若可尋也亦可寒也按燅者正字尋者同音叚借字云記或作尋者郊特牲血腥爓祭注云爓或爲尋是也爓亦叚借字也所引春秋傳哀公十二年左傳文賈注云尋溫也服注云尋之言重也溫也寒歇也郊特牲之注云爓或爲尋見有司徹疏今本禮記作爓或爲腤誤也有司徹注中尋字唐人譌作燖亦非也論語注溫尋也又中庸溫故而知新注曰溫讀如尋溫之溫尋本皆無火旁 **从炎从熱省** 小徐下有聲字誤也此會意徐鹽切七部

或从炙作 廣韵曰錟說文同上此古本說文之異也炙卽美

大孰也 此與又部燮篆義別 **从又持炎辛** 會意蘇俠切八部 **辛者物孰**

粦ㄌㄧㄣ 6來　黑ㄏㄜ 25曉　黸ㄌㄨ 13來　⿰黑會ㄨㄟ 2影　黶ㄧㄢ 32影　黯ㄢ 28影

味也辛下曰秋時萬物成而孰金剛味辛辛此說从辛之意也廣韵曰孿孰也文字指歸从辛又炎按文字指歸葢用許說耳

粦兵死及牛馬之血爲粦列子天瑞曰馬血之爲轉鄰也人血之爲野火也張注此皆一形之內自變化也淮南氾論訓曰老槐生火久血爲燐許注兵死之士血爲鬼火見詩正義高注血精在地暴露百日則爲燐遙望炯炯若然火也又說林訓曰抽簪招燐有何爲驚高注燐血似野火招之應聲而至血灑汙人以簪招則不至博物志戰鬥死亡之處有人馬血積年化爲粦粦著地入草木皆如霜露不可見有觸者著人體便有光拂拭便散無數又有吒聲如爒豆

粦鬼火也詩東山熠燿宵行傳曰熠燿燐也燐熒火也熒火謂其火熒熒閃睗猶言鬼火也詩正義引陳思王螢火論曰熠燿宵行章句以爲鬼火或謂之燐章句者謂薛君章句是則毛韓古無異說毛詩字本作熒或乃以釋蟲之熒火即炤當之且或改熒爲螢改粦爲蟒大非詩義古者鬼火與即炤皆謂之熒火絕無螢字也粦者鬼火故从炎舛

从炎舛鍇曰舛者人足也按詩言宵行謂其能相背而行良刃切十二部

文八　重一

黑北方色也四字各本無依青赤白三部下云東方色南方色西方色黃下亦云地之色則當有此四字明矣今補

火所熏之色也熏者火煙上出也此語爲从炎起本也

从炎上出囪會意囪古文囪字在屋曰囪大徐本此下增囪古窻字許本無之呼北切一部隸作黑

凡黑之屬皆从黑

黸齊謂黑爲黸經傳或借盧爲之或借旅爲之皆同音叚借也旅弓旅矢見尚書左傳俗字改爲旅

从黑盧聲洛乎切五部

⿰黑會沃黑色也沃引申之義爲肥美沃黑者光潤之黑也女部曰嬒女黑色也按沃黑玉篇廣韵皆作淺黑疑沃字誤淺字長

从黑會聲惡外切十五部

黯深黑也別賦黯然銷魂其引申之義

从黑音聲乙減切七部

黶中黑

黳ㄧ 4影　⿰黑旦ㄉㄚ 3端　⿰黑箴ㄐㄢ 28見　黲ㄘㄢ 28清　⿰黑昜ㄧㄤ 15定　黝ㄧㄡ 21影　黭ㄧㄢ 30影　黗ㄊㄨㄣ 9透　點ㄉㄧㄢ 30端　黚ㄑㄧㄢ 32匣　黅ㄐㄧㄣ 28見　黦ㄩㄝ 3影

也謂黑在中也大學注厭讀爲黶黶者閉藏皃也其引申之義也

从黑厭聲於琰切八部

黳小黑子師古漢書注曰黑子今中國通呼爲黶子吳楚謂之誌誌記也按黶黳雙聲

从黑殹聲烏雞切十五部

⿰黑旦白而有黑也从黑旦聲當割切十四十五部

五原有莫⿰黑旦縣

⿰黑箴雖皙而黑也皙者人色白也則⿰黑箴專謂人面

从黑箴聲古咸切七部

古人名⿰黑箴字皙仲尼弟子列傳曾蒧字皙奚容箴字子皙又狄黑字皙蒧箴蒧皆⿰黑箴之省論語曾皙名點則同音叚借字也

⿰黑昜赤黑也从黑昜聲讀若煬餘亮切十部

黲淺青黑色也淺青之黑也通俗文曰暗色曰黲玉篇曰今謂物將敗時顏色黲也

从黑參聲七感切七部

黭青黑色也謂青色之黑也

从黑奄聲於檻切八部

黝微青黑色也謂微青之黑也微輕於淺矣黝古多叚幽爲之小雅隰桑有阿其葉有幽傳曰幽黑色也周禮牧人陰祀用幽牲先鄭云幽讀爲黝黑也守祧其祧則守祧黝堊之先鄭亦云幽讀爲黝黝黑也今本皆轉寫幽黝誤譌矣玉藻一命緼韍幽衡再命赤韍幽衡鄭云幽讀爲黝黑謂之黝

从黑幼聲於糾切三部

爾雅曰地謂之黝釋宮文又釋器曰黑謂之黝孫炎注云黝青黑

黗黃濁黑也謂黃濁之黑也廣雅云黗黑也黇黃也葢二字音義同偏旁異耳檀弓有黇字廣韵曰魯公子名亦黃色也然則黇字亦同

从黑屯聲他衮切十三部

點小黑也今俗所謂點涴是也或作玷

从黑占聲多忝切七部

黚淺黃黑也淺黃之黑與黃濁之黑相對成文地理志犍爲郡黚水作此字許水部作黔水音同故也

从黑甘聲巨淹切七部

讀若染繒中束緅黚此句有譌字未聞

黅黃黑也謂黃色之黑玉篇曰記林切黃色如金也廣韵居吟切淺黃色也

从黑金聲古咸切七部

黦黑有文也从黑冤聲讀若飴登字豆部曰登豆飴

十篇上

䵣ㄘㄨㄢˋ 3清　⿱幵黑ㄐㄧㄢˇ 3見　黠ㄒㄧㄚˊ 5匣　黔ㄑㄧㄢˊ 28匣　黕ㄉㄢˇ 28端　黨ㄉㄤˇ 15端

也食部曰飴米糱煎也於月切十四十五部亦作黦按周禮染人夏纁元注云故書纁作⿱宛黑⿱宛黑卽黦也唐宋人詩詞多用黦字如韋莊淚沾紅袖黦之類王氏念孫曰淮南時則訓天子衣苑黃高注云苑讀登飴之登春秋緐露民病心腹宛黃皆字異而義同

䵣黃黑而白也謂黃黑而發白色也**从黑算聲一曰短黑**別一義**讀若以芥爲齏名曰芥荃也**艸部曰荃芥脃也是其物也脃荃䵣三字音同初刮切十四十五部

⿱幵黑黑皴也皮部無皴字見於此戰國策墨子百舍重繭往見公輸般淮南書申包胥累繭重胝七日七夜至於秦庭皆借繭爲⿱幵黑也**从黑幵聲**古典切十二部

黠堅黑也黑之堅者也石部曰硈石堅也亦吉聲也引申爲奸巧之偁貨殖列傳云桀黠奴謂其性堅而善藏也方言曰慧自關而東趙魏之閒謂之黠或謂之鬼**从黑吉聲**胡入切十二部

黔黎也黎履黏也與驪犂字同音故借爲黑義耇下曰老人面凍黎若垢謂凍黑也俗作黧小徐本作黧乃用俗字改許也**从黑今聲**巨淹切七部**秦謂民爲黔首謂黑色也**秦始皇本紀二十六年更名民曰黔首應劭曰黔亦黎黑也祭義明命鬼神以爲黔首則正義云此孔子言非當秦世錄記之人在後變改之耳按本紀泰山刻石親巡遠黎刻碣石門黎庶無繇尚沿周語也琅邪臺刻石三言黔首之罘刻石會稽刻石各言黔首者一皆用秦制也**周謂之黎民**大雅雲漢禮記大學黎民皆訓眾民釋詁曰黎眾也詩桑柔傳曰黎齊也宋人或以黑色訓黎民殊誤許言此者證秦以前無黔首之偁耳非謂黎黔同義**易曰爲黔喙**說卦傳文謂民也按黔鄭作黚喙晁以道呂東萊所據釋文作彖益喙之轉寫異體或古叚彙爲喙之故與

黕滓垢也滓者澱也垢者濁也荀卿曰人心譬如槃水正錯而勿動則湛濁在下而淸明在上楊倞曰湛濁謂沈泥滓也按湛卽黕之叚借字文選注引魏文帝愁霖賦曰元雲黕其四塞借黕爲黑皃引申之義也**从黑冘聲**都感切八部

黨不鮮也新鮮字當作鱻屈賦遠遊篇時曖曖其曭莽王注曰日月晻黮而無

黷ㄉㄨˊ 17定　黵ㄉㄢˇ 32端　黴ㄇㄟˊ 7明　黜ㄔㄨˋ 8透　⿱般黑ㄆㄢˊ 3並　黱ㄉㄞˋ 26定　儵ㄕㄨˋ 21透　⿰黑或ㄩˋ 25匣　⿰黑異ㄉㄧㄢˋ 9定　黮ㄊㄢˇ 28透

光也然則黨曭古今字方言曰黨知也楚謂之黨郭注黨朗解寤皃此義之相反而成者也釋名曰五百家爲黨黨長也一聚所尊長也此謂黨同尚**从黑尚聲**多朗切十部

黷握持垢也垢非可握持之物而入於握持是辱也古凡言辱者皆卽黷故鄭注昏禮曰以白造緇曰辱字書辱亦作⿰黑辱**从黑賣聲**徒谷切三部**易曰再三黷**蒙卦辭古字多段借通用許所據易作黷今易作瀆崔憬曰瀆古黷字也玉裁按鄭注云瀆褻也瀆褻許女部作嬻嫚若依鄭義則黷爲段借字嬻爲正字也黷訓握垢故从黑吳都賦林木爲之潤黷劉注曰黷黑茂皃其引申之義也

黵大污也从黑詹聲當敢切八部

黴中久雨青黑也楚辭九歌顏黴黎以沮敗淮南說山訓曰晉文公棄荏席後黴黑**从黑微省聲**武悲切十五部集韵或作黴蓋古體

黜貶下也玉篇云貶也下也按當作貶也下色也五字貶也者黜陟之義也下色也者爲从黑張本也古或段詘紬爲之**从黑出聲**丑律切十五部

⿱般黑⿱般黑姍逗**下色也**也當依玉篇作皃⿱般黑姍疊韵字**从黑般聲**薄官切十四部

黱畫眉墨也依小徐有墨字玉篇作黑黱者婦人畫眉之黑物也釋名曰黛代也滅眉毛去之以此畫代其處也通俗文曰點青石謂之點黛服虔劉熙字皆作黛不與許同漢人用字不同之徵也黛者黱之俗楚辭國策遂無作黱者**从黑朕聲**徒耐切按朕聲本在七部六部合音轉入一部又變其體爲黛如螟蟘字古亦作螟螣

儵青黑繒發白色也古亦段爲倏忽字又釋訓儵儵嚁嚁罹禍毒也釋小弁踧踧周道鳴蜩嘒嘒也**从黑攸聲**式竹切三部

⿰黑或羔裘之縫也召南羔羊之革素絲五緎傳曰革猶皮也緎縫也許所據詩作⿰黑或**从黑或聲**于逼切一部

⿰黑異⿰黑異謂之埊土部曰埊澱也水部曰滓澱也澱滓埊也是澱⿰黑異二篆異部而實一字也故爾雅釋器作澱謂之埊**埊**逗**滓也**黕滓垢也異字而同義**从黑殿省聲**當作屍聲堂練切十三部

黮桑葚之

△⿰黑刂

黕ㄢˇ 30影　黥ㄑㄧㄥˊ 15匣　⿰黑敢ㄢˇ 32影　黟ㄧ 1影

黮黑也桑葚見艸部葚黑曰黮故泮水卽以其色名之毛傳曰黮桑實也謂黮卽葚之叚借字也許與毛小別矣廣雅黑也則引申爲凡黑之偁方言云私也亦引申之義也从黑甚聲他感切七部

黕果實黕黯黑也荀卿子黕然而雷擊之注黕然卒至之皃此叚借字也从黑尣聲烏感切七部

黥墨刑在面也此刑亦謂之墨周禮司刑注曰墨黥也先刻其面以墨窒之从黑京聲渠京切古音在十部

剠或从刀作刀之而墨之也會也

⿰黑敢⿰黑敢者忘而息也方言廣雅皆曰⿰黑敢忘也忘而息宋人所謂黑甜也故从黑今人所用憨字卽此字之變也从黑敢聲於檻切八部

黟黑木也周書王會篇夷用闖木古今注烏文木出波斯國南方艸木狀文木樹高七八丈色正黑如水牛角从黑多聲烏雞切古音在十七部丹楊有黟縣地理志本作黟師古所據作黝乃誤本耳今安徽徽州府黟縣是其地

文三十七　重一

說文解字第十篇上

受業黟縣胡積城校字

補炮注

詩言炮者四瓠葉閟宮是也言炰者二六月韓奕是也多以爲偏旁小異而不知本有二字瓠葉有兔斯首炮之燔之傳曰毛曰炮說文曰炮毛炙肉也鄭注禮記曰裹燒曰炮禮運以炮以燔以亨以炙內則炮者取豚若牂封之刲之實棗於其腹中編萑以苴之涂之以堇涂炮之涂皆乾擘之蓋炮必連毛故閟宮曰毛炮傳曰毛炮豚也今詩閟宮作炰乃誤字也炰乃蒸煮之名其異體作缹服虔通俗文曰燥煮曰缹六月韓奕皆言炰鼈鼈無毛非可炮者於蒸煮宜鄭注禮經大射儀言⿰火缶鼈膾鯉宋嚴州本不誤宋本單行儀禮疏不誤內則言濡鼈濡同胹胹爛也鼈斷不可言炮毛詩作炰與炮異體蓋古本相傳如此乃缹之古字也缹之語如今言煨俗語如烏炮字火在旁故炰火在下以別之說文有炮無炰蓋本兼有二字如裒袍蜚蛾棗棘東杲杳之例而刪其一炰或變爲缹又變爲⿰火缶包聲缶聲古音同在尤幽部集韻四十四有缹炰二形同俯九切蓋於韓奕正義得之廣韻集韻五爻炮炰二形同蒲交切誤也經典釋文炰字不作音亦誤說文炙下云炮炙也以微火溫肉此炮必炰之誤炰炙者以炰法爲炙非炮也炮下云毛炙者連毛燒之以爲炙非燒肉之炙也炙下云炮肉者炮肉非炮毛也自說文失去炰篆誤認炮炰一字而其義晦久矣肉加於火上曰燔貫肉加於火曰炙生民作烈煮之鑊曰亨凡炮燔炙鐇鐐不用鑊炰煮亨烝用鑊○陳煥曰大射儀羞庶羞注有炮鼈膾鯉雖兔鶉鴽釋文炮薄交反或作⿰火缶缹同音缶此陸本作炮而附⿰火缶缹字也賈正義曰知有⿰火缶鼈膾鯉者按六月詩云吉甫燕喜既多受祉又云飲御諸友炰鼈膾鯉故知有此也此賈本作⿰火缶而釋以六月之炰也賈疏單行宋本今現存黃氏丕烈所今注疏則⿰火缶譌炮炰亦譌炮矣六月字作炰正義不言炰同缹而韓奕炰鼈鮮魚正義曰按字書炰毛燒肉也炰非炮此句誤也缹烝也服虔通俗文曰燥煮曰缹然則炰與缹別此句誤而此及六月云炰鼈者音皆作缶[illegible]誤作然則炰與缹以火孰之謂烝煮之也據此疏則炰別於炮而音缶與缹同字賈云音皆作缶者必據漢魏六朝相傳舊音而言陸氏於二詩不云炰音缶於禮別炰缹爲二字疏矣孔正義引字書炮毛燒肉也缹烝也所謂字書卽說文蓋說文本有缹字而今佚之

囪 ㄔㄨㄤ 18清　悤 ㄘㄨㄥ 18清　△[小]

說文解字第十篇下

金壇段玉裁注

囪 在牆曰牖在屋曰囪 片部曰牖穿壁以木爲交窗也屋在上者也 象形 此皆以交木爲之故象其交木之形外域之也楚江切古音在九部今竈突尚讀倉紅切 凡囪之屬皆从囪

囪 古文 黑字會字从此黑从炎上出囪故受之以囪部

悤 多遽悤悤也 从囪从心 各本作从心囪今正从囪从心者謂孔隙既多而心亂也故其字入囪部會意不入心部形聲段令入心部則當爲心了悟之解矣 囪亦聲 倉紅切九部

文二　重一 各本囪篆上有窗篆解云或从穴按廣韵四江曰窻說文作窗通孔也今於穴部正窻作窗於此刪窗故舊云重二今云重一

十篇下　一

焱 ㄧㄢˋ 32定　熒 ㄧㄥˊ 12匣　燊 ㄕㄣ 6心

焱 火華也 古書焱與猋二字多互譌如曹植七啟風厲猋舉當作焱舉班固東都賦焱焱炎炎當作猋猋炎炎王逸曰猋去疾皃也李善注幾不別二字 从三火 凡物盛則三之以冄切八部廣韵以贍切 凡焱之屬皆从焱

熒 屋下鐙燭之光也 鐙者錠也鐙以膏助然之燭以麻蒸然之其光熒熒然在屋之下故其字从冂冂者覆也熒者光不定之皃今江東人俗語如役高注淮南每云熒惑是也泲水出浪不常故尚書泆爲熒作此字周禮其川熒雒左傳閔二年宣十二年杜預後序熒澤庸風箋熒澤左傳杜注熒陽玉篇熒字下曰亦熒陽縣漢韓勑後碑劉寬碑陰鄭烈碑皆云熒陽唐盧藏用紀信碑亦作熒陽隨書王劭傳上表言符命曰龍關於熒陽者熒字三火明火德之盛也然則熒澤熒陽古無作滎者尚書禹貢釋文經宋開寶中妄改熒爲滎而經典史記漢書水經注皆爲淺人任意竄易以爲水名當作滎不知泲水名熒自有本義於絕小水之義無涉也 从焱冂 以火華照屋會意戶扃切

燊 盛皃 木部[驫木]字下曰衆盛也此與同意 从焱在木上 會意 讀若詩曰莘莘征夫 讀如此莘字也今毛詩皇皇者華駪駪征夫馬部駪下不引詩而此引作莘莘招冤引作侁侁亦作莘莘音相近也所臻切十二十三部 古文伷 一曰𥹉 此六字譌誤不可通 一曰役也 役上當有讀若二字

文三

炙 ㄓˋ 14端　△[炙柬]　鐇 ㄈㄢˊ 3並

炙 炙肉也 炙肉各本作炮肉今依楚茨傳正小雅楚茨傳曰炙炙肉也瓠葉傳曰炕火曰炙正義云炕舉也謂以物貫之而舉於火上以炙之按炕者俗字古當作抗手部曰抗扞也方言曰抗縣也是也瓠葉言炮言燔言炙傳云毛曰炮加火曰燔抗火曰炙燔炙不必毛也抗火不同加火之逼近也此毛意也箋云凡治兔之首宜鮮者毛炮之柔者炙之乾者燔之此申毛意也然則鳧鷖楚茨行葦燔炙並言皆必異義生民傳曰傳火曰燔貫之加於火曰烈貫之加於火即抗火也生民之烈即炙也禮運注曰炮裹燒之也燔加於火上也炙貫之火上也三者

十篇下　二

正與瓠葉傳相合然則炙與炮之別異又可知矣許宗毛義故炙下云炙肉也用楚茨傳爲文即瓠葉傳之抗火曰炙也不用瓠葉而用楚茨者其字从肉故取炙肉之文也火部曰熹炙也炮毛炙肉也衷炮炙也貿置魚筒中炙也皆是其引申之義爲逼近熏炙如桑柔傳曰赫炙也是 从肉在火上 有弗貫之加火上也此可以得抗火之意之石切古音在五部○炙讀去聲則之夜切一義一字耳或乃別其義併異其形長孫訥言曰差之一畫詎惟千里見炙从肉莫問厥由輒意形聲固當从夕及其晤矣彼乃乖斯若靡馮焉他皆倣此據此知小徐本火部有炙字云炙也从火夕聲蓋唐以前或用羼入許書 凡炙之屬皆从炙

[炙柬] 籒文 徐錯曰今東京文有此字豈謂東京賦與今文選東京賦作燔炙

鐇 宗廟火孰肉 今世經傳多作燔作膰惟許書作鐇火部燔下云爇也是詩作燔爲叚借字他經作膰乃俗耳許稱左傳作鐇左傳釋文云膰周禮又作鐇皆古文之存焉者也異義左氏說脤社祭之肉盛之以蜃宗廟之肉名曰膰說文作祳鐇用左氏說祳下曰

𤎅 ㄌㄧㄠˊ 19來　赤 ㄔˋ 14透　△𤆍　赨 ㄊㄨㄥˊ 23定　𧹛 ㄏㄨˋ 17曉　赧 ㄋㄢˇ 3泥　䞓 ㄔㄥ 12透

社肉盛以蜃故曰祳天子所以親遺同姓鐇下云宗廟火孰肉也天子所以饋同姓古本當如此今本爲寫者舛誤耳必云炙孰者爲其字从火 **天子所㠯饋同姓** 各本作以饋同姓四字在有事鐇焉之下非也今正大宗伯鄭注云脤膰社稷宗廟之肉以賜同姓之國同福祿也兄弟有共先王者鄭與許同用左氏說也若傳所云賜齊侯胙又云宋先代之後天子有事膰焉有喪拜焉是亦有歸鐇異姓者 **从炙** 毛公曰傳火曰燔又曰加火曰燔其事與炙相類也 **番聲** 附袁切十四部 **春秋傳曰天子有事鐇焉** 僖廿四年左傳文偁此者證古經作鐇不作燔又以見有歸鐇異姓之禮

𤎅 炙也 其義同炙其音同燎 **从炙尞聲讀若䫕燎** 漢時蓋有此語力照切二部

文三　重一

赤 南方色也 爾雅一染謂之縓再染謂之竀三染謂之纁鄭注士冠禮云朱則四入與按是四者皆赤類也鄭注易曰朱深於赤按赤色至明引申之凡洞然昭著皆曰赤如赤體謂不衣也赤地謂不毛也 **从大火** 火者南方之行故赤爲南方之色从大者言大明也昌石切古音在五部俗借爲尺 **凡赤之屬皆从赤**

𤆍 古文从炎土 火生土

赨 赤色也 管子地員篇其種大苗細苗赨莖黑秀箭長尹注赨卽赤也 **从赤蟲省聲** 金部鉵爿部痋鬲部融與此皆蟲省聲知以虫爲蟲自古有之也徒冬切九部

𧹛 日出之赤也从赤㱿聲 按古本篆文當是上體从㱿下體从赤火沃切三部篇韵皆呼木切

赧 面慙而赤也 而字依韵會趙注孟子曰赧赧面赤心不正皃也司馬貞引小爾雅曰面慙曰赧 **从赤𠬪聲** 𠬪或作反非也女版切十四部隨王劭曰古音人扇反今音奴板反 **周失天下於赧王** 尚書中候赧爲然鄭注云然讀曰赧

䞓 赤色也 周南傳曰赬赤也爾雅釋器一染謂之縓再染謂之赬三染謂之纁郭曰縓今之紅也赬染赤也纁絳也按糸部云縓帛赤黃色也絳大赤也糸部引爾雅正作䞓周禮注引爾雅又哀十七年左傳作竀叚借字也士喪禮經作䞓 **从赤巠聲** 勅貞切十一部 **詩曰魴魚䞓尾** 周南汝墳文今詩作赬

赬 䞓或从貞 貞聲

䞋 或从丁 丁聲

浾 棠棗之汁也从赤水 各本轉寫舛誤今正浾與䞓音雖同而義異別爲一字非卽䞓字也棠棗汁皆赤故从赤水會意勅貞切十一部

泟 浾或从正 正聲

赭 赤土也 邶風赫如渥赭卽秦風之顏如渥丹故箋訓赭爲丹古秦風毛亦作渥赭是以韓詩作沰沰與赭音義皆同也管子地數篇云上有赭者下有鐵是赭之本義爲赤土也引申爲凡赤 **从赤者聲** 之也切古音在五部

䞚 赤色也从赤倝聲讀若浣 胡玩切十四部

赫 大赤皃 大各本作火今正此謂赤非謂火也赤之盛故从二赤邶風赫如渥赭傳曰赫赤皃此赫之本義也若生民傳曰赫顯也出車傳赫赫盛皃常武傳兩云赫赫然盛也節南山傳赫赫顯盛也淇奧傳赫有明德赫赫然以及雲漢傳赫赫旱氣也桑柔傳赫炙也皆引申之義也又按皕部曰奭盛也是詩中凡訓盛者皆叚奭爲赫而采芑瞻彼洛矣二傳曰奭赤皃卽簡兮傳之赫赤皃正謂奭卽赫之叚借也爾雅釋訓奭奭本作赫赫二字古音同矣或作赩如白虎通引赩韐有赩李注文選亦引毛傳赩赤皃 **从二赤** 呼格切古音在五部音郝奭古音亦如郝

文九　重四 舊作文八重五

△赬　△䞋　浾 ㄔㄥ 12透　△泟　赭 ㄓㄜˇ 13端　䞚 ㄏㄢˋ 3匣　赫 ㄏㄜˋ 14曉　大 ㄉㄚˋ 2定

大 天大地大人亦大焉 依韵會訂 **象人形** 老子曰道大天大地大人亦大人法地地法天天法道按天之文从一大則先造大字也人儿之文但象臂脛大文則首手足皆具而可以參天地是爲大徒蓋切十五部 **古文亣也** 大下云古文亣亣下云籀文大此以古文籀文互釋明祇一字而體稍異後來小篆偏旁或从古或从籀故不得不殊爲二部亦猶从儿从人必分系二部也然則小篆作何字曰小篆作古

奎 10溪　夾 29見　奄 30影　夸 13溪　奆 3匣　⿱大瓜 13影

文也凡大之屬皆从大

奎兩髀之閒奎與胯雙聲奎宿十六星以像似得名从大兩體之閒人身寬闊處故从大首此篆者蒙上人形言也圭聲苦圭切十六部

夾持也持者握也握者搤也搤者捉也捉物必以兩手故凡持曰夾左傳曰夾輔成王古多叚俠爲夾公羊注曰滕薛俠轂从大夾二人夾各本作俠俠者傳也非其義今正夾者盜竊褢物也从亦有所持夾褢物故从二入夾持人故从二人大者人也一人而二人居其亦猶一人二亦閒褢物也故曰从大夾二人古狎切八部

奄覆也大有餘也釋言曰荒奄也弇同也弇蓋也古奄弇同用覆蓋同義詩皇矣傳曰奄大也執競傳曰奄同也鄭箋詩奄皆訓覆許云覆也大有餘也二義實相因也覆乎上者往往大乎下故字从大周官經謂宦者爲奄以精氣閉藏名之覆蓋義之引申也又欠也三字未詳方言曰奄息也李密陳情表曰氣息奄奄从大申會意依檢切八部申展也說从申之意申下曰神也古屈伸多作詘信不作伸申今則作申俗又作伸申本義不訓展也故必特釋之

夸奢也奢者張也疊韵同義从大亏聲苦瓜切古音在五部

奆奢奆也當是本作奆奢也奆字爲逗轉寫倒之今經傳都無奆字有桓字商頌長發傳曰桓大也撥治也箋云廣大其政治此可以證桓卽奆之叚借字檀弓桓楹注亦云大楹周禮桓圭同解周書謚法辟土服遠曰桓辟土兼國曰桓皆是大義釋訓曰桓桓威也泮水傳曰桓桓威武皃詩序曰桓講武類禡也蓋此等桓字亦奆之叚借字大之義可以兼武也桓之本義爲亭郵表自經傳皆借爲奆字乃致桓行奆廢矣非許書尙存孰能識其本始非長發傳尙存何以觀其會通淺人乃易長發傳云桓武撥治是謂桓必無訓大之理而不知周公之六書有叚借也又按淇奧傳曰咺威儀容止宣著也亦謂咺卽奆之叚借宣著者光大之意也許書口部咺有本義漢人作傳注不外轉注叚借二者必得其本字而後可說其叚借欲得其本字非許書莫由也从大亘聲胡官切十四部

⿱大瓜大也此謂窊下之大也从大瓜聲烏瓜切古音在五部

奯 2曉　⿹𢧀大 12定　⿱大丣 21來　夽 9疑　奃 4端　⿱大介 2見　⿱大此 10曉　⿱大弗 8並　⿱大屯 9定　契 2溪

奯空大也此謂空中之大與豁義略同篇韵云大目也从大歲聲讀若詩施罟濊濊濊濊各本或作濊濊或作泧泧皆誤說詳水部呼括切十五部

⿹𢧀大大也此謂秩秩然之大也地理志四驖作四𢧀从大𢧀聲讀若詩𢧀𢧀大猷小雅巧言文𢧀𢧀當作秩秩今毛詩正作秩秩傳曰秩秩進知也𢧀在十一部秩在十二部古合音爲冣近是以𢧀讀如秩直質切

⿱大丣大也此謂虛張之大廣韵曰起釀也从大丣聲各本作卯聲今正按漢書與丣通用其字當力救切古音在三部譌从卯乃匹皃切矣

夽大也此謂稛物之大从大云聲讀若齳齳鍇本作⿰齒昏⿰齒昏無此字蓋由齳作⿰齒昏而又誤耳魚吻切十三部

奃大也此謂根柢之大从大氐聲讀若氐都兮切十五部

⿱大介大也此謂分畫之大方言曰⿱大介大也東齊海岱之閒曰⿱大介或曰幠按經傳多叚介爲之釋詁曰介大也詩生民小明傳皆曰介大也士冠禮注易晉虞注左傳貴介弟介麋注吳語介福注孟子不以三公易其介離騷堯舜耿介注同从大介聲讀若蓋古拜切十五部

⿱大此瞋大聲也各本無聲字今依玉篇廣韵補瞋大聲者謂張目而大聲若言暗噁叱咤千人皆廢也疑瞋下奪目字又按瞋張目也瞋大史所謂目眥盡裂也聲誤衍从大此聲火戒切十五部

⿱大弗大也此謂矯拂之大周頌佛時仔肩傳曰佛大也此謂佛卽⿱大弗之叚借也小雅廢爲殘賊毛傳一本廢大也釋詁云廢大也此謂廢卽⿱大弗之叚借字也从大弗聲讀若予違汝弼皋陶謨文謂讀若此弼也房密切古音在十五部玉篇作⿱弗大作⿰弗犬

⿱大屯大也此謂敦厚之大从大屯聲讀若鶉鶉當作⿰享隹常倫切音在十三部

契大約也約取纏束之義周禮有司約大約劑書於宗彝小宰聽取予以書契大鄭云書契符書也後鄭云書契謂出予受入之凡要凡簿書之冣目獄訟之要辭皆曰契引春秋傳王叔氏不能舉其契按今人但於買賣曰文契經傳或叚契爲栔如爰契我龜傳曰契開也是也又叚爲挈字如死生契闊傳曰契闊

夷 一´ 4定

勤苦也又契契寤嘆傳曰契契憂苦也皆取提挈勤苦之意也**从大㓞聲**苦計切十五部**易曰後世聖人易之㠯書契**世各本作代避唐諱今正易毄辭傳文

夷 東方之人也从大从弓各本作平也从大从弓東方之人也淺人所改耳今正韵會正如是羊部曰南方蠻閩从虫北方狄从犬東方貉从豸西方羌从羊西南僰人焦僥从人葢在坤地頗有順理之性惟東夷从大大人也夷俗仁仁者壽有君子不死之國按天大地大人亦大大象人形而夷篆从大則與夏不殊夏者中國之人也从弓者肅愼氏貢楛矢石砮之類也以脂切十五部出車節南山桑柔召旻傳皆曰夷平也此與君子如夷有夷之行降福孔夷傳夷易也同意夷卽易之叚借也易亦訓平故叚夷爲易也節南山一詩中平易分釋者各依其義所近也風雨傳曰夷悅也者平之意也皇矣傳曰夷常也者謂夷卽彝之叚借也凡注家云夷傷也者謂夷卽痍之假借也周禮注夷之言尸也者謂夷卽尸之叚借也尸陳也其他訓釋皆可以類求之

文十八

亦 一ˋ 14定

亦 人之臂亦也玉篇今作掖按手部掖者以手持人臂投地也一曰臂下也一曰臂下之語葢淺人據俗字增之耳徐鉉等曰亦今別作腋按廣韵肘腋作此字俗用亦爲語䛐乃別造此肉部曰胳亦下也胠亦下也今禮記深衣袼之高下注云袼衣袂當腋之縫袼腋乃皆俗字人臂兩垂臂與身之閒則謂之臂亦臂與身有重疊之意故引申爲重累之䛐公羊傳大火爲大辰伐爲大辰北辰亦爲大辰何注云亦者兩相須之意按經傳之亦有上有所蒙者有上無所蒙者論語不亦說乎亦可宗也亦可以弗畔亦可以爲成人矣皆上無所蒙皇侃曰亦猶重也此等皆申重贊美之䛐亦之言猶大也甚也若周頌亦有高廩亦服爾耕鄭箋云亦大也是謂亦卽奕奕之叚借也亣部曰奕大也**从大象兩亦之形**謂左右兩直所以象無形之形又或叚爲射或叚爲易羊益切古音在五部**凡亦之屬皆从亦**

夾 ㄕㄢˇ 30透

夾 盜竊褱物也从亦有所持兩亦下有物盜竊而褱之意失冉切七部**俗謂蔽人俾夾是也**蔽人俾夾葢漢時有此語蔽人者人所不見人部俾下曰門持人也手部挾下曰〔宏〕俾持也曹大家用陝輸趙壹傳作陝揄疑陝卽夾字**農陝字从此**漢〔宏〕農陝縣在今河南陝州从夾之字絕少故著之陝隘字从夾

文二

夨 ㄗㄜˋ 25精

夨 傾頭也人部曰傾者夨也夨象頭傾因以爲凡傾之偁**从大象形**象頭不直也阻力切十一部**凡夨之屬皆从夨**

⿱吉夨 ㄐㄧㄝˊ 5見

⿱吉夨 頭傾也玉篇引蒼頡云仡仡也**从夨吉聲讀若孑**古屑切十二部

奊 ㄒㄧㄝˊ 10匣

奊 頭衺骫奊態也頭衺者頭不正骫奊者頭不正之皃也左傳齊有慶奊卽慶繩葢以頭邪爲名以繩直爲字名字相應也賈誼傳奊詬無節叚奊爲謑**从夨圭聲**胡結切古音在十六部

吳 ㄨˊ 13疑

吳 大言也大言之上各本有姓也亦郡也一曰吳八字乃妄人所增今刪正檢韵會本正如是周頌絲衣魯頌泮水皆曰不吳傳箋皆云吳譁也言部曰譁者讙也然則大言卽謂譁也孔沖遠詩正義作不娛史記孝武本紀作不虞皆叚借字大言者吳字之本義也引伸之爲凡大之偁方言曰吳大也九章齊吳榜以擊汰王注齊舉大櫂**从夨口**大言非正理也故从夨口五乎切五部何承天改吳作吴音胡化反其繆甚矣

△⿱廿夰

⿱廿夰 古文如此从口大

文四小徐本有⿸厂夨字作文五非是⿸厂夨已見日部吳者隸體也然廣韵亦吳⿸厂夨並見**重一**

夭 一ㄠ 19影

夭 屈也从大象形象首夭屈之形也隰有萇楚傳曰夭少也桃夭傳曰夭夭桃之少壯也凱風傳曰夭夭盛皃也月令注曰少長曰夭此皆謂物初長可觀也物初長者尚屈而未申叚令不成遂則終於夭而已矣故左傳國語注曰短折曰夭國語注又曰不終曰夭又曰夭折也孟康注五行志曰用人不以次弟爲夭皆其引申之義也論語子之燕居申申如也夭夭如也上句謂其申下句謂其屈不屈不申之閒其斯爲聖人之容乎於

喬ㄑㄠˊ 19匣　幸ㄒㄥˋ 12匣　奔ㄅㄣ 7幫

兆切二部按亦於喬切古平上無異義後人乃別之凡夭之屬皆从夭喬高而曲也爾雅釋詁詩伐木時邁傳皆曰喬高也釋木曰上句曰喬句如羽喬漢廣傳曰喬上竦也按喬不專謂木淺人以說木則作橋如鄭風山有橋松是也以說山則作嶠釋山銳而高嶠是也皆俗字耳許云高而曲卽爾雅之上句如羽木有如是者他物亦有如是者从夭从高省會意以其曲故从夭巨嬌切二部依小徐本無詩曰南有喬木六字

吉而免凶也吉者善也凶者惡也得免於惡是爲幸从屰从夭屰者不順也不順從夭死之事會意胡耿切十一部夭逗死之事左傳所謂夭札不終其天年者也死謂之不幸依韵會本死爲不幸則免死爲幸

走也走者趨也釋宮曰室中謂之時堂上謂之行堂下謂之步門外謂之趨中庭謂之走大路謂之奔此析言之耳渾言之則奔走趨不別也引申之凡赴急曰奔凡出亡曰奔其字古或叚賁或叚本毛詩予曰有本走陸德明本如是从夭卉聲大徐作賁

十篇下　九

省聲非此十三部十五部合音博昆切十三部與走同意俱从夭此說从夭之意走者屈其足故从夭止奔之从夭意同也凡行疾則屈腳疾

文四

交ㄐㄠ 19見　㚇ㄨㄟˊ 7匣

交脛也交脛謂之交引申之爲凡交之偁故爻下曰交也烄下曰交木然也敎下曰交灼木也楷下曰木參交以枝炊篗者也衿下曰交衽也凡网者相合曰交皆此義之引申叚借耳楚茨傳東西曰交邪行曰逪逪遣字之叚借也小雅交交桑扈箋云交交猶佼佼飛往來皃而黃鳥小宛傳皆曰交交小皃則與本義不同葢方語有謂小交交者从大象交形謂从大而象其交脛之形也古爻切二部凡交之屬皆从交

衺也衣部衺下曰㚇也二篆爲轉注經典叚回字爲之小旻謀猶回遹傳曰回邪也大明厥德不回傳曰回違也回皆㚇之叚借字小旻言其轉注大明言其叚借故傳語不同大明傳違卽㚇字㚇久不行俗乃作違經典多作回口部曰回轉也乃回之本義必有許書而後知回衺之本字作㚇桓大之本字作查優吧之本字作式倘不能觀其會通則許書徒存而已矣从交韋聲羽非切十五部

絞ㄐㄠˇ 19見

縊也糸部縊下曰縊絞也二篆爲轉注古曰絞曰縊者謂网繩相交非獨謂經死禮喪服絞帶者繩帶也网繩相交而緊謂之絞論語直而無禮則絞好直不好學其蔽也絞馬融曰絞刺也鄭云急也刺盧達切乖刺也與鄭義無異急則無不乖刺者也皇侃陸德明乃讀爲譏刺七賜反其繆甚矣从交糸會意交糸者网絲相切也此篆不入糸部者重交也交亦聲古巧切二部

文三

尢ㄨㄤ 15影

𡯌也各本少也字遂不可讀今補𡯌者蹇也尢本曲脛之偁引申之爲曲脊之偁故人部僂下曰尢也曲脛人也人字依九經字樣補𡯌者多由曲脛故言此爲下象偏曲張本从大象偏曲

十篇下　十

△尪　尳ㄍㄨˇ 8匣

之形謂从大而象一脛偏曲之形也烏光切十部凡尢之屬皆从尢尪篆文从㞷篆文各本作古文今正尢者古文象形字尪者小篆形聲字此亦古文二篆文丄之例必取古文爲部首者以其屬皆从古文也尪見左傳檀弓鄭注釋爲面鄉天或云短小曰尪本从㞷聲省作尪

厀病也从尢骨骨亦聲戶骨切十五部按此篆當是本在部末與尲爲類而尢𡯌也𡯌蹇也乃正相屬

𡯌ㄅㄛˇ 1幫　𡯁ㄗㄨㄛˇ 1精　𡯂ㄧㄠˋ 19定　尲ㄍㄢ 30見

蹇也足部曰蹇者𡯌也二篆爲轉注𡯌俗作跛或以沾入足部致正俗複出非也今之經傳有跛無𡯌王制公羊穀梁傳皆作跛从尢皮聲布火切十七部

𡯁𡯁各本作𡯌𡯁今依宋本說文宋刻集韵三十八箇正行不正也从尢左聲則箇切十七部類篇遭哥子我切

行不正也从尢𡯂聲讀若燿弋笑切二部

尲尬行不正也各本奪尲尬二字今依全書通例補又補行字集韵二十五沾廣韵二十六咸皆云尲尬行不正也可證今蘇州俗

尬 ㄍㄚˋ 2見　尥 ㄌㄠˋ 20來　⿺尢是 ㄉㄧ 10端　⿺尢亐 ㄩˊ 13影　⿺尢巂 ㄒㄧ 10匣　⿺尢羸 ㄌㄟˊ 1來

語謂事乖剌者曰尲尬 从尢兼聲 古咸切七部 尲尬也 雙聲字 从尢介聲 公八切又古拜切十五部按今俗語去聲 行脛相交也 行而脛相交則行不便利高注淮南郭注方言王注素問皆曰了戾謂纏繞不適集韵五爻曰尥牛行足外出也是其意也今俗語有此 从尢勹聲 力弔切二部此下舊有牛行腳相交爲尥小徐本無乃讀者箋記語耳 ⿺尢是不能行爲人所引曰⿺尢是⿺尢巂 疊韵字也與提攜義相近 从尢从爪 覆手曰爪 是聲 都兮切十六部玉篇作⿺尢是 ⿺尢是⿺尢巂也从尢从爪巂聲 戶圭切十六部 股⿺尢亐也 ⿺尢亐之言紆也紆者詘也 从尢亐聲 乙于切五部 厀中病也从尢羸聲 郞果切十七部廣韵去聲

文十二　重一

壺 ㄏㄨˊ 13匣　壹 ㄩㄣ 9影

昆吾圜器也 缶部曰古者昆吾作匋壺者昆吾始爲之聘禮注曰壺酒尊也公羊傳注曰壺禮器腹方口圜曰壺反之曰方壺有爵飾又喪大記狄人出壺大小戴記投壺皆壺之屬也 象形 謂𠀠 从大象其蓋也 奄下曰蓋也大有餘也戶姑切五部 凡壺之屬皆从壺 壹壺也从凶从壺壺不得渫也 虞翻以否之閉塞釋絪縕趙岐亦以閉塞釋志壹氣壹於云切十三部 易曰天地壹壺 毄辭傳文今周易作絪縕他書作烟煴氤氳蔡邕注典引曰烟烟煴煴陰陽和一相扶皃也張載注魯靈光殿賦曰烟煴天地之蒸氣也思元賦舊注曰烟煴和皃許據易孟氏作壹壺乃其本字他皆俗字也許釋之曰不得渫也者謂元氣渾然吉凶未分故其字从吉凶在壺中會意合二字爲雙聲疊韵實合二字爲一字文言傳曰與鬼神合其吉凶然則吉凶卽鬼神也毄辭曰三人行則損一人一人行則得其友言致一也壹壺構精皆釋致一之義其轉語爲抑鬱

文二

壹 ㄧ 5影　懿 ㄧˋ 5影

嫥壹也 嫥各本作專今正嫥下云壹也與此爲轉注 从壺吉吉亦聲 於悉切十二部俗作壹 凡壹之屬皆从壹 嫥久而美也 嫥者壹也釋詁詩烝民傳皆曰懿美也周書謚法曰柔克爲懿溫柔聖善曰懿許益之以專久者爲其字从壹也專壹而後可久可久而後美小爾雅及楚辭注懿深也詩七月傳曰懿深筐也深卽專壹之意也 从壹从恣省聲 从恣省聲四字葢或淺人所改竄當作从心从欠壹亦聲从心从欠所謂持其志無暴其氣美在其中而暢於四支也壹亦聲者國語衞武公作懿戒以自儆韋注懿讀曰抑大雅之抑詩也大雅懿厥哲婦箋云有所痛傷之聲也金滕對曰信懿馬云猶噫也小雅抑此皇父箋云抑之言噫古懿抑同用懿抑壹三字同音可證古音讀如一十二部今乙冀切

文二

㚔 ㄋㄧㄝˋ 27泥　睪 ㄧˋ 14定

所㠯驚人也从大从𢆉 各本作从羊五經文字曰說文从大从𢆉𢆉音干今依漢石經作幸又曰執者說文執者經典相承凡報之類同是則張氏所據說文與今本迥異如是今隸用石經體且改說文此部皆作幸非也今皆正干者犯也其人有大干犯而觸罪故其義曰所以驚人其形从大干會意 一曰大聲也 此別一義 凡㚔之屬皆从㚔 一曰讀若瓠 五字未詳疑當作一曰讀若執在讀若籋之下 一曰俗語㠯盜不止爲㚔 又一義按玉篇此義不系說文廣韵引說文亦無此語十字恐後人所沾大徐本疊㚔字 讀若籋 尼輒切七部 司視也 司者今之伺字廣韵作伺 从目 各本作从橫目今依廣韵昔韵罘蜀𦋝篆下皆但言从目 从㚔 會意字㚔者罪也羊益切古音在五部今隸作睪凡从睪之字同 令吏將目捕辠人也 今各本譌令今正此以漢制明之故曰今漢之吏人攜帶眼目捕罪人如虞詡令能縫者傭作賊衣以采線縫賊裾有出市里者吏輒禽之是

也皋各本作罪今依廣韵

執　捕皋人也皋各本作罪今依廣韵手部曰捕者取也引申之爲凡持守之偁**从丮卒**會意**卒亦聲**之入切七部今隸作執

圉　囹圄逗**所㠯拘**

皋人卒爲罪人口爲拘之故其字作圉他書作囹圄者同音相叚也圄者守之也其義別說文宋本作囹圄者非是月令仲春命有司省囹圄孟秋命有司繕囹圄注曰囹圄所以禁守繫者若今別獄矣蔡邕云囹牢也圄止也所以止出入皆罪人所舍也崇精問曰獄周曰圜土殷曰羑里夏曰均臺囹圄何代之獄焦氏荅曰月令秦書則秦獄名也漢曰若盧魏曰司空是也按蔡說囹圄皆罪人所舍云皆則不必一地是以口部曰囹獄也不連圄言此言囹圄錯見以明之**从口卒**會意魚舉切五部今隸作圉**一曰圉垂也**義見左傳爾雅毛傳**一曰圉人掌馬者**義見左傳周禮注禮記注按小徐本無此十二字當是古本如此邊垂者可守之地養馬者守視之事疑皆圉字引申之義各書叚圉爲之耳

盩　引擊也引而擊之也**从卒攴見血也**會意張流切三部今隸作盩**扶風有盩厔縣**說者曰山曲曰盩水曲曰厔按卽周旋折旋字之叚借也在今陝西西安府盩厔縣東三十里地名終南鎮元和郡縣志終南縣城卽漢盩厔故城也座俗作厔非

報　當皋人也司馬彪百官志曰廷尉掌平獄奏當所應凡郡國讞疑罪皆處當以報史記張釋之列傳曰廷尉奏當一人犯蹕當罰金又曰廷尉當是也又路溫舒上書曰奏當之成司馬貞引崔浩云當謂處其罪也按當者漢人語報亦漢人語漢書張湯傳曰訊鞫論報蘇林注蘇建傳曰報論也斷獄爲報是則處分其罪以上聞曰奏當亦曰報也引申爲報白爲報復又叚爲赴疾之赴見少儀喪服小記今俗云急報是也**从卒从𠬝**會意博号切古音在三部今隸作報**𠬝**逗**服皋也**𠬝見又部音服治也小徐作反音展誤甚此說从𠬝之意以今字今言通之也

𥷚　窮治皋人也治各本作理唐人所改也今依篇韵正皋各本作罪今依廣韵正文王世子注曰讀書論法曰鞫正義云讀書讀囚人之所犯罪狀之書用法謂以法律平斷其罪周禮小司寇讀書用法先鄭云如今讀鞫巳乃論之漢書功臣侯表坐鞫獄不實如淳云鞫者以其辭決罪也張湯傳訊鞫論報張晏云鞫一吏爲讀狀論其報行也刑法志遣廷史與郡鞫獄如淳云以囚辭決獄爲鞫謂疑獄也按鞫者俗鞫字譌作鞫古言鞫今言供語之轉也今法具犯人口供於前具勘語擬罪於後卽周之讀書用法漢之以辭決罪也鞫與窮一語之轉故以窮治罪人釋鞫引申爲凡窮之偁谷風南山小弁傳曰窮也公劉傳曰究也節南山傳曰盈也究盈亦窮之意蓼莪傳曰養也養與窮相反而成如亂可訓治徂可訓存苦可訓快若釆芑傳曰鞫告也此則謂鞫卽告之叚借字文王世子告於甸人亦是叚告爲鞫也**从卒人言**會意卒人言者犯罪人之言也**竹聲**居六切三部按此字隸作鞫經典從之俗多改爲鞫大誤

𥷚　或省言

文七　重一此部八篆俗寫皆改卒爲卒

奢　張也張者施弓弦也引申爲凡充㡿之偁侈下曰一曰奢也**从大者聲**式車切古音在五部

凡奢之屬皆从奢

奓　籒文按籒會意篆形聲西京賦有馮虛公子者心奓體泰薛注言公子生於貴戚心志奓溢體安驕泰也未嘗云奓卽侈字李善引聲類云奓侈字也疑李登始爲此說初非許意平子文章用籒文奢也廣韵讀陟加切

奲　富奲奲皃當作奲奲富皃按此字單聲而入十七部丁可切正如鼉驒亦單聲也篇韵昌者一切殆非是與朶同音故小徐云謂重而垂也毛詩桑扈那二傳皆曰那多也釋詁同國語富都那豎韋注那美也那不知其本字以許書折衷之則奲爲本字那爲叚借字耳俗用嚲字訓垂下皃亦疑奲之變也**从奢單聲**丁可切十四十七部合音也

文二　重一

亢　人頸也史漢張耳列傳乃仰絕亢而死韋昭曰亢咽也蘇林云肮頸大脈也俗所謂胡脈婁敬傳搤其亢張晏曰亢喉嚨也按釋鳥曰亢鳥嚨此以人頸之偁爲鳥頸之偁也亢之引申爲高也舉也當也**从大**

△頏

䒽 ㄏㄤ 15匣 （[illegible]）　夲 ㄊㄠ 21透　㚔 ㄏㄨ 7曉　暴 ㄅㄠ 20並

省上人象頸脈形下冂蘇林說與此合古郎切十部按亦胡郎切亦下浪切俗作肮作吭凡亢之屬皆从亢

亢或从頁此字見於經者邶風曰燕燕于飛頡之頏之毛傳曰飛而上曰頡飛而下曰頏解者不得其說玉裁謂當作飛而下曰頡飛而上曰頏轉寫互譌久矣頡與頁同音頁古文䭫飛而下如䭫首然故曰頡之古本當作頁之頏即亢字亢之引申爲高也故曰頏之古本當作亢之於音尋義斷無飛而下曰頏者若楊雄甘泉賦柴虒參差魚頡而鳥肮李善曰頡肮猶頡頏也師古曰頡肮上下也皆以毛詩頡頏爲訓魚潛淵鳥戾天亦可證頡下頏上矣俗本漢書肮譌从目作䀚集韵入諸唐韵謂即燕燕之頏字俗字之不可問有如此者楊雄解嘲鄒衍以頡亢而取世資漢書作亢文選作頏正亢頏同字之證頁部曰頡者直項也亢者人頸然則頡亢正謂直項淮南修務訓王公大人有嚴志頡頏之行者無不憚悇癢心而悅其色矣此正用直項之訓解嘲之頡亢亦正謂鄒衍強項傲物而世猶師資之也亢用字之本義東方朔畫贊云苟出不可以直道也故頡頏以傲世亦取直項之義

直項莽䒽皃當作莽䒽直項皃或曰淮南書有嚴志頡頏之行頡即䒽字也頁部曰頡直項从亢从夋會意夋倨也說从夋之意語見文部亢亦聲岡朗切又胡朗切十部按大徐篆左亢右夋今依小徐玉篇廣韵左夋右亢

文二　重一

十篇下　十五

進趣也趣者疾也从大十會意大十者者字依廣韵補猶兼十人也說从大十之意言其進之疾如兼十人之能也凡夲之屬皆从夲讀若滔土刀切二部

疾也上林賦劉莅卉歘又卉然興道而遷義郭璞曰卉猶勃也西京賦奮隼歸鳧沸卉軿訇薛綜曰奮迅聲也卉皆㚔之叚借从夲卉聲呼骨切十五部㨃从此

疾有所趣也趣當作趨引申爲凡疾之偁从日出夲廾之會意廾者竦手也薄報切二部按此與暴二篆形義皆殊而今隸不別此篆主謂疾故爲夲之屬暴主謂日晞故爲日之屬

△屛　△敳

𡗜 ㄩㄣ 9定　奏 ㄗㄡ 16精　皋 ㄍㄠ 21見

進也㫃部旞下曰導車所載全羽以爲允句允進也許意謂即𡗜之省也从夲从屮屮者進之意也允聲余準切十三部易曰𡗜升大吉升初六爻辭鄭曰升上也荀爽云謂一體相隨允然俱升九家易曰謂初失正乃與二陽允然合志俱升允然者升之皃不訓信蓋古本作𡗜升也

奏此複舉字之未删者進也六月傳曰奏爲也其引申之義也从夲从𠬞竦手也進之意从屮則候切四部屮上進之義說𡗜奏皆从屮之意

古文

亦古文

气皋白之進也當作皋气白之進也皋者複舉字之未删者也皋謂气白之進故其字从白夲气白之進者謂進之見於白气滃然者也皋與臭同音臭訓大白日部暭訓皓旰皓旰者白皃也暭皓字俗寫多从白頁部顥訓白皃皋有訓澤者小雅鶴鳴傳曰皋澤也澤與皋析言則二統言則一如左傳鴆藪澤牧隰皋並舉析言也鶴鳴傳則皋即澤澤藪之地極望數百沆瀣皛溔皆白气也故曰皋又引申爲凡進之偁則如禮祝曰皋是也或叚皋爲櫜如伏注左傳皋比卽樂記之建櫜或叚爲高如明堂位皋門注云皋之言高也从白夲會意古勞切古音在三部禮句謂禮經也祝曰皋士喪禮復者一人升自前東榮中屋北面招以衣曰皋某復三注曰皋長聲也禮運亦云皋某復按聲長必緩故左傳魯人之皋注云緩也召旻皋皋釋訓曰刺素食也毛曰頑不知道也皆緩之意也登訶曰訶或歌字也登歌堂上歌也禮經或言歌或言樂或言奏實皆奏也故皋奏皆从夲祝也登歌也皆有進意說皋奏二篆从夲之意周禮曰詔來鼓皋舞樂師職文今周禮作來瞽先鄭云鼓或作瞽皋當爲告後鄭云皋之言號大祝職云來瞽令皋舞後鄭曰皋讀爲卒嗥呼之嗥來嗥者皆謂呼之入漢書高祖告歸之田服虔曰告音如嗥東觀漢記田邑傳作號歸蓋古告皋嗥號四字音義皆同

文六　重二

十篇下　十六

夰 ㄍㄠˇ 21見　瞿 ㄐㄩˋ 13見　奡 ㄠˋ 21見　昦 ㄏㄠˋ 21匣　臩 ㄍㄨㄤˇ 15見　大 ㄉㄚˋ 2透

夰 放也放者逐也 从大八 句 八 逗 分也各本从大而八分也今正夰者大分之意也古老切二部 凡夰之屬皆从夰

⿱䀠夰 舉目驚⿱䀠夰然也廣韵引埤蒼目驚⿱䀠夰⿱䀠夰然襍記下曰免喪之外行於道路見似目瞿聞名心瞿二瞿當作⿱䀠夰詩齊風狂夫瞿瞿傳曰無守之皃唐風良士瞿瞿傳曰瞿瞿然顧禮義也亦當作⿱䀠夰⿱䀠夰 从夰从䀠 會意䀠左右視也 䀠亦聲 九遇切五部

奡 嫚也嫚者侮傷也傲者倨也奡與傲音義皆同引伸爲排奡多力皃 从百从夰 傲者昂頭故从首 夰亦聲 古到切二部 虞書曰若丹朱奡 皐陶謨文朱當作絑 讀若傲 論語奡湯舟 憲問篇文依宋本及集韵類篇作湯今作盪非湯卽盪陣字盪陣音湯

昦 春爲昦天元气昦昦也春爲昦天釋天文元气昦昦者釋昦字之義黍離毛傳曰蒼天以體言之元氣廣大則偁昦天仁覆閔下則偁旻天自上降鑒則偁上天據遠視之蒼蒼然則偁蒼天李巡孫炎郭璞本爾雅及劉熙釋名皆作春蒼夏昦許君五經異義鄭君駁異義所據爾雅及歐陽尚書皆作春昦夏蒼鄭君云春氣博施故以廣大言之許君尚書堯典羲和以昦天總勑四時故知昦天不獨春也許君作異義時是毛傳非爾雅歐陽尚書鄭君駁之而許造說文於昦下旻下皆用爾雅參合毛傳略同鄭說說文解字爲定說也 从日夰 會意 夰亦聲 胡老切古音蓋在三部

臩 驚走也一曰往來皃 皃大徐作也非 从夰臦聲 各本無聲字今補俱往切十部 周書曰伯臩 孔壁多得十六篇古文尚書有冏命書序曰穆王命伯冏爲太僕正作冏命周本紀曰穆王閔文武之道缺乃命伯臩申誡大僕之政作臩命蓋臩冏古通用也許此引周書或系書序或系逸書十六篇文皆未可知 古文臦古文冏字 七字當作古文以爲冏字六字轉寫譌舛也

文五

亣 籒文大改古文 謂古文作大籒文乃改作亣也本是一字而凡字偏旁或从古或从籒不得不析爲二部猶人儿本一字必析爲二部也顧野王玉篇乃用隸法合二部爲一部遂使古籒之分不可攷矣 亦象人形 亦者亦古文也大象人形此亦象人形其字同則其音同也而大徐云大徒蓋切亣他達切分別殊誤古去入不分凡今去聲之字古皆入聲大讀入聲者今惟有會稽大末縣獨存古語耳實則凡大皆可入入非古文去籒文入之謂 凡亣之屬皆从亣

奕 ㄧˋ 14定　奘 ㄗㄤˋ 15從　臭 ㄍㄠˇ 19見　奚 ㄒㄧ 10匣　耎 ㄖㄨㄢˇ 3泥　⿱𡆧大 ㄧㄢ 3影

奕 大也 大雅奕奕梁山傳曰奕奕大也詩周頌箋云奕亦大也叚亦爲奕 从大亦聲 羊益切古音在五部 詩曰奕奕梁山

奘 駔大也 馬部駔下曰壯馬也士部壯下曰大也奘與壯音同與駔義同釋言曰奘駔也此許所本也孫樊本作將且也 从亣壯 壯亦聲 徂朗切十部

臭 大白也 各本白下有澤字其誤不知始於何時獸名白澤故非經典卽有此物孰別其大小乎全書之例於形得義之字不可勝計臭以白大會意則訓之曰大白也猶下文大在一上則爲立耳淺人妄增玉篇廣韵仍之說石鼓文者又引爲證古來郢書燕說類多如此 从大白 不入白部者重大也古老切二部凡皢皎皦皛皞縞皓杲訓白之字皆同音部但臭字廣韵又昌石切集韵又昌石施隻二切皆訓白澤未詳其由 古文以爲澤字 此說古文叚借也叚借多取諸同音亦有不必同音者如用臭爲澤用丂爲亏用屮爲艸之類又按澤當作皐古澤睪皐三字相亂皋者气臭白之進也皋臭義相近音同

奚 大腹也 豕部豯下曰豚生三月腹豯豯皃古奚豯通用周禮職方氏豯養杜子春讀豯爲奚許艸部作奚養 从大𦣞省聲 胡雞切十六部 𦣞籒文系 見十二篇系下

耎 稍歬大也 稍者出物有漸也稍前大者前較大於後也 从大而聲 讀若畏偄 謂若偄也而沇切十四部古凡耎聲字皆在十四部需聲字皆在四部後人多亂之

⿱𡆧大 大皃 从大𡆧聲 𡆧讀若書卷之卷見四篇 或曰拳勇字 拳當作捲手部捲气勢也引國語有捲勇或說⿱𡆧大卽捲勇字許偁之也隼下云一曰鶽字是其例 讀若傿 鉉本上有一曰二字衍乙獻切十四部

奰 ㄅㄟˋ 5 並 (𡘙)

奰 壯大也。从三大三目。會意二目爲𡘙𡘙各本作圖誤今正三目爲奰。益大也。說會意之恉張衡左思賦皆用奰屓字而譌作贔屓俗書之不正如此屓見尸部臥息也許器反一曰迫也。別一義讀若易虙羲氏。今易毄辭作包犧氏孟氏京氏作伏戲許作虙羲鄭大卜注應氏風俗通同虙古音讀如密奰古音同今音平祕切詩曰不醉而怒謂之奰。大雅蕩曰內奰于中國毛傳曰不醉而怒謂之奰於壯義迫義皆近不言詩傳曰者猶書曰仁覆閔下則偁旻天不言書傳易曰地可觀者莫可觀於木易曰井者法也不言易說也

文八

夫 ㄈㄨ 13 幫

夫 丈夫也。从大一。从一大則爲天从大一則爲夫於此見人與天同也天之一冒大上爲會意夫之一毌大首爲象形亦爲會意一㠯象先。先首筓也俗作簪依御覽宜補冠而後簪人二十而冠成人也十二字此說以一象簪之意甫無切五部周制八寸爲尺。尺部曰中婦人手長八寸謂之咫周尺也十尺爲丈。十部曰丈十尺也从又持十人長八尺。見考工記故曰丈夫。此說人偁丈夫之恉凡夫之屬皆从夫。

規 ㄍㄨㄟ 10 見

規 規巨有灋度也。各本無規巨二字今補於此說規矩二字之義故工部巨下但云規巨也此許全書之通例也囟部毗下曰毗齋人齋也故肉部齋下曰毗齋也正同此圜出於方方出於矩古規矩二字不分用猶威儀二字不分用也凡規巨威儀有分用者皆互文見意非圜不必矩方不必規也灋者刑也度者灋制也規矩者有灋度之謂也雈部曰規蒦商也一曰蒦度也凡有所圖度匡正皆曰規左傳規求無度陶淵明文欣然規往左傳曰大夫規誨詩序曰沔水規宣王也从夫見。會意丈夫所見也公父文伯之母曰女智莫如婦男智莫如夫字統曰丈夫識用必合規矩故規从夫居隨切十六部

㚘 ㄅㄢˋ 3 並

㚘 竝行也。从二夫。會意輦字从此。讀若伴侶之伴。伴侶許無此義侶字許無當作旅薄旱切十四部

文三

立 ㄌㄧˋ 27 來

立 侸也。侸各本作住今正人部曰侸者立也與此爲互訓淺人易爲住字亦許書之所無从大在一之上。在各本作立今正鉉曰大人也一地也會意力入切七部凡立之屬皆从立。

埭 ㄌㄧˋ 8 來

埭 臨也。臨者監也經典竝字或作涖注家皆曰臨也道德經釋文云古無莅字說文作埭按莅行而埭廢矣凡有正字而爲段借字所敓者類此从立隶聲。力至切十五部

竴 ㄉㄨㄟˇ 9 端

竴 磊竴。疊韵字今俗語猶有之重聚也。从立𦎧聲。丁罪切十五部

端 ㄉㄨㄢ 3 端

端 直也。用爲發耑耑緒字者段借也从立耑聲。多官切十四部

竱 ㄓㄨㄢˇ 3 端

竱 等也。等者齊簡也故凡齊皆曰等齊語竱本肇末韋注竱等也肇正也謂先等其本以正其末按孟子曰不揣其本而齊其末揣蓋竱之段借字耑聲專聲同部趙注云揣量似失之木部揣下曰一曰度也孟子正當从木作揣韵書謂偁量曰敠丁兼丁括切卽竱語之轉也从立專聲。旨沇切十四部按字苑音剸李舟切韵音端春秋傳曰竱本肇。宋本如是今本傳作國語

竦 ㄙㄨㄥˇ 18 心

竦 敬也。敬者肅也商頌傳曰竦懼也此謂段竦爲愯也愯者懼也𠔉下曰竦手謂手容之恭上其手也周南毛傳曰喬上竦也从立从束。會意息拱切九部束自申束也。古書多言申束韓非引周書曰申之束之申俗作伸申之使舒束之使促常相因互用也

竫 ㄐㄧㄥˋ 12 從

竫 亭安也。亭者民所安定也故安定曰亭安其字俗作停作渟亭與竫疊韵凡安靜字宜作竫靜其段借字也靜者審也从立爭聲。疾郢切十一部

靖 ㄐㄧㄥˋ 12 從

靖 立竫也。謂立容安竫也安而後能慮故釋詁毛傳皆曰靖謀也从立青聲。疾郢切十一部一曰細皃。古文尚書戩戩善諞言伏生今文作諓諓善竫言見公羊傳王逸注楚辭引作諓諓靖言葢竫靖戔諓古通用靖言謂小人巧言戈部引周書戔戔巧言亦謂秦誓也山海經大荒東經曰東

竢 ㄙˋ 24從　竘 ㄑㄩˇ 16溪　△𥩲　竵 ㄨㄞ 1曉（歪）　竭 ㄐㄧㄝˊ 2匣　𥿀 ㄒㄩ 16心　𥫔 ㄌㄨㄛˇ 1來　△𥪡　竣 ㄐㄩㄣˋ 9清　𥪋 ㄈㄨˊ 5並　䇢 ㄑㄩㄝˋ 14清　𥪚 ㄆㄧˊ 10並

海之外大荒之中有小人國名靖　待也彳部曰待竢也是爲轉注經傳多叚俟爲之俟行而竢廢矣俟大也　从立矣聲牀史切一部　或从巳巳聲矣聲同在一部　健也淮南人閒訓室始成竘然善也高注竘高壯皃此與健之訓合　一曰匠也方言曰竘怡也吳越飾皃爲竘或謂之巧廣雅竘治也又曰竘巧也此與匠之訓合　从立句聲讀若齲丘羽切按高誘音口郭璞同許意讀若齲廣韵麌厚韵兼收古音在四部　周書有竘匠蓋謂周書七十一篇也竘匠之文佚攷　不正也从立𥫗聲火鼃切古音在十六部俗字作歪　負舉也凡手不能舉者負而舉之禮運五行之動迭相竭也注竭猶負戴也豕部曰竭其尾李尤翰林論云木氏海賦壯則壯矣然首尾負竭狀若文章亦將由未成而然也　从立曷聲渠列切十五部　立而待也依韵會補立而二字今字多作需作須而𥿀廢矣雨部曰需𥿀也遇雨不進止𥿀也引易雲上於天需需與𥿀音義皆同樊遲名須須者𥿀之叚借𥿀字僅見漢書翟方進傳　从立須聲相俞切古音在四部　或从芻聲須聲芻聲同在四部　痿也痿者痹也　从立羸聲力臥切十七部　居也各本作倨竣也說者謂即倨佺今正尸部曰居蹲也足部曰居蹲也郭注山海經徐廣史記音義皆曰踆古蹲字許書之竣蓋與蹲音義皆同也居譌倨倨譌倨竣乃復舉字倒於下遂爲倨竣矣古書之譌舛可正者類如此固在好學深思心知其意也廣韵曰倨也此居譌倨之證　从立夋聲七倫切十三部　國語曰有司已事而竣今齊語作已於事韋注竣退伏也按毛詩云不皇啟尻故已於事而後即安　見鬼鬽皃从立从𥠀會意𥠀籀文鬽見鬼部　讀若虙羲氏之虙鬽聲在十五部必聲在十二部音相近也當讀如密今音房六切非也　驚皃與㣻音義同㣻見方言　从立昔聲七雀切五部　短人立𥪚𥪚皃𥪚𥪚短皃𥪚之字或作罷周禮典同注陂讀爲人短罷之罷司弓矢庫矢注鄭司農讀爲人罷短之罷或作矲方言曰呰矲短也桂林之中謂短矲郭注言矲雉也按矲皮買反雉苦買反今本方言雉譌作𥏫典同釋文雉譌作矮依集韵類篇宋余仁仲周禮所載釋文明葉林宗所寫釋文正之雉从矢佳聲非雉字也　从立卑聲傍下切按當薄蟹切十六部　北地高樓無屋者北地郡也高樓上不爲覆曰增禮運曰夏則居曾巢鄭曰暑則聚薪柴居其上也此增之始也禮運本又作增　从立曾聲士耕切按當依廣韵作滕疾陵二切六部

文十九　重二

竲 ㄗㄥ 26從　竝 ㄅㄧㄥˋ 12並　替 ㄊㄧˋ 14透　△普　△㬱　囟 ㄒㄧㄣˋ 6心　△𦞦　△𠙹　巤 ㄌㄧㄝˋ 31來

併也人部併下曰竝也二篆爲轉注鄭注禮經古文竝今文多作併是二字音義皆同之故也古書亦多用爲傍字者傍附也　从二立蒲迥切十一部　凡竝之屬皆从竝　廢也各本奪也字不可讀今補廢者卻屋也卻屋言空屋人所不居故替廢同義　一偏下也此又爲一義相竝而一邊庳下則其勢必至同下所謂陵夷也凡陵夷必有漸而然故曰履霜堅仌至　从竝白聲他計切古音鐵十二部　或从曰　或从兟从曰从兟猶从竝也兟見八篇

文二　重二

頭會匘蓋也首之會合處頭髓之覆蓋[元]應引蓋下有額空二字額空謂額腔也內則注曰夾囟曰角　象形內則正義引此云囟其字象小兒腦不合也按人部兒下亦云从儿上象小兒頭腦未合也九經字㨾曰說文作囟隸變作囟鬣腦等字从之細思等字亦从之攷夢英書偏傍石刻作囟宋刻書本皆作囟今人楷字譌囟又改篆體作囟所謂象小兒腦不合者不可見矣息進切十二部　凡囟之屬皆从囟　或从肉宰蓋俗字　古文囟字內則正義所引說文疑在此字之下　毛巤也象髮在囟上謂𡿺也皆下曰巛象髮髮謂之鬊鬊即巛也　及毛髮

毗 ㄆㄧˊ 4並
思 ㄙ 24心
慮 ㄌㄩˋ 13來
心 ㄒㄧㄣ 28心

巤巤之形也謂巛象毛髮巤巤之形也良涉切八部玉裁按巤與鬣葢正俗字巛卽髮不當復从髟矣髟部鬣之爲增竄無疑此與籒文子字同意意字舊奪今補子部曰孛古文子从巛象髮也㐬者倒古文子然則此籒字當作古

毗 毗臍逗各本奪此二字今訂補元應引許毗臍人臍也按肉部臍下曰毗臍也正以毗臍之解已見囟部全書之大例如此人臍也急就篇作膍毗字叚借之用如詩節南山采菽毛傳皆曰膍厚也箋云毗輔也方言毗㵒也毗廢也毗明也皆是从囟囟取通气也人臍可以通气如囟門之通气然从比聲房脂切十五部

文三　重二

思 容也睿也各本作容也或以伏生尚書思心曰容說之今正皃曰恭言曰從視曰明聽曰聰思心曰容謂五者之德非可以恭釋皃以從釋言以明釋視聽也谷部曰睿者深通川也引睿畎澮距川引申之凡深通皆曰睿思與睿雙聲此亦門捫也戶護也髮拔也之例謂之思者以其能深通也至若尚書大傳次五事曰思心思心之不容是謂不聖劉向董仲舒班固皆以寬釋容與古文尚書作五曰思思曰睿爲異本許子所述尚書撰異从心从囟各本作囟聲今依韵會訂韵會曰自囟至心如絲相貫不絕也然則會意非形聲細以囟爲聲固非之咍部字也息茲切一部凡思之屬皆从思

慮 謀思也心部曰念常思也惟凡思也懷念思也想覬思也㥯同思之和也同一思而分別如此言部曰慮難曰謀與此爲轉注口部曰圖者畫也計難也然則謀慮圖三篆義同左傳曰慮無他書曰無慮皆謂計畫之纖悉必周有不周者非慮也从思虍聲良據切五部

文二

心 人心土臧也也字補在身之中象形息林切七部博士說以爲火臧土臧者古文尚書說火臧者今文家說詳肉部肺下凡心之屬皆从心

息 ㄒㄧ 25心
情 ㄑㄧㄥˊ 12從
性 ㄒㄧㄥˋ 12心
志 ㄓˋ 24端
意 ㄧˋ 25影

息 喘也口部曰喘疾息也喘爲息之疾者析言之此云息者喘也渾言之人之氣急曰喘舒曰息引伸爲休息之偁又引伸爲生長之偁引伸之義行而鼻息之義廢矣詩曰使我不能息兮傳曰憂不能息也黍離傳曰噎憂不能息也此息之本義也其他詩息字皆引伸之義也許書齂臥息也呬息也屓臥息也歇咽中息不利也㒫飲食屰气不得息也覞部䚟見雨而比息也皆本義也从心自自者鼻也心气必從鼻出故从心自如心思上凝於囟故从心囟皆會意也相卽切一部各本此下有自亦聲三字自聲在十五部非其聲類此與思下云囟聲皆不知韵理者所爲也

情 人之侌气有欲者董仲舒曰情者人之欲也人欲之謂情情非制度不節禮記曰何謂人情喜怒哀懼愛惡欲七者不學而能左傳曰民有好惡喜怒哀樂生於六氣孝經援神契曰性生於陽以理執情生於陰以繫念从心青聲疾盈切十一部

性 人之昜气性句善者也論語曰性相近也孟子曰人性之善也猶水之就下也董仲舒曰性者生之質也質樸之謂性从心生聲息正切十一部

志 意也从心㞢㞢亦聲按此篆小徐本無大徐以意下曰志也補此爲十九文之一原作从心之聲今又增二字依大徐次於此志所以不錄者周禮保章氏注云志古文識葢古文有志無識小篆乃有識字保章注曰志古文識識記也哀公問注曰志讀爲識識知也今之識字志韵與職韵分二解而古不分二音則二解義亦相通古文作志則志者記也知也惠定宇曰論語賢者識其大者蔡邕石經作志多見而識之白虎通作志左傳曰以志吾過又曰且曰志之又曰歲聘以志業又曰吾志其目也尚書曰若射之有志士喪禮志矢注云志猶擬也今人分志向一字識記一字知識一字古祇有一字一音又旗幟亦卽用識字則亦可用志字詩序曰詩者志之所之也在心爲志發言爲詩志之所之不能無言故識从言哀公問注云志讀爲識者漢時志識已殊字也許心部無志者葢以其卽古文識而識下失載也職吏切一部

意 志也志卽

恉ㄓˇ 4端　悳ㄉㄜˊ 25端（德）　△悳　應ㄧㄥ 26影　慎ㄕㄣˋ 6定　△昚　忠ㄓㄨㄥ 23定　慤ㄑㄩㄝˋ 17溪　⿱䫉心ㄇㄛˋ 19明　快ㄎㄨㄞˋ 2溪　愷ㄎㄞˇ 7溪　㥦ㄑㄧㄝˋ 29溪　念ㄋㄧㄢˋ 28泥

識心所識也意之訓爲測度爲記訓測者如論語毋意毋必不逆詐不億不信億則屢中其字俗作億訓記者如今人云記憶是也其字俗作憶大學曰欲正其心者先誠其意誠謂實其心之所識也如惡惡臭如好好色此之謂自謙鄭云謙讀爲慊慊之言猒也按猒當爲猒猒者足也 **从心音** 會意於記切一部古音入聲於力切

𢘫 察言而知意也 說从音之意

恉 意也 今字或作旨或作指皆非本字也許序曰曉學者達神恉 **从心旨聲** 職雉切十五部

悳 外得於人內得於己也 此當依小徐通論作內得於己外得於人內得於己謂身心所自得也外得於人謂惠澤使人得之也俗字叚德爲之德者升也古字或叚得爲之 **从直心** 洪範三德一曰正直直亦聲多則切一部

悳 古文

應 當也 當田相值也引伸爲凡相對之偁凡言語應對之字卽用此大徐言部譍字非也諾下䜅下唉下對下譍字皆當改正 **从心雁聲** 於陵切六部

慎 謹也 言部曰謹者愼也二篆爲轉注未有不誠而能謹者故其字从眞小雅愼爾優游無罪傳皆曰誠也詳八篇眞下 **从心眞聲** 時刃切十二部

昚 古文 昚字从此釋文序錄偁昚徽五典是陸氏所據堯典作昚自衛包改作愼開寶中乃於尚書音義中刪之

忠 敬也 敬者肅也未有盡心而不敬者此與愼訓謹同義 **盡心曰忠** 各本無此四字今依孝經疏補孝經疏唐元行沖所爲唐本有此 **从心中聲** 陟弓切九部

慤 謹也 廣韵曰謹也善也愿也誠也據韵會大司寇注愿愨愼也用叚借字愨者愨之俗字也 **从心㱿聲** 苦角切三部

⿱䫉心 美也从心䫉聲 莫角切二部

快 喜也 引申之義爲疾速俗字作駃 **从心夬聲** 苦夬切十五部

愷 樂也 蓼蕭傳曰豈樂也豈同愷 **从心豈聲** 苦亥切古音在十五部按豈部有此篆解曰康也疑此重出乃後人增竄

㥦 快也 漢文帝紀曰未有㥦志 **从心匧聲** 苦叶切八部今作愜

念 常思也 方言曰念思也又曰念常思也許云懷念思也左傳引夏

怤ㄈㄨ 16並　憲ㄒㄧㄢˋ 2曉　憕ㄔㄥˊ 26定　戁ㄋㄢˇ 3泥　忻ㄒㄧㄣ 9曉　⿰忄重ㄓㄨㄥˋ 18定　惲ㄩㄣˋ 9影　惇ㄉㄨㄣ 9端　忼ㄎㄤˋ 15溪　慨ㄎㄞˇ 8溪

書曰念茲在茲釋茲在茲名言茲在茲允出茲在茲惟帝念功 **从心今聲** 奴店切七部

怤 思也从心付聲 甫無切五部

憲 敏也 敏者疾也謚法博聞多能爲憲引申之義爲法也又中庸引詩憲憲令德以憲憲爲顯顯又大雅天之方難無然憲憲傳曰憲憲猶欣欣也皆叚借也 **从心目** 心目竝用敏之意也 **害省聲** 許建切十四部按害在十五部此合音也

憕 平也从心登聲 直陵切六部

戁 敬也 敬者肅也商頌不戁不竦傳曰戁恐竦懼也敬則必恐懼故傳說其引申之義若小雅我恐𢥠矣傳曰𢥠敬也此謂詩叚𢥠爲戁 **从心難聲** 女版切十四部

忻 闓也 闓者開也言闓不言開者闓與忻音近如昕讀若希之類也忻謂心之開發與欠部欣謂笑喜也異義廣韵合爲一字今義非古義也 **从心斤聲** 許斤切十三部 **司馬灋曰善者忻民之善閉民之惡** 今司馬法佚此語謂開其善心閉其惡心是爲取善也

⿰忄重 遲也 遲重之字當作此今皆叚重字爲之今字也 **从心重聲** 直隴切九部

惲 重厚也 厚當作𠪋惲厚字當如此今皆作渾厚非是渾者混流聲也今俗云水渾 **从心軍聲** 於粉切十三部

惇 厚也 厚當作𠪋凡惇厚字當作此今多作敦厚叚借非本字敦者怒也詆也一曰誰何也雜誥惇大成裕 **从心𦎫聲** 都昆切十三部

忼 忼慨也 各本奪忼字今補 **忼慨壯士不得志於心也** 各本移入慨篆下又奪於心二字今依玉篇及文選注補正 **从心亢聲** 苦浪切又口朗切十部俗作慷戰國策羽聲慷慨一本作忼慷蓋因忼有異體而一複一奪也 **一曰易忼龍有悔** 按一曰易三字乃易曰二字之誤淺人所改也忼之本義爲忼慨而周易乾上九忼龍則叚忼爲亢亢之引申之義爲高子夏傳曰亢極也廣雅曰亢高也是今易作亢爲正字許所據孟氏易作忼叚借字也凡許引經說叚借如無有作玫堲讒說曰圛皆是淺人以忼龍與忼慨義殊乃妄改爲一曰矣

慨 忼慨也 依全書通例正忼慨雙聲也他書亦

悃ㄎㄨㄣˇ 9溪　愊ㄅㄧˋ 25滂　愿ㄩㄢˋ 3疑　慧ㄏㄨㄟˋ 2匣　憭ㄌㄧㄠˊ 19來　恔ㄒㄧㄠˋ 19見

段愾爲之作忼愾从心旣聲苦漑切十五部悃愊逗至誠也依玉篇廣韻後書章帝紀訂悃愊亦雙聲字也从心困聲困一本作困篆作悃非也古困聲在眞文韻音變遂入黽韻非困聲在眞文困聲在黽各有畛域也苦本切十三部愊悃愊也各本作誠志也今依全書通例訂从心畐聲芳逼切一部玉篇普力切愿謹也咎繇謨曰愿而恭从心原聲魚怨切十四部慧儇也人部曰儇慧也二篆爲轉注慧古多叚惠爲之从心彗聲胡桂切十五部憭慧也方言愈或謂之慧或謂之憭郭云慧憭皆意精明按廣韻曰了者慧也蓋今字叚了爲憭故郭注方言已云慧了他書皆云了若論字之本義則了爲尥也尥者行脛相交也从心尞聲力小切二部恔憭也疊韻互訓按方言恔快也東齊海岱之閒曰恔孟子於人心獨無恔乎趙注恔快也快郎憭義之引申凡明憭者必快於心也从心交聲吉了切又下交切二部按此字廣韻去聲云恔出孟子集

瘱ㄧˋ 5影　悊ㄓㄜˊ 2端　悰ㄘㄨㄥˊ 23從　恬ㄊㄧㄢˊ 30定　恭ㄍㄨㄥ 18見　恢ㄏㄨㄟ 24溪

韻類篇則平聲引說文作恔上聲引作恔疑古本分二字瘱靜也靜當作竫亭安也此篆或作嫕見後漢書傳寫誤爲嫕洞簫賦曰清靜厭瘱神女賦曰澹清靜其愔瘱李善引韓詩曰瘱悅也引蒼頡篇曰瘱密也引曹大家列女傳注曰瘱深邃也从心㾼聲爿部㾼夾聲苦叶切而瘱於計切者合音也或曰古音讀如邑悊敬也口部哲下曰知也悊與哲義殊口部云哲或从心作悊蓋淺人妄增之因古書聖哲字或从心而合之也从心折聲陟列切十五部悰樂也此哀樂字也選詩戚戚苦無悰从心宗聲藏宗切九部恬安也莊子曰以恬養知以知養恬从心西聲各本篆作恬解作甛省聲今正谷部西下曰舌皃从谷省象形他念切按許書木部栝及此恬字本从西聲轉寫从舌乃改爲甛省聲矣徒兼切七部恢大也从心灰聲苦回切十五部恭肅也肅者持事振敬也尚書曰恭作肅此以肅釋恭者析言則分別渾言則互明也論語每恭敬析言如居處恭執事敬貌思恭事思敬皆是

恮ㄑㄩㄢˊ 3清

憼ㄐㄧㄥˇ 12見　恕ㄕㄨˋ 13透　△㤅　怡ㄧˊ 24定　慈ㄘˊ 24從　忯ㄑㄧˊ 10匣　愫ㄧˊ 10定　恩ㄣ 6影

从心共聲俱容切九部憼敬也敬之在心者也从心敬敬亦聲居影切十一部恕仁也孔子曰能近取譬可謂仁之方也矣孟子曰彊恕而行求仁莫近焉是則爲仁不外於恕析言之則有別渾言之則不別也仁者親也从心如聲商署切五部㤅古文省从女聲怡龢也各本作和今正龢者調也玉篇曰怡者悅也樂也古多叚台字禹貢祗台德先鄭注云敬和从心台聲與之切一部慈㤅也㤅各本作愛今正下文曰㤅惠也叀部曰惠仁也人部曰仁親也从心茲聲茲从艸疾之切一部忯㤅也㤅各本作愛今正釋訓曰忯忯㤅也按忯忯字不見於詩書从心氏聲巨支切十六部愫忯愫逗疊韻字不悳事也悳各本作憂今正从心虒聲讀若移移爾切十六部玉篇余氏余支二切廣韻亦兼此二切恮謹也廣韻也作皃从心全聲此緣切十四部恩惠也从心因因

慸ㄉㄧˋ 2定　憖ㄧㄣˋ 6疑

亦聲依韻會訂烏痕切十三部慸高也集韻曰岇嵽山形音義同一曰極也別一義一曰困劣也又一義樂記則無怗懘之音注云怗懘弊敗不和之皃懘卽慸之譌俗用嵽字廣韻曰極困也亦卽慸之俗从心帶聲特計切十五部憖肎也各本作問也玉篇作閒也左傳音義引字林閒也閒者肎之誤問者閒之誤十月正義引憖肯從心也當是引憖肎也从心猌聲誤以也字倒於從心之下不成文理耳今依肎字小爾雅曰憖願也晉語伯宗妻曰憖庇州犁焉韋注曰憖願也願與肯義略同用部曰甯所願也丂部曰寧願詞也皆與憖雙聲謹敬也李善注思元賦引字林此訓玉篇引說文無此韵會謹作愼从心猌聲魚覲切十二部一曰說也說悅古今字一曰且也且各本作甘今依玉篇訂十月之交鄭箋云憖者心不欲自强之詞左傳不憖遺一老杜注云憖且也五行志應劭注曰憖且辭也小爾雅曰憖强也且也春秋傳曰昊天不憖左氏傳哀十六年文魯哀誄孔子曰旻天不弔

懬 15溪　悈 25見　慶 15溪　㥯 9影　愃 3曉　愻 9心

不憖遺一老許槩栝其辭亦東方昌矣之類又曰兩軍之士皆未憖文十二年傳杜注憖缺也釋文憖魚覲反又魚轄反是則憖與鱫雙聲叚借卽方言所謂傷也而郭注方言云詩曰不憖遺一老亦恨傷之言也似於文理不協

懬闊也廣大也各本作廣也大也今依詩泮水釋文訂魯頌泮水曰憬彼淮夷釋文云憬說文作懬按許闊也一曰廣大也此懬之本義毛云遠行也卽其引伸之義也由其廣大故必遠行然則毛詩自作懬今作憬者或以三家詩改之也元帝紀眾僚久懬未得其人假懬爲曠字从心廣廣亦聲苦謗切十部一曰寬也依鍇本四字在此詩曰懬彼淮夷各本無此六字今依詩釋文補蓋許所據毛詩如此憬下所偁蓋三家詩

悈飭也飭各本作飾古書飾飭多互譌不可勝正力部曰飭致堅也悈與戒義同警也釋言曰悈褊急也許言部誡字下曰飭也讀若悈蓋悈音紀力反與苟戒棘亟音義皆同而方言曰悈革老也此又因擊敂之義而引伸之也从心戒聲居薤切古音在一部司馬灋曰有虞氏悈於中國中國國中也今司馬法天子之義篇作有虞氏戒於國中

㥯謹也从心㥯聲於靳切十三部

慶行賀人也賀下曰以禮相奉慶也是二篆爲轉注也賀从貝故云以禮相奉慶从夊故云行賀人从心夊謂心所喜而行也从鹿省此三字今補丘竟切古音在十部讀如羌音轉讀如卿吉禮以鹿皮爲摯士冠禮聘禮儷皮鄭注兩鹿皮也鹿部曰禮麗皮納聘蓋鹿皮也故从鹿省此說从鹿省之意

愃寬閑心腹皃閒各本作嫺今正嫺者習也非其義郭注方言曰今江東呼快爲愃相緣反从心宣聲況晚切十四部詩曰赫兮愃兮衞風淇奧文毛詩作咺傳云威儀容止宣著也韓詩作宣顯也許作愃而義亦異

愻順也訓順之字作愻古書用字如此凡愻順字从心凡遜遁字从辵今人遜專行而愻廢矣學記不陵節而施之謂遜劉向書作愻此未經改竄之字也論語孫以出之惡不孫以爲勇者皆愻之叚借从心孫聲穌困切十三部唐書曰謂堯典也說詳禾部五品不愻許所據古文如此愻者順也故尚書大傳作五品不訓五帝本紀作五品不馴訓與馴皆順也

寒 25心　恂 6心　忱 28定　惟 7定　懷 7匣

寒實也邶風其心塞淵毛傳塞瘞也崔集注本作實也今以許書繩之作實爲是矣詩秉心塞淵王猷允塞皆同鄭箋云塞充實也今文尚書文塞晏晏鄭注考靈耀云道德純備謂之塞道德純備充實之意也咎繇謨剛而塞夏本紀作剛而實按㠭部曰𡫳窒也穴部曰窒𡫳也窴𡫳也𡫳廢而俗多用塞塞隔也非其義也至若燕燕定之方中堯典咎繇謨諸塞字又皆當作寒卽曰叚借亦當叚𡫳而不當叚寒也从心𡫳聲各本作塞省聲今正𡫳窒也𡫳聲中有會意先則切一部虞書曰剛而寒

恂信心也毛詩叚洵字爲之如洵美且都洵訏且樂鄭箋皆云洵信也釋詁曰詢信也注引方言宋衞曰詢皆叚詢爲恂也至若論語恂恂如也王肅注溫恭皃漢書李將軍恂恂如鄙人史記作悛悛如鄙人此皆逡巡字之叚借而非正字也从心旬聲相論切十二部

忱誠也誠者信也詩大明曰天難忱斯毛曰忱信也言部諶下曰誠諦也引詩天難諶斯古忱與諶義近通用从心冘聲氏任切七部詩曰天命匪忱大雅蕩曰天生烝民其命匪諶毛曰諶誠也許作忱是亦可徵二字互用也

惟凡思也方言曰惟思也又曰惟凡思也慮謀思也願欲思也念常思也許本之曰惟凡思也念常思也懷念思也想冀思也思部慮謀思也凡許書分部遠隔而文理參五可以合觀者視此凡思謂浮泛之思生民載謀載惟箋云諏謀其日思念其禮按經傳多用爲發語之詞毛詩皆作維論語皆作唯古文尚書皆作惟今文尚書皆作維古文尚書作惟者唐石經之類可證也今文尚書作維者漢石經殘字可證也俗本匡謬正俗乃互易之大誤又魯詩作惟與毛詩作維不同亦見漢石經殘字从心隹聲以追切十五部

懷念思也念思者不忘之思也釋詁方言皆曰懷思也詩卷耳野有死麕常棣傳同若終風傳曰懷傷也釋詁曰至也匪風皇矣傳曰歸也皇皇者華板傳皆曰和也皆引申之義可以意會者也古文又多叚懷爲褱

惀ㄌㄨㄣˊ 9來　想ㄒㄧㄤˇ 15心　㥾ㄙㄨㄟˋ 8定　慉ㄒㄩˋ 22曉　意ㄧˋ 25影

者从心褱聲戶乖切古音在十五部

惀欲知之皃廣韵混韵注曰心思求曉事从心侖聲盧昆切十三部

想覬思也覬各本作冀今正欠部曰𣢟幸也見部曰覬𣢟幸也覬思者覬望之思也周禮眂祲十曰想从心相聲息兩切十部

㥾深也深當作突許書深爲水名突爲突淺字穴部突下曰深也言突深古今字以今字釋古字也㥾與邃音義皆同从穴者爲室之深从心者爲意思之深从心彖聲徐醉切十五部

慉起也邶風谷風傳曰慉興也起與興義同今本傳作養者非也小雅蓼莪箋云畜起也此謂拊我畜我之畜乃慉之叚借从心畜聲許六切三部詩曰能不我慉許所據如此與能不我知能不我甲句法同也能讀爲而

意滿也方言曰臆滿也廣雅曰臆滿也漢蔣君碑餘悲馮億皆意之叚借字也从心啻聲於力切一部一曰十萬曰意詩楚茨傳萬萬曰億豐年傳數萬至萬曰億鄭箋云十萬曰億注王制云億今十萬韋昭注鄭語楚語曰賈唐說皆以萬萬爲億今數也後鄭十萬爲億古數也其詳在說文解字讀經傳皆作億無作意者叚借字也

△意　悹ㄍㄨㄢˇ 3見　憀ㄌㄧㄠˊ 21來　愙ㄎㄜˋ 14溪

𢡈籀文省上从言省

悹悹也悹各本作憂今正廣韵廿四緩引詩傳悹悹無所依今大雅板傳作管管又篇韵皆云悹悹憂無告也今詩板釋訓皆作灌灌按憂無告之訓正字作懽見下文不當作悹从心官聲古玩切十四部

憀憀然也三字句憀然猶了然也類篇曰力求切賴也且也按聊者憀之叚借字方言俚聊也漢書其畫無俚之至耳戰國策民無所聊凡聊賴可作憀賴从心翏聲洛蕭切古音在三部力求切

愙敬也釋詁商頌毛傳皆曰恪敬也从心客聲當作从心客客亦聲苦各切五部今字作恪春秋傳曰㠯陳備三愙左傳襄廿五年文按不引商頌而引此者以證从心客會意也五經異義公羊說存二王之後所以通夫三統之義禮戴說天子存二代之後猶尊賢也古春秋左氏說周家封夏殷二王之後以爲上公封黃帝堯舜之後謂之三恪許慎謹案云治魯詩丞相韋[元]成治易施讎等說引外傳曰三王之樂可得觀乎知王者所封三代而巳不與左氏說同鄭駁之云所存二王之後者命使郊天以天子之禮祭其始祖受命之王自行其正朔服色恪者敬也敬其先聖而封其後與諸侯無別殊異何得比夏殷之後按許不偁公羊說戴說而偁古左氏亦不與異義同蓋異義先成說文晚定用左氏說與鄭同也

愯ㄙㄨㄥˇ 18心　懼ㄐㄩˋ 13匣　△𢍰　怙ㄏㄨˋ 13匣　恃ㄕˋ 24定　慒ㄘㄠˊ 21從

愯懼也與竦音義略相近从心雙省聲息拱切九部春秋傳曰駟氏愯昭公十九年左傳文今本作聳後人所易也又昭六年左傳聳之以行漢書刑法志引作愯晉灼曰古悚字按漢書雙不省又魏都賦吳蜀二客愯焉相顧張載注愯懼也引左傳駟氏愯張用說文也俗本譌爲矍

懼恐也恐下曰懼也是爲轉注从心瞿聲其遇切五部

𢍰古文䀠者左右視也形聲兼會意

怙恃也韓詩云怙賴也从心古聲侯古切五部

恃賴也韓詩云恃負也从心寺聲時止切一部

慒慮也見釋言从心曹聲藏宗切今音也廣韵又似由切古音也宜三部爾雅音義曰字書作悰然說文悰慒並出

悟ㄨˋ 13疑　憮ㄨˇ 13明　△𢝊　㤅ㄞˋ 8影　△𢟪　慰ㄨㄟˋ 8影　惰ㄒㄩ 13心

悟覺也見部覺下曰悟也是爲轉注按古書多用寤爲之从心吾聲五故切五部

𢝊古文悟

憮㤅也㤅各本作愛今正韓鄭曰憮方言亟憐憮㤿愛也宋衛邠陶之閒曰憮或曰㤿又曰韓鄭曰憮釋詁曰憮撫也一曰不動別一義論語夫子憮然孟子夷子憮然三蒼曰憮然失意皃也趙岐曰憮然猶悵然也皆於此義近从心無聲文甫切五部郭璞菸甫反

㤅惠也叀部曰惠仁也仁者親也从心旡聲八篇飲食屰气不得息曰旡古文作旡此用古文爲聲也許君惠㤅字作此愛爲行皃乃自愛行而㤅廢轉寫許書者遂盡改㤅爲愛全非許憮㤅二篆相聯之意烏代切十五部

𢟪古文旣者旡聲郎先聲也旣者古文㤅唐人乃用爲伊余來塈民之攸塈之塈其貤繆有如此者詩之塈乃咽之叚借息也

諝知也此與言部諝音義皆同从心胥聲私呂切五部

慰安也方言慰尻

懯 8清　懤 21定　怞 21定　𢘻 24明　忞 9明　慔 14明　愐 3明　忕 2定

也江淮靑徐之閒曰慰从心叞聲於胃切十五部一曰恚怒也別一義恚恨也小雅以慰我心毛曰慰怨也韓詩作以慍我心慍恚也謹也从心敹聲讀若毳此芮切十五部懤箸也按箸必是譌字不可解疑當作足部之踞懤踞猶今人所用躊躇也皆裵回不決之見故从心从心懤聲按懤當依竹部作籌云省聲直由切三部朖也未聞疑是恨也之誤檜傳云悼動也鼓鍾傳云妯動也苑柳傳云蹈動也三字音義略同从心由聲直又切三部詩曰憂心且怞小雅鼓鍾文今毛詩作妯毛云動也鄭云悼也𢘻憮也𢘻乃複字未刪者憮各本作撫今正方言𢘻憐也上文憮㤅也㤅與憐同義从心某聲讀若悔亡甫切古音在一部自勉彊也各本少自勉二字韵會有之與篇韵合大雅亹亹文王毛傳曰亹亹勉也亹卽釁之俗釁从分聲釁釁卽忞忞之叚借也从心文聲武巾切十三部周書曰在受德忞立政文今尚書作敯釋詁敯強也許所據古文不同讀若旻勉也勉者彊也釋訓曰懋懋慔慔勉也从心莫聲莫故切五部按爾雅音義云亦作慕今說文慔慕分列或恐出後人改竄勉也釋詁曰蠠沒勔勉也方言曰釗薄勉也南楚之外曰薄努自關而東周鄭之閒曰勔釗按毛詩黽勉亦作僶俛韓詩作密勿爾雅作蠠沒蠠本或作𧖟𧖟卽蜜然則韓詩正作蜜勿轉寫誤作密耳爾雅釋文云勔本作僶又作黽是則說文之愐爲正字而作勔作蠠作𧖟作蜜作密作黽作僶皆其別字也今則不知有愐字而愐字廢矣从心面聲彌殄切古音在十四部習也从心大聲此篆各本作𢖽解云曳聲今正詩四月正義蕩釋文皆引說文忕習也是唐初本有忕篆而元應書卷十三云忕又作𢖽引字林𢖽習也倉頡篇𢖽明也然則說文作忕字林變作𢖽實一字淺人用字林改說文耳犬部狃下曰犬性忕也可證許書故有忕篆狃忕之見於經傳不可枚舉陸德明時世反又市制反又時設反字林作𢖽則翼世反十五部○又按𢖽葢本作怈唐人避諱於偏旁世字多改爲𢖽集韵類篇皆𢖽怈爲重文

懋 21明　△愗　慕 14明　悛 9清　㥺 8透　懙 13定　慆 21透　懕 32影　憺 32定　怕 14並　恤 5心

勉也古多叚茂字爲之从心楙聲莫候切三部虞書曰虞當作唐見禾部時惟懋哉堯典文今作惟時未知孰是或省習也習其事者必中心好之从心莫聲莫故切五部止也方言悛改也自山而東或曰悛或曰懌从心夋聲此緣切十三部肆也廣雅曰毅也忽也从心隶聲他骨切十五部廣韵又他內切趣步懙懙也趣疾走也趣步懙懙謂疾而舒也馬部䮂下曰馬行徐而疾義正相類漢書長倩懙懙蘇林曰懙懙行步安舒也論語與與如也馬注曰與與威儀中適之皃與與卽懙懙之叚借欠部曰歟安气也从心與聲余呂切五部廣韵又平聲說也說今之悅字尚書大傳師乃慆注曰慆喜也可證許說悉蟀傳曰慆過也東山傳曰慆慆言久也皆引申之義也古與滔互叚借从心舀聲土刀切古音在三部安也小戎傳曰厭厭安靜也湛露傳曰厭厭安也釋文及魏都賦注引韓詩愔愔和悅之皃按愔見左傳祈招之詩葢愔卽懕之或體厭乃懕之叚借載芟有厭其傑厭厭其苗亦懕之叚借廣韵𥢶𥢶苗美也用載芟傳也从心厭聲於鹽切按古音讀如音在七部詩曰懕懕夜飲湛露文按此則許所據从心安也子虛賦曰憺乎自持按人部曰倓安也音義皆同从心詹聲徒敢切八部無僞也僞各本作爲今按許以爲訓母猴僞訓作也是許書作爲字皆當作作僞也今本人部僞下曰詐也淺人所改耳子虛賦曰怕乎無爲憺怕俗用澹泊爲之叚借也澹作淡尤俗从心白聲李善蒲各切五部徐鉉曰匹白切又葩亞切按匹白者今音之轉葩亞者用雅字爲俗字之俗音也今人所云怕懼者乃迫之語轉𢝊也𢝊各本作憂今正釋詁及小雅杕杜祈父傳皆曰恤憂也按冂部曰卹𢝊也比部引周書無毖于卹今尚書作恤恤與卹音義皆同又疑古祇有卹恤其或體收也當依玉篇作救也从心血聲辛聿切十二部

忓 ㄍㄢ 3見　懽 ㄏㄨㄢ 3見　偶 ㄩˊ 16疑　惄 ㄋㄧˋ 22泥　⿰忄卻 ㄐㄩㄝˋ 14匣　憸 ㄒㄧㄢ 30心　愒 ㄑㄧˋ 2溪　⿱毳心 ㄘㄨㄢˋ 2清

忓極也極者屋之高處干者犯也忓者以下犯上之意从心干聲古寒切十四部

懽喜歀也懽歀疊韵歀者意有所欲也欠部曰歡者喜樂也懽與歡音義皆略同从心雚聲古玩切十四部廣韵曰懽同歡呼官切爾雅曰懽懽愮愮憂無告也釋訓文懽懽卽大雅之老夫灌灌傳曰灌灌猶款款也懽本訓喜款而惪者款款然之誠亦與喜樂之款款同其誠切許說其本義爾雅說其引申之義也

偶懽也懽讀如歡冡上懽篆而云也从心禺聲噳俱切古音在四部此與愚各字猶慕與慔各字也琅邪朱虛見地理志故城在今山東青州府臨朐縣東六十里有偶亭按漢時縣道國邑千五百八十七鄉六千六百二十二亭二萬九千六百三十五其名皆著於籍故許氏得偁鄉亭之名班氏但舉縣道國邑之名也

惄飢餓也餓當作意釋言曰惄飢也李巡云惄宿不食之飢也周南傳曰惄飢意也爲許所本从心叔聲奴歷切古音在三部一曰惪也惪各本作憂今正釋詁及小弁傳曰惄思也舍人云惄志而不得之思也方言曰惄溼憂也自關而西秦晉之閒凡志而不得欲而不獲高而有墜得而中亡謂之溼或謂之惄按思與惪義略同也詩曰惄如輖飢輖各本作朝誤今依李仁甫本訂毛傳曰輖朝也謂輖卽朝之叚借字也周南汝墳文

⿰忄卻勞也此與人部御音義皆同本一字耳詳彼注从心卻聲其虐切古音在五部

憸憸詖也憸薟險之字誤詖同頗古文以詖爲頗也憸利於上佞人也立政曰國則罔有立政用憸人馬融曰憸利佞人也从心僉聲息廉切七部

愒息也此休息之息上文息篆訓喘息其本義凡訓休息者引申之義也釋詁及甘棠傳皆曰憩息也憩者愒之俗體民勞傳又曰愒息也非有二字也又釋言曰愒貪也此愒字乃潄之叚借如左傳玩歲而愒日許引作忨歲而潄日公羊傳不及時而葬曰愒愒急也亦卽潄字也从心曷聲去例切十五部

⿱毳心精戇也未聞玉篇廣韵云寢熟也从心毳聲千短切篇韵呼骨切十五部

⿱冊心 ㄒㄧㄢ 3心　急 ㄐㄧˊ 27見　⿰辡心 ㄅㄧㄢˋ 3幫　⿰忄亟 ㄐㄧˊ 25見　懁 ㄐㄩㄢˋ 3見　⿰忄巠 ㄒㄧㄥˋ 12匣

⿱冊心疾利口也疾惡也謂疾惡利口之人也般庚相時⿱冊心民猶胥顧于箴言謂惟憸惡利口之人尚能相與稍顧清議女部姍訓誹也漢書姍笑與⿱冊心義略同从心从冊小徐作冊聲誤按當讀如刪大徐息廉切非也篇韵皆同其誤久矣詩曰相時⿱冊心民詩無此語尚書般庚上曰相時憸民集韵引說文作商書相時⿱冊心民豈丁度等所見不誤與玉篇廣韵集韵類篇皆不言憸⿱冊心爲一字立政兩言憸人釋文曰憸本又作⿱冊心是則當爲一字矣而⿱冊心从冊蓋从刪省聲如珊姍字之比漢石經尚書殘碑此字作㪔㪔卽散疑古文般庚作⿱冊心今文般庚作散異字同音⿱冊心訓疾利口與憸訓詖邪異字異音異義不知者乃掍而一之般庚或作憸民立政或作⿱冊心人皆淺者所爲耳無容同字而許異訓也凡釋文云本又作之下往往出古字序內所云兼采說文字詁以示同異者此云本又作⿱冊心正用說文仍襲舊說未寀定般庚有⿱冊心而立政無⿱冊心也

急褊也褊者衣小也故凡窄陿謂之褊釋言曰褊急也从心及聲居立切七部

⿰辡心惪也惪各本作憂今正从心辡聲方沔切十二部一曰急也此義少見左傳曰郳莊公弁急而好絜弁蓋辡之叚借字杜云弁躁疾也玉藻弁行剡剡起屨釋文正義皆曰弁急也

⿰忄亟急性也各本作疾也今依韵會正釋言曰悈褊急也釋文悈本或作極又作亟同紀力反按極正⿰忄亟之誤⿰忄亟與急雙聲同義⿰忄亟字不見於經有叚亟爲之者如詩經始勿亟箋云亟急也是也有叚戒爲之者如鹽鐵論引六月我是用戒謝靈運撰征賦作用棘是也有叚悈爲之者如釋言悈急也是也有叚棘爲之者如素冠傳六月出車文王有聲箋皆曰棘急也是也有叚革爲之者如禮器非革其猶檀弓夫子之病革矣注皆曰急也是也傳箋注以叚借法釋經从心亟聲擧形聲關會意也己力切一部一曰謹重皃此義之相反而相成者也急則易遲列子讓⿰忄亟夌誶注⿰忄亟吃也

懁急也猽下曰一曰急也此與義音同論語猶孟子作猽其實當作懁齊風子之還兮傳曰還便捷之皃走部曰趯疾也其義皆近从心睘聲讀若絹古縣切十四部

⿰忄巠恨也⿰忄巠卽孟子悻字也孟

𢘵 ㄒㄧㄢˊ 6匣　慓 ㄆㄧㄠˋ 19滂　愞 ㄋㄨㄛˋ 3泥（懦）

子則怒悻悻然見於其面趙以恚怒釋之又引論語悻悻然小人哉今論語作硜硜从心巠聲胡頂切十一部

急也按人性急也从心弦性緩者佩弦以自急弦亦聲胡田切十二部河南密縣見地理志故城在今河南開封府密縣東七十里有𢘵亭

疾也廣雅急也弓人曰於挺臂中有柎焉故剽注云剽疾也此謂剽卽慓之叚借也从心票聲敷沼切二部亦平聲

駑弱也也上本有者今刪駑當作奴許書無駑字蓋祇云奴馬也从心耎聲乃亂切十四部此篆各本作懦从心需聲人朱切乃淺人所改今正愞與人部偄音義皆同弱也本乃亂切音轉寫乃過切廣韻獮韻愞而兖切換韻愞奴亂切過韻愞乃臥切玉篇心部愞乃亂乃過二切皆訓弱也此自古相傳不誤之字也因形近或譌爲懦再譌爲儒其始尚分愞儒爲二字二音故玉藻注云舒愞者所畏在前也釋文云愞乃亂反又奴臥反怯愞也又作儒人于反弱也皇云學士是其分別井然而轉寫愞譌爲懦故五經文字曰懦人于反又乃亂反

恁 ㄖㄣˇ 28泥　忕 ㄊㄞˋ 25透　怚 ㄐㄩˋ 13精　悒 ㄧˋ 27影

見禮記注於是有懦無愞而以愞之反語入於懦下廣韵虞韵懦字下人朱切又乃亂切其誤正同又考僖二年左傳愞字穀梁傳愞字釋文轉寫皆譌作懦凡經傳愞字皆譌作懦不可勝正愞通作耎亦或借蝡漢書西南夷傳選耎後書章帝八王傳西羌傳選愞史記律書選蝡方言注愞㨎今無不作懦者蓋需耎二聲古分別畫然需聲在古音四部人于切耎聲在古音十四部乃亂切而自張參以來改耎爲需不能諟正說文心部之愞手部之㨎皆經淺人任意竄改以合里俗世有好學深思心知其意者必以愚言爲然也

下齎也未聞按後漢書班固典引曰亦宜勤恁旅力李賢注引說文恁念也當用以訂正廣雅曰恁思也廣韵玉篇亦曰念也恁念爲疊韵廣雅又云恁弱也則與詩荏染同音通用耳从心任聲如甚切七部李善如深切

失常也从心代聲他得切一部此字不古說見下

驕也此與女部嫿驕也音義同嫿下今本作嬌乃驕之俗字耳从心且聲子去切五部

不安也大戴禮曰君子終身守此悒悒

憂念也蒼頡篇曰悒悒不暢之皃也其字古通作邑俗作唈爾雅云僾唈也謂憂而不得息也从心邑聲邑者人所聚也故凡鬱積之義从之於汲切七部

忘也此義未聞恐有譌字嘾也嘾者含深也含深者欲之甚也淮南修務訓高注云憛悇貪欲也賈誼新書勸學篇孰能無悇憛養心而顛一視之冏奴篇一國聞之者見之者垂羨而相告人悇憛其所自按嘾憛悆悇皆古今字悇憛猶憛悇也若廣雅云悇憛懷憂也此則其引申之義凡求得未有不患失者从心余聲羊茹切五部周書曰有疾不悆金縢文今本作弗豫許所據者壁中古文今本則孔安國以今文字易之也悆喜也喜者樂也此引書而釋之必釋之者以書義與字本義別也凡引日圛而釋之日圛升雲半有半無引布重莫席而釋之曰織蒻席引如虎如貔而釋之曰貔猛獸引朕堲讒說殄行而釋之曰堲疾惡也皆此例

悆 ㄩˊ 13定　忒 ㄊㄜˋ 25透

更也从心弋聲他得切一部按人部代更也弋聲忒與音義同尸鳩傳曰忒疑也瞻卬傳曰忒差也皆一義之區別也左部曰𢀩者

憪 ㄒㄧㄢˊ 3匣　愉 ㄩˊ 16定

忒也參𢀩不相值也不相值卽更改之意凡人有過失改常謂之忒本無忕字各本有忕篆注云失常也从心代聲代亦弋聲則音義皆同此蓋淺人妄增如貝部貣外沾貸虫部蟘改爲蟘皆其類忕篆宜刪廣韵無忕爲是也忒之引申爲已甚俗語用之或曰大他佐切或曰太或曰忒俗語曰忒殺忒之叚借或作貣

愉也廣韵曰憪心靜然則今人所用閒靜字當作此字許云愉者卽下文愉愉如也之愉謂憺怕之樂也从心閒聲戶閒切十四部

薄也薄本訓林薄蠶薄而叚爲淺泊字泊水部作洦凡言厚薄皆皁泊之叚借也此薄也當作薄樂也轉寫奪樂字謂淺薄之樂也引申之凡薄皆云愉唐風他人是愉傳曰愉樂也禮記曰有和氣者必有愉色此愉之本義也毛不言薄者重樂不重薄也鹿鳴視民不恌傳曰恌愉也許書人部作佻愉也周禮以俗敎安則民不愉鄭注愉謂朝不謀夕此引申之義也淺人分別之別製偷字从人訓爲偷薄訓爲苟且訓爲偷盜絕非古字許書所無然自山有樞鄭箋云愉讀曰偷偷取也則不可謂其字不古矣从心俞聲羊朱切古

惷 ㄔㄨㄥ 18透　悍 ㄏㄢˋ 3匣　像 ㄉㄤˋ 15定　△㑷　懈 ㄒㄧㄝˋ 11見

懱 ㄇㄧㄝˋ 2明　愚 ㄩˊ 16疑　戇 ㄓㄨㄤˋ 30端　倸 ㄘㄞˇ 24清　懝 ㄞˋ 24疑　忮 ㄓˋ 10定　態 ㄊㄞˋ 24透　怪 ㄍㄨㄞˋ 25見　慢 ㄇㄢˋ 3明　怠 ㄉㄞˋ 24定　惰 ㄉㄨㄛˋ 1定

音在四部 論語曰私覿愉愉如也 鄉黨篇文覿者儥之俗字愉聘禮作俞俞論語鄭注云愉愉容色和也正薄樂之義

懱輕易也 易當作傷人部曰傷輕也懱者輕易人蔑視之也剝之初六曰蔑貞凶馬云蔑無也鄭云輕慢鄭謂蔑卽懱之叚借字也 从心蔑聲 莫結切十五部 商書曰以相陵懱 今商書無此文陵讀如在上位不陵下之陵

愚戇也 愚者智之反也 从心禺 會意愚亦聲麌俱切古音在四部 禺母猴屬 母字舊奪今補許書夒下爲下獿下皆曰母猴卽沐猴獼猴一語之轉而由部禺下曰母猴屬此卽用彼語淺人刪母非也 獸之愚者 已上八字說从禺之意

戇愚也 與上篆互訓 从心贛聲 陟絳切古音在八部按師古張陳王周傳注曰舊音下紺反今音讀竹巷反此音有古今之證也

倸姦也 篇韵皆云佷也 从心采聲 倉宰切一部

惷愚也 見哀公問表記 从心舂聲 丑江切古音在九部徐仙民昌容反

懝騃也 駤本訓馬行仡仡引申爲疑立之狀又引申之則方言曰癡騃也儗騃卽方言之癡騃广部曰癡不慧也 从心疑 會意 疑亦聲 五溉切一部 一曰惶也 惶者恐也

忮很也 很者不聽从也雄雉瞻卬傳皆曰忮害也害卽很義之引申也或叚伎爲之忮之本義爲與許人部伎下引詩鞫人伎忒言叚借也 从心支聲 之義切十六部

悍勇也 从心旱聲 侯旰切十四部

態意態也 各本作意也少一字今補意態者有是意因有是狀故曰意態猶䛐者意內而言外有是意因有是言也意者識也 从心能 會意心所能必見於外也能亦聲一部

㑷或从人

怪異也 从心圣聲 古壞切一部

像放也 从心象聲 徒朗切十部

慢惰也 从心曼聲 謀晏切十四部 一曰慢不畏也

怠慢也 从心台聲 徒亥切一部

懈怠也 古多段解爲之 从心解聲 古隘切十六部

惰不敬也 今書皆作

慫 ㄙㄨㄥˇ 18心　忽 ㄏㄨ 8曉　恣 ㄗˋ 4精

△惰　△嫷　怫 ㄈㄨˊ 8並　㤝 ㄒㄧㄝˋ 2曉　忘 ㄨㄤˋ 15明　懣 ㄇㄢˊ 9明　愓 ㄉㄤˋ 15定　憧 ㄔㄨㄥ 18透　悝 ㄎㄨㄟ 24溪

惰韋元成傳供事靡惰師古曰惰古惰字 从心墯省聲 墯者篆文隓字見𨸏部按肉部有隋字則此當云隋聲也徒果切十七部 春秋傳曰執玉惰 僖公十一年左傳曰天王使召武公內史過賜晉侯命受玉惰許受作執按國語作晉侯執玉卑蓋或二書相涉之故

憜惰或省𠂤 今俗皆如此作

嫷古文 漢書韋元成傳無嫷爾儀張敞傳被輕嫷之名若方言嫷美也南楚之外曰嫷則方俗殊語耳

慫驚也 从心從聲 讀若悚 悚當作竦許書有[illegible]無悚息拱切九部

怫鬱也 鬱各本作鬱誤鬱者芳艸築以煑之引申爲凡抑鬱之偁瓠子歌曰魚弗鬱兮柏冬日弗者佛之借字 从心弗聲 符弗切十五部

㤝忽也 从心介聲 呼介切十五部 孟子曰孝子之心不若是㤝 萬章篇文今本夫公明高以孝子之心爲不若是恝注云恝無愁之皃張古黠切丁音昐按㤝恝古今字

忽忘也 古多叚曶爲之曶俗作曶 从心勿聲 呼骨切十五部

忘不識也 識者意也今所謂知識所謂記憶也 从心亡聲 依韵會本武方切十部

懣忘也懣兜也 疑當作懣兜忘也懣兜蓋古語之皃也猶今人曰糊塗不省事 从心𣎆聲 母官切十四部

恣縱也 縱者緩也一曰捨也 从心次聲 資四切古音在十二部

愓放也 與像音義同方言婬愓遊也江沅之閒謂戲爲婬或謂之愓按廣韵作婸 从心易聲 徒朗切十部方言音羊 一曰平也 玉藻行容愓愓注直而疾皃也

憧意不定也 咸九四曰憧憧往來劉表章句曰憧憧意未定也說與許同 从心童聲 尺容切九部

悝啁也 口部曰啁嘐也啁卽今之嘲字悝卽今之詼字謂詼諧啁調也今則詼嘲行而悝啁廢矣東京賦曰悝繆公於公室李注悝猶嘲也 从心里聲 苦回切古音在一部 春秋傳有孔悝 衞孔圉之子也見左傳哀公十五年許偁此者蓋悝字漢人少用也 一曰病也 釋詁曰悝憂也又曰痗病也蓋憂與病相因悝痗同字耳詩悠悠我

惝ㄍㄨㄟˇ 10溪

憰ㄐㄩㄝˊ 8見　㤮ㄍㄨㄤˋ 15見　怳ㄏㄨㄤˇ 15曉　懏ㄒㄧ 10匣　悸ㄐㄧˋ 5匣　憿ㄐㄧㄠ 20見　懖ㄍㄨㄛ 2見　△𦗛　忨ㄨㄢˊ 3疑　惏ㄌㄢˊ 28來　懜ㄇㄥˋ 26明　愆ㄑㄧㄢ 3溪

里傳曰里病也是則叚借里爲悝。憰權詐也。此與言部譎音義皆同益彼以言此以心。从心矞聲。古穴切十五部。㤮誤也。廣韵曰㤮惑也又曰誤人也。从心狂聲。居況切十部。怳狂之皃。廣韵曰惝怳。从心兄聲。各本作況省聲乃不知古音者所改今正許往切十部。恑變也。今此義多用詭非也詭訓責。从心危聲。過委切十六部。懏有二心也。懏古多叚借爲之。从心巂聲。戶圭切十六部。悸心動也。悸衞風垂帶悸兮傳曰垂其紳帶悸悸然有節度也此未知以悸爲何字之叚借凡若此類思而未得者可姑置之但心知其必是叚借斯可矣。从心季聲。其季切十五部。憿幸也。幸者吉而免凶也引申之曰欲幸亦曰憿幸俗作僥倖僥倖徼倖皆非也凡傳言徼福者皆當作憿福爲正。从心敫聲。古堯切二部。懖拒善自用之意也。拒字各本無依尚書音義所引補許書無拒歫卽今拒字。从心銽聲。古活切十五部。商書曰今女懖懖。般庚上篇文馬云拒善自用之意許同之鄭云難告之意其義略同其字皆作懖未嘗作聒也衞包因鄭云懖讀如聒耳之聒竟改經文作聒聒開成石經從之學者取以改孔氏正義陸氏釋文至宋人乃有訓聒聒爲讙譊多言者。𦗛古文从耳。蓋壁中文如是孔安國易从耳爲从心蓋由伏生尚書如是。忨貪也。貪者欲物也忨與玩翫義皆略同。从心元聲。五換切十四部。春秋傳曰忨歲而㵣日。按左傳昭元年曰翫歲而愒日習部引之國語作忨日而㵣歲韋曰忨偷也㵣遲也此所偁疑用外傳文然杜注翫愒皆貪也釋文曰翫字又作忨則許所據左傳如是。惏河內之北謂貪曰惏。內字衍小徐作河之北卽河內也惏與女部婪音義同賈注左傳曰惏嗜也方言曰惏殘也陳楚曰惏。从心林聲。盧含切古音在七部。懜不明也。从心夢聲。夕部夢不明也此舉形聲包會意武亙切六部。愆過也。過者度也凡人有所失則如或梗之有不可徑

△𡫳　△諐

慊ㄑㄧㄢˋ 30匣　惑ㄏㄨㄛˋ 25匣　怋ㄇㄣˊ 6曉　怓ㄋㄠˊ 13泥　惷ㄔㄨㄣˇ 9透　惛ㄏㄨㄣ 9曉　𢡆ㄨㄟˋ 2匣　忥ㄒㄧˋ 8曉　憒ㄎㄨㄟˋ 7匣　忌ㄐㄧˋ 24匣　悁ㄐㄩㄢ 3影　忿ㄈㄣˋ 9滂

過處故謂之過。从心衍聲。去虔切十四部。𡫳或从寒省。寒聲。諐籒文。从言侃聲過在多言故从言。慊疑也。疑者惑也故下文受之以惑今字多作嫌按女部嫌者不平於心也一曰疑也不平於心爲嫌之正義則嫌疑字作慊爲正今則嫌行而慊廢且用慊爲歉非是又或用慊爲愿尤非是大學此之謂自謙注曰謙讀爲慊慊之言猒也凡云之言者皆就字之本音本義而轉之猒足非慊之本義也至若鄭本周易爲其慊於陽故偁龍焉鄭注云慊讀爲羣公溓之溓古書篆作立心與水相近讀者失之故作慊溓襍也陰謂此上六也陽謂今消息用事乾也上六爲蛇得乾氣襍似龍此鄭注則易慊爲溓皆不用字之本義也。从心兼聲。戶兼切七部。惑亂也。亂者治也疑則當治之古多叚或爲惑。从心或聲。胡國切一部。怋怓也。从心民聲。呼昆切按古音當在十二部讀若民如今音則與惛無別矣。怓亂也。大雅民勞毛傳曰惛怓大亂也惛當作怋。从心奴聲。女交切古音在五部。詩曰以謹惛怓。怋各本作惛今正民勞釋文曰惛說文作怋舊本如是今本作說文作昏誤也怋怓爲連緜字說文古本當是怋篆下云怋怓亂也怓篆下云怋怓也而引詩在怋篆下。惷亂也。从心萅聲。尺允切十三部。春秋傳曰王室日惷惷焉。昭二十四年左傳文今本作王室實蠢蠢焉杜注動擾皃。一曰厚也。別一義。惛不憭也。憭慧也。从心昏聲。呼昆切十三部。忥癡皃。癡不慧也故忥與惛爲伍。从心气聲。許既切十五部。𢡆㝱言不慧也。哀二十四年左傳曰是躗言也釋文曰字林作𢡆云㝱言意不慧也按左傳作躗是叚借字。从心衞聲。于歲切十五部。憒亂也。大雅召旻潰潰回遹傳曰潰潰亂也按潰潰者憒憒之叚借也後人皆用憒憒。从心貴聲。胡對切十五部。忌憎惡也。从心己聲。渠記切一部。忿悁也。忿與憒義不同憒以气盈爲義忿以狷急爲義。从心分聲。敷粉切十三部。悁

△㥶　黎ㄌㄧˊ 4來　恚ㄏㄨㄟˋ 10影　怨ㄩㄢˋ 3影　△夗　怒ㄋㄨˋ 13泥　憝ㄉㄨㄟˋ 9定（懟）　慍ㄩㄣˋ 9影

忿也悁之言獧也獧急也澤陂曰中心悁悁傳曰悁悁猶悒悒也从心肙聲於緣切十四部一曰憂也憂各本作憂今正憂愁也籒文削聲恨也从心黎聲郎尸切十五部一曰怠也恚怒也怒各本作怨今依大雅緜正義正下文曰怒者恚也二篆互訓从心圭聲於避切十六部恚也从心夗聲於願切十四部古文按此篆體葢有誤集韵類篇云古作𢘄又班馬字類韵會皆引史記封禪書百姓怨其法字作怨今史記無有如此者葢古字日卽於亡矣恚也从心奴聲乃故切五部按古無努字祇用怒怨也从心敦聲徒對切古音在十三部周書曰凡民罔不憝康誥文今作凡民自得罪寇攘姦宄殺越人于貨暋不畏死罔弗憝孟子引作凡民罔不譈怨也怨各本作怒大雅緜傳曰慍恚也正義云說文慍怨也恚怒也有怨者必怒之故以慍爲恚然則唐初本作怨甚明車舝以慰我心韓詩作以慍我心慍恚也與毛緜傳合毛閒關傳曰慰怨也葢毛詩亦作慍後人譌爲慰耳从心昷聲於問切十三部

憎ㄗㄥ 26精　惡ㄜˋ 13影　怖ㄅㄟˋ 2並　忍ㄧˋ 8疑　㥾ㄒㄧㄝˊ 1匣

過也人有過曰惡有過而人憎之亦曰惡本無去入之別後人強分之从心亞聲烏各切五部惡也从心曾聲作滕切六部恨怒也小雅白華念子懆懆視我邁邁毛傳曰邁邁不悅也釋文云韓詩及說文皆作怖怖韓詩云意不悅好也許云很怒也今說文作恨似宜依很邁者怖之叚借非有韓許則毛詩不可通矣許宗毛而不廢三家詩从心市聲蒲昧切十五部詩曰視我怖怖怒也从心刀各本作刃聲今刪正从心刃謂心中含怒如懷刃也李陽冰云當从刈省聲非是本部固有忞篆矣讀若顡魚既切十五部怨恨也廣雅㥾恨也本此从心彖聲讀若膎戶佳切十六部按彖各本誤作彖篆體誤作㥾今改正彖聲在十四部彖讀若弛在十六部蠡㥾皆彖聲故同在十六部也今俗作蠡㥾此豕部下所謂今世字誤以彖

恨ㄏㄣˋ 9匣　懟ㄉㄨㄟˋ 8定　悔ㄏㄨㄟˇ 24曉　𢙀ㄔˋ 16透　怏ㄧㄤˋ 15影

爲彖也口部喙篆疑亦本從彖聲怨也从心艮聲胡艮切十三部怨也今與憝音義皆同謂爲一字許不尒者敦聲古在十三部从心對聲大淚切十五部悔恨也按悔乃複舉字之未刪者韵會無當从之悔者自恨之意从心每聲荒內切古音在一部小怒也从心壴聲充世切按廣韵𢙀在十三祭引說文小怒也尺制切𢙀在四十四有四十九宥小怒也芳否敷救二切集韵則祭韵有𢙀有韵𢙀倍二同匹九切類篇從之而無𢙀字葢𢙀𢙀倍三字同以說文音或作攷及說文侸字廣韵作僖求之定爲一字異體古音壴尌樹豎皆讀近受𢙀斷不讀充世切也咅者相與語唾而不受也天口切與小怒義亦相近不服懟也按當作不服也懟也奪一也字遂不可解矣集韵作不服對也尢非怏葢倔強之意方言曰鞅侼懟也集韵於陽韵曰怏然自大之意攷王逸少蘭亭序曰怏然自足自來石刻如是本非快字而學者尠知之或叚鞅爲之方言是也周亞夫傳曰此鞅鞅非少主臣从心央

懣ㄇㄣˋ 9明　憤ㄈㄣˋ 9並　悶ㄇㄣˋ 9明　惆ㄔㄡˊ 21透　悵ㄔㄤˋ 15透　愾ㄒㄧˋ 8曉　懆ㄘㄠˇ 19清

聲於亮切十部煩也煩者熱頭痛也引申之凡心悶皆爲煩問喪曰悲哀志懣氣盛古亦叚滿爲之从心滿滿亦聲廣韵莫旱切十四部大徐莫困切懣也从心賁聲房吻切十三部懣也从心門聲莫困切十三部失意也荀卿子惆然不嗛陸機歎逝賦心惆焉而自傷廣雅曰惆痛也从心周聲敕鳩切三部望恨也望其還而不至爲恨也从心長聲丑亮切十部大息皃大各本作太皃各本作也皆誤今正古無太息連文者淺人爲之也口部嘆下曰大息也大息者呼吸之大者也呼外息也吸內息也曹風下泉愾我寤嘆嘆或作歎者誤箋云愾嘆息之意許云大息者謂嘆云皃者謂愾也祭義曰入戶而聽愾然必有聞乎其嘆息之聲是也若哀公問則愾乎天下矣注云愾至也此叚愾爲訖从心氣聲許既切陸引說文火既反十五部詩曰愾我寤嘆愁不安也當依韵會本作懆懆愁也懆訓愁慘訓毒音義皆殊

憯ㄘㄢˇ 28清　悽ㄑㄧ 4清

愴ㄔㄨㄤˋ 15清　怛ㄉㄚˊ 3端　△⿱旦心　慘ㄘㄢˇ 28清　恫ㄊㄨㄥ 18透

而寫者多亂之白華作慄見於許書月出正月抑皆作慄人韵且毛傳曰慄慄憂不樂也慄慄猶慼慼也正爲許說所本而陸氏三者皆云七感反其慣亂有如此者 从心喿聲 七早切二部 詩曰念子慄慄 小雅白華文

愴 傷也 愴訓傷猶創訓傷也祭義曰必有悽愴之心 从心倉聲 初亮切十部

怛 憯也 匪風中心怛兮傳曰怛傷也甫田勞心怛怛傳曰怛怛猶忉忉也按上章傳曰忉忉憂勞也此因其義相同故曰猶 从心旦聲 得案切又當割切在十四十五部

⿱旦心 怛或从心在旦下 詩曰信誓⿱旦心⿱旦心 衛風氓傳文按詩曰信誓旦旦傳曰信誓⿱旦心⿱旦心然謂旦卽⿱旦心之叚借字箋云言其懇惻款誠是也許偁詩傳而云詩曰者此詩曰不醉而怒謂之奰虞書曰仁覆閔下則偁旻天之例也⿱旦心⿱旦心下當有然字

憯 痛也 从心朁聲 七感切古音在七部

慘 毒也 毒害也 从心參聲 七感切古音在七部

悽 痛也 从心妻聲 七稽切十五部

惻ㄘㄜˋ 25清

悲ㄅㄟ 7幫　惜ㄒㄧ 14心　愍ㄇㄧㄣˇ 6明　慇ㄧㄣ 9影　⿱依心ㄧ 7影

恫 痛也 大雅思齊傳曰恫痛也康誥恫瘝乃身 从心同聲 他紅切九部 一曰呻吟也 呻吟見口部匡謬正俗曰太原俗呼痛而呻吟爲通嚬周書痌瘝是其義江南謂呻喚關中謂呻恫按前說可包後說此等恐皆後人入也

悲 痛也 按憯者痛之深者也恫者痛之專者也悲者痛之上騰者也各從其聲而得之 从心非聲 府眉切十五部

惻 痛也 从心則聲 初力切一部

惜 痛也 从心昔聲 思積切古音在五部

愍 痛也 與閔義殊 从心敃聲 眉殞切十三部

慇 痛也 柏舟耿耿不寐如有隱憂傳曰隱痛也此謂隱卽慇之叚借痛憂猶重憂也桑柔憂心慇慇釋訓慇慇憂也謂憂之切者也凡經傳隱訓痛者皆柏舟詩之例 从心殷聲 於巾切古音在十三部樊光於謹反

⿱依心 痛聲也 閒傳斬衰之哭若往而不反齊衰之哭若往而反大功之哭三曲而偯注曰一哭舉聲而三折也偯聲餘從容孝經哭不偯鄭注云氣竭而息聲不委曲按音義皆云說文作⿱依心然則許云痛聲者委

十篇下　罜

⿱⺮悶ㄐㄧㄢˇ 3見　慅ㄙㄠ 21心　感ㄍㄢˇ 28見

曲自見其痛於聲非痛之至者也 从心依聲 於豈切十五部 孝經曰哭不⿱依心 此許所學孔氏古文也作偯者俗字

⿱⺮悶 ⿱⺮悶在也 各本作⿱⺮悶存也三字今正釋訓曰存存⿱⺮悶⿱⺮悶在也許本之今爾雅作存存萌萌在也郭云未見所出音武庚反可謂疏於孝覈矣釋文曰施亡朋反字或作⿱⺮悶廣韵引爾雅存存⿱艹悶⿱艹悶在也音武登切玉篇艸部引爾雅存存⿱艹悶⿱艹悶在也音莫耕切又曰⿱艹⿱貝心同⿱艹悶或作萌玉裁按⿱艹悶與⿱⺮悶相似而竹艸不同又後人音切與讀簡大異⿱艹⿱貝心⿱艹悶者⿱⺮悶之譌竹誤而爲艸也⿱艹⿱貝心者⿱艹悶之譌門誤而爲明也又誤而去心作萌而郭反以武庚玉篇從之又誤而以萌爲萠而陳博士施乾反以莫登廣韵本之此展轉貤繆之故叚令景純解讀許書何難正其形說其音義也論語簡在帝心卽⿱⺮悶字之叚借 从心⿱⺮悶省聲 讀若簡 古限切十四部

慅 動也 月出勞心慅兮常武徐方繹騷傳曰騷動也此謂騷卽慅之叚借字也二字義相近騷行而慅廢矣 从心蚤聲 穌遭切古音在三部 一曰起也 別一義

感 動人心也

忦ㄐㄧㄚˊ 2疑

惴ㄓㄨㄟˋ 3端　恙ㄧㄤˋ 15定　怮ㄧㄡ 21影　愪ㄩㄣˊ 9匣　⿱咎心ㄑㄧㄡˊ 21匣　忧ㄧㄡˊ 24匣

許書有感無憾左傳漢書憾多作感蓋憾淺於怨怒才有動於心而已 从心咸聲 古禫切古音在七部

忧 心動也 各本作不動也今正玉篇曰心動也廣韵曰動也與頁部之煩義近 从心尤聲 讀若祐 于救切古音在一部

⿱咎心 怨⿱咎心也 各本作怨仇也今正廣韵亦作怨⿱咎心謂怨惡之也⿱咎心與咎音同義別古書多叚咎字爲之咎行而⿱咎心廢矣 从心咎聲 此與人部偺皆謂歸咎於彼舉形聲包會意也 其久切三部

愪 ⿱頁心見 以下⿱頁心字廿二見併上文四見各本皆作憂淺人用俗行字改之也許造此書依形立解斷非此形彼義牛頭馬脯以自爲矛盾者⿱頁心者愁也憂者和行也如今本則此廿餘篆將訓爲和行乎他書可用叚借許自爲書不可用叚借 从心員聲 王分切十三部

怮 ⿱頁心見 从心幼聲 於虯切三部

忦 ⿱頁心也 从心介聲 此與上介下心之字義別 五介切十五部

恙 ⿱頁心也 古相問曰不恙曰無恙皆謂無憂也 从心羊聲 余亮切十部

惴 ⿱頁心懼也 釋訓

十篇下　畀

鈞 6定　怲 15幫　惔 32定　惙 2端　傷 15透

毛傳皆曰惴惴懼也許意懼不足以盡之故增悳字从心耑聲之瑞切古音在十四部詩曰惴惴其慄詩者秦風黃鳥文慄當作栗轉寫之誤也古戰栗堅栗皆作栗戰栗及禮經栗階皆取栗駭之意

悳也从心鈞聲常倫切十二部廣韵作恂

悳也釋訓曰怲怲憂也毛傳曰怲怲憂盛滿也怲怲與彭彭音義同故云憂盛滿从心丙聲兵永切古音在十部讀如旁詩曰憂心怲怲

悳也从心炎聲此以形聲賅會意徒甘切八部詩曰憂心如炎節南山憂心如惔許所據作憂心如炎引之以朙會意也此豐麗引易之例今更正炎者火光上也憂心如之故其字作惔雲漢如惔如焚亦如炎之誤毛傳曰惔燎之也

悳也釋詁毛傳同从心叕聲陟劣切十五部詩曰憂心惙惙召南草蟲文一曰意不定也

悳也周南卷耳傳曰傷思也此傷卽傷之叚借思與憂義相近也方言傷廣雅作傷从心傷省聲

愁 21從　愵 20泥　惂 30溪　悠 21定　悴 8從　慁 9匣　慗 24來

各本作殤省聲今正式亮切十部按舊音式羊切見廣韵

悳也或借爲揫字鄉飲酒義曰秋之爲言揫也是从心秋聲士尤切三部

悳皃毛詩惄如輖飢韓詩作愵如方言愵憂也自關而西秦晉之閒或曰惄葢古惄愵通用从心弱聲讀與惄同奴歷切古音在二部

悳困也从心臽聲苦感切八部

悳也釋訓曰悠悠洋洋思也小雅悠悠我里傳曰悠悠憂也按此傳乃悠之本義渭陽悠悠我思無傳蓋同釋訓若黍離悠悠蒼天傳曰悠悠遠意此謂悠同攸攸同脩古多叚攸爲脩長也遠也从心攸聲以周切三部

悳也方言悴傷也傷卽傷字从心卒聲讀與易萃卦同秦醉切十五部

悳也昭六年左傳曰主不慁賓杜云慁患也从心圂聲胡困切十三部一曰擾也禮記儒行不慁君王陸賈傳無久慁公爲也

楚潁之閒謂悳曰慗从心䓾聲力至切按古音在一部玉篇廣韵皆力之切至韵本無此字至集韵乃並見之至二韵大徐力至二字乃力之之誤也

忓 13曉　忡 23透　悄 19清　慽 22清（慼）　悳 21影（憂）　患 3匣　△悶

悳也卷耳云何吁矣傳曰吁悳也此謂吁卽忓之叚借也于部曰吁驚詞也本義不訓憂何人斯曰云何其盱都人士曰云何盱矣盱亦忓之叚借毛無傳疑卷耳本亦作盱也盱張目也釋詁盱憂也盱本或作忓从心干聲讀若吁況于切五部

悳也按也當作皃釋訓曰忡忡憂也毛傳曰忡忡猶衝衝也从心中聲敕中切九部詩曰憂心忡忡召南草蟲文

悳也按也當作皃釋訓曰悄悄憂也毛傳曰悄悄憂皃从心肖聲親小切二部詩曰憂心悄悄邶柏舟文

悳也小明曰政事愈慼傳曰慼迫也又曰自詒伊慼傳曰慼憂也按下傳謂慼卽慽之叚借字也慼者戉也从心戚聲倉歷切古音在三部或書作感

愁也上文云愁悳也此云悳愁也二篆互訓不知何時淺人盡易許書悳字許於文部曰憂和行也从文悳聲非和行則不得从文矣又引詩布政憂憂於此知許所據詩惟此作憂其他訓愁者皆作悳自叚憂代悳則不得不叚優代憂而商頌乃作布政優優者鐃也一曰倡也从心頁鍇本下衍聲字非悳心形於顏面故从頁此九字鉉本無之鍇本有韵會引同今汪啓淑所刻鍇本悳篆奪去慲篆已下又奪一葉少慲至忩三十三篆惟姑蘇顧氏黃氏所藏舊抄不少此會意如息从心自由心達於鼻思从心囟由心徹於囟也於求切三部

悳也从心上貫吅吅亦聲此八字乃淺人所改竄古本當作从心毌聲四字毌貫古今字古形橫直無一定如目字偏旁皆作罒患字上从毌或橫之作申而又析爲二中之形葢恐類於申也春秋繁露曰心止於一中者謂之忠持二中者謂之患患人之中不一者也董氏所說固非字之本形矣古毌多作串廣韵曰串穿也親串卽親毌貫習也大雅串夷載路傳曰串習也葢其字本作毌爲慣摜字之叚借也廣韵又謂炙肉之器爲弗初限切亦毌字之變體也患胡丱切十四部舊多讀平聲

古文从關省以關省爲聲也關从𢍏聲𢍏从丱聲丱者

△𢘓　恇 15溪　悏 29溪　懾 29端　憚 3定　悼 20定　恐 18溪　慴 27端　△㤟　怵 8透　惕 11透　㤣 18匣　△𢙾　㤥 24匣　惶 15匣　悑 13滂　△怖　慹 27端　㦗 11溪

从說文卵字𢘓亦古文恵　恇㹤也犬部曰㹤多畏也杜林作怯素問尺虛者行步恇然王注恇然不足樂記衆不匡懼此段匡爲恇也从心匡匡亦聲去王切十部按匡亦二字衍悏思皃从心夾聲苦叶切八部懾失气也失气言則曰讋从心聶聲之涉切八部一曰心服也心字依元應書補憚忌難也惛惡而難之也詩亦段爲癉字大東哀我憚人是也从心單聲徒案切十四部一曰難也當作難之也難讀去聲今本奪之字凡畏難曰憚以難相恐嚇亦曰憚昭十三年左傳曰憚之以威周禮暴內陵外則壇之壇書或爲憚大鄭讀從憚之以威之憚西京賦曰驚蝄蛃憚蛟蛇悼懼也陳楚謂懼曰悼方言悽憮矜悼憐哀也齊魯之閒曰矜陳楚之閒曰悼趙魏燕代之閒曰悽自楚之北郊曰憮秦晉之閒或曰矜或曰悼按方言甚明了許易哀爲懼未詳方言又曰悼傷也秦謂之悼皆不訓懼檜風中心是悼傳曰悼動也於懼義相合小雅上帝甚蹈傳曰蹈動也謂蹈卽悼之段借也故鄭申之云蹈讀曰悼从心卓聲徒到切二部恐懼也从心巩聲丘隴切九部㤟古文慴懼也从心習聲讀若疊之涉切七部怵恐也孟子云怵惕从心术聲丑律切十五部惕敬也从心易聲他歷切十六部𢙾或从狄狄聲也漢書王商傳如此作㤣戰栗也栗舊作慄今正大學曰恂栗也戰國策曰戰戰栗栗日愼一日方言蛩㤣戰慄也荆吳曰蛩㤣蛩㤣又恐也注鞏恭兩音从心共聲此與上共下心之恭字義別戶工切又工恐切九部㤥苦也通俗文思愁曰㤥廣雅㤥痛也从心亥聲胡槩切一部惶恐也从心皇聲胡光切十部悑惶也从心甫聲普故切五部怖悑或从布聲慹悑也莊子齊物論哀樂慮歎變慹司馬彪云慹不動皃桂馥曰不當作心从心執聲之入切七部㦗

怍 14從

△痡　憊 25並　惎 24匣　恥 24透　㥦 3透　忝 6透　慙 32從（慚）　恧 24泥　憐 6來　㦘 3來　忍 9泥　㥝 10明

憊也此與憊篆轉注从心毄聲苦計切十六部憊㦗也通俗文疲極曰憊从心葡聲蒲拜切十五部今周易公羊傳皆作憊憊或从疒惎毒也左傳用此字有用其本義者如定四年惎閒王室哀元年惎澆能戒之注云惎毒也此用其本義也宣十二年晉人惎之脫扃注云惎教也此段惎爲記也記誡也从心其聲渠記切一部周書曰來就惎惎今尚書無此文蓋卽秦誓未就予忌也惎忌音同義相近其餘乖異不敢肊說蓋必有誤奪恥辱也辰部曰辱恥也二篆爲轉注从心耳聲敕里切一部㥦青徐謂慙曰㥦方言㥦㤿慙也荆揚青徐之閒曰㥦若梁益秦晉之閒言心內慙矣山之東西自愧曰㤿从心典聲他典切十二部忝辱也小雅小宛曰無忝爾所生傳云忝辱也从心天聲他典切按从天爲聲則古音必在十二部蓋或㥦之或體耳自字林讀他念切而失其本音矣慙媿也女部曰媿慙也二篆爲轉注从心斬聲昨甘切八部恧慙也从心而聲女六切古音在一部音轉入三部屋韵怍慙也从心乍聲依小徐本在各切五部憐哀也从心粦聲落賢切十二部㦘泣下也無聲出涕曰泣从心連聲从心者哀出於心也从連者不可止也連亦聲力延切十四部易曰泣涕㦘如屯上六爻辭泣涕易作泣血雨無正傳曰無聲曰泣血檀弓注曰泣無聲如血出而九家虞翻注易乃云血流出目未知孰是㦘如易作漣如漣者瀾之或字蓋許所據爲長忍能也能者熊屬能獸堅中故賢者偁能而彊壯偁能傑凡敢於行曰能今俗所謂能榦也敢於止亦曰能今俗所謂能耐也能耐本一字俗殊其音忍之義亦兼行止敢於殺人謂之忍俗所謂忍害也敢於不殺人亦謂之忍俗所謂忍耐也其爲能一也仁義本無二事先王不忍人之心不忍人之政中皆必兼斯二者从心刃聲而軫切十三部㥝厲也蓋淬厲之意一曰止也左傳弭兵之弭周禮彌災兵之

彌郊特牲有由辟焉之辟皆當作此字**从心弜聲讀若沔**彌兗切按弜在弓部亦作彍古音在十六部愐亦當在十六部讀若沔者音之轉耳**忩懲也**古多用乂艾爲之而忩廢矣**从心乂聲**魚肺切十五部**懲忩也**二篆爲轉注古亦叚徵爲懲**从心徵聲**直陵切六部**憬覺悟也从心景聲**俱永切**詩曰憬彼淮夷**魯頌文按上文云悟覺也憬當與悟爲鄰且毛詩作懬故訓遠行皃憬葢出三家詩淺人取以改毛許書葢本無此篆或益之於此

文二百六十三　重二十三

惢心疑也魏都賦曰神惢形茹**从三心**今俗謂疑爲多心會意今花蘂字當作此蘂蘂皆俗字也**凡惢之屬皆从惢讀若易旅瑣瑣**旅初六爻辭惢讀如此瑣瑣也按古音在十六部今才規才累二切是也**縈垂也**垂各本作𡍮誤今正左傳曰佩玉縈兮余無所繫之旨酒一盛兮余與褐之父睨之注云縈然服飾備也按**从惢系**各本縈然垂意左氏縈繫睨爲韵古音十六部也**从惢系**下有聲字今刪此會意字系者所以系而垂之也不入系部者重惢也惢亦聲如壘切古音在十六部

文二

四十部　文八百一十　重八十八宋本作八十七

凡萬四字此第十篇分部及篆體及說解各都數

說文解字第十篇下

儀徵阮　元校字

水ㄕㄨㄟˇ 7透　汃ㄅㄧㄣ 5幫　河ㄏㄜˊ 1匣

說文解字第十一篇上一

金壇段玉裁注

水 準也 準古音追上聲此以疊韵爲訓如户護尾微之例釋名曰水準也準平也天下莫平於水故匠人建國必水地 北方之行 月令曰某日立冬盛德在水大史謁之天子曰 象衆水並流中有微陽之氣也 火外陽內陰水外陰內陽中畫象其陽云微陽者陽在內也微猶隱也水之文與☵卦略同式軌切十五部 凡水之屬皆从水

汃 西極之水也从水八聲 府巾切十二部 爾雅曰西至於汃國謂之四極 釋地曰東至於大遠西至於邠國南至於濮鉛北至於祝栗謂之四極釋文邠本或作豳說文作汃同彼貧反案汃之作豳聲之誤也作邠則更俗矣而可證唐以前早有以邠代豳者許意西極汃國必以汃水得名言水必先汃與邑部言地先鄯善皆自西而東如禹貢之先弱水黑水也許不以溺水先於河者水莫尊於河與江也南都賦砏汃輣軋李善汃音八引埤蒼汃大聲也此假借別爲一義其音亦可讀如邠砏汃疊韵也

河 河水 各本水上無河字由畫刪篆下複舉隸字因并不可刪者而刪之也許君原本當作河水也三字洌者篆文也河水也者其義也此以義釋形之例毛傳云洽水也渭水也此釋經之例 出敦煌塞外昆侖山 句 發原注海 敦鍇作燉鉉作焞皆誤今正唐朝乃作燉煌見元和郡縣志前此皆作敦酈氏書引應劭地理風俗記曰敦大也煌盛也地理志郡國志皆有敦煌郡縣六首敦煌許但云敦煌謂郡也明之沙州衞今甘肅之安西州敦煌縣玉門縣皆漢郡地也史記大宛傳曰于寘之西則水皆西流注西海其東水東流注鹽澤鹽澤潛行地下其南則河源出焉多玉石河此四字當作爲積石河注中國鹽澤去長安可五千里又曰張騫死後漢使窮河源河源出于寘其山多玉石采來天子案古圖書名河所出山曰崑崙云漢書西域傳曰西域以孝武時始通本三十六國東則接漢阸以玉門陽關西則限

泑ㄧㄡˇ 21影　涷ㄉㄨㄥ 18端

以蔥嶺其南山東出金城與漢南山屬焉其河有兩源一出蔥嶺一出于闐于闐在南山下其河北流與蔥嶺河合東注蒲昌海蒲昌海一名鹽澤者也去玉門陽關三千三百餘里千字依水經注廣袤三四此字依小司馬增百里其水亭居冬夏不增減皆以爲潛行地下南出於積石爲中國河云地理志曰金城郡河關縣積石山在西南羌中河水行塞外東北入塞內至勃海郡章武入海過郡十六行九千四百里按于闐今之和闐也班云積石山者卽禹貢之道河積石今甘肅西寧府西南境之大積石也許云出敦煌塞外者卽班志云河水行塞外也云昆侖山者卽馬班所云出蔥嶺于寘天子案古圖書名其山曰崑崙也云發原注海者釋水文卽志所云東北入塞內至章武入海也史漢所云古圖書者謂禹本紀山海經皆云河出昆侖也馬班皆不信禹本紀山海經之言而許云出昆侖山者許從漢武帝所諾也塞外之山至高大者皆可謂之昆侖故武帝取以諾蔥嶺于闐山而不取荒誕之說爾雅釋水曰江河淮濟爲四瀆四瀆者發源注海者也河出崑崙虛色白所渠并千七百一川色黃爾雅但言出崑崙虛而絕無禹本紀山海經荒誕之言故許取爲說 从水可聲 乎哥切十七部

泑 泑澤 澤上補一字宋本河泑下皆作昆侖趙鈔本侖作崙非 虛 在昆侖虛下 下字各本無今依太平御覽所引補昆侖虛見爾雅山海經水經丠部曰虛大丘也昆侖丘謂之昆侖虛山海經西山經曰不周之山東望泑澤河水所潛也其源渾渾泡泡西山經之泑澤郭景純酈善長皆云卽史漢之鹽澤一名蒲昌海者也云河水所潛卽史漢書所謂潛行地下南出於積石也泑澤岠于闐山漢武諾之昆侖者不甚遠故曰在昆侖虛下 从水幼聲讀與𣢕同 𣢕同呦於糾切三部

涷 涷水 水上補涷字以下皆同 出發鳩山入河 北山經曰又北二百里曰發鳩之山漳水出焉東流注于河水經注濁漳篇曰漳水又東涷水注之涷水西出發鳩山東徑余吾縣故城南又東徑屯留縣故城北又東流注于漳故許愼曰水出發鳩山入關從水東聲也案酈注作入關不可通說文云入於河亦與水道不合又但云出發鳩山不言發鳩所在郡縣葢許所據山海經作涷水出焉東流

注于河故許仍舊立文如下文涻出北囂山入邙澤亦全用北山經語涷作漳正如今北山經作涔許作涻及木部引櫨出發鳩山今作柘之比泑涷字皆出山海經故類舉之耳若依水經注則涷入濁漳濁漳徑入海不入河發鳩山淮南子注水經注山海經注皆云在上黨長子縣西今山西潞安府長子縣西五十里有發鳩山 从水東聲 德紅切九部按方言瀧涿謂之霑漬瀧涿亦曰瀧涷又爾雅楚辭有涷雨王云暴雨也

涪 ㄈㄡˊ 24並

涪水 句以下同 出廣漢剛邑道徼外南入漢 地理志曰廣漢郡剛氏道郡國志曰廣漢屬國都尉領陰平道甸氏道剛氏道剛氏此作剛邑葢誤百官公卿表曰列侯所食縣曰國皇大后皇后公主所食曰邑有蠻夷曰道然則志偁甸氏道剛氏道湔氏道皆以其有氏而道之志於剛氏道下曰涪水出徼外南至墊江入漢過郡二行千六十九里過郡二者廣漢巴郡也墊江屬巴郡按剛氏道徼外葢在今四川龍安府松潘廳境內地舊松潘衞也衞東有小分水嶺涪水出焉東南流經龍安府之平武縣江油縣彰明縣又經綿州又經潼川府之三臺縣射洪縣遂寧縣至重慶府之合州城南嘉陵江合渠江自東北來會合流至重慶府府城北入大江合州漢之墊江縣也嘉陵江卽西漢水也許云南入漢謂入嘉陵江也水經云涪水出廣魏涪縣西北南至小廣魏與梓潼水合梓潼水出其縣北畍西南入於涪又西南至小廣魏南入於墊江云出涪縣與志異者水經舉稍近言也墊江縣名而云入於墊江者以地名名水也氳州之水見於史者涪水謂之內水今之涪江也雒水合緜水謂之中水今在瀘州州城北入大江水道提綱謂之沱江者是也外水今之大江也 从水咅聲 縛牟切三部

潼 ㄊㄨㄥˊ 18定

潼水出廣漢梓潼北畍南入褺江 褺各本作墊今正廣漢郡梓潼前後二志同前志曰梓潼五婦山馳水所出南入涪行五百五十里應劭注云潼水所出南入墊江水經曰梓潼水出其縣北畍西南入於涪又西南至小廣魏南入於墊江按馳水潼水梓潼水異名同實五婦山卽今四川保寧府劒州劒州西北五十里之五子山今劒州及綿州之梓潼縣葢漢梓潼地潼水出五子山之西大山東南流經今梓潼縣又經潼川府

之鹽亭縣又至射洪縣東南之獨坐山入涪江今謂之潼江射江瀰江許云南入褺江卽謂今射洪東南入涪江涪江下流至重慶府之合州合嘉陵江也漢志墊江應劭音徒浹反孟康音重疊之疊許書衣部云褺重衣也巴郡有褺江縣此縣爲嘉陵江渠江涪江會合之地水如衣之重複故曰褺江其字音疊淺人乃譌作昏墊之墊觀應孟之音則知漢書字固從衣也云入褺江者其縣其水通名也今四川忠州之墊江縣則漢巴郡臨江縣地與漢褺江相岠甚遠○又按涪下曰南入漢者言至褺江而入西漢水也潼下曰南入褺江者言入西漢水在褺江境也錯見互相足○又按地理志水經之羌水下合白水又合西漢水卽今四川保寧府昭化縣城北合嘉陵江之白水也羌水亦謂之墊江者葢昔人以其委名其源魏書吐谷渾阿豺登其國西彊山觀墊江源今洮州衞西南三百四十里西嵹山羌水所出 从水童聲 徒紅切九部

江 ㄐㄧㄤ 18見

江水出蜀湔氐徼外崏山入海 蜀郡湔氐道二志同前志曰湔氐道禹貢崏山在西徼外江水所出東南至江都入海過郡九行七千二百六十里今本九作七行七千作行二千今依徐鍇所引正過郡九者蜀郡犍爲巴郡南郡長沙江夏廬江丹陽廣陵國也湔氐徼外崏山卽禹貢岷山封禪書謂之瀆山李膺益州記謂之羊膊嶺今四川龍安府松潘廳卽松潘衞衞北二百三十里大分水嶺是也流經茂州成都府眉州嘉定府敘州府瀘州重慶府忠州夔州府湖廣之宜昌府荆州府岳州府武昌府漢陽府黃州府江西之九江府江南之安慶府池州府太平府江寧府鎭江府常州府諸境至北岸通州南岸蘇州府昭文縣境入海此禹貢漢志所謂北江入海也 从水工聲 古雙切九部

沱 ㄊㄨㄛˊ 1定

江別流也 召南曰江有沱釋水曰水自江出爲沱毛傳曰沱江之別者按今說文衍流字宜刪沱爲江之別如勃澥爲海之別立文正同禹貢某氏注云沱江別名江別名謂江之別出者之名也別皆彼列切 出崏山東 句 別爲沱 禹貢曰岷山道江東別爲沱按荆州梁州皆有沱地理志蜀郡郫下曰禹貢江沱在西東入江汶江下曰江沱在西南東入江皆謂梁州沱也於南郡枝江曰江沱在西東入江謂荆州沱也

浙ㄓㄜ 2 端　渽ㄗㄞ 24 精

道江之東別爲沱自當謂梁州者鄭注尚書不信地理志所說以今水道言之水道提綱曰江至灌縣曰都江分爲二派其南流者正派也其東流經郫縣新繁成都新都金堂南經簡州資陽資縣富順至瀘州復入江者沱江也沱江會北來綿雒諸水而南入江曰中水是首受江尾入江與漢志合然此郫之沱耳汶江之沱尚當在其上流未審今何水 **从水它聲** 徒何切十七部

浙 江水東至會稽山陰爲浙江 會稽郡山陰二志同今浙江省紹興府山陰縣是其地今俗皆謂錢唐江爲浙江不知錢唐江地理志水經皆謂之漸江江至會稽山陰古曰漸江說文浙漸二篆分舉劃然後人乃以浙名冒漸蓋由二水相合如吳越春秋越王至浙江之上史記楚威王盡取故吳地至浙江始皇至錢唐臨浙江皆謂是也今則江故道不可攷矣歙金氏榜禮箋曰班志南江在會稽吳縣南東入海楊州川北江在毗陵北東入海楊州川中江出丹陽蕪湖西南東至陽羨入海楊州川毗陵之北江卽今大江其蕪湖之中江吳縣之南江逕流湮廢據班志丹陽石城下云分江水首受江東至餘姚入海過郡二行千二百里說文江水至會稽山陰爲浙江闞駰十三州志曰江水至會稽與浙江合晉灼亦云水經江水又東至石城縣分爲二其一東北流過毗陵縣北爲北江其一又東至會稽餘姚縣東入於海酈注沔水篇曰江水自石城東出爲南江又東逕宣城之臨城縣南又東逕安吳縣又東逕寧國縣南又東逕故鄣縣南安吉縣北又東北爲長瀆歷湖口又歷烏程縣南通餘杭縣則與浙江合又東逕餘姚縣故城南又東注於海所謂地理志江水自石城東出逕吳國南爲南江者也榜謂分江水合三江言之爲南江猶岷江合言之爲北江班氏備列南江中江北江以應職方楊州其川三江其於石城著南江源委猶於湔氏道著北江源委故志於中江言出蕪湖西南東至陽羨入海至南江北江但云東入海以入海之地已互見於石城湔氏道也是分江水爲南江卽志文考之謚明酈注能說南江而不能說中江耳 **从水折聲** 旨熱切十五部

渽 渽水出蜀汶江徼外東南入江 蜀郡汶江見前志後志云蜀郡汶江道前志蜀郡青衣下云大渡水東南至南

安入渽汶江下云渽水出徼外南至南安東入江過郡三行三千四十里水經曰大江又東南過犍爲武陽縣青衣水沫水從西南來合而注之又曰青衣水出青衣縣西蒙山東與沫水合至犍爲南安縣入江沫水出廣柔徼外東南過旄牛縣北又東至越巂靈道縣出蒙山南東北與青衣水合東入於江注曰江水又東南徑南安縣西縣治青衣水會衿帶二水矣縣南有峨眉山有濛水卽大渡水也水發蒙谿東南與渽水合渽水出徼外徑汶江道南至南安入大渡水大渡水又東入江按經曰武陽注曰南安二縣壤接犍爲南安者今四川嘉定府治附郭縣曰樂山是也蜀郡汶江縣者今四川茂州治是其地凡言徼外者皆謂去其郡縣境不甚遠如廣漢剛氐道徼外蜀湔氐徼外皆是徼者張揖曰塞也以木柵水爲蠻夷盻也漢志青衣縣下有大渡水而無青衣水蓋今之青衣水班所謂大渡水也今之大渡河班所謂渽水也凡水以互受而名亂舉如是矣且地理志不言沫水但言大渡水入渽渽水至南安入江水經華陽國志張揖注漢書皆曰沫水與青衣水合入江然則諸家云沫水與青衣水合者卽班志之大渡水與渽水合也以今水道言今之青衣江出雅州府蘆山縣東伏牛山西麓東南流經滎經縣東雅州府城北名山縣南洪雅縣南夾江縣西至嘉定府西境與陽江合者諸家之青衣水班志之大渡水也今之大渡河出小金川司大金川司至上下魚通合打箭鑪瀘河經曬經關合越巂河經峩眉縣西南大峩山前又經三峩山麓至嘉定府西南境青衣江自西南來會者諸家所云沫水班固所云渽水也大渡河自北而西而西南而東而東北曲行千五百里班云過郡三者蜀郡越巂犍爲也云行三千四十里三千或是二千之誤凡唐宋史云大渡河者皆謂地理志之渽水卽司馬相如傳之沫水 **从水𢦏聲** 各本篆作涐解作我聲音五何切字之誤也今更正按作渽則與漢志不合遂有欲改志作涐者攷漢志師古注曰渽音哉蓋沿音義舊文玉篇涪潼渽江沱湔浙沫溫灊滇淹沮涂沅共十五字聯屬皆嶓江之類與說文正合而涐字則廁於部末孫強陳彭年襍收字中此與木部梔字可正梔字之誤正同水經注云呂忱曰渽水出蜀許愼以爲渽水也从水𢦏聲分別許呂古今異體俗改渽爲涐非是廣韵

湔 ㄐㄢ 3精　沫 ㄇㄛˋ 2明　溫 ㄨㄣ 9影

十六咍曰溠水名出蜀此用字林集韵十六咍類篇水部皆云溠或作涐此許字之佚見於古籍者祖才切一部

湔　湔水出蜀郡緜虒玉壘山東南入江　郡字衍前志曰蜀郡緜虒後志曰蜀郡緜虒道有蠻夷曰道前志省文耳前志曰緜虒玉壘山湔水所出東南至江陽入江過郡三行千八百九十里又曰廣漢郡緜竹縣紫巖山緜水所出東至新都北入雒廣漢郡雒縣章山雒水所出南至新都谷字誤入湔過郡三者蜀郡廣漢犍爲也湔水緜水雒水三水互受通偁水經云又東過江陽縣南雒水從三危山東過廣魏雒縣南東南注之即漢志之湔水兼緜雒至江陽入江者也三危山蓋即漢志之玉壘山水經以雒爲湔也江陽今四川瀘州緜虒玉壘山當在松潘衞境內蜀都賦曰廓靈關以爲門包玉壘而爲宇劉逵注玉壘山名湔水出焉在成都西北岷山盼在後故曰宇靈關在前故曰門也今水道緜水由緜竹縣至漢州合雒水雒水由什邡縣至漢州合緜水其下流經簡州資陽資縣內江縣富順縣至瀘州城與大江會於漢志水經皆無不合特其名或異耳此史所謂中水也其上游據酈氏云湔水入江有湔堋湔堰湔湨諸偁故今謂中水爲沱江但秦李冰所造非禹故道漢志亦不謂湔爲沱　从水歬聲　子仙切十二部　一曰湔半澣也　各本作手澣之今依水經注引字林手作半依集韵玉篇之作也此別一義半澣者澣衣不全濯之僅濯其垢處曰湔今俗語猶如此此相沿古語如云湔裙是也廣韵湔洗也一曰水名此用說文而互易其先後耳字林蓋全襲說文語而酈書於湔水出緜虒玉壘山下引呂忱云一曰半浣水也下注江此妄增水字謂半浣爲湔水別名亦其涉獵者博不無抵梧濯者澣也湔者半澣也說文屬辭之法

沫　沫水出蜀西南徼外東南入江　蜀謂蜀郡也不言何縣者未審也沫水即涐水兩列之蓋許有未審　从水末聲　莫割切十五部按瀑下云一曰沫也沫謂水泡江賦說水鳥云拊拂瀑沫

溫　溫水出楗爲符　句　南入黔水　楗依王氏宋本從木隸釋曰漢碑犍爲皆作楗爲是也符各本作涪誤今正地理志犍爲郡符下云溫水南至鄨入黚水黚水

十一篇上一　七

灊 ㄑㄢˊ 28從　沮 ㄐㄩ 13精

亦南至鄨入江按黚黔音同黔水即黚水水經於江水曰又東過枳縣西延江水從牂柯郡北流西屈注之枳縣今重慶府涪州治也枳與涪陵縣壤接今涪州城東北有黔江南自貴州合諸水入焉亦曰烏江亦曰涪江亦曰涪陵江此水自西而東而北源流二千三百里詳見水道提綱會貴州大定貴陽遵義平越石阡思南六府及湖廣施南半府四川酉陽黔江彭水南川涪州諸水實巨川也水經注延江篇曰溫水一曰煥水出犍爲符縣而南入黚水黚水亦出符縣南與溫水會俱南入鄨水江水篇曰華陽記曰枳縣在江州巴郡東四百里治涪陵水會皆鳥江之源委也漢志今本疑有奪字以水經注正之疑當云溫水至鄨入黚水黚水亦出符至鄨北入江鄨非入江之地今云至鄨入江非例也水經之延江水於江水條曰枳縣西注江於延江條曰至沅陵縣入於沅酈氏有一水枝分之說但許不言黔水所入班但言黚水入江不言何處入江古人略之蓋其愼也水道提綱綜緝最詳而覈之古籍猝難互證犍爲符縣今四川瀘州合江縣其地也　从水𥁕聲　烏魂切十三部今以爲溫煥字許意當用𥁕爲溫煥

灊　灊水出巴郡宕渠西南入江　巴郡宕渠二志同今順慶府渠縣縣東北七十里有宕渠城是也前志宕渠下曰灊水西南入江不曹水出東北南入灊水經於江水曰又東北至巴郡江州縣東強水涪水漢水白水宕渠水五水合南流注之酈云宕渠水即潛水渝水矣水經又曰潛水出巴郡宕渠縣又南入於江按許云西南入江則此水必合嘉陵江至合州入江未詳今之何水鄭注禹貢梁州曰漢別爲潛其穴本小水積成澤流與漢合蜀都賦演以潛沫劉逵云禹貢梁州沱潛旣道有水從漢中沔陽縣南流至梓潼漢壽縣入穴中通岡山下西南潛出今名伏水舊說云禹貢潛水北劉澄之酈道元說與逵略同或以今保寧府廣元縣之由七盤關經神宣驛又經龍洞口至朝天驛北穿穴而出入嘉陵之水證之此水甚小殆非是況所由非宕渠也班許皆不釋禹貢以灊水系諸宕渠縣云西南入江許云出宕渠班則不云出宕渠然則灊是入西漢以入江之水今不能定爲何水耳　从水灊聲　昨鹽切七部

沮　沮水出漢中房陵東入江

十一篇上一　八

滇 ㄉㄧㄢ 6 端

涂 ㄊㄨˊ 13 定

漢中郡房陵二志同左傳之麇國成大心敗麇師於防渚闞駰曰防卽房陵也今湖北鄖陽府房縣是其地左傳定四年吳人敗楚及郢楚子出涉睢哀六年昭王曰江漢睢漳楚之望也前志房陵下曰東山沮水所出東至郢入江應劭南郡臨沮注曰沮水出漢中房陵東入江水經曰沮水出漢中房陵縣東山東南過臨沮縣畛又東南過枝江縣東南入於江今此水出房縣西南二百里之景山經當陽縣合南漳水至荆州府城西南周寅店入江顧景范曰其字正作沮左傳作睢皆七餘反後譌爲祖讀曰租字與音俱變矣今襄陽沮水左右地皆曰沮中亦謂之祖中襄陽記祖中在上黃畛吳志赤烏四年諸葛瑾取祖中魏志正始四年諸葛瑾攻沮中正是一事**从水且聲**子余切五部按經典釋文漢書注皆曰七餘反**滇益州池也**二志皆云益州郡滇池縣前志滇池縣下滇池澤在西北南中志曰有澤水周迴二百里所出深廣下流淺狹如倒流故曰滇池今雲南雲南府附郭昆明縣府城南之滇池是也城西南八十里爲海口大河卽滇池導流之處也下流至武定府注於金沙江金沙江在四川敘州府入江**从水眞聲**都年切十二部**涂涂水出益州牧靡南山西北入繩**繩各本譌作澠今正牧前志作收後志作牧華陽國志竟作升李奇曰靡音麻收靡卽升麻常璩曰升麻縣山出好升麻收升牧三字皆同紐隸釋益州太守碑牧靡字三見晉書亦作牧矣益州郡牧靡二志同前志曰南山臘涂水所出西北至越嶲入繩過郡二行千二十里水經注若水篇曰若水又東涂水注之水出建寧郡之收靡縣南山縣山竝卽草以立名山在縣東烏句山南五百里山生收靡可以解毒涂水導源臘谷西北流至越嶲入若水按涂水出臘谷故漢志謂之臘涂水漢志說文皆云入繩而水經注云入若水者善長云若水又逕越嶲大莋縣入繩繩水出徼外南逕旄牛道至大莋與若水合自下亦通謂之繩水矣諸書錄記羣水或言入若又言注繩正是異水沿注通爲一津隨納通稱也水道提綱曰金沙江卽古繩水鴉龍江一名打沖河卽古若水金沙江出番地至雲南姚安府大姚縣境合鴉龍江至四川敘州府治宜賓縣西南境入於江金沙自犛石山發源至雲南

十一篇上一　九

沅 ㄩㄢˊ 3 疑

淹 ㄧㄢ 30 影

溺 ㄋㄧˋ 20 泥

麗江府境已四千二百餘里自麗江至四川敘州府又二千五百餘里源遠流長所受大水數十小水無數其爲大江上源無疑也玉裁謂多以金沙爲大江正源然非禹貢嶓山道江之言禹貢於河源江源皆舉其近者聖人不尙遠略之意牧靡今何縣涂水今何水未審**从水余聲**同都切五部按古道塗塗塈字皆作涂**沅沅水出牂柯故且蘭東北入江**牂柯郡故且蘭二志同且音苴子閭反前志故且蘭下曰沅水東南至益陽入江過郡二行二千五百三十里按益陽屬長沙國漢志東南以地望準之當從說文作東北過郡二當作三謂牂柯武陵長沙國也水經曰沅水出牂柯故且蘭縣爲旁溝水又東至鐔成縣爲沅水東過無陽縣又東北過臨沅縣南又東至長沙下雋縣西北入于江水道提綱曰沅水數源一曰鎭陽江出貴州平越府東北之黃平州南金鳳山一曰清水江其源有二北曰平越府西北之豬梁江南曰都勻府西南之馬尾河古稱沅水出故且蘭必指豬梁江及豬梁所納之卡龍河也清水江與鎭陽江合於黔陽縣西經常德府治武陵縣西南而入洞庭湖源流實二千三百餘里古稱辰西敘无漸五溪皆入焉**从水元聲**愚袁切十四部**淹淹水出越嶲徼外東入若水**越嶲郡屬益州二志同嶲音先蘂反今四川語言讀如西上聲佩觿謂字作嶲與嶲不同者謬說也同字異音耳不言何縣徼外者未審也水經曰淹水出越嶲遂久縣徼外東南至青蛉縣又東過姑復縣南東入於若水然則淹水亦從合金沙江以入江者也越嶲郡今四川寧遠府是其地**从水奄聲**英廉切八部廣韵淹下曰漬也滯也久畱也敗也**溺溺水自張掖刪丹西至酒泉合黎餘波入于流沙**禹貢曰弱水既西又曰道弱水至于合黎餘波入于流沙張掖郡刪丹二志同前志刪丹下曰桑欽以爲道弱水自此西至酒泉合黎又張掖郡居延下曰居延澤在東北古文以爲流沙水經曰合離山在酒泉會水縣東北流沙地在張掖居延縣東北今甘肅舊山丹衞卽刪丹廢縣舊甘州衞西北千二百里有故居延城故居延城東北有居延海衞西北四十里有合黎山衞西有弱水胡氏渭禹

十一篇上一　十

貢錐指曰溺水正流入居延海其餘波則入流沙流沙非居延也**从水弱聲**而灼切二部按今人用爲休没字溺行而休廢矣又用爲人小便之尿字而水名則皆作弱**桑欽所說**漢書儒林傳孔氏古文尚書安國授都尉朝朝授膠東庸生庸生授清河胡常少子常授虢徐敖敖授王璜及平陵塗惲子眞子眞授河南桑欽君長地理志偁桑欽說五水部引桑欽說三桑經典釋文作乘

洮 19透

洮水出隴西臨洮東北入河隴西郡臨洮二志同前志臨洮下曰洮水出西羌中北至枹罕東入西枹罕屬金城郡東入西西字誤當依水經注作東入河水經曰河水又東入塞過敦煌酒泉張掖郡南又東過隴西河關縣北洮水從東南來流注之酈注引段國沙州記曰洮水與墊江水俱出嵹臺山山南卽墊江源山東卽洮水源按嵹臺山卽西頃山也墊江卽入西漢水之白水也今甘肅蘭州府狄道州西西南二百二十里有臨洮城漢縣也今洮河出洮州衞西南邊外之西傾山東麓東北流經狄道州南至蘭州府西境入河曰洮口行八百餘里**从水兆聲**土刀

切二部按洮爲地名水名極多又爲洮額又爲洮汰洮米皆用此字

涇 12見

涇水出安定涇陽开頭山東南入渭禹貢雍州曰涇屬渭汭周禮職方氏曰雍州其川涇前志曰安定郡涇陽开頭山在西禹貢涇水所出東南至陽陵入渭過郡三行千六十里雍州川陽陵屬左馮翊過郡三者安定扶風馮翊也今甘肅平涼府附郭平涼縣府西南有故涇陽城漢縣也开頭山亦作笄頭山始皇紀作雞頭山在今平涼府西南四十里今涇水出山之涇谷經涇州又經陜西邠州長武縣至西安府高陵縣西南二十里入渭曰涇口大致東南流也涇濁渭清故詩曰涇以渭濁涇水溉田之利自秦漢鄭國白公而後迄於唐宋元明皆修復白渠**雝州之川也**周禮職方氏文班氏述地理志曰采獲舊聞考迹詩書推表山川以綴禹貢周官春秋每言禹貢某山禹貢某水某州川某州浸許意略同**从水巠聲**古靈切十一部按爾雅直波爲徑釋名作直波曰涇云涇徑也言如道徑也莊子涇流之大司馬彪云涇通也大雅鳧鷖在涇鄭箋曰涇水中也與下章沙訓水旁爲反

對謂水中流徑直孤往之波也今蘇州嘉興溝瀆曰某涇某涇亦謂其可徑通

渭 8匣

渭水出隴西首陽渭首亭南谷東南入河隴西郡首陽二志同首陽縣當是今甘肅蘭州府渭源縣其地禹貢曰道渭自鳥鼠同穴入于河前志首陽下曰禹貢鳥鼠同穴山在西南渭水所出東至船司空入河過郡四行千八百七十里雍州寖過郡四者天水扶風京兆馮翊也水經曰渭水出隴西首陽縣渭谷亭南鳥鼠山注曰渭水出首陽縣首陽山渭首亭南谷山在鳥鼠山西北縣有高城嶺嶺上有城號渭源城渭水出焉東北流逕首陽縣西與別源合別源出鳥鼠山渭水谷禹貢所謂渭出鳥鼠者也按酈注葢本說文較說文多首陽山三字疑今說文奪去酈依說文故以首陽山南谷與鳥鼠山爲二以今地志言之皆在渭源縣西相岠甚近今渭水出此經鞏昌府及寧遠縣伏羌縣秦安縣秦州淸水縣寶雞縣岐山縣扶風縣武功縣盩厔縣鄠縣咸陽縣西安府臨潼縣高陵縣渭南縣朝邑縣至華陰縣北入於河古所謂渭汭左傳閔二年虢公敗犬戎於渭隊服虔曰隊謂汭也杜預

本作渭汭**从水胃聲**云貴切十五部洞簫賦注引埤蒼沸渭不安皃**杜林說夏書**五字句**㠯爲出鳥鼠山**後漢書杜林傳曰林於西州得漆書古文尚書一卷雖遭艱困握持不離出以示衞宏徐巡等宏巡益重之於是古文遂行此云杜林說夏書謂林說古文尚書禹貢也云㠯爲出鳥鼠山者冢上省文謂杜云渭水出隴西首陽縣之鳥鼠山鳥鼠山與首陽山南谷同縣而異地故別爲異說也**雝州寖**職方氏文鄭曰浸可以爲陂灌漑者

漾 15定

漾水出隴西獂道東至武都爲漢獂各本作柏字之誤也今依水經注所引說文正前志獂道屬天水後志屬漢陽漢陽卽天水也獂道不屬隴西當作氏道乃與漢志合水經注漾水篇曰許愼呂忱闕駰竝言漾水出隴西獂道東至武都爲漢水不言氏道然獂道在冀之西北又隔諸川無水南入疑出獂道之爲謬矣按禹貢曰嶓冢道漾東流爲漢又東爲滄浪之水前志隴西郡氏道下曰禹貢養水所出至武都爲漢武都郡武都下曰東漢水受氏道水一名沔過江夏謂之夏水二條相屬爲斴

隴西郡西下又曰禹貢嶓冢山西漢所出南入廣漢白水東南至江州入江鄭注尚書道漾引地理志漾水出隴西氐道至武都爲漢至江夏謂之夏水注梁州沱潛云潛蓋西漢出嶓冢東南至巴郡江州入江行二千七百六十里又云漢別爲潛其穴本小水積成澤流與漢合大禹自導漢疏通即爲西漢水也班鄭皆謂東漢西漢同出嶓冢西漢者別於漢而曰西漢東流者本無東偁班志武都下云東漢者淺人增字鄭注云潛蓋西漢今尚書正義倒爲漢西皆非也班鄭所云今水道不合故異說紛然金氏榜禮箋曰後儒言漢水源者咸求之于嶓冢榜以漢志攷之嶓冢導灉惟据禹貢漢水言耳周職方荊州漢水則不導源於嶓冢故志於武都沮下曰沮水出武都沮縣東狠谷南至沙羨南入江過郡五行四千里荊州川說文水經後漢郡國志皆云然蓋灉水輟流不與漢相屬由來久矣志言禹貢灉水出隴西氐道縣至武都爲東漢水一名沔過江夏謂之夏水入江此明禹貢漢水故道若魏郡鄴東故大河館陶屯氏河之類班氏自謂采獲舊聞考跡詩書推表山川以綴禹貢周官春秋下及戰國秦漢者如是非謂漢代逕流之道東漢水仍上受氐道水也水經說西漢水曰灉水出隴西氐道縣嶓冢山東至武都沮縣爲漢水東南至江州縣東南入于江灉水既輟東流勢必西入徒以氐道無可考見後世莫能定其孰爲灉水而與東漢水不相屬得水經校之詘明後儒考漢志不詳于漢源求嶓冢不得因旁漢水之山強名之爲嶓冢亦近誣矣漢志禹貢嶓冢山在隴西西縣西漢水所出南入廣漢白水東南至江州入江不見于氐道然於氐道言禹貢灉水所出東至武都爲漢正釋經嶓冢導灉東流爲漢明氐道亦得有嶓冢山是山峯岫延長西氐道皆其盤迴之地準之地望氐道當在西縣東志已于西縣著嶓冢山氐道例不重出水經言灉水出隴西氐道嶓冢山郭景純山海經注亦言嶓冢在武都氐道縣南可與漢志互明西漢水鄭書注以爲禹貢梁州之潛以上受漢別故得西漢水之稱後乃併其上流出嶓冢者名之爲西漢水矣玉裁謂金氏之言可爲異說折衷許云出隴西氐道至武都爲漢水許非用班志而與志同皆釋尚書禹時漢源也不言嶓冢山者言氐道而嶓冢在其中與志同也武都者漢武都郡之武都縣今甘

△灉　漢 ㄏㄢˋ 3曉　△𣶢　浪 ㄌㄤˋ 15來　沔 ㄇㄧㄢˇ 6明

肅肇昌府成縣西北百里有仇池城城東南有漢武都故城**从水羕聲**余亮切十部按韓詩江之漾矣以爲羕之假借

灉**古文从養**漾者小篆灉者壁中古文如是今尚書作漾者漢人以篆文改古文也漢書作養者今文尚書用假借字也史記作灉蓋亦本作養而或加之水旁因合乎古文淮南書作洋高誘曰洋或作養

漢**漾也**尚書某氏傳曰泉始出山爲漾按漾言其微漢言其盛也蕭何曰語曰天漢其名甚美**東爲滄浪水**禹貢文水經曰沔水又東過鄖縣南又東北流又屆東南過武當縣東北注曰縣西北四十里水中有洲名滄浪洲庾仲雍漢水記謂之千齡洲非也是世俗語譌音與字變矣地記曰水出荊山東南流爲滄浪之水余按禹貢言又東爲滄浪之水不言過而言爲者明非他水決入也蓋漢沔水自下有滄浪通稱爾纏絡鄖郢地連紀都咸楚都矣漁父歌之不違水地玉裁按鄭注尚書滄浪之水言今謂夏水來同故世變名焉本未嘗謂他水決入若地記云出荊山是他水決入矣**从水難省聲**按𪂹難暵字从𦰩聲則灘下亦云𦰩聲是矣難省聲蓋淺人所改不知文殷元寒合韵之理也呼旰切十四部

𣶢**古文漢如此**按古文從或從大或者今之國字也

浪**滄浪水也**按據此解可證前後某篆下皆當云某水也淺人刪之存一水字非是**南入江**禹貢曰又東爲滄浪之水過三溢至于大別南入于江許以漾浪沔三篆全偁道漾經文記禹時漢水故道也其下流爲滄浪水入江與今水道同其源出隴西氐道嶓冢山至武都者今不可攷**从水艮聲**來宕切十部按當平聲今但爲波浪字

沔**沔水出武都沮縣東狠谷東南入江**武都沮縣二志同今陝西漢中府略陽縣是其地有沮水出焉前志沮縣下曰沮水出東狠谷後志沮縣下曰沔水出東狠谷水經曰沔水出武都沮縣東狠谷中酈注曰沔水一名沮水引闕駰云以其初出沮洳然故曰沮水是則前志之沮水水經說文之沔水皆云出沮縣東狠谷實一水也前志曰南至沙羨南入江過郡五行四千里過郡五者武都漢中南陽南郡江夏也水經亦歷敘沔水所過之縣而曰又南至江夏沙羨

縣南入於江許說沔與漢一志水經同此漢時漢水之道與禹貢時其源不同其委則一常璩云始源曰沔玉裁謂漢言其盛沮與沔皆言其微沔者發源緬然之謂尙書周官春秋傳曰漢漢時曰沮水曰沔水是爲古今異名水經且謂西漢水曰漢水謂禹貢漢水曰沔水許亦云涪水入漢不云入西漢云沔水入江云湇水入沔則許漢沔分偁同水經班云沮水荆州川職方荆州之川江漢然則班謂沮卽東漢亦明矣且志雖有西漢東漢之目而曰東漢水一名沔凡漢中下云旬水入沔淮水入沔筑水入沔宏農下云湇水入沔洱水入沔甲水入沔右扶風下云褒水入沔廣漢下云白水入漢涪水入漢分別畫然亦謂東漢爲沔西漢爲漢今漢水出陝西寧羌州經沔縣褒城縣漢中府城固縣洋縣西鄉縣石泉縣漢陰縣紫陽縣興安州洵陽縣白河縣湖廣舊上津縣竹山縣鄖西縣鄖陽府均州光化縣穀城縣襄陽府宜城縣安陸府荆門州潛江縣天門縣沔陽州漢川縣至漢陽府城東北合於大江今曰漢口古曰夏口曰沔口左傳謂之夏汭寧羌州岠今略陽縣二百二十里析言之沮沔各爲一水渾言之則或統呼沮或統呼沔也**从水丏聲**彌兗切十二部小雅沔彼流水毛傳沔水流滿也按許云瀰水滿也詩之沔爲瀰之假借**或曰入夏水**水經注夏水篇云江津豫章口東有中夏口是夏水之首江之氾也屈原賦所謂夏首按今湖北荆州府附郭江陵縣東南二十五里有夏水口是也水經夏水東至江夏雲杜縣入于沔注云當其決入之所謂之堵口按堵口當在今湖北漢陽府沔陽州境內沔水與夏水合至漢陽府入江或曰沔口或曰夏口然則入夏水卽入江也劉澄之永初山川記云夏水是江流沔非沔入夏今按二水相合互受通偁謂沔入夏亦無不可

湟　15匣

湟　湟水出金城臨羌塞外東入河金城郡臨羌二志同舊西寧衞西二百八十里有故臨羌城前志臨羌下曰西北至塞外有西王母石室僊海鹽池北則湟水所出東至允吾入河允吾下曰逆水出參街谷東至枝陽入湟浩亹下曰浩亹水出西塞外東至允吾入湟按水經河水又東過金城允吾縣北注言湟水浩亹水逆水源流皆甚詳水道提綱曰青海在今西寧府邊西五百餘里古名西海卽鮮水也今爲厄魯特等二十三旗地青海東卽湟水古所謂湟中地北卽大通河古所謂浩亹水東南會湟水入黃河也湟水卽洛都水源出今西寧府西北邊外至今蘭州西境入黃河按允吾音鈆牙今甘肅蘭州府府西北三百里有故鈆吾城是也浩亹音閤門僊海卽西海古音西讀如仙**从水皇聲**乎光切十部

汧　3溪

汧　汧水出右扶風汧縣西北句**入渭**右扶風汧二志同前志汧下曰吳山在西古文吕爲汧山雍州山又曰汧水出西北入渭後志汧下曰有吳嶽山本名汧汧水出按前志不云汧水出汧山後志乃云爾汧故城當卽今陝西鳳翔府隴州州治東南汧源廢縣括地志曰故汧城在隴州南三里汧山在今隴州西北禹貢之岍周禮之嶽山也汧陽河卽古汧水出焉東南流經汧陽縣至寶雞縣東三十里合於渭班許皆於西北句絕此水自西北而東南也**从水幵聲**苦堅切十二部

澇　19來

澇　澇水出右扶風鄠北入渭右扶風鄠見邑部上林賦曰終始灞滻出入涇渭酆鎬潦潏紆餘委蛇經營乎其內蕩蕩乎八川分流相背而異態潘岳關中記曰涇渭灞滻酆鎬潦潏所謂八川李善曰潦卽澇水也水經曰渭水又東過槐里縣南又東澇水從南來注之今陝西西安府鄠縣縣西三里澇水出南山澇谷北流經故萯陽宮西入長安縣盰入渭故曰北入渭水道提綱曰渭水東經鄠縣北境咸陽縣城東南又東北有豐水自西來合諸水北流注之諸水者澇水滈水潏水**从水勞聲**魯刀切二部史漢文選皆作潦惟封禪書正作澇按今用爲旱澇字

漆　5清

漆　漆水出右扶風杜陵岐山東入渭二志皆杜陵屬京兆尹杜陽屬右扶風此杜陵當作杜陽杜陽今陝西鳳翔府麟遊縣是其地周公劉居豳今陝西邠州是其地漢之漆栒邑二縣也太王遷邠今鳳翔府岐山扶風二縣是其地漢之杜陽南美陽北也大雅曰民之初生自土漆沮傳曰漆漆水沮沮水也又曰周原漆沮之閒也周頌潛傳又曰漆沮岐州之二水也據毛說則漆沮二水實在岐周之地小雅吉日傳但云漆沮之水麀鹿所生其解必同大雅周頌許云漆水出杜陽正岐周地也此漆沮在涇西禹貢道渭又東過漆沮則在涇東與岐周無涉玉裁謂水經

曰漆水出扶風杜陽縣俞山東北入於渭正與說文合惟岐作俞耳酈氏引開山圖曰岐山在杜陽北長安西有渠謂之漆渠酈又云漆水出杜陽縣之漆溪謂之漆渠漆渠合岐水與橫水合東注雍水又合杜水南注於渭郭樸山海經注云今漆水出岐山皆與水經合而前志右扶風漆縣下云漆水在縣西以地望準之蓋此漆水出幽地漢漆縣以水爲名西南流至周郟地南漢杜陽美陽境而入渭實出今之邠州西南流至麟遊扶風閒入渭也大雅云率西水許箋云循漆沮水側傳又云周原漆沮之閒也是此水源委自幽至郟漢人皆審知形勢今則茫昧難詳矣闞駰十三州志云漆水出漆縣西北至岐山東北入渭正與毛詩傳箋合許及水經云出杜陽岐山者容舉其近源言之邑部云郟在右扶風美陽中水鄉此以岐山系杜陽者岐山在杜陽之南美陽之北周原在岐山之陽故詩謂曰周原者岐山陽地屬杜陽郡國志注所引如是**从水桼聲**四字依水經注所引在此小徐本从某某聲往往閒在兩義之中不同大徐皆小徐爲古本也親吉切十二部**一曰漆城池也**小徐本如是與水經注所引合大徐本作一曰入洛葢淺人讀酈注沮水篇者改之洛水雍州之浸下文出歸德北夷畍中者卽涇東之漆沮水也涇西之漆不得入洛中隔涇水矣一曰者別一義城隍有水曰池城池謂之漆葢古有是名酈兼引此句猶其兼引一曰湔半澣之謬

滻 ㄔㄢˇ 3心

滻水出京兆藍田谷入霸霸宋本汲古閣初印皆同霸灞古今正俗字許書無灞史漢皆作霸水京兆尹藍田二志同故城在今陝西西安府藍田縣治西十一里前志京兆尹南陵下曰文帝七年置沂水出藍田谷北至霸陵入霸水霸水亦出藍田谷北入渭師古曰沂音先歷反按此乃大謬沂者滻字之誤水經注引志可證張揖注上林賦亦曰霸出藍田西北而入渭滻亦出藍田谷北至霸陵入霸水經曰渭水又東過長安縣北又東過霸陵縣北霸水從縣西北流注之注云霸者水上地名也古曰滋水秦穆公霸世更名滋水爲霸水以顯霸功水出藍田縣藍田谷逕藍田縣東又左合滻水又北長水注之又北會兩川又北左納漕渠又東逕新豐縣右會故渠故渠卽經所謂東過霸陵縣霸水從縣西北流注之者也今無水

十一篇上一　七

又北逕秦虎圈東又北入於渭水張守節曰雍州藍田縣滻水卽荊谿狗枷之下流也按酈注說長水出杜縣白鹿原西北流謂之荊谿又西北左合狗枷川注於霸俗謂之滻水非也史記霸滻長水盡得比大川之禮此可證張氏之誤矣水道提綱曰灞水上源卽藍水也出藍田縣藍關之西南山秦嶺經西安府境東而北有滻水西南自太乙山東南之西王谷嶺及秦嶺三源合而北流又東北流來會旣合滻水東北至高陵縣南境入渭曰灞口**从水產聲**所簡切十四部按史漢作產

洛 ㄌㄨㄛˋ 14來

洛水出左馮翊歸德北夷畍中東南入渭左馮翊三字當作北地二字前志北地郡歸德下洛水出北蠻夷中入河入河者入渭以入河也此揔舉其源委也左馮翊褢德下曰洛水東南入渭此言其入渭之處也許之例舉源地不舉委地然則當云出北地歸德無疑矣今甘肅慶陽府安化合水二縣漢歸德地也今陝西同州府朝邑縣有懷德城漢縣也括地志云洛水源出慶州洛源縣白於山方輿紀要曰洛水出慶陽府合水縣北二十里白於山東北流經廢洛源縣又經保安縣安塞縣甘泉縣鄜州又南經洛川縣南中部縣東而沮水入焉沮水自中部縣子午嶺東南流而入於洛水卽說文瀘水出北地直路西東入洛也自是洛水亦兼沮水之稱又南流經宜君縣過耀州合漆水歷三原縣富平縣白水縣又東南流經澄城縣同州府至朝邑縣南入渭水水道提綱云舊合渭入河自明時改流徑入河不南入渭今洛口南去渭口三十里按水經注本有雍州洛水篇今亡之矣禹貢道渭節謂之漆沮職方雍州其浸渭洛小雅瞻彼洛矣傳曰洛宗周之浸也左傳國語皆云三川震韋杜以涇渭洛爲三川**从水各聲**盧各切五部按雍州洛水豫州雒水其字分別自古不紊周禮職方豫州其川熒雒雍州其浸渭洛正義本不誤逸周書職方解地理志引職方正同雒不見於詩瞻彼洛矣傳曰洛宗周浸水也此職方氏文也洛不見於左傳傳凡雒字皆作雒如僖七年伊雒之戎宣三年楚子伐陸渾之戎遂至於雒是也淮南墜形訓曰洛出獵山高注謂雍州水也雒出熊耳據高注豫州水也漢地理志[宏]農上雒下云禹貢雒水出冢領山東北至鞏入河豫州川盧氏下云伊水出熊

十一篇上一　六

耳山東北入雒黽池下云穀水出穀陽谷東北至穀城入雒新安下云禹貢澗水在東南入雒河南穀成下云禹貢瀍水出替亭北東南入雒此謂豫州水也左馮翊褱德下云洛水東南入渭北地歸德下云洛水出北蠻夷中入河直路下云沮水出東西入洛此謂雍州水也已上皆經數千年尙未誤者而許書水部下不舉豫州水尤爲二字分別之證後人書豫水作洛其誤起於魏裴松之引魏略曰黃初元年詔以漢火行也火忌水故洛去水而加隹魏於行次爲土土水之牡也水得土而乃流土得水而柔故除隹加水變雒爲洛此丕改雒爲洛而又妄言漢變洛爲雒以揜己紛更之咎且自詭於復古自魏至今皆受其欺周禮春秋在漢以前誰改之乎尙書有豫水無雍水而蔡邕石經殘碑多士作雒鄭注周禮引召誥作雒是今文古文尙書皆不作洛鄭蔡斷不擅改經文也自魏人書雒爲洛而人輒改魏以前書籍故或致數行之內雒洛錯出卽如地理志引禹貢既改爲洛矣則上雒下曰禹貢雒水不且前無所承乎若郊祀志汧洛從水後文宣帝以四時祀江海雒水成王郊於雒邑字皆從隹又當時二字確然分別之證也

淯 ㄩˋ 22定

淯水出宏農盧氏山東南入沔　宏農郡盧氏二志同今河南河南府盧氏縣是其地前志盧氏下曰有育水南至順陽入沔順陽者南陽之博山也中山經曰攻離之山淯水出焉南流注于漢依文選注水經曰淯水出宏農盧氏縣攻離山東南過南陽西鄂縣西北又東過宛縣南又屈南過淯陽縣東又南過新野縣西又南過鄧縣東南入於沔今河南南陽府府城東三里俗名白河者是由南陽達於新野府境諸水悉會焉又南至湖廣光化縣又東經故鄧城東南而入漢水水道提綱云漢水經襄陽府城北樊城南有白河唐河東北自河南新野合南陽府諸縣及鄧州水南流又合西來之淯河東來棗陽之滾河來會齊氏所謂白河卽淯水也南陽之水淯冣大水經注云合魯陽關水洱水梅谿水朝水棘水濁水湍水比水白水入漢南都賦曰淯水盪其胷推淮引湍三方是通知淯冣大齊氏召南以趙河當之非也許謂西漢爲漢謂東漢爲沔故涪下曰入漢淯下曰入沔漢志水經之例亦同 **从水育聲**　余六切三部按漢志作育 **或曰出酈山西**

前志南陽酈下曰育水出西北南入漢漢當作沔蓋出酈山者與出盧氏山者異源而同流故班許皆兼述之也酈故城在今河南南陽府內鄉縣縣東北

汝 ㄖㄨˇ 13泥

汝水出宏農盧氏還歸山東入淮　宏農盧氏見上前志汝南郡定陵下曰高陵山汝水出東南至新蔡入淮過郡四行千三百四十里水經曰汝水出河南梁縣勉鄉天息山酈云地理志曰出高陵山卽猛山也亦言出南陽魯陽縣之大盂山又言出宏農盧氏縣還歸山博物志曰汝出燕泉山竝異名也余以永平中除魯陽太守既在遘見不容不述今汝水出魯陽縣之大盂山蒙柏谷西卽盧氏畍也其水東北流逕太和城西城北又東屆堯山西嶺下水流兩分一東逕堯山南爲滍水一東北出爲汝水東流至原鹿縣入於淮所謂汝口據酈說得諸親見大盂山之西卽盧氏畍此許云出盧氏還歸山所由也凡言水源者或數源竝合而偏舉其一或遠源罕見而劣舉其近是以每多乖異前志云出定陵入淮於新蔡皆在汝南郡而云過郡四班固知不始於高陵山矣過郡四者蓋南陽河南潁川汝南也方輿紀要曰今汝水

出汝州魯山縣西南七十里大盂山東北流出縣北經伊陽縣汝州南又東南經寶豐縣郟縣南入南陽府裕州畍經葉縣北又東入許州之襄城郾城縣南而入汝寧府西平縣境東南流經上蔡縣西汝陽縣北又東經新蔡縣西息縣北至江南潁州南而注於淮蓋非復漢以前故道矣水道提綱曰汝水舊從舞陽縣北而南入西平畍自元末於渦河堨斷其流使東歸潁於是西平雲莊諸石二山之水明時亦塞今水道與古全異卽名稱亦隨時不同所謂灌瀨澺汝湊滇亦難確鑿指證但據時俗所見敘次源流耳 **从水女聲**　人渚切五部

潩 ㄧˋ 25定

潩水出河南密縣大隗山南入潁　河南郡密二志同今河南開封府密縣東南三十里有故密城大騩山卽具茨山在今河南開封府新鄭縣西南四十里蓋山與密接畍前志密下曰有大騩山潩水所出南至臨潁入潁水經曰潩水出河南密縣大騩山東南入於潁今潩水自新鄭大騩山南流經許州長葛縣流入許州北二里又南經許州臨潁縣而合於潁一州名魯固河又名清流河是也 **从水異聲**　與職切一部

汾 ㄈㄣˊ 9並

部酈曰時人謂之敹水非也敹湨音相類故字從聲變爾按師古曰湨又音昌力反李吉甫曰湨水俗名勑水

汾水出大原晉陽山西南入河 太原郡晉陽二志同今山西太原府太原縣縣治東北有太原舊城城中舊有三城一曰大明城古晉陽城也左傳有六名曰大夏曰大原曰大鹵曰夏墟曰晉陽曰鄂其實一也周禮河內曰冀州其浸汾潞左傳曰新田有汾澮以流其惡又曰宣汾洮前志曰大原郡晉陽晉水所出東入汾汾陽汾水所出西南至汾陰入河水經曰汾水出大原汾陽縣北管涔山至汾陰縣北西注於河按許云出晉陽山與志水經不合者志水經舉其遠源許舉其近源也汾出管涔山東南過晉陽縣東晉水從縣南東流注之許意謂晉水卽汾水之源所謂晉陽山者葢卽縣甕山在今太原縣西南十里晉水所出也杜注左傳曰汾水出太原與許合今汾水出靜樂縣管涔山經陽曲縣至太原縣城東晉水入焉又經清源縣東南徐溝縣北又經交城縣文水縣平遙縣汾陽縣孝義縣介休縣靈石縣霍州趙城縣洪洞縣臨汾縣襄陵縣太平縣曲沃縣至絳州城南澮水入焉又經稷山縣河津縣至滎河縣北境入河在龍門之南五十里曰汾口於古水道無大異 从水分聲 符分切十三部按大雅汾王之甥毛曰汾大也此謂汾卽墳之假借也 或曰出汾陽北山 漢志水經說見上鄭注周禮亦曰汾出汾陽 冀州浸 周禮職方氏文

澮 ㄎㄨㄞˋ 2見

澮水出河東彘霍山西南入汾 河東彘三字鉉奪鍇本誤作河西二字今正前志河東郡彘後志曰永安故彘前志彘下曰霍大山在東冀州山今山西霍州州東南霍山禹貢之大岳也水經曰澮水出河東絳縣東澮交東高山西至王澤注於汾水不言出霍山者水經舉其近源許舉其遠源也水道提綱曰澮河源出翼城縣東南山西流經中衞鎭又西稍北至城南又西經曲沃縣南又西至絳州城南入汾方輿紀要翼城縣有澮高山有澮水入曲沃縣畍至絳州南入汾 从水會聲 古外切十五部按今文尚書以畎澮爲く巜見谷部巜下又曰水流澮澮也澮澮卽活活

沁 ㄑㄧㄣˋ 28清

沁水出上黨穀遠羊頭山東南入河 上黨郡穀遠二志同今山西沁州沁源縣縣城南故穀遠城漢縣也前志穀遠下曰羊頭山世靡谷沁水所出東南至滎陽入河過郡三行九百七十里三郡上黨河內河南也水經曰沁水出上黨涅縣謁戾山南過穀遠縣東至滎陽縣北東入於河按水經及注皆云至滎陽入河師古據唐時在懷州武陟入河疑轉寫錯誤非也古水道與唐時不同耳山海經水經舉涅謁戾山班許舉穀遠羊頭山者羊頭卽謁戾也戴先生曰山在今武鄉縣西百二十里西北接祁縣平遙縣西南接沁源縣一名麓臺山迆邐而西爲綿山其北爲介休縣西爲靈石縣皆謁戾山也今沁水出沁州沁源縣西北百里之綿山東谷西南流經平陽府岳陽縣東又折而東南經澤州府沁水縣東又南經陽城縣東而入河南懷慶府畍歷濟源縣東北又南經府城北又東南經武陟縣東修武縣西而入於河與唐時入河處同 从水心聲 七鴆切七部經典釋文引郭樸三蒼解詁曰音狗吣之吣吣今譌作沁

沾 ㄓㄢ 30透

沾水出上黨壺關東入淇 上黨壺關二志同今山西潞安府附郭長治縣府治卽漢壺關地前志壺關下曰有羊腸坂沾水東至朝歌入淇水經注淇水篇曰淇水出沮洳山衡激橫山又東北沾水注之水出壺關縣東沾臺下東流注淇水今山西潞安府壺關縣東南有沾水是 一曰沾 逗 益也 沾添古今字俗製添爲沾益字而沾之本義廢矣添從忝聲忝從天聲古音當在眞先部也楚辭大招不沾薄只王曰沾多汁也薄無味也其味不濃不薄適甘美也漢曹全碑惠沾渥白石神君碑澍雨沾洽魏受禪表[元]澤雲行罔不沾渥皆卽今之添字竊疑小雅既霑既足古本當作沾既瀀既渥言厚也既沾既足言多也 从水占聲 他兼切二義同七部檀弓假爲覘字史記陳丞相世家滑稽列傳假爲霑字

潞 ㄌㄨˋ 14來

冀州浸也 周禮職方氏曰冀州其浸汾潞鄭云潞出歸德此謂潞卽洛耳按班許皆云洛出歸德北夷畍中漢歸德在今甘肅慶陽府境洛水在今陝西同州府境入河非冀州地也且雍州既曰其浸洛矣安得又爲冀浸鄭注於雍州云洛出懷德冀州云潞出歸德葢由株守地理志而未思志歸德下言其源懷德下言其委一水兩言不當改洛爲潞以屬冀州自雍入冀古無此水

以當之許但云冀州浸不言何出何入不欲強爲之說蓋此浸自周初迄漢湮沒不彰古今變遷大類如斯如大河故瀆沛水枯絕沔水不出嶓冢皆無可疑者班許皆不言潞之源流此可以正鄭注矣闞駰曰潞縣有潞水爲冀州浸卽漳水也善長亦謂無他大川可以爲浸惟漳水耳此非許意也周禮川浸潞竝言則非一物

上黨有潞縣上黨郡潞縣二志同今山西潞安府潞城縣縣東北四十里有故潞城漢縣葢治此春秋宣十五年晉師滅赤狄潞氏以潞子嬰兒歸前志曰潞縣故潞子國也按潞國以水得名**从水路聲**洛故切五部

漳 ㄓㄤ 15端

漳水名从水章聲韵會所據鍇本如此諸良切十部水名二字古本當作漳水也三字**濁漳出上黨長子鹿谷山東入清漳**上黨郡長子二志同本晉邑見左傳國語今山西潞安府長子縣縣西南有故長子城是也前志長子下曰鹿谷山濁漳水所出東至鄴入清漳水經曰濁漳水出上黨長子縣西發鳩山酈曰漳水出鹿谷山與發鳩連麓而在南淮南子謂之發苞山故異名互見也按今濁漳水出山西長子縣西五十里之發鳩山經潞安府潞城縣襄垣縣黎城縣入河南林縣畍合於清漳禹貢所謂衡漳也

清漳出沾山大要谷北入河上黨郡沾二志同師古曰沾音他兼反今山西平定州樂平縣縣西南三十里有沾縣故城前志沾下曰大黽谷清漳水所出東北至阜成入大河大衍過郡五行千六百八十里冀州川過郡五者上黨魏郡清河信都勃海也水經曰清漳水出上黨沾縣西北少山大要谷至武安縣黍窖邑入於濁漳按志言濁漳入清漳清漳入河經言清漳入濁漳濁漳會虖沱入海乖異者當緣作水經時與作志時異也許云入河與志合王氏應麟曰漳水舊入河周定王五年河徙而南故漳水不入河而自達於海王氏特臆度之詞依班許則漢時未嘗不入河也今清漳出樂平縣西南二十里之少山經和順縣遼州河南涉縣至林縣交漳口合濁漳既合之後入直隸畍移徙分合自昔不常今則一派至山東臨清州入運河一派在直隸新河縣入北泊會虖沱至天津入海詳見水道提綱

南漳出南郡臨沮南郡臨沮二志同今湖北襄陽府南漳縣西南六十里有臨沮故城是也左傳曰江漢雎漳楚之望也雎卽出漢中房陵之沮水見上文前志臨沮下曰禹貢南條荊山在東北漳水所出東至江陵入陽水陽水入沔行六百里按志不言沮者以漳該沮也其云陽水葢謂沮水也水經曰漳水出臨沮縣東荊山東南至枝江縣北烏扶邑入於江酈氏曰今漳水於當陽縣之東南百里餘而右會沮水也按今漳水源自鄖陽府房縣景山至保康縣境會沮水

淇 ㄑㄧˊ 24匣

淇水出河內共北山東入河韵會引作東至黎陽入河此用漢書增三字也說文之例舉所出之郡縣不舉入河入江之郡縣所出之地不變者多下流古今多變故略之也河內郡共二志同共音恭今河南衞輝府輝縣治古共城也前志共下曰北山淇水所出東至黎陽入河北山今輝縣西北蘇門山其別阜曰共山是也詩曰毖彼泉水亦流於淇又曰泉源在左淇水在右泉謂淇之源也今淇水自彰德府林縣流入衞輝府淇縣境入衞河而入海與古入河者迥異**或曰出隆慮西山**隆慮漢殤帝改曰林慮此不改者書成於和帝永元十二年已前也前志河內郡隆慮後志作林慮慮音閭今河南彰德府林縣是其地西山者今林縣西北二十五里隆慮山是也水經曰淇水出河內隆慮縣西大號山東北入於海山海經注亦曰今淇水出汲郡隆慮縣大號山東過河內縣南爲白溝**从水其聲**渠之切一部山海經作濝

蕩 ㄉㄤˋ 15定

蕩水出河內蕩陰東入黃澤河內郡蕩陰二志同蕩音湯古音也後人省艸古有羑里城西伯所拘也今河南彰德府湯陰縣西南有故蕩陰城前志蕩陰下曰蕩水東至內黃入黃澤今本奪入黃二字水經曰蕩水出河內蕩陰縣西山東東北至內黃縣入於黃澤注云蕩水合羑水長沙溝逕內黃城南東注白溝按內黃黃澤在今直隸內黃縣水道提綱曰衞河東經湯陰縣東畍湯河出湯陰縣西山中東流經縣城北東入衞河則與古水道大異**从水蕩聲**徒朗切十部按古音吐郎切假借爲浩蕩字古音亦同

沇 ㄧㄢˇ 9定

沇水出河東垣東王屋山謂垣縣東之王屋山水經云垣縣東王屋山是也**東爲泲**各本作河東東垣誤倒一字今依水經正周禮職方

氏注山海經注皆云東垣衍字耳漢志眞定縣故東垣非此地若晉史宋志後魏志隋志之東垣則今河南府之新安縣也河東郡垣二志同今山西絳州垣曲縣河南懷慶府濟源縣是其地垣曲縣西北二十里有垣縣城是也前志垣下曰禹貢王屋山在東北沇水所出東南至武德入河軼出熒陽北地中又東至琅槐入海過郡九行千八百四十里過郡九者河東河內陳畱梁國濟陰泰山濟南齊郡千乘也水經曰濟水出河東垣縣東王屋山爲沇水東至溫縣西北爲濟水南當鞏縣北南入於河王屋山今在濟源縣西八十里沇水所出北山經曰王屋之山灉水出焉郭云灉沇聲相近即沇水也尚書某氏傳曰泉源爲沇流去爲濟按泉出沮洳曰沇引伸爲沇州口部曰九州之渥地也故以沇名焉 **从水允聲** 以轉切十四部

△㕣

㕣 古文沇如此 各本篆作㳂誤今正臣鉉等曰口部已有此重出按口部小篆有㕣然則鉉時不從水旁也口部㕣下曰山閒㳂泥地從口從水敗皃蓋㕣字在古文則爲沇水沇州在小篆則訓山閒㳂泥地如變字在籀文則訓順在小篆則訓慕皆同形而古今異義也古文作㕣小篆作沇絫變作兖此同義而古今異形也

泲 ㄐㄧˇ 4 精

泲 沇也東入于海 按沇泲二篆之解文體與漾漢浪三篆同皆用禹貢文也禹貢曰道沇水東流爲濟入于河泆爲熒東出於陶丘北又東至于菏又東北會于汶又北東入于海今泲水不特入河以後經文所謂不可致詳考郡國志曰河東垣有王屋山兖水出河內溫濟水所出王莽時大旱遂枯絕水經注曰濟水故瀆在溫當王莽之世川瀆枯竭其後水流徑通津渠勢改尋梁脈水不與昔同是在西漢已後所謂東流爲濟入于河者已非禹蹟之舊矣許云東入于海此謂禹時故道獨行達海故謂之瀆今之大清河小清河非無泲水在其閒而混淆莫辨漢水之源今與經絕殊泲水之流軼出地中而爲巨川今又與經絕殊也 **从水𠂔聲** 子禮切十五部按四瀆之泲字如此作而尚書周禮春秋三傳爾雅史記風俗通釋名皆作濟毛詩邶風有泲字而傳云地名則非水也惟地理志引禹貢職方作泲而泰山郡下云甾水入泲禹貢汶水入泲齊郡下云如水入泲河南郡下云狼湯渠首受泲東郡臨邑下云有泲廟然以濟南濟

陰名郡志及漢碑皆作濟則知漢人皆用濟班志許書僅存古字耳風俗通說四瀆曰濟出常山房子贊皇山東入泜酈氏譏其誤亦可證泲字之久不行矣

洈 ㄨㄟˊ 7 見

洈 水出南郡高城洈山東入繇 城前志作成水經注作城南郡高成下曰洈山洈水所出東入繇繇水南至華容入江過郡二行五百里水經江水篇曰又東南當華容縣南灉水入焉又東南油水從西南來注之油水篇曰油水出武陵孱陵縣西界東過其縣北又東北入於江油水即說文下文之油水非漢志之繇水也漢志洈入繇繇入江此在江北而南入南郡高城華容在江北也油水入江在江南而北入孱陵在江南也然則繇油同音而絕不相涉酈注油水篇乃云孱陵縣白石山油水所出東逕其縣西與洈水合洈出高城縣洈山東逕其縣下東至孱陵縣入油水殊爲襄志語而謬誤蓋江北之洈水繇水不可攷乃以江南之油水當之也山海經曰宜諸之山洈水出焉南流注於漳 **从水危聲** 過委切十五部師古音危

溠 ㄓㄚˋ 1 精

溠 溠水在漢南 職方氏曰豫州其浸波溠注云春秋傳曰楚子除道梁溠營軍臨隨則溠宜屬荊州在此非也按傳文見莊四年職方荊州浸潁湛豫州浸波溠許書於湛曰豫浸於溠曰荊浸蓋正經文之誤與鄭說溠正同也杜預曰溠水在義陽厥縣西東南入鄖水釋例曰厥縣西有漈水源出縣北從縣西東南至隨縣入鄖水水經注曰溠水出隨縣西北黃山南逕㵐西縣西又東南㵐水入焉又東南逕隨縣故城西又南流注於溳溳入夏水方輿紀要曰今溠水出德安府隨州西北二百里之栲栳山東南流至州北百十里有魯城河流合焉至安貢鎮入溳水道提綱曰漢水至漢川縣溳口塘北有溠溳諸水北自隨州南流會德安府雲夢應城數縣水來注之源流長五百餘里玉裁謂職方謂爲一州之浸正指溳溠合流長五百餘里而言也 **从水差聲** 側駕切古音在五部 **荆州浸也春秋傳曰脩涂梁溠** 見上

洭 ㄎㄨㄤ 15 溪

洭 洭水出桂陽縣盧聚南出洭浦關爲桂水 縣字依韵會補此水出桂陽郡桂陽縣郡縣同名故曰桂陽縣如邑部鄖下云河南縣之例南出二字各本作山字今依水經正桂陽郡桂陽二志

溱 ㄓㄣ 6精

同今廣東廣州府連州州治卽漢縣地也前志桂陽下曰洭水南至四會入鬱過郡二行九百里二郡桂陽南海也水經曰洭水出桂陽縣盧聚東南過含洭縣南出洭浦關爲桂水按前志南海中宿縣有洭浦關鄭注亦云尒今志文關作官桂陽下洭作匯皆譌字也今洭水出連山縣東南流經連州英德縣淸遠縣合湞水經三水縣至廣州府城西入西江以入海班所謂入鬱今廣東之北江也其出洭浦關在今淸遠縣鄭氏曰桂水者洭之別名也

从水匡聲 去王切十部按洭水亦曰湟水史記出桂陽下匯水滙者洭之誤漢書作下湟水是也鄭氏引山海經湟水今山海經云潢水出桂陽西北山東南注肄水入敦浦西潢者湟之聲誤敦者郭之字誤水經注引作郭浦郭浦卽洭浦也音相近

溱水出桂陽臨武入洭 洭各本作匯今正桂陽郡臨武二志同今湖南桂陽州臨武縣縣東五十里臨武故城是也前志臨武下曰秦水東南至湞陽入洭行七百里水經曰溱水出桂陽臨武縣南繞城西北屈東流東至曲江縣安聶邑東屈西南流過湞陽縣出洭浦關與桂水合東入於海志之秦水卽溱水也經之出洭浦關與桂水合桂水卽洭水許云洭水出洭浦關爲桂水是也班許皆云溱入洭鄭注則云洭入溱鄭蓋本山海經經曰肄水出臨武武作晉誤西南而東南注海入番禺西湟水出桂陽西北山東南注肄水入郭浦西鄭曰肄水蓋溱水之別名也今人謂湞水出南雄保昌縣西南經始興縣曲江縣英德縣而翁江洭水入之此正漢志水經說文之溱水乃誤謂之湞耳溱水從東北來洭水自西右注之湞水自東左注之湞水者今之翁江也班許皆洭爲綱溱入洭洭入鬱注海許云湞入溱班及水經不言湞者水差小也方輿紀要曰舊志云溱水出湖廣臨武縣西南經曲江縣西北流合武水經英德縣盰正古之溱水水經注及元和郡縣志又謂之始興大江

从水秦聲 側詵切十一部按經典鄭國溱洧字皆如此作鄭風溱與人韻則不當作澮也地理志鄭水作溱粵水作秦又方輿紀要載舊志云溱與尋同音故水經注觀峽亦名秦峽也據此可證溱水讀如秦國前志秦爲古字

湞 ㄓㄣ 12端

湞水出南海龍川西入溱 南海郡龍川二志同今廣東惠州府龍川縣是其地應劭注漢書曰湞水出南海龍川西入秦水經溱水注曰溱水出峽左則湞水注之水出南海龍川縣西逕湞陽縣南右注溱水故應劭曰湞水西入秦按此正今之翁江也出韶州府翁源縣西南流至英德縣城東南合溱水今俗謂之合湞水齊氏召南曰此水源流三百餘里受巨溪甚多漢書所謂下湞水

从水貞聲 陟盈切十一部

深 ㄕㄣ 28透

深水出桂陽南平西入營道 桂陽郡南平零陵郡營道二志同今湖南桂陽州藍山縣縣東五里有南平城水經曰深水出桂陽盧聚西北過零陵營道縣營浦縣泉陵縣至燕室邪入於湘鄭云桂陽縣本隸桂陽郡後割屬始興縣有盧溪盧聚山在南平縣之南九疑山之東玉裁謂盧聚山在南平之南經舉其遠源許舉其近源洭出盧聚南流入海深出盧聚西北流入湘以入江是分馳不同也湘水篇經注皆不言深水蓋呂忱言深水導源盧溪西入營水亂流營波同注湘津故湘水篇言營不言深耳今深營二水源委未聞漢營道營浦縣皆氏於水以字林訂說文則當作入營不必有道字泉陵縣卽今湖南永州府零陵縣今瀟水合諸水於此入湘深水營水在其中也

从水罙聲 式針切七部按此無深淺一訓者許意深淺字當作罙詳罙下

汨 ㄇㄧˋ 12明

長沙汨羅淵也 長沙下蓋奪羅字許例郡縣兼書前志長沙國羅後志長沙郡羅應劭曰楚文王從羅子自枝江居此今湖南長沙府湘陰縣縣東北六十里有羅子城是也岳州府平江縣縣南三十里亦有羅城云古羅子國也水經注湘水篇曰湘水又北汨水注之汨水出豫章艾縣桓山西南逕吳昌縣北又西逕羅縣北謂之羅水又西逕玉笥山又西爲屈潭卽汨羅淵也屈原懷沙自沈於此又西逕汨羅戍南西南注於湘春秋之羅汭世謂之汨羅口按今湘陰縣北七十里汨羅江是也

从水冥省聲 莫狄切古音十一部與十六部合韻

屈平所沈水 小徐本如此

⿰氵買 ㄇㄞˋ 11明

⿰氵買水出豫章艾縣 凡縣字皆後人所增古本必無也

西入湘 豫章郡艾二志同左傳吳公子慶忌所居今江西寧都州州西百里有艾城是也水經湘水篇曰又北過羅縣西⿰氵買水從東來流注之⿰氵買水又別爲篇曰⿰氵買水出豫章艾縣西過長

沙羅縣西又西至磊石山入於湘水按水經言濆不言汨諸書多言汨不言濆依廣韵卄三錫汨濆涀三形同春秋莒君密州左傳密作買亦是買聲近密之證考之於今則由江西寧都州遷湖南平江縣至湘陰縣入湘者但有汨水別無濆水則濆汨之爲古今字憭然酈氏云汨出艾縣逕羅縣皆與經言濆同惟云濆水入湘曰東町口汨水入湘曰汨羅口汨羅口在濆口之北磊石山又在羅口之北經言濆水至磊石山入湘非是濆尚在羅口南注湘耳此言甚辨依水道提綱汨水出平江縣西北至歸義驛又西分爲二支一支西流稍北於山麓西入湘一支北流數十里西北入湘曰屈潭亦曰汨羅口正酈之東町汨羅二口非有二水也酈葢未溯上游不辨異文同物許書葢本同水經有濆無汨而後人妄增汨字故其文不類許書屈原所沈例所不載且許旣有溟字云冥聲豈得冥省聲又爲一字乎**从水冐聲**莫蟹切今莫狄切作汨十六部

湘 ㄒㄧㄤ　15心

湘水出零陵縣陽海山北入江縣字今補凡郡縣同名則言縣以該之也零陵郡零陵二志同前志零陵下曰陽海山湘水所出北至酃入江過郡二行二千五百三十里過郡二者零陵長沙也又有離水東南至廣信入鬱下衍林字非行九百八十里水經曰湘水出零陵始安縣陽海山東北流過下雋縣西又北至巴丘山入於江酈曰陽海山卽陽朔山山在始安縣北縣故零陵之南部也湘灕同源南爲灕水北則湘川今廣西桂林府興安縣南九十里俗謂之海陽山卽陽海山也湘水出焉北流經全州入湖南畍經東安縣零陵縣祁陽縣常寧縣衡陽縣衡山縣湘潭縣善化縣至喬口資水來會又經湘陰縣至磊石山分爲二派又合入洞庭湖曰湘口漢志云至酃入江未詳按離水字本不從水旁後人謚之耳許書所無**从水相聲**息良切十部按詩召南于以湘之假借爲鬺字

油 ㄧㄡˊ　21定

油水出武陵孱陵西東南入江武陵郡孱陵二志同今湖北荆州府公安縣西二十五里有孱陵故城是也水經曰油水出武陵孱陵縣西畍東過其縣北又東北入於江注云逕公安縣西北流注於大江然則許云東南入江南當作北明矣江水篇經云江水又東南當華容縣涌水入焉又東南油水從西南來注之

注云右合油口油水東有景口景口東有淪口淪水南與景水合又東通澧水及諸陂湖按今荆州府虎渡口北江之南岸有支津南通公安諸湖水古油水必在其閒江表傳曰劉備爲荆州牧立營油口五代梁開平四年馬殷遣將侵荆南軍於油口今公安縣北舊有油口巡司是其水今雖湮沒非無可考也**从水由聲**以周切三部按經史曰油然作雲曰雲之油油曰禾黍油油曰油油以退玉藻注曰油油悅敬皃俗用爲油膏字

潭 ㄊㄢˊ　28定

潭水出武陵鐔成玉山東入鬱林林字臢當刪俗人不知鬱爲水名漢志涯水入鬱離水入鬱亦皆沾林矣王集韵引作玉韵會引作五漢志作玉未審當何從武陵郡鐔成二志同前志鐔成下曰玉山潭水所出東至阿林入鬱過郡二行七百二十里過郡二者武陵鬱林也今廣西潯州府阿林廢縣漢縣也鬱林郡廣鬱下曰鬱水首受夜郎豚水東至番禺郡四會入海過郡四行四千三十里過郡四者牂柯蒼梧鬱林南海也潭水卽今福祿江源出苗地東南至今貴州黎平府西爲古州江東至永從縣南合彩江爲福祿江入廣西畍至柳城縣爲柳江又東南經象州至潯州府城北曰潯江此爲廣西之右江亦曰北江合廣西左江亦曰南江卽所謂入鬱也唐始置潯州以北潯江爲名潯江卽古潭水古二字同音因改其字耳今人上流爲柳江下流爲潯江漢人統曰潭下流亦曰澑潭與澑實一水也按鬱水今嶺外之盤江由雲南貴州廣西至廣東爲西江入海者也淮南書曰始皇使尉屠睢發卒五十萬爲五軍一軍守鐔成之嶺一軍守九疑之塞一軍處番禺之都一軍守南埜之畍一軍結餘干之水皆謂今之嶺也漢鐔成縣故城在唐之朗溪縣今之湖南沅州府黔陽縣王山蓋在嶺故潭水流嶺外東入鬱也嶺北之水多入沅**从水覃聲**徒含切應劭音淫七部按今義訓爲深取從覃之意也或訓水側與潯同也

溜 ㄌㄧㄡˋ　21來

澑水出鬱林郡不言縣者有未審也鬱林郡在今廣西前志有中畱縣師古曰畱力救反水名蓋中畱潭中皆以水得名也後志及宋書州郡志作中澑字從水疑前志亦當從水元和郡縣志曰貞觀八年改南昆州爲柳州因柳江爲名柳州卽今柳州府柳江出苗地至今貴州古州永從縣生苗畍中東

漶 ㄏㄨㄟˋ 5匣
灌 ㄍㄨㄢˋ 3見

南入廣西至栁城縣曰栁江至象州會力救切於盤江栁江卽古濡水後世譌其字耳从水畱聲三部按今俗訓爲水急流

漶水出廬江入淮

出疑當作在漢廬江郡今安徽廬州府南至安慶府之境是其地漶水未詳从水惠聲胡計切十五部

灌水出廬江雩婁北入淮

廬江郡雩婁二志同前志雩婁下曰決水北至蓼入淮灌水亦北至蓼入決過郡二行五百一十里過郡二者廬江六安國也水經注決水自安豐縣故城西北逕蓼縣故城東又西北灌水注之水導源廬江金蘭縣西北東陵鄉大蘇山東北逕蓼縣故城西而注決水決水又北入於淮按前志廬江郡下云金蘭西北有東陵鄉淮水出依鄦注則金蘭者縣名而志無此縣志云淮水出乃灌水出之誤葢出金蘭東陵鄉逕雩婁至蓼入決也鄦云灌水俗謂之澮水又云決水北入於淮俗謂之澮口葢灌澮聲相倫習俗害眞尒鄦時已與古名全違今則更難詳矣方輿紀要曰雩婁今安徽潁州府霍丘縣西南八十里有雩婁故城左傳襄廿六年楚人侵吳及雩婁昭五年薳

漸 ㄐㄧㄢ 32從

啓彊待命於雩婁是其地也蓼縣城在霍丘縣西北決水卽今史河灌水今自河南固始縣東流經霍丘縣西合史水入淮是也从水雚聲古玩切十四部按今字以爲灌注灌溉之字

漸水出丹陽黟南蠻中東入海

丹陽郡黟二志同今安徽徽州府黟縣是其地云漸水出黟南之蠻夷中則今錢塘江之北源南源皆見矣前志黟下曰漸江水出南蠻夷中東入海水經曰漸江水出三天子都北過餘杭東入於海按班許水經皆曰漸江水酈氏注則曰浙江葢水經以後無稱漸江者其前則山海經吳越春秋史記皆曰浙江山海經有出於漢人者漢人之書地理志說文爲謹嚴據許立文曰江至會稽山陰爲浙江謂嶰江也曰漸江水出丹陽黟南蠻中謂今錢唐江也分別畫然葢浙江者嶰江之委漸江者錢唐江源流之總稱二水古於山陰相合故可統名之曰浙江後世水道絕不相通而錢唐江猶冒浙江之名失其本號耳水道提綱曰浙水有南北二源北曰徽港卽新安江出歙縣黟縣績溪休寧諸山南源有二一曰衢港卽信安江出開化江山二縣山一曰婺港

泠 ㄌㄧㄥˊ 6來

卽東陽江出東陽縣山南北二港在嚴州府治建德縣合流而北經桐廬縣富陽縣至蕭山縣西南合浦陽江經杭州府城東南至龕赭二山之閒入海班許云黟南蠻中今之北源南源皆包舉矣从水斬聲慈冄切八部按走部有趣字訓進也今則皆用漸字而趣廢矣

泠水出丹陽宛陵西北入江

丹陽郡宛陵二志同今安徽寧國府附郭宣城縣漢故縣也前志宛陵下曰清水西北至蕪湖入江按許之泠水卽班之清水應劭零陵泠道下注引說文此條則應氏未知清泠異名同實也泠水卽今宣城縣西六十里之青弋江元和郡縣志青弋水在宣州西九十九里水道提綱曰江水又東北爲蕪湖縣西北之魯港口魯明江南匯旌德太平石埭涇縣諸水東北流經宣城西北境曰青弋江折而西北流經蕪湖城南而西北注之是爲魯港口此水三源東南源出旌德南南源出太平南西南源出石埭西北从水令聲郎丁切十一部按凡清泠用此字凡樂工泠人左傳用此字

⿰氵箄 ㄆㄞˋ 10滂

⿰氵箄水在丹陽未聞从水箄聲匹卦切十六部

溧 ㄌㄧˋ 5來

溧水出丹陽溧陽縣

縣字俗所沾丹陽郡溧陽二志同據舊志漢縣葢在今江蘇江寧府高淳縣南十五里之固城前志溧陽下應劭曰溧水所出南湖也方輿紀要曰今溧水在今溧陽縣北四十里卽永陽江也祥符圖經溧水承丹陽湖東入長蕩湖丹陽湖卽應劭之南湖也張鐵曰溧水卽永陽江之上源大江之水南會於此江上有渚曰瀨渚又謂之陵水范雎說秦昭王子胥出昭關至陵水是也自瀨渚東流爲瀨溪鄉民誤曰爛溪入長蕩湖又分流東行爲吳王漕葢五代時楊行密漕運所經也自東壩築而丹陽湖之水不復入於溧水永陽江之源流亦滋晦矣水利攷永陽江一名潁陽江古名中江按中江者前志丹陽郡蕪湖下云中江出西南東至陽羡入海楊州川謂禹貢職方三江之一也今蕪湖河東接太平府南之黃池河又東接溧水縣之固城丹陽石臼諸湖未築東壩以前諸湖又匯長蕩湖而入太湖而入於海此正古中江之道今則壩西諸水俱西流入江與古絕異又按禹貢三江既入惟北江徑入海中江則合太湖以入海南江則合漸江爲浙江以入海既合之後則謂太

瀷 ㄧˋ 25定

湖爲江謂漸江爲江故班志直云入海不云入太湖可勿疑也从水𣴎聲力質切十二部

瀷水出河南密縣東入潁从水翼聲與職切一部按此瀷字之異體後人收入如湏汩之實一字也淮南書曰澤受瀷而無源許愼云瀷湊漏之流也見文選注但造說文不收瀷字

潕 ㄨˇ 13明

潕水出南陽舞陰東入潁南陽郡舞陰二志同今河南南陽府泌陽縣縣北十里有舞陰故城水經曰潕水出潕陰縣西北扶予山東過其縣南又東過西平縣北又東過郾縣南又東過定潁縣北東入於汝郾云潕水過潕陰縣北不出其南又去郾縣遠不得過今水道提綱敘汝水不言潕水源流惟方輿紀要引舊志云潕水出泌陽縣北自平地湧出如飛舞然東北流達舞陽縣東南爲三里河又東入於汝未知今水道然否水經入汝許云入潁乖異矦攷从水無聲文甫切五部按水名作潕縣以水得名而舞陰舞陽字作舞當依漢志

潡 ㄠˊ 19疑

潡水出南陽魯陽入父城南陽郡魯陽二志同今河南汝州魯山縣有魯陽故城是父城大徐作城父誤潁川郡父城二志同今河南汝州郟縣西四十里有父城故城是也城父縣前志屬沛郡後志屬汝南郡今安徽潁州府亳州東南七十里有城父故城是也左傳昭十九年楚大城城父大子建居之哀十六年大子建自城父奔宋服注及呂覽愼行篇高注闞駰十三州志史記楚世家正義皆說此事作城父杜注及酈氏汝水篇注裴駰注五子胥傳李吉甫元和郡縣志說此事皆作父城未審當何從而此條潡入父城與水經注所引合則斷非城父也汝水篇注曰汝水又逕郟縣故城南潡水注之水出魯陽縣之將孤山至父城與出魯陽北山之桓水會亂流東北至郟入汝按今汝水由嵩縣天息山東經伊陽縣汝州寶豐縣郟縣襄城縣而沙河來會尙與古水道不殊潡水入汝亦必同古水道也从水敖聲五勞切二部

瀙 ㄑㄧㄣ 6清

瀙水出南陽舞陰中陽山入潁舞陰二徐皆作舞陽今正前志舞陰下曰中陰山瀙水所出東至蔡入汝水經曰瀙水出潕陰縣東上界山東過吳房縣南又東過灈陽縣南又東過上蔡縣南東入於汝酈云山海經謂之視水

郭注視當爲瀙出葴山許愼云出中陽山皆山之殊目也按志云中陰許云中陽乖異雖酈注引作陽然中陰二字正葴之反語與中山經云出葴山者合疑作陰是也方輿紀要曰瀙水自唐縣東北流達舞陽縣南又東南經泌陽縣東北又東經泌陽之象河關入汝寧府遂平縣境未知今水道然否也齊氏召南曰汝水舊從舞陽縣北而南入西平界自元末於過河堨斷其流使東歸潁於是西平雲莊諸石二山之水明時亦塞今水道與古全異卽名稱亦隨時不同所謂灈瀙瀤汝溱湞亦難確鑿指證但據時俗所見敘次源流耳玉裁案顧氏祖禹所臚舉尙或據舊志爲說不如齊氏據現在者言也从水親聲七吝切十二部

淮 ㄏㄨㄞˊ 7匣

淮水出南陽平氏桐柏大復山東南入海南陽郡平氏二志同今河南南陽府桐柏縣西北四十里有故平氏城前志平氏下曰禹貢桐柏大復山在東南淮水所出至淮陵入海過郡四行三千二百四十里水經曰淮水出南陽平氏縣胎簪山東北過桐柏山東過江夏廬江九江下邳諸郡至廣陵淮浦縣入於海按桐柏大復以四字爲山名漢志說文風俗通酈注皆云桐柏大復山應劭注地理志云復陽縣在桐柏大復山之陽是也後世地志析爲二山乃非是禹貢祇云桐柏省言之也古經史所舉之山皆舉其全勢後人乃以一支一節當之若水經所謂胎簪亦卽桐柏耳作水經者別爲二亦非也今淮水出河南桐柏縣桐柏山東流經羅山縣眞陽縣息縣固始縣光州又入江南界經潁州府霍邱縣潁上縣壽州懷遠縣鳳陽府臨淮縣五河縣盱眙縣泗州至淸河縣合於河經山陽縣阜寧縣安東縣至雲梯關入於海古水道河於冀州入海不與淮同入海淮之古水道今未有異淮自平氏至入海大致東北行東多北少許云東南南字誤从水隹聲戶乖切十五部按禹貢潍水漢書作維水其作淮者誤

滍 ㄓˋ 24定

滍水出南陽魯陽堯山東北入汝南陽魯陽見上前志魯陽下曰魯山滍水所出東北至定陵入女水經曰滍水出南陽魯陽縣西之堯山東北過潁川定陵縣西北東入於汝今沙河源出魯山縣西境之堯山東經寶豐縣葉縣舞陽三縣汝水西北自襄城來會俗曰沙河卽古滍水也左傳僖三十

三年楚人與晉師夾泜水而軍杜云泜水出魯陽縣東經襄城定陵入汝杜謂泜卽滍也又襄十八年楚伐鄭涉於魚齒之下杜酈皆謂所涉卽滍水也**从水蚩聲**直几反按直几當作直里古音在一部

澧ㄌㄧˇ 4來

澧水出南陽雉衡山東入汝南陽郡雉二志同雉音弋爾反今河南南陽府治南陽縣府北八十里有故雉城漢縣也前志雉下曰衡山澧水所出東至郾入汝郾顏本譌作郾云音屋非也水經注曰汝水又東南逕郾縣故城北又東得醴水口醴水出南陽雉縣衡山卽山海經中山經之衡山馬融廣成頌曰面據衡陰在雉縣畍故世謂之雉衡山東南流逕葉縣故城北又東注葉陂又東逕郾縣故城南左入汝按馬融傳注引中山經又東三十里曰雉山澧水出焉又東五十里曰宣山又東四十五里曰衡山然則分之爲雉衡二山合之則單評衡山李賢曰衡山在今鄧州向城縣北杜佑曰北重山在向城縣北卽是三鴉之第一鴉又北分嶺山嶺北卽三鴉之第二鴉也其第三鴉入臨汝郡魯山縣畍杜之三鴉葢卽古衡山也今澧水未詳**从水豊聲**盧啟切十五部此條衡山非南岳澧水非入洞庭之澧水入洞庭之水水經別爲篇其字本作醴禹貢江又東至於醴衞包始改爲澧鄭注醴爲陵云今長沙有醴陵縣馬融王肅醴爲水名夏本紀地理志皆作醴尙書正義史記索隱引楚詞濯余佩兮醴浦正作醴水經注出雉衡山者從酉出武陵者從水正是互譌也

溳ㄩㄣˊ 9匣

溳水出南陽蔡陽東入夏水南陽郡蔡陽二志同故城當在今湖北德安府隨州境內夏水見上文沔字下水經曰溳水出蔡陽縣東南過隨縣西又南過江夏安陸縣西又東南入於夏酈云溳水出縣東南大洪山山在隨郡之西南竟陵之東北槃基所跨廣員百餘里今溳水出大洪山之陰東南經隨州應山縣安陸縣雲夢縣應城縣至漢川縣溳口塘入漢源流長五百里入漢卽古之入夏水也今漢夏不分**从水員聲**王分切十三部按水徑德安府治卽古鄖國也鄖以水得名水經注曰隨水至安陸縣故城西入於溳故鄖城也左傳定四年吳敗楚於柏舉及於清發葢溳水兼清水之目矣

淠ㄆㄧˋ 8滂

淠水出汝南弋陽垂山東入淮汝南郡弋陽二志同今河南光州州東北有故弋陽城水經淮水篇曰淮水東過期思縣北又東北淠水注之水出弋陽南垂山西北流歷陰山關西北出山又東北流逕新城戍東又東北得詔虞水口又東北注淮俗曰白鷺水按今之白露河也出光州南三十里之南岳山北流又東入固始縣界合春河注於淮春河卽水經注之詔虞水也水經注曰沘水字或作淠但說文有淠無沘前志有沘無淠不得混爲一水**从水畀聲**匹備切又匹制切十五部按大雅傳曰淠舟行貌箋云淠淠然涇水中之舟又小雅傳曰淠淠衆也

濦ㄧˋ 25影

濦水出汝南上蔡黑閭澗入汝汝南上蔡縣二志同今河南汝寧府上蔡縣縣西南十里故蔡城是水經注汝水上篇曰汝水又東南逕新蔡縣故城南又東南左會濦水水上承汝水別流於奇雒城北爲黃陂東流於上蔡岡東爲蔡塘又東逕平輿縣故城南爲濦水又東南左迆爲葛陂又東出爲鯛水俗謂之三丈陂陂東注爲富水濦水正流自葛陂東南逕新蔡縣故城東而東南流注於汝方輿紀要曰濦水在汝寧府東四十里俗名洪河源出西平縣水道提綱曰南汝水至新蔡縣之東南有洪河自西北來會洪河出舞陽縣東南之筆尖山經西平縣上蔡縣汝陽縣至新蔡縣南入汝大致東南流也按於古水道不改**从水㥯聲**篆文各本作濦此云意聲集韵類篇皆云說文作濦隸作濦是宋時古本如此今據正於力切一部

⿰氵囟ㄒㄧˋ 6心

⿰氵囟水出汝南新郪入潁汝南郡新郪見前志後志曰汝南郡宋公國周名郪丘漢改爲新郪章帝建初四年徙宋公於此今安徽潁州府治阜陽縣縣東八里有新郪城水經注潁水篇曰細水上承陽都阪陂陂水枝分東南出爲細水東逕新陽縣故城北又東南逕宋縣故城北縣卽所謂郪丘者也又南逕細陽縣又東南逕細陽縣故城南引地理志細水出細陽縣東南入潁按今⿰氵囟水不得其詳**从水囟聲**蘇計切古音當在十二部前志及酈作細⿰氵囟細古今字皆从囟聲也

灈ㄑㄩˊ 13匣

灈水出汝南吳房入瀙汝南郡吳房二志同孟康曰本房子國楚靈王遷房於楚吳王闔閭弟夫槩奔楚封於此爲棠谿氏以封吳故曰吳房今吳房城棠谿亭是按昭十三年杜注房滅於楚後平

王遷之於荆山今河南汝寧府遂平縣治故吳房城也水經曰灈水出汝南吳房縣西北奥山東過其縣北入於汝酈云灈水東逕灈陽故城西東流入瀙水逕其縣南又東入於汝今遂平縣西七十里奥來山葢水經之奥山也方輿紀要曰灈水在遂平縣南東北流入汝水道提綱曰灈水今難確鑿指證　**从水瞿聲**其俱切五部

潁水出潁川陽城乾山東入淮各本作乾山韵會引作耿山晉書音義引作陽城少室陽乾山則兼用水經漢志改說文也爾雅音義引字林作陽城乾山與今說文合潁川以水名郡字當從水而漢碑郡名多從禾葢漢時相習如此爲如女陽女陰舞陽舞陰以水名縣而不作汝潕字也恐漢志說文古本郡名亦當從禾耳潁川郡陽城二志同今河南河南府登封縣東南四十里有陽城廢縣前志陽城下曰陽乾山潁水所出東至下蔡入淮過郡三行千五百里荆州浸過郡三者潁川淮陽沛郡也水經曰潁水出潁川陽城縣西北少室山東南至慎縣東南入於淮水道提綱曰今潁水源出登封縣北嵩山西南之少室山東南經密縣禹州分爲二派一經新鄭縣至臨潁縣一經襄城縣至臨潁縣二支復合經商水縣合汝水又合滎陽水至陳州府南分爲二派一爲過河一爲沙河過河至江南太和縣與沙河合又經潁上縣與淮水合曰潁口皆東南流也水經曰至慎縣入淮慎縣故城在今潁上縣　**从水頃聲**余頃切十一部　**豫州浸**職方氏曰荆州其浸潁湛豫州其浸波溠許潁下湛下皆曰豫州浸而溠下曰荆州浸此非筆誤葢案地形互易之也

洧水出潁川陽城山東南入潁前志陽城下曰陽城山洧水所出東南至長平入潁過郡三行五百里過郡三者潁川南陽汝南也按據志則陽城縣有陽城山許不復言陽城如河南縣宏農縣之例水經曰洧水出河南密縣西南馬領山東南至習城西折入於潁酈曰亦言出陽城山葢馬領之統目焉習城西折入潁即地理志至長平縣入潁者也方輿紀要曰今洧水出登封縣陽城山經密縣至禹州新鄭縣合溱水爲雙洎河又經長葛縣洧川縣鄢陵縣扶溝縣至西華縣入潁大致東南流也一統志曰洧水本至西華入潁宋時導之自扶溝入蔡

左傳襄十一年濟隧九年陰坂廿六年涉於樂氏說者云皆謂洧津也　**从水有聲**榮美切古音在一部

濦水出潁川陽城少室山東入潁水經曰濦水出濦强縣南澤中東入潁酈云濦水出潁川陽城縣少室山東流注於潁而亂流東南逕臨潁縣西北又東逕濦陽城北又東逕濦强縣故城南汝水於奇雒城西别東派時人謂之大濦水左合小濦水東逕西華縣故城南至女陽縣故城北東注於潁按前志汝南郡濦强以濦水得名今大濦水在郾城縣南至商水縣東二十里合潁水小濦水在臨潁縣西南東流合於潁水　**从水㥯聲**於謹切十三部亦音殷其字一變爲濦再變爲溵

過水受淮陽扶溝浪湯渠東入淮湯韵會作蕩前志作狼湯師古上音浪下音徒浪反水經注作蒗蕩渠集韵作蒗蕩渠皆音同字異耳淮陽國扶溝見前志淮陽國孝明帝更名陳國而扶溝改屬陳留置扶樂縣屬陳國今河南開封府扶溝縣漢縣地也前志扶溝下曰渦水首受狼湯渠東至沛郡向入淮過郡三行千里水經曰淮水又東過當塗縣北過水從西北來注之又曰陰溝水出河南陽武縣蒗蕩渠東南至沛爲過水又東南至下邳淮陵縣入於淮酈云淮水於荆山北過水東南注之注言下邳淮陵入淮誤矣按淮水篇酈注曰淮水逕當塗縣故城北又東北又北沙水注之經所謂蒗蕩渠也於荆山北過水東南注之據酈所云是渠水過水以次入淮也今渦水在安徽鳳陽府懷遠縣入淮其上流詳見水道提綱等書非漢志說文水經舊迹矣　**从水過聲**古禾切十七部

泄水受九江博安洵波北入氐前志九江郡博鄉此云博安與水經合洵波當作芍陂氐當作比水經曰泄水出博安縣北過芍陂西與泚水合西北入於淮注云博安縣地理志之博鄉縣也泄水自縣上承泚水於麻步川西北出歷濡谿謂之濡水自濡谿逕安豐縣北流注於渒亦謂之濡須口按渒即泚字見泚水篇注洵波無考疑作芍陂水經云過芍陂則非受也疑當作水受九江博安洵爲句洵即過水出者下四字當作過芍陂北入比六字然無左證又與酈云上承泚者不合亦所謂闕疑載疑而已　**从水世**

汳 ㄅㄢˋ 3 並

聲余制切五部毛詩大雅傳曰泄泄猶沓沓也此謂假泄爲詍也
汳水受陳畱浚儀陰溝至蒙爲雝水東入於泗雝當作獲字之誤也陳畱郡浚儀二志同晉地道記云衞之儀邑蘇林曰故大梁城梁惠王始都此今河南開封府祥符縣縣城西北浚儀廢縣是也蒙二志皆屬梁國春秋左傳宋有蒙門蒙澤今河南歸德府治商邱縣府東北四十里有蒙城是也前志河南郡滎陽下曰卞水在西南梁國蒙下曰獲水首受甾獲渠東北至彭城入泗水經曰汳水出陰溝於浚儀縣北又東至梁郡蒙縣爲獲水餘波南入睢陽城中獲水出汳水於梁郡蒙縣北又東過蕭縣南睢水北流注之又東至彭城縣北東入於泗按水經至蒙爲獲水許書當同不當云爲雝水也下文雝篆下云河雝水也用爾雅河出爲雝語然則自河出卽爲雝非自河出爲汳既而爲雝也且許言汳受陰溝則非受河矣曰陰溝曰浪湯渠曰汳水獲水許能言其分合今當河流絫徙之後不可得而言方輿紀要曰汳水或謂卽禹貢之雝水春秋之邲水秦漢之鴻溝上與河泲通下與泗淮通隋以前自歸德府至蕭縣碭山縣閒入泗隋以後則自歸德至泗州兩城閒入淮宋時東南之漕大都由汴以達畿邑故汴河之經理爲詳自後則湮廢矣禹貢錐指曰元至元中河徙出陽武縣南奪過入淮而新鄉之流遂絕及泰定元年改從汴渠至徐州城東北合泗以入淮卽今河所行是也然則今之大河開封而下徐州而上皆故汴也从水反聲皮變切十四部漢志作卞後漢書作汴按卞者弁之隸變也變汳爲汴未知起於何代恐是魏晉都雒陽惡其從反而改之舊音切芳萬今則併其音改之也

澮 ㄓㄣ 26 精

澮水出鄭國鄭國謂周之鄭國卽漢之新鄭也鄭語曰前華後河右洛左濟主芣騩而食溱洧水經曰澮水出鄭縣西北平地鄺云出鄶城西北雞絡塢下東南流左合滋水又南左會承雲山水又東南逕鄶城西謂之栖泉水又南注於洧世亦謂之爲鄶水也今溱水在河南開封府密縣東北流經新鄭縣西北南流合洧水爲雙洎河而洧盛溱涸矣从水會聲側詵切十二部按會聲則在六部而經傳皆作溱秦聲鄭風褰裳涉溱與豈無他人爲韵學者疑之玉裁謂說文水經皆云澮水在鄭溱水出桂陽蓋二字古分別如是後來因鄭風異部合韵遂形聲俱變之耳詩曰澮與洧方汍汍兮汍音丸藥之丸各本作渙渙今正此鄭風文也今毛詩作渙渙春水盛也釋文曰韓詩作洹洹音丸說文作汎音父弓反按作汎父弓反音義俱非葢汍汍之誤汍汍與洹洹同漢志又作灌灌亦當讀汍汍皆水盛沄旋之貌引此詩者爲澮字之證知今經傳皆非古本廣韵曰詩作溱洧誤

淩 ㄌㄥˊ 26 來

淩水在臨淮前志臨淮郡後志爲下邳國前志泗水國淩應劭曰淩水所出入淮南後志淩屬廣陵郡水經注淮水篇淮水左逕泗水國南淩水出淩縣東流逕其縣故城東而東南流注於淮是曰淩口今江蘇徐州府宿遷縣東南五十里有淩城淩水未詳从水夌聲力膺切六部廣韵曰淩歷也今字今義也

濮 ㄆㄨˊ 17 幫

濮水出東郡濮陽南入鉅野東郡濮陽二志同前志濮陽下曰衞成公自楚丘徙此故帝丘顓頊虛杜預曰帝丘昆吾氏因之故曰昆吾之虛今直隸大名府開州西南濮陽故城是也鉅野二志屬山陽郡前志鉅壄下曰大壄澤在北兗州藪卽西狩獲麟之所爾雅十藪之一今山東曹州府鉅野縣漢舊縣也自隋以後濟流枯竭大野漸微元末爲河所決河徙後遂涸爲平陸濮水者殷紂時師延作靡靡之樂已而自沈之水也前志陳畱郡封丘下曰濮渠水首受泲東北至都關入羊里水水經注濟水篇言濮渠故瀆自濟東北流爲高梁陂又東逕匡城北又東北逕酸棗縣故城南又東逕蒲城北又東逕韋城南又東逕長垣縣故城北又東分爲二瀆北濮出焉濮渠又東逕須城北又東逕濮陽故城南又東逕離狐縣故城南又東逕葭密縣故城北又東北逕鹿城南又東與句瀆合與濟同入鉅野按鄺所云卽許所說故道也今濮河自河南封邱縣流徑長垣縣北東明縣南又東經開州東南合洪河入山東濮州界俗譌爲普河方輿紀要曰今濟絕河遷濮水源流不可復考矣从水僕聲博木切三部牧誓左傳之濮人百濮則在江漢之南

濼 ㄌㄨㄛˋ 20 來

濼齊魯閒水也春秋桓十八年公會齊侯於濼三經三傳皆同杜曰濼水在濟南歷城縣西北入濟水經注濟水篇曰濟水又逕盧縣故城北又逕什城北又東北右會玉水又東北濼

水入焉水出歷城縣故城西南春秋桓公十八年公會齊侯於濼是也俗謂之娥英水合大明湖歷水北流注於濟齊乘曰小清河之源出在歷城者即古濼水按今山東濟南府歷城縣小清河源出縣西東經章邱鄒平長山新城入青州府高苑縣至博興縣合時水入海而章邱以下淤塞濼水東北入大清河 **从水樂聲** 盧谷切古音在二部經典釋文引說文匹沃反此蓋音隱文也元應曰凡陂池山東名爲濼匹博切鄴東有鸕鷀濼是也幽州呼爲淀音殿按濼泊古今字如梁山泊是也 **春秋傳曰公會齊侯于濼**

㶟 ㄒㄧˊ
14 溪

㶟　㶟水在魯 春秋經襄十九年取邾田自㶟水公羊傳曰其言自㶟水何以㶟爲竟也何言乎以㶟爲竟㶟移也何云魯本與邾婁以㶟爲竟㶟移入邾婁昐魯隨而有之諸侯土地本有度數不得隨水隨水有之當坐取邑水經注泗水篇曰㶟水出東海合鄉縣西南流入邾又逕魯國鄒山東南而西南流左傳所謂嶧山詩所謂保有鳧嶧者也又西南逕蕃縣故城南又西逕薛縣故城北夏車正奚仲之國也又西至湖陸縣入於泗按合鄉蕃薛故城皆在今山東滕縣不云在魯邾婁之閒徑云水在魯者邾婁魯附庸非敵故立文如是一統志曰㶟水源出滕縣東北百里逑山西流會諸泉水逕縣南又西會南梁河入運河舊名南沙河西南流入泗不與南梁會自漕河東徙過其南流乃北出趙溝會南梁以入運河也 **从水䣊聲** 苦郭切五部

淨 ㄐㄥˋ
12 從

淨　魯北城門池也 公羊傳閔二年桓公使高子將南陽之甲立僖公而城魯或曰自鹿門至于爭門者是也或曰自爭門至于吏門者是也魯人至今以爲美談曰猶望高子也鹿門者魯南城之東門爭門者魯北城之門天子十二門通十二子諸侯大國當是九門侯攷淨者北城門之池其門曰爭門則其池曰淨从爭旁水也廣韵曰埩七耕切魯城北門池也說文作淨蓋古書有作埩門者矣城北誤倒 **从水爭聲** 士耕切十一部又才性切按今俗用爲瀞字釋爲無垢薉切以才性今字非古字也

㶏 ㄊㄚˋ
27 透

㶏　㶏水出東郡東武陽入海 東郡東武陽二志同今山東曹州府朝城縣東南有東武陽城是也前志東武陽下曰禹治漯水東北至千乘入海過郡三行千二十里過郡三者東郡平原千乘也水經曰河水又東北過高唐縣東注云河水於縣漯水注之漯水上承河水於東武陽縣東南而北逕武陽新城東又逕東武陽故城南又北逕陽平縣故城東又北絕莘道城之西北又東北逕樂平縣故城東又北逕聊城縣故城西又東北逕清河縣故城北又東北逕文鄉城東南又東北逕博平縣故城南又東北逕瑗縣故城西又東北逕高唐縣故城東又東北逕濕陰縣故城北又東北逕著縣故城南又東北逕崔氏城北又東逕鄃平縣故城北又東北逕建信縣故城北又東北逕千乘縣二城閒又東北爲馬常坑亂河枝流而入於海按此班許所說故道也河渠書禹以爲河所從來者高水湍悍難以行平地數爲敗乃斷二渠以引其河漢書音義曰二渠其一出貝丘西南南折者也其一則漯川出貝丘者王莽時遂空唯用漯耳玉裁謂濕水故瀆今不可詳 **从水㬎聲** 它合切七部按日部㬎讀若唫此濕所以在七部也漢隸以濕爲燥溼字乃以漯爲沛濕字累者俗絫字在十六部於音殊遠隔也 **桑欽云出平原高唐** 平原郡高唐二志同今山東濟南府禹城縣西南有高唐故城左傳襄十九年廿五年昭十年哀十年之高唐也前志高唐下曰桑欽言漯水所出酈注河水篇云按竹書穆天子傳兩言濕水尋其沿歷逕趣不得近出高唐也桑氏所言蓋津流所出夫於是閒也玉裁按桑舉其源之近者耳今禹城縣濕水已不可詳

泡 ㄆㄠ
21 滂

泡　泡水出山陽平樂東北入泗 山陽郡平樂見前志志云侯國泡水東北至沛入泗水經注泗水篇曰黃溝又東逕平樂縣又東右合泡水即豐水之上源也水上承大薺陂東逕貰城北又東逕己氏縣故城南又東逕卬城縣故城南又東逕單父縣故城南又東逕平樂縣右合泡水自下豐泡並得通稱故地理志曰平樂泡水所出又東逕豐縣故城南又東逕沛縣故城南於城南東注泗地理志曰泡水自平樂東北至沛入泗者也按今泡河自今山東單縣流逕江蘇豐縣北又東逕沛縣昐循城東南至泗亭驛而合於泗 **从水包聲** 匹交切按今俗曰包河古音在三部又流貌也或曰浮漚也

菏 ㄍㄜ
1 見

菏　菏水在山陽湖陵南 各本水上衍澤字陵下奪南字今依尚書音義正前志山

十一篇上一　罜

陽湖陵下曰禹貢荷水在南濟陰郡下曰禹貢荷澤在定陶東水經曰荷水在山陽湖陸縣南荷澤在濟陰定陶縣東是豫州菏澤徐州菏水畫然二事依水經及注菏水雖源於菏澤而與菏澤迥別釋文於徐州引說文水出山陽湖陵南非菏澤也今本說文淺人增澤大誤矣山陽郡湖陵見前志王莽改曰湖陸光武仍曰湖陸至章帝復湖陸之號今山東兗州府魚臺縣東南六十里有湖陵故城與江南沛縣接畍前志湖陵下曰禹貢浮於淮泗通於荷荷水在南不但言荷水在南而必舉此禹貢文者明此荷水非豫州及道沇水之荷澤也水經曰濟水又東至乘氏縣西分爲二其一東南流者過乘氏縣南又東過昌邑縣北又東過金鄉縣南又東過東緡縣北又東過方與縣北爲荷水又東過湖陸縣南東入於泗水酈氏云尙書曰浮于淮泗達于荷是也按此經注所說故道今多湮塞不可詳

禹貢浮于淮泗達于菏不稱道菏澤沇水又東至於菏者彼爲菏澤此爲菏水與班意同也不言夏書言禹貢者正襲班語也尙書古文疏證曰自淮而泗自泗而菏然後由菏入沛以達於河徐之貢道也上文沇州浮于濟漯達于河夾青州便浮于汶達于濟不復言達于河夾徐州浮于淮泗達于菏不復言達于濟至揚州則浮于江海達于淮泗且不復言達于菏不復言者蒙上文也聖經之書法也

从水苛聲古俄切十七部按當左形右聲篆體取結構乃似上艸下河耳五經文字云菏見夏書古本亦作荷玉裁謂古尙書史記漢書水經注皆作荷或是假借或是字誤不可定而應劭曰尙書荷水一名湖韋注漢曰荷胡阿反是則湖陵以荷水得名荷與湖語之轉至若今史記漢書俗本尙書作浮于淮泗達于河皆誤字也郡國志注譌作荷

泗ㄙˋ 5 心

泗水受泲水東入淮地理志濟陰乘氏下曰泗水東南至睢陵入淮過郡六行千一百一十里又魯國卞縣下曰泗水出縣北三字依水經注補西南至方與入沛過郡三行五百里青州川出乘氏者其遠源出卞者其近源過郡三當作過郡二過郡二者魯山陽也水經曰泗水出魯卞縣北山西南過魯縣北又西過瑕丘縣東屈從縣東南流漷水從東來注之又南過平陽縣西又南過高平縣西洸水從西北來流注之又南過方與縣東菏水從西來注之又屈東南過湖陸縣南涓涓水從東北來流注之又東過沛縣東又東南過彭城縣東北又東南過呂縣南又東南過下邳縣西又東南入於淮此舉卞縣以下所經二郡也卞今山東兗州府泗水縣東五十里卞故城是也許不言水所出但云受沛水則又舉其源之至近者也水經言濟水又東過湖陸縣南東入於泗水前志泗水至方與入沛一謂濟入泗一謂泗入沛酈氏泗水篇注云泗濟合流故地記或言濟入泗或言泗入濟互受通稱故地理志有南梁水入濟之文玉裁謂許言泗受濟水則與班殊與水經合也今泗水出縣東陪尾山西流逕曲阜北八里又西南流逕滋陽縣東五里轉南流與曲阜縣之沂水合入金口閘又南流逕鄒縣西南五十里又南至濟寧州天井閘入運河禹貢錐指曰泗水自泗水縣歷曲阜滋陽濟寧鄒縣魚臺滕縣沛縣徐州邳州宿遷桃源至清河縣入淮此禹跡也今其故道自徐州以南悉爲黃河所占一統志引志云金口之堰修而泗水盡入於漕

从水四聲息利切十五部按毛詩傳曰自目曰涕自鼻曰泗

洹ㄏㄨㄢˊ 3 匣

洹水在齊魯閒齊當依水經注所引說文字林作晉左傳成七年聲伯夢涉洹杜曰洹水出汲郡林慮縣東北至魏郡長樂縣入清水水經曰洹水出上黨泫氏縣東過隆慮縣北又東北出山過鄴縣南又東過內黃縣北東入於白溝林慮縣卽隆慮縣今河南彰德府林縣是其地也今洹水自山西長子縣流入河南林縣東北流經安陽縣北又東流經內黃縣西北入衛河水道提綱曰衛河又東北經彰德府治安陽縣東南畍有洹河自西北來會其南岸卽內黃縣西境也水經之白溝今衛河在內黃者皆卽淇水許當云在晉衛之閒云在晉魯閒者魯衛相近以魯聲伯夢涉而云也

从水亘聲羽元切十四部玉篇曰汍同

灉ㄩㄥ 18 影（澭）

河灉水也也字依水經注補水經曰瓠子河出東郡濮陽縣北河酈云尙書雝沮會同爾雅曰水自河出爲灉許愼曰雝者河雝水也是酈意以瓠子河爲尙書之雝也按自河出爲灉濟爲濋汶爲瀾洛爲波漢爲潛淮爲滸江爲沱過爲洵潁爲沙汝爲濆見於釋水其見於說文者則沱也潛也灉也洵也河之別爲灉如江之別爲沱沱非一沱則灉亦非一灉凡首受河之水皆可名之矣

在宋

澶ㄔㄢˊ 3定
洙ㄓㄨ 16定

說者以汳水當之。从水雝聲。於容切九部。澶淵水也。也字今補。在宋。春秋經襄二十年盟于澶淵三十年會于澶淵宋災故杜曰澶淵在頓丘縣南今名緐汙此衛地又近戚田按頓丘今直隸大名府清豐縣縣西南二十五里頓丘故城是也澶淵卽緐水在河南彰德府內黃縣東二十六里史記廉頗拔魏緐陽漢置縣屬魏郡應劭曰在緐水之陽也張晏曰其畔爲緐淵按緐與澶疊韵汙與淵雙聲緐陽故城在今內黃縣東北二十七里實衛地而云在宋者蓋以春秋書宋災故而云然未爲宋也○又按澶淵高氏士奇春秋地名攷爲詳。从水亶聲。市連切十四部吳都賦注曰澶恬安流貌。洙水出泰山蓋臨樂山北入泗。泰山郡蓋二志同今山東沂州府沂水縣縣西北七十里有蓋城是也前志蓋下曰臨樂于山洙水所出西北至蓋入池水水經曰洙水出泰山蓋縣臨樂山西南至卞縣入於泗按此條水經與志迴殊志云臨樂于山者謂勃海郡臨樂縣之于山也泲其源而言故下文云至蓋非謂洙出蓋也而經注皆刪于字謂

沭ㄕㄨˋ 8定

臨樂爲蓋縣山名其亦誤矣池注引作泗云或作池蓋字誤夫經注皆云泗水出卞縣不云出蓋縣又皆云洙水至卞入泗不云至蓋入泗然則卽改池爲泗亦於水道不合安知班時無池水抑或不知何字之誤而竟作泗字也杜預釋例云出魯國東北西南入沇水下合泗乃作沇字俟攷蓋洙水在班時已非古道故其書法不同他水至桑鄭時更昧於臨樂之源乃誣班爲出蓋觀春秋莊九年浚洙鄭知其易湮也許亦云出泰山蓋臨樂山北入泗恐非許氏原文淺人用水經改竄之今洙水在曲阜縣北四里上不得其源下流不入泗而入沂又迴非鄭氏之舊蓋以湮沒而以是冒之耳。从水朱聲。市朱切四部。沭水出青州浸。出下有奪文集韵類篇徑刪浸字非是當補琅邪東莞南入泗七字周禮青州其浸沂沭注云沭出東莞前志琅邪郡東莞術水南至下邳入泗過郡三行七百一十里青州浸東莞今山東沂州府沂水縣治西北東莞故城是也水經曰沭水出琅邪東莞縣西北大弁山東南過其縣東又東南過莒縣東又南過陽都縣東入於沂鄭曰舊瀆入泗非入沂也今沭水出

沂ㄧˊ 9疑

沂水縣北臨朐縣南之沂山東南流徑莒州東又西南流徑蘭山縣東又南徑郯城縣東又西南流入江南沭陽縣盻分爲二派下流入海迴非舊道矣。从水术聲。食聿切十五部前志作術云青州浸其所據職方當如是作。沂水出東海費東西入泗。東海郡費見前志春秋魯季氏邑今山東沂州府費縣縣西北二十里費故城是也職方氏曰青州其山鎭曰沂山其浸沂沭鄭曰沂山沂水所出也在蓋前志泰山郡蓋下曰沂水出水經曰沂水出泰山蓋縣艾山許云出東海費東說乖異者蓋沂山卽東泰山是山盤回數縣今沂水出沂水縣之雕厓山卽沂山東西峯也又西北接大弁山卽沭水所出也前志曰沂水南至下邳入泗水經曰沂水出泰山蓋縣艾山南過琅邪臨沂縣東又南過開陽縣東又東過襄賁縣東屈從縣南西流又屈南過郯縣西又南過良成縣西又南過下邳縣西南入於泗許云西入泗疑當作南入然鄭善長所據已作西矣今沂水出雕厓山東南流逕沂水縣西又南流逕蘭山縣東又南流逕郯城縣西又南流入江南邳州盻。从水斤聲。魚衣

洋ㄒㄧㄤˊ 15定

切古音在十三部按漢人多以爲圻堮之圻。一曰沂水出泰山蓋。此卽班鄭水經之說也許分爲二說則不謂雕厓山卽沂山矣如渭下之謂渭首亭與鳥鼠山爲二說。青州浸。洋水出齊臨朐高山東北入鉅定。齊郡臨朐後志作齊國臨朐今山東青州府臨朐縣其地也前志臨朐下曰石膏山洋水所出東北至廣饒入鉅定水經注巨洋水篇曰巨洋水又逕臨朐縣故城東又東北逕委粟山又東北洋水注之水西出石膏山西北石澗口東南逕逢山祠西又東南歷逢山下卽石膏山也巨洋水又東北逕劇縣故城西又東北逕益縣故城東又東北積而爲潭枝津出焉謂之百尺溝西北流注於巨淀又東北逕壽光縣故城西又東北注於海按班許曰洋水卽水經及注之巨洋水也班許以出臨朐石膏山者爲正源耳許云高山卽石膏山也前志齊郡有廣饒鉅定二縣馬車瀆水首受鉅定然則鉅定本水名因以爲縣名定淀古今字魏都賦張注曰淀者如淵而淺是也廣饒鉅定故城皆在今山東青州府樂安縣境今樂安縣東北四十里淸水泊

郎古鉅定湖巨洋水今曰瀰河源出今臨朐縣南沂山西麓北流逕臨朐縣東又北歷益都縣又東北流逕壽光東又東北會黑埬泊入於海今南陽水亦名長沙水源出益都縣西南石膏山東北至城西折而東繞城北又東流入瀰河**从水芊聲**似羊切十部按毛詩衞風傳曰洋洋盛大也魯頌傳曰洋洋衆多也讀與章切

濁 ㄓㄨㄛˊ 17定

㴃 **濁水出齊郡**上文不言郡此字葢淺人增之**厲嬀山東北入鉅定**厲當作廣嬀當作爲皆字之誤齊郡廣見前志後志作齊國廣今山東青州府益都縣西南四里有廣縣故城是也前志廣下曰爲山濁水所出東北至廣饒入鉅定水經注曰淄水又東北逕廣饒縣故城南又東北馬車瀆水注之水首受巨淀淀卽濁水所注也呂忱曰濁水一名溷水出廣縣爲山一名冶嶺山東北流逕廣固城西城在廣縣西北四里又東北流逕堯山東又東北流逕東陽城北合陽水卽長沙水也又北逕臧氏臺西又北逕益城西又北流注巨淀今北陽水源出益都縣西南九迴山卽古爲山東北流逕城北又東北逕壽光縣四十里又北入淸水泊卽古濁水也

从水蜀聲直角切三部按濁者清之反也詩曰涇以渭濁又曰載清載濁

十一篇上一　四十七

溉 ㄍㄞˋ 8見

㵣 **溉水出東海桑瀆覆甑山東北入海**東當作北瀆當作犢皆字之誤也北海郡桑犢見前志今山東萊州府濰縣有桑犢故城水經注之桑犢亭也前志桑犢下云覆甑山溉水所出東北至都昌入海今濰縣東南四十里溉源山卽覆甑山也水經注亦謂之塔山寰宇記曰天寶六載勅改爲溉源山今溉水自溉源山北流至昌邑縣境入海卽東虞河也亦曰東丹河**从水既聲**古代切古音在十五部按多借爲濯摡字**一曰灌注也**此依韵會本注下曰灌也渫下曰溉灌也洞簫賦迴江流川而溉其山李注引說文溉猶灌也與今本異

濰 ㄨㄟˊ 7定

䑇 **濰水出琅邪箕屋山東入海**琅邪郡箕見前志故城當在今山東沂州府莒州境前志箕下云禹貢維水北至都昌入海過郡三行五百二十里兗州寖也水經曰濰水出琅邪箕縣濰山東北過東武縣西又北過平昌縣東又北過高密縣西又北過淳于縣東又東北過都昌縣東又東北入於海按屋山在今莒州西北九十里水經注曰濰山屋山及淮南子云出覆舟山實一山也今濰水出莒州西東北箕屋山東南流入青州府諸城縣畍逕萊州府高密縣畍又北逕安邱縣東又北流入萊州府昌邑縣畍又東北入海曰淮河口與古水道合漢都昌城在今昌邑縣西**徐州浸**徐當作兗職方氏河東曰兗州其浸盧維鄭云盧維當爲雷雍班志則云維兗州浸不改字也許云兗州浸亦同**夏書曰濰淄其道**許水部無淄字此淄葢俗加水旁耳周禮作菑漢志作甾古字也濰當其道禹貢青州文**从水維聲**以追切十五部按地理志述禹貢作維今版本作惟誤琅邪箕下云禹貢維水蒙上文言也其靈門下橫下折泉下皆作淮則轉寫之誤葢班从今文尚書作維許从古文尚書作濰左傳襄十八年作維音義曰本又作濰今山東土語與淮同音故竟作淮字

浯 ㄨˊ 13疑

㳙 **浯水出琅邪靈門壺山東北入濰**琅邪郡靈門見前志今山東沂州府莒州北百二十里有靈門城前志靈門下曰壺山浯水所出東北入淮淮當作維字之誤也水經注曰濰水又北逕平昌縣故城東又北浯水注之水出浯山世謂之巨平山許愼言水出靈門山世謂之浯汶矣其水東北逕姑幕縣故城東又東北逕平昌縣故城北又東北流注於濰水今浯水自莒州流入諸城縣畍東北流逕安丘縣東南入濰水**从水吾聲**五乎切五部

十一篇上一　四十八

汶 ㄨㄣˋ 9明

㳷 **汶水出琅邪朱虛東泰山東入濰**琅邪郡朱虛見前志後志屬北海國今山東青州府臨朐縣東六十里有朱虛故城前志朱虛下云東泰山汶水所出東至安丘入維水經曰汶水出朱虛縣泰山北過其縣東又北過淳于縣西又東北入於濰謂之東汶水以別於禹貢汶水也按今汶水源出泰山卽封禪書黃帝封東泰山今沂山是也今東汶河源出臨朐縣南沂山東北谷東流近穆陵關折東折東北流數十里折東流百五十里至安邱縣西南境折東北流經縣城西北又東流數十里與濰水會**从水文聲**亡運切十三部按二汶水在齊漢人崏山崏江字作汶山汶江以古音同讀如文之故謂之假借可也考工記貉踰汶則死淮南子同鄭云汶水在魯北鄭注以入汶水篇考工記多齊語則謂入沛之汶無疑也

治 24定　濅 28精　湡 16疑

殷敬順㧊爲異說殊非是桑欽說汶水出泰山萊蕪西南入泲此謂禹貢汶水也上文潤水㶟水沂水皆舉別說皆謂一水而說源有不同也此則晝然二水源流皆異泰山郡萊蕪二志同前志萊蕪下曰原山禹貢汶水出西南入泲桑欽所言水經於濟水曰又東北過壽張縣西界安民亭南汶水從東北來注之於汶水曰又西南過壽張縣北又西南至安民亭入於濟按舊泲水合汶於安民亭今東平州西南十里安山鎮卽古亭也今汶水出今山東泰安府萊蕪縣東北七十里之原山亦名馬耳山西南流經縣城西北又經泰安府南境又經寧陽縣北境至汶上縣北之戴村壩又經汶上西南境之南旺分流南北南流者四分以接徐泲北流者六分以接臨淸自明永樂中宋禮開會通河以及國朝運河皆全資汶水而入泲之故道湮矣前志朱虛下但云汶水萊蕪下則云禹貢汶水然則出朱虛入濰者非禹貢汶水也

治治水出東萊曲城陽丘山南入海城當作成字之誤也東萊郡曲成二志同今山東萊州府掖縣東北六十里有曲成故城前志曲成下曰陽丘山治水所出南至沂入海按沂字疑誤一本作至臨沂尤誤當作計斤二字今掖縣東南三十里有陽邱山亦名馬鞍山今治水名小沽河自掖縣馬鞍山南流至平度州東南與出登州府黃縣之大沽河合流逕卽墨至膠州之麻灣口入海一統志曰左傳昭二十年姑尤以西杜注姑水尤水皆在城陽郡東南入海齊乘姑卽大沽河尤卽小沽河玉裁謂尤古音讀如貽與治同在第一部齊乘之言可信也从水台聲直之切一部按今字訓理蓋由借治爲理

濅濅水出魏郡武安東北入呼沱水魏郡武安二志同今河南彰德府武安縣縣西南五十里有武安城前志武安下曰欽水東北至信都國東昌入虖池河過郡五行六百一十里从水𡪞聲子鴆切七部按沈浸浸淫之字多用此隸作浸𡪞籀文𡪞部見宀

湡湡水出趙國襄國之西山東北入濅趙國襄國二志同今直隸順德府邢臺縣西南有襄國故城商祖乙遷於邢周時邢國皆在此前志襄國下曰西山渠水所出東北

㴲 10心　渚 13端　洨 19匣　濟 4精

至廣平國任縣入濅按渠水當是湡水之譌一統志曰澧河源出邢臺縣東南東流逕南和縣西南又東北逕任縣東至隆平縣入胡盧河卽百泉水也方輿紀要曰百泉水益卽澧河之上源引志云百泉水一名湡水又名鴛鴦水隋志以爲湡水也鴛鴦水在南和縣西見魏都賦注从水禺聲噳俱切古音在四部顏師古音藕又音牛吼反

㴲㴲水出趙國襄國東入湡前志襄國下云又有蓼水馮水皆東至廣平國朝平入湡按馮水當是㴲水之譌字之誤也廣平國南和下云列葭水東入㴲蓋湡㴲二水今不可別矣㴲入湡湡入浸浸入虖沱虖沱移徙不常故道今不可攷水經注虖沱篇佚从水虒聲息移切十六部

渚渚水在常山中丘逢山東入湡常山郡中丘見前志中丘下云逢山長谷諸水所出東至張邑入濁按諸當作渚濁當作湡皆字之誤也張邑卽廣平國之張也中丘渚水俟攷从水者聲章與切五部爾雅曰小州曰渚釋水文州洲古今字召南傳曰渚小洲也水岐成渚

洨洨水出常山石邑井陘東南入于泜于衍字也常山郡石邑見前志井陘謂石邑之井陘山也今直隸正定府獲鹿縣西南有石邑城戰國時趙邑也前志石邑下曰井陘山在西洨水所出東南至廮陶入泜井陘縣下應劭注曰井陘山在南然則井陘縣在石邑之西井陘山在石邑西南井陘縣南也井陘山之東南則石邑地也今洨河出獲鹿縣南東流逕欒城縣西又南入趙州盱舊志云下流至寧晉縣注於胡盧河上源四泉交合故謂之洨也从水交聲下交切二部師古曰音效又音爻郝國有洨縣沛國洨見後志前志作沛郡洨凡言有者皆別於上文之義應劭云洨縣洨水所出南入淮是別一洨水也師古曰音肴

濟濟水出常山房子贊皇山東入泜常山郡房子見前志後志云常山國房子今直隸正定府贊皇縣是其地前志房子下曰贊皇山石濟水所出東至廮陶入泜後志曰贊皇山在縣西南六十里濟水所出按此水名與四瀆之泲字各不同而經傳皆作濟風俗通遂誤以常山房子之水列入四瀆

而云廟在東郡臨邑縣豈知班志臨邑下云有泲廟字固作泲乎今本前志石濟水石字疑衍以說文風俗通後志正之皆不當有石字一統志曰舊志云槐水出黃沙嶺流經贊皇縣西北十里入元氏縣盼合泜水又東南歷高邑柏鄉達寧晉縣入胡盧河卽古大陸澤玉裁謂槐水卽古濟水也贊皇山在今贊皇縣西南**从水齊聲**子禮切十五部今字以爲濟渡字

泜ㄔˊ 4定

泜　泜水在常山前志常山郡元氏下曰沮水首受中丘西山窮泉谷至堂陽入黃河按沮當作泜北山經注云今泜水出中丘縣西窮泉谷東注於堂陽縣入於漳水以郭正班知沮爲字之誤風俗通云濟水出常山房子贊皇山東入沮此亦泜譌作沮也由書氏作互遂譌且耳班志入黃河亦當依郭作濁漳攷水經注濁漳過堂陽縣而河水不徑堂陽元和志曰泜水在贊皇縣西南二十五里卽韓信斬陳餘處今泜水在元氏縣源出封龍山東南流經縣西南六十里紙屯村入槐河泜與濟互受通稱**从水氏聲**直尼切十五部按蘇林音祇晉灼音邸師古音脂又丁計反兼用二音也司馬貞曰今俗呼此水音如邸

濡ㄖㄨˊ 16泥

濡　濡水出涿郡故安東入淶淶各本作漆涑二字今正戴先生曰易水篇注云許愼曰濡水入淶淶卽巨馬之異名與巨馬河注巨馬河卽淶水也正合今水經注淶譌深說文淶譌漆涑二字皆之誤耳涿郡故安二志同今直隸易州州東南有故安故城是戰國時燕與趙易土燕以武陽與趙卽此也前志故安下曰閻鄉易水所出東至范陽入濡幷州寖濡水亦至范陽入淶今本漢志脫濡字師古謬爲之注非也水經注易水篇曰易水逕范陽縣故城南又東與濡水合水出故安縣西北窮獨山南谷東流與源泉水合又東南流逕樊於期館西荊軻館北又東逕武陽城西北又東逕紫池堡又東得白楊水口又東合檀水又東南流於容城縣西北大利亭東南合易水而注巨馬水也故地理志曰易水至范陽入濡又曰濡水合渠許愼曰濡水合淶淶渠二號郞巨馬之異名按酈引濡水入渠卽濡水亦至范陽入淶之句也今本作淶酈本作渠今勝酈本酈有濡字則又酈本勝今凡書之當參伍以求其是者如此濡水今在易州北易水也東南入保定府定興縣界爲沙河一曰東南

流入容城縣境**从水需聲**人朱切五部按左傳昭七年盟於濡上釋文云說文女于反是音隱舊說此水斷不作乃官反也師古注漢書於故安下云濡乃官反殊誤漁陽郡白檀下濡水出北蠻夷中遼西郡肥如下元水東入濡水濡水南入海陽此則酈注濡水篇所謂濡難聲相近今謂之灤河者音乃官反是矣其字葢本作渜譌而爲濡。今字以濡爲霑濡經典皆然

㶟ㄌㄟˇ 7來

㶟　㶟水出右北平俊靡東南入庚俊各本作浚今依二志作俊右北平俊靡二志同今直隸順天府遵化州西北有俊靡故城是前志右北平無終下曰浭水西至雍奴入海俊靡下曰㶟水南至無終東入庚浭與庚一字也水經注鮑丘水篇曰鮑丘水北逕雍奴縣東又東庚水注之水出右北平徐無縣北塞中而南流得黑牛谷水又西南流㶟水注之水出右北平俊靡縣東南流與溫泉水合又東南逕石門峽又東南流謂之北黃水又屈而南爲南黃水又西南逕無終山藍水注之又西南入於庚水庚水又南逕北平城西而南入鮑丘水鮑丘水又東巨梁水注之鮑丘水至雍奴縣北屈東入海歙程氏瑤田通藝錄曰今㶟水自遵化州西北四十五里鮎魚石關外入口東經溫泉酈所謂與溫泉水合也又東迆南十五里曰水門口酈所謂石門峽也又西南入棃河棃河卽庚水也庚水既得㶟水又稍西而淋河南入之淋河酈所謂藍水也鮑丘水今之潮河也潮河合洵水庚水東流有還鄉河西南入之酈所謂巨梁水也流俗多誤以古正之如此㶟棃一聲之轉㶟水俗呼棃河因使所入之庚水冒稱棃河而巨梁河冒稱庚水**从水㶟聲**力軌切十五部

沽ㄍㄨ 13見

沽　沽水出漁陽塞外東入海漁陽下當有縣字說見邑部漁陽郡漁陽二志同今直隸順天府密雲縣縣西南三十里漁陽故城是也前志漁陽下曰沽水出塞外東南至泉州入海行七百五十里水經曰沽河從塞外來南過漁陽狐奴縣北西南與濕餘水合爲潞河又東南至雍奴縣西爲笥溝又東南至泉州縣與清河合東入於海清河者派河尾也按凡曰出某縣塞外某縣徼外某縣某方蠻夷中者皆言其來之遠不可得其地名故系之某縣也此云漁陽塞外則非出漁陽矣今直隸之白河卽沽河也白河遠出宣化府獨石口

十一篇上一　垩

十一篇上一　垩

沛 ㄆㄟˋ 2滂　浿 ㄆㄟˋ 2滂　瀤 ㄏㄨㄞˊ 7匣　灅 ㄌㄟˇ 7來

之獨石水合赤城水龍門水東南流逕密雲縣西與潮河合潮河古鮑丘水也既得潮河西南逕懷柔縣東南南經順義縣東至通州城北東南三面俗稱古潞水又南逕舊漷縣西又逕香河縣西南又東南逕武清縣東又東南入天津縣西盼合諸大川由直沽入海與酈注所述不甚異程氏瑤田曰俗謂沽水及酈注之獨固門漁水矗山皆在今之薊州者繆甚玉裁謂方輿紀要謂漢漁陽在今薊州亦大繆 **从水古聲** 古胡切五部今字以爲沽買字伐木鄭箋曰酤買也字从酉

沛水出遼東番汗塞外西南入海 番音盤汗音寒遼東郡番汗二志同今奉天府遼陽州漢遼東郡治也番汗未聞前志番汗下曰沛水出塞外西南入海沛水亦未聞 **从水巿聲** 普蓋切十五部今字爲顚沛跋之假借也大雅蕩傳曰沛拔也是也拔當作跋又本部淶下云沛之也卽孟子沛然莫之能禦意葢勃然之假借也

浿水出樂浪鏤方東入海 樂浪音洛郞樂浪郡鏤方二志同鏤方未聞前志樂浪郡浿水縣下曰浿水西至增地入海水經曰浿水出樂浪鏤方東南過臨浿縣東入於海酈按漢志是說文及水經非也酈云其水西流逕故樂浪朝鮮縣卽樂浪郡治而西北流故地理志曰浿水西至增地縣入海浿水今朝鮮國之大通江在平壤城北平壤城卽古王險城漢之朝鮮縣也隋書曰平壤城南臨浿水 **从水貝聲** 普拜切十五部 **一曰出浿水縣** 此卽前志說也浿水縣未聞

瀤北方水也 北山經曰獄法之山瀤津之水出焉 **从水褱聲** 戶乖切十五部

灅水出鴈門陰館絫頭山東入海 沈約宋書曰陰館前漢作觀後漢晉作館按今前書不作觀葢淺人改也鴈門郡陰館二志同今山西代州州北四十里陰館城是在句注陘北絫頭山在今朔州代州之閒前志陰館下曰絫頭山治水所出東至泉州入海過郡六行千一百里水經曰灅水出鴈門陰館縣東北過代郡桑乾縣南又東過涿鹿縣北又東過出山過廣陽薊縣北又東至漁陽雍奴縣西入笥溝按治水灅水異名同實武五子傳作台水台卽治也前志代郡且如下于延水出塞外東至廣寧入治魿廣本

瀘 ㄐㄩ 13精

平舒下祁夷水北至桑乾入治小顏本治皆譌沽姑故二音其繆甚矣酈云地理志于延水東至廣寧入治非是謂于延逕廣寧故城南又逕茹縣故城北又逕鳴雞山西又逕且居縣故城南乃後注於灅水不當云在廣寧入治也新按水經注改治作沽不免誤會今直隸永定河卽桑乾河卽古灅水也源出山西朔州馬邑縣洪濤山會灰河經馬邑縣山陰縣應州大同府渾源州陽高縣天鎮縣廣靈縣蔚州入直隸畤經西寧縣懷安縣保安州懷來縣昌平州宛平縣良鄉縣固安縣永清縣霸州天津府至大沽北入於海 **从水纍聲** 力追切十五部按此篆疑當是從水絫聲其山曰絫頭山故其水曰漯水今字絫作累又與纍相亂水經注作濕水者漯作濕乃又譌濕也漯餘水亦譌作濕餘又或譌作溫餘 **一曰治水也** 各本作或曰今依集韵類篇作一曰謂灅水一名治水見漢志酈氏亦云一曰治水師古曰治弋之反

瀘水出北地直路西東入洛 北地郡直路見前志今未聞前志直路下曰沮水出東西入洛水經曰沮水出北地直路縣東過馮翊祋祤縣北東入於洛按前志當云出西東入今本誤倒洛者上文出北地歸德北夷界中東南入渭之水也酈注謂沮水下流合銅官注鄭渠而東入洛自鄭渠湮廢沮水故道難考矣今沮水出陝西鄜州中部縣西北子午山東流經駱駝岡翟道山南俗曰沮水有子午河自西來會又東有慈烏河西南來會東南流經縣城南又東稍北三十餘里入洛河葢非班許水經所謂也禹貢道渭自鳥鼠同穴東會于灃又東會于涇又東過漆沮入于河尙書某氏傳云漆沮一水名亦曰洛水水經渭水又東過華陰縣北注云洛水入焉闞駰以爲漆沮之水也是則洛水之下流古稱漆沮炳焉可信尙書傳云漆沮一水名亦曰洛水正義申之曰孔以爲洛水一名漆沮文理甚明言一水名者正恐人疑爲二水也今版本皆作二水名然則亦曰洛水者謂漆乎謂沮乎不可通矣若周頌傳云漆沮岐周之二水也此言涇西之漆沮爲二水以別於涇東之漆沮爲一水雅頌皆舉涇西之二水禹貢舉涇東之一水各不同也酈曰濁水入沮至白渠俗謂之漆水又謂之爲漆沮水此洛水所以得名漆沮與 **从水盧聲** 側加切古音在五部

子余切與出漢中房陵之沮各字漢書水經不別

泒 ㄍㄨ 13見

泒水起鴈門葰人戍夫山東北入海 葰人縣後志無前志屬太原郡此屬鴈門者二郡境相接容有改屬也葰如淳音瑣師古音山寡反史記周勃樊噲二傳作霍人左傳襄十年之霍人也今山西代州繁峙縣縣南有葰人故城戍夫山卽泰戲之山也北山經曰泰戲之山虖沱之水出焉而東流注於漊水郭云今虖沱水出鴈門鹵城縣南武夫山李吉甫曰泰戲山一名武夫山在繁峙縣東南虖沱水出焉通典虖沱水出繁峙縣東南泒阜山明統志謂之小泒山大泒山然則戍夫卽武夫卽泰戲也泒水卽虖沱之源也 从水瓜聲 古胡切五部

滱 ㄎㄡˋ 16溪

滱水起北地靈丘東入河 北地當作代郡前志曰代郡靈丘今山西大同府靈邱縣東有靈丘故城靈丘下曰滱水東至文安入大河過郡五行九百四十里水經曰滱水出代郡靈丘縣高氏山東南過廣昌縣南又東南過中山上曲陽縣北恒水從西來注之又東過唐縣南又東過安憙縣南又東過安國縣北又東過博陵縣南又東北注於易今直隸唐河卽古滱水也出大同府渾源州南今翠屏山卽古高氏山東南流入靈邱縣又東南流入直隸易州廣昌縣界由倒馬關流入逕完縣西北唐縣西南界又東南過定州入慶都縣南界又逕祁州南會沙滋二水又東北逕博野蠡二縣南又東北逕高陽縣東又北逕安州東入白洋淀一統志曰據水經注葢滱水故道本由今清苑縣東南與濡博諸水合流注易後徙而東不入縣境按前志云入大河有誤大河之名亦非志所有 从水寇聲 苦候切四部

滱水卽漚夷水 漚當作嘔 幷州川也 職方氏幷州其川虖池嘔夷鄭曰嘔夷祁夷與出平舒按前志平舒下云祁夷水北至桑乾入治治卽灅今本作治誤今出大同府廣靈縣之壺流河也與靈丘之滱河劃然二事班云滱河幷州川是亦謂滱卽嘔夷爲許所本古寇聲區聲同部

涞 ㄌㄞˊ 24來

涞水起北地廣昌東入河 北地當作代郡代郡廣昌見前志後志屬中山國今直隸易州廣昌縣北有廣昌故城職方氏曰幷州其浸涞易鄭云涞出廣昌前志廣昌下曰涞水東南至容城入河過郡三行五百里幷州浸水經曰巨馬河出代郡廣昌縣涞山巨馬河卽涞水也東過遒縣北又東南過容城縣北又東過勃海東平舒縣東入於海酈云巨馬水於東平舒北南入於滹沱而同歸於海也今涞水一名巨馬河源出廣昌縣南東流轉南逕易州涞水縣東又南入保定府定興縣盼至縣南爲白溝河又東南逕容城縣東北又東逕新城縣南又東南逕雄縣西又東入保定縣界非酈注舊迹也 从水來聲 洛哀切一部 幷州浸

泥 ㄋㄧˊ 4泥

泥水出北地郁郅北蠻中 北地郡郁郅見前志今甘肅慶陽府安化縣治卽郁郅故城也前志郁郅下曰泥水出北蠻夷中泥陽下應注曰泥水出郁郅北蠻中一統志曰東河在安化縣東卽白馬水也元和志延慶縣西臨白馬州寰宇記白馬水出北塞夷中引水經注云洛川南逕尉李城東北合馬嶺水號白馬水明統志東河來自沙漠至安化城北合懷安及靈溝水南流至合水縣爲馬蓮河東河及下流馬蓮河皆卽古泥水也按馬蓮卽馬嶺之轉語 从水尼聲 奴低切十五部按今字皆用爲塗泥字

湳 ㄋㄢˇ 28泥

湳西河美稷保東北水 宋本及集韵類篇皆同一本無北字西河郡美稷見前志今蒙古鄂爾多斯左翼中旗東南有漢美稷故城在故勝州之西南也檀弓注曰保縣邑小城保堡古今字水經注河水篇曰河水又南樹頹水注之河水又左得湳水口水出西河郡美稷縣東南流又東南流入長城東鹹水入之又東南渾波水注之又東逕西河富昌縣故城南又東流入於河按漢富昌城在鄂爾多斯左翼前旗界湳水未審今鄂爾多斯何水也 从水南聲 乃感切古音在七部酈曰羌人因湳水爲姓

潙 ㄧㄢ 3影

潙水出西河中陽北沙南入河 北沙水經注引作之西西河郡中陽二志同戴先生曰水經河水南過西河圁陽縣東又南過離石縣西又南過中陽縣西又南過土軍縣西據地望考之中陽西濵河當在今汾州府寧鄉縣境趙世家秦取我西都及中陽是也道元乃云中陽故城在東東翼汾水不濵於河也元和志於孝義縣下云魏移西河郡中陽於今理此條可證明水經之中陽其所本之書道元偶失檢道元汾水篇注所言鄔澤北起大陵南接鄔正今平遙之西孝義之東

涶 ㄊㄨㄛ 1透　⿰氵旟 ㄩˊ 13定　洵 ㄒㄩㄣˊ 6心　涻 ㄕㄜˋ 13透

介休之北最爲洿下汾川轉徙不常之地說文之溤水乃入河非入汾漢中陽西濱黃河說文亦一證道元就溤字與鄔字牽合謂溤水卽鄔澤謬矣玉裁按溤水今未得其證 **从水焉聲** 乙乾切十四部

涶河津也在西河西 河津名涶猶泹津孟津也在西河西謂在西河郡之西今未詳其地 **从水垂聲** 土禾切十七部按口部以爲唾重文

⿰氵旟水也 未詳 **从水旟聲** 以諸切五部

洵過水出也 各本誤作過水中也今正釋水曰水自過出爲洵大水溢出別爲小水之名也水經注引字林曰洵過水也經有假借洵爲均者如洵直且侯是也有假爲恂者如洵美且都洵訏且樂是也有假爲夐者如于嗟洵兮卽韓詩之于嗟夐兮是也有假爲泫者國語無洵涕是也 **从水旬聲** 相倫切十二部

涻水 水名 **出北囂山入卬澤** 卬俗本作邛誤今依舊抄繫傳本北山經曰鉤吾之山又北三百里曰北囂之山涔水出焉而東流注於卬澤許所據涔作涻如柘作樜颱作劦皆與今本不同也其地未詳 **从水舍聲** 始夜切古音在五部

⿰氵乳 ㄋㄡˋ 16泥　⿰氵貟 ㄙㄨㄛˇ 1心　淉 ㄍㄨㄛˇ 1見　洇 ㄧㄣ 6影　沋 ㄧㄡˊ 24匣　⿰氵臬 ㄐㄧˋ 5匣　淁 ㄑㄧㄝˋ 31清　湞 ㄔˋ 25透　汈 ㄋㄧㄢˋ 9泥

浝 ㄇㄤˊ 18明　涺 ㄐㄩ 13見

汈水也 集韻類篇引說文有出上黨三字又沴汈與澳淴同沴汈涇相箸也亦垢濁也 **从水刃聲** 乃見切古音在十二部

湞水也 集韻類篇曰出潁川 **从水直聲** 恥力切一部

淁水也从水妾聲 七接切八部

涺水也从水居聲 九魚切五部

⿰氵臬水也从水臬聲 其冀切十五部

沋水也 廣韻曰在高密按蓋卽左傳尤水上文之治水也 **从水尤聲** 羽求切古音在一部

洇水也从水因聲 此字玉篇及小徐皆作涃困聲廣韻洇涃竝收集韻類篇引說文互異而今存宋本皆作洇因聲於眞切毛斧季改爲困聲苦頓切非是十一部

淉水也从水果聲 古火切十七部

⿰氵貟水也从水貟聲讀若瑣 穌果切在十七部

浝水也从水尨聲 莫江切九部

⿰氵乳水也从水乳

泈 ㄓㄨㄥ 23端　洦 ㄆㄛˋ 14滂　汘 ㄑㄧㄢ 6清　洍 ㄙˋ 24定　澥 ㄒㄧㄝˋ 11匣

聲 乃后切四部或以爲酒醴維醹之醹

泈水也 廣韻集韻皆曰在襄陽 **从水𠔇聲 𠔇古文終** 職戎切九部古文終見仌部

洦淺水也 顏氏家訓曰遊趙州見柏人城北有一小水土人亦不知名後讀城西門徐整碑云洦流東指案說文此字古泊字也泊淺水貌此水無名直以淺貌目之或當卽以洦爲名乎玉裁按顏書今本譌誤爲正之可讀如此說文作洦隸作泊亦古今字也犬部狛字下云讀若淺泊淺水易停故泊又爲停泊淺作薄故泊亦爲厚薄字又以爲憺怕字今韻以泊入鐸以洦入陌由不知古音耳但上下文皆水名此字次第不應在此蓋轉寫者以從百從千類之 **从水百聲** 匹白切按當作旁各切五部

汘水也从水千聲 倉先切十二部

洍水也从水匠聲 詳里切一部 **詩曰江有洍** 此蓋三家詩下文引江有汜則毛詩也云汜水別復入水也而證以江有汜此言轉注也云洍水名而證以江有洍此言假借也引書作敃莫席皆此例

澥勃澥海之別也 宋本作郣今本及集韻類篇皆作勃別下宋本葉本趙本五音韻譜類篇集韻皆無名字毛斧季妄增之然文選注已誤多矣毛詩傳曰沱江之別者也海之別猶江之別勃澥屬於海而非大海猶沱屬於江而非大江也說文或言屬或言別言屬而別在其中言別而屬在其中此與稗下云禾別正同周禮注州黨族閭比者鄉之屬別則屬別竝言也漢書子虛賦音義曰勃澥海別枝也齊都賦注曰海旁曰勃斷水曰澥潛丘劄記曰今海自山東登州成山折而西逕寧海州福山蓬萊招遠縣又西逕萊州掖縣昌邑濰縣又西逕青州壽光樂安諸城縣北界折而西北逕濟南利津霑化海豐縣又北逕直隸河閒鹽山滄北靜海縣東界又北至天津衛折而東逕順天寶坻豐潤縣又東逕永平灤州樂亭盧龍昌黎縣又東出山海關逕遼東寧遠廣寧衛南界折而南逕海蓋復金四衛西界又折而東逕金州南界有旅順口南與登州海口相對皆謂之勃海太史公多言勃海河渠書謂永平府之勃海也封禪書謂登萊兩府之勃海也蘇秦列傳指天津衛之海言朝鮮列傳指海之在遼東者言勃海之水大矣非專謂近

海ㄏㄞˇ 24曉

漠ㄇㄛˋ 14明

勃海郡者也玉裁按此於大海爲別枝**从水解聲**胡買切十六部**一說澥卽澥谷也**集韵類篇皆作一曰澥谷也五字此別一義也律歷志曰黃帝使泠綸自大夏之西昆侖之陰取竹之解谷孟康曰解脫也谷竹溝也取竹之脫無溝節者也一說昆侖之北谷名也按漢書解谷說文作澥廣韵作嶰

海　天池也見莊子消搖游**㠯納百川者**爾雅九夷八狄七戎六蠻謂之四海此引伸之義也凡地大物博者皆得謂之海**从水每聲**呼改切一部按海篆當與澥相屬各本誤廁漢篆後今正

漠　北方流沙也漢書亦假幕爲漠**一曰清也**毛詩傳曰莫莫言清靜**从水莫聲**慕各切五部

說文解字第十一篇上一　受業黟縣胡積城校字

補漆注

漆水出右扶風杜陽作陵者誤**岐山東入渭**休寧汪氏龍曰山海經羭次之山漆水出焉地理志右扶風漆縣漆水在縣西水經漆水出右扶風杜陽俞山東北入於渭十三州地理志漆水出漆縣西北至岐山東入渭戴先生言漆水北流注於涇此涇西之漆水注涇以入渭者也此與縣詩之漆無涉十三州地理志有水出杜陽縣岐山北漆溪謂之漆渠西南流注岐水水經注杜水出杜陽山東南流合漆水水出杜陽之漆溪謂之漆渠南流合岐水至美陽縣注於雍水隋書地理志扶風普潤縣有漆水此涇西之漆合杜岐雍以入渭者也是卽縣詩之漆詩首章謂太王始居杜漆沮之地非謂公劉此漆非說文出右扶風杜陽岐山東入渭之漆也**一曰入洛**汪氏龍曰四字二徐皆有不當刪此涇東之漆與上文涇西二漆水截然爲三水經注鄭渠在太上皇陵東南濁水入焉儲灑犧俗謂之漆水又謂之漆沮其水東流注於洛水此說文所謂入洛也**一曰漆城池**

溥ㄆㄨˇ 13滂　[氵闇]ㄢˇ 28影　洪ㄏㄨㄥˊ 18匣　洚ㄐㄧㄤˋ 23匣　衍ㄧㄢˇ 3定　淖ㄔㄠˊ 19定　濥ㄧㄣˇ 6定

說文解字第十一篇上二

金壇段玉裁注

溥大也見釋詁从水尃聲滂古切五部

[氵闇]水大至也水大廣韵作大水从水闇聲乙感切七部

洪洚水也堯典咎繇謨皆言洪水釋詁曰洪大也引伸之義也孟子以洪釋洚許以洚釋洪是曰轉注大壑曰谼字亦作洪从水共聲戶工切九部

洚水不遵道孟子滕文公篇書曰洚水警予洚水者洪水也告子篇水逆行謂之洚水洚水者洪水也水不遵道正謂逆行惟其逆行是以絕大洚洪二字義實相因一曰下也此別一義洚與夅降音義同从水夅聲戶工切又下江切九部

衍水朝宗于海皃也鉉無皃字非海淖之來旁推曲暢兩厓渚涘之閒不辨牛馬故曰衍引伸爲凡有餘之義假羨字爲之从水行洐字水在旁衍字水在中在中者盛也會意以淺切十四部

淖水朝宗于海也禹貢荊州江漢朝宗于海鄭以周禮春見曰朝夏見曰宗釋之古說則謂潮也論衡書虛篇辨子胥驅水爲濤事曰天地之性上古有之經江漢朝宗于海唐虞之前也又曰濤之起也隨月盛衰小大滿損不齊同虞翻注易習坎有孚曰水行往來朝宗于海不失其時如月行天注行險而不失其信曰水性有常消息與月相應皆與許說合朝宗于海者謂彼此相迎受洚水之時江漢不順軌不與海通海淖不上至禹治之江漢始與海通於楊州曰三江既入謂江漢之入海也於荊州曰江漢朝宗于海謂海淖上達直至荊州也江漢之水下赴海淖上迎呼吸相通恩禮相受二州之文相爲表裏古說如是朝宗于海謂海水來朝見尊禮也从水朝省會意隸不省直遙切二部按說文無濤篆葢濤即淖之異體濤古當音稠淖者翰聲卽舟聲文選注引倉頡篇濤大波也葢淖者古文濤者秦字枚乘七發觀濤卽爲觀淖

濥水脈行地中濥濥也濥濥動皃寅下曰正月陽氣動泉欲上出髕寅於下也淮南天文訓曰指寅則萬物螾注螾動生皃皆其義也江賦曰潛演之所汨淈蜀都賦曰濥以潛沫劉注水潛行曰濥此二水伏流故曰濥按今文選作演誤从水夤聲弋刃切十二部

滔ㄊㄠ 21透　涓ㄐㄩㄢ 3見　混ㄏㄨㄣˋ 9匣　潒ㄉㄤˋ 15定　漦ㄔˊ 24從　汭ㄖㄨㄟˋ 8泥　潚ㄒㄧㄠ 22精

滔水漫漫大皃堯典浩浩滔天按漫漫當作曼曼許書無漫字从水舀聲土刀切古音在三部

涓小流也凡言涓涓者皆謂細小之流从水肙聲古懸切十四部爾雅曰汝爲涓見釋水亦大水溢出別爲小水之名也郭本作濆葢非濆水厓也

混豐流也盛滿之流也孟子曰源泉混混古音讀如衮俗字作滾山海經曰其源渾渾泡泡郭云水濆涌也衮咆二音渾渾者假借渾爲混也今俗讀戶衮胡困二切訓爲水濁訓爲雜亂此用混爲溷也說文混溷義別从水昆聲胡本切十三部

潒水潒瀁也瀁者古文爲漾水字隸爲潒瀁字是亦古今字也潒瀁疊韵字搖動之流也今字作蕩漾从水象聲讀若蕩徒朗切十部

漦順流也順下之流也釋言曰漦盝也盝同漉酒之漉國語史記龍漦韋昭曰漦龍所吐沫按龍沫必徐徐漉下故亦謂之漦一曰水名未詳从水𠩺聲俟甾切一部

汭水相入皃皃各本作也今依玉篇廣韵正上下文皆水皃則皃字是也水相入皃者汭之本義也周禮職方之汭卽漢志右扶風汧縣之芮水名也大雅之汭亦作芮毛云水厓也鄭云汭之言內也尚書媯汭渭汭某氏釋爲水北雒汭某氏釋爲雒入河處左傳漢汭渭汭雒汭滑汭杜氏或云水內也或云水之隈曲曰汭大意與大雅鄭箋相近鄭箋之言云者謂汭卽內也凡云某之言某皆在轉注假借閒从水內與枘同意內亦聲而銳切十五部

潚深清也謂深而清也中山經曰澧沅之風交潚湘之浦水經注湘水篇曰二妃出入潚湘之浦潚者水清深也湘中記云湘川清照五六丈下見底石如摴蒱矢五色鮮明是納潚湘之名矣據善長說則潚湘者猶云清湘其字讀如肅亦讀如蕭自景純注中山經云潚水今所在未詳始別潚湘爲二水俗又改潚爲瀟其謬日甚矣詩鄭風風雨潚潚毛云暴疾也羽獵賦風廉雲師吸嚊潚率二京賦飛罕潚箾思

演ㄧㄢˇ 6定　渙ㄏㄨㄢˋ 3曉　泌ㄅㄧˋ 5幫　活ㄏㄨㄛˊ 2見　△濄　湝ㄐㄧㄝ 4見　泫ㄒㄩㄢˋ 3匣　淲ㄅㄧㄠ 21並　淢ㄒㄩˋ 25匣

元賦迅猋潚其媵我義皆與毛傳同水之淸者多駛方言云淸急也是則說文毛傳二義相因**从水肅聲**子叔切按子字疑誤廣韻息逐切二部

長流也演之言引也故爲長遠之流周語注曰水土氣通爲演引伸之義也**一曰水名**未詳**从水寅聲**以淺切古音在十二部

散流也各本作流散今正分散之流也毛詩曰渙渙春水盛也周易曰風行水上渙又曰說而後散之故受之以渙渙者離也**从水奐聲**呼貫切十四部

俠流也俠者甹也三輔謂輕財者爲甹俠流者輕快之流如俠士然魏都賦李注引作駃流非善本陳風泌之洋洋毛曰泌泉水也上林賦曰偪側泌漸司馬彪曰泌漸相楔也邶風毖彼泉水毛曰泉水始出毖然流也毖卽泌之假借字**从水必聲**兵媚切古音必在十二部郭樸音筆

流聲也衛風北流活活毛傳曰活活流也按傳當作流貌其音戶括切引伸爲凡不死之稱邶風不我活兮孟子民非水火不生活是也許書當亦本作流貌淺人妄改竄之耳**从水昏聲**古活切按古當作戶活當作括衛風音義曰如字是也十五部

濄或从聒此字當是旣改貌爲聲讀古活切乃製此字非許書本有也

水流湝湝也小雅淮水湝湝毛曰湝湝猶上文湯湯也廣雅曰湝湝流也**从水皆聲**古諧切十五部**一曰湝水寒也**此依宋本**詩曰風雨湝湝**今鄭風祇有風雨淒淒鄭風傳曰淒寒風也許引詩證寒義所據與今本異或是兼采三家

湝流也湝當作潸字之誤也檀弓曰孔子泫然流涕魯語無洵涕韋曰無聲涕出爲洵涕按洵者泫之假借字也文選詩曰花上露猶泫**从水元聲**胡畎切古音在十二部**上黨有泫氏縣**上黨郡泫氏二志同音工懸反今山西澤州府高平縣治卽漢泫氏故縣

水流貌小雅虒池北流毛曰虒流貌**从水彪省聲**隸不省皮彪切三部**詩曰虒池北流**池宋本作沱非是

疾流也急疾之流也江賦測淢灂湏是其義也毛詩築城伊淢假借淢爲洫也**从水**

瀏ㄌㄧㄡˊ 21來　濊ㄏㄨㄛˋ 2曉　滂ㄆㄤ 15滂　汪ㄨㄤ 15影　漻ㄌㄧㄠˊ 21來　泚ㄘˇ 10清　況ㄎㄨㄤˋ 15曉　沖ㄔㄨㄥ 23定

或聲于逼切一部

流淸貌鄭風曰瀏與洧瀏其淸矣毛曰瀏深貌謂深而淸也釋名曰綠瀏也荆泉之水於上視之瀏然綠色此似之也**从水劉聲**力久切三部**詩曰瀏其淸矣**

礙流也有礙之流也衛風施罛濊濊毛曰罛魚罟濊濊施之水中按施罟而水仍流故曰礙流礙流者言礙而不礙也韓詩云流貌與毛許一也濊又訓多水貌司馬相如傳湛恩汪濊**从水歲聲**各本篆作濊云薉聲今正呼括切十五部按釋文不云說文作濊證一玉篇劉濊二字相連與說文同濊下云呼括切水聲又於衛於外二切多水貌不云有二字證二廣韻十三末濊水聲濊上同證三類篇濊又呼括切礙流也引詩施罟濊濊證四是知妄人改礙流之字爲濊而別補濊篆於部末云水多貌呼會切不知部末至湏萍等篆已竟水多非其次也今刪正**詩曰施罟濊濊**罟當作罛濊濊今本作濊濊大繆

沛也小雅曰俾滂沱矣**从水旁聲**普郎切十部

深廣也謂深而又廣也後漢書叔度汪汪若千頃陂江賦澄澹汪洸晉語曰汪是土也韋云汪大貌**从水㞷聲**俗作汪烏光切十部**一曰汪**逗**池也**左傳祭仲殺雍糾尸諸周氏之汪杜云汪池也通俗文曰停水曰汪按今俗語謂小水聚曰汪

淸深也謂淸而深也南都賦曰漻淚淢汩按李善引韓詩內傳漻淸貌也蓋鄭風毛作瀏韓作漻許謂二字義別今文選注內字譌外**从水翏聲**洛蕭切古音在三部

淸也此本義也今詩新臺有泚毛曰泚鮮明貌此假泚爲玼也**从水此聲**千禮切十五部

寒水也未得其證毛詩常棣桑柔召旻皆曰兄滋也矢部㑒下曰兄詞也古矧兄比兄皆用兄字後乃用況字後又改作況作況**从水兄聲**許訪切十部

涌繇也繇搖古今字涌上涌也搖旁搖也小雅曰攸革沖沖毛云沖沖垂飾貌此涌搖之義豳風傳曰沖沖鑿冰之意義亦相近召南傳曰忡忡猶衝衝也忡與沖聲義皆略同也凡用沖虛字者皆盅之假借老子道盅而用之今本作沖是也尚書沖人亦空虛無所知之意**从水中聲**

汎 ㄈㄢˋ 28滂　沄 ㄩㄣˊ 9匣　浩 ㄏㄠˋ 22匣　沆 ㄏㄤˋ 15匣

讀若動。直弓切九部。

汎　浮皃。皃當作也。邶風汎彼栢舟，毛曰汎流貌。廣雅曰汎汎氾氾浮也。从水凡聲。孚梵切。按古音在七部，如風字亦凡聲也。上林賦汎淫爲疊韵，音轉爲扶弓反。

沄　轉流也。同轉之流沄沄然也。釋言曰沄流也，郭云水流漭沆。从水云聲。讀若混。按沖讀若動，沄讀若混者，古音動混不同今音也。王分切十三部。

浩　澆也。按澆當作沆字之誤也。澆者洪也，洪非浩義。沄浩沆同義，而又雙聲，故三篆相聯。从水告聲。胡老切古音在三部。虞書曰洪水浩浩。虞當作唐。堯典洪水與浩浩不相屬，爲句槩桰舉之耳。

沆　莽沆逗大水也。西京賦滄池漭沆，薛云漭沆猶洸瀁，亦寬大也。南都賦漭沆洋溢，吳都賦、海賦皆云沆瀁，羽獵賦云沆茫，義皆同。从水亢聲。胡朗切十部。一曰大澤皃。風俗通山澤篇曰傳曰沆者莽也，言其平望莽莽無涯際也。沆澤之無水斥鹵之類也。今俗語亦曰沆。水經注巨馬河篇曰巨馬水又東徑督亢澤，荆軻轉之督亢地圖也。引風俗通沆莽也云云是則沆通作亢矣。

泬 ㄒㄩㄝˋ 5曉　濞 ㄆㄧˋ 5滂　灂 ㄓㄨㄛˊ 20從　潝 ㄒㄧˋ 27曉　滕 ㄊㄥˊ 26定

泬　水從孔穴疾出也。从水穴。釋水曰氿泉穴出。按此會意字，其韓詩之回泬、楚辭之泬寥皆假借也。穴亦聲。呼穴切十二部。

濞　水暴至聲。上林賦滂濞沆溉，司馬彪曰滂濞水聲也。洞簫賦澎濞慷慨一何壯士，高唐賦濞洶洶其無聲。按滂濞雙聲，澎與滂同。从水鼻聲。匹備切十五部。

灂　水之小聲也。古書多瀺灂連文，瀺士湛反，灂士卓反，雙聲字。高唐賦巨石溺溺之瀺灂，注引埤蒼瀺灂水流聲貌。上林賦瀺灂霣隊，司馬貞引說文水之小聲也。李善引字林瀺灂小水聲也。疑說文本有二篆，上云水之小聲也，从水毚聲；下云瀺灂也，从水爵聲。全書之例如此。單用灂字者，江賦淜渚㬎灂，謂大波相激之聲。从水爵聲。士角切二部。

潝　水流疾聲。上林賦汩潝漂疾，潝郭音許立反，然則卽潝字也。小雅潝潝訿訿，釋訓云莫供職也。从水翕聲。許及切七部。

滕　水超踊也。踊依韵會本从足。超踊皆跳也，跳躍也。小雅百川沸騰，毛曰沸出騰乘也。騰者滕之假借。玉篇引百川沸滕，周易滕口說，引伸之義。从水朕聲。徒登切六部。

潏 ㄐㄩㄝˊ 8見

潏　涌出也。上林賦潏潏淈淈，李善皆引說文證之。應劭、晉灼注上林賦云潏涌出聲也。江賦潏湟淴泱，南都賦役滑瀎潏潛盧洞出。一曰水中坻人所爲爲潏。釋水曰小沚曰坻，人所爲爲潏。一曰潏水名，在京兆杜陵。京兆尹杜陵二志同，故城在今陝西西安府咸寧縣東南。潘岳關中記曰涇渭霸滻豐鎬澇潏，上林賦所謂八川分流也。師古上林賦注曰地理志鄠縣有潏水，北過上林苑入渭，而今之鄠縣則無此水。許愼云潏水在京兆杜陵，此卽今所謂沇水，從皇子陂北流經昆明池入渭者也。葢爲字或从水旁穴，與沇字相似，俗人因名沇水乎。按水經注渭水又東北逕渭城南，有沇水自南注之，亦謂是水謂潏水也。故呂忱曰潏水出杜陵縣，亦曰高都水。王氏五侯壞決高都是也。是則當酈時已名沇水。小顏推求其故，殆因潏之聲誤爲泬，泬之字誤爲沇，由俗人不識泬字，遂名之沇水。沿譌積習，往往如此。小顏之說善矣，而戴先生校水經注，乃盡改沇水爲泬水，則又

洸 ㄍㄨㄤ 15見　波 ㄆㄛ 1幫

無以證古今之異名同實，且使小顏之前固作泬水，則小顏何不顯證之，而作疑辭乎。一統志今潏水在西安府長安縣南，源出南山，自咸寧縣界流入，又西北入渭水。○按酈注沈水，沈葢沇字之誤。李善注上林賦曰潏水出杜陵，今名沇水，自南山黃子陂西北流經至昆明池入渭。司馬貞注上林語全同，亦作今名沇水。單行索隱如此。沇從允聲，余準切；潏矞聲，食聿切。二字相爲雙聲疊韵。唐初呼沇水，字異而音實同耳。小顏與李善同時，其注漢書葢亦本作今所謂沇水，轉寫作沈字，由俗書沈字似沇也。惟小顏不知潏沇同聲，而指爲泬字之誤，是爲無稽之談。集韵沇庾準切，水名，謂潏水也。若沇水東流爲泲，則讀以轉切矣。从水矞聲。古穴切十五部。

洸　水涌光也。江賦曰澄澹汪洸，又曰流映揚焆，謂涌而有光也。邶風曰有洸有潰，毛曰洸洸武也，潰潰怒也。大雅武夫洸洸，毛曰洸洸武貌。此引伸假借之義。从水光，光亦聲。古黃切十部。詩曰有洸有潰。

波　水涌流也。左傳其波及晉國者，莊子夫孰能不波，皆引伸之義也。又假借爲陂字，見漢書。

澐ㄩㄣˊ 9匣　瀾ㄌㄢˊ 3來　△漣　淪ㄌㄨㄣˊ 9來

从水皮聲博禾切十七部

澐 江水大波謂之澐專謂江水也玉裁昔署理四川南谿縣攷故碑大江在縣有揚澐灘从水雲聲王分切十三部

瀾 大波爲瀾魏風河水清且漣猗釋水引作瀾云大波爲瀾毛傳云風行水成文曰漣按傳下文云淪小風水成文則瀾爲大可知與爾雅無二義也凡瀾漫當作此瀾字从水闌聲洛干切十四部

漣 瀾或从連古闌連同音故瀾漣同字後人乃別爲異字異義異音

淪 小波爲淪魏風河水清且淪猗釋水曰小波爲淪毛傳曰小風水成文轉如輪也韓詩曰從流而風曰淪釋名曰淪倫也水文相次有倫理也从水侖聲力迍切十三部詩曰河水淸且淪猗猗各本作漪今正毛詩漣猗直猗淪猗猗與兮同漢石經魯詩殘碑作兮可證後人妄加水作漪吳都賦乃有剔盪漪瀾濯明月於漣漪之句其繆甚矣一曰浞也微子篇今殷其淪喪某氏曰淪浞也按釋言淪率也小雅淪胥以鋪此以淪爲率之假借也古率讀如律於淪雙聲

十一篇上二　七

漂ㄆㄧㄠ 19滂　浮ㄈㄨˊ 21並　濫ㄌㄢˋ 32來　氾ㄈㄢˋ 32滂

漂 浮也謂浮於水也鄭風風其漂女毛曰漂猶吹也按上章言吹因吹而浮故曰猶吹凡言猶之例視此漂潎水中擊絮也莊子曰洴澼从水票聲匹消切又匹妙切二部

浮 汎也各本汎作氾今正木華海賦浮天無岸李注引說文浮汎也按上文云汎浮也是汎浮二字互訓與氾濫二字互訓義別汎浮二篆當類廁今本多非許之舊从水孚聲縛牟切三部

濫 氾也謂廣延也商頌左傳皆云賞不僭刑不濫魯語濫於泗淵皆其引伸之義从水監聲盧瞰切八部一曰濡上及下也此因濫與淋聲近淋訓以水沃則濫訓略同詩曰觱沸濫泉觱小徐作滭此詩小雅大雅皆有之今作檻泉者字之假借也毛曰觱沸泉出皃檻泉泉正出也濫泉由小以成大故偁以證氾義一曰清也此又別一義與濫蓋相反而相成也者

氾 濫也[元]應引此下有謂普博也四字楚辭卜居將氾氾若水中之鳧乎王逸云氾氾普愛衆也若水中之鳧羣戲遊也論語汎愛衆此假汎爲氾从水巳聲

淙ㄘㄨㄥˊ 23從

泓ㄏㄨㄥˊ 26影　湋ㄨㄟˊ 7匣　測ㄘㄜˋ 25清　湍ㄊㄨㄢ 3透　激ㄐㄧ 20見

孚梵切七部

泓 下深皃下深謂其上似淺陿其下深廣也楊子其中宏深其外肅括月令其器閎鄭云閎謂中寬象土含物泓之義略同从水[宏]聲烏宏切古音在六部

湋 回也以疊韵爲訓从水韋聲羽非切十五部

測 深所至也深所至謂之測度其深所至亦謂之測猶不淺曰深度深亦曰深也今則引伸之義行而本義隱矣呂覽昏乎其深而不測高云測盡也此本義也考工記桼欲測鄭云測猶清也此引伸之義也从水則聲初側切一部

湍 疾瀨也瀨水流沙上也疾瀨瀨之急者也趙注孟子曰湍者圜也謂湍湍縈水也趙語爲下文決東決西張本从水耑聲他耑切十四部

淙 水聲也水聲淙淙然从水宗聲藏宗切九部

激 水礙衺疾波也當依衆經音義作水流礙邪急曰激也水流不礙則不衺行不衺行則不疾急孟子激而行之可使在山賈子曰水激則旱兮矢激則遠从水敫聲吉歷切古音在二部一曰半遮也此亦有礙

十一篇上二　八

⿰氵旛ㄈㄢ 3滂

洞ㄉㄨㄥˋ 18定　洶ㄒㄩㄥ 18曉　涌ㄩㄥˇ 18定　湁ㄔˋ 27透

之意與徼邀音義略同

洞 疾流也此與辵部迵馬部駧音義同引伸爲洞達爲洞壑从水同聲徒弄切九部

⿰氵旛 大波也从水旛聲孚袁切十四部

洶 洶涌也各本無洶洶字今依高唐賦注補相如賦曰洶涌滂潰左思賦曰濞焉洶洶楊雄賦曰洶洶旭旭天動地岋从水匈聲許拱切九部

涌 滕也滕水超踊也二篆宜相連今本葢非古也从水甬聲余隴切九部一曰涌水在楚國左傳莊十八年閻敖游涌而逸楚子殺之杜曰涌水在南郡華容縣華容今湖北荊州府監利縣地涌水在今江陵縣東南自監利縣流入夏水支流也水經曰江水又東南當華容縣南涌水入焉酈云水自夏水南通於江謂之涌口

湁 湁湒逗鬻也上林賦潏潏淈淈湁潗鼎沸索隱引周成雜字曰湁潗水沸之皃也潗與湒同湒又訓雨下故不類廁於此鬻沸古今字鼎沸者言水之流如鬻鼎沸也按此葢引上林成語如八部引徼御受屈今本奪鼎字从水拾聲丑入切七部

涳ㄎㄨㄥ 18溪　汋ㄓㄨㄛˊ 20定　瀱ㄐㄧˋ 2見　渾ㄏㄨㄣˊ 9匣　洌ㄌㄧㄝˋ 2來

涳直流也从水空聲哭工切又苦江切九部汋激水聲也从水勺聲市若切古音在二部釋名汋澤也有潤澤也自臍以下曰水腹水汋所聚也胞主以虛承汋也葢皆借爲液字又楚詞汋約卽莊子淖約井一有水一無水謂之瀱汋見釋水劉氏釋名說其義曰罽竭也汋有水聲汋汋也然則瀱謂一無水汋謂一有水瀱井一有水一無水謂之瀱汋也从水罽聲居例切十五部按釋水文已見上文此但云瀱汋也已足不當複舉攷釋名作罽不从水說文當同之瀱篆乃淺人所增耳爾雅作瀱亦非古本罽訓竭於音得之渾溷流聲也溷作混者誤溷亂也酈善長謂二水合流爲渾濤今人謂水濁爲渾从水軍聲戶昆切十三部一曰洿下也洿下曰一曰窊下也洌水清也案許書有洌冽二篆毛詩有冽無洌冽彼下泉傳云冽寒也有冽氿泉傳云冽寒意二之日凓冽傳云凓冽寒氣也皆不从水東京賦元泉洌清薛曰洌清澄皃

淑ㄕㄨˊ 22定　溶ㄖㄨㄥˊ 18定　澂ㄔㄥˊ 26定　清ㄑㄧㄥ 12清　湜ㄕˊ 10定

从水列聲良薛切十五部易曰井洌寒泉食井九五爻辭王云絜也崔憬云清且絜也皆與許合經云洌寒故崔云旣寒且絜淑清湛也湛沒也湛沈古今字今俗云深沈是也釋詁曰淑善也此引伸之義从水叔聲殊六切三部溶水盛也甘泉賦溶方皇於西清善曰溶盛皃也按今人謂水盛曰溶溶从水容聲余隴切又音容九部澂清也澂之言持也持之而後清方言曰澂清也澂澄古今字禮運澄酒在下字作澄鄭云澄酒與周禮沈齊字雖異葢同物也周易君子以懲忿懲者澂之假借字蜀才作登鄭云懲猶清也必云猶者正謂澂不訓清澂之斯清故王弼訓止也从水徵省聲直陵切六部清朖也澂水之皃朖者明也澂而後明故云澂水之皃引伸之凡潔曰清凡人潔之亦曰清同瀞从水青聲七情切十一部湜水清見底也各本作底見依詩釋文正邶風曰涇以渭濁湜湜其止毛云涇渭相入而清濁異按毛本作止鄭乃作沚毛意涇以入渭而形己濁且以己形渭之湜湜然清澂喻君子以新昏而不潔己且以己而益見新昏之可安止者水之澂定也鄭易止爲沚云小渚曰沚湜湜持正皃喻君子得新昏故謂己惡己之持正守初如沚然不動搖是其訓湜字比傳是字之解爲之非水清見底之謂矣从水是聲常職切古音在十六部詩曰湜湜其止古今各本及玉篇集韵類篇皆作止毛詩舊文也傳於蒹葭云小渚曰沚於此無文可以證矣鄭箋當有止讀爲沚之文淺人刪之而竝改經文潤水流浼浼皃浼浼當作潤潤淺人所改也一說潤浼古今字故以浼浼釋潤潤河水浼浼見邶風浼之本義訓污邶風之浼浼卽潤潤之假借免聲古讀如門與潤音近毛傳曰浼浼平地也卽潤潤之義也从水閔聲眉殞切十三部滲下漉也司馬相如封禪文滋液滲漉揚雄河東賦澤滲灕而下降今俗云滲屚从水參聲所禁切七部潿不流濁也謂叢濁不流去也左傳曰有汾澮以流其惡从水圍聲羽非切十五部此於聲見義溷亂

潤ㄖㄨㄣˋ 9明　滲ㄕㄣˋ 28心　潿ㄨㄟˊ 7匣　溷ㄏㄨㄣˋ 9匣

也離騷世溷濁而不分兮王曰溷亂也濁貪也一曰水濁皃此別一義今人不分从水圂聲胡困切十三部淈濁也今人汨亂字當作此按洪範汨陳其五行某氏曰汨亂也書序汨作汨治也屈賦汨鴻謂治洪水治亂正一義卽釋詁之淈治也某氏注爾雅引詩淈此羣醜其勿反从水屈聲古忽切十五部一曰滒泥多汁成泥一曰水出皃上林賦潏潏淈淈淀回泉也杜詩撇漩捎濆無險阻漩蘷州土人讀去聲謂峽中回流大者其深不測舟遇之則旋轉而入江賦所謂盤渦谷轉也濆土人讀如潠謂峽中回流漸平則突涌如山江賦所謂㶆灅濆瀑也斯二者必撇之捎之而行不可正犯杜用峽中語言入詩从水旋省聲似沿切十四部按廣韵又辭戀切漼深也小雅有漼者淵毛傳曰漼深皃从水崔聲七罪切十五部詩曰有漼者淵淵回水也顏回字子淵从水象形下文釋象形左右謂川岸也中謂𠁼象水皃烏懸切十

淈ㄍㄨˇ 8見　淀（漩）ㄒㄩㄢˊ 3定　漼ㄘㄨㄟˇ 7清　淵ㄩㄢ 6影

△𣶒△囦

瀰ㄇㄧˇ 4泥　澹ㄉㄢˋ 32定　潯ㄒㄩㄣˊ 28定　泙ㄆㄥ 12並　泏ㄓㄨㄛˊ 8端　瀳ㄐㄧㄢˋ 9從

二部淵或省水古文从口水口其外而水其中江賦瀵滉囦泫用囦字

水滿也依詩釋文補水字邶風曰河水瀰瀰毛云瀰瀰盛皃玉篇曰洋亦瀰字按盧氏文弨曰漢地理志邶詩云河水洋洋字从芊姓爲聲謂新臺也俗譌爲洋洋師古謂邶無此句从水爾聲奴禮切古音在十六部

澹澹水䌛皃也東京賦注高唐賦注引皆有澹澹字皃字亦依東京賦注補高唐賦曰水澹澹而盤紆東京賦曰淥水澹澹俗借爲淡泊字䌛當作搖从水詹聲徒敢切八部

旁深也今人用此字取義於旁而已从水尋聲徐林切七部

谷也廣韵曰水名玉篇曰谷名从水平聲符兵切十一部

水皃廣韵曰水出皃文子曰原流泏泏沖而不盈从水出聲讀若窋竹律切十五部

水至也至疑當作㐬㐬大也廣韵曰水荒曰洊洊者瀳之異文周易曰水洊至習坎洊雷震釋言荐再也荐同洊从水薦聲讀若尊今音在甸切古音十三部

⿰氵𣃔ㄉ 10端　滑ㄏㄨㄚˊ 8匣　滿ㄇㄢˇ 9明　濇ㄙㄜˋ 25心　澤ㄗㄜˊ 14定　淫ㄧㄣˊ 28定　瀸ㄐㄧㄢ 30精

土得水沮也魏風毛傳云沮洳其漸洳者衆經音義引倉頡篇云沮者漸也許君沮字下未舉此義今俗謂水稍稍侵物入其內曰⿰氵𣃔當作此字从水𣃔聲讀若⿺麥啇竹隻切十六部

盈溢也从水㒼聲莫旱切十四部

利也古多借爲汨亂之汨从水骨聲戶八切十五部

不滑也止部曰歰不滑也然則二字雙聲同義七發邪氣襲逆中若結轖此假轖爲濇也从水嗇聲色立切按當依職韵所力切一部

光潤也又水艸交厝曰澤又借爲釋字从水睪聲丈伯切古音在五部

浸淫隨理也浸淫者以漸而入也司馬相如難蜀父老曰六合之內八方之外浸淫衍溢史記作浸潯从水㸒聲余箴切七部一曰久雨曰淫月令曰淫雨蚤降左傳曰天作淫雨鄭曰淫霖也雨三日以上爲霖

漬也公羊傳莊十七年齊人瀸于遂瀸者何瀸積也衆殺戍者也積本又作漬何曰積死非一之辭

泆ㄧˋ 5定　潰ㄎㄨㄟˋ 7匣　沴ㄌㄧˋ 5來

按傳文及說文皆當作積爲長許云漬瀸也瀸篆不與漬篆聯可以知許說矣从水韱聲子廉切七部

爾雅曰泉一見一不爲瀸釋水文此與上文別一義

水所蕩泆也蕩泆者動盪奔突而出禹貢道沇水入于河泆爲滎本作泆周禮疏師古漢書注所引不誤且史記水經注皆作泆惟漢地理志作軼軼車相出也正與泆義同左傳彼徒我車懼其侵軼我又曰迭我殽地迭卽泆軼之假借也凡言淫泆者皆謂太過其引伸之義也衛包改禹貢之泆爲溢淺人以滿釋之固可歎矣从水失聲夷質切十二部

漏也漏當作屚屋穿水下也左傳凡民逃其上曰潰此引伸之義小雅大雅毛傳皆曰潰遂也此皆謂假潰爲遂从水貴聲胡對切十五部

水不利也河東賦秦神下讋跖魂負沴沴服虔曰沴河岸之坻也晉灼申之曰沴渚也按坻礙水令水不行故謂之沴从水㐱聲郎計切按㐱聲本音當在十二部鄭訓沴爲殄是也今音郎計者依如淳音拂戾之戾也五行傳曰若其沴作

淺ㄑㄧㄢˇ 3清　洔ㄓˇ 24定　渻ㄒㄧㄥˇ 12心　淖ㄋㄠˋ 20泥

其當作六字之誤也五行傳謂伏生洪範五行傳也若六沴作見洪範五行傳文鄭曰沴殄也服虔曰沴害也司馬彪引五行傳說曰氣之相傷謂之沴

不深也許於深下但云水名不云不淺而測下淺下突下可以補足其義是亦一例按不深曰淺不廣亦曰淺故考工記曰以博爲帴帴者淺之假借又馬鄭古文尚書寅淺納日馬云淺滅也馬意讀爲戩滅之戩謂伺日入也从水戔聲七衍切十四部

水暫益且止未減也此義未見蓋與待偫峙字義相近爾雅釋水亦借爲沚字从水寺聲直里切一部

少減也今減省之字當作渻古今字也女部又曰婧者減也婧渻音義皆同左傳有渻竈人姓名也一曰水門此義未見玉篇云一曰水門名廣韵集韵則云一曰水名从水省聲息井切十一部又水出丘前謂之渻丘爾雅釋丘文也釋名作阯丘阯基阯也按阯丘疑本作阯丘古楷址字同故渻丘亦爲楷丘

泥也左傳曰有淖於前乃皆左右相違於淖杜注同倉頡篇云

濢ㄘㄨㄟˋ 8精　溽ㄖㄨˋ 17泥　涅ㄋㄧㄝˋ 5泥　滋ㄗ 24精　㴯ㄏㄨ 8曉　浥ㄧˋ 27影

深泥也字林云濡甚曰淖按泥淖以土與水合和爲之故淖引伸之義訓和儀禮嘉薦普淖注曰普淖黍稷也普大淖和也德能大和乃有黍稷也劉瓛述張禹之義曰仲者中也尼者和也言孔子有中和之德故曰仲尼葢漢人尼與泥通用故漢碑仲尼字或作泥又按許泥爲水名不箸塗泥之解於此補見是與深同例也魏晉以後泥淖字作埿 从水卓聲 奴敎切二部

濢 小溼也 小葢下之誤篇韵皆云下溼從古本也 从水翠聲 遵誄切十五部按篇韵皆云且遂切下溼也遵誄切汁漬也

溽 溽暑溼暑也 溽暑二字依李善注悼亡詩補月令季夏土潤溽暑鄭曰潤溽謂塗溼也潤溽雙聲字記言土塗溼而暑上烝也塗讀如雨雪載塗之塗許以溼暑釋記溽暑後人妄刪非是大雅雲漢傳曰蘊蘊而暑隆隆而雷蟲蟲而熱此暑熱之別暑言下溼熱言上燥也謂之溽者濃也厚也儒行注曰恣滋味爲溽月令溽本或作辱 从水辱聲 而蜀切三部

涅 黑土在水中者也 者字依論語釋文補論語孔注涅可以染皁者按水部曰澱者滓垽也滓者澱也土部曰垽者澱也黑部曰䵦謂之垽垽滓也皆與涅義近 从水土日聲 奴結切十二部

滋 益也 艸部茲下曰艸木多益也此字从水茲爲水益也凡經傳增益之義多用此字亦有用茲者如常棣召旻傳云兄茲也桑柔傳云兄茲也秖是一義 从水茲聲 各本篆文作滋解作茲聲誤也今正說詳四篇下茲篆下子之切一部 一曰滋水出牛飲山白陘谷東入呼沱 此謂水名也地理志常山郡南行唐牛飲山白陸谷滋水所出東至新市入虖池水南行唐故城在今直隸正定府行唐縣縣治北新市故城在今正定府治西北四十里一統志曰滋河源出山西五臺縣盻東南流逕正定府靈壽縣北行唐縣南又東歷正定藁城二縣北無極縣南又東北入定州深澤縣盻古與滹沱合流今折而東北與滹沙二水合不入滹沱矣

㴯 青黑皃 皃字依廣韵訂 从水㫚聲 各本篆文作㴯解作曶聲此以隸體改篆也篇韵皆曰㴯今作㴯今據正其音當依廣韵荒內切十五部大徐呼骨切

浥 溼也

△沚

沙ㄕㄚ 1心　瀨ㄌㄞˋ 2來　濆ㄈㄣˊ 9並　涘ㄙˋ 24從　汻ㄏㄨˇ 13曉　氿ㄍㄨㄟˇ 21見　漘ㄔㄨㄣˊ 9定

召南毛傳曰厭浥溼意也 从水邑聲 於及切七部

沙 水散石也 詩正義作水中散石非是水經注引與今本同凡古人所引古書有是有非不容偏信大雅傳云沙水旁也許云水散石與毛不異石散碎謂之沙引伸之凡生澁皆爲沙如內則鳥沙鳴是 从水少 會意 水少沙見 釋其會意之恉所加切十七部古音娑從石作砂者俗字也古丹沙祇用此 楚東有沙水 此別一義也水經注渠水篇曰渠水又東南流逕開封縣睢渙二水出焉右則新溝注之即沙水也音蔡許慎正作沙音言楚東有沙水謂此水也

沙 譚長說沙或从尐 少尐二字皆見小部尐者少也

瀨 水流沙上也 九歌石瀨兮淺淺伍子胥書有下瀨船漢有下瀨將軍應劭漢書注曰瀨水流沙上也臣瓚曰瀨湍也吳越謂之瀨中國謂之磧按瀨之言灅也水在沙上浠灅而下滲也埤倉云浠灅漉也 从水賴聲 洛帶切十五部

濆 水厓也 詩大雅鋪敦淮濆傳曰濆厓也周南遵彼汝墳傳曰墳大防也晝然分別周禮大司徒職曰丘陵墳衍原隰注曰水涯曰墳而常武箋亦釋濆爲大防是鄭謂古經假借通用也許則謹守毛傳 从水賁聲 符分切十三部 詩曰敦彼淮濆 敦彼當是鋪敦之誤箋釋爲陳屯

涘 水厓也 爾雅釋丘王風秦風傳皆曰涘厓也 从水矣聲 牀史切一部 周書曰王出涘 周頌思文箋曰武王渡孟津白魚躍入于舟出涘以燎正義引大誓云惟四月太子發上祭于畢下至于孟津之上太子發升舟中流白魚入于王舟王跪取出涘以燎之按今文尚書古文尚書皆有大誓非枚頤本之大誓也許引大誓者三此與手部支部也

汻 水厓也 大雅率西水滸傳曰滸水厓也釋丘曰岸上滸 从水午聲 呼古切五部

氿 水厓枯土也 按今爾雅水醮曰厬仄出泉曰氿許書仄出泉曰厬水厓枯土曰氿與今爾雅正互易依毛詩有冽氿泉似今爾雅不誤也 从水九聲 居洧切古音在三部 爾雅曰水醮曰氿 釋水文今本作厬音義云字又作漸

漘 水厓也 魏風傳漘厓也爾雅曰厓

浦ㄆㄨˇ 13滂　沚ㄓˇ 24端　沸ㄈㄟˋ 8幫　潨ㄓㄨㄥ 23從　派ㄆㄞˋ 11滂　汜ㄙˋ 24定

夷上洒下㴸按夷上謂上平也洒下謂側水邊者斗峭从水㬰聲常倫切十三部詩曰寘河之㴸集韵類篇皆河上有諸韵會同

浦水瀕也瀕下曰水厓人所賓附也大雅率彼淮浦傳曰浦厓也从水甫聲滂古切五部

沚小渚曰沚召南傳曰沚渚也此渾言之秦風傳爾雅釋水曰小渚曰沚此析言之也从水止聲諸市切一部詩曰于沼于沚

沸畢沸逗濫泉也畢一本从水作滭上林賦滭弗蘇林曰滭音畢則古非無滭字也泉下小徐有也按也當作皃詩小雅大雅皆有觱沸檻泉之語傳云觱沸泉出皃檻泉正出釋水曰濫泉正出正出涌出也司馬彪注上林賦曰滭弗盛皃也按畢沸疊韵字毛詩觱檻皆假借字今俗以沸爲𩰲字从水弗聲分勿切十五部上林賦滭弗一本作浡

潨小水入大水曰潨大雅傳曰潨水會也按許說申毛若鄭箋云潨水外之高者也有瘞埋之象則謂潨與崇同恐非詩意从水眾聲此形聲包會意徂紅切九部詩曰鳧鷖在潨

派別水也吳都賦百川派別劉逵注引字說曰水別流爲派从水𠂢𠂢亦聲匹賣切十六部按衆經音義兩引說文𠂢水之衺流別也以釋派韵會曰派本作𠂢从反永引鍇云今人又增水作派據此則說文本有𠂢無派今鍇鉉本水部派字當刪

汜水別復入水也上水字衍文召南傳曰決復入水也謂既決而復入之水也自其水出而不復入者釋水自河出爲灉已下是也決而復入者汜是也釋名曰汜已也如出有所爲畢已而復入也按古以無已釋已如祀之解曰祭無已是也故汜之字从已从水已聲詳里切一部詩曰江有汜一曰汜窮瀆也此別一義釋丘曰窮瀆汜郭云水無所通者漢書張良閒從容步游下邳汜上服虔讀爲圯音頤楚人謂橋曰圯此漢人易字之例也應劭曰汜水之上此不易字謂窮瀆無水之上也下文直墮其履汜下良下取履其爲無水之瀆了然史記本亦作汜小司馬云姚察見史記有作土旁者云有則知史記不皆作土旁也義本易憭諸家說皆不察

湀ㄍㄨㄟˇ 4匣　滎ㄒㄧㄥˊ 12匣　濘ㄋㄧㄥˊ 12泥　洼ㄨㄚ 10影　窪ㄨㄚ 10影　潢ㄏㄨㄤˊ 15匣　沼ㄓㄠˇ 19端　池ㄔˊ 1定

湀湀辟逗流水處也流鉉作深非釋水曰湀闢流川从水癸聲求癸切十五部字林音圭

滎滎濘逗絕小水也滎篆本在濘篆下今移正滎濘二字各本無今依全書通例補李善注七命引說文濘絕小水也奴冷切可以證今本之誤但尚奪滎字耳甘泉賦梁弱水之濎濴服虔曰崑侖之東有弱水渡之若濎濴耳善曰汀濴小水也引字林濴絕小水也按甘泉賦之濎濴七命之汀濘皆謂小水也濴濘義同濴即許之滎字一爲熒省一不省也若熒澤熒陽古皆作熒不作滎唐碑宋槧尚多不誤近今乃皆作滎潛丘劄記乃云說文絕小水之絕爲爾雅正絕流曰亂之絕與禹貢沛入河泆滎相發明其荒謬有如此者中斷曰絕絕者窮也引伸爲極至之用絕小水者極小水也此六書不可以本義滅其引伸之義者也許書陘者山絕坎也此中絕之絕絕小水非其倫也然則熒澤字從火之義若何曰沛之顯伏不測如火之熒熒不定也从水熒省聲戶扃切十一部

濘滎濘也从水寧聲乃定切十一部按濴濘疊韵此當依七命注奴冷切後人謂淖爲泥濘讀乃定切義與音皆非古矣

洼深池也史漢皆云得神馬渥洼水中莊子齊物論云似洼者从水圭聲一佳切又於瓜切按古音在十六部

窪清水也未詳从水窐聲一穎切又屋瓜切按古音在十六部一曰窊也穴部曰窊污衺下地也

潢積水池也左傳潢污行潦之水服虔曰畜小水謂之潢水不流謂之污行潦道路之水从水黃聲平光切十部廣韵引釋名曰潢染書也乎曠切唐有妝潢匠

沼池也召南傳曰沼池也張揖廣雅同按衆經音義兩引作小池也从水召聲之少切二部按沼之言招也招外水豬之

池陂也从水也聲此篆及解各本無今補按徐鉉等曰池沼之池通用江沱字今別作池非是學者以爲確不可易矣攷初學記引說文池者陂也从水也聲依𨸏部陂下一曰池也衣部褫讀若池叚之則池與陂爲轉注徐堅所據不誤又攷左傳隱三年正義引應劭風俗通云池者陂也从水也聲風俗通一書訓詁多襲說文然則應所見固

湖ㄏㄨˊ 13匣　洫ㄒㄩˋ 5曉　汥ㄓ 10端　溝ㄍㄡ 16見

有池篆別於沱篆顯然徐堅所見同應而孔穎達引風俗通不引說文者猶上文引廣雅沼池也不系諸說文耳逮其後說文佚此而淺人謂沱池無二夫形聲之字多含會意沱訓江別故从它沱之言有它也停水曰池故从也也本訓女陰也詩謂水所出爲泉所聚爲池故曰池之竭矣不云自瀕泉之竭矣不云自中豈與沱同字乎漢碑作池沼字皆從也廣雅曰沼池也池沼也二字互訓與許合直離切古音在十七部今本初學記也聲誤爲它聲今本左傳正義陂也誤爲陂池皆淺人所改

湖　**大陂也**　阜部曰陂一曰池也然則大陂謂大池也古言鴻隙大陂言汪汪若千頃陂皆謂大池也池以鍾水湖特鍾水之大者耳　**从水胡聲**　戶吳切五部　**揚州浸有五湖**　職方氏曰揚州其澤藪曰具區其浸五湖鄭曰具區五湖在吳南按經具區五湖分析言之五湖之非具區明矣鄭云皆在吳南則其相聯屬可知也　**浸**　逗　**川澤所仰以溉灌者也**　上文言渭雝州浸汾冀州浸潞冀州浸溠荊州浸沭沂皆青州浸五湖揚州浸下文曰湛豫州浸皆據職方爲言此總釋浸字以補濅篆下所未備也鄭曰浸可以爲陂灌溉者按可以爲陂謂可以爲池也許云川澤所仰以溉灌者謂職方其澤藪其川其浸三者析言之川流或竭澤水本希藉浸水亭蓄者多可以灌注之故必兼言浸也上文溉字下曰溉灌注也風俗通曰湖者言流瀆四面所猥也川澤所仰以溉灌也用許語

汥　**水都也**　水都者水所聚也民所聚曰都汥之證未詳　**从水支聲**　章移切十六部

洫　**十里爲成成閒廣八尺深八尺謂之洫**　考工記匠人文也匠人溝洫之制惟歙程氏瑤田通藝錄能發明之洫亦作淢韓詩築城伊洫毛詩作淢傳曰淢成溝也箋云方十里曰成淢其溝也按門閾之字古文作𨵩是或與血異部而音通也溝洫對文則異散文則通故毛曰成溝　**从水血聲**　況逼切按古音在十二部入聲今入職韵者以毛詩作淢之故　**論語曰盡力于溝洫**　論語泰伯篇今本于作乎

溝　**水瀆也**　也字依[元]應補　**廣四尺深四尺**　匠人職曰九夫爲井井閒廣四尺深四尺謂之溝　**从水冓聲**　古侯切四部

瀆ㄉㄨˊ 17定　渠ㄑㄩˊ 13匣　瀶ㄌㄧㄣˊ 28來　湄ㄇㄟˊ 4明　洐ㄒㄧㄥˊ 15匣　澗ㄐㄧㄢˋ 3見　澳ㄩˋ 22影

瀆　**溝也**　謂井閒廣四尺深四尺者也　**从水賣聲**　徒谷切三部　**一曰邑中曰溝**　曰字依[元]應補不必井閒亦不必廣四尺深四尺者也按瀆之言竇也凡水所行之孔曰瀆小大皆得稱瀆釋水曰注澮曰瀆又曰江河淮濟爲四瀆水經注謂古時水所行今久移者曰故瀆

渠　**水所居也**　渠居疊韵風俗通亦云渠者水所居也　**从水𣚍聲**　小徐云𣚍即柜字見木部又堯廟碑以柜爲渠彊魚切五部

瀶　**谷也**　泉出通川爲谷谷亦稱瀶也　**从水臨聲**　**讀若林**　力尋切七部　**一曰寒也**　與凜音義略同

湄　**水艸交爲湄**　小雅居河之湄釋水毛傳皆曰水草交爲湄　**从水眉聲**　武悲切十五部

洐　**溝行水也从水行**　此以會意包形聲戶庚切古音在十部

澗　**山夾水也**　釋山毛傳皆云小雅秩秩斯干毛云干澗也此謂詩假借干爲澗也　**从水閒聲**　古莧切十四部　**一曰澗水出[宏]農新安東南入雒**　雒各本作洛今正地理志曰[宏]農郡新安禹貢澗水在東南入雒禹貢雒水出[宏]農郡上雒冢領山東北至鞏入河按地理志禹貢雒水字作雒凡云伊水入雒穀水入雒澗水入雒瀍水入雒凡云上雒雒縣雒陽縣字皆不作洛也且志文前後相應此云禹貢雒水則前文稱禹貢逾于雒伊雒瀍澗既入于河道雒自熊耳古本必皆作雒斷不作洛也且志稱職方豫州川曰熒雒雍州浸曰渭洛二字分別畫然可以證上稱禹貢亦必分別畫然惟豫雒雍洛不同字故北地歸德下云洛水出北蠻夷中直路下云沮水出東西入洛左馮翊褱德下云洛水東南入渭與雒水字迥別學者以是求之可以知黃初一詔之欺人矣漢新安縣故城在今河南河南府澠池縣東澗水在今澠池縣東合於穀水而互受通稱同至今洛陽縣西南入洛水

澳　**隈厓也其內曰澳其外曰鞫**　鞫舊作隈今正爾雅說厓岸曰隩隈厓內爲隩外爲鞫郭以隈字上屬厓字下屬以許訂之郭非是阜部隈下曰水曲隩也隩下曰水隈厓也亦隈厓聯文隩與澳字異而音義同今毛詩瞻彼淇奧字作奧

十一篇上二　七

十一篇上二　八

澩ㄒㄩㄝˊ 22匣　△澩　𤅩ㄊㄢ 3透　△灘　汕ㄕㄢˋ 3心　決ㄐㄩㄝˊ 2見　灓ㄌㄨㄢˊ 3來　滴ㄉㄧ 11端　注ㄓㄨˋ 16端

古文假借也毛詩曰奧隈也此言水曲之裏淵奧然也大雅芮鞫之即箋云水之內曰澳水之外曰鞫鞫謂水曲之表圜穹然也鞫之雙聲爲居竆切故傴僂之狀曰鞠竆曰匑竆水曲之表如弓故曰鞫韓詩漢志作阸字林作坭俗本爾雅改鞫爲隈因或取以改說文耳 **从水奧聲** 於六切三部

澩　夏有水冬無水曰澩 釋山曰山上有水埒夏有水冬無水澩謂山上夏有停潦冬則乾也 **从水學省聲讀若學** 胡角切三部

澩　澩或不省

𤅩　水濡而乾也 𤅩字古義如此後人用爲沙灘此之謂古今字也沙灘字亦或作潬 **从水鷬聲** 詩釋文引說文他安反大徐益以呼旰切非也十四部 **詩曰𤅩其乾矣** 王風文今毛詩作暵蓋非也一章曰𤅩其乾矣二章曰𤅩其脩矣脩且乾也三章曰𤅩其溼矣知𤅩兼濡與乾言之毛傳曰菸皃菸者一物而濡之乾之則菸邑無色也

灘　俗𤅩从隹

汕　魚游水皃 小雅南有嘉魚烝然汕汕傳曰汕樔也詩不从毛蓋三家之說 **从水山聲** 所晏切十四部 **詩曰烝然汕汕**

決　下流也 各本作行流衆經音義三引皆作下流下讀自上下下之下胡駕切決水之義引伸爲決斷 **从水夬聲** 古穴切衆經音義三引說文胡玦切十五部 **廬江有決水出大別山** 地理志廬江郡雩婁決水北至蓼入淮又有灌水亦北至蓼入決水經注決水自安豐縣故城西北逕蓼縣故城東又西北灌水注之又北入於淮決水即今史河詳灌字下按漢志六安國安豐縣下曰禹貢大別在西南許云決水出大別山即安豐之大別山也漢安豐今爲固始及霍丘

十一篇上二　九

灓　扁流也 宋姚宏曰戰國策王季歷葬於楚山之尾灓水齧其墓謂墓爲山尾扁流所沮敗也孔衍春秋後語改爲灓水注云宜都縣有灓水誤甚王季葬鄠南 **从水䜌聲** 洛官切十四部

滴　水注也 埤倉有滳字讀去聲即滴字也 **从水啻聲** 都歷切十六部

注　灌也 大雅曰挹彼注茲引伸爲傳注爲六書轉注注之云者引之有所適也故釋經以明其義曰注交互之而其義相輸曰轉注釋故釋言釋訓皆轉注也有假注爲咮者如注星即咮星是也 **从水主聲** 之戍切古音如晝在四部○按漢唐宋人經注之字無有作註者明人始改注爲註大非古義也古惟註記字从言如左傳敘諸所記註韓愈文市井貨錢註記之類通俗文云記物曰註廣雅註識也古起居註用此字與注釋字別

沃ㄨㄛˋ 19影　潛ㄗㄜˊ 14心　澨ㄕˋ 2定

沃　溉灌也 自上澆下曰沃故下文云澆者沃也周禮左傳皆言沃盥是也水沃則土肥故云沃土水沃則有光澤故毛傳云沃沃壯佼也又云沃柔也 **从水芺聲** 烏酷切古音在二部隸作沃

潛　所吕攤水也 攤當作雝塞也廣雅曰潛隁也 **从水昝聲** 所責切古音在五部曹憲倉故反 **漢律曰及其門首洒潛** 蓋謂壅水於人家門前有妨害也

澨　埤增水邊土人所止者 土部曰埤增也增益也酈善長曰左傳文十六年楚軍次於句澨定四年左司馬戌敗吳師於雍澨昭二十三年司馬薳越縊於薳澨服虔或謂之邑又謂之地京相璠杜預亦云水際及邊地名也今南陽淯陽二縣之閒淯水之濱有南澨北澨矣 **从水筮聲** 筮小篆作簭時制切十五部 **夏書曰過三澨** 禹貢文水經曰三澨地在南郡邔縣北沱鄘注云地說曰沔水東行過三澨合流觸大別山阪故馬融鄭元王肅孔安國等咸以爲三澨水名也惟許慎說異按水經釋爲地與許合水經者或謂桑欽所作然則許正用孔氏古文尚書說也

十一篇上二　十

津ㄐㄧㄣ 6精　△𦨈　淜ㄆㄥˊ 26並　潢ㄏㄥˊ 15匣　泭ㄈㄨ 16滂

津　水渡也 商書微子曰若涉大水其無津俗本妄增涯字按經傳多假借津爲盡潤字周禮其民黑而津是 **从水𦘔聲** 將鄰切十二部隸省作津

𦨈　古文津从舟淮 按當是从舟从水進省聲

淜　無舟渡河也 小雅傳曰徒涉曰馮河徒搏曰暴虎爾雅釋訓論語孔注同淜正字馮假借字 **从水朋聲** 皮冰切六部

潢　小津也 謂渡之小者也非地大人衆之所小一作水非 **从水橫聲** 戶孟切按玉篇戶觥切爲長古音在十部 **一曰吕船渡也** 方言曰方舟謂之潢郭云楊州人呼渡津舫爲杭荊州人呼潢音橫廣雅潢筏也

泭　編木吕渡也 周南江之永矣不可

渡 ㄉㄨˋ 14定　沿 ㄧㄢˊ 3定　泝 ㄙㄨˋ 14心　△遡　洄 ㄏㄨㄟˊ 7匣　泳 ㄩㄥˇ 15匣　潛 ㄑㄧㄢˊ 28從

方思傳曰方泭也卽釋言之舫泭也爾雅字多從俗耳釋水曰大夫方舟士特舟庶人乘泭方言曰泭謂之䈬䈬謂之筏筏秦晉之通語也廣韵曰大曰簰曰筏小曰泭按論語乘桴于海假桴爲泭也凡竹木蘆葦皆可編爲之今江蘇四川之語曰簰**从水付聲**芳無切古音在四部

【渡】**濟也**上文濟篆下無此義此補見邶風傳曰濟渡也方言曰過度謂之涉濟凡過其處皆曰渡假借多作度天體三百六十五度謂所過者三百六十五也**从水度聲**徒故切五部

【沿】**緣水而下也**禹貢沿于江海達于淮泗鄭本沿作松字之誤也馬本作均依今文尚書也均者沿之假借字如三年問反巡過其故鄉荀卿巡作鉛假鉛爲巡其理一也**从水㕣聲**與專切十四部㕣古文沇**春秋傳曰王沿夏**左傳昭十三年曰王沿夏將欲入鄀

【泝】**逆流而上曰泝洄**秦風傳曰逆流而上曰遡洄順流而涉曰遡游釋水同涉作下**泝向也**向當作鄉淺人所改也漢人書向背字皆作鄉不作向中庸素隱注曰素讀爲攻城攻其所傃之傃傃猶鄉也按遡者從其朔傃者從其素故字从朔从素**水欲下違之而上也**此釋洄字之義洄違疊韵**从水㡿聲**桑故切五部

【遡】**泝或从辵朔**朔亦聲也

【洄】**泝洄也从水回聲**以形聲包會意戶灰切十五部

【泳】**潛行水中也**周南不可泳思釋水毛傳皆曰潛行爲泳下文云潛涉水也涉徒行厲水也**从水永聲**爲命切古音在十部

【潛】**涉水也**上文云潛行水中對下文浮行水上言之邶風傳云由厀以上爲涉然則言潛者自其厀以下沒於水言之所謂泳也左傳哀十七年越子以三軍潛涉又按潛汓等字後人不甚分明若水經注江水篇云有潛客泳而視之見水下有兩石牛此則謂潛全沒水中矣**一曰藏也**此今日通行義釋言曰潛深也方言曰潛涵沈也**从水朁聲**昨鹽切七部**一曰漢爲潛**釋水文劉逵注蜀都賦云禹貢梁州沲潛既道有水從漢中沔陽縣南流至梓潼漢壽縣入大穴中通岡山下西南潛出今名伏水舊說云禹貢潛水也郭樸

十一篇上二　圭

△汵　淦 ㄍㄢˋ 28見　泛 ㄈㄢˋ 31滂　汓 ㄑㄧㄡˊ 21定　△泅　砅 ㄌㄧˋ 2來　△濿　湊 ㄘㄡˋ 16清　湛 ㄓㄢˋ 28定

爾雅音義同此說

【淦】**水入船中也**水入船中必由朕而入淦者浸淫隨理之意**从水金聲**古暗切古音在七部**一曰泥也**謂塗泥

【汵】**淦或从今**今聲

【泛】**浮也**邶風曰汎彼柏舟亦汎其流上汎謂汎汎浮皃也下汎當作泛浮也汎泛古同音而字有區別如此左傳僖十三年汎舟之役亦當作泛**从水乏聲**孚梵切古音在七部

【汓】**浮行水上也**若今人能划水者是也列子曰習於水勇於泅**从水子**子猶小也浮於水上望之甚小也似由切三部**古文或以汓爲沒字**此古文小篆之別也其義其音其形皆別矣按善水者或沒或浮皆無不可則不妨同字同音也

【泅】**汓或从囚聲**

【砅】**履石渡水也**謂若今有水汪埶甎石而過水之至小至淺者也**从水石**會意力制切十五部**詩曰深則砅**此稱邶風言假借也毛詩曰深則厲釋水曰以衣涉水爲厲又曰繇帶以上爲厲此並存二說也毛傳依之定本改云以衣涉水爲厲謂由帶以上也合爲一說繆矣履石渡水乃水之至淺尚無待於揭衣者其與深則厲絕然二事明矣厲砅二字同音故詩容有作砅者許稱以明假借如尚書以作㪅爲作好以莫席爲蔑席之比經典釋文引韓詩至心曰厲玉篇作水深至心曰砅至心卽由帶以上之說也蓋韓詩作深則砅許稱之與戴先生乃以橋梁說砅如其說許當徑云石梁不當云履石渡水矣詩言深則厲淺則揭喻因時之宜倘深待石梁則有不能渡者矣禹貢厲砥元應引作砅砥僞說命用汝作厲宋庠國語補音引詩作砅汗簡云砅古文礪此可見古假砅爲厲非一處矣

【濿】**砅或从厲**厲者石也從水厲猶從水石也引伸之爲凡渡水之稱如大人賦云橫厲飛泉以正東是也字多作厲○厲旣改作𠪚則此亦當作𤁽

【湊】**水上人所會也**引伸爲凡聚集之偁**从水奏聲**倉奏切四部

【湛】**沒也**古書浮沈字多作湛湛沈古今字沈又沈之俗也下文云沒湛也二字轉注**从水甚聲**按直林切七部大徐宅減切未知古義古音也凡湛字引伸之義甚多其音不一要其古音則同直林切

十一篇上二　圭

△𣸣

湮 ㄧㄢ 9影　休 ㄋㄧˋ 20泥　沒 ㄇㄛˋ 8明　渨 ㄨㄟ 8影　滃 ㄨㄥˇ 18影　泱 ㄧㄤ 15影　淒 ㄑㄧ 4清　渰 ㄧㄢˇ 30影

而已一曰湛水豫州浸州各本作章今依地理志注集韵所引訂正職方氏荆州其浸潁湛豫州其浸波溠許系溠於荆系湛於豫葢以正經文之互譌也鄭注云湛未聞許系諸豫葢必實有所指矣水經汝水篇注曰汝水又東南逕繁丘城南而東南出湛水出犨縣北魚齒山西北東南流歷魚齒山爲湛浦春秋傳襄十六年楚晉戰於湛阪葢卽湛水以名阪也又東南逕蒲城北又東入汝周禮鄭注曰未聞葢偶有不照按許意亦正謂斯水也杜元凱云昆陽縣北有湛水東入汝今河南南陽府葉縣北二十里有昆陽城

𣸣古文

湮沒也釋詁湮落也落與沒義相近从水垔聲於眞切十二部

休沒也此沈溺之本字也今人多用溺水水名字爲之古今異字耳玉篇引孔子曰君子休於口小人休於水顧希馮所見禮記尚作休从水人讀與溺同奴歷切古音葢在二部

沒湛也湛各本作沈淺人以今字改之今正沒者全入於水故引伸之義訓盡小雅曷其沒矣傳云沒盡也論語沒階孔安國曰沒盡也凡貪沒乾沒皆沈溺之引伸从水𠬛聲莫勃切十五部

渨沒也从水畏聲烏恢切十五部按此字疑後人所增

滃雲气起也易林潼滃蔚薈扶首來會謂雲起也江賦氣滃渤以霧杳有假翁爲滃者周禮醴齊注盎猶翁也成而翁翁然葱白色从水翁聲烏孔切九部

泱滃也射雉賦天泱泱以垂雲善曰毛詩英英白雲毛萇曰英英白雲皃泱與英古字通按泱滃雙聲从水央聲於良切十部徐爰曰音英音之轉也

淒雨雲起也各本作雲雨誤今依初學記太平御覽正雨雲謂欲雨之雲唐人詩晴雲雨雲是也按詩曰淒其以風毛傳淒寒風皃又曰風雨淒淒葢淒有陰寒之意小雅有渰淒淒皃急雨欲來之狀未嘗不兼風言之許以字從水但謂之雨雲从水妻聲七稽切十五部詩曰有渰淒淒今詩作萋萋非也呂覽漢書玉篇廣韵皆作淒淒

渰雨雲皃各本作雲雨皃今依初學記太平御覽正毛傳曰渰雲興皃顏氏家訓定本集注作陰雲恐許所據徑作雨雲渰漢書作黤按有渰淒淒謂黑雲如鬐淒風怒生此山雨欲來風滿樓之象也既而白雲彌漫風定雨甚則與雲祁祁雨我公田也詩之體物瀏亮如是从水弇聲衣檢切七部

十一篇上二

溟 ㄇㄧㄥˊ 12明　涑 ㄙㄨˋ 11心　瀑 ㄅㄠˋ 20並　澍 ㄕㄨˋ 16端　湒 ㄐㄧˊ 27精　澬 ㄗ 4從　潦 ㄌㄠˇ 19來　濩 ㄏㄨㄛˋ 14匣　涿 ㄓㄨㄛˊ 17端

溟小雨溟溟也太元經密雨溟沐玉篇曰溟濛小雨莊子南溟北溟其字當是本作冥从水冥聲莫經切十一部

涑小雨霝皃霝各本作零今正涑涑亦雨聲从水束聲所責切十六部俗作漱

瀑疾雨也暴疾有所趣也故从水从暴爲疾雨从水暴聲平到切二部詩曰終風且瀑詩邶風文按毛詩終風且暴傳曰暴疾也卽指風言許所據葢三家詩一曰沫也沫一作沫誤馬融長笛賦曰山水猥至濤瀑噴沫噴沫水跳沫也濤瀑噴沫皃蜀都賦亦曰龍池濤瀑濆其隈濆當作噴江賦曰拊拂瀑沫一曰瀑賨也雨部曰賨雨也齊人謂靁爲賨

澍時雨也所以樹生萬物者也依魏都賦注後漢明帝紀注補五字樹舊譌澍今正樹澍以疊韵爲訓難蜀父老曰羣生澍濡从水尌聲當句切古音在四部

湒雨下也廣雅云湒湒雨也毛詩其角湒湒宋本釋文如是假借爲角皃从水咠聲姊入切七部一曰鬻涌皃上文云湁湒鬻也

澬久雨涔澬也亦作涔[illegible]一曰水名廣韵曰在常山郡从水資聲才私切又卽夷切十五部

潦雨水也各本作雨水大皃今依詩采蘋正義文選陸機贈顧彥先詩注衆經音義卷一訂曲禮釋文亦曰雨水謂之潦雨水謂雨下之水也左傳曰水潦將降召南于彼行潦傳曰行潦流潦也按傳以流釋行服注左傳乃云道路之水趙注孟子乃云道旁流潦以道釋行似非潦水流而聚焉故曰行潦不必在道旁也从水尞聲盧皓切二部俗借澇水字爲之

濩雨流霤下皃皃宋本無非霤屋水流下也今俗語評簷水霤下曰滴濩乃古語也或假濩爲鑊如詩是刈是濩是也或假爲護如湯樂名大濩是也从水蒦聲胡郭切五部

涿流下滴也周禮壺涿氏注壺瓦鼓也涿擊之也按擊瓦鼓之聲如滴然故曰壺涿今俗謂一滴

十一篇上二

△⿰日乙　瀧ㄌㄨㄥˊ 18來　渿ㄋㄞˋ 4泥　滈ㄏㄠˋ 19匣　漊ㄌㄩˇ 16來　溦ㄨㄟˊ 7明　濛ㄇㄥˊ 18明　沈ㄔㄣˊ 28定　洅ㄗㄞˋ 24精

日一涿音如篤卽此字也又作沰音當洛反廣雅沰磓也雀寔書上火不落下火滴沰周禮掌舍注云梐受居溜水涑橐者也橐卽沰之假借从水豖聲竹角切古音在三部上谷有涿鹿縣鹿字各本奪今補涿縣在涿郡不在上谷也地理志上谷郡涿鹿今涿鹿故城在直隸宣化府保安州南明志謂之軒轅城涿郡涿今涿縣故城在順天府涿州州治⿰日乙奇字涿古文奇字也从日乙从日者謂於日光中見之乙盇象滴下之形非甲乙字瀧雨瀧瀧也也大徐作兒今依小徐及廣韻瀧瀧雨滴兒也音轉讀爲浪浪平聲方言曰瀧涿謂之霑漬郭云瀧涿猶瀨滯也瀨滯當作⿰氵隸滯埤倉云滯⿰氵隸漉也通俗文云霝滴謂之⿰氵隸滯又廣韻集韻皆云瀧涑沾漬也瀧涑卽瀧涿也荀卿書東籠而退楊倞云東籠卽瀧涑从水龍聲力公切九部渿渿沛也玉篇同未聞一本作沛之廣韻集韻類篇同亦未聞按渿沛當係⿰氵隸滯之字誤又佚滯篆耳與上文三篆同義故廁於此从水柰聲奴帶切十五部⿰氵隸郞計切滯都計切今俗

語多如此滈久雨也引伸爲水兒上林賦翯乎滈滈吳都賦滈汗六州之域借爲京兆鎬水字从水高聲乎老切二部漊雨漊漊也漊漊猶縷縷也不絕之兒一曰汝南人廣韻有人字謂㱃酒習之不醉曰漊曰字依韻會訂謂不善飲者每日飲少許久久習之漸能不醉其方言曰漊从水婁聲力主切古音在四部溦小雨也今人槩作微廣韻集韻皆曰浽溦小雨按爾雅谷者溦假借字也从水𢼸聲各本作微省聲今正無非切十五部濛溦雨兒溦各本作微今正兒各本作也今依玉篇正溦溟濛三字一聲之轉豳風曰零雨其濛傳云濛雨兒廣韻空濛小雨廣雅作霥霥俗字也从水蒙聲莫紅切九部沈陵上滈水也謂陵上雨積停潦也古多假借爲湛沒之湛如小雅載沈載浮是又或借爲瀋字檀弓爲榆沈是也从水冘聲直深切又尸甚切八部一曰濁黕也黑部曰黕滓垢也黕沈同音通用洅霝震洅

淊ㄏㄢˋ 30匣　涵ㄏㄢˊ 30匣　⿰氵挐ㄖㄨˋ 13泥　瀀ㄧㄡ 21影　涔ㄘㄣˊ 28從　漬ㄗˋ 11從　漚ㄡˋ 16影　浞ㄓㄨㄛˊ 17從　渥ㄨㄛˋ 17影　⿰氵隺ㄑㄩㄝˋ 20溪

洅也从水霝震雨中故从水再聲作代切一部淊泥水淊淊也从水臽聲胡感切八部一曰繅絲湯繅絲必用鬻湯名曰淊涵水澤多也所受潤澤多也从水圅聲胡男切七部詩曰僭始既涵小雅巧言文傳曰僭數涵容也按涵訓容者就受澤多之義而引伸之⿰氵挐漸溼也魏風彼汾沮洳傳曰汾汾水也沮洳其漸洳者洳⿰氵挐同字沮子預反猶潛也从水挐聲人庶切五部瀀澤多也與優義近瞻卬傳曰優渥也優卽瀀之假借矣从水憂聲於求切三部詩曰既瀀既渥小雅信南山文今詩作優涔漬也淮南書牛蹄之涔謂水之漬於牛跡中者也毛詩潛有多魚韓詩作涔爾雅曰槮謂之涔毛傳曰潛槮也說者云槮卽罧字韓詩曰涔魚池也此皆涔之別義从水岑聲鉏箴切七部一曰涔陽渚在郢屈原九歌望涔陽兮極浦王逸曰涔陽江碕名附近郢按許曰在郢王曰附近郢許云渚名王

云江碕名皆不云有涔水謂近郢濱大江之洲渚耳近儒說未可信漬漚也謂浸漬也古多假爲胔字公羊傳大瘠禮記注引作大漬公羊傳瀸者何漬也衆殺戍者也周禮蜡氏掌除骴故書骴作脊鄭司農云脊讀爲漬謂死人骨也漢志國亡捐瘠孟康曰肉腐爲瘠按骴漬脊瘠四字古同音通用當是骴爲正字也从水責聲前智切十六部漚久漬也言久漬者略別於漬也上統言此析言互相足也陳風可以漚麻傳曰漚柔也考工記漚其絲注曰楚人曰漚齊人曰涹或假渥字爲之如左傳鄭人漚菅者周禮注引作繪人漚菅是也从水區聲烏候切四部浞小濡兒也濡者霑也上文濡篆下未舉此義故此及雨部補見小雅曰既霑既足蓋足卽浞之假借也从水足聲士角切古音在三部渥霑也小雅既優既渥考工記欲其柔滑而腥脂之注腥讀如沾渥之渥按渥之言厚也濡之深厚也邶風傳曰渥厚漬也从水屋聲於角切古音在三部⿰氵隺灌也⿰氵隺與洪義同从水隺聲戶角切又公沃

洽ㄑㄧㄚˋ 27匣　濃ㄋㄨㄥˊ 23泥　瀌ㄅㄧㄠ 19幫　溓ㄌㄧㄢˊ 30來

切三部洽霑也大雅民之洽矣傳曰洽合也此謂毛詩假洽爲合也釋詁曰郃合也郃卽洽毛詩在洽之陽稱引者多作在郃之陽是也从水合聲矦夾切七部濃露多也小雅蓼蕭傳曰濃濃厚皃按酉部曰醲厚酒也衣部曰襛衣厚皃凡農聲字皆訓厚从水農聲女容切九部詩曰零露濃濃瀌瀌瀌雨雪皃依韵會所據小徐本訂小雅角弓曰雨雪瀌瀌見晛日消廣雅瀌瀌雪也劉向傳作麃麃从水麃聲甫嬌切二部溓溓溓薄仌也溓溓二字依文選注補潘岳寡婦賦曰水溓溓以微凝按食部䭑下云讀若風溓溓蓋當云讀若風溓之溓風溓謂風之蹙淩也或曰中絕小水玉篇廣韵作大水中絕小水出也當是古人所見完本後奪誤爲四字耳謂大水中絕小水之流而出也八字一句公羊傳曰周公盛魯公燾羣公溓何曰盛者新穀燾者冒也故上以新也溓者連新於陳上財令半相連耳此溓引伸之義也公羊疏本作溓今本公羊作廩誤鄭注周易引羣公溓見詩采薇正

△濂
泐ㄌㄜˋ 25來　滯ㄓˋ 2定　泜ㄓˇ 10端

義又曰淹也晁以道云唐本有此四字楊上善注素問云溓水靜也於此義相近淹篆下無此義於此補見从水兼聲力鹽切七部按宋晁以道所據唐本力簟反楊上善素問注廉檢反李善文選注力檢反濂或从廉晁以道云唐本有見樓攻媿集泐水之理也各本水下有石字今刪𨸏部曰防地理也从𨸏木部曰朸木之理也从木然則泐訓水之理从水無疑矣淺人不知水有理又見下文引周禮說石乃妄增一字水理如地理木理可尋其字皆从力力者人身之理也从水防聲形聲包會意也大徐無聲字盧則切一部周禮曰石有時而泐考工記文石隨其理而解散石之理如水之理故借用泐字水理猶地理故泐以防會意形聲滯凝也凝俗冰字周禮廛人凡珍異之有滯者鄭司農云貨物沈滯於廛中不決泉府貨之滯於民用者故書滯爲癉杜子春云癉當爲滯从水帶聲直例切十五部泜箸止也箸直略切箸止有所箸而止也土部坻下曰箸也與此字皆从氏徐楚金引左傳物乃泜

㶁ㄍㄨㄛˊ 14見　澌ㄙ 10心　汽ㄑㄧˋ 8曉　涸ㄏㄜˊ 13匣

伏按左傳自作坻伏杜曰坻止也尋其義當作坻與泜義略同蓋唐宋以來氏氐溷淆多矣从水氏聲按玉篇之是切廣韵諸氏切十六部大徐直尼切誤認爲坻字耳㶁水裂去也謂水分裂而去也韓愈文用㶁㶁字从水虢聲古伯切古音在五部澌水索也方言曰澌索也郭注云盡也按許說其本義楊說其引伸之義也索訓盡者索乃𡩋之假借字入室搜𡩋有盡意也方言曰鋌賜也賜者澌之假借亦作儩从水斯聲息移切十六部汽水涸也大雅民勞傳曰汔危也周易汔至亦未繘井小狐汔濟虞翻曰汔幾也皆引伸之義水涸爲將盡之時故引伸之義曰危曰幾也从水气聲許訖切詩音義引說文巨乞反十五部或曰泣下別一義詩曰汔可小康前說引伸之義涸渴也渴盡也渠列切釋詁曰涸渴也俗本作竭月令仲秋之月水始涸从水固聲讀若狐貈之貈按貈從舟聲今人以貉爲之音下各切別作蠻貊字音莫白切皆非古也此涸下當

△[illegible]
消ㄒㄧㄠ 19心　潐ㄐㄧㄠˋ 19精　渴ㄎㄜˇ 2溪　漮ㄎㄤ 15溪　溼ㄕ 27透

云讀若貈恐音既變之後系經攺竄耳下各切五部[illegible]涸亦从水鹵舟未聞其意消盡也未盡而將盡也从水肖聲相幺切二部潐盡也荀卿書其誰能以己之潐潐受人之掝掝者哉楊倞曰潐盡也潐潐謂窮盡明於事猶楚辭之察察从水焦聲子肖切二部按焦者火所傷義近盡故訓盡則以焦會意渴盡也渴竭古今字古水竭字多用渴今則用渴爲㵣字矣从水曷聲佩觿曰說文字林渴音其列翻按大徐苦葛切非也十五部漮水虛也爾雅音義引作水之空也蓋許用釋爾雅舊說故爲分別之詞釋詁曰漮虛也虛師古引作空康者穀皮中空之謂故从康之字皆訓爲虛歁下曰饑虛也康下曰屋康㝗也詩酌彼康爵箋云康虛也方言曰康空也長門賦槺梁虛梁也急就篇顏注曰𨎮謂輿中空處所用載物也水之空謂水之中心有空處从水康聲苦岡切十部溼幽溼也从一句覆也覆土而有水故溼也凡溼之所从生多生於上有覆而氣

湆ㄑㄧˋ 28溪　洿ㄨ 13影　汙ㄨ 13影　湫ㄐㄧㄠˇ 21精　潤ㄖㄨㄣˋ 9泥　準ㄓㄨㄣˇ 7端

不滐故从一土水會意**从㬎省聲**失入切七部今字作濕

湆幽溼也从水音聲去急切七部五經文字云湆從泣下月大美也湆從泣下日幽深也今禮經大美相承多作下字或傳寫久譌不敢改正按湆字不見於說文則未知張說何本儀禮音義引字林云湆羹汁也玉篇廣韵同然則本無異字肉之精液如幽溼生水也廣雅羹謂之脏皆字之或體耳

洿濁水不流也服虔注左傳云水不流謂之汙按汙即洿之假借字孟子梁惠王作洿滕文公作汙[元]應引說文濁水不流池也引字林濁水不流曰洿宜有池爲長**一曰窊下也**窊本作窳今改**从水夸聲**哀都切五部

汙薉也艸部曰薉者蕪也地云蕪薉水云汙薉皆謂其不潔清也此冡上濁水不流池類言之大徐本移涗篆於汙篆前不知下文潤瀆涗類列略同方言廁於此則非其次矣**从水亏聲**烏故切按當哀都切五部義與洿略同**一曰小池爲汙**池之小者汙池見孟子滕文公**一曰涂也**與杅義略同木部曰杅所以涂也

湫隘下也當作湫隘湫下也此舉左傳湫隘字而釋湫如毛傳云文茵文虎皮也之例杜預亦云湫下隘小下文塏訓高燥爲湫之反昭三年左傳服注湫箸也十二年杜注湫愁隘也皆引伸之義**一曰有湫水在周地**未聞**春秋傳曰晏子之宅湫隘**事見左傳昭三年**安定朝那有湫淵**淵各本作泉唐人避諱改也今正安定郡朝那二志同朝追輸切朝那故城在今甘肅平涼府附郭平涼縣西北前志云有湫淵祠蘇林云淵方四十里停不流冬夏不增減不生艸木一統志曰朝那湫今在平涼府固原州西南**从水秋聲**子了切又即由切三部

潤水曰潤下語見洪範**从水閏聲**如順切十三部

準平也謂水之平也天下莫平於水水平謂之準因之製平物之器亦謂之準漢志繩直生準準者所以揆平取正是也因之凡平均皆謂之準考工記準之然後量之易繫辭易與天地準是也**从水隼聲**之允切按隼即雖字雖从隹聲準古音在十五部讀之壘切考工記故書準作

△
玎

汀ㄊㄧㄥ 12透　泹ㄋㄧㄡˇ 21泥　瀵ㄈㄣˋ 9幫　滜ㄘㄠˋ 7清　瀞ㄐㄧㄥˋ 12從　（淨）　瀎ㄇㄛˋ 2明　泧ㄒㄩㄝˋ 2心　洎ㄐㄧˋ 5匣

水○準五經文字云字林作准按古書多用准葢魏晉時恐與淮字亂而別之耳

汀平也謂水之平也水平謂之汀因之洲渚之平謂之汀李善引文字集略云水際平沙也乃引伸之義耳**从水丁聲**他丁切十一部

泙汀或从平

泹水吏也謂水駛也駛疾也其字在說文作駛不解者譌爲吏耳一本作利義同錢氏大昕云吏當作文海賦踧泹注云蹩聚也廣韵云蹜泹水文聚踧蹜同按廣韵上聲人九切引說文同入聲女六切云水文聚**又盈也从水丑聲**人九切三部

瀵水浸也漫各本作浸今依集韵訂說文水部無漫當作曼曼者引也瀵者水之引而愈出也曼瀵聲類相近**从水糞聲讀若粉**方問切廣韵匹問切十三部**爾雅曰瀵大出尾下**釋水文郭云今河東汾陰縣有水口如車輪濆沸涌出其深無限名之曰瀵部陽縣復有瀵亦如之相去數里而夾河河中陼上又有一瀵瀵源皆潛相通按地理志上谷郡潘縣師古普半反全氏祖望據水經注河水過蒲阪下引帝王世紀曰舜都蒲阪或言都平陽及潘正前志潘當作瀵

滜新也謂水色新也如玉色鮮曰玼廣韵曰新水狀也**从水皋聲**七皋切十五部

瀞無垢薉也此今之淨字也古瀞今淨是之謂古今字古籍少見韵會云楚辭收潦而水清注作瀞按今文選本作百川靜洪興祖本作百川清皆與黃氏所見異古書多假清爲瀞**从水靜聲**疾正切十一部

瀎瀎泧二字各本奪今依全書例補**飾滅皃**飾各本作拭今正又部曰馭飾也巾部曰飾馭也許書無拭字飾拭古今字今本說文又部作拭而五經文字所引不誤拭滅者拂拭滅去其痕也瀎泧今京師人語如此音如麻沙釋名曰摩娑猶末殺也手上下之言也巾部幭字下曰讀如末殺之殺末殺字林作抹撥即瀎泧也異字而同音義**从水蔑聲**莫達切古在十二部入聲

泧瀎泧也从水戉聲讀若椒樧之樧按音所八切十五部大徐云火活切非也

洎灌釜也灌者沃也沃今江蘇俗云燠烏到切廣韵三十七號云燠釜以水添釜也周禮士師

湯 15透　渜 3泥　洝 3影　洏 24泥　涗 2透　涫 3見　涾 27定　汏 2定

洎鑊水注云洎謂增其沃汁呂覽多洎之少洎之左傳去其肉而以其洎饋正義云洎者添釜之名添釜以爲肉汁遂名肉汁爲洎**从水自聲**其冀切按當依釋文其器反十五部

湯　熱水也从水昜聲土郎切十部又始陽切湯湯水盛

渜　湯也士喪禮渜濯棄于坎注沐浴餘潘水渜作湪作湪荆沔之閒語疏潘水既經溫煑謂之渜已將沐浴謂之濯○今北方灤河漢志水經作濡水乃官切正渜之誤耳耎多譌需詳手部渜洝古皆平聲猶安鼎**从水耎聲**乃管切十四部

洝　渜水也日部曰安鼎溫也然則洝渜猶安鼎皆疊韵字**从水安聲**烏旰切十四部

洏　洝也洏與渜音近耎從而聲也**从水而聲**如之切一部**一曰煑孰也**肉部曰胹爛也然則洏與胹同也內則作濡蓋字之誤注曰凡濡謂亨之以汁和也

涗　財溫水也考工記曰以涗水漚其絲注云故書涗作湄鄭司農云湄水溫水也元謂涗水以灰所沛水也玉裁按湄當作渜集韵云渜或作湄是也大鄭從渜故釋之曰溫水鄭從涗故依禮記涗齊貴新之涗釋爲以灰所沛水其說殊矣許則字從涗而釋從大鄭依許說則內則祭統涗字不可解**从水兌聲**輸芮切十五部**周禮曰以涗漚其絲**

涫　灊也春秋繁露燔以涫湯韓詩外傳作沸湯然則涫灊一也周禮注曰今燕俗名湯熱爲觀觀卽涫今江蘇俗語灊水曰滾水滾水卽涫語之轉也**从水官聲**古丸切十四部**酒泉有樂涫縣**二志同故城在今甘肅肅州高臺縣西北鎭夷城西南

涾　涫溢也今河朔方言謂灊溢爲涾河朔河北也**从水沓聲**徒合切八部

汏　淅灡也淅字賸文選注王元長舉秀才文注引無淅字可證士喪禮祝淅米于堂注淅汏也釋詁曰汏墜也汏之則沙礫去矣故曰墜也九章齊吳榜以擊汏吳大也榜楫也言齊同用大楫擊水而行如汏洒於水中也凡舟子之用櫓振力擊之乃徐抴之如汏然今蘇州人謂搖曳洒之曰汏音如俗語之大在禡韵**从水大聲**徒蓋切十五部大徐云又代何切按凡沙汏淘汏用淅米之義引伸之或寫作汰多點者誤也若左傳汏侈汏輈字皆卽泰字之假借寫作汰者亦誤

灡 3見　淅 11心　滰 15匣　溲 21心　浚 9心　瀝 11來　漉 17來　△渌　潘 3滂

灡　淅也從簡者柬擇之意從析者分別之意故二字轉注**从水簡聲**古限切十四部

淅　汏米也毛詩傳曰釋淅米也爾雅溞溞淅也孟子注曰淅漬米也凡釋米淅米漬米汏米灡米淘米洮米滰米異稱而同事淅箕謂之籅**从水析聲**先擊切十六部

滰　浚乾漬米也自其方漚未淘言之曰漬米不及淘抒而起之曰滰乾音干**从水竟聲**其兩切十部**孟子曰孔子去齊滰淅而行**萬章篇文今滰作接當是字之誤

溲　浂沃也浂沃各本作浸沃今依國語補音宋刊本訂沃沃者澆沃而沃酒之若今人言溲麪是也士虞禮明齊溲酒注明齊新水也言以新水溲釀此酒也此溲卽沃之義**从水叜聲**疏有切三部

浚　抒也抒者挹也取諸水中也春秋經浚洙孟子使浚井左傳浚我以生義皆同浚之則深故小弁傳曰浚深也**从水夋聲**私閏切十三部

瀝　漉也从水歷聲郎擊切十六部**一曰水下滴瀝也**鉉本有一曰水下滴瀝六字鍇本無今按文選魯靈光殿賦李注引水下滴瀝之也則鉉本是許意瀝漉皆訓自下而上之滴瀝則爲自上而下之故殊其義

漉　浚也月令仲春毋竭川澤毋漉陂池注順陽養物也**从水鹿聲**盧谷切三部**一曰水下皃也**鉉本無今依鍇本封禪文滋液滲漉後世言漉酒是此義

渌　漉或从彔彔聲也考工記作盝三部

潘　淅米汁也內則曰其閒面垢燂潘請靧鄭云潘米瀾也按瀾者灡之省力旦反**从水番聲**普官切十四部經典釋文芳袁反**一曰潘水在河南熒陽**熒各本作滎誤今正熒陽故城在今河南開封府滎澤縣西南水經注濟水篇云晉書地道志濟自大伾入河與河水鬭南泆爲熒澤尚書熒波既瀦孔安國曰熒澤波水已成遏瀦闞駰曰澤名也故呂忱曰播水在熒陽謂是水也昔大禹過其淫水而於熒陽下引河東南以通淮泗按所引呂忱語謂字林也字林多本說文且說文字林之例手部播

字不應旁及水名然則字林正作潘字水在滎陽與說文合馬鄭王尚書皆作滎播謂卽滎澤許呂則潘別爲一水與滎爲二僞孔傳釋滎爲澤名波爲水名正同也鄭注周禮滎雒波溠爲四云波讀爲播引禹貢滎播旣都則注書一之注周禮亦二之矣僞孔本作波依周禮改尚書也許作潘謂潘其正字播其假借字也今潘水未聞

灡 ㄌㄢˊ 3來

灡 潘也 此字以從蘭與大波之瀾別而古書通用周禮稾人注雖其潘瀾戔餘不可褻內則注潘米瀾也 从水蘭聲 洛干切十四部按周禮禮記音義皆云去聲

泔 ㄍㄢ 32見

泔 周謂潘曰泔 今各處語言同此荀卿子曰曾子食魚有餘曰泔之 从水甘聲 古三切古音在七部

滫 ㄒㄧㄡˇ 21心

滫 久泔也 荀卿子蘭槐之根是爲芷其漸之滫君子不近庶人不服其質非不美也所漸者然也大戴禮同謂久泔皃薧也內則滫瀡注秦人溲曰滫此則別是湯液之類與久泔異實同名秦人方言也 从水脩聲 息流切又思酒切三部

澱 ㄉㄧㄢˋ 9定

澱 滓垽也 釋器曰澱謂之垽土部曰垽澱也黑部曰黰謂之垽按黰與澱異字而音義同實則一字也 从水殿聲 堂練切十三部

淤 ㄩ 13影

淤 澱滓濁泥也 方言水中可居爲洲三輔謂之淤其引伸之義也 从水於聲 依據切五部

滓 ㄗˇ 24精

滓 澱也 釋名曰緇滓也泥之黑者曰滓此色然也廣雅曰澱謂之滓按古亦假滓爲緇 从水宰聲 阻史切一部

淰 ㄋㄧㄢˇ 28泥

淰 濁也 義與澱淤滓相類禮運曰龍以爲畜故魚鮪不淰注淰之言閃也凡云之言者皆假其音以得其義蓋濁其本義閃其引伸假借之義也衆經音義引埤倉淰水無波也杜詩山霧戎戎溪雲淰淰寒戎戎言其流動淰淰言其凝滯水無波之義之引伸也 从水念聲 乃忝切七部禮記音義審閃二音

瀹 ㄩㄝˋ 20定

瀹 漬也 此蓋謂納於汙濁也故廁於此孟子瀹濟漯言浚治其汙濁也瀹與鬻同音而義近故皆假瀹爲鬻今人曰煠助甲切古人曰瀹亦作汋詳鬻部 从水龠聲 以灼切二部

⿰氵⿱罒焦 ㄐㄧㄠˋ 19精

⿰氵⿱罒焦 釃酒也 釃下酒也卽今之漉酒也以筐曰釃 一曰浚也 此亦同瀝灑義可兩兼 从网水 會意 焦聲讀若夏書天用勦絕 勦當依刀部作剿今本从力尤誤 子小切二部

△

⿰爿水

漀 ㄑㄧㄥˇ 12溪

漀 側出泉也 側出者旁出如醡出然故其字與⿰氵⿱罒焦湑爲類爾雅釋水曰氿泉穴出穴出仄出也毛傳側出曰氿泉許厂部曰晷仄出泉也晷與氿音同字異漀者晷之一名也 从水殸聲 去挺切十一部 殸籀文磬字

湑 ㄒㄩˇ 13心

湑 莤酒也 小雅伐木云釃酒有藇傳曰以筐曰釃以藪曰湑又云有酒湑我傳曰湑莤之也按毛許釃莤皆有別酉部云莤者禮祭束茅加於祼圭而灌鬯酒是爲莤與鄭大夫甸師注合是則毛傳湑訓以藪莤之藪謂艸如祭之用茅也故亦曰莤 一曰浚也 此亦同漉瀝義可兩兼湑浚雙聲 一曰露皃也 小雅蓼蕭云零露湑兮傳曰湑湑然蕭上露皃 从水胥聲 私呂切五部 詩曰有酒湑我又曰零露湑兮

湎 ㄇㄧㄢˇ 3明

湎 湛於酒也 湛各本作沈此等皆後人以習用改之耳沈休於酒周易所謂飲酒濡首亦不知節也韓詩云飲酒閉門不出客曰湎樂記流湎以忘本其引伸之義也 从水面聲 彌兖切十四部按鄭注酒誥曰飲酒齊色曰湎大雅天不湎爾以酒箋云天不同女顏色以酒有沈湎於酒者是乃過也鄭意此字从面會意故釋云齊色謂同飲者至於同色也許則謂形聲也 周書曰罔敢湎于酒 酒誥文

漿 ㄐㄧㄤ 15精

漿 酢漿也 周禮酒正四飲漿人掌共王之六飲皆有漿注云漿今之䤄漿也內則注云漿酢䤄也按酉部云䤄酢漿也則漿䤄二字互訓 从水將省聲 卽良切十部 ⿰爿水 古文漿 从爿聲也

涼 ㄌㄧㄤˊ 15來

涼 薄也 涼廁於此者謂六飲之涼與漿爲類也鄭司農云涼以水和酒也 元 謂涼今寒粥若糗飯襍水也許云薄也蓋薄下奪一酒字以水和酒故爲薄酒此用大鄭說也引伸之爲凡薄之稱如職涼善背號多涼德毛杜皆云涼薄是也薄則生寒又引伸爲寒如北風其涼是也至字林乃云涼微寒也唐殷敬順引之廣韵玉篇皆云凉俗涼字至集韵乃特出京字注云薄寒曰涼 从水京聲 呂張切十部

淡 ㄉㄢˋ 32定

淡 薄味也 醲之反也酉部曰醲厚酒也又澹淡亦作淊淡水滿皃揚雄賦秬鬯泔淡應劭曰泔淡滿也按泔淡訓滿謂淡爲贍之假借 从水炎聲 徒敢

涒ㄊㄨㄣ 9透　澆ㄐㄧㄠ 19見　液ㄧㄝˋ 14定　汁ㄓ 27端　滒ㄍㄜ 1見　灝ㄏㄠˋ 19匣

切入部

涒食已而復吐之 未聞江賦涒鄰謂水兒 从水君聲 他昆切十三部 爾雅曰大歲在申曰涒灘 釋天文高誘曰涒大也灘循也萬物皆大循其情性也

澆沃也 沃爲澆之大澆爲沃之細故不類廁凡醲者澆之則薄故其引伸之義爲薄漢書循吏傳澆淳散樸 从水堯聲 古堯切二部

液盡也 皿部曰盡气液也按樂記注曰永歎淫液歌遲之也考工記春液角鄭司農液讀爲醳謂重醳治之此皆引伸之義也 从水夜聲 羊益切古音在五部

汁液也 古經傳多假汁爲叶方言曰斟協汁也北燕朝鮮冽水之閒曰斟自關而東曰協關西曰汁此兼瀋汁和叶而言如台朕賚畀卜陽予也之例汁液必出於和協故其音義通也 从水十聲 之入切七部漢汁邡縣用此字

滒多汁也 淮南原道訓曰甚淖而滒高云滒亦淖也饘粥多瀋者曰滒讀歌謳之歌按今江蘇俗語謂之稠也 从水哥聲 讀若哥 古俄切十七部

滌ㄉㄧˊ 21定　洒ㄒㄧˇ 9心　溢ㄧˋ 11定

灝豆汁也 豆者尗也 从水顥聲 乎老切二部廣韵曰灝溔水勢遠也

溢器滿也 禮經一溢米注二十兩曰溢按謂二十兩溢者謂滿於一斤十六兩之外也後人因製鎰字 从水益聲 以形聲包會意也夷質切古音在十六部

洒滌也 下文云沬洒面也浴洒身也澡洒手也洗洒足也今人假洗爲洒非古字按古有假洒爲峻陗之峻者如詩新臺有洒爾雅望厓洒而高岸夷上洒下漘毛詩洒高峻也 从水西聲 先禮切按西聲當在古音十三部 古文㠯爲灑埽字 各本奪㠯字今依全書通例補凡言某字古文以爲某字者皆謂古文假借字也洒灑本殊義而雙聲故相假借凡假借多疊韵或雙聲也毛詩洒埽四見傳云洒灑也鄭注周禮隸僕韋注國語皆同皆釋假借之例若先鄭云洒當爲灑則以其義別而正之以漢時所用字正古文也

滌洒也 皿部曰盪滌器也引伸爲凡清瀞之偁如七月傳曰滌場埽地雲漢傳曰滌滌旱氣也山無木川無水是 从水條聲 徒歷切古音在二部周禮條狼氏樂記條蕩其聲皆假條爲滌周禮凡酒脩酌

濈ㄐㄧˊ 27精　瀋ㄕㄣˇ 28透　渳ㄇㄧˇ 10明　㵐ㄙㄨㄢˋ 3心　漱ㄕㄨˋ 17心

假脩爲滌也

濈和也 小雅爾羊來思其角濈濈傳曰聚其角而息濈濈然也按毛意言角之多蓋言聚而和也如輯之訓聚兼訓和 从水戢聲 阻立切七部

瀋汁也 左傳哀三年曰無備而官辦者猶拾瀋也杜云瀋汁也陸德明云北土呼汁爲瀋按禮記檀弓爲榆沈假沈爲瀋 从水審聲 昌枕切七部 春秋傳曰猶拾瀋也 按瀋篆當廁於汁篆下乃得其次寫者亂之耳玉篇廁於液灝之下

渳飲歃也 周禮王崩大肆以秬鬯渳杜子春讀渳爲泯以秬鬯浴屍也按浴屍則釁屍口鼻與飲歃義相近 从水弭聲 緜婢切十六部

㵐飲歃也 歃歠也 从水篹聲 各本篆作潠解作算聲今按玉篇廣韵皆作㵐知古說文如此作集韵類篇始誤从俗本說文耳衫洽切又先活切宋本皆如此今各本衫洽改作巽倦古音在十四部卽今之涮字也涮所患切 一曰吮也 吮歠也

漱盪口也 漱者欶之大也盪口者吮刷其口中也曲禮諸母不漱裳假漱爲涑也 从水欶聲 以形

泂ㄐㄩㄥˇ 12匣　滄ㄘㄤ 15清　瀙ㄑㄧㄥˋ 12清　淬ㄘㄨㄟˋ 8清　沐ㄇㄨˋ 17明　沬ㄏㄨㄟˋ 8曉

聲包會意所右切三部

泂滄也 此義俗从仌作洞篇韵洞皆訓冷是也大雅洞酌彼行潦毛曰洞遠也此謂洞卽迥之假借也江賦趙漲截洞同 从水冋聲 戶褧切十一部

滄寒也 周書周祝解曰天地之閒有滄熱列子湯問一兒曰日初出滄滄涼涼仌部滄字音義同 从水倉聲 七岡切十部

瀙冷寒也 冷寒者冷之寒同寒而有別也世說新語曰劉眞長始見王丞相時盛暑之月丞相以腹熨彈棊局曰何乃渹劉既出人問見王公云何劉曰未見他異惟聞作吳語耳注云吳人以冷爲渹大平御覽引此事渹作瀙集韵類篇皆云瀙渹二同楚慶切吳人謂冷也今吳俗謂冷物附他物其語如鄭國之鄭卽瀙字也 从水親聲 七定切十一部廣韵楚敬切

淬滅火器也 滅火器者葢以器盛水濡火使滅其器謂之淬與火部之焠義略相近故焠通作淬 从水卒聲 七芮切十五部

沐濯髮也 引伸爲芟除之義如管子云沐涂樹之枝釋名云沐禿無上皃之稱 从水木聲 莫卜切三部

沬洒

△頮　洗ㄒㄧˇ 9心　澡ㄗㄠˇ 19精　浴ㄩˋ 17定　汲ㄐㄧˊ 27見　淳ㄔㄨㄣˊ 9定　淋ㄌㄧㄣˊ 28來　渫ㄒㄧㄝˋ 29心

面也律歷志引顧命曰王乃洮沬水師古曰沬洗面也禮樂志霑赤汗沬流赭晉灼曰沬古靧字檀弓瓦不成味鄭云味當作沬沬靧也按此沬謂瓦器之釉如洗面之光澤也**从水未聲**荒內切十五部

頮 古文沬从𠬞水从頁各本篆作湏解作从頁今正尚書王乃洮頮水釋文曰說文作沬云古文作頮文選頮血飲泣李注曰頮古沬字李注本作古文沬字奪文耳陸語尤可證說文作頮從兩手匊水而洒其面會意也內則作靧從面貴聲葢漢人多用靧字沬頮本皆古文小篆用沬而頮專爲古文或奪其𠬞因作湏矣

浴 洒身也老子浴神不死河上公曰浴養也夏小正黑鳥浴浴也者飛乍高乍下也皆引伸之義也**从水谷聲**余蜀切三部

澡 洒手也皿部曰盥澡手也儒行篇曰澡身而浴德其引伸之義按或假繰爲澡如禮記緦冠繰纓是荀卿又作慅纓**从水喿聲**子晧切二部

洗 洒足也洒俗本作灑誤今依宋本正內則曰面垢燂潘請靧足垢燂湯請洗此洒面曰靧洒足曰洗之證也洗讀如跣足之跣自後人以洗代洒滌字讀先禮切沿至近日以洒代灑轉同詩禮之用矣**从水先聲**穌典切十三部

汲 引水也各本有於井二字今依[元]應引及玉篇訂其器曰缾曰罋其引罋之繩曰綆曰繘井九三曰可以汲引伸之凡擢引皆曰汲廣雅曰汲取也古書多用汲汲爲彶彶同音假借**从及水**本作从水从及今訂**及亦聲**居立切七部小徐本从水及聲

淳 淥也上文曰淥或瀌字似瀌淋二篆宜類廁恐轉寫者亂之也內則考工記注皆曰淳沃也按㡆氏而沃之卽上文之渥淳其帛也內則淳熬淳模之名因沃之以膏也然則許云淥也謂淥之後一義**从水𦎧聲**常倫切按當依經典釋文之純反常倫乃不澆之訓純醇二字之假借也假借行而本義廢矣十三部

淋 㠯水沃也今俗語皆曰淋郭撲注三倉曰淋瀧水下也**从水林聲**力尋切七部**一曰淋淋山下水也**謂山下其水也與下文決下水也義同七發曰洪淋淋焉若白鷺之下翔

渫 除去也井九三曰井渫不食荀爽曰渫去穢濁清

澣ㄏㄨㄢˇ 3匣　△浣　濯ㄓㄨㄛˊ 20定　涑ㄙㄨˋ 17心　潎ㄆㄧㄝ 2滂　浝ㄇㄤˊ 18明

潔之意也按凡言泄漏者卽此義之引伸變其字爲泄耳**从水枼聲**私列切十五部按枼聲或在十五部或在八部葢二部之通融難以枝數枼从世聲

澣 濯衣垢也周南箋云澣謂濯之半澣曰湔見上文**从水榦聲**胡玩切十四部篇韵皆上聲按作澣者今俗字也

浣 今澣从完小徐本如此按儀禮古文假浣爲盥公羊傳亦有此字

濯 澣也崧高傳曰濯濯光明也靈臺傳曰濯濯娛遊也皆引伸之義也有假洮爲濯者如鄭注顧命之洮爲澣衣成事是也周禮故書以濯爲祧爾雅以濯爲珧史漢以輯濯爲楫櫂皆古文假借**从水翟聲**直角切二部

涑 澣也涑亦假漱爲之公羊傳臨民之所漱浣也何曰無垢加功曰漱去垢曰浣齊人語解云無垢加功謂但用手斗漱去垢葢用足物故內則云冠帶垢和灰請漱衣裳垢和灰請澣鄭云手曰漱足曰澣是也若然則涑與澣別而許不別者許渾言何析言也毛詩周南箋云汙煩也煩撋之用功深澣謂濯之耳是則澣對汙言又分深淺實則何之去垢卽毛詩之汙何之無垢加功卽毛詩之澣古人因義立文後人當因文攷義耳上文湔篆下云一曰手澣已依水經注訂手爲半依諸家用手曰涑之云則作手固未嘗非是**从水束聲**速侯切三部**河東有涑水**左傳曰伐我涑川水經曰涑水出河東聞喜縣東山黍葭谷今涑水出山西絳州絳縣陳村峪伏流復出西入聞喜縣畍又西南入夏縣畍經安邑縣北西流入蒲州府猗氏縣畍又西南經臨晉縣南虞鄉縣北永濟縣西南入五姓湖又西南入黃河按左傳音義此水徐仙民息錄反字林音速

潎 於水中擊絮也擊當爲擎擎潎同音手部曰擎敝也一曰擊也似敝義於此爲近考工記注曰湖漂絮莊子曰洴澼絖皆謂於水面漂擊之竹部曰箈潎絮簀也糸部曰紙絮一箈也然則擊絮乃造紙之先聲亦謂之漂史記韓信釣於城下諸母漂漂與潎雙聲爲轉注漂孚妙切玉篇及曹憲注廣雅乃合潎漂爲一字同切孚妙誤矣**从水敝聲**匹蔽切十五部秋興賦游儵潎潎魚游水皃引伸之義也

浝 涂也謂涂塈也通俗文曰泥塗謂之浝湏**从水从土尨聲讀**

灑 1心　汛 9心　染 30泥　泰 2透　△夳　灂 30定

若隴按隴字葢誤尨聲不得讀如隴也壟又見土部玉篇亦在土部引說文木貢切元應浝湏上莫董切下胡動切大徐亡江切遳之言蒙不得讀若隴葢水部本無此字淺人增之妄增此讀若也

灑汛也凡埽者先灑弟子職云實水於盤攘臂袂及肘堂上則播灑室中握手是也引伸為凡散之稱从水麗聲山豉切十六部音變為所蟹切音轉為沙下切

汛灑也卂疾飛也水之散如飛此以形聲包會意也揚雄劇秦美新云況盡汛埽前聖數千載功業汛埽卽灑埽也俗用為潮汛字从水卂聲息晉切十二部按汛與灑互訓而殊音洒則經典用為灑之假借然謂洒卽汛之假借則於古音尤合葢洒从西聲西古音如詵也小顏注東方朔傳洒埽云洒音信此謂卽汛字也云又山豉反此謂卽灑字也此等必皆漢書音義舊說

染繒染為色此據周禮染人言也染人掌染絲帛繒者帛也不言絲者舉帛以該絲也夏纁元秋染夏从水杂聲此當云从水木从九裴光遠曰从木木者所以染梔茜之屬也从九九者染之數也按裴說近是禮一入為縓再入為赬三入為纁朱則四入五入為緅元則六入七入為緇字从九者數之所究言移易本質必深入之也而剡切八部

十一篇上二　兲

泰滑也此以疊韵為訓字从廾水水在手中下灂甚利也與辵部達字義近皆他達切周易泰通也否塞也左傳汏輈及鼓跗著于丁寧汏輈以貫笠轂皆滑之意也滑則寬裕自如故引伸為縱泰如論語泰而不驕是也又引伸為泰侈如左傳之汏侈西京賦之心奓體泰是也汏卽泰之隸省隸變而與淅米之汏同形作汰者誤字从廾水會意大聲他葢切十五部按隸作泰字形字音字義皆與古絕異

夳古文泰如此按當作夳从亼取滑之意也从大聲轉寫恐失其眞矣後世凡言大而以為形容未盡則作太如大宰俗作太宰大子俗作太子周大王俗作太王是也謂太卽說文夳字夳卽泰則又用泰為太展轉貤繆莫能諟正

灂海岱之閒謂相污曰灂方言汜浼灂洼洿也自關而東或曰洼或曰汜東濟海岱之閒或曰浼或曰灂按洿污古通用子雲義取污薉許說及廣雅皆从之郭注以洿池釋之非也从水闇聲余廉切八部

浼 9明　灒 3精　潹 21從　湩 18端　洟 4透　汗 3匣　泣 27溪　涕 4透

浼污也孟子公孫丑篇曰爾焉能浼我哉趙注惡人何能污我也从水免聲武罪切古音免聲字多在十三部詩曰河水浼浼邶風新臺文毛傳曰浼浼平地也按浼浼與亹亹同如亹亹文王卽勉勉文王也文選吳都賦淸流亹亹李注引韓詩亹亹水流進皃此必毛詩浼浼之異文今李注奪一亹字非許引此詩者言假借之義也孟子曰汝安能浼我此證本義

灒污灑也謂用污水揮灑也釋元應曰江南言灒子旦反山東言湔子見反史記廉藺傳作濺楊泉物理論作唆皆音子旦反一曰水中人也中讀去聲此與上文無二義而別之者此兼指不污者言也上但云灑則不中人从水贊聲則旰切十四部

潹腹中有水气也从水愁聲士尤切三部

湩乳汁也見列子穆天子傳或借重字為之漢書匈奴傳重酪之便美是也管子湩然擊鼓士忿怒借湩為蠭也周禮注湩容卽毛詩傳之童容也从水重聲多貢切九部

十一篇上二　早

洟鼻液也易萃上六齎咨涕洟鄭注自目曰涕自鼻曰洟檀弓垂涕洟正義目垂涕鼻垂洟詩陳風涕泗滂沱毛傳自目曰涕自鼻曰泗泗卽洟之假借字也古書弟夷二字多相亂於是謂自鼻出者曰涕而自目出者別製淚字皆許不取也素問謂目之水為淚謂腦滲為涕王褒童約目淚下落鼻涕長一尺曹娥碑泣淚掩涕驚動國都漢魏所用已如此从水夷聲他計切十五部周易音義他麗反又音夷

汗身液也身各本作人今依太平御覽訂易渙汗其大號劉向說曰汗出而不反者也从水干聲矦旰切十四部漢餘汗縣字如此讀如干

泣無聲出涕者曰泣依韵會所據小徐本訂者別事詞也哭下曰哀聲也其出涕不待言其無聲出涕者為泣此哭泣之別也尚書大傳曰微子將往朝周過殷之故墟志動心悲欲哭則為朝周俯泣則近婦人推而廣之作雅聲謂之麥秀歌从水立聲去急切七部素問以為翌字

涕泣也按泣也二字當作目液也三字轉寫之誤也毛傳皆云自目出曰涕篇韵皆云目汁泣非

潸ㄕㄢ 3心　湅ㄌㄧㄢˋ 3來　讞ㄋㄧㄝˋ 2疑　渝ㄩˊ 16定　減ㄐㄧㄢˇ 28見　滅ㄇㄧㄝˋ 2明

其義

从水弟聲 他禮切十五部

潸 涕流皃 小雅大東曰潸焉出涕毛云潸涕下皃 从水散省聲 所姦切十四部 詩曰潸焉出涕 焉韵會作然

湅 澣也 周禮染人凡染春暴練注云暴練練其素而暴之按此練當作湅湅其素素者質也卽㡆氏之湅絲湅帛也已湅之帛曰練糸部練下云湅繒也是也㡆氏如法湅之暴之而後絲帛之質精而後染人可加染湅之以去其瑕如澣米之去康粊其用一也故許以澣釋湅戰國策蘇秦得大公陰符之謀伏而誦之簡練以爲揣磨簡練者澣湅之假借也高誘曰簡汏也練濯治也正與許云澣湅也湅汏米也湅澣也相符合許不以湅澣二篆爲伍者澣謂米湅謂絲帛也金部治金曰鍊猶治絲帛曰湅 从水柬聲 郎甸切十四部

讞 議辠也 文王世子獄成有司讞於公其死罪則曰某之罪在大辟其刑罪則曰某之罪在小辟鄭曰成平也讞言白也按今本注作讞之言白也之字衍以徐邈云言也正義云言白也正之當是本作言也白也正義省一也字耳言與讞雙聲疊韵王制百官各以其成質於三官大司徒大司馬大司空以百官之成質於天子此云以成讞於公猶以成質於天子也故其字从水獻其議如水之平而獻於上也所質既下爲受質所讞不當而上更議之亦爲讞葢本下獻上之詞又轉爲上平下之詞矣漢書云諸獄疑於人心不厭者輒讞之是 从水獻與灋同意 灋以三體會意讞以二體會意灋下云平之如水从水灋之从水同也讞以會意包形聲灋則專會意魚列切十四十五部之合音

渝 變污也 釋言曰渝變也鄭風傳虞翻注易杜注左傳皆同許謂瀞而變污 从水俞聲 羊朱切四部 一曰渝水在遼西臨渝東出塞 遼西郡臨渝二志同臨渝故城無考前志臨渝下曰渝水首受白狼東入塞外又有侯水北入渝同郡交黎縣下曰渝水首受塞外南入海按水經注遼水篇詳白狼水渝水侯水今渝水未詳一統志於永平府曰古今水道變遷所當闕疑

減 損也 古書多假咸爲減 从水咸聲 古斬切古音在七部

滅 盡也从水烕聲 此舉形聲包會意亡列切十五

漕ㄘㄠˊ 21從　泮ㄆㄢˋ 3滂　漏ㄌㄡˋ 16來　澒ㄏㄨㄥˋ 18曉

部

漕 水轉轂也 轂各本譌穀今依韵會平準書索隱蕪城賦注訂如淳漢書注曰水轉曰漕百官志曰大倉令主受郡國傳漕穀 从水曹聲 在到切古音在三部 一曰人之所乘及船也 乘下疑奪車字葢車亦得稱漕或云及葢誤字按史記索隱作一云車運曰轉水運曰漕十字當從之

泮 諸矦饗射之宮 諸矦上當有泮宮二字饗大徐作鄉今依小徐饗者謂鄉飲酒也詩行葦泮水皆言諸矦鄉飲酒之禮見鄭箋古者養老之禮卽鄉飲酒之禮也公劉先射而後養老故曰饗射廱篆下曰天子饗飲辟廱亦謂鄉飲酒不言射者言饗以關射五經異義引韓詩說辟雍所以教天下春射秋饗尊事三老五更魯頌曰思樂泮水又曰既作泮宮毛曰泮水泮宮之水也天子辟廱諸矦泮宮王制曰天子曰辟廱諸矦曰頖宮鄭云辟明也廱和也所以明和天下頖之言班也所以班政教也許書無頖字葢禮家製頖字許不取也小戴三云頖官 西南爲水東北爲牆从水半 魯頌箋云辟廱者築土雝水之外圓如璧四方來觀者均也泮之言半也葢東西門以南通水北無也白虎通曰獨南面禮儀之方有水耳 半亦聲 普半切十四部詩迨冰未泮傳云泮散也此假泮爲判也隰則有泮傳云泮坡也此假泮爲畔也

漏 以銅受水刻節晝夜百節 百節各本作百刻今依韵會所據小徐本訂晝夜以百節之故爲刻者百因評百刻矣周禮挈壺氏凡喪縣壺以代哭者皆以水火守之分以日夜注云以水守壺者爲沃漏也以火守壺者夜則視刻數也分以日夜者異晝夜漏也漏之箭晝夜共百刻冬夏之閒有長短焉文選注引司馬彪曰孔壺爲漏浮箭爲刻下漏數刻以考中星昏明星焉按晝夜百刻每刻爲六小刻每小刻又十分之故晝夜六千分每大刻六十分也其散於十二辰每一辰八大刻二小刻共得五百分也此是古法樂記百度得數而有常注云百度百刻也靈樞經漏水下百刻以分晝夜 从水屚取屚下之義屚亦聲 此依韵會而更考定之如此屚屋穿水下也故云取屚下之義盧后切四部今字皆假漏爲屚

澒 丹沙所化爲水銀也

萍 ㄆㄧㄥˊ
12 並

汩 ㄍㄨˇ
2 匣

本艸經曰鎔化還復爲丹然則本丹之所化明矣後代燒煅麄次朱砂爲之淮南書高注曰白澒水銀也廣雅曰水銀謂之澒字一作汞說者分別之云汞水銀滓**从水項聲**呼孔切九部

苹也苹萍二篆見艸部篇韵皆云苹萍同字疑許書本有苹無萍小正毛詩爾雅皆作苹爾雅毛傳皆曰萍也萍卽苹之別字周禮萍氏疑本作苹氏然則說文艸部苹下曰萍也與水部萍下曰苹也爲轉注不當有萍篆**水艸也从水苹**水艸也三字釋从水之意**苹亦聲**薄經切十一部

治水也天問不任汩鴻師何以尚之王云汩治也鴻大水也引伸之凡治皆謂汩書序汩作汩治也汩本訓亂如亂之訓治故洪範汩陳其五行汩亂也上文淈訓濁而釋詁云淈治也郭景純云淈汩同**从水曰聲**于筆切十五部俗音古忽切訓汩沒汩亂

文四百六十五宋本五作八今刪瀗篆補涀篆　**重二十三**今補濂篆

十一篇上二　四十三

說文解字第十一篇上二

受業胡積城校字

沝 ㄓㄨㄟˇ ??　㳅 ㄌㄧㄡˊ 21來　△流　𣶒 ㄕㄜˋ 31定　△涉　瀕 ㄅㄧㄣ 6幫（濱）　顰 ㄆㄧㄣˊ 10並

說文解字第十一篇下

金壇段玉裁注

沝 二水也 卽形而義在焉 闕 此謂闕其聲也其讀若不傳今之壘切者以意爲之 凡沝之屬皆从沝

㳅 水行也从沝㐬 會意力求切三部 㐬突忽也 㐬之本義謂不順忽出也引申爲突忽故流从之

流 篆文从水 流爲小篆則㳅爲古文籒文可知此亦二上之例也或問曰何不以流涉入水部而附㳅𣶒爲重文乎曰如是則沝無所附沝不附水部之末而爲部首者以配屾部也

𣶒 徒行厲水也 濿各本作厲誤濿或砅字也砅本履石渡水之偁引申爲凡渡水之偁釋水曰繇膝以上爲涉毛傳同許云徒行者以別於以車及方之舟之也許意詩所言揭厲皆徒行也皆涉也故字从步 从沝步 會意時攝切八部

涉 篆文从水

文三　重二

瀕 水厓人所賓附也 厓今之涯字附當作駙馬部曰駙近也瀕賓以曡韵爲訓瀕今字作濱召旻傳曰瀕厓也釆蘋北山傳皆曰濱厓也今字用頻訓數攷桑柔傳曰頻急也廣雅曰頻頻比也此從附近之義引申之本無二字二音而今字妄爲分別積習生常矣 顰戚不歬而止从頁从涉 顰戚各本作頻戚今正此以顰戚釋从頁之意也將涉者或因水深顰眉蹙頞而止故字从涉頁符眞切按當必鄰切十二部 凡瀕之屬皆从瀕

顰 涉水顰戚也 戚古音同蹴迫也各本作蹙誤顰戚謂顰眉蹙頞也許必言涉水者爲其字之从瀕也 从瀕卑聲 符眞切按从卑聲則古音在十六部易頻復本又作嚬王弼虞翻侯果皆以頻蹙釋之鄭作卑陸云音同按諸家作頻省下卑鄭作卑省上頻古字同音段借則鄭作卑爲是諸家作頻非顰本在支韵不在眞韵也自各書省爲頻又或作嚬又莊子及通俗文段矉爲顰而古音不可復知乃又改易音義云鄭作顰幸晁氏以道古周易呂氏伯恭古易音訓所據音義皆作卑晁云卑古文也今文作顰攷古音者得此眞一字千金矣

文二

〈 ㄑㄩㄢˇ 3見　△甽　△畎　巜 ㄍㄨㄞˋ 2見

〈 水小流也 水部曰涓小流也〈與涓音義同釋名曰山下根之受霤處曰甽甽吮也吮得山之肥潤也按此爲禹貢羽畎岱畎之說解亦卽小流之義 周禮匠人爲溝洫枱廣五寸 枱許之耜字也見木部各本作梠誤 二枱爲耦一耦之伐廣尺深尺謂之〈倍〈謂之遂倍遂曰溝倍溝曰洫倍洫曰巜 已上攷工記匠人職文說詳鄭注及程氏瑤田通藝錄今周禮〈作畎巜作澮與許所據不同者後人所改也〈巜巛三篆下皆宜曰象形而不言者省文也姑泫切十四部 凡〈之屬皆从〈

甽 古文〈从田川 古文疑當作籒文葢〈巜皆古文也按鄭注攷工記曰甽畎也謂甽畎古今字甽卽今之畎字也 田之川也 四字小徐有而田譌作甽

畎 篆文〈从田犬聲 畎爲小篆則〈甽爲古籒可知此亦先二後上之例 六畎爲一畮 漢食貨志曰趙過能爲代田一畮三甽古法也后稷始甽田以二耜爲耦廣尺深尺曰甽長終畮一畮三畎一夫三百甽而播種於甽中按長終畮者長百步也六尺爲步步百爲畮播種於甽中者甽中猶甽閒播種於兩甽之閒也深者爲甽高者爲田皆廣尺三百甽積廣六百尺長百步亦長六百尺故一夫百畮其體正方許云六畎爲一畮者謂其地容六畎耳與一畮三畎之制非有二也畎與田來歲互易卽代田之制也六尺爲步步百爲畮見田部

文一　重二

巜 水流澮澮也 澮澮當作活活毛傳曰活活流也水部曰活活水流聲也古昏聲會聲多通用

粼 ㄌㄧㄣˊ 6來　川 ㄔㄨㄢ 9透

水流涓涓然曰く活活然則曰巜巜大於く矣此字之本義也因以名井田之制**方百里爲巜廣二尋深二仞**考工記匠人文尋仞依許寸部人部說皆八尺今周禮作澮許所據作巜後人以水名易之也古外切十五部**凡巜之屬皆从巜**

𡿦水生厓石間粼粼也厓者山邊也**从巜粦聲**力珍切十二部

文二

巛毌穿通流水也毌各本作貫毌穿物持之也穿通也巜則毌穿通流又大於巜矣水有始出謂川者如爾雅水注川曰谿許云泉出通川爲谷是也有絕大乃謂川者如皋陶謨く巜距川攷工記澮達於川是也本小水之名因以爲大水之名**虞書曰**謂古文皋陶謨**濬く巜歫巛**歫各本作距今正今尚書作畎澮距川者後人所改也**言深く巜之水會爲川也**此偁尚書釋之以見尚書之川與川字有閒矣川今昌緣切古音在十三部讀如春雲漢之詩是也**凡川之屬皆从川**

巠 ㄐㄧㄥ 12見　△巠　巟 ㄏㄨㄤ 15曉　𢦔 ㄏㄨㄛˋ 25匣　𡿨 ㄩˋ 2匣

巠水𠂢也巠之言濥也濥者水𠂢行地中濥濥也故从川在地下**从川在一下一地也**會意**壬省聲**古靈切十一部**一曰水冥巠也**冥巠水大皃今字作溟涬司馬注莊曰涬溟自然氣也**𢀚古文巠不省**

巟水廣也引申爲凡廣大之偁周頌天作高山大王荒之傳曰荒大也凡此等皆叚荒爲巟也荒蕪也荒行而巟廢矣**从巛亾聲**呼光切十部**易曰包巟用馮河**泰九二爻辭今易作荒陸云本亦作巟

𢦔水流皃皃舊作也今依篇韵正江賦潩減潏湞李云參差相次也減卽𢦔詩黍稷彧彧彧者𢦔之變叚𢦔爲稶也**从巛或聲**于逼切一部亦胡國切

𡿨水流也此與水部汨義異汨治水也上林賦曰汨乎混流又曰汨㴔漂疾方言汨疾行也注云汨汨急皃于筆切此用汨爲𡿨也廣韵合爲一非**从巛曰聲**于筆切十五部

𡿪 ㄌㄧㄝˋ 2來　邕 ㄩㄥ 18影　△𡿲　𡿧 ㄗㄞ 24精 （災）

𡿪水流歺歺也从巛列省聲大徐曰𠛱字从歺此疑誤當是从歺省小徐本作歺省聲良薛切十五部

邕四方有水自邕成池者是也邑各本無依韵會補成各本作城誤依廣韵韵會正自邕當作自擁轉寫之誤擁者抱也池沼多由人工所爲惟邑之四旁有水來自擁抱旋繞成池者是爲邕以擁釋邕以疊韵爲訓也故其字从川邑引申之凡四面有水皆曰邕周頌曰于彼西雝傳曰雝澤也大雅曰於樂辟雝鎬京辟雝傳曰水旋丘如璧曰辟雝水經注釋漁陽郡雍奴曰四方有水爲雍不流爲奴皆邕字之叚借也**从巛邑**川圜邑會意**讀若雝**於容切九部**𡿲籒文邕如此**

𡿧害也害者傷也𡿧害字本如此作玉篇云天反時爲𡿧今凡作灾烖菑皆叚借字也烖行而𡿧廢矣周語曰陽塞而在陰川原必塞原塞國必亡以一塞川是爲害川故字从一雝川**从一雝川**雝壅古今字王莽傳邕涇水不流亦叚邕爲壅此會意也祖才切一部**春秋傳曰川雝爲澤凶**宣十二年左傳文此偁傳說會意之恉也知莊子曰周易師之臨曰師出以律否臧凶川雝爲澤夭且不整所以凶也與偁艸木麗於土說麗从艸麗偁豐其屋說豐从宀豐同

侃 ㄎㄢˇ 3溪　州 ㄓㄡ 21端

侃剛直也論語鄉黨與下大夫言侃侃如也孔曰侃侃和樂皃也葢謂卽衎衎之叚借字**从㐰㐰古文信也**見言部**从巛取其不舍晝夜**信則可恆會意空旱切十四部**論語曰子路侃侃如也**見先進篇今作子路行行如也冉有子貢侃侃如也葢許氏筆誤

州水中可凥者曰州凥各本作居今正者字今補周南在河之州釋水毛傳皆曰水中可居者曰州**水匊繞其旁从重川**水字今補匊繞各本作周遶誤今正匊者帀也會意職流切三部俗作洲**昔堯遭洪水民凥水中高土故曰九州**州本州渚字引申之乃爲九州俗乃別製洲字而小大分係矣**詩曰在河之州**關雎文證州之本義也**一曰州疇也**以疊韵爲訓疇耕治之田也**各疇其土**

△州

而生也人各耕治以爲生此說州之別一義其實前義內可包 𡿧 古文州此像前後左右皆水

文十　重三

泉 ㄑㄩㄢˊ 3從

𠁡 水原也釋水曰濫泉正出正出涌出也沃泉縣出縣出下出也氿泉穴出穴出仄出也毛傳亦云檻泉正出側出曰氿泉許作濫泉屠泉召旻曰泉之竭矣不云自中傳曰泉水從中以益者也引申之古者謂錢曰泉布許云古者貨貝而寶龜周而有泉至秦廢貝行錢 象水流出成川形同出而三岐略似巛形也疾緣切十四部 凡泉之屬皆从泉

⿱緐泉 ㄈㄢˊ 3並

⿱緐泉 泉水也泉水者泉出之水也淮南書云莫鑒於流瀿而鑒於澄水許注云楚人謂水暴溢爲瀿瀿卽⿱緐泉字泉水暴溢曰⿱緐泉也 从泉緐聲讀若飯符萬切十四部古讀平聲

文二

灥 ㄒㄩㄣˊ ??

灥 三泉也凡積三爲一者皆謂其多也不言从三泉者不待言也 闕此謂讀若未詳闕其音也今音詳遵切依附泉之雙聲爲之 凡灥之屬皆从灥

厵 ㄩㄢˊ 3疑

厵 水本也各本作水泉本也今刪正月令百源注曰衆水始所出爲百源單評曰原彖評曰原泉孟子原泉混混是也 从灥出厂下厂者山石之厓巖會意愚袁切十四部

△原

厡 篆文从泉此亦先二後上之例以小篆作原知厵乃古文籀文也後人以原代高平曰邍之邍而別製源字爲本原之原積非成是久矣

文二　重一

永 ㄩㄥˇ 15匣

𣱵 水長也引申之凡長皆曰永釋詁毛傳曰永長也方言曰施於衆長謂之永 象水巠理之長永也巠者水脈理者水文于憬切古音在十部 詩曰江之永矣周南漢廣文 凡永之屬皆从永

羕 ㄧㄤˋ 15定

羕 水長也引申之爲凡長之偁釋詁曰羕長也 从永羊聲余亮切十部 詩曰江之羕矣漢廣文毛詩作永韓詩作羕古音同也文選登樓賦川既漾而濟深李注引韓詩江之漾矣薛君曰漾長也漾乃羕之譌字

文二

𠂢 ㄆㄞˋ 11滂

𠂢 水之衺流別也流別者一水岐分之謂禹貢曰漾東流爲漢沇東流爲泲江東別爲沱此言流別之始釋水詳之自河出爲灉濟爲濋已下是也流別則其勢必衺行故曰衺流別𠂢與水部派音義皆同派葢後出耳衺流別則正流之長者較短而巠理同也故其字从反永 从反永匹卦切十六部 凡𠂢之屬皆从𠂢讀若稗縣禾部曰琅邪有稗縣今地理志作椑縣誤也小徐本作蜀稗縣非蜀祇有郫縣音疲

衇 ㄇㄞˋ 11明

△脈　△䘑

衇 血理分衺行體中者理分猶分理序曰見鳥獸蹏迒之迹知分理之可相別異衺行體中而大候在寸口人手卻十分動脈爲寸口也 从𠂢从血會意不入血部者重𠂢也𠂢亦聲莫獲切十六部 䘑 衇或从肉 𧖴 籀文左血左𠂢

覛 ㄇㄛˋ 11明

覛 衺視也釋詁曰覛胥相也郭云覛謂相視也按覛與目部眽通用古詩眽眽不得語李善引爾雅及注作眽今文選譌作脈非也覛不入見部者重𠂢也 从𠂢从見會意𠂢亦聲莫狄切廣韵莫獲切十六部俗有尋覓字此篆之譌體

△⿰貝𠂢

⿰見𠂢 籀文

文三　重三

谷 ㄍㄨˇ 17見

谷 泉出通川爲谷釋水曰水注川曰谿注谿曰谷許不言谿者許以谿專係之山瀆無所通也川者毌穿通流之水也兩山之間必有川焉詩進退維谷叚谷爲鞫毛傳曰谷窮也卽邶風傳之鞫窮也 从水半見出於口此會意古祿切三部亦音浴 凡谷之屬皆从谷

谿 ㄒㄧ 10溪

谿 山

豁ㄏㄨㄛˋ 2曉　𧮫ㄌㄧㄠˊ 21來　豅ㄌㄨㄥˊ 18來　谹ㄏㄨㄥˊ 26匣　谸ㄑㄧㄢ 6清　𥥛ㄐㄩㄣˋ 9心　△濬　△濬　仌ㄅㄧㄥ 26幫　冰ㄋㄧㄥˊ 26疑

隫無所通者隫各本作瀆今正𨸏部曰隫通溝也讀若洞古文作𥼶釋山曰山𥼶無所通谿然則許作隫明矣从谷奚聲苦兮切十六部

豁 通谷也通迵之谷也文選注曰華延洛陽記云城南五十里有大谷舊名通谷引申爲凡疏達之偁从谷害聲呼括切十五部

𧮫 空谷也虛廖之谷也大雅曰大風有隧有空大谷从谷翏聲洛蕭切古音在三部

豅 大長谷也司馬相如傳曰巖巖深山之谾谾兮晉灼曰谾音籠古豅字蕭該曰谾或作豅長大皃也徐廣谾音力工反與晉說同白駒傳曰空谷大谷也从谷龍聲讀若聾盧紅切九部

谹 谷中響也此與宖屋響也義近攷工記其聲大而宏司農注謂聲音大也引申爲凡大之偁史記司馬相如傳必將崇論谹議从谷厷聲戶萌切古音在六部

谸 望山谷千千青也各本千千作谸谸今正高唐賦仰視山巔肅何芊芊李注云說文曰谸望山谷千千青也千與芊古字通按千芊爲古今字俗用芊改千楚詞及陸機文賦皆用千眠字南都賦作阡瞑謝朓詩遠樹曖阡阡廣雅乃有芊芊字耳从谷千聲倉絢切十二部古讀平聲

𥥛 深通川也深之使通也𥥛與叡睿音義皆相近故今文洪範曰思心曰容容作聖古文曰思曰睿睿作聖从𣦵谷會意私閏切十三部𣦵殘也殘猶穿也谷阬坎意也𣦵謂穿之谷取阬坎之意阬坎深意也已上十一字依韵會本虞書曰𥥛畎澮距川川部既偁咎繇謨濬く巜距川矣此又偁而字異何也蓋前爲古文尚書此爲今文也以濬く皆倉頡古文知之

濬 或从水

𥥛 古文𥥛从水从睿睿古文叡也叡深明也通也

文八　重二

仌 凍也仌凍二篆爲轉注槩評之曰仌凍如月令冰凍消釋是也象水冰之形冰各本作凝今正謂象水初凝之文理也筆陵切六部凡仌之屬皆从仌

冰 水堅也易象傳初六履霜陰始凝也馴致其道至堅冰也古本當作陰始冰也至堅仌也釋器冰脂也孫本冰作凝按此可證詩膚如凝脂本作冰脂以冰代仌乃別製凝字經典凡凝字皆冰之變也从水仌會意魚陵切六部

凝ㄉㄨㄥˋ 18端　滕ㄌㄥˊ 26來　△凌　澌ㄙ 10心　凋ㄉㄧㄠ 21端　冬ㄉㄨㄥ 23端　△冶ㄧㄝˇ 24定　滄ㄘㄤ 15清　冷ㄌㄥˇ 6來　涵ㄏㄢˊ 30匣　凜ㄌㄧㄣˇ 28來（懍）　凊ㄑㄧㄥˋ 12清

凝 俗冰从疑以雙聲爲聲

凍 仌也初凝曰仌仌壯曰凍又於水曰冰於他物曰凍故月令曰水始冰地始凍从仌東聲多貢切九部

滕 仌出也仌出者謂仌之出水文棱棱然輕讀爲力膺切重讀則里孕切今俗語猶尒幽詩三之日納于凌陰傳曰凌陰冰室也此以冰釋凌以室釋陰非謂滕爲仌室也鄭注周禮凌人徑云凌冰室也似失之从仌朕聲六部詩曰納于滕陰七月文

凌 滕或从夌夌聲也

澌 流仌也謂仌初結及已釋時隨流而行也从仌斯聲息移切十六部

凋 半傷也傷創也半傷未全傷也从仌仌霜者傷物之具故从仌周聲都僚切二部三部

冬 四時盡也冬之爲言終也考工記曰水有時而凝有時而釋故冬从仌从仌从𠂋會意𠂋亦聲都宗切九部𠂋古文終字見糸部

𣅶 古文冬从日

冶 銷也銷者鑠金也仌之融如鑠金然故鑪鑄亦曰冶易野容誨淫陸德明本作冶容按野冶皆蠱之叚借也張衡賦言妖蠱今言妖冶从仌台聲聲蓋衍台者悅也仌台悅而化會意冶今音羊者切古音讀如與在五部或曰台雙聲也故以爲聲

滄 寒也此與水部滄音義皆同枚乘上書曰欲湯之滄絕薪止火而已按方言曰滄淨也二字當从冫滄即滄字淨即凊字从仌仌者寒之象也故訓寒之字皆从仌倉聲初亮切十部

冷 寒也从仌令聲魯打切十一部

涵 寒也从仌圅聲胡男切八部

凜 凜寒也依文賦注補二字引申爲敬畏之偁俗字作懍懍从仌㐭聲力稟切七部

凊 寒也曲禮曰凡爲人子之禮冬溫而夏凊从仌青聲七正切十一部凜凊二篆舊在凍篆之前非其次也今更正凡全書內多有亙正者學者依此求之

滭ㄅㄧˋ 5幫　冹ㄈㄨˊ 2幫　凓ㄌㄧˋ 5來　冽ㄌㄧㄝˋ 2來

滭 滭冹二字今補風寒也豳風七月一之日觱發傳曰觱發風寒也按觱發皆叚借字滭冹乃本字猶水部滭沸今詩作觱沸或許所據毛詩不同今本或許采三家詩皆未可定也詩曰一之日滭冹七字今補从仌畢聲畢吉切十二部

冹 滭冹也三字今正从仌犮聲分勿切十五部

凓 凓冽二字今補寒皃皃各本作也今依大東正義及小徐本毛傳曰凓冽寒氣也古亦單用凓字春秋緐露謂熯寒曰熏凓詩曰二之日凓冽七字今補亦豳風七月文也今詩作栗烈考詩冽彼下泉疏引七月二之日凓冽是孔本與許同而陸釋文作栗烈與許異且云說文作颲颲其實風部未嘗引詩也五經文字仌部有凓知其所據詩作凓从仌桌聲力質切十二部

冽 凓冽也三字今正古單用冽字者如詩冽彼下泉傳曰冽寒也有冽沈泉傳曰冽寒意也素問曰風寒冰冽从仌列聲各本篆作瀨解作賴聲音洛帶切今正按瀨字卽廣韵玉篇皆無之而孔沖遠大東正義李善注高唐賦嘯賦皆引說文字林冽字是今本冽譌爲瀨顯然也良辥切十五部

文十七　重三

雨ㄩˇ 13匣　△𠕲　靁ㄌㄟˊ 7來（雷）　△靐　△雷　△𩇓

雨 水從雲下也引申之凡自上而下者偁雨一象天冂象雲水霝其閒也非者水字也王矩切五部凡雨之屬皆从雨

𠕲 古文象形

靁 霒昜薄動生物者也各本作陰陽今正動下各本有靁雨二字不辥今依韵會本正薄音博迫也陰陽迫動卽謂靁也迫動下文所謂回轉也所以回生萬物者也从雨畾象回轉形許書有畾無畾凡積三則爲眾眾則盛盛則必回轉二月陽盛靁發聲故以畾象其回轉之形非三田也韵書有畾字訓田閒誤矣凡許書字有畾聲者皆當云靁省聲也魯回切十五部。凡古器多以回爲靁

靐 籀文靁閒有回當作畾閒有回奪畾回靁聲也說畾閒有回之意

雷 古文靁

𩇓 古文

霣ㄩㄣˇ 9匣　△𩃛　霆ㄊㄧㄥˊ 12定　霅ㄓㄚˊ 29定

霣 齊人謂靁爲霣各本齊上有雨也二字按自靁篆至震篆皆言雷電自霝篆至霚篆皆言雨叚令霣之正義爲雨則當次於彼閒今刪韵會本亦無此二字齊人謂靁曰霣方俗語言如此靁古讀如回回與員語之轉公羊傳星霣如雨叚爲隕字从雨員聲于敏切十三部一曰雲轉起也別一義雲回轉而起名之霣者略與雲同音也古文云作員讀若昆大徐無此三字

𩃛 古文霣如此古當作籀員下云籀文作鼎鼎下云籀文以鼎爲貝是也孄者籀文妘劃者籀文則皆是以鼎爲貝

霆 靁餘聲鈴鈴句所㠯挺出萬物聲下有也字者誤衍鈴與挺皆以疊韵爲訓靁所以生物而其用在餘聲鈴鈴然者禮記曰地載神氣神氣風霆風霆流形庶物露生从雨廷聲特丁切十一部古多讀上聲

霅 霅霅靁電皃靁各本作震今依韵會本霅霅聲光襍沓之皃按馬融廣成頌雷霅落雪音素洽反今俗語云霎時閒霎卽霅之俗字从雨譶省聲省譶爲言如省蟲爲虫也丈甲切八部一曰霅眾言也依韵會本六字在此譶疾言也霅以爲聲或訓霅爲眾言則是从言从雨會意矣吳都賦曰鞁霅驚捷

電ㄉㄧㄢˋ 6定　△𩆵　震ㄓㄣˋ 9端

電 霒昜激燿也孔沖遠引河圖云陰陽相薄爲靁陰激陽爲電電是靁光按易震爲靁離爲電月令靁乃發聲始電詩十月之交春秋隱九年言震電詩采芑常武雲漢言靁霆震靁一也電霆一也穀梁傳曰電霆也古義霆電不別許意則統言之謂之霆自其振物言之謂之震自其餘聲言之謂之霆自其光燿言之謂之電分析較古爲慝心靁電者一而二者也从雨从申靁自其回屈言電自其引申言申亦聲也小徐本作雨申聲堂練切古音在十二部讀如陳

𩆵 古文電如此申部曰昌籀文申又部曰昌古文申乖牾不合依此則當作古

震 劈歷振物者劈歷疾雷之名釋天曰疾靁爲霆倉頡篇曰霆霹靂也然則古謂之霆許謂之震詩十月之交春秋隱九年僖十五年皆言震振與震疊韵春秋正義引作震物爲長以能震物而謂之震也引申之凡動謂之震辰下曰震也从雨

△霻　雪ㄒㄩㄝˇ 2心　霄ㄒㄧㄠ 19心　霰ㄒㄧㄢˋ 3心　△⿱雨見　雹ㄅㄠˊ 21並　△靁　霝ㄌㄧㄥˊ 12來　𩃬ㄌㄨㄛˋ 14來　零ㄌㄧㄥˊ 6來　⿱雨鮮ㄙ 3心

辰聲章刃切十三部古多讀平聲春秋傳曰震夷伯之廟左氏僖十五年經傳皆有之必引此者以爲劈歷震物之證也史記殷武乙暴靁震死神道設教之至縣者也霻籀文震

雪冰雨說物者也冰各本作凝今正凝者冰之俗也釋名曰雪綏也水下遇寒氣而凝綏綏然下也故許謂之冰雨說今之悅字物無不喜雪者說與雪疊韵从雨彗聲相絕切十五部

霄雨霰爲霄雨猶霄也釋天曰雨霓爲霄雪此霄字本義若淮南書上游於霄霓之野高讀如紺綃之綃此則別爲一義乃今義行而古義罕用矣霄亦叚消从雨肖聲相邀切二部齊語也亦方俗語言如此

霰稷雪也謂雪之如稷者毛詩傳曰霰暴雪也暴當是桼之字誤俗謂米雪或謂粒雪皆是也曾子曰陽之專氣爲霰詩箋云將大雨雪始必微溫雪自上下遇溫氣而團謂之霰久之寒勝則大雪矣从雨散聲穌甸切十四部

⿱雨見霰或从見見聲

雹雨仌也仌舊作冰今正雨仌謂自上而下之仌也曾子曰陰之專氣爲雹劉向曰盛陽雨水溫暖而湯熱陰氣脅之不相入則轉而爲雹故沸湯之在閉器而湛於甘泉則爲冰此其驗也左氏傳曰聖人在上無雹雖有不爲災从雨包聲蒲角切古音在三部

⿱雨品古文雹如此象其磊磊之形

霝雨零也零各本作零今依廣韵正霝與零義殊許引東山霝雨今作零雨譌字也定之方中靈雨旣零傳曰零落也零亦當作霝霝亦叚靈爲之鄭風零露漙兮正義本作靈箋云靈落也靈落卽霝落雨曰霝零艸木曰零落从雨吅象零形郎丁切十一部詩曰霝雨其濛幽風東山文

𩃬雨零也此下雨本字今則落行而零廢矣从雨各聲盧各切五部

零徐雨也徐各本作餘今依玉篇廣韵及太平御覽所引纂要訂謂徐徐而下之雨小雅興雲祁祁傳曰祁祁徐也箋云古者陰陽和風雨時其來祁祁然而不暴疾引申之義爲零星爲凋零从雨令聲郎丁切古音在十二部讀如鄰

⿱雨鮮小雨財零也財當作才取初始之義今字作纔从雨鮮聲讀若斯息移切十六部鮮聲在十四部而讀如斯者以雙聲合音也列子鮮而食之卽析而食之也斯析音義同

⿱雨酸ㄙㄨㄢ 9心　𩆒ㄌㄧㄢˊ 30來

霢ㄇㄛˋ 11明　霂ㄇㄨˋ 17明　⿱雨𢦔ㄐㄧㄢ 30精（⿱雨韱）　⿱雨眾ㄓㄨㄥ 23端　霃ㄔㄣˊ 28定　⿱雨函ㄏㄢˊ 30匣　霖ㄌㄧㄣˊ 28來　⿱雨乑ㄧㄣˊ 28疑　⿱雨眞ㄗ 6精

霢霢霂句小雨也信南山曰益之以霢霂釋天毛傳皆曰霢霂小雨也釋名曰言裁霢歷霑漬如人沐頭惟及其上枝而根不濡也按霢霂者溟濛之轉語水部溟下曰小雨溟溟也濛下曰濛濛溦雨也从雨脈聲莫獲切十六部

霂霢霂也此雙聲字从雨沐聲莫卜切三部

⿱雨酸小雨也从雨酸聲素官切十四部

⿱雨𢦔溦雨也溦各本作微今正水部曰溦小雨也今人謂小雨曰廉纖卽⿱雨𢦔也从雨𢦔聲子廉切七部又讀若芟又字衍一說謂讀若𢦔矣又讀若芟也

⿱雨眾小雨也从雨眾聲職戎切九部明堂月令曰⿱雨眾雨月令無此文惟季春行秋令淫雨蚤降注云今月令曰眾雨漢人眾讀平聲卽許所據之⿱雨眾雨也但記文淫雨鄭注云霖雨許不當以小雨釋⿱雨眾似小必是誤字

霃久霒也月令季春行秋令則天多沈陰沈卽霃之叚借也沈行而霃廢矣从雨沈聲直深切七部

𩆒久雨也𩆒之言連也从雨兼聲力鹽切七部

⿱雨函久雨也从雨函聲胡男切八部

霖凡雨三日已往爲霖左傳隱九年春王三月癸酉大雨霖以震書始也庚辰大雨雪亦如之書時失也凡雨自三日以往爲霖平地尺爲大雪按許直用傳文爲說也已當作以自三日以往謂雨三日又不止不定其日數也雨三日止不得謂霖矣韋注國語亦曰雨三日以上爲霖若宋人注尚書云三日雨爲霖失古義矣釋天久雨謂之淫淫謂之霖从雨林聲力尋切七部

⿱雨乑霖雨也南陽謂霖⿱雨乑俗本作謂霖雨曰⿱雨乑全書多類此者今不可盡正矣其字从㐺从㐺者眾立也故雨多取之是可以證⿱雨眾雨之爲霖而非小雨矣淫雨卽⿱雨乑雨之叚借从雨㐺聲銀箴切七部按舉形聲關會意

⿱雨眞雨聲从雨眞聲讀若資眞聲而讀若資者合音也故廣韵作⿱雨齊卽夷切十五

䨘 ㄐㄢ 30精　䨙 ㄆㄛˋ 14滂　霋 ㄑㄧ 4清

䨞 ㄩˇ 13匣　霑 ㄓㄢ 30端　䨣 ㄖㄢˇ 30泥　霤 ㄌㄡˋ 21來　屚（漏） ㄌㄡˋ 16來　霽 ㄐㄧˋ 4精　霩 ㄎㄨㄛˋ 14溪　露 ㄌㄨˋ 14來　霜 ㄕㄨㄤ 15心

部

䨞雨皃方語也方上益奪北字集韵曰䨞火五切北方謂雨曰䨞呂靜說按呂氏韵集所據說文爲完善**从雨禹聲讀若禹**王矩切五部按如今音雨䨞皆切王矩何以見爲殊語依集韵當作讀若虎玉篇尤句切

䨘小雨也从雨僉聲子廉切七部

霑雨䨣也小雅既霑既足**从雨沾聲**張廉切七部

䨣濡也濡此義水部失載於此見之今人多用霑染濡染染行而䨣廢矣染者以繒染爲色非䨣義**从雨染聲**而剡切八部

霤屋水流也水部曰濩霤下皃也釋名曰中央曰中霤古者覆穴後室之霤當今之棟下直室之中古者霤下之處也**从雨畱聲**力救切三部

屚屋穿水入也今字作漏漏行而屚廢矣漏者以銅受水刻節也**从雨在尸下尸者屋也**尸部屋下云尸象屋形會意盧后切四部

䨙雨濡革也雨濡革則虛起今俗語若朴**从雨革**會意**讀若膊**匹各切五部霸字以爲聲

霽雨止也釋天雨濟謂之霽濟古多訓止者如厲風濟則衆竅爲虛是也許云雨止者以詁訓字易其本字也凡止曰濟雨止則有霽字洪範曰雨曰濟今古文皆如是是尚書用濟爲霽也**从雨齊聲**子計切十五部

霋霽謂之霋从雨妻聲七稽切十五部

霩雨止雲罷皃淮南天文訓道生於虛霩虛霩生宇宙今俗字作廓廓行而霩廢矣**从雨郭聲**苦郭切五部

露潤澤也澤與露疊韵五經通義曰和氣津凝爲露蔡邕月令曰露者陰之液也按露之言臚也故凡陳列表見於外曰露亦叚路爲之如孟子神農章羸露字作路是也**从雨路聲**洛故切五部

霜喪也以疊韵爲訓**成物者**豳風九月肅霜傳曰肅縮也霜降而收縮萬物秦風白露爲霜傳曰白露凝戾爲霜然後歲事成按雷雨露皆所以生物雪亦所以生物而非殺物者故其用在霜殺物之後詩言雨雪雱雱益之以霢霂生我百穀其證也惟霜爲雛斂萬物之用許列字首靁爲動萬物者莫疾乎此也次之以雪乃次之以霝零謂冬雪而

十一篇下　廿三

霚（霧） ㄨˋ 16明　△雺　霾 ㄇㄞˊ 24明　霿 ㄇㄥˊ 16明　霓 ㄋㄧˊ 10疑

後春雨也次之以露露春夏秋皆有之秋深乃凝霜也次之以霜而歲功成矣歲功以雪始以霜終**从雨相聲**所莊切十部

霚地气發天不應曰霚曰霚二字今補霚今之霧字釋天曰地氣發天不應曰霧霧者俗字霧一本作霿非也釋名曰霧冒也氣蒙冒覆地之物也開元占經引元命包陰陽亂爲霧**从雨**亦雨之類也故从雨地气發而天應之則雨矣**敄聲**亡遇切古音在三部敄从矛聲故霚讀如矛

雺籒文霚省洪範曰蒙古文尚書作曰雺徐邈音亡鉤反宋世家作曰霧霧卽霚霚者雺之小篆

霾風而雨土爲霾依釋天補三字邶風終風且霾釋天曰風而雨土爲霾傳曰霾雨土也釋名曰霾晦也**从雨貍聲**莫皆切古音在一部**詩曰終風且霾**

霿天氣下地不應曰霿釋天曰天氣下地不應曰霿今本作曰雺或作曰霧皆非也霿釋名作蒙開元占經作濛釋名曰蒙日光不明蒙蒙然也開元占經引郗萌曰在天爲濛在人爲霧日月不見爲濛前後人不相見爲霧按霚與霿之別以郗所言爲確許以霿系天气以霚系地气亦分別井然大氐霚下霿上霚溼霿乾霚讀如務霿讀如蒙霚之或體作霧霿之或體作蒙不可亂也而爾雅自陸氏不能諟正譌舛不可讀如玉篇云霚天氣下地不應也霿地氣發天不應也葢本爾雅而與說文互易則又在陸氏前矣其他經史雺霿霧三字往往淆譌要當以許書爲正○開元占經引月令仲冬行夏令氛濛冥冥今月令作氛霧霧乃霿之誤也○衞包尙書曰蒙恒風若漢五行志作霿尙書大傳作瞀劉向曰瞀眊眊亂也按此霿字引申叚借之義也本音茂轉音蒙易傳蒙者蒙也亦霿之叚借

霿晦也晦本訓月盡引申爲日月不見之偁釋天曰霿謂之晦許言此者欲人知霿與霚異也**从雨瞀聲**莫弄切亦平聲瞀亦敄聲而入九部者合音也

霓屈虹青赤或白色或字陸德明作也一曰三字非也韵會白下無色字是也屈當作詘許書云詰詘者謂詘曲屈非其義許意詘曲之虹多青赤或有白色者皆謂之霓釋天曰螮蝀虹也霓爲挈貳郭云雙出色鮮盛者爲雄曰虹闇者爲雌曰霓據此似青赤爲

十一篇下　廿四

䨘ㄉㄧㄢˋ 27端　雩ㄩˊ 13匣　△𦐔　需ㄒㄩ 16心　䨞ㄩˇ 13匣

虹白色爲霓然析言有分渾言不別故趙注孟子曰霓虹也虹見則雨楚辭有白霓**霒气也从雨**霓爲陰氣將雨之兆故从雨一从虫作蜺猶虹从虫也**兒聲**五雞切十六部如淳五結切郭樸五擊切沈約郊居賦雌蜺連蜷深恐人讀爲平聲

䨘寒也从雨執聲都念切七部**或曰早霜也讀若春秋傳墊阸**成六年襄九年廿五年皆云墊隘阸者阸之隸變阸隘古通用此謂䨘音同墊耳非謂春秋傳有䨘臨也而九經字樣云䨘音店寒也傳曰䨘臨引說文而失其眞遂致爲經作音而非其實以經典絕無䨘字也

雩夏祭樂於赤帝以祈甘雨也公羊傳曰大雩者何旱祭也月令仲夏之月大雩帝用盛樂乃命百縣雩祀百辟卿士有益於民者以祈穀實注曰雩吁嗟求雨之祭也雩帝謂爲壇南郊之旁雩五精之帝配以先帝也自鞀鞞至柷敔皆作曰盛樂凡他雩用歌舞而已春秋傳曰龍見而雩雩之正當以四月按鄭言五精之帝高誘注時則訓曰帝上帝也許獨云赤帝者以其爲夏祭而言也以祈甘雨故字从雨以于嗟而求故从亏服虔曰雩遠也亦於从于得義也**从雨亏聲**羽俱切五部

𦐔雩或从羽或字如此作**雩舞羽也**說从羽之意周禮樂師有羽舞有皇舞鄭司農云羽舞者析羽皇舞者以羽覆冒頭上衣飾翡翠之羽鼓師云敎皇舞帥而舞旱暵之事按皇舞亦羽舞也故字或作𦏦而雩或作𦐔

需䇓也䇓䇓者待也以疊韵爲訓易彖傳曰需須也須卽䇓之叚借也左傳曰需事之賊也又曰需事之下也皆待之義也凡相待而成曰需**遇雨不進止䇓也从雨而**遇雨不進說从雨之意而者䇓之意此字爲會意各本作而聲者非也公羊傳曰而者何難也穀梁傳曰而緩辭也而爲遲緩之辭故从而訓須須通䇓从而猶从䇓也春秋經己丑葬我小君頃熊雨不克葬庚寅日中而克葬是从雨而之證也相俞切古音在四部**易曰雲上于天需**易需卦象傳文此偁易以證从雨之意雲上于天者雨之兆也宋衷曰雲上于天需時而降雨

䨞水音也江氏聲曰五聲羽屬水許字作䨞與各書不同今按此當謂流水之音耳**从雨羽聲**王矩切五部

文四十六六宋本作七**重十一**

雲ㄩㄣˊ 9匣　△云　△云　霒ㄧㄣ 28影　△侌　△𠆶　魚ㄩˊ 13疑　鰖ㄉㄨㄛˇ 1定

雲山川气也天降時雨山川出雲**从雨云象回轉之形**回上各本有雲字今刪古文祇作云小篆加雨於上遂爲半體會意半體象形之字矣云象回轉形此釋下古文雲爲象形也王分切十三部**凡雲之屬皆从雲**

云古文省雨古文上無雨非省也二葢上字象自下回轉而上也正月昏姻孔云傳曰云旋也此其引伸之義也古多叚云爲曰如詩云卽詩曰是也亦叚員爲云如景員維河箋云員古文作云昏姻孔云本又作員聊樂我員本亦作云尚書云來衛包以前作員來小篆妘字籒文作𡟸是云員古通用皆叚借風雲字耳

云亦古文雲此取初古文象回轉之形者其字引而上行書之所謂觸石而出膚寸而合也變之則爲云

霒雲覆日也今人陰陽字小篆作霒易霒者雲覆日易者旗開見日引申爲兩儀字之用今人作陰陽乃其中之一耑而已霒字今僅見大戴禮記文王官人篇素問五帝政大論**从雲今聲**於今切七部

侌古文霒省古文雲本無雨耳非省也陰字从此

𠆶亦古文霒此取初古文也侌則以小篆法整齊之云亦同

文二　重四

魚水蟲也象形魚尾與燕尾相佀其尾皆枝故象枝形非从火也語居切五部**凡魚之屬皆从魚**

鰖魚子已生者也謂魚卵生於水艸閒初孚有魚形者云已生對未生言之魚子未生者曰鯤鯤卽卵字卵說文作卝古音讀如關亦可讀如昆內則濡魚卵醬卵鄭讀鯤或作擱鯤醬者魚卵醬也內則讀卵如字未嘗不協凡未出者爲卵已出者爲子鯤卽魚卵故說文以卝包之而魚部無鯤字鰖則已出於卵者也**从魚隋聲**各本作憜省聲按肉部有隋字今正徒果切十七部集韵

△⿰阝⿱左魚　鮞ㄦˊ 24泥　魼ㄑㄩ 13溪　魶ㄋㄚˋ 8泥　鰨ㄊㄚˇ 31透　鱒ㄗㄨㄣˇ 9從　鯬ㄌㄧㄣˊ 6來　鰫ㄖㄨㄥˊ 18定

類篇又闚規切音之轉也 ⿰阝⿱左魚 籀文鰖从隋據徐氏鉉筆迹相承小異鰖條云史籀筆迹如此也陊者从籀文陊字而省一左也 魚子也 魚子謂成細魚者上文曰魚子已生者謂初出卵此云魚子則成細魚矣凡細者偁子魯語曰魚禁鯤鮞韋注曰鯤魚子也鮞未成魚也韋意鯤是卵未孚者鮞是已孚而尚未成魚者許則就已孚又別爲鰖鮞二形○按爾雅曰鯤魚子也鱦小魚也爲韋所本許無鯤字者以卝包之據內則之卵醬也許有鮞無鱦者鱦从繩省聲之與蒸合音取近繩者鮞之俗字也爾雅鄭皆云鯤魚子爾雅意魚子卽魚卵今人俗語猶如是若西京賦摷鯤鮞薛注鯤魚子也鮞細魚族類也此與鄭內則注鯤魚子也皆謂出卵者爲魚子失爾雅本義若莊子謂絕大之魚爲鯤此則齊物之寓言所謂汪洋自恣以適己者 一曰魚之美者 東海之鮞 鮞之別一義見呂覽本味篇伊尹語高注曰鮞魚名也木部櫨下禾部秏下皆言伊尹曰此不言者媘文 从魚而聲 如之切一部五經文字人六切 魼魚也 舊刪魼字今補此如河篆下云河水也之例漢書上林賦禺禺魼鰨郭樸注云比目魚也按郭說未知其審犬部狧字下有比目魚鰈同爾雅而魚部無鰈字玉篇廣韵合魼鰈爲一字非也 从魚去聲 去魚切五部 魶魚似鼈 無甲有尾無足口在腹下 从魚納聲 按此篆玉篇作魶廣韵作魶史記上林賦有魶字云魶一作鰨奴荅切八部 虛鰨也 漢書上林賦魼鰨史記作鱋魶魶一作鰨注家皆以魼鰨爲二魚許亦別魼與虛鰨爲二虛非魼鱋之異文也郭注云鰨鯢魚也似鮎有四足聲如嬰兒按許下文云鯢刺魚也不類列一處則鰨之非鯢明矣 从魚𦐇聲 土盍切八部 赤目魚也 見豳風釋魚曰鮅鱒毛傳曰鱒大魚也陸璣郭樸皆云鱒似鯶赤眼 从魚尊聲 慈損切十三部 鯬魚也 亦三字句周禮其動物宜鱗物劉本作鯬音鱗按劉本段鯬爲鱗耳非川澤祇生此魚也集韵曰鱗通作鯬本劉 从魚𠩺聲 力珍切十二部 鰫魚也 鄭注內則云今東海鰫魚有骨名乙在目旁狀如篆乙食之鯁人不可出 从魚容聲 余封切九部 ⿰魚胥魚也 从魚胥聲 相居切五部 鮥也 毛詩衛風傳曰鮪鮥也許本之陸璣疏曰鮪魚形似鱣而青黑頭小而尖似鐵兜鍪口亦在頷下其甲可以摩薑大者不過七八尺益州人謂之䱍⿰魚瞢大者爲王鮪小者爲鮛鮪一名鮥肉色白味不如鱣也郭氏山海經傳曰鮪卽鱏也似鱣而長鼻體無鱗甲按卽今之鱘魚也 周禮春獻王鮪 天官𩟄人文注曰王鮪鮪之大者引月令季春薦鮪于寢廟西京賦曰王鮪岫居薛綜陸璣李奇酈道元皆言鮪自南方江中來至河南鞏穴又入河度龍門蓋古事如此不然鮪出江中何以西周能薦鮪也 从魚有聲 榮美切古音在一部讀如以 䱍鯍 逗䱍字淺人刪之今補 鮪也 鮪字各本無今依全書通例補上林賦䱍⿰魚瞢螹離郭注曰䱍⿰魚瞢鮪也李善注吳都賦同按劉逵注蜀都賦曰鱣䱍⿰魚瞢也古人言鱣鮪多有不別者如山海經傳亦云鮪卽鱣也當是以爲一類而渾言之 周雒謂之鮪蜀謂之䱍鯍 十字

鮥ㄌㄨㄛˋ 14來　鯍ㄇㄥˊ 15明　䱍ㄍㄥˋ 26見　鮪ㄨㄟˇ 24匣　⿰魚胥ㄒㄩ 13定　鯀ㄍㄨㄣˇ 10見　鰥ㄍㄨㄢ 9見

各本譌作周禮謂之䱍五字今補正李奇注上林曰周洛曰鮪蜀曰䱍⿰魚瞢陸詩疏曰益州人謂之䱍⿰魚瞢按蜀有之者出於江也周雒有之者出鞏穴入河也䱍⿰魚瞢雙聲字 从魚亙聲 各書多作䱍省立心也古恆切六部 䱍鯍也 从魚㐬聲 武登切古音當在十部讀如茫音轉入蒸登部而字形亦改爲⿰魚瞢矣 叔鮪也 此見釋魚許本之叔鮪者鮪之小者也對王鮪爲辭江賦亦以叔鮪王鱣儷句叔字林作鮛俗字也郭注爾雅曰鮪鱣屬也今宜都郡自京門以上江中通出鱏鱣之魚有一魚狀似鱣建平人呼鮥子卽爾雅之鮥也按今川江中尚有鮥子魚昔在南溪縣巫山縣食之叔鮪名鮥則王鮪不名鮥而以鮥注鮪者何也渾言析言不同故互注而又別其大小也 从魚各聲 盧各切今語正如此五部 鯀魚也 从魚系聲 此未詳爲何魚系聲讀古本切亦未詳所以恐古音不同今讀也禹父之字古多作鯀作⿰骨系禮記及釋文作鯀廣韵曰禹父⿰骨系尚書本作鯀按鯀乃鯀譌 鰥魚也 見齊風毛傳曰大魚也謂鰥與魴皆

鮦 ㄊㄨㄥˊ 18定　鱄 ㄓㄨㄢ 3端　△鱣　鱣 ㄓㄢ 3端　鯉 ㄌㄧˇ 24來

大魚之名也鄭箋乃讀鰥爲鯤爾雅鯤魚子之鯤殆非是鰥多叚借爲鰥寡字鰥寡字葢古祇作矜矜卽憐之叚借 **从魚眔聲** 古頑切古音在十三部齊風與雲韵可證也眔古讀同隶十三十五部合音也

鱣也 此見釋魚毛傳於鱣云鯉於鯉不云鱣者鯉者俗通行之語不待注也舍人云鯉一名鱣毛云鱣鯉也爾雅古說如此自陸璣說鱣身形似龍銳頭口在頷下背上腹下皆有甲縱廣四五尺今於盂津東石磧上釣取之大者千餘斤而郭注乃分鯉鱣爲二云鱣大魚似鱏而短鼻口在頷下體有邪行甲無鱗肉黃大者長二三丈此卽今江中及關東之黃魚也如其言則鱣絕非鯉矣周頌有鱣有鮪鰷鱨鰋鯉鱣鯉並言似非一物而箋云鱣大鯉也然則凡鯉曰鯉大鯉曰鱣猶小鮪曰鮥大鮪曰鮪謂鱣與鯉鮥與鮪不必同形而要各爲類也許意當亦如是。按他家說鱣鮪同類而有短鼻長鼻肉黃肉白之分爾雅毛鄭許則短鼻長鼻肉黃肉白者統以鮪鮥包之而惟三十六鱗之魚謂之鯉亦謂之鱣古人多云鱣鮪出鞏穴渡龍門爲龍今俗語云鯉魚跳龍門葢牽合爲一非一日矣 **从魚**

里聲 良止切一部

鯉也 衞風毛傳曰鱣鯉也許本之以鮪鮥例之此當同鄭曰大鯉也葢鯉與鱣同類而別異猶鮥與鮪同類而別異 **从魚亶聲** 張連切十四部

籀文鱣 从夗蟺爲 **聲**

鱄魚也 士喪禮魚鱄鮒九鱄鮒皆常用之魚也故春秋有名鱄字子魚者呂覽曰魚之美者洞庭之鱄今本作鱄非也廣韵鱄出洞庭湖山海經曰鱄魚其狀如鮒而彘尾江賦亦有鱄鱄與鱄葢非一物 **从魚專聲** 旨充切十四部郭樸音鱄如團扇之團

鮦魚 舊作魚名今正許書之例不言某名也釋魚曰鰹大者鮦小者鮵許無鮵字 **一曰⿰魚蠡也** 此一曰猶今言一名也許書一字異義言一曰一物異名亦言一曰不嫌同辭也此六字本相接譌解者失其義中隔以从魚同聲四字今正本艸經蠡魚一名鮦魚陸德明所據作蠡釋魚鱧郭注鮦也此由不考鱧非⿰魚蠡之故若釋文云鱧又作蠡則淺人所改耳毛詩傳曰鱧鮦也正義云諸本或作鱧鯇作鯇則與舍人爾雅不異按作鯇不誤淺人認鱧爲⿰魚蠡因改鯇爲鮦也蠡卽⿰魚蠡⿰魚蠡與鱧異物異

△鯿　⿰魚豆 ㄊㄡˋ 16透

魴 ㄈㄤˊ 15並　鯾 ㄅㄧㄢ 3並　鯈 ㄔㄡˊ 21定　鰜 ㄐㄧㄢ 30見　⿰魚婁 ㄌㄡˊ 16來　⿰魚蠡 ㄌㄧˇ 1來

字陶通明說本艸曰蠡今皆作鱧字此郭誤注爾雅之由也許以鱯魟鱧鰈爲一魚⿰魚蠡鮦爲一魚⿰魚蠡卽今俗所謂烏魚或曰烏鯉頭有七星之魚也爾雅鯉鱣爲一鰋鮎爲一鱧鯇爲一古說本不誤而郭氏妄疑之鱧鯇又非下文之鰹鮦鮵也而郭氏妄合之。此當直云⿰魚蠡也上四字淺人所加當刪鮦卽今頭有七星之魚俗云烏鯉其字正當作⿰魚蠡攷釋魚郭本作鱧鮦也舍人本作鱧鯇也毛詩魚麗或作鱧鮦也與郭合或作鱧鯇也與舍人合詳詩正義初疑郭自釋鱧爲鮦非爾雅正文作鱧鮦但陸璣詩疏正引爾雅曰鱧鮦也許愼謂之⿰魚蠡魚然則爾雅正文實有如此本爲詩所本今詩疏謂之⿰魚蠡魚譌作謂之鱧魚 **从魚同聲讀若絝襱** 絝襱見衣部丈冡切故鮦亦直隴切九部鮦陽縣則音轉讀若紂

鮦也 正與鮦篆轉注本艸作蠡魚省作蠡陶貞白云今皆作鱧字按此名之所以不正也 **从魚蠡聲** 蠡作蠡少一畫者誤今盧啓切古音在十六部與豊聲在十五部不同

⿰魚婁魚也 三字今正 **一名鯉一名鰜** 一名舊當作一曰此一名鯉耳非卽

三十六鱗之鯉也 **从魚婁聲** 洛侯切四部

鰜魚也 三字今正按當作⿰魚婁魚也玉篇曰⿰魚婁大青魚類篇曰鰜魚大而青是爲一物也廣韵云比目魚因鳥有鶼皮傳耳 **从魚兼聲** 古甜切七部

鯈魚也 周頌箋云鰷白鰷也爾雅鮂黑鰦郭云卽白鰷魚江東呼爲鮂莊子鰷魚出游從容按白鰷卽今白鰷條山海經北山篇彭水鰷魚其狀如雞而赤毛三尾六足四首其音如鵲此異物非常有者也晉水鰷魚其狀如鰷鰷者白鰷魚也玉篇合二物爲一疏矣 **从魚攸聲** 其字亦作鰷亦作鮋俗作鰷其音舊直由切大徐同在三部今音迢

⿰魚豆魚也 从魚豆聲 天口切四部亦作鮭

鯾魚也 爾雅郭注曰江東呼魴魚爲鯿海內北經大鯾居海中郭曰鯾卽魴也 **从魚便聲** 房連切古音在十一部

鯾或从扁 便扁聲同

赤尾魚也 周南曰魴魚頳尾釋魚曰魴魾傳曰魚勞則尾赤按此傳當有魴魚也三字以魴勞赤尾與如娓非謂魴尾必頳尾也左傳如魚竀尾衡流而方

鮍ㄆㄧˊ 1滂　△鰟

鱨ㄔㄤˊ 15定　⿰魚果ㄏㄨㄚˇ 1匣　鱧ㄌㄧˇ 4來　魾ㄆㄧ 24滂　鱯ㄏㄨˋ 14匣　鰻ㄇㄢˊ 3明　鱺ㄌㄧˊ 1來　⿰魚脊ㄐㄧˋ 11精　鰹ㄐㄧㄥ 12匣　鮒ㄈㄨˋ 16並　⿰魚幼ㄧㄡ 21影　鰱ㄌㄧㄢˊ 3來　鱮ㄒㄩˋ 13定

羊亦謂其困頓許以赤尾魚釋魴殆失之魴卽鯿魚也許列字亦二篆相比近而不言爲一**从魚方聲**符方切十部 **籀文魴从旁**此依小徐及玉篇 **鱮魚也**齊風其魚魴鱮傳曰魴鱮大魚箋云鱮似魴而弱鱗陸疏曰鱮似魴厚而頭大其頭尤大而肥者徐州人謂之鰱廣雅曰鱮鰱也**从魚與聲**徐呂切五部 **鰱魚也**按許列字亦二篆相比近而不言爲一**从魚連聲**力延切十四部 **鮍魚也从魚皮聲**敷羈切古音在十七部 **⿰魚幼魚也**廣雅⿰魚幼鱮也謂⿰魚幼亦名鱮鰱之類也**从魚幼聲讀若幽**於糾切三部按廣雅玉篇於堯切 **鮒魚也**鮒見易禮鄭注易曰鮒魚微小虞翻曰鮒小鮮也王逸注大招及廣雅皆云⿰魚脊鮒也**从魚付聲**符遇切古音在四部 **鰹魚也**尚書大傳曰大都鰹魚鄭注大都明都鰹魚今江南以爲鮑**从魚巠聲**仇成切十一部 **⿰魚脊魚也**今人所常食也**从魚脊聲**資昔切十六部按或作鰿責聲亦十六部也或作鯽非是 **鱺魚也**此卽今人謂鰻爲鰻鱺之字也與鱧鱯鯉皆不同類篇云小鮦也此用郭注爾雅語**从魚麗聲**郎兮切十六部 **鰻魚也**亦二篆相比近而不言爲一蓋許於此等在疑信之閒**从魚曼聲**母官切十四部 **鱯魚也**郭注釋魚曰鱯似鮎而大白色按今江中多有之俗譌爲回魚聲之誤耳水經注沔陽縣度口水有二源一曰清檢一曰濁檢清水出鱯濁水出鮒常以二月八月取華陽國志鱯譌爲鱮**从魚蒦聲**胡化切古音在五部 **大鱯也其小者名鮡**見釋魚丕訓大此會意兼形聲也爾雅魴魾亦謂魴之大者爲魾**从魚丕聲**敷悲切古音在一部 **鱯也**釋魚毛傳鱧鯇爲一許鱧鱯爲一各有所受之也**从魚豊聲**盧啓切十五部 **鱧也**廣韵曰⿰魚果似鮎與說文合**从魚果聲**胡瓦切十七部 **揚也**揚各本从木者誤魚麗傳曰鱨揚也陸疏曰今黃頰魚也似燕頭魚身形厚而長大頰骨正黃魚之大而有力解飛者徐州人謂之揚按山海經之鱤郭云黃頰魚也**从魚嘗聲**市羊切十部

鰌ㄑㄧㄡ 21清

鮆ㄐㄧˋ 10從　魠ㄊㄨㄛ 14透　鯇ㄏㄨㄢˇ 3匣　鰼ㄒㄧˊ 27定　鯢ㄋㄧˊ 10疑　鱏ㄒㄩㄣˊ 28定

鱏魚也郭景純說鮪卽鱏也許意不尒故二篆割分異處劉注蜀都賦曰鱏魚出江中頭與身正半口在腹下亦與陸璣所說鮪狀正同鱏今字作鱘見陳藏器本艸**从魚覃聲**余箴切七部師古曰今俗語讀尋 **傳曰伯牙鼓琴鱏魚出聽**傳曰者諸書多有之不定爲何書也諸書或作鱏魚或作淫魚或作潛魚皆由聲近傳意謂大魚耳淫者大也 **刺魚也**刺盧達切或作刺者誤刺魚者乖剌之魚謂其如小兒能緣木史漢謂之人魚釋魚曰鯢大者謂之鰕郭云今鯢魚似鮎四腳前似彌猴後似狗聲如小兒啼大者長八九尺別名鰕按此魚見書傳者不下數十處而人不之信少見則多怪也余在雅州親見之廣雅魶鯢也亦謂此集韵有鰨字刺之俗**从魚兒聲**形與聲皆如小兒故从兒舉形聲關會意也五雞切十六部 **鰌也**見釋魚郭云今泥鰌按山海經之鰼魚別是一物**从魚習聲**似入切七部 **鰼也从魚酋聲**七由切三部 **鯇魚也**釋魚鱧鯇也毛傳同許於鱧下云鱯也不云鯇也故鯇篆割分異處蓋其所傳不同鯇鯶古今字今人曰鯶子讀如混多食之**从魚完聲**戶版切舊音也十四部又胡本切今音也音轉而形改爲鯶矣 **哆口魚也**哆者張口也上林賦鰅鰫鰬魠郭注魠鱤也一名黃頰郭語恐非許意儻是黃頰則當與鱨爲伍廣雅曰魧鱯魠也以魠爲名取開秅之意**从魚乇聲**他各切五部 **刀魚也飲而不食**各本作飲而不食刀魚也今依韵會本漢書貨殖傳顏注正如此下多者字刀魚今人語尙如此以其形像刀也俗字作魛尙書大傳有魚刀蓋卽此飲而不食故其形纖削而味清雋春出江中人多食之山海經云茈水注於具區其中多鮆魚郭云鮆魚狹薄而長頭大者尺餘太湖中今饒之郭不係江係太湖者以經云具區也今太湖中尙時有之又按釋魚鮤鱴刀郭云今之鮆魚亦呼爲魛魚郭說蓋非鄭注周禮鱻物爲鱴刀含漿之屬鱴刀含漿必皆蚌蛤之類故

鮀ㄊㄨㄛˊ 1定　鮎ㄋㄧㄢˊ 30泥　鰋ㄧㄢˇ 3影　△鰋　鮷ㄊㄧˊ 4定　鰽ㄘㄣˊ 28從　鰴ㄨㄥ 18影　鱖ㄍㄨㄟˋ 2見　鯠ㄌㄞˋ 2來　䱤ㄒㄧㄢˊ 30匣

謂之鱴物不得因一刀字附會也。周禮正義云孫注爾雅刀魚與鱴別然則孫翽鱴爲逗刀爲句郭葢同

九江有之 九江謂岷江東至於醴以下也 从魚此聲 徂禮切十五十六部漢書音義曰楚人言薺魚

鮎也 釋魚毛傳皆曰鯊鮀也許以魦系樂浪潘國釋鮀爲鮎於古說不同葢有所受之也春秋傳名鮀者字子魚玉裁又按鯊見於詩爾雅毛傳皆曰鯊鮀也許當無異說不當訓鮀爲鮎而以鯊爲出樂浪潘國葢鮎鯊也鯊鮎也許同爾雅毛傳而鮀下訓沙也亦與古同毛詩鯊本作沙故說文無鯊字鮀下云沙也淺人以爲怪遂竄改錯亂如此諸書紀載雖有魦字从沙省聲此樂浪潘國之魚非詩之沙也故不相牽混許書之精嚴如此。邠風莎雞古祇作沙。釋魚開卷鯉鱣爲一鰋鮎爲一鯊鮀爲一許說皆同惟鱧鯇爲一許說不同。舍人云鯊石鮀也郭云今吹沙小魚也體圓而有點文 从魚它聲 徒何切十七部

鰋也 釋魚及魚麗傳曰鰋鮎也孫炎云鰋一名鮎郭別鰋鮎爲二非也 从魚占聲 奴兼切七部

鮀也 謂之鰋者以其偃額也偃者仰也玉裁按鮀也乃鮎也之誤妄人所改也 从魚晏聲 於幰切十四部

鰋或从匽 今經典皆如此作

大鮎也从魚弟聲 此字詩爾雅釋文廣韵作鮧从夷文選蜀都賦及玉篇作鮷未知孰是以夷弟篆體易譌也山海經傳曰今亦呼鮎爲鮷字林曰青州人呼鮎鯷郭注爾雅曰鮎別名鯷江東通呼鮎爲鮧葢鮷鯷鮧三形一字同大兮反而鮧則別一字別一音不當合而一之 杜兮切十五部

鯠魚也从魚賴聲 洛帶切十五部

鰽魚也 此是魚名類篇謂即小魚爲魿之魿非也 从魚朁聲 鉏箴切七部

鰴魚也从魚翁聲 烏紅切九部

䱤魚也从魚臽聲 戶賺切八部

鱖魚也 篇韵皆曰大口細鱗有斑文即今人所食之鱖魚也而釋魚鱊鮬鱖鯞郭云小魚也似鮒子而黑俗呼爲魚婢江東呼爲妾魚羅端良以今之彭皮當之玉裁謂鯞音同婦鱊鱖音近鮬鯞音近鱖婦即今俗謂之鬼婆子是也非別有細魚鯞音

十一篇下　卅三

鯫ㄗㄡ 16從　鱓ㄕㄢˋ 3定（鱔）　鮸ㄇㄧㄢˇ 9明　魵ㄈㄣˊ 9並　䲐ㄌㄨˇ 13來　鰸ㄑㄩ 16溪　鯜ㄑㄧㄝˋ 31清　魳ㄆㄟˋ 2幫

章酉反非 从魚厥聲 居衛切十五部

白魚也 白而小之魚也史記鯫千石徐廣曰鯫鯫魚也張守節曰鯫小魚也按鯫是小魚之名故小人謂之鯫生師古於漢書作鮿字音輒葢未然 从魚取聲 士垢切四部漢書鯫生教我服虔曰鯫音淺鯫小人兒也淺鯫漢人有此語通作鄹釋名奏者鄹也鄹狹小之言也又盾約脅而鄹者曰陷虜淺鯫即淺鄹俗人不曉乃讀爲音淺句絕矣

鱓魚也 今人所食之黃鱔也黃質黑文似蛇異苑云死人髮化其字亦作䱇俗作鱔或叚鮮字爲之如蟺篆下云非蛇鮮之穴無所庇是也或叚鱣爲之如楊震傳鳥銜三鱣是也各本此下有皮可爲鼓四字由古以鼉皮冒鼓鼉鱓皆从單聲古書如呂覽等皆叚鱓爲鼉淺人㒼讀古書率尒妄增不知字各有本義許書但言本義則此四字可增於鼉部而不可贅於此也今刪正 从魚單聲 常演切十四部

鮸魚也 隋煬責貢四方海錯幾盡首曰鮸魚按今江浙人所食海中黃花魚乾之爲白鯗即此魚也一名石首魚首中有二石許云出薉邪頭國者葢許據所見載籍言之江賦鯼鮆順時而往還注云字林曰鯼魚出南海頭中有石一名石首然則此魚又名鯼南海亦有之 出薉邪頭國 薉邪頭國穢貊也 从魚免聲 亡辨切古音在十三部

魵魚也 釋魚曰魵鰕謂魵魚一名鰕魚也 出薉邪頭國 陳氏魏志范氏後漢書東夷傳皆曰濊國海出班魚皮今一統志朝鮮下亦云介班魚即魵魚也郭注爾雅云出穢邪頭國見呂氏字林郭注但偁字林不偁說文豈所謂逐末忘本者非邪 从魚分聲 符分切音轉如頒十三部

䲐魚也出樂浪潘國 樂音洛浪音郎樂浪潘國眞番也番音潘 从魚虜聲 郎古切五部

鰸魚也狀佀鰕 各本作蝦誤 無足 鰕有足鰸則似鰕而無足集韵類篇奪無字非也 長寸大如叉股 叉今釵字 出遼東从魚區聲 豈俱切古音在四部

鯜魚也出樂浪潘國从魚妾聲 七接切八部

魳魚也出樂浪潘國从魚

十一篇下　卅四

⿰魚匊 ㄐㄩˊ 22見　魦 ㄕㄚ 1心　鱳 ㄌㄨㄛˋ 20來　鮮 ㄒㄧㄢ 3心　鰅 ㄩˊ 16疑　鱅 ㄩㄥ 18定　鰂 ㄗㄜˊ 25從

朮聲博蓋切十五部⿰魚匊魚也出樂浪潘國从魚匊聲居六切三部一曰⿰魚匊魚出九江九江鉉本作江東爾雅音義引無東皆非也有兩乳一曰溥浮上一曰別其義⿰魚匊即今之江豬亦曰江豚樂浪潘國與九江同產此物云一曰者載異說殊其地也下一曰猶今言一名也溥浮俗字作鱄鮃普姑覆浮二反鱄一作鱛吳東門謂鱛鮃門即今蘇州葑門也釋魚鱀是鱁亦江豚之類也謂之海豚魦魚也出樂浪潘國从魚沙省聲詩小雅有鯊則為中夏之魚非遠方外國之魚明甚蓋詩自作沙字吹沙小魚也樂浪潘國之魚必出於海自作魦字其狀不可得而言也或云即鮫魚然魦鮫二篆不相連屬也所加切十七部鱳魚也出樂浪潘國从魚樂聲盧各切古音在二部鮮魚也出貉國按此乃魚名經傳乃叚為新鱻字又叚為尟少字而本義廢矣从魚羴省聲相然切十四部鰅魚也皮有文上林賦郭注曰鰅魚有文彩按長卿謂八川之中有之侈靡過其實也據下文樂浪乃有之然平子賦南都亦曰鱓鱣鰅鱅是南陽有之出樂浪東暆見日部神爵四年初捕收輸考工捕當作搏搏索取也今人用捕字漢人多用搏字神爵孝宣帝年號百官公卿表少府屬官有考工捕此魚輸考工者用其皮飾器也周成王時揚州獻鰅見周書王會篇蓋漢時揚州地已無此物矣今王會篇作禺禺攷上林賦鰅與禺禺為二物作禺禺非是从魚禺聲魚容切按禺聲古音在四部漢書注音顒徐廣李善音娛鱅魚也史記上林賦鰅鱅鰬魠漢書文選鱅皆作鰫非是據許書鰫鱅劃然二物且郭注上林云鱅常容反與慵字音正同叚令从容聲則不得反以常容矣郭云鱅似鰱而黑陸璣云鱮徐州人謂之鰱或謂之鱅从魚庸聲蜀容切九部烏鰂魚也四字句烏俗本作鰞今正陶貞白云是鷃烏所化其口腹猶相似腹中有墨能吸波潠墨令水溷黑自衛劉淵林云腹中有藥謂其背骨今名海鰾鮹是也从魚則聲昨則切一部吳都賦作鰂他書作鱡鯽鰂或从即此乃俗鯽字以即聲古音在十二部也今人用為鰿魚字鮐海魚也各本也作名今依史記正義漢書注文選七命注正鮐亦名侯鮐即今之河豚也吳都賦王鮪侯鮐以王侯相儷改作鮧者非貨殖傳鮐鮆千斤鮐狀如科斗背上青黑有黃文詩黃髮台背毛曰台背大老也箋云台之言鮐也大老則背有鮐文是謂台為鮐之叚借字今爾雅作鮐背从魚台聲徒哀切一部鮊海魚也从魚白聲旁陌切古音在五部玉篇讀平亞切廣韵禡韵作鮁讀若書白不黑未知所出大元昆次三曰昆白不黑不相親也疑用此語鰒海魚也郭注三倉曰鰒似蛤一偏著石廣志曰鰒無鱗有殼一面附石細孔襍襍或七或九本艸曰石決明一名鰒魚李時珍云與石決明同類殊種从魚复聲蒲角切三部鮫海魚也皮可飾刀今所謂沙魚所謂沙魚皮也許有魦字云从沙省蓋即此魚陳藏器曰沙魚狀皃非一皆皮上有沙堪措木如木賊蘇頌曰其皮可飾刀靶按其皮可磨錯故通謂之錯魚音措各切有鐇錯有橫骨在鼻前如斤斧形者也有出入錯子朝出求食暮還入母腹中者也淮南子鮫革犀兕為甲胄中山經有鮫魚郭云即此魚中庸黿鼉鮫龍本又作蛟从魚交聲古肴切二部鱷海大魚也此海中魚最大者字亦作鯨羽獵賦作京京大也从魚畺聲渠京切古音在十部春秋傳曰取其鱷鯢宣公十二年左氏傳文劉淵林注吳都賦裴淵廣州記皆云雄曰鯨雌曰鯢是此鯢非刺魚也鯨鱷或从京古京音如姜鯁魚骨也故其字从魚與骨部骾字別而骨骾字亦多借鯁為之爾雅曰魚枕謂之丁魚腸謂之乙魚尾謂之丙今益之曰魚骨謂之鯁魚甲謂之鱗魚臭謂之鮏从魚更聲古杏切古音在十部鱗魚甲也甲者鎧也魚鱗似鎧亦有無鱗有甲之魚鱣是也从魚粦聲力珍切十二部鮏魚臭也魚气也與肉部胜義別字俗作鯹从魚生聲桑經切十一部

△鯽　鮐 ㄊㄞˊ 24定　鮊 ㄅㄛˊ 14滂　鰒 ㄈㄨˋ 22並　鮫 ㄐㄧㄠ 19見　鱷 ㄐㄧㄥ 15匣　△鯨　鯁 ㄍㄥˇ 15見　鱗 ㄌㄧㄣˊ 6來　鮏 ㄒㄧㄥ 12心（鯹）

鱢 ㄙㄠ 19心　鮨 ㄑㄧˊ 4端　鮺 ㄓㄚˇ 1精

鱢 鮏臭也从魚喿聲 穌遭切二部 周禮曰膳膏鱢 按此六字當作讀若周禮曰膳膏臊八字葢臊从肉見肉部云豕膏臭也與先鄭說同然則許所據周禮不作膳膏鱢鱢與鮏同義

鮨 魚䏿醬也 醬字衍䏿者豕肉醬也引申爲魚肉醬則偁魚䏿可矣公食大夫禮牛鮨注曰內則鮨爲膾然則膾用鮨謂此經之醢牛鮨即內則之醢牛膾也聶而切之爲膾更細切之則成醬爲鮨矣鮨者膾之冣細者也牛得名鮨猶魚得名䏿也鄭曰今文鮨作鰭按鰭是叚借字說文有耆無鰭 出蜀中 謂魚醬獨蜀中有之 从魚旨聲 旨夷切十五部 一曰鮪魚名 鮪魚名當作鮨魚也三字一句謂有魚名鮨也

鮺 藏魚也 釋名曰鮓菹也以鹽米釀魚爲菹孰而食之也按古作鮺之法令魚不殄壞故陶士行遠遺其母即內則之魚膾聶而切之者也 南方謂之魿北方謂之鮺 此一說也周禮注曰荊州之鮺魚然則南方亦言鮺 一曰大魚爲鮺小魚爲魿 此又一說也此十字舊在下篆鮺也之下今依廣韵移倂 从魚差省聲 側下切十七部俗作鮓

魿 ㄑㄧㄣˊ 28從　鮑 ㄅㄠˋ 21並　魿 ㄌㄧㄥˊ 6來　鰕 ㄒㄧㄚ 13匣（蝦）

魿 鮺也 渾言不別析言則別之 从魚今聲 徂慘切古音在七部廣韵昨淫切玉篇才枕才箴二切

鮑 饐魚也 饐飯傷溼也故鹽魚溼者爲饐魚周禮籩人有鮑注云鮑者於煏室中煏乾之出於江淮師古注漢書曰鮑今之鮿魚也鄭以爲於煏室乾之非也秦始皇載鮑亂臭則是鮿魚耳而煏室乾者本不臭也鮿於業反按玉篇作裛魚皆當作浥耳浥溼也釋名曰鮑腐也埋藏淹使腐臭也 从魚包聲 薄巧切古音在三部

魿 蟲連行紆行者 考工記梓人注曰連行魚屬紆行蛇屬按紆者詘也縈也蛇行必縈曲 从魚令聲 郎丁切古音在十二部

鰕 鰕魚也 三字句各本作魵也今正鰕者今之蝦字古謂之鰕魚如鼉曰鼉魚馬部騢下云色似鰕魚驒下云文如鼉魚郭注爾雅云今青州呼鰕魚爲鰝皆其證鰕篆是此物正字不訓以鰕魚則騢之似鰕魚鰕之狀似鰕爲似何物乎況鰕篆之下緊接鰝篆釋云大鰕鰝爲今之大蝦無可疑者若如各本則鰝不爲大鰕乎由釋魚有魵鰕之文郭曰出穢邪頭國與說文魵解同淺人遂改鰕篆之解爲魵也不知許立文之例以類相從鰕果是魵則鰕篆必次魵篆後不次鰝篆前至於物有同名異實者如爾雅鰕三見鰝大鰕則今之蝦也魵鰕則穢邪頭之魚也鯢大者謂之鰕則今有四腳之魚也而皆謂之鰕豈可合而一之乎鰕篆者長須水蟲之正字古亦借瑕爲之凡叚聲如瑕鰕騢等皆有赤色古亦用鰕爲雲赮字 从魚 故爾雅鰕在釋魚 叚聲 乎加切古音在五部

鰝 ㄏㄠˋ 19匣　鯦 ㄐㄧㄡˋ 21匣

鰝 大鰕也 見釋魚郭云鰕大者出海中長二三丈鬚長數丈今青州呼鰕魚大者爲鰝鰕吳都賦曰罩鰝鰕 从魚高聲 胡倒切二部

鯦 當互也 見釋魚今爾雅互作魱郭云海魚也似鯿而大鱗肥美多鯁今江東呼其取大長三尺者爲當魱魱音胡按集韵類篇模韵魱字注云吳人以爲珍即今時魚尋繹郭注誠謂時魚也時魚七之作鰣或作⿰魚寺廣韵亦曰鰣魚似魴肥美江東四月有之但依許氏立文之例求其義自鰕至鮚六字皆字从魚而實非魚者故殿於魚部之末如蠅鼅鼄鼂必居黽尾蠃驢騣駼必廁馬後也然則許說爲何物不可知而必與郭說異亦猶鱴刀鄭云菙物郭乃云薺魚互俗作魱葢非是當是罝之省罝者⿱罒各也見网部 从魚咎聲 其久切三部按字林作鯦鮛鮪也鮥當魱也與爾雅說文互易乃鯦鮥字之互譌耳而五經文字乃云鮥其救反又音洛乃鮥音鯦豈有洛音哉凡五經文字可議處類此○釋文云字林作鮥音洛今洛譌格

魧 ㄍㄤ 15見　鮩 ㄅㄧㄥˇ 15幫　鮚 ㄐㄧㄝˊ 5匣

魧 大貝也 貝海介蟲也居陸名猋在水名蜬釋魚曰大者魧尚書大傳曰散宜生得大貝如車渠車渠車网也車网者輮也江賦字作蚢 从魚 故爾雅介蟲皆入釋魚 亢聲 一曰魚膏 別一義 讀若剛 古郎切十部文選胡剛切

鮩 蚌也 蚌者蜃屬亦名鮩 从魚丙聲 兵永切古音在十部

鮚 蚌也 地理志會稽鄞縣有鮚埼亭師古曰鮚蚌也長一寸廣二分有一小蟹在其腹中埼曲岸也其中多鮚故以名亭按此名瑣鮚瑣者小也鮚之小者江賦瑣蛣腹蟹注引南越志曰瑣蛣長寸餘大者長二三寸腹中有蟹子如榆莢合體共生皆爲蛣取食 从魚吉聲 巨乙切十

鮅 ㄅㄧˋ 5 並　鯸 ㄏㄡˊ 16 匣　鱹 ㄑㄩˊ 13 見　鯛 ㄉㄧㄠ 21 端　鯙 ㄓㄠˋ 20 端　鱍 ㄅㄛ 2 幫　鮇 ㄈㄨ 13 幫　鯕 ㄑㄧˊ 24 匣　鮡 ㄓㄠˋ 19 定　鱻（鮮）ㄒㄧㄢ 3 心　䰾 ㄏㄨㄚˋ 1 曉

二部文選字作蛣**漢律會稽郡獻鮚醬二斗**二斗二字依廣韵補廣韵斗誤升小徐本作三斗

鮅　魚名从魚必聲毗必切按自鮅至魮十篆葢皆非許書所本有以魚部鯆鰤爲魚子自鮇至鱷皆魚名自鰻至鮑皆泛言魚之體魚之用自鮯至鮚皆字从魚而實非魚者至此而魚部畢矣不當又舉魚名及魚之狀皃故知必淺人所增也釋魚云鯅鱒系一魚二名儵許錄鯅字便當與鱒相聯由許時爾雅本無鯅字但作必必則例不錄

鱹　魚名从魚瞿聲九遇切

鯸　魚名从魚矦聲乎鉤切按吳都賦鯸鮐當是本作矦鮐故與王鮪相儷廣雅鯸鮔即矦鮐之俗字也叚令許錄鯸字則當厠於鮐篆之上

鯛　骨耑脃也从魚周聲都僚切如其義則當與鰱篆相屬篇韵皆曰魚名何也

鯙　烝然鯙鯙从魚卓聲都教切按詩南有嘉魚烝然罩罩傳曰罩罩籗也音義罩張教反此僞詩作鯙鯙不言其義篇韵皆不載其字大徐云都教切者非唐韵有此字此音乃傳合毛詩音義爲此音耳集韵類篇效韵亦無此字惟覺韵有此字訓曰魚名葢其可疑如此

鱍　鱣鮪鱍鱍从魚犮聲北末切按毛詩鱣鮪發發傳曰發發盛皃音義云補末反韓詩作鱍是作鱍者非毛非韓不可信又不言其義篇韵皆無鱍字其可疑如此

鮇　鯕魚出東萊从魚夫聲甫無切依玉篇當作鮇鯕魚

鯕　魚名从魚其聲渠之切按其訓當云鮇鯕也廣韵七之又單出鯕字云鯿魚

鮡　魚名从魚兆聲治小切按字見爾雅鱴之小者也叚令許錄此字當與鱴篆相屬

䰾　魚名从魚匕聲呼跨切

鱻　新魚精也云精者即今之鯖字廣韵云責魚煎食曰五矦鯖煎食作煎肉者誤謂以新魚爲肴也周禮䱷人辨魚物爲鱻薧鄭司農曰鮮生也薧乾也詩思文正義引鄭注尚書曰衆鱻食謂魚鼈也引申爲凡物新者之偁獸人六畜六獸六禽亦偁鱻薧史言數見不鮮許書玼下云新玉色鮮也黨下云不鮮也其字葢皆本作鱻凡鮮明鮮新字皆當作鱻自漢人始以鮮代鱻如周禮經作鱻注作鮮是其證至說文全書不用叚借字而玼下黨下亦皆爲淺人所改今則鮮行而鱻廢矣**从三魚**相然切十四部**不變魚也**也字今補此釋从三魚之意謂不變其生新也他部如驫麤猋等皆謂其生者鱻則謂其死者死而生新自若故曰不變

文一百三　重七

𩺰 ㄩˊ 13 疑　⿰氵𩺰 ㄩˊ 13 疑　△漁　燕 ㄧㄢˋ 3 影

𩺰　二魚也此即形爲義故不言从二魚二魚重而不竝易所謂貫魚也魚行必相隨也晉語暇豫之吾吾不如鳥烏韋注吾讀如魚韓文公詩用魚魚雅雅豈卽本國語乎从二魚與从三魚不同三魚謂不變其新二魚謂連行可觀語居切五部**凡𩺰之屬皆从𩺰**此部者以有⿰氵𩺰字从𩺰所以不併入魚部必立也

⿰氵𩺰　捕魚也捕舊作捕今正捕索持也漢人用捕字多如此捕魚字古多作魚如周禮䱷人本作魚此與取鼈者曰鼈人取獸者曰獸人同也左傳公將如棠觀魚者魚者謂捕魚者也呂氏春秋淮南鴻烈高注每云漁讀如論語之語讀如相語之語尋其文義皆由本文作魚故爲讀若以別諸水蟲周禮音義䱷本作魚又音御御音卽高氏之語音也然則古文本作魚作𩺰⿰氵𩺰其籀文乎至小篆則媘爲漁矣周禮當从古作魚人作魰者夾之作䱷者非也**从𩺰水**必从𩺰者捕魚則非一魚也𩺰水者魚之驚透於水也語居切五部

漁　篆文⿰氵𩺰从魚後篆文者亦先二後上之例也

文二　重一

燕　燕燕元鳥也各本無燕燕二字今補乙下曰燕燕也齊魯謂之乙隹部巂下曰巂周者燕也邶風傳曰燕燕乙也商頌傳曰元鳥乙也釋鳥曰巂周燕燕乙也古多叚燕爲宴安宴享**籋口**故以廿像之**布翄**故以北像之**枝尾**與魚尾同故以火像之**象形**於甸切十四部**凡燕之屬皆从燕**

龍ㄌㄨㄥˊ 18來　龗ㄌㄧㄥˊ 12來　龕ㄎㄢ 28溪（龕）　龍ㄐㄧㄢ 3見　龖ㄊㄚˋ 27定　飛ㄈㄟ 7幫　𩙺ㄧˋ 25定　△翼

文一

龍　鱗蟲之長能幽能明能細能巨能短能長 四句一韵 春分而登天秋分而潛淵 二句一韵毛詩蓼蕭傳曰龍寵也謂龍卽寵之叚借也勹傳曰龍和也長發同謂龍爲邕和之叚借字也 从肉 與能从肉同 𦤎肉飛之形 𦤎肉二字依韵會補無此則文理不完六書故所見唐本作从肉从飛及童省按从飛謂𠃉飛省也从及謂𠃉反古文及也此篆从飛故下文受之以飛部 童省聲 謂䇂也力鍾切九部 凡龍之屬皆从龍

龗　龍也 雙聲轉注 从龍霝聲 郎丁切十一部

龕　龍皃 此篆之本義也叚借爲戡亂字今人用戡堪字古人多叚龕文選注引尙書孔傳曰龕勝也 从龍今聲 各本作合聲篆體亦誤今依九經字樣正古音在七部侵韵今音入八部覃韵口含切

龍　龍耆脊上龍龍也 士喪禮載魚左首進鬐注曰鬐脊也古文鬐爲耆按此鄭从今文而疊古文於注也許髟部無鬐此出耆者許於此字從禮古文不從禮今文也耆者老也老則脊隆故凡脊曰耆或作鬐因馬鬣爲此字也龍魚之脊上出者如馬鬣然上林賦曰揵鰭掉尾郭云鰭背上鬣也鰭亦耆之今字渾言之耆卽脊析言耆在脊上龍龍龍耆皃 从龍幵聲 古賢切十二部

龖　飛龍也 廣韵曰龍飛之狀 从二龍 凡龖聲字从此省聲 讀若沓 徒合切八部

文五

飛　鳥翥也 羽部曰翥者飛擧也古或叚蜚爲飛 象形 像舒頸展翄之狀甫微切十五部 凡飛之屬皆从飛

𩙺　翄也 羽部曰翄者翼也二篆爲轉注翼必兩相輔故引申爲輔翼卷阿傳曰道可馮依以爲輔翼也行葦鄭箋云在前曰引在旁曰翼又凡敬者必如兩翼之整齊故毛傳曰翼敬也鄭箋云小心翼翼恭愼皃 从飛異聲 與職切一部

翼　籒文翼 小徐有此三字

翼　篆文翼从羽 先籒後篆者亦先二後上之例也翼爲飛之屬

非ㄈㄟ 7幫　𩇕ㄈㄟˋ 7幫　靡ㄇㄧˇ 1明　靠ㄎㄠˋ 22溪　陛ㄅㄧˋ 4幫　卂ㄒㄩㄣˋ 9心　煢ㄑㄩㄥˊ 12匣

文二　重一

非　韋也 韋各本作違今正違者離也韋者相背也自違行韋廢盡改韋爲違此其一也非以相背爲義不以離爲義 从飛下翄 謂从飛省而下其翄 取其相背也 翄垂則有相背之象故曰非韋也甫微切十五部 凡非之屬皆从非

𩇕　别也 别者分解也 从非己 舊己下有聲字今删己猶身非己猶言不爲我用會意非亦聲非尾切十五部

靡　柀靡也 柀各本作披今正柀靡疊韵字旇下曰旇旗柀靡也項羽傳漢軍皆柀靡顏師古張守節皆普彼反葢其字本作柀从木析也寫者譌从手柀靡分散下垂之皃易中孚九二曰吾與爾靡之孟王皆曰散也凡物分散則微細引申之謂精細可喜曰靡麗爾下曰麗爾猶靡麗也是也又與亡字無字皆雙聲故謂無曰靡 从非麻聲 文彼切古音在十七部

靠　相韋也 韋各本作違今正相韋者相背也故从非今俗謂相依曰靠古人謂相背曰靠其義一也猶分之合之皆曰離 从非告聲 苦到切古音在三部

陛　陛牢謂之獄 五字句各本作牢也二字今依韵會本訂牛部曰牢者閑養牛馬圈也引申之凡閑罪人者曰陛牢卽夏均臺殷羑里周圜土秦囹圄漢若盧也法言曰狴犴使人多禮字作狴猶鄉亭之繫曰犴朝廷曰獄字皆从犬 所㠯拘非也 从非 說从非之意 陛省聲 邊兮切十五部

文五

卂　疾飛也 引申爲凡疾之偁故撞下曰卂擣也辵部迅从卂 从飛而羽不見 飛而羽不見者疾之甚也此亦象形息晉切十二部 凡卂之屬皆从卂

煢　回疾也 回轉之疾飛也引申爲煢獨取裵回無所依之意或作惸作睘作嬛毛傳曰睘睘無所依也 从卂營省聲

渠營切
十一部

文二

二十一部　文六百八十五　重六十三宋本三作二

凡九千七百六十九字已上十一篇分部及篆文重文及說解字之都數也

說文解字第十一篇下

受業黟縣胡積城校字

乙 ㄧˇ 2影　孔 ㄎㄨㄥˇ 18溪　△鳦　乳 ㄖㄨˇ 16泥

說文解字第十二篇上

金壇段玉裁注

乙 **燕燕乙鳥也** 燕燕見前篇元鳥二字淺人所增 **齊魯謂之乙取其鳴自謼象形也** 舊作呼今依韵會正也字今依韵會補謼者評也號也山海經說鳥獸多云其名自號燕之鳴如云乙燕乙雙聲莊子謂之鷾鴯鷾亦雙聲也既得其聲而像其形則爲乙燕篆像其籋口布翄枝尾全體之形乙篆像其于飛之形故二篆皆曰像形也乙象翅開首竦橫看之乃得本與甲乙字異俗人恐與甲乙亂加鳥旁爲鳦則贅矣本音鳥拔反十五部入於筆切者非是 **凡乙之屬皆从乙**

鳦 **乙或从鳥** 按此蓋非古字今爾雅毛傳皆如此作

孔 **通也** 通者達也於易卦爲泰孔訓通故俗作空穴字多作孔其實空者竅也作孔爲叚借 **嘉美之也** 各本無此四字由淺人謂與下複而刪之今依韵會補也當作嚚嚚者意內而言外也通爲吉塞爲凶故凡言孔者皆所以嘉美之毛傳曰孔甚也是其義甚者尤安樂也或曰詩言亦孔之醜豈嘉美之乎曰此即今甚字通於美惡之意也 **从乙子** 會意康董切按此字未見三代用韵之文但以肉好即邊孔求之疑孔古音在三部故吼犼犿以爲聲 **乙請子之候鳥也** 月令仲春元鳥至至之日以大牢祠于高禖天子親往注云高辛氏之世元鳥遺卵娀簡吞之而生契後王以爲媒官嘉祥而立其祠焉 **乙至而得子嘉美之也** 說从乙子會意之恉 **故古人名嘉字子孔** 此又以古人名字相應說孔訓嘉美之證見於左傳者楚成嘉字子孔鄭公子嘉字子孔春秋經宋孔父左傳云孔父嘉何休云經稱字按孔父字孔故後以爲氏

乳 **人及鳥生子曰乳獸曰產** 生部曰生進也產生也渾言之此復析言之孺下曰乳子也按古書之文多通偁 **从孚乙** 會意而主切古音在四部 **乙者乙鳥明堂月令乙鳥至之日祠于高禖吕請子故乳从乙** 此說从孚乙會意之恉孚者卵即孚也乙者請子之候鳥也 **請子必以乙至之日者乙春分來秋分去開生之候鳥帝少昊司分之官也** 左傳曰元鳥氏司分也此說月令請子必以元鳥至之日之恉

文三　重一

不 ㄅㄨˋ 24幫　否 ㄈㄡˇ 24幫　至 ㄓˋ 5端

不 **鳥飛上翔不下來也** 凡云不然者皆於此義引申叚借其音古在一部讀如德韵之北音轉入尤有韵讀甫鳩甫九切與弗字音義皆殊音之殊則弗在十五部也義之殊則不輕弗重如嘉肴弗食不知其旨至道弗學不知其善之類可見公羊傳曰弗者不之深也俗韵書謂不同弗非是又詩鄂不韡韡箋云不當作柎柎鄂足也古聲不柎同 **从一一猶天也** 他處云一地也此以在上知爲天 **象形** 謂不也象鳥飛去而見其翅尾形音見上 **凡不之屬皆从不**

否 **不也** 不者事之不然也否者說事之不然也故音義皆同孟子萬章曰然則舜僞喜者與孟子曰否注孟子言舜不詐喜也又咸丘蒙問舜南面而立瞽瞍亦北面而朝之孟子曰否注言不然也又萬章曰堯以天下與舜有諸孟子曰否注堯不與之又萬章問曰人有言伊尹以割烹要湯孟子曰否然也萬章又問孔子於衛主癰疽孟子曰否然也萬章又問百里奚自鬻於秦養牲者孟子曰否然注皆曰否不也不如是也注以不如是釋否然今本正文皆譌作否不然語贅而注不可通矣否字引申之義訓爲不通如易之泰否堯典之否德小雅之否難知也論語之子所否者皆殊其音讀符鄙切要之古音則同在弟一部 **从口不** 會意 **不亦聲** 方久切古音在一部

文二

至 **鳥飛從高下至地也** 凡云來至者皆於此義引申叚借引申之爲懇至爲極至許云到至也臻至也假至也此本義之引申也又云親至也窺至也此餘義之引申也 **从一一猶地也**

△至

到 ㄉㄠˋ 19端　臻 ㄓㄣ 6精　𦤶 ㄓˋ 2透

一在下。象形。謂𠃓也。不象上升之鳥首鄉上。至象下集之鳥首鄉下。脂利切。古音讀如質。在十二部。故云不上去而至下。句來也。行來之來。瑞麥之來。爲凡至之屬皆从至。

至古文至。

到至也。大雅曰。靡國不到。論語兩言民到于今。釋詁曰。到至也。从至刀聲。都悼切。二部。

臻至也。見釋詁。古亦段溱爲之。从至秦聲。側詵切。十二部。

𦤶忿戾也。从至。至而復孫。會意也。孫遁也。二孫字大徐作遜。非。古無遜字。凡春秋詩書遜遁字皆作孫。傳曰。孫之爲言孫也。不作爲言遜。爾雅作遜遁也。爲後人所改之俗字。許辵部有遜篆。亦是後人臆增。孫遁也。此子孫字引申之義。孫之於王父。自覺其微小。故逡巡遁避之書取諸此。至而復逡巡者。忿戾之意也。周書曰。有夏氏之民叨𦤶。尚書多方文。今本無氏字。𦤶作懫。按𦤶作懫者。天寶間衞包改也。釋文𦤶作懫。宋開寶間改也。釋文曰。懫勑二反。說文之二反。不云說文作𦤶。知其大字本不作懫矣。禮記大學心有所忿懥。注云。懥怒皃。或作懫。按懥懫不見許書。衞包以意改經。非必懫卽𦤶也。𦤶讀若摯。釋文云。說文之二反。此音隱舊音也。大徐丑利切。十五部。或曰。古音當在十二部。

臺 ㄊㄞˊ 24定　臸 ㄖˋ 5泥

臺觀四方而高者也。釋名曰。觀。觀也。於上觀望也。觀不必四方。其四方獨出而高者。則謂之臺。大雅經始靈臺。釋宮毛傳曰。四方而高曰臺。傳意高而不四方者。則謂之觀。謂之闕也。釋名。臺。持也。築土堅高。能自勝持也。古臺讀同持。心曰靈臺。謂能持物。淮南子。其所居神者。臺簡以游大淸。注。臺。持也。又臺無所鑒。謂之狂生。注。臺。持也。此皆作臺自可通。或作古文握古文握與臺形相似。从至。从高省。與室屋同意。按臺不必有屋。李巡注爾雅曰。臺上有屋謂之謝。然則無屋者謂之臺。築高而已。云與室屋同意者。室屋篆下皆云从至。至者。所止也。是其意也。㞢聲。徒哀切。一部。

臸到也。不言至言到者。到者。至之得地者也。辵部曰。邇。近也。从臸聲。然則二至當重。不當竝。从二至。會意。至亦聲。人質切。十二部。

△卤　△卥

西 ㄒㄧ 9心

文六　重一

西鳥在巢上也。象形。下象巢。上象鳥。會意。上下皆非字也。故不曰會意而曰象形。鳥在巢上者。此篆之本義。今音先稽切。古音讀如詵。讀如僊。如西施亦作先施。漢書曰。西遷也。古音在十二十三部。日在西方而鳥西。上西卽下文東西之西。也下西西之本義也。故因㠯爲東西之西。此說六書段借之例。段借者。本無其字。依聲託事。古本無東西之西。寄託於鳥在巢上之西字爲之。凡許言以爲者類此。韋本訓相背。而以爲皮韋。鳥本訓孝鳥。而以爲鳥呼。來本訓瑞麥。而以爲行來。朋本古文鳳。而以爲朋攩。子本訓十一月昜气動萬物滋。而以爲人偁。後人習焉不察。用其借義而廢其本義。乃不知西之本訓鳥在巢。韋之本訓相背。朋之本訓爲鳳。逐末忘本。大都類是。微許君言之。鳥能知之。凡西之屬皆从西。

棲西或从木妻。蓋从木。妻聲也。从妻爲聲。蓋製此篆之時已分別西爲東西。棲爲鳥在巢。而其音則皆近妻矣。詩。可以棲遲。漢嚴發碑作衡門西遲。然則雞棲于塒。雞棲于桀。古本必作雞西。論語爲是棲棲。古本亦必作西西。

卤古文西。卥籒文西。按鹵下曰。从西省。若籒文西如此。則鹵正从籒文鹵矣。

垔 ㄒㄧ 10匣

垔姓也。从西圭聲。戶圭切。按許書自女部姬姜等十二字而外。未有云姓者。古之神聖母感天而生。故字从女。是以姬姜等十二字皆从女。其他繼別爲氏。或以字。或以官。或以邑。雖亦可謂之姓。而其字不容列於說文。黃帝姬姓。而黃帝之子十二姓者。除姬姞字外。酉祁己滕箴任荀僖儇依十字。許皆不云姓。是也。惟矢部吴下云。姓也。郡也。爲妄人所增。而此垔篆解云姓也。雖篆文亦屬僞羼。蓋必有妄人以許書無其姓爲恥。而竄入之。傳寫遂莫之察。許果有此篆。必釋其本義。不徒云姓也。小徐云。張說梁四公子記有此垔闖。依廣韵。梁四公子字作罣。與垔各字。

文二 當云文一　重三

鹵 ㄌㄨˇ 13來　𪉦 ㄘㄨㄛˊ 1從　鹹 ㄒㄧㄢˊ 28匣　鹽 ㄧㄢˊ 32定　盬 ㄍㄨˇ 13見

鹵 西方鹹地也从鹵省省字衍此承上文鹵部从鹵之籀文也謂鹵也口象鹽形大徐本無口小徐譌作囪凡既从某而又象其形謂之合體之象形多不成字其成字者則會意也轉寫者以其不成字而刪之致文理不可讀皆當依此補之合體象形有半成字半不成字者如鹵从鹵而又以口象之是也有网不成字者如畐以弓象鳥以囟象巢是也鹵郎古切五部安定有鹵縣地理志安定郡鹵縣東方謂之㡿西方謂之鹵禹貢青州海濱廣斥謂東方也安定有鹵縣謂西方也大史公曰山東食海鹽山西食鹽鹵然對文則分析散文則不拘鹹地僅產鹽引申之春秋經大原亦曰大鹵釋名地不生物曰鹵凡鹵之屬皆从鹵

𪉦 鹹𪉦也𪉦字各本缺淺人謂複字而刪之也今補曲禮凡祭宗廟之禮鹽曰鹹𪉦鄭注大鹹曰𪉦今河東云按鹹𪉦古語不容刪字从鹵𢀩省聲昨河切十七部河內謂之𪉦鄭言河東皆魏地沛人言若虘五字當作讀若郝人言𨞪六字郝郡酇縣字本作𨞪其土音讀在何切𪉦之讀如此也𨞪見邑部

鹹 銜也以疊韵爲訓北方味也酸苦辛甘下不著某方之味此著之者錯見也从鹵咸聲胡毚切古音在七部

文三

鹽 鹵也天生曰鹵人生曰鹽十字各本作鹹也二字今正鹽之味鹹鹽不訓爲鹹元應書三引說文天生曰鹵人生曰鹽當在此處上冠以鹵也二字則渾言析言者備矣周禮鹽人掌鹽之政令有出鹽直用不湅治者有湅治者从鹵監聲余廉切古音在八部古者夙沙初作鬻海鹽夙大徐作宿古宿夙通用左傳有夙沙衛呂覽注曰夙沙大庭氏之末世困學紀聞引魯連子曰古善漁者宿沙瞿子又曰宿沙瞿子善煑鹽許所說蓋出世本作篇所謂人生曰鹽也凡鹽之屬皆从鹽

盬 河東鹽池也地理志河東郡安邑鹽池在西南郡國志亦云安邑有鹽池左氏傳曰郇瑕氏之地沃饒而近盬服虔注云盬鹽池也土俗裂水沃麻分灌川野畦水秏竭土自成鹽卽所謂鹹鹺也而味苦號曰盬田杜注左氏郭注穆天子傳皆曰盬者鹽池然則鹽池古者謂之盬亦曰盬田周禮因以爲盬不湅治之偁又引申之詩以爲不堅固之偁周禮苦良苦讀爲盬謂物之不佳者也袤五十一里廣七里周百十六里左傳正義後漢書注所引同惟水經注湅水篇引作長五十一里廣六里周一百一十四里爲異魏都賦注猗氏南鹽池東西六十四里南北七十里郡國志注引楊佺期洛陽記河東鹽池長七十里廣七里水經注曰今池水東西七十里南北七十里參差乖異蓋隨代有變从鹽省古聲公戶切五部

鹼 鹵也廣韵千廉切水和鹽也从鹽省此篆明明从鹵不知何以云从鹽省僉聲魚欠切七部

文三

鹼 ㄐㄧㄢˇ 30疑　戶 ㄏㄨˋ 13匣　△戹　扉 ㄈㄟ 7幫　扇 ㄕㄢˋ 3透　房 ㄈㄤˊ 15並　戾 ㄊㄞˋ 2定　戹 ㄜˋ 5影　肁 ㄓㄠˋ 19定

戶 護也以疊韵爲訓半門曰戶象形侯古切五部凡戶之屬皆从戶

戹 古文戶从木从木而象其形按此當是籒文加木惟古文作戶故此部文九皆从戶也

扉 戶扇也釋宮曰闔謂之扉門闔門扇也然則門戶一也从戶非聲甫微切十五部

扇 扉也月令乃脩闔扇注云用木曰闔用竹葦曰扇案析言如此渾言之則不拘从戶羽依韵會本从羽者如翼也式戰切十四部

房 室在旁也凡堂之內中爲正室左右爲房所謂東房西房也引申之俎亦有房从戶焦氏循曰房必有戶以達於堂又必有戶以達於東夾西夾又必有戶以達於北堂方聲符方切十部

戾 輜車旁推戶也輜車者衣車也前後有蔽旁有可開之戶从戶大聲讀與釱同徒蓋切十五部

戹 隘也隘者陋也陋者陒陝也陝者隘也从戶乙聲按聲字衍或於雙聲取音此从甲乙之乙取乙乙難出之意也於革切十六部

肁 始開

扆 ㄧˇ 7影　⿸戶去 ㄑㄩˋ 31溪　扃 ㄐㄩㄥ 12見　門 ㄇㄣˊ 9明　閶 ㄔㄤ 15透　闈 ㄨㄟˊ 7匣　⿵門詹 ㄧㄢˊ 32定

也引申爲凡始之偁凡經傳言肇始者皆肁之叚借肇行而肁廢矣釋詁毛詩傳皆曰肇始也戈部曰肇擊也**从戶聿**聿於語詞有始義故从聿治小切二部

扆　戶牖之閒謂之扆釋宮曰牖戶之閒謂之扆凡室戶東牖西戶牖之中閒是曰扆詩禮多叚依爲之**从戶衣聲**於豈切十五部

⿸戶去　閉也士喪禮注曰徹帷⿸戶去之事畢則下之襍記注曰既出則施其⿸戶去鬼神尚幽闇也據此二注⿸戶去爲襃舉之義與東都賦袪黼帷同疑閉當作開一說⿸戶去在開閉之閒故兼此二義**从戶劫省聲**口盍切按劫省聲疑當作去聲儀禮音義劉昌宗羌據反可據也玉篇亦有羌據一反

扃　外閉之關也關者以木橫持門戶也曲禮入戶奉扃注曰奉扃敬也孔疏曰奉扃之說多家今謂禮有鼎扃所以關鼎今關戶之木與關鼎相似凡常奉扃之時必兩手向心而奉之今入戶雖不奉扃木其手若奉扃然以其手對戶若奉扃言恭敬也玉裁謂下文言戶開亦開戶闔亦闔知戶闔而入用兩手推戶爲奉扃若戶開而入則兩手不偏可矣戶扃蓋以木橫著於戶爲之機令外可閉者鼎關字正作鼏禮古文叚扃爲之車上所以止旗者亦曰扃**从戶冋聲**古熒切十一部

文十　重一

門　聞也以疊韵爲訓聞者謂外可聞於內內可聞於外也**从二戶象形**此如門从二丮不必有反丮字也莫奔切十三部**凡門之屬皆从門**

閶　閶闔二字今補離騷大人賦淮南子西京賦靈光殿賦大象賦皆云閶闔王逸高誘薛綜韋昭李善注皆曰閶闔天門也八風西方曰閶闔風**天門也从門昌聲**尺量切十部**楚人名門皆曰閶闔**皆字依韵會補

闈　宮中之門也釋宮曰宮中之門謂之闈周禮保氏使其屬守王闈注闈宮中之巷門**从門韋聲**羽非切十五部

⿵門詹　⿵門詹謂之樀今釋宮檐謂之樀許所據爾雅有異本作⿵門詹

△壛

閎 ㄏㄨㄥˊ 26匣　閨 ㄍㄨㄟ 10見　閤 ㄍㄜˊ 27見　闒 ㄊㄚˋ 31定　閈 ㄏㄢˋ 3匣　閭 ㄌㄩˊ 13來　閻 ㄧㄢˊ 30定

樀廟門也木部樀戶樀也此樀義不同謂廟門也故⿵門詹从門吳語王背檐而立大夫向檐韋云檐謂之樀樀門戶韋注戶當作也國語爾雅字皆當作⿵門詹郭以屋梠釋樀非是**从門詹聲**余廉切八部

閎　巷門也巷者里中道也然則閎猶閻也釋宮衖門謂之閎郭引左傳盟諸僖閎云閎衖頭門**从門厷聲**戶萌切古音在六部

閨　特立之戶釋宮曰宮中之門謂之閨其小者謂之閤**上圜下方有似圭从門圭**會意**圭亦聲**古攜切十六部

閤　門旁戶也釋宮曰小閨謂之閤按漢人所謂閤者皆門旁戶也皆於正門之外爲之前書注曰閨閤內中小門也公孫宏傳起客館開東閤以延賢人師古云閤者小門也東向開之避當庭門而引賓客以別於掾史官屬也亦有云南閤者如許沖云臣父故大尉南閤祭酒是也有云西閤者如晉書衞玠爲太傅西閤祭酒是也唐時不臨前殿御便殿謂之入閤謂立仗於前殿喚仗則自東西閤入也凡上書於達官曰閤下猶言執事也今人乃譌爲閣下**从門合聲**古沓切八部

闒　樓上戶也齊風傳曰闥門內也許書無闥闒卽今闒字西京賦說神明臺曰上飛闒而仰眺西都賦說井榦樓曰排飛闒而上出此二闒皆樓上戶在高處故名之曰飛**从門㒓聲**徒盍切八部

閈　閭也左傳爾雅釋文左傳正義蕪城賦注玉篇廣韵引皆作閭至爾雅疏乃譌爲門今正下文曰閭里門也漢書縮自同閈應注楚名里門曰閈招魂去君之恒榦王注或作恒閈閈里也楚人名里曰閈按惟左傳高其閈閎用爲凡門之偁**从門干聲**矦旰切十四部**汝南平輿里門曰閈**當許時古語猶存於汝南平輿也

閭　里門也周制二十五家爲里其後則人所聚居爲里不限二十五家也里部曰里尻也里門曰閭**从門呂聲**力居切五部**周禮五家爲比五比爲閭**見大司徒職**閭侶也二十五家相羣侶也**侶當作旅旅衆也此引周禮言閭之古義

閻　里中門也別於閭閈爲里外門也**从門臽聲**余廉切八部

壛　閻或

闠 ㄏㄨㄟˋ 7 匣　闉 ㄧㄣ 9 影　闍 ㄉㄨ 13 端　闕 ㄑㄩㄝ 2 溪　閞 ㄆㄢˋ 3 並　⿵門介 ㄒㄧㄝˋ 2 匣　闔 ㄏㄜˊ 31 匣　闑 ㄋㄧㄝˋ 2 疑　閾 ㄩˋ 25 匣　△⿵門洫

从土闠市外門也薛綜西京賦注曰闠市營也闠中隔門也劉逵蜀都賦注曰闠市巷也闠市外內門也崔豹古今注曰市牆曰闤市門曰闠李善引倉頡篇曰闠市門也按諸家皆有闠字而許不錄葢以還環包之市之營域曰環其外門曰闠从門貴聲胡對切十五部闉闉闍二字今依詩正義補城曲重門也城曲各本作城內今依詩正義正鄭風曰出其闉闍傳曰闉曲城也闍城臺也正義曰釋宮云闍謂之臺闍是城上之臺謂當門臺也闍既是城之門臺則知闉是門外之城卽今之門外曲城是也故云闉曲城闍城臺按毛分言之許併言之者許意說字从門之恉也有重門故必有曲城其上爲門臺卽所謂城隅也故闉闍字皆从門而詩曰出其闉闍謂出此重門也城曲曲城意同从門垔聲於眞切十三部詩曰出其闉闍闍闉闍也从門者聲當孤切五部闕門觀也釋宮曰觀謂之闕此觀上必加門者觀有不在門上者也凡觀與臺在於平地則四方而高者曰臺不必四方者曰觀其在門上者則中央闕然左右爲觀曰兩觀周禮之象魏春秋經之兩觀左傳僖五年之觀臺也若中央不闕則跨門爲臺禮器謂之臺門左傳謂之門臺是也此云闕門觀也者謂門有兩觀者偁闕从門欮聲去月切十五部閞門欂櫨也欂櫨柱上枅也枅屋欂櫨也開則門柱上枅之名从門弁聲皮變切十四部⿵門介門扉也从門介聲胡介切十五部闔門扉也月令乃脩闔扇公羊傳齒著乎門闔釋宮闔謂之扉从門盍聲胡臘切八部一曰閉也下文曰閉闔門也易曰闔戶謂之坤闑門梱也木部曰梱門橜也相合爲一義釋宮橜謂之闑古者門有二闑二闑之間謂之中門惟君行中門臣由闑外賈公彥聘禮疏所言是也禮古文闑作槷从門臬聲魚列切十五部閾門榍也木部曰榍者門限也相合爲一義釋宮曰柣謂之閾柣郭千結反卽榍字也禮古文閾作戚此皆叚借字也从門或聲于逼切一部論語曰行不履閾鄉黨篇文⿵門洫

閬 ㄌㄤˋ 15 來　闢 ㄆㄧˋ 11 並　△⿵門𠬞　⿵門爲 ㄨㄟˇ 1 匣　闡 ㄔㄢˇ 3 透　開 ㄎㄞ 3 溪　闓 ㄎㄞˇ 7 溪　閜 ㄒㄧㄚˇ 1 曉　△開　閘 ㄓㄚˊ 31 影　閟 ㄅㄧˋ 5 幫

古文閾从洫从洫聲此猶大雅毛詩築城伊淢淢卽洫之古文韓詩正作洫閬門高也文選甘泉賦注引作門高大之皃也𠂤部曰阬閬也此曰閬門高皃相合爲一義凡許書異部合讀之例如此大雅廼立皋門皋門有伉傳曰王之郭門曰皋門伉高皃按詩伉當是阬之譌甘泉賦閌閬閬其寥郭兮閌亦卽阬字許書無閌从門良聲來宕切十部巴郡有閬中縣見漢地理志闢開也引申爲凡開拓之偁古多叚借辟字从門辟聲房益切十六部⿵門𠬞虞書曰闢四門按此六字當在从門辟聲之下虞書當作唐書說詳禾部从門从𠬞按此上當依匡謬正俗玉篇補古文闢三字𠬞者今之攀字引也今俗語以手開門曰攀開讀如班古文於此會意書序東郊不闢馬本作闢張揖古今字詁云闢古今字舊讀闢爲開非也詳匡謬正俗自衞包徑改闢爲開而古文之見於尚書者滅矣⿵門爲闢門也魯語闢門與之言皆不踰閾韋注⿵門爲闢也从門爲聲韋委切古音在十七部國語曰⿵門爲門而與之言謂公父文伯之母與季康子闡開也从門單聲昌善切十四部易曰闡幽繫辭傳文開張也張者施弓弦也門之開如弓之張門之閉如弓之弛从門开聲按大徐本改爲从門从开以开聲之字古不入之咍部也玉裁謂此篆开聲古音當在十二部讀如攑帷之攑由後人讀同闓而定爲苦哀切開古文一者象門閉从𠬞者象手開門闓開也本義爲開門引申爲凡启導之偁心部曰忻者闓也从門豈聲苦亥切古音在十五部閜大開也引申爲凡大之偁上林賦曰谽呀豁閜司馬彪云谽呀大皃豁閜空虛也方言閜梧也其大者謂之閜从門可聲火下切十七部大杯亦爲閜五字葢後人所增閘開閉門也謂樞轉軋軋有聲从門甲聲烏甲切八部閟閉門也引申爲凡閉之偁載馳閟宮傳曰閟閉也又叚爲祕字閟宮箋曰閟神也此謂閟卽祕之叚借也示部曰祕神也从門必聲兵媚

閣 ㄍㄜˊ 14見

切古音在十二部春秋傳曰閼門而與之言六字當是閼而以夫人言之誤見左傳莊公卅二年閼爲句謂孟任不從也而以夫人言謂莊公以立爲夫人爲辭也閣所以止扉者釋宮曰所以止扉謂之閣郭注門辟旁長橛也引左傳高其閈閣而又云閣長杙即門橛也按郭云門辟旁長橛者謂門開則邊旁有兩長橛使其止而不過也云即門橛者謂左傳之閣即他經之闑兩扉中之橛也是二者皆所以止扉皆謂之閣但左傳主謂中門者耳許闑訓門橛閣訓所以止扉則畫然二義許本諸釋宮今本釋宮譌爲閎陸氏音義不辯是非云本亦作閣音各郭注本無此字不知郭氏於衖門謂之閎下引左盟諸僖閎於所以止扉謂之閣下引左高其閈閣郭作注時閣絕未誤爲閎注亦絕無誤也顏師古匡謬正俗分別閎閣二字不同所引左傳作閈閣所引爾雅及注皆作閣今雅雨堂刻本譌亂不可讀左傳高其閈閣閈猶門也高其門則所以止扉亦必高蓋晉館門不容車失於狹小致子產壞垣故士文伯飾說門雖小而甚高此處無取閈閣連文陸氏音義亦誤從閎轉云讀者因爾雅或作閣因改左傳作各音與爾雅音義皆爲顚倒見其誤不可不正也閣本訓直橛所以扞格者引申之橫者可以庋物亦曰閣如內則所云天子諸侯大夫士之閣漢時天祿石渠閣皆所以閣書籍皆是也閣字之義如此故凡止而不行皆得謂之閣倘爾雅作謂之閎於所以止扉何涉乎○子產何以毀垣因門不容車也亦因門閭高也觀孫叔敖患民卑車因敎閭里高其梱居半歲民悉自高其車此非閭高而車不得人之證乎故郭云左傳之閣即門橛也○左傳閈閎杜注閎門也此必有誤杜本乃誤本郭景純顏師古所據本不誤陸之音義孔之正義皆據誤本爲之○又左傳閈字沈重云閉也此必古說葢閈閎猶禮記之扞格也閈本不从門後人因閎亦加門耳○蔡邕月令章句於脩鍵閉云鍵門牡所以止扉亦謂之剡移鄭注亦云鍵牡閉牝按蔡謂鍵爲門牡許則云⿵門龠爲門牡葢⿵門龠居關之下門之中漢書所謂門牡者而閣居兩旁每扉以一長杙上貫於過門板下拄於地故云所以止扉古謂之剡移有關有⿵門龠又有閣者愼於待暴也故曰高其閈閣厚其牆垣以無憂客使閣亦得稱牡而與⿵門龠異

十二篇上　十一

閒 ㄐㄧㄢ 3見（間）　△𨳿　閜 ㄜ 1影

物○闠與闍皆閉門乃用之不比闠爲死物謂梱郎閣誤矣从門各聲古洛切五部閒隙也隙者壁際也引申之凡有兩邊有中者皆謂之隙隙謂之閒閒者門開則中爲際凡鏬縫皆曰閒其爲有兩有中一也攷工記說鐘銑與銑之閒曰銑閒篆與篆鼓與鼓鉦與鉦之閒曰篆閒鼓閒鉦閒病與瘳之閒曰病閒語之小止曰言之閒閒者稍暇也故曰閒暇今人分別其音爲戶閑切或以閑代之閒者隙之可尋者也故曰閒廁曰閒迭曰閒隔曰閒諜今人分別其音爲古莧切釋詁毛傳曰閒代也釋言曰閒俔也人部曰俔閒見也厂部曰⿸厂甫石閒見也今音皆去聲凡自其單出言之曰閒从門月會意也門開而月入門有縫而月光可入皆其意也古閑切十四部𨳿古文閒此篆各本體誤汗簡等書皆誤今攷正與古文恒同中从古文月也閜門傾也此與上閜篆各字各義或合爲一非也上林賦說大木之狀阮衡閜砢索隱引郭樸云阮衡閜砢者揭蘖傾敧皃也按此閜字當作閜與谽呀豁閜義不同閜砢讀惡可來可二反玉篇引賦正作閜从門阿

閼 ㄜˋ 13影　⿵門繇 ㄓㄨㄢˇ 19端　⿵門曷 ㄧㄚˋ 2影　闀 ㄒㄧㄤˋ 15曉　闌 ㄌㄢˊ 3來　閑 ㄒㄧㄢˊ 3匣

聲烏可切十七部閼遮擁也遮者遏也擁者裛也古書壅遏字多作擁閼如許所說則同義異字也从門於聲此於雙聲取音烏割切十五部爾雅歲在卯曰單閼讀如蟬焉⿵門繇開閉門利也今俗語云自由自便當作此字从門繇聲各本作䌛聲許有繇無䌛今正按此篆當音由唐韵乃旨沇切未詳一曰縷十紘也按紘字有譌紘者冠卷非其義疑當作總漢律曰綺絲數謂之絩布謂之總總者謂布縷之數八十縷爲一總即禾部之稯禮經之升也縷者麻綫也⿵門曷門聲也从門曷聲乙鎋切十五部按駱駝鳴聲圖字當作⿵門曷闀門響也響疑當作鄉鄉者今之向字門鄉者謂門所向釋宮兩階閒謂之鄉集韵四十一漾引作謂之闀从門鄉聲許亮切十部闌門遮也謂門之遮蔽也俗謂襲檻爲闌引申爲酒闌字於遮止之義演之也从門柬聲洛干切十四部閑闌也引申爲防閑古多借爲清閒字又借爲嫺習字从門中有木會意

十二篇上　十二

閉 5幫　閡 24疑　關 3見　闇 28影　闟 20影　闐 6定　闛 15定　閹 30影

戶閒切十四部

閉闔門也闔下曰閉也與此爲轉注又闔下曰閉門也按左傳高其閈閎疑閈乃閉字之誤从門句才所㠯歫門也从門而又象撐歫門之形非才字也博計切十五部玉裁按才不成字云所以歫門依許全書之例當云才象所以歫門之形乃合而無象形之云則當是合二字會意攷王逸少書黃庭經三用閈字卽今閉也而中从午葢許書本作从門午午所以歫門舂字下曰午杵省也然則此午亦是杵省歫門用直木如杵然轉寫失眞乃昧其本始矣

閡外閉也有外閉則爲礙从門亥聲五漑切一部

闇閉門也借以爲幽暗字从門音聲烏紺切七部

關以木橫持門戶也通俗文作櫎引申之周禮注曰關畍上之門又引申之凡曰關閉曰機關曰關白曰關藏皆是凡立乎此而交彼曰關毛詩傳曰關關和聲也又曰閒關設舝皃皆於音得義者也从門𢇍聲古還切十四部

闟關下牡也關者橫物卽今之門櫎關下牡者謂以直木上貫關下插地是與關有牝牡之別漢書所謂牡飛牡亡者謂此也月令曰脩鍵閉愼管籥注曰鍵牡閉牝也管籥搏鍵器也然則關下牡謂之鍵亦謂之籥籥卽闟之叚借字析言之則鍵與闟有二渾言之則一物也金縢啓籥見書亦謂闟閉兆書者古無鎖鑰字葢古祗用木爲不用金鐵故說文鍵下祗云鉉不云門牡从門龠聲以灼切二部

闐盛皃也謂盛滿於門中之皃也詩曰振旅闐闐孟子作塡玉藻盛氣顚實叚顚爲闐也从門眞聲待年切十二部

闛闛闛盛皃也謂盛滿於門中之皃也楊雄賦西馳闛闛此叚闛爲闐也大司馬注鼓聲不過閶此叚閶爲闛闛卽鼓部之鼞也鼞聲不過闛闛卽鼓部之鼞也从門堂聲徒郎切十部

閹門豎也門字今依御覽補豎猶孺也周禮注曰豎未冠者之官名凡文王世子之內豎左傳之使牛爲豎皆是司門則曰門豎故从門宮中奄昏閉門者昏各本作閽今正周禮注曰奄精氣閉藏者今謂之宦人他豎不必奄人此豎則奄人也故从奄一說當依小徐作閹閽閉門者一說當作宮中掩門者

十二篇上　廿三

閽 9曉　闚 10溪　閃 30透　䦨 3來　閄 6定　閱 2定　闋 4溪　闞 32溪

从門奄聲此當言从門奄奄亦聲英廉切八部

閽常㠯昏閉門隸也周禮注曰隸給勞辱之役者周禮閽人王宮每門四人囿游亦如之注云閽人司昏晨以啓閉者刑人墨者使守門按古閽與勳音同易厲閽心馬作熏荀以熏爲勳而易爲動漢光祿勳卿一人胡廣曰勳猶閽也主殿宮門戶之職从門昏會意昏亦聲呼昆切十三部

闚閃也此與窺義別窺小視也从門規聲去隓切十六部

閃闚頭門中也禮運魚鮪不淰注云淰之言閃也从人在門中會意王在門中則重王故入王部人在門中則重門入門部失冄切古音葢在七部○舊此篆在兩篆後今移正

䦨妄入宮亦也亦舊作掖師古注漢曰掖門在兩旁如人臂掖依許字例當作亦也漢書以闌爲䦨字之叚借成帝紀闌入尚方掖門應劭曰無符籍妄入宮曰闌又或作蘭列子宋有蘭子張湛注曰凡物不知生之主曰蘭殷敬順曰史記無符傳出入謂之闌此蘭子謂以技妄遊从門䜌聲讀若闌洛干切十四部

閄登也登上車也凡有所上皆曰登从門二會意臣鉉等曰下言自下而登上也按从門二當作从門二篆當作閄篇韵閄字可證直刃切十二部从此爲聲者有閵藺二古文下字見二部讀若軍敶之敶觀此可以知陣字之俗矣

閱具數於門中也具者供置也數者計也計者會也筭也云於門中者以其字从門也周禮大閱注曰簡軍實也左氏春秋大閱傳曰簡車馬也引申爲閱歷又引申爲明其等曰閥積其功曰閱手部揲下曰閱持也易揲之以四四謂以四四更迭數之也古叚閱爲穴詩蜉蝣堀閱傳曰堀閱容閱也閱卽穴宋玉賦空穴來風莊子作空閱來風司馬彪云門戶孔空風善從之道德經塞其兌閉其門兌卽閱之省詩我躬不閱傳云閱容也言我躬不能見容如無空穴以自處也从門兌聲弋雪切十五部

闋事已閉門也引申爲凡事已之偁詩俾民心闋傳曰闋息也禮記有司告以樂闋从門癸聲傾雪切十五部

闞望也望者出亡在外望其還也望有倚門倚閭

十二篇上　廿四

闞ㄎㄢˋ 2溪　閔ㄇㄣ 9明　△㥯　闖ㄔㄤ 28透　耳ㄦˇ 24泥　耴ㄓㄜˊ 29端

者故从門大雅闞如虓虎謂其怒視**从門敢聲**苦濫切八部

疏也去部曰疏通也闊之本義如是不若今義訓爲廣也**从門**猶䍜之从囟**活聲**苦括切十五部

弔者在門也引申爲凡痛惜之辭俗作憫邶風覯閔既多幽風鸞子之閔斯傳曰閔病也**从門文聲**眉殞切十三部

古文閔按此篆篇韵不載恐不足據小徐篆作㥯然則大徐上體从古文民今寫譌甚汗簡正从古文民

馬出門皃引申爲突兀驚人之辭公羊傳曰開之則闖然公子陽生也何云闖出頭皃韓退之詩曰喁喁魚闖萍**从馬在門中讀若郴**許讀平聲今去聲丑禁切七部俗語轉若㧊

文五十七　重六

主聽者也者字今補凡語云而已者急言之曰耳在古音一部凡云如此者急言之曰爾在古音十五部如世說云聊復爾耳謂且如此而已是也二字音義絕不容相混而唐人至今譌亂至不可言於古經傳亦任意塡寫致多難讀即如論語一經言云爾者謂如此也言謹爾率爾鏗爾者爾猶然也言無隱乎爾一日長乎爾爾猶汝也言汝得人焉爾乎言得人於此否也公羊傳三年問焉爾皆訓於此也全經惟有前言戲之耳乃而已之訓今俗刻作汝得人焉耳乎乃極爲可笑曹操曰俗語云生女耳耳是不足之詞此古說之存者也音轉讀爲仍如耳孫亦曰仍孫是也**象形**而止切一部**凡耳之屬皆从耳**

耳𠂹也𠂹各本作埀今正**从耳𠃍下𠂹象形**𠃍今補陟葉切八部**春秋傳曰**按曰字衍**秦公子耴者其耳𠂹也故㠯爲名**今按左氏傳秦無公子耴惟鄭七穆子良之子公孫輒字子耳以許訂之古本左傳當作公孫耴白虎通所謂旁其名爲之字聞名即知其字聞字即知其名也左傳云以類命爲象生而耳垂因名之耴猶生而夢神以黑規其臀因名之黑臀吳都賦魚鳥聱耴耴音牛乙切非此字

⿰耳占ㄉㄢ 30端　耽ㄉㄢ 28端　聃ㄊㄢ 30透　△⿰耳甘　聸ㄉㄢ 30端　耿ㄍㄥˇ 12見　聯ㄌㄢˊ 3來　聊ㄌㄠˊ 21來

小𠂹耳也从耳占聲丁兼切七部

耳大𠂹也淮南墜形訓夸父耽耳在其北高注耽耳耳垂在肩上耽讀衣褶之褶或作攝以兩手攝其肩之耳也按許書本無聸字耽即聸也今本於耽篆之外沾一聽篆誤矣**从耳冘聲**丁含切八部**詩曰士之耽兮**衞風氓文此引詩說叚借也毛傳曰耽樂也耽本不訓樂而可叚爲媅字女部曰媅者樂也

耳曼也曼者引也耳曼者耳如引之而大也如曼膚曼睩之曼史記老子列傳曰姓李氏名耳字聃史記索隱老子音義後漢書桓帝紀注文選遊天台山賦注所引皆如此今本史記作名耳字伯陽謚曰聃淺人妄改者也字伯陽見唐固國語注**从耳冄聲**他甘切七部

聃或从甘甘聲

𠂹耳也从耳詹聲都甘切八部**南方有聸耳國**古祇作耽一變爲聸耳再變則爲儋耳矣

耳箸頰也頰者面旁也耳箸於頰曰耿耿之言黏也黏於頰也邶風耿耿不寐傳曰耿耿猶儆儆也憂之聯綴於心取義於此凡云耿者謂專壹也杜林說皮傳耿光而非字義**从耳烓省聲**烓小徐作烔大徐本舊皆作烓烓讀若冋見火部耿古杏切十一部**杜林說耿光也**古文尚書曰文王之耿光離騷注曰耿光也又曰耿明也**从火**依韵會訂**聖省聲凡字皆𠂇形又聲杜說非也**徐鍇曰此說或後人所加

連也連者負車也負車者以人輓車人與車相屬因以爲凡相連屬之偁周人用聯字漢人用連字古今字也周禮官聯以會官治鄭注聯讀爲連古書連作聯此以今字釋古字之例**从耳从絲**四字今補會意力延切十四部**从耳耳連於頰**故从耳**从絲絲連不絕也**故又从絲

耳鳴也楚辭曰耳聊啾而戃慌王注云聊啾耳鳴也此聊之本義故字从耳若詩泉水傳云聊願也箋云聊且略之辭也方言曰俚聊也戰國策民無所聊此等義相近皆叚聊爲憀也憀者憀賴也又詩傳椒聊椒也不言聊爲語詞蓋單評曰椒絫評曰椒聊楚詞亦云懷椒聊之蔎蔎爾雅曰朻者聊朻即茮

聖 ㄕㄥˋ 12透　聰 ㄘㄨㄥ 18清　聽 ㄊㄧㄥ 12透　聆 ㄌㄧㄥˊ 6來　職 ㄓˊ 25端

椒檝實成茱彙 从耳丣聲 丣各本譌作卯篆體亦譌今竝正洛蕭切古音在三部讀如劉

聖 通也 邶風母氏聖善傳云聖叡也小雅或聖或不傳云人有通聖者有不能者周禮六德教萬民智仁聖義忠和注云聖通而先識洪範曰睿作聖凡一事精通亦得謂之聖 从耳 聖从耳者謂其耳順風俗通曰聖者聲也言聞聲知情按聲聖字古相叚借 呈聲 式正切十一部

聰 察也 察者覈也聰察以雙聲爲訓 从耳悤聲 倉紅切九部

聽 聆也 凡目所及者云視如視朝視事是也凡目不能偏而耳所及者云聽如聽天下聽事是也 从耳悳 會意耳悳者耳有所得也 𡈼聲 他定切十一部

聆 聽也 二篆轉注匡謬正俗載俗語云聆瓦聆者聽之知微者也文王世子曰夢帝與我九聆此叚聆爲鈴夢天以九个鈴與己也 从耳令聲 郎丁切古音在十二部

職 記𢼸也 𢼸舊作微今正記猶識也纖微必識是曰職周禮太宰之職大司徒之職皆謂其所司凡言司者謂其善伺也凡言職者謂其善聽也釋詁曰職主

聒 ㄍㄨㄚ 2見　聥 ㄐㄩˇ 13匣　聲 ㄕㄥ 12透　聞 ㄨㄣˊ 9明　聘 ㄆㄧㄣˋ 12滂　聾 ㄌㄨㄥˊ 18來　聳 ㄙㄨㄥˇ 18心　△⿰耳昏

也毛傳同見詩悉蟀十月之交周禮職方亦作識方 从耳戠聲 之弋切一部

聒 讙語也 讙者譁也 从耳昏聲 古活切十五部

聥 張耳有所聞也 廣雅驚也 从耳禹聲 王矩切五部

聲 音也 音下曰聲也二篆爲轉注此渾言之也析言之則曰生於心有節於外謂之音宮商角徵羽聲也絲竹金石匏土革木音也樂記曰知聲而不知音者禽獸是也 从耳殸聲 書盈切十一部 殸籀文磬 見石部

聞 知聲也 往曰聽來曰聞大學曰心不在焉聽而不聞引申之爲令聞廣譽 从耳門聲 無分切十二部

⿰耳昏 古文从昏 昏聲

聘 訪也 汎謀曰訪按女部曰娉問也二字義略同 从耳甹聲 匹正切十一部

聾 無聞也 从耳龍聲 盧紅切九部

聳 生而聾曰聳 方言聳聾也生而聾陳楚江淮之閒謂之聳荊揚之閒及山之東西雙聾者謂之聳又古多叚聳爲慫方言曰聳慫也又曰聳欲也荊吳之閒曰聳自關而西秦晉之閒

聹 ㄗㄞˇ 24精　聵 ㄎㄨㄟˋ 7疑　△⿱㕡耳　△⿰耳豙　聉 ㄨㄚˋ 8疑　聧 ㄨㄚˋ 4疑　⿰耳月 ㄩㄝˋ 2疑

相勸曰聳中心不欲而由旁人之勸語亦謂之聳 从耳從省聲 息拱切九部

聹 益梁之州謂聾爲聹秦晉聽而不聞聞而不達謂之聹 方言曰聹聾也梁益之閒謂之聹秦晉之閒聽而不聰聞而不達謂之聹 从耳宰聲 作亥切一部

聵 聾也 國語曰聾聵不可使聽韋云耳不別五聲之和曰聾生而聾曰聵 从耳貴聲 五怪切十五部

⿱㕡耳 聵或从㕡 許書㕡聲之字三而逸㕡篆

⿰耳豙 或从豙作 豙應改辛省說見豕部

聉 無知意也 此意内言外之意無知者其意聉者其瞢也方言曰聾之甚秦晉之閒謂之聧注曰言聉無所知也疑方言之正文本作謂之聉今本譌 从耳出聲讀若孼 五滑切十五部

⿰耳月 墮耳也 見方言 从耳月聲 魚厥切十五部

聧 吳楚之外凡無耳者謂之聧 方言曰吳楚之外郊凡無有耳者謂之聧其言聧者若秦晉中土謂墮耳者明也 言

聅 ㄔㄜˋ 2透　聝 ㄍㄨㄛˊ 25見　⿸麻耳 ㄇㄧˇ 1明　△馘

若斷耳爲盟 斷耳卽墮耳盟當作明字之誤也 从耳闋聲 五刮切十五部

聅 軍法㠯矢毌耳也 會意恥列切十五部 司馬灋曰小辠聅之中辠刖之大辠剄之

聝 軍戰斷耳也 大雅攸馘安安傳曰馘獲也不服者殺而獻其左耳曰馘魯頌在泮獻馘箋云馘所格者之左耳 春秋傳曰㠯爲俘聝 左傳成三年文 从耳或聲 古獲切古音在一部

馘 聝或从首 今經傳中多从首

⿸麻耳 乘輿金耳也 金耳俗本作金飾馬耳舊本作金馬耳玉篇同今依廣韵五支四紙作乘輿金耳訂正乘輿者天子之車也金耳者金飾車耳也西京賦戴翠帽倚金較薜注金較黃金以飾較也崔豹古今注曰車耳重較也史記禮書彌龍徐廣曰乘輿車金薄繆龍爲輿倚較繆者交錯之形車耳刻交錯之龍飾以金惟乘輿爲然與文虎伏軾龍首衡軛畫爲三事史記之彌卽許之⿸麻耳⿸麻耳者本字彌者同音叚借字淺人不得其解乃妄改而不可通矣⿸麻耳非人耳

聆 ??　聑 29端　聶 29泥　𦣝 24定　頤　巸 24定　𩠐

也故其字殿焉从耳麻聲讀若㳽水一曰若月令靡艸之靡亡彼切廣韵亦忙皮切古音在十七部音轉入十六部彌字古多在十六部用故叚彌爲靡

國語曰回祿信於聆遂闕國語今見周語闕者謂其義其音其形皆闕也韋注聆遂地名宋庠音禽後漢書楊賜傳引作黙遂黙亦今聲也而說苑引國語作亭遂竹書帝癸三十年作聆隧災是其字从令从今不可定而許書此篆或後人所偶記註於此者

安也長笛賦曰瓠巴聑柱从二耳會意二耳之在人首帖妥之至者也凡帖妥當作此字帖其叚借字也丁帖切八部文選注引說文丁篋切

駙耳私小語也口部咠下曰聶語也按二篆皆會意以口就耳則爲咠咠者己二耳在旁彼一耳居閒則爲聶史記魏其武安傳曰乃效女兒呫聶耳語韋曰呫聶附耳小語聲从三耳尼輒切八部

文三十二　重五

十二篇上　九

顄也頁部曰顄頤也二篆爲轉注𦣝者古文頤也鄭易注曰頤中口車輔之名也震動於下艮止於上口車動而上因輔嚼物以養人故謂之頤頤養也按鄭意謂口下爲車口上爲輔合口車輔三者爲頤左氏云輔車相依車部云輔人頰車也序卦傳曰頤者養也古名頤字眞晉枚頤字仲眞李頤字景眞枚頤或作梅賾誤也象形此文當橫視之橫視之則口上口下口中之形俱見矣與之切一部凡𦣝之屬皆从𦣝

篆文𦣝此爲篆文則知𦣝爲古文也先古文後篆文者此亦先二後上之例不如是則頤篆無所附也

籀文从𦣻𦣝本象形如籀文篆文則从𦣻从頁而後象其形也

廣頤也頤各本作𦣝今正許書主篆文也廣頤曰巸引申爲凡廣之偁周頌昊天有成命傳曰緝明也熙廣也熙乃巸之叚借字也熙从火其義訓燥不訓廣也毛傳於文王曰緝熙光明也與昊天有成命傳不同而敬之傳曰光廣也然則光卽廣二傳義本同不得如鄭箋云廣爲光字之誤周內史說周易曰光逗遠而自他有燿者也然則光卽廣可知大戴禮積厚者流光卽流廣也釋詁緝熙光也卽周語叔向所云緝明熙廣也毛公兼取之爲傳學者宜觀其會通凡詁訓有析之至細者有通之甚寬者非好學深思心知其意不能盡其理也熙訓廣而熙乃巸之叚借然則古經熙字可作巸者多矣○文王毛傳曰緝熙光明也此係釋詁而必兼言明者欲與叔向之語不相違也昊天有成命傳直用叔向語者以叔向固釋此詩也敬之緝熙于光明傳曰光廣也者以緝熙旣訓光明則光明於光明文理難通故此光必訓廣也然則文王敬之熙訓光昊天有成命熙訓廣未嘗不析之甚細矣从𦣝巳聲與之切一部

古文巸从戶按此古文从戶疑當作从尸凡人體字多从尸不當从戶也顧命夾兩階巸某氏云堂廉曰巸廣雅云巸切也此因堂邊圻堣象人下頷之廣闊故借以爲名而讀𣏟史切○又按九經字樣云說文作戹經典作巸然則今本說文異於唐時也然唐時已从戶則亦誤矣

文二　重三

十二篇上　十

𠂹　戺

手 21透　掌 15端　拇 24明　指 4端

拳也今人舒之爲手卷之爲拳其實一也故以手與拳二篆互訓象形象指掌及擘也書九切三部凡手之屬皆从手

古文手

手中也手有面有背背在外則面在中故曰手中左傳云有文在手者在掌也釋名云水洪出所爲澤曰掌水渟處如手掌中也詩或王事鞅掌傳曰鞅掌失容也箋云鞅猶何也掌謂捧之也玉裁按凡周禮官名掌某者皆捧持之義从手尚聲諸兩切十部

將指也將指謂手中指也大射禮右巨指鉤弦注云右巨指右手大擘也又設決朱極三注云三者食指將指無名指小指短不用左傳定十四年闔廬傷將指取其一屨注云其足大指見斬遂失屨易咸初六咸其拇馬鄭薛虞皆云拇足大指也合三經而言之手以中指爲將指爲拇足以大指爲將指爲拇此手足不同偁也許謂手中指易拇荀作母从手母聲莫厚切古音在一部

手指也手非指不爲用大指曰巨指曰巨擘次曰食指曰嚏鹽指中曰將指次曰無名指次曰小指叚借爲恉心部曰恉意也

拳 ㄑㄩㄢˊ 3匣　掔 ㄨㄢˋ 2影　攕 ㄒㄧㄢ 30心　揱 ㄕㄛ 19心　摳 ㄎㄡ 16溪　攐 ㄑㄧㄢ 3溪

从手旨聲 職雉切十五部

拳 手也 合掌指而爲手故掌指二篆廁手拳二篆之間卷之爲拳故檀弓曰執女手之拳然 从手𢍏聲 巨員切十四部

掔 手掔也 各本作手掔今正掔者手上臂下也肉部曰臂者手上也肘者臂節也又部曰厷者臂上也是則肘以下手以上渾言之曰臂析言之則近手處曰掔士喪禮設決麗于掔注云掔手後節中也云後節中者肘以上爲前節則肘以下爲後節後節之中以上爲臂則以下爲掔也俗作捥左傳涉佗捘衛矦之手及捥非古字也 从手臤聲 依韵會此四字在此臤見目部烏貫切十四部 楊雄曰掔握也 此蓋楊雄倉頡訓纂一篇中語握者搕持也楊說別一義凡史漢云搕擥扼腕者皆疊字言持手游民也

攕 好手皃 魏風葛屨曰摻摻女手可以縫裳傳曰摻摻猶纖纖也漢人言手之好曰纖纖如古詩云纖纖擢素手傳以今喻古故曰猶其字本作攕俗改爲摻非是遵大路傳曰摻擥也是摻字自有本義孔氏正義引說文摻參此音反聲訓爲斂操喿七遙反聲訓爲奉也是唐初說文確有摻字之證自淺人摻操不分而奪摻篆亦猶鼏鼏不分而奪鼏篆袀袗不分而奪袀篆也知摻之有本義則知用爲攕字之非矣 从手韱聲 所咸切七部 詩曰攕攕女手

揱 人臂皃 考工記輪人曰望其輻欲其揱爾而纖也注云揱纖殺小皃也鄭司農讀爲紛容揱參之揱玄謂如桑螵蛸之蛸按紛容揱參出上林賦 从手削聲 所角切二部 周禮曰輻欲其揱尒 大徐無尒字非也今記作爾許所見作尒尒者本字書之必然也爾者叚借字也爾行而尒廢矣

摳 繑也 按糸部曰繑絝紐也與摳義絕遠疑是矯字之譌矢部曰矯柔箭箝也摳之義爲矯枉 一曰摳衣 各本下有升堂二字今依韵會刪正攐篆下曰摳衣也然則此當云一曰攐衣曲禮曰摳衣趨隅摳提也衣裳也論語注云攝齊者摳衣也 从手區聲 口矦切四部

攐 摳衣也 高注淮南曰攐縮也按詩言褰裳當作此篆褰訓袴非其義也亦有作騫者謂虧其下體之衣較作褰爲長 从手褰聲 按此篆與攓篆別者以从衣也

撎 ㄧˋ 5影　揖 ㄧ 27影

當云从手衣寒省聲會意兼形聲去虔切十四部

撎 擽舉首下手也 六字各本作舉手下手也五字今正西征賦注玉篇引說文有拜字左傳成十六年釋文引字林舉首下手皆是也凡不跪不爲拜跪而舉其首惟下其手是曰肅拜漢人曰撎周禮九拜九曰肅拜先鄭注云肅拜但俯下手今時撎是也鄭注少儀曰肅拜拜不低頭也云但俯下手云不低頭正與舉首下手合今本說文既譌而少儀注又刪不字作拜低頭乃終古昧其禮矣程氏瑤田曰言舉首者以別於䭫首頓首空首三拜皆必下其首也按此婦人之拜也婦人以肅拜當男子之空首少儀云婦人吉事雖有君賜肅拜是也以手拜當男子之稽首少儀之手拜士昏禮之拜扱地是也以稽顙當男子之頓首喪服小記之爲夫與長子稽顙是也肅拜與成十六年之肅不同肅不連拜介者不拜長揖而已不拜者不跪也肅拜則跪而舉首下手也○南宋張淏雲谷襍記引程氏攷古編云國史王貽孫傳大祖嘗問趙普拜禮何以男子跪而婦人不跪普訪禮官無有知者貽孫曰唐天后朝婦人始拜而不跪普問所出曰大和中有幽州從事張建章著渤海國記備言其事予按予程氏自偏後周天元大象二年詔內外命婦皆執笏其拜宗廟及天臺皆俯伏如男子據此詔特令於廟朝跪其他拜不跪矣豈武后時幷廟朝不跪建章記之未詳耶周昌諫帝廢太子呂后見昌爲跪謝戰國策蘇秦嫂蛇行匍匐四拜自跪而謝隋志皇帝册后后先拜後起皇帝後拜先起則唐以前婦拜皆跪伏也玉裁按婦人拜亦無不跪者肅拜跪而舉首不俯伏雖拜君賜亦然天元時令拜宗廟天臺俯伏如男子可以證常拜之跪而不必俯伏也至於天后而始不跪孫甫唐書曰武后欲尊婦人始易今拜 从手壹聲 於計切古音在十二部讀如壹

揖 攘也 攘汲古閣改作讓誤此與下文攘推也相聯爲文鄭禮注云推手曰揖凡拱其手使前曰揖凡推手小下之爲土揖推手小舉之爲天揖推手平之爲時揖也成十六年敢肅使者則若今人之長揖 从手咠聲 伊入切八部 一曰手箸匈曰揖 此別一義上言揖以爲讓謂手遠於胸此言手箸於胸曰揖者箸直略切禮經有揖有厭厭一涉切推手曰揖引手曰厭推者推之

攘ㄖㄤˊ 15泥　拱ㄍㄨㄥˇ 18見

遠胸引者引之箸胸如鄉飲酒主人揖先入此用推手也賓厭眾賓此用引手也謙若不敢前也今文厭皆作揖則今文禮有揖無厭許君於禮或從古文或從今文此手箸胸曰揖葢於此從今文不從古文是以統謂之揖介推手引手隨宜而用今人謙讓亦兼有此二者周禮疏儀禮疏厭或作揖譌字不可從

攘　推也　推手使前也古推讓字如此作上曲禮注曰攘古讓字許云讓者相責讓也攘者推也从古也漢書禮樂志盛揖攘之容藝文志堯之克攘司馬遷傳小子何敢攘皆用古字凡退讓用此字引申之使人退讓亦用此字如攘寇攘夷狄是也

从手襄聲　汝羊切按當人樣切十部

拱　斂手也　斂當作撿與下篆相聯爲文尚書大傳曰拱則抱鼓皇侃論語疏曰拱沓手也九拜皆必拱手而至地立時敬則拱手如檀弓孔子與門人立拱論語子路拱而立玉藻臣侍於君垂拱是也行而張拱曰翔凡拱不必皆如抱鼓也推手曰揖則如抱鼓拜手則斂於抱鼓稽首頓首則以其斂於抱鼓者下之引手曰厭則又較斂於拜手凡沓手右手在內左手在外是謂尚左手男拜如是男之吉拜如是喪拜反是左手在內右手在外是謂尚右手女拜如是女之吉拜如是喪拜反是喪服記袪尺二寸注曰袪袖口也尺二寸足以容中人之併兩手也吉時拱尚左手喪時拱尚右手合內則奔喪檀弓尚左尚右之文之可以知拱時沓手之宜矣拱古文叚借作共鄉飲酒禮注曰共拱手也○尚書大傳注曰兩手搤之曰拱然則桑穀一暮大拱孟子拱把之桐梓皆非沓手之拱拱之小者也趙岐云合兩手徐鍇云兩手大指頭相拄

从手共聲　居竦切九部

撿ㄌㄧㄢˇ 30來　𢷏ㄅㄞˋ 2幫

撿　拱也　凡斂手宜作此字

从手僉聲　良冉切七部

𢷏　首至手也　各本作首至地也今正首至地謂䭫首拜中之一不可該九拜拜之名生於空首故許言首至手周禮之空首他經謂之拜手鄭注曰空首拜頭至手所謂拜手也何注公羊傳曰頭至手曰拜手某氏注尚書大甲召誥曰拜手首至手也何以謂之頭至手足部曰跪者所以拜也既跪而拱手而頭俯至於手與心平是之謂頭至手荀卿子曰平衡曰拜是也頭不至於地是以周禮謂之空首空首者對䭫首頓首之頭著地言也詳言曰拜手省言曰拜拜本專爲空首之偁引申之則䭫首頓首肅拜皆曰拜䭫首者何也拜頭至地也既跪而拱手下至於地而頭亦下至於地荀卿所謂下衡曰䭫首白虎通鄭注周禮何注公羊某氏注尚書召誥趙注孟子皆曰拜頭至地曰䭫首是也頓首者拜頭叩地也既跪而拱手下至於地而頭不徒下至地且叩觸其頷是之謂頓首荀卿所謂至地曰䭫顙也周禮之頓首即他經之䭫顙故周禮注云頓首頭叩地士喪禮檀弓䭫顙注云頭觸地叩觸一也凡言拜手䭫首言拜䭫首者先空首而後䭫首也言拜而後䭫顙者先空首而後頓首也言䭫顙而後拜者先頓首而後空首也言䭫顙而不拜者徒頓首而不空首也空首䭫首頓首三拜爲經振動吉拜凶拜奇拜褒拜肅拜爲緯振動者戰栗變動之拜有不必爲此三拜而爲此三拜者也吉拜者拜之常也當拜而拜當䭫首而䭫首是也凡䭫首未有用於凶者也凶拜者何也拜而後䭫顙䭫顙而後拜皆是也凡頓首未有不用於凶者也奇拜者一拜也一䭫首一頓首亦是也簡少之詈也褒拜者拜不止於再也䭫首頓首不止於再者亦是也多大之詈也肅拜者婦人之拜不低頭者也總計之曰九拜凡云拜手者頭至手故其字从手作㨃

从手㨃　㨃見本部疾也徐鍇曰从㨃者言進趨之疾按釋名曰拜於丈夫爲跌跌然屈折下就地也博怪切十五部

古文㨃从二手　葢从二手而比聲凡拜必兼用首手足三者而造字者重手故从手䭫首頓首則重頭故从首頁○又汗簡曰⿰手手出說文是則从二古文手也但楊雄說⿰手手从兩手作拜豈不相混乎

楊雄說㨃从兩手下　葢爰禮等所說楊所作訓纂篇中字如此凡空首首至手而平衡手未嘗下於心也䭫首頓首則下矣楊葢兼三拜而製此字也見於周禮者作㨃他經皆同子雲作

△拜　△⿱手丅

捾ㄨㄛˋ 3影　搯ㄊㄠ 21透

捾　搯捾也　捾乃複舉字誤移搯下耳義理與抉略同今人剜字當作此大徐附剜於刀部非也

从手官聲　烏括切十四部

一曰援也　援者引也

搯　捾也　魯語公父文伯母戒文伯之妾曰無洵涕無搯膺韋注搯叩也膺胷也按韋注即俗所謂椎心喪禮有擗拊心也則叩胷亦未爲失此正謂哀之甚如欲挑出心肝者然韋祇言其大致而已今人俗語

捘ㄗㄨㄣˋ 9精　推ㄊㄨㄟ 7透　⿱巩手ㄍㄨㄥˇ 18見

亦云搯出文選長笛賦搯膺擗摽李善引國語及韋注而云苦洽反殊誤苦洽切當是掐字从臽聲爪刺也下引魏書程昱傳昱於魏武前忿爭聲氣忿高邊人搯之乃止是則从臽之掐於搯膺豪不相涉也韓子文搯擢胃腎亦是用搯膺字通俗文掐出曰掏爪按曰搯掏卽搯也許不錄掐**从手舀聲**土刀切古音在三部**周書曰師乃搯**尚書大誓文漢大誓有今文古文之別合於伏生二十八篇者後得之大誓今文也馬鄭所注者孔壁之大誓古文也尚書大傳師乃慆鄭云慆喜也此今文大誓也許所偁作師乃搯此古文大誓也如古文流爲雕今文作流爲烏之比詳古文尚書撰異**搯者擂兵刃㠯習擊刺也**擂各本作拔詩清人釋文引作抽今據正此釋大誓搯字之義以明與訓搯之搯不同也凡說文旣說字義而引經又釋其義者皆以明說經與說字不同如圛訓回行商書之曰圛則訓圛者升雲半有半無垔訓以土增大道唐書之朕垔讒說殄行則訓垔疾惡也蔑訓火不明周書之布重蔑席則訓織蒻席也此亦同此例搯本訓指而大誓之搯訓抽兵刃以習擊刺搯與抽同於六書爲叚借故必箸之**詩曰左旋右擂**左右當作ナ又擂各本作搯自陸氏作詩音義時已誤今正此引詩鄭風清人文爲抽兵刃之證也毛曰右抽者抽矢以䠶箋云御者習旋車車右抽刃引之證軍中有此儀武王丙午逮師逮作還者誤尚未渡孟津故抽兵刃習擊刺凡引經說字不必見本字如引突如其來如證不順忽出引龍戰于野證陰極陽生引先庚三日證庚更事也皆是此例此又引抽證抽耳若作右搯則詩曰左旋右搯六字當在周書曰師乃搯之下而今本爲不辭

擁也从手巩聲居竦切九部按此篆已見丮部爲巩之或字此不當重出當是淺人所增刪之可也⿱巩手訓擁則當與擁篆相聯爲文增之者廁非其所矣

排也今六脂十五灰殊其音義古無二音二義也**从手隹聲**他回切十五部按廣韵又隹湯回二音

推也謂排擠也**从手夋聲**子寸切十三部左傳音義子對反**春秋傳曰捘衞侯之手**定八年左傳曰將歃涉佗捘衞侯之手及捥此謂衞侯欲先歃涉佗執其手卻之由指掌逆推及於擊也杜云血及捥非

卅五

△ ⿰夫攴

揲ㄕㄜˊ 29定　拑ㄑㄧㄢˊ 32匣　挈ㄑㄧㄝˋ 2溪　持ㄔˊ 24定　⿰爿手ㄐㄧㄤ 15清　扶ㄈㄨˊ 13並　挫ㄘㄨㄛˋ 1精　拉ㄌㄚ 27來　摧ㄘㄨㄟ 7從　抵ㄉㄧˇ 4端　擠ㄐㄧˇ 4精　排ㄆㄞˊ 7並

擠也今義列也**从手非聲**步皆切十五部

排也左傳知擠于溝壑矣杜云隊也隊今之墜字謂排而墜之也商書微子作隮引左傳亦作隮隮者躋之俗**从手齊聲**子計切十五部

擠也排而相歫也**从手氏聲**丁禮切十五部

擠也釋詁毛傳皆曰摧至也卽抵之義也自推至摧六篆同義**从手崔聲**昨回切十五部**一曰挏也**挏者擁引也**一曰㫁也**㫁者斷也今此義行而上二義廢矣詩室人交徧摧我傳曰摧沮也此折之義也

摧也公羊傳搚幹而殺之何曰搚折聲也按搚亦作拉此上文摧一曰折也之義**从手立聲**盧合切七部

摧也此亦上文摧一曰折也之義考工記揉牙內不挫注云挫折也詩乘馬在廏摧之秣之傳曰摧挫也箋云挫今莝字也傳箋今本譌舛今正之如是**从手㘴聲**則臥切十七部

左也左俗本改作佐非左下曰手相助也**从手夫聲**防無切五部

古文扶从攴

扶也古詩好事相扶將當作扶⿰爿手字之叚借也凡云將順其美當作⿰爿手順詩百兩將之傳曰將送也天不我將箋云將猶養也皆於⿰爿手義爲近玉篇曰⿰爿手今作摪同**从手爿聲**七良切十部廣韵卽良切

握也从手寺聲直之切一部

縣持也縣者系也胡涓切下文云提挈也則提與挈皆謂縣而持之也今俗語云挈帶古叚借爲契挈字如爰挈我龜傳云挈開也又如⿰糸式字下云樂浪挈令**从手㓞聲**苦結切十五部

脅持也謂脅制而持之也凡脅之爲制猶膺之爲當也鬼谷子有飛鉗鉆卽拑字**从手甘聲**巨淹切八部

閱持也閱者具數也更迭數之也匹下曰四丈也从八匚八揲一匹按八揲一匹則五五數之也五五者由一五二五數之至於八五則四丈矣毄辭傳曰揲之以四以象四時謂四四數之也四四者由一四二四數之至若干四則得其餘矣凡傳云三三兩兩十十五五者皆放此閱持者旣得其數而持之故其字从手

卅六

摯ㄓ 2端 操ㄘㄠ 19清 攫ㄐㄩ 13見 捦ㄑㄧㄣ 28匣 （擒） 搏ㄅㄛ 13幫 △㩒 據ㄐㄩ 13見 攝ㄕㄜ 29透

从手枼聲食折切十五部按枼聲或在八部或在十五部由古此二部相合同一世聲而彼此皆用之

摯 握持也握持者搤持也周禮六贄字許書作摯又鳥部鷙鳥字皆或叚摯爲之从手執會意也脂利切十五部

操 把持也把者握也操重讀之曰節操曰琴操皆去聲从手喿聲七刀切二部

攫 爪持也覆手曰爪謂覆手持之也徐鉉等曰今俗別作掬今按本部自有匊篆掬其俗體耳其義訓兩指撮非訓爪持从手瞿聲居玉切古音在四部

捦 急持衣裣也此篆古叚借作禽俗作擒作捦走獸總名曰禽者以其爲人所捦也又按此解五字當作急持也一曰持衣裣也九字乃合必轉寫有譌奪矣从手金聲巨今切七部

㩒 捦或从禁禁聲

搏 索持也索各本作索今正入室搜曰索索持謂摸索而持之周禮環人搏諜賊釋文云搏音博又房布反劉音付射人注貍善搏者也行則止而擬度焉其發必獲釋文云搏音博劉音付士師注胥讀爲宿偦之偦偦謂司搏盜賊也釋文云搏音博劉音付小雅車攻箋獸田獵搏獸也釋文云搏音博舊音付按小司徒注之伺捕盜賊卽士師注之司搏盜賊也一用今字一用古字古捕盜字作搏而房布反又音付猶後人所謂捫搎摸揉也本部搏捕二篆皆收捕訓取也又部取下云捕也是與索持義迥別今則捕行而搏廢但訓爲搏擊又按搏擊與索取無二義凡搏擊者未有不乘其虛怯扼其要害者猶執盜賊必得其巢穴也本無二義二音至若考工記之搏埴虞書之拊搏此則拍字之叚借字从手尃聲補各切此今音也陸氏說又房布切劉音付皆古音也五部一曰至也此別一義蓋搏亦爲今之附近字許則云駙者近也左傳則作傅

據 杖持也謂倚杖而持之也杖者人所據則凡所據皆曰杖據或作据楊雄傳三摹九据晉灼曰据今據字也按何氏公羊傳注據亦皆作据是叚借拮据字从手豦聲居御切五部

攝 引持也謂引進而持之也凡云攝者皆整飭之意論語攝齋史記侯生攝弊衣冠襄十四年左傳曰不書者情也書者攝也注云能自攝整詩攝以威儀傳曰言相攝佐者以威儀也論語官事不攝注云攝猶兼也皆引持之意从手聶聲書涉切八部

抩ㄋㄢ 30透 捬ㄆㄨ 13滂 挾ㄒㄧㄝ 29匣 捫ㄇㄣ 9明 擥ㄌㄢ 32來 擸ㄌㄧㄝ 31來 握ㄨㄛ 17影 △𡗎 撣ㄉㄢ 3定 把ㄅㄚ 13幫 搹ㄜ 11影

抩 并持也謂兼二物而持之也秝部曰秉持一禾兼持二禾兼者會意字冄者形聲字冄與兼音略同从手冄聲他含切七部

捬 捫持也謂捫按而持之也金部鋪下云箸門捬首也捬首者人所捫摸處也从手布聲普胡切五部

挾 俾持也俾持謂俾夾而持之也亦部夾下曰盜竊褢物也俗謂蔽人俾夾然則俾持正謂藏匿之持如今人言懷挾也孟子挾貴挾賢挾長挾有勳勞挾故此皆本義之引申音胡頰切若詩禮之挾矢周禮之挾日音皆子協反挾日干本作帀日左傳作浹謂十日徧也禮注方持弦矢曰挾謂矢與弦成十字形也皆自其交會處言之古文禮挾皆作接然則接矢爲本字挾矢爲叚借字與从手夾聲各本作夾聲篆體亦从二人今皆正从二入以形聲中有會意也胡夾切八部

捫 撫持也撫安也一曰揗也謂安揗而持之也大雅莫捫朕舌傳曰捫持也渾言不分析也若王猛捫蝨之類又專謂摩挲从手門聲莫奔切十三部詩曰莫捫朕舌大雅抑文

擥 撮持也謂總撮而持之也从手監聲盧敢切八部

擸 理持也謂分理而持之也从手巤聲良涉切八部

握 搤持也按下文云搤一曰握也从手屋聲於角切三部

𡗎 古文握淮南詮言訓𡗎無所鑒謂之狂生高注𡗎持也所鑒者[元]德也持無所鑒所持者非[元]德故謂之狂生合文選任彥昇哭范僕射詩注及今本淮南子可得其眞矣叚眞訓曰其所居神者𡗎簡以游大清此𡗎亦疑𡗎之誤

撣 提持也提持猶縣持也太[元]繫其名撣訓觸別一義从手單聲讀若行遲驒驒驒驒未見所出葢卽詩之嘽嘽駱馬傳曰嘽嘽喘息之皃馬勞則喘息徒旱切十四部

把 握也握者搤持也孟子注曰拱合兩手也把以一手把之也从手巴聲博下切古音葢在五部

搹 把也喪服苴絰大搹注曰搹扼也中人之扼圍九寸此言中人滿手把之其圍九寸

△扼　挐ㄖㄨˊ 13泥　攜ㄒㄧ 10匣　提ㄊㄧˊ 10定　𢭆ㄓㄜˊ 29端　拈ㄋㄧㄢ 30泥　摛ㄔ 1透　捨ㄕㄜˇ 13透　擪ㄧㄝˋ 32影　（擫）　按ㄢˋ 3影

則其徑約計三寸也喪服傳朝一溢米夕一溢米王肅劉逵皆云滿手曰溢與鄭異按此謂溢爲搹之叚借字也然搹溢字見一章數行內不應異用則知鄭說爲長**从手鬲聲**於革切十六部

扼 搹或从戹扼今隸變作扼猶軛隸變作軛也許云扼者搹之或字而鄭注禮云搹扼也者漢時少用搹多用扼故以今字釋古字非於許有異也

挐 牽引也从手如聲按各本篆作拏解作奴聲別有挐篆解云持也从手如聲女加切二篆形體互譌今正挐字見於經者僖元年獲莒挐三傳之經所同也其義則宋玉九辯曰枝煩挐而交橫王注柯條糾錯而崩嶷招魂稻粢穱麥挐黃粱些王注挐糅也王逸九思殽亂兮紛挐王注君任佞巧競疾忠信交亂紛挐也左思吳都賦攢柯挐莖李注曰許愼注淮南子云挐亂也凡若此等皆於牽引義爲近而漢霍去病傳昏漢匈奴相紛挐此與九思紛挐同謂漢與虜相亂也而師古注乃云紛挐亂相持搏也以亂釋紛以相持搏釋挐大非語意竊意其時說文已同今本故顏從而傅會耳葢其字本如聲讀女居切其義爲牽引廣韵九魚挐注牽引未嘗作拏說文拏訓持卽今所用攫拏字也其字奴聲讀女加切廣韵麻韵挐拏网收淆亂其義玉篇有挐無拏訓爲持也乃同今本說文孫強輩所改耳**一曰巳也**小徐本有此四字

攜 提也古多叚爲攜字**从手巂聲**戶圭切十六部

提 挈也挈者縣持也攜則相竝提則有高下而互相訓者渾言之也**从手是聲**杜兮切十六部

𢭆 拈也从手耴聲丁愜切八部

拈 𢭆也篇韵皆云指取也**从手占聲**奴兼切七部

摛 舒也蜀都賦摛藻掞天庭魏都賦摛翰則華縱春葩太元經幽攡萬類字作攡**从手离聲**丑知切古音在十七部

捨 釋也釋者解也按經傳多叚舍爲之**从手舍聲**書冶切古音在五部

擪 一指按也洞簫賦挹抐擫擪李注言中制也莊子外物擪其噦一作壓南都賦彈琴擫籥李注引說文按擫擫皆同擪**从手厭聲**於協切七部

按 下也以手抑之使下也印部曰抑者按也**从手安聲**烏旰

控ㄎㄨㄥˋ 18溪　揗ㄕㄨㄣˇ 9定　掾ㄩㄢˋ 3定　拍ㄆㄞ 14滂　拊ㄈㄨˇ 16滂　掊ㄆㄡˊ 24並

切十四部

控 引也引者開弓也引申之爲凡引遠使近之偁詩控於大邦傳曰控引也此卽左傳所謂控告也又抑磬控忌傳曰騁馬曰磬止馬曰控按騁馬曰磬者如大明傳之俔磬也極辭也止馬曰控者是亦引之使近之意也**从手空聲**苦貢切九部**詩曰控于大邦**鄘載馳文**匈奴引弓曰控弦**依羽獵賦注訂此引匈奴方語以證控引一也漢書於匈奴或言引弓或言控弦一也

揗 摩也廣雅曰揗順也廣韵曰手相安慰也今人撫循字古葢作揗循者行順也淮南曰引揗萬物高注引揗拔擢也讀允恭之允**从手盾聲**食尹切十三部廣韵詳遵切

掾 緣也緣者衣純也既夕禮注飾衣領袂口曰純引申爲凡夤緣邊際之偁掾者緣其邊際而陳掾也陳掾猶經營也易卦辭曰彖謂文王緣卦以得其義然則彖者掾之叚借字與漢官有掾屬正曰掾副曰屬漢舊注東西曹掾比四百石餘掾比三百石屬比二百石此等皆翼輔其旁者也故曰掾**从手彖聲**以絹切十四部

拍 拊也釋名曰拍搏也手搏其上也按許釋搏曰索持則古經搏訓拍者字之叚借考工記搏埴之工注曰搏之言拍也云之言者見其義本不同也**从手百聲**普百切古音在五部讀如粕

拊 揗也揗者摩也古作拊揗今作撫循古今字也堯典曰擊石拊石拊輕擊重故分言之又臯陶謨搏拊樂器名明堂位作拊搏**从手付聲**芳武切古音在四部

掊 杷也杷各本作把今正木部曰杷者收麥器也引申爲凡用手之偁掊者五指杷之如杷之杷物也史漢皆言掊視得鼎師古曰掊手杷土也杷音蒲巴反其字从木按今俗用之刨字也大雅曰曾是掊克傳曰掊克自伐而好勝人也以自伐釋掊以好勝人釋克未得其解定本掊作倍正義謂己兼倍於人而自矜伐似定本爲是矣然孟子書亦作掊克趙注但云不良也知詩本不作掊毛意謂掊爲倍之叚借字掊有聚意與捊音義近有深取意則不同捊也毛詩釋文云掊克聚斂也此謂同捊也方言曰掊深也郭注云掊尅深能以深釋掊以能釋尅此亦必古說但皆非毛義方言掊訓深與許說合○六書故引唐本作捊也不若顏氏本作杷**从手**

捋ㄌㄨㄛ 2來　撩ㄌㄧㄠˊ 19來　措ㄘㄨㄛˋ 14清　插ㄔㄚ 29清　掄ㄌㄨㄣˊ 9來　擇ㄗㄜˊ 14定　捉ㄓㄨㄛ 17影　搤ㄜˋ 11影　挻ㄕㄢ 3透

音聲父溝切廣韻薄侯切古音在一部今鹽官入水取鹽爲掊百官志注引胡廣曰鹽官掊坑而得鹽

捋 取易也按捋與寽二篆義別寽見𠬪部云五指寽也五指寽者如用指取禾采之穀是也捋則訓取易而義不同詩薄言捋之捋采其劉傳曰捋取也此捋訓之本義也若董逌詩詁曰以指歷取也朱子詩集傳曰捋取其子也此於今之俗語求其義而不知今之俗語許書自有本字凡訓詁之宜審愼如此○寽下云五指捋也宋本云五指持也皆未是廣韻六術云寽持取今寽禾是是則許當本作五指持取也五指持而取之於義乃合 从手寽聲郎括切十五部

撩 理之也之字依〔元〕應書卷十五補下云謂撩捋整理也今多作料量之料通俗文曰理亂謂之撩理 从手尞聲洛蕭切二部

措 置也置者赦也立之爲置捨之亦爲置措之義亦如是經傳多叚錯爲之賈誼傳叚厝爲之 从手昔聲倉故切五部

插 刺內也內各本作肉今正內者入也刺內者刺入也漢人注經多叚捷字扱字爲之 从手臿聲楚洽切八部

掄 擇也晉語君掄賢人之後有常位於國者而立之韋注掄擇也周禮凡邦工入山林而掄材不禁鄭注掄猶擇也按鄭意掄之本訓不爲擇故曰猶 从手侖聲盧昆切十三部

擇 柬選也柬者分別簡之也簡者存也今小徐本作簡選乃是譌字韵會作揀乃是俗字辵部選下曰一曰選擇也 从手睪聲丈伯切古音在五部

捉 搤也 从手足聲側角切三部 一曰握也上文云握者搤持也與此爲轉注

搤 捉也婁敬傳曰搤其亢拊其背楊雄傳曰搤熊羆抲豪豬搤其咽抗其氣皆謂捉持之師古云搤與捉同依許則搤捉音雖同而義迥別也 从手益聲於革切十六部

挻 長也商頌松桷有挻傳曰挻長皃此許所本也字林云挻長也丑連反此又本許也自寫詩者譌从木作梴又以梴竄入說文木部而終古長誤矣此義丑連反若老子挻埴以爲器其訓和也柔也其音始然反音羶其俗字作埏見於詩老子音義甚明而今本譌舛又方言挻取也凡取物而逆謂之篡楚部或謂之挻此義音羊羶反 从手延延亦聲小徐本作从手延聲四字式連切按當作丑延切十四部篆體右蓋从延延丑連切解當依小徐作从手延聲四字

揃ㄐㄧㄢˇ 3精　搣ㄇㄧㄝˋ 2明　批ㄗˇ 10精　揤ㄐㄧˊ 5精　捽ㄗㄨㄛˊ 8從　撮ㄘㄨㄛ 2清

揃 搣也搣之訓見下揃謂搣也急就篇沐浴揃搣寡合同莊子眥搣可以休老本亦作揃搣揃搣者道家修養之法故莊云可以休老史游與沐浴寡合同類言寡合即嗇精寡慾之說也若士喪禮士虞禮之蚤揃蚤讀爲爪謂斷爪揃讀爲翦許作剃謂剃須也士虞禮揃或爲鬋曲禮亦作蚤鬋注云鬋鬢也釋鬋爲剃理鬢髮是禮經揃字爲剃若鬋之叚借而不用揃之本義顏師古注急就曰揃搣謂鬄拔眉髮也蓋去其不齊整者顏氏誤以禮經之揃釋莊史之揃搣是誤以叚借爲本義也訓詁不通其源斯誤有如此者○莊子釋文引三倉云揃猶翦也云猶翦則翦非本義三倉不妨言叚借惟說文解字不言叚借 从手歬聲即淺切十四部

搣 𢪛也𢪛各本作批小徐本及集韵類篇廣韵作批今正批者批之譌批者𢪛之譌也手部𢪛批二篆義別𢪛下云一曰𢪛搣頰旁也與此曰搣𢪛也相爲轉注廣韵玉篇皆曰搣者摩也然則搣頰旁者謂摩其頰旁養生家之一法故莊子曰靜默可以補病眥搣可以休老眥搣即𢪛搣之叚借字一本作揃搣釋文引字林搣批也千米反批亦𢪛之誤若作批則揔之俗字訓反手擊也九誤○按廣韵玉篇云摩也此字本義廣韵又曰批也批即批之誤又曰捽也捽即批之解也又云手拔也玉篇云莊子云揃搣拔除也是皆用師古急就篇注而誤蓋訓詁之難如此 从手威聲亡列切十五部

批 捽也捽之訓在下按〔元〕應書兩引說文批撤也撤居逆反謂撤撮取也又引通俗文掔挽曰批按〔元〕應本較今本爲長但許本無撤祇用戟是亦以俗字改許書也 从手此聲側氏切十五十六部此與下手上此字義別

揤 捽也 从手卽聲子力切古音在十二部 魏郡有揤裴侯國漢地理志作卽王子侯表作揤據此則今本地理志誤也

捽 持頭髮也金日磾傳日磾捽胡投何羅殿下孟康曰胡音互捽胡若今相僻臥輪之類也晉灼曰胡頸也捽其頸而投殿下也 从手卒聲昨沒切十五部

撮

掬 22見　摕 2端　△ [扌示]　捊 21並

四圭也漢律厤志曰量多少者不失圭撮孟康曰六十四黍爲圭按廣韵圭下云孟子曰六十四黍爲一圭十圭爲一合孟子卽孟康經典釋文序錄有孟子注老子二卷或曰孟康也康字公休孫子筭經六粟爲一圭十圭爲一撮十撮爲一抄十抄爲一勺十勺爲一合說與孟異本艸序例曰凡散藥有云刀圭者十分方寸匕之一准如梧桐子大也一撮者四刀圭也十撮爲一勺十勺爲一合此蓋醫家用四圭爲撮之說可相發明从手最聲倉括切十五部亦二指撮也大徐作一曰兩指撮也按許此別爲一義而應仲遠注漢云圭自然之形陰陽之始四圭曰撮三指撮之也不說是二義三指所撮爲四圭則四圭甚少殆卽孫子所謂六粟爲圭乎二十四粟三指可撮也小徐本作二指二疑三之誤大徐本又改爲兩耳圭者瑞玉上圜下方故應云自然之形陰陽之始易之數陰變於六故六粟曰圭

撮也此蒙三指撮而言不蒙四圭也从手𥷚省聲居六切三部按字之同音者有三此謂三指撮也臼謂叉手也匊謂在手也

撮取也謂撮而取之亦蒙三指撮言也有司徹乃摭于魚腊俎俎釋三个其餘皆取之古文摭爲摕儀禮宋本嘉靖本單行疏本釋文宋本皆如是俗本作今文摭爲摕者非也凡言撮者皆謂少取禮經依古文爲是西京賦摕撫飛鼯亦謂撮取薛解云捎取之也文賦意徘徊而不能揥揥當是摕之誤今俗語云捎帶者當作摕从手帶聲讀若詩曰蝃蝀在東謂讀若蝃也都計切十五部經典釋文之舌切李善大結切

摕或从斷从示蓋从斷而示聲

兩手急持人也其義有別廣韵不云二形一字

引堅也堅各本作取今正詩釋文作堅今本譌爲取土二字非也堅義同聚引堅者引使聚也玉篇正作引聚也大雅捄之陑陑傳曰捄虆也陑陑衆也箋云捄捊也度投也築牆者捊聚壤土盛之以虆而投諸版中此引聚之正義箋與傳互相足賓筵之仇鄭讀爲𣪠此捄鄭釋爲捊皆於其音之相近得其義也常棣原隰裒矣傳云裒聚也此重聚不重引故不言引但言聚也裒者捊之俗易君子以裒多益寡鄭荀董蜀才作捊云取也此重引故但言取也从

接 31精　攩 15端　抪 2滂　㨷 9見　挋 24端　承 26定　授 21定　揜 30影　△ 抱

手孚聲步侯切三部詩曰原隰捊矣六字小徐本有玉篇引亦有

捊或从包古音孚聲包聲同在三部後人用抱爲裒字蓋古今字之不同如此

自關以東取曰揜取上俗本有謂字今依宋本方言曰掩索取也自關而東曰掩自關而西曰索或曰担按許所據方言蓋作揜李善注子虛上林賦引方言亦作揜也今廣雅掩取也字作掩从手弇聲衣檢切七部一曰覆也弇蓋也故从弇之揜爲覆凡大學揜其不善中庸誠之不可揜皆是

予也予者推予也象相予之形从手受手付之令其受也故从手受受亦聲殖酉切三部

奉也受也廾部曰奉者承也是二篆爲轉注也受部曰受者相付也凡言承受承順承繼又魯頌傳曰承止也皆奉之訓也凡言或承之羞承之以劒皆相付之訓也左傳曰蔡大夫恐昭侯之又遷也承此叚承爲懲也从手卪廾合三字會意署陵切六部

給也給者相足也士喪禮曰乃沐櫛挋用巾又曰浴用巾挋用浴衣注曰挋晞也淸也按晞者乾之也浴用巾旣以巾拭之矣而復以浴衣挋之謂抑按之使乾此乾彼溼可互相足故曰給也爾雅曰挋拭刷淸也渾言之也析言之則挋與拭不同故許書㕞飾也㨷飾也爲一義挋給也又爲一義也从手臣聲章刃切十二部一曰約也約者纏束也此挋之別一義也

飾也飾各本作拭今正又部曰㕞者飾也巾部曰飾者㕞也飾拭正俗字自淺人盡改許書之飾爲拭而字例晦矣㨷與挋爲伍則非妝飾也周禮遺人以恤民之囏阨注云故書囏阨作㨷阨按此古文叚借字也从手堇聲居焮切十三部

㨷也今人用拂拭字當作此抪許作抪飾也拂者過擊也非其義从手朮聲普活切十五部○此篆舊次接篆之下非古也今移此

朋羣也此鄉黨黨與本字俗用黨者段借字也鳥部朋下曰古文鳳也鳳飛羣鳥從以萬數故以爲朋攩字儒林傳唯京氏爲異黨師古曰黨讀曰儻按儻當作攩从手黨聲多朗切十部

交也交者交脛也引申爲凡相接之偁周禮廩

△迒

挏 ㄉㄨㄥˋ 18定　招 ㄓㄠ 19端　撫 ㄈㄨˇ 13滂　捪 ㄇㄣˊ 9明（㨉）

人接盛讀爲一扱再祭之扱**从手妾聲**子葉切八部

挏**推引也**推各本作攤今依廣韵韵會本推讀如或推或輓之推謂推之使前也**从手同聲**徒總切九部**漢有挏馬官作馬酒**見百官公卿表禮樂志應劭曰主乳馬取其乳汁挏治之味酢可飲因以名官如淳曰主乳馬以韋革爲夾兜受數斗盛馬乳挏其上肥因名曰挏馬官今梁州亦名馬酪爲馬酒顏氏家訓曰此謂撞擣挺挏之今爲酪酒亦然按挺挏字見淮南子

招**手評也**評各本作呼今正呼者外息也評者召也不以口而以手是手評也匏有苦葉傳曰招招號召之皃按許書召者評也號者嘑也是用手用口通得云招也**从手召聲**止搖切二部

撫**安也从手無聲**芳武切五部**一曰揗也**揗各本作循今正揗者摩也拊亦訓揗故撫拊或通用 𢜩**古文撫从亾辵**

捪**撫也**此冡上訓揗之撫而言今人所用技字許土部墀下所用撊字皆卽捪字也**从手昏聲**武巾切十三部**一曰**

揣 ㄔㄨㄞˇ 3清　抧 ㄓˇ 10端　摜 ㄍㄨㄢˋ 3見　投 ㄊㄡˊ 16定　擿 ㄓˊ 11定

摹也摹者規也

揣**量也**量者稱輕重也稱者銓也銓者衡也**从手耑聲**此以合音爲聲初委切十四十五部按方言常絹反是此字古音也木部有椯字箠也一曰度也一曰剟也聲義皆與此篆同而讀兜果切又今人語言用敁敠字上丁兼切下丁括切知輕重也亦揣之或體其音爲耑之雙聲**度高曰揣**方言同左傳揣高卑杜注云度高曰揣度深曰仞按國語搏本肇末搏卽孟子揣其本之揣其義同也**一曰捶之**捶者以杖擊也椯訓箠揣訓捶其意一也

抧**開也从手只聲讀若抵掌之抵**抵各本作抵今正抵側手擊也抵掌者側此手擊彼手掌也諸氏切十六部

摜**習也**此與辵部遦音義皆同古多叚貫爲之**从手貫聲**古患切十四部**春秋傳曰摜瀆鬼神**昭二十六年左傳文今本作貫杜曰貫習也

投**擿也**下文云擿投也二篆爲轉注巷伯傳曰投棄也**从手殳聲**度侯切四部大徐作从殳非

擿**搔也**此義音剔詩象之揥也傳曰揥所以摘髮也釋文云揥勑帝反摘他狄反本又作擿非也擿音直戟反按以許說繩之則作擿爲是擿正音他狄反也以象骨搔首因以爲飾名之曰揥故云所以擿髮卽後人玉導玉搔頭之類也廣韵十二齊曰揥者揥枝整髮釵許書無揥**从手適聲**讀如剔十六部**一曰投也**與上文投者擿也爲轉注此義音直隻切今字作擲凡古書用投擲字皆作擿許書無擲

搔 ㄙㄠ 21心　扴 ㄐㄧㄚˊ 2見　摽 ㄅㄧㄠˋ 19並

搔**刮也**刮各本作括今正括者絜也非其義刮者掊把也掊把正搔之訓也內則疾痛苛養敬抑搔之注曰抑按搔摩也摩馬曰騷其聲同也又疒部疥搔瘍也瘍之需手搔者謂之搔瘍俗作瘙瘍釋文正義已如此**从手蚤聲**穌遭切古音在三部

扴**刮也**此與搔義同刮小徐作揩譌大徐不誤廣韵曰扴者揩扴物也易介于石馬本作扴云觸小石聲按扴于石謂摩礪于石也**从手介聲**古黠切十五部

摽**擊也**左傳長木之斃無不摽也杜云摽擊也柏舟傳曰摽拊心皃**从手票聲**符少切二部左釋文敷蕭普交二切**一曰挈闟牡也**闟牡一物也見門部挈者提而启之也葉鈔本闓作門

挑 ㄊㄧㄠ 19透　抉 ㄐㄩㄝˊ 2影　撓 ㄋㄠˊ 19泥　擾 ㄖㄠˇ 21泥　搹 ㄍㄜˊ 17見

挑**撓也**下文云撓者擾也擾者煩也挑者謂撥動之左傳云挑戰是也**从手兆聲**土凋切二部**一曰摷也**摷者拘擊也小徐摷下有爭也**國語曰郤至挑天**周語單襄公語韋本作佻天注云佻偷也今按佻天之功以爲己力與左傳天實置之而二三子以爲己力語意正同然則許意爲一曰摷爭作證

抉**挑也**抉者有所入以出之也**从手夬聲**於說切十五部

撓**擾也**此與女部嬈字音義皆同**从手堯聲**奴巧切二部**一曰捄也**捄篆下曰一曰擾也是撓擾捄三字義同

擾**煩也**煩者熱頭痛也引申爲煩亂之偁訓馴之字依許作㥞而古書多作擾蓋擾得訓馴猶亂得訓治徂得訓存苦得訓快皆窮則變變則通之理也周禮注曰擾猶馴也言猶者字本不訓馴**从手夒聲**而沼切古音在三部今作擾从憂俗字也

搹**軶持也**軶持者手如軶而持之也左傳褚師出公軶其手杜云抵徒手屈肘如軶形鄭注斯干如矢斯棘云如人挾弓矢軶其肘按古

据ㄐㄩ 13見　擖ㄑㄧㄚ 2溪　摘ㄓㄞ 11端　搳ㄒㄧㄚˊ 2匣　摲ㄕㄢˋ 32從

者戟之制其鋒謂之援援體斜橫出故人下其肘臂卬翹其捥與手似之亦謂之戟鴟鴞傳曰拮据戟挶也字本作戟俗加手旁非是謂有所操作曲其肘如戟而持之也**从手局聲**居玉切三部

据　戟挶也鴟鴞予手拮据傳曰拮据戟挶也公羊注叚据為據**从手居聲**九魚切五部

擖　刮也此與扴音義略同**从手葛聲**口八切十五部**一曰撻也**撻見下文

摘　拓果樹實也拓者拾也拾者掇也掇者拾取也果樹實者有果之樹之實也拓之謂之摘引申之凡他取亦曰摘此篆與擿音義殊**从手啻聲**他歷切又竹歷切按竹歷切是也他歷則為擿之音矣十六部宋本竹歷今本改竹厄以同廣韵**一曰指近之也**別一義

搳　擖也與擖篆宐聯綴**从手害聲**胡秸切十五部

摲　斬取也各本斬取二字作暫今正斬者截也謂斷物也暫非其義禮器有摲而播也長楊賦麾城摲邑蒼頡篇曰摲拍取也鄭曰摲之言芟也按芟刈艸也摲本訓芟夷禮器注謂於此少與得

拹ㄒㄧㄝˊ 29曉　摺ㄓㄜˊ 27端　揪ㄐㄧㄡ 21精　摟ㄌㄡˊ 16來　抎ㄩㄣˇ 9匣

分以與彼是為芟殺有所與摲殺上貴之分以布徧於賤者謂之摲而播故廣雅本之為說曰摲者次也是鄭注禮之義而非摲之本義也**从手斬聲**昨甘切八部廣韵作摲斬取也山檻切

拹　摺也公羊傳曰使公子彭生送桓公於其乘焉拹幹而殺之幹者脅骨也何曰拹者折聲也拹或作搚者或體也或作拉者叚借字也**从手劦聲**虛業切七部**一曰拉也**上文曰拉者摧也

摺　敗也敗者毀也今義為摺疊**从手習聲**之涉切八部

揫　束也束者縛也鄉飲酒義曰西方者秋秋之為言愁也愁讀為揫按韋部韝收束也或从要作韝或从秋手作揫揫即揫然則此篆實為重出也**从手烌聲**即由切三部**詩曰百祿是揫**商頌長發文今詩作遒傳曰遒聚也

摟　曳聚也此當作曳也聚也各本奪上也字山有樞曰弗曳弗摟傳曰摟亦曳也此曳訓所本也曳者臾曳也釋詁曰摟聚也此聚訓所本也趙注孟子曰摟牽也此曳義之引申也**从手婁聲**洛侯切四部

抎　有

披ㄆㄧ 1滂　㩜ㄔˋ 2透　𢫬ㄗˋ 10從

所失也成公二年左傳石稷謂孫良夫曰子國卿也隕子辱矣許所據作抎正謂失也戰國策被礛磻引微繳折清風而抎矣此叚抎為隕也史記東粵列傳不戰而耘利莫大焉謂閩粵不戰而失其王頭此叚耘為抎也**从手云聲**于敏切十三部**春秋傳曰抎子辱矣**

披　從旁持曰披士喪禮設披注曰披絡柳棺上貫結於戴人君旁牽之以備傾虧又執披者旁四人注曰前後左右各二人此從旁持之義也五帝本紀黃帝披山通道徐廣曰披他本亦作陂字蓋當音詖陂者旁其邊之謂也按披陂皆有旁其邊之意中散能知之而索隱云披音如字謂披山林艸木而行以通道也此則司馬貞不知古義之言蓋俗解訓披為開廣韵云披開也分也散也木部柀訓析也柀靡字如此作而淺人以披訓析改柀靡為披靡莫有能諟正者**从手皮聲**敷羈切舊彼義切古音在十六部

㩜　引縱曰㩜爾雅釋文作引而縱之曰㩜引開弓也縱緩也一曰舍也按引縱者謂宐遠而引之使近宐近而縱之使遠皆為牽掣也不必如釋文所據爾雅曰

搖ㄧㄠˊ 19定

𢷋ㄓˋ 4定　搈ㄩㄥˇ 18定　掉ㄉㄧㄠˋ 20定

粤夆掣曳也俗字作擠作扯聲形皆異矣**从手瘛省聲**尺制切十五部俗作掣

𢫬　積也小雅車攻曰助我舉柴傳曰柴積也箋云雖不中必助中者舉積禽也柴許所據作𢫬此聲責聲古同在十六部以疊韵為訓**从手此聲**前智切詩釋文引說文士賣反出音隱**詩曰助我舉𢫬**西京賦作舉胔薛注胔死禽獸將腐之名**一曰搣頰旁也**一曰二字廣韵及小徐本及集韵類篇皆有之是也無此則與上文積也矛盾而積也即釋車攻又非引曰圖引聖讒說而釋之之比上文搣下云𢫬也此𢫬下云搣頰旁也是二篆為轉注亦考老之例搣頰旁可以休老見莊子莊子亦作眥搣叚借字

掉　搖也掉者搖之過也搖者掉之不及也許渾言之**从手卓聲**徒弔切二部**春秋傳曰尾大不掉**左傳昭十一年文

搖　動也从手䍃聲余招切二部

搈　動搈也動搈漢時語廣雅曰搈動也**从手容聲**余隴切九部

𢷋　當也廣雅曰𢷋當也**从手貳聲**

揂 ㄐㄧㄡ 21精　掔 ㄑㄧㄢ 6溪　捀 ㄈㄥˊ 18滂　擧 ㄑㄧㄢ 3溪　揚 ㄧㄤˊ 15定　△歘　舉 ㄐㄩˇ 13見　掀 ㄒㄧㄢ 9曉　揭 ㄐㄧㄝ 2溪　拯 ㄓㄥˇ 26端

直利切曹憲引說文直二反按作直異切者誤

揂　聚也　商頌百祿是遒傳曰遒聚也按傳謂此遒爲揂之叚借字　**从手酋聲**　卽由切三部

掔　固也　掔之言堅也緊也謂手持之固也或叚借爲牽字如史記鄭襄公肉袒掔羊卽左傳之牽羊也俗用慳吝字亦爲掔之俗　**从手臤聲**　苦閑切十四部　**讀若詩赤舃掔掔**　掔掔當依幽風作几几傳曰几几絇皃掔在十二部几在十五部云讀若者古合音也

捀　奉也　奉者承也　**从手夆聲**　敷容切九部

擧　擧也　从手擧　此篆各本作擧云對擧也从手與聲以諸切下文出揚歘二篆卽出擧篆云對擧也居許切不特義同形聲亦皆不甚異讀許者往往疑焉今按玉篇列字次第捀下揚上作擧巨言切擧也說文捀下揚上則作擧顯是擧篆之譌蓋希馮作玉篇時所據說文未誤也說文本有擧無擧後人自譌舛耳廣韵廿二元亦曰擧擧也上林賦毛詩箋漢書音義通俗文皆有揵揵卽此擧篆也字从手擧會意邱言切十四部

揚　飛舉也　从手昜聲　與章切十部

歘　古文揚从攴　漢碑用颺歷他文用歘歷皆用今文尚書般庚之優賢揚歷也

舉　對舉也　對舉謂以兩手舉之故其字从手與𠂇手與又手也　**从手與聲**　居許切五部　**一曰輿也**　小徐有此四字按輿卽舁轉寫改之左傳使五人輿豭從己舁之叚借也舁者共舉也共者非一人之辭也舉之義亦或訓爲舁俗別作擧攑入說文音以諸切非古也

掀　舉出也　掀之言軒也　**从手欣聲**　虛言切古音在十三部虛斤切　**春秋傳曰掀公出於淖**　成十六年左傳文釋文曰捧轂舉之則公軒起也徐許言反一曰掀引也胡根反○又按陸引字林云火氣也蓋呂氏所見昭十八年左傳作行火所掀與今本作焮不同亦謂火氣高舉也

揭　高舉也　見於詩者匏有苦葉傳曰揭褰裳也碩人傳曰揭揭長也蕩傳曰揭見根皃　**从手曷聲**　去例切又基竭切十五部

拯　上舉也出休爲拯从手丞聲易曰拯馬壯吉　各本篆作拯解無出休爲拯四字拯聲作升聲拯馬作拼馬今皆正易明夷釋文曰丞音拯救之拯說文云舉也子夏作拼字林云拼上舉音承然則說文作拯字林作拼在呂時爲古今字陸引無上字而李注羽獵賦引有之李注謝靈運擬鄴中集詩曹植七啓潘勗九錫文傅亮修張良廟敎王巾頭陀寺碑皆引說文出溺爲拯是古本確有此四字方言曰躪拼拔也出休爲拼出火爲躪方言之書字多經轉寫改作拼卽以今字改古字之一抑或子雲固如此作許不之錄耳用拯馬壯吉周易明夷六二爻辭其字今作拯陸氏德明作丞云拯救之拯猶艮不承其隨云承音拯救之拯左傳目於眢井而承之云承拯救之拯也葉林宗抄文淵閣宋本不誤通志堂抱經堂皆改大字爲拯殊非集韵拼承撜拯丞五形同字丞承卽取諸艮隨二卦釋文類篇丞作氶今本釋文改丞爲拯遂使集韵類篇之本原泯沒矣羽獵賦丞民乎農桑李引聲類丞亦拯字此丞之證也列子使弟子竝流而承之張注承音拯引方言出溺爲承此承之證也玉篇曰氶聲類云拼字然則聲類之作丞作氶固難考集韵曰氶者承之或體玉篇曰拼音蒸又上聲蓋古多讀平聲今則讀上聲古音在六部陸云音拯救之拯玉篇廣韵皆云蒸上聲不作反語者廣韵云無韵切也無韵切者此韵字少庱殑殑又皆難識也

△撜　振 ㄓㄣˋ 9端　扛 ㄍㄤ 18見

撜　拯或从登　拯各本作拼今正丞聲登聲皆六部也升聲亦六部而此篆古从丞从登不从升者丞登皆有上進之意形聲中有會意經典登作升皆叚借字升之本義實於上舉無涉

振　舉救之也　之字依韵會補諸史籍所云振給振貧是其義也凡振濟當作此字俗作賑非也匡謬正俗言之詳矣　**从手辰聲**　章刃切十三部　**一曰奮也**　此義則與震略同采芑傳曰入曰振旅鷺傳曰振振羣飛皃七月傳曰沙雞羽成而振訊之皆此義麟止殷其雷傳曰振振信厚也則此義之引申蓋未有不信厚而能奮者

扛　橫關對舉也　以木橫持門戶曰關凡大物而兩手對舉之曰扛項羽力能扛鼎謂鼎有鼏以木橫貫鼎耳而舉其兩耑也卽無橫木而兩手舉之亦曰扛卽兩人以橫木對舉一物亦曰扛字林捎掆舁也匡謬正俗曰音譌故謂扛爲剛有造掆字者故爲穿鑿也西京賦作舡鼎舡卽舩魏大饗碑作舩鼎舩者

擩ㄖㄨˇ 3泥　擁ㄩㄥˇ 18影　捎ㄕㄠ 19心　撟ㄐㄧㄠˇ 19見　扮ㄈㄣˇ 9並

扛之叚借字也。从手工聲。古雙切九部。
握也。大元曰地則虛三以扮天之十八也扮猶井也。从手分聲讀若粉。房吻切十三部。
舉手也。引申之凡舉皆曰撟古多叚矯爲之陶淵明曰時矯首而遐觀王逸注楚辭曰矯舉也。从手喬聲。居少切二部。一曰撟擅也。擅專也凡矯詔當用此字。
自關已西凡取物之上者爲撟捎。取物之上謂取物之顛也捎之言梢也方言曰撟捎選也自關而西秦晉之閒凡取物之上謂之撟捎按今俗語云捎帶是也西京賦注曰㨾者捎取之考工記捎其藪捎溝注曰捎除也其引申之義。从手肖聲。所交切二部。
裛也。各本作抱也今正抱者說文之或捊字也裛見衣部裛也改裛爲抱大失許例公食大夫禮擁簠粱注云擁抱也吳語官帥擁鐸注云擁抱也漢書注曰南方謂抱小兒爲雍樹雍者擁之叚借字。从手雝聲。於隴切九部按玉篇作⿱雝手蓋古體也抱之則物必在前故上雝下手。
染也。如染繒爲色也。从手耎聲。而泉反十四部。周禮曰六曰擩祭。各本篆作擩解作需聲引周禮作擩祭今正古音耎聲在十四部需聲在四部其音畫然分別後人乃或淆亂其偏旁本从耎者譌而从需而音由是亂矣周禮大祝九祭六曰擩祭士虞禮特牲饋食禮少牢饋食禮有司徹四篇經文凡用擩字二十唐石經周禮士虞皆作擩特牲少牢有司皆作擩參差乖異此非經字不一乃周禮士虞經淺人妄改也郭璞而沿反李善而緣反劉昌宗而[元]反陸德明而泉反皆耎聲之正音也杜子春讀如虞芮之芮郭璞而悅反劉昌宗而誰反顏師古如閱反陸德明而劣反皆耎聲之音轉也古音十四十五部取相近之理也今則周禮禮經漢書子虛賦注皆誤从需玉篇擩而主切廣韻麌韻作擩而主切薛韻作擩如劣切不知其本爲一字而五經文字云擩如悅反字書無此字見禮經擩汝主反見周禮是則唐開成石經正用張參之說故周禮與儀禮異字不知何以就禮經中士虞與他篇又異字也張氏云周禮作擩汝主反今按周禮釋文曰而泉反一音而劣反劉又而誰反絕無汝主一反不可以證陸氏周禮之本作擩乎士虞禮釋文曰如悅反劉而[元]反又而誰反與特牲少牢有司音義皆同亦不言而主反又不可以見士虞之本作擩乎其云字書無擩字則其所據說文已爲俗改之本有擩無擩而不知說文古本之有擩無擩也禮經注曰擩染也李奇子虛賦注曰染擩也。

擬ㄋㄧˇ 24疑

抒ㄕㄨ 13定　挹ㄧˋ 27影　撥ㄅㄛ 2幫　挩ㄊㄨㄛ 2透　失ㄕ 5透　損ㄙㄨㄣˇ 9心　揆ㄎㄨㄟˊ 4匣　擅ㄕㄢˋ 3定　拚ㄆㄢˋ 3並　擭ㄨㄛˋ 14影　搫ㄆㄢˊ 3並　揄ㄩˊ 16定

引也。漢郊祀歌曰神之揄臨壇宇師古云揄引也史記揄長袂廣韻揄揚詭言也皆其引申之義大雅或舂或揄叚揄爲舀也。从手俞聲。羊朱切古音在四部。
搫擭逗不正也。廣韻搫擭宛轉也今義也。从手般聲。薄官切十四部。
搫擭也。从手蒦聲。一虢切古音在五部。一曰布擭也。此卽今之布濩字也劉逵注吳都賦曰布濩遍滿皃。一曰握也。握者搤持也西京賦擭獑猢薛云擭謂握取之也今本握譌掘[元]應不誤。
拊手也。拊揗也拍拊也此不但言拊言拊手者謂兩手相拍也今人謂歡拚是也漢書吳都賦皆云拚射孟康曰手搏爲拚此則謂兩人手相搏也。从手弁聲。皮變切十四部俗作抃。
專也。專當作嫥嫥者壹也。从手亶聲。時戰切十四部。
度也。各本作葵也今依六書故所據唐本正度者法制也因以爲揆度之度今音分去入古無二也小雅天子葵之傳曰葵揆也謂叚葵爲揆也。从手癸聲。求癸切十五部。
度也。今所謂揣度也。从手疑聲。魚已切一部。
減也。水部曰減者損也二篆爲轉注。从手員聲。蘇本切十三部。
縱也。縱者緩也一曰捨也在手而逸去爲失兔部曰逸失也古多叚爲逸去之逸亦叚爲淫泆之泆。从手乙聲。以甲乙之乙爲聲式質切十二部。
解挩也。今人多用脫古則用挩是則古今字之異也今脫行而挩廢矣。从手兌聲。他括切十五部。
治也。公羊傳撥亂世反諸正何注曰撥猶治也何言猶者何意撥之本義非治撥之所以爲治也許則直云治。从手發聲。北末切十五部。
抒也。大雅曰泂酌彼行潦挹彼注兹。从手邑聲。於汲切七部。
挹也。凡挹彼注兹曰抒斗部曰斜抒也⿱䜌斗抒扁也斞挹也

△摭

担ㄓㄚ 13精　攫ㄐㄩㄝˊ 14見　扟ㄕㄣ 9心　拓ㄓˊ 14端　攈ㄐㄩㄣˋ 9見

水部曰浚抒也漉浚也𣪠抒井𣪠也左傳難必抒矣此叚抒爲紓紓者緩也服虔本正作紓从手予聲神與切五部

扭挹也方言曰扭摣取也南楚之閒凡取物溝泥中謂之扭亦謂之摣从手且聲讀若樝棃之樝樝棃見木部側加切古音在五部按方言扭摣實一字也故許有扭無摣

攫扟也蒼頡篇曰攫搏也通俗文曰手把曰攫淮南子曰鳥窮則搏獸窮則攫按衆經音義卷五卷十二引說文同而注之曰𢪏居逆切是其所據說文作𢪏轉寫譌作扟耳丮者持也从手矍聲居縛切五部

扟从上挹取也取字各本無依元應補通俗文云從上取曰扟从手卂聲讀若莘所臻切十二部

拓拾也有司徹篇乃摭于魚腊俎俎釋三个其餘皆取之摘下云拓果樹實也儀禮摭古文作摭此實非一字因雙聲而異陳宋語方言摭取也陳宋之閒曰摭从手石聲之石切古音在五部

摭拓或从庶石聲庶聲皆古音五部

攈拾也魯語收攟而烝韋云攟拾也漢刑法志蕭何攈摭秦法取其宜於時者作律九章从手麇聲居運切十三部亦作捃

摍ㄙㄨㄛ 22心　揯ㄍㄥ 26見　擐ㄏㄨㄢˋ 3匣　掇ㄉㄨㄛ 2端　拾ㄕˊ 27定

拾掇也史記貨殖傳曰俯有拾仰有取射有決拾毛傳曰決所以鉤弦也拾遂也拾韝左臂即俗所謂收拾也曲禮拾級聚足鄭曰拾讀爲涉聲之誤也从手合聲是執切七部

掇拾取也周南傳曰掇拾也从手叕聲都括切十五部

擐毌也毌各本作貫今正毌穿物持之也今人廢毌而專用貫矣杜注左傳韋注國語皆曰擐貫也从手睘聲胡慣切十四部春秋傳曰擐甲執兵成二年左傳文

揯引急也淮南書曰大弦揯則小弦絕从手恆聲古恆切六部

摍蹴引也蹴猶迫也古多叚戚爲之蹴引者蹴迫而引取之摍古叚縮爲之毛詩傳曰鄰之釐婦夜暴風雨室壞趨而至顏叔子納之而使執燭放乎旦而蒸盡縮屋而繼之釋文云縮又作摍同按武梁祠堂碑云摍笮是也戰國策淖齒管齊之權縮閔王之筋縣之廟梁宿昔而死亦即摍字摍屋即左傳所謂抽屋也从手宿聲所六切三部

攐ㄑㄧㄢ 3匣

△抽

援ㄩㄢˊ 3匣　㨨ㄔㄡ 21透　△𢭏　擢ㄓㄨㄛˊ 20定　拔ㄅㄚˊ 2並　揠ㄧㄚˋ 3影　擣ㄉㄠˇ 21端

㩃相援也从手虔聲巨言切十四部

援引也大雅以爾鉤援毛傳鉤援鉤梯也所以鉤引上城者又無然畔援傳曰無是畔道無是援取从手爰聲雨元切十四部

㨨引也鄭風左旋右抽傳曰左旋講兵右抽抽矢以䠶竹部曰籒讀書也牆有茨傳曰讀抽也方言曰抽讀也尚書克由繹之大史公自序紬史記石室金匱之書紬即籒也籒之言抽也从手留聲敕鳩切三部

抽㨨或从由由聲也㨨或一本作籒文非也

𢭏㨨或从秀秀字古本當不出篆體偏旁作秀則可證古於偏旁不諱也

擢引也毛傳曰楫所以擢舟也擢舟謂引舟也从手翟聲直角切古音在二部

拔擢也从手犮聲蒲八切十五部

揠拔也孟子宋人有閔其苗之不長而揠之者趙云揠挺拔之欲亟長也方言揠擢拂戎拔也自關而西或曰拔東齊海岱之閒曰揠从手匽聲烏黠切十四十五部

擣手椎也以手爲椎而椎之一曰築也木部曰築擣也二篆爲轉注築者必用築非徒手也故爲別从手𠷎聲都晧切古音在三部小徐本篆作擣解云壽聲

挼ㄋㄨㄛˊ 1泥　撢ㄊㄢˊ 28透　探ㄊㄢ 28透　攓ㄑㄧㄢ 3見　挺ㄊㄧㄥˇ 12定　攣ㄌㄩㄢˊ 3來

攣係也係者絜束也易小畜有孚攣如馬曰連也虞曰引也攣者係而引之其義近擢从手䜌聲呂員切十四部

挺拔也左傳周道挺挺直也月令挺重囚寬也皆引申之義从手廷聲徒鼎切十一部

攓拔取也南楚語莊子至樂篇攓蓬而取之司馬注曰攓拔也方言曰攓取也南楚曰攓又曰楚謂之攓搴攓二通又音騫楚辭曰朝攓阰之木蘭阰各本作批今依韵會與楚辭合但說文無阰字耳句見離騷王逸曰搴取也阰山名

探遠取之也探之言深也易曰探嘖索隱从手罙聲他含切古音在七部

撢探也周禮撢人掌撢序王意以語天下釋文曰與探同按許書則義同而各自爲字从手覃聲他紺切古音在七部

挼摧也摧各本作推今依玉篇韵會文選注

撆 2滂（撇）　摵 28匣　搦 20泥　掎 1見　揮 9曉　摩 1明　揅 3疑

元應梵書音義正摧者擠也周禮守祧禮經士虞特牲少牢隋祭或作隋作墮或作挼或作綏隋當是正字挼綏當是叚借鄭云下祭曰墮墮之言猶墮下也挼隋聲妥聲同在古十七部許云挼摧也摧亦有墮下之義挼篆疊韵雙聲皆當妥聲下挼莎一解則更當从妥不待言矣 **从手妥聲** 各本作委聲今正徐鉉曰俗作挼非乃因說文無妥而爲此謬說也奴禾切十六十七部 **一曰兩手相切摩也** 元應引無摩字阮孝緒字略云煩撋猶挼莎今人多用此義而字作挪

飾也 各本作別也不可通今正文選洞簫賦注引撆飾也飾者㕞也見巾部飾者今之拭字葢一本作㕞其義一也而字形一譌爲㕞再譌遂爲別矣此攷覈者所宜知也拭與拂義略同蔡邕篆勢曰揚波振撆文選撇波而濟撇同撆又史記荊軻傳跪而蔽席孟荀傳襒席皆謂拭席皆撆之異體也 **从手敝聲** 芳滅切十五部 **一曰擊也** 此別一義韵會作擊也一曰拂也拂卽飾易其先後耳

搖也 搖宋本作搯誤 **从手咸聲** 胡感切古音在七部鉉曰今別作撼非是

按也 按者抑也周禮矢人橈之以眡其鴻殺之稱注曰橈搦其榦謂按下之令曲則强弱見矣元應書曰搦猶捉也此今義非古義也古義搦同橈 **从手弱聲** 尼革切釋文女角切古音在五部

偏引也 一本作偏引一足也見李賢司馬貞所引此依左傳注增二字耳左傳曰譬如捕鹿晉人角之諸戎掎之杜注云掎其足也國語掎止晏萊韋云從後曰掎子虛賦腳麟司馬彪云腳掎也詩伐木掎矣傳曰伐木者掎其顚 **从手奇聲** 居綺切古音在十七部

奮也 按奞部奮下曰翬也翬下曰大飛也此云奮也揮與翬義略同元應引此下有謂奮訊振去之也七字葢庾儼默注語 **从手軍聲** 許歸切十三十五部

揅也 揅各本作研今正此以揅與摩互訓石部研之訓礳也手部揅之訓摩也義各有屬無容淆之摩揅之功精於礳研挼下曰兩手相切摩也學記曰相觀而善之謂摩凡毛詩爾雅如琢如摩周禮刮摩字多从手俗从石作磨不可通 **从手麻聲** 莫鄱切十七部

摩也从手研聲 宋本

撞 18定　捭 4滂　攪 22見　搑 18泥　捆 6影　扔 26泥　括 2見　抲 1曉　擘 11幫　撝 1曉

奪此字今依小徐集韵類篇補易極深研幾蜀才作揅禦堅切十四部

反手擊也 左傳曰宋萬遇仇牧于門捭而殺之玉篇所引如是今左傳作批俗字也 **从手卑聲** 匹齊切十五部俗作批

亂也 毛傳同 **从手覺聲** 古巧切古音在三部 **詩曰祇攪我心** 小雅何人斯文祇各本譌作衹誤我行其野傳曰祇適也唐人凡此訓必从衣氏

推擣也 漢書而僕又茸以蠶室師古曰茸音人勇反推也謂推致蠶室之中也如顏說則茸者搑之叚借字 **从手茸聲** 而隴切九部

卂擣也 卂者疾也 **从手童聲** 宅江切九部

就也 捆與因音義同今則因行而捆廢矣 **从手因聲** 於眞切十二部

捆也 捆各本作因今正扔與仍音義同老子曰爲之而莫之應則攘臂而扔之 **从手乃聲** 如乘切六部

絜也 絜者麻一耑也引中爲絜束之絜凡物圍度之曰絜賈子度長絜大是也束之亦曰絜凡經言括髮者皆謂束髮也髟部曰髻者絜髮也然則束髮曰髻括爲凡物總會之偁毛詩傳曰括至也其引申之義也易括囊借爲昏字也 **从手昏聲** 古活切十五部

抲 此複舉字之未刪者 **撝也从手可聲** 虎何切十七部 **周書曰盡執抲** 小徐本抲下有獻字葢誤衍酒誥文今尙書抲作拘字之誤也此如許所言苛之字止句也後漢書郡國志荷水譌爲苛水正同周書當盡執爲逗下云抲以歸於周謂指撝以歸於周也

撝也 禮記燔黍捭豚釋文云捭卜麥反注作擗又作擘皆同按卑聲辟聲皆在十六部故記作捭注作擘今注亦作捭矣擘豚謂手裂豚肉也又周禮旅人注曰薜讀如藥黃檗之檗破裂也按薜乃擘之叚借西京賦云剖析豪釐擘肌分理李善引周禮注作擘豈其所據與今不同歟內則曰塗皆乾擘之喪大記絞一幅不辟內則釁爲辟雞皆假辟爲擘也若孟子以仲子爲巨擘巨擘謂手大指也凡大指主開餘四指主合故謂之巨擘 **从手辟聲** 博戹切十六部今俗語謂裂之曰擘開其字如此

裂也 易撝謙馬曰撝猶離也按撝謙者溥散其謙無所往

捇 ㄏㄨㄛˋ 14曉　扐 ㄌㄜˋ 25來　技 ㄐㄧˋ 10匣　摹 ㄇㄛˊ 14明　拙 ㄓㄨㄛˊ 8端　揩 ㄊㄚˋ 27定

而不用謙裂義之引申也曲禮爲國君削瓜者華之注曰華中裂之也華音如花撝古音如阿故知華卽撝之叚借也**从手爲聲**許歸切按歸必是規字之誤此字必在五支不得入八微也古音在十七部**一曰手指撝也**敘曰比類合誼以見指撝易撝謙注曰指撝皆謙凡指撝當作此字

捇　裂也周禮有赤犮氏注云赤犮猶捇拔也捇拔蓋漢時有此語**从手赤聲**呼麥切釋文采昔反古音在五部

扐　易筮再扐而後卦易繫辭傳文也卦今易作掛釋文云京作卦云再扐而後布卦蓋許同京也大衍之數五十其用四十有九分而爲二以象兩掛一以象三揲之以四以象四時歸奇於扐以象閏五歲再閏故再扐而後掛虞翻曰奇所掛一策扐所揲之餘不一則二不三則四取奇以歸扐扐并合掛左手之小指爲一扐則似閏月定四時成歲故歸奇於扐以象閏者也已一扐復分掛如初揲之歸奇於初扐扐并掛左手次小指閒爲一再扐則再閏也又分扐揲之如初而掛左手第三指閒成一變則布卦之一爻謂已二扐又加一爲三并重合前二扐爲五歲故五歲再閏再扐而後掛據虞則字作掛者謂再爲分二掛一或作卦者謂於此起卦爻皆可通也凡數之餘曰扐王制祭用數之仂喪用三年之仂鄭皆以爲數之什一仂扐蓋同字考工記云以其圍之防捎其藪假防爲之鄭以爲三分之一然則權度多少中其節謂之扐無定數也**从手力聲**盧則切一部

技　巧也工部曰巧者技也二篆爲轉注古多叚伎爲技能字人部曰伎與也**从手支聲**渠綺切十六部

摹　規也規者有法度也以法度度之亦曰規廣韵曰摹者以手摹也楊雄傳參摹而四分之三摹九据或手在旁作摸今人謂之摸㨝讀入聲實一字摹與模義略同韵會此下有謂所規倣也五字蓋庾儼默注語之存者倣當作放**从手莫聲**莫胡切五部

拙　不巧也不能爲技巧也**从手出聲**職說切十五部

揩　縫指揩也縫指揩者謂以鍼紩衣之人恐鍼之絜其指用韋爲籠韜於指以藉之也揩之言重沓也射韝亦謂之臂捾**从手沓聲讀若眔**徒合切八部**一曰韋韜**

摶 ㄊㄨㄢˊ 3定　捄 ㄐㄩ 21見　摑 ㄏㄨˊ 9匣　拮 ㄐㄧㄝˊ 5見　搰 ㄏㄨˊ 8匣　掘 ㄐㄩㄝˊ 8匣　掩 ㄧㄢˇ 30影　摡 ㄍㄞˋ 8見　揟 ㄒㄩ 13心

謂如射韝韜於臂者

摶　㠯手圜之也各本作圜也語不完今依韵會所據補以手圜之者此篆之本義如禮經云摶黍曲禮云摶飯是也因而凡物之圜者曰摶如考工記摶以行石摶身而鴻相笱欲生而摶是也俗字作團古亦借爲專壹字左傳云若琴瑟之摶壹秦瑯邪臺刻石曰摶心揖志是也專壹許女部作嫥壹**从手專聲**度官切十四部

摑　手推之也从手圂聲戶骨切十三十五部

捄　盛土於梩中也木部曰梠者徙土輂也或作梩大雅捄之陑陑傳曰捄虆也陑陑眔也箋云築牆者捊聚壤土盛之以虆而投諸版中孟子虆梩並言趙曰虆梩籠臿之屬可以取土者也許說專爲釋大雅而言**从手求聲**舉朱切古音在三部**一曰捊也**各本作捋今依韵會本正捊者引堅也於前義相近捊之乃後盛之**詩曰捄之陑陑**大雅緜文陑音而亦作隭各本作陾誤今依玉篇

拮　口手共有所作也豳風予手拮据傳曰拮据撠挶也手病口病故能免於大鳥之難韓詩曰口足爲事曰拮据韓之足卽毛之手也許蓋合毛韓爲此訓**从手吉聲**古屑切十二部**詩曰予手拮据**豳風鴟鴞文

搰　掘也吳語夫諺曰狐埋之而狐搰之是以無成功韋注搰發也玉篇云左傳搰褚師定子之墓本亦作掘**从手骨聲**戶骨切十五部

掘　搰也二篆疊韵轉注按凡字書韵書謂掘亦作闕者似是而非也左傳闕地及泉闕地下冰而牀焉國語闕爲深溝通於商魯之閒韋云闕穿也凡云闕者皆謂空之與掘義別**从手屈聲**衢勿切十五部

掩　斂也小上曰掩釋器圜弇上謂之奄弇上當作掩上**从手奄聲**衣檢切八部

摡　滌也詩摡之釜鬵傳曰摡滌也今本作漑者非凡周禮禮經摡字本皆从手釋文不誤而俗本多譌**从手既聲**古代切古音在十五部**詩曰摡之釜鬵**匪風文

揟　取水沮也沮玉篇廣韵作具非也取水之具或以木或以瓦缶則製字不當从手矣沮今之渣字集韵九麻曰粹滓也亦作渣取水渣者必浚之漉之如醨酒然然

播ㄅㄛˋ 3幫　△𢿢　挃ㄓˋ 5端　⿰扌致ㄓˋ 5端　扤ㄨˋ 8疑　抈ㄩㄝˋ 2疑　摎ㄐㄧㄡ 21見　撻ㄊㄚˋ 2透　△遽　掕ㄌㄥˊ 26來

則揟與水部之湑音義皆同今所謂濾水也周禮謂伺捕盜賊爲揟亦此意淺人不得其解遂改沮爲具非製字之意 从手胥聲 相居切五部 武威有揟次縣 見漢地理志郡國志孟康曰揟子如反次音咨

播 種也 種者埶也埶者種也堯典曰播時百穀 从手番聲 補過切十四十七部 一曰布也 周禮瞽矇注曰播謂發揚其音

𢿢 古文播 九歌匊芳椒兮成堂補注匊古播字

挃 穫禾聲也 周頌良耜曰穫之挃挃傳曰挃挃穫聲也 从手至聲 陟栗切十二部 詩曰穫之挃挃

⿰扌致 刺也 刺者直傷也方言曰⿰扌致到也廣雅曰⿰扌致至也 从手致聲 陟利切十五部 一曰刺之財至也 財今纔字甘泉賦曰洪臺崛其獨出兮⿰扌致北極之嶟嶟

扤 動也 詩正月天之扤我傳曰扤動也考工記是以大扤 从手兀聲 五忽切十五部

抈 斷也 晉語其爲本也固矣故不可抈也韋云抈動也按依韋注是謂此抈爲扤之叚借字也其本義則訓折舊音云抈音月又五括反 从手月聲 魚厥切十五部

摎 縛殺也 縛殺者以束縛殺之也凡縣死者曰縊亦曰雉經凡以繩帛等物殺人者曰縛殺亦曰摎亦曰絞廣韵曰摎者絞縛殺也多絞字爲長今之絞罪即古所謂摎也引申之凡繩帛等物二股互交皆得曰摎曰絞亦曰糾喪服曰絞帶又曰殤之絰不摎垂注云不絞其帶之垂者周禮襍記注皆云環絰者一股纏而不糾丩部曰糾三合繩也檀弓作繆絰繆即摎之叚借故注云繆讀爲不摎垂之摎也喪服及檀弓注摎垂字今本譌爲樛樛木之樛遂不可通矣惟玉篇不誤 从手翏聲 居求切亦力周切三部

撻 鄉飲酒罰不敬撻其背 周禮閭胥凡事掌其比觵撻罰之事故書或言觵撻之罰事鄭云觵撻者失禮之罰觵用酒其爵以兕角爲之撻扑也按鄭但云失禮許必系之鄉飲酒者禮莫大於此惟此可登時行觵撻也 从手達聲 他達切十五部

遽 古文撻 从虍者言有威也 周書曰遽㠯記之 周當作虞此皋陶謨文壁中古文作遽也

抨ㄆㄥ 12滂　捲ㄐㄩㄢˇ 3匣　扱ㄒㄧ 27清　摷ㄐㄧㄠˇ 19精　挨ㄞ 24影　撲ㄆㄨ 17並　撽ㄑㄧㄠ 20溪　扚ㄉㄧㄠ 20端

掕 止馬也 掕馬猶勒馬也疑易拯馬壯拯乃掕之叚借 从手夌聲 里甑切六部

抨 彈也 彈大徐誤作揮今依小徐及元應正彈者開弓也開弓者弦必反於直故凡有所糾正謂之彈廣雅曰彈拼也拼即抨布莖切元應曰抨彈繩墨也補耕切又普耕切江南音也按孟康漢書注曰引繩以抨彈 从手平聲 普耕切十一部

捲 气勢也 謂作气有勢也此與拳音同而義異小雅巧言無拳無勇毛傳曰拳力也齊語桓公問曰於子之鄉有拳勇股肱之力秀出於衆者韋云大勇爲拳此皆叚拳爲捲葢與古本字異齊風箋云⿰扌雚勇壯也⿰扌雚者捲之異體 从手卷聲 巨貟切十四部按五經文字本部⿰扌雚字下曰从手作⿰扌雚者古拳握字从手之⿰扌雚字書韵書皆不錄惟盧令鄭箋云鬈讀當爲⿰扌雚⿰扌雚勇壯也又吳都賦覽將帥之⿰扌雚勇李注云毛詩無拳無勇⿰扌雚與拳同此兩處字今雖譌作權从木然可知其必五經文字所謂从手之字也是可以知字書韵書遺扁之古字甚多莫之能補古書之譌繆亦甚多莫之諟正也 國語曰有捲勇 齊語文廣韵引說文有上有子字 一曰捲收也 此別一義即今人所用舒卷字也論語卷而懷之叚卷字爲之廣韵書卷字亦當作捲此義音居轉切

扱 收也 收者捕也曲禮以箕自鄉而扱之此扱之本義也儀禮注云扱栖此插之叚借字也 从手及聲 楚洽切七部

摷 拘擊也 拘止而擊之也集韵類篇作擊也拘也非是又謂此即鈔之別體亦非許意也以下十七篆皆言擊而取後釋擊曰扑也許書文法往往如是 从手巢聲 子小切廣韵作⿰扌⿱艹巢楚交切二部漢書命摷絕而不長叚摷爲剿也

挨 擊背也 列子攩㧙挨抌張注曰烏駭反推也 从手矣聲 於駭切一部今俗音平聲

撲 挨也 撲與扑樸義皆別今人溷之廣韵一屋云拂箸今義也 从手菐聲 蒲角切廣韵普木切一部

撽 旁擊也 公羊傳曰公怒以斗撽而殺之注摮猶鏊也撽謂旁擊頭項莊子撽以馬捶 从手敫聲 苦弔切二部小徐本手在左旁

扚 疾擊也 疾速擊之也史記天官書扚雲索隱曰劉氏音時酌反說文音丁了反許慎注

抶ㄔˋ 5透　抵ㄓˇ 10端　抰ㄧㄤ 15影　㨐ㄅㄠˇ 21幫　捭ㄅㄞˇ 10幫　捶ㄔㄨㄟˊ 1端　搉ㄑㄩㄝˋ 20溪　摬ㄧㄥˇ 15影　拂ㄈㄨˊ 8滂　摼ㄎㄥ 6溪　抌ㄉㄢˇ 28端　⿱毀手ㄏㄨㄟˇ 7曉

淮南云抅引也按抅雲从手今本譌从木 从手勹聲 都了切二部

抶 笞擊也 笞所以擊也抶之見左傳者多矣 从手失聲 敕栗切十二部

抵 側擊也 戰國策抵掌而談東京賦抵璧於谷解嘲介涇陽抵穰侯按抵字今多譌作抵其音義皆殊國策夏無且以藥囊提荊軻史記薄太后以冒絮提文帝提皆抵之叚借字也 从手氏聲 諸氏切十六部與抵在十五部不同

抰 㠯車鞅擊也 鞅者馬頸靼也鞅抰疊韵 从手央聲 於兩切十部

㨐 衣上擊也 擊集韵類篇皆作攴攴者小擊也 从手保聲 方口切三部方字類隔當作彼

捭 兩手擊也 謂左右兩手橫開旁擊也引申之爲鬼谷子之捭闔捭之者開也闔之者閉也禮記燔黍捭豚叚捭爲擘字 从手卑聲 北買切十六部

捶 㠯杖擊也 內則注曰捶擣之也引申之杖得名捶猶小擊之曰扑因而擊之之物得曰扑也擊馬者曰箠 从手垂聲 之壘切壘當作垂十六部

搉 敲擊也 敲橫擿也擿卽椞之隸變搉與敲疊韵又雙聲也廣雅曰揚搉都凡也別一義 从手隺聲 苦角切二部

十二篇上

摬 中擊也 擊之而中也中玉篇作傷 从手竟聲 一敬切古音在十部倚兩切

拂 過擊也 徐鍇曰擊而過之也刀部曰剃擊也與拂義同 从手弗聲 敷勿切十五部

摼 擣頭也 廣韵曰撞也 从手堅聲讀若論語鏗尒舍琴而作 讀若二字衍文也尒大徐作爾琴大徐作瑟今皆正舊抄繫傳本作琴論語先進篇釋文曰鏗苦耕反投琴聲是則陸氏論語本作舍琴而作下文云本今作瑟者後人所增語廣韵曰摼琴聲口莖切玉篇曰摼口耕切琴聲引論語摼爾舍琴而作摼蓋摼之異體大徐摼口莖切按堅聲古音在十二部

抌 突擊也 深淺字許作突抌深疊韵字刺客列傳左手把其袖右手揕其匈揕卽抌字徐廣曰一作抗按抗乃抌之譌耳 从手冘聲 竹甚切七部 讀若告言不正曰抌 宋本無告字曰抌之抌未知何字之誤

⿱毀手 傷擊也 傷擊

△

擊ㄐㄧ 11見　扞ㄏㄢˋ 3匣　抗ㄎㄤˋ 15溪　杭　捕ㄅㄨˇ 13並　擳ㄘㄜˋ 14從　撚ㄋㄧㄢˇ 3泥　挂ㄍㄨㄚˋ 10見

者擊之而傷也故其字从手毀 从手毀毀亦聲 小徐無毀亦字許委切十五部

擊 攴也 攴下曰小擊也二篆爲轉注攴訓小擊擊則兼大小言之而但云攴也者於攴下見析言之理於擊下見渾言之理互相足也攴之隸變爲扑手卽又也又下曰手也因之鞭箠等物皆謂之扑此經典扑字之義也咎繇謨古文戛擊今文尚書擊爲隔同音叚借 从手毄聲 古歷切十六部

扞 忮也 忮當作枝枝持字古書用枝亦用支許之字例則當作榰許之榰柱他書之榰拄也支部敱下云止也扞義當略同忮訓很非其義周南干城傳曰干扞也左傳亦以扞城其民釋干城孫炎以自蔽扞釋爾雅扞字許盾下云所以扞身蔽目然則扞字之訓可定矣廣韵扞下曰以手扞又衛也玉篇亦曰扞衛也字亦作捍祭法能禦大災能捍大患則祀之魯語作扞 从手干聲 矦旰切十四部

抗 扞也 既夕禮注曰抗禦也左傳曰以亢其讎注云亢猶當也亢爲抗之叚借字周禮綱惡馬注云綱讀爲以亢其讎之亢書亦或爲亢亢禦也禁也綱亦亢之叚借字也引申之義爲高

十二篇上

抗既夕注曰抗舉也 从手亢聲 苦浪切十部

杭 抗或从木 若既夕禮抗木橫三縮二其字固可从木矣今人用此字讀胡郎切乃斻之譌變地名餘杭者乃秦政舟渡處也

捕 取也 此與搏義別 从手甫聲 薄故切五部

擳 刺也 刺者直傷也周禮鼈人以時簎魚鼈龜蜃鄭司農云簎謂以权刺泥中搏取之魯語里革曰鳥獸孕水蟲成獸虞於是乎禁罝羅簎魚鼈以爲夏犒韋云簎擉也擉刺魚鼈按簎本矛屬此叚借簎爲擳也許所據國語作擳與周禮同 从手籍省聲 士革反按周禮音義劉倉伯反徐倉格反沈槍昔反李賢馬融傳注七亦反古音在五部 春秋國語曰簎魚鼈

撚 執也 執者捕罪人也引申爲凡持取之偁廣韵曰撚者以手撚物也 从手然聲 乃殄切十四部 一曰厹也 蹂者獸足蹂地也

挂 畫也 畫葉本作宣李文仲字鑑亦作宣六書故云唐本作縣玉篇亦作懸也特牲禮曰實于左袂挂于季指卒角鄭云挂袪以小指者便卒角也易毄辭傳分而爲二以

拕ㄊㄨㄛ 1透（拖）　捈ㄊㄨˊ 13定　抴ㄧㄝˋ 2定　揙ㄅㄧㄢ 6並　撅ㄐㄩㄝ 2見　攎ㄌㄨˊ 13來　拏ㄋㄚˊ 13泥（拿）　搵ㄨㄣˋ 9影　搒ㄅㄥˋ 15幫　挌ㄍㄜˊ 14見

象网掛一以象三孔疏曰掛其一於冣小指閒皆於縣義合古本多作畫者此等皆有分別畫出之意陸德明云掛別也後人乃云縣挂俗製掛字耳許訓畫者古義曡韵爲訓唐本訓縣非古也禮注云古文掛作卦**从手圭聲**古賣切十六部

拕　曳也申部曰束縛捽抴爲臾又曰臾者臾曳也然則臾之義略同抴一說臾本作抴後人避諱改之南越傳拕舟而入水論語加朝服拕紳易終朝三褫之鄭本作拕叚拕爲褫也高誘注淮南遇盜拕其衣云拕奪也**从手它聲**託何切十七部廣韵又徒可切

捈　臥引也臥引謂橫而引之也廣雅曰捈舒也**从手余聲**同都切五部

抴　捈也厂下曰抴也臾下曰束縛捽抴也抴與臾音義皆同檀弓負手臾杖釋文臾作抴俗刻誤从木非也九歌桂擢兮蘭抴王逸曰擢楫也抴船旁板也按毛詩傳云楫所以擢舟也故因謂楫爲擢擢者引也船旁板臾於水中故因謂之抴俗字作擢作抴皆非是也**从手世聲**余制切十五部俗作拽

揙　搏也从手扁聲婢沔切古音在十二部

撅　㠯手有所把也以各本誤从把各本誤把今正把本訓收麥器引申之用手捊聚亦曰把通俗文曰手把曰捾手把曰攫此把與把之別也內則不涉不撅撅揭衣也撅之義與掘不同韵書淆之非也**从手厥聲**居月切十五部

攎　拏持也挐各本作拏誤廣韵攎下云攎斂**从手盧聲**洛乎切五部

拏　持也从手奴聲各本篆作挐解作如聲此與前文訓牽引之挐互譌也今正煩挐紛挐字當从如女居切挐攫字當从奴女加切古音同在五部而形異猶糸部有絮絮二篆也**一曰誣也**方言曰讕咋謰謱挐也郭注言諸挐也女加反又曰挐揚州會稽之語也或謂之惹或謂之詭許言部曰諸挐羞窮也方言及言部字皆从奴亦可證篆體作挐之謬

搵　沒也沒者湛也謂湛浸於中也集韵引字林搵抐沒也抐奴困切**从手𥁕聲**烏困切十三部又烏沒切

搒　掩也廣韵曰笞打今義也**从手旁聲**北孟切古音在十部

挌　擊也凡今用格鬥字當作此後漢陳寵傳斷獄者急於搒格酷烈之痛注引此說文周禮注曰若今時無故入人室宅廬舍上人車船牽引人欲犯法者其時格殺之無罪公羊定四年注曰挾弓者懷格意也莊卅一年注古者方伯征伐不道諸侯交格而戰者誅絕其國此等格字皆當从手**从手各聲**古覈切古音在五部

△𣐊

拲ㄍㄨㄥˇ 18見　掫ㄓㄡ 16精　捐ㄐㄩㄢ 3見　掤ㄅㄧㄥ 26幫　扜ㄩ 13影　摩ㄏㄨㄟ 1曉（麾）　捷ㄐㄧㄝˊ 29從

拲　兩手共同械也周禮掌囚上罪梏拲而桎鄭司農云拲者兩手共一木也**从手共聲**此舉形聲包會意居竦切九部**周禮曰上辠梏拲而桎**

𣐊　拲或从木猶桎梏字

掫　夜戒守有所擊也一本無守字有所擊謂鼓類也襄廿五年左傳陪臣干掫有淫者杜云干掫行夜也昭廿年傳賓將掫杜云掫行夜也周禮鎛師掌固皆云夜三鼜杜子春云謂擊鼓行夜戒守也春秋傳所謂賓將趣趣與鼜音相近許不云擊鼓而云有所擊者凡有聲可警覺者皆是若櫜亦行夜所擊者也**从手取聲**子侯切四部**春秋傳曰賓將掫**

捐　棄也華部曰棄捐也二篆爲轉注**从手肙聲**與專切十四部按俗音居專切

掤　所㠯覆矢也鄭大叔于田傳曰掤所以覆矢也左傳公徒釋甲執冰而踞冰者掤之叚借字賈逵服虔皆曰冰櫝丸蓋也杜預云或說櫝丸是箭筩其蓋可以取飲**从手朋聲**筆陵切六部**詩曰抑釋掤忌**

扜　指摩也摩各本作麾俗今正扜摩爲雙聲山海經曰有人方扜弓射黃蛇**从手亏聲**億俱切五部亦匈于切

摩　旌旗巾車曰木路建大麾鄭云大麾不在九旗中以正色言之則黑夏后氏所建按凡旌旗皆得曰麾故許以旌旗釋摩叚借之字作戲淮陰矦傳項羽本紀皆曰戲下是也**所㠯指摩也**說从手之意凡旗之所指曰指麾師之耳目在乎旗鼓也坶誓曰右秉白旄以麾小雅曰麾之以肱**从手靡聲**許爲切古音在十七部俗作麾

捷　獵也以曡韵爲訓謂如逐禽而得之也**軍獲得也**小雅一月三捷傳曰捷勝也箋云往則庶乎一月之中三有勝功春秋經齊侯來獻戎捷易晝日三接內則接以大牢鄭注皆讀爲捷勝也是古文叚借字也又按大雅征夫捷捷言樂事也

扣ㄎㄡˋ 16溪　掍ㄍㄨㄣˇ 9見　搜ㄙㄡ 21心　換ㄏㄨㄢˋ 3匣　掖ㄧㄝˋ 14定　摻ㄕㄢˇ 28心　乖ㄍㄨㄞ 10見

又有譬傳曰業大板也捷業如鋸齒皆其引申之義从手疌聲疾葉切八部春秋傳曰齊人來獻戎捷莊三十一年左氏公穀皆作齊侯按作人近是不必親來扣牽馬也周禮田僕凡田王提馬而走諸侯晉大夫馳注曰提猶舉也晉猶抑也使人抑而舉之抑之皆止奔也馳放不抑史記伯夷叔齊扣馬而諫从手口聲苦后切四部掍同也方言掍同也宋衛之間或曰掍漢人賦多用掍字从手昆聲古本切十三部搜眾意也其意爲眾其言爲搜也魯頌泮水曰束矢其搜傳曰五十矢爲束搜眾意也此古義也與考工記注之藪略同鄭司農云藪讀爲蜂藪之藪後鄭云蜂藪者眾輻之所趨也一曰求也索下曰入家搜也从手叜聲所鳩切三部詩曰束矢其搜換易也从手奐聲胡玩切十四部掖以手持人臂也各本臂下有投地二字今依左傳音義刪正左傳衛人伐邢二禮從國子巡城掖以赴外殺之赴當是仆之誤正義曰說文云掖持臂也謂執持其臂投之城外也釋文曰說文云以手持人臂曰掖陸孔所據皆無投地二字淺人傳合左文增之不知掖人者不必皆投地也詩衡門序曰僖公愿而無立志故作是詩以誘掖其君鄭云掖扶持也是可證矣从手夜聲羊益切古音在五部一曰臂下也此義字本作亦或借掖爲之非古也儒行逢掖之衣高后本紀見物如蒼犬據其掖俗亦作腋摻斂也从手參聲各本無摻篆及解今依鄭風遵大路正義所引補詩摻執子之袪傳曰摻攬也正義引說文摻參聲斂也操喿聲奉也蓋因俗二字相亂故分引之今本無摻篆亦由南朝以來摻操不別之故凡許書鼎部鼏鼏相似而失其一衣部袗袀相似而失其一水部沱池相似而有沱無池皆此類所斬切古音在七部

文二百六十六宋作六十五今增摻文　重十九

𠦬背呂也呂下曰脊骨也脊兼骨肉言之呂則其骨析言之如是渾言之則統曰背呂猶俗云背脊也象脊肋形脊者兩膀也肋者脊骨也此四字當作象形欲象脊肋也七字象形謂丨象背脊居中而直一象人要欲則象背左右脊肋之形也古懷切玉篇云俗作乖按俗作乖當在丫部乖字注中凡𠦬之屬皆从𠦬讀若乖此三字大徐無脊背呂也釋名曰脊積也積續骨節脈絡上下也从𠦬从肉兼骨肉而成字也資昔切十六部

文二

說文解字第十二篇上

受業黟縣胡積城校字

姓ㄒㄧㄥˋ 12心　女ㄋㄩˇ 13泥

說文解字第十二篇下

金壇段玉裁注

婦人也男丈夫也女婦人也立文相對喪服經每以丈夫婦人連文渾言之女亦婦人析言之適人乃言婦人也左傳曰君子謂宋共姬女而不婦女待人婦義事也此可以知女道婦道之有不同者矣言女子者對男子而言子皆美偁也曰女子子者系父母而言也集韵曰吳人謂女爲婄牛居切青州呼女曰婄五故切楚人謂女曰女奴解切皆方語也象形王育說不得其居六書何等而惟育說是象形也蓋象其揜斂自守之狀尼呂切五部小徐王育說三字在从女下凡女之屬皆从女

人所生也白虎通曰姓者生也人所稟天氣所以生者也吹律定姓故姓有百按詩振振公姓傳曰公姓公生也不如我同姓傳曰同姓同祖也昭四年左傳問其姓釋文云女生曰姓姓謂子也定四年蔡大夫公孫生公穀皆作公孫姓

十二篇下　一

古之神聖人母感天而生子故偁天子五經異義詩齊魯韓春秋公羊說聖人皆無父感天而生左氏說聖人皆有父謹案堯典以親九族卽堯母慶都感赤龍而生堯人安得九族而親之禮讖云唐五廟知不感天而生元之聞也詩言感生得無父有父則不感生此皆偏見之說也商頌曰天命元鳥降而生商謂娀簡吞鳦子生契是聖人感生見於經之明文劉媼是漢大上皇之妻感赤龍而生高祖是非有父感神而生者也同耳且夫蒲盧之氣嫗煦桑蟲成爲己子況乎天氣因人之精就而神之反不使子賢聖乎是則然矣又何多怪按此鄭君調停之說許作異義時從左氏說聖人皆有父造說文則云神聖之母感天而生不言聖人無父則與鄭說同矣因生㠯爲姓从女生因生以爲姓若下文神農母居姜水因以爲姓黃帝母居姬水因以爲姓舜母居姚虛因以爲姓是也感天而生者母也故姓从女生會意其子孫復析爲衆姓如黃帝子二十五宗十二姓則皆因生以爲姓也生亦聲息正切十一部按古平聲春秋傳曰天子因生

姜ㄐㄧㄤ 15見

㠯賜姓大小徐本互異由淺人不學以爲重複故大徐本刪因生以爲姓五字小徐刪春秋傳以下十一字皆非也傳者隱八年左傳文無駭卒羽父請謚與族公問族於衆仲對曰天子建德因生以賜姓胙之土而命之氏杜曰因其所由生以賜姓也按人各有所由生之姓其後氏別旣久而姓幾湮有德者出則天子立之令姓其正姓若大宗然如周語帝胙四岳國賜姓曰姜氏曰有呂陳胡公不淫故周賜之姓謂嬀姓命氏曰陳飂叔安裔子董父事帝舜帝賜之姓曰董氏曰豢龍蓋此三者本皆姜嬀董之子孫故予之以其姓又或特賜之姓前無所承者如史記白虎通禹祖昌意以薏苡生賜姓姒氏殷契以元鳥子生賜姓子氏斯皆因生以賜姓也必兼春秋傳之說而姓之義乃完姒字不見於許書蓋古祗作以古書亦有作似者

神農凥姜水因㠯爲姓晉語司空季子曰昔少典娶于有蟜氏生黃帝炎帝黃帝以姬水成炎帝以姜水成成而異德故黃帝爲姬炎帝爲姜韋注成謂所生長以成功也渭水篇注曰岐水又東逕姜氏城南爲姜水引帝王世紀炎帝神農氏姜姓母

十二篇下　二

姚ㄧㄠˊ 19定　嬴ㄧㄥˊ 12定　姞ㄐㄧˊ 5匣　姬ㄐㄧ 24見

女登遊華陽感神而生炎帝長於姜水是其地按姜姬字蓋後所製从女羊聲居良切十部

黃帝凥姬水因水爲姓从女𦣞聲居之切一部

黃帝之後伯鯈姓也國語晉胥臣曰季曰黃帝之子得姓者十四人爲十二姓姞其一也詩都人士作吉南燕密須姞姓國也后稷妃家左傳鄭文公賤妾曰燕姞夢天使與己蘭曰余爲伯鯈余而祖也以是爲而子既而生穆公名之曰蘭文公卒石癸曰姞吉人也后稷之元妃也今公子蘭姞甥也天或啓之必將爲君遂立之古今人表云姞人棄妃直以姞人爲姓名从女吉聲巨乙切十二部

帝少皞之姓也按秦徐江黃郯莒皆嬴姓也嬴地理志作盈又按伯翳嬴姓其子皋陶偃姓偃嬴語之轉耳如娥皇女英世本作女瑩大戴禮作女匽亦一語之轉从女嬴省聲依韵會作嬴今各本作嬴省聲非也以成切十一部

虞舜凥姚虛因㠯爲姓帝王世紀云舜母名握登生舜於姚墟因姓姚氏也世本

嬀 ㄍㄨㄟ 1見　妘 ㄩㄣˊ 9匣

舜姓姚氏**从女兆聲**余招切二部**或爲姚嬈也**下文曰嬈者苛也**史篇㠯爲姚易也**王莽傳徵天下史篇文字孟康曰史籀所作十五篇也許三偁史篇皆說史篇者之辭易蓋治也廣雅姚娧皆好也荀卿子美麗姚冶楊注引說文姚美好皃今說文無此語

虞舜凥嬀汭因㠯爲氏氏各舊本及集韵類篇皆同毛斧季剜改爲姓非也舜既姚姓則嬀爲舜後之氏可知按依史記當云因以爲氏姓尋姓氏之禮姓統於上氏別於下鄭駁五經異義曰天子賜姓命氏諸侯命族族者氏之別名姓者所以統繫百世不別也氏者所以別子孫之所出故世本之篇言姓則在上言氏則在下也此由姓而氏之說也旣別爲氏篇則謂之氏姓故風俗通潛夫論皆以氏姓名篇諸書多言氏姓氏姓之見於經者春秋隱九年天王使南季來聘穀梁傳曰南氏姓也季字也南爲逗氏姓也三字爲句此氏姓之明文也史記陳杞世家舜爲庶人時堯妻之二女居於嬀汭其後因爲氏姓姓嬀氏五帝本紀曰自黃帝至舜禹皆同姓帝禹爲夏后而別氏姓姒氏今史記奪一姓字此氏姓之例與陳世家同契爲商姓子氏棄爲周姓姬氏此皆氏姓之明文也左傳曰陳胡公不淫故周賜之姓使祀虞帝賜之姓者賜姓曰嬀也叚令嬀不爲姓何以不賜姓姚而賜姓嬀乎凡言賜姓者先儒以爲有德者則復賜之祖姓使紹其後故后稷賜姓曰姬四岳堯賜姓曰姜董父舜賜姓曰董秦大費賜姓曰嬴皆予以祖姓也其有賜姓而本非其祖姓者如鄭氏駁異義云炎帝姓姜大皞之所賜也黃帝姓姬炎帝之所賜也是炎帝黃帝之先固自有姓而炎帝黃帝之姜姬實爲氏姓之刱始夏之姓姒商之姓子亦同然則單云姓者未嘗不爲氏姓單云氏者其後以爲姓古則然矣至於周則以三代以上之姓及氏姓爲昏姻不通之姓而近本諸氏於官氏於事氏於王父字者爲氏不爲姓古今之不同也舉舜凥嬀汭因爲氏姓以發其凡凡訓詁家曰姓某氏者皆於此起例**从女**姚之从女以握登也嬀之从女以釐降二女也**爲聲**居爲切古音在十七部

祝融之後姓也祝融者顓頊之子黎也國語曰其後八姓已董彭禿妘曹斟芊也妘姓鄔鄶路偪陽是也又世

△嬶　姺 ㄒㄧㄢ 9心　𡟰 ㄋㄧㄢˊ 3泥　𡚸 ㄏㄠˋ 21曉

本曰鄅妘姓也大戴禮云鄶人云鄖妘字**从女云聲**王分切十三部

籀文妘从員員籀文作鼎古音同云小徐本篆作嬶

殷諸侯爲亂昭元年左傳曰王伯之令也猶不可壹於是乎虞有三苗夏有觀扈商有姚邳周有徐奄皆謂當時作亂之諸侯也**疑姓也**嫌姚是國名故曰疑疑者不定之詈也姚从女蓋以姓爲國名**从女先聲**所臻切古音在十三部廣韵入二十七銑**春秋傳曰商有姚邳**

人姓也廣韵曰𡟰姓也**从女然聲**奴見切十四部

人姓也廣韵玉篇皆曰妞姓也**从女丑聲**呼到切按古音在三部讀如狃好之古音讀如朽是以尚書叚𡚸爲好也**商書曰無有作𡚸**鴻範文今尚書𡚸作好此引經說叚借也𡚸本訓人姓好惡自有眞字而壁中古文叚𡚸爲好此以見古之叚借不必本無其字是爲同聲通用之肈耑矣此如朕堲讒說叚堲爲疾尚狟狟叚狟作桓布重莧席叚莧爲纖蒻之義曰圛叚圛爲升雲半有半無之義皆偁經以明六

娸 ㄑㄧ 24溪　奼 ㄔㄚˋ 14端　媒 ㄇㄟˊ 24明　妁 ㄕㄨㄛˋ 20定　嫁 ㄐㄧㄚˋ 13見　娶 ㄑㄩˇ 16清

書之叚借也而淺人不得其解或多異說蓋許書之湛晦久矣

人姓也从女其聲去其切一部**杜林說娸醜也**醜者可惡也按頁部曰䫏醜也杜說蓋以娸爲䫏頭字也○以上十一篆皆冡姓而言

少女也廣韵曰美女**从女乇聲**坼下切古音在五部丁故切是也

謀也以疊韵爲訓**謀合二姓者也**慮難曰謀周禮媒氏注曰媒之言謀也謀合異類使和成者**从女某聲**莫桮切古音在一部

酌也斟酌二姓者也酌者盛酒行觴也斟酌二姓者如挹彼注茲欲其調適也孟子曰不待父母之命媒妁之言**从女勺聲**市勺切二部

女適人也白虎通曰嫁者家也婦人外成以出適人爲家按自家而出謂之嫁至夫之家曰歸喪服經謂嫁於大夫曰嫁適士庶人曰適此析言之也渾言之皆可曰適皆可曰嫁**从女家聲**古訝切古音在五部

取婦也取彼之女爲我之婦也經典多叚取爲娶**从女取**

婚ㄏㄨㄣ 9曉　△㜸　姻ㄧㄣ 6影　△婣　妻ㄑㄧ 4清　△㚶　婦ㄈㄨˋ 24並　妃ㄈㄟ 7滂　媲ㄆㄧˋ 4滂　妊ㄖㄣˋ 28泥

聲說形聲包會意也此從小徐本七句切古音在四部

婚　婦家也釋親曰婦之父爲婚婦之黨爲婚兄弟禮娶婦㠯昏時婦人侌也故曰婚禮謂禮經也士昏禮曰凡行事必用昏昕注曰用昕使者用昏壻也郊特牲曰昏禮不用樂幽陰之義也从女昏昏亦聲呼昆切十三部

㜸　籒文婚如此其會意形聲不可彊說車部之轞巾部之幔皆以爲聲

姻　壻家也釋親曰壻之父爲姻婦之父母壻之父母相謂爲婚姻壻之黨爲姻兄弟周禮六行孝友睦婣任恤注云婣者親於外親引申之義也女之所因故曰姻因者就也从女因因亦聲於眞切十二部

婣　籒文姻从䏍䏍聲也周禮如此作

妻　婦與己齊者也妻齊以疊韻爲訓此渾言之也曲禮曰庶人曰妻析言之也从女从屮从又七稽切十五部又逗持事妻職也釋从又之意屮聲說从屮之故鉉等以不應既云从屮又云屮聲刪此二字

㚶　古文妻从肖女肖古文貴字古文貴不見於貝部恐有遺奪

婦　服也亦以疊韻爲訓婦主服事人者也大戴禮本命曰女子者言如男子之教而長其義理者也故謂之婦人婦人伏於人也是故無專制之義有三從之道曲禮曰士之妃曰婦人析言之也从女持帚灑埽也說會意房九切古音在一部服古音同

妃　匹也匹者四丈也禮記納幣一束束五兩兩五尋注云十箇爲束兩兩合其卷是謂五兩八尺曰尋按四丈而兩之各得二丈夫婦之片合如帛之判合矣故帛四丈曰兩曰匹人之配耦亦曰匹妃本上下通偁後人以爲貴偁耳釋詁曰妃媲也引申爲凡相耦之偁左傳曰嘉耦曰妃其字亦叚配爲之太元作嬰其云嬰執者卽左傳之嘉耦曰妃怨耦曰仇也从女己各本下有聲字今刪此會意字以女儷己也芳非切十五部

媲　妃也釋詁曰妃媲也此云媲妃也見相爲轉注从女𦣞聲匹計切十五部

妊　孕也孕者褢子也从女壬壬亦聲如甚切七部按廣韻惟見去聲

娠ㄕㄣ 9透　㛷ㄓㄡ 16精　嬔ㄈㄢˋ 3滂　嫛ㄧ 4影　婗ㄋㄧˊ 10疑　母ㄇㄨˇ 24明　嫗ㄩˋ 16影

娠　女妊身動也凡从辰之字皆有動意震振是也妊而身動曰娠別詞也渾言之則妊娠不別詩大任有身生此文王傳曰身重也蓋妊而後重重而後動動而後生从女辰聲失人切十三部春秋傳曰后緍方娠哀元年左傳曰后緍方娠逃出自竇歸于有仍生少康焉方娠者方身動去產不遠也其字亦叚震爲之昭元年左傳邑姜方震大叔是也若生民載震載肅傳曰震動也箋云遂有身則以妊解之一曰宮婢女隸謂之娠方言曰燕齊之閒養馬者謂之娠官婢女廝謂之娠郭注娠音振女廝婦人給使者

㛷　婦人妊娠也娠各本作身今依廣韻十虞正廣雅曰㛷傳也从女芻聲側鳩切古音在四部周書曰至于㛷婦梓材文今作屬婦許所據則壁中文也崔子玉清河王誄惠於㛷孀亦取諸古文

嬔　生子齊均也謂生子多而如一也元應書曰今中國謂蕃息爲嬔息音芳萬切周成難字云嬔息也按依列篆次弟求之則此篆爲免身當云从女免生从女免生小徐作从女䞕聲大徐作从女从生免聲恐皆誤以免爲聲尤非蓋元應在唐初已誤矣今正讀若幡依小徐本今音芳萬切以平讀去耳十四部

嫛　嫛婗也各本婗上刪嫛字今補此三字句嫛婗合二字爲名不容分裂釋名人始生曰嬰兒或曰嫛婗嫛是也言是人也婗其啼聲也襍記曰中路嬰兒失其母焉注嬰猶鷖彌也按鷖彌卽嫛婗語同而字異耳从女殹聲烏雞切十五部

婗　嫛婗也从女兒聲五雞切十六部一曰婦人惡皃此則專謂婗字

母　牧也以疊韻爲訓牧者養牛人也以譬人之乳子引伸之凡能生之以啓後者皆曰母从女象褱子形褱袌也象兩手褱子也一曰象乳子也廣韻引倉頡篇云其中有兩點者象人乳形豎通者卽音無按此就隸書釋之也莫后切古音在一部

嫗　母也樂記煦嫗覆育萬物鄭曰以氣曰煦以體曰嫗詩毛傳柎下惠嫗不逮門之女亦以體曰嫗之意不逮門者不及入門荀卿所謂與後門者同衣卽此也凡人及鳥生子曰乳皆必

嫗ㄠˇ 9影　姁ㄒㄩˇ 16曉　姐ㄐㄧㄝˇ 13精　姑ㄍㄨ 13見

以體嫗之方言伏雞曰抱郭云江東呼蓲央富反按蓲卽嫗也母之呼嫗由此高帝本紀曰有一老嫗夜哭从女區聲衣遇切古音在四部

媼 母老偁也母大徐作女非也高帝母曰劉媼文穎曰幽州及漢中皆謂老嫗爲媼孟康曰長老尊稱也左師謂太后曰媼愛燕后賢於長安君禮樂志媼神蕃釐后土富媼張晏曰媼老母偁也坤爲母故偁媼从女𥁕聲讀若奧按从𥁕蓋與嫗同意形聲中有會意也𥁕聲而讀如奧者方俗語音之轉耳烏晧切古音當在十三部

姁 嫗也然則姁亦母偁也師古曰呂后名雉字娥姁从女句聲況羽切四部

姐 蜀人謂母曰姐方言也其字當蜀人所製淮南謂之社因類記之也社與姐音近从女且聲讀若左左卽今ナ字也今茲也切古音當在五部

姑 夫母也釋親曰婦偁夫之父曰舅稱夫之母曰姑姑舅在則曰君舅君姑沒則曰先舅先姑按聖人正名之義名有可叚借通用者有不可叚借通用者可叚借者舅姑是也故母之晜弟爲舅

十二篇下　七

威ㄨㄟ 7影　妣ㄅㄧˇ 4幫

夫之父亦曰舅妻之父曰外舅夫之母曰姑男子偁父之姊妹亦曰姑偁妻之母曰外姑蓋白虎通云舅者舊也姑者故也舊故之者老人之偁也故其偁可氾用之不可叚借者父母是也故同姓有父母異姓無父母夫之父母未聞偁父母也姑之夫未聞偁父也姑未聞偁母也母之兄弟未聞偁父也母之兄弟之妻未聞偁母也從母之夫未聞偁父也惟外祖父外祖母則以父之父母例之而得偁從母則以父之昆弟偁從父例之而得偁從母之子亦以從父昆弟例之而得偁凡同姓五服之外及異姓之親祇偁兄弟無偁昆弟者古人偁謂之嚴也今天下之名不正者多矣盡反諸經乎許於舅舉母之昆弟於姑舉夫母各舉男女所取尊以發舅姑之例也姑之字叚爲語詞卷耳傳曰姑且也从女古聲古胡切五部

威 姑也引伸爲有威可畏从女戌聲按小徐本作戌聲而復以會意釋之於非切十五部漢律曰婦告威姑惠氏定宇曰爾雅君姑卽威姑也古君威合音差近

妣 殁母也殁正作歾終也曲禮曰生曰父曰母曰妻死曰考曰妣曰嬪析

△妣　姊ㄗˇ 4精　妹ㄇㄟˋ 8明　娣ㄉㄧˋ 4定

言之也釋親曰父曰考母曰妣渾言之也从女比聲卑履切十五部

籒文妣省

姊 女兄也釋親曰男子謂先生爲姊後生爲妹郱詩問我諸姑遂及伯姊傳曰父之姊妹稱姑先生曰姊从女朿聲將几切十五部

妹 女弟也衛風東宮之妹傳曰女子後生曰妹从女未聲莫佩切十五部按釋名曰姊積也妹昧也字當从未白虎通曰姊者咨也妹者末也又似从末

娣 同夫之女弟也小徐本有夫之二字而尚少同字今補同夫者女子同事一夫也釋親曰女子同出謂先生爲姒後生爲娣孫郭皆云同出謂俱嫁事一夫王度記曰諸侯娶一國則二國往媵之公羊傳白虎通皆曰諸侯娶一國則二國往媵之以姪娣從姪者何兄之子也娣者何女弟也大雅韓奕傳曰諸侯一娶九女二國媵之諸娣衆妾也按女子謂女兄弟曰姊妹與男子同而惟媵己之妹則謂之娣蓋別於在母家之偁以明同心事一君之義也禮喪服經皆言妹無言娣者今大徐本作女弟也非是小徐本又妹娣二篆互譌而娣下曰女弟也妹下曰

十二篇下　八

媦ㄨㄟˋ 8匣　嫂ㄙㄠˇ 21心

夫之女弟也楚金以班昭女誡嫂妹之偁注之夫夫之姊呼女妐夫之妹呼女叔見鄭氏昏義注夫之妹呼女叔猶夫之弟呼叔也呼妹則名不正矣今本爾雅轉寫女叔誤爲女妹不可不正○或問俱嫁一夫謂先生爲姒古未聞以姊媵者何以有先生者也曰二國往媵容有小國容有年稍長者又問娣異名以別於妹矣何姪不爲異名乎曰姪之名以別於男子之謂猶子早爲異名矣不煩更異也曰釋親又言長婦謂稚婦爲娣婦娣婦謂長婦爲姒婦見於傳者姒爲妯娌之偁何也曰此所謂名之可以叚借通偁者也如兄弟之偁同姓異姓皆得偁之也妯娌偁長者曰姒少者曰娣與坐以夫齒之禮竝行不悖从女弟聲形聲中會意徒禮切十五部

媦 楚人謂女弟曰媦方言之不同也从女胃聲云貴切十五部春秋公羊傳曰楚王之妻媦桓二年公羊傳文

嫂 兄妻也鄭注喪服曰嫂者尊嚴之嫂猶叟也叟老人之偁也按古者重男女之別故於兄之妻尊嚴之於弟之妻卑遠之而皆不爲服男子不爲兄弟之妻服猶女子

姪ㄓˊ 5定 姨ㄧˊ 4定 娿ㄜ 1影 娒ㄇㄟˇ（姆）24明 媾ㄍㄡˋ 16見 姼ㄔˇ 1透

不爲夫之兄弟服也女子於夫之姊妹則相服小功者相與居室之親也从女叜聲形聲中有會意穌老切古音在三部

女子謂兄弟之子也各本作兄之女也不完今依爾雅正釋親曰女子謂晜弟之子爲姪喪服大功章曰女子子適人者爲衆晜弟姪丈夫婦人報傳曰姪者何也謂吾姑者吾謂之姪經言丈夫婦人同謂之姪則非專謂女也公羊傳曰二國往媵以姪娣從謂婦人也左傳曰姪其從姑謂丈夫也不謂之猶子者女外成別於男也今世俗男子謂兄弟之子爲姪是名之不正也从女此从女者謂系乎姑之偁也許誤會用公羊兄之女也爲訓非是至聲从至者謂雖適人而於母家情摯也形聲中有會意也徒結切十二部

妻之女弟同出爲姨釋親曰妻之姊妹同出爲姨孫曰同出俱已嫁也此獨言女弟者以弟姨疊韵也釋名曰妻之姊妹曰姨姨弟也言與己妻相長弟也按長弟謂次弟也後世謂母之姊妹曰姨母从女夷聲以脂切十五部

女師也詩言告師氏毛傳師女師也古者女師教以婦德婦言婦容婦功李善引漢書音義曰婦人年五十無子者爲傅从女加聲此說形聲杜林說加教於女也杜說會意讀若阿烏何切十七部按列女傳華孟姬楚昭伯嬴傳皆言保阿內則篇喪服經注皆言可者鄭云可者賤於諸母謂傅姆之屬蓋可者卽阿阿卽娿也

女師也士昏禮注曰姆婦人年五十無子出而不復嫁能以婦道教人者左傳宋大災宋伯姬卒待姆也何注公羊曰禮后夫人必有傅母所以輔正其行衞其身也選老大夫爲傅選老大夫妻爲母按母卽姆也从女每聲讀若母同今音每與母殊古音同在一部耳故許作娒字林及禮記音義作姆也莫后切古音在一部

重婚也重婚者重疊交互爲婚姻也杜注左傳曰重婚曰媾按字从冓者謂若交積材也曹風不遂其媾毛傳曰媾厚也引伸之義也从女冓聲形聲中有會意古厚切四部易曰匪寇婚媾屯六二爻辭

美女也廣韵曰姑姼輕薄皃此今義也方言曰謂父妣曰母姼稱父考曰父姼音多此方俗里語也从女多聲尺氏切古音在十七部

△⿰女氏 妭ㄅㄚˊ 2並 ⿰女奚ㄒㄧ 10匣 婢ㄅㄧˋ 10並 奴ㄋㄨˊ 13泥

姼或从氏氏聲在十六部合音取近

美婦也廣韵引婦人美皃大徐作婦人美也按廣韵曰妭鬼婦引文字指歸云女妭禿無髮所居之處天不雨此謂旱魃也魃在鬼部與此各字而俗亂之从女犮聲蒲撥切十五部

女隸也周禮作奚段借字也酒人女酒三十人奚三百人鄭注古者從坐男女沒入縣官爲奴其少才智者者字今增以爲奚今之侍史官婢或曰奚宦女守祧女祧每廟二人奚四人鄭曰奚女奴也从女奚聲胡雞切十六部

女之卑者也內則父母有婢子鄭曰所通賤人之子是婢爲賤人也而曲禮自世婦以下自偁曰婢子左傳秦穆姬言晉君朝以入則婢子夕以死是貴者以婢子自謙婢亦稱婢子與內則婢子不同也鄭注曲禮曰婢之言卑也从女卑會意卑亦聲據韵會小徐無此三字便俾切十六部

奴婢皆古辠人周禮曰其奴男子入于辠隸女子入于舂槀秋官司厲文鄭司農云謂坐爲盜賊而爲奴者輸於罪隸舂人槀人之官也由是觀之令之爲奴婢古之罪人也故書曰予則奴戮汝論語曰箕子爲之奴春秋傳曰斐豹隸也著於丹書元謂奴從坐而沒入縣官者男女同名按許用仲師說入罪隸者奴入舂槀者可呼婢引伸之凡水不流曰奴木之類近根者奴毛傳曰帑子也左傳鳥帑鳥尾也駑馬下乘也其字皆當作奴皆引伸之義也从女又男女皆在焉故从女又所以持事也會意乃都切五部

古文奴

△佁 ⿰女弋ㄧˋ 25定 媊ㄑㄧㄢˊ 3從

婦官也廣韵曰漢有鉤弋⿰女弋夫人居鉤弋宮漢書亦作弋玉裁按如淳曰姬音怡衆妾之總稱也引漢官姬妾數百瓚曰漢秩祿令及茂陵書姬內官也位次婕妤下瓚說淳音皆是也婦官字當作⿰女弋漢時借姬爲之音怡如姒姓本作以春秋亦用弋爲之皆一聲之轉然也音怡而用爲衆妾之偁則又方俗語言如是从女弋聲與職切一部

甘氏星經曰天官書曰昔之傳天數者在齊甘公徐廣曰或曰甘公名德也本是魯人按藝文志無甘氏星經有甘德長柳

媧ㄨㄚ 1見　△嫡 娀ㄙㄨㄥ 23心　娥ㄜˊ 1疑　嫄ㄩㄢˊ 3疑　嬿ㄧㄢˋ 3匣　嬃ㄒㄩ 16心　婀ㄜ 1影

占夢十一卷云楚人大白號上公句妻曰女嫡尻南斗食厲天下祭之曰明星天官書曰大白大臣也其號上公妻曰女嫡居南斗食厲未聞論衡所引山海經度朔山二神人主閱領萬鬼鬼之惡害人者執以葦索而用飤虎殆與相類大白偁明星詩毛傳曰日且出謂明星爲启明日既入謂明星爲長庚封禪書地理志陳倉有上公明星祠蓋祀大白也此云天下祭之曰明星蓋祀女嫡也或曰雖有南北斗大白諸布之廟矣則上公明星之祠蓋祀女嫡从女前聲昨先切十二部廣韵卽移切

媧古之神聖女化萬物者也媧化曡韵司馬貞三皇本紀曰三皇說者不同譙周以燧人爲皇宋均以祝融爲皇鄭康成依春秋緯注禮記云女媧三皇承伏羲者皇甫謐亦同从女咼聲古蛙切古音在十七部⿰女𠳮籀文媧从𠳮𠳮聲亦同十七部

娀帝高辛之妃偰母號也偰見人部高辛氏之子堯司徒殷之先也商頌天命元鳥降而生商傳曰春分元鳥降湯之先祖有娀氏女簡狄配高辛氏帝帝率與之祈於郊禖而生契故本其爲天所命以元鳥至而生焉按有娀諸家說爲國名長發鄭箋云有娀氏之國亦始廣大許氏偰母號者以其國名爲之號故長發傳曰有娀契母也是亦以爲號也从女戎聲息弓切九部詩曰有娀方將

娥帝堯之女舜妻娥皇字也曲禮曰男子二十冠而字女子許嫁笄而字从女我聲五何切十七部秦晉謂好曰娙娥方言娥好也秦曰娥秦晉之閒凡好而輕者謂之娥漢武帝制倢伃娙娥傛華充依皆有爵位

嫄邰國之女周棄母字也邰舊作台誤今正邑部曰邰者炎帝之後姜姓所封周棄外家國也裴駰引韓詩章句曰姜姓原字按史記作原从女原聲愚袁切十四部

嬿女字也毛詩燕婉之求傳曰燕安婉順也韓詩作嬿婉嬿婉好皃見西京賦注从女燕聲于甸切十四部

婀女字也从女可聲讀若阿烏何切十七部

嬃女字也

十二篇下　十一

婤ㄓㄡ 21端　妵ㄊㄡˇ 16透

婕ㄐㄧㄝˊ 29精　嬩ㄩˊ 13定　孁ㄌㄧㄥˊ 12來　嫽ㄌㄧㄠˊ 19來　⿰女衣ㄧ 7影　姶ㄜˋ 27影　妀ㄐㄧˇ 24見　⿰女久ㄐㄧㄡˇ 24見　⿰女耳ㄦˇ 24泥　始ㄕˇ 24透　媚ㄇㄟˋ 4明

樊噲以呂后女弟呂須爲婦須卽嬃字也周易歸妹以須鄭云須有才智之稱天文有須女按鄭意須與諝胥同音通用諝者有才智也从女須聲相俞切古音在四部楚詞曰女嬃之嬋媛詞當作辭屈原賦離騷篇文賈侍中說楚人謂姊爲嬃賈語蓋釋楚辭之女嬃王逸袁山松酈道元皆言女嬃屈原之姊惟鄭注周易屈原之妹名女須詩正義所引如此妹字恐姊字之譌

婕女字也師古漢書注曰倢伃字或从女其音同耳从女疌聲子葉切八部

嬩女字也倢伃之伃蓋亦可用此人部曰伃婦官也从女與聲讀若余以諸切五部

孁女字也漢婦官十四等中有娛靈靈蓋可作孁从女霝聲郎丁切十一部

嫽女字也廣韵相嫽戲也此今義也按毛詩傳及許人部曰僚好皃蓋亦可用此字方言釥嫽好也从女尞聲洛簫切二部

⿰女衣女字也十四等中充依依蓋可用此字从女衣聲讀若依於稀切十五部

婤女字也从女周聲職流切三部

姶女字也从女合聲烏合切七部春秋傳曰嬖人婤姶昭公七年左氏傳曰衞襄公夫人姜氏無子嬖人婤姶生孟縶一曰無聲別一義

妀女字也玉篇云妀改从女己聲居擬切一部

妵女字也昭廿一年左氏傳宋華妵居於公里从女主聲天口切四部

⿰女久女字也从女久聲舉友切古音在一部小徐本作奺廣韵曰亦作奺

⿰女耳女字也本作號今依玉篇廣韵从女耳聲仍吏切一部

始女之初也釋詁曰初始也此與爲互訓初裁皆衣之始也基者牆之始也凡言之者皆分別之詈有叚殆爲始者七月毛傳云殆始也是也从女台聲詩止切一部按凡始事有急緩之殊不得云有二義今人乃爲之二音緩者讀去聲月令紀節物用始字十餘而蟬始鳴獨市志反其亦庸人自擾也矣

媚說也說今悅字也大雅毛傳曰媚愛也从

十二篇下　十二

嫵ㄨˇ 13明　媄ㄇㄟˇ 4明　嬬ㄒㄩ 22透　嫷ㄊㄨㄛˇ 1定　姝ㄕㄨ 16透　好ㄏㄠˇ 21曉　嬹ㄒㄧㄥˋ 26曉　嬮ㄧㄢ 32影　⿰女殳ㄕㄨ 16透　姣ㄐㄧㄠ 19見

女肙聲美祕切十五部媚也上林賦嫵媚纖弱李善引埤倉曰嫵媚悅也按嫵媚可分用張敞傳長安中傳京兆眉憮憮卽嫵字蘇林曰憮音嫵北方人謂眉好爲詡畜从女無聲文甫切五部色好也按凡美惡字可作此周禮作媺葢其古文从女美聲小徐本如是無鄙切十五部媚也嬬有媚悅之義凡古經傳用畜字多有爲嬬之叚借者蘇林曰北方人謂眉好爲詡畜又如禮記孝者畜也順於道不逆於倫是之謂畜孟子曰詩曰畜君何尤畜君者好君也呂覽曰周書曰民善之則畜也不善則讎也高注畜好也說苑尹逸對成王曰夫民善之則畜也不善則讎也又孔子曰夫通達之國皆人也以道導之則吾畜也不以道導之則吾讎也此等皆以好惡對言畜字皆取嬬媚之義今則無有用嬬者矣从女畜聲丑六切三部按當依廣韵許竹切南楚之外謂好曰嫷方言曰嫷美也南楚之外曰嫷郭注言婑嫷也曹植七啓形媠服兮揚幽若媠卽嫷之省心部之古文憜也張敞傳被輕嫷之名皆引伸之義也从女憜省聲憜省聲卽嫷省聲也徒果切十七部好也邶風傳曰姝美色也衞風傳曰姝順皃齊風傳曰姝初昏之皃各隨文爲訓也从女朱聲昌朱切古音在四部媄也各本作美也今正與上文媄爲轉注也好本謂女子引伸爲凡美之偁凡物之好惡引伸爲人情之好惡本無二音而俗強別其音从女子會意呼晧切古音在三部說也說今之悅字李善注潘岳關中詩顏延年和謝靈運詩皆引說文興悅也謂興與嬹古同也今惟漢功臣表有甘泉侯嬹許孕反从女興聲許應切六部好也謂嬮嬮也从女厭聲於鹽切七部好也此與姝音義皆同从女殳聲昌朱切古音在四部詩曰靜女其⿰女殳邶風靜女文今毛詩作姝傳云姝美色也豈許所見毛詩異與抑取諸三家與好也姣謂容體壯大之好也史記長姣美人按古多借佼爲姣如月令養壯佼陳風澤陂箋佼大皆姣字也小雅白華箋云姣大之人陳風佼人字又作姣方

十二篇下　卅三

嬛ㄐㄩㄢ 3影　娧ㄊㄨㄟˋ 2定　媌ㄇㄠˊ 19明　嫿ㄏㄨㄚˋ 11曉　婠ㄨㄢ 3影　娙ㄒㄧㄥˊ 12疑　⿰女贊ㄗㄢˋ 3精　⿰女𤔔ㄌㄨㄢˇ 3來　△孌　妴ㄨㄢˇ 3影　婉ㄨㄢˇ 3影

言云自關而東河濟之閒凡好謂之姣从女交聲胡茅切二部按切非也當依廣韵古巧切好也上林賦柔嬈嬛嬛郭樸曰皆骨體耎弱長豔皃也今文選譌作嫚嫚漢書不誤史記作嬛嬛則是別本按今人所用娟字當卽此从女睘聲委員切十四部讀若蜀郡布名按糸部縳蜀白細布也其字彗聲以合韵得音好也召南舒而脫脫兮傳曰脫脫舒皃按脫葢卽娧之叚借此謂舒徐之好也从女兌聲杜外切十五部目裏好也目裏好者謂好在匡之裏也凡方言言順言瞯言鑠言盰言揚皆謂目之好外見也惟媌狀目裏方言曰媌好也自關而東河濟之閒謂之媌按此謂纖細之好也从女苗聲莫交切二部靜好也靜者審也廣韵曰嫿分明好皃神女賦曰既姽嫿於幽靜魏都賦曰風俗以韰果爲嫿从女畫聲呼麥切十六部體德好也从女官聲一完切十四部讀若楚郤宛謂讀如此宛也左傳有楚郤宛長好也體長之好也故其字从巠上文曰秦晉謂好爲娙娥漢婦官十四等有娙娥武帝邢夫人號娙娥从女巠聲五莖切十一部白好也色白之好也通俗文服飾鮮盛謂之⿰女贊⿰女贊聲類⿰女贊綺也皆引伸之義也从女贊聲則旰切十四部順也邶風傳曰孌好皃齊風傳曰婉孌少好皃義與許互相足从女𤔔聲力沇切十四部詩曰婉兮⿰女𤔔兮齊風甫田曹風候人籒文⿰女𤔔宋本如此趙本毛本刪之因下文有孌慕也不應複出不知小篆之孌爲今戀字訓慕籒文之孌爲小篆之⿰女𤔔訓順形同義異不嫌複見也據全書之例亦可⿰女𤔔後不重出而於慕也之下云籒文以爲⿰女𤔔字凡言古籒以爲某字者亦可附於某字之下如艸篆下可出中篆云古文以爲艸巧篆下可出丂篆云古文巧其道一也今毛詩作孌正用籒文婉也从女夗聲於阮切十四部順也鄭風傳曰婉然美也齊風傳曰婉好眉目也从女宛聲於阮切十四部春秋傳曰太子痤婉襄二十六年左

十二篇下　卅四

姛ㄊㄨㄥˇ 18透（㛦）　嫣ㄧㄢ 3影　姌ㄖㄢˇ 30泥　嫋ㄋㄧㄠˇ 20泥　孅ㄒㄧㄢ 30心　嫇ㄇㄧㄥˊ 12明　媱ㄧㄠˊ 19定　嬛ㄒㄩㄢ 3曉　姽ㄍㄨㄟˇ 10見　委ㄨㄟˇ 1影

傳文按傳云棄生佐惡而婉大子痤美而很佐即宋元公也此所稱姅誤一時記憶不精耳按集韵類篇皆作大子佐婉葢依傳改正而又失之不知佐非大子也

姛　直項皃从女同聲　他孔切廣韵徒揔切九部

嫣　長皃　詩毛傳頎頎長皃頎與嫣聲相近也文選嫣然一笑注引王逸云嫣笑皃然大招字作嗎許書無嗎字　从女焉聲　於建切十四部廣韵亦平聲

姌　弱長皃　上林賦嫵媚姌嫋郭樸曰姌嫋細弱也小顏云謂骨體按毛詩曰荏染柔意也荏染即姌也　从女冄聲　而剡切七部

嫋　姌也　九歌嫋嫋兮秋風王曰嫋嫋秋風搖木皃按楚辭讀上聲上林賦讀入聲實無二義也　从女弱聲　形聲中有會意奴鳥切二部

孅　兌細也　兌各本作銳集韵類篇皆作兌兌者悅也漢書曰古之治天下至孅至悉也孅與纖音義皆同古通用　从女韱聲　息廉切七部

嫇　嬰嫇也　廣韵嫈下作嫈嫇元應引字林嫈嫇心態也即許書嫈下之小心態也九思作瑩嫇疑今本說文有姅誤　从女冥聲　莫經切十一部　一曰嫇嫇小人皃

十二篇下　圭

媱　曲肩行皃　九思音案衍兮要媱舞容也廣韵曰媱美好　从女䍃聲　余招切二部

嬛　材緊也　材緊謂材質堅緻也緊者纏絲急也上林賦便嬛綽約郭樸曰便嬛輕利也　从女睘聲　許緣切十四部　春秋傳曰嬛嬛在疚　哀十六年左傳公誄孔子文按宀部引詩煢煢在疚此引傳嬛嬛在疚正與今詩春秋煢嬛字互易魏風又作睘睘傳曰無所依也葢依韵當用煢聲之煢而或用嬛睘者合音通用如瓊本在十四部今入十一部也

姽　閒體行姽姽也　閒各本作閑今正閒者幽閒也神女賦志解泰而體閒既姽嫿於幽靜李引說文曰姽靖好皃五累切與今本異　从女危聲　過委切十六部

委　委逗隨也　辵部曰隨從也毛詩羔羊傳曰委蛇者行可從迹也君子偕老傳曰委委者行可委曲從迹也按隨其所如曰委委之則聚故曰委輸曰委積所輸之處亦稱委故曰原委　从女禾聲　十六十七部合音冣近故讀於

妌ㄐㄧㄥˋ 12從

婐ㄜˇ 1影　⿰女厄ㄋㄨㄛˇ 1疑　⿰女占ㄔㄢ 30透　⿱沾女ㄔㄢ 30透　姈ㄐㄧㄣˋ 28曉　⿰女簋ㄐㄧㄠˇ 21見　婧ㄐㄧㄥˋ 12清　姂ㄈㄚˊ 31並　嫙ㄒㄩㄢˊ 3定　⿱齊女ㄑㄧˊ 4精　姡ㄏㄨㄚˊ 2見

詭切也詩之委蛇即委隨皆疊韵也

婐　婐⿰女厄也　三字句今本刪婐字非也婐⿰女厄與旖施音義皆同俗作婀娜　从女果聲　烏果切十七部　一曰果敢也　小徐有此五字果敢爾雅倉頡篇皆作惈　一曰女侍曰婐　孟子盡心篇二女果趙曰果侍也依許說則果當女旁　讀若騧　一曰若委　大徐本以从女果聲綴此下　孟軻曰舜爲天子二女婐

⿰女厄　婐⿰女厄也　疊韵字　一曰弱也从女厄聲　五果切十七部按當依廣韵奴果切

⿰女占　小弱也从女占聲一曰女輕薄善走也讀若占一曰多技埶也　齒懾切七部

⿱沾女　⿱沾女姈也　依玉篇補⿱沾女字三字句也廣韵作姈⿱沾女　从女沾聲　丑廉切七部

姈　⿱沾女姈也　疊韵字　从女今聲　火占切七部　一曰善笑皃　玉篇曰⿱沾女姈善笑皃按集韵俗謂舅母曰姈巨禁切舅之妻不偁母云舅母亦里語也

⿰女簋　竦身也　竦者敬也从立束自申束也竦身取自申之意凡言夭矯者當用此字　从女簋聲讀若詩糾糾葛屨　讀如此糾字簋字古音正如是在三部今⿰女簋居夭切音之轉也

十二篇下　夫

婧　竦立也　女有字婧者列女傳曰妾婧者齊相管仲之妾也　从女青聲　七正切十一部廣韵子盈切　一曰有才也讀若韭菁　韭菁韭華也見艸部

妌　靜也从女井聲　疾正切十一部

姂　婦人皃从女乏聲　房法切七部

嫙　好也　齊風子之還兮韓詩作嫙嫙好皃　从女旋聲　似沿切十四部

⿱齊女　材也　廣雅⿱齊女好也玉篇引詩有⿱齊女季女引說文材也按毛詩作齊敬也顧氏或取諸三家詩取人材整齊之意　从女齊聲　祖雞切十五部玉篇引說文子奚切廣韵同

姡　面靦也　各本作面醜今正醜者可惡也與愧恥義隔面靦者詩云有靦面目是也面部靦下曰面見人也面見人如今人言無面目相見其義彼此相成此許例也爾雅毛傳皆云靦姡也此云姡靦也是之謂轉注今人亦尚有姡

嬥ㄊㄧㄠˇ 20定　嫢ㄍㄨㄟ 10見　媞ㄊㄧˊ 10定　婺ㄨˋ 16明　嫺ㄒㄧㄢˊ 3匣　媐ㄒㄧ 24曉　婜ㄑㄧㄢ 6溪　娛ㄩˊ 13疑　娭ㄒㄧ 24曉

婚婚之語从女昏聲古活切十五部嬥直好皃直好直而好也嬥之言擢也詩佻佻公子魏都賦注云佻或作嬥廣韵曰嬥嬥往來皃韓詩云嬥歌巴人歌也按韓詩云三字當在嬥嬥之上其下六字乃張載注左語也此皆別義从女翟聲徒了切二部一曰嬈也下文嬈下云一曰嬥也二篆爲轉注嫢媞也媞者諦也諦者審也从女規聲讀若癸居隨切十六部秦晉謂細嫢宋本如是方言曰嫢笙揫摻皆細也自關而西秦晉之閒謂細而有容曰嫢媞諦也諦者審也審者悉也詩好人提提傳云提提安諦也釋訓媞媞安也孫炎曰行步之安也檀弓吉事欲其折折爾注云安舒貌按折者提之譌提者媞之段借字也从女是聲承旨切十六部按詩爾雅皆大兮反廣韵同而注云說文又時尒切然則說文舊音在紙韵也一曰妍黠也妍者技也黠者桀黠也黠之引申之義也一曰江淮之閒謂母爲媞方俗殊語也廣韵承紙切又音啼婺不繇也繇者隨從也不繇者不隨從也今此字無用者矣惟婺女星名婺州地名从女敄聲亡遇切古音在三部

十二篇下　七

嫺嫺雅也三字句各本刪嫺字非也依玉篇廣韵本作嫺雅相如傳雍容嫺雅雅之段借之義爲素也嫺雅今所謂嫺習也嫺古多借閒爲之邶風棣棣毛傳曰棣棣富而閒也今本作閒習杜注左所引無習字葢古本也習則能暇故其字从閒从女閒聲戶閒切十四部媐說樂也說者今之悅字按老子史記天下熙熙字皆當爲媐媐今熙行而媐廢矣熙者燥也謂暴燥也其義別从女巸聲許其切一部婜美也从女臤聲苦閒切古音在十二部娛樂也古多借虞爲之从女吳聲虞俱切五部娭戲也戲者三軍之偏也一曰兵也嬉戲則其餘義也左傳子玉曰請與君之士戲固以戰爲戲矣上林賦娭遊往來善曰娭許其切然則今之嬉字也今嬉行而娭廢矣从女矣聲遏在切按此音非也篇韵皆許其切一部一曰卑賤名也廣韵曰婦人賤倨出倉頡篇按篇韵

媅ㄉㄢ 28端　娓ㄨㄟˇ 7明　嫡ㄉㄧˊ 11端　孎ㄓㄨˊ 17端　婏ㄩㄢ 3影　㛪ㄧㄢˇ 30影　媣ㄖㄢˇ 30泥　嫥ㄓㄨㄢ 3端　如ㄖㄨˊ 13泥　嫧ㄗㄜˊ 11精　娕ㄘㄨˋ 17清

皆不言遏在切媅樂也衞風無與士耽傳曰耽樂也小雅和樂且湛傳曰湛樂之久也耽湛皆段借字媅其眞字也段借行而眞字廢矣从女甚聲丁含切古音在七部娓順也順者理也尾主於順故其字从尾按此篆不見於經傳詩易用亹亹字學者每不解其何以會意形聲徐鉉等乃妄云當作娓而近者惠定宇氏從之按李氏易集解及自爲周易述皆用娓娓抑思毛鄭釋詩皆云勉勉康成注易亦言沒沒亹之古音讀如門勉沒皆疊韵字然則亹爲釁之譌體釁爲勉之段借古音古義於今未泯不當以無知妄說擅改宣聖大經从女尾聲讀若媚無匪切十五部嫡孎也从女啻聲都歷切十六部按俗以此爲嫡庶字而許書不介葢嫡庶字古祇作適適者之也所之必有一定也詩天位殷適傳曰紂居天位而殷之正適也凡今經傳作嫡者葢皆不古孎謹也謹者慎也祭義洞洞乎屬屬乎如弗勝廣雅洞洞屬屬敬也屬葢孎之省从女屬聲之欲切篇韵皆陟玉切三部讀若人不孫爲孎各本

十二篇下　六

孎上有不字宋本無者是也孎當作倨人部曰倨不孫也可據孎讀如倨雙聲合音婏宴婏也邶風燕婉之求傳曰宴安婉順也西京賦曰嬿婉美好之皃按古宛冤通用婉婏音義皆同从女冤聲於願切十四部㛪女有心㛪㛪也从女弇聲衣檢切七部媣諟也諟者理也从女染聲而剡切七部嫥壹也壹下云嫥也與此爲轉注凡嫥壹字古如此作今則專行而嫥廢矣專者六寸薄也紡專也从女專聲職緣切十四部一曰女嫥嫥篇韵皆云可愛之皃如從隨也從隨卽隨從也隨從必以口从女者女子從人者也幼從父兄嫁從夫夫死從子故白虎通曰女者如也引伸之凡相似曰如凡有所往曰如皆從隨之引伸也从女从口人諸切五部嫧齊也謂整齊也方言㛹嫧鮮好也南楚之外通語也从女責聲側革切十六部娕謹也謹者慎也按史記申屠嘉傳娖娖廉謹說者多云娖卽娕字玉篇廣韵皆不謂一字也从

女東聲讀若謹敕數數未詳錢氏大昕云數數即娖娖小顏云持整之皃測角切三部

嬐敏疾也从女僉聲息廉切七部一曰莊敬皃

嬪服也堯典曰釐降二女于嬀汭嬪于虞大雅曰摯仲女任自彼殷商來嫁于周曰嬪于京傳曰嬪婦也按婦者服也故釋嬪亦曰服也老子賓與臣同義故詩曰率土之賓莫非王臣嬪與婦同義亦其理也从女賓聲符眞切十二部

⿱執女至也以雙聲疊韵釋之从女執聲各本作埶聲篆作⿱埶女非也今正从埶則非聲矣脂利切十五部周書曰大命不⿱執女周當爲商字之誤也此西伯戡黎文陸氏釋文云摯本又作⿱執女是陸氏所見尚有作⿱執女者某氏傳云至也與許說同也讀若摯同鍇本作執誤今正一曰虞書雉⿱執女此別一義謂⿱執女即今贄字引堯典一死贄以明之鄭康成曰贄之言至所以自致是其義相近虞書當作唐書詳禾部

⿰女沓俛伏也俛者低頭也伏者伺也从女沓聲他合切八部一曰服意也服各本作伏今依集韵類篇正悅服之意也

晏安也安者竫也今經傳無晏字从女从日女系日下陰統乎陽也婦從夫則安會意烏諫切十四部宴匽从以爲聲詩曰㠯晏父母今毛詩無此蓋周南歸寧父母之異文也毛傳曰寧安也尋詩上文言告言歸歸謂嫁也方嫁不當遽圖歸寧則此歸字作以字爲善謂可用以安父母之心草蟲未見君子憂心沖沖箋云在塗而憂憂不當君子無以寧父母故心衝衝然葛覃曷澣曷否二句箋云言常自絜淸以事君子正謂能事君子則能寧父母心二箋義互相足也

嬗緩也今人用嬋字亦作此从女亶聲時戰切十四部一曰傳也孟子孔子曰唐虞禪夏后殷周繼依許說凡禪位字當作嬗禪非其義也禪行而嬗廢矣嬋者嬋聯之意

嫴保任也急就篇疻痏保辜謕呼號師古曰保辜者各隨其輕重令毆者以日數保之限內致死則坐重辜也按保辜唐律今律皆有之辜者嫴之省嫴與保同義疊字師古以坐重辜解之誤矣春秋公羊傳注曰古者保辜鄭伯髡原爲大夫所傷以傷辜死君親無將見辜者辜內當以弒君論之辜外當以傷君論之辜皆當作嫴原許君之義實不專謂罪人保嫴謂凡事之估計豫圖耳廣雅曰嫴推都凡也是其理也从女辜聲古胡切五部

媻奢也奢者張也趙注孟子廣雅釋詁皆曰般大也媻之从般亦取大意子虛賦媻姍勃窣借用此爲蹣跚字从女般聲薄波切按當依廣韵薄官切古音在十四部一曰小妻也小徐有此五字廣韵同小妻字史多有之見漢書枚乘傳外戚傳佞幸傳後書陽球傳漢時名之不正者

娑舞也陳風東門之枌曰婆娑其下市也婆娑爾雅及毛傳皆曰婆娑舞也詩音義曰婆步波反說文作媻爾雅音義但云娑素何反不爲婆字作音蓋陸所據爾雅固作娑娑魯頌傳曰犧尊有沙飾也鄭志張逸曰犧讀爲沙沙鳳皇也不解鳳皇何以爲沙答曰刻畫鳳皇之象於尊其形娑娑然按今經傳娑娑字皆改作婆娑詩爾雅即以媻娑連文恐尚非古也然古書中用婆娑字者不少存愚說以佚攷訂可耳从女沙聲素何切十七部詩曰市也媻娑

姷耦也耕有耦者取相助也故引伸之凡相助曰耦姷之義取乎此周禮宮正以樂侑食鄭曰侑猶勸也按勸即助左傳王享醴命晉侯宥杜云既饗又命晉侯助以束帛以助釋宥古經多叚宥爲侑毛詩則叚右爲之傳曰右勸也从女有聲讀若祐于救切古音在一部

侑姷或从人今通用此體

姰均適也均舊作鈞今正男女併也併者竝也按篇韵皆訓姰爲狂相倫黃練二切今義今音也从女旬聲讀若旬居勻切十二部

姕婦人小物也小物謂用物之瑣屑者今人用些字取數細之意即姕之俗體也从女此聲即移切古音當在十六部詩曰婁舞姕姕小雅賓之初筵文婁舊作屢今正姕姕詩作傞傞傳曰傞傞不止也古此聲差聲冣近庸風玼兮玼兮或作瑳兮瑳兮

妓婦人小物也今俗用爲女伎字从女支聲讀若蚑蚑各本作跂今正虫部曰凡生之類行皆曰蚑渠綺切十六部

嬰繞也各本作頸飾也今正貝部

姣ㄘㄢˋ 3清　媛ㄩㄢˋ 3匣　娉ㄆㄧㄥ 12滂　娽ㄌㄨˋ 17來　妝ㄓㄨㄤ 15精　孌ㄌㄨㄢˊ 3來

賏頸飾也嬰與賏非一字則解不應同孫綽天台山賦方解纓絡李引說文嬰繞也纓與嬰通陸機赴洛中道作詩世網嬰我身李引說文嬰繞也唐初本可據繞者纏也一切纏繞如賏之纏頸故其字从賏越絕書嬰榮楯以白璧司馬法大夫嬰弓山海經嬰以百圭百璧謂陳之以環祭也又燕山多嬰石言石似玉有符采嬰帶也凡史言嬰城自守皆謂以城圍繞而守也凡言嬰兒則嫛婗之轉語 **从女賏賏貝連也頸飾** 各本作其連也今正又移頸飾二字於此此六字釋以賏會意之恉於盈切十一部

姣　三女爲姣 唐風綢繆曰今夕何夕見此粲者毛傳三女爲粲大夫一妻二妾 **姣** 逗 **美也** 周語有三女奔密康公其母曰夫獸三爲羣人三爲衆女三爲粲夫粲美之物也衆以美物歸女而何德以堪之 **从女𣦼聲** 大徐作奴省聲按經傳作粲叚借字陸德明曰字林作姣漢晉字之變遷也倉案切十四部

媛　美女也人所欲援也 庸風邦之媛也傳曰美女爲媛援者引也謂人所欲引爲己助者也鄭箋詩云邦人所依倚以爲援助也援媛以疊韵爲訓 **从女爰聲** 依小徐本無爰引也三字王眷切十四部 **詩曰邦之媛兮** 君子偕老文兮今詩作也許作兮又偁玉之瑱兮可證許所據也字皆作兮

娉　問也 凡娉女及聘問之禮古皆用此字娉者專詞也聘者汎詞也耳部曰聘者訪也言部曰汎謀曰訪故知聘爲汎詞也若夫禮經大曰聘小曰問渾言之皆曰聘此必有所專適非汎詞也至於聘則爲妻則又造字所以从女之故而經傳槩以聘代之聘行而娉廢矣 **从女甹聲** 匹正切十一部

娽　隨從也 史記平原君列傳曰公等錄錄因人成事王邵云錄錄借字說文娽娽隨從之皃也依王本多四字 **从女彔聲** 力六切三部

妝　飾也 此飾篆引伸之義也宋玉賦曰體美容冶不待飾裝上林賦靚粧刻飾粧者俗字裝者叚借字 **从女爿聲** 側羊切十部

孌　慕也从女䜌聲 此篆在籀文爲嬀順也在小篆爲今之戀慕也凡許書複見之篆皆不得議刪廣韵卅三線曰戀慕也孌戀爲古今字廣韵力眷切十四部大徐力沇切廣韵二十

媟ㄒㄧㄝˋ 29心　嬻ㄉㄨˊ 17定　⿱窡女ㄓㄨㄛˊ 2端　嬖ㄅㄧˋ 11幫　⿱毄女ㄎㄞˋ 11溪　妎ㄏㄞˋ 2匣　妬ㄉㄨˋ 14端　媢ㄇㄠˋ 21明　妖ㄧㄠ 19影　佞ㄋㄧㄥˋ 6泥

八獮此切訓美好

媟　嬻也 與下篆爲轉注媟與日部暬義似同而實異宋人合爲一字非也方言曰媟狎也漢枚乘傳曰以故得媟黷貴幸今人以褻衣字爲之褻行而媟廢矣 **从女枼聲** 私列切十五部

嬻　媟嬻也 單言之曰媟曰嬻絫言之曰媟嬻國語陳侯淫於夏氏不亦嬻姓矣乎惟明道本不誤今人以溝瀆字爲之瀆行而嬻廢矣黑部有黷握持垢也義亦與嬻別 **从女賣聲** 徒谷切三部

⿱窡女　短面也 淮南書曰聖人之思脩愚人之思叕高注叕短也方言⿰叕出短也注蹶⿰叕出短小皃⿱窡女篆蓋形聲兼會意 **从女窡聲** 丁滑切十五部

嬖　便嬖 逗 **愛也** 玉篇作便僻也廣韵曰愛也卑也妾也按經傳中不外此三義 **从女辟聲** 博計切十六部

⿱毄女　難也 大東傳曰契契憂苦也擊鼓傳曰契濶勤苦也按契與⿱毄女音近廣韵⿱毄女音契 **从女毄聲** 苦賣切十六部

妎　妬也 字林亦云疾妎妬也按楚語弭其百苛殄其讒慝韋注曰弭止也殄覆也明道本不誤謂解除之也今本譌作妎其讒慝文理不可通 **从女介聲** 胡蓋切十五部

妬　婦妬夫也从女石聲 各本作戶聲篆亦作妒今正此如柘橐蠹等字皆以石爲聲戶非聲也當故切五部

媢　夫妬婦也 大學曰媢疾以惡之鄭曰媢妬也顏氏家訓曰太史公論英布曰禍之興自愛姬生於妬媢漢書外戚傳亦云成結寵妾妬媢之誅此二媢字竝當作媢五宗世家亦云常山憲王后妬媢王充論衡云妬夫媢婦生則忿怒鬭訟按顏所舉惟英布傳是此字本義其餘皆與妬不分別尚書祇作冒 **从女冒聲** 莫報切古音在三部 **一曰梅目相視也** 梅當作怒周語曰道路以目按杜詩用抉眼卽易之反目也許目部云眏涓目也梅目或眏目之誤所謂裂眥又按梅當作侮謂目相侮也史記曰目笑之

妖　巧也 此與⿰衤芺各字今用⿰女芺爲⿰衤芺非也 **詩曰桃之⿰女芺⿰女芺女子笑皃** 木部已偁桃之枖枖矣此作⿰女芺⿰女芺蓋三家詩也釋爲女子笑皃以明⿰女芺之別一義 **从女芺聲** 於喬切二部俗省作妖

佞　巧讇高材也 巧者技也讇者諛也从

嫈 ㄧㄥ 12影　嫪 ㄌㄠˋ 21來　婟 ㄏㄨˋ 13匣　姿 ㄗ 4精　⿰女虘 ㄐㄩ 13精　妨 ㄈㄤˊ 15滂　妄 ㄨㄤˋ 15明　婾 ㄊㄡ 16透　⿱污女 ㄏㄨ 13匣　娋 ㄕㄠˋ 19心　⿰女朵 ㄉㄨㄛˇ 1端　妯 ㄓㄡˊ 21定　嫌 ㄒㄧㄢˊ 30匣　媘 ㄕㄥˇ 12心　婼 ㄔㄨㄛˋ 14透

女仁聲小徐作仁聲大徐作从信省按今音佞乃定切故徐鉉張次立疑仁非聲攷晉語佞之見佞果喪其田詐之見詐果喪其賂古音佞與田韵則仁聲是也十二部音轉入十一部

嫈小心態也見娸篆下从女熒省聲烏莖切十一部

嫪婟也聲類云婟嫪戀惜也从女翏聲郞到切古音在三部

婟嫪也爾雅鶩澤虞郭注今婟澤鳥常在澤中見人輒鳴喚不去按此二篆爲轉注从女固聲胡誤切五部

姿態也態者意也姿謂意態也从女次聲卽夷切十五部

⿰女虘驕也驕俗本作嬌小徐不誤古無嬌字凡云嬌卽驕也文選琴賦或怨⿰女虘而躊躇幽憤詩恃愛肆姐姐卽⿰女虘之省李善皆引說文⿰女虘嬌也與魏文帝箋蹇姐名昌姐亦⿰女虘字按心部怚驕也音義皆同从女虘聲子豫切五部

妨害也害者傷也从女方聲敷方切十部亦去聲

妄亂也从女亡聲巫放切十部

婾巧黠也按偷盜字當作此婾从女俞聲託侯切四部

⿱污女⿱污女鹵逗疊韵字貪也貪者欲物也从女污聲胡古切五部

娋小小侵也侵者漸進也凡用稍稍字謂出物有漸凡用娋娋字謂以漸侵物也方言娋姊也方俗語也从女肖聲息約切按當依篇韵所敎切

⿰女朵量也廣韵作揣云稱量从女朵聲丁果切十七部

妯動也小雅憂心且妯釋詁毛傳皆曰妯動也箋云妯之言悼也方言妯擾也人不靜曰妯按心部引詩憂心且怞从女由聲徒歷切古音在三部廣韵丑鳩切方言妯娌度六切

嫌不平於心也心部曰慊疑也嫌與慊義別从女兼聲戶兼切七部一曰疑也

媘減也此謂二篆義同減者損也按水部又曰渻少減也然則媘渻音義皆同作省者叚借字也省行而媘渻廢矣許書凡云省改皆作省應以媘正之从女省聲所景切十二部

婼不順也毛詩傳曰若順也此字从若則當訓順而云不順也此猶祀从巳而訓祭無巳也从女若聲丑略切五部春秋傳有叔孫婼魯大夫也

婞 ㄒㄧㄥˋ 12匣　嫳 ㄆㄧㄝˋ 2滂　嫸 ㄓㄢˇ 3端　娺 ㄓㄨㄛˊ 2端　嬒 28疑　婀 ㄜ 1影　妍 ㄧㄢˊ 3疑　娃 ㄨㄚ 10影　⿰女陝 ㄕㄢˇ 30透　妜 ㄐㄩㄝˊ 2影

婞很也很者不聽從也王逸離騷注同一曰見親小徐有此四字按凡親幸嬖幸當作此婞从女幸聲胡頂切十一部楚詞曰鯀婞直離騷文此證很義

嫳易使怒也廣韵嫳輕薄之皃从女敝聲讀若擊擊擊擊見手部匹滅切十五部

嫸好枝格人語也枝格見丯部謂不欲人語而言他以枝格之也廣韵曰嫸偏忮一曰靳也謂靳固也左傳注曰戲而相媿曰靳从女善聲旨善切十四部

娺疾悍也敏疾而勇也廣韵曰婠娺好皃从女叕聲讀若唾今丁滑切十五部許讀若唾者合音也

嬒含怒也一曰難知也从女酓聲五感切七部詩曰碩大且嬒陳風澤陂文今詩作儼傳曰矜莊皃一作曬太平御覽引韓詩作嬒嬒重頤也廣雅釋詁曰嬒美也蓋三家詩有作嬒者許偁以證字形而已不謂詩義同含怒難知二解也

婀媕婀也媕婀雙聲字韵會作陰阿李燾本作陰婀集韵類篇同廣韵曰媕婀不決媕音庵从女阿聲烏何切十七部

妍技也技者巧也釋名曰妍研也研精於事宜則無蚩繆也蚩癡也按此爲今用妍媸字所本方言自關而西秦晉之故都謂好曰妍一曰不省錄事也省錄謂檢點收錄也魏書劉祥言事蒙遜曰劉裕入關敢妍妍然也斬之此正謂其不曉事也从女幵聲五堅切十四部一曰難侵也讀若研一曰慧也一曰安也

娃圜深目皃也注深池也窐甑空也凡圭聲字義略相似从女圭聲於佳切十六部或曰吳楚之閒謂好娃方言娃美也吳楚衡淮之閒曰娃故吳有館娃之宮

⿰女陝不媚歬卻⿰女陝⿰女陝也後漢書班昭女誡曰動靜輕脫視聽陝輸陝輸不定皃从女陝聲失冉切七部

妜鼻目閒皃謂若眉語目成然也从女夬聲於說切十五部廣韵於決切讀若煙火炔炔火部無此字蓋卽焆焆煙

孈 10透　㜇 10影　嫼 25曉　娍 2匣　嫖 19滂　㛗 1從　姎 15影

皃之或體也焆音因悅切愚戇多態也戇者愚也愚者戇也从女巂聲讀若陸式吹切篇韵移爾胡卦二切十六部陸篆文作嶲十六十七合音取近不說也說者今之悅字心部曰恚者恨也㜇从恚聲形聲中有會意从女恚聲於避切十六部怒皃从女黑聲呼北切一部按此字廣韵烏黠切嫉怒也則黑非聲矣玉篇莫勒切奴也奴者怒之誤輕也从女戉聲王伐切十五部輕也與人部僄音義皆同漢霍去病票姚校尉票姚讀如飄搖謂輕疾也荀悅漢紀作票鷂音亦同耳古多平聲後代乃多改爲去聲師古讀頻妙羊召二切殊失古意證以杜子美詩益可見矣从女票聲匹招切二部訬疾也訬者訬擾也漢書述曰江都輕訬謂輕薄爲訬也㛗與訬雙聲又女字也穆天子傳盛姬之喪叔㛗爲主从女坐聲昨禾切十七部廣韵醋伽切女人自偁姎我也各本我上奪姎今補後漢書西夷傳注廣韵三十三蕩皆引女人自偁姎我姎我聯文如吳人自偁阿儂耳从女央聲烏浪切按後漢書胡朗反廣韵烏朗切十部

媁 7匣　婎 7曉　妶 6匣　嫚 3明　媥 6滂　嬬 16心　㛼 29透

不說皃說今悅字恚也小徐有此二字从女韋聲羽非切十五部廣韵音威姿婎逗疊韵字恣也恣各本作姿今正按心部恣者縱也諸書多謂暴厲曰恣睢睢讀香季切亦平聲睢者仰目也未見縱恣之意蓋本作姿婎或用恣睢爲之也集韵類篇皆云姿婎自縱皃此許義也今用雖爲語詞有縱恣之意蓋本當作婎叚雖爲之耳雖行而婎廢矣一曰醜也與人部仳倠醜面之倠通用从女隹聲許惟切集韵類篇自縱義讀虎癸切十五部有守也从女弦聲胡田切十二部輕皃从女扁聲芳連切十二部侮傷也傷各本作易今正人部曰侮者傷也傷者輕也嫚與心部之慢音同義別凡嫚人當用此字从女曼聲謀患切十四部疾言失次也所謂儳言从女臿聲讀若懾丑聶切八部

㜗 28清　婄 24滂　嬯 24定　㜤 28泥　婪 28來　嬾 2來（懶）

弱也嬬之言濡也濡柔也一曰下妻也下妻猶小妻後漢書光武紀曰依託爲人下妻周易歸妹以須釋文云須荀陸作嬬陸云妾也从女需聲相俞切古音在四部不肖也从女咅聲讀若竹皮箁箁竹箬也見竹部匹才切一部篇韵布美切遲鈍也集韵懛當來切卽此字也今人謂癡如是从女臺聲徒哀切一部闒嬯亦如此謂其字亦如此作也闒嬯未聞廣韵蹋跆連手唱歌也下志貪頑也从女覃聲讀如深乃忝切七部篇韵式荏切婪也从女參聲七感切七部貪也此與心部之惏音義皆同从女林聲盧含切七部杜林說卜者攩相詐論爲婪攩論各本作黨驗今正攩者許之黨字論者許之驗字也讀若潭懈也懈者怠也集韵類篇作懈也怠也非是从女賴聲洛旱切此音於合韵得之古音葢在十五部俗作懶一曰臥也大徐

婁 16來　△嬰　△婁　娎 2曉　㛍 29曉

作臥也小徐作臥食今正臥部曰楚謂小嬾曰䁽从臥食因之或奪一字或析爲二字耳空也凡中空曰婁今俗語尙如是凡一實一虛層見疊出曰婁人曰離婁窗牖曰麗廔是其意也故婁之義又爲數也此正如窗牖麗廔之多孔也而轉其音爲力住切俗乃加尸旁爲廔字古有婁無廔也毛詩婁豐年傳曰婁亟也亟者數也角弓式居婁驕箋云婁斂也此則謂爲摟之叚借也从毋从中女按从毋猶从無也無者空也从中女謂離卦離中虛也皆會意也婁空之意也婁空連讀洛侯切四部一曰別一義婁務逗愚也務讀如瞀婁務卽子部之穀瞀故云愚也說詳彼注籀文婁从人中女臼聲古文婁如此按此上體當是从囧卽窗牖麗廔闓明之意也娎婡也娎當是複舉字玉篇云娎喜也廣韵云娎喜皃从女折聲許列切八部得志婡婡也篇韵皆云此義邸協切是與愿音義皆同也从女夾聲呼帖切八部一曰婡息

嬈ㄋㄠˇ 19泥　嫛ㄏㄨㄟˇ 7曉　姍ㄕㄢ 3心　媨ㄘㄨˋ 21清　嫫ㄇㄛˊ 14明（𡟲）

也一曰少气也篇韵皆云此義呼牒切廣韵也作皃嬈苛也苛者小艸也引申爲瑣碎之侮元應曰苛煩也擾也嬈亦惱也苛音何可切一曰擾也此也字補戲弄也元應引三倉嬲乃了切弄也惱也按嬲乃嬈之俗字故許不錄嵇康與山巨源書足下若嬲之不置李善云嬲擿嬈也音義與嬈同奴了切近孫氏星衍云嬲卽嫋字艸書之譌然嵇康艸蹟作嫐元應引三倉故有嬲字則未可輕議从女堯聲奴鳥切二部一曰嬥也上文嬥下曰嬈也二篆爲轉注亦考老之例然嬥之訓嬈卽謂苛也擾也不當此有一曰嬥也四字嫛惡也許意蓋謂毁物爲毁謗人爲嫛一曰人皃也从女毁聲許委切十六部姍誹也漢書姍笑三代說者謂卽訕字也从女删省聲所晏切十四部一曰翼便也未聞媨醜也醜者可惡也一曰老嫗也婦人之老者曰嫗不必母也从女酋聲讀若蹴七宿切三部嫫嫫母逗母莫后切古

婓ㄈㄟ 7滂　孃ㄋㄤˊ 15泥　嬒ㄨㄟˋ 2見

帝妃都醜也都猶冣也民所聚曰都故凡數曰都詣極亦曰都漢書古今人表悔母黃帝妃生蒼林荀卿詩四子講德論皆作嫫姆講德論曰嫫姆倭傀善譽者不能揜其醜从女莫聲莫胡切五部按郭注方言莽音嫫母之嫫是其讀模上聲嫫母爲雙聲也師古音謩似未協婓往來婓婓也當依廣韵作婓婓往來皃玉篇也亦作皃小雅毛傳曰騑騑行不止之皃與婓音義皆同从女非聲芳非切十五部一曰大醜皃孃煩擾也煩熱頭痛也擾煩也今人用擾攘字古用孃賈誼傳作搶攘莊子在宥作傖囊楚詞作恇攘俗作劻勷皆用叚借字耳今攘行而孃廢矣又按廣韵孃女良切母稱娘亦女良切少女之号唐人此二字分用畫然故耶孃字斷無有作娘者今人乃罕知之矣一曰肥大也方言䑋郭音壤盛也秦晉或曰䑋凡人言盛及其所愛偉其肥晠謂之䑋郭注云肥䑋多肉按肉部既有䑋字矣此與彼音義皆同也漢書壤子王梁代壤卽䑋孃字从女襄聲女良切十部按前後二義皆當音壤嬒

媆ㄋㄨㄢˋ 3泥　媕ㄢ 30影　㜮ㄌㄢˋ 32來　嫯ㄠˋ 19疑

女黑色也黑部曰黯沃黑色也音同義近从女會聲古外切十五部詩曰嬒兮蔚兮曹風候人文今詩作薈毛傳曰薈蔚雲興皃按艸部既偁薈兮蔚兮矣此或爲三家詩或本作讀若詩曰薈兮蔚兮今有舛奪皆未可定也媆好皃此謂柔耎之好也補前文諸好所未備从女耎聲形聲中有會意而沇切十四部俗作輭按俗音奴困切又改其字作嫩於形聲無當媕誣挐也方言挐揚州會稽之語也或謂之惹或謂之䛰注言誣䛰也又曰誣䛰與也吳越曰誣荊齊曰䛰與猶秦晉言阿與也按媕䛰同字挐上从如李仁甫本如是廣韵同从女奄聲依劒切八部㜮過差也差忒者不相値也凡不得其當曰過差亦曰㜮今字多以濫爲之商頌不僭不濫傳曰賞不僭刑不濫也左氏曰賞僭則懼及淫人刑濫則懼及善人其字皆可作㜮濫行而㜮廢矣从女監聲盧瞰切八部論語曰小人窮斯㜮矣衞靈公篇文今作濫嫯侮傷也傷各本作易非是前文曰嫚侮傷也

婬ㄧㄣˊ 28定　姘ㄆㄧㄣ 12滂　奸ㄐㄧㄢ 3見　姅ㄅㄢˋ 3幫

字與慢別此云嫯侮傷也字與傲別今則傲行而嫯廢矣从女敖聲五到切二部婬厶逸也厶作私非也今正厶音私姦衺也逸者失也失者縱逸也婬之字今多以淫代之淫行而婬廢矣从女𡈼聲余箴切七部姘除也按詩作之屛之其菑其翳論語曰屛四惡屛皆謂除也依許則屛蔽也姘除也義各有當經傳皆用屛屛行而姘廢矣莊子至貴國爵幷焉注幷棄除也是又叚幷爲之从女幷聲普耕切十一部按今屛除之義讀上聲漢律齊民與妻婢姦曰姘此別一義也民各本作人今正高注淮南曰齊民凡人齊於民也禮士有妾庶人不得有妾故平等之民與妻婢私合名之曰姘有罰此姘取合幷之義奸犯婬也此字謂犯姦婬之罪非卽姦字也今人用奸爲姦失之引申爲凡有所犯之偁左傳多用此字如二君有事臣奸旗鼓之類从女干聲形聲中有會意干犯也故字从干古寒切十四部姅婦人污也謂月事及免身及傷孕皆是也廣韵曰姅傷孕也傷孕者懷子傷也

娗 12定　婥 20泥　娷 1端　媼 19泥　媿 7見　△愧　奻 3泥　姦 3見　△旱心　妥 1透

从女半聲博幔切廣韵又音判十四部漢律曰見姅變不得侍祠按見姅變如今俗忌入產婦房也不可以侍祭祀內則曰夫齋則不入側室之門正此意漢律與周禮相爲表裏

女出病也按病下當有容字廣雅曰娗娗容也然則謂女出而病容娗娗然也廣韵有娗無婷唐喬知之杜甫詩皆用娉婷字娉婷皆讀平聲疑娗婷同字長好皃从女廷聲徒鼎切十一部

女病也廣韵曰婥約美皃此今字今義也从女卓聲奴教切二部廣韵昌約切

諉也言部曰諈諉絫也又曰諉絫也按絫者若今言以此累人也娷與諈音義皆同可附見於言部从女垂聲竹恚切十六部

有所恨痛也悁者怨也痛者病也从女㛴省聲形聲中有會意也媼之从㛴者與思之从囟同意奴晧切古音當在三部俗作㛴懊㛴樂府作懊憹今汝南人有所恨言大媼舉方俗殊語爲證

慙也慙下曰媿也二篆爲轉注亦考老之例从女鬼聲俱位切十五部按此亦形聲中有會意

媿或从恥省按卽謂从心可也

訟也从二女訟者爭也周易睽傳曰二女同居其志不同行革傳曰二女同居其志不相得此奻从二女之意也女還切十四部

厶也厶下曰姦衺也二篆爲轉注引申爲凡姦宄之偁俗作奸其後竟用奸字从三女三女爲殁亦三女爲姦是以君子遠色而貴德古顏切十四部

古文姦从旱心大徐作从心旱聲

安也从爪女妥與安同意說文失此字偏旁用之今補釋詁曰妥安止也又曰妥安坐也此二條略同以止也坐也爲句坐者止也見土部毛詩禮經禮記皆以安坐訓妥禮記詔妥尸古者尸無事則立有事而後坐似爾雅安坐連讀竊謂爾雅妥安坐止四字互訓士虞特牲少牢妥尸皆謂安之使之坐故士虞少牢安之而後坐特牲先坐而後安之若士相見妥而後傳言固卽時然後言易其心而後語之意不必坐而後言也今有理宜敷陳之言豈能待君命席乎故士虞少牢兼安也坐也二義士相見祇取安義毛詩傳妥安坐也以義必兼坐如肆故今也義得兼故與今若檀弓退然如不勝衣退或爲妥則二字雙聲妥與蛻脫毻聲義皆近如花妥爲花落凡物落必安止於地也知妥與安同意者安女居於室妥女近於手好女與子妃皆以男女人之大欲存焉故从之會意他果切十七部綏以爲聲

文二百三十八三小徐作五今增妥　重十四

毋 13明　毐 25曉

止之䛐也䛐依禮記釋文補䛐者意內而言外也其意禁止其言曰毋也古通用無詩書皆用無士昏禮夙夜毋違命注曰古文毋爲無是古文禮作無今文禮作毋也漢人多用毋故小戴禮記今文尚書皆用毋史記則竟用毋爲有無字○又按詩毋教猱升木字作毋鄭箋毋禁辭从女一會意武扶切五部女有姦之者一禁止之令勿姦也各本但有从女有奸之者六字今補十字禁止之令勿姦此說从一之意毋與乍同意乍下云止也从亡一一有所礙之也然則毋下亦當从女一一有所礙之其義可互證曲禮釋文大禹謨正義皆引說文云其字从女內有一畫象有姦之形禁止之勿令姦古人云毋猶今人言莫也此以己意增改而失許意葢許以禁止令勿姦說从一陸孔以有姦之者說从一不知女有姦之者五字爲从一以禁止張本唐人之增改今本之奪落皆繆而唐本可摘以正今本凡毋之屬皆从毋

士之無行者各本作人無行也今依顏氏五行志注所引正士之無行者故其字从士毋古多叚毋爲有無字毋卽無婁之訓空也亦从毋會意毒之本義如此非爲嫪毒造此字也从士毋會意賈侍中說按此四字當上屬讀之令人下屬讀之非也秦始皇毋與嫪毐婬舊从水旁今正坐誅故世罵婬曰嫪毐此擧無行之極者爲證事詳史記但據師古五行志注云摎毒許愼作嫪毒與今史記漢書本不同摎當依本字讀居虯反然則許自作嫪史漢自作摎今本史漢改同許作嫪非古也其人本姓邯鄲摎氏之摎摎力周居由二切許云罵之之䛐則無怪乎取其姓同音之字改爲嫪嫪之本音亦力周切也

民ㄇㄧㄣˊ 6明　△𢆉　氓ㄇㄥˊ 15明　丿ㄆㄧㄝ 5並　乂ㄧˋ 2疑　△刈

嫪者婣也今俗謂婦人所私之人爲婣嫪乃古語也 讀若娭 依許許其切今遏在切廣韵又音哀音之變也一部

文二

民 眾萌也 萌古本皆不誤毛本作氓非古謂民曰萌漢人所用不可枚數今周禮以興耡利甿許耒部引以興耡利萌愚謂鄭本亦作萌故注云變民言萌異外內也萌猶懵懵無知皃也鄭本亦斷非甿字大氐漢人萌字淺人多改爲氓如周禮音義此節摘致氓是也繼又改氓爲甿則今之周禮是也說詳漢讀攷民萌異者析言之也以萌釋民者渾言之也 从古文之象 仿佛古文之體少整齊之也凡許書有从古文之形者四曰革曰弟曰民曰酉說見革下彌鄰切十二部 凡民之屬皆从民 𢆉 古文民 象萌生繁蕪之形

氓 民也 詩氓之蚩蚩傳曰氓民也方言亦曰氓民也孟子則天下之民皆悅而願爲之氓矣趙注氓者謂其民也按此則氓與民小別蓋自他歸往之民則謂之氓故字从民亡 从民亡聲 讀若盲 武庚切古音在十部

文二　重一

丿 又戾也象𠂇引之形 又𠂇各本作右左今正戾者曲也右戾者自右而曲於左也故其字象自左方引之丿音義略同撆書家八法謂之掠房密切又匹蔑切十五部 凡丿之屬皆从丿

乂 芟艸也 艸部曰芟乂艸也二篆爲轉注周南曰是刈是濩周頌曰奄觀銍艾艾者乂之叚借字銍者所以乂也禾部曰穫乂穀也是則芟艸穫穀總謂之乂鄭箋詩云芟末曰艾刀部有㓷金部有鎌有鍥所以芟艸也銍則穫禾短鎌也引申之乂訓治也見諸經傳許辟部云嬖治也引唐書有能俾嬖則嬖爲正字 从丿乀相交 象左右去之會意也魚廢切十五部

刈 乂或从刀 乂者必用㓷鎌之屬也

弗ㄈㄨˊ 7幫　乀ㄈㄨˊ 8幫　𠂆ㄧˋ 10定　弋ㄧˋ 25定　乁ㄧˊ 10定　也ㄧㄝˇ 1定

弗 撟也 撟各本作橋今正撟者舉手也引申爲高舉之用撟者揉箭箝也引申爲矯拂之用今人不能辯者久矣弗之訓撟也今人矯弗皆作拂而用弗爲不其誤蓋亦久矣公羊傳曰弗者不之深也固是矯義凡經傳言不者其文直言弗者其文曲如春秋公孫敖如京師不至而復晉人納捷菑于邾弗克納弗與不之異也禮記雖有嘉肴弗食不知其旨也雖有至道弗學不知其善也弗與不不可互易 从丿乀 丿乀皆有撟意 从韋省 韋者相背也故取以會意謂或左或右皆背而撟之也分勿切十五部

乀 𠂇戾也从反丿 讀與弗同 自左而曲於右故其字象自右方引之乀音義略同拂書家八法謂之磔分勿切十五部 或問乀篆何以不次乂弗之前也曰此以丿爲部首故必从丿字列畢而後列反丿之形乂弗皆系之从丿也

文四　重一

𠂆 抴也 抴者捈也捈者臥引也臥引者橫引之 朙也 此義未聞 象抴引之形 依此則明也當爲衍文余制切十六部 凡𠂆之屬皆从𠂆 虒字从此 按虒字从虎而以爲聲又若系从系𠂆聲寫者短之乃與右戾之丿相溷曳字从申𠂆聲寫者亦不察皆當攷正者也

弋 橜也 木部橜下曰弋也二篆爲轉注爾雅曰橜謂之杙按俗用杙爲弋顧用弋爲隿射字其誤久矣杙者劉杙也不爲橜弋字弋象形故不从木也 象折木衺銳者形 者各本作著不可通今正古箸與者無二字箸卽者字折木之衺銳者爲橜故上體象其衺銳 𠂆象物挂之也 凡用橜者爲有所表識所謂楬櫫也故有物挂之又若舟之牂牁亦是所以系舟也故用𠂆爲合體之象形與職切一部

文二

乁 流也从反𠂆讀若移 移从多聲在十七部亦用於十六部乁與𠂆古音同在十六部也弋支切 凡乁之屬皆从乁

也 女侌也 此篆女陰是本義叚借爲語詞本無可疑

者而淺人妄疑之許在當時必有所受之不容以少見多怪之心測之也**从乁象形乁亦聲**按小徐有乁聲二字無从乁二字依例則當云从乁故又補三字从乁者流也乁亦聲故其字在十六十七部之閒也余者切玉篇余爾切

△乜

乜　秦刻石也字秦始皇本紀二世元年皇帝曰金石刻盡始皇帝所爲也今襲號而金石刻辭不稱始皇帝其於久遠也如後嗣爲之者不稱成功盛德顏氏家訓載開皇二年長安掘得秦鐵稱權有鐫銘與史記合其於久遠也也字正作乜俗本譌作世薛尚功歷代鐘鼎款識載秦權一秦斤一文與家訓大同而權作乜斤作殹又知也殹通用鄭樵謂秦以殹爲也之證也殹葢與兮同兮也古通故毛詩兮也二字他書所稱或互易石鼓汧殹沔沔汧殹卽汧兮

文二　重一

十二篇下

氏 ㄕˋ 10定

氏　巴蜀名山岸脅之自旁箸欲落墯者曰氏十六字爲一句此謂巴蜀方語也自大徐無小徐作堆俗字耳今正自小自也箸直略切小自之旁箸於山岸脅而狀欲落墯者曰氏其字亦作坻亦作阺自部曰秦謂陵阪曰阺阺與氏音義皆同楊雄解嘲曰響若阺隤應劭曰天水有大坂名曰隴坻其山堆傍箸崩落作聲聞數百里故曰坻隤韋昭曰坻音若是理之是以上見文選注今本漢書作阺隤師古曰阺音氏巴蜀名山旁堆欲墯落曰氏應劭以爲天水隴氏失之矣氏音丁禮反玉裁按顏說殊非古隴阺亦作隴坻與巴蜀之氏形小異而音義皆同阺坻字同氏聲或从氐聲而丁禮切者字之誤也劉逵注吳都賦坻頹曰天水之大阪名曰隴坻因爲隴坻之曲說與應仲遠同坻韋音是阺顏音氏皆不誤攷氏亦作是見夏書禹貢曰西頃因桓是來鄭注云桓是隴阪名其道般桓旋曲而上故曰桓是今其下民謂阪爲是句絕謂曲爲桓也各本誤今校訂如此據此則桓是大卽隴阺亦可作隴氏昭昭然矣古經傳氏與是多通用大戴禮昆吾者衞氏也以下六氏字皆是之叚借而漢書漢碑叚氏爲是不可枚數故知姓氏之字本當作是叚借氏字爲之人第習而不察耳姓者統於上者也氏者別於下者也是者分別之詞也其字本作是漢碑尚有云姓某是者今乃專爲姓氏字而氏之本義惟許言之淺人以爲新奇之說矣**氏崩聲聞數百里象形**謂𠂆象傍於山脅也氏之附於姓者類此**乁聲**乁讀若移氏篇韵皆承紙切十六部大徐承旨切非也**凡氏之屬皆从氏楊雄賦響若氏隤**

氒 ㄐㄩㄝˊ 2見

氒　木本也木部曰木下曰本本亦曰氒氒者言其厥然大也古多用橜弋字爲之列子曰吾處也若橜株駒株駒木棍也股敬順曰橜說文作身按玉篇亦作身𧗥變也**从氏丅本大於末也**各本無下本二字小徐作从氏而大於末也亦誤今正从氏下者氏猶是謂此木之下下者木本也木幹大於上體故製其字从氏下**讀若厥**居月切十五部

文二

十二篇下

氐 ㄉㄧ 4端

氐　至也氐之言抵也凡言大氐猶大都也**本也**小徐本有此二字氐爲本故柢以會意國語曰天根見而水涸韋曰天根亢氐之閒**从氐下箸一**箸直略切會意也許書無低字底一曰下也而昬解云从日氐省氐者下也是許說氐爲高低字也廣韵都奚切玉篇丁兮切十五部大徐丁禮切**一**逗**地也**一之用甚多故每分別解之**凡氐之屬皆从氐**

⿰氐垔 ㄧㄣˋ 9影

⿰氐垔　臥也按篇韵皆音印又音致什也疑認爲氐聲而易其音耳**从氐垔聲**於進切十三部

⿰氐失 ㄉㄧㄝˊ 5定

⿰氐失　觸也廣韵陟栗切手拔物也**从氐失聲**徒結切十二部

⿱𦥑氐 ㄒㄧㄠ 22匣

⿱𦥑氐　闕小徐作家本無注鍇云一本無此篆此云家本無注疑許沖之言也按廣雅釋詁云⿱𦥑氐誤也曹憲乎孝反然則其字从氐學省聲形音義皆可攷篇韵音晧古音在三部

文四

戈 ㄍㄜ 1見

戈　平頭戟也攷工記冶氏爲戈廣二寸內倍之胡三之援四之倨句外博重三鋝鄭曰戈今句孑戟也或謂之雞鳴或謂之擁頸內謂胡以內接柲者也長四寸胡六寸援八寸戈句兵也主於胡也俗謂之曼胡以

此鄭司農云援直刃也胡其孑按依先鄭戈有直刃則非平頭也宋黃氏伯思始疑鄭注近程氏瑤田攷戈刃如劒橫出而稍倨所謂援八寸也援之下近柲為胡連上為刃所謂胡六寸也其橫毋於柲而外出者凡四寸所謂內倍之也戈戟之金非冒於柲之首皆為之內橫毋外出且於胡之近柲處為三孔纏縛於柲以固之古戈戟時有存者褱之可知也說詳通藝錄按許說戈為平頭戟从弋以一象之然則戈刃之橫出無疑也橫出故謂之援援引也凡言援者皆謂橫引之直上者不曰援也且戈戟皆句兵矛刺兵殳轂兵殳嫥於轂者也矛嫥於刺者也戟者兼刺與句者也戈者兼句與轂者也用其橫刃則為句兵用橫刃之啄以啄人則為轂兵轂與句相因為用故左氏多言戈擊若晉中行獻子夢厲公以戈擊之齊王何以戈擊子之解其左肩鄭子南逐子晳擊之以戈衛齊氏用戈擊公孟公魯以背蔽之斷肱以中公孟之肩魯昭公將以戈擊僚相楚盜以戈擊昭王王孫由余以背受之中肩越靈姑浮以戈擊闔廬傷將指齊簡公執戈將擊陳成子衛石乞盂黶敵子路以戈擊之斷纓皆言擊不言刺惟盧蒲癸以寢戈自後刺子之言刺盎癸與王何同用戈癸逼近子之故言刺王何去子之稍遠故言擊且二人一在後一在前相為掎角也若長狄僑如魯富父終甥摏其喉以戈殺之由長狄長三丈既獲之不能殺之故自下企上以春其喉也自下春其喉計長狄長不過二丈容既獲之後身橫於地而殺之摏亦擊也方言曰戈楚謂之釪凡戟而無刃秦晉之閒謂之釪或謂之鏔吳揚之閒謂之戈東齊秦晉之閒謂其大者曰鏝胡其曲者謂之鉤釪鏝胡方言釪鉤鏝字皆轉寫譌俗古祇作句孑曼云無刃者謂無直刃也云句孑者謂其為句兵取義於無右臂之孑也云曼胡者取義於曲處如顙領之肥大也詳繹鄭注本無不同所引先鄭乃不可從**从弋**謂柲長六尺六寸**一衡之****象形**衡各本作橫依許全書例正弋之首一橫之而已矣先鄭云援為直刃胡其孑非也古禾切十七部**凡戈之屬皆从戈**

肈 ㄓㄠˋ
19定

肈上諱按許原書無篆體但言上諱後人乃補此篆說詳示部上諱者漢和帝諱也後漢書作肈李賢引伏無忌古今注曰肈之字曰始音兆許慎說文肈音大小反上諱也伏許竝漢時人而帝諱不同蓋應別有所據玉裁按古有肇無肈从戈之肈漢碑或从殳俗乃从攵作肇而淺人以竄入許書攴部中玉篇曰肈俗肇字五經文字戈部曰肈作肇訛廣韵有肈無肇伏侯作古今注時斷無从攵之肇李賢注後漢書亦斷不至認肈肇為二字蓋伏侯作肈與許作肇不同和帝命名之義取始厇者始開也引申為凡始故伏云諱厇而易之之字作始實則漢人厇字不行祇用肇字訓始如詩生民傳夏小正傳可證外閒所諱者肇也故許云諱肇此則伏許不同之由章懷之所疑而令日後漢書正文作肇譌也李舟切韵云肇擊也其字从戈厇聲形音義皆合直小切許諱其字故不為之解今經典肇字俗譌从攵不可不正攴部妄竄之肇今已芟去

戟 ㄐㄧˇ
14見

戟有枝兵也兵者械也枝者木別生條也戟為有枝之兵則非若戈之平頭而亦非直刃似木枝之衺出也戈刃之倨句平而稍侈故曰外博戟則大侈倨句一矩有半故可刺可句攷工記冶氏戟廣寸有半寸內三之胡四之援五之倨句中矩與刺重三鋝鄭曰戟今三鋒戟也內長四寸半胡長六寸援長七寸半三鋒者胡直中矩言正方也鄭司農云刺謂援也元謂刺者箸柲直前如鐏者也戟胡橫貫之胡中矩則援之外句磬折與通藝錄曰內三之謂戟柄橫出柲外者四寸有半也胡四之謂上連刃直而下垂者長六寸也援五之謂衺上之刃長七寸半也刺者謂橫出之內有鋒也倨句中矩者謂刺橫胡直正方之形也不言援之倨句言刺之倨句者戟為句兵中矩者主於句也據二儀寶錄雙枝為戟獨枝為戈以為證說與鄭注大乖異然恐程說近是方言匽戟廣雅作匽戟匽者仰也據衺上之刃名之也周禮棘門明堂位越棘大弓左傳子都拔棘以逐之棘皆訓戟棘者刺也戟有刺故名之曰棘衺者為援則橫者為棘為刺也張揖注子虛賦曰雄戟胡中有鮔者鮔同歫蓋於直垂之胡之中為橫出者是曰鮔鮔亦有鋒故方言三刃枝郭注云今戟胡中有（胡字今增）小子刺者所謂雄戟也然則合援與刺與鮔是為三刃枝鄭所謂三鋒戟者又不如是古制茫昧難知但曰援者斷非直刃凡左傳言公戟其手詩毛傳言拮据戟挶也許書言挶戟持也据戟挶也史言須鬑如戟皆取衺出不取直上是則信而有徵耳方言曰戟無刃吳揚之閒謂之戈然則戟者戈之

十二篇下　卅五

十二篇下　卅六

戛 ㄐㄧㄚˊ 2見

有刃者也戟亦非直刃謂之有刃者何其刃幾於直也少儀曰戈有刃者檟戈之分別有刃無刃古矣左傳狂狡輅鄭人鄭人入於井倒戟而出之獲狂狡此用援刺鄭人不中鄭人攀柲刺而上也或以戟鉤欒樂斷肘而死則援與刺皆兼鉤刺之用矣靈輒倒戟以禦公徒而免趙盾此主於用援也許云有枝兵者猶援刺皆得云枝**从戈榦省**省作聲者誤今依徐鉉正从榦猶从弋謂柲長丈有六尺也从戈者其器戈之屬也紀逆切按大徐有讀若棘三字非也釋名戟格也傍有枝格也古音秦風與澤作爲韻古音在五部讀如腳**周禮戟長丈六尺**攷工記曰車戟常

戛 戟也廣雅曰戛戟也本此西京賦立戈迆戛薛解云戈謂句孑戟也戛長矛也與許不合康誥不率大戛釋詁戛常也此謂戛同楷皋陶暮戛擊鳴球明堂位作揩擊揚雄賦作拮隔此謂戛同扴皆六書中之段借**从戈百**百者頭也謂戟之頭略同戈頭也會意古點切十五部**讀若棘**按棘在一部相去甚遠疑本作讀若孑而誤○戟戛二篆與戈篆同類立文本相連惟因上諱之字例必部首以下

十二篇下　卅七

戣 ㄎㄨㄟˊ 4匣　戎 ㄖㄨㄥˊ 23泥

第一字出之故使戈戟二篆相隔各本乃又移戎戣戰三篆於戟前非也今正

戎 兵也兵者械也月令乃教於田獵以習五戎注五戎謂五兵弓矢殳矛戈戟也按周禮司兵掌五兵鄭司農云戈殳戟酋矛夷矛後鄭云此車之五兵也步卒之五兵則無夷矛而有弓矢兵之引申爲車卒步卒故戎之引申亦爲卒旅兵可相助故引申之義小雅烝也無戎傳曰戎相也又引申爲戎狄之戎又民勞傳戎大也方言戎大也宋魯陳衛之閒語又鄭詩箋云戎猶女也猶之云者以戎汝雙聲而通之也戎有讀若汝者常武之詩是也又有讀若輮者常棣之詩是也**从戈甲**金部曰鎧者甲也甲亦兵之類故从戈甲會意如融切九部**𠇚 古文甲字**日部早篆下及此小徐皆有此五字大徐皆刪之由古文甲小篆甲所異甚微故也漢隸書早字平頭如小篆本平頭古文乃出頭作𠇚轉寫既久惑不能別於日部及此刪去五字於甲篆則用出頭者爲小篆別取汗簡所載異體爲古文皆非也今一一正之

戣 周制侍臣執戣立於東垂兵也見周書顧命某氏傳曰戣

𢧀 ㄍㄢ 3匣　賊 ㄗㄟˊ 25從　戍 ㄕㄨˋ 16透

瞿皆戟屬鄭云戣瞿蓋今三鋒矛王肅則曰皆平器之名許不言何兵略同子雍也**从戈癸聲**渠追切十五部

𢧀 盾也盾下曰瞂也按瞂字必淺人所改循全書之例必當云𢧀也瞂也二篆爲轉注淺人不識𢧀爲干戈字讀侯旰切乃改爲瞂瞂見毛詩非常語不當以瞂釋盾干戈字本作𢧀干犯也𢧀盾也俗多用干代𢧀干行而𢧀廢矣方言盾自關而東或謂之瞂或謂之干關西謂之盾孔安國論語注云干盾也𢧀本讀如干淺人以其旱聲乃讀與敢同而不知旱敢𢧀等字古音皆讀同干也毛詩兔罝采芑傳云干扞也謂干爲扞之段借干非不可去聲**从戈旱聲**玉篇廣韻皆云𢧀盾古寒切廣韻廿八翰未嘗出𢧀字是依唐韻不誤者也不知大徐侯旰切用何等唐韻耳十四部

賊 敗也敗者毀也毀者缺也左傳周公作誓命曰毀則爲賊又叔向曰殺人不忌爲賊**从戈則聲**此云則聲貝部又云敗賊皆从貝會意據从貝會意之云是賊字爲用戈若刀毀貝會意而非形聲也說稍不同以周公誓命言則用戈毀則正合會意昨則切一部今字从戎作賊

戍

十二篇下　卅八

戜 ㄉㄝˊ 12定　戲 ㄒㄧˋ 13曉　戰 ㄓㄢˋ 3端

守邊也春秋曰公子買戍衛**从人持戈**會意傷遇切按古音讀如獸在三部四部衛公叔戍世本作朱古音朱讀如州

戰 鬥也鬥各本作鬭今正鬥者兩士相對兵杖在後也左傳曰皆陳曰戰戰者聖人所慎也故引申爲戰懼**从戈單聲**之扇切十四部

戲 三軍之偏也偏若先偏後伍偏爲前拒之偏謂軍所駐之一面也史漢項羽紀高帝紀皆曰諸侯罷戲下各就國師古曰戲軍之旌旗也音許宜反亦讀曰麾又竇田灌韓傳灌夫率壯士兩人及從奴十餘騎馳入吳軍至戲下所殺傷數十人師古曰戲大將之麾也讀與麾同又音許宜反按顏說必本舊音義似與許說小異然相去不遠度舊音義必有用許說者矣**一曰兵也**一說謂兵械之名也引申之爲戲豫爲戲謔以兵杖可玩弄也可相鬥也故相狎亦曰戲謔大雅毛傳曰戲豫逸豫也**从戈䖒聲**香義切古音蓋在十七部讀如麾䖒从豆从虍鬳从鬲从虍虍皆謂器之飾非聲也

戜 利也利者銛也**一曰剔也**剔當作鬄詳髟部**从戈呈聲**徒結切按

或 25匣　域 △　截 20從

呈聲當在十一部而大部載金部鐵遞用爲聲則十一部十二部合音冣近之理也山海經或國或民國今譌作載

邦也邑部曰邦者國也葢或國在周時爲古今字古文祗有或字既乃復製國字以凡人各有所守皆得謂之或各守其守不能不相疑故孔子曰或之者疑之也而封建日廣以爲凡人所守之或字未足盡之乃又加口而爲國又加心爲惑以爲疑惑當別於或此孳乳寖多之理也既有國字則國訓邦而或但訓有漢人多以有釋或毛公之傳詩商頌也曰域有也傳大雅也曰囿所以域養禽獸也域卽或攷工記梓人注或有也小雅天保箋鄭論語注皆云或之言有也高誘注淮南屢言或有也毛詩九有韓詩作九域緯書作九囿葢有古音如以或古音同域相爲平入从口羽非切戈目守其一从三字會意于逼切廣韵分域切雨逼或切胡國非也一部一逗地也解从一之意

域或或从土既从口从一矣又从土是爲後起之俗字

斷也斤部曰斷者截也二篆爲轉注商頌九有有截箋云九州齊壹截然大雅截彼淮浦傳云截治也从戈雀聲昨結切十五部按雀聲在二部於古音不合葢當於雙聲合韵求之

𢦟 28溪　戕 15從　戮 21來　戡 28端

殺也殺者戮也按漢魏六朝人𢦟堪戡龕四字不甚區別左傳王心弗堪漢五行志作王心弗𢦟勝也从戈今聲口含切古音在七部商書曰西伯既𢦟黎西伯戡黎文今作戡黎許所據作𢦟黎邑部巹下又引西伯戡巹其乖異或因古文今文不同與爾雅曰堪勝也郭注引書西伯堪黎葢訓勝則堪爲正字或段𢦟或段戡又或段龕皆以同音爲之也

槍也槍者歫也歫謂相抵爲害小雅曰子不戕傳曰戕殘也此戕之正義下又稱左氏例爲別一義它國臣來弒君曰戕春秋宣十八年邾人戕鄫子於鄫左氏傳曰凡自虐其君曰弒唐石經作[illegible]自外曰戕賈注邾使大夫往殘賊之按襄卅一年左傳曰閽戕戴吳閽越俘也戴吳吳餘祭也故亦曰戕从戈爿聲在良切十部

殺也殺下曰戮也二篆爲轉注古文或段翏爲之又勠力字亦段戮爲勠从戈翏聲力六切三部

刺也刺者直傷也平直皆得云刺經史多段此爲堪勝字从戈甚聲竹甚口含二切按竹甚古音也七部

戭 6定　𢦏 24精　戩 6精

長槍也槍者歫也謂以長物相刺通俗文曰剡木傷盜曰槍按槍非古兵器戭亦非器名取槍歫之義耳今之用金曰槍者則古之矛也故戭字廁於此不與器物爲伍从戈寅聲弋刃以淺二切按刃當作忍弋忍古音也十二部春秋傳有檮戭高陽氏才子八愷之一也見左傳文十八年漢書作敦集韵無敦

傷也傷者刅也此篆與烖菑音同而義相近謂受刅也从戈才聲祖才切一部凡烖載烖之類以爲聲

滅也滅者盡也盡之義兼美惡故滅之義亦兼美惡凡盡皆得云滅亦皆得云戩也天保曰俾爾戩穀朱子曰戩盡也穀善也此注甚合古義爾雅履戩祓福也此謂樛木之福履天保之戩穀卷阿之祓祿皆得訓福履本不訓福與福連文則可訓福矣戩祓本不訓福與穀祿連文則亦可訓福矣皆於网字摘一字以釋网字之義毛公仍之曰戩福也而履祿也茀小也則不相襲矣古人之文貴善讀之所謂不以文害辭不以辭害志許於戩不襲爾雅毛傳斯善讀爾雅毛傳者也今之能善讀者葢尠矣从戈晉聲卽淺切古音在十二部讀如翦詩曰實始戩商魯頌閟宮文今詩作翦按此引詩說段借也毛傳曰翦齊也許刀部曰剃齊斷也剃之字多段翦爲之翦卽剃戩者剃之段借毛云剃齊也者謂周至於大王規模氣象始大可與商國竝立故曰齊縣詩古公以下七章是也非翦伐之謂若不通毛傳許書之例竟謂大王滅商豈不事辭俱窒礙乎毛意謂戩卽剃許說其本義以明轉注復引詩字以明段借网公之例皆尋繹全書而可得不則以文害辭謂大王有翦商之志矣夫詩明言翦商而見大王之德盛後儒言有翦商之志而大王之心遂不可問嗚呼是非不知訓詁之禍也哉

𢦔 30精

絕也絕者刀斷絲也引申爲凡斷之稱斷之亦曰𢦔與殲義相近从从持戈二人持戈會意子廉切七部一曰田器古文一說謂田器字之古文如此作也田器字見於全書者銛鈂鈐鎌皆田器與𢦔同音部未宷爲何字之古文疑銛字近之此如銚本田器斗部作斛云出爾雅古一字不

陧一體也。讀若咸。一曰讀若詩攕攕女手。咸攕古音皆在七部

武 ㄨˇ 13明

武　楚莊王曰：莊上諱也，不當用。古莊壯通用。謚法固取壯非取艸。周書兵甲亟作莊，睿圉克服莊，勝敵志強莊，武而不遂莊，皆壯字也。後人以莊代之耳。此莊王必本作壯，若諱莊之字曰嚴，乃漢法。許則從左氏古文，典下云莊都說亦當作壯。晉語有壯馳茲益古姓，本作壯，後乃盡改爲莊。夫武定功戢兵，故止戈爲武。宣十二年左傳文。此檃栝楚莊王語以解武義。莊王曰：於文止戈爲武。是倉頡所造古文也。祇取定功戢兵者，以合於止戈之義也。文之會意已明，故不言从止戈。文甫切。五部。大雅履帝武敏傳曰：武，迹也。此武之別一義也。

戢 ㄐㄧˊ 27精

戢　藏兵也。周頌時邁曰：載戢干戈，載櫜弓矢。傳曰：戢，聚也。櫜，韜也。聚與藏義相成，聚而藏之也。戢與輯音同。輯者，車輿也，可聚諸物，故毛訓戢爲聚。周南傳亦云：揖揖，會聚也。周語：夫兵戢而時動，動則威，觀則玩，玩則無震。戢與觀正相對，故許易毛曰藏。以其字从戈，故曰藏兵。从戈咠聲。阻立切。七部。詩曰：載戢干戈。

戠 ㄓ 25端

戠　闕。从戈从音。大徐如此。小徐無从戈从音，有職從此，古職字，古之職役皆執干戈十四字，蓋後人箋記之語，非許語也。其義其音皆蓋闕矣。攷周易朋盍簪，虞翻本簪作戠，云戠，聚會也。舊讀作撍，作宗。釋文云：荀作撍，京作宗，陰宏道云：張揖字詁寁撍同字。按此戠當以音爲聲，故與朁聲疌聲爲伍。然尙書厥土赤埴，古文作赤戠，是戠固在古音弟一部也。一部內意亦从音，音未必非聲，蓋七部與一部合韵之理。之弋切。一部

戔 ㄐㄧㄢ 3從

戔　賊也。此與殘音義皆同，故殘用以會意。今則殘行而戔廢矣。篇韵皆云傷也。殘與殂通，故周禮注曰：雖其潘灡戔餘不可褻也。周易束帛戔戔，子夏傳作殘殘，皆殂餘之意也。从二戈。會意。昨千切。十四部。周書曰：戔戔，句絕。周書秦誓文也。今書截截善諞言，言部引之，古文尙書也。此稱戔戔，截截之異文，今文尙書也。春秋公羊傳曰：惟諓諓善竫言，俾君子易怠。劉向九歎曰：讒人諓諓孰可愬兮。王逸注引書諓諓靖言。漢書李尋傳曰：昔秦穆公說諓諓之言，任仡仡之勇。諓即戔，許作戔爲本字，他家作諓，加之言旁也。巧言也。也字今補。按公羊音義引賈逵外傳注曰：諓諓，巧言也。許正用侍中說釋戔戔，與上賊義少別。此正如圛訓回行，而引洪範曰圛，釋之曰升雲半有半無也；坴訓以土增大道，而引堯典𡐓讒說，釋之曰疾惡也。皆是一例。或本稱戔戔竫言，又曰戔戔巧言也，轉寫有奪文，未可定耳。

文二十六　重一

戉 ㄩㄝˋ 2匣

戉　大斧也。一本奪大字，非。斧所以斫也。从戈𠄌聲。王伐切。十五部。俗多金旁作鉞。司馬灋曰：夏執元戉，殷執白戚，周𠂇杖黃戉，又把白髦。周書坶誓作秉白旄，此作把白髦者，蓋司馬法之文有不同也。毛詩傳曰：秉，把也。手部曰：把，握也。髦者，旄之叚借字也。凡戉之屬皆从戉。

戚 ㄑㄧ 22清

戚　戉也。大雅曰：干戈戚揚。傳云：戚，斧也。揚，鉞也。依毛傳，戚小於戉，揚乃得戉名。左傳戚鉞秬鬯，文公受之。戚鉞亦分二物，許則渾言之耳。戚之引伸之義爲促迫，而古書用戚者，俗多改爲蹙。試思親戚，亦取切近爲言，非有異義也。大雅戚戚兄弟，傳曰：戚戚，內相親也。小雅戚戚靡所逞，箋云：戚戚，縮小之貌。其義本相通，而淺人於節南山必易其形與音矣。戚訓促迫，故又引申訓憂。小明自詒伊戚，傳曰：戚，憂也。度古衹有戚，後乃別製慽字。从戉尗聲。倉歷切。古音在三部。

文二

我 ㄨㄛˇ 1疑

我　施身自謂也。不但云自謂，而云施身自謂者，取施與我古爲疊韵。施讀施捨之施，謂用己廁於衆中而自稱則爲我也。施者，旗貌也。引申爲施捨者，取義於旗流下𠂢也。釋詁曰：卬、吾、台、予、朕、身、甫、余、言，我也。又曰：朕、予、躬，身也。又曰：台、朕、賚、畀、卜、陽，予也。或以賚、畀、卜、予不同義，愚謂有我則必及人，故賚、畀、卜亦在施身自謂之內也。口部曰：吾，我自稱也。女部曰：姎，女人自稱，姎我也。毛詩傳曰：言，我也。卬，我也。論語二句而我吾互用，毛詩一句而卬我襍稱，蓋同一我義，而語音輕重緩急不同，施之於文，若自其口出。或說我，逗頃頓也。頃謂

△𢦏　義ㄧˋ 1疑

側也頃頭不正也頓下首也故引申爲頃側之意賓筵側弁之俄箋云俄傾貌人部曰俄頃也然則古文以我爲俄也古文叚借如此**从戈手**合二成字不能定其會意形聲者以手字不定爲何字也五可切十七部**手古文垂也**垂當作𠂹𠂹垂在十七部然則我以爲形聲也**一曰古文殺字**我从殺則非形聲會意亦難說也殺篆下載古文三有一略相似者**凡我之屬皆从我**

𢦏古文我

△羛

羛己之威義也言己者以字之从我也己中宮象人腹故謂身曰己義各本作儀今正古者威儀字作義今仁義字用之儀者度也今威儀字用之誼者人所宜也今情誼字用之鄭司農注周禮肆師古書儀但爲義今時所謂義爲誼是謂義爲古文威儀字誼爲古文仁義字故許各仍古訓而訓儀爲度凡儀象儀匹引申於此非威儀字也古經轉寫旣久肴襍難辨據鄭許之言可以知其意威義古分言之者如北宮文子云有威而可畏謂之威有儀而可象謂之義詩言令義令色無非無義是也威義連文不分者則隨處而是但今無不作儀矣毛詩威義棣棣不可選也傳曰君子望之儼然可畏禮容俯仰各有宜耳棣棣富而閑習也不可選物有其容不可數也義之本訓謂禮容各得其宜禮容得宜則善矣故文王我將毛傳皆曰義善也引申之訓也**从我从羊**威儀出於己故从我董子曰仁者人也義者我也謂仁必及人義必由中斷制也从羊者與善美同意宜寄切古音在十七部

羛墨翟書義从弗墨翟書藝文志所謂墨子七十一篇也今存者五十三篇義無作羛者葢歲久無存焉爾　从弗者葢取矯弗合宜之意**魏郡有羛陽鄉讀若錡**此以地名證羛字又箸其方音也凡古地名多依舊俗方語如蓮勺呼輦酌皁水呼班水鮦陽呼紂陽大末呼闥末剡呼舌剡反鄮呼踰蠋之踰曲逆呼去遇如是者不可枚數羛陽讀若錡同也然注家皆讀羛陽虛宜切與錡音稍不同也**今屬鄴本內黃北二十里鄉也**按此十二字乃後人箋記之語非許語也鄴內黃皆魏郡屬縣羛陽鄉本在內黃北二十里司馬紹統郡國志曰魏郡內黃有羛陽聚劉注世祖破五校處光武紀大破五校於羛陽降之李注羛陽聚屬魏郡故城在今相州堯城縣東諸本有作羛者誤也左傳晉荀盈如齊逆女還卒於戲陽杜注內黃縣北有戲陽城按漢晉皆在內黃北魏地形志無內黃縣當是併於鄴則羛陽亦在鄴矣故知必後人箋記語也戲羛音同許宜反左氏傳有戲陽速則戲陽又爲氏姓

文二　重二

亅ㄐㄩㄝˊ 2定

亅鉤逆者謂之亅鉤者曲金也司馬相如列傳猶時有銜橜之變集解引徐廣云鉤逆者謂之橜索隱引周遷輿服志云鉤逆者爲橜皆謂橜爲亅之叚借字也淸道而行中路而馳斷無枯木朽株之難故知必謂鉤也**象形**象鉤自下逆上之形玉篇引說文衢月切大徐同十五部**凡亅之屬皆从亅讀若橜**

𠃌ㄐㄩㄝˊ 2見

𠃌鉤識也鉤識者用鉤表識其處也褚先生補滑稽傳東方朔上書凡用三千奏牘人主從上方讀之止輒乙其處二月乃盡此非甲乙字乃正乚字也今人讀書有所鉤勒即此內則魚去乙鄭曰乙魚體中害人者名也今東海鰫魚有骨名乙在目狀如篆乙食之鯁人不可出此亦非甲乙字乃狀如篆乚也魚腸名乙耳不當別有乙也戉斧之字从乚爲聲**从反亅讀若罬**大徐作讀若捕鳥罬玉篇引說文居月切大徐同十五部

文二

琴ㄑㄣˊ 28匣

琴禁也禁者吉凶之忌也引申爲禁止白虎通曰琴禁也以禁止淫邪正人心也此疊韵爲訓**神農所作**世本文也宋書樂志曰琴馬融笛賦云宓羲造世本云神農所造也瑟馬融笛賦云神農造世本云宓羲所造也按風俗通廣雅皆同世本季長說誤山海經郭傳引世本伏羲作琴神農作瑟恐系轉寫舛錯**洞越**句**練朱五弦**洞當作迵迵者通達也越謂琴瑟底之孔迵孔者琴腹中空而爲二孔通達也越音浯或作趏練朱五絃者虞書傳曰古者帝王升歌清廟之樂大琴練弦葢練者其質朱者其色鄭注樂記清廟之瑟

△鑋　瑟ㄙㄜˋ 5心　△𤩅　乚ㄧㄣˇ 9影　直ㄓˊ 25定　△𣓏　亡ㄨㄤˊ 15明　乍ㄓㄚˋ 14從

朱弦云練朱弦也練則聲濁五者初制琴之弦數周時加二弦文王武王各加一弦象形象其首身尾也上圓下方故象其圓巨今切七部凡珡之屬皆从珡鑋古文珡从金金字以金形聲字也今人所用琴字乃上从小篆下作今聲

瑟庖犧所作弦樂也弦樂猶磬曰石樂清廟之瑟亦練朱弦凡弦樂以絲爲之象弓弦故曰弦淇奧傳曰瑟矜莊皃旱麓箋曰瑟絜鮮皃皆因聲叚借也瑟之言肅也楚辭言秋氣蕭瑟从珡琴之屬故从琴必聲所櫛切十二部𤩅古文瑟玩古文琴瑟二字似先造瑟字而琴从之

文二　重二

乚匿也匿者亡也象迟曲隱蔽形迟曲見辵部隱蔽見𨸏部象逃亡者自藏之狀也凡乚之屬皆从乚讀若隱於謹切十三部

直正見也左傳曰正直爲正正曲爲直其引申之義也見之審則必能矯其枉故曰正曲爲直从十目乚謂以十目視乚乚者無所逃也三字會意除力切一部今隸作直𣓏古文直或从木如此囧猶目也从木者木從繩則正

文二　重一

亡逃也逃者亡也二篆爲轉注亡之本義爲逃今人但謂亡爲死非也引申之則謂失爲亡亦謂死爲亡孝子不忍死其親但疑親之出亡耳故喪篆从哭亡亦叚爲有無之無雙聲相借也从入乚會意謂入於迟曲隱蔽之處也武方切十部凡亡之屬皆从亡

乍止亡詈也各本作止也一曰亡也六字今正作無亡義淺人離析所改耳補詈字者如毋下云止詈也亦本有詈而後人刪之作與毋同意毋者有人姦女而一止之其言曰毋乍者有人逃亡而一止之其言曰乍皆咄咄逼人之語也亡與止亡者皆必在倉猝故引申爲倉猝之稱廣雅曰暫也孟子今人乍見孺子將入於井左傳桓子乍謂林楚文意正同而左傳俗本改乍爲咋从亡一會意鉏駕切古音在五部一逗有所礙也礙者止也說从一之意毋字从一亦是有所礙之之意

望ㄨㄤˋ 15明　無ㄨˊ 13明　△无　匃ㄍㄞˋ 2見

望出亡在外望其還也還者復也本義引申之爲令聞令望之望从亡朢省聲按望以朢爲聲朢以望爲義其爲二字較然也而今多亂之巫放切十部亦平聲

無亡也凡所失者所未有者皆如逃亡然也此有無字之正體而俗作無無乃𣞤之隸變𣞤之訓豐也與無義正相反然則隸變之時昧於亡爲其義𣞤爲其聲有聲無義殊爲乖繆古有叚𣞤爲𣞤者要不得云本無二字漢隸多作𣞤可證也或叚亡爲無者其義同其音則雙聲也从亡𣞤聲按不用莫聲而用𣞤聲者形聲中有會意凡物必自多而少而無老子所謂多藏必厚亡也武夫切五部古音武夫與莫胡二切不別故無模同音其轉語則水經注云燕人謂無爲毛楊子以曼爲無今人謂無有爲沒有皆是也

无奇字無也謂古文奇字如此作也今六經惟易用此字通於元者元俗刻作无今依宋本正禮運曰是謂合莫注引孝經說曰上通元莫正義云上通元莫者孝經緯文言人之精靈所感上通元氣寂寞引之者證莫爲虛無也正本元字作无謂虛無寂寞義或然也按此注疏今本譌誤不可讀而北宋本可據正疏正本字當是定本之誤謂鄭引上通元莫顏師古定本作无莫也依許云通於元者虛无道也則孝經緯必作元莫矣蓋其義謂上通元始故其字形亦用元篆上毌於一虛无道也謂虛无之道上通元氣寂寞也玉篇曰无虛无也奇字之无與篆文之𣞤義乃微別許說其義非僅說其形也王育說天屈西北爲无此稱王育說又无之別一義也亦說其義非說其形屈猶傾也天傾西北地不滿東南見列子及素問天傾西北者謂天體不能正圜也

匃气也气者雲气也用其聲叚借爲气求气與字俗以气求爲入聲以气與爲去聲匃訓气亦分二義二音西域傳气匃亡所得此气求之義也當去聲又曰我匃若馬此气與之義也當入聲要皆強爲分別耳左傳公

匸 ㄒ一ˋ 10匣　區 ㄑㄩ 16溪　匿 ㄋ一ˋ 14泥　㔷 ㄌㄡˋ 15來　匽 一ㄢˇ 3影

子棄疾不強匄又子產曰世有盟誓毋或匄奪皆言气求也通俗文曰求願曰匄則是求之曰气匄因而與之亦曰气匄也今人以物與人曰給其實當用匄字廣韵古達切其字俗作丐與丏不同廣韵曰二字同非是 亡人爲匄逯安說 此稱逯安說以說字形會意逯安亦通人之一也从亡人者人有所無必求諸人故字从亡从人古代切按廣韵古太切亦古達切十五部

文五　重一

匸 衺徯有所夾藏也 夾各本作俠今正衺者𧝓也徯者待也夾者盜竊褱物也迆衺相待有所竊藏故其字从乚而上復有一覆之 从乚上有一覆之 會意 凡匸之屬皆从匸 讀若徯同 徯各本譌傒今正胡禮切十六部

區 踦區 逗疊韵 藏隱也 踦區猶危部𨸏部之䧢隁彼言傾側不安也此言委曲包蔽也區之義內藏多品故引申爲區域爲區別古或叚匚字爲之如區蓋亦作匚蓋區宇亦作匚宇是也或叚爲句曲字如樂記區萌達卽月令之句者畢出萌者盡達也 从品在匸中 會意豈俱切古音在四部鄭注禮記嫌名曰若禹與雨丘與區之類是可證古音同邱也 品 逗 眾也 品下曰眾庶也

匿 亡也 廣韵曰藏也微也亡也陰姦也 从匸若聲 此取雙聲爲形聲也 讀若羊騶箠 此有譌奪當云讀若羊箠鏊之鏊金部曰鏊者羊箠耑鐵也說詳金部鏊讀若至至古音同質匿讀若鏊卽讀若質也古亦讀尼質切在十二部不在一部也今音乃女力切

㔷 側㔷也 各本作側逃也今依玉篇逃作㔷玉篇曰又作㔷是知側㔷卽堯典之側陋謂隱藏不出者也 从匸丙聲 按丙聲不可通大徐云當是从內會意傳寫之誤玉裁按或从谷部之𠫤聲屮部苦从𠫤聲而讀若陸陸與漏音相近也盧候切四部廣韵無此字 一曰箕屬 其器未詳

匽 匿也 匽之言隱也周禮宮人爲之井匽鄭司農云匽路廁也後鄭云匽豬謂霤下之池畜水而流之者按二說皆謂隱蔽之地也 从匸旻聲 於蹇切十四部

△匠

医 一 4影　匹 ㄆ一ˇ 5滂　匚 ㄈㄤ 15並　匠 ㄐ一ㄤˋ 15從

医 臧弓弩矢器也 臧各本作盛今依廣韵此器可隱藏兵器也 从匸矢 會意 矢亦聲 小徐有此三字於計切十五部 春秋國語曰兵不解医 齊語文今國語作翳叚借字韋曰翳所以蔽兵也按古翳隱翳薈字皆當於医義引申不當借華蓋字也翳行而医廢矣

匹 四丈也 按四丈之上當有布帛二字襍記曰納幣一束束五兩兩五尋鄭曰納幣謂昏禮納徵也十箇爲束貴成數兩兩合其卷是謂五兩八尺曰尋五兩兩五尋謂每兩五尋則每卷二丈也合之則四十尺今謂之匹猶匹偶之云與周禮凡嫁子娶妻入幣純帛無過五兩鄭曰五兩十端也每端二丈按二丈爲一端二端爲兩每兩爲一匹長四丈五兩則五匹爲一束也凡古言束帛者皆此制凡言匹敵匹耦者皆於二端成兩取意凡言匹夫匹婦者於一兩成匹取意兩而成匹判合之理也雖其半亦得云匹也馬稱匹者亦以一牝一牡離之而云匹猶人言匹夫也○按字之本義有難定者如襍記注今謂之匹猶匹偶之云與是以匹偶爲本義而帛二兩爲引申之義也與許說迥異四丈爲匹之云三代時經傳不見其字从八八者別也夫婦有別故謂之匹从匸亦取別嫌明微意與鄭意或當如是 从匸八 八謂八之數隱其中會意 八揲一匹 說从八之意揲者閱持也閱持者更迭持之而具數也筮者揲之以四此揲之以八八尺者五而得四丈故其字从八所以揲之以八者度人之兩臂爲尋今人於布帛猶展兩臂度之也 八亦聲 古音八讀如必普吉切十二部

文七

匚 受物之器 此其器蓋正方文如此作者橫視之耳直者其底橫者其四圍右其口也廣韵曰或曰受一斗曰匚按口部云圍規也今人皆作圓作圓方本無正字故自古叚方爲之依字匚有榘形固可叚作方也 象形凡匚之屬皆从匚讀若方 府良切十部 匚 籀文匚

匠 木工也 工者巧飭也百工皆稱工稱匠獨舉木工者其字从斤也以木工之偁引申爲凡工之偁也 从

匧 ㄑㄧㄝˋ 29溪　△篋　匡 ㄎㄨㄤ 15溪　△筐　匜 ㄧˊ 10定

匚斤會意疾亮切十部斤逗所㠯作器也說从斤之意匚者槊也 椷臧也小徐本如是大徐無椷字木部椷下曰匧也是二篆爲轉注臧字似衍玉篇作椷也乃椷之誤若文選應璩百一詩任昉哭范僕射詩李注皆引說文篋笥也此則所據本不同自當以小徐本爲善耳戰國策乃夜發書陳篋數十 从匚夾聲苦叶切八部 匧或从竹按廣韵曰匧藏也篋箱篋也分一字爲二而刪去椷字之所繇也 飯器句小徐有也字 筥也謂即筥也竹部曰筥𥬠也𥬠一曰飯器容五升𥬠有三義而筥匡取此一義耳匡不專於盛飯故詩采卷耳以頃匡求桑以懿匡匡之引申叚借爲匡正小雅王于出征以匡王國傳曰匡正也葢正其不正爲匡凡小不平曰匡剌革其匡剌亦曰匡也詩有頃匡謂匡之半淺半深不平者故謂之頃所謂匡剌也匡剌見攷工記注 从匚㞷聲去王切十部 匡或从竹今人亦分匡筐爲二義 佀羹魁斗部曰魁羹枓也枓勺也匜之狀似羹勺亦所以挹

匴 ㄙㄨㄢˇ 3心　⿷匚贛 ㄍㄨㄥˋ 30見

取也 柄中有道可㠯注水酒道者路也其器有勺可以盛水盛酒其柄空中可使勺中水酒自柄中流出注於盥槃及飲器也左傳奉匜沃盥杜曰匜沃盥器也此注水之匜也內則敦牟巵匜非餕莫敢用鄭曰巵匜酒漿器此注酒之匜也今大徐本無酒字小徐有之韵會刪酒而以盥器二字冠於似羹魁之上妄甚若左傳釋文引說文無酒字因經注但言盥耳 从匚此器葢亦正方 也聲此形聲中有會意从也者取其流也移尒切按篇韵平聲古音十六十七部皆可讀 淥米籔也淥者浚也浚者抒也抒者挹也籔者䉛也䉛者漉米籔也然則匴與䉛二字一物也謂淅米訖則移於此器內浚乾之而待炊所謂漉淅也士冠禮爵弁皮弁緇布冠各一匴注匴竹器名今之冠箱也古文匴爲纂按淥米之籔斷非可盛冠此必異物同名或別有正字侯考 从匚算聲穌管切十四部 小栝也木部曰栝匴也二篆爲轉注而栝下見渾言之義此見析言之義兩處互相足而後義全此許立文之例也匴下亦可云栝也栝下亦可云大匴也是互相足之謂

△⿰木贛　匪 ㄈㄟˇ 7幫

也門部云大栝爲閜故小栝爲匴矣方言曰盂椷盞溫閜盪𥁰栝也自關而東趙魏之間曰椷或曰盞或曰盄按椷葢即許之匴音同字異許則椷訓匧各有本義也 从匚贛聲古送切按廣韵又音感正音也八部郭注方言椷讀如封椷略有輕重耳 ⿷匚贛或从木 器佀竹匧小徐衹云如篋小雅承筐是將傳曰筐篚屬所以行幣帛也按此筐與飯器之筐異名同實故毛訓之曰匪屬也小雅言匡禹貢禮記言匪應劭漢書注曰漢書作棐應劭曰棐竹器也方曰箱隋曰棐隋者方而長也他果反古盛幣帛必以匪匪篚古今字有借匪爲斐者如詩有匪君子是也有借爲分者周禮匪盼鄭司農云匪分也是也有借爲非者如詩我心匪鑒我心匪石是也有借爲彼者如左傳引詩如匪行邁謀杜曰匪彼也荀子引詩匪交匪舒卽詩彼交匪紓是也 从匚非聲非尾切十五部按竹部曰篚車笭也非匪之異體故不錄於此 逸周書曰實元黃于匪按此句今惟見孟子滕文而篇引書其上文云綏厥士女篚厥元黃昭我周王見休惟臣附于大邑周似

⿷匚倉 ㄘㄤ 15清　⿷匚攸 ㄊㄧㄠˊ 21定　⿷匚異 ㄧˋ 25定　匫 ㄏㄨ 8曉　匬 ㄩˇ 16定　匱 ㄎㄨㄟˋ 7匣　匵 ㄉㄨˊ 17定

必爲周書趙氏亦云從有攸以下道武王伐紂時皆尚書逸篇之文也 古器也古器有名⿷匚倉者 从匚倉聲七岡切十部 田器也艸部曰莜⿱艹耘田器也⿷匚攸與莜音義皆同葢一物也 从匚攸聲徒聊切古音在三部 田器也玉篇云大鼎也廣韵⿷匚異訓大鼎 从匚異聲與職切一部 古器也畢尚書沅得曶鼎豈其器卽匫與 从匚曶聲呼骨切十五部 甌匬器也大徐無匬字非是甌者小盆也甌匬二字爲名則非甌也玉篇云余主切器受十六斗按玉篇葢謂卽論語與之庾之庾苞注十六斗爲庾也然禮經作十六斗爲籔今文籔作逾 从匚俞聲度侯切四部廣韵無此字 匣也匱之義引申爲竭大雅孝子不匱永錫爾類傳曰匱竭也凡物涿藏之則有若無實若虛故匱之引申爲竭爲乏竭水渴也乏反其正也 从匚貴聲求位切十五部俗作櫃史記石室金鐀字作鐀 匱也木部曰櫝匱也是則匱與櫝音義皆同實一物也論語曰韞匵而藏

匣ㄒㄧㄚˊ 31匣　匯ㄏㄨㄟˋ 7匣　匛ㄐㄧㄡˋ 24匣　△柩 △匶　匰ㄉㄢ 3端　凵ㄑㄩ 17溪

諸又曰龜玉毁櫝中其實一字也引申之亦爲小棺从匚賣聲徒谷切三部

匣 匱也廣韵曰箱匣也古亦借柙爲之柙檻也从匚甲聲按此不注古文甲字則从小篆甲也胡甲切八部

匯 器也謂有器名匯也禹貢曰東匯澤爲彭蠡又曰北會于匯舊說匯者回也此匯之別一義依許圍蒷坴之例此亦可稱禹貢而釋之曰匯回也今按匯之言圍也大澤外必有陂圍之如器之圍物古人說淮水曰淮圍也匯从淮則亦圍也尚書東匯澤爲彭蠡謂東有圍受衆水之彭蠡非謂漢水回而成澤也東爲北江謂漢水合江又東合彭蠡爲北江也从匚淮聲胡罪切十五部

匛 棺也木部曰棺者關也所以掩屍此云棺也二篆義同曲禮曰在牀曰屍在棺曰柩是棺柩義別虛者爲棺實者爲柩析言之也柩或可以評棺棺不可以評柩是以許於柩曰棺也於棺下不云柩也以立文不得用考老之例也从匚久聲各本有柩無匛今依玉篇補玉篇曰匛棺也亦作柩蓋希馮在梁時所據說文如是以後柩行匛廢遂變許書之舊而郭忠恕列匛爲古文夏竦說匛爲孫強集夏疑玉篇作匛不出於希馮而出於孫強也匛蓋古文而小篆仍之者檀弓曰有虞氏瓦棺夏后氏堲周殷人棺椁周人牆置翣瓦棺堲周皆以土不以木易曰後世聖人易之以棺椁後世聖人謂黃帝堯舜然則土棺始於黃帝堯舜仍之倉頡造字从匚从久白虎通云柩久也久不復變也造字之初斷不从木許言久聲者以形聲包會意也巨救切三部

柩 匛或从木蓋殷人用木以後乃有此字

匶 籒文从舊从舊猶从久也舊之言久也周禮用匶字

匰 宗廟盛主器也周禮司巫祭祀共匰主杜子春云匰器名主木主也許云宗廟盛主器亦用杜說从匚單聲都寒切十四部周禮曰祭祀共匰主匰主謂主之匰鄭曰大祝取主陳之器則退也

文十九　重五今增匛則重六

凵 象器曲受物之形也匚象方器受物之形側視之凵象圜其中受物之形正視之引

△凵　曲ㄑㄩ 17溪　𠚕ㄊㄠ 21透　甾ㄗ 24精　△由　疀ㄔㄚ 29清　畚ㄅㄣˇ 3幫　⿰甾并ㄆㄧㄥˊ 12並

申之爲凡委曲之稱不直曰曲詩曰予髮曲局又曰亂我心曲箋云心曲心之委曲也又樂章爲曲謂音宛曲而成章也周語曰士獻詩瞽獻曲韋云曲樂曲也毛詩傳曰曲合樂曰歌徒歌曰謠韓詩曰有章曲曰歌無章曲曰謠按曲合樂者合於樂器也行葦傳曰歌者比於琴瑟也卽曲合樂曰歌也區玉切三部凡曲之屬皆从曲

曲或說曲蠶薄也曲見月令方言漢書周勃傳詳艸部薄下其物以萑葦爲之七月傳曰豫畜萑葦可以爲曲也其字俗作苖又作笛

曲 古文曲小徐無

𠚑 骫曲也骫者骨耑骫奊也曲當作𠚑今人用委曲字古用骫𠚑其字从骨从玉謂如骨玉之堅而柔之使橈也廣韵作匤匣也从曲玉聲區玉切三部

𠚕 古器也从曲舀聲土刀切古音在三部

文三　重一小徐無重一

甾 東楚名缶曰甾太史公曰自彭城以東東海吳廣陵此東楚也缶下曰瓦器所以盛酒漿秦人鼓之以節歌象形然則缶既象形矣甾復象形實一物而語言不同且實一字而書法少異耳玉篇作甾近之若廣韵謂卽艸部之甾字風馬牛不相及也甾上从一雝川此象缶之頸少殺安得云同字今隸當作甾象形也口大而頸少殺側詞切一部凡甾之屬皆从甾

𠙐 古文甾

疀 斛也斛者斛旁有庣也甾之類故其字从甾古田器也此上當有一曰二字斛下亦引爾雅斛謂之疀古田器也此別一義叚斛疀爲銚臿也許書金部作銚臿乃其正字今之鍫也江沅說从甾疌聲楚洽切八部

畚 蒲器也⿰甾并屬所㠯盛糧糧各本作種今正周禮挈壺氏挈畚以令糧大鄭云縣畚於稾假之處後鄭云畚所以盛糧之器故以畚表稾左傳宣二年正義引說文蒲器可以盛糧左傳釋文詩正義引艸器所以盛種種字葢非果爲種字則當云穀種不得但言種也何休注公羊云畚草器杜注左傳以草索爲之蒲與艸不相妨糧者穀也从甾弁聲布忖切古音在十四部

⿰甾并 ⿰巾及也⿰巾及者蒲席

𠚕ㄌㄨˊ 13來　△罏　△𤮹

畍也㡄下曰載米畍也畍下曰㡄也所以盛米然則四篆一物也 从甾并聲 薄經切十一部 杜林目爲竹筥 筥箱也箱飯器 楊雄目爲蒲器 杜有倉頡訓纂一篇倉頡故一篇楊有倉頡訓纂一篇其說不同如此此與𤰈斡二篆皆兼引楊杜二家說 讀若軿車

𦉥也 𦉥者小口罌也 从甾虍聲讀若盧同 洛乎切五部 籀文𠚕如此 缶由一也 篆文 按罏與𠚕二體必當互易淺人所改也𠚕必古文故𠚕以爲聲且二字皆从甾無庸用先古後篆之例故二體當互易而𠚕下應曰古文

文五　重三

瓦ㄨㄚˇ 1疑

土器已燒之緫名 土部坏下曰一曰瓦未燒瓦謂已燒者也凡土器未燒之素皆謂之坏已燒皆謂之瓦毛詩斯干傳曰瓦紡專也此瓦中之一也古史攷曰夏時昆吾氏作瓦按有虞氏上陶瓦之不起於夏時可知也許書缶部曰古者昆吾作匋壺系之昆吾圖器韋昭云昆吾祝融之孫陸終第二子名樊爲己姓封於昆吾衞是也然則昆吾作匋謂始封之昆吾非夏桀之昆吾也廣韵引周書神農作瓦器當得其實說詳缶部凡燒瓦器之竈曰窯 象形也 象卷曲之狀五寡切古音在十七部讀如阿 凡瓦之屬皆从瓦

瓬ㄈㄤˇ 15幫

周家搏埴之工也 搏作搏者誤今正考工記曰搏埴之工陶旊鄭曰搏之言拍也埴黏土也按手部搏索持也拍拊也是搏之本義不訓拍故鄭以之言通之 从瓦方聲 分兩切十部 讀若抵破之抵 抵不成字轉寫譌舛考工記注大鄭讀爲甫始之甫後鄭讀如放於此乎之放許云方聲則讀同後鄭放於此乎今公羊放作昉

甄ㄓㄣ 9見

匋也 匋者作瓦器也董仲舒曰如泥之在鈞惟甄者之所爲陳畱風俗傳曰舜陶甄河濱其引申之義爲察也勉也考工記叚借爲震掉字 从瓦垔聲 居延切按本音側鄰切十二十三部音轉乃入仙韵非二韵有異義

甍ㄇㄥˊ 26明

屋棟也 棟者極也屋之高處也方言甑謂之甑廣雅作甍謂之甑每夢一聲之轉之蒸合韵之理棟自屋中言之故从木甍自屋表言之故从瓦爾雅方言謂之甑者屋極爲分水之脊雨水各從高霤瓦而下也釋名曰甍蒙也在上覆蒙屋也左傳子之援廟桷動於甍未詳其說 从瓦夢省聲 莫耕切古音在六部按惟此篆主謂屋瓦故先之

甑ㄗㄥˋ 26精

甗也 考工記陶人爲甑實二鬴厚半寸脣寸七穿按甑所以炊烝米爲飯者其底七穿故必以箅蔽甑底而加米於上而餴之而餾之 从瓦曾聲 子孕切六部 籀文甑从𩰲

△𩰲

甗ㄧㄢˇ 3疑

甑也一穿 各本作一曰穿也小徐本在甗聲之下今正按甑空名室見穴部不得云又名甗也陶人爲甗實二鬴厚半寸脣寸鄭司農云甗無底甑無底即所謂一穿蓋甑七穿而小甗一穿而大一穿而大則無底矣甑下曰甗也渾言之此曰甑也一穿析言之渾言見甗亦評甑析言見甑非止一穿參差互見使文義相足此許訓詁之一例也或曰當依小徐甗聲之下作一曰甑一穿也六字山之似甗者曰甗詩陟則在甗傳曰甗小山別於大山也釋名曰甗甑也甑一孔者甗形孤出處似之也按此謂似甑體而已鬲部曰鼎大上小下若甑曰鬵然則甑形大上小下山名甗者亦爾俗作巘非爾雅小山別大山曰鮮詩皇矣同字作鮮者甗之叚借文選吳都賦作巘李注古買反此因爾雅鮮或作巘又譌作巘也 从瓦鬳聲讀若言 魚蹇切十四部

瓵ㄧˊ 24定

甌瓿謂之瓵 爾雅釋器文史記貨殖傳糱麴鹽豉千合徐廣曰或作台器名有瓵孫叔然云瓵瓦器受斗六升台當爲瓵音貽按今史記譌舛爲正之如此所引孫叔然者爾雅注也 从瓦台聲 與之切一部

甇ㄉㄤ 15端

大盆也 盆者盎也甇其大者也漢書楊雄酒箴曰爲甇所輻 从瓦尚聲 丁浪切十部

甌ㄡ 16影

小盆也 方言罃甂謂之盎自關而西或謂之盆或謂之盎其小者謂之升甌又曰甂陳魏宋楚之閒謂之題自關而西謂之甂其大者謂之甌按許亦同方言謂甌爲盆而郭景純疑方言與爾雅說甂不合 从瓦區聲 烏侯切四部

瓮ㄨㄥˋ 18影（甕）

罌也 罌者甾也甾者小口罌也然則瓮者罌之大口者也方言曰甀瓮瓿甊罌也自關而西晉之舊

瓨 18匣　㼝 3影（碗）　瓴 6來　㼰 10並　甂 6滂　瓿 24並　㼸 18定　甓 11並　甃 21精　甈 2疑　△𤮊

都河汾之閒其大者謂之甀其中者謂之瓿甊自關而東趙魏之郊謂之瓮或謂之甖甖卽罌字 从瓦公聲 烏貢切九部按小徐瓨下讀若翁三字當在此

佀罌長頸受十升 史漢貨殖傳皆曰醯醬千瓨按醯醬者今之醋也別於下文之醬升當作斗漢書注古本有作斗者 从瓦工聲讀若洪 洪小徐作翁古雙切九部按篇韵皆戶江切字亦作缸

小盂也 盂者飲器也方言曰盂宋楚魏之閒或謂之盌 从瓦夗聲 烏管切十四部方言作盌俗作椀

罌也佀缾者 甕大徐作瓮蓋非高祖本紀曰譬猶居高屋之上建瓴水曰瓴盛水瓶也居高屋之上而幡瓴水言其向之勢易也建音蹇晉灼曰許愼云瓴甕似瓶者也按缶部云罌汲缾也瓴同物而非罌瓮 从瓦令聲 郎丁切十一部

罌謂之㼰 方言廣雅罌皆作甇 从瓦卑聲 部迷切十六部

佀小瓿大口而卑用食 方言甂陳魏宋楚之閒謂之題自關而西謂之甂淮南書曰狗彘不擇甂甌而食玉篇曰小盆大口而卑下 从瓦扁聲 芳連切古音在十二部

甂也 玉篇瓿甊小罌也廣韵同 从瓦音聲 蒲口切四部

器也 廣韵罌也 从瓦容聲 與封切九部

令適也 大徐適作甓陳風中唐有甓傳曰甓令適也釋宮同郎丁都歷二反爾雅作瓴甋俗字也土部墼字解亦云令適考工記注作令甓實一物也詳墼字注 从瓦辟聲 扶歷切十六部 詩曰中唐有甓 陳風防有鵲巢文 讀若檗

井壁也 井壁者謂用塼爲井垣也周易井九四曰井甃无咎又上六井收荀作井甃莊子曰缺甃之涯 从瓦秋聲 側救切三部

康瓠 句按當有之甈三字 謂破罌也 康之言空也瓠之言壺也空壺謂破罌也罌已破矣無所用之空之而已釋器曰康瓠謂之甈甈之言滯而無用也法言曰甄陶天下者其在和乎剛則甈柔則坯此引申之義也 从瓦臬聲 魚列切十五部廣韵五計切玉篇邱滯切

甈或从埶 埶聲古與臬聲同是以臬多叚藝爲之

𤮃 15清　㼭 3來　㼨 28匣　𤭢 8心　瓪 3幫

瑳垢瓦石也 瑳俗作磋今依宋本作瑳亦叚借字耳其字當用厝厝厲石也詩曰它山之石可以爲厝用瓦石去垢曰𤮃方言注曰𤮃錯也𤮃與磢同海賦曰飛澇相磢江賦曰奔溜之所磢錯磢卽𤮃 从瓦爽聲 初兩切十部

蹈瓦聲㼭㼭也 大徐無㼭㼭也三字小徐作蹈瓦㼭也元應作蹈瓦聲躐躐也今按躐躐當作㼭㼭通俗文瓦破聲曰㼭玉篇㼭㼭躐瓦聲 从瓦耎聲 零帖切廣韵又良涉切八部按古音當在十四部

治橐榦也 治各本作治今正治橐謂排橐排讀普拜切其字或作韛或作橐治者以韋囊鼓火老子之所謂橐也其所執之柄曰㼨榦猶柄也㼨或譌作肣而廣韵以排囊柄釋之玉篇以似瓶有耳釋㼨引許者皆譌治而其義湛薶終古矣排囊之柄古用瓦爲之故字从瓦後乃以木爲之故集韵作枔从木 从瓦今聲 胡男切古音在七部他書譌作瓵

破也 破上當有瓦字破下曰石𤭢也此曰瓦破也是二篆爲轉注而形各有所从𤭢與碎音同義異碎者䃺也𤭢則破而已不必䃺也今則碎行而𤭢廢矣 从瓦卒聲 穌對切十五部

敗瓦也 依小徐有瓦字今俗所謂瓦瓪是此字也今人語如辦之平聲耳玉篇廣韵皆曰瓪牝瓦也此今義非許義广部曰庈屋牝瓦也牡瓦牝瓦見九章算經及漢書說詳庈下 从瓦反聲 布綰切十四部

文二十五　重二

弓 26見　弴 9端

窮也 補此二字以疊韵爲訓之例也 目近窮遠者 者字今補 象形 居戎切古音在六部讀如肱 古者揮作弓 郭景純引世本曰牟夷作矢揮作弓此等皆當出世本作篇揮黃帝臣 周禮六弓王弓弧弓目䠶甲革甚質夾弓庾弓目䠶干侯鳥獸唐弓大弓目授學䠶者 夏官司弓矢文也說詳鄭注甚質今作椹質按故書作鞎大鄭云鞎當爲椹許書無椹字蓋許從鄭鄭本作甚也干今作豻 凡弓之屬皆从弓

弧 ㄏㄨˊ 13匣　弲 ㄒㄩㄢ 3影　△⿰弓兒　弭 ㄇㄧˇ 10明

畫弓也 大雅敦弓既堅傳曰敦弓畫弓也天子畫弓按荀卿子天子彫弓諸侯彤弓大夫黑弓禮也公羊傳何注曰禮天子雕弓諸侯彤弓大夫嬰弓士盧弓盧弓即旅弓黑弓也嬰弓陸德明云見司馬法按嬰即江賦之櫻字蓋朱黑相間而嬰繞也彤弓毛傳曰朱弓也以講德習射彤弓者蓋五采畫之凡經傳言彤有謂刻鏤者如玉謂之彫金謂之鏤禮記玉豆彫篹論語朽木不可彫是也有謂繪畫者如此彫弓是也彡部曰彫琢文也古繪畫與刻畫無二字諸侯彤弓則天子當五采石鼓詩有秀弓秀卽繡五采備謂之繡或曰天子之弓但刻畫爲文也兩京賦彫弓斯彀薛云彫弓謂有刻畫也弴與彫語之轉敦弓者弴之叚借字詩禮又叚追爲之敦弴可讀如𠂤不得竟讀彫也孟子作弤亦雙聲字 从弓𦎫聲 都昆切十三部

弭 弓無緣可㠯解繩紛者 釋器曰弓有緣者謂之弓無緣者謂之弭孫云緣謂繫束而漆之弭謂不以繁束骨飾兩頭者也小雅象弭魚服傳曰象弭弓反末也所以解紛者箋云弓反末彆者以象骨爲之以助御者解辔紛宜骨也按紛猶亂今詩作紒亦通紒者今之結字許合爾雅毛詩爲說也弭可以解紛故引申之訓止凡云弭兵弭亂者是也 从弓耳聲 緜婢切按古音當在一部而入紙韵在十六部者以或从兒聲也

⿰弓兒 弭或从兒 兒聲也⿰弓兒蓋此篆之正體故亦作彌爾兒聲同故周禮彌災兵漢書彌亂即⿰弓兒字也弭節亦作靡節郊特牲有由辟焉辟亦弭字

弲 角弓也 角弓謂弓之傳角者也詩曰觲觲角弓相角居角之法詳於弓人按今詩騂騂角弓釋文曰騂說文作弲音火全反此陸氏之偶誤蓋角部稱解觲角弓陸當云說文作觲而誤云作弲也弲自謂角弓不謂弓調利 雒陽名弩曰弲 此弲之別一義 从弓肙聲 烏元切按陸云說文火全反十四部

弧 木弓也 易曰弦木爲弧考工記凡爲弓冬析幹凡幹柘爲上檍次之檿桑次之橘次之木瓜次之荊次之竹爲下按木弓謂弓之不傳以角者也弓有專用木不傳角者後世聖人初造弓矢之遺法也引申之爲凡紆曲之稱輈人曰凡揉輈欲其孫而無弧深 从弓瓜聲 戶吳切五部 一曰往體寡來體多曰弧弓 弓字今補弓人曰往體寡來體多謂之王弓之屬利射革與質注云射深者用直此又直焉於射堅宜也王弓合九而成規弧弓亦然按王弓之屬者言王弓以包弧弓也弧者直而稍紆之謂弧弓亦天子之弓王弓亦直而稍紆則王弓弧弓得互稱也

彏 ㄐㄩㄝˊ 14曉

引 ㄧㄣˇ 6定　彎 ㄨㄢ 3影　彊 ㄑㄧㄤˊ 15匣　弸 ㄆㄥˊ 26並　張 ㄓㄤ 15瑞　⿰弓䌛 ㄧㄠˊ 19定　彄 ㄎㄡ 16溪　⿰弓雚 ㄑㄩㄢˊ 3見　弨 ㄔㄠ 19透

弨 弓反也 小雅彤弓弨兮傳曰弨弛皃按詩正義引說文有謂弛之而弓反六字蓋出庾儼默說弛者弓解也弓反者詩所云翩其反也弓反爲弨之本義弛之則亦反矣 从弓召聲 尺招切二部 詩曰彤弓弨兮 彤弓文

⿰弓雚 弓曲也 陸德明云說文音權然則與拳曲音義略同爾雅曰菼薍其萌虇陸云本或作虇非虇說文云弓曲也按偏旁多後人所加作虇者正是古本艸初生句曲也 从弓雚聲 九院切十四部按古平聲

彄 弓弩耑弦所凥也 耑者頭也网頭隱弦處曰彄亦引申他用詩箋云韈所以彄沓手指 从弓區聲 恪侯切四部

⿰弓䌛 弓便利也 ⿰弓䌛之言由也所謂自由自便也 从弓䌛聲讀若燒 弋招切二部

張 敊弓弦也 敊各本作施今正敊敷也張弛本謂弓施弦解弦引申爲凡作輟之稱禮記曰張而不弛文武弗能也弛而不張文武弗爲也一張一弛文武之道也 从弓長聲 陟良切十部

彏 弓急張也 廣韵曰弓弦急皃 从弓矍聲 許縛切五部廣韵又居縛切

弸 弓彊皃 法言弸中彪外引申之義也 从弓朋聲 父耕切古音在六部

彊 弓有力也 引申爲凡有力之稱又叚爲勥迫之勥 从弓畺聲 巨良切十部

彎 持弓關矢也 凡兩相交曰關如以木橫持兩扉也矢栝檃於弦而鏑出弓背外是兩耑相交也孟子曰越人關弓而射之左傳將注豹則關矣皆謂引弓將滿是之謂彎或叚貫爲關 从弓䜌聲 烏關切十四部

引 開弓也 開下曰張也是門可曰張弓可曰開相爲轉注也施弦於弓曰張鉤弦使滿以竟矢之長亦曰張是謂之引凡延長之偁開導之偁皆引申於此小雅楚茨大雅召旻毛傳皆曰引長也 从弓丨 此引而上行之丨也爲會

弙ㄨ 13影　弘ㄏㄨㄥˊ 26匣　⿰弓璽ㄒㄧˇ（彌）4心　弛ㄔˊ 10透　弢ㄊㄠ 19透　△虒　弩ㄋㄨˇ 13泥　彀ㄍㄡˋ 17見

意丨亦象矢形余忍切十二部

弙 滿弓有所鄉也 鄉今向字漢人無用向者廣雅曰弙張也大荒南經有人方扜弓射黃蛇郭曰扜挽也音紆按此叚扜爲弙也弙與彎雙聲 从弓亏聲 哀都切五部

弘 弓聲也 集韵曰弸弦弓聲也或作彋按弦彋皆卽此篆也甘泉賦曰帷弸彋其拂汩兮蘇林云弸音石墮井弸爾之弸彋音宏李善曰弸彋風吹帷帳之聲也是則弓聲之義引申爲他聲經傳多叚此篆爲宏大字宏者屋深故爾雅曰宏大也 从弓厶聲厶古文厷字 見又部胡胘切六部

⿰弓璽 弛弓也 弛弓者⿰弓璽之義⿰弓璽非弛字也玉篇以爲弛今之彌字廣韵以爲玉名皆非是 从弓璽聲 斯氏切十五十六部

弛 弓解弦也 弦字各本無今補引申爲凡懈廢之稱 从弓也聲 施氏切十六部

⿰弓虒 弛或从虒 虒聲亦在十六部

弢 弓衣也 左傳多言弢詩言韔秦風傳曰韔弓室也鄭風作鬯傳曰鬯弓弢弓也然則弢與韔與韣同物故許皆以弓衣釋之月令曰帶以弓韣少儀曰弓則以左手屈韣執拊是又名韣而可屈則以韋爲之也革部又曰鞬所以戢弓矢方言曰弓謂之鞬或謂之韇丸廣雅鞬弓藏也皾䪅矢藏也合三書言之鞬韇丸乃藏弓矢所通稱也 从弓叏 叏當作又土刀切二部 叏垂飾與鼓同意 弢當作屮冃部肯下曰屮其飾也厂部屵下曰岸上見也豈下曰陳樂立而上見也嶲以屮象其冠嶲以屮象其首然則弢鼓从屮者皆象其飾鼓从又則謂手擊之弢从又則謂手執之也此云與鼓同意乃使二篆之意可以互證

弩 弓有臂者 从弓奴聲 奴古切五部 周禮四弩夾弩庾弩唐弩大弩 司弓矢文也弩統於弓故官但言弓

彀 張弩也 射雉賦注引作張弓弩也詩釋文正義作張弓皆非孟子趙注亦但云引張弓弩蓋本謂弩引申移之弓耳射雉賦捧黃閒以密彀亦謂弩也孟子曰羿之教人射必志於彀學者亦必志於彀趙云彀張也張弩向的者用思專時也又曰羿不爲拙射變其彀率趙云彀弩張向表率之正體望之極思用巧之時變不可變也按趙注本謂用巧如朱注云弓滿也則專謂用力而非必中矣大雅敦弓既句句讀倨句之句毛傳曰天子之弓合九而成規是此弓倨多句少言句以見其倨也不得云句卽彀 从弓𣪊聲 古候切四部

彉ㄍㄨㄛ（彍）15見　彃ㄅㄧˋ 5幫　彈ㄊㄢˊ 3定　△弓　發ㄈㄚ 2幫　⿱幵弓ㄧˋ 3疑　彆ㄅㄧㄝ 2幫

彉 滿弩也 滿弩者張而滿之或作弩滿非也吾丘壽王傳曰十賊彉弩百吏不敢前師古云引滿曰彉晉語韋注云張羅闉去壘五十步而陳周軍之前後左右彉弩注矢以誰何謂之羅闉唐開元中變府兵置彍騎十萬人彍同彉 从弓黃聲讀若郭 按陽唐無入以魚虞模之入爲入故彉讀若郭與韓詩鞹廓也同一例郭卽今廓字古無二音如殼下云萬物郭皮甲而出是也五部古音當讀古曠切在十部

彃 䠶也 䠶者弓弩發於身而中於遠也亦謂之彈 从弓畢聲 卑吉切十二部 楚辭曰夫⿱幵弓焉彃日也 屈原賦天問篇文今本無夫也二字⿱幵弓作羿郭氏山海經傳云莊周云昔者十日竝出艸木焦枯淮南子云堯乃令羿射十日中其九日日中烏盡死又引離騷羿焉畢日烏焉落羽又引歸藏鄭母經昔者羿善射畢十日果畢之按畢卽彈字

彈 行丸也 左傳晉靈公從臺上彈人而觀其避丸也引申爲凡抨彈糾彈之偁 从弓單聲 徒案切十四部亦平聲

弖 或說彈从弓持丸如此 各本篆形作弤今正汗簡云弖彈字也出說文又佩觿集韵皆有弖字葢古本說文从弓而象丸形與玉部杇玉字同意

發 䠶發也 詩曰壹發五豝引申爲凡作起之偁 从弓癹聲 方伐切十五部

⿱幵弓 帝嚳䠶官夏少康滅之 云夏少康滅之則邑部竆下云夏后時諸侯夷羿國也羽部羿下云亦古諸侯也皆卽此⿱幵弓帝嚳射官爲諸侯自鉏遷於竆石所謂有竆后羿也滅夏后相而篡其位寒浞殺而代之浞生奡及豷少康及后杼滅之有竆由是遂亡⿱幵弓與羿古葢同字而堯時射師彈十日者高誘云此堯時羿非有竆后羿 从弓幵聲 五計切古音當在十一部 論語曰⿱幵弓善䠶 憲問篇文按今論語作羿羿之譌也

彆 弓戾也 从弓敝聲 方結反亦方血反又邊之入聲按此依詩采薇釋文正義所引說文補弓戾者謂弓很戾不調鄭箋詩象弭云弓反

弜 ㄐㄧㄤˋ ??　弼 ㄅㄧˋ 30並　△弻　△⿰弜攴　△⿱弗弓　弦 ㄒㄧㄢˊ 6匣　盭 ㄌㄧˋ 5來

末弩者以象骨爲之意與小異

文二十七 今補彆 重三

弜 彊也重也 重當作緟見糸部重弓者彊之意也緟疊之意也詩交韔二弓傳曰交二弓於韔中也 从二弓 其兩切按此音後人以意爲之也 凡弜之屬皆从弜闕 謂其讀若不聞也

弼 輔也 輔者車之輔也引申爲凡左右之偁釋詁曰弼俌也人部曰俌輔也俌輔音義皆同也詩曰交韔二弓竹閉緄縢傳云交韔交二弓於韔中也閉紲緄繩縢約也小雅騂騂角弓翩其反矣傳曰騂騂調利皃不善紲檠巧用則翩然而反也士喪禮注曰柲弓檠弛則縛之於弓裏備損傷以竹爲之詩所謂竹柲緄縢木部曰榜所以輔弓弩檠榜也然則曰檠曰榜曰柲曰閉者竹木爲之曰紲曰縢者縛之於弛弓以定其體也弓必有輔而後正人亦然故輔謂之弼 从弜西聲 徐鍇曰西非聲按非也西下曰一讀若誓弼字从此誓與弼同十五部也房密切玉篇曰今字作弼

十二篇下　坴

弻 古文弼如此 从重西者取會意西舌皃也弛弓之檠如卩中之舌二弓則二舌矣重西以見二弓也

⿰弜攴 亦古文弼 攴小擊也榜之則不無扑擊

⿱弗弓 弼或如此 弗者矯也故从弗弗亦聲

文二　重三

弦 弓弦也 弓弦以絲爲之張於弓因之張於琴瑟者亦曰弦俗別作絃非也弦有急意故董安于性緩佩弦以自急心部曰慈急也 从弓象絲軫之形 謂㠯也象古文絲而系於軫軫者系弦之處後人謂琴系弦者曰軫胡田切十二部今字作弦○按軫當作紾从車者譌也紾者轉也方言軫戾也軫乃紾之叚借字絲紾言弦戾也 凡弦之屬皆从弦

盭 弼戾也 按此乖戾正字今則戾行而盭廢矣戾謂犬出戶下而身曲戾其意略近故以戾釋盭史記漢書多用盭字 从弦省从盩 此會意字

系 ㄒㄧˋ 10匣　⿰玄曷 ㄧˋ 2影　玅 ㄧㄠˋ 19影

盭了戾之也 大徐刪此五字小徐盭作盩了作引今正了戾雙聲字淮南原道訓注曰紾了戾也方言軫戾也注謂相了戾也王砅注素問段成式酉陽襍組皆用了戾許意山曲曰盭水曲曰厔扶風有盭厔縣取此義是盭有詘曲之意故此篆从盭非用引擊之意也今淮南注了戾道藏不誤而俗刻作引戾正與此誤同 讀若戾 郎計切十五部

玅 急戾也 陸機賦弦幺徽急疑當作弦玅 从弦省少聲 於霄切二部按類篇曰彌笑切精微也則爲今之妙字妙或作玅是也

⿰玄曷 不成遂急戾也 不成遂者不成就也因之急戾是曰⿰玄曷也 从弦省曷聲讀若瘞 於罽切十五部廣韵作竭非

文四 玉篇以弦字入弓部盭玅⿰玄曷皆入幺小之幺部非許君分別立弦部之意也弦善戾故从弦無取幺小之義

系 縣也 縣各本作繫非其義今正県部曰縣者系也引申爲凡總持之偁故系與縣二篆爲轉注系者

十二篇下　坴

垂統於上而承於下也系與係可通用然經傳係多謂束縛故係下曰絜束也其義不同系之義引申爲世系周禮瞽矇世帝繫小史奠繫世皆謂帝繫世本之屬其字借繫爲之當作系大傳繫之以姓而弗別亦系之叚借 从系厂聲 系細絲也縣物者不必繭也厂余制切抴也虒字从之系字亦从之形聲中有會意也胡計切十六部

凡系之屬皆从系

⿱毄處 系或从毄處 从處而毄聲也毄亦在十六部故古係縛字亦多叚毄爲之

⿰系系 籀文系从爪絲 此會意也覆手曰爪絲縣於掌中而下垂是系之意也

孫 子之子曰孫 爾雅釋親文也子卑於父孫更卑焉故引申之義爲孫順爲孫遁字本皆作孫經傳中作遜者皆非古也至部墾下解曰从至至而復孫孫遁也字作孫不作遜此許書無遜之證春秋經夫人孫于齊公羊傳曰孫猶孫也內諱奔謂之孫穀梁傳曰孫之爲言猶孫也諱奔也云猶孫者謂如孫之退然自處於眇小詩公孫碩膚箋云孫讀當如公孫于齊之孫孫之言孫遁也周公孫遁辟此成功之大美書

△⿱毄處　△⿰系系　孫 ㄙㄨㄣ 9心

緜 ㄇㄧㄢˊ 3明 （綿）

繇 ㄧㄡˊ 19定 （䌛）

△由

序帝堯將孫于位亦謂遜遁此等字今皆俗改爲遜絕非古字古義惟孫順字唐書作愻見心部而俗亦以遜爲之

从系子　系於子也會意　思魂切十三部

系　逗　**續也**　釋孫从系之意系部曰繼者續也系猶繼也

緜　**聯㣲也**　聯者連也㣲者眇也其相連者甚㣲眇是曰緜引申爲凡聯屬之偁大雅緜緜瓜瓞傳曰緜緜不絕皃又引申爲絲絮之偁因其媆弱而名之如糸部絮下云敝緜也鄭注禮記云纊新緜也是也又引申爲薄弱之偁如淮南王安諫伐閩粵曰粵人緜力薄材不能陸戰是也

从系帛　謂帛之所系也系取細絲而積細絲可以成帛是君子積小以高大之義也武延切十四部

繇　**隨從也**　辵部曰從隨行也隨從也繇與隨從三篆爲轉注从系者謂引之而往也爾雅釋故曰繇道也詩書繇作猷叚借字小雅匪大猶是經大雅遠猶辰告傳皆曰猶道也書大誥猷爾多邦猷亦道也道路及導引古同作道皆隨從之義也繇之譌體作䌛亦用爲傜役字傜役者隨從而爲之者也

从系　有所系而隨從之也

䍃聲　余招切按此音非也當以周切三部

十二篇下　奎

由　**或繇字**　古繇由通用一字也各本無此篆全書由聲皆用此字其象形會意今不可知或當从田有路可入也韓詩橫由其畝傳曰東西曰橫南北曰由毛詩由作從

文四　**重二**　今補由則重三

三十六部　**文七百八十一**　宋本作七百七十九文　**重八十**　宋本作重八十四

凡九千二百三字　此總舉第十二篇部及文及重文及說解字四者之都數也

說文解字第十二篇下　受業黟縣胡積城校字

△覛　△糸

糸 ㄇㄧˋ 11明　䌛 ㄐㄧㄢˇ 3見　繅 ㄙㄠ 19心　繹 ㄧˋ 14定　緒 ㄒㄩˋ 13定　緬 ㄇㄧㄢˇ 3明　純 ㄔㄨㄣˊ 9定　綃 ㄒㄧㄠ 19心

說文解字第十三篇上

金壇段玉裁注

糸細絲也絲者蠶所吐也細者微也細絲曰糸糸之言蔑也蔑之言無也象束絲之形此謂古文也古文見下小篆作糸則有增益凡糸之屬皆从糸讀若覛莫狄切十六部

糸古文糸

䌛蠶衣也衣者依也蠶所依曰蠶衣蠶不自有其衣而以其衣衣天下此聖人之所取法也从糸从虫从芇芇聲各本作黹省黹不得爲䌛會意韵會䌛省聲䌛上从二十幷亦非也五經文字曰从虫从芇芇音綿許書𦍌部有芇字相當也讀若宀張參所據本是矣今據正虫者蠶也芇者僅足蔽其身也工珍反十四部

絸古文䌛从糸見見聲也

繅繹繭爲絲也从糸巢聲穌遭切二部俗作繰乃帛如紺色之字

繹㩅絲也㩅者引也引申爲凡駱驛溫尋之稱駉傳曰繹繹善走也从糸睪聲羊益切古音在五部

緒絲耑也耑者艸木初生之題也因爲凡首之稱抽絲者得緒而可引引申之凡事皆有緒可纘从糸者聲徐呂切五部

緬𢼸絲也𢼸各本作微今正緬之引申爲凡縣邈之稱穀梁莊三年傳曰改葬之禮緦舉下緬也从糸面聲弭沇切十四部

純絲也論語麻冕禮也今也純孔安國曰純絲也此純之本義也故其字从糸按純與醇音同醇者不澆酒也叚純爲醇字故班固曰不變曰醇不襍曰粹崔覲說易曰不襍曰純不變曰粹其意一也美絲美酒其不襍同也不襍則壹壹則大故釋詁毛傳鄭箋皆曰純大也文王純亦不已卽周易之純粹也詩之純束讀如屯國語之稛左傳之麇皆其字也禮之純釋爲緣實卽緣之音近叚借也从糸屯聲常倫切十三部論語曰今也純儉子罕篇文

綃生絲也韵會作生絲繒也今按言繒名則非其次依鄭君則實繒名當云生絲也一曰繒名生絲未湅之絲也已湅之繒曰練未湅之絲曰

十三篇上　一

綌 ㄎㄞ 4溪

絓 ㄍㄨㄚˋ 10匣　紙 ㄉㄧ 4瑞　紇 ㄏㄜˊ 8匣　綂 ㄏㄨㄤ 15曉

纅 ㄩㄝˋ 20定　繀 ㄙㄨㄟˋ 7心　經 ㄐㄧㄥ 12見

綃以生絲之繒爲衣則曰綃衣古經多作宵作繡特牲禮主婦纚笄宵衣注曰宵衣染之以黑其繒本名曰綃詩有素衣朱綃記有[元]綃衣凡婦人助祭者同服也少牢禮注曰大夫妻尊亦衣綃衣而侈其袂玉藻曰君子狐青裘豹褎[元]綃衣以裼之注曰綃綺屬也郊特牲繡黼丹朱中衣注曰繡讀爲綃綃繒名也引詩素衣朱綃合此數條知宵繡皆叚借字以此生絲織繒曰綃仍從絲得名也故或云繒名或云綺屬綺卽文繒也从糸肖聲相幺切二部

䋮大絲也从糸皆聲口皆切十五部

綂絲曼延也曼延疊韵字曼引也延行也綂之言网也巾部有㡛㡛氏湅絲㡛綂古蓋一字从糸㐬聲呼光切十部按當讀如苡

紇絲下也謂絲之下者也从糸气聲下沒切十五部春秋傳有臧孫紇

紙絲滓也滓者澱也因以爲凡物渣滓之稱从糸氏聲都兮切十五部按此篆與紙別氏聲在十六部

絓繭滓絓頭也謂繅時繭絲成結有所絓礙工女蠶功畢後別理之爲用也引申爲挂礙之稱按集韵類篇皆作繭滓也一曰絓頭此古本也一曰絓頭者一名絓頭也从糸圭聲胡卦切十六部一曰以囊絮湅也別一義謂以囊盛絲縣其中於水湅之也湅各本作練今正湅絮莊子所謂洴澼絖史記所謂漂攷工記注所謂湖漂絮水部潎下云於水中擊絮是也

纅絲色也謂絲之色光采灼然也考工記曰絲欲沈注云如在水中時色今人謂之漂亮从糸樂聲以灼切二部

繀著絲於筟車也竹部曰筟筳也筳維絲筦也筟車亦曰維車方言曰維車趙魏之閒謂之轣轆東齊海岱之閒謂之道軌箸絲於筳謂之維从糸崔聲穌對切十五部

經織從絲也從絲二字依太平御覽卷八百二十六補古謂橫直爲衡從毛詩云衡從其畝是也字本不作縱後人妄以代之分別其音有慈容足容之不同韓詩作橫由其畝其說曰東西耕曰橫南北耕曰由由卽從也何必讀如蹤平織之從絲謂之經必先有經而後有緯是故三綱五常六藝謂之天地之常經大戴禮曰南北曰經東西曰緯抑許云

十三篇上　二

織 ㄓ 25端　△⿰糸式　紝 ㄖㄣˋ 28泥　綜 ㄗㄨㄥˋ 23精　△䋕　綹 ㄌㄡˇ 21來　緯 ㄨㄟˋ 7匣　緷 ㄩㄣˋ 9匣

絞縊也縊經也縊死何言經死也謂以繩直縣而死從絲之義之引申也平者立者皆得謂之從按獨言從絲者蒙上文專言帛以謂布之有從縷同也从糸巠聲九丁切十一部

織作布帛之總名也布者麻縷所成帛者絲所成作之皆謂之織許此部別布於絲自緝篆至絣篆二十六字皆言布也而有不可分者如織篆是也經與緯相成曰織古叚爲識字如詩之織文徵識也从糸戠聲之弋切一部

⿰糸式樂浪挈令織从糸从式樂浪漢幽州郡名也挈令者漢張湯傳有廷尉挈令韋昭曰在板挈也後書應劭傳作廷尉板令史記又作挈令漢燕王旦傳又有光祿挈令挈當作栔栔刻也樂浪郡栔於板之令也其織字如此錄之者明字合於六書之法則無不可用也如錄漢令之鬲作歷

紝機縷也蠶曰絲麻曰縷縷者綫也綫者縷也喪服言縷若干升孟子以麻縷絲絮竝言皆謂麻也然亦有麻絲竝言縷者機縷是也機縷今之機頭內則曰執麻枲治絲繭織紝組紃紝合麻枲絲繭言之左傳魯賂楚以執斲執鍼織紝皆百

人杜曰織紝織繒布者从糸壬聲如甚切七部按此字經典及玉篇廣韵皆平聲豈唐韵有上聲一切耶抑二徐誤耳

䋕紝或从䋕

綜機縷也此亦兼布帛言之也元應書引說文機縷也謂機縷持絲交者也下八字葢庾儼默注又引三倉綜理經也謂機縷持絲交者也屈繩制經令得開合也按今尚謂之綜引申之義爲兼綜爲錯綜太元經曰乃綜于名从糸宗聲子宋切九部

綹緯十縷爲綹此亦兼布帛言之也故篇韵曰緯十絲曰綹文互相足也許言縷不言絲者言縷可以包絲言絲不可以包縷也从糸咎聲讀若柳力九切三部

緯織衡絲也衡各本作橫今正凡漢人用字皆作從衡許曰橫闌足也不對植者言也云織衡絲者對上文織從絲爲言故言絲以見縷經在軸緯在杼木部曰杼機之持緯者也引申爲凡交會之稱漢人左右六經之書謂之祕緯从糸韋聲云貴切十五部

緷緯也此亦兼布帛言之也緯亦稱緷者語之轉也徽文二部每互轉爾雅百羽謂之緷古

繢 ㄏㄨㄟˋ 7匣　統 ㄊㄨㄥˇ 18透　紀 ㄐㄧˇ 24見　繈 ㄑㄧㄤˇ 15見　纇 ㄌㄟˋ 8來

本反按此緷字正許書槀字之叚借玉篇云緷大束也是也从糸軍聲王問切十三部

繢織餘也此亦兼布帛言之也上文機縷爲機頭此織餘爲機尾繢之言遺也故訓爲織餘織餘今亦呼爲機頭可用糸物及飾物急就篇綀繢總爲一類是也顏王注未諦今則此義廢矣一曰畫也四字依韵會補今所傳小徐繫傳本此卷全闕黃氏作韵會時所見尚完知小徐本有此四字也畫者介也今謂之畍畫繢畫雙聲考工記曰設色之工畫繢鍾筐㡛又曰畫繢之事襍五采咎繇謨日月星辰山龍華蟲作繪鄭注曰繪讀曰繢讀曰猶讀爲易其字也以爲訓畫之字當作繢也繪訓五采繡故必易繪爲繢鄭司農注周禮引論語繢事後素从糸貴聲胡對切十五部

統紀也淮南泰族訓曰繭之性爲絲然非得女工煑以熱湯而抽其統紀則不能成絲按此其本義也引申爲凡綱紀之稱周易乃統天鄭注云統本也公羊傳大一統也何注統始也从糸充聲他綜切九部玉篇一切音桶

紀別絲也別絲各本作絲別棫樸正義引紀別絲也又云

紀者別理絲縷今依以正別絲者一絲必有其首別之是爲紀衆絲皆得其首是爲統統與紀義互相足也故許不析言之禮器曰衆之紀也紀散而衆亂注曰紀者絲縷之數有紀也此紀之本義也引申之爲凡經理之稱詩綱紀四方箋云以罔罟喻爲政張之爲綱理之爲紀洪範九疇四五紀斗牽牛爲星紀史記每帝爲本紀謂本其事而分別紀之也詩滔滔江漢南國之紀毛傳曰其神足以綱紀一方箋云南國之大川紀理衆水使不壅滯从糸己聲居擬切一部

繈觕類也觕見角部各本作觕非也今正觕訓角長引申爲凡粗長之稱絲節粗長謂之繈孟康曰繈錢貫也其引申之義也又引申爲繈緥呂覽明理篇道多繈緥高注緥小兒被也繈褸格上繩也又直諫篇繈緥注繈褸格繩緥小兒褓也褸即縷格即絡也織縷爲絡以負之於背其繩謂之繈高說取分明博物志云織縷爲之廣八寸長二尺乃謂其絡未及其繩也凡繩韌者謂之繈从糸強聲居兩切十部

纇絲節也節者竹約也引申爲凡約結之稱絲之約結不解者曰纇引申之凡人之愆尤皆曰

紿ㄉㄞˋ 24定　納ㄋㄚˋ 8泥　紡ㄈㄤˇ 15滂　絕ㄐㄩㄝˊ 5從　△𢇍　繼ㄐㄧˋ 4見　△㡭　續ㄒㄩˋ 17定　△賡

類左傳忿類無期是也亦叚類爲之昭十六年傳曰刑之頗類服虔讀類爲類解云類不平也从糸頪聲盧對切十五部紿絲勞即紿即當爲則古書即則多互譌絲勞敝則爲紿紿之言怠也如人之券怠然古多叚爲詒字言部曰詒者相欺詒也从糸台聲徒亥切一部納絲溼納納也納納溼意劉向九歎衣納納而掩露王逸注納納濡溼貌漢酷吏傳阿邑人主蘇林曰邑音人相悒納之悒按悒納當作浥納嫁阿之狀於濡溼義近也古多叚納爲內字內者入也从糸內聲奴荅切古音亦在十五部紡紡絲也紡各本作網不可通唐本作拗尤誤今定爲紡絲也三字句乃今人常語耳凡不必以他字爲訓者其例如此絲之紡猶布縷之績縜也左傳莒婦人紡焉以度而去之蓋縜布縷爲繩亦用紡名也晉語執而紡於廷之槐亦謂以紡縷繩縛之也聘禮賓裼迎大夫賄用束紡鄭曰紡紡絲爲之今之縛也縛見下文白鮮支也據此是紡絲專用作絹也从糸方聲妃网切十部絕斷絲也斷之則爲二是

曰絕引申之凡橫越之曰絕如絕河而渡是也又絕則窮故引申爲極如言絕美絕妙是也許書𨸏部云陘山絕坎也是中斷之義也水部曰滎絕小水也是極至之義也閻氏百詩乃以絕河釋滎以釋禹貢不知禹貢荧澤自古作从三火之荧後人乃譌爲滎从刀糸斷絲以刀也會意卩聲以上五字今定情雪切十五部𢇍古文絕象不連體絕二絲象形也繼續也虞翻注易曰繼統也从糸㡭各本篆文作繼解作从糸𢇍則不可通今正此會意字从糸㡭者謂以糸聯其絕也自傳寫譌亂併篆體改之因又刪𢇍篆矣古詣切十五部㡭繼或作㡭反𢇍爲㡭大徐無篆文但有一曰反𢇍爲㡭六字不可了小徐本云或作㡭反𢇍爲㡭今依以補一篆文乃使文從字順矣反之而成字者如反巳爲㠯反人爲匕反正爲乏是也小徐本見韵會莊列皆云得水爲㡭此篆見古書者惟此而莊譌作𢇍續連也連者負車也聯者連也皆其義也釋詁曰繼也从糸賣聲似足切三部賡古文

△𦀡　繟ㄔㄢˇ 3透　紹ㄕㄠˋ 19定　纘ㄗㄨㄢˇ 3精　縕ㄊㄧㄥ 12透　△綎　縱ㄗㄨㄥˋ 18精　紓ㄕㄨ 13透　繎ㄖㄢˊ 3泥　紆ㄩ 13影　緈ㄒㄧㄥˋ 12匣　纖ㄒㄧㄢ 30心

續从庚貝咎繇謨乃賡載歌釋文加孟皆行二反賈氏昌朝云唐韵以爲說文誤徐鉉曰今俗作古行切按說文非誤也許謂會意字故从庚貝會意庚貝者貝更迭相聯屬也唐韵以下皆謂形聲字从貝庚聲故當皆行反也不知此字果从貝庚聲許必入之貝部或庚部矣其誤起於孔傳以續釋賡故遂不用許說抑知以今字釋古文古人自有此例即如許云舄䧿也非以今字釋古文乎毛詩西有長庚傳曰庚續也此正謂庚與賡同義庚有續義故古文續字取以會意也仍會意爲形聲其昏亂有如此者纘繼也豳風載纘武功傳曰纘繼也中庸武王纘大王王季文王之緒注曰纘繼也或叚纂爲之从糸贊聲作管切十四部紹繼也釋詁同从糸召聲市沼切二部一曰紹緊糾也緊者纏絲急也糾者三合繩也𦀡古文紹从卩今本譌依玉篇廣韵汗簡改正繟偏緩也緩正作𦃃韓也毛詩檀車幝幝毛曰幝幝敝皃釋文云韓詩作繟繟蓋物敝則緩其義相通从糸單聲昌善切十四部

縕緩也縕之言挺也挺有緩意縕與綖義別韵會誤合爲一字从糸盈聲讀與聽同他丁切十一部綎縕或从呈縱緩也一曰捨也各本作舍也由俗以舍捨通用也今正捨者釋也从糸從聲足用切九部後人以爲從衡字者非也紓緩也小雅彼交匪紓傳曰紓緩也左傳多用紓字其義皆同亦叚抒爲之从糸予聲傷魚切五部繎絲勞也勞玉篇作縈蓋玉篇爲是與下文紓義近也或曰縈篆何以不次此曰後文紼縈等篆皆統於繩繎紆則謂絲也廣韵作絲勞皃从糸然聲如延切十四部紆詘也詘者詰詘也今人用屈曲字古人用詰詘亦單用詘字易曰往者詘也來者信也詘謂之紆考工記連行紆行亦或叚汙爲之左傳曰盡而不汙从糸亏聲億俱切五部一曰縈也縈者環之相積紆則曲之而巳故別爲一義紼下云紆未縈繩可證緈直也廣韵云緈婞从糸幸聲讀若陘胡頂切十一部纖

細ㄒㄧˋ 5心　緢ㄇㄠˊ 19明　縒ㄘ 1清　繙ㄈㄢˊ 3並　縮ㄙㄨㄛ 22心　紊ㄨㄣˋ 9明　級ㄐㄧˊ 27見

細也細者散也魏風摻摻女手韓詩作纖纖女手毛傳曰摻摻猶纖纖也尚書厥篚[元]纖縞鄭注纖細也漢文紀遺詔纖七日釋服服虔注纖細布凡細謂之纖其字或作孅漢食貨志如此荀卿子纖驪列子作盜驪穆天子傳盜驪郭注爲馬細頸驪黑色也廣雅作駣騄駣者駃駣脩長之謂盜驪同聲纖駣同義也**从糸韱聲**息廉切七部

細散也散者眇也眇今之妙字**从糸囟聲**穌計切十五部

緢旄絲也氂各本作旄俗所改也氂者犛牛尾也凡羽旄古當作羽氂氂絲者犛牛尾之絲至細者也故次於纖細二篆後賈子容經跘旋之容旄如濯絲旄同緢言細如濯絲也**从糸苗聲**武儦切二部**周書曰惟緢有稽**甫刑文今本緢作貌僞孔傳云惟察其貌按許所據壁中文蓋謂惟豪氂是審也

縒參縒也參或曑字此曰參差木部曰槮差竹部曰篸差又曰參差管樂皆長短不齊皃也皆雙聲字集韵類篇皆引說文參縒也謂絲亂皃韵會於差字下引說文參差絲亂皃蓋古本有此三字**从糸差聲**楚宜切古音在十七部

繙繙冤也三字句各本無繙字冤作冕今補正玉篇繙下曰冤也集韵引說文同蓋謂繙字爲複字而刪之不知繙冤爲疊韵古語集韵類篇皆曰繙絻亂也是冤俗作絻也巾部有幡帑二篆亦是疊韵小兒拭觚布也此謂亂也仍當補亂字下文二篆皆訓亂**从糸番聲**附袁切十四部

縮亂也釋詁曰縮亂也通俗文云物不申曰縮不申則亂故曰亂也不申者申之則直禮記古者冠縮縫孟子自反而縮皆謂直也亂者治之詩曰縮版以載爾雅毛傳皆曰繩之謂之縮之治之縮曰縮猶治亂曰亂也**从糸宿聲**所六切三部**一曰蹴也**蹴者躡也躡者蹈也蹈者蹍也蹍者蹙也凡足掌迫地不遽起曰蹍是以蹴鞠謂之蹋鞠蹋而起之也論語足縮縮如有循鄭注曰舉前曳踵行也曳踵行不遽起故曰縮縮俗作蹜蹜非踵足跟也

紊亂也从糸文聲亡運切十三部**商書曰有條而不紊**般庚上文

級絲次弟也本謂絲之次弟故其字从糸引申爲凡次弟之偁階之次弟曲禮云拾級聚足

十三篇上　七

纏ㄔㄢˊ 3定　約ㄩㄝ 20影　總ㄗㄨㄥˇ 18精　㬥ㄐㄩ 16見　繚ㄌㄧㄠˊ 19泥　繞ㄖㄠˋ 19泥　紾ㄓㄣˇ 9端　繯ㄏㄨㄢˊ 3匣　辮ㄅㄧㄢˋ 3幫　結ㄐㄧㄝˊ 5見　縎ㄍㄨˇ 8見

連步以上是也尊卑之次弟賈生云等級分明而天子加馬故其尊不可及是也後漢書注秦法斬首多者進爵一級因謂斬首爲級**从糸及聲**居立切七部

總聚束也謂聚而縛之也悤有散意糸以束之禮經之總束髮也禹貢之總禾束也引申之爲凡兼綜之偁**从糸悤聲**作孔切九部俗作揔又譌作摠

㬥約也革部曰直轅暈縛暈當爲㬥大車之衡約之而已不必三束**从糸具聲**居玉切三部

約纏束也束者縛也引申爲儉約**从糸勺聲**於略切二部

繚纏也从糸尞聲盧鳥切二部

纏繞也从糸廛聲直連切十四部

繞纏也从糸堯聲而沼切二部

紾轉也紾字各本無今補此三字句與上文繙冤也一例淺人刪之如離黃倉庚也之刪離巂周燕也之刪巂耳紾轉蓋古語鄭司農考工記注之抮縛卽紾轉二字也凡了戾曰紾轉亦單評曰紾亦曰軫軳㚰力考工記老牛之角紾而昔鄭司農云紾讀爲抮轉之抮孟子兩云紾兄之臂趙注皆云戾也淮南原道訓抮抱高注了戾也抮抱廣雅作軫軳云轉戾也方言曰軫戾也郭注相了戾也江東音善**从糸㐱聲**之忍切十二部按周禮釋文云劉徒展反許愼尙展反又徒展反此說文舊音也尙展一反卽景純所謂江東音善也徒展一反於今語言爲近

繯落也落者今之絡字古叚落不作絡謂包絡也莊子落馬首漢書虎落皆作落木落乃物成之象故曰落也成曰包落皆取成就之意也馬融傳曰繯橐四野之飛征李注引說文又引國語繯於山有牢賈逵注云繯還也按還環古今字古用還不用環國語繯於山有牢今本譌作環山於有牢韋注曰環繞也山於誤倒環爲俗字蓋非韋氏之誤而淺人轉寫所致也知古書之舛繆不可知者多矣**从糸瞏聲**胡畎切十四部李賢又胡串反

辮交也[元]應引作交織之也終軍傳曰解辮髮削左衽三蒼叚編爲之**从糸辡聲**分而合也故从辡形聲中有會意也頻犬切十四部

結締也从糸吉聲古屑切十二部古無髻字卽用此見髟部

縎結也玉篇云結不解**从**

十三篇上　八

締 ㄉㄧˋ 11定　縛 ㄈㄨˊ 13並　繃 ㄅㄥ 26幫　絿 ㄑㄧㄡˊ 21匣　絅 ㄐㄩㄥˇ 12見　⿰糸𠂢 ㄆㄞˋ 11滂　⿰糸羸 ㄌㄟˊ 1來　給 ㄐㄧˇ 27見　綝 ㄔㄣ 28透　縪 ㄅㄧˋ 5幫　終 ㄓㄨㄥ 23端　△反

糸骨聲古忽切十五部締結不解也解者判也下文曰紐結而可解也故結而不可解者曰締从糸帝聲特計切十六部縛束也束下曰縛也與此爲轉注引申之所以縛之之物亦曰縛从糸尃聲符钁切五部繃束也从糸崩聲補盲切古音在六部墨子曰漢志墨子七十一篇名翟爲宋大夫在孔子後禹葬會稽桐棺三寸葛以繃之今墨子節葬篇此句三見皆作緘古蒸侵二部音轉取近也鄭注禮記曰齊人謂棺束爲緘絿急也毛詩傳曰絿急也左傳杜注從之後儒好異乃以緩釋絿字義於字音不洽矣絿之言糾也从糸求聲巨鳩切三部詩曰不競不絿商頌長發文絅急引也此本義也中庸詩曰衣錦尚絅此段借爲褧字也从糸同聲古熒切十一部⿰糸𠂢㪔絲也㪔各本作散今正㪔分離也水之衺流別曰𠂢別水曰派血理之分曰衇散絲曰⿰糸𠂢廣韵曰未緝麻也从糸𠂢聲匹卦切十六部

⿰糸羸不均也此與類雙聲其義亦相近从糸羸聲力臥切十七部給相足也足居人下人必有足而後體全故引申爲完足相足者彼不足此足之也故从合从糸合聲形聲亦會意也居立切七部綝止也蓋古以綝爲禁字釋詁曰綝善也从糸林聲讀若郴丑林切七部縪止也考工記玉人曰天子圭中必注曰必讀如鹿車縪之縪謂以組約其中央爲執之以備失隊按鹿車卽繀車東齊海岱之間謂之道軌廣雅曰道軌謂之鹿車鹿車下鉄陳宋淮楚之間謂之畢所謂鹿車縪也與用組約圭中央皆所以止者又詳革部鞁下从糸畢聲卑吉切十二部終絿絲也按絿字恐誤疑下文䌖字之譌取其相屬也廣韵云終極也窮也竟也其義皆當作冬冬者四時盡也故其引申之義如此俗分別冬爲四時盡終爲極也窮也竟也乃使冬失其引申之義終失其本義矣有𠔀而後有冬冬而後有終此造字之先後也其音義則先有終之古文也从糸冬聲職戎切九部𠔀古

䌖 ㄐㄧˊ 27精　紈 ㄨㄢˊ 3匣　繒 ㄗㄥ 26從　△綷　緭 ㄨㄟˋ 8匣　絩 ㄊㄧㄠˋ 19定　綺 ㄑㄧˇ 1溪　縠 ㄏㄨˊ 17匣

文終有𠔀而有𠔀𠔀而後有終䌖合也合者亼口也因爲凡兩合之偁衆絲之合曰䌖如衣部五采相合曰䌖也从糸集集當作雧會意亦形聲也讀若捷姊入切七部紈絫也絫者白致繒也紈卽絫也故从丸言其滑易也商頌毛傳曰丸丸易直也釋名曰紈渙也細澤有光渙渙然也从糸丸聲胡官切十四部紈篆舊在終篆前非也今依玉篇次此與繒爲伍玉篇必仍許也繒帛也七篇帛下曰繒也是爲轉注春秋傳叚爲鄫字从糸曾聲疾陵切六部綷籒文繒从宰省宰省聲也不曰宰聲定爲宰省聲者宰與曾有眞蒸之別宰省與曾爲之蒸之相合通轉取近者也楊雄以爲漢律祠宗廟丹書告也也字依韵會補綷爲祠宗廟丹書告神之帛見於漢律者字如此作楊雄言之雄甘泉賦曰上天之綷蓋卽謂郊祀丹書告神者此則从宰不省者也緭繒也从糸胃聲云貴切十五部絩綺絲之數也言綺以見凡繒也綺者文繒也文繒

絲尚有數則餘繒可知其若干絲爲一絩未聞漢律曰綺絲數謂之絩布謂之總禮經布八十縷爲升禾部曰布八十縷爲稯漢王莽傳一月之祿十稯布二匹孟康曰稯八十縷也今按總卽稯也稯卽緵也緵卽升也皆謂八十縷召南羔羊五總傳曰總數也綬組謂之首司馬紹統輿服志乘輿黃赤綬五百首諸侯王赤綬三百首相國綠綬二百四十首公侯將軍紫綬百八十首九卿中二千石二千石青綬百二十首千石六百石黑綬八十首四百石三百石二百石黃綬六十首凡先合單紡爲一系四系爲一扶五扶爲一首五首爲一文文采淳爲一圭首多者系細首少者系麤从糸兆聲治小切二部綺文繒也謂繒之有文者也文者錯畫也錯畫謂迻遺其介畫繒爲迻遺方文謂之文綺引申之曰交延結綺窗曰疆場綺分皆謂似綺文从糸奇聲祛彼切古音在十七部縠細縳也縳之細者也詩玼兮玼兮其之展也蒙彼縐絺是紲袢也傳曰禮有展衣者以丹縠爲衣蒙覆也絺之靡者爲縐靡謂如㸏碎然細之至

縛 ㄓㄨㄢˋ 3定　縑 ㄐㄧㄢ 30見　綈 ㄊㄧˊ 4定　練 ㄌㄧㄢˋ 3來　縞 ㄍㄠˇ 19見　⿰糸璽 ㄕ 4透　紬 ㄔㄡˊ 21定

也箋云縐絺絺之蹷蹷者是也此謂裏衣縐絺外服丹縠衣縠與縐絺正一類也今之縐紗古之縠也周禮謂之沙注謂之沙縠疏云輕者爲沙縐者爲縠按古祇作沙無紗字**从糸殼聲**胡谷切三部

縛白鮮卮也卮各本作色今正下文云縞鮮卮也今本譌鮮色則此色誤亦同卮與支音同縞爲鮮支縛爲鮮支之白者聘禮束紡注曰紡紡絲爲之今之縛也周禮素沙注曰素沙者今之白縛也釋文皆引說文居掾反聲類以爲今正綃字按據許則縛與綃各物音近而義殊二禮之鄭注自謂縛不謂綃也縛以其質堅名之字从專綃以色如麥稍名之字从肙李登作聲類時巳失其傳矣若羽人十摶爲縛左傳縛一如瑱又皆卷縛之義非字之本義**从糸專聲**持沇切十四部

縑并絲繒也謂駢絲爲之雙絲繒也呂氏春秋昔吾所亡者紡緇也今子之衣禪緇也以禪緇當紡緇子豈有不得哉任氏大椿曰禪緇卽單緇也余謂此紡卽方也竝絲曰方猶併船曰方此紡非紡之本義後漢輿服志及古今注竝云合單紡爲一系者同此方絲所謂兼絲也**从糸兼聲**形聲中有會意古甜切七部

綈㫗繒也㫗各本作厚今正管子輕重戊篇管子對桓公魯梁之民俗爲綈公服綈既又對桓公宜服帛去綈然則帛薄綈厚可知也史記范雎傳索隱曰蓋今之絁按非也絁卽許之纏字**从糸弟聲**杜兮切十五部

練湅繒也湅者灡也灡者淅也淅者汏米也湅繒汏諸水中如汏米然考工記所謂湅帛也巳湅之帛曰練引申爲精簡之偁如漢書練時日練章程是也**从糸柬聲**郎甸切十四部

縞鮮卮也各本作鮮色今正漢地理志師古注縞鮮支也司馬相如傳正同顏語多本說文彼時未誤蓋支亦作卮因譌色也廣雅縶總鮮支縠綃也許謂縞卽鮮支鄭風縞衣綦巾毛曰縞衣白色男服也王逸曰縞素也任氏大椿釋繒曰孰帛曰練生帛曰縞**从糸高聲**古老切二部

⿰糸璽粗緒也粗者疏也粗緒蓋亦繒名廣韻云繒似布俗作絁玉裁按蓋今之綿紬**从糸璽聲**式支切十六部

紬大絲繒也大絲較常絲爲大也左傳衞文公大帛之冠大帛謂大絲繒後漢書大練亦謂大絲練也獨斷說飛軨以緹紬廣八尺長拄地今繒帛通呼爲紬不必大絲也段借爲抽字史記紬石室金匱之書徐廣音抽師古漢書音冑皆是也音冑謂同籀也籀者讀書也釋名曰紬抽也抽引絲端出細緒也與許說迥異**从糸由聲**直由切三部

綮 ㄑㄧˇ 4溪　綾 ㄌㄧㄥˊ 26來　縵 ㄇㄢˋ 3明　繡 ㄒㄧㄡˋ 22心　絢 ㄒㄩㄢˋ 6曉

綮致繒也致送詣也凡細膩曰致今之緻字也漢人多用致不作緻致繒曰綮未聞其證**一曰徵識信也有齒**各本識作幟俗字也今正巾部曰徵者徵識也徵識信蓋謂綮戟綮棨通用也漢匈奴傳曰綮戟十師古曰綮戟有衣之戟也以赤黑繒爲之古今注曰綮戟殳之遺象以木爲之後世滋僞無復典荆以赤細韜之亦謂之紬戟亦謂之綮戟王公以下通用之以前驅按用赤黑繒故曰綮其用同徵識故曰徵識信**从糸啟省聲**各本作⿰户攴聲⿰户攴不成字按木部棨下曰啟省聲則此亦當云啟省聲今依韻會正康禮切十五部

綾東齊謂布帛之細者曰綾方言同**从糸夌聲**力膺切六部

縵繒無文也春秋緐露庶人衣縵引申之凡無文皆曰縵左傳乘縵注車無文者也漢食貨志縵田注謂不甽者也**从糸曼聲**莫半切十四部**漢律曰賜衣者縵表白裏**

繡五采備也考工記畫繢之事襍五采五采備謂之繡鄭氏古文尚書曰予欲觀古人之象日月星辰山龍華蟲作繢宗彝藻火粉米黼黻希繡此古天子冕服十二章希讀爲黹或作絺字之誤也按今人以鍼縷所紩者謂之繡與畫爲二事如考工記則繡亦系之畫繢同爲設色之工也畫繢與文字又爲一事故許以觀古人之象說遵修舊文也**从糸肅聲**息救切三部

絢詩云素㠯爲絢兮逸詩見論語八佾篇馬融曰絢文貌也鄭康成禮注曰采成文曰絢注論語曰文成章曰絢許次此篆於繡繪閒者亦謂五采成文章與鄭義略同也鄭注繪事後素云畫繪先布衆采然後以素分其閒以成其文朱子則云後素後於素也謂先以粉地爲質而後施五采據許絢在繡繪閒繡繪皆五采也蓋許用白受采之恉與**从糸旬聲**許掾切古音在十二部按唐元度九經字樣絢絢同字注云上

繪 2匣　緀 4清　⿰糸米 4明　絹 3見　綠 17來　縹 19滂　綪 22定

說文从筍聲下經典相承隸省按絢不見於他書疑唐氏所據未確也惟儀禮注云絢今文作約然則絢出禮古文許用禮古文故不錄禮今文玉篇約同上絢本禮注也集韵絢同絢此本唐氏也

繪 會五采繡也會繪疊韵今人分咎繇謨繪繡爲二事古者二事不分統謂之設色之工而已古者繢訓畫繪訓繡說見繢下虞書曰山龍華蟲作繪咎繇謨文論語曰繪事後素八佾篇文此皆證繪繡無二事也从糸會聲黃外切十五部

緀 帛文皃帛各本作白今依韵會正韵會用小徐本也詩曰緀兮斐兮成是貝錦小雅巷伯文今詩緀作萋毛傳曰萋斐文章相錯也貝錦錦文也箋云錦文者如餘泉餘蚔之貝文也按爾雅餘貾黃白文餘泉白黃文从糸妻聲七稽切十五部

⿰糸米 繡文如聚細米也繡謂畫也米⿰糸米疊韵今咎陶謨作粉米許所見壁中古文作黺⿰糸米黹部云黺畫粉也此云⿰糸米繡文如聚細米也皆古文尚書說也此不言虞書者經文已見於七篇矣畫粉爲衛宏說此蓋亦衛說與从糸米米亦聲莫禮切十五部

絹 繒如麥稍色色字今補色譌也而俗刪之耳自絹至綟廿三篆皆言繒帛之色而此色字先之聲類涵縛絹爲一字由不考其義之殊也稍者麥莖也繒色如麥莖青色也射雉賦曰麥漸漸以擢芒又曰闕閭藹葉四月時也繒色似之曰絹漢人叚爲鐶字从糸肙聲吉掾切十四部

綠 帛青黃色也綠衣毛傳曰綠閒色玉藻正義曰五方閒色綠紅碧紫騮黃是也木青剋土黃東方閒色爲綠綠色青黃也火赤剋金白南方閒色爲紅紅色赤白也金白剋木青西方閒色碧碧色白青也水黑剋火赤北方閒色紫紫色黑赤也土黃剋水黑中央閒色騮黃騮黃色黃黑也从糸彔聲力玉切三部

縹 帛白青色也白青各本作青白今正此金剋木之色所剋當在下也縹禮記正義謂之碧釋名曰縹猶漂漂淺青色也有碧縹有天縹有骨縹各以其色所象言之也从糸㬮聲敷沼切二部

綪 帛青經縹緯經者從絲緯者衛絲一曰育陽染

十三篇上　圭

絑 16端　纁 9曉　絀 8透　絳 23見　綰 3影　縉 6精

也育陽漢南郡屬縣縣在育水北故曰育陽育與綪疊韵育水水部作淯水从糸育聲余六切三部

絑 純赤也純同醇厚也赤南方色也按市下云天子朱市諸侯赤市然則朱與赤深淺不同豳風我朱孔陽傳曰朱深纁也陽明也許云纁者淺絳絳者大赤蓋純赤大赤其異者微矣鄭注禮經曰凡染絳一入謂之縓再入謂之赬三入謂之纁朱則四入與是朱爲深纁之說也凡經傳言朱皆當作絑朱其叚借字也朱者赤心木也虞書丹朱如此丹朱見咎繇謨許所據壁中古文作丹絑益六經之絑僅見此処朱行而絑廢矣从糸朱聲章俱切古音在四部

纁 淺絳也考工記鍾氏三入爲纁爾雅一染謂之縓再染謂之赬三染謂之纁鄭注禮曰纁裳淺絳裳也从糸熏聲許云切十三部周禮故書纁作𦇻

絀 絳也此絀之本義而廢不行矣韵會絳作縫非也古多叚絀爲黜从糸出聲丑律切十五部

絳 大赤也大赤者今俗所謂大紅也上文純赤者今俗所謂朱紅也朱紅淡大紅濃大紅如日出之色朱紅如日中之色日中貴於日出故天子朱市諸侯赤市赤即絳也从糸夅聲古巷切九部

綰 惡絳也惡下各本衍也今刪此如柴下云惡米也繫下云惡絮也謂絳色之惡者也从糸官聲烏版切十四部一曰繯也繯各本作絹今正网部繯一曰綰也二篆爲轉注老考互訓之例也繯字不行多叚絹爲之周禮翨氏注置其所食之物於絹中鳥來下則掎其腳是也但他書容可同音相代淺人將此繯改作絹則似綰可訓繒如麥稍色全書之條理不可知矣讀許者不可不思讀若雞卵卵古讀如關綰音亦如是說詳卵部

縉 帛赤色也南都賦引臣瓚云赤白色玉篇亦云帛赤白皆誤赤白則爲下文之紅矣从糸晉聲郎刃切十二部春秋傳曰縉雲氏春秋文十八年左傳文黃帝以雲紀故爲雲師而雲名服虔曰夏官爲縉雲氏禮有縉緣凡許云禮者謂禮經也今之所謂儀禮也十七篇無縉緣侯玫緣以絹切玉藻曰童子之節也緇布衣錦緣錦紳并紐錦束髮皆朱錦也朱錦爲緣豈即縉緣

十三篇上　古

綪 ㄑㄧㄢˋ 12清　緹 ㄊㄧˊ 10透　△衹　縓 ㄑㄩㄢˋ 3精

與**綪赤繒也**定四年左傳分康叔以綪茷茷即旆也杜曰綪大赤取染草名也襍記注作蒨旆蒨即茜也**㠯茜染故謂之綪**茜者茅蒐也韋部又曰茅蒐染韋一入曰韎然則必數入而後謂之綪今不得其詳矣茜與綪合韵而同音故茜染謂之綪也**从糸青聲**倉絢切古音在十一部茜在十三部以雙聲合韵**緹帛丹黃色也**謂丹而黃也下文云縓帛赤黃色丹與赤不同者丹者如丹沙與赤異其分甚微故鄭注草人曰赤緹縓色也酒正五齊四曰緹齊注曰緹者成而紅赤若今下酒矣按紅赤者赤而白緹齊不純赤故謂之紅赤緹齊俗作醍見禮運**从糸是聲**他禮切十六部**衹緹或作衹**从衣氏聲也古氏與是同用故是聲亦从氏聲此篆與衣部衹裯之衹大別其義則彼訓短衣其音則氏聲在十五部氏聲在十六部也按唐石經周易衹既平詩衹攪我心亦衹以異左傳衹見疏也論語亦衹以異以及凡訓適之字皆从衣氏蓋有所受之矣張參五經文字經典字畫之砥柱也衣部曰衹止移切適也廣韵本孫愐唐韵曰衹章移切適也玉篇衣部亦曰衹之移切適也舊字相承可據如是至集韵云衹章移切適也始从示然恐轉寫轉刊之誤耳至類篇則衹祇二文皆訓適至韵會而从示之衹訓適矣此其遞譌之原委也衹之訓適以其音同在十六部而得其義凡古語書皆取諸字音不取字本義皆段借之法也攻毛公我行其野傳曰衹適也鄭何人斯箋論語注曰衹適也服虔左傳襄廿九年解云衹適也王弼注坎卦曰衹辭也顏師古賈嬰傳注曰衹適也此古字古言之存者章章也自宋以來刊版之書多不省照衣改從示者不少學者所宜訂正錢氏大昕養新錄乃云說文無衹字五經文字承玉篇之誤未免千慮一失耳衹譌衹俗又作衹唐人詩文用之讀如支今則改用只讀如質此古今推移之變也若史記韓安國傳云禔取辱耳此用衹之同音字如周易衹既平他家作禔而異其義要是同音○顏元孫干祿字書石本祇衹注云上神祇巨移反下適衹章移反是則衹字起於唐初蓋六朝俗字**縓帛赤黃色也**赤黃者赤而黃也禮喪服注曰縓淺絳也練冠而麻衣縓緣三年練之受飾也檀弓注曰縓纁

紫 ㄗˇ 10精　紅 ㄏㄨㄥˊ 18匣　繱 ㄘㄨㄥ 18清　紺 ㄍㄢˋ 32見　綥 ㄑㄧˊ 24匣

之類**一染謂之縓再染謂之赬三染謂之纁**三句爾雅釋器文考工記衹言三入不言一入再入爾雅可補記文所未備記云鍾氏染羽以朱湛丹秫三月而熾之淳而漬之三入爲纁鄭注記與爾雅同色耳染布帛者染人掌之依鄭則染人染布帛與鍾氏染羽同用朱漸丹秫也古以茜染者謂之韎謂之緹以朱及丹秫染者謂之縓赬纁赬者赤色也纁者淺絳也玉藻之溫韍即韎韐也溫即縓之段借字也韎亦謂之縓**从糸原聲**七絹切十四部**紫帛青赤色也**青當作黑穎容春秋釋例曰火畏於水以赤入於黑故北方間色紫也論語皇疏玉藻正義略同此作青者蓋如禮器注所云秦二世時語民言從之至漢末猶存與許說必無誤轉寫亂之耳**从糸此聲**將此切十五部亦十六部**紅帛赤白色也**春秋釋例曰金畏於火以白入於赤故南方間色紅也論語曰紅紫不以爲褻服按此今人所謂粉紅桃紅也**从糸工聲**戶公切九部**繱帛青色也**爾雅青謂之蔥蔥即繱也謂其色蔥蔥淺青也深青則爲藍矣市部曰大夫赤市蔥衡用玉藻文也潘岳藉田賦繱犗服於縹輒廣雅綪一名繱作總者誤**从糸蔥聲**倉紅切九部**紺帛深青而揚赤色也**而字依文選注補揚當作陽陽猶言表也釋名曰紺含也青而含赤色也按此今之天青亦謂之紅青許言陽劉言含其意一也以纁入深青而赤見於表是爲紺賈氏考工疏云纁入赤汁則爲朱不入赤汁而入黑汁則爲紺賈說非也入深青乃爲紺入黑乃爲緅矣**从糸甘聲**古暗切古音在七部**綥帛蒼艾色也**蒼者艸色也艾者仌臺也蒼艾色謂蒼然如艾色是爲綥毛傳曰綦巾蒼艾色許所本也鄭箋則云綦綦文也綦文者文錯畫也象交文今作紋是也不純綦而紋路蒼畫爲十字相交是爲綦交曹風其弁伊騏傳曰騏騏文也秦風傳曰騏綦文也魯頌傳蒼騏曰騏顧命騏弁鄭注曰青黑曰騏玉藻綦組綬注曰綦文襍色也皆謂蒼文也**从糸畀聲**畀各本作畀併篆體作綥今正此用艸部之畀爲聲非用丌部之畀爲聲也艸部之畀从甶缶之甶爲聲非由非鬼頭之田也

△綦　繰 ㄗㄠˇ 19清　緇 ㄗ 24精　纔 ㄘㄞˊ 32從

由在古音弟一部由在古音弟十五部此不可或柰者也其亦古音弟一部也故綨字亦作綦經典用之徐鉉以補說文或體許本書無之渠之切一部玉篇作綨**詩曰縞衣綨巾未嫁女所服**鄭風出其東門文傳曰縞衣白色男服也綦巾蒼艾色女服也箋云縞衣綦巾所爲作者之妻服也鄭與毛異許用毛說而以未嫁二字申毛意**一曰不借綥**不借亦作薄借薄音博禮喪服傳曰繩屨者繩菲也注云繩菲今時不借也急就篇作不借釋名作搏腊同耳周禮弁師注曰璂讀如薄借綦之綦不借綦若今云艸鞻襻也士喪禮組綦注云綦屨係也所以拘止屨也讀如馬絆綦之綦內則屨著綦注亦云綦屨繫也按許不云一曰屨系而舉不借綦者以俗語易曉也如今小兒鞵帶**綦綥或从其**大徐所補攷玉部有璂艸部有綦則當依大徐補也**繰帛如紺色**如紺色者如紺而別於紺也廣雅系諸青類益比紺色之青更深矣禮記用爲澡治字他書用爲繅絲字**或曰深繒**深繒疑有譌舛繒不得言深也**从糸喿聲讀若喿**親小切二部按廣雅音早廣韻同**緇帛黑色也**黑者北方色也火所熏之色也考工記三入爲纁五入爲緅七入爲緇鄭注曰元色者在緅緇之間其六入者與**从糸甾聲**側持切一部按玉藻大夫佩水蒼玉而純組綬注純當爲緇古文緇字或作糸旁才又周禮媒氏純帛注純實緇字也古緇以才爲聲祭統王后蠶於北郊以供純服注純以見繒色論語今也純鄭讀爲緇鄭意今之紂字俗譌爲純耳然則許書當爲紂篆解云古文緇从糸才聲而缺者豈從今書不從故書之例與**纔帛雀頭色也**今經典緅字許無纔卽緅字也考工記三入爲纁五入爲緅七入爲緇注染纁者三入而成又再染以黑則爲緅緅今禮俗文作爵言如爵頭色也又復再染以黑乃成緇矣士冠禮爵弁服注爵弁者冕之次其色赤而微黑如爵頭然或謂之緅依鄭則爵緅纔三字一也三字雙聲巾車雀飾注曰雀黑多赤少之色玉裁按今目驗雀頭色赤而微黑**一曰𢿫黑色如紺**句**纔**逗**淺也**前一說謂黑多後一說謂微黑不同鄭注考工巾車謂黑多注士冠

䌈 ㄊㄢˇ 32透　綟 ㄌㄧˋ 5來　紑 ㄈㄡ 24滂　緂 ㄊㄢ 32透　繻 ㄒㄩ 16心　縟 ㄖㄨˋ 17泥

禮謂微黑亦不同也其實雀頭微黑而已纔淺亦於雙聲求之猶竊之訓淺也江沅曰今用爲才字乃淺義引伸**讀若讒从糸毚聲**士咸切八部**䌈帛騅色也**騅者蒼白色也詳馬部釋言曰菼騅也王風毛傳曰菼騅也蘆之初生者也艸部曰⿱艹剡者萑之初生一曰騅帛色如⿱艹剡故謂之騅色謂之䌈也取其與⿱艹剡同音也**从糸剡聲**士敢切八部**詩曰毳衣如䌈**王風大車文按此十字當作从糸⿱艹剡省詩曰毳衣如⿱艹剡說會意之恉復證之以詩如麤亹引易之例若如今本則色固䌈矣何云如䌈且偁詩毛氏毛固作菼何云偁毛**綟帛莀艸染色也**莀各本譌莀韵會譌艾今正艸部莀艸可以染留黃染成是爲綟綟與莀疊韵與留雙聲留黃或作騶黃或作流黃皇侃作緇黃盭卽羅黃之色其色黎黑而黃也漢百官公卿表諸侯王金璽盭綬如淳曰盭音戾綠盭也以綠爲質晉灼曰盭艸名也似艾可染綠因以爲綬名按綠近黃綠爲質而染黑故曰騶黃中央之間色何承天纂文云綟紫色非也漢制綠綟綬在紫綬之上紫綬一名緺綬其色青紫**从糸戾聲**按戾聲當作莀省會意包形聲也郎計切十五部**紑白鱻衣皃**鱻各本作鮮今正許例新鮮字如此作也毛詩傳曰絲衣祭服也紑絜鮮皃**从糸不聲**匹丘切古音在一部**詩曰素衣其紑**周頌作絲衣絲衣乃篇名素恐譌字此謂士爵弁元衣纁裳非白衣也本義謂白鮮引申之爲凡新衣之偁**緂白鱻衣皃从糸炎聲**充乡切八部廣韵他甘切**謂衣采色鮮也**六字蓋非許語依玉篇則白鮮衣皃四字當作衣采色鮮也五字**繻繒采色也**此本義也左傳紀裂繻大夫以裂繻爲名此繻乃𢄼之叚借巾部曰𢄼繒耑裂也是也終軍傳關吏與軍繻蘇林曰繻帛邊也舊關出入皆以傳傳因裂繻頭合以爲符信也卽左氏裂繻字正當作𢄼是以二傳作緰**从糸需聲**相俞切古音在四部**讀若繻有衣**周易既濟六四文蓋有譌奪證之以綮篆下所偁則繻當作需衣下奪綮字**縟緐采飾也**飾各本作色今依文選西京賦月賦景福殿賦劉越石荅

△紭

纚ㄕˇ 1心　紘ㄏㄨㄥˊ 26匣　紞ㄉㄢˇ 28端

盧諶詩注正緐本訓馬髦飾引申之爲緐多飾本訓緐也引申之爲文飾喪服傳曰喪成人者其文縟喪未成人者其文不縟注曰縟猶數也按數如數罟之數**从糸辱聲**而蜀切三部○按自緩纚二篆至此皆言文采與色之不同

纚**冠織也**冠織者爲冠而設之織成也凡繒布不須翦裁而成者謂之織成內則注曰縰韜髮者也士冠禮曰纚廣終幅長六尺注曰纚今之幘終充也纚一幅長六尺足以韜髮而結之矣禮經贊者奠纚而後設纚賓正纚乃加冠是以纚韜髮而後冠也此纚蓋織成緇帛廣二尺二寸長袛六尺不待翦裁故曰冠織漢制齊三服冠獻冠幘縱正是織成者注云如方目紗按引申之网有名纚者薛綜曰纚網如箕形狹後廣前西京賦曰纚鰋鮋吳都賦曰纚鱨魦○釋名纚以韜髮者也以纚爲之因以爲之名按劉語似誤本爲韜髮之偁繼乃以爲帛偁如劉語乃倒其先後矣**从糸麗聲**所綺切十六部亦作縰同問喪雞斯即笄纚之叚借也**謂㠯緇帛韜髮**六字各本無依集韵類篇韵會所引皆有蓋古注之存者

紘**冠卷維也**維字今依玉篇補卷經典釋文起權反玉藻縞冠元武注曰武冠卷也古者冠與卷殊襍記注曰秦人曰委齊東曰武喪大記注曰武吉冠之卷也冠卷不得偁紘故知冠卷下有維字必爲古本矣周禮弁師注朱紘以朱組爲紘也紘一條屬兩端於武又曰紐小鼻在武上笄所貫也士冠禮注曰有笄者屈組爲紘垂爲飾無笄者纓而結其絛按有笄者謂冕弁無笄者謂冠許一部冠下曰弁冕之總名也則此云冠卷維者謂冕弁之紘以一組自頤下而上屬兩耑於武者也蓋笄貫於武紘實屬於笄首耳許以笄統於卷故曰冠卷維許鄭說略同戴先生說冠無笄有武冕弁有笄無武紘屬於笄說更明了○引申之凡中寬者曰紘如月令其器圜以閎閎讀爲紘淮南書有八紘**从糸厷聲**戶萌切古音在六部

紭**紘或从宏**

紞**冕冠塞耳者**魯語王后親織元紞韋曰紞所以縣瑱當耳者齊風充耳以素乎而充耳以青乎而充耳以黃乎而箋云素青黃謂所以縣瑱者或名爲紞織之人君五色臣則三色而已瓊華瓊瑩瓊英謂縣紞之末所謂瑱也玉裁按紞所以縣瑱瑱所以塞耳紞非塞耳者也大戴禮黈統塞耳所以揜聰黈黃色也統同纊薛綜東京賦注曰黈纊言以黃綿大如丸縣冠兩邊當耳不欲妄聞不急之言此薛氏緣辭生訓大戴統字乃紞之譌形之誤也黃色之紞下垂充耳人君紞五色故或單舉元或單舉黃以該他色自紞譌爲統漢初諸儒不能辨證禮緯客難東京賦諸書又改作纊因起薛氏繆說而呂忱顏師古從之用黃綿塞耳禮之所無士喪禮曰瑱用白纊豈有生時以纊充耳者如淳漢書注曰以玉爲瑱以黈纊縣之如語亦欠明了古文用字斷無有呼絛繩爲纊者許書冕冠塞耳者當作冕冠所以縣塞耳者乃與鄭箋詩韋注國語合鄭韋析言之許渾言之耳引申之義爲衾紞鄭云被識也按今人語謂之當頭即當耳之意又紞如打五鼓亦謂當鼓面有聲也**从糸冘聲**都感切七部

纓ㄧㄥ 12影　紻ㄧㄤ 15影　緌ㄖㄨㄟˊ 7泥　緄ㄍㄨㄣˇ 9見　紳ㄕㄣ 6透

纓**冠系也**冠系可以系冠者也系者係也以二組系於冠卷結頤下是謂纓與紘之自下而上系於笄者不同冠用纓冕弁用紘纓以固武即以固冠故曰冠系玉藻之記曰元冠朱組纓天子之冠也緇布冠繢緌諸侯之冠也元冠丹組纓諸侯之齊冠也元冠綦組纓士之齊冠也許此冠字專謂冠不該冕弁**从糸嬰聲**於盈切十一部

紻**纓卷也**此卷亦起權反卷本訓厀曲引申爲凡曲之偁纓卷謂纓之曲繞也是爲紻**从糸央聲**於兩切十部

緌**系冠纓𠂹者**各本作系冠纓也韵會無也字皆非今正緌與纓無異材垂其餘則爲緌不垂則函於纓卷閒內則冠緌纓注曰緌者纓之飾也正義曰結纓頷下以固冠結之餘者散而下垂謂之緌按玉藻曰有事然後緌檀弓曰喪冠不緌扱其餘也引申之爲旌旂之緌以旄牛尾爲之古字或作蕤或叚綏爲之**从糸委聲**儒佳切古音在十六部

緄**織成帶也**各本無成字依文選七啓注後漢南匈奴傳注補玉篇帶誤章凡不待翦裁者曰織成緄帶見後漢書蓋非三代時物也詩小戎竹柲緄縢毛傳曰緄繩也此古義也而許不取之過矣漢碑用爲袞字**从糸昆聲**古本切十三部

紳**大帶也**巾部帶下曰紳也與此爲轉注革部鞶下云大帶也男子帶鞶婦人帶絲帶下云紳也男子鞶帶婦人帶絲皆於古大帶革帶不分

繟 ㄔㄢˇ 3透　綬 ㄕㄡˋ 21定　組 ㄗㄨˇ 13精

別是其疏也古有革帶以系佩韍而後加之大帶紳則大帶之垂者也玉藻曰紳長制士三尺子游曰參分帶下紳居二焉注云紳帶之垂者也言其屈而重也許但云大帶亦是渾言不析言葢許意以革帶統於大帶以帶之垂者統於帶立言不分別也**从糸**大帶用素用練故从糸**申聲**失人切十二部

繟　帶緩也繟之言緩也韓詩檀車繟繟毛詩作幝幝**从糸單聲**昌善切十四部

綬　韍維也韍古文作市韠也韍維謂所以維韍者釋器曰璲瑞也此謂玉瑞也又曰璲綬也郭云即佩玉之組所以連繫瑞玉者因通謂之璲今本字誤古者韍佩皆系於革帶佩玉之系謂之璲俗字爲繸又謂之綬韍之系亦謂之綬爾雅渾言之許析言之言韍可以該佩也謂之綬者韍佩與革帶之閒有聯而受之者故曰綬玉藻曰天子佩白玉而[元]組綬公侯佩山[元]玉而朱組綬大夫佩水蒼玉而純組綬世子佩瑜玉而綦組綬士佩瓀玫而縕組綬孔子佩象環五寸而綦組綬是其制也司馬氏輿服志曰五伯迭興戰兵不息於是解去韍佩留其係璲以爲章表故詩曰琄琄佩璲此之謂也至秦乃以采組連結於璲光明章表轉相結受故謂之綬漢承不改夫大東所言其時未嘗去玉綬見玉藻爾雅非至秦漢乃有此名古之所謂綬者璲也秦漢之繸也秦漢之所謂綬者所以代古之韍佩也非古之綬也然則許曰綬韍維也又曰組綬屬也此古之綬也又曰繸綬維也爲緺綬紫青色也綸青絲綬也此秦漢之綬也秦漢改韍佩爲綬遂改綬爲繸此名之遷移當正者也**从糸受聲**殖酉切三部

組　綬屬也屬當作織淺人所改也組可以爲綬組非綬類也綬織猶冠織織成之幘梁謂之纚織成之綬材謂之組玉藻綬必連組曰[元]組綬朱組綬是也內則曰織紝組紃周禮典絲掌組詩曰執轡如組傳曰組織組也執轡如組御衆有文章言能制衆動於近成於遠也按詩意非謂如組之柔謂如織組之經緯成文御衆縷而不亂自始至終秩然能御衆者如之也織成之後所用韍佩之系其大者也**其小者目爲冠纓**各本冠作冕今依七啓李注急就顏注正冕用紘冠用纓冕可偁冠冠不得偁冕也玉藻曰[元]冠朱組纓天子之冠也緇布冠繢緌諸侯之冠也[元]冠丹組纓諸侯之齊冠也[元]冠綦組纓士之齊冠也綬與纓同材故諸侯言緌不言纓纓以組之細者爲之大爲組綬小爲組纓其中之用多矣典絲所供所受之組是也**从糸且聲**則古切五部

綸 ㄍㄨㄢ 9見　紐 ㄋㄧㄡˇ 21泥　篹 ㄗㄨㄢˇ 3精　縌 ㄋㄧˋ 14疑　緺 ㄍㄨㄚ 1見

緺　綬紫青色也各本無色今依後漢南匈奴傳大平御覽正百官公卿表曰丞相金印紫綬高帝十一年更名相國綟綬徐廣曰似紫紫綬名緺綬其色青紫何承天云緺青紫色也按紫者水剋火之閒色又因水生木而色青是爲紫青色**从糸咼聲**古蛙切古音在十七部

縌　綬維也此綬謂漢之綬也乘輿長丈九尺九寸至四百石三百石二百石長丈五尺百石長丈二尺者是也綬維謂之縌乘輿至二千石皆長三尺二寸千石至二百石皆長三尺者是也司馬彪曰縌者古佩璲也佩綬相迎受故曰縌按當曰與綬相迎受故曰縌縌之言逆也漢之縌古之綬也漢之綬猶古之韍佩也縌篆其創於李斯輩與**从糸逆聲**宜戟切古音在五部

篹　佀組而赤漢景帝紀曰錦繡篹組害女紅者也臣瓚引此爲注按組之色不同似組而赤者則謂之篹釋詁曰篹繼也此謂篹即纘之段借也近人用爲撰集之偁**从糸算聲**作管切十四部

紐　系也今本系下曰係也係者結束也**一曰結而可解**結者締也締者結不解也其可解者曰紐喪大記曰小斂大斂皆左衽結絞不紐正義云生時帶並爲屈紐使易抽解若死則無復解義故絞束畢結之不爲紐也**从糸丑聲**女久切三部

綸　糾青絲綬也各本無糾字今依西都賦李注急就篇顏注補糾三合繩也糾青絲成綬是爲綸郭璞賦云青綸競糾正用此語緇衣注曰綸今有秩嗇夫所佩也釋艸綸似綸郭曰今有秩嗇夫所帶糾青絲綸法言五兩之綸李軌云綸糾青絲綬也今本法言改糾爲如不可通矣攷輿服志乘輿黃赤綬諸侯王赤綬諸國貴人相國皆綠綟綬公侯將軍紫綬九卿中二千石二千石青綬千石六百石黑綬四百石三百石二百石黃綬百石青紺綸一采宛轉繆織長丈二尺按繆即糾字自黃綬以上綬之廣皆尺六寸皆計其首多者系細首少者系粗皆必經緯之織成至百石而不計其首合青絲繩辮織之有經無緯謂之宛

轉繩若今人用絲繩如箸粗爲帶者也緇衣曰王言如絲其出如綸王言如綸其出如綍小雅曰之子于釣言綸之繩召南曰其釣維何維絲伊緡傳云緡綸也綸之繩猶言糾之繩矣後人用以代經論字遂使其義不傳从糸侖聲古還切古音在十三部

綎系綬也系當作絲廣韵曰絲綬帶綎玉篇曰絲綎綬也按此綬蓋綬之類而已非印綬之綬从糸廷聲他丁切十一部

縆綬也綬當作緩玉篇縆下曰縆緩也此亦綬之類也从糸亘聲胡官切十四部

⿱暴糸頸連也頸當作領玉篇作領連是也謂聯領於衣也衣部曰襮黼領也毛傳曰襮領也領謂之襮連領謂之⿱暴糸玉篇以爲同字也从糸暴省聲補各切古音在二部

紟衣系也聯合衣襟之帶也今人用銅鈕非古也凡結帶皆曰紟玉藻紳韠結三齊注云結約餘也結或爲紟宋本如此韋注國語曰帶甲者紟鐙也紟今本譌衿荀卿非十二子曰其纓禁緩叚禁爲紟也按襟交衽也俗作衿今人衿紟不別又喪禮紟單被也乃紟之別一義亦因可以固結之義引申之从

糸今聲居音切七部按又巨禁切

⿰糸金籒文从金玉篇古文四聲韵皆作⿰糸金

緣衣純也此以古釋今也古者曰衣純見經典今曰衣緣緣其本字純其叚借字也緣者沿其邊而飾之也深衣曰純袂緣純邊廣各寸半袂緣猶袂口也廣各寸半者表裏共三寸也既夕禮注曰飾裳在幅曰綼在下曰緆緣之義引申爲因緣夤緣而俗遂分別其音矣从糸彖聲以絹切十四部

纀常削幅謂之纀爾雅釋器文也郭云削殺其幅深衣之裳也按許書之削當作消纀之言僕也僕之言附也从糸僕聲博木切三部

絝脛衣也今所謂套袴也左右各一分衣兩脛古之所謂絝亦謂之褰亦謂之襗見衣部若今之滿當袴則古謂之幝亦謂之幒見巾部此名之宜別者也从糸夸聲苦故切五部按此字疑當同胯跨作絝今皆作袴

繑絝紐也紐者系也脛衣上有系系於幝帶曰繑从糸喬聲牽遙切二部

緥小兒衣也衣部曰褓緥也斯干載衣之裼傳曰裼褓也褓緥之俗字

古多云小兒被也李奇曰小兒大藉師古曰卽今小兒綳古多叚借保葆字从糸保聲博抱切古音在三部

繜薉貉中女子無絝以帛爲脛空用絮補核名曰繜衣狀如襜褕無絝者無左右各一之絝也帛依急就篇當作布空脛古今字核當作覈果覈之引申也帛爲脛腔褚以絮而裹之若今江東婦之卷胖胖音如滂去聲是名繜衣亦曰母繜急就篇曰襌衣蔽膝布母繜蓋蔽厀繜衣襜三者相似故曰狀如襜衣部曰襜衣蔽前也又曰直裾謂之襜褕此當曰狀如襜不當有褕字从糸尊聲子昆切十三部

紴絛屬按急就篇紴緞紃三字相聯必三者爲一類也緞蓋本作紴篆形皮叚相似而譌緞乃又譌緞說者因以履後帖解耳未知是否从糸皮聲讀若被或讀若水波之波博禾切十七部

絛扁緒也廣雅作編緒漢書及賈生新書作偏諸蓋上字作編下字作諸爲是諸者謂合衆采也賈誼傳曰今民賣僮者爲之繡衣絲履偏諸緣服虔曰偏諸如牙條以作履

緣又白縠之表薄紈之裏緁以偏諸晉灼曰以偏諸緁著衣然則偏諸之爲絛明矣雜記注曰紃若今時條也毛詩左傳正義曰王后親織玄紞卽今之絛繩必用雜采線織之按紴絨蓋其闊者絛其陿者紃其圓者从糸攸聲土刀切古音在三部

絨采彰也彰者彣彰也爲五采彣彰可以緣飾之物也一曰車馬帬一曰謂一名也帬各本作飾今正師古漢書注曰偏諸若今之織成以爲要襻及褾領者也古謂之車馬帬其上爲乘車及騎從之象急就篇絨注曰織采爲之一名車馬飾卽今之織成也按二注皆用許爲訓顏意偏諸卽絨也一作飾不同者後人改之耳从糸戉聲王伐切十五部

縱絨屬急就篇條績總爲類師古曰總一作縱說文作縱按羔羊素絲五總傳曰總數也豈卽縱與从糸從省聲足容切九部

紃圜采也采彰扁諸圜采蓋古有是名而漢語猶然圜采以采線辮之其體圜也內則織紝組紃注曰紃條也襍記紃以五采注曰紃施諸縫中若今時條也孔穎達曰似繩者爲紃从糸川聲詳遵

緟 ㄔㄨㄥˊ 18定　纕 ㄖㄤˊ 15泥　纗 ㄗㄨㄟ 10匣　綱 ㄍㄤ 15見　△㭃　縜 ㄩㄣˊ 9匣　綅 ㄑㄧㄣ 28精

切十三部

緟 增益也 增益之曰緟經傳統叚重爲之非字之本如易之重卦彖傳言重巽又言洊雷震習坎明兩作離兼山艮麗澤兌皆謂緟之也今則重行而緟廢矣增益之則加重故其字从重許書重文若干皆當作緟文

从糸重聲 直容切九部

纕 援臂也 援臂者捋衣出其臂也王制適四方贏股肱注云謂擐衣出其臂脛薷該云擐當作捋擐是穿著之名非出臂之義陸德明曰擐舊音患今宜音宣依字作捋字林云捋捋臂也先全反玉裁按援捋古今字捋俗又作揎鄭作擐猶許作援二聲古同耳字書韵書有从受聲之字今以詛楚文石刻攷之其云亦應受皇天上帝及大沈久湫之幾靈德賜亭剸楚師釋爲爰釋爲援皆可董逌云古受字非也援臂者援引也引褎而上之也是爲纕臂襄訓解衣故其字从襄糸今則攘臂行而纕臂廢矣攘乃揖讓字

从糸襄聲 汝羊切十部廣韵攘臂平聲

纗 維綱中繩也 綱者网之紘也又用繩維之左右皆有繩而中繩居要是曰纗思元賦舊注云纗系也蓋引申之爲凡系之偁思元賦曰纗幽蘭之秋華李善引通俗文曰繫幃曰纗幃者今之香囊也通俗文各本作說文今以意改

从糸巂聲讀若畫 戶圭切廣韵又胡卦切十六部

或讀若維 維疑當作絓

綱 网紘也 各本作維紘繩也今依棫樸正義正紘者冠維也引申之爲凡維系之偁孔穎達云紘者网之大繩商書曰若罔在綱有條而不紊詩曰綱紀四方箋云以罔罟喻之張之爲綱理之爲紀

从糸岡聲 古郎切十部

㭃 古文綱 古文四聲韵作㭃格二形㭃从古文系也

縜 綱紐也 紐者結而可解也大曰系小曰紐綱之系网也必以小繩毌大繩而結於网是曰縜引申爲凡紐之偁梓人爲侯上綱與下綱出舌尋縜寸焉注云綱所以繫侯於植者也縜籠綱者按綱繩麤大故以小繩毌大繩爲紐連於侯其用與网一也

从糸員聲 爲贇切十三部 大鄭曰讀如竹青皮之筠

周禮曰縜寸

綅 綫也 各本綫上有絳字今依閟宮釋文正義正以綫訓綅不言色也綅既爲絳綫則經不必言朱矣閒傳禫而綅襍記注禫既祭乃服禫服朝服綅冠鄭曰黑經白

十三篇上　卅五

縷 ㄌㄩˇ 16來　綫 ㄒㄧㄢˋ 3心　△線　䋑 ㄒㄩㄝˊ 5匣　縫 ㄈㄥˊ 18並　緁 ㄑㄧㄝˋ 29清　△𦇁　紩 ㄓˋ 5定　緛 ㄖㄨㄢˇ 3泥　組 ㄓㄢˋ 3定

緯曰綅別一義

从糸侵省聲 子林切七部又息廉反

詩曰貝胄朱綅 魯頌閟宮文傳曰貝胄貝飾也朱綅以朱綅綴之按毛意謂以朱綫綴貝於胄耳正義謂綴甲非也

縷 綫也 此本謂布縷引申之絲亦名縷

从糸婁聲 力主切古音在四部

綫 縷也 鄭司農周禮注曰線縷也此本謂布縷引申之絲亦偁綫

从糸戔聲 私箭切十四部

線 古文綫 周禮縫人作線鮑人同注曰故書線作綜當爲糸旁泉讀爲絤按線作綜字之誤也絤則鄭時行此字漢功臣表不絕如綫晉灼曰綫今線縷字葢晉時通行線字故云尒許時古線今綫晉時則爲古綫今線葢文字古今轉移無定如此

䋑 縷一枚也 一枚猶一箇也

从糸穴聲 乎決切十二部

縫 以鍼紩衣也 鍼下曰所以縫也召南羔羊之縫傳曰縫言縫殺之大小得其宜引申之義也

从糸逢聲 符容切九部

緁 緶衣也 下文緶下曰緁衣也與此爲轉注衣部曰𧝘者緶也喪服傳曰斬者何不緝也齊者何緝也齊卽𧝘緝卽緁叚借字也緁者緶其邊也

从糸疌聲 七接切八部

𦇁 緁或从習 習聲與緁聲相近也

紩 縫也 與上文縫爲轉注黹下曰鍼縷所紩衣也凡鍼功曰紩

从糸失聲 直質切年二部

緛 衣戚也 戚今之蹙字也古多用戚無蹙字考工記曰不微至無以爲戚速詩鄭箋云縐絺絺之戚戚者今俗改作蹙衣戚衣部所謂襞韋部所謂韏子虛賦襞積褰縐紆徐委曲鬱橈谿谷張揖注曰襞積簡齰也褰縮也縐戚也其縐中文理弟鬱迴曲有似於谿谷也按簡古字襇襉皆今字縐訓戚與鄭箋合俗本譌裁而小顏小司馬皆不得其解甚矣古書之難讀也衣戚亦曰韏衣是爲緛引申之爲凡戚之偁素問曰大筋緛短小筋弛長緛短謂戚而短也緛以衣喻弛以弓喻

从糸耎聲 而沇切十四部

組 補縫也 補者完衣也古者衣縫解曰袒見衣部今俗所謂綻也以鍼補之曰組內則云衣裳綻裂紉鍼請補綴是也引申之不必故衣亦曰縫組古豔歌行曰故衣誰當補新衣誰當綻賴得賢主人覽取爲我組謂故衣誰則補之新衣誰則縫之賴有

十三篇上　卅六

繕ㄕㄢ 3定　絬ㄒㄧㄝ 2心　纍ㄌㄟ 7來　縭ㄌㄧ 1來　緱ㄍㄡ 16見　繄ㄧ 4影

賢主婦見而爲補縫之也綻字古亦作組淺人改之从糸旦聲丈莧切十四部繕補也周禮繕人注曰繕之言勁也善也叔于田序注云繕之言善也曲禮招搖在上急繕其怒注曰急猶堅也繕讀曰勁按許言補其本義也而中含善勁二義故鄭云之言不必如曲禮注之改讀也从糸善聲時戰切十四部絬衣堅也各本無此三字以論語曰絬衣長短右袂冠於从糸之上今補正玉篇注曰堅也廣韵注曰堅絬皆本諸說文古本非能杜撰也自淺人不知許有引經說叚借之例則訓論語絬衣爲堅衣而不可通乃刪其本義徑引論語使絬爲褻之或體殊不思絬果褻或字則當於衣部褻篆之下出一絬篆云褻或从舌聲不得憒憒如是且上文云補縫也下文云綴得理也堅義正與補綴相合列字之次弟可攷者如是衣堅者今蘇州人所謂勸箸也从糸舌聲舌以柔而存天下之至柔馳騁天下之至剛从舌非無意也私列切十五部論語曰絬衣長短右袂鄉黨篇文今論語絬衣作褻裘衣部曰褻私服也然則論語自訓私服而

十三篇上　卅七

作絬者同音叚借也許偁之者說六書之叚借也如玫人姓也而偁無有作玫堋喪葬下土也而偁堋淫于家尚書叚玫爲好叚堋爲朋也纍綴得理也綴者合箸也合箸得其理則有條不紊是曰纍樂記曰纍纍乎端如貫珠此其證也一曰大索也論語作縲字之誤注云黑索也亦誤作累如孟子係累其子弟是亦作羸如易大壯羸其角馬云大索也鄭虞作纍引申之不以罪死曰纍見楊雄反離騷注从糸畾聲畾聲卽靁省聲也力追切十五部按纍絫二字大不同纍在十五部大索也其隷變不得作累絫在十六部增也引申之延及也其俗體作累古所不用縭㠯絲介履也介者畫也謂以絲介畫履間爲飾也葢卽周禮之繶約从糸离聲力知切古音在十七部緱刀劍緱也廣韵曰刀劒頭纏絲爲緱也按謂人所把處如人之喉然从糸侯聲古侯切四部繄戟衣也所以韜戟者猶盛弓弩矢器曰医也叚借爲語詞左傳王室之不壞繄伯舅是賴民不易物惟德繄物毛詩伊可懷也箋云伊當作

縿ㄕㄢ 28心　徽ㄏㄨㄟ 7曉　⿱𣂚糸ㄆㄧㄝ 2幫　紉ㄖㄣ 9泥　繩ㄕㄥ 26定

繄繄猶是也从糸殹聲烏雞切十五部一曰赤黑色繒赤當依玉篇作青巾車王后安車彫面繄總注曰繄讀爲鳧鷖之鷖鷖總者青黑色以繒爲之鄭司農說也縿旌旗之游所屬也各本失所屬二字今補㫃部曰游旌旗之流也周禮巾車注云正幅爲縿游則屬焉正義曰正幅爲縿爾雅文又覲禮正義爾雅說旌旗正幅爲縿唐後爾雅奪正幅爲縿四字邪疏不能攷補縿是旌旗之體游則屬焉故孫炎注曰爲旒於縿郭璞曰縿衆旒所箸戴先生曰游箸縿垂者也交龍鳥隼之屬皆畫於縿爾雅曰纁帛縿鄭本之曰九旗之帛皆用絳上有弧以張縿之幅見覲禮明堂位考工記下以人維之周禮節服氏六人維王之太常爾雅維以縷是也所以太常必維之者正恐其游長曳地毛詩素絲紕之大夫旌旗之游亦維持之也游屬於縿而統於縿然㫃部游下不云旌旗之縿也則知縿下斷不云旌旗之游理合析言之不得渾言矣从糸參聲所銜切古音在七部徽衺幅也卽詩之邪幅也傳曰邪幅偪也所以自偪束也箋云邪幅如今行縢也偪

十三篇上　卅八

束其脛自足至厀按內則謂之偪許云謂之徽未見所出葢猶蔽厀謂之韠與釋詁曰徽善也止也大雅箋云美也自偪束之義之引申也一曰三糾繩也三糾謂三合而糾之也斗部曰糾三合繩易係用徽纆劉表曰三股曰徽兩股曰纆一說糾本三股三糾當爲九股从糸微省聲許歸切十五部⿱𣂚糸扁緒也見條下一曰弩要鉤帶要俗作腰从糸𣂚聲𣂚者籒文折字并列切十五部紉單繩也單各本及集韵作繹非其義李文仲字鑑作繹今依廣韵佩觿作單太平御覽引通俗文曰合繩曰糾單展曰紉織繩曰辮大繩曰絙釋元應引字林單繩曰紉單對合言之凡言綸言糾皆合三股二股爲之紉則單股爲之玉篇曰紉繩縷也展而續之方言曰繝剿續也楚謂之紉葢單股必以他股連接而成離騷曰紉秋蘭以爲佩注紉索也內則紉鍼請補綴亦謂綫接於鍼曰紉从糸刃聲女鄰切古音在十三部繩索也索下云繩也艸有莖葉可作繩索也故从朮糸繩可以縣可以束可以爲閑故釋訓曰兢兢繩

繩戒也周南傳曰繩繩戒愼也**从糸蠅省聲**食陵切蠅字入黽部者謂其虫大腹如黽類也故蠅以黽會意不以黽形聲繩爲蠅省聲故同在古音弟六部黽則古音如芒在弟十部

緈紆未縈繩未縈繩謂未重疊繞之如環者紆者詘也少少詘曲之而已將縈繩先詘曲之引申爲凡紆曲之偁士喪禮陳襲事于房中西領南上不綪注云綪讀爲緈緈屈也江沔之閒謂縈收繩索爲緈按許紆下一曰縈也此卽江沔之閒語也此云紆未縈繩用詘訓也凡器物曲陳之皆曰緈**一曰急弦之聲**聲緈緈然也**从糸爭聲讀若旌**側莖切十一部

縈收卷也卷居轉切各本作拳非也今依韵會玉篇正凡舒卷字古用卿曲之卷今用气勢之捲非也收卷長繩重疊如環是爲縈於營切今俗語尙不誤詩周南葛藟縈之傳曰縈旋也**从糸熒省聲**於營切十一部

絇纑繩絇也纑者布縷也繩者索也絇糾合之謂以讀若鳩知之謂若纑若繩之合少爲多皆是也廣韵絇九遇切絲絇也唐會眞記崔氏書曰奉寄𥝩絲一絇元稹詩曰棼絲不成絇正讀九遇切是唐人多用此語若屨絇禮經及禮記皆作絇周禮作句鄭云箸舄屨之頭以爲行戒句當爲絇聲之誤也玉裁按許不言屨飾但言纑繩絇許意屨絇字當從周禮作句爲正取拘止之意**从糸句聲讀若鳩**古音在四部今其俱切

縋吕繩有所縣也縣者系也以繩系物垂之是爲縋縋之言垂也元應引縣下有鎭**春秋傳曰夜縋納師**見左傳襄十九年**从糸追聲**持僞切按當持位切古音在十五部

絭纕臂繩也纕各本作攘今正纕者援臂也臂褏易流以繩約之是繩謂之絭絭有叚帣爲之者史記滑稽列傳帣韝鞠𦝫徐廣云帣收衣袖也又有叚卷爲之者列女傳趙津女娟攘卷操檝卷卽絭也禾部曰稛絭束也冖部曰冠絭也是引申爲凡束縛之偁**从糸𢍏聲**居願切十四部

緘所吕束匧也所吕二字今補篋者笥也束者縛也束之者曰緘引申之齊人謂棺束曰緘喪大記作咸**从糸咸聲**古咸切古音在七部

縢緘也亦所以束者也周書有金縢凡艸之藟木之虆曰縢俗作藤**从糸朕聲**徒登切六部

編次簡也以絲次弟竹簡而排列之曰編孔子讀易韋編三絕冊字下曰象其札一長一短中有二編之形然則駢比其簡上下用絲編二是以有得青絲編考工記者也禮之編茅爲鼎鼏周禮王后之編列髮爲之亦猶是法也**从糸扁聲**布元切十二部

維車蓋維也車蓋之制詳於考工記而其維無考許以此篆專系之車蓋蓋必有所受矣引申之凡相系者曰維轂維緌維是也管子曰禮義廉恥國之四維**从糸隹聲**以追切十五部

絥車絥也郊祀志雍五時路車各一乘駕被具西時畦時禺車各一乘禺馬四匹駕被具師古曰駕車備馬之飾皆具按駕車之飾此所謂絥也被馬之飾革部所謂鞁也**从糸伏聲**平祕切古音在一部

茯絥或从艸

鞴絥或从革葡聲葡聲伏聲同在弟一部

紅紅綊逗各本少此二字今依全書通例補**棄輿馬飾也**棄輿天子車飾亦妝飾之飾紅綊字今無所攷傳元乘輿馬賦注今不傳**从糸正聲**諸盈切十一部

綊紅綊也其義已釋於上故此但云紅綊也凡縣連字不可分釋者其例如此**从糸夾聲**胡頰切八部

緐馬髦飾也馬髦謂馬鬣也飾亦妝飾之飾蓋集絲條下垂爲飾曰緐引申爲緐多又俗改其字作繁俗形行而本形廢引申之義行而本義廢矣至若鄭注周禮禮記之繁纓繁讀爲鞶帶之鞶謂今馬大帶也此易字之例其說與許說絕殊**从糸每**各本下有聲字非也今刪每者艸盛上出故从糸每會意猶之𩏂字亦以每縣會意也附袁切十四部**春秋傳曰可吕稱旌緐乎**哀廿三年左傳文

䋣緐或从𢍏以弁形聲**𢍏籒文弁**見見部

繮馬紲也釋名曰韁疆也繫之使不得出疆限也**从糸畺聲**居良切十部

紛馬尾韜也韜劒衣也引申爲凡衣之偁釋名曰紛放也防其放弛以拘之也楊子言車輪馬駘馬駘謂結束馬尾豈韜之而後結之與羽獵賦注紛旗流也尙書敵乃干傳曰施汝盾紛離騷

十三篇上

十三篇上

紂ㄓㄡˋ 21定　緧ㄑㄧㄡ 21清　絆ㄅㄢˋ 3幫　𦅾ㄒㄩ 16心　紖ㄓㄣˋ 6定　縼ㄒㄩㄢˋ 3定　縻ㄇㄧˊ 1明　紲ㄒㄧㄝˋ 2心　△䌕

用續紛字皆引申叚借也**从糸分聲**撫文切十三部

紂　馬緧也方言曰車紂自關而東周洛韓鄭汝潁而東謂之緻或謂之曲綯或謂之曲綸自關而西謂之紂**从糸肘省聲**除柳切三部

緧　馬紂也考工記必鰌其牛後注云鰌讀爲緧關東謂紂爲緧按亦作緻商王紂古文尙書作受**从糸酉聲**七由切三部

絆　馬馽也馬部馽下曰馬絆也與此爲轉注小雅縶之維之傳曰縶絆維繫也周頌曰言授之縶以縶其馬箋云縶絆也按縶謂繩用此繩亦謂之縶此凡字之大例有客其冣明者也引申爲凡止之偁**从糸半聲**博慢切十四部

𦅾　絆歬兩足也莊子馬蹏篇連之以羈𦅾崔云絆前兩足也吳都賦𦅾麋麖劉注同**从糸須聲**相主切古音在四部按向秀云馬絆音竦集韵入二腫**漢令蠻夷卒有𦅾**疑有奪字殊下云蠻夷長有罪當殊之此應云蠻夷卒有罪當𦅾之

紖　牛系也牛系所以系牛者也周禮封人作絼鄭司農云絼箸牛鼻繩所以牽牛者今時謂之雉與古者名同後鄭云絼字當以豸爲聲按絼讀如豸池爾切漢人呼雉即絼也絼變作紖而讀丈忍切仍絼雉之雙聲今人讀紖余忍切則非也少儀曰牛則執紖**从糸引聲讀若矤**直引切十二部

縼　㠯長繩系牛也玉篇云以長繩系牛馬放之也**从糸旋聲**辭戀切十四部

縻　牛轡也縻本馬縻也大車駕牛者則曰牛縻是爲縻潘岳賦曰洪縻在手凡言羈縻勿絕謂如馬牛然也**从糸麻聲**靡爲切古音在十七部

䌕　縻或从多多聲麻聲同十七部

紲　犬系也犬字各本無今補少儀犬則執緤牛則執紖馬則執靮注曰緤紖靮皆所以繫制之者按許以此篆次於牛系牛繮之後其爲用少儀顯然也緤本犬系引申之馬亦曰紲故上文繮下曰馬紲也若紲本謂馬則宜次於繮篆後矣**从糸世聲**私列切十五部**春秋傳曰臣負羈紲**春秋僖廿四年左傳文服虔注曰一曰犬韁曰紲古者行則有犬按如服說則紲之本義也如杜說紲馬韁則紲引申之義也服云犬韁許云馬紲

△緤　△繘　△繘

纆ㄇㄛˋ 25明（纆）　緪ㄍㄥ 26見　繘ㄩˋ 8定　綆ㄍㄥˇ 15見　絠ㄍㄞˇ 24定　繳ㄓㄨㄛˊ 20端　䌟ㄅㄧˋ 11幫　緍ㄇㄧㄣˊ 9明　絮ㄒㄩˋ 13心

文意正同

緤　紲或从枼枼亦世聲也

纆　索也易係用徽纆劉表曰三股曰徽兩股曰纆字林曰兩合曰糾三合曰纆**从糸黑聲**莫北切一部按从黑者所謂黑索拘攣罪人也今字从墨

緪　大索也通俗文大索曰緪**一曰急也**淮南子曰張瑟者小弦緪大弦緩高氏注曰緪急也王逸注九歌曰緪急張弦也如月之恆傳曰恆弦也本亦作緪沈重古恆反按手部揯引急也緪與揯音義皆同**从糸恆聲**古恆切六部亦作緪非从亘之絙也亦古鄧切

繘　綆也易井卦汔至亦未繘井羸其瓶鄭云繘綆也方言曰繘自關而東周洛韓魏之閒謂之綆或謂之絡關西謂之繘**从糸矞聲**余聿切十五部

繘　古文从絲

繘　籒文繘从絲叉从曰也曰者叉手也

綆　汲井綆也汲者引水於井也綆者汲水索也何以盛水則有缶缶部曰罌汲缾也是也何以引缾而上則有綆春秋傳具綆缶是也**从糸更聲**古杏切古音在十部讀如岡

絠　彈彄也彈者開弓也彄者弓弩耑弦所凥也弦與弓弩於發矢時相離是名絠**从糸有聲**弋宰切又古亥切一部

繳　生絲縷也生絲爲縷也凡蠶者爲絲麻者爲縷絲細縷𥂕故糾合之絲得偁縷**謂縷系矰矢而㠯隿䠶也**李善文賦注所引有此十字今按有此乃完當作生絲縷系矰矢而㠯隿䠶也共十一字矢部曰矰者隿䠶矢也隹部曰隿者繁䠶飛鳥也徽者繁徽也**从糸敫聲**之若切古音在二部

䌟　䌟謂之罿罿謂之罬罬謂之罦捕鳥覆車也見釋器及网部**从糸辟聲**博厄切十六部

緍　釣魚繁也繁本施於鳥者而鉤魚之繩似之故曰釣魚繁召南曰其釣維何維絲伊緍傳曰緍綸也謂糾絲爲繩也**从糸昏聲**武巾切十三部**吳人解衣相被謂之緍**方言緍緜施也秦曰緍趙曰緜吳越之閒脫衣相被謂之緍緜按大雅荏染柔木言緍之絲傳曰緍被也是其爲古義古訓不始方言也

絮　敝緜也緜者聯散也因以爲絮之偁敝者敗衣也

絡ㄌㄨㄛˋ 14來　纊ㄎㄨㄤˋ 15溪　紙ㄓˇ 10端　△絖　繫ㄒㄧˋ 11溪　⿰糸咅ㄈㄡˇ 24滂　䌌ㄌㄧˊ 10來　緝ㄑㄧˋ 27清

因以爲敦之𢇍敝緜敦緜也是之謂絮凡絮必絲爲之古無今之木緜也以絮納袷衣閒爲袍曰褚亦曰裝褚亦作著以麻縕爲袍亦曰褚 从糸如聲 息據切五部

絡 絮也 今人聯絡之言蓋本於此包絡字漢人多段落爲之其實絡之引申也楊雄傳曰緜絡天地以絮喻也 一曰麻未漚也 陳風曰東門之池可以漚麻傳曰漚柔也箋云於池中柔麻使可緝績作衣服按未漚者曰絡猶生絲之未湅也 从糸各聲 盧各切五部

纊 絮也 玉藻纊爲繭注曰纊今之新緜也按鄭釋纊爲新緜者以別於縕之爲新緜及舊絮也許則謂纊爲絲絮不分新故謂縕爲麻紼與鄭絕異 从糸廣聲 苦謗切十部 春秋傳曰皆如挾纊 春秋宣十二年左傳文

絖 纊或从光

紙 絮一箈也 箈各本譌笘今正箈下曰潎絮簀也潎下曰於水中擊絮也後漢書曰蔡倫造意用樹膚麻頭及敝布魚网以爲紙元興元年奏上之自是莫不從用焉天下咸稱蔡侯紙按造紙昉於漂絮其初絲絮爲之以箈荐而成之今用竹質木皮爲紙亦有緻密竹簾荐之是也通俗文曰方絮曰紙釋名曰紙砥也平滑如砥 从糸氏聲 諸氏切十六部

⿰糸咅 治敝絮也 敝絮猶故絮也 从糸咅聲 芳武切古音在四部

繫 繫䌌也一曰惡絮 一曰猶一名也繫䌌讀如谿黎疊韵字音轉爲緈䌌緈苦堅切廣韵十二齊一先皆曰緈䌌惡絮是也釋名曰煮繭曰莫莫幕也貧者著衣可以幕絮也或謂之牽離煮熟爛牽引使離散如絮也按此與煮繭絓頭不同物編太平御覽者合而一之誤矣 从糸毄聲 大徐古詣切非也此字之本音見周易釋文云直作毄下系者音口奚反集韵繫牽兮切引說文繫䌌今惡絮陸德明丁度非不言之憭然也而六朝以後舍系不用而叚繫爲系遂使繫之本義薶薀終古至鼎臣奉敕校定此書亦徑云古詣切何淺率如是尙自謂用唐韵不知唐韵霽韵內之繫非許書之繫䌌也十六部

䌌 繫䌌也从糸虒聲 郎兮切十六部 一曰維也 此別一義謂䌌亦訓維系

緝 績也 自緝篆至絣篆皆說麻事麻事與蠶事相

絘ㄘˋ 4清　績ㄐㄧ 11精　纑ㄌㄨˊ 13來　綌ㄒㄧˋ 14溪　紨ㄈㄨˊ 16並　繐ㄙㄨㄟˋ 2定　絺ㄔ 7透　△㡁　縐ㄓㄡˋ 16精

似故亦从糸凡麻枲先分其莖與皮曰木因而漚之取所漚之麻而𣏟之𣏟之爲言微也微纖爲功析其皮如絲而撚之而剝之而績之而後爲縷是曰績亦曰緝亦絫言緝績孟子曰妻辟纑趙注曰緝績其麻曰辟按辟與擘肌分理之擘同謂始於析麻皮爲絲也引申之用縷以縫衣亦爲緝如禮經云斬者不緝也齋者緝也是也又引申之爲積厚流光之偁大雅傳曰緝熙光明也是也 从糸咠聲 七入切七部

絘 績所未緝者 各本作績所緝也今依廣韵正兩縷相接而後爲緝未撚接之前豫𣏟纖微諸縷以儲待之是爲絘令其次弟可用也引申之周禮有絘布鄭司農云列肆之稅布 从糸次聲 七四切十五部

績 緝也 豳風八月載績傳曰載績絲事畢而麻事起矣績之言積也積短爲長積少爲多故釋詁曰績繼也事也業也功也成也左傳曰遠績禹功大雅曰維禹之績傳曰績功也 从糸責聲 則歷切十六部

纑 布縷也 言布縷者以別乎絲縷也績之而成縷可以爲布是曰纑禮經縷分別若干升以爲麤細五服之縷不同也趙岐曰湅麻曰纑麻部𪎊下曰未湅治纑也然則湅治之乃曰纑蓋縷有不湅者若斬衰齊衰大功小功之縷皆不湅緦衰之縷則湅之若吉服之縷則無不湅者不湅者曰𪎊湅者曰纑統呼曰縷 从糸盧聲 洛乎切五部

紨 布也 謂布名 一曰粗紬 謂大絲繒之粗者漢書武五子傳嚴延年女羅紨 从糸付聲 防無切五部

繐 蜀細布也 左思蜀都賦黃潤比筒注黃潤謂筒中細布也楊雄蜀都賦曰筒中黃潤一端數金 从糸彗聲 祥歲切十五部

絺 細葛也 葛者絺綌艸也其緝績之一如麻枲其所成之布細者曰絺粗者曰綌蓋艸有不同如今之葛布有黃艸葛其粗者也 从糸希聲 丑脂切十五部

綌 粗葛也从糸谷聲 綺戟切古音在五部

㡁 綌或从巾

縐 絺之細者也 者字依御覽補 詩曰蒙彼縐絺 庸風君子偕老文傳曰蒙覆也絺之靡者爲縐按靡謂紋細皃如水紋之靡靡也米部曰糲碎也凡言靡麗者皆取糲義謂其極細此毛說與鄭說

絟ㄑㄩㄢˊ 3清　紵ㄓㄨˋ 13定　△ 絝　緦ㄙ 24心　△ 累　緆ㄒㄧ 11心

之不同也一曰戚也戚各本作蹴蹴者躡也非其義蓋本作戚俗作蹙又改爲蹴耳今正鄭箋云縐絺絺之蹙蹙者此鄭說之異毛也戚戚者如今皺紗然上文云緀衣戚也子虛賦襞積褰縐張揖注云縐戚也从糸芻聲側救切四部

絟細布也江都王傳遺帝荃葛師古曰字本作絟千全反又千劣反江南筩布之屬皆爲荃也从糸全聲此緣切十四部

紵檾屬檾者枲屬也陳風曰東門之池可以漚紵細者爲絟布白而細曰紵各本作粗者爲紵今依元應書正卷十二十五略同也周禮典枲掌布緦縷紵之麻艸之物白而細疏曰紵古亦借爲褚衣之褚从糸宁聲直呂切五部

紵或从緒省

緦十五升抽其半布也各本無抽其半三字當由不通人刪之今補緦者布名猶大功小功皆布名也經云緦麻三月者注云緦麻緦布衰裳而麻絰帶也今本注內刪下緦字則不可通矣傳曰緦者十五升抽其半有事其縷無事其布曰緦凡布幅廣二尺二寸禮經布八十縷爲升卽許之布八十縷爲稷也斬衰三升三升有半齊衰四升繐衰小功之縷四升有半大功八升若九升小功十升若十一升緦布朝服之縷七升有半升數各不同而皆合二尺二寸之度以成布十五升去半者十五升朝服之升數也去其半則爲七升有半朝服用十五升其布密緦用其半其布疏謂之緦者鄭曰治其縷細如絲也傳所謂有事其縷也繐衰用小功之縷而升數不及半緦用朝服之縷而升數祇取半皆聖人因宜適變之精意一曰兩麻一絲布也此說非也鄭注喪服曰或曰有絲朝服用布何衰用絲乎从糸思聲息茲切一部

古文緦从思省思各本作糸誤今正

緆細布也布一本作麻古亦呼布爲麻也燕禮冪用綌若錫鄭注今文錫爲緆緆易也治其布使滑易也按今文其本字古文其叚借字也子虛賦被阿錫卽列子之衣阿緆許意從禮今文故錄緆字喪服錫衰傳曰錫者何也麻之有錫者也錫者十五升抽其半無事其縷有事其布曰錫按據是則緆之與緦但一事其縷一事其布爲少異耳其爲十五升之半則同也何

△ ⿸麻易　繐ㄙㄨㄟˋ 5心

緦下偁傳以釋之而緆下不偁傳也曰緦在五服之內故聖人特製其字錫衰不在五服內故聖人用錫之名不別製字錫衰之錫與細布之緆其實不同也蓋古者布十五升爲最細十五升布成治之使滑易是曰緆錫衰則半十五升而治之亦名曰緆實非錫也是以傳之釋經也先之曰錫者何也麻之有錫者也有讀爲又言麻既爲布矣而又加灰易之此言緆之本義也繼之曰錫者十五升抽其半無事其縷有事其布曰錫此釋錫衰之錫也兩言錫者意各有在許作字書釋緆本義故祇曰細麻而不必詳十五升去半之緆蓋用傳前說以包後說矣从糸易聲先擊切十五部

緆或从麻先鄭曰錫麻之滑易者劉熙曰錫易也治其麻使滑易也古說謂治麻曰錫

繐細疏布也禮經曰繐衰裳牡麻絰既葬除之者傳曰繐衰者何以小功之縷也注云治其縷如小功而成布四升半細其縷者以恩輕也升數少者以服至尊也凡布細而疏者謂之繐今南陽有鄧繐按小功十升若十一升成布而疏此用小功之縷四升半成布是爲縷細而布疏其名曰繐者布本有一種細而

緰ㄊㄡˊ 16定　縗ㄘㄨㄟ 7清　絰ㄉㄧㄝˊ 5定

疏者曰繐但不若繐衰之大疏而繐衰之名繐實用其意故鄭舉凡布以名之劉氏釋名說繐衰亦曰細而疏如繐也許云細疏布亦謂凡布不主繐衰與緆本爲細布名而錫衰之錫取以爲名正同故皆不引禮傳从糸惠聲私銳切十五部按此篆各本在前絙纍二篆之間非其次也今移此以正之

緰緰貲逗布也謂布名急就篇服瑣緰帶與繒連師古曰緰帶緆布之尤精者也帶貲同从糸俞聲度侯切四部

縗喪服衣喪字各本無今補凡服上曰衣下曰裳禮衰裳連言卽衣裳也以衰統負板辟領等爲言也長六寸博四寸直心禮喪服記曰衰長六寸博四寸注云廣袤當心也前有衰後有負板左右有辟領孝子哀戚無所不在按縗經典多叚借衰爲之从糸衰聲倉回切古音在十七部

絰喪首戴也喪服經苴絰注曰麻在首在要皆曰絰絰之言實也明孝子有忠實之心故爲制此服焉首絰象緇布冠之缺項要絰象大帶又有絞帶象革帶按絰傳首要皆言絰而首章傳苴絰大搹去五分一以

緶 ㄆㄧㄢˊ 3並　⿸戶糸 ㄇㄛˋ 13明　⿰糸封 ㄅㄥ 18幫　緉 ㄌㄧㄤˇ 15來

爲帶齊衰之經斬衰之帶也云云然則在首爲經在要爲帶經特舉經以統帶耳故許以喪首戴釋經猶言當心之纕則負板辟領皆統其中也从糸至聲徒結切十二部

緶交枲也謂以枲二股交辮之也交絲爲辮交枲爲緶一曰緁衣也上文緁下云緶衣也此云緶緁衣也是爲轉注从糸便聲房連切十一部

⿸戶糸履也履者足所依也方言曰絲作之者謂之履麻作之者謂之不借或謂之屨或謂之鞔角或謂之䩱或謂之屝屨其通語也一曰青絲頭履也上義謂麻作之此義謂青絲爲頭讀若阡陌之陌許書無阡陌蓋當作什佰也一曰以下十三字當在从糸戶聲之下从糸戶聲大徐亡百切郭景純下瓦反一音畫古音在五部

⿰糸封枲履也枲者麻也急就篇屐屩絜蔍今俗語屩之判合爲幫讀如邦从糸封聲博蠓切九部

緉履兩枚也齊風葛屨五兩屨必兩而後成用也是之謂緉一曰絞也一曰猶一名也方言緉緛絞也關之東西或謂之緉緛絞通語也按緉之言兩也緛之言雙也絞之言交也从糸兩兩亦聲各本兩作兩篆作緉非當正力讓切十部

絜 ㄐㄧㄝˊ 2見　繆 ㄇㄡˊ 21明　綢 ㄔㄡˊ 21定　䋈 ㄋㄡˊ 13泥

絜麻一耑也一耑猶一束也耑頭也束之必齊其首故曰耑人部係下云絜束也是知絜爲束也束之必圍之故引申之圍度曰絜束之則不㧑曼故又引申爲潔淨俗作潔經典作絜从糸㓞聲古屑切十五部

繆枲之十絜也枲卽麻也十絜猶十束也亦叚爲謬誤字亦叚爲謚法之穆一曰綢繆也唐風綢繆束薪傳曰綢繆猶纏緜也鴟鴞鄭箋同皆謂束縛重疊从糸翏聲武彪切三部

綢繆也謂枲之十絜一曰綢繆二義皆與同也今人綢繆字不分用然詩都人士單用綢字曰綢直如髮毛傳以密直釋之則綢卽稠之叚借也从糸周聲直由切三部按此二篆疑有譌亂

䋈絜緼也絜緼謂束緼也束緼見蒯通傳一曰敝絮也敝絮謂孰緜也前說謂麻此謂絲从糸奴聲女余切五部易曰需有衣䋈既濟六四爻辭按此篆舊在繫

緼 ㄩㄣ 9影　紼 ㄈㄨˊ 8幫　絣 ㄅㄥ 12幫　紕 ㄆㄧ 4幫

篆之前彼上下文皆言絲絜非其類今移次於此

緼紼也玉藻纊爲繭緼爲袍注曰纊新緜也緼今之纊及故絜也纊及故絜者謂以新緜合故絜裝衣鄭說與許異衣部曰以絜曰襺以緼曰袍許絲絜不分新舊槩謂之纊以亂麻謂之緼孔安國釋論語曰緼枲著也許所本也蒯通傳束緼乞火師古曰緼亂麻从糸昷聲於云切十三部亦上去聲

紼亂枲也枲各本作系不可通今正亂枲者亂麻也可以裝衣可以然火可以緝之爲索故采尗毛傳曰紼繂也言用紼爲索也从糸弗聲分勿切十五部

絣氐人殊縷布也漢武都郡應劭曰故白馬氐羌華陽國志曰武都郡有氐傻殊縷布者蓋殊其縷色而相閒織之絣之言駢也从糸并聲北萌切十一部自緝篆至此篆皆說麻事也

紕氐人𦇧也氐人所織毛布也周書伊尹爲四方獻令正西以紕罽爲獻後漢西南夷傳冄駹夷能作毞毲毞卽紕也華陽國志同禮記用紕爲紕繆字从糸毛似糸故从糸比聲讀若禹貢玭珠卑履切十五部

𦇧 ㄐㄧˋ 2見　縊 ㄧˋ 11影　綏 ㄙㄨㄟ 7心

亦平聲玭珠見玉部注

𦇧西胡毳布也西胡見玉部玭注毳者獸細毛也用織爲布是曰𦇧亦叚罽爲之从糸罽聲居例切十五部

縊絞也絞各本作經庸人所改也今正交部曰絞縊也與此爲轉注絞縊必兩股辮爲之喪服傳曰喪之經不摎垂盇不成也不摎垂謂不絞也經本訓從絲爲一股縊死必兩股爲之以其直縣也故亦謂之經許解縊必不云經也左傳曰若其有罪絞縊以戮手部曰摎縛殺也从糸益聲於賜切十六部春秋傳曰夷姜縊桓十六年左傳文

綏車中靶也靶各本作把玉篇作車中靶也廣韵引說文同按靶是把非靶者轡也轡在車前而綏則系於車中御者執以授登車者故別之曰車中靶也少儀曰車則脫綏執以將命綏本系於車中故可脫郭璞注子虛賦曰綏所執以登車論語曰升車必正立執綏周生烈曰正立執綏所以爲安按引申爲凡安之偁从糸妥聲聲字各本無今補妥字見禮經小雅許偶遺之今已補於女部毛公曰妥安坐也綏以妥會意卽以妥形聲今古音在十七部

彝 4 定　△[illegible]　△[illegible]　素 13 心

部今音息遺切 彝 宗廟常器也 彝本常器故引申爲彝常大雅民之秉彝傳曰彝常也 从糸 糸綦也 綦許書所無當作幂周禮幎人以疏布巾幎八尊以畫布巾幎六彝彝尊必以布覆之故从糸也 廾持之 之字今補廾竦手也尊下亦曰廾以奉之 米器中實也 酒者米之所成故从米 从彑象形 各本作彑聲非也今依韵會正彑者豕之頭銳而上見也爵从鬯又而象雀之形彝从糸米廾而象畫鳥獸之形其意一也故云與爵相似 此與爵相侣 相似猶同意也以脂切十五部 周禮六彝雞彝鳥彝黃彝虎彝蜼彝斝彝㠯待祼將之禮 見春官司尊彝職 彝 彝 皆古文彝

文二百四十八 宋本八今本九 重三十一

素 白致繒也 繒之白而細者也致者今之緻字漢人作注不作緻近人改爲緻又於糸部增緻篆皆非也鄭注襍記曰素生帛也然則生帛曰素對湅繒曰練而言以其色白也故爲凡白之偁以白受采也故凡物之質曰素如設下一曰素也是也以質未有文也故曰素食曰素王伐檀毛傳曰素空也 从糸𠂹取其澤也 澤者光潤也毛潤則易下𠂹故从糸𠂹會意桑故切五部 凡素之屬皆从素

[illegible] 素屬从素廾聲 居玉切三部

約 白約 逗 縞也 縞者鮮支也急就篇有白約顏注曰謂白素之精者其光約約然也 从素勺聲 以灼切二部

繂 素屬 素當作索索見朩部繩索也从素之字古亦从糸故繛字或作繛或作繂朩朩毛傳曰紼繂也謂麻繩也今說文譌作素屬乃不可通矣 从素率聲 所律切十五部

繛 繛也 淇澳毛傳曰綽緩也 从素卓聲 昌約切二部 綽 繛或省 今多如此作

䌰 繛也 糸部曰紓緩也然則緩紓也 从素爰聲 胡管切十四部大徐管作玩非 緩 緩或省 今多如此作

十三篇上　兲

絲 24 心　轡 4 幫　𢇇 3 見　率 8 心　虫 7 曉

文六　重二

絲 蠶所吐也 吐者寫也 从二糸 息茲切一部 凡絲之屬皆从絲

轡 馬轡也从絲車 各本篆文作轡解作从絲从叀五經文字同中从軸末之叀也惟廣韵六至轡下云說文作轡此蓋陸法言孫愐所見說文如此而僅存焉以絲運車猶以扶輓車故曰轡與連同意祗應从車不煩从叀也今據以正誤 與連同意 見連輦二字下兵媚切十五部 詩曰六轡如絲 小雅皇皇者華文此非以證轡字乃以釋从絲之意也六轡如絲毛傳曰言調忍也如絲則是以絲運車故其字从絲車凡引經說會意之例如此

𢇇 織㠯絲毌杼也 織字下各本衍絹字玉篇又誤絹今刪以絲各本誤作从糸毌作貫今正杼者機之持緯者毌穿物持之也以絲貫於杼中而後織是之謂𢇇杼之往來如關機合開也 从絲省卝聲 卝者卵字也鉉等云古磺字非也古還切十四部 卝古文卵字

各本無此五字今補說詳卵部

文三

率 捕鳥畢也 畢者田网也所以捕鳥亦名率按此篆本義不行凡衛訓將衛也達訓先導也皆不用本字而用率又或用帥如縣傳云率循也北山傳云率循也其字皆當作達是也又詳帥下左傳藻率服虔曰禮有率巾卽許書之帥也 象絲网 謂[illegible] 上下其竿柄也 上其竿之露者下其柄也畢网長柄 所律切十五部 凡率之屬皆从率

文一

十三篇上　罕

虫 一名蝮 爾雅釋魚蝮虫今本虫作虺 博三寸首大如擘指 釋魚文擘指大指也郭云此自一種蛇人自名爲蝮虺今蝮蛇細頸大頭焦尾色如艾綬文文閒有毛似豬鬣鼻上有鍼大者長七

蚺 30泥　螾 6定　蠆 9溪　螣 26定　蝮 22滂

八尺一名反鼻非虺之類此足以明此自一種蛇按此注見斯于正義及小顏田儋傳注郭意爾雅之蝮今無此物今之蝮蛇非爾雅之蝮蛇也**象其臥形**虫篆象臥而曲尾形它篆下云虫也象冤曲垂尾形許偉切十五部**物之敚細或行或飛**或飛二字依爾雅釋文補**或毛或羸**羸見衣部但也俗作羸非**或介或鱗吕虫為象**按以為象言以為象形也从虫之字多左形右聲左皆用虫為象形也月令春其蟲鱗夏其蟲羽中央其蟲倮虎豹之屬恆淺毛也秋其蟲毛冬其蟲介許云或飛者羽也古虫蟲不分故以蟲諧聲之字多省作虫如融蝕是也鱗介以虫為形如螭虯盦蚌是也飛者以虫為形如蝙蝠是也毛羸以虫為形如蝯蜼是也**凡虫之屬皆从虫**

虫也是曰轉注考老之例也招竈曰蝮蛇蓁蓁**从虫复聲**芳目切三部玉裁按虫蝮二篆說解蓋有疑焉許它下解云虫也从虫而長象冤曲朩尾形虫篆下說云象其臥形然則虫乃不朩尾之它它乃朩尾之虫二篆實一字也乃解虫為蝮援爾雅博三寸頭大如擘以實之依爾雅之形則頭廣一寸身廣三寸必四足之它乃有此形而許所云象其臥象其冤曲朩尾者必無足之它而非四足之它也無足為它之常形故其臥曰虫舒之曰它而非龜黿篆从它篆之上體亦未嘗非虫篆之上體也然則以蝮訓虫似非許意矣況爾雅蝮虫在釋魚陸云今作虺尋其形見非無足之它諸書皆云至毒則卽字林所謂蝝聽之類故景純亦云今俗細頭大頭之蝮它非爾雅之蝮它許書以雖虺蜥蝘蜓蚖六篆同四足者類記蓋許意虫為無足它虺為四足它各不相涉爾雅古本作蝮虫乃是借虫以為虺博三寸首大如擘者乃虺之形非虫之形許書虫篆下作它也象其臥形而無蝮虫也从虫复聲之云則文從字順矣蝮字恐古爾雅祇作復故知許不當有

神它也荀卿曰螣蛇無足而飛毛詩段借為蟘字**从虫朕聲**徒登切六部

大它可食从虫冄聲人占切七部

螾也釋蟲曰蠆蚓豎蠶許謂蠆也蚓也豎蠶也一物三名也蚓許作螾**从虫堇聲**弃忍切十三部

側行者考工記郤行仄行鄭曰郤行螾衍屬仄行蟹屬與許異今觀巨蚓實郤行非側行鄭說長也巨蚓俗曰曲蟮漢巴郡有朐忍縣以此蟲得名巨朐曲一語之轉也或譌朐忍為朐䏰讀如蠢潤二音遠失之矣**从虫寅聲**余忍切十二部

螾或从引

螉蝬各本無此二字今補**蟲在牛馬皮者**爾雅釋文引字林螉蝬似蟒蟲在牛皮者字林本說文也郭氏爾雅注蜙蝬一作螉蝬此謂蜙蝑春黍**从虫翁聲**烏紅切九部

螉蝬也从虫從聲子紅切九部

知聲蟲也十部曰肸蠁布也釋蟲曰國貉蟲蠁廣雅曰土蛹蠁蟲**从虫鄉聲**許兩切十部

司馬相如說从向鄉向聲同也按春秋羊舌肸字叔向說者向讀上聲蓋向者蚼之省也以肸蠁為名字

蟲也謂蟲名也按玉篇以蛁蟧釋之非也蛁自蟲名下文蛺下蛁蟧別一蟲名凡單字為名者不得與雙字為名者相牽混蛁蟧卽蛁蟧不得以釋蛁也**从虫召聲**都僚切二部

蟲也謂蟲名**从虫㲋聲**祖外切十五部

繭蟲也按許於繭曰蠶衣也於絲曰蠶所吐也於蠶曰任絲蟲也於䖸曰蠶化飛䖸也蛹之為物在成繭之後化䖸之前非與蠶有二物也立文不當曰繭蟲當曰繭中蠶也乃使先後如貫珠然疑轉寫必有譌亂**从虫甬聲**余隴切九部

蛹也見釋蟲顏氏家訓曰莊子螝二首螝卽古虺字見古今字詁按字詁原文必曰古螝今虺以許書律之古字段借也**从虫鬼聲讀若潰**胡罪切十五部

腹中長蟲也从虫有聲戶恢切古音在一部

腹中短蟲也倉公列傳診其病曰蟯瘕**从虫堯聲**如招切二部

佀蜥易而大易各本作蜴誤今正此字之本義也自借以為語詈匙有知其本義者矣常棣云每有良朋又云雖有兄弟傳云每雖也凡人窮極其欲曰恣睢雖即睢也按方言守宮在澤中者東齊海岱謂之螔蜥注云似蜥易大而有鱗蜥字疑雖之誤**从虫唯聲**息遺切十五部

吕注鳴者者字今補注者

蟯 19泥　蚓　蝬 18精　螉 18影　蠁 15曉　蚼　蛁 19端　[illegible] 8精　蛹 18定　螝 7匣　蛕 24匣　雖 7心　虺 8曉

蜥 ㄒㄧ 11心　蝘 ㄧㄢˇ 3影　蜓 ㄊㄧㄥˊ 12定　蚖 ㄩㄢˊ 3疑

△匽䖵

味字之叚借許用考工記文也梓人職云以注鳴者鄭云精列屬與許不同也上文雖下云似蜥易下文蜥下云蜥易則虺爲蜥易屬可知矣今爾雅以爲虫蝮字詩曰胡爲虺蜥小雅節南山文今詩蜥作蜴蜴卽蜥字也从虫兀聲許偉切十五部蜥易也易下曰蜥易蝘蜓蝘蜓守宮也渾言之此分別蜥易蝘蜓榮螈爲三析言之也方言曰守宮秦晉西夏或謂之蠦蠼或謂之蜥易从虫析聲先擊切十六部蜥亦作蜴詩胡爲虺蜥今作虺蜴其音同也在壁曰蝘蜓在艸曰蜥易析言之从虫匽聲於殄切十四部蝘或从䖵蝘蜓也从虫廷聲徒典切古音在十一部一曰螾蜓一曰謂一名也榮蚖逗它醫榮蚖之異名也釋魚曰蠑螈蜥易也小雅節南山傳曰蜴螈也蜴當作易螈當作蚖榮蚖或單評蚖史記龍漦化爲[元]蚖以入王後宮是也方言曰其在澤中者謂之易蜴音析南楚謂之蚖醫或謂之蠑螈東齊海岱謂之螔蝀㠯注鳴者謂與虺皆以味鳴也从虫元聲愚袁切十四部

蠸 ㄑㄩㄢˊ 3匣

蟲也謂蟲名未詳何物釋蟲有蠸輿父守瓜一曰大螫也螫者蟲行毒也大螫者大行毒也讀若蜀都布名糸部曰縳蜀細布也此謂大螫之讀若縳从虫雚聲巨員切十四部

螟 ㄇㄧㄥˊ 12明

蟲食穀心者吏冥冥犯法卽生螟心各本譌葉今依開元占經正釋蟲毛傳皆曰食心曰螟食葉曰蟘食根曰蟊食節曰賊云吏冥冥犯法卽生螟正爲食心言之惟食心故从虫冥會意从虫冥冥亦聲此从宋本及小徐本莫經切十一部按鉉本於此下妄增又螟蛉三字宋本所無且螟蠕桑蟲也見下文字不作蛉

蟘 ㄊㄜˋ 25定

蟲食苗葉者見爾雅毛傳吏气貣則生蟘貣各本作貸今正气貣皆求也貝部曰貣从人求物也冥螟貣蟘皆疊韵左傳曰妖由人興也人無釁焉妖不自作故螟蟘蝨之害皆由吏鄭箋大田云明君以正己而去之正己可去則不正可招李巡孫炎皆謂由政所致也从虫貣貣亦聲各本篆作蟘解作从虫貣貣亦聲今正徒得切一部叚螣字爲之一部與六部合聲也詩曰去其螟蟘小雅大田文今詩作螣叚借字也

蚰 ㄑㄩ 8溪

蟣 ㄐㄧˇ 7見　蛭 ㄓˋ 5端　蝚 ㄖㄡˊ 21泥　蛣 ㄐㄧㄝˊ 5溪　蟫 ㄊㄢˊ 28定　蛵 ㄒㄧㄥ 12匣

蝨子也蝨齧人蟲也子其卵也戰國策作幾瑟叚借字也一曰齊謂蛭曰蟣釋魚蛭蟣注曰今江東呼水中蛭蟲入人肉者爲蟣从虫幾聲居豨切十五部

蟣也此蒙上蟣字第二義釋之似後人所移原書當不在是水蛭者今之馬黃既是水物當與下蛟螭蚪蜦爲類蛭蟣釋魚文从虫至聲之日切十二部

蛭蝚逗至掌也釋蟲文郭云未詳本艸經水蛭味鹹一名至掌是名醫謂卽水蛭也从虫柔聲耳由切三部

蛣蚰逗蝎也釋蟲曰蝎蛣蝹也郭云水中蠹蟲按下文蝎蝤蠐也不識何以不類記从虫吉聲去吉切十二部

蛣蚰也从虫出聲區勿切十五部今爾雅作蝹

白魚也今衣書中白蟲有粉如銀者是也一名蛃魚本艸經謂之衣魚从虫覃聲余箴切七部

丁蛵逗疊韵負勞也釋蟲文郭曰卽蜻蛉也江東呼狐棃所未聞按許意非蜻蛉也許下文蛉下云蜻蛉也一名桑根不與此爲伍則許意不謂蜻蛉可知从虫巠聲戶經切十一部

蜭 ㄏㄢˋ 30匣　蟜 ㄐㄧㄠˇ 19見　蛓 ㄘˋ 24清　䖯 ㄎㄨㄟ 10影

毛蠹也釋蟲文蠹者木中蟲也蜭居木中其形外毛能食木故曰毛蠹是爲蜭蜭之言陷也从虫臽聲乎感切八部

蟲也謂蟲名按上蜭下蛓同類也則蟜當亦蜭蛓之類耳从虫喬聲居天切二部

毛蟲也不曰毛蠹者不居木中但食葉也釋蟲云螺蛅蜇郭云蛓屬也今青州人呼蛓爲蛅蜇孫叔然云八角螫蟲失之按今俗云刺毛者是也食木葉體有棱角有毛有采色毛能螫人叔然說不誤也其老而成蛹則外有殼如雀卵然本艸經謂之雀甕或出成蛾放子如蠶子或卽卵育於殼中故本艸云雀甕蛅蟖房也蛅蟴音髯斯从虫𢦏聲讀若笥三字依爾雅釋文補千志切一部本艸作蛓音同

蠆也盩殺萬物也史記律書北至於蠆蠆者主毒盩殺萬物也蠆而藏之九月也从虫圭聲烏蝸切十六部篇韵

蚔ㄑㄧˊ 10匣　蠆ㄔㄞˋ 2透　△⿱萬䖵　蝤ㄑㄧㄡˊ 21從　蠐ㄑㄧˊ 4從　蝎ㄏㄜˊ 2匣　強ㄑㄧㄤˊ 15匣　△⿱彊䖵　蚚ㄑㄧˊ 9匣　蜀ㄕㄨˇ 17定　蠲ㄐㄩㄢ 11見

皆口圭切

鼃也此篆與螘子之蚳迥別孟子書當是蚳鼃鼃卽鼃大夫以蚳鼃爲名也从虫氏聲巨支切十六部

毒蟲也左傳曰蠆有毒詩曰卷髮如蠆通俗文曰蠆長尾謂之蠍蠍毒傷人曰蛆蛆張列反或作䖿旦聲非且聲也象形按不曰从虫象形而但曰象形者虫篆有尾象其尾也蠍之毒在尾詩箋云蠆螫蟲也尾末揵然似婦人髮末上曲卷然其字上本不从萬以苗象其身首之形俗作蠆非且與牡蠣字混丑芥切按字林他割反元應書他達切皆舊音也十五部

⿱萬䖵或从䖵蠍尾有單鉤者有雙鉤者故或从䖵

蝤蠐也詩衛風領如蝤蠐傳曰蝤蠐蝎蟲也爾雅同按下文云蝎蝤蠐也然則二者爲轉注从虫酋聲字秋切三部

蠐螬也釋蟲蝤蠐蝎郭云在木中者蟦蠐螬郭云在糞土中者也是二者似同而異宋掌禹錫蘇頌亦辯蠐螬與蝤蠐蝎不同許意謂蝤蠐蝎爲一物而蠐螬下不云蝎也葢亦不謂一物矣从虫齊聲徂兮切十五部

蝤蠐也釋蟲曰蝎桑蠹桑中蟲也按上文許云蛣蚰蝎也不類廁於此者許意蛣蚰別爲一物也葢一類而種別者多矣从虫曷聲胡葛切十五部

蚚也下云蚚強也二字爲轉注釋蟲曰強醜捋郭曰以腳自摩捋叚借爲彊弱之彊从虫宏聲此聲在六部而強在十部者合韵也巨良切

籒文強从䖵从彊據此則強者古文秦刻石文用強是用古文爲小篆也然以強爲彊是六書之叚借也

強也从虫斤聲巨衣切古音在十三部

葵中蠶也葵爾雅釋文引作桑詩曰蜎蜎者蠋蒸在桑野似作桑爲長毛傳曰蜎蜎蠋皃蠋桑蟲也傳言蟲許言蠶者蜀似蠶也淮南子曰蠶與蜀相類而愛憎異也桑中蠹卽蝤蠐从虫上目象蜀頭形中謂勹象其身蜎蜎市玉切三部詩曰蜎蜎者蜀豳風文今左旁又加虫非也

馬蠲也馬蠲亦名馬蚿亦名馬蚈亦名馬蠸見呂覽仲夏紀淮南時則訓高注而爾雅釋蟲蛝馬䗃郭注馬蠲蚼俗呼馬䗃方言曰馬蚿大者謂之馬

螕ㄅㄧ 4幫　蠖ㄏㄨㄛˋ 14影　蝝ㄩㄢˊ 3定　螻ㄌㄡˊ 16來　蛄ㄍㄨ 13見　蠪ㄌㄨㄥˊ 18來　蛾ㄜˊ 1疑

蚰蚰蜒同字也莊子謂之蚿多足蟲也今巫山夔州人謂之艸鞵絆亦曰百足蟲茅茨陳朽則多生之故淮南呂覽皆曰腐艸化爲蚈高注曰蚈讀如蹊徑之蹊是也其注淮南云一曰熒火乃備異說鄭注戴記腐艸爲熒曰熒飛蟲熒火也葢非古文古說从虫罒象形不云从蜀者物非蜀類又書無蜀部也益聲益聲在十六部故蠲之古音如圭韓詩吉圭爲饎毛詩作吉蠲蠲乃圭之叚借字也唐詩水搖文蠲動亦尙讀如桂音轉乃讀古懸切明堂月令曰腐艸爲蠲許所據者古文古說

齧牛蟲也今人謂齧狗蟲語亦同通俗文曰狗蝨曰螕从虫毘聲邊兮切十五部

尺蠖逗疊韵字詘申蟲也詘各本作屈非今正詘者詰詘也曲也易毄辭曰尺蠖之詘以求信也信古伸字釋蟲曰蠖尺蠖注今蝍蝛方言曰蠀蝛謂之蚇蠖注又呼步屈从虫蒦聲烏郭切五部

復陶也釋蟲曰蝝蝮蜪俗字从虫也國語曰蟲舍蚳蝝韋注蝝蝮蜪也可以食按此說葢與下文二說畫然爲三郭注爾雅則牽合董說耳復陶未知於今何物劉歆說蝝蚍蜉子也此與下董說皆說春秋也宣十五年冬蝝生五行志曰劉歆以爲蝝蚍蜉之有翼者食穀爲災按志云有翼此云子亦異董仲舒說蝝蝗子也何注公羊曰蝝卽螺也始生曰蝝大曰螺五行志曰董仲舒劉向以爲蝗始生也螺卽螽字董何說同也从虫彖聲與專切十四部

螻蛄也今之土狗也从虫婁聲洛侯切四部一曰螜天螻釋蟲文郭注云螻蛄也按依郭則此一曰猶一名耳但恐郭注未安方言蟦螬或謂之蝖螜或謂之天螻則非螻蛄也許書無螜字

螻蛄也孟子蠅蚋姑嘬之蚋一作蠕或云蠕姑卽螻蛄也从虫古聲古乎切五部

蠪丁螘也按此當於蠪丁爲逗各本刪蠪字者非也讀爾雅者以丁螘爲句亦非蠪丁螘之一名耳爾雅丁作朾从虫龍聲盧紅切九部

羅也蛾羅見釋蟲許次於此當是螘一名蛾古書說蛾爲蠶蠹者多矣蛾是正字蟻是或體許意此蛾是螘䖵部之𧕒是

螘 7疑　蚳 4定　△[illegible]　△[illegible]　蠜 3並　𧍐 8心　蝒 3明　蟷 15端　蠰 15泥　(蟷)　蜋 15來　蛸 19心　蛢 12並

蠶蝥二字有別郭注爾雅蛾羅爲蠶蝥非許意也爾雅螘字本或作蛾蝥古因二字雙聲通用要之本是一物非叚借也从虫我聲五何切十七部今音則魚綺反在十六部蠶蠹也俗作蚍蜉非是今正蟲部曰蠶蠹大螘也析言之也渾言之則凡螘皆曰蠶蠹爾雅蚍蜉大螘小者螘亦是析言从虫豈聲魚綺切按當魚豈切古音在十五部廣韵入尾韵者古音也入紙韵者緣蟻字而合之也螘子也釋蟲曰螘子蚳郭云蟻卵也周禮饋食之豆有蚳醢鄭曰蚳蛾子國語蟲舍蚳蝝韋注同从虫氏聲直尼切十五部周禮有蚳醢天官醢人文讀若祁籒文蚳从䖵古文蚳从辰土从土者出之土中也从辰者辰聲也古氏聲辰聲相似祇振字通用是其例自蠜也召南趯趯阜螽傳曰阜螽蠜也趯趯躍也从虫樊聲附袁切十四部悉𧍐也唐風蟋蟀在堂傳曰蟋蟀蛬也按許書無蛬字今人叚蛩爲之从虫帥聲所律切十五部

按蟋蟀皆俗字馬蜩也與釋蟲同凡言馬者謂大馬蜩者蜩之大者也方言曰蟬其大者謂之蟧或謂之蝒馬蝒馬二字誤倒此篆不與下文蜩蟬蟧蛺諸篆爲伍不得其故恐是淺人亂之耳从虫面聲武延切十四部蟷蠰逗不過也皆蟷螂別名从虫當聲都郎切十部蟷蠰也从虫襄聲汝羊切十部堂蜋也堂蜋與蟷蠰一語小異耳从虫良聲魯當切十部一名蚚父蚚各本作蚚今依爾雅音義正堂蜋臂有斧能斫故曰蚚父郭云江東呼爲石蜋石即蚚今江東呼蚚郎[illegible]蛸逗堂蜋子月令仲夏之月螳蜋生注云螳蜋螵蛸母也鄭志王瓚問曰爾雅莫貈螳蜋同類物也今沛魯以南謂之蟷蠰三河之域謂之螳蜋燕趙之際謂之食厖齊濟以東謂之馬敫然名其子則同云螵蛸是以注云螵蛸母也按堂蜋卵附於木堅韌不可動至小暑而子羣生焉从虫肖聲相邀切二部按[illegible]字从䖵故入䖵部凡一物二字而異部者例此

十三篇上

⿰虫矞 8定

蟥 15匣　⿱施虫 1透　蛅 30端　蜆 3匣　蜰 7並　⿰虫卻 14匣　蜾 1見

⿰虫矞蟥逗以翼鳴者蟥各本作蝗今正釋蟲曰蛂蟥蛢郭云甲蟲也大如虎豆綠色今江東呼黃瓶按蛂蟥即⿰虫矞蟥也以翼鳴者見考工記梓人鄭注翼鳴發皇屬發皇即蛂蟥也从虫并聲薄經切十一部⿰虫矞蟥蛢也蛢字今補此轉注之例也从虫矞聲余律切十五部⿰虫矞蟥也从虫黃聲乎光切十部姑⿱施虫逗強羊也羊釋文所引及宋本如此當音陽葢今江東人謂麥中小黑蟲爲羊子者是也鉉本作蛘李仁甫本作芈皆非是釋蟲曰蛄⿱施虫強蛘郭云今米穀中蛘蠹小黑蟲是也建平人呼爲蛘子蛘亡婢反郭音恐未諦方言姑⿱施虫謂之強羊字亦正作羊郭注廣之以江東名蛆音加建平人呼蛘子音芈姓不得改方言正文作蛘也爾雅正文恐亦本作羊从虫施聲式支切古音在十七部蛅斯逗墨也釋蟲云蟔蛅蟴郭云蛓屬按許蛓下云毛蟲也此乃食木葉之蟲非木中之蠹其卵育自藏之殼曰雀甕宜與蛓篆類列从虫占聲職廉切古音在七部縊女

也與釋蟲同郭云小黑蟲赤頭憙自經死故曰縊女从虫見聲胡典切十四部盧蜰也按爾雅蜚蠦蜰爲一物許書蜚在蟲部蜰在虫部不言一物許實有所見也唐本艸說蜚蠊味辛辣而臭漢中人食之一名蠦蜰从虫肥聲符非切十五部渠⿰虫卻逗一曰天社社一作柱廣韵譌作神按渠⿰虫卻即蛣蜣雙聲之轉玉篇謂蜣⿰虫卻同字是也釋蟲曰蛣蜣蜣蜋莊子云蛣蜣之智在於轉丸陶隱居云憙入人糞中取屎丸而卻推之俗名爲推丸羅願云一前行以後兩足曳之一丸自後而推致焉乃坎地納丸不數日有蜣蜋自其中出玉裁謂此物前卻推丸故曰渠⿰虫卻一曰猶一名也廣雅曰天柱蜣蜋也从虫卻聲以形聲包會意其虐切五部蜾蠃逗疊韵蒲盧句疊韵釋蟲毛傳同細要土蠭也天地之性細要純雄無子詩曰螟蠕有子蜾蠃負之小雅小宛曰螟蛉有子蜾蠃負之毛傳曰螟蛉桑蟲也蜾蠃蒲盧也負持也箋云蒲盧取桑蟲之子負持而去煦嫗養之

十三篇上

△蜾　蠃ㄌㄨㄛˇ 1來　蠕ㄌㄧㄥˊ 12來　蜨ㄉㄧㄝˊ 29定　蛺ㄐㄧㄚˊ 29見　蚩ㄔ 24透　盤ㄅㄢ 3幫　蝥ㄇㄠˊ 16明　蟠ㄆㄢˊ 3並　蛜ㄧ 4影

以成其子喻有萬民不能治則能治者將得之中庸注曰蒲盧果蠃土蜂也蒲盧取桑蟲之子去而變化以成爲己子列子曰純雌其名大䗅純雄其名穉蜂淮南曰貞蟲之動以毒螫高注貞蟲細要蜂蜾蠃之屬無牝牡之合曰貞揚子曰取螟蠕祝曰類我類我戴先生曰古語謂隨變而成者曰蒲盧蒲盧又見大戴禮山海經小正曰雉入于淮爲蜃蜃者蒲盧也**从虫㒩聲**古火切十七部

𧍧或从果果聲也

𧍧蠃也从虫蠃聲郎果切十七部**一曰虒蝓**此謂單言蠃則謂虒蝓也虒蝓見下文蝓篆下按下文蝸篆下蠃也此當云一曰蝸也而云一曰螔蝓者一物三名舉其易知者也

螟蠕逗疊韵**桑蟲也**小雅毛傳文釋蟲同按上文云蜀桑中蠶謂蠹其中者也此桑蟲似步屈其色青細或在艸葉上土蜂取之寘木空中或書卷開筆筒中七日而成其子里語曰呪云象我象我詩義疏云爾**从虫需聲**郎丁切十一部

蛺蜨也疊韵爲名今俗云胡蝶見莊子**从虫夾聲**兼叶切八部

蛺蜨也从虫疌聲徒叶切八部俗作蝶

蚩蟲也蚩字今補此三字句謂有蟲名蚩也叚借爲蚔之蚩蚩毛傳曰蚩蚩敦厚之皃玉篇曰癡也此謂毛詩又曰笑也此謂叚蚩爲欪也**从虫㞢聲**赤之切一部

盤蝥逗雙聲**毒蟲也**本艸經蟲部下品曰斑貓味辛寒有毒一名龍尾諸家云大豆葉上取之長五六分甲上黃黑斑文烏腹尖喙按斑貓俗字也**从虫般聲**布還切十四部

盤蝥也从虫敄聲莫交切按古音當如木在三部俗依本艸讀耳蟲部曰蟊亦或从敄

鼠婦也釋蟲曰蟠鼠負負又作婦本艸經曰鼠婦一名負蟠郭樸曰甕器底蟲按此溼生蟲今蘇州人所謂鞵底蟲也蟠音附袁切借爲蟠曲字如樂記云禮樂之極乎天而蟠乎地方言曰未陞天龍謂之蟠龍此讀如盤舟部般旋字之叚借也**从虫番聲**附袁切十四部

蛜威蛜各本作蛜今正蛜威疊韵字逗**委黍**句**委黍**逗**鼠婦也**豳風伊威在室毛傳曰伊威委黍也釋蟲同按釋蟲以蟠鼠婦與伊威委黍畫爲二條不言一物蛜威卽今之地鼈蟲與鼠婦異物本艸經曰鼠婦一名蛜蝛以其略相似耳本艸經以鼠婦與䗪蟲爲二條分下品中品實則䗪卽鼠婦蓋一物而略有異同今難細別耳許書之蟅謂䗪絕非鼠婦大平御覽乃引說文曰蟠蟅鼠婦也依他書增一字不可據**从虫伊省聲**於脂切十五部

△蜩

△蜙　蜙ㄙㄨㄥ 18心　蝑ㄒㄩ 13心　蟅ㄓㄜˋ 14端　蝗ㄏㄨㄤˊ 15匣　蜩ㄊㄧㄠˊ 21定　蟬ㄔㄢˊ 3定　蜺ㄋㄧˊ 10疑

蜙蝑逗雙聲**舂黍也**詩釋文曰揚雄許愼皆云舂黍陸氏所據有此三字今補周南傳曰斯螽蜙蝑也豳風傳曰螽斯蜙蝑也釋蟲曰蜇螽蜙蝑舍人曰今所謂舂黍也方言曰舂黍謂之蜙蝑詩斯螽卽螽斯爾雅蜇卽斯蜙蝑舂黍皆雙聲蜙舂蝑黍又疊韵陸璣疏曰幽州人謂之舂箕蝗類也**㠯股鳴者**考工記梓人文鄭曰股鳴蜙蝑動股屬七月曰五月斯螽動股**从虫松聲**息恭切九部陸氏引許愼思弓反

蜙或省毛詩如此作

蜙蝑也从虫胥聲相居切五部陸氏引許愼先呂反

螽也螽各本譌作蟲今正方言曰蟒宋魏之閒謂之蚮南楚之外謂之蟅蟒或謂之䗐郭注卽蝗也蟅音近詐蟒音莫梗反亦呼虴蜢按卽今北人所謂蛨蚱江南人謂之蝗蟲蟅蟒虴蜢一語之轉許書上文云蜙蝑下文曰蝗蟅亦蝗也故列字之次如此若廣雅本艸所云蟅者皆非許意**从虫庶聲**之夜切古音在五部

螽也䖵部曰螽蝗也是爲轉注漢書五行傳曰介蟲之孽者謂小蟲有甲飛揚之類陽氣所生也於春秋爲螽今謂之蝗按螽蝗古今語也是以春秋書螽月令再言蝗蟲月令呂不韋所作**从虫皇聲**乎光切十部陸氏引說文榮庚反又爾雅釋文華孟反皆音之轉也

蟬也豳風傳曰蜩螗也大雅如蜩如螗傳曰蜩蟬也螗蝘也小雅鳴蜩嘒嘒傳曰蜩蟬也不同者或渾言或析言蟬之類不同也夏小正傳曰唐蜩者匽爾雅曰蜩蜋蜩螗蜩許書無螗字螗蓋蟬之大者也當依小正作唐**从虫周聲**徒聊切古音在三部**詩曰五月鳴蜩**七月文

蜩或从舟古周舟通用

㠯旁鳴者考工記梓人文鄭云旁鳴蜩蜺屬正義云蟬鳴在脅**从虫單聲**市連切十四部

寒

螇 ㄒㄧ 10匣　蚗 ㄐㄩㄝˊ 2影　蝒 ㄇㄧㄢˊ 6明　蛚 ㄌㄧㄝˋ 2來　蜻 ㄑㄧㄥ 12精　蛉 ㄌㄧㄥˊ 6來　蠓 ㄇㄥˇ 18明

蜩也方言小而黑者謂之蜺又曰蠬謂之寒蜩寒蜩瘖蜩也不言蜺與寒蜩爲一許本爾雅爲說釋蟲曰蜺寒蜩月令七月寒蟬鳴鄭曰寒蟬寒蜩謂蜺也郭樸云寒螿也**从虫兒聲**五雞切十六部或叚爲虹霓字

螇鹿逗**蛁寮也**寮舊作蟟許書無此字淺人增虫耳今作寮音聊釋蟲曰蜓蚞螇螰方言曰蛥蚗齊謂之螇螰楚謂之蟪蛄或謂之蛉蛄秦謂之蛥蚗自關而東謂之虭蟧或謂之蝭蟧或謂之蜓蚞西楚與秦通名也按蛥蚗即許之蛜蚗蛥當音伊虭蟧音如貂料即許之蛁寮也蜓蚞音如廷木許無蚞字蝭蟧夏小正作蝭蠑字宜支遰二音今江東俗語尚如此辭章家作遮了二字是也小正七月寒蟬鳴傳曰蝭蠑也與上文五月良蜩唐蜩爲各物方言亦以蛥蚗與蟬爲各物然則許之蜺螇螰與蜩蟬蓋亦有別矣**从虫奚聲**胡雞切十六部

蛜蚗逗方言作蛥蚗蛥音折蚗音于列反蛥多聲不當音折疑方言有誤當從許作蛜音伊**蛁寮也**按蛁寮與蝭蟧蜓蚞螇螰皆關雙聲疊韻**从虫叏聲**於悅切廣韻古穴切十五部

蝒蚗逗各本皆作蛜蚗則與篆文不屬今依廣韻二仙所引正**蟬屬**按爾雅蝒者馬蜩方言蟬大者謂之蝒馬玉篇廣韻皆曰蝒即蝒字然則許之蝒蚗即爾雅之馬蜩也前文蝒篆及解顯系淺人羼入故失其次字之恉**讀若周天子赧**謂赧王**从虫丏聲**武延切十四部

蜻蛚也按楊雄李巡陸璣郭樸玉篇廣韻皆云蟋蟀一名蜻蛚但許書不與上文𧒒篆爲伍蓋不以爲一物與鄭注考工記曰以注鳴者精列屬**从虫列聲**良薛切十五部

蜻蛚也从虫青聲子盈切十一部按蜻蛚二篆當先蜻後蛚後人倒之下先蜻蛉則同此蜻如蛜蚗同蛜威之蛜螟蠕同食穀之螟也

蜻蛉也戰國策曰六足四翼飛翔乎天地之閒方言曰蜻蛉謂之蝍蛉郭云江東謂之狐黎淮南人呼蠊蛜音廉伊按淮南書水蠆爲蟌即蜻蛉也今人作蜻蝏蜻蜓**从虫令聲**郎丁切十一部**一曰桑根**一曰猶一名也今本作一名

蔑蠓也各本蔑作蠛無此字今正蔑之言末也敚也爾雅作蠛非古也釋蟲曰蠓蠛蠓孫炎曰此蟲小於蚊郭圖讚曰小蟲似蚋風春雨磑謂其飛上下如春則天風回旋如磨則天雨陸佃引郭語互易之非也史記蜚鴻滿埜索隱引高誘曰飛鴻蠛蠓也按古鴻蒙爲疊韻故高君知鴻爲蠓也楊雄賦浮蠛蠓而撇天蠛蠓猶鴻蒙也細至於蠓則其外皆鴻蒙矣故其字从蒙**从虫蒙聲**莫孔切九部

䗌 ㄒㄧㄥˇ 12心　蟟 ㄌㄧㄠˊ 14來　蜹 ㄖㄨㄟˋ 8泥　蟰 ㄒㄧㄠ 22心　蛶 ㄌㄧㄝˋ 2來　蜡 ㄓㄚˋ 14清

螶蟟螶字在蚰部故於此釋其義而蚰部曰螶蟟也皆文勢之自然也**一曰浮游朝生莫死者**一曰猶一名也浮游各本作蜉蝣俗人所改耳蝣字許書無蜉字雖有亦非今正釋蟲曰蜉蝣渠略曹風毛傳曰蜉蝣渠略也朝生夕死其狀詳陸璣詩疏爾雅注渠略叚借字**从虫寮聲**离灼切五部

秦晉謂之蜹楚謂之蟁蟁作蚊俗今正蟁在蚰部故不類列於此也此爲方俗殊語以擧例也**从虫芮聲**而銳切十五部

蟰蛸逗雙聲**長股者**釋蟲曰蟰蛸長蹢豳風毛傳同跂當作蹢其足長故謂之長蹢許則顯之曰長股者也此鼅鼄之一種俗謂喜母**从虫肅聲**古音肅在三部今音穌彫切俗寫作蟰蛸古音消今音所交切此古今之轉變也蛸篆已見上文爲蟲蛸字故此不再出

䗌蟲也有蟲名䗌也**从虫省聲**息正切十一部

商何也釋蟲曰蛶螪何郭云未詳陸云商失羊反字林之亦反按字林近古之亦反則字本作螪而許書當作啻何矣**从虫寽聲**力輟切十五部

蠅胆也肉部曰胆蠅乳肉中也蜡胆音義皆通**周禮蜡氏掌除骴**蜡氏秋官職也鄭曰蜡骨肉臭腐蠅蟲所蜡也蜡讀如狙司之狙按狙司卽覷伺也蠅蟲所蜡卽蠅乳肉中之說乳者生子也蠅生子爲蛆蛆者俗字胆者正字蜡者古字已成爲蛆乳生之日胆曰蜡齊民要術作浥魚法勿令蠅胆其意同也釋蟲蠹醜蟦蠹千據反卽蜡字之異者也廣韻音誤而字不誤今爾雅各本誤郭云蟦者剖母背而生今大蠅有如是者蠶蛹變而爲蛾亦是裂殼而出蜡字禮記郊特牲借爲八蜡字尋八蜡本當作昔昔老也息老物也故字林作䄍李仁甫說文作蜡年終祭名斯爲巨謬本艸以蜡爲水母之名**从虫**

蝡ㄖㄨㄢˇ 3泥　蚑ㄑㄧˊ 10匣　蠉ㄒㄩㄢ 3曉　蚩ㄔㄢˇ 2透　螸ㄩˊ 17定

昔聲此當依廣韵七慮切五部自大徐鉏駕切遂有改其義曰年終祭名者矣蓋唐韵祇有蜡祭音義不可以釋此猶繫古詣切不可以釋繫褫也

蝡 動也動者作也蟲之動曰蝡 从虫耎聲而沇切十四部

蚑 徐行也凡生之類行皆曰蚑依李善洞簫琴二賦注補徐字及凡生以下八字凡蟲行曰蚑周書曰蚑行喘息小弁曰鹿斯之奔維足伎伎本亦作跂毛傳曰舒皃箋云伎伎然舒者留其羣也按其字當作蚑蚑毛傳鄭箋正與徐行說合也漢書跂跂脈脈善緣壁其字亦當作蚑蚑凡生之類者或行或飛或毛或蠃或介或鱗皆是也 从虫支聲巨支切十六部

蠉 蟲行也凡蟲行曰蠉上蚑為徐行則蠉為疾行也羽部曰翾小飛也 从虫睘聲香沇切十四部

蚩 蟲申行也各本作臾行以讀若騁定之則伸行為是今正許本無伸字祇作申故譌為臾也 从虫屮聲讀若騁屮讀若徹屮聲而讀騁者以雙聲為用也依說文在十一部今讀丑善切

螸 螽醜螸螽俗本作蠭今依宋本李燾本集韵正釋蟲曰蠭醜螸音義曰蠭施乾作螽施所據與許合 垂腴也腴者腹下肥也螽之類皆垂其腴矣 从虫欲聲余足切三部篇韵皆羊朱切

蝙ㄆㄢˊ 3透　蛻ㄊㄨㄟˋ 2透　蠚ㄏㄜˋ 14曉　螫ㄕˋ 14透　蝁ㄜˋ 13影　蛘ㄧㄤˊ 15定

蝙 蠅醜蝙釋蟲文字祇作扇 搖翼也也字依宋本補 从虫扇聲式戰切十四部

蛻 它蟬所解皮也 从虫兌聲兌聲各本作稅省聲淺人改耳今正輪芮切十五部

蠚 螫也蠚螫蓋本一字若聲赦聲同部也或讀呼各切山東行此音或讀式亦切關西行此音見釋元應書今人乃以此篆切呼各下篆切式亦分而二之 从虫若省聲呼各切五部

螫 蟲行毒也周頌曰自求辛螫古亦叚赦為之史記有如兩宮螫將軍漢書作奭將軍是也或云蛆音知列切亦作蜇 从虫赦聲施隻切古音在五部

蝁 蛈也俗本作虺屬今依宋本及集韵正長部曰蛈蚻也與此為轉注詳長部下 从虫亞聲烏各切五部

蛘 騷蛘也騷各本作搔今正疥字下曰騷也今亦作搔搔刮也非其意唐人所引作瘙瘙見号韵乃俗字許所無依義當作騷騷擾也毛云動也騷痒者擾動於肌膚閒也元應引禮記蛘不敢搔俗多用痒癢養字蓋非也蛘从虫者往往有蟲潛於膜故疥字亦或作蛶作蚧 从虫羊聲余网切十部

𧌒ㄕˊ 25定（蝕）　蛟ㄐㄧㄠ 19見　螭ㄔ 1透

𧌒 敗創也敗者毀也創者傷也毀壞之傷有蟲食之故字从虫春秋經曰鼷鼠食郊牛角又曰日有食之字或作蝕 从虫人食食亦聲乘力切一部按可云飾省聲

蛟 龍屬無角曰蛟各本作龍之屬也四字今依韵會正龍者鱗蟲之長蛟其屬無角則屬而別也郭氏山海經傳曰似蛇四腳細頸頸有白嬰大者數圍卵生子如一二斛瓮能吞人按蛟或作鮫然鮫者魚名其字不相代也 从虫交聲依韵會本四字在此古肴切二部 池魚滿三千六百蛟來為之長能䢦魚而飛韵會有而字 置笱水中卽蛟去䢦者先導也曲竹捕魚曰笱

螭 若龍而黃南都賦曰憚夔龍怖蛟螭李注引說文蛟螭若龍而黃按李注蛟字誤衍左思蜀都賦或藏蛟螭劉注云蛟螭水神也一曰雌龍一曰龍子似亦謂蛟螭為一物然上林賦蛟龍赤螭文穎曰龍子為螭張揖曰赤螭雌龍也皆劉說所本張左之賦皆不謂蛟螭一物也許謂离為山神螭為若龍而黃與諸家說異司馬相如曰赤螭楊雄解嘲曰翠虯絳螭之將登乎天不謂其色黃矣 北方謂之地螻呂氏春秋曰黃帝之時天先見大螻大螾史記封禪書黃帝得土德黃龍地螾見地螻之說其本此與非螻蛄也 从虫离聲丑知切古音在十七部 或云無角曰螭六字疑後人所增非許書本有蓋既改虯下為有角則注此為無角

虯ㄑㄧㄡˊ 21匣　蜦ㄌㄨㄣˊ 9來

虯 龍無角者各本作龍子有角者今依韵會所據正然韵會尚誤多子字李善注甘泉賦引說文虯龍無角者他家所引作有角皆誤也王逸注離騷天問兩言有角曰龍無角曰虯高誘注淮南同張揖上林賦注後漢書馮衍傳注玉篇廣韵皆曰無角曰虯絕無龍子有角之說惟廣雅云有角曰龍卽虯字無角曰殆卽螭字其說乖異恐轉寫之譌不為典要 从虫丩聲渠幽切三部

蜦 它屬也它者虫也象宛曲垂

△蜧　蠊ㄌㄧㄢˊ 30匣　蜃ㄕㄣˋ 9定　蛤ㄍㄜˊ 27見

尾形蝓即其屬也**黑色潛於神淵之中能興雲致雨**依甘泉江賦二注訂淮南書曰犧牛粹毛宜於廟牲其於以致雨不若黑蜧高云黑蜧神蛇潛於神淵能興雲雨**从虫侖聲讀若䓞艸**䓞各本譌戾今正䓞見艸部侖聲而讀䓞者雙聲也十三部與十五部音轉冣近也力計切大徐力屯切

蜧**蜦或从戾**淮南書如此作

蠊**海蟲也長寸而白可食**按自蠊至蝓八篆爲一類皆介蟲也其外有殼蠊其小者也長寸而白謂其殼可食謂其中肉也本艸所謂蝛蜼似蛤而長扁蝛與蠊音同玉篇曰蠊小蚌可食**从虫兼聲讀若嗛**按嗛戶監切則當依玉篇胡緘切古音當在七部大徐廣韵力鹽切

蜃**大蛤**依韵會有此二字羅氏願曰月令九月雀入大水爲蛤十月雉入大水爲蜃比雀所化爲大故稱大蛤也按鄭注禮記曰大蛤曰蜃韋注國語曰小曰蛤大曰蜃高注呂覽曰蜃蛤也高渾言之鄭韋析言之蜃與蚌雖屬而別郭注爾雅云蚌即蜃蜃之用詳於周禮左傳玉部曰珧蜃甲也所以飾物珕蜃屬天子佩刀玉琫珧珌士珕琫珧珌**雉入水所匕**五字依廣韵所據各本作雉入海化爲蜃按自夏小正九月雀入于海爲蛤十月[元]雉入于淮爲蜃故國語趙簡子所說正同而呂氏月令皆言入大水鄭於季秋則曰大水海也於孟冬則曰大水淮也皆本小正爲說知許斷不作雉入海矣**从虫辰聲**時忍切十三部玉篇作蠡入蚌部

蛤**蜃屬**屬而有大小之別也**有三**目下**皆生於海**三者生於海別於生淮者也**厲千歲雀所匕**千當作十雀十歲則爲老矣月令所云爵入大水爲蛤也高誘注時則訓連上賓字讀云賓雀者老雀也棲人堂宇之閒如賓客者**秦人謂之牡厲**本艸經蟲魚上品有牡蠣**海蛤者百歲燕所匕也**本艸經蟲魚部上品有海蛤陶隱居云以細如巨勝潤澤光淨者好圖經云久爛者爲海蛤未爛有文理者爲文蛤也此又其一也**魁蛤一名復絫老服翼所匕也**服翼蝙蝠也詳爾雅方言釋魚魁陸注曰本艸云魁狀如海蛤圓而厚外有理縱橫即今之蚶

蠯ㄆㄧˊ 10並　蚌ㄅㄤˋ 18並　蠇ㄌㄧˋ 2來　蝸ㄍㄨㄚ 1見　蝓ㄩˊ 16定

也按宋人謂之瓦屋子今浙人食之亦名瓦隴子以其紋理名之此其一也以上三十二字今本有譌奪依爾雅音義正**从虫合聲**古沓切八部

蠯**陛也**陛各本作蜌今爾雅同韵會作陛即蚌語之轉也當依玉部作玭玭蚌之有聲者也釋魚曰蜌蠯許無蜌字故先蠯而以陛釋之郭云今江東呼蚌長而陜者爲蠯陶隱居注本艸之蝏螆也蝏音亭螆蒲幸切即蠯字周禮鼈人醢人皆有蠯鄭司農云蠯蛤也杜子春云蠯蜯也蜯即蚌字蚌蛤有異故二家說不同許用杜說也故下文受之以蚌**脩爲蠯圜爲蠇**毛詩傳曰脩長也長者謂之蠯圜者謂之蠇**从虫庳聲**蒲猛切十一部按庳聲而讀入十一部者支清之合音也

蚌**蜃屬**蜃當作蠯釋魚曰蚌含漿鄭注鼈人云貍物亦謂鱴刀含漿之屬按珠出於蚌玉部曰玭蚌之有聲者**从虫丰聲**步項切九部

蠇**蚌屬似蠊微大**蠊即上文長寸而白者據本艸經牡蠣條注則此物有絕大者不得云似蠊微大也且蛤下作厲云秦謂之牡厲似蛤屬有厲蚌屬有蠇其字不必同不煩以本艸牽合也許所聞或與後人不盡合讀書不貴盡信**出海中今民食之从虫萬聲讀若賴**力制切十五部

蝸**蝸**此複舉篆文之未刪者也當依韵會刪**蠃也**蠃者今人所用螺字釋魚曰蚹蠃螔蝓鄭注周禮醢人蠃螔蝓許上文蠃下亦云一曰蠃螔蝓此物亦名蝸故周禮儀禮蠃醢內則作蝸醢二字疊韵相轉注薛綜東京賦注曰蝸者螺也崔豹曰蝸蝸陵螺蝸本咼聲故蝸牛或作瓜牛徐仙民以力戈切蝸似未得也力戈乃蠃字反語耳今人謂水中可食者爲螺陸生不可食者曰蝸牛想周漢無此分別蠃古多叚蠡爲之**从虫咼聲**古華切十七部舊音當如過此篆舊在蠯蚌二篆閒今按蠃即螔蝓前文蠃篆下言之故移使相聯

蝓**虒蝓也**虒蝓讀移臾二音今生牆壁閒溼處無殼有兩角無足延行地上俗評延遊即虒蝓古語也本艸經作蛞蝓云一名陵螺後人又出蝸牛一條據本經則蛞蝓即蝸牛合之釋蟲及鄭注周禮許造說文皆不云蠃與螔蝓爲二蓋螺之無殼者古亦評螺有殼者正評螔蝓不似今人語言分別評也陸佃

蜎 3匣　蟺 3定　蚴 21影　蟄 27定　蟉 21來　蚨 13並　蚼 22見　蝦 13匣

寇宗奭分別之說似非古言古義从虫俞聲羊朱切古音在四部肙也肙各本作蜎仍複篆文不可通攷肉部肙下云小蟲也今據正韵會引說文井中蟲也恐是據爾雅注改肙蜎葢古今字釋蟲蜎蠉蠉本訓蟲行段作肙字耳郭云井中小蛣蟩赤蟲一名孑孑廣雅曰孑孑蜎也周禮刺兵欲無蜎注云蜎掉也謂若井中蟲蜎蜎詩毛傳曰蜎蜎蜀皃蜀桑蟲也其引申之義也今水缸中多生此物俗謂之水蛆其變爲蠶从虫肙聲形聲中有會意狂兖切十四部夗蟺也夗轉臥也引申爲凡宛曲之稱夗蟺疊韵葢謂凡蟲之冤曲之狀篇韵皆云蜸蟺蚯蚓也雖蚓有此名而非許意上文蜎善曲之物也故承之以蟺从虫亶聲常演切十四部蚴蟉也三字句疊韵也司馬相如大人賦驂赤螭青虯之蚴蟉蜿蜒謂宛轉之皃也按篇韵皆曰龍皃依賦文爲訓耳非許有龍皃二字也从虫幽聲於虯切亦上聲三部漢書作蚴蟉也从虫翏聲力幽切亦上聲三部藏也藏者善也善必自隱故別無藏字凡蟲之伏爲蟄周南曰螽斯羽蟄蟄兮傳曰和集也其引申之義也从虫執聲直立切七部青蚨逗水蟲可還錢其事見鬼谷子淮南萬畢術搜神記陳藏器木艸拾遺未知今尚有此物否鬼谷子曰若蚨母之從其子也出無閒入無朕獨往獨來莫之能止此謂青蚨之還錢與萬畢搜神所說正合也而陶隱居以蝗蠕在穴中釋之此由誤認蚨爲蚨遂以爾雅王蚨蝪爲注酉陽雜俎亦云青蚨鬼谷子謂之蚨母郢書燕說博學者尤難免矣从虫夫聲房無切五部蚼蠪逗詹諸句黽部曰鼀鼁詹諸也其鳴詹諸其皮鼀鼀其行鼁鼁此則又名蚼鼀釋魚作鼀䵷蟾諸鼀䵷即蚼鼀一語之轉㠯脰鳴者攷工記梓人文脰項也鄭曰脰鳴鼃黽屬按鼃黽與蚼鼀別而屬也故下文受之以蝦蟆从虫匊聲居六切三部篇韵渠竹切蝦蟆也蝦蟆見於本艸經背有黑點身小能跳接百蟲解作呷呷聲舉動極急蟾蜍身大背黑無點多痱磊不能跳不解作聲行動遲緩絕然二物陳藏器蘇頌皆能詳言之許

蟆 14明　蠵 10匣　螹 32從　蝮　蠏 11匣　䲒　蛫 10見　蜮 25匣

於此但云蝦蟆不云蚼鼀也亦謂其似同而異从虫叚聲乎加切古音在五部古或借爲霞字與魚鰕字从魚別蝦蟆也从虫莫聲莫遐切古音在五部觜蠵二字各本無今補此以疊韵爲名角部觜下曰一曰觜蠵也未言何物此蒙其文釋之曰大龜大龜也龜之取大者爾雅十龜二曰靈龜注曰涪陵郡出大龜甲可以卜緣中叉叉今之叙字謂其邊可爲叙也似瑇瑁俗評爲靈叉今大觜蠵蠵也一名靈蠵能鳴吳都賦曰摸瑇瑁捫觜蠵按觜蠵與瑇瑁二物也㠯胃鳴者攷工記梓人文鄭本作肖鳴云榮原屬賈馬作胃賈云靈蠵也按許得古學於賈侍中故亦作胃用賈說矣从虫巂聲戶圭切十六部觜即移切司馬相如說蠵从夐从夐聲也夐在十四部合韵葢凡將篇中所載異體螹離也三字句螹史記文選同漢書作漸上林賦說水族曰鮫龍赤螭魱鰽螹離司馬彪曰螹離魚名也張揖曰其形狀未聞按許以此次於蠵蠏二篆閒必介蟲之類周人或以漸離爲名取於物爲假也斬䲡字或作螹胡非也从虫斬聲慈染切八部玉篇才廉切有二敖八足敖俗作螯作贅廣韵曰贅蟹大腳也螯蟹屬然則俗作螯尤誤也敖出游也故其大腳曰敖今本大戴禮作螯非旁行攷工記梓人仄行郎旁行也鄭亦云蟹屬非它鮮之穴無所庇庇者蔭也鮮者今之鱓字鱓者魚名見魚部魚之似蛇者也常演切又作鮔今大戴禮作鮔或誤鮔荀子作蟺許書古本多作鮮葢漢人多段貉國鮮魚之字爲之本無正字也元應曰鱓又作鱔鮮二形同勸學篇曰蟹二螯八足非虵鮔之穴而無所寄者用心躁也从虫解聲胡買切十六部廣韵曰蟹說文作蠏知古如此作蠏或从魚蠏也廣雅蛫蟹蛫也其雄曰蜋鱧其雌曰博帶从虫危聲過委切十六部按以上四篆皆互物也短弧也弧各本作狐今正毛公班固張揖陸璣杜預范甯皆曰短弧今惟五行志左傳釋文作弧不誤矣小雅爲鬼爲蜮傳曰蜮短弧也左傳釋文曰短弧又作狐按此因其以氣射害人故謂之短弧作

△蟈

狐非也其氣爲矢則其體爲弧**佀鼈三足**洪範傳陸璣疏皆云兩**㠯气䠶害人**陸疏云人在岸上影見水中投人影則殺之師古曰短弧即射工也亦呼水弩陸氏佃羅氏願皆曰口中有橫物如角弩聞人聲以气爲矢用水勢以射人隨所箸發創中影亦病也**从虫或聲**于逼切一部

（篆）**蜮又从國**國聲亦或聲也周禮蜮氏鄭司農云蜮讀爲蟈蟈蝦蟆也月令曰螻蟈鳴故曰掌去鼃黽鼃黽蝦蟆屬周禮經注本如此今本經作蟈氏注曰蟈當爲蜮此譌謬倒易不可通之本後鄭依司農易字故注曰蟈今御所食蛙也字从虫國聲蜮乃短弧與所以申明先鄭易字之恉也許不從先鄭說者也故謂蟈即蜮字之異者蜮氏去蟈即去短狐也葢周禮故書作蜮亦或作蟈先鄭從或本許則謂蟈與蜮無二義也

𧊒 ㄜˋ 14疑

（篆）**佀蜥易長一丈**當同鼉下云長丈許**水潛吞人即浮出日南也**劉注吳都賦曰異物志云鰐魚長二丈餘有四足似鼉喙長三尺甚利齒虎及大鹿渡水鰐擊之皆中斷生子則出在沙上乳卵卵如鴨子亦有黃白可食其頭琢去齒旬日間更生廣州有之按據劉注則不必日南郡乃有其物也**从虫屰聲**吾各切五部俗作𧍞鰐鱷

蛧 ㄨㄤˇ 15明

（篆）**蛧蜽**逗疊韵**山川之精物也**精物者易所謂精氣爲物也主謂精氣結成之物鬼部曰鬼老精物也或作物精非是精氣爲物謂精靈之聚者游魂爲變謂飄瞰者皆鬼神之情狀也國語木石之怪曰夔蛧蜽水之怪曰龍罔象韋注蛧蜽山精好敩人聲而迷惑人也杜注左氏罔兩曰水神葢因上文螭訓山神故訓罔兩爲水神猶韋因國語水怪爲龍罔象故謂蛧蜽爲山精也許兼言山川爲長矣又賈注國語曰罔兩罔象言有夔龍之形而無實體許云精物殆亦與賈說異**淮南王說**謂劉安**蛧蜽狀如三歲小兒赤黑色赤目長耳美髮**元應書引赤目下有赤爪二字**从虫网聲**文兩切十部按蛧蜽周禮作方良左傳作罔兩孔子世家作罔閬俗作魍魎**國語曰木石之怪夔蛧蜽**魯語文許意夔別爲一物如龍一足

蜽 ㄌㄧㄤˇ 15來

（篆）**蛧蜽也从虫兩聲**按兩聲之

十三篇上　兲

蝯 ㄩㄢˊ 3匣

字疑古祇从网後人改之良奬切十部

（篆）**善援**以疊韵爲訓援者引也釋獸曰猱蝯善援許意以蝯善攀援故偁蝯要則蝯之屬而已故不言要**禺屬**田部曰禺母猴屬蝯即其屬屬而別也郭氏山海經傳曰蝯似獮猴而大臂腳長便捷色有黑有黃其鳴聲哀柹子厚言猴性躁而蝯性緩二者迥異**从虫爰聲**雨元切十四部干祿字書曰猿俗猨通蝯正

蠗 ㄓㄨㄛˊ 20定

（篆）**禺屬**亦與母猴屬而別也按爾雅釋獸自麋鹿至闕泄目爲寓屬此對下篇釋嘼言之嘼者人所養也寓屬者皆寄在於野不爲人養者而淺者謂即說文所謂禺屬何其謬哉猱蝯玃父可謂禺屬豈其他亦可謂禺屬乎上林賦蛭蜩蠼蝚棲息乎其間郭樸云蠼猱似獮猴而黃蠼猱二物郭倂言之非也惟史記作蠼漢書譌作玃司馬貞曰西山經皋塗之山有獸名蠼是此字攷其所說之狀非蝯猴類其字今譌作玃依郭注則當作玃未可取爲證也**从虫翟聲**直角切二部司馬貞曰字林音狄

蜼 ㄨㄟˋ 7定

（篆）**如母猴**猶言禺屬也禺者母猴屬許書多言母猴母猴獮猴沐猴一聲之轉周禮蜼彝鄭曰蜼禺屬**卬鼻長尾**釋獸文也卬者望欲有所庶及也張揖注上林曰蜼似母猴卬鼻而長尾郭注爾雅山海經皆曰似獮猴尾長數尺有岐鼻露向上雨即自縣樹以尾塞鼻**从虫隹聲**余季切十五部按山海經注曰音遺又音誄注爾雅曰零陵南康人呼餘建平人呼相贈遺之遺又音余救切皆土俗輕重不同耳左思吳都賦劉注引異物志說狖與郭說蜼同狖余幼切正因蜼有余救一切而別製字耳異物志譙允南所作

蚼 ㄍㄡˇ 16見

（篆）**北方有蚼犬食人**海內北經蜪犬如犬青食人從首始郭注蜪音陶或作蚼音鉤按作蚼爲是正許所本也周書渠搜以鼩犬能飛食虎豹鼩同蚼借鼩鼩字爲之耳大戴禮作渠搜貢虛犬虛亦音之轉也今本周書作鼩犬依文選王融曲水詩序正**从虫句聲**古厚切四部

蛩 ㄑㄩㄥˊ 18匣

（篆）**蛩蛩獸也**四字句子虛上林賦皆有蛩蛩張揖曰蛩蛩青獸狀如馬按史記作邛邛**一曰秦謂蟬蛻曰蛩**方俗殊語也蛩之言空也**从虫巩聲**渠容切九部

蟨 ㄐㄩㄝˊ 2見

（篆）**鼠也**當作蟨鼠也三字句鼠名此葢用呂氏春

十三篇上　卒

蝠 ㄈㄨˊ 25 幫　蝙 ㄅㄧㄢ 6 幫　蠻 ㄇㄢˊ 3 明　閩 ㄇㄧㄣˊ 9 明　虹 ㄏㄨㄥˊ 18 匣　△蚺　螮 ㄉㄧˋ 2 端　蝀 ㄉㄨㄥ 18 端　蠥 ㄋㄧㄝˋ 2 疑

秋蟨鼠前兔後之說　一曰西方有獸前足短與蛩蛩巨虛比其名曰蟨　釋地曰西方有比肩獸焉與邛邛岠虛比爲邛邛岠虛齧甘艸卽有難邛邛岠虛負而走其名謂之蟨按司馬相如賦曰蟨蛩蛩驒騱距虛張揖曰蛩蛩狀如馬距虛似贏而小說苑亦云二獸而郭璞云距虛卽邛邛變文互言之引穆天子傳邛邛距虛日前五百里邛距雙聲似郭說長　从虫厥聲　居月切十五部

蝙　蝙蝠　逗　服翼也　服翼二字舊在蝠篆下今依全書通例移此蝙蝠服翼釋蟲文方言曰蝙蝠自關而東謂之服翼或謂之飛鼠或謂之老鼠或謂之僊鼠自關而西秦隴之閒謂之蝙蝠北燕謂之蟙蟔音職墨　从虫扁聲　布懸切古音在十二部

蝠　蝙蝠也从虫畐聲　方六切古音在一部

蠻　南蠻　職方氏八蠻爾雅九夷八狄七戎六蠻謂之四海王制云南方曰蠻詩角弓如蠻如髦傳曰蠻南蠻也釆芑蠢爾荊蠻傳曰荊蠻荊州之蠻也　它種从虫　說从虫之所由以其蛇種也蛇者虫也蠻與閩皆人也而字从虫故居部末如貉之居豸末狄之居犬末羌之居羊末焉　䜌聲　莫還切十四部詩傳曰緜蠻小鳥皃韓詩曰文皃

閩　東南越　釋名曰越夷蠻之國也度越禮義無所拘也職方氏七閩鄭司農曰南方曰蠻後鄭曰閩蠻之別也引國語閩芈蠻矣　它種从虫門聲　武巾切古音在十三部月令注叚爲蠢字

虹　螮蝀也　釋天曰螮蝀謂之雩螮蝀虹也毛傳同　狀佀虫　虫各本作蟲今正虫者它也虹似它故字从虫　从虫工聲　戶工切九部　明堂月令曰虹始見　季春文

蚺　籒文虹从申　會意申部曰昌籒文申　申電也　電者陰陽激燿也虹似之取以會意

螮　螮蝀　逗雙聲　虹也　與虹篆轉注　从虫帶聲　都計切十五部今詩作蝃爾雅作螮

蝀　螮蝀也从虫東聲　多貢切廣韵平上二聲九部

蠥　衣服歌謠艸木之怪謂之祅禽獸蟲蝗之怪謂之蠥　怪者異也地反物爲祅漢五行志曰凡艸物之類謂之妖妖猶夭胎言尚微蟲豸之類謂之蠥蠥則牙蘗矣及六畜謂之旤言其著也及人謂之痾痾病皃言濅深也甚則異物生謂之眚自外來謂之祥祥猶禎也氣相傷謂之沴沴猶臨莅不和意也許所說較異葢所傳有不同矣禽獸蟲蝗之字皆得从虫故　从虫辥聲　魚列切十五部蠥从虫諸書多用孽俗作孼

文一百五十三　十五爲十六非也　重十五　宋本如此毛斧季增蚌於蚉篆後云古文蚉改

說文解字第十三篇上

受業黟縣胡積城校字

蚰 ㄎㄨㄣ 9見　蠶 ㄘㄢˊ 28從　䖸 ㄜˊ 1疑　△蚤 ⿱叉䖵 ㄗㄠˇ 21精　△虱 ⿱卂䖵 ㄕ 4心　螽 ㄓㄨㄥ 23端　△蝝 ⿱展䖵 ㄓㄢˇ 3端　蠽 ㄐㄧㄝˊ 2精

說文解字第十三篇下

金壇段玉裁注

蚰 蟲之總名也 蟲下曰有足謂之蟲無足謂之豸析言之耳渾言之則無足亦蟲也虫下曰或行或飛或毛或蠃或介或鱗皆以虫爲象故蟲皆从虫而虫可讀爲蟲蟲之總名偁蚰凡經傳言昆蟲卽蚰蟲也日部曰昆同也夏小正昆小蟲傳曰昆者衆也猶䖵䖵也䖵䖵者動也小蟲動也月令昆蟲未蟄鄭曰昆明也許意與小正傳同 从二虫 二虫爲蚰三虫爲蟲蚰之言昆也蟲之言衆也古䖵切十三部 凡蚰之屬皆从蚰讀若昆

蠶 任絲蟲也 任俗譌作吐今正任與蠶以疊韵爲訓也言惟此物能任此事美之也絲下曰蠶所吐也 从蚰朁聲 昨含切古音在七部讀如簪

䖸 蠶匕飛蟲 匕各本作化今正匕者變也蠶吐絲則成蛹於繭中蛹復化而爲䖸按此䖸與虫部之蛾羅主謂螘者截然不同而郭氏釋爾雅蛾羅爲蠶蛾非許意也 从蚰我聲 五何切十七部 蛾 或从虫

⿱叉䖵 齧人跳蟲也 齧噬也跳躍也蚤但齧人蚤則加之善躍故著之惡之甚也 从蚰叉聲 子皓切古音在三部 叉古爪字 按此四字妄人所沾不言古文而言古某字許無此例且叉手足甲也爪丮也未嘗謂叉爲爪之古文直由俗謂爪爲手足甲乃謂叉爲其古字徑注之於此不可不刪去 蚤 ⿱叉䖵或从虫 經傳多段爲早字

⿱卂䖵 齧人蟲 古或段幾瑟作蟣蝨蟣者蝨子也 从蚰卂聲 所櫛切十二部

螽 蝗也 蝗下曰螽也是爲轉注按爾雅有皇螽草螽蜇螽蟿螽土螽皆所謂螽醜也蜇螽詩作斯螽亦云螽斯毛許皆訓以蚣蝑皆螽類而非螽也惟春秋所書者爲螽 从蚰夂聲 職戎切九部 夂古文終字 見糸部 蝩 螽或从虫眾聲 公羊經如此作

⿱展䖵 蟲也 蟲上補⿱展䖵字三字一句蟲名也 从蚰展省聲 知衍切十四部

蠽 小蟬蜩也 謂蟬

⿱舝䖵 ㄒㄧㄚˊ 2匣　蠿 ㄓㄨㄛˊ 2精　蟊 ㄇㄠˊ 21明　⿱寍䖵 ㄋㄥˊ 12泥　蠤 ㄘㄠˊ 21從　⿱卑䖵 ㄆㄧˊ 10滂　△蜱　蠭 ㄈㄥ 18滂　△⿱冬虫 蠠 ㄇㄧˋ 11明

之小者也釋蟲曰蠽茅蜩郭云江東呼爲茅蠽似蟬而小青色方言曰蟬其小者謂之麥蚻郭云如蟬而小青色今關西呼麥蠽按茅麥雙聲蠽蚻同字郭云蠽音癰癥之癥 从蚰截聲 子列切亦音札十五部按其字从蚰故與虫部蟬蜩等異處

蠿 蠿蟊 逗 作网鼄蟊也 黽部曰鼅鼄鼄蟊也一物三名釋蟲曰次蠹鼅鼄鼅鼄鼄蟊按次蠹卽許之蠿蟊鼄蟊卽許之鼄蟊也次古音同㳄故與蠿音近蠹縛牟切故與蟊音近爾雅字譌蠹而釋文云或作蟗郭音秋蓋誤甚矣或曰蠹从出聲卽郭注之蝃字集韵之⿰虫出字爾雅之次蠹卽許之蠿字是說近之然陸氏音義未能言之也作网鼄蟊謂卽今能作罔之蛛蝥也 从蚰𢇍聲 側八切十五部 𢇍古文絕字 文各本奪今補見糸部

蟊 蠿蟊也 从蚰矛聲 此字與蟲部食艸根者絕異莫交切古音謀在三部

⿱寍䖵 蟲也 蟲上補⿱寍䖵字三字句蟲名也廣韵云螻蛄 从蚰寍聲 奴丁切十二部

蠤 蠐蠤也 蠐字見虫部 从蚰曹聲 財牢切古音在三部

⿱舝䖵 螻蛄也 螻蛄見虫部一名蠤 从蚰舝聲 胡葛切十五部

⿱卑䖵 ⿱卑䖵蛸也 三字句蛸字見虫部 从蚰卑聲 匹標切按爾雅釋文音俾又婢貽反在十六部與蛸雙聲非疊韵也 蜱 ⿱卑䖵或从虫

蠭 飛蟲螫人者 左傳蠭蠆有毒按釋蟲言土蠭木蠭無單言蠭者許書則蝸蠃下云細腰土蠭也卽爾雅之土蠭然則此單言蠭卽爾雅之木蠭也本艸經露蜂房亦謂木上大黃蠭窠也其房大者如甕小者如桶云露蠭正對土蠭在地中言之許謂土蠭爲細要純雄其飛蟲螫人者則謂大黃蠭竝非細要純雄無子者內則檀弓謂之范俗作蠭其子可食故內則庶羞雀鷃蜩范 从蚰逢聲 敷容切九部 ⿱冬虫 古文省

蠠 蠭甘飴也 飴者米糵煎也蠭作食甘如之凡蠭皆有蠠方言蠭大而蜜者謂之壺蠭郭云今黑蠭穿竹木作孔亦有有蜜者是則蠭飴名蠠不主謂今之蜜蠭也段借爲蠠沒字釋詁曰蠠沒勉也亦作䵋沒韓詩作蜜勿毛詩作僶勉 一曰螟子 螟見虫部食穀心者其子曰蠠 从虫冥

△蜜　⿱巨䖵ㄑㄩˊ 13匣　蟁ㄨㄣˊ 9明　△⿱昏䖵　△蚊　蝱ㄇㄥˊ 15明　蠹ㄉㄨˋ 14端

聲鼏鼎蓋也冥入聲非橫關鼎耳之鼏音扃也彌必切按其音平則在十一部如冥入則在十二部如密 蠠或从宓宓聲今通用此體 ⿱巨䖵⿰虫京也三字句⿰虫京字見虫部 从䖵巨聲強魚切五部 蟁齧人飛蟲齧人而又善飛者 从䖵民聲無分切十三部此字民聲則當十二部疑古本祇有⿱昏䖵而蟁乃後人所製也 ⿱昏䖵或从昏昏从氐省氐者下也俗沾一曰民聲而⿱昏䖵篆上亦沾蟁篆矣 㠯昏時出也說會意之言而形聲在其中 蚊俗蟁从虫从文虫部曰秦晉謂之蚋楚謂之蚊 蝱齧人飛蟲人當作牛楚語譬如牛馬處暑之既至蝱蠆之既多而不能掉其尾韋云大曰蝱小曰蠆說苑曰蠹蝝仆柱梁蚊蝱走牛羊史記搏牛之蝱不可以破蟣蝨淮南書曰蟁蝱不食駒犢今人尚謂齧牛者爲牛蝱本艸經有木蝱蜚蝱 从䖵亡聲武庚切古音在十部讀如茫 蠹木中蟲在木中食木者也今俗謂之蛀音注左傳曰公聚朽蠹 从䖵

十三篇下　三

△⿱木䖵　蠡ㄌㄧˇ 1來　△⿱彖林　⿱求䖵ㄑㄡˊ 21匣

橐聲當故切五部 ⿱木䖵或从木象蟲在木中形譚長說上形聲此會意 蠡蟲齧木中也此非蟲名乃謂⿱木䖵之食木曰蠡也朱子注孟子曰蠡者齧木蟲則誤矣蠡之言劙也如刀之劙物蠡叚借之用極多或借爲蠃蚌字或借爲瓢蠡字楚辭覽芷圃之蠡蠡又借爲禾黍離離字孟子曰以追蠡趙注曰追鐘鈕也鈕擘齧處深矣蠡蠡欲絕之皃此又以蠡同離同劙方言曰劙解也又曰蠡分也皆其義也不知叚借之恉乃云鐘鈕如蟲齧而欲絕是林守許書之辭而未能通許書之意矣 从䖵彖聲彖見彑部讀若弛非通貫切之彖也此久誤今正篆文併說解盧啟切十六部 古文按此古文與篆不別疑古文从豕 多足蟲也周禮赤犮氏凡隙屋除其貍蟲鄭曰貍蟲䗪肌求之屬按䗪見本艸經一名地鼈今俗所謂地鼈蟲也似鼠婦肌求本或作蛷多足之蟲今俗所謂蓑衣蟲也通俗文曰務求謂之蚑蛷廣雅曰蛷螋蟧蛷也元應曰關西呼蛷溲爲蚑蛷蚑蛷郎鄭所謂肌蛷也陶隱居陳藏器作蠷螋音劬蘇 从

△⿱求虫　⿱橐䖵ㄈㄡˊ 21滂　△蜉　⿱雋䖵ㄐㄩㄢˋ 3精　蠢ㄔㄨㄣˇ 9透　△⿹𢦏虫　⿱尉䖵ㄨㄟˋ 8影

䖵求聲巨鳩切三部 ⿱求虫或从虫 ⿱比䖵⿱橐䖵也蟲部⿱比䖵⿱橐䖵大螘也此不言大螘者義見於上一字全書之例如是也蚍蜉大螘釋蟲文郭云俗呼爲馬蚍蜉按馬之言大也 从䖵橐聲縛牟切三部 ⿱橐䖵或从虫从孚孚聲古音孚讀如浮 ⿱雋䖵蟲食也⿱雋䖵之言吮也吮欶也鳥曰嗉寓鼠曰嗛昆蟲曰⿱雋䖵 从䖵雋聲子兖切十三部 蠢蟲動也此與蝡義同以轉注之法言之可云蝡也引申爲凡動之偁詩蠢爾荊蠻毛傳曰蠢動也鄉飲酒義曰東方者春春之爲言蠢也產萬物者也注云蠢動生之皃亦叚春爲之考工記張皮侯而棲鵠則春以功注云春讀爲蠢作也出也蠢與心部惷訓亂義異 从䖵春聲形聲中有會意尺尹切十三部 古文蠢从𢦏𢦏之言才也始也 周書曰我有載于西大誥曰有大艱于西土西土人亦不靜越茲蠢載爲壁中古文眞本其辭不同者蓋許檃栝其辭如此也 ○ 飛螘从䖵⿸尸示聲爾雅⿱尉䖵飛螘釋文曰說文字林从䖵今據補於貴切十五部

十三篇下　四

蟲ㄔㄨㄥˊ 23定　⿱串蟲ㄇㄡˊ 21明

文二十五今增⿱尉䖵則二十六　重十三

有足謂之蟲無足謂之豸有舉渾言以包析言者有舉析言以包渾言者此蟲豸析言以包渾言也蟲者蝡動之總名前文既詳之矣故祇引爾雅釋蟲之文豸者獸長脊行豸豸然欲有所伺殺形也本謂有足之蟲因凡蟲無足者其行但見長脊豸豸然故得叚借豸名今人俗語云蟲豸詩溫隆蟲蟲毛傳曰蟲蟲而熱也按蟲蟲蓋融融之叚借韓詩作烔許所不取 从三虫人三爲眾虫三爲蟲蟲猶眾也直弓切九部 凡蟲之屬皆从蟲 蟲食艸根者艸當作苗小雅去其蟘螣及其蟊賊釋蟲食苗根蟊毛傳食根曰蟊螟蟘巳見虫部蟘是介屬螟[illegible]是蠃屬 从蟲串象形謂上體象此蟲繚繞於苗榦之形與䖵部蠿蟊字从䖵矛聲不同也今人則盡叚蟊爲之矣莫浮切三部 吏抵冒取民

△蝥△蛑　𧕴 ㄆㄧˊ 4並　△蚍　𧖅 ㄌㄧㄣˋ 6來　𧔥 ㄈㄟˇ 7並　△蜚　蠱 ㄍㄨˇ 13見

財則生抵當作牴觸也冒者家而前也吏不卹其民彊禦而取民財則生此抵冒亦見董仲舒傳冒古音茂以蟲韵爲訓

蝥或从敄敄聲也此則與虫部蟞蝥同字

蛑古文蟊从虫从牟牟聲竹邑相張君碑蛑賊不起凡漢人言侵牟皆蛑之叚借

𧕴蠹逗雙聲蠹見蚰部大螘也爾雅文从䖵毗聲房脂切十五部

蚍𧕴或从虫比聲方言作蚍蜉

𧖅蟁也蟁之一名从䖵兩聲當依篇韵从二武巾切十三部按此蚊之一名耳不當仍讀蚊當依篇韵良刃切

𧔥臭蟲負蠜也按臭蟲下有奪字當云臭蟲也一曰負蠜也畫然二說如虫部蝝下之竝載三說也春秋莊二十九年秋有蜚左氏傳曰爲災也公羊傳曰紀異也穀梁傳曰一有一亡曰有漢五行志劉歆以爲負蠜也性不食穀食穀爲災按子駿蓋演左氏說也劉向以爲蜚色青近青眚非中國所有南越盛暑男女同川澤淫風所生爲蟲臭惡是時嚴公取齊淫女爲夫人既入淫於兩叔故蜚至按子政蓋演穀梁之說而何休范甯皆從之也許列臭蟲於先而負蠜次之許意子政說長也負蠜與蠜畫然二物釋蟲曰皇螽蠜也毛傳同許同此一物也釋蟲曰草螽今爾雅作蟲譌負蠜也毛傳則云草蟲常羊也釋常羊卽負蠜鄭箋云艸蟲鳴則阜螽躍而從之是以謂之負蠜也劉子駿及許之負蠜卽艸蟲也卽常羊也左氏之所以釋蜚也至於臭蟲生南越而有於中國子政之說則然亦如有蜮有鸜鵒來巢皆本非所有公穀之所以釋蜚也釋蟲曰蜚蠦蜰郭云臭蟲負盤也攷本艸經蜚蠊注家云辛辣而臭漢中人食之一名盧蜰一名負盤郭注亦謂此而許虫部蜰下但言盧蜰不言蜚也似許不以盧蜰與臭蟲爲一物本艸之蜚蠊非必淫气所生劉向所以說經者又未必蜚蠊也故所云盧蜰者蓋本艸之蜚蠊此云臭蟲者未必爲本艸之蜚蠊也盤蠜二字尤不當牽混从䖵非聲房未切十五部

蜚𧔥或从虫今春秋三經皆如此作古書多叚爲飛字

蠱腹中蟲也中蟲皆讀去聲廣韵集韵皆曰蟲直衆切蟲食物也亦作蚛腹中蟲者謂腹內中蟲食之毒也自外而入故曰中自內而蝕故曰蠱此與虫部腹中長蟲腹中短蟲讀異周禮庶氏掌除毒蠱注云毒蠱蠱物而病害人者賊律曰敢蠱人及教令者棄市左氏正義曰以毒藥藥人令人不自知今律謂之蠱[元]應屢引說文蠱腹中蟲也謂行蟲毒也下五字蓋㸃注語顧野王輿地志曰主人行食飲中殺人人不覺也字從蓄蠱於飲食器中會意春秋傳曰皿蟲爲蠱晦淫之所生也晦淫俗本作淫溺誤今依宋本正春秋傳者昭元年左氏傳文醫和視晉侯疾曰是爲近女室疾句如蠱非鬼非食惑以喪志天有六氣淫生六疾陰淫寒疾陽淫熱疾風淫末疾雨淫腹疾晦淫惑疾明淫心疾女陽物而晦時淫則生內熱惑蠱之疾於文皿蟲爲蠱穀之飛亦爲蠱在周易女惑男風落山謂之蠱皆同物也和言如蠱者蠱以鬼物飲食害人女色非有鬼物飲食也而能惑害人故曰如蠱人受女毒一如中蠱毒然故𣪊辭謂之蠱容張平子賦謂之妖蠱謂之蠱媚皆如蠱之說也言於文皿蟲爲蠱者造字者謂蟲在皿中而飤人卽以人爲皿而蝕其中康謂之蠱米亦皿也女惑男風落山男亦皿也山亦皿也故云皆同物也此皆蠱之引申之義

梟磔死之鬼亦爲蠱梟磔各本作梟桀史記封禪書索隱引樂彥云左傳皿蟲爲蠱梟磔死之鬼亦爲蠱梟當作梟斷首倒縣磔辜也殺人而申張之也强死之鬼其䰟魄能馮依於人以爲淫厲是亦以人爲皿而害之也此亦引申之義序卦傳曰蠱者事也伏曼容注曰蠱惑亂也萬事從惑而起故以蠱爲事引大傳乃命五史以書五帝之蠱事从蟲从皿會意公戶切亦去聲五部聲類弋者切音冶

皿物之用也物上當有蠱字皿所以盛飲食行蠱者也此說从皿之意

文六　重四

風 ㄈㄥ 28並

風八風也東方曰明庶風東南曰清明風南方曰景風西南曰涼風西方曰閶闔風西北曰不周風北方曰廣莫風東北曰融風樂記八風從律而不姦鄭曰八風從律應節至也左氏傳夫舞所以節八音而行八

颲 ㄌㄧㄤˊ 15來　△凬
颹 ㄒㄧㄝˋ 8曉　飆 ㄆㄧㄠ 19並
△颮　飄 ㄆㄧㄠ 19並

風服注八卦之風也乾音石其風不周坎音革其風廣莫艮音匏其風融震音竹其風明庶巽音木其風清明離音絲其風景坤音土其風涼兌音金其風閶闔易通卦驗曰立春調風至春分明庶風至立夏清明風至夏至景風至立秋涼風至秋分閶闔風至立冬不周風至冬至廣莫風至白虎通調風作條風條者生也明庶者迎衆也清明者芒也景者大也言陽氣長養也涼寒也陰氣行也閶闔者咸收藏也不周者不交也言陰陽未合化矣廣莫者大莫也開陽氣也按調風條風融風一也八卦八節八方一也通卦驗始於調風許終於融風者許依易八卦之次終於艮也艮者萬物之所以成終而成始也風之用大矣故凡無形而致者皆曰風詩序曰風風也教也風以動之教以化之劉熙曰風氾也放也 **从虫凡聲** 凡古音扶音切風古音孚音切在七部今音方戎切 **風動蟲生故蟲八日而匕** 依韵會此十字在从虫凡聲之下此說从虫之意也大戴禮淮南書皆曰二九十八八主風風主蟲故蟲八日化也謂風之大數盡於八故蟲八日而化故風之字从虫 **凡風之屬皆从風**

古文風

北風謂之飆 爾雅南風謂之凱風東風謂之谷風北風謂之涼風西風謂之泰風毛傳於詩凱風谷風皆用爲訓桑柔之大風則不言何風而箋以西風釋之若邶詩北風其涼本無涼風字故毛但曰寒涼之風而已不用爾雅也陸氏爾雅音義曰涼本或作飆許所據爾雅同或作本 **从風京聲** 各本作涼省聲俗人所改涼輬䣼皆京聲今正呂張切十部

小風也 也玉篇作兒廣韵之颮即此字也 **从風朮聲** 翾聿切十五部

扶搖風也 司馬注莊子云上行風謂之扶搖釋天曰扶搖謂之猋郭云暴風從下上按爾雅月令用古字陸云字林作飈不言說文此等舉一以包二耳 **从風猋聲** 甫遙切古音在三部

古文飆 各本作飈或从包今正班固西都賦颮颮紛紛李善李賢注皆引颮古飆字

回風也 回者般旋而起之風莊子所謂羊角司馬云風曲上行若羊角也釋天云迴風爲飄匪風毛傳同按何人斯傳曰飄風暴起之風依文爲義故不云回風 **从風㬰聲** 撫招切二部

風聲也 各本作翔風也今依文選風賦注正廣韵同九歌曰風颯颯兮木蕭蕭風賦曰有風颯然而至翔風非字意也 **从風立聲** 穌合切七部

高風也 呂氏春秋有始覽曰西方曰飂風 **从風翏聲** 力求切三部

疾風也 廣雅作颸廣韵曰颸爲颸之俗然則作颸者又颸之省也按古有颸字亦訓疾風楚飢切見楚辭及吳都賦 **从風忽忽亦聲** 呼骨切十五部

大風也从風胃聲 王忽切十五部玉篇于貴切

大風也从風曰聲 曰各本作日月之日非聲也今併篆體正于筆切十五部

風所飛揚也 揚者飛舉也 **从風昜聲** 與章切十部

颲颲 二字各本無今補曡韵字也逗 **風雨暴疾也从風利聲讀若栗** 力質切十三部

颲颲也 各本作烈風也今正詩二之日栗烈說文仌部作凓冽今本冽譌瀨陸氏音義不偁仌部而曰說文作颲颲蓋由曡韵音同而誤也然可以證古本之颲颲緜聯矣廣韵五質颲下曰颲颲暴風十七薛颲下曰風雨暴至亦可爲證 **从風列聲讀若烈** 良薛切十五部按凡烈風當作此字其譌也爲別風

颯 ㄙㄚˋ 27心　飂 ㄌㄧㄡˊ 21來　颮 ㄌㄧㄡˊ 8曉
颸 ㄩˋ 2匣　颺 ㄧㄤˊ 15定　颲 ㄌㄧˋ 5來　颲 ㄌㄧㄝˋ 2來
颲 ㄒㄩˋ 8疑

文十三　重二

它 ㄊㄚ 1透

虫也从虫而長象冤曲𠂢尾形 𠂢各本作垂今正𠂢者艸木華葉𠂢也引申爲凡物下𠂢之偁垂者遠邊非其義冤曲者其體垂尾者其末宀象其臥形故詘尾而短㐌象其上冤曲而下垂尾故長詘尾謂之虫垂尾謂之它它與𠂢古音同也詩維虺維蛇女子之祥吳語爲虺弗摧爲蛇將若何虺皆虫之叚借皆謂或臥或垂尾耳臥者較易制曳尾而行者難制故曰爲虺弗摧爲蛇將若何也託何切十七部今人蛇與它異義異音蛇食遮切 **上古艸尻患它故相問無它乎** 上古者謂神農以前也相問無它猶後人之不恙無恙也語言轉移則以無別故當之而其字或叚佗爲之又俗作他經典多作它猶言彼也

△蛇

龜 ㄍㄨㄟ 24見

△龟

⿰冄龜 ㄖㄢˊ 30泥　⿰冬龜 ㄉㄨㄥ 23定

許言此以說叚借之例羔羊傳曰委蛇行可從迹也亦引申之義也**凡它之屬皆从它**

它或从虫它篆本以虫篆引長之而已乃又加虫左旁是俗字也

文一　重一

舊也此以疊韵爲訓門聞戶護之例龜古音姬亦音鳩舊古音曰亦音忌舊本鴟舊字叚借爲故舊卽久字也劉向曰蓍之言耆龜之言久龜千歲而靈蓍百年而神以其長久故能辨吉凶白虎通語略同龜之大者曰鼇敖與久音相近**外骨內肉者也**外骨考工記梓人文鄭云龜屬**从它龜頭與它頭同**此如黽頭與它頭同魚尾與燕尾同兔頭與㲋頭同㲋足能足與鹿足同虎足與人足同兒頭與禽頭离頭同皆其物形相似故製字同之也此說从它之意也**天地之性廣肩無雄龜鼈之類㠯它爲雄**列子曰純雌其名大署純雄其名稺蜂注大署龜鼈之類也稺小也許注螭蠃亦偁列子按以它爲雄則其子皆它子也故字从它此从它之又一說也**象足甲尾之形**从它者象它頭而巳左象足右象背甲甶者象尾居追切古音在一部讀如基音轉讀如鳩**凡龜之屬皆从龜**

古文龜象形而不从它

龜名當作⿰冬龜龜也三字句**从龜宊聲**徒冬切九部**宊古文終字**見糸部

龜甲邊也公羊傳曰龜青純何注純緣也謂緣甲䪼也千歲之龜青䪼明乎吉凶也樂記史記樂書皆曰青黑緣者天子之寶龜也按䪼者䪼之省⿰冄龜之叚借字劉淵林注蜀都賦引譙周異物志曰涪陵多大龜其甲可以卜其緣中叉今叙字似瑇瑁名曰靈叉郭注爾雅亦用其語而今本多譌字緣者甲之邊也甲文象木戴孚甲之象故介蟲外骨謂之甲**从龜冄聲**汝閻切七部**天子巨⿰冄龜尺有二寸**此以下出三正記見白虎通天子下當有龜字巨當作歫漢志元龜歫冄長尺二寸冄叚借字也孟康曰冄龜甲緣也歫至也度背兩邊緣尺二寸也按兩邊相歫尺二寸故知元龜尺二寸謂其廣不謂其脩也魯頌毛傳曰元龜尺二寸**諸矦尺大夫八寸士六寸**皆謂兩邊相距

文三　重一

黽 ㄇㄧㄣˇ 12明

△黾

鼃 ㄨㄚ 10影（蛙）

鼁 ㄑㄩˋ 22清

鼃黽也周禮蟈氏掌去鼃黽鄭司農云蟈蝦蟇也月令曰螻蟈鳴鼃黽蝦蟇屬書或爲掌去蝦蟇元謂蟈今御所食蛙也齊魯之閒謂鼃爲蟈黽耿黽也蟈與耿黽尢怒鳴爲聒人耳故去之按蛙卽鼃字依大鄭說則鼃黽二字爲一物依後鄭說則鼃卽蟈爲一物黽乃耿黽爲一物依許一黽下曰鼃黽也似同大鄭說然有當辯者許果合二字爲一物則黽篆下當云鼃黽蝦蟇也鼃下云鼃黽也乃合全書之例而蝦蟇篆居虫部此則單舉鼃篆釋曰蝦蟆黽篆下則曰鼃黽也是許意鼃黽爲一物鼃爲一物凡兩字爲名一字與他物同者不可與他物牽混知鼃黽非鼃也許之鼃黽卽鄭之耿黽耿黽鼃古音圭與耿雙聲故得爲一字叅評曰鼃黽耿黽單評曰黽爾雅鼃䵷蟾蠩在水者黽是則詹諸之類而以在水中爲別也許鄭之單言鼃卽本艸所謂鼃一名長股陶云俗名土鴨南人名蛤子善鳴者寇宗奭曰其色青腹細後脚長善躍大其聲曰蛙小其聲曰蛤此鼃與鼃黽之別皆在水中而善鳴故周禮設官去之黽之叚借爲黽勉**从它象形**謂从它象其頭下象其大腹也莫杏切古音在十部讀如芒**黽頭與它頭同**言頭而餘爲腹可知矣黽本無尾故風俗通辯蝦蟇掉尾肅肅乃夏馬之字誤**凡黽之屬皆从黽**

籒文黽古文祇象其頭腹籒文又象其長足善跳

蝦蟇屬屬各本作也今依韵會九佳所據小徐本正廣韵同蝦蟇見虫部蝦蟇與詹諸小別鼃則與蝦蟇大別而其形相似故言屬而別見漢書武帝紀元鼎五年鼃蝦蟇鬬是可知其別矣鼃者周禮所謂蟈今南人所謂水雞亦曰田雞鼃蛤皆其鳴聲也故宋人詩多云吠蛤亦云蛙聲閤閤**从黽圭聲**烏媧切古音十六部按當音乖字亦作⿰扌黽作蛙

圥鼁逗曡韵**詹諸也**虫部曰⿰虫匊鼁詹諸也一物四名曰⿰虫匊鼁曰圥鼁曰詹

△鼀

䵹 ㄕ 4透　鼈 ㄅㄧㄝ 2幫　黿 ㄩㄢ 3疑　鼉 ㄊㄨㄛ 3定　䵶 ㄒㄧ 10匣　䵸 ㄑㄩ 16匣　蠅 ㄧㄥ 26定　鼅 ㄓ 10端

諸曰䵹鼀許主名詹諸而詳釋之其鳴詹諸蝦蟆能作呷呷聲蟾蜍不能作聲詹諸象其響吃之音此言所以名詹諸也其字俗作蟾蠩又作蟾蜍其皮鼀鼀鼀鼀猶蹙蹙也其身大背黑多痱磊此言所以名䵷鼀𠑹鼀也䵷之義葢取於拳局物也故以狀其行此言所以名𠑹鼀也其行𠑹𠑹𠑹𠑹舉足不能前之皃蟾蜍不能跳蹴𠑹圜上椎鈍非銳从黽𠑹會意𠑹亦聲七宿切三部鼀或从酋酋聲𠑹聲同在三部䵹鼀逗詹諸也詩曰得此䵹鼀邶風新臺文今詩作戚施毛傳曰戚施不能仰者釋言曰戚施面柔也言其行鼀鼀此五字當在詩曰之上小徐自糸至卵部今皆不傳不可攷矣鼀鼀猶施施也王風毛傳曰施施難進之意此言所以名鼀鼀也从黽爾聲式支切古音在十六部十七部之閒甲蟲也考工記注外骨龜屬內骨鼈屬按鼈骨較龜稍內耳實介屬也故周易鼈蟹蠃蚌龜爲一屬从黽敝聲并列切十五部大鼈也今目驗黿與鼈同形而但分大小之別从黽元聲愚袁切十四部水蟲佀蜥易長丈所所字依太平御覽補丈所猶丈許也大雅靈臺傳曰鼉魚屬馬部驒下曰青驪白鱗文如鼉魚許依毛謂之鼉魚也皮可爲鼓四字本在魚部鱓下由古多用鱓爲鼉而淺人注之也今移此詩鼉鼓韸韸史記樹靈鼉之鼓从黽單聲徒何切古在十四部唐干切水蟲也薉貉之民食之葢猶中國之食鼃謂之水雞也从黽奚聲胡雞切十六部鼃屬頭有兩角以頭有二角別於鼃也葢亦可食出遼東从黽句聲其俱切古音在四部讀如鉤篇韵皆作䵸按吳都賦有䵸鼊劉注䵸屬也如瑇瑁此與單名䵸者各物營營青蠅小雅青蠅文傳曰營營往來皃蟲之大腹者从黽虫虫猶蟲也此蟲大腹故其字从黽虫會意謂腹大如黽之蟲也其音則在六部余陵切故繩爲蠅省聲非許之精詣則必仍爲形聲字遂使古音不可攷矣鼅

鼄 ㄓㄨ 16端

△蜘　△蛛　鼂 ㄔㄠ 19定

鼄逗雙聲鼄蟊也各本奪鼄字今補鼄蟊疊韵蚰部曰蠿蟊作网鼄蟊也此曰鼅鼄鼄蟊也以見一物三名如鼀下鼁下䵹下皆曰詹諸也之例方言鼅鼄鼄蟊也自關而西秦晉之閒謂之鼄蟊自關而東趙魏之郊謂之鼅鼄或謂之蠾蝓蠾蝓者侏儒語之轉也北燕朝鮮洌水之閒謂之蝳蜍按蠿蟊即爾雅之次蟗蟗音浮斷非从出也鼅鼄同爾雅鼄蟊即爾雅之鼄蟊郭曰今江東呼蝃蝥蝃音掇晉時江東評蝃蝥蝃即鼄促言之耳蝃或作䖢本艸亦作䖢章悅反蝥音謀又音無从黽亦蟲之大腹者也故从黽智省聲陟离切十六部或从虫鼄鼅也从黽朱聲陟輸切四部鼄或从虫匽鼂也讀若朝陟遙切二部楊雄說匽鼂蟲名葢見楊雄倉頡訓纂廣韵亦引倉頡篇云蟲名按爲何蟲許亦不憭也夏小正言匽之興不得援以證匽鼂杜林目爲朝旦非是此目爲乃說叚借之例杜林用鼂爲朝旦字葢見杜林倉頡故攷屈原賦甲之鼂吾以行王逸曰鼂旦也左傳衞大夫史朝風俗通作史鼂之後爲鼂姓漢書鼂姓又作晁是古叚鼂爲朝本無不合許云非是未審他處亦未見此例也若木部構下杜林以爲椽桷字斗部斡下杜林以爲軺車輪斡亦未辯其非是矣葢叚借之學明其爲借字非眞字而眞字存不明其爲借字直指爲眞字而眞字借字之義皆廢矣伯山葢謂鼂夕爲眞字故辯以防之也从黽从旦葢亦蟲之大腹者故从黽其从旦之意不能詳也古文从皀古文各本作篆文今依玉篇正凡先古籀後篆者皆由文勢不得不尒此非其比也廣韵古本亦必先鼂後鼂注曰古文今本二大字轉寫譌舛集韵類篇依大徐而誤皀見日部讀若窈古文从黽皀聲

文十三　重五

△鼂

卵 ㄌㄨㄢˇ 3來

凡物無乳者卵生乙部曰人及鳥生子曰乳獸曰產此云凡物無乳者卵生按此乳字與乙部乳字義少異此乳謂乳汁也惟人及四足之獸有之故其子胎生羽蟲鱗蟲介蟲及一切昆蟲皆無乳汁其

毈 ㄉㄨㄢˋ 3 定

△卝

子卵生故曰凡物無乳者卵生然則何以言人及鳥生曰乳獸曰產也此乳猶抱也嫗也方言北燕朝鮮洌水之閒謂伏雞曰抱爵子及雞雛皆謂之鷇其卵伏而未孚始化謂之涅鄭注樂記曰以體曰嫗惟鳥於卵伏之抱之旣孚而或生哺之有似人之抱哺其子凡獸之恩勤遜於是故以鳥之將子與人竝言乳實乳汁之義之引申許泥乙爲鳥故訓乳曰人及鳥也子部曰㝅乳也此乳汁之乳字及孺皆曰乳子也此乳哺之乳此云無乳者卵生亦指謂乳汁也 **象形** 此冡上䖵象形言之卵未生則腹大卵陰陽所合天地之襍也故象其分合之形盧管切十四部糸部縮下云讀若雞卵蓋古卵讀如管也 **凡卵之屬皆从卵** **卝 古文卵** 各本無今依五經文字九經字樣補五經文字曰卝古患反見詩風字林不見又古猛反見周禮說文以爲古卵字九經字樣曰說文作卝隸變作卵是唐本說文有此無疑但張引說文古文卵刪去古文字未安張之意當云卝卵上說文下隸變乃上字誤舉其重文之古文非是然正可以證唐時說文之有卝汗簡以卝爲古文卵字與凬爲古文風[illegible]爲古文䵷皆據本書郭氏所見說文尚完好也卵之古音讀如管引申之內則濡魚卵醬鄭曰卵讀爲鯤鯤魚子也或作攔韋注國語亦云鯤魚子也內則之魚子言其未生者魯語之魚子言其已生者其意一也又引申之爲詩總角卝兮之卝毛傳曰卝幼穉也此謂出腹未久故仍得此偁如魚之未生已生皆得曰鯤也又引申之周禮有卝人鄭曰卝之言礦也金玉未成器曰卝此謂金玉錫石之樸韞於地中而精神見於外如卵之在腹中也凡漢注云之言者皆謂其轉注叚借之用以礦釋卝未嘗曰卝古文礦亦未嘗曰卝讀爲礦也自其雙聲以得其義而已卝固讀如管讀如關也自劉昌宗徐仙民讀侯猛虢猛反謂卽礦字遂失注意而後有妄人敢於說文礦篆後益之曰卝古文礦周禮有卝人則不得不敢於卵篆後徑刪卝古文卵是猶改蘭臺桼書以合其私其誣經誣許率天下而眛於六書不當膺析言破律亂名改作之誅哉𢍏从卝聲關从𢍏聲許說形聲井井有條如是 **毈 卵不孚也** 爪部曰孚者卵卽孚也从爪子不孚者卵坼不成樂記曰卵生者不殈鄭曰殈裂也今齊人語有云殈者按殈卽毈

十三篇下　圭

△弍

二 ㄦˋ 4 泥　　亟 ㄐㄧˊ 25 見　　恆 ㄏㄥˊ 26 匣　　△𠄨　　亘 ㄒㄩㄢ 3 心

也呂氏春秋雞卵多毈管子五行篇羽卵者不段叚段爲之 **从卵段聲** 徒玩切十四部按當讀如鍛

文二　重一 二字今補

二 地之數也 易曰天一地二惟初大始道立於一有一而後有二元气初分輕清昜爲天重濁侌爲地 **从耦一** 耦各本作偶誤今正偶者桐人也凡云偶爾用之耦者二人竝耕之偁故凡奇耦字用之古書或不拘許必從其朔也大徐本無一字非耦一者兩其一也兩畫當均長今人上短下長便是古文上字三篆亦三畫均長而至切十五部 **凡二之屬皆从二** **弍 古文二**

亟 敏疾也 支部曰敏者疾也疾者本無其字依聲託事之字也後人以捷當之今人亟分入聲去聲入之訓急也去之訓數也古無是分別數亦急也非有二義詩亟其乘屋箋云亟急也詩多段棘爲亟如棘人欒欒傳曰棘急也我是用棘非棘其欲皆同禮記作匪革其猶革亦亟之段借字也釋言曰悈急也亦作極皆亟字之異者耳 **从人口又二 二天地也** 徐鍇曰乘天之時因地之利口謀之手執之時不可失疾也玉裁謂天地之道恆久而不已手病口病夙夜匪懈君子自强不息人道之所以與天地參也故从人从二紀力切又去吏切一部

十三篇下　古

恆 常也 常當作長古長久字衹作長淺人稍稍分別乃或借下帬之常爲之故至集韵乃有一曰久也之訓而篇韵皆無之此俗字之不可不正者也時之長與尺寸之長非有二義 **从心舟在二之閒上下** 上下猶往復也 **心㠯舟施恆也** 謂往復遙遠而心以舟運旋歷久不變恆之意也宙下曰舟車所極覆也此說會意之恉胡登切六部俗本心上增一字非 **𠄨 古文恆从月** 此篆轉寫譌舛旣云从月則左當作月不當作夕也若汗簡則左作舟而右亦同此不可曉又按門部之古文閒作閖蓋古文月字略似外字古文恆直是二中月耳 **詩曰如月之恆** 小雅天保文此說从月之意非謂毛詩作𠄨也傳曰恆弦也按詩之恆本亦作緪謂張弦也月上弦而就盈於是有恆久之義故古文从月

亘 求回也

竺ㄉㄨˇ 22端　凡ㄈㄢˊ 28並

回各本作亘今正以回釋亘以雙聲爲訓也回者轉也亘字經典不見易屯卦磐桓磐亦作盤亦作槃義當作般桓義當作亘般者辟也亘者回也馬融云槃桓旋也是二字皆叚借也凡舟之旋曰般旋旗之指麾曰旋車之運曰轉瓠柄曰斡皆其意也**从二从回**會意須緣切按古音讀如桓十四部**回古文回**見口部**象亘回之形**亘回雙聲猶回轉也**上下所求物也**上下謂二所求在上則轉而上所求在下則轉而下此說从回从二之意

竺㫗也㫗各本作厚今正許意厚薄字當作㫗山陵之㫗乃作厚不容一之爾雅毛傳皆曰篤厚也今經典絕少作竺者惟釋詁尙存其舊段借之字行而眞字廢矣篤馬行鈍遲也聲同而義略相近故段借之字專行焉**从二**加厚之意**竹聲**冬毒切三部

凡冣括而言也冣各本作最最者犯而取也非其義今正冣者積也才句切括者絜也絜者束也絜者麻一耑也束之成一耑也冣括者總聚而絜束之也意內言外曰冒其意冣括其言凡也春秋緐露曰號凡而略名目而詳目者偏辨其事也凡者獨舉其大也享鬼神者號一曰祭祭之散名春曰祠夏曰礿秋曰嘗冬曰烝獵禽獸者號一曰田田之散名春苗秋蒐冬狩按周禮多言凡六典凡也治典教典禮典政典刑典事典目也鄭注言冣目者謂其總數也若其他言凡祭祀凡賓客凡禮事凡邦之弔事言師掌官成以治凡亦皆聚括之謂舉其凡則若网在綱杜預之說春秋曰傳之義例總歸諸凡凡之言汎也包舉汎濫一切之稱也**从二二耦也**耦各本作偶今正一二者天地之大數也故从二**从𠄎𠄎古文及字**見又部及逮也从及者取括束之意浮芝切古音在七部讀扶音切按篆體右像古文及之半而左引筆下垂內从一非从二也與說解不相應夫許既列之二部明言从二不宜乖異如是蓋轉寫既久譌奪之由斟有深思者許以先篆後古籒爲經例先古籒後篆爲變例變例之興起於部首部首爲二則从二之凡當先列从一之凡當後之攷定其文當作𠘧取括而言也从二二耦也从𠄎𠄎古文及此下又云凡篆文𠘧李斯省改古文漢人行之故許立文必如是妄人不知一移一奪乃使倉頡所造千古放佚許

君凡例委於艸莽矣○江沅曰右旁作乁乃古文及之省也厂乃二之形而以上筆引長配右也當云从古文及省則得之矣

文六　重二按凡有古文有小篆則當重三

土ㄊㄨˇ 13透　地ㄉㄧˋ 1定　△墬　坤ㄎㄨㄣ 9溪

土地之吐生萬物者也吐土疊韵釋名曰土吐也吐萬物也**二象地之上地之中**上各本作下誤今依韵會正地之上謂平土面者也土二橫當齊長士字則上十下一上橫直之長相等而下橫可隨意今俗以下長爲土字下短爲士字絕無理**丨物出形也**此所謂引而上行讀若囟也合二字象形爲會意它魯切廣韵引文字指歸曰無點按文字指歸蓋以無點者它魯切有點者徒古切田地主也釋氏書國土必讀如杜是也五部**凡土之屬皆从土**

地元气初分輕清昜爲天重濁侌爲地元者始也陰陽大論曰黃帝問於岐伯曰地之爲下否乎岐伯曰地爲人之下大虛之中者也黃帝曰馮乎岐伯曰大氣舉之也按地之重濁而包舉乎輕清之氣中是以不墜**萬物所敶列也**敶各本作陳今正攴部曰敶者列也凡本無其字依聲託事者如萬蟲終古叚借爲千萬雖唐人必用万字不可從也若本有其字如叚陳國爲敶列在他書可而許書不可地與敶以雙聲爲訓**从土**地以土生物故从土**也聲**或坤道成女元牝之門爲天地根故其字从也或云从土乙力其可笑有如此者徒四切古音在十七部漢書或段爲第但也之第

墬籒文地从𨸏土彖聲從小徐本惟彖字小徐作象非其聲也今正作彖从𨸏言其高者也从土言其平者也彖見彑部蠡像墬皆以爲聲在古音十六部地字古音本間於十六十七兩部也若大徐作从隊𨸏部隊音徒玩切其繆愈難糾矣漢人多用墬字者傳寫皆誤少一畫

坤地也易之卦也象傳曰地勢坤君子以厚德載物說卦傳曰坤順也按伏義取天地之德爲卦名曰乾坤**从土申**會意苦昆切十三部**土位在申也**此說从申之意也說卦傳曰坤

△⿰土粤

垓ㄍㄞ 24見　墺ㄠˋ 22影　堣ㄩˊ 16疑

也者地也萬物皆致養焉故曰致役乎坤坤正在申位自倉頡造字已然後儒乃臆造乾南坤北爲伏羲先天之學說卦傳所定之位爲文王後天之學甚矣人之好怪也或問伏羲畫八卦卽有乾坤震巽等名與不曰有之伏羲三奇謂之乾三耦謂之坤而未有乾字坤字傳至於倉頡乃後有其字坤顨特造之乾震坎離艮兌以音義相同之字爲之故文字之始作也有義而後有音有音而後有形音必先乎形名之曰乾坤者伏羲也字之者倉頡也畫卦者造字之先聲也是以不得云☷卽坤字

垓　兼晐八極地也　晐各本作垓今正晐俗作該曰部晐下曰兼晐也此用其義釋垓以疉韵爲訓也凡四方所至謂之四極八到此所至謂之八極淮南書曰八紘之外乃有八極非此義也兼備八極之地謂之垓　**从土亥聲**　古哀切一部　**國語曰天子尻九垓之田**　鄭語曰王者居九晐之田收經入以食兆民韋云九晐九州之極數也又楚語天子之田九晐以食兆民韋云九晐九州之內有晐數也食兆民耕而食其中也天子曰兆民按晐者垓字之異也韋云有垓數者卽風俗通千生萬萬生億億生兆兆生經經生垓

十三篇下　七

墺　四方之土可定尻者也　各本作四方土可居也少三字今依李善西都賦注正禹貢四墺既宅今作隩者衞包改也僞孔傳曰四方之土可居玉篇土部引夏書四墺既宅廣韵三十七号墺字注曰四墺四方土文選西都賦天地之隩區李注引此說文知班賦本从土唐以後人乃改之如今本尚書釋文之作隩耳周語宅爲九隩注云隩內也其字从𨸏　**从土奥聲**　於六切三部按音轉多讀於報切

⿰土粤　古文墺　蓋壁中禹貢如是與

堣　堣夷　逗　**在冀州暘谷**　暘各本作陽今正日部曰暘日出也引虞書曰暘谷則此當作暘可知也山部崵下曰首崵山在遼西一曰嵎銕崵谷也嵎銕崵三字皆與此異嵎當作禺蓋堣夷暘谷者孔氏古文如是禺銕暘谷者今文尚書如是今堯典作宅嵎夷曰暘谷依古文而堣譌嵎恐衞包所改耳玉篇唐韵皆作堣可證堯典音義曰尚書考靈曜及史記作禺銕尚書正義卷二曰夏矦等書古文宅堣夷堣作嵎者譌爲宅嵎鐵嵎鐵郎禺銕之異字凡緯書皆用

坶ㄇㄨˋ 24明　坡ㄆㄛ 1滂　坪ㄆㄧㄥˊ 12並　均ㄐㄩㄣ 6見　壤ㄖㄤˇ 15泥

今文故知許土部所偁爲古文山部爲今文尚書如昧谷爲古文栁穀爲今文正同詳見古文尚書撰異堣夷暘谷許明云在冀州山部曰首崵山在遼西一曰嵎銕崵谷一曰猶一名非有二物遼西正在冀州然則堯典之堣夷非禹貢青州之嵎夷司馬貞注禹貢云今文尚書及帝命驗竝作禺鐵在遼西此謂堯典也陸氏引馬云嵎海嵎也夷萊夷也馬釋堯典始以禹貢釋之而僞孔傳大意從之義和測日不必遠至海外也僞孔云日出於谷而天下明故稱暘谷似以此暘谷與日初出東方湯谷合而一之其謬不亦甚乎　**立春日**　句　**日值之而出**　日正當堣夷而出乃許所聞尚書古義如此　**从土禺聲**　噳俱切五部　**尚書曰宅堣夷**　許之例不云尚書此當云唐書改之者作虞書其說見禾部

坶　朝歌南七十里地周書曰武王與紂戰于坶野　此書序文也今書序紂作受坶作牧詩大明矢于牧野正義引鄭書序注云牧野紂南郊地名禮記及詩作⿰土每野古字耳此鄭所見詩禮記作⿰土每書序祇作牧也許所據序則作坶

十三篇下　六

蓋所傳有不同坶作⿰土每者字之增改也每亦母聲也　**从土母聲**　莫六切三部徐邈曰牧一音茂

坡　阪也　𨸏部曰坡者曰阪此二篆轉注也又曰陂阪也是坡陂二字音義皆同也坡謂其陂陀毛詩隰則有泮傳曰泮坡也此釋叚借之法謂泮卽坡之雙聲叚借也鄭不從其說而易之曰讀爲畔　**从土皮聲**　滂禾切十七部

坪　地平也　舊鈔小徐本作垩廣韵垩地名今義也　**从土平平亦聲**　小徐無平亦二字皮命切十一部亦平聲

均　平徧也　平者語平舒也引申爲凡平舒之偁徧者帀也平偏者平而帀也言無所不平也小雅節南山傳曰均平也古多叚旬爲均亦叚鈞爲均　**从土匀**　匀者帀也故以會意　**匀亦聲**　小徐無匀亦二字居匀切十二部

壤　柔土也　大雅陶復陶穴毛傳陶其土而復之陶其壤而穴之九章筭術今有穿地積一萬尺問爲堅壤各幾何荅曰爲堅七千五百尺爲壤一萬二千五百尺穿地四爲壤五爲堅三爲墟四劉徽注壤謂息土堅謂築土周禮辨十有二壤之名物而知其種以教稼穡樹蓺注壤

塙 ㄑㄩㄝˋ 19溪　墽 ㄑㄧㄠ 20溪　壚 ㄌㄨˊ 13來　垶 ㄒㄧㄥ 12心　埴 ㄓˊ 25定

亦土也以萬物自生言則言土土猶吐也以人所耕而樹藝言則言壤壤和緩之皃某氏注尚書曰無塊曰壤周禮草人墳壤用麋勃壤用狐鄭云墳壤潤解勃壤粉解釋名曰壤瀼也肥濡意也按言物性之自然壤異乎堅土言人功則凡土皆得而壤之壤與柔弱雙聲穀梁曰有食之傳曰吐者外壤食者內壤闕然不見其壤有食之者也麋信云齊魯之閒謂鑿地出土鼠作穴出土皆曰壤按蟲鼠所出字亦作場作塲音失羊反見方言亦取柔意今俗語謂弱曰壤漢書壤子王梁代壤謂肥䀋也**从土襄聲**如兩切十部

塙　堅不可拔也言堅者剛土也拔者擢也不可拔者不可擢而起之也易文言曰確乎其不可拔潛龍也虞翻曰確剛皃也鄭曰堅高之皃按今易皆作確攷釋文曰說文云高至毄辭夫乾確然示人易矣釋文曰說文云高至皆不言說文作隺是則陸所據易二皆作隺而今本俗誤也許意隺訓高至塙訓堅不可拔文言字作隺而義从塙毄辭乃義如其字**从土高聲**苦角切古音在二部今俗字作確乃确字之變耳

墽　磽也石部曰磽者磬石也磬者堅也磝之義同磽則兼謂土石堅鞕耳其字亦作墝何注公羊云墝埆不生五穀曰不毛**从土敫聲**口交切二部

壚　黑剛土也各本無黑字依韵會則小徐有尚書正義所引同今補釋名曰土黑曰壚壚盧然解散也周禮草人埴壚用豕鄭云埴壚黏疏者以黏釋埴以疏釋壚黑部曰齊謂黑爲驢古文作旅許於驢得其義云黑而剛則疏之義亦見矣**从土盧聲**洛乎切五部

垶　赤剛土也草人凡糞種騂剛用牛故書騂爲挈杜子春挈讀爲騂謂地色赤而土剛強也按馬部無騂字子春易字作解必塙然易爲垶字而許用其說入說文也然則相承作騂又譌作騂者乃大繆耳**从土觲省聲**息營切十一部

埴　黏土也禹貢厥土赤埴墳周禮草人埴壚攷工記摶埴之工孔傳鄭注皆曰埴黏土也釋名土黃而細密曰埴埴膱也黏昵如脂之膱也按禹貢埴字鄭本作戠而讀爲熾熾赤皃也見禹貢音義及蜀都賦丹沙赩熾李注又太平御覽三十七引東晉會稽謝沈古文尚書注徐州土赤戠墳戠音志又禹貢正義曰戠埴音義同埴爲黏土故土黏曰戠蓋孔本亦作戠惟孔釋戠爲黏土鄭易戠爲熾釋爲赤皃見經文赤戠連讀爲異耳據釋文則韋昭所注漢地理志亦作戠而今漢書作埴晉書成公綏天地賦云海岱赤戠華梁青黎何超音義戠尺志反此又戠之加土旁者也戠⿰土戠⿱戠土皆埴之異字**从土直聲**常職切一部按廣韵常職昌志二切今江浙俗語皆用昌志一切

十三篇下　廿九

坴 ㄌㄨˋ 17來　⿱軍土 ㄏㄨㄣˊ 9匣　墣 ㄆㄨˊ 17滂　△圤　凷 ㄎㄨㄞˋ 7溪　△塊　堛 ㄆㄧˋ 25滂　堫 ㄗㄨㄥ 18精　塍 ㄔㄥˊ 26定

坴　土凷坴坴也坴坴大凷之皃**从土圥聲**力竹切三部**讀若速**大徐本速作逐誤也坴讀如速與竉讀七宿切意同**一曰坴梁地**始皇本紀三十三年發諸嘗逋亾人贅壻賈人略取陸梁地爲桂林象郡南海以適遣戍字作陸按坴梁蓋其地多土凷而土性強梁也

⿱軍土　土也土蓋凷之誤集韵凷字亦作⿱軍土類篇⿱軍土亦苦會切墣也蓋自坴至堛併重文六篆皆言凷此土也二字淺人所改**从土軍聲**戶昆切十三部**雒陽有大⿱軍土里**雒作洛非今正說詳水部洛下大⿱軍土雒陽里名此舉爲⿱軍土篆之證也漢王子侯表土軍侯郢客師古曰土軍西河之縣說者以爲洛陽土軍里非也按土軍里乃大⿱軍土里之誤依此注疑大本作土土⿱軍土里或有作土軍里者故說漢書者或偶用之

墣　凷也吳語曰涓人疇枕王以墣淮南書曰土之勝水也非以一墣塞江**从土菐聲**匹角切古音在三部

圤　墣或从卜卜聲亦在三部

凷　墣也是曰轉注喪服傳曰寢苫枕凷**从土凵　凵屈象形**小徐本如是屈者無尾也凷之形略方而體似無尾者故从土而象其形苦對切十五部

塊　俗凷字依爾雅釋文

堛　凷也釋言凷堛也郭引枕王以堛堛卽墣之異文禮運蕢桴注曰蕢讀爲凷聲之誤也凷堛也**从土畐聲**芳逼切一部

堫　種也種者埶也堫者以禾種入土也廣雅曰稷種也卽堫種字之異體也**从土㚇聲**子紅切九部**一曰內其中**引申之義謂以此入彼中皆得曰堫也大鑿中木謂之鍃杵臼謂之舂亦此意

塍　稻田中畦埒也集韵類篇宋本作稻中畦也今本及文選注作稻田畦也韵會作稻中畦埒也今合訂之如此畦五十畝之介也埒

十三篇下　卅

者庫垣亦所以爲畛稻田中作介畫以蓄水取義於此謂之塍必言稻中者禾黍不必爲此惟稻必蓄水以養之周禮稻人以遂均水以列舍水鄭曰遂田首受水小溝也列田之畦埒也開遂舍水於列中按列讀如遮迾之迾非人所行之畛陌也許鄭說正同今四川謂之田繩子江浙謂之田緪緪亦繩也西都賦溝塍刻鏤**从土朕聲**食陵切六部

坺　坺土也坺字各本無今補厶下曰絫坺土爲牆壁凡初出於田爲坺土稍治之乃爲凷**一臿土謂之坺**一下各本有日字今依元應書卷二十廣韵十三末正木部曰梠臿也鍪臿詳見木金二部一臿所起之土謂之坺今人云坺頭是也耒部曰耕廣五寸爲伐二伐爲耦與考工記二耜爲耦一耦之伐廣尺深尺謂之甽稍不同鄭云甽土曰伐伐卽坺依考工記二耜之土爲伐許云一梠之土爲伐卽此云一臿土謂之坺也惟臿與梠不同物耳**从土犮聲**本在塵皃下今移此蒲撥切十五部**詩曰武王載坺**商頌長發文今詩作旆傳曰旆旗也按毛詩當本作坺傳曰坺旗也訓坺爲旗者謂坺卽旆之同音叚借也此如小宛訓題爲視謂題卽眡之叚借斯干訓革爲翼謂革爲翱之叚借若此之類不可枚數淺學者少見多怪乃改坺爲旆以合旗訓葢亦久矣許之引此詩則偁經說叚借之例如引無有作玟說玟卽好引朕堲讒說說堲卽疾**一曰塵皃**坺之言蓬勃也

坄　匋竈窗也匋各本作陶今正缶部曰匋者瓦器竈也穴部曰窗者通空也燒瓦器之竈上必通孔謂之坄者其火熒然而出也士喪禮爲垼於西牆下東鄉注云垼塊竈既夕記云垼用塊注云塊堛也葢士喪之竈土甴爲之以煮沐浴者之潘水不似人家廚竈必令通爲之且僅通孔可煮而已故謂之坄不謂之竈也坄禮經作垼古文禮作役**从土役省聲**營隻切十六部

基　牆始也自部曰阯者基也此蒙基而釋之牆始者本義也引申之爲凡始之偁釋詁周語毛詩傳皆曰基始也禮經古文借基爲期年字**从土其聲**居之切一部

垣　牆也此云垣者牆也渾言之牆下曰垣蔽也析言之垣蔽者牆又爲垣之蔽也垣自其大言之牆自其高言之**从土亘聲**雨元切十四部

△

籀文垣从亯

圪　牆高皃也大雅皇矣曰崇墉言言傳曰言言高大也又曰崇墉仡仡傳曰仡仡猶言言也依說文本作圪圪**詩曰崇墉圪圪从土气聲**魚迄切十五部

堵　垣也儒行曰儒有一畝之宮環堵之室注云宮謂牆垣也堵面一堵也面一堵者謂面各一堵也依鄭說堵與垣別大氏散文則通對文則別也**五版爲堵**詩毛傳曰一丈爲板五板爲堵此五經異義所謂古周禮古春秋說也異義今戴禮及韓詩說八尺爲板五板爲堵五堵爲雉板廣二尺積高五板爲一丈五堵爲雉雉長二十丈何休注公羊取韓詩說古周禮及古春秋左氏傳說一丈爲板板廣二尺五板爲堵一堵之牆長丈高丈三堵爲雉一雉之牆長三丈高一丈以度長者用其長以度高者用其高也諸說不同鄭辨之云左氏傳鄭莊公弟段居京城祭仲曰都城過百雉國之害也先王之制大都不過三國之一中五之一小九之一今京不度非制也古之雉制書傳各不得其詳今以左氏說鄭伯之城方五里積千五百步也大都三國之一則五百步也五百步爲百雉則知雉五步五步於度長三丈則雉長三丈也雉之度於是定可知矣玉裁按鄭駁異義取古周禮春秋說一丈爲板計之適合未嘗自立說六尺爲板也迨箋詩則主用古說參以公羊傳五板而堵五堵而雉而定爲板長六尺鄭意公羊五板而堵者高一丈也五堵而雉者廣三丈也何注公羊取韓詩說八尺爲板五板而堵爲四十尺五堵而雉爲二百尺說各乖異似古周禮春秋毛詩說爲善高一丈廣三丈爲雉不必板定六尺也許君異義未詳其於古今孰從此云五板爲堵古今說所同也葢言板廣二尺五板積高一丈爲堵而已其長幾尺爲板幾堵爲雉皆於古今說未敢定**从土者聲**當古切五部

籀文从亯

△

壁　垣也釋名壁辟也辟禦風寒也按壁自其直立言之**从土辟聲**比激切十六部

𡒄　匊垣也匊各本作周今正匊帀也周密也義異匊垣謂垣之圜帀者也西都賦曰繚以周牆四百餘里西京賦曰繚亘綿聯薛注繚亘猶繞了也按魏都賦亦曰繚亘開圓今本皆譌作繚垣非也繚亘雙聲字**从土尞聲**力沼切二部玉

堨 ㄧㄝ 2 疑　埒 ㄌㄜˋ 2 來　堪 ㄎㄢ 28 溪　堀 ㄎㄨ 8 溪　堂 ㄊㄤˊ 15 定

篇平去二聲

堨　壁閒隙也 隙者壁際也壁際者壁之釁也亦曰堨此古義也今義堰也讀同壅遏後人所用俗字也 **从土曷聲讀若謁** 此古音也十五部大徐魚列切廣韵烏曷切

埒　庳垣也 庳者中伏舍也引申之爲卑也按廣韵引孟康云等庳垣也似孟氏所據爲長等者齊等也卑垣延長而齊等若一是之謂埒引申之爲涯際之偁如淮南道有形埒是也爲回環之偁如爾雅水潦所還埒丘又馬埒是也又爲相等之偁如史記富埒天子之類是也孟康語葢出漢書音義今宜依以補等字 **从土寽聲** 力輟切十五部

堪　地突也 突者犬從穴中暫出也因以爲坳突之偁俗乃製凹凸字地之突出者曰堪淮南書曰堪輿行雄以起雌許注曰堪天道輿地道也見文選注甘泉賦屬堪輿以壁壘張晏曰堪輿天地總名也按張說未安堪言地高處無不勝任也所謂雄也輿言地下處無不居納也所謂雌也引申之凡勝任皆曰堪古段戡伐爲之 **从土甚聲** 口含切古音在七部

堀　突也 突爲犬從穴中暫出因謂穴中可居曰突亦曰堀俗字作窟古書中堀字多譌掘如秦國策窮巷堀門齊策堀穴窮巷今皆譌爲掘鄒陽書伏死堀穴尙不誤也曹風蜉蝣堀穴此葢自來古本如是毛云堀閱容閱也箋云堀地解閱謂其始生時也唐以後本盡改爲掘字遂謂許所據爲異本矣陸機云蜉蝣陰雨時從地中出郭樸云生糞土中然則未嘗掘地也堀閱容閱皆聯緜字也箋則云堀於地中解閱而出矣風賦堀堁揚塵謂突起之堁 **从土屈聲** 各本篆作堀解作屈省聲而別有堀篆綴於部末解云兔堀也从土屈此化一字爲二字一兔堀非有異義也篆从屈隸省作屈此其常也豈有文一省一不省分別其義者今正此篆之形而刪彼篆苦骨切十五部 **詩曰蜉蝣堀閱** 曹風蜉蝣文堀閱容閱也容閱如孟子之容悅

堂　殿也 殿者擊聲也段借爲宮殿字者釋宮室曰殿有殿鄂也殿鄂即禮記注之沂鄂沂說文作垠作圻釋名釋形體亦曰臀殿也高厚有殿鄂也古音屍聲斤聲艮聲互通合音作幾作畿是以禮記彫幾謂有沂鄂堂之所以偁殿者正謂前有陛四緣皆高起沂鄂㬎然故名之殿許以殿釋堂者以今釋古也古曰堂漢以後曰殿古上下皆偁堂漢上下皆偁殿至唐以後人臣無有偁殿者矣初學記謂殿之名起於始皇紀曰作前殿葉大慶攷古質疑博引說苑諸書以證古有殿名要其所引皆漢人所作書也即六韜亦豈眞周人書哉 **从土尚聲** 徒郎切十部 **堂　古文堂如此** 葢从尙省 **堂　籀文堂从尚京省聲** 从尙不省則異乎古文邑部鄗地名從籀文堂也篆文以爲从尙則聲在其中故省其京省

△堂　△臺

垛 ㄉㄨㄛˇ 1 端　坫 ㄉㄧㄢˋ 30 端

垛　門堂孰也 門字孰字今補正攷工記門堂三之二室三之一鄭曰門堂門側之堂也釋宮曰門側之堂謂之塾孫炎郭樸皆曰夾門堂也堂無塾門堂乃有塾刪去門字於制不可通矣孰經典皆作孰以孰加土猶以孰加火耳謂之孰者白虎通云所以必有塾何欲以飾門因取其名明臣下當見於君必孰思其事是知其字古作孰而已後乃加之土也謂之垛者何也朵者木下垂門堂伸出於門之前後略取其意後代有朵殿今俗謂門兩邊伸出小牆曰垛頭其遺語也孰之制於正堂之偁廣得三之二其室於正堂之偁廣得三之一北向堂者爲孰得堂偁廣三之一南向者亦爲孰亦得堂偁廣三之二故曰門堂三之二也室三之一者一者北向南向兩孰之中共一室室得堂偁廣三之一與門之偁廣等顧命曰先路在左塾之前次路在右塾之前此謂北面之孰也士虞禮匕俎在西塾之西絲衣自堂徂基毛傳云基門塾之基此皆謂南面之孰也士冠禮筮與席所卦者具饌於西塾此南面之塾也擯者玄端負東塾此北面之塾也尙書大傳曰上老平明坐於右塾庶老坐於左塾餘子畢出然後歸夕亦如之蓋謂北面之塾也食貨志春將出民里胥平旦坐於右塾鄰長坐於左塾蓋謂南面之塾也凡孰之可攷者如此孰字依白虎通及崔豹古今注則正作孰俗作塾皆可近儒或曰當作壔壔之音義皆與孰迥隔若後漢書劉繽傳畫伯升像於塾旦起射之東觀記廣漢書並作壔此乃所傳之異不得云壔即塾字也畫伯升於門牆之山頭而射之故曰畫於塾山頭者俗語牆之最高處也據李賢引字林曰塾門側堂也是知漢後多用塾字此說文字林之分古今也 **从土朵聲** 丁果切十七部

坫　屏也 陳氏禮書曰坫之別凡有

⿱浝土 ㄇㄥˊ 18明　垷 ㄒㄧㄢˋ 3匣　墐 ㄐㄧㄣˋ 9匣　墍 ㄐㄧˋ 8匣　堊 ㄜˋ 13影　墀 ㄔˊ 4定

四記曰反坫出尊論語曰邦君爲兩君之好有反坫此反爵之坫也記曰崇坫康圭此奠玉之坫也記又曰士於坫一此庋食之坫也士冠禮爵弁皮弁緇布冠各一匴執以待於西坫南大射將射工遷於下東坫之東南士喪禮牀第夷衾饌於西坫南旣夕禮設棜於東堂下南順齊於坫此堂隅之坫也爾雅曰垝謂之坫郭云坫端也在堂隅按端本作耑高皃也以土爲之高可屏蔽故許云屏也其字俗作店崔豹曰店置也所以置貨鬻物也 **从土占聲** 都念切七部

⿱浝土涂也 涂塗泥塗皆古今字水部涂字下遺涂泥一解則木部曰杇所以涂也此部六言涂金部曰錯金涂也皆不得其轉注矣詩雨雪載涂毛傳曰涂凍釋也小正凍塗傳曰凍下而澤上多也詩角弓傳曰塗者泥也通俗文曰泥塗謂之浝瀕泥塗必兼水土爲之故字兼从水土淺人又入之水部非也 **从土浝聲** 當作从土水尨聲力⿰山重切按此音非也玉篇曰說文木貢切九部

垷涂也 以下五涂字皆涂泥引申之義也涂泥可以附物者也故引伸之用以附物亦曰涂詩角弓曰如塗塗附傳曰塗泥也附箸也按上塗謂泥下塗附連讀謂箸鄭箋則謂以塗塗木杅涂附謂之垷廣雅垷拭也卽垷字之異也 **从土見聲** 胡典切十四部

墐涂也 內則曰塗之以謹塗注曰謹當爲墐聲之誤也墐塗塗有穰草也按合和黍穰而塗之謂之墐塗取乾則易擘也 **从土堇聲** 渠吝切十三部按禮記音義音斤

墍卬涂也 卬各本作仰今正卬涂舉首而涂之郢人施廣領大袖以仰塗是也周書杍材曰旣勤垣墉惟其塗墍茨按以艸蓋屋曰茨塗墍茨者涂其茨之下也故必卬涂標有梅傳墍取也假樂傳墍息也皆叚借字 **从土旣聲** 其冀切按當云其旣切十五部

堊白涂也 以白物涂白之也周禮曰其祧則守祧幽堊之注云幽讀爲黝黝黑也堊白也爾雅曰地謂之黝牆謂之堊郭云黑飾地白飾牆也釋名曰堊亞也亞次也先泥之次以白灰飾之也按謂涂白爲堊因謂白土爲堊古用蜃灰周禮其白盛之蜃注云謂飾牆使白之蜃也今東萊用蛤謂之叉灰云 **从土亞聲** 烏各切五部

墀涂地也 巾部曰幔墀地以巾捫之也凡涂地爲墀今因謂地爲墀矣 **从土犀聲** 直尼切十五部 **禮天子赤墀** 葢出禮緯含文嘉之文爾雅地謂之黝然則惟天子以赤飾堂上而已故漢未央殿青瑣丹墀後宮則元墀而彤庭也漢典職儀曰以丹漆地故偁丹墀張載注魏都曰丹墀以丹與蔣離合用塗地也按蔣疑是將字

十三篇下　卅五

墼 ㄐㄧˊ 11見　⿱弁土 ㄈㄣˋ 3幫　埽 ㄙㄠˋ 21心　在 ㄗㄞˋ 24從　坐 ㄗㄨㄛˋ 1從

墼令適也 瓦部甓下曰令甓也按令甓卽令適也甓適墼三字同韵釋宮曰瓴甋謂之甓郭云甗甎也陳風中唐有甓傳曰甓令適也字作令適零嫡二音加瓦者俗字也甗甎亦皆俗字甎古祇作專如斯干傳曰瓦紡專也寸部專下曰一曰紡專也皆可證陸德明云字林作塼此許呂各因時作字書之例許意在存古呂意在宜今也韋注吳語曰員曰困方曰鹿然則鹿專者言其方正也亦曰墼 **一曰未燒者** 者各本作也今依玉篇正韵會作未燒磚也燒謂入於匋匋瓦器竈也上文一義謂已燒之專曰墼此一義謂和水土入模范中而成者曰墼別於凷而未經匋竈也喪服柱楣注屋下累墼爲之此必未燒者也枕凷則未墼者也厽部垒下曰墼也葢亦謂未燒者今俗語謂未燒者曰土墼 **从土毄聲** 古歷切十六部

⿱弁土埽除也 ⿱弁土字曲禮作糞少儀作拚又皆作擹糞卽華部之糞字與⿱弁土音同義略同拚其叚借字也少儀曰汛埽曰埽埽席前曰拚此析言之也許以埽除釋⿱弁土以⿱弁土釋埽渾言之也弟子職旣拚盥漱謂埽席前也汛拚正席謂廣⿱弁土內外不止席前也小雅伐木箋亦以灑擹釋洒埽 **从土弁聲** **讀若糞** 方問切古音在十四部

埽⿱弁土也 ⿱弁土各本譌棄今正此二篆爲轉注也 **从土帚** 會意帚亦聲也穌老切古音在三部

在存也 存恤問也釋詁徂在存也在存察也按虞夏書在訓察謂在與伺音同卽存問之義也在之義古訓爲存問今義但訓爲存亾之存 **从土才聲** 昨代切一部

坐止也 止下基也引申爲住止凡言坐落坐罪是也引申爲席地而坐小雅不遑啓處傳曰啓跪處居也古謂跪爲啓謂坐爲凥爲處凥俗作居引申謂凡止箸爲坐 **从畱省从土** 會意徂臥切十七部 **土所止也此與畱同意** 釋从土之意从土不必土猶畱从田不必田皆謂所止也故曰同意

十三篇下　卅六

△坐　坁ㄓˇ 10端　塡ㄊㄧㄢˊ 6定　坦ㄊㄢˇ 3透　坒ㄅㄧˋ 4並　堤ㄉㄧ 10端　壎ㄒㄩㄣ 9曉　封ㄈㄥ 18幫

坐古文坐今古文行而小篆廢矣止必非一人故从二人左傳鍼莊子爲坐凡坐獄訟必兩造也

坁箸也韵會作箸止也箸直略切者字之叚借也行之既久乃不可變矣凡言者者別事詈也有所箸之詈也故凡言箸皆者引申之義左傳昭廿九年物乃坁伏鬱湮不育杜注坁止也此坁字見於經者而開成石經譌作坻其義迥異楚金所見左傳故未誤尋其所由葢唐初已有誤坻者故釋文曰坁音旨又音丁禮反後一音則巳譌爲坻凡字切丁禮者皆氐聲也今版本釋文及左傳及廣韵四紙皆作坻坻行而坁廢矣从土氏聲諸氏切十六部與十五部之坻異義

塡䨵也䨵各本作塞塞隔也非其義也䨵下云窒也窒下云䨵也窴亦䨵也塡與窴音義同䨵之則堅固其義引申爲久大雅倉兄塡兮傳曰塡久也常棣烝也無戎傳曰烝塡也東山烝在桑野傳曰烝窴也而爾雅釋詁則曰塵久也是塡窴塵三字音同故鄭箋東山云古者聲塡窴塵同也塵爲叚借字葢古經有作塵者今新陳字作陳非古也而古音之存者也詩詞內作鎮亦是此字从土眞聲植鄰切今待秊切十部

坦安也論語曰君子坦蕩蕩按魯讀爲坦湯湯此如陳風子之湯兮傳曰湯蕩也謂湯爲蕩之叚借字也司馬相如賦叚壇爲坦从土旦聲他但切十四部

坒地相次坒也依小徐及玉篇廣韵作次坒大徐作次比衛大夫貞子名坒句有誤北宮貞子名喜不名坒又衛有褚師比子謚聲子不謚貞子从土比聲毗至切十五部

堤滯也滯者冰也按此篆與坻篆音義皆同國語曰戾久將底底箸滯淫左傳曰勿使有所壅閉湫底杜云底滯也釋詁底底皆訓止也底字與坻堤字音雖別而義略同俗用堤爲隄則非从土是聲丁禮切按本在紙韵讀如氏後乃轉入薺韵十六部

壎樂器也㠯土作句六空空本作孔今正詩伯氏吹壎毛傳土曰壎周禮小師掌敎鼓塤大鄭云塤六孔後鄭云塤燒土爲之大如鴈卵爾雅曰大塤謂之嘂白虎通曰樂記云壎坎音也在十一月从土熏聲況袁切古音在十三部白虎通曰壎之爲言勳

封爵諸侯之土也謂爵命諸侯以是土也詩毛傳之子嫁子也之事祭事也莊子之人也卽是人也然則之土言是土也其義之土故其字从之土引申爲凡畛域之偁大司徒注曰封起土畍也封人注曰聚土曰封謂壝堳埒及小封疆也冢人注曰王公曰丘諸臣曰封又引申爲大也又引申爲緘固之偁从之土从寸合三字會意府容切九部寸逗守其制度也此說从寸之意凡法度曰寸尊字寺字下皆曰有法度公侯百里伯七十里子男五十里此用孟子及王制之說所謂制度也𡊨籒文封从丰土从土丰聲也㞷古文封省無寸也从㞷土則與㞷部讀若皇者同字猶豕亥古文同作丌也艸木妄生字之在土上之之本義也爵諸侯之土字从之土之之引申叚借義也

△𡊨　△㞷　壐ㄒㄧˇ 4心　△璽　墨ㄇㄛˋ 25明　垸ㄏㄨㄢˊ 3匣

壐王者之印也印者執政所持信也王者所執則曰壐按周禮貨賄用壐節注云壐節主以通貨賄壐節者今之印章也左傳季武子壐書追而與公冶皆非謂王者葢古者尊卑通偁至秦漢而後爲至尊之偁故始皇本紀乃爲壐書賜公子扶蘇中車府令趙高行符壐事蔡邕獨斷曰皇帝六壐皆玉螭虎紐許此語舉漢制也㠯主土以上八字依玉篇所引此說从土之意也从土爾聲斯氏切十五十六部璽籒文从玉葢周人巳刻王爲之曰籒从玉則知从土者古文也

墨書墨也聿下曰所以書也楚謂之聿吳謂之不律燕謂之弗秦謂之筆此云墨書墨也葢筆墨自古有之不始於蒙恬也箸於竹帛謂之書竹木以桼帛必以墨用帛亦必不起於秦漢也周人用壐書印章必施於帛而不可施於竹木然則古不專用竹木信矣引申之爲晉於是始墨肉食者無墨爲貪以敗官爲墨从土黑小徐曰會意大徐有黑亦聲三字莫北切一部

垸㠯桼龢灰丸而髤也龢各本作和今正丸大徐無今依小徐桼者木汁可以髤物也丸者圜也傾側而轉者髤者髤桼也說詳桼部灰者燒骨爲灰也元應梵書音義曰通俗文曰燒骨以桼曰垸倉頡訓詁曰垸以桼和之今中國言垸江南言䯓䯓音瑞垸胡灌切玉裁按許麭下云桼垸周禮巾車杜子春云軟讀爲垸桼之桼輪人注鄭

型ㄒㄧㄥˊ 12匣　埻ㄓㄨㄣˇ 9端

云丸漆之葢以桼合和燒骨之灰摶而丸之以髤擦物丸與垸疊韵爲訓丸而髤之旣乾如沙磣不光潤乃摩之鄭所云丸漆之乾乃以石摩平之也旣摩乃復桼之許於䵌下所云桼垸已復桼之也如此數四乃後𣪠丹雘今時桼工亦略同此垸或叚浣爲之如角人注骨入桼浣者受之以量也或叚睆爲之如檀弓華而睆孫炎云睆桼也叔然乃指其冣後光潤者而言 **从土完聲** 胡玩切十四部 **一曰補垣也** 此依小徐本月令曰脩宮室坏垣牆補城郭左傳曰繕完葺牆以待賓客 **型 鑄器之灋也** 以木爲之曰模以竹曰笵以土曰型引申之爲典型叚借刑字爲之俗作刑非是詩毛傳屢云刑法也又或叚形爲之左傳引詩形民之力而無醉飽之心謂程量其力之所能爲而不過也 **从土刑聲** 戶經切十一部 **埻 埻的** 各本無此二字今補木部臬下曰射埻的也此與爲轉注亦有單言埻者的明也亦有單言的者 **射臬也** 周禮司裘注曰以虎狼豹麋之皮飾侯側又方制之以爲臯謂之鵠箸於侯中臯即埻之叚借字也詩小雅以勺爲的吕氏春秋曰

十三篇下　卅九

塒ㄕˊ 24定　城ㄔㄥˊ 12定　△𩫨　墉ㄩㄥ 18定　△𩫏　堞ㄉㄧㄝˊ 29定

射而不中反修于招高云于招埻藝也按于當作干藝同臬戰國策以其類爲招春秋後語作以其頸爲招文選詠懷詩注引作以其頸爲的招即的字 **从土𦎫聲讀若準** 之允切十三部 **塒 雞棲於垣爲塒** 釋宮鑿垣而棲爲塒王風傳同按許意與古異連雞棲於庳垣不必鑿穴也 **从土時聲** 市之切一部 **城 以盛民也** 言盛者如黍稷之在器中也 **从土成** 左傳曰聖王先成民而後致力於神 **成亦聲** 氏征切十一部 **𩫨 籒文城从𩫏 墉 城垣也** 皇矣以伐崇墉傳曰墉城也崧高以作爾庸傳曰庸城也庸墉古今字也城者言其中之盛受墉者言其外之牆垣具也毛統言之許析言之也周易曰乘其墉又曰公用射隼於高墉之上 **从土庸聲** 余封切九部 **𩫏 古文墉** 五篇曰𩫏度也民所度尻也字音古博切此云古文墉者葢古讀如庸秦以後讀如郭如豕亥同亦字訓順訓慕同變字之比 **堞 城上女垣也** 女之言小也𨸏部陴下曰城上俾倪女牆也堞與陴

坎ㄎㄢˇ 30溪　墊ㄉㄧㄢˋ 27端　坻ㄔˊ 4定

異字而同義左傳堙之環城傳於堞杜曰堞女牆也古之城以土不若今人以專也土之上閒加以專牆爲之射孔以伺非常曰俾倪曰陴亦曰堞左傳盧蒲嫳攻崔氏崔氏堞其宮而守之弗克此謂於宮牆之上又加俾倪也 **从土枼聲** 按从枼者如葉之薄於城也亦有會意焉今字作堞徒叶切八部 **坎 陷也** 陷者高下也高下者高而入於下也因謂阱謂坎井部曰阱者大陷也穴部曰窞坎中更有坎也易曰坎陷也習坎重險也毛詩傳曰坎坎擊鼓聲按此謂坎坎爲鼛鼛之叚借字也 **从土欠聲** 苦感切八部 **墊 下也** 謂地之下也臯陶謨曰下民昏墊因以爲凡下之偁方言曰凡柱而下曰埕屋而下曰墊馬部云騺馬腹墊也漢後用爲墊江縣字 **从土執聲** 都念切七部 **春秋傳曰墊隘** 左傳文成六年襄九年廿五年凡三見 **坻 小渚也** 爾雅曰小州曰渚小渚曰沚小沚曰坻毛詩周南秦傳曰水中可居者曰州渚小州也坻小渚也小渚曰沚今按毛傳不應坻沚同訓若云坻小沚也小渚曰沚則於爾雅合許水部渚下引爾雅

十三篇下　卌

△汷　△渚　⿰土㬎ㄓˊ 27定　垎ㄏㄜˋ 14匣

小州曰渚沚下云小渚也皆與爾雅毛傳同則此小渚亦當作小沚明矣坻者水中可居之冣小者也 **从土氐聲** 直尼切十五部與十六部之坻迥別 **詩曰宛在水中坻** 秦風蒹葭文 **汷 坻或从水从夊** 夊聲 **渚 坻或从水者** 者聲 **⿰土㬎 下入也** 此與下溼曰隰義略同吳都賦曰堛⿰土㬎鱗接李注曰堛⿰土㬎枝柯相重疊見也按太沖之堛⿰土㬎即許書之屆尼楚立除立二切 **从土㬎聲** 敕立切按當依廣韵直立切七部 **垎 水乾也** 乾音干玉篇廣韵皆作土乾也爲長謂土中之水乾而無潤也王逸九思冰凍兮垎澤自注垎竭也寒而水澤竭成冰按水澤竭所謂乾也今楚辭作洛澤廣韵集韵十九鐸皆引冬冰兮洛澤誤甚 **从土各聲** 胡格切古音在五部讀如貉 **一曰堅也** 按乾與堅義相成水乾則土必堅齊民要術曰溼耕堅垎數年不佳謂耕溼田則土堅垎不佳也學記曰發然後禁則扞格而不勝注曰格讀如凍垎之垎扞格堅不可入之皃正義云言格是堅彊譬如地之凍則堅彊難入故

垐 4從 △堲 增 26精 埤 10並 坿 16並 塞 25心 圣 8溪 垍 5匣

云如凍垎之垎但今人謂地堅爲垎也正義本注是凍垎陸德明本是凍洛陸非孔是管子沙土之次曰五塥塥蓋謂堅垎

垐 以土增大道上 增益也此與茨同意以艸次於屋上曰茨以土次於道上曰垐 **从土次聲** 疾資切古音在十二部

堲 古文垐 見於經者曰夏后氏堲周注云火熟曰堲引弟子職右手折堲是鄭與許異也 **从土即** 古次即同在十五部而次古讀如漆故即聲後改爲次聲而唐書叚堲爲疾也今音疾資切 **虞書曰龍朕堲讒說殄行** 堯典文虞當作唐說在禾部 **堲疾惡也** 此釋經以說叚借謂堲即疾之叚借如蔑席爲竹蔑之叚借作玫爲好之叚借也古音讀如疾廣韵子栗將七二切是也徐仙民讀在力反乃失古義矣

增 益也 曾益者饒也會下曰曾益也是可叚曾爲之 **从土曾聲** 作滕切六部

埤 增也 詩北門曰政事一埤益我傳曰埤厚也此與會部朇衣部裨音義皆同凡从曾之字皆取加高之意會部曰會者益也是其意也凡从卑之字皆取自卑加高之意所謂天道虧盈益謙君子捊多益寡也凡形聲中有會意者例此 **从土卑聲** 符支切十六部

坿 益也 呂氏春秋七月紀坿牆垣高注坿讀如符坿猶培也十月紀坿城郭高注坿益也令高固也按今多用附訓益附乃附婁讀步口切非益義也今附行而坿廢矣 **从土付聲** 符遇切古音在四部

塞 隔也 𨸏部隔下云塞也是爲轉注俗用爲窒䆄字而塞之義䆄之形俱廢矣廣韵曰邊塞也明堂位四塞世告至注云四塞謂夷服鎮服蕃服在四方爲蔽塞者按鄭注所謂天子守在四夷也戰國策齊有長城巨防足以爲塞呂氏春秋天下有九塞所謂守在四竟也邶風鄘風傳曰塞瘞也塞充實也皆謂塞爲蹇之叚借字也 **从土䆄聲** 大徐作从土从䆄先代切一部按此切音蓋因俗通用此字故以此切別於穌則切也舊音本無不同

圣 汝潁之閒謂致力於地曰圣 此方俗殊語也致力必以手故其字从又土會意 **从又土讀若兔鹿窟** 按許有窋無窟此當作堀苦骨切十五部

垍 堅土也 堅者剛也

埱 22透 埵 1端 埐 28精 埾 16從 壔 21端 培 24並 埩 12從 墇 15端

堅土周禮所謂彊㯺鄭云彊堅者是也按㯺一作壏管子纑土之次曰五壏五壏之狀芬焉若糠以肥說與鄭異

讀若冀 冀在一部而用爲聲者取雙聲 **从土自聲** 其冀切按當曰几利切十五部

埱 气出土也 气之出土滃然故埱與歡音義皆略同引申爲凡气出之偁或叚借椒爲埱周頌曰有飶其香有椒其馨傳曰飶芬香也椒猶飶也按椒沇作俶尺叔反沇說善矣若作埱尤合飶與埱皆謂香气宊出觸鼻非謂椒聊也 **一曰始也** 俶下云一曰始也此與音義皆同 **从土叔聲** 昌六切三部

埵 堅土也 玉篇云硧也 **讀若朵从土垂聲** 丁果切十七部

埐 地也 未詳 **从土侵省聲** 各本作𡨋聲無此字今正籒文𡨋亦省作寑也子林切七部

埾 積土也 捊下曰引埾也引申爲凡聚之偁各書多借爲聚字白虎通琮之爲言埾也象萬物之宗埾也今乃譌爲聖 **从土聚省聲** 舉形聲包會意也才句切古音在四部

壔 保也 保集韵類篇作堡俗字也檀弓公叔禺人遇負杖入保者息月令四鄙入保注皆云都邑小城曰保許云保謂之壔 **一曰高土也** 一曰二字今本無依小徐集韵類篇補此別一義 **讀若毒** 許時音讀如此 **从土𠷎聲** 今都晧切古音在三部

培 培敦 逗 **土田山川也** 左傳祝鮀曰分魯土田倍敦釋文曰倍本亦作陪許所見作培爲是矣杜云倍增也敦厚也左氏但言土田而魯頌曰錫之山川土田附庸大雅曰告于文人錫山土田毛傳曰諸侯有大功德賜之名山土田附庸魯頌箋云策命伯禽使爲君於東加賜之以山川土田及附庸令專統之王制曰名山大川不以封諸侯附庸則不得專臣也按封建所加厚曰培敦許合詩以釋左也引申爲凡裨補之偁 **从土咅聲** 蒲回切按古音在一部

埩 治也 治土曰埩廣韵曰埩魯城北門池也公羊傳作爭許水部作淨 **从土爭聲** 疾郢切十一部廣韵側莖切其埩門字士耕切

墇 擁也 擁者裒也裒許之抱字謂圍抱以擁水也疑當作邕邕俗作雝廣韵墇壅也壅又雍之俗此與障音同義小異祭法魯語鯀鄣洪水

⿰土則ㄗㄜˋ 25清　垠ㄧㄣˊ 9疑　△圻　墠ㄕㄢˋ 3定　垑ㄔˇ 1透

當作此墇字韋昭曰防也**从土章聲**之亮切十部廣韻亦平聲**⿰土則遏遮也**未聞**从土則聲**初力切一部**垠地垠咢也**咢字各本無今補元應書卷八引圻地圻咢也文選七發注引圻地圻堮也堮者後人增土咢則許書本然淺人以咢爲怪因或改或刪耳按古者邊畍謂之垠咢周禮典瑞輈人禮記郊特牲少儀哀公問五注皆云圻鄂圻或作沂張平子西京賦作垠鍔注引許氏淮南子注曰垠鍔端厓也甘泉賦李注曰鄂垠鄂也按垠亦作圻或作沂者叚借字淮南書亦作埜玉篇曰古文也咢作鄂作鍔者皆叚借字或作壥作埒者異體也咢者譁訟也叚借之毛詩鄂不韡韡鄂葢本作咢毛傳曰咢猶咢咢然言外發也箋云承華者曰咢不當作柎柎咢足也毛意本謂花瓣外出者鄭牋則以詩上句爲華不謂萼故謂咢爲下系於萼而上承華瓣者毛云咢猶今人云蘁蘁毛鄭皆謂其四出之狀長笛賦注字林始有从卩之卾垠咢字之別體也俗卩乃混殽故作鄂不作鄂物之邊畍有齊平者有高起者有捷業如鋸齒者故統評之曰垠咢有單言垠單言咢者如甘泉賦既云亾鄂又曰無垠是也故許以地垠咢釋垠廣韻曰圻圻咢又岸也正本說文**从土艮聲**語斤切十三部廣韵又語巾切**一曰岸也**岸者水厓陵而高者也亦曰垠**圻垠或从斤**斤聲也古斤聲與幾聲合韵㝡近故周禮故書畿爲近田部曰以遠近言之則言畿也鄭曰畿猶限也是王畿可作王圻王圻亦可作王垠也**墠野土也**野者郊外也野土者於野治地除艸鄭風東門之壇壇即墠字傳曰除地町町者町町平意左傳楚公子圍逆女於鄭鄭人請墠聽命楚人曰若野賜之是委君況於草莽也可見墠必在野也鄭子產草舍不爲壇壇即墠字可見墠必除草也周書爲三壇同墠此壇高墠下之證也祭法王立七廟二祧一壇一墠注曰封土曰壇除地曰墠此壇墠之別也築土曰封除地曰禪凡言封禪亦是壇墠而已經典多用壇爲墠古音略同也**从土單聲**常衍切十四部**垑恃也**廣韵曰垑恃土地也疑所見是完本恃土地者自多其土地故字从多土玉篇垑治土地名恐有錯誤矣釋詁曰恀恃也謂自多之意一說爾雅葢本作

十三篇下　三十三

△陒　△酢　壘ㄌㄟˇ 7來　垝ㄍㄨㄟˇ 10見　圮ㄆㄧˇ 24並　⿰酉非　垔ㄧㄣ 9影　△⿰阝西　△⿱卤土　塹ㄑㄧㄢˋ 32清　埂ㄍㄥˇ 15見　壙ㄎㄨㄤˋ 15溪　塏ㄎㄞˇ 7溪

垑故許同之**从土多聲**尺氏切古音在十七部**壘軍壁也**萬二千五百人爲軍行軍所駐爲垣曰軍壁壘之言絫也壘與垒字音義皆別周禮量人營軍之壘舍鄭云軍壁曰壘晉語趙鞅使尹鐸墮晉陽壘培韋曰壘墼曰培**从土畾省聲**各本作畾聲無此字今正力委切按力委誤也當依廣韵力軌切十五部**垝毀垣也**當曰垝垣毀垣也衞風氓曰乘彼垝垣傳曰垝毀也下文云毀缺也**从土危聲**過委切十六部**詩曰乘彼垝垣**　**陒垝或从𨸏**　**圮毀也**廣韵岸毀又覆也**从土己聲**符鄙切古音在一部**虞書曰**虞當作唐說在禾部**方命圮族**堯典文**⿰酉非圮或从手配省非聲**大徐作从手从非配省聲未知孰是此葢即屵部之嶏巖字其音義皆略同也**垔塞也**按此字古書多作堙作陻眞字乃廢矣左傳井堙木刊服注周語墮高堙庳韋注皆同此**从土西聲**於眞切古音在十三部**商書曰**大徐尙書曰小徐書曰皆誤**鯀垔洪水**周書鴻範文左傳與許例云商書**陻垔或从𨸏**　**⿱卤土古文垔如此**上从古文西**塹阬也**江沅曰阬閬也閬門高大之皃門之高大阬之深廣相似也故𨸏部阬閬也即緜傳之阬高貌古毛詩葢作皐門有阬耳塹則與阬之深廣同義玉裁按江說是也左氏傳注塹溝塹也廣韵曰遶城水也史記李斯列傳陗塹之勢異塹乃漸之叚借謂斗直者與陂陀者之勢不同也**从土斬聲**依韵會如此七豔切八部**一曰大也**大下疑奪一字今無攷**埂秦謂阬爲埂**秦謂阬塹曰埂二字音略同此與釋詁阬壑隍漮虛也同義若廣韵曰吳人謂堤封爲埂今江東語謂畦埒爲埂此又別一方語非許所謂**从土㪅聲讀若井汲綆**古杏切古音在十部**壙塹穴也**謂塹地爲穴也墓穴也周禮方相氏及墓入壙以戈擊四隅鄭曰壙穿地中也**从土廣聲**苦謗切十部**一曰大也**孟子曰水之就下獸之走壙**塏高燥也**燥者乾也左傳請更諸爽塏者

十三篇下　三十四

△毀　△數　△⿰阝虖

毀ㄏㄨㄟˇ 7曉　壓ㄧㄚ 32影　壞ㄏㄨㄞˋ 7匣　△⿰⿱罒木土　坷ㄎㄜ 1溪　⿰土虖ㄒㄧㄚˋ 13曉　坼ㄔㄜˋ 14透

杜曰爽明也壋燥也从土豈聲苦亥切十五部毀缺也缺者器破也因爲凡破之偁从土毀省聲許委切十六部毀古文毀从王壓壞也此與厂部厭義絕不同而學者多不能辨廣韵壓下云鎮也降也笮也乃皆厭之訓也一曰寏補也从土厭聲烏狎切七部壞敗也敗者毀也从土褱聲下怪切十五部按毀壞字皆謂自毀自壞而人毀之人壞之其義同也不必有二音𡒍籒文壞从攴⿰⿱罒木土古文壞省褱省聲也坷坎坷也坎坷雙聲謂不平也从土可聲康我切十七部梁國寧陵有坷亭郡國志梁國寧陵故屬陳留⿰土虖坼也與缶部之罅音義皆同从土虖聲許訝切古音在五部⿰阝虖⿰土虖或从𨸏坼裂也裂者繒餘也因以爲凡隙之偁从土㡿聲丑格切古音在五部讀如託詩曰不坼不疈大雅生民文今詩作副許作疈者所據用籒文也毛

十三篇下

塿ㄌㄡˇ 16來　⿱非土ㄈㄟˋ 7並

坱ㄧㄤˋ 15影　塺ㄇㄟˊ 1明　坋ㄈㄣˋ 9並　埃ㄞ 24影

傳曰不坼不副言易也坱塵埃也塵者鹿行土也引申爲土飛揚之偁坱者塵埃廣大之皃也賈誼賦曰大鈞播物兮坱圠無垠王逸楚辭注曰坱霧昧皃从土央聲於亮切十部按文選烏黨切篇韵皆同塺塵也楚辭愈氣霧其如塺王逸曰塺塵也按塺之言蒙也从土麻聲亡果切十七部廣韵去聲塿塺土也从土婁聲洛侯切四部俗書附婁作培塿坋塵也凡爲細末糝物若被物者皆曰坋如左氏芥其雞賈逵云季氏擣芥爲末播其雞翼可以坌郈氏雞五行志棄灰於道者黥孟康云商鞅以棄灰於道必坋人坋人必鬥故設黥刑以絕其源貨殖傳胃脯晉灼云燖羊胃以末椒薑坋之皆是也其音則後漢東夷傳注引說文蒲頓反爲長今俗語如蓬去聲按坋之言被也从土分聲房吻切十三部一曰坋大防也周南傳曰墳大防也許釋墳爲墓然則汝墳乃叚借字也此義音當平聲⿱非土塵也塵玉篇作塺⿱非土之言沸也从土非聲房未切十五部埃塵也莊子曰野

⿱殹土ㄧ 4影　垽ㄧㄣˋ 9疑　垢ㄍㄡˋ 16見　⿰土壹ㄧˋ 5影　坏ㄆㄟ 24滂

馬也塵埃也生物之以息相吹也絫言之曰塵埃从土矣聲烏開切一部⿱殹土塵埃也埃當从玉篇作⿱殹土⿱殹土之言翳也从土殹聲烏雞切十五部垽澱也水部曰澱滓垽也是二篆爲轉注二字義同音亦同部从土沂聲魚僅切十三部垢濁也濁水部曰水名也而濁穢字用之从土后聲古厚切四部⿰土壹天陰塵起也依玉篇補起字較完詩曰⿰土壹⿰土壹其陰邶風終風文今詩⿰土壹作曀毛傳曰如常陰曀曀然許所據作⿰土壹其訓曰天陰塵蓋雨部所云天气下地不應曰霿霿晦也从土壹聲於計切十二部坏丘一成者也一各本作再今正水經注曰河水又東逕成皋大伾山下爾雅山一成謂之伾許慎呂忱等並以爲丘一成也孔安國以爲再成曰伾據此是俗以孔傳改易許書今本非善長所見也一曰瓦未燒今俗謂土坏古語也瓦者土器已燒之總名然則坏者凡土器未燒之總名也此與墼字異義同但墼專謂墫耳國語趙簡子使尹鐸墮晉陽壘培尹鐸

十三篇下

垤ㄉㄧㄝˊ 5定　坥ㄑㄩ 13清　埍ㄐㄩㄢˋ 3見

增之韋注壘墼曰培此培字正坏之段借月令坏垣牆坏城郭注曰坏益也是又叚坏爲培也从土不聲芳桮切古音在一部垤蟻封也蟻封者其土似封畛之高故謂之封周禮注聚土曰封此亦其意也詩毛傳曰垤蟻冢也按垤之言突也从土至聲徒結切十二部詩曰鸛鳴于垤豳風東山文藋各本作鸛今依萑部所引詩更正坥益州部謂螾場曰坥郡國志自漢中至犍爲屬國郡國十二益州刺史部也螾丘蚓也場失羊切俗作場古作壤穀梁傳吐者外壤食者內壤徐邈麋信皆作場音傷是也螾場謂其外吐之土方言曰梁宋之閒蚍蜉犂鼠之場謂之坻螾場謂之坥郭云其糞曰坥按醫書謂之蚓樓今土面虛起者是也許云益部與梁宋之閒不合疑方言宋當作益从土且聲七余切五部又七豫切埍徒隸所居也徒隸賤者偁一曰女牢陛牢所以拘罪者也其拘女者曰埍一曰亭部益謂鄉亭之繫也韓詩宜犴宜獄云鄉亭之繫曰犴朝廷曰獄从土肙聲古泫

壡 ㄎㄨ 2匣　瘞 ㄧˋ 29影　堋 ㄅㄥˋ 26幫　塋 ㄧㄥˊ 12定　墓 ㄇㄨˋ 14明

切十四部

壡 四突出也从土叡聲 胡八切十五部

瘞 幽薶也 艸部曰薶者瘞也二篆爲轉注幽者隱也隱而薶之也系言之則曰瘞薶 **从土㾕聲** 於罽切十五部疑古音當在八部合韵也

堋 喪葬下土也 謂葬時下棺於壙中也是名曰堋 **从土朋聲** 方鄧切六部 **春秋傳曰朝而堋** 昭十二年左傳文葬鄭簡公事也 **禮謂之封** 禮謂禮經所謂儀禮十七篇也既夕禮乃窆主人哭踊無算注云窆下棺也今文窆爲封按許於禮經有從今文者有從古文者此云禮謂之封則從今文也小戴記一書於禮經多從今文故此字皆作封無作窆者檀弓縣棺而封鄭云封當爲窆鄭以封於義不親切故欲依禮古文及周官易其字也 **周官謂之窆** 周官者漢志所謂周官經漢人謂之周禮也遂人及窆陳役鄭司農云窆謂下棺時禮記謂之封春秋謂之堋皆葬下棺也聲相似鄉師注略同蒸侵東三韵相爲通轉故三字音相近大鄭云聲相似是也語言之小異耳此皆謂下棺或以不封不樹亦改讀爲窆則誤矣窆見穴部 **虞書曰堋淫于家亦如是** 大徐無亦如是三字遂致不可通上偁春秋傳禮周官說轉注也堋封窆異字同義也惟封略近叚借此偁皋陶謨說叚借也謂叚堋爲朋其義本不同而形亦如是作也堋淫于家卽朋淫于家故孔安國以今文字讀之定爲朋字朋淫卽羣居終日言不及義恆舞于宮酣歌于室徇于貨色也不知此恉乃或以楚王戊私姦服舍釋之夫下棺之地非持服之舍也其說書之乖剌何如哉故不知有偁經說叚借之例不可與讀說文

塋 墓地 地各本作也今正玉篇及文選李注引皆作地漢書音義如淳曰塋匊田也詩蘞蔓于域毛傳域塋也按塋之言營也營者帀居也經營其地而葬之故其字从營 **从土營省** 會意 **亦聲** 此從小徐也余傾切十一部

墓 丘墓也 墓字今補丘謂之虛故曰丘墓亦曰虛墓檀弓曰虛墓之閒未施哀於民而民哀是也周禮有冢人有墓大夫鄭曰匊封土爲丘壠象冢而爲之墓冢塋之地孝子所思慕之處然則丘自其高言墓自其平言渾言之則曰丘墓也墓之言規模也方言凡葬而無墳謂之墓所以墓謂之墲注引漢劉向傳初陵之墲今漢書作初陵之橅 **从土莫聲** 莫故切五部

墳 ㄈㄣˊ 9並　壟 ㄌㄨㄥˇ 18來　垗 ㄓㄠˋ 19定　壇 ㄊㄢˊ 3定　場 ㄔㄤˊ 15定

墳 墓也 此渾言之也析言之則墓爲平處墳爲高處故檀弓孔子曰古者墓而不墳邯鄲淳孝女曹娥碑曰丘墓起墳鄭注禮記曰墓謂兆域今之封塋也土之高者曰墳此其別也方言曰冢秦晉之閒謂之墳或謂之培或謂之堬或謂之埰或謂之埌或謂之壠自關而東謂之丘小者謂之塿大者謂之丘此又别國方言之不同也墳之義多引申叚借用之如厥土黑墳公羊置之地墳此引申之用也如遵彼汝墳借墳爲坋周禮墳衍借墳爲濆也 **从土賁聲** 符分切十三部

壟 丘壠也 高者曰丘壠周禮注曰冢封土爲丘壠也曲禮適墓不登壟注曰爲其不敬壟冢也墓塋域是則壠非謂墓畍也郭注方言曰有畍埒似耕壠以名之此恐方語而非經義也壟畍之偁取高起之義引申之耳 **从土龍聲** 力踵切九部

垗 畔也 畔者田畍也畍者竟也垗畔雙聲 **爲四畔畍祭其中** 畔各本譌時集韵類篇又譌時今正四畔謂四面有埒也周禮小宗伯兆五帝於四郊鄭曰兆爲壇之塋域然則四面爲垠埒也引申爲孝經之宅兆樂記之綴兆垗古叚肇爲之尚書大傳兆十有二州鄭云兆域也爲塋域以祭十二州之分星也而古文堯典作肇大雅以歸肇祀鄭云肇郊之神位也是讀爲兆也商頌肇域彼四海箋云肇當作兆畍祭其中畍當作介介畫也 **从土兆聲** 兆者分也形聲中有會意也治小切二部 **周禮曰垗五帝於四郊** 今周禮作兆許作垗者蓋故書今書之不同也○此篆本在堋篆後今移此乃條理秩然

壇 祭壇場也 祭法注封土曰壇除地曰墠楚語屏攝之位壇場之所章注屏攝爲祭祀之位也除地曰場漢孝文帝紀其廣增諸祀壇場珪幣師古曰築土爲壇除地爲場按墠卽場也爲場而後壇之壇之前又必除地爲場以爲祭神道故壇場必連言之宋本作祭場也無壇字非是若祭法壇與墠則異地場有不壇者壇則無不場也 **从土亶聲** 徒干切十四部

場 祭神道也 也廣韵作處玉篇引國語屏攝之位曰壇今譌場壇之所除地曰場 **一曰山**

圯ㄧˊ 24定　垂ㄔㄨㄟˊ 1定　圭ㄍㄨㄟ 10見

田不耕者田部云暘不生也場與暘義相近方言曰坻場也李善曰浮壤之名也音傷按不耕則浮壤起矣是卽蚍蜉犂鼠螾場之字也一曰治穀田也豳風七月曰九月築場圃傳曰春夏爲圃秋冬爲場箋云場圃同地也周禮場人注曰場築地爲墠季秋除圃中爲之故許云治穀之田曰場从土昜聲直良切十部

圯東楚謂橋大史公曰彭城以東東海吳廣陵此東楚也史漢張良嘗閒從容步游下邳圯上服虔曰汜音頤楚人謂橋爲汜按字當作圯史漢段汜爲之故服子愼讀如頤也或云姚察見史記本有从土旁者應劭曰汜水之上謂窮瀆無水之上也則應說从水作汜爲合與从土訓橋異詳水部汜下从土巳聲與之切一部

垂遠邊也𠂹部曰邊者行垂崖也垂者遠邊也崖者高邊也邊本謂行於垂崖因之垂崖有遠邊高邊之偁厓有山邊之偁矣逍遙游翼若垂天之雲崔云垂猶邊也其大如天一面雲也漢書千金之子坐不垂堂謂坐不於堂之邊也垂本謂遠邊引申之凡邊皆曰垂俗書邊垂字作陲乃由用垂爲𠂹不得不用陲爲垂矣𨸏部曰陲危也則無邊義从土𠂹聲是爲切古音在十七部

圭瑞玉也瑞者以玉爲信也上圜下方圭之制上不正圜以對下方言之故曰上圜上圜下方法天地也故應劭曰圭自然之形陰陽之始也以圭爲陰陽之始故六十四黍爲圭四圭爲撮十圭爲一合量於此起焉方言曰蠹始也多不得其解愚謂蠹從圭聲與圭同音蠹始也卽圭始也公執桓圭九寸桓玉部作瓛此不改者依周禮文也鄭曰雙植謂之桓桓圭以宮室之象爲瑑飾侯執信圭伯執躬圭皆七寸鄭曰信當爲身身圭躬圭皆象以人形爲瑑飾九寸七寸謂其長也子執穀璧男執蒲璧皆五寸二玉以穀以蒲爲瑑飾五寸謂其徑也㠯封諸侯詳周禮大宗伯典瑞玉人天子以封諸侯諸侯守之以主其土田山川故字从重土从重土重土者土其土也古畦切十六部楚爵有執圭此說楚制之乖異也其事㪚見各書若國策之景翠莊辛淮南之荆佽非子發說苑之鄂君子晳吕覽之能得五員者皆楚執圭者也高注淮南曰楚爵功臣賜以圭謂之執圭比附庸之君

珪古文圭从王古文从玉謂須玉以命諸侯守此土田培敦也小篆重土而省玉益李斯之失與今經典中圭珪錯見〇圭珪移於部末者許例當如此也

文一百三十一今去堀　重二十六

△珪　垚ㄧㄠˊ 19疑　堯ㄧㄠˊ 19疑　△扶

垚土高皃依韵會所據本與廣韵合从三土會意吾聊切二部凡垚之屬皆从垚

堯高也堯本謂高陶唐氏以爲號白虎通曰堯猶嶢嶢嶢嶢至高之皃按焦嶢山高皃見山部堯之言至高也舜山海經作俊俊之言至大也皆生時臣民所偁之號非謚也从垚在兀上高遠也會意兀者高而上平也高而上平之上又增益之以垚是其高且遠可知也吾聊切二部

𡉴古文堯此从二土而二人在其下小徐本汗簡古文四聲韵尚不誤汲古閣乃大誤

文二　重一

堇ㄐㄧㄣˇ 9匣　△墐　△墐　艱ㄐㄧㄢ 9見　△囍

堇黏土也內則塗之以謹塗鄭曰謹當爲墐聲之誤也墐塗塗有穰草也按鄭注墐當爲堇轉寫者誤加土耳玉篇引禮堇涂是希馮時不誤也鄭謂土帶穰曰堇許說不介益土性黏者與埴異字同義也从土从黃省从土从黃者黃土多黏也會意巨斤切十三部按徐仙民篇韵皆居隱切凡堇之屬皆从堇

𡊣古文堇古文从黃不省

𡋛亦古文此篆各本皆譌今依難字古所用形聲更正

艱土難治也引申之凡難理皆曰艱按許書無墾字疑古艱卽今墾字貇亦艮聲也从堇艮聲古閑切古音在十三部

𡎸籀文艱从喜必有喜悅之心而後不畏其艱而後無不治也故从喜此字見周禮

文二　重三

里 ㄌㄧˇ 24來

里 凥也 鄭風無踰我里傳曰里居也二十五家爲里周禮載師廛里鄭云廛里者若今云邑居矣里居也縣師郊里鄭云郊里郊所居也遺人鄉里鄭云鄉里鄉所居也遂人曰五家爲鄰五鄰爲里穀梁傳曰古者三百步爲里毛詩亦借里爲悝悝病也 从田从土 有田有土而可居矣良止切一部 一曰士聲也 一說以推十合一之士爲形聲 凡里之屬皆从里

釐 ㄌㄧˊ 24來

釐 家福也 家福者家居獲祐也易曰積善之家必有餘慶漢孝文帝紀詔曰今吾聞祠官祝釐皆歸福於朕躬如淳曰釐福也賈誼傳受釐宣室是也如說叚合應劭注釐爲祭餘肉失之師古直謂釐爲禧之叚借字禧與釐雖同在古音弟一部然義各有當釐字从里里者家居也故許釋爲家福與禧訓禮吉不同春秋三經傳公史記作釐公叚借字耳有叚釐爲氂者經解云差若毫氂或作釐是也有叚釐爲賚者大雅釐爾女士傳曰釐予也釐爾圭瓚傳曰釐賜也有叚釐爲理者堯典允釐百工是也 从里𠩺聲 里之切一部

野 ㄧㄝˇ 13定

野 郊外也 邑部曰距國百里曰郊冂部曰邑外謂之郊郊外謂之野野外謂之林林外謂之冂詩召南邶風傳皆曰郊外曰野鄭風傳曰野四郊之外也論語質勝文則野包咸曰野如野人言鄙略也 从里予聲 羊者切古音在五部

△埜

埜 古文野从里省从林 亦作埜

文三　重一

田 ㄊㄧㄢˊ 6定

田 敶也 各本作陳今正敶者列也田與敶古皆音陳故以疊韵爲訓取其敶列之整齊謂之田凡言田田者即陳陳相因也陳陳當作敶敶陳敬仲之後爲田氏田即陳字叚田爲陳也 樹穀曰田 種菜曰圃樹果曰園見口部 象形 各本作象四今依韵會正今人謂爲从口从十非許意也此象甫田之形毛公曰甫田謂天下田也待年切古音如陳十二部 口十 逗 千百之制也 此說象形之恉謂口與十合之所以象阡陌之一縱一橫也各本作阡陌𨸏部無此二字今正周禮遂人曰凡治野夫閒有遂遂上有徑十夫有溝溝上有畛百夫有洫洫上有涂千夫有澮澮上有道萬夫有川川上有路以達于畿百夫之涂謂之爲百千夫之道謂之爲千言千百以包徑畛路也南畝則甽縱遂橫溝縱洫橫澮縱川橫遂徑畛涂道路縱橫同之東畝則甽橫遂縱溝橫洫縱澮橫川縱徑畛涂道路之橫縱同之故十與口皆象其縱橫也阡陌則俗字也 凡田之屬皆从田

町 ㄊㄧㄥˇ 12透

町 田踐處曰町 玉裁按此踐字疑淺人所增廣韵青韵注曰田處迴韵注曰田壢壢者俗區字田處者謂人所田之處淺人以二字古奧乃因下文町疃爲禽獸踐處妄增之左傳町原防杜曰原防不得方正如井田別爲小頃町賈逵曰原防之地九夫爲町三町而當一井急就篇頃町畍畝顏注平地爲町一曰町治田處也西京賦編町成篁薛注町謂畝畝也釋名州國篇曰鄭町也其地多平町町然也論衡町町若荊軻之廬詩毛傳曰墠除地町町者皆謂平坦於踐義不相涉 从田丁聲 他頂切十一部廣韵有平聲

㽙 3泥

㽙 城下田也 所謂附郭之田也張晏云城旁地也 一曰㽙郤地 郤當作隙古隙郤字相叚借曲禮郤地即隙地也地各本譌作也今正河渠書溝洫志皆云故盡河壖棄地韋昭曰河壖謂緣河邊地食貨志趙過試以離宮卒田其宮壖地師古曰壖餘地史記五宗世家臨江王侵廟壖垣爲宮史記鼂錯列傳漢書申屠嘉傳鼂錯傳皆云錯鑿大上皇廟壖垣古者廟有垣垣外有壖壖之竟復有垣以闌之是爲壖垣臨江王鼂錯皆侵毀壖垣者也壖者河外宮廟外㳂邊隙地也其字作壖同 从田耎聲 而緣切十四部又乃臥切按此字从需者譌玉篇云㽙正𤳉俗壖正壖俗是也

疇 ㄔㄡˊ 21定

疇 耕治之田也 耕者犂也犂其田而治之其田曰疇有謂麻田曰疇者劉向說苑蔡邕月令章句韋昭國語注如淳漢書注同此別爲一說非許義也有謂疇爲畛埒小畔際者劉逵蜀都注張載魏都注之說亦非許義許謂耕治之田爲疇耕治必有耦且必非一耦故賈逵注國語曰一井爲疇杜預注左傳曰並畔爲疇並畔則二井也引申之高注國策韋注漢書疇類也王逸注楚辭二人爲匹四人爲疇張晏注漢書疇等也如淳曰家業世世相傳爲疇故國語人與人相疇家與家相疇戰國策曰夫物各

△𠃬 疁ㄌㄡˊ 21來 畬ㄩˊ 13定 𤳉ㄖㄡˊ 21泥 畸ㄐㄧ 1見 𤱶ㄘㄨㄛˊ 1從 晦ㄇㄡˇ 24明

有疇漢書曰疇人子弟疇其爵邑王棨賦顯微寡疇曹植賦命疇嘯侶蓋自唐以前無不用从田之疇絕無用从人之儔訓類者此古今之變不可不知也楊倞注荀卿乃云疇當爲儔矣**从田𠃬象耕田溝詰詘也**依韵會本訂耕田溝謂甽也不必正直故云詰詘直由切三部隸作疇

𠃬疇或省口部𠷎以𠃬爲聲老部壽以𠷎爲聲也

疁燒種也篇韵皆云田不耕火種也謂焚其艸木而下種蓋治山田之法爲然史記曰楚越之地或火耕杜甫夔府詩燒畬度地偏**从田翏聲**力求切三部**漢律曰疁田茠艸**二者皆農事茠或薅字見蓐部

畬二歲治田也二各本作三今正周易音義云畬馬曰田三歲說文云二歲治田此許作二之證攷釋地曰一歲曰菑二歲曰新田三歲曰畬小雅周頌毛傳同馬融孫炎郭樸皆同鄭注禮記坊記許造說文虞翻注易无妄皆云二歲曰畬許全書多宗毛公而意有未安者則不從此其一也菑艸部云反耕田也反耕者初耕反艸一歲爲然二歲則用力漸𦬠矣畬之言𦬠也三歲則爲新田**从田余聲**以諸切五部**易曰不菑畬田**田汲古以爲衍而空一字宋本皆有之蓋凶字之誤許所據與坊記所引同也周易无妄六二爻辭

𤳉龢田也考工記車人爲耒堅地欲直庛柔地欲句庛地官草人墳壤用豕鄭曰墳壤潤解也曰柔地曰潤解皆龢田之謂對剛土而言**从田柔**會意**柔亦聲**耳由切三部**鄭有𤳉地名也**鄭語史伯對桓公曰若克二邑鄔蔽補丹依𤳉歷華君之土也韋注言克虢鄶則此八邑皆可得也

畸𣧑田也𣧑各本作殘今正殘者賊也𣧑者禽獸所食餘也因之凡餘謂之𣧑今則殘行而𣧑廢矣殘田者餘田不整齊者也凡奇零字皆應於畸引申用之今則奇行而畸廢矣**从田奇聲**居宜切古音在十七部

𤱶𣧑薉田也薉字依集韵類篇韵會所據補𣧑而且蕪之田也是曰𤱶**从田差聲**昨何切十七部**詩曰天方薦𤱶**小雅節南山文毛詩作瘥傳云薦重瘥病許此所引蓋或三家詩也

晦六尺爲步步百爲晦司馬法如是王制曰方一里者爲田九百晦謂方里而井**秦田二百四十步爲晦**秦孝公之制也商鞅開阡陌封疆則鄧展曰古百步爲晦漢時二百四十步爲晦按漢因秦制也**从田每聲**莫后切古音在一部

畞晦或从十久十者阡陌之制久聲也每久古音皆在一部今惟周禮作晦五經文字曰經典相承作畝干祿字書曰畝通畞正

△畝 甸ㄉㄧㄢˋ 6定 畿ㄐㄧ 7匣 畦ㄒㄧ 10匣

甸天子五百里內田禹貢五百里甸服周語曰先王之制邦內甸服韋注云邦內謂天子畿內千里之地商頌曰邦畿千里惟民所止王制曰千里之內曰甸京邑在其中央故夏書曰五百里甸服則古今同矣甸王田也服服其職業也自商以前邦畿內爲甸服武王克殷周公致大平因禹所弼除甸內更制天下爲九服千里之內謂之王畿王畿之外曰侯服侯服之外曰甸服祭謀父諫穆王稱先王之制猶以王畿爲甸服者甸古名世俗所習也故周襄王謂晉文公曰昔我先王之有天下也規方千里以爲甸服是也周禮亦以蠻服爲要服足以相況也按周制王畿千里不在九服而亦未嘗不從古曰甸服也若小司徒九夫爲井四井爲邑四邑爲丘四丘爲甸鄭云甸之言乘也讀如維禹敶之之敶別一義毛詩維禹甸之傳曰甸治也**从勹田**各本作从田包省小徐作包省聲今正勹裹也布交切甸之外九服重重勹之故从勹田堂練切十二部

畿天子千里地卽天子五百里內田也五百里自其一面言千里自其四面言爲方百里者百也商頌邦畿千里傳曰畿疆也大司馬九畿注曰畿猶限也**㠯逮近言之則言畿**逮字依小徐本逮者及也九畿注曰故書畿爲近鄭司農云近當言畿按故書作近猶他書段圻作畿耳許言以逮近言之則曰畿者謂畿最近天子故稱畿與近合音最切古惟王畿偁畿甸服外無偁畿者至周而侯甸男采衞蠻夷鎭藩皆曰畿直以其遮相傳近轉移段借名之非古也故許以近釋畿畿之言垠也故亦作圻邶風薄送我畿傳曰畿門內也謂門限也小雅如畿如式傳曰畿期也禮記丹漆雕畿注曰畿圻堮也古幾畿通用**从田幾省聲**形聲中包會意巨衣切十五部

畦田五十晦曰畦離騷畦留夷與揭車

畹 ㄨㄢˇ 3影　畔 ㄆㄢˋ 3並　界 ㄐㄧㄝˋ 2見　㽘 ㄍㄤ 15見　畷 ㄓㄨㄛˋ 2端　畛 ㄓㄣˇ 9端

王逸注五十畝曰畦蜀都賦劉注曰楚辭倚沼畦瀛王逸曰瀛澤中也班固以爲畦田五十畝也此蓋班固釋畦畱夷之語今俗本文選逸之按孟子曰圭田五十畝然則畦从圭田會意兼形聲與又用爲畦畛史記千畦薑韭韋昭曰畦猶壟也 **从田圭聲** 戶圭切十六部

〔畹〕 **田三十晦曰畹** 大徐本三作二誤魏都賦下畹高堂張注云班固曰畹三十畝也此蓋孟堅離騷章句滋蘭九畹之解也王注乃云十二畝曰畹或曰田之長爲畹恐非是 **从田宛聲** 於阮切十四部

〔畔〕 **田界也** 田界者田之竟畍也左傳子產曰行無越思如農之有畔其過鮮矣一夫百畝則畔爲百畝之界也引申爲凡界之偁或叚泮爲之氓詩曰隰則有泮傳曰泮坡也坡即陂箋云泮讀爲畔畔涯也經典多借爲叛字論語佛肸以中牟畔大雅無然畔援傳曰無是畔道無是援取 **从田半聲** 薄半切十四部

〔界〕 **竟也** 竟俗本作境今正樂曲盡爲竟引申爲凡邊竟之偁界之言介也介者畫也畫者介也象田四界聿所以畫之介界古今字爾雅曰疆界垂也按垂遠邊也 **从田介聲** 形聲中有會意古拜切十五部此篆上田下介小徐舊本五經文字篇韵漢碑可據

〔㽘〕 **竟也** 竟俗本作境今正 **一曰百也** 百今之陌字 **趙魏謂百爲㽘** 方語也 **从田亢聲** 古朗切十部按此古朗今譌古郎因諱朗改爲郎也鼎臣時未嘗諱朗字

〔畷〕 **兩百閒道也** 百者百夫洫上之涂也兩百夫之閒而有洫洫上有涂兩千夫之閒而有澮澮上有道所謂阡也洫橫則澮縱涂橫則道縱故道在中縱而左右各十涂皆橫是謂兩陌閒道是之謂畷郊特牲饗農及郵表畷注云郵表畷謂田畯所以督約百姓於井閒之處引詩爲下國畷郵按畷之言綴也眾涂所綴也於此爲田畯督約百姓之處若街彈室者然曰郵表畷 **百廣六尺** 百字各本無今補所以知必有百者鄭注周禮云徑容牛馬畛容大車涂容乘車一軌道容二軌路容三軌軌者徹也攷工記曰徹廣六尺涂容一軌是陌容六尺也道容二軌是阡容丈二尺也許祇言陌之廣使徑畛道路之廣皆可意知 **从田叕聲** 陟劣切十五部

〔畛〕 **井田閒百也** 井田閒者謂十夫閒也兩十夫之閒猶井閒也徑畛涂道路皆可謂之陌阡故曰井田閒陌遂人曰十夫有溝溝上有畛周頌曰徂隰徂畛毛傳曰畛埸也按埸者疆埸也信南山疆埸有瓜是也古祇作易左傳曰封畛土略謂疆界 **从田㐱聲** 之忍切十二部

畤 ㄓˋ 24端　略 ㄌㄩㄝˋ 14來　當 ㄉㄤ 15端

〔畤〕 **天地五帝所基止祭地也** 止依韵會正下基也以基止釋畤以疊韵爲訓也所基止祭地謂祭天地五帝者立基止於此而祭之之地也畤不見於經秦人因周制兆五帝於四郊依附爲之兆字音譌遂製畤字耳考封禪書秦襄公居西垂作西畤祠白帝其後文公都汧作鄜畤郊祭白帝其後德公居雍宣公作密畤於渭南祭青帝靈公作吳陽上畤祭黃帝作下畤祭炎帝獻公作畦畤櫟陽祀白帝漢高祖立黑帝祠命曰北畤按密上下三畤及鄜畤及北畤謂之雍五畤五畤祭青黃赤白黑五帝之地也先言天地者秦時謂五帝即天地故曰唯雍四畤上帝爲尊秦之郊見即祭畤也 **从田寺聲** 周市切一部 **右扶風雝有五畤** 地理志右扶風雍下曰有五畤按雍祇有四畤密畤吳陽上畤下畤北畤也史記雍五畤漢志右扶風有五畤蓋兼鄜縣之鄜畤祀白帝而言鄜雖屬左馮翊而馮翊扶風故皆內史地故得統偁之史記於高祖未立北畤前曰雍四畤蓋亦謂密上下鄜四畤是以四畤上親郊見而西畤畦畤上不親往別白言之也 **好畤鄜畤皆黃帝時築** 築各本作祭今依韵會訂封禪書曰自未作鄜畤也而雍旁故有吳陽武畤雍東有好畤自古以雍州積高神明之隩故立畤郊上帝蓋黃帝時嘗用事雖晚周亦郊焉其語不經見縉紳者不道按史公作吳陽武畤而許作鄜畤與史漢不合傳聞之異也 **或云秦文公立** 秦文公立鄜畤史漢皆云尒而舉爲疑辭且若文好畤亦文公立者皆傳聞之異也

〔略〕 **經略土地也** 昭七年左傳芋尹無宇曰天子經略諸侯正封古之制也杜注經營天下略有四海故曰經略正封封疆有定分也禹貢曰嵎夷既略凡經界曰略左傳曰吾將略地又曰略基阯引申之規取其地亦曰略地凡舉其要而用功少皆曰略略者對詳而言 **从田各聲** 离約切古音在五部

〔當〕 **田相值也**

畯 ㄐㄩㄣˋ 9精　甿 ㄇㄥˊ 15明　疄 ㄌㄧㄣˋ 6來　留 ㄌㄧㄡˊ 21來　畜 ㄔㄨˋ 22透　△𤲸　疃 ㄊㄨㄢˇ 18透

値者持也田與田相持也引申之凡相持相抵皆曰當報下曰當辠人也是其一耑也流俗妄分平去二音所謂無事自擾从田尚聲都郎切十部

畯農夫也釋言曰畯農夫也孫云農夫田官也詩七月田畯至喜傳曰畯田大夫也周禮籥章以樂田畯注鄭司農云田畯古之先教田者按田畯教田之官亦謂之田月令命田舍東郊鄭曰田謂田畯主農之官也亦謂之農郊特牲大蜡饗農鄭曰農田畯也田畯教田之時則親而尊之詩三言田畯至喜是也死而爲神則祭之周禮之樂田畯大蜡饗農是也从田夋聲子峻切十三部

甿田民也甿爲田民農爲耕人其義一也民部曰氓民也此从田故曰田民也唐人諱民故氓之蚩周禮以下劑致氓石經皆改爲甿古祇作萌故許引周禮以興耡利萌蓋古本如是鄭云變民言萌異外內也萌猶懵懵無知皃从田亡聲武庚切古音在十部

疄轢田也轢車所踐也子虛賦掩兔轔鹿字从車上林賦車徒之所閵轢又段閵爲之足部曰蹸轢也義相近从田粦聲良刃切十二部

畱止也稽下曰稽畱止也从田丣聲田所止也猶坐从土也力求切三部

畜田畜也田畜謂力田之蓄積也貨殖列傳曰富人爭奢侈而任氏獨折節爲儉力田畜田畜人爭取賤賈任氏獨取貴善非田畜所出弗衣食艸部曰蓄積也畜與蓄義略同畜从田其源也蓄从艸其委也俗用畜爲六嘼字古段爲好字如說苑尹逸對成王曰民善之則畜也不善則讎也晏子對景公曰畜君何尤畜君者好君也謂畜卽好之同音段借也淮南王曰[元]田爲畜王大徐作子此如引楚莊王止戈爲武說會意也[元]田猶畇畇原隰也丑六切亦許六切三部

𤲸魯郊禮畜从田从玆玆益也魯郊禮已見鳥部此許據魯郊禮文證古文从玆乃合於田畜之解也艸部曰玆艸木多益也从艸絲省聲古文本从玆小篆乃省其半而淮南王乃認爲[元]字矣此小篆改之失也今本上从玆則與玆益之云不貫矣故正之如此

疃禽獸所踐處也踐者履也獸足蹂地曰厹其所蹂之處曰疃本不專謂鹿詩則言鹿而已詩曰町

畼 ㄔㄤˋ 15透　畕 ㄐㄧㄤ 15見　畺 ㄐㄧㄤ 15見　△疆　黃 ㄏㄨㄤˊ 15匣　䵍 ㄒㄩㄢ 29曉　△灸

疃鹿場豳風東山文毛傳曰町疃鹿迹也謂鹿迹所在也楚辭九思鹿蹊兮躖躖躖與疃蓋一字疃亦作畯郡國志廣陵郡東陽劉昭云縣多麋引博物志十百爲羣掘食艸根其處成泥名曰麋畯民人隨此畯種稻不耕而穫其收百倍今後漢書譌爲畯埤雅引此又譌暖然因埤雅可以校正也从田童聲土短切十四部此音之轉也古音蓋在九部

畼不生也今之暢蓋卽此字之隸變詩文茵暢轂傳曰暢轂長轂也月令命之曰暢月注曰暢充也蓋皆義之相反而相生者也从田昜聲丑亮切十部

文二十九　重三

畕比田也比密也二人爲从反从爲比比田者兩田密近也从二田會意凡畕之屬皆从畕闕闕大徐本無非也此謂其音讀闕也大徐居良切小徐玉篇同以畺之音皮傳之而已竊謂田與田相乘所謂陳陳相因也讀如陳列之陳

畺界也七月萬壽無疆傳曰疆竟也田部曰界竟也然則畺界義同竟境正俗字信南山我疆我理傳曰疆畫經界也理分地理也緜曰乃疆乃理江漢曰于疆于理其義皆同經界出於人爲地理必因地埶二者必相因而至不知地埶則水不行从畕三其介畫也介各本作界今正介畫也畫介也二字義同居良切十部

疆畺或从土彊聲今則疆行而畺廢矣惟周禮有畺

文二　重一

黃地之色也[元]者幽遠也則爲天之色可知易曰夫[元]黃者天地之襍也天[元]而地黃从田土色黃故从田炗聲乎光切十部炗古文光見火部凡黃之屬皆从黃

灸古文黃

䵍赤黃色也赤黃者赤色敂而黃也色字依類篇補一曰輕傷人䵍姁也傷各本作易今正傷者傷也傷者輕也此謂輕侮人者其狀䵍姁也後漢書曹大家女誡

⿰黃耑 ㄊㄨㄢ 3透　⿰黃有 ㄏㄨㄟ 24曉　黇 ㄊㄧㄢ 30透　黊 ㄏㄨㄚ 10匣　男 ㄋㄢ 28泥　舅 ㄐㄧㄡ 22匣　甥 ㄕㄥ 12心

視聽陝輸注云陝輸不定皃葢卽䵝姁也語同字異耳**从黃夾聲**許兼切八部

⿰黃耑**黑黃色也**黑黃各本作黃黑疑當作黑黃黑色之黴而黃也詩我馬元黃傳曰元馬病則黃正此意若黃黑則土克水之色謂之驊黃**从黃耑聲**他耑切十四部

⿰黃有**青黃色也**青色黴而黃也**从黃有聲**呼臯切古音在一部

黇**白黃色也**白色之黴而黃也**从黃占聲**他兼切七部

黊**鱻明黃色也**依篇韵補色字上文皆非正黃色惟此爲鮮明正黃耳艸部蘳以爲聲**从黃圭聲**戶圭切廣韵胡瓦切十六部

文六　重一

男**丈夫也**夫下曰周制八寸爲尺十尺爲丈人長一丈故曰丈夫白虎通曰男任也任功業也古男與任同音故公矦伯子男王莽男作任**从田力言男子力於田也**會意農力於田自王公以下無非力於田者那含切古音在七部**凡男之屬皆从男**

舅**母之兄弟爲舅**釋親曰母之㫒弟爲舅毛傳同按周人謂兄爲㫒也舅之言舊也猶姑之言故也父之昆弟偁父母之昆弟不得偁父故偁舅凡同姓可偁父凡異姓不可偁父故舅之也今俗人言舅父者非也母之父母曷爲曰外王父外王母與父之父母偁王父王母故母之父母得偁王父王母而外以別之也父之昆弟偁從父故母之姊妹偁從母也舍是則異姓無有偁父母者也異姓可偁舅故婦偁夫之父曰舅男子偁妻之父曰外舅母之從父昆弟曰從舅又偁父之舅曰大舅見後漢書大者今太字**妻之父爲外舅**男子於妻父亦言舅對妻之舅吾父爲偁也母之昆弟不曰外舅者妻黨之別於母黨也**从男臼聲**其九切三部

甥**謂我舅者吾謂之甥**釋親文此泛釋甥義也若母之昆弟爲吾舅則謂吾爲甥矣若妻之父爲吾外舅則亦謂吾爲甥矣釋親妻黨章曰姑之子爲甥舅之子爲甥妻之㫒弟爲甥姊妹之夫爲甥注謂平等相甥非也姑之子吾父母得甥之舅之子吾母姪之吾父得甥之妻之昆弟吾父母得甥之姊妹之夫吾父母壻之而甥之是四者皆舅吾父者也舅者耆舊之偁甥者後生之偁故異姓尊卑異等者以此相偁爾雅類列於此亦以見舅之子妻之昆弟偁吾父皆曰舅不似後世俗呼也其立文如此者從其便也自來不得其解則謂平等相甥吾姊妹之夫吾父旣甥之矣吾又呼之爲甥此豈正名之義乎姑之子爲外兄弟舅之子爲內兄弟妻之昆弟爲婚兄弟姊妹之夫爲姻兄弟旣正其名矣又安得淆之乎外孫亦偁彌甥姊妹之孫離孫也亦偁從孫甥皆見左傳釋名妻之昆弟曰外甥一條冣爲無理**从男生聲**所更切十一部

文三

十三篇下

△

力 ㄌㄧ 25來　勳 ㄒㄩㄣ 9曉　勛　功 ㄍㄨㄥ 18見　助 ㄓㄨ 13從　勴 ㄌㄩ 13來　勑 ㄌㄞ 24來

力**筋也**筋下曰肉之力也二篆爲轉注筋者其體力者其用也非有二物引申之凡精神所勝任皆曰力**象人筋之形**象其條理也人之理曰力故木之理曰朸地之理曰阞水之理曰泐林直切一部**治功曰力**周禮司勳文**能禦大災**國語祭法文引以釋治功曰力也**凡力之屬皆从力**

勳**能成王功也**司勳曰王功曰勳鄭云輔成王業若周公**从力熏聲**許云切十三部

勛**古文勳从員**員聲也周禮故書勳作勛鄭司農云勛讀爲勳勳功也按此先鄭以今字釋古文也故書勛字學者不識故先鄭云此卽小篆之勳

功**以勞定國也**司勳曰國功曰功鄭曰保全國家若伊尹許則舉祭法文以釋之也詩以奏膚公傳曰膚大也公功也此謂叚公爲功也**从力工聲**古紅切九部

助**左也**左今之佐字左下曰手相左助也二篆爲轉注右下曰手口相助也易傳曰右者助也按左右皆爲助左者以ナ助又右者以手助口疑此解當云左右也傳寫奪右字商頌曰實左右商王傳云左右助也**从力且聲**牀倨切五部

勴**助也从力非**力去其非也**慮聲**良倨切五部

勑**勞也**此當云勞勑也淺人刪一字耳此勞依今法讀去聲孟子放勳曰勞

十三篇下

勸ㄑㄩㄢˋ 3 溪　務ㄨˋ 16 明

劼ㄐㄧㄝˊ 5 匣　勥ㄑㄧㄤˇ 15 匣　△⿱彊力　勱ㄇㄞˋ 3 明　勉ㄇㄧㄢˇ 9 明　劭ㄕㄠˋ 19 定　勖ㄒㄩˋ 21 曉　⿰厥力ㄐㄩㄝˊ 2 見

之來之詩序曰萬民離散不安其居宣王能勞來還定安集之來皆勑之省俗作徠**从力來聲**洛代切一部俗誤用爲敕字

劼**愼也**愼者謹也廣韵曰用力也又固也勤也**从力吉聲**巨乙切十二部按篇韵皆恪八切巨乙非也**周書曰劼毖殷獻臣**酒誥文按此篆解小徐本譌舛不可讀

務**趣也**趣者疾走也務者言其促疾於事也**从力敄聲**亡遇切古音在三部

勥**迫也**迫者近也按所謂實偪處此也勥與彊義別彊者有力勥者以力相迫也凡云勉勥者當用此字今則用強彊而勥廢矣**从力強聲**巨良切按此音非也當依廣韵玉篇其兩切十部

⿱彊力**古文从彊**按以虫部蠶籒文強訂之古當作籒

勱**勉力也**勉者勥也亦作邁左傳引夏書皋陶邁種德邁勉也**从力萬聲**莫話切按古音當在十四部**周書曰用勱相我邦家**立政文今書邦作國**讀與厲同**厲亦萬聲也漢時如此讀

勉**勥也**勥舊作彊非其義也凡言勉者皆相迫之意自勉者自迫也勉人者迫人也毛詩黽勉韓詩作密勿爾雅作蠠沒大雅毛傳曰亹亹勉也周易鄭注亹亹猶沒沒也**从力免聲**亡辨切古音當在十三部

劭**勉也**釋詁同漢成帝詔曰先帝劭農蘇林曰劭音翹精異之意也晉灼曰劭勸勉也按卩部卲高也卲與劭相似轉寫容有互譌者如應仲遠之名當是卲字此蘇林所說當亦是卲農爾雅方言皆曰釗勉也釗當是劭之叚借字**从力召聲讀若舜樂韶**爾雅釋文云或上遙反用許讀也今皆寔照切二部

勖**勉也**釋詁同邶風以勖寡人傳曰勖勉也方言釗薄勉也秦晉曰釗或曰薄南楚之外曰薄努自關而東周鄭之閒曰勔釗齊魯曰勖按勖古讀如茂與懋音義皆同故般庚懋建大命予其懋簡相爾今文尚書懋皆作勖見隸釋石經殘碑心部曰懋勉也**从力冒聲**許玉切三部按許玉非也古音同茂俗寫此字形尤譌蹐不通**周書曰勖哉夫子**坶誓文

勸**勉也**廣韵曰獎勉也按勉之而悅從亦曰勸**从力雚聲**去願切十四部

劣ㄌㄧㄝˋ 2 來　動ㄉㄨㄥˋ 18 定

勍ㄑㄧㄥˊ 15 匣　勁ㄐㄧㄥˋ 12 見　勝ㄕㄥ 26 端　勶ㄔㄜˋ 5 透　勠ㄌㄨˋ 21 來　勨ㄒㄧㄤˋ 15 定　△⿺辶重　⿰畾力ㄌㄟˇ 7 來　勞ㄌㄠˊ 19 來

⿰厥力**彊力也**彊力各本作勥力非今依玉篇廣韵正俗語⿰厥力彊彊讀去聲**从力厥聲**瞿月切十五部

勍**彊也春秋傳曰勍敵之人**彊者弓有力也引申爲凡有力之偁春秋傳者僖二十二年左傳文杜亦曰勍強也按勍與人部之倞字音義皆同而勍獨見左氏**从力京聲**渠京切古音讀如彊在十部

勁**彊也**廣韵勁健也**从力巠聲**吉正切十一部○按以上三篆移其舊次

勝**任也**任者保也保者當也凡能舉之能克之皆曰勝本無二義二音而俗強分平去**从力朕聲**識蒸切六部亦去聲

勶**發也**發者䠶發也引申爲凡發去之偁勶與徹義別徹者通也勶謂除去若禮之有司徹客徹重席詩之徹我牆屋其字皆當作勶不訓通也或作撤乃勶之俗也**从力徹**會意謂以力通之也**徹亦聲**丑列切十五部

勠**勠力幷力也**勠力二字依後漢劉虞傳注引補文賦注引賈逵國語解詁曰勠力幷力也許所本也幷者相從也併者竝也幷併古通用矣左傳國語或云勠力同心或云勠力一心皆謂數人共致力僞尙書傳訓云陳力斯失之古書多有誤作戮者**从力翏聲**嵇康力幽反呂靜韵集讀同飂尙書音義引說文力周反按文賦匪予力之所勠與流求爲韵此相傳古音也今音力竹切字林音遼

勨**繇緩也**繇蓋今之傜字言傜役也緩也與勠爲反對之詞**从力象聲**余兩切十部

動**作也**作者起也**从力重聲**徒總切九部

⿺辶重**古文動从辵**

⿰畾力**推也**推依今音他回切勡者以物磊磊自高推下也古用兵下礧石李陵傳作壘石晁錯傳具藺石如淳注曰城上雷石周禮注亦作雷唐書李光弼傳擂石車又作擂其實用勡爲正字也故許書之字可用而不用者多矣子虛賦曰礧石相擊硍硍磕磕亦當作勡**从力畾省聲**舊作畾聲今依小徐正盧對切十五部

劣**弱也**弱者橈也**从力少**會意力輟切十五部

勞**勮也**勮各本从刀作劇今訂从力文選北征賦注引說文劇甚也恐是許書本作勮用力甚也後因以爲凡甚之詞又譌其字从刀耳以俟明

△勞　勮 ㄐㄩˋ 13 匣　勊 ㄎㄜˋ 25 溪　勩 ㄧˋ 2 定

者定之从力熒省焱火燒冂用力者勞焱舊作焚今正此析熒字而釋之燒冂謂燒屋也斯時用力者冣勞矣改冂作門者誤魯刀切二部或古文如此如此大徐作从悉篆體作𢡋今依玉篇汗簡古文四聲韵所據正汗簡與玉篇中雖小異下皆从力竊謂古文乃从熒不省未可知也

務也務者趣也用力尤甚者从力豦聲其據切五部音轉爲渠力切字譌从刀作劇

尤勮也勮大徐作極小徐作勮今正勊又勮之尤者也剋者以力制勝之謂故其事爲尤勞許書勊與克義不同克者肩也肩者任也以春秋所書言之如辛巳雨不克葬戊午日下昃乃克葬如晉人納捷菑于邾弗克納此克之義也如鄭伯克段于鄢傳曰得儁曰克此勊之義也勊之字譌而从刀作剋猶勮之譌而从刀也經典有克無剋百家之書克剋不分而勊乃廢矣从力克聲苦得切一部

勞也毛詩傳同按凡物久用而勞敝曰勩明楊慎荅中官問謂牙牌摩損當用鎝字今按非也當用勩字今人謂物消磨曰勩是也蘇州謂衣久箸曰勩箸从力貰聲余制切十五部詩曰莫知我勩小雅雨無正文

勦 ㄐㄧㄠˇ 19 精　券 ㄐㄩㄢˋ 3 匣　勤 ㄑㄧㄣˊ 9 匣　加 ㄐㄧㄚ 1 見

勞也从力巢聲子小切又楚交切二部春秋傳曰安用勦民昭九年左傳叔孫昭子曰詩云經始勿亟庶民子來焉用速成其以勦民也許㮚栝其辭按刀部剿字亦作剿禮記毋剿說與此从力字絕不同俗多淆之

勞也輈人終日馳騁左不楗書楗或作券鄭云券今倦字也據此則漢時已倦行券廢矣从力𢍏聲今皆作倦蓋由與契券从刀相似而避之也渠眷切十四部

勞也慰其勤亦曰勤从力堇聲巨巾切按巾當作斤十三部

語相譄加也譄各本作增今正增者益也義不與此同譄下曰加也誣下曰加也此云語相譄加也知譄誣加三字同義矣誣人曰譄亦曰加故加从力論語曰我不欲人之加諸我也吾亦欲無加諸人馬融曰加陵也袁宏曰加不得理之謂也劉知幾史通曰承其誣妄重以加諸韓愈爭臣論曰吾聞君子不欲加諸人而惡訐以爲直者皆得加字本義引申之凡據其上曰加故加巢即架巢从力口謂有力之口也會意古牙切十七部

𠢕 ㄏㄠˊ 19 疑　勇 ㄩㄥˇ 18 定　△㦷　△恿　勃 ㄅㄛˊ 8 並　勡 ㄆㄧㄠˋ 19 滂　劫 ㄐㄧㄝˊ 31 見

健也健者伉也此豪傑眞字自𠭁豪爲之而𠢕廢矣豪豕鬣如筆管者从力敖聲讀若豪五牢切按當乎刀切二部

气也气雲气也引申爲人充體之气之偁力者筋也勇者气也气之所至力亦至焉心之所至气乃至焉故古文勇从心左傳曰共用之謂勇从力甬聲余隴切九部

勇或从戈用

古文勇从心孟子曰志氣之帥也

排也排者擠也今俗語謂以力旋轉曰勃當用此字論語色孛如也許所引乃本字本義謂䨣孛盛气也今論𠭁借勃字殊失其恉从力孛聲蒲沒切十五部

劫也以力脅止人而取其物也賈誼傳曰盜者白晝大都之中勡吏而奪之金貨殖傳曰攻剽椎埋按此篆諸書多从刀而許刀部剽下曰一曰剽劫人也是在許時固从力从刀竝行二形不必有是非矣从力𤐫聲匹妙切二部

人欲去以力脅止曰劫脅猶迫也俗作愶古無其字用脅而已以力止人之去曰劫不專謂盜而盜禦人於國門之外亦劫也太史公曰劫人作姦或曰以力去曰劫用力而逃也从力去依韵會補此三字二義皆力去也此篆从力而俗作刦从刀蓋刀與力相淆之𠭁固多矣居怯切八部

飭 ㄔˋ 25 透　劾 ㄏㄜˊ 24 匣　募 ㄇㄨˋ 14 明

致臤也臤者堅也致者送詣也致之於堅是之謂飭攷工記曰審曲面勢以飭五材謂五材皆必堅緻也又曰飭力以長地材謂整頓其人力也凡人物皆得云飭飭人而筋骸束矣飭物而器用精良矣其字形與飾相似故古書多有互譌者飾在外飭在內其義不同竊謂許書工下云巧飾也當作巧也飭也飭即記所謂飭五材辨民器謂之百工不徒修飾其外而已凡經傳子史之譌皆可以意正之从人力食聲讀若敕恥力切一部飭與敕義略相近敕誡也

灋有辠也法者謂以法施之廣韵曰劾推窮罪人也从力亥聲按此字俗作劾从刃恐从刀則混於刀部之刻也胡槩切一部亦入海韵代韵

廣求之也依光武紀注增之字从

劦 29來　恊 29匣　勰 29匣　協 29匣　△叶　△旪

力莫聲莫故切五部

文四十　重六

劦 同力也同力者龢也龢調也从三力會意胡頰切按此字本音戾力制切十五部淺人妄謂與協䚡協同音而不知三字皆以劦會意非以形聲也惟不以劦爲聲故三字皆在八部而劦聲之荔珕則皆力制切在十五部山海經曰惟號之山其風若劦北山經曰母逢之山北望雞號之山其風如飈郭傳飈急風皃也音戾或云飄風也按郭本與許所據不同郭江賦用飈字許意葢謂其風如拼力而起也凡劦之屬皆从劦

勰 同心之龢也同心一如同力故从劦心會意从劦心胡頰切八部

恊 同思之龢也同思一如同力从劦思胡頰切八部

協 同衆之龢也各本作衆之和同非是今正同衆之和一如同力从劦十十衆也胡頰切八部

叶 古文協从口十字見周禮大史協事注曰故書協作叶杜子春云叶協也書亦或爲協或爲汁大行人協辭命注故書作汁辭命鄭司農云汁當爲叶書或爲叶按十口所同亦同衆之意

旪 叶或从曰口曰一也

文四舊譌一　重二舊譌五

二十三部宋本四作三　文七百宋本六百九十九　重一百二十四

凡八千三百九十八字以上總第十三篇部數文數說解字數之都數也

說文解字第十三篇下

受業黟縣胡積城校字

十三篇下　壹

金 ㄐㄧㄣ 28見　△金　銀 ㄧㄣˊ 9疑　鐐 ㄌㄧㄠˊ 19來　鋈 ㄨˋ 20影　鉛 ㄑㄧㄢ 3定　錫 ㄒㄧ 11心　鈏 ㄧㄣˇ 6定　銅 ㄊㄨㄥˊ 18定

說文解字第十四篇上

金壇段玉裁注

金五色金也凡有五色皆謂之金也下文白金青金赤金黑金合黃金爲五色黃爲之長故獨得金名久薶不生衣百鍊不輕此二句言黃金之德從革不韋舊作違今正韋背也從革見鴻範謂順人之意以變更成器雖屢改易而無傷也五金皆然西方之行以五行言之爲西方之行生於土从土ナ又注象金在土中形謂土旁二筆也今聲下形上聲居音切七部凡金之屬皆从金

金古文金象形而不諧聲

銀白金也黃金既專金名其外四者皆各有名爾雅曰黃金謂之璗其美者謂之鏐然則黃金自有名而許以璗系諸玉部云金之美者與玉同色與釋器不合何也璗爲金而字从玉許書主釋字形故其說如此也

爾雅又曰白金謂之銀其美者謂之鐐此則許所本也从金艮聲語巾切十二部

鐐白金也爾雅別之曰其美者許不別也毛詩傳曰大夫鐐琫而鐐珌从金尞聲洛蕭切二部

鋈白金也从金渓省聲大徐渓省聲小徐沃聲考說文芺聲之字未有省艸者鋈字今三見於毛詩小戎毛傳曰沃白金也而車部軜下詩曰渓以觼軜引詩正作渓不作鋈知古本毛詩祇作渓渓即鐐之叚借字古芺聲尞聲同部也金部本有鐐無鋈淺人乃依今毛詩補之烏酷切二部

鉛青金也从金㕣聲與專切十四部

錫銀鉛之閒也周禮丱人注曰鈏也職方氏曰鑞也鑞字說文無經典多叚錫爲賜字凡言錫予者卽賜之叚借也从金易聲先擊切十六部

鈏錫也見釋器从金引聲羊晉切十二部

銅赤金也銅色本赤今之白銅點化爲之耳食貨志曰金有三等黃金爲上白金爲中赤金爲下孟康曰赤金丹陽銅也按丹陽銅卽吳王濞傳章郡銅山貨殖傳章山之銅也

鏈 ㄌㄧㄢˊ 3來　△鐵　鐵 ㄊㄧㄝˇ 5透　鍇 ㄎㄞˇ 4溪　△銕　鋚 ㄊㄧㄠˊ 21定　鏤 ㄌㄡˋ 16來　鐨 ㄈㄣˊ 9曉　銑 ㄒㄧㄢˇ 9心　鋻 ㄐㄧㄢ 6見

从金同聲徒紅切九部

鏈銅屬應劭曰鏈似銅與許說合从金連聲力延切十四部

鐵黑金也从金𢧜聲天結切十二部

鐵鐵或省

銕古文鐵从夷按夷蓋弟之譌也

鍇九江謂鐵曰鍇从金皆聲苦駭切十五部

鋚鐵也一曰轡首銅也別一義小雅鞗革沖沖毛傳曰鞗轡也革轡首也按鞗轡也當作鞗轡首飾也轉寫奪去二字耳下文云沖沖垂飾皃正承轡首飾而言許釋鋚爲轡首銅鋚卽鞗字詩本作攸轉寫誤作鞗攸革皆古文叚借字也古金石文字作攸勒或作鋚勒轡首銅者以銅飾轡首也革部勒下云馬頭絡銜也卽毛傳所謂轡首也周頌載見箋云鶬謂金飾正與轡首銅之訓合大雅韓奕鞟以爲鞃淺以爲幦鋚以飾勒金以飾軶四事文意一例鋚勒謂以銅飾轡之近馬頭處垂之沖沖然也从金攸聲以周切三部

鏤剛鐵也可㠯刻鏤鏤本剛鐵之名剛鐵可受鐫刻故鐫刻亦曰鏤釋器曰金謂之鏤鏤

鋟也詩鉤膺鏤鍚箋皆訓刻金許以可以刻鏤釋鏤此卽已已也卬卬也之例也今則引申之義行而本義廢矣禹貢梁州貢鏤某氏傳亦云剛鐵从金婁聲盧候切四部夏書曰梁州貢鏤一曰鏤釜也方言鍑江淮陳楚之閒謂之錡或謂之鏤

鐨鐵屬从金賁聲讀若熏小徐本讀若訓火運切十三部

銑金之澤者澤者光潤也釋器曰絕澤謂之銑晉語玦之以金銑者寒之甚矣韋注銑猶洒也洒洒寒皃言於太子無溫潤也許言其光潤韋言寒皃皆謂金之精者耳似異而非異也从金先聲穌典切古音在十三部一曰小鑿鑿所以穿木也一曰鐘下兩角謂之銑考工記鳧氏曰兩欒謂之銑鄭注銑鐘口兩角按古鐘羨而不圜故有兩角

鋻剛也剛各本譌剛今正刀部曰剛刀劍刃也刃下曰刀鋻也故剛與鋻爲轉注王褒聖主得賢臣頌曰清水淬其鋒李善引三倉解詁云淬作刀堅也文選俗本譌爲鑒从金臤聲此形聲中有會意也堅者土之臤緊者絲

鑠 ㄕㄨㄛˋ 20透　鑗 ㄌㄧˊ 4來　錄 ㄌㄨˋ 17來　鑄 ㄓㄨˋ 21端　銷 ㄒㄧㄠ 19心　鍊 ㄌㄧㄢˋ 3來　釘 ㄉㄧㄥ 12端　錮 ㄍㄨˋ 13見　鑲 ㄖㄤˊ 15泥　鎔 ㄖㄨㄥˊ 18定　鋏 ㄐㄧㄚˊ 29見　鍛 ㄉㄨㄢˋ 3端

之臤堅者金之臤彼二字入臤部會意中有形聲也古甸切十二部

鑗　**金屬也一曰剝也**剝者裂也剝訓裂知鑗與務義同音別方言蠡分也注謂分割也此卽鑗之叚借方言又曰劙解也亦卽此字**从金黎聲**里西切十五部

錄　**金色也**錄與綠同音金色在青黃之閒也叚借爲省錄字慮之叚借也故錄囚卽慮囚云庸錄者猶無慮也言其緐猥**从金彔聲**力玉切三部

鑄　**銷金也从金壽聲**之戍切古音在三部亦讀如祝

銷　**鑠金也从金肖聲**相邀切二部

鑠　**銷金也从金樂聲**書藥切二部

鍊　**冶金也**冶大徐本譌作治今正湅治絲也練治繒也鍊冶金也皆謂瀾湅欲其精非第冶之而已冶者銷也引申之凡治之使精曰鍊**从金柬聲**此亦形聲包會意郎甸切十四部

釘　**鍊鉼黃金也**周禮職金旅於上帝則共其金版饗諸侯亦如之注曰鉼金謂之版此版所施未聞按今爾雅鉼金謂之鈑鈑系版之譌則鉼當是餅之譌也凡物匾之曰餅鍊餅鍊而成之**从金丁聲**當經切十一部今人用此字則古錯字之義也

錮　**鑄𡫳也**𡫳作塞誤今正凡銷鐵以窒穿穴謂之錮左傳曰子反請以重幣錮之漢書曰下錮三泉**从金固聲**此亦形聲包會意古暮切在五部

鑲　**作型中腸也**型者鑄器之法也其中腸謂之鑲猶瓜中腸謂之瓤也鑲亦用爲向鑲兵器也別一義見釋名**从金襄聲**汝羊切十部

鎔　**冶器灋也**冶者銷也鑄也董仲舒傳曰猶泥之在鈞唯甄者之所爲猶金之在鎔唯冶者之所鑄師古曰鎔謂鑄器之模範也今人多失其義**从金容聲**余封切九部

鋏　**可㠯持冶器鑄鎔者也**冶器者鑄於鎔中則以此物夾而出之此物金爲之故从金**从金夾聲**古叶切八部**讀若漁人夾魚之夾**夾二徐作莢非今正周禮井夾取矢**一曰若挾持**一謂讀若挾持之挾

鍛　**小冶也**小冶謂小作鑪韛以冶金如嵇康之鍛竈是也冶之則必椎之故曰鍛鐵殳部曰段椎物也鍛从段

鋌 ㄉㄧㄥˋ 12定　⿰金曉 ㄒㄧㄠ 19曉　鏡 ㄐㄧㄥˋ 15見　鉹 ㄔˇ 1透　銒 ㄒㄧㄥˊ 3匣　鍾 ㄓㄨㄥ 18端　鑑 ㄐㄧㄢˋ 32見

金會意兼形聲考工記段氏爲鎛器段卽鍛也詩之碫石則鍛質也**从金段聲**丁貫切十四部

鋌　**銅鐵樸也**樸木素也因以爲凡素之偁小徐作朴非也石部曰磺銅鐵樸鋌與磺義同音別亦謂之鋇淮南書曰苗山之鋌**从金廷聲**徒鼎切十一部

⿰金曉　**鐵文也**謂鐵之文理也**从金曉聲**呼鳥切二部

鏡　**景也**景者光也金有光可照物謂之鏡此以疊韵爲訓也鏡亦曰鑒雙聲字也**从金竟聲**居慶切古音在十部

鉹　**曲鉹也从金多聲**尺氏切古音在十七部**一曰鬵鼎**鬲部曰鬵鉹也與此爲轉注**讀若撦一曰詩云侈兮哆兮**宋本皆如此今本作哆兮侈兮一曰下當奪若字謂讀若哆也小徐作一曰若詩曰侈兮之侈同

銒　**佀鍾而長頸**鍾俗本作鍾今從宋本鍾者酒器見下此以相聯爲文矣用此知古酒鍾有腹有頸蓋大其下小其上也**从金幵聲**戶經切古音當在十二部

鍾　**酒器也**古者此器蓋用以宁酒故大其下小其頸自鍾傾之而入於尊自尊勺之而入於觶故量之大者亦曰鍾引申之義爲鍾聚**从金重聲**職容切九部

鑑　**大盆也**盆者盎也夌人春始治鑑注云鑑如甀大口以盛冰置食物於中以禦溫氣春而始治之按鄭云如甀醢人作醢云塗置甀中則鑑如今之甕許云大盆則與鄭說不符疑許說爲是且字从金必以金爲之也**从金監聲**革懺切八部**一曰鑑諸**逗**可㠯取朙水於月**鑑諸當作鑑方諸也轉寫奪字耳周禮司烜氏以夫遂取明火於日以鑒取明水於月注夫遂陽遂也鑒鏡屬取水者世謂之方諸淮南書方諸見月則津而爲水高注方諸謂陰燧大蛤也孰摩令熱月盛時以向月下則水生以銅盤受之下水數滴高說與許鄭異考工記以鑒燧之齊併言則鑑之爲鏡可知也鄭云鏡屬又注考工記云鑒亦鏡也詩云我心匪鑒毛傳曰鑒所以察形蓋鏡主於照形鑑主於取明水本系二物而鏡亦可名鑒是以經典多用鑑字少用鏡者鑑亦叚監爲之是以毛詩宜鑒於殷大學作儀監鄭箋詩云以殷王賢愚爲鏡注大學云監視殷時之

鐈 ㄑㄧㄠˊ 19匣　鏉 ㄉㄨㄟˋ 8定　鋞 ㄒㄧㄥˊ 12匣　鑴 ㄒㄧ 10匣　鑊 ㄏㄨㄛˋ 14匣

鍑 ㄈㄨˋ 22幫　鍪 ㄇㄡˊ 16明　錪 ㄊㄧㄢˇ 3透　銼 ㄘㄨㄛˊ 1從　鉶 ㄒㄧㄥˊ 12匣　鑹 ㄌㄨㄛˊ 1來（鏍）　鎬 ㄏㄠˋ 19匣

事各依文爲說而已尙書監字多有同鑒者

鐈 侣鼎而長足。从金喬聲。巨嬌切二部

鏉 陽鏉也。从金隊聲。按此字非其次疑後人因上說方諸而增之周禮秋官本作遂

鋞 昷器也。昷各本作温今正許書温系水名昷訓仁也昷訓仁故引申爲昷熅字熅下曰昷也𩰫下曰安𩰫昷也凡經史可借用温而許書不宜自相矛盾凡讀許書者知此則九千三百餘文之說解絕無不可通之處矣葢非用其字之本義卽用其字之引申之義斷無有風馬牛不相及者也温訓水名此云温器也是爲風馬牛不相及矣昷器者謂可用熅物之器也 圜而直上。而字依廣韵補 从金巠聲。戶經切十一部

鑴 瓽也。瓦部曰瓽大盆也然則鑴與鑑同物周禮眡祲十煇三曰鑴鄭注鑴讀爲童子佩觿之觿謂日旁氣刺日也按今本周禮注觿譌金旁非是觿者佩角銳耑可以解結故鄭讀鑴爲觿今本作讀如亦非也 从金雋聲。戶圭切十六部

鑊 鑴也。少牢饋食禮有羊鑊有豕鑊鑊所以煑也 从金蒦聲。胡郭切五部

十四篇上　五

鍑 如釜而大口者。如而二字依元應補釜者鬴之或字鬲部曰鬴鍑屬是二篆爲轉注也方言曰釜自關而西或謂之鍑 从金复聲。方副切三部

鍪 鍑屬。从金敄聲。莫浮切三部

錪 朝鮮謂釜曰錪。方言鍑北燕朝鮮洌水之閒或謂之錪或謂之鉼 从金典聲。他典切十二部

銼 銼鑹，銼鑹二字依全書通例補疊韵字 鍑也。从金坐聲。昨禾切十七部

鑹 銼鑹也。从金羸聲。魯戈切十七部

鉶 器也。此禮器也魯頌毛傳曰羹大羹鉶羹也按大羹煑肉汁不和貴其質也鉶羹肉汁之有菜和者也大羹盛之於登鉶羹盛之於鉶鉶羹菜和謂之芼其詳在禮經鉶經典亦作鈃此猶刑罰字本从井作刑非正字也內饔職鉶作刑亦叚借字 从金刑聲。戶經切十一部

鎬 昷器也。从金高聲。乎老切二部 武王所都在長安西上林苑中字亦如此。此於例不當載而特詳之者說叚借之例也土部堋下引春秋傳矣而又曰虞書堋淫於家亦如是謂書朋淫之字亦如此作也武王都鎬本無正字偶用鎬字爲之耳一本有其字之叚借一本無其字之叚借也鎬京或書鄗乃淺人所爲不知漢常山有鄗縣

鏖 ㄠ 21影　銚 ㄧㄠˊ 19定　鋀 ㄉㄡˋ 16定

鏖 昷器也。昷各本作温今正下同廣韵曰鏖銅瓫也今江東尚有鏖孰之語與火部以微火温肉之𤇾義同或作爊或作鏖集韵曰盡死殺人曰鏖糟漢霍去病合短兵鏖皐蘭下是也 一曰金器。則非炊物器 从金麀聲。於刀切古音在三部 讀若奧。小徐有此三字

銚 昷器也。今煑物瓦器謂之銚子讀徒弔切是也 从金兆聲。以招切二部 一曰田器。周頌庤乃錢鎛傳曰錢銚也許下文錢下亦曰銚也古田器銚釋器方言皆作斛釋器曰斛謂之疀郭云卽古鍫臿字方言曰臿燕之東北朝鮮洌水之閒謂之斛趙魏之閒謂之喿銚斛喿三字同卽今鍫字也七遙反亦湯料反今人俗語正切七遙

鋀 酒器也。未聞或曰卽行葦之大斗非是毛傳大斗長三尺謂勺之柄長三尺也 从金𧯷象

十四篇上　六

△𧯷

鐎 ㄐㄧㄠ 19精　鋗 ㄒㄩㄢ 3曉　鏏 ㄨㄟˋ 2匣　鍵 ㄐㄧㄢˋ 3匣　鉉 ㄒㄩㄢˋ 3匣

器形。大口切四部

𧯷 鋀或省金。斲字用爲聲

鐎 鐎斗也。卽刀斗也孟康曰以銅作鐎器受一斗晝炊飯食夜擊持行名曰刀斗荀悅曰刀斗小鈴如宮中傳夜鈴也蘇林曰形如鋗以銅作之無緣受一斗故云刀斗鐎卽鈴也廣韵曰温器三足而有柄 从金焦聲。卽消切二部

鋗 小盆也。廣韵曰銅銚 从金肙聲。火元切十四部

鏏 鼎也。淮南說林訓水火相憎鏏在其閒五味以和注曰鏏小鼎又曰鼎無耳爲鏏 从金彗聲。讀若彗。于歲切十五部

鍵 鉉也。謂鼎扃也以木橫關鼎耳而舉之非是則既炊之鼎不可舉也故謂之關鍵引申之爲門戶之鍵閉門部曰關以木橫持門戶也門之關猶鼎之鉉也 从金 此以木爲而字从金者系於鼎而言之也抑易言金鉉則鍵有金飾之者矣 建聲。渠偃切十四部 一曰車舝。各本作轄今正轄雖亦訓鍵而非正字也舛部曰舝車軸耑鍵也謂鐵貫於軸耑如鼎鉉之貫於鼎耳

鉉 所㠯舉鼎也。所以二字今補汲古閣於

鋊ㄩˋ 14定　鎣ㄧㄥˋ 12影　鐫ㄐㄩㄢ 30精　錠ㄉㄧㄥˋ 12端　鐙ㄉㄥ 26端

舉鼎下增具字今刪正手部曰扛橫關對舉也謂橫關於兩耳露其耑以兩手對舉之非是則難扛也 从金[元]聲 胡犬切十二部按易音義有古冥古螢二反則讀同扃 易謂之鉉禮謂之鼏 鼏音扃與鼏音蜜畫然二物二事易謂之鉉者周易鼎六五鼎黃耳金鉉上九鼎玉鉉是也古說皆云鉉貫於耳顏師古獨云鉉者鼎耳非鼎扃也其說甚誤易言黃耳金鉉則耳與鉉非一物明矣云禮謂之鼏者士冠禮設扃鼏鄭注今文扃爲鉉古文鼏爲密一部皆然攷工記匠人亦作扃許所見禮經扃作鼏卽鼎部所云橫關鼎耳而舉之者也鼏與扃皆以郊冂之冂爲聲扃訓外閉之關音義皆同若鼏則訓鼎葢古音如密今音如覓說詳鼎部許引易禮以博異名猶土部堋下云禮謂之封周官謂之窆也凡單言禮者皆謂禮經今之儀禮也據鄭則禮今文爲鉉矣許何以鉉專系易也許於禮經之字古文是者則從古文今文是者則從今文此從古文作鼏故曰禮謂之鼏也如士喪禮今文銘皆爲名從今文故不錄銘字聘禮士喪禮今文赴作訃從古文故言部不錄訃字士虞少牢特牲古文酯皆作酌許从古文故酉部不錄酯字既夕禮今文窆爲封從今文則以窆專系周官也

鋊 可以句鼎耳及鑪炭 句讀如鉤鉤鼎耳舉之鉤鑪炭出之之器也 从金谷聲讀若浴 余足切三部 一曰銅屑 食貨志民盜摩錢以取鋊

鎣 器也 謂摩鋥之器也以金爲之爾雅注曰䲫鷓膏中鎣刀 从金熒省聲讀若銑 烏定切十一部

鐫 鐵器也 葢銳利之器郭注爾雅用爲今之尖字融巨鐵頂者 从金雋聲 子廉切七部 一曰鐫也 鐫大徐誤作鐫鐫者穿木琢石也

錠 鐙也 廣韵曰豆有足曰錠無足曰鐙[元]應引聲類無豆字誤矣 从金定聲 丁定切十一部

鐙 錠也 祭統曰夫人薦豆執校執醴授之執鐙注曰校豆中央直者也鐙豆下跗也執醴者以豆授夫人執其下跗夫人受之執其中央直者按跗說文作柎闌足也鐙有柎則無足曰鐙之說未可信豆之遺制爲今俗用燈盞徐氏兄弟遂以膏鐙解說文誤矣生民傳曰木曰豆瓦曰登豆薦葅醢登薦大羹箋云祀天用瓦

△鍓　△鋙

鏶ㄐㄧˊ 27從　鍱ㄧㄝˋ 29定　鏟ㄔㄢˇ 3清　鑪ㄌㄨˊ 13來　鏇ㄒㄩㄢˋ 3定　⿰金虒ㄊㄧˊ 10定　鐪ㄌㄨˇ 13來　釦ㄎㄡˋ 16溪　錯ㄘㄨㄛˋ 14清　⿰金御ㄩˇ 13疑　錡ㄑㄧˊ 1疑

豆陶器質也然則瓦登用於祭天廟中之鐙笵金爲之故其字从金 从金登聲 都滕切六部

鏶 鍱也 从金集聲 秦入切七部

鍓 鏶或从咠 咠聲

鍱 鏶也 此謂金銅鐵椎薄成葉者 齊謂之鍱 从金枼聲 與涉切七部

鏟 鏶也 从金產聲 初限切十四部 一曰平鐵 謂以剛鐵削平柔鐵也廣韵曰鏟平木器也凡鏟削多用此字俗多用剗字

鑪 方鑪也 方對下圜言之凡爇炭之器曰鑪定公三年左傳邾莊公自投於牀廢於鑪炭爛遂卒 从金盧聲 洛乎切五部

鏇 圜鑪也 [元]應曰周成難字作欙謂以繩轉軸裁木爲器曰欙按圜鑪之義之引申也古文苑美人賦金帀熏香說者以爲圜鑪 从金旋聲 辝戀切十四部

⿰金虒 器也 从金虒聲 杜兮切十六部

鐪 煎膠器也 煎熬也膠作之以皮故熬之而後成 从金虜聲 郎古切五部

釦 金飾器口 謂以金涂器口許所謂錯金今俗所謂鍍金也漢舊儀大官尚食用黃金釦器中官私官尚食用白銀釦器後漢和熹鄧皇后紀蜀漢釦器班固西都賦[元]墀釦切謂金涂門限也切者門限吳語三軍皆譁釦以振旅韋曰譁釦喧呼此釦乃叚借字 从金口 會意 口亦聲 苦厚切四部

錯 金涂也 涂俗作塗又或作搽謂以金措其上也或借爲措字措者置也或借爲摩厝字厝者厲石也或借爲这遺字東西曰这邪行曰遺也 从金昔聲 倉各切五部

⿰金御 鉏⿰金御也 鉏音牀呂切⿰金御音魚巨切曡韵字齒部齟齬齒不相值也鉏⿰金御葢亦器之能相抵拒錯摩者故廣韵以不相當釋鉏鋙周禮玉人注云駔牙左傳人有名鉏吾者皆此二者之同音叚借 从金御聲 魚舉切五部

鋙 ⿰金御或从吾 吾古讀如魚

錡 鉏⿰金御也 豳風既破我斧又缺我錡傳曰鑿屬曰錡此葢所謂鉏⿰金御者與字或作奇 从金奇聲 魚綺切古音在十七部按豳風音義巨宜反 江淮之閒謂釜錡 大徐錡上有曰字召南維錡及釜傳曰錡釜屬有足曰錡方言曰鍑江淮陳楚之閒謂之錡郭

錍 ㄆㄟ 10幫　鈕 ㄋㄧㄡˇ 21泥
鍤 ㄔㄚ 29清　鉥 ㄕㄨˋ 8定　鍼 ㄓㄣ 28端　鈹 ㄆㄧ 1滂　鎩 ㄕㄚ 2心　△⿰王丑　銎 ㄑㄩㄥ 18溪　鈭 ㄗ 10精　鏨 ㄗㄢˋ 3從　鐫 ㄐㄩㄢ 9精

云或曰三腳釜也音技按詩左傳皆錡釜並言然則本以有足別於釜而江淮語同之耳

鍤 𩫖衣鍼也 𩫖各本作郭今正郭者齊之郭氏虛也𩫖者城𩫖民所度居也古無廓字祇用郭字其實當用𩫖如鼓下云郭皮甲而出此云郭衣皆謂恢廓張衣於版以鍼密鐵其過使伸直今之治裘者正如此是曰𩫖衣其鍼曰鍤鍤之言深入也以爲鍫臿字者失之遠矣 从金臿聲 楚洽切八部

鉥 綦鍼也 綦疑當作長管子一女必有一刀一錐一箴一鉥房注鉥時橘切長鍼也玉篇亦曰長鍼 从金朮聲 食聿切十五部

鍼 所㠯縫也 縫者以鍼紩衣也竹部箴下曰綴衣箴也以竹爲之僅可聯綴衣以金爲之乃可縫衣 从金咸聲 職深切七部今俗作針

鈹 大鍼也 [元]應曰醫家用以破癰 从金皮聲 敷羈切古音在十七部 一曰劒而刀裝者 劒兩刃刀一刃而裝不同實劒而用刀削裹之是曰鈹左傳曰夾之以鈹

鎩 鈹有鐔也 鐔劒鼻也云鈹有鐔者則知鈹有不爲鼻者矣如刀裝之鈹不爲鼻者也賈誼曰鉏櫌棘矜非銛於句戟長鎩張衡曰植鎩縣瞂用戒不虞曰長曰植則鎩有柄有柄故不爲鼻薛綜解一曰鋋似兩刃刀鋋謂其上出之鋒也淮南書飛鳥鎩羽許注曰鎩殘也左思賦亦曰鳥鎩翮此等鎩字乃引申之義鎩可殘羽故凡見殘者曰鎩公羊作摋宋萬臂摋仇牧碎其首何云側手擊曰摋 从金殺聲 所拜反十五部廣韵又所八切

鈕 印鼻也从金丑聲 女久切三部

⿰王丑 古文鈕从王 璽之籀文从玉古文印鈕字从玉蓋初作印時惟以玉爲之也

銎 斤斧穿也 穿者通也詩釋文作斧空也三字謂斤斧之孔所以受柄者豳風毛傳曰方銎曰斨隋銎曰斧隋謂狹長 从金巩聲 曲恭切九部

鈭 鈭錍斧也 斧之一種也疊韵字 从金此聲 卽移切十六部

錍 鈭錍也从金卑聲 府移切十六部

鏨 小鑿也从金斬斬亦聲 藏濫切八部

鐫 破木鐫也 謂破木之器曰鐫也因而破木謂之鐫矣 从金雋聲

十四篇上　九

鑿 ㄗㄨㄛˋ 20從　銛 ㄒㄧㄢ 30心　鈂 ㄔㄣˊ 28定　⿰金危 ㄍㄨㄟˇ 10見　鐅 ㄆㄧㄝ 2滂　錢 ㄐㄧㄢˇ 3精　钁 ㄐㄩㄝˊ 14見　鉏 ㄔㄨˊ 13從

子全切十三部 一曰琢石也 此破木引申之義耳凡似此者皆淺人所增也 讀若瀸 瀸在閉口音非其類

鑿 所㠯穿木也 所以二字今補穿木之器曰鑿因之既穿之孔亦曰鑿矣考工記曰量其鑿深以爲輻廣九辨圜鑿而方枘音家讀曹報反 从金鑿省聲 在各切古音在二部

銛 臿屬 臿大徐作鍤則是郭衣鍼矣臿者舂去麥皮也叚借爲鍫臿卽上文田器之銚也其屬亦曰銛俗作杴廣韵曰古作㮇或作欣皆卽銛字引申爲銛利字賈誼曰莫邪爲鈍鉛刀爲銛漢書音義曰銛利也又按方言曰銛取也此引申叚借之義也孟子以言銛之以不言銛之今本誤作餂 从金舌聲 舌者口舌字非聲當作㐁舌皃也他念切在三篇谷部木部炊竈木之栝此臿屬之銛皆用爲聲篆體亦當改正此息廉切七部八部 讀若棪桑欽讀若鎌

鈂 臿屬也从金冘聲讀若沈 直深切七部

⿰金危 臿金也从金危聲 過委切十六部 一曰⿰金危瑩鐵也 瑩當作鎣猶明也

讀若毀行 毀大徐作跛

鐅 河內謂臿頭金也 郭注方言曰江東謂鐅刃爲鐅 从金敝聲 芳滅切十五部按當依郭氏普蔑反

錢 銚也古者田器 詩毛傳云尒見上文銚字下云古田器者古謂之錢今則但謂之銚謂之臿不謂之錢而錢以爲貨泉之名 从金戔聲 詩曰庤乃錢鎛 周頌臣工文卽淺切十四部 一曰貨也 大徐無此四字按貝部下曰古者貨貝而寶龜周而有泉至秦廢貝行錢檀弓注曰古者謂錢曰泉布周禮泉府注鄭司農云故書泉或作錢外府注云其藏曰泉其行曰布取名於水泉其流行無不遍周語景王二十一年將鑄大錢韋曰古曰泉後轉曰錢玉裁謂秦漢乃叚借錢爲泉周禮國語早有錢字是其來已久錢行而泉廢矣昨先切或曰此不當有一曰貨也四字貝下當云至秦廢貝行泉王莽時錢文尚曰大泉五十曰貨泉

钁 大鉏也 鉏之大者曰钁 从金矍聲 居縛切五部

鉏 立薅斫也 斫也各本作所用也今依廣韵正薅者披去田艸也斫者

十四篇上　十

鈐ㄑㄧㄢˊ 28匣　鏅ㄉㄨㄛˋ 1定　鏺ㄆㄛ 2滂　鉵ㄊㄨㄥˊ 23定　䥯ㄅㄟ 1幫　鎌ㄌㄧㄢˊ 30來　鍥ㄑㄧㄝˋ 2溪　鉊ㄓㄠ 19端　銍ㄓˋ 5端　鎮ㄓㄣˋ 6端　鉆ㄔㄢ 30透

斤也斤以斫木此則斫田艸者也云立薅者古薅艸坐爲之其器曰槈其柄短若立爲之則其器曰鉏其柄長槈之用淺鉏之用可深故曰斫釋名曰齊人謂其柄曰櫌櫌然正直也頭曰鶴似鶴頭也櫌見木部从金且聲士魚切五部俗作鋤按此篆原在下文鉵䥯之閒非其次也故今移此

鈐　鈐鏅逗大犂也犂者耕也鈐鏅雙聲一曰類枱各本作梠誤今正枱耒耑也耒者手耕曲木也耒枱與犂之別一以人一以牛也說文作枱他書作耜若梠者臿也則當云類臿而已从金今聲巨淹切七部

鏅　鈐鏅也从金隋聲徒果切十七部

鏺　网刃有木柄可㠯乂艸网刃如劒然网邊有刃乂芟艸也字或作刈从金發聲讀若撥普活切十五部按癹字與此音同義近

鉵　枱屬也枱大徐作梠今正蓋大徐耒下云耒梠而木部枱音弋之切此部之誤亦同从金蟲省聲讀若同徒冬切九部

䥯　枱屬也枱大徐作梠非从金罷聲讀若嬀彼爲切古音在十七部廣韵作鑼

鎌　鍥也从金兼聲力鹽切七部俗作鐮

鍥　鎌也方言曰刈鉤江淮陳楚之閒謂之鉊或謂之鐹自關而西或謂之鉤或謂之鎌或謂之鍥郭音結刀部曰刎鎌也即方言之刈鉤也从金契聲苦結切十五部

鉊　大鎌也見方言从金召聲止搖切二部方言錐謂之鉊其字从苕取其象苕秀也亦音苕廣雅作此鉊誤矣鎌或謂之鉊張徹說

銍　穫禾短鎌也周頌奄觀銍艾傳曰銍穫也按艾同乂穫也銍所以穫也淺人刪所以二字禹貢二百里納銍某氏曰銍艾謂禾穗亦謂所穫之穗爲銍从金至聲陟栗切十二部

鎮　博壓也博當作簙局戲也壓當作厭笮也謂局戲以此鎮壓如今賭錢者之有椿也未知許意然否引申之爲重也安也壓也从金眞聲陟刃切十二部

鉆　鐵銸也周禮典同注飛鉆涅闇疏引鬼谷子飛鉗从金占聲敕淹切古音在七部讀如砧劉氏渠金反一曰膏車

十四篇上　十一

鑱ㄔㄢˊ 32從

△剡　△槾

銸ㄓㄜˊ 29端　鉗ㄑㄧㄢˊ 32匣　釱ㄉㄧˋ 2定　鋸ㄐㄩˋ 13見　鐕ㄗㄢ 28精　錐ㄓㄨㄟ 7端　銳ㄖㄨㄟˋ 2定　剡　鏝ㄇㄢˋ 3明　鑽ㄗㄨㄢ 3精　鑢ㄌㄩˋ 13來　銓ㄑㄩㄢˊ 3從　銖ㄓㄨ 16定

鐵鉆謂脂其車轂者以器納輨濡膏而染轂中也其器曰鉆鐵爲之

銸　鉆也此與竹部箝義同音近从金耴聲陟葉切八部

鉗　㠯鐵有所劫束也劫者以力脅止也束者縛也从金甘聲巨淹切七部

釱　鐵鉗也鐵御覽作脛平準書釱左趾釱踏腳鉗也狀如跟衣箸足下重六斤以代刖从金大聲特計切十五部

鋸　槍唐也槍唐蓋漢人語廣韵引古史考曰孟莊子作鋸从金居聲居御切五部

鐕　可㠯綴箸物者喪大記君裏棺用朱綠用襍金鐕大夫裏棺用元綠用牛骨鐕注鐕所以琢箸裏按今謂釘者皆是非獨棺釘也从金朁聲則參切七部

錐　銳也此門閒也戶護也之例从金隹聲職追切十五部

鑱　銳也从金毚聲士銜切八部

銳　芒也芒者艸耑也艸耑必銳故引申爲芒角字今俗用鋒鋩字古祇用夆芒从金兌聲以芮切十五部

剡　籀文銳从厂剡从剡厂聲[illegible][illegible]字从此

鏝　鐵杇也杇所以涂也秦謂之杇關東謂之槾从木是則木爲者曰杇金爲者曰鏝許以从木从金別之也戰國策豫讓刃其杇杇而有刃知古者通偁从金曼聲母官切十四部

槾　鏝或从木巳見木部

鑽　所㠯穿也本是器名因之謂穿亦曰鑽从金贊聲借官切十四部

鑢　厝銅鐵也厝作錯誤厝者厲石也故以爲凡砥厲之字厲銅鐵謂之鑢故其字从金周禮注作鐧从金慮聲良據切五部

銓　稱也稱各本作衡今正禾部稱銓也與此爲轉注乃全書之通例稱即今秤字衡者牛觸橫大木其角權衡字經典用之許不尒蓋古權衡二字皆叚借字權爲垂之叚借古十四部與十七部合音是以若干爲若柯桓表爲和表揭灌爲揭戈毛詩觀爲多之借單聲之鼉鄲入戈韵垂古音陀叚權爲之俗乃作錘若衡則叚借之橫字權衡者一直一橫之謂从金稱錘以金爲之故从金全聲此緣切十四部

銖　權十絫黍之重也各本作權十分黍之重也

十四篇上　十二

鋝 ㄌㄩㄝˋ 2來　　鍰 ㄏㄨㄢˊ 3匣

今正權五權也五權銖兩斤鈞柘也厽部曰絫十黍之重也此云銖權十絫黍之重也网部曰兩二十四銖爲一兩斤本無其字以斫木之斤爲之十六兩也鈞三十斤也禾部曰柘百二十斤也按許說與漢律厤志合志曰一龠容千二百黍重十二銖兩之二十四銖爲兩十六兩爲斤三十斤爲鈞四鈞爲石此許所本言十絫黍者謂百黍也必言黍者蒙十黍之重爲絫而言又使兩斤鈞柘黍數可計也若禾部稱下云十二粟爲一分十二分爲一銖則用淮南天文訓與律厤志別爲一說粟者禾實也以今禾黍驗之粟輕於黍遠甚程氏瑤田說 **从金朱聲** 市朱切四部

鋝 十一銖二十五分銖之十三也 各本十一銖作十銖二十五分銖奪銖字今依尚書音義漢蕭望之傳注廣韵十七薛正十一銖計黍千一百云二十五分銖之十三者此用命分之法百黍以四除之凡二十五而除盡命爲二十五分二十五分之十三得五十二黍命爲二十五分銖之十三合十一銖共爲千一百五十二黍 **从金寽聲** 力輟切十五部 **周禮曰重三鋝** 考工記弓人文 **北方㠯二十兩爲三鋝** 三各本無戴仲達作一今依東原師補正師說曰無三字者誤也攷尚書僞孔傳及馬融王肅皆云鍰重六兩鄭康成云鍰重六兩大半兩鋝卽鍰賈逵云俗儒以鋝重六兩此俗儒相傳譌失不能覈實脫去大半兩言之說文多宗賈侍中故曰北方二十兩爲三鋝正謂六兩大半兩爲一鋝也按三鋝爲黍四萬八千

鍰 鋝也 尚書釋文引六鋝也六誤衍鄭注攷工記曰許叔重說文解字云鋝鍰也今東萊謂大半兩爲鈞十鈞爲環環重六兩大半兩鍰鋝似同矣周禮職金正義曰夏侯歐陽說墨罰疑赦其罰百率古以六兩爲率古尚書說百鍰鍰者率也一率十一銖二十五分銖之十三也百鍰爲三斤鄭元以爲古之率多作鍰玉裁按古文尚書呂剕作鍰今文尚書作率亦作選或作饌史記周本紀作率尚書大傳一饌六兩作饌漢書蕭望之傳金選之法作選皆今文尚書也今文謂率六兩說古文者謂鍰六兩大半兩許用古文說者也百鍰爲三斤正與十一銖二十五分銖之十三數相合 **从金爰聲** 戶關切十四部 **書曰** 古本作書曰趙本作

△ 銞

錙 ㄗ 24精　　錘 ㄔㄨㄟˊ 1定　　鈞 ㄐㄩㄣ 6見　　鈀 ㄅㄚˊ 13幫　　鐲 ㄓㄨㄛˊ 17定　　鈴 ㄌㄧㄥˊ 6來　　鉦 ㄓㄥ 12端

虞書曰今按當作周書曰 **罰百鍰** 呂刑文東原師曰鍰鋝篆體易譌說者合爲一恐未然也鍰當爲十一銖二十五分銖之十三攷工記作垸其段借字鋝當爲六兩大半兩史記作率漢書作選其假借字二十五鍰而成十二兩三鋝而成二十兩呂刑之鍰當爲鋝弓人膠三鋝當爲鍰一弓之膠三十四銖二十五分銖之十四不得多至二十兩也

錙 六銖也 爲黍六百鄭注禮記儒行曰八兩爲錙高注詮言訓曰六兩曰錙倍錙曰錘風俗通義曰銖六則錘錘暉也二錘則錙錙熾也二錙則兩也廣韵曰八銖爲錙其說皆乖異不與許合惟高注說山訓曰六銖曰錙八銖曰錘與許說合與詮言注乖異疑說山之注乃許注之僅存者也 **从金甾聲** 甾者或菑字也側持切一部

錘 八銖也 爲黍八百諸家說異見上後八謂稱之權爲錘漢志所謂以輕重爲宜圜而環之今之肉倍好者也古字祇當作垂謂有物垂之而使平 **从金垂聲** 直垂切古音在十七部

鈞 三十斤也 斤者十六兩也三十斤爲銖萬一千五百二十爲絫二十七萬六千四百八十漢志曰鈞者均也陽施其氣陰化其物皆得其成就平均也按古多段鈞爲均 **从金勻聲** 居勻切十二部

銞 古文鈞从旬 古旬勻多通用

鈀 兵車也从金巴聲 伯加切古音在五部 **司馬灋曰晨夜內鈀車** 今司馬法無此文方言箭廣長而薄鐮謂之錍或謂之鈀 **一曰鐵也** 別一義此依韵會本

鐲 鉦也 周禮鼓人以金鐲節鼓鄭注鐲鉦也形如小鐘軍行鳴之以爲鼓節大鄭云讀如濁其源之濁 **从金蜀聲** 直角切三部 **軍灋司馬執鐲** 周禮作公司馬執鐲杜子春云公司馬謂五人爲伍伍之司馬也

鈴 令丁也 令平聲令丁疊韵字晉語十一注丁寧令丁謂鉦也吳語十九丁寧令丁謂鉦也今國語告奪令丁字而存於舊音補音廣韵曰鈴似鐘而小然則鐲鈴一物也古謂之丁寧漢謂之令丁在旂上者亦曰鈴 **从金令聲** 郎丁切古音在十二部

鉦 鐃也佀鈴柄中 句 **上下通** 鐲鈴鉦鐃四者相似而有不同鉦似鈴而異於鈴者鐲鈴似鐘

鐃ㄋㄠˊ 19泥　鐸ㄉㄨㄛˊ 14定　鑮ㄅㄛˊ 13滂

有柄爲之舌以有聲鉦則無舌柄中者柄半在上半在下稍稍寬其孔爲之抵拒執柄搖之使與體相擊爲聲鼓人以金鐃止鼓注曰鐃如鈴無舌有柄執而鳴之以止擊鼓按鐃卽鉦鄭說鐃形與許說鉦形合詩新田傳曰鉦以靜之與周禮止鼓相合**从金正聲**諸盈切十一部

小鉦也鉦鐃一物而鐃較小渾言不別析言則有辨也周禮言鐃不言鉦詩言鉦不言鐃不得以大小別之大司馬仲冬大閱乃鼓退鳴鐃且卻左傳陳子曰吾聞鼓不聞金亦謂聞鼓進聞鐃退也**从金堯聲**女交切二部**軍灋卒長執鐃**見大司馬職五人爲伍五伍爲兩五兩爲卒

大鈴也鼓人以金鐸通鼓注鐸大鈴也謂鈴之大者說者謂軍法所用金鈴金舌謂之金鐸施令時所用金鈴木舌則謂之木鐸按大司馬職曰振鐸又曰撫鐸鄭謂撫掩上振之鐸之制同鈴**从金睪聲**徒洛切五部**軍灋五人爲伍五伍爲兩兩司馬執鐸**見大司馬職

大鐘湻于之屬所㠯應鐘磬也大鐘下當有也字鄭注周禮禮經皆云鑮似鐘而大國語韋注云鑮小鐘也葢誤鄭云似鐘則非鐘也故許旣云大鐘而又云淳于之屬淳于國語周禮注作錞于周禮作錞乃矛戟之鐏也鼓人以金錞和鼓注曰錞錞于也圜如碓頭大上小下樂作鳴之與鼓相和疏謂出於漢之大予樂官韋注吳語曰唐尚書云錞于鐲非也錞于與鐲各異物今按古鐘制隋圜錞于如碓頭正圜許云淳于之屬葢鑮正圜大於編鐘爲後代鐘式正圜之始云所以應鐘磬者大射儀笙磬西面其南笙鐘其南鑮頌磬東面其南頌鐘其南鑮鐘磬編縣鑮特縣於此知鑮所以應鐘磬淳于以和鼓事正相類**堵㠯二金樂則鼓鑮應之**當作堵無鑮全樂則鼓鑮應之周禮曰凡縣鐘磬半爲堵全爲肆注曰鐘磬編縣之二八十六枚而在一虡謂之堵鐘一堵磬一堵謂之肆天子宮縣諸侯軒縣卿大夫判縣士特縣諸侯之卿大夫半天子之卿大夫西縣鐘東縣磬士亦半天子之士縣磬而已今按大射儀樂人所陳諸侯之軒縣全樂有鑮者也若諸侯之卿大夫則二堵而分東西諸侯之士且僅有一堵皆不成肆皆無鑮左傳晉侯賜魏絳以二肆之半鐘一堵磬一堵及一鑮也此君之特賜故有鑮**从金薄聲**匹各切五部周禮國語字作鎛乃是叚鎛鱗字

十四篇上　十五

△

鏞ㄩㄥ 18定　鐘ㄓㄨㄥ 18端　銿　鈁ㄈㄤ 15幫　鎛ㄅㄛˊ 13幫

大鐘謂之鏞爾雅文大雅商頌毛傳皆同惟商頌字作庸古文叚借考工記曰大鐘十分其鼓閒以其一爲之厚**从金庸聲**余封切九部

樂鐘也當作金樂也**秋分之音萬物穜成故謂之鐘**萬故謂之鐘五字今補猶鼓者春分之音萬物郭皮甲而出故謂之鼓笙者正月之音物生故謂之笙管者十二月之音物開地牙故謂之管也鐘與穜疊韵**从金童聲**職茸切九部經傳多作鐘叚借酒器字**古者垂作鐘**葢出世本作篇

鐘或从甬鐘柄曰甬故取以成字甬亦聲

方鐘也廣韵曰鑊屬今義也**从金方聲**形聲包會意府良切十部

鎛鱗也也衍**鐘上橫木上金華也**縣鐘者直曰虡橫曰筍攷工記云鱗屬以爲筍明堂位云夏后氏之龍簨虡注云飾簨以鱗屬又於龍上刻畫之爲重牙然則橫木刻爲龍而以黃金涂之光華爛然是之謂鎛鱗鎛之言薄也迫也以金傳箸之也徐廣之言車亦曰金薄繆龍徐楚金以金博山釋之隨書音樂志云近代加金博山於簨上此非許所謂淮南說金尊云華藻鎛鮮鎛之意略同耳鎛訓迫故田器曰鎛周頌之鎛毛曰鎒也鄭注攷工記曰田器正謂鎒迫地拔艸而有此偁釋名以爲鎛亦鉏類鎛迫也今本釋名作鑮非**从金尃聲**補各切五部**一曰田器詩曰庤乃錢鎛**周頌文

鍠ㄏㄨㄤˊ 15端　鎗ㄑㄧㄤ 15清　鏓ㄘㄨㄥ 18清

鐘聲也从金皇聲乎光切十部**詩曰鐘鼓鍠鍠**周頌文今詩作喤喤毛傳曰和也按皇大也故聲之大字多从皇詩曰其泣喤喤喤喤厥聲玉部曰瑝玉聲也執競以鼓統於鐘總言鍠鍠

鎗鏓二字各本無今依全書例補之雙聲字也**鐘聲也**引申爲他聲詩釆芑八鸞鎗鎗毛曰聲也韓奕作將將烈祖作鶬鶬皆叚借字或作鏘鏘乃俗字漢書禮樂志鏗鎗藝文志作鏗鏘廣雅作鎢鎗**从金倉聲**楚庚切按古音七羊反在十部

鎗鏓也學記曰善待問者如撞鐘

十四篇上　十六

叩之以小者則小鳴叩之以大者則大鳴待其松容然後盡其聲注曰松容謂重撞擊也鎗鏓善狀鐘聲今匙用此者 从金悤聲 倉紅切九部 一曰大鑿中木也 中木也各本作平木者玉篇廣韵竟作平木器今正鑿非平木之器馬融長笛賦鏓硐隤墜李注云說文曰鏓大鑿中木也然則以木通其中皆曰鏓也今按中讀去聲許正謂大鑿入木曰鏓與種植舂杵聲義皆略同詩曰鑿冰沖沖傳曰沖沖鑿冰之意今四川富順縣卭州鑿鹽井深數十丈口徑不及尺以鐵爲杵架高絙而鑿之俗偁中井中讀平聲其實當作此鏓字囪者多孔蔥者空中聰者耳順義皆相類凡字之義必得諸字之聲者如此釋名曰鏓言輻鏓入轂中也鏓入正鏓入之譌

錚 金聲也 後漢書曰鐵中錚錚鐵堅則聲異也玉篇云錚同鎗非是 从金爭聲 側莖切十一部

鏜 鐘鼓之聲也 鼓部曰鼞鼓聲也引詩擊鼓其鼞爲其字之从鼓也此引詩擊鼓其鏜葢有韓毛之異與邶風傳曰鏜擊鼓聲也許以其从金故先之以鐘曰鐘鼓之聲相如賦作閶鞈司馬法曰鼓聲不過閶皆叚借字 从金堂聲 土郎切十部 詩曰擊鼓其鏜

十四篇上 七

鑋 金聲也 从金輕聲 苦定切十一部篇韵皆有去盈切 讀若春秋傳鑋而乘它車 昭公廿六年左氏傳文今左傳作鑿而乘他車則不可通矣鑿葢即脛字亦或作踁林雍既斲足乃以脛築地而行故謂之脛

鐔 劒鼻也 攷工記曲禮少儀所謂劒首也通藝錄曰劒鼻謂之鐔鐔謂之珥又謂之環一謂之劒口有孔曰口視其旁如耳然曰珥面之曰鼻對末言之曰首玉裁按莊子說劒凡五事曰鋒鍔脊鐔夾鋒者其耑許書之鏠字左傳所謂劒末也鍔者其刃許之㓷字脊者其身中隆處記因之有兩從臘廣之偁也鐔者其鼻玉部所謂設璏處也夾者其柄鐔在其耑記所謂莖許刀部所謂釗也印鼻劒鼻瓜鼻皆謂鼻者鼻猶初也始生子爲鼻子 从金覃聲 徐林切七部廣韵徒含切

鏌 鏌釾 逗 大戟也 大徐無大戟字小徐及臣瓚賈誼傳注李善羽獵賦注李賢杜篤傳注引許皆同淺人但知莫邪爲劒故刪之也應劭司馬貞顏師古皆主劒說非許意史記趙良司馬相如皆云干將之雄戟張揖曰吳王劒師干將所造者也然則干將莫邪古說皆謂戟矣 从金莫聲 慕各切五部

釾 鏌釾也从金牙聲 以遮切古音在五部疊韵字也漢郭究碑作鋣杜篤傳注引同

鏢 刀削末銅也 削者刀鞞也私妙切俗作鞘刀室之末以銅飾之曰鏢鞞用革故其末飾銅耳而高誘注天文訓云標讀如刀末爲鏢通俗文曰刀鋒爲鏋皆自刀言不自刀室言與許說異矣 从金㶾聲 撫招切二部

鈒 鋋也 廣韵云戟也又云鈒鏤皆非古義 从金及聲 穌合切七部

鋋 小矛也 矛者酋矛長二丈建於兵車者也其小者可用戰曰鋋坶誓立爾矛是也鄭風魯頌有二矛秦風有厹矛方言曰矛或謂之鋋師古注漢書曰鋋鐵把短矛也 从金延聲 市連切十四部

鈗 侍臣所執兵也从金允聲周書曰一人冕執鈗讀若允 按顧命作執鋭僞孔傳云鋭矛屬也陸氏音義云鋭以稅反不言說文作鈗讀若允與其說文作鏦作錢作鏧作凭作詫詳引許書之例不合此可疑一也顧氏玉篇無鈗字有鋭字云徒會切矛也在鈒鋋之下鉈鏦錟之上正與說文列字次弟同惟易鈗爲鋭耳此可疑二也漢書長揚賦兖鋋瘢耆張佖引說文同今本以釋兖謂兖當作鈗是說文今本至南唐張佖乃見之與小徐本同此可疑三也廣韵十七準無鈗字惟十四泰鋭杜外切矛也是可知陸法言切韵孫愐唐韵皆無鈗矣此可疑四也集韵至十四太鋭徒外切矛屬毛氏禮部韵略黃氏韵會皆同以至毛居正六經正誤云鋭矛屬許氏說文音兊廣韵徒外切今音以稅切非也當從說文廣韵音岳珂九經三傳沿革例云顧命執鋭說文以爲兵器注中釋爲矛屬是則南宋時所據許書古本尚有釋鋭爲兵器讀若兊者非純用大小徐本也此可疑五也竊謂顧命本作鋭說文亦本有鋭無鈗鋭篆一廁於鋋下鉈上訓曰矛屬从金兊聲周書曰一人冕執鋭一曰芒也次出劂篆訓云籒文鋭也今校說文當如是改移而徑刪鈗篆○又徒外切者執鋭舊音必許云讀若兊故相沿如此音也以稅切者訓芒之鋭音尚書音義以稅反恐是李昉陳鄂所擅改而非

十四篇上 六

鉈ㄕㄜˊ 1定　鏦ㄘㄨㄥ 18清　△𨪍　錟ㄊㄢˊ 32定　鏠ㄈㄥ 18滂 (鋒)　鐓ㄉㄨㄟˋ 9定　鐏ㄗㄨㄣˋ 9從　鏐ㄌㄧㄡˊ 21來　鍭ㄏㄡˊ 16匣

陸氏本書也

鉈短矛也方言曰矛吳揚江淮南楚五湖之閒謂之鍦或謂之鋋或謂之鏦按鍦即鉈字廣雅作鍦晉書丈八鉈矛左右盤从金它聲食遮切古音在十七部

鏦矛也从金從聲七恭切九部今楚江切

𨪍鏦或从彖非聲也未詳元應曰字詁云古文𨪍穳二形今作穳同鑹亂切字林云穳小矛也按𨪍與鏦當是各字而同義从金彖聲今說文轉寫有誤

錟長矛也本義也史記錟戈在後又非錟於句戟長鎩叚爲銛利字也劉伯莊云四廉反而毛晃讀同剡从金炎聲讀若老耼徒甘切八部

鏠兵耑也兵械也耑物初生之題引申爲凡物之顛與末凡金器之尖曰鏠俗作鋒古亦作夆山之顛曰夆古無峯字从金逢聲敷容切九部

鐓矛戟柲下銅鐏也柲欑也欑積竹杖也矛戟之矜以積竹杖爲之其首非銅裹而固之恐易散故有銅鐏故字从金秦風毛傳曰鐓鐏也从金敦聲徒對切古音在十三部方言鐏謂之釬注曰或名爲鐓音頓元應書卷廿一引說文作鐓而謂梵經作錞乃樂器錞于字然則東晉唐初說文作鐓可知玉篇廣韵皆鐓爲正字錞注同上曲禮進矛戟者前其鐓釋文云又作錞而已舊本皆作𦎫聲篆作錞今更正詩曰厹矛沃鐓秦風文厹各本作叴今正沃今詩作鋈車部引詩沃以觼軜字亦作沃許書無鋈字之證也以白金固鐓謂涂銀於銅也

鐏柲下銅也曲禮曰進戈者前其鐏後其刃進矛戟者前其鐓注云後刃敬也三兵鐏鐓雖在下猶爲首也銳底曰鐏取其鐏地平底曰鐓取其鐓地按鐏地可入地鐓地著地而已知古鐓讀如敦也鄭析言之許渾言不析者蓋銳鈍皆可爲非必戈銳而矛戟鈍也曲禮或互文耳从金尊聲徂寸切十三部

鏐弩眉也从金翏聲力幽切三部一曰黃金之美者見爾雅釋器鄭本尚書厥貢鏐鐵注同漢地理志亦作鏐韋昭云紫磨金

鍭矢金族翦羽謂之鍭族各本作鏃今正㫃部曰族矢鏠也束之族族也是可以證矣大雅傳曰鍭矢參亭參亭者考工記所謂一在前二在後也釋器曰金鏃翦羽謂之鍭从金矦聲乎鉤切四部按此篆鍇無鉉有攷儀禮記作翭矢羽部翭羽本也一曰羽初生皃翦羽生也一曰矢羽然則翭矢以翦羽得名不以金族爲義小徐本是大徐非也當從小徐刪正○按爾雅翦羽不翦羽依許說一有羽一無羽也孫炎訓翦爲斷非

鍜ㄒㄧㄚˊ 13匣

鏑ㄉㄧ 11端　鎧ㄎㄞˇ 7溪　釬ㄏㄢˋ 3匣　錏ㄧㄚ 13影　鐗ㄐㄧㄢˋ 3見　釭ㄍㄤ 18見　銴ㄕˋ 2定

鏑矢鏠也謂矢族之入物者古亦作鍉是聲啇聲同部也从金啇聲都歷切十六部

鎧甲也甲本十干之首从木戴孚甲之象因引申爲甲冑字古曰甲漢人曰鎧故漢人以鎧釋甲从金豈聲苦亥切古音在一部

釬臂鎧也管子戒曰弛弓脫釬房注釬所以扞弦按房非也禮射時著左臂者謂之遂亦謂之拾若戰陳所用臂鎧謂之釬兩臂皆著之又非無事時所著臂衣謂之韝也从金干聲矦旰切十四部

錏錏鍜逗疊韵字也頸鎧也漢刑法志三屬之甲蘇林曰三屬者兜鍪也盆領也髀褌也按盆疑當作益益領即錏鍜許兜部曰兜鍪首鎧也月部曰冑兜鍪也此云錏鍜頸鎧也則與蘇說三屬同矣从金亞聲烏牙切古音在五部

鍜錏鍜也从金叚聲乎加切古音在五部

鐗車軸鐵也此與舝異義舝者車軸耑鍵也謂以鐵鍇毌軸頭而制之也若車軸之在釭中者以鐵鍱裹之謂之鐗釋名曰鐗閒也閒釭軸之閒使不相摩也按釭中亦以鐵鍱裹之則鐵與鐵相摩而轂軸之木皆不傷乃名鐵之在軸者曰鐗在轂者曰釭从金閒聲古莧切十四部

釭車轂中鐵也木部曰橾車轂中空也今攷工記作藪大鄭云藪讀爲蜂藪之藪謂轂空壺中也按壺中謂三十輻所趨非以鐵鍱裹之懼其易傷也其裏之鐵鍱曰釭因之壺中亦曰釭釋名曰釭空也其中空也方言曰自關而西謂之釭引申之凡空中可受者皆曰釭漢書曰昭陽宮壁帶爲黃金釭函藍田璧是也俗謂膏鐙爲釭亦取凹處盛膏之意如方言釭亦曰鍋也釭有鐵則軸又易傷故又有鐗从金工聲古雙切九部本音工

銴車樘結也木部曰樘衺柱也古音堂今音丑庚切考工記注曰堂讀如掌距之掌車掌之掌然則車樘漢人語也急就篇釋名作棠劉熙曰棠

釳ㄒㄧˋ（釳）
8曉

蹉也在車网旁蹉幰使不得進卻也今按从金斷聲讀若其結曰鍪其制未詳蓋可以系車幰者誓時制切十五部一曰銅生五色也如古銅器朱翠之色

𨥇（釳）棨輿馬頭上防釳乘輿天子之車防古多作方方釳者其名下言其制插以翟尾鐵翮句象角句所以防网羅釳去之司馬彪輿服志曰乘輿金根安車立車皆方釳插翟尾劉注引顏延之幼誥曰釳乘輿馬頭上防釳角所以防網羅釳以翟尾鐵翮象之也玉裁按得顏語而後象角之義明翮者羽莖也蔡邕獨斷曰方釳鐵也廣數寸在馬騣後有三孔插翟尾其中薛解西京賦曰方釳謂轅旁以五寸鐵鏤錫此字有誤中央低兩頭高如山形而貫中以翟尾結著之轅兩邊恐馬相突也蔡云在馬髦後薛云在轅兩邊馬髦之後正負轅處也與許云在馬頭上者不同依西京賦既言金鍐又言方釳蔡邕曰金鍐者馬冠也高廣各五寸上如玉華形在馬髦前則馬頭上有金鍐方釳不在馬頭也鍐取㚇字之義㚇者𡿺蓋也然許云以防网羅罣礙則應在馬頭上許意馬頭無金㚇有方釳从金气聲許訖切十五部

十四篇上　圭

鑾ㄌㄨㄢˊ
3來

鑾人君乘車四馬鑣八鑾鑣上當有四字每鑣二鑾四馬故四鑣四鑣故八鑾也鑣者馬銜也銜者馬勒口中也許云人君乘車四馬者人君兼天子諸侯言此破天子駕六之說也五經異義易孟京春秋公羊說天子駕六毛詩說天子至大夫同駕四士駕二詩云駟騵彭彭武王所乘龍旂承祀六轡耳耳魯僖所乘四牡騑騑周道倭遲大夫所乘謹按禮王度記曰天子駕六諸侯與卿大夫駕四大夫駕三士駕二庶人駕一與易春秋同鄭駁曰周禮校人掌王馬之政凡頒良馬而養乘之乘馬一師四圉四馬爲乘此一圉養一馬而一師監之也尚書顧命諸侯入應門皆布乘黃朱言獻四黃馬朱鬣也既實周天子駕六校人則何不以馬與圉以六爲數顧命諸侯何以不獻六馬易經時乘六龍者謂陰陽六爻上下耳豈故爲禮制王度記云今天子駕六者自是漢法與古異大夫駕三者於經無以言之玉裁謂許造說文云人君駕四馬與異義異與鄭駁同此說文爲許晚年定論之一證也云四鑣八鑾者此破鑾在衡之說也秦風正義曰鑾和所在經無正文經解注引韓詩內傳曰鑾在衡和在軾又大戴禮保傳篇文與韓詩說同故鄭依用之蓼蕭傳曰在軾曰和在鑣曰鑾箋不易之異義載禮戴氏詩毛氏二說謹案云經無明文且殷周或異故鄭亦不駁商頌烈祖箋云鑾在鑣以無明文且殷周或異故鄭爲兩解玉裁謂鄭箋駟鐵云置鑾於鑣異於乘車也烈祖箋大馭注則云鑾在衡許本無定說而造說文云四鑣八鑾宗毛氏此又說文爲許晚年定論之二證也八鑾三見詩字作鸞

鉞ㄏㄨㄟˋ
2曉

鈴象鸞鳥之聲此釋名鑾之義鸞者赤神之精赤色五采雞形鳴中五音頌聲作則至爲鈴系於馬銜之网邊聲中五音似鸞鳥故曰鑾小雅鑾刀傳曰鑾刀刀有鑾者言割中節也禮記曰聲和而後斷也今詩亦作鸞刀矣若崔豹古今注云五輅衡上金雀鸞也鸞口銜鈴故謂之鑾司馬氏輿服志云乘輿鸞雀立衡卽韓詩戴禮在衡曰鑾之說而爲之鳥形恐非古矣聲龢則敬也聲字今補龢字今正玉藻曰君子在車則聞鸞和之聲行則鳴佩玉是以非僻之心無自入也从金鸞省此舉會意包形聲洛官切十四部

十四篇上　圭

鍚ㄧㄤˊ
15定

𨥇（鉞）車鑾聲也从金戉聲詩曰鑾聲鉞鉞徐鉉等曰今俗作鐬以鉞作斧戉之戉非是呼會切十五部玉裁按詩采菽鸞聲嘒嘒傳曰中節也泮水鸞聲噦噦傳曰言其聲也釋文不言有作鐬者鼎臣何以云今作鐬與攷玉篇廣韵皆有鐬字注呼會切鈴聲也而泮水噦噦呼會反鑾聲卽鈴聲然則古本毛詩非無作鐬鐬者故篇韵猶存其說鐬爲正字采菽嘒嘒呼惠反殆叚借字許訓噦爲气啎見於內則詩不得以狀鑾聲或叚借可也以戉聲之字狀鸞聲尤殊不類鐬从歲聲歲从戌聲戌聲歲聲則與鑾聲相似詩言和鑾雝雝宮聲也車綏行舒徐聲也八鑾鎗鎗鑾聲鉞鉞鳴玉鑾之秋秋商聲也車將止舌與鈴相摩聲也疑古毛詩泮水本作鉞鉞後乃變爲鐬字許所據作鉞戌聲辛律切變爲鐬呼會切當鼎臣兄弟時說文鉞篆譌鉞而鼎臣兄弟乃仍以呼會切之蓋昧其遷移原委矣鉞字之存於今者爲鋸聲爲鍼鉞

𨥇（鍚）馬頭飾也韓奕傳曰鏤鍚有金鏤其鍚也箋云眉上曰鍚刻金飾之今當盧也按人眉目閒廣揚曰揚故馬眉上飾曰鍚盧卽顱字从金陽聲

銜ㄒㄧㄢˊ 28匣　鑣ㄅㄧㄠ 19幫　𧤗　鉣ㄐㄧㄝˊ 31見　鈇ㄈㄨ 13幫

與章切十部今經典作鍚詩曰鉤膺鏤鍚一曰鍱車輪鐵也鍱車輪謂以鐵鍱附車輪箸地匊帀處也其鍱謂之鍚銜馬勒口中也也當作者革部曰勒馬頭落銜也落謂絡其頭銜謂闔其口統謂之勒也其在口中者謂之銜落以鞈爲之鞈生革也銜以鐵爲之故其字从金引申爲凡口含之用从金行會意戶監切蓋金亦聲在七部銜者所吕行馬者也所以字今補凡馬提控其銜以制其行止此釋从行之意鑣馬銜也馬銜橫毌口中其兩耑外出者系以鑾鈴又巾部曰幩馬纏鑣扇汗也蓋扇汗亦繞於兩耑从金麃聲補嬌切二部𧤗鑣或从角蓋古或以角之至堅者爲之鉣組帶鐵也按組上疑當有馬字从金劫省聲讀若劫居怯切八部鈇斫莝刀也各本作莝斫刀今按尹翁歸傳注作斫莝刀後漢馮魴傳注但云莝刀近是而尚奪字莝者斬芻也斬芻之刀今之劕刀禮記屢言鈇鉞秋官掌戮注曰斬以鈇鉞若今要斬

釣ㄉㄧㄠˋ 20端　鏊ㄓˋ 2端

殺以刀刃若今棄市古多訓鈇爲椹質文選冊魏公九錫文引倉頡篇鈇椹質也鉞斧也公羊傳曰不忍加之鈇鑕鑕卽質何休云斬要之制范睢曰匈當椹質要待斧鉞漢王訢傳暴勝之將斬訢訢已伏質而仰言因壯而貰之然則斬人皆胸伏椹質說倉頡者謂椹質爲鈇以古詩斬芻之質謂之稾砧隱語夫字言之說倉頡者是也然則許此解當云莝刀質也俗人不得其解因刪去質字耳若五經文字云鈇音斧又與斧同則甚繆誤後漢獻帝紀加鈇鉞虎賁注引倉頡篇鈇斧也此奪去椹質也鉞四字爲俗誤所本从金莝刀之質古蓋鐵爲之夫聲甫無切五部讀上聲者非釣鈎魚也鈎者曲金也以曲金取魚謂之釣从金勺聲多嘯切二部鏊羊箠也耑有鐵也字依廣韵補箠者所以擊馬也因之擊羊者謂之羊箠其耑有鐵故字从金淮南道應訓曰白公罷朝而立倒杖策錣上貫頤高注云策馬捶端有針以刺馬謂之錣倒杖策故錣貫頤也又氾論訓注曰錣檇頭箴按錣卽許之鏊字捶同箠檇者箠也馬箠亦耑有鐵其用同也曲禮所謂策彗卹勿

鋃ㄌㄤˊ 15來　鐺ㄉㄤ 15端　鋂ㄇㄟˊ 24明

从金埶聲讀若至脂利切十五部廣韵入至薛二韵是入緝韵誤也鋃鋃鐺逗疊韵字瑣也瑣俗作鎖非瑣爲玉聲之小者引申之彫玉爲連環不絕謂之瑣漢以後罪人不用纍紲以鐵爲連環不絕係之謂之鋃鐺遂製鎖字漢西域傳陰末赴琅當德謂以長鎖鎖趙德也正文本無鎖字今本乃作鎖琅當德殊爲不辭琅當叚借字也若宮室青瑣以青畫戶邊爲瑣文故楚辭注曰文如連瑣从金良聲魯當切十部鐺鋃鐺也从金當聲都郎切十部今俗用爲酒鎗字楚庚切鋂大環也一環毌二者環各本作瑣毌原作貫今正盧令三章曰盧重鋂傳曰鋂一環貫二也上文重環傳云子母環謂以一環毌一環此云一環毌二以一毌二則一環差大故許知爲大環也玉篇廣韵皆云大環用許之舊詩正義引說文鋂環也一環貫二由其以大環貫小環釋子母環遂刪此大字而云環固未誤也非綿連者不得云瑣犬飾以纓環不以瑣且犬既有紲矣何爲施以大鋃鐺乎○韵會一環貫二者五字在每聲之下蓋此五

鍡ㄨㄟˇ 8影　鑸ㄌㄟˇ 7來　鎎ㄒㄧˋ 8曉　鋪ㄆㄨ 13滂

字後人所增从金每聲莫桮切古音在一部詩曰盧重鋂齊風文鍡鍡鑸逗疊韵字不平也莊子有畏壘之山史記作畏累虛玉篇云鍡鑸亦作碨礧从金畏聲烏賄切十五部鑸鍡鑸也从金壘聲洛猥切十五部鎎怒戰也怒則有氣戰則用兵故其字从金氣氣者气之段借字也从金愾省此會意而愾省亦聲也今本作氣聲乃上下不毌許既切十五部哀公問音義曰愾許乞反又許氣反春秋傳曰諸侯敵王所愾愾各本作鎎今正春秋傳者文公四年左傳文杜曰敵猶當也愾恨怒也心部曰愾大息从心氣是則王所愾王所怒也敵王所怒故用金革此引以證會意之恉與引艸木麗乎地說麗引豐其屋說豐引莫可觀於木說相引在同之野說駉同意許於愾下云从心氣氣亦聲是謂氣卽气字此作从金氣春秋傳敵王所愾亦無不合凡此校正私謂必符許意知我罪我所不計也鋪箸門抪首也抪各本作鋪依舞賦李注正手部曰抪捫持也捫持者古

鐉 3從　鈔 19清　錔 27透

者箸門爲蠃形謂之椒圖是曰鋪首以金爲之則曰金鋪以青畫瑣文鏤中則曰青瑣見西京蜀都賦注按大雅鋪敦淮濆箋云陳屯其兵於淮水之上此謂段鋪爲敷也今人用鋪字本此江漢淮夷來鋪傳曰鋪病也則謂段鋪爲痡也**从金甫聲**普胡切五部

鐉　所已鉤門戶樞也門戶樞有不利轉者以此鉤轉之也**一曰治門戶器也**別一義**从金臾聲**此緣切十四部按玉篇釋爲六兩所劣切者此尚書大傳饌訓六兩誤字

鈔　叉取也叉者手指相遣也手指突入其閒而取之是之謂鈔字从金者容以金鐵諸器剌取之矣曲禮曰毋剿說剿卽鈔字之叚借也今謂竊取人文字曰鈔俗作抄**从金少聲**楚交切二部

錔　㠯金有所冒也冃各本作冒凡覆乎上者頭衣之義之引申耳輡下曰轂耑錔也錔取重沓之意故多借沓爲之漢外戚傳切皆銅沓黃金涂謂以銅冒門限以黃金涂銅也高注呂覽郈氏金距云以利鐵作假距沓其距上卽服注左傳以金錔距也手部揩下曰亦曰鞳也**从金沓聲**形聲包會意他荅切八部

鈌 2影　銽 2見

劉 21來　鏉 21心　鏃 17精　⿰金亶 3端　鉻 14來

銽　斷也未聞**从金昏聲**古活切十五部

鉻　鬄也鬄者鬀髮也亦謂之鉻俗作剃作鬀**从金各聲**盧各切五部

⿰金亶　伐擊也从金亶聲旨善切十四部

鏃　利也今用爲矢鏃之族與許不同疑後所增字**从金族聲**作木切三部

鈌　剌也从金夬聲於決切十五部

鏉　利也玉篇廣韵云鐵生鏉也亦曰鉎此今義非古義也古云鐵繡作釆**从金欶聲**所右切三部

鐂　殺也般庚重我民無盡劉君奭咸劉厥敵左傳成十三年虔劉我邊垂釋詁劉殺也書孔傳左杜注同**从金刀**此會意从金殺義未著必从金刀而後著**丣聲**丣者古文酉也力求切三部此篆二徐皆作鐂別無劉篆鐂古書罕用古未有姓鐂者且與殺義不協其義訓殺則其文定當作劉楚金疑脫劉篆又疑鐂之丣下本作刀轉寫譌田後說是也竹部有䉧劉聲水部有瀏劉聲又劉劉杙又劉向劉歆以許訂許此必作劉若無劉字劉聲無本矣今輒更正篆文以截斷衆疑至若此字丣聲非丣聲絕無可疑者二徐固皆不誤葢凡丣聲之字皆取曡韵而又雙聲丣丣皆在古音第三部而各有其雙聲故二聲不可淆混東漢一代持卯金刀之說謂東卯西金從東方王於西也此乃讖緯鄙言正馬頭人持十屈中止句一例所謂不合孔氏古文謬於史籀之野言許之所以造說文者正爲此等矯而煣之隱而栝之使六書大明以視何休之恃此說經其相去何如也正劉爲劉許君之志也或疑其有忌諱而隱之夫改字以惑天下後世君子不出於此

錉 9明　鉅 13匣　鎕 15定

錉　業也賈人占錉从金昏聲武巾切十二部按此字必後人所增必當刪者史漢賈人緡錢字从糸李匪曰緡絲也以貫錢也引詩維絲伊緡如淳引胡公云緡錢爲緡者詩云氓之蚩蚩抱布貿絲故謂之緡也不知何人因二千一算改爲錉字正如矢族改爲鏃耳以業訓之尤不可通

鉅　大剛也孫卿議兵篇曰宛鉅鐵釶慘如蠭蠆史記禮書本之曰宛之鉅鐵施鑽如蠭蠆徐廣云大剛曰鉅按引申爲鉅大字**从金巨聲**其呂切五部

鎕　鎕銻逗雙聲字**火齊也**玉部曰玫瑰火齊也然則鎕銻卽玫瑰也廣韵火齊似雲母重沓而開色黃赤似金出日南齊讀去聲**从金唐聲**徒郎切十部

銻 4定　鈋 1疑　鐓 9端　鍒 21泥　錭 21定　鈍 9定

銻　鎕銻也从金弟聲杜兮切十五部

鈋　吪圜也吪動也謂本不圜變化而圜也廣韵曰鈋刓也去角也**从金化聲**五禾切十七部

鐓　下𠂹也鐓之言隤也故爲下垂**一曰千斤椎**椎所以擊也周禮注槍雷椎椁千斤椎若今衆舉以築地者是也秦始皇造鐵鐓重不可勝刻作力士像以祭之鐓乃可移動若朱亥袖四十斤鐵椎張良爲鐵椎重百廿斤皆其細也**从金敦聲**都回切古音敦十三部按下𠂹千斤椎二義皆鐓之餘義矛戟柲下銅鐏下𠂹而重引伸之爲此二義葢後人分別增一篆改鐓篆爲鐔耳似刪之無不可者

鍒　鐵之耎也耎猶偄也偄者弱也鍒正爲鉅之反**从金柔柔亦聲**耳由切三部

錭　鈍也今俗謂挫抑人爲錭鈍讀如刀**从金周聲**徒刀切古音在三部

鈍　錭也古亦叚頓爲之**从金屯聲**徒困切十

鉥 ㄑㄧˊ 4從　錗 ㄋㄟˇ 7泥　幵 ㄐㄧㄢ 3見　勺 ㄕㄠˊ 20定　与 ㄩˇ 13定

三部今**鉥利也**周易喪其資斧子夏傳及衆家並作齊應劭云齊利也然則鉥爲正字齊爲叚借字**从金朿聲讀若齊**徂奚切十五部

今**錗側意**司部曰䛐者意內而言外也側意猶側䛐錗郎今之歪字唐人曰夭邪**从金委聲**女恚切十六部

文百九十七按鍇本百九十六無鍊字張次立補之

重十三

幵平也凡岐頭兩平曰幵幵字古書罕見禹貢道岍及岐許書無岍字葢古祇名幵山後人加之山旁必岐頭平起之山也用幵爲聲之字音讀多岐如汧麓鳽研姸確在先韵音之近是者也如井刑形邢鈃人清青韵此轉移之遠者也如幷栟入齊韵此轉移更遠者也幵从二干古音仍讀如干何以證之䲭文栞讀若刊小篆作栞然則干幵同音可知刑罰字本从井刑剄字从幵畫然異字異音今則絕不知有从井之字以刑代荆音義兩失而凡刑聲幷聲之字盡失古音得吾說存之而後大略可證**象二干對冓**冓原作構今正**上平也**干郎竿之省古賢切古音在十四部**凡幵之屬皆从幵**

文一

勺枓也二字依元應書卷四補木部枓下云勺也此云勺枓也是爲轉注考老之例也考工記勺一升注曰勺尊斗也斗同枓謂挹以注於尊之枓也士冠禮注亦云尊斗所以㪺酒也今皆譌尊升不可通矣詩酌以大斗毛云長三尺謂其柄**所㠯挹取也**所以二字依息夫躬傳顏注補顏之訓詁多取諸許也挹者抒也勺是器名挹取者其用也㪺所以則體用圜矣**象形中有實與包同意**外象其哆口有柄之形中一象有所盛也與包同意謂包象人褱子勺象器盛酒漿其意一也李陽冰曰勺从勹裹之勹失之勺象張口豈同弇口哉此字當依考工記上灼反中庸市若反篇韵時灼市若切大徐之若切非也今俗語猶時灼切二部俗作杓**凡勺之屬皆从勺**

与賜予也賜予也予寿人也推**一勺爲与**下从勺一者推而予之余吕切五部**此與予同意**大徐作此与與同小徐作此卽與同惟小徐祛妄內作與予皆同近是今正以一推勺猶以丨推𠃊也故曰同意與攩與也从舁義取共舉不同与也今俗以與代与與行而与廢矣

文二

十四篇上　毛

几 ㄐㄧ 4見　凭 ㄆㄧㄥˊ 26並　凥 ㄐㄩ 13見

几凥几也凥各本作踞今正凥几者謂人所凥之几也凥処也処止也古之凥今悉改爲居乃改云居几既又改爲蹲踞俗字古人坐而凭几蹲則未有倚几者也几俗作机左傳設机而不倚周易渙奔其机皆俗字**象形**象其高而上平可倚下有足居履切十五部**周禮五几玉几彫几彤几髹几綮几**周禮司几筵職文綮几今周禮作漆几葢許所據不同髹者桼也**凡几之屬皆从几**

凭依几也依者倚也凭几亦作凴几叚借字臥則隱几**从任几**三字今正任几猶言倚几也會意皮冰切六部**周書曰凭玉几**顧命文今尚書作憑衛包所改俗字也古叚借祇作馮凡馮依皆用之**讀若馮**馮从馬仌聲故其讀同也

凥処也各本作處今正凡尸得几謂之凥尸卽人也引申之爲凡凥処之字既又以蹲居之字代凥別製踞爲蹲居字乃致居行而凥廢矣方言廣雅凥処字皆不作居而或妄改之許書如家凥也宋凥也寁凥之速也褱無禮凥也害羣凥也之類皆改爲居而許書之脈絡不可知矣**从尸几**會意九魚切五部**尸得几而止也**釋會意之恉較舊本增三字**孝經曰仲尼凥**孝經首章首句也今作居許君受魯國三老所獻衛宏所校古文孝經如是釋文引鄭本亦作凥顏氏家訓云仲尼居三字之中三倉尼旁益丘說文尸下施几如此之類何由可從甚爲紕繆鄭所據者古文眞本尼字亦是孔子命名取字本義何云不可從也**凥**逗**謂閒凥如此**此釋孝經之凥卽小戴之孔子閒居也鄭目錄曰退朝而處曰燕居退燕避人曰閒居閒居而與曾子論孝猶閒居而與子夏說愷弟君

十四篇上　兲

処 ㄔㄨˇ 13透　△處　且 ㄐㄩ 13精

子故孝經之凥謂閒凥閒凥卽凥義之引申但閒凥之時實凭几而坐故直曰仲尼凥也如此謂尸得几

止也人遇几而止引申之爲凡凥処之字俗分別其上去**从夂几**夂讀若黹從後致也人兩脛後有致之者至乎几而止故字从夂几昌與切五部**夂得几而止也**此釋會意之恉以上八字與舊本不同今更正如此又以上三篆皆會意而不入人部尸部夂部者重几也

處或从虍聲今或體獨行轉謂処俗字

文四　重一

所㠯薦也所㠯二字今補薦當作荐今不改者存其舊以示人推究也薦訓獸所食艸荐訓薦席薦席謂艸席也艸席可爲藉謂之荐故凡言藉當曰荐而經傳薦荐不分凡藉義皆多用薦實非許意且古音俎所以承藉進物者引申之凡有藉之詞皆曰且凡語助云且者必其義有二有藉而加之也云嫜且苟且者謂僅有藉而無所加粗略之詞也凡經注言且字者十有一鄉飲酒禮注同姓則以伯仲別之又同則以且字別之言同姓之中有伯仲同者則呼某甫也少牢饋食禮注伯某之某且字也士喪禮父某甫注云某甫且字也若言山甫孔甫士虞禮適爾皇祖某甫注云某甫且字也若言尼甫又曲禮有天王某甫注云某甫且字也檀弓烏呼哀哉尼甫注云因且字以爲之諡䄏記陽童某甫注云某甫且字也坊記魯春秋猶去夫人之姓曰吳其死曰孟子卒注云孟子之子葢其且字又公羊傳宣十五年王札子殺召伯毛伯注云札者冠且字也桓四年天王使宰渠伯糾來聘注云宰渠伯糾天子下大夫繫官氏且字定四年劉卷卒注云劉卷氏采不名且字古言表德之字謂之且字往往可證者如是葢古二十而冠祇云某甫五十而後以伯仲某甫者所以藉伯仲也故鄭注禮之某甫如是何注春秋之札卷糾皆爲且字與鄭無不合作正義者多不能憭致轉寫多譌而其不譌者固可攷而知也經注之且字非許書則不憭矣若周頌傳曰萋且敬愼皃且此也則毛公傳於故訓者也**从几**句**足有二橫**句**一**逗**其下地也**橫音光卽桄字今俗語讀光去聲是也合鄭閟宮箋明堂位注言之有虞氏斲木爲四足而巳夏后氏中足爲橫距之象周人足閒有橫橫下有跗似乎堂後有房故云大房按跗許作柎闌足也闌足者週圍之足空其底之下也造字之時象其直者四橫者二置於地故以一象地子余切又千也切古音嫭在五部**凡且之屬皆从且**

△**古文㠯爲且又㠯爲几字**上㠯爲二字衍文也古文且字無二橫者鄭注明堂位曰有虞氏以梡斲木爲四足而巳夏后氏始中足爲橫距是也又以爲几字者古文叚借之法几亦箸於地故几且同字古文字少此字大徐本捝去从小徐本補入

俎 ㄗㄨˇ 13精

禮俎也禮謂經之俎也**从半肉在且上**仌爲半肉字如酋谷有半水字會意字也魯頌傳曰大房半體之俎也按半體之俎者少牢禮上利升羊載右胖下利升豕右胖載於俎是也故曰禮俎半部曰胖半體肉也側吕切五部

𧆨 ㄗㄨˇ 13從

且往也且往言姑且往也匆遽之意**从且**此不用且之本義如豋登不用豆之本義**虍聲**昨誤切五部篇韵字體皆不同

文三　重一

斤 ㄐㄧㄣ 9見

斫木斧也此依小徐本凡用斫物者皆曰斧斫木之斧則謂之斤**象形**橫者象斧頭直者象柄其下象所斫木舉欣切十三部**凡斤之屬皆从斤**按此篆象形之下當有一曰十六兩也六字乃與金部銖鈞兩部兩禾部柘合成五權十黍爲絫附見於絫下斗二升曰觳附見於鬲下說文之例正如此班固說五權曰斤曰斤明也卽爾雅毛傳之斤斤察也

斧 ㄈㄨˇ 13幫

所㠯斫也所㠯二字今補斧之爲用廣矣斤則不見於他用也葢其制有異矣白與黑相次文曰黼葢如畫斧然故亦曰斧藻**从斤父聲**方矩切五部

斨 ㄑㄧㄤ 15清

方銎斧也銎者斤斧空也毛詩傳曰隋銎曰斧方銎曰斨隋讀如妥謂不正方而長也**从斤爿聲**七羊切十部**詩曰又缺我斨**豳風破斧文按許不偁七月偁此者明斧斨之

斫 ㄓㄨㄛˊ 14端　斪 ㄑㄩˊ 16匣　斸 ㄓㄨˊ 17端　斲 ㄓㄨㄛˊ 16端　△ 𣃔　釿 ㄧㄣˊ 28疑　所 ㄙㄨㄛˇ 13心　斯 ㄙ 24心　斮 ㄓㄨㄛˊ 14精　斷 ㄉㄨㄢˋ 3定

用不專伐木也 **擊也** 擊者攴也凡斫木斫地斫人皆曰斫矣 **从斤石聲** 之若切古音在五部

斫斸 逗 **所目斫也** 各本無斫斸所目四字今補爾雅斫斸謂之定斫斸合二字成文斫之言鉤也斸之言斫也考工記車人注作句欘斤斧所以斫木斫斸所以斫地 **从斤句聲** 其俱切四部

斫斸也 原作斫也今依全書通例正木部有欘字所以斫也齊謂之茲其葢實一字 **从斤屬聲** 職玉切三部

斫也从斤盟聲 小徐有聲鍇曰非聲鉉曰盟器也斤以斲之皆不知古音者也古音三部四部同入今音析入三覺竹角切

斲或从丮畫聲 大徐作从畫从丮篆體作劃今依玉篇正畫聲猶盟聲也

劑斷也 劑者齊也小徐無斷字釋名曰釿者謹也板廣不可得制削又有節則用此釿之所以詳謹合平滅斧迹也六書故曰釿魚斤切似錫而小按此篆葢从斤金聲讀若呻吟之吟其義謂以斤斧之屬制斷金鐵物也今俗閒謂戾斷堅爲釿斷當卽此字劉成國以謹也釋之葢已失其義誤其音非許入斤部之恉矣 **从斤金聲** 聲字今補古音在七部大徐宜引切

伐木聲也 伐木聲乃此字本義用爲處所者叚借爲処字也若王所行在所之類是也用爲分別之䛐者又从処所之義引申之若予所否者所不與舅氏同心者之類是也皆於本義無涉是眞叚借矣 **从斤戶聲** 疏舉切五部 **詩曰伐木所所** 小雅伐木文首章伐木丁丁傳曰丁丁伐木聲次章伐木許許傳曰許許柹皃此許許作所所者聲相似不用柹皃之說用伐木聲之說者葢許以毛爲君亦參用三家也今按丁丁者斧斤聲所所則鋸聲也

析也 以疊韵爲訓陳風曰墓門有棘斧以斯之傳曰斯析也叚借訓爲此亦疊韵也殷其霝傳曰斯此也 **从斤其聲** 其聲未聞斯字自三百篇及唐韵在支部無誤而其聲在之部斷非聲也息移切十六部 **詩曰斧目斯之**

斬也 斬者截也截者斷也斫用衺斮截用正 **从斤㫺聲** 側略切古音在五部

截也 戈部截下曰斷也今人斷物讀上聲物巳斷讀去聲引申之義爲決斷讀丁貫切 **从斤㡭** 會意徒玩切十四部廣韵徒管切 **㡭古文絕** 見系部

△ 䣃　△ 㫁　𣃍 ㄌㄤˇ 15來　新 ㄒㄧㄣ 6心　斦 ㄧㄣˊ 9疑　斗 ㄉㄡˇ 16端　斛 ㄏㄨˊ 17匣　斝 ㄐㄧㄚˇ 13見

古文斷从㠯㠯古文叀字 見叀下 **周書曰䣃䣃猗無它技** 秦誓文許所據壁中古文也

亦古文斷

柯擊也 柯廣韵作相 **从斤良聲** 來可切按此音恐譌古音當讀如琅十部

取木也 取木者新之本義引申之爲凡始基之偁采芑傳曰田一歲曰菑二歲曰新田其一耑也 **从斤亲聲** 當作从斤木辛聲非從亲聲也息鄰切十二部

二斤也闕 二斤也言形而義在其中爾雅毛傳曰斤斤明也葢其義與闕者言其義其音未之聞也大徐語斤切質字从此

文十五　重三

十升也 賈昌朝作升十之也此篆叚借爲斗陗之斗因斗形方直也俗乃製陡字 **象形有柄** 上象斗形下象其柄也斗有柄者葢象北斗當口切四部許說俗字人持十爲斗魏晉以後作升似升非升似斤非斤所謂人持十也 **凡斗之屬皆从斗**

十斗也 律厤志曰量者躍於龠合於合登於升聚於斗角於斛考工記豆實三而成觳受斗二升鬲部亦曰斗二升曰觳然則謂觳卽斛者謬也 **从斗角聲** 胡谷切三部

玉爵也夏曰醆 小徐如此大徐作琖皆許所無周禮量人音義曰琖側產反劉昌宗本作湔音同按古當用戔字後人以意加旁 **殷曰斝周曰爵** 見明堂位及毛詩傳魯祀周公爵用玉琖仍雕周禮祭統皆云玉爵然則三代皆飾玉可知故許統云玉爵也禮運醆斝及尸君非禮也鄭云先王之爵惟魯與王者之後得用之其餘諸侯用時王之器而巳大雅洗爵奠斝箋云用殷爵者尊兄弟也明堂位注曰斝畫禾稼也 **从斗冂象形** 二徐本皆譌今正之如此从斗而上象其形也 **與爵同意** 爵从鬯从又而𠂆象形斝从斗而冂象形故云同意也此三爵者其狀各異今惟爵有存者耳古雅

十四篇上

切古音在五部**或說斝受六升**考工記爵受一升而已酸斝未聞也或說斝容六升故字从斗

量也量者稱輕重也稱其輕重曰量稱其多少曰料其義一也知其多少斯知其輕重矣如稻重一秙為粟二十斗是也引申之凡所量度豫備之物曰料讀去聲**从米在斗中**米在斗中非盈斗也視其淺深而可料其多少此會意**讀若遼**洛蕭切二部廣韵又去聲

量也此量讀五量之量**从斗臾聲**以主切古音在四部**周禮曰桼三斞**桼各本譌求今正攷工記弓人文鄭注斞輕重未聞許亦但云量也一弓之膠甚少與論語攷工記之庾絕異

蠡柄也此蠡非蟲齧木中乃本無其字依聲叚借之字見瓢字下又見蓋字下方言則从瓜作蠡矣楊雄曰瓢也郭云瓠勺也判瓠為瓢以為勺必執其柄而後可以挹物執其柄則運旋在我故謂之斡引申之凡執柄樞轉運皆謂之斡賈誼鵩鳥賦云斡流而遷張華勵志詩云大儀斡運皆是也或叚借筦字楚詞云筦維焉繫天極焉加或作斡字程氏瑤田云考工記旋蟲謂之幹蓋斡之譌也**从斗**瓢亦料之類故从斗**𣃔聲**烏括切古音在十四部匡謬正俗云斡音筦不音烏活反引陸士衡愍思賦為證按其字𣃔聲則顏說是也然俗音轉為烏括切又作捾作斡亦於六書音義無甚害也**楊雄杜林說皆㠯為軺車輪斡也**漢志楊雄倉頡訓纂一篇杜林倉頡訓纂倉頡故各一篇軺車者小車也小車之輪曰斡亦取善轉運之意亦本義之引申也

蠡斗也斗當作料古斗料通用然許例以義為別料勺也抒蠡之勺也史記趙襄子使廚人操銅料以食代王及從者行斟陰令宰人以料擊殺代王是也引申者羹汁也魁頭大而柄長毛詩傳曰大斗長三尺是也引申之凡物大皆曰魁如檀弓不為魁游俠傳曰閭里之俠原涉為魁翟方進傳芋魁百官志里有里魁皆是北斗七星魁方杓曲魁象首杓象柄也若國語注小阜曰魁即說文自字之叚借亦未嘗不取料首之意**从斗鬼聲**苦回切十五部

平斗斛量也月令角斗甬正權槩鄭注角正皆謂平之也角者斠之叚借字今俗謂之校音如教因有書校讎字

作此者音義雖近亦大好奇矣**从斗冓聲**古岳切古在三部四部之入聲

勺也勺玉篇廣韵作酌按許以盛酒行觴為酌則水漿不曰酌料曰勺用料挹注亦曰勺詩洞酌彼行潦挹彼注茲則勺酌古通也勺之謂之斟引申之盛於勺者亦謂之斟方言斟汁也北燕朝鮮冽水之閒曰斟左傳羊斟不與趙世家張儀列傳廚人進斟是也又引申之凡增益謂之斟方言曰斟益也南楚凡相益而又少謂之不斟凡病少愈而加劇亦謂之不斟或謂之何斟言雖少損無所益也勺之斟之多少在己故凡處分曰斟勺今多用斟酌○左傳華元殺羊食士其御羊斟不與此羊斟謂羊汁也宋世家說此事云華元殺羊以食士其御羊羹不及可以證左傳之解矣傳當本作其御羊羊斟不與上羊其名也故字叔牂君子謂羊斟非人也其羊斟之謂乎二斟字衍文淮南子作羊羹不斟謂不益也呂覽察微篇羊斟為人名亦是淺人增斟也**从斗甚聲**職深切七部

抒也抒各本从木今正手部曰抒者挹也挹者抒也水部浚抒也革部鞭所以抒井也臼部舀抒臼也凡以斗挹出之謂之斜故字从斗音轉義移乃用為衺俗人乃以人之衺正作邪物之衺正作斜其可歎有如此者**从斗余聲讀若荼**荼當作余今似嗟切古音在五部

挹也挹亦抒也詩箋禮注皆用⿰奭斗皆謂挹酒於尊中也如鄭說則賓筵之仇乃此字之叚借**从斗奭聲**舉朱切古音蓋在三部故鄭得以易仇字

量物分半也量之而分其半故字从斗半漢書士卒食半菽孟康曰半五斗器名也王邵曰言半量器名容半升也今按半卽㪵也廣韵㪵注五升然則孟康語升誤斗王劭語斗誤升當改正集韵云一曰升五十謂之㪵當有誤人日食五升菽略同周官之人月二龠也字从半斗卽以五升釋之許意不尒**从斗半半亦聲**博慢切十四部

量旁溢也大徐無旁非旁者溥也形聲包會意**从斗旁聲**普郎切十部

抒扁也扁各本作滿誤元應作漏為是依許義當作扁謂抒而扁之有所注也元和汪元亮曰今賣酒家汲酒於甕中之器名曰酒端傾入於扁筧而注於酒斠是其物也通俗文曰汲取曰⿰䜌斗

斣 17透　⿸广斛 19透　升 26透

从斗䜌聲俱願切十四部相易物俱等爲斣从斗蜀聲昌六切三部今南俗有此語而篇韵皆丁豆切按小徐本無此篆

斛旁有庣也庣各本作⿸广斛今正斛旁有庣謂斛中有寬於方尺之處若作有⿸广斛是斛外有物名⿸广斛矣漢律麻志曰量者龠合升斗斛也其法用銅方尺而圜其外旁有庣焉鄭氏曰庣過也算方一尺所受一斛過九氂五豪然後成斛劉徽注九章算術曰晉武庫中所作銅斛其篆書字題斛旁云律嘉量斛方一尺而圜其外庣旁九氂五豪冪一百六十二寸深一尺積一千六百二十寸容十斗及斛底律嘉量斗方尺而圜其外庣旁九氂五豪冪一百六十二寸深一寸積一百六十二寸容一斗升居斛旁合龠在斛耳上與律麻志同按庣旁者謂方一尺而又寬九氂五豪也不寬九氂五豪則不容十斗故製字从斗庣會意从斗庣聲形聲中包會意也土雕切二部庣字不見於許書今按卽窕之異體穴部曰窕深肆極也釋言曰窕肆也又曰窕閒也毛傳曰窈窕幽閒也此以幽釋窈以閒釋窕窕訓肆則爲過乎方尺訓閒則爲方尺又寬九氂五豪从广與从穴同也今篆體去其首筆則非是爾雅釋文玉篇廣韵皆作⿸广斛一曰突也此卽鄭氏過也之意也一曰⿸广斛利也此又一義爾雅曰⿸广斛謂之疀古田器也⿸广斛者金部銚之叚借字銚者田器此云古田器者所以明六書之叚借也詳銚下

十合也十合各本作十龠誤今正律麻志曰合龠爲合十合爲升十升爲斗十斗爲斛而五量嘉矣作十龠則不可通古經傳登多作升古文叚借也禮經注曰布八十縷爲升升字當爲登今之禮皆爲升俗誤已行久矣按今俗所用又作陞經有言升不言登者如周易是也有言登不言升者左傳是也从斗象形斛左耳爲升右耳爲合ㄥ以象耳形也各本作亦象形非識蒸切六部合龠爲合龠容千二百黍十字各本無今補不補則五量惟升斗斛見於本書且失其相絫之數矣絫下云增也一曰十黍之重正爲銖字張本鬲下云鼎屬實五觳又云斗二升曰觳正爲角部觳下無此義故補之亼部合下無一曰十龠爲合之文龠部下無一曰龠容千二百黍之文此處之當補正同鬲下非沾足也合龠爲合見律麻志而尚書正義引作十龠月令正義引作合通典引作十六典說唐制作合是漢書古本不同要以下文云合者合龠之量躍於龠合於合廣雅二龠曰合斷之知十龠之非矣古者一分一合謂之判合叚是十龠則此量不得名合不得云合於合合二龠爲合猶之十二銖兩之爲兩也

文十七小徐十六

矛 21明　△⿰矛戈　⿰矛害 2溪　⿰矛良 15來　矠 14從　矜 6見

酋矛也建於兵車長二丈見考工記記有酋矛夷矛酋矛常有四尺夷矛三尋鄭注酋夷長短酋之言遒也酋近夷長矣按許不言夷矛者兵車所不建不常用也魯頌箋云兵車之法左人持弓右人持矛中人御象形考工記謂之刺兵其刃當直而字形曲其首未聞直者象其柲左右蓋象其英鄭風傳云重英矛有英飾也魯頌傳云朱英矛飾也按矛飾蓋縣毛羽據鄭箋則毛傳云重喬累荷也者所以縣毛羽也莫浮切三部凡矛之屬皆从矛

古文矛从戈

矛屬廣韵曰短矛从矛良聲力當切十部

矛屬从矛害聲苦蓋切十五部

矛屬魯語矠魚鼈以爲夏槁韋云矠⿰扌族也⿰扌族刺魚鼈以爲槁儲也按此矠字引申之義也周禮作簎魚鼈注云謂杈刺泥中搏取之莊子擉鼈於江東京賦毒冒不⿰扌族皆音近義同者也从矛昔聲讀若笮士革切古音在五部按當依周禮槍昔反國語七亦反

矛柄也方言曰矛其柄謂之矜釋名曰矛冒也刃下冒矜也下頭曰鐏鐏入地也按曲禮戈曰鐏矛戟曰鐓金部渾言之不別也矜本謂矛柄故字从矛引申爲戈戟柄故過秦論棘矜卽戟柄字从令聲令聲古音在眞部故古叚矜爲憐毛詩鴻鴈傳曰矜憐也言叚借也釋言曰矜苦也其義一也若矜夸矜持矜式無羊傳矜矜以言堅彊菀柳傳矜危也皆自矛柄之義引申之蓋矛柄取長直立於地坶誓曰偁爾戈立爾矛此謂戈柄短矛柄長也故諸義皆由是引申从矛令聲各本篆作矜解

紐 ㄋㄡˇ 21泥

車 ㄔㄜ 13透

云今聲今依漢石經論語溧水校官碑魏受禪表皆作矜正之毛詩與天臻民旬塡等字韻讀如鄰古音也漢韋元成戒子孫詩始韻心晉張華女史箴潘岳哀永逝文始入蒸韵由是巨巾一反僅見方言注過秦論李注廣韵十七眞而他義則皆入蒸韵今音之大變於古也矛柄之字改而爲矜云古作矜他義字亦皆作矜从今聲又古今字形之大變也徐鉉曰居陵切又巨巾切此不達其原委之言也

紐 刺也从矛丑聲 女久切三部篇韵女六切

文六　重一

車 輿輪之總名也 車之事多矣獨言輿輪者以轂輻牙皆統於輪軾較軫軹轛皆統於輿輈與軸則所以行此輿輪者也故倉頡之制字但象其一輿兩輪一軸許君之說字謂之輿輪之總名言輪而軸見矣渾言之則輿輪之總名析言之則惟輿偁車以人所居也故攷工記曰輿人爲車 夏后時奚仲所

△ 䡴

軒 ㄒㄩㄢ 3曉

造 左傳曰薛之皇祖奚仲居薛以爲夏車正杜云奚仲爲夏禹掌車服大夫然則非奚仲始造車也明堂位曰鉤車夏后氏之路也毛詩元戎傳曰元大也夏后氏曰鉤車先正也殷曰寅車先疾也周曰元戎先良也箋云鉤者鉤股曲直有正也俗本譌甚今依釋名及音義改正葢奚仲時車制始備合乎句股曲直之法古史攷云少昊時加牛禹時奚仲加馬 象形 謂象兩輪一軸一輿之形此篆橫視之乃得古音居在五部今尺遮切釋強爲之說耳名曰古者曰車聲如居言行所以居人也今曰車車舍也行者所處若屋舍也韋昭辯釋名曰古惟尺遮切自漢以來始有居音按三國時尚有歌無麻遮字祇在魚歌韵內非如今音也古音讀如袪以言車之運行不讀如居但言人所居止老子當其無有車之用音義去於反此車古音也然考工記輿人爲車是自古有居音韋說未愜也 凡車之屬皆从車 䡴 籒文車 从戈者車所建之兵莫先於戈也从重車者象兵車聯綴也重車則重戈矣

軒 曲輈藩車也 謂曲輈而有藩蔽之車也曲輈者戴先生曰小車謂之輈大車謂之轅人所乘欲其安故小車暢轂梁輈大車任載而已故短轂直轅艸部曰藩者屛也服虔注左傳薛綜解東京賦劉昭注輿服志皆云車有藩曰軒皆同許說許於藩車上必云曲輈者以輈穹曲而上而後得言軒凡軒舉之義引申於此曲輈所謂軒轅也杜注左傳於軒皆曰大夫車定九年曰犀軒卿車 从車干聲 虛言切十四部藩俗作轓

輜 ㄗ 24精

輜 輜軿 逗 衣車也 五字依定九年左傳正義所引衣車謂有衣蔽之車非釋名所云所以載衣服之車也倉頡篇曰軿衣車也霍光傳曰昌邑王略女子載衣車李善二京賦注引張揖云輜重有衣車也左傳陽虎載葱靈杜曰葱靈輜車名賈逵曰葱靈衣車也有葱有靈 軿車前衣也車後爲輜 九字依文選任彥昇策秀才文劉孝標廣絕交論二注所引前有衣爲軿車後有衣爲輜車上文渾言之此析言之也軿之言屛也輜之言載也二篆互文見義輜亦有蔽軿亦可載故每渾言不別列女傳齊孟姬曰立車無軿非敢受命此軿爲蔽前之證也釋名曰軿車四面屛蔽婦人所乘云四面未諦又曰有邸曰輜無邸曰軿邸如四圭有邸之邸讀如底宋書禮志引字林軿車有衣蔽無後轅其有後轅者謂之輜劉昭注輿服志引同而奪四字有後轅無後轅卽有邸無邸之說此於前衣後衣之外別爲一說 从車甾聲 側持切一部

軿 ㄆㄥˊ 12並

輼 ㄨㄣ 9影

軿 輜軿也 各本上解作軿車前衣車後也此解作輜車也皆誤今依全書通例正之輜軿俗多聯舉故備析言渾言之解周禮苹車之萃鄭曰苹猶屛也所用對敵自隱蔽之車也杜子春云苹車當爲軿車據此則兵車亦有軿車矣 从車幷聲 薄丁切廣韵又部田切按古音當在十四部

輼 臥車也 史記始皇崩於沙丘不發喪棺載輼涼車中百官奏事宦者輒從輼涼車中可其奏漢霍光傳載光屍柩以輼輬車孟康曰如衣車有窻牖閉之則溫開之則涼故名之輼輬車也師古曰輼輬本安車可以臥息後因載喪飾以柳翣故遂爲喪車耳輼者密閉輬者一旁開窻牖各別一乘隨事爲名後人既專以載喪又去其一總爲藩飾而合二名呼之耳按顏說是也本是二車可偃息者故許分解曰臥車始皇本紀上渾言曰輼輬車下言上輼車臭以屍實在輼車不在輬車也

輬 ㄌㄧㄤˊ 15來　軺 ㄧㄠˊ 19定　輕 ㄑㄧㄥ 12溪　輶 ㄧㄡˊ 21定　輣 ㄆㄥˊ 26並　軘 ㄊㄨㄣˊ 9定

古二車隨行惟意所適从車盈聲烏魂切十三部輬臥車也史記作涼从車京
聲呂張切十部軺小車也漢平帝紀立軺併馬服虔曰立軺立乘小車也从車召聲
以招切二部輕輕車也三字句周禮輕車之萃鄭曰輕車所用馳敵致師之車也漢之發材官輕
車亦謂兵車輕本車名故字从車引申爲凡輕重之輕作音者乃以經之輕車讀遣政反古無是分別矣从車
巠聲去盈切十一部輶輕車也輶車即輕車也本是車名引申爲凡輕之偁大雅德輶如毛箋
云輶輕也此引申之義也从車酋聲以周切三部詩曰輶車鑾鑣秦風四驖文傳曰輶
輕也此本義也輣樓車也樓各本作兵今正光武紀衝輣撞城李賢引許愼云輣樓車也李注文選
亦曰樓車前書敘傳注鄧展作兵車乃或用以改許書耳从車朋聲薄庚切古音在六部軘兵
車也軘車見左傳宣十二年襄十一年服虔曰屯守之車杜預曰兵車名从車屯聲徒魂切十三部

幢 ㄔㄨㄥ 18透　轈 ㄔㄠˊ 19從　輯 ㄐㄧˊ 27從

幢陷敶車也敶者列也見攴部於此可見古戰陣字用此矣用陳者叚借字也作陣者俗字也大
雅與爾臨衝傳曰臨臨車也衝衝車也釋文曰說文作幢陷陣車也定八年左傳主人焚衝釋文亦云爾前後漢書
衝輣衝皆卽幢字李善曰衝字略作幢从車童聲尺容切九部轈兵車高如巢
吕望敵也左傳正義引兵高車加巢以望敵與釋文及今本不同今本爲長篇韻皆云若巢亦今本也今
左傳作巢車杜曰巢車車上爲櫓此正言櫓似巢不得言加巢宣十五年傳晉使解揚如宋楚子登諸樓車服虔曰
樓車所以窺望敵軍兵法所謂雲梯者杜曰樓車車上望櫓从車巢聲此形聲包會意鉏交切二部
春秋傳曰楚子乘轈車成十六年左傳文乘今本作登依九經字樣所引爲古本輯
車輿也各本作車和輯也大誤今正自轈篆以上皆車名自輿篆至軜篆皆車上事件其閒不得有車和之
訓許書列字次弟有倫可攷而知也叚令訓爲車和則此篆當與軼輴輦軭軔輟軫輦諸篆爲類列子湯問篇唐殷

輿 ㄩˊ 13定　䡬 ㄇㄢˊ 3明　軓 ㄈㄢˋ 28並

敬順釋文引說文輯車輿也殷氏所見未誤大元礥上九崇崇高山下有川波其人有輯航可與過測曰高山大川
不輯航不克也此輯謂輿山必輿川必航而後可過是古義見於子雲之書非無可徵也輿之中無所不居無所不
載因引申爲斂義喪大記檀弓之輯杖輯屨是也又爲和義爾雅輯和也版詩毛傳同公劉傳曰和睦也引申義行
本義遂廢淺人少可多怪改易許書此字从車之恉遂不可得而聞矣从車咠聲秦入切七部
輿車輿也車輿謂車之輿也攷工記輿人爲車注曰車輿也按不言爲輿而言爲車者輿爲人所居
可獨得車名也軾較軫軹轛皆輿事也从車舁聲以諸切五部䡬衣車蓋也衣車
上文之輜軿是也四圍爲衣上爲蓋皆以蔽輿也故廁於輿下集韻云一曰戰車以遮矢也从車曼聲
䡬之言幔也莫半切十四部軓車軾前也杜子春注大馭職鄭司農注軓人後鄭注少儀皆曰
軓謂車軾前也秦風陰靷鋈續傳曰陰揜軓也戴先生云車旁曰輢式前曰軓皆揜輿版也軓以揜式前故漢人亦

呼曰揜軓詩謂之陰攷工記輈人軓前十尺書或作軓大馭祭軓杜子春云軓當爲軓禮記少儀祭范鄭曰大馭作
祭軓軓與范聲同按其字蓋古文作軓今字作軓叚借作范范又譌范此岐出之由也鄭於少儀注謂軾前於輈人
注云軓是軓法也謂輿下三面材輢軾之所封持車正也其說亦互異攷工注取範圍之意謂軾前及兩輢所封皆
爲軓析言之則曰軾前从車凡聲大徐但云音範廣韻防錽切古音在七部周禮曰立當
前軓周禮大行人上公立當車軓侯伯立當前侯諸子立當車衡前侯自唐石經已下皆譌作前疾而詩小雅
疏論語疏皆作前侯不誤此偁前軓從來謂前侯之異文今按非也蓋周禮車軓本作前軓前軓者前乎軓也自車
軓以至車衡八尺幾半而前侯介其中前侯者前乎下垂拄地者也其相去尺寸之差也若作車軓謂專頭則自軓
至前侯凡七尺五寸有餘而自前胡歫衡四尺有餘而已恐非也軹軓軌三字互譌甚多戴先生集中曾作文辨之
今又知許引周禮軓字爲是軹乃字形之誤若侯誤爲軓聲形皆無當也○又按周禮注車軹軓也最不可通依輈

軾 ㄕˋ 25透

輅 ㄌㄨˋ 14來

較 ㄐㄧㄠˋ 19見

人大馭注正之則必經文作軓注云車軓也以今字注古字也舊迷漢讀攷說未了今於此正之

軾　車歬也　此當作車輿前也不言輿者輿人爲車車即輿也輿之在前者曰軾在旁者曰輢皆輿之體非與輿二物也戴先生曰軾與較皆車闌上之木周於輿外非橫在輿中較有兩在兩旁軾有三面故說文槩言之曰車前軾卑於較者以便車前射御執兵亦因之伏以式敬玉裁謂輿四圍旁謂之輢前謂之軾軾卑於較二尺二寸說詳先生考工記圖　从車式聲　賞職切一部經傳多作式者古文叚借也

軨　車輪歬橫木也　婁敬傳脫輓輅蘇林曰輅音凍洛之洛一木橫遮車前二人挽之三人推之劉昭注輿服志曰韵集云軛前橫木曰輅按軛前當依許作軨前輓輅之車用人不用牛馬疑有轅無軛也禮經既夕篇賓奉幣由馬西當前輅注曰輅轅縛所以屬引疏曰謂以木縛車轅上以屬引於上而挽之是喪車亦有轅無軛輅之見於經者此而已矣若左傳梁由靡號射輅秦伯狃狡輅鄭人皆謂車前相接可以禽之此輅引申之義也故杜曰輅迎也應邵注漢云輅謂以木當胷以挽車廣韵用之改其字作輅形與義皆非以木當胷乃今之絳板與輅各物解嘲云婁敬輅脫輓謂委車前橫木脫絳板也輅非胷前木也　从車各聲　洛故切五部按當依蘇林孟康廣韵音胡格反乃合若近代用輅爲路車字其淺俗不足道也

較　車輢上曲鉤也　各本作車騎上曲銅也今依李善西京賦七啓二注正攷工記車人以其廣之半爲之式崇以其隧之半爲之較崇較高五尺五寸高於軾者二尺二寸也戴先生曰左右兩較故衛風曰猗重較兮毛傳重較卿士之車因詩辭傳會耳非禮制也玉裁按較之制葢漢與周異周時較高於軾高處正方有隅故謂之較較之言角也至漢乃圜之如半月然故許云車上曲鉤曲鉤言句中鉤也圜之則亦謂之車耳其飾則崔豹云文官青耳武官赤耳西京賦云戴翠帽倚金較荀卿及史記禮書云彌龍以養威彌許書作黂解云乘輿金耳也皆謂較爲龍形而飾以金司馬氏輿服志乘輿金薄繆龍爲輿倚較是其義也下文公列侯安車倚鹿然則較辨尊卑自周已然故劉熙曰較在箱上爲辜較也重較其較重卿所乘也毛公謂重較卿士之車必有所受之矣惟較可辜推尊卑故其引申爲計較之較亦作校俗作挍凡言校讎可用較字史籍計較字亦用覺　从車爻聲　古岳切古音讀如交在二部今字作較周禮故書校作摧

軓 ㄈㄢˇ 3幫

轛 ㄉㄨㄟˋ 8端

輒 ㄓㄜˊ 29端

輢 ㄧˇ 1影

軜 ㄋㄚˋ 9透

軓　車耳反出也　車耳即較也其反出者謂之軓反出謂圍角有邪倚向外者也漢景帝詔吏六百石以上皆長吏也或不更服出入閭里與民無異令長吏二千石車朱兩轓千石至六百石朱左轓應劭曰車耳反出所以爲之藩屏翳塵泥也二千石雙朱其次乃偏朱其左軓以簟爲之或用革按此說師古非之是也轓與軓兩物兩字轓蔽也許軒下云曲軵藩車字作藩詩之茀周禮之蔽左傳以藩載欒盈輿服志畫轓黑轓朱轓是也較之反出者曰軓景帝紀自謂車蔽不得以車耳釋之也　从車反反亦聲　府遠切十四部

轛　車橫軨也　謂車闌也木部橫下曰闌木也攷工記曰參分軹圍去一以爲轛圍注兵車之轛圍二寸八十一分寸之十四轛式之植者橫者也鄭司農云謂車輿軨立者也按許云橫軨也橫訓闌則直者衡者皆在內矣漢人從衡字祗作衡不作橫橫者桄也後鄭又云轛者以其鄉人爲名按字所以从對與　从車對聲　追萃切十五部廣韵作轛都隊切　周禮曰參分軹圍去一㠯爲轛圍　輿人職文按鄭云輢之植者衡者也與轂末同名許君軹下云車輪小穿不言別義而此引參分軹圍之文令學者疑其疏也

輒　車兩輢也　兩各本作兩今正車兩輢謂之輒按車必有兩輢如人必有兩耳故从耴耴耳垂也此篆在輢篆之先故輢篆下但云車旁而不言兩凡許全書之例皆以難曉之篆先於易知之篆如輜下云車輿也而後出輿篆輒下云車兩輢也而後出輢篆是也廣韵作車相倚也乃字之誤不可從凡專輒用此字者此引申之義凡人有所倚恃而妄爲之如人在輿之倚於輢也　从車耴聲　陟葉切八部

輢　車旁也　謂車兩旁式之後較之下也注家謂之輢按輢者言人所倚也前者對之故曰轛旁者倚之故曰輢兵車戈殳戟矛皆插於車輢輢之上曰較　从車奇聲　於綺切古音在十七部

軜　車約軜也　巾車職云孤乘夏篆卿乘夏縵大鄭

曰夏赤也篆讀爲圭瑑之瑑夏瑑轂有約也[元]謂夏瑑五采畫轂約也夏縵亦五采畫無瑑耳玉裁謂鄭說夏瑑即詩之約軝毛公所謂長轂之軝朱而約之也但許君篆作軓以約軓糸之輿下文以約軝糸之轂與二鄭迥異依許意葢謂轛輢軨等皆有物纏束之謂之約軓以赤畫之謂之夏軓鄉雖赤畫而無約謂之夏縵軓之言巡也巡繞之言此許之周禮說也 **从車川聲** 敕倫切古音在十三部 **周禮曰孤乘夏軓** 故書作緣或爲篆此字形之異也許所據篆作軓此聲相近而異也 **一曰下棺車曰軓** 禮經有輴車玉篇廣韵皆謂軓輴同字也士喪禮遷於祖用軸注曰軸輁軸也狀如轉轔刻兩頭爲軹輁狀如長牀穿桯前後著金而關軸焉天子諸侯以上有四周謂之輴天子畫之以龍按惟天子諸侯殯葬朝廟皆用輴許云下棺車謂天子諸侯窆用軓也

轖 ㄙㄜˋ 25 心

轖 車箱交革也 各本革作錯李善七發注顏師古急就篇注作交革今從之車箱各本作車籍七發注同急就注廣韵作車藉皆不可通今以意正之曰車箱箱與籍字形之誤也毛大東傳曰服牝服也箱大車之箱也鄭曰大車平地任載之車竹部曰箱大車牝服也按箱本謂大車之輿引申之而凡車之輿皆得名箱此箱不謂大車也交革者交猶遮也謂以去毛獸皮鞔其外攷工記棧車欲弇注曰爲其無革鞔不堅易坼壞也飾車欲侈注曰飾車革鞔輿也大夫以上革鞔輿巾車職士乘棧車注曰棧車不革鞔而桼之王之玉路金路象路皆以革鞔而有玉金象之飾因有玉金象之名革路鞔之以革而桼之無他飾故偁革路木路不鞔以革桼之而已故偁木路凡革鞔謂之轖故急就篇曰革轖髤桼油黑蒼髤桼油黑蒼又在革轖之外巾車言孤卿夏大夫墨是也許所云約軓者葢在未鞔革之前約以固之鞔之則格空遮蔽故曰轖轖之言嗇也引申之爲結塞之偁故枚乘七發曰邪氣襲逆中若結轖也 **从車嗇聲** 所力切一部

軨 ㄌㄧㄥˊ 6 來

軨 車轖閒橫木 車轖閒蒙上文言之猶言車輿閒也木部曰橫關木也車轖閒橫木謂車輢之直者衡者也軾與車輢皆以木一橫一直爲方格成之如今之大方格然楚辭倚結軨兮長大息涕潺湲兮下霑軾戴先生曰軨者軾較下縱橫木總名即攷工記之軹轛也結軨謂軨之橫從交結倚軨而涕霑軾則是倚於輢內之軨故其涕得下霑軾也玉裁按惟此軨乃許所謂若曲禮僕展軨效駕軨即輪亦作轔士喪禮注所云轉轔展軨謂使馬稍動車輪也東京賦疏轂飛軨薛解曰飛軨以緹紬油一作廣八尺擋作長拄地左青龍右白虎繫軸頭取兩邊飾二千石亦然但無畫耳此葢漢制師古取以注急就篇之軨殊誤急就軹軾軫竝言正謂橫直結軨耳 **从車令聲** 郎丁切古音在十二部

△ 轜

轜 軨司馬相如說軨从霝 葢亦凡將篇字也按古令或作霝作靈零或作霝苓或作蘦皆令霝通用之證左傳陽虎載蔥靈寢於其中而逃蔥葢本作囪初江切靈即轜也文選四十八注引尚書大傳曰未命爲士不得有飛軨鄭注如今窗車也李尤小車銘曰軨之嗛虛疏達開通葢古者飾車鞔革更有不鞔革者露其窗櫺與木部櫺楯閒子

輑 ㄑㄩㄣˊ 9 疑

輑 軺車歬橫木也 軺車小車也木部曰橫關木也軺車前橫木謂小車軾輢之直者衡者也方言曰輑謂之軸按軸字恐有誤 **从車君聲讀若羣** 羣大徐作帬牛尹切十三部方言牛忿反 **一曰讀若褌**

軫 ㄓㄣˇ 9 端

軫 車後橫木也 木部橫關木也輿人注曰軫輿後橫者也方言曰軫謂之枕秦風小戎俴收傳曰收軫也近戴先生曰輿下之材合而成方通名軫故曰軫之方也以象地也鄭注專以輿後橫木爲軫以輢式之所尌三面材爲軓又以軓爲任正者如其說宜記於輿人今輈人爲之殆非也輿人爲式較軹轛軫輢軓輈人爲輈衡軸伏兔記不言輢軓衡伏兔之度輢軓輿揜版耳衡圍準乎軸伏兔取節於輈當兔省文互見桐城姚氏鼐曰記曰軫之方以象地葢軫方六尺六寸記曰參分車廣以其一爲隧葢以二尺二寸爲輿後其前廣如軫而深四尺四寸以設立木焉是爲收毛公曰收軫也謂輿深四尺四寸收於軫矣非謂軫名收也玉裁按似姚氏之說爲完合輿下三面之材與後橫木而正方故謂之軫亦謂之收軫从㐱密緻之言也中庸振河海而不泄注曰振猶收也以振與軫同音而得其義故曰猶鄭未嘗不謂合四面爲軫矣六分車廣以一爲軫圍輢軾所尌之圍亦在其中矣渾言之四面曰軫析言之輢軾所尌曰軓輢後曰軫又析言之軾前曰軓

轐 ㄆㄨˊ 17幫　⿰車𤔔 ㄇㄣˇ 9明　軸 ㄓㄡˊ 21定　輹 ㄈㄨˋ 22滂　輮 ㄖㄡˊ 21泥

許言車後橫木可知車後非無植者衡者以接於輢或其制庫於軾耳不獨有合於三面材者也从車参聲之忍切十三部

轐車伏兔也戴先生曰伏兔謂之轐易小畜九三輿脫輻大畜九二輿脫輹大壯九四壯於大輿之輹說文轐車伏兔也輹車軸縛也釋名屐似人屐也又曰伏兔在軸上似之也又曰輹輹伏也伏於軸上也按轐輹實一字其下有革以縛於軸今易小畜作輻系傳寫者誤輻在轂與牙之閒非可脫者玉裁謂劉成國合輹於伏兔非也依許則伏兔名轐車軸之縛名輹迥然二物轐之言僕也毛傳曰僕附也爲伏兔之形附於軸上以軺固之軺葍於兩伏兔閒者名曰當兔从車菐聲博木切三部周禮曰加軫與轐焉考工記文鄭司農云轐讀如旃僕之僕謂伏兔也

⿰車𤔔車伏兔下革也謂以鞈固之於軸上也鞈者生革可以爲縷束也从車𤔔聲𤔔古文婚字各本作古昏字今正女部婚篆下曰𤔔籒文婚若依女部則此當作籒文婚字全書惟此篆及巾部⿰巾𤔔篆用爲聲而今本⿰巾𤔔篆又譌从夒

矣讀若閔眉殞切十三部按此音謂縛之緜密也與毛詩之緜緜韓詩之民民同義廣韵旣有⿰車𤔔云車軓兔下革又有𨋩云車軷兔下軓明是一而二之軓字必誤

軸所㠯持輪者也所以者三字今補軸所以持輪引伸爲凡機樞之偁若織機之持經者亦謂之軸是也小雅杼軸其空今本作柚乃俗誤耳若方言土作謂之杼木作謂之軸亦是引申之義杼作杼軸作柚皆非也方言杼軸與大東無涉从車由聲直六切三部

輹車軸縛也謂以革若絲之類纏束於軸以固軸也縛者束也古者束輈曰楘曰歷錄束軸曰輹亦曰鞏約轂曰約軝衣衡曰楘皆所以爲固皆見於許書輈束箸於外故詩箸其數軸束隱於輿下故不知其數釋名曰輹複也重複非一之言也輻當爲輹轉寫誤耳或曰輻當爲輻之誤若屐下云又曰輹輹當爲轐从車复聲芳六切三部易曰輿說輹說各本作脫許書必當用說今依周易正周易小畜九三大畜九二文也馬云車下縛也與許合其非轐明矣或作腹者叚借字或作輻者譌字

輮車网

⿱𤇾車 ㄑㄩㄥˊ 12匣　輪 ㄌㄨㄣˊ 9來　轂 ㄍㄨˇ 17見　輥 ㄍㄨㄣˇ 9見

也今本作車軔篇韵皆作車輞輞譌爲軔見爾雅釋文輞从車旁葢俗古祇作网耳或曰許本有輞篆解曰車輞也在輮篆之上今軔篆卽輞之誤然許有軔篆諸家引之疑未能明也車网者輪邊圍繞如网然攷工記謂之牙牙也者以爲固抱也又謂之輮行澤者反輮行山者仄輮大鄭曰牙世閒或謂之罔釋名曰輞罔也罔羅周輪之外也關西曰輮言曲揉也按牙亦作枒木部枒下曰一曰車网會也所以名牙者合衆曲而爲之如䙗佩之牙亦曲體也亦謂之渠俗作轅尚書大傳大貝如車渠是也車网木必擇材攷工記注曰今世牙以橿爾雅注曰杻橿材中車輞又赤楝中爲車輞从車柔聲人九切三部按輮之言肉也凡物邊爲肉中爲好

⿱𤇾車車輮規也規者圜之匡郭也考工記曰規之以眡其圜萬之以眡其匡注曰輪中規則圜矣等爲萬蔞以運輪上輪中萬蔞則不匡刺也按此謂作輮之笵一曰一輪車今江東多用一輪車篇韵皆奪一从車熒省聲讀若熒渠營切十一部

輪有輻曰輪云有輻者對無輻而言也輪之言倫

也从侖侖理也三十輻兩兩相當而不迆故曰輪無輻曰輇鄭注周禮蜃車云禮記或作槫或作輇或注士喪禮曰載柩車周禮謂之蜃車襍記謂之團或作輇或作槫聲讀皆相同耳未聞其正注襍記大夫載以輲車云輲讀爲輇或作槫注喪大記士葬用國車云輇字或作團是以又誤爲國輇車柩車也又士喪禮注云其車之轝狀如牀中央有轅前後出設前後軺轝上有四周下則前後有軸以輇爲輪按鄭於禮經襍記兩引許叔重說文解字曰有輻曰輪無輻曰輇而以輲蜃團槫皆卽輇字但許不言喪車無輻也戴先生曰輇者輪之名輲者車之名不宜溷而一之注喪大記改輴爲輇亦誤詳見釋車从車侖聲力屯切十三部

轂車輻所湊也湊者水上人所會也引申爲凡會之偁老子曰三十輻共一轂轂中空曰橾見木部从車殸聲古祿切三部

輥轂齊等皃也等者齊簡也因爲凡齊之偁齊者等也輥者轂勻整之皃也戴先生曰齊等者不橈減也轂木圍甚从車昆聲昆者同也此舉形聲包會意也古本切十三部周禮曰望

軝ㄑㄧˊ 10匣　△軝　軹ㄓˇ 10端　軎ㄨㄟˋ 2匣

其轂欲其輥考工記輪人文鄭本作眼注曰眼出大皃也今按鄭本當是作睍睍者目出皃也轂之圜似之與許說略同

軝長轂之軝也㠯朱約之小雅斯干傳曰軝長轂之軝也朱而約之長轂者小戎所謂暢轂也傳曰暢轂長轂也大車轂長尺五寸兵車田車乘車轂長三尺二寸五分三尺二寸之長一爲賢得六寸四分三爲軹得尺九寸二分虛其一者畱以置輻也參分三尺二寸之長二在外一在內以置其輻二在外而三爲軹者在是一在內而一爲賢者在是考工記此軹字卽毛詩之軝字軹者同音段借字也取此尺九寸二分者以革約之而朱其革詩所謂約軝也考工記詳之曰容轂必直陳篆必正施膠必厚施筋必數幬必負幹既摩革色青白謂之轂之善說者曰容者治轂爲之形容也篆轂約也幬負幹者革轂相應無贏不足也既摩革色青白者謂丸桼之乾而以石摩平之革色青白善之徵也玉裁按容如製甲必先爲容之容先爲容轂之笵盛轂於中以治之飾之陳篆者刻畫其文而以革纏若絲嵌約之而後施膠施筋而後幬之以渾革而丸桼之而摩之革色青白而後朱畫之容轂以下渾轂所同也幬而朱之軝所獨也本是幬而朱之毛云朱而約之許云以朱約之者既朱則似先朱其革其意一也詩曰約軝錯衡皆謂文也錯衡文衡也文衡者巾部曰帑車衡上衣也葢爲衣而畫之○軹卽軝說本歙程氏瑤田通藝錄其說㝡確於古音㝡合而古無有言之者孰謂今人不勝古人也从車氏聲渠支切十六部詩曰約軝錯衡小雅采芑商頌烈祖文箋云約軝轂飾也

䩶軝或从革以革鞔故从革

軹車輪小穿也輪當作轂輪人職曰五分其轂之長去一以爲賢去三以爲軹鄭司農云賢大穿也軹小穿也後鄭又改記文作去二爲賢程氏辨其非是詳見通藝錄許同先鄭从車只聲諸氏切十六部輪人爲輿參分較圍去一以爲軹圍注曰軹輢之植者衡者也與轂末同名轂末卽謂車輪小穿也按輢軨謂之軹軹之言稽也枝也稽椒多小意而止也以狀軹圍之小可說其意而轂末小穿取此名其意不可說

軎車軸耑也耑者物初生之題也因以爲凡領之偁車軸之末見於轂外者曰軎軎之言遂也出也如鄭說轂末小穿曰軹而軎出於此穿外然古說軹軎多不分如大馭右祭兩軹故書軹爲軒杜子春云軒當作軹軹謂兩轊也是非合轂末軸末爲一乎今按少儀曰祭左右軌大馭曰祭兩軹於事實同少儀曰祭笵大馭曰祭軓范軓於聲同本無不合祭兩轊所以祭輪也祭軓所以祭輿也言輪輿而全車在是矣轂末曰軹乃大鄭掤說子春未嘗謂轂末曰軹此注當是本作故書軒爲軹杜子春云軹當作軒謂兩轊也或讀軒爲簪笄之笄葢兩軎左右出轂外如笄之出髮然有鐵鞏以鍵之叉似笄之毋髮也故其字从幵取上平岐頭之意若轂末之穿不可冒此名況當杜時軹訓兩輢而不訓轂末小穿兩輢非所當祭故易爲軒漢時故有軒字也漢時亦有訓軹爲軎者如劉熙曰軹指也如指而見於轂頭也非訓軹爲軎乎杜以軒改軹聖人正名之義也然則作說文者當云軒軎也从車幵聲讀若笄軎車軸耑也从車象形乃合而乃舍軒存軎軹不爲輢之直者衡者而訓爲車轂小穿軓不作軛祇作軓皆使古形古訓散佚無徵豈所謂涉獵廣博或有抵牾者與抑從今書則不錄故書如儀禮之從今文則不錄古文與从車象形謂以口象轂耑之孔而以車之中直象軸之出於外于歲切十五部○五經文字作軎繫擊之類從之又曰轊轊同上說文下隸變是則張所見說文作軎也杜林說葢倉頡訓纂一篇倉頡故一篇說如此

十四篇上　四七

△轊　輻ㄈㄨˊ 25幫　軑ㄉㄞˋ 2定　輨ㄍㄨㄢˇ 3見　轅ㄩㄢˊ 3匣　輈ㄓㄡ 21端

轊軎或从彗从車彗聲

輻輪轑也以上六篆言轂而及軸末之出於轂者故遂以湊於轂者終之也輻凡三十从車畐聲方六切三部

軑車輨也離騷曰齊玉軑而竝馳王逸釋爲車轄非也玉篇廣韵皆云車轄轄皆輨之誤也从車大聲特計切十五部

輨轂耑錔也錔者以金有所冒也轂孔之裏以金裏之曰釭轂孔之外以金表之曰輨輨之言管也方言曰關之東西曰輨南楚曰軑趙魏之閒曰鍊鏅軑音大鍊音東从車官聲古滿切十四部

轅輈也攷工記輈人爲輈車人爲大車之轅是輈與轅別也許渾言之者通偁則一也轅之言如攀援而上也从車袁聲雨元切十四部

輈轅也从車舟聲張流切三

十四篇上　四八

△𨏥　輂 ㄐㄩˊ 16見　軏 ㄩㄝˋ 3疑　軶 ㄜˋ 11影（軛）　⿰車軍 ㄏㄨㄣˊ 9匣　軥 ㄑㄩˊ 16見　轙 ㄧˇ 1疑　△钀　軜 ㄋㄚˋ 8泥

部𨏥籀文輂从籀文車也

輂直轅車轒也按依車部轒當系曲轅車且此處列字次弟應論車轅不應論衡縛韵會作直轅車也無轒字爲是當從之直轅車大車也从車具聲具古音如舊居玉切三部

軏車轅耑持衡者衡者橫木長六尺六寸以施軶駕馬頸者也持衡者曰軏則衡與轅耑相接之關鍵也戴先生曰大車鬲以駕牛小車衡以駕馬轅耑持鬲其關鍵名輗軥耑持衡其關鍵名軏輈轅所以引車必施輗軏然後行信之在人亦交接相持之關鍵故孔子以輗軏喻信从車元聲魚厥切元之入聲也古音在十四十五部

軶轅歬也曰轅前者謂衡也自其橫言之謂之衡自其扼制馬言之謂之軶隸省作軛毛詩韓奕作厄士喪禮今文作厄段借字也車人爲大車作鬲亦段借字西京賦作槅木部曰槅大車梔也梔當作軶从車戹聲於革切十六部

⿰車軍軶軥也軶軥之異名曰⿰車軍也⿰車軍之言圍也下圍馬頸也廣韵曰還也車相避也與古義異从車軍聲乎昆切十三部

軥軶下曲者軶木上平而下爲兩坳加於兩服馬之頸是曰軶韓奕毛傳曰厄烏噣也小爾雅曰衡扼也扼下者謂之烏啄釋名曰槅扼也所以扼牛頭也馬曰烏啄下向叉馬頸似烏開口向下啄物時也噣啄同字軶與軥同體左傳射兩軥而還服注車軶兩邊叉馬頸者从車句聲古候切四部亦平聲

轙車衡載轡者釋器曰載轡謂之轙郭云車軶上環轡所貫也四馬八轡除驂馬內轡納於軾前之觼在手者惟六轡驂馬外轡復有游環以與服馬四轡同入軶上大環以便總持大環謂之轙東京賦龍輈華轙此本義也郊祀歌靈禗禗象輿轙如淳曰轙者僕人嚴駕待發之意此引申之義也整船亦曰艤同轙意从車義聲魚綺切古音在十七部漢書廣韵又音儀

钀轙或从金獻从金者環以金爲之獻聲與義聲古合音冣近卽義尊獻尊同音之理今爾雅鑣謂之钀與轙異事

軜驂馬內轡系軾歬者系各本作繫繫見糸部非其義也今正驂馬兩內轡爲環系諸軾前故御者祇六轡在手秦風毛傳曰軜驂內轡也是則軜之言內謂內轡也其所入軾前之環曰觼角部曰觼環之有舌者是也詩言觼軜者言施觼於軜也大戴禮六官以爲轡司會均入以爲軜此引申段借之義也从車內聲奴荅切八部按內聲當在十五部而十五部字之入八部者自古然矣詩曰渼吕觼軜今小戎渼作鋈小徐本先輔後軜今易之

輔 ㄈㄨˇ 13並　轑 ㄌㄠˇ 19來

輔春秋傳曰輔車相依凡許書有不言其義徑擧經傳者如𣃔下云詞之𣃔矣鶴下云鶴鳴九皋聲聞于天艴下云色艴如也絢下云詩云素以爲絢兮之類是也此引春秋傳僖公五年文不言輔義者義已具於傳文矣小雅正月曰其車既載乃棄爾輔傳曰大車既載又棄其輔也無棄爾輔員于爾輻傳曰員益也正義云大車牛車也爲車不言作輔此云棄輔則輔是可解脫之物蓋如今人縛杖於輻以防輔車也今按呂覽權勳篇曰宮之奇諫虞公曰虞之與虢也若車之有輔也車依輔輔亦依車虞虢之勢是也此卽詩無棄爾輔之說也合詩與左傳則車之有輔信矣引申之義爲凡相助之偁今則借義行而本義廢尟有知輔爲車之一物者矣人部曰俌輔也以引申之義釋本義也今則本字廢而借字行矣面部曰酺頰車也面酺自有本字周易作輔亦字之段借也今亦本字廢而借字行矣春秋傳輔車相依許廁之於此者所以說輔之本義也所以說左氏也謂輔與車必相依倚也他家說左者以頰與牙車釋之乃因下文之脣齒而傳會耳固不若許說之善也从車甫聲扶雨切五部

人頰車也小徐本箸此四字於甫聲下與上文意不相應又無一曰二字以別爲一義知淺人妄謂引傳未詮而增之也面部既有酺頰也之文則必不用借義爲本義矣若大徐本移輔篆於部末解曰人頰車也从車甫聲而無春秋傳曰輔車相依八字輔非眞車上物廁末似合許例然無解於面部業有酺篆也校許宜刪去四字

轑車蓋弓也輪人爲蓋蓋弓二十有八以象恆星也鄭注曰弓者蓋橑也蓋弓曰轑亦曰橑橑者椽也形略相似也重芬亦偁重轑張敞傳殿屋重轑是也釋名曰轑蓋叉也叉者今爪字非叉字玉部瑵下曰車蓋玉瑵以玉爲爪也詳彼注从車尞聲盧晧切二部一曰輻也輻三十湊轂亦如椽然故亦得

⿲彳車亍 ㄐㄩㄢˋ 3見　⿱丞車 ㄔㄥˊ 26定　載 ㄗㄞˋ 24精　軍 ㄐㄩㄣ 9見　軷 ㄅㄚˊ 2並

轅名其物皆系於車者也故皆从車

⿲彳車亍 車搖也 未聞以篆之次第詳之此篆當亦謂車上一物而今失傳車搖當是譌字 从車行一曰衍省聲 小徐無行一曰三字古絢切十四部

⿱丞車 軺車後登也 廣韻十六蒸四十二拯皆曰⿱丞車軺車後登出字林今按不言出說文恐是呂氏後增之字非許舊也古車無不後登者 从車丞聲讀若易拯馬之拯 拯馬見周易明夷六二爻辭署陵切六部

載 椉也 乘者覆也上覆之則下載之故其義相成引申之謂所載之物曰載如詩載輸爾載下載音才再反是也引申為凡載物之偁如詩汎汎楊舟載沈載浮中庸天地之無不持載是也又叚借之為始才之叚借也才者艸木之初也夏曰載亦謂四時終始也又叚借為事詩上天之載毛傳曰載事也是也又叚為語詞詩載馳載驅毛傳載辭也春日載陽箋云載之言則也 从車𢦏聲 作代切一部韵會此下有易曰大車以載六字

軍 圜圍也 於字形得圜義於字音得圍義凡渾輝煇等軍聲之字皆兼取其義 四千人為軍 王氏鳴盛說此句必譌按唐釋元應引字林四千人為軍是呂忱之誤也許書當作萬有二千五百人為軍見周禮大司馬職旅篆下云軍之五百人為旅師篆下云二千五百人為師既皆偁之則此必偁無可疑者百人為卒廿有五人為兩不偁者以其制於字義相遠耳若万二千五百人以為圜圍乃此篆之所由製 从包省从車 包省當作勹勹裹也勹車會意也舉云切十三部 車 逗 兵車也 上車各本誤軍今正 此釋从車之意惟車是兵車故勹車為軍也

軷 出將有事於道必先告其神立壇四通尌茅吕依神為軷 此言軷之義 既祭犯軷 句 轢牲而行為範軷 此言範軷之義周禮大馭犯軷注曰行山曰軷犯之者封土為山象以菩芻棘柏為神主既祭之以車轢之而去喻無險難也春秋傳曰跋涉山川故書軷作罰杜子春云罰當為軷軷讀為別異之別謂祖道轢軷磔犬也詩云載謀載惟取蕭祭脂取羝以軷詩家說曰將出祖道犯軷之祭也聘禮曰乃舍軷飲酒於其側禮家

範 ㄈㄢˋ 32並　⿰車獻 ㄋㄧㄝˋ 3疑　轄 ㄒㄧㄚˊ 2匣　轉 ㄓㄨㄢˇ 3端　輸 ㄕㄨ 16透　輖 ㄓㄡ 21端

說亦謂道祭玉裁按封立也各本作樹今正犯軷轢牲而行大徐作軷轢於牲而行非也山行之神主曰軷因之山行曰軷庸風毛傳曰草行曰跋水行曰涉郎此山行曰軷也凡言跋涉者皆字之同音叚借鄭所引春秋傳本作軷涉山川今人輒改之 从車犮聲 薄撥切十五部 詩曰取羝吕軷 大雅生民文毛傳曰軷道祭也

範 範軷也 三字句其義已見上故祇云範軷也 从車笵省聲 大徐音犯廣韻防錽切七部 讀與犯同 不曰讀若犯而曰與同者其音義皆取犯讀若則但言其音而已按車軓字本作軓从車巳聲鄭說曰軓法也輿下三面材輢式之所尌持車正也然則周易範圍字當作軓或作笵而範其叚借字也釋文曰鄭曰範法也馬王肅張作犯違此亦範犯同音通用之證也

⿰車獻 載高皃 ⿰車獻⿰車獻車載高皃衛風庶姜孽孽毛云孽孽盛飾韓詩作⿰車獻⿰車獻長皃呂覽宋王作為蘖臺高誘曰蘖當作⿰車獻詩曰庶姜⿰車獻⿰車獻高長皃然則韓為本字毛為叚借字爾雅蓁蓁孽孽戴也亦載高之意也西京賦飛檐⿰車獻⿰車獻 从車獻聲 俗改作⿰車獻省聲不知古音者所為也五葛切十五部

轄 車聲也 轂與軸相切聲也史記大人賦輵轄漢書轄作蛣張揖曰輵蛣搖目吐舌皃則史記為譌字矣 从車害聲 胡八切十五部廣韻又苦蓋切 一曰轄 逗 鍵也 鍵下曰鉉也一曰車轄此鍵轄二篆為轉注也牽下曰車軸耑鍵也然則牽轄二篆異字而同義同音

轉 還也 還大徐作運非還者復也復者往來也運訓迻徙非其義也還即今環字 从車專聲 知戀切十四部亦陟兗切淺人分別上去異義無事自擾

輸 委輸也 委者委隨也委輸者委隨輸寫也以車遷賄曰委輸亦單言曰輸引申之凡傾寫皆曰輸輸於彼則彼贏而此不足故勝負曰贏輸不足則如墮壞然故春秋鄭人來輸平公羊穀梁皆曰輸者墮也左傳作渝渝變也 从車俞聲 式朱切古音在四部廣韻又傷遇切

輖 重也 謂車重也小雅戎車既安如輊如軒毛曰輊摯也考工記大車之轅摯鄭曰摯輖也士喪禮軒輖中鄭曰輖墊也摯墊輊同字輖雙聲許書有輖摯而已摯者依聲託事字也軒言車輕輖言車重引申

輩 ㄅㄟˋ 7幫　軋 ㄧㄚˋ 5影　報 ㄋㄧㄢˇ 3泥　轢 ㄌㄧˋ 20來　軌 ㄍㄨㄟˇ 21見

爲凡物之輕重故禮經以之言矢周南叚輖爲輡字故毛傳曰輖輡也而說詩者或以本義釋之从車周聲職流切三部

輩若軍發車百兩爲輩兩各本作兩今正車之偁兩者謂一車兩輪無取二十四銖之兩此許之字例也若軍發車百兩爲輩蓋用司馬灋故言故以若發聲今司馬灋存者尟矣引申之爲什伍同等之偁如鄭注宮正云使之輩作輩學相勸帥也从車非聲非者兩翄形聲中有會意俗从北非聲也補妹切十五部

軋報也報大徐作輾非也匈奴傳曰有罪小者軋大者死顏曰謂輾轉轢其骨節按本謂車之報於路引申之爲勢相傾从車乙聲此从甲乙爲聲非从燕乙也惟今韵則入十四黠耳烏轄切古音當在十二部

報轢也碾其俗字也从車反聲軋从乙者言其難乙乙也報从反者言其易也反者柔皮也尼展切十四部

轢車所踐也踐者履也軷下曰轢牲而行是也从車樂聲歷各切宋本如此郎擊切今本如此古音在二部

軌車徹也支部曰徹者通也車徹者謂輿之下兩輪之閒空中可通故曰車徹是謂之車軌軌之名謂輿之下隋方空處老子所謂當其無有車之用也高誘注呂氏春秋曰兩輪之閒曰軌毛公匏有苦葉傳曰由輈以下曰軌合此二語知軌所在矣上距輿下距地兩旁距輪此之謂軌毛云由輈以下則輿下之輈軌也輈下之軸軌也虛空之處未至於地皆軌也濡軌者水濡輪閒空虛之處而至於軸而至於輈則必入輿矣故濟盈斷無有濟濡軌之水者禮義之大防也毛何以不言兩輪之閒而言由輈以下乎曰兩輪之閒自廣陿言之凡言度涂以軌者必以之由輈以下自高庳言之詩言濡軌晏子言其深滅軌以之中庸車同軌兼廣陿高庳言之徹廣六尺軹崇三尺三寸天下同之同於天子所制之度也穀梁傳車軌塵卽曲禮之驅塵不出軌謂其塵之高廣一如軌之高廣而不過也車人徹廣六尺自其裏言之匠人注徹廣八尺自其表言之曰由輈以下曰軌曰兩輪之閒曰軌自其裏言之少儀祭左右軌史記車不得方軌自其表言之自軌徹之說不明訓之以地上之迹迹非不名軌徹也而迹豈軌徹也邶詩不能通乃以軌字易軌字而毛傳由輈以下復改作由輈以上郢書燕說沇錮千年矣許云車徹固已了然如後人之憒憒則許當云軌車蹤也蹤車迹也巳矣故大史公言好學深思不若卜子言近思从車九聲軌从九者九之言鳩也聚也空中可容也形聲中有會意古音居酉反在三部今音居洧反

十四篇上

蹤 ㄗㄨㄥ 18精　軼 ㄧˋ 5定　轒 ㄎㄥ 6溪　輊 ㄓˋ 2端　軭 ㄎㄨㄤ 15匣　軔 ㄖㄣˋ 9泥　輟 ㄔㄨㄛˋ 2端

蹤車迹也兩輪之迹也迹者步處也因引申爲凡迹之偁兩輪之迹亦謂之軌徹而非軌徹之體也莊子曰夫迹履之所出而迹豈履也蹤之言從也有所從來也又可從是以求其質也蹤古字祇作從羔羊傳曰委蛇委蛇行可從迹也君子偕老傳曰委委者行可委曲從迹也俗變爲蹤再變爲踪固不若用許書蹤字矣从車從省大徐有聲字非也此以會意包形聲郎容切九部

軼車相出也車之後者突出於前也楚辭軼迅風於清源禹貢沇水入于河泆爲滎漢志作軼鄭注司刑曰過失若舉刃欲斫伐而軼中人者皆本義之引申叚借也从車失聲形聲中有會意夷質切十二部

轒車轒宏聲也宏大徐作鈜非小徐作鋐集韵作軦亦誤今正谹谷中響也宖屋響也宏弓聲也車聲轒宏借弓聲之字耳轒宏大聲从車眞聲廣韵口莖切按廣雅作轒玉篇作輷皆卽此字也古音眞聲之字在十二部讀若論語鏗尒舍琴而作琴各本作瑟今正陸元朗所據論語作琴小徐手部亦作舍琴一曰讀若掔按臤聲堅聲與眞聲同在十二部

輊車抵也抵者擠也擠者排也車抵於是而不過是曰輊如馬之不前曰絆驇詳豸部驇與車重之摯驇輕轅本各義與輖又殊音而集韵總合爲一字誤矣小徐引潘岳賦如輊如軒今按潘作轅不作輊也从車埶聲陟利切十五部

軭車戾也戾者曲也考工記曰萬之以眡其匡也注云等爲萬蔞以運輪上輪中萬蔞則不匡剌也軭不專謂輪凡偏戾皆是从車匡聲巨王切十部

軔所目礙車也所目二字今補元應時巳失之離騷朝發軔於蒼梧王逸曰軔支輪木也从車刃聲而振切十三部字林如戰反按此篆大徐在輮篆之前者輮下輞譌作軔遂先之以軔也

輟車小缺復合

十四篇上

轚 11見　⿰車多 1溪

⿱殸車 12溪　軻 1溪　⿱算車 3心

者也此與辵部之連成反對之義連者負車也聯者連也連本訓輦而爲聯合之偁其相屬也小缺而復合則謂之輟引申爲凡作輟之偁凡言輟者取小缺之意也論語櫌不輟从車叕聲形聲中有會意陟劣切十五部按网部罬爲罬之重文

⿰車多礙也礙者止也从車多聲康禮切古音在十七部

轚車轄相擊也轄者鍵也鍵在軎頭謂車軎相擊也諸書亦言車轂相擊从車毄會意殳部曰毄者相擊中也毄亦聲古歷切十六部周禮曰舟輿轚互者秋官野盧氏凡道路之舟車轚互者敘而行之注曰謂於迫隘處也穀梁傳曰御轚者不得入

⿱算車治車軸也治篇韵皆作⿱算車四字句鏇轉規圜之意从車算聲所眷切十四部

軻椄軸車也椄各本作接今正椄者續木也軸所以持輪而网木相椄則危矣故引申之多迍曰轗軻趙邠卿曰孟子名軻字則未聞也而廣韵曰孟子居貧轗軻故名軻字子居从車可聲康我切十七部

⿱殸車車堅也堅者剛也

十四篇上

軵 18泥　輇 3定　輗 10疑

从車殸聲殸籒文磬此形聲中有會意也口莖切十部

軵反推車令有所付也反推車者謂不順也付與也本可不與而故欲與之至於逆推車以與之而不顧此說其字之會意也故其字从車付从車付會意讀若茸茸宋本小徐本作胥非也淮南氾論訓曰相戲以刃者大祖軵其肘高云軵擠也讀近茸急察言之可知此茸之不誤矣廣韵曰軵推車也而隴切或作搑按手部搑推擣也漢司馬遷傳而僕又茸之蠶室師古曰茸人勇反推也謂推致蠶室之中也是搑茸軵三字通用集韵云軵或作輯或作軵皆必有據若淮南說林訓倚者易軵也注云軵讀軵濟之軵覽冥訓斷徒馬圉軵車奉饟注云軵推也讀楫拊之拊有譌字不可讀然大約以付爲形聲是高時固有网讀也大徐而隴切九部

輇蕃車下庳輪也蕃當作藩藩車見軒字下庳者屋卑也因以爲凡卑之偁藩車而下爲卑輪葢所謂安車輪卑則車安矣未知是否从車全聲讀若饌市緣切十四部一曰無輻也見輪下

輗大車轅

△棿　△⿰車宜

轃 6精　軝 4端

轒 9並

耑持衡者也轅與衡相接之關鍵也墨子曰吾不知爲車輗者巧也用咫尺之木不費一朝之事而引三十石之任此與小車之軏同用而異名許不與軏篆爲伍者大車別於小車也自輗至輂五篆皆言大車前文暈篆當亦廁此處从車兒聲五雞切十六部

⿰車宜輗或从宜宜聲在十七部與十六部合韵㝡近

棿輗又从木

軝大車後也大車以載任器牝負長八尺謂較也其後必崇其闌與三面等非若小車之後也故曰軝軝之言底也从車氏聲丁禮切十五部

轃大車簀也此以雙聲爲訓簀者牀棧也大車之藉似之小車謂之茵車重席也以虎皮者謂之文茵大車謂之轃竹木爲之从車秦聲讀若臻側詵切十二部

轒淮陽名車穹隆轒淮陽漢國有縣九今開封府陳州以南是其地車穹隆卽車葢弓也方言曰車枸簍宋魏陳楚之閒謂之筱或謂之簦籠秦晉之閒自關而西謂之枸簍西隴謂之㯦南楚之外謂之篷或謂之隆屈郭云卽車弓也按許之穹隆卽簦籠也

十四篇上

輂 18見　⿰車宛 3影

許之轒葢卽㯦字與抑淮陽謂之轒爲方言所不載也釋名曰隆强或曰車弓長楊賦碎轒輼別一義也从車賁聲符分切十三部按此篆當與上轑葢弓也爲伍轑言其分轒言其合也廁此者後人亂之

⿰車宛大車後壓也壓當依玉篇作厭厭笮也所以鎮大車後者从車宛聲於云切古音當在十三部篇韵云轒⿰車宛兵車漢書文選作轒輼

輂大車駕馬者也者字今補小司徒正治輂輦注曰輂駕馬所以載任器與許說同云大車駕馬者言者以別於駕牛也古大車多駕牛其駕馬者則謂之輂按左氏傳陳畚梮梮者土轝漢五行志作輂是梮乃輂之或字也史河渠書山行卽橋一作權夏本紀正作權漢溝洫志作山行則梮韋昭曰梮木器如今轝牀人轝以行也然則周禮輂之制四方如車之輿故曰轝或作轝或駕馬或人轝皆宜用之從土則謂之土轝卽公羊之筍史記之箯輿也用之舁人則謂之橋橋卽漢書輿轎而越嶺之轎字也左氏正義謂梮字从手其說非是禮經輁軸輁卽輂字之異者注云輁狀如長牀是也夏禹四載乘輂葢亦馬引之不然何

輂 1從

以云桀始乘人車攷古者所當辯也**从車共聲**居玉切按共聲古音在九部士喪禮輁九勇反是也淺人不知爲同字

輦 3來

𨌥連車也謂車牽聯而行有等差也左傳差車官名**一曰却車抵堂爲𨌥**東京賦皇輿宿駕輦於東階薛解曰輦之言却也謂卻於東階下天子未乘之時也**从車㚘省聲讀若遲**士皆切按李善音柴是也古音在十七部

輦輓車也謂人輓以行之車也小司徒輦輦注曰輦人輓行所以載任器也司馬法云夏后氏謂輦曰余車殷曰胡奴車周曰輜輦夏后氏二十人而輦殷十八人而輦周十五人而輦故書輦作連鄭司農云連讀爲輦按夫部㚘竝行也輦字从此輦設輅於車前用索輓之故从車㚘會意㚘在前車在後故連字下曰負車連輦古今字周禮管子皆作連此車名輦輓此車之人名輦者爾雅曰徒御不警徒輦者也毛傳同又詩我任我輦毛傳曰任者輦者釋名曰輦人所輦也**从車㚘㚘在車歬引之也**會意力展切十四部

輓 9明

輓引車也引車曰輓引申之凡引皆曰輓左傳曰或輓之或推之欲無入得乎史記借爲晚字**从車免聲**無遠切十四部俗作挽

軖 15匣

軖紡車也紡者紡絲也凡絲必紡之而後可織紡車曰軖通俗文曰繅車曰軖尼心切別是一物繅與紡二事也木部曰欄者絡絲柎竹部曰籆所以收絲者糸部曰維箸絲於筟車也又在繅之後紡之前俟再攷此非車也其偁車者何其用同乎車也其物有車名故其字亦从車**从車㞷聲讀若狂**巨王切十部**一曰一輪車**別一義

轘 3匣

轘車裂人也周禮條狼氏誓僕右曰殺誓馭曰車轘注曰車轘謂車裂也**从車瞏聲**胡慣切十四部按大徐云瞏渠營切非聲當从環省此惑於毛詩青青瞏瞏爲韵而不知詩之瞏瞏乃縈縈之雙聲叚借也**春秋傳曰轘諸栗門**宣公十一年左傳文

斬 32精

斬截也截者斷也晉部斷截也周禮掌戮注曰斬以鈇鉞若今署斬也殺以刀刃若今棄市也本謂斬人引申爲凡絕之偁**从車斤**會意側減切八部**斬法車裂也**此說从車之意蓋古用車裂後人乃法車裂之意而用鈇鉞故字亦从車斤者鈇鉞之類也

轜 24泥

轜喪車也从車重而而亦聲各本篆作輀解作从車而聲今更正文選注玉篇廣韵龍龕手鑑皆作轜从重而者蓋喪車多飾如喪大記所載致爲緐縟而者須也多飾如須之下垂故从重而亦以而爲聲也如之切一部

轟 6曉

轟轟轟二字依文選注補**羣車聲也从三車**呼宏切古音在十二部李善曰倉頡篇云軥軥衆車聲也呼萌切今爲輷字音田[元]應曰轟今作輷字書作軥同呼萌切按古字作軥今字作輷玉篇作輷皆當在眞臻部也

文九十九　重八

𠂤 7端

𠂤小𠂤也小𠂤𠂤之小者也廣雅本之曰𠂤細阜也今譌舛不可讀矣小𠂤曰𠂤國語叚借魁字爲之周語夫高山而蕩以爲魁陵糞土賈逵韋昭皆曰小阜曰魁即許之𠂤也賈逵注見海賦其字俗作堆堆行而𠂤廢矣氏下云山岸脅之堆旁箸欲落墒者曰氏小徐作堆大徐則刪之士冠禮注追猶堆也是追即𠂤之叚借字李善注七發曰追古堆字詩追琢其章追亦同𠂤蓋古治金玉突起者爲𠂤穿穴者爲琢𠂤語之轉爲敦如爾雅之敦丘俗作墩詩敦彼獨宿傳以敦敦然釋之皆是也**象形**象小於𠂤故𠂤三成𠂤二成都回切十五部**凡𠂤之屬皆从𠂤**

嶭 2疑

嶭危高也从𠂤屮聲讀若臬魚列切十五部

官 3見

官吏事君也从宀𠂤會意古丸切十四部**𠂤猶衆也**𠂤不訓衆而可聯之訓衆以宀覆之則治衆之意也**此與師同意**人衆而帀口之與事衆而宀覆之其意同也

文三

說文解字第十四篇上

受業黟縣胡積城校字

△𨸐　𨸏ㄈㄨˋ 21並　陵ㄌㄧㄥˊ 26來　⿰阝鯀ㄏㄨㄣˋ 10匣　防ㄌㄜˋ 25來　陰ㄧㄣ 28影　陽ㄧㄤˊ 15定　陸ㄌㄨˋ 22來

說文解字第十四篇下

金壇段玉裁注

𨸏大陸也也字今補釋地毛傳皆曰大陸曰阜李巡曰高平曰陸謂土地豐正名爲陸陸土地獨高大名曰阜阜取大名爲陵引申之爲凡厚凡大凡多之稱秦風傳曰阜大也鄭風傳曰阜盛也國語注曰阜厚也皆由土山高厚演之山無石者象形山下曰有石而高象形此言無石以別於有石者也詩曰如山如阜山與𨸏同而異也釋名曰土山曰阜象形者象土山高大而上平可層絫而上首象其高下象其三成也房九切三部凡𨸏之屬皆从𨸏𨸐古文上象絫高下象可拾級而上陵大𨸏也釋地毛傳皆曰大阜曰陵釋名曰陵隆也體隆高也按引申之爲乘也上也躐也侵陵也陵夷也皆夌字之叚借也夊部曰夌越也一曰夌徲也夌徲卽陵夷也从𨸏夌聲力膺切六部⿰阝鯀大𨸏也以其昆干綿遠爲言从𨸏鯀聲胡本切十三部防地理也攷工記曰凡溝逆地防謂之不行注云溝謂造溝防謂脈理按力者筋也筋有脈絡可尋故凡有理之字皆从力防者地理也朸者木理也泐者水理也手部有扐亦同意从𨸏力聲盧則切一部陰闇也闇者閉門也閉門則爲幽暗故以爲高明之反水之南山之北也从𨸏穀梁傳曰水北爲陽山南爲陽注云日之所照曰陽然則水之南山之北爲陰可知矣水經注引伏虔曰水南曰陰公羊桓十六年傳注曰山北曰陰按山北爲陰故陰字从𨸏自漢以後通用此爲黔字黔古文作侌夫造化侌昜之气本不可象故黔與陰昜與陽皆叚雲日山𨸏以見其意而已侌聲於今切七部陽高明也闇之反也从𨸏不言山南曰昜者陰之解可錯見也山南曰陽故从𨸏毛傳曰山東曰朝陽山西曰夕陽昜聲與章切十部陸高平地釋地毛傳皆曰高平曰陸从𨸏坴聲土部坴下曰土塊坴坴也然則陸从坴者謂其有土無石也大徐作

△𨻸　阿ㄜ 1影　陂ㄅㄟ 1幫　阪ㄈㄢˇ 3幫　陬ㄗㄡ 16精　隅ㄩˊ 16疑

从𨸏从坴坴亦聲力竹切三部𨻸籒文陸从古文𨸏省从籒文兂不从土者从𨸏而土見矣阿大陵曰阿釋地毛傳皆曰大陵曰阿从𨸏可聲烏何切十七部一曰阿曲𨸏也毛詩菁菁者莪在彼中阿傳云大陵曰阿考槃在阿傳曰曲陵曰阿各隨其宜解之也大雅有卷者阿傳曰卷曲也然則此阿謂曲𨸏也引申之凡曲處皆得偁阿是以緜蠻傳曰丘阿丘之曲阿室之當棟處曰阿考工記四阿若今四注屋左傳桲有四阿毛傳偏高曰阿丘許書言谷口上阿也皆是也曲則易爲美故隰桑傳曰阿然美皃凡以阿言私曲言昵近者皆引申叚借也陂阪也陂與坡音義皆同凡陂必邪立故引申之義爲傾邪子虛賦罷池陂陀言旁穨也易無平不陂洪範無偏無陂从𨸏皮聲彼爲切古音在十七部一曰池也池各本作沱誤今依韵會正說詳水部池與沱形義皆別此云陂者池也故水部有池篆云陂也正考老轉注之例詩惟召南言沱餘多言池不可溷許書沼池也洼深池也潢積水池也湖大陂也汥水都也窪一曰窊也洿一曰窊下也義皆同物豈可改爲沱乎陂得訓池者陂言其外之障池言其中所蓄之水故曰劉媼嘗息大澤之陂謂大澤之旁也曰叔度汪汪若千頃陂卽謂千頃池也湖訓大陂卽大池也陳風彼澤之陂傳曰陂澤障也月令注曰畜水曰陂凡經傳云陂池者兼言其內外或分析言之或舉一以互見許池與陂互訓渾言之也陂有叚波爲之者如漢諸侯王表曰波漢之陽西域傳曰傍南山北波河阪坡者曰阪釋地毛傳皆曰陂者曰阪許云坡者曰阪然則坡陂異部同字也說卦傳其於稼也爲反生叚借反爲阪也从𨸏反聲府遠切十四部一曰澤障也陂爲澤障故阪亦同一曰山脅也山脅山胛也呂覽阪險原隰高注阪險傾危也小雅阪田箋曰崎嶇墝埆之處也陬阪隅也謂阪之角也正月爲陬亦謂寅方在東北隅也引申爲凡隅之偁陬與隅疊韵爲訓从𨸏取聲子侯切四部隅陬也隅與陬爲轉注廣雅曰陬角也小雅箋曰丘隅丘角也上言阪此不言阪者不主謂阪之隅也考工記宮隅城隅謂角浮

險 ㄒㄧㄢˇ 30曉　限 ㄒㄧㄢˋ 9匣　阻 ㄗㄨˇ 13精　陮 ㄉㄨㄟ 7端　隗 ㄨㄟˇ 7疑　阭 ㄩㄣˇ 9定　𨻳 ㄌㄟˇ 1來　陗 ㄑㄧㄠˋ 19清　陖 ㄐㄩㄣˋ 9心　隥 ㄉㄥˋ 26端　陋 ㄌㄡˋ 16來　陜 ㄒㄧㄚˊ 29匣

思也大雅惟德之隅傳曰隅廉也今人謂邊爲廉角爲隅古不別其字亦作嵎作湡 从𨸏禺聲 噳俱切古音在四部偶平聲

險 阻難也从𨸏僉聲 虛檢切七部

限 阻也 廣韻度也齊也盻也皆其引申之義 从𨸏艮聲 乎簡切古音在十三部 一曰門榍也 此別一義而前義可包之木部曰榍門限也是爲轉注其字俗作臬作㞑

阻 險也从𨸏且聲 大射儀且左還毋周注曰古文且爲阻堯典古文黎民俎飢鄭注云俎讀曰阻是皆古文叚借字也側呂切五部

陮 陮隗 逗 高也 陮隗猶崔巍亦猶絫辠疊韵字也 从𨸏隹聲 都辠切十五部

隗 陮隗也从𨸏鬼聲 五辠切十五部

阭 高也从𨸏允聲 余準切玉篇余剸切十三十四部 一曰石也

𨻳 磊𨻳也 各本奪𨻳字今補磊𨻳猶磊墇也疊韵字 从𨸏絫聲 洛猥切古音在十六十七部之閒垂上聲

陗 陖也 凡斗直者曰陗李斯列傳曰樓季也而難五丈之限跛牂也而易百仞之高陗壍之勢異也壍當爲漸陂陀者曰漸斗直者曰陗凡閒出者曰庯陗斗俗作陡古書皆作斗 从𨸏肖聲 七笑切二部

陖 陗高也 謂斗直而高也卑者雖直不得云陖矣山部陖或作峻高也此陖陗高也是峻陖之別也專言高者或未必陗矣陖古叚借洒字爲之邶風曰新臺有洒傳曰洒高峻也峻即陖之同音通用傳意謂經之洒即陖之叚借也西聲夋聲古音同在十三部釋丘曰望厓洒而高岸夷上洒下漘洒而高謂體斗直而頂高出也夷上洒下謂頂平不高出而體亦斗直也李巡注甚明了而郭樸說誤 从𨸏夋聲 私閏切十三部

隥 仰也 仰者舉也登陟之道曰隥亦作墱西都賦陵墱道而超西墉西京賦墱道邐倚以正東薛曰墱閣道也按閣道謂淩空如棧道者 从𨸏登聲 都鄧切六部此以形聲包會意

陋 阸陜也 阸者塞也陜者隘也𨸏部曰隘者陋也然則陋與隘爲轉注阸陜者如邊塞狹隘也故从𨸏引申爲凡鄙小之偁賈子曰反雅爲陋淮南注曰陋鄙小也 从𨸏㔷聲 盧候切四部

陜 隘也从𨸏夾聲 侯夾切八部俗作陿峽狹

陟 ㄓˋ 25端　△傍　陷 ㄒㄧㄢˋ 30匣　隰 ㄒㄧˊ 27定　⿰阝區 ㄑㄩ 16溪　隤 ㄊㄨㄟˊ 7定　隊 ㄓㄨㄟˋ 8定　降 ㄐㄧㄤˋ 23見

陟 登也 釋詁曰陟陞也毛傳曰陟升也陞者升之俗字升者登之叚借禮喪服注曰今文禮皆登爲升俗誤已行久矣據鄭說則古文禮皆作登也許此作登不作升者許書說解不用叚借字也漢人用同音字代本字既乃不知有本字所謂本有其字依聲託事者然也 从𨸏步 謂緣𨸏而步也𨸏有層次可尋是謂會意竹力切一部

古文陟

陷 高下也 高下者高與下有懸絕之勢也高下之形曰陷故自高入於下亦曰陷義之引申也易曰坎陷也謂陽陷陰中也凡深沒其中曰陷 从𨸏臽聲 大徐作从𨸏从臽臽亦聲戶猪切八部 一曰陊也

隰 阪下溼也 釋丘曰下溼曰隰又曰陂者曰阪下者曰隰蓋上隰指平地言之下隰指阪言之阪形固高而其四旁窊溼處亦謂之隰也許用後說者以其字从𨸏也 从𨸏㬎聲 似入切七部

⿰阝區 敧⿰阝區也 各本奪⿰阝區字今補危部敧篆下曰敧⿰阝區也此亦曰敧⿰阝區也敧⿰阝區以雙聲成文謂傾側不安不能久立也不容删一字矣敧⿰阝區他書作崎嶇漢碑亦作嶇 从𨸏區聲 豈俱切古音在四部

隤 下隊也 繫辭曰夫乾確然示人易矣夫坤隤然示人簡矣許冂部曰隺高至也引易夫乾隺然然則正與下隊作反對語按隤與積音同而義異如李陵傳隤其家聲斷不可作積矣 从𨸏貴聲 杜回切十五部

隊 從高隊也 隊墜正俗字古書多作隊今則墜行而隊廢矣大徐以墜附土部非許意釋詁隊落也釋文从墜而以隊附見傎矣左傳曰以成一隊杜注百人爲隊蓋古語一隊猶言一堆物墮於地則聚因之名隊爲行列之偁後人以墜入至韵以隊入隊韵而莫測其原委矣 从𨸏㒸聲 徒對切十五部按當云直類切

降 下也 此下爲自上而下故廁於隊隕之閒釋詁曰降落也古多叚降爲夅夂部曰夅服也此今人讀下江切之正字詩召南我心則降毛傳曰降下也春秋經郕降于齊師何注曰降者自伏之文又齊人降鄣穀梁傳曰降猶下也皆夅之叚借字也分爲平去韵而昧其原委矣以地言曰降故从𨸏以人言曰夅故从夂㐄相承 从𨸏夅聲 此亦形聲

隕ㄩㄣˇ 9匣　隉ㄋㄧㄝˋ 2疑

包會意古巷切九部

隕從高下也釋詁曰隕下落也毛傳曰隕隋也隋卽陊字从𨸏員聲于敏切十三部易曰有隕自天姤九五爻辭

隉危也危者在高而懼也秦誓曰邦之杌隉易作鶂卼許出部之槷鼿不安也皆字異而音義同从𨸏从毀省會意徐巡㠯爲隉凶也後漢書杜林傳曰沛南徐巡始師事衛宏後更受林學林於西州得桼書古文尙書一卷以傳衛宏徐巡於是古文遂行隉凶也此巡之說秦誓也賈侍中說隉灋度也此葢亦賈侍中說古文秦誓也侍中受古文尙書於塗惲撰歐陽大小夏侯尙書古文尙書同異集爲三卷隉與臬雙聲臬者射埻的也有法度之意尙書立政篇臬訓法左傳陳之藝極藝亦臬之叚借賈謂隉爲臬之叚借故云法度也此條可以證六書叚借依賈說則杌隉連文杌當同扤訓搖動班固說不安也班固字孟堅右扶風安陵人楚令尹鬭班之後按漢書子文生於瞢中而虎乳之楚人謂乳穀謂虎於檡故名穀於檡字子文楚人謂虎文班其子以爲號秦之滅楚遷晉代之閒因氏焉云謂虎文班班卽許書辬字之叚借今之斑字也今本漢書奪去文字則文義不貫矣班爲白虎通義又爲離騷章句見於劉逵張載所引此說隉不安也恐亦說尙書語許本之曰危也周書曰邦之阢隉秦誓文上偁三家說而後偁經者明此書爲說字之書特偁經爲證也阢當是轉寫之誤當是本作杌或作兀未可定也今尙書作杌隉周易作劓刖作鶂卼鄭注字作倪仉許出部作槷鼿其文不同如此阢者石戴土也非此之用讀若虹蜺之蜺蜺雨部作霓虫部蜺寒蜩也於此知漢人已叚借蜺爲霓矣霓平韵讀五兮翻入韵讀五的翻又五結翻隉當切五結十五部

十四篇下　五

阤ㄓˋ 1定　隓ㄏㄨㄟ 1曉

阤小崩也大曰崩小曰阤吳都賦曰崩巒阤岑此其義也子虛賦曰登降阤靡上林賦曰巖阤甗錡皆謂欹傾也後人多用陊爲之古書或用褫爲之从𨸏也聲丈爾切又弋爾切古音在十七部

隓敗城𨸏曰隓从𨸏𢀩聲許書無𢀩字葢或古有此文或叅左爲聲皆未可知𡐦爲篆文則隓爲古籒可知也山部𡾊曰隓聲肉部隋曰隓省聲皆用此爲聲也小篆隓作𡐦隷變作墮俗作隳用墮爲崩落之義用隳爲傾壞之義習非成是積習難反也虞書曰萬事墮哉墮本敗城𨸏之偁故其字从𨸏引申爲凡阤壞之偁許規切古音在十七部

△𡐦

𡐦篆文小篆則从土隋聲也先古籒後小篆者是亦先二後上之例也曷爲不入𡐦於土部而隓爲重文也其字本从𨸏以壞𨸏爲義而壞城次之故入𨸏部而𡐦爲重文也

[阝頃]ㄑㄧㄥ 12溪　陊ㄉㄨㄛˋ 1定　阬ㄎㄥ 15溪

[阝頃]仄也仄下曰側傾也頃者頭不正也故从頁傾者人之仄也故从人[阝頃]者山阜之仄也故从𨸏禹貢西頃葢可作此字从𨸏頃聲大徐作从𨸏从頃頃亦聲形聲兼會意也去營切十一部

陊落也艸部曰艸曰苓木曰落引申之凡自上而下皆曰落石部硩下曰上擿山巖空青珊瑚陊之吳都賦曰硩陊山谷按今字叚墮爲陊而叚陊爲阤義雖略相近而實本不同召南毛傳盛極則隋落者梅也又叚隋爲陊从𨸏多聲徒果切十七部

阬閬也閬者門高大之皃也引申之凡孔穴深大皆曰閬阬釋詁云虛也地之孔穴虛處與門同故曰閬也以疊韵爲訓詩曰臯門有伉然則門亦得偁阬也○今按閬訓迂遠疑本作阬俗作閬又譌閬耳阬塹亦阬阻也土部曰塹者阬也然則阬者塹也爲轉注从𨸏亢聲客庚切古音在十部讀如康俗字作坑

十四篇下　六

隫ㄉㄨˊ 17定　△𣿉　防ㄈㄤˊ 15並　隄ㄉㄧ 10端　△埅

隫通溝句西都賦曰通溝大漕潰渭洞河㠯防水者也小徐及廣韵本如此隫與潰不同潰从水主謂水故解曰溝也隫从𨸏主謂地故曰通溝以防水防水猶禦水也通洞之溝水去迅速無滯不爲災通之言洞也洞者疾流也故其字讀若洞四瀆字當作此亦作四竇从𨸏賣聲徒谷切三部讀若洞大徐洞作瀆非也此許所聞舊音急就篇乘風縣鐘華洞樂皇象碑本洞作隫衣部襱或从賣聲作積

𣿉古文隫从谷釋山曰山瀆無所通谿

防隄也周禮稻人曰以防止水注云偃豬者畜流水之陂也防者豬旁隄也引申爲凡備禦之偁禮記鄭目錄云名曰坊記者以其記六藝之義所以坊人之失者也防之俗作坊从𨸏方聲符方切十部

埅防或从土俗字所由作坊也俗又以坊爲邑里之名

隄唐也唐塘正俗

附 ㄈㄨˋ 16並　△ 址　陘 ㄒㄧㄥˊ 12匣　阯 ㄓˇ 24端

字唐者大言也叚借爲陂唐乃又益之土旁作塘矣隄與唐得互爲訓者猶陂與池得互爲訓也其實窊者爲池爲唐障其外者爲陂爲隄 从𨸏是聲 都兮切十六部按或作陊此猶麟之定卽麟之題也

阯 基也 止下曰下基也阯與止音義皆同止者艸木之基也阯者城𨸏之基也 从𨸏止聲 諸市切一部

址 阯或从土 左傳曰略基址

陘 山絕坎也 釋山曰山絕陘按今爾雅奪坎字郭注云連山中斷絕非是陘者領也孟子作徑云山徑之蹊趙注山徑山領也楊子法言作山陘之蹊皆卽陘字凡巠聲之字皆訓直而長者河北八陘一曰軹關陘二曰太行陘三曰白陘四曰滏口陘五曰井陘六曰飛狐陘七曰蒲陰陘八曰軍都陘戴先生水地記曰此皆兩山中隔以成隘道也軹關之山與太行中隔沁水其山脈來自大岳白陘之山與大行中隔丹水其山脈自發鳩別而東井陘滏口之山與白陘中隔漳水其山脈自淸漳之源沾領別而東飛狐蒲陰之山與井陘中隔滹沱其山脈來自北岳軍都之山與蒲陰中隔桑乾水其山脈自大同府之外陰山別而東大行之名尤顯著故偁大行八陘元和郡縣圖志引述征記曰大行山首始於河內北至幽州凡有八陘後代史志地記多本其說於軹關巳北軍都巳南諸山槩目以大行其亦不達於理矣先生所論八陘取爲明析而山絕坎之訓亦明凡天下之地勢兩山之閒必有川焉則兩川之閒必有山焉是爲坎象坎者陷也陷者高下也高在下閒爲陷陘者一山在兩川之閒故曰山絕坎絕猶如絕流而渡之絕其埑理亙於陷中也 从𨸏巠聲 戶經切十一部

附 附婁 逗疊韵字 小土山也 左傳襄二十四年子大叔曰部婁無松柏杜注部婁小阜服虔曰喻小國風俗通義引左傳釋之曰言其卑小部者阜之類今齊魯之閒田中少高卬名之爲部矣按或作培塿依許則傳文本作附婁字从𨸏其本義也上蒲口反下路口反玉篇曰說文以坿爲坿益字从土此附作步口切小土山也玉裁謂土部坿益也增益之義宜用之相近之義亦宜用之今則盡用附而附之本義廢矣 从𨸏付聲 符又切按此音非也當云蒲口切四部 春秋傳曰附婁無松柏 左氏

障 ㄓㄤˋ 15端

𨻻 ㄒㄧㄝˋ 11匣　𨺅 ㄑㄩㄢˇ 3溪　隈 ㄨㄟ 8影　隩 ㄠˋ 22影　隱 ㄧㄣˇ 9影　隔 ㄍㄜˊ 11見　阸 ㄜˋ 11影　隒 ㄧㄢˇ 30疑　阢 ㄨˋ 8疑　阺 ㄉㄧˇ 4端

傳多古文許所見未誤

阺 秦謂陵阪曰阺 大𨸏曰陵坡曰阪秦人方言皆曰阺也漢書楊雄解嘲曰響若坻隤應劭云天水有大坂名曰隴坻其山堆旁箸崩落作聲聞數百里故曰坻隤按仲遠誤也依說文則巴蜀名山岸脅之旁箸欲落墮者曰氐氐崩聞數百里秦謂陵阪曰阺其字則氐與阺不同其語言則秦與巴蜀不同且氐主謂石故崩聲聞遠阺主謂土陵阪皆土𨸏也氏或譌作坻韋昭音若是理之是不誤阺字或作坻音丁兮丁禮二反高唐賦臨大阺之稽水是其正字也自仲遠合而一之古音十六十五部之別亦淆矣凡氏聲在十六部凡氐聲在十五部 从𨸏氐聲 丁禮切十五部

阢 石山戴土也 戴小徐作載釋山曰石戴土謂之崔嵬然則崔嵬一名阢也 从𨸏兀聲 五忽切十五部玉篇午回切

隒 崖也 崖者高邊也按今俗語謂邊曰隒當作此字王風傳曰涘者厓也漘者水隒也蓋平者曰厓高起者曰隒釋山云重甗隒 从𨸏兼聲讀若儼 魚檢切七部八部

阸 塞也 塞先代切與窒𡨄字別塞者隔也阸之言扼也 从𨸏戹聲 於革切古音在十六部

隔 塞也 塞先代切各本作障今依西京賦注所引作塞也與土部塞隔也爲轉注廣韵亦曰塞也西京賦曰隴坻之隘隔閡華戎 从𨸏鬲聲 古覈切十六部

障 隔也 从𨸏章聲 之亮切十部

隱 蔽也 艸部曰蔽茀小皃也小則不可見故隱之訓曰蔽若孟子隱几字則當爲㥯𠬪部曰㥯有所據也 从𨸏㥯聲 於謹切十三部

隩 水隈厓也 厓山邊也引申之爲水邊隈厓謂曲邊也釋丘曰厓內爲隩外爲鞫毛詩瞻彼淇奧傳曰奧隈也奧者隩之叚借字也又芮鞫之卽毛曰芮水厓也鞫究也鄭曰芮之言內也水之內曰隩水之外曰鞫漢書作阮字林作坃 从𨸏奧聲 烏到切按當於六切三部

隈 水曲也 各本作水曲隩也今依西都海賦二注訂 从𨸏畏聲 烏恢切十五部

𨺅 𨺅 逗此蓋古語 小塊也 塊俗凷字 从𨸏从臾臾古文蕢字 見艸部艸器也謂一蕢之土而巳去衍切十四部

𨻻

隴ㄌㄨㄥˇ 18來　阣ㄧ 7影　陜ㄕㄢˇ 30透

水衡官谷也未詳水衡官見漢書百官公卿表又天文志解谷晉灼曰谷名蓋非此从𨸏解聲胡買切十六部一曰小谿此別一義兩𨸏閒小谿曰𨻶如小山別大山曰嶰也谿者山凟之無所通者也

隴 天水大阪也地理志天水郡有隴縣郡國志漢陽郡永平十七年天水郡更名也隴縣有大阪名隴坻按坻卽上文阺字也从𨸏龍聲力踵切九部

阣 酒泉天阣阪也地理志酒泉郡天阣縣師古曰此地有天阣阪故以名从𨸏衣聲於希切十五部

陜 宏農陜也地理志宏農郡陜縣後志同今河南直隸陜州有廢陜縣古虢國王季之子所封也左傳曰虢仲虢叔王季之穆也國語稱文王敬友二虢杜預以爲皆文王母弟馬融云虢叔同母弟虢仲異母弟今按同母異母不可知據許祇云王季之子可也地理志曰陜故虢國東虢在滎陽賈逵曰虢仲封東虢制是也虢叔封西虢虢公是也鄭語西有虞虢韋曰虢叔之後西虢也又濟雒河潁之閒虢鄶爲大韋曰東虢也虢仲之後按地理志及說文皆但云陜故虢國不目爲西虢者蓋東周時東虢已滅於鄭不煩分別也春秋晉滅虢謂在陜之西虢王季之子虢叔之後从𨸏夾聲十篇亦部下曰宏農陜字从此失冄切八部

⿰阝無ㄨˇ 13明　⿰阝卷ㄐㄩㄢˇ 3見　陭ㄧ 1影　隃ㄕㄨˋ 16透　阮ㄖㄨㄢˇ 3疑

⿰阝無 宏農陜東陬也陬者隅也从𨸏無聲武扶切五部

⿰阝卷 河東安邑陬也从𨸏卷聲居遠切十四部

陭 上黨陭氏阪也地理志上黨郡有陭氏縣蓋因有陭氏阪以名也今本郡國志作猗氏因河東猗氏而誤从𨸏奇聲於离切按當依漢書於義切古音在十七部

隃 北陵西隃鴈門是也此八字用爾雅釋地郭注曰鴈門山是也史記趙世家作先俞古西先同音也地理志鴈門郡秦置句注山在陰館按句注山一名西陘山一名鴈門山今在山西代州西北二十五里有鴈門關从𨸏俞聲傷遇切古音在四部

阮 代郡五阮關也地理志代郡有五原關阮者正字原者段借字也成帝紀作五阮關如淳曰近捲反从𨸏元聲虞遠切十四部

陪ㄎㄨˋ 22溪　陚ㄈㄨˋ 13幫　⿰阝丁ㄉㄧㄥ 12端　⿰阝爲ㄨㄟˇ 1匣　⿰阝貞ㄓㄣ 12端　陼ㄉㄨˇ 13端　陳ㄔㄣˊ 6定

陪 大𨸏也前云大𨸏曰陵矣此云大𨸏曰陪未聞一曰右扶風郿有陪𨸏陪又爲𨸏名从𨸏告聲苦沃切三部

陚 𨸏名从𨸏武聲方遇切五部

⿰阝貞 𨸏名从𨸏貞聲陟盈切十一部

⿰阝丁 𨸏名从𨸏丁聲讀若丁當經切十一部

⿰阝爲 鄭地阪从𨸏爲聲許爲切釋文于詭切古音在十七部春秋傳曰將會鄭伯於⿰阝爲於當作于⿰阝爲今經傳皆作鄬襄七年十有二月公會晉侯宋公陳侯衛侯曹伯莒子邾子于鄬三經同左氏傳曰及將會于鄬子駟相又不禮焉句本無鄭伯字許以此敘鄭事故增此二字凡引古書不無異同者例此

陼 如渚者陼丘水中高者也釋水曰水中可居者曰州小州曰渚釋丘曰如渚者陼丘謂在水中高而平如水中小州然也許本之爲說今爾雅作小洲曰陼如陼者陼丘澑渚通用从𨸏者聲當古切五部

陳 宛丘也韵會有也舜後嬀滿之所封毛傳謚曰陳者大皡虙戲氏之墟帝舜之胄有虞閼父者爲周武王陶正武王賴其利器用與其神明之後封其子嬀滿於陳都於宛丘之側是曰陳胡公按今河南陳州府治是其地許必言宛丘者爲其字从𨸏也毛傳曰四方高中央下曰宛丘卽釋丘之宛中曰宛丘也陳本大皡之虛正字俗段爲敶列之敶陳行而敶廢矣从𨸏从木大皡以木德王故字从木申聲直珍切十二部

△陣　陶ㄊㄠˊ 21定　⿰阝⿱召土ㄓㄠˋ 19端

△陣 古文陳按古文从申不从木

陶 再成丘也在濟陰釋丘曰一成爲敦丘再成爲陶丘禹貢曰道沇水東流爲濟入于河泆爲滎東出于陶丘北地理志曰濟陰郡定陶縣禹貢陶丘在西南按定陶故城在今山東曹州府定陶縣西南古陶丘在焉从𨸏匋聲徒刀切古音在三部夏書曰東至于陶丘禹貢文陶丘有堯城堯嘗所凥故堯號陶唐氏謂堯始居於陶丘後爲唐侯故曰陶唐氏也

⿰阝⿱召土 耕㠯臿浚出下壚土也耕謂耕者也臿當依十二篇由部作疀古田器斗部引爾

阽ㄉㄧㄢˊ 30定　除ㄔㄨˊ 13定　階ㄐㄧㄝ 4見　阼ㄗㄨㄛˋ 14從　陛ㄅㄧˋ 4滂　陔ㄍㄞ 24見　際ㄐㄧˋ 2精　隙ㄒㄧˋ 14溪　陪ㄆㄟˊ 24並

雅䣄謂之疀是也郭樸曰䣄疀古鍫鍤字浚者抒也抒者挹也壚者黑剛土也耕者用鍫抒取地下黑剛土謂之陧釋名曰鍤插地起土也或曰銷或曰鏵其板曰葉鏵卽木部之芣芣者兩刃臿也一曰耕休田也謂叏田易耕者从𨸏从土召聲之少切二部阽壁危也引申爲凡物之危漢文帝詔曰或阽於死亡如淳曰阽近邊欲墮之意从𨸏壁高故从𨸏占聲余廉切古音在七部服虔音反坫之坫孟康音屋檐之檐除殿陛也殿謂宮殿殿陛謂之除因之凡去舊更新皆曰除取拾級更易之義也天保何福不除傳曰除開也从𨸏取以漸而高之意余聲直魚切五部階陛也因之凡以漸而升皆曰階木部曰梯木階也从𨸏皆聲古諧切十五部阼主階也階之在東者古者天子踐阼臨祭祀故國運曰阼从𨸏乍聲昨誤切五部陛升高陛也升登古今字古段升爲登也自卑而可以登高者謂之陛賈誼曰陛九級上廉遠地則堂高陛無級廉近地則堂卑

十四篇下　十二

獨斷曰羣臣與至尊言不敢指斥故呼在陛下者而告之从𨸏坒聲旁禮切十五部陔階次也近階之處也小雅有南陔序曰南陔孝子相戒以養也東晳詩曰循彼南陔言采其蘭是用階次之說矣而禮經賓出奏陔夏注曰以爲行節以戒釋陔皆取引申段借之義从𨸏亥聲古哀切一部際壁會也兩牆相合之縫也引申之凡兩合皆曰際際取壁之兩合猶閒取門之兩合也詩菀柳鄭箋瘵接也此謂段瘵爲際从𨸏祭聲子例切十五部隙壁際也今本際下有孔字依文選沈約詠月詩注正左傳曰牆之隙壞誰之咎也際自分而合言之隙自合而分言之引申之凡坼裂皆曰隙又引申之凡閒空皆曰隙段借以郤爲之从𨸏𡭴會意也𡭴者際見之白𡭴亦聲綺戟切古音在五部陪重土也左傳曰分之土田陪敦注曰陪增也敦厚也諸侯之臣於天子曰陪臣取重土之義引申也一曰滿也从𨸏咅聲薄回切古音在一部四部之閒一曰陪臣陪備也小徐本有

陙ㄔㄣˊ 9定

隊ㄓㄨㄟˋ 3定　陾ㄖㄥˊ 26泥　陴ㄆㄧˊ 10並　△𩫖　隍ㄏㄨㄤˊ 15匣　阹ㄑㄩ 13溪　陲ㄔㄨㄟˊ 1定　隝ㄨˇ 13影　院ㄩㄢˋ 3匣　陯ㄌㄨㄣˊ 9來　䧖ㄐㄧㄢˋ 3從

此七字隊道邊庳垣也未聞从𨸏彖聲徒玩切十四部按篇韵皆丈轉切陾築牆聲也从𨸏耎聲如乘切六部詩曰捄之陾陾大雅緜文毛傳曰捄虆也陾陾眾也度居也言百姓之勸勉也登登用力也箋云捄捊也度猶投也築牆者捊聚壤土盛之以虆而投諸版中按箋與傳不異箋之投卽傳之居詩之捄謂捊土度謂投版中然後乃築之登登然則傳謂陾陾眾也爲長許謂築牆聲似非是又其篆从耎聲則與如乘切相去甚遠依玉篇手部作捄之陑陑則之韵而聲可轉入蒸韵如耳孫之卽仍孫也蓋其字从𨸏故許必云築牆以傳合之而聲則或譌爲耎聲陴城上女牆俾倪也土部曰堞城上女垣也凡小者謂之女女牆卽女垣也俾倪疊韵字或作睥睨或作埤堄皆俗字城上爲小牆作孔穴可以窺外謂之俾倪左傳宣十二年守陴者皆哭杜注陴城上俾倪釋名云城上垣曰俾倪言於其孔中俾倪非常亦曰陴陴裨也言裨助城之高也亦曰女牆从𨸏卑聲符支切十六部𩫖籀

十四篇下　十三

文陴从𩫏隍城池也池之在城外者也有水曰池無水曰隍矣矣字依水經注補周易泰上六城復于隍虞注曰隍城下溝無水稱隍有水稱池从𨸏皇聲乎光切十部易曰城復于隍阹依山谷爲牛馬圈也司馬相如上林賦楊雄傳左思吳都賦皆有此字郭樸李奇劉淵林注皆略同許从𨸏去聲去魚切五部陲危也許義㘸訓遠邊陲訓危以㘸从土陲从𨸏之故今義訓垂爲懸則訓陲爲邊邊陲行而邊垂廢矣从𨸏㘸聲是爲切古音在十七部隝小障也障隔也埤蒼云小障曰隝通俗文營居爲隝一曰庳城也庳猶卑也从𨸏烏聲安古切五部院堅也从𨸏完聲王眷切十四部按宀部爲寏之或體陯山𨸏陷也今則淪行而陯廢矣从𨸏侖聲盧昆切十三部廣韵力迍切陙水𨸏也水集韵作小从𨸏辰聲食倫切十三部䧖水𨸏

𨺅 ㄈㄡˋ ??　𨻐 ㄩㄝˋ 2影　𨻗 ㄞˋ 11影　△隘　𨻐 ㄙㄨㄟˋ 8定

也从𨸏𦍒聲 慈衍切十四部

文九十二　重九

𨺅 兩𨸏之閒也从二𨸏 似醉切按此字不得其音大徐依隧讀也廣韵玉篇扶救切又依𨸏音讀也 凡𨺅之屬皆从𨺅

𨻐 𨸏突也 窔者穿也謂兩𨸏閒空闕處也 从𨺅夬聲 於決切十五部

𨻗 陋也 𨸏部曰陋者阸陝也阸者塞也陝者隘也然則四字相爲轉注 从𨺅𦉼聲 烏懈切十六部按此舉形聲包會意如人之咽喉也 𦉼籒文嗌字 此見口部嗌下

隘 篆文𨻗从𨸏益 各本譌作隘今正 篆各本作籒今正𨻗籒文也隘小篆也先籒而後篆者爲其字之从兩𨸏也

𨼬 塞上亭守㸚火者也 注見火部㸚下彼云㸚隧候表也總釋此二篆此云塞上亭守㸚火者謂邊塞之上守望㸚火之亭故其字从𨺅在陋隘之閒也 从𨺅从火

△隧　厽 ㄌㄟˇ 7來　絫 ㄌㄟˇ 7來（累）

㒸聲 徐醉切十五部 隧 篆文𨼬省 此爲小篆則知上爲籒文矣

文四　重二

厽 絫坺土爲牆壁 絫者今之累字土部曰一臿土謂之坺臿者今之墼以墼取田閒土塊令方整不散今里俗云坺頭是也亦謂之版光累之爲牆壁野外軍壁多如是民家亦如是矣軍壁則謂之壘 象形 像坺土積疊之形其音力詭切在古十六部大徐力軌切非也凡古厽聲之字在十六部畾聲之字在十五部此必當辨者也玉篇云厽尚書以爲參字按此謂西伯龕黎乃罪多參在上或作厽也 凡厽之屬皆从厽

絫 增也 增者益也凡增益謂之積絫絫之隸變作累累行而絫廢古書時見絫字乃不識爲今之累字良偽切亦如是 从厽糸 會意糸細絲也積細絲成繒積坺土成牆其理一也不入糸部入厽部重厽也玉篇乃以入糸部矣 厽亦聲 力軌切按當云力詭切在十六部 一曰 二字今增玉篇作又 絫

△咒　四 ㄙˋ 5心　垒 ㄌㄟˇ 7來（壘）

十黍之重也 十黍爲絫而五權從此起十絫爲一銖二十四銖爲兩十六兩爲斤三十斤爲鈞四鈞爲石石許作秙

垒 絫墼也 墼者令適未燒者也已燒者爲令適今俗謂之塼古作專未燒者謂之墼今俗謂之土墼坺土則又未成墼者積坺土爲牆曰厽積墼爲牆曰垒此音同義異之字也土部曰軍壁曰壘此又音義皆異之字也玉篇之注甚誤故辨之禮喪服翦屛柱楣注曰於中門之外垒墼爲之今本垒皆譌壘急就篇墼壘亦當作垒葢俗字厽畾之不分者多矣 从厽土 會意不入土部者重厽也 厽亦聲 各本無此三字今依上篆補力軌切古在十六部劣委反

文三

四 侌數也 自一篇列一部三部十三篇列二部二篇列八部三篇列十部數未備也故於此類列之 象四分之形 謂口像四方八像分也息利切十五部 凡四之屬皆从四

咒 古文四如此 小篆略改之

亖 籒文四 此筭法之二二如四也二字兩畫均長則三字亦四畫均長今人作篆多誤覲禮四享鄭注曰四當爲三書作三四字或皆積畫字相似由此誤聘禮注云朝貢禮純四只鄭志荅趙商問四當爲三周禮內宰職注天子巡守禮制幣丈八尺純四邪鄭志荅趙商問亦云四當爲三左傳是四國者專足畏也劉炫謂四當爲三皆由古字積畫之故按說文之例先籒文次古文此恐轉寫誤倒

△三　宁 ㄓㄨˋ 13定

文一　重二

宁 辨積物也 辨今俗字作辦音蒲莧切古無二字二音也周禮以辨民器辨具也分別而具之故其字从刀積者聚也宁與貯葢古今字周禮注作褚史記作積著釋宮門屛之閒曰宁郭云人君視朝所宁立處毛詩傳云宁立久立也然則凡云宁立者正積物之義之引申俗字作佇作竚皆非是以其可宁立也故謂之宁齊風作著 象形 其旁有禦其下有阯其上有顯辨積之形也直侶切五部 凡宁之屬皆从宁

⿰甾宁 ㄓㄨˇ 13端　叕 ㄓㄨㄛˊ 2端　綴 ㄓㄨㄟˋ 2端　亞 ㄧㄚˋ 13影　⿱亞日 ㄧㄚˋ 13影　五 ㄨˇ 13疑　△㐅

㡘也。所㠯盛米也。今本盛上有載依廣韵刪巾部曰㡘載米⿰甾宁也二篆爲轉注今俗以艸爲之俗語如遁卽㡘字也以竹爲之俗語如巨卽⿰甾宁字也皆所以盛米 从宁甾甾缶也。十二篇曰東楚名缶曰甾此必著爲缶者嫌其與艸部从巛田之甾相似也㡘之宁物猶甾之宁物也故从宁甾會意不入甾部者重宁也 宁亦聲。陟呂切五部

文二

綴聯也。以綴釋叕猶以絫釋厽也聯者連也 象形。陟劣切十五部 凡叕之屬皆从叕。

合箸也。元應書作合令箸也箸直略切古多叚綴爲贅 从叕糸。聯之以絲也會意 叕亦聲。陟衞切十五部

文二

十四篇下　七五

醜也。此亞之本義亞與惡音義皆同故詛楚文亞駝禮記作惡池史記盧綰孫他之封惡谷漢書作亞谷宋時玉印曰周惡夫印劉原甫以爲卽條侯亞父 象人局背之形。像醜惡之狀也衣駕切古音在五部 賈侍中說㠯爲次弟也。別一義易上繫言天下之至嘖而不可惡也荀爽惡作亞云次也尚書大傳王升舟入水鼓鐘惡觀臺惡將舟惡鄭注惡讀爲亞亞次也皆與賈說合 凡亞之屬皆从亞。

闕。謂形音義之說皆闕也大徐衣駕切按西字讀如晉則其音傳矣

文二

五行也。古之聖人知有水火木金土五者而後造此字也 从二。像天地 侌昜在天地閒交午也。此謂㐅也卽釋古文之意水火木金土相尅相生陰陽交午也疑古切五部 凡五之屬皆从五。㐅古文五如此。小篆益之以二耳古文像陰陽午貫之形毛詩

六 ㄌㄧㄡˋ 22來　七 ㄑㄧ 5清　九 ㄐㄧㄡˇ 21見　馗 ㄎㄨㄟˊ 21匣　△逵

七月鳴鵙王肅云當爲五月正爲古文五與七相近似

文一　重一

易之數侌變於六正於八。此謂六爲陰之變八爲陰之正也與下文言七九一例八篆已見二篇故類言之六爲陰之變九爲陽之變聖人以九六繫爻而不以七八金氏榜曰乾鑿度謂七八爲彖九六爲變故彖占七八爻占九六一爻變者以變爻占是爻占九六也六爻皆不變及變兩爻以上者占之彖辭是彖占七八也公子重耳筮得貞屯悔豫皆八董因筮得泰之八穆姜筮得艮之八凡陰不變者爲八也 从入八。會意力竹切三部 凡六之屬皆从六。

文一

易之正也。易用九不用七亦用變不用正也然則凡筮陽不變者當爲七但左傳國語未之見 从一微侌從中衺出也。謂乚親吉切十二部 凡七之屬皆从七。

文一

十四篇下　七六

易之變也。列子春秋緐露白虎通廣雅皆云九究也 象其屈曲究盡之形。許書多作詰詘此云屈曲恐後人改之舉有切三部 凡九之屬皆从九。

九達道也。釋宮曰九逵謂之馗韓詩施于中馗 佀龜背故謂之馗。馗龜背中高而四下馗之四面無不可通似之龜古音如姬如鳩馗古音如求以疊韵爲訓也大徐本此下有馗高也三字非是 从九首。會意首猶向也故道字亦从首九亦聲古音在三部今渠追切 逵馗或从辵坴。今毛詩作此字 馗高也故从坴。故字今增徐楚金云坴高土也會意玉裁按坴亦聲

文二　重一

禸 ㄖㄡˇ 21泥

△蹂

禽 ㄑㄧㄣˊ 28匣

离 ㄔ 1透

禸 獸足蹂地也 足著地謂之厹以蹂釋厹以小篆釋古文也先古文後小篆者上部先二之例也 象形 謂ㄙ 九聲 人九切三部 尒疋曰 小徐作爾雅曰是也此蓋後人所改耳 狐貍貛貉醜其足蹞其迹厹 釋獸文狐貍貛今作貍狐貒郭注厹指頭處也蓋渾言之凡迹皆曰厹分析言之則各有名如爾雅所說 凡厹之屬皆从厹 蹂 篆文厹 爾雅音義云古文爲蹂由不知說文之例而改之 从足柔聲

禽 走獸總名 釋鳥曰二足而羽謂之禽四足而毛謂之獸許不同者其字从厹厹爲獸迹鳥迹不云厹也然則倉頡造字之本意謂四足而走者明矣以名毛屬者名羽屬此乃偁謂之轉移叚借及其久也遂爲羽屬之定名矣爾雅自其轉移者言之許指造字之本言之凡經典禽字有謂毛屬者有謂羽屬者有兼舉者故白虎通曰禽者何鳥獸之總名 从厹象形 厹以像其足迹凶以像其首 今聲 巨今切七部 禽离兕頭相侣 此猶魚尾同燕尾能足同鹿足之意也

离 山神也 也字今補 獸形 形各本作也今正左傳螭魅罔兩杜注螭山神獸形周禮地示物魅正義引服虔左傳注螭山神獸形上林賦蛟龍赤螭如淳注曰螭山神也獸形按山神之字本不从虫从虫者乃許所謂若龍而黃者也今左傳作螭魅乃俗寫之譌東京賦作魑亦是俗字徐鉉於鬼部增魑字誤矣薛綜二京解云魑魅山澤之神也與許服說同本是山神而形如獸故其字从厹若今本作神獸則大誤矣 从禽頭 謂凶也 从厹 獸形則頭足皆獸矣 从屮 从中若巂字之首像其冠耳竊謂當从山从山者謂其爲山神也音丑知切古音在十七部大徐呂支切 歐陽喬說离猛獸也 此別一義西都賦托熊螭李注引歐陽尚書說曰螭猛獸也漢書儒林傳歐陽事伏生世世相傳至曾孫高字子陽傳孫地餘地餘子政由是尚書世有歐陽氏學藝文志歐陽章句三十一卷許云歐陽喬者蓋卽高古喬高通用許作离李善作螭者俗亂之也此蓋說今文毋誓史記作如豣如離可證离離古通用周禮正義引服氏左傳注螭山神獸形或曰如虎而嗷虎二說

十四篇下　七

△禼

萬 ㄨㄢˋ 3明

禹 ㄩˇ 13匣

𥝀 ㄈㄟˋ 7並

禼 ㄒㄧㄝˋ 2心

△卨

嘼 ㄒㄧㄡˋ 21曉

獸 ㄕㄡˋ 21透

並列正同許氏若俗本說文前說改爲山神獸也則與後說不別矣

萬 蟲也 謂蟲名也叚借爲十千數名而十千無正字遂久叚不歸學者昧其本義矣唐人十千作万故廣韵万與萬別 从厹 蓋其蟲四足像獸 象形 與虫部蠆同象形蓋萬亦蠆之類也無販切十四部

禹 蟲也 夏王以爲名學者昧其本義 从厹 蓋亦四足 象形 王矩切五部 禹 古文禹 見漢書

𥝀 周成王時州靡國獻𥝀𥝀人身反踵 足跟也作踵者誤 自笑笑卽上脣弇其目食人 巳上見周書王會篇郭樸云亦見尚書大傳 北方謂之土螻 博異名西山經說土螻狀如羊而四角不同此 爾雅曰𥝀𥝀如人被髮讀若費一名梟陽 許作梟陽宋本及爾雅音義可證也他書多作梟羊者 从厹象形 囟像其首㠯像其手執人符未切十五部 爾雅釋文引許扶味反

禼 蟲也 殷[元]王以爲名見漢書俗改用偰契字 从厹象形讀與偰同 私列切十五部 禼 古文禼

文七　重三

十四篇下　大

嘼 獸牲也 爾雅釋文引字林嘼犍也說文嘼牲也今本說文作犍也乃後人以字林改說文耳嘼牲二字連文禮記左傳皆云名子者不以畜牲是也牛部犍字下亦曰嘼牲也圈下曰養嘼之閑犪下曰讀若嘼牲之嘼今俗語多云畜牲嘼今多用畜者俗書叚借而然爾雅釋獸釋嘼必異其名者陸德明曰嘼是嘼養之名獸是毛蟲總號故釋嘼惟論馬牛羊雞犬釋獸通說百獸之名按尚書武成歸嘼今作歸獸二字不分久矣凡畜養古作嘼養 象耳頭足厹地之形 象耳謂凹象頭謂田象足厹地謂古也許救切三部凡六畜當用此音今專讀丑六切非也 古文嘼下从厹 謂古文作鼠也言此者謂古文本从厹象足蹂地小篆雖易其形特取整齊易書耳故以古文之形釋小篆 凡嘼之屬皆从嘼

獸 守備者

也以疊韵爲訓能守能備如虎豹在山是也一曰㒳足曰禽四足曰獸十字見爾雅音義與釋鳥云二足而羽謂之禽四足而毛謂之獸合許於鳥字下曰長尾禽總名也與此同與禽字下異从嘼从犬少儀有守犬守禦宅舍者也故从之會意舒救切三部

文二

甲 ㄐㄧㄚˇ 31見

甲東方之孟昜气萌動史記厤書曰甲者言萬物剖符甲而出也漢書律厤志曰出甲於甲月令注曰日之行春東從青道發生月爲之佐時萬物皆解孚甲月令曰孟春之月天氣下降地氣上騰天地和同艸木萌動今本小篆作甲古文作甲今正說詳戈部戎字下从木戴孚甲之象孚者郛孚也孚甲猶今言殼也凡艸木初生或戴種於顛或先見其葉故其字像之下像木之有莖上像孚甲下覆也古狎切八部衞風毛傳曰甲狎也言甲爲狎之叚借字也又大雅會朝清明毛傳曰會甲也會讀如檜物之蓋也會朝猶言第一朝此於雙聲取義貨殖傳蓋一州漢書作甲一州大一經曰攷藝文志陰陽家有大壹兵法一篇五行家有泰一陰陽二十三卷泰一二十九卷然則許偁大一經者蓋此類人頭空爲甲空各本作宜今依集韵作空爲善空腔古今字許言頭空履空頷空腔空皆今之腔也人頭空謂髑髏也凡甲之屬皆从甲

△甲古文甲始於一見於十歲成於木之象宋本作始於十見於千或疑當作始於下見於上

文一　重一

乙 ㄧˇ 5影

乙象春艸木冤曲而出侌气尚彊其出乙乙也冤之言鬱曲之言詘也乙乙難出之皃史記曰乙者言萬物生軋軋也漢書曰奮軋於乙文賦曰思軋軋其若抽軋軋皆乙乙之叚借軋从乙聲故同音相叚月令鄭注云乙之言軋也時萬物皆抽軋而出物之出土艱屯如車之輾地澀滯與丨同意謂與自下通上之丨同意也乙自下出上礙於陰其書之也宜倒行於筆切十二部按李善乙音軋乙承甲象人頸以下皆冡大一經曰言之凡乙之屬皆从乙

十四篇下　九

乾 ㄑㄧㄢˊ 3匣

乾上出也此乾字之本義也自有文字以後乃用爲卦名而孔子釋之曰健也健之義生於上出上出爲乾下注則爲溼故乾與溼相對俗別其音古無是也从乙乙物之達也釋从乙之恉物達則上出矣倝聲倝者日始出光倝倝也然則形聲中有會意焉渠焉切又古寒切十四部

△乹

乹籀文乾𠦝蓋籀文倝故籀文朝籀文乾皆从之

亂 ㄌㄨㄢˋ 3來

亂不治也从乙𤔔乙治之也各本作治也从乙乙治之也从𤔔文理不可通今更正亂本訓不治不治則欲其治故其字从乙乙以治之謂詘者達之也轉注之法乃訓亂爲治如武王曰予有亂十人是也𠬪部𤔔不治也幺子相亂𠬪治之也文法正同亦爲後人改竄不可讀郎段切十四部

尤 ㄧㄡˊ 24匣

尤異也从乙又聲羽求切古音在一部讀如怡

文四　重一

丙 ㄅㄧㄥˇ 15幫

丙位南方句萬物成炳然句侌气初起昜气將虧鄭注月令曰丙之言炳也萬物皆炳然箸見律書曰丙者言陽道箸明律厤志曰明炳於丙从一入冂合三字會意陽入冂伏臧將虧之象也兵永切古音在十部一者昜也釋篆體之一丙承乙象人肩冡大一經凡丙之屬皆从丙

文一

丁 ㄉㄧㄥ 12端

丁夏時萬物皆丁實丁實小徐本作丁壯成實律書曰丁者言萬物之丁壯也律厤志曰大盛於丁鄭注月令曰時萬物皆強大象形當經切十一部丁承丙象人心冡大一經凡丁之屬皆从丁

十四篇下　十

文一

戊 ㄨˋ 21明

中宮也鄭注月令曰戊之言茂也萬物皆枝葉茂盛律𠩺志曰豐楙於戊 象六甲五龍相拘絞也六甲者漢書曰有六甲是也五龍者五行也水經注引遁甲開山圖曰五龍見教天皇被迹滎氏注云五龍治在五方爲五行神鬼谷子盛神法五龍陶注曰五龍五行之龍也許謂戊字之形像六甲五行相拘絞也莫候切三部俗多誤讀 戊承丁象人脅冡大一經 凡戊之屬皆从戊

文一

成 ㄔㄥˊ 12定

就也从戊丁聲氏征切十一部

△戚

古文成从午

文二　重一

己 ㄐㄧˇ 24見

中宮也戊己皆中宮故中央土其日戊己注曰己之言起也律𠩺志曰理紀於己釋名曰己皆有定形可紀識也引申之義爲人己言己以別於人者己在中人在外可紀識也論語克己復禮爲仁克己言自勝也 象萬物辟藏詘形也辟藏者盤辟收斂字像其詰詘之形也此與巳止字絕不同宋以前分別自明以來書籍閒大亂如論語莫己知也斯己而已矣唐石經不譌宋儒乃不能了居擬切一部 己承戊象人腹冡大一經 凡己之屬皆从己

△乇

古文己己亥譌三豕者己與三形似也

巹 ㄐㄧㄣˇ 9見

謹身有所承也承者奉也受也按禮記借爲合巹字巹見豆部 从己丞會意丞即承也 讀若詩云赤舄几几几几各本作己己非韵昏義釋文作几几今據以正之許讀同几今居隱切十五十三部之轉也

㠱 ㄐㄧˋ 24匣

長居也居各本作踞俗字也尸部曰居者蹲也長居謂箕其股而坐許云㠱居者即他書之箕踞也玉篇云㠱即跽字長跪也非許意許於足部跽下云長跪也與㠱別 从己其聲讀若杞暨巳切一部按集韵㠱古國名衞宏說與杞同蓋衞宏以㠱爲杞宋之杞此出唐人所謂衞宏官書多不可信即如此條乃因許語而附會之也

文三　重一

巴 ㄅㄚ 13幫

蟲也謂蟲名 或曰食象它山海經曰巴蛇食象三歲而出其骨 象形伯加切古音在五部按不言从己者取其形似而輆之非从己也 凡巴之屬皆从巴

𢀳 ㄅㄚˇ 13幫

搫擊也搫者反手擊也今之琵琶古當作搫𢀳 从巴帚闕闕者闕其會意形聲之說也大徐博下切按此字當是从帚巴聲

文二

庚 ㄍㄥ 15見

位西方律書曰庚者言陰氣更萬物律𠩺志曰斂更於庚月令注曰庚之言更也萬物皆肅然更改秀實新成 象秋時萬物庚庚有實也庚庚成實皃服虔漢書注曰庚庚橫皃也字象形古行切古音在十部讀如岡 庚承己象人脅冡大一經按小徐駁李陽冰說从干𠦃象人兩手把干立不可從今各本篆皆從陽冰非也中口者象人脅 凡庚之屬皆从庚

文一

辛 ㄒㄧㄣ 6心

秋時萬物成而孰律書曰辛者言萬物之新生故曰辛律𠩺志曰悉新於辛釋名曰辛新也物初新者皆收成也 金剛味辛謂成孰之味也 辛痛即泣出故以爲䡅辛字 从一辛一者陽也陽入於辛謂之愆陽息鄰切十三部 辛辠也辛痛泣出辠人之象凡辠宰辜辥辭皆从辛者由此 辛承庚象人股冡大一經 凡辛之屬皆从辛

辠 ㄗㄨㄟˋ 7從

犯灋也从辛自辛自即酸鼻也徂賄切十五部 言辠人戚鼻苦辛之憂戚今之蹙字此釋从辛自之恉 秦以辠佀皇字改爲罪此志改字之始也古有叚借而無改字罪本訓捕魚竹网从网非聲始皇易形聲爲會意而漢後經典多從之非古也

辜 ㄍㄨ 13見

辠也周禮殺王之親者辜之鄭注辜之言

△ 𦴭　辥 ㄒㄧㄝ 2 心　辤 ㄘˊ 24 定　△ 辝　辭 ㄘˊ 24 定　△ 𤔲　辡 ㄅㄧㄢˋ 3 幫　辯 ㄅㄧㄢˋ 3 並　壬 ㄖㄣˊ 28 泥

枯也謂磔之按辜本非常重罪引申之凡有罪皆曰辜**从辛古聲**古乎切五部

𦴭古文辜从死从古文死也

辥辠也此字古書內罕見**从辛𠂤聲**𠂤見𠂤部私列切十五部

辤不受也聘禮辭曰非禮也敢注曰辭不受也按經傳凡辤讓皆作辭說字固屬叚借而學者乃罕知有辤讓本字或又用辤爲辭說而愈惑矣禮經一書多言辭曰謂其文辭如是也聘禮之辭曰非禮也敢則於辭爲逗謂辤則其辭如是也故鄭特注之以別於他處之言辭曰者哀六年左傳五辭而後許釋文曰辭本又作辤**从受辛**會意**受辛宜辤之也**釋會意之恉世說新語蔡邕題曹娥碑黃絹幼婦外孫齏臼解之曰齏臼所以受辛辤字也按此正當作辭可證漢人辤辭不別耳似茲切一部

辝籀文辤和悅以卻之故从台

辭說也今本說譌訟廣韵七之所引不誤今本此說譌爲訟訟字下訟譌爲說其誤正同言部曰說者釋也**从𤔔辛**會意似茲切一部**𤔔辛猶理辜也**釋會意之恉依小徐本訂正

𤔲籀文辭从司易毄辭本亦作𤔲

文六　重三

辡辠人相與訟也从二辛會意方免切十二部**凡辡之屬皆从辡**

辯治也治者理也俗多與辨不別辨者判也**从言在辡之閒**謂治獄也會意符蹇切十二部

文二

壬位北方也侌極昜生月令鄭注壬之言任也時萬物懷任於下律書曰壬之爲言任也言陽气任養萬物於下也律厤志曰懷任於壬釋名曰壬妊也陰陽交物懷妊至子而萌也**故易曰龍戰于野**坤上六爻辭**戰者接也**釋易之戰字引易者證陰極陽生也乾鑿度曰陽始於亥乾位在亥文言曰爲其兼於陽故稱龍許君以亥壬合德亥壬包孕陽气至子則滋生矣**象人褢妊之形**如林切七部**承亥壬㠯子生之敘也**故舉坤上六爻辭坤上六在亥**壬與巫同意**巫像人兩袖舞壬像人腹大也**壬承辛象人脛脛任體也**冡大一經**凡壬之屬皆从壬**

文一

△ 癸　癸 ㄍㄨㄟˇ 4 見　子 ㄗˇ 24 精　△ 孚　△ 𢀈　孕 ㄩㄣˋ 26 定　㝃 ㄇㄧㄢˇ 9 明

癸冬時水土平可揆度也揆癸疊韵律書曰癸之爲言揆也言萬物可揆度律厤志曰陳揆於癸**象水從四方流入地中之形**居誄切十五部**癸承壬象人足**冡大一經**凡癸之屬皆从癸**

𥘀籀文从𣥠从矢癸像人足故从𣥠矢聲癸本古文小篆因之不改故先篆後籀而艸部葵作蔡手部作揆知古形聲兼取二形也

文一　重一

子十一月昜气動萬物滋律書子者滋也言萬物滋於下也律厤志曰孳萌於子**人㠯爲偁**人各本譌入今正此與以朋爲朋攩以韋爲皮韋以烏爲烏呼以來爲行來以西爲東西一例凡言以爲者皆許君發明六書叚借之法子本陽气動萬物滋之偁萬物莫靈於人故因叚借以爲人之偁**象形**象物滋生之形亦象人首與手足之形也即里切一部**凡子之屬皆从子**

𢀇古文子从巛象髮也象髮與𦣻同意

𢀈籀文子囟有髮巛也**臂**爪也**脛**人也**在几上也**木部曰𣏟者安身之几坐也

孕褢子也从子乃聲乃聲二字各本作从几誤今正艸部艿字人部仍字皆乃聲管子孕作䑋从繩省聲可證也以證切六部

㝃生子免身也从子免按許書無免字據此條則必當有免字偶然逸之正如由字耳免聲當在古音十四

字ㄗˋ 24從　穀ㄍㄡˋ 17泥　孿ㄌㄨㄢˊ 3來　孺ㄖㄨˋ 16泥　季ㄐㄧˋ 4見　孟ㄇㄥˋ 15明　孼ㄋㄧㄝˋ 2疑　孳ㄗ 24精　△𣏾

部或音問則在十三部與免聲之在五部者迥不同矣但立乎今日以言六書免由皆不能得其象形會意不得謂古無免由字也趜則會意兼形聲亡辯切十四部

字　乳也。人及鳥生子曰乳獸曰犢引申之爲撫字亦引申之爲文字敘云字者言孳乳而浸多也　从子在宀下　會意　子亦聲　疾置切一部

穀　乳也。上文之乳謂生子也此乳者謂既生而乳哺之也左傳曰楚人謂乳穀其音乃苟切今本左傳作榖漢書作穀或作彀或作穀皆非也音亦如構　从子殸聲　大徐古候切非也當乃苟奴豆切三部　一曰穀瞀也。各本刪穀字今補此三字一句穀瞀疊韵荀子儒效篇作溝瞀漢書五行志作傋霿楚辭九辨作怐愗廣韵五十候作怐愗又作瞉瞀又作嫯瞀其字皆上音寇下音茂其義皆謂愚蒙也山海經注穀瞀穀亦穀之譌此別一義也故言一曰

孿　一乳兩子也。此謂人也孿之言連也　从子䜌聲　呂患切十四部

孺　乳子也。以疊韵爲訓凡幼者曰孺子此其義也爾雅曰孺屬也亦以同音爲訓屬者聯也　一曰輸孺也。輸孺尚小也。此二孺字各本無廣韵有之文義乃完於此見刪字者之無理亦周燕也黃倉庚也之類也輸孺疊韵字孺讀如儒方言十二曰儒輸愚也郭注儒輸猶愞選也輸孺卽儒輸也荀子修身篇偷儒憚事偷儒卽輸孺　从子需聲　而遇切四部

季　少偁也。叔季皆謂少者而季又少於叔　从子稚省稚亦聲　居悸切十五部

孟　長也。从子皿聲　莫更切古音在十部讀如芒爾雅孟勉也此借孟爲猛

𡥥　古文孟如此。

孼　庶子也。玉藻公子曰臣孼鄭注孼當作枿聲之誤也玉裁按此記文本作枿注曰枿當作孼後人因注改經又因經改注師古匡謬正俗未之知也凡木萌旁出皆曰孼人之支子曰孼其義略同故古或通用固不必指爲聲誤何注公羊曰庶孼衆賤子猶樹之有孼生得其義矣　从子辥聲　魚列切十五部

孳　孳孳彶彶生也。孳孳二字各本無今依元應書補攴部孜下曰孜孜彶彶也此云孳孳彶彶生也孜孳二字古多通用堯典鳥獸孳尾某氏傳曰乳化曰孳然則蕃生之義當用孳故从茲無息之義當用孜故从攴　从子茲聲　按此篆从艸木多益之茲猶水部之滋也形聲中有會意五經文字云从茲非也茲本在先韵耳子之切亦音字一部凡許書茲滋鷀孳慈鎡各本篆體皆謬今皆更正

𡦜　籀文孳从絲。謂絲聲也茲从艸絲省聲故小篆茲聲籀文絲聲一也

孤ㄍㄨ 13見　存ㄘㄨㄣˊ 9從　斈ㄐㄧㄠˋ 19見　疑ㄧˊ 4疑　了ㄌㄧㄠˇ 19來　孑ㄐㄧㄝˊ 2見　△孿

孤　無父也。孟子曰幼而無父曰孤引申之凡單獨皆曰孤孤則不相酬應故背恩者曰孤負孤則人輕賤之故鄭注儀禮曰不以己尊孤人也　从子瓜聲　古乎切五部

存　恤問也。恤恖也收也爾雅曰在存也在存省士察也今人於在存字皆不得其本義　从子在省　大徐本作才聲今小徐本作在聲依韵會所引正楚金注曰在亦存也會意徂尊切十三部

斈　放也。放各本譌作效今依宋刻及集韵正放仿古通用許曰放逐也仿相似也斈訓放者謂隨之依之也今人則專用仿矣教字學字皆以斈會意教者與人以可放也學者放而像之也放分兩切　从子爻聲　古肴切二部按玉篇曰公孝切也說文又音交然則古肴切者出於說文音隱

疑　惑也。惑亂　从子止匕矢聲　此六字有誤匕矢皆在十五部非聲疑止皆在一部止可爲疑聲匕部有𣎵未定也當作从子𣎵省止聲以子𣎵會意也語其切一部

文十五　重四

了　尥也。尥行脛相交也牛行腳相交爲尥凡物二股或一股結糾紾縛不直伸者曰了戾方言軫戾也郭注相了戾也淮南原道訓注楊倞荀卿注王砯素問注段成式酉陽雜組及諸書皆有了戾字而或妄改之方言曰佻縣也郭注了佻縣物皃丁小反按他書引皆作了亅亦卽許之了尥也段借爲憭悟字　从子無臂　象形　象其足了戾之形盧鳥切二部　凡了之屬皆从了

孑　無又臂也。引申之凡特立爲孑詩曰孑孑干旌又曰靡有孑遺方言曰戟而無刃秦晉之閒謂之釨釨卽孑字左傳正作孑　从

孓 ㄐㄩㄝˊ 2見

了乚象形居桀切十五部

無ナ臂也大荒西經有人名曰吴回奇左是無右臂郭注卽奇肱也又大荒之山有人焉是顓頊之子三面一臂郭注無左臂也廣雅孑孓蜎也郭樸云井中小蛣蟩赤蟲也从了亅象形居月切十五部

文三宋夢英書說文偏旁五百四十字有孑部而無了部誤也郭忠恕與夢英書曰說文字源惟有五百四十部子字後校在子部按子字乃了字之譌當云孑在了部

孨 ㄓㄨㄢ 3端

謹也大戴禮曰博學而孨守之正謂謹也引申之義爲弱小史記吾王孱王也韋昭曰仁謹皃與許合孟康曰冀州人謂愞弱爲孱此引申之義其字則多段孱爲孨从三子會意服虔音鉏閑反孟康音如潺湲之潺見十四部凡孨之屬皆从孨讀若翦言沇切十四部

孱 ㄔㄢˊ 3從

迮也按此迮當爲笮今之窄字也从孨在尸下士連切十四部廣韵又士山切一曰呻吟也呻吟見口部

㬅 ㄋㄧˇ 24疑

盛皃文選靈光殿賦曰芝栭欑羅以戢㬅李注戢㬅衆皃从孨从日讀若薿薿一曰若存今魚紀切李善乃立切

△晉

籒文㬅从二子句絕一曰㬅卽奇字晉俗本曰多譌日

文三　重一

𠫓 ㄊㄨ 8透

不順忽出也謂凡物之反其常凡事之屰其理突出至前者皆是也不專謂人子从到子到今倒字倒子會意也他骨切十五部易曰突如其來如不孝子突出不容於內也此引易而釋之以明从倒子會意之恉也離九四曰突如其來如焚如死如棄如鄭注曰震爲長子爻失正突如震之失正不知其所如不孝之罪五刑莫大故有焚如死如棄如之刑如淳注王莽傳亦曰焚如死如棄如謂不孝子也皆與許合許蓋出於孟氏矣子之不順者謂之突如造文者因有𠫓字施諸凡不順者𠫓卽易突字也倉頡之𠫓卽易之突字非謂倉頡時已見爻辭正謂周易之突卽倉頡之𠫓也此爻辭之用段借也突之本義謂犬從穴中暫出𠫓之本義謂不順故曰用段借按小徐本有此六字大徐本刪之由其不知許意也若近惠氏定宇校李鼎祚周易集解改作𠫓如其來如則爲紕繆矣凡𠫓之屬皆从𠫓

△㐬

或从到古文子学古文子也故㐬爲倒古文子大徐於此下安卽易突字四字惠氏之誤本此

育 ㄩˋ 22定

養子使作善也孟子曰中也養不中才也養不才从𠫓不从子而从倒子者正謂不善者可使作善也肉聲余六切三部虞書曰虞書當作唐書說在禾部教育子堯典文今尚書作胄子攷鄭注王制作胄注周官大司樂作育王肅注尚書作胄子蓋今文作育古文作胄也釋言曰育稚也故史記作教稚子邠風毛傳亦曰鬻子稚子也稚者當養以正二義實相因

△毓

育或从每周禮周易蒙卦皆作此字每艸盛也養之則盛矣

疏 ㄕㄨ 13心

通也疋部曰𤴡通也疏與𤴡音義皆同皆从疋者疋所以通也鄭注月令明堂位薛解西京賦張注靈光殿賦皆訓疏爲刻鏤古𤴡疏𨑛三字通用矣疏之引申爲疏闊分疏疏記从㐬从疋疋亦聲所菹切五部

文三　重二

丑 ㄔㄡˇ 21透

紐也律厤志曰紐牙於丑釋名曰丑紐也寒氣自屈紐也淮南天文訓廣雅釋言皆曰丑紐也糸部曰紐系也一曰結而可解十二月陰氣之固結已漸解故曰紐也十二月萬物動用事後漢書陳寵傳曰十二月陽氣上通雉雊雞乳地以爲正殷以爲春象手之形人於是舉手有爲又者手也从又而聯綴其三指象欲爲而凓冽氣寒未得爲也敕九切三部日加丑亦舉手時也上言月此言日每日太陽加丑亦是人舉手思奮之時各本譌作時加丑今改正凡丑之屬皆从丑

𦙍 ㄋㄧㄡˇ 21泥

食肉也食肉必用手故从丑肉从丑肉會意不入肉部者重丑也丑亦聲女久

切三部

羞 ㄒㄧㄡ 21 心

羞 進獻也 宗廟犬名羹獻犬肥者獻之犬羊一也故从羊引申之凡進皆曰羞今文尚書次二曰羞用五事羞進也 从羊丑 會意不入羊部者重丑也 羊所進也 說从羊之意从丑者謂手持以進也 丑亦聲 息流切三部

文三

寅 ㄧㄣˊ 6 定

寅 髕也 髕字之誤也當作濥史記淮南王書作螾律書曰寅言萬物始生螾然也天文訓曰斗指寅則萬物螾高注螾動生皃律𠪚志曰引達於寅釋名曰寅演也演生物也廣雅曰寅演也晉書樂志曰正月之辰謂之寅寅津也謂物之津塗按漢志廣雅演字皆濥之誤水部曰濥水脈行地中濥濥也演長流也俗人不知二字之別濥多誤爲演以濥釋寅者正月陽氣欲上出如水泉欲上行也螾之爲物詰詘於黃泉而能上出故其字从寅律書天文訓以螾釋寅 正月易气動 句 去黃泉欲上出侌尚強也 杜注左傳曰地中之泉故曰黃泉陰上強陽不能徑遂如宀之屋於上故从宀 象宀不達髕寅於下也 髕寅字之誤也當作濥濥或曰當作螾螾宀象陰尚強𡗕象陽氣去黃泉欲上出弋眞切十二部 凡寅之屬皆从寅

△[illegible]

[illegible] 古文寅 下从土上象其形

文一　重一

卯 ㄇㄠˇ 21 明

卯 冒也二月萬物冒地而出 律書曰卯之爲言茂也言萬物茂也律𠪚志冒茆於卯天文訓曰卯則茂茂然釋名曰卯冒也載冒土而出也蓋陽氣至是始出地 象開門之形 字象開門也莫飽切古音在三部 故二月爲天門 卯爲春門萬物已出 凡卯之屬皆从卯

△𠨐

𠨐 古文卯 按十干十二支之字皆古文也非後人所能造者而丣爲春門丣爲秋門尤𢇍明然則𠨐丣皆古文而異者也

文一　重一

辰 ㄔㄣˊ 9 定

辰 震也三月易气動靁電振民農時也物皆生 震振古通用振奮也律書曰辰者言萬物之蜄也律𠪚志曰振美於辰釋名曰辰伸也物皆伸舒而出也季春之月生氣方盛陽氣發泄句者畢出萌者盡達二月靁發聲始電至三月而大振動豳風曰四之日舉止故曰民農時 从乙匕 匕呼跨切變也此合二字會意乙象春艸木冤曲而出陰氣尚強其出乙乙至是月陽氣大盛乙乙難出者始變化矣 匕象芒達 匕字依韵會補芒達芒者盡達也 厂聲 鉉等疑厂呼旱切非聲按厂之古音不可攷文冤與元寒音轉亦取近也今植鄰切古音在十三部 辰房星天時也 此將言从二先說其故也晶部曟字下曰房星爲民田時者从晶辰聲或省作晨此房星之字也而此云辰房星辱下云房星爲辰田候也則字亦作辰爾雅房心尾爲大辰是也韋注周語曰農祥星也房星晨正爲農事所瞻仰故曰天時引申之凡時皆曰辰釋訓云不辰不時也房星高高在上故从上 从二二古文上字凡辰之屬皆从辰

△辰

辰 古文辰

辱 ㄖㄨˇ 17 泥

辱 恥也 心部曰恥辱也此之謂轉注儀禮注曰以白造緇曰辱 从寸在辰下 會意寸者法度也而蜀切三部 失耕時 故从辰 於封畺上戮之也 故从寸 辰者農之時也故房星爲辰 說从辰之意 田候也

文二　重一

巳 ㄙˋ 24 定

巳 巳也 律書曰巳者言萬物之巳盡也律𠪚志曰巳盛於巳淮南天文訓曰巳則生巳定也釋名曰巳畢布巳也辰巳之巳既久用爲巳然巳止之巳故即以巳然之巳釋之序卦傳蒙者蒙也比者比也剝者剝也毛詩傳曰虛虛也自古訓故有此例即用本字不叚異字也小雅斯干箋云似讀爲巳午之巳巳續妣祖者謂巳成其宮廟也此可見漢人巳午與巳然無二音其義則異而同也廣雅釋言巳㠯也乃淺人所改近大興朱氏重刻汲古閣

說文改爲己也殊誤四月昜气巳出陰气巳臧今字藏萬物見句成彣彰故曰巳也故巳爲它象形巳不可像也故以蛇象之蛇長而冤曲垂尾其字像蛇則象陽巳出陰巳藏矣此六字一句讀㔾者蛇象也𢎘者古文豕也此近十二屬之說而與論衡物勢篇義各不同祥里切一部

凡巳之屬皆从巳

㠯 用也用者可施行也凡㠯字皆此訓从反巳與巳篆形勢略相反也巳主乎止㠯主乎行故形相反二字古有通用者羊止切一部又按今字皆作以由隸變加人於右也賈侍中說己意巳實也象形己各本作巳今正己者我也意者志也己意巳實謂人意巳堅實見諸施行也凡人意不實則不見諸施行吾意巳堅實則或自行之或用人行之是以春秋傳曰能左右之曰以謂或ナ或又惟吾指撝也賈與許無二義云象形者巳篆上實下虛㠯篆上虛下實由虛而實指事亦象形也一說象己字之上而實其下

文二

午 啎也啎者屰也五月侌气啎屰昜冒地而出也啎屰各本作午逆今正律書曰午者陰陽交故曰午律厤志曰咢布於午天文訓曰午仵也陰氣從下上與陽相仵逆也廣雅釋言午仵也按仵即啎字四月純陽五月一陰屰陽冒地而出故製字以象其形古者橫直交互謂之午義之引申也儀禮度而午注云一縱一橫曰午象形各本無此二字今補此與矢同意矢之首與午相似皆象貫之而出也疑古切五部

凡午之屬皆从午

啎 屰也屰各本作逆今正逆迎也屰不順也令則逆行而屰廢矣相迎者必相屰古亦通用逆爲屰攷儀禮之梧受爾雅釋名之梧丘太史公書之魁梧枝梧漢書之抵梧皆是啎之譌字梧屰也迎也還也不識啎字乃多妄改管子七臣七主篇事無常而法令申不啎則失國勢戰國策有樓啎呂覽明理篇亂世之民長短頡啎百疾高注啎迎也字皆左吾右午梧之或體也姚宏云字書無

之過矣从午吾聲五故切五部

文二

未 味也口部曰味滋味也六月滋味也韵會引作六月之辰也律書曰未者言萬物皆成有滋味也淮南天文訓曰未者昧也律厤志曰昧薆於未釋名曰未昧也日中則昃向幽昧也廣雅釋言曰未味也許說與史記同五行木老於未天文訓曰木生於亥壯於卯死於未此即昧薆之說也象木重枝葉也老則枝葉重疊故其字象之無沸切十五部

凡未之屬皆从未

文一

申 神也神不可通當是本作申如巳巳也之例謂此申酉之篆即今引申之義也淺人不得其例妄改爲神攷諸古說無有合者律書曰申者言陰用事申則萬物故曰申律厤志曰申堅於申天文訓曰申者申之也皆以申釋申爲許所本而今本淮南改申之作呻之其可歎一而巳或曰神當作身下云陰氣成體釋名晉書樂志玉篇廣韵皆云申身也許說身字从申省聲皆其證此說近是然恐尚非許意七月侌气成體自申束韵會無體字陰气成謂三陰成爲否卦也古屈伸字作詘申亦叚信其作伸者俗字或以羼入許書人部耳韓子外儲說曰申之束之今本申譌紳申者引長束者約結廣韵曰申伸也重也从臼自持也臼叉手也申與晨要同意當是从丨以象其申从臼以象其束疑有奪文丨即余制切之厂字也失人切十二部吏㠯餔時聽事申旦政也餔者日加申時食也申旦政者子產所謂朝以聽政夕以修令公父文伯之母所謂卿大夫朝攷其職夕序其業士朝而受業夕而習復也

凡申之屬皆从申

𢆳 古文申虹陳篆下如此

𤰈 籀文申小篆改此作申禓晨字从此

朄 擊小鼓引樂聲也周禮小師鼓朄鄭司農云朄小鼓名周頌應田縣鼓箋云田當作朄朄小鼓在大鼓

臾 ㄩˊ 16定　曳 ㄧˋ 10定　酉 ㄧㄡˇ 21定　△丣　酒 ㄐㄧㄡˇ 21精

秀應聲之屬也聲轉字誤變而作田**从申東聲**羊晉切按依許則古音在十四部

臾 束縛捽抴爲臾曳束縛也縛束也捽持頭髮也抴捈也捈臥引也曳字各本無今補束縛而牽引之謂之臾臾凡史偁瘐死獄中皆當作此字臾曳者臾之本義周禮臾弓往體多來體寡往多殆郎牽引之意與凡云須臾者殆方語如是不關本義**从申从乙**乙象艸木冤曲从申从乙者引之又冤曲之也羊朱切古音在四部

曳 臾曳也臾曳巳見上文故但云臾曳也此許之通例也臾曳雙聲猶牽引也引之則長故衣長曰曳地**从申丿聲**丿見十二篇余制切抴也象抴引之形此形聲包會意也余制切十五部

文四　重二

酉 就也就高也律書曰酉者萬物之老也律[厤]志曰畱孰於酉天文訓曰酉者飽也釋名曰酉秀也秀者物皆成也**八月黍成可爲酎酒**此舉一物以言就黍以大暑而種至八月而成猶禾之八月而孰也不言禾者爲酒多用黍也酎者三重酒也必言酒者古酒可用酉爲之故其義同曰就也凡从酒之字當別酒部解曰从酒省許合之疏矣**象古文酉之形也**古文酉謂丣也仿佛丣字之形而製酉篆此與弟从古文弟之形民从古文民之形革从古文革之形爲一例周伯琦乃謂不可解矣與久切三部**凡酉之屬皆从酉**

丣 古文酉从丣从丣一以閉之**丣爲春門萬物巳出丣爲秋門萬物巳入一閉門象也**管子幼官篇春三卯同事秋三卯同事惠氏士奇云春當作三丣秋當作三丣取許書爲說也虞翻別傳曰翻奏鄭[元]解尚書違失云古大篆丣字讀當爲桺古桺丣同字而以爲昧甚違不知蓋闕之義玉裁按壁中古文尚書作昧谷鄭注尚書依之今文尚書作桺穀鄭注周禮縷人取之今文古文本有斷難合一者也鄭本不誤而仲翔謂其改丣爲昧其他三事亦皆仲翔誤會說詳古文尚書撰異凡畱桺駠劉字从丣

酒 就也所弖就人性之善惡賓主百拜者酒也淫酗者亦酒也**从水酉**以水泉於酉月爲之**酉亦聲**子酉切三部**一曰造也**造古讀如就**吉凶所造起也古者儀狄作酒醪禹嘗之而美遂疏儀狄**見戰國策**杜康作秫酒**又見巾部曰少康作箕帚秫酒少康者杜康也按許書事物原始皆用世本此皆出世本

䤈 ㄓㄣ 28定　𨣥 ㄇㄥˊ 18明　釀 ㄋㄧㄤˋ 15泥　醞 ㄩㄣˋ 9影　⿱弁酉 ㄆㄢˋ 3滂　酴 ㄊㄨˊ 13定　釃 ㄕ 1心　⿰酉肙 ㄐㄩㄢ 3見　⿰酉鬲 ㄌㄧˋ 11來　醴 ㄌㄧˇ 4來

𨣥 䴹生衣也方言曰𪌉麴也郭注云音蒙有衣麴**从酉**麴所以爲酒也故字从酉**冡聲**包會意莫紅切九部

䤈 孰䴹也从酉甚聲余箴切七部

釀 醞也作酒曰釀周禮酒人掌爲五齊三酒爲猶作也**从酉襄聲**女亮切十部

醞 釀也引申爲醞藉詩小宛箋禮記禮器注漢書匡張孔馬傳贊皆曰醞藉師古云謂如醞釀及薦藉道其寬博重厚也今人多作蘊藉失之遠矣毛詩叚借溫字**从酉𥁕聲**於問切十三部

⿱弁酉 酒疾孰也廣韵云一宿酒謂一宿而孰也**从酉弁聲**芳萬切十四部

酴 酒母也米部䊪酒母也此酴亦訓酒母則今之酵也玉篇曰麥酒不去滓飲也**从酉余聲讀若廬**同都切五部

釃 下酒也小雅曰釃酒有藇又曰有酒湑我傳曰以筐曰釃以藪曰湑湑莤之也引申爲分疏之義溝洫志云釃二渠以引河是也司馬相如傳借灑**从酉麗聲**所綺切十六部**一曰醇也**不澆酒也按醇蓋誤字當作淳水部曰淳者淥也淥者浚也其義與下酒同耳而分爲二者言淳言淥則不專謂酒也淳見儀禮攷工記內則之純反

⿰酉肙 ⿰酉鬲酒也玉篇曰以孔下酒也按謂涓涓而下也**从酉肙聲**古[元]切古音在十四部廣韵去聲

⿰酉鬲 ⿰酉肙也廣韵曰下酒也按謂滴瀝而下也在水部作瀝在酒部作⿰酉鬲周禮量人作歷古文叚借**从酉鬲聲**郎擊切十六部

醴 酒一宿孰也周禮酒正注曰醴猶體也成而汁滓相將如今恬酒矣按汁滓相將蓋如今江東人家之白酒滓郎糟也滓多故酎醴者用柶醴甘故曰如今恬酒恬郎甛也許云一宿孰則此酒易成與禮經以醴敬賓曰醴賓注多改爲禮賓**从酉**

醪 21來　醇 9定　醹 16泥　酎 21定　醠 15影　醲 23泥　⿰酉耳 24泥　酤 13見　⿰酉監 32來　⿱知酉 24端

豊聲盧啟切十五部

醪 汁滓酒也米部曰糟酒滓也許意此爲汁滓相將之酒醴爲一宿孰之酒與鄭異从酉翏聲魯刀切古音在三部

醇 不澆酒也澆汱也凡酒沃之以水則薄不襍以水則曰醇故厚薄曰醇澆醇襍亦卽此字一色成體謂之醇純其叚借字从酉𦎧聲常倫切十三部

醹 厚酒也大雅酒醴維醹傳曰醹厚也此以疊韵爲訓从酉需聲而主切古音在四部詩曰酒醴維醹

酎 三重醇酒也廣韵作三重醲酒當从之謂用酒爲水釀之是再重之酒也次又用再重之酒爲水釀之是三重之酒也杜預注左傳曰酒之新孰重者曰酎鄭注月令曰酎之言醇也謂重釀之酒也醇者其義釀者其事實金壇于氏明季時以此法爲酒从酉肘省聲各本作从時省誤紂疛篆皆曰肘省聲今據正除桺切三部廣韵音胄李仁甫本同除宰切明堂月令曰孟秋天子飲酎秋當作夏天子飲酎月令孟夏文也諸侯嘗酎見左傳

醠 濁酒也醠周禮作盎古文叚借也鄭曰盎猶翁也成而翁翁葱白色如今鄭白矣釋文云鄭白今之白醝酒也宜作醝按鄭曰五齊泛醴尤濁縮酌者盎以下差清此非與許不合也但云差清則固濁也盎清於醴而濁於緹沈卽緹沈亦非全清也淮南說林訓清醠之美高注醠清酒亦與鄭意同从酉盎聲烏浪切十部

醲 厚酒也鴻範次三曰農用八政鄭曰農讀爲醲然則凡厚皆得爲醲也从酉農聲女容切九部

⿰酉耳 重釀酒也从酉耳聲此篆各本作醋解云酒也从酉茸聲而容切廣韵玉篇皆有⿰酉耳無醋解云重釀也玉篇列字正與說文次弟相合然則古本說文作⿰酉耳可知矣廣雅亦云⿰酉耳汝吏切今據以更正仍吏切一部○又按艸部之茸亦耳聲也則⿰酉耳可而容切

酤 一宿酒也商頌既載清酤傳曰酤酒也小雅無酒酤我傳曰酤一宿酒也一曰買酒也論語鄉黨作沽从酉古聲古乎切五部亦上聲

⿰酉監 酒也玉篇曰酒厚从酉⿰知亍省聲陟離切十六部

醠 泛齊行酒也泛齊見周禮酒正鄭曰泛者成而滓泛泛然如今宜成醪矣行酒未聞疑是貨物行敝之行謂行用之酒也行酒上疑當有一曰二字从酉監聲盧瞰切八部

△ ⿰示焦

⿰酉朩 2滂　酏 25定　配 24滂　酌 20端　醮 19精　⿰酉晉 28精　⿱贛酉 30見　酷 22溪　酓 28影　醰 28定

⿱贛酉 酒味淫也淫者浸淫隨理也謂酒味淫液深長从酉贛省聲古禫切八部讀若春秋傳曰美而豔見左傳桓元年文十六年謂讀同豔

酷 酒味厚也依廣韵訂引申爲已甚之義白虎通曰酷極也教令窮極也从酉告聲苦沃切三部

酓 酒味苦也廣韵玉篇集韵小徐本皆同汲古閣所據宋本奪此篆此解而毛扆補之於部末夏本紀用爲檿字叚借也从酉今聲於剡切古音在七部

醰 酒味長也廣韵玉篇皆云酒味不長也不是賸字集韵云酒味苦也由宋時說文以酓義系醰篆而奪酓之故耳汲古初刻時正如此或曰古酓覃同部疑無二字然小徐本分列畫然小徐作甛長味也按洞簫賦良醰醰而有味李注引字林醰甛同長味也同是賸字从酉覃聲徒紺切古音在七部按文選注大含切

⿰酉朩 酒色也謂酒之顏色也廣韵曰酒氣从酉朩聲普活切十五部

配 酒色也本義如是後人借爲妃字而本義廢矣妃者匹也从酉己聲己非聲也當本是妃省聲故叚爲妃字又別其音妃平配去滂佩切十五部

⿰酉弋 酒色也从酉弋聲與職切一部

酌 盛酒行觴也盛酒於觶中以飲人曰行觴投壺云命酌曰請行觴觶實曰觴詩曰我姑酌彼金罍取行觴之意曰洞酌彼行潦取盛酒之意从酉勺聲形聲包會意之若切二部

醮 冠娶禮祭也士冠禮若不醴則醮用酒三加凡三醮鄭曰酌而無酬酢曰醮士昏禮父醮子命之迎婦嫡婦則酌之以醴庶婦使人醮之酌之以酒鄭曰酒不酬酢曰醮依鄭說非謂祭也而許云冠娶禮祭事屬可疑詳經文不言祭也葢古本作冠娶妻禮也一曰祭也轉寫有奪與祭者別一義不蒙冠婚宋玉高唐賦醮諸神禮太一此後世醮祀之始見也从酉焦聲子肖切二部

⿰示焦 醮或从示按依此則有祭義審矣

⿰酉晉 歃

酳 ㄧㄣˋ 6定　醻 ㄔㄡˊ 21定　醋 ㄗㄨㄛˋ 14從　△酬　⿰酉𥁕 ㄇㄧˋ 5明　釂 ㄐㄧㄠˋ 20精　酣 ㄏㄢ 32匣　酖 ㄉㄢ 28端　醧 ㄩˋ 16影

酒也歃歠也歠飲也歃謂小飲之从酉朁聲子朕切七部

酳 少少飲也士昏禮注酳漱也酳之言演也安也漱所以潔口且演安其所食特牲少牢注意略同曲禮注以酒曰酳按禮禮記皆作酳許書作酌玉篇云酌酳同字是也攷士虞禮注少牢禮注皆云古文酳作酌特牲注云今文酳皆爲酌三酌字必皆酌之字誤其一云今文者則古文之誤許於此字用古文禮故从酌禮記多用今文禮故記作酳酳从允省聲从酉勻聲余刃切十二部

醻 獻醻主人進客也楚茨箋曰始主人酌賓爲獻賓既酌主人主人又自飲酌賓曰醻至旅而爵交錯以徧彤弓傳曰醻報也謂報客之酢也瓠葉傳曰醻道飲也謂主人必自飲如今俗之勸酒也从酉𠷎聲市流切三部

酬 醻或从州州聲

醋 客酌主人也瓠葉傳曰酢報也彤弓箋曰主人獻賓賓酢主人主人又飲而酌賓謂之醻从酉昔聲在各切五部按諸經多以酢爲醋惟禮經尚仍其舊後人醋酢互易如種穜互易

⿰酉𥁕 飲酒俱盡也从酉𥁕聲迷必切十二部

釂 飲酒盡也酒當作爵此形聲包會意字也曲禮注曰盡爵曰釂按欠部㰎酒盡也與此音義同而本部醮釂則各義水部曰潐盡也謂水也从酉爵聲大徐嚼省聲非也子肖切二部

酣 酒樂也張晏曰中酒曰酣引申爲凡飽足之偁从酉甘聲胡甘切古音在七部

酖 樂酒也酒樂者因酒而樂樂酒者所樂在酒其義別也毛詩叚耽及湛以爲酖媅傳曰耽樂也鹿鳴傳曰湛樂之久也引申爲凡樂之偁左傳曰宴安酖毒不可懷也從來謂卽鴆字竊謂非也所樂非其正卽毒也謂之酖毒从酉冘聲丁含切古音在七部

醧 宴厶飲也厶各本作私今正宴厶各本作私宴今正小雅楚茨諸父兄弟備言燕私傳曰宴而盡其私恩也尚書大傳曰既侍其宗然後得燕私燕私者何也祭已而與族人飲飲而不醉是不親醉而不出是不敬湛露傳曰夜飲燕私也宗子有事則族人皆侍不醉而出是不親也醉而不出是渫宗也特牲饋食禮注曰尙書傳曰宗室有事族人皆侍終日

大宗已侍於賓奠然後燕私燕私者何也祭已而與族人飲也皆燕私之證今湛露傳亦譌爲私燕矣宴私之飲謂之醧見韓詩魏都賦偆偆醧燕張載注云韓詩曰賓爾籩豆飲酒之醧能者飲不能者已謂之醧東都賦登降飫宴之禮既畢李善引薛君韓詩章句曰飲酒之禮跣而上坐者謂之宴衎秫䜌上徐堅初學記引韓詩說取詳曰夫飲之禮不脫屨而卽序者謂之禮齜侚⿰食禮跣而上坐者謂之宴能飲者飲不能飲者已謂之醧齊顏色均衆寡謂之沈閉門不出客謂之湎䜌好諴詩君子可以宴可以醧不可以沈不可以湎許云醧宴私之飲也正謂跣而升堂能飲則飲不能則已本韓詩爲說也而毛詩常棣醧作飫釋言曰飫私也毛傳曰飫私也不脫屨升堂謂之飫毛之飫字於韓爲醧毛以不脫屨釋飫韓分別飫醧之名數典獨詳以國語攷之周語彪傒曰夫禮之立成者爲飫昭明大節而已少曲與焉是以爲之日惕其欲教民戒也原公曰禘郊之事則有全烝王公立飫則有房烝親戚燕饗則有殽烝夫王公諸侯之有飫也將以講事成章建大德昭大物也故立成禮烝而已飫以顯物燕以合好歲飫不倦時宴不淫是則飫之禮大於宴醧故飫主於敬宴醧主於和飫必立成宴醧必坐飫在晝宴在夜飫必屨而升堂宴醧必跣飫以建大德昭大物公之至者不得云私宴醧主飲酒以親親故曰宴私且周語分別其禮曰王公立飫則有房烝親戚饗宴則有殽烝是則王公立飫同異姓皆在焉不專親戚宴醧則惟同姓而已故常棣湛露楚茨之燕私皆同姓也然則常棣當作醧不當作飫了然可見矣故許於醧曰宴私飲也用韓詩說也而非與毛說異也何以言之葢常棣醧爲正字飫爲音近叚借字以韵言之醧聲與豆具孺同部而芺聲不同部毛韓各有所受往往毛多古字韓爲今字此一條韓爲正字毛爲叚借字如斯干如鳥斯革革訓翼韓作鞠訓翅亦韓正字毛叚借也毛云飫私也者用爾雅釋言文葢作爾雅時常棣詩已作飫矣故爾雅云飫私也而毛仍之毛公知詩飫非國語飫也故足之曰脫屨升堂謂之飫卽韓之脫屨升坐謂之宴也宴醧是一事言宴而醧在其中言脫屨升堂而能者飲不能者已在其中矣以詩爾雅之飫別國語之飫以脫屨升堂說爾雅之私毛義也下文又曰九族會曰和孺屬也王與

親戚燕則尙毛是爲燕醧而非國語之飫可知矣今毛傳作不脫屨升堂謂之飫者由不善讀毛者摭取國語及韓詩說妄增不字自漢已然鄭君不能辯乃強爲之說曰聽朝爲公於堂爲私非古燕私之義也又云圖非常議大疑爲私非國語說也且兄弟旣具箋云九族從上至高祖下至元孫之親也屬者以昭穆相次序妻子好合箋云王與族人燕則宗婦內宗之屬亦從后於房中是鄭明知詩言燕私不得參之以立成之飫摠由此詩字作飫而義實醧讀者不據韓詩不攷燕飫之別莫得其解許君食部飫下云燕食也亦依附毛義而失之角弓傳曰饇飽也饇卽飫此飫之本義也 从酉區聲 依據切古音在四部讀如謳玉篇廣韵作醧於娛切

醵 會㱃酒也 禮器注曰合錢飲酒曰醵 从酉豦聲 其虐切古音在五部其庶反

⿰酉巨 醵或从巨 巨聲也

酺 王悳布大㱃酒也 禮器注引王居明堂禮曰仲秋乃命國醵蓋醵酺略同也漢文帝紀酺五日文穎曰音步漢律三人以上無故飲酒罰金四兩今詔橫賜得令會聚飲食五日也伏虔音蒲按周禮族師祭酺注酺者爲人物災害之神別一義 从酉甫聲 薄乎切五部

醅 醉飽也 後人用潑醅字謂酒未沛也與古義絕殊 从酉咅聲讀若婓 匹回切古音在一部四部閒

醉 卒也卒其度量不至於亂也 以疊韵爲訓 从酉卒 此以會意包形聲卒亦聲也將遂切十五部 一曰酒潰也 此別一義潰當爲殨之誤若今醉蠏醉鰕之類

醺 醉也 謂酒氣熏蒸 从酉熏聲 聲字當刪許舉會意包形聲耳許云切十三部 詩曰公尸來燕醺醺 大雅鳧鷖文今詩作來止熏熏上四章皆云來燕則作燕宜也醺醺恐淺人所改毛傳熏熏和悅也許以來燕熏熏釋此篆之从酉熏正與釋豐釋麗釋荆釋庸之引易同例此亦引經釋會意之例也學者不悟久矣

醟 酗酒也 無逸曰酗于酒德 从酉熒省聲 爲命切十一部

䣱 酒醟也 依尙書釋文訂書作酗某氏傳曰以酒爲凶曰酗周禮司救注亦云酗醟 从酉句聲 香遇切古音在

十四篇下 兲

四部

醒 病酒也 小雅憂心如醒傳曰病酒曰醒 一曰醉而覺也 節南山正義引說文無一曰二字蓋有者爲是許無醒字醉中有所覺悟卽是醒也故醒足以兼之字林始有醒字云酒解也見衆經音義蓋義之歧出字之日增多類此 从酉呈聲 直貞切十一部

醫 治病工也 周禮有醫師食醫疾醫瘍醫獸醫 从殹从酉 四字各本無今補許書之例必先舉篆之从某从某或从某某聲而下又釋其从某之故往往云故从某者是也蓋人所不憭者則釋之此从殹从酉於六書爲會意於其切古音在一部與翳鷖字在十五部不同此以殹會意彼以殹形聲也 殹惡姿也 此說从殹之故殳部曰殹擊中聲也初不訓惡姿而疒部瘱劇聲也劇聲謂疲極之聲此从殹者瘱之省也如會下云會益也會卽增塈下云壬朝廷也利下禾卽龢利下未卽味又辛卽辠尸卽屋皆叚借之法 醫之性然得酒而使 謂醫工之性多如是 故从酉 故字今補此說从酉之故以醫者多愛酒也 王育說 以上王說也 一曰殹病聲 亦謂瘱之省 酒所㠯治病也 故从酉殹前說殹酉各義後說合酉殹一義 周禮有醫酒 酒人辨四飲之物二曰醫醫非酒也而謂之酒者醫亦酒類也言此者此亦醫字从酉之一說醫本酒名也內則作醷 古者巫彭初作醫 此出世本巫彭始作治病工

莤 禮 句 祭束茅加於祼圭而灌鬯酒是爲莤像神㱃之也 飲字各本作歆非今依韵會正周禮甸師祭祀共蕭茅鄭大夫云蕭或爲莤莤讀爲縮束茅立之祭前沃酒其上酒滲下去若神飲之故謂之縮縮浚也故齊桓公責楚不貢苞茅不入王祭不共無以縮酒許說本鄭大夫也惟鄭不言是祼儀耳許云加於祼圭者謂加於祼圭之勺也 从酉艸 以酒灌艸會意也所六切三部按周禮禮記內則二鄭所引左傳皆作縮然則縮者古文叚借字莤者小篆新造字故毛公伐木傳曰湑莤之也以藪曰湑說者謂藪艸也而周禮蕭茅或作莤皆漢人所用字或疑古文酉作丣則莤卽艸部之茆故古文尙書以茆爲縮不知汗簡所載古文尙書皆妄

十四篇下 卌

醨 1來　⿰酉韱 30清　酸 9心　酨 24定　△醆　醶 30疑　酢 14清　酏 1定　醬 15精　△𤖕

人所爲好言六書而不知其所以然者也**春秋傳曰爾貢苞茅不入王祭不供無以茜酒**春秋僖四年左氏傳文偁之以證縮酉用茅也鄭大夫注周禮鄭注郊特牲引傳皆作縮酒傳固二本不同**一曰茜榼上寒也**寒各本作塞乃邊塞字耳榼酒器也以艸窒其上孔曰茜此別一義

醨薄酒也薄對厚言上文醪醇醲酎皆謂厚酒故謂厚薄爲醇醨今人作漓乃俗字也屈原賦曰何不餔其糟而歠其醨**从酉离聲讀若離**呂支切古音在十七部

⿰酉韱酢也二字雙聲**从酉韱聲**初減切七部

酸酢也月令春三月其味酸鴻範曲直作酸**从酉夋聲**素官切十四部**關東謂酢曰酸**　**𩱼籀文酸从畯**畯聲也

酨酢漿也水部漿下曰酢漿也酢漿謂酨也酨漿二篆爲轉注鄭注內則曰漿酢酨也許書漿下當是酢酨也後人改之耳鄭注周禮四飲曰漿今之酨漿也絫言之曰酨漿**从酉𢦏聲**徒奈切一部

醶酢漿也漿酨醶三者同物**从酉僉聲**魚窆切七部今俗作釅

酢醶也酢本酨漿之名引申之凡味酸者皆謂之酢上文⿰酉韱酢也酸酢也皆用酢引申之義也**从酉乍聲**倉故切五部今俗皆用醋以此爲酬酢字

酏黍酒也周禮四飲四曰酏注曰今之粥也酏飲粥稀者之清也禮記內則黍酏注曰酏粥也或以酏爲醴注曰釀粥爲醴也按飲非酒也故五齊三酒掌於酒人六飲掌於漿人而許酏下曰黍酒醫下曰醫酒蓋許意與鄭說不同故賈侍中酏爲粥清爲別一說賈與鄭合也**从酉也聲**移爾切古音蓋在十七部釋文以支反**一曰甛也**謂恬酒**賈侍中說酏爲鬻清**鬻饘也俗作粥耳鄭云酏飲粥稀者之清也本此凡鬻稀者謂之酏用爲六飲之一厚者謂之餰取稻米舉糔溲之小切狼臅膏以與稻米爲餰用爲醢人著豆之實周禮謂餰爲酏鄭既援內則以正之矣

醬醢也从肉酉从肉者醢無不用肉也**酒以龢醬也**此說从酉之故**爿聲**即亮切十部今俗作醬

𤖕古文醬如此　**⿱𤖕皿籀文**作之陳之皆必以器故从皿

△醓　醢 24曉　△⿱艹醢　⿱敄酉 16明　⿰酉俞 16定　⿰酉卑 5並　⿰酉矞 8見　⿰酉京 15來　⿱漸酉 32從　⿱任酉 28泥　酹 2來

醢肉醬也周禮醢人掌醢醢麋臡鹿臡麇臡蠃醢蜃醢蚳醢魚醢兔醢鴈醢凡醢皆肉也鄭曰作醢及臡者必先膊乾其肉乃復莝之襍以粱麴及鹽漬以美酒塗置甀中百日則成矣此醬从肉从酉之恉也許訓醓云血醢訓凡醢曰肉醬就字形別之耳**从酉𥁕聲**大徐作从酉𥁕𥁕者𥁕之或字呼改切一部

⿱艹醢籀文从艸謂芥醬榆醬之屬也从鹵謂鹽也从𥁕猶从𥁕聲也

⿱敄酉⿱敄酉⿰酉俞逗**榆醬也**榆醬用榆人爲之榆人者榆子中人也齊民要術曰作榆子醬法治榆子人一升擣末篩之清酒一升醬五升合和一月可食之景差大招吳酸蒿蔞王逸注曰或云⿱敄酉⿰酉俞⿱敄酉⿰酉俞即榆醬也**从酉敄聲**莫候切三部

⿰酉俞⿱敄酉⿰酉俞也从酉俞聲田候切四部按或音茂逗或音牟頭或音模途皆疊韵也

⿰酉卑擣榆醬也擣築也擣而爲之謂之⿰酉卑**从酉卑聲**蒲計切古音在十二部

⿰酉矞醬也廣雅同玉篇曰⿰酉矞醬也⿰酉矞醬亦見廣雅**从酉矞聲**居律切十五部

⿰酉京襍味也周禮漿人六飲鄭司農云涼以水和酒也元謂涼今寒粥若糗飯襍水也內則有濫無涼鄭曰以諸和水也以周禮六飲校之則濫涼也紀莒之間名諸爲濫按許作⿰酉京即周官內則之涼字也襍味者即以諸和水說也乾者爲桃諸梅諸水漬爲桃濫於釋名可得其義也內則正義曰諸者衆襍之辭又按廣雅云⿰酉京醬也疑襍味下本有醬字故廁於此若六飲之涼則已見水部**从酉京聲**呂釀切十部按當呂張切

⿱漸酉闕慈冄切八部

⿱任酉闕而剡切七部按依玉篇廣韵上字下當云⿱漸酉⿱任酉味薄也从酉漸聲下字下當云⿱漸酉⿱任酉也从酉任聲二篆疊韵而今本但注闕字疑許書本無此二篆

酹餟祭也食部餟下曰酹祭也與此爲轉注廣韵曰以酒沃地史記其下四方地爲餟食蓋餟酹皆於地餟謂肉故漢書作腏酹謂酒故从酉**从酉寽聲**郎外切十五部此篆舊在⿰酉俞⿰酉卑之間非其次也故移於此

文六十七　重八

酋 ㄑㄡˊ 21從

酋 繹酒也 繹之言昔也昔久也多下曰从重夕夕者相繹也故重夕爲多然則繹酒謂日久之酒對酋爲疾孰酒醴酤爲一宿酒言之繹俗作醳周禮酒人三酒注曰事酒酌有事者之酒其酒則今之醳酒也昔酒今之酋久白酒所謂舊醳者也清酒今中山冬釀接夏而成郊特牲舊澤之酒注曰澤讀爲醳舊醳之酒謂昔酒也玉裁按許云繹酒盎兼事酒昔酒言之事酒謂繹酒昔酒謂舊繹之酒也酋之義引申之凡久皆曰酋酋久則有終大雅似先公酋矣傳曰酋終也 从酉水半見於上 謂八也酋上與谷上正同皆曰水半見繹酒糟滓下湛水半見於上故像之字秋切三部 禮有大酋掌酒官也 禮謂明堂月令仲冬乃命大酋注曰酒孰曰酋大酋者酒官之長也 凡酋之屬皆从酋

尊 ㄗㄨㄣ 9精

尊 酒器也 凡酒必實於尊以待酌者鄭注禮曰置酒曰尊凡酌酒者必資於尊故引申以爲尊卑字猶貴賤本謂貨物而引申之也自專用爲尊卑字而別製鐏樽爲酒尊字矣 从酋廾㠯奉之 廾者竦手也奉者承也設尊者必竦手以承之祖昆切十三部 周禮六尊犧尊象尊箸尊壺尊大尊山尊㠯待祭祀賓客之禮 見周禮司尊彝職犧作獻鄭司農云獻讀爲犧犧尊飾以翡翠象尊以象鳳皇或曰以象骨飾尊箸尊箸略尊也或曰箸尊箸地無足壺者以壺爲尊春秋傳曰尊以魯壺大尊大古之瓦尊山尊山罍也按毛詩閟之犧尊即獻尊也故許同大鄭作犧以待祭祀司尊彝詳之矣大行人賓客之祼亦必用彝饗禮食禮亦必用尊彝故約之曰以待祭祀賓客之禮 尊 尊或从寸 此與寺从寸意同有法度者也

△尊

文二　重一

戌 ㄒㄩ 2心

戌 威也九月昜气微萬物畢成昜下入地也 威大徐作滅非火部曰威滅也本毛詩傳火死於戌陽氣至戌而盡故威从火戌此以威釋戌之恉也律書曰戌者萬物盡滅淮南天文訓戌者滅也律曆志畢入於戌釋名戌恤也物當收斂矜恤之也九月於卦爲剝五陰方盛一陽將盡陽下入地故其字从土中含一 五行土生於戊盛於戌 戊午合德天文訓曰土生於午壯於戌死於寅 从戊一 戊者中宮亦土也一者陽也戊中含一會意也 一亦聲 辛聿切十二部 凡戌之屬皆从戌

文一

亥 ㄏㄞˋ 24匣

亥 荄也十月微昜起接盛侌 律曆志曰該閡於亥天文訓曰亥者閡也釋名曰亥核也收藏萬物核取其好惡眞僞也許云荄也者荄根也陽氣根於下也十月於卦爲坤微陽從地中起接盛陰即壬下所云陰極陽生故易曰龍戰於野戰者接也 从二 二古文上字也 謂陰在上也 一人男一人女也 其下从二人一人男一人女像乾道成男坤道成女 从乙象褱子咳咳之形也 咳與亥音同胡改切一部 春秋傳曰亥有二首六身 左傳襄三十年文孔氏左傳正義曰二畫爲首六畫爲身按今篆法身祇有五畫蓋周時首二畫下作六畫與今篆法不同也 凡亥之屬皆从亥 亥 古文亥 各本篆體譌繆今依宋本舊本更正希豩字皆與豕形略相似 亥爲豕 猶巳下云巳爲蛇也 與豕同 謂二篆之古文實一字也豕之古文見九篇豕部與亥古文無二字故呂氏春秋曰子夏之晉過衞有讀史記者曰晉師三豕涉河子夏曰非也是己亥也夫己與三相近豕與亥相似至於晉而問之則曰晉師己亥渡河也 亥而生子復從一起 此言始一終亥亥終則復始一也一下以韵語起此以韵語終

△帀

文一　重一

五十一部　文六百三　重七十四　凡八千七百一十七字

說文解字第十四篇下

德清許宗彥校字

十四篇下

一

說文解字第十五卷

後漢書儒林傳作說文解字十四篇捨敘而言也許沖及隨志唐志皆云十五卷合敘而言也大史公自序班氏序傳皆別自爲篇

金壇段玉裁注

敘曰二字舊在下文此十四篇之上今審定移置於此左傳宣十五年正義引說文序云倉頡之初作書可證史記漢書法言大元敘皆殿於末古箸書之例如此許書十四篇既成乃述其箸書之意而爲五百四十部取目記其文字都數作韵語以終之略放大史公自序云古者庖犧氏之王天下也仰則觀象於天俯則觀法當作灋於地視鳥獸之文與地之宜近取諸身遠取諸物於是始作易八卦㠯垂憲象及神農氏結繩爲治而統其事謂自庖犧以前及庖犧及神農皆結繩爲治而統其事也毄辭曰易之興也其於中古乎虞曰興易者謂庖犧也庖犧爲中古則庖犧以前爲上古黃帝堯舜爲後世聖人按依虞說則傳云上古結繩而治者神農以前皆是云後世聖人易之以書契者謂黃帝孝經緯援神契云三皇無文是五帝以下始有文字庶業其緐其同茍卿書之蓁猶極也飾僞萌生萌生謂多也以上言庖犧作八卦雖卽文字之肇耑但八卦尙非文字自上古至庖犧神農專恃結繩事緐僞茲漸不可枝爲下黃帝造書契張本黃帝之史倉頡倉或作蒼按廣韵云倉姓倉頡之後則作蒼非也帝王世紀云黃帝史官倉頡衛恆四體書勢云昔在黃帝創制造物有沮誦倉頡者始作書契以代結繩蓋二人皆黃帝史也諸書多言倉頡少言沮誦者文略也按史者記事者也倉頡爲記事之官思造記事之法而文生焉見鳥獸蹏迒之迹知分理之可相別異也分理猶文理初造書契高誘注呂覽曰蒼頡生而知書寫倣鳥跡以造文章百工㠯乂乂治也萬品㠯察蓋取諸夬夬揚于王庭

言文者宣教明化於王者朝廷文卽謂書契也此引易彖辭而釋之君子所㠯施祿及下居德則忌也居德依許字例當作凥悳而不必改正者十四篇皆釋造字之恉其說解必用本義之字而不用叚借有爲後人所亂者則必更正之敘則許所自製之文不妨同彼時通用之字亦使學者知古今字詁不同故知敘字不必同十四篇字也施祿及下謂能文者則祿加之居德則忌謂律己則貴德不貴文也倉頡之初作書蓋依類象形故謂之文依類象形謂指事象形二者也指事亦所以象形也文者逪畫也这逪其畫而物像在是如見迒而知其爲兔見速而知爲鹿也其後形聲相益卽謂之字形聲相益謂形聲會意二者也有形則必有聲與形相軵爲形聲形與形相軵爲會意其後爲倉頡以後倉頡有指事象形二者而已其後文與文相合而爲形聲爲會意謂之字如易本祇八卦卦與卦相重而得六十四卦也文者物象之本各本無此六字依左傳宣十五年正義補字者言孳乳而寖多也孳者汲汲生也人及鳥生子曰乳寖猶漸也字者乳也周禮外史禮經聘禮論語子路篇皆言名左傳反正爲乏止戈爲武皿蟲爲蠱皆言文六經未有言字者秦刻石同書文字此言字之始也鄭注二禮論語皆云古曰名今曰字按名者自其有音言之文者自其有形言之字者自其滋生言之大行人屬瞽史諭書名外史達書名於四方此韵書之始也中庸曰書同文此字書之始也周之韵書不傳而毛詩及他經韵語固在周之字書不傳而許君說文可補其闕○按析言之獨體曰文合體曰字統言之則文字可互稱左傳止戈皿蟲皆曰文是合體爲文也許君某部言文若干謂篆文言凡若干字謂說解語是則古篆通謂之文己語則謙言字也箸於竹帛謂之書箸各本作著今正从竹此字古祇作者作者者別事詞也別之則其事昭焯故曰者明而俗改爲著明別之則詞與事相黏連軵麗故引申爲直略切之附者張略切之衣者而俗亦皆作附著衣著或云說文無著改爲箸皆未得其原也者於竹帛附著而著明之於竹帛也古者大事書之於

冊小事簡牘聘禮記曰百名以上書於冊不及百名書於方古用竹木不用帛用帛葢起於秦秦時官獄職務緐初有隸書以趨約易始皇至以衡石量書決事此非以繼素代竹木不可許於此兼言帛者葢槩括秦以後言之**書者如也**謂如其事物之狀也聿部曰書者者也謂昭明其事此云如也謂每一字皆如其物狀**㠯迄五帝三王之世改易殊體**迄當爲訖訖止也迄俗此等葢皆後人所改然漢碑多用迄或許不廢此字黃帝爲五帝之首自黃帝而帝顓頊高陽帝嚳高辛帝堯帝舜爲五帝夏禹商湯周文武爲三王其間文字之體更改非一不可枚舉傳於世者槩謂之倉頡古文不皆倉頡所作也**封于泰山者七十有二代靡有同焉**于當作於泰當作大封大山者七十二家見管子韓詩外傳司馬相如封禪文史記封禪書封禪書曰古者封泰山禪梁父者七十二家而夷吾所記者十有二焉無懷氏虙羲氏神農炎帝黃帝顓頊帝俈堯舜禹湯周成王也援神契曰三皇無文而無懷虙羲在五帝前曷云有文字乎五帝以前亦有記識而已非必成字黃帝以下乃各著其字故槩括之曰七十二代靡有同焉**周禮八歲入小學**大戴禮保傅篇曰古者年八歲而出就外舍學小藝焉履小節焉束髮而就大學學大藝焉履大節焉盧景宣注曰外舍小學謂虎門師保之學也大學王宮之東者束髮謂成童白虎通曰八歲入小學十五入大學是也此大子之禮尙書大傳曰公卿之大子大夫元士嫡子年十三始入小學見小節而踐小義年二十而入大學見大節而踐大義此世子入學之期也又曰十五始入小學十八入大學謂諸子性晚成者至十五入小學其早成者十八入大學內則曰十年出就外傅居宿於外學書計者謂公卿以下教子於家也玉裁按食貨志曰八歲入小學學六甲五方書計之事白虎通曰八歲毀齒始有識知入學學書計許亦曰周禮八歲入小學皆是泛言教法非專指王大子內則六年教之數與方名已識字已知算矣至十歲乃就外傅講求六書之理九數之法故曰十年學書計與他家云八歲入小學異者所傳不同也周禮無八歲入小學之文因保氏倂系之周禮**保氏教國子先㠯六**

書周禮保氏教國子六藝五曰六書國子者公卿大夫之子弟師氏教之保氏養之而世子亦齒焉六書者文字聲音義理之總匯也有指事象形形聲會意而字形盡於此矣字各有音而聲音盡於此矣有轉注段借而字義盡於此矣異字同義曰轉注異義同字曰段借有轉注而百字可一義也有段借而一字可數義也字形字音之書若大史籒著大篆十五篇殆其一耑乎字義之書若爾雅其取著者也趙宋以後言六書者匈陷陋隘不知轉注段借所以包括詁訓之全謂六書爲倉頡造字六法說轉注多不可通戴先生曰指事象形形聲會意四者字之體也轉注段借二者字之用也聖人復起不易斯言矣**一曰指事**劉歆班固首象形次象事指事卽象事鄭眾作處事非也**指事者視而可識察而見意**見意各本作可見今依顏氏藝文志注正意舊音如憶識意在古音第一部以下每書二句皆韵語也**丄丅是也**丄丅各本作上下非今正此謂古文也有在一之上者有在一之下者視之而可識爲上下察之而見上下之意許於丄部曰丄高也此指事丅底也此指事序復舉以明之指事之別於象形者形謂一物事晐眾物專博斯分故一舉日月一舉丄丅丄丅所晐之物多日月祇一物學者知此可以得指事象形之分矣指事亦得稱象形故乙丁戊己皆指事也而丁戊己皆解曰象形子丑寅卯皆指事也而皆解曰象形一二三四皆指事也而四解曰象形有事則有形故指事皆得曰象形而其實不能溷指事不可以會意殽合兩文爲會意獨體爲指事徐楚金及吾友江艮庭往往認會意爲指事非也**二曰象形**象當作像像者佀也象者南越大獸也自易大傳已段借矣劉歆班固鄭眾亦皆曰象形**象形者畫成其物隨體詰詘日月是也**詰詘見言部猶今言屈曲也日下曰實也大陽之精象形月下曰闕也大陰之精象形此復舉以明之物莫大乎日月也有獨體之象形有合體之象形獨體如日月水火是也合體者从某而又象其形如眉从目而以𠃜象其形箕从竹而以甘象其形衰从衣而以冄象其形𤰝从田而以己象耕田溝詰屈之形是也獨體之象形則成字可讀軵於从某者不成字不可讀說解中往往經淺人

刪之此等字半會意半象形一字中兼有二者會意則兩體皆成字故與此別**三曰形聲**劉歆班固謂之象聲形聲卽象聲也其字半主義半主聲半主義者取其義而形之半主聲者取其聲而形之不言義者不待言也得其聲之近似故曰象聲曰形聲鄭眾作諧聲諧詥也非其義**形聲者㠯事爲名取譬相成江河是也**事兼指事之事象形之物言物亦事也名卽古曰名今曰字之名譬者諭也諭者告也以事爲名謂半義也取譬相成謂半聲也江河之字以水爲名譬其聲如工可因取工可成其名其別於指事象形者指事象形獨體形聲合體其別於會意者會意合體主義形聲合體主聲聲或在左或在右或在上或在下或在中或在外亦有一字二聲者有亦聲者會意而兼形聲也有省聲者既非會意又不得其聲則知其省某字爲之聲也**四曰會意**劉歆班固鄭眾皆曰會意會者合也合二體之意也一體不足以見其義故必合二體之意以成字**會意者比類合誼㠯見指撝武信是也**誼者人所宜也先鄭周禮注曰今人用義古書用誼誼者本字義者叚借字指撝與指麾同謂所指向也比合人言之誼可以見必是信字比合戈止之誼可以見必是武字是會意也會意者合誼之謂也凡會意之字曰从人言曰从止戈人言止戈二字皆聯屬成文不得曰从人从言从戈从止而全書內往往爲淺人增一从字大徐本尤甚絕非許意然亦有本用兩从字者固當分別觀之有似形聲而實會意者如拘鉤笱皆在句部不在手金竹部莽葬莫不入犬日死部[illegible]糾不入廾糸部之類是也**五曰轉注**劉歆班固鄭眾亦皆曰轉注轉注猶言互訓也注者灌也數字展轉互相爲訓如諸水相爲灌注交輸互受也轉注者所以用指事象形形聲會意四種文字者也數字同義則用此字可用彼字亦可漢以後釋經謂之注出於此謂引其義使有所歸如水之有所注也里俗作註字自明至今刊本盡改舊文其可嘆矣**轉注者建類一首同意相受考老是也**建類一首謂分立其義之類而一其首如爾雅釋詁第一條說始是也同意相受謂無慮諸字意恉略同義可互受相灌注而歸於一首如初哉首基肇祖元胎俶落權輿其於義或近或遠皆可互相訓釋而同謂之始是也獨言考老者其㬎明親切者也老部曰老者考也考者老也以考注老以老注考是之謂轉注葢老之形从人毛匕屬會意考之形从老丂聲屬形聲而其義訓則爲轉注全書內用此例不可枚數但類見於同部者易知分見於異部者易忽如人部但裼也衣部裼但也之類學者宜通合觀之異字同義不限於二字如裼嬴裎皆曰但也則與但爲四字窒窴皆曰塞也則與塞爲三字是也爾雅首條初爲衣之始哉爲才之叚借字才者艸木之初首爲人體之始基爲牆始肇爲肁之叚借肁者始開祖爲始廟元爲始胎爲婦孕三月俶爲始也落之爲始始義以反而成權輿之爲始葢古語是十一者通謂之始非一其首而同其異字之義乎許云考者老也老者考也舉其切近著明者言之其他若初才首基肁祖元胎俶落權輿等字之皆爲始未嘗不義同爾雅也有參差其辭者如初下曰始也始下曰女之初也同而異異而同也有綱目其辭者如詞爲意內言外而矤爲兄詞者爲別事詞魯爲鈍詞曾爲詞之舒尒爲詞之必然矣爲語巳詞乃爲詞

之難是也有云之言者如孔子云貉之言貉貉惡也狄之言淫辟也是也凡經傳內云之言亦云之爲言者視此有云猶者如不下云一猶天也爾下云麗爾猶靡麗也本下云大十猶兼十人也苟下云勹口猶慎言也䆊下云珏猶齊也是也凡傳注中云猶者視此有以叚借爲轉注者如會下云曾益也曾卽增邑下云匕合也匕卽比旋下云允進也允卽𡕥是也凡爾雅及傳注以叚借爲轉注者視此爾雅訓哉爲始謂哉卽才之叚借也毛傳訓瑕爲遠謂瑕卽遐之叚借也故轉注中可包叚借必二之者分別其用也既叚借而後與叚義之字相轉注未叚借則與本義之字相轉注也轉注之說晉衛恆唐賈公彥宋毛晃皆未誤宋後乃異說紛然戴先生荅江愼修書正之如日月出矣而爝火猶有思復然者由未知六書轉注叚借二者所以包羅自爾雅而下一切訓詁音義而非謂字形也玉裁按衞恆四體書勢曰轉注者以老注考也此申明許說也而今晉書譌爲老壽考也則不可通毛晃曰六書轉注謂一字數義展轉注釋而後可通後世不得其說**六曰假借**劉歆班固鄭眾皆作假借六書之次第鄭眾一

象形二會意三轉注四處事五假借六諧聲所言非其敘劉歆班固一象形二象事三象意四象聲五轉注六假借與許大同小異要以劉班許所說爲得其傳葢有指事象形而後有會意形聲有是四者爲體而後有轉注假借二者爲用戴先生曰六者之次第出於自然是也學者不知轉注則亦不知假借爲何用矣假當作叚又部曰叚借也然則人部當云借叚也叚借者古文初作而文不備乃以同聲爲同義轉注專主義猶會意也叚借兼主聲猶形聲也

假借者本無其字依聲託事令長是也託者寄也謂依傍同聲而寄於此則凡事物之無字者皆得有所寄而有字如漢人謂縣令曰令長縣萬戶以上爲令減萬戶爲長令之本義發號也長之本義久遠也縣令縣長本無字而由發號久遠之義引申展轉而爲之是謂叚借許獨舉令長二字者以今通古謂如今漢之縣令縣長字卽是也原夫叚借放於古文本無其字之時許書有言以爲者有言古文以爲者皆可薈萃舉之以者用也能左右之曰以凡言以爲者用彼爲此也如來周所受瑞麥來麰也而以爲行來之來烏孝烏也而以爲烏呼字朋古文鳳神鳥也而以爲朋攩字子十一月陽氣動萬物滋也而人以爲偁韋相背也而以爲皮韋西鳥在巢上也而以爲東西之西言以爲者凡六是本無其字依聲託事之明證本無來往字取來麥字爲之及其久也乃謂來爲來往正字而不知其本訓此許說叚借之明文也其云古文以爲者洒下云古文以爲灑埽字疋下云古文以爲詩大雅字丂下云古文以爲巧字臤下云古文以爲賢字炭下云古文以爲魯衞之魯哥下云古文以爲歌字詖下云古文以爲頗字𢀩下云古文以爲醜字𡕒下云古文以爲車轄字敲下云周書以爲討字此亦皆所謂依聲託事也而與來烏朋子韋西六字不同者本有字而代之與本無字有異然或叚借在先製字在後則叚借之時本無其字非有二例惟前六字則叚借之後終古未嘗製正字後十字則叚借之後遂有正字爲不同耳許書又有引經說叚借者如㚼人姓也而引商書無有作㚼謂鴻範叚㚼爲好也𦱊火不明也而引周書布重𦱊席釋云蒻席也謂顧命叚𦱊爲蔑也堲古文垐以土增大道上也而引唐書朕堲讒說殄行釋云堲疾惡也謂堯典叚

堲爲疾也圛回行也而引商書曰圛釋云圛者升雲半有半無謂鴻範叚圛爲駱驛也桰稾也而引夏書唯箘輅桰釋云木名謂叚桰稾之桰爲木名也此皆許偁經說叚借而亦由古文字少之故與云古文以爲者正是一例大氐叚借之始始於本無其字及其後也旣有其字矣而多爲叚借又其後也且至後代譌字亦得自冒於叚借博綜古今有此三變以許書言之本無難易二字而以難鳥蝪易之字爲之此所謂無字依聲者也至於經傳子史不用本字而好用叚借字此或古古積傳或轉寫變易有不可知而如許書每字依形說其本義其說解中必自用其本形本義之字乃不至矛盾自陷而今日有絕不可解者如㥑爲愁憂爲行和旣畫然矣而愁下不云㥑也云憂也𡨄爲窒塞爲隔旣畫然矣而窒下不云𡨄也云塞也但爲裼袒爲衣縫解旣畫然矣而裼下不云但也云袒也如此之類在他書可以託言叚借在許書則必爲轉寫譌字葢許說義出於形有形以範之而字義有一定有本字之說解以定之而他字說解中不容與本字相背故全書譌字必一一諟正而後許免於誣許之爲是書也以漢人通借緐多不可究詰學者不識何字爲本字何義爲本義雖有倉頡爰歷博學凡將訓纂急就元尚諸篇楊雄杜林諸家之說而其篆文既亂襍無章其說亦零星閒見不能使學者推見本始觀其會通故爲之依形以說音義而製字之本義昭然可知本義旣明則用此字之聲而不用此字之義者乃可定爲叚借本義明而叚借亦無不明矣

及宣王大史籒著大篆十五篇與古文或異大史官名籒人名也省言之曰史籒漢藝文志云史籒十五篇自注周宣王大史作大篆十五篇又云史籒篇者周時史官教學童書也然則其姓不詳記傳中凡史官多言史某而應劭張懷瓘顏師古及封演聞見記郭忠恕汗簡引說文皆作大史史籒或疑大史而史姓恐未足據大篆十五篇亦曰史籒篇亦曰史篇王莽傳徵天下史篇文字孟康云史籒所作十五篇古文書也此古文二字當易爲大篆大篆與倉頡古文或異見於許書十四篇中者備矣凡云籒文作某者是也或之云者不必盡異也葢多不改古文者矣籒文字數不可知尉律諷籒書九千字乃得爲史此籒字訓讀書與宣王大史籒非

可牽合或因之謂籀文有九千字誤矣大篆之名上別乎古文下別乎小篆而爲言曰史篇者以官名之曰籀篇籀文者以人名之而張懷瓘書斷乃分大篆及籀文爲二體尤爲非是又謂籀文亦名史書尤非凡漢書元帝紀王尊傳嚴延年傳西域傳之馮嫽後漢書皇后紀之和熹鄧皇后順烈梁皇后或云善史書或云能史書皆謂便習隸書適於時用猶今人之工楷書耳而自應仲遠注漢已云史書周宣王大史籀所作大篆十五篇也殊爲繆解許偁史篇者三奭下云此燕召公名史篇名醜匋下云史篇讀與缶同姚下云史篇以爲姚易知史篇不徒載篆形亦有說解班志云建武時亡六篇唐元度云建武中獲九篇章帝時王育爲作解說所不通者十有二三許葢取王育說與

至孔子書六經左丘明述春秋傳皆㠯古文六經易書詩禮樂春秋也始見小戴經解莊子天運孔子書六經以古文者壁中經知之左氏述春秋傳以古文者於張蒼所獻知之皆見下文古文大篆二者錯見此云皆以古文兼大篆言之六經左傳不必有古文而無籀文也下文云取史籀大篆或頗省改兼古文言之不必所省改皆大篆而無古文也秦書八體一曰大篆二曰小篆不言古文知古文已包於大篆中也王莽改定古文有六書一曰古文二曰奇字卽古文而異者三曰篆書卽小篆不言大篆知古文奇字二者內已包大篆也呂氏春秋云倉頡造大篆是古文亦可偁大篆之證

厥意可得而說謂雖當詭更正文玩其所習蔽所希聞之世而眞古文之意未嘗不可說也

其後諸侯力政不統於王其後謂孔子殁而微言絕七十子終而大義乖也

惡禮樂之害己而皆去其典籍見孟子

分爲七國韓趙魏燕齊楚秦

田疇異晦如周制六尺爲步步百爲晦秦孝公二百四十步爲晦

車涂異軌車之徹廣曰軌因以軌名涂之廣七國時車不依徹廣八尺之定制或廣或陝焉涂不依諸侯經涂七軌環涂五軌野涂三軌之制各以意爲之故曰車涂異軌也

律令異灋如商鞅爲左庶長定變法之令

衣冠異制如趙武靈王效胡服爲惠文冠前插貂尾又服韠齊王之側注冠楚王之

解豸冠是也

言語異聲文字異形謂大行人屬瞽史喻書名聽聲音之制廢而各用其方俗語言各用其私意省改之文字也言語異聲則音韵岐文字異形則體製惑車同軌書同文之盛於是乎變矣

秦始皇帝初兼天下丞相李斯乃奏同之罷其不與秦文合者以秦文同天下之文秦文卽下文小篆也本紀曰二十六年書同文字

斯作倉頡篇藝文志曰倉頡一篇上七章秦丞相李斯作

中車府令趙高作爰歷篇志曰爰歷六章車府令趙高作車上當有中字伏儼曰中車府令主乘輿路車者也

大史令胡毋敬作博學篇志曰博學七章大史令胡毋敬作司馬彪曰大史令掌天時星厤胡毋姓也公羊音義史記索隱毋皆音無或作父母字非也李之七章趙之六章胡毋之七章各爲一篇漢志取目合爲倉頡一篇者因漢時閭里書師合爲三篇斷六十字以爲一章凡五十五章井爲倉頡篇故也六十字爲一章者凡五十五然則自秦至司馬相如以前小篆祗有三千三百字耳淺人云倉頡大篆有九千字大篆之多三倍於小篆其說之妄不辨而可知矣

皆取史籀大篆或頗省改省同媘女部曰媘少減也亦作渻水部曰渻減也省者減其緐重改者改其怪奇如民弟革酉皆象古文之形所謂改也書中載秦刻石也汝二字此又刻石與其小篆異者如古文之有奇字也云取史籀大篆或頗省改者言史籀大篆則古文在其中大篆既或改古文小篆復或改古文大篆或之云者不盡省改也不改者多則許所列小篆固皆古文大篆其不云古文作某籀文作某者古籀同小篆也其既出小篆又云古文作某籀文作某者則所謂或頗省改者也

所謂小篆者也篆者引書之謂大史籀作者大篆則謂李斯等作者小篆以別之小篆藝文志作秦篆凡許書中云篆書者小篆也云籀文者大篆也

是時秦燒滅經書滌除舊典大發吏卒興戍役官獄職務緐皆詳始皇本紀

初有隸書以趣約易趣疾走也

而古文由此絕矣藝文志曰是時始造隸書

矣起於官獄多事苟趨省易施之於徒隸也晉衛恆曰秦既用篆奏事緐多篆字難成卽令隸人佐書曰隸字唐張懷瓘曰秦造隸書以赴急速爲官司刑獄用之餘尙用小篆焉按小篆既省改古文大篆隸書又爲小篆之省秦時二書兼行而古文大篆遂不行故曰古文由此絕秦時刻石皆用小篆漢初人不識科斗其證也**自爾秦書有八體**爾猶此也藝文志史籀十五篇下卽次之以八體六技而不言其篇數韋昭注八體用許說**一曰大篆**不言古文者古文在大篆中也上云古文由此絕何也古文大篆雖不行而其體固在刻符蟲書等未嘗不用之也**二曰小篆**其時所取重也**三曰刻符**魏書江式表符下有書字符者周制六節之一漢制以竹長六寸分而相合**四曰蟲書**新莽六體有鳥蟲書所以書旛信也此蟲書卽書旛信者**五曰摹印**卽新莽之繆篆也**六曰署書**木部曰檢者書署也凡一切封檢題字皆曰署題榜亦曰署冊部曰扁者署也从戶冊**七曰殳書**蕭子良曰殳者伯氏之職也古者文既記笏武亦書殳按言殳以包凡兵器題識不必專謂殳漢之剛卯亦殳書之類**八曰隸書**所以便於官獄職務也自刻符而下其漢志所謂六技與刻符旛信摹印署書殳書皆不離大篆小篆而詭變各自爲體故與左書倂六技**漢興有艸書**衛恆曰漢興而有艸書不知作者姓名至章帝時齊相杜度號善作之宋王愔曰元帝時史游作急就章解散隸體麤書之章艸之始也按艸書之倂起於艸槀趙壹云起秦之末殆不始史游其各字不連緐者曰章艸晉以下相連緐者曰今艸猶隸之有漢隸今隸也漢人所書曰漢隸晉唐以下楷書曰今隸艸書又爲隸書之省文字之變已極故許蒙八體而附著之於此言其不可爲典要也漢趙壹有非艸書一篇**尉律**謂漢廷尉所守律令也百官公卿表曰廷尉秦官掌刑辟藝文志曰漢興蕭何草律制法志所謂蕭何捃摭秦法取其宜於時者作律九章也此以下至輒舉劾之說漢律所載取人之制**學僮十七已上**僮今之童字**始試**句絕謂始應攷試也**諷籒書九千字乃得爲史**史各本作吏今依江式傳正周

禮注曰倍文曰諷竹部曰籒讀書也毛詩傳曰讀抽也方言曰抽讀也抽卽籒籒讀二文爲轉注尙書克由繹之由繹卽籒繹也史記云紬史記石室金匱之書如淳云抽徹舊書故事而次述之紬亦卽籒字也今本說文言部讀下云誦書也不合故訓誦乃籒之誤耳凡古卜筮抽繹卦爻本義而爲辭者因以籒名之今左傳作繇俗作繇許倂則作卜籒籒之說明而許所謂諷籒書者可明矣諷籒書九千字者諷謂能背誦尉律之文籒書謂能取尉律之義推演發揮而繕寫至九千字之多諷若今小試之默經籒書若今試士之時藝上云始試則此乃試之之事也藝文志試學童諷書九千字以上乃得爲史無籒字得爲史得爲郡縣史也周禮史十有二人注曰史掌書者又史掌官書以贊治注曰贊治若今起文書草也後漢書百官志郡大守郡丞縣令若長縣丞縣尉各置諸曹掾史**又吕八體試之**八體漢志作六體攷六體乃亡新時所立漢初蕭何艸律當沿秦八體耳班志固以試學童爲蕭何律文也自學僮十七至輒舉劾之許與班略異而可互相補正班云大史試學童許則云郡縣以諷籒書試之又以八體試之而後郡移大史試之此許詳於班也班云諷書許則云諷籒書此亦許詳於班也班云六體許則云八體此許覈於班也班云以爲尙書御史史書令史許云尙書史此班詳於許也班云吏民上書字或不正輒舉劾許不言吏民上書此亦班詳於許也班書之成雖在許前而許不必見班書固別有所本矣**郡移大史幷課**句絕**冣者吕爲尙書史**大史者大史令也幷課者合而試之也上文試以諷籒書九千字謂試其記誦文理試以八體謂試其字迹縣移之郡郡移之大史大史合試此二者冣讀殿冣之冣其冣者用爲尙書令史也尙書令史十八人二百石主書藝文志曰以爲尙書御史史書令史云史書令史者謂能史書之令史也漢人謂隸書爲史書故孝元帝孝成許皇后王尊嚴延年楚王侍者馮嫽後漢孝和帝和熹鄧皇后順烈梁皇后北海敬王睦樂成靖王黨安帝生母左姬魏胡昭史皆云善史書大致皆謂適於時用如貢禹傳云郡國擇便巧史書者以爲右職又蘇林引胡公云漢官假佐取內郡善史書者給佐諸府也是可以知史書之必爲隸書向來注家

釋史書爲大篆其繆可知矣石建自詭馬不足一馬援糾繆皋爲四羊其可證也葢漢承秦後切於時用莫若小篆隸書也志兼言御史令史御史之令史郎百官志之蘭臺令史許不及之者以下文云字或不正輒舉劾之乃尚書所職非御史所職也○光武紀注引漢制度曰帝之下書有四一曰策書二曰制書三曰詔書四曰誡敕策書者編簡也其制長二尺短者半之篆書起年月日稱皇帝以命諸侯王三公以罪免亦賜策而以隸書用尺一木兩行惟此爲異也制書者帝者制度之命其文曰制詔三公皆璽封尚書令印重封露布州郡也詔書者詔告也其文曰告某官云如故事誡敕者謂敕刺史大守其文曰有詔敕某官他皆倣此按此知漢人除策諸侯王用木簡篆書外他皆用縑素隸書而已絕無用大篆之事也 **書或不正輒舉劾之** 劾者用法以糾有罪也百官志曰民曹尚書主凡吏民今本奪民字上書事然則吏民上書字或不正輒舉劾正民曹尚書事而令史實佐之者也此以上言漢初尉律之法如此 **今雖有尉律不課** 今者許謂當其時也謂不試以諷籀尉律九千字也 **小學不修** 謂不以八體試之也漢志自史籀十五篇下至杜林倉頡故一篇總之爲小學十家四十五篇謂之小學者八歲入小學所教也 **莫達其說久矣** 莫解六書之說也玉裁按漢之取人蕭何初制用律及八體書迄乎孝武依丞相御史言用通一藝以上補卒史乃後吏多文學之士合說文藝文志及儒林傳參觀可見葢始用律後用經而文學由之盛始試八體後不試第聽閭里書師習之而小學衰矣故言今以惜之 **孝宣皇帝時召通倉頡讀者** 句絕此通倉頡讀者齊人而失其姓名藝文志云徵齊人能通倉頡讀者是也張敞從受之謂令張敞從此人學如晁錯之從伏生受尚書張叔等十餘人詣京師受業博士或學律令也 **張敞從受之** 藝文志曰倉頡多古字俗師失其讀宣帝時徵齊人能正讀者張敞從受之傳至外孫之子杜林爲作訓故按云倉頡多古字者謂倉頡篇中大半古文大篆且周秦時所用音義在漢時則爲古字如張揖古今字詁所記者是也俗師失其讀者失其音義也正讀者正其音義張敞字子高河東平陽人子

吉吉子竦字伯松博學文雅過於敞郊祀志曰美陽得鼎獻之有司多以爲宜薦見宗廟張敞好古文字按鼎銘勒而上議曰此鼎殆周之所以褒賜大臣大臣子孫刻銘其先功臧之於宮廟者也不宜薦見宗廟制曰京兆尹議是 **涼州刺史杜業** 業漢書作鄴似當從許作業杜鄴字子夏本魏郡繁陽人也其母張敞女從敞子吉學問得其家書吉子竦又從鄴學問亦著於世尤長小學鄴子林亦有雅材其正文字過於鄴竦 **沛人爰禮** 沛依六篇邑部當作郝此亦從俗也亏部平下曰爰禮說其一端也 **講學大夫秦近** 講學大夫新莽所設官名儒林傳蕭秉陳侠歐陽政爲王莽講學大夫秦近或曰即桓譚新論云秦近君說堯典篇目兩字至十餘萬言說曰若稽古三萬言者也 **亦能言之** 謂巳上共五人皆能說倉頡讀也杜業在哀帝時爰禮秦近皆在平帝及亡新時 **孝平皇帝時徵禮等百餘人令說文字未央廷中㠯禮爲小學元士** 孝平紀元始五年徵天下通知逸經古記天文厤算鍾律小學史篇方術本艸及以五經論語孝經爾雅教授者在所爲駕一封軺傳遣詣京師至者數千人王莽傳曰元始四年徵天下通一藝教授十一人以上及有逸禮古書毛詩周官爾雅天文圖讖鍾律月令兵法史篇文字通知其意者皆詣公車令記說廷中紀傳所說正是一事爰禮等百餘人說文字未央廷中正其時也禮等通小學史篇文字者也史篇孟康云史籀所作十五篇也玉裁按楊雄傳曰史篇莫善於倉頡是則凡小學之書皆得偁史篇藝文志曰至元始中徵天下通小學者以百數各令記字於庭中楊雄取其有用者以作訓纂篇 **黃門侍郎楊雄** 楊从木或从手者誤本傳奏羽獵賦除爲郎給事黃門 **采㠯作訓纂篇** 志曰訓纂一篇楊雄作楊雄傳曰史篇莫善於倉頡作訓纂 **凡倉頡已下十四篇凡五千三百四十字羣書所載略存之矣** 凡者冣撮也冣撮者都數也倉頡巳下十四篇謂自倉頡至於訓纂共十有四篇篇之都數也五千三百四十字之都數也藝文志曰漢時閭里書師合倉頡爰歷博學三篇斷六十

字以爲一章凡五十五章并爲倉頡篇此謂漢初倉頡篇祇有三千三百字也志又曰武帝時司馬相如作凡將篇無復字元帝時黃門令史游作急就篇成帝時將作大匠李長作元尚篇皆倉頡中正字也凡將則頗有出矣此謂三家所作惟凡將之字有出倉頡篇外者也志又曰至元始中徵天下通小學者以百數各令記字於庭中揚雄取其有用者以作訓纂篇順續倉頡又易倉頡中重復之字凡八十九章此謂雄所作訓纂凡三十四章二千四十字合五十五章三千三百字凡八十九章五千三百四十字也班但言章數許但言字數而數適相合不數急就元尚者皆倉頡中字既取倉頡可不數之也不數凡將者凡將字雖或出倉頡外而必晐於訓纂中故亦不數也訓纂續倉頡而無複倉頡之字且易倉頡中自複者故五千三百四十字一無重複也然則何以云十四篇也合李斯趙高胡毋敬司馬相如史游李長揚雄所作而言之計字則無復計篇則必備也本祇有倉頡爰歷博學凡將急就元尚訓纂七目又析之爲十四其詳不可聞矣漢初蓋倉頡爰歷博學爲三倉班於倉頡一篇自注云上七章則爰歷爲中博學爲下可知也自楊雄作訓纂以後班固作十三章和帝永元中郎中賈魴又作滂喜篇梁庾元威云倉頡五十五章爲上卷楊雄作訓纂記滂喜爲中卷賈升郎更續記彥齝均爲下卷人偁爲三倉元魏江式亦云是爲三倉蓋自張揖作三倉訓詁陸璣詩疏引三倉說郭樸作三倉解詁魏晉時早有三倉之偁韋昭注漢云班固十三章疑在倉頡下篇三十四章之內然則賈魴所作有三十四章而班之十三章在其中許所云五千三百四十字不數班賈所作也楊雄訓纂終於滂熹二字滂熹者言滂沱大盛賈魴用此二字爲篇目而終於彥均二字故庾氏云楊記滂喜賈記彥均隨志則云楊作訓纂賈作滂喜其實一也喜與熹古通用熹者大盛之意彥音盤大也大學人之彥聖彥一作盤是也懷瓘書斷云倉頡訓纂八十九章合賈廣班三十四章凡百二十三章文字備矣按八十九章五千三百四十字又增三十四章二千四十字凡七千三百八十字許全書凡九千三百五十三文蓋五千三百四十字之外他采者三千十三字班賈之篇未嘗不在网羅之內且班賈而外亦且借歸漁獵之中班前於許賈則同

十五卷上　七十五

時許卽不見班賈之書而未央廷中百餘人所說楊雄所未采凡將所出倉頡外藝文志所云別字十三篇者具焉是皆許之所本也自倉頡至彥均章皆六十字凡十五句句皆四言許引幼子承詔郭注爾雅引考妣延年是也凡將七言如蜀都賦注引黃潤纖美宜製禪藝文類聚引鐘磬竽笙筑坎侯是也急就今尚存前多三言後多七言元尚今無考若隨志所載班固大甲篇在昔篇蓋卽在十三章內崔瑗飛龍篇蔡邕聖皇篇黃初篇吳章篇蔡邕女史篇皆由其字已具三倉中故不得一列於三倉也若藝文又偁倉頡傳一篇楊雄倉頡訓纂一篇杜林倉頡訓纂一篇杜林倉頡故一篇此四篇者又皆漢人釋倉頡五十五章之作五十五章四言爲句如今童子所讀千字文此四篇者如顏師古王伯厚之釋急就篇也自倉頡至彥均漢魏時蓋皆以隸書書之或以小篆書之皆閭里書師所教習謂之史書

及亡新居攝使大司空甄豐等校文書之部校今之挍字也古無挍字借校字爲之**自呂爲應制作**王莽傳曰莽奏起明堂辟雍靈臺制度甚盛立樂經自言盡力制禮作樂事**頗改定古文**頗者閒見之詞於古文閒有改定如疊字下亡新以爲疊从三日大盛改爲三田是其一也**時有六書**與周禮保氏六書同名異實莽之六書卽秦八體而損其二也

一曰古文孔子壁中書也下文詳之秦有小篆隸書而古文由此絕故惟孔子壁中書爲古文故六書首此

二曰奇字卽古文而異者也分古文爲二儿下云古文奇字人也无下云奇字無也許書二見蓋其所記古文中時有之不獨此二字矣楊雄傳云劉歆之子棻嘗從雄學奇字按言大篆者大篆卽包於古文奇字二者中矣張懷瓘謂奇字卽籀文其跡有石鼓文存非是

三曰篆書卽小篆上文所謂小篆**秦始皇帝使下杜人程邈所作也**按此十三字當在下文左書卽秦隸書之下上文明言李斯趙高胡毋敬皆取史籀大篆省改所謂小篆則作小篆之人既顯白矣何容贅此自相矛盾耶況蔡邕聖皇篇云程邈刪古立隸文而蔡劉衛恆羊欣江式庾肩吾王僧虔酈道元顏師古

十五卷上　七十六

亦皆同辭惟傳聞不一或習時許書已謂是以衞巨山疑而未定耳下杜人程邈爲衙獄吏得罪幽繫雲陽增減大篆體去其緐複始皇善之出爲御史名書曰隸書下杜江式張懷瓘皆作下邽庾肩吾書品作下邳邈說文無此字葢古祗作顩**四曰左書卽秦隸書**左今之佐字小徐本作左而後大叔佐夏不畫一葢許敍從俗作佐後人或以古字改之而又不盡改也左書謂其法便捷可以佐助篆所不逮上文云初有隸書以趣約易不言誰作故此補之曰秦始皇帝使下杜人程邈所作也**五曰繆篆所㠯摹印也**摹規也規度印之大小字之多少而刻之繆讀綢繆之繆上文秦文八體五曰摹印**六曰鳥蟲書所㠯書幡信也**幡當作旛漢人俗字以幡爲之書旛謂書旗幟書信謂書符卩上文四曰蟲書此曰鳥蟲書謂其或像鳥或像蟲鳥亦偁羽蟲也按秦文八體尙有刻符署書殳書此不及之者三書之體不離乎摹印書旛之體故舉二以包三古文則析爲二以包大篆莽意在復古應制作故不欲襲秦制也**壁中書者**巳下尊崇古籀

述己作書之意故承壁中書而釋之**魯恭王壞孔子宅而得禮記尙書春秋論語孝經**劉歆移書讓大常博士曰魯恭王壞孔子宅欲以爲宮得古文於壞壁中逸禮三十有九書十六篇藝文志曰魯恭王壞孔子宅欲以廣其宮得古文尙書及禮記論語孝經凡數十篇皆古字也景十三王傳曰於其壁中得古文經傳按古文傳謂記及論語也許所謂得禮者禮古經也志言禮古經五十六卷出於魯淹中及孔氏與后氏戴氏經十七篇相似多三十九篇卽唐以後所謂儀禮多出之三十九篇漢儒莫爲之注遂亡○記者謂禮之記也河閒獻王傳禮與禮記爲二此亦當云禮禮記轉寫奪一禮字耳志云記百三十一篇七十子後學者所記也明堂陰陽三十三篇古明堂之遺事也王史氏二十一篇七十子後學者也隨志劉向考校經籍得記百三十篇明堂陰陽記三十三篇孔子三朝記七篇王史氏記二十一篇樂記二十三篇凡五種合二百十四篇經典釋文敘錄引劉向別錄云古文記二百十四篇是也謂之古文記則以上皆爲古文可知○尙書者志言尙書

古文經四十六卷爲五十七篇以考伏生經二十九篇得多十六篇劉歆亦云得古文逸書十六篇要之伏生所有以及所無皆爲古文矣○春秋葢謂春秋經也志言春秋古經十二篇是也春秋經傳班志不言出誰氏據許下云北平侯張蒼獻春秋左氏傳意經傳皆其所獻古經與傳別然則班云春秋古經十二篇左氏傳三十卷皆謂蒼所獻也而許以經系之孔壁以傳系之北平侯恐非事實或曰春秋二字衍文○論語志云論語古二十一篇出孔子壁中兩子張篇是也○齊論語則二十二篇魯論語則二十篇○孝經者志云孝經古孔氏一篇二十二章是也孝經一篇十八章漢長孫氏江翁后蒼翼奉張禹各自名家經文皆同唯孔氏壁中古文爲異○以上皆古文以其出於壁中故謂之壁中書晉人謂之科斗文王隱曰大康元年汲郡民盜發魏安釐王冢得竹書漆字科斗之文科斗文者周時古文也其字頭麤尾細似科斗之蟲故俗名之焉據此則科斗文乃晉人里語而孔安國敘尙書乃有科斗文字之偁其爲作僞固顯然可見矣**又北平侯張蒼獻春秋左氏傳**孝惠三年乃除

挾書之律張蒼當於三年後獻之然則漢之獻書張蒼最先漢之得書首春秋左傳而平帝時乃立博士何也秦禁挾書而蒼身爲秦柱下御史遂臧左氏至漢弛禁而獻之亦可以知秦法之不行矣此亦壁中諸經之類也故類記之論衡說左傳卅篇出恭王壁中恐非事實**郡國亦往往於山川得鼎彝其銘卽前代之古文皆自相佀**何休云亦者兩相須之意銘字不見於金部由古文士喪禮作名許從古文禮也而此作銘者不廢今字也佀像也郡國所得秦以上鼎彝其銘卽三代古文如郊祀志上有故銅器問李少君少君曰此器齊桓公十年陳於柏寢已而案其刻果齊桓公器又美陽得鼎獻之有司多以爲宜薦見宗廟張敞按鼎銘勒而上議凡若此者亦皆壁中經之類也皆自相似者謂其字皆古文彼此多相類**雖叵復見遠流**流小徐本作沬葢誤**其詳可得略說也**元應引三倉曰叵不可也許可部無此字以可急言之卽爲不可如試可乃巳卽試不可乃巳也而此有叵字者不廢今字也雖不可再見古昔原流之

詳而其詳亦可得略說之就恭王所得北平所獻以及郡國所得鼎彝古文略具於是故王莽時六書不得古文便以壁中書爲古文反古復始之道莫之能易也而世人大共非訾禮記鄭注曰口毀曰訾㠯爲好奇者也故詭更正文詭當作恑變也鄉壁虛造不可知之書鄉俗用向爲之變亂常行㠯燿於世此謂世人不信壁中書爲古文非毀之謂好奇者改易正字向孔氏之壁憑空造此不可知之書指爲古文變亂常行以燿於世也正文常行世人謂秦隸書也諸生競逐說字解經誼誼各本譌作誼今正誼義古今字藝文志曰後世經傳既已乖離博學者又不想多聞闕疑之義而務碎義逃難便辭巧說破壞形體說五字之文至於二三萬言後進彌以馳逐故幼童而守一藝白首而後能言稱秦之隸書爲倉頡時書云父子相傳何得改易此謂諸生之爭逐說字解經義也稱秦隸書卽倉頡書云此積古以來父傳之子者安能有所改易而乃謂其非

古文乃輒別造不可知之書爲古文也說字以解經本無不合患在妄說隸書之字如下文所舉乃猥曰馬頭人爲長謂馬上加人便是長字會意曾不知古文小篆長字其形見於九篇明辨皙也今馬頭人之字罕見蓋漢字之尤俗者人持十爲斗今所見漢隸字斗作升與升字什字相混正所謂人持十也斗見十四篇小篆卽古文也本是像形字虫者屈中也蟲从三虫而往往段虫爲蟲許多云蟲省聲是也但虫蟲見十三篇本像形字所謂隨體詰詘隸字祇令筆畫有橫直可書本非从中而屈其下也如許書於民酉字曰从古文之體小篆有變古文令可書者隸書亦有變小篆令可書者其道一也廷尉說律至㠯字斷法猶之說字解經義也苛人受錢苛之字止句也通典陳羣劉邵等魏律令序曰盜律有受所監臨受財枉法襍律有假借不廉令乙有所呵人受錢科有使者驗賂其事相類故分爲請賕律按訶責字見三篇言部俗作呵古多以苛字荷字代之漢令乙有所苛人受錢謂有治人之責者而受人錢故

與監臨受財假借不廉使者得賂爲一類苛从艸可聲假爲訶字並非从止句也而隸書之尤俗者乃譌爲苛說律者曰此字从止句句讀同鉤謂止之而鉤取其錢其說無稽於字意律意皆大失今廣韵七歌曰苛止也虎何切玉篇止部云岢古文訶亦皆譌字耳而不若苛之甚若此者甚衆不可勝數也皆不合孔氏古文謬於史籒文字以倉頡史籒爲正故必兼舉之不曰倉頡古文而曰孔氏古文者漢時惟孔子壁中書爲倉頡古文也鼎彝之銘則合於孔氏古文者也俗儒啚夫啚俗本作鄙非啚者嗇也田夫謂之嗇夫詆其所習蔽所希聞不見通學未嘗覩字例之條字例之條謂指事象形形聲會意轉注段借六書也藝文志曰安其所習毀所不見終以自蔽此學者之大患也怪舊埶而善野言埶今藝字也五音韵譙作埶亦通㠯其所知爲祕妙妙古作眇妙取精細之意故以目小之義引申段借之後人別製妙文蔡邕題曹娥碑有幼婦之言知其字漢末有之許書不

錄者晚出之俗字也而不廢此字者可從者則不廢从女少聲於古造字之義有合古好从女子妥从女爪安从宀女旻从女日周禮嬔从女𣪊男女者人之大欲存焉故古造字多有取於此凡俗字不若馬頭人人持十之巳甚者許所不廢也究洞聖人之微恉究窮也洞同迵迵者達也恉者意也又見倉頡篇中幼子承詔幼子承詔蓋倉頡篇中之一句也倉頡篇例四字爲句今許書言部無詔字蓋許以誥字包之古曰誥秦漢曰詔義同音近因曰古帝之所作也其辭有神僊之術焉曰大徐作號幼子承詔蓋指胡亥卽位事俗儒啚夫既謂隸書卽倉頡時書因謂李斯等所作倉頡篇爲黃帝之所作以黃帝倉頡君臣同時也其云幼子承詔者謂黃帝乘龍上天而少子嗣位爲帝也無稽之談漢人乃至於此哉其迷誤不諭豈不悖哉諭猶曉也悖亂也自世人大共非訾以下至此皆言尉律不課小學不修莫達其說之害葢自不試以諷籒尉律九千字不課以八體書專由通一藝進身而不讀律則不知今矣

所習皆隸書而隸書之俗體又曰以滋蔓則不知古矣以
其滋蔓之俗體說經有不爲經害者哉此許自言不得不
爲說文解字之故孟子曰予豈好辯哉予不得已也古聖
賢作述皆必有所不得已焉爾後魏江式亦以篆形謬錯
隸體失眞追來爲歸巧言爲辯小兒爲䨲神蟲爲蠶皆
不合古文大篆及許氏說請撰集字書號曰古今文字
書曰予欲觀古人之象虞書臯陶謨文**言必遵修舊文而不穿鑿**尙書
日月星辰山龍華蟲作會宗彝藻火黺䋛黼黻希繡以五
采彰施于五色作服日月以下像其物者實皆依古人之
像爲之古人之像卽倉頡古文是也像形像事像意像聲
無非像也故曰古人之像文字起於像形卽日月星辰山龍
華蟲宗彝藻火粉米黼黻皆像其物形卽皆古像形字古
畫圖與文字非有二事帝舜始取倉頡依類像形之文用
諸衣裳以治天下故知文字之用大矣虙羲倉頡觀於天
地人物之形而畫卦造書契帝舜法伏羲倉頡之像形以
爲旗章衣服之飾大舜之智猶修舊不敢穿鑿況智不如舜者乎
孔子曰吾猶及史之闕

文今亡矣夫論語衞靈公篇文**蓋非其不知而不問人用己私**私當爲厶
是非無正巧說衺辭使天下學者疑藝文志曰古制書必同文不知則闕
問諸故老至於衰世是非無正人用其私故孔子
曰吾猶及史之闕文也今亡矣夫蓋傷其寖不正
蓋文字者上蓋釋論語之辭此蓋承上起下之辭**經藝之本**六藝字古當祇作埶埶種也六經爲人所治如
種植於其中故曰六藝後人種埶字作蓺六
藝又加云作藝蓋皆俗字許書當是用埶
王政之始歬
人所以垂後後人所以識古故曰本立而道生知天下之
至嘖而不可亂也上句論語學而篇文下句易毄辭傳文**今敘篆文合以古**
籒此以下至蓋闕如也自述作書之例也篆文謂小篆也古籒謂古文籒文也許重復古而其體例不先古文籒
文者欲人由近古以攷古也小篆因古籒而不變者多故
先篆文正所以說古籒也隸書則去古籒遠難以推尋故

必先小篆也其有小篆已改古籒古籒異於小篆者則以
古籒駁小篆之後曰古文作某籒文作某此全書之通例
也其變例則先古籒後小篆如一篇二下云古文上丅下
云篆文二先古文而後篆文者以旁帝字从二必立二部
使其屬有所从凡全書有先古籒後小篆者皆由部首之故也
博采通人至於小大信而有證小大論語云賢者識其大者不賢者識其小者是也中庸曰無徵不信可信者必有徵也徵證也證諭也
許君博采通人載孔子說楚莊王說韓非說司馬相如說
淮南王說董仲舒說劉歆說揚雄說爰禮說尹彤說逯安
說王育說莊都說歐陽喬說黃顥說譚長說周成說官溥
說張徹說甯嚴說桑欽說杜林說衞宏說徐巡說班固說
傅毅說皆所謂通人也而賈侍中逵則許所從受古學者故不書其名必云賈侍中說
稽譔其說稽留
止也稽留而攷之也譔專敎也譔音與詮同詮具也稽攷
詮釋或以說形或以說音或以說義三者之說皆必取諸
通人其不言某人說者皆根本六藝經傳務得倉頡史籒造字本意因形以得其義與音而不爲穿鑿
將以

理羣類羣類謂如許沖所云天地鬼神山川艸木鳥獸蚰蟲襍物奇怪王制禮儀世間人事靡不畢載皆以
文字之說說其條理也**解謬誤**謂說形說音說義有謬誤者皆得解判之也**曉學者達神**
恉曉者明之也達猶通也恉者意也達神恉者使學者皆通憭於文字之形之音之義也神恉者指事象形形聲
會意轉注叚借神妙之恉也**分別部居不相襍廁也**居當作凥凡居處字古用凥後世乃
用居爲之許從俗也廁猶置也分別部居不相襍廁謂分
別爲五百四十部也周之字書漢時存者史籒十五篇其
體式大約同後代三倉許所引史篇三姚下匋下奭下略
如後代倉頡傳倉頡故秦之倉頡爰歷博學合爲倉頡篇
者每章十五句每句四字訓纂滂熹同之凡將篇每句七
字急就同之其體例皆襍取需用之字以文理編成有韵
之句與後世千字文無異所謂襍廁也識字者略識其字
而其形或譌其音義皆有所未諦雖有揚雄之倉頡訓纂
杜林之倉頡訓纂倉頡故而散而釋之隨字敷演不得字
形之本始字音字義之所以然許君以爲音生於義義箸

於形聖人之造字有義以有音有音以有形學者之識字必審形以知音審音以知義聖人造字實自像形始故合所有之字分別其部爲五百四十每部各建一首而同首者則曰凡某之屬皆从某於是形立而音義易明凡字必有所屬之首五百四十字可以統攝天下古今之字此前古未有之書許君之所獨刱若網在綱如裘挈領討原以納流執要以說詳與史籒篇倉頡篇凡將篇亂襍無章之體例不可以道里計顏黃門曰其書檃栝有條例剖析窮根原不信其說則冥冥不知一點一畫有何意焉此冣爲知許者矣益舉一形以統衆形所謂檃栝有條例也就形以說音義所謂剖析窮根源也是以史篇三倉自漢及唐遞至放失而說文遂嫥行於世如左公毛公之詩傳春秋傳皆後出而率循獨永久勿替也按史游急就篇亦曰分別部居不襍廁而其所謂分別者如姓名爲一部衣服爲一部飲食爲一部器用爲一部急就之例如是勝於李斯胡毋敬趙高司馬相如楊雄所作諸篇散無友紀者故自述曰急就奇觚與衆異也然不無待於訓詁訓詁之法又莫若據形類聚故同一分別部居而功用殊矣萬物

咸覩靡不兼載許沖云天地鬼神山川艸木鳥獸蚰蟲襍物奇怪王制禮儀世閒人事靡不畢載蓋史游之書以物類爲經而字緯之許君之書以字部首爲經而物類緯之也厥誼不昭爰明以諭誼兼字義字形字音而言昭明也諭告也許君之書主就形而爲之說解其篆文則形也其說解則先釋其義若元下云始也丕下云大也是也次釋其形若元下云从一从兀丕下云从一从不是也次說其音若兀爲聲不爲聲及凡讀若某皆是也必先說義者有義而後有形也音後於形者審形乃可知音卽形卽音也合三者以完一篆說其義而轉注段借明矣說其形而指事象形形聲會意明矣說其音而形聲段借愈明矣一字必兼三者三者必互相求萬字皆兼三者萬字必以三者彼此迻遣互求說其義而轉注段借明者就一字爲注合數字則爲轉注異字同義爲轉注異義同字則爲段借故就本形以說義而本義定本義既定而他義之爲借形可知也故曰說其義而轉注段借明也說其形而指事象形形聲會意明者說其形則某爲指事某爲象形某爲獨體之象形某爲合體

某爲合二字之會意某爲合二字之形聲某爲會意兼有形聲皆可知也說其聲而形聲段借愈明者形聲必用此聲爲形段借必用此聲爲義其偁易孟氏書孔氏詩毛氏禮周官春秋左氏論語孝經漢田何以易授丁寬寬授田王孫王孫授施讎孟喜梁丘賀喜授白光翟牧後漢洼丹觟陽鴻任安范升楊政皆傳孟氏易而虞翻自其高祖光至翻五世皆治孟易故仲翔孟學爲尤邃孟易者許君易學之宗也孔氏有古文尚書孔安國以今文字讀之因以起其家司馬遷亦從安國問故遷書載堯典禹貢洪範微子金縢諸篇多古文說孔氏者許書學之宗也毛公趙人也治詩爲河閒獻王博士毛氏者許學詩之宗也高堂生傳士禮十七篇而禮古經五十六卷出壁中有大戴小戴慶氏之學許不言誰氏者許禮學無所主也古謂之禮唐以後謂之儀禮不言記者言禮以該記也周官經六篇王莽時劉歆置博士古謂之周官經許鄭亦謂之周禮不言誰氏者許周禮學無所主也春秋古經十二篇左氏傳三十卷出壁中及張蒼家左氏者許春秋學

之宗也論語不言誰氏者學無所主也孝經亦不言誰氏者學無所主也許沖以爲魯國三老所獻議郎衛宏所校以上爲班志之六藝九種而不言樂者以禮周官該樂也偁者揚也揚者舉也許書內多舉諸經以爲證以爲明諭厥誼之助皆古文也此反對上文皆不合孔氏古文謬於史籒而言所謂萬物兼載爰明以諭者皆合於倉頡古文不謬於史籒大篆不言大篆者言古文以該大篆也所說之義皆古文大篆之義所說之形皆古文大篆之形所說之音皆古文大篆之音故曰皆古文也然則所偁六藝皆以言古文大篆卽六藝之外所偁載籍如老子淮南王伊尹韓非司馬法之類六藝孟氏孔氏毛氏左氏外所偁諸家如韓詩魯詩公羊春秋之類亦皆以言古文大篆也且逐字說之不必有所偁者無非以言古文大篆之字形字音字義也上文萬物咸覩靡不兼載厥誼不昭爰明以諭正謂全書皆發揮古文言其偁易孟氏書孔氏詩毛氏禮周官春秋左氏論語孝經謂全書中明諭厥誼往往取證於諸經非謂偁引諸經皆壁中古文本也易孟氏之非壁中明矣古書之言古文者有二一謂

壁中經藉一謂倉頡所製文字雖命名本相因而學士當區別如古文尙書古文禮此等猶言古本非必古本字字皆古籒今本則絕無古籒字也且如許書未嘗不用偁詩公羊傳今文禮然則云皆古文者謂其中所說字形字音字義皆合倉頡史籒非謂皆用壁中古本明矣所說字形字音字義皆合倉頡史籒則周禮保氏所教六書指事象形形聲會意轉注叚借字例之條大明於天下俗儒啚夫迷誤不諭者可昭然共諭矣**其於所不知****蓋闕如也**此用論語子路篇語蓋闕疊韵字凡論語言如或單字孛如躩如是或重字申申如夭夭如是或疊韵雙聲字踧踖如鞠躬如蓋闕如是蓋舊音如割漢書儒林傳曰疑者丘蓋不言蘇林曰丘蓋不言所不知之意也如淳曰齊俗以不言所不知爲丘蓋丘蓋荀卿書作區蓋丘區闕三字雙聲許全書中多箸闕字有形音義全闕者有三者中闕其二闕其一者分別觀之書凡言闕者十有四容有後人增竄者如單下大也从吅甲吅亦聲闕此謂从甲之形不可解也𨙵从反邑𠃨从反丮𠂎从反卩卯从卩𠂎𣏟从二水𤀏从三泉皆云闕謂其音讀缺也

十五卷上

疊下直云闕謂形義音皆缺也戠下云闕从戈从音謂其義及讀若缺也

說文解字第一

一部一

二部二 古文上字篆一而次之短畫在長畫之上有物在一之上也其別於二字者二兩畫長短均也各本二篆作丄非

示部三 次示者示从二篆二而次之也二者古文上

三部四 篆示有三垂而以三次之

王部五 篆三而次之从一毌三也

玉部六 亦篆三而次之

玨部七 篆王而次之凡竝之重之而又有屬者則別爲部如玨之屬有班𤥊是也竝之重之而無屬則不別爲部如祘在示部之末是也

气部八 文象形而次此者爲其列多不過三

士部九 篆上以一毌三次之以十合一

丨部十 王王中皆有丨以毌之故次之以丨

屮部十一 篆引而上行之丨也

艸部十二 篆屮而次之

蓐部十三 篆艸而次之

茻部十四 篆艸而次之

十五卷上

說文解字第二

小部十五 仍篆丨而次之

八部十六 篆小从八而次之以八余居八部而所屬有㒸蓋古本此下有余部

釆部十七 釆者八之類皆象分別之形也故次於此

半部十八 篆八而次之

牛部十九 篆半从八牛而次之

犛部二十 篆牛而次之

告部二十一 篆牛而次之

口部二十二 篆告从口而次之

凵部二十三張口也故次於此
吅部二十四蒙口而次之
哭部二十五蒙吅而次之
走部二十六有形不相蒙者此是也
止部二十七蒙走从止而次之
癶部二十八蒙止山二文而次之
步部二十九亦蒙止山二文次之
此部三十蒙止而次之
正部三十一蒙止而次之

是部三十二蒙正而次之
辵部三十三仍蒙止而次之
彳部三十四蒙辵从彳而次之
廴部三十五蒙彳而次之
㢟部三十六蒙廴而次兼蒙止
行部三十七蒙彳部彳亍二文而次之
齒部三十八仍蒙止而次之
牙部三十九牙之形無所蒙而其爲物齒屬也故次於此
足部四十仍蒙止而次之

疋部四十一仍蒙止
品部四十二遠蒙口而次之
龠部四十三蒙品而次之
冊部四十四蒙龠从冊而次之

說文解字第三

㗊部四十五蒙品而次之
舌部四十六仍蒙口
干部四十七蒙舌从干而次之
谷部四十八仍蒙口

只部四十九仍蒙口
㕯部五十仍蒙口
句部五十一仍蒙口
丩部五十二蒙句从丩而次之
古部五十三仍蒙口
十部五十四蒙古从十而次於此
卅部五十五蒙十而次之
言部五十六仍蒙口
誩部五十七蒙言而次之

音部五十八　蒙言而次之
䇂部五十九　蒙言从䇂而次之
丵部六十　其形下體類䇂而次之
菐部六十一　蒙丵而次之
𠬞部六十二　蒙菐从廾而次之
𠬜部六十三　反𠬞故次之
共部六十四　蒙廾而次之
異部六十五　蒙廾而次之
舁部六十六　蒙廾而次之

𦥑部六十七　蒙舁从𦥑而次之
晨部六十八　蒙𦥑而次之
爨部六十九　蒙𦥑蒙𠬞而次之
革部七十　古文革从𦥑故蒙𦥑而次於此
鬲部七十一　形無所蒙以物可爨而次之
䰜部七十二　蒙鬲而次之
爪部七十三　蒙𦥑而次之
丮部七十四　義同爪故次之
鬥部七十五　蒙丮而次之

又部七十六　𦥑之形从彐从𠂇也故蒙𦥑而次之以又𠂇
𠂇部七十七
史部七十八　蒙又而次之
支部七十九　蒙又而次之
𦘒部八十　蒙又而次之
聿部八十一　蒙𦘒而次之
畫部八十二　蒙聿而次之
隶部八十三　仍蒙又
臤部八十四　仍蒙又

臣部八十五　蒙臤从臣而次之
殳部八十六　仍蒙又
殺部八十七　蒙殳而次之
𠘧部八十八　蒙殳从𠘧而次之
寸部八十九　仍蒙又
皮部九十　仍蒙又
㼱部九十一　蒙皮而次之
攴部九十二　仍蒙又
教部九十三　蒙攴而次之

卜部九十四蒙攴从卜而次之
用部九十五蒙卜而次之
爻部九十六卦爻之事與卜相近故次於此
㸚部九十七蒙爻而次之
說文解字第四
旻部九十八仍蒙攴而次之
目部九十九蒙旻从目而次之
䀠部一百蒙目而次之
眉部一百一蒙目而次之

盾部一百二蒙目而次之
自部一百三字形略與目字相似故次之
白部一百四白與自一字如介與大一字
鼻部一百五蒙自而次之
皕部一百六蒙白部之百字而次之
習部一百七蒙白而次之
羽部一百八蒙習从羽而次之
隹部一百九羽傳於隹故次之
奞部一百十蒙隹而次之

萑部一百十一蒙隹而次之
𦫳部一百十二蒙萑从𦫳而次之
𥄕部一百十三蒙𦫳而次之
羊部一百十四蒙𦫳而次之
羴部一百十五蒙羊而次之
瞿部一百十六仍蒙䀠蒙隹而次之
雔部一百十七仍蒙隹
雥部一百十八仍蒙隹
鳥部一百十九鳥與隹同物故次之

烏部一百二十蒙鳥而次之
華部一百二十一形無所蒙
冓部一百二十二上體與華相似故次之
幺部一百二十三形無所蒙
𢆶部一百二十四蒙幺而次之
叀部一百二十五蒙幺而次之
玄部一百二十六形略與幺相次之
予部一百二十七似故次於此形無所蒙仍
放部一百二十八遠蒙攴也

𠬪部一百二十九　遠蒙爪蒙又
𣦼部一百三十　蒙𠬪从又
歺部一百三十一　蒙𣦼从歺
死部一百三十二　蒙歺而次之
冎部一百三十三　亦蒙歺
骨部一百三十四　蒙冎而次之
肉部一百三十五　蒙骨从肉而次之
筋部一百三十六　蒙肉而次之
刀部一百三十七　不必蒙上
刃部一百三十八　蒙刀而次之
㓞部一百三十九　蒙刀而次之
丯部一百四十　蒙㓞从丯而次之
耒部一百四十一　蒙丯而次之
角部一百四十二　首與刀相似故蒙刀而次之

說文解字第五

竹部一百四十三　不蒙上
箕部一百四十四　蒙竹而次之
丌部一百四十五　蒙箕之足而次之

左部一百四十六　遠蒙三篇之屮
工部一百四十七　蒙左从工而次之
㠭部一百四十八　蒙工而次之
巫部一百四十九　蒙工而次之
甘部一百五十　不蒙上
旨部一百五十一　蒙甘而次之
曰部一百五十二　蒙甘从口而次之
乃部一百五十三　不蒙上
丂部一百五十四　與乃略相似故次之
可部一百五十五　蒙丂而次之
兮部一百五十六　蒙丂而次之
号部一百五十七　蒙丂而次之
亏部一百五十八　蒙丂而次之
喜部一百五十九　不蒙上
壴部一百六十　蒙喜从壴而次之
鼓部一百六十一　蒙壴而次之
豈部一百六十二　蒙壴从豆而次之
豆部一百六十三　蒙上次之以豆

豊部一百六十四蒙豆而次之
豐部一百六十五蒙豆而次之
䖒部一百六十六蒙豆而次之
虍部一百六十七蒙䖒从虍而次之
虎部一百六十八蒙虍而次之
虤部一百六十九蒙虎而次之
皿部一百七十不蒙上
凵部一百七十一皿之類也故次之
去部一百七十二蒙凵而次之

血部一百七十三蒙皿而次之
丶部一百七十四不蒙上
丹部一百七十五蒙丶而次之
青部一百七十六蒙丹而次之
井部一百七十七井與丹形似故次之
皀部一百七十八不蒙上
鬯部一百七十九亦从匕故次之
食部一百八十亦从匕故次之
亼部一百八十一蒙食从亼而次之

會部一百八十二蒙亼而次之
倉部一百八十三蒙倉而次之
入部一百八十四蒙亼而次之
缶部一百八十五不蒙上而首略相似
矢部一百八十六略有似缶處
高部一百八十七
冂部一百八十八不蒙上以冂之小篆作同似高之下體故次之
𩫏部一百八十九蒙高形相似
京部一百九十蒙高而次之

亯部一百九十一蒙高而次之
㫗部一百九十二倒亯而次之
畗部一百九十三蒙高而次之
㐭部一百九十四仍蒙入
嗇部一百九十五蒙㐭而次之
來部一百九十六蒙嗇从來而次之
麥部一百九十七蒙來而次之
夊部一百九十八蒙麥从夊而次之
舛部一百九十九蒙夊而次之

舜部二百 蒙舛而次之
韋部二百一 蒙舛而次之
弟部二百二 事近皮韋故次之
夂部二百三 形似夊故次之
久部二百四 形似夂故次之
桀部二百五 仍蒙舛
說文解字第六
木部二百六
東部二百七 蒙木而次之

林部二百八 蒙木而次之
才部二百九 不蒙上以下十餘部皆以艸木之事而類次
叒部二百十 不蒙上
之部二百十一 不蒙上
帀部二百十二 蒙倒之而次之
出部二百十三 形近之而次之
𣎵部二百十四 不蒙上
生部二百十五
乇部二百十六

𠂹部二百十七
𠌶部二百十八 蒙𠂹而次之
華部二百十九 蒙𠌶而次之
禾部二百二十 仍蒙木而次之
稽部二百二十一 蒙禾而次之
巢部二百二十二 仍蒙木
桼部二百二十三 仍蒙木
束部二百二十四 仍蒙木
㯻部二百二十五 蒙束而次之

囗部二百二十六 蒙束从口而次之
員部二百二十七 蒙口而次之
貝部二百二十八 蒙員从貝而次之
邑部二百二十九 仍蒙口而次之
𨛜部二百三十 蒙邑而次之
說文解字第七
日部二百三十一
旦部二百三十二 蒙日而次之
倝部二百三十三 蒙旦而次之

㫃部二百三十四　蒙倝从㫃而次之
冥部二百三十五　仍蒙日
晶部二百三十六　蒙日
月部二百三十七　月者日之類也故次之
有部二百三十八　蒙月而次之
朙部二百三十九　蒙月而次之
囧部二百四十　蒙朙从囧而次之
夕部二百四十一　蒙月而次之
多部二百四十二　蒙夕而次之

毌部二百四十三　不蒙上
𢎘部二百四十四　不蒙上
𣐺部二百四十五　蒙𢎘而次之
卣部二百四十六　不蒙上
齊部二百四十七　不蒙上
朿部二百四十八　不蒙上遠蒙木也
片部二百四十九　亦遠蒙木
鼎部二百五十　蒙片而次之
克部二百五十一　不蒙上

彔部二百五十二　克之類也故次之
禾部二百五十三　不蒙上
秝部二百五十四　蒙禾而次之
黍部二百五十五　蒙禾而次之
香部二百五十六　蒙黍而次之
米部二百五十七　禾之類也故次之
毇部二百五十八　蒙米而次之
臼部二百五十九　蒙毇从臼而次之
凶部二百六十　形似臼故次之

朩部二百六十一　不蒙上
𣏟部二百六十二　蒙朩而次之
麻部二百六十三　蒙𣏟而次之
尗部二百六十四　不蒙上
耑部二百六十五　不蒙上
韭部二百六十六　不蒙上
瓜部二百六十七　不蒙上
瓠部二百六十八　蒙瓜而次之
宀部二百六十九　不蒙上

宮部二百七十　蒙宀而次之

呂部二百七十一　蒙宮从呂而次之

穴部二百七十二　蒙宀而次之

㝱部二百七十三　蒙宀而次之

疒部二百七十四　蒙㝱从疒而次之

冖部二百七十五　上不蒙

𠔿部二百七十六　蒙冂而次之

冃部二百七十七　蒙冃而次之

㒳部二百七十八　蒙冂而次之

网部二百七十九　蒙冂而次之

襾部二百八十　蒙冂而次之

巾部二百八十一　蒙冂而次之

巿部二百八十二　蒙巾而次之

帛部二百八十三　蒙巾而次之

白部二百八十四　蒙帛从白而次之

㡀部二百八十五　蒙巾而次之

黹部二百八十六　蒙㡀而次之

說文解字第八

人部二百八十七　上不蒙

匕部二百八十八　倒人而次之

匕部二百八十九　反人而次之

从部二百九十　並人而次之

比部二百九十一　反从而次之

北部二百九十二　二人相背而次之

丘部二百九十三　蒙北而次之

乑部二百九十四　从三人故次之

𡈼部二百九十五　蒙人而次之

重部二百九十六　蒙𡈼而次之

臥部二百九十七　仍蒙人

身部二百九十八　蒙人而次之

㐆部二百九十九　反身也故次之

衣部三百　衣从二人也故次之近篆衣者多失其形

裘部三百一　蒙衣而次之

老部三百二　蒙人而次之

毛部三百三　蒙老从毛而次之

毳部三百四　蒙毛而次之

尸部三百五　象人臥故次之
尺部三百六　蒙尸而次之
尾部三百七　蒙毛蒙尸而次之
履部三百八　蒙尸而次之
舟部三百九　蒙履从舟而次之
方部三百十　蒙舟而次之
儿部三百十一　仍蒙人
兄部三百十二　蒙儿而次之
兂部三百十三　蒙儿而次之

皃部三百十四　蒙儿而次之
𠑹部三百十五　蒙儿而次之
先部三百十六　蒙儿而次之
秃部三百十七　蒙儿而次之
見部三百十八　蒙儿而次之
覞部三百十九　蒙見而次之
欠部三百二十　仍蒙儿
㱃部三百二十一　蒙欠而次之
㳄部三百二十二　蒙欠而次之

旡部三百二十三　反欠故次之

說文解字第九

頁部三百二十四　蒙儿而次之
百部三百二十五　蒙頁从百而次之
面部三百二十六　蒙百而次之
丏部三百二十七　形似雝蔽其面故次於此
首部三百二十八　蒙頁而次之
県部三百二十九　倒首故次之
須部三百三十　蒙頁而次之

彡部三百三十一　蒙須从彡而次之
彣部三百三十二　蒙彡而次之
文部三百三十三　蒙彣从文而次之
髟部三百三十四　蒙彡而次之
后部三百三十五　上不蒙
司部三百三十六　反后故次之
卮部三百三十七　形似后而次之
卩部三百三十八　蒙卮从卩而次之
印部三百三十九　蒙卩而次之

色部三百四十蒙卩而次之
卯部三百四十一蒙卩而次之
辟部三百四十二蒙卩而次之
勹部三百四十三不蒙上
包部三百四十四蒙勹而次之
茍部三百四十五蒙勹而次之
鬼部三百四十六不蒙上
甶部三百四十七蒙鬼頭而次之
厶部三百四十八蒙鬼从厶而次之

嵬部三百四十九蒙鬼而次之
山部三百五十蒙嵬从山而次之
屾部三百五十一蒙山而次之
屵部三百五十二蒙山而次之
广部三百五十三
厂部三百五十四蒙屵广从厂而次之
丸部三百五十五蒙厂部仄而次之
危部三百五十六蒙厂部厃而次之
石部三百五十七蒙厂而次之

長部三百五十八不蒙上
勿部三百五十九
冄部三百六十不蒙上
而部三百六十一不蒙上
豕部三百六十二不蒙上
㣇部三百六十三豕之類也故次之
彑部三百六十四蒙㣇从彑而次之
豚部三百六十五蒙㣇而次之
豸部三百六十六足似豕故次之

𤉡部三百六十七足似豕故次之
易部三百六十八亦四足故次之
象部三百六十九亦四足故次之
說文解字第十
馬部三百七十亦四足故次之
𢊁部三百七十一亦四足故次之
鹿部三百七十二頭似𢊁故次之
麤部三百七十三蒙鹿而次之
㲋部三百七十四足似鹿而次之

兔部三百七十五 字形似㲋而次之
萈部三百七十六 足似兔而次之
犬部三百七十七 形不蒙上皆四足類也故次之
㹜部三百七十八 蒙犬而次之
鼠部三百七十九 亦四足類故次之
能部三百八十 足似鹿仍蒙鹿而次之
熊部三百八十一 蒙能而次之
火部三百八十二 蒙熊从火而次之
炎部三百八十三 蒙火而次之

黑部三百八十四 蒙炎而次之
囪部三百八十五 蒙黑从古文囪而次之
焱部三百八十六 仍蒙火
炙部三百八十七 仍蒙火
赤部三百八十八 仍蒙火
大部三百八十九 蒙赤从大而次之
亦部三百九十 蒙大而次之
夨部三百九十一 蒙大而次之
夭部三百九十二 蒙大而次之

交部三百九十三 蒙大而次之
尣部三百九十四 蒙大而次之
壺部三百九十五 蒙大而次之
壹部三百九十六 蒙壺而次之
㚔部三百九十七 蒙大而次之
奢部三百九十八 蒙大而次之
亢部三百九十九 蒙大而次之
夲部四百 蒙大而次之
夰部四百一 蒙大而次之

亣部四百二 大之異體也故次之
夫部四百三 蒙亣而次之
立部四百四 蒙亣而次之
竝部四百五 蒙立而次之
囟部四百六 不蒙上
思部四百七 蒙囟而次之
心部四百八 蒙思从心而次之
惢部四百九 蒙心而次之

說文解字第十一

水部四百十上不蒙

沝部四百十一蒙水而次之

瀕部四百十二蒙林部涉而次之

𡿨部四百十三以下十部皆水之類也

巜部四百十四蒙𡿨而次之

川部四百十五蒙巜而次之

泉部四百十六蒙川而次之

灥部四百十七蒙泉而次之

永部四百十八蒙水而次之

𠂢部四百十九蒙永而次之

谷部四百二十仍蒙水

仌部四百二十一水所成也故次之

雨部四百二十二水之自天者也故次之

雲部四百二十三蒙雨而次之

魚部四百二十四水中物也故次之

𩺰部四百二十五蒙魚而次之

燕部四百二十六尾似魚故次之

龍部四百二十七魚類也故次之

飛部四百二十八蒙龍象飛形而次之

非部四百二十九蒙飛而次之

卂部四百三十蒙飛而次之

說文解字第十二

乞部四百三十一以下四部蒙飛皆言鳥事

不部四百三十二

至部四百三十三

西部四百三十四

鹵部四百三十五蒙卥而次之

鹽部四百三十六蒙鹵而次之

戶部四百三十七上不蒙

門部四百三十八蒙戶而次之

耳部四百三十九形似戶而次之

𦣝部四百四十

手部四百四十一以上皆人體事故類次之

𠦬部四百四十二

女部四百四十三

毋部四百四十四蒙女而次之

民部四百四十五
丿部四百四十六
𠂆部四百四十七
乁部四百四十八 反厂而次之
氏部四百四十九 蒙乁而次之
氐部四百五十 蒙氏而次之
戈部四百五十一
戉部四百五十二 蒙戈而次之
我部四百五十三 蒙戈而次之

亅部四百五十四
琴部四百五十五
乚部四百五十六
亡部四百五十七 蒙乚而次之
匸部四百五十八 蒙乚而次之
匚部四百五十九 形似匸而次之
曲部四百六十
甾部四百六十一
瓦部四百六十二

弓部四百六十三
弜部四百六十四
弦部四百六十五 蒙弓而次之
系部四百六十六

說文解字第十三

糸部四百六十七 蒙系从糸而次之
素部四百六十八 蒙糸而次之
絲部四百六十九
率部四百七十

虫部四百七十一
䖵部四百七十二
蟲部四百七十三
風部四百七十四
它部四百七十五 蒙虫而次之
龜部四百七十六 蒙它而次之
黽部四百七十七 蒙它而次之
卵部四百七十八 蒙黽下體之形而次之
二部四百七十九 上不蒙

土部四百八十　蒙二而次之
垚部四百八十一　蒙土而次之
堇部四百八十二　蒙土而次之
里部四百八十三　蒙土而次之
田部四百八十四　里从田故次之
畕部四百八十五　蒙田而次之
黃部四百八十六　蒙田而次之
男部四百八十七　蒙田而次之
力部四百八十八　蒙男从力而次之
劦部四百八十九　蒙力而次之

說文解字第十四

金部四百九十　不蒙上
幵部四百九十一　不蒙上
勺部四百九十二　不蒙上
几部四百九十三　不蒙上
且部四百九十四　蒙几而次之
斤部四百九十五　不蒙上
斗部四百九十六　不蒙上

十五卷上

矛部四百九十七　不蒙上
車部四百九十八　不蒙上自勺至此皆器物也
𠂤部四百九十九　不蒙上
𨸏部五百　蒙𠂤而次之
𨺅部五百一　蒙𨸏而次之
厽部五百二　不蒙上
四部五百三　不蒙上
宁部五百四　略似四而次之
叕部五百五　略似宁而次之
亞部五百六　略似叕而次之
五部五百七　四之類也故次之
六部五百八　五之類也故次之
七部五百九
九部五百十
禸部五百十一　蒙九而次之
嘼部五百十二　蒙禸而次之
甲部五百十三　不蒙上
乙部五百十四　十干為類

丙部五百十五

丁部五百十六

戊部五百十七

己部五百十八

巴部五百十九似己而次之

庚部五百二十

辛部五百二十一

辡部五百二十二蒙辛而次之

壬部五百二十三

癸部五百二十四以下十二支爲類

子部五百二十五

了部五百二十六蒙子而次之

孨部五百二十七蒙子而次之

𠫓部五百二十八蒙子而次之

丑部五百二十九

寅部五百三十

卯部五百三十一

辰部五百三十二

巳部五百三十三

午部五百三十四

未部五百三十五

申部五百三十六

酉部五百三十七

酋部五百三十八蒙酉而次之

戌部五百三十九

亥部五百四十

說文解字第十五卷上

受業黟縣胡積城校字

說文解字第十五卷下

金壇段玉裁注

此十四篇後漢書儒林傳亦云許愼作說文解字十四篇傳於世蓋許不云十五卷也愼子沖乃合十四篇及敘偁十五卷以獻此後序錄家或云十四篇或云十五卷所以不同也**五百四十部也**林罕字源偏旁小說增一部序云五百四十一字郭忠恕與夢英書云見寄偏旁五百三十九字張美和撰吳均增補復古編序說文以五百四十二字爲部容相傳部數稍有異同要異者甚敳可存而不論也**九千三百五十三文重一千一百六十三**今依大徐本所載字數覈之正文九千四百卌一增多者七十八文重文千二百七十九增多者百一十六文此由列代有沾註者今難盡爲識別而亦時可裁僞去太去甚略見注中**解說凡十三萬三千四百四十一字**今依大徐所載說解字數凡十二萬二千六百九十九較少萬七百四十二字此可證說解中歷代妄刪字奪去字至於如此之多篆文多於本始說解少於厥初其增損皆由後人今未可強說耳大史公自序內云凡百三十篇五十二萬六千五百字實兼自序言之然則許云解說十三萬三千四百四十一字者實兼敘言之**其建首也立一爲耑**耑物初生之題也引申爲凡始之偁謂始於一部**方目類聚物目羣分**類聚謂同部也羣分謂異部也**同條牽屬**屬者連也**共理相貫**貫古音冠其字古作毌毌者穿也同條共理謂五百四十部相聯綴也**襍而不越**辵部曰逑踰也引易襍而不逑此作越者彼依易文此依俗用也**據形系聯**系者縣也聯者連也謂五百四十部次弟大略以形相連次使人記憶易檢尋如八篇起人部則全篇三十六部皆由人而及之是也雖或有以義相次者但十之一而已部首以形爲次以六書始於象形也每部中以義爲次以六書歸於轉注也後許爲字書者字林取目之先後今不傳嗣此顧希馮玉篇其目以義爲次而乖謬不可

通者如兄弟二目次於人儿父臣男民夫子我身女諸部之間而不知兄之本義訓茲長不訓罤弟之本義訓韋束次弟不訓叔季訓罤訓叔季者其引申之義耳如顧目次則此二篆失其本義又如毛部而部次於羽角皮革之閒而不知毛謂𩑶髮之屬而謂人須引申乃用於鳥獸如顧目次此二篆失其本義誤以人體系諸物體也**引而申之**古屈伸字多作詘信亦作申說文人部有伸篆解云屈伸近字也謂由一形引之至五百四十形也**目究萬原**究者竆也謂天地鬼神山川艸木鳥獸蚰蟲襍物奇怪王制禮儀世閒人事莫不畢舉**畢終於亥**畢猶竟也終古作冬冬者四時盡也引伸爲凡盡之偁後人叚終字爲之**知化竆冥**知化竆冥即易之知化竆神也**于時大漢**于粤也**聖德熙明**毛傳曰緝熙光明也**承天稽唐敷崇殷中**謂光武封禪也龔奉天命稽攷唐堯故事巡守至于岱宗柴望秩于山川用布尊崇之禮大盛封泰山禪梁父升中于天刻石紀號也殷者盛也中猶成也告成功也**遐邇被澤渥衍沛滂**渥者霑也厚也衍如水潮之盛溢也滂者沛也沛之義不見於本篆下而古書多用之蓋古祇作巿水之大至如艸木之盛後人乃叚沛水字爲之如𥁕暖字水突字後人乃叚溫深也**廣業甄微學士知方**謂光武立五經十四博士初建三雍明帝即位親行其禮肅宗大會諸儒於白虎觀考詳同異又詔高才生受古文尙書毛詩穀梁左氏春秋以网羅遺逸孝和亦數幸東觀覽閱書林**探嘖索隱厥誼可傳**採取也嘖初也深也索者索之叚借字小徐本作索誼義古今字自于時大漢至此謂當此經學大明之時而惟小學不修莫達其說歆其所習蔽所希闇故作此十四篇也**粤在永元困頓之季**漢和帝永元十二年歲在庚子爾雅曰歲在庚曰上章在子曰困頓**孟陬之月**爾雅曰正月爲陬月**朔日甲申**後漢書賈逵於和帝永元十三年卒時年七十二然則許之譔說文解字先逵卒一年用功伊始蓋恐失隊所聞也自永元庚子至建光辛酉凡歷二十二年而其子沖獻之**曾曾小子**曾曾猶俗云層層也曾之言重也古者裔孫通

曰曾孫是以詩謂成王爲曾孫左傳曰曾孫蔽聵敢昭告皇祖文王**祖自炎神**炎帝神農氏也居姜水因以爲姓亦曰厲山氏厲山一作列山其後甫許申呂皆姜姓之後**縉雲相黃**黃帝以雲紀官服虔曰其夏官爲縉雲氏賈逵左傳解詁云縉雲氏姜姓也炎帝之苗裔當黃帝時任縉雲之官也按韋昭云黃帝滅炎帝之子孫而有天下非滅神農也**共承高辛**共音恭謂共工也國語共工虞於湛樂淫失其身庶民弗助禍亂並興賈侍中云共工炎帝之後姜姓也顓頊氏衰共工氏侵陵諸侯與高辛氏爭王也淮南原道訓云共工與高辛氏爭爲帝宗族殘滅繼嗣絕祀高注共工以水行霸於伏犧神農閒者非堯時共工也按共工當高陽高辛嬗代之時故淮南書或云與顓頊爭爲帝或云與高辛氏爭爲帝所云顓頊者亦謂帝顓頊高陽之後裔耳高注謂在伏犧神農閒非也張湛注列子云共工氏興霸於伏犧神農之閒其後苗裔恃其強與顓頊爭爲帝然則共工之後皆偁共工矣國語堯命禹治水共之從孫四岳佐之賈逵曰共共工也許摘共字訓爲共工實本國語云承高辛承者奉也受也諱其爭帝之事若言黃帝時有縉雲氏高辛時有共工夏禹時有大岳周時有呂叔此之謂世祿**大岳佐夏呂叔作藩**佐者左之俗字漢碑多作佐蓋既用左爲大則造佐爲左矣毛傳曰藩屛也艸部同屛者蔽也國語大子晉曰共之從孫四嶽佐伯禹皇天嘉之胙禹以天下賜姓曰娰氏曰有夏胙四岳國命爲侯伯賜姓曰姜氏曰有呂韋注以國爲氏也左傳言大岳亦言四岳外傳言四岳亦言四伯皆謂一人非謂四人毛傳云堯之時姜氏爲四伯掌四嶽之祀述諸侯之職於周則有甫有申有齊有許也按大嶽姜姓爲禹心呂之臣故封呂侯取其地名與心呂義合也呂侯歷夏殷之季而國微故周武王封文叔於許以爲周藩屛杜預世族譜云許姜姓與齊同祖堯四嶽伯夷之後也大子晉曰申呂雖衰齊許猶在蓋東遷之初申呂未滅東遷以後齊許偁盛矣此云呂叔謂文叔也文叔者出於呂故謂之呂叔**俾侯于許**許邑部作鄦云炎帝大嶽之嗣甫侯所封讀若許然則字當作鄦爲叔重氏姓而此祇作許者其字蓋自詩春秋巳皆叚許爲之漢時地理亦作許縣故仍而

不改不欲駁俗此所謂本有其字依聲託事者依託既久不便更張汎覽古書惟史記鄭世家僅存鄦字蓋司馬所見載籍或存古字也地理志申在南陽宛縣王符潛夫論云申城在南陽宛北序山之下宛西三十里有呂按漢宛縣今爲河南南陽府城漢許縣今在河南許州州東三十里有故許昌城鄦下言甫侯所封此云呂叔所侯者甫卽呂也故詩言甫不言呂國語言呂不言甫尚書呂荆卽甫荆呂叔甫侯皆謂文叔也今地理志作大叔周穆王時呂侯是其胄也**世祚遺靈**祚古作胙漢碑多作祚許從之世胙猶世祿也周語曰胙四岳國命爲侯伯許正用此胙字靈之言令也令善也古鼎彝銘以霝冬爲令終鄭箋毛詩曰靈善也**自彼徂召**謂自許往遷汝南召陵縣也左傳僖四年昭十四年定四年之召陵漢爲縣屬汝南晉改屬潁川今河南許州鄢城縣縣東四十五里有故召陵城漢時召陵有萬歲里許氏所居也又有郎里見於許書闞駰說召陵自召高也然則召同卲卩部曰卲高也是也**宅此汝瀕**瀕厓也宅居也居此汝水之厓蓋自文叔以下二十四世當戰國初楚滅之後有遷召陵者爲許君之先許詳此者放史記之自序其先也**竊卬景行**詩曰高山卬止景行行止八篇云卬望欲有所庶及也引詩高山卬止此又檃栝二句而偁之景行大道也**敢涉聖門**聖門謂凡造六藝之五帝三王周公孔子左氏及倉頡史籀之門庭也**其宏如何節彼南山**言大道聖門之大比於南山之高峻也節高峻皃山部曰岊高山之卩也詩之節蓋岊之叚借字**欲罷不能**罷猶置也**旣竭愚才**此六句自言用功等於顏苦孔之卓也**惜道之味**甘下曰美也从口含一一道也**聞疑載疑**穀粱傳曰春秋信以傳信疑以傳疑少儀曰毋身質言語注云聞疑則傳疑水經注曰聞疑書疑立乎後漢以說古文字之形音義其不能無疑者眾矣聞疑而載之於書以侯後世賢人君子所以衞道也如不爲此則六書之學絕矣司馬氏不爲史記則孔子左氏春秋之學絕矣皆干城大道勇敢而爲之者也皆不以小疵揜其大醇**演贊其志**演長流也故凡推廣之曰演文王演周易是也贊者見也易曰幽贊於神明而

生著孔子贊周易是也志者識也古志識同字演贊其志謂推演贊明借道載疑所知識者也**次列微辭**次猶敘也列猶敶也微同𢼸𢼸者眇也眇者今之妙字凡粗者為惡精者為妙易曰眇萬物而為言文賦曰眇眾慮而為言辭者說也次列微辭謂敍敶其𢼸眇之說解也說文解字皆微辭也於文言說於字言解者互言之說者說釋也解者判也**知此者稀**稀猶少也自許而前自許而後知此道味者少矣劉歆作七略班固述藝文志學者所奉為高山景行者也而六藝略中以孝經爾雅小爾雅古今字為孝經家以史籒八體倉頡凡將急就元尚訓纂別字倉頡傳倉頡訓纂倉頡故為小學家於小學家言周官六書象形象事象意象聲轉注段借是矣而不知爾雅三卷小爾雅一篇古今字一卷此與小學家之倉頡傳揚雄倉頡訓纂杜林倉頡訓纂倉頡故同為訓詁之書皆古六書之所謂轉注段借者不當畫而二之當合此為小學類而以孝經五經襍議弟子職說合於論語家為一家六藝九種易為八種庶經與傳分別井然不當分合者舛繆一至於斯也且曰八象形象事象意象聲轉注段借六者造字之本此語實為巨繆指事象形形聲會意者造字之法也轉注段借者用字之法也有史籒八體倉頡凡將急就元尚訓纂別字等篇以著指事象形形聲會意之文字乃有倉頡傳倉頡訓纂倉頡故等篇又自古有爾雅三卷二十篇小爾雅一篇古今字一卷皆所以說轉注段借之用者其不當岐覛明矣一而二之至令學者膠柱鼓瑟謂小學專為字形六書為六撲字形而爾雅之學乃別一事晦盲沈痼莫能箴其膏肓起其癈疾許說之迥異於班者終古曾莫之知故知許所云知此者稀者信也許以九千三百五十三文當爾雅史籒篇倉頡篇之字形以每字之義當爾雅倉頡傳倉頡故之訓釋以象某形从某形从某聲說其形以某聲讀若某說其音二者補古人所未備其書以形為主經之為五百四十部以義緯之又以音緯之後儒荀取其義之相同相近者各比其類為一書其條理精密勝於爾雅遠矣後儒荀各類其同聲者介以三百篇古音之部分如是為一書周秦漢之韵具在此矣故許一書可以為三書○劉班之以爾雅小爾雅古今字別於史籒篇倉頡篇及釋倉頡篇者蓋謂爾雅小爾雅所言者六

經古字古義倉頡傳倉頡訓纂倉頡故所言者今字今義實有不同不知古今非有異字爾雅小爾雅所列之字未嘗出史籒十五篇倉頡凡將等篇外也但同此字而古今用者不同段借依託致緐故又有說古今字之書班既以古今字一卷附於爾雅矣則應合諸小學家顯然也又況爾雅小爾雅古今字三者皆以統攝六藝附之小學則當專附之孝經則不當若五經雜議十八篇弟子職一篇說三篇皆非小學之言亦非孝經之詁孝經於六藝名經而實傳故宜以孝經及說孝經各篇及五經雜議十八篇弟子職一篇說三篇合於論語家為學者幼少所習之傳**儻昭所尤**儻許書無此字漢書黨可徵幸段黨為之或然之辭也尤者訧之段借字毛傳曰訧過也許曰訧辠也言此道既尟知者則稽譔此書雖以自信容或明昭過誤之處莫為諟正乎**庶有逵者理而董之**庶冀也逵者通人也理猶治也董督也正也督者如衣之循其裻縫也董與裻雙聲督與裻疊韵非通人不能治之非通人治之不能正其譌缺自有說文以來世世不廢而不融會其全書者僅同耳食強為注解者往往眯目而道白黑其他字林字苑字統今皆不傳玉篇雖在亦非原書要之無此等書無妨也無說文解字則倉籒造字之精意周孔傳經之大指薶縕不傳於終古矣玉裁之先百三公自河南隨宋南渡居金壇縣十六代至先王父諱文食貧力學善誨後進不倦著書法心得錄生先考諱世續事父母至孝卅二歲喪親終其身每祭必泣以赤貧好學厲行授徒嚴課程善開導謂食人之食而訓其子弟必求無媿於心每誦先王父詩句云不種硯田無樂事不撐鐵骨莫支貧已是律己教四子務讀經書勿溺時藝嘉慶六年生元孫義正　　恩賜七葉衍祥扁並拜白金黃綴之　　賜八年年九十四終於蘇反葬於金壇大坝頭著有物恆堂制義長子卽玉裁也年十三學使者博野尹公諱會一錄取博士弟子授以朱子小學生平敬守是書年二十六舉於鄉歷任貴州玉屏四川巫山知縣四十六以父年巳七十一遂引疾歸養五十五避橫屰奉父遷居蘇州閶門外下津橋始年二十八時識東原戴先生於京師好其學師事之遂成六書音均表五卷古文尚書撰異卅二卷詩經小學卅卷毛詩故訓傳略說卅卷復以向來

治說文解字者多不能通其條冊攷其文理因悉心校其譌字爲之注凡三十卷謂許以形爲主因形以說音說義其所說義與他書絕不同者他書多叚借則字多非本義許惟就字說其本義知何者爲本義乃知何者爲叚借則本義乃叚借之權衡也故說文爾雅相爲表裏治說文而後爾雅及傳注明說文爾雅及傳注明而後謂之通小學而後可通經之大義始爲說文解字讀五百四十卷既乃檃栝之成此注發軔於乾隆丙申落成於嘉慶丁卯剖析既緐疵纇不免召陵或許其知己達者仍俟諸後人○自其建首也至末皆用韵語耑分冊聯原此合古音弟十三十四部也冥明中湧方此合古音弟九弟十弟十一部也傳年申神辛藩靈瀕門山此合古音弟十二弟十三弟十四部而靈讀爲令善字如易傳之眞清有時合用也能才疑辭尤之此古音之弟一部也漢人用韵自元成至桓靈大氏同此一之下曰道立於一化成萬物亥之下曰亥而生子復從一起於六書每事爲二句亦皆韵語也

召陵萬歲里 郡國志一里百家里魁掌之

公乘 漢仍秦制爵一爵曰公士八爵曰公乘公乘者言其得乘公家之車也荀綽曰吏民爵不得過公乘公乘者軍吏之爵祿冣高者也

艸莽臣沖 士相見禮曰凡自偁於君上大夫則曰下臣宅者在邦則曰市井之臣在野則曰艸茅之臣宅者謂致仕者去官而居宅茅古文作苗孟子作莽沖爵公乘而不仕故自偁艸莽臣

稽首再拜 稽篇末作䭫二徐本同不應一篇而乖異如此蓋沖本从俗皆作稽後人或以古字改之參差不壹凡許自序及沖上書用字皆同漢人不必合於其全書所謂古今字也其全書說解之語必依用本字本義令全書形與義畫一所謂成一家之言也首部曰䭫下首也是本字經傳及漢人多用稽是叚借字凡說解內俗本誤改者如龢調也故調下曰龢也不當作唱和之和辭窒也故窒下曰辭也不當作邊塞之塞但裼也故裼下曰但也不當作綻裂之袒甬帀偏也故帀下曰甬也不當作周密之周ム姦衺也故姦下曰ム也不當作禾名之私飾㕞也故㕞下曰飾也不當作許不錄之拭居蹲也故蹲下曰居也不當作俗用之踞侸立也故立下曰侸也不當作俗逗字之住䃺

碎也故碎下曰䃺也不當作石磑之䃺纍縮也故縮下曰纍也不當作絹悟覺也故覺下曰悟也不當作寤炙灼也故灼下曰炙也不當作灸𢝊愁也故愁下曰𢝊也不當作行和之憂凡若此類許必枘鑿相應斷不矛盾自陷全書內有似此者皆淺人所竄改當從其朔者也

上書皇帝陛下 孝安帝也 **臣伏見陛下神明盛德承遵聖業上考度於天** 考者攷之叚借字 **下流化於民先天而天不違** 違古祇作韋相背也 **後天而奉天時萬國咸寧** 萬本蟲名用爲數名所謂本無其字依聲託事而終未製字終古叚借者後世乃造万字寧同寍寍安也所謂本有其字而叚借者 **神人㠯和** 和當作龢此從俗作和 **猶復深惟五經之妙** 惟思也許云孔子書六經此云五經者合樂於禮則爲五經也故莊子天運篇有六經之目禮記經解篇列詩書樂易禮春秋爲六大史公自序列易禮書詩樂春秋爲六藝文志列六藝略沖亦云六藝羣書之詁而漢立五經博士惟樂無聞許君以五經傳說臧否不同於是撰爲五經異義然則云六經者古古相傳之說也云五經者漢人所習也 **皆爲漢制** 謂光武好經術立五經十四博士又以李封爲春秋左氏博士 **博采幽遠窮理盡性㠯至於命** 章帝建初中大會諸儒於白虎觀考詳同異親臨偁制如石渠故事顧命史臣著爲通義又詔高才生受古文尚書毛詩穀梁左氏春秋 **先帝** 謂孝和帝 **詔侍中騎都尉賈逵修理舊文殊藝異術王教一耑苟有可以加於國者靡不悉集** 賈逵字景伯扶風平陵人也九世祖誼父徽從劉歆受左氏春秋兼習國語周官又受古文尚書於塗惲學毛詩於謝曼卿逵悉傳父業尤明左氏國語爲之解詁五十一篇章帝使出左氏傳大義長於二傳者具條奏之又詔撰歐陽大小夏侯尚書古文同異集爲三卷復令撰齊魯韓詩與毛氏異同幷作周官解故和帝永元三年以爲左中郎將八年復爲侍中領騎都

尉內備帷幄兼領祕書近署甚見信用云修理舊文殊藝異術靡不悉集者和帝紀云十三年春正月丁丑帝幸東觀覽書林閱篇籍博選術藝之士以充其官此皆用侍中說爲之安帝永初四年詔謁者劉珍及五經博士校定東觀五經諸子傳記百家藝術整齊脫誤是正文字此安帝之繼述先帝也沖名侍中者君前臣名也許六言賈侍中說不言賈逵說者弟子不敢名其師也左傳君子曰苟有可以加於國家者棄其邪可也沖語本左氏 **易曰窮神知化德之盛也** 轂辭傳文 **書曰人之有能有爲使羞其行而國其昌** 鴻範文羞進也俜此者上爲殊藝悉集作證下爲齎獻父書起本 **臣父故大尉南閤祭酒慎** 故猶今言前任也閤各本譌作閣今正古書閣之誤閤者多矣閤爲闈閤小門閣爲庋閣之處太尉南閤祭酒謂太尉府掾曹出入南閤者之首領也百官志太尉掾史屬二十四人黃閤主簿錄省眾事黃閤卽南閤也沈約宋志三公黃閤者天子當陽朱門洞開三公近天子引嫌故黃其閤陳元爲司空南閤祭酒見經典釋文言南閤以別於他曹今說文各本於弟一行署曰漢太尉祭酒許慎記太尉祭酒四字相聯不通如淳曰祭祠時尊長以酒沃酹故吳王濞於宗室中爲祭酒豈太尉有數人而叔重爲之祭酒乎其不然可知矣後漢書儒林傳曰許慎字叔重汝南召陵人也性淳篤少博學經籍馬融常推敬之時人爲之語曰五經無雙許叔重黏平爲郡功曹舉孝廉再遷除洨長卒於家初慎以五經傳說臧否不同於是撰爲五經異義又作說文解字十四篇皆傳於世按史不言其爲大尉南閤祭酒由郡功曹舉孝廉卽應劭漢官儀云世祖詔自今以後審四科辟召及刺史二千石察茂才尤異孝廉之吏務盡實覈也凡史云故某官者皆謂取後致仕之一任沖云故太尉南閤祭酒不云故洨長然則疑洨長落職又至京師充三府掾已而歸里卒於家不得云終於洨長也後漢書獨行傳會平先爲陳留大守後爲博士亦其證 **本從逵受古學** 古學者古文尚書詩毛氏春秋左氏傳及倉頡古文史籀大篆之學也逵卒於

永元十三年許於逵受古學故江式論書表云逵郎汝南許慎古學之師也 **葢聖人不妄作皆有依據** 論語曰葢有不知而作之者我無是也 **今五經之道昭炳光明** 蒙上深惟五經之妙博采幽遠逵復修理舊文許從賈受古學言之許於五經既有五經異義爲今學古學所折衷矣 **而文字者其本所由生** 有文字而後有五經故曰本立而道生 **自周禮漢律皆當學六書貫通其意** 於經獨言周禮者舉一以晐六藝也必兼言漢律者知古而不知今不可以爲政故四科辟召三曰明達法令足以決疑且尉律之制諷籀書九千字乃得爲史又以八體試之自尉律不課小學不修至說律苛人受錢者妄生繆解六書不講以律誤人猶以經禍人也 **恐巧說衺辭使學者疑** 藝文志曰後世經傳既已乖離博學者又不思多聞闕疑之義而務碎義逃難便辭巧說破壞形體 **愼博問通人考之於逵** 折衷於逵也 **作說文解字** 一書之名惟見沖奏中既曰說文又曰解字者古曰文今曰字言文字以晐古文籀文小篆三體言說解以全晐指事象形形聲會意轉注叚借六書每字先說解其義次說解其形次說解其音說釋也解判也後世從省但目爲說文 **六藝羣書之詁** 周禮言三物者六德六行六藝也言六藝者禮樂射御書數也漢人言六藝者司馬遷劉歆班固謂六經也周之六藝主習其事漢之六藝主習其文文與事未有不相兼而習者抑周時以六藝檃栝技能爲六德六行之助孔子所云志道據德依仁游藝也漢時以六藝統攝古聖載籍晐六德六行六藝之大全漢之有六經實卽周之教民三物也周人所習之文以禮樂詩書爲急故左傳曰說禮樂而敦詩書王制曰春秋教以禮樂冬夏教以詩書而周易其用在卜筮其道冣精微不以教人春秋則列國掌於史官亦不以教人故韓宣子適魯乃見易象與魯春秋此二者非人所常習明矣云魯春秋者獨得周公之法與晉史不同也孔子雅言惟詩書執禮而七十二子身通六藝謂或通其一二不必

一人而兼六藝也六藝足以攝羣書必兼言羣書者容有不見六藝而見羣書者也漢律亦羣書之一也詁者訓故言也凡前古所傳曰故言皆訓其意訓者順其理而說之也而天地鬼神山川艸木鳥獸蟲襍物奇怪王制禮儀儀依許祇當作義此亦從俗用儀世間人事莫不畢載凡十五卷凡者冣括之詈也沖云十五卷則此敘別爲一卷明矣許云十四篇者不數敘言之也沖云十五卷者兼舉敘也十三萬三千四百四十一字不言五百四十部九千三百五十三文重千一百六十三者已詳於敘矣十三萬三千四百四十一字蓋兼每篇說解及敘言之敘亦說解也自敘凡五千三十字以今各篇所載說解字數十二萬二千六百九十九併此爲十二万七千七百二十九於二許所謂十三万三千四百四十一字尚不足五千七百十二字愼前已詔書校書東觀校者今之校字經典祇作校許以詔書校書東觀不見本傳蓋安帝永初四年詔謁者劉珍及五經博士校定東觀五經諸子傳記百家藝術整齊脫誤是正文字儒林傳則云大后詔劉珍與劉騊駼馬融校定東觀五經諸子云云與和帝紀同馬融傳亦云永初四年拜爲校書郎中詣東觀典校秘書蓋此時分司其事者史不盡載許亦其一也許於和帝永元十二年巳栔造說文歷十一年至永初四年復校書東觀其涉獵者廣故其書以博而精也又十有一年而書成推詳許之行事先後蓋其官終於大尉南閣祭酒故沖署曰故大尉南閣祭酒凡言故者皆謂方罷之一任漢詔書皆如此自祭酒解職而病而遺沖獻說文自是而卒於家曰今愼已病遺臣齎詣闕蓋自召陵遣沖也然則爲洨長必在爲大尉掾之先而校書東觀其在爲大尉掾後與玉海曰洛陽宮殿名云東觀在洛陽南宮教小黃門孟生李喜等元帝之世史游爲黃門令董巴輿服志曰禁門曰黃闥中人主之故曰黃門宦者傳曰永平中中常侍四人小黃門十人迄乎延平中常侍至有十一人小黃門二十人教小黃門事亦受詔爲之

孟生李喜小黃門二人名也已文字未定未奏上沖言當其時未奏上者以文字未定也旣云文九千三百五十三重千一百六十三解說十三萬三千四百四十一字則文字巳定矣何以云未定也古人著書不自謂是時有增刪改竄故未死以前不自謂成司馬闕其十篇班氏或言當考皆以任重道遠死而後巳許雖綱舉目張而文字實緐聞疑傳疑不無待於更正今有由聲月聲免聲而無正篆以及凡可疑者皆因未定而未竟也逮病且死則自謂不能致力而命子奏上矣今愼巳病遺臣齎詣闕齋者持遺也詣送致也闕者東都之網觀也東京賦曰建象魏之網觀旌六典之舊章愼又學孝經孔氏古文說以下至并上述附奏古文孝經說之意古文孝經者孝昭帝時魯國三老所獻藝文志曰古文尚書者出孔子壁中武帝末魯恭王壞孔子宅欲以廣其宮而得古文尚書及禮記論語孝經孔安國悉得其書以古文尚書獻之按志於禮論語孝經下皆不言安國獻壁中文然則安國所得雖多而所獻者獨尚書一種而巳淹中所出之禮古經魯國三老所獻之古文孝經皆卽恭王壁中所得而安國未獻者也孝經至昭帝時魯國三老乃獻之建武時建武光武帝年號給事中議郎衛宏所校云給事中議郎者議郎有不給事中者也百官志議郎六百石衛宏字敬仲東海人范史言作毛詩序爲古文尚書作訓旨而不言其校古文孝經皆口傳官無其說謹撰具一篇并上撰亦具也丌部曰巺具也古不从手此从手者隨俗也藝文志孝經古文二十二章與孝經十八章異劉向曰庶人章分爲二曾子敢問章分爲三又多一章凡二十二章班固曰孝經經文諸家皆同惟孔氏壁中古文爲異父母生之續莫大焉故親生之膝下諸君說不安處古文字讀皆異桓譚新論云古孝經千八百七十一字今異者四百餘字按衞宏校而爲之說未著書僅口傳故外間有其說官徒有三老所獻而無其說也許學其說於宏沖傳其說於父乃撰而上之如公羊春秋自

子夏至漢景時胡毋子都乃箸竹帛而近世有僞造孔安國孝經注者吁可怪也惜冲之說不傳耳許受古學於賈侍中他經古學皆得諸侍中孝經學獨得諸衞宏故必分別言之亦使孝經古文說官有其書以扶微學

臣沖誠惶誠恐頓首頓首死辠死辠䭬首再拜㠯聞皇帝陛下起末皆云稽首再拜而末稽首之上云誠惶誠恐頓首頓首死罪死罪東漢人文字多如此見於今者若蔡邕戍邊上章蔡質所記立宋皇后儀皆一見漢書注漢百石卒史碑見隸釋與此而四周禮九拜一曰稽首吉拜也頭至地也二曰頓首凶拜卽稽顙也頭叩地也三曰空首吉凶皆有之卽拜手也頭至手也稽首頓首吉凶不相兼是以周制惟喪稽顙惟大變用頓首如左傳穆嬴申包胥之頓首卽稽顙也獨斷曰漢承秦法羣臣上書皆言昧死言王莽盜位慕古法去昧死曰稽首光武因而不改意非不善也而仍兼言頓首死罪爲請罪之辭遂使一簡一行之閒吉凶二拜並出殊爲非禮說詳釋拜

建光元年九月己亥朔二十日戊午上建光元年安帝卽位之十五年歲在辛酉自和帝永元十二年歲在庚子至此凡廿二年

召上書者汝南許沖詣左掖門外會宋本無外字凡言掖門者謂正門之旁門手部曰掖者一曰臂下也其字古作亦今作掖門之在旁如臂與脅之有閒也云左掖門者謂北宮東面掖門對下朱雀掖門爲南面掖門言也會者謂上書者多皆會於此也

令并齋所上書所上書謂說文解字十五卷孝經孔氏古文說一篇并齋者合而齋上之也九月二十日沖所言先達於上卽命至左掖門進所上二種

十月十九日中黃門饒喜百官志中黃門宂從僕射一人六百石中黃門比百石㠯詔書賜召陵公乘許沖布四十匹卽日受詔朱雀掖門百官志曰北宮朱爵司馬主南掖門古今注曰永平二年十一月初作北宮朱爵南司馬門敕勿謝

說文解字第十五卷下

受業壻仁和龔麗正校字

嘉慶二十年歲次乙亥五月刊成

胞弟玉成　男驤　孫男美中　曾孫男義正
玉章　駘　美度　義方
玉立　美製　義曾同校字
美韞
美巘

說文解字注後敘

段先生作說文解字注沅時爲之校讎且慫恿其速成既成又日望其刻以行也癸酉之冬刻事甫就而沅適游閩至是刻將過半矣先生以書告且屬爲後敘沅謂世之名許氏之學者夥矣究其所得未有過於先生者也許氏箸書之例以及所以作書之恉皆詳於先生所爲注中先生亦自信以爲於許氏之志什得其八矣沅更何所言哉先生命序之意葢謂沅研誦其中十有餘年矣作篆以正其體編音均十七部以諧其聲必有能以約而說詳者沅於是卽所見而隃之曰許書之要在明文字之本義而已先生發明許書之要在善推許書每字之本義而已矣經史百家字多叚借許書以說解名不得不專言本義者也本義明而後餘義明引申之義亦明叚借之義亦明形以經之聲以緯之凡引古以證者於本義於餘義於引申於叚借於形於聲各指所之罔不就理蓺諡之譌衍鼏祔之譌奪罔不灼知列字之次弟後人之坿益罔不畢見形聲義三者皆得其雜而不逃之故焉縣是書以爲旳而許氏箸書之心以明經史百家之文字亦無不由此以明孔子曰必也正名葢必形聲義三者正而後可言可行也亦必本義明而後形聲義三者可正也沅先大父艮庭徵君生平服膺許氏箸尚書注疏既畢復從事於說文解字及見先生作而輟業焉沅之有事於校讎也先徵君之意也今先徵君音容既杳先生獨神明不衰靈光巋然書亦將傳布四方而沅學殖荒陋莫罄高深瞻前型之邈然幸後學之多賴愉快無極感概從之至於許書之例有正文坿見于說解者有重文坿見于說解者此沅之私見而先生或當以爲然者也坿于此以更質諸先生時嘉慶十有九年秋八月親炙學者江沅謹拜敘于閩浙節署

跋

煥聞諸先生曰昔東原師之言僕之學不外以字攷經以經攷字余之注說文解字也葢竊取此二語而已經與字未有不相合者經與字有不相謀者則轉注叚借爲之樞也先生自乾隆庚子去官後注此書先爲長編名說文解字讀抱經盧氏雲椒沈氏曾爲之序既乃簡練成注海內延頸望書之成已三十年於茲矣會徐直卿學士偕其友胡竹巖明經積城力任刊刻江子蘭師因率煥同司校讎

得朝夕誦讀而苦義蘊閎深非淺涉所能知也敬述先生所示箸書之大要分贈同人竊謂小學明而經無不可明矣乙亥三月受業長洲陳煥拜手敬書

說文解字讀序

文與字古亦謂之名春官外史掌達書名于四方秋官大行人九歲屬瞽史諭書名名者王者之所重也聖人曰必也正名乎鄭康成注周官論語皆謂古者謂之名今世謂之字字之大端形與聲而已聖人說字之形曰一貫三爲王推一合十爲士儿象人胻之形在人下故詰屈黍可爲

酒从禾入水也牛羊之字以形舉也視犬之字如畫狗也此皆以形而言也其說字之聲曰烏盱呼也取其助氣故以爲烏呼狗叩也叩氣吠以守粟之爲言續也貉之爲言惡也皆以聲而言也春秋時人亦多能言其義如止戈爲武反正爲乏皿蟲爲蠱二首六身爲亥皆見於左氏傳故孔子曰今天下書同文知當時尚無有亂名改作者自隸書行而篆之意寖失今所賴以見制字之本源者惟漢許叔仲說文而已後世若邯鄲淳江式呂忱顧野王輩咸宗尚其書唐宋以來如李陽冰郭忠恕林罕張有之流雖未嘗不遵用而或以私意增損其間則亦未可爲篤信而能發明之者逮於勝國益倡狂滅裂許氏之學寖微我

朝文明大啟前輩往往以是書提倡後學於是二徐說文本學者多知珍重然其書多古言古義往往有不易得解者則又或以其難通而疑之夫不通衆經則不能治一經況此書爲義理事物之所統彙而以寡聞尠見之胸用其私智小慧妄爲穿鑿可乎吾友金壇段若膺明府於周秦兩漢之書無所不讀於諸家小學之書靡不博覽而別擇其是非於是積數十年之精力專說說文以鼎臣之本頗

有更易不若楚金爲不失許氏之舊顧其中尚有爲後人竄改者漏落者失其次者一一考而復之悉有左證不同肊說詳稽博辨則其文不得不繁然如楚金之書以繁爲病而若膺之書則不以繁爲病也何也一虛辭一實證也蓋自有說文以來未有善於此書者匪獨爲叔重氏之功臣抑亦以得道德之指歸政治之綱紀明彰禮樂而幽通鬼神可以砭諸家之失可以解後學之疑斯眞能推廣聖人正名之旨而其有益於經訓者功尤大也文昭年七十猶幸得見是書以釋見聞之陋故爲之序以識吾受益之

私云爾乾隆五十有一年中秋前三日杭東里人盧文弨書於鍾山講舍之須友堂

說文讀序　五

說文部目分韻

說文五百四十部始一終亥分屬十四篇猝難檢尋宋李仁甫五音韻譜本改依陸法言二百六韻編次較原書易得其部首今先生依始一終亥成注復命煥用仁甫法始東終乏爲目所以便學者也其或與廣韻小異者徐鼎臣音切用唐韻或不與廣韻同仁甫仍之耳嘉慶乙亥春三月長洲陳煥編

一東

東德紅切六上二　工古紅切五上五　豐敷戎切五上二十三　風方戎切十三下三　蟲直弓切十三下二　熊羽弓切十上十二　弓居戎切十二下二十一　宮居戎切七下十

三鍾

从疾容切八上四　龍力鍾切十一下十七　凶許容切七上三十止

四江

囪楚江切十下一

五支

支章移切三下十　巵章移切九上十四　𠂹是爲切六下八　皮符羈切三下二十一　乀弋支切十二下六　䖒許羈切五上二十四　危魚爲切九下七

六脂

隹職追切四上十二　尸式脂切八上十九止　厶息夷切九上二十五　夊楚危切五下二十四　奞息遺切四上十三　龜居追切十三下五　眉武悲切四上四

七之

之止而切六下二　甾側詞切十二下十九　而如之切九下十二　思息茲切十下二十三　絲息茲切十三上三　司息茲切九上十三　𦣞與之切十二上十　箕居之切五上二　丌居之切五上三　犛里之切二上六

八微

非甫微切十一下十九　飛甫微切十一下十八　衣於希切八上十四　㐆於機切八上十三　韋宇非切五下二十七　囗羽非切六下十七

九魚

魚語居切上一下十四　𩺰語居切十一下十五　凵去魚切五上二十九　且子余切十四上五　疋所葅切二下十一　舁以諸切三上二十二

十虞

亏羽俱切五上十六　𠌶況于切六下九　夫甫無切十下十九　毋武扶切十二下二　巫武扶切五上七　須相俞切九上七　𠘧市朱切三下十九　殳市朱切三下十七

十一模

麤倉胡切十上四　壺戶吳切十下十一　虍荒烏切五上二十五　烏哀都切四上二十三止

十二齊

𠂤徂奚切七上十七　西先稽切十二上四　禾古兮切六下十一　稽古兮切六下十二　兮胡雞
切五上十四

十四皆

𠁥古懷切十二上十二止

十五灰

鬼五灰切九上二十六止　𠂤都回切十四上十止　來洛哀切五下二十二　才昨哉切六上四止

十七眞

申失人切十四下三十七　身失人切八上十二　辰植鄰切十四下三十三　晨食鄰切三上二十四
臣植鄰切三下十六　人如鄰切八上一　儿如鄰切八下六　辛息鄰切十四下二十二　頻符眞切十
一下二　民彌鄰切十二下三　灥詳遵切十一下七　寅弋眞切十四下三十一　巾居銀切七下二
十一

十九臻

屾所臻切九下二

二十文

文無分切九上十　彣無分切九上九　雲王分切十一下十三

二十一欣

斤舉欣切十四上六　筋居銀切四下十六　堇巨斤切十三下十一　犾語斤切十上九

二十二元

吅況袁切二上十　言語軒切三上十二

二十三魂

䖵古䰟切十三下一　門莫奔切十二上八　豚徒䰟切九下十六

二十五寒

干古寒切三上三　𣦼昨干切四下十　丹都寒切五下一

二十六桓

丸胡官切九下六　雈胡官切四上十四　萈胡官切十上七　毌古丸切七上十三　𠦒北潘切四下一
耑多官切七下五

二十七刪

𠬜普班切三上十九

二十八山

山所閒切九下一　虤五閑切五上二十七　臤苦閑切三下十五

一先

先穌前切八下十一　田待年切十三下十三　幵古賢切十四上二　弦胡田切十二下二十三　玄
胡涓切四下六

二仙

㳄敘連切八下十七　羴式連切四上十八　延丑連切二下六　䇂去虔切三上十五　宀武延切七
下九　泉疾緣切十一下六　川昌緣切十一下五　叀職緣切四下五　員王權切六下十八

三蕭

卤徒遼切七上十六　県古堯切九上六　幺於堯切四下三　垚吾聊切十三下十　髟必凋切九上十一

五肴

爻胡茅切三下二十七　交古爻切十下九　包布交切九上二十一　勹布交切九上二十　巢鉏交切六下十三

六豪

高古牢切五下十三　毛莫袍切八上十七　刀都牢切四下十七　夲土刀切十下十六

八戈

戈古禾切十二下九　禾戶戈切七上二十三　多得何切七上十二　它託何切十三下四

九麻

麻莫遐切七下三　巴伯加切十四下二十　奢式車切十下十四　車尺遮切十四上九　牙五加切二下九　𠌶戶瓜切六下十　瓜古華切七下七

十陽

羊與章切四上十七　方府良切八下五　匚府良切十二下十七　亾武方切十二下十五　長直良切九上九　香許良切七上二十六　畕居良切十三下十四　王雨方切一上五

十一唐

倉七岡切五下九　亢古郎切十下十五　尣烏光切十下十　黃乎光切十三下十五

十二庚

庚古行切十四下二十一　行戶庚切二下七　明武兵切七上九　生所庚切六下六　京舉卿切五下十六　卯去京切九上十八　兄許榮切八下七

十四清

晶子盈切七上六

十五青

青倉經切五下二　丁當經切十四下十七　冂古熒切五下十四　冥莫經切七上五

十六蒸

仌筆陵切十一下十一

十七登

能奴登切十上十一

十八尤

丠去鳩切八上七　裘巨鳩切八上十五　牛語求切二上五　酋字秋切十四下三十九　舟職流切八下四　雔市流切四上二十　矛莫浮切十四上八　𢆶於虯切四下四　丩居虯切三上八

二十一侵

心息林切十下二十四　壬如林切十四下二十四　先側琴切八下八　林力尋切六上三　音於今切三上十四　㐺魚音切八上八　金居音切十四上一　琴巨今切十二下十三

二十二覃

男 那含切十三下十六

二十三談

三 穌甘切一上四　甘 古三切五上八

二十四鹽

鹽 余廉切十二上六　炎 于廉切十上十四

二十七銜

彡 所銜切九上八

二腫

廾 居竦切三上十八

四紙

只 諸氏切三上五　氏 承旨切十二下七　豕 式視切九下十三　是 承旨切二下二　林 之壘切十一下一　此 雌氏切二上十六止　惢 才規才縈二切十下二十五止　豸 池尒切九下十七　㸚 力几切三下二十八　毇 許委切七上二十八止

五旨

旨 職雉切五上十六　矢 式視切五下十二　水 式軌切十一上全部　死 息姊切四下十二　兕 徐姊切九下十八　黹 陟几切七下二十六止　夂 陟侈切五下二十九　履 良止切八下三　厽 力軌切十四下三　癸 居誄切十四下二十五　几 居履切十四上四　匕 卑履切八上三

六止

止 諸市切二上十三　齒 昌里切二下八　耳 而止切十二上九　史 疏士切三下九　士 鉏里切一上九　子 即里切十四下二十六　巳 詳里切十四下三十四　里 良止切十三下十二　喜 虛里切十上十七　己 居擬切十四下十九

七尾

尾 無斐切八下二　豈 墟豨切五上二十　虫 許偉切十三上五止　鬼 居偉切九上二十三

八語

鼠 書呂切十上十　黍 舒呂切七上二十五　宁 直呂切十四下五　呂 力舉切七下十一　女 尼呂切十二下一　予 余呂切四下七

九麌

羽 王矩切四上十一　雨 王矩切十一下十二　丶 知庾切五上三十二止

十姥

土 它魯切十三下九　鹵 郎古切十二上五　虎 呼古切五上二十六　古 公戶切三上九　鼓 工戶切五上十九　兆 公戶切八下十　戶 侯古切十二上七　五 疑古切十四下八　午 疑古切十四下三十五

十一薺

米 莫禮切七上二十七　氐 丁禮切十二下八　豊 盧啓切五上二十二　匸 胡禮切十二下十六

十二蟹

廌 宅買切十上二

十五海

亥 胡改切十四下四十一止 乃 奴亥切五上十一

十六軫

廴 余忍切二下五

十九隱

乚 於謹切十二下十四

二十阮

㫃 於幰切七上四

二十一混

𣝌 胡本切六下十六 丨 古本切一上十止

部目分韵 九

二十三旱

厂 呼旱切九下五

二十四緩

卵 盧管切十三下七

二十七銑

丏 彌兖切九上四 犬 苦泫切十上八 𡿨 姑泫切十一下三

二十八獮

舛 昌兖切五下二十五 孨 旨兖切十四下二十八 㼱 而兖切三下二十二 辡 平免切十四下二十三 㠭 知衍切五上六

二十九篠

鳥 都了切四上二十二 了 盧鳥切十四下二十七

三十小

小 私兆切二上一 𠬪 平小切四下九

三十一巧

卯 莫飽切十四下三十二 爪 側狡切三下四

三十二晧

丂 苦浩切五上十二 夰 古老切十下十七 夭 於兆切十下八 冃 莫保切七下十六 老 盧晧切八上十六 艸 倉老切一下二

部目分韵 十

三十三哿

可 肯我切五上十三 我 五可切十二下十一 𠂇 臧可切三下八

三十四果

火 呼果切十上十三

三十五馬

馬 莫下切十上一 冎 古瓦切四下十三 丫 工瓦切四上十五 瓦 五寡切十二下二十

三十六養

象 徐兩切九下二十止 㒳 良獎切七下十八 弜 其兩切十二下二十二 亯 許兩切五下十七 网 文紡切七下十九 上 時掌切一上二

三十七蕩
茻摸朗切一下四止
三十八梗
丙兵永切十四下十六 皿武永切五上二十八 永于憬切十一下八 囧俱永切七上十
三十九耿
黽莫杏切十三下六
四十靜
井子郢切五下三
四十一迥
竝蒲迥切十下二十一 鼎都挺切七上二十 壬他鼎切八上九

四十四有
有云久切七上八 九舉有切十四下十一 久舉友切五下三十 韭舉友切七下六 臼其九切七上二
十九 酉與久切十四下三十八 缶方久切五下十一 不方久切十二上三 自房久切十四下一
𨸏房久切十四下二 𦣻書九切九上五 百書九切九上二 手書九切十二上十一 厹人九切十四下
十二 丑敕久切十四下三十
四十五厚
㫗胡口切五下十八 后胡口切九上十二 口苦后切二上八 走子苟切二上十二 斗當口切十
四上七

四十七寑
品丕飲切二下十二 㐭力甚切五下二十 㱃於錦切八下十六
四十八感
𢎘胡感切七上十五 马乎感切七上十四
五十剡
㷋以冄切十下二 冄而剡切九下十一 广魚儉切四
五十五范
凵口犯切二上九
一送

㝱莫鳳切七下十三
三用
用余訟切三下二十六 重柱用切八上十 共渠用切三上二十
四絳
𨛜胡絳切六下二十一止
五寘
朿七賜切七上十八
六至
至脂利切十二上三 示神至切一上三 二而至切十三下八 四息利切十四下四 自疾二切四

上六
自疾二切四上七㣇羊至切九下十四鼻父二切四上八比毗二切八上五

七志

異羊吏切三上二十一

八未

未無沸切十四下三十六气去既切一上八旡居未切八下十八止

九御

去丘據切五上三十

十遇

句九遇切三上七䀠九遇切四上三瞿九遇切四上十九壴中句切五上十八

十一暮

步薄故切二上十五素桑故切十三上二兔湯故切十上六瓠胡誤切七下八

十二霽

弟特計切五下二十八系胡計切十二下二十四止

十三祭

毳此芮切八上十八彑居例切九下十五厂余制切十二下五㡀毗祭切七下二十五

十四泰

大徒蓋切十下五貝博蓋切六下十九會黃外切五下八巜古外切十一下四

十五卦

𠂢匹卦切十一下九𣏟匹卦切七下二

十六怪

丯古拜切四下二十

十八隊

耒盧對切四下二十一

十九代

隶徒耐切三下十四

二十一震

刃而振切四下十八舜舒閏切五下二十六盾食閏切四上五𣎳匹刃切七下一囟息進切十下二

十二卂息晉切十一下二十止寸倉困切三下二十印於刃切九上十六

二十八翰

倝古案切七上三半博幔切二上四爨七亂切三上二十五止旦得案切七上二

三十一襉

釆蒲莧切二上三

三十二霰

見古甸切八下十三燕於甸切十一下十六片匹見切七上十九

三十三線

面彌箭切九上三

三十五笑
覞弋笑切八下十四
三十六效
敎古孝切三下二十四　皃莫敎切八下九
三十七号
号胡到切五上十五　告古奥切二上七　冃莫報切七下十七
三十八箇
左則箇切五上四
三十九過
臥吾貨切八上十一
四十禡
襾呼訝切七下二十　亞衣駕切十四下七　匕呼跨切八上二
四十一漾
放甫妄切四下八　鬯丑諒切五下五
四十三映
誩渠慶切三上十三
四十五勁
正之盛切二下一

四十九宥
又于救切三下七　䀠許救切十四下十三
五十候
冓古候切四下二　戊莫候切十四下十八　鬥都豆切三下六　豆徒候切五上二十一
六十梵
欠去劒切八下十五
一屋
哭苦屋切二上十一　谷古祿切十一下十　卜博木切三下二十五　攴普木切三下二十三　木莫卜切六上一
禿他谷切八下十二　彔盧谷切七上二十二　鹿盧谷切十上三　畐房六切又芳逼切五下十九
目莫六切四上二　尗式竹切七下四　肉如六切四下十五　竹陟玉切五上一　六力竹切十四下九
臼居玉切三上二十三　菐蒲沃切三上十七
三燭
束書玉切六下十五　蓐而蜀切一下三　足即玉切二下十　𠯁上玉切十二下十八　玉魚欲切一上六
四覺
㱿古岳切四下二十二　止珏古岳切一上七　丵士角切三上十六
五質
日人質切七上一　率所律切十三上四　七親吉切十四下十　桼親吉切六下十四　一於悉切一上一　壹於悉切十下十二　乙於筆切十四下十五

六術

出尺律切六下四 戌辛律切十四下四十 聿余律切三下十二

八物

勿文弗切九下十 甶敷勿切九上二十四 巿分勿切七下二十二

十月

月魚厥切七上七 戉王伐切十二下十 曰王伐切五上十 叟火劣切四上一 亅衢月切十二下十二

十一沒

𠫓他骨切十四下二十九 骨古忽切四下十四

十二曷

屵五葛切九下三 歺五割切四下十一 穴他達切十下十八

十三末

癶北末切二上十四 𣎳普活切六下五

十四黠

㓞恪八切四下十九 乙烏轄切十二上一 八博拔切二上二 殺所八切三下十八 㕯女滑切三上六

十六屑

卪子結切九上十五 苜徒結切又讀若末四上十六 頁胡結切九上一 穴胡決切七下十二 血呼決切五上三十一 丿匹蔑切又房密切十二下四

十七辥

舌食列切三上二 屮丑列切一下一 叕陟劣切十四下六 桀渠列切五下三十一止

十八藥

龠以灼切二下十三 勺之若切十四上三 叒而灼切六下一 辵丑略切二下三 㲋丑略切十上五

谷其虐切三上四

十九鐸

𩫏古博切五下十五

二十陌

白旁陌切七下二十四 帛旁陌切七下二十三 乇陟格切六下七 丮几劇切三下五

二十一麥

麥莫獲切五下十三 冊楚革切二下十四止 疒女戹切七下十四 革古覈切三下一 畫胡麥切三下十

二十二昔

夕祥易切七上十一 尺昌石切八下一 赤昌石切十下四 炙之石切十下三 石常隻切九下八 彳丑亦切二下四 亦羊益切十下六 易羊益切九下十九 辟必益切九上十九

二十三錫

糸莫狄切十三上一 冖莫狄切七下十五 秝郎擊切七上二十四 鬲郎激切三下二 䰜郎激切三下三

二十四職

食乘力切五下六夨阻力切十下七色所力切。九上十七嗇所力切五下二十一力林直切十三下

十七茍己刀切九上二十二皕彼力切四上九

二十五德

北博墨切八上六黑呼北切十上十五止克苦得切七上二十一

二十六緝

習似入切四上十亼秦入切五下七十是執切三上十入人汁切五下十㗊阻力切三上一立力及

切十下二十邑於汲切六下二十皀皮及切五下四

二十七合

部目分韵　九

卅蘇沓切三上十一帀子荅切六下三雥徂合切四上二十一

二十九葉

㚔尼輒切十下十三𦘒尼輒切三下十一

三十怗

劦胡頰切十三下十八止

三十二狎

甲古狎切十四下十四

說文部目分韵終

韻書始萌芽於魏李登聲類積三百餘年至隋陸灋言切韻梗槩之法乃具然皆就其時之語言音讀參校異同定其遠近洪細往往有意求密而用意太過強生區別至如虞夏商周之文六書之假借諧聲詩之比音協句以成歌樂茫乎未之考也唐初因灋言摭本爲選舉士人作律詩之用覛二百六韻中字數多者限以獨用字數少者合比近兩韻或三韻同用苟計字多寡而已宋吳棫作韻補於韻目下始有古通某古轉聲通某之云其分合最爲疎舛鄭庠作古音辨僅分陽支先虞尤覃六部近崑山顧炎武夏析東陽耕蒸而四析魚歌而二故列十部吾郡老儒江愼修永於眞已下十四韻侵已下九韻各析而二蕭宵肴豪及尤侯幽亦爲二故列十三部古音之學以漸加詳如是前九年段君若膺語余曰支佳一部也脂微齊皆灰一部也之咍一部也漢人猶未嘗淆借通用晉宋而後乃少有出入迄乎唐之功令支注脂之同用佳注皆同用灰注咍同用於是古之截然爲三者罕有知之余聞而偉其所學之精好古有灼見卓識又言眞臻先與諄文殷魂痕爲二尤幽與侯爲二得十七部今官於蜀地且數年政事之餘優而成是書曰六書音均表凡爲表者五撰述之意表各有序說旣詳之矣其書始名詩經韻譜羣經韻譜嘉定錢學士曉徵爲之序玆易其體例且增以新知十七部葢如舊也余昔感於其言五支六脂七之有分癸巳春寓居浙東取顧氏詩本音章辨句析而諷誦乎經文歎始爲之之不易後來加詳者之信足以補其未逮顧氏轉侯韵入虞江氏轉虞韵字入侯此江優於顧然顧氏藥鐸有分而江氏不分此顧優於江若夫五支異於六脂猶淸異於眞也七之又異於支脂猶蒸又異於淸眞也寔千有餘年莫之或省者一旦理解按諸三百篇劃然豈非稽古大快事歟時余署記入聲之說未暇卒業今樂覩是書之成也不惟字得其古人音讀抑又多通其古義許叔重之論假借曰本無其字依聲託事夫六經字多假借音聲失而假借之意何以得訓詁音聲相爲表裏訓詁明六經乃可明後儒語言文字未知而輕憑臆解以誣聖亂經吾懼焉段君又有詩經小學書經小學說文考證十七部古韻表等書將繼是而出覛逃其難相與鑿空者於治經孰得孰失也乾隆丁酉孟春月休寧戴震序

予友金壇段君若膺六書音均表既成有問於予者曰是書何以作讀之將何用也曰是書爲古音而作也古今語言不同古音不明不獨三代秦漢有韵之文不能以讀其無韵之文假借轉注音義不能知立乎今日而譯三代秦漢之音是書爲之舌人也曰鄭氏庠陳氏第顧氏炎武江氏永之書何如曰鄭氏諸人之書善矣或分所當合或合所當分得是書而義始備也曰今官韵依劉淵之一百十七部而顧氏江氏及是書依陸氏灋言二百六部之舊何也曰必依二百六部之舊而後可由今韵以推古韵也如支脂之分爲三尤與矦元與魂痕各分爲二皆與三百篇合而一百十七部者厺之遠也曰是書何以於顧氏十部江氏十三部之後確然定爲十七部也曰詩三百篇之韵確有是十七部而顧氏江氏分析未備其平入分配多未審是書上溯三百篇下沿廣韵廣韵分爲數韵而三百篇合爲一韵者則爲一部三百篇在此部而廣韵遂入於他部是爲古今音轉移不同是書弟一表及弟四表古本音之義也然則一韵而廣韵析爲數韵者何也曰音之變也冬鍾之侈而爲東支脂之之侈而爲佳皆咍耕清之斂而爲青眞之

斂而爲先十七部皆有是也弟二表何以作也曰今韵於同一諧聲之偏旁而互見諸部古音則同此諧聲卽爲同部故古音可審形而定也曰以古之本音正後人合韵協音之說之非矣而仍言合韵何也曰古與今異部是爲古本音如丘謀尤古在之咍部而今在尤幽部曹蔙茅滔古在尤幽部而今在蕭宵肴豪部是也古與古異部而合用之是爲古合韵如母字古在之咍部詩凡十七見而蝃蝀協雨與字古在蒸登部詩凡五見而大明協林心是也知其分而後知其合知其合而後愈知其分凡三百篇及三代秦漢之音研求其所合又因所合之多寡遠近及異平同入之處而得其次弟此十七部先後所由定而弟三表及弟四表古合韵之義也曰古四聲與今四聲不同何也曰古今部分之轉移不同若是其四聲之轉移不同猶是也其言表何也曰暴諸外以示人也是太史公十表之義也其言音均何也曰古言均今言韵也韵韻皆不見於說文而韵字則見於薛尙功所載曾矦鐘銘是也其冠以六書何也曰知此而古指事象形諧聲會意之文舉得其部分得其音韵知此而古假借轉注舉可通故曰六書音均表也然則

讀之而苦其難何也曰於今韻則依廣韵部分於字書則宗說文解字於古音則竆三百篇及羣經有韵之文於言古音之書則考顧氏音學五書江氏古韵標準以三百篇及周秦所用正漢魏以後轉移之音而歷代音韵沿革源流以見而陸氏部分之故以見而顧氏江氏之未協者以見彼吳氏棫楊氏愼毛氏奇齡之書無論矣問者曰有是哉遂書之以爲釋例

乾隆丁酉五月南匯吳省欽沖之甫

原序

金壇段君懋堂撰次詩經韵譜及羣經韵譜成予讀而善之迺序其端曰自文字肇啟卽有音聲比音成文而詩教興焉三代以前無所謂聲韵之書然詩三百篇具在參以經傳子騷類而列之引而伸之古音可僂指而分也許叔重云倉頡初作書依類象形故謂之文其後形聲相益卽謂之字文字者終古不易而音聲有時而變五方之民言語不通近而一鄉一聚猶各操土音彼我相嗤矧在數千年之久乎謂古音必無異於今音此夏蟲之不知有冰也然而去古

浸遠則於六書諧聲之旨漸離其宗故惟三百篇之音爲最善而昧者乃執隋唐之韵以讀古經有所齟齬屢變其音以相從謂之叶韵不惟無當於今音而古音亦滋茫昧矣明三山陳氏始知攷毛詩屈宋賦以求古音近世崐山顧氏婺源江氏攷之尤博以審今段君復因顧江兩家之說證其違而補其未逮定古音爲十七部若網在綱有條不紊竆文字之源流辨聲音之正變洵有功於古學者已古人以音載義後人區音與義而二之音聲之不通而空言義理吾未見其精於義也此書出將使海內說經之家奉爲

圭臬而因文字音聲以求訓詁古義之興有日矣詎獨以存古音而已哉乾隆庚寅四月九日嘉定錢大昕書

戴東原先生來書

大箸辨別五支六脂七之如淸眞蒸三韵之不相通能發自唐以來講韵者所未發今春將古韵考訂一番斷從此說爲確論然執管欲作序者屢而苦於心不精姑俟稍安閒爲之目近極䌌擾也癸巳十月卅日震頓首

寄戴東原先生書 乙未十月

玉裁自㓜學爲詩卽好聲音文字之學甲戌乙亥閒從同邑蔡丈一帆遊始知古韵大略庚辰入都門得顧亭林音學五書讀之驚怖其考據之博癸未遊於先生之門觀所爲江愼修行略又知有古韵標準一書與顧氏少異然實未能深知之也丁亥自都門歸憶古韵標準所稱元寒桓刪山先仙七韵與眞諄臻文欣魂痕七韵三百篇內分用不如顧亭林李天生所云自眞至仙古爲一韵之說與舍弟玉成取毛詩細繹之果信又細繹之眞臻二韵與諄文欣魂痕五韵三百篇內分用而江氏有未盡也蕭宵肴豪與尤矦幽分用矣又細繹之則矦與尤幽三百篇內分用而江氏有未盡也支脂之微齊佳皆灰咍九韵自來言古韵者合爲一韵及細繹之則支佳爲一韵脂微齊皆灰爲一韵之咍爲一韵而顧氏江氏均未之知也又細繹其平入之分配正二家之踳駁遂書詩經所用字區別爲十七部旣攷其出入而得其本音又詳其斂侈而識其音變又察其高下遲速而知四聲古今不同又觀其會通而知協音合韵自古而有於諧聲推測其條理於假借轉注默會其指歸麤綴千年一旦軒露成詩經韵譜羣經韵譜各一帙己丑再

至都門程蕺園舍人賞之苐其書簡略無注釋不可讀是年冬寓法源寺側之蓮華菴鍵戶燒石炭從邵二雲孝廉借書竟爲注釋每一部畢孝廉輒取寫其福至庚寅二月書成錢辛楣學士以爲鑿破混沌爲作序三月銓授貴州玉屛縣壬辰四月三入都時先生館於洪素人戸部之居以是書請益先生云體裁尚未盡善玉裁旋奉 命發四川候補八月至蜀後署理富順及南溪縣事又辦理化林坪站務王師申討金酋儲偫輓輸無敢稍懈息然每處分公事畢漏下三鼓輒篝鐙改竄是書以爲常今年夏六月偕同

官朱雲駿入報銷局與趣略同暇益潛心商訂九月書成爲表五一曰今韵古分十七部表別其方位也二曰古十七部諧聲表定其物色也三曰古十七部合用類分表洽其恉趣也四曰詩經韵分十七部表臚其美富也五曰羣經韵分十七部表資其參證也改名曰六書音均表均卽古韵字也鶡冠子曰五聲不同均成公綏曰音均不恆陶者以鈞作器樂者以均審音十七部爲音均音均明而六書明六書明而古經傳無不可通玉裁之爲是書葢將使學者循是以知假借轉注而於古經傳無疑義而恐非好學深

思眇能心知其意也抑先生嘗言尤侯兩韵可無用分玉裁攷周秦漢初之文侯與尤相近而必獨用先生又言十七部次弟不能淺曉支脂之析爲三部能發自唐以來講韵者所未發但何以不列於一處而以之弟一脂弟十五支弟十六玉裁按十七部次弟出於自然非有穿鑿取弟三表細繹之可知也之咍音與蕭尤近亦與蒸近脂微齊皆灰音與諄文元寒近支佳音與歌戈近實韵理分劈之大耑先生又言顧亭林平仄通押之說未爲非所定四聲似覂張大甚玉裁按今四聲不同古猶古部分不同今抽繹遺經雅記塈可自信其非妄以上三者皆不敢爲苟同之論惟求研審音韵之眞而已夫鄭璞爾雅注於烏尤宋祁唐書修於益州玉裁入蜀數年幸適有成書而所爲詩經小學書經小學說文考證古韵十七部表諸書亦漸次將成今輒先寫六書音均表一部寄呈座右願先生爲之序而糾其疵謬則幸甚幸甚玉裁頓首

六書音均表

四川候補知縣前貴州玉屏縣知縣臣段玉裁記

凡五萬二千三百二十五字

六書音均表一

今韵古分十七部表

今世所存韵書廣韵最古廣韵二百六部葢放於隋陸灋言戴東原編修聲韵考曰灋言書今不傳宋廣韵卷首猶題云陸灋言撰本長孫訥言箋注而集韵韵例曰先帝時令陳彭年丘雍因灋言韵就爲刊益然則廣韵之二百六韵葢灋言舊目自唐初有同用獨用之功令以便屬文之士聲韵考曰唐封演聞見記云陸灋言撰爲切韵先仙刪山之類屬文之士苦其苛細國初許敬宗等詳議以其韵窄奏合而用之然則廣韵同用獨用之注乃唐初功令至南宋劉淵新刊禮部韵略遂併同用之韵爲一韵而爲部百有七今取百有七部之書考求古音今音混淆未明無由討古音之源也宋鄭庠分古韵爲六部近崑山顧炎武據依廣韵部分古韵爲十部而婺源江永又分爲十三部鄭氏東冬江陽庚青蒸入聲屋沃覺藥陌錫職爲一部支微齊佳灰爲一部魚虞歌麻爲一部眞文元寒刪先入聲質物月曷黠屑爲一部蕭肴豪尤爲一部侵覃鹽咸入聲緝合葉洽爲一部其說合於漢魏及唐之杜甫韓愈所用而於周秦未能合也顧氏考三百篇作詩本音二百六部分爲十東冬鍾江爲一部支脂之微齊佳皆灰咍入聲質術櫛物迄月沒曷末黠鎋屑薛麥昔錫職德爲一部魚虞模侯入聲藥鐸陌爲一部眞諄臻文欣元魂痕寒桓刪山先仙爲一部蕭宵肴豪尤幽入聲屋蒸登覺爲一部歌戈麻爲一部陽唐爲一部庚耕清青爲一部蒸登爲一部侵覃談鹽添咸銜嚴凡入聲緝合盍葉怗洽狎業乏爲一部較鄭氏爲密矣江氏訂其於三百篇所用有未合者作古韵標準二百六部分爲十三東冬鍾江爲一部支脂之微齊佳皆灰咍入聲麥昔錫職德爲一部魚虞模入聲藥鐸陌爲一部眞諄臻文欣魂痕入聲質術櫛物迄沒爲一部元寒桓刪山先仙入聲月曷末黠鎋屑薛爲一部蕭宵肴豪爲一部歌戈麻爲一部陽唐爲一部庚耕清青爲一部蒸登爲一部尤侯幽入聲屋沃燭覺爲一部侵入聲緝爲一部覃談鹽添咸銜嚴凡入聲合盍葉怗洽狎業乏爲一部較諸顧氏益密而仍於三百篇有未合者今旣泛濫毛詩理順節解因其自然補三家部分之未備釐平入相配之未確定二百六部爲十七部表於左

第一部	七之	六止	七志	二十四職
	十六咍	十五海	十九代	二十五德

弟二部	三蕭 四宵 五肴 六豪	二十九篠 三十小 三十一巧 三十二晧	三十四嘯 三十五笑 三十六效 三十七号	
弟三部	十八尤 二十幽	四十四有 四十六黝	四十九宥 五十一幼	一屋 二沃 三燭 四覺
弟四部	十九侯	四十五厚	五十候	
弟五部	九魚 十虞 十一模	八語 九麌 十姥	九御 十遇 十一暮	十八藥 十九鐸

弟六部	十六蒸 十七登	四十二拯 四十三等	四十七證 四十八嶝	
弟七部	二十一侵 二十四鹽 二十五添	四十七寑 五十琰 五十一忝	五十二沁 五十五豔 五十六㮇	二十六緝 二十九葉 三十帖
弟八部	二十二覃 二十三談 二十六咸 二十七銜 二十八嚴 二十九凡	四十八感 四十九敢 五十二豏 五十三檻 五十四儼 五十五范	五十三勘 五十四闞 五十七陷 五十八鑑 五十九釅 六十梵	二十七合 二十八盇 三十一洽 三十二狎 三十三業 三十四乏
弟九部	一東 二冬 三鍾 四江	一董 二腫 三講	一送 二宋 三用 四絳	

一頁十四　表一　五

弟十部	弟十一部	弟十二部	弟十三部
十陽 十一唐	十二庚 十三耕 十四清 十五青	十七眞 十九臻 一先	十八諄 二十文 二十一欣 二十三魂 二十四痕
三十六養 三十七蕩	三十八梗 三十九耿 四十靜 四十一迥	十六軫 二十七銑	十七準 十八吻 十九隱 二十一混 二十二很
四十一漾 四十二宕	四十三映 四十四諍 四十五勁 四十六徑	二十一震 三十二霰	二十二稕 二十三問 二十四焮 二十六慁 二十七恨
		五質 七櫛 十六屑	

二頁十　表一　六

弟十四部	弟十五部	弟十六部	弟十七部
二十二元 二十五寒 二十六桓 二十七刪 二十八山 二仙	六脂 八微 十二齊 十四皆 十五灰	五支 十三佳	七歌 八戈 九麻
二十阮 二十三旱 二十四緩 二十五潸 二十六產 二十八獮	五旨 七尾 十一薺 十三駭 十四賄	四紙 十二蟹	三十三哿 三十四果 三十五馬
二十五願 二十八翰 二十九換 三十諫 三十一襉 三十三線	六至 八未 十二霽 十三祭 十四泰 十六怪 十七夬 十八隊 二十廢	五寘 十五卦	三十八箇 三十九過 四十禡
	六術 八物 九迄 十月 十一沒 十二曷 十三末 十四黠 十五鎋 十七薛	二十陌 二十一麥 二十二昔 二十三錫	

弟一部弟十五部弟十六部分用說

廣韻上平七之十六咍上聲六止十五海去聲七志十九代入聲二十四職二十五德爲古韻弟一部上平六脂八微十二齊十四皆十五灰上聲五旨七尾十一薺十三駭十四賄去聲六至八未十二霽十三祭十四泰十六怪十七夬十八隊二十廢入聲六術八物九迄十月十一沒十二曷十三末十四黠十五鎋十七薛爲古韻弟十五部上平五支十三佳上聲四紙十二蟹去聲五寘十五卦入聲二十陌二十一麥二十二昔二十三錫爲古韻弟十六部

五支六脂七之三韻自唐人功令同用鮮有知其當分者矣今試取詩經韻表弟一部弟十五部弟十六部觀之其分用乃截然且自三百篇外凡羣經有韻之文及楚騷諸子秦漢六朝詞章所用皆分別謹嚴隨舉一章數句無不可證或有二韻連用而不辨爲分用者如詩相鼠二章齒止俟弟一部也三章體禮死弟十五部也魚麗二章鱧旨弟十五部也三章鯉有弟一部也板五章懠毗迷尸屎葵資師弟十五部也六章篪圭攜弟十六部也孟子引齊人言雖有智慧二句弟十五部也雖有鎡基二句弟一部也屈原賦寧與騏驥抗軛二句弟十六部也寧與黃鵠比翼二句弟一部也秦琅邪臺刻石自維廿六年至莫不得意凡二十四句以始紀子理士海事富志字載意韻弟一部也自應時動事至莫不如畫凡十二句以帝地懈辟易畫韻弟十六部也倘以相鼠齒與禮死成文魚麗鯉與旨爲韵則自亂其例而非韵玉裁讀坊本詩經竹竿二章泉源在左淇水在右女子有行遠父母兄弟每疑右爲古韵弟一部字弟爲弟十五部字二字古鮮合用及考唐石經宋本集傳明國子監注疏本皆作遠兄弟父母而後其疑豁然三部自

唐以前分別最嚴蓋如眞文之與庚青與侵稍知韵理者皆知其不合用也自唐初功令不察支脂之同用佳皆同用灰咍同用而古之畫爲三部始湮沒不傳迄今千一百餘年言韵者莫有見及此者矣

古七之字多轉入於尤韵中而五支六脂則無有此三部分別之大槩也

職德爲弟一部之入聲術物迄月沒曷末黠鎋薛爲弟十五部之入聲陌麥昔錫爲弟十六部之入聲顧氏於三部平聲既合爲一故入聲亦合爲一古分用甚嚴卽唐初功令陌麥昔同用錫獨用職德同用亦

未若平韵之棍合五支六脂七之爲一矣

弟二部弟三部分用說

下平三蕭四宵五肴六豪上聲二十九篠三十小三十一巧三十二晧去聲三十四嘯三十五笑三十六效三十七號爲古韻弟二部十八尤二十幽上聲四十四有四十六黝去聲四十九宥五十一幼入聲一屋二沃三燭四覺爲古韵弟三部詩經及周秦文字分用畫然顧氏誤合爲一部江氏古韵標準旣正之矣

顧氏於平聲合二部爲一故弟二部之字轉入於弟

三部入聲者不能分別而箋識之也

弟三部之入聲顧氏割其半入魚模韵如屋讀烏獨讀辻之類皆漢後之轉音非古本音卽以侯合魚之誤也

弟三部弟四部弟五部分用說

下平十九侯上聲四十五厚去聲五十候爲古韵弟四部上平九魚十虞十一模上聲八語九麌十姥去聲九御十遇十一暮入聲十八藥十九鐸爲古韵弟五部詩經及周秦文字分用畫然顧氏誤合侯於魚爲一部江氏又誤合侯於尤爲一部皆攷之未精顧氏合侯於魚其所引據皆漢後轉音非古本音也侯古音近尤而別於尤近尤故入音同尤別於尤故合諸尤者亦非也

弟二弟三弟四弟五部漢以後多四部合用不甚區分要在三百篇故較然畫一載馳之驅侯不連下文悠曹憂爲一韵山有蓲之蓲楡婁驅愉不連下章栲杻埽考保爲一韵南山有臺之栒楰耇後不連上章栲杻壽茂爲一韵左氏傳專之渝攘公之羭不與下文猶臭爲一韵此弟四部之別於弟三部也株林之駒株不與馬野爲一韵板之渝驅不與怒豫爲一韵

史記甌窶滿溝不與汙邪滿車爲一韵此弟四部之別於弟五部也

古弟二部之字多轉入於屋覺藥鐸韵中弟三部之字多轉入於蕭宵肴豪韵中弟四部之字多轉入於虞韵中弟五部平聲之字多轉入於麻韵中入聲之字多轉入於陌麥昔韵中此四部分別之大槩也

左氏傳鸜鵒童謠首二句鵒辱及末二句鵒哭弟三部也羽野馬弟五部也跦侯襦弟四部也巢遙勞驕弟二部也一謠而可識四部之分矣

弟五部弟十六部入聲分用說

弟五部入聲與弟十六部入聲周秦漢人分用晉宋而下多以弟五部入聲之字韻入於弟十六部鄭氏合藥陌錫爲一部未爲審矣

弟六部獨用說

下平十六蒸十七登上聲四十二拯四十三等去聲四十七證四十八嶝爲古韻弟六部自古獨用無異辭鄭庠合諸庚青爲一部其說甚疏而南宋劉淵併證嶝入徑韻元陰時夫併拯等入迴韻爲唐功令所未議合而以臆見誤合之者

弟七部弟八部分用說

下平二十一侵二十四鹽二十五添上聲四十七寑五十琰五十一忝去聲五十二沁五十五豔五十六㮇入聲二十六緝二十九葉三十怗爲古韻弟七部

下平二十二覃二十三談二十六咸二十七銜二十八嚴二十九凡上聲四十八感四十九敢五十二豏五十三檻五十四儼五十五范去聲五十三勘五十四闞五十七陷五十八鑑五十九釅六十梵入聲二十七合二十八盇三十一洽三十二狎三十三業三十四乏爲古韻弟八部廣韻平上去入末四韻其次弟本如是唐功令鹽添同用咸銜同用嚴凡同用上聲琰忝同用豏檻同用儼范同用去聲豔㮇同用陷鑑同用釅梵同用入聲葉怗同用洽狎同用業乏同用宋景德四年崇文院上校定切韻五卷明年大中祥符元年敕改名大宋重修廣韻同用獨用皆仍唐舊景祐四年修禮部韻略以賈昌朝請韻窄者凡十三處許合附近通用葢合嚴於鹽添合凡於咸銜合儼於琰忝合范於豏檻合釅於豔㮇合梵於陷鑑合業於葉怗合乏於洽狎并合欣於文合隱於吻合焮於問合迄於物又合廢於隊代爲十有三處今廣韻上去聲末四韻各本改同禮部韻略及集韻與平入聲齟齬此係禮部韻略頒行後校廣韻者依新例塗改遂相沿舛謬幸其參差不治尚可稽尋詳見聲韻攷詩三百篇分用畫然漢以後乃多合用非三百篇卽合用也顧氏合而一之江氏旣正之矣

弟九部獨用說

上平一東二冬三鍾四江上聲一董二腫三講去聲一送二宋三用四絳爲古韻弟九部古獨用無異辭江韻音轉近陽韻古音同東韻也鄭庠以東冬江陽庚青蒸合爲一部其說疏矣

弟十部獨用說

下平十陽十一唐上聲三十六養三十七蕩去聲四十一漾四十二宕爲古韻弟十部古獨用無異辭

弟十一部獨用說

下平十二庚十三耕十四清十五青上聲三十八梗三十九耿四十靜四十一迥去聲四十三映四十四諍四十五勁四十六徑爲古韻弟十一部古獨用無異辭

弟十二部弟十三部弟十四部分用說

上平十七眞十九臻下平一先上聲十六軫二十七

銑厺聲二十一震三十二霰入聲五質七櫛十六屑爲古韵弟十二部十八諄二十文二十一欣二十三魂二十四痕上聲十七準十八吻十九隱二十一混二十二很厺聲二十二稕二十三問二十四焮二十六慁二十七恨爲古韵弟十三部二十二元二十五寒二十六桓二十七刪二十八山下平二仙上聲二十阮二十三旱二十四緩二十五潸二十六產二十八獮厺聲二十五願二十八翰二十九換三十諫三十一襇三十三線爲古韵弟十四部三百篇及羣經屈賦分用畫然漢以後用韵過寬三部合用鄭庠乃以眞文元寒刪先爲一部顧氏不能深考亦合眞以下十四韵爲一部僅可以論漢魏閒之古韵而不可以論三百篇之韵也江氏考三百篇辨元寒桓刪山仙之獨爲一部矣而眞臻一部與諄文欣魂痕一部分用尚有未審讀詩經韵表而後見古韵分別之嚴唐虞時明明上天爛然星陳日月光華宏予一人弟十二部也南風之薰兮可以解吾民之慍兮弟十三部也卿雲爛兮禮縵縵兮日月光華旦復旦兮弟十四部也三部之分不始於三百篇矣

弟十二部入聲質櫛韵漢以後多與弟十五部入聲合用三百篇分用畫然如東方之日一章不與二章一韵都人士三章不與二章一韵可證

弟十七部獨用說

下平七歌八戈九麻上聲三十三哿三十四果三十五馬厺聲三十八箇三十九過四十禡爲古韵弟十七部古獨用無異辭漢以後多以魚虞之字韵入於歌戈鄭氏以魚虞歌麻合爲一部乃漢魏晉之韵非三百篇之韵也

古弟十七部之字多轉入於支韵中

古十七部平入分配說

二十四職二十五德陸灋言以配蒸登韵攷毛詩古韵爲之咍韵之入聲

一屋二沃三燭四覺陸灋言以配東冬鍾江韵攷毛詩古韵爲尤幽韵之入聲

十八藥十九鐸灋言以配陽唐韵攷毛詩古韵爲魚虞模之入聲

二十六緝以下八韵古分二部其平入相配一也

五質七櫛十六屑灋言以配眞臻先韵與毛詩古韵合

六術八物九迄十月十一沒十二曷十三末十四黠

十五鎋十七薛灋言以配諄文欣元魂痕寒桓删山仙韻攷毛詩古韻爲脂微齊皆灰之入聲

二十陌二十一麥二十二昔二十三錫灋言以配庚耕清青韻攷毛詩古韻爲支佳韻之入聲

今韻同用獨用未允說

灋言二百六部綜周秦漢魏至齊梁所積而成典型源流正變包括貫通長孫訥言謂爲酌古沿今無以加者可稱灋言素臣如支脂之三韻分之所以存古類之所以適今用意精深後人莫測也今韻支脂之同用佳皆同用灰咍同用則第一部第十五部第十六部之界蕪尤矦同用則第三部第四部之畛泯眞諄同用元魂痕同用先仙同用則第十二部第十三部第十四部之區畫靡漫入聲質術同用屑薛同用則第十二部與第十五部相紛糅矣唐初功令蓋沿陳隋之習而不師古然如支與脂之同用則唐以前上自商頌下迄隋季未見有一篇蹈此者唐之杜甫熟精文選及庾信諸家故所爲近體詩用五支韻者凡二十七首不襍脂之一字其意葢以許敬宗所定未善也若南宋劉淵併證嶝入徑韻元陰時夫併拯等入迥韻則第六部第十一部之大閑潰決唐功令

所未議合而妄合之又與平聲齟齬其不學無術之甚矣唐以前支韻必獨用隨舉篇章皆足爲證文選所載不必覼縷即如周興嗣千字文上和下睦夫唱婦隨巳下用十韻不襍脂之一字庾信楊柳歌用二十七韻不襍脂之一字唐人之謹守六朝家法者惟杜甫近體詩如陪鄭廣文遊何將軍山林萬里戎王子憶過楊柳渚二首重過何氏山雨尊仍在一首九日楊奉先會白水崔明府一首贈畢四一首元日寄韋氏妹一首秦州襍詩唐堯眞自聖一首過南鄰朱山人水亭一首過故斛斯校書莊燕入非傍舍一首送王侍御往東川放生池祖席一首宴戎州楊使君東樓一首雲安九日鄭十八攜酒陪諸公一首宿昔一首鸚鵡一首猿一首從驛次草堂復至東屯茅屋峽內歸田客一首孟冬一首和江陵宋大少府暮雨後同諸公及舍弟宴書齋一首紫宸殿退朝口號一首秋興昆吾御宿自逶迤一首傷春鶯入新年語一首贈崔十三評事公輔一首偶題一首同豆盧峯知字韻一首復愁江上亦秋色一首解悶憶過瀘戎摘荔枝一首承聞河北諸道節度入朝歡喜口號絕句漁陽突騎邯鄲兒首凡五支韻必獨用韓愈答崔立之八十二韻亦獨用五支

古十七部本音說

三百篇音韻自唐以下不能通僅以爲協音以爲合韻以爲古人韻緩不煩改字而已自有明三山陳第深識確論信古本音與今音不同如鳳鳴高岡而啁噍之喙盡息也自是顧氏作詩本音江氏作古韻標準玉裁保殘守闕分別古音爲十七部凡一字而古今異部以古音爲本音以今音爲音轉如尤讀怡牛讀疑丘讀欺必在第一部而不在第三部者古本音也今音在十八尤者音轉也舉此可以偶反矣

第一部之韻音轉入於尤第三部尤幽韻音轉入於蕭宵肴豪第四部矦韻音轉入於虞第五部魚虞模韻音轉入於麻第六部蒸韻音轉入於侵第七部侵

鹽韵音轉入於覃談咸銜嚴凡弟二部至弟五部弟六部至弟八部音轉皆入於東冬鍾弟九部東冬鍾韵音轉入於陽唐弟十部陽唐韵音轉入於庚弟十一部庚耕清青韵音轉入於眞弟十二部眞先韵音轉入於文欣魂痕弟十三部文欣魂痕韵音轉入於元寒桓删山仙弟十三部弟十四部音轉皆入於脂微弟十五部脂微齊皆灰韵音轉入於支佳弟十六部支佳韵音轉入於脂齊歌麻弟十七部歌戈韵音轉亦多入於支佳此音轉之大較也

四江一韵東冬鍾轉入陽唐之音也不以其字襍廁之陽唐而別爲一韵繫諸一東二冬三鍾之後別爲一韵以箸今音也繫諸一東二冬三鍾之後以存古音也長孫納言所謂酌古沿今者是也其例甚善而他部又未能準是例惟二十幽一韵爲尤韵將轉入蕭之音十九臻一韵爲眞韵將轉入諄之音亦用此例之意

說文而下字林所載卽多說文所無苟有合於指事象形形聲會意之洨攷文者所不廢也三百篇後孔子贊易老子言道德五千餘言用韵卽不必皆同詩漢代用韵甚寬離爲十七者幾不可別識晉宋而降迄於梁陳音轉音變積習生常區別旣多陸韵遂定皆古今聲音之自然攷文者不能變今音而一反諸三代也

古十七部音變說

古音分十七部矣今韵平五十有七上五十有五去六十入三十有四何分析之過多也曰音有正變也音之斂侈必適中過斂而音變矣過侈而音變矣之者音之正也咍者之之變也如同一台聲而怡飴在之韵咍怠在咍海韵蕭宵者音之正也肴豪者蕭宵之變也如同一肖聲而宵消在宵韵稍揱在肴韵同一高聲敲在宵韵蒿薃在豪韵尤侯者音之正也屋者音之變也入聲沃燭爲正音屋韵過侈爲音變

魚者音之正也虞模者魚之變也如都古音豬荼古音舒之類蒸者音之正也登者蒸之變也如夳聲韵目證嶝二字皆登聲嶝字古音同證侵者音之正也鹽添者侵之變也如廉古音林占古音鍼嚴凡者音之正也覃談咸銜者嚴凡之變也嚴凡猶弟十四部之元韵覃談咸銜猶弟十四部之寒桓删山也侵猶弟十二部之眞韵鹽添猶弟十二部之先韵冬鍾者音之正也東者冬鍾之變也鍾爲正音冬韵稍侈東韵過侈陽者音之正也唐者陽之變也耕清者音之正也庚青者耕清之變也庚音侈青音斂眞者音之正也先者音之變也如田古音陳塡古音塵之類諄文欣者音之正也魂痕者諄文欣之變也如魂云聲雲芸妘沄在文韵痕艮聲垠齦在欣韵元者音之正也寒桓删山仙者元之變也脂微者音之正也齊皆灰者脂微之

變也支者音之正也佳者支之變也歌戈者音之正也麻者歌戈之變也大略古音多斂今音多侈之變爲咍脂變爲皆支變爲佳歌變爲麻眞變爲先侵變爲鹽變之甚者也其變之微者亦審音而分析之音不能無變變不能無分明乎古有正而無變知古音之甚諧矣

古四聲說

古四聲不同今韻猶古本音不同今韻也攷周秦漢初之文有平上入而無去洎乎魏晉上入聲多轉而爲去聲平聲多轉爲仄聲於是乎四聲大備而與古

不侔有古平而今仄者有古上入而今去者細意搜尋隨在可得其條理今學者讀三百篇諸書以今韻四聲律古人陸德明吳棫皆指爲協句顧炎武之書亦云平仄通押去入通押而不知古四聲不同今猶古本音部分異今也明乎古本音不同今韻又何惑乎古四聲不同今韻哉如戒之音亟慶之音羌𦎫饗之音香至之音質學者可以類求矣

古平上爲一類去入爲一類上與平一也去與入一也上聲備於三百篇去聲備於魏晉或謂四聲起於永明其說非也永明文章沈約謝朓王融輩始用四聲以爲新變五字之中音韻悉異一句之內角徵不同梁武帝不好焉而問周捨曰何謂四聲捨曰天子聖哲是也謂如以此四字成句是卽行文四聲諧協之旨非多文如梁武不知平上去入爲何物而捨以此四字代平上去入也取宋書謝靈運傳論及南史沈約庾肩吾陸厥傳梁書王筠傳讀之自明

弟二部平多轉爲入聲弟十五部入多轉爲去聲弟二部樂籥爵綽較虐謔藥鑿沃櫟駁的翟濯鬻躍蹻熇藐削溺等字繹三百篇皆平聲漢人不皆讀平矣至弟十五部古有入聲而無去聲隨在可證如文選所載班固西都賦平原赤勇士厲而下以厲竊檝㩻折噬殺爲韻厲竊檝噬讀入聲左思蜀都賦軌躅八達而下以達出室衛駟瑟恤爲韻駟讀入聲吳都賦高門鼎貴而下以貴傑裔世轍設噎爲韻貴裔世讀入聲魏都賦均田畫疇而下以剟翳悅世爲韻翳世讀入聲髽首之豪而下以傑闕設晰裔髮爲韻晰裔讀入聲郭璞江賦以䭾月聒𥖭豁碣爲韻䭾讀入聲江淹擬謝法曹詩以汭別袂雪爲韻汭袂讀入聲擬謝臨川詩以缺設絕澈晰汏蔽汭逝雪穴滅噬說爲韻晰蔽汭逝噬讀入聲瀋言定韻之前無去不可入至瀋言定韻以後而謹守者不知古四聲矣他部皆準此求之

古無去聲之說或以爲怪然非好學深思不能知也不明乎古四聲則於古諧聲不能通如李陽冰校說

文於臯字曰自非聲徐鍇於裔字曰向非聲是也於古假借轉注尤不能通如卒於畢郢之郢本程字之假借顛沛之沛本跋字之假借而學者罕知是也

古今不同隨舉可徵說

古音聲不同今隨舉可證如今人兄榮字讀入東韻朋棚字讀入東韻佳字讀入麻韻母富婦字讀入麌遇韻此音轉之徵也子字不讀卽里切側字不讀莊力切此音變之徵也上韻內之字多讀爲去韻此四聲異古之徵也今音不同唐音卽唐音不同古音之徵也

音韵隨時代遷移說

今人槩曰古韵不同今韵而已唐虞而下隋唐而上其中變更正多槩曰古不同今尙皮傅之說也音韵之不同必論其世約而言之唐虞夏商周秦漢初爲一時漢武帝後洎漢末爲一時魏晉宋齊梁陳隋爲一時古人之文具在凡音轉音變四聲其遷移之時代皆可尋究

古音韵至諧說

明乎古本音則知古人用韵精嚴無出韵之句矣明乎音有正變則知古人咍音同之先音同眞本無詰屈聱牙矣明乎古四聲異今韵則知平仄通押去入通押之說未爲審矣古文音韵至諧自唐而後昧茲三者皆歸之協韵二字

古音義說

字義不隨字音爲分別音轉入於他部其義同也音變析爲他韵其義同也平轉爲仄聲上入轉爲去聲其義同也今韵例多爲分別如登韵之能爲才能咍韵之能爲三足鼈之韵之台爲台予咍韵之台爲三台星六魚之譽爲毀譽九御之譽爲稱譽十一暮之惡爲厭惡十九鐸之惡爲醜惡者皆拘牽瑣碎未可以語古音古義

古諧聲說

一聲可諧萬字萬字而必同部同聲必同部明乎此而部分音變平入之相配四聲之今古不同皆可得矣

諧聲之字半主義半主聲凡字書以義爲經而聲緯之許叔重之說文解字是也凡韵書以聲爲經而義緯之商周當有其書而亡佚久矣字書如張參五經文字爿部冓部𣎆部以聲爲經是倒置也韵書如陸灋言雖以聲爲經而同部者蕩析離居矣

古假借必同部說

自爾雅而下詁訓之學不外假借轉注二耑如緇衣傳適之館舍粲餐也適之館舍爲轉注粲餐爲假借也七月傳壺瓠叔拾也叔拾爲轉注壺瓠爲假借也粲壺自有本義假借必取諸同部故如眞文之與蒸侵寒删之與覃談支佳之與之咍斷無有彼此互相假借者

古本音不同今音故如夏小正僭蕢爲永詩儀禮僭蠲爲圭古永音同蕢蠲音同圭也古音有正而無變故如僭田爲陳僭荼爲舒古先韵之田音如眞韵之

陳模韵之荼音如魚韵之舒也古四聲不同今韵故如偕害爲曷偕宵爲小見學記爲肖見漢書古害聲如曷小肖聲皆如宵也故必明乎此三者而後知假借

古轉注同部說

訓詁之學古多取諸同部如仁者人也義者宜也禮者履也春之爲言蠢也夏之爲言假也子孳也丑紐也寅津也卯茂也之類說文神字注云天神引出萬物者也祇字注云地祇提出萬物者也麥字注云秋穜厚薶故謂之麥神引同十二部祇提同十六部麥薶同弟一部也劉熙釋名一書皆用此意爲訓詁

凡八千二百一十二字

表一終

古十七部諧聲表　六書音均表二

六書之有諧聲文字之所以日滋也攷周秦有韵之文某聲必在某部至嘖而不可亂故視其偏旁以何字爲聲而知其音在某部易簡而天下之理得也許叔重作說文解字時未有反語但云某聲某聲卽以爲韵書可也自音有變轉同一聲而分散於各部各韵如一某聲而某在厚韵媒腜在灰韵一每聲而悔晦在隊韵敏在軫韵晦痗在厚韵之類參縒不齊承學多疑之要其始則同諧聲者必同部也三百篇及周秦之文備矣輒爲十七部諧聲偏旁表補古六埶

之散逸類列某聲某聲分繫於各部以繩今韵則本非其部之諧聲而闌入者憭然可攷矣

弟一部 陸韵平聲之咍上聲止海去聲志代入聲職德

絲聲　台聲　枲聲　里聲
貍聲　來聲　思聲　其聲
𦣞聲　龜聲　𠩺聲　犛聲
又聲　有聲　九聲　右聲
而聲　丌聲　辺聲與十三部近別　㞢聲隸作之
事聲　蚩聲　市聲　某聲
才聲　𢦏聲　在聲　母聲

佩聲　久聲　臺聲　式聲
㠯聲隸作以　能聲　矣聲　疑聲
亥聲　郵聲　牛聲　茲聲
玆聲　畐聲　富聲　不聲
丕聲石經作丕　甾聲　𡿺聲　甾聲
辭聲　司聲　丘聲　采聲
友聲　否聲　音聲　宰聲
啚聲　止聲　齒聲　巳聲
己聲　耳聲　士聲　喜聲
寺聲　時聲　史聲　吏聲

負聲　冉聲與十五部冄別　𦃇聲　戒聲
婦聲　舊聲　乃聲　異聲
北聲　食聲　戠聲　子聲
㐭聲　意聲　再聲　葡聲
備聲　直聲　悳聲　圣聲
弋聲　則聲　賊聲　革聲
或聲　或聲　息聲　亟聲
力聲　阞聲　棘聲　嗇聲
黑聲　匿聲　畟聲　色聲
塞聲　仄聲　夨聲　𠬝聲

服聲　夌聲　克聲　㝵聲
得聲　伏聲　牧聲　墨聲
皕聲　茍聲與四部苟別

右諧聲偏旁見於今韻他
部內者皆從弟一部轉入

弟二部陸韻平聲蕭宵肴豪上聲篠小巧晧去聲嘯笑效号
毛聲　樂聲　喿聲　澡聲
尞聲　小聲　丿聲　少聲
㶾聲隸作票　麃聲　㬥聲　暴聲二字隸通作暴
夭聲　芺聲　敫聲　卓聲
一百八十六　表二　主
勞聲　龠聲　翟聲　爵聲
交聲　虐聲　高聲　喬聲
刀聲　召聲　到聲　兆聲
苗聲　䍃聲　要聲　爻聲
肴聲　𡥈聲與三部孝別　敎聲　丵聲
檕聲　巢聲　弔聲　堯聲
鄡聲　盜聲　勺聲　隺聲
弱聲　皃聲　貌聲　梟聲
号聲　號聲　了聲　受聲
皀聲

右諧聲偏旁見於今韻他
部內者皆從弟二部轉入

弟三部陸韻平聲尤幽上聲有黝去聲宥幼入聲屋沃燭覺
九聲　厹聲　尻聲　州聲
求聲　流聲　六聲　坴聲
[illegible]聲　休聲　舟聲偏旁石經作月　𢚧聲
憂聲　汓聲　游聲　曹聲
攸聲　條聲　修聲　脩聲
肅聲　尗聲　叔聲　戚聲
夒聲　秋聲　夲聲同半　翏聲
一百九十三　表二　四
舀聲　髟聲　[illegible]聲　卯聲
丣聲　畱聲　周聲　矛聲
柔聲　孜聲　包聲　匋聲
焦聲　[illegible]聲　[illegible]聲　[illegible]聲
壽聲　孚聲　𢆶聲　幽聲
酉聲　酋聲　臭聲　叜聲同叟
牢聲　爪聲　叉聲古文爪　蚤聲
丩聲　收聲　囚聲　秀聲
冃聲　冃聲　冒聲　好聲
報聲　手聲　老聲　牡聲

畜聲　畾聲　雔聲　帚聲
舀聲古文舀　百聲　頁聲亦古文百　道聲
守聲　午聲　自聲隸作阜　𢍃聲
缶聲　由聲　宂聲宂聲字與八部宂十二部冘別　戊聲
丑聲　丂聲　考聲　保聲
𠈃聲古文保　簋聲　劉聲　肘聲
受聲　棗聲　韭聲　夒聲隸偏旁改同憂
臼聲　咎聲　艸聲　草聲俗作皁
夰聲　昊聲　孝聲　祝聲
臭聲　谷聲　角聲　族聲

屋聲　獄聲　哭聲　足聲
束聲　欶聲　匊聲　臼聲
學聲　竹聲　𥳓聲　復聲
肉聲偏旁石經作月　告聲　育聲　毒聲
𧶠聲　賣聲　辱聲　蓐聲
㑨聲古文凤　曲聲　玉聲　奧聲
吉聲　㱿聲　蜀聲　木聲
珏聲　彔聲與十四部彖別　橐聲　逐聲
菐聲　豖聲與十五部豕別　卜聲　攴聲隸作攵
局聲　夙聲說文作𡖋　鹿聲　𢒿聲

𠃬聲隸作執　禿聲　目聲
右諧聲偏旁見於今韻他
部內者皆從弟三部轉入

弟四部陸韻平聲侯上聲厚去聲候

婁聲　句聲　朱聲　禺聲
壴聲　尌聲　廚聲　區聲
䖒聲　矦聲　几聲與十五部几別　殳聲
需聲　須聲　俞聲　芻聲
后聲　取聲　冣聲與十五部最別　聚聲
後聲　臾聲　侮聲　口聲

㫗聲　厚聲　付聲　府聲
夻聲　奏聲　丨聲　主聲
斗聲　冓聲　豆聲　具聲
屚聲　寇聲　晝聲　部聲
豎聲　斲聲
右諧聲偏旁見於今韻他
部內者皆從弟四部轉入

弟五部陸韻平聲魚虞模上聲語麌姥去聲御遇暮入聲藥鐸

且聲　沮聲　者聲　奢聲
父聲　甫聲　尃聲與十四部專別　浦聲

亏聲隸作于　夸聲　荂聲　夸聲
雩聲　瓠聲　夫聲　牙聲
叚聲與十四部叚別　豭聲　家聲　車聲
巴聲　吳聲　虍聲　慮聲
盧聲　虘聲　虖聲　古聲
居聲　各聲　洛聲　路聲
瓜聲　烏聲　於聲古文烏　与聲
與聲　御聲　御聲　亦聲
躲聲射同　𠫓聲　亞聲　惡聲
魚聲　𤋳聲　穌聲　舍聲

余聲　涂聲　素聲　朙聲
瞿聲　襾聲　賈聲　莫聲俗作暮
庶聲　度聲　席聲　𪊻聲
巨聲　榘聲　壺聲　奴聲
𦥑聲　圖聲　乎聲　乍聲
土聲　夕聲　無聲　毋聲
巫聲　石聲　疋聲與三部足別　馬聲
呂聲　鹵聲　下聲　女聲
処聲　羽聲　兆聲　雨聲
五聲　吾聲　予聲　午聲

許聲　戶聲　雇聲　武聲
鼠聲　黍聲　禹聲　鼓聲
鼓聲　夏聲　宁聲　舄聲
隻聲　蒦聲　旅聲　寡聲
圖聲　蠱聲　若聲　魯聲
虜聲　屰聲　㡿聲隸作斥俗作斥　朔聲
凵聲　兔聲　𠀤聲　睪聲
擇聲　谷聲與三部谷不同　卻聲　𩫖聲與十三部𩫖別
郭聲隸作郭　𠦝聲隸作倝　乇聲　昝聲
貉聲　霍聲　炙聲　白聲

帛聲　尺聲　百聲　赤聲
赦聲　赫聲　咢聲說文作㖾　壑聲
𠅃聲　䨣聲　霸聲　叒聲
乇聲

右諧聲偏旁見於今韻他
部內者皆從弟五部轉入

弟六部陸韻平聲蒸登上聲拯等去聲證嶝

瞢聲　夢聲　蠅聲　朋聲
弓聲　曾聲　升聲　㴱聲
夅聲　朕聲　興聲　夌聲

亙聲與十四部亘別　恆聲　丞聲　烝聲
承聲　徵聲　兢聲　厶聲古文厷
厷聲肱同　仌聲隸作冫　登聲　𤼷聲說文作[illegible]
乘聲　仍聲　爯聲　稱聲
巹聲　豋聲

右諧聲偏旁見於今韻他
部內者皆從第六部轉入

第七部陸韻平聲侵鹽添上聲寑琰忝去聲沁豔㮇入聲緝葉怗

咸聲　鹹聲　覃聲　林聲
心聲　今聲　念聲　金聲

禽聲　欽聲　歆聲　凡聲
風聲　𢆉聲　南聲　㚔聲與十一部幸別
執聲　男聲　琴聲　彡聲
㝷聲　甚聲　音聲　兂聲
兓聲　朁聲　侵聲　錦聲
𥥍聲與十五部突別　壬聲　任聲　品聲
𡈼聲與二部䍃別　淫聲　占聲　黏聲
𠀠聲隸作之　三聲　參聲　㦰聲
韱聲　巳聲說文作㔾　氾聲　从聲
兼聲　廉聲　僉聲　閃聲
㐁聲　甛聲　冄聲　㐭聲
覃聲　審聲　侌聲　歁聲
厭聲　咠聲　戢聲　及聲
立聲　溼聲　亼聲　㬎聲
隰聲　合聲　拾聲　邑聲
雥聲　雧聲　入聲　十聲
叶聲　聶聲　習聲　燮聲
龖聲　劦聲　協聲　夌聲
廿聲　卅聲

右諧聲偏旁見於今韻他
部內者皆從第七部轉入

第八部陸韻平聲覃談咸銜嚴凡上聲感敢豏檻儼范去聲勘闞陷鑑釅梵入聲合盍洽狎業乏

函聲　臽聲　峪聲　監聲
鹽聲　炎聲　剡聲　熊聲
焱聲　𢽼聲籒文敢字說文作𠭖　厰聲　嚴聲
广聲　詹聲　斬聲　毚聲
甘聲　奄聲　[illegible]聲　欠聲
亢聲與冘別古冘在三部　妾聲　甲聲　枼聲
涉聲　灄聲　業聲　疌聲

聘聲　巤聲　耴聲與四部取別　夾聲
盍聲　習聲　函聲　籋聲
沓聲　帀聲
右諸聲偏旁見於今韵他
部內者皆從弟八部轉入

弟九部陸韵平聲東冬鍾江上聲董腫講去聲送宋用絳

中聲　躳聲　宮聲　東聲
重聲　童聲　龍聲　公聲
蟲聲　冬聲　夅聲　降聲
隆聲　丰聲　奉聲　夆聲

逢聲　用聲　甬聲　庸聲
从聲　從聲　囪聲　悤聲
同聲　農聲　邕聲　雝聲同雍
宋聲　戎聲　封聲　容聲
工聲　巩聲　空聲　送聲
充聲　共聲　雙聲　冢聲
蒙聲　凶聲　匈聲　兇聲
㚇聲　宗聲　崇聲　嵩聲
豐聲　眾聲　尨聲　厖聲
竦聲　冡聲　茸聲

右諸聲偏旁見於今韵他
部內者皆從弟九部轉入

弟十部陸韵平聲陽唐上聲養蕩去聲漾宕

王聲　行聲　衡聲　㞷聲
匡聲　往聲　狂聲　网聲
岡聲　黃聲　廣聲　昜聲
煬聲　陽聲　湯聲　爿聲
牆聲　將聲　臧聲　永聲
方聲　放聲　旁聲　皇聲
亢聲　兵聲　光聲　京聲

羊聲　羕聲　毀聲　襄聲隸作襄
庚聲　康聲　唐聲　皀聲
鄉聲　卿聲　上聲　畺聲
彊聲　強聲　兄聲　桑聲
爽聲　刅聲與十三部刅別　梁聲　彭聲
央聲　昌聲　囧聲　朙聲
㒳聲　兩聲　倉聲　相聲
亯聲隸作亨享　向聲　尚聲　堂聲
象聲　皿聲　孟聲　卬聲
慶聲　丙聲　更聲　章聲

商聲　亡聲　㐬聲　𠷎聲隸作喪
長聲　𥃩聲隸作良　量聲　羕聲
誩聲　競聲　香聲　弜聲
秉聲　𠥓聲　亞聲　囧聲
竝聲　亢聲　匚聲
右諧聲偏旁見於今韵他
部內者皆從第十部轉入
第十一部陸韵平聲庚耕清青上聲梗耿静迥去聲映諍勁徑
熒聲　丁聲　成聲　亭聲
正聲　生聲　盈聲　鳴聲

殸聲籒文磬　壬聲與七部壬別　廷聲　星聲
戥聲　戴聲　青聲　鼎聲
名聲　平聲　寍聲　寧聲
甯聲　嬰聲　甹聲　敬聲
冖聲　冥聲　鼏聲　爭聲
頃聲　幵聲　幷聲　貞聲
霝聲　巠聲　井聲　耿聲
冂聲古文作冋　𠛪聲　㚔聲隸作幸　晶聲
省聲
右諧聲偏旁見於今韵他部

內者皆從第十一部轉入
第十二部陸韵平聲眞臻先上聲軫銑去聲震霰入聲質櫛屑
秦聲　卂聲　人聲　儿聲古文奇字人
粦聲　瀕聲　寅聲　丏聲
𡧍聲　賓聲　𡶒聲　身聲
旬聲　甹聲　信聲　辛聲
亲聲　新聲　令聲　天聲
田聲　千聲　年聲　因聲
命聲　申聲　陳聲　電聲
仁聲　眞聲　顛聲　佞聲

勻聲　訇聲　𠕒聲　閵聲
進聲　扁聲　臣聲　臤聲
賢聲　堅聲　辡聲　弦聲
𪋻聲　民聲　㚏聲　𠧪聲
𩰲聲見一先　牽聲　引聲　矜聲
釁聲見二十一震　八聲　𣍘聲　穴聲
匹聲　必聲　宓聲　瑟聲
血聲　普聲从白與五部普別今作替　實聲　吉聲
壹聲　頡聲　質聲　七聲
𡔷聲　卪聲隸省卩　即聲　節聲

日聲　疾聲　㮚聲　桼聲
㯃聲　至聲　室聲　畢聲
一聲　乙聲　血聲　徹聲
逸聲　印聲　𦥑聲（隸作抑）　失聲
𠛱聲（隸作別）

右諸聲偏旁見於今韵他部
內者皆從弟十二部轉入

弟十三部（陸韵平聲諄文欣魂痕上聲準吻隱混很去聲稕問焮慁恨）

先聲　辰聲　晨聲　昏聲
囷聲　㚔聲　屯聲　春聲

三頁十五　表二　十五

門聲　般聲　分聲　賁聲
䔿聲　𣅀聲（今作民）　西聲　亜聲
免聲　昏聲（不从民）　孫聲　𢍏聲
貟聲　君聲　員聲　㬎聲
鰥聲　昆聲　𦎫聲　㪟聲（隸作敦）
瑞聲　川聲　雲聲　云聲
存聲　巾聲　侖聲　堇聲
壼聲　文聲　彣聲　吝聲
閔聲　豩聲　豳聲　軍聲
斤聲　刃聲　典聲　𥁕聲
溫聲　𥁕聲　豐聲　熏聲
焚聲　彬聲　豚聲　盾聲
㐱聲　舛聲　㸚聲　飧聲
寸聲　筋聲　蚰聲　𦘔聲
㥯聲　隱聲　乚聲　圂聲
㯻聲

右諸聲偏旁見於今韵他部
內者皆從弟十三部轉入

弟十四部（陸韵平聲元寒桓刪山仙上聲阮旱緩潸產獮去聲願翰換諫襇線）

叀聲　專聲　袁聲　睘聲

三頁四　表二　十六

釆聲（與一部采別）　𢍏聲　卷聲　𠃬聲
㒳聲　𠂆聲　屵聲　彥聲
雁聲　鴈聲　旦聲　半聲
辛聲　言聲　泉聲　𨘢聲
歎聲　難聲　𠫐聲（同原）　䜌聲
官聲　𤤴聲　衺聲　㕟聲
卵聲　𤕦聲　反聲　閒聲
亘聲（隸作亘）　宣聲　桓聲　見聲
連聲　莧聲　寬聲　丱聲（張參曰說文以爲古卵字）
𢍏聲　𢍰聲（隸作卷）　夗聲　宛聲

𡿨聲篆文作畎　干聲　岸聲　旱聲
罕聲　晏聲　宴聲　匽聲
安聲　妟聲　㫃聲　倝聲
㕡聲　亶聲　曼聲　柬聲
闌聲　蘭聲　卵聲　雚聲
單聲　患聲　奐聲　夐聲
肩聲　弁聲皃同　毌聲　貫聲
番聲　潘聲　𤔔聲　閑聲
廛聲　丹聲　焉聲　肰聲
縣聲　然聲　元聲　完聲

音十三　表二　十七

冠聲　肙聲　山聲　戔聲
衍聲　憲聲　㪚聲　散聲
潸聲　𣏟聲　樊聲　延聲
鬳聲　獻聲　㳄聲與十五部次別　羨聲
䜌聲　耑聲　段聲　燕聲
丸聲　虔聲　舝聲　鮮聲
爨聲　卝聲隸作丱　𡨄聲隸作寒　褰聲
姦聲　面聲　般聲　煩聲
贊聲　祘聲　彖聲　羴聲
㕣聲與九部公別　沿聲　袁聲　班聲

建聲　算聲　華聲　犬聲
刪聲　片聲　雋聲與十六部巂別　㚘聲
允聲　夋聲　㒼聲　甹聲
癹聲从瓦誤　𣃔聲

右諧聲偏旁見於今韵他部
內者皆從弟十四部轉入

弟十五部陸韵平聲脂微齊皆灰上聲旨尾薺駭賄去聲至未霽祭泰怪夬隊廢入聲術物迄月沒曷末黠鎋薛

妻聲　飛聲　皆聲　𠂤聲
師聲　歸聲　厶聲與六部厶別　私聲

音十五　表二　十八

夂聲　衣聲　鬼聲　嵬聲
凷聲　貴聲　畾聲　眔聲
褱聲　綏聲　枚聲　几聲
𥝌聲與十七部禾別　示聲　視聲　祁聲
殺聲　𢼸聲　豈聲　微聲
非聲　囗聲與四部口別　韋聲　幾聲
隹聲　崔聲　唯聲　隼聲同鵻
夷聲　匕聲　尼聲　旨聲
稽聲　耆聲　[illegible]聲　尾聲
犀聲　虫聲　屖聲　眉聲

畏聲　希聲　氏聲（與十六部氏別）　底聲
厎聲　雈聲　㒼聲　夂聲
師聲　威聲　癸聲　比聲
皀聲　米聲　𩁹聲　皋聲
罪聲　伊聲　委聲　回聲
㘬聲（古文回）　尸聲　次聲　戾聲
利聲　㣉聲（古文利）　黎聲　毇聲
毀聲　尒聲　爾聲　𩰫聲
豐聲（與九部豐別）　夂聲　弟聲　朿聲
美聲　隶聲　此聲　火聲

水聲　矢聲　兕聲　二聲
屖聲　𢑴聲　棄聲　㚔聲
㨄聲　皃聲　气聲　旡聲
旣聲　𢙿聲　㚖聲　胃聲
吠聲　四聲　豕聲　彖聲
季聲　𥝢聲　惠聲　卒聲
未聲　市聲（與一部市別）　位聲　率聲
朮聲　復聲（古文作退）　出聲　隶聲
彗聲　慧聲　凷聲　尉聲
犮聲　對聲　頪聲　類聲

內聲　孛聲　貝聲　乂聲
𥝢聲　蠆聲　厲聲　匃聲
曷聲　禼聲　韋聲　丯聲
㓞聲　契聲　害聲　折聲
晢聲　帶聲　戌聲　歲聲
薉聲　外聲　世聲　貰聲
欮聲　厥聲　威聲　祭聲
医聲　殹聲　㲋聲　㓹聲
大聲　介聲（籒文大）　癹聲　發聲
伐聲　乀聲　戉聲　亅聲

叕聲　夺聲　乎聲　𠯑聲（隸作舌）
聐聲　屮聲　岜聲　辥聲
䇂聲　𦾔聲　𣝅聲　𢻺聲
桀聲　㚔聲（與七部𡴘十一部幸別）　達聲　月聲
舌聲（口舌字从干）　最聲　奪聲　截聲
朮聲　聿聲　律聲　弗聲
㚖聲　乙聲　系聲　衰聲
妃聲　配聲　肥聲　几聲
自聲　臬聲　白聲（亦自字與五部白別）　喬聲
朮聲（䊤省作朮）　曳聲　刺聲（隸作制）　鼻聲

𡕒聲　祟聲　㕡聲　叡聲
竄聲　末聲　叏聲　勿聲
𣪊聲　器聲　埶聲與七部執別　朮聲
敝聲　彑聲　㕯聲　𢍰聲
盇聲　繼聲　會聲　巜聲
杀聲　殺聲　介聲　甶聲
畀聲从丌　苜聲　刺聲與十六部刺別　賴聲
骨聲　去聲　突聲　乙聲與十二部乙別
曰聲與十二部日別　乾聲　曶聲　址聲
𠛱聲籀文銳　厲聲　鬱聲　帶聲
毳聲　歺聲　孯聲

右諧聲偏旁見於今韻他部內者皆從第十五部轉入

第十六部 陸韻平聲支佳上聲紙蟹去聲寘卦入聲陌麥昔錫

支聲　巂聲　知聲　是聲
智聲　卑聲　斯聲　乀聲
氏聲　祇聲　疧聲　厂聲
虒聲　圭聲　佳聲　卮聲
奚聲　兒聲　規聲　鳺聲
徙聲　彖聲與十四部彖別　蠡聲从彖非　厶聲

絫聲　乚聲與十部匸別　豸聲　麗聲
危聲　兮聲　只聲　鷹聲
益聲　蠲聲　帝聲　啻聲隸作商與十部商別
適聲　易聲　析聲　晳聲
朿聲與三部束別　策聲　𨔝聲籀文迹　責聲隸作責
刺聲　辟聲　鬲聲　鬻聲
鬄聲　脊聲　狊聲與三部臭別　鶪聲
解聲　厄聲　戹聲　狄聲
迹聲　秝聲　厤聲　歷聲
役聲　鬩聲　畫聲　𠂢聲

派聲　冊聲　毄聲　繫聲
系聲　縈聲　買聲

右諧聲偏旁見於今韻他部內者皆從第十六部轉入

第十七部 陸韻平聲歌戈麻上聲哿果馬去聲箇過禡

它聲　沱聲　佗聲　冎聲
咼聲　過聲　哥聲　爲聲
皮聲　丂聲　可聲　何聲
离聲　離聲　也聲　地聲
施聲　迆聲　義聲　儀聲

義聲　加聲　嘉聲　多聲
𡧃聲　奇聲　猗聲　差聲
麻聲　靡聲　我聲　羅聲
罹聲　詈聲　罷聲　羆聲
𠂹聲　垂聲　匕聲（與十五部匕別）　化聲
吹聲　𠂇聲　左聲　沙聲
瓦聲　隓聲　隋聲　墮聲
遳聲　坐聲　禾聲　和聲
穌聲　果聲　祼聲　朵聲
雈聲　貨聲　瑣聲　惢聲

臥聲　戈聲　嬴聲　牛聲
𩰲聲（同䰜）

右諧聲偏旁見於今韻他部
內者皆從第十七部轉入

右十七部諧聲凡不可知者及疑似不明者鈌之不以會意淆不以漢後音韻惑溯洄沿流什得其八九矣

凡四千六百零一字

表二終

古十七部合用類分表　六書音均表三

今韵二百六部始東終乏以古韵分之得十有七部循其條理以之咍職德為建首蕭宵肴豪音近之故次之幽尤屋沃燭覺音近蕭故次之矦音近尤故次之魚虞模藥鐸音近矦故次之是為一類蒸登音亦近之故次之侵鹽添緝葉怗音近蒸故次之覃談咸銜嚴凡合盍洽狎業乏音近侵故次之是為一類之二類者古亦交互合用東冬鍾江音與二類近故次之陽唐音近冬鍾故次之庚耕清青音近陽故次之是為一類眞臻先質櫛屑音近耕清故次之諄文欣魂痕音近眞故次之元寒桓刪山仙音近諄故次之是為一類脂微齊皆灰術物迄月沒曷末黠鎋薛音近諄元二部故次之支佳陌麥昔錫音近脂故次之歌戈麻音近支故次之是為一類易大傳曰方以類聚物以羣分是之謂矣學者誠以是求之可以觀古音分合之理可以求今韵轉移不同之故可以綜古經傳假借轉注之用可以通五方言語清濁輕重之不齊輒依其類表於左

弟一類

弟一部　平聲之咍上聲止海　去聲志代入聲職德

弟二類

弟二部　平聲蕭宵肴豪上聲篠小巧晧去聲嘯笑效号

弟三部　平聲尤幽上聲有黝去聲宥幼入聲屋沃燭覺

弟四部　平聲矦上聲厚去聲候

弟五部　平聲魚虞模上聲語麌姥去聲御遇暮入聲藥鐸

弟三類

弟六部　平聲蒸登上聲拯等去聲證嶝

弟七部　平聲侵鹽添上聲寑琰忝去聲沁豔㮇入聲緝葉怗

弟八部　平聲覃談咸銜嚴凡上聲感敢豏檻儼范去聲勘闞陷鑑釅梵入聲合盍洽狎業乏

弟四類

弟九部　平聲東冬鍾江上聲董腫講去聲送宋用絳

弟十部　平聲陽唐上聲養蕩去聲漾宕

弟十一部　平聲庚耕清青上聲梗耿靜迥去聲映諍勁徑

弟五類
弟十二部　平聲眞臻先上聲軫銑去聲震霰入聲質櫛屑
弟十三部　平聲諄文欣魂痕上聲準吻隱混很去聲稕問焮慁恨
弟十四部　平聲元寒桓刪山仙上聲阮旱緩潸產獮去聲願翰換諫襉線

弟六類
弟十五部　平聲脂微齊皆灰上聲旨尾薺駭賄去聲至未霽祭泰怪夬隊廢入聲術物迄月沒曷末黠鎋薛
弟十六部　平聲支佳上聲紙蟹去聲寘卦入聲陌麥昔錫
弟十七部　平聲歌戈麻上聲哿果馬去聲箇過禡

古合韻說

古本音與今韻異是無合韻之說乎曰有聲音之道同源異派弇侈互輸協靈通氣移轉便捷分爲十七而無不合不知有合韻則或以爲無韻如顧氏於谷風之嵬萎怨思齊之造士抑之告則瞻卬之鞏後易象傳之文炳文蔚順以從君是也或指爲方音顧氏於毛詩小戎之參與中韻七月之陰與沖韻公劉之飲與宗韻小戎之音與膺弓縢興韻大明之興與林心韻易屯象傳之民與正韻臨象傳之命與正韻離騷之名與均韻是也或以爲學古之誤江氏於離騷之同調是也或改字以就韻如毛詩匏有苦葉改軌爲軓以韻牡無將大車改疷爲痻以韻塵劉原甫欲改烝也無戎之戎爲戍以韻務是也或改本音以就韻如毛詩新臺之鮮顧氏謂古音徙小雅杕杜之近顧氏謂古音悸是也其失也誣矣

古合韻次弟近遠說

合韻以十七部次弟分爲六類求之同類爲近異類爲遠非同類而次弟相附爲近次弟相隔爲遠

古異平同入說

入爲平委平音十七入音不能具也故異平而同入

職德二韻爲弟一部之入聲而弟二部弟六部之入音卽此也屋沃燭覺爲弟三部之入聲而弟四部及弟九部之入音卽此也藥鐸爲弟五部之入聲而弟十部之入音卽此也質櫛屑爲弟十二部之入聲亦卽弟十一部之入音術物迄月沒曷末黠鎋薛爲弟十五部之入聲亦卽弟十三部弟十四部之入音陌麥昔錫爲弟十六部之入聲而弟十七部之入音卽此也合韻之樞紐於此可求矣

弟二部與弟一部同入說

弟二部與弟一部合用最近毛詩儦儦俟俟韓詩作

駓駓駃駃說文作伾伾俟俟儦在弟二部駓伾在弟一部也史記太史公自序幽厲昏亂旣喪酆鎬陵遲至赧洛邑不祀祀在弟一部鎬在弟二部合韵也漢書序傳元后娠母月精見表遭成之逸政自諸舅陽平作威誅加鄉宰母宰弟一部表弟二部舅弟三部合韵也弟二部入音同弟一部如太史公自序子羽暴虐漢行功德以弟二部之虐合韵弟一部之德讀如匿上林賦以弟二部之約弱削爍藐字合韵弟一部之飾服郁側字約讀如蒠削讀如息弱讀如食爍讀如力藐讀如墨此其同入之證也古音多斂自音

後變爲脅豪韵鮮能知其入音矣

弟六部與弟一部同入說

弟六部與弟一部合用最近其入音同弟一部如得來之爲登來螟蟘之爲螟螣得蟘在弟一部登螣在弟六部也陸韵以職德配蒸登非無見矣

弟四部與弟三部同入說

弟四部與弟三部合用最近其入音同弟三部

弟九部與弟三部同入說

弟九部入音同弟三部故陸韵以屋沃燭覺配東冬之鍾江也

弟十部與弟五部同入說

弟十部入音同弟五部故陸韵以藥鐸配陽唐也

弟十一部與弟十二部同入說

弟十一部與弟十二部合用最近其入音同弟十二部如今文尚書辨秩史記作平程屈賦九章亦以程韵匹又儀禮古文鼏皆爲密今文尚書惟刑之謐哉史記作惟刑之靜程鼏靜在弟十一部秩匹密謐在弟十二部也陸韵以陌麥錫昔配庚耕清青於音理未審

弟十三部與弟十四部與弟十五部同入說

弟十三部弟十四部與弟十五部合用最近其入音同十五部如黽勉爲蠠沒亦爲蜜勿氤氳爲壹鬱勉氳弟十三部沒勿鬱弟十五部也毛詩以按徂旅孟子作以遏徂莒呂刑其罰百鍰史記作其罰百率按鍰弟十四部遏率弟十五部也

弟十七部與弟十六部同入說

弟十七部與弟十六部合用最近其入音同弟十六部

古諧聲偏旁分部互用說

諧聲偏旁分別部居如前表所劃矣間有不合者如

表字求聲而在第一部朝字舟聲而在第二部牡字土聲而在第三部侮字每聲而在第四部股投字殳聲而在第五部仍孕字乃聲而在第六部參字㐱聲而在第七部枼字世聲而在第八部送字倂聲而在第九部彭字彡聲而在第十部羸字羸聲而在第十一部矜字今聲而在第十二部存字才聲而在第十三部憲字害省聲而在第十四部截字雀聲而在第十五部狄字亦省聲而在第十六部那字冄聲而在第十七部此類甚多即合韵之理也

古一字異體說

凡一字異體者即可徵合韵之條理以第十六部言之鶂或爲鷁逖古爲逷兒聲鬲聲狄聲易聲同在本部也芰或爲茤鬄或爲髢硩或爲䃂輗或爲軏弛或爲虒支聲易聲兒聲虒聲在十六部多聲也聲㐌聲在十七部此可見支弟相近合用之理鷊或爲鶂說本相如速改爲迹䢋於李斯鬲聲朿聲在十六部亦聲亦聲在第五部此可見支弟相遠合用之理他部皆準此求之

古異部假借轉注說

古六書假借以音爲主同音相代也轉注以義爲主同義互訓也作字之始有音而後有字義不外乎音故轉注亦主音假借取諸同部者多取諸異部者少轉注取諸同部異部者各半十七部爲假借轉注之維綱學者必知十七部之分然後可以知十七部之合知其分知其合然後可以盡求古經傳之假借轉注而無疑義異部假借如常棣借務爲侮大田借螣爲蟘文王有聲借減爲淢雨無正借荅爲對之類異部轉注如㤅隱也曾重也蒸塵也之類

方言如萌蘖之蘖秦晉之間曰肄水火之火齊言曰燬此同部轉注假借之理也如關西曰迎關東曰逆荊郊之鄙謂淫曰遙齊魯之間鮮聲近斯趙魏之東實寔同聲此異部合韵之理也

六書說

文字起於聲音六書不外諧俗六書以象形指事會意爲形以諧聲轉注假借爲聲又以象形指事會意諧聲爲形以轉注假借爲聲又以象形指事會意諧聲轉注假借爲形以十七部爲聲六書猶五音十七部猶六律不以六律不能正五音不以十七部不能分別象形指事會意諧聲四者文字之聲韵鴻殺而得其轉注假借故十七部曰音均均者勻也徧也一部之內其音勻圓如一也均韵古今字轉注異字同

義假借異義同字其源皆在音均說文解字者象形指事會意諧聲之書也爾雅廣雅方言釋名者轉注假借之書也陸灋言切韵爲音韵之書然古十七部藏薶未悟不可以通古經傳之文今特表而出之箸其分合周秦漢人詁訓之精微後代反語雙聲疊韵音紐字母之學胥一以貫之矣

凡二千七百七十八字

表三終

詩經韵分十七部表　六書音均表四

十七部之分於詩經及羣經導其源派也諦觀毛詩用韵弟一部弟十五部弟十六部之分弟二弟三弟四弟五部之分弟十二弟十三弟十四部之分以及入聲之分配皆顯然不辨而自明孟子曰博學而詳說之將以反說約也宋蘇氏之言曰參伍錯綜八面受敵沛然應之而莫禦焉顧氏詩本音江氏古韵標準雖以三百篇爲據依未取三百篇之文部分而彙譜之也玉裁紬繹有年依其類爲之表因其自然無所矯拂俾學者讀之知周秦韵與今韵異凡與今韵異部者古本音也其於古本音有齟齬不合者古合韵也本音之謹嚴如唐宋人守官韵合韵之通變如唐宋詩用通韵不以本音蔑合韵不以合韵惑本音三代之韵昭昭矣凡本音鐵其字之旁以識之△凡合韵規其字之外以識之○

弟一部 陟韵平聲之咍上聲止海去聲志代入聲職德

絲治訧 邶綠衣三章 霾來來思 終風二章 思來 雄雉三章 淇思姬謀 泉水一章 異貽 靜女三章 尤思之 鄘載馳四章○此篇分章從朱 蚩絲絲謀淇丘期媒期 衛氓一章 思哉 六章 淇思之 竹竿一章 期哉塒來思 王君子于役一章 佩思來 鄭子衿二章 鋂偲 齊盧令三章 哉其之之思哉其之之思 魏園有桃一二章 期之 秦小戎二章 梅裘哉 終南一章 思佩 渭陽二章 梅絲絲騏 曹鳲鳩二章 貍裘 豳七月四章 騏絲謀 小雅皇皇者華三章 疚來 采薇三章 來疚 杕杜四章 來又 南有嘉魚四章 臺萊基期 南山有臺一章 來期思 白駒三章 時謀萊矣 十月之交五章 膴謀 小旻五章 箕謀 巷伯二章 丘詩之 七章 來疚 大東二章 裘試 四章 梅尤 四月四章 期時來 頍弁二章 能又時 賓之初筵二章 呶僛郵 四章 牛哉 黍苗二章 膴飴謀龜時茲 大雅緜三章 絲基 抑九章 富時疚茲 召旻五章 牛右 周頌我將 之思哉茲 敬之 紑俅基牛鼒 絲衣 駓騏伾期才 魯頌駉二章○以

上平聲

采友 周南關雎四章○此分章從鄭 否母 葛覃三章 苢采苢有 芣苢一章 苢苢 二章三章同 趾子 麟之趾一章 沚事 召南采蘩一章 子子 殷其靁二三章 汜以以悔 江有汜一章 矣李子 何彼襛矣二章 裏已 邶綠衣一章 子否否友 匏有苦葉四章 沚以 谷風三章 久以 旄丘二章 子耳 四章 齒止止俟 鄘相鼠二章 右母 衛竹竿二章○從唐石經遠兄弟父母今本誤爲遠父母兄弟則非韵 背痗 伯兮四章 李玖 木瓜三章 涘母母有 王葛藟二章 李子子玖 丘中有麻三章 子里杞母 鄭將仲子一章 洧士 褰裳二章 晦已子喜 風雨三章 畝母 齊南山三章 子已止 魏陟岵一章 屺母 二章 食食 唐有杕之

杜一二章　采已涘右沚秦蒹葭三章　鯉子陳衡門三章　已矣
墓門一章　耜趾子畝喜豳七月一章　止杞母小雅四牡四章　杞
母杕杜三章　鯉有魚麗三章　有時六章　杞李子母子已南山
有臺三章　載喜右彤弓二章　沚喜菁菁者莪二章　里子六月二章
喜祉久友鯉矣友六章　芑畝試采芑一章　止試三章　有
俟友右子吉日三章　海止友母沔水一章　士止祈父二章　仕
子已殆仕節南山四章　士宰史氏十月之交四章　里痗八章
仕殆使子使友雨無正六章　止否小旻五章　克富又小宛二章
采負似三章　梓止母裏在小弁三章　祉已巧言二章　恥久
恃蓼莪三章　子子子子大東四章　紀仕有四月六章　杞子事

母北山一章　止起楚茨五章　理畝信南山一章　畝耔薿止士
甫田一章　止子畝喜右否畝有敏三章　戒事耜畝大田一章
止子畝喜四章　右有有似裳裳者華四章　友喜車舝一章　否
史恥怠賓之初筵五章　識又同上　食誨載食誨載食誨載
緜蠻一二三章　時右大雅文王一章　已子二章　止子四章　涘止子
大明四章　止右理畝事緜四章　母婦思齊一章　造士五章
悔祉子皇矣四章　芑仕子文王有聲八章　祀子敏止生民一章
祀子二章　字翼三章　秠芑秠畝芑負祀六章　時祀悔
八章　時子既醉五章　士士子八章　紀友士子假樂四章　里
有公劉六章　饎子母泂酌一章　止士使子卷阿七章　式止晦

蕩五章　時舊七章　友子抑六章　李子八章　否事耳子
十章　子止悔十二章　里喜能忌桑柔十章　紀宰氏右止
里雲漢七章　事式崧高二章　子里韓奕四章　理海江漢三章　子
似祉四章　子已六章　誨寺瞻卬三章　倍事四章　富忌五章
茂止召旻四章　里里舊七章　鮪鯉祀福周頌潛　祀子
雝　祉母同上　以婦士耜畝載芟　耜畝良耜　始有
子魯頌有駜三章　子耳閟宮三章　熾富背試五章〇此篇分章從朱
喜母士有祉齒八章　有始子商頌元鳥　里止海同上　子
士長發七章　〇以上上聲
得服側周南關雎三章　革緎食召南羔羊二章　側息殷其靁二章

側特忒鄘柏舟二章　麥北弋桑中二章　麥極載馳四章　極德
衛氓四章　側服有狐三章　麥國國食王丘中有麻二章　飾力直
鄭羔裘二章　食息狡童二章　克得得極齊南山四章　襋服魏葛
屨一章　棘食國極園有桃二章　輻側直億特食伐檀二章
麥德國國直碩鼠二章　翼棘稷食極唐鴇羽二章　棘域息
葛生二章　棘息息特秦黃鳥一章　翼服息曹蜉蝣二章　翼服
候人二章　棘忒忒國鳲鳩三章　穋麥豳七月六章　克得伐柯一章
福食德小雅天保五章　翼服戒棘采薇五章　牧來載棘出車
一章　棘德湛露三章　飭服急國六月一章　則服二章　翼服服
國三章　翼奭服革采芑二章　葍特富異我行其野三章　翼棘

革斯干四章　特克則得力正月七章　輻載意九章　德國雨無
正一章　蜮得極側何人斯八章　食北巷伯六章　德極蓼莪四章
載息大東三章　來服四章　息國北山四章　息直福小明五章
棘稷翼億食祀侑福楚茨一章　祀食福式稷敕極億四章
備戒（告）五章　翼彧穡食信南山三章　（螣）賊大田二章　祀
黑稷祀福四章　翼福鴛鴦二章　棘極國青蠅二章　福德賓之
初筵四章　息暱極菀柳一章　側極緜蠻三章　翼國大雅文王三章
億服四章　德福七章　翼福國大明三章　直載翼緜五章
載備祀福旱麓四章　德色革則皇矣七章　亟來囿伏靈臺二章
式則下武三章　德服四章　北服文王有聲六章　匐嶷食生民四章

四百三十一　表四　五

背翼福行葦八章○此分章從鄭　德福既醉一章　子德假樂一章
福億二章　翼德翼則卷阿五章　息國極慝德民勞三章　克
服德力蕩三章　國德德側四章　（告）則抑二章　賊則八章
國式德棘十二章　穡食桑柔六章　賊國力七章　極背
克力十五章　德直國崧高八章　則德烝民一章　德則色翼
式力二章　棘極江漢三章　德國六章　戒國常武一章　翼克
國五章　塞來六章　式背極慝識織瞻卬三章　稷極周頌思文
德則魯頌泮水四章　德服馘五章　稷福（穋）麥國穡閟宮一章
式稷三章　國福商頌殷武四章　翼極五章○以上入聲

古本音

訧尤聲在此部詩綠衣一見今入尤　尤尤聲在此部詩載馳四月二見周易六見今入尤　郵郵聲在此部詩賓之初筵
一見今入尤　謀某聲在此部詩泉水氓皇皇者華巷伯緜五見左傳三見今入尤　丘丘聲在此部詩氓巷伯二見左傳一見戰
國策齊謠與箕頤能韵今入尤　裘裘聲在此部詩終南七月大東三見左傳一見學記一見今入尤　疚人聲在此部詩采薇杕杜
大東召旻四見今入宥　又又聲在此部詩南有嘉魚小宛賓之初筵四見今入宥　牛牛聲在此部詩黍苗我將絲衣三見易一
見屈賦二見今入尤　龜龜聲在此部詩緜一見易頤初九與頤韵漢褚少孫所引古傳下有靈龜與上有兔絲韵今入尤始見於史記龜策
傳班固幽通賦李尤辟雍賦宋讀曲歌　紑不聲在此部詩絲衣一見今入尤　富畐聲在此部詩我行其野小宛瞻卬召旻閟宮
五見易三見今入宥　友友聲在此部詩關雎匏有苦葉六月吉日沔水雨無正車舝假樂抑九見左傳閔二年與右韵屈賦橘頌與理韵今
入有　否否聲在此部詩葛覃匏有苦葉小旻甫田賓之初筵抑七見易二見今入有　有又聲在此部詩芣苢葛藟魚麗吉日四月
甫田裳裳者華公劉有駜閟宮元易十二見屈賦一見今入有　右右聲在此部詩竹竿蓁莪彤弓吉日甫田裳裳者華文王緜雲漢我將十
見左傳一見今入有宥　玖久聲在此部詩木瓜丘中有麻二見說文云讀若芑今入有　久久聲在此部詩旄丘六月蓼莪三見

四百九十一　表四　六

易二見今入有　負負聲在此部詩小宛生民二見周禮金縢丕子之責史記作負子古負音近丕今入有　婦婦聲在此部詩思齊載芟
二見屈賦一見今入有　秠丕聲在此部詩生民二見今入有　侑有聲在此部詩楚茨一見今入宥　舊舊聲在此部詩
蕩召旻二見今入宥　服𠬝聲在此部詩關雎有狐葛屨蜉蝣候人采薇六月采芑大東文王下武文王有聲蕩泮水十六見易四見士冠禮
三見公冠篇一見武王踐阼篇一見爾雅釋訓一見今入屋　輻畐聲在此部詩伐檀正月二見今入屋　福畐聲在此部詩天保
小明楚茨大田鴛鴦賓之初筵文王大明旱麓行葦既醉假樂潛閟宮殷武十四見易五見士冠禮一見公冠篇一見考功記梓人一見爾雅釋訓
一見今入屋　牧牧聲在此部詩出車一見易一見屈賦一見今入屋　彧或聲在此部詩信南山一見公冠篇與黻服德福極韵今
入屋　囿有聲在此部詩靈臺一見讀如弋司馬相如封禪文與喜韵張衡東京賦與事備韵讀如以今入宥韵屋韵益助於景差大招劉向
九歎　伏伏聲在此部詩靈臺一見易一見今入屋　葍畐聲在此部詩我行其野一見今入屋　匐畐聲在此部詩生民一見
今兼入屋　祐右聲在此部易二見今入宥　○母母聲在此部詩葛覃竹竿葛藟將仲子南山陟岵四牡杕杜南山有臺沔水小
弁蓼莪北山思齊泂酌雝閟宮十七見今入厚　畝本作畮每聲在此部詩南山七月采芑信南山甫田大田緜生民載芟良耜十二見今入

厚○能㠯聲在此部詩賓之初筵一見易二見今兼入登等○敏每聲在此部詩甫田生民二見今入軫○䎡䎡聲在此部詩菀柳一見今入質○霾貍聲在此部詩終風一見今人皆始見於顏延之和謝靈運一首韻涖灑泥淮偕懷等字鋂每聲在此部詩盧令一見今入灰媒某聲在此部詩氓一見屈賦二見今入灰梅每聲在此部詩終南鳲鳩四月三見今入灰

龜龜聲在此部今又入脂始見於曹植七啟與歸機飛韻駓丕聲在此部詩駉一見招魂與駕牛災韻今入脂伾丕聲在此部詩駉一見今入脂否否聲在此部今又入旨悔每聲在此部詩江有汜皇矣生民抑四見屈賦二見今入賄入隊

洧有聲在此部詩褰裳一見今入旨晦每聲在此部詩風雨蕩二見今入賄入隊秠丕聲在此部今又入脂入旨

鮪有聲在此部詩潛一見今入旨佩佩聲在此部詩子衿渭陽二見屈賦四見今入隊痗每聲在此部詩伯兮十月之交二見今入隊戒戒聲在此部詩采薇楚茨大田常武四見易一見屈賦二見秦泰山刻石文與治誨志事嗣韻今入怪背北聲在此部詩伯兮行葦桑柔瞻卬閟宮五見今入隊誨每聲在此部詩緜蠻瞻卬四見左傳一見秦泰山刻石文與治志事嗣戒韻今入隊

每母聲在此部左傳僖二十八年與謀韻今入灰鄙啚聲在此部屈賦一見今入旨怪圣聲在此部屈賦二見今入怪

七百二十五　表四　七

薶貍聲在此部左傳一見今入皆備𤰈聲在此部詩楚茨旱麓二見易一見屈賦一見今入至憊𤰈聲在此部易二見今入怪○革革聲在此部詩羔羊采芑斯干皇矣四見易三見秦琅邪臺刻石文與得極飾殖賦式韻今入麥麥麥聲在此部詩桑中載馳丘中有麻碩鼠閟宮五見今入麥馘或聲在此部詩泮水一見今入麥

古合韻

俅本音在第三部絲衣以韻紑基牛鼒造本音在第三部乾象傳與道咎久首韻是也思齊以韻士此正古合韻而顧氏云無韻矣

考古第一部與第三部合用不可枚數如老子持而盈之節已保守咎道爲韻屈原惜往日佩好代意爲韻遠遊疑浮爲韻賈誼鵩鳥賦憂疑爲韻班彪北征賦憂𦉼災爲韻班婕妤自悼賦以時思詩鄧茲滋災期韻周求幽流休又以基期之韻流憂浮休冑全衶以首韻里紀市圯皆之咍與尤幽合韻而支脂二部合尤幽者絕少是以之咍部內字多轉入於尤韻而支脂二部內字未嘗轉入於尤韻知古合韻即音轉之權輿也顧氏之與脂與支三部尤與蕭二部皆混合不分於思齊之造士召旻之茂止七月之穋麥抑之告則楚茨之備戒告皆不得其韻於漢人合用皆指爲混讀以爲誤之最多者無若班婕妤自悼賦蓋惟不知其分又以不知其合矣茂本音在第三部詩五見召旻以韻止正古合韻而顧氏亦云無

韻告本音在第三部入聲詩四見楚茨以韻備戒抑以韻則爾雅釋訓以韻式食則慝正古合韻顧氏於抑二章則云無韻於楚茨五章則以備戒位爲韻不知備戒字今韻在第十五部古韻在第一部第一部與第三部音近是以備戒與告合韻位字古今音皆在第十五部與第一部備戒字次第相遠而少通矣穋本音在第三部七月以韻麥閟宮以韻稷福麥國穡讀如力祿本音在第三部公冠篇以韻或服德極讀如力毒本音在第三部爾雅釋訓以韻德式食讀如極鞫本音在第三部爾雅釋訓以韻慝職屈賦懷沙以韻默讀如亟

○膴本音在第五部小旻以韻謀緜以韻飴謀龜時茲古合韻也韓詩小旻作民雖靡膴緜作周原膴膴則用本韻而非合韻呶本音在第五部賓之初筵以韻僛郵讀如疑○螣本音在第六部音縢大田假借爲螣字以韻賊此合韻也說文引詩作去其螟螣則在本韻○急本音在第七部六月以韻飭服熾國爾雅釋訓以韻福極德直力服息讀如亟○用本音在第九部易剝象傳以韻災尤載豐象傳以韻災志事讀如以亦古合韻○節本音在第十二部離騷合韻服字讀如側此今韻即喞字入職韻之所因也○世本音在第十五部讒鼎銘旦顯爲韻世怠合韻錢辛楣詹事說出本音在第十五部屈賦思美人合韻佩異態娭沬本音在第十五部離騷合韻茲字○氏本音在第十六部十月之交以韻士宰史雲漢以韻紀宰右止里亦古合韻也荀子賦珍隨珠不知佴兮佴亦第十六部字而以韻異媒之亦第一部與第十六部合韻

七百三十五　表四　八

弟二部

陸韻平聲蕭宵肴豪上聲篠小巧晧去聲嘯笑效号

芼樂周南關雎五章藻潦召南采蘋一章悄小少摽邶柏舟四章

暴笑敖悼邶終風一章夭勞邶凱風一章龠翟爵邶簡兮三章旄郊鄘干旄一章

綽較謔虐衛淇奧三章敖郊驕鑣朝勞衛碩人四章

勞朝暴笑悼衛氓五章刀朝衛河廣二章桃瑤衛木瓜二章苗搖王黍離一章

樂樂王君子陽陽二章消麃喬搖鄭清人二章漂要鄭萚兮一章

樂謔藥樂謔藥鄭溱洧二章倒召齊東方未明一章驕忉齊甫田一章

滔儦敖齊載驅四章桃殽謠驕魏園有桃一章

苗勞郊郊號魏碩鼠三章鑿襮沃樂唐揚之水一章鑣驕秦驖

虪三章櫟駮樂晨風二章巢苕忉陳防有鵲巢一章皎僚糾悄月出一章炤燎紹慘三章搔朝忉檜羔裘一章膏曜悼三章飄嘌弔匪風一章苗膏勞曹下泉一章葽蜩豳七月四章譙消翹搖嘵鴟鴞三章消作翛譌○蕭昭恌傚敖小雅鹿鳴二章郊旐旄出車二章罩樂南有嘉魚一章苗囂旄敖車攻三章嗷勞驕鴻鴈三章苗朝搖白駒一章沼樂炤虐殽正月十一十二章勞囂十月之交七章盜暴巧言三章蒿勞蓼莪一章號勞北山五章刀毛膋信南山五章鷮教車舝二章的爵賓之初筵一章藻鎬魚藻一章二三章同教傚角弓二章瀌消驕七章苗膏勞黍苗一章沃樂隰桑二章高勞朝漸漸之石一章燎勞大雅旱麓五章廟保思齊三章濯翯沼躍靈臺三章舟瑤刀公劉二章寮囂笑蕘板三章虐謔蹻耄謔熇藥四章昭樂懆藐教虐耄抑十一章○吳棫曰開元中修五經文字我心慘慘爲懆削爵濯溺桑柔五章藐蹻濯崧高四章到樂韓奕五章苗麃周頌載芟樂樂樂魯頌有駜一二三章藻蹻蹻昭笑教泮水二章○以上平聲

五百五十二　表四　九

古本音

襮暴聲在此部詩唐揚之水一見今入沃暴暴聲在此部詩巧言三見今兼入屋沃夭聲在此部詩唐揚之水隰桑二見韓詩外傳載夏侶之歌與樂蹻韵今入沃熇高聲在此部詩板一見今入沃翯高聲在此部詩靈臺一見今入覺較爻聲在此部詩淇奧一見今入覺駮爻聲在此部詩晨風一見今入覺濯翟聲在此部詩靈臺桑柔崧高三見爾雅釋魚鼈小者鮡陸德明曰鮡衆家本皆作濯知濯古音同鮡也今入覺弟二部古多平聲今多轉入他部爲入聲矣樂樂聲在此部詩關雎溱洧唐揚之水晨風南有嘉魚正月隰桑抑韓奕九見離騷與邈韵遠遊與撟韵今入覺邈貌聲在此部屈賦一見今入覺藐貌聲在此部詩抑崧高二見今入覺○籥龠聲在此部詩簡兮一見今入藥爵爵聲在此部詩簡兮賓之初筵桑柔三見今入藥綽卓聲在此部詩淇奧一見今入藥虐虐聲在此部詩淇奧正月板抑四見今入藥謔虐聲在此部詩淇奧溱洧板四見今入藥藥樂聲在此部詩溱洧板三見今入藥櫟樂聲在此部詩晨風一見今入藥濯翟聲在此部今又入藥躍翟聲在此部詩靈臺一見今入藥蹻喬聲在此部詩板崧高泮水四見今兼入藥溺弱聲在此部詩桑柔一見今入藥削肖聲在此部詩桑柔一見今入藥鑿鑿聲在此部詩唐揚之水一見宋玉九辨與圓鑿教樂高韵今入鐸樂樂聲在此部今又入鐸熇高聲在此部今又入鐸襮暴聲在此部今又入鐸○按簡兮三章淇奧三章溱洧一二章唐揚之水一章靈臺三章板四章抑十一章皆弟二部平聲皆列之弟五部入聲斯鉏鋙而不類矣○翟翟聲在此部詩簡兮一見今入陌趯翟聲在此部詩草蟲首二句喓喓趯趯爲韵今入錫櫟樂聲在此部今又入錫的勺聲在此部詩賓之初筵一見今入錫弔弔聲在此部詩匪風一見今兼入錫溺弱聲在此部今又入錫

五百五十三　表四　十

古合韵

滔本音在弟三部江漢與浮游求韵是也載驅四章合韵儦敖字糾本音在弟三部月出一章合韵皎僚悄字蜩本音在弟三部王褒九懷與州脩牛流休悠浮求儔儔柚韵是也七月四章合韵葽字譙本音在弟三部鴟鴞以韵消翹搖嘵字保本音在弟三部詩四見思齊三章合韵廟字舟本音在弟三部公劉二章合韵瑤刀字○慘本音在弟七部月出合韵照燎紹字

弟三部

陸韵平聲尤幽上聲有黝去聲宥幼入聲屋沃燭覺

鳩洲逑周南關雎一章流求二章逑仇兔罝二章休求漢廣一章舟流憂游邶柏舟一章舟游求救谷風四章漕悠游憂泉水四章悠漕憂鄘載馳一章滺舟游憂衛竹竿四章憂求憂王黍離一二三章脩歗歗淑中谷有蓷二章蕭秋采葛二章瀟膠瘳鄭風雨二章○瀟作瀟譌休慆憂休唐蟋蟀三章聊條

聊條椒聊一二章　周游有杕之杜二章　收輈秦小戎一章　袍矛
仇無衣一章　菽椒陳東門之枌三章　蕭周曹下泉二章　茅綯豳七
月七章　銶遒休破斧三章　裒求小雅常棣二章　柔憂采薇二章
舟浮休菁菁者莪四章　矛讎節南山八章　憂休十月之交八章　流
休雨無正五章　絿柔𢻱求桑扈四章　浮流髦憂角弓八章　幽
瘳隰桑三章　茅猶白華一章　臭孚大雅文王七章　求孚下武二章
揄蹂叜浮生民七章　曹牢匏公劉四章　游休酋卷阿二章　休
逑怓憂休民勞二章　柔劉憂桑柔一章　浮滔游求江漢一章
游騷常武三章　苞流五章　收瘳瞻卬一章　優憂六章　絿柔
𢻱休周頌絲衣　陶囚魯頌泮水五章　絿捜七章　球旒休絿柔
四百四十二　表四　十二
優酋商頌長發四章　○以上平聲
昴裯猶召南小星二章　包誘野有死麕一章　冒好報邶日月二章
手老擊鼓四章　軓牡匏有苦葉二章○從考工記注禮記正義唐石經作軌改爲軌以韵
牡者非也　慆讎售谷風五章　埽道道醜鄘牆有茨一章　報好報
好報好衛木瓜一二三章　陶翿敖王君子陽陽二章　孚造憂覺
兔爰二章　好造鄭緇衣二章　狩酒酒好叔于田二章　鴇首手
阜大叔于田三章　軸陶抽好清人三章　手䰟好遵大路二章　酒
老好女曰雞鳴二章　好報三章　茂道牡好齊還二章　栲杻埽
考保唐山有樞二章　皓繡鵠憂揚之水二章　褎究好羔裘二章
好好有杕之杜二章　阜手狩秦駟驖一章　阜手小戎二章　簋飽

權輿二章　缶道翿陳宛丘三章　皓懰受慅月出二章　棗稻酒
壽豳七月六章　蚤韭八章　務戎小雅常棣四章　埽簋牡舅咎
伐木二章　壽茂天保六章　罶酒魚麗一二三章同　栲杻壽茂南山
有臺四章　草考湛露二章　櫜好讎彤弓三章　儺老猶醜采芑四章
好阜草狩車攻二章　戊禱好阜阜醜吉日一章　苞茂好
猶斯干一章　卯醜十月之交一章　猶集咎道小旻三章　道草擣
老首小弁二章　讎究七章　好草巷伯五章　受昊六章　酒咎
北山六章　鼛洲妯猶鼓鐘三章　飽首考楚茨六章　酒牡考信南
山五章　阜好莠大田二章　首阜舅頍弁三章　首酒魚藻三章
首酒瓠葉二三章同　首炰酒讎四章　首罶飽苕之華三章
四百四十六　表四　十三
草道何草不黃四章　槱趣大雅棫樸一章　欲孝文王有聲三章　道草
茂苞褎秀好生民五章　祝究蕩三章　酒紹抑三章　苟讎
報六章　寶好桑柔六章　寶保崧高五章　考保烝民三章　道考
韓奕一章　首休考壽江漢六章　福保烈文　牡考周頌雝　壽
考同上　壽保載見　造疚考孝閔予小子　鳥蓼小毖　糾趙
蓼朽茂良耜　牡酒魯頌有駜二章　茆酒酒老道醜泮水三章　○
以上上聲
谷谷周南葛覃一二章　角族麟之趾三章　角屋獄獄足召南行露
二章　樕鹿束玉野有死麕二章　鞫覆育毒邶谷風五章　束讀
讀辱鄘牆有茨三章　祝六告干旄三章　陸軸宿告衛考槃三章

告鞫齊南山三章　曲贊玉玉族魏汾沮洳三章　匊篤唐椒聊二章
六燠無衣二章　驅續轂馵玉曲秦小戎一章　薁菽豳七月六
章　屋穀七章　蜀宿東山一章　陸復宿九罭三章　谷木小雅
伐木一章　穀祿足天保二章　穀玉鶴鳴二章　谷束玉白駒四章
穀粟穀族黃鳥一章　遂宿畜復我行其野二章　祿僕祿屋正月
三章　屋穀祿椓獨十三章　粟獄卜穀小宛五章　木谷六章
鞫畜育復腹蓼莪四章　濁穀四月五章　奧蹙菽戚宿覆小明
三章　奏祿楚茨六章　霂渥足穀信南山二章　木附屬角弓
六章　祿匊局沐采綠一章　束獨白華一章　夙育稷大雅生民一
章　俶告既醉三章　祿僕七章　鹿穀谷桑柔九章　迪復毒十一
章　谷穀垢十二章　肅穆周頌雝　角續良耜　○以上入
聲

五百十七　表四　十三

古本音

漕曹聲在此部詩泉水載馳二見今入豪　歗肅聲在此部詩中谷有蓷一見今入嘯　蕭肅聲在此部詩采葛下泉二見
九歌山鬼與憂韵今入蕭　潚肅聲在此部詩風雨一見今兼入蕭　膠翏聲在此部詩風雨隰桑二見今入肴　慆舀聲在此
部詩蟋蟀一見今入豪　聊丣聲在此部詩椒聊一見戰國策民無所聊與上下相愁韵今入蕭　條攸聲在此部詩椒聊一見今入
蕭　袍包聲在此部詩無衣一見今入豪　荍收聲在此部詩東門之枌一見張參五經文字云動由反今入宵　椒叔聲
在此部詩東門之枌一見今入宵　茅矛聲在此部詩七月白華二見離騷與酉韵今入肴　綯匋聲在此部詩七月一見今入豪
舀舀聲在此部詩生民或揄說文引作或舀今兼入小　曹曹聲在此部詩公劉一見劉安招隱士與酉咆酉韵今入豪　牢
牢聲在此部詩公劉一見今入豪　匏包聲在此部詩公劉一見今入肴　滔舀聲在此部詩江漢一見今入豪　騷蚤聲
在此部詩常武一見今入豪　苞包聲在此部詩斯干生民常武三見今入肴　陶匋聲在此部詩君子陽陽清人泮水三見今入
宵豪　昴卯聲在此部詩小星一見今入巧　包包聲在此部詩野有死麕一見今入肴　冒冒聲在此部詩日月一見今入
号　好好聲在此部詩日月木瓜緇衣叔于田清人遵大路女曰雞鳴還羔裘彤弓吉日斯干巷伯大田生民桑柔十七見洪範一見今入
皓号　報報聲在此部詩日月木瓜女曰雞鳴抑六見國語一見今入号　老老聲在此部詩擊鼓女曰雞鳴采芑小弁泮水五見今入
皓　埽埽聲在此部詩牆有茨山有樞伐木三見今入皓号　道道聲在此部詩牆有茨還宛丘小旻小弁何草不黃生民韓奕泮水
九見洪範一見易十六見左傳一見今入皓　翿𠷎聲在此部詩君子陽陽宛丘二見今入号　造告聲在此部詩兔爰緇衣閔予
小子三見易一見今入皓号　鴇𠦒聲在此部詩大叔于田一見今入皓　栲考聲在此部詩山有樞南山有臺二見陟岵云許叔
重讀若糗今入皓　考丂聲在此部詩山有樞湛露楚茨信南山蒸民韓奕江漢雝閔予小子十見易二見越語上帝不考與時反時守韵
今入皓　保保聲在此部詩山有樞崧高蒸民三見今入皓　晧告聲在此部詩唐揚之水月出二見今入晧　飽包聲在此
部詩權輿楚茨苕之華三見易一見今入巧　稻舀聲在此部詩七月一見今入晧　覺學聲在此部詩兔爰一見左傳哀二十一

九百四十三　表四　十四

年與皐蹈憂韵今兼入效　慅蚤聲在此部詩月出一見今入晧　棗棗聲在此部詩七月一見今入晧　蚤叉聲在此部詩
七月一見今入晧　櫜咎聲在此部詩彤弓一見今入豪　茆丣聲在此部詩泮水一見廣韵云說文作茆音柳今兼入巧
草艸聲在此部詩湛露車攻小弁巷伯何草不黃生民六見左傳襄四年與州道擾獸牡韵今入晧　禱壽聲在此部詩吉日一見
今入晧号　卯卯聲在此部詩十月之交一見今入巧　擣壽聲在此部詩小弁一見今入晧　昊夰聲在此部詩巷伯一見
今入晧　鼛咎聲在此部詩鼓鍾一見今入豪　皁早聲在此部詩大田一見今入晧　炮包聲在此部詩瓠葉一見今入
肴　孝孝聲在此部詩文王有聲閔予小子二見今入效　寶缶聲在此部詩桑柔崧高二見今入晧　鳥鳥聲蓋在此部
詩小毖一見今入篠　蓼翏聲在此部詩良耜一見今入篠　告告聲在此部詩干旄考槃南山既醉四見今兼入号　燠奧聲
在此部詩唐無衣一見今兼入号　奧奧聲在此部詩小明一見今兼入号　擾憂聲在此部應劭音柔左傳一見今入小　皐
皐聲在此部左傳一見今入豪　蹈舀聲在此部左傳一見今入號　竈鼀聲在此部論語與奧韵周官繆大祝二曰造故書作竈今入
号　巧丂聲在此部屈賦一見今入巧　嫂叜聲在此部屈賦一見今入晧　○牡牡聲在此部詩還伐木信南山雝有駜五

見左傳襄四年與州道艸擾獸韻今入厚 茂 戊聲在此部詩遵南山有臺斯干生民良耜五見今入候 戊 戊聲在此部詩吉日一見今入候 ○孚 孚聲在此部詩文王下武二見今入虞 罦 孚聲在此部詩兔罝一見今入虞 務 敄聲在此部詩常棣一見今入過 昴 昴聲在此部詩小戎一見集韻三燭內有此字是也今入過 裕 谷聲在此部易一見今入過 ○逵 坴聲在此部詩兔罝一見王粲從軍行與愁上由流舟游收憂疇休留韻古馗逵同字讀若仇鮑照蕪城賦與崤柴占墻韻澀䫌狐趨雜廣字讀如衢後人譌以爲韻衰感飛依頹摧字入脂韻○顧氏以逵在脂韻爲本音讀仇如其以合之譌 簋 簋聲在此部詩權輿伐木二見今入旨 ○戚 尗聲在此部詩小明一見今入錫 迪 由聲在此部詩桑柔一見陸雲王年二公詩亦音軸今入錫 覿 賣聲在此部易一見今入錫

古合韻

久 本音在第一部詩三見易二見而臨象傳韻道乾象傳韻道咎造首大過象傳韻醜咎離象傳韻咎道凡四見此古合韻也聲音之道隨時變遷孔子贊易時與三百篇音韻稍異是以一久字而同詩者二見異詩者四見也 福 本音在第一部烈文合韻保字 疚 本音在第一部閔予小子合韻造考孝字

在 本音在第一部屈賦天問合韻守字 稷 本音在第一部生民合韻夙育字 ○敖 本音在第二部君子陽陽合韻陶翿字 髦 本音在第二部角弓合韻浮流憂字 趙 本音在第二部良耜與糾蓼朽茂合韻考工記鄭注引其鎛斯趙則在本韻 紹 本音在第二部抑與酒合韻 ○揄 本音在第四部生民合韻蹂叟浮字說文引作或舀則在本韻 趣 本音在第四部棫樸合韻槱字 苟 本音在第四部抑與讎報合韻 驅 本音在第四部小戎合韻續轂馵玉曲字張衡東京賦亦以驅燭屬爲韻 附 本音在第四部角弓與木猷屬合韻 奏 本音在第四部楚茨合韻祿字 垢 本音在第四部桑柔合韻谷穀字 ○怓 本音在第五部民勞合韻休逑憂字 ○軓 本音在第七部匏有苦葉合韻牡字讀如阜周官經立當前疾說文作前軓 集 本音在第七部小旻合韻猶咎道字讀如就 任 本音在第七部屈賦橘頌合韻醜字讀如蹂 ○戎 本音在第九部常棣合韻務字 龍 本音在第九部屈賦天問合韻遊字讀如留

弟四部 陸韻平聲矦上聲厚去聲候

蔞驅 周南漢廣三章 姝隅蹰 邶靜女一章 驅侯 載驅一章 殳驅 衛伯兮一章 濡侯渝 鄭羔裘一章 樞榆婁驅愉 唐山有樞一章 芻隅逅逅 綢繆二章 駒株 陳株林一章 駒濡驅諏 小雅皇皇者華二章 隅趨 緜蠻二章 渝驅 大雅板八章 隅愚 抑一章 ○以上

平聲

笱後 邶谷風三章 咮媾 曹候人三章 豆飫具孺 小雅常棣六章 枸楰耇後 南山有臺五章 餱具 無羊二章 瘉後口口愈侮 正月二章 笱後 小弁八章 樹數口厚 巧言五章 裕瘉 角弓三章 駒後饇取 五章 附後奏侮 大雅緜九章 禡附侮 皇矣八章 句鍭樹侮 行葦六章 主醹斗耇 七章 厚主 卷阿二章 漏覯 抑七章 後鞏後 瞻卬七章 后後 周頌雝 后后 商頌元鳥 ○以上上聲

古本音

咮 朱聲在此部詩候人一見今兼入宥 晝 晝聲在此部易一見今入宥 ○蔞 婁聲在此部詩漢廣一見今兼入虞 駒 句聲在此部詩漢廣株林皇皇者華角弓四見今入虞 姝 朱聲在此部詩靜女一見今入虞 隅 禺聲在此部詩靜女綢繆緜蠻抑四見今入虞 蹰 廚聲在此部詩靜女一見今入虞 驅 區聲在此部詩載驅伯兮山有樞皇皇者華板五見今入虞過 殳 几聲在此部詩伯兮一見今入虞 咮 朱聲在此部今又入虞 濡 需聲在此部詩羔裘皇皇者華二見今入虞 渝 俞聲在此部詩羔裘板二見今入虞 樞 區聲在此部詩山有樞一見今入虞 榆 俞聲在此部詩山有樞一見今入虞 婁 婁聲在此部詩山有樞一見今兼入虞 愉 俞聲在此部詩山有樞一見今入虞 芻 芻聲在此部詩綢繆一見今入虞 株 朱聲在此部詩株林一見今入虞 諏 取聲在此部詩皇皇者華一見今入虞 趨 芻聲在此部詩緜蠻一見今入虞 愚 愚聲在此部詩抑一見今入虞 具 具聲在此部詩常棣無羊二見今入遇無羊具與餱韻古韻標準云與物韻謬甚 孺

需聲在此部詩常棣一見今入遇　枸句聲在此部詩南山有臺一見今入虞　楰臾聲在此部詩南山有臺一見今入虞
瘉俞聲在此部詩正月角弓二見今入虞　愈俞聲在此部詩正月一見今入虞　侮侮聲在此部詩正月緜皇矣行葦四
見左傳一見今入虞　取取聲在此部詩角弓一見離騷一見今兼入虞　樹尌聲在此部詩巧言行葦二見今入虞遇　數婁聲
在此部詩巧言一見今入虞遇　附付聲在此部詩緜皇矣二見今入遇　句句聲在此部詩行葦一見今兼入虞遇　主聲
在此部詩行葦卷阿二見易二見今入虞　醹需聲在此部詩行葦一見今入虞　軀區聲在此部詩角弓一見今入遇　揄
俞聲在此部左傳一見今入虞　儒需聲在此部左傳一見今入虞　邾朱聲在此部左傳一見今入虞　跦朱聲在此部左傳一
見今入虞　襦需聲在此部左傳一見今入虞　僂婁聲在此部左傳一見今兼入虞　傴區聲在此部左傳一見今入虞
俯府聲在此部左傳一見今入虞　鮒付聲在此部易一見今入遇　誅朱聲在此部易一見今入虞　遇禺聲在此
部易一見今入遇　皃几聲在此部屈賦卜居一見今入虞　軀區聲在此部卜居一見今入虞○漢人以弟四部入弟五部合用者
如田於何所之歌以口後斗與所雨黍韵日出東南隅之曲以隅樓鉤襦頭愚躕姝趨須殊駒與數鋤餘夫居韵

古合韵

飫本音在弟二部詩常棣合韵豆具孺字　○裕本音在弟三部角弓合韵瘉字　○禡本音在弟五部皇矣合韵附侮
字　○肇本音在弟九部騶卬合韵後後字讀若苟

弟五部

陸韵平聲魚虞模上聲語麌姥去聲遇御暮入聲藥鐸

租瘏痡盱周南卷耳四章　華家桃夭一章　罝夫兔罝一二三章同
居御召南鵲巢一章　露夜露行露一章　牙家三章　華車何彼襛矣
一章　葭豝虞虞騶虞一二章　故露邶式微一章　邪且邪且
狐烏車邪且北風一二三章　旟都鄘干旄二章　瓜琚衛木瓜一章
且且王君子陽陽一二章　蒲許揚之水三章　路袪惡故鄭遵大路
一章　車華琚都有女同車一章　蘇華都且山有扶蘇一章　闍荼

荼且藘娛出其東門二章　著素華齊著一章　圃瞿夜莫東方未明
三章　洳莫度度路魏汾沮洳一章　莫除居瞿唐蟋蟀一章　袪
居故羔裘一章　夜居葛生四章　渠餘輿輿秦權輿一二章　華家
檜隰有長楚二章　瓜壺苴樗夫豳七月六章　据荼租瘏家鴟鴞
三章○從毛作租今本多作租　胡膚狼跋一章　胡膚瑕二章　華夫小雅
皇皇者華一章　家帑圖乎常棣八章　固除庶天保一章　作莫家
故居故采薇一章　華車四章　華塗居書出車四章　牙居祈父
一章　樗故居家我行其野一章　除去芋斯干三章　魚旟無羊四章
徒夫十月之交四章　圖辜鋪雨無正一章　夫夜夕惡二章
都家七章　且辜幠巧言一章○唐石經作憮誤　幠辜同上　舍車

盱何人斯五章　盧瓜菹信南山三章　蒲居魚藻三章　餘旟盱
都人士五章　狐車何草不黃四章　徒家大雅緜五章　瑕(入)思齊四章
椐柘路固皇矣二章　去呱訏路生民三章○此分章從朱　呼夜
蕩五章　度虞抑五章　去故莫虞怒雲漢六章　祖屠壺魚
蒲車且胥韓奕三章　居譽五章　車旟舒鋪江漢一章　惡斁
夜譽周頌振鷺　沮魚潛　駜魚袪邪徂魯頌駉四章　○以上
平聲
楚馬召南漢廣二章　筥釜采蘋二章　下女三章　下處殷其靁三章
渚與與處江有汜二章　茹據愬怒邶柏舟二章　羽野雨燕燕
一章　土處顧日月一章　處馬下擊鼓三章　下苦凱風三章　羽

阻雄雉一章 雨怒谷風一章 處與旄丘二章 舞處簡兮一章 俣舞
虎組二章 虛楚鄘定之方中二章 雨(母)蝃蝀二章 組五予干旄
二章 楚甫王揚之水二章 滸父父顧葛藟一章 野馬馬武鄭叔
于田三章 馬組舞舉虎所女大叔于田一章 射御二章 楚女
女揚之水一章 鱮雨齊敝笱二章 岵父魏陟岵一章 鼠黍女
顧女土土所碩鼠一章 鼠女女二章三章同 楚戶者者唐綢
繆三章 杜湑踽父杕杜一章 羽栩盬黍怙所鴇羽一章 楚
野處葛生一章 苦下與采苓二章 楚虎虎禦秦黃鳥三章 鼓
下夏羽陳宛丘二章 栩下東門之枌一章 紵語東門之池二章 顧
予墓門二章 馬野株林二章 羽楚處曹蜉蝣一章 股羽野宇

四百三十四　表四　十九

戶下鼠戶處豳七月五章 圃稼七章 雨土戶予鴟鴞二章
野下東山一章 宇戶二章 羽馬四章 渚所處九罭二章 馬
鹽處小雅四牡二章 下栩盬父三章 許藇羜父顧伐木二章 湑
酤鼓舞暇湑三章 盬處采薇三章 杜盬杕杜一章二章同 湑
寫語處蓼蕭一章 茹穫六月四章 鼓旅采芑三章 午馬麌所
吉日二章 羽野寡鴻雁一章 野渚鶴鳴二章 栩黍處父黃鳥三章
祖堵戶處語斯干二章 雨輔予正月十章 馬處十月之交四章
土沮小旻一章 扈寡小宛五章 怒沮巧言二章 者(謀)虎巷伯
六章 雨女予谷風一章 夏暑予四月一章 下土北山二章 土
野暑苦雨罟小明一章 除莫庶暇顧怒二章 處與女四章

祖祜信南山四章 鼓祖雨黍女甫田二章 湑寫寫處裳裳者華
一章 扈羽胥祜桑扈一章 譽射車舝二章 女舞三章 湑寫
四章 楚旅賓之初筵一章 鼓(奏)祖二章 語羖四章 笥予予
馬予鬴采菽一章 股下紓予三章 鱮者采綠四章 御旅處
黍苗三章 虎野暇何草不黃三章 尋祖大雅文王五章 旅野女大明
七章 沮父緜一章○從漢書水經注作漆沮 父馬滸下女宇二章
怒旅旅祜下皇矣五章 許武祜下武五章 御斝行葦三章 渚
處湑脯下鳧鷖三章 野處旅語公劉三章 怒豫板八章 宇
怒處圉桑柔四章 沮所顧助祖予雲漢四章 馬土崧高五章
下甫烝民一章 若賦二章 茹吐甫茹吐寡禦五章 舉舉助

四百三十五　表四　二十

補六章 土許甫噳虎韓奕五章 滸虎土江漢三章 (士)祖父
(戎)常武一章 父旅浦土處緒二章 武怒虎虜浦所四章
譽處羽鼓圉(奏)舉周頌有瞽 祜嘏載見 馬旅馬有客 女
笥黍良耜 馬野者馬野者馬野者馬野者魯頌駉一二三四章
下舞有駜一章 武祖祜泮水四章 黍秬土緒閟宮一章 武
緒野虞女旅父魯宇輔二章 祖女三章 嘏魯許宇八章
鼓祖商頌那 祖祜所烈祖 武楚阻旅所緒楚殷武一二
章 ○以上上聲
莫濩綌斁周南葛覃二章 石席邶柏舟三章 落若衛氓三章 蓆
作鄭緇衣三章 蘀伯蘀兮一章二章同 薄鞹夕齊載驅一章 碩

獲秦駟驖二章　澤戟作無衣二章　穫蘀貉豳七月四章　駱若度小雅皇皇者華四章　奕舃繹車攻四章　澤作宅鴻鴈三章　蘀石錯鶴鳴一章　藿夕客白駒二章　閣橐斯干三章　惡懌節南山八章　作莫度獲巧言四章　踖碩炙莫庶客錯度獲格作楚茨三章　碩若大田一章　洛洛洛瞻彼洛矣一二三章　白駱駱若裳裳者華三章　柏奕懌頍弁一章　炙酢瓠葉三章　赫莫獲度廓宅大雅皇矣一章　席酢行葦三章　炙臄咢四章　懌莫板二章　格度射抑七章　作獲赫桑柔十四章　伯宅崧高二章　碩伯八章　貊伯壑籍韓奕六章　業作常武三章　柞澤周頌載芟　駱雒繹斁作魯頌駉二章　博斁逆獲泮水七章　繹宅貊諾若閟宮七章　柏度尺舃碩奕作碩若九章　斁奕客懌昔作夕恪商頌那　○以上入聲

表四

古本音

莽莽聲在此部屈賦二見今入蕩　○戲虘聲在此部屈賦遠遊一見今入支寘　綌谷聲在此部詩葛覃一見今入陌

斁睪聲在此部詩葛覃振鷺駉泮水那五見今入暮　石石聲在此部詩鶴鳴二見今入昔　席庶聲在此部詩柏舟行葦二見禮記三見今入昔　蓆席聲在此部詩緇衣一見今入昔　夕夕聲在此部詩載驅白駒雨無正那四見今入昔

碩石聲在此部詩騆驖楚茨大田崧高閟宮六見禮記一見今入昔　獲蒦聲在此部詩騆驖巧言楚茨皇矣桑柔泮水六見今入麥　澤睪聲在此部詩三見禮記一見今入陌　戟戟字蓋在此部詩無衣一見今入陌　奕亦聲在此部詩車攻頍弁閟宮那四見今入昔　舃舃聲在此部詩車攻閟宮二見今入昔　繹睪聲在此部詩車攻駉閟宮三見今入昔　宅乇聲在此部詩鴻鴈皇矣崧高閟宮四見禮記一見今入陌　客各聲在此部詩白駒楚茨那三見今入陌　懌睪聲在此部詩節南山頍弁板那四見今入昔

炙炙聲在此部詩楚茨瓠葉行葦三見今入昔　踖昔聲在此部詩楚茨一見今入昔　格各聲在此部詩楚茨抑二見今入陌　白白聲在此部詩裳裳者華一見今入陌　柏白聲在此部詩頍弁閟宮二見今入陌　赫赤聲在此部詩皇矣桑柔二見今入陌　射射聲在此部詩大叔于田車攻抑三見今入昔　伯白聲在此部詩崧高韓奕三見今入陌　貊百聲在此部詩韓奕閟宮二見今入陌　籍耤聲在此部詩韓奕一見今入昔　柞乍聲在此部詩載芟一見今讀窄　逆屰聲在此部詩泮水一見今入陌　尺尺聲在此部詩閟宮一見今入昔　舃舃聲在此部詩那一見今入昔○韓愈諱辨以舃昔同音不知昔本音雒也　虩𧆞聲在此部易二見今入昔麥　啞亞聲在此部易一見今入陌　墌庶聲在此部易一見今入陌　索索聲在此部易一見屈賦二見今兼入陌　帛白聲在此部禮記二見今入陌　擇睪聲在此部左傳一見今入陌　繹睪聲在此部屈賦二見今入昔　蹠庶聲在此部屈賦一見今入昔○按弟五部入聲與弟十六部入聲分用漢人十九首中青青陵上柏磊磊澗中石一章與明月皎夜光促織鳴東壁一章可徵也晉盧諶荅魏子悌用弟十六部十二字而雜以腋昔字陶淵明移居以宅夕席昔與役析韵宋謝靈運南樓遲客詩以迫客夕與適隔擿析韵謝惠連雪賦以錯索奕隙席白與積璧韵謝莊月賦以斁與璧韵梁江淹擬陶潛以陌夕隙與適役積益韵此弟五部入聲入於弟十六部入聲之漸而法言之所因也

表四

○華雩聲在此部詩桃夭何彼襛矣有女同車山有扶蘇著萇楚采薇出車八見易一見今入麻　家豭聲在此部詩桃夭萇楚鴟鴞常棣采薇我行其野雨無正緜行露九見左傳三見今入麻　牙牙聲在此部詩祈父行露二見今入麻　車車聲在此部詩何彼襛矣北風有女同車采薇何人斯韓奕江漢七見易二見今兼入麻　葭叚聲在此部詩騶虞一見今入麻　豝巴聲在此部詩騶虞一見今入麻　邪牙聲在此部詩北風駉四見今入麻　瓜瓜聲在此部詩木瓜七月信南山三見左傳一見今入麻　且且聲在此部詩北風山有扶蘇出其東門巧言韓奕有客八見今兼入馬　罝且聲在此部詩兔罝一見今入麻　荼余聲在此部詩出其東門鴟鴞三見今兼入麻俗書減一畫　闍者聲在此部詩出其東門一見今兼入麻　舍舍聲在此部詩何人斯一見易一見禮記一見今入馬　騢叚聲在此部詩駉一見今入麻　馬馬聲在此部詩漢廣擊鼓叔于田大叔于田株林東山四牡吉日十月之交采菽緜崧高有客駉十八見易一見左傳一見今入馬　下下聲在此部詩采蘋殷其雷擊鼓凱風采苓宛丘東門之枌七月東山四牡北山采菽緜皇矣鳧鷖烝民有駜十七見易十八見今入馬　瑕叚聲在此部詩狼跋一見左傳一見今入麻　塗余聲在此部詩出車一見今兼入麻　若若聲在此部詩七見今兼入馬

霞叚聲在此部屈賦一見今入麻　野予聲在此部詩燕燕叔于田葛生株林七月東山鴻雁鶴鳴小明何草不黃公劉騶十五見左傳一見今入馬　者古文旅聲在此部詩巷伯采綠騶六見今入馬　夏夏聲在此部詩宛丘四月二見今入馬　暇叚聲在此部詩伐木小明何草不黃三見今入禡　寡寡聲在此部詩鴻雁蒸民小宛三見易一見今入馬　嘏叚聲在此部詩載見閟宮二見今入馬　寫舄聲在此部詩蓼蕭裳裳者華車舝四見今入馬　夜亦聲在此部詩行露東方未明葛生雨無正蕩振鷺六見今入禡　炙炙聲在此部今又入禡　射射聲在此部今又入禡　柘石聲在此部詩皇矣一見今入禡　斝斝聲在此部詩行葦一見今入馬　稼家聲在此部詩七月一見今入禡　作乍聲在此部詩七見今兼入箇　詐乍聲在此部晉語一見今入禡　假叚聲在此部士冠禮一見今入馬禡　啞亞聲在此部今又入禡○第五部之字漢晉宋人入於第十七部合用皆讀如歌戈韵之音至梁陳閒第十七部音變析麻韵而皆在麻韵矣

古合韵

母本音在第一部詩蝃蝀以韵雨此古合韵也　謀本音在第一部詩巷伯以合韵者虎字　土本音在第一部詩常武以合韵祖父戎字儀禮記射義引詩以合韵舉處所射譽字　○奏本音在第四部詩賓之初筵以韵鼓祖有醬以韵醬虞羽鼓圉舉　垢本音在第四部左傳宣十五年引諺合韵汙瑕字　○入本音在第七部詩思齊合韵瑕字　○業本音在第八部詩常武合韵作字　○戎本音在第九部詩常武合韵祖父字　○迎本音在第十部離騷合韵故字讀如魚　廣本音在第十部樂記合韵旅鼓武雅語古下字春秋實乾圖移河爲界在齊呂塡闕八流以自廣

第六部陸韵平聲蒸登上聲拯等去聲證嶝

薨繩周南螽斯二章　掤弓鄭大叔于田三章　（來）贈女曰雞鳴三章　薨夢憎齊雞鳴三章　升朋唐椒聊一章　膺弓縢興（音）秦小戎三章　興陵增小雅天保三章　恆升崩承六章　陵朋菁菁者莪三章　陵懲興沔水三章　興夢斯干六章　蒸雄兢崩肱升無羊三章　蒸夢勝憎正月四章　陵懲夢雄五章　騰崩陵懲十月之交三章　兢冰小旻五章　兢冰小宛六章　弓繩采綠三章　（陾）薨登馮興勝大雅緜六章　烝烝烝烝烝烝烝烝文王有聲一二三四五六七八章　登升生民八章　繩承抑六章　崩騰朋陵魯頌閟宮四章　乘縢弓（綅）增膺懲承五章　勝乘承商頌玄鳥○以上平聲

古本音

弓弓聲在此部詩大叔于田小戎采綠閟宮四見左傳一見考工記一見今入東　夢夢聲在此部詩雞鳴斯干正月四見今入東送　馮仌聲在此部詩緜一見今兼入東　雄厷聲在此部詩無羊正月二見左傳一見今入東

古合韵

陾本音在第一部詩緜六章以韵薨登馮興勝字此古合韵　來本音在第一部女曰雞鳴合韵贈字讀如陵○凡古宮徵之爲無徵得來之爲登來耳孫之爲仍孫詩之訓爲承也上林賦儀持之音鍼徵陛淩言切韵貽字之入四十七證皆第一部第六部關通之義　○音本音在第七部小戎合韵膺弓縢興字　綅本音在第七部閟宮合韵崩騰朋陵乘縢弓增膺懲承字○凡古曾之爲曾與之爲厥堋之爲窆朋之爲鳳戴勝亦爲戴鵀仍叔亦爲任叔皆第六部第七部關通之義　○文言本音在第十三部第十四部屈賦天問以韵勝陵字

第七部陸韵平聲侵鹽添上聲寑琰忝去聲沁豔㮇入聲緝葉怗

覃覃周南葛覃一二章　林心兔罝三章　三今召南摽梅二章　風心邶綠衣四章　音南心燕燕三章　南心凱風一章　音心四章　音心雄雉二章　風心谷風一章　甚（耽）衛氓三章　衿心音鄭子衿一章　風林欽秦晨風一章　林南林南陳株林一章　鬵音檜匪風三章　芩琴琴湛心小雅鹿鳴三章　駸諗四牡五章　琴湛常棣七章　音心白駒四章　簟寢斯干六章　風南心何人斯四章　錦甚

巷伯一章　欽琴音南僭鼓鐘四章　琴心車舝五章　林湛賓之初筵二章　煁心白華四章　林興心大雅大明七章　音男思齊一章　心音皇矣四章　林林生民三章　歆今八章　南音卷阿一章　僭心抑九章　風心桑柔六章　林譖九章　風心烝民八章　深今瞻卬七章　玷貶召旻三章　心南魯頌泮水六章　林黮音琛金八章　○

以上平聲

揖蟄周南螽斯三章　及泣邶燕燕二章　溼泣泣及王中谷有蓷三章　合軜邑秦小戎二章　隰及小雅皇皇者華一章　合翕常棣七章　濈溼無羊一章　集合大雅大明四章　楫及棫樸三章　輯洽板二章

○以上入聲

古本音

[illegible]鹹聲在此部今入[illegible]　三三聲在此部詩摽梅一見今入談　南羊聲在此部詩燕燕凱風棫樸何人斯鼓鐘卷阿泮水八見今入覃　湛甚聲在此部詩鹿鳴常棣賓之初筵三見今入覃　男男聲在此部詩思齊一見史記二百里任國郎二百里男邦今入覃　黮甚聲在此部詩泮水一見今入感　合合聲在此部詩小戎常棣大明三見今入合　洽合聲在此部詩板一見今入洽　○風凡聲在此部詩綠衣晨風何人斯烝民谷風桑柔六見今入東

古合韻

興本音在弟六部大明以韻林心字　○耽本音在弟八部詩氓假借作媅槃字　○軜本音葢在弟十五部詩小戎以韻合邑字

弟八部陸韻平聲覃談咸銜嚴凡上聲感敢豏檻儼范厺聲勘闞陷鑑釅梵入聲合盍洽狎業乏

檻菼敢王大車一章　萏儼枕陳澤陂三章　巖瞻惔談斬監小雅節南山一章　涵讒巧言二章　甘餤三章　藍襜詹采綠二章　巖詹魯頌閟宮六章　監嚴濫遑商頌殷武四章　○以上平聲

葉涉邶匏有苦葉一章　葉韘韘甲衛芄蘭二章　業捷小雅采薇四章　業捷及大雅烝民七章　葉業商頌長發七章　○以上入聲

古本音

枕冘聲在此部詩澤陂一見易一見今入寑　瞻詹聲在此部詩節南山一見今入鹽　襜詹聲在此部詩采綠一見今入鹽　詹詹聲在此部詩采綠一見今入鹽　葉枼聲在此部詩匏有苦葉芄蘭長發三見今入葉　涉涉聲在此部詩匏有苦葉一見今入帖　捷疌聲在此部詩采薇烝民二見今入葉　接妾聲在此部易一見屈賦二見今入葉　韘葉聲在此部詩芄蘭二見今入帖

古合韻

及本音在弟七部詩烝民合韻業捷字　○遑本音在弟十部詩殷武合韻監嚴濫字又桑柔以瞻韻相天間以嚴韻亡讐長急兢章以談韻陽桑讓莊皆弟八部弟十部合韻也

弟九部陸韻平聲東冬鍾江上聲董腫講厺聲送宋用絳

中宮召南采蘩二章　僮公三章　蟲螽忡降草蟲一章　墉訟訟從行露三章　縫總公羔羊三章　東公同小星一章　襛雝何彼襛矣一章　蓬豵騶虞二章　仲宋忡邶擊鼓二章　躬中式微二章　戎東　同旄丘三章　中宮中宮鄘桑中二章　葑東庸中宮三章　中宮定之方中一章　東蓬容衛伯兮二章　罿庸凶聰王兔爰三章　控送鄭大叔于田二章　松龍充童山有扶蘇二章　丰巷送丰一章

雙庸庸從齊南山二章　葑東從唐采苓三章　中驂戎秦小戎二
章　同功豵公豳七月四章　同功七章　沖陰八章　東濛
東濛東濛東濛東山一二三四章　蟲螽忡降仲戎小雅出車五章
濃沖雝同蓼蕭四章　顒公六月三章　攻同龐東車攻一章
調同五章　同從吉日二章　聰饔祈父三章　傭訩節南山六章
誦訩邦十章　從用邛小旻一章　共邛巧言三章　東空大東二章
雝重無將大車三章　同邦瞻彼洛矣三章　同功賓之初筵一章　蓬
邦同從采菽四章　中降大雅旱麓二章　公恫邦思齊二章　恭邦
共皇矣五章　衝庸七章　樅鏞鐘廱靈臺四章　鐘廱逢公五章
功崇豐文王有聲二章　廱東六章　幪唪生民四章　融終既醉三章
書全二　表四　三十七
潨宗宗降崇鳧鷖四章　飲宗公劉四章　諶終蕩一章　蟲
宮宗臨躳雲漢二章　邦功崧高二章　邦庸三章　同功常武六章
訌共邦召旻二章　中贛躳六章　邦崇功皇周頌烈文　工
公臣工　雝容振鷺　雝公雝　訩功魯頌泮水六章　公東庸
閟宮三章　蒙東邦同從功六章　共厖龍勇動竦總商頌長發
五章　○以上平聲

古本音

降巷雙邦龐厖字今韻析爲江絳韻卽弟九部轉
入弟十部之音也

古合韻

調 本音在弟三部讀如裯車攻以韻同字屈原離騷以韻同字東方朔七諫以韻同字皆讀如重此古合韻也潘岳藉田賦以茅韻農東晳勸農賦以曹韻農韓詩𦁴由其嗁毛詩作楨從毛詩狃聲之狃漢書作嶩史記齊青傳大富戶銅離徐廣曰一作裯離汝南鯛陽之鯛見腫韻亦見有韻皆弟三部弟九部則通之義江氏謂車攻調同非韻離騷七諫爲古人相效之誤其說似是而非 ○顒 本音在弟四部郭璞山海經注亦音娛也六月合韻公字 ○饗 本音在弟六部詩召旻合韻中躳字 應 本音在弟六部易蒙彖傳以韻中中蒙功字比象傳韻從中窮字恆象傳韻動字未濟象傳韻中終字 騰 本音在弟六部禮記月令孟春以韻降同動字孟冬以韻降通冬字 ○驂 本音在弟七部詩小戎合韻中字 陰 本音在弟七部詩七月合韻沖字 飲 本音在弟七部詩公劉合韻宗字 諶 本音在弟七部詩蕩合韻終字 臨 本音在弟七部詩雲漢合韻蟲宮宗躳字 禽 本音在弟七部易屯象傳以韻鄰字比象傳以韻中中終字恆象傳以韻中容終凶功字 淡 本音在弟七部易恆象傳以韻中容終凶功字 心 本音在弟七部易艮象傳合韻躳㊣終字 ○皇 本音在弟十部詩烈文合韻邦崇功字 ○正 本音在弟十一部易豫象傳合韻凶字艮象傳合韻躳終字

弟十部 陸韻平聲陽唐上聲養蕩去聲漾宕

六百九十三　表四　三十八

筐行周南卷耳一章　岡黃觥傷三章　荒將樛木二章　廣泳永
方廣泳永方廣泳永方漢廣一二三章　方將召南鵲巢二章　陽
遑殷其靁一章　裳亡邶綠衣一章　頏將燕燕二章　方良忘日月
三章　鏜兵行擊鼓一章　行臧雄雉四章　涼雱行北風一章　景
養二子乘舟一章　襄詳詳長鄘牆有茨二章　唐鄉姜桑中一章　上
上上一二三章　彊良兄鶉之奔奔一章　堂京桑臧定之方中二章
蝱行狂載馳三章○此分章從朱　湯裳爽行衛氓四章　廣杭望河廣
一章　梁裳有狐一章　陽簧房王君子陽陽一章　牆桑兄鄭將仲子
二章　黃襄行揚大叔于田二章　彭旁英翔清人一章　行英翔
將姜忘有女同車二章　狂狂褰裳一二章　昌堂將丰二章　裳

行三章　瀼揚臧野有蔓草二章　明昌明光齊雞鳴二章　昌陽
狼臧還三章　堂黃英著三章　明裳東方未明一章　兩蕩南山
二章　湯彭蕩翔載驅三章　昌長揚揚蹌臧猗嗟一章　霜裳
魏葛屨一章　方桑英英行汾沮洳二章　岡兄陟岵三章　堂康
荒唐蟋蟀一章二三章同　行桑粱嘗常鴇羽三章　桑楊黃亡秦車
鄰三章　蒼霜方長央蒹葭一章　堂裳將忘終南二章　桑行
行防黃鳥二章　裳兵行無衣三章　陽黃渭陽一章　湯上望陳宛
丘一章　魴姜衡門二章　楊牂煌東門之楊一章　翔堂傷檜羔裘二
章　稂京曹下泉一章　陽庚筐行桑豳七月二章　桑斨揚
桑三章　黃揚裳同上　霜場饗羊堂觥疆八章　場行東山

四百卌九　表四　廿九

二章　斨皇將破斧一章　魴裳九罭一章　簧將行小雅鹿鳴一章
享嘗王疆天保四章　剛陽采薇三章　方彭央方襄出車三章
陽傷遑杕杜一章　桑楊光疆南山有臺二章　瀼光爽忘蓼蕭二章
藏貺饗彤弓一章　方陽章央行六月四章　鄉央衡瑲皇
珩采芑二章　央光將庭燎一章　湯揚行忘沔水二章　桑粱明
兄黃鳥二章　祥斯干七章　牀裳璋喤皇王八章　霜傷將京
痒正月一章　行良常臧十月之交二章　向藏王向六章　盬長
巧言三章　霜行大東二章　漿長光襄五章　襄章箱明庚行六章
揚漿七章　彭旁將剛方北山三章　牀行四章　仰掌五章
將湯傷忘鼓鍾一章　蹌羊嘗亨將祊明皇饗慶疆楚茨二章

將慶六章　享明皇疆信南山六章　明羊方臧慶甫田二章
粱京倉箱粱慶疆四章　泱泱泱瞻彼洛矣一二三章　黃章
章慶裳裳者華二章　上怲臧頍弁一章　仰行車舝五章　抗張賓之
初筵一章　良方讓忘角弓四章　黃章望都人士一章　藏忘隰桑
四章　粱良白華七章　亨嘗瓠葉一章　黃傷苕華一章　黃行將
方何草不黃一章　常京大雅文王五章　上王方大明一章　商京行王
二章　粱光五章　王京行王商六章　泮煌彭揚王商明八章
伉將行緜七章　王璋棫樸二章　章相王方五章　兄慶
光喪方皇矣三章　京疆岡六章　陽將方王同上　王方七章
○同爾兄弟後漢書伏湛傳作弟兄入韵　王京下武一章　王京文王有聲七章

四百五十二　表四　卅

將明既醉二章　皇王忘章假樂二章　疆綱三章　康疆倉糧
囊光張揚行公劉一章　岡京三章　長岡陽五章　糧陽荒
同上　長康常卷阿四章　卬璋望綱六章　岡陽九章　康方
良明王民勞一章　明王板八章　商商商商商商蕩二三四
五六七八章　明卿四章　螗羹喪行方六章　尚亡抑四章
章兵方同上　將往競梗桑柔三章　王痒荒蒼七章　(瞻)相臧
腸狂八章　疆粻行崧高六章　將明烝民四章　彭鏘方七章
張王章衡錫韓奕二章　彭鏘光四章　湯洸方王江漢二章
祥亡瞻卬五章　罔亡罔亡六章　喪亡荒召旻一章　荒康行
周頌天作　方王饗我將　王康皇康方明喤將穰執競　王

章陽央鶬光享載見　王忘閔予小子　將明行敬之　香光載芟　皇黃彭疆臧魯頌駉一章　黃明有駜一章　皇揚泮水六章

王陽商閟宮二章　嘗衡剛將饗房洋慶昌臧方常四章

嘗將商頌那　疆衡鶬享將康穰享疆嘗將烈祖　商

芒湯方元鳥　商祥芒方疆長將商長發一章　衡王七章

鄉湯羌享王常殷武二章　○以上平聲

古本音

行行聲在此部詩卷耳擊鼓雄雉北風載馳氓大叔于田有女同車丰汾沮洳鴇羽秦黃鳥秦無衣七月東山鹿鳴六月沔彼流水十月之交大東北山車舝何草不黃大明緜公劉蕩崧高天作敬之三十二見易四十六見今兼入庚映　觥觵从角黃聲俗从光黃聲光聲在此部詩卷耳七月二見今入庚　泳永聲在此部詩漢廣三見今入映　永永聲在此部詩漢廣三見夏小正時有養日時有養夜鄭

七百六十七　表四　三十二

永日永夜同音假借也今入㮨　兵兵聲在此部詩擊鼓秦無衣抑三見左傳一見今入庚　景京聲在此部詩二子乘舟一見今入㮨

兄兄聲在此部詩鶉之奔奔將仲子陟岵小雅黃鳥皇矣五見今入庚　京京聲在此部詩定之方中下泉正月甫田文王大明皇矣下武文王有聲公劉十一見左傳一見今入庚　蝱亡聲在此部詩載馳一見今入庚　彭彭字在此部詩清人載驅出車北山大明烝民韓奕駉八見今入庚

英央聲在此部詩清人有女同車著汾沮洳五見屈賦四見今入庚　明明聲在此部詩雞鳴東方未明小雅黃鳥大東楚茨信南山甫田大明既醉民勞板蕩烝民執競敬之有駜十六見書一見易十五見今入庚　庚庚聲在此部詩七月大東二見今入庚

衡行聲在此部詩采芑韓奕閟宮烈祖長發五見今入庚　珩行聲在此部詩采芑一見今入庚　喤皇聲在此部詩斯干執競二見今入庚　盟明聲在此部詩巧言一見今入庚　亨亯聲在此部詩楚茨瓠葉二見古亨通烹獻享獻同字皆在此部今兼入庚

祊鬃从示彭聲或从方聲彭聲方聲在此部詩楚茨一見今入庚　慶慶聲在此部詩楚茨甫田裳裳者華皇矣閟宮七見易十二見士冠禮二見漢人始有讀入十一部者如彰皇德兮侔周成永延長兮膺天慶之類然尚讀平聲後此又讀去聲入映矣

怲丙聲在此部詩頍弁一見今入映　卿皀聲在此部詩蕩一見左傳一見今入庚　羹羹聲在此部詩蕩閟宮二見漢人急就篇與秔稻鬯香藏霜錫糧韵今入庚　競競聲在此部詩桑柔一見左傳一見今入映　㮨㮨聲在此部詩桑柔一見今入㮨　病丙聲在此部詩傳一見老子得與亡孰病亡病爲韵今入映　[illegible]尚聲在此部詩上記一見今兼入庚

古合韵

黴本音在弟六部離騷以合韵常字　○瞻本音在弟八部詩桑柔合韵相臧狂字　嚴本音在弟八部天問合韵亡饗長字　○降本音在弟九部九歌東君合韵裳狼漿翔行字○古人以弟九部入弟十部用者如老子五音令人耳聾聾讀如郎合韵盲爽狂字其合用最多者如東方朔七諫沈江章用弟十部二十四字而以弟九部龔同降功公聰江聰縱逢凶容重東壟十五字合韵莊忌哀時命用弟十部二十字而以弟九部桐通容忠容凶宮竆匈[illegible]十字合韵

弟十一部陸韵平聲庚耕清青上聲㮨耿靜迥去聲映諍勁徑

縈成周南樛木一章　丁城兔罝一章　定姓麟之趾二章　盈成召南鵲巢三章　星征小星一章二章同　盈鳴匏有苦葉二章　盈鳴同上

七百七十　表四　三十五

旌城鄘干旄三章　青瑩星衛淇奧二章　清盈鄭溱洧二章

鳴盈鳴聲齊雞鳴一章　庭青瑩著二章　名清成正甥猗嗟二章　菁瞏姓唐杕杜二章　鳴苹笙小雅鹿鳴一章　平寧生常棣五章　丁嚶伐木一章　鳴聲聲生聽平同上　定聘采薇二章

鳴旌驚盈車攻七章　征聲成八章　庭楹正冥寧斯干五章　定生寧醒成政姓節南山六章　領騁七章　平寧正九章　程經聽爭成小旻四章　令鳴征生小宛四章　冥熲無將大車二章　領屏桑扈二章　營成黍苗四章　平清成寧五章　青生苕華二章　生楨寧大雅文王三章　成生緜九章　屏平皇矣二章　營成靈臺一章

聲聲寧成文王有聲一章　正成七章　靈寧生民二章　涇寧

清馨成鳧鷖一章　鳴生卷阿九章　屛寧城板七章　刑聽傾
蕩七章　政刑抑三章　盈成十章　牲聽雲漢一章　星贏成
正寧八章　營城成崧高四章　平定爭寧江漢二章　霆驚常武
三章　平庭六章　城城瞻卬三章　成禎周頌維清　庭聲鳴聽
成有瞽　庭敬閔予小子　馨寧載芟　盈寧良耜　成聲平聲
聲商頌那　成平爭烈祖　聲靈寧生殷武五章　○以上平聲

古本音

平平聲在此部詩八見今兼入先

古合韻

極本音在第一部易未濟象傳合韻正字　○金本音在第七部周訪引韻合韻城字　○中本音在第九部訟象傳合
韻成正字　○亯本音在第十部萃象傳合韻正命字乾文言傳合韻情字　○令本音在第十二部詩小宛以韻鳴征生左傳所
引逸詩以韻挺扃定士冠禮亦以以歲之正以月之令爲韻此古合韻也　○領本音在第十二部詩節南山合韻騁字桑扈合韻屛字
天命淵賢信民人賓本音皆在第十二部易象傳合韻形成貞寧生正平精情字　○睘本音
在第十四部詩杕杜合韻菁姓字一作煢煢則在本韻

第十二部陸韻平聲眞臻先上聲軫銑去聲震霰入聲質櫛屑

蓁人周南桃夭三章　麟麟麟麟之趾一二三章　蘋濱召南采蘋一章
淵身人邶燕燕四章　洵信擊鼓五章　薪人凱風二章　榛苓人
人人簡兮四章　天人天人鄘柏舟一二章　零人田人淵千定之
方中三章　人姻信命蝃蝀三章　天人天人天人天人王黍離一二三章
薪申揚之水一章　田人人仁鄭叔于田一章　溱人褰裳一章

薪人信揚之水二章　顚令齊東方未明二章　田人甫田一章二章同
令仁盧令一章　粼命人唐揚之水二章　新天人人綢繆一章
苓顚信采苓一章顚俗作巔　○　鄰顚令秦車鄰一章　天人身天
人身天人身黃鳥一二三章　榛人人年曹鳲鳩四章　薪年豳東
山三章　駰均詢小雅皇皇者華五章　田千采芑一章二章同　天千
三章　淵闐同上　天淵鶴鳴二章　年溱無羊四章　親信節南山四
章　電令十月之交三章　天人七章　天信臻身天雨無正三章
天人人小宛一章　陳人人天何人斯三章　翩人信巷伯三章
天人人五章　薪人大東三章　薪人同上　天淵四月七章
濱臣均賢北山二章　塵疧無將大車一章○一作疷無此字宋劉彝臆改疧以韻塵
亦無此字攷唐石經正作疧與小雅白華疧字皆甚明晝顧亭林從劉說謂石經乃從諱民減畫之例非
也　畫引楚茨六章　甸田信南山一章　賓年三章　田千陳
人年甫田一章　岡薪車舝四章　榛人青蠅三章　命申采菽三章
天臻矜菀柳三章　田人白華三章　薪人四章　玄矜民何草不黃
二章　天新大雅文王一章　躳天七章　天莘大明六章　天人棫樸
四章　天淵人旱麓三章　民嫄生民一章　堅鈞均賢行葦五章
壽年胤既醉六章　人天命申假樂一章　天人命人卷阿八章
甸民塡天矜桑柔一章　翩泯燼頻二章　天人臻雲漢一章　天
神申崧高一章　田人三章　身人烝民四章　甸命韓奕一章　卣
人田命命年江漢五章　田人瞻卬二章　天人三章　替引頻

召旻五章六章 人訓刑 周頌烈文 人天 雝 ○以上平聲
實室 周南桃夭二章 結襭 芣苢三章 七吉 召南摽有梅一章 噎曀
疐 邶終風三章○從毛作疐 葛節日 旄丘一章 日室桼漆瑟 鄘定之方
中一章 日疾 衛伯兮三章 實噎 王黍離三章 室穴日 大車三章
㮚室卽 鄭東門之墠二章 日室室卽 齊東方之日一章 漆㮚
瑟日室 唐山有樞三章 七吉 無衣一章 日室 葛生五章 漆㮚瑟
耋 秦車鄰二章 穴慄穴慄穴慄 黃鳥一二三章 韠結一 檜素冠三
章 實室 隰有長楚三章 七一一結 曹鳲鳩一章 子室 豳鴟鴞一
章 實室 東山二章 垤室窒至三章 實日 小雅杕杜一章 至
恤四章 徹逸 十月之交八章 血疾室 雨無正七章 恤至 蓼莪三章

珌室 瞻彼洛矣二章 設逸 賓之初筵一章 抑怭秩三章 實吉
結 都人士三章 瓞生 大雅緜一章 穴室 同上 減匹 文王有聲三章
㮚室 生民五章 抑秩匹 假樂三章 密卽 公劉六章 毖恤熱
桑柔五章 挃㮚櫛室 周頌良耜 ○以上入聲

古本音

卽 卽聲在此部詩東門之墠東方之日公劉三見易一見今入職 抑 抑聲在此部詩賓之初筵假樂二見屈賦一見今入職
洫 洫聲在此部韓詩築城伊洫與匹韻今入職 ○矜 矜字在此部詩菀柳何草不黃桑柔三見漢韋元成戒子孫詩韻心則入
侵韻晉張華女史箴韻與潘岳哀永逝文韻與承升始入烝韻 ○苓 令聲在此部詩簡兮采苓二見自漢枚乘七發韻詣嚶鳴揚雄反離
騷韻榮今韻乃專入青矣 零 令聲在此部詩定之方中一見今入青 令 令聲在此部詩東方未明盧令車鄰十月之交凡見今入
青 命 命聲在此部詩蝃蝀唐揚之水采菽假樂卷阿韓奕江漢六見今入敬 佞 佞聲在此部晉語一見左傳佞夫公羊作年夫

今入徑 壼 壼聲在此部詩既醉一見今兼入混 ○翩 扁聲在此部詩巷伯桑柔二見易一見今入仙 偏 扁聲在此部今
入仙 ○至 至聲在此部詩東山杕杜蓼莪三見今入至○杕杜四章來疚第一部平聲至恤第十二部入聲借近邇第十五部上聲凡用
三韻蓼莪三章矣恥久恃第一部上聲恤至第十二部入聲凡用二韻顧氏皆合爲一韻不能分別 恤 血聲在此部詩杕杜蓼莪桑柔三見
今入術 設 設聲在此部詩賓之初筵一見今入薛 徹 徹聲在此部詩十月之交與逸韻今入薛 毖 必聲在此部詩桑柔
與恤韻今入至 晉 晉聲在此部詩召旻與引頻韻屈賦懷沙與抑韻莊子則陽篇與世偕行而不替與所行之備而不洫韻其字平讀如親
而近汀入讀如乚而近纖也張衡東京賦韻結節𥳑秩潘岳西征賦韻結節閉未違古音十六屑內偕字以晉諧聲今入霽○召旻晉與引頻爲韻
不連捭爲韻懷沙默鞠第一第三部合韻抑晉第十二部入聲鄙改第一部上聲非默鞠抑一韻晉鄙改一韻也 曀 壹聲在此部詩終風
二見今入霽 疐 疐聲在此部詩終風一見今入霽

古合韻

子 本音在第一部詩鴟鴞合韻室字 減 本音在第一部詩下武合韻匹字韓詩作築城伊洫則在本韻矣 ○卣 本音

在第三部詩江漢合韻人田命命年字 ○躳 本音在第九部詩文王合韻天字 ○岡 本音在第十部詩車舝合韻薪字
明 本音在第十部屈賦惜誦合韻身字 ○刑 本音在第十一部詩烈文合韻人訓字 生 本音在第十一部詩緜合韻瓞
字讀如瑟 正 本音在第十一部易姤象傳合韻牽賓牽民命吝字 平 本音在第十一部書洪範王道平平合韻偏字 倩 本音
在第十一部論語引詩合韻盼絢字 名 本音在第十一部離騷合韻均字哀郢合韻天字 程 本音在第十一部屈賦懷沙合韻匹
字 ○艱 本音在第十三部離騷合韻替字學者多不得其韻矣 盼 本音在第十三部論語引詩合韻倩絢字 ○熱
本音在第十五部詩桑柔合韻毖恤字 葛 本音在十五部詩旄丘合韻節日字 ○疷 本音在第十六部詩無將大車合韻疐字

第十三部 陸韻平聲諄文欣魂痕上聲準吻隱混很去聲稕問焮慁恨

詵孫振 周南螽斯一章 麕春 召南野有死麕一章 緍孫 何彼襛矣三章
門殷貧艱 邶北門一章 洒浼殄 新臺二章 奔君 鄘鶉之奔奔二章
倩盼 衛碩人二章 隕貧 氓四章 漘昆昆聞 王葛藟三章

嘽璊奔大車二章　順問鄭女曰雞鳴三章　門雲雲存巾員出其
東門一章　鰥雲齊敝笱一章　輪漘淪囷鶉飧魏伐檀三章　羣
錞苑秦小戎三章　勤閔豳鴟鴞一章　晨煇旂小雅庭燎三章　羣
犉無羊一章　鄰云慇正月十二章　先墐忍隕小弁六章　艱門
云何人斯一章　雲雰信南山二章　芹旂采菽二章　慍問大雅緜八
章　亹熏欣芬艱鳧鷖五章　訓順抑二章　慇辰東痻桑柔
四章　川焚熏聞遯雲漢五章　雲門韓奕四章　典禋周頌維清
耘畛載芟　芹旂魯頌泮水一章　○以上平聲

古本音

詵先聲在此部詩螽斯一見今入臻　振辰聲在此部詩螽斯一見今入眞　麇囷聲在此部詩野有死麇一見今入眞

六百十八　表四　丟七

緡昏聲在此部詩何彼襛矣一見今入眞　痻昬聲在此部詩桑柔一見今入眞　貧分聲在此部詩北門氓二見今入眞
巾巾聲蓋在此部詩出其東門一見今入眞　囷囷聲在此部詩伐檀一見今入眞　晨辰聲在此部詩庭燎一見今入眞
辰辰聲在此部詩桑柔一見左傳一見今入眞　先先聲在此部詩小弁一見屈賦二見今入先　墐堇聲在此部詩小弁
一見今入眞　忍刃聲在此部詩小弁一見今入軫　畛㐱聲在此部詩載芟一見今入軫　殄㐱聲在此部詩新臺一見
今入銑　禋垔聲在此部詩維清一見今入眞　典典聲在此部詩維清一見儀禮古文腆爲殄今入銑　閔文聲在此部詩
鴟鴞一見今入軫　○艱艮聲在此部詩北門何人斯鳧鷖三見今入山　殷㫃聲在此部詩北門一見今兼入山　員員聲
在此部詩出其東門一見今兼入仙　川川聲在此部詩雲漢一見今入仙　鰥鰥字在此部詩敝笱一見今入山　盼分聲
在此部詩碩人一見今入襇　○煇軍聲在此部詩庭燎一見今入微　旂斤聲在此部詩庭燎采菽泮水三見左傳一見今入
微　亹亹聲在此部詩鳧鷖一見今兼入尾　錞享聲在此部詩小戎一見今兼入隊　浼免聲在此部詩新臺一見今入賄
西西聲在此部禮記與巡韻劉向九歎與紛韻漢魏晉人多讀如下平一先之音今入齊　賁賁聲在此部左傳一見今兼入微

洒西聲在此部詩新臺一見顏師古東方朔傳注音信今入薺　○洒今又入卦

古合韻

冰本音在第六部屈賦合韻門字　○東本音在第九部詩桑柔合韻慇辰痻字　○炳本音在第十部易革象傳合韻
蔚君字讀如份　○倩本音在第十一部詩碩人合韻盼字　○鄰本音在第十二部詩正月合韻云慇字　○苑本音
在第十四部詩小戎合韻羣錞字　○蔚本音在第十五部易革象傳合韻炳君字讀如盇

弟十四部陸韻平聲元寒桓刪山仙上聲阮旱緩潸產獮去聲願翰換諫襉線

轉卷選邶柏舟三章　雁旦泮匏有苦葉三章　干言泉水三章　泉
歎四章　孌管靜女二章　展袢顏媛鄘君子偕老三章　反遠載馳
二章　僩咺諼僩咺諼衛淇奧一二章　澗寬言諼考槃一章　垣
關關漣關言言遷氓二章　怨岸泮宴晏旦反氓六章　乾

五百十　表四　丟八

歎歎難王中谷有蓷一章　館粲館粲館粲鄭緇衣一二三章　園
檀言將仲子三章　慢罕大叔于田三章　晏粲彥羔裘三章　旦爛
雁女曰雞鳴一章　言餐狡童一章　壇阪遠東門之壇一章○壇作墠者誤
溥婉願野有蔓草一章　渙蕑觀觀觀觀溱洧一二章　還閒肩
儇齊還一章　孌丱見弁甫田三章　環鬈盧令二章　孌婉選貫
反亂猗嗟三章　閑閑還魏十畝之閒一章　檀干漣廛貆餐伐檀
一章　粲爛旦唐葛生三章　旃然言焉旃然言焉旃然言
焉采苓一二三章　園閑秦駟驖三章　菅言陳東門之池三章　蕑卷
悁澤陂二章　冠欒慱檜素冠一章　泉歎曹下泉一二三章同　山
山山山豳東山一二三四章　遠踐伐柯二章　原難歎小雅常棣三章

阪衍踐遠愆伐木三章　嘽痯遠杕杜三章　汕衎南有嘉魚三章
安軒閑原憲六月五章　園檀鶴鳴一章二章同　干山斯干一章
山泉言垣小弁八章　幡言遷巷伯四章　泉歎大東三章　熯愆
（孫）楚茨四章　翰憲難（那）桑扈三章　霰見宴頍弁三章　樊言青蠅
一章　筵（秩）賓之初筵一章　筵（共）反幡遷僊三章　反遠角弓一章
遠然二章　管遠白華一章　燔獻瓠葉二章　援羨岸大雅皇矣五章
閑言連安八章　垣翰文王有聲四章　原鮮宣歎巘原公劉
二章　泉原三章　泉單原五章　館亂鍛六章　澗澗同上
安殘綣反諫民勞五章　板癉然遠管亶遠諫板一章　難憲
二章　藩垣翰七章　旦衍八章　顏愆抑七章　言（行）九章
五百十二　表四　卅九
翰藩宣崧高一章　番嘽翰憲七章　完蠻韓奕六章　宣翰江漢
四章　嘽翰漢常武五章　簡反反周頌執競　渙難訪落　駽燕
魯頌有駜三章　山丸遷虔梴閑安商頌殷武六章　○以上平聲

古本音

肩肩聲在此部詩還一見今入先　燕燕聲字在此部詩有駜一見今入先霰　見見聲在此部詩甫田頍弁二見今入霰
霰散聲在此部詩頍弁一見今入霰　宴晏聲在此部詩氓頍弁二見今入霰　駽肙聲在此部詩有駜一見今入先
顯本音葢在此部左傳一見毛詩顯顯令德中庸作憲憲今入銑　○巽巽聲在此部易象傳三見今入慁　○羨次聲在此部詩皇矣一見今兼入脂
○番番聲在此部詩崧高一見今兼入戈　皤番聲在此部易一見今入戈　鮮鮮聲在此部詩公劉一見今兼入戈
獻鬳聲在此部詩瓠葉一見今兼入歌　癉單聲在此部詩板一見今兼入箇　儺難聲在此部說文引求福不儺與翰憲難韵今入歌

古合韵

共本音在弟九部詩賓之初筵合韵筵反幡遷僊字　○行本音在弟十部詩抑合韵言字　○秩本音在弟十二部詩賓之初筵合韵筵字
實本音在弟十二部易蒙象傳合韵（順）巽字泰象傳合韵願願亂字　翩本音在弟十二部屈賦湘君合韵淺閒字
進本音在弟十二部屈賦合韵願字　○孫本音在弟十三部詩楚茨合韵熯愆字
順本音在弟十三部易蒙象傳合韵（實）巽字渙象傳合韵願字　○那本音在弟十七部詩桑扈合韵翰憲難字說文作求福不儺則在本韵

弟十五部

陸韵平聲脂微齊皆灰上聲旨尾薺駭賄去聲至未霽祭泰怪夬隊廢入聲術物迄月沒曷末黠鎋薛

萋飛喈周南葛覃一章　歸私衣三章　嵬隤罍懷卷耳二章　纍
綏樛木一章　枚飢汝墳一章　祁歸召南采蘩三章　薇悲夷草蟲三章
歸歸歸殷其靁一二三章　微衣飛邶柏舟五章　靁懷終風四章
五百十八　表四　卌
遲違畿谷風二章　微歸微歸式微一二章　（敦）遺摧北門三章
喈霏歸北風二章　（頎）衣妻姨私衛碩人一章　荑脂蠐犀眉
二章　懷歸懷歸懷歸王揚之水一二三章　懷畏懷畏懷畏鄭將
仲子一二三章　衣歸丰四章　淒喈夷風雨一章　晞衣齊東方未明二
章　崔綏歸歸懷南山一章　萋晞湄躋坻秦蒹葭二章　衣
師無衣一章二三章同　遲飢陳衡門一章　衣悲歸檜素冠二章　躋
飢曹候人四章　薈師下泉三章　遲祁悲歸豳七月二章　歸歸
歸東山一二三四章　歸悲衣枚一章　畏懷二章　飛歸四章
衣歸悲九罭四章　騑遲歸悲小雅四牡一章　騑歸二章　威懷
常棣二章　薇歸采薇一章二三章同　騤依腓五章　依霏遲飢悲

哀六章　遲萋喈祁歸夷出車六章　萋悲萋悲歸杕杜二章
纍綏南有嘉魚三章　隮歸湛露一章　(焞)靁威采芑四章　飛躋斯干
四章　師氏維毗迷師節南山三章　夷違五章　微微哀十月
之交一章　訿哀違依底小旻二章　威罪巧言一章　麋階伊幾
六章　頹懷遺谷風二章　嵬萎(怨)三章　淒腓歸四月二章　薇桋
哀六章　喈湝悲回鼓鍾二章　尸歸遲私楚茨五章　淒祁私
大田三章○從漢書說文玉篇廣韻作淒今作萋誤　茨師瞻彼洛矣一章　摧綏鴛鴦
四章　幾幾車舝三章　維葵膍戾采菽五章　枚回大雅旱麓六章
惟脂生民七章　罍歸泂酌二章　萋喈卷阿九章　懠毗迷尸屎
葵資師板五章　壞畏七章　咨咨咨咨咨咨咨蕩二三四五六

七八章　騤夷黎哀桑柔二章　資(疑)維階三章　推雷遺遺畏摧
雲漢三章　郿歸崧高六章　騤喈齊歸烝民八章　回歸常武六章
鴟階瞻卬三章　幾悲六章　追綏威夷周頌有客　飛歸魯頌有駜
二章　枚回依遲閟宮一章　違齊遲躋遲祗圍商頌長發三章　○
以上平聲
尾燬燬邇周南汝墳三章　瀰鷕邶匏有苦葉二章　菲體死谷風一章
薺弟二章　泲禰弟姊泉水二章　煒美靜女三章　泚瀰(鮮)
新臺一章　指弟鄘蝃蝀一章　體禮禮死相鼠三章　濟(閟)載馳二章
藟弟王葛藟一章二三章同　唯水齊敝笱三章　濟瀰弟載驅二章
弟偕死魏陟岵三章　火衣豳七月一章　火衣二章　火葦

三章　尾几狼跋一章　韡弟小雅常棣一章　偕(近)邇杕杜四章　鱧
旨魚麗二章　旨偕五章　泥弟弟豈蓼蕭三章　矢兕醴吉日四章
匕砥矢履視涕大東一章　稺火大田二章　穉穧三章　旨
偕賓之初筵一章　禮(至)二章　尾豈魚藻二章　濟弟大雅旱麓一章
葦履體泥行葦一章　弟爾几二章　依濟几依公劉四章　罪罪
瞻卬二章　秭醴妣禮皆周頌豐年　濟(積)秭醴妣禮載芟　○以
上上聲
掇捋周南芣苢二章　肄棄汝墳二章　蕨惙說召南草蟲二章　伐茇
敗愒拜說甘棠一二三章○張參徐鉉皆云愒別作憩　墍謂摽有梅三章
脫帨吠野有死麕三章　出卒述邶日月四章　闊說擊鼓四章　闊

活五章　厲揭匏有苦葉一章　潰肄墍谷風六章　舝邁衛害泉水
三章　逝害二子乘舟二章　紕四畀鄘干旄一章　活濊發揭孽
朅衛碩人四章　說說氓三章　遂悸遂悸芄蘭一二章　朅桀
伯兮一章　厲帶有狐二章　穗醉王黍離二章　月佸桀括渴君子
于役二章　葛月采葛一章　艾歲三章　達闕月鄭子衿三章　月
闥闥發齊東方之日二章　桀(怛)甫田二章　季寐棄魏陟岵二章
外泄逝十畝之閒二章　逝邁外蹶唐蟋蟀二章　比佽比佽杕杜
一二章　棣檖醉秦晨風三章　逝邁陳東門之枌三章　肺晢東門
之楊二章　萃誶墓門二章○誶今本譌作訊從王逸楚詞注引詩誶予不顧廣韻六至引歌以
誶止改正　發偈(怛)檜匪風一章　閱雪說曹蜉蝣三章　殺帶候人

一章　發烈褐歲豳七月一章　烈渴小雅采薇二章　旆瘁出車二章　泄萃采芑一章二三章同　佽柴車攻五章　艾晣噦庭燎二章　惠戾屆闋節南山五章　(結)厲滅威正月八章　滅戾勩雨無正二章　退遂瘁誶(荅)退四章○誶今本譌作訊　出瘁五章　艾敗小旻五章　邁寐小宛四章　嘒淠屆寐小弁四章　蔚悴蓼莪二章　烈發害五章　律弗卒六章　舌揭大東七章　烈發害四月三章　穗利大田三章　秣艾鴛鴦三章　舝逝渴括車舝一章　淠嘒駟屆采菽二章　愒瘵邁菀柳二章　撮髮說都人士二章　厲蠆邁四章　愛謂隰桑四章　外邁白華五章　卒沒出漸漸之石二章　世世大雅文王二章　妹渭大明五章　拔兌駾喙緜八章　翳栵皇矣二章

拔兌對季季三章　類比四章　茀仡肆忽拂八章　月達害生民二章　旆穟四章　軷烈歲七章　匱類既醉五章　位塈假樂四章　溉塈泂酌三章　愒泄厲敗大民勞四章　蹶泄板二章　寐類懟對內蕩三章　揭害撥世八章　(疾)戾抑一章　寐內四章　舌逝六章　僾逮桑柔六章　隧類對醉悖十二章　舌外發烝民三章　惠厲瘵屆瞻卬一章　奪說二章　類瘁五章　活達桀周頌載芟　茷噦大邁魯頌泮水一章　大艾歲害閟宮五章　撥達達越發烈截商頌長發二章　旆鉞烈曷糵達截伐桀六章○以上入聲

古本音

哀衣聲在此部詩采薇十月之交小旻四月桑柔五見今入咍　豈微聲在此部詩蓼蕭魚藻二見本亦作愷今愷入海　愛㤅聲在此部詩隰桑一見今入代　僾愛聲在此部詩桑柔一見今入代　溉既聲在此部詩泂酌一見今入代　逮隶聲在此部詩桑柔一見今入代○鷕唯聲在此部詩有瀰濟盈有鷕雉鳴瀰鷕爲韻經典釋文引說文以水反字林于水反廣韻注云又羊水切集韻五旨內有此字皆本音也今誤入三十小○牝匕聲在此部大戴禮與死韵老子谷神不死是謂元牝今兼入軫　率采芑一章二章三章皆以涖止率止爲韵今兼入質○竄竄聲在此部易訟象傳一見宋玉高唐賦班固兩都賦潘岳西征賦張載七命各一見說文引虞書𢿱三苗今入換○坻氐聲在此部詩蒹葭一見今兼入紙　燬毀聲在此部詩汝墳一見今入紙　邇爾聲在此部詩汝墳小雅杕杜二見今入紙凡尒聲字漢人入十六部用如故人心尚爾韵綺被解此之類是也　瀰彌聲在此部詩新臺一見匏有苦葉一見今兼入紙　泚此聲在此部詩新臺一見今兼入紙凡此聲字漢人多入十六部用　訿此聲在此部詩小旻一見今兼入紙　厎氐聲在此部厎或作砥詩大東作砥孟子引作厎今分別厎在五旨砥在四紙　濔爾聲在此部詩載驅一見今入紙　爾尒聲在此部詩行葦一見今入紙　柴此聲在此部詩車攻一見今入佳○火火聲在此部詩七月大田四見今入果

古合韻

疑本音在第一部詩桑柔合韻資維階字○飽本音在第三部屈賦天問合韻繼嚴逢字○荅本音在第七部雨無正合韻退遂瘁誶退字新序漢書皆作對則在本韻○結本音在第十二部詩正月合韻厲滅威字　疾本音在第十二部詩抑合韻戾字　至本音在第十二部詩賓之初筵合韻禮字屈賦遠遊合韻比厲衞字　閟本音在第十二部詩載馳合韻濟字○近本音在第十三部詩小雅杕杜合韻偕邇字顧氏云近字本在脂微韻所謂以合韻惑本音也　敦本音在第十三部詩北門合韻遺摧字　焞本音在第十三部詩采芑合韻雷威字漢書韋元成傳引作推推則在本韻　頎本音在第十三部詩碩人合韻衣妻姨私字○或以頎讀本音衣讀如殷合韻中庸戎衣鄭讀爲殷白虎通云衣者隱也裳者障也微韻與文欣二韻轉移最近微韻中軍聲旂聲㫃聲之字皆自文欣韻中轉入○鮮本音在第十四部詩新臺合韻泚瀰字顧氏亦不辨爲合韻矣　怨本音在第十四部詩谷風合韻嵬萎字讀如伊此與北門之敦讀推采芑之焞讀推碩人之頎讀畿新臺之鮮讀斯杕杜之近讀幾正同斤聲之字本音收而今韻入尾分聲

之歟本在第十三部而鄭司農讀徵於弟五類弟六類觀其會通可矣　怛本音在第十四部說文怛悲同字引詩信誓悲悲是也詩甫田以韵桀字匪風以韵發偈字此古合韵漢書王吉傳引匪風作中心制兮則在本韵　○積本音在第十六部詩載芟合韵濟秭醴妣禮字　○蛇本音在第十七部屈賦東君合韵雷懷歸字遠遊合韵妃夷飛佪字　歌本音在第十七部屈賦遠遊合韵妃夷飛佪字讀如羲

弟十六部

陸韵平聲支佳上聲紙蟹去聲寘卦入聲陌麥昔錫

支觿觿知衛芄蘭一章　斯知陳墓門一章　枝知檜隰有長楚一章
斯提小雅小弁一章　伎雌枝知五章　易知祇何人斯六章　篪
知斯七章　卑疷白華八章　篪圭攜大雅板六章　○以上平聲
適益讁邶北門二章　翟髢揥晳帝鄘君子偕老二章　簀錫璧
衛淇奧三章　提辟揥刺魏葛屨二章　甓鷊惕陳防有鵲巢二章
鵙績豳七月三章　局蹐脊蜴小雅正月六章　帝易大雅文王六章
辟剔皇矣二章　績辟文王有聲五章　益易辟辟板六章　帝辟
帝辟蕩一章　解易辟韓奕一章　幭厄二章　刺狄瞻卬五章
解帝魯頌閟宮三章　辟績辟適解商頌殷武三章　○以上入聲

古本音

觿巂聲在此部詩芄蘭二見今兼入齊　提是聲在此部詩葛屨小弁二見今兼入齊　攜巂聲在此部詩板一見今入齊
髢本作鬄易聲在此部詩君子偕老一見今入霽　揥帝聲在此部詩君子偕老葛屨二見今入祭　帝帝聲在此部詩君子偕老文王蕩閟宮五見泰琅邪臺刻石與地解辟易畫韵今入霽　圭圭聲在此部詩板一見今入霽　締帝聲在此部屈賦一見今入霽
繫毄聲在此部左傳一見今入霽　睍見聲在此部左傳一見今入霽

古合韵

里本音在第一部周語富辰引言合韵里字　○翟本音在第二部詩君子偕老合韵髢揥晳帝字讀如狄　○局本音在第三部詩正月合韵蹐脊易字讀如狊　○糪本音在第五部屈賦悲回風合韵積擊策蹟適愁適蹟益字　○壞本音在第十五部周語彪傒引詩合韵支字　幭本音在第十五部詩韓奕合韵軛字從他經作幦則在本韵考車覆笭既夕禮玉藻少儀公羊傳說文皆謂之幦毛詩幭厄二字皆屬假借厄即軛毛傳厄烏蠋也今譌爲烏蠋詳見詩經小學　雌本音在第十五部詩小弁合韵伎枝知字爲此雌字入十六部之始矣　○離本音在第十七部屈賦少司命合韵知字老子載營魄抱一能無離乎合兒疵爲雌知韵又常德不離合雌谿兒韵離字入支韵蓋久矣　螭本音在第十七部屈賦涉江合韵知字

弟十七部

陸韵平聲歌戈麻上聲哿果馬去聲箇過禡

皮紽蛇召南羔羊一章　沱過過歌江有汜三章　爲何爲何爲
何邶北門一二三章　離施新臺三章　河儀他鄘柏舟一章　珈佗
河宜何君子偕老一章　皮儀儀爲相鼠一章　猗磋磨衛淇奧一章
阿薖歌過考槃二章　左瑳儺竹竿三章　離靡王黍離一二三章
同　羅爲罹吪兔爰一章　麻嗟嗟施丘中有麻一章　宜爲鄭緇
衣一章　加宜女曰雞鳴二章　吹和蘀兮二章　何何齊南山三章四章同
左我唐有杕之杜一章　何多何多何多何多秦晨風一二三章　差
原麻娑陳東門之枌二章　池麻歌東門之池一章　陂荷何爲沱
澤陂一章　縭儀嘉何豳東山四章　錡吪嘉破斧二章　何何伐柯
一章　鯊多小雅魚麗一章　多嘉四章　椅離儀湛露四章　莪阿
儀菁菁者莪一章　駕猗馳破車攻六章　何羆蛇斯干六章　羆蛇
七章　地裼瓦儀議罹九章　阿池訛無羊二章　猗何瘥多
嘉嗟節南山二章　河他小旻六章　罹何何小弁一章　掎杝佗

六章　禍我可何人斯二章　議爲北山六章　左宏裳裳者華四章　羅宏鴛鴦一章　何嘉他頍弁一章　俄傞賓之初筵四章　嘉儀同上　阿（難）何隰桑一章　阿何縣蠻一章　波沱他漸漸之石三章　峩宏大雅棫樸二章　阿池皇矣六章　賀左下武六章　何嘉儀既醉四章　沙宏多嘉爲鳧鷖二章　阿歌卷阿一章　多馳多歌十章　儀嘉磨爲抑五章　嘉儀抑八章　（寇）可詈歌桑柔十六章　皮罷韓奕六章　犧宏多魯頌閟宮三章　河宏何商頌元鳥　○以上平聲

古本音

地也聲在此部詩斯干一見屈賦天問與歌韵橘頌與過韵上林賦與河馳韵讀如沱今入至○考地字周秦人亦入於十六部如莊子接

書十一　表四　四七

輿歌福重如地莫之知避秦琅邪臺刻石文陵水經地韵帝懈辟易畫字司馬相如子虛賦掩草蔽地韵絶乎心繫元命包曰地者易也皆讀如狄　差差聲在此部詩東門之枌一見今兼入皆　○皮爲聲在此部詩羔羊相鼠韓奕三見左傳一見今入支　蛇它聲在此部詩羔羊斯干三見屈賦二見今兼入支　爲爲聲在此部詩北門相鼠兔爰緇衣澤陂北山鳧鷖抑十見易一見今入支寘　離离聲在此部詩新臺湛露二見屈賦四見今入支寘　施也聲在此部詩新臺丘中有麻二見屈賦三見今入支寘　義我聲在此部書一見易一見大戴禮一見今入寘　儀義聲在此部詩柏舟相鼠東山湛露菁莪斯干賓之初筵既醉抑十見今入支　宜多聲在此部詩君子偕老緇衣女曰雞鳴裳裳者華鴛鴦棫樸鳧鷖閟宮元鳥九見士冠禮一見易一見今入支　猗奇聲在此部詩淇奧車攻節南山三見今入支紙　靡麻聲在此部詩黍離三見易一見今入紙　羅羅聲在此部詩兔爰斯干小弁三見今入支　吹吹聲在此部詩蘀兮一見老子或呴或吹與隨羸墮韵今入支　差差聲在此部今叉入支佳卦　池也聲在此部詩東門之池無羊皇矣三見屈賦一見今入支　陂皮聲在此部詩澤陂一見莊子生於陵陂與施爲韵今入支寘唐元宗不知洪範遵王之義義讀俄而改頗爲陂以合之又不知陂之本讀坡也　縭离聲在此部詩東山一見今入支　錡奇聲在此部詩破斧一見今入支紙　椅奇聲在此部詩湛露一見今入支　馳也聲在此部詩車攻卷阿二見屈賦二見今入支　罷罷聲在此部易一見今入支蟹　羆罷省聲在此部詩斯干韓奕三見今入支　議義聲在此部詩斯干北山二見今入寘　掎奇聲在此部詩小弁一見今入紙　杝也聲在此部詩小弁一見今入紙　詈詈聲盇在此部讀如羅詩桑柔一見今入寘　哆多聲在此部詩巷伯與侈韵今入紙　侈多聲在此部詩巷伯與哆韵今入紙　犧義聲在此部詩閟宮一見今入支　墮隓聲在此部書一見今兼入支　隨隋聲在此部論語季隨與季騧韵今入支　騧咼聲在此部論語季騧與季隨韵今兼入佳

古合韵

弱本音在第二部易大過傳本末弱也合韵大者過也　○陸本音在第三部易漸上九合韵儀字讀如羅○宋人改陸爲逵以韵儀不知今韵逵在脂儀在支古韵逵音仇儀音莪也　○寇本音在第四部詩桑柔合韵可詈歌字讀如科　○路本音在第五部大戴禮驪駒詩合韵駕字讀如羅爲漢以後弟五部入弟十七部合用之始　虧虘聲字盇在第五部屈賦離騷以韵離字天問以韵加字盇古合韵　○儺本音在第十四部詩竹竿合韵左瑳字　原本音在第十四部詩東門之枌合韵差麻娑字古獻尊之爲犧尊若

五百零三　表四　四八

干之爲若柯娑之爲婆娑嘽嘽駱馬之爲痑痑駱馬皆此類　難本音在第十四部詩隰桑合韵阿何字　○裼本音在第十六部詩斯干以韵地瓦儀議羅字讀如拕此爲次弟最近之合韵江氏改易地字古音謂地裼一韵瓦儀議羅一韵其說疏矣

凡二萬八千一百七十九字

表四終

羣經韵分十七部表　六書音均表五

弟一部 陸韵平聲之咍上聲止海去聲志代入聲職德

災牛災 周易上經无妄六三 𪚥頤 頤初九 來思 下經咸九四 期
時 歸妹九四 𠂤思 渙六四 治事始 象上傳蠱 志富載疑 象上
傳小畜 志備祐 大有 疑尤喜志 貞 災尤載(用) 剝
志富災之試災 无妄 災尤志喜 大畜 災志僛事否志
疑 象下傳遯 待尤之 蹇 志志疑喜祐志 損 事來之
志之志辭來 益 志喜疑事志富 升 之志 革 之
尤 鼎 災志事(用) 豐 災尤 旅 疑治 巽 疑志 兌
僛疑時來久 既濟 來能謀能 繫辭下傳象事知器已下 事試

治災治 文言傳乾 時災來息 雜卦傳 ○喜起熙 尚書臯陶謨帝舜歌
○時來之 士冠禮醮辭 ○時財能 大戴禮公冠篇祝雍祝成王冠辭 時
財時 武王踐阼篇觴銘 ○思辭哉 禮記曲禮上首節 裘箕 學記 ○
云古詩言良弓之子必先爲箕良治之子必先爲裘知韵語也 ○姬旗𠂤 春秋左傳僖十五年
晉嫁伯姬筮辭 䰩謀 晉二十八年輿人誦 思來 宣二年宋城者謳 裘駘
襄四年魯人誦 謀志哉 昭十二年鄉人言南蒯將叛 𦽈謀之 哀五年萊人歌
○疑基 晉語叔詹引諺 息來災之 越語范蠡引所聞 ○基時 孟子公孫
丑篇引齊人言 ○附 能佩 離騷 時態 同上 茲詞 同上 佩詒 同上
之之 同上 異佩 同上 疑之 同上 媒疑 同上 茲(沬) 同上
待期 同上 來思 九歌湘君 辭旗 少司命 貍旗思來 山鬼

謀之 天問 牛來 同上 尤之期之 同上 識喜 同上 佑
喜 同上 肬之 九章惜誦 志咍 同上 尤之 同上 持之 哀郢
時𠂤之 同上 期志 抽思 思媒 同上 貽詒 思美人 詒志
同上 之旹期 同上 能疑 同上 詩疑娭治之否欺思之
尤之 惜往日 牛之 同上 之疑辭之 同上 志喜 橘頌 右
期 悲回風 怪來 遠遊 疑(浮) 同上 ○以上平聲
字字 周易上經屯六二 否否喜 否上九 福母 下經晉六二 趾
否子 鼎初六 (道)已始 象下傳恆 子婦 家人 起止始 雜卦傳
久止 同上 ○備字 士冠禮字辭 事嗣 士昏禮醮子命 ○理耋里
始 大戴禮保傳篇易曰正其本以下 負趾否 曾子制言上篇行則爲人負三句

疑士 五帝德篇其色郁郁四句 ○始耋里 禮記經解引易 起海子 孔子閒居
言五起 ○友右 春秋左傳閔二年卜辭 子止 僖二十五年衛禮至銘 子
使 襄四年魯人誦 誨殖嗣 襄三十一年鄭輿人誦子產 (世)息 昭三年讒鼎銘
杞子鄙恥已士 昭十二年南蒯鄉人歌 ○紀止 越語范蠡引所聞贏縮以
爲常節 起始 范蠡對越王人事不起弗爲之始 ○已殆 論語微子篇楚狂接輿歌
賚富 堯曰篇 ○附 在菑 離騷 畝芷 同上 菑悔 同上 悔
醢 同上 在理 同上 汜里 天問 子在 同上 在里 同上 趾
在止 同上 止殆 同上 止子 同上 子婦 同上 市姒佑䄅
同上 戒殆 同上 恃代 九章惜誦 志態 同上 以醢 涉江 啚
改 懷沙 怪態采有 同上 佩異態娭(出) 思美人 佩(好)代

意置載備異再識惜往日友理橘頌特止同上紀止
悲回風意事卜居○以上上聲
子克周易上經大有九三纆棘得坎上六翼食下經明夷初九食
來祀困九二食惻福井九三革塞食鼎九三弍服象上
傳豫弍服觀革息得革象下傳革福則震昃食息
豐克則直克得象上傳同人牧得服則服得國謙
得德則蠱食則得意息國則象下傳明夷得直福困
惻福井福則震得戒同上塞極節革得極
則文言傳乾食色伏飭襍卦傳○極極福極極德極尚書洪範
五皇極已下色德福極而康而色已下側直極極無反無側已下

四頁六十三　表五　三

德直克克直克克克克克福食食食國弍六三德已下○服
德福士冠禮始加緇布冠祝辭服德福再加皮弁祝辭服德三加爵弁祝辭
○食福考工記梓人祭侯辭極國則㮚氏量銘○司職大戴禮哀公問五義
篇若天之司二句直黑曾子制言上篇蓬生麻中四句服德武王踐阼篇劍銘
直得子張問入官篇枉而直之二句(祿)或服德福極公冠篇孝昭冠辭○
彧作或誤○職極服則禮記禮運篇禮行於郊以下得翼國孔子閒居言五
起○置置德服晉語公子縶引所聞稷殖叔詹引諺服國鄭語宣王
時童謠德力食殛越語范蠡對越王王其且馳騁弋獵節○食食息愿
孟子梁惠王篇今也不然節來直翼得德滕文篇引放勳言○福極德
直力服(急)息德(毒)弍食(告)則愿職(鞠)爾雅釋訓穰穰福也已下○

附服則離騷息服同上(節)服同上極服同上極翼同上
極息側九歌湘君極識天問得殛同上億極同上極
得同上側佑同上○二句一韵惑服同上牧國同上服直
九章惜誦極得哀郢北域側得息抽思默(鞫)懷沙戒得
惜往日服國橘頌默得悲回風得則遠遊息德同上
食翼卜居○以上入聲

第二部陸韵平聲蕭宵肴豪上聲篠小巧晧去聲嘯笑效号
咷笑周易上經同人九五號笑下經萃初六巢笑咷旅上九○憍
逃大戴禮武王踐阼篇觴豆銘○巢遙勞驕春秋左傳昭二十五年童謠○撓
逃朝孟子公孫丑篇北宮黝節濯暴滕文公篇引曾子言○附遙姚離騷

四頁六十五　表五　四

邈樂同上笑窕九歌山鬼到照天問燿驁遠遊撟樂同上
○以上平聲

第三部陸韵平聲尤幽上聲有黝去聲宥幼入聲屋沃燭覺
柔憂求周易襍卦傳柔憂同上○游救大戴禮武王踐阼篇盥盤銘
矛羞矛銘柔求子張問入官篇優而柔之二句○猶臭春秋左傳僖四年繇辭
湫攸昭十二年○遊休孟子梁惠王篇晏子引夏諺流憂梁惠王篇引晏
子言○附游求離騷留茅同上流湫同上猶洲修舟流
九歌湘君蕭憂山鬼(龍)游天問流求同上告救同上憂
求同上浮懮九章抽思救告同上悠憂思美人流(昭)幽
聊由(廚)惜往日憂求游同上求流橘頌聊愁悲回風

游浮遠游 畱由同上 ○以上平聲
道咎周易上經小畜初九 酒缶牖咎坎六四 首醜離上九 裕
咎下經晉初六 狩首明夷九三 酒咎首未濟上九 道久象上傳臨
道咎造久首象上傳乾 咎道同人 考道咎蠱 道醜
道觀 咎道考道復 久醜咎大過 咎道久離 咎
道象下傳睽 咎道醜咎解 咎道咎夬 咎飽醜道保
漸 咎道節 咎道既濟 保母繫辭下傳无有師保二句 ○好道
尚書洪範無有作好二句 ○晧壽大戴禮將軍文子篇常以晧晧是以眉壽 ○雔保春秋
左傳僖五年士蔿引所聞 州道草擾獸牡襄四年周箴 皐覺蹈憂
哀二十一年齊歌 ○就憂狃咎晉語引商銘 狃咎輿人誦惠公 報
臭國人誦改葬共世子 考守越語范蠡引所聞上帝不考時反是守 牡道究
范蠡引所聞陳之道以下凡 ○奧竈論語爲政篇王孫賈問 ○附 好巧離騷
道考天問 在守同上 嫂首同上 仇讎保道九章惜誦 好
就同上 任醜橘頌 ○以上上聲
告瀆告周易上經蒙 復輹目小畜九二九三 ○輹作輻誤 肉毒噬嗑
六三 輹逐牿大畜九二九三六四 逐復下經睽初九 復夙解
木谷覿困初六 足餗渥鼎九四 陸復育漸九三 木栯
六四 屋覿豐上六 ○族睦尚書堯典以親九族二句 ○目腹復春秋左傳
宣二年宋謳 蹴目成十六年筮辭 卜卜昭三年引諺 鴝辱昭二十五
年引童謠 鴝哭同上 ○濁足孟子離婁篇引孺子歌 ○附 育腹天問

竺燠同上 欲祿同上 復慼九章哀郢 木足思美人 屬穀
遠游 ○以上入聲
弟四部陸韻平聲矦上聲厚去聲候
須濡周易上經賁六二九三 ○矦矦考工記梓人祭矦辭 ○渝揄春秋左傳僖四
年繇辭 儒邾襄四年魯人歌 跦矦襦昭二十五年引童謠 竇踰哀十
七年衛繇辭 ○附 駒鼂軀卜居 ○以上平聲
寇媾周易上經屯六二 寇媾賁六四 寇媾下經睽上九 斛漏
井九二 主蔀斗豐初九六二 蔀斗主九四 聚聚象下傳萃
樹數繫辭下傳不封不樹二句 晝誅遇襍卦傳 ○呴口大戴禮武王踐阼篇
機銘 ○僂傴俯走侮口春秋左傳昭七年引正考父鼎銘 主藪昭七年引
武王告諸矦 ○附 詬厚離騷 屬具同上 屬數天問 厚取同上
○以上上聲
弟五部陸韻平聲魚虞模上聲語麌姥去聲御遇暮入聲藥鐸
輿廬周易上經剝上九 穫畬无妄六二 牙衢大畜六五上九 華夫
大過九五 孤夫膚下經睽九四九五 孤塗車弧弧上九 譽故
蹇初六六二 膚且夬九四 魚膚且魚瓜姤九二九三九四九五 度
徐車困九四 魚盧象下傳中孚 居盧繫辭下傳變動不居二句
懼故其出入以度三句 譽懼二多譽二句 居著襍卦傳 ○惡路
尚書洪範無有作惡二句 ○魚徒大戴禮子張問入官篇水至清以下 ○瑕家春秋左傳
閔元年引諺 去餘孤僖十五年筮辭 孤弧姑逋家虛伯姬嫁秦筮辭

汙瑕垢（圈）宣十五年伯宗引諺　詐虞宣十五年宋盟楚書　家夫襄四年引虞箴　豬豭定十四年宋野人歌　虛瓜夫辜哀十七年衛侯夢渾良夫歌　○　吾烏枯晉語優施歌　詐賂晉語輿人誦惠公　○　豫助豫度孟子梁惠王篇引夏諺　○　如余且爾雅釋天月名　辜涂同上　○　附　度路離騷　路步同上　迎（圈）故同上　狐家同上　車疏同上　都居同上　華居疏九歌大司命　錯洿故天問　衢居如同上　故懼同上　如居九章涉江　如蕪哀郢　姑徂抽思　故慕懷沙　莫故同上　錯懼同上　度路思美人　度暮故同上　紆娛居悲回風　都如遠游　居戲霞除同上　予居都閭同上　路度同上　顧路同上　○　以上平聲

雨處周易上經小畜上九　股馬下經明夷六二　輔序艮六五　處斧旅九四　下若巽九二　下斧巽上九　土下彖上傳離　下與女彖下傳咸　下與恆　所與艮　下普彖上傳乾　與下隨　下與下剝　下與輔下大過　處下彖下傳咸　下與困　下舍與井　雨暑女繫辭上傳鼓之以雷霆以下　處語繫辭上傳或出或處以下凡用三韵　馬下下傳服牛乘馬以下　處宇雨上古穴居以下　虎覩下文言傳乾　下舍同上　故旅下寡處襍卦傳　○　祖社女尚書甘誓用命賞于祖以下　女女赦湯誓予其大賚女以下　怒斁敘洪範我聞在昔以下　敘廡五者來備以下　雨夏雨庶民惟星以下　○　湑脯序祜士冠禮再醮辭　楚俎三醮辭　假甫字辭　○　所女考工記梓人祭侯辭

○　賈野旅大戴禮曾子制言上篇近市無賈三句　馬下五帝德篇春夏乘龍以下　土雨所古祜公冠篇上天祝辭　土雨者下土祝辭　○　舍固禮記曲禮上將適舍二句　戶下將入戶二句　武虎怒前朱鳥節　土戶禮運後聖有作節　戶下　組鼓瑕祖　子（圈）　下所祜禮運元酒在室節　旅　廣（圈）　鼓武雅語古下樂記子夏對魏文侯　夏露孔子閒居天有四時以下皆如詩句　舉　士（圈）　處所射譽射義引詩惟曾孫侯氏○大戴禮投壺篇同下四正具舉上有今日大射四字又誤衍十一字　○　社輔春秋左傳閔二年卜辭　父所筮辭　羽野馬昭二十五年童謠　褚伍與襄三十年鄭人誦　○　黍廡晉語叔詹引諺　所禦野與越語范蠡引所聞往從其所以下　○　夜夏論語微子篇八士二叔　○　附　與莽序暮離騷　武怒舍故同上　予野同上　輔土同上

圖暮同上　夜御下予佇妬同上　馬女同上　下女同上　固惡寤古同上　女女同上　舉輔同上　女下同上　與予同上　渚下浦女與九歌湘君　渚予下湘夫人　浦者與同上　下女予大司命　下予少司命　鼓簴姱舞東君　渚下浦予河伯　下雨予山鬼　馬鼓埜國殤　鼓舞與古禮魂　所處羽天問　輔緒同上　怒固同上　下所九章惜誦　雨宇涉江　姱怒抽思　莽土懷沙　下舞同上　莽草（圈）思美人　處慮曙去悲回風　語曙遠游　○　以上上聲

虩啞周易下經震　虩啞初九　索矍上六　作坼象下傳解　柝客繫辭下傳重門擊柝二句　薄射錯逆說卦傳雷風相薄以下　○　度索大戴

禮子張問入官篇掇而度之二句 射莫投壺篇命射辭 ○ 席諾禮記曲禮上必慎唯

諾與母蹹席爲韵 席怍尺將即席以下韵語也 炙酪帛朔禮運以炮以燔

下 席帛炙魄莫腥其俎節 宅窒作澤郊特牲大蜡辭 惡碩

大學引諺 ○ 度擇春秋左傳隱十一年引諺 索獲昭二十七年公子光引上國言 ○

作客越語范蠡對越王天時不作弗爲人客 ○ 附 索妒離騷 錯度同上

迫索同上 宅惡同上 若柏作九歌山鬼 度作天問 躲若

同上 釋白惜誦 薄薄同上 蹠客薄釋哀郢 作穫同上

莫壑遠遊 ○以上入聲

弟六部 陸韵平聲蒸登上聲拯等去聲證嶝

陵興周易上經同人九三 陵孕勝九五下經漸 升陵象上傳坎 凝

冰象上傳坤 乘興陵賁 恆承象下傳歸妹 ○ 弓興考弓記弓人下

柎之弓二句 ○ 興崩大戴禮武王踐阼篇劍銘 ○ 乘弓朋春秋左傳莊二十二年引

詩 陵雄襄十年繇辭 澠陵興昭十二年齊侯投壺辭 ○ 登崩周語

引諺 徵興晉語輿人誦惠公 ○ 附 弓徵凌雄九歌國殤 興膺天問

言勝陵文同上 膺仍九章悲回風 ○以上平聲

弟七部 陸韵平聲侵鹽添上聲寢琰忝去聲沁豔㮇入聲緝葉怗

心金周易繫辭上傳二人同心二句 ○ 黔心春秋左傳襄十七年宋謳 愔音金

心昭十二年引祈招之詩 ○ 附 心淫離騷 風林九章涉江 心風哀郢

潭心抽思 ○以上平聲

附 急立離騷 悒急天問 ○以上入聲

弟八部 陸韵平聲覃談咸銜嚴凡上聲感敢豏檻儼范去聲勘闞陷鑑釅梵入聲合盍洽狎業乏

坎窞周易上經坎初六 坎枕窞六三 ○ 附 敢憺九章抽思 ○以上

平聲

浛接周易象上傳蒙 ○ 附 甲接九歌國殤 接涉九章哀郢 ○以上入

聲

弟九部 陸韵平聲東冬鍾江上聲董腫講去聲送宋用絳

龍用周易上經乾初九 墉攻同人九四 中應中蒙功象上傳蒙 中

窮中功需 從中應窮比 通同泰 通邦否 中

功坎 動應象下傳恆 同通睽 中窮功邦蹇 衆中

功解 窮終夬 中窮困 窮中功凶井 功邦中

窮漸 窮同中功渙 中窮通節 中邦中孚 中窮

既濟 中終應未濟 中窮終象上傳坤 禽窮屯 中終需

凶寵邦功師 功邦同上 中禽中終比 凶正豫

凶功中窮隨 凶中功坎 容公邦離 深中容

禽終凶功象下傳恆 窮中大壯 心躬正終艮 中窮功

中窮凶巽 中窮節 凶功繫辭下傳三多凶二句 終窮襍卦

傳 ○ 邦雍尚書堯典協和萬邦二句 ○ 容恭大戴禮武王踐阼篇帶銘 ○ 容恭

同王禮記曲禮上正爾容節 降騰同動月令孟春 騰降通冬月令

孟冬 從同邦孔子閒居言五起 ○ 中融春秋左傳隱元年鄭莊公歌 茸

公從僖五年士蔿賦○功庸越語范蠡引所聞聖人之功節皆韻語也○躳中窮
終論語堯日篇○附庸降離騷縱巷同上同調同上降中
窮𢜫九歌雲中君堂宮中河伯功同天問從通同上躳
降同上逢從同上沈封同上中窮行九章涉江江東同上
同容抽思豐容懷沙江洶悲回風讒從卜居忠窮
同上凶從同上○以上平聲

第十部陸韻平聲陽唐上聲養蕩去聲漾宕

囊裳黃周易上經坤六四六五上六荒亡行泰九二亡桑否九五
光王觀六四亨尚坎六壯罔下經大壯九三往亨損
良望歸妹六五筐羊上六望亡中孚六四防戕小過九二疆

表五　十一

亨疆行常行慶疆象上傳坤行亨往行小畜剛亨明履
明行亨大有亨明行謙亨明章行噬嗑亨往賁
剛長象行剝行長復養養頤行往亨大過
亨行長象下傳遯上明行晉行明行剛睽上行往
亨行損疆光慶行疆方行益剛光夬剛長章
行姤亨慶行升當亡革明行剛亨鼎行明
艮當剛歸妹剛明旅行剛巽亨行小過亨當
既濟方光象上傳坤剛常屯明光長同上行常需
長明訟常行當師傷上比明行當剛行當慶
履當行當長否剛行同人當行剛亡長豫當

長當臨行剛當光當明噬嗑慶行大畜光上慶頤
罔往當詳長象下傳大壯行當慶光晉當剛行慶
亡睽當明光長夬當光上萃明慶剛祥困
當行同上剛當光行喪震常當行良行筐歸妹當
明行慶翔藏豐傷喪旅當慶當光兌當上當
長中孚當長上亢小過當行未濟象像繫辭下傳易者象也以下
彰剛望君子知微三句方常行初率其辭以下藏明行文言傳乾
剛方常光行慶殃文言傳坤剛行襍卦傳○明良康尚書
皋陶謨皋陶賡載歌喪亡往湯誓時日曷喪以下蕩蕩洪範皇極之敷言
明昌無虐煢獨以下行光王是訓是行以下明章康百穀用成以下○

表五　十二

疆慶儀禮士冠禮三加爵弁祝辭芳祥忘士冠禮醴辭慶疆士冠禮三
醮辭○強防黨考工記弓人維榦強之六句○強亡強枉大戴禮武王踐阼篇
丹書○按今本大戴禮作敬勝怠者吉怠勝敬者滅義勝欲者從欲勝義者凶學記正義以此四語爲瑞
書之辭引大戴禮敬勝怠者強怠勝敬者亡則知今本乃後人所改從正義所引爲是凡事不強則枉不
敬則不正枉古平聲強枉爲韻敬正爲韻傷長楹銘杖杖觴豆銘張良
常讓讓堂行張投壺篇命射辭○堂揚小戴禮曲禮上將上堂將入戶將即席等
皆韻語也仰放檀弓上子貢聞泰山其頹之歌而言亨羊羹祥禮運然後退而
合亨以下當昌祥當綱樂記天地順而四時當以下方將明孔子閒居
言五起○鏘姜昌卿京春秋左傳莊二十二年繇辭亡昌閔二年卜辭
競病僖七年引諺羊衁筐貺償相僖十五年筮辭上堂文二

年狼瞫引周志　商亡昭二十六年引詩　翔廣昭五年楚辭　唐常方
行綱亡哀六年引夏書　陽兵姜商哀九年卜辭　○網上周語單襄公引諺
當傷太子晉引諺　祥殃亡越語范蠡引所聞上帝不考以下皆韻語也
荒荒常范蠡對越王馳騁弋獵以下皆韻語也　皇常行陽匡常行陽
剛范蠡引所聞　○揚疆張光孟子滕文篇引大誓　○陽明藏英爾雅釋天
祥　相壯陽釋天月名　○附　英傷離騷　裳芳同上　荒章常
懲同上　殃長同上　當浪同上　桑芊同上　當芳同上　央
芳同上　長芳同上　行粻同上　鄉行同上　良皇琅芳漿
倡堂康九歌東皇太一　芳英央光章雲中君　望張湘夫人
堂房張芳衡同上　翔陽坑大司命　方桑明東君　裳
十六　表五　十三
狼降漿翔行同上　望蕩河伯　行傷國殤　明藏尙行天問
揚光同上○二句一韻　方桑同上　堂臧同上　尙匠同上
饗喪同上　臧芊同上　兄長同上　行將同上　方狂同上
將長同上　亡嚴饗長同上　長彰同上　杭旁九章惜誦　糧
芳同上　英光湘涉江　陽傷同上　當行同上　亡行哀郢
傷長抽思　亡光一作完○同上　章明懷沙　量臧同上　強像
同上　將當思美人　揚章同上　長像橘頌　傷倡忘長芳
章芳既芊明悲回風　湯行同上　行鄉陽英壯放遠游
行芒同上　涼皇同上　鄉行同上　長明通卜居　○以上平
聲

第十一部

第十一部陸韻平聲庚耕清青上聲梗耿靜迥去聲映諍勁徑
盈平周易上經坎九五　井井井井瓶下經井　元天形成天
命貞寧象上傳乾　元生天坤　生貞盈寧屯　中成正
淵訟　正賢天大畜　生平象下傳咸　成成恆　正定家人
亨正命萃　信正革　成命人同上　成民節　貞
天中孚　正民象上傳屯　聽正需　正敬訟　正命臨
賓民平觀　正命正象下傳晉　井正成井　正聽艮
極正未濟　精生繫辭下傳男女搆精二句　平傾危者使平二句　亨情
正精情天平文言傳乾　正定襍卦傳　○姓明虞書堯典平章百姓二句
○正令士冠禮三加爵弁祝辭　○敬正大戴禮武王踐祚篇丹書　聲旌投壺
六十六　表五　十四
篇命射辭　寧靈公冠篇下士祝辭　經刑易本命篇東西爲緯以下　○清省
爭禮記曲禮冬溫而夏清三句　成貞文王世子篇引語　成生經清平
寧樂記小大相成以下　正定定聲紀綱既正以下　霆形生孔子閒居地載
神氣以下　正清寧成生成政姓緇衣引詩　○挺扃令定春秋左傳
襄五年引逸詩　幸幸宣十六年引諺　○城金周語伶州鳩引諺　聽誠荆
生貞傾晉語國人誦改葬共世子　成榮叔詹引諺　生形征成刑越語
范蠡對越王逆節萌生以下　成形范蠡引所聞聖人之功節　○清纓孟子離婁篇引
孺子歌　○生贏成寧正爾雅釋天祥　○附　情聽離騷　正征同上
征庭旌靈九歌湘君　青莖成少司命　旍星正同上　冥
鳴山鬼　聽刑天問　營成傾同上　營盈同上　寧情同上

情正九章惜誦　情路正聽抽思　星營同上　盛正懷沙　征
箐成情程遠游　榮人征同上　耕名身生眞人清楹卜居
清輕鳴名貞同上　醒清漁父　清纓同上　○以上平聲
弟十二部陸韻平聲眞臻先上聲軫銑太半聲震霰入聲質櫛屑
田人周易上經乾九二　淵天人九四九五　𦘔鄰泰六四　身人
下經民　人神象下傳豐　身仁象上傳復　幸賓幸民正命吝
象下傳姤　信身繫辭下傳尺蠖之屈四句　天田文言傳乾上不在天二句　天
田人上不在天三句　親新信襍卦傳　進親顚同上　○偏平尚書
洪範　○天田年引少牢饋食禮嘏主人　○人淵大戴禮武王踐作篇盥盤銘
民年公冠篇祝雍祝成王冠辭一作近於仁遠於佞　○新新新禮記大學湯盤銘
表五
○佞田晉語輿人誦惠公　○倩盼絢論語八佾篇引詩　親人人堯日
篇　○附　名均離騷　艱韻同上　轃天人九歌大司命　民嬪
天問　鯀親同上　人身九章惜誦　明身同上　天名哀郢　鎮
人抽思　顚天悲回風　○以上平聲
血穴周易上經需六四　實疾卽下經鼎九二　實血歸妹上六　吉
失象上傳需　吉失訟　吉失比　吉失室小畜　吉失隨
失節象下傳家人　實節蹇　實節鼎　吉節未濟　○節
節節春秋左傳成十五年子臧引志　○附　節日九歌東君　抑韻九章懷沙
匹程同上　一逸遠游　○以上入聲
弟十三部陸韻平聲諄文欣魂痕上聲準吻隱混很太去聲稕問焮慁恨

文文周易象上傳賁　君羣象上傳否　炳蔚君象下傳革　焚聞旅
存門繫辭上傳成性存存二句　縕醞繫辭下傳天地絪縕二句　○訓訓尚書
洪範全篇多用韻語今略分見之各部中是彝是訓二語亦壘字爲韻也　○純循大戴禮哀公問
五義篇穆穆純純以下六句三韻　聞孫武王踐阼篇矛銘　門存大戴禮驪駒詩
見漢書服虔注　○西巡禮記祭義日出於東四句　神先雲孔子閒居清明在躬六句
○晨辰振旂賁焞軍奔春秋左傳僖五年童謠外傳同　○附　忍隕離騷
門雲九歌湘夫人　門雲塵大司命　雲先國殤　分陳天問
賓墳同上　云先同上先字非　○無　貧門九章惜誦　聞忳同上
忍軫同上　聞患九章抽思　還聞悲回風　雰媛同上　勤
聞遠游　傳垠然存先門同上　門冰同上　天聞鄰同上　○
以上平聲
表五
弟十四部陸韻平聲元寒桓刪山仙上聲阮旱緩潸產獮太去聲願翰換諫襉線
邅班周易上經屯六二　班漣上六　皤翰賁六四　園戔六五
反連下經蹇九三六四　變面革上六　干言漸初六　磐衎六二
順實巽順象上傳蒙　願亂履　實願願亂泰　變巽
象下傳家人　亂變巽萃　巽願亂漸　順願渙　變願
中孚　言蘭繫辭上傳同心之言二句　變倦繫辭下傳通其變以下四句用二韻
遠遷易之爲書以下凡用六韻　言見言遷八卦以象告以下　散烜說卦
傳雷以動之四句　爛反襍卦傳　綫難同上　○言愆盤士昏禮庶母命
女　○然善大戴禮哀公問五義百姓淡然二句　殘然武王踐阼篇楹銘　○安

顏言禮記曲禮上坐必安以下韻語也　班拳檀弓下原壤登木而歌　旦患
坊記引逸詩　○旦顯左傳昭三年讒鼎銘　愆言昭四年子産引逸詩　○然還
越語范蠡引所聞得時無怠節　遠反遠范蠡引所聞聖人之功節　○反遠論語子罕
篇引逸詩　○附　然安離騷　反遠同上　還盤同上　淺翩閒九歌
湘君　蘭言淺湘夫人　閒蔓閒山鬼　反遠國殤　暖寒言
天問　安還同上　變遠九章惜誦　拌援同上　言然同上　遠
壇同上　愆還哀郢　霰見同上　反遠同上　願進抽思　摶
爤橘頌　仙延遠游　○以上平聲

弟十五部陸韻平聲脂微齊皆灰上聲旨尾薺駭賄去聲至未霽祭泰怪夬隊廢入聲術物迄月沒曷末黠鎋薛

師尸周易上經師六五　保維隨上六　稊妻大過九二　咨洟下經
萃上六　藜妻困六三　次資旅六二　○頹壞萎禮記檀弓上孔子歌
緌衰檀弓下成人語　違遲悲孔子閒居言五起　○水瑰歸懷春秋
左傳成十七年子叔嬰齊歌　淮坻師昭十二年晉侯投壺詞　○懷歸違哀
微依妃晉語國人誦改葬共世子　○衰追論語微子篇接輿歌　○附　幃祇離騷
雷蛇懷歸九歌東君　歸懷河伯　懷肥天問　依譏同上○二
句一韻　衰嵬九章涉江　懷悲遠游　妃歌夷蛇飛佪同上　○
以上平聲
視履尾周易上經履六三　胏矢噬嗑九四　死棄離九四　䵑虺
下經困上六　娣履視娣歸妹初九九二六三　濟尾未濟　○死牝大戴

禮易本命篇高者爲生四句　○罪罪春秋左傳桓十年引周諺　尾幾文十七年引古
人言　尾裔哀十七年繇辭　○附　死體天問　底雉同上　涕弭遠游
○以上上聲
大利周易上經坤六二　退遂利下經大壯上六　遂饋家人六二　曳
掣劓睽六三　厲貝震六二　沛沫豐九三　內外義謂象下
傳家人　發大害象上傳坤　外敗需　竄掇訟　外大際
泰　害敗害哲大有　謂內臨　貴類悖頤　際大歲
坎　外害象下傳咸　害大末說同上　位愛謂家人　內貴
蹇　位退悖解　悖貴鼎　位快逮旅　外大位害
渙　契察史繫辭下傳上古結繩以下　大廢其道甚大二句　位氣說卦
傳天地定位二句　逮悖氣物水火相逮以下　外內類退雜卦傳　○
發枘枘發考工記工人爲枘而發四句　○廢世大戴禮武王踐阼篇丹書　害
大楹銘　○撥蹶越禮記曲禮上衣毋撥以下　悖佛學記其施之也悖二句　○
外泄春秋左傳隱公元年鄭武姜歌　類異成四年引史佚之志　蔽萃匱成九
年引詩　器罪昭七年楚僕區之法　○骨猾捽晉語伐驪戎兆　薉察蓺
越語范蠡引所聞贏縮以爲常節　○達适突忽論語微子篇周八士凡用三韻　○慧
勢孟子公孫丑篇引齊人言　察歡決孟子盡心篇　○附　刈穢離騷　薉
折同上　艾害同上　枻雪末絕九歌湘君　裔澨逝蓋湘夫人
帶逝際少司命　繼飽闠達天問　䛢活同上　害敗同上
掔說同上　會殺同上○二句一韻　汏滯九章涉江　慨邁哀郢

歲逝抽思　濟示懷沙　汨忽同上　胃謂愛類同上　發

逢思美人　至比厲衛遠游　○以上入聲

第十六部陸韻平聲支佳上聲紙蟹去聲寘卦入聲陌麥昔錫

儀卦易繫辭傳易有大極四句　○閱里周語富辰引人言　支壞壞支周語

虒傒引詩　危坤晉語引所聞醫鉌　○附　蘂纚離騷　離知九歌少司命

知蛹九章涉江　○以上平聲

益擊周易下經益上九　易適繫辭下傳上下無常四句　○晳役春秋左傳襄十七年宋謳　谿繫睨哀十三年乞糧辭　○附　隘績離騷　畫歷天問

解締九章悲回風　積擊策蹟適愁適蹟益釋同上　軛蹟

居上　○以上入聲

第十七部陸韻平聲歌戈麻上聲哿果馬去聲箇過禡

離歌嗟周易上經離九三　沱嗟離六五　陸儀下經漸上九　和靡

中孚九二　罷歌六三　過離小過上六　過弱象上傳傳過　爲嘉

象下傳革　義何鼎　何過何小過　地宜繫辭下傳仰則觀象于天四句

化宜神而化之二句　○胜隋墮尚書皋陶謨賡歌　頗義洪範○頗唐開

元中改爲陂　○嘉宜士冠禮字辭　○義過大戴禮武王踐阼篇弓銘　路駕

大戴禮驪駒詩見漢書服虔注　○皮多挪皮何春秋左傳宣二年宋謳　何多

羅襄八年引詩　○隨騎論語微子篇八士二季　○附　他化離騷　差頗

同上　化離同上　馳蛇同上　離虧同上　可我同上　被離

爲九歌大司命　何離爲同上　池阿歌同上○或多河波二韵河伯章語也

河波螭河伯　阿羅山鬼　爲化天問　加虧同上　施化

同上　多何同上　歌地同上　宜嘉同上○嘉作喜非　嘉嗟施

何同上　儀施九章抽思　化爲思美人　過地橘頌○失過一作過失韻

儀爲悲回風　馳蛇遠游　麾波同上　移波釃爲漁父　○

以上平聲

凡八千五百五十五字

表五終

乾隆丙申鐫於富順官廨

附錄

論文字製造之先後

黃季剛

今日研討文字製造之次序，所依據者，自《說文》外，惟有《周禮》故書、《儀禮》古文、魏《三體石經》。自餘《石鼓》之類，時代難明；鍾鼎之文，師說曠絕；止可略而不論。

《說文序》云：「倉頡之初作書，蓋依類象形，（此象形兼指事而言，故《說文》於指事字，每曰象其事之形。）故謂之文；其後形聲相益，即謂之字；文者，物象之本，字者，言孳乳而寖多也。以迄五帝三王之世，改易殊體，封于泰山者，七十有二代，靡有同焉。」據此文，則造字之始，必先具諸文，然後諸字始得因之以立。所云初、後，疑皆指倉頡一人之身。故《韓非》言倉頡作字，自營爲厶，背厶爲公；王育說禿字云：倉頡出，見禿人伏禾中，因以製字；明倉頡非不作字也。

文字成立先後，既不可紊，即使出於倉頡一人，亦自無嫌。蓋提挈綱維，止在初文數百；自是以降，要皆由初文變易孳乳而來也。

由文入字，中間必經過半字之一級。半字者，〈一曰，合體〉，合體指事，如叉，如㕚；合體象形，如果，如朵。〈二曰，渻變〉，渻者，如凡，如𣎳；變者，如匕，如匕，如𠃉，如夭，如夨，如尢。〈三曰，兼聲〉，如氏，如内。〈四曰，複重〉，如二、三，積於一；艸、芔，積於屮；収，从丩、又；北，从人、匕。此種半字，即爲會意、形聲之原。再後，乃有純乎會意、形聲之字出。其奇侅者，會意、形聲已成字矣，或又加以一文，猶留上古初造字時之痕跡。如龍之爲字，从肉，童省聲；固形聲字矣，而𦣞爲象形。牽之爲字，从牛，玄聲；又形聲字矣，而冂象牛縻。此二文，或象形，或指事，又非前之半字比；今爲定其名，曰雜體。

以上所說，造字次序：一曰文，二曰半字，三曰字，四曰雜體。就大體言，二可附於一中，四亦三之支別。然則文、字二名，可以統攝諸字無所遺也。

就文而論，亦非造自一時。何以明之？屮之與耑，水之與川，聲有對轉，而語無殊；丨之與囟，日之與入，義有微殊，而聲未變；此如造自一時，何由重複？是則轉注之例，已行於諸文之間久矣。一丯也，既以爲玄之古文，又以爲糸之古文；一丨也，既以爲上行之進，又以爲下行之退；同文異用，叚借之例又行矣。今若推其本原，往往集數十初文而聯爲一貫，用以得文字之太初；斯誠考文者一愉快事也。

史籀篇證序

王國維

敘曰。史籀十五篇。古之遺書。戰國以前未見稱述。爰逮秦世。李趙胡毋本之以作蒼頡諸篇。劉向校書。始著於錄。建武之世。亡其六篇。章帝時。王育爲作解說。許慎纂說文。復據所存九篇存其異文。所謂籀文者是也。其書亦謂之史篇。即史籀篇之略稱。說文於匋缶女三部三引史篇。蓋存其字謂之籀文。舉其書謂之史篇。其實一也。史篇爲字書之祖。故蒼頡以下亦蒙其名。漢書平帝紀。徵天下通知小學史篇者。王莽傳。徵天下史篇文字。揚雄傳。史篇莫善於蒼頡。作訓纂。揚子法言。或欲學蒼頡史篇。皆以史篇爲字書之通名。猶漢時閭里書師呼爰歷博學二篇爲蒼頡。魏晉以後并呼揚雄班固賈魴之書爲三蒼。六朝以後呼字林爲說文也。然其名固自史籀篇出。唐元度謂此篇廢於晉世。而自許君以後。馬鄭諸儒即不復徵引。蓋自三蒼盛行。此書之微久矣。今就諸文所存遺字疏通證明之。而論其最要於篇首。覽者詳之。一。史籀爲人名之疑問也。自班志許序以史籀爲周宣王太史。其說蓋出劉向父子。而班許从之。二千年來無異論。余顧竊有疑者。說文云。籀。讀也。（方言抽讀也）又云。讀。籀書也。（毛詩鄘風傳云讀抽也）古籀讀二字同音同義。又古者讀書皆史事。周禮春官大史職。大祭祀戒及宿之日。與群執事讀禮書而協事大喪。遣之日讀誄。小史職。大祭祀讀禮灋。史以書敘昭穆之俎簋。卿大夫之喪。賜謚讀誄。內史職。凡命諸侯及公卿大夫則冊命之。謂諸冊書凡四方之事書。內史讀之。聘禮。夕幣。史讀書展幣。士喪禮。主人之史讀賵。公史讀遣。是古之書皆史讀之。逸周書世俘解。乃俾史佚繇書于天號。嘗麥解。作筴許諾。乃北向繇書於兩楹之間。作筴即書洛語之作冊乃內史之異名也繇即籀字。春秋左氏傳之卜繇。說文解字引作卜籀。知左氏古文繇本作籀。逸周書之繇書亦當即籀書矣。籀書爲史之專職。昔人作字書者。其首句蓋云大史籀書。以目下文。後人因取首句史籀二字名其篇。許書及周秦諸子大抵以首句二字名篇此古代書名之通例字書亦然蒼頡篇首句雖不可考然流沙墜簡卷二第十八簡上有漢人學書字中有蒼頡作三字疑是蒼頡篇首句中語故學書者書之其全句當云蒼頡作書句法正仿大史籀書爰歷博學凡將諸篇當亦以首二字名篇今急就篇尚存可證也大史籀書猶言大史讀書。太史公自序言紬石室金匱之書。猶用此語。劉班諸氏不審。乃以史籀爲著此書之人。其官爲大史。其生當宣王之世。是亦不足怪。李斯作蒼頡。其時去漢甚近。學士大夫類能言之。然俗儒猶以爲古帝之所作。以蒼頡篇爲蒼頡所作。毋惑乎以史籀篇爲史籀所作矣。不知大史籀書乃周世之成語。以首句名篇又古書之通例。而猥云有大史名籀者作此書。此可疑者一也。一。史籀篇時代之疑問也。史籀之爲人名可疑。則其時代亦愈可疑。史篇文字。就其見於許書者觀之。固有與殷周間古文同者。然其作法大抵左右均一。稍涉繁複。象形象事之意少而規旋矩折之意多。推其體勢。實上承石鼓文。下啓秦刻石。與篆文極近。至其文字。出於說文者。纔二百二十餘。然班固謂蒼頡爰歷博學三篇文字多取諸史籀篇。許慎謂其皆取史籀大篆。或頗省改。或之者。疑之。頗之者。少之也。史籀十五篇。文成數千。而說文僅出二百二十餘字。其不出者必與篆文同者也。考戰國時秦之文字。如傳世秦大良造鞅銅量。乃孝公十六年作。其文字全同篆文。大良造鞅戟亦然。新郪虎符作於秦并天下以前。其符凡四十字。而同於篆文者三十六字。詛楚文摹本文字亦多同篆文。而𣡕𢿱奓𠜾𢡃五字則同籀文。篆文固多出於籀文。則李斯以前。秦之文字。謂之用篆文可也。謂之用籀文亦可也。則史籀篇文字。秦之文字。即周秦間西土之文字也。至許書所出古文。即孔子壁中書。其體與籀文篆文頗不相近。六國遺器亦然。壁中古文者。周秦間東土之文字也。然則史籀一書。殆出宗周文勝之後。春秋戰國之間。秦人作之以教學童。而不行於東方諸國。故齊魯間文字。作法體勢與之殊異。諸儒著書口說。亦未有及之者。惟秦人作字書。乃獨取其文字。用其體例。是史篇獨行於秦之一證。若謂其字頗或同於殷周古文。當爲古書。則篆文之同於殷周古文者亦多矣。且秦處宗周故地。其文字自當多仍周舊。未可因此遽定爲宗周之書。此可疑者二也。其可得而斷定者又有三事。一。籀文非書體之名。世莫不以古籀篆爲三體。謂籀文變古文。篆文又變籀文。不知自其變者觀之。則文字殆無往而不變。故有一卷之書而前後異文。一人之作而器蓋殊字。自其不變者而觀之。則文字之形與勢皆以漸變。凡既有文字之國。未有能以一人之力創造一體者。許君謂史籀大篆與古文或異。則固有不異者。且所謂異者。亦由後人觀之。在作書時亦祇用當世通行之字。有所取舍。而無所謂創作及增省也。羅叔言參事殷商貞卜文字考。謂史籀一篇亦猶蒼頡爰歷凡將急就等篇。取當世用字。編纂章句以便誦習。其識卓矣。此可斷定者一也。一。史篇字數。張懷瓘謂籀文凡九千字。說文字數與此適合。先民謂即取此而釋之。近世孫氏星衍序所刊說文解字。猶用其說。此蓋誤讀說文敍也。說文敍引漢尉律諷籀書九千字。諷籀即諷讀。漢書藝文志所引無籀字可證。且蒼頡三篇僅三千五百字。加以揚雄訓纂。亦僅五千三百四十字。不應史籀篇反有九千字。此可斷定者二也。至史篇文體。段氏玉裁據說文所引三事。奭下云此燕召公名史篇名醜匋下云史篇讀與缶同姚下云史篇以爲姚易也以爲亦有說解。又疑即王育解說中語。然據此三事。不能定其即有說解。凡此三者。亦得由其文義知之。苟篇中有周旦召醜語。便可知醜爲召公之名。苟假匋爲缶。便可知匋字之讀苟。姚易二字連言。便可知其以姚爲姚易字。不爲女姓矣。若以此三事爲王育說史篇語。則說文引蒼頡訓纂蒼頡故等書。但稱揚雄說杜林說。不稱蒼頡。則其引史篇解說語。亦當如爲禿无諸字下徑稱王育說。不得云史篇。故史篇文體。決非如爾雅說文。而當如秦之蒼頡篇。蒼頡篇據許氏說文序郭氏爾雅注所引。皆四字爲句。又據近日敦煌所出殘簡又知四字爲句。二句一韻。蒼頡文字既取諸史篇。文體亦當仿之。又觀於其牆二文。知篇中之有複字。雰姚諸字。知用字之多假借。皆與蒼頡篇同。此可斷定者三也。此三疑三斷。關於全書之宏恉。故書以弁其首。世有達者。董而教之。若文字之變化正誤。則散見於各條下。茲不贅云。丙辰二月。

戰國時秦用籀文六國用古文說

王國維

余前作史籀篇疏證序。疑戰國時。秦用籀文。六國用古文。并以秦時古器遺文證之。後反覆漢人書。益知此說之不可易也。班孟堅言。蒼頡爰歷博學三篇文字多取諸史籀篇。而字體復頗異。所謂秦篆者也。許叔重言。秦始皇帝初兼天下。丞相李斯乃奏同文字。罷其不與秦文合者。斯作倉頡篇。中車府令趙高作爰歷篇。太史令胡毋敬作博學篇。皆取史籀大篆。或頗省改。所謂小篆者也。是秦之小篆本出大篆。而倉頡三篇未出大篆未省改以前。所謂秦文。即籀文也。司馬子長曰。秦撥去古文。揚子雲曰。秦剗滅古文。許叔重曰。古文由秦絕。案秦滅古文。史無明文。有之惟一文字與焚詩書二事。六藝之書行於齊魯。爰及趙魏。而罕流布於秦。(猶史籀篇之不行於東方諸國)其書皆以東方文字書之。漢人以其用以書六藝。謂之古文。而秦人所罷之文與所焚之書。皆此種文字。是六國文字即古文也。觀秦書八體中有大篆無古文。而孔子壁中書與春秋左氏傳。凡東土之書。用古文不用大篆。是可識矣。故古文籀文者。乃戰國時東西二土文字之異名。其源皆出於殷周古文。而秦居宗周故地。其文字猶有豐鎬之遺。故籀文與自籀文出之篆文。其去殷周古文反較東方文字(即漢世所謂古文)爲近。自秦滅六國。席百戰之威。行嚴峻之法。以同一文字。凡六國文字之存於古籍者。已焚燒剗滅。而民間日用文字。又非秦文不得行用。觀傳世秦權量等。始皇廿六年詔後。多刻二世元年詔。雖亡國一二年中。而秦法之行如此。則當日同文字之效可知矣。故自秦滅六國以至楚漢之際。十餘年間。六國文字遂遏而不行。漢人以六藝之書皆用此種文字。又其文字爲當日所已廢。故謂之古文。此語承用既久。遂若六國之古文即殷周古文。而籀篆皆在其後。如許叔重說文序所云者。蓋循名而失其實矣。

說文今敘篆文合以古籀說

王國維

許君說文敘云。今敘篆文。合以古籀。段君玉裁注之曰。小篆因古籀而不變者多。其有小篆已改古籀。古籀異於小篆者。則以古籀附小篆之後。曰古文作某。籀文作某。此全書之通例也。其變例則先古籀後小篆。又於皆取史籀大篆或頗省改下注曰。許所列小篆固皆古文大篆。其不云古文作某籀文作某者。古籀同於小篆也。其既出小篆。又云古文作某籀文作某者。則所謂或頗省改者也。此數語可謂千古卓識。二千年來治說文者。未有能言之明白曉暢如是者也。雖然。段君所舉二例。猶未足以盡說文。何則。如段君之說。必古籀所有之字篆文皆有而後可。然篆文者。乃秦并天下後所制定之文字。秦之政治文化皆自用而不徇人。主今而不師古。其易籀爲篆。不獨有所省改。抑且有所存廢。凡三代之制度名物。其字僅見於六藝而秦時已廢者。李斯輩作字書時必所不取也。今蒼頡三篇雖亡。然足以窺其文字及體例者。猶有急就篇在。急就一篇。其文字皆蒼頡中正字。其體例先名姓字。次諸物。次五官。皆日用必需之字。而六藝中字十不得四五。故古籀中字篆文固不能盡有。且蒼頡三篇五十五章。章六十字。凡三千三百字。且尙有復字。加以揚雄訓纂。亦祇五千三百四十字。而說文正字多至九千三百五十三。此四千餘字者。許君何自得之乎。曰。此必有出於古文籀文者矣。故說文通例。如段君說。凡古籀與篆異者。則出古文籀文。至古籀與篆同或篆文有而古籀無者。則不復識別。若夫古籀所有而篆文所無。則既不能附之於篆文後。又不能置而不錄　且說文又無於每字下各注此古文此籀文此篆文之例。則此種文字必爲本書中之正字。審矣。故敘所云今敘篆文合以古籀者。當以正字言。而非以重文言。重文中之古籀。乃古籀之異於篆文及其自相異者。正字中之古籀。則有古籀篆文俱有此字者。亦有篆文所無而古籀獨有者。全書中引經以說之字。大半當屬此第二類矣。然則說文解字實合古文籀文篆文而爲一書。凡正字中。其引詩書禮春秋以說解者。可知其爲古文。其引史篇者。可知其爲籀文。引杜林司馬相如揚雄說者。當出蒼頡凡將訓纂諸篇。可知其爲篆文。雖說文諸字中有此標識者十不逮一。然可得其大略。昔人或以說文正字皆篆文而古文籀文惟見於重文中者。殆不然矣。

字形的起源及其變遷

王初慶

中國文字的起源

中華文化淵遠流長，一向號稱有五千年的歷史，但是從疑古的風氣大盛以後，對這種說法逐漸有了動搖，直到近世考古之學興起後，替我國文化的萌芽與流變找到了實證，總算是給這些懷疑論者以當頭棒喝。由甲骨文大量出土，固然可以證明商代時已有了非常完備的文字，不過要談到文字的起源，至少還要再往上推二千年。唐蘭說：

> 從文字本身說，我們目前能得到大批材料的，只有商代的文字，這裡包括了甲骨卜辭和銅器銘文。卜辭是盤庚以後的作品，器銘卻只有少數可確定為商末。商代文字裡還保存著很多的圖畫文字，……這些圖畫文字僅僅是局部保留下來的，並不是原始時期的，……在卜辭裡已經有了大批形聲文字，銅器文字也是如此。……形聲文字的產生，總在圖畫文字的後面。……我把有了形聲文字以後文字，稱作近古期，未有形聲，只有圖畫文字的時期，稱為遠古期。那末我們所見到的商代文字，只是近古期，離文字初發生時，已經很遙遠了❶。

因此，唐先生對中國文字的起源有如是的看法：

> 我們在文字學的立場上，假定中國的象形文字，至少已有一萬年以上的歷史，象形象意文字的完備，至遲也在五—六千年以前，而形聲文字的發軔，至遲在三千五百年前，這種假定，決不是夸飾❷。

董彥堂先生更用比較的方法來推測：

> 中國文字到了殷代，距離圖畫已遠了，造字的方法六書都有了，已完全演進到用線條寫生的符號了。殷代二百七十三年之間，干支字二十二個，可以說沒有太大的變化；從此以下到秦代的小篆，大約有一千年，干支字也可說沒有太大的變化。從殷代文字最晚的，向後推一千年，而無大變化，這是事實。據此以推，從殷代文字最早的，向前推一千年，難道就會有大的不同嗎？就不會是符號而是圖畫嗎？文化的進程，照例是先緩後急，後一個一千年，有春秋戰國社會的劇變，秦代統一文字時變化猶不過如此，前一個一千年內，是殷商前期、夏代、唐、虞二代。唐虞夏商，皆承平盛世，文字竟有若何大的變動，似乎是不可能的。所以由殷向上推，三百年以前不會是圖畫文字，五百年或一千年以內，也決不會是圖畫文字，這可以說是一個

合理的推論。關於殷代的古文——銅器銘刻，確是原始的圖畫文字，我們就可以和埃及文、麼些文比較一下。埃及文至少使用了三千年，始終是圖畫；麼些文從創造到現在，算它一千年，也始終是圖畫，都沒有變成符號。由此推斷，我們殷代的古文——原始圖畫文字，究竟是何時創造的？用過了多少年，以後才演變爲像甲骨文一樣的符號文字？這年代應該如何估計？埃及人用圖畫文字，三千年不變，麼些族用圖畫文字，一千年不變，我們中國人用圖畫文字，總不會創造了以後，馬上就改爲符號。算它用過一千年，就不能說多，再少，算它五百年。接上去殷虛文字的年代，一千年是符號，五百年是圖畫，這估計只有少不會多的。這樣算，殷虛的初年是西元前一三八四年，加上一五〇〇年，當爲西元前二八八〇年，大約距今四千八百多年❸。

民國以來，由於考古的發掘，先後發現了數批史前的陶文，使我們對漢字起源的猜測找到了部份證據。這些陶文計有：㈠西安半坡陶文。㈡山東城子崖陶文——民國十九年至二十年間，中研院史語所於山東歷城鎮所發掘到的黑陶文化下文化層。㈢河南偃師二里頭陶文。㈣小屯殷虛陶文——中研院史語所於民國十七年至二十五年在殷墟考古時所得。根據對這幾類的陶文年代、陶片數量和有字陶片的比例，幾種陶器上所刻文字的意義及其與甲骨文字的比較及字數的統計，李孝定先生說：

我們對漢字的起源，似可作以下的推測：A年代：已知的漢字，應推半坡陶文爲最早，其年代可上溯至四千B.C.，最晚亦當爲二五〇〇B.C.。B字數：這方面的推測，比較最缺乏根據，筆者推測半坡時代的全部文字，應有近乎二千之數，或不算誇誕；不過尚有許多因素是未知數，這項推測自然只能聊備一說。C中國文字的創造是單元抑多元？……幾種陶文的紀數字，和甲骨文完全相同，即此一點，似已足夠證明中國文字的起源，在系統上是單元的。D陶文的六書分析：上列幾種陶文，可識者甚少，要想對它們作六書分析，實屬有些冒險；但爲了推測文字發生的過程，又不得不借重這種分析。根據文字學的研究，漢字的發生，以表形文字爲最早，表意文字次之，表音文字又次之。我們試就此論點，將各期陶文中完全不可識的撇開不談，僅就已識或似可識而尚在疑似之間的字，作一粗略的六書分析。……在下文中，筆者用六書的觀點分析甲骨文字的結果，也證明假借字是從表形、表意文字，進步到形聲文字之間的橋樑，它本身是純表音文字，形聲字是受了假借字的啓示才產生的，現在半坡陶文中有假借字而無形聲字，也可爲鄙說佐證。……值得注意的是早期陶文中卻絕無形聲字的發現，這也是合乎文字發生過程的合理現象。直到小屯陶片文中有「[illegible]」字，不管左旁所從的是「丩」或「卜」，總是從女、丩聲或卜聲的形聲字。它和甲骨文時代大致相彷，甲骨文中已有大量的形聲字，然則小屯中已有形聲字，更是毫不足怪的。小屯陶文中還有許多象形、會意文字，自屬意中事❹。

對於歷代字形的變遷，許敘說到：「黃帝之史倉頡，見鳥獸蹏迒之跡，知分理之可相別異也；初造書契。……自迄五帝三王之世，改易殊體，封于泰山者，七十有二代靡有同焉。……及宣王大史籀著大篆十五篇，與古文或異。至孔子書六經，左丘明述春秋傳，皆目古文。厥意可得而說。其後諸侯力政，不統於王，惡禮樂之害己而皆去其典藉；分爲七國，田疇異畮，車涂異軌，律令異灋，衣冠異制，言語異聲，文字異形。秦始皇帝初兼天下，丞相李斯乃奏同之，罷其不與秦文合者；……皆取史籀大篆，或頗省改，所謂小篆者也。是時秦燒滅經書，滌除舊典，大發吏卒，興戍役，官獄職務緐，初有隸書，以趣約易。而古文由此絕矣。」其實，倉頡造字的說法，恐怕是出於神話的推衍❺，但是想要找出造字的根源既不可得，舉出倉頡作代表，也是很合宜的。因此傳統的說法都認爲我國文字歷代的變遷是由倉頡造字，然後逐漸衍成「古文」，到了周宣王的時候，由名叫作籀的太史加以整理與統一，從字形上來說，稱作「大篆」。但是由整理改易的人名來說，就叫作「籀文」。到了秦朝，再由李斯等人增刪改定，變成了「小篆」。由於小篆書寫不易，乃有「隸書」出現。對於這種說法，從許慎以下二千多年來都沒有懷疑，直到民國初年，海寧王國維氏提出秦用籀文，六國用古文說，一時之間，幾乎取傳統的觀念而代之。下文就針對這種說法加以分析。

古文與籀文

王國維先生對籀文的人名及時代性提出了兩疑三證：

一、史籀爲人名之疑問也。自班固志許序以史籀爲周宣王太史，其說蓋出劉向父子，而班許从之。二千年來無異論，余顧竊有疑者。說文云：「籀、讀也。」又云：「讀、籀書也。」古籀讀二字同音同義。又古者讀書皆史事，周禮春官大史職：「大祭祀戒及宿之日，與群執事讀禮書而協事大喪，遣之日讀誄。」小史職：「大祭祀讀禮灋，史以書敘昭穆之俎簋。卿大夫之喪，賜諡讀誄。」內史職：「凡命諸侯及公卿大夫則冊命之，凡四方之事書，內史讀之。」聘禮：「夕幣，史讀書展幣。」士喪禮：「主人之史讀賵，公史讀遣。」是古之書皆史讀之。逸周書世俘解：「乃俾史繇書于天號。」嘗麥解：「作筴許諾，乃北向繇書於兩楹之間。」繇即籀字。春秋左氏傳之卜繇，說文解字引作卜籀，知左氏古文繇本作籀，逸周書之繇書亦當即籀書矣。籀書爲史之專職，昔人作字書者，其首句蓋云太史籀書，以目下文，後人因取首句史籀二字名其篇，太史籀書猶言太史讀書，太史公自序言：「紬石室金匱之書」猶用此語。劉班諸氏不審，乃以史籀爲著此書之人，其官爲太史，其生當宣王之世，是亦不足怪。李斯作蒼頡，其時去漢甚近，學士大夫類能言之，然俗儒猶以爲古帝之所作，以蒼頡篇爲蒼頡所作，毋惑乎以史籀篇爲史籀所作矣。不知大史籀書乃周世之成語，以首句名篇又古書之通例，而猥云有大史名籀者作此書，此可疑者一也。

二、史籀篇時代之疑問也：史籀之爲人名可疑，則其時代亦可疑。史篇文字，就其見於許書者觀之，固有與殷周間古文同者，然其作法大抵左右均一，稍涉繁複，象形、象事之意少而規旋矩折之意多。推其體勢，實上承石鼓文，下啓秦刻石，與篆文極近。至其文字，出於說文者，才二百二十餘，然班固謂蒼頡爰歷博學三篇文字多取諸史籀篇，許愼謂其皆取史籀大篆，或頗省改，或之者疑之，頗之者少之也。史籀十五篇，文成數千，而說文僅出二百二十餘字，其不出者，必與篆文同者也。考戰國時秦之文字，如傳世之大良造鞅銅量，乃孝公十六年作，其文字全同篆文，大良造鞅戟亦然；新郪虎符作於秦幷天下以前，其符凡四十字，而同於篆文者三十六字；詛楚文摹本文字亦多同篆文，而𣠰殹奓𠜱憙五字則同籀文❻，篆文固多出於籀文，則李斯以前，秦之文字，謂之用篆文可也，謂之用籀文亦可也。則史籀篇文字，秦之文字，即周秦間西土之文字也，至許書所出古文，即孔子壁中書，其體與籀文篆文頗不相近，六國遺器亦然。壁中古文者，周秦間東土之文字也，然則史籀一書，殆出宗周文勝之後，春秋戰國之間，秦人作之以教學童，而不行於東方諸國，故齊魯間文字，作法體勢與之殊異，諸儒著書口說，亦未有及之者，惟秦人作字書，乃獨取其文字，用其體例，是史篇獨行於秦之一證。若謂其字頗或同於殷周古文，當爲古書，則篆文之同於殷周古文者亦多矣，且秦處宗周故地，其文字自當多仍周舊，未可因此遽定爲宗周之書，此可疑者二也。

其可得而斷定者又有三事，一、籀文非書體之名，世莫不以古籀篆爲三體，謂籀文變古文，篆文又變籀文，不知自其變者觀之，則文字殆無往而不變，……自其不變者而觀之，則文字之形與勢皆以漸變，凡既有文字之國，未有一人之力創造一體者。許君謂史籀大篆與古文或異，則固有不異者，且所謂異者，亦由後人觀之，在作書時亦衹用當時通行之字，有所取舍，而無所謂創作及增省也。羅叔言參事般商貞卜文字考謂史籀一篇亦猶蒼頡、爰歷、凡將、急就等篇，取當世用字，編纂章句以便誦習，其識卓矣，此可斷定前者一也。史篇字數，張懷瓘謂籀文凡九千字，說文字數與此適合，先民謂即取此而釋之。……蒼頡三篇僅三千五百字，加以揚雄訓纂，亦僅五千三百四十字，不應史籀篇反有九千字，此可斷定者二也。至史篇文體，段氏玉裁據說文所引三事，以為亦有說解，又疑即王育解說中語，然據此三事，不能定其即有說解，……故史籀文體……當如秦之蒼頡篇，……四字為句，二句一韻。……此可斷定者三也❼。

因而提出「戰國時秦用籀文、六國用古文說」：

司馬子長曰：「秦撥去古文」，揚子雲曰：「秦剗滅古文」，許叔重曰：「古文由秦絕」。案秦滅古文，史無明文，有之惟一文字與焚詩書二事。六藝之書行於齊魯，爰及趙魏，而罕流布於秦猶史籀篇之不流行於東方諸國，其書皆以東方文字書之，漢人以其用以書六藝，謂之古文，而秦人所罷之文與所焚之書皆此種文字，而孔子壁中書與春秋左氏傳，凡東土之書，用古文不用大篆，是可識矣。故古文籀文者，乃戰國時東西二土文字之異名，其源皆出於般周古文，而秦居宗周故地，其文字猶有豐鎬之遺，故籀文與自籀文出之篆文，其去般周古文反較東方文字為近。自秦滅六國，席百戰之威，行嚴峻之法，以同一文字，凡六國文字之存於古籍者，已焚燒剗滅，而民間日用文字，又非秦文不得行文，……十餘年間，六國文字遂遏而不行。漢人以六藝之書皆用此種文字，又其文字為當日所已廢，故謂之古文，而籀篆皆在其後，如許叔重說文序所云者，蓋循名而失其實矣。

此後，多數學者都以為此說確不可易，而把這項結論納入他們的著作當中。

但是仔細分析一下王先生的論證：所謂的三斷：一以為籀文不是書體，因為未有人能以一人之力造一體。但是，文字是漸變而不是突變，文字的演化是無意識的而不是有意去改作❽，籀文當然不必和古文有顯著的差異。二以為籀文的字數不應有九千字。三以為籀文的文體沒有說解，每句四字，二句一韻，更都和籀文的時代性無關，所以在此不論。至於所謂的二疑，就有許多地方令人百思不得其解了。

一、王先生以為「六藝之書行於齊魯，爰及趙魏，而罕流布於秦。」似乎當時東西文化隔絕，因此天下統一以後，六國古籍的被焚毀，古文之被禁止，應該不僅止在於儒生喜歡引古非今，而是文化上的排斥。可是王先生又說「秦處宗周故地，其文字自當多仍周舊。」「秦居宗周故地，其文字猶有豐鎬之遺。」認爲秦國文字仍然受到宗周的影響。六藝的整理，固然要晚到了春秋末期的孔子，但是不可否認的，其中大部份都早已開始流傳，而且都是宗周文化的遺跡[9]。文字和文化本爲一體，沒有文字的文化，缺少了紀錄的工具，當然很難擴散與流傳，這種現象在古今中外各民族文化的發展上是屢見不鮮的。日本在大化革新以後，明治維新以前；韓國在戰國、兩漢以後[10]，二次世界大戰以前，由於都受到中國文化的薰陶，漢字自然也成爲了日本與韓國本身文化傳播的重要媒介，由此看來，王先生的說法已經自相矛盾。如果在古籀中探討一番，東西文化隔絕的說法更是不攻而自破：

1.書經包括了虞、夏、商、周四代的教令詔誥典謨，其中最晚的一篇是秦誓，書序說：「秦穆公伐鄭，晉襄公帥師敗諸崤，還歸作秦誓。」左傳於魯僖公三十三年（周襄王二十五年、西元前六二七年）正好記有秦晉崤之戰的故事，可以跟書序相印證。所以說六藝與秦無關，就不太站得住腳了。

2.詩經十五國風中有秦風，計收車鄰、駟鐵、小戎、蒹葭、終南、黃鳥、晨風、無衣、渭陽、權輿等十篇，以整部詩經來說，約佔三十分之一的比重。就國風來說，佔一百六十篇詩中的十六分之一，比起最東土的齊風十一首只少一首，比起中原的唐風十二首只少二首，與陳風相同，也看不出有顯著的東西差異存在。對於秦風的時代性，詩序以爲大部份皆當襄公及康公之時，說法雖不一定可靠，但是黃鳥詩哀悼奄息、仲行、鍼虎三良爲秦穆公殉喪，事見魯文公六年左傳，渭陽詩是秦康公爲太子時送舅舅晉公子重耳返國時所賦的詩，歷代學者均無異議。其時皆已當春秋中葉，甚至比傳統上所說籀文的時代還要晚，然當時秦的文化仍舊與中原有密切的關係。

3.如果說，秦誓、秦風等都是王室所採錄以「觀民風、知得失、自考正」，秦人本身並不自知，而堅守東西文化互不流通之說也說不通。一方面，秦誓、秦風如果都是春秋時期的作品話，當時王室大權旁落，采詩的制度已經失卻作用，所以孟子要說「詩亡而後春秋作」。另一方面，學詩學書的目的，也不僅止於增加學識而已，更有實際致用的目的。學書可疏通知遠，學禮可以立，學詩可以言，小自事父，遠至事君，乃之於處理政事，辦理外交都包括在內[11]。由左傳所記載各國卿大夫聘問的儀節及引詩，就可以很明顯的看出詩經的這些作用。其中和秦國有關且最爲後人所樂道的有二件事：一是魯僖公二十三年，晉公子重耳流亡到秦國，秦穆公招待他宴飲時，兩人引詩唱和，重耳賦「沔水」[12]，秦穆公賦「六月」，陪侍重耳的大臣趙衰要重耳拜賜，因爲小雅六月第一章指匡正王國，第二章詠輔佐天子。所以趙衰聽見穆公賦詩，立即了解穆公是以佐天子者期許重耳。由這一段紀錄可以了解到，秦穆公對詩經的體認和運用，是非常深刻的。另一則故事發生在魯定公四年，伍子胥率領吳師在柏舉一役大敗楚師。申包胥赴秦國爲楚國討救兵，靠在秦宮牆上日夜大哭，滴水不沾的哭了七天。終於感動了秦哀公，唱出了「無衣」的詩。申包胥感激得連續頓首，才肯坐下來休息，因爲無衣詩的主旨在同仇敵愾，「與子同袍」、「與子同仇」，果然秦國派出了救兵。

既然一直到秦秋的末期，秦國仍然受到六藝偌大的影響，怎麼會一到戰國，除了秦國文字仍然還有宗周遺風以外，一下子就和六藝隔絕？戰國時遊士之風最盛，如果真正有東西文化上顯著的差異，蘇秦和張儀也就不那麼容易掉三寸不爛之舌，往來合從、連橫而自如。詛楚文和呂相絕秦的文告，也就彼此不解，發生不了作用了。此外，在戰國策中，也可找到秦武王與昭襄王引詩的紀錄。

二、王先生根據說文對「籀」字的定義，把史籀解釋成「大史讀書」，斷定史籀是書名，但是「籀文」的名稱也見諸許書，叔重造書立說時，會如此自相矛盾嗎？又王先生所謂東土、西土之分一以壁中古文屬周秦間東土文字，史籀篇是春秋戰國間的秦文字，更舉出秦大良造鞅銅量文字全同篆文，詛楚文除𥠁、殸、奓、𠟭、惠五字同籀文外，餘皆與篆文相同爲證。然潘重規先生亦出古器上的文字資料來反駁：

> 試即秦大良造鞅銅量觀之，銅量大字作大，大字即爲古文。說文亣字下云：「籀文，改古文。」是秦器用古文大而不用籀文亣也。再就詛楚文觀之，雖殸奓𠟭惠四字同籀文，而大字十餘見，皆作古文大字。其他求字作𣳚，亦同於古文，玉字作𤣩，利字作𥝢，皆與說文所載古文𤣩𥝢相近。除王氏所舉大良造鞅銅量及詛楚文之外，秦器中之秦公既之事字作𠭖，秦公鐘之事字作𠭖，皆與說文古文象字相近。若觀察六國之遺文，其所用文字亦復多同籀文。如東方齊國之𪓐鈴、陳侯午錞、國差𨯫之四皆作亖，晉國之晉公盦、嗣子壺，四亦作亖。洛陽韓墓所出之韓壺銘文，四亦作亖。據說文所載，亖乃籀文。由此觀之，亦可知秦國文字常用古文，而東方諸國亦復用籀文，是則王氏所謂秦不用古文之說，即其自舉之例，亦不能證成其說，而所謂籀文，篆文與古文系統截然不同說，自亦不能成之矣⑬。

更明顯的證據是說文有古文，籀文與小篆並列作爲部首的，就以大字來說，古文大，籀文亣都是部首。段玉裁說：「大下云古文亣，而亣下云籀文大，以此古文籀文互相釋明，衹一字而體稍異，後來小篆偏旁或从古或从籀，故不得不殊爲二部。」細察所以分一字的古籀爲兩部，不外是爲了書寫筆順結構之不同的原因。所以除了契字外，部首均處於合體字的上部或中間，如大部的字，如奎夾等；而亣部中的字，部首則居於合體字的下半，如奚奕等。因爲大比較容易包含其他的部份，而亣的上半比較整齊，可以結合在另一體的下方。而事實上這些分別也恐怕是到了小篆要固定字形以後才有的現象，所以奚字說文中雖然从籀文大，甲文作奚，南亞彝奚，所从的却是古文大。又如人爲籀文的人，儿爲古文奇字人，他們並列爲部首，也是同樣的原因，人比較狹長，正好作爲左右平列的偏旁使用，如仁仕等。儿字比較寬扁，正好作爲上下直列的偏旁使用，如允克等。事實具在，何來東西相異，壁壘分明的現象呢？

三、以六國古文爲說文引述的古文，秦文字爲說文所引述的籀文，既然從春秋史料及戰國的器物來看，都頗有疑問，但是不可否認的是所謂：「諸侯力政，不統於王，惡禮樂之害己而皆去其典籍，分爲七國，田疇異畮，車涂異軌，律令異灋，衣冠異制，言語異聲，文字異形。」春秋戰國之際，由於地域與政治背景的差異及語言的紛歧，在文字上各國難免會因時因地而制宜，有他們本身的文字特色出現，這樣說來，又不止東西的差別了。當王先生覆信與容庚討論到這個問題的時候，也認爲：

> 如燕齊之匋器，各國兵器貨幣璽印，不下數千百器，其文字並訛變率草，不合般周古文，且難以六書求之，今日傳世古文中，最難識者，即此一類文字也。……至秦用籀文，六國用古文之說，雖不敢自信爲確實，然不失爲解釋六國材料（秦文如大良造鞅戟、重泉量、新郪虎符、詛楚文等。六國文字如匋器，璽印、貨幣及壁中書等。）之一方法⑭。

而陳夢家氏把東周的銅器分爲五系，這也就是王氏提出的「自其變者觀之，文字無往不變」⑮：

東土系　齊、魯、邾、莒、杞、鑄、薛、滕……
西土系　秦、晉、虞、虢……
南土系　吳、越、徐、楚……
北土系　燕、趙……
中土系　宋、衛、陳、蔡、鄭……

此五系中，東中西三系為黃河流域，南系為江淮流域，北系為塞外，故南北兩系最易受域外文化之影響，否則常保持其地域性的發展，而其他三系可謂為正統的華夏文化。而華夏文化的三系中，「惟西土系秦文最為官書之楷則，是為小篆，其他較小篆簡省者，則楷書之濫觴也⑯。」雖然因地域背景的不同有了五系的劃分，但是我們也可以體認的是：

「地域的間隔雖使文化各異，但並不致使文字產生太大變化的。譬如河南沁陽出土的晉國載書及山西侯馬出土的東周盟誓，都是毛筆書寫的文字，它們和江陵、信陽、長沙等地的墨書『楚簡』文字相較，也只是大同小異而已。現在看到列國的錢幣文字，也說明了東西土的地域，並不會構成它們過分的差異。而錢文很多類同契文、金文的例子，亦顯示了六國同於殷周古文的仍然不少，它們有古文、籀文同用的現象，也就不足奇怪了。所以說戰國時通行的文字，彼此仍有其共通性，所謂古文與籀文實在很難作一嚴格的劃分，六國文字和秦地文字的相差，也不是太遠的⑰。」

四、文字雖然因地域而有差別，但是誠如王先生所說：「凡既有文字之國，未有能以一人之力創造一體者。」既然東西相異之說有諸多疑問，不如仍從傳統的說法，仍以籀文為周宣王時整齊文字的結果為宜。方濬益氏說：

宣王中興，篤生籀史，創為大篆，則石鼓其幟志也。然自歐公以來，異說紛歧，通儒不免，近人徐燮鈞於實難得周虢季子白盤，平定張穆依羅次球以四分周術推演，定為宣王之十二年　周時惟宣王十二年周正建子，月有丁亥，乃月之三日也。　其辭既類小雅六月之篇而書則籀文，一同石鼓文，可知史籀篇跡，實周時書勢之一大關鍵。而召伯虎敦，虢文公鼎以毛詩國語攷之，亦宣王時之器，尤足資印證矣。且鄭桓公以桓王母弟受封，鄭器如邢叔妥賓鐘，姜白鼎、姜白鬲、楙叔賓父壺、大師小子甗，無一不與石鼓脗合，在既變大篆之後，是周中葉時文字之可考者，其證二也。平王東遷，諸侯力政，文字異形，學古編所謂諸侯各有其本國之文也；然列國之器，如宋公䪫鐘之為平公成、宋公差戈之為元公佐，邾公牼公華二鐘之為宣公悼公，楚曾侯二鐘之為惠王章作，王子申盞之為令尹子西，齊侯二罍之祀陳桓子，陳侯鐘之為齊威王器，其文仍是籀書而體漸狹長，儼然小篆。且秦之建國，實自平王；薛氏所錄盄龢鐘，阮氏所稱昭襄王嘉禮壺尊、甲午天錫二簋，與近出之鄦子賸秦贏簠，書勢亦開秦權量及瑯琊台刻石之先聲，可知斯相制作雖本秦文，而實當時通行之體，是春秋戰國時文字可考者⑱。

方氏拿鐘鼎文資料替傳統的說法找到了明確的證驗。不過我們應加注意的是：*1.* 虢季子白盤銘文，經高笏之先生的考證應爲周平王十二年（西元前七五九年）器，這樣就比方氏的推論宣王十二年（西元前八一六年）晚了五十八年，不過董彥堂先生認爲宣王十二年與平王十二年同樣都是正月丁亥朔，二者皆可排入⑲，所以並在影響方氏的論證。 2.方氏從張懷瓘之說，以爲石鼓文即籀文，韓文公以爲石鼓文是周宣王時獵碣，但是後世異說頗多，至馬衡先生作「石鼓爲秦刻石考」訂爲秦刻石之後，漸成定論，只是對石鼓文的時代性仍然還有爭議而已⑳。方氏以周虢季子白盤和石鼓文書勢相同，則可爲東土西土之分不當的又一證據。 3.又據張光遠氏的考證，石鼓十篇的詩文，不論章句、字數、語法、用韻、名物等，莫不一一與詩經時期之作品契合，可與詩經秦風同列㉑，亦可以作爲當時東西文化爲一體的明證。無論東西土所發掘出來的器物及文獻資料，都是一脈相傳的文化菁英。

古籀之變與籀篆之變

一、由古文到籀文—古籀之變

文字本身既然是語言的紀錄，語言有生命，會隨時間空間的差異有所流變，是活生生的。文字要配合語言，自然也是活生生的隨著語言因應時空的不同而有所變異。籀文在字形上「與古文或異」，段玉裁說：「或之者，不必盡異也。」可說是從古文一脈相承，大部份因襲古文，小部份因應時空加以整理，我們從說文的重文當中，可以找到很多的例子。如：

上部旁下古文作　籀文作　（甲文作　金文作　）

㕯部商下古文作　籀文作　（甲文作　金文作　）

廾部兵下古文作　籀文作　（甲文作　金文作　）

晨部農下古文作　籀文作　（甲文作　金文作　）

聿部肄下古文作　籀文作　（甲文作　金文作　）

殺部殺下古文作　籀文作　（甲文作　）

𠦒部棄下古文作　籀文作　（甲文作　金文作　）

乃部乃下作　籀文作　（甲文作　金文作　）

馬部馬下古文作　籀文作　（甲文作　金文作　）

雨部雷下古文作　籀文作　（甲文作　金

文作）

大致說來，由古文到籀文的變化僅是筆劃上的繁省與整齊，有時甚至有同體重覆的情形發生。章太炎先生說：「造字之後，經五帝三王之世，改易殊體，則文以寖多，字乃漸備。……自倉頡至史籀作大篆時，歷年二千。其間字體，必甚複雜。史籀所以作大篆者，欲收整齊劃一之功也。故為之釐訂結體，增益點畫，以期不致淆亂。今觀籀文，筆劃繁重，結體方正。本作山旁者，重之而作屾旁。本作巛旁者，重之而作巛巛旁。較鐘鼎所著踦斜不整者，為有別也。此史籀之苦心也。惜書成未盡頒行，即遇犬戎之禍。王畿之外，未收推行之效。故漢代發見之孔子壁中經，仍為古文。魏初邯鄲淳亦以相傳之古文書三體石經。……至周代所遺之鐘鼎，無論屬西周或東周，亦大抵古文多而籀文少。此因周宣王初元至幽王十一年，相去僅五十餘年。史籀成書，僅行關中，未曾推行關外故也㉒。」

二、籀文到篆文—籀篆之變

由籀文再到篆文，其間的變化所謂「皆取史籀大篆或頗省改」，仍然是一脈相承的。段玉裁說：

> 云取史籀大篆或頗省改者，言史籀大篆則古文在其中，大篆既或改古文，小篆復或改古文大篆；或之云者，不盡省改也，不改者多。則許所列小篆固皆古文大篆，其不云古文作某，籀文作某，古籀同小篆也；其既出小篆，又云古文作某，籀文作某者，則所謂或頗省改也。

又說：

> 小篆因古籀而不變者多。

雖然王國維先生認為說文的正字當中所列不一定是小篆㉓，但是段氏對古籀篆沿襲漸變的理論，卻是屹立不移的。因此小篆並不一定全異於古籀，如果有所改易，也不過是省或改而已。由籀文到篆文的變化，通稱「籀篆之變」。這種文字本身進化的痕跡，也就是黃季剛所說的「變易」㉔，唐蘭所稱的「演化」㉕。由說文的重文當中分析一下，可以發現籀篆之所以要變化，不外下列五種情況：

㈠省其繁重

籀文的形體有時較為繁複，往往有同體複重的現象，而在書寫的時候，難免有趨簡惡繁的心理，於是小篆往往就把籀文簡化了。例如：

> 丨部中下籀文作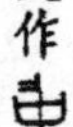甲文作，頌鼎作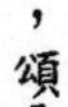，象旗上之於因風而偃，篆文省其繁作中㉖。

屮部芔下籀文作芔从三屮，篆文省其重作卉。
艸部折下籀文作𣂚，於二屮中有〈〉，齊侯壺作𣂚，恐怕是怕二屮相連，致以斤斷艸的意思不明，特別以二條線段明示折斷的情況㉗，篆文省其繁作𣂔。說文又有俗字作折，則係簡省之後兩屮相連爲手，又與手部同化之所致。

灥部𠫨下古籀作𠫨㉘，篆文省其重作原。雝伯原鼎作原。

糸部繘下籀文作繘，篆文省其重作繘。

(二) 改其怪奇

籀文中比較奇怪的筆劃，小篆往往加以改易，但是這種改變可以分爲兩類：

1.行款：

爲了求行款的美觀，注意方塊字的平衡與對稱，篆文往往改變籀文的形體。例如：

𠬞部兵下籀文作兵，小篆改作兵。

𡐦部壄下籀文作壄，象揚土上散的情形，从二土在上㉙，小篆爲求對稱改作壄。

申部申下籀文作申，甲文作申申申等，金文作申申申等，象電光閃閃的樣子㉚，小篆爲求爲整齊改作申。

2.訛變：

有些時候由於時代久遠，已經湮沒了某些字造字的形義，小篆再加以改易，反而引起了訛誤。如果僅以卜辭或鐘鼎來和小篆比較。即可發現有時這種訛變的狀況非常嚴重。

如奉字，小篆作奉，从手廾丰聲，是形聲字；然己亥鼎作奉，玗父辛彝作奉，象兩手奉玉形；毛公鼎作奉，由於丰與玉字形相近，形近而訛變成聲符㉛。長字小篆作長，从兀從七亾聲，甲文作長長等形，象人髮長貌，小篆變頭髮爲倒亡，因而與原形大失其趣㉜。

皮部皮下籀文作皮，其實徵之鐘鼎，字或作皮皮等形，象以手剝取獸皮之意㉝。小篆改作皮，本來只是結構的漸變，可是由於形義的隱晦，許愼將字形誤解爲「从又爲省聲」。

馬部馬下籀文作馬，徵之於金文，克鐘作馬毛公鼎作馬，以代表馬頭，彡爲鬃毛，火爲前後足及尾㉞，說文所引籀文將鬃毛與身體分開，已經發生訛變，小篆作馬，爲了行款的整齊，又將鬃毛與頭連成直線，因此從小篆的形體看，實在看不出是如何象形的。

㈢加形：

加形，也就是所謂的繁化，由於古時字少，文字往往會在義上加以引申或在形上假借以求配合語言，如果一再引申或假借，往往使文字的本義隱晦不明，小篆就從籀文上再加形，使意義更加明確。例如：

箕部箕下籀文作□，甲文作□□□，食仲盨作□，妣己觚作□，邕子甗作□，在卜辭及鑑鼎銘文甚至先秦典籍中，其字多被假借為語詞使用㉟；為了明白表示器物的本義，事實上籀文中已經有異體，作□，小篆則加上器物的質料作□，以免與假借義相混。

雲部雲下古文作□，亦作□，甲文作□□□等形，經典中或借為發語詞，或借用為語尾助詞，或借為云謂字用，因而本義湣沒㊱，為了表示雲彩的本義，明其屬天象而非人事，小篆加雨作□。

𦣞部𦣞下古文作□，鑄子叔黑𦣞鼎作□，象人的下巴㊲，意義由形象上看仍不夠明顯，所以到了籀文已加形作□，小篆略加更改作□，加首加頁，都在加形以明其本義。

㈣加聲：

早期文字的取象多半以象形為主，但是由於從象形字的結構上讀不出聲音，為要滿足文字是語言紀錄的基本功能，要求能讀出聲音來，是自然而然的現象，所以從籀文到小篆，往往發生聲化的現象。有時當文字本身不夠明確時，也可用加聲的方法來作明顯的區別。例如：

尢部尢下□雖為部首，實為古籀，象人曲脛，不良於形的樣子，篆文作□㊳，加上了□的聲符，使文字與語言配合。

囗部囿下籀文作□，徵之甲文，或作□□諸形，石鼓文囿字亦作□，本象「苑有垣」的形狀，至秦公簋已改作□，从囗有聲，變成形聲字，小篆正作□，聲化的痕跡非常明顯。

雨部雹下古文作□，下部之晶為象形，「雹中心凹，故○中加・㊴」，由於讀不出聲音，加以在字形上與甲文之星字作□□等形相同，亦要求予以別異，於是小篆改作□，變成了　雨包聲的形聲字。

異部戴下籀文作□，本身已經有从弋的聲符㊵，徵之甲文作□，舀鼎作□，「象戴物之形，即戴字。後因借用為分異之義，而加弋聲作□，小篆因𢦏戴韻母關係更密，遂改為𢦏聲㊶。」而「異聲轉為戴，猶弋轉為代，台轉為殆㊷。」

㈤完全不同：

由於古文字往往一字有數種寫法，位置、偏旁、筆劃都不固定，而小篆爲了要求整齊劃一，往往從繁多的字形當中找出一個作範例而廢棄了其他不同的字形。例如：

子部子下籀文作□，象「囟有髮，脛在几上」，徵之甲文，子或作□□□等形，師田父尊作□，召伯虎敦作□，毛公鼎作□，小子師敦作□，羅振玉以爲：「說文解字古文作□，籀文作□，卜辭中子丑之字皆作□，或變作□……，從無作子者，□與許書所載籀文字子頗近，但無兩臂及几耳，召伯虎敦作有臂而無几，與卜辭亦略同，惟□、□等形則亦不見於古金文，蓋字之省略急就者，秦省篆書繁縟而爲隸書。予謂古人書體已有繁簡二者㊸。」容庚說：「甲骨文辰巳之巳作□□□□，金文亦然，與小篆同㊹。」李孝定氏更指出甲骨文省變遞嬗之跡爲：「□—□—□—□—□—□。□□□則象幼兒在襁褓之中，兩手舞動，上象其頭之形，實均取幼兒，但表現各異耳，許書以□□爲今古文，實一字之異體耳。卜辭以子爲辰巳之『巳』及子某之『子』是十二辰中有二子字，各據一形而不相亂者，以子巳之音本近，而□子之形各殊故也。然以子某之子作□觀之，知子□仍是一字，許君之說不誤㊺。」至小篆「遂變契文之□作□以代支名之『巳』，而以『子』爲第一支名及子孫字，『□』遂廢而不用，於是『子、巳』遂似分爲二字。然以古文用『子』爲『巳』，自金文之學興起，此一問題亦聚訟未已，實則□□並子之異構，□子巳實爲一字也，許書包篆作□，解云：『象人裹妊，巳在中象子未成形也。元气起於子，子人所生也，男左行三十，女右行三十，俱立於巳爲夫婦，裹妊於巳，巳爲子，十月而生。……』一則曰象人裹妊『巳』在中，象『子』未成形，再則曰『巳爲子』，正以明□爲子之未成形，然實亦子字也㊻。」

篆隸之變

許敘以爲隸書出現的緣故是由於秦時「官獄職務緐」，乃有隸書解散了曲折波磔的篆體，產生了快速簡易的字體。隸書的作者相傳是程邈㊼。秦時本來和小篆並行，到了漢朝，成爲文字的正體。董同龢先生以爲小篆的應用時代與範圍究竟有多大，是一個很大的問題。因爲：

秦朝的壽命極短，由李斯定小篆到秦亡漢興，前後不過十年多的工夫。然而一旦改朝換代，公私文書，已經盡是隸書的天下了。文字的應用，約定俗成的力量非常之大，無論是誰，絶對不能憑藉一紙命令，在旦夕之間，就可以把舊的完全廢除，同時又可以使新的普遍應用起來，由這一點，我們就可以作兩項合理的推測：

⑴小篆始終沒有發展到普遍應用的地步，不然他的消滅決不至於那麼快。

⑵漢以前，隸書應當已有相當長久的歷史了。如果不是這樣，他的興起也決不至於那麼快。劉邦是流氓，蕭何是皂隸，他們固然只知道隸書。可是，漢室政府卻不是沒有讀書人，而且劉邦蕭何也沒有制定法律來推行隸書。以隸書在漢初應用之廣，說他是和李斯差不多同時的程邈所創，似乎還嫌晚了一些。

根據隸書的筆道兒來推測，我們可以說：隸書的產生，是由於用筆作主要的書寫工具的緣故，用筆寫字，比起從前用刀刻或者是用根棍兒蘸漆寫字，眞是一項重大的進步了。筆的普遍應用，對於中國文字的影響，比改變筆道兒更要緊的，是大大的增加了書寫的速度。書寫速度既然增加，筆劃簡化和筆道兒逕直化的要求就越發加強，字體也就從此整個的改觀。所以，漢隸的興起，眞是中國文字演變史中的一個大的轉捩點。再往後說，或許是因爲紙的發明，書寫又得到更進一步的便利，於是漢隸又變作『今隸』，那也就是隋唐以來定於一尊的『正體字』或『楷書』㊽。

那麼隸書究竟是什麼時候產生的呢？當然不會是突然的改變。水經穀水注說：

孫暢之嘗見青州刺史傅弘仁：「臨淄人發古冢得銅棺，前和外隱爲隸字，言『齊太公六世孫胡公之棺也』，惟三字是古，餘同今書，證知隸自出古，非始於秦。」

唐蘭說：

胡公是太公玄孫，不應說六世孫。禮記說：「太公封於營丘，比及五世，皆反葬於周。」即使胡公是葬在齊的，他的都城在薄姑，爲獻公所殺，也未必葬到臨淄去。所以水經注這個故事是很可疑的。但是酈道元所說，由於輾轉傳聞，本就容易錯誤，並且這『胡公』的胡字，可能就是三個古字中的一個，而且更可能是被誤認了的。我們知道後來陳氏纂齊，也有太公，如其爲太公的六世孫，那麼就是戰國末年了。總之，如說西周已有較簡單的篆書，是可以的，眞正的隸書是不可能的。春秋以後就漸漸接近，像春秋末年的陳尚（即論語的陳恆）陶釜，就頗有隸書的風格了。六國文字的日漸草率，正是隸書的先導。秦朝用小篆來統一文字，但是民間的簡率心理是不能革除的，他們捨棄了固有的文字（六國各有的文字），而寫新朝的文字時，把很莊重的小篆，四平八穩的結構打破了。這種通俗的、變了面目的、草率的寫法，最初只通行於下層社會，統治階層因爲他們是賤民，所以並不認爲足以妨礙文化的統一，而只用看不起的態度，把它們叫做『隸書』㊾。

又說：

近古期文字，從商以後，構造的方法，大致已定，但形式還不斷地在演化，有的由簡單而繁複，有的由繁複而簡單。到周以後，形式漸趨整齊。盂鼎、旨鼎等器都是極好的代表。春秋以後，像徐器的王孫鐘、齊器的綸鎛、秦器的秦公𣪘和汧陽刻石等，這種現象，尤其顯著，最後就形成了小篆。　不過這只是表面上的演化，在當時的民眾所用的通俗文字，卻並不是整齊的、合法的、典型的，他們不需要這些，而只要率易簡便。這種風氣一盛，貴族也沾上了，例如春秋末年的陳向陶釜上刻銘，已頗艸率，戰國時的六國秦文字是不用說了，秦系文字雖整齊，但到了戈戟的刻銘上，也一樣的苟簡。陳向釜的立字作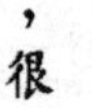，很容易變成立；高都戈的都字作，很容易變成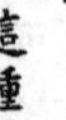，這種通俗的、簡單的寫法，最後就形成了近代文字裡的分隸。近古文字已不容易看出字形所代表的意義，到近代文字裡，沿用愈久，譌變愈多，當然更看不出來了，於是文字就漸變成單純的符號了㊿。

隸書取代了傳統的文字以後，所謂「古文由此而絕」，在字形上一脈相承的情況自此打破，這也就是許慎作說文解字必取小篆爲中心而不用當時通行的漢隸的道理。要想從隸書甚至楷書去探討文字的成因，往往是事倍功半，甚至會誤入歧途的。其實說文九千三百五十三個字並不完全是小篆，中間也包括有古文和籀文[51]，況且「小篆因古籀而不變者多」。由篆文—或篆文以前的古籀—到隸書的演化，稱爲篆隸之變，事實上篆隸之變也就是從傳統文字的結構到新體文字的變易。這種變易分析一下，大約有下列兩種狀況：

一、強異為同

在一脈相承的傳統文字中結構不同的字形，到隸書中由於簡化或同化的緣故，往往混在一起而失其本形。

例如：

春字於甲文作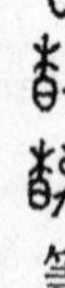等形，三體石經春的古文作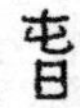（屯日），古文从木从屮並無分別，而甲文之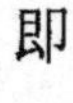即屯字[52]，故小篆又變爲，但隸書變作春。秦字於甲文作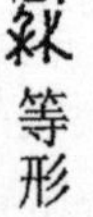等形，鄦子簠作，秦公簋作，史秦鬲作，本象抱杵舂米形[53]小篆省作，隸變以後字形作秦。

奉字既由捧玉形的□訛誤成从手□聲的形聲字，隸變之後，又變作奉。由春、秦、奉的形體上半截春來看，再也不知道一爲从艸屯，一爲从艸持杵，一爲手捧玉或从□聲了。

寒字□如鼎作□，大克鼎作□，小篆作□从字形上看，誠如許氏所析「从人在宀下，从茻上下爲覆，下有人人也。」隸變作寒。　塞字小篆作□，从土𡫳聲，徐灝以爲𡫳塞本一字，𡫳者充滿之意，所以從四工之㠭，乃取其用工之多而非用工之巧，加土是後起增形，由引申爲隔而分化出去的字[54]，而隸變作塞。由寒塞上半截的寒，將茻與㠭混而爲一。

這種強異爲同的現象，有些甚至在小篆的階段已經就存在了。例如燕字甲文作□□等形，正象「籋口、布翄、枝尾」的形狀，篆變作□，口與廿同化，頭與口同化，翄與北同化，尾與火同化，隸變再作燕，更將尾部變作灬。魚於甲文作□□等形，魚爵作□，毛公鼎作□，石鼓文作□，愚意以爲毛公鼎及石鼓文於魚尾兩邊加點，應是求字形的美觀對稱，並無其他的用意，小篆承襲其變，字形作□，乾脆就與火同化，隸變再作魚，又把魚尾變成了四點。　而馬字變到小篆的□形，下體的結構仍可見四足及尾之形，可是隸變作□，馬足變成了四點，連馬尾巴也省略了。這幾個字本來各有所象，但是愈演化愈失其本形。

二、將一作二

有些時候，在一脈相承的傳統文字裡結構相同的偏旁，隸變以後卻分成了兩種寫法。例如：

展字小篆作□，从衣㠭聲，是個形聲字，意指用紅色的細絹所作成的衣服，用作以禮見王及賓客的衣服，而塞字小篆作□，中間也是从㠭，但是隸變之後，一作□，一作□，變成了不同的結構。

監字小篆作□，覽字是由引申意加形所孳乳出來的新字，小篆作□，意在指臨皿以水爲鏡自覽，隸變以後，一作□，下部仍作皿；一作□，皿變成了四形。

丞字甲文作□，象人在陷阱中，有人手從上拯救，即拯字的初文[55]，小篆作□，人訛變成卩，陷阱訛變成山，但雙手仍可見。　奐字小篆作□，就是換字的初文，二者皆從雙手的廾字，隸變後一作丞，一作奐。字典中前者入一部，後者入大部，皆已面目全非。

隸變所以會有將一作二的情形，大約是當隸體易傳統文字的詘詰爲平直的時候，目的只在求簡省與字形結構的平衡對稱，往往就顧不到造字本身的形義了。

❶ 見唐蘭中國文字學十「文字發生的時代」。

❷ 見唐蘭古文學導論上編二丙「中國文字的起源下」。

③見大陸雜誌第五卷第十期世界文化的前途（二二）「中國文字的起源」一文。

④見南洋大學李光前文物館編印文物彙刊創刊號李孝定著「漢字史話」一文。

⑤按荀子解蔽篇云：「故好書者衆矣，而倉頡獨傳者壹也。」楊倞注以倉頡為黃帝之史官。韓非子五蠹篇：「古者倉頡之治書也，自環者謂之私，背私謂之公。」水經洛水注引河圖玉版：「倉頡為帝，南巡登陽虛之山，臨於玄扈洛水之汭水，靈龜負書，丹甲青文以授之。」繹史卷五引春秋元命苞：「倉帝史皇氏名頡姓侯岡，……生而能書。」各說於倉頡之時代，姓名、造字動機皆有出入，故以倉頡造字係出於神話的推衍。

⑥說文秦籀文作，敢下云籀文作，耆下云籀文作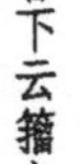，則下云籀文作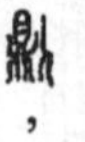，意下云籀文作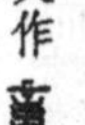。

⑦見觀堂集林卷五史籀篇證序及卷七戰國時秦用籀文六國用古文說。

⑧參看唐蘭中國文字學十九「什麼叫演化」一節。

⑨古文家認為孔子於六經之功在於述而不是作，那末六藝就純粹是宗周文化。今文家則認為孔子託古改制，創作經書；但是詩是采詩遺跡，書是歷代典謨詔誥，禮、樂分別是當時的制度，易是歷古相傳增益而成，也是不爭的事實，而且在早於孔子的載記中，不乏徵引者，所以不論今古文學者看法如何，六藝中一定包含宗周文化遺跡。

⑩史記朝鮮列傳第五十五：「朝鮮王滿者，故燕人也。自始全燕時，嘗略屬真番、朝鮮，為置吏，築鄣塞。」又「元封二年，……遂定朝鮮，為四郡。」後漢書卷七十六東夷傳：「建武六年，省都尉官，遂棄領東地，悉封其渠帥為縣侯，皆歲時朝貢。」

⑪語見論語季氏篇、陽貨篇及子路篇。

⑫左傳原文作「河水」，杜預注以為是逸詩，韋昭國語注云：「河當作沔字，相似誤也。」謹案小雅鴻鴈沔水：「沔彼流水，朝宗於海。」正與重耳美穆公之情況符合，故從韋說。

⑬見潘重規中國文字學附錄三「史籀篇非周宣王時大史籀所作辨」一文。

⑭見燕京月報第二期容庚作「王國維先生考古學上之貢獻」所引。

⑮見陳夢家海外中國銅器圖錄第一集中國銅器概述二「地域」一節。

⑯見陳夢家海外中國銅器圖錄第一集中國銅器概述八「文字」一節。

⑰見張光裕秦泉幣文字辨疑。

⑱見方濬益綴遺齋彝器考釋彝器說中「考文」一節。

⑲見那志良石鼓通考董作賓序。

⑳參看那志良石鼓通考一書。

㉑見張光遠先秦石鼓存詩考第七章「石鼓勒詩為經時期之作品考」一文。

㉒見章太炎國學略說中「小學略說」。

㉓參看觀堂集林卷七「說文今敘篆文合以古籀說」。

㉔參看黃侃論學雜著說文略說「論變易孳乳二大例上」。

㉕參看唐蘭中國文字學文字的演化十九「什麼叫演化」。

㉖段注本中下有云為古文而無籀文，今依小徐本，羅振玉段虛書契考釋云：「古中字於或在左或在右，象因風而或左或右也。」

㉗說文云：「籀文折从艸在仌中，仌寒故折。」王國維云：「齊侯壺作二形，偽隸古文尚書作，皆與此同。亦从斤斷艸，二屮之間之二，表其斷處也。」

㉘為說文正文，下又重出字云篆文从泉，段玉裁云：「此亦先二後上之例，以小篆作原，知乃古文籀文也。」

㉙參看段玉裁塵字下注。

㉚王筠句讀電下云：「虹之籀文從申，云申電也，知申是古電字，電則後起之分別文。」徐灝說文解字注箋云：「鐘鼎文多作，籀文，即從此變，小篆整齊之作申耳。」

㉛參看林義光文源𠦪字下。

㉜參看中興大學學術論文集刊第一期弓英德先生「六書篆變釋例」一文。

㉝林義光文源論云：「象獸頭尾之形，象其皮，又象手剝取之。」魯實先先生假借　源亦云此字「以示剝取獸皮之義。」

㉞商承祚殷虛文字類編：「說文解字馬古文作籀文略同，象馬頭髦尾之形。」

㉟甲骨文字乙編四五一片云：「貞來庚寅其雨不其雨。」其字已借為語詞。經典中如尚書微子：「予顛阪若之何其。」詩周南摽有梅：「摽有梅，其實七兮。」前者借為語詞，後者借為指示代名詞，如此者所在多有。鐘鼎銘文如宗周鐘：「南國及孳敢陷虐我土，王敦伐其至，戡伐厥都。」借為指示代名詞；兮甲盤：「其惟我諸侯百姓，乃貯毋不即市。」借為語詞。

㊱詩邶風簡兮：「云誰之思」，云借為發語詞；小雅正月：「洽其比鄰，昏姻孔云。」借為訓大之云；史記封禪書：「其用如經祠云」，則借用為語尾助詞。論語學而：「詩云：如切如磋，如琢如磨。」借為云謂字。

㊲匝為說文正文，但其後又列重文頤曰篆文匝，段注云：「此為篆文，則知匝為古文也，先古文後篆文者，此亦先二後上之例。」

㊳大小徐本皆以尪為古文，惟段注云：「尢者古文象形字，尪者小篆形聲字，此亦古文二篆文上之例，必取古文為部首者，以其屬皆从古文也。」謹案就文字進展言，最後才發展成形聲字，故从段說。

㊴見說文義證雷下。

㊵段注下云：「弋聲戠聲同在一部，蓋非从戈也。」

㊶見龍宇純中國文字學第二章第二節形聲下。

㊷見林義光文源下。

㊸見羅振玉增訂殷虛書契考釋及商承祚殷虛文字類編。

㊹見容庚中國文字學義編第二節象形字字下。

㊺見李孝定甲骨文字集釋第十四子下。

㊻見李孝定甲骨文集釋第十四巳下。

㊼說文敘新莽六書小篆下云：「秦始皇帝使下杜人程邈所作也。」段玉裁以為此十三字應在左書，即秦隸書之下。段注隸書：「晉衛恆

曰：秦既用篆，奏事繁多，篆字難成，即令隸人佐書曰隸字。唐張懷瓘曰：秦造隸書，以赴急速，為官司刑獄用之，餘尚用小篆焉。案小篆既省改古文大篆，隸書又小篆之省。」

㊽見董同龢先生語言學論文選集文字的演進與六書一文。

㊾見唐蘭中國文字學文字的變更二十七「隸書、楷法、八分、飛白」一節。

㊿見唐蘭古文字學導論上編二壬「由近古文字到近代文字」一節。

51觀堂集林卷七說文今敘篆文合以古籀說：「敘所云今敘篆文合以古籀者，當以正字言而非以重文言。重文中之古籀乃古籀之異於篆文及其自相異者，正字中之古籀，則有古籀篆文俱有此字者，亦有篆文所無而古籀獨有者，……然則說文解字實合古文籀文篆文而為一書，凡正字中，其引詩書禮春秋以說解者，可知其為古文，其引史篇者，可知其為籀文，引杜林、司馬相如、揚雄說者，當出於倉頡、凡將、訓纂諸篇，可知其為篆文。」

52見李孝定甲骨文字集釋卷一屯字及春字下所引證。

53見史語所集刊二本一分徐中舒耒耜考。

54參見徐灝說文解字注箋⿱宀⿱㠯廾字下箋釋。

55參見李孝定甲骨文集釋第三丞字下。

音學簡述

陳新雄

本師林先生常說：「我國文字的構造，雖然是形符；但是我國文字的運用，依然是音符。」這原因是文字由語言而來，語言靠聲音表達。因此在用文字記錄語言的時候，有許多文字，還沒有構造成功，只好借用音義相近的字，暫時替代，這就是許慎所謂「本無其字，依聲託事」的假借了。然而亦有些文字雖已構成，但記錄語言的人，還不知道，或者記憶不清，於是也只好隨便用一個同音的字，暫時替代，這便成爲「本有其字，依聲託事」，也就是後來所謂「同音通假」了。中國古書裡用「同音通假」的字，差不多到處都是，這是一般學者所共瞭解的。然而所感痛苦的卻是有的古同音而今不同音，有的今同音而古不同音，有的南同音而北不同音，有的北同音而南不同音。倒底所謂同音是以什麼爲標準呢？用什麼方法可以知道某一些字是同音，某一些字是不同音呢？這絕對不是猜測想像所可解決的，更不是憑一時一地的方言可以擬議的，必須有聲韻上基礎的根據，知道音變的規律，才可以運用自如。否則就會支離破碎，錯誤百出，所以要減少閱讀古書的困難，明白文字訓詁的條例，不懂得聲韻學，是沒有辦法的。

要懂得聲韻學，就得要有方法，不懂方法，雖皓首窮年，亦不得解。如果懂得方法，則聲韻並不艱難，也不複雜，它就像「三角」「幾何」一樣的簡單，一樣的科學。

現在我們先說甚麼是聲？甚麼是韻？甚麼是音？黃季剛先生的聲韻通例說：

「凡聲與韻相合爲音。
凡音歸本於喉謂之韻。
凡音所從發謂之聲，有聲無韻，不能成音。」

從黃先生的解釋，我們可以知道：音是聲與韻相配合而成，發音的是「聲」，收音的是「韻」。粗略的說，中國的所謂聲韻，大體相當於英文所謂的子音(consonant)及母音(vowel)。較準確的說應當是聲母(initial)及韻母(final)。根據上面的解釋，我們可得一表：

音	
聲	韻

從上表看來，聲韻音三者的界限已十分分明，毋庸多贅。故聲韻學亦可稱之爲音學，良以音之原素，原是由聲與韻結合而成的。（或疑音除聲與韻外，尚有聲調的成分，其實我國的韻原包含聲調在內，廣韻一韻只有一個聲調就是明證。）

瞭解了聲韻的名稱後，我們再談怎麼樣去研究它。我們要研究聲韻學，首先應從切韻著手。（切韻今雖殘缺不全，而廣韻實據切韻而略有增益，故廣韻與切韻基本上並無二致。）因為切韻一書乃兼論「古今通塞、南北是非」而成，其書原所以明古今音之沿革的，上固可據之以考古音，下亦可據以推今音，實研究聲韻學的最基本要籍。

我們要研究廣韻的音，首先當明廣韻切語的方法與體例，清儒陳蘭甫的切韻考卷一云：

「切語之法，以二字為一字之音，上字與所切之字雙聲，下字與所切之字疊韻。上字定其清濁，下字定其平上去入；上字定清濁而不論平上去入，如東德紅切、同徒紅切、東德皆清、同徒皆濁也。然同徒皆平可也，東平德入亦可也。下字定平上去入而不論清濁，如東德紅切、同徒紅切、中陟弓切、蟲直弓切、東紅、同紅、中弓、蟲弓皆平也，然同紅皆濁、中弓皆清可也，東清紅濁、蟲濁弓清亦可也，東、同、中、蟲四字在一東韻之首，此四字切語已盡備切語之法，其體例精約如此，蓋陸氏之舊也，今考切語之法，皆由此明之。」

瞭解了廣韻切語的方法與體例後，下面我們從聲韻兩方面著手，談談研究的方法：

一、廣韻的聲類：我們研究廣韻的聲類，自應根據陳氏的條例，陳氏研究廣韻切語上字的條例，共有三條：

㈠基本條例：

陳氏云：「切語上字與所切之字為雙聲，則切語上字同用者、互用者、遞用者聲必同類也。同用者如：冬都宗切、當都郎切，同用都字也。互用者如：當都郎切、都當孤切，都當二字互用也。遞用者如：冬都宗切、都當孤切、冬字用都字、都字用當字。今據此系聯之為切語上字四十類。」（切韻考卷一）

㈡分析條例：

陳氏云：「廣韻同音之字不分兩切語，此必陸氏之舊例也，其兩切語下字同類者，則上字必不同類，如紅戶公切、烘呼東切、公、東韻同類，則戶、呼聲不同類，今分析切語上字不同類者據此定之也。」（切韻考卷一）

㈢補充條例：

陳氏云：「切語上字既系聯為同類矣，然有實同類而不能系聯者，以其切語上字兩兩互用故也。如多、得、都、當四字，聲本同類，多得何切、得多則切、都當孤切、當都郎切，多與得，都與當兩兩互用遂不能四字系聯矣。今考廣韻一字兩音者互注切語，其同一音之兩切語，上二字聲必同類，如一東凍德紅切又都貢切，一送凍多貢切，都貢、多貢同一音，則都多二字實同一類也，今於切語上字不系聯而實同類者，據此以定之。」（切韻考卷一）

陳氏根據他所定的條例，系聯分析廣韻切語上字四百五十多字，而分為四十類。後來黃季剛先生又因於陳氏之所考，而再析明微爲二，成爲四十一聲紐。下面是四十一聲紐表：

喉音	（深喉）		影曉匣喻（爲）
牙音	（淺喉）		見溪群疑
舌頭	舌頭		端透定泥
	舌上		知徹澄娘
	半舌		來
齒音	半齒		日
	正齒	近於舌上者	照穿（神）審禪
		近於齒頭者	（莊）（初）牀（疏）
	齒頭		精清從心邪
脣音	重脣		幫滂並明
	輕脣		非敷奉微

[附註] 凡表中加（ ）者，乃守溫三十六字母所無之目。

廣韻的聲類，分析爲四十一聲紐，已可得其大綱，足夠運用了。（至於廣韻的切語上字甚麼字屬於甚麼聲紐，可參見本師林先生著中國聲韻學通論。）

把廣韻的反切上字那些字屬於那一聲紐，都弄明白了以後，我們再談談四十聲紐的清濁跟發送收等問題：

所謂「清」「濁」，他們的區別，純粹是因發聲時用力輕重不同的問題。當我們發聲時用力輕而氣上升，這就是「清」；發聲時用力重而氣下沈，這就是「濁」。在語音學上稱濁聲爲帶音(Voiced)，清聲爲不帶音(Voiceless)。所謂「帶音」就是發聲時聲帶受摩擦而震動，所謂「不帶音」就是發聲時氣流直上，不觸使聲帶震動。這種學理極易明瞭，而一般人所感到困難的是在他自己的語言裡，已沒有濁聲存在，或混濁於清去了。但如果我們能夠把廣韻的反切上字歸類清楚，則每一字的清濁，也極易辨識。陳氏云：

『切語之法，以上字定清濁，不辨清濁，故不識切語。今以切語上字四十類，分別清聲二十一類、濁聲十九類。（按以四十一紐計，濁聲當爲二十類。）又於每類取平聲字爲首，首一字清，則系聯一類皆清，首一字濁，則系聯一類皆濁，了然可知也。』（切韻考卷二）

從陳氏這段話，我們可知只要把四十一聲紐的清濁辨別清楚，則任何字的清濁均可據此推知。

發送收實在是說明聲紐的發聲方法，陳澧云：

『發聲者，不用力而出者也，送氣者，用力而出者也，收聲者，其氣收斂者也。』（切韻考外篇卷三）

下面是四十一聲紐的清濁及發送收分配表：

發聲部位	清濁	發聲	送氣	收聲
喉	清	影（即喻之清）	曉（即匣之清）	
喉	濁	喻「爲」（即影之濁）	匣（即曉之濁）	
牙	清	見	溪（即群之清）	（疑之清無字）
牙	濁	（見之濁無字）	群（即溪之濁）	疑
舌頭	清	端	透（即定之清）	（泥之清無字）
舌頭	濁	（端之濁無字）	定（即透之濁）	泥
舌上	清	知	徹（即澄之清）	（娘之清無字）
舌上	濁	（知之濁無字）	澄（即徹之濁）	娘
半舌	清			（來之清無字）
半舌	濁			來
半齒	清			（日之清無字）
半齒	濁			日
正齒（近于舌上者）	清	照	穿（即神之清）	審（即禪之清）
正齒（近于舌上者）	濁	（照之濁無字）	「神」（即穿之濁）	禪（即審之濁）
正齒（近于齒頭者）	清	「莊」	「初」（即牀之清）	「疏」
正齒（近于齒頭者）	濁	（莊之濁無字）	牀（即初之濁）	（疏之濁無字）
齒頭	清	精	清（即從之清）	心（即邪之清）
齒頭	濁	（精之濁無字）	從（即清之濁）	邪（即心之濁）
重脣	清	幫	滂（即並之清）	（明之清無字）
重脣	濁	（幫之濁無字）	並（即滂之濁）	明
輕脣	清	非	敷（即奉之清）	（微之清無字）
輕脣	濁	（非之濁無字）	奉（即敷之濁）	微

從右表，我們可以知曉四十一聲紐中，那一紐是清，那一聲是濁。他們的發聲送氣收聲的分配是怎樣的，都可了然清楚。能分辨四十一聲紐的清濁跟發送收，則任何字音的清濁發送收俱可據此推知。譬如說蟲直弓切，我們經由反切上字的系聯歸類，知道「直」字屬澄紐，澄在右表爲送氣濁聲，那末蟲字自然也是送氣濁聲了。

聲有喉牙舌齒脣者，此爲發聲部位的區別，聲有清濁發送收者，此爲發聲方法的不同。凡發聲部位相同的，古人稱爲同類雙聲，亦名旁紐雙聲，音可互相變，故黃季剛先生聲韻通例云：「凡古音同類者互相變。」至於發聲方法相同的，前人或謂之「位同」，亦謂之「同位」。凡同位的聲紐，亦間有互變。故黃先生又說：「凡古音同位者或相變。」明乎同類互變、同位互變的道理，則前人聲近聲轉之條，沒有不能執規矩而得方圓的。

二、**廣韻的韻類**：我們研究廣韻的韻類，也應根據陳氏的條例著手，陳氏研究廣韻切語下字的條例，也有三條：

㈠**基本條例**：

陳氏云：「切語下字與所切之字爲疊韻，則切語下字同用者，互用者、遞用者韻必同類也。同用者，如東德紅切、公古紅切、同用紅字也，互用者如公古紅切，紅戶公切、紅公二字互用也。遞用者如東德紅切、紅戶公切、東字用紅字，紅字用公字也。今據此系聯之爲每韻一類二類三類四

類。」（切韻考卷一）

㈡分析條例：

陳氏云：「廣韻同音之字，不分兩切語，此必陸氏舊例也。其兩切語上字同類者，下字必不同類，如公古紅切，弓居戎切，古居聲同類，則紅戎韻不同類，今分析每韻二類三類四類者，據此定之也。」（切韻考卷一）

㈢補充條例：

陳氏云：「切語下字既系聯爲同類矣，然亦有實同類而不能系聯者，以其切語下字兩兩互用故也。如朱俱無夫四字韻本同類，朱章俱切，俱舉朱切，無武夫切，夫甫無切，朱與俱、無與夫兩兩互用遂不能四字系聯矣。今考平上去入四韻相承者，每韻分類亦多相承，切語下字既不系聯，而相承之韻又分類，乃據以定其分類，否則雖不系聯，實同類耳。」（切韻考卷一）

陳氏根據上面三個條例，系聯廣韻的反切下字，共得三百十一類。但陳氏的分類，太拘拘於切語的上下字，過於瑣碎了。經過後人多方考證，重新審定，共得二百九十四類。（詳見中國聲韻學通論）這二百九十四類，所以少於陳氏之數者，因爲陳氏太拘拘於切語的用字，有不應分而分的，今全把它合併了。

陳澧系聯廣韻的切語下字，每韻最多只得四類的緣故，就是因爲收韻的時候，有「開口」與「合口」的不同，而開口與合口又各有「洪音」與「細音」的區別，故只得四類。開口洪音爲「開口呼」，簡稱曰「開」，以其收音的時候，開口而呼之，開口細音爲「齊齒呼」，簡稱曰「齊」，以其收音的時候，齊齒而呼之。合口洪音爲「合口呼」，簡稱曰「合」，以其收音的時候，合口而呼之，合口細音爲「撮口呼」，簡稱曰「撮」，以其收音的時候，撮脣而呼之。這樣說來，開合的區別，實在是由於收音聲勢的不同，故也極易分辨。潘耒云：

『初出于喉，平舌舒脣，謂之「開口」。舉舌對齒，聲在舌顎之間，謂之「齊齒」。斂脣而蓄之，聲滿頤輔之間，謂之「合口」。蹙脣而成聲，謂之「撮口」。』（類音）

而錢玄同先生更以羅馬字母以爲說明，尤中肯綮。錢先生云：

『今人用羅馬字母表中華音，于開口乎之字，但用子音母音字母拼切。齊合撮三呼，則用 i，u，ü 三母介于子音母音之間，以肖其發音時口齒之狀，與潘氏之說，適相符合。試以寒、桓、先韻中影紐字言之。則「安」爲開，拼作 an，「烟」爲齊，拼作 ian，「彎」爲合，拼作 uan，「淵」爲撮，拼作 üan，此其理至易明瞭，無待煩言者也。』（文字學音篇第二章）

從錢先生這段話，已經可以十分清楚，開齊合撮的區別，全以介音 i，u，ü 的有無爲定。抑又有言，介音的 ü 實在是iu二音拼合而成。因此我們可以說，開合的不同是看有無u介音爲斷，有則爲合口，無則爲開口；洪細的區別是看有無i介音爲準，有則爲細音，無則爲洪音。

廣韻二百六韻中，有陰聲、陽聲、入聲三類。廣韻平聲（舉平以賅上去）的支、脂、之、微、魚、虞、模、齊、佳、皆、灰、咍、蕭、宵、肴、豪、歌、戈、麻、尤、侯、幽及去聲（此無平上聲者）的祭、泰、夬、廢二十六韻，都是陰聲韻。平聲的東、冬、鍾、江、真、諄、臻、文、欣、元、魂、痕、寒、桓、刪、山、先、仙、陽、唐、庚、耕、清、青、蒸、登、侵、覃、談、鹽、添、咸、銜、嚴、凡共三十五韻，都是陽聲韻。與陽聲韻相承的屋、沃、燭、覺、質、術、櫛、物、迄、月、沒、曷、末、黠、鎋、屑、薛、藥、鐸、陌、麥、昔、錫、職、德、緝、合、盍、葉、怗、洽、狎、業、乏等三十四韻，都是入聲韻。所謂「陰聲」，就是音下收於喉而不上揚，易言之，收韻時不帶鼻音的就是。至於「陽聲」，則是音不下收於喉而上出於鼻，即收韻時帶鼻音的是。不過陽聲的帶鼻音又有三種的不同：一爲獨發鼻音，一爲上舌鼻音，一爲撮脣鼻音。在廣韻的陽聲韻中，收獨發鼻音ng的共有十二韻，就是東、冬、鍾、江、陽、唐、庚、耕、清、青、蒸、登諸韻。收上舌鼻音n的有十四韻，就是真、諄、臻、文、欣、元、魂、痕、寒、桓、刪、山、先、仙諸韻。收撮脣鼻音m的共有九韻，就是侵、覃、談、鹽、添、咸、銜、嚴、凡諸韻。陰聲、陽聲古人雖分別甚嚴，卻沒有顯言其區別，也沒有名稱來表示它，直到戴震才說明它們的區別。戴氏云：

『僕審其音，有入者如氣之陽，如物之雄，如衣之表，無入者如氣之陰，如物之雌，如衣之裏。』（答段若膺論韻書）

至孔廣森詩聲類始據其說，遂定如氣之陽、如物之雄、如衣之表者爲「陽聲」。如氣之陰、如物之雌、如衣之裏者爲「陰聲」。陰聲、陽聲的名稱始正式確定。

至於入聲，乃介於陰陽之間的，本音出於陽聲，應收鼻音。但入聲音至短促，不待收鼻，其音已畢，頗有些類似於陰聲。然仔細研究，入聲雖無收音，實有收勢。（凡陽聲收ng者，其入聲音畢時，恒作K聲之勢。陽聲收n者，其入聲音畢時，恒作t聲之勢。陽聲收m者，其入聲音畢時，恒作p聲之勢。其作勢而不聞聲的緣故，就是由於入聲短促，不是真的沒有收鼻音。）則又近于陽聲。所以說入聲是介于陰陽之間的。因爲入聲介于陰陽之間，故得兼承陰陽，而與二者皆得通轉。

韻有開合洪細及陰陽入者，是屬於韻的原質問題；其有平上去入者，則爲韻的聲調問題。廣韻是有平上去入四個聲調的，關於聲調，幾經討論，一般都傾向於漢以前不知有四聲，至齊、梁間才興起四聲，實際上四聲就是因收音時留聲的長短而爲區別。古代惟有平入二聲，以爲留音長短的大限，後來讀平聲稍短而爲上，讀入聲稍緩而爲去，於是乃形成了平上去入四個聲調。段玉裁云：

「古四聲之道有二無四，二者平入也，平稍揚之則爲上，入稍重之則爲去，故平上一類也，去入一類也，抑之、揚之、舒之、促之、順逆交遞而四聲成。古者創爲文字，因乎人之語言爲之音讀曰平上、曰去入，一陽一陰之謂道也。」（答江晉三論韻書）

段氏說明四聲的形成，道理已很明白了，古聲雖有二無四，但廣韻確有四聲。廣韻二百六韻中，是平上去入四聲相承的，但今廣韻平聲五十七韻，上聲五十五韻，去聲六十韻，入聲三十四韻，所以參差不齊者。其上聲僅五十五韻，乃因冬臻二韻的上聲因爲字少，分別附於鍾韻的上聲腫韻及欣韻的上聲隱韻去了，故少二韻，實亦爲五十七韻。去聲所以六十韻，因多祭泰夬廢四韻，而臻韻去聲字僅一齔字附於上聲隱韻中。入聲專附陽聲，廣韻陽聲三十五而入聲僅三十四者，因爲痕韻入聲字少，附於魂韻入聲沒韻中去了。

對於廣韻聲類與韻類的歸類及義例，明了其梗概以後，我們再以此爲基礎，談談研究古音的方法：

我們歸納前人研究古音的資料與方法，不外乎下列的幾項。茲列表以明之：

資料	舉例	
	屬於聲者	屬於韻者
古代韻文	連字如詩谷風「匍匐救之」，匍匐並母雙聲；對字如無衣「安且燠兮」安燠影紐雙聲。	如詩關雎以「得」「服」「側」韻，終南以「梅」「止」「裘」「哉」韻。
經籍典文	詩實惟我「特」，韓詩作「直」，直特雙聲；詩「匍匐救之」，檀弓引作「扶服」，皆雙聲字。	如易「箕子之明夷，劉向曰今易作「荄茲」；書「哉」生魄，晉書作「才」」。
說文形聲	如耏㧜從而聲，仍從乃聲，菔從服聲。	如能從以聲，海從每聲，風從凡聲。
重文讀若	如「絥或作鞴」，周禮太卜注：「陟讀如王德翟人之德。」	如祀重文作禩，玖讀若芑。
音訓釋音	釋名負背也；渚遮也。	說文天顛也；尤異也。
古今方言	錢竹汀云今人呼鰒魚爲鮑魚，此方音之存古者。	章君云衡嶺之間呼子如宰，以之韻縱口呼之，此合於古韻者也。

下面我們分別從古聲與古韻兩方面來說明古代的聲紐與韻部的情形。

一、**古聲紐的研究**：廣韻的聲類共有四十一紐之多，周秦的古聲又是怎麼樣的呢？我們從下述幾家研究的結果，也可以得到古聲紐的面目。分述於下：

(一)錢大昕的研究：在古聲紐方面研究而著有成績的，首應推清儒錢大昕氏，錢氏在古聲紐的研究上，有兩項大創見，都經後人同意可認爲定論的。他在十駕齋養新錄裏有兩篇文章，一爲古無輕脣音，他說：「凡輕脣之音，古讀皆爲重脣。」於是舉出詩「匍匐救之」，檀弓引作「扶服」，家語引作「扶伏」。漢書天文志的「奢爲扶」，鄭讀爲「蟠」；說文引易「服牛乘馬」作「犕牛」；史記「南面倍依」即「負扆」；水經注的「文水」與「門水」……等的例子來加以證明。另一爲舌音類隔之說不可信，他的意思是說古無舌上音。他說：「古無舌頭舌上之分，知徹澄三母以今音讀之，與照穿牀無別也。求之古音，則與端透定無異。」也舉出說文「沖讀若動」；周禮故書「中」爲「得」；周禮注：「陟讀如王德翟人之德」，詩「陟其高山」，箋以「陟」爲「登」，詩「實爲我特」韓詩作「直」，孟子「直不百步」，「直」訓爲「但」；論語「君子篤於親」，漢簡古文作「竺」，「身毒」即「天竺」；「滮池」即「淲沱」……等的例子加以證明。錢氏的這兩項創見，皆具獨慧，同爲不刊之說。

(二)章太炎先生的研究：章太炎先生在國故論衡裡有一篇文章，就是古音娘日二紐歸泥說，在這篇文章裡，他說：「古音有舌頭泥紐，其後支別，則舌上有娘紐，半舌半齒有日紐，于古皆泥紐也。」例證有涅從日聲，而「涅而不緇」亦作「泥而不滓」，說文引傳「不義不䵒」考工記、弓人杜子春注引傳作「不義不昵」；釋名「入、內也」，白虎通「男，任也」，𢆉讀若能，然或作蘒，而讀爲能，如轉爲奈……諸端。皆引證確鑿，信而有徵。所以論者都以爲章先生此說，可與錢大昕的兩項發明，先後輝映。

(三)黃季剛先生的研究：繼錢、章二人之後，在古聲紐研究方面著有成績的，就要推蘄春黃季剛先生了。黃先生就廣韻以明古音，他在古聲研究方面，曾說最得力於陳澧的切韻考。他說：

「番禺陳君著切韻考，據切語上字以定聲類，據切語下字以定韻類，於字母等子之說，有所辨明，足以補闕失、解拘攣，信乎今音之管籥，古音之津梁也。」（與人論治小學書）。

於是黃先生乃根據陳澧所考，證以錢、章二家的發明，加以他自己的心得，而確定古聲爲十九紐。他說：

「今聲據字母三十六，不合廣韻，今依陳澧說，附以己意，定爲四十一，古聲無舌上輕脣，錢大昕所證明，無半舌日及舌上娘，本師章氏所證明，定爲十九，侃之說也，前無所因，然基於陳澧之所考，始得有此。」（音略略例

黃先生古聲十九紐的確定，是得力於他對切韻一書的透徹了解，因爲切韻兼論「南北是非，古今通塞」，則其四十一聲紐中，自亦兼備古今，有正聲與變聲的不同。若非、敷、奉、微、知、徹、澄、娘、日諸紐，乃經錢、章二人所考定確爲後世之變聲，非古本聲所有。於是進察廣韻二百六

韻，凡無非、敷、奉、微、知、徹、澄、娘、日九紐之韻部或韻類，亦必無喻、爲、群、照、穿、神、審、禪、邪、莊、初、牀、疏等十三紐，則此十三紐必與非等九紐同一性質，非等九紐爲變聲，則喻等十三紐之爲變聲也就可知，剩下的十九紐自然就是正聲了。

茲錄黃君四十一聲正聲變聲表於後：

發音部位	喉	牙	舌	齒	脣
正聲	影曉匣	見溪疑	端透定泥來	精清從心	幫滂並明
變聲	喻爲	群	知徹澄娘 照穿神日 審禪	莊初牀疏 邪	非敷奉微
	清濁相變	清濁相變	輕重相變	輕重相變 心邪清濁相變	輕重相變

黃先生所考定的正聲十九紐，是從整個古音系統的觀察而獲得的。至於後代的變聲二十二紐，古應歸屬正聲那些紐，黃先生只作了一個粗略的說明。還來不及作詳細的舉證，就與世長辭了。但經他舉證過的仍有下面幾類，茲分述於下：

1.正齒音照穿神審禪古聲歸舌頭音端透定：黃先生考定正齒音當中的照穿神審禪五紐近於舌音，爲舌頭音端透定的變聲，並舉出爾雅釋天「太歲在乙曰旃蒙。」史記曆書作「端蒙」；書禹貢「被孟豬」，左傳爾雅作「孟諸」，史記夏本紀作「明都」；左傳「孟公綽」，綽或作「卓」；禮記「不充出於富貴」，充或作「統」；「它」或體爲「蛇」，「椎」長言「終葵」，「受」讀如「紂」，「奢」當爲「都」……等等的例來加以證明。

2.正齒音莊初牀疏古聲歸齒頭精清從心：黃先生又考定正齒音當中的莊初牀疏四紐近於齒音，爲齒頭音精清從心的變聲，也舉出書舜典「黎民阻飢」漢書食貨志作「祖飢」；書禹貢「滄浪之水」史記夏本紀作「蒼浪」；詩小雅車攻「助我舉柴」說文引作「㧘」；詩大雅緜「予曰有疏附」。尚書大傳引作「胥附」……等例子來加以證明。

黃先生這兩條創見，證據確鑿，實足與錢、章二君並駕齊馳的了。

㈣曾運乾的研究：黃季剛先生知爲喻二紐爲變聲，尚未及證明而遽歸道山，益陽曾運乾氏不但能證明爲喻二紐爲變聲，從而考明此二紐非影之變聲，而原來各另有本聲。他的喻紐古讀考言之詳矣。他說：

「喻于二母。（按即本篇爲母）本非影母濁聲，于母古隸牙聲匣母，喻母古隸舌聲定母，部件秩然，不相陵犯。」

於是舉出韓非子「自營爲私」說文作「自環」；詩齊風「子之還兮」漢書引作「營」；春秋「陳孔奐」公羊作「孔瑗」；詩皇矣「無然畔援」漢書作「畔換」詩卷阿作「泮

奐」，魏都賦作「叛換」；毛詩「方渙渙兮」說文引作「汎韓詩作「洹」……等例證明為母字古隸牙聲匣母。又舉出易渙「匪夷所思」夷荀本作「弟」，左傳「邢遷於夷儀」公羊作「陳儀」詩四牡「周道倭遲」韓詩作「威夷」；「斁」古度字，愓或作惢……等例證明喻母字古隸舌聲定母。曾氏此說，曾被羅常培氏推舉為繼錢大昕後對古聲之考證，最具有貢獻的一篇文章，實足以補充黃先生之未備。

(五)錢玄同先生的研究：錢先生有古音無邪紐證一文，以為邪紐古歸定紐。像形聲字中隋聲有隨，也聲有灺，延聲有唌，盾聲有循……等例都是很好的說明。後來其弟子戴君仁先生復遵依師說，而作古音無邪紐補證一文，更舉出毛詩羔羊之「委蛇」韓詩一作「禕隋」；左文十六年傳「分為二隊」哀十三年傳「代吳為二隧」、「隊」即「隧」，禮記學記「術有序」鄭注「術當為遂」……諸例以明錢說之有據，非同妄說者也。

(六)筆者著古音學發微與音略證補二書，更全盤研究，以為黃先生所謂「清濁相變」一類的說法，可靠性頗有問題，因此主張群紐改歸匣紐，像書經微子篇的「我其發出狂」，史記便作「往」；水經泗水注亦云「狂黃聲相近」，孟子的「亥唐」，在抱朴子裏就寫成了「期唐」。認為群為匣三紐在古音裏頭只是一個匣紐，後來因韻母的差異，遂分化為匣為群三個聲紐。

以上各家雖然或多或少，都對黃先生的古聲學說提出了部分修正，但對古聲十九紐都一致贊同。筆者更以我所擬測的古音讀法與黃先生的古聲十九紐，列成對照表，茲錄於後，以資參考。

黃侃		今定	
發聲部位	古聲名稱	今定古聲	發聲部位
脣音	幫滂並明	p p' b' m	脣音
舌音	端透定泥來	t t' d' n l	舌尖音
齒音	精清從心	ts ts' dz' s	舌尖前音
牙音	見溪疑	k k' ŋ	舌根音
喉音	曉匣	x ɣ	舌根音
喉音	影	ʔ	喉音

以上十九紐，從古音到切韻，皆能保存，與黃季剛先生所考證的古聲十九紐，也完全符合，由此可見黃先生立說之精審了。

明白了古今聲母之類別與演變，再說明幾條聲轉之條例，作為以音通義，音轉之準則。

I古聲同紐謂之正紐雙聲，音可通借。

II古聲同類謂之旁紐，亦名古雙聲，音常流轉。

III古聲同位謂之位同，音間亦流轉。

二、古韻部的研究：自宋吳棫開創古音之研究以來，多數學者多在韻方面打轉，而少及於聲，因此韻的義例，較之於聲，實更詳明。宋鄭庠分古韻為六部，實開古韻分部的先河，然專就唐韻求其合，而不知析唐韻以求其分，故多未當。使古韻分部走上有條理的研究，還是從清儒開始的，茲分述於後：

㈠顧炎武著音學五書分古韻爲十部：顧氏十部之分，不僅歸納先秦有韻之文而得，更能從唐韻的離析分合上而得古音之真象，實爲研究古韻的一大發明。茲錄顧氏十部與唐韻各韻之對應關係如后：

一、東、冬、鍾、江第一。舉平以賅上去。

二、支、脂、之、微、齊、佳、皆、灰、咍第二。去聲祭、泰、夬、廢。入聲質、術、櫛、昔半、職、物、迄、屑、薛、錫半、月、沒、曷、末、黠、鎋、麥半、德、屋半。

三、魚虞模侯第三。入屋半、沃半、燭、覺半藥半鐸半、陌、麥半、昔半。

四、眞、諄、臻、文、殷、元、魂、痕、寒、桓、刪、山、先、仙第四。

五、蕭、宵、肴、豪、幽第五。入屋半沃半覺半藥半鐸半錫半。

六、歌、戈、麻第六。

七、陽、唐第七。

八、耕、清、青第八。

九、蒸、登第九。

十、侵、覃、談、鹽、添、咸、銜、嚴、凡第十。入緝、合、盍、葉、帖、洽、狎、業、乏。

顧氏除在古韻分部方面，有其創見以外，而他在古韻研究上還有兩項貢獻爲後人所樂道的就是⑴離析唐韻以求古音之分合⑵變易唐韻入聲之分配。這些都是他很大的貢獻。

㈡江永著古韻標準分古韻爲十三部：江氏的分部大致依據顧氏而來，他所以比顧氏多三部者，第一、是將顧氏的第四部分爲真、元二部，以真諄臻文殷魂痕及先之半爲真部，又以元寒桓刪山仙及先之另半爲元部；第二、是將顧氏的第十部分爲侵談二部，以侵韻覃韻之半及鹽韻之半爲侵部，又以談添嚴咸銜凡諸韻及覃鹽二韻之半爲談部；第三、取顧氏第四部之侯與第五部之幽合爲一部，稱爲尤部。故江氏較顧氏多者即元、談、尤三部。

㈢段玉裁著六書音均表分古韻爲十七部：古韻分部到了段玉裁，可以說規模已立。又因他的六書音均表是附在說文解字注的後面，對於初學的人，最爲有用。茲錄他的六類十七部於後：

一、第一類：

1.第一部：之、咍、職、德。舉平入以賅上去。

二、第二類：

2.第二部：蕭、宵、肴、豪。

3.第三部：尤、幽、屋、沃、燭、覺。
4.第四部：侯。
5.第五部：魚、虞、模、藥、鐸。

三、第三類：

6.第六部：蒸、登。
7.第七部：侵、鹽、添、緝、葉、帖。
8.第八部：覃、談、咸、銜、嚴、凡、合、盍、洽、狎、業、乏。

四、第四類：

9.第九部：東、冬、鍾、江。
10.第十部：陽、唐。
11.第十一部：庚、耕、清、青。

五、第五類：

12.第十二部：眞、臻、先、質、櫛、屑。
13.第十三部：諄、文、欣、魂、痕。
14.第十四部：元、寒、桓、刪、山、仙。

六、第六類：

15.第十五部：脂、微、齊、皆、灰、祭、泰、夬、廢、術、物、迄、月、沒、曷、末、黠、鎋、薛。
16.第十六部：支、佳、陌、麥、昔、錫。
17.第十七部：歌、戈、麻。

段氏的六類十七部，所以比江氏多四部的原因，首先就是他樂於稱道的支脂之分爲三部。他說：

「五支、六脂、七之三韻，自唐人功令同用，鮮有知其當分者矣。今試取詩經韻表第一部第十五部第十六部觀之，其分用乃截然。且自三百篇外，凡群經有韻之文，及楚騷、諸子、秦、漢、六朝詞章所用，皆分別謹嚴，隨舉一章數句，無不可證。或有二韻連用而不辨爲分用者，如詩相鼠二章齒止俟第一部也；三章體禮死第十五部也。魚麗二章鱧旨第十五部也；三章鯉有第一部也。板五章懠毗迷尸屎葵資師第十五部也；六章篪圭攜第十六部也。孟子引齊人言，雖有智慧二句，第十五部也。雖有鎡基二句第一部也。屈原賦寧與騏驥抗軛二句，第十六部也，寧與黃鵠比翼二句，第一部也。……三部自唐以前分別最嚴，蓋如眞、文與庚、青與侵，稍知韻理者，皆知其不合用也。」（六書音均表一）

另外則眞諄分爲二部，亦其獨見。嘗云：

「江氏考三百篇，辨元寒桓刪山仙之獨爲一部矣。而眞臻一部與諄文欣魂痕一部分用，尙有未審，讀詩經韻表而後見古韻分別之嚴，唐虞時『明明上天，爛然星陳，日月光華，宏予一人』第十二部也。『南風之薰兮，可以解吾民之慍兮』第十三部也。『卿雲爛兮，禮縵縵兮，日月光華，旦復旦兮。』第十四部也。三部之分，不始於三百篇矣。」

（六書音均表一）

再次則是把侯部從江氏的尤部獨立。江有誥曾論之云：「顧氏改侯從魚，音齋改侯從尤，均未善也，段氏以尤幽爲一部，侯與虞之半別爲一部，雖古人復起，無以易矣。」（音學十書古韻凡例）

段氏別脂之於支，諄於真，侯於尤，實古韻學上一大發明，大有功於古韻學的，段氏多江氏脂之諄侯四部，故爲十七部。

㈣戴震著聲類表分古韻爲九類廿五部：戴氏的廿五部，所以較段氏多八部者，乃將入聲九部獨立，他把入聲全部獨立的原因，是受到他審音知識的影響，他純就古代韻母系統著眼，而不徒恃古人用韻爲證，因此乃大膽的將入聲獨立了。他的九韻二十五部如下：每部下附注段氏古韻分部，以資對照。

㈠ 1.阿 段氏十七部。 2.烏 段氏第五部。 3.垩 段氏五部入聲。
㈡ 4.膺 段氏第六部。 5.噫 段氏第一部。 6.億 段氏一部入聲。
㈢ 7.翁 段氏第九部。 8.謳 段氏三、四部。 9.屋 段氏三部入聲。
㈣ 10.央 段氏第十部。 11.夭 段氏第二部。 12.約 段氏第三部入聲。
㈤ 13.嬰 段氏十一部。 14.娃 段氏十六部。 15.危 段氏十六部入聲。
㈥ 16.殷 段氏十二、十三部。 17.衣 段氏十五部。 18.乙 段氏十二、十五部入聲。
㈦ 19.安 段氏十四部。 20.靄 段氏十五部。 21.遏 段氏十五部入聲。
㈧ 22.音 段氏第七部。 23.邑 段氏七部入聲。
㈨ 24.醃 段氏第八部。 25.諜 段氏八部入聲。

戴氏最大的特點，就是陰陽入三分，把入聲諸部從陰聲諸部獨立。除此之外，戴氏的創見只有靄部的獨立還算是改正段氏的地方。但仍不夠精密，因爲縱使在陰陽入三分的情況下，也只能將靄（即廣韻的祭泰夬廢）、遏（即廣韻的月曷末黠鎋薛）二部合爲一部，不宜分成兩部。因此嚴格說來，戴氏除將入聲獨立成部確爲有功外，其他各部則似密而實疏。故他自己也說：「若入聲附而不列，則十六部。」（答段若膺論韻）他不肯接受段玉裁的尤、侯分部及真文分部的結果，恐怕是他審音的疏漏。

㈤孔廣森著詩聲類分古韻爲十八部：孔氏最大的創見就是東冬分爲二部。他自己也說：「東、冬之分爲二、廣森自率臆見，前無所因。」（詩聲類卷四）孔氏東冬之分，連古音學大家段玉裁也稱揚不已，他說：

「檢討舉東聲、同聲、丰聲、充聲、公聲、工聲、冢聲、悤聲、从聲、龍聲、容聲、用聲、封聲、凶聲、邕聲、共聲、送聲、雙聲、尨聲爲一類；今一東、三鍾、四江是也。冬聲、眾聲、宗聲、中聲、蟲聲、戎聲、宮聲、農聲、降聲、宋聲爲一類；今之二冬是也。核之三百篇、群經、楚辭、太玄無不合。」（答江晉三論韻書）

一般人都以爲孔氏十八部，就是段玉裁的十七部再加冬部獨立而已，其實這是一種誤解。孔氏的十八部除增多冬一部外，也還有與段氏相異的地方。那就是段氏的十二、十三兩部，孔氏合爲辰部，段氏七部八部之入聲，孔氏獨立爲合部，這才是段、孔兩家分部的區別。

此外孔氏在古音學上又有陰陽對轉的說法，實在亦是發前人之所未發，很有創見的。他說：

「本韻分爲十八……曰元之屬，耕之屬，真之屬，陽之屬，東之屬，冬之屬，侵之屬，蒸之屬，談之屬，是爲陽聲者九；曰歌之屬，支之屬，脂之屬，魚之屬，侯之屬，幽之屬，宵之屬，之之屬，合之屬，是爲陰聲者九。此九部者，各以陰陽相配，而可以對轉。」（詩聲類自序）

錢玄同先生曾說：「音之轉變，失其本有者，加其本無者，原是常有之事，如是則對轉之說，當然可以成立。」（文字學音篇）孔氏能注意及此，而他所定對轉諸部，如蒸之對轉、耕支對轉、東侯對轉、陽魚對轉、冬幽對轉、真脂對轉、元歌對轉、都是非常合於音理的，這不能不推崇孔氏考證之精切了。

(六)王念孫著古韻譜分古韻爲二十一部：王氏廿一部比段氏所以多四部者，第一、他把段玉裁十二部的入聲質、櫛、屑諸韻及廣韻去聲的至霽諸韻一部分字合併而爲至部。第二、他把段氏十五部中的祭、泰、夬、廢及入聲的月、曷、末、黠、鎋、薛諸韻獨立爲祭部。第三、他把段氏第七部的入聲獨立爲緝部。第四、他把段氏第八部入聲獨立爲盍部。所以多了四部，王氏的分部較段氏更爲精密。

(七)江有誥著音學十書也分古韻爲二十一部：江氏的分部也比段氏多了四部。第一、祭部獨立。他說：「段氏以去之祭泰夬廢，入之月曷末鎋薛附於脂部，愚考周秦之文，此九韻必是獨用。」（古韻凡例）第二、緝部與葉部獨立。他說：「昔人以緝、合之韻分配侵、覃，愚遍考古人有韻之文，唐韻之偏旁諧聲，而知其無平上去，故別分緝合及洽之半爲一部，盍、葉、怗、狎、業、乏及洽之半爲一部。」（古韻凡例）以上祭、緝、葉三部之分，是江氏獨見與王氏同者也。第三、則取孔氏東冬分部之理，把孔氏所分的冬類改名爲中部。故總數也比段氏多了四部。

後來江氏的朋友夏炘著詩古韻表二十二部集說，就是以江氏有誥二十一部爲基礎，再加上王念孫的至部，就成了爲後人所宗尚的二十二部了。這二十二部實清儒研究古韻的總結果，爲顧江以下諸儒心血的結晶，比較注重於考古及材料的歸納，「不容以后說私意參乎其間。」

(八)章炳麟著國故論衡分古韻爲二十三部：能跳出清儒的範圍，在古韻分部上有新的創見的人，就是餘杭章先生，章先生分古韻爲廿三部，較夏氏的二十二部又多了一部。章君以爲王念孫所分脂部的去聲入聲字，詩經多獨用，不跟平上通用，於是乃據以別出隊部。他說：

「脂隊二部同居而旁轉，舊不別出，今尋隊與術、物諸韻，視脂、微、齊平上不同。其相轉者，如彖從豕聲，渠魁之字借爲顝，突出之字借爲𠂤 頧是也。」（國故論衡、小

學略說）

據此則隊部別出，實章君卓見，合前人所分，共得古韻廿三部。茲錄其二十三部韻目如左：

寒　諄　眞　青　陽　東　侵　冬　蒸　談
　　　　　　　　　　　緝　　　　盍
歌　泰　隊　脂　至　支　魚　侯　幽　之　宵

右表上一列爲陽聲，下一列爲陰聲，凡陰陽相對之部而可以對轉。並據以作成均圖，以爲說明文字轉注假借及其孳乳之由。茲錄其成均圖於左方：

成均圖

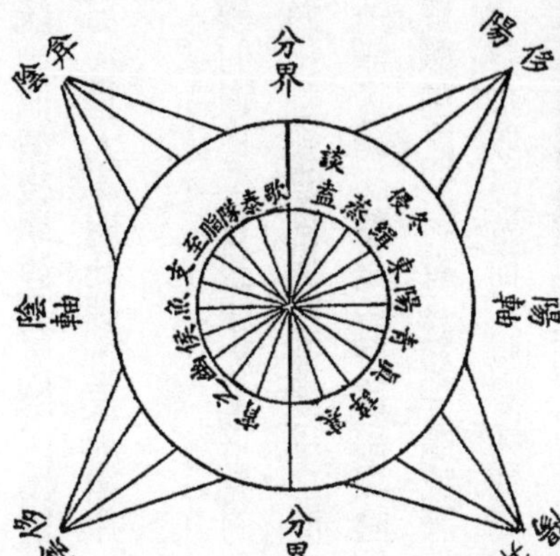

章君自言其對轉旁轉的條例云：

陰弇與陰弇爲同列。

陽弇與陽弇爲同列。

陰侈與陰侈爲同列。

陽侈與陽侈爲同列。

凡數部同居爲近轉。

凡同列相比爲近旁轉。

凡同列相近爲次旁轉。

凡陰陽相對爲正對轉。

凡自旁轉而成對轉爲次對轉。

凡近旁轉次旁轉正對轉次對轉爲正聲。

凡雙聲相轉不在五轉之例爲變聲。

世人每於章君成均圖深表不滿，以爲他的圖是無所不通無所不轉的，近於取巧的方法。其實這都是不瞭解章君作此圖的用意而發生的誤解。章君此圖僅爲說明文字轉注假借及其孳乳之由，以及古籍例外押韻的現象，並未泯滅古韻的大界，所以作這樣的一種排列，只不過說明古韻某部與某部相近罷了。且古韻分部自段氏以來，無論怎麼的縝密，而例外押韻的情形，仍是在所不免，在前人或謂之爲合韻，或稱之爲通韻，或又名借韻。章先生整齊百家，一之以對轉旁轉二名，所以使名稱統一而使後學容易了解。爲圖以表之，則所以省記識之繁而已。世人不明此理，妄加指斥，實是率爾操觚未加深思的。

因爲對轉旁轉的道理，實聲韻史上常見的事實。就現象說：所謂對轉，乃指陰聲韻部與陽聲韻部之間，有例外押韻或諧聲的事實；所謂旁轉，就是陰聲韻部與陰聲韻部之間，或陽聲韻部與陽聲韻部之間，有互相押韻或諧聲的現象。就音理說：對轉是陰聲加收鼻音而成陽聲，或陽聲失落鼻音而成陰聲。旁轉是某一陰聲或陽聲韻部因舌位高低前後的變化，成爲另一陰聲或陽聲韻部。這些變化都是非常可能而合理的。胡以魯云：

「方音者起於空間的社會心理，與夫時間的社會心理之差，蓋自然之勢也。保持之特質，與自然趨勢相衝擊，折衷調和之，乃發近似之音聲。近似者，加之鼻音（謂之對轉者此），別之弇侈（謂之旁轉者此）也，弇侈之別，口腔大小之差耳、訛傳固甚易易，而鼻音亦其相近者也。」（國語學草創）

胡氏這段話拿來解釋對轉所以形成的道理，已很清楚了。所以胡氏又說：「對轉旁轉者，音聲學理所應有，方音趨勢所必至也。」

有了章先生這一個圖，對於古韻諸部的流轉，就可以執簡以馭了。

(九)黃季剛（侃）先生著音略分古韻爲廿八部：蘄春黃季剛先生承顧、江以下諸人及餘杭章先生研究的結果，考古與審音兩方面都兼顧到了，釐定古韻爲廿八部，他的古韻分部實際上是根據章太炎先生的廿三部，而加以戴震陰、陽、入三分的道理，故所得結果，最爲圓滿，可以說是集古韻研究大成之作了。黃先生曾說：

「古韻部類自唐以前未嘗昧也，唐以後始漸茫然，宋鄭庠肇分古韻爲六部，得其通轉之大界，而古韻究不若是之疏，爰逮清朝，有顧、江、戴、段諸人畢世勤劬，各有啓悟，而戴君所得爲獨優，本師章氏論古韻廿三部，最爲瞭然，余復益以戴君所明，成爲二十八部。」（音略）

如前面說過的，戴震在古韻分部上的主要貢獻，就是陰陽入三分。黃先生既主戴氏之說，故他把入聲韻部都獨立了。下面是他的古韻廿八部：

陰聲部	入聲部	陽聲部
	屑	先
灰	沒	魂痕
歌戈	曷末	寒桓
齊	錫	青
模	鐸	唐
侯	屋	東
蕭		
豪	沃	冬
咍	德	登
	合	覃
	怗	添

這廿八部，都是前有所承的，黃先生言其根據云：

「今定古韻陰聲八、陽聲十，入聲十，凡二十八部，其所本如左：

歌（顧炎武所立）　灰（段玉裁所立）　齊（鄭庠所立）　模（鄭所立）　侯（段所立）　蕭（江永所立）　豪（鄭所立）　咍（段所立）　寒（江所立）　痕（段所立）　先（鄭所立）　青（顧所立）　唐（顧所立）　東（鄭所立）　冬（孔廣森所立）　登（顧所立）　覃（鄭所立）　添（江所立）　曷（王念孫所立）　沒（章氏所立）　屑（戴震所立）　錫（戴所立）　鐸（戴所立）　屋（戴所立）　沃（戴所立）　德（戴所立）　合（戴所立）　帖（戴所立）　此廿八部之立，皆本昔人，曾未以臆見加入，至於本音讀法，自鄭氏以降，或多未知，故二十八部之名，由鄙生所定也。」（音略）

黃先生此二十八部，不僅是前有所承，即考之於廣韻亦有所據。因爲「廣韻所包，兼有古今方國之音，非並時同地得聲勢二百六種也」（章太炎先生語），因爲廣韻包含有古今方國的音，那末古音自在其間。故黃先生說：

「古本音即在廣韻二百六韻中，廣韻所收，乃包舉周漢至陳隋之音，非別有所謂古本音也，凡捨廣韻而別求古音皆妄也。」（劉賾聲韻學表解引）

因爲廣韻一書，包含有周、漢古音，自可即廣韻而求得古本音。黃先生即廣韻而求古本音之法，大致是這樣的：他首先根據陳澧切韻考外篇所考定之廣韻之四十聲類，更進而考得影曉匣見溪疑端透定泥來精清從心幫滂並明等十九紐爲正聲，其他各紐爲變聲（參見古聲紐的研究節）。更立一聲經韻緯表，察廣韻二百六韻之聲紐，凡僅有此正聲十九紐而無變聲之韻或韻類，即爲古本韻，其有變聲者，因本聲爲變聲所挾而變，則爲變韻。黃君據此而考得廣韻二百六韻中僅有正聲而無變聲之韻共得三十二韻（舉平入以賅上去）。此三十二韻中，魂痕、寒桓、歌戈、曷末八韻互爲開合，併其開合，則恰爲廿八部又恰與顧江戴段諸人以及章氏所析，若合符節，此其所以爲籠罩百代，戛然獨造，論韻及此，實已如日在中天，皦然大白了。故錢玄同先生稱揚之爲「其說之不可易」（文字學音篇）。又因廣韻二百六韻中，此二十八部原爲古本韻，黃先生既然廣韻中求得古本韻之韻，故即用古本韻目題識。錢玄同先生嘗謂：

「此古本韻韻目三十二字，實爲陸法言所定之古韻標目，今遵用之，正其宜也。」

自黃先生古本韻廿八部之說出，後世多有非難之者，其實後人所持非難的理由，都從片面立說，實絲毫無損黃先生立說之精確。余所著古音學發微一文，已有很詳細的辨白，此處不擬多說，讀者可自行參看，就可了然了。

至於黃先生廿八部中各部對轉與旁轉之關係，是以先痕寒三部同收n者爲同列，青唐東冬登五部同收ŋ者爲同列，覃添又以同收m爲同列。凡陽聲同列的各部，其相對的陰聲跟入聲也是同列，故灰歌同列，齊模侯蕭豪咍同列，屑沒曷同列，錫鐸屋沃德同列，合帖同列。凡同列的韻部古音得相通轉爲旁轉，凡陰聲入聲陽聲相對者得相通轉者爲對轉，凡自旁轉而成對轉者爲旁對轉，凡此列與彼列相比近之韻亦得旁轉。黃先生更釋其對轉旁轉之理云：

「旁轉、對轉之理，即具於廣韻中，對轉者，一陰聲與一陽聲同入而相轉，旁轉者，一陰聲與一陰聲部類相近而相轉，陽聲準是，旁對轉者，一陰聲與一陽聲不同入而相轉，其陽聲對轉之陰聲，必與此陰聲爲旁轉，陽聲準是。今先舉一陰聲爲例：

微韻（本音灰韻）有譩字；譩字本音在咍韻，故知灰與咍爲旁轉。

又有碕字；本音在歌韻，故知灰與歌爲旁轉。

又有暉、輝等字；其本音在魂韻，故知灰與魂爲對轉。

次舉一陽聲韻爲例：

東韻有中、忡等字：其本音在冬韻，故知冬與東爲旁轉。

又有弓、穹等字：其本音在登韻，故知東與登爲旁轉。

又有風、楓等字：其本音在覃韻，故知東與覃爲旁轉。

又有雺、罞等字：其本音在蕭韻，故知東與蕭爲對轉。

（侯、蕭同入）」（與人論治小學書）

黃先生晚年又著談添盍怗分四部說一文，又察及廣韻的談敢闞盍四韻的切語，也只具有古本聲十九紐，不雜變聲的韻。故主張談、盍二部，也應從他的二十八部當中的添、怗二韻分出來、從文字諧聲上看來，這兩部的獨立也是有必要的。大體說來黃先生所分的談部，是以談銜兩韻的字爲主，另收鹽嚴兩韻一部分字；黃先生的添部，是以添咸二韻的字爲主，再加鹽嚴二韻的另一部分字。盍部則以盍狎韻爲主，另收葉業一部分字；怗部以怗洽二韻的字爲主，又加葉業二韻另一部分字，這是四部分別的界線，如此說來，則黃先生晚年的主張，是把古韻分爲三十部的。

迨筆者著古音學發微，又基於黃季剛先生古韻三十部的基礎上，兼採姚文田的匊部，王力的微部，而分古韻爲三十二部。姚文田的匊部，事實上只要把黃先生蕭部的入聲字分出來就是了。王力的微部，是把黃先生的灰部，別爲脂微二部。王氏的脂部，是以廣韻的齊韻爲主，另加脂皆兩韻的開口字組成。王氏的微部，則以廣韻微灰兩韻爲主，另加脂皆兩韻的合口字組成。這種分析，在諧聲的分布上，是有其充足的理由的。茲將筆者所定古韻三十二部，與以上諸家古韻分部，列一對照表於下，以明其分合：

鄭庠六部	顧炎武十部	江永十三部	段玉裁十七部	戴震二十五部	孔廣森十八部	王念孫廿一部	江有誥廿一部	章君廿三部	黃君三十部	今定三十二部
東一	東一	東一	東九	翁七	東五	東一	東十五	東十四	東十八	東十八
					冬六		中十六	冬十六	冬二一	冬二三
	陽七	陽八	陽十	央十	陽四	陽五	陽十四	陽二	唐十四	陽十五
	耕八	庚九	庚十一	嬰十三	丁二	耕六	庚十三	青四	青十一	耕十二
	蒸九	蒸十	蒸六	膺四	蒸八	蒸二	蒸十七	蒸十二	登二四	蒸二六
支二	支二	支二	支十六	娃十四	支十一	支十一	支七	支三	齊九	支十
				巵十五					錫十	錫十一
			脂十五	衣十七	脂十二	脂十三	脂八	脂八	灰四	脂四
										微七
								隊七	沒三	沒八
			併于眞	乙十八		至十二		至五	屑一	質五
				靄二十		祭十四	祭九	泰十一	曷末六	月二
				遏二一						
			之一	噫五	之十七	之十七	之一	之十九	咍二二	之二四
				億六					德二三	職二五
魚三	魚三	魚三	魚五	烏二	魚十三	魚十八	魚五	魚一	模十二	魚十三
				垔三					鐸十三	鐸十四
	歌六	歌七	歌十七	阿一	歌十	歌十	歌六	歌十	歌戈七	歌一
眞四	眞四	眞四	眞十二	殷十六	辰三	眞七	眞十二	眞六	先二	眞六
			諄十三			諄八	文十一	諄九	魂痕五	諄九
		元五	元十四	安十九	原一	元九	元十	寒十二	寒桓八	元三
蕭五	蕭五	蕭六	蕭二	夭十一	宵十六	宵二一	宵三	宵二一	豪十九	宵十九
			併于尤	約十二					沃二十	藥二十
		尤十一	尤三	謳八	幽十五	幽二十	幽二	幽十五	蕭十六	幽二一
										覺二二
	併于魚		侯四		侯十四	侯十九	侯四	侯十三	侯十五	侯十六
			併于尤	屋九					屋十七	屋十七
侵六	侵十	侵十二	侵七	音二二	綅七	侵三	侵十八	侵十七	覃二六	侵二八
				邑二三	合十八	緝十六	緝二一	緝十八	合二五	緝二七
		覃十三	覃八	醃二四	談九	談四	談十九	談二二	添二八	添三十
									談三十	談三二
				諜二五	併于合	盍十五	葉二十	盍二三	帖二七	帖二九
									盍二九	盍三一

古韻三十二部諧聲表

陳新雄

自宋 徐蕆爲 吳棫 作韻補序，提出『音韻之正，本文字之諧聲，有不可易者』之言以來，諧聲與古韻之關係，遂爲古韻學家所注意，若楊慎，若陳第，若顧炎武，若江慎修，皆續有發明，迨段玉裁作古十七部諧聲表，以諧聲系統分部，始明確指出『同諧聲者必同部』之理，其後孔廣森爲詩聲類，江有誥作音學十書皆步武段氏，益爲精密，而嚴可均說文聲類，張成孫說文諧聲譜尤稱專著，後世諸家凡言古韻，亦莫不有據於諧聲，是以許叔重說文解字一書遂爲言古韻學者之圭臬。諧聲字與古韻部關係之密切，原爲不爭之事實，而『同諧聲必同部』之旨，蓋亦罕可置疑。惟文字之始作，實遠出詩三百篇之前，時代既有參差，語音不能無變，則諧聲系統與詩經韻語時有不合，自然在所不免。今爲諧聲表凡諧聲字與詩韻有相齟齬者，則仍本之詩韻，稽之廣韻，以定其部分，而不全以諧聲爲據，例如儺从難聲，本在元部，而詩竹竿以韵左瑳，廣韻亦入歌韻，則以之併入歌部，怛从旦聲，原在元部，詩甫田以韵桀，廣韻亦在曷韵，則以之併入月部，他皆倣此。如此處理，一則可與詩經韵母系統無違，減少例外合韵，二則可見彼此韵部之關連，以明聲韵之變遷。所爲諧聲表兼承段孔二氏之例，表其最初聲母，其得聲有難明者，則於字下分別注之。所以仍承段氏者（實在江有誥氏爲例較優）取其同諧聲必同部之旨也，承孔氏者，出其兼收之字使無相齟齬是也。

歌部第一

它聲　冎聲（冎聲有咼）　丂聲（丂聲有可可聲有奇）　哥聲　爲聲（爲聲有皮）　离聲

也聲（也聲有地施馳池等）　我聲（我聲有義羲）　加聲　多聲（多聲有宜）　𠂇聲

左聲　差聲　麻聲　羅聲　罹聲　詈聲　罷聲

𠂹聲　匕聲（匕聲有化）　吹聲　沙聲　瓦聲　左左聲（左左聲有隋）

坐聲　禾聲（禾聲有和龢）　果聲　朵聲　𧴪聲　萑聲

惢聲　臥聲　戈聲　孰聲　羋聲（羋聲有[illegible]）　叵聲

罵聲　彖聲（彖聲有蠡）　乂聲　丽聲（丽古文麗）　此聲　徙聲（徙本以止聲在之部、段氏云非聲今從之）

兼收儺（儺从難聲在元部、詩竹竿三章以韻左瑳、廣韻入歌韻今據入歌部）那（那从冉聲在添部、詩那以韻猗、廣韻入歌韻、今據入歌部、）戲（戲从䖒聲、䖒从虍聲、在魚部、禮記儒行以韻義、廣韻入寘韻、今據入歌部）虧（虧从雐聲、雐从虍聲在魚部、離騷以韻離、九歌大司命韻何、天問韻加、九章抽思韻儀、廣韻入支韻、今據之收入歌部）

右類諧聲及兼收字後世變入廣韻

歌哿箇（多娑婆、略舉例字、後倣此）　戈果過（坐臥波墮）　麻馬禡（差加蛇化）　支紙寘（移施纚義）

此部廣韻以歌戈爲代表韻（切韻歌戈不分），今定名爲歌部，從顧氏也。

月部第二

大聲（大聲有羍達）　泰聲　太聲　兌聲　𠧢聲（籀文銳）　帶聲

貝聲（貝聲有敗）　會聲　拜聲　衛聲　外聲　叡聲　最

聲　贅聲　毳聲　茧聲（茧聲有厲萬邁勱）　砅聲　丰聲（丰聲有害）
契　夬聲　巜聲　介聲　匄聲（匄即丏、匄聲有曷葛揭）　摯聲
制聲　世聲　筮聲　祭聲（祭聲有察詧）　[illegible]聲（[illegible]聲有希）　執聲
埶聲（埶聲有蓺熱）　乂聲（乂聲有艾刈）　吠聲　[illegible]聲　竄聲　戌聲（戌聲有歲威）
彗聲（彗聲有雪）　离聲　折聲　叕聲　絕聲　劊聲
孑聲　孓聲　𡴀聲（𡴀聲有辥薛）　隉聲　臬聲　桀聲
㕡聲　歺聲（歺聲有𡿪、𡿪聲有列）　劣聲　屮聲　寽聲　弼聲
別聲　[illegible]聲　癶聲（癶聲有發）　市聲（市聲有肺旆）　犮聲　末
聲　苜聲（苜聲有蔑）　奪聲　敓聲　亅聲　乚聲（乚聲有戉）
氒聲（氒聲有𠯑、𠯑聲有活）　月聲　粵聲　曰聲　乙聲　𥄎聲
刷聲　舌聲　殺聲　伐聲（伐聲有蔑）　罰聲　刺聲　截
聲　眣聲　[illegible]聲　脃聲　叡聲（叡聲有[illegible]薉）　害聲
朮聲　術聲　𡘋聲
兼收怚（怚从旦聲在元部、詩甫田以韵桀匪風以韵發偈、廣韵在曷韵今併入月部）　蓋（蓋从盇聲在盇部、楚辭九歌湘夫人以韵裔澨逝、廣韵在泰韵、今併入月部）
右類諧聲及兼收字變入廣韵
祭（埶厲）　泰（蓋蔡）　怪（介拜）　夬（敗快）　廢（刈肺）　霽（蟪慧）　曷（割遏）　末（撥脫）　月（伐歇）　鎋（刮轄）
黠（殺[illegible]）　屑（截蔑）　薛（晢泄）　此部廣韵以曷末為代表韵（切韵曷末不分）今
定名為月部，從王氏念孫也。

元部第三

寒聲（寒聲有蹇騫）　安聲（安聲有晏）　晏聲（晏聲有宴匽）　莧聲（莧聲有寬）　丸聲
吅聲（吅聲有雚）　單聲　元聲（元聲有完冠）　冤聲　夗聲（夗聲有宛）　亘
聲（亘聲有宣）　難聲（難聲有歎嘆漢）　厂聲（厂聲有屵彥鴈產）　反聲　㫃聲（㫃聲有[illegible]旋）
焉聲　衍聲　燕聲　㳄聲（㳄聲有羨）　閑聲　閒聲
県聲（県聲有顯）　縣聲　姦聲　宦聲　幻聲　泉聲
原聲　肰聲　然聲　𠬝聲（𠬝聲有赧）　善聲　幵聲
爰聲　[illegible]聲　[illegible]聲（[illegible]聲有[illegible]）　肩聲　柬聲　建聲
見聲（見聲有莧）　干聲（干聲有岸旱罕）　䇂聲（䇂聲有言）　看聲　肙聲　侃
聲　官聲　毌聲（毌聲有貫）　卵聲（卵聲有聯）　卝聲（卝聲有[illegible]）　聯聲
盥聲　耑聲（耑聲有段）　丹聲　旦聲（旦聲有亶）　短聲　般聲
半聲　㚘聲（㚘聲有輦）　芇聲（芇聲有繭）　宀聲　曼聲　釆聲
釆聲（釆聲有番𢍏卷券）　弁聲　緜聲　臱聲（臱聲有邊）　面聲　片聲
緐聲　煩聲　𣏟聲　卝聲　𣦼聲　贊聲　㪔
聲（㪔聲有散潸）　筭聲　算聲（算聲有篹纂）　祘聲　㜻聲　羴聲（羴聲
有羼鮮）　扇聲　山聲　删聲　𢁁聲（𢁁聲有巽選）　頁聲
叀聲（叀聲有專袁睘）　㠭聲（㠭聲有展）　延聲　穿聲　斷聲　戔聲
雋聲　全聲　歬聲（歬聲有前）　鳶聲　廛聲　連聲
䜌聲（䜌聲有變欒彎）　𤔔聲　奐聲　𤿺聲　𡿨聲　㕣聲
班聲　辡聲　犬聲　孨聲　件聲　典聲　舛聲
虔聲　虤聲　䙴聲（䙴聲有僊遷）　匙聲　𩺰聲　閔聲
彖聲　奻聲　華聲　萬聲　睿聲
兼收獻（獻从鬳聲、鬳从虍聲在魚部、詩瓠葉以韵燔、巘从獻聲公劉以韵原巘宣歎、廣韵巘在獮韵、鬳獻在願韵、今據入元部）　耎（耎从而聲、而聲在之部然而聲有䏞、重文作𩓝、難聲在元部、煗又作煖㬮、又作暖爰聲在元部、廣韵煗㬮餪渜稬在緩韵、耎輭蝡㨎萸瑌偄愞在獮韵偄稬在換韵㬮在線韵均在此部故據以定耎聲入元部）
憲（憲从丰聲在月部詩六月與安軒閑原韵桑扈與翰難那韵板與難韵、崧高與番嘽翰韵、廣韵入願部、今據以入元部）　便

便从更从丙聲在陽部、楚辭大招以韵娅焉娟廣韵便在線　今據以入元部

右類諧聲及兼收字變入廣韵

寒旱翰篹餐笇安　桓緩換欒端算觀　元阮願建偃勸垣　刪潸諫板關患雁　山產襇訕覓辨幻　先銑霰練肩燕邊　仙獮線衍連翦旃　，此部廣韵以寒桓為代表韵，切韵寒桓不分　今定名為元部，從江氏永也。

脂部第四

妻聲　皆聲　厶聲　木聲　夷聲　齊聲　眉聲
尸聲　夔聲　卟聲　伊聲　屖聲　犀聲　几聲
豸聲　氏聲　黹聲　比聲　米聲　尒聲尒聲有爾　豊聲　死聲　朩聲　美聲　矢聲矢聲有殹医翳　兕聲　履聲　癸聲　夊聲　豕聲　匕聲匕聲有旨耆稽尼　師聲　示聲示聲有祁視　二聲二聲有次資　秎聲秎聲有黎

右類諧聲變入廣韵

脂旨至遲資美嗜　支紙纚爾　齊薺霽妻綈體謎　皆駭怪擠齋楷揩　，此部廣韵以齊一類為代表韵，今定名為脂部從段氏也。

質部第五

質聲　實聲　吉聲吉聲有頡　壹聲　逸聲　七聲七聲有切
日聲日聲有涅　疾聲　悉聲　栗聲　桼聲　畢聲　一聲　乙聲乙聲有札空失　抑聲　必聲必聲有宓密瑟　八聲八聲有匹肖屑
穴聲　卪聲卪聲有即節　血聲　徹聲　設聲　閉聲
截聲　至聲　臸聲　疐聲　頁聲　戾聲　棄聲
四聲　惠聲　季聲　自聲　奰聲　替聲　計聲
丿聲　利聲

右類諧聲變入廣韵

至致疐悸劓　霽計閉懥戾　質姪疾蜜吉　術恤欥　櫛櫛瑟　黠八黠　屑鐵屑結穴　薛別設徹，此部廣韵以屑為代表韵，今定名為質部，從劉氏逢祿也。

真部第六

秦聲　人聲人聲有仁佞　頻聲頻聲有賓　因聲　臣聲臣聲有臤堅賢　信聲　申聲申聲有陳電　囟聲　粦聲　真聲　民聲　身聲　旬聲　匀聲　令聲　命聲　千聲千聲有年　田聲
幵聲　玄聲玄聲有牽　天聲　扁聲　彖聲　㶳聲㶳聲有盡
引聲　辛聲辛聲有亲新　𠬝聲　丏聲　寅聲　印聲　晉聲　尹聲　奐聲　疢聲　𣎳聲　冂聲　閵聲閵聲有藺進
燊聲　矜聲朱駿聲以爲矜本从矛从令聲俗誤作矜

右類諧聲變入廣韵

真軫震賓因陳緊　臻蓁莘　諄準稕旬匀尹筍信遴　先銑霰顛年堅絢　，此部廣韵以先為代表韵，今定名為真部，從鄭庠也。

微部第七

飛聲　𠂤聲𠂤聲有追歸　衣聲衣聲有哀　褱聲　綏聲　非聲
枚聲　𢼸聲𢼸聲有微豈　囗聲囗聲有韋　幾聲　佳聲佳聲有崔唯隼
累聲　畾聲畾聲有雷　希聲　威聲　回聲　衰聲　肥聲　乖聲　危聲　鬼聲　尾聲　虫聲　罪聲
委聲　毇聲毇聲有毀　火聲　卉聲　臾聲臾聲有穨貴匱遺　水聲
兼收開開从开聲在元部、方言六開戶楚謂之闓、闓微部字、廣韵在咍韻、云說文作開、經典亦作闓、今據以入微部、　妃妃从己聲在之部楚

辭遠遊韻歌夷蛇飛佪、廣韻入微韻、今據之以入微部、

右類諧聲及兼收字變入廣韻

脂旨至追誰匱媿 微尾未幾依鬼貴毀㮂魏 支紙寘褘硊萎毀 皆駭怪匯尯壞 灰賄隊

回隈枚猥磥迴 咍海開哀愷闓 果火 此部廣韻以灰韻爲代表韻，今定名爲微，從王氏了一也。

沒部第八

卒聲 率聲 朮聲 出聲 兀聲 弗聲 㬅聲㬅聲有沒 𠔁聲𠔁聲有𥁕 勿聲 白聲 去聲 乙聲 骨聲 帥聲 鬱聲 气聲隸變作乞 旡聲旡聲有既旡㤅愛 胃聲

未聲 退聲 位聲 隶聲隶聲有肆隸 溢聲 祟聲

出聲出聲有屈 尉聲 對聲 頪聲 孛聲 器聲

配聲 冀聲 耒聲 叡聲 㣇聲 畏聲 肆聲 豙聲豙聲有隊遂 突聲 畀聲 聿聲聿聲有律

兼收貴貴韻與聲在微部然詩谷風以潰韻肆塈既醉以匱韻類易頤象傳以貴韻類悖蹇象傳韻內、鼎象傳韻悖禮記月令以匱韻遂左傳成九年引詩以蕡萃匱韻、廣韻貴在未韻今據以兼入沒部。 內內从入聲在緝部詩蕩韻類懟對、抑韻寐廣韻在隊韻今併入沒部

右類諧聲及兼收字變入廣韻

至翠冀帥器 未味貴胃費 祭芮啐汭 怪喟叡蕢𧎥 代概溉愛 隊隊悖妹對 術筆黜術律 物茀紼

鬱熨 迄仡訖 月軏 沒歿骨勃忽 黠㕡劀滑㺃，此部廣韻以沒爲代表韻，今據黃君定名爲沒部

諄部第九

㐭聲 𡰪聲即𡰪字 昏聲 㬐聲 豚聲 辰聲

先聲 困聲 春聲 屯聲 門聲 分聲 孫聲

䡅聲 君聲 閏聲 㝱聲 昆聲 𦎫聲隸變作享

㒼聲 川聲 雲聲 云聲 存聲 巾聲 侖聲

堇聲 壼聲 文聲 豚聲豚聲有𧕕 軍聲 斤聲 𥁕聲 熏聲 飧聲 筋聲 蚰聲 尊聲 肙聲

盾聲 㐱聲 𡨦聲 ㄣ聲 壼聲 丨聲 本聲 允聲 㕣聲 刃聲 寸聲 圂聲 奮聲

胤聲 糞聲 薦聲 㝛聲 困聲 卂聲 亹聲

西聲 垔聲 焚聲

兼收奔賁奔賁皆从卉聲在微部、詩鶉之奔奔以奔韻君、大車以韻啍璊、左傳以奔賁韻晨辰振旂焞、楚辭天問以墳韻真廣韻奔賁在魂韻、賁又入文、今據入諄部 員員从口聲在微部、詩出其東門以韻門雲存巾、𡰥以限韻貧小弁以韻先墐忍、楚辭離騷以限韻忍、廣韻員在文韻又入仙韻、問韻隕在軫韻、今據以入諄部 吻吻从勿聲在沒部然重文作脗昏聲在諄部廣韻在吻韻今入諄部

右類諧聲及兼收字變入廣韻

真軫震珍振殣紉 臻詵 諄準稕㖮倫俊窘 欣隱焮殷勤隱近 文吻問雲熅粉運 痕很恨根墾饐 魂混慁盆遁昆溫 山產襉艱盼鰥 先銑霰殿殄銑 仙獮線圓袗璿，廣韻以魂痕爲此部代表韻，今定名爲諄部，從段氏也。

支部第十

支聲 斯聲 圭聲圭聲有厓奎 乁聲讀若移與沒部乁讀與弗同之乁有別、乁聲有氏 巂聲 卑聲 是聲 此聲 只聲 兮聲 知聲

㔾聲 兒聲 規聲 醯聲 𦍒聲𦍒聲有乖 𠂆聲 ㄏ聲厂聲有虒系奚 𠂎聲 ㄈ聲與陽部匚別 启聲 弭聲 危聲

右類諧聲變入廣韻

支紙寘知歧規恚 齊薺霽珪倪攜泚閱係 佳蟹卦街牌買𦍒挂畦，此部廣韻以齊二

類爲代表韵，今定名爲支部，從鄭庠也。

錫部第十一

易聲　朿聲朿聲有刺責帝啇適　畫聲　𠂢聲　𣏟聲與㑴部林別　糸
聲　益聲　析聲　辟聲　鬲聲　脊聲　昊聲
戹聲　狄聲　秝聲秝聲有厤歷　彳聲　冊聲　毄聲
冖聲　役聲　覡聲　解聲　豸聲　鬲聲　買聲
鬩聲
兼收鶂鶃从兒聲在支部重文作鷁又作鷊皆在錫部廣韵在錫韵今入錫　迹迹从亦聲在鐸部重文作蹟又作速楚辭悲回風韵積擊策適愬益釋卜居韵䡓廣韵在
昔韵今據以入錫部
右類諧聲及兼收字變入廣韵
賓避積賜刺　霽帝嬖薜　卦懈畫債嫛　麥脈檗嫿蹟　昔積益瘠役　錫霹靂鶂鏑，此部廣韵以
錫二類爲代表韵，今命爲錫部，從劉逢祿也。

耕部第十二

熒聲　丁聲丁聲有成　生聲生聲有星　盈聲　鳴聲　名聲
平聲　寍聲　賏聲賏聲有嬰　甹聲　冂聲冂聲有冋　爭聲
霝聲　嬴聲　晶聲　觲聲　壬聲壬聲有呈廷聽巠聖　鼎聲鼎聲
有貞　頃聲頃聲有潁熲穎　井聲　耿聲　幸聲　省聲　黽
聲　青聲　正聲　殸聲　敬聲　炅聲
兼收并并从幵聲在元部高唐賦以韵平生菁屏从并聲詩皇矣以韵平板以韵寧城唐韵入勁韵今定爲耕部聲。　刑形刑形從幵聲在元部詩蕩
以刑韵聽傾禮記月令以刑韵成鳴生榮平嬴離騷韵經禮記曲禮以形韵聲廣韵刑形入青韵今據入耕部
右類諧聲及兼收字變入廣韵
庚梗映笙驚榮　耕耿諍抨琤鶤轟　清靜勁形貞勁傾　青迥徑冥頂星刑，此部廣
韵以青韵爲代表韵，今定名爲耕部，從顧氏也。

魚部第十三

且聲且聲有虘助　于聲于聲有盂粵夸雩　夫聲　牙聲牙聲有邪衺　瓜聲瓜聲
有狐　巴聲　吳聲吳聲有虞　虍聲虍聲有虐豦虎虛虜盧　鼺聲　壺聲
舁聲舁聲有輿　車聲　烏聲　於聲　魚聲魚聲有魯　叒聲
圖聲　乎聲乎聲有虖　巫聲　疋聲疋聲有胥疏梳　凵聲凵聲有去　居
聲即凥　古聲古聲有胡固辜　父聲父聲有甫布尃　叚聲叚聲有家　与聲与聲有與
巨聲　土聲　無聲　馬聲　呂聲　鹵聲　下聲
女聲　処聲　羽聲　兆聲　鼓聲　雨聲　五聲
五聲有吾　予聲　午聲　戶聲戶聲有所　武聲　鼠聲　禹
聲　夏聲　宁聲　普聲　寡聲　圉聲　蠱聲
旅聲旅聲有者書屠　斝聲　卸聲卸聲有御　舍聲舍聲有余　亞聲　襾
聲襾聲有賈　素聲　䀠聲　步聲　互聲　社聲　兔聲
初聲　毋聲　庶聲　茉聲
右類諧聲變入廣韵
魚語御貯疏諸許　虞麌遇騶無輔懼　模姥暮孤都補固　麻馬禡華瓜者嫁，此部廣韵
以模爲代表韵，今名魚部，從鄭庠也。

鐸部第十四

各聲各聲有客額　亦聲亦聲有夜　夕聲　石聲　舄聲　蒦聲
若聲　隻聲　屰聲屰聲有朔咢　谷聲　睪聲　郭聲　戟
聲　乇聲乇聲有宅　昔聲　霍聲　炙聲　白聲　尺聲
赤聲　百聲　赫聲　壑聲　㡿聲　䨣聲䨣聲有霸

乇聲　㲋聲　矍聲　索聲　丮聲　虢聲　射聲
莫聲　庶聲庶聲有度席　乍聲
兼收惡惡从亞聲在魚部節南山以韻懌廣韻暮鐸兩收、今兼收魚鐸二部與魚部韻者爲魚部以鐸部韻者爲鐸部　薄薄从甫聲在魚部詩載驅以韻鞹夕易說卦傳以韻射錯逆周禮考工記弓人以韻澤昔澤楚辭哀郢以韻蹠客釋九辯以韻廓繹客，又韻索大招以韻酪蓴擇、廣韻入鐸韻今據以入鐸部
右類諧聲及兼收字變入廣韻
暮度路惡　禡夜射赦　鐸託作閣薄郭莫　藥若卻矍斮　陌宅客戟逆　昔繹惜亦席　，此部廣韻以鐸爲代表韻，今亦定名鐸，從黃君也。

陽部第十五

王聲王聲有皇　㞷聲㞷聲有往匡　匚聲　行聲　昜聲　爿聲
爿聲有臧將牆　方聲　亢聲　兵聲　光聲光聲有黃廣　京聲
羊聲　庚聲庚聲有唐康　𤕦聲𤕦聲有襄　畺聲　強聲　兄聲
桑聲　刅聲刅聲有粱梁　彭聲　央聲　昌聲　倉聲
相聲　亨聲　卬聲　慶聲　亡聲亡聲有良巟喪　量聲
羹聲　香聲　尪聲　皀聲皀聲有鄉卿　明聲　网聲网聲有罔
岡　永聲　爽聲　囧聲　象聲　皿聲　竝聲
丙聲　弜聲　秉聲　丈聲　杏聲　上聲　向聲
向聲有尙　誩聲　亞聲　[illegible]聲　竟聲　朢聲　長聲
匠聲　章聲章聲有商　[illegible]聲　葬聲　㒳聲
右類諧聲變入廣韻
陽養漾張將昌良　唐蕩宕當藏康旁　庚梗映猛永丙兵　，此部廣韻以唐部爲代表韻，今定名陽郡，從顧氏也。

侯部第十六

朱聲　區聲　几聲　俞聲　芻聲　臾聲　毌聲
婁聲　侯聲　兜聲　頫聲　須聲　取聲
主聲　乳聲　㼌聲　后聲　後聲　口聲　㫗聲
㫗聲有厚　走聲　斗聲　𦥑聲　壴聲　付聲　具聲
戍聲　𢍁聲　奏聲　冓聲　豆聲　屚聲　寇聲
敄聲　晝聲　鬥聲　㔷聲　禺聲
兼收句句从丩聲在幽部詩漢廣以駒韻蔞株林以韻株皇皇者華以韻濡驅諏凡句聲字詩在侯部廣韻在侯遇二韻今以句聲入侯部　需需从而聲在之部詩皇皇者華見上、行葦以韻斗考厚主需聲字詩及群經皆在侯部韻廣韻需在虞韻、今入侯部。
右類諧聲及兼收字變入廣韻
侯厚候鉤奏斗頭　虞麌遇俱珠附柱　尤有宥騶駒鄒掫　，此部廣韻以侯韻爲代表韻，今亦定名侯部，從段氏也。

屋部第十七

谷聲　角聲　族聲　屋聲　獄聲　足聲　束聲
賣聲　辱聲　曲聲　玉聲　蜀聲　木聲　彔聲
鹿聲　粟聲　丵聲　豖聲　禿聲　㱿聲　亍
聲　局聲　珏聲
右類諧聲變入廣韻
候竇嗾漱　遇赴㨻仆　屋樸獨族轂　燭綠俗辱曲　覺濁角剝捉　，此部廣韻以屋部爲代表韻，今亦定名屋部，從戴氏震也。

東部第十八

東聲東聲有重童龍龐　公聲公聲有翁　丰聲丰聲有夆邦　同聲　邕聲

豐聲 叢聲 冢聲 从聲 封聲 容聲 凶聲
充聲 茸聲 舂聲 囪聲 雙聲 嵩聲 尨聲
孔聲 匆聲 竦聲 宂聲 卝聲 送聲 共聲
弄聲 工聲 軵聲
右類諧聲變入廣韻
東董送通功洪同 鍾腫用容踵封寵 江講絳雙撞腔 ，此部廣韻以東韻爲代
表韻，今亦名東部從鄭庠也。
宵部第十九
毛聲 票聲 県聲 敫聲 勞聲 交聲 高聲
刀聲 苗聲 爻聲 巢聲 垚聲 䚻聲 臯聲
猋聲 訞聲 幺聲 焦聲 鼂聲 朝聲 料聲
攴聲 小聲 夭聲 兆聲 表聲 𠬪聲 巳聲
犀聲 淼聲 杳聲 窅聲 皛聲 匘聲 少聲
喿聲 鬧聲 䫉聲 尞聲 弔聲 盜聲 号
聲 顥聲 杲聲
右類諧聲變入廣韻
蕭篠嘯貂驍梟幺 宵小笑朝招喬焦 肴巧效巢崤敲教 豪皓號毛桃操高 ，此部廣
韻以豪爲代表韻，今定名爲宵部，從孔氏廣森也。
藥部第二十
皃聲 卓聲 龠聲 翟聲 爵聲 丵聲 暴
聲 勺聲 確聲 弱聲 敫聲 雥聲 虐聲
雀聲 樂聲 尿聲
兼收沃沃从夭聲在宵部、詩揚之水以韵鑿襮樂隰桑以韵樂廣韵在沃韵今據以入藥部 駁駁从交聲交在宵部、詩晨風二章以韵櫟樂廣韵在覺韵今
據以入藥部。
右類諧聲及兼收字變入廣韻
號暴 效罩豹 笑耀 嘯弔溺 屋瀑濼鑿 沃鑿確燿 覺灂邈燿 藥籥灼
錫籊櫟的 ，此部廣韻以沃爲代表韻，今定名爲藥部，從劉逢祿
也。
幽部第二十一
州聲 求聲 流聲 休聲 舟聲 𠷎聲 汓聲
曹聲 攸聲 本聲 彡聲 周聲 矛聲 勹聲
[illegible]聲 酋聲 孚聲 采聲 𢆶聲 牢聲 劉
聲 ㄐ聲 囚聲 雔聲 由聲 𪛁聲𪛁聲有秋 彪
聲 卤聲 麀聲 牟聲 蒐聲 夒聲 𡕢聲
九聲 舀聲 卯聲 酉聲 丣聲 缶聲 叜聲
爪聲 叉聲 好聲 手聲 老聲 牡聲 帚聲
𦣻聲 百聲 守聲 午聲 皁聲 丑聲 丂聲
𠂹聲 簋聲 肘聲 受聲 棗聲 韭聲 咎聲
艸聲 夰聲 牖聲 早聲 冃聲 討聲 翏聲
臭聲 戊聲 孝聲 采聲采聲有褎 幼聲 𣪘聲
秀聲 冃聲 報聲 畱聲
兼收椒椒从尗聲在覺部詩東門之枌以韵荍廣韵在蕭韵今據以入幽部
右類諧聲及兼收字變入廣韻
蕭篠嘯寥雕叫調 肴巧效包鵃膠䪐 豪皓號寶滔曹陶 尤有宥矛抽愁修 幽黝幼幽謬

幼糾，此部廣韻以蕭爲代表韻，今定名幽部，從孔廣森也。

覺部第二十二

六聲　孰聲　肅聲　尗聲　畜聲　祝聲　匊聲
复聲　肉聲　毒聲　夙聲　佰聲　目聲　竹聲
逐聲　𦤎聲　鷽聲　臼聲臼聲有學覺　告聲　就聲
奧聲　昱聲

兼收穋穋从翏聲在幽部重文作稑廣韻穋稑在屋韻今入覺部　迪迪从由聲在幽部詩桑柔以韻復毒廣韻在錫韻今據以入覺　滌滌从條聲在幽部孔廣森曰：「七月肅霜滌場雙聲韻。」廣韻在錫韻今據入覺部

右類諧聲及兼收字變入廣韻

號告奧竈　效斆窖　有畜就　屋腹竹肅淑　沃摺督鵠毒　覺學梏硞覺　錫滌戚廸踧，此部廣韻以錫一類爲代表韻，今定名爲覺部，從錢君玄同也。

冬部第二十三

中聲　躳聲　蟲聲蟲聲有融　戎聲　冬聲　宗聲　彤聲　農聲　夅聲　眾聲　宋聲　宮聲

右類諧聲變入廣韻

東董送忠宮終融　冬湩宋冬隆農碚　江講絳朧棒降瀧，此部廣韻以冬爲代表韻，今亦名冬部，從孔氏也。

之部第二十四

絲聲　來聲　思聲　箕聲　其聲　臣聲　龜聲
𠩺聲　疑聲　而聲　丌聲　之聲　才聲　臺聲
牛聲　𡿧聲　辝聲　兹聲　辭聲　司聲　丘聲
裘聲　灰聲　甾聲　郵聲　里聲　某聲　母聲
久聲　㠯聲　己聲　止聲　亥聲　不聲　采聲
宰聲宰聲有梓　啚聲　巳聲　耳聲　士聲　史聲
負聲　婦聲　臼聲與覺部臼異　子聲　喜聲　又聲
佩聲　再聲　乃聲

右類諧聲變入廣韻

之止志治持理耳　皆駭怪豺崽埋挨　灰賄隊灰媒脢梅　咍海代臺栽胎海　脂旨至否龜秠　尤有宥丘尤婦舊　侯厚候某拇姆，此部廣韻以咍爲代表韻，今定名爲之部，從段氏也。

職部第二十五

息聲　弋聲　畐聲　北聲　戠聲　直聲　㥁聲
圣聲　則聲　麥聲　革聲　或聲　亟聲　力聲
[illegible]聲　棘聲　黑聲　匿聲　畟聲　色聲　塞聲
仄聲　矢聲　敕聲　𠬝聲　伏聲　克聲　牧聲
嗇聲　皕聲皕聲有奭　苟聲　[illegible]聲　意聲　戒聲
異聲　葡聲　毒聲　㝵聲　郁聲

兼收特特从寺聲寺从之聲在之部詩柏舟以韻側忒伐檀以與輻側直穡億食韻黃鳥以韻棘息息我行其野以韻葍富異正月以韻克則得力廣韻入德韻今據以入職部。

右類諧聲及兼收字變入廣韻

志意志異試　代代岱　隊背　怪怪備　宥宥富　屋福服伏郁　麥革核職麥　職穡職棘愊　德特則克國，此部廣韻以德爲代表韻，今定名爲職部，從劉逢祿也。

蒸部第二十六

瞢聲　蠅聲　朋聲　弓聲　曾聲　升聲　鷹聲

興聲　夌聲　恒聲　徵聲　兢聲　厷聲
〻聲　乘聲　爯聲　丞聲　承聲　凭聲　登聲
仍聲　兂聲有兂聲朕　肯聲　孕聲
兼收陾陾从而聲在之部詩緜以韻薨登馮登勝廣韻在蒸韻又在之韻厚韻今兼入蒸部
右類諧聲及兼收字變入廣韻
蒸拯證陵乘興冰　登等嶝滕懵恒朋　東董送夢弓雄馮　耕耿諍橙甍宏泓，此部廣韻以登爲代表韻，今定名爲蒸部，從顧氏也。

緝部第二十七

㲻聲　及聲　立聲　邑聲　集聲　亼聲　入聲
十聲　習聲　廿聲　𡴀聲　㲹聲　𠂤聲　㬎
聲　合聲　龖龖聲　眔聲　沓聲　軜聲　疊聲
𠦃聲　䨺聲
右類諧聲變入廣韻
緝執立吸邑　合答雜部　洽洽劄　業鍱跲浥，此部廣韻以合爲代表韻，今定名爲緝部，從王氏念孫也。

侵部第二十八

冘聲　咸聲　林聲　心聲　今聲　凡聲　男聲
琴聲　彡聲彡聲有參衫　音聲　兂聲　㑴聲　突聲
壬聲　侌聲　三聲　㐺聲　羊聲　甚聲　品聲
亩聲　審聲　闖聲　㞌聲
右類諧聲變入廣韻
侵寢沁侵岑禁品　覃感勘耽轡堪暗　咸豏陷湛緘喊揞　鹽琰豔潛侵彡探　東董送
風芃，此部廣韻以覃爲代表韻，今定名爲侵部，從鄭庠也。

帖部第二十九

帀聲　丙聲　夾聲　耴聲　枼聲　聶聲　㽙聲
疌聲　欶聲　陟聲　聑聲　燮聲　𦘒聲　㞋聲
㝵聲　劦聲　籋聲　讋聲
兼收帖帖从占聲在添部王逸楚辭序事不妥帖陸機文賦或妥帖而易施、皆爲聑之假借、聑安也。是帖聑音近，今帖廣韻在帖韻即據入帖部
右類諧聲及兼收字變入廣韻
帖諜燮𢡒協　合迊　洽狹牒插𡠲　業殜　乏耴𦔮耶，此部廣韻以帖爲代表韻，今亦定名爲帖部，從黃君也。

添部第三十

冉聲　弇聲　函聲　臽聲　奄聲　𢦏聲　兼聲
占聲　染聲　閃聲　夾聲　欠聲　僉聲　忝聲
贛聲　丙聲　貶聲　𡗞聲
右類諧聲變入廣韻
覃感勘枏贛函　咸豏陷穲撖詀　添忝㮇沾廉謙點　鹽琰豔占髯僉鐵，此部廣韻以添爲代表韻，今亦名添部，從黃君也。

盍部第三十一

曷聲　巤聲　盍聲　妾聲　甲聲　壓聲　劫聲
法聲　乏聲　㞕聲　業聲　𣆪聲　耷聲　涉聲
右類諧聲變入廣韻
盍蹋臘闔𩿤　狎狎閘㛫壓　業業劫鄴　乏法乏瀀，此部廣韻以盍爲代表韻，今亦名盍部，從王念孫也。

談部第三十二

产聲有詹产聲　猒聲有厭猒聲　甘聲　炎聲　㲋聲　甛聲

芟聲　敢聲敢聲有嚴巖　广聲　斬聲　凵聲　燅聲

監聲　盬聲　乏聲　㔾聲

右類諧聲變入廣韻

談敢闞藍慙敢鄕　銜檻鑑讒監濫黬　鹽琰豔擔塹黚　嚴儼釅嚴凵儼　凡范梵犯乏，此部廣韻以談爲代表韻，今亦名談部，從孔廣森也。

廣韻四十一聲紐正變關係對照表

發音部位	正聲	變聲	說明	
喉	影	[喻][為]	清濁相變	1.匣為方法不同 2.匣群部位不同
	曉			
	匣	為群		
牙	見		清濁相變	
	溪	[群]		
	疑			
舌	端	知照	輕重相變	
	透	徹穿審		
	定	澄神禪喻邪		
	泥	娘日		
	來			
齒	精	莊	輕重相變（心邪清濁相變）	1.定喻部位方法俱異 2.定邪部位不同
	清	初		
	從	牀		
	心	疏[邪]		
脣	幫	非	輕重相變	
	滂	敷		
	並	奉		
	明	微		

附註

一、本表以黃季剛先生《音略》所載為本，並依曾運乾先生〈喻母古讀考〉、錢玄同先生〈古音無邪紐證〉、戴君仁先生〈古音無邪紐補證〉暨陳新雄先生〈群母古讀考〉修訂。

二、變聲加□　四紐暨說明上欄為黃季剛先生原意。

三、說明下欄為改訂四紐之正變關係。

索引說明

一、本索引分爲部首與注音符號兩部分。

二、部首索引部分：

1．部首之編次，不依許慎《說文解字》所列五四〇部，而按照現今各辭書沿用《康熙字典》之部例，以部首筆畫排列之檢字方式。

2．使用時，先據部首總表翻查該字部首所屬之頁次（即每部下列之號碼），可得所查之部首，再依筆畫檢尋，即得欲檢索之字。

3．原篆字不同而經隸定後之字形或有相同者，歸於同一部首，讀者檢索時，可依其不同之頁次而得欲檢索之字。

4．括弧標示之字爲後起字或俗字，其歸部乃依其字現今所屬之部首、筆畫，以便讀者檢索。

5．索引中，凡部首之字，均以符號「〇」標明，以醒眉目。各部中之正字與重文並列，重文以符號「△」標誌，以資辨明。

三、注音符號索引部分：

1．乃以現今國音注音符號之順序編次。

2．讀者可依照欲檢索字之讀音查閱本索引，即得該字於《說文解字》中之總頁次。

3．同一字形或有並列、頁次不同者，乃因其原篆字形不同，讀者使用時應審慎查閱。

4．括弧字爲後起字或俗字，與正字同音，故列於正字之下。

5．凡爲標目之聲母，均以符號「〇」標明，重文亦以符號「△」標誌之。

部首索引目錄

佳 三七二
侅 三七二
佶 三七三
侗 三七三
供 三七五
佭△ 三七五
侙 三七六
佴 三七六
侔 三七六
佺 三七六
依 三七六
佽 三七六
併 三七六
侍 三七七
侁 三七七
侐 三七七
侒 三七七
佰 三七八
佸 三七八
佮 三七八
使 三八〇
侊 三八二
佪 三八二
侜 三八二
侈 三八三
佻 三八三
例 三八五
侉 三八五
侘 三八六
金△ 四七四
侃 五七四
会△ 五八〇
侑△ 六二七

七畫

信 九三
伂△ 一〇五
侯 二二九
保 三六九
𠈌△ 三六九
俅 三七〇
俊 三七〇
俚 三七三
俟 三七三
俁 三七三
侹 三七四
俌 三七六
俓 三七七
俠 三七七
俜 三七七
侳 三七七
侵 三七八
便 三七九
俔 三七九
俗 三八〇
俒 三八〇
俆 三八一
倂 三八一
俄 三八四
俙 三八四
侮 三八四
促 三八五
俑 三八五
係 三八五
俘 三八六
㑗 三八七
俇 三八八
俞△ 四〇七
俛△ 四二四
俎 七二三

八畫

倉 二二六
𨊠 三一一
㑯△ 三一九
倩 三七一
倓 三七一
倭 三七二
俺 三七三
倨 三七三
倞 三七三
俶 三七四
倬 三七四
倗 三七四
倢 三七六
倚 三七六
俱 三七六
倫 三七六
借 三七八
候 三七八
俾 三八〇
倪 三八〇
倌 三八一
倀 三八二
俴 三八二
倍 三八二
倡 三八三
偒 三八四
俳 三八四
倄 三八五
值 三八六
倠 三八六
倃 三八六
倦 三八七
修 四二九
倏 四七九

九畫

㑺△ 一一六
偊 三七〇
偰 三七一
偉 三七二
偞 三七二
健 三七三
偲 三七四
偫 三七五
偕 三七六
偓 三七六
側 三七七
偁 三七七
假 三七八
偆 三八〇
偭 三八〇
偨 三八〇
偄 三八一
偋 三八一
偏 三八二
御 三八四
偃 三八五
偶 三八七

十畫

昝 一三六
倸△ 三六九
傑 三七〇
傛 三七一
𠞰△ 三七一
傀 三七二
傓 三七四
備 三七五
傅 三七六
傆 三七八
傍 三七九
傒 三八三
傸 三八四
傞 三八四
𢝊△ 五一四

十一畫

僉 二二五
傲 三七三
傪 三七三
傂 三七四
傭 三七四
傾 三七七
僅 三七八
傳 三八一
傿 三八二
僄 三八三
催 三八五
傷 三八五
傴 三八六
僂 三八六
僇 三八六
傮 三八七
僊 三八七

十二畫

𠏁 五〇
僕 一〇四
僮 三六九
僎 三七〇
僚 三七二
僨 三七二
僑 三七二
僤 三七三
僟 三七五
像 三七九
僖 三八〇
僗 三八一
僭 三八二
偽 三八三
僓 三八四
僦 三八四
僐 三八四
僰 三八七
僔 三八七
僥 三八八
僆△ 七三九

十三畫

僷 三七一
儇 三七一
僩 三七三
儌 三七四
僾 三七四
儋 三七五
儃 三七七
儀 三七九
儉 三八〇
億 三八〇
僻 三八三
僵 三八四

十四畫

儈△ 二三六
儒 三七〇
儐 三七五
儕 三七六
儔 三八二
儗 三八二
儆 三八八

十五畫

儠 三七二
儦 三七二
儥 三七八
償 三七八
優 三七九
儡 三八六

十六畫

𢨋△ 三一一
儲 三七五

十七畫

儳 三八二
儳 三八四
儵 四九三

十八畫

㒤 三七六

十九畫

儺 三七二
儹 三七六
儷 三八〇

二十畫

儼 三七三

二十一畫

儽 三七七

【儿部】

儿 四〇九

一畫

兀 四〇九

二畫

元 一
允 四〇九
先 四一〇

三畫

兄 四一〇
兂△ 四五七

四畫

兆 四九
兆△ 一二八
兇 三三七
充 四〇九
兆 四一一
先 四一一
兵△ 四五七
光 四九〇
兕△ 七四四

五畫

㐬△ 一六六
克 三二三
兑 四〇九
兕△ 四六三
免 四七七

六畫

兒 四〇九
兓 四一〇
兔 四七七

八畫

𠒌△ 七五二

九畫

兜 四一一

十畫

兟 四一一

十二畫

兢 四一〇

二十一畫

𠔃 四七七

竨 五〇四
竫 五〇四
𥪰 五〇四
𥪡 五〇五
䇌 五〇五
䇑 五〇五

九畫

竣△ 三三五
端 五〇四
竭 五〇五

十畫

普△ 五〇五
竵△ 五〇五

十一畫

童△ 一〇三
竱 五〇四

十二畫

竲 五〇五
䇓 五〇五

十三畫

䇔 五〇五
𥫐 五〇五

十五畫

競 一〇二

【竹部】

竹 一九一

二畫

竺 六八八

三畫

竿 一九六
竽 一九八

四畫

笎 一九二
笄 一九三
笔 一九六
笍 一九八
笑 二〇〇

五畫

笧△ 八六
笱 八八
笈△ 一二三
笏 一八〇
笢 一九二
笨 一九二
笵 一九三
符 一九三
笮 一九三
笫 一九四
笥 一九四
笯 一九六
笠 一九七
笡 一九七
笞 一九八
笪 一九八
笘 一九八
笭 一九八
笛 一九九
笙 一九九
第 二〇一
笶△ 二一五

六畫

筆 一一八
筋 一八〇
筍 一九一
等 一九三
筐 一九三
筈 一九五
筝 一九五
筊 一九六
筞 一九八
策 一九八
筡 一九八
筒 一九九
筑 二〇〇
筐△ 六四二

七畫

筋 一八〇
筱 一九一
筡 一九一
節 一九一
筳 一九三
筦 一九三
箏 一九三
筥 一九四
筳 一九四
筤 一九五
筩 一九五
筩 一九六
筰 一九七
筭 二〇〇
筧△ 二三二

八畫

箘 一九一
箁 一九一
箋 一九三
箅 一九四
箄 一九五
箸 一九五
箇 一九六
箓△ 一九六
箬 一九七
箑 一九七
箝 一九七
箠△ 一九七
箙 一九八
管 一九九
箛 二〇〇
算 二〇〇
箏 二〇〇
箕 二〇一
箅△ 二〇二
箾△ 二二五

九畫

箬 一九一
箯 一九一
箭 一九一
箵 一九二
篆 一九二
篇 一九二
篡 一九六
箯 一九六
篅 一九六
箱 一九七
篚 一九八
箴 一九八
箾 一九八
箟 一九九
篎 一九九
箹 一九九
箂 二〇〇
箮 二三二
箧△ 六四二

十畫

範 七三四
篪△ 八六
篕△ 一九一
篛 一九二
篟 一九四
篠 一九四
篝 一九五
篧△ 一九六
篚 一九七
篘 一九八
築 二五五
篡 四四一
篤 四七〇
篘△ 五〇一

十一畫

簂△ 二二
簍△ 一一七
簅△ 一一七
簁 一九一
簜 一九一
篸 一九二
篰 一九二
簃 一九二
簡 一九二
簀 一九四
簎 一九四
簞 一九四
簞 一九四
簙 一九五
簍 一九五
簁 一九五
簋 一九五
簏 一九六
簠 一九六
篼 一九七
簦 一九七
簐 一九七
簝 一九七
簧 一九九
簟 二〇〇
簭 二〇〇
簚 二〇〇
簠△ 二五五
簪△ 四一〇
篙 五一七
簎 六一五

十三畫

簬△ 一九一
簬 一九一
籀 一九二
簾 一九三
籆 一九三
簸 一九八
簫 一九九
籅 二〇〇
簺 二〇〇
簸 二〇一

十四畫

籍 一九二
籃 一九五
籋 一九七
籌 二〇〇

十五畫

籋 一九二
籓 一九二
籔 一九四
籔 一九四
籑 一九四
籑 二二二

十六畫

籠 一九七
籚 一九七
籟 一九九
籙 三三五

十七畫

籥 一九二
籧 一九四
籢 一九五
籣 一九七
籤 一九八
籣 一九八
籥 五〇一

十八畫

籩 一九六

十九畫

籭△ 一〇九
籬 一九四
籫 一九五

二十畫

籯 二〇〇

二十一畫

籱 一九五

二十二畫

籲△ 五二
籱 一九六

二十四畫

籮 一九六

二十六畫

籲 四二六

【米部】

米 三三三

二畫

𥹀△ 五〇

三畫

籹 三三六

四畫

粊 三三四
粈 三三六
粉 三三六

五畫

粖△ 一一三
粎△ 三二七
粘△ 三三三
粗 三三四
粒 三三四
粔 三三五
粟△ 三五八

六畫

粤 二〇六
粢△ 二二一
粟 三二〇
粱 三三三
粠 三三六
粦 四九二

七畫

（粳） 三二六
粲 三三四

八畫

精 三三四
粺 三三四
粿 三三六
粹 三三六
粼 五七四

九畫

九畫
鼛 二〇八
十一畫
鼞 二〇八
十二畫
鼘 二〇八
【鼠部】
鼠 四八三
三畫
鼩 四八三
鼤△ 四八三
四畫
鼢 四八三
鼧 四八三
五畫
鼪 四八三
鼫 四八三
鼨 四八三
鼩 四八三
鼬 四八三
鼮 四八三
鼦 四八四
六畫
鼶 四八三
鼭 四八四
九畫

鼲 四八四
鼴 四八四
十畫
鼷 四八三
鼸 四八三
鼹 四八三
十二畫
鼺 四八三
十六畫
鼵 四八三
【鼻部】
鼻 一三九
二畫
鼽 一三九
三畫
鼾 一三九
八畫
齂 一三九
九畫
齃△ 四二一
十畫
齅 一三九
【齊部】
齊 三二〇
三畫
齋 三

齌 六二五
四畫
齍 四八七
六畫
齎 四〇〇
七畫
齏 二八二
八畫
齏 三二〇
九畫
齏△ 三四〇
十三畫
齉△ 三
【齒部】
齒 七九
二畫
齔 七九
三畫
齕 八〇
齘 八〇
四畫
齗 七九
齗 七九
五畫
齣 七九
（齟） 七九

齝 八〇
齚△ 八〇
齛 八〇
齙 八〇
齜 八一
六畫
齛 七九
齣 八〇
齤 八〇
齘 八〇
齛 八〇
齹 八〇
齧 八〇
齨 八一
齤 八一
齥 八一
七畫
齰 八〇
齬 八〇
八畫
齱 七九
齯 八〇
齮 八〇
齭 八〇
齮 八〇
齰 八〇
九畫

齵 七九
齳 八〇
齷 八〇
齵△ 八一
十畫
齹 七九
齺 七九
齸 八〇
齾 八〇
齻 八一
齫 八一
齳 八一
十一畫
齼 七九
齽 七九
十六畫
齾 八〇
二十畫
齽 八〇
【龍部】
龍 五八八
三畫
龏 一〇五
四畫
龕 五八八
龓 五八八

六畫
龔 一〇五
龓 三一七
（龕） 五八八
十六畫
龖 五八八
十七畫
龗 五八八
【龜部】
龜 六八五
三畫
𪚧 六八五
五畫
龞 六八五
【龠部】
龠 八五
五畫
龡 八六
八畫
龢 八六
九畫
龤 八六
十畫
龥 八六

補遺

一畫
乀△ 一一六
乁△ 五八〇
二畫
乚△ 一一六
三畫
𠃑△ 六四三
𠃌△ 七五三
四畫
丮△ 一〇五
玊△ 二〇三
五畫
号△ 五〇
金△ 五八〇
聿△ 六三三
宁△ 七四七
𢀚△ 七四八
六畫
甘△ 二〇一
弟△ 二三九
辰△ 七五二
七畫

屮△ 二〇
八畫
斥△ 四七六
禸△ 四七七
九畫
𠂤△ 一六一
垂△ 二〇二
朋△ 五五六
昌△ 七五三
十畫
𧆨△ 四四八
米 七四九
十一畫
𥝢△ 一四八
匠△ 六四一
十二畫
雩 二七七
豨△ 四六四
电△ 六八五
十四畫
慶△ 二一二
十五畫
寨△ 二七五
十八畫
鬥△ 五七七
十九畫
蹭△ 四五四

二十一畫
鄉△ 四三六
二十二畫
𩿧△ 四六六

注音符號索引

ㄅㄚˋ　罷 三六○　胃 三一四　霸 三一六
ㄅㄚˇ　祀 七四八　把 六○三　靶 一一○
ㄅㄚˊ　坋 六一一　拔 四八六　炦 四八九　犮 四四○　廢 二六五　魃 一五五　枚 八三九
ㄅㄚ　巴 七四五　鈀 七六五　犯 四五九　八

ㄅㄛˋ　膊 一七六　髆 一六六　髆 一五三　欂 一一四　轉 一一○　博 八一九　踣 八八四　跛 八八三　齰 八二一　迫 七一一　趙 六五一　嚩 五四一　薄 四二五　嚴 二一五
ㄅㄛˊ　綍 一八一　暴 八八七　撥 一八二　鲅 六八八　祓 六八八　剝（灰）　址 五○五　竨

ㄅㄛˇ　簸 二○一　較 七三四　鎛 七一六　鏄 七一六　勃 七○二　妭 六三二　搏 五○八　鮑 五四九　洦 四二三　狪 四八○　駁 四六七　駮 四六五　縠 四七九　襮 三九七　樊 三八八　伯 三七七　帛 三六四　庵 三三三　觺 三三五　邦 二五六　橰 一八○　柏 一八八　簿 一八○　胇 一八○　筋 一八○

ㄅㄞ　琕 六○一　拜 六○一　捀 六○一　粺 三三三　䊫 三三二　稗 一二六　貶 一二六　敗 一二四　退 一七四　（ㄅㄞˋ）掙 六一五　佰 三七八　百 一三八　百 一三八
ㄅㄞˊ　臼 三六七　白 三六七　（ㄅㄞˇ）歔 六一四　播 六一二　擘 六一二　擘 二四七　亳 二三○　謗 九五　越 四九九

ㄅㄟˋ　備 三七五　糒 三三一　邶 二八一　貝 二七六　孛 二六一　背 一七一　葡 一二一　鞁 一○九　鑿 九九　悖 九九　誖 八五　跟 五一　僃 五一　牪 五一　（ㄅㄟ）钄 七一一　鐟 七一二　悲 五一一　碑 四五四　頯 二二四　匱 一一四　（杯）栖 二六三　卑 二六三　籠

ㄅㄠˇ　鴇 一五五　葆 四七　（ㄅㄠˋ）罷 五五七　電 五四七　胞 四三五　包 四三三　勹 三九七　（褒）裒 三六七　郎 二九六　苞 二三一　（ㄅㄠ）輩 七三五　鞴 六六八　茯 六六四　紱 五六四　瘒 三五一　憊 一一九　（奰）㬼 五○四　䃻 三九○　北 三九八　倍 三八二　俗

ㄅㄠˋ　華 一六○　攽 一二四　奱 一○四　班 一九　鮑 五八六　瀑 五六七　暴 五六二　報 四九八　爆 四七二　豹 四六一　勺 四三六　袌 三九六　綥 六三八　阝 三三六　承 三九七　俅 三三○　保 三三○　審 三三九　寶 三四○　宗 三三四　饗 二二二　餘 二二二　飽 二二二　鮑 一五五

注音符號索引（ㄅ・ㄆ部）

第一行

丙	鮙	恔	炳	屏	邴	棅	柄	稟	餅	ㄅㄥ 秉	鞞	ㄅ一ㄥ 兵△	俜	奵△	拼	奵△	ㄅㄣ 鬢	擯	儐	髕	殯
七四七	五八六	五八一	四八九	四八七	二九六	二六六	二六三	一三一	一〇六	五七六	二四四	一〇五	一〇五	二四四	五七六		四三〇	三七六	三七五	一六七	一六五

第二行

籥	腤	步	莎	ㄅㄨ 捕	捼	補	卜△	卜	哺	ㄅㄨ 鞻	ㄅㄨ 瀘	舖	逋	逋△	ㄅ一ㄥ 竝	幷	偋	併	病	病
一九二	一七七	六九	四四	六一二	六一五	四一五		五六	七三一	二二三	二二一	七四	七四		五〇五	三八一	三七六	三五一

第三行（ㄆ部開始）

皤	鄱	ㄆㄛ 陂	鑃	坡	柀	波	ㄆㄛ 頗	米	發	ㄆㄚ 怕	杷	崥	ㄆㄚ 岊	萉	不	怖	怖	布 部
三六七	二九七	七三八	七一四	六八四	五五三	四二六	二七六	三三一	六八	五一一	二六二	四四六	三八		五九〇	三六五	三六五	二八九

第四行

紙	辰	派	湏	潬	林	排	俳	拍	酺	ㄆㄛ 猼	破	魄	醬	朴	轉	敊	暴	迫	ㄆㄛ 驖	額
六五四	五七五	五五八	五四七	五三六	三三九	六三八	三八〇	六三二	七五五	四八二	四五六	四三九	三三八	二五一	一二三	一二三	九〇	七四	四七〇	三六七

第五行

（彎）	繺	鮋	沛	怖	崥	佩	帔	斾	邨	ㄆㄟ 陪	坏	培	碩	裴	邳	豳	郫	ㄆㄟ 醅	頯	虾	（胚） 肧
六六九	六六九	五八四	五八一	五四七	四四七	三六一	三一二	二九七	七四三	六九六	六九一	四一一	三九六	二九八	二九一	二九八	七五七	四二八	一一五	一六九

第六行

培	謦	等	妭	奔	麭	垉	抱	捊	炮	麃	庖	匏	袍	鞄	ㄆㄠ 咆	泡	橐	脬	配
六〇四	四三一	一九一	六三	四九八	二七八	一二三	六〇六	六〇六	四八七	四七五	四四八	三九五	一〇八	六二	五四一	二七〇	一七九		七五五

第七行

叛	蟠	嫛	挈	蟹	磻	髉	舨	般	幋	盤	鑿	槃	肇	潘	瞥	販	撲	扒	瓠	錇	剖
五一	六六七	六一二	四六一	四四九	四五三	二一二	二六三	二六三	二六三	一〇八	五六六	一三三	一三二	二一五	六四五	二二七	一八一

第八行

嗙	彪	龐	稦	郶	骿	膀	雱	芬	雺	旁	ㄆㄤ 斜	滂	ㄆㄣ 盆	歕	噴	畔	泮	祥	判	盼
六〇	四七八	三四九	二二九	一七一		一七一		七二二	五五二	二一四	二五	五五一	二一四	四一五	二一五	七〇三	五七一	三九二	一八二	一三二

第九行

摀	披	鮍	駍	侹	秠	旋	劈	丕	朝	弸	溯	膀	倗	棚	彭	莩	ㄆㄥ 蓬	芃	ㄆㄥ 抨	怦	ㄆㄤ 胖
六一二	六〇四	五八三	四六六	三七四	三二二	三一二	一八二	一	七二二	六四七	五六九	三六九	三七四	二六六	二七六	一七六	四七〇	三九	六一四	五五二	五一

ㄆ（續）

媲△	闢	潎	濞	洴	廦	辟	僻	癳	躄	警	圮	匹	頓	仳	痞	話	鞞	陣	埤	蚍	皽△
											ㄆㄧˇ	ㄆㄧ									
六二○	五九四	五九四	五六三	五五三	四三八	四五二	三八三	三五三	一五五	九一	六九七	六九一	六四一	四二五	三三六	七二三	七四三	六九三	六八三	六八三	六八三

繰	受	爕	攄	瓢	飆	嫖	漂	票	麃	趨	嘌	嫳	鑒	ノ	絜	（撇）	擎	瞥	覽
		ㄆㄧㄠ	ㄆㄧㄠ							ㄆㄧㄠ		ㄆㄧㄝ	ㄆㄧㄝ		ㄆㄧㄝ				
六五六	一一二	一三三	三四一	六八四	六三○	五五四	四八九	三一一	六五	六二九	五八	七一三	六三三	六一二	一三五		六一二	六四五	

姸	傊	片	駢	便	楄	骿	論	蹁	蝙	偏	瘺	篇	翩	蕍	勳	慓	驃	僄	剽
ㄆㄧㄢ			ㄆㄧㄢ						ㄆㄧㄢ				ㄆㄧㄢ						ㄆㄧㄠ
六三一	三七七	三二一	四六九	三七九	二七二	一六七	五六八	八四	六三二	三五四	一九二	一四一	二六		七○七	五一三	四六三	三八三	一八三

苹	荓	娉	艵	甹	俜	聘	朩	牝	品	嬪	顰	鑌	窀	貧	椷	瞋	顰	薲	蠙△	玭
ㄆㄇ		ㄆㄥ		ㄆㄥ			ㄆㄣ	ㄆㄣ					△							ㄆㄣ
二九	二五	二八	六三六	五七	五九五	三三九	五一	五七三	八五	六二七	五三	四○	二四五	二八五	二四六	一三三	九八	二五	一八	一八

菩	鋪	撲	抪	仆	痡	攴	軯	凭	坪	蛢	缾	萍	泙	甦	馮	屏	邴	枰	瓶△	餅	羿	平	薸
ㄆㄨ				ㄆㄨ		ㄆㄨ																	
二八	一二二	六一一	六○四	三八五	一五二	一二三	七二二	七一二	六八八	六一九	五七三	五四三	四五六	四○三	四六七	三三一	二七一	二二七	五二	二二七	二二七	○七	四六

蟆	麻	麿△	暴	浦	溥	普	圃	誧	酺	扑	墣	纀	濮	匍	樸	樸	爆	蹼	僕	粆△	蒲
ㄇㄚ		ㄇㄚ	ㄆㄨ						ㄆㄨ												
六七八	三三九	三一○	三一○	五五八	五五一	三一一	二八○	九五	七五七	六九○	六九一	五六一	四三七	二五四	二四六	一三五	○四	○四	○四		二八

秣	蠚	嘆	玟	潊	（墓）	媒	摹	摩	模	髍	暮	謨△	髳	駡	獁	鄢	禡	影△	影△	馬
△			ㄇㄛ	ㄇㄛ		ㄇㄛ						△			ㄇㄚ		ㄇㄚ	△	△	
一一三	一一三	一三三	六一七	五六五		六三一	六三一	六一一	二五六	一六六	九二	九二	四三二	三六○	三五二	二九六	七	四六五	四六五	四六五

賑△	覕	沒	漠	沬	默	蕿	貉	獏	磨	頖	瘼	糢	慕	鄚	末	（秝）	絉	膜	募	歿	勿	首	眜	昧	夃
△	△					
五七五	五七五	五六二	五五○	五二四	四七八	四六九	四六三	四六二	四五二	四二三	三五二	三三六	三一九	二五一	二二三		一二五	一六三	一六三	一七八	一四六	一三三	一三三	一三三	一一七

苺	瑂	禖	勴	脈	脈	衇△	賣	麥	譏	邁	邁△	買	靇	瞢	蘴	鏌	墨	縲（縲）	嫹	霢△
ㄇㄟ		ㄇㄟ		△	△				ㄇㄞ		ㄇㄞ	ㄇㄞ					ㄇㄛ	ㄇㄛ		
二六	一七	七	七○六	五七五	五七五	五七五	二三四	二三一	九九	七	七	二八四	五七九	一三四	四五	七一七	六九四	六六五	六三○	五七八

寐	昧	韎	眛	眇		媄	浼	美	每	鋂	塺	媒	湄	徽	葿	蘪	郿	楣	枚	楳△	梅	脢	𦜕	眉
				ㄇㄟ		ㄇㄟ														△				
三五一	三○五	二三二	二三三	一三三		六二四	五五七	一四八	二二二	七一一	六九八	六一九	五五九	四九三	三五八	三三八	二八八	二五四	二四八		二四一	一七二	一六九	一三七

冃	昂	茆		戒	矛	螯	螯	鬏	髦	毛	旄	桺	楚	茅		媚	妹	類	沫	彔	魅	魃	顯	袂
		△		△												△		△		△			△	
三五七	三〇八	ㄇㄠ四七		七二六	七二六	六七一	四三一	四三一	四三〇	三一一	二四二	二四二	五四	ㄇㄠ二八		六二三	六二一	五六九	五六八	四四〇	四四〇	四四〇	四二二	三九六

頪	兒	蔓	襃	袤	圊	冒	冂	鄭	貿	楙	楣	瞀	瞀	眊	萱	蘇	芼	菽	茂	蓩	玥	瑂		非	卯
△		△	△		△	△	△														△			△	
四一〇	四一〇	四〇二	三九五	三五八	三五八	三五七	二九四	二八七	二七四	一五三	一三三	一三三	一三三	一三四	四七	四〇	四〇	四〇	三九	ㄇㄠ一三	二一七	一三		七五二	七五二

謾	趁	楳	某	鰲	蚲	蝥	蟲	繆	侔	鞪	蝥	瞞	瞀	冒	謀	牟		媚	悉	懋	鋴	覒	皃
△						△			△			△			△	△		△					△
九七	六六	ㄇㄡ二五〇	二五〇	七一一	六八三	六八三	六六三	三七六	二三二	一三二	九二	九二	九二	五二	ㄇㄡ五二	二八		六二一	五一一	五一一	四一四	四一三	四一〇

璊	輚	樠	鏋	縵	嫚	慢	獌	幔	鄤	樠	曼	蔓	滿	彎	蠻	鰻	憒	鬘	莾	橘	瞞	鞔
一五	七二八	七一四	七一一	六五五	六三一	五〇四	三六八	二九六	二五一	一三六	ㄇㄢ五五	一三	五六	ㄇㄢ一二	六八三	五一四	四三三	三五八	二五五	一二四	一二三	一〇九

蒙	萌	茵	夢	莽	茻		澎	駹	厖	邙	盲	哤	牻	芒		悶	懣	捫	門	顢	甋	虋	玧
																							△
四六	三八	三三六	三〇	ㄇㄤ四八	四八		五四九	四六六	四五二	二九二	一三六	六一	五一一	三九	ㄇㄤ五一六	五一六	六〇三	五九三	四二六	四〇三	一二三	一五	

夢	壁	蠓	澕	猛	鼆		醚	尨	蝱	甍	氓	鯍	霖	濛	驟	家	盟	甿	盟	鄳	饛	鶥	瞢	矇
																	△							
三一八	六九三	六七五	五六九	四七九	三一五		七五四	七〇二	六八二	六四四	六三三	五八一	五七九	四六三	三五七	三一八	二九七	二二五	一五四	一四六	一三六

糜	米	眯	侎	敉	絥	糜	爢	麚	镾	覛	案	覃	爢	靡	篾	迷	麋		柔	孟	懜	懞	矒
三五一	三三三	一三六	一二六	一二六	ㄇㄧ六六六	六六八	四八五	四七五	四七五	四一一	三五八	三三六	三三五	三三六	一九二	七四		二六	七五〇	七五〇	五一四	三六四	

濔	汨	密	幦	幎	宀	宓	冪	扁	香	盗	虩	謐	蔤	祕		羋	弭	弭	靡	靡	洱	瀰	懵
																	△						
五三四	五三四	四四四	三六五	三六五	ㄇㄧ三四一	三四一	三一二	二二一	三三四	二五四	三五二	五六四	五四七			五六六	六四六	六四六	五八八	五六八	五六八	五一九	

眇	(皃)	蘱	緢	貓	苗	搣	滅	懱	覕	幭	穦	薎	蔑	莫	蠛	羋	醚	蜜	蟁	糸	糸
一三六		三一一	六五二	四七六	四四〇	六〇〇	五五七	五一一	四一三	三六四	三二六	二一四	一四六	ㄇㄧㄝ一三五	六八一	ㄇㄧㄝ一四七	七五五	六八一	六五〇		

眄	鞍	蛆	(綿)	縣	緜	寱	瞑	睯	謬		紗	庿	廟	懇	秒	杪	筋	魗
									△									
一三六	一〇七	六七三		六六四	六四九	三四七	一三四	一三四	九九		六四五	四四五	四四八	五〇七	三二九	二五九	一九二	一五二

字	頁	字	頁	字	頁	注音
㝃	二三五	冕	三五七	繞△	三五七	
偭	三八○	丏	四二七	免	四七一	
恱	五一二	沔	五六七	湎	五八四	
鮸	五六五	緬	六七五	蚵	六○五	
勉	七○六	挽	七四九	(麵)	二三四	ㄇㄧㄢˇ
宆	三三四	面	四二七			ㄇㄧㄢ
珉	一五三	鷗	三一五	旻	三五○	
罠	三五九	嫳	四四三	毖	五四一	ㄇㄧㄣ

鳴	一五八	名	五七	莫	三三六	ㄇㄧㄥˊ
輓	七三一	黽△	六八五	黽△	六八五	
閩	五九○	愍	五九七	閔	五五五	
潣	五五一	愍	二一三	皿	二一二	
笢	一九六	(敏)	一二三	敏	一二三	ㄇㄧㄣˇ
敃	一二三	敏	一二三			
鐪	七二五	緡	六六三	㸰	六三三	
民	六○七	(搰)	一五五	愍	五一五

乏	七○	茇	四一一	發	六四七	ㄈㄚˊ
伐	三八五	罰	一三五	墓	七○七	[ㄈ]
墓	六九九	坶	六八九	霂	五七一	
沐	五六八	慕	五一一	慔	五一二	ㄇㄨˋ
參	三六五	眊	三二二	幕	二六八	
穆	二四二	楘	一三四	木	一三一	
苜△	一三一	睦	一三一	圓△	一三一	
目	一三○	牧	一二七

灊	五五四	幡	三六三	旛	三一五	ㄈㄢˊ
藩	一九四	否	五九	缶	二二五	
剨	一八○	否	六一	罘	三五九	ㄈㄡˊ
罭	三五九	罟	三五九	茱	三八	
紑	六五八	髃△	六四六	棐	五○六	ㄈㄡˇ
沸	五五二	胇	一七五	廢	四四三	ㄈㄟˋ
縶	四四五	扉	四○三	痱	三五二	
癈	三五二

奮	七五四	範	七三三	軓	七二八	ㄈㄢˋ
嬎	六二二	繶	五五七	泛	五六一	
氾	五五五	汎	五五三	犯	四七九	
娩	四七七	妐	四七五	販	二八一	
飯	二二二	范	一九	范	四六	
芝	四一	軶	九	播	七二六	ㄈㄢˇ
反	一一四	反	一一七	仮△	一一二	
返	七二	凡	六八	蠻	六七三

焚	四八八	蚡	四八三	鼢	四八三	ㄈㄣˊ
獖	四五九	棼	二七四	枌	二五九	
栟	二四○	鞴	一○七	鼖	一○五	
粉	三四八	黂	三四八	紛	六六一	ㄈㄣˇ
裕	三九一	豸	三六一	餴	二二二	ㄈㄣ
饙	二二二	鐼	七一一	鳶	一五八	
闈	五九○	分	四九	芬	二二	
岎	四四	雰	二二	氛	二○

糠△ 三二七　㝩 三四二　歑 四一八　漮 五六四

ㄎㄤˋ
邟 二九三　伉 三七一　犺 四七九　炕 四九〇　忼 五〇七　抗 六一五　杭△ 六一五

ㄎㄥ
硜 五三　羥 一四七　硻 四五五　摼 六一五　⿰車真 七三五　轚 七三六　阬 七四〇

ㄎㄨ
哭 六三　⿰歹古 一六六　刳 一八二　䯞 二三五　枯 二五四　顝 四二二　⿰圣頁 四二五　堀 六九二　圣 六九六　[illegible] 六九九　⿰阝告 七四二

ㄎㄨˇ
苦 二七　頍 四二三

ㄎㄨˋ
⿱艹酷 四三　嚳 五四　[illegible] 三三九　庫 四四八　焅 四九〇　絝 六六一　酷 七五五

ㄎㄨㄚ
誇 九九　夸 四九七　括 六一二

ㄎㄨㄚˇ
𠀂 二三九　侉 三八五

ㄎㄨㄚˋ
跨 八二　跨 八四　胯 一七二

ㄎㄨㄛˋ
鞹 一〇八　頢 四二三　漷 五四一　活 五五二　[illegible]△ 五五二　霩 五七九　闊 五九七　彍 六四七　（彉） 六四七

ㄎㄨㄞ
咼 六一

ㄎㄨㄞˋ
蒯 三〇　噲 五四　⿰骨會 一六九　膾 一七八　劊 一八一　檜 二五〇　鄶 二九八　邮 三〇二　旝 三一三　獪 四七九　快 五〇七　澮 五三一

ㄎㄨㄟ
蘬 四七　眭 一三八　刲 一八三　虧 二〇六　虧△ 二〇六　窺 三四九　覣 四一三　悝 五一四　闚 五九六

ㄎㄨㄟˊ
葵 二四　蹞 八四　弅 一〇五　睽 一三三　夔 二三六　楑 二四三　鄈 二九一　頯 四二一　騤 四七〇　奎 四九七　揆 六一〇　戣 六三六　[illegible] 六七一　魁 七二五　馗 七四五　逵△ 七四五

ㄎㄨㄟˇ
⿺走圭 六六　頍 四二五

ㄎㄨㄟˋ
蕢 四四　臾△ 四四　喟 五六　嘳△ 五六　⿰骨貴 一六七　饋 二二三　餽 二二五　樻 二四五　⿰禾會 三二七　憒 五一五　潰 五五六　聵 五九八　[illegible]△ 五九八　[illegible]△ 五九八　媿 六三二　愧△ 六三二　匱 六四二　凷 六九〇　塊△ 六九〇

ㄎㄨㄢ
髖 一六七　寬 三四四

ㄎㄨㄢˇ
款 四一五　欵△ 四一五

ㄎㄨㄣ
琨 一七　瑻△ 一七　菎 三六　罤 二三九　昆 三一一　幝 三六二　褌△ 三六二　顐 四二五　髠 四三三　髡△ 四三三　焜 四九〇　蜫 六八一　坤 六八八

ㄎㄨㄣˇ
⿰足困 八四　梱 二五九　壼 二八〇　稇 三二八　悃 五〇八

ㄎㄨㄣˋ
困 二八一　朱△ 二八一

ㄎㄨㄤ
邼 二九一　恇 五一九　洭 五三三　匡 六四二　筐△ 六四二

ㄎㄨㄤˊ
誆 九七　狂 四八一　𢗼△ 四八一　軖 七三五　軠 七三七

ㄎㄨㄤˋ
曠 三〇六　懬 五〇九　況 五五二　纊 六六六　絖△ 六六六　壙 六九七

ㄎㄨㄥ
空 三四八　涳 五五五

ㄎㄨㄥˇ
恐 五一九　⿱工心△ 五一九　孔 五九〇

ㄎㄨㄥˋ
控 六〇四

【ㄏ】

ㄏㄚˊ
蝦 六七八

ㄏㄜ
喝 六一　訶 一〇〇　𠀀 二〇五　欱 四一七　抲 六一二

ㄏㄜˊ
荷 三五　嗑 六〇　⿺辶合 七一　齕 八〇　龢 八六　詥 九四　翮 一四〇　鶡 一五七　曷 二〇四　盉 二一四　盇 二一六　合 二二五　[illegible] 二三四　[illegible] 二五五　核 二六五　郃 三〇二　禾 三二三　[illegible] 三六〇　[illegible]△ 三六〇　何 三七五　褐 四〇一　⿰石高 四五七　貉 四六二　河 五二一　涸 五六四　[illegible]△ 五六四　闔 五九四　紇 六五〇　蝎 六七二　劾 七〇七

ㄏㄜˋ
和 五七　翯 一四一　鶴 一五三　賀 二八二　暍 三〇九　騅 四七三　[illegible] 四八三　黑 四九二　赫 四九六　[illegible] 六七六　垎 六九五

ㄏㄞ
咳 五五　孩△ 五五　⿺走亥 六五　骸 一六八　頦 四二六

ㄏㄞˇ
海 五五〇　醢 七五八　[illegible]△ 七五八

ㄏㄞˋ
餀 二二四　夆 二三九　害 三四五　駭 四七一　⿰忄亥 五一九　妎 六二八　亥 七五九　帀△ 七五九

鵴 一五一　鶪 一五一　雎△ 一五一　蘜 二一六　蘜△ 二一六　橘 二四一　郹 二九四　𥤚 三四五　𥤚△ 三四五　匔 四三七　匊 四三七　騆 四七二　狊 四七八　鞠 五〇一　毱△ 五〇一　鮈 五八五　鞫 六〇六　掬 六〇七　粢 六六九　蝺 六七八　輂 七三三　輂 七三六　驈 七五八

ㄐㄩˇ

莒 二五　蒟 三七

苴 四四　咀 五五　齟 七九　（齟）七九　踽 八二　筥 一九四　篆 一九七　枸 二四七　柜 二四八　椇 二七七　聥 五九八　舉 六〇九

ㄐㄩˋ

苣 四五　岠 六八　遽 七六　齟 八〇　距 八四　具 一〇五　眀 一三七　巨 二〇三　榘△ 二〇三　巨△ 二〇三　虡 二一二　鐻△ 二一二　虡△ 二一二

饗 二二〇　秬△ 二二〇　邭 三〇一　寠 三四五　冣 三五六　倨 三七三　俱 三七六　聚 三九一　屨 四〇七　畀 五〇三　懼 五一〇　愳△ 五一〇　怚 五一三　據 六〇三　嫭 六二九　埾 六九六　勮 七〇七　鋸 七一四　鉅 七二一　醵 七五七　䣰△ 七五七

ㄐㄩㄝ

撅 六一六

ㄐㄩㄝˊ

玦 一三　玨 一九

瑴△ 一九　蕝 四三　蕨 四六　噱 五七　趣 六四　赽 六五　趉 六六　蹶 八三　蹷△ 八三　躩 八四　趹 八五　谷 八七　啣△ 八八　臄△ 八八　譎 一〇〇　谻 一一五　瞲 一三四　䀗 一三五　矍 一四九　鴂 一五二　鷢 一五六　𩪁 一六七　肤 一七二　劂 一八〇　觼 一八七　觖 一九〇

鐍△ 一九〇　爵 二二〇　爵△ 二二〇　桷 二五七　橜 二六五　疦 三五二　瘚 三五三　欮△ 三五三　卻 三八四　屩 四〇七　覺 四一三　崛 四四四　厥 四五一　貜 四六二　駃 四七三　狊 四七七　玃 四八一　爝 四九一　㤜 五一二　憰 五一五　潏 五五三　決 五六〇　抉 六〇七　攫 六一一　掘 六一三　氒 六三四

亅 六三九　𠄌 六三九　彏 六四六　絕 六五二　𢇍△ 六五二　蟩 六七三　蚗 六七五　蟨 六七九　勪 七〇六　钁 七一三　鈌 七二一　孓 七五一

ㄐㄩㄢ

鞙 一一一　稍 三二九　悁 五一五　𢘋△ 五一六　涓 五五一　捐 六一六　蠲 六七二　鐫 七一三

ㄐㄩㄢˇ

臇 一七八　熑△ 一七八　捲 六一四　𧕟 六八二

埍 六九八　𨻰 七四二

ㄐㄩㄢˋ

弮 一〇五　睊 一三四　眷 一三五　罥 一三七　巻 二〇九　拳 二三八　桊 二六五　圈 二八〇　鄄 二九七　羂 三五八　帣 三六四　倦 三八七　獧 四七九　絹 六五六　絭 六六四　券 七〇七　攣 七二五　䘙 七三四　酮 七五四

ㄐㄩㄣ

君 五七　𠱸△ 五七　囷 二八〇

袀 三九三　麇 四七五　麕△ 四七五　姰 六二七　均 六八九　鈞 七一五　鋆△ 七一五　軍 七三四

ㄐㄩㄣˋ

莙 二八　菌 三七　晙 一三一　雋 一四五　餕 一五七　箘 一九一　郡 二八五　俊 三七〇　㕙 四四四　峻△ 四四四　駿 四六七　焌 四八四　竣 五〇五　浚 五六六　睿 五七六　濬△ 五七六　濬△ 五七六

攈 六一三　畯 七〇四　陖 七三九

ㄐㄩㄥ

冂 二三〇　冋△ 二三〇　坰△ 二三〇　駫 四六八　駉 四七三　扃 五九三

ㄐㄩㄥˇ

迥 七五　冏 三一七　窘 三四九　褧 三九五　熲 四八六　炯 四九〇　炅 四九〇　泂 五六八　絅 六五四

【ㄑ】

ㄑㄧ

萋 三八　諆 一〇〇　攲 一一八　鵸 一五二

𣧑 一六六　楖 二四九　桼 二七八　郪 二九四　郪 三〇一　僛 三八四　欺 四一八　䫏 四二六　攲 四五三　悽 五一七　慽 五一八　（慼）五一八　漆 五一八　淒 五六二　䙫 五七九　娸 六一九　妻 六二〇　妛△ 六二〇　戚 六三八　緀 六五六　七 七四五

ㄑㄧˊ

祺 三　禥△ 三　祇 三　祈 六

- 乾 七四七
- 乹△ 七四七

ㄑㄧㄢˇ

- 堅 五三
- 凵 六三
- 遣 七三
- 譴 一〇〇
- 槏 二五八
- 鼸 四八三
- 淺 五五六
- 嗛 七四一

ㄑㄧㄢˋ

- 茜 三一
- 芡 三三
- 鑯 二二八
- 槧 二六八
- 倩 三七一
- 俔 三七九
- 欠 四一四
- 歉 四一七
- 慊 五一五
- 綪 六五七
- 塹 六九七

ㄑㄧㄣ

- 寴 三四三
- 侵 三七八
- 親 四一四
- 欽 四一五
- 駸 四七〇
- 瀙 五三七
- 綅 六六二

ㄑㄧㄣˊ

- 菦 二四
- 芹 三二
- 菳 三三
- 芩 三三
- 靲 一一一
- 鈙 一二七
- 雂 一四四
- 秦 三三〇
- 𥢑△ 三三〇
- 瘽 三五二
- 衾 三九九
- 厒 四五二
- 魿 五八六
- 耹 五九九
- 捦 六〇三
- （擒） 六〇三
- 𢹁△ 六〇三
- 琴 六三九
- 鑫△ 六四〇
- 勤 七〇七
- 禽 七四六

ㄑㄧㄣˇ

- 菱 四四
- 趣 六五
- 赾 六六
- 梫 二四二
- 寑 三四四
- 帚△ 三四四
- 寢 三五一
- 螼 六七〇

ㄑㄧㄣˋ

- 菣 三五
- 墼△ 三五
- 沁 五三一

ㄑㄧㄤ

- 瑲 一六
- 蹩 八二
- 蹌 八二
- 羌 一四八
- 𢼸△ 一四八
- 牄 二二六
- 槍 二五九
- 椌 二六七
- 肯 三五七
- 斨 七二三

ㄑㄧㄤˊ

- 蘠 三六
- 薔 四七
- 牆 二三三
- 牆△ 二三三
- 牆△ 二三三
- 爿 三二二
- 戕 四四六
- 牀 六三七
- 彊 六四六
- 強 六七二
- 疆△ 六七二

ㄑㄧㄤˇ

- 襁 三九四
- 繈 六五一
- 勥 七〇六
- 勥△ 七〇六

ㄑㄧㄤˋ

- 唴 五五

ㄑㄧㄥ

- 青 二一八
- 岺△ 二一八
- 傾 三七七
- 頃 三八九
- 卯 四三六
- 卿 四三六
- 清 五五五
- 蜻 六七五
- 鑋 七一七
- 輕 七二八
- 陑 七四〇

ㄑㄧㄥˊ

- 檠 二六六
- 殑 三一八
- 黥 四九四
- 剠△ 四九四
- 情 五〇六
- 勍 七〇六

ㄑㄧㄥˇ

- 請 九〇
- 高 二三〇
- 廎△ 二三〇
- 檾 三三九
- 綮 五六七

ㄑㄧㄥˋ

- 謦 九〇
- 罄 二二八
- 窒 三四八
- 磬 四五六
- 殸△ 四五六
- 硜△ 四五六
- 慶 五〇九
- 瀙 五六八

ㄑㄩ

- 苗 四四
- 趨 六四
- 詘 一〇一
- 誳△ 一〇一
- 鶌 一五〇
- 胠 一七一
- 胆 一七九
- 凵 二一五
- 笶△ 二一五
- 枯 二六八
- 伹 三八一
- 軀 三九二
- 袪 三九六
- 屈 四〇六
- 岨 四四四
- 驅 四七一
- 敺△ 四七一
- 魼 五八一
- 鰸 五八四
- 區 六四一
- 㔖 六四三
- 𠃑△ 六四三
- 曲 六四三
- 蚰 六七一
- 坥 六九八
- 䧢 七三九
- 阹 七四三

ㄑㄩˊ

- 蘆 二四
- 蘧 二五
- 趯 六五
- 趯 六六
- 𢖿 七六
- 衢 七八
- 躣 八二
- 跔 八四
- 翑 一四〇
- 瞿 一四九
- 鸜 一五五
- 鴝 一五六
- 臞 一七三
- 朐 一七六
- 籧 一九四
- 籙 三三五
- 鞠△ 三三五
- 豦 四六〇
- 鼩 四八三
- 灈 五三八
- 渠 五五九
- 鱹 五八七
- 約 六六四
- 蝨 六八二
- 鼁 六八六
- 斪 七二四
- 軥 七三三

ㄑㄩˇ

- 獝 八一
- 齲△ 八一
- 取 一一七
- 竘 五〇五
- 娶 六一九

ㄑㄩˋ

- 趣 六四
- 去 二一五
- 麮 二三四
- 覷 四一二
- （覰） 四一二
- 𡰪 五九三
- 鼀 六八五
- 䵶△ 六八六

ㄑㄩㄝ

- 缺 二二八
- 闕 五九四

ㄑㄩㄝˋ

- 趞 六四
- 雀 一四三
- 𣪊 二三一
- 榷 二六九
- 卻 四三五
- 硞 四五五
- 礐 四五五
- 确 四五六
- 殼△ 四五六
- 㹤 四七九
- 怯△ 四七九
- 唶 五〇五
- 愨 五〇七
- 潅 五六三
- 闋 五九六
- 搉 六一五
- 塙 六九〇

ㄑㄩㄢ

- 悛 五一一
- 鐉 七二一

ㄑㄩㄢˊ

- 荃 四三
- 牷 五二
- 䞐 六六
- 齤 八〇
- 跧 八二
- 詮 九四
- 夐 一三一
- 觠 一八七
- 仝 二二六
- 全△ 二二六
- 𠓝△ 二二六
- 權 二四八
- 佺 三七六
- 鬈 四三〇
- 卷 四三五
- 恮 五〇八
- 泉 五七五
- 拳 六〇〇
- 彋 六四六
- 縓 六五七
- 絟 六六七
- 蠸 六七一
- 銓 七一四
- 輇 七三六

ㄑㄩㄢˇ

- 綣 三三六
- 犬 四七七
- く 五七三
- 甽△ 五七三
- 畎△ 五七三

ㄑㄩㄢˋ

- 券 一八四
- 勸 七〇六

注音符號索引（ㄓ・ㄔ）右起直讀

第一欄（右→左）

主 二一六｜科 二六三｜貯 二六三｜宔 三四六｜屬 四〇六｜塵 四七五｜渚 五四五｜竚 七四五

【ㄓㄨ】祝 一二六｜芧 一一三｜遄 一三五｜嫛 一四七｜眝 一四三｜鷽 一一〇｜羍 一九五｜箸 一〇七｜壹 一五六｜艫 二一四｜宭 二一一｜柱 二五六｜杼 二六五｜里 三五九｜霫 四六七｜駐 四七一｜狂 四七八

第二欄（右→左）

注 五六〇｜紵 六六〇｜綒 △ 六六七｜助 六七一｜鑄 六四四｜宁 一九八

【ㄓㄨㄛ】鱒 五八七｜追 七四｜隹 一四二｜雔 一五一｜隼 一一一｜椎 二六六｜雦 四六六

【ㄓㄨㄢ】屯 二一｜譚 九一｜睤 一三三｜胅 一六四｜窀 三四〇｜幬 三六五｜準 五六五｜埻 六九五｜莊 二二

【ㄓㄨㄥ】冢 三〇八｜種 三一二｜仲 三七一｜眾 三九一｜重 三八八｜懂 五一〇

第九欄（右→左）

謘 九一｜匙 一九九｜籉 三八九｜馳 四七一｜治 五五四｜泜 五五一｜池 五六〇｜持 六〇二｜弛 六四二｜虩 六四〇｜蚔 六六七｜蚳 六六九｜毉 △ 六七三｜埱 六九五｜坻 六九三｜汳 六七九｜渚 六七九｜【ㄔ】齒 七九｜崣 七七｜謘 九一｜舵 四〇｜敊 三三｜豉 三八｜侈 三八｜袳 三九

ㄔ（注音符號索引）

庈	魑	刢	伐	瘛	剌	觚	翅	胎	敕	跐	彳	趉	趂	叱	啻	ㄔ	鉌	㚄	姳	恥	炵	廖	尺	褫
										△														
四五〇	四三九	四三五	三七六	三五三	一八三	一四〇	一四〇	一三五	一二二		七一〇	六九七	六二二	六二二	五一九	四八九	四四九	四四九	四一九	四四九	四四九	四〇六	四〇六	四〇〇

熾	戭	赤	㲋	愸	渲	淦	瘩	抶	飭	叉	差	扠	杈	酉	插	婳	鍵	錮	眷	槎	秅	察	庛
	△									ㄔㄚ									ㄔㄚ				
四九〇	四九六	四九〇	四九六	五一六	五四九	五五四	六一四	六一五	六〇七		二一二	二一二	三三七	三〇五	二二二	三三一	六四三	七一三	三一二	二七一	三一六	三四三	四四九

妊	車	載	屮	徹	徾	偦	茝	趾	坼	孹	紫	裯	柴	褘	豺	韏	駤	蕫	苢	瘥	蕫
ㄔㄚ	ㄔㄜ	ㄔㄜ		△							ㄔㄞ			ㄔㄞ		ㄔㄞ		ㄔㄞ			
六一九	七二七	七二七	二二七	一二三	一二三	三七六	四五六	五九八	六九八	七〇六	四四	四	二五五	三六一	四六二	七三七	二六	六七二	五六	三五六	六七二

蟲	超	訬	魃	弨	鈔	樔	巢	鄛	焯	疊	蟲	輖	嘗	炒	𧬖	晵	眥	叫	瘳	搯	抽	捄
彳		ㄔㄠ				ㄔㄠ					△			（炒）					△			△
六七二	五九	六四	四四	四〇〇	七二一	二七〇	二九四	二四〇	二二六	五一八	六八六	六八六	七二八		五三	一三	三六	五二	三五	六一	六一	六一

疇	雠	穀	敊	幬	雔	籌	桐	鄐	稠	愮	儔	裯	篝	惆	怞	愁	漱	儵	紬	綢	罳	醻	酬
	ㄔㄡ																				△		△
五九	九〇	一二〇	一三七	一二四	一四六	二九六	二三六	二四六	三二二	二二四	三六三	三八五	三九二	五一一	五一一	五一六	五七八	五一一	六五五	六六八	七〇九	七五六	七五六

梼	酲	丑	遵	腿	梃	痀	痕	褼	姑	娑	躔	讒	劖	鄽	偅	塵	暫	蟳	炎
ㄔㄡ		ㄔㄡ		ㄔㄢ				△		ㄔㄢ								
七二	四〇	七五一	三九	一六五	一七七	三五四	三五五	三九六	六二五	六二五	一〇三	二九七	三四七	二四九	二四九	四五三	四四五	四七五	四八六

礎	謓	瞋	賊	膜	梆	彤	舰	絿	苢	芚	諶	詵	晨	臣	鶍	睿	桵	楙	邸	曟	晨	宸	麈
	ㄔㄣ								△				ㄔㄣ						△				
四五六	一三四	一三四	一三四	一七九	二九七	四二〇	四一三	五四一	一一〇	三二五	九三	九六	三三五	一一九	一六四	二二四	二四三	二四七	二九六	三一六	三一六	三一二	四七五

𣛴	疊	燀	忱	沈	霋	鈂	陳	陣	洰	讑	槷	疚	鬮	荙	葛	昌	昌	倀	倡
ㄔㄣ							△		ㄔㄥ						△			
四七六	四七六	四七六	五〇八	五四六	五七三	七一三	七三三	七五八	七五二	二七九	二七九	二五九	三五九	七七三	三九一	三〇九	三〇九	三八三

閶	萇	腸	嘗	常	裳	償	長	夫	兓	鱨	場	敞	瑒	疇	唱	邕	鞄	悵	暢	堂	再	
ㄔㄤ											ㄔㄤ										ㄔㄥ	
五九三	二七二	二〇四	三六二	三七〇	三九一	三七八	四五三	五七七	六九三	五八九	六九四	一二四	三七九	二一二	五八九	二一九	二三八	五一四	四八六	六八四	一六〇

昰	逝	適	徥	跇	曷	弛	世	諟	識	誓	試	諡	事	曳	弒	眂	奭	是	奭	觢	式	宦	市
△												△						△					
七一〇	七七一	七七一	七八三	八八三	八七七	八七七	八二〇	九二二	九三二	九三二	九三一	九三三	一〇二	一一八	一四二	三三九	三三九	三三九	三三九	一九三	二〇三	二一九	二三〇

沙	㮚	㯔	布	敊	獥	殺	殺	莎	軾	釐	螫	氏	滋	恃	眠	眎	視	侍	仕	飾	室	釋	貰	柹
	△		△	△	△	△		△						△	△									
五五七	二四二	二一一	二一一	二一一	二一一	四六	七二九	七七一	六三六	五五〇	五一一	四一二	四一二	三三七	三六三	三三一	三三五	二八四	二四四					二四一

設	䜿	袩	社	捨	鉈	撒	舌	奓	奢	賒	歃	箑	箑	娷	㷿	萐	鍛	魦	渋	沁
九五	四二	八八	八八	六〇四	七一八	六〇二	八七	五〇一	五八三	二八一	四一七	一九七	一九七	一四二	一四一	二三	七一三	五八五	五六五	五五七

（尸ㄜ／尸）

捎	燒	稍	梢	箾	苕	誰	曬	篩	籭	攝	涉	㰻	渿	麝	弽	韘	射	躬	舍	赦	赦
六一〇	四八五	三二四	二一九	一九四	四〇一	三一〇			一九五	六〇三	五七三	五四三	四七九	二三六	二三八	二三八	二二八	一二八	一二五	一一五	一二五

（尸ㄠ／尸ㄜ／尸ㄞ／尸）

卛	手	狩	首	百	守	收	劭	綮	紹	娋	邵	詔	邵	邤	卲	哨	㲅	少	勺	韶
五九九	五九九	四八二	四二六	三四三	一二六		七〇六	六五二	六五二	六二九	四三五	三九一	二九一	二八一	一一七	六一八	二九七	四九一	七一二	一〇三

（尸ㄡ／尸ㄠ／尸ㄠ）

摻	姍	挺	潸	山	彡	綖	邖	笘	冊	膻	羶	羴	襂	苫	芟	珊	獸	綬	授	壽	瘦	受
									△													
六六三	六三一	六〇五	五七一	四四二	四二八	三一一	三〇二	一九八	一八二	一七三	一四九	一四九	四三	四二三	四四三	一八	七四六	六六一	六〇二	三五五	一六二	一五五

（尸ㄢ／尸ㄡ）

扇	鱔	鱓	汕	䴼	狦	傓	偏	疝	鄯	樿	膳	善	善	蟮	訕	禪	陝	媻	摻	閃	夾	覢	睒
												△											
五九二	五八四	五八四	五六一	四九八	四七八	三七八	三七五	三五二	二八四	二四七	一七二	一〇二	一〇二	一九七	九七	六一八	七四二	六二九	六六〇	五九六	四九九	一三二	一三二

（尸ㄢ／尸ㄢ）

身	傸	伸	侁	瘁	罙	參	曑	妽	㽎	螽	胂	傪	屒	詵	呻	葠	蓡	墠	蟺	蠨	繕	嬗	擅	墼
					△																			
三九二	三八七	三八一	三七七	三五二	三四一	二一六	二一六	一七六	一五二	一二一	一六		六一〇	六九八	六七七	六七六	六七三	六二〇					六〇八

潘	頥	弞	㳄	弞	瞫	諗	審	㝎	魆	神	昌	紳	娠	姺	扟	深	燊	山	㸺
		（弞）						△				△							
五六八	四二四	四一五	四一五	一三五	九三	五〇	五〇	三九	四〇三	七五三	三五三	七五九	六二〇	六二一	六一一	五三四	四七三	四四二	三一

餘	慯	傷	賞	殤	薵	觴	殤	薟	賞	商	商	蜃	渗	脤	慎	歆	槮	㽎	甚	腎	甚
二二	五一八	三三八	二八五	一六四	一八九	一八九	一六三	二四二	二八五	八八	八八	六七七	五五〇	五七二	五〇七	四一七	二二四	一五二	一七〇	二四	三七

【ㄖ】

注音符號索引（ㄖ・ㄗ）

字	頁	注音
鑲	七一〇	
穰	一七三	ㄖㄤ
孃	六六二	
壤	六八九	
讓	一〇	ㄖㄤ
扔	四六	ㄖㄥ
芿	六一二	
訒	九二	
㘝	二〇五	
茹	二〇六	ㄖㄨ
朾	二四三	
仍	一四四	
陾	一四四	
茹 △	四〇四	
鷩	四〇三	
鷝	三六一	
娏	三七〇	
帤	三六一	
儒	三七〇	
襦	三九八	
飍 △	四四〇

字	頁
濡	五四六
挐	六〇四
如	六二六
嬬	六三三
孺	七五五
醹	七五五
攘 ㄖㄤ	三五一
汝	五三一
乳	五九〇
換 ㄖㄨ	六一〇
蓐	四八〇
蕣	四四八
入	二二四
鄏	二九〇
溽	五五七
溽	五六三
縟	六五二
辱	七四二
篛 △	一九八
若	一四四
腬	一七四
箬	一九四
叒	二七五

字	頁	注音
桑 △	二七五	
弱	四二九	
爇	四八五	
蕤	三八五	ㄖㄨㄟ
狋	二七六	
綏	六五九	
桵	二四五	ㄖㄨㄟ
蕊	二〇	
瑞	一三	
芮 ㄖㄨㄟ	一六三	
叡	一六三	
睿	一六三	
壡	五五一	
汭	五五一	
蜹	六七五	
銳	七一四	
剟 △	一一	
㫰	三一	
莫 ㄖㄨㄣ	一二二	
覺	一二三	
㘝	一二三

字	頁	注音
覲 △	一二三	
俊	三八一	
硬	四五三	
㷀	四五三	
婐	六三	
緛	六六二	
蝡	七六二	
阮	七四二	
犉 ㄖㄨㄣ	五二	
閏	五六五	
潤	五六五	
茸	四七	ㄖㄨㄥ
鞋	一一	
融	六七	ㄖㄨㄥ
糷	一二	
榮	二四九	
容 △	三四三	
公	三四九	
聳	五四二	
嶸	四四五	
飿	四八四	
溶	五五五	
鰫	五八一

字	頁	注音
戎	六三六	
瓵	六四五	
鎔	七一〇	
醹	七五五	
襃	一二三	
冗	三四三	
毬	四〇三	
撋	六一二	
茲	三九	【ㄗ】
資	五〇	ㄗ
咨	四七	
觜	六一	
嗤	五七	
齜	七九	
孜	七四	
兹	二三	
觜	一八	
齎	一八	
資	二八二	
眥	二八七	
鄑	二九七	
嘉	三一二

字	頁	注音
肺	一七九	
梓 △	一九四	
榟	二四四	
弚	二七六	
秄	三二八	
秭	三二五	
疕	三五七	
滓	五六〇	ㄗˇ
妣	六一二	
姊	六五五	
紫	六五五	
子	七四九	
孛 △	七四九	
覓	七四九	
芋	二三	
皆	一三八	
自	一三八	
眥	一三八	
白	一三八	
蹟	一六八	
欨	一七六	
哉	一八八	
歧	四一六

字	頁	注音
恣	五一四	
漬	五六三	
牸	五二	
字	七五〇	ㄗˋ
帀	三七五	ㄗㄚ
儹	六〇八	
雜	三九九	
踤	七九	ㄗㄚˊ
前	一四九	ㄗㄚˊ
嘖	三九	
讀	九〇	
齰	七九	
齰	七一	
咋	六〇	
則	一八一	△
剫	一八一	△
笮	一九四	△
簀	一九四	
幘	三六一	
澤	五五六	
潃	五六〇

字	頁	注音
睟	五九八	
宰	三四三	
觀	一一四	
再	一六〇	ㄗㄞˋ
戴	一〇四	ㄗㄞˋ
在	六九三	
沬	五六三	
烖 △	六二	
載	七二七	
截	七五八	
遭	七二	ㄗㄠ
棘	三五五	
糟	三三五	
曹	二〇五	
傮	三八八	
熸 △	四八九	ㄗㄠ
璪	一六	
藻	四六	
蚤	六七六	
棗	三一一	
澡	五六九	
繰	六五八

𧖴 六八一　蚤△ 六八一
ㄗㄠˇ　趮 六四　造 七一　艁△ 七一　譟 九九　竈 三四七　竈△ 三四七　燥 四九〇
ㄗㄡ　菆 四八　齱 七九　齺 七九　諏 九二　棷 二七二　鄒 二九八　郰 二九九　𪊲 三三九　騶 四七二　鯫 五八四　陬 七三八
ㄗㄡˇ　走 六四
ㄗㄡˋ　[illegible] 四三五

驟 四七一　奏 五〇二　屛△ 五〇二　𣪠△ 五〇二
ㄗㄢ　兂 四一〇　簪△ 四一〇　鐕 七一四
ㄗㄢˇ　噆 六一　寁 三四四　儹 三七六
ㄗㄢˋ　瓚 一一　饡 二二二　贊 二八二　酇 二八六　灒 五七〇　⿰女贊 六二四　鏨 七一三
ㄗㄣ　瑨 一七
ㄗㄣˋ　譖 一〇〇
ㄗㄤ　臧 一一九

臧△ 一一九　牂 一四七　奘 四七九
ㄗㄤˋ　葬 四八　奘 五〇三
ㄗㄥ　譄 九九　矰 二二八　罾 三五九　⿱曾灬 四八七　增 五〇五　憎 五一六　繒 六五四　縡△ 六五四　增 六九六
ㄗㄥˋ　䰝 一一二　贈 二八三　甑 六四四　⿱曾鬲△ 六四四
ㄗㄨ　蒩 四三　租 三二九
ㄗㄨˊ　足 八一

捽 一六三　族 三一五　卒 四〇一　歡 四一六　噈△ 四一六　欶 四一六　崒 四四四　捽 六〇五　鏃 七二一
ㄗㄨˇ　祖 四　珇 一四　蒩 二四　詛 九七　袓 三九九　組 六六〇　俎 七二三　阻 七三九
ㄗㄨˋ　駔 四七二　⿰麤且 七二三
ㄗㄨㄛˊ　筰 一九七　昨 三〇九　秨 三二八

𠂇 一一七　左 二〇二　⿺尢左 四九九
ㄗㄨㄛˋ　胙 一七四　飵 二二三　柞 二四六　糳 三三七　作 三七八　怍 五一九　㘴 六九三　坐△ 六九四　鑿 七一三　阼 七四三　醋 七五六　酢 七五八
ㄗㄨㄟ　朘 一七九　騅 四六八　驊△ 四六八　纗 六六二
ㄗㄨㄟˇ　⿱此米 六九
ㄗㄨㄟˋ　檇 二七一

最 三五八　罪 三五九　辭 三六八　辠 四四五　蠡 六七〇　皋 七四八　醉 七五七
ㄗㄨㄢ　鑚 一一〇　韊 一一〇　鑽△ 七一四
ㄗㄨㄢˇ　纂 一九五　纘 六五二　籫 六六〇
ㄗㄨㄣ　墫 二〇　遵 七一　鱒 五八一　繜 六六一　鐏 七一八　罇 七五九　尊△ 七五九
ㄗㄨㄣˇ　葺 四四　噂 五八

剸 一八四　僔 三八七
ㄗㄨㄣˋ　栫 二六五　捘 六〇二
ㄗㄨㄥ　葼 三八　鬷 一一二　㚇 二三六　椶 二四四　（棕） 二四四　稯 三三〇　稯△ 三三一　宗 三四五　艐 四〇八　嵏 四四三　豵 四五九　縱 六六一　蝬 六七〇　堫 六九〇　輚 七三五
ㄗㄨㄥˇ　熜 四八八　總 六五三
ㄗㄨㄥˋ　瘲 三五二

綜 六五一　縱 六五二

【ㄘ】

ㄘ　趀 六四　雌 一四五　觜 一四八　⿰角此 一六八　疵 三五二　縒 六五三
ㄘˊ　祠 五　茨 四三　鷀 一五四　鴜 一五五　餈 二二一　⿰食齊△ 二二一　粢△ 二二一　詞 四三四　慈 五〇八　辤 七四九　辝△ 七四九　辭 七四九　𤔲△ 七四九
ㄘˇ　玼 一五

⿺走此 六五　此 六九　佌 三八二　嵎 四六八　泚 五五二
ㄘˋ　莿 三二　誎 一〇一　刺 一八四　朿 三二一　佽 三七六　⿰次見 四一二　次 四一八　[illegible]△ 四一八　𩬻 四三一　廁 四四八　絘 六六六　蛓 六七一
ㄘㄜˋ　茦 三二　蓛 四四　冊 八六　笧△ 八六　敇 一二七　策 一九八　⿱冊曰 二〇四

夎 二三六　側 三七七　惻 五一七　測 五五四　籍 六一五　⿰土則 六九七
ㄘㄞ　⿺走才 六五　猜 四七九
ㄘㄞˊ　⿰麥才 二三五　材 二五五　才 二七四　財 二八二　裁 三九二　纔 六五八
ㄘㄞˇ　采 二七〇　⿰忄采 五一四
ㄘㄞˋ　蔡 四一　菜 四一
ㄘㄠ　操 六〇三
ㄘㄠˊ　蓸 四六

曹 二〇五／槽 二六七／禮 四〇〇／漕 五七一／蠱 六八一／〔ㄘㄨ〕艸・草 〔ㄘㄠ〕二二／愺 五一六／湊 五六一／〔ㄊㄨ〕奴 一六三／餐 一二三／淪 二二三／修 三七三／驂 四六九／〔ㄊㄨ〕殘 一六五／歾 三六二／懃 五一九／（慚）／憨 六八一／蠶 六八一／朁 二〇五

黥 四九二／懍 五一七／慘 五一七／妗 六三〇／〔ㄊㄨ〕診 九七／粲 三三四／效 六二八／〔ㄊㄨ〕篸 一九二／尖 一五三／岺 五六三／涔 五八四／鱏 五八四／〔ㄊㄨ〕蒼 一五五／鴰 一二六／雛 一五六／倉 二二六／全 二二六／滄 五二八／滄 五七六／匫 六四二

猝 四七八／促 三八五／棟 二五八／械 二四七／諫 —／踤 八三／蹴 八二／跛 八二／哾 六一二／蔟 四五／〔ㄘㄨ〕殂 四六〇／殢 一六四／殂 一六四／遁 七一一／徂 七一一／退 —／〔ㄘㄨ〕麤 四七六／粗 三三四／麤 四四／〔ㄘㄥ〕層 四〇五／鄫 三〇五／曾 四九

錯 七一二／銼 七一一／措 六〇五／挫 六〇二／屑 四五二／坐 七三七／到 一八三／辤 七四/道 —／莝 四四〇／〔ㄘㄨㄛ〕鑿 /嗟 五四二／薔 五九二／嵯 四四五／痤 三五三／郭 二九七／鑾 七一／虘 一三／眡 一三七／〔ㄘㄨㄛ〕撮 六〇五／敠 六三一

悴 五一八／憖 五一八／焠 四八六／頖 四二／毳 三九八／竁 三四五／寂 三三六／粹 三三七／膬 一七八／脆 一七八／翠 一四〇／啐 六〇／萃 四〇／藙 六／橐 /淖 五六五／湗 五六六／趡 六七／〔ㄘㄨㄟ〕纅 六六七／摧 六六二／崔 四四〇／催 三八五／摵 二五七

驄 四六六／懸 四四九／樅 二五〇／蔥 二四五／璁 一七／〔ㄘㄨㄣ〕寸 一二二／刊 一八一／存 七五〇／〔ㄘㄨㄣ〕邨・（村）三〇二／纂 三四一／窻 一〇六／褻 一〇六／纂 三四一／彗 一〇/橫 二六六／淬 五五六／澤 五五七

私 三二四／樹 二六三／虎 二一一／鞔 一一〇／莎 三四/裞 三／〔ㄙ〕淙 五五四／懜 五一〇／崇 四四〇／從 三九〇／从 三九〇／實 二八〇／叢 一〇三／薈 四七／琮 一二／〔ㄘㄨㄥ〕鏄 七一一／鏦 七一一／鏓 七一六／總 五九八／聰 五九八／悰 五〇／愨 四九五

國家圖書館出版品預行編目資料

新添古音說文解字注 / (漢)許慎撰 ; (清)段玉裁注.
-- 三版. -- 臺北市 : 洪葉文化, 2016.10
面 ; 公分
ISBN 978-986-6001-81-9(精裝)

1.說文解字 2.注釋

802.223 105013717

新添古音說文解字注

作　　者／漢・許慎 撰　　清・段玉裁 注
編輯顧問／陳新雄、王初慶
總 校 訂／李添富
主　　編／李鵑娟、鍾宗憲
編　　輯／巫俊勳、周艷娟、汪文婕、吳夢茹
　　　　　陳志源、楊徵祥、劉雅芬、叢培凱
責任編輯／張慧茵
封面設計／董子瑹
發 行 人／洪有道
發 行 所／洪葉文化事業有限公司
　　　　　登記號：局版北市業字第 1447 號
　　　　　地　址：106 臺北市羅斯福路三段 283 巷 14 弄 18 號 3 樓
　　　　　電　話：（886-2）2363-2866
　　　　　傳　真：（886-2）2363-2274
　　　　　劃　撥：1630104-7　洪有道 帳戶
　　　　　網　址：www.hungyeh.com.tw
　　　　　e-mail：service@hungyeh.hinet.net
版　　次／1998 年 10 月　初版一刷
　　　　　2016 年 10 月　三版一刷

ISBN／978-986-6001-81-9

定價◎ 650 元